普及类古籍整理图书专项资助项目

赵逵夫　主编

历代赋鉴赏辞典

赵逵初题

上海辞书出版社

《历代赋鉴赏辞典》

撰稿人（以姓氏笔画为序）：

于英丽	马世年	王　欢	王　琳	王勋成	王淑蕙	王德华
牛思仁	牛海蓉	尹占华	孔燕妮	邓　芳	叶　农	叶幼明
田松青	冉耀斌	冯永军	邢钺莉	伏俊琏	延娟芹	华瑀欣
刘勇刚	刘竞飞	刘燕歌	池万兴	池雪丰	许　结	孙　晶
孙京荣	孙浩宇	孙海洋	孙淑娟	孙福轩	牟　歆	苏瑞隆
苏慧霜	杜　佳	杜志强	李占鹏	李金松	杨　玲	杨晓斌
吴雅楠	何新文	张　兵	张　强	张志峰	张克锋	张徐芳
张毓洲	陈庆元	陈怡良	陈曙雯	欧天发	金艳霞	周玉秀
周建忠	赵元皓	赵红岩	赵沛霖	赵茂林	赵俊波	赵逵夫
胡　真	查紫阳	施仲贞	姜海涛	洪文婷	祝伊湄	贾海生
顾伟列	党万生	钱奕华	徐志啸	郭令原	郭时羽	郭建勋
唐　宸	曹　虹	龚克昌	龚喜平	彭安湘	彭春艳	韩高年
漆子扬	熊良智	霍旭东				

责任编辑： 刘小明

助理编辑： 张秋文

目　录

出版说明 …………………………………… 1

凡　例 ……………………………………… 1

前　言 …………………………………… 1—24

篇目表 …………………………………… 1—8

正　文 ………………………………… 1—1017

　先秦 ……………………………………… 1—84

　两汉 …………………………………… 85—255

　魏晋南北朝 ………………………… 257—535

　隋唐五代 …………………………… 537—673

　宋金元 ……………………………… 675—847

　明 …………………………………… 849—938

　清 …………………………………… 939—1017

附　录 …………………………… 1019—1061

　历代赋论选辑 ……………………… 1021—1049

　历代赋书目 ………………………… 1050—1061

　篇目笔画索引 ……………………… 1062—1066

出版说明

　　赋是中国古典文学□的重要文体之一。本社在中国诗、词、曲、文鉴赏系列问世之后，推出《历代赋鉴赏辞典》，使诗、词、曲、赋、文合璧，以满足广大读者阅读中国古典文学作品、了解中国古代社会文化的需要。

　　一般来说，赋分为文赋、骚赋、诗体赋、俗赋四类。两千多年中，赋一直在经历发展变化。其发展的毎一个阶段，都有些标志性的作家和代表性的作品。本书为读者提供一个赋的选本，并酌情附以注释、注音和翻译。在赏析文章中，适当介绍历代研究者对作品的理解，供读者参考。

　　本书力图秉承先进的历史观点和科学的方法，从文学艺术欣赏角度，评价历代赋的辉煌成就。在形式上，沿用新一版《中国文学鉴赏大系》的版面、装帧、字体，以期更好地服务大众。不当之处，尚祈专家、读者批评指正。

上海辞书出版社

二○一七年十一月

凡　例

一、本书选收先秦、两汉、魏晋南北朝、隋唐五代、宋金元、明、清赋作二百五十七篇。

二、本书正文包括赋、注释、赏析文章三部分。赋一般采用通行版本，有的也参照了其他版本，择善而从。疑难词语以及人名、地名、典故、史实，大多作简要注释，少量随赏析串讲。

三、正文的排列，大体以朝代先后为序，分为先秦、两汉、魏晋南北朝、隋唐五代、宋金元、明、清等部分。同一朝代一般以作家年代先后为序。

四、本书使用简化字，可能引起歧义之处，酌情保留繁体字或异体字。

五、本书涉及古代史部分的历史纪年，一般使用旧纪年，括注公元纪年。括注内的公元纪年，省略"年"字。

六、每位作家的作品前，均附有其小传，无名氏或有姓名但无考者附典籍介绍。

七、本书附录有：历代赋论选辑、历代赋书目、篇目笔画索引。

前　言

赵逵夫

　　诗、词、曲、赋是中国传统纯文学的正宗体裁，而以诗产生最早，接下来即是赋。词、曲是从民间歌曲而来，产生较迟。至于小说戏曲本成熟较迟，且一直被看作农工商贩妇孺低文化或无文化者消遣的东西，在很长历史阶段中不入士人之眼。而一般的散文作品，则往往与应用文难分界线，按照今天的文学观念，难以看作纯文学作品。所以要了解中国古代文学的状况，不能不读赋。

　　赋是中国特有的文学体裁，它的形成同汉语的特点有很大关系。文学理论家常说："文学是语言的艺术。"赋同汉语形态各因素的关系最大。因此要深入而全面地体会汉语的表现力与美的特质，也得读赋。

一、赋的体式与特质

　　赋究竟包括哪些体式，每种体式如何称说，历来学者们的看法很不一致。元代祝尧的《古赋辨体》选从战国屈原、宋玉、荀况开始至宋代赋作，分为"楚辞体""两汉体""三国六朝体""唐体""宋体"共五体。这样虽然强调了赋在各个时代的特色，一定程度上揭示了赋发展演变的历史，但是忽视了各种体式的存在与贯穿始终的继承现象，似乎主要说明赋由于时代的不同而有所变化。实质上，从文学形式方面说，从古到今的赋作差别首先是不同体式之间在体制、题材倾向与风格上的差异，而各种体式在不同时代的变化毕竟不是很大。其值得注意者，《古赋辨体》这部书中也常用"古体""俳体""律体""文体"来称说赋的不同体式。明代吴讷的《文章辨体序说》列出古赋、律赋两体，古赋中包括楚辞、俳赋在内。明代的徐师曾《文体明辨序说》从祝尧《古赋辨体》中拈出古、俳、律、文四体而提出古赋、俳赋、律赋、文赋四体之说，比前二说较为明确而完备。但徐氏将"楚辞"另列，把骚赋排除在赋这个文体之外了。汉以后骚赋作品，该书称作楚辞的"仿作"。骚赋同其他的文赋体制不同，从汉代至清末骚赋的数量很大。把这些赋都归在"古赋"当中是不科学的。但把汉代以后大量的骚赋都看作是对屈宋之作的"仿作",也是不符合文学史的实际的。

马积高先生《赋史》一书将赋分为文赋、骚赋、诗体赋、俗赋四类。马先生关于赋的分类是正确的。

文赋当中又可以分散体赋、骈赋、律赋这样的三类,甚至散体赋也可分为大赋、小赋两类。马先生曾经把唐宋时代产生的散体赋称作"新文赋",也与古人把战国汉魏时的散体赋称为"古赋"相辅相成。

有的书把包括骈赋、律赋在内的文赋称作"散体赋"。我们认为,这样的称说不够科学。因为骈赋讲究对偶,有些典型的骈赋为连续的四六句,并不全散。至于唐代产生的律赋,讲究对仗,而且限韵,篇幅段落也有限制,只是句子的变化较律诗排律更为自由。所以"散体赋"的名称不应包括骈赋、律赋,应该只是指徐师曾所说"古赋"中除了诗体赋之外的大部分作品和徐氏所说的"文赋"作品。

以上是我们在赋的体式和概念界定上所持的看法。

另外,很多学者把魏晋以后一些不以赋名篇的作品也看作赋,不少赋的选本当中也选了《大人先生传》《钱神论》《北山移文》之类的作品。但是这些类似赋的作品实质上是骈文,并不是赋。我以为论述导致赋在魏晋以后形制上产生转变的社会风气及赋同其他文体的关系时论及骈文是可以的,但不能将它直接划入赋的范围之中,应该分清骈文和骈赋(俳赋)的界限。

骈文史著作中论及骈赋是难免的,但不宜作为重点论述的范围。古代一些学者对文体范畴的界定不是很清楚,使用概念较为随意可以不论。我们今天应遵循现代科学思想,进行科学划分。有的骈文史论著将骈赋归入骈文,似未为当。

赋的四个体式各有不同的来源。班固《两都赋序》中说:"赋者,古诗之流也。"这是说赋的形成同诗的形式及诗的诵读有关,是歌诗转变为诵诗之后,由赋诵诗的散文化或赋诵文的诗化而来。赋的产生与古代行人的关系很大。春秋之时中原国家有"行人"之官,负责诸侯间的聘问、晓谕、庆贺、哀吊等事。《左传·襄公三十一年》言郑国的行人子羽"善为辞令",并说:"郑国将有诸侯之事,子产乃问四国之为于子羽,且使多为辞令。"南方的楚国称行人为"登徒"(或"陞徒"),又分左徒、右徒。屈原就曾任左徒之职。

文赋形成又同战国中期以前给王侯诵说贤人名臣论谏、奏疏、名言之类的矇瞍有关。他们为了诵说的效果,会对要诵说的文字在语言上加以调整加工,这就是文赋的滥觞。

诗体赋直接来于诗,从较近的源头上说,同屈原《橘颂》和荀况《礼》《智》《云》《蚕》《箴》有直接的关系,它继承了《橘颂》和荀况的五首《赋》篇幅短、四言为句、以咏物为题材的特征。屈原的《离骚》是骚赋的典范,也是在古代歌诗由唱向诵读转变以后形成的。

俳优是专门给王侯表演节目以娱悦王侯贵族的人物,他们搜集了民间的故事、寓言变以对话的形式表演,句子整饬便于记忆,也便于诵说,形成了俗赋。

赋的四种体式,其共同的特点是都是用来诵的,所以《汉书·艺文志》引旧说:"不歌而诵谓之赋。"

从赋的发展历史来说,早期阶段是有一些不以赋名而实质上带有赋的特征的文字,像先秦时代楚国莫敖子华的《对楚威王》、屈原的《卜居》《渔父》、宋玉的《对楚王问》、唐勒的《论义御》、庄辛的《说剑》《谏楚怀王》《晏子春秋》和《师旷》佚文中的一些篇章,还有西汉初期枚乘的《七发》等。赋的形成当中,体式未完全定型,故我们可以把它们看作赋。魏晋以后赋的几种体式基本确定了,我们认为就不宜再将不以赋名的作品划入赋的范围。

《文心雕龙·诠赋》中说:"赋者,铺也,铺采摘文,体物写志也。""铺采摘文"是说它的语言特点,说它的外在特征;"体物写志"是说它的题材与内容,"体物"是表现事物的外貌特征,"写志"是抒发感情,表现作者的思想。所以,赋同其他的文学体裁,像小说、散文作品比较起来,更注重语言美的发掘,汉语汉字所有的音乐美、结构美、色彩美的特质,在赋这种文体中得到充分的体现。诗歌是十分讲究语言美的,但赋同诗比起来,有比较自由的地方,给行文中表现作者的思想情绪,体现文章的风格、气势以更多的机会。作者可以随着情感、情节、场面、表现的需要,随时变换韵脚,变换句式,及由韵向散,由散向韵,所以可以更自如地表现出语言的音韵美、节奏美。这就更符合诵的特点。晋代挚虞的《文章流别论》中说:"古诗之赋,以情义为主,以事类为佐;今之赋,以事形为本,以义正为助。情义为主,则言省而义有例矣;事形为本,则言当而辞无常矣,文之烦省,辞之险易,盖由于此。"正是指出了优秀辞赋之作在语言运用方面的特点。陆机《文赋》相对于"诗缘情而绮靡",指出"赋体物而浏亮",也是从这方面说的。赋直接影响到人的听觉,所以它讲求排比,要求声音和谐,有比较好的音韵之美,又不像诗歌一样在句式和韵脚上有较多的限制,可以使情感表达与音乐美达到更好的结合。

赋这个文体同汉语的特质有很大关系。汉语是孤立语,古汉语是一音一义,又有四声的变化,所以句子的组合比较自由,这就对追求语言美和表述中的布置美造成了良好的条件。从文人的书面语创作兴盛之后，人们又进而关注挖掘汉字在书写表达上的潜在功能。刘勰说它"铺采摛文"，把组成它的材料用"文"和"采"来表现，把作者的创作手段用"铺"和"摛"（舒展、铺陈）来说明，也就包含了赋追求书写中语言文字形式美的因素。

国外有的学者将赋和西方有关文体加以比较。有的认为赋是史诗。这反映了部分的事实。《荷马史诗》和印度的《罗摩衍那》等史诗中往往有大段对事物、场景的描写。另一个方面，中国的赋当中，有的确实也反映了重大的历史事件，反映了社会巨变下从上层到普通百姓的生活和心理状态，具有史诗的特征。所以把它们看作"史诗"，也不是毫无道理。

也有学者认为，赋是早期戏剧的一种形态。这同二十世纪四十年代初，冯沅君先生的《古优解》和《汉赋与古优》中的"汉赋乃是'优语'的支流，经过天才作家发扬光大的支流"的观点并不是一回事。本文前面所讲矇瞍俳优与文赋的关系，俳优同俗赋的关系倒与冯沅君先生看法相近，但冯沅君先生讲的是汉赋同优语的关系，而不是俗赋与戏剧的关系。这方面提出比较成熟的看法的，有日本汉学家清水茂先生，他的论文《辞赋与戏剧》是在 1998 年 10 月南京大学召开的第四次国际辞赋学术研讨会上发表的。会议期间我和清水先生一起交谈了很久。清水先生注意到汉赋多问答体。他说："如果两人分担问的部分和答的部分的话，就做到戏剧的雏形。"[1]他认为东方朔的《答客难》是赋的变种。他说："可是古优与汉赋有关的资料，大都只有一个优人出现，没有第二个人，东方朔故事中，本人以后有个郭舍人出现，这是罕见的纪录。"因为俳优的职能是给君王和诸侯来表演、消遣、娱乐，侧重表演。从这个方面来说，他们的作品就和戏剧应很接近。清水先生主要指骋辞大赋与类似的文章，所以这个说法也反映了一定的事实。

同戏剧关系最大的是俗赋。实质上，俗赋类的作品在唐代就有被用于表演的纪录[2]。敦煌发现的《茶酒论》从体裁上来说接近于俗赋，全篇用对话体，除角色表演提示语外，皆为四言，语句整齐，押韵，风格诙谐，也用了大部分俗赋所采用的拟人手法。这个作品敦煌佚书中有六个卷子，可见在当时是广泛流传的。尤堪注意的是：有一个卷子每段人物对话的前面依次标了一二三四之类的序号。这说明这个脚本曾用于舞台演出，每段对话前的序号标示了演员问答的顺序。可见俗赋在早期阶段确实是同戏剧有关系的，是戏剧的来源之一。汉代有

---

[1] 《辞赋文学论集》，江苏教育出版社，1999 年 12 月出版，第 52 页。

[2] 参赵逵夫《唐代的一个俳优戏脚本——敦煌石窟发现〈茶酒论〉考述》，刊《中国文化》总第 3 期，三联书店、台湾风云时代出版社、香港中华书局，1990 年秋同时出版。

些大赋也是有三个人物的,如《子虚赋》《上林赋》中的子虚、乌有先生、亡是公。有这三个人物构成一个简单的情节,作者模拟子虚、乌有先生、亡是公的口吻来表现自己的思想,具有戏剧代言体的性质。

当然,赋既不是史诗,也不是戏剧。传统所说的赋,主要指文赋(包括散体赋、骈赋和律赋)、骚赋和诗体赋。学者们作出上面所说的推断,也只是就文赋中的骈辞大赋来说的。赋作为一个独立的文体,具有诗的特征,也有一般文的特征。

文赋中的骈辞大赋在魏晋以后虽然少了,但直到明清时代各朝都有,即便是大赋当中最突出的题材"都邑赋",也差不多每朝都有。我们说赋的衍变,它的体式的变化主要是就它的语言风格而言。在每个时代除占据主流的体式之外,古代所存在过的几种体式也都仍然存在,我们要从当中看到变,也要从当中看到不变的因素。我们把前人所说的古赋和宋代以后的文赋统称为"文赋",也是这个原因。

前人在谈到赋的体裁的时候,还提出"大赋"和"小赋"的名称。"大赋"和"小赋"都是针对文赋而言,区别主要在篇幅的大小,在题材和风格上,也会显出一些差异。刘勰《文心雕龙·诠赋》中说"述客主以首引,极声以穷文。斯盖别诗之原始,命赋之厥初也"。一般人认为这是指大赋而言,其实很多小赋也是用这样的结构方法。只是大赋所写场面更大,铺排更多更长,显得更开阔壮大,而小赋则一般所写场面较小,略带空灵之意,给人留有想象的余地。

赋的各种体式都具有诗的特征。骚赋就是由屈原的《离骚》等作品发展而来的。只是从宋玉的《九辩》之后,渐向铺陈的方面转变,抒情之味稍淡,故汉以后骚体之作,学者们都看作赋而不认为是诗。它们从形式上说是没有什么区别的。骚赋在汉以后仍继承着抒情的传统,且以抒发忧怨之情为主。

骚赋典型的句式是不计"兮"字每句六言,"兮"在上句之末,每句之第四字为虚字,有时"兮"字前或"兮"字后会多一两个字。另外还有两种形式,一种是《怀沙》式,不计"兮"字,每句四言;一种是《九歌》式,"兮"字在句中。汉代以后骚赋在体制上也产生了一些新变之作,一种是骚体句式与四言、五言诗体赋句式,文赋句式相间出现,如司马迁的《悲士不遇赋》、王褒的《洞箫赋》、扬雄的《甘泉赋》等;至清末管同的《吊邹阳赋》,都是如此。一种是全篇用骚体句式,但上句之末不用"兮",如班婕妤的《捣素赋》等。

诗体赋本由诗发展而来,并继承了屈原《橘颂》和荀况《云》《蚕》《箴》等篇咏物的传统,借咏物以明志。这个传统同样一直延续至明清时代。如杨慎的《蚊赋》、黄省曾的《钱赋》等。

赋有的地方确实和诗很难分别,比方说萧悫的《春赋》:

> 落花无限数,飞鸟排花度。禁苑至饶风,吹花春满路。岩前片石迴
> 如楼,水里连沙聚作洲。二月莺声才欲断,三月春风已复流。分流绕小
> 渡,堑水还相注。山头望水云,水底看山树。舞余香尚在,歌尽声犹住。
> 麦垄一惊鹭,菱潭两飞鹭。

读起来和诗没有什么区别。同类的还有庾信的一些小赋,如《春赋》,全篇以七言
押韵:

> 宜春苑中春已归,披香殿里作春衣;新年鸟声千种啭,二月杨花满
> 路飞。河阳一县并是花,金谷从来满园树;一丛香草足碍人,数尺游丝
> 即横路。

南朝这一类的小赋比较多,不名"诗"而名之曰"赋",因为虽然全篇抒情的意味很
浓,但都同样地体现了一种铺排的特征。诗体赋在南朝除咏物之外,出现了一些
借景抒情的作品,完全可以与诗媲美。

二、赋的形成与成为八代之文学与历代名家名作

赋发展的每一个阶段,都有些突出的标志性的作家和代表性的作品。

先秦时代首先定型并成熟、为后代树立了体式典范的是骚赋,代表作家是屈
原和宋玉。北宋宋祁说:"《离骚》为词赋祖,后人为之,如至方不能加矩,至圆不
能过规,则赋家可不祖楚辞乎?"[1]

文赋的起源也应很早。今存《国语》中一些辞令已很具后代文赋的特征,"述
客主以首引,极声貌以穷文","铺采摛文,体物写志"。如《楚语上》伍举的《论章
华之台》,完全合于这个标准。当然,这有可能经过后代讲诵者朦瞍等的修改,以
便记忆和增强讲诵效果。但至迟在战国前期已形成目前的样子,可以无疑。《师
旷》中的《太子晋》《五指之隐》《天下有五墨墨》等,《晏子春秋》中的《景公饮酒不
恤天灾》《景公猎逢蛇虎》《景公有疾》等情形与此相同。屈原的《卜居》《渔父》《大
招》《招魂》都是文赋,后二篇是骈辞大赋的滥觞。推进文赋定型并首先以"赋"名
篇的是宋玉。而且,他的《高唐赋》《神女赋》这种分之为二、合而为一的结构方
式,为司马相如的《子虚》《上林》所继承;他的《风赋》《钓赋》《登徒子好色赋》等为
汉代孔臧的《谏格虎赋》等小赋确定了范式。

---

[1]　元代祝尧《古赋辨体》卷一引。

诗体赋在先秦时是以屈原的《橘颂》和荀况的几首《赋》为滥觞,唯未正式用"赋"名篇。

文赋、骚赋、诗体赋在西汉时代很兴盛。汉代最早的赋作为陆贾的《春赋》但这篇赋并没有留下来。接下来便数枚乘。很多赋选都选了枚乘的《七发》,《七发》被看作汉代骈辞大赋第一篇,致使一些人误以为赋在枚乘之时还在形成中尚不以"赋"名篇。其实这反映了赋早期阶段的一种错综现象,形式为赋而不以"赋"名篇。但枚乘的《柳赋》《梁王兔园赋》是以"赋"名篇的。贾谊的《吊屈原赋》是吊屈原亦以自吊,开后来借古人以抒怀之先河。他的《鵩鸟赋》似咏物赋,而用拟人化手法,表达了对人生的看法,豁达之中透出伤感之情,深刻而感人。董仲舒是以向汉武帝建议之"独尊儒术"的主张而闻名于史的,不想他也有《士不遇赋》,与司马迁的《悲士不遇赋》成了西汉盛世中的前后同题之作,让人深思。两篇赋也都是真实思想的流露而不重夸饰,语言无模拟痕迹而顺畅自然。司马相如的《子虚赋》《上林赋》为汉代骈辞大赋的代表作,虽结构上有取于宋玉,而无论从内容到布局,再到语言风格,都有自己的特色。他的《美人赋》也是学宋玉的《登徒子好色赋》,但描写更细腻生动。当时在梁孝王刘武、淮南王刘安身边也都有些能赋的文士。如梁孝王游于忘忧之馆时集诸游士使各为赋,枚乘为《柳赋》,公孙诡为《文鹿赋》,邹阳为《酒赋》,又代韩安国为《几赋》,公孙乘为《月赋》,羊胜为《屏风赋》。各家气格稍异,各有所长。汉武帝刘彻为一代雄主,而有《悼李夫人赋》之作。可见当时上自天子,下至一般文人,并以赋写其心。后世称赋为有汉一代之文学不为无因。

西汉末年著名赋家首推扬雄。他的《甘泉赋》写汉成帝赴甘泉宫祭求子的场面,《河东赋》写赴河东祭后土的经历,《羽猎赋》和《长杨赋》以射猎为题材,都是骈辞大赋,然而作者善于变化,无论结构、语言,在模拟之中又有新变,因而也历来为学者所称道。

特别要指出的是:俗赋至西汉末年也已定型,只是在二十世纪九十年代初于江苏连云港发现了《神乌赋》以前,虽然也有学者在论敦煌发现的俗赋作品时也论及王褒的《僮约》和《责须髯奴辞》,但还不知道西汉之时已有典型的"俗赋"作品。现在可以说,至西汉时代赋的四种体式都已定形成。

强盛的大汉帝国产生了一批写山川、楼台、郊祀、宫苑、京都、帝王畋猎,反映国家统一、强大和社会繁荣的骈辞大赋,如司马相如所说,"合綦组以成文,列锦绣而为质""苞括宇宙,总览人物"(《西京杂记》卷二)。骈辞大赋和后来六朝的骈赋、唐代律赋都是文赋中的一类,但它成了后代尤其在分裂战乱情况下企盼、向往的社会图景;而且,那种浩浩荡荡的凌厉的文风,也显示着一股英雄之气。这就使汉赋在中国文学史、文化史上具有了一种特殊的地位。汉代人及后代学者批评汉赋"多虚辞滥说""靡丽之赋,劝百讽一"(司马迁《司马相如列传》)"文丽务巨,言眇而趋深"(王充《论衡·定贤》),主要是从骈辞大赋的表现方式和语言风格说的,我们从中国古代社会发展的历史和文化精神方面来观察就可以看出它们的特殊意义。尽管历代学者对它们都有所批评,但从古到今的辞赋选本、注本、评本都会选入它们,也反映出这一点。

东汉之时赋风有较明显的转变。这首先是由两汉之间的社会战乱造成。班彪的《北征赋》写北行一以避乱,一以希望有明主用之,能为安宁天下贡献些许之力。全赋就所经历地域与古迹,夹叙夹议,联系对一些历史事件的看法,抒发了在乱世中的感怀。崔篆的《慰志赋》是回忆从西汉末至东汉初的政治阅历和感受,"作赋以自悼"(《后汉书》本传),表现的心情是悲伤的。总之,骈辞大赋的创作主流由肆意铺排描写君王的活动和王朝的强盛向反映个人的阅历与情感转变。其后班固的《两都赋》、张衡的《二京赋》结构上学习司马相如的《子虚》《上林》而体制比司马相如之作更庞大,但描述则向切近真实靠近,反映出两京的面貌与社会习俗等,写出一些极生动的场面。傅毅的《舞赋》、马融的《长笛赋》也都体现出这种转变,写得极生动而传神。

抒情赋的出现始于东汉中叶张衡的《归田赋》。其后赵壹的《穷鸟赋》《刺世疾邪赋》淋漓尽致地抒发个人情感、对当时的社会以至回顾春秋战国以来历史而加以批判,反映思想大胆而深刻。同时蔡邕的《述行赋》题材近于班彪的《北征赋》而思想近于赵壹之作,对历史人物的咏赞态度鲜明,语言激切,可以看出作者面对现实的忧愤。他的《汉津赋》《青衣赋》《蝉赋》《弹棋赋》篇幅短小、风格各异,也都是历来传诵之作。

汉末赋的名篇还有王延寿的《鲁灵光殿赋》《梦赋》《王孙赋》,边让的《章华台赋》和祢衡的《鹦鹉赋》等,无论是描绘宫苑,还是咏物,都别出心裁,明理言志,表现作者自己的感受这一点相当鲜明。所以,东汉赋与西汉赋之间虽有不少共同之点,但也有明显的区别。

汉赋之所以成为汉代文学的代表,乃因当时文人诗歌创作风气不盛,赋也确实反映了汉代的社会状况与不同层次的人的心理状态与生活愿望。

赋在艺术上的成熟提高是在魏晋南北朝时代。汉末,由于各方面社会矛盾的尖锐和"独尊儒术"统治思想的动摇,知识阶层思想活跃。建安时代,诗赋作家多集中在曹操及其子曹丕、曹植周围,创作了大量反映社会疾苦、战争惨烈和表现安定天下雄心壮志之作,也较真实地抒发了个人的情感。建安七子中孔融之外,都留下了一些辞赋之作。陈琳的《神武赋》,阮瑀的《纪征赋》,徐幹的《序征赋》写随曹操征讨中的经历,王粲的《登楼赋》《游海赋》,应玚的《憨骥赋》《秋霖赋》,刘桢的《大暑赋》等从个人所经、所见、所想反映了社会的另一个方面,也反映出当时士人思想感情的另一方面,也极为感人。魏初的代表作家是曹丕和曹植。曹植后期之作最为突出,也确实达到扣人心弦的程度。他同曹丕、缪袭、何晏、卞兰都是曹魏时期留下辞赋名篇的人物。

晋朝一则因为改朝换代之初统治阶级内部斗争尖锐,文人往往会因诗文罹杀身之祸,二则长久战乱之后毕竟有了一个相对安宁的社会,三则玄学的兴起,故赋的创作题材向山水风光和生活日用方面转移,咏物赋和抒写个人生活感受、个人情怀的作品大量产生。嵇康的《琴赋》、向秀的《思归赋》、成公绥的《天地赋》《啸赋》、张华的《鹪鹩赋》、傅咸的《纸赋》皆属此类,而各以其高超的艺术手法反映了社会生活的某一方面,或以生动的笔触写出人生情感中动人心魄之处。即阮籍的《猕猴赋》《首阳山赋》虽然表现出对在强权下的献媚丑态和忘恩负义、追逐名利的行为加以挞伐,对残害生灵的行为表现出极大的愤慨,但仍然是用了比喻以及指东道西的手段。潘岳、陆机是西晋最杰出的赋作者,他们的作品大部分是抒情之作。潘岳的《秋兴赋》《怀旧赋》《闲居赋》《悼亡赋》,陆机的《叹逝赋》,陆云的《逸民赋》都是脍炙人口的名篇。左思的《白发赋》通篇四言,用拟人的手法,似受了当时民间俗赋的影响,颇可关注。左思的《三都赋》继承汉代都邑赋的传统,描绘了魏蜀吴三都之景致,从地域与文化方面适应了希望全面了解旧三国之地的社会需求,体现出一种统一的思想。木华的《海赋》由大禹治水、疏通九河使之归于海引出海之壮阔能容,表现出同样的思想。束皙的《贫家赋》写赵王伦执政时以疾辞官归里后的衣食贫困等状况,表现了社会危机中甘以贫贱自守的文人的心理状态。陆机的《文赋》则以赋的形式总结此前文学理论、文学批评方面的成就,在很多方面有深入的思考,成为文学理论方面的经典之作。

八王之乱导致西晋灭亡,一部分宗族大臣由黄河流域转到长江下游的建邺(今南京),建立东晋,郭璞的《江赋》很自然地因木华的《海赋》而转为写江,以坚定南北士族中兴晋室的用意。这两赋写江海的壮阔奇伟,瑰丽变幻,又充满遐想,虽是写景,也自然地透露出一种上进的精神与趋向美好的理想。仲长敖的《核性赋》假托当年李斯与韩非向他的老师荀卿请教人性善恶如何。作者借荀卿之口揭示了社会上"少尧多桀,但见商鞅,不闻稷契",及"周孔徒劳,名教虚设",特别说到"父子兄弟,殊情异志"等,可见主要是针对当时上层社会为争夺权势寡情忘义的行径而发,在艺术上也有很大的独创性。

孙绰的《游天台山赋》代表了玄学思想在赋中的体现,对此后赋作影响较大。陶渊明是卓越的诗人,也是杰出的赋作者。他的《感士不遇赋》有感于董仲舒、司马迁的同题之赋而作,忧愤之情盈篇。他的《闲情赋》通脱而贴近人性,含蓄而富于想象,显示出赋由汉代追求壮大富丽至两晋的精巧而善于刻画细腻心理的转变过程。其他如郭璞的《登百尺楼赋》、孙琼的《悼根赋》等也都是东晋时优秀赋作。

总体来说,两晋时期赋进一步抒情化和小品化,出现一种"诗化"的倾向,从语言方面说铺采摘文的风格退去,而形成细腻婉转的风格。名家辈出,名篇数不胜数。

南北朝的开始是与东晋末年社会危机联系在一起的。东晋之末,上层社会玄言之风开始消退,文人也多面对现实。刘宋的开国皇帝刘裕好文,但崇尚实际,摒弃空谈,臣下多慷慨悲壮之作。谢灵运、鲍照是刘宋朝最杰出的诗人和赋家。谢灵运的《山居赋》描写其庄园的山川,结构上、语言风格上有汉大赋的气象。《归途赋》写辞官回乡途中所见种种美景,富有诗意,而又含蓄曲折地表现出一种极复杂的情绪。他也有一些表现关心政事、表现功名思想之作。《伤己赋》以一百多字的篇幅表现了对知己刘义真的深切哀念。鲍照除《芜城赋》这篇即景感乱的名作之外,也留下《芙蓉赋》《游思赋》《伤逝赋》《园葵赋》《舞鹤赋》《尺蠖赋》《飞蛾赋》等不少抒发寒士不平之气和借以表现壮志难酬、感旧悲凉心境的佳作。颜延之的《赭白马赋》、谢惠连的《雪赋》、谢庄的《月赋》都是历代传诵的名篇。

沈约是齐梁文坛的领袖,他提出"四声八病"之说,对此后诗、赋的创作都有重大影响。他的《愍衰草赋》《丽人赋》《郊居赋》在手法上都有超过前人之处。江淹也是赋史上的名家,他的《别赋》《恨赋》写两种人之常情而道人所未道,古今传诵。他的《哀千里赋》《去故乡赋》等使文赋、骚赋句式相杂,借景抒情,以情驭词,苍劲矫健而又含蓄蕴藉,为赋评家所称道。谢朓的一些小赋构思精工,清丽可喜,时有隽永之句。齐梁其他赋家多以婉丽精细、善于刻画见长。何逊的《穷鸟赋》、吴均的《吴城赋》、裴子野的《卧疾赋》、陆倕的《思田赋》、李元明的《剧鼠赋》、李谐的《述身同》、萧子晖的《冬草赋》、沈炯的《归魂赋》、徐陵的《鸳鸯赋》等并为南朝赋之佳作。

梁朝的简文帝萧纲和元帝萧绎都很喜好文学。萧纲之作以描写风花雪月为多,而其《筝赋》《采莲赋》《梅花赋》描摹细腻,语言明丽可喜。其《悔赋》是侯景之乱以后悔恨主政期间重大失误之作,沉痛之情溢于言表,在其赋作中算是较特别的一篇。萧绎本是宫体文学理论的鼓吹者与实践者,咏物之作也往往带有艳情色彩,这同南朝当时的社会风气和统治阶级所处地位有关。

庾信是南北朝赋的集大成者,所作《春赋》《镜赋》代表他前期的创作风格,无非宫廷、园林、美人,构思精巧,善于摹景传情。后期之作《枯树赋》《小园赋》写乡关之思,善于用典,而文思富赡,至为感人。《哀江南赋》则将自己的半生经历与亡国之悲联系起来,哀悼梁朝的覆亡,非仅展现了一幅历史画面,也表现出对历史的反思。庾信之作在风格上、艺术上均堪称南北朝赋的代表。南朝陈叔宝、江总君臣也都是以诗赋而名于世的,前者的《夜亭渡雁赋》,后者的《修心赋》是他们代表作。颜之推的经历较为复杂,他的《观我生赋》同李谐的《述身赋》一样,写个人经历,也写国家与灾难,情感真挚,与庾信的《哀江南赋》从不同侧面反映了南北朝时代的社会历史,从艺术上来说也是大家手笔,非一般感事小赋可比。

南北朝时代赋的诗化骈化倾向越来越明显,有的诗赋难以分别,同时也形成一种骈体赋(又称俳赋),如谢灵运的《岭表赋》《归途赋》,颜延之的《赭白马赋》、沈约的《丽人赋》《郊居赋》,鲍照《芜城赋》,谢庄的《月赋》及谢朓、庾信等人的赋作等等。这主要体现着语言运用上的一种风气。

前人总以汉赋与唐诗、宋词、元曲并称。清代焦循在其《易余龠录》卷十五有一段话:“一代有一代之所胜……余尝欲自楚骚以下至明八股撰为一集。汉则专取其赋;魏晋六朝至隋则专录其五言诗;唐则专录其律诗;宋专录其词;元专录其曲。”王国维《宋元戏曲史序》中也说:“凡一代有一代之文学,楚之骚,汉之赋,六朝之骈语,唐之诗,宋之词,元之曲,皆所谓‘一代之文学’,而后世莫能继者也。”赋的兴盛在汉代,又是汉代各种文体中最繁荣的一种,而且作为赋的主流的文赋中最能体现赋之特征的骋辞大赋在汉代独领风骚,留下了数篇传诵不朽的名作,它们辞采华茂、骨气雄健、思路开阔,体现了汉代安天下、通四夷的积极进取的时代精神。从这些方面说,汉赋与唐诗、宋词、元曲并列,为一代文学之所胜,是成立的。但从赋的整个发展历史来说,艺术上最成熟而且题材上有很大扩展的时代则是魏晋南北朝时代。

三、诗词遮蔽下在“律”与“散”两个 极端上的探索与扩展

唐代由于诗的兴盛和影响,掩盖了赋创作的成就。很多学者未能深研,说是“唐无赋”。而明袁宏道《与江进之》中说:

唐赋最明白简易。……然赋体日变，赋心益工，古不可优，后不可劣。

清王芑孙《读赋卮言·审体》更说：

诗莫盛于唐，赋亦莫盛于唐。总魏、晋、宋、齐、梁、周、陈、隋八朝之众轨，启宋、元、明三代之支流，踵武姬、汉，蔚然翔跃，百体争开，曷其盈矣。

这才是合于事实的科学结论。从数量说唐赋的篇数超过隋代以前各代赋作的总数；从体制来说，不仅此前各体式之作都有，而且将赋纳入科举考试之内，又产生了一种在对仗、用韵、结构方面要求更为严整的律赋。从汉语的声韵美、布置美、建筑美的方面说，律赋做了穷尽式的探索。所以王芑孙又说，赋"至唐而百变具兴，无体不备"（《读赋卮言·谋篇》）。同时，不少唐赋将描述、抒情、议论融为一体，诗体、骚体、散体、骈体交错运用，结构上也更多新变，形成一种百花竞艳、蓬蓬勃勃的繁荣景象。

从政治环境与社会条件方面说，唐代优于此前魏晋以来的任何一个朝代，既打破了门阀制度，主要采取科举考试的办法提拔人才，使很多文人抱着一种积极的人生态度；加之文化政策比较开明，作家能大胆干预时政，反映现实，发表评论。所以从思想内容方面说也产生了一些闪耀着理性光芒的赋作。

唐代帝王时时对赋表现出兴趣，时有献赋或令大臣作赋之事。《旧唐书·文苑传》载，谢偃曾作《尘》《影》二赋，甚工，太宗闻而召见，自制赋序，令其为赋。杨炯、徐彦伯、杜甫等并有向天子献赋之事。

唐代前期的赋基本承袭齐梁的余风，以骈赋为宗，但已有一部分优秀赋作家体现出克服靡丽习气的动向。由隋入唐的王绩今存《游北山赋》一篇，虽然还是齐整的对句，但已不用很多华丽辞藻，以一种清新而自然的文笔描写田园山水的自然景观，表现个人情怀。初唐四杰之作，也体现出这种努力。王勃的《涧底寒松赋》以松自喻，骨气凛然，有鲍照之志气。杨炯的《青苔赋》为十余岁时所作，赞青苔幽处不显、让谦行藏的品格。卢照邻学东汉赵壹的《穷鸟赋》作《穷鱼赋》，对害人者及幸灾乐祸者加以挞伐，行文恣肆酣畅，极其情怀。骆宾王《荡子从军赋》描写边塞战士的生活，在题材上有大胆开拓。均秉豪迈之气，时寄感慨，已与南朝诗家之作不同，实开唐代赋风。徐彦伯《登长城赋》吊秦筑长城，由眼前苍凉景况写起，感发兴起，文贯古今，多警策之句。东方虬《蟾蜍赋》借外形丑陋之蟾蜍表现退避全身、待时而鸣的思想，与《庄子》一书常借一些外貌极丑的人物表现其超人素养的手法相近，只是这里选了动物，更显其新奇。富家谟的《丽色赋》用齐梁赋题，以诗笔写丽人体态举止与精神世界，表现出一种通达放浪的风格。

总之，初唐赋的创作以抒情、咏物为主，大部分作家仍以骈赋为宗，但已开始新变。

开元至大历时期的赋作基本上扫去齐梁繁缛轻靡之风，简练浑成，充实遒劲，形成了大唐赋作的风貌。张说的《江上愁心赋赠赵侍郎》是作者被疏斥岳州时所作，写忧愁而无痕，反复读则有味，意在言外。李邕、张九龄之赋带有骈俪色彩，而气质异于齐梁之作。李邕之赋多借物以抒发不平之气，而务为简约清淡强劲，《石赋》《鹘赋》都是下笔有力，词锋峻利，充满豪气。张九龄的《荔枝赋》也是借咏物以抒怀，与其诗《感遇》十二首之旨趣相同。吕向、刘瑕、杜颜、王昌龄、高适、岑参、乔潭、李华、顾况在赋的创作上皆有名篇传世。

大诗人李白、杜甫也同时是赋坛高手。李白一些抒情小赋自创格局，熔骚赋、骈赋、古赋（散体）为一炉，如他的诗一样喷荡而出，一情贯穿。《剑阁赋》《悲清秋赋》《惜余春赋》等皆如此。杜甫有几篇大赋很负盛名，而咏物小赋《雕赋》《天狗赋》刻画精细传神·也有所寄托。

总之，盛唐时期名篇甚多，且以气驭文，表现出形式上尤其在语言运用上的创新，显出唐代作家摆脱南朝繁缛轻艳之文风后自由挥洒的时代特征。

中唐抒情赋在题材、抒情范围上有很大扩展，反映的思想也更为丰富复杂。柳宗元是中晚唐时代赋坛最杰出的作家。他的《解祟赋》《惩咎赋》《梦归赋》，可以说是用赋这种文体写成的政论和杂文，表现出对现实问题的思考和人生的积极态度。此外，韩愈的《复至赋》《闵己赋》《别知赋》，刘禹锡的《谪九年赋》《秋声赋》，李翱的《幽怀赋》，杜牧的《晚晴赋》，司空图的《春愁赋》等，也尽管境遇不同，忧喜异怀，秉性亦异，然而都抒发了一种真诚的感情，扣人心弦。李调元《赋话》言唐赋"雅善言赋"，乃是纵览全部赋史后道出的真理。

中晚唐赋的创作仍以托物写志者为多。如柳宗元的《瓶赋》《牛赋》、李绅的《寒松赋》、舒元舆的《牡丹赋》、皮日休的《桃花赋》等。因其很多事实不能明言，个人怨愤不便直接抒发，故借题发挥。但随着唐朝政治的渐趋腐败，赋作者便也渐露锋芒，虽然仍是指东说西，实际上却已是口诛笔伐。李商隐的《虱赋》《蝎赋》，陆龟蒙的《蚕赋》《后虱赋》，罗隐的《秋虫赋》大体类此，而自出机杼，构思各异。韩愈的《感二鸟赋》是赴京求仕，三上宰相书不见回报，东归河南途中遇地方官吏以二白鸟将献天子，行者避路，故有感而作，以自己的落魄与二鸟之尊荣相比，意蕴深沉。

唐赋中也有些吊古凭今、托古言事之作。刘禹锡《山阳城赋》序言"盖悯汉也",都是用了唐人借汉言唐的手法。杨敬之的《华山赋》说出天子希望借封禅达到家国稳定与自身平安是徒劳的,故《北梦琐言》卷七论杨敬之作《华山赋》注云:"此乃寄意华山而言世事,实雄才也。"杜牧《上知己文章启》:"宝历大起宫室,广声色,故作《阿房宫赋》。"元结的《说楚何荒王赋》等三赋各以"荒""惑""悯"之字中一字为中心,指出当政者的荒于游乐、惑于女色声伎、悯而好大喜功,劳民伤财。乔彝的《渥洼马赋》提出"愿以求马之人为求贤之使,待马之意为待贤之心。"晚唐徐寅的《勾践进西施赋》亦属此类。

唐代才形成的律赋限韵,且字也有限定,少有过四百字的。赵璘《因话录》卷三云:"李相国程、王仆射起、白少傅居易兄弟、张舍人仲素,为场中词赋之最。言程式者宗此五人。"王起的《登天坛山望海日初出赋》《墨池赋》、裴度的《铸剑戟为农具赋》、李程的《蒙泉赋》、张仲素的《反舌无声赋》、白居易的《鸡距笔赋》《赋赋》、白行简的《滤水罗赋》、侯喜的《秋云似罗赋》、元稹的《观兵部马射赋》、贾𫗧的《太阿如秋水赋》、李德裕的《智囊赋》、蒋防的《姮娥奔月赋》、白敏中的《息夫人不言赋》、谢观的《越裳献白雉赋》、宋言的《渔父辞剑赋》、王棨的《玄宗幸西凉府观灯赋》、周镆的《登吴岳赋》、周繇的《梦舞钟馗赋》、黄滔的《明皇回驾经马嵬赋》《馆娃宫赋》、徐寅的《勾践进西施赋》、陈章的《水轮赋》等皆律赋名篇。如王棨的《玄宗幸西凉观灯》从回忆繁华之中表现了凄凉的情绪,而描写当时盛状如画,令人神往。律赋本是科举所用,必合于当时统治者的思想意识,但到后来也颇有用于借古喻今,有所寄托,反映了作家自由表达的努力。今存律赋一千六百二十二篇中唐人之作九百五十篇,将近百分之六十。可见唐代律赋创作的风气。

二十世纪初在敦煌佚书中发现了《韩朋赋》《晏子赋》《燕子赋》等有情节、用对话的形式,对话一般为整齐的四言或五言韵语,语言诙谐,有时用拟人手法以飞禽和小动物为人物,名之曰"俗赋"。学者们由此上溯,发现从汉到南北朝都有类似的作品,使赋这个大的文学体裁中又增加了一种新的体式。

总之唐代是赋的发展繁荣期。要全面了解唐代文学、全面认识唐代作家,应该认真研读唐代赋作。唐赋超过隋代以前赋作的总和。因为赋用于科举考试,所以差不多一般文人都写过赋。从唐代赋的体式方面说,此前有过的骚赋、诗体赋、俗赋和文赋中的骋辞大赋、骈赋,在唐代都有而且又由骈赋生出严格押韵的律赋,这些体式难说哪一种独领风骚。而中唐以后古文家在反对骈文的旗帜下也写了一些肇自宋玉的文赋,为宋代从"散"的方面的进一步探索开出一条新路。

宋代在整个中国历史上是政治比较稳定、文化政策比较开明的朝代,思想领域禁忌较少,文人、官吏在现实问题上有较大的思考空间。故宋代的诗、赋、文都偏于议论。

宋代赋创作上的好议论，使骈赋、律赋也逐渐趋于散文化。赋作者意识到要突破唐代藩篱，从而超越唐赋的成就，只有跨南北朝、晋、魏，而借鉴于汉赋。宋太祖是行伍出身，也喜人献赋。夏侯嘉正使巴陵，作《洞庭赋》，人多传诵，宋太祖擢为右正言，直使馆。梁周翰为左右拾遗时曾献《五凤楼赋》，时人传诵不已（《宋史·梁周翰传》）。这篇赋具警示作用，而皇帝竟因此而擢其职。该赋末尾列举夏商以来因建大的宫室而终亡国的事例后说："岂非福生于渐，欲起于恣？亦如崇饮不已，必至昏醉；嗜色不已，必至乏瘁；迁怒不已，必绝人纪；穷兵不已，必暴人胔……"这是何等的直率！只是作者手腕高超，这些话是借皇帝的嘴说出来的，并让皇帝表示了"良以为愧"的态度。

王禹偁是宋初最杰出的赋作家，善于律赋，也善于古赋（文赋中相对于骈赋、律赋而言）。他的律赋如《尺蠖赋》清新自然，虽在矩度之中，却如随意书写。其文赋如《藉田赋》《三黜赋》等虽也用典，但自然无痕，行文起伏变化，错落有致。徐铉的《新月赋》、朱昂的《广闲情赋》、张咏的《声赋》也都是这一时期的杰出赋作。西昆体的诗人中有的也留下了较精彩的赋作。如田锡的律赋《雁阵赋》、钱惟演的《春雪赋》、王曾的《矮松赋》等。这些作品或咏物或抒情，有的也从中透露出当时政治斗争的气息。不过当时大部分的赋作还带有明显的唐赋的影响。

宋赋形成自己的特色是在仁宗到神宗这段时期。赋中议论的成分增加，语言上变得平易、顺畅，句式、结构上更自由。从题材方面说，写典礼、歌功颂德的增多了，写民间楼台亭阁和个人斋室花园的多了。这正同北宋的政治与社会状况相一致。从体式上说律赋、骈赋仍然是一些学养深厚的作家范仲淹、宋祁、叶青臣等的拿手戏，范仲淹的《金在镕赋》、欧阳修的《藏珠于渊赋》并为律赋，但议论风发，字数、格式上对唐代律赋也有所突破，已将古文的气势注入其中。梅尧臣、欧阳修等的文赋创作更增添了赋坛的风采。此时的文赋行文重于意象，深于析理，叙事简捷传神，描物突出特征，叙述议论转换自然，往往与说理融为一体不留痕迹。欧阳修的《秋声赋》《黄杨树子赋》就是历代传诵的名篇。骚赋、诗体赋也有佳作问世，而且往往别具新意，有所寄托。骚赋如文同的《石姥赋》、刘敞的《秋怀赋》、沈括的《怀归赋》；诗体赋如司马光的《交趾献奇兽赋》《灵物赋》、王安石的《龙赋》等都各有新义，铸词炼字也颇多警策之句。而梅尧臣的《南有嘉铭赋》《凌霄花赋》《针口鱼赋》，稍后苏轼的《黠鼠赋》则是以诗体与文体的句式相杂，后者并带有叙事的因素，都体现出宋赋以意驭篇、不受旧体式束缚的倾向。

苏轼在赋史上的地位可与欧阳修比肩。他的前后《赤壁赋》《滟滪堆赋》是古今传诵的名篇，不用多说。其他如苏辙的《屈原庙赋》《墨竹赋》，黄庭坚的《东坡居士墨戏赋》《苦笋赋》及秦观的《黄鹤楼赋》《郭子仪单骑见虏赋》等及叶清臣、王令、蔡确、狄遵度、崔伯易、苏过、张耒、晁补之的一些作品，也都各有特色，称誉当时。

北宋、南宋之间的程俱的《采石赋》、李纲的《南征赋》、李清照的《打马赋》、陈与义的《王延赋》、刘子翚的《溽暑赋》等也都是可堪传诵之作。南宋之初的晁公溯《暑赋》《朝山堂赋》、王十朋的《民事堂赋》《蓬莱阁赋》等，虽摄取各异，而皆以细致的笔墨画出南北宋之交历史与社会的一些片断，读之令人难忘。

南宋在赋的创作上最盛在其中期。以诗人而同时为赋坛高手的有陆游、范成大、杨万里、张孝祥等。几种体式各有创新，而以文赋数量最多。由于宋、金之间战争形成的紧张局势与"和""战"之争，题材上以关心政治或借古讽今者较多。

陆游的《红栀子华赋》所写可能是作者所设想的一个寓言故事：青山访道被一猿猴所欺，借一老道之口说出"人皆可以得道，求诸己而有余。顾舍是而外慕，宜见欺于猿狙"。设想新奇而寓意深刻。《丰城剑赋》则是借说晋时张华任雷焕为丰城令寻双龙剑之事，说到欲用移宝的办法以弱敌强己、避免国家之灾祸为不可取，指出"九鼎不能保东周之存，则二剑岂能救西晋之颠乎？华开大公，进众贤、徙南风于长门（按：晋惠帝后名南风，荒淫纵肆，干预朝政），投贾谧于羽渊，则身名可以俱泰，家国可以两全。"直指晋而说宋。范成大的《馆娃宫赋》《望海亭赋》同样借历史而论现实。刘过的《独醒赋》大体上学汉代大赋的格局写人生感慨，俱情景交融。杨万里的《浯溪赋》由借唐玄宗的昏庸误国事指责宋钦宗荒淫造成靖康之乱，《海鰌赋》则正面写宋金战争中宋人引以为傲的采石大捷，表现出作家对局势的深切关怀。

理学家中善赋者以朱熹、薛季宣为代表。朱熹的《梅花赋》《感春赋》《白鹿洞赋》便用骚体的形式而又有所变化。其《白鹿洞赋》由白鹿洞书院的废兴谈到教育的宗旨，无论从题材还是从其史料价值及所表达的思想而言，都很有意义。薛季宣的《自释赋》也是骚体赋的名篇。

张孝祥《金沙堆赋》以骚体句式而用文赋的结构方式，李曾伯的《闻雁赋》《避暑赋》用拟骚句式杂以散文句式，都显出通脱求变的特征。宋代赋的散文化同作家力求使作品更接近于现实、表达上进一步同思绪、情感的发展变化合拍这一追求有关，所以在各种体式上都作了一些探索，显示出明显的时代特色。

金朝赋家最突出的是赵秉文、元好问、李俊民。赵秉文的有些赋模仿学习苏轼，也有些可堪传诵的佳作，如《海青赋》写猛禽海青，与前人所论其作"才甚高，气象甚雄"(《归潜志》引李之纯语)相伴,小赋有些描述则情景如画,议论则简练警策。元好问才雄学赡,为金元之际文坛泰斗。他的赋作虽不多,但艺术力量和反映思想之深刻,为金朝诸家之冠。他的《秋望赋》写蒙古军队南侵、国家危亡之际的焦虑心情与为国搏击的愿望,显得雄心勃发,刚劲有力。《行斋赋》是为朋友新居作记而作,从多方面表现了一种处逆境而崇高节的刚毅精神。在当时大量同题材赋作中均可谓翘楚。李俊民生当金末乱离之际,多感伤乱离之作。他的《醉梨赋》《驯鹿赋》文辞刬劲而情感深沉,反映了当时很多文人的共同心态。

整个唐与宋金时代赋的各体都呈现出兴盛的景象,唐从"律"和描写表现方面探索与开拓,宋从"散"和议论的方面探索与开拓,可以说,在保持赋的基本特色的情况下,唐宋之时对赋在形式上变化上的可能性作了穷尽性探索,对汉语的表现功能也作了穷尽性探索,都是有意义的。唐代是赋的空前繁荣时期。宋代赋在唐宋古文运动的基础上又向文的方面靠近,显出明显的语体特征,更接近实际语言,也更利于抒发感慨和议论社会人生,也是赋发展中所体现的新的生命力。这些都是不容忽略的。

四、仿唐复古与新的社会环境下的延续

元代是北方少数民族统治的时期,文人传统文化受到打击,俗文学兴起,赋这种文人雅文学衰微;明清时代,一则统治阶级以与律赋相近的八股文取士,二则实行文化高压政策,清代文人埋头于古诗文、文献,以免触及文网,赋的创作与研究都显得较以前活跃。

元初赋风承袭金朝,多雄健刚烈之作,继又南接南宋风气,有些闲适清淡寄意山水之赋。

代表前一种风格的赋作家有耶律铸、郝经、王恽、刘因等人。耶律铸本辽耶律楚材之子,入元后先任要职,后遭罢免,其赋作表现了一种自足而落寞的风致,在貌似安适的感受中发泄出愤懑与不平。其《独醉园赋》等"独醉"系列的作品突出地表现了这种倾向。郝经曾受业于元好问,他以赋写心,笔势矫健,《怒雨赋》等都表现出雄肆而悲壮之情。王恽赋风格也近于元好问。《吊廉将军墓赋》通过对廉颇的英雄意气、悔过精神的赞扬,以与汉、晋时代一些大臣的"互贪天而为己功""纵私忿而无忌"比较,隐含了对现实生活的失意与幽愤。刘因作为汉族文人而仕于元,通过赋表现了"不战而屈人之兵"的思想,是他不能不顺从元朝王侯的旨意,又不愿使南宋臣民受到杀掠这种思想的表现。其《渡江赋》《苦寒赋》等都表现了这种思想情绪。

代表后一种风格的赋作家突出的有王旭、赵孟頫、白珽等人。王旭的《鸣鹤赋》《困骥赋》咏物而自喻，《长生殿赋》悬想李杨爱情景象而用以警世，皆构思奇妙，行文出人意表。赵孟頫的《吴兴赋》《纨扇赋》《修竹赋》等可看出其熟读汉魏以来辞赋的涵养，既深邃高古又不失情韵。戴表元、刘敏中、袁桷等作家赋作亦一改宋元交替之际的激烈情绪，虽有愤懑，而文较冲淡蕴藉，以文人无力改变现实情况下的重德尚文之心为之；虽乏雄旷之气，也自有其情趣。

元代中后期由于元统治者在社会稳定后恢复科举拉拢和利用士人，又提倡程朱理学中的纲常伦理以禁锢士人的思想，总的来说，元代中后期赋的创作虽盛，而平庸者多。但也总有一些杰出的作家，如虞集、刘铣、马祖常、杨维桢等。虞集在朝任职而受歧视，他的《画枯木赋》《别知赋》都借以表现正直刚强之气，刻画极生动传神。刘铣与虞集一样精治儒学，而身处世变，存赋多篇，有慷慨伤怀之音，而透刚正之气。其《兰亭赋》在重游兰亭之后推想当时王羲之深情而悲后人"付兴亡于不吊"，"乃眷恋于末技"，感慨深沉，而气势雄放。马祖常的《伤己赋》继承屈、宋的抒情之风，表现了愤世嫉俗，不与流俗合污的情怀。元末以骚体抒情赋见长的另一大家是汪克宽，其《惜别辞》有《招隐士》的风味，而生意盎然，处末世而有"苏世独立，横而不流"之意。其《天府赋》则通过对古代教化的回顾与自己自小求学修德的述说，对元朝恢复科举制度给知识分子一个出路表示了欣慰之情，显示了作者对传统文化存续的关心。杨维桢在赋的创作上数量多，而且现实性强，其风格刚健雄奇，在元末可谓一峰突起。他的《些马赋》《承露盘赋》《骂虱赋》等都表现出强烈的批判精神。其他如元末吴莱《狙赋》、李祁《黄河赋》、胡助《小赤壁赋》、胡天游《述志赋》等，也都各有特色。

综上所述，元代在赋的创作上同样留下一些佳作名篇，因为诗、散曲、戏曲的一时为盛，将赋的成就遮蔽；加之赋一般篇幅较大，普及性较差，与元代俗文学占据主流的情形相背，故被一般学人所淡忘。

刘基是明代开国功臣之一，而其赋成于元末。他的一些哀吊前贤之作，表现生不逢时的愤懑，其《伐寄生草赋》则表现了对腐朽势力的愤懑。由之也可以知道他何以积极地投入反元的斗争。

稍迟也都有些名家名篇传世。高启的《闻早蛰赋》作于身处被朱元璋军队包围的杭州城时，表现了一种既复杂又超脱的感受，而借早蛰之鸣发出，蓄义深沉。王翰的《闲居赋》亦作于元末，通过因闲田遗址引起对西伯文王德政的神往，表现出关切现实的思想情怀。方孝孺以志节名于世，其赋亦以景物以寄情，文笔传神，读其青年时所作《友筠轩赋》即可知。

明初还有些赋家在"歌功颂德"的台阁体盛行的风气下,也留下一些可堪传世的佳作。如薛瑄的《黄河赋》借黄河之奔流不息说明人当精力充沛地自强不息,开明代说理赋之先河。李时勉的《北京赋》为永乐迁都后产生的一批京都大赋的代表作。稍后李东阳的《见南轩赋》《奎文阁赋》借景抒情,表现出对于陶渊明、孔子这类前代圣贤的仰慕。李东阳的赋正是从这种看似闲适的真情抒发中,冲破台阁体的藩篱,而走向复古中的创新。

明代中期随着统治集团腐朽衰微迹象的明显暴露,社会矛盾的剧烈化,文坛开始打破四平八稳的台阁体的禁锢。以李梦阳、何景明为代表的"前七子"和以李攀龙、王世贞为代表的"后七子"以复古创新为旗帜,赋的创作也显出生气,更贴近社会现实,时有慷慨不平之音。相应的,随着文学上复古思潮的兴起,骚体赋和文赋中的古赋、骈赋两种体式也兴盛起来。

李梦阳为人刚正不阿,因痛斥奸佞而五次入狱。存赋四十余篇,多抨击社会现实之作。其《疑赋》由"下乾上坤,高卑易矣;星辰在下,江河逆矣"等怪异现象,想到历史上很多是非颠倒、正义者悲惨而死,"奸良媚世,光灿门楣"的现象,以造巫咸而叩。在形式上似屈原《卜居》,而句句针对社会现实,感情充沛。《钝赋》《省愆赋》等都一样忧国忧民之情溢于笔端。他还写有大量咏物赋,也是借以抒情言志。何景明有感怀诸葛亮南征功业的《渡泸赋》,送别友人的《别思赋》《后别思赋》,讽刺贪佞之徒的《塞赋》等,还写有大量咏物赋,都倾注真情,感人至深。王廷相、徐祯卿、顾璘等人的赋作也都能突破明代前期赋坛上因循拘步、铺写升平的风气,而雄笔酣畅地书写现实,一扫赋坛沉闷之气。从整个赋学史的发展来看,七子之作中时见模仿之迹象,但从明代赋的发展来看,可谓焕然一新。事实上,从中国文学、文化发展的历史来看,前七子也只有借古人之力,才可以打破从明初形成严密文网后一百多年的禁锢。

前后"七子"之外的一些作家尽管主张各异、风格不同,也留下了一些值得一读的作品。黄省曾的《射病赋》、王廷陈的《左赋》、汤显祖的《感宦籍赋》、杨慎的《蚊赋》《后蚊赋》《戎旅赋》、骆文盛的《怜寒蝇赋》或幽默诙谐地讽刺,或尖锐有力地揭露,均可看出作者的思想与人格。它们从另外一个方面开拓了赋创作的思想视域。汤、杨的一些抒情赋也是文情并茂,有感人之力。如汤显祖的《哀黄生赋》及《西音赋》,因愤世嫉俗而以英雄自占的朋友落得穷愁潦倒、落魄西归,其作真情贯注,无论在思想上、艺术上都堪称佳作。

另外一些作者以抒情之作见长。如理学大师王守仁的《吊屈平赋》,游李白故居所写的《太白楼赋》,都写得情景凄凉而寄意深淳,读之使人荡气回肠。杨循吉的《折扇赋》，唐寅的《娇女赋》《惜梅赋》，薛蕙的《孤雁赋》，黄尊素的《壮怀赋》等，也都各见其文笔之妙，各有其构思之巧。

当时还有些以表现自我情绪为主的赋作，如薛蕙的《孤雁赋》，徐献忠的《布赋》，徐渭的《梅桂双清赋》等，都清新可喜，有一定的艺术价值。这类作者的作品中，有些是属于自娱性的。这些与上面所论几类共同形成了明后期的赋坛风貌。

嘉靖年间兴起的"后七子"中，王世贞在辞赋理论和创作上都有创获，其《艺苑卮言》前三卷论赋的文字对后来的赋学论著产生了较大影响。他的《登钓台赋》写严子陵钓台的景致其美如诗，而语言比诗灵动传神，因而更能引动人的遐想。在对一些历史人物加以比较评论中，反映出社会的复杂性，而对一些借隐居以钓名求官的假隐士以嘲讽。宗臣也有一篇《钓台赋》，则是通过对严光的明智选择及历史上兔死狗烹之类事实的回顾，说明自己面对现实的无奈。两赋所感不同，而都语言生动传神，富于变化，就赋而言，其灵动发挥至极致。而在思想内容方面表现的与上面所说各类作家的情形一样，反映出一种整体性的动向，这应同明后期开始的对传统理学进行抨击的思潮有关。

历代文人都一样，对当政者的一些胡作非为尽力予以揭露、抨击、讽刺，而及至到了大厦将倾之时，大部分文人仍然会忠于朝廷，而对朝廷之政治腐败感受深切者及个别投机者会转向新起的方面；但当汉族之外少数民族趁虚而入之时，则绝大多数人又会回过头来抵御外族。明末情形与南宋末年的情形相似。相应地赋的创作上也以表现爱国情怀、英雄壮志为主，产生了一批极优秀的作品。

吴应箕的《雪竹赋》运用象征、比喻、拟人的手法，刻画了一个忍辱负重而刚强不屈的形象，赞颂一种临危不惧的气节。其《悯乱赋》作于明亡之前四五年间，对明王朝总的局势及各方面威胁都有极深广的揭露，为大厦将倾之际的艺术写照。黄淳耀的《顽山赋》通过写一小山的四时变化来表现其卓立不群的特点；又以之与本地名山庐山相比较，以展示其独立不倚的品格，歌颂了明志士坚强不屈的精神，作品气象峥嵘，充满正气。

大体说来，明代赋作在初期和后期留下很多值得吟诵体味之作，每个阶段都存在着不同的主张与文风，在风格上也并非齐整地转变，只是各体各派相互消长之机不同而已。

特别值得一提的是明亡之年只有十四岁(虚岁)的夏完淳，翌年即从父夏允彝起兵抗清，此后所作诗赋，表现抗清复国的情怀，纵览古今，而慷慨悲壮，读之令人精神为之一振。其就义之时年仅十七岁，留下赋作二十二篇。其《大哀赋》篇幅宏大，回顾了明代建国时的雄伟气势，及以后走向腐败以至后妃乱政，宦官亲信擅权，能臣惨遭杀害等令人悲愤之事，直至南明小朝廷的淫靡困顿、醉生梦死。然而仍表现出立志复兴的高风亮节。作品展现了广阔的社会背景，可谓一代史诗。他的《端午赋》将国破之前端阳节的承平景象与国破之后端阳节的河山黯淡相比，表现出“兴怀抱石之负，未遂投江之孝”的情怀(其父已因兵败自沉)。因屈原是这一天跳汨罗江而死的，作者实借此表现了以死报国的情怀。虽然明朝的灭亡无可挽回，但这些作品是不朽的。

清初一些遗民的赋在题材、思想情绪、风格方面与仕于清廷的文人之作有所不同，但就作者来说，除个别卖友求荣、比主子更严酷地对待前朝遗民的无耻文人外，他们之间并非壁垒森严，而是有所交流的。这自然因为对明朝颓败的无可挽救，他们有过共同的感受，也与清初就开始实施的对文人的拉拢手段有关。总之从清代初年开始，赋就显示出了兴盛的景象。

黄宗羲的《避地赋》叙说了他抗清遭捕、辗转隐避的过程。其中写山野中的遭遇，极为感人。言“二十年中，无年不避，避不一地，念迁播之未定兮，老冉冉其已至。于是返故居，揵六枳，蓬蒿满，琴书肆，苟歌哭之有当兮，岂怨风雨之不蔽?”文学价值与史料价值并具。他的《雁来红赋》《海市赋》等也都是以高超的文笔，表现深刻的思想，手法灵动变化。如后一篇用了对话的形式，而行文自然，不失传统赋的风味。他的赋中透出一种英爽之气，在清赋中首屈一指。傅山的《燕巢琴赋》，借其友梁檀家壁上有琴，而燕子在琴尾筑了巢之事为题。作者将高雅之琴、脱俗之燕和高风亮节结合起来，表现了一种洁身自好的品德，风格清丽洒脱，同上面所说黄宗羲之赋一样，都是被传诵的佳作。

王夫之与黄宗羲都是卓越的思想家，是当时遗民的代表，也是清初赋家的代表，今存赋皆为感世之作。其《祓禊赋》作于吴三桂叛清之时。作者对卖国求荣的“不祥之人”不抱幻想，而自己反清复国之心未泯。赋中透露出强烈的爱国情怀，其驾驭语言的高超能力表现得婉曲动人。他的《霜赋》《蚁斗赋》《惜余鬒赋》等皆借小题目而反映当时社会思想方面的大问题，构思行文往往出人意表。如后一篇是代他的学生所作，借惜头发而发议论，也正合于王夫之论赋所说“意从象触，象与心迁，出内檃括之中，含心千古”(《山中楚辞注》)的理论。

与顾炎武、黄宗羲、李颙并称为“海内四大布衣”的朱鹤龄的《枯橘赋》，联系屈原《橘颂》中“独立不迁”和“深固难徙，更壹志兮”的思想，表现出异代之际的悲凉情怀，给一些缺德降臣与无耻文人以辛辣的嘲讽。

此外，徐枋、李邺嗣、傅山、归庄及后因抗清失败后寓居日本的朱之瑜(舜水)等，也都留下了一些可堪传诵的赋作，表现出强烈的民族气节，皆以气驭文，情感动人。尤侗虽仕于清，而精彩赋作亦为早期反映明清之际社会现实之作。其《反恨赋》借江淹《恨赋》别举人物，凭空另出意境，以奇谲称。

清代前期赋的创作逐渐形成清赋的风貌常态，显出再次兴盛的势头。

清代统治者继承明代八股取士的制度，大力提倡宋代以来在意识形态领域占统治地位的程朱理学，借被封建统治阶级所扭曲的传统文化的惯性，将绝大部分汉族文人牵笼至其统治下，形成新的习惯心态；另一方面，对不满清朝统治、表现了仇恨或反对心理的文人，加以残酷镇压。同时启动《康熙字典》《古今图书集成》《四库全书》的编纂，体现了当政者上面两方面的精神。随着清朝统治地位的稳定和经济的繁荣，赋的创作逐渐转向粉饰社会、歌功颂德、炫耀知识、描写山水风光的方面，即使表现对社会上某些现象的不满或抒发个人幽隐之情的，也都采取极含蓄委婉的手法。总体上康熙以后赋作在艺术上下功夫为多，而借以反映现实、表现思想的功能大为减少。

施闰章是顺治、康熙时文坛的一面旗帜。他的赋从思想内容说温柔敦厚，有新朝君子之气度，风格上显得从容而含蓄有味。当时的文坛另一大家魏禧称其文"意朴气静，初读之若未尝有惊动于人，细寻绎之，则意味深长，详复而不厌"（《学余堂文集序》）。其赋亦如此。其《粤江赋》写因公事赴粤所见山水人情，写及当地各类下层人物的悲苦和少数民族的风情，借此泛写及"幽囚""嫠妇"，对南明难民等寄托了同情之心。其意深沉，颇为感人。同时的诗赋名家汪琬有《丑女赋》，表现"美女者恶女之仇"，也是佳作。

陈维崧以词为文坛所推重，赋作中也有些警策动人的篇章。其《铜雀瓦赋》，委婉抒发其家园身世之感，布局巧而紧凑，语句简而有味。其《看弈轩赋》借轩而写人。世事如棋局。故"爱葺斯轩，聊云看弈"。自有言外之意。此外，朱彝尊的《湘湖赋》、吴兆骞的《秋雪赋》也都是历来传诵的名篇。

清代中叶赋家有因小说而在文学史上有很高地位的蒲松龄，有以讲求义法，创"桐城派"散文的方苞，有以标举"性灵"、提倡张扬个性的诗文大家袁枚，有以博学慎问、以精研文史名世的洪亮吉、张惠言、胡敬、张澍等，他们均有些脍炙人口的赋作。蒲松龄一生以教书为营生，其《绰然堂会食赋》以生动而诙谐的笔墨写了在坐馆之家一日两次一起吃饭的情形。其中写一塾师，与六个年龄不等的学童一起抢食，所见菜中的肉是"去肉留皮""又毛卷而革破"，把当时塾师生活的寒怆表现得淋漓尽致，由之可以看到作者带泪的苦笑。其《屋漏赋》表现了相近的主题。他的赋皆构思精巧，文辞灵动，虽有铺排，而读之毫无板滞之感。方苞的《七夕赋》在历代数十篇以七夕为题材的赋中是上乘之作。写牛郎织女之相会中云："逝将渡兮水中央，若已需兮云之际。"似已悟及《诗经·秦风·蒹葭》与上古牛女传说之关系。作者博学，无意及之的可能也有。袁枚的《秋兰赋》完全不同于此前一些咏物赋以铺排为能事，将兰花拟人化，由其香而及于其声、形、神、色。是写兰还是写己，浑然莫辨，读者自可品味。其《笑赋》则列出七种可笑之人，如画家之笔，使所画者穷形尽相。这些作品都显出作者高超的艺术手腕。洪亮吉《过旧居赋》表现感旧情怀与对母亲的怀念，至为感人。管同的《吊邹阳赋》是咏史之作，通过对邹阳遭遇的回顾，借题发挥，表现了对当政者"好谀而恶直"在下者"就世主以求荣"风气的厌恶，激情喷涌而出，有一吐为快之感。张惠言的《游黄山赋》《黄山赋》都体现骋辞大赋气势宏大、纵横开阖的特色。前者以"游"为线索，由眼见至于所感、所想，后者则是选取最具代表性的景致，画出一幅黄山巨画，两篇各有特色而并不重复，俱为清代大赋中游览写景的成功之作。其《望江南花赋》看似咏物，实为抒情，借望江南花而表现了作者不媚俗、不傲世的思想风格。张澍是赋坛较少见的西北作家，所作《天山赋》以西北名山为题材，大气磅礴，风格雄健；回顾历史，写了数千年中在天山周围所演出之一幕幕场面壮阔的历史戏剧。作者如无渊博之学识不能成此巨制，如无不凡的文笔不能成此华章，这篇赋与纪昀的《乌鲁木齐赋》、英和的《卜魁城赋》、和宁的《西藏赋》、徐松的《新疆赋》合成反映我国西部地理、文化与历史风貌的画卷。

可以看出，清早期与中叶之作，多是在统治阶级严酷法禁允许的范围内选择题材、选择手法，措辞造句方面充分表现出文学上的才华，而在内容与思想上有所局限。可以看出，还有些作者为了表达想要表达的思想费尽了心机。可以说，历史上有过的多种体式、各种风格、各种探索在清代都出现了，而且又有新的变化与探索。

鸦片战争的枪炮声惊醒了一些有思想的知识分子。中国在与东西方侵略者交锋中的次次溃败，也使一些作家有了因国家大事抒发情感的机会。如金应麟的《哀江南赋》，描写鸦片战争中英军入侵镇江，镇江人民放火焚烧英军船只，英国侵略者洗劫镇江、残杀人民、奸淫妇女等罪行，也写了官吏们仓皇逃窜的丑态及用金玉子女求媚的卖国行径，读之令人愤慨。林昌彝的《碧海掣鲸鱼赋》，以比喻象征的手法，表现出反击海上侵略者的愿望，笔势纵横，情感强烈，有一种振奋人心的力量。章炳麟的《哀山东赋》写日俄侵略者抢夺我国山东之地，义愤填膺，发而为赋，亦属此类。龚自珍的《哀忍之华赋》以花喻人，借物以写志，控诉当时的邪恶力量，表现出对理想生存环境的企慕，立意奇幻，而富于情韵，是当时很多进步知识分子思想的写照。

整个清代律赋数量很大、作者众多。黄遵宪的《小时不识月赋》是其二十岁应院试所作,奇思妙想,又浑然天成,看不出雕凿的痕迹,为律赋中佳作。

总体上来说,清赋是大量有才华的赋作家在统治王朝画定的思想范围中充分发挥创作才能的成果,题材的种类超过以往任何一个时代,艺术上作了穷尽性的探索而总体上缺乏大的创新,因而未形成清代赋的特色。

赋是中国特有的文体,汉代以来大部分的文人也都能作赋。它比诗更自由,语句更灵活,因而能较细致地表现作者所见所闻所感,能更真切地反映社会现实与作者的思想。它同小说不同的是:除部分作品出于特殊需要用夸张、象征手法外,一般说来是写实的,更接近于记叙、抒情之文而又具有诗的特点。

两千多年中,骚赋、文赋、诗体赋都在变化之中。纵观赋的变化史,这种变化既同当时的社会和整个文坛的风气有关,也和赋本身发展的历史有关。但不管怎样,它都是在前人在某些方面的探索走到头之后,后人从另一个方面进行新的探索;这时候它张扬前人中的哪些主张,也往往与当时的探索目标、发展方向有关。我们从这种探索中也看出了文学家对汉语各方面表现功能的挖掘、运用与彰显。从西汉时就有的俗赋,成了后来戏剧发展的基础之一,所以在戏剧成熟之后,俗赋在民间也消失了。

在赋史研究中可以发现很多有趣的现象。但这必须从读作品开始。我们在欣赏历代赋作家留下的一些名篇时,也就达到了同古人的心灵的沟通,也更具体了解中国古代的社会文化。

篇目表

先　秦

《师旷》

太子晋 …………………………… 3

《晏子春秋》

景公有疾 ………………………… 8

佚　名

宋元王梦神龟 ………………… 12

莫敖子华

对楚威王 ……………………… 22

屈　原

大招 …………………………… 27

招魂 …………………………… 33

渔父 …………………………… 41

卜居 …………………………… 42

荀　况

赋篇 …………………………… 46

佚　名

说弋 …………………………… 52

庄　辛

谏楚襄王 ……………………… 56

说剑 …………………………… 60

宋　玉

高唐赋并序 …………………… 64

神女赋并序 …………………… 69

风赋 …………………………… 74

钓赋 …………………………… 78

登徒子好色赋 ………………… 81

两　汉

枚　乘

柳赋 …………………………… 87

邹　阳

几赋 …………………………… 88

贾　谊

吊屈原赋 ……………………… 89

羊　胜

屏风赋 ………………………… 92

董仲舒

士不遇赋 ……………………… 93

司马相如

美人赋 ………………………… 96

子虚赋 ………………………… 100

哀二世赋 ……………………… 106

刘　彻

悼李夫人赋 …………………… 108

司马迁

悲士不遇赋 …………………… 110

扬 雄

都酒赋 …………… 113

甘泉赋并序 …………… 114

长杨赋并序 …………… 123

班婕妤

自悼赋 …………… 128

无名氏

神乌赋 …………… 132

崔 篆

慰志赋 …………… 136

班 彪

北征赋 …………… 140

班 固

东都赋 …………… 143

傅 毅

舞赋 …………… 153

张 衡

西京赋 …………… 157

东京赋 …………… 181

归田赋 …………… 196

马 融

长笛赋并序 …………… 199

赵 壹

穷鸟赋并序 …………… 218

刺世疾邪赋 …………… 219

蔡 邕

述行赋并序 …………… 222

王延寿

鲁灵光殿赋并序 …………… 228

边 让

章华台赋并序 …………… 234

祢 衡

鹦鹉赋并序 …………… 238

陈 琳

神武赋并序 …………… 242

阮 瑀

纪征赋 …………… 245

应 玚

愍骥赋 …………… 246

徐 幹

序征赋 …………… 248

王 粲

游海赋 …………… 250

登楼赋 …………… 252

魏晋南北朝

曹 丕

沧海赋 …………… 259

柳赋并序 …………… 260

寡妇赋并序 …………… 263

曹 植

登台赋 …………… 265

洛神赋并序 …………… 266

九华扇赋并序 …………… 272

阮 籍

猕猴赋 …………… 274

首阳山赋并序 …………… 276

傅 玄

斗鸡赋 …………… 280

嵇 康

琴赋并序 …………… 282

向 秀

思旧赋并序 …………… 289

成公绥
天地赋并序 …………… 291
啸赋 ………………… 295

张 华
鹪鹩赋并序 …………… 298

傅 咸
纸赋 ………………… 301

潘 岳
秋兴赋并序 …………… 303
怀旧赋并序 …………… 306
闲居赋并序 …………… 308
悼亡赋 ……………… 315

左 思
蜀都赋 ……………… 317
白发赋 ……………… 332

陆 机
叹逝赋并序 …………… 334
文赋并序 …………… 338

陆 云
逸民赋并序 …………… 346

束 皙
贫家赋 ……………… 352

木 华
海赋 ………………… 354

郭 璞
江赋 ………………… 360

仲长敖
核性赋 ……………… 372

孙 绰
游天台山赋并序 ……… 375

陶渊明
闲情赋并序 …………… 379
感士不遇赋并序 ……… 383

颜延之
赭白马赋并序 ………… 387

谢灵运
归途赋并序 …………… 393
伤己赋 ……………… 395

谢惠连
雪赋 ………………… 398

鲍 照
芜城赋 ……………… 402
伤逝赋 ……………… 405
舞鹤赋 ……………… 408

谢 庄
月赋 ………………… 411

沈 约
愍衰草赋 …………… 415
丽人赋 ……………… 416
郊居赋 ……………… 417

江 淹
哀千里赋 …………… 425
去故乡赋 …………… 427
恨赋 ………………… 429
别赋 ………………… 432

谢 朓
临楚江赋 …………… 438

何 逊
穷鸟赋 ……………… 440

吴 均
吴城赋 ……………… 442

裴子野
卧疾赋 ……………… 443

陆倕
　思田赋 …………… 445

卢元明
　剧鼠赋 …………… 448

李谐
　述身赋 …………… 451

萧子晖
　冬草赋 …………… 460

沈炯
　归魂赋并序 …………… 462

萧纲
　梅花赋 …………… 470
　悔赋并序 …………… 472

徐陵
　鸳鸯赋 …………… 480

萧绎
　采莲赋 …………… 482
　荡妇秋思赋 …………… 483

庾信
　春赋 …………… 485
　镜赋 …………… 488
　枯树赋 …………… 490
　小园赋 …………… 495
　哀江南赋并序 …………… 501

江总
　修心赋并序 …………… 525

卢思道
　孤鸿赋并序 …………… 529

陈叔宝
　夜亭度雁赋 …………… 533

隋唐五代

王绩
　游北山赋并序 …………… 539

卢照邻
　穷鱼赋并序 …………… 552

骆宾王
　荡子从军赋 …………… 555

王勃
　涧底寒松赋并序 …………… 558

东方虬
　蟾蜍赋 …………… 559

徐彦伯
　登长城赋 …………… 562

富嘉谟
　丽色赋 …………… 567

张说
　江上愁心赋赠赵侍郎 …………… 570

吕向
　美人赋 …………… 572

李邕
　石赋 …………… 576

张九龄
　荔枝赋并序 …………… 579

刘瑕
　驾幸温泉赋 …………… 583

高适
　奉和鹘赋并序 …………… 587

李白
　剑阁赋 …………… 591

乔潭
　裴将军剑舞赋并序 …………… 592

杜 甫

天狗赋并序 ………… 595

岑 参

感旧赋并序 ………… 598

顾 况

茶赋 ………… 602

丘鸿渐

愚公移山赋 ………… 604

乔 彝

渥洼马赋 ………… 607

裴 度

铸剑戟为农器赋 ………… 610

王 起

墨池赋 ………… 613

韩 愈

闵己赋 ………… 615

刘禹锡

秋声赋并序 ………… 617

白居易

赋赋 ………… 620

柳宗元

瓶赋 ………… 623

李 翱

幽怀赋并序 ………… 626

皇甫湜

醉赋并序 ………… 628

杨敬之

华山赋并序 ………… 630

舒元舆

牡丹赋并序 ………… 634

杜 牧

阿房宫赋 ………… 637

李商隐

虱赋 ………… 640

王 棨

玄宗幸西凉府观灯赋 ………… 641

何 蠲

渔父歌沧浪赋 ………… 645

陆龟蒙

蚕赋并序 ………… 647

皮日休

桃花赋并序 ………… 649

司空图

春愁赋 ………… 653

黄 滔

明皇回驾经马嵬赋 ………… 656

徐 寅

勾践进西施赋 ………… 660

佚 名

燕子赋(甲) ………… 663

宋金元

朱 昂

广闲情赋 ………… 677

梁周翰

五凤楼赋 ………… 681

田 锡

雁阵赋 ………… 684

王禹偁

三黜赋 ………… 688

尺蠖赋 ………… 691

范仲淹

秋香亭赋并序 ………… 694

金在镕赋 ………… 696

梅尧臣

南有嘉茗赋 …………………… 699

凌霄花赋 …………………… 701

欧阳修

殿试藏珠于渊赋 …………… 702

黄杨树子赋并序 …………… 707

秋声赋 …………………… 709

司马光

交趾献奇兽赋 …………… 712

苏 轼

前赤壁赋 …………………… 716

后赤壁赋 …………………… 720

滟滪堆赋并序 …………… 723

苏 辙

屈原庙赋 …………………… 726

墨竹赋 …………………… 729

黄庭坚

东坡居士墨戏赋 …………… 732

秦 观

郭子仪单骑见虏赋 ………… 734

程 俱

采石赋并序 …………… 738

李 纲

南征赋并序 …………… 742

李清照

打马赋 …………………… 745

陈与义

玉延赋 …………………… 749

刘子翚

潨暑赋 …………………… 752

哀马赋并序 …………… 757

晁公溯

朝山堂赋 …………………… 762

王十朋

民事堂赋并序 …………… 764

蓬莱阁赋并序 …………… 767

陆 游

红栀子华赋 …………… 772

丰城剑赋 …………………… 773

范成大

馆娃宫赋并序 …………… 776

望海亭赋并序 …………… 781

杨万里

浯溪赋 …………………… 786

海鳅赋并后序 …………… 790

朱 熹

白鹿洞赋 …………………… 794

感春赋 …………………… 797

张孝祥

金沙堆赋 …………………… 800

刘 过

独醒赋 …………………… 803

李曾伯

闻雁赋 …………………… 807

赵秉文

海青赋 …………………… 810

元好问

秋望赋 …………………… 813

耶律铸

独醉园赋 …………………… 816

王 恽

吊廉将军墓赋并序 ………… 820

篇目表　〔 7 〕

戴表元
　　观渔赋 …………………… 823
刘　因
　　渡江赋 …………………… 826
王　旭
　　长生殿赋 ………………… 832
刘　诜
　　兰亭赋并序 ……………… 836
杨维桢
　　些马赋并序 ……………… 839
李　祁
　　黄河赋 …………………… 844

明

刘　基
　　伐寄生赋并序 …………… 851
高　启
　　闻早蛩赋并序 …………… 854
王　翰
　　闲田赋 …………………… 856
方孝孺
　　友筼轩赋 ………………… 859
薛　瑄
　　黄河赋 …………………… 862
李东阳
　　见南轩赋 ………………… 866
杨循吉
　　折扇赋 …………………… 869
唐　寅
　　娇女赋 …………………… 871
王守仁
　　太白楼赋 ………………… 873

李梦阳
　　疑赋 ……………………… 878
　　钝赋 ……………………… 881
王廷相
　　猛虎赋并序 ……………… 884
顾　璘
　　祝融峰观日出赋并序 …… 886
徐祯卿
　　丑女赋 …………………… 889
何景明
　　东门赋 …………………… 890
杨　慎
　　蚊赋 ……………………… 892
薛　蕙
　　孤雁赋并序 ……………… 894
黄省曾
　　射病赋 …………………… 898
徐献忠
　　布赋并序 ………………… 902
王廷陈
　　左赋并序 ………………… 909
骆文盛
　　怜寒蝇赋 ………………… 911
徐　渭
　　梅桂双清赋 ……………… 913
宗　臣
　　钓台赋并序 ……………… 916
王世贞
　　登钓台赋 ………………… 919
汤显祖
　　西音赋并序 ……………… 922

黄尊素

壮怀赋并序 …………… 926

吴应箕

雪竹赋并序 …………… 932

黄淳耀

顽山赋并序 …………… 934

清

朱鹤龄

枯橘赋 ………………… 941

傅　山

燕巢琴赋并序 ………… 944

黄宗羲

海市赋并序 …………… 946

施闰章

粤江赋并序 …………… 950

王夫之

袯襫赋 ………………… 954

陈维崧

看弈轩赋 ……………… 955

朱彝尊

湘湖赋 ………………… 959

夏完淳

端午赋 ………………… 961

大哀赋并序 …………… 963

吴兆骞

秋雪赋 ………………… 984

蒲松龄

绰然堂会食赋并序 …… 988

方　苞

七夕赋 ………………… 991

袁　枚

秋兰赋 ………………… 994

笑赋 …………………… 996

洪亮吉

过旧居赋并序 ………… 1000

张惠言

望江南花赋并序 ……… 1005

管　同

吊邹阳赋 ……………… 1008

龚自珍

哀忍之华赋并序 ……… 1010

黄遵宪

小时不识月赋并序 …… 1012

先秦

《师旷》

【典籍介绍】

东汉班固撰《汉书·艺文志·诸子略》收录小说凡十五家，一千三百多篇，其中《师旷》六篇，于隋以前亡佚，但其遗闻常见于其他书的称引。《太子晋》一篇见于《逸周书》，记载了师旷见周灵王太子晋一事以及二人之间的几番问答。对话押韵自然，语言通俗，与后来的俗赋十分相似。

太 子 晋　　　　　　　　　《师旷》

晋平公使叔誉于周①，见太子晋而与之言②。五称而三穷③，逡巡而退④，其言不遂⑤。归告公曰⑥："太子晋行年十五⑦，而臣弗能与言。君请归声就、复与田⑧。若不反⑨，及有天下，将以为诛⑩。"平公将归之，师旷不可，曰："请使瞑臣往与之言⑪，若能憗予⑫，反而复之⑬。"

师旷见太子，称曰："吾闻王子之语高于泰山，夜寝不寐⑭，昼居不安，不远长道，而求一言。"王子应之曰："吾闻太师将来⑮，甚喜而又惧。吾年甚少，见子而慑⑯，尽忘吾度⑰。"师旷曰："吾闻王子，古之君子，甚成不骄⑱。自晋如周⑲，行不知劳。"王子应之曰："古之君子，其行至慎；委积施关⑳，道路无限㉑。百姓悦之，相将而远㉒；远人来驩㉓，视道如尺㉔。"

师旷告善㉕。又称曰："古之君子，其行可则㉖。由舜而下，其孰有广德㉗？"王子应之曰："如舜者天㉘。舜居其所，以利天下，奉翼远人㉙，皆得己仁。此之谓天。如禹者圣，劳而不居㉚，以利天下，好与不好取㉛，必度其正㉜，是之谓圣。如文王者，其大道仁，其小道惠㉝。三分天下而有其二，敬人无方㉞，服事于商㉟。既有其众，而返失其身㊱，此之谓仁。如武王者义。杀一人而以利天下㊲，异姓同姓，各得其所，是之谓义㊳。"

师旷告善。又称曰："宣辨名命㊴，异姓恶方㊵。王侯君公，何以为尊，何以为上㊶？"王子应之曰："人生而重丈夫㊷，谓之胄子㊸。胄子成人，能治上官㊹，谓之士㊺。士率众时作㊻，谓之伯㊼。伯能移善于众,与百姓同,谓之公㊽。公能树名生物,与天道俱㊾,谓之侯㊿。侯能成群(51),谓之君(52)。君有广德,分任诸侯而敦信(53),曰予一人(54)。善至于四海,曰天子(55)。达于四荒(56),曰天王(57)。四荒至,莫有怨訾(58),乃登为帝(59)。"

师旷罄然(60)。又称曰:"温恭敦敏(61),方德不改(62),开物于初(63),下学以起(64),尚登帝臣(65),乃参天子(66),自古谁?"王子应之曰:"穆穆虞舜(67),明明赫赫(68),立义治律(69),万物皆作(70),分均天财(71),万物熙熙(72),非舜而谁能?"师旷束躅其足曰(73):"善哉,善哉!"王子曰:"太师何举足骤(74)?"师旷曰:"天寒足跔,是以数也(75)。"

王子曰:"请入坐。"遂敷席注瑟(76)。师旷歌《无射》曰(77):"国诚宁矣,远人来观。修义经矣,好乐无荒(78)。"乃注瑟于王子,王子歌《峤》曰(79):"何自南极,至于北极?绝境越国,弗愁道远(80)?"师旷蹶然起曰(81):"瞑臣请归。"

王子赐之乘车四马,曰:"太师亦善御之(82)?"师旷对曰:"御,吾未之学也(83)。"王子曰:"汝不为夫《诗》(84)?《诗》云:'马之刚矣,辔之柔矣。马亦不刚,辔亦不柔。志气麃麃(85),取予不疑(86)。'以是御之。"师旷对曰:"瞑臣无见(87),为人辩也,唯耳之恃,而耳又寡闻而易穷(88)。王子,汝将为天下宗乎(89)?"王子曰:"太师,何汝戏我乎(90)?自太皞以下至于尧、舜、禹(91),未有一姓而再有天下者(92)。夫木当时而不伐(93),夫何可得(94)?且吾闻汝知人年之长短(95),告吾。"师旷对曰:"汝声清汗,汝色赤白。火色不寿(96)。"王子曰:"然(97)。吾后三年将上宾于帝所(98),汝慎无言,殃将及汝(99)。"师旷归。未及三年,告死者至(100)。

〔注〕 ①《潜夫论》作"聘于周",孙诒让因疑此句脱"聘"字。晋平公:春秋时晋国国君,晋悼公子,名彪。叔誉:晋大夫羊舌肸(xī),字叔誉,又字叔向。晋平公时为太傅。据《国语·周语》载叔誉聘周之事在周灵王二十二年(前550)。 ② 太子晋:周灵王太子,名晋,时年15岁,慧有口辩。一说为周景王太子。 ③ 三:原作"五",误。据卢文弨校改。此句当指先秦时一种类似于五局三胜制的问答比赛,"五称"指提了五个问题,称:称说,指提问。"三穷"指三个问题答不上。穷:困窘,指辞屈而回答不上。 ④ 逡(qūn)巡:迟疑徘徊,欲行又止。此指羞愧貌。《庄子·让王》:"子贡逡巡而有愧色。" ⑤"言"字原文缺。晋代孔晁注云:"'其'下有'言'

字。"此据卢文弨校补。其言不遂：即指叔誉与太子晋的会谈没有达到预期的结果。遂：尽，终。　⑥"公"字原文缺。此据卢文弨校补。　⑦ 行年：指经历的年岁。行：历。　⑧ 声就复与：孔晁注云，本为周之二邑，周衰而晋取之。　⑨ 反：同"返"，归还。　⑩ "以"下省略"之"字，指晋。诛：惩罚，此指讨伐。　⑪ 瞑臣：师旷自称，因其目盲，故云。瞑：双目失明。　⑫ 幪（méng）：原指帐幕在上，覆盖。这里引申为胜过、胜出。　⑬ 此句谓：等我回来后再还（二邑）给他们。反：同"返"，返回。复：指上文"归田"事。　⑭ 寐：睡着。　⑮ 太师：古时乐官之长。　⑯ 慑：害怕。　⑰ 度上原有"其"字，朱右曾本据王念孙说删，今从之。忘度即失态。"忘"同"亡"，失。　⑱ 此三句谓：我听说王子您的德行如同古代的君子，成就很大却不骄傲。甚成：很有成就。一说很成熟，亦通。　⑲ "如"上原有"始"字，王念孙曰："'自晋如周'句中不当有'始'字，盖即'如'字之误而衍者。"朱右曾本据以删，今从之。如：去、到。　⑳ 委积：古代国家储备的糇草称"委积"。此指储备粮食。施关：放松关卡。施：读如"弛"（黄怀信说）。一说设关以便往来，不妥。　㉑ 限：阻碍。　㉒ 此句谓：他们相互扶持着从远方赶来。将：扶持。　㉓ 驩（huān）：同"欢"。　㉔ 此句谓：视远道如咫尺。极言其易。　㉕ 告善：称善。指赞扬太子晋讲得好。　㉖ 则：准则，此处引申为效法。　㉗ 广德：大德。陈逢衡《逸周书补注》说："案下文'师旷磬然，又称曰：温恭敦敏'，与'王子应之曰：穆穆虞舜'二节，当在此条前。盖先以舜德为问，次则问舜以下可法则之君子，故曰'由舜而下，其孰有广德'。寻文按义，的系错简。'其说可参。　㉘ 天：极言其伟大。此句之"天"，同下文之"圣""仁""义"都是对古之君子的称颂。"天"是其最高境界。　㉙ 奉：奉养。翼：护翼、保护。　㉚ 此句谓：劳苦却不以功劳自居。　㉛ 此句原作"好取不好与"，与上下文义不合。陈逢衡注："当作'好与不好取'。"其说是，今据改。　㉜ 此句谓：（他们凡事）必先考虑其是否公正。度（duó）：衡量，考虑。　㉝ 此三句谓：像文王那样的人，他为人处事的根本之道是仁爱，具体的方式则是柔和惠爱。　㉞ 这句是说：尊敬别人而不抗命。方：方命。即抗命，违命。一说"方"即矩，引申为一定的标准。陈逢衡注云："敬人无方，因人之才德而生敬，不以常格拘用贤之典"，亦可参。　㉟ 商：殷商。　㊱ 返：同"反"。失其身：指文王遭纣之猜忌而被拘禁在羑里之事。　㊲ 此句指武王伐纣之事。孔晁注："一人，纣也。"　㊳ 此三句原作"异姓同姓各傺之谓义"，缺"其所是"三字，比据卢文弨校补。三句谓：周初分封诸侯，异姓封齐、宋等国；同姓姬，封鲁、晋诸国。使各得其封。　㊴ 名：原作"各"，误。诸本作"名"，卢文弨校从。今据改。宣：显，公开。辨：区别。名命：指名号。　㊵ 恶方：异族方国。　㊶ 师旷此句谓：公开地区分各种名号，包括异姓、外族在内，王、侯、君、公，何者为最尊，何者为最上。　㊷ 生：生来。重：看重。丈夫：男子。　㊸ 胄（zhòu）子：指贵族子弟，即国子。　㊹ 上官：官吏。　㊺ 士：卿士。　㊻ 时作：按时耕作。　㊼ "伯"上原有"曰"字，今据王念孙校删。伯：古时统领一方的长官。　㊽ 此三句谓：伯能够把利益让给众人，与百姓同甘共苦，则可称之为"公"。同：指同甘苦。公：公平，无私。　㊾ 此句原作"公能树名与物天道俱"，卢文弨本据《太平御览》作"公能树名生物，与天道俱"，今据改。树名：树立名声。生物：养生他物。俱：偕，同。　㊿ 侯：陈逢衡注："侯者，候也。候顺逆也。能候顺逆，则与天道俱矣。"这里指古代"公、侯、伯、子、男"五爵的第二等。　51 成群：指统御群下以成就之。　52 君：《白虎通·三纲六纪》："君，群也。群下之所归心也。"　53 敦信：宽厚而诚信。孔晁注："敦，厚也。"　54 予一人：最早见于甲骨卜辞，为商王自称，《尚书·商书》亦屡见。此处则泛指王。　55 天子：本义为上天之子，指天下共主。　56 四荒：四方极远之地。陈逢衡注："四荒固远于四海也。"　57 天王：天下之王。　58 怨訾（zī）：怨恨与毁谤。訾：毁谤，非议。　59 登：升。帝：天帝。　60 蓥

(qìng)然：严整、肃然起敬貌。 (61) 温：温和。恭：恭敬。敦：宽厚。敏：聪慧。 (62) 方德：道德。孔晁注："方，道。" (63) 开：原作"闻"，"于初"二字缺，今据刘师培说改、补。开物于初：谓从开始即通晓万物之理。开物：通晓万物。 (64) 下学：指处于下位的学人。此处指舜。起：提拔。 (65) 尚：通"上"。登：升。帝：此指尧帝。 (66) 参：配。这里指成为天子。 (67) 穆穆：庄严肃穆，威仪盛美貌。 (68) 明明：光明睿哲貌。赫赫：显赫盛大貌。 (69) 立义：设立标准。义：通"宜"，准则、标准。治律：整治律令。 (70) 万物：指百业。作：兴起。 (71) 分均：分配平均。天财：天赐之财，指自然资源。 (72) 熙熙：融洽、和乐貌。 (73) 束：原作"东"，王念孙云："'东躅'二字义不可通。'东'当为'束'字之误。"其说是，今据改。束躅(zhú)：原地跺脚。 (74) 太：原作"大"，他本皆作"太"，今据改。骤：频繁。 (75) 跔(jū)：原作"躅"。此据卢文弨校改。足跔：屈曲难伸。数(shuò)：屡次。 (76) 敷席：铺席。敷：布，铺。注瑟：把瑟传递给他。注：原义为注入、灌注，此处引申为传递。 (77)《无射(yì)》：古代十二音律之一，这里指代乐曲名。 (78) 歌辞意谓：国家的确安宁祥和，远方之人来参观。研修仁义时间久，喜好音乐不迷乱。修：研修。经：常。荒：迷乱，享乐过度。 (79)《峤(jiào)》：乐曲名。 (80) 歌辞意谓：为何从遥远的南方，来到遥远的北方？横穿国境跨越邻国，而不担心路途遥远？极：指地方遥远。绝：横穿。弗愁：不怕，不担心。 (81) 蹶(jué)然：突然。 (82) 之：原文缺。此据卢文弨校补。乘(shèng)车四马：古时一车四马为一乘。御：驾驭车马。 (83) 未之学：即"未学之"。师旷目盲，故云。 (84) 不：何不？为：治，指研习。《诗》：指《诗经》。此处所引不见今本，当为逸诗。 (85) 麃(biāo)麃：勇武貌。原作"尘尘"，当是形近而误（尘，繁体为"塵"）。此从卢文弨校改。 (86) 诗大意为：马儿很刚烈啊，缰绳就很柔啊。马儿不刚烈，缰绳也不柔。志气很勇武，收放很果断。辔(pèi)：缰绳。取予：即取与，指收与放。 (87) 无见：看不见。 (88) 这几句谓：与人辩论，只能凭靠耳朵，而耳朵又少听寡闻，所以论辩容易辞穷。恃：凭借。穷：辞穷。 (89) 天下宗：天下的宗主，指天子。 (90) 何汝戏我乎：即"汝何戏我乎"。戏：戏弄。 (91) 太皞：即伏羲氏，为上古三皇之首。 (92) 再：两次。 (93) 木：原作"大"，形近而误。此据朱右曾本改。 (94) 夫：原作"天"，形近而误。此据朱右曾本改。此二句谓：那树木当伐而不伐，它又怎么可得到呢？按：此处文意晦涩，疑有脱误。 (95) 知：原作"之"，此从卢文弨校改。知人年之长短：指能预知人之年寿长短。 (96) 此三句谓：你的声音清亮而不凝聚，你的面色红中带白。火色是不长寿的。按：此指以五行相克之说来推测人的年寿。声清而不汗：朱右曾曰："声散而不收，如汗之出而不返。" (97) 然：原文缺。卢文弨据《潜夫论》引补。今从之。(98) 将：原文缺。卢文弨据《潜夫论》引补。今从之。上宾于帝所：上到天帝处为客，指升天。(99) 殃：原文缺。卢文弨据《潜夫论》引补。今从之。此二句谓：你小心不要说出去，否则会殃及到你。 (100) 此句谓：传告（太子晋）死讯的人就到了。

《太子晋》见于《逸周书》，记载了春秋时晋国主乐太师师旷聘周见周灵王（一说为周景王）太子晋事。太子晋时年15岁，慧有口辩。师旷反复问难以试其才，太子晋对答如流，使师旷深为佩服。师旷主要活动在晋悼公（前572—前558）、晋平公（前557—前532）时代，略早于孔子。关于本篇，清人谢墉《卢文弨校定逸周书序》云："若《太子晋》一篇，尤为荒诞，体格亦卑弱不振，不待明眼人始辨之也。"清人唐大沛《逸周书分编句释》则说："窃疑此篇即师旷所自作，故通篇韵语，妙绝古今，诚一种佳文也。"两人的评价完全相反，去若天壤。仔细分析，谢氏所谓的"体格卑弱不振",显然是有着先入为主的成见;而唐氏以之为师旷自作因而说"妙绝古今",也是刻意抬高的过誉之论。本篇非必师旷所作,而可能是战国时期瞍、矇一类人收集、改编有关师旷的传说而成。类似的材料在刘向编撰整理的《新序》与《说苑》中也有一些,如《说苑·建本》所载《炳烛》,《说苑·正谏》所载《五指之隐》,以及《新序·杂事一》所载《天下有五墨墨》等。从结构与语言特征来说,这些都与后来的俗赋极为相似,当是先秦两汉典籍中保留下来的先秦古赋。

作品开头一节叙述师旷聘周的原因,类似于后世赋中的序或话本中的"入话"。叔誉是春秋中期晋国的大夫,他具有渊博的知识和随机应变的口才,可是他出使周朝却连一个年仅十五岁的小孩子都对付不了,这显然是一种夸张的手法。

故事的主体部分围绕师旷的"五称"与太子晋的"五应之"展开,这是先秦时一种类似于五打三胜制的问答比赛,"五称"指提了五个问题。对于师旷的"五称",太子晋都答得非常完满,解除了晋国的疑虑,使师旷不断"告善""罄然"乃至跷起脚来:

> 师旷束蹠其足曰:"善哉,善哉!"王子曰:"太师何举足骤?"师旷曰:
> "天寒足跔,是以数也。"

其诙谐颇富有民间文学天真、浅显与滑稽的风格。之后,太子晋也向师旷提了五个问题,但其随机的设问,却使得师旷拙于应对,几乎辞穷,太子晋也由被动而主动,表现出了从容不迫、游刃有余的儒雅风度。不过,作品的末尾,年轻的小王子问起了自己的年寿,却被告知"不寿",他对此也已自知:"吾后三年上宾于帝所。"末尾"未及三年,告死者至"的结果令全文在令人怅然若失的哀婉气氛中结束,也弥漫着神异的色彩(参伏俊琏《俗赋研究》)。全篇充满了智慧、机趣与灵异,也富有小说的气息。

文章主体以主客问答形式写成,人物对话之外,描写情节发展的文字很少,只有"师旷曰""太子应之曰"一类简单的提示语。对话部分韵散间出,以四言韵语为主,并多排偶句式,辩词语言通俗,且押韵自然,这些都说明了它的口诵性质。尤其应当指出的是,对话并不推动故事情节的进展,而为的是表现人物的才智。问的一方尽量想难倒对方,而答方却应变自如,并且巧妙地让问对双方位置互换,开始新一轮的问难。所以,本篇就体制而言,显然受到民间论辩伎艺的启示,把它当作论辩类讲诵文学是名符其实的。而《太子晋》被周史载入史籍,证明它可能流传于贵族社会之中。有学者认为此篇是"文赋的同一类型"(程毅中《敦煌俗赋的渊源及其与变文的关系》);另有学者则更明确说"它其实是一篇审人

《逸周书》的战国古赋",是"战国时的民间赋"(《逸周书的一篇战国古赋》)。

这里还要提到师旷的特殊身份。他是一位盲人,故篇中自称"瞑臣"(《说苑·建本》篇自称"盲臣")。《庄子音义》引《史记》云:"师旷,冀州南和人,生而无目。"可知他就是《国语·周语》所记载的"瞽献曲,史献书,师箴,瞍赋,矇诵"中瞽、瞍、矇之类,因而对历史典故非常熟悉。这就关系到先秦时期瞍、矇对于赋体文学的作用。所以又有学者说:"瞍矇的讽诵活动对赋的形成,尤其是文赋与俗赋的形成,起了推动的作用"(赵逵夫《读赋献芹》)。这是值得重视的。

此外,本篇写师旷与太子晋相互吟诗而且引诗,这种情况既符合"赋诗言志"的习惯,富有时代特征,也类似于《穆天子传》中周穆王与西王母作诗以抒情的情节,有着小说叙事的痕迹。文中所写两个人物,都有未卜先知的本领,而且都能出口成章,这显然是出自夸张的(谭家健《先秦散文艺术新探》)。正因为如此,现代学者或将其看作古小说,如鲁迅谓此篇"记述颇多夸饰,类于传说"(《中国小说史略》);吕思勉则谓"颇类小说家言"(《经子解题》);胡念贻径以此篇为小说(《逸周书中的三篇小说》)。这既表明了文学早期文体未分时多种文体的相互渗透及其共生状态,也从另一方面显示了这篇古赋所具有的文学史意义。　　(马世年)

【典籍介绍】

《晏子春秋》

《晏子春秋》是记载春秋末期齐国名相大夫晏婴言行的著作。书名最早见于《史记·管晏列传》,旧题为晏婴自著(《汉书·艺文志·诸子略》)。唐以来,或以为墨家后学所著(柳宗元《柳河东集》卷四),或以为六朝后人伪作(管同《因寄轩文集》)。今人认为其书当成于战国中期(谭家健《晏婴的传记资料汇编——〈晏子春秋〉》),是一部收集晏婴言论事迹的民间文学作品。前人因不明其性质,而将其作为子书来看待,显然是误解。关于本书之编者,根据赵逵夫先生的考证,当为齐人淳于髡(《〈晏子春秋〉为齐人淳于髡编成考》)。

###　　景　公　有　疾　　　　　　　《晏子春秋》

景公疥遂痁①,期而不瘳②。诸侯之宾,问疾者多在③。梁丘据、裔款言于公曰④:"吾事鬼神,丰于先君有加矣⑤。今君疾病⑥,为诸侯忧,是祝、史之罪也⑦。诸侯不知,其谓我不敬,君盍诛于祝固、史嚚以辞宾⑧?"

公说⑨,告晏子,晏子对曰:"日宋之盟⑩,屈建问范会之德于赵武⑪,赵武曰:'夫子家事治⑫,言于晋国,竭情无私⑬;其祝、史祭祀,陈信不愧⑭;其家事无猜⑮,其祝、史不祈⑯。'建以语康王⑰,康王曰:'神人无怨,宜夫子之光辅五君,以为诸侯主也⑱。'"

公曰:"据与款谓寡人能事鬼神,故欲诛于祝史,子称是语何故⑲?"对曰:"若有德之君,外内不废,上下无怨,动无违事⑳,其祝、史荐信㉑,无愧心矣。是以鬼神用飨㉒,国受其福,祝、史与焉㉓。其所以蕃祉老寿者㉔,为信君使也㉕,其言忠信于鬼神。其适遇淫君㉖,外内颇邪㉗,上下怨疾㉘,动作辟违㉙,从欲厌私㉚,高台深池,撞钟舞女㉛,斩刈民力,输掠其聚,以成其违㉜,不恤后人,暴虐淫纵,肆行非度㉝,无所还忌㉞,不思谤讟㉟,不惮鬼神㊱,神怒民痛,无悛于心㊲。其祝、史荐信,是言罪也;其盖失数美,是矫诬也㊳。进退无辞,则虚以成媚㊴。是以鬼神不飨,其国以祸之,祝、史与焉。所以夭昏孤疾者,为暴君使也,其言僭嫚于鬼神㊵。"

公曰:"然则若之何?"对曰:"不可为也。山林之木,衡鹿守之㊶;泽之萑蒲㊷,舟鲛守之㊸;薮之薪蒸㊹,虞候守之㊺;海之盐蜃㊻,祈望守之㊼。县鄙之人,入从其政㊽;逼介之关,暴征其私㊾;承嗣大夫,强易其贿㊿;布常无艺㉛,征敛无度;宫室日更㊒,淫乐不违㊓;内宠之妾,肆夺于市㊔,外宠之臣,僭令于鄙㊕;私欲养求,不给则应㊖。民人苦病,夫妇皆诅㊗。祝有益也,诅亦有损㊘。聊、摄以东,姑、尤以西㊙,其为人也多矣!虽其善祝,岂能胜亿兆人之诅㊚?君若欲诛于祝、史,修德而后可㊛。"

公说,使有司宽政㊜,毁关去禁,薄敛已责㊝。公疾愈㊞。

〔注〕 ①疥(jiè)遂痁(shān):由疥疮而发展为疟疾。痁:疟疾的一种。此句一作"疥且疟(nüè)",义同。 ②期(jī):整一年。瘳(chōu):痊愈。 ③此二句谓:各诸侯国派去探视病情的宾客大多还留在齐国。 ④梁丘据:人名,"梁丘"为复姓,"据"又作"处",字子犹,又作

〔 10 〕《晏子春秋》　　　　　　　　　　　　　　　　　　　　景公有疾

子将。为景公宠臣。裔(yì)款：一作"会谴"，人名，齐国大夫，亦为景公宠臣。　⑤ 丰：盛。指祭品丰盛。有加：超过，多。　⑥ 疾病：病情加重。"病"用为动词。　⑦ 祝：官名，主管祭祀祈祷。史：官名，为掌管法典和记事的官。　⑧ 盍(hé)：何不。固、罢(yín)：分别是担任祝、史二官的人名。辞：辞谢。　⑨ 说：通"悦"。　⑩ 曰：往日，往昔。宋之盟：指公元前546年七月，晋、楚、齐、秦等十四国在宋国会盟。此即宋大夫向戌发起的"弭兵之会"(《左传·襄公二十七年》)。"宋之盟"后，中原四十余年无大的战事发生。"屈建问范会之德于赵武"之事即在此次会盟的结盟仪式上。　⑪ 屈建：即子木，楚国令尹。参加"弭兵之会"的楚国首席代表。范会：即范武子，名士会，晋国六卿中闻名各国的贤者。赵武：即赵武子，名孟，晋六卿之一，参加"弭兵之会"的晋国首席代表。　⑫ 家事治：将封邑、领地治理得很好。家：古代卿大夫的统治区域。　⑬ 此二句谓：范会对晋国的事情发表意见，能畅所欲言、大公无私。　⑭ 信：原文作"言"。据吴则虞《晏子春秋集释》改。陈信：指向鬼神祭祀时陈述实情。　⑮ 无猜：无猜忌、疑虑之事。　⑯ 不祈：不向鬼神祈祷求福。　⑰ 康王：楚康王。名昭，公元前559年至前545年在位。　⑱ 此二句谓：难怪先生他辅佐五位国君，这五位国君都成了诸侯霸主啊！光：竭尽无余。五君：指晋之文公、襄公、灵公、成公、景公。　⑲ 称：称说。　⑳ 此数句谓：如若是有德行的君主，其内外政事不荒废，人神无怨言，君主行动不违理。上下无怨：指人神无怨。上下指神人而言。　㉑ 荐信：即上文之"陈信"，指向鬼神祭祀时陈述实情。此二句意为：君主有功德，祝、史向鬼神陈说之无所愧。　㉒ 用飨(xiǎng)：指鬼神享用祭品。　㉓ 与(yù)：预，参与。指祝、史参与受福。下文"其国以祸之，祝、史与焉"用法同。　㉔ 蕃祉(zhǐ)老寿：多福多寿。蕃：多。祉：福。　㉕ 信君：诚信的君主。使：使者。此二句意为：以为诚信之君的使者，故其言忠，而见信于鬼神。　㉖ 适：碰巧。　㉗ 颇邪：偏颇邪恶。　㉘ 怨疾：怨恨很严重。　㉙ 辟违：邪僻逆理。辟：同"僻"。违：邪也。　㉚ 从(zòng)欲：放纵情欲。从：同"纵"。厌私：满足私心。厌：满足。　㉛ 此二句谓：兴建高台楼阁和水榭池塘，享受声乐歌舞。　㉜ 此三句谓：(君主)肆意滥用民力，掠取他们的积蓄，以成全自己违反常理的私欲。斩刈(yì)：砍伐草木。此指滥用民力而不知爱惜。输掠：掠夺。聚：积蓄。　㉝ 肆行：肆意胡作非为。非度：违反法度。此句意为：恣意行非法度之事。　㉞ 还忌：顾忌。还：顾。　㉟ 谤：毁谤、指责。讟(dú)：怨言。　㊱ 惮：忌惮，畏惧。　㊲ 痛：疾恨。悛(quān)：改，悔改。　㊳ 此二句谓：祝、史如果掩盖君主的过失而列举其美德，则是用假话欺骗鬼神。数：列举。矫诬：诈伪不实。　㊴ 此二句谓：既然祝、史进退两难，不知说什么好，只好以空话虚辞来讨好鬼神。　㊵ 此数句谓：国家百姓之所以短命无福，是因为祝、史为残暴之君作使者，他们的话欺诈、侮慢了鬼神。其国以祸：言国以之而受祸。夭昏孤疾：与"蕃祉老寿"相对，短命无福之意。僭(jiàn)嫚(màn)：欺诈、侮慢。　㊶ 不可为也：言非诛祝史所能治。衡鹿：掌管山林的官吏。"鹿"又作"麓"。　㊷ 萑(huán)：芦苇的一种。蒲(pú)：水生植物名，可以织席、扇等，其芽嫩可食。　㊸ 舟鲛(jiāo)：掌管水泽的官吏。　㊹ 薮：水少而草木多的湖泽。薪蒸：烧柴。大者称薪，小者称蒸。　㊺ 虞候：掌管山泽的官吏。　㊻ 蜃(shèn)：大蛤蜊。　㊼ 祈望：齐国掌管鱼盐海产的官吏。案：以上数句言景公设置官吏，垄断山林、薮泽、鱼盐之利，不与民共享。　㊽ 此二句谓：偏僻边远地方的人民，要到国都之中去服役。县、鄙：本为地方组织单位，这里指郊野偏远之地。入：指到国都去。　㊾ 此二句谓：迫近都城的关卡，横征暴敛私人的财物。逼(bī)介：迫近、靠近。介：王引之《经义述闻》谓当作"迩"，意为"近"。　㊿ 此二句谓：世袭贵族强令买卖货物。承嗣：世袭，即"世爵世禄"的选官制度。易：交换、买卖。赇：财物。　51 布：发布。常：法令，政令。艺：准则。此句言布政无法治。　52 日更：日日更建。

㊄ 不违:不离去。这里指不停止、不罢休。违:离开,离去。 ㊄ 内宠:指内官受宠爱的姬妾。肆夺:大肆掠夺。 ㊄ 僭令:假传政令。僭:虚假不实。鄙:本为地方组织单位,周代王百家为一鄙。这里指郊野偏远之地。 ㊄ 此二句谓:私欲所求,不能供给则予以报复。养求:供养之求。给(jǐ):供给。应:报复,即"应之以罪"。 ㊄ 夫妇:男女。诅:诅咒,与"祝"相对。 ㊄ 此二句谓:如果祝祷对人有所帮助的话,那么诅咒也将会对人有所损害。 ㊄ 此二句指:遍及齐国之境。聊、摄:地名,指聊城(今山东聊城市西北)、摄城(今山东茌平西北),地处齐国西部边界。姑、尤:水名,指姑水、尤水,在齐东部边界。 ㊿ 亿兆:极言人多。兆:十亿。 ㊅ 此二句是说:国君要杀掉祝、史,只有在自己修德行后病情仍不见好时才可以。 ㊅ 有司:官吏。 ㊅ 此二句指:撤销关卡,废除禁令,减轻租税,停止债务。已:停止。责:通"债"。 ㊅ "公疾愈"三字为《左传》无,当是《晏子春秋》之整理者根据民间流传所加,以见其传奇色彩。

　　本篇所载之事见于《左传·昭公二十七年》,文字几乎完全相同,《晏子春秋·内篇谏上》也有记载,情节略有出入,可见本篇所记乃是一件史实。吴则虞在分析《晏子春秋》原始素材的来源时,将其分为两类:一类是古书里的零星记载,一类是民间流传的故事,即司马迁《史记·管晏列传》所说的"轶事"(《晏子春秋集释》),本篇即是出于"古书"之记载者。唯其可信,则更能见出晏子之神采风貌来。当然,此事在流传过程中也有所增饰与润色,体现出民间文学的特色。譬如末尾"公疾愈"三字,当是编者根据民间流传所加,以凸显其传奇色彩,正所谓"踵其事而增其华"也!

　　事件之原委起于齐景公的久病不愈,"疥遂痁,期而不瘳",于是进谗言请诛祝、史,景公悦之,并告知晏子,晏子遂以劝谏,指出其安逸淫乐下的朝政腐败,以及征敛无度下的民不聊生,"民人苦病,夫妇皆诅",最后说明"祝有益也,诅亦有损。……虽其善祝,岂能胜亿兆人之诅?君若欲诛于祝、史,修德而后可"的道理,景公于是悔悟,乃从其言。全篇体现出晏子仁爱宽厚、牵挂民瘼、聪明机智、长于言辞的风采。相较于景公的昏庸淫佚、梁丘据等人的谗佞奸邪,这种风采更富有正义、智慧与人格精神。淳于髡之所以将此事编入《晏子春秋》,既有其很强的现实针对性,也有着编者对于晏子思想主张、人格精神的理解认同与企慕向往。齐景公其人在历史上并不算是十分淫佚、暴虐之君,在齐灵公、庄公之后曾一度复霸,与晋争衡于东方。不过在《晏子春秋》中,他却不仅贪于淫乐,还动辄就要杀人,煞是残暴。不过,他身上也并非一无是处,譬如本篇中他能闻过则改——"使有司宽政,毁关去禁,薄敛已责",便有其可爱之处,也表现出民间文学的"平民的趣味"(扬之水《先秦诗文史》)。

　　篇中也出现了奸邪之臣的形象。梁丘据是齐景公的侍臣,其人善于溜须拍马,甚能迎合景公之心意,《内篇杂上》记载一件事情颇能表现其嘴脸:景公饮酒,夜移于晏子之家,"晏子被玄端,立于门曰:诸侯得微有故乎? 国家得微有事乎? 君何为非时而夜辱?";移于司马穰苴之家,"穰苴介胄操戟,立于门,曰:诸侯得微有兵乎? 大臣得微有叛乎? 君何为非时而夜辱?";遂移于梁丘据之家,"梁丘据左操瑟,右挈竽,行歌而出",庸主佞臣,跃然纸上。而在本篇中,他和裔款的言辞,也凸现了他们混淆是非,挑唆蒙蔽的佞臣面目,犹如京剧中的白脸。这种形象也成为后来文学作品中"脸谱化"的典型。另外,他们的反派角色,也成了赋博辩铺陈结构的一个有机组成部分,文情赋意往往通过破中有立逐次展开。

就其文学性而言,晏子的言辞很值得注意。"有德之君,外内不废,上下无怨,动无违事,其祝、史荐信,无愧心矣。""山林之木,衡鹿守之;泽之萑蒲,舟鲛守之;薮之薪蒸,虞候守之;海之盐蜃,祈望守之"两节文字,多为四言,间以杂言;排比并列,句式整齐;间用韵语,铺排展开,回环往复中体现着言语的灵动自如,表现出讲诵文学特有的语言特征。它对于赋体文学语言"铺采摛文、体物写志"风格的形成,当有着较大的影响。另外,本篇在语言艺术上具有突出的逻辑性。晏子的劝谏逻辑严密,说理步步为营、层层推进,将"祝有益"和"诅有损"联系起来,消解了诛杀祝、史的必要性。这不仅使景公放弃降罪于祝、史的想法,而且让他主动向有德之君靠拢——这也透露出民间文学天真烂漫的一面来。 (马世年)

【典籍介绍】

《龟策列传》

《宋元王梦神龟》出自《龟策列传》。《龟策列传》是《史记》"十篇有目无书"中的一篇,应为褚少孙所补,但开头部分的序文,一般认为是司马迁所作。清代何焯说:"此卷但有序论,而无专传,故褚先生补之;若序论,则非褚少孙所能为也。"当然,褚先生所补《史记》保留有很多先秦时期的材料,这已是学者们的共识,"宋元王梦神龟"一节文字即是如此。

宋元王梦神龟 佚 名

宋元王二年[①],江使神龟使于河[②],至于泉阳[③],渔者豫且举网得而囚之[④],置之笼中。夜半,龟来见梦于宋元王曰:"我为江使于河,而豫网当吾路[⑤]。泉阳豫且得我,我不能去。身在患中,莫可告语。王有德义,故来告诉。"元王惕然而悟[⑥]。

乃召博士卫平而问之曰⑦："今寡人梦见一丈夫⑧，延颈而长头⑨，衣玄绣之衣而乘辎车⑩，来见梦于寡人曰：'我为江使于河，而幕网当吾路。泉阳豫且得我，我不能去。身在患中，莫可告语。王有德义，故来告诉。'是何物也？"卫平乃援式而起⑪，仰天而视月之光，观斗所指⑫，定日处乡⑬。规矩为辅，副以权衡⑭。四维已定⑮，八卦相望⑯。视其吉凶，介虫先见⑰。乃对元王曰："今昔壬子⑱，宿在牵牛⑲。河水大会，鬼神相谋⑳。汉正南北，江河固期㉑，南风新至，江使先来。白云壅汉，万物尽留㉒。斗柄指日，使者当囚㉓。玄服而乘辎车，其名为龟。王急使人问而求之。"王曰："善。"

于是王乃使人驰而往问泉阳令曰㉔："渔者几何家㉕？名谁为豫且㉖？豫且得龟，见梦于王，王故使我求之。"泉阳令乃使吏案籍视图㉗。水上渔者五十五家，上流之庐㉘，名为豫且。泉阳令曰："诺。"乃与使者驰而问豫且曰："今昔汝渔何得㉙？"豫且曰："夜半时举网得龟㉚。"使者曰："今龟安在？"曰："在笼中。"使者曰："王知子得龟，故使我求之。"豫且曰："诺。"即系龟而出之笼中㉛，献使者。

使者载行㉜，出于泉阳之门。正昼无见，风雨晦冥㉝。云盖其上，五采青黄㉞，雷雨并起，风将而行㉟。入于端门，见于东箱㊱。身如流水，润泽有光。望见元王，延颈而前，三步而止，缩颈而却㊲，复其故处。元王见而怪之㊳，问卫平曰："龟见寡人，延颈而前，以何望也㊴？缩颈而复，是何当也㊵？"卫平对曰："龟在患中，而终昔囚㊶，王有德义，使人活之。今延颈而前，以当谢也，缩颈而却，欲亟去也㊷。"元王曰："善哉！神至如此乎？不可久留，趣驾送龟，勿令失期㊸。"

卫平对曰："龟者是天下之宝也，先得此龟者为天子，且十言十当，十战十胜㊹。生于深渊，长于黄土。知天之道，明于上古㊺。游三千岁，不出其域㊻。安平静正㊼，动不用力。寿蔽天地，莫知其极㊽。与物变化，四时变色。居而自匿，伏而不食。

春仓夏黄⁴⁹，秋白冬黑。明于阴阳⁵⁰，审于刑德⁵¹。先知利害，察于祸福。以言而当，以战而胜⁵²，王能宝之⁵³，诸侯尽服。王勿遣也，以安社稷⁵⁴。”

元王曰：“龟甚神灵，降于上天，陷于深渊。在患难中，以我为贤。德厚而忠信，故来告寡人。寡人若不遣也，是渔者也⁵⁵。渔者利其肉⁵⁶，寡人贪其力⁵⁷，下为不仁，上为无德。君臣无礼，何从有福？寡人不忍，奈何勿遣⁵⁸！”

卫平对曰：“不然。臣闻盛德不报⁵⁹，重寄不归⁶⁰；天与不受，天夺之宝⁶¹。今龟周流天下，还复其所，上至苍天，下薄泥涂⁶²。还遍九州⁶³，未尝愧辱⁶⁴，无所稽留⁶⁵。今至泉阳，渔者辱而囚之。王虽遣之⁶⁶，江河必怒，务求报仇。自以为侵，因神与谋⁶⁷。淫雨不霁⁶⁸，水不可治。若为枯旱⁶⁹，风而扬埃，蝗虫暴生⁷⁰，百姓失时⁷¹。王行仁义，其罚必来。此无佗故⁷²，其祟在龟⁷³。后虽悔之，岂有及哉！王勿遣也。”

元王慨然而叹曰：“夫逆人之使，绝人之谋⁷⁴，是不暴乎⁷⁵？取人之有，以自为宝⁷⁶，是不强乎⁷⁷？寡人闻之，暴得者必暴亡，强取者必后无功⁷⁸。桀纣暴强⁷⁹，身死国亡。今我听子，是无仁义之名而有暴强之道。江河为汤武⁸⁰，我为桀纣。未见其利，恐离其咎⁸¹。寡人狐疑⁸²，安事此宝⁸³，趣驾送龟，勿令久留。”

卫平对曰：“不然，王其无患⁸⁴。天地之间，累石为山。高而不坏，地得为安⁸⁵。故云物或危而顾安，或轻而不可迁⁸⁶；人或忠信而不如诞谩⁸⁷，或丑恶而宜大官，或美好佳丽而为众人患⁸⁸。非神圣人，莫能尽言。春秋冬夏，或暑或寒。寒暑不和，贼气相奸⁸⁹。同岁异节，其时使然⁹⁰。故令春生夏长，秋收冬藏。或为仁义，或为暴强。暴强有乡，仁义有时⁹¹。万物尽然，不可胜治⁹²。大王听臣，臣请悉言之⁹³。天出五色，以辨白黑。地生五谷，以知善恶。人民莫知辨也，与禽兽相若⁹⁴。谷居而穴处⁹⁵，不知田作。天下祸乱，阴阳相错⁹⁶。匆匆疾疾，通而不相择⑨。妖孽数见⑱，传为单薄⑲。圣人别其生，使无相获⑩。禽兽有牝牡⑪，置之山原；鸟有雌雄，布之林泽；有介之虫，置之溪谷。故牧人民⑫，为之城郭⑬，内经闾术⑭，外为阡陌⑮。夫妻男女，赋之田宅，列其室屋⑯。为之图籍⑰，别其名族⑱。立官置吏，劝以爵禄⑲。衣以桑麻⑩，养以五谷。耕之耰之⑪，锄之耨之⑫。口得所耆，目得所美，身受其利。以是观之，非强不至⑬。故曰田者不强，囷仓不盈⑭；商贾不强，不得其赢⑮；妇女不强，布帛不精；官御不强⑯，其势不成；大将不强，卒不使令；侯王不强，没世无名⑰。故云强者，事之始也，分之理也⑱，物之纪也⑲。所求于强，无不有也⑳。王以为不然，王独不闻玉椟只雉⑳，出于昆山⑳；明月之珠，出于四海；镌石拌蚌⑳，传卖于市：圣人得之，以为大宝。大宝所在，乃为天子。今王自以为暴，不如拌蚌于海也⑳；自以为强，不过镌石于昆山也。取者无咎，宝者无患。今龟使来抵网，而遭渔者得之，见梦自言，是国之宝也，王何忧焉。"

元王曰："不然。寡人闻之，谏者福也，谀者贼也⑳。人主听谀，是愚惑也。虽然，祸不妄至，福不徒来⑳。天地合气，以生百财。阴阳有分，不离四时，十有二月，日至为期⑳。圣人彻焉⑳，身乃无灾。明王用之，人莫敢欺。故云福之至也，人自生之；祸之至也，人自成之⑳。祸与福同，刑与德双。圣人察之，以知吉凶。桀纣之时，与天争功，拥遏鬼神⑩，使不得通。是固已无道矣，谀臣有众。桀有谀臣，名曰赵梁。教为无道，劝以贪狼⑳。系汤夏台⑳，杀关龙逢⑳。左右恐死，偷谀于傍⑳。国危于累卵，皆曰无伤。称乐万岁，或曰未央⑳。蔽其耳目，与之诈狂。汤卒伐桀⑳，身死国亡。听其谀臣，身独受殃。《春秋》著之，至今不忘。纣有谀臣，名为左强。夸而目巧⑳，教为象郎⑳。将至于天⑳，又有玉床。犀玉之器⑩，象箸而羹⑪。圣人剖其心⑫，壮士斩其胕⑬。箕子恐死⑭，被发佯狂⑮。杀周太子历⑯，囚文王昌⑰。投之石室，将以昔至明。阴兢活之，与之俱亡⑭。入于周地，得太公望⑭。兴卒聚兵，与纣相攻。文王病死，载尸以行⑮。太子发代将⑮，号为武王。战于牧野⑮，破之华山之阳。纣不胜败而还走，围之象郎。自杀宣室⑮，身死不葬。头悬车轸⑭，四马曳行⑮。寡人念其如此，肠如沸汤⑯。是人皆富有天下而贵至天子，然而大傲⑮。欲无猒时⑯，举事而喜高，贪很而骄⑯。不用忠信，听其谀臣，而为天下笑。今寡人之邦，居诸侯之间，曾不如秋毫⑯。举事不当，又安亡逃⑯！"

卫平对曰："不然。河虽神贤，不如昆仑之山；江之源理⑯，不如四海，而人尚夺取其宝，诸侯争之，兵革为起⑯。小国见亡，大国危殆，杀人父兄，虏人妻子，残国灭庙，以争此宝。战攻分争，是暴强也。故云取之以暴强而治以文理⑯，无逆四时，必亲贤士；与阴阳化，鬼神为使⑯；通于天地，与之为友。诸侯宾服⑯，民众殷喜⑯。邦家安宁，与世更始⑯。汤武行之，乃取天子⑯。《春秋》著之，以为经纪⑰。王不自称汤武，而自比桀纣。桀纣为暴强也，固以为常。桀为瓦室，纣为象郎⑰。征丝灼之⑰，务以费氓⑰。赋敛无度，杀戮无方。杀人六畜⑭，以韦为囊⑮。囊盛其血，与人县而射之，与天帝争强⑯。逆乱四时，先百鬼尝⑰。谏者辄死，谀者在傍。圣人伏匿，百姓莫行⑱。天数枯旱，国多妖祥⑲。蝝虫岁生⑱，五谷不成。民不安其处，鬼神不享。飘风日起⑱，正昼晦冥。日月并蚀，灭息无光。列星奔乱，皆绝纪纲。以是观之，安得久长！虽无汤武，时固当亡。故汤伐桀，武王克纣，其时使然。乃为天子，子孙续世；终身无咎，后世称之，至今不已⑱。是皆当时而行⑱，见事而强，乃能成其帝王。今龟，大宝也，为圣人使，传之贤王⑱。不用手足，雷电将之⑮；风雨送之，流水行之。侯王有德，乃得当之⑱。今王有德而当此宝，恐不敢受；王若遣之，宋必有咎。后虽悔之，亦无及已⑱。"

元王大悦而喜⑱。于是元王向日而谢，再拜而受⑱。择日斋戒，甲乙最良⑲。乃刑白雉⑲，及与骊羊⑫；以血灌龟，于坛中央。以刀剥之，身全不伤。脯酒礼之⑬，横其腹肠⑭。荆支卜之⑮，必制其创⑯。理达于理⑰，文相错迎⑱。使工占之⑲，所言尽当。邦福重宝⑳，闻于傍乡。杀牛取革，被郑之桐㉑。草木毕分㉒，化为甲兵。战胜攻取，莫如元王。元王之时，卫平相宋，宋国最强，龟之力也。

〔注〕 ① 宋元王：《庄子·外物篇》作"宋元君"。战国后期宋国国君。钱大昕认为宋称王始自偃，则此处之元王当指宋王偃（前328—前286年在位）。 ② 江：长江，此处指长江之神。使神龟：派遣神龟。使于河：出使到黄河。 ③ 泉阳：县名，其地当在今河南。 ④ 豫且(jū)：人名，泉阳地方网得神龟者。《庄子·外物篇》《水经注》均作"余且"（姓余名且）。举网：撒网。 ⑤ 幕网：渔网。当(dāng)：阻拦，挡住。 ⑥ 惕(tì)然而悟：被惊醒。惕然，害怕的样子。悟，通"寤"，睡醒。 ⑦ 博士：古代官名，始于战国，秦汉相承。卫平：宋元君之臣。 ⑧ 丈夫：对成年男子的通称。 ⑨ 延颈：长脖颈。延：长。 ⑩ 衣(yì)：穿着。玄绣之衣：有黑色绣纹的衣服。玄：黑中带红之色，泛指黑色。辎(zī)车：一种有帷盖的车子，用以载物，也可乘人。 ⑪ 援：拿，拿过来。式：即栻，古代占卜的用具，后称星盘。《史记·日者列传》司马贞《索隐》云："其形上圆象天，下方法地，用之则转天纲加地之辰。" ⑫ 观斗所指：观看北斗星斗柄所指的方向。斗：北斗，亦称北斗七星。 ⑬ 定日处乡(xiàng)：确定太阳当时在天空中所处的方向。乡：通"向"。 ⑭ 规矩：圆规和矩尺。辅：辅佐，辅助。副：帮助，再加上。衡：秤锤和秤杆。一说规矩、权衡，此处指东西南北四个方位，则此二句意为：核准东西南北四个方位以作推算参考因素。 ⑮ 四维：东西南北称四方，四方之隅称"四维"，即指东南、东北、西南、西北。 ⑯ 八卦相望：按八个方位把八卦关系排布停当。 ⑰ 此二句谓：卫平推测元王之梦的吉凶，预知他梦见的是龟。介虫：有甲之虫，此处指龟。见(xiàn)：通"现"，呈现出来。 ⑱ 今昔：《索隐》云："今昔，犹昨夜也。以今日言之，谓昨夜为今昔。"昔：通"夕"。壬子：壬子日。一说壬日子时。以下皆卫平占卜的结果，说明依卦象看"使者当囚"。 ⑲ 前文曰"定日处乡"，此处云"宿(xiù)在牵牛"，即可确定当时日居牛宿。牵牛：即牛宿，是二十八宿之一。 ⑳ 此二句谓：时当河水盛涨，鬼神相与谋划会合，即下"江河固期"之事。 ㉑ 此二句谓：天河正当南北纵贯，长江之神和黄河之神原本相约。固：原本。期：约会，相约。 ㉒ 此二句谓：天上的白云堵塞了银河，万物尽被留难。壅(yōng)：通"拥"，堵塞。 ㉓ 此二句谓：北斗星的斗柄指向太阳，江神的使者(神龟)行不逢时，该当被囚。 ㉔ 令：县令，一县的行政长官。秦汉以后，人口万户以上的县，长官称令，万户以下者称长。 ㉕ 几何：多少。 ㉖ 名谁为豫且：谁的名字叫豫且。名谁，即"谁名"。 ㉗ 此句谓：泉阳令命令县吏查阅户籍簿，观看居民分布图。案：查看，查阅。籍：登记户口的簿册，即户籍簿。图：地图，此指居民分布图、城邑图之类。 ㉘ 庐：简陋的房屋。泛指居民。 ㉙ 渔：用作动词，捕鱼。何得：捕得何物。 ㉚《史记会注考证》引《庄子·外物篇》曰："得白龟焉，其圆五尺。" ㉛ 系(jì)：拴，绑。 ㉜ 载行：载龟而行。 ㉝ 此二句谓：大白天什么也看不见，风雨交加，天昏地暗。晦冥：昏暗。 ㉞ 此二句谓：云彩覆盖在龟身之上，色彩斑斓。五采：原指青、黄、赤、白、黑五种颜色，这里是说色彩斑斓。采：彩色，后来写作"彩"。 ㉟ 风将而行：有风送着它走。将：送。 ㊱ 此二句谓：(使者持龟)进了宫殿正门，在东厢房晋见元王。端门：宫殿的正门。箱：通"厢"，厢房。此处指偏殿。 ㊲ 却：退却，后退。 ㊳ 怪之：对此感到奇怪。 ㊴ 以何望也：为什么朝上望呢。

㊵ 是何当(dàng)也：表示什么意思呢？当：作为，算是。 ㊶ 终昔囚：整夜被囚。终昔：犹终夜。昔：通"夕"。 ㊷ 亟(jí)：急，赶快。 ㊸ 此二句谓：赶快驾车把龟送回去，不要使它耽误了约定的期限。趣(cù)：通"促"。 ㊹ 此二句谓：况且其用作卜金，预言十言十中，用以预测战争，十战十胜。当：得当，应验。 ㊺ 此二句谓：此神龟知天地变化之道，明上古人世之事。 ㊻ 域：指龟的居地。 ㊼ 安平静正：谓神龟心平气静，中正安详。 ㊽ 此二句谓其寿盖天地，人不知其极限。蔽：盖，遮盖。极：极限，尽头。 ㊾ 仓：通"苍"，用作动词，指变为青色。黄、白、黑，用法同"仓"。 ㊿ 阴阳：属于哲学范畴，用以解释自然界两种对立和相互消长的物质力量。《易经》把阴阳交替视为宇宙的根本规律。战国时期的"阴阳家"则把阴阳看成和"天人感应"说相结合的神秘概念。 (51) 审：审察，明白。刑德：刑罚和仁德。 (52) 此二句谓：用神龟来占卜，言则必中，占则必胜。"以"后省略宾语。 (53) 宝：用作动词，珍藏。 (54) 社稷：社，土地神。稷，谷神。古代帝王都祭祀土地神和谷神，因此社稷便成了国家的代称。 (55) 此二句谓：寡人如果不放了神龟，那就是捕者。 (56) 利其肉：以其肉为利。 (57) 贪其力：贪图龟的神力。 (58) 奈何勿遣：怎能不放掉它。奈何，如何，怎么能。 (59) 盛德不报：所受的恩德太大，因无法报答，所以干脆就不报答了。 (60) 重寄不归：贵重的寄存物，不必归还。 (61) 此二句谓：上天给予的东西你不接受，那就等于上天夺取了你的宝物。 (62) 薄：迫近。泥涂：泥地。 (63) 还：通"环"，环绕。 (64) 愧辱：受辱，被羞辱。 (65) 稽留：停留，拖延。 (66) 虽：即使。 (67) 此二句谓：(您放了龟)龟还是自认为受了伤害，还会凭借神灵来谋划报复我们。因：依靠，凭借。 (68) 淫雨：连绵不断地下雨。霁(jì)：雨雪停止，云雾散去，天气放晴。 (69) 若：或，或者。 (70) 暴生：突然产生，迅猛产生。 (71) 失时：错过农时。 (72) 佗：通"他"，别的。 (73) 其祟(suì)在龟：这些天灾，表明龟在兴风作浪。祟：做祸。 (74) 此二句谓：阻挡别人的使者，破坏别人的谋略。逆：阻挡，拦阻。绝：断绝，破坏。 (75) 暴：暴戾。 (76) 此二句谓：夺取别人的东西，把它当作自己的宝物。 (77) 强：强暴，强横。 (78) 暴亡：突然失去。无功：指一无所获。 (79) 桀纣：夏商两代亡国之君，皆以暴著称。桀：名履癸。纣：名辛。 (80) 汤武：商汤和周武王。汤：又称天乙、成汤，商朝的建立者。武王：文王之子，名发，周朝的开国君主。 (81) 离：通"罹"，遭遇。咎：灾祸。 (82) 狐疑：疑惑。因狐性多疑，故以"狐疑"形容疑惑。 (83) 事：奉事，侍奉。 (84) 王其无患：请大王不要忧虑。其：句中语气词。无：通"毋"，不要。患：忧虑。 (85) 此二句谓：山高而不倒塌，天地得以安然。坏：倒塌。 (86) 此二句谓：所以说物体中有的看似危险反而安全，有的分量很轻却不能搬动。顾：副词，反而，却。 (87) 此句谓：人群中有的忠厚可信却不如奸诈狂诞。诞谩：欺诈，荒诞，放纵。 (88) 患：祸害。 (89) 此二句谓：寒暑失时，有害之气相互干扰。奸(gān)：干扰。 (90) 此二句谓：一年当中节气不同，是各自所处的不同时间所造成的。 (91) 此二句互文见义，谓强暴、仁义均有其施展之所，施用之时。乡：处所，地方。 (92) 胜治：完全研究清楚。治：研究。 (93) 臣请悉言之：请允许臣详细谈谈。悉：全都；详尽。 (94) 相若：相像，相似。 (95) 谷居而穴处：住在山谷洞穴里。 (96) 相错：错杂混乱。 (97) 匆匆疾疾：匆匆忙忙。通：交媾，一般指不正当的男女关系，此处泛指婚媾。《考证》引冈白驹云："通，谓人民皆然也。"此说误，观下文可知。 (98) 妖孽数(shuò)见(xiàn)：怪胎屡次出现。妖孽：此处指怪胎。 (99) 传为单薄：同姓相婚，生殖不繁，故云。 (100) 此二句谓：圣人辨别其姓，规定同姓不通婚，互相才不发生争夺。生：通"姓"。获：争夺。 (101) 牝(pìn)：雌性鸟兽。牡：雄性鸟兽。 (102) 牧：统治。 (103) 城郭：泛指城市。内城为城，外城为郭。 (104) 内经闾术：城内划分闾巷。经：划分。闾：古代居民行政单位，二十五家为闾。这里指闾里，住所。术：道路。一说为行政单位，可参。《考证》引冈白驹云："百家为里，里十为

术。" ⑯ 阡陌：田间的小路，此处泛指田野。《索隐》引《风俗通义》云："南北曰阡，东西曰陌。"河东以东西为阡，南北为陌。 ⑯ 赋：授予。列：分，排列。 ⑰ 为之图籍：为百姓编制户籍。 ⑱ 别：区别。名族：姓名家族。 ⑲ 劝：鼓励，奖励。 ⑪ 衣：用作动词，穿。桑麻：指丝织品和麻织品，前者富人服用，后者为穷人所穿。 ⑪ 耰（yōu）：碎土整地的一种农具。⑫ 耨（nòu）：除草。 ⑬ 此二句谓：由此看来，不用强力就达不到目的。以上驳元王所说"强取者必有后功"的论点。 ⑭ 囷（qūn）仓：储藏粮食的谷仓。古时圆形的为"囷"，方形的为"仓"。此句谓农夫若不努力工作，谷仓就装不满。 ⑮ 商贾：泛指商人。古时行商称"商"，坐商称"贾"。赢：余利。 ⑯ 官御：官僚，官吏。御：驾车，此处指控制权力的人。 ⑰ 没世：终生。 ⑱ 分（fèn）之理也：合乎名分的道理。 ⑲ 物之纪也：事物的规律。纪：准则，法度。⑳ 此二句谓：人们求救于强力，是无处不有的。㉑ 玉椟（dú）只雉（zhì）：装雉鸡的玉匣子。雉：野鸡。 ㉒ 昆山：古山名，即今昆仑山，位于今新疆、西藏、青海毗邻处。 ㉓ 镌（juān）石：将珠镶在宝石上。拌（pàn）蚌：剖开蚌来取珠。镌：凿，刻。拌：通"判"，分割，剖开。㉔ 此二句互文见义，谓现在大王自己认为留龟不放是暴戾、强横，其实还比不上剥蚌取珠于海、凿石取玉于昆山。 ㉕ 此二句谓：规劝谏诤是福音，阿谀奉承是灾难。谏：规劝君主、尊长或朋友，使之改正错误。 ㉖ 此二句互文见义，谓祸不无故而至，福不从天而降。妄：胡乱。徒：空，白白地。 ㉗ 此二句谓：一年有十二个月，日月数满便为一个周期。有（yòu）：用在整数与零数之间，相当于"又"。 ㉘ 彻：透彻，此处指大彻大悟，精通此理。 ㉙ 此二句互文见义，谓幸福是人们自己创造的，灾难是人们自己造成的。 ㉚ 拥遏：阻遏。拥：通"壅"。㉛ 此二句谓：谀臣赵梁教唆国君去干无道之事，引诱国君滋长贪婪凶恶之心。贪狼：贪婪凶戾。 ㉜ 系汤夏台：《史记·夏本纪》载："自孔甲以来而诸侯多畔夏，桀不务德而武伤百姓，百姓弗堪。乃召汤而囚之夏台，已而释之。"《淮南子·本经训》："汤伐桀于南巢，放之夏台。"高诱注："夏台，大台。"台在今河南禹县南。 ㉝ 关龙逢（péng）：夏代末年大臣。见夏桀暴虐荒淫，他多次直谏，被桀囚禁杀死。 ㉞ 偷：苟且；得过且过，不负责任。傍：通"旁"。 ㉟ 未央：未至夜半，引申为未已，未尽。 ㊱ 卒：终于。一说通"猝"，突然。 ㊲ 夸而言巧：夸夸其谈，眼神灵活。 ㊳ 象郎：即象廊，此指华丽的宫室。《淮南子·本经训》："帝有桀、纣，为璇室、瑶台、象廊、玉床。"高诱注"象廊"云："以象牙饰廊殿。"一说"象廊"是绘画的廊殿。郎：通"廊"。 ㊴ 将：接近。 ㊵ 犀玉之器：用犀牛角和玉石雕刻的精美器物。 ㊶ 象箸（zhù）象牙筷子。羹：用作动词，食羹。 ㊷ 圣人剖其心：指商纣王剖比干之心。见《史记·殷本纪》。 ㊸ 壮士斩其胻（héng）：相传纣王与妲己见壮士于冬天涉水，不畏寒冷，乃使人砍断其脚胫以验其髓是否充盈。胻：脚胫，即小腿。见《尚书·泰誓下》。 ㊹ 箕子：商代贵族，纣王诸父，官任太师，封于箕（在今山西太谷东北）。 ㊺ 被发佯狂：披头散发，假装疯癫。被：通"披"，披散。佯：假装。 ㊻ 杀周太子历：纣杀文王太子伯邑考。《考证》引陈仁锡之说，认为"'历'字衍文。太子谓伯邑考也"。一说"历"字属下句，"历囚"，久囚。 ㊼ 囚文王昌：《殷本纪》记载，纣以西伯昌（即周文王）、九侯、鄂侯为三公，纣先杀九侯，又杀鄂侯。西伯昌闻而窃叹。崇侯虎知之，以告纣，纣乃囚西伯于羑（yǒu）里（在今河南汤阴县北）。 ㊽ 阴兢：人名。"兢"，一作"竞"。活：使之活。 ㊾ 太公望：周初大臣和齐国始祖。姜姓，吕氏，名望。一说指姜子牙。辅佐周武王灭商有功，封于齐，为齐开国之祖。 ㊿ 尸：神主，木主，此指文王的木主牌位。周武王即位九年，率军东进，宣武扬威，到达盟津，载文王牌位而行，详见《周本纪》。以：连词，而。 ○51 代将（jiàng）：代替文王统率部队。 ○52 牧野：古地名，一作"坶野"。在今河南淇县西南。 ○53 宣室：天子居室。《淮南子·本经训》："武王甲卒三千，破纣牧野，杀之子宣室。"高诱注:"宣室,殷宫名。一曰宣室,狱也。" ⒂ 轸(zhěn):车箱底部后面的横木,此指车子。 ⒂ 曳(yè):拉,拖着。 ⒂ 滫(guàn)汤:滚沸的开水。此句谓:我一想到这些,就如一盆热开水灌进了肚肠。 ⒂ 大:通"太"。大傲:过分骄傲。 ⒂ 猒(yàn),通"餍",满足。 ⒂ 很:通"狠",狠毒。 ⒃ 曾:副词,用来加强语气。秋毫:动物秋后所换的绒毛,用来比喻纤细微小之物。此处意为:宋在诸侯之间,就如秋毫一样微小。 ⒃ 亡逃:此指逃脱灾难。 ⒃ 源理:水源通畅。 ⒃ 兵革:兵器或甲胄,代指战争。 ⒃ 文理:与战争手段的"强暴"相对,即政令教化。 ⒃ 此二句谓:与阴阳一起变化,鬼神为其岁役使。 ⒃ 宾服:归服,归从。 ⒃ 殷:富裕。 ⒃ 更始:除旧布新。 ⒃ 乃取天子:便夺取天子之位。 ⒄ 经纪:规范,准则。 ⒄ 此二句谓:夏桀造瓦室,殷纣作象郎。瓦室,以瓦为屋顶的宫室,在当时为华丽建筑。瓦室与象郎为互文。 ⒄ 征丝灼之:从百姓那里征敛蚕丝作柴薪。 ⒄ 氓:老百姓。原文作"民",从王念孙说改,以与前后句押韵。此句谓:专以耗费民财。 ⒄ 六畜:指马、牛、羊、鸡、犬、豕。 ⒄ 以韦为囊:用熟皮做成囊。韦:经加工而成的熟皮。 ⒄ 此句谓:殷帝武乙为革囊盛血,仰而射之,命曰射天,被雷震死。见《殷本纪》。县(xuán):通"悬"。 ⒄ 在祭祀各种鬼神之前就尝用四时鲜味。百鬼:泛指众鬼神,列祖列宗。 ⒄ 莫行(háng):无路可走。行:路。 ⒄ 妖祥:妖异之兆。祥:预兆。 ⒅ 蝝虫岁生:虫害年年产生。蝝:一种害虫,蛀食稻心。此处泛指害虫。 ⒅ 飘风:大风,旋风。 ⒅ 已:停止。 ⒅ 当时:适应其时。当:适应。 ⒅ 王:一本作"士",与韵不合,当是形近而误。贤王:指宋元王。 ⒅ 将:送行。 ⒅ 当:承当。 ⒅ 已:同"矣",句末语气词。 ⒅ 喜:《考证》引张文虎曰:"喜,当作'起'。"王利器主编《史记注译》云:"喜,读为嘻。嘻,欢笑貌。说皆通。 ⒅ 再拜:礼拜两次,表示恭敬。 ⒆ 甲乙最良:甲、乙日最好。古人一般用干支记日,此处单用天干记日。 ⒆ 刑:杀。 ⒆ 骊(lí):纯黑色。 ⒆ 脯(fǔ):干肉。礼:用作动词,礼待。 ⒆ 横其腹肠:指龟肠肚被剖开。横:横陈。 ⒆ 荆支卜之:用荆木枝灼龟占卜。支:通"枝"。 ⒆ 制其创:谓在龟壳上灼出裂痕。 ⒆ 此句指:灼龟为兆,其纹理纵横交错,呈达于外。《考证》引王念孙曰:"'理达于理',文不成义。'理达'当为'程达'。"《太平御览·方术部》引作"程达于理"。 ⒆ 文:花纹,后写作"纹"。此处指龟甲经烧灼后呈现的"兆纹"。错迎:交错。 ⒆ 工:官吏,臣工,此处指卜官。 ⒇ 福:《集解》引徐广曰:"福,音副,藏也。" ⒇ 这两句话的意思是杀牛取皮,蒙在郑国出产的桐木上,制成战鼓。 ⒇ 毕:全都。分:离散。

此事早见于《庄子·外物篇》,故余嘉锡说:"此篇所叙元王得龟事,自是战国时诸子寓言,不知与《庄子》孰先孰后。其中所言纣杀太子历、武王载尸伐纣等事,皆孟子所谓'好事者为之',百家杂说,往往如此。"(《余嘉锡论学杂著》)。可见宋元王与神龟的故事是先秦时广为人知的传闻。明杨慎曰:"宋元王杀龟事,连类衍文三千言,皆用韵语,又不似褚先生笔。必先秦战国文所记,亦成一家,不可废也。"(《史记评林》卷128引)"先秦战国文所记"确是一语中的。褚先生以之补《龟策列传》,应不为无据。故梁玉绳谓其"衍《庄子·外物篇》宋元君得龟事,二千八百余言皆用韵语,奇姿自喜,必当时旧文而褚述之"(《史记志疑》)。李慈铭云:"考《汉书·艺文志》载《龟书》五十二卷至《杂龟》十六卷凡五种,此当出于诸书中。其文奥衍恣肆,多可以考见古音古义,必周秦间人所为,不得以经传正

义绳之。"(《史记札记》卷二)

我们认为,本篇形式与俗赋极为相似,当是先秦时期的一篇古赋(参伏俊琏《先秦文献与文学考论》)。前人因为囿于史传文字的局限,故而对其评价并不高,如司马贞认为"叙事顼芜陋略,无可取"(《史记索隐》),张守节亦以之为"言辞最鄙陋",梁玉绳径云其"语多悖慢,不可以训"(《史记志疑》)。其实,这些看法恰恰指明了它的民间性质,说明它与严谨的史传文字并不相类。具体而言,这是一篇有着讲诵性质的通俗故事赋。围绕"放龟""杀龟"的主题,宋元王与卫平展开了激烈的辩论,其驳难环环紧扣,层出不穷,宛如长河大浪,一波高于一波。整篇对话多用四言韵语,"文辞古拙"(《畹兰斋文集》),且洋洋洒洒,间杂以散句,使得对话灵活生动,富有趣味;而使者所云"渔者几何家,名谁为豫且"的问话,又极类似于后来的说唱文学。

赋作本身也充满着神异的色彩。譬如讲到神龟之见梦:"我为江使于河,而幕网当吾路。泉阳豫且得我,我不能去。身在患中,莫可告语。王有德义,故来告诉。"元王使卫平占之言求龟,果如其言。这颇使人称啧不已。而神龟之行更为奇幻:"正昼无见,风雨晦冥。云盖其上,五采青黄,雷雨并起,风将而行。入于端门,见于东箱。身如流水,润泽有光。望见元王,延颈而前,三步而止,缩颈而却,复其故处。"直可作神异小说来看。这也表明其作为民间俗赋所具有的特征。

本文也记述了古代龟卜的活动。司马迁认为,尧舜以前是否有卜筮活动,尚无可靠记载,但从夏朝开始,以后便历代都有了,他说:"涂山之兆从而夏启世,飞燕之卜顺故殷兴,百谷之筮急故周王。"至于占卜方式则又各不相同,或以金石,或以草木——中原地区的占卜用龟壳蓍草,而少数民族的占卜用金石。司马迁认为,草木龟壳具有一种特殊的灵性。本篇从侧面也可看出当时卜筮活动对民生社稷的影响——卫平所云"龟者是天下之宝也,先得此龟者为天子,且十言当十,十战十胜",元王所云"龟甚神灵,降于上天,陷于深渊"等,都显示卜者将其神力的无限扩大。本篇之铺排、敷衍成文,既透露出龟卜草筮等宗教仪式对赋体文学起源的影响,也和其卜筮自身的神秘莫测密切相关。

(马世年)

莫敖子华

名章,字子华。战国时楚国大夫。莫敖为官名。楚威王时,曾为威王述说楚国往昔贤臣令尹子文、叶公子高、莫敖大心、梦冒勃苏、蒙穀等五人的事迹。

对 楚 威 王　　　　　　　　　莫敖子华

威王问于莫敖子华曰①:"自从先君文王以至不谷之身②,亦有不为爵劝、不为禄勉以忧社稷者乎③?"莫敖子华对曰:"如章不足知之矣④。"王曰:"不于大夫,无所闻之⑤。"

莫敖子华对曰:"君王将何问者也? 彼有廉其爵、贫其身以忧社稷者⑥;有崇其爵、丰其禄以忧社稷者⑦;有断胊决腹⑧,壹瞑而万世不视⑨、不知所益以忧社稷者⑩;有劳其身、愁其志以忧社稷者⑪;亦有不为爵劝、不为禄勉以忧社稷者。"王曰:"大夫此言,将何谓也?"

莫敖子华对曰:"昔令尹子文⑫,缁帛之衣以朝⑬,鹿裘以处⑭,未明而立于朝,日晦而归,食〔于王宅,服于天府,行不避人〕⑮,朝不谋夕,无一日之积⑯。故彼廉其爵、贫其身以忧社稷者,令尹子文是也。

"昔者叶公子高⑰,身获于表著⑱,而财〔侔〕于柱国⑲;定白公之祸,宁楚国之事⑳;恢先君〔之德〕,以掩方城之外㉑,四封不侵㉒,名不挫于诸侯㉓。当此之时也,天下莫敢以兵南乡㉔。叶公子高,食田六百畛,〔赐六十邑〕㉕,故彼崇其爵、丰其禄以忧社稷者,叶公子高是也。

"昔者吴与楚战于柏举㉖,两师之间夫卒交㉗。莫敖大心抚其御之手㉘,顾而太息曰㉙:'嗟乎! 子乎! 楚国亡之日至矣㉚! 吾将深入吴军,若扑一人,若捽一人㉛,以与大心者也㉜。〔今者拒强敌,犯白刃,蒙矢石,战而身死,卒胜民治,全我〕社稷,其为庶几乎!'〔遂入不返,决腹断胊,不旋踵运轨而死〕㉝。故断胊决腹,壹瞑而万世不视、不知所益以忧社稷者,莫敖大心是也。

"昔吴与楚战于柏举,三战入郢㉞。棼冒勃苏曰㉟:'吾被坚执锐㊱,赴强敌而死此,犹一卒也㊲,不若奔〔走〕诸侯㊳。'于是赢粮潜行㊴,上峥山,逾深谿㊵,蹠穿膝暴㊶,十日而薄秦王之朝[42]。鹤立不转[43]，昼吟宵哭。七日不得告。水浆无入口，瞋而殚闷[44]，旄不知人[45]。秦王闻而走之[46]，冠带不相及[47]，左奉其首，右濡其口[48]，勃苏乃苏。秦王身问之：'子孰谁也？'棼冒勃苏对曰：'臣非异，楚使棼冒勃苏。吴新造蛮与楚人战于柏举[49]，三战入郢，寡君身出，大夫悉属[50]，百姓离散。使下臣来告亡，且求救。'秦王顾令不起[51]：'寡人闻之，万乘之君，得罪一士，社稷其危，今此之谓也。'遂出革车千乘，卒万人，属之子蒲与子虎[52]，下塞以东[53]，与吴人战于浊水而大败之[54]，亦闻于遂浦[55]。故劳其身、愁其志以忧社稷者，棼冒勃苏是也。"

"吴与楚战于柏举，三战入郢，君王身出，大夫悉属，百姓离散。蒙谷结斗于宫唐之上[57]，舍斗奔郢曰：'若有孤[58]，楚国社稷其庶几乎！'遂入大宫，负离次之典，以浮于江[59]，逃于云梦之中[60]。昭王反郢[61]，五官失法[62]，百姓昏乱。蒙谷献典，五官得法，而百姓大治。比蒙谷之功[63]，多与存国相若[64]，封之执圭[65]，田六百畛。蒙谷怒曰：'谷非人臣，社稷之臣，苟社稷血食[66]，余岂悉无君乎？'遂自弃于磨山之中[67]，至今无胄[68]。故不为爵劝、不为禄勉以忧社稷者，蒙谷是也。"

王乃太息曰："此古之人也。今之人，焉能有之耶？"莫敖子华对曰："昔者先君灵王好小要[69]，楚士约食，冯而能立，式而能起[70]。食之可欲，忍而不入；死之可恶[71]，就而不避[72]。章闻之，其君好发者[73]，其臣抉拾[74]。君王直不好[75]，若君王诚好贤，此五臣者，皆可得而致之。"

〔注〕　① 威王：楚威王，名熊商，楚怀王（熊槐）之父。莫敖：楚官名，与司马并列于令尹之下，地位略似宰相。子华：名章，字子华。　② 文王：楚武王之子，名赀，楚国第十八君，前 689 年—前 677 年在位。不谷：不善，王侯自称的谦辞。　③ 爵：爵位，官阶。劝：《说文》"勉也"。"劝""勉"皆有为某事而尽力之义，此处指追求。此两句互文见义，意为：从先君文王到我现在为止，真有这样既不追求爵位，也不追求俸禄，而忧虑国家安危的大臣吗？　④"章"原作"华"。姚宏曰："孙本'华'作'章'。"按：下文有"章闻之"云云，则莫敖子华名"章"。"子华"为字，氏沈尹，故亦称为"沈尹华"。古人自称举名，后面亦自称作"章"，则此处作"章"为是。又，"足"字之下原有"以"字。今据赵逵夫《屈原与他的时代·莫敖子华〈对楚威王〉考校》删（以下删、改、补等均据此，不再一一注明）。　⑤ 大夫：指莫敖子华。闻：知。之：威王所提的问题。此二

意为：要是不问你，我是不会知道的。　⑥廉：廉洁，奉公守法。贫其身：谓安于贫困。　⑦崇：提高，提升。丰：增加。　⑧断脰(dòu)决腹：杀头剖腹。脰：颈，脖子。　⑨视：《渚宫旧事》作"竞"。按：作"视"是也。其言一死而一切世事再不顾。乃是赞扬那种虽知不能而以死争之，为社稷而置生死于度外的精神。　⑩不知所益：谓除了社稷以外，不知道对自己有什么利益。　⑪劳其身，愁其志：犹《孟子·告子下》"苦其心志，劳其筋骨"之义。　⑫子文：即斗谷于菟，父谷都伯比与女私通，生子文，弃之于野，虎乳养之，后又收养。楚人谓乳曰谷，谓虎曰菟，因名斗谷于菟，字子文，后事楚成王(前671年—前626年)为令尹，亦称令尹子文。令尹：楚国最高官职，掌军政大权。　⑬缁帛之衣：卿大夫的朝服。缁(zī)：黑色。帛：丝织物的总称。朝：上朝。　⑭鹿裘：鹿皮衣。鹿皮是兽皮中最贱的一种。处：居家。　⑮原文无"于王宅服于天府行不避人"十一字，今据补。"未明"二句言令尹子文尽职尽责，不懈于事；日晦：太阳落山。"食于"二句言其仰官家而衣食，无家私产业。天府：指朝廷之府库。行不避人：此句言子文光明正大，无不可告人之事。　⑯谋：打算，顾及。日：原文作"月"，今据改。　⑰叶公子高：即沈诸梁，为楚昭王司马沈尹戎之子，字子高。因封于叶(今河南省叶县)，故称叶公，又称叶公诸梁。　⑱著：原文作"薄"，今据改。"表著"，古代朝会之时卿大夫伫立之处，按贵贱及职位高低定位。"表"即标识，"著"指门屏之间。设表以为位，故名"表著"。　⑲侔：原文无此字，今据补。此句应与上句"身获于表著"意思相侔，文字相对。"财侔于柱国"，言叶公子高财产可以同上柱国(楚最高官阶)相比。鲍彪《战国策注》："财、材同。柱国以子高为材。"　⑳白公：名胜，楚平王太子建之子。白：楚邑名，胜曾做白邑的大夫。楚惠王十年(前479)，白公胜作乱，袭杀令尹子西，惠王逃去，胜自立为王。月余，叶公子高帅国人攻白公胜，胜自缢而死，惠王复位。详见《左传·哀公十六年》。下文所谓先君，即楚惠王。此句谓：平定了白公之祸，使楚国内乱得以安宁。　㉑之德：原文无此二字，今据补。恢：弘大，发扬。掩：覆盖。　㉒四封不侵：四方的诸侯都不来侵犯。封：疆界。　㉓此句言楚国虽经白公之乱，其名誉在诸侯中未受损伤。挫：毁，伤。　㉔南乡：向南，指进犯楚国。乡：通"向"。　㉕赐六十邑：原文无此四字，今据补。此句谓：叶公子高受封赐的天地很多。食田：封赐之田。畛(zhěn)：田间小路，六百畛言赏赐之多。邑：古时县的别称。　㉖楚昭王十年(前506年)，吴、楚战于柏举，楚军大败，吴军攻入楚都郢(在今湖北省江陵县西北)，楚昭王逃至随国。柏举：春秋楚地，在今湖北省麻城县附近。　㉗师：原文作"御"，今据改。卒：通"猝"，突然。一说"夫卒"指士兵。　㉘莫敖大心：从《左传·定公四年》所记柏举大战的情况看，莫敖大心当指左司马沈尹氏，即叶公子高之父，在此战争中牺牲。御：驾车者。　㉙顾：回头看。太：原文作"大"，今据改，下"太息"同。太息：叹息。　㉚日：原文作"月"，字迹模糊致误，今据改。　㉛若：汝，你。扑：击。捽(zuó)：鲍彪注"持发也"，即揪之意。　㉜与：助。　㉝遂入不返，决腹断脰，不旋踵运轨而死：原文无此十五字，今据补。庶几：差不多，示希望之词。　㉞此句下原文有"寡君身出，大夫悉属，百姓离散"十二字，涉下文梦冒勃苏语而衍，今据删。　㉟梦(fén)冒勃苏：《楚世家》作"申包胥"，因封于申，故称申包胥，春秋时楚大夫。梦冒，楚国姓氏。勃苏，声与包胥相近。　㊱被：通"披"。锐：指锋利的兵器。　㊲原文"此"字前断句，误。"此"字指处所，应属上。作"此犹一卒也"，则"此"字反赘。今据改。　㊳走：原文无此字，今据补。此句言向诸侯求援。　㊴赢：担，负。潜行：潜踪而行。　㊵峥山：险峻的山。逾：穿越。豁：同"溪"。　㊶蹠(zhí)：脚掌。暴(pù)：伤。此句言鞋破了，脚掌露出来，裤子磨破了，露出膝盖。　㊷十日：原文作"七日"，涉下"七日不得告"而误。今据改。薄，到达。秦王：指秦哀公。　㊸鹤：原文作"雀"，今据王念孙《读书杂志·战国策二》改。鹤立：谓竦身而立也。

④ 瘨(diān)：通"癫(diān)"，晕倒。殚冈：郁结而不通。殚(dàn)："瘅(dàn)"字之借，谓气绝。鲍彪注："瘨，狂"，未妥。　⑤ 眊：通"眊"，两眼昏迷。此两句谓：头昏眼花，气绝昏倒，不省人事。　⑥ 走之：急速奔向（奔冒勃苏）。　⑦ 此句言衣帽也来不及穿戴整齐。　⑧ 濡其口：给他喂水喝。濡：沾湿。　⑨ 新造蠚：原文在上句"楚使"下，今据改。蠚：当为螫(lì)，罪孽。　⑤⓪ 身：亲身，亲自。此二句谓：楚昭王从郢都逃亡时，大臣都跟随着。　⑤① 顾令不起：言以礼申包胥当起身拜于地，申包胥欲挣扎起身，秦王坚令卧床而休息。革车：兵车。顾：通"固"。　⑤② 蒲：原文作"满"。形近而误，今据改。子蒲、子虎：二人皆秦公子。　⑤③ 下塞以东：谓秦军出其东部关塞向东南进军。塞：指秦国东部关塞。　⑤④ 浊水：水名，自白水入汉水处，在襄阳市以东。《水经注·清水注》："清水右合浊水，俗谓之弱沟水，上承白水，流经邓县故城南。"秦救楚与吴交战于浊水，当即指此。邓县治今襄阳市北。　⑤⑤ 闻：声震之谓。遂浦：指随县一带，"遂"为"随"字之借，其地为溠水流入清发水之处，故称为浦。　⑤⑥ 志：原文作"思"。今据改。　⑤⑦ 蒙谷：楚臣名。结：原文作"给"，今据改。结斗于宫唐之上：指交战于公庙之前。结斗：和敌人交战。宫唐：宫中道路。《尔雅·释宫》："庙中路谓之唐。"　⑤⑧ 舍斗奔郢：蒙谷撇开吴军，跑到楚都。若有孤：谓若有孤子可继位。时楚昭王奔随，生死未卜，故言。　⑤⑨ 离：原文作"鸡"，今据改。离次之典：指编次好的典册。离：陈列、编次。典：可以作为典范的重要书籍。　⑥⓪ 云梦："云"是地名，楚人名其泽中曰"梦"，"云梦"本指云地之"梦"，后来此湖向东向南转移，以后汉江以北、以南的'梦'便都称之为"云梦"。　⑥① 昭王反郢：楚昭王十一年（前505年），楚申包胥以秦师救楚，击败吴师，复郢，昭王还邦。昭王：楚平王之子，名轸，前515—前489年在位。反：同"返"。　⑥② 五官：这里泛指百官。法：法度。　⑥③ 比：原文作"此"，今据改。言比较其功，与存国相等也。　⑥④ 多：谓功大。　⑥⑤ 执圭：楚国最高爵位名。　⑥⑥ 社稷血食：意即国家不亡。血食：受祭祀。因古时祭祀用牲牢，故称血食。此句谓：我并非贪图爵禄的大臣，而是忧虑国家安危的大臣。　⑥⑦ 无君：谓不仕。磨山：即磨城之山，在今湖北当阳西四十里磨城。旧说以为"历"者，繁体形近而误。此句谓：我难道是忧虑自己没有官做吗？于是隐居于磨山之中。　⑥⑧ 胄：原文作"冒"，今据改。"至今无胄"，言蒙谷孤身自弃于山中，至今连后代也没有。一说，"无胄"指子孙无显位。　⑥⑨ 灵王：共王之子、康王之弟，名围，楚国第二十六君，前540年—前529年在位。小要：细腰。要，同"腰"。《韩非子·二柄》云："楚灵王好细腰，而国众多饿人。"　⑦⓪ 约食：节制饮食。相传因灵王喜欢细腰的人，楚国士人都减食而使腰细。因减食而无力，需要扶着东西才能站立。冯：通"凭"，依靠。式：同"轼"，车前横木，此用作动词。　⑦① 恶(wù)：畏惧。　⑦② 就：迎合。原文作"然"，今据改。　⑦③ 好发：喜欢射箭。发：《说文》："射发也。"指射箭。　⑦④ 此句言大臣们也学习射箭。抉拾：古代射箭用具。抉：骨角做成，用以钩弦。拾：软皮做成，用以护臂。　⑦⑤ 直：通"只"，仅，不过。此句谓：君王只是不喜欢这样的大臣。

　　《对楚威王》见于《战国策·楚策一》，姚鼐《古文辞类纂》题为"莫敖子华对威王"。《战国策》乃是六国之时的策士和一些文人的书信、上书、游说辞底稿与追记稿等的汇集，是策士们用来练习游说才能的材料，并不是出于史官的记载。由《战国策》一书编集之体例看，本文当是莫敖子华的一篇奏议，或奏对追记稿，其题目应作《对楚威王》。原文文字有所错乱，今依赵逵夫先生《屈原与他的时代·莫敖子华〈对楚威王〉考校》一文予以校改。

楚威王,楚宣王之子,他继承了宣王救赵伐魏与开拓巴蜀的格局,是战国时代楚国继楚悼王以后使楚国国势发展最强的国君,他一生以恢复庄王时代的霸业为己任,力图使楚国冠绝诸侯之首。莫敖子华,楚威王的重臣,他曾向威王讲述法制与古之典章文籍,灌输改革思想,因而引起了旧贵族昭鼙的不满,于是通过侍卫官向威王进谗中伤,王因疏之。他是吴起之后、屈原之前楚国一位具有爱国思想的作家,也是一位以悲剧告终的改革家。

本篇即是莫敖子华对楚威王提出的"自从先君文王以至不谷之身,亦有不为爵劝、不为禄勉以忧社稷者乎?"所作的回答,全文列举了忧虑国家安危、能为国家尽忠的五种人:"彼有廉其爵、贫其身以忧社稷者;有崇其爵、丰其禄以忧社稷者;有断胺决腹,壹暝而万世不视、不知所益以忧社稷者;有劳其身、愁其志以忧社稷者;亦有不为爵劝、不为禄勉以忧社稷者。"并且分别以历史人物令尹子文、叶公子高、莫敖大心、棼冒勃苏及蒙谷为代表人物加以述之,指出历史上五种在不同条件环境下、以不同的方式为国尽忠之人。此番论述洋洋洒洒,必是长存于胸,倾泻而出,读来畅快激昂,让人对古代先贤产生由衷的敬佩与向往。然而楚威王为之有所困惑,再问莫敖子华:"此古之人也。今之人,焉能有之耶?"莫敖子华的回答是:"若君王诚好贤,此五臣者,皆可得而致之。"将一切归结在君王之身,如若君王好爱贤者,那么这五种能为国尽忠的大臣就都会来到我们的国家,文章主题从之体现了出来:意在告诫楚威王,想要得到贤臣,必须自己先是个贤君!

本篇更是一篇纯粹的爱国主义的赞歌!它在士无家国、纵横家阴谋权诈、朝秦暮楚的战国后期,着力书写"忧社稷"这样的主题,对以往各种类型的爱国者进行了热情的讴歌,表现出了高贵的道德情怀与深厚的家国感情。文中所歌颂的,是在国家、人民受到侵略掠夺、陷入水深火热之际的勇敢自卫精神,或是反对破坏社会安定、反对争权篡位中表现出的英雄行为,以及为民为国忧心劳瘁的高尚品格,从而体现出一种纯净的爱国精神。这种强烈的爱国精神以及犯颜切谏的铮铮硬骨,屈原与之可谓一脉相承。过去有的学者说,"传说的屈原,若真有其人,必不会生在秦汉以前"(胡适《读楚辞》),认为战国时屈原那样的忠臣不会有。读《对楚威王》一文,这方面的疑虑亦可冰释。结合莫敖子华与屈原的生平,我们也可看出楚国政治改革在旧贵族的阻碍下所具有的艰巨性,看出楚国最终灭亡的命运以及屈原悲剧的历史必然性。

纵观战国文章至汉赋的因革流变,莫敖子华的《对楚威王》乃是把战国时流行于南方的招魂词的结构方法(特别是主体部分由几段蝉联这一点)运用于体物写志、设辞谲谏的第一篇作品。它对于屈原的《卜居》《渔父》,庄辛的《谏楚襄王》,宋玉的《风赋》《对楚王问》都有着明显的影响。从整篇结构上说,采用客主问答的形式,其主体部分,则几段蝉联,形成排比;从表达上说,先放后收,归于讽谏;语言上骈散结合,注意形容刻画。这些又下启汉初枚乘的《七发》,实乃是"七发体"的滥觞。

(马世年)

屈　原

【作者小传】 (约前339—约前278)　名平,字原,又自云名正则,字灵均(《离骚》)。故里屈邑,一般指丹阳秭归(今属湖北)。为楚王室同姓贵族,曾任三闾大夫、左徒等职。后遭谗毁,被怀王疏远,流放汉北。顷襄王时,又遭诽谤,再流放江南,流离于沅、湘一带。后因楚都被攻破,深感无力挽救楚国危亡,悲叹国事衰落,自沉于汨罗江中。创造了"香草美人"的比兴手法,较《诗经》有明显进步。其传世作品保存于西汉刘向辑《楚辞》中。《汉书·艺文志》载《屈原赋》二十五篇,其书已佚。篇目与《楚辞》有所不同,已无法详考。

大　招　　　　　　　　　　屈　原

　　青春受谢①,白日昭只②。春气奋发,万物遽只③。冥凌浃行④,魂无逃只⑤。魂魄归徕⑥! 无远遥只⑦。魂乎归徕! 无东无西,无南无北只。东有大海,溺水㴸㴸只⑧。螭龙并流⑨,上下悠悠只⑩。雾雨淫淫⑪,白皓胶只⑫。魂乎无东! 汤谷寂只⑬。魂乎无南! 南有炎火千里,蝮蛇蜒只⑭。山林险隘,虎豹蜿只⑮。鳙鱐短狐⑯,王虺骞只⑰。魂乎无南! 蜮伤躬只⑱。魂乎无西! 西方流沙⑲,漭洋洋只⑳。豕首纵目㉑,被发鬤只㉒。长爪踞牙㉓,诶笑狂只㉔。魂乎无西! 多害伤只。魂乎无北! 北有寒山,逴龙赩只㉕。代水不可涉㉖,深不可测只。天白颢颢㉗,寒凝凝只㉘。魂乎无往! 盈北极只㉙。

　　魂魄归徕! 闲以静只㉚。自恣荆楚㉛,安以定只。逞志究欲㉜,心意安只。穷身永乐㉝,年寿延只。魂乎归徕! 乐不可言只。五谷六仞^㉞，设菰粱只^㉟。鼎臑盈望^㊱，和致芳只^㊲。内鸧鸽鹄^㊳，味豺羹只^㊴。魂乎归徕！恣所尝只。鲜蠵甘鸡^㊵，和楚酪只^㊶。醢豚苦狗^㊷，脍苴蒪只^㊸。吴酸蒿蒌^㊹，不沾薄只^㊺。魂乎归徕^㊻！恣所择只。炙鸹烝凫^㊼，煔鹑陈只^㊽。煎鰿膗雀^㊾，遽爽存只^㊿。魂乎归徕！丽以先只^[51]。四酎并孰^[52]，不涩嗌只^[53]。清馨冻饮^[54]，不歠役只^[55]。吴醴白蘖^[56]，和楚沥只^[57]。魂乎归徕！不遽惕只^[58]。

代秦郑卫^[59]，鸣竽张只^[60]。伏戏《驾辩》^[61]，楚《劳商》只^[62]。讴和《扬阿》^[63]，赵箫倡只^[64]。魂乎归徕！定空桑只^[65]。二八接舞^[66]，投诗赋只^[67]。叩钟调磬^[68]，娱人乱只^[69]。四上竞气^[70]，极声变只^[71]。魂乎归徕！听歌譔只^[72]。朱唇皓齿，嫭以姱只^[73]。比德好闲^[74]，习以都只^[75]。丰肉微骨^[76]，调以娱只^[77]。魂乎归徕！安以舒只。嫣目宜笑^[78]，娥眉曼只^[79]。容则秀雅^[80]，稚朱颜只^[81]。魂乎归徕！静以安只。姱修滂浩^[82]，丽以佳只。曾颊倚耳^[83]，曲眉规只^[84]。滂心绰态^[85]，姣丽施只。小腰秀颈，若鲜卑只^[87]。魂乎归徕！思怨移只^[88]。易中利心，以动作只^[89]。粉白黛黑，施芳泽只^[90]。长袂拂面^[91]，善留客只^[92]。魂乎归徕！以娱昔只^[93]。青色直眉^[94]，美目媔只^[95]。靥辅奇牙^[96]，宜笑嗎只^[97]。丰肉微骨，体便娟只^[98]。魂乎归徕！恣所便只^[99]。

夏屋广大^[100]，沙堂秀只^[101]。南房小坛^[102]，观绝霤只^[103]。曲屋步壛^[104]，宜扰畜只^[105]。腾驾步游^[106]，猎春囿只^[107]。琼毂错衡^[108]，英华假只^[109]。茝兰桂树^[110]，郁弥路只^[111]。魂乎归徕！恣志虑只^[112]。孔雀盈园，畜鸾皇只^[113]。鵾鸿群晨^[114]，杂鹙鸧只^[115]。鸿鹄代游^[116]，曼鹔鹴只^[117]。魂乎归徕！凤皇翔只。曼泽怡面^[118]，血气盛只^[119]。永宜厥身^[120]，保寿命只。室家盈廷^[121]，爵禄盛只^[122]。魂乎归徕！居室定只^[123]。接径千里^[124]，出若云只^[125]。三圭重侯^[126]，听类神只^[127]。察笃夭隐^[128]，孤寡存只^[129]。魂乎归徕！正始昆只^[130]。

田邑千畛^[131]，人阜昌只^[132]。美冒众流^[133]，德泽章只^[134]。先威后文，善美明只^[135]。魂乎归徕！赏罚当只。名声若日，照四海

只。德誉配天，万民理只⑬。北至幽陵⑰，南交阯只⑱。西薄羊
肠⑲，东穷海只⑭。魂乎归徕！尚贤士只⑪。发政献行⑫，禁苛
暴只⑬。举杰压陛⑭，诛讥罢只⑮。直赢在位⑯，近禹麾只⑰。
豪杰执政，流泽施只⑱。魂乎归徕，国家为只⑲。雄雄赫赫，天
德明只⑩。三公穆穆⑪，登降堂只⑫。诸侯毕极⑬，立九卿只⑭。
昭质既设⑮，大侯张只⑯。执弓挟矢，揖辞让只⑰。魂乎徕归！
尚三王只⑱。

〔注〕 ① 此句谓：春天承接时序而来。青春：明媚的春光。受：承接。谢(xiè)：同"谢"，
序。汤炳正等引顾炎武说："古人读'谢'为'序'……谓四时之序，终则有始，而春受之耳。"(《楚
辞今注》) ② 白日：光明的太阳。昭：明亮。只：语助词。此句谓春阳明艳和煦。 ③ 遽
(jù)：谓万物勃然竞发。 ④ 冥：幽暗。凌：驰荡。浃(jiá)行：遍行。 ⑤ 魂：指楚威王之
魂。"冥凌"二句：在幽暗中驰荡的灵魂，不要再到处逃窜。 ⑥ 徕：同"来"。下同。 ⑦ 远
遥：在远方漂泊。遥：飘摇、漂泊。 ⑧ 溺水：王夫之《楚辞通释》："溺与弱通，水无力不能浮
物也。"潋(yōu)潋：水流湍急的样子。 ⑨ 螭(chī)龙：传说中无角为螭，有角为龙。并流：在
水流中并游。 ⑩ 悠悠：长而蜿蜒的样子。 ⑪ 淫淫：过多，这里指久雨不止。 ⑫ 白皓：
白茫茫，这里指雨雾弥漫的样子。胶：连接成一片。 ⑬ 汤谷：即旸(yáng)谷，神话中日出
之处。宋(jì)：同"寂"，一本下有"廖"字，则与上"悠""胶"等字叶韵(汤炳正等《楚辞今注》)。
寂寞：空无人物。 ⑭ 蝮(fù)蛇：一种毒蛇，体色灰褐。蜒：蜿蜒。 ⑮ 蜿：虎豹盘旋、不肯
离开的样子。 ⑯ 鳂(yú)鳙(yōng)：传说中的怪异之鱼。或即《山海经·东山经》所记载的
"鳙鳙之鱼"，其形如牛，其鸣若猪。短狐：即鬼蜮，一种生在水中的怪物，能含沙射影以伤人。
⑰ 王：大。虺(huǐ)：毒蛇。骞(qiān)：昂首。此句意为大毒蛇举起蛇头。 ⑱ 蜮：即上文之
"短狐"。躬：身体。 ⑲ 流沙：沙漠中沙动如流水，故称流沙。 ⑳ 漭(mǎng)洋洋：浩瀚无
涯貌。 ㉑ 豕首：怪物之头似猪。纵目：竖着眼睛。被：通"披"。纕(ráng)：头发蓬乱。
㉓ 踞牙：牙齿如锯。踞：通"锯"。 ㉔ 诶(xī)：通"嬉"。此四句谓：一个猪头竖目的怪物，长
发披散，指爪尖长，牙齿如锯，狞笑不止。 ㉕ 寒山：传说中北方常寒之山。古代传说北方日
光不到之处，有烛龙照明。逴(zhuō)龙：即神话中的"烛龙"。见《山海经·大荒北经》。赩
(xì)：赤色。 ㉖ 代水：古水名，因在古代国而得名，在今河北蔚县。 ㉗ 天白：冰雪连天而
白。颢(hào)颢：冰雪洁白貌。 ㉘ 寒凝凝：寒气冻结。 ㉙ 盈北极：指冰雪寒气盈满极北
之地。 ㉚ 原文此二句属上段，今以"静""定"同韵，故属下。闲以静：安闲而清静。以：而。
下"安以定"用法同。 ㉛ 恣：随意，任意。同。荆楚：楚国。楚最初建国于荆山(今湖北南
漳西)，故称。 ㉜ 逞志：称心快意。究欲：尽其所欲。 ㉝ 穷身：终身。 ㉞ 五谷：泛指粮
食。六仞：形容谷物堆积之高，言五谷堆积甚多。仞：长度单位，八尺为一仞，一说七尺。
㉟ 设：供设。菰(gū)粱：菰米，其实如米，可以做饭。 ㊱ 鼎臑(ér)：用鼎煮熟的饭菜。臑：
通"胹"，煮烂。盈望：犹满眠，即"望之满案"。一说"盈望"即"盈满"，亦通。 ㊲ 和：调和。致
芳：放置香料，使其芳香。 ㊳ 内：通"纳"，容纳。或作"肭(nà)"，肥意，亦通。鸧(cāng)：鸟
名，一名鸧鸹(guā)。鹄(hú)：天鹅。 ㊴ 味豺羹(gēng)：此谓以豺肉作羹汤，调和其味。豺：
一种走兽，似狗。 ㊵ 鲜：鲜美。蠵(xī)：一种大龟，此指龟肉。甘鸡：肥美之鸡。 ㊶ 楚酪

楚地的酸乳酪。 ㊷ 醢(hǎi)：肉酱。豚：小猪。苦狗：以胆汁调和狗肉。一说以苦荼叶包狗肉而制成。 ㊸ 脍(kuài)：细切的肉，这里意为细切。苴(jū)蒪(pò)：即蘘荷，姜科植物，根似姜芽，可为香料，亦可作蔬菜。 ㊹ 吴酸：吴地人擅调酸味，故云。蒿：香蒿，艾类植物，嫩时可食。蒌(lóu)：蒌蒿，生于水中，香脆可食。 ㊺ 此句是说：其味可口、不浓不淡。沾：汁浓。薄：味淡。 ㊻ 乎，原作"兮"，今据闻一多《补校》改。 ㊼ 炙：烤。鸹(guā)：鸟名，又名鸧鸹。烝：通"蒸"。凫(fú)：野鸭。 ㊽ 黚(qián)：用沸汤煮烫。鹑(chún)：鹌鹑。敶(chén)：通"陈"，陈上。 ㊾ 鲫(jī)：鲫鱼。臛(huò)：通"臛(huò)"，肉羹。这里指做成肉羹。雀：黄雀。 ㊿ 遽(jù)爽存：美味极其爽口，常存留于口。遽：通"剧"，强烈。 51 丽以先：美味佳肴请先品尝。丽：珍肴。一作"进"，则训为"陈列"。 52 四酎(zhòu)：经过多次反复酿制的醇酒。酎：醇酒。并：俱、皆。并孰：每次都酿熟。孰：通"熟"。 53 不涩嗌(yì)：指不会因苦涩而呛窒咽喉。嗌：咽喉。 54 清馨：清香。冻饮：冰冻后的酒。 55 不歠(chuō)役：常用不缺，言其多。歠：通"辍"，停止。役：使用。一说"不歠饮"即役使之人不可饮用，歠：饮用。 56 吴醴(lǐ)：吴地酿制的甜酒。白蘖(niè)：白色的酒曲。 57 和楚沥：配上楚地的清酒来喝。沥：清酒。 58 不遽惕(tì)：指不必惶恐畏惧。遽：惶恐。惕：惊惧、不安。 59 代秦郑卫：这里指这四个国家的音乐。 60 竽：乐器名。张：乐器开始演奏。 61 伏戏：即伏羲。《驾辩》：传为伏羲所造之曲，楚人因之作《劳商》之歌。应为远古相传。 62 劳商：歌曲名。或以为即《离骚》之曲。 63 讴：徒歌。和：以歌诗彼此相应。《扬阿》：歌曲名，即《招魂》中所说"发《扬荷》些"的《扬荷》。 64 赵箫：赵地之箫。倡：同"唱"，此处指为歌配乐。 65 定：定音调弦。空桑：瑟名。 66 二八：二列，十六人。此指两队舞女轮流舞蹈。接：连接。 67 投：合，这里指手足的动作配合歌诗与诵赋的节奏。 68 叩：敲击。调：调和，此处指配合演奏。 69 娱人：乐工。乱：乐曲的尾声。各乐器并奏，情绪达到高潮，曰"乱"。 70 四上：演奏的四个环节依次而进。《仪礼·乡饮酒》言乐者演奏分四个环节：为初升歌，二笙入，三间歌，四合歌("乱"相当于合歌。因演奏已至尾声，音乐达到高潮）。或认为"四上"指代、秦、郑、卫四地之乐。竞气：前后比赛(一个比一个好)。 71 极声变：穷尽音乐的各种变化。 72 譔(zhuàn)：通"撰"，陈述，指歌诗与诵赋。 73 嫭(hù)：美丽。以：而。下几处用法同。姱：美好。 74 比德：顺从之德。好：和美。闲：通"娴"，文雅。此句是说：众美人皆有品德，喜爱闲静。 75 习：娴熟，指熟悉礼节。都：美好，风姿优雅。 76 丰肉：体态丰满。微骨：骨骼纤秀。 77 调以娱：容态和顺而令人欢娱。调：和顺。 78 嫮(hù)目：美目。宜笑：善笑，指笑得自然得体。 79 曼：细长。 80 容则：容貌。 81 稺(zhì)朱颜：脸色红润娇嫩。稺：通"稚"，鲜嫩。 82 姱修：美丽修长。滂浩：原意为广大，此指仪态大方。一本作"婉心"，谓"性婉顺而善心肠"。 83 曾颊：脸颊丰满。曾：通"层"，重、厚。倚耳：耳向后贴，不外扬。 84 曲眉规：眉毛弯如半圆。规：圆形，此指半圆。 85 滂心：谓美人心雄开阔。绰态：姿态绰约。 86 姣丽：美丽。施：施展，展示。 87 此二句谓：美人细腰长颈，如同鲜卑人腰间扎了带子一样。小腰：细腰，楚国有爱细腰的传统。秀颈：脖子修长。鲜卑：古代的少数民族，女子多以大带束腰。 88 思怨移：指美女可使人忘却忧思烦怨。移：去除。 89 此二句谓：美人的动作体现了其内心的平易与巧慧。易中：内心平易。利心：心思巧慧。 90 此二句谓：美人傅粉画眉，鬓发又用香膏润饰。黛：青黑色颜料，这里指用黛画眉。芳泽：香膏。 91 袂(mèi)：衣袖。拂：遮、掩。 92 留客：使客人留恋不忍离去。 93 娱昔：终夜娱乐。昔：通"夕"，夜。 94 青色：眉毛画以青黑色。直眉：眉毛平直美好。 95 娹(mián)：眼波流荡、顾盼生辉的样子。 96 靥(yè)辅：长有酒窝的脸颊。奇牙：牙齿美好。 97 嘕(xiān)：笑容姣好貌。　⑱便(pián)娟：轻盈美丽。　⑲此句谓：美人众多，魂魄归来可随意选择所宜者。便：适宜。　⑳夏屋：高大的房屋。夏：通"厦"。　㉑沙堂：用朱砂粉饰的厅堂。沙：遍"砂"。秀：美好，秀丽。　⑫房：堂屋左右之侧室。坛：房前平台。　⑬观：楼观。绝霤(liù)：在屋檐边安置水槽以承接滴水。霤：檐下之滴水。　⑭曲屋：主屋四周的房子。步墙(yán)：长廊。墙：通"檐"。　⑮扰畜：驯服牲畜。扰：王夫之《楚辞通释》："读如饶，驯也。"　⑯腾驾：驱车奔驰。步游：徒步漫游。　⑰猎春囿(yòu)：春日在范围打猎。囿：蓄养禽兽的园林。　⑱琼毂(gǔ)：美玉装饰的车轮。毂：车轮中心穿轴承辐的部分。错衡：用金玉镶嵌车辕前的横木。　⑲英华：花，指车驾之美如花。假：大，盛。　⑩茝(zhǐ)：即白芷。兰：兰草。　⑪郁：茂盛。弥路：满路。　⑫恣：一作"处"。"恣志处"谓随意择其所处。　⑬鸾皇：鸾鸟与凤凰。　⑭鹍(kūn)：鹍鸡，体大似鹤，黄白色。鸿：大雁。群晨：清晨成群飞翔。　⑮鹙(qiū)：水鸟名。鸧(cāng)：鸟名，一名鸧鸹(guā)。似鹤而大，头与颈都无毛。　⑯鸿鹄(hú)：大天鹅。代游：此起彼落地飞翔。代：更替。　⑰曼：连接不断。鹔(sù)鹴(shuāng)：鸟名，长颈绿身，形似雁。　⑱曼泽：皮肤细腻润泽。怡面：面色和悦。　⑲此句谓：气血充盛，体魄强健。　⑳厥(jué)：其。　⑪室家：同一宗族者。盈廷：充满朝廷，指在朝廷为官者众多。　⑫爵禄：官爵俸禄。盛：丰厚。　⑬居室定：居家安定。　⑭接径千里：道路连接，远至千里。　⑮若云：指随从众多，盛状如云。　⑯三圭：指公、侯、伯三爵。圭是古代帝王、诸侯朝会时所执的礼器，公执桓圭，侯执信圭，伯执躬圭。重侯：贵重的王侯。公、侯、伯三爵等级高于子、男，故云。　⑰听：听讼。类神：明察如神。　⑱察：察访。笃：厚待。夭隐：死亡病痛。　⑲存：存恤救济。　⑬⑩正：定。始昆：施政之先后。昆：后。　⑬⑪田邑：田野和都邑。畛(zhěn)：田间小路。千畛：犹阡陌交通。　⑬⑫阜(fù)昌：昌盛。阜：多。　⑬⑬冒：覆盖。众流：各族各类人。《尚书·禹贡》："五百里荒服：三百里蛮，二百里流。"《礼记·王制》："千里之外曰采，曰流。"均指周边的少数民族。　⑬⑭章：通"彰"，显著，明显。　⑬⑮此二句谓：先以武力威慑天下，后以文德教化万民，则其政之善美自明。威：武功，军事的威力。文：教化，文治。　⑬⑯理：治。　⑬⑰幽陵：幽州，古九州之一，今河北、辽宁一带。　⑬⑱交阯：又作"交趾"，南方之国，在今越南河内一带。　⑬⑲薄：至，迫近。羊肠：山名，旧说为今山西太原，恐非。由地理方位看，当在今陕西一带。　⑭⑩穷：穷尽。　⑭⑪尚：通"上"。尊崇、举用。　⑭⑫发政：发布政令。献行：进用仁德之行。献：进。　⑭⑬禁：止。苛暴：苛暴之政。　⑭⑭举杰：举用俊杰之士。压陛：立于朝廷之上。陛：殿堂台阶，此指朝廷。　⑭⑮诛：责退，惩罚。讥：指恶言讥刺的小人。罢(pí)：通"疲"，指无能之人。　⑭⑯直赢：正直之士。赢：直。　⑭⑰近禹麾：接近在大禹的麾下，这里指聚集在楚王周围。麾：指挥军队的旗帜。　⑭⑱此句谓：朝廷恩泽施行于民。施：施行。　⑭⑲国家为：即"为国家"。为：治理。　⑮⑩此二句指：君王德行可配天，威武显赫、明照四方。雄雄：威势盛大貌，指国家的军力。赫赫：显赫盛大貌，指国家的名声。　⑮⑪三公：古时辅佐天子的三位职位最高的官员，周代以太师、太傅、太保为三公。穆穆：庄严、和美貌。　⑮⑫登降堂：上下于朝堂。登：升。　⑮⑬诸侯：指楚王之外的诸国之君。毕极：全部到来，指朝见天子。　⑮⑭立：设立。九卿：古时中央政府的九个官职，位在三公之下，周以少师、少傅、少保以及冢宰、司徒、宗伯、司马、司寇、司空为九卿。　⑮⑮昭质：白色的箭靶。质：古时举行射礼时的箭靶。　⑮⑯大侯：天子大射时张设箭靶所用的兽皮或布，《仪礼·乡射礼》："凡侯：天子雄侯，白质。"《周礼·天官》："王大射，则供虎侯、熊侯、豹侯。"张：张挂。　⑮⑰揖辞让：古代行射礼，发射前相互辞让。揖：拱手行礼。　⑮⑱尚：尊崇、效法。三王：楚三王，即《离骚》"昔三后之纯粹兮"之"三后"，指西周末年楚君熊渠所封的句亶王、鄂王、越章王。

王逸《楚辞章句序》云："《大招》者，屈原之所作也。"其形式上较为原始，没有序辞，没有乱辞，语助词用"只"，与《诗经·鄘风·柏舟》"母也天只，不谅人只"相同，应是其早期作品。根据作品题目内容构思用语，并联系屈原生平来看，是屈原在二十五岁供职兰台之宫时为招楚威王之魂而作的，时在公元前329年楚威王逝世之际（参赵逵夫先生《屈原的冠礼与早期的任职》，见《屈原与他的时代》）。所以尽管王逸又认为此篇的作者："或曰景差，疑不能明也。"历代对此也多有争议，我们还是认为这篇是屈原的作品。

《大招》从题目、构思到用语，都和《招魂》相似，但是与《招魂》相比，《大招》其形式更为原始而较少创造，语言也质朴古奥，"光艳不如《小招》（按：即《招魂》），而骨力过之"（《七十二家评注楚辞》引孙鑛语）。《大招》即"大招魂"，篇题之所以名为"大招"，主要是与《招魂》区别之故：第一，传世的《楚辞》书中，《大招》在《招魂》之后，而先秦时期区分相同篇目，位置在前者往往加"小"或不加，在后者则加"大"以别之；第二，《招魂》是屈原招怀王之魂，《大招》则是招怀王之父威王之魂，按照君王的辈分，名招威王之魂者为"大招"。

本篇首按招魂辞的固定格式陈述四方之险恶，呼唤"魂乎归来"。首八句总括全篇通过四季代谢，万物相依的现象，认为人的生命与万事万物一样，即使躯体消灭，魂魄犹在。当太阳隐藏，少阳运气之时，所有生命复苏，当此之际，玄冥之神也周游驰行，想寻找存于自然界的依托。作者利用魂魄活跃，一呼既出的时机，乘势呼唤"魂魄归徕！无远遥只"。希望魂魄归来；次则铺陈楚国宫廷的饮食佚乐；自"五谷六仞"始，遍陈食物之充足精良，甘甜可口，以诱导魂魄之归来享受美食。自"代秦郑卫"始，历数古来名曲雅乐，穷声极变，赏心悦耳，招其魂魄来享受美好之乐。之后作者不惜笔墨描写舞者之美，从外表之美到心灵之美，盛赞舞者之容颜动人、仪态万方，大笔挥洒，写得极为传神，以招魂魄回来享受观赏。最后夸饰楚国之地域辽阔、人民富庶、政治清明，流露出作者的美政思想，这种开明的政治背景和国富民强的政治局面，正是有识之士来发挥其才能的地方之所在，所以作者反复的招其魂魄归来。"文甚平浅，意甚深微"（屈复《楚辞新注》）。《离骚》中回顾青年时的政治理想，正由此而来且一脉相承。篇末"魂乎归来，尚三王只"，同《离骚》中步武前王、称述"三后"，《抽思》中"望三王（"王"原误作"五"）以为像"的情形一样，都反映出屈原作为楚三王的后代，追念楚国最强盛的时代，既要尊称国君先祖，又要光耀自己始祖的心情。"昭昭大节，与日月争光"（陈本礼《屈辞精义》），"于此可以见原志意之远，学术之醇，迥非管、韩、孙、吴及苏、张、庄、惠游谈杂霸之士之所能及"（蒋骥《山带阁注楚辞》）。

在修辞手法上，本篇运用夸张及正反对比的手法。整篇为了招魂魄归来而正反分说，正面极言楚地之乐，以招魂魄归来；而反面用夸张的手法言四方之险恶，四方都无比的险恶恐怖，显然不适于久留，而楚地是那么美好，没有理由不归来。这种正反对比的表现手法，各有轻重，层次转换，极大地增强了招魂的说服力。使本篇具有很强的艺术感染力。

本篇在题材上、风格上、构思上、用词上都具有"楚辞"的基本特征，但较之《招魂》，它的句式更趋整齐，本篇全用"××××，×××只"的句式，铺排夸饰，讲究辞藻；文中称述险恶遍及东西南北，枚举饮食起居舞容游观，各层次并列组成，明显带有汉大赋铺陈排比、穷物尽相的特征，"设綦组以成文""比物属事，离辞连类"（《文心雕龙》），既保留先秦时代楚国宫廷招魂辞的较早形态，又对汉大赋的结构模式有着深远的影响。

（马世年）

招　　魂　　　　　　　　　　屈　原

朕幼清以廉洁兮[1]，身服义而未沫[2]。主此盛德兮[3]，牵于俗而芜秽[4]。上无所考此盛德兮[5]，长离殃而愁苦[6]。帝告巫阳曰："有人在下，我欲辅之[7]。魂魄离散，汝筮予之[8]！"巫阳对曰："掌梦[9]。上帝其难从[10]。""若必筮予之，恐后之谢，不能复用[11]。"

巫阳焉乃下招曰[12]：魂兮归来！去君之恒干，何为四方些[13]？舍君之乐处，而离彼不祥些[14]。魂兮归来！东方不可以讬些[15]。长人千仞[16]，惟魂是索些[17]。十日代出，流金铄石些[18]。彼皆习之，魂往必释些[19]。归来兮！不可以讬些。魂兮归来！南方不可以止些[20]。雕题黑齿[21]，得人肉以祀，以其骨为醢些[22]。蝮蛇蓁蓁，封狐千里些[23]。雄虺九首，往来倏忽，吞人以益其心些[24]。归来兮！不可以久淫些[25]。魂兮归来！西方之害，流沙千里些[26]。旋入雷渊，靡散而不可止些[27]。幸而得脱，其外旷宇些[28]。赤蚁若象，玄蜂若壶些[30]。五谷不生，丛菅是食些[31]。其土烂人，求水无所得些[32]。彷徉无所倚，广大无所极些[33]。归来兮！恐自遗贼些[34]。魂兮归来！北方不可以止些。增冰峨峨[35]，飞雪千里些。

〔 34 〕屈原　　　　　　　　　　　　　　　　　　　招　魂

归来兮！不可以久止些。魂兮归来！君无上天些[36]。虎豹九关[37]，啄害下人些[38]。一夫九首，拔木九千些[39]。豺狼从目，往来侁侁些[40]。悬人以娭，投之深渊些[41]。致命于帝，然后得瞑些[42]。归来兮！往恐危身些。魂兮归来！君无下此幽都些[43]。土伯九约，其角觺觺些[44]。敦脄血拇，逐人駓駓些[45]。参目虎首，其身若牛些[46]。此皆甘人，归来兮！恐自遗灾些。魂兮归来！入修门些[47]。工祝招君，背行先些[48]。秦篝齐缕，郑绵络些[49]。招具该备，永啸呼些[50]。魂兮归来！反故居些[51]。

天地四方，多贼奸些[52]。像设君室，静闲安些[53]。高堂邃宇，槛层轩些[54]。层台累榭[55]，临高山些。网户朱缀，刻方连些[57]。冬有突厦，夏室寒些[58]。川谷径复[59]，流潺湲些[60]。光风转蕙[51]，泛崇兰些[62]。

经堂入奥，朱尘筵些[63]。砥室翠翘，挂曲琼些[64]。翡翠珠被，烂齐光些[65]。蒻阿拂壁，罗帱张些[66]。纂组绮缟，结琦璜些[67]。室中之观[68]，多珍怪些。兰膏明烛，华容备些[69]。二八侍宿，射递代些[70]。九侯淑女，多迅众些[71]。盛鬋不同制，实满宫些[72]。容态好比，顺弥代些[73]。弱颜固植，謇其有意些[74]。姱容修态，絙洞房些[75]。蛾眉曼睩，目腾光些[76]。靡颜腻理，遗视矊些[77]。离榭修幕，侍君之闲些[78]。翡帷翠帐，饰高堂些[79]。红壁沙版，玄玉梁些[80]。仰观刻桷，画龙蛇些[81]。坐堂伏槛，临曲池些[82]。芙蓉始发，杂芰荷些[83]。紫茎屏风，文缘波些[84]。文异豹饰，侍陂陁些[85]。轩辌既低，步骑罗些[86]。兰薄户树，琼木篱些[87]。魂兮归来！何远为些[88]？

室家遂宗，食多方些[89]。稻粢穱麦，挐黄粱些[90]。大苦咸酸，辛甘行些[91]。肥牛之腱，臑若芳些[92]。和酸若苦，陈吴羹些[93]。胹鳖炮羔，有柘浆些[94]。鹄酸臇凫[95]，煎鸿鸧些[96]。露鸡臛蠵[97]，厉而不爽些[98]。粔籹蜜饵[99]，有餦餭些[100]。瑶浆蜜勺，实羽觞些[101]。挫糟冻饮，酎清凉些[102]。华酌既陈，有琼浆些[103]。归反故室，敬而无妨些[104]。

肴羞未通，女乐罗些⑩。陈钟按鼓⑩，造新歌些。《涉江》《采菱》⑩，发《扬荷》些⑩。美人既醉，朱颜酡些⑩。娭光眇视，目曾波些⑩。被文服纤，丽而不奇些⑪。长发曼鬋，艳陆离些⑪。二八齐容，起郑舞些⑪。衽若交竿，抚案下些⑪。竽瑟狂会，搷鸣鼓些⑮。宫庭震惊，发《激楚》些⑯。吴歈蔡讴，奏大吕些⑰。士女杂坐，乱而不分些⑱。放陈组缨，班其相纷些⑲。郑卫妖玩，来杂陈些⑳。《激楚》之结，独秀先些㉑。菎蔽象棋，有六簙些㉒。分曹并进，遒相迫些㉓。成枭而牟㉔，呼五白些㉕。晋制犀比，费白日些㉖。铿钟摇簴，揳梓瑟些㉗。娱酒不废，沈日夜些㉘。兰膏明烛，华镫错些㉙。结撰至思，兰芳假些㉚。人有所极，同心赋些㉛。酎饮尽欢，乐先故些㉜。魂兮归来！反故居些。

乱曰㉝：献岁发春兮汨吾南征㉞，菉蘋齐叶兮白芷生㉟。路贯庐江兮左长薄㊱，倚沼畦瀛兮遥望博㊲。青骊结驷兮齐千乘㊳，悬火延起兮玄颜烝㊴。步及骤处兮诱骋先㊵，抑骛若通兮引车右还㊶。与王趋梦兮课后先㊷。君王亲发兮惮青兕㊸，朱明承夜兮时不可以淹㊹。皋兰被径兮斯路渐㊺。湛湛江水兮上有枫㊻，目极千里兮伤春心㊼。魂兮归来哀江南㊽！

〔注〕①朕：我，作者自称。秦代以前尊卑通用，但只用为领格，自秦始皇起定为皇帝专用的自称。幼：指年轻时。清：清白。②身服：身体力行。服：行。沬（mèi）：通"昧"，暗淡、埋灭。③主：守，持。一说"主"意为君主，这里用作动词，以之为君主。盛德：盛美之德，指上句所说清、廉、洁、义等。④以上二句是说：我虽坚守着此盛美之德，但其为世俗所牵累，不能得进于君而逐渐荒芜。芜秽：田不治而多草，这里比喻品德因无所用而荒芜。这是作者因怀王射兕受惊后的自责之辞。⑤上：君上，指楚怀王。考：考察。⑥此句谓：（由于君王无所考察我的盛美之德）因此我只能长期遭遇祸患而愁苦不已。离：通"罹"，遭遇。殃：祸患。⑦帝：天帝。巫阳：神话中的巫神，名阳，见《山海经·海内西经》。有人：指楚怀王。下：下界，人间。辅：帮助、辅助。⑧此二句谓：楚怀王因为受惊而魂魄离散，故而天帝命巫阳卜问其魂魄何在，将其召还回怀王之身。筮（shì）：以蓍草来占卜，这里指卜问魂魄之所在。予：还给他。予：给予。⑨掌䣂（mèng）：即"掌梦"，"䣂"同"梦"。此处当指掌管云梦泽的官吏，这里指屈原，其时他被放汉北，负责管理云梦游猎区及楚王游猎事宜。⑩此句意思是：楚王在云梦射兕受惊，魂魄离散，此掌梦之官即可卜之，而非己之职，故曰"上帝其难从"。其难从：其命难以听从。⑪此三句为天帝之言。谓：你必须要卜筮魂魄之所在而召还之，否则时间久了，恐魂魄失落难寻，不会再附其身。由此引起以下巫阳之招魂。⑫焉：于是。

乃：就。下：降临下界。招：招魂。　⑬ 此句为招魂词之习语，等于说：魂啊，回来吧！去：离开。恒干：指魂魄平常寄托的身体。干：躯体。何为：为何。四方：漂荡四方。些(suò)：语气词。沈括《梦溪笔谈》："今夔、峡、湖、湘及南北江獠人，凡禁咒句尾皆称些，乃楚人旧俗。"　⑭ 舍：舍弃、离开。乐处：安乐的处所，指楚国。离：通"罹"，遭遇。不祥：不善，此指险恶之处。　⑮ 讬(tuō)：同"托"，寄托、寄居。　⑯ 长人：巨人。神话中说东方有长人之国，专吃鬼魂。蒋骥《山带阁注楚辞》："《神异经》：东方有食鬼之父，即长人之类也。"仞：长度单位，八尺为一仞，一说七尺。千仞：极言其高。　⑰ 惟魂是索：专门搜求人的魂魄。索：寻找。⑱ 据传说东方的扶桑树上有十个太阳，轮流升起。代：或为"并"字之误。聂石樵《楚辞新注》："古本作并，《类聚》一、《御览》四、《合璧事类前集》一一、《文选》刘孝标《辨命论》注所引都作并，可以证明今本之误。"流金：把金属熔化为液体。铄(shuò)石：把石头熔化。此句极言天气之热。　⑲ 彼：指东方之长人。习：习惯于。释：熔解、销释。　⑳ 归来兮：一作"归来归来"。下"归来兮""归来"同。止：留。　㉑ 雕题：刺着花纹的额头，是文身的一种。题：额头。黑齿：未开化的人用漆把牙齿涂黑。此指南方未开化的原始民族。　㉒ 醢(hǎi)：肉酱。朱熹《楚辞集注》："南方人常食蠃蜯，得人之肉，则用以祭神，复以其骨为酱而食之。"　㉓ 蝮(fù)蛇：一种毒蛇，体色灰褐。蓁(zhēn)蓁：原指草木茂盛，这里形容蝮蛇聚集的样子。封狐：大狐。千里：指千里之地到处都是大狐。一说大狐顷刻间可至千里(蒋骥《山带阁注楚辞》)。　㉔ 雄虺(huǐ)九首：长有九个脑袋的大毒蛇。雄：大。虺：毒蛇的一种。倏忽：迅疾貌。益：补益、滋补。　㉕ 久淫：长久淹留。　㉖ 流沙：沙漠中沙动如流水，故称流沙。　㉗ 旋入：卷入。雷渊：神话中的渊泽名，或称"雷泽"。以上二句是说：你这灵魂如被流沙卷入雷渊，就会粉身碎骨而不可收拾。靡(mí)散：糜烂碎裂。　㉘ 此二句是说：即使幸而逃脱了雷渊，其外还有可怕的荒野。旷宇：空旷的荒野。　㉙ 赤蚁：红蚂蚁。若象：形体如大象一般。蒋骥《山带阁注楚辞》："《八纮译史》：蚁国在极西，其色赤，大如象。"　㉚ 玄蜂：黑色毒蜂。壶：通"瓠(hú)"，葫芦。蜂的体形与葫芦相似。蒋骥《山带阁注楚辞》："《五侯鲭》：大蜂出昆仑，长一丈，其毒杀象。盖即此类。"　㉛ 丛菅(jiān)是食：以丛丛茅草为食。菅：茅草。　㉜ 此句谓：西方土地焦热，能灼烂人的身体。　㉝ 彷(páng)徉(yáng)：游荡不定。倚：依傍。极：穷、尽，这里指边际。　㉞ 自遗(wèi)贼：给自己带来祸殃。贼：灾害、祸殃。遗：给予。贼：害。㉟ 增(céng)冰：层层累积的坚冰。增：通"层"。峨峨：高耸的样子。　㊱ 无：勿。　㊲ 此句指天门有九重，都由虎豹把守。见《山海经·大荒西经》。　㊳ 啄：吃。下人：下界之人。㊴ 此二句谓：一个巨人长着九个头，一天要拔几千根大木头。"九千"为虚数，极言其多。㊵ 从(zòng)目：竖着眼睛，言其凶恶。从：通"纵"。侁(shēn)侁：众多的样子。　㊶ 悬人：指九头巨人把人倒悬起来。娭(xī)：通"嬉"，玩耍。此句谓九头巨人玩够了就将人抛入深渊。㊷ 以上二句是说：九头巨人向上帝复命之后，被抛入深渊的人才得以瞑目。致命：复命、回复。瞑(míng)：闭上眼睛，指死亡。　㊸ 幽都：阴间的都城，俗所谓阴曹地府。土伯：地府的君主。九约(yāo)：指肚下垂着九块肉(很多肉)。一说"约"为"屈"意，"九约"指土伯身体弯弯曲曲。㊹ 觺(yí)觺：锐利的样子。　㊺ 敦：厚。脄(mí)：背上的肉。血拇：拇指染血。一说"敦脄"为地府怪魔之一，下文"此皆甘人"，正指土伯与敦脄。说可参。駓(pī)駓：急速奔跑的样子。㊻ 此句指土伯长着三只眼睛，头如老虎。参(sān)：通"三"。　㊼ 此：指土伯。一说指土伯与敦脄，说可参。甘人：以人肉为美味。修门：楚国郢都南关三门之一。　㊽ 工祝：擅长祭祀祈祷的男巫。工：巧。祝：男巫。君：指怀王。背行：招魂时的步伐，倒退着走。工祝因为要引导被招的魂，故面向所招之魂，倒退而行。先：先导。指走在所招魂之前，为其引路。　㊾ 秦籧(gōu)：产于秦地的竹笼。古代招魂时要将被招者的衣服放入竹笼，以引导魂魄回来。籧竹笼。齐缕：产于齐地的彩线，用做竹笼的提绳。郑绵：产于郑地的棉线。络：织成网络，这里指竹笼的装饰。　⑤招具：招魂用的工具，即籧、绵、络等。该备：完备。永：长。啸：撮口发出长而清越的声音。呼：呼号。　⑤反：同"返"，回归。　⑤贼奸：凶恶害人之物。贼：害。奸：恶。　⑤此句谓：按照一定的法式设置你的宫室。像：法式。一说为（被招者的）画像，一说为想象。静安闲：清静、闲适、安乐。　⑤邃(suì)：深远。宇：屋檐，此指屋房。槛(jiàn)栏杆。这里指用栏杆围绕。层轩：重重走廊。层：重。轩：走廊。　⑤累：层层。榭(xiè)建在台上的亭子。　⑤网户：指带有镂空花格的门，空格犹如网眼。朱缀：门上饰以朱丹。缀：装饰。《大戴礼记•盛德》："赤缀户也。"　⑤刻方连：门上雕镂的方格相连成图。刻：雕镂。　⑤突(yào)厦：结构深邃的大房子，用以保暖。突：深邃。此句指屋子夏天凉爽。　⑤川谷：指宫室周围的溪流。径复：水流往复。闻一多以为"径"乃"往"之讹。《楚辞校补》　⑥流：水流。潺(chán)湲(yuán)：流水声。　⑥光风：阳光。风：微风。转：流转、摇曳。蕙：蕙草，古代也叫薰草，药可以止疠。　⑥泛：洋溢，指兰香在阳光微风中飘溢。崇兰：丛丛兰草。崇：聚。聚通"藂"。　⑥经堂：经过堂屋。奥：房屋深处，指内室。朱尘：红色的承尘（顶棚）。筵：竹席。　⑥砥室：用光滑的石板砌成的屋子。砥：磨平的石板。翠翘：翡翠鸟的长尾羽，用以装饰。曲琼：玉钩。　⑥翡翠：鸟名，雄性毛色赤，名翡；雌性毛色青，名翠。这里指被面的色彩绚丽如翡翠鸟的羽毛。珠被：缀有细珠的被子。烂：灿烂。齐光：同光。这里指翡翠羽毛之色与珍珠之光交相辉映。　⑥蒻(ruò)：通"弱"，细软。阿：细缯(zēng)，一种轻细的丝织物。拂壁：遮覆在墙壁上。罗帱(chóu)：罗帐。张：张挂。　⑥此句泛指各种丝带。红色为纁，五色相杂为组；有花纹为绮；素色为缟。结：系，这里指系在丝带上。琦：美玉名。璜：半圆形的玉璧。　⑥观：指室内观赏之物。　⑥兰膏：含有兰香的脂膏，用以制烛。明烛：明亮地照耀。华容：华美的容貌，代指美人。备：齐备。一说"容"当作"登"，与"镫"（今"灯"字）通，华容即华灯。可参。　⑦二八：两列，八人为一列。此指十六个美女。侍宿：侍候过夜。射(yì)：汤炳正等《楚辞今注》："当为'夜'之借字。'射''夜'古韵同为喻纽铎部。夜与夕音义皆通，故王逸《章句》又云'或曰：夕递代。'"递代：更替，指嫔妃侍宿君王彼此更替。　⑦九侯：指各国诸侯。淑女：美女。淑：善。迅：通"洵"，确实，真正。众：多。　⑦盛鬈(jiǎn)：丰盛浓密的头发。鬈：鬈发。不同制：不同的样式。实满：充满。　⑦比：齐，并顺：读为"洵"，确实，真正。弥代：犹绝代、盖世。　⑦弱颜：柔嫩的容颜。固植："植"一本作"立"，"固立"指亭亭玉立。日说"固植"为心志坚贞，似不可从。謇(jiǎn)：楚方言，不多说话的样子。有意：情意深厚。　⑦姱(kuā)：好。修态：修长的体态。絚(gēng)：粗绳索，引申为绵延，此形容美人络绎不绝。洞房：深邃的房屋。　⑦蛾眉：指美女。曼：柔婉。睩(lù)：眼珠转动。腾光：闪烁光芒，指美人目光闪动，明亮有神。　⑦靡颜：细致的容颜。腻理：柔滑的肌理。遗(wèi)视：投送目光，顾盼。矊(mián)：脉脉含情的样子。　⑦离榭：宫廷外的台榭，即所谓离宫、别馆。修幕：临时居住的大帐。闲：指君王外出游览之际。　⑦此二句谓：绣有翡翠的帷帐，装饰着高高的厅堂。　⑧红壁：涂有红色的墙壁。沙版：涂有丹砂的户版。玄玉梁：黑玉装饰的房梁。玄：黑色。　⑧刻桷(jué)：雕刻过的方形椽子。画龙蛇：指椽子上刻画有龙蛇的图案。　⑧此二句是说：坐在堂上，伏在栏边，下临曲水清池。　⑧芙蓉：荷花的别称。菱(jì)：菱，这里指菱角。荷：荷叶。　⑧屏风：水葵，其茎紫色。文：通"纹"，指水纹。缘：《文选》作"绿"。"文绿波"意为：风吹水纹，起于绿波之间。　⑧文异豹饰：以斑斓的豹皮为饰。此句是说：上至高堂，下至曲池，都有武士侍卫。陂(bēi)陁(tuó)：高低不平之

〔38〕屈 原　　　　　　　　　　　　　　　招 魂

处。　⑧轩:有篷的车。辌(liáng):古代一种有窗而可供卧息的车。氐:通"抵",到达。步:步行的随从。骑:骑马的随从。罗:罗列。　⑧兰薄:丛生的兰草。薄:草木丛生。户树:种植在门前。树:种植。琼木:玉树,指名贵的树木。篱:作为篱笆。　⑧何远为:为何离开宫室而远去?　⑧室家:家庭、家族。宗:尊崇。以上二句意谓:魂既归来,家族的人都要表示尊崇,为其设置多种多样的食物。多方:多样。　⑨粢(zī):粟米,即小米。稷(zhuō):早熟的麦子。拏(rú):糅,掺杂。这里指用各种精细的粮食做饭。黄粱:一种香美的黄小米。　⑨以上二句谓用五味来调馔菜肴。大苦:味极苦。醎(xián):同"咸"。辛:辣。甘:甜。行(háng):用。　⑨腱(jiàn):蹄筋。臑(ér):通"胹",煮烂。若:而。芳:香。　⑨和:调和。若:和、与。陈:献上。吴羹(gēng):吴地之羹汤。羹:用肉、菜等做的汤。　⑨胹(ér):煮。鳖:甲鱼。炮(páo):一种做菜的方法,连着皮毛包起来烤熟。羔:小羊。柘(zhè)浆:甘蔗汁,用于烹调。柘:通"蔗"。　⑨鹄(hú)酸:当是"酸鹄"(闻一多《楚辞校补》)。酸鹄:做的带有酸味的鹄肉。鹄:天鹅。臇(juàn)凫:把野鸭熬成浓汤。臇:少汁的羹。凫:野鸭。　⑨鸿:大雁。鸧(cāng):鸟名,一名鸧鸹(guā),一种似雁的水鸟。　⑨露鸡:诸家解说不同,郭沫若释为"卤鸡",高亨释为"烙鸡",聂石樵释为"风干之鸡",均可参。臛(huò)蠵(xī):用龟肉做羹。臛:一种烹调的方法,不加菜,纯用汤煮。蠵:一种大龟。　⑨此句意为:美食味道浓烈,但却不伤胃口。厉:浓烈。爽:伤败。　⑨粔(jù)籹(nǚ):用蜜和米油煎成的食品。蜜饵:用蜜和黍米面制成的糕饼。　⑩餦(zhāng)餭(huáng):用蜜和糯米粉油煎成的食品。　⑩瑶浆:颜色如玉的美酒。蜜勺:美酒再调上蜂蜜来饮用。勺(zhuó):通"酌",调和。实:倒满。羽觞(shāng):古代的一种酒杯,鸟形,鸟为羽类,故名。　⑩挫糟:除去酒糟,滤出清酒。冻饮:冰冻后的酒。酎(zhòu):醇酒。清凉:指喝酒"冻饮"清凉宜人。　⑩华酌:有华彩的酒樽。陈:陈列。琼浆:色如赤玉的美酒。　⑩此二句谓:魂魄返回故居吧,家族的人都会尊敬你而不会有所妨害。　⑩羞:通"馐",美味的食物。通:疑原作"彻",避汉武帝讳改。"未彻"指菜肴尚未撤去。女乐:唱诵舞蹈之美女。罗:罗列。　⑩敶(chén):通"陈",陈设。按鼓:用手拍击鼓面。　⑩此处的《涉江》、《采菱》,皆楚歌曲名。　⑩发:唱起。《扬荷》:通"阳阿",楚歌曲名,是一种众人合唱的歌曲(参宋玉《对楚王问》)。　⑩酡(tuó):指喝酒后脸发红。　⑩娭(xī)光:逗人的眼神,娭:通"嬉"。一说"娭"为"眸"字之误。眇(miǎo)视:眯着眼睛看,指含情而视的样子。这句是说:美人既醉之后,眼睛水汪汪如层层波浪。曾:通"层"。　⑪被:通"披"。文:有花纹的绮绣衣裳。服:穿。纤:细软的丝织衣裳。丽而不奇:虽华丽却不妖异。　⑪曼鬋:长长的鬓发。艳:美丽。陆离:光彩绚丽貌。　⑪此二句指:女乐分两列,容饰整齐,跳起郑地的舞蹈。　⑪此二句写女乐舞容舞姿。衽(rèn):衣襟。竿:"干"字之借,盾。此形容舞者急速旋转,前后衣襟飘起,如两面盾相连。抚案下:指手臂伸开稍向下,如按抑之状,身体重心也随之降低。　⑪竽、瑟:两种乐器。竽:吹管乐器,像笙,有三十六簧。瑟:拨弦乐器,有二十五弦。狂会:猛烈地合奏。搷(tián):急击。　⑪《激楚》:楚地舞曲名,节奏急促,音调激昂,故名。　⑪欤(yú)、讴(ōu):都是歌曲的别称,因其地而不同,名称也异。"欤"之声细,而"歌""唱"之声洪。大吕:乐调名,六律之一。　⑪此二句谓:男女座次不分,混杂而坐,比肩齐膝。士:男子。　⑪放敶:随意放置。组:衣带。缨:帽带。组缨:代之衣帽。班:次序。纷:杂乱。　⑫妖玩:妖艳的美女。杂陈:混杂而坐在一起。　⑫《激楚》之结:全部演出的结尾,以《激楚》之歌曲为结。秀先:秀美出众。　⑫菎(kūn):通"琨",美玉。蔽:下棋时的筹码。象棋:象牙做的棋子。六簙(bó):古代的一种博弈游戏,二人对局,用六个筹码、十二个棋子。　⑫分曹:指博弈的双方。曹:偶。并进:二人相对行棋。道:急。相迫:

紧相逼迫以求胜。 ⑫ 成枭：即成为枭棋。枭：古时下棋的术语，指棋子先到目的地。牟：通"侔"，相等，指博弈双方势均力敌，不相上下。 ⑫ 呼：呼叫。五白：指五颗骰子未刻画的一面均上。这是一种纯采，可得大胜，故而博弈双方都大叫"五白"。 ⑫ 晋制：禁地所制。犀比：以犀角制成的筹码。一说"晋"通"进"，指行棋进攻。"制"为钳制。"犀"通"迟"，指行棋缓慢。"比"为较量(汤炳正等《楚辞今注》)。费：消磨、消耗。白日：时光。 ⑫ 铿(kēng)：撞击。簴(jù)：悬挂钟、磬的木架。搷(jié)：弹奏。梓瑟：用梓木制成的瑟。 ⑫ 此二句谓：日夜沉湎于饮酒作乐，未曾停止。废：停止。一说当作"发"，指酒醒。沈：同"沉"。 ⑫ 镫：同"灯"，烛台。错：雕错成文。一说通"措"，置放。 ⑬ 结撰：构思写作。至思：尽其想象。此句指席间赋诗，尽心思索。兰芳：同于《思美人》的"芳华"，喻华美的词藻，指诗篇。假："嘉"字之借，嘉美。 ⑬ 极：至，言人各尽其情思。同心赋：因心意相同，故互相酬唱、和诗。 ⑬ 先故：祖先和故旧。 ⑬ 乱：乐歌之卒章，即尾声。王逸注："乱，理也；所以发理词指，总撮其要也。"这里交代招魂的缘由。 ⑬ 献岁：进入岁首，指新的一年。献：进。发春：春气发扬。汩(yù)：急速的样子。南征：南行。 ⑬ 菉(lù)：通"绿"。蘋：一种生在浅水中的水草。"绿蘋"与下"白芷"对文。齐叶：整齐地生出新叶。白芷：香草。 ⑬ 路贯：由水路穿行。庐江：即"芦江"，在汉水云梦，因盛产芦苇而得名。旧说为今安徽南部之青弋江，误。左长薄：转向左侧的一片长林。长薄：草木丛。 ⑬ 倚：靠，背对。沼：池泽。畦：大片的田。瀛(yíng)：大泽。博：广阔，指旷野。以上四句写"掌梦"南下至汉江边，纵目远望，迎接楚王的到来。 ⑬ 青：青色的马。骊：黑色的马。驷：四匹马，古代一车驾四马。齐千乘(shèng)：千乘齐发。乘：古代一辆车叫一乘。 ⑬ 这句写田猎时焚烧树林，驱赶鸟兽。悬火：指火把。延起：火势蔓延。玄颜：黑色，指烟气浓重。烝：烟火上腾。 ⑭ 此句谓：徒步的从猎者跟着车马奔驰，田猎时的向导驰骋先行。骤处：车马奔驰所到之处。诱：田猎时的向导。 ⑭ 此句谓：狩猎队伍进退顺通流畅，进而右转前行。抑：停止。鹜：奔驰。若：顺。右还：右转。 ⑭ 与王趋梦：队伍右转后跟从怀王向云梦田猎之地进发，群臣争先比试。课：比试。 ⑭ 此句意谓：楚王在云梦射青兕而受惊。亲发：亲自射箭。惮：受到惊吓。青兕(sì)：古代犀牛一类的野兽。一说"惮青兕"当为"青兕惮"，"惮"即"殚"，毙命(闻一多《楚辞校补》)。 ⑭ 朱明承夜：白天接续黑夜。朱明：太阳。淹：停留。 ⑭ 皋兰：长在水边的兰草。皋：水泽之岸。被径：指兰草满路，被：覆盖。斯路渐：这条路逐渐被兰草覆没。渐：这里指覆盖。 ⑭ 湛湛：水深的样子。 ⑭ 此句是说：举目望尽千里，一片春色更令人伤心。以见作者因怀王射兕失魂之事而不胜自责、悲伤。 ⑭ 此句谓：魂魄归来啊，江南之地令人哀伤，魂魄不可逗留。

《招魂》，司马迁在《史记·屈原贾生列传》中说："余读《离骚》《天问》《招魂》《哀郢》，悲其志。"认为是屈原的作品，其说应该可信。王逸《楚辞章句序》却说"宋玉之所作"，以之为宋玉招屈原之魂，然而诗中描写宫室、音乐、饮食等，显然所招为王者，故宋玉之作的说法，显然出于推测。本篇当作于楚怀王二十四、二十五年(前305、前304)屈原被放汉北时，任"掌梦"(掌管云梦泽的官吏之称)之职，负责管理云梦游猎区及楚王游猎事宜。期间楚怀王在一次田猎时遇到青兕而发矢射之，此在楚俗为不祥，怀王亦因此而受惊，故屈原为怀王撰辞招魂。

司马迁说他读《招魂》而"悲其志"，其所悲者，当是屈原被放汉北却依然心系怀王、为其安危而不胜自责之情。"目极千里兮伤春心""魂兮归来哀江南"正可见此情绪之悲伤与自责。从这一点上说,清蒋骥所谓"卒章'魂兮归来哀江南'乃作文本旨,余皆幻设耳"(《山带阁注楚辞》),也是切中肯綮的。

招魂的习俗在楚国很早就有,屈原之前,楚国民间与宫廷都有招魂辞流传,《招魂》则体现了屈原对传统艺术形式的继承与创造。《招魂》的结构主要由三部分组成:序辞、招魂辞、乱辞。序辞交代招魂的缘起,将其托于上帝之口,自然显露出迷离奇幻来。招魂辞则如王逸所说,是"外陈四方之恶,内崇楚国之美",以招魂魄,冀其归来。此部分为全篇的主体,其语言骈散结合、讲究辞藻;各层次并列铺陈,"设綦组以成文","比物属事,离辞连类"(《文心雕龙》),反映着先秦时代楚国招魂辞的一般形态,"浑如天际浮云,自起自灭"(《山带阁注楚辞》);而一声声"魂兮归来"的急切召唤,苍凉、凄厉中又蕴含着依依深情。乱辞补叙怀王失魂的缘由,与序辞共同显示着作品形式的创新:在传统的招魂辞的基础上,不仅交代清楚了事件的背景,而且还直接寄托着作者的情思。其情感较之于招魂辞之声声呼唤,更显浓郁挚著、动人心魄:"献岁发春兮汨吾南征",在春秋代序、岁月逝往中展开追忆;"皋兰被径兮斯路渐",香草覆径而归路迷离;"湛湛江水兮上有枫,目极千里兮伤春心",春色勃发、满眼生机,而心绪哀婉、情致悲凉。正是如此,"魂兮归来哀江南"便是"无限凄凉中的一声长唤",这声长唤"由《招魂》生出,又迈越《招魂》,成为千古哀音。它的生命的一部分后来就延续在庾信的《哀江南赋》里"(扬之水《先秦诗文史》)。

从句式上来说,乱辞不同于招魂辞"××××,××××些"的句法,而是以"××××兮×××"铺排开来,更显得情感之绵长与语气之回环。或将其从"兮"字处点开,断为两句,则尽显急促迫切而失此韵味矣!揆之于《涉江》《哀郢》《怀沙》《抽丝》等篇之乱辞,亦可看出:句式的变化也流露着情感的跌宕起伏。

全篇具有浓厚的浪漫色彩,丰富的想象,奇特的夸张,如九头怪人,腹下垂着九块肉、头上长有尖锐的角的恶魔,毒蛇,猛兽等丑恶形象,他们丑陋怪异,本性凶残,显然是诗人夸张的想象创造出的。正如明孙鑛所评:"构格奇,撰语丽,侈谈怪论,琐陈缕述,务穷其变态,自是天地间一种瑰伟文字。"(《七十二家评注楚辞》引)陆时雍亦云:"文极刻画,然鬼斧神工,人莫窥其下手处。"(《楚辞疏》)

华丽的辞藻、优美的语言,使这篇赋充满了浓郁的抒情色彩,"魂兮归来哀江南",一唱三叹,伤怀王之不归,哀顷襄之不悟,语言凄切动人,感人肺腑,韵味无穷。细腻的描写,强烈的对比,使这首诗具有了很强的艺术色彩。东方"流金铄石",南方"雕题黑齿",西方"流沙千里",北方"增冰峨峨,飞雪千里"等在强烈的对比之下都与当地的风俗习惯和自然条件相符合,虽不乏想象,但也与现实相结合,将想象立足于合理的现实之上。《招魂》铺张扬厉的文风对后来的汉大赋有极大的影响,它直接启迪了汉代赋家枚乘、司马相如等,是汉大赋,尤其是《七发》的渊源之一。而其结尾几句,亦开了古代伤春文学的先河。 　　　　（马世年）

渔　父　　　　　　　　屈　原

　　屈原既放①,游于江潭②,行吟泽畔③,颜色憔悴,形容枯槁④。渔父见而问之曰:"子非三闾大夫欤⑤? 何故至于斯⑥?"

　　屈原曰:"举世皆浊我独清⑦,众人皆醉我独醒,是以见放。"渔父曰:"夫圣人者,不凝滞于物⑧,而能与世推移。世人皆浊,何不淈其泥而扬其波⑨? 众人皆醉,何不餔其糟而歠其醨⑩? 何故深思高举⑪,自令放为⑫?"屈原曰:"吾闻之:新沐者必弹冠⑬,新浴者必振衣⑭;安能以身之察察⑮,受物之汶汶者乎⑯! 宁赴常流⑰,葬于江鱼之腹中。安能以皓皓之白,而蒙世俗之尘埃乎?"

　　渔父莞尔而笑⑱,鼓枻而去⑲,乃歌曰:"沧浪之水清兮⑳,可以濯吾缨㉑;沧浪之水浊兮,可以濯吾足!"遂去,不复与言。

〔注〕①既:已经。放:遣放于京都之外的地方。汉北指郢都以东、汉水以北之地,包括今湖北钟祥、京山、天门、汉川、应城、云梦一带。　②江潭:此处指汉水以北之江潭边。③吟:叹。　④形容:体态容貌。　⑤子:古代对男子的尊称。三闾大夫:楚国负责王族子弟教育的官职。欤:同"欤",表示疑问的语气词。　⑥斯:此,此种地步。　⑦举世:整个社会。　⑧据闻一多《楚辞校补》云:"'夫''者'二字据《史记》增。"凝滞于物:对客观事物抱着一个固定刻板的看法。凝滞,黏着,引申为固执不变。　⑨淈(gǔ):搅浑。　⑩餔(bū):吃。糟:酒糟。歠(chuò):同"啜",喝。醨(lí):薄酒。原作"醩",通"醨"。洪兴祖引《文选》、朱熹引一本作"醨",今据改。　⑪高举:为很高的目标而努力。　⑫为(wéi):表疑问的语气词。⑬弹(tán)冠:弹去冠上的灰尘。　⑭振衣:抖掉衣服上的灰尘。　⑮察察:明审清晰貌。⑯物:外物,世俗。汶(mén)汶:同"惛(hūn)惛",糊涂,心中昏昧不明。　⑰常流:长流,即江河之水。原作"湘流"。据《史记·屈原贾生列传》改。　⑱莞(wǎn)尔:微笑的样子。　⑲鼓枻(yì):用桨拍打水面。㉑沧浪之水:即春秋时代的清发水,又名"清水",也即"沧水"。清代学者卢文弨云:"仓浪,青色。在竹曰篧箕,在水曰沧浪。"(《钟山札记》)　㉑濯(zhuó):洗。缨:用以系冠的带子。

　　《楚辞章句》云:"《渔父》者,屈原之所作也。"明代以后始有人怀疑非屈原所作,主要原因是《史记·屈原列传》言"屈原者,名平"。而本篇与《卜居》开头皆曰

"屈原"云云。然而六臣注《文选》引《史记》作"屈原字平",则是名原。《文选》于作者标字,于《离骚》等屈作均标"屈平",也可证。《离骚》曰:"名余曰正则兮,字余曰灵均。""正则"即"原"之义,今人犹曰"原则";"灵均"正是"平"之义,今人犹曰"平均"。《史记》写成后相当一段时间在民间流传,被错改的可能性也有。《屈原列传》开头那个"名"字应是"字"之误。因为人物传应首列其名,不会列其字而介绍其名。

有的学者认为《渔父》具有道教思想。汤炳正先生的《释"温蠖"》一文说:"屈原生于道家学说盛行的楚国,对道家的观点当然是习闻常见的。所以,他在回答渔父时所说的'安能以身之察察,受物之汶汶者乎',即系袭用道家《老子》的原话,反其意而用之以驳道家的观点。"则本篇不仅不是宣扬道家的思想观点,相反,是反驳了道家的思想观点。

关于《渔父》的作时与作地,旧说以为在放于江湘之间时,这是因为古人尚未弄清屈原被放两次的情节。篇中渔父所歌《沧浪歌》又见于《孟子·离娄上》,言孔子曾闻孺子唱之,因而借以教诲弟子,则如王夫之所说,应是孔子由中原至楚途中所闻,必不在郢都以南,而只能是在汉北。

本篇结构也是用《文心雕龙·诠赋》所说"述客主以首引"的方式,主体部分是骈联的几组文字,同莫敖子华《对楚威王》,庄辛《谏楚襄王》《说剑》,宋玉《对楚王问》相似,已具"极声貌以穷文"的特征,形成一种特殊的文体。及至这种体式同《大招》《招魂》场面描写上铺采摘文的手段结合,并以"赋"命名,《风赋》《高唐赋》《神女赋》等也就正式揭起了赋的旗帜。

本篇表现了两种对立的思想交锋,但全篇的对话用比喻的方式说出,既含蓄、耐人寻味,又深刻而令人震惊。渔父唱着《沧浪歌》而离去,"不复与言",表现了诗人无比的孤独,巨大的悲哀,这给诗人的刺激,同《卜居》中郑詹尹的拒绝之语及《离骚》中女媭的骂詈是一样的。

本篇在形式上对后代赋产生了深远影响的还有一点,就是其中引述了《沧浪歌》。后来宋玉的《登徒子好色赋》、枚乘的《梁王兔园赋》、司马相如的《美人赋》等也用了系诗的方式,散体赋结尾系诗,竟成了其特点之一。 （赵逵夫）

卜　居　屈　原

屈原既放,三年不得复见。竭知尽忠[①],而蔽障于谗[②],心烦虑乱,不知所从。乃往见郑詹尹曰[③]:"余有所疑,愿因先生决之[④]。"詹尹乃端策拂龟[⑤],曰:"君将何以教之?"

屈原曰:"吾宁悃悃款款朴以忠乎⑥? 将送往劳来斯无穷乎⑦? 宁诛锄草茅以力耕乎⑧? 将游大人以成名乎⑨? 宁正言不讳以危身乎⑩? 将从俗富贵以婾生乎⑪? 宁超然高举以保真乎⑫? 将哫訾栗斯,喔咿儒儿,以事妇人乎⑬? 宁廉洁正直以自清乎? 将突梯滑稽,如脂如韦,以絜楹乎⑭? 宁昂昂若千里之驹乎? 将泛泛若水中之凫,与波上下,偷以全吾躯乎⑮? 宁与骐骥亢轭乎⑯,将随驽马之迹乎⑰? 宁与黄鹄比翼乎⑱? 将与鸡鹜争食乎⑲? 此孰吉孰凶? 何去何从? 世溷浊而不清⑳: 蝉翼为重,千钧为轻㉑; 黄钟毁弃,瓦釜雷鸣㉒; 谗人高张,贤士无名。吁嗟默默兮㉓,谁知吾之廉贞?"

詹尹乃释策而谢㉔,曰:"夫尺有所短,寸有所长㉕; 物有所不足㉖,智有所不明㉗,数有所不逮㉘,神有所不通。用君之心,行君之意。龟策诚不能知此事㉙!"

〔注〕 ①竭知:竭尽才智。"知",通"智"。 ②蔽障:遮蔽阻隔。谗:谗言。 ③乃:据洪兴祖引一本和《集注》本补。詹尹,即"占尹"。"郑詹尹"前原有"太卜"二字。据汤炳正《楚辞类稿》说删。 ④因:凭借,依靠。决之:指决疑。 ⑤端策:把著草摆正。策,著草,用为筮。拂龟:拂去龟壳上的尘土。龟,龟壳,用为卜。这是进行卜筮时的虔诚表示。 ⑥宁:宁可,宁愿。"宁"与下句"将"组成"宁……将……"的句式,表选择。悃(kǔn)悃款款:忠实诚恳的样子。 ⑦送往劳(lào)来:指接送宾客友朋,忙于应酬。劳:慰问。 ⑧力耕:竭力耕作。 ⑨游:游说。大人:指居高位有权势者。 ⑩正言:直言,说实话。 ⑪从俗:追随世俗。婾:此处同"愉",快乐。如作"苟且偷生"解,则同下"偷生以全吾躯"的意思重复,不可取。 ⑫保真:保持真实的本性。"真"同"贞"。 ⑬哫(zú)訾(zǐ):双声联绵词,忸怩,羞羞答答的样子。栗斯:双声联绵词,拘谨、小心的样子。"栗"原作"栗",据洪兴祖引一本改。喔(wō)咿(yī)、儒儿:皆哆声哆气装憨以媚的样子。事:侍奉、服事。妇人:当指南后郑袖之流。 ⑭突梯、滑稽:俱为双声联绵词,指油嘴滑舌、圆滑善变。脂:油脂,喻滑溜。韦:熟牛皮,喻柔软。絜(xié)楹(yíng):用熟牛皮之类柔软的东西测度楹柱之粗细。此承其前的"如韦如脂"言之。"絜楹"喻随物而变,与矩度的以我正物者截然相反。 ⑮泛泛:浮游不定的样子。凫(fú):野鸭,比喻随波逐流者。原"凫"字后有"乎"字,据洪兴祖引一本及朱熹《集注》删。偷:苟且,这里指苟且处世。 ⑯亢(kàng)轭(è):并驾齐驱。亢:通"抗",相敌,并比。轭:车辕前套马用的横木。 ⑰驽(nú)马:劣马。 ⑱黄鹄(hú):又名鸿,即大雁。 ⑲鹜(wù):鸭。 ⑳溷(hùn)浊:混乱污浊。 ㉑钧:三十斤,比喻极重的东西。 ㉒黄钟:古乐十二律之一,声调最为洪亮。毁弃:毁坏废弃。瓦釜(fǔ):瓦制的本用于烹饪的锅,又指秦人的一种敲击乐器,同"缶"。 ㉓吁(xū)嗟:慨叹声。默默:同"嘿(mò)嘿",昏暗,是非不明的样子。《新序·节士》:"屈原嫉暗王乱俗,汶汶嘿嘿,以是为非,以清为浊。""默默"即"汶汶嘿嘿"的简省说法。所以前面有感叹之词"吁嗟",后面接"谁知吾之廉贞"。 ㉔释:舍,从手中放下。谢:推辞,表

示抱歉不能承担或不能接受。　㉕尺有所短,寸有所长:此言奸佞之人治国无术,而行阴谋诡计,贤者不能料;国之大才深谋远虑,而谋不及自身。　㉖物有所不足:言客观环境的变化有非人力所能左右者。　㉗智有所不明:言即使圣哲之人,也会有意想不到的困厄,有些事再聪明的人也无法预料。　㉘数:本指卜筮时蓍草之数,后用以指卦数。不逮:不及,达不到。　㉙诚:确实。知此事:原作"知事",据洪兴祖、朱熹皆引一本增"此"字。

关于《卜居》的作时与作地,王夫之《楚辞通释》云:"此盖怀王时去位居汉北事。"怀王二十四年屈原被放汉北。联系《离骚》中两写卜疑的情节看,应是反映了同样的心态与经历。蒋骥《山带阁注楚辞》也说:"详其词意,疑在怀王斥居汉北之日也。""殆与《思美人》相近"。而怀王时被放汉北,楚故都鄢郢在其西北,也会有占卜之官。根据其开头"三年不得复见"之语,应作于怀王二十七年前后。作于《渔父》《抽思》《思美人》《招魂》《惜诵》之后。熊任望《〈卜居〉〈渔夫〉真伪辨》即认为作于《惜诵》之后,《离骚》之前,其说是也。

明代陈第的《屈宋古音义》联系《离骚》中灵氛占卜、巫咸决疑的情节,从王逸、洪兴祖、汪瑗之说,以为本篇"以行之必不能胜,事之必致相反者,决去就,定从违,且以见己之廉贞,不以见弃而悔改也"。清初王夫之、顾炎武及林云铭、蒋骥等看法均相近。则屈原居汉北之地,对自己坚持改革内政与正确的对外政策而屡遭打击流放一直不能理解,对一些谗佞误国之臣使国家不断走向败亡反得到信任、朝政日非而竟无人关心,也时时不能去于怀。如果他向旧贵族低头,改弦更张,则可以返回朝廷,与闻政事,但这样不合于自己做人的原则;坚持自己的主张不变,则失去返回朝廷、挽救败局的机会。这些在诗人头脑中不会没有矛盾与斗争,因而去向太卜求教。屈原也算是借此倾吐内心,表现了对当时政治与社会风气的批判。

屈原的《卜居》同《渔父》一样,是散体赋的滥觞。

首先,它用了"述客主以首引"的结构形式。其次,篇中并列的八组文字,每组以"宁……将……"的选择句式列出两种情况,引人深思。这八组文字之后,有一小段收束、归纳上文。此为全文主体,表现了作者在坚持原有主张,还是改弦更张向旧贵族们妥协这二者间的思想斗争,含意是很深的。再次,结尾以含蓄的表现手法写出他无法解决的矛盾,也可以说是"乱以理篇,写送文势"(《文心雕龙·诠赋》)。这比汉代的劝百讽一和卒章言志,更具有诗的含蓄与深沉。

本篇过去多被误解,有的学者认为它表现了道家的思想,其实是未能深刻理解它的含意。内容的理解上应注意到以下两点:

一、表现了一定的法家思想。文中所列八组问题,作者的态度其实是明确的,他列出这些来,实际上反映了楚国朝廷中的尖锐斗争。每一组问句中,前面的一句是作者所一贯主张,后面的一句则或者刻画那些旧贵族的面目,或者指出要返回朝廷只能采取的态度,而每一组的上句所反映的政治主张或政治理想,都同法家的比较接近。如第一组中提出的"力耕"和禁止游士空谈,就是法家思想的重要内容之一,商鞅、韩非都论述过这个问题。《商君书·农战》云:"夫人聚党与说议于国,纷纷焉,小民乐之,大人悦之,故其民农者寡,而游食者众,众则农者殆,农者殆则土地荒。学者成俗,则民舍农从事于谈说。高言伪议,舍农游食,而以言相高也,故民离于上而不臣者成群。此贫民弱兵之教也。"再如关于"正言不讳"反对从俗偷生一条,《韩非子·孤愤》云:"智术之士,必远见而明察,不明察不能烛私;能法之士,必强毅而劲直,不劲直不能矫奸。人臣循令而从事,案法而治官,非谓重人也。重人也者,无令而擅为,亏法以利私,耗国以便家,力能得其君,此所为,重人也。……故智术能法之士用,则贵重之臣必在绳之外矣。是智法之士与当涂之人,不可两存之仇矣。"下面分析了君王贵幸亲爱之臣"五胜之势"和法术之士的"五不胜之势",然后说:"故资必不胜而势不两存,法术之士焉得不危?"所以,《卜居》中将两两相反的两种思想行为对立起来看,本身就反映出一和改革家的主张与体验。《韩非子·和氏》专门写了法术之士在这方面的悲剧。再如主张超然高举,以保正直,反对交结君王亲信与走妻妾门路的一条,《韩非子·亡征》云:"不顾社稷之利,而听主母之命,女子用国,刑余用事者,可亡也。"屈原所说的"超然高举""保真",是主张摆脱影响法制种种行为的束缚,以国家利益为重,保持忠于国家的正直、公正之心。《韩非子·备内》篇专门论述了一些奸佞之人利用后妃和嫡子达到个人目的,以至造成亡国的事实。再如关于"廉洁正直以自清"的思想,《韩非子·孤愤》云:"其修士皆以精洁固身","恃其精洁,而更不能以枉法而治,则修智之士不事左右,不听请谒矣。"

二、要返回朝廷,就得向腐朽的旧贵族低头;要保持自己的高尚情操,就将永远置身草野。"孰吉孰凶,何去何从",是作者一直感到苦恼的事。下面"世溷浊而不清"一段,就反映了他对当时楚国朝廷状况的评价与态度,作者的选择,已就在不言之中了。这是含蓄地表现了作者在以上八个问题中的选择。郑詹尹的回答则是两两并比的六句话,被有的学者认为是表现了道家思想,这也是一个误解。蒋骥《山带阁注楚辞》云:"宜去者不幸而吉,宜从者不免而凶,鬼神不诏人以凶,而尤不导人于不义。则亦安能与其事哉!"又云:"此言不善既有所不从,而善又未必获吉,以明所以欲卜居之意。东汉范滂顾谓其子曰:'吾欲使汝为恶,则恶不可为;使汝为善,则我不为恶。'与此正同,皆激愤之语也。"可谓得《卜居》一篇之真意。范滂为汉末名士,同李膺、杜密皆以反对竖宦权奸、伸张正义、大胆议论朝政被杀。范滂被捕后辞母,其母对儿子说了蒋骥所引的那两句话。以范滂那两句话来理解《卜居》末段詹尹之语,全篇之意便豁然贯通。所以说,屈原实际上是借郑詹尹之口说明他所遇到的矛盾在当时根本就无法解决。从这一点上说,《卜居》反映了诗人激烈的思想斗争与极大的不平与悲愤,与《离骚》不仅思想上相近,在表现手段上、构思上也相近,它好像就是《离骚》中灵氛占卜、巫咸决疑的雏形。因此,《卜居》是屈原于汉北之时所作,写于《离骚》之前而时间相近。

但以上两点表现都不是十分直露,经对比分析方可明白。这应同屈原对怀王仍寄托着一定希望有关。

(赵逵夫)

【作者小传】

荀 况

(约前313—约前238) 荀子,名况,时人又尊称为荀卿,因荀、孙音近,故又称"孙卿"。赵国人。齐惠王时被奉为最富声望的学者,三次担任祭酒,韩非、李斯等皆为其弟子。后被谗,去齐至楚,楚相春申君曾两次任他为兰陵令。春申君死,荀子罢官,居家著书,死后葬兰陵。文学上,荀子为迄今所知作赋第一人。《汉书·艺文志》载其赋十篇。今《荀子·赋篇》中存有《礼》《智》《云》《蚕》《箴》五首小赋。

赋 篇　　　　　　　　　荀 况

爰有大物①,非丝非帛,文理成章②。非日非月,为天下明。生者以寿,死者以葬。城郭以固,三军以强。粹而王③,驳而伯④,无一焉而亡。臣愚不识,敢请之王。王曰:此夫文而不采者与? 简然易知,而致有理者与⑤? 君子所敬,而小人所不者与⑥? 性不得则若禽兽,性得之则甚雅似者与? 匹夫隆之则为圣人,诸侯隆之则一四海者与? 致明而约⑦,甚顺而体⑧,请归之礼。礼。

皇天隆物⑨,以示下民⑩,或厚或薄,常不齐均。桀、纣以乱,汤、武以贤。涽涽淑淑⑪,皇皇穆穆⑫。周流四海,曾不崇日⑬。君子以修,跖以穿室⑭。大参乎天,精微而无形。行义以正,事业以成。可以禁暴足穷⑮,百姓待之而后宁泰⑯。臣愚不识，愿问其名。曰：此夫安宽平而危险隘者邪？修洁之为亲而杂污之为狄者邪⑰？甚深藏而外胜敌者邪？法禹、舜而能弇迹者邪⑱？行为动静待之而后适者邪？血气之精也，志意之荣也。百姓待之而后宁也，天下待之而后平也，明达纯粹而无疵，夫是之谓君子之知⑲。知。

有物于此⑳，居则周静致下㉑，动则綦高以钜㉒。圆者中规，方者中矩。六参天地，德厚尧、禹。精微乎毫毛，而大盈乎大寓㉓。忽兮其极之远也㉔，攭兮其相逐而反也㉕，卬卬兮天下之咸蹇也㉖。德厚而不捐㉗，五采备而成文。往来惛惫，通于大神，出入甚极，莫知其门。天下失之则灭，得之则存。弟子不敏，此之愿陈。君子设辞，请测意之。曰：此夫大而不塞者与？充盈大宇而不窕者与㉘，入郄穴而不逼者与㉙？行远疾速而不可托讯者与？往来惛惫而不可为固塞者与？暴至杀伤而不亿忌者与㉚？功被天下而不私置者与㉛？托地而游宇，友风而子雨。冬日作寒，夏日作暑。广大精神，请归之云。云。

有物于此㉜，儳儳兮其状㉝，屡化如神，功被天下，为万世文。礼乐以成，贵贱以分。养老长幼，待之而后存。名号不美，与暴为邻㉞。功立而身废，事成而家败。弃其耆老㉟，收其后世㊱。人属所利，飞鸟所害。臣愚而不识，请占之五泰㊲。五泰占之曰：此夫身女好而头马首者与？屡化而不寿者与？善壮而拙老者与㊳？有父母而无牝牡者与？冬伏而夏游？食桑而吐丝，前乱而后治㊴。复生而恶暑，喜湿而恶雨。蛹以为母，蛾以为父。三俯三起㊵，事乃大已。夫是之谓蚕理。蚕。

有物于此㊶，生于山阜㊷，处于室堂。无知无巧，善治衣裳。不盗不窃，穿窬而行㊸。日夜合离，以成文章。以能合从㊹，又善连衡㊺。下覆百姓，上饰帝王。功业甚博，不见贤良㊻。时用则存，不用则亡。臣愚不识，敢请之王。王曰：此夫始生巨其成功小者邪㊼？长其尾而锐其剽者邪㊽？头铦达而尾赵缭者邪㊾？一往一来，结尾以为事㊿。无羽无翼，反覆

〔48〕荀况　　　　　　　　　　　　　　　　　　　　　　赋篇

甚极㉛。尾生而事起,尾邅而事已㉜。簪以为父㉝,管以为母㉞。既以缝表,又以连里。夫是之谓箴理㉟。箴。

天下不治,请陈佹诗㊱:天地易位㊲,四时易乡㊳。列星殒坠,旦暮晦盲㊴。幽晦登昭㊵,日月下藏㊶。公正无私,见谓从横㊷。志爱公利,重楼疏堂㊸。无私罪人,憼革贰兵㊹。道德纯备,谗口将将㊺。仁人绌约㊻,敖暴擅强㊼。天下幽险,恐失世英㊽。螭龙为蝘蜓㊾,鸱枭为凤皇。比干见刳㊿,孔子拘匡(51)。昭昭乎其知之明也,郁郁乎其遇时之不祥也。拂乎其欲礼义之大行也(52),暗乎天下之晦盲也。皓天不复(53),忧无疆也。千岁必反(54),古之常也。弟子勉学,天不忘也。圣人共手(55),时几将矣(56)。与愚以疑,愿闻反辞。

其小歌曰:念彼远方(57),何其塞矣(58)。仁人绌约,暴人衍矣(59)。忠臣危殆,谗人服矣(60)。琁玉瑶珠(61),不知佩也。杂布与锦,不知异也。闾娵子奢(62),莫之媒也。嫫母力父(63),是之喜也。以盲为明,以聋为聪。以危为安,以吉为凶。呜呼上天!曷维其同(64)。

〔注〕①爰:发语词。大物:暗指"礼"。　②"非丝非帛"二句:暗指礼乐制度条理分明。　③粹:纯粹。　④驳:驳杂不纯。伯,通"霸"。　⑤致:同"至",极。　⑥不:同"否"。　⑦致明而约:极其明白简约。　⑧甚顺而体:非常顺礼而又得体。　⑨隆:同"降"。物:暗指"智"。⑩示:应为"施"。王念孙云:"'示',本作'施',俗音之误也。"⑪涽(hūn):水浑浊的样子,喻指神智不清,思虑昏乱。淑淑:水清澈的样子,喻指思维清晰。⑫皇皇:盛大的样子,形容智慧广大。穆穆:静穆的样子,形容智慧深邃。⑬曾:竟然。崇日:终日。　⑭跖以穿室:盗跖靠它穿墙入室。　⑮足穷:使穷人富足。　⑯宁泰:当作"泰宁",康泰安宁。　⑰狄:通"逖",远。　⑱法禹、舜而能弇迹:效法禹、舜而能沿着他们的足迹前行。弇(yǎn),承袭。　⑲知:"智"的古字。　⑳物:这里暗指"云"。　㉑周静致下:悄无声息地向下飘浮。　㉒綦(qí):极。　㉓大寓:太空。"寓",同"宇"。　㉔忽:遥远的样子。极:至,所到的地方。㉕攦(lì):云气回旋的样子。　㉖卬卬兮天下之咸蹇(jiǎn):意谓云高高在上而不能化雨,天下人就困苦。卬卬,高盛的样子。蹇,困苦。　㉗捐:弃。㉘不窕:没有间隙。　㉙郤:同"隙",逼。逼:逼仄。　㉚亿忌:迟疑和顾忌。"亿",通"意",疑。㉛不私置:不自以为有德。置,通"德"。　㉜物:暗指"蚕"。　㉝儽儽(luǒ):同"裸",指没有羽毛。　㉞与暴为邻:"蚕"与"慆"音近,故云。㉟耆(qí)老:这里指蚕蛾。㊱后世:指蛾所生的蚕子。　㊲五泰:无所不知的神巫。㊳善壮而拙老:壮年得到优养,老年处境凄凉。㊴前乱而后治:蚕茧经过缫丝处理,其丝由乱而顺。㊵三:泛指多次。俯:指蚕眠。　㊶物:暗指"针"。　㊷生于山阜:山有铁矿,针用铁制,故云。㊸穿窬

(yú)：穿洞。窬，同"窦"，孔穴。 ㊹ 以：通"已"，既。从：通"纵"。 ㊺ 衡：通"横"。㊻ 见：同"现"。 ㊼ 始生巨其成功小者：制针的铁块大，制成的针细小。 ㊽ 尾：指线。剽(piǎo)：指针尖。 ㊾ 铦(xiān)达：锐利。赵(diào)缭：长而缠绕的样子。赵，通"掉"。(50) 结尾：在线尾端打个结。 (51) 极：通"亟"，急。 (52) 邅(zhān)：转，指线回绕后打结。(53) 簪：缝衣针由形似簪的大针磨细而成，故说以簪为父。 (54) 管：用来放针的管状器具。(55) 箴：同"针"。 (56) 佹(guǐ)诗：奇异激切的诗。 (57) 异位：更换位置。 (58) 四时易乡：四季秩序颠倒。乡，通"向"，方向。这里指四季的次序。 (59) 晦盲：昏暗。 (60) 幽晦登昭：小人位居显要。 (61) 日月下藏：君子沉沦隐退。 (62) 见谓从横：被说成是合纵连横。见谓，被称作。从横，纵横，这里比喻反复无常。 (63)"志爱"二句：意谓维护国家利益被说成是营造私人华丽宅邸。 (64)"无私"二句：意谓不以私怨加罪于人，却被当作敌人受到武力戒备。憼(jǐng)，通"儆"，戒备。革，兵甲。贰，增加。 (65) 将(qiāng)将：聚集的样子。 (66) 绌约：黜退，穷困。绌，通"黜"。 (67) 敖：同"傲"。擅强：专横。 (68) 世英：世上英才。 (69) 螭蜓：壁虎。 (70) 比干见刳：商纣王之臣比干因直言极谏而被剖腹取心。 (71) 匡：古地名，在今河北长垣。孔子周游列国，过匡，曾被匡人囚禁。 (72)"郁郁乎"二句：据《荀子》杨倞注，两句中"郁郁"与"拂"互易，两句当作"拂乎其遇时之不祥也。郁郁乎其欲礼义之大行也"。拂：违背。郁郁：富有文采的样子。 (73) 皓：同"昊"，大。 (74) 反：返。 (75) 共(gōng)手：拱手而待。(76) 时几将矣：大治之时差不多将要到来。 (77) 远方：指楚国，荀子曾在楚国任官。 (78) 塞：闭塞。 (79) 衍：多。 (80) 服：任用。 (81) 琁：同"璇"，美玉。 (82) 闾娵(jū)：魏国的美女。子奢：即子都，郑国美男子。 (83) 嫫母：传说中的丑女。力父：不详，疑是丑男子。 (84) 曷维其同：怎能与这类人同道。

在中国赋史上，荀子是第一位以赋命篇的作家。清人王芑孙《读赋卮言》说："相如之徒，敷典摛文，乃从荀法。"荀子《赋篇》的原创意义，既在于为作为文类的"赋"创名，还在于创建了赋的文体范式，主客问答，咏物寓意，铺陈写物，因物以讽，开汉赋形成之先河。《赋篇》包括《礼》《智》《云》《蚕》《箴》五篇赋，后附《佹诗》。五赋的主要特点是以隐语为表现形式，隐语亦即后世所谓的谜语。刘勰《文心雕龙·谐隐》释谜语云："谜也者，回互其词，使昏迷也。或体目文字，或图像品物；纤巧以弄思，浅察以炫辞；义欲婉而正，辞欲隐而显。荀卿《蚕赋》，已兆其体。"《蚕赋》等即通过暗射文字或事物引发读者的思考和联想，体现了隐语的基本特征。末篇《佹诗》抒情述志，情感浓郁，与屈原《涉江》等诗风貌相近。《佹诗》后面的"小歌"，与屈原诗中的"乱辞"性质相同，当为《佹诗》的组成部分。鲁迅《汉文学史纲要》称《佹诗》云："词甚切激，殆不下于屈原，岂身临楚邦，居移其气，终亦生牢愁之思乎？"可见荀子《佹诗》的创作精神与屈原诗歌多有相通。《佹诗》对汉初贾谊《吊屈原赋》等骚体赋也有直接影响，两者在内容上体现了承继关系。《汉书·艺文志》说："大儒孙卿及楚臣屈原，离谗忧国，皆作赋以讽。"可见汉人把荀子、屈原视作赋家的始祖。

《礼》赋从政治角度铺叙"礼"的功用。荀子向以"隆礼"著称，认为礼是"强国之本"(《荀子·议兵》),"国之命在礼"(《荀子·天论》)。开篇以非丝非帛,但文理斐然成章,非日非月,却给天下带来光明,比喻礼不仅体系完备,而且涵盖广博。它既是人伦规范,又是强国之本,它使生者得以享尽天年,死者得以入土为安,城池因此巩固,军力因此强盛。"王曰"以下,假托大王之口连下五个疑问句,进一步申说礼纲目清晰,简明易懂,君子尊崇它则行为端正,诸侯尊崇它则天下统一。经层层铺排,结末点出谜底"礼"。

《智》赋从认识论角度铺叙"智"的特点和功用。在荀子的哲学视野中,"知"(智)是人认识客观事物的能力,"知""行"结合,可以提高人的才能。"凡以知,人之性也;可以知,物之理也。"(《荀子·解蔽》)"知之不若行之,……行之,明也,明为圣人。"(《荀子·儒效》)荀子认为,人的"心术"(品质)有高下之别,因此"行"有善行和恶行之分。智作用于不同品质的人,会产生不同的后果。夏桀和商纣因智昏而政乱国亡,成汤和武王因智明而贤能业成;君子以智修身养性,盗跖以智穿墙窃盗。因此,荀子在《解蔽》中既提出知行结合的主张,又强调"悬衡",即建立正确的标准,判明善恶是非。"何谓衡?曰:道。""道"是客观真理和社会良知,因此君子应在"道"的指引下追求"知"的"明达纯粹"。

《云》赋描写云。先写云的静态和动态,云停留时,周遍地静处于大地之上;云流动时,高高地铺展于天宇之间。次写云的形状和大小,它或似圆规画的圆圈,或如角尺画的方块;大者充塞寥廓天宇,小者犹如细微的毫毛。接着将云比作广博、敦厚、慈善的德行,德行犹如五彩纷呈、充塞天宇的祥云,天下得之则存,失之则亡。"曰"以下是客的答词,通过疑问句描绘云来去无端、进退无序、变化莫测的物理特性,侧重于表现云广大而又神灵的德性。它呼风唤雨,以风为友,以雨露为子女,天下人失去它就难以生存,它功盖天下却从不居功自傲,从而将云与德关联在一起。这种譬物连类的做法,有助于引导读者产生对"云"与"德"异物同构的联想。

《蚕》赋描写蚕。前半部分描写蚕对人类的贡献:有这样一种东西,它的名称虽与"惛"音近,它的外表虽赤裸无华,但变化奇妙如神,功德广大无边。它吐的丝织就纹饰繁复的面料,缝制成款式多样的服饰,它修饰了礼制人文,区分出贵贱差等,它奉养老人,抚育小孩。"五泰占之曰"以下是第二部分,通过神巫的对答,描绘蚕的生活习性,以丰富谜面。它形体柔美,头与马头形似;无雌雄之分,以蛹为母,以蛾为父;冬伏眠,春苏醒,屡蜕变,寿不长;喜温润,怕雨淋,食桑叶,吐细丝。结末点出谜底"蚕"。文中铺写蚕的外形和习性,栩栩欲活,细腻入微的描写源于作者对蚕生长过程的细致观察。

《箴》赋描写箴(同"鍼(zhēn)",即今"针"字。)前半部分从该物件来自山区写起,暗示它的属性为金属,山中矿石冶炼成铁,磨制后便进入千家万户的内屋厅堂。继写其"善治衣裳"的功效。它工作勤奋,千针万线,日夜不歇;它无智无巧,却能穿越各种布帛丝绸,使分者相合,缝纫成衣;它忠诚于主人,用之则现,不用则藏。为了加强描写的形象性,作者将其直行横穿游走自如、细针密线连缀成衣的奇效,比喻为当时各诸侯国采用的合纵连横计策,以大喻小,颇具巧思。后半部分是"大王"对发问的答词。答词侧重于描写该物件的形状及应用,它身绀体长,头部锐利,引线游走,往来无阻,"尾生而事起,尾遭而事已",是说由穿针引线到缠绕打结,概括了以针缝衣的过程。文末以"箴理"作结,"针"蕴含的"理"含义丰富。针纵横自如,使分者合;忠于主人,用之则现,不用则藏。"箴理"启发人们连类思考到士阶层的出处行藏,战国时"士"阶层以其才智周游列国,纵横捭阖,翻手为云,覆手为雨,但也应顺应时势,"以仁厚知能尽官职"(《荀子·荣辱》)。

《佹诗》的"佹诗"与"小歌"文意相承,体制上就如楚辞正文和"乱辞"。佹诗浓情质实,抒发对黑白不分、是非倒置的政治乱象的愤懑。"天地易位"六句,以天地时序颠倒错乱,比喻贤愚倒置。"公正无私"至"恐失世英"诸句,铺叙仁者忠而见谤、奸佞横行误国的黑暗现实。"螭龙为蝘蜓,鸱枭为凤皇"二句采用的手法与屈原《离骚》同一机杼。如王逸《楚辞章句》所云:"虬龙鸾凤以托君子","恶禽臭物以比谗佞"。"比干见刳,孔子拘匡"列举实例,表明由于政治环境凶险,以致仁者处境维艰。"昭昭乎"以下抒写作者的政治忧患。"小歌"承上进一步批判美丑混淆、忠臣背弃、小人得志的不合理现象,并以坚持正义,不与贪佞误国的群小同道作结,嫉恶如仇的愤慨不平之气溢于纸外。《汉书·艺文志》说:"春秋之后,周道寖坏,聘问歌咏不行于列国,学《诗》之士逸在布衣,而贤人失志之赋作矣。大儒孙卿及楚臣屈原,离谗忧国,皆作赋以风,咸有恻隐古诗之义。"屈原一生两次被放逐,荀子先遭谗离齐入楚,后被谗离楚,两人遭遇相似,不平之气相通,作品中都闪耀着批判现实的光芒。

譬物连类,假物寓意是荀子赋的鲜明特色。作者描写"云""蚕""箴"等物象,综合运用拟人、夸张、铺陈等手法,穷形尽态地描摹物的外形与功用,并能超越对物的纯客观的摹写,寓理于物。如云"德厚而不捐""功被天下而不私置";蚕"功被天下,为万世文。礼乐以成,贵贱以分""养老长幼""功立而身废";针"下覆百姓,上饰帝王。功业甚博,不见贤良。时用则存,不用则亡"等,将咏物和言理熔于一炉,由此及彼,托物寓意,内涵丰富,启人思考。刘师培在《论文杂记》中说:"《蚕赋》诸篇,亦即小验大,析理至精,察理至明,故知其赋为阐理之赋也。"对于礼、智等抽象概念,荀子善于化抽象为形象。如以文理斐然的丝帛、光耀大地的日月,比喻礼的神圣博大;以夏桀、商纣与成汤、武王的善恶对比,说明"知"对于不同心术的人的影响。形象化的说理手法,对后世的咏物言理赋有重要影响。形式上荀子赋采用主客问答方式,主人提出谜面,客人的答辞进一步丰富谜面,并于结末点明谜底。句式于整齐中见错综,答辞多用疑问句,铺陈排比,韵散相间,对后世汉赋范式的形成具有深远影响。 (顾伟列)

【典籍介绍】

《说弋》

《说弋》是一篇记言赋,内容为战国时策士游说之辞,今见于《史记·楚世家》。《战国策》与《春秋后语》皆有收录,盖为先秦时文字。前人或称之为《弋说》,今以《说剑》为例,题为《说弋》。

说　弋　　　　　　　佚 名

十八年①,楚人有好以弱弓微缴加归雁之上者②,顷襄王闻,召而问之。

对曰:"小臣之好射鶀雁、罗鸗③,小矢之发也,何足为大王道也。且称楚之大④,因大王之贤,所弋非直此也⑤。昔者三王以弋道德,五霸以弋战国。故秦、魏、燕、赵者,鶀雁也;齐、鲁、韩、卫者,青首也;驺、费、郯、邳者⑥,罗鸗也。外其余则不足射者。见鸟六双,以王何取?王何不以圣人为弓,以勇士为缴,时张而射之⑦?此六双者,可得而囊载也⑧。其乐非特朝昔之乐也⑨,其获非特凫雁之实也。

王朝张弓而射魏之大梁之南,加其右臂而径属之于韩⑩,则中国之路绝而上蔡之郡坏矣⑪。还射圉之东⑫,解魏左肘而外击定陶⑬,则魏之东外弃而大宋、方与二郡者举矣⑭。且魏断二臂,颠越矣⑮;膺击郯国⑯,大梁可得而有也。王绲缴兰台⑰,饮马西河⑱,定魏大梁,此一发之乐也。

若王之于弋诚好而不厌,则出宝弓,碆新缴⑲,射嗷鸟于东海⑳,还盖长城以为防㉑,朝射东莒㉒,夕发浿丘㉓,夜加即墨㉔,顾据午道㉕,则长城之东收而太山之北举矣。西结境于赵而北达于燕㉖,三国布翅㉗,则从不待约而可成也㉘。北游目于燕之辽东而南登望于越之会稽㉙,此再发之乐也。

若夫泗上十二诸侯㉚,左萦而右拂之,可一旦而尽也。今秦破韩以为长忧,得列城而不敢守也;伐魏而无功,击赵而顾病,则秦魏之勇刀屈矣㉛,楚之故地汉中、析、郦可得而复有也㉜。王出宝弓,璠新缴,涉鄢塞㉝,而待秦之倦也,山东、河内可得而一也㉞。劳民休众㉟,南面称王矣。故曰秦为大鸟,负海内而处㊱,东面而立,左臂据赵之西南,右臂傅楚鄢、郢㊲,膺击韩、魏,垂头中国㊳,处既形便㊴,势有地利,奋翼鼓翅,方三千里,则秦未可得独招而夜射也。"欲以激怒襄王,故对以此言。

襄王因召与语,遂言曰:"夫先王为秦所欺而客死于外㊵,怨莫大焉。今以匹夫有怨,尚有报万乘㊶,白公、子胥是也㊷。今楚之地方五千里,带甲百万,犹足以踊跃中野也,而坐受困㊸,臣窃为大王弗取也。"

于是顷襄王遣使于诸侯,复为从,欲以伐秦。秦闻之,发兵来伐楚。

〔注〕 ①十八年:即楚顷襄王十八年(前281)。 ②缴(zhuó):系在箭上用以射飞禽的丝绳。加,射中。 ③鶀(qí)雁:小雁。罗鷬(lóng):野鸟。 ④称(chèn):相当,符合,引申为根据、依照。 ⑤弋:系有丝缴的矢,句中意为以弋射取。直:仅仅。 ⑥驺(zōu)、费(bì)、郯(tán)、邳(pí):皆战国时小国名。 ⑦时,适当之时。张,拉弓。 ⑧囊载:装入囊中。 ⑨特:仅仅。朝昔:同朝夕。 ⑩右臂:指大梁之南。径:直接。属(zhǔ):连接,引申为牵动。⑪中国:指中原各诸侯国。上蔡:韩国郡名。坏:攻陷、攻破。 ⑫还:回身。圉(yǔ):魏国邑名。 ⑬左肘 指围之东。定陶:魏国邑名。 ⑭大宋、方与:皆魏之郡名。举:攻克,占领。 ⑮颠越:倾覆。 ⑯膺击:正面进攻。 ⑰缯(zhēng)缴:卷收弋射的丝绳。兰台:即桓山。 ⑱西河:指魏国境内的一段黄河。此以兰台、西河代指魏之全境。⑲璠(bō):用弓发射的系有丝绳的石块。 ⑳鴅(zhòu)鸟:一种喙如鹰的大鸟。 ㉑还盖:环绕覆盖,即完全覆盖,此引申为凭借。 ㉒东莒(jǔ):齐国东部邑名。 ㉓浿(pèi)丘:齐国地名。 ㉔即墨:齐国邑名。 ㉕顾据:转而占据。午道:纵横四通的大道。 ㉖此句意为联合赵、燕共同抗秦。㉗三国:指楚、赵、燕国。布翅:张开翅膀。㉘从:通"纵",即合纵。㉙会稽:越国山名。 ㉚泗上:即泗水流域。 ㉛屈(jué):穷尽。 ㉜析、郦:皆楚国邑

名。　㉝郾(méng)塞：关隘名，即今之干靖关。　㉞山东：泛指陕西华山以东的广大地区。河内：指黄河以北的广大地区。　㉟劳：慰劳。休：休整。　㊱负：背倚，背靠。海内：此指内陆广大地区。　㊲傅：通附，附着。鄢：原郑国邑名，后属楚。郢：楚国邑名。　㊳垂头：低头，引申为俯视。　㊴形便：形势之便利，即在形势上占优势。　㊵先王：指楚怀王。怀王受骗，被秦昭王挟持到咸阳，客死秦国。　㊶万乘：此指万乘之君，即大国之君。　㊷白公：即白公胜，春秋时楚国贵族。其父太子建被陷害出走，后白公起兵，杀死政敌，并一度控制楚都。子胥：即伍子胥，春秋时吴国大夫。其父伍奢被楚平王杀害，后帮助阖闾刺杀吴王僚，夺取王位，并辅佐吴王阖闾攻破楚国，掘开楚平王坟墓，鞭尸戮魂以报父仇。　㊸坐：白白地，徒然。

　　《说弋》，又名《弋说》《楚人以弋说楚襄王》，是一篇先秦古赋，作者不详。

　　此赋主要记"楚人"游说襄王之辞，是一篇记言赋，属于策士廷说之辞。

　　"楚人"认为，襄王要达到统一天下、"南面称王"的最终目的，关键在于出兵伐秦，与秦决战。此赋即以弋为喻说服襄王出兵伐秦，以战胜强秦统一天下；赋的最后，襄王终于"遣使于诸侯，复为从(纵)，欲以伐秦"，说明"楚人"完全达到了游说的目的。作者所设定的这一目的实为全篇之鹄的，全赋从头至尾都紧紧围绕这一目标而展开，所以，要领略此赋行文的走势、特点和妙处，必须牢牢把握这一鹄的。

　　先看游说的开始。

　　一开始就事出龃龉：襄王召见"楚人"的目的并非是要问国家大事，而是出于对他"以弱弓微缴"射中归雁感兴趣；而"楚人"应召而来的目的却是要说服襄王出兵伐秦，"南面称王"。一个是耽于游乐的闲情逸致，一个是为国献策的重任在肩；南辕北辙，相距万里！目的预期的背离无疑极大地增加了游说的难度：既要从襄王感兴趣的射雁话题开始，否则，襄王根本听不进去而导致游说失败；又要预留及时转入"正题"的通道，否则，过度迂回曲折，无法及时转入"正题"而造成游说目的的偏移，虽满足了襄王的闲情逸致，但游说的目的却完全落空。

　　"楚人"出手不凡，先是"投其所好"，从射雁的话题开始，但紧接着又说这是"小矢之发"，而大王"所弋非直此也"——话题虽还是射雁，但方向却已暗中转移：即离开了射雁游乐而转向了重大国事，并及时直接提出最终目的，所谓"王何不以圣人为弓，以勇士为缴，时张而射之？此六双者，可得而囊载也。"即消灭"六双"，统一天下。显然，这样开篇既投合了襄王的心理，使他能够耐心听下去，同时又于不知不觉之中巧妙、自然而及时地转入了"正题"，从而为下面进一步说服襄王奠定了基础。可以说，得体而巧妙的开篇是游说成功的第一步。

　　接下去，是说出兵伐秦的原因、必要性以及具体步骤；游说的目的能否达到主要取决于这些内容，因此，这也是全篇游说辞的最重要的部分。在这部分中，首先把实现统一天下的历史进程分为三个阶段：先是张弓"加其(魏国)右臂"，"解魏左肘"，"定魏大梁"——这是"一发之乐"，即第一个阶段。然后，征齐、韩，联合燕、赵，合纵抗秦——这是"再发之乐"，即第二个阶段。接着再横扫泗上小国，使之一旦而尽。这样，强秦即处于被动的孤立状态，而楚乘机可收复汉中等失地。这时，"待秦之倦"，乘胜进攻，"山东、河内可得而一"，即可"南面称王"，统一天下，这是第三个阶段。

值得注意的是，在上述三个阶段中，"楚人"只是肯定了前两个阶段的目标可以顺利完成，而第三个阶段即统一天下，"南面称王"却是有条件的："待秦之倦"，乘胜进击，战而胜之，才可能达到目的；就是说，统一天下，"南面称王"仅仅是一种可能性；结果如何，还要看是否出兵伐秦并战而胜之。

那么，秦国的情况如何呢？接下去的一层突出写秦的强大和有利条件："秦为大鸟"，"东面而立"，虎视眈眈；"奋翼鼓翅"，野心勃勃；并且得形势之便，地势之利，"方三千里"，实力雄厚。结论是"秦未可得独招而夜射也"。就是说，战胜强秦并非像战胜魏、韩等国那么容易，也就是说，强秦是楚国统一天下的最后也是最大的障碍。这样，既有力说明了要实现统一天下的宏伟目标，与强秦决战不可避免，同时又巧妙地激怒襄王。

可以看出，出兵伐秦结论的得出，完全是建立在对战国形势和秦国国力具体分析基础上的，与此同时又指明统一天下的步骤、方略以及有利条件和困难；前者分析说明伐秦的必要性，后者分析说明伐秦取胜的可能性。可见，"楚人"的谏言不但有理有据，而且具体可行，正是这种具有严密逻辑性和明确针对性的分析说理，赋予"楚人"游说辞以很强的说服力。

在从道理上说服襄王的基础上，"楚人"又从怀王受骗客死于外的屈辱和匹夫有怨而勇于雪耻的血性激发襄王，并直接提出：本来有力量和可能"踊跃中野"战胜强秦，却徒然受困，大王的做法实在是不可取。如此晓之以理，动之以情，襄王终于同意"复为从，欲以伐秦"也就是情理中事了。

引类譬喻是廷说之辞的常见方法，以一物喻一事或一个道理比较常见，做起来也比较容易；难能可贵的是以同一(或同一类)事物一喻到底，贯穿全篇，保持为喻的统一性。本赋在写作上的一个突出特点正在于此：既是以弋设喻说襄王，行文中无论是分析战国形势，还是说明道理，也无论是描写征战诸侯，还是说明统一进程的几个阶段，通通以弋或与弋相关之事为喻。例如，以鸶雁、青首和罗鸶分别喻秦、魏、齐、鲁、邹、费等国；以"以圣人为弓，以勇士为缴，时张而射之"喻大王出征；以"张弓而射魏之大梁之南……"喻攻占上蔡；以"一发之乐""再发之乐"喻取得第一、二阶段的胜利如此等等,直至把秦喻为"大鸟……未可得独招而夜射"。为喻所用物类的一致,不但保持了各个比喻的和谐统一,强化了形式美,同时也加强了各部分之间的内在联系而使内容更加集中。

作为一篇廷说之辞,此赋具有很强的鼓动性。这一特点除了与"楚人"的主张和斗争策略本身即具有激励性之外,还与其语言成就有直接关系。"楚人"的游说辞,其句式既严整有序又灵活多样,富于变化:三字句、四字句和多字句参差运用;疑问句、感叹句和陈述句错落层出,其间时而杂以排比对偶;连贯读来,于优游自若、从容不迫中流露着纵横恣肆的激情和恢宏奇伟的气势,令人折服。

上述语言特点也是一般辞赋的共同特点和优长,本赋更为突出的语言成就则在于关键动词(或动宾结构)的巧妙运用。这样的例证文中可谓俯拾皆是,例如"此六双者,可得而囊载也","囊载",状其干净彻底清除统一之障碍也;"解魏左肘……魏断二臂",一"解"一"断",状其对魏打击之沉重也;"若大泗上十二诸侯,左萦而右拂之,可一旦而尽也","左萦""右拂",状其消灭泗上诸侯不费吹灰之力也……这一连串形象鲜明而又新颖传神的动词(或动宾结构),含蓄而富有冲击力,把消灭敌国,统一天下进程之顺利和迅速表现得淋漓尽致。

上述此赋语言的两个特点并非孤立,而与辞赋的铺陈、夸张的特点密不可分。

(赵沛霖)

【作者小传】

庄辛

楚庄王之后,以"庄"为氏(《汉书·古今人表》作"严辛",避汉明帝讳),楚国贵族,其年约小屈原二十余岁,在楚襄王朝为大夫。庄辛在顷襄王二十年(前279)曾劝谏顷襄王,未见用,后离楚之赵。不久秦将白起大破楚,翌年拔郢都。顷襄王仓皇逃至郢都东北方的陈城,此时方派使者接庄辛回楚,授执圭之爵,封成陵君,听其计谋,收复淮北之地。庄辛在赵国停留十月,期间曾受赵太子之请说赵惠文王。其为人广闻博志,有勤政爱民的思想。

谏楚襄王①

庄辛

庄辛谏楚襄王曰:"君王左州侯,右夏侯②,从新安君与寿陵君，同轩淫衍侈靡③，而忘国政，郢其危矣④。"王曰："先生老悖欤⑤，妄为楚国妖欤。"庄辛对曰："臣非敢为楚妖，诚见之也⑥。君王卒近此四子者⑦，则楚必亡矣，辛请留于赵以观之⑧。"于是，不出十月，王果亡巫山江汉鄢郢之地⑨。

于是王乃使召庄辛于赵⑩。辛至，王曰："嘻，先生来邪⑪。寡人以不用先生言，至于此，为之奈何？"

庄辛曰："君王用辛言，则可；不用辛言，又将甚乎此。庶人有称曰：'亡羊而固牢⑫，未为迟；见兔而呼狗，未为晚。'汤武以百里王⑬，桀纣以天下亡⑭，今楚虽小，绝长继短⑮，以千里数，岂特百里哉⑯？

且君王独不见夫青蛉乎⑰？六足四翼，蜚翔乎天地之间⑱，求蚊虻而食之，时甘露而饮之⑲，自以为无患，与民无争也。不知五尺之童子，胶丝竿⑳，加之乎四仞之上㉑，而下为蝼蛾食已㉒。

青蛉犹其小者也，夫黄爵㉓，俯啄白粒，仰栖茂树，鼓其翼，奋其身，自以为无患，与民无争也。不知公子王孙，左把弹㉔，右摄丸㉕，定操持，审参连㉖，故昼游乎茂树，夕和乎酸咸㉗。

黄爵犹其小者也。鸿鹄，嬉游乎江汉，息留乎大沼㉘，俯啄鳝鲤，仰奋陵衡㉙，修其六翮而陵清风㉚，飘摇高翔㉛，一举千里㉜，自以为无患，与民无争也。不知弋者选其弓弩㉝，修其防翳㉞，加缯缴其颈㉟，投乎百仞之上，引纤缴㊱，扬微波，折清风而殒。故朝游乎江汉，而暮调乎鼎俎㊲。

鸿鹄犹其小者也，蔡侯之事故是也㊳。蔡侯南游乎高陵㊴，北径乎巫山㊵，逐麇麏麞鹿㊶，彉溪子㊷，随时鸟㊸，嬉游乎高蔡之圃㊹，溢满无涯㊺，不以国家为事。不知子发受命宣王，厄以沅水㊻，填以巫山，庚子之朝，缨以朱丝，臣而奏之乎宣王也。

蔡侯之事，犹其小者也，今君王之事又是也。君王左州侯，右夏侯㊼，从新安君与寿陵君，淫衍侈靡，康乐游娱，驰骋乎

〔58〕 庄辛 谏楚襄王

云梦之中，不以天下与国家为事。不知穰侯方与秦王谋，窴之以黾厄，而投之乎黾塞之外㊽。"

襄王大惧，形体悼栗㊾，曰："谨受令。"乃封庄辛为成陵君，而用计焉，与淮北之地㊿。

〔注〕 ① 本文见于《新序》卷二。《战国策·楚策四》所载文字略有不同。 ② 君王左州侯，右夏侯：指州侯和夏侯整天不离左右。 ③ 原文"同轩"处断句，属上读，今据赵逵夫《屈原与他的时代·〈谏楚襄王〉考校》改。新安君、寿陵君：同州侯、夏侯，都是楚襄王的宠臣。同轩：同车。 ④ 郢：楚国国都（在今湖北江陵县北）。 ⑤ 惛（hūn）：通"惽"，糊涂而不明。 ⑥ 诚：确实。 ⑦ 卒：始终。 ⑧ 辛：庄辛。请留于赵：请让我到赵国去。 ⑨ 十月：庄辛于楚顷襄王二十年下半年离开楚国后，楚国陆续失去巫山、江汉、鄢郢之地，至二十一年楚顷襄王招庄辛于赵，时间不出十月。鄢：楚故都，在今湖北宜城市。 ⑩ 招庄辛于赵：原文"于"字前有"至"字，为衍文，据文意删。 ⑪ 嘻：叹词，这里表示悲痛。 ⑫ 亡：失掉。牢：羊圈。 ⑬ 汤：商汤；武：周武王。以百里王（wàng）：凭借百里之地而称王。 ⑭ 桀：夏桀王；纣：商纣王。 ⑮ 绝长继短：截长补短。 ⑯ 岂特：岂止。 ⑰ 青蛉：蜻蜓。 ⑱ 萤：通"飞"。 ⑲ 时：当读为"承"，承接。时、承一声之转。 ⑳ 胶丝竿：指把黏质粘在竹竿之上（用来粘取空中飞虫）。胶：用作动词，把胶粘上。 ㉑ 仞：古代长度单位。周制八尺一仞，汉制七尺一仞。 ㉒ 蛾（yǐ）：古"蚁"字，蚂蚁。 ㉓ 黄爵（què）：黄雀。爵，通"雀"。 ㉔ 把：拿定。弹：弹弓。 ㉕ 摄：引持。 ㉖ 参连：古代五射法之一。《周礼·地官·保氏》贾公彦《疏》："参连者，前放一矢，后三矢连续而去也。" ㉗ 夕和乎酸碱：傍晚已经被加佐料予以烹调。 ㉘ 汉：原文作"河"，乃据《太平御览》误改。今据各本改回。下文"江汉"也据此改。鸿鹄：天鹅。 ㉙ 奋：震动。陵：借作"菱"，一种水草。衡：借为"蘅"，即杜衡，俗名马蹄香。 ㉚ 修：指鸟用嘴梳理羽毛。 ㉛ 麃（biāo）摇：即"飘摇"，鸟飞动貌。 ㉜ 举：飞举。 ㉝ 弋（yì）：用带丝缴的箭来射。弩（nǔ）：一种利用机械力量射箭的弓。 ㉞ 修：梳理。防翳：弋者披在身上隐蔽身体的东西。 ㉟ 缯：通"缯（zēng）"，系有丝绳的箭。缴（zhuó）：系在箭尾的丝绳。 ㊱ 引：拖着。 ㊲ 俎（zǔ）：放牺牲之祀器，也指切肉板。 ㊳ 蔡侯之事：指子发受楚宣王之命灭蔡事，当在楚宣王十五年（前355年）以后的几年中。蔡侯指蔡圣侯。 ㊴ 高陵：楚国地名，当在高蔡以南不远处，沅水南岸。"陵"为先秦楚语。 ㊵ 径：行走，经过。 ㊶ 麇（jūn）：原文作"麏"，今据《〈谏楚襄王〉考校》改。麋（mí）：鹿科动物，俗名"四不像"。麇：獐子。麏，同"獐"，即獐子。 ㊷ 彉（guō）：把弓拉满。溪子：韩国所造一种强弓名。（见《战国策·韩策一》） ㊸ 时鸟：候鸟。 ㊹ 高蔡：蔡国所在之地。高蔡之"高"，当由"高陵"而来。囿：古代帝王蓄养禽兽的园林。 ㊺ 溢满无涯：形容志气高满而没有涯际。 ㊻ 沅：今本作"淮"，误。当时蔡国封于高蔡（在今湖南省常德市），故可扼沅水而制之。 ㊼ 上十六字原作"今君王之事遂以左州侯、右夏侯"，据他本改。 ㊽ 窴：同"填"，原文作"真"（即"置"字），误。今据文意改。穰侯：魏冉，封于穰。时任秦相。秦王：秦昭王。以：于。黾（méng）厄：黾塞，即春秋时的冥塞，后改为平靖关，其地在今河南省信阳县以东淮水边上，罗山县以西。而投之乎黾塞之外：指逐其至陈城。陈在黾塞的北面，故曰外。 ㊾ 悼栗：先秦楚语，指身体打战，惧怕的样子。 ㊿ 此句原文作："与举淮北之地十二诸侯。"按："举""十二诸侯"五字为衍文，《战国策》作"与淮北之地也"可证。"与"：攻取，乃"举"字之借，传抄中有人在"与"字旁注"举"字，以明本字，后衍

入正文。文末原有"十二诸矦"四字,乃是刘向所据原材料中下一篇开头的文字误抄入此篇,今删。

庄辛的《谏楚襄王》,以往各种选本都据《战国策》选入,其实《新序》所录保留了原文历史真实性与地域特色,更能反映战国时文学的特色。据马王堆出土帛书《战国纵横家书》,这类材料原本为书信、上书、谏说辞令底稿追记稿,多无主名。《战国策》《说苑》《新序》所收在开头、结尾加了主名和有关背景及有关事情发展结果的文字,这都是汇编者所加,所以有的将人名弄错。据此《谏楚襄王》应是庄辛所写文章献于楚襄王者,传抄者加了开头结尾的字。

本篇是庄辛劝谏楚襄王应远离奸佞谄媚之徒而襄王不听,结果造成秦兵大举进攻占领了巫山、江汉和楚都鄢、郢之地的情况下向楚襄王的劝谏之辞。此时楚襄王已悔当时未用庄辛之言,但不一定对有关问题有深刻的认识。在形势好转之时可能会旧病复发,所以庄辛在劝谏之前先说:"君王用辛言,则可;不用辛言,又将甚乎此。"以便使楚襄王看清问题的严重性,然后引了"亡羊而固牢,未为迟"等语,又使他看到只要猛醒,也还来得及补救。"汤武以百里王,桀纣以天下亡"是全文主旨所在,却在说明尚有机会改正错误之处点出,行文既有严密的逻辑推理,又摇曳多姿。然后下面以形式上并列而内容上递进的五段,说明作为一国之主,不能亲近小人、沉溺于声色,不理国事,对其他国家的觊觎完全不知。

作者由青蛉到黄雀,再到鸿鹄,再到蔡圣侯,再到楚襄王,由小到大,由近到远一步步比喻言之,使楚襄王认识到:在世间万物之中,无不存在互相较量,从昆虫至一国之君,生存中都时时存在危险。可以说,这是用归纳证明一条定理:勤于国政,以富民强国为务者兴,怠于国政,以欲财与享乐为务者亡。其证明之方法与赫胥黎之证明自然界物竞天择、弱肉强食的办法有点相似,但作者是以勤政亲民为宗旨。在整个阶级社会中,庄辛所得出的结论是具有普遍性的,所以很具有启发性与教育意义。这五段文字整饬,多排比,而很有文采,形容事物能抓住特征,形象而生动。

前人对本文也极为称赞,明代田艺蘅说:"其说从小而至大,从物而至人,从外而及内,缓而不骤,婉而不触";胡时化说:"渐说到襄王身上,文极委曲"(明张文爟《战国策谭棷》卷五引)。清余诚说:"起首数行以'未晚''未迟'劝慰顷襄,已括一篇大旨。下乃宽宽借客相形,从小说到大,从物说到人,从人说到王,最有步骤,而无力人情又最透快,闻着那得不猛省!"(《古文释义》)近人刘咸炘说:"纵横之辞,具《战国策》。其铺张之势,引喻类物,即赋家之源。若庄辛之引喻,穷极情志。辛本楚人，盖屈宋之徒也。"(《文学述林》)这些都可说是领略到了本篇体制上的特征与其中的意趣。

我们将本文看作赋，因为它有如下特征：一、由问对引起全文，此即刘勰所说"述客主以首引"；二、主体部分由内容上同类的段落组成，其事理意义则逐层递进；三、语言骈散结合，介于赋与散文之间。将上述几点与宋玉的《对楚王问》《风赋》，枚乘的《七发》等比对而看，不难看出其中的源流关系：显然，它给这些作品以巨大的启示，我们可以将其看作七体赋之滥觞。明代陆深以为此文乃"策赋之流"，实乃灼见。《七发》是汉代散体赋的开端，因此，《谏楚襄王》与后来的汉赋也是有着血缘关系的。

（赵逵夫）

说　　剑① 庄　辛

昔赵文王喜剑②。剑士夹门而客三千余人③。日夜相击于前，死伤者岁百余人，好之不厌④。如是三年，国衰，诸侯谋之⑤。太子悝患之⑥，募左右曰⑦："孰能说王之意止剑士者⑧，赐之千金。"左右曰："庄子当能⑨。"太子乃使人以千金奉庄子。庄子弗受，与使者俱，往见太子，曰："太子何以教辛⑩，赐辛千金？"太子曰："闻夫子明圣，谨奉千金以币从者⑪。夫子弗受，悝尚何敢言。"庄子曰："闻太子所欲用辛者，欲绝王之喜好也。使臣上说大王而逆王意⑫，下不当太子⑬，则身刑而死⑭，辛尚安所事金乎⑮？使臣上说大王，下当太子，赵国何求而不得也！"太子曰："然。吾王所见，唯剑士也。"庄子曰："诺。辛善为剑。"太子曰："然吾王所见剑士，皆蓬头、突鬓、垂冠⑯。曼胡之缨，短后之衣⑰，瞋目而语难⑱，王乃说之⑲。今夫子必儒服而见王，事必大逆⑳。"庄子曰："请治剑服。"

治剑服三日，乃见太子。太子乃与见王。王脱白刃待之㉑。庄子入殿门不趋㉒，见王不拜。王曰："子欲何以教寡人，使太子先焉㉓。"曰："臣闻大王喜剑，故以剑见王。"王曰："子之剑何能禁制㉔？"曰："臣之剑，十步一人，千里不留行㉕。"王大悦之，曰："天下无敌矣！"庄子曰："夫为剑者，示之以虚㉖，开之以利㉗，后之以发，先之以至㉘。愿得试之。"王曰："夫子休就舍,待命令设戏请夫子㉔。"

王乃校剑士七日㉚,死伤者六十余人,得五六人,使奉剑于殿下㉛。乃召庄子。王曰:"今日试使士敦剑㉜。"庄子曰:"望之久矣。"王曰:"夫子所御杖㉝,长短何如?"曰:"臣之所奉皆可。然臣有三剑,唯王所用,请先言而后试。"王曰:"愿闻三剑。"曰:"有天子剑,有诸侯剑,有庶人剑。"王曰:"天子之剑何如?"曰:"天子之剑,以燕溪石城为锋㉞,齐代为锷㉟,晋卫为脊㊱,周宋为镡㊲,韩魏为夹㊳;包以四夷,裹以四封㊴,绕以渤海,带以常山㊵。制以五行㊶,论以刑德㊷,开以阴阳㊸,持以春夏,行以秋冬㊹。此剑,直之无前㊺,举之无上,案之无下㊻,运之无旁。上决浮云㊼,下绝地纪㊽。此剑一用,匡诸侯㊾,天下服矣。此天子之剑也。"文王芒然自失㊿,曰:"诸侯之剑何如?"曰:"诸侯之剑,以知勇士为锋,以清廉士为锷,以贤良士为脊,以忠圣士为镡,以豪桀士为夹。此剑直之亦无前,举之亦无上,案之亦无下,运之亦无旁;上法圆天以顺三光[51],下法方地以顺四时,中和民意以安四乡[52]。此剑一用,如雷霆之震也,四封之内,无不宾服而听从君命者矣。此诸侯之剑也。"王曰:"庶人之剑何如?"曰:"庶人之剑,蓬头、突鬓、垂冠,曼胡之缨,短后之衣,瞋目而语难。相击于前,上斩颈领,下决肝肺。此庶人之剑,无异于斗鸡,一旦命已绝矣,无所用于国事。今大王有天子之位而好庶人之剑,臣窃为大王薄之[53]。"王乃牵而上殿,宰人上食,王三环之[54]。庄子曰:"大王安坐定气,剑事已毕奏矣[55]。"

于是文王不出宫三月,剑士皆服毙其处也[56]。

〔注〕 ①《说剑》见于《庄子·杂篇》,其作者应非庄周或庄周一派,而是战国晚期楚人庄辛,当作于顷襄王二十年(前279)后。原文因误为庄周一派所作,故多有讹误,今据赵逵夫《屈原与他的时代·庄辛〈说剑〉考校》加以校订。 ②赵文王:即赵惠文王(前298—前266),名何,赵武灵王之子。 ③夹门:拥门。客:作客,寄食在门下。 ④不厌:不满足。 ⑤谋之:图谋攻打赵国。 ⑥悝:赵惠文王太子名,后被废。惠文王之后为惠成王丹。太子丹立在惠文王二十二年。(《史记·汉世家》) ⑦募:征求。 ⑧说(shuì):说服,劝说。 ⑨庄子:指庄辛。按:"庄子"是先秦时对"庄"姓氏长者的一般称呼,至汉代《庄子》一书流行后,"庄

子"之称才专属于庄周。　⑩辛：今本作"周"。并下面出现称"周"四次。皆"辛"字之误，今正之。　⑪奉：献，赠。以币从者：以为从者币。实为送给庄辛，这是委婉说法。　⑫逆：触犯。　⑬不当(dàng)：不合心愿。　⑭刑：受刑。　⑮事：享用。　⑯蓬头：头发蓬乱。突鬓：鬓毛突起。垂：通"倕"，沉重。　⑰曼胡之缨：粗实的冠缨。"曼"借作"缦"。胡，大。短后之衣：后幅短的上衣，武人所着，便于跳跃。　⑱语难：竟以难事相夸说。　⑲说(yuè)：通"悦"。　⑳逆：不顺。　㉑脱白刃：脱利刃于剑服，即抽剑在手。　㉒趋：快走，是见君主与尊贵者的礼节。　㉓焉：原文无，今据《御览》三三四卷所引补。先：先行介绍。　㉔禁制：禁服，禁暴制敌。　㉕十步一人，千里不留行：谓假设十步内置一人，虽行千里，无有能留碍之者。表明剑术的高明，遇之者皆披靡。　㉖示之以虚：言其剑指东击西，出其不意。之：指对手。以下三句同。　㉗开之以利：言造成有利的势态，以便趁虚而入。　㉘后之以发，先之以至：比对方后发剑，先刺击到对方。　㉙休：休息。就舍：到馆舍去。设戏：安排比赛剑术的场面，是决斗的文雅说法。　㉚校(jiào)：演习，比赛。　㉛奉剑：捧剑。奉，通"捧"。　㉜敦：对比。　㉝御：用，拿。杖：同"仗"，兵仗，剑、戟之总名。　㉞燕溪：地名，在燕国。石城：塞外山名。　㉟代：原文为"岱"。《水经注•淄水注》："至于燕锋、代锷、魏铗、齐铓，于今剑不殊。"此当由《说剑》而来，今据以正之。因"齐岱"多连称而误。锷为剑之左右两锋，应在两面。又以上所举其他皆国名，唯"岱"为山名，殊不相类。"代"，战国时国名，地在今河北蔚县一带，东与齐相连，故曰"齐代为锷"。　㊱晋卫为脊："卫"原文为"魏"，下文言"韩魏"，则此"魏"字字为"卫"字之误。赵在北而卫在南，故云。脊：指剑背。　㊲镡(tán)：剑环。或称为剑口、剑珥。　㊳夹：通"铗"，剑把。　㊴四封：四面疆界。"封"原误为"时"。然而上下文皆就地理言之，不涉及天时，下文中另有论及四时的文字，今正。四夷和四封都在边界，故言"包以四夷，裹以四封"。　㊵带：连。常山：恒山，汉人避文帝讳而改。　㊶制：支配。五行：联系下文看，此处非指金、木、水、火、土。据马王堆出土帛书《五行篇》，应为"仁、义、礼、智、圣"。　㊷论：判断衡量。刑德：刑法与恩德。　㊸开：开导。　㊹持以春夏，行以秋冬：春夏时持之不用，秋冬时用之。古人以春夏时农事正忙，故不用兵，不行刑。秋冬之时始发兵、行刑。　㊺直：朝前刺去。　㊻案：同"按"。　㊼决：通"抉"。《说文》："抉，挑也。"　㊽绝：砍断。纪：悬挂大地的绳索。　㊾匡：匡正。　㊿芒然：同"茫然"。　51法：效法。三光：指日、月、星。　52中和：调和。四乡：指四方。　53窃：私下里。薄：鄙薄。　54宰人上食，王三环之：膳官上菜时，文王多次回头看，示意快些上菜，显示了对庄子的器重与态度之热情。宰人，官廷膳官。　55毕奏：说完。　56服毙：自杀而死。

　　本文所表现的庄子敢于冒"身刑而死"以求赵国百姓之平安的形象，与庄周远官避世、视卿相如牺牛腐鼠之思想相去悬殊。可证本文所写非庄周。又写其本着儒服，太子悝劝其着剑服以见王，文中"诸侯之剑"一节以知、勇等作为最高的道德规范，可证此文非庄周一派所作。按当时历史与庄辛的经历，只能是由楚暂居于赵国的庄辛。此前庄辛因谏顷襄王未果而离楚之赵，在赵国停留十月，期间受赵太子悝之请，说赵惠文王。当时赵惠文王(前298—前266)正热衷于观击剑，本文应是在庄辛劝谏赵惠文王的辞令基础上写成的(参《庄辛——屈原之后楚国杰出的散文作家》，见《屈原与他的时代》)。其开头与结尾当是传抄中所补，关于《说剑》作者是否为庄周或庄周一派，北宋以来一直有人怀疑。孙鑛说本篇"事与辞俱非庄派，只是战国时策士游谈，正与《弋说》及《幸臣论》相似"（宣颖《南华经解》引），《弋说》即《史记·楚世家》所载的"楚人以弋说楚襄王"，《幸臣论》即庄辛《谏顷襄王》。孙氏将其三者合而观之，甚有见地。今人罗根泽以之为"纵横家托之庄子而造出来的故事"（《诸子考索》）。钱穆则明确提出其作者为庄辛（《先秦诸子系年》），可谓独具只眼。

本文结构上同样是日一小段叙述文字交代原委，引出人物成客主之辩的框架，主体部分论"天子""诸侯""庶人"三剑成骈联铺排的形式，而又在内容上、思想上成递进之势，主体部分文字也极尽夸张之能事。《文心雕龙·诠赋》云："述客主以首引，极声貌以穷文。斯盖别诗之原始，命赋之厥初也。"又本篇末尾点出全文之旨，与开头相照应（姑视开头一小段后人所加为"序"），也即《诠赋》所说"既履端于倡序，亦归余于总乱。序以建言，首引情本；乱以理篇，写送文势"。文中以中原各国及燕齐之地势以喻剑，表现了一种统一天下的政治眼光，以开阔赵惠文王的心胸，激励他的政治抱负，是很有深意的。行文气魄宏大，比喻也很贴切。燕溪石城在最北，故喻为锋；齐代稍南，左右并列，故喻为两刃；赵卫南北相接，而地处正中，故喻为剑脊；周宋又南，左右相距稍远，故喻为剑珥；韩魏在周宋之间，南北纵列，故喻为剑柄。论治国之道却避开治国言辞，据赵惠文王之所好以治剑为喻，而且语言整饬，很富有文学性。以下论诸侯之剑、庶人之剑与论天子之剑文字骈联并列。通过具体描写说明作为一国之君应有之选择，说理透彻，又有感染力。所以我们把本篇与庄辛的《谏楚襄王》也作为赋来看。实际上，它们与唐勒的《论义御》、宋玉的《风赋》《钓赋》极为接近，反映了赋体文学在其早期阶段与散文、小说等多种文体并生的状态。

本赋之所以可以作为小说来看，因为它并不像其他赋作那样是对讽谏辞令以及游说活动的客观反映。从其史料价值说，所写庄辛劝说赵惠文王之事，宏观上自然是真实的，但是其中的细节，却带有夸饰与想象的成分。文中把赵惠文王的好勇无谋、盲目浮躁以及强于外而脆于内的特征表现得淋漓尽致，这些内容恐怕不是当时所敢说出的，庄辛那段精彩绝伦的议论，也不一定是当时真实的记载。因此，本篇应是劝谏之后的追述之作。这就与小说的性质相合了。当然，赋中所蕴含的君明、臣贤、政通人和、国强民安的政治理想，既与庄辛的《谏顷襄王》相一致，也远远高于当时一般的纵横之士。从这一点来说，南宋褚伯秀所说："《说剑》一篇，辞雄旨伟，铿锵千载，岂浪鸣哉！"（《南华真经义海纂微》）确非溢美之词。

（赵逵夫）

【作者小传】

宋 玉

战国楚辞赋家，曾事顷襄王。《汉书·艺文志》著录赋十六篇，颇多亡佚。《隋书·经籍志》著录《宋玉集》三卷，已失传。作品以《九辩》最为著名。《招魂》一篇，王逸《楚辞章句》以为宋玉作，但后世有些学者据《史记·屈原贾生列传》赞语，认为是屈原作品；其他见于《文选》的《风赋》《高唐赋》《登徒子好色赋》诸篇，后人疑非其所作。然其作品风格婉丽，意境非凡，描写细腻，情景相生，对后世影响很大，后世将他和屈原并称为"屈宋"。

高 唐 赋 并序　　　　　　　宋 玉

　　昔者楚襄王与宋玉游于云梦之台，望高唐之观①。其上独有云气，崒兮直上②，忽兮改容，须臾之间，变化无穷。王问玉曰："此何气也？"玉对曰："所谓朝云者也。"王曰："何谓朝云？"玉曰："昔者先王尝游高唐，怠而昼寝，梦见一妇人曰：'妾巫山之女也，为高唐之客。闻君游高唐，愿荐枕席③。'王因幸之。去而辞曰：'妾在巫山之阳，高丘之阻。旦为朝云，暮为行雨。朝朝暮暮，阳台之下。'旦朝视之，如言。故为立庙，号曰'朝云'。"王曰："朝云始出，状若何也？"玉对曰："其始出也，㬥兮若松榯④。其少进也，晰兮若姣姬⑤。扬袂鄣日，而望所思。忽兮改容，偈⑥兮若驾驷马，建羽旗。湫⑦兮如风，凄兮如雨。风止雨霁，云无处所。"王曰："寡人方今可以游乎？"玉曰："可。"王曰："其何如矣？"玉曰："高矣显矣，临望远矣；广矣普矣，万物祖矣。上属于天，下见于渊。珍怪奇伟，不可称论。"王曰："试为寡人赋之。"玉曰："唯唯！"

　　惟高唐之大体兮，殊无物类之可仪比。巫山赫其无畴兮，道互折而曾累⑧。登巉岩而下望兮，临大阺之稸水⑨。遇天雨之新霁兮，观百谷之俱集。濞汹汹其无声兮，溃淡淡而并入⑩。滂洋洋而四施兮，蓊湛湛而弗止⑪。长风至而波起兮，若丽山之孤亩⑫。势薄岸而相击兮，隘交引而却会。崪中怒而特高兮，若浮海而望碣^⑬。石硋硈硈而相摩兮，嶊嶵震天之礚礚^⑭。巨石溺溺之瀺灂兮，沫潼潼而高厉^⑮。水澹澹而盘纡兮，洪波淫淫之溶㳻^⑯。奔扬踊而相击兮，云兴声之霈霈^⑰。猛兽惊而跳骇兮，妄奔走而驰迈。虎豹豺兕，失气恐喙^⑱。雕鹗鹰鹞，飞扬伏窜，股战胁息，安敢妄挚^⑲。于是水虫尽暴，乘渚之阳^⑳。鼋鼍鳣鲔，交积纵横。振鳞奋翼，蜲蜲蜿蜿。

中阪遥望，玄木冬荣。煌煌荧荧^㉑，夺人目精。烂兮若列星，曾不可弹形。榛林郁盛，葩华覆盖。双椅垂房，纠枝还会^㉒。徙靡澹淡，随波暗蔼^㉓。东西施翼，猗狔丰沛^㉔。绿叶紫裹，丹茎白蒂。纤条悲鸣，声似竽籁。清浊相和，五变四会。感心动耳，回肠伤气。孤子寡妇，寒心酸鼻。长吏隳官，贤士失志。愁思无已，叹息垂泪。

登高远望，使人心瘁。盘岸巑岏，裖陈砈砈^㉕。磐石险峻，倾崎崖隤^㉖。岩岖参差，从横相追。陬互横牾，背穴偃跖^㉗。交加累积，重迭增益。状若砥柱^㉘，在巫山下。

仰视山巅，肃何千千，炫耀虹蜺^㉙。俯视峥嵘，窒寥窈冥^㉚。不见其底，虚闻松声。倾岸洋洋，立而熊经。久而不去，足尽汗出。悠悠忽忽，怊怅^㉛自失。使人心动，无故自恐。贲育之断^㉜，不能为勇。卒愕异物^㉝，不知所出。纵纵莘莘^㉞，若生于鬼，若出于神。状似走兽，或象飞禽。谲诡奇伟，不可究陈。

上至观侧，地盖底平^㉟。箕踵漫衍，芳草罗生。秋兰茝蕙，江离载菁^㊱。青荃射干，揭车苞并^㊲。薄草靡靡，联延夭夭^㊳。越香掩掩^㊴，众雀嗷嗷。雌雄相失，哀鸣相号。王雎鹂黄，正冥楚鸠。姊归思妇，垂鸡高巢。其鸣喈喈，当年遨游。更唱迭和，赴曲随流。

有方之士，羡门高谿^㊵。上成郁林，公乐聚谷^㊶。进纯牺，祷璇室^㊷。醮诸神，礼太一。传祝已具，言辞已毕。王乃乘玉舆，驷仓螭^㊸。垂旒旌，旆合谐^㊹。纣大弦而雅声流^㊺，冽风过

〔66〕 宋 玉　　　　　　　　　　　　　　　　　　　　　高唐赋

而增悲哀。于是调讴，令人惏悷憯凄，胁息增欷㊻。于是乃纵
猎者，基趾如星㊼。传言羽猎，衔枚无声。弓弩不发，罘罕不
倾㊽。涉漭漭，驰苹苹㊾。飞鸟未及起，走兽未及发。何节奄
忽㊿，蹄足洒血。举功先得，获车已实。

　　王将欲往见，必先斋戒，差时择日㊶。简舆玄服，建云旆，
蜺为旌，翠为盖。风起雨止，千里而逝。盖发蒙㊷，往自会。思
万方，忧国害。开贤圣，辅不逮㊸。九窍通郁精神察㊹，延年益
寿千万岁。

〔注〕①台：台馆。观（guàn）：祭观。　②崒（zú）：高峻貌。　③荐：进献。　④嵟
（duì）：茂盛貌。树（shí）：直竖貌。　⑤晢（zhé）：光明貌。　⑥偈（jié）：急驰状。　⑦湫
（qiū）：凉飕飕。　⑧赫：盛大。无俦：无与伦比。互折：交互曲折。曾累：层层叠叠。
⑨阺（dǐ）：斜坡。稸（xù）：同“蓄”，积聚。　⑩潎（pì）：水爆发到来时的响声。汹汹：汹涌翻
腾状。溃：水相交流过。淡淡（yǎn）：安流平满貌。　⑪滂（pāng）：涌貌。薆（wěng）：聚貌。
湛湛：深貌。　⑫丽：附着。亩：田垄。　⑬崒（cuì）：通“萃”，聚集。　⑭礧礧（lěi）：重积
貌。嗃（hōng）：水石相击声。礚（kē）礚：大声。　⑮溺溺：沉没。灛（chán）溷（zhuó）：石在
水中出没之状。潼（tóng）潼：高貌。厉：扬起。　⑯澹澹：水波荡漾状。盘纡：盘旋纡回。淫
淫：水流远去貌。溶溢（yì）：动荡。　⑰云兴：波涛汹涌如云起。霈霈（pèi）：波浪相击声。
⑱恐喙：吓得不敢出声。　⑲胁息：屏息。妄挚：肆意攫取。　⑳暴（pù）：晒。乘：登。渚
（zhǔ）：水中小块陆地。阳：水的北面。　㉑煌煌荧荧：草木花色鲜明。　㉒椅（yī）：木名。
即山桐子。房：山桐子的果实。纠枝：枝条缠绕。还会：相互交错。　㉓徙靡：枝条摇动貌。
澹淡：水波小纹。暗蔼：幽暗不明状。　㉔东西施翼：树枝向四周分布，如鸟展翅。猗（yǐ）狔
（nǐ）：柔弱下垂貌。　㉕巑（cuán）岏（wán）：山高锐貌。裖（zhěn）陈：耸立齐整。碨碨（wèi）：
高貌。　㉖倾崎：倾侧不稳。崖隤（tuí）：山崖崩颓。　㉗陬：山石棱角。梧（wǔ）：逆。偃
跖：山石横卧如有所踞。　㉘砥柱：山名，因山在水中如柱，故名。　㉙千千：通“芊芊”，青
绿色。　㉚峥嵘：同“崝嵘”，深直貌。窐（wā）寥（liáo）：空深貌。窈冥：幽暗貌。　㉛怊
（chāo）怅（chàng）：伤感失意状。　㉜贲（bēn）育：战国时勇士孟贲、夏育。　㉝卒：突然。
愕：通“遌”，遇到。　㉞纵（zǒng）纵莘莘：众多貌。　㉟厎（zhǐ）：平。　㊱载：则。菁：开
花。　㊲苞并：丛生。　㊳摩靡：相依倚貌。联延：连绵不断。夭夭：绚丽茂盛貌。　㊴越
香：香气发越。掩掩：同时发出。　㊵羡门、高谿：古方士名。　㊶上成：古方士名。郁林：
稠盛如林。公：共。谷：食。　㊷琁（xuán）室：玉饰的宫室。　㊸仓螭（chī）：青色蛟龙。
㊹旒（liú）：旌旗下边或边缘上悬垂的饰品。旆（pèi）：古代旗末端状如燕尾的垂旒。　㊺绌
（chōu）：抽引。　㊻调讴：奏乐歌唱。惏（lǐn）悷（lì）：悲伤貌。憯（cǎn）凄：悲痛。胁息：因悲
痛而敛缩气息。增欷：因抽泣而加快呼吸。　㊼基趾：基础，此处指一地之范围。如星：在一
地之范围的打猎者星罗棋布。　㊽罘（fú）罕（hǎn）：捕禽兽的网。倾：施放。　㊾漭漭：水广
远貌。苹苹：草丛生貌。　㊿何节：《六臣注》作“弭节”，止住车马。奄忽：迅急貌。　㊶差
时：择时。　㊷发蒙：启发蒙昧。　㊸开：开导。逮：及。　㊹察滞：疏通滞塞之气。

《高唐赋》《神女赋》传为"风流儒雅"的宋玉所作,在我国文学史上具有十分深远的影响。二赋虽都以"高唐神女"为题材,然各有所侧重,一重在写神女所居之地(高唐)来表意,一重在写高唐所住之人(神女)来抒情,既独立成篇,又前后衔接,可谓珠联璧合的姊妹篇。清人何焯云:"两赋当相次合看,乃见全旨,亦犹相如之《子虚》《上林》,扬雄之《羽猎》《长杨》,合二篇见抑扬顿挫之妙。"(张惠言《七十家赋钞》引)下面,让我们来品赏宋玉的《高唐赋》。

"昔者楚襄王与宋玉游于云梦之台,望高唐之观。"这两句看似平淡无奇,却蕴藏着诸多信息。这里的"昔者",表明此赋乃宋玉事后追述之作,而非倚马立成之作;言"游云梦之台,望高唐之观",则说明楚襄王和宋玉当时仅至云梦,而尚未至高唐,故高唐与云梦并非一地,黄侃《文选评点》:"高唐不得在云梦中,当在巫山之旁,文可证也。"显然,此处的"望"乃远望而非近望,义同"望崦嵫而勿迫"(《离骚》)中的"望"。正是远望高唐,故映入他们眼帘的只有那"崪兮直上""变化无穷"的云气。试想,若是近望高唐,他们必定会看到眼前许多可见之物。

目睹如此迷离恍惚、神秘莫测的奇观,楚襄王顿时如入虚无缥缈、陶然心醉的仙境,不由自主地惊呼道:"此何气也?"对此,宋玉并没有直接解释,而是故弄玄虚,简单地回答道:"所谓朝云者也。"正是宋玉这一巧妙的设局,立即抓住楚襄王那颗好奇而又佚荡的心,马上诱导他再次追问道:"何谓朝云?"于是,宋玉立马把握时机,向楚襄王绘声绘色地说起楚先王当年遨游高唐而梦遇神女的风流韵事。原来,那呈现在楚襄王眼前飘忽不定的云气,跟那个居住在高唐的自由奔放的神女有着千丝万缕的关系。一片看似普通的云气,瞬时被宋玉赋予一种历史的厚重感、人事的沧桑感。这怎能不激起楚襄王欲睹朝云芳容的浓浓兴致?此时,宋玉才在楚襄王的继续询问下,让朝云正式出场露面。瞧!那笼罩在高唐上方的朝霞彩云,刚出来时,茂盛如那傲然挺立的松树;过一会儿,鲜明如那娇艳欲滴的美姬,站在高耸入天的山峰上,举袖遮日,时刻盼望着令她日思夜想的如意郎君早日归来,在等待中失望,在失望中等待;接着,又倏忽改容,变化之迅速如飞车奔驰、羽旗狂飘,时而如凉风,时而如冷雨;最后,随着风停雨止,自己也消逝得无影无踪。云似人,人若云,两者水乳交融,交相辉映。这既是对婀娜多姿、变幻无穷、时隐时现的朝云的生动描绘,又是对娟秀婉约、多情善感、来踪不定的神女的形象刻画。

宋玉对朝云的渲染让楚襄王听得如痴如醉,心猿意马,恨不得马上前往饱览高唐之景观,会遇高唐之神女!但高唐毕竟不在云梦,而在巫山,故楚襄王又向宋玉发问道:"寡人方今可以游乎?"在得到宋玉的赞同后,他想先了解一下高唐的大致风貌。于是,宋玉以极其简练的笔墨,对高唐地区的山水风物进行概括性的描述:"高矣显矣,临望远矣;广矣普矣,万物祖矣。上属于天,下见于渊。珍怪奇伟,不可称论。"楚襄王听后,自然意犹未尽,命令宋玉铺写高唐之景观。而这正好符合宋玉渴望展示才华、抒发胸臆的意图,故他欣然允若作赋。

这就是《高唐赋》的序文,此下方进入《高唐赋》的正文。在正文中,宋玉如鱼得水,以夸张的腔调、艳丽的色彩、铺排的气势极力描写高唐的自然风光。

"惟高唐之大体兮,殊无物类之可仪比。巫山赫其无畴兮,道互折而曾累。"此四句,宋玉从总体上勾勒出高唐的体貌:山体高大煊赫,无与伦比;山路交互曲折,层层叠叠。

接下来,宋玉向我们绘制出一幅完整的游览路线图,通过游览地点的转换来详细描述高唐的自然风光,"登巉岩而下望……中阪遥望……登高远望……上至观侧……"实际上,这条游览路线就是从低处向高处逐步攀登的过程。在整个攀登高唐的过程中,宋玉选取了其中几个地点进行多角度的观察,且每次观察均有所侧重而非面面俱到;同时,宋玉不仅对景物进行平面的、静态的描写,而且对其进行立体的、动态的描摹,从而使高唐的一山一水、一草一木、一禽一兽曲尽情态,令人有亲临其境之感。

先写水,包括水势和水声。"登巉岩而下望",登上岩石,低头下望,首先见到那气象万千的水势。雨过天晴,成百上千的溪水汇聚于此。它们原本水势汹汹,水声澎湃,但在交汇之处又归于寂静无声。慢慢地,水流越积越深,越积越大,永无停止。大风骤起,水波叠涌,犹如附在山体上的丘陇;波浪相击,仿佛附在海边的碣石。接着,又听到那惊心动魄的水声。水涛涌起,卵石相撞,发出震耳欲聋之声。大浪袭来,巨石常没,发出惊天动地之响。而那些猛兽飞禽正是被这巨大的水声惊吓得魂不附体,四处奔逃,以致各种水中生物大胆畅游,悠然自得。

次写木,包括木容和木声。"中阪遥望",站在山腰,纵目眺望,首先见到一片郁郁葱葱的木容。树木,在冬天里,依然茂盛苍郁,灿烂多姿,如天上的繁星罗列有致。这是远望中的整体印象。而定眼细看,则形态各异:榛树生机盎然,繁花盖树;山桐子果实累累,密枝交错;树木倒映水中,随波荡漾;枝条或肆意伸展,或柔弱下垂;绿紫红白杂陈,目不暇接。徜徉在此景中,该是何其惬意。然而,接着听到凄苦幽怨的木声。纤弱的枝条随风鸣响,声似器乐,听后不禁悲从中来,犹如孤儿寒心、寡母酸鼻,犹如高官去职、贤人失志,令人潸然泪下。

又写山,包括山石和山谷。"登高远望",继续登高,心力交瘁,然未至祭观,极目远望,首先见到那令人望而生畏的山石。山岩峻峭,盘绕高耸,如悬岸将倾;

怪石参差，纵横交错，似相互追逐；岩石累积，高险倍增，像在巫山下的砥柱山。随后，又依次从仰望和俯视来写那肃穆幽深的山谷。仰望山巅，在虹蜺的辉映下，翠绿的山峰显得那么肃穆寂静；俯视山底，幽暗空虚，阵阵松声不断传至耳际；站在峭崖，不禁胆战心惊，如熊之在树唯恐坠落；立之长久，脚底下就会汗出如浆，不知所措；异物旁出，或似走兽，或像飞禽，"谲诡奇伟"，仿佛鬼斧神工之作。

后写花草和鸟雀。"上至观侧"，登临山顶，展示在面前的别是一番美景：地势平缓，形如箕踵；花草遍地，香气扑鼻；百鸟齐鸣，如曲盈耳。

这就是楚先王当年梦遇神女的地方。然而，宋玉的高明之处不限于高唐景色的描写，而在于他还再次栩栩如生地追述楚先王当年畅游高唐的两件事情：一是祭祀，一是畋猎。这一段绝不是"画蛇添足的多余文章"（姜书阁《汉赋通义》）。遥想当年，楚先王乘"玉舆"，驾"仓螭"，带领方士，奔往高唐，参加祭祀，调琴奏曲，感怀哀叹；随后，又率领群臣，驰骋畋猎，满载而回。如此美景乐事，怎能不令人心驰神往呢？

末尾一章，既非"风谏淫惑"（《文选》李善注），亦非"倡家之读《礼》"（朱熹《楚辞后语》），而是别有一番深意在其中。此时，宋玉郑重告诫楚襄王，他如想会遇神女，必须先行斋戒，选择吉日，以示诚意；倘若真能与神女相会，就会像发蒙解惑一般，立即痛改前非，认真操持国事，积极晋用贤才，从而神清气爽，延年益寿。显然，此处的神女当喻指贤人，而宋玉企图以楚先王会遇神女的故事来讽谏楚襄王起用贤臣。

在结构上，前面几段景物描写，层层铺垫，步步蓄势，为结尾张本。最后，卒章显志，水到渠成。从某种意义上而言，宋玉之所以把高唐描写得如此谲诡宏伟，就是为了衬托神女的特异不群；同时，"此篇先叙山势之险，登涉之难；上至观侧，则底平而可乐，所谓为治者始于劳而终于逸也"（张惠言《七十家赋钞》），其过程虽艰苦，但结果却甘甜！

（周建忠　施仲贞）

神女赋 并序　　　　　宋 玉

楚襄王与宋玉游于云梦之浦，使玉赋高唐之事。其夜玉寝[①]，梦与神女遇，其状甚丽。玉异之。明日，以白王。王曰："其梦若何？"玉对曰："晡夕之后，精神恍忽，若有所喜[②]。纷纷扰扰[③]，未知何意。目色仿佛，乍若有记[④]。见一妇人，状甚奇异。寐而梦之，寤不自识。罔兮不乐，怅然失志。于是抚心定气，复见所梦。"王曰："状何如也？"玉曰："茂矣美矣，诸好备矣！盛矣丽矣，难测究矣！上古既无，世所未见。瑰姿玮态，不可胜赞。其始来也，耀乎若白日初出照屋梁。其少进也，皎若明月舒其光。须臾之间，美貌横生。晔兮如华，温乎如莹⑤。五色并驰，不可殚形。详而视之，夺人目精。其盛饰也，则罗纨绮缋盛文章⑥。极服妙采照万方。振绣衣，被袿裳⑦。禩不短，纤不长⑧。步裔裔兮曜殿堂⑨。忽兮改容，婉若游龙乘云翔。嫷被服，侻薄装⑩。沐兰泽，含若芳。性和适，宜侍旁。顺序卑，调心肠。"王曰："若此盛矣！试为寡人赋之。"玉曰："唯唯。"

　　夫何神女之姣丽兮，含阴阳之渥饰⑪。被华藻之可好兮，若翡翠之奋翼⑫。其象无双，其美无极。毛嫱鄣袂，不足程式⑬。西施掩面，比之无色。近之既妖，远之有望。骨法多奇，应君之相⑭。视之盈目，孰者克尚⑮。私心独悦，乐之无量。交希恩疏，不可尽畅。他人莫睹，玉览其状。其状峨峨⑯，何可极言。貌丰盈以庄姝兮，苞温润之玉颜⑰。眸子炯其精朗兮，瞭多美而可观。眉联娟以蛾扬兮，朱唇的其若丹⑱。素质干之酿实兮，志解泰而体闲⑲。既姽婳于幽静兮，又婆娑乎人间⑳。宜高殿以广意兮，翼放纵而绰宽㉑。动雾縠以徐步兮，拂墀声之珊珊㉒。

　　望余帷而延视兮㉓，若流波之将澜。奋长袖以正衽兮㉔，立踯躅而不安。澹清静其愔嫕兮，性沈详而不烦㉕。时容与以微动兮，志未可乎得原㉖。意似近而既远兮，若将来而复旋。褰余帱而请御兮，愿尽心之惓惓㉗。怀贞亮之洁清兮，卒与我兮相难㉘。陈嘉辞而云对兮，吐芬芳其若兰。精交接以来往兮，心凯康以乐欢。神独亨而未结兮㉙，魂茕茕以无端。含然诺其不分兮㉚，喟扬音而哀叹。颛薄怒以自持兮，曾不可乎犯干㉛。

于是摇佩饰，鸣玉鸾。整衣服，敛容颜。顾女师，命太傅。欢情未接，将辞而去。迁延引身③²，不可亲附。似逝未行，中若相首③³。目略微眄，精彩相授。志态横出，不可胜记。意离未绝，神心怖覆③⁴。礼不遑讫，辞不及究③⁵。愿假须臾，神女称遽③⁶。徊肠伤气，颠倒失据③⁷。阁然而暝³⁸，忽不知处。情独私怀，谁者可语。惆怅垂涕，求之至曙。

〔注〕　①玉寝：《文选》作"王寝"。清人胡克家《文选考异》据沈括《梦溪笔谈》、姚宽《西溪丛语》，以为"玉、王互讹"。可知梦遇神女者实为宋玉而非襄王。　②晡（bū）夕：黄昏。恍忽：神思不定。　③纷纷扰扰：思绪凌乱貌。　④目色：视力。仿佛：模糊不清。乍若有记：忽然如同相识似的。　⑤晔（yè）：光彩灿烂貌。温：温润光泽貌。　⑥罗、纨（wán）、绮（qǐ）、缋（huì）：皆丝织品。　⑦袿（guī）：古代妇女的上服。裳：古人穿的下衣。　⑧襛（nóng）：衣厚貌。纤：衣薄貌。　⑨裔裔（yì）：步履轻盈柔美貌。　⑩嫷（tuǒ）：华美。侻（tuì）：合适。　⑪渥（wò）饰：得天独厚的美质。　⑫被：通"披"。华藻：华丽的服饰。可好：恰到好处。翡翠：翡翠鸟。奋翼：展翅。　⑬郪袂：以袖掩面。程式：比示姿容。　⑭骨法：骨相。应君之相：有适合侍奉君王的骨相。　⑮克：能够。尚：超过。　⑯峨峨：盛美。　⑰庄：端庄。姝：美好。苞：通"包"。　⑱联娟：微曲貌。的（dì）：鲜明。　⑲素：生就的。质干：躯干。酿（nóng）：丰厚。解泰：闲适安详。　⑳娅（guǐ）嫿（huà）：娴静美好。婆（pó）娑（suō）：盘旋舞动貌。　㉑宜高殿：宜置高殿之上。翼放纵：随意放纵，如鸟舒展翼翅。　㉒雾縠（hú）：薄雾般的轻纱。拂：擦拭。墀（chí）：台阶上的空地，亦指台阶。珊珊：玉石碰撞产生的声音。　㉓延视：注视良久。　㉔奋：抖动。正衽：将衣服整理端正。　㉕澹：静貌。愔（yīn）嫕（yì）：和顺淑善。沈详：沉静安详。不烦：不烦躁。　㉖原：本意。㉗褰（qiān）：揭起。帱（chóu）：床帐。请御：请求侍奉。惓惓：诚恳貌。　㉘贞亮：贞风亮节。相难：难以相近。㉙亨：亨通。　㉚其：犹。不分：不知何计分当。　㉛赪（pǐng）：怒色青貌，一说指敛容。薄：微。持：矜持。犯干：触犯。　㉜迁延：退而离去。引身：起身。　㉝首：向。　㉞怖覆：恐怖而反复。　㉟不遑：不及。讫：尽，毕。究：尽，毕。　㊱遽：急。　㊲据：依据。㊳阁（yǎn）然：忽然。暝（míng）：幽暗不明。

《神女赋》是《高唐赋》的续篇。如果说《高唐赋》为《神女赋》作了必要的铺垫，那么《神女赋》则为《高唐赋》画上圆满的句号。事实上，两赋所写的神女不是两个不同的神女，而是在不同时期面对不同对象表现出不同性格的同一神女。只是到了《神女赋》，这位美丽、多情、自由、守礼的高唐神女才由抽象变得具体，栩栩如生地呈现在我们的眼前。

一提起神女，人们立马会想起楚襄王；同样，一提到楚襄王，人们马上会想到神女。其实，此乃后人误传误解所致。沈括《梦溪笔谈》云："前日梦神女者，怀王也；其夜梦神女者，宋玉也。襄王无预焉，从来枉受其名耳。"的确，不管是《高唐赋》还是《神女赋》，梦遇神女者皆非楚襄王，前者为楚先王梦遇神女，而后者则为宋玉梦遇神女。尽管屈原早就在其作品中写到梦,《九章·惜诵》云:"昔余梦登天兮,魂中道而无杭。"但他只是以独白的方式,写自己独自梦魂登天的情况。而宋玉则完全不同,他在《神女赋》的序文中采用对话的方式,向楚襄王描述自己梦遇神女的情景。

我们知道,在《高唐赋》的序文中,宋玉言楚先王游高唐,昼寝成梦。而在《神女赋》的序文中,宋玉则言自己游云梦,夜寝做梦,有意回归约定俗成的"日醒——夜梦"的观念。"楚襄王与宋玉游于云梦之浦,使玉赋高唐之事。其夜玉寝,梦与神女遇,其状甚丽。"白天,楚襄王曾令他赋高唐之事。为此,宋玉一直苦思冥想,直到夜晚,他忽然做梦遇见高唐神女,正所谓"日有所思,夜有所梦"。就时间而言,《高唐赋》所述的是"过去"的梦境,而《神女赋》所描写的则是"现在"的梦境。就神女而言,《高唐赋》所写的是别人梦遇的美女,故虚无抽象;而《神女赋》所写的是自己梦遇的美女,故真实具体。对于自己梦遇神女之事,宋玉深感惊异。那么,宋玉究竟惊异什么呢?一方面,宋玉惊异于神女"其状甚丽",因为自己过去对于神女的美貌只是耳闻,而现在已经是眼见;另一方面,宋玉惊异于自己"梦与神女遇",因为过去只有君王(楚先王)才有资格梦遇神女,而如今神女竟然出现在侍臣(自己)的梦中。于是,天亮之后,宋玉就迫不及待地前往楚襄王住所,等待时机向他禀报自己昨晚梦遇神女的情景。

当楚襄王得知宋玉准备告诉他昨晚做梦之事时,他不免好奇地发问道:"梦境中的情景是怎样的呢?"对此,宋玉先简略地概述了自己从梦前到梦中再到梦醒的整个历程。"晡夕之后,精神恍忽,若有所喜。纷纷扰扰,未知何意。"这几句虽未明写梦,但实际上写的却是即将入梦时的一种梦幻状态。他之所以会在梦幻状态中面露喜色,是因为自己见到一位似曾相识的"状甚奇异"的"妇人"。正是这一"妇人"的意外降临,让宋玉在喜悦之余又感到心神不宁,以致梦醒之后竟忘掉梦中"妇人"的模样,心中顿时快快不乐。料想,此时的楚襄王必定会因宋玉梦中神女的出现而欣喜,因宋玉梦中神女的隐没而伤心。在这里,宋玉只笼统地说"见一妇人,状甚奇异",而未明言梦中神女状貌如何?有何事状?这自然会引发楚襄王的浓厚兴趣。于是,当宋玉告知楚襄王在自己平心静气之后又重见神女的情景时,楚襄王不由自主地追问道:"状如何也?"寥寥几句,宋玉就紧紧抓住了楚襄王那早已心驰神往的魂魄。至此,宋玉才开始具体描述神女。

"茂矣美矣,诸好备矣!盛矣丽矣,难测究矣!上古既无,世所未见。瑰姿玮态,不可胜赞。"在这里,宋玉连用六个"矣"的感叹词,叠用"既无""未见""不可"等否定词,不仅真切地传达出自己的惊异不已之感,而且有力地烘托出神女的绝世无伦之美。但宋玉并不仅仅满足于如此虚写神女的整体美,而是紧接着通过多角度的具体描绘,来实写神女的细部美,从而使神女的形象更加丰满。先写姿容,宋玉借用自然界中的"白日""明月""鲜花""美玉"不同事物来比拟神女的美貌,并通过观察神女在"其始来也""其少进也""须臾之间"不同时间段中的变化来凸显神女的姿容。原来,她是那样的神采焕发,那样的美不胜言,那样的夺人心魄。次写服饰,宋玉不仅写其服饰的样式(上衣、下衣、厚衣、薄衣),而且还写其服饰的质地(罗、纨、绮、缋),神女的采服盛饰真是多姿多彩、魅力四射,令人目不暇接!又写仪态,当神女步入殿堂时,步履是那样的轻盈,身材是那样的柔婉,宛如乘云飞翔的游龙;着装是那样的华美,非常合适地将她的胴体包裹起来;沐浴是那样的讲究,那用兰花沐浴过的身体时时散发着宜人的芳香。后写德性,此时宋玉从描写神女的外在美转向刻画她的内在美,她性情温和闲适,很适合侍奉在身边;同时,她还知道长幼尊卑的礼仪,很善解人意,懂得调节人的情绪。这就是让宋玉神魂为之颠倒迷狂的神女形象。楚襄王听后,也不得不叹赏道:"若此盛矣!"然而,楚襄王却仍感到意犹未尽,故命令宋玉再为他详细铺写神女。此时,宋玉才开始着手正文的撰写。

如果说赋的序文侧重于描写神女入梦时给宋玉的大体印象,那么正文则侧重于对神女的容貌、仪态、心理、德性作了精雕细琢的刻画。在这里,宋玉不仅刻画她的外在美,而且刻画她的内在美;不仅描写她的静态美,而且描写她的动态美;不仅描摹她的空灵美,而且描摹她的充实美。至此,一位可远观而不可亵玩、美丽而贞洁的神女形象跃然纸上。

首先,写神女外在形貌之美艳。神女禀天地之美,娇娆艳丽;其华装美饰,如同翡翠鸟展翅飞翔。即使是毛嫱、西施,在她面前也会黯然失色。在虚写其美艳已无可言说后,宋玉又抓住人体审美最为关键的部位来实写姿容之美艳:丰盈庄姝的体态,温润如玉的容颜,艳若丹朱的嘴唇,炯炯有神的眼睛,蛾扬联娟的眉毛,盈实舒展的身段。此外,宋玉还实写神女仪态之美艳。那自如来往于神境与人间的神女,迈着轻盈的脚步徐徐走来,身上纱裙拂拭台阶,发出珊珊之声响。这不免让人如临其境,如见其人,如闻其声。

其次,写神女的内在心灵之矛盾。当她走进室内,不禁引颈朝我的帷帐探望,含情脉脉,频送秋波。但旋即挥动长袖,端庄衣襟,徘徊不前,心神不安。她心意似欲亲近却又远遁,行动若要前来而又返回。在一番又一番的挣扎后,她决定撩开我的床帐,请求陪侍,欲尽拳拳之诚意。但最后守住底线,始终不与我有肌肤之亲。于是,神女与宋玉只好进行言语交谈,内心感情也随之发生变化:从交流时的"乐欢",到迟疑时的"哀叹",再到决绝时的"薄怒"。寥寥几笔,便活灵活现地刻画出神女那奔放而又娇羞、纵情而又守礼的矛盾心态。

最后,写神女与自己别离之情状。"欢情未接,将辞而去。"在即将临行之际,神女复又流露出依依不舍之深情,"似逝未行,中若相首。目略微眄,精彩相授"。当宋玉请求她再留待片刻时,神女却"称遽",故匆匆离去。对这段失之交臂的恋情,徒然引起宋玉的无限遐思和不尽惆怅,"惆肠伤气,颠倒失据"。此时,神女早已离去,但宋玉对她的爱慕之情却有增无减,希望能再在梦中见到自己心爱的神女,并向她倾诉自己孤独寂寞的情思。然而,梦醒后失望、愁苦的追忆,使宋玉再也无法入睡,暗自流泪到天亮,"惆怅垂涕,求之至曙"。

那么,《神女赋》究竟有何寓意?对此,历来学者有不同的说法:写讽谏淫惑(陈第《屈宋古音义》),写男女欢爱(章太炎《菿汉闲话》),写人生娱乐(姜亮夫《楚辞学论文集》),写理想化身(邓元煊《〈文选〉载宋玉赋内容新论》),写君臣遇合(林维民《〈高唐〉〈神女〉赋发微》)。在我们看来,此赋的寓意则是写寻求知音。在楚襄王之世,宋玉备受政敌的排挤和打压,仕途很不得志。他深感只有贤臣才能成为自己的知音,才能帮助自己实现理想。于是,他继承屈原的比兴手法,用神女来隐喻贤臣。而寻求神女的失败,也意味着他寻求知音的失败。神女之所以来,或许是因为她知道宋玉乃楚之良臣,与宋玉合作当可成就功业;而神女之所以去,或许是因为她知道楚襄王并非贤君,与宋玉合作也无济于事。由此可见,宋玉的本意是希望楚襄王能晋用贤臣,也唯有如此自己才能实现理想。

总之,《神女赋》是我国文学史上第一篇美女赋。后世文人描摹美女大多受此赋启发,如王粲、杨修、曹植、江淹等人。其中尤以曹植《洛神赋》所受的影响最为明显,其序即云:"感宋玉对楚王神女之事,遂作斯赋。" （周建忠　施仲贞）

风　赋　　　　　宋　玉

楚襄王游于兰台之宫①,宋玉、景差侍②。有风飒然而至,王乃披襟而当之③,曰:"快哉此风!寡人所与庶人共者邪?"宋玉对曰:"此独大王之风耳,庶人安得而共之?"王曰:"夫风者,天地之气,溥畅而至④,不择贵贱高下而加焉,今子独以为寡人之风,岂有说乎?⑤"宋玉对曰:"臣闻于师,枳句来巢⑥,空穴来风⑦。其所托者然⑧,则风气殊焉。"

王曰:"夫风始安生哉?"宋玉对曰:"夫风生于地,起于青蘋之末⑨。侵淫溪谷，盛怒于土囊之口⑩。缘泰山之阿⑪，舞于松柏之下。飘忽溯滂，激飏熛怒⑫。耾耾雷声，回穴错迕⑬。蹶石伐木，梢杀林莽⑭。至其将衰也，被丽披离，冲孔动楗⑮，眴焕粲烂，离散转移⑯。故其清凉雄风，则飘举升降⑰。乘凌高城⑱，入于深宫。邸华叶而振气，徘徊于桂椒之间⑲，翱翔于激水之上，将击芙蓉之精⑳。猎蕙草，离秦衡㉑。概新夷，被黄杨㉒。回穴冲陵，萧条众芳㉓。然后倘佯中庭，北上玉堂㉔。跻于罗帷，经于洞房㉕。乃得为大王之风也。故其风中人㉖，状直憯凄惏栗，清凉增欷㉗。清清泠泠，愈病析酲㉘。发明耳目，宁体便人㉙。此所谓大王之雄风也。"

王曰："善哉论事！夫庶人之风，岂可闻乎㉚?"宋玉对曰："夫庶人之风，塝然起于穷巷之间，堀堁扬尘㉛。勃郁烦冤，冲孔袭门㉜。动沙堁，吹死灰㉝。骇溷浊，扬腐余㉞。邪薄入瓮牖，至于室庐㉟。故其风中人状，直憞溷郁邑，殴温致湿㊱。中心惨怛，生病造热㊲。中唇为胗，得目为蔑㊳。啗齰嗽获，死生不卒㊴。此所谓庶人之雌风也。"

〔注〕 ①楚襄王：即楚顷襄王。兰台：宫苑名，在郢都以东，汉北云梦之西。　②景差：楚大夫，与宋玉同时期的辞赋家。侍：站在左右侍候，这里指随从。　③披襟：敞开衣襟。当之：迎着风。　④溥(pǔ)：通"普"，普遍。畅：畅通。　⑤说：解说，理由。　⑥枳(zhǐ)：一种落叶小乔木，枝条弯曲，有刺。句(gōu)：弯曲。来：招致。巢：用作动词，筑巢。　⑦空穴来风：有洞穴的地方就有风吹过来。空穴：即孔穴。　⑧托：依靠，凭借。　⑨蘋(pín)：多年生浅水草本植物。末：这里指青蘋的叶尖。　⑩侵淫：渐渐进入。溪谷：山谷。囊：洞穴。　⑪缘：沿着。泰山：大山。泰：通"太"。阿(ē)：山曲，山坳。　⑫飘忽：往来不定的样子，此处形容风速疾猛。溯(píng)滂(pāng)：大风吹打物体的声音。激飏(yáng)：鼓动疾飞。熛(biāo)怒：形容风势猛如烈火。熛：火势飞扬。　⑬耾耾(hóng)：风声。回穴：风向不定，疾速回荡。错迕(wǔ)：盘旋错杂貌。　⑭蹶(jué)石：摇动山石，飞沙走石。伐木：摧断树木。梢杀林莽：摧毁树林和野草。莽：草丛。　⑮被丽、披离：四散的样子。冲孔：冲进孔穴。动楗(jiàn)：吹动门闩。　⑯眴(xuàn)焕粲烂：色彩鲜明、光华灿烂的样子。离散转移：微风向四处飘散的样子。　⑰飘举：飘飞、飘动。升降：偏义复词，"升"意。　⑱乘凌：上升。乘：升。高城：高大的城垣。深宫：深邃的宫苑。　⑲邸(dǐ)：通"抵"，触。华：同"花"。振：摇动，振荡。振气：散发气味。桂：桂树，一种香木。椒：花椒，也是一种香木。　⑳激水：激荡的流水，犹言急水。芙蓉之精：芙蓉的花朵。精：通"菁"，即华(花)。　㉑猎：通"躐(liè)"，践踏，此处为吹掠之意。蕙：香草名。离：经历。秦蘅：香草名。　㉒概：古代量谷物时刮平斗斛的器具，此处为刮过、吹过的意思。新夷：即辛夷，香木名。被：覆盖，此处为掠过之意。黄

(tí)杨:初生的杨树。 ㉓回穴冲陵:回旋于洞穴之中,冲激于陵陆之上。陵:通"凌",侵犯。萧条:凋零衰败,此处用为动词,使众芳凋零衰败。 ㉔中庭:即庭中。玉堂:玉饰的殿堂,亦为殿堂之美称。 ㉕跻(jī):上升,登上。洞房:指宫殿中深邃的内室。 ㉖中(zhòng)人:指风吹到人身上。 ㉗直:特意,特别。憯(cǎn)凄:凄凉、悲痛的样子。憀(lín)栗:寒冷的样子。增:通"层",重复,反复。欷(xī):唏嘘,这里是说天气酷热,遇到一阵清凉的风吹来,不禁爽快地舒了一口气。 ㉘清清泠泠:清凉的样子。析酲(chéng):解酒。酲:病酒,酒后困倦眩晕。 ㉙发明耳目:使耳目清明。宁体便人:使身体安宁舒适。 ㉚论事:分析事理。岂,通"其",表示期望。 ㉛塕(wěng)然:风忽然而起状。穷巷:偏僻小巷。堀(kū)堁(kè):风吹起灰尘。堀:冲起。堁:尘埃。 ㉜勃郁:抑郁不平。烦冤:烦躁愤懑。 ㉝沙堁:沙尘,沙土。死灰:冷却的灰烬。 ㉞骇:惊起,此处为搅动之意。溷浊:指污秽肮脏之物。溷,同"混"。腐余:腐烂的垃圾。 ㉟邪薄:指风从旁侵入。邪,通"斜"。薄:迫近。瓮(wèng)牖(yǒu):以破瓮口做成的窗户。牖,窗户。庐:草屋。 ㊱憞(dùn)溷:烦浊貌,烦乱貌。郁邑:忧闷。殴温致湿:驱来温湿之气,使人得湿病。殴:同"驱"。 ㊲中心:即心中。憯怛(dá):忧伤,悲痛。造热:得热病。 ㊳中(zhòng)唇:吹到人的嘴唇上。胗(zhěn):唇上生的疮。得目为蔑:吹进眼里就得眼病。蔑:眼角红肿的病。 ㊴啖(dàn)齰(zé)嗽获:中风后嘴角抽动的样子。啖:吃。齰:嚼。嗽:吸吮。获:通"嚄"(huò),大叫。死生不卒:不死不活,此言中风后的状态。

　　宋玉的《风赋》不仅具有高度的艺术成就,而且内涵丰富而独特,其中有些内容为先秦文学所未曾触及。

　　首先是通过绘声绘色的描写,充分展示了大自然所蕴含的强大生命力和内在的阳刚之美,这主要体现在对风的生成、由弱到强进而转衰过程的描写中,即从"夫风生于地"到"离散转移"的一段。在这段文字中,作者把风放在天地山川的宏阔背景中,从它在经过迥然有别的各种物象时所形成的千姿百态的景观,充分展示了大自然的勃勃生机和光怪陆离、变化莫测的奇妙特征。在描写中突出了风的"流动性"特点,以一系列富有视觉冲击力的动词,如"生成""起于""侵淫""盛怒""缘""舞""飘忽""激飓"直至"离散转移",不但形象生动地状写出其盛衰起伏、强弱变化的自然旋律,而且真实地反映出风的运动变化所蕴含的无坚不摧的巨大威力,有力地表现出大自然浑雄、壮丽的阳刚之美。在这样惊心动魄的景观面前,我们在惊惧、赞叹的同时,更为它的气势和力量所折服,从而得到审美享受,心胸为之开阔,精神为之振奋——这正是本赋的十分珍贵的审美价值。

　　我国先秦时期,对自然美的认识尚处于"比德"阶段,即把自然美作为人的精神品德的象征,在这样的文化背景下,本赋却把自然美作为独立的审美对象加以描绘,而且描绘得那样精彩和传神,实在是难能可贵。

　　其次,从生活环境的视角具体真实地再现了贫富悬殊的两个世界。

　　在大王之雄风和庶民之雌风的形成过程中,作者把很多社会性的事物与自然之风结合起来,从而巧妙地再现了君王与庶民两种完全不同的生活环境。由于抓住了两种环境各自的代表性特点,如君王深宫的富丽、奢华,庶民穷巷的鄙陋、污浊,从而使文学形象更具概括性,使人从中不但能够看到两种生活环境完全不同的真实面貌,而且还仿佛看到生活环境后面的截然不同的生活景象:王公贵族的骄奢淫逸、醉生梦死和下层人民的贫病交加、痛苦挣扎。特别是最后描写"其风中人"所造成的"死生不卒"的惨象,更强化了贫富悬殊两个世界的鲜明对比。

另外,在描写庶人之风在穷巷中肆虐时,意味深长地使用了"中心惨怛"和"勃郁烦冤"这类词语,这些词语所表现的都是人的内心忧伤、悲痛和抑郁不平、烦躁愤懑。这究竟是写风还是写人,抑或是二者兼而写之?但不管怎样,在对风的描写中直接透露了庶人的情绪,却是可以肯定的。作品的内容因此也显得更加凝重。

在艺术表现上,本赋具有鲜明的特色。

首先,采用了"述客主以首引"的君臣问答的结构形式。应当说,运用这种结构形式并不困难,难的是运用得自然、得体,而本赋的优长在于充分利用这种结构形式的特点,恰到好处地表现了其内容:话题是从君王出游,恰好阵风吹来引起,完全是事出"偶然",而楚王就此"随口一说",引出了宋玉的不同看法,但楚王不同意他的看法,于是宋玉就在楚王的命令之下一一具体道来。这一切好像都是随机发生,"没有"任何事先的"预设"。故事既是"自然"发生,没有"人为操作",因而更加真实可信和具有吸引力。接下去,就是楚王与宋玉之间的一问一答,表面看来,是君臣之间十分平常的对话,实际则是在问话的导引下文章步步深入,直抵终点。所以,从文章的结构上看,夹在宋玉话之间的楚王的几次问话,实际上很自然地将几部分内容紧紧联结起来,使本赋成为具有内在联系的整体。

其次,本赋的句式特点十分鲜明:整齐句式与散文的自由句式兼用,三字句、四字句、多字句并存,整体看来,灵活变化,丰富多彩。更为重要的是,采用什么句式主要是根据内容需要,使句式随着内容的转换而变化,从而达到形式与内容的高度统一。

这突出表现在三字句和四字句的运用上:赋中有几处连续使用四字句和三字句,综观这些语句便可看出,凡连续使用的相同句式,它们所表现的内容基本上都属于一个系列的事物,即具有基本相同的性质和特征;但在两种不同的句式,即连续的三字句和四字句之间却有明显的区别:比如两组连续的三字句"猎蕙草,离秦衡。概新夷,被黄杨"和"动沙堁,吹死灰。骇溷浊,扬腐余",都是由动宾结构组成,前者表现风吹拂和掠过各种花草树木,后者表现风扬起和搅动各种灰尘秽物,表现这样的内容用短小急促的三字句,突出了风的吹拂从一物到另一物的疾速变化,从而以急促的快节奏突出了所表现的内容。相比之下,四字句或不具备这种特征或这种特征并不明显,这显然与内容的不同有直接关系。

再次,在描写风的生成和衰微景象的四字句中插入一个五字句"至其将衰也",表现出风由盛而衰的两个阶段。同样,在四字句中插入一个六字句"故其清凉雄风",也是从节奏的变化上突出了内容的变化。

另外,本赋文辞丰富华美,缤纷灿烂,并善于抓住特征刻画点染,写景状物,曲尽其态。无疑,这些都极大地增强了作品的艺术魅力。 （赵沛霖）

钓　赋　　　　　　宋　玉

宋玉与登徒子偕受钓于玄渊[①],止而并见于楚襄王[②],登徒子曰:"夫玄渊天下之善钓者也,愿王观焉。"王曰:"其善奈何?[③]"登徒子对曰:"夫玄渊钓也,以三寻之竿,八丝之纶[④],饵若蛆螾,钓如细针[⑤],以出三尺之鱼于数仞之水中,岂可谓无术乎? 夫玄渊芳水饵[⑥],挂缴钩,其意不可得[⑦],退而牵行,下触清泥,上则波飏[⑧],玄渊因水势而施之:颉之颃之,委纵收敛,与鱼沉浮[⑨]。及其解弛,因而获之。"襄王曰:"善。"

宋玉进曰:"今察玄渊之钓,未可谓能持竿也,又乌足为大王言乎[⑩]?"王曰:"子之所谓善钓者何?"玉曰:"臣所谓善钓者,其竿非竹,其纶非丝,其钩非针,其饵非螾也。"王曰:"愿遂闻之[⑪]。"宋玉对曰:"昔尧舜禹汤之钓也[⑫],以贤圣为竿,道德为纶,仁义为钩,禄利为饵,四海为池,万民为鱼。钓道微矣[⑬],非圣人其孰能察之?"王曰:"迂哉说乎[⑭]! 其钓不可见也。"

宋玉对曰:"其钓易见,王不察尔。昔殷汤以七十里、周文以百里[⑮],兴利除害,天下归之,其饵可谓芳矣;南面而掌天下[⑯],历载数百,到今不废,其纶可谓纫矣[⑰];群生寝其泽,民氓畏其罚[⑱],其钩可谓拘矣[⑲];功成而不隳[⑳],名立而不改,其竿可谓强矣。若夫竿折纶绝,饵坠钩决,波涌鱼失,是则夏桀、商纣不通夫钓术也[㉑]。今察玄渊之钓也,左挟鱼罶,右执槁竿[㉒],立乎潢汙之涯㉓，倚乎杨柳之间，精不离乎鱼喙，思不出乎鲋鳊㉔，形容枯槁，神色憔悴㉕，乐不役勤，获不当费㉖，斯乃水滨之役夫也已㉗，君王又何称焉？王若见尧舜之洪竿㉘，撅禹汤之修纶㉙，投之于渎，沉之于海㉚，漫漫群生，孰非吾有㉛？其为大王之钓，不亦乐乎？"

〔注〕 ① 登徒子：楚大夫。"登徒"是复姓，"子"，对男子的尊称。玄渊：人名，战国楚人，善钓。 ② 止而：犹"已而""不久以后"之意。楚王：即楚顷襄王。 ③ 奈何：如何，怎么样。 ④ 寻：古代的长度单位，八尺长为一寻。八丝之纶：八条细丝搓成的钓线。 ⑤ 螾(yǐn)：通"蚓"，蚯蚓。钧：当作"钩"。 ⑥ 芳其饵：使放入水中的鱼饵发出香味。 ⑦ 缴(zhuó)：本指生丝线，这里指钓线。其意不可得：他估计用这种方法钓并不到鱼。 ⑧ 波飏(yáng)：荡起波纹。飏：飞扬。 ⑨ 颉：鸟向下飞。颃：鸟向上飞。句中以颉颃表示钓竿时下时上。委纵：放松。收敛：收紧。 ⑩ 乌：何，怎么。 ⑪ 遂：尽，全部。 ⑫ 尧、舜：即唐尧、虞舜，传说中的上古圣明之君。禹、汤：即夏禹、商汤，是夏、商开国圣君。 ⑬ 微：精妙幽深。此指钓鱼的道理很精微深奥。 ⑭ 迂：迂阔不切合实际。 ⑮ 此句是说：当初殷汤凭借七十里地，周文王凭借一百里地，最后都得到了天下。 ⑯ 南面：古代国君之位面南，"南面"即指身居王位。 ⑰ 纫(rèn)：通"韧"，坚韧。 ⑱ 群生：众生。寖(jìn)：同"浸"；寖其泽：即得到恩惠。民氓(méng)：民众。 ⑲ 拘(gōu)：即拘(gōu)，取，收取，句中意为引鱼上钩。 ⑳ 隳(huī)：毁坏。 ㉑ 夏桀：夏朝末代君主。商纣：商朝末代君主。桀、纣都以荒淫暴虐亡国。 ㉒ 鱼罶(liǔ)：捕鱼的竹篓子。执：持。槁(gǎo)竿：即钓竿。钓竿由干枯的竹竿做成。 ㉓ 潢(huáng)汙(wū)：水池，积水亢。汙：通"污"。涯：水边，岸旁。 ㉔ 精：精神，注意力。喙(huì)：嘴。鲋(fù)：鲫鱼。鳊(biān)：鳊鱼，亦称窄胸鳊。 ㉕ 形容：形体容貌。枯槁：干枯消瘦。憔悴：困顿萎靡。 ㉖ 此二句意为：得到的快乐不能消除辛劳，收获抵不上付出的代价。 ㉗ 斯：代词，这，此。 ㉘ 此句是说：大王如果举起尧舜巨大的鱼竿。见，通"建"，竖立，举起。洪竿：大的钓竿，此喻贤才。 ㉙ 撅(shū)：张开，抛出，指把钓丝抛向水里。修纶：长的钓线，此喻伦理道德。 ㉚ 此二句是说：把鱼钩和香饵投进大河，沉在东海。鱼钩及香饵比喻"恩惠"。渎(dú)：大河。古代长江、黄河、淮河、济河称为"四渎"。 ㉛ 此二句是说：天下百姓，有谁会不归附楚国？漫漫：众多的样子。吾：指楚国。

《钓赋》的主旨十分明确：劝谏襄王效法尧、舜、汤、禹等古代圣明君主，"以贤圣为竿，道德为纶，仁义为钩，禄利为饵，四海为池，万民为鱼"。简言之，即法先王，行仁政，也就是践行先王的治国之道。这说明，本赋所提倡的实际是儒家的政治主张和学说。一般说来，讲述政治理论的文章很容易流于抽象说教，令人昏昏欲睡，然而，本赋却能引譬连类，独具引人入胜的魅力。

这首先是由于本赋的巧妙构思：一、本赋事关治国，可谓主旨宏大，但却不是正面宣讲政治主张，而是通过日常小事钓鱼的故事，把枯燥的政治主张故事化，把治国道理生活化，从而极大地拉近了与读者的距离，让人满怀兴味地读下去。就故事来说，虽然情节很简单，但却不乏尖锐的对立——登徒子认为"玄渊善钓"，而宋玉彻底否定"玄渊善钓"，双方各执一词，针锋相对，并且各有其充分的理由。二、通过简明扼要的叙事和说理，有力地表现了主旨。之所以取得这样的效果，原因在于运用了引类譬喻的方法，并将它贯穿全篇。一般说来，以一物喻一事或一个道理比较常见，做起来也比较容易；难能可贵的是以同一（或同一类）事物一喻到底，贯穿全篇，保持为喻的统一性。例如，既以钓鱼喻治国，文中凡与治国有关之事皆以钓鱼之事为喻：如说尧、舜、禹、汤之钓是"以贤圣为竿，道德为纶，仁义为钩，禄利为饵，四海为池，万民为鱼"；说殷、周以弱小之国代夏、商而有天下历数百年而不衰是"其饵芳""其纶约""其钩拘"和"其竿强"；直到最后劝谏襄王法先王，行仁政还是如此："王若见尧舜之洪竿，撼禹汤之修纶，投之于渎，沉之于海，漫漫群生，孰非吾有？"无论是一般论述，还是历史举证都紧紧围绕钓鱼立说，处处不离与钓鱼密切相关的竿、纶、钩、饵、池、海和鱼，而这些比喻又都十分贴切，自然赋予作品以很强的说服力，并便于人理解。

其次，钓鱼与治国本是毫无关系的两件事，但作者信笔从容，娓娓道来，十分自然地将二者联系在一起，通过钓鱼说明治国的道理。原因在于讲述道理不但具有很强的针对性，而且十分讲究方法。这突出体现在阐述道理的层次安排上。宋玉的话不但层次非常清晰，而且讲述的顺序十分得体。他的话大致可以分为四层：一、首先否定了登徒子关于"玄渊善钓"的观点，而这一观点刚刚被襄王所肯定，因而也是否定了襄王的观点，这必然引起他的疑问："子之所谓善钓者何？"看来，宋玉的话刚一开始即触动了襄王。二、接下去宋玉没有像一般想象的那样紧跟着就正面提出自己的观点（这样反而不容易被人接受），而是先给出了一个否定性的回答，即不说是什么，而说不是什么："臣所谓善钓者，其竿非竹，其纶非丝，其钩非针，其饵非蝇也。"显然，这让襄王更加大惑不解，想问个究竟，于是"愿遂闻之"脱口而出。就这样，宋玉巧妙地"指挥"襄王为自己阐明观点打开了大门。三、在这种情况下宋玉才开始正式提出自己的观点，即"昔尧舜禹汤之钓也"那段话。但是，襄王不认同这样的观点，批评它"迂哉说乎！其钓不可见也"。四、至此水到渠成，宋玉针对襄王的批评，结合历史经验教训具体阐释了自己的观点，并在此基础上正式向襄王提出了谏议："王若见尧舜之洪竿，撼禹汤之修纶，投之于渎，沉之于海，漫漫群生，孰非吾有？其为大王之钓，不亦乐乎？"谏议在充分说理的基础上既已提出，文章也就此结束，至于最后襄王有什么反应，则留给读者去想象了。

试想，如果不是这样曲折有致地讲述，而是开始就直接提出和阐释自己的观点,效果又将如何?稍作比较即可想象出宋玉在行文安排上的匠心。

此外,两段关于玄渊钓鱼的描写也是文中十分耀眼的精彩之笔:一段是登徒子眼中关于玄渊钓鱼之"术"的描写,一段是宋玉眼中关于"玄渊之钓"的描写。同一个人,形象各异:这不但是因为登徒子与宋玉的着眼点不同,更在于感情色彩的强烈反差,正所谓一人心目中一个哈姆雷特也。不过,不管两段描写有多大的差别,其共同点却更加突出:紧紧抓住对象的特点传神写照,寥寥几笔,玄渊的形象便都跃然纸上。

(赵沛霖)

登徒子好色赋　　　　宋　玉

大夫登徒子侍于楚王[①],短宋玉曰[②]:"玉为人,体貌闲丽[③],口多微辞[④],又性好色。愿王勿与出入后宫。"王以登徒子之言问宋玉,玉曰:"体貌闲丽,所受于天也;口多微辞,所学于师也;至于好色,臣无有也。"王曰:"子不好色,亦有说乎[⑤]?有说则止[⑥],无说则退。"玉曰:"天下之佳人莫若楚国,楚国之丽者莫若臣里,臣里之美者莫若臣东家之子[⑦]。东家之子,增之一分则太长,减之一分则太短;著粉则太白,施朱则太赤。眉如翠羽[⑧],肌如白雪,腰如束素[⑨],齿如含贝[⑩]。嫣然一笑[⑪],惑阳城,迷下蔡[⑫]。然此女登墙窥臣三年,至今未许也。登徒子则不然。其妻蓬头挛耳,龂唇历齿[⑬],旁行踽偻,又疥且痔[⑭]。登徒子悦之,使有五子。王孰察之[⑮],谁为好色者矣。"

是时,秦章华大夫在侧[⑯],因进而称曰:"今夫宋玉盛称邻之女,以为美色。愚乱之邪臣[⑰],自以为守德,谓不如彼矣。且夫南楚穷巷之妾[⑱],焉足为大王言乎?若臣之陋[⑲],目所曾睹者,未敢云也。"王曰:"试为寡人说之。"大夫曰:"唯唯[⑳]。臣少曾远游,周览九土,足历五都[㉑]。出咸阳,熙邯郸[㉒],从容郑、卫、溱、洧之间[㉓]。是时,向春之末,迎夏之阳[㉔],鸧鹒喈喈,群女出桑[㉕]。此郊之姝,华色含光[㉖],体美容冶[㉗],不待饰装。臣观其丽者,因称诗曰:'遵大路兮揽子袪'[㉘],赠以芳华辞甚妙[㉙]。于是处子怳若有望而不来[㉚],忽若有来而不见[㉛]。意密体疏,俯仰异观[㉜],含喜微笑,窃视流眄[㉝]。复称诗曰:'寤春风兮发鲜荣③④，洁斋俟兮惠音声③⑤，赠我如此兮不如无生③⑥。因迁延而辞避③⑦。盖徒以微辞相感动，精神相依凭③⑧。目欲其颜，心顾其义③⑨，扬诗守礼，终不过差④⑩。故足称也。"于是楚王称善，宋玉遂不退④①。

〔注〕 ①登徒子：楚大夫。"登徒"是复姓，"子"，对男子的尊称。侍：侍从。楚王：即楚顷襄王。 ②短，说人坏话。 ③闲丽：娴雅美丽。 ④微辞：微妙之辞，好听的话。 ⑤说：解说，理由。 ⑥止：留下。 ⑦东家之子：东邻的女子。 ⑧翠羽：翠鸟的羽毛，青黑色。 ⑨束素：一束白绢，形容腰肢纤细柔美。 ⑩贝：白色的贝壳，形容牙齿洁白整齐。 ⑪嫣（yān）然：美好的样子。 ⑫惑阳城，迷下蔡：使阳城、下蔡的贵族公子着迷。阳城、下蔡都是楚国贵族的封邑。 ⑬挛（luán）耳：耳朵卷曲。齞（yàn）唇：嘴唇包不住牙齿，牙齿外露。历齿：牙齿疏缺不齐。 ⑭旁行：走路歪歪斜斜。踽（jǔ）偻（lóu）：驼背。疥：疥疮。痔：痔疮。 ⑮孰：通"熟"，仔细地、反复地。 ⑯秦章华大夫：祖籍楚国章华，在秦为大夫。章华，楚地名。 ⑰愚乱之邪臣：章华大夫的自谦之辞。 ⑱穷巷：偏僻的小巷。妾：古代对女子的卑称，此指宋玉所说的"东家之子"。 ⑲陋：鄙陋，浅薄。自谦之词。 ⑳唯唯：恭敬而顺从的应答之词。 ㉑周览：遍览，各处游历。五都：五方都会，泛指各大城市。 ㉒咸阳：战国时期秦国的国都，在今陕西省咸阳市东北。熙：通"嬉"，嬉戏。邯郸：战国是赵国国都，在今河北省邯郸市。 ㉓从容：不慌不忙，引申为逗留、盘桓。郑、卫：春秋时国名，在今河南省。溱（zhēn）、洧（wěi）：郑国境内的两条水名，在今河南省。 ㉔向春之末：正当春末。迎夏之阳：适逢温暖的初夏。迎，逢。阳，温暖。 ㉕鸧（cāng）鹒（gēng）：鸟名，即黄鹂。喈（jiē）喈：象声词，鸟鸣声。出桑：出来采桑。 ㉖姝（shū）：美女。华色含光：肤色美丽有光泽。 ㉗体美容冶：体态优美，容貌艳丽。 ㉘称诗：吟诵诗。引诗出自《诗经·郑风·遵大路》，原句是"遵大路兮，掺执子之祛兮。祛（qū）：袖口。 ㉙芳华：香花。 ㉚处子：指尚未出嫁的女子。恍（huǎng）：心神不定。有望而不来：在远处相望却不前来。 ㉛若有来而不见：仿佛要过来又不敢相见。 ㉜意密体疏：两人情意密切，形体疏远。俯仰异观：俯仰之间，神态各异。异观：不同的样子。 ㉝窃视流眄（miǎn）：偷看斜视的眼光流转传情。眄，斜视。 ㉞"寤春风"句：草木被春风吹得苏醒过来，鲜花绽放。 ㉟"洁斋俟（sì）"句：（美女）端庄肃静地等待惠赠佳音。洁斋，洁身斋戒，引申为整洁肃穆。俟（sì），等待。 ㊱"赠我如此"句：赠我这样一首诗(指《诗经·郑风·遵大路》)，让人伤心得不如死去。《遵大路》被认为是弃妇诗，使美女伤心。 ㊲迁延：引身后退。 ㊳依凭：爱慕依恋。 ㊴目欲其颜：想看她美丽容貌。心顾其义：内心却要顾念礼仪规范。 ㊵扬诗守礼：诵诗传情，遵守礼义。过差：过失。 ㊶不退：没有被黜退罢官。

《登徒子好色赋》通过故事中宋玉不为美女动心，章华大夫爱而守礼的行为，说明对于美色和情爱应当礼义规范，而不应越轨滥情。这个题旨并无深刻和精彩之处，实在是平常得很；吸引人的是作者讲述故事的方式所具有的特殊魅力。也正是其杰出的艺术成就使这篇赋成为名篇并产生了巨大而深远的影响。

首先，表现主旨不是靠抽象的说教，而是通过一个富有戏剧性的故事，所谓

"戏剧性"主要表现在矛盾的尖锐、突出以及发展的迅速。

十分罕见的是，故事刚一开始矛盾就同时出现：故事以登徒子的出场开始，而他的第一句话就是在楚王面前"短宋玉"；按说，作为君王对于大臣之间的这类告发应当观察、核实，然而楚王却沉不住气，迫不及待地就"以登徒子之言问宋玉"。就这样开始短短几句话就把矛盾的双方和论辩开始的原因交代得清清楚楚，有了矛盾故事发展就有了动力，于是宋玉"被迫应战"，针锋相对，对登徒子的诬陷一一反驳。如果仅只于此，矛盾产生虽然很快，但还说不上尖锐和突出。然而情节的发展出人意料：宋玉在以事实说明自己"不好色"之后，并未停止，而是转守为攻，以事实说明登徒子才是好色之徒。双方的相互指责使矛盾陡然间激化，情节随之出现曲折。

就在楚王无法判断孰是孰非而不知所措，故事因而陷入"绝境"之际，突然峰回路转，章华大夫出人意外地"登场"——其实他早已"在场"，作者故意让他暂时"隐蔽"，以收出其不意之效。正是这种语境使章华大夫的出现非常引人注目，就在大家对他的出场和故事进一步发展的高度关注中，章华大夫乘势一气呵成，从情爱与礼义关系的高度对孰是孰非给出了明确的评判。

随着结论的得出故事戛然而止，犹如故事的开始单刀直入一样。就这样，矛盾尖锐且贯穿始终，故事虽有曲折，但不枝不蔓，毫不拖泥带水。

其次，人物性格鲜明突出，且与其身份严格一致。

难能可贵的是，本赋不长而人物众多，并且各有面貌，言行性格化。且不说对话中所涉及的登徒子之妻、东邻之女和此郊之姝，也不说拨弄是非、自讨没趣的登徒子，能言善辩、反戈一击的宋玉和"发乎情止乎礼义"的章华大夫，仅那位言辞不多，但却是重要人物之一的楚王的言行就颇耐人寻味：

楚襄王在历史上以"淫逸侈靡，不顾国政"著称。文中把他的情趣、关注点和兴奋点在"不经意间"暴露无遗，除了前面所说的之外，还突出表现在：宋玉对登徒子的三条诬陷"体貌闲丽，口多微辞，又性好色"——反驳之后，楚王既不问"体貌闲丽"，也不问"口多微辞"是真是假，而单单提出"子不好色，亦有说乎"。这绝非偶然。更为突出的是，章华大夫已经明确表示自己在"守德"方面不如宋玉，这实际上对宋玉是否好色已经给出了结论，但他对这种"绯闻"的兴趣却意犹未尽，特别命章华大夫"试为寡人说之"。这两处虽都是片言只语，但都是他内心状态的真实反映，发自内心深处的语言正是性格化的语言。特别应当指出的是，这种性格化的语言不是刻意的杜撰，而是基于情节发展要求的"随便一说"，因而显得十分自然和不经意。事实上，正是这种"自然"和"不经意间"更能充分展现楚王的性格特征和文章之美妙，同时也透露出作者的大家风范。

再次，运用灵活多样的表现方法充分展示女性的美、丑，使二者形成鲜明对照。

对东家之子的描写一开笔即出手不凡：以"天下之佳人""楚国之丽者"和"臣里之美者"作为衬托以凸显其美，而且衬托起是先"佳"后"丽"再"美"，在比较中"拾级增高""每况愈上"（钱锺书语），将此女之美推向极致；接着以"增之一分则太长"四句写其体态、面色之美恰到好处；然后用四个比喻分别状写其眉、肌、腰、齿之美；最后又以东家之子"嫣然一笑"倾城倾国，以众人的反映烘托其美无以复加。以上描写东家之子所用的手法多属虚写，这种写法可以给人留下巨大的想象空间，让读者自己去补充作者没有写出的内容。

对此郊之姝的描写与东家之子完全不同：先是以春夏之交鸧鹒和鸣，群女出桑这样一幅勃勃生机的春景为衬托，以美景与人面的交映凸显此郊之姝的充满青春气息的风韵；然后再将她放在春夏之交郑、卫、溱、洧的民俗背景中展开描写。我国古代有仲春之月令会男女，私奔不禁的习俗，章华大夫与此郊之姝的欢会以及她特有的举止、感情和心理，正是发生在这样的背景下（时间稍有出入）。根据这一特点，作者从动态的视角，在此郊之姝与章华大夫传情的过程中来把握她的美：章华大夫向她献殷勤，确实使她动了芳心，而作者集中和着力描写的恰恰正是她的芳心被打动之后而出现的一系列的微妙变化："处子恍若有望而不来，忽若有来而不见。意密体疏，俯仰异观，含喜微笑，窃视流眄。"不但状写她的体态姿势之美，更写其表情、神态，特别是眼神所传达的心理活动：寥寥几笔，便把少女欲进又止的腼腆、娇羞的表情，神态和心理活灵活现地展现在人们面前。

百丑集于一身，对登徒子之妻的描写颇具揶揄意味，但无论是哪一方面的丑，都采用实写，即如实描摹，而不留任何想象的空间。这是因为只有就美好事物展开想象才能引起人的审美愉悦，丑的事物恰好相反，根本不具备这种审美特征。这说明作者根据描写对象的不同而分别采用不同的表现方法是完全符合审美心理要求的，这使登徒子之妻与上述两位美女形成了鲜明的对照。

最后应当指出的是，从故事中人物的身份和情趣，话题的内容和性质，矛盾的尖锐和突出以及滑稽幽默、妙趣横生的艺术风格看，此赋更像是一幕充满轻松、诙谐氛围的独幕宫廷喜剧。

（赵沛霖）

两汉

【作者小传】

枚 乘

（？—前140） 字叔，淮阴（今江苏淮安市淮阴区）人。初为吴王刘濞郎中，上书谏阻吴王谋反，不听，遂投奔梁孝王。吴王反，复上书劝谏，由此知名。景帝召拜为弘农都尉。后称病离职，复游于梁孝王门下。孝王卒，归淮阴。武帝即位，慕其文名，以安车蒲轮征其入京，因年老卒于道中。《汉书·艺文志》著录赋九篇，今存《七发》《柳赋》《兔园》三篇，后两篇后人颇疑其伪。散文今存《谏吴王书》及《重谏吴王书》。《玉台新咏》录枚乘五言诗九首，实皆伪托。近人辑有《枚叔集》。

柳　赋　　　　　　　　枚　乘

　　忘忧之馆①，垂条之木。枝逶迟而含紫②，叶萋萋而吐绿。出入风云，去来羽族。既上下而好音，亦黄衣而绛足。蜩螗厉响③，蜘蛛吐丝。阶草漠漠④，白日迟迟⑤。于嗟细柳⑥，流乱轻丝。君王渊穆其度⑦，御群英而玩之⑧。小臣瞽聩⑨，与此陈词⑩，于嗟乐兮。于是樽盈缥玉之酒⑪，爵献金浆之醪⑫。庶羞千族⑬，盈满六庖⑭。弱丝清管⑮，与风霜而共雕⑯。鎗锽啾唧⑰，萧条寂寥，俊乂英髦⑱，列襟联袍⑲。小臣莫效于鸿毛⑳，空衔鲜而嗽醪㉑。虽复河清海竭㉒，终无增景于边橑㉓。

〔注〕 ①忘忧：梁孝王刘武兔园内的馆名。故址在今河南商丘市东。 ②逶迟：弯曲下垂的样子。 ③蜩（tiáo）螗（táng）：蝉。厉响：声音响亮而悠长。 ④漠漠：密布的样子。 ⑤迟迟：形容天长。《诗经·豳风·七月》："春日迟迟，采蘩祁祁。" ⑥于（xū）嗟：叹词。 ⑦渊穆：极其美好。度：风度，姿态。 ⑧御：率领。玩：欣赏。 ⑨小臣：作者谦称。瞽（gǔ）聩（kuì）：目盲耳聋，意为愚暗不明。 ⑩与此：为此，对此。 ⑪樽（zūn）：酒杯。缥玉之酒：一种浅青色的酒。 ⑫爵：古代酒器。醪（láo）：汁渣混合的酒，即浊酒。 ⑬庶：众。羞：通"馐"，美好的食品。族：品类、种类。 ⑭六庖：君王厨房中负责六类膳食的设置。 ⑮弱丝清管：指乐器。弱丝：细丝。 ⑯雕：通"凋"，喻乐声凄清。 ⑰鎗（chēng）锽：钟鼓声。"鎗"通"锵"。 ⑱俊乂（yì）：贤能的人。英髦：同"英髦"，英俊之士。 ⑲列襟联袍：形容人众多。 ⑳效：奉献。 ㉑鲜：指新鲜的鱼肉。嗽醪：吮吸，饮。 ㉒河清海竭：黄河水变清，海水枯竭。比喻事物的极限。 ㉓增景：增光。景，日光。边橑：也作"边橑"，柳树的边梢，比喻细微之事。

　　《西京杂记》卷四云："梁孝王游于忘忧之馆，集诸游士，各使为赋。枚乘为

〔88〕 邹阳　　　　　　　　　　　　　　　　　　　　几 赋

《柳赋》，其辞曰……路乔如为《鹤赋》……公孙诡为《文鹿赋》……邹阳为《酒赋》……公孙乘为《月赋》……羊胜为《屏风赋》……韩安国作《几赋》不成，邹阳代作……邹阳、安国罚酒三升，赐枚乘、路乔如绢，人五匹”。则本篇与《几赋》皆兔园聚会中同时之作。此篇虽题为“柳赋”，实际上是写梁王刘武在兔园忘忧馆柳树下的一次宴会。由赋中“蜩螗厉响”和“白日迟迟”句看，时在夏季，宴会在柳荫之下。赋的开头一句点出地点，第二句即入题，以下八句写柳树的枝叶之美和因为风云、禽鸟的点缀而形成之诗情画意。所谓诗情者，并非只描摹景致，而且有黄鹂、鸣蝉之声，引人入胜。“阶草漠漠”以下四句转入写周围环境，使人想及宴会的场面。“君王”以下，直写由梁王率群臣赏景，大摆酒宴，酒浆之美、菜肴之珍、音乐之感人，一一加以描摹。如写柳树为“垂条之木”，写其高为“出入风云”，写其枝条随风飘摆为“流乱轻丝”，写鸟在树丛中飞鸣用“去来羽族”“上下而好音”几字，都抓住了事物的特征，很有诗意。因在盛夏，故写到音乐用“与风霜而共雕”之语。末尾“小臣莫效于鸿毛”以下四句自谦语，与和乐气氛相应。此次宴会中应命而作的赋中，此赋与路乔如的《鹤赋》获得褒奖，也反映了此赋的水平。　（赵逵夫）

【作者小传】

邹阳

齐（治今山东淄博东）人。初从吴王刘濞，有《上吴王书》，劝濞勿起兵谋反，不纳。遂离吴至梁，为梁孝王门客。时梁孝王与羊胜、公孙诡合谋，求立为太子，邹阳以为不可，遂为羊胜等所谮，下狱。写《狱中上梁王书》，申诉冤屈。及孝王阴谋事败，羊胜等被杀，孝王求助于邹阳，他通过景帝妻舅王长君为之说项，使孝王得免治罪。《汉书·艺文志》著录其文七篇，列入纵横家。

几　赋　　　　　　　　　邹　阳

高树凌云，蟠纡烦冤①，旁生附枝。王尔、公输之徒②，荷斧斤③，援葛虆④，攀乔枝⑤。上不测之绝顶，伐之以归。眇者督直⑥，聋者磨砻⑦。齐贡金斧，楚入名工，乃成斯几。离奇仿佛⑧，似龙盘马回，凤去鸾归。君王凭之，圣德日跻⑨。

〔注〕　①蟠（pán）：盘曲，盘绕。纡（yū）：弯曲，回转。烦冤：曲折盘旋。　②王尔：上古

传说中的巧匠。公输:公输般,春秋时鲁国巧匠,后代称之为"鲁班"。　③荷:扛。斤:锛子。
④援:攀附。葛:藤本植物。虆(léi):藤。　⑤乔枝:高枝。　⑥眇(miǎo):一只眼瞎。督:
观察。因为木工看板之平不平,常常要闭起一只眼看,所以说"眇者督直"。　⑦磨砻(lóng):
磨。因为磨的声响刺耳,一般人难以忍受,所以说要耳聋的人去下工夫磨。　⑧离奇:奇妙。
仿佛:近似。这是说表面的木纹。　⑨圣德:君王之德。圣,称颂君王之词。跻(jī):升。

　　本篇为梁孝王刘武宴集游于兔园之忘忧之馆时所作。梁王命各为赋一篇,
邹阳为《酒赋》之后,"韩安国作《几赋》不成,邹阳代作"。可见邹阳文思敏捷。这
篇赋从作几的材料说起,"高树凌云"一句给人以豪迈感,所赋虽小,而胸襟开阔。
其下述伐木、取材、制作,举历史上的巧匠名工;用了借代的手法;而"眇者督直,
聋者磨砻",又是借代与夸张的结合,给人以诙谐之感。末尾归结到称颂君王,虽
然是应命之作的一般程式,但以圣德希求于王,那么"凭之"云云,就不是毫无意
义,而应是览文书、问贤才、上奏朝廷而下理民事类。赋虽小,而层次清楚,思路
开阔,语言也清新可喜,是诗体赋的佳作。

(赵逵夫)

贾　谊

【作者小传】

　　(前200—前168)　洛阳(今属河南)人。少以博学能文闻名于郡中。二
十余岁时被荐为博士,掌文献典籍,又擢为太中大夫。文帝听信谗言将
其贬为长沙王太傅。文帝前七年(前173)初召回长安,任梁怀王太傅。
后因梁怀王坠马而死,遂悲悼自责,不久去世。其《吊屈原赋》表达了自
己伤悼屈原并引为同调的情怀,及司马迁在《史记》中将其与屈原一并列
传,故后人常以"屈、贾"并称。著有《新书》,汉刘向编,原本佚。后人有
辑本。明人张溥另辑有《贾长沙集》。

吊　屈　原　赋　　　　　　贾　谊

　　恭承嘉惠兮[①],俟罪长沙[②]。侧闻屈原兮[③],自沈汨罗[④]。
造托湘流兮[⑤],敬吊先生。遭世罔极兮[⑥],乃殒厥身[⑦]。

　　呜呼哀哉!逢时不祥。鸾凤伏窜兮,鸱枭翱翔[⑧]。阘茸尊
显兮[⑨]。谗谀得志。贤圣逆曳兮[⑩],方正倒植[⑪]。世谓随、夷为
溷兮[⑫],谓跖、蹻为廉[⑬]。莫邪为钝兮[⑭]。铅刀为铦[⑮]。吁嗟默
默[⑯],生之无故兮[⑰]。斡弃周鼎[⑱],宝康瓠兮[⑲]。腾驾罢牛[⑳],骖

塞驴兮㉑。骐垂两耳㉒，服盐车兮㉓。章甫荐履㉔，渐不可久兮㉕。嗟若先生㉖，独离此咎兮㉗。

讯曰："已矣，国其莫我知兮㉘！"独壹郁而谁语㉙？凤漂漂其高逝兮㉚，固自引而远去㉛。袭九渊之神龙兮㉜，沕深潜以自珍㉝。偭蟂獭以隐处兮㉞，夫岂从虾与蛭螾㉟。所贵圣人之神德兮，远浊世而自藏。使骐骥可得系而羁兮㊱，岂云异夫犬羊？般纷纷其离此尤兮㊲，亦夫子之故也。历九州而相其君兮㊳，何必怀此都也。凤凰翔于千仞兮，览德辉而下之㊴。见细德之险征兮㊵，遥曾击而去之㊶。彼寻常之污渎兮㊷，岂能容夫吞舟之巨鱼？横江湖之鳣鲸兮㊸，固将制于蝼蚁㊹。

〔注〕 ① 嘉惠：好的赐予，此处指皇帝的旨意。 ② 俟罪：待罪，为作官的谦辞，然而作者也借以透露出对朝廷用人不当，升迁无方的不满。长沙：在今湖南东部，汉长沙国。高祖封吴芮为长沙王。贾谊所傅为长沙靖王吴差（吴芮玄孙）。 ③ 侧闻：从旁听说，谦辞。屈原楚怀王时任左徒之职，推行政治改革，因而受到旧贵族的打击排挤。顷襄王即位后放之于沅、湘、洞庭一带。后看到楚国濒于灭亡，遂自投汨罗江而死。 ④ 沈：同"沉"。汨（mì）罗江：江名，在湖南省东北部。 ⑤ 造：到，临。托：托付。汉代时，湘水经今之临湘经流入长江，汨罗江为湘水支流，故托湘流而吊屈原。 ⑥ 罔极：无中正之道。罔，无。极，中。⑦ 殒（yǔn）：丧身。厥，其。 ⑧ 鸱（chī）：即鸱鸺（xiū），俗名猫头鹰，为猛禽。古以为不祥之物。枭（xiāo）：又名鸺鹠（liú）。传说枭食母，故古人以为恶鸟。 ⑨ 阘（tà）茸（róng）：卑贱猥微。 ⑩ 逆曳（yè）：被倒拖。 ⑪ 方正倒植：方正者被倒立。言其受侮辱且不得安身。 ⑫ 随：卞随，汤时廉士，汤以天下让而不受。夷：伯夷，商末贤士，孤竹君之子，与其弟叔齐互让君位而出奔。曾谏止武王伐纣。商亡，不食周粟而死。溷（hún）：浊。 ⑬ 谓跖蹻为廉：《艺文类聚》卷四十引无"谓"字。跖（zhí），春秋战国之间的奴隶起义领袖。蹻（jué）：庄蹻，楚庄王之后，怀王末年为大将，垂沙之战后因内部斗争被迫起事，史称"庄蹻暴郢"。后率军入滇称王。 ⑭ 莫邪：宝剑名。 ⑮ 铅刀：喻无用之物。铅软不能作利刀。铦（xiān）：锋利。⑯ 默默：不得意。 ⑰ 无故：无常。故，素，常。 ⑱ 斡（wò）弃：迁移丢弃。斡，转，指流徙。周鼎：周朝传国鼎。 ⑲ 宝：以……为宝。康瓠：空葫芦。 ⑳ 腾驾：此处意为"让……驾着跑"。罢（pí）：同"疲"。 ㉑ 骖（cān）：驾在车辕旁边的马。此处为使动用法，犹"让……作骖马"。蹇（jiǎn）：跛足。 ㉒ 骥：骏马。垂两耳：不得意的样子。 ㉓ 服盐车：拉盐车，指作一般的运输之事。 ㉔ 章甫：冠名，春秋时用为礼冠。荐：垫。履：鞋。 ㉕ 渐（jiān）：慢慢浸透。这里指持续。 ㉖ 若：原作"苦"，据《汉书》和五臣注本改。 ㉗ 离：同"罹（lí），遭受。咎：灾祸。自"吁嗟默默"至此十二句，《史记》中"兮"字在上字之末，文字也稍有不同。 ㉘ 讯：训告、数说。《汉书》本传作"谇（suì）"，义同。 ㉙ 壹（yī）郁（yù）：同悒郁，失意忧愁貌。 ㉚ 漂漂：同"飘飘"。逝：离去。 ㉛ 固：坚决。引：退。 ㉜ 袭：入。九渊：九重之渊，水的最深处。㉝ 沕（mì）：深潜貌。 ㉞ 偭（miǎn）：背。《离骚》"偭规矩而改错"注："偭，背也。"蟂（xiāo）：水虫，像蛇，四足，食鱼。獭（tǎ）：水獭，食鱼。 ㉟ 虾（há）：即蛤蟆。蛭（zhì）：水蛭，蚂蟥。螾

（yǐn）：同"蚓"，蚯蚓。　㊱挱：假使。系，挽住。羁（jī）：马络头。此指挽上笼头。　㊲般纷纷，亦即盘桓之义。李善注引应劭曰："般纷班，或曰盘桓，不去。"　㊳历：经历，走遍。相：观察。　㊴德辉：道德的光辉。　㊵细德：此指人君之无德。险征：危险的征兆。　㊶曾：通"层"，意为重（chóng），高。击：指直直有力地飞翔。　㊷污渎（dú）：污水沟。　㊸横：横穿过。鳣（zhān）：一种大鱼。　㊹固：一定。制：制服、控制。蝼（lóu）：蝼蛄。蚁：蚂蚁。

据《史记·屈原贾生列传》载，贾谊在朝提出改革政治的措施，"于是天子议以为贾生任公卿之位。绛、灌、东阳侯、冯敬之属尽害之，乃短贾谊曰'洛阳之人，年少初学，专欲擅权，纷乱诸事'。于是天子后亦疏之，不用其议，乃以贾生为长沙王太傅"。贾谊于赴长沙途中"意不自得。乃渡湘水，为赋以吊屈原"。《史记·屈原贾生列传》载，贾谊"为长沙王太傅三年"作《鵩鸟赋》。《鵩鸟赋》作于文帝七年，由此上推三年，则《吊屈原赋》应作于文帝四年（前176年）由长安赴长沙、途中过湘水之时。

作者主张改革政治而受到权臣的排挤，被遣长沙，遭遇同屈原颇为相近。故渡湘水之时，感慨悲愤，同时而发，因作此赋。故虽为吊屈原，实亦自悼。

本篇可分为三部分，第一部分分叙作赋之由，二段以"呜呼哀哉"开头，将作者郁于胸中的忧愤痛伤，一气吐出，真可感天动地。作者为何有如此大之忧愤？只因为"逢时不祥"。当时谓为盛世，而作者以为"不祥"，因为作者以政治家之敏感，思想家之深刻，见出了他人不能见之危机。以下排比文字，颇学屈原《涉江》等作。"嗟若先生，独离此咎兮"，亦贾生写予后人，使千秋万代诵之以吊己者；而从结构言之，又照应开头一段。行文极有章法。

第三段旧以为乱辞，非是。"已矣，国其莫我知兮"，是引述《离骚》末尾乱辞之句意，以下皆作者就屈原在《离骚》中此种感慨而发，表面上以屈原之眷恋故都为非，实则是正话反说，表现出更大的悲愤。赋虽不长，此一正一反，足见作者之大手笔。虽沙盘布景，亦见胸中沟壑。《文心雕龙·哀吊》："自贾谊浮湘，发愤吊屈，体周而事，辞清而理哀，盖首出之作也。"其《才略》又云："贾谊才颖，陵轶飞兔，议惬而赋清，岂虚至哉！"则足见此赋在文学史上之地位。

作为汉赋早期之作，本篇已表现出同先秦赋的不同：一、有大段整齐的四言句，它不同于屈原《橘颂》的四三言结合、"兮"字在下句之末的形式，句子变化也大，最长的句子至九字。二、已显示出用典的特征。如"骥垂两耳，服盐车兮"，就是用《战国策》中寓言典故。《楚策四》汗明曰："夫骥之齿至矣，服盐车而上太行。蹄申膝折，尾湛胕溃，漉汁洒地，白汗交流，中坂迁延，负辕不能上。伯乐遭之，下车攀而哭之，解纻衣以幂之。""已矣，国其莫我知兮"是用了《离骚》乱辞语意。用典是诗赋由口诵转变为案牍文字的特征之一。以上两点反映出先秦赋向

〔 92 〕 羊 胜　　　　　　　　　　　　　　　　　　　　　　　　　　　屏风赋

汉赋的转变。　　　　　　　　　　　　　　　　　　　　　　　　（赵逵夫）

【作者小传】

羊 胜
（？—前150）　西汉齐（治今山东淄博东）人。曾与公孙诡、邹阳等人游于梁。因与梁孝王谋刺杀大臣袁盎，遭景帝追捕，孝王令其自杀。今存《屏风赋》一篇。

屏 风 赋　　　　　　　　　　　羊 胜

屏风鞈匝①，蔽我君王。重葩累绣②，杳璧连璋③。饰以文锦④，映以流黄⑤。画以古列⑥，颙颙昂昂⑦。藩后宜之⑧，寿考无疆⑨。

〔注〕　① 鞈（gé）匝：即"合匝"，环绕。　② 重（chóng）葩（pā）：重叠的花朵。葩：花朵。累：叠加。绣：刺绣。重葩、累绣均指屏风上的图案。　③ 杳：繁多。璧：玉璧。璋：即玉璋，呈长条形。此指屏风装饰以玉。　④ 文锦：有花纹的丝织品。　⑤ 映：衬托。流黄：褐黄色。这是说屏风的底色。　⑥ 古列：古代勇烈之士。"列"通"烈"。　⑦ 颙（yóng）颙：威严貌。昂昂：气宇轩昂。　⑧ 藩后：藩国之君主。后：上古时称君王为"后"。　⑨ 寿考：犹言高寿。考，老。

本篇为四言体咏物小赋，因其出自《西京杂记》，前人多疑为假托之作，然夷考史实，当为汉代之作。作者参加梁孝王刘武在兔园忘忧之馆的文人宴集，在宴会中即兴奉命所作。这篇小赋通过刻画屏风之美表达了对主人的赞美和祝愿，同时也有很重要的认识价值，反映了汉代将历史人物绘于屏风、张于厅室，以寓教化的社会风尚，在同类记载中，此赋属于最早的。《楚辞章句·天问序》言屈原被放，"见楚有先王之庙及公卿祠堂，图画天地山川神灵，琦玮谲诡，及古贤圣怪物行事""仰见图画，因书其壁"。大部分学者认为《天问》未必是呵壁之作，但战国之时宗庙祠堂墙上有画历史人物的情况，则应可信。羊胜此赋说明西汉初期的屏风上也刻、绣有古之烈士。表章前代圣贤，是中华民族的传统。

这篇小赋共十句，前二句说屏风的陈设之法与功用，当中六句描画其外形，及其图画的内容，结尾归结到歌颂的程式，层次分明而重点突出。此赋与公孙诡的《文鹿赋》一样，为我们提供了一个汉代诗体赋四言、十句的特殊形制，是我们了解汉代四言咏物赋的"标本"。

　　　　　　　　　　　　　　　　　　　　　　　　　　　　　　（韩高年）

【作者小传】

董仲舒

（前179—前104） 广川（今河北枣强东）人。专治《春秋公羊传》。景帝时为博士。武帝时以贤良对策，建议"罢黜百家，独尊儒术"，开此后二千多年以儒学为正统的局面。曾任江都王和胶西王相，后托病辞官，修学著书，卒于家。著有《春秋繁露》八十二篇。明人辑有《董胶西集》。

士 不 遇 赋

董仲舒

呜呼嗟乎①，遐哉邈矣②。时来曷迟③，去之速矣。屈意从人④，非吾徒矣⑤。正身俟时⑥，将就木矣⑦。悠悠偕时，岂能觉矣。心之忧欤⑧，不期禄矣⑨。皇皇匪宁，祗增辱矣⑩。努力触藩⑪，徒摧角矣⑫。不出户庭，庶无过矣⑬。

重曰⑭："生不丁三代之盛隆兮⑮，而丁三季之末俗⑯。"末俗以辩诈而期通兮⑰，贞士以耿介而自束⑱。虽日三省于吾身兮⑲，繇怀进退之惟谷⑳。彼实繁之有徒兮㉑，指其白以为黑。目信嫮而言眇兮㉒，口信辩而言讷㉓。鬼神不能正人事之变戾兮㉔，圣贤亦不能开愚夫之违惑㉕。出门则不可与偕往兮，藏器又蚩其不容㉖。退洗心而内讼兮，未知其所从也㉗。观上世之清晖兮㉘，廉士亦茕茕而靡归㉙。殷汤有卞随与务光兮，周武有伯夷与叔齐㉚。卞随务光遁迹于深渊兮，伯夷叔齐登山而采薇。使彼圣人其繇周遑兮㉛，矧举世而同迷㉜。若伍员与屈原兮，固亦无所复顾㉝。亦不能同彼数子兮，将远游而终慕㉞。于吾侪之云远兮㉟，疑荒涂而难践㊱。悍君子之于行兮，诚三日而不饭㊲。嗟天下之偕违兮，怅无与之偕反㊳。孰若反身于素业兮㊴，莫随世而轮转㊵。虽矫情而获百利兮，复不如正心而归一善㊶。纷既迎而后动兮，岂云禀性之惟褊㊷。昭同人而大有兮，明谦光而务展㊸。遵幽昧于默足兮㊹，岂舒采而蕲显㊺。苟肝胆之可同兮，奚须发之足辨也㊻。"

〔注〕　①呜呼嗟乎：感叹词连用，加强语气。　②遐（xiá）、邈（miǎo）：均为久远的意思。

③曷：同"何"，疑问代词。　④屈意从人：委屈己意以迎合他人。　⑤吾徒：我们这一类人。
⑥正身：端正自我。俟：等待。　⑦将：将要，行将。就木：指走向死亡。　⑧欤：感叹词。
⑨期禄：期盼禄位。　⑩皇皇：同"遑遑"，不安貌。匪：同"非"。宁：心境平和宁静。祇：同
"只"，只是，只不过。增辱：增加耻辱。　⑪触藩：《周易·大壮》："羝羊触藩"。触：抵、撞。
藩：藩篱。　⑫徒：只不过。　⑬庶：差不多。　⑭重曰：相当于"乱曰"，是对全文的总括。
⑮丁：适逢。三代：指夏、商、周。盛峰：指太平盛世。　⑯三季：夏商周三代的末年。季：
末。末俗：指末世的道德沦丧、风俗败坏。　⑰辩诈：能言繁辩，伪善奸诈。期通：期望通达。
⑱贞士：品行忠贞之人。耿介：正直。自束：自我约束。　⑲日三省于吾身：语出《论语·学
而》："吾日三省吾身。"指每天多次反省自己。　⑳繇：当从《汉魏六朝百三名家集》作"犹"，仍
然。　㉑实：实在。此句典出《尚书·仲虺之诰》："简贤附势，实繁有徒。"意思是实在有不少
这样的人。　㉒信：确实。嫭(hù)：美好。眇(miǎo)：一只眼瞎。　㉓辩：善辩。讷：不善
言辞。　㉔正：纠正。变戾(lì)：乖张暴戾。　㉕开：启发。违：违背法度。惑：迷惑。
㉖藏器：等待时机。典出《周易·系辞下》："君子藏器于时，待时而动。"器，引申为才能。蚩，
同"嗤"，讥笑。不容：不容于世。　㉗内讼：内心矛盾。　㉘清晖：一本作"清浊"，指世道之
善恶。　㉙廉士：清廉之士。茕茕(qióng qióng)：孤独无依貌。靡：无。　㉚卞随、务光：商
汤时代隐士。伯夷、叔齐：本为孤竹国君之二子。周武王克商后，兄弟二人不食周粟，饿死首阳
山。　㉛繇，同"犹"，尚且。周遑：彷徨不定。　㉜矧(shěn)：何况。　㉝伍员：即伍子胥，
春秋时吴大夫。楚大夫伍奢次子，楚平王杀伍奢，为报父仇，伍员帮吴王阖闾攻破楚国，鞭平王
尸以解恨。屈原：战国时代楚国爱国诗人，因忧国事，自投汨罗江而死。固：本来。迷：迷惑。
㉞数子：指伍员、屈原等上文提到的人物。终慕：当作"终古"。终古，一直到死。　㉟吾侪
(chái)：我们这一类人。　㊱荒涂：废弃的路途。　㊲惮(dàn)：惧怕。不饭：不吃饭。此处
饭用如动词。　㊳偕，普遍。违：违背法度。反：同"返"，回归。　㊴孰若：不如。素业：清
素之业，旧指习儒术。　㊵莫：不要。轮转：随波逐流。　㊶矫情：违背常情。正心：端正
心志。　㊷纷：众多。迫：强迫。褊(biǎn)：狭隘。　㊸昭：明亮。同人：《周易》六十四卦之
一。大有：《周易》卦名。谦光：《周易》谦卦卦辞。务：一定。展：展现。此句意谓占卜而得吉
卦，一定有光明的前途。　㊹幽昧(mèi)：阴暗不明。　㊺舒采：展其文采。蕲(qí)显：祈求
显达。蕲，通"祈"。　㊻苟：如果。肝胆：代指内心。奚：何。须发：胡须和头发，指外在的
方面。

　　此赋开篇即以沉重的笔触感叹命运之无常！这就使赋作充溢着一种对生命
的焦虑感。作为"士"，本应追求独立不迁的人生操守，但在现实中却不得不"屈
意从人"。要么保持自我的耿介，"正身俟时"，然而生命苦短，如果藏器以待时，
那将意味着永无出头之日；如果刻意追求，又有探求禄位之嫌。弄得不好，还会
事与愿违，自取其辱。使自己像抵触篱笆的羝羊，未能逃出樊笼却徒受损伤。那
么，像历史上那些大贤高隐一样，做一个隐士如何？答案仍是否定的。因为古往
今来，没有谁真正甘心于接受这种没世无闻的结局。

　　西汉时代是中国思想文化由多元趋于融合的时代，知识分子只有依附于当
政者才能有所施展，发挥自己的才干，否则只能终老山林，默默无闻。在这种背

景下，对进退出处问题的思考成为文学作品中的一大主题。据学者们考证，董仲舒此赋作于汉武帝元朔六年(前123)前后，此时作者因病自胶西相免官归家，对官场的沉浮颇多切身之感。赋中认为，决定"士""遇"与"不遇"的关键，主要在于所处时代的好与坏。在作者看来，自己的时代，世风崇尚以辩诈为高，而贞士却追求耿介自律，这就形成社会环境与生命个体价值尺度的矛盾冲突。士越是注重自我修养，"日三省吾身"，就越背时！世俗之人既指黑为白，又人多势众，连鬼神都无可奈何，圣贤也难能为力，士就只有痛苦煎熬自己了：出门与之同流合污心有不甘，自藏其器又增不合时宜之病。作者看到，历史与现实也有惊人的一致性：历史时空中的清廉之士同样没有出路。像商代的卞随与务光，周代的伯夷与叔齐这些往古贤人，他们也只能以甘守贫贱作为生命的归宿；也有一些刚烈之士，如伍员、屈原，奋而与命运抗争，采取了以身殉道的方式，但对于汉代的士人来说，这种方式过于极端，未必可取。

　　然而生命必须要有一个支点，与天下时尚相违，找不到真正的归宿，这是最令作者忧虑彷徨的地方。内心激烈斗争的结果，是"返身于素业"，不求显达，而以道德自我完善作为人生追求的唯一目标。因为，"虽矫情而获百利兮，复不如正心而归一善"。作者反复申明，如此举措是理性的明智选择而非禀性褊狭之举。穷则独善其身，是儒家的退路。道德完善的追求能使人身心如一，获得内心世界的和谐宁静与人生价值的最终实现。

　　本赋写西汉时代特定条件下知识分子在进取与退守之间徘徊的真实的生存状态和内心矛盾。今天看来，这种描写仍具有一定的时空穿透力，仍能够让我们感觉到当时环境下文人那种时不我待的苦闷与悲哀。　　　　　　　　(韩高年)

【作者小传】

司马相如

(前179—前118)　字长卿，蜀郡成都(今属四川)人。汉景帝时以货为郎，为武骑常侍，非其所好。逢梁孝王来朝，游说之士邹阳、枚乘等从之，于是以有病自求免官，而游于梁，作《子虚赋》。梁孝王死后回蜀郡临邛。后因汉武帝读到《子虚赋》而被召至京，作《天子游猎赋》，即《上林赋》，前后璧合。后任命为郎，奉命通西南夷。晚年因病免官。《汉书·艺文志》著录其赋作二十九篇，今存《美人赋》《子虚赋》《上林赋》《哀秦二世赋》《大人赋》《长门赋》六篇，还有几篇存有残句或仅存其目。明张溥《汉魏六朝百三家集》、清严可均《全汉文》俱辑有其集。为汉赋的代表作家。

美　人　赋①

司马相如

司马相如美丽闲都②，游于梁王，梁王悦之③。邹阳④谮之于王曰⑤："相如美则美矣。然服色容冶，妖丽不忠⑥，将欲媚辞取悦，游王后宫，王不察之乎?"王问曰："子好色乎⑦?"相如曰："臣不好色也。"王曰："子不好色，何若孔墨乎⑧?"相如曰："古之避色，孔墨之徒，闻齐馈女而退逝⑨，望朝歌而回车⑩。譬于防火水中，避溺山隅⑪，此乃未见其可欲⑫。何以明不好色乎? 若臣者，少长西土，鳏处独居⑬。室宇辽廓⑭，莫与为娱。臣之东邻有一女子，云发丰艳⑮，蛾眉皓齿⑯。颜盛色茂⑰，景曜光起⑱。恒翘翘而西顾⑲，欲留臣而共止。登垣而望臣三年于兹矣⑳。臣弃而不许㉑。"

窃慕大王之高义㉒，命驾东来㉓。途出郑卫㉔，道由桑中㉕。朝发溱洧㉖，暮宿上宫㉗。上宫闲馆，寂寞云虚㉘。门阁昼掩㉙，暧若神居㉚。臣排其户而造其堂㉛，芳香芬烈，黼帐高张㉜。有女独处，婉然在床㉝，奇葩逸丽㉞，淑质艳光㉟。睹臣迁延㊱，微笑而言曰:上客何国之公子，所从来无乃㊲远乎? 遂设旨酒㊳、进鸣琴。臣遂扶弦，为《幽兰》《白雪》之曲㊴。女乃歌曰:"独处室兮廓无依㊵，思佳人兮情伤悲。有美人兮来何迟，日既暮兮华色衰㊶。敢托身兮长自私㊷。"玉钗挂臣冠，罗袖拂臣衣。

时日西夕㊸，玄阴晦冥㊹。流风惨冽㊺，素雪飘零㊻。闲房寂谧㊼，不闻人声。于是寝具既设㊽，服玩珍奇;金鉔薰香㊾，黼帐低垂;衽褥重陈㊿，角枕横施51。女乃弛其上服52，表其亵衣53。皓体呈露54，弱骨丰肌55。时来亲臣56，柔滑如脂57。臣乃气服于内58，心正于怀59。信誓旦旦60，秉志不回61。翻然高举62，与彼长辞63。

〔注〕　①《美人赋》见录于《古文苑》卷三，《艺文类聚》卷一八，《初学记》卷一九，《太平御览》卷三八一，《北堂书钞》卷一〇六。《西京杂记》引葛洪:"长卿素有消渴疾，及还成都，悦文君之色，遂发痼疾，乃作《美人赋》，欲以自刺，终不能改。"　②都:文雅，优美。颜师古注:"都，闲美之称也。……诗郑风有女同车之篇曰:'洵美且都'，山有扶苏之篇又云'不见子都'，则知都

者，美也。" ③ 西汉梁孝王刘武(前184—前144)，谥号为孝。《史记·梁孝王世家》传："梁孝王武者，文孝皇帝子也，而与孝景帝同母。母，窦太后也。"《西京杂记》卷二载："梁孝王好营宫室苑囿之乐，作曜华之宫，筑兔园。"梁孝王集枚乘等文士赋于忘忧馆，传为赋学美谈。司马相如于汉景帝前元七年(前150)时曾从梁王游。 ④ 邹阳(？—前120)：西汉散文家，初与庄忌、枚乘等人游于吴王刘濞门下，后为梁孝王客，以口辩著称，《汉书·艺文志》纵横家类著录有《邹阳》七篇。现存《上书吴王》《于狱中上书自明》两篇。 ⑤ 谮(zèn)：诬陷。《说文》："愬也。"《玉篇》："谗也。" ⑥ 容冶：娇美。妖丽，《古文苑》注"妖"一作"姣"。王嘉《拾遗记》："容冶妖丽，靡于鸾翔，而歌声轻扬。" ⑦ "好色"两见于《论语·卫灵公》及《论语·子罕篇》"吾未见好德如好色者。"强调德之重要。 ⑧ 孔墨：孔丘、墨翟。 ⑨ 闻齐馈女：春秋齐景公赠女乐于鲁哀公，哀公荒于政，孔子因而离开鲁国。事见《论语·微子》："齐人归女乐，季桓子受之。三日不朝，孔子行。"及《史记·鲁周公世家》："季桓子受齐女乐，孔子去。" ⑩ 商纣王荒淫，墨子非乐，至朝歌恶其乐而回车，《淮南子·说山训》："墨子非乐，不入朝歌之邑。"《史记·乐书》："纣为《朝歌》之音，朝歌者，歌不时也。故墨子闻之，恶而回车，不径其邑。" ⑪ 避溺山隅：防淹死而躲入山林一隅，表示远远回避。《梁书·王僧孺传》："下官不能避溺山隅，而止冠李下。" ⑫ 可欲：《孟子·尽心下》"可欲之谓善。"朱熹《孟子集注》："天下之理，其善者必可欲；其恶者必可恶。" ⑬ 鳏(guān)：年老无妻或丧妻的人。《诗经·小雅·鸿雁》："爰及矜人，哀此鳏寡。" ⑭ 室宇辽廓：辽，久远，阮籍《咏怀》："人生乐长久，百年自言辽。"廓，空虚。《淮南子·精神训》："处大廓之宇，游无极之野。"高诱注："廓，虚也。" ⑮ 云：《艺文类聚》《初学记》《太平御览》作"玄"。王融《和南海王殿下咏秋胡妻诗》："辍泣拚铅姿，搔首乱云发。" ⑯ 蛾眉：长而美的眉毛。《楚辞·大招》："嫮目宜笑，蛾眉曼只。"《文选》枚乘《七发》："皓齿娥眉，命曰伐性之斧。"亦作蛾眉，《诗经·硕人》："螓首蛾眉，巧笑倩兮。" ⑰ 茂：优美。如"图文并茂。"《楚辞·离骚》："夫维圣哲以茂行兮，苟得用此下土。"《汉书》卷三十六《楚元王刘交传》："资质淑茂，道术通明。" ⑱ 景曜光起：光彩焕发貌。《说文》："景，日光也。"江淹《别赋》："日出天而耀景。"张载《七哀诗》："流景曜之韡晔。" ⑲ 翘：翘首盼盼。曹植《杂诗》："翘思慕远人。"西：《古文苑》注："一作相。"《初学记》作"相"。 ⑳ 垣：墙。《说文》："垣，墙也。"《尚书·梓材》："既勤垣墉。"马融注："卑曰垣，高曰墉。" ㉑ 不许：不允诺。《初学记》作"弗"许。 ㉒ 窃慕：暗自仰慕，这是表谦虚的说法。《艺文类聚》作"闻"。高义：高尚的品德。《史记·廉颇蔺相如列传》："臣所以去亲戚而事君者，徒慕君之高义也。" ㉓ 东来：指从蜀都到梁地。《艺文类聚》作"来东"。《古文苑》注："一作：丙东。" ㉔ 郑卫：皆地名。《礼记·乐记》："郑卫之音，乱世之音也。"春秋战国时代郑、卫等地多靡靡之音。 ㉕ 桑中：桑间在濮水之上，是古卫国之地。《汉书·地理志下》："卫地有桑间濮上之阻，男女亦亟聚会，声色生焉。"古指淫风，后也指男女幽会。《诗经·鄘风·桑中》："期我乎桑中，要我乎上宫。" ㉖ 溱洧：河水名。郑国三月上巳节青年男女在溱水和洧水岸边游春。《诗经·郑风·溱洧》："溱与洧，方涣涣兮。士与女，方秉蕑兮。" ㉗ 上宫：《古文苑》注："一作离。"《诗经·鄘(属卫)风·桑中》："期我乎桑中，要我乎上宫。"取以代指淫乐之地。 ㉘ 寂寞云虚：寂寞空虚。《说文》："寂，无人声。"《楚辞》刘向《九叹》："巡陆夷之曲衍兮，幽空虚以寂寞。"云，《艺文类聚》作"重"。 ㉙ 昼：《艺文类聚》作"尽"。 ㉚ 暧：昏暗貌。《楚辞·远游》："时暧曃其莽兮，召玄武而奔属。"神居：《初学记》《太平御览》作"仙"。《古文苑》注："一作焕。" ㉛ 排：推开。造：到访。 ㉜ 黼(fǔ)帐：纹饰花纹的帷帐。《说文》："黼，白与黑相次文。" ㉝ 婉然：温顺娴静。《说文》："婉，顺也。"然，《艺文类聚》作"若"。 ㉞ 奇葩逸丽：本指花之丽采美盛，此形容女子之盛美，如《西京赋》："若众葩敷，荣曜春风。"逸,超越,《三国志·诸葛亮传》:"亮少有逸群之才。" ㉟ 淑质艳光:淑:善良。艳:容色美好。《古文苑》注:"淑一作素。" ㊱ 迁延:退却。《西京杂记》卷五:"敞迁延负墙,俛揖而退。" ㊲ 无乃:表示委婉测度的语气,莫非,也许。 ㊳ 旨酒:美酒。《诗经·小雅·鹿鸣》:"我有旨酒,以燕乐嘉宾之心。" ㊴《幽兰》《白雪》皆琴曲名。《幽兰》全名《碣石调·幽兰》,碣石调源于相和歌瑟调曲中的《陇西行》,即陇西地方歌曲。《幽兰》相传传自南朝梁代隐士丘明(494—590),《南齐书·乐志》:"碣石,魏武帝辞,晋以为《碣石舞》,其歌四章。"三国曹操有《碣石篇》,其曲调称为《碣石调》,《艺文类聚》本无"幽兰"二字。《白雪》,琴集曰:"《白雪》师旷所作商调曲也。"《唐书·乐志》曰:"《白雪》,周曲也。"宋玉《对楚王问》:"阳春、白雪,国中属而和者不过数十人。"《艺文类聚》本无"白雪"二字。 ㊵ 廓:空寂孤独。班固《汉书·东方朔传》:"今世之处士,魁然无徒,廓然独居。" ㊶ 色衰:姿色衰老。《韩非子·说难》:"弥子色衰爱弛,得罪于君。" ㊷ 自私:自怜。《初学记》作"思"。 ㊸ 西夕:日暮也。《尚书·大传》:"岁之夕,月之夕,日之夕,谓腊为岁夕,晦为月夕,日入为日夕也。"《诗·小雅》:"以永今夕。" ㊹ 玄阴晦冥:天色幽暗。 ㊺ 流风:流动的风。《文选》张衡《南都赋》:"弹琴撝篘,流风徘徊。" ㊻ 素雪:白雪。南朝《子夜四时歌》:"渊水厚三尺,素雪覆千里。" ㊼ 寂谧:《说文》:"谧,静语也。一曰无声也。"《汉武帝内传》:"帝乃盛服,立于陛下,敕端门之内,不得妄有窥者,内外寂谧。" ㊽ 寝:卧具。《说文》:"寝,卧也。" ㊾ 锤(zā):金属制的球形熏香器。 ㊿ 袡(yīn)褥重陈:袡褥,指床垫。袡:夹衣,外衣与内衣之间的衣服。《晋书·刘寔传》:"袡褥甚丽。"陈,陈列,《广雅》:"陈,列也。" 51 角枕横施:角枕,牛角制或用角装饰的枕头,《诗·唐风·葛生》:"角枕粲兮,锦衾烂兮。"施,放置。 52 弛:松懈。上服:上衣。 53 表其亵衣:亵衣:贴身之衣。表:露也。 54 皓体呈露:皓,白皙。曹植《洛神赋》:"延颈秀项,皓质呈露。" 55 弱骨丰肌:形容女子体态窈窕丰盈,宋·范成大《园丁折花七品各赋一绝》诗:"丰肌弱骨自喜,醉晕妆光总宜。独立风前雨里,嫣然不要人持。" 56 亲:接近。 57 柔滑如脂:形容皮肤之光滑柔嫩。《诗·卫风·硕人》:"肤如凝脂。" 58 气服:服,施行。源出先秦吐纳食气、行气,以调制呼吸为主,有行气、闭气、胎息、吐纳、服气、食气等名目。《艺文类聚》作"脉定"。《古文苑》注:"一作脉定。" 59 心正于怀:心正,不被妄想纷飞所困扰。《大学》:"意诚而后心正。"怀,心意、情意,《玉台新咏·古诗为焦仲卿妻作》:"感君区区怀。" 60 信誓:诚意的誓言。旦旦:诚恳的样子。《诗经·卫风·氓》:"言笑晏晏,信誓旦旦。" 61 秉志不回:坚持心意不改变。秉:持也,《诗·大雅·蒸民》:"民之秉彝。"《说文》:"回,转也。" 62 翻然高举:翻然,形容转变很快。高举:深思熟虑。《楚辞·渔父》:"何故深思高举,自令放为。" 63 辞:告别。《吕氏春秋·士节》:"过北郭骚之门而辞。"

　　《西京杂记》卷四"忘忧馆七赋"记载汉代梁孝王与枚乘、路乔如、公孙诡、羊胜、邹阳、公孙乘、韩安国等人赋于忘忧馆,枚乘《柳赋》、路乔如《鹤赋》、公孙诡《文鹿赋》、邹阳《酒赋》、公孙乘《月赋》、羊胜《屏风赋》、邹阳代韩安国赋《几赋》。《美人赋》不见于其中。《西京杂记》引葛洪:"长卿素有消渴疾,及还成都,悦文君之色,遂发痼疾,乃作《美人赋》,欲以自刺,终不能改。"司马相如于汉景帝前元七年(前150)时从梁王游,《汉书·司马相如传》记载:"客游梁,得与诸侯游士居。数岁,乃著《子虚之赋》。"梁孝王死后,司马相如回到蜀都临邛,鼓琴曲《凤求凰》,偕佳人卓文君中夜相奔至成都,相如亲著犊鼻,文君当垆卖酒,《美人赋》大约亦作于此时。

《美人赋》首段："司马相如美丽闲都，游于梁王，梁王悦之……"是托梁王兔园盛会以自美。萧统《文选》卷十三"物色"类录谢惠连《雪赋》同样也以梁孝王集团为背景创作，假托梁孝王召集邹阳、司马相如、枚乘等文人在菟园赏雪："岁将暮，时既昏，寒风绩，愁云繁。梁王不悦，游于菟园。乃置旨酒，命宾友，召邹生，延枚叟，相如末至，居客之右。俄而微霰零，密雪下。王乃歌《北风》于卫诗，咏《南山》于周雅。授简于司马大夫，曰：'抽子秘思，骋子妍辞，侔色揣称，为寡人赋之。'相如于是避席而起，逡巡而揖，曰……"同时谢灵运《拟魏太子邺中集》序称："梁孝王时有邹、枚、严、马，游者美矣。"可知梁孝王门下燕集文风之盛。《太平御览》一百九十七引《隋圆经》载梁孝王筑东西苑三百里的菟园。《艺文类聚》卷六十五、《古文苑》卷三均载有枚乘《梁王菟园赋》描述菟园之美。李白《梁园吟》诗："梁王宫阙今安在？枚马先归不相待。舞影歌声散绿迟，空余汴水东流海。"元末袁凯《白燕》诗："故国飘雪事已非，旧时王谢见应稀。月明汉水初无影，雪满梁园尚未归。"清吴伟业《雪中遇猎》："即今莫用梁园赋，扶杖归来自闭门。"无不表达这样一种对梁王菟园文学赋会之倾慕。

刘熙载《艺概·赋概》云："相如一切文，皆善于假虚行危。"《美人赋》借梁王质疑"好色"之问，揭示司马相如对东邻女子情色之答辩，情节安排完全模拟宋玉《登徒子好色赋》的构思布局，《美人赋》："臣之东邻有一女子，云发丰艳，蛾眉皓齿。颜盛色茂，景曜光起。恒翘翘而西顾，欲留臣而共止。登垣而望臣三年于兹矣。臣弃而不许。然女登墙窥臣三年，至今未许也。"一段仿自宋玉《登徒子好色赋》："然此女登墙窥臣三年，至今未许也。"刘勰《文心雕龙·谐隐》以为："宋玉赋《好色》，意在微讽，有足观者。"强调所谓隐者，在"遁辞以隐意，谲譬以指事也"，以"遁辞以隐意"点出有意而隐微的讽谏企图，《物色篇》所谓"物色尽而情有余"，正是司马相如"欲以自刺"的最佳诠释。

对问答形式是《美人赋》特色之一，以赋作为代言的媒介，王问相如："子好色乎？相如曰……"这种君臣诘问情节的铺陈，在布局上，采用对话体的方式呈现，一来一往，针锋相对，简宗梧《赋与设辞问对之考察》一文指出：

"先秦宫廷暇豫之赋，大多是朝廷口才便给的优者，暇豫侍君戏谑逗趣或迂回讽喻的对话记录，是真有其人的言语侍从与帝王的对话，其赋作即使经过整理修饰，仍保留对问体的形式，并以其为大宗。"

梁王"好色"之间凸显劝诫风谏意图，刘勰所谓"意在微讽"与李善所谓"讽于淫"概括汉赋以物色为微讽礼谏的意图。

王楙《野客丛书》卷十六说《登徒子好色赋》的影响：

"自宋玉《好色赋》，相如拟之为《美人赋》，蔡邕又拟之为《协和赋》，曹植为《静思赋》，陈琳为《止欲赋》，王粲为《闲邪赋》，应玚为《正情赋》，张华为《永怀赋》，江淹为《丽色赋》，沈约为《丽人赋》，转转规仿，以至于今。"对于铺张扬厉的赋体文学而言，司马相如赋的侈丽是普遍的认知。但就"主文而谲谏"的抒情文学体系而言，司马相如无疑为传统赋学更创一深情之新局。《美人赋》与宋玉《讽赋》的句式几如出一辙，系歌以下更一连五句用骚体句式："独处室兮廓无依，思佳人兮情伤悲。有美人兮来何迟，日既暮兮华色衰。敢托身兮长自私。"丰富了汉赋的题材和写作方法，扬雄《法言·吾子》云："如孔氏之门赋也，则贾谊升堂，相如入室矣。"司马相如上承宋玉"艳体"写作之风，下启汉魏六朝"神女"赋的盛行，《美人赋》之外另有仿屈原《远游》的《大人赋》，同时，张衡仿《离骚》作《思玄赋》，东方朔《七谏》、严忌《哀时命》、王褒《九怀》、刘向《九叹》、王逸《九思》等作蜂起，一时掀起汉代拟骚体写作的赋风。

（苏慧霜）

子 虚 赋
司马相如

楚使子虚使于齐，王悉发车骑，与使者出畋[1]。畋罢，子虚过姹乌有先生，亡是公在焉[2]。坐定，乌有先生问曰："今日畋，乐乎？"子虚曰："乐。""获多乎？"曰："少。""然则何乐？"对曰："仆乐齐王之欲夸仆以车骑之众，而仆对以云梦之事也[3]。"曰："可得闻乎？"子虚曰："可。"

"王驾车千乘，选徒万骑[4]，畋于海滨。列卒满泽，罘网弥山[5]。掩兔辚鹿，射麋脚麟[6]。骛于盐浦，割鲜染轮[7]。射中获多，矜而自功[8]。顾谓仆曰：'楚亦有平原广泽，游猎之地，饶乐若此者乎[9]？楚王之猎，孰与寡人乎？'仆下车对曰：'臣，楚之鄙人也，幸得宿卫十有余年。时从出游，游于后园，览于有无[10]，然犹未能遍睹也，又焉足以言外泽乎？'齐王曰：'虽然，略以子之所闻见而言之。'

"仆对曰：'唯唯。臣闻楚有七泽，尝见其一，未睹其余也。臣之所见，盖特其小小者耳，名曰云梦。云梦者，方九百里，其中有山焉。其山则盘纡岪郁，隆崇嵂崒[11]；岑崟参差，日月蔽亏⑫。交错纠纷，上干青云；罢池陂陀，下属江河⑬。其土则丹、青、赭、垩、雌黄、白坿，锡、碧、金、银⑭；众色炫耀，照烂龙鳞。其石则赤玉、玫瑰，琳珉、昆吾⑮；瑊玏、玄厉，碝石、碔砆⑯。其东则有蕙圃：衡兰芷若，芎藭、菖蒲⑰；江蓠、蘪芜，诸柘、巴苴⑱。其南则有平原广泽；登降陁靡，案衍坛曼；缘以大江，限以巫山⑲。其高燥则生葴、菥、苞、荔、薛、莎、青薠⑳；其埤湿则生藏莨、蒹葭，东蔷、雕胡，莲藕、菰卢，庵䕡、轩于㉑。众物居之，不可胜图。其西则有涌泉清池，激水推移：外发芙蓉、菱华，内隐钜石白沙㉒；其中则有神龟、蛟鼍，玳瑁、鳖鼋㉓。其北则有阴林：其树楩、楠、豫樟，桂、椒、木兰，檗离、朱杨，楂梨樗栗㉔，橘柚芬芳；其上则有赤猿蠷蝚、鹓雏孔鸾，腾远射干㉕；其下则有白虎玄豹，蟃蜒貙犴㉖。于是乎乃使专诸之伦，手格此兽㉗。楚王乃驾驯骇之驷㉘，乘雕玉之舆；靡鱼须之桡旃，曳明月之珠旗；建干将之雄戟，左乌号之雕弓，右夏服之劲箭㉚。阳子骖乘，孅阿为御，案节未舒，即陵狡兽㉛。蹴蛩蛩，辚距虚㉜；轶野马，辀騊駼㉝；乘遗风，射游骐㉞。倏眑倩俐，雷动焱至，星流霆击㉟。弓不虚发，中必决眦，洞胸达掖，绝乎心系㊱。获若雨兽，掩草蔽地。于是楚王乃弭节徘徊㊲，翱翔容与；览乎阴林，观壮士之暴怒，与猛兽之恐惧。徼𪟝受诎，殚睹众物之变态㊳。

"'于是郑女曼姬，被阿緆，揄纻缟，杂纤罗，垂雾縠㊴；襞积褰绉，纡徐委曲，郁桡溪谷㊵。衯衯裶裶，扬袘戌削，蜚襳垂髾㊶。扶舆猗靡，翕呷萃蔡㊷；下摩兰蕙㊸，上拂羽盖；错翡翠之葳蕤，缪绕玉绥㊹。眇眇忽忽㊺，若神仙之仿佛。于是乃相与獠于蕙圃㊻：婆娑歇窣，上乎金堤，揜翡翠，射鵕鸃㊼；微矰出，纤缴施㊽。弋白鹄，连驾鹅㊾；双鸧下，玄鹤加㊿。怠而后发，游于清池51。浮文鹢，扬桂枻52；张翠帷，建羽盖；罔玳瑁53，钩紫贝；摐金鼓，吹鸣籁54；榜人歌，声流喝，水虫骇，波鸿沸55；涌泉起，奔扬会56。礧石相击，硠硠磕磕57；若雷霆之声，闻乎数百里之外。将息獠者,击灵鼓,起烽燧⑤;车按行,骑就队;纚乎淫淫,般乎裔裔⑤。

"'于是楚王乃登阳云之台⑩,怕乎无为,憺乎自持⑪;勺药之和具,而后御之⑫。不若大王终日驰骋,曾不下舆,胊割轮焠⑬,自以为娱。臣窃观之,齐殆不如。'于是齐王无以应仆也。"

乌有先生曰:"是何言之过也! 足下不远千里,来贶齐国;王悉发境内之士,备车骑之众,与使者出畋;乃欲戮力致获,以娱左右⑭,何名为夸哉? 问楚地之有无者,愿闻大国之风烈,先生之余论也。今足下不称楚王之德厚,而盛推云梦以为高;奢言淫乐⑮,而显侈靡,窃为足下不取也。必若所言,固非楚国之美也;无而言之,是害足下之信也。彰君恶,伤私义,二者无一可;而先生行之,必且轻于齐而累于楚矣! 且齐东陼钜海,南有琅邪,观乎成山,射乎之罘⑯;浮渤澥,游孟诸⑰。邪与肃慎为邻,右以汤谷为界⑱;秋田乎青丘⑲,彷徨乎海外;吞若云梦者八九于其胸中,曾不蒂芥⑳! 若乃俶傥瑰玮,异方殊类,珍怪禽兽,万端鳞崪,充牣其中㉑,不可胜记;禹不能名,禼不能计㉒。然在诸侯之位,不敢言游戏之乐,苑囿之大;先生又见客㉓,是以王辞不复,何为无以应哉?"

〔注〕 ① 畋(tián):打猎。 ② 过:过访。妊(chà):"诧"的假借字,夸耀。亡(wú)是公:《史记》"亡"作"无"。在:原作"存",据《史记》改。 ③ 仆:男子自谦之称。云梦:六国之末,楚迁陈之前云梦为楚王游猎区和遣放大臣之处。在长江以北,汉水下游。其西部为平原,东部为云梦泽。 ④ 选徒:点兵。选:计算。 ⑤ 罘(fú):捕兽的工具。弥:满、遍布。 ⑥ 掩:用罘网之类罩住。辚(lín):用车轮碾轧。脚麟:"脚"为动词,指拽住麟的后腿。 ⑦ 骛(wù):奔驰。盐浦:海边盐滩。鲜:指新鲜生肉。染轮:割生血流污于车轮。言割所获禽兽之鲜肉,倚车悬挂,烧而野食。 ⑧ 矜(jīn):自负贤能。自功:自以为有功。 ⑨ 饶乐:富有乐趣。 ⑩ 有无:偏义复词,指苑囿中之所有。 ⑪ 盘纡弗(fú)郁:逶迤曲折。隆崇峍(lù)举(zú):高峻奇险。举,山高危貌。 ⑫ 岑(cén)崟(yín)参差:言山峰耸立,成错落之势。日月蔽亏:将日月遮挡。 ⑬ 罢(pí)池:倾斜貌。陂(pō)陀:宽广貌。属(zhǔ):连接。 ⑭ 丹:朱砂。青:石青。赭(zhě):赤色的土。垩(è):白土。雌黄:石黄,可制颜料。白坿(fù):石英。碧:青绿色的玉石。 ⑮ 玫瑰:火齐珠,或曰琅玕。琳:玉名。瑉(mín)、昆吾:均是似玉的美石。 ⑯ 瑊(jiān)功(lè):一种次于玉的石。石含玉质之比重及所含其他质地不同,形成不同质地与色泽,故有种种名目。玄厉:一种纯黑色的石,可以磨刀。碝(ruǎn)石:似玉的石。白者如冰,

半有赤色。碔(wǔ)砆(fū)：似玉的石。赤地白纹，色葱茏不分明。　⑰衡：即杜衡。芷：白芷。若：杜若。并香草名。芎(xiōng)劳(qióng)：香草名。生于四川者曰川芎。菖蒲：多年生草，生于水边。二者根俱可入药。　⑱江蓠：即大叶芎劳。诸柘(zhè)：甘蔗。巴苴(jū)：巴蕉。　⑲陁(yǐ)靡：邪长。案衍、壇曼：皆地势平宽貌。缘：沿着。巫山：在云梦泽一带。《清一统志》引旧志曰："按司马相如《子虚赋》前言楚王猎于云梦，后言登阳云之台。孟康注云：'云梦中高阳之台。'据此，当在今荆州及汉阳境。"近人高步瀛《文选李注义疏》卷七曰："《高唐赋》高唐、巫山连言之，且曰：'状若砥柱，在巫山下。'是阳云台即巫山。"以为即四川巫峡之巫山者，误。　⑳葴(zhēn)：马蓝。菥(sī)：河西一带的析析草。苞：与茅相似，可以用来织席、编屦。荔：似蒲而小，根可制刷子。薛：即"萧"，双声假借，即藒萧。莎(suō)：蒿之一种，根名香附子，荆襄人谓之莎草。青蘋：青色的蘋草。郭璞注："青蘋，似莎而大，生江湖，雁所食。"　㉑埤：《史记》《集解》本作"卑"。卑湿：低湿。藏(zāng)莨(láng)：即狼尾草，俗名狗尾巴草。蒹(jiān)葭(jiā)：芦苇之类。东蘠：即水蓼。蘠，其实形尖而扁，似葵子，可食。雕胡：菰米。菰(gū)卢：《史记》作"菰(gū)卢"。菰荾、芦笋。庵(ān)间：青蒿。轩于：莸草，生水田中，似结缕，叶长，马食之。　㉒钜：同"巨"。　㉓蛟：古代传说中的一种动物，似蛇而四脚，大者十数围。鼍(tuó)：猪婆龙，或称扬子鳄。玳(dài)瑁(mào)：一种爬行动物，形状像龟，产于热带海中。鼋(yuán)：大鳖，头有疙瘩，俗称癞头鼋。　㉔楩(pián)：黄楩木。豫章：木名，樟类。檗(bò)：黄蘗，皮可作颜料。离：通"樆"。山梨。朱杨：河柳。亦曰"柽"，高丈余。樝(zhā)同"楂"。即铁梨，黄赤而圆，肉坚，酸涩。梬(yǐng)栗：又名梬枣、软枣。　㉕"赤猿蠷蝚"据《史记》与《文选》五臣注本补。蠷蝚，猕猴。《史记》作"蠷蝚"，据五臣本《文选》校改。鹓(yuān)：鸾凤之属。孔：孔雀。鸾：鸾鸟。腾远：一种善于凭借树枝等凌空腾跃的猿类。射(yè)干：似狐而小，如狗，群行，夜鸣如狼。　㉖蟃(wàn)蜒：据《广韵》，字当作"獌狿"。郭璞曰："大兽，似狸，长一寻。"貙(chū)犴(àn)：一种猛兽。　㉗专(zhuān)诸：即专诸，春秋时吴国猛士，曾替吴公子光刺杀吴王僚。手格：空手击搏。　㉘驯駮之駟：四匹驯服的毛色不纯的马。駮：同"驳"，毛色不纯的马。駟：四马合驾一车。　㉙麾：同麾(huī)，义同挥。鱼须：喻旗下缘之旒穗。桡(náo)：曲。旃(zhān)：由柄的旗。曳(yè)：摇。　㉚建：竖起。干将：与"莫邪"对称，此处为利刃貌。乌号(háo)：柘木名。夏服："服"为"般"字之误。夏般，即夏水。汉夏一带多竹木，得选良材以制箭。　㉛阳子：伯乐。孙阳字伯乐，秦穆公时人，善御。纤(xiān)阿：古之善御者。案节：指马行较缓慢而有节奏。未舒：未放开奔驰。陵：陵轹，从上面碾过去。　㉜蹴(cù)：踢。蛩(qióng)蛩、距虚：皆野马之类。辚(lín)：碾。　㉝轶(yì)野马，辒(wèi)驹駼(tú)：超越野马、驹駼，以车轴撞击之。两句互文见义。辒，车轴头，此用为动词。驹駼，北方良马。　㉞遗风：千里马。游骐(qí)：非驯养的骐马。骐，白色而有苍艾纹的马。　㉟倏(shū)眒(shēn)：奔逐迅速貌。倩(qiàn)浰(lì)：迅疾貌。猋(biāo)：疾风。今通作"飙"。星流：如流星坠落。霆击：如闪电扫过。　㊱中(zhòng)必决眦(zì)：必射中其目，使其目眶绽裂。洞：贯穿。披：同"肷"。心系：连着心脏的血脉经络。　㊲弭(mǐ)节：按节徐行。　㊳徼(yāo)剹(jù)：遮拦野兽之倦极者。剹，"刜"(jué)之假借。受诎：收取禽兽之力尽者。诎，同"屈"。此处指力尽不能挣扎者。殚(dān)睹：看尽。变态：各种姿态、样子。　㊴郑女曼姬：据《汉书》注，郑国出好女。曼，指皮肤细腻而有光泽。被：同"披"。阿：细缯。緆(xī)：细布。揄(yú)：挥、曳。纻(zhù)：麻织成的布。缟(gǎo)：细白的生绢。垂雾縠(hú)：用细如雾的绉纱，垂以覆头。　㊵襞(bì)积：形容裙上折叠多层。襃(qiān)绉(zhòu)：衣服上装饰性褶皱纹理。襃：提起。纡(yū)徐委曲：形容衣裳上皱褶的纹理弯曲好看。"纡徐"与"委曲"义近。郁桡：深曲貌。溪谷：比喻轻软罗衣上的皱褶。 ㊶ 衯(fēn)衯裶(fēi)裶：长衣飘动貌。"衯衯"同"纷纷","裶裶"同"霏霏"。袘(yí)：衣服之下边缘。戌削：双声联绵词。形容风将衣裳之下摆吹起,作扇形展开时下边缘整齐的样子。蜚(fēi)纖(xiān)：长带随风飘起。蜚,同"飞"。纖,衣上长带。垂髾(shāo)：带端所饰剪成燕尾形的垂丝。 ㊷ 扶舆、猗(yǐ)靡：皆衣服合身,而体态婀娜之貌。翕(xī)呷(xiá)萃蔡：人行走时衣服发出的摩擦声,犹今之"窸窸窣窣"。 ㊸ 摩：原作"靡",为"摩"之假借。据《史记》《汉书》改。摩,抚摸、摩擦。 ㊹ 错：错杂。翡：一种羽为红色之鸟。翠：一种羽为绿色之鸟。葳蕤(ruí)：繁盛的样子。此处形容头饰。缪：同"缭"。"缭绕"即缠结。绥(suí)：此处指女子头上所饰之缨缕,以玉珠串起缠绕而成。 ㊺ 眇(miǎo)眇：犹缈缈。衣服飘忽,如云之聚散,故云。 ㊻ 獠(liáo)：夜猎。此处指打猎。 ㊼ 媻(pán)姗、敦(bó)窣(sū)：皆谓摇摆颠蹷之貌。言媻姗而上堤。揜(yǎn)：同"掩"。谓以网捕取。鵕(jūn)鸃(yí)：雉一类的鸟,羽毛五彩。 ㊽ 微矰(zēng)：系有生丝的短箭,射鸟所用。出：射出。缴：矰后所系生丝线。施(yì)：曳,延续、延展。 ㊾ 弋(yì)：用矰射。白鹄(hú)：鸿鹄。驾(jiā)鹅：野鹅。 ㊿ 双鸧(cāng)下：一对鸧鸹被射下来。加：指被箭射中。 (51) 发：出发。此言射猎之后由泽之东面出发到了泽西面的涌泉清池之处。 (52) 浮：指泛舟。鷁(yì)：水鸟名。古代君王所乘船首有鷁。后代以鷁为舟之代称。文：绘有文彩。栧(yì)：同"枻",桨。桂：原作"旌",据《史记》改。 (53) 罔：借为"网",此处用为动词。 (54) 摐(chuāng)：击。金鼓：指钲(zhēng)铙钹类乐器。籁：箫。 (55) 榜人：船夫。声流喝(yè)：指歌声抑扬悲凉。波鸿沸：形容很多鸿雁飞时喧嚷之状。 (56) 涌泉起,奔扬会：波涛相激荡而汇合。奔扬,涌起的波涛。会,汇合。 (57) 礧石：众石。礧(lěi)：同"磊"。硠(láng)硠礚(kē)礚：石头因水之冲击相撞的声音。 (58) 灵鼓：六面鼓。烽燧：此处偏指烽,谓火把。 (59) 纚(xǐ)纚：编织之物连属貌。般(pán)：逶迤延伸。裔裔：连绪貌。二句写游猎队伍行进之状。 (60) 阳云之台：原作"云阳",据《史记》《汉书》及五臣本《文选》改。宋玉《大言赋》《小言赋》皆作"阳云之台"。"阳云之台"即阳台。 (61) 怕：同"泊"。憺：同"澹"。澹泊：安静无事之貌。此处相对为文。 (62) 勺药：即调和(植物香料的粉末)。具：备。御：进食。 (63) 脟(luán)：通"脔",把肉切成块。轮焠(cuì)：在车轮间烤炙之。谓割取一脔,就轮间炙而食之。 (64) 戮(lù)力：勉力。致获：获得野兽。左右：左右之人,代指使者。不直指以示尊重。 (65) 奢言：大言。 (66) 东陼钜海：陼,同"渚"。钜,同"巨"。琅邪(yá)：即琅琊,山名,在今山东诸城市东南。其山三面为海,西南与陆地相连。成山：在今山东荣成市东。之罘(fú)：山名,今之烟台。 (67) 渤(bó)澥(xiè)：渤海。孟渚：宋之大泽,在今河南商丘市东北。 (68) 邪：同"斜"。肃慎：古国名,在今东北。汤(yáng)谷：传说日所出之处,此处指东海。 (69) 田：同"畋",打猎。青丘：指今山东蓬莱以东的长岛。 (70) 蔕(dì)芥：比喻细小的东西。蔕,花、瓜果与枝茎相连的部分。芥：一种菜,其籽小。 (71) 俶(tì)傥(tǎng)：同倜傥,不平凡。鳞崪(cuì)：像鱼鳞一样多的汇集在一起。崪：通"萃"。充牣(rèn)：充满。 (72) 禹不能名：形容其珍奇之程度。禹别九州,随山浚川,任土作贡,博识广见。卨：即契,在舜时任司徒之职,而司徒以测算土地等为特长,故以"卨不能计"形容其多。 (73) 见客：作客。

《史记·司马相如列传》载《子虚赋》作于客游梁孝王之时。《汉书·司马相如传》之说同。而两书均将《子虚赋》与《上林赋》合为一篇,《文选》始分为二。应是先有《子虚赋》,后又以之为衬托而作《上林赋》。《子虚赋》开头言:"亡是公存(在)焉",设为引出下篇之机巧。分之为二,合则为一,此种结构形式来之于宋玉

《高唐赋》《神女赋》。司马相如以后,《两都》《二京》等,皆"依样画葫芦",成京苑大赋的结构特征。

子虚,意为虚设人物;乌有先生,意为本无其人;亡是公,意为本无此人。作者虚设此三人体现其尊崇中央王朝的思想。本篇设为齐王欲向楚使夸耀车骑之众,而楚使乃盛称楚王猎于云梦的场面以从声势上压倒齐国,表现了当时的诸侯王国以广袤富庶相尚的风气。汉初封高祖长庶男刘肥为齐王,"食七十城,诸民能齐言者皆予齐王"。武帝时主父偃曰:"齐临菑十万户,市租千金,人众殷富,钜于长安。"楚元王父为高祖少弟,被封都于彭城(今江苏徐州)。其孙王戊因与吴联合谋反,事败自杀。景帝时以元王之子礼续楚,立三年卒,子安王道立,当武帝时。齐、楚皆肥饶之地,又有渔盐之利,国用富足。由汉武帝时大臣主父偃之语可知,齐、楚之国,至武帝初年已有尾大不掉之迹象。

齐王夸耀于楚使,楚使又以楚地之广大富饶而欲压倒齐。最后亡是公以大汉天子上林苑地域之广,山水之奇伟,物产之丰饶,及游猎时之盛况,而压倒齐楚。这在思想上合于已削平吴楚七国之乱,政治上达到有效统一的实际,从表现方式上说,也形成"更上一层楼""登泰山而小天下"的内在结构,与战国末年楚庄辛《谏楚襄王》及枚乘《七发》那样层层推进的构思大体一致。

《子虚赋》虽为骈辞大赋,但主体部分的铺排同开头、结尾摇曳多姿的行文配合得很好,可以说是相辅相成,互相辉映。

其开头曰:"楚使子虚使于齐,王悉发车骑,与使者出畋。"共十七字,将主要人物、事情背景交代清楚。然后说"子虚过妊(诧)乌有先生",下面同乌有先生的对话,虽然都语句简短,却一波三折,能引人入胜。赋的末尾以乌有先生批评子虚不理解齐王与之畋乃知礼好客之举,齐王问楚地之有无,也是"愿闻大国之风烈"。而子虚反以淫乐、侈靡为荣耀。也同样是顾盼生姿。这种开头、结尾同作为赋的主体部分的大段议论结合起来,就显得不呆板单调。

赋的主体部分即子虚讲述部分既铺采摛文,浩浩荡荡,汪洋恣肆,极类推炫耀之能事,又层次分明、结构严谨,处处见着作者的艺术匠心。这一大段大体分两部分:第一部分写云梦泽;第二部分写楚王在云梦的游猎情况。

第一部分开头:"臣闻楚有七泽,尝见其一,未睹其余也。"选其一而夸大之,使听者、读者去想象,以起到整体夸大的作用。而下面还说:"臣之所见,盖特其小小者耳,名曰云梦",以大者为小者,则使听者、读者对楚国之山泽林薮在头脑中的印象进一步放大。下面具体描写,先是山,次为土壤矿藏,次为其东部园圃中的香花香草,次为其南部平原广泽的地势物产,次为其西部涌泉清池的景致与

〔106〕 司马相如

水物,次为其北部阴林中的奇木异草、珍禽猛兽。按上、下、东、南、西、北之次,铺排有序。

第二部分写楚王的游猎,以"于是乎乃使专诸之伦,手格猛兽"提起,未曾叙述,即先令人有惊心动魄之感。"手格猛兽",颇似罗马斗兽场的景象,勇士与猛兽二者必有一死,而勇士又不用武器,更显示其力量之大、胆气之足。这是虚写。下面着重用笔墨的是楚王狩猎景况的描述,既显得楚王的高贵、威风,又显得楚王的英烈勇武。"获若雨兽,掩草蔽地",是总的显示狩猎的成绩,然后写楚王"弭节徘徊,翱翔容与"。显得轻松从容。紧张景况的描述中加这么两句,如高亢的音乐中有一段低徊悠扬婉转的旋律,显得很有节奏感,可谓深得叙事之要。然后又是"览乎阴林,观壮士之暴露,与猛兽之恐惧",大体照应本部分开头"乃使专诸之伦"一句,也是虚写。第二部分用虚实相映之法,可以看出作者手法之高妙。

王世贞《艺苑卮言》云:"作赋之法,已尽长卿数语(赵按:见《西京杂记》卷二)。大抵须包蓄千古之材,牢笼宇宙之态。其变幻之极,如沧溟开晦;灿烂之至,如霞锦照灼,然后徐而约之,使指有所在。若汗漫纵横,无首无尾,了不知结束之妙。有或瑰伟宏富,而神气不流动,如大海乍涸,万宝乍厕,皆是瑕璧,有损连城。赋家不患无意,患不蓄;不患无蓄,患无以运之。""《子虚》《上林》,材极富,辞极丽,而运笔极古雅,精神极流动,意极高,所以不可及也。"郝敬《艺圃伧谈》云:"《子虚》遒宕,无扬雄艰苦之态,无左思重赘之累,洋洋洒洒,然情与文称,当觉情溢于辞表;叙山川、草木、鸟兽、渔猎种种行乐,语不多而兴致勃然,所以为赋家之正始也。"又云:"《子虚》繁简适节,斫削无痕;《上林》未免凑砌,时见重复。盖《子虚》作于游梁,无意挥霍;而《上林》承旨,有心装衍。其所以掩盖百世者,为其创始耳。"祝尧《古赋辨体》以为司马相如此二赋源于屈原《卜居》《渔父》,王世贞、孙月峰《评注昭明文选》认为来自宋玉《高唐》《神女》,可谓各有所见。

最后要特别说明一下的是,本篇"楚有七泽,臣尝见其一"云云,过去注此赋者都以为是虚夸。夸大,是肯定有的,但也应明白,汉封楚王东至会稽,南有豫章,长江下游湖泊较多,彭蠡也包括在内。故其言洞庭为"特其小小者耳"是有意夸大,而言"楚有七泽",亦非无据。

(赵逵夫)

哀 二 世 赋①　　　　　司马相如

登陂陁之长阪兮,坌入曾宫之嵯峨②。临曲江之隑州兮,望南山之参差③。岩岩深山之岑岑兮,通谷豁乎谽谺④。汩淢噏习以永逝兮,注平皋之广衍⑤。观众树之蓊薆兮,览竹林之榛榛[⑥]。东驰土山兮，北揭石濑[⑦]。弭节容与兮，历吊二世[⑧]。持身不谨兮，亡国失势[⑨]；信谗不寤兮，宗庙灭绝[⑩]。呜呼哀哉！操行之不得，墓芜秽而不修兮，魂无归而不食[⑪]。敻邈绝而不齐兮，弥久远而愈佅[⑫]，精罔阆而飞扬兮，拾九天而永逝[⑬]。呜呼哀哉！

〔注〕 ① 二世：即胡亥，秦朝二世皇帝，后为宦官赵高逼迫自杀，葬于宜春苑中。 ② 陂(pō)陁(tuó)：倾斜貌。坂：坡。坌(bèn)：并也。曾宫：高大的殿宇，指宜春宫。嵯峨：高貌。 ③ 临：下视。曲江：即曲江池，在宜春苑中，因水势曲折而得名。隑(qí)州：长洲。南山：即终南山，在今陕西省长安县南。参差：不齐貌。 ④ 岩岩：石块堆积貌。谾(lóng)谾：山谷中深而通畅貌。豁：“豁”字异文，开也。谽(hán)谺(xiā)：山谷空洞貌。 ⑤ 汩(gǔ)淢(yù)：水流迅疾貌。噏(xì)习：盛大貌。注：流注。皋：沼泽。广衍：广阔无边。 ⑥ 蓊(wèng)薆(ài)：遮天蔽日貌。榛(zhēn)榛：草木丛生貌。 ⑦ 揭：撩起衣摆渡水。石濑：从石上流过的水。 ⑧ 弭(mǐ)节：止节，停下马鞭，指减慢车速。容与：从容而行貌。历：过。 ⑨ 持身不谨：指二世滥杀无辜，建阿房宫等事。势：权力。 ⑩ 信谗不寤：指信用赵高。寤：通“悟”。宗庙：指秦朝的祖庙。 ⑪ 墓：指二世的坟墓。魂：指二世的魂魄。食：指接受祭献。 ⑫ 齐：通“济”。佅(mài)：通“昧”。昏暗不明。 ⑬ 精：指二世的精魂。罔阆(liǎng)：通“迷离”“朦胧”，怅惘无所依之貌。食：见注⑩。拾：登。

《汉书·东方朔传》载，建元三年(前138)，汉武帝“南猎长杨，东游宜春”，又《司马相如传》载，相如从武帝猎于长杨，还过宜春宫，进《哀二世赋》。则《哀二世赋》作于建元三年。

全赋分为两部分，前部分描写宜春苑的自然景物，宜春苑是秦二世的埋葬地，作者写了这里山水全景和树木竹林的郁郁葱葱，用蓬勃的生气衬托出深厚的寂寞凄凉，此所谓“以乐景写哀情”也。后部分主要表达哀吊之情，文中两用“呜呼哀哉”，作者的悲伤之感也分为两层：第一层是对二世亡国的哀吊。昔日“秦王扫六合，虎视何雄哉”，但一个强大的王朝在二世手中顷刻瓦解，过去的辉煌烟消云散，这既是二世的悲哀，更是一个王朝的悲哀。第二层是对二世魂魄的哀悼。因为亡国破家，二世的坟墓杂草丛生，魂灵无人祭奠。如果说死是永恒的话，那么死亡的悲哀是无穷无尽的，只能随着时间延伸而加深，而不是随着时间而减轻。汉人桓谭谓此赋曰：“其言恻怆，读者叹息，及卒章切要，断而能悲也。”(引自《文心雕龙·哀吊》)其说极是。

前事不忘，后事之师。汉代是承秦代兴起的王朝，当时的许多清醒文人用秦王朝的悲剧常常给统治者敲响警钟。据《汉书·东方朔传》载，汉武帝猎于长杨之时，多次和侍中、常侍等人微服出行，骚扰百姓。司马相如作《哀二世赋》，当是借经过二世墓的事由,针对武帝的行为进行讽谏。所以在不长的吊辞部分中,作者反复强调造成二世不幸结局的原因:"持身不谨""信谗不悟""操行不得"等,既是批评二世,也是批评武帝。全赋的用意是委婉地告诉武帝若像二世一样不注意自己的行为,最终的结果也会和二世一样。文章寓意深刻痛切,一针见血。

(郭令原)

刘 彻

【作者小传】（前 156—前 87） 汉景帝子,即位为武帝,在位五十三年(前 140—前 87)。武帝锐意革新,在政治上采取了一系列改革措施,使汉朝成为空前强盛的国家。他采纳大儒董仲舒建议"独尊儒术",完成了思想的统一。他喜好文学,尊重文人,且工诗能文,故造就了一个文学繁荣的时代。

悼李夫人赋①

刘 彻

　　美连娟以修嫭兮,命樔绝而不长②。饰新宫以延贮兮,泯不归乎故乡③。惨郁郁其芜秽兮,隐处幽而怀伤④。释舆马于山椒兮,奄修夜之不阳⑤。秋气潜以凄泪兮,桂枝落而销亡⑥。神茕茕以遥思兮,精浮游而出疆⑦。托沈阴以圹久兮,惜蕃华之未央⑧。念穷极之不还兮,惟幼眇之相羊⑨。函菱荻以俟风兮,芳杂袭以弥章⑩。的容与以猗靡兮,缥飘姚虖愈庄⑪。燕淫衍而抚楹兮,连流视而娥扬⑫。既激感而心逐兮,包红颜而弗明⑬。欢接狎以离别兮,宵寤梦之芒芒⑭。忽迁化而不反兮,魄放逸以飞扬⑮。何灵魂之纷纷兮,哀裴回以踌躇⑯。势路日以远兮,遂荒忽而辞去⑰。超兮西征,屑兮不见⑱。寖淫敞罔,寂兮无音⑲,思若流波,怛兮在心⑳。

　　乱曰㉑:佳侠函光,陨朱荣兮㉒。嫉妒阘茸,将安程兮㉓!方时隆盛,年夭伤兮㉔。弟子增欷,洿沫怅兮㉕。悲愁于邑,喧不可止兮㉖。向不虚应,亦云已兮㉗。嫶妍太息,叹稚子兮㉘。懰栗不言,倚所恃兮㉙。仁者不誓,岂约亲兮㉚?既往不来,申以信兮[31]。去彼昭昭，就冥冥兮[32]。既下新宫，不复故庭兮[33]。呜呼哀哉，想魂灵兮[34]！

〔注〕 ① 李夫人：汉武帝的妾，貌美善舞，深得武帝宠幸，但不幸早逝。武帝思念不已，绘其像于甘泉宫。此赋即为李夫人而作。 ② 连娟：纤弱的样子。修嫮(hù)：美好的样子。欃(jiǎo)绝：断绝。 ③ 新宫：指墓室。延：延请。贮：居留。泯：死亡。故乡：旧乡，此指人间。 ④ 惨：凄惨。郁郁：荒草茂密。芜秽：杂乱的样子。幽：幽暗的地方，指墓地。⑤ 释：解开。山椒：山陵。奄：长久的样子。修夜：长夜。不阳：不亮。 ⑥ 凄淚：即凄戾，寒冷。桂枝：代指李夫人。 ⑦ 茕茕：孤苦的样子。畺：即"疆"字。 ⑧ 沈阴：指阴间。圹久：旷久。蕃华：指李夫人的盛年美貌。蕃：通"繁"。未央：未尽。 ⑨ 穷极：终极，指死。惟：思念。幼眇：婉约的样子。相羊：徘徊不去。 ⑩ 俟：等待。函：含。荾(suī)：通"荽"，香菜。荴(fú)：铺布。杂袭：混合。 ⑪ 的：明确的样子。容与：悠闲。猗靡：华美。飘姚：随风而动。虖：通"乎"，语助词。庄：端庄。 ⑫ 燕：安闲。淫衍：随意。楹：庭堂前的柱子。连流：四处望。娥扬：扬起眉毛。娥：细而长的眉毛。 ⑬ 心逐：内心向望。包红颜：指李夫人的容颜埋藏在地下。弗明：不可见。 ⑭ 接狎：亲近。霄：夜晚。寤梦：梦，梦是再现醒时所见，故名寤梦。芒芒：无所知的样子。 ⑮ 迁化：指死去。反：通"返"。魄：指李夫人的魂魄。 ⑯ 裴回：通"徘徊"。 ⑰ 势路：走过的路。荒忽：精神不定的样子。 ⑱ 超：遥远。西征：指死去。屑：很快的样子。 ⑲ 寖淫：逐渐。敞克：同"惝恍"，模糊不清。 ⑳ 流波：绵绵不绝。怛(dá)：悲痛。 ㉑ 乱：常见于辞赋的结尾，用以收束全篇。 ㉒ 佳侠：佳丽。函：通"含"。陨：陨落。 ㉓ 阘(tà)茸(róng)：卑鄙小人。程：衡量。 ㉔ 隆盛：指正当年。夭伤：早死。伤，通"殇"。 ㉕ 弟子：李夫人的兄弟和儿子。增欷：反复啜泣。洿沫：泪流满面。 ㉖ 於邑：通"呜咽"。喧：哭泣不止。 ㉗ 向：通"响"，哭声。应：应和。云：句中语气词。已：算了。 ㉘ 嫶妍：憔悴的样子。稚子：小儿子，指李夫人的遗孤昌邑王。 ㉙ 懰(liú)慄(lì)：悲伤的样子。 ㉚ 仁者：仁爱之人。誓：盟誓。约亲：与亲人盟誓。 ㉛ 往：死去。申：重申。 ㉜ 昭昭：明亮，此指人间。冥冥：昏暗，指死去的世界。 ㉝ 故庭，指死者生前居住之处。 ㉞ 想：怀念。

《悼李夫人赋》是一篇骚体悼亡赋，以抒情为主，表现了汉武帝对故去的李夫人的深切怀念，感情真挚，语言自然流畅，哀婉感人。是汉代骚体赋中的名作。

据史载，李夫人兄李延年为汉武帝作歌，歌辞曰："西北有佳人，绝世而独立。一顾倾人城，再顾倾人国。宁不知倾城与倾国，佳人难再得。"武帝听了叹息道："世上哪有这样漂亮的人呢？"平阳主告诉武帝，歌中的绝世佳人就是李延年的妹妹。武帝于是召其进宫，将她立为夫人，宠爱有加。然而，李夫人不幸早亡，武帝十分悲痛。此篇即为其所作。

赋的开头先赞其美貌而叹其早亡："美连娟以修嫮兮，命欃绝而不长"，表达了对红颜薄命的惋惜，点出悼亡的主题。从"惨郁郁"以下，先写作者在李夫人的墓地上久久不愿离去，这时正值秋季，凄厉的秋气摧折了桂枝，作者"神茕茕以遥思兮，精浮游而出畺"，因为这让他想到了致人以死命的更为酷烈的秋气，想到了像桂枝一样的佳人已经香消玉殒。次写作者因极度思念而产生的幻觉。朝夕相处的人虽然离去,但她的音容笑貌却挥之不去,她身上的芳香似乎还荡漾在空气中,她那雍容大方的举止,那优雅的姿态,包括勾魂摄魄的流波,无不浮现在眼前,令人不禁心往神驰!然而幻觉终将破灭,生死两隔,悲痛的现实让人心碎。接下来,作者在悲痛之中,想象死者离去的情景:"何灵魂之纷纷兮,哀裴回以踌躇。"从死者对自己的眷恋写起,更加反衬出生者的丧亲之痛。

"乱辞"重申正文中表现的主题,极言思念之深长,起着加深主题的作用。主要写李夫人死后,其兄弟、儿子的悲伤哭泣,以泪洗面,呜咽不止。但死者已矣,对李夫人最大的告慰,就是善待其子!尽管她并未留下嘱托,而作者则认为这符合"仁者不誓,岂约亲兮"的礼义,所以表示一定要满足死者的心愿,照顾好其子,表现出作者对死者的生死不渝之情。

这篇赋作的写法对后世的悼亡之作多有启发,如潘岳的《悼亡诗》在构思立意方面,即受其影响。

(韩高年)

【作者小传】

司马迁

(前145或前135—?) 字子长,夏阳(今陕西韩城南)人。十岁随父太史令司马谈至长安,受业于董仲舒、孔安国。后任郎中、太史令。太初元年(前104),参加改革历法,制订《太初历》,着手写作《史记》。天汉二年(前99),为李陵降匈奴事辩护,获罪下狱,受腐刑。出狱后,任中书令,潜心写作,历五、六年,完成《史记》。除《史记》外,《汉书·艺文志》曾著录司马迁赋八篇,《隋书·经籍志》著录《汉中书令司马迁集》一卷,《旧唐书·经籍志》《新唐书·艺文志》作二卷。今存《悲士不遇赋》《报任安书》等。

悲 士 不 遇 赋　　　司马迁

悲夫!士生之不辰。愧顾影而独存。恒克己而复礼,惧志行而无闻。谅才韪而世戾①,将逮死而长勤②。虽有形而不彰,徒有能而不陈。何穷达之易惑,信美恶之难分。时悠悠而荡荡,将遂屈而不伸。

使公于公者,彼我同兮;私于私者,自相悲兮。天道微哉,吁嗟阔兮③;人理显然,相倾夺兮。好生恶死,才之鄙也;好贵夷贱,哲之乱也。炤炤洞达④,胸中豁也;昏昏罔觉,内生毒也。

我之心矣,哲已能忖;我之言矣,哲已能选。没世无闻,古人唯耻;朝闻夕死,孰云其否。逆顺还周,乍没乍起⑤。理不可据,智不可恃。无造福先⑥,无触祸始。委之自然,终归一矣。

〔注〕 ①㻠(wěi):美善。世戾:世道暴戾。 ②长勤:勤勉不息。 ③"天道微哉"二句:天道幽远,与人相隔。 ④炤(zhāo)炤:同"昭昭",明亮的样子。 ⑤"逆顺还周"二句:逆与顺循环往复,忽而消失忽而兴起。还,通"环"。 ⑥造:往,到。

据《汉书·艺文志》著录,司马迁有赋八篇,存世之作仅有收录于《艺文类聚》的《悲士不遇赋》。作此赋时,因李陵案惨遭宫刑的司马迁已出狱。身陷囹圄之际,他曾经历生与死的抉择,接受宫刑可免死求生,然而"诟莫大于宫刑"。出狱后的司马迁隐忍苟活,自比为扫除之隶、阘茸之人,痛感污及先人,"为天下观"。饱受心灵折磨的同时,他对生命意义有了新的认识,对专制集权下"士不遇"悲剧命运也有更深刻的体认。儒家主张"杀身成仁","舍生取义","士可杀不可辱",面对君主淫威,本可以死抗衡政治淫威,何况"臧获婢妾犹能引决"。他既为忍辱苟活而自卑,又以"勇者不必死节"而自傲,勇者并非将死亡视为生命苦痛的解脱之道,勇者可以拒绝死亡,即便以"诎体受辱"为代价。对司马迁而言,死可以明志,但生可以践志,选择死亡意味着强权对"究天人之际,通古今之变,成一家之言"的神圣事业的扼杀。徐复观在《论史记》中称,《史记》"把人与事的表里表达出来了,也即是把掩蔽在庄严仪式后面的由专制、侈泰、愚妄结合在一起的事之里与人之里,表达出来了,使后人得透过由专制权力所散布的虚伪的历史资料以把握历史的真实"。如果说一部《史记》以历史画卷形象展示了士不遇的历史真实,那么《悲士不遇赋》则对士不遇的历史悲剧作了理性揭示。

首段以感叹句领起,开宗明义,点出"士不遇"主题。接着叙写一己遭遇,自己虽有作为臣属的才德,克己复礼,品德高尚,勤奋刻苦,却屈而不伸,受到最卑贱的刑罚,对士不遇的愤慨不平,溢于纸上。

次段揭示造成"士不遇"悲剧的社会原因。封建集权专制下的官僚体制以君尊臣卑为原则,君臣关系本质上是主奴关系。在君临天下的帝王面前,臣只是唯命是从的工具,当政者如果"昏昏罔觉",专断暴虐,后果便是贤愚倒置,小人得志,忠臣被斥。经历了屈辱与困厄的司马迁,不仅对士不遇的历史悲剧有了清醒认识，更能在隐忍之下坚守正直的士品。他傲岸地表示，与公心为国者为同道，视私心为己者如敝屣，贪生怕死是品质的堕落，重贵轻贫是思想的混乱，能够洞彻"不遇"悲剧是正直之士的必然命运，就能坦然面对苦难并超越苦难。士可不遇，但外忠于道义，内忠于本心，光明磊落的人格绝不可因世道不公而扭曲。

第三段承上抒写对是非、顺逆和生死的冷静思考与理性认识。司马迁坚信，自己的心志与著述，后代哲人自有公断；人生的顺境与逆境虽难预料，但"朝闻道夕可死矣"。人终有一死，顺从自然，以豁达的心态直面死亡，正是对世俗生死荣辱羁绊的超越。康德说："有两样东西，愈是经常和持久地思考它们，对它们日久弥新和不断增长之魅力以及崇敬之情就愈加充实着心灵：我头顶的星空，和我心中的道德律。"司马迁的伟大，在于能够在集权专制的重压下坚守心中的道德律，执着于崇高的事业，为坚定的信念和神圣的理想而活着。司马迁曾在《报任安书》中说："西伯拘，而演《周易》；仲尼厄，而作《春秋》；屈原放逐，乃赋《离骚》；左丘失明，厥有《国语》；孙子膑脚，《兵法》修列；不韦迁蜀，世传《吕览》；韩非囚秦，《说难》《孤愤》。"历史上，圣人贤者大多在经历"不遇"之困厄后，终成伟大事业。"要之死日，然后是非乃定"，生命的价值不在于生前的显赫或困厄，而在于能够为人类留下有价值的创造。

司马迁生活的年代，大赋流行于文坛，颂扬帝王功德、讴歌当朝伟业是大赋的惯见主题。本赋围绕士不遇的悲剧，揭示专制集权下正直之士的不幸遭遇，表达对生死荣辱的理性思考，至情至性，闪烁出智者思想的光芒。句式以四字句和六字句为主，整齐中见错综。感情悲愤沉郁，于屈而不伸的悲慨中表达对生命价值的敬重，于忍辱负重中体现坚韧不拔的意志。透过字里行间，我们看到的是经历肉体和精神摧残后涅槃新生的司马迁。

(顾伟列)

扬 雄

【作者小传】

（前53—后18） 一作杨雄。字子云，蜀郡成都（今属四川）人。四十余岁游京师。成帝时任给事黄门郎。王莽时，校书于天禄阁，官至大夫。早年酷好辞赋，模仿司马相如作《甘泉》《长杨》《羽猎》《河东》等赋，闻名于世。后世以"扬马"并称。晚年贬抑辞赋，转而研究哲学。仿《周易》作《太玄》，仿《论语》作《法言》。又著《方言》，记载西汉各地方言，为研究古代语言之重要资料。《汉书·艺文志》著录其赋十二篇，今存十篇。后人辑有《扬侍郎集》。

都 酒 赋

扬 雄

子犹瓶矣①。观瓶之居,居井之眉②,处高临深,动常近危③。酒醪不入口④,臧水满怀⑤,不得左右,牵于缧徽⑥。一旦㪍碍⑦,为瓽所轠⑧,身提黄泉⑨,骨肉为泥。自用如此,不如鸱夷⑩。鸱夷滑稽,腹大如壶⑪,尽日盛酒,人复借酤。常为国器⑫,托于属车⑬,出入两宫⑭,经营公家⑮。由是言之,酒何过乎⑯?

〔注〕 ①子:你。犹:尚,只是。瓶:古代汲水的器具。 ②眉:边缘。将井水喻为眼珠,则井为眉。此犹称水边为"湄",称门窗上横木为"楣"(喻门窗为明目)。 ③处高:相对于井底而言是在高处。临深:言其下临井底。近危:时时有危险。 ④醪(láo):汁渣混合的酒,即浊酒,俗称醪糟。 ⑤臧:同"藏",贮藏。 ⑥"不得"二句:言水瓶被绳索牵系,不能左右移动。缧(mò)徽:捆绑俘虏、囚犯的绳索。这里指系水瓶的绳子。 ⑦㪍(zhuān)碍:被绳子挂住。㪍:悬挂。 ⑧瓽(dàng):井壁上的砖。轠(léi):撞击。 ⑨提:抛掷。 ⑩鸱夷:盛酒器。 ⑪滑(gǔ)稽:古代一种圆形的能转动注酒的酒器。此处用为圆滑义。腹大如壶:原作"腹如大壶",据《北堂书钞》《艺文类聚》《初学记》所引校改。 ⑫国器:贵重器物,朝廷所用器物。 ⑬属车:帝王出行时随从的车。 ⑭两宫:指皇帝及太后的宫。 ⑮经营:奔走谋求的意思。 ⑯过:过矢,罪过。

本篇《汉书》卷九二作"酒箴",《太平御览》卷七五八、卷七六一引《汉书》作"酒赋",《北堂书钞》卷一四八作"都酒赋"。本篇文字非赋酒而是赋酒器,故篇名当为"都酒赋"。"都酒"是一种贮酒的酒具。由首句"子犹瓶矣"及下文"自用如此,不如鸱夷"看,本段文字是对水瓶而言,"子"指水瓶。再由下面讲鸱夷的好处以及"由是言之,酒何过乎",则此前有一段文字是水瓶讲都酒的过失的。又由文中直称"鸱夷"而不用第一人称代词的情况看,此段文字应是水瓶、鸱夷(皮制的装酒袋子)之外的第三者所说,联系篇名看,应是都酒所说。《汉书》言是扬雄"作《酒箴》讽谏成帝,酒客难法度士",则应是只就所选录一段内容言之。并言其形式是"譬之于物",则文中是以都酒代酒客,以水瓶代法度士。参照西汉时代的俗赋《神鸟赋》和敦煌发现的《燕子赋》等来看,全篇结构为:开头一小段交代三个人物(拟人化)及争端的起因,第二段为水瓶嘲笑都酒,第三段为都酒嘲笑水瓶,借讽刺水(代法度士)表现了正直任事者往往受责难甚至受罪丧命的事实,第四段为鸱夷平章事理,为全文作结。因为鸱夷是西北沙漠、丝绸之路上长途跋涉中带酒或水的东西。无论酒、水,以人之必需、适当为要。今所存为第三段。

今存此段文字谈了两层意思:先是说"处高临深,动常近危";"酒醪不入口"

者,也会"牵于绳墨",身丧黄泉。圆滑而只知和酒打交道的,反而"托于属车,出入两宫",反得器重。表面上是贬水瓶而赞鸱夷,而实际上则相反。所谓讽喻之意即在此。正话反说,属于滑稽诙谐类文体,借都酒、水瓶之争,表现"酒客难法度士"的内容。这与敦煌发现唐代的《茶酒论》(论,争论)颇为相近。由今文字的末尾两句看,显然是有针对性的辩驳。故疑原赋为对话体俗赋。其语言通俗,风格诙谐,也是证据。此篇及王褒的《僮约》《青须髯奴辞》都是西汉末年作品。扬雄之作,多模拟前人,而此赋取法于民间俗赋的形式,构思精巧,新颖可喜,在扬雄诸赋作中,唯一体现了独创精神,且思想内容也富启发意义。宋周紫芝《竹坡诗话》引陈去非诗一首云:"扬雄平生书,肝肾间雕镌。晚于玄有得,始悔赋《甘泉》。使雄早大悟,亦何事于玄?赖有一言善,《酒箴》真可传。"则前人已看出此赋在扬雄诸赋中的地位。此类"争胜文字"在以后的俗文学中绵绵不绝,则扬雄此赋实堪注意。

(赵逵夫)

甘　泉　赋并序　　　　　　　　　　扬　雄

孝成帝时,客有荐雄文似相如者①,上方郊祀甘泉泰畤、汾阴后土,以求继嗣②,召雄待诏承明之庭③。正月,从上甘泉。还,奏《甘泉赋》以风④,其辞曰:

惟汉十世,将郊上玄,定泰畤⑤,雍神休,尊明号⑥,同符三皇,录功五帝,恤胤锡羡,拓迹开统⑦。于是乃命群僚,历吉日,协灵辰⑧,星陈而天行⑨。诏招摇与太阴兮,伏钩陈使当兵⑩;属堪舆以壁垒兮。捎夔魖而抶獝狂⑪,八神奔而警跸兮,振殷辚而军装⑫;蚩尤之伦带干将而秉玉戚兮,飞蒙茸而走陆梁⑬。齐总总以撙撙,其相胶葛兮,森骇云迅,奋以方攘⑭;骈罗列布,鳞以杂沓兮,柴虒参差,鱼颉而鸟䀹⑮;翕赫曶霍,雾集蒙合兮,半散照烂,粲以成章⑯。

于是乘舆乃登夫凤皇兮翳华芝⑰,驷苍螭兮六素虬⑱。蠖略蕤绥,漓乎幓纚⑲。帅尔阴闭,霅然阳开⑳。腾清霄而轶浮景兮,夫何旌旐郅偈之旖旎也㉑!流星旄以电烛兮,咸翠盖而鸾旗㉒。敦万骑于中营兮,方玉车之千乘㉓。声骈隐以陆离兮,轻先疾雷而驰遗风㉔。陵高衍之嵱嵷兮。超纡谲之清澄㉕。登椽栾而羜天门兮，驰闾阖而入凌兢㉖。

是时未臻夫甘泉也，乃望通天之绎绎㉗。下阴潜以惨廪兮，上洪纷而相错㉘；直峣峣以造天兮，厥高庆而不可虖疆度㉙。平原唐其坛曼兮，列新雉于林薄㉚；攒并间与茇苫兮，纷被丽其亡鄂㉛。崇丘陵之駊騀兮，深沟嵚岩而为谷㉜；往往离宫般以相烛兮，封峦石关施靡虖延属㉝。

于是大夏云谲波诡，摧崣而成观㉞，仰挢首以高视兮，目冥眴而亡见㉟。正浏溢以弘惝兮，指东西之漫漫㊱；徒回回以徨徨兮，魂眇眇而昏乱㊲。据軨轩而周流兮，忽軮轧而亡垠㊳。翠玉树之青葱兮，璧马犀之瞵瑉㊴。金人仡仡其承钟虡兮，嵌岩岩其龙鳞㊵，扬光曜之燎烛兮，乘景炎之炘炘㊶，配帝居之县圃兮，象泰壹之威神㊷。洪台掘其独出兮，掍北极之嶟嶟㊸，列宿乃施于上荣兮，日月才经于柍桭㊹。雷郁律而岩突兮，电倐忽于墙藩㊺，鬼魅不能自还兮，半长途而下颠㊻，历倒景而绝飞梁兮，浮蔑蠓而撇天㊼。

左欃枪右玄冥兮，前熛阙后应门㊽；荫西海与幽都兮，涌醴汨以生川㊾。蛟龙连蜷于东厓兮，白虎敦圉虖昆仑㊿。览樛流于高光兮，溶方皇于西清[51]。前殿崔巍兮，和氏珑玲[52]，炕浮柱之飞榱兮，神莫莫而扶倾[53]，闶阆阆其寥廓兮，似紫宫之峥嵘[54]。骈交错而曼衍兮，峥嵘隗虖其相婴[55]。乘云阁而上下兮，纷蒙笼以掍成[56]。曳红采之流离兮，飏翠气之宛延[57]。袭琁室与倾宫兮，若登高妙远，肃虖临渊[58]。

回猋肆其砀骇兮，披桂椒郁栘杨[59]。香芬茀以穷隆兮，击薄栌而将荣[60]。芗呹肸以掍根兮，声駍隐而历钟[61]。排玉户而飏金铺兮，发兰蕙与穹穷[62]。惟弸彋其拂汩兮，稍暗暗而靓深[63]。阴阳清浊穆羽相和兮，若夔、牙之调琴[64]。般、倕弃其剞劂兮，王尔投其钩绳[65]。虽方征侨与偓佺兮，犹仿佛其若梦[66]。

于是事变物化，目骇耳回[67]，盖天子穆然，珍台闲馆[68]，琁题玉英、蝍蛸蠖濩之中[69]，惟夫所以澄心清魂，储精垂思[70]，感

〔116〕 扬　雄　　　　　　　　　　　　　　　　　　　　　　　　甘泉赋

动天地,逆釐三神者⑦。乃搜逑索偶,皋、伊之徒,冠伦魁能⑫,函《甘棠》之惠,挟东征之意⑬,相与齐乎阳灵之宫⑭。靡薜荔而为席兮,折琼枝以为芳⑮,噏清云之流瑕兮,饮若木之露英⑯,集乎礼神之囿,登乎颂祇之堂⑰。建光耀长旃兮,昭华覆之威威⑱,攀琁玑而下视兮,行游目乎三危⑲,陈众车于东阬兮,肆玉轪而下驰⑳;漂龙渊而还九垠兮,窥地底而上回㉑。风偬偬而扶辖兮,鸾凤纷其御蕤㉒,梁弱水之潓漾兮,蹑不周之逶蛇㉓,想西王母欣然而上寿兮,屏玉女而却宓妃㉔。玉女亡所眺其清卢兮,宓妃曾不得施其蛾眉㉕,方揽道德之精刚兮,侔神明与之为资㉖。

　　于是钦柴宗祈,燎熏皇天,招繇泰一㉗。举洪颐,树灵旗㉘,樵蒸焜上,配藜四施㉙,东烛沧海,西耀流沙㉚,北爌幽都,南炀丹厓㉛。玄瓒觩觩,秬鬯泔淡㉜,肸蠁丰融,懿懿芬芬㉝。炎感黄龙兮,熛讹硕麟㉞,选巫咸兮叫帝阍,开天庭兮延群神㉟。傧暗蔼兮降清坛,瑞穰穰兮委如山㊱。

　　于是事毕功弘,回车而归,度三峦兮偈棠黎㊲。天阃决兮地垠开,八荒协兮万国谐㊳。登长平兮雷鼓磕,天声起兮勇士厉㊴,云飞扬兮雨滂沛,于胥德兮丽万世㊵。

　　乱曰:崇崇圜丘,隆隐天兮㊶,登降峛崺,单埢垣兮㊷。增宫参差,骈嵯峨兮㊸,岭巆嶙峋,洞亡厓兮㊹,上天之綷,杳旭卉兮㊺,圣皇穆穆,信厥对兮㊻。徕祇郊禋,神所依兮㊼,俳佪招摇,灵迟迟兮㊽。辉光眩耀,隆厥福兮㊾,子子孙孙,长亡极兮㊿。

〔注〕　①客:指杨庄。扬雄《答刘歆书》:“(扬雄)先作《县邸铭》《王佴颂》《阶闼铭》及《成都城四隅铭》,蜀人有杨庄者,为郎,诵之于成帝,成帝好之,以为似相如,雄遂以此得外见。”或以为客指王音、王根、王商。录以备考。　②上:即汉成帝。方:正当。郊祀:古代于郊外祭拜天地神灵的活动。甘泉:即甘泉宫,在今陕西淳化县西北甘泉山上。秦始皇二十七年建甘泉前殿,后汉武帝于建元年间增建通天、高光、迎风等宫馆。泰畤(zhì):古代君王祭祀天神的地方。汾阴:县名,汉置,治所在今山西万荣县荣河镇西南庙前村北古城,因在汾水之南,故名。武帝时于此得宝鼎。后土:古时称地神或土神为后土,此处指地神祠。继嗣(sì):子孙后代。③待语:等候天子的命令。承明之庭:即承明殿,在未央宫中。　④正月:指汉成帝元延二

年(前11年)一月。风：通"讽"，讽喻。　⑤汉十世：指汉成帝。汉从高祖建国，至成帝，共十代帝王。郊：祭名，即祭天地。上玄：天。定：武帝祭泰畤，宣帝罢，成帝复祭，故曰定。　⑥雍神休：祈求神灵保佑并给以美好的福祥。雍，护佑。或作"拥"。休：美善，喜庆。尊明号：指尊为天子之名号。　⑦同符三皇：使君王受命于天的符证合于三皇。符，合也。三皇，古代传说中的部首领，一般指伏羲氏、神农氏和黄帝。录功五帝：总领五帝的功业。录，总领。五帝，指黄帝、颛顼、帝喾、唐尧、虞舜。恤(xù)：忧念。胤(yìn)：后代。锡：与，赐给。羡：丰饶。拓：扩展。迹：业绩，事迹。统：世代相继的系统。以上两句说，成帝忧念自己没有子嗣，因而来祭祀天地神明，祈求神灵多赐福祥，以拓展汉家的功业。　⑧命：告诉，命令。像：官吏。历：选择。灵辰：良辰。灵，善，美好。此句意为，成帝命令百官选择一个吉利的日子，使其合乎善时。　⑨星陈：众星陈列。天行：天体运行。一说，即天子的出行。全句意为，天子出行时，百官陪伴跟从犹如众星在天空中罗列，天体之运行，喻声势浩大。　⑩招摇：星名。在北斗的杓端。《释文》："北斗第七星。"泰：《文选》卷七作"太"。太阴：太岁的别名。伏：通"服"，降服，使屈服。钩陈：星名，在紫微垣内，与北极星最近，天文学家常以它为准来测量北极，故亦称极星。当：担当。此句意为：天子下诏命令招摇与太阴统领军队，让钩陈星率领武士暗中保护。　⑪属(zhǔ)：通"嘱"，委托，托付。堪舆：有两种说法，张晏认为是天地的总名；孟康认为是制造图宅之书的神仙。两说皆可。壁垒：军队作战时用以进攻或防守的围墙工事。梢(shāo)：通"箾"，打击。夔(kuí)：山林中的精怪。魖(xū)：古代传说中使人消耗钱财的鬼。抶(chì)：鞭打。獝(xù)狂：恶鬼的名字。此句意为，把军营委托给天地之神，使他们打击精灵鬼怪。　⑫八神：八方之神。警跸(bì)：古代帝王出入称警跸。左右侍卫叫作警，止人清道叫作跸，以禁止行人走动，维护帝王安全。振：奋起。殷辚：繁盛的样子。军装：穿着军服。此句意为，四面八方的神灵都穿着军服前后奔走，护卫着帝王的安全，气势非常盛大。　⑬蚩(chī)尤：古代传说中的九黎族部落首领。汉代奉为主兵之神，此指勇猛武士。伦：同辈，同类。干将：古代的宝剑名。秉(bǐng)：执，操持。玉戚(qī)：以玉装饰的斧子。蒙茸、陆梁：都是狂乱走的样子。此句意为，使勇猛的武士拿着锋利的宝剑和玉斧奔驰于皇帝的左右。　⑭总总、撙(zǔn)撙：都是聚集、聚合的样子。胶葛：杂乱、不整齐的样子。猋(biāo)：通"飙"，旋风，暴风。骇：起，产生。讯：快，迅速。奋：猛然用力，言其速也。方攘：分散奔离的样子。此句意为，武士们前后奔跑，时分时合，行动迅疾敏捷。　⑮骈(pián)罗：骈比，罗列。布：陈列。杂沓：众多纷杂的样子。此句意为，他们如鱼鳞一样排列分布。柴(cī)虒(zhì)：参差不齐的样子。颉(xié)：上下游动不定的样子。胻(háng)："颃"的假借字。指鸟上下飞动的样子。此句意为，众神并列前后，其行迅疾，如鱼跃鸟翔。　⑯翕赫：隆盛的样子。智(hū)霍：一开一合，迅疾的样子。务：地气。蒙：天气。半(pàn)散：分散，公布。照烂：光辉灿烂。粲：鲜明。章：花纹。以上四句意思是，天子出行祭祀时人多兵盛，行动迅疾，如云集雾合，分布罗列，光辉灿烂，如锦缎上的花纹一般。　⑰乘(shèng)舆：皇帝、诸侯乘坐的车子。这里代指天子。凤皇：指天子之车凤辇。翳(yì)：遮蔽。华芒：华美的车盖。　⑱驷(sì)：古代一辆车套四匹马称驷。苍：青黑色。螭(chī)：传说中无角的龙。素虬(qiú)：白色无角的龙。　⑲蠖(yuè)略：行走进退，有节度，如避行一般。蠖，也叫尺蠖，虫体细长，行走时身体一屈一伸，如用尺量物。蕤(ruí)绥：装饰物下垂的样子。此句写龙行走的样子。漓(lí)乎幓(shēn)纚(lí)：毛羽下垂的样子。此句写龙翰下垂之貌，也可以认为是写车饰。　⑳帅：聚集在一起。或以为帅同"率"；率尔犹"倏尔"。霎(shà)然：分散的样子。或以为同"飒然"，倏尔、飒然都是迅疾之貌。此句意为，天子的队伍，有时聚集在一起，就像阴云布满天空；有时分散开来，就像阳光冲破云层。

㉑ 腾：上升。霄：云。颜师古注曰：“霄，日旁气也。”轶(yì)：越过，超过。浮景：流动的云光。也指日光。旟(yú)：绘有鸟隼图像的旗帜。颜师古注曰：“画鸟隼曰旟。”旐(zhào)：上面画有龟蛇的旗子。鄄(jí)偈(jié)：高高耸立的样子。颜师古注：“鄄偈，竿杠之状也。”旖(yǐ)旎(nǐ)：轻盈柔顺的样子。这里是写微风吹动旗子的形态。 ㉒ 旄(máo)句：张铣曰：“旄，以旄牛尾为之，饰以星文，其光如电，悬于竿上，以指麾也。”咸：都、皆。翠盖：用翠羽装饰的车盖。鸾(luán)旗：天子车上的旗帜，上面绘有鸾鸟。 ㉓ 敦(tún)：通“屯”，布陈，屯聚。万骑(jì)：千军万马，形容人马众多。中营：营中。方：并也。玉车：用玉石装饰起来的车子。 ㉔ 駍(pēng)隐：形容车骑声音盛大。陆离：错综杂乱，参差不齐的样子。馺(sà)：马行迅疾。遗风：速度很快的风，疾风。此句意为，车马奔驰，声势浩大，其轻快迅捷，如疾雷遗风。 ㉕ 陵：超越。衍：无边无际。嵱(yǒng)嵷(sǒng)：山峰众多的样子。纡(yū)谲(jué)：曲折多变。㉖ 椽(chuán)栾(luán)：山名，在甘泉宫南。䢒(gòng)：到。阊(chāng)阖(hé)：天门。凌兢：令人寒冷战栗的地方。此句意为，天子的车马驰过了曲折的道路，登上了甘泉南山，好像到达了天门，进入了令人寒凉战栗之处。 ㉗ 轶：通“臻”，至，到达。通天：即通天台，在甘泉宫中。绎绎(yì)：高大的样子。 ㉘ 阴潜：阴暗的样子。惨廪(lǐn)：寒凉的意思。洪：大。纷：杂乱。错：相互交错。此句意为，通天台下阴冷寒凉，暗淡不明；通天台上高大广阔，色彩缤纷。㉙ 峣峣(yáo)：高。造：到达，至。庆：发语词，通“羌”。弥：终，极尽。度(duó)：测量，计算。这句意思是，通天台高而达天，不可到达它的顶点而测量它。 ㉚ 唐：王念孙《读书杂志》(“汉书第十三”)曰：“唐者，广大之貌。”坛(dàn)曼：平坦，宽广。新雉(zhì)：同“辛夷”。薄：草木丛生的地方。 ㉛ 攒(cuán)：聚集在一起。并(bīng)闾(lú)：即棕榈。芨(bá)苦(kuò)：草名，即薄荷。被(pī)丽：分散、到处分布的样子。亡(wú)鄂(è)：无边无际。鄂，边际。此句意为，瑞草并间及芨菇，四散分行，无边无涯。 ㉜ 崇：高。䮰(pǒ)䮰(ě)：高大的样子。 ㉝ 往往：处处，到处都有。离宫：古代帝王在正式的宫殿之外另建宫室，以便随时游乐居住。谓之离宫，言与正式宫殿分离。般(bān)：与“班”同，分布。烛：照。封峦、石关：都是观名。《三辅黄图》卷五记载，甘泉有石关观、封峦观。施(yì)靡：连绵不断的样子。此句意为，到处都是离宫别馆，相互映照，封峦、石关等宫观连绵不绝。 ㉞ 夏：《文选》卷七作“厦”。云谲波诡：这里用来比喻房屋构造精巧，怪异多变。摧(zuǐ)嶉(cuī)：即崔巍，高大宏伟的样子。 ㉟ 挢(jiǎo)：举起，仰起。冥眴(xuàn)：目光昏乱的样子。此句意为，仰起头向高处望，令人头昏目眩，什么也看不到。 ㊱ 浏滥：即浏览。弘：大。惝(chǎng)：通“敞”，宽广，广阔。漫漫：长远无际的样子。此句意为，正面看，高楼广大宽阔，东西望则无边无涯。 ㊲ 回回：旋转。徨徨：心神不安的样子。眇眇(miǎo)：遥远，深远。此句意为，大厦高耸壮观，视之，则感到天旋地转，心驰神摇，魂惊魄骇。 ㊳ 据：依，凭。軨(líng)轩：有窗格的小房间或长廊。軨，同“棂”。周流：周转流观。軮(yǎng)轧(yà)：广大弥漫的样子。垠(yín)：边际，界限。这句意思是说，凭依着长廊上的栏杆向四周眺望，忽然感到天地广阔，无边无垠。 ㊴ 翠：青绿色的玉石。玉树：用玉石制作而成的树。青葱：葱绿色，玉树的颜色。璧马犀：两种释法。颜师古曰：“马犀者，玛瑙及犀角也。以此二种之饰殿之壁。”壁或作“璧”，即以璧玉雕刻马与犀。瞵(lín)瑞(bīn)：文采缤纷，犹言色彩斑斓。 ㊵ 金人：铜铸的人像。霍去病讨匈奴休屠王，获其祭天金人。武帝以为神仙，列于甘泉宫。仡(yì)仡：勇敢强壮的样子。虡(jù)：用以悬挂编钟的木架。嵌：开张的样子。岩(yán)岩：高大威武的样子。龙鳞：似龙之鳞。 ㊶ 燎(liáo)：火炬，大烛。垂：向下。景：日光。炎(yàn)：火光。炘(xīn)炘：火焰炽盛的样子。此句意为，宫观装饰华美，高扬其光辉，如火炬照耀；太阳光芒下垂，灿烂夺目。 ㊷ 配：匹对，媲美。帝居：天帝居住的地方。悬

圌：传说中神仙居住的地方。泰壹：天神之尊贵者。　㊸洪台：高大的台子。倔（jué）：通"崛"。特起：突出。掫（zhì）：至，到。北极：北极星。噂噂（zūn）：耸立，高台竦峭的样子。此句意为，大台特然突出，高至北极，耸峭竣秀。　㊹列宿（xiù）：列星。施（yì）：蔓延，延续。在此句中可训为"经历"。荣：屋翼、屋檐两端上翘的部分。今通称飞檐。㭿（yǎng）：中间，中央。桭（chén）：屋宇檐端。此句意为，宫观很高，众星日月都从它的屋檐间经过。　㊺郁律：细小的雷声。岩突：山之深处，这里指宫观的深秘幽静处。倏（shū）忽：疾速，形容时间极短。藩（fān）：篱笆。　㊻魅（mèi）：鬼怪。逮：及。颠：从高处陨坠。这句写楼台屋宇的高峻，即使是神仙鬼怪也不能爬上顶端，爬到中间就要颠坠下来。　㊼历：经过。倒景（yǐng）：即倒影；这是描写宫观之高，过于日月，日月从下往上照，故成倒影。绝：跨过，超越。飞梁：凌空而修建的桥梁。浮：超过。蔑蠓：司蠛（miè）蠓（měng），一种虫子，体小细蚋，群飞如烟雾。此句意为，楼台甚高，日月反射出倒影，越过飞梁，超出天空中的游气而拂于天。　㊽欃（chán）枪：彗星的别名。玄冥：北方水神名。嫖（biāo）阙：赤红色的宫阙。应（yìng）门：宫中正门，在嫖阙之内。　㊾荫：遮蔽，遮盖。西海：西方极远的地方。幽都：北方极远的地方。醴（lǐ）泉，甘美的泉水。汩（yù）：迅疾的样子。生：形成。这句意思是说宫殿很高，遮蔽了西海和幽都，醴泉涌出，水流很急，汇集成河。　㊿蛟龙：即蛟。其体形与传说中的龙相似，所以称为蛟龙。连蜷（quán）：屈曲的样子。厓（yá）：水边或山边。敔圉（yǔ）：盛怒的样子。昆仑：山名，古代传说为神仙居住的地方。这两句用天帝居处昆仑山，左蛟龙，右白虎，象征着甘泉宫楼台的威严。　51览：看。樛（jiū）流：缭绕、曲折的样子。高光：即高光宫。溶：安闲自得。方（páng）皇：同"仿徨"、"彷徨"，徘徊。西清：西厢清静的地方。此句意为，在高光宫环顾周览四方，在清静的西厢堂悠闲自得地徘徊。　52前殿：即正殿。崔巍：高峻的样子。和氏璧：和氏璧。后泛指宝石。玲珑：宝玉碰撞发出的声响。这里形容宝石的颜色光亮鲜明。此句意为，正殿高大雄伟，梁壁上装饰着宝玉，色彩明亮可见。　53炕（kàng）：通"抗"，举起。浮挂：梁上的短柱。因其高，如浮在空中一般，故称浮挂。飞榱（cuī）：椽子，因其凌空而架，有飞动之势，故称。莫莫：晦蔽在暗中。此句意为，甘泉宫屋宇高峻险要，其形危竦，所以不倾，是因为有神在暗处扶持。　54闶（kāng）：门高的样子。阆阆（làng）：高大的样子。寥廓：空旷，辽远，广阔。紫宫：天帝居住的地方，因而帝王的宫殿有时也称紫宫。岑嵚：深邃的样子。此句意为，殿宇高大空旷，就像天神居住的紫宫那样深邃虚静。　55骈：并列。交错：檐栋相连的样子。曼衍：连绵不绝。崼（tuǒ）：李善注引《埤苍》："崼，山长貌。"嶵（zuì）隗（wěi）：犹崔嵬，高峻的样子。婴：环绕。这两句是说，檐栋分布连绵不断，楼台宫观与高峻的山峰相互环绕。　56乘：登。云阁：阁名。蒙笼：分辨不清的样子。掍（hùn）成：天然而形成。掍：同"混"。这句是说，台阁高连云霄，上下蒙笼，与山浑然一体，如同自然生成。　57曳：施，摇荡。飏（yáng）：飞扬。宛延：同"蜿蜒"。流离：同"陆离"，光彩不定的样子。此句意为，宫观甚高，好像光怪陆离、色彩缤纷的云光霞气都在它的身边蜿蜒拖曳和飞扬。　58袭：因袭，继承。琁（xuán）室：用琁玉修饰而成的宫室。相传为夏桀建造的。倾宫：高大巍峨的宫殿。因其高耸，就好像要倾倒一样，所以叫倾宫。相传为商纣王所建。妙远：妙，《文选》卷七作"眇"，向远处仔细看。肃：严肃，谨慎。这句委婉地表达了作者的讽谏之意。《晏子春秋·内篇谏下》曰："夏之衰也，其王桀作为琁室。殷之衰也，其王纣作为倾宫。"　59回猋：回旋的狂风。肆：疾速，放肆。砀（dàng）骇：振荡。砀与"荡"通。披：散乱。桂椒：都是香木名。郁：茂密，草木丛生之处。杝（yí）杨：木名。颜师古注曰："杝，唐棣也。杨，杨树也。"　60芬葧（bó）：芬香馥郁，香气浓盛。穹隆：盛大的样子。击：拍击，拂击。薄栌（lú）：柱上的方木，即斗拱。将：送，及。荣：

屋檐两端上翘的部分，即飞檐。此二句意为，香气浓郁，遍布梁柱和屋檐。 (61) 芗(xiǎng)：通“响”，风吹动树的声音。呹(yì)肸(xī)：散的样子。掍(hùn)：振。根：犹株。骈隐：形容声音气势浩大。历：经过。颜师古注曰：“言风之动树，声响振起众根合，骈隐而盛，历入殿上之钟也。” (62) 徘：开。玉户：用玉装饰的门户。飏：飞扬。金铺：门上用以起衔接作用的金屑环钮。弯穷：香草名。颜师古注曰：“言风之所至，又排门扬铺，击动镬钮，回旋入宫，发奋众芳。” (63) 帷：帷帐。弸(péng)彋(hóng)：风吹动帐帷的声音。拂(pì)汩(yù)：风吹动帷帐的样子。暗暗：幽隐深空的样子。靓(jìng)：通“静”，安详，安静。 (64) 阴阳清浊：指风声的特色，即高低、轻重、缓急等。穆羽相和：穆，变音，羽，正音。变声与正声相应，故曰穆羽相和。夔：传说是舜时的乐官、精通音乐。牙，伯牙，春秋时人，传说以精通鼓琴技艺而著名。 (65) 般：指公输班，又称鲁班。春秋时鲁国人，古代著名的工匠。倕(chuí)：人名，古代的能工巧匠。一说是尧时人，一说是黄帝时的巧人。剞(jī)：雕刻用的曲刀。劂(jué)：刻镂用的曲凿。王尔：古时巧匠。钩绳：工匠用以正曲直的工具。此句意为，甘泉宫的建筑极尽精巧，即使是公输班和工倕这样的能工巧匠，也只能放弃手中的工具，自愧弗如。 (66) 方：并，一起。征侨：仙人名，姓征名伯侨。偓(wò)佺(quán)：仙人名。此句意为，甘泉宫极高，即使是仙人伯侨与偓佺在其上行走，也会因不识其形貌而产生如在梦中的感觉。 (67) 骇：惊骇，诧异。回：回皇，惊疑不定。此句意为，楼台宫观的建筑千变万化，使人耳目惊骇。 (68) 穆(mù)然：犹默然，静思默想的样子。闲：安闼舒适。这句意思是说，天子在珍台闲馆之中静思献想祭祀的事情。 (69) 琁(xuán)题：用玉装饰的椽头。题：榱，椽的头端。玉英：玉的色彩。蜎(yuān)蜎(juàn)蠖(huò)濩(huò)：都是形容皇宫建筑物上雕刻的形状。 (70) 惟：思考，谋划。夫：那，指祭祀的事情。澄心清魂：使心神清静。储精垂恩：储蓄招神，等待赐予的恩惠。储，积蓄。垂，留下。 (71) 逆：迎接。釐(xī 西)：通“禧”，福。三神：天神、地神、人神。这句意思是，用祭招之事感动天地，到三神那儿迎福。 (72) 搜：寻求，选择。逑(qiú)：匹配。索：寻找。偶：配偶。皋(gāo)：即皋陶。传说是舜的良臣，掌管刑狱。伊：即伊尹。商汤的贤臣，曾佐汤讨伐夏桀。冠伦魁能：才能在同辈中居第一。冠、魁，都是首，第一的意思。伦：同类。 (73) 函：包含、容纳。甘棠：《诗经·召南》中的篇名。传说周武王时，召伯巡行至南国，曾在甘棠树下休息。后用作称颂官吏政绩之辞。惠：贤惠。挟(xié)：拥有。东征：指周公东征管叔、蔡叔、武庚，平定天下。意：意图，愿望。 (74) 相与：共同，一起。齐(zhāi)：通“斋”，斋戒。阳灵之宫：祭天的地方。阳灵。本指天神，这里是一宫名。 (75) 靡：压倒铺平。薜(bì)荔(lì)：香草名。琼枝：玉树的枝杈。 (76) 噏(xī)：同“吸”。流瑕：即流霞，天空中飘动的红色云彩。若木：神话中的树名，太阳落在它生长的地方。露英：花叶之上的露珠。 (77) 礼神：祭神。礼：祭神以求福。颂祇(qí)：作歌颂扬地神。祇，地神。囿(yòu)、堂：都是祭神的地方。 (78) 旓(shāo)：旌旗上的飘带。昭：光明。华(huá)覆：华盖。指车子。威威：形容车子羽饰的鲜明艳丽。 (79) 琁玑：北斗七星。游目：向四面八方眺望。三危：山名，在敦煌东南。此处似应指神话中的仙山。 (80) 东阬(gāng)：东冈。阬，通“冈”，丘陵。肆：纵。玉轪(dài)：用玉装饰的车轴头，其形状外方内圆。 (81) 漂：浮。龙渊：古人所说的藏龙的地方，实指深潭。还(xuán)：旋转，环绕。九垠：九重。此句意为，飘浮于龙渊之中，绕九重之下，窥地底后而返。 (82) 傱(sǒng)傱：风疾行的样子。扶辖(xiá)：即扶毂，推动车子前进。鸾凤：古代传说中的两种瑞鸟。蕤：古代车子上下垂的装饰物。 (83) 梁：桥梁，这里用作动词，架设桥梁，引申为渡过。弱水：传说中的水名，在昆仑山下。今甘肃河西走廊也有弱水。濎(tìng)濴(yíng)：细水流动的样子。蹑：履，攀登。不周：即不周山，神话传说中的山名。逶蛇(yí)：长而曲折的样子。 (84) 西王母：神话传说中的女神，参阅《山海经》等书。屏、却:都是屏退、排除的意思。玉女:神女,也指美女。宓妃:传说中的洛水神女名。
⑧亡:通"无"。眺:向远处望。清卢:清亮的瞳眸。蛾眉:女子细长而美丽的眉毛,因其弯曲
细长如蚕蛾的触须,故称蛾眉。 ⑧方:应当。揽:摄取,酌取。精刚:精微刚毅。侔(móu):
通"牟",效法。 ⑧钦:恭敬、钦敬。柴(chái):即柴祭,古代祭祀之一,即烧柴祭天。宗:尊
崇。祈:祈求。燎(liáo):古祭名,焚柴祭祀上天。招繇、泰一:都是天神名。 ⑧洪颐(yí):
旗帜的名称。 ⑧樵蒸:木柴。樵,粗大的木柴。蒸,细小的木柴。焜(kūn):明亮。配藜:犹
披离,火光四散的样子。 ⑨沧海:东海的别称。流沙:西部极远的沙漠地区。 ⑨爌
(huǎng):明亮,照明。炀(yàng):烘烤。丹崖:丹水边上;丹水,河名。 ⑨玄瓒(zàn):用黑
色玉石装饰起来的酒器。觩(ciú)鏐(liú):弯曲的样子。秬(jù)鬯(chàng):祭祀时灌地所用的
酒。泔(hàn)淡:满的意思。 ⑨肸(xī)向:散布,弥漫。丰融:丰富繁盛的样子。懿(yì):美
好。此句意为,秬鬯酒味醇美.芳香弥漫。 ⑨熛(biāo):火焰。訑:动摇,移动。硕:大。
麟:古代传说中的吉祥动物。 ⑨巫咸:古代传说中神巫的名字。帝阍(hūn):天门。天庭:
神话中尊贵之神泰壹居住的地方。延:延请。 ⑨傧(bìn):引导,迎接宾客。暗蔼:神很多
的样子。清坛:清洁的祭坛。瑞:吉祥。穰(rǎng)穰:很多。委:堆积。此句意为,神灵众多。
⑨度:过。三峦:观名,即封峦观,在甘泉宫中。偈(qì):通"憩",休息。棠黎:即棠黎观,在甘
泉宫中。 ⑨天阃(kǔn):天门。阃,门槛。决:开。八荒:四面八方的荒远之地。协:和睦。
谐:调和,和合。 ⑨长平:即长平坂,在泾水上。硠(kē):鼓的声音。天声:天雷之声。这里
指鼓声。厉:勇猛,毫不畏惧。 ⑩滂(pāng)沛(pèi):大雨的样子。于:发语词。胥:互相,
都。丽:华美。 ⑩乱:古代乐曲的最后一章叫乱。崇崇:高大的样子。圜(yuán)丘:祭天
的大坛。隆:高。隐:遮蔽。此句意为:祭坛甚高,遮住了青天。 ⑩崭(lǐ)嵬(yǐ):曲折绵延
的样子。单(chán):广阔宽旷的样子。埢(quán)垣(yuán):弯弯曲曲的围墙。 ⑩增宫:指
宫殿重重叠叠。参差:高低不齐。嵯(cuó)峨(é):高峻的样子。 ⑩岭嶾(yíng):形容宫观
深邃峭拔。嶙峋:形容突兀而起的样子。洞:深。 ⑩繛:读"载",事情。杳:高远。旭卉
(huì):明暗。 ⑩穆穆:形容圣皇的仪表威严盛美。信:确实。对:匹。 ⑩倈:同"来"。
郊禋(yīn):到郊外燃烟祭祀天神。 ⑩遟(xī)迟:又作"迟迟",游息。 ⑩辉光:神的光辉。
眩耀:同:"炫耀",光彩耀眼。隆:大。厥:其。 ⑩亡极:没有穷尽。

　　扬雄原先极喜爱、崇拜其前辈乡贤司马相如的赋作并以之作为自己的范本:
"先是时,蜀有司马相如,作赋甚弘丽温雅,(扬)雄心壮之,每作赋,常拟之以为
式。"(《汉书·扬雄传》)他四十二岁离开蜀郡北游京都长安,"待诏承明殿",岁
余,为汉成帝创作《甘泉赋》《长杨赋》等四大赋,也正持这种观点:"孝成帝时,客
有荐(扬)雄文似相如者,上方郊祀甘泉泰畤、汾阴后土,以求继嗣,召雄待诏承明
之庭……"这一年——元延二年(前11),扬雄一口气给汉成帝献上了著名的四
大赋,包括我们赏析的《甘泉赋》和《长杨赋》。

　　在这里,我们对司马相如赋的"弘丽温雅"有必要加以剖析。其实,相如与效
法他赋风的扬雄的赋作,早已远远超过"弘丽温雅"(即宽宏清丽、温和高雅)的界
限,正如《汉书·艺文志》所揭示的"汉兴,枚乘、司马相如,下及扬子云(扬雄字),
竞为侈丽闳衍之词,没其风喻之义,是以扬子(指扬雄)悔之"。事实也正如此,扬

雄事后也承认:"(扬)雄以为赋者,将以风也,必推类而言,极丽靡之辞,闳侈钜衍,竞于使人不能加也,既乃归之于正,然览者已过矣。往时武帝好神仙,(司马)相如上《大人赋》欲以风,帝反飘飘有凌云之志。由是言之,赋劝而不止明矣。又颇似俳优淳于髡、优孟之徒,非法度所存……于是辍不复为。"(《汉书·扬雄传》)也就是说他们的"极丽靡之辞",且"闳侈钜衍"的大赋,已经起不到讽谏的作用,反而令皇帝读之非常受用,"飘飘然有凌云之志",从而违背了作赋的初衷。

扬雄著名的四大赋正是同司马相如《大人赋》《天子游猎赋》(即所谓《子虚赋》和《上林赋》)一脉相承。且看《甘泉赋》描绘汉成帝到甘泉宫祭祀天地神灵的气派:"于是乃命群僚,历吉日,协灵辰,星陈而天行。""八神奔而警跸兮……蚩尤之伦带干将而秉玉戚。"成帝出行是何等兴师动众,何等豪华靡费! 甚至连天兵天将都被调动起来,大家都聚精会神地维护他。

接下来是汉成帝郊游的地点——甘泉宫。由于甘泉宫耸峙云天,气派非凡,所以郊祭队伍远远就望见它:"是时未轃夫甘泉也,乃望通天之绎绎。下阴潜以惨廪兮,上洪纷而相错……仰挢首以高视兮,目冥眴而亡见。正浏滥以弘惝兮,指东西之漫漫;徒回回以惶惶兮,魂固眇眇而昏乱。"甘泉宫抬头望不到边,令人感到头昏目眩。

下面写到"洪台"、甘泉宫祭祀泰一的祭台:

"洪台掘其独出兮,撠北极之嶟嶟,列宿乃施于上荣兮,日月才经于柍桭。雷郁律而岩突兮,电倏忽于墙藩,鬼魅不能自逮兮,半长途而下颠;历倒景而绝梁兮,浮蔑蠓而蔽天。"这里极写祭台的高大,它高接北极,众星点缀在它的屋檐下,日月从它的屋檐经过,雷电在它的墙根滚动,鬼魅攀登到中途就纷纷跌下来……至于甘泉宫本身的豪华气势,更令人叹为观止。它大得简直看不清东西南北的界限。宫中点缀着青翠的玉树,洁白的犀牛。地下喷涌出甘泉,汇成小河,在宫中蜿蜒流淌。正殿高大巍峨,屋梁和宫墙用玉石点缀得明亮闪闪。斗拱和屋檐高高在上,令人望上去头昏目眩。整个宫殿就像天神居住的紫薇宫一样,即便鲁班、工倕、王尔等能工巧匠,看到这些建筑也要发出惊奇和感叹!

扬雄最后甚至直呼:甘泉宫真是步夏桀建造琁室纣王建造倾宫的后尘,危险的深渊就在眼前。

扬雄为什么要这样写、敢这样写呢?《汉书·扬雄传》说:"甘泉本因秦离宫,既奢泰,而(汉)武帝复增通天、高光、迎风,宫外近则洪崖……远则石关……游观屈奇瑰伟,非木摩而不雕,墙涂而不画……且为其已久矣,非成帝所造,欲谏则非时，欲默则不能已，故遂推而隆之，乃上比于帝室紫宫，若曰：‘此非人力所能为，党鬼神可也。’”也就是在汉成帝面前，极写甘泉宫的奢华逾制，以至夏桀商纣招来杀身之祸，希望汉成帝从中吸取教训，猛醒过来。但汉成帝已经沉浸在扬雄生花妙笔的铺张夸饰中，热衷于眼前宫殿的嵯峨瑰玮，哪里还会理会甘泉宫的奢华逾制及大厦将倾的警示。他对扬雄的作赋目的无动于衷，以致扬雄十分失望。所以扬雄晚年就不再写赋，而转向模仿，仿《论语》作《法言》，仿《周易》作《太玄》，仿《仓颉》作《训纂》。扬雄改变自己的创作方向，是得还是失？当时肯定态度似占绝对优势。当时大司空王邑等问桓谭：扬雄书能不能传世，桓谭说：“必传。”“今扬子之书文义至深，而论不诡于圣人，若使遭遇时君，更阅贤知，为所称善则，必度越诸子矣。”（《汉书·扬雄传》）桓谭的吹捧过分了。笔者以为：扬雄辞赋华丽的文采、虚构夸张的浪漫主义夸张的手法，对中国早期文学的贡献倒值得肯定的。扬雄写作方向转变是走回头路。至于他吹捧王莽篡位所作《剧秦美新》，及惧怕王莽追捕而跳楼，屡为人所讥，其实不必过责。

（龚克昌）

长 杨 赋 并序　　　　　扬 雄

明年①，上将大夸胡人以多禽兽②。秋，命右扶风发民入南山③，西自褒斜，东至弘农，南驱汉中④，张罗罔罝罘，捕熊罴、豪猪、虎豹、狖玃、狐菟、麋鹿，载以槛车，输长杨射熊馆⑤。以罔为周阹，纵禽兽其中，令胡人手搏之，自取其获，上亲临观焉⑥。是时，农民不得收敛⑦。雄从至射熊馆，还，上《长杨赋》，聊因笔墨之成文章，故藉翰林以为主人，子墨为客卿以风⑧。其辞曰：

子墨客卿问于翰林主人曰：“盖闻圣主之养民也⑨，仁沾而恩洽，动不为身⑩。今年猎长杨，先命右扶风，左太华而右褒斜，椓嶻嶭而为弋，纡南山以为罝⑪，罗千乘于林莽，列万骑于山隅⑫，帅军踤阹，锡戎获胡⑬。搤熊罴，拕豪猪，木雍枪累，以为储胥，此天下之穷览极观也⑭。虽然⑮，亦颇扰于农民。三旬有余，其𪎭至矣，而功不图⑯，恐不识者，外之则以为娱乐之游，内之则不以为乾豆之事⑰，岂为民乎哉！且人君以玄默为神，澹泊为德⑱，今乐远出以露威灵，数摇动以罢车甲⑲，本非人主之急务也，蒙窃或焉⑳。"

翰林主人曰："吁，客何谓之兹邪㉑！若客，所谓知其一未睹其二，见其外不识其内者也㉒。仆尝倦谈，不能一二其详㉓，请略举凡，而客自览其切焉㉔！"客曰："唯，唯。"

主人曰："昔有强秦，封豕其士，窦窳其民㉕，凿齿之徒相与摩牙而争之㉖，豪俊麋沸云扰，群黎为之不康㉗，于是上帝眷顾高祖㉘，高祖奉命，顺斗极，运天关，横钜海，票昆仑㉙，提剑而叱之，所麾城撕邑，下将降旗，一日之战，不可殚记㉚。当此之勤，头蓬不暇疏，饥不及餐㉛，鞮鍪生虮虱，介胄被沾汗，以为万姓请命乎皇天㉜。乃展民之所诎，振民之所乏，规亿载，恢帝业，七年之闲而天下密如也㉞。

逮至圣文，随风乘流，方垂意于至宁㉟，躬服节俭，绨衣不敝，革鞜不穿，大夏不居，木器无文㊱。于是后宫贱瑇瑁而疏珠玑㊲，却翡翠之饰，除彫琢之巧㊳，恶丽靡而不近，斥芬芳而不御㊴，抑止丝竹晏衍之乐，憎闻郑卫幼眇之声㊵，是以玉衡正而太阶平也㊶。

其后熏鬻作虐，东夷横畔，羌戎睚眦，闽越相乱㊷，遐萌为之不安，中国蒙被其难㊸。于是圣武勃怒，爰整其旅㊹，乃命骠、卫，汾沄沸渭，云合电发，焱腾波流，机骇蜂轶㊺，疾如奔星，击如震霆㊻，砰轒辒，破穹庐，脑沙幕，髓余吾㊼，遂猎乎王廷，驱橐它，烧煴蠢，分梨单于，磔裂属国㊽，夷阬谷，拔卤莽，刊山石㊾，蹂尸舆厮，系累老弱㊿，甒锭瘢者、金镞淫夷者数十万人。皆稽颡树颌，扶服蛾伏(51)，二十余年矣，尚不敢惕息(52)。夫天兵四临，幽都先加(53)，回戈邪指，南越相夷(54)，靡节西征，羌僰东驰(55)。是以遐方疏俗，殊邻绝党之域(56)，自上仁所不化，茂德所不绥(57)，莫不跂足抗首，请献厥珍(58)，使海内澹然，永亡边城之灾，金革之患(59)。

今朝廷纯仁，遵道显义，并包书林，圣风云靡(60)；英华沈浮，洋溢八区(61)，普天所覆，莫不沾濡(62)；士有不谈王道者，则樵夫笑之㊿。故意者以为事罔隆而不杀,物靡盛而不亏㊱,故平不肆险,安不忘危㊲。乃时以有年出兵,整舆竦戎㊳,振师五柞,习马长杨㊴,简力狡兽,校武票禽㊵,乃萃然登南山,瞰乌弋㊶,西厌月𰒰,东震日域㊷。又恐后世迷于一时之事,常以此取国家之大务,淫荒田猎,陵夷而不御也㊸,是以车不安轫,日未靡旃,从者彷佛,骫属而还㊹;亦所以奉太宗之烈,遵文武之度㊺,复三王之田,反五帝之虞㊻;使农不辍耰,工不下机,婚姻以时,男女莫违㊼;出凯弟,行简易,矜劬劳,休力役㊽;见百年,存孤弱,帅与之同苦乐㊾。然后陈钟鼓之乐,鸣鞀磬之和,建碣磍之虞㊿,拮隔鸣球,掉八列之舞㉑;酌允铄,肴乐胥,听庙中之雍雍,受神人之福祜㉒;歌投《颂》,吹合《雅》㉓。其勤若此,故真神之所劳也㉔。方将俟元符,以禅梁甫之基,增泰山之高㉕,延光于将来,比荣乎往号㉖,岂徒欲淫览浮观,驰骋秔稻之地,周流梨栗之林㉗,蹂践刍荛,夸诩众庶,盛狃獲之收,多麋鹿之获哉㉘!且盲不见咫尺,而离娄烛千里之隅㉙;客徒爱胡人之获我禽兽,曾不知我亦已获其王侯㉚。"

言未卒,墨客降席,再拜稽首曰㉛:"大哉体乎!允非小人之所能及也,乃今日发蒙,廓然已昭矣㉜!"

〔注〕 ① 明年:即元延二年,公元前11年。 ② 上:指汉成帝。夸:炫耀。胡人:我国古代对北方及西域各族的称呼。 ③ 右扶风:汉郡名。与京兆、左冯翊同为三辅,故地在今陕西西安西。发:派遣。南山:终南山,在今陕西西安市南。 ④ 褒斜:也称褒斜道、褒斜谷。其地在今陕西西南,旧时为川陕交通要道。弘农:汉郡名,故址在今河南、陕西一带。汉中:郡县名,在今陕西汉中市。 ⑤ 张:设。罝(jū)罘(fú):捕兽用的网。罴:一种野兽,俗称人熊。豪猪:啮齿类哺乳动物,毛如尖刺,长者尺许,又称箭猪。狖(yòu):长尾狼。玃(jué):大猴,长臂善捕。麋(mí):鹿类动物。槛车:装载犯人或猛兽的有栅栏的车。长杨:宫名,在今陕西周至县东南,因宫有长杨树而得名。射熊馆:汉代别馆,在长杨宫内,是帝王游猎之处。 ⑥ 陆(qū):围猎野兽的圈。 ⑦ 收敛:收藏,指秋季农民收获农作物。 ⑧ 藉(jiè):假设之辞,假借。翰林:文翰之林,形容文翰之多,犹如树林。风:通"讽",规劝。 ⑨ 养民:教养百姓。 ⑩ 沾:润泽,滋润。洽:沾润。动不为身:一举一动不为自己,言忧虑百姓。身,自身。 ⑪ 太华:即西岳华山,在今陕西省渭南市东南。椓(zhuó):敲击。巀(jié)嶭(niè):山名,又称嵯峨山,在今陕西的泾阳、三原、淳化三县交界处。弋:木桩子。纡:弯曲。这句极言游猎范围之广。 ⑫ 罗:列。乘:车。莽:草木丛生之地。骑(jì):骑兵。隅:角落。 ⑬ 帅:同"率",带领。踔(zú):踢。锡:通"赐",赐给。戎、胡:我国古代泛指北方及西域的少

数民族。　⑭ 搤：同"扼"，捉住。挖：拉、拽。木雍枪累：连结竹木做栅栏。雍：聚集。累：堆积。储胥：栅栏或篱笆之类。　⑮ 虽然：即使这样。　⑯ 廑：古"勤"字，勤劳。至：极。功：劳绩。图：谋划，谋取。　⑰ 乾（gān）豆：古代祭祀时把干肉放在祭器中祭祀天地和祖先。乾：干肉。豆：祭器。　⑱ 玄默：幽玄沉默。澹泊：安详宁静。　⑲ 乐：以……为乐。露：暴露。威灵：声威。数（shuò）：多次，屡次。罢：通"疲"。车甲：战车和盔甲；借指士兵。⑳ 蒙：受蒙蔽。窃：私下。或：通"惑"，迷惑。　㉑ 谓：说。兹：此。　㉒ 睹：看见。这句谓客不能详知此事。　㉓ 尝：曾经。倦：疲倦。　㉔ 凡：大概。览：观。切：要领。　㉕ 封豕（shǐ）：大猪。常用以比喻贪暴者，这里指强秦。窫（yà）窳（yǔ）：一种食人的野兽，后用以比喻暴虐残害。　㉖ 凿齿：古代传说中的野人，齿长五尺，食人。摩牙：磨牙使之锋利。摩，通"磨"。　㉗ 縻沸：如縻之沸，喻局势动荡不安。云扰：纷乱如云。群黎：百姓。康：安宁。㉘ 眷顾：垂爱关注。高祖：指刘邦。　㉙ 顺：顺应。斗极：北斗星与北极星。天关：一名北辰，即北极星。横：渡。票：通"漂"，摇荡。昆仑：山名。　㉚ 叱：大声呼喝。麾：同"挥"，招手。撕（shàn）：攻取，芟除。下：使之下。殚：尽。　㉛ 勤：劳苦。蓬：乱纷如蓬。暇：空闲。疏：同"梳"，梳理。　㉜ 鞮（dī）鍪（móu）：头盔。介胄：披盔带甲。　㉝ 展：伸展，放开。振：同"赈"，救济。乏：缺乏。　㉞ 规：谋划。恢：广大。密如：安静的样子。　㉟ 逮：及。圣：贤明的。文：汉文帝。随风乘流：顺从高祖之遗风。　㊱ 躬：亲自。服：实行。绨（tí）：质地粗厚、平滑而有光泽的丝织品。不敝：不以为敝，不穿破而已。鞜（tà）：皮鞋。文：花纹。㊲ 贱：轻视。瑇（dài）瑁（mào）：形状似龟的爬行动物，甲壳可作装饰品。琉：远离。玑：不圆的或小的珠子。　㊳ 却：除去。翡翠：美石，也称硬玉。彫：同"雕"。　㊴ 恶：讨厌。丽靡：华美，华奢。近：亲近。斥：排斥。芬芳：香气。御：进用。　㊵ 抑：遏止。丝竹：弦乐器和竹管乐器。晏衎：安逸闲雅之乐。憎：厌恶。闻：听。幼（yào）眇：微妙曲折。古人多认为郑卫之乐系邪淫之乐。　㊶ 玉衡：北斗第五星。太阶：三阶星名。　㊷ 其后：指汉武帝时期。熏鬻：匈奴的本名。作虐：指匈奴侵害汉朝边境。东夷：古代汉族对东方诸族的称呼。横畔：纵横叛乱。畔，同"叛"。羌：我国古代西部的少数民族。戎：指我国古代西部的少数民族。眶眦：怒目而视的样子。　㊸ 退萌（méng）：远方的民众。退，远。萌，通"氓"，百姓。蒙被：遭受。　㊹ 圣武：指汉武帝。爰：于是。整：整饬。旅：军队。　㊺ 骠：骠骑将军，这里指霍去病。卫：大将军卫青。汾沄：盛大的样子。沸谓：震动奋发的样子。云合电发：如云合拢，如雷电霆击，形容迅疾。猋：疾风，旋风。腾：升举。机骇：如机之骇，言弩发箭如惊骇而出，喻急速。蜂轶：如蜂聚群而过，亦喻急连。轶，经过。　㊻ 震：雷击。霆：疾雷之声。　㊼ 砰：撞击之声。轒（fén）辒（wēn）：攻城车，亦言匈奴的战车。穹庐：匈奴人居住的毡帐。脑沙幕：破其头颅，使脑浆涂沙漠。髓余（xú）吾：折其骨，使其骨髓流入余吾之水。余吾：古代水名，为汉时南北交通之要道。　㊽ 猎：狩猎，一日践踏。王廷：匈奴王的朝廷。橐它：即骆驼。熐（mì）蠡：干酪。分勢（lí）：分割。单于：匈奴王号。磔裂：分裂。磔（zhé），破。　㊾ 夷：平。卤莽：草莽之地，荒草丛。卤，碱地。刊：削平。　㊿ 蹂：践踏。舆厮：对厮投之徒，用车轮辗压。厮，厮役，厮徒，古时称干粗活的奴隶。累：系。　51 兖（yǎn）：括，箭的末梢，代指箭。镵（chán）：铁把的小矛。瘢耆：马背上的疮瘢。镞（zú）：箭头。淫：过分。夷：伤。稽（qǐ）颡（sǎng）：叩头至地。颡，额头。树：竖立，向上。颔（hàn）：下巴。扶（pú）服：匍匐。蛾（yǐ）伏：如蚁之蛰伏。　52 惕息：因恐惧而不敢喘息。　53 天兵：汉兵，言兵威之盛如天。幽都：北方匈奴所居之处。　54 戈：兵器，此指军队。南越：今广东、广西一带。夷：平，灭。　55 靡节：按节，持节。节，符信。征：讨伐。羌：我国古代西部的少数民族。僰（bó）：我国古代西南一带的少数民族。东驰：向东奔驰投入汉朝。　⑤⑥退：远。疏俗：远方的风俗。殊邻：与汉地不同的邻邑。绝：远。党：古代的地方基层单位。域：区域。　⑤⑦上仁：圣上的仁义之德。化：教化。茂德：优美繁盛之德。绥：安。跷：举。抗：举起。　⑤⑨澹然：安宁的样子。金革：兵器与铠甲，借指战争。　⑥⑩纯仁：清纯仁义。包：包括。书林：书学之林。喻读书者极多。圣风：圣人之风。云靡：如云一般分散。　⑥①英华：原指草木之美，比喻帝王品德。沈浮：指帝德很多，且轻重适中。洋溢：盈满，充满。八区：八方之区。　⑥②普：遍。沾濡：浸润，多指恩泽所及。　⑥③王道：先王所行之正道，即儒家的仁义之道。樵夫：打柴的人。⑥④意者：表示测度。罔：无。隆：繁盛。杀：衰败。亏：减损。　⑥⑤险：危险之心，指谨慎。　⑥⑥时：有时，不常。整：整备。舆：车，指战车。竦：通"悚"，怂恿，劝说，勉励。戎：军队。　⑥⑦振：整备。师：师旅。五柞：五柞官，在今陕西省周至县。　⑥⑧简：检验。狡兽：健兽。校：考校。票：疾，轻捷。　⑥⑨萃：集合。瞰：俯视。乌弋：西域国名，在长安以西。⑦⑩厌：服，使臣服。月窟(kū)：即月窟，月入之处。震：震惧。日域：日出之处。　⑦①陵夷：衰落。御：禁止。　⑦②安：息。轫：支架车子的木头。靡旃：移动旌旗的影子。仿佛：仿佛之间，形容时间短暂。觖属：弯曲相连。觖：通"委"。　⑦③奉：承奉。太宗：指高祖。烈：功业。文武：文帝和武帝。度：规矩，法度。　⑦④复：反归。虞：掌管山泽的官。这句是指，让山川林泽复归之，使得其所。　⑦⑤辍：停止。耰(yōu)：古代用以碎土平田的农具。工：女工。以：按照。时：时节。　⑦⑥出：出门在外。凯弟：和乐简易。行：旅行。矜：怜悯。　⑦⑦见：仪显现。百年：长寿之人。存：恤，慰问。　⑦⑧陈：摆列。鼗(táo)：同"鼗"，古代有柄的小鼓。磬：古代以金、石等为材料制成的彤状如矩的乐器。和：乐器。建：树立。碣(yà)碬(xiá)之虡(jù)：上刻猛兽形状的木架。碬碬：猛兽发威的样子。虡：悬挂编钟或编磬的木架。　⑦⑨拮(jiá)隔：李善注《文选》作"戛击"，抚弄，击打。隔，古文作"击"。球：一种乐器。捭：动。八列：八行。　⑧⑩酌：以……为酒。允：诚信。铄：美好。乐：礼乐。胥：语助词。雍雍：和谐的样子。祜(hù)：福，恩泽。　③①投：相投。合：相合。　⑧②勤：勤苦。真：确实。劳：犒劳。③③方：正要。俟：等待。元符：大瑞之符。元，大。符，符瑞，祥瑞的征兆。梁甫：亭山脚下的一座小山，在今新泰市西。基：底。　⑧④延：推延。光：光辉。荣：荣华。往号：往昔之号。⑧⑤岂：难道。徒：只是。淫：过分地。浮：过分。秔：稻类植物。周流：周转流行各地。⑧⑥踩：践踏。刍荛：割草打柴的人。这里指草地。诩：自夸。众庶：众多，指百姓。盛：以……为多。收：收获。　⑧⑦咫：古代八寸为咫。离娄：人名，古之明目者。烛：照耀。隅：角落。　⑧⑧曾：殊。获其王侯：使其王侯入朝，故谓之"获其王侯"。⑧⑨卒：最终。降：离。⑨⑩体：法则，治国的大体。发：除去。蒙：愚昧无知。廓然：广大的样子。昭：明。

　　《长杨赋》写作的目的性十分明显。元延二年（前11）冬，汉成帝将向胡人夸耀皇家长阳猛兽园里畜养野兽之繁多猛戾，提前于这一年秋天，不顾农民秋收的繁忙和捕猎野兽的危险，命令他们放下手中农活，放弃到手的庄稼，进入数百里长的南山（指终南山，也即秦岭北岳）去与猛兽搏斗，把猛兽抓来放于长阳兽园中，让胡人进入兽园中，并"目取其获"。而成帝自然要踌躇满志地"亲临观焉"。对此，子墨客卿不满地反问这种行为"岂为民乎哉！"

　　汉成帝的扰民害民本来已十分明显。但作者却安排一个所谓翰林主人站出来替成帝辩护，让翰林主人讲一大通道理。无非说国家安危最重要该用武攻就用武攻,该用文治就用文治。如汉高祖刘邦就是用武力消灭暴秦。文帝、景帝就用文治致国家太平。现在汉成帝时代虽然天下太平,但"事罔隆而不杀,物靡盛而不亏,故平不肆险,安不忘危"。所以现在成帝要出兵,"整舆竦戎,振师五柞,习马长杨"。翰林主人还说:"客徒爱胡人之获我禽兽,曾不知我已获其王侯。"总而言之,在翰林主人的心目中,汉成帝是时时把帝国的安危挂在心上的,即使让胡人入兽圈捕抓野兽取乐,亦是如此。

其实汉成帝是一个没有什么作为的帝王。《汉书·成帝纪》说:"遭世承平,上下和睦。然湛(耽)于酒色。赵氏(指皇后赵飞燕父女)乱内,外家(指王莽等)擅朝,言之可为於邑。建始(汉成帝年号,前32年)以来,王氏(指王莽)始执国命,哀(帝)平(帝)短祚(一共才十一年),(王)莽遂篡位,盖其威福所由来者渐矣!"成帝可以说是断送西汉王朝的罪魁祸首,扬雄的《长杨赋》为其荒淫无能行径辩护是徒劳的。由此可见,从司马相如起,直至扬雄等等,在赋篇描写中采取"推而隆之"(即在辞赋描写中把帝王荒淫奢侈行径推向极致的手法)希冀以此让帝王猛醒过来改掉错误的手法,其作用是微乎其微的。不过"推而隆之"手法,往往引导出汉赋华丽辞采和虚构夸张,这对早期中国文学史的贡献,确实是毋庸置疑的。现在许多学者把文学的自觉时代推前到西汉辞赋创作时期,就是看中司马相如、扬雄等赋篇中表现出来的异乎前代的辞采和表现手法。

(龚克昌)

【作者小传】

班婕妤

名不详,楼烦(今山西宁武附近)人,班固祖姑。少有才学,成帝时被选入宫,立为婕妤。作品今存《自悼赋》《捣素赋》《怨歌行》三篇,写她在宫中的苦闷心情。《怨歌行》见《文选》,亦称《团扇歌》,后人或疑为伪托。原有集,已散佚。

自 悼 赋　　　　　　　　　班婕妤

承祖考之遗德兮,何性命之淑灵①。登薄躯于宫阙兮,充下陈于后庭②。蒙圣皇之渥惠兮,当日月之盛明③。扬光烈之翕赫兮,奉隆宠于增成④。既过幸于百位兮,窃庶几乎嘉时⑤。

每寤寐而累息兮，申佩离以自思⑥。陈女图以镜监兮，顾女史而问《诗》⑦。悲晨妇之作戒兮，哀褒阎之为邮⑧。美皇英之女虞兮，荣任姒之母周⑨。虽遇陋其靡及兮，敢舍心而忘兹⑩。历年岁而悼惧兮，闵蕃华之不滋⑪。痛阳禄与柘馆兮，仍褵褓而离灾⑫。岂妄人之殃咎兮，将天命之不可求⑬。

白日忽已移光兮，遂晻莫而昧幽⑭。犹被覆载之厚德兮，不废捐于罪邮⑮。奉共养于东宫兮，托长信之末流⑯。共洒扫于帷幄兮，永终死以为期⑰。愿归骨于山足兮，依松柏之余休⑱。

重曰⑲：潜玄宫兮幽以清，应门闭兮禁闼扃⑳。华殿尘兮玉阶落，中庭萋兮绿草生㉑。广室阴兮帷幄暗，房栊虚兮风泠泠㉒。感帷裳兮发红罗。纷绤缭兮纨素声㉓。神眇眇兮密靓处，君不御兮谁为荣㉔。俯视兮丹墀，思君兮履綦㉕，仰视兮云屋，双涕兮横流㉖。顾左右兮和颜，酌羽觞兮销忧㉗。惟人生兮一世，忽一过兮若浮㉘。已独享兮高明，处生民兮极休㉙。勉虞精兮极乐，与福禄兮无期㉚。《绿衣》兮《白华》，自古兮有之㉛。

〔注〕①祖考：指先祖及已故的父亲。据《汉书·叙传》载：班婕好祖父班回，曾以秀才为长子(今山西省长子县)县令；父亲班况，曾为左曹越骑校尉。何：通"荷"，接受。性命之淑灵：指天性中的美好质量。淑·善。灵·美。②薄躯：微薄的身躯。宫阙：指皇帝的宫殿。充·充任。下陈：古代宾主相见，礼物陈与堂下。此处用指嫔妃。后庭：即后宫，嫔妃所居之处。③圣皇：指汉成帝。渥惠：丰厚的恩惠。当日月之盛名：指遇到像日月在天一样极为清明的时代。④扬：发扬。光烈：光明。翕(xī)赫：明亮的样子。隆宠：指皇帝的宠爱。增成：后宫中的馆舍名，作者初为婕好时所居。⑤过幸于非位：指得到自己所不应得的宠幸。窃：暗自。庶几：副词，有希望的意思。⑥寤寐：犹梦寐。累息：反复叹息。申：拿出。佩离：妇女出嫁时的佩巾，由父母亲给结上，结时作一些临时告诫。离：通"缡"。⑦陈：陈列。女图：古代教育妇女的图画，其内容是关于历史上各类妇女的故事。镜监：借鉴的意思。监：通"鉴"。女史：后宫中官名，负责典籍文书等事。诗：指《诗经》，其中有关于天子后妃的记载。⑧晨妇之作戒：《尚书·牧誓》中有"牝鸡无晨。牝鸡之晨，惟家之索"。用母鸡司晨比喻妇女干预国政，认为那样会使国家灭亡。褒阎：指褒姒。阎：通"艳"，美艳之妻。《诗经·小雅·十月之交》有"艳妻煽方处"的话，斥责褒姒恃宠擅权，给国家人民带来灾难。邮：通"尤"，指罪过。⑨皇英：指娥皇和女英。相传二人是唐尧的女儿，后为虞舜之妃。女(nǜ)：嫁。虞：指虞舜。荣：以……为荣。任姒：指周文王之母太任和周武王之母太姒。母周：为周王之母。⑩靡

及：不及。舍心：放弃心愿。兹：此，指皇娥、女英、太任、太姒的事情。　⑪ 历年岁而悼惧：恐惧岁年过去。闵：伤痛。蕃华之不滋：指容颜衰老。蕃：通"繁"。滋：滋盛。　⑫ 阳禄、柘馆：离宫中的馆舍名，班婕妤曾在此二次生子，但都未存活。仍：多次。襁（qiǎng）褓（bǎo）：包裹婴儿的布。此处指生子。离灾：遭灾，指子死事。　⑬ 妾人：作者自称。殃咎：以罪过而受处罚。将：或许的意思。　⑭ 移光：转移光影，指日近黄昏。晻莫：日光暗淡。莫，"暮"的本字。　⑮ 被：承受。覆载之厚德：此处比喻君王像上天无所不覆，像大地无所不载的深厚恩德。废捐：废弃。罪邮：罪过。两句说自己承受君的深厚恩德，没有因为有罪过而被废弃。　⑯ 共养：奉养。共：通"供"。东宫：太后居住之地，此为长信宫。托：依。长信：即长信宫。末流：指太后侍女中末等的。此是作者侍奉太后的委婉说法。　⑰ 共：同"恭"。帷幄：指居室内。永：长。终死：至死。期：期限。两句大意说自己将终生侍奉太后。　⑱ 山足：指坟陵之下。休：树荫。　⑲ 重：重辞，辞赋中常用的形式，在一段意思基本结束后，如果意犹未尽，则用以进一步抒情。　⑳ 潜：潜居。玄宫：深宫。应门：指宫殿正门。禁闼（tà）：宫中之门。闼：小门。扃（jiōng）：本义为门闩，此处为关闭的意思。　㉑ 华殿：装饰华美的殿堂。尘：落满灰尘。菭（tái）：青苔。中庭：庭院中。萋：草茂盛的样子。　㉒ 房栊（lóng）：指窗户上的棂木。泠泠（líng）：清冷、凄清的样子。　㉓ 感：通"撼"，动摇。帷裳：即帷帐。缤（cuì）綵（cài）：丝织品的摩擦声。纨素：白色丝织物。红罗、纨素皆指帷帐。　㉔ 眇眇：遥远的样子。密靓：通"谧静"。御：用。　㉕ 丹墀（chí）：涂成红色的宫殿地面。履：鞋。綦：鞋底的装饰。两句大意说看到宫殿的地面，就想到君主的足迹。　㉖ 云屋：高屋。双涕：双泪。　㉗ 左右：指身边的侍从。和颜：容颜和悦。酌：饮酒。羽觞：饮酒用的器皿，形状像雀，有头、尾、羽翼。　㉘ 惟：思。两句说想到人生一世，很快过去，如飘浮一样。　㉙ 享：遇。高明：地位高贵之人，此处指君王。生民：众人。极休：最优厚的待遇。　㉚ 勉：努力。虞精：使精神快乐。虞：通"娱"，乐。　㉛《绿衣》《白华》：皆《诗经》篇名。《绿衣》在《邶风》中，旧说春秋时卫庄公夫人庄姜贤而无子，遭嬖妾谗陷，失夫人之分，作此诗。又《白华》在《小雅》中，旧说周幽王用褒姒取代申后，周人作此诗批评幽王。两句大意说从《诗经》中可以知道废夫人立嬖妾的事情自古就有。

　　这是一篇骚体赋，是作者自叙身世之作，表现了作者被贬黜后的自我伤悼心情。赋的第一段是回忆过去，叙述自己的遭遇：自己因祖德和个人的幸运得以入宫，并得到君王的过分宠爱。为了报答君王，自己经常想起父母的临别告诫，经常用古代贤德后妃的行为检查自己，希望对君王有所帮助。然而非常不幸，自己所生的孩子也未能存活。这难道是自己有过错要遭此惩罚吗？还是命中注定的呢？在古代，"不孝有三，无后为大"。生子关系到宗族继续发展，以传统的眼光看，生子是妻妾的义务和责任。这一段里，作者感到不幸和悲哀的是，自己没能按其初衷尽到嫔妃的责任。于是自己决定去长信宫，和末等的侍从一起服侍太后，洒扫门庭，以尽此生，虽然自责，也有对成帝不分是非的委婉批评。第二段是重辞，叙述自己在东宫中的凄苦之情。自己处在宫门紧闭，幽暗凄清的地方，殿堂落满尘土，玉阶生出青苔，庭院绿草萋萋，凉风吹进窗棂，虽然身形留在此处，但是精魄已经远去。看到地面就想起君王的足迹，仰望屋宇更是泪水纵横。

回看左右身边的人则强做和悦,举起羽觞饮酒消愁。这一系列的描写都表现出在东宫中的心情。最后,作者想到自己能入后宫已经是最大的幸运,应该尽量快乐,享受自己的福禄。至于嬖妾的谗言,自古有之,不足为奇。看似旷达,实则是自我安慰,是伤心而无所寄托的表现。

"念情之所钟,在帝王家罕有"(洪昇《长生殿》语)。班婕妤的悲剧,表现的是封建社会宫廷中普遍的现象。深宫的嫔妃乃至帝后,她们的命运,无不维系于帝尊的亲疏。在她之前有汉武帝曾经万分宠幸的陈阿娇陈皇后,原来是要将之贮之黄金屋的,后来却在长门宫中备受冷落,不得不重金请司马相如为其代笔作《长门怨》以求武帝回心转意。作为地位更低一级的"婕妤",她深知"白日忽已移光",也就是皇帝的恩宠已经转移他人,自己曾经的尊荣,也随着宫中的炎凉,而一去不复返。关于这一点,还可读读据说也是她作的《怨歌行》(一名《团扇诗》):"新裂齐纨素,鲜洁如霜雪。裁为合欢扇,团团似明月。出入君怀袖,动摇微风发。常恐秋节至,凉飙夺炎热。弃捐箧笥中,恩情中道绝。"这首比兴之作最后被她不幸而言中,《自悼赋》抒发的是"恩情中道绝"后深自悲伤的绵绵愁思。赋中既没有"可怜红颜总薄命,最是无情帝王家"(白居易《后宫词》)的怨望,也没有如陈皇后买文求宠的打算,更没有呼天抢地的决绝语。在整篇赋绮丽的辞采中,表现的是真正"哀而不伤,怨而不怒"的后妃之德。这也是它后来成为传统的宫怨作品、闺怨作品的滥觞的原因。

(郭令原)

《神乌赋》

《神乌赋》载于 1993 年 3 月在江苏连云港东海县尹湾村 6 号汉墓出土的简牍上,据考古学者研究,竹简下葬时间在王莽时期或稍前,则《神乌赋》作时当在西汉。专家认为此赋为现存最早的俗赋作品,对于研究俗赋的起源、发展有独特价值。赋作者姓名已佚,惟简文末有云:"书佐□胸□病兰陵游徼宏光故〔襄〕□〔功曹掾〕",透露出一点有关作者或抄录者身份的信息。裘锡圭指出:"此赋题材跟敦煌发现的《燕子赋》相类,二者都应该是以民间口头文学中的有关内容为创作基础的。《神乌赋》大约是西汉后期儒学久已确立其独尊地位的时代的作品,所以赋中使用了不少《诗经》《论语》《孝经》等儒家经典里的话。但总的来看,其语言仍相当通俗,风格跟堆砌辞藻的一般汉赋截然不同,可以看作以讲述故事为特色的俗赋,只不过形态还比较原始而已。"

【典籍介绍】

神 乌 赋

无名氏

惟此三月，春气始阳。众鸟皆昌，执虫坊皇①。螺蜚之类②，乌最可贵③。其姓好仁，反赣于亲④。行义淑茂⑤，颇得人道。

今岁不翔⑥，一乌被央⑦。何命不寿，狗丽此苌⑧？欲勋南山，畏惧猴猨⑨。去色就安⑩，自诧府官⑪。高树纶棍⑫，支格相连⑬。府君之德，洋溢不测⑭。仁恩孔隆⑮，泽及昆虫。莫敢抠去⑯，因巢而处⑰。为狸狌得，围树以棘⑱。

道作官持⑲，雄行求材⑳。雌往索葭㉑，材见盗取。未得远去，道与相遇。见我不利㉒，忽然如故㉓。□□发忿㉔，追而呼之："咄！盗还来！吾自取材，于颇深莱㉕。止行胱腊㉖，毛羽随落。子不作身㉗，但行盗人。唯就官持㉘，岂不怠哉！㉙"盗乌不服，反怒作色㉚："□□泊涌，家姓自□㉛。今子相意，甚泰不事㉜。"亡乌曰㉝："吾闻君子，不行贪鄙。天地刚纪，各有分理㉞。今子自己㉟，尚可为士。夫感知反㊱，失路不远。悔过迁臧㊲，至今不晚。"盗乌溃然怒曰㊳："甚哉，子之不仁！吾闻君子，不意不仞㊴。今子□□□㊵，毋□得辱㊶？"亡乌沸然而大怒㊷，张目阳麇㊸，喷翼申颈㊹，襄而大……㊺乃详车薄㊻："女不亟走，尚敢鼓口㊼！"遂相拂伤，亡乌被创㊽。

随起击耳㊾，闻不能起㊿。贼□捕取○51，系之于柱。幸得免去○52，至其故处。绝系有余○53，纨树櫂栋○54。自解不能，卒上傅之○55。不□他拱，缚之愈固○56。其雄惕而惊○57，扶翼申颈○58，比天而鸣○59："仓天仓天○60，视颇不仁○61！方生产之时○62，何与其汋○63？"顾谓其雌曰："命也夫！吉凶浮沍○64，愿与女具○65！"雌曰："佐子佐子○66！"涕泣侯下○67："何□互家？○68□□□已○69。□子□□，我□不□○70。死生有期，各不同时，今虽随我，将何益哉？见危授命，妄志所待○71。以死伤生，圣人禁之○72。疾行去矣，更索贤妇。毋听后母，愁苦孤子。《诗》云：'云云青绳，止于杆。

几自君子，毋信儇言。'⑦惧惶向论，不得极言⑦。"遂缚两翼，投其污则⑦。支躬折伤⑦，卒以死亡。其雄大哀，踟躅非回⑦。尚羊其旁⑦，涕泣从横⑦。长炊泰息⑧，忧悤嘑呼⑧，毋所告愬⑧。盗反得免，亡乌被患⑧。遂弃故处⑧，高翔而去。

《传》曰⑧："众鸟丽于罗罔⑧，凤皇孤而高羊⑧。鱼鳖得于菹笱⑧，交龙执而深臧⑧。良马仆于衡下⑨，勒靳为之余行⑨。鸟兽且相慢⑨，何兄人乎⑨？哀哉哀哉！穷痛其箇⑨，诚写悬⑨，以意傅之⑨。曾子曰："乌之将死，其唯哀⑨。"此之谓也。

〔注〕①昌：昌盛。一说通"唱"。蛰(zhé)虫：蛰虫，伏在土中过冬的昆虫。蛰：通"蛰"。坊(páng)皇(huáng)：通"彷徨"，来回走动。这两句描写出春暖花开，万物复苏，众鸟欢唱，蛰虫逍遥的美好景象。与下文乌的悲惨遭遇形成对比。　②螔(xuān)蜚(fēi)：螔，虫名。蚊子的幼虫，又名孑孓。蜚：虫名，即蠦蜚，俗称蟑螂。此处泛指虫鸟之类。　③乌：乌鸦。《说文》："乌，孝鸟也。"朱骏声《说文通训定声》云："大而纯黑反哺者乌。"因为乌鸦具有反哺之性，符合古人仁义之理，所以称其为孝鸟。　④姓：通"性"，性情、本性。性、姓，同源词。籍：给食，喂食。　⑤淑茂：善美。《汉书·刘向传》："河东太守堪，先帝贤之，命而傅朕，资质淑茂，道术通明。"颜师古注："淑，善也；茂，美也。"　⑥翔：通"祥"，吉祥。　⑦被央：即"被殃"，遭受祸殃。央：通"殃"。　⑧狗丽：遭遇。狗：通"遘"。丽：通"罹"。皋(gāo)：通"咎"，凶咎。⑨勋：通"巡"，飞翔。獲：即猿。灵长类动物，似猴而大，没有颊囊和尾巴，生活在森林中。⑩去：离开。色："危"之误。赣：接近。　⑪诧："托"之误。府官：指官舍。此句谓托身于官舍。暗喻下层百姓本以为官府可以主持公道，为他们提供庇护。　⑫纶棍：读为"轮囷(qūn)"，高大貌。⑬支格：长枝条。支，通"枝"。此句是说官府庭院树木高大，枝条相生的景象。　⑭洋洫(yì)：广大无边的样子。洋，水大貌。洫，同"溢"，溢出。⑮孔：甚、很。隆：盛大。⑯抠去：赶走。抠："驱"之误。一说抠为探取意。抠去，即去除。此句是说乌自以为筑巢于官府可以得到庇护，无人驱赶。⑰因：就、凭借。巢：即"果"的俗字"菓"，菓通"窠"，意为"一个空洞的树洞"。⑱为狸狌(shēng)得：畏惧狐狸和黄鼠狼将其捕获。"为"通"畏"。狸：通"狸"，兽名，似狐而小，身肥短。狌：亦称黄鼠狼。《庄子·逍遥游》："子独不见狸狌乎?"此句是说为了防止狸狌来抓到俺们，用刺棘围住筑巢的树。以上数句用通假字较多，反映出此赋出自民间下层百姓的特点。　⑲宫：古代房屋的通称。《尔雅·释宫》："宫谓之室，室谓之宫。"此指鸟巢。持：读为"埘(shí)"，鸟巢。此句谓找到一个可以安家的地方。　⑳雄行求材：雄鸟外出寻找筑巢的材料。㉑索：取也。菆(zōu)：麻秸。㉒不利：不和。㉓如故：如同故人。此谓盗鸟见到雌鸟，先有所反常，随即伴装故友，妄图蒙混逃脱。㉔□□发忿：依文意，□□当为雌鸟。㉕咄(duō)：呵斥声。颛：通"彼"。莱：草名，即藜。此处泛指杂草。㉖止行脏腊(xī)，毛羽随落："趾胻胧腊"意为腿脚皲裂，与"毛羽随落"为对文，都指因寻找筑巢材料而十分辛苦的样子。止：通"趾"。行：通"胻"，即胫，小腿。腊：皲裂。随：应为"堕"。㉗子不作身：指责盗鸟不亲自劳作。子：你。身：亲身、亲自。㉘唯就宫持：此句是雌鸟责备盗鸟偷窃他人劳动成果，来建造自己的窝巢。就：成就，造就。持：埘之误。㉙悥(yí)：通"怡"，安乐。㉚乍色：变色。意为发怒。㉛□□泊涌，家姓自□：疑为盗鸟

以豪门之姓自托。"家"为"豪"之误。 ㉜ 相意：同意。甚泰不事：非常安然，没有什么事。此句是说盗鸟自以为出身豪门，以气势相压，要求雌乌不要追究此事，则彼此相安无事。 ㉝ 亡乌：指雌乌。因有所亡失而称"亡乌"，与"盗鸟"相对。或认为亡乌乃雌乌之误。 ㉞ 刚纪：法纪。刚，通"纲"。分(fèn)理：分寸、道理。这句是说天地之间自有行事的规则和道理。 ㉟ 自己：应为"自已"。自己终止。己："已"之误，止也。 ㊱ 反：同"返"，返回，此指改正错误。㊲ 悔过迁臧：迁，变易，变更。臧：善，好。此句是说雌乌劝盗鸟应该及时悔恨，改行善事。㊳ 溃然：愦然，怒气冲冲的样子。 ㊴ 不意：不臆测。不亻口：疑"亻口"应为"信"。不信：不无端、不任意。《荀子·哀公》："故明主任计不信怒。"此句意为不随便猜测，不任意诬陷。为盗鸟抵赖狡辩之语。 ㊵ 今子□□□：踪凡《〈神乌赋〉词语考释的总结与思考》(见《阴山学刊》2009年第5期)认为"子"下应是两个缺字。两缺字可能为"相鼓"。"相鼓"犹言相责。㊶ 毋□得辱：万光治《尹湾汉简〈神乌赋〉研究》(《四川师范大学学报》1997年第3期)认为□为"宁"。"毋宁"即"无宁"，表反问。此两句为盗鸟威胁雌乌之语，意即你敢责备我，难道不怕吃亏受辱？ ㊷ 沸然：怫然，生气愤怒的样子。沸：通"怫"。 ㊸ 张曰阳麋(mí)：睁大眼睛，扬起眉毛，怒目而视的样子。曰：应为"目"。阳：通"扬"。麋：通"眉"，眉毛。 ㊹ 喷翼申颈：奋力张开翅膀，伸长脖颈。形容雌乌愤怒的样子。 ㊺ 襄(xiāng)而大……：整句意不明。襄：万光治释为"向上，升举"。省略号代表简文中模糊不可辨认的字。 ㊻ 乃详车薄：乃：语首助词。详：通"翔"，飞翔。薄：本指靠近、凑近。此指近处，跟前。 ㊼ 女：通"汝"，你。亟：通"急"，赶快。鼓口：犹言还嘴。 ㊽ 拂：掠击。亡乌被创：雌乌被伤。创，受伤。 ㊾ 随起击耳：王继如《〈神乌赋〉"随起击耳"试释》认为"随起"读作"堕齿"，"堕齿击耳"即毁了牙齿，掉了耳朵，是"亡乌被创"情状的说明(见《古汉语研究》2004年第3期)。 ㊿ 闻：裘锡圭《〈神乌赋〉初探》(见《文物》1997年第1期)一文认为"闻"疑当读为"昏"，二字古音近，"闻"古亦作"䎽"。"昏不能起"是说雌乌受重创后的状态。 (51) 贼□捕取：贼指捕取雌乌者。□，或为"皆"，则此句是说雌乌与盗鸟都被捕获。 (52) 幸得免去：只有雄乌幸得逃脱。 (53) 绝系有余：雌乌奋力啄断捆绑的绳子，但尚有残余留在身上。绝，断。系，绳子。 (54) 纨树櫂(dí)棟(sù)：纨，环绕。《玉篇》："纨，结也。"裘锡圭认为"櫂棟"音义俱与"踧躅"相近。踧躅，受拘束不能正常行走貌。雌乌因为受伤且身体尚未完全摆脱绳索的束缚，所以只能绕树挣扎，趔趄而行。 (55) 傅：帮助。这两句是说雌乌解不开绑在身上的绳子，雄乌上前帮助她。 (56) 不□他拱，缚之愈固：疑此两句是说雄乌不仅没有帮助雌乌解开绳索，反而越绑越紧。"不□他拱"《释文选》作"不肯他措"。 (57) 惕：恐惧。 (58) 扶翼申颈：张开翅膀，伸长脖子。上文有"喷翼申颈"，两句意应相近。均是说雄乌惊慌而悲愤的样子。 (59) 比：疑为"卬"(仰)之误字。 (60) 仓天仓天：仓天即"苍天"。这句是雄乌悲伤的呼叫。 (61) 视：亲之误。不仁：有苍天不公之意。 (62) 生产之时：万物生育、繁衍之时，指春天。 (63) 与：予，降临。氵□：许全胜《〈神乌赋〉琐议》(《古文字研究》第23辑)："以意揆之，当是淄字之讹。"淄即灾。 (64) 吉凶浮泭(fú)：意为吉凶沉浮，祸福难料。泭：又作桴，竹木筏。 (65) 愿与女具：愿意和你生死与共。 (66) 佐子佐子：雌乌叮嘱雄乌照顾好孩子。佐：一意辅助、帮助，引申为照顾。 (67) 侯：疑为"疾"，迅速。 (68) 亙家：指乌巢。虞万里说："亙即垣。垣家，即垣屋。《史记·萧相国世家》'为家不治垣屋'。"(69) □□□巳：不详。 (70) □子□□，我□不□：万光治将此两句定为"曰为君故，我求不死"。(71) 见危授命，妾志所待：见到危险便肯付出生命，这是我所坚守的。《论语·宪问》："见利思义，见危授命。"妾，雌乌自称。待，持之误。 (72) 以死伤生，圣人禁之：因为为死去的人悲伤而损伤活着的人的身体，这是圣人所不允许的。见《孝经·丧亲章》。 (73) 云云青绳……毋信儳言:《诗·小雅·青蝇》:"营营青蝇,止于樊,岂弟君子,无信谗言。"绳:为"蝇"之误。杆:篱笆。儳:通"谗"。这几句是告诫娃乌不要听信继母的谗言而虐待孩子。 ⑭ 惧惶向论,不得极言:因惊慌失措,不能尽述前人所言。 ⑮ 污则:厕所一类不洁的地方。则:通"厕"。 ⑯ 支躬:肢体。支:通"肢"。躬:身体。 ⑰ 踯躅非回:此句是说雄乌在雌乌死后徘徊不肯离去。踯躅:来回走走。非回:即"徘徊"。 ⑱ 尚羊:徜徉。亦徘徊之义。 ⑲ 从横:纵横。形容雄乌悲伤得涕泗横流。从:通"纵"。 ⑳ 长炊泰息:此句意为长吁短叹,唉声叹气。炊:通"吹"。泰:通"太"。太息:叹息。 ㉑ 忧悥嘑(hū)呼:"悥"即"悁",读做"濣"。"嘑""呼"同音,故"嘑呼"应为"嗁呼"之讹。"嗁"读为"号"。此句是说雄乌因悲愤而号呼。 ㉒ 毋(wú)所告愬(sù):没有地方诉说冤屈。毋,表否定。愬,告诉,诉说。 ㉓ 免:此指免于受惩罚。被患:遭遇祸患。 ㉔ 遂弃故处:于是不得不抛弃旧居。 ㉕ 传:赋的结尾作议论之语。 ㉖ 丽:通"罹",遭遇。罗罔:罗网。捕鸟的器具。 ㉗ 凤皇:凤凰。传说中的吉祥之鸟。皇,通"皇"。高羊:高飞。羊,通"翔"。 ㉘ 笓(pí):通"笓"。捕虾的竹器。笱(gǒu):捕鱼竹器。 ㉙ 交龙执而深臧:蛟龙蛰伏在深渊。交:通"蛟"。执:通"蛰",潜藏,蛰伏。臧:通"藏"。 ㉚ 衡:车辕头上套牲口的横木。《释名·释车》:"衡,横也,横马颈上也。"仆:摔倒,扑倒。 ㉛ 勒靳:裘锡圭释为"骐骥"。刘乐贤《尹湾汉简〈神乌赋〉"勒靳"试释》(《古籍整理研究学刊》2003年第5期)认为释为"麒麟",即百兽之长。勒与麒、靳与麟古音同源。余行:徐行,缓行。 ㉜ 慢:忧。 ㉝ 何兄:何况。兄:通"况",况且。 ㉞ 菑:"菑"的讹体,通"灾"。《诗·大雅·生民》:"不拆不副,无菑无害。" ㉟ 诚写悬:真诚地写出这一令人悲伤的遭遇。悬:吊挂。此句中引申为一种不舒服的状态。《孟子·公孙丑上》:"民之悦之,犹解倒悬也。"或以为"写悬"为"写愚",即抒发我的情怀。愚:自谦之词。 ㊱ 傅:通"赋",陈述、铺写。 ㊲ 乌之将死,其唯哀:《论语·泰伯》:"曾子言曰:鸟之将死,其鸣也哀;人之将死,其言也善。"乌,应为"鸟"。唯,鸣的异体字。曾子,孔子学生曾参,字子舆。

此赋讲述了一个关于乌的故事:雌、雄二乌筑巢被盗鸟偷窃,雌乌为保护巢穴和盗鸟发生搏斗而受伤。又遭拘捕,雄乌欲与之同死,雌乌不允,嘱咐雄乌另觅贤妇,善待幼子,而后投地而亡。雄乌大恸,却无能为力,投冤无门,只能高翔离去。全赋以乌喻人,反映了当时政治腐败、社会黑暗的状况,赞美了夫妻之间生死与共的爱情。

刘勰在《文心雕龙·诠赋》中说:"赋者,铺也,铺采摛文,体物写志也。"西汉大赋的特点在内容上以都邑、宫苑、田猎为描写对象,旨在为统治者润色宏业,歌功颂德。写作上罗列大量名词,佶屈聱牙,铺叙有余,讽喻不足,没有反映民生疾苦的社会责任感,缺少强烈的批判意识。但是《神乌赋》则不同。此赋通篇采用拟人手法,以乌喻人,通过鸟类世界的一个故事反映了恶势力横行、民不聊生的黑暗现实,矛头直指西汉政治,其批判精神之强烈在西汉赋中实为少见。

明代李时珍在《本草纲目·禽部》说:"慈乌:此鸟初生,母哺六十日,长则反哺六十日,可谓慈孝矣。"中国古人重孝,认为百善孝为先,因而反哺的乌鸦就成为文人墨客笔下歌咏的对象。晋成公绥《乌赋序》说:"夫乌之为瑞久矣。以其反哺识养,故为吉乌。"束皙《补亡诗·南陔》有"嗷嗷林乌,受哺于子。养隆敬薄,惟禽之似"之句。比较而言,《神乌赋》应是较早描写、赞扬乌之孝的文学作品。赋开篇即说"乌最可贵。其姓好仁,反赖于亲。行义淑茂,颇得人道"。孝顺、善良本应与美好、和谐相连,可是接下来的一幕却充满了血腥:乌鸦夫妇要在和暖的春天筑巢垒窝。它们不辞辛苦找来的材料被一只盗乌偷走,雌乌发现后对盗乌动之以情,晓之以理,但对方却仗势欺人,不仅不认错,反而百般抵赖,甚至威胁雌乌。愤怒之下,雌乌与之搏斗,并因此受伤。随后赶来的贼曹不分青红皂白将雌乌与盗乌俱捕。受伤的雌乌自知难以逃脱绑缚,于是它首先阻止雄乌欲与其同死的做法,其次交代雄乌要善待它们的孩子,然后撞地而死。鲁迅先生说悲剧就是把美好的东西毁灭给人们看。正因为如此,悲剧往往引起读者强烈的心灵震撼。因为,还有什么比美好的毁灭更让人痛心的呢?当善良仁孝的雌乌死在强盗手下时,读者不禁要问这是一个怎样黑白不分的社会?至此,作者的写作目的水到渠成地完成了。

作为一篇俗赋,《神乌赋》具有鲜明的艺术特色:拟人化手法的运用使得整篇赋具有浓郁的趣味性;通俗质朴、无雕凿之感的语言使其迥然有别于御用文人笔下铺张扬厉的大赋;首尾完整的叙事、惟妙惟肖的对话、惊心动魄的情节以及真实细腻的情节使其充满戏剧性;而结尾的总结评论无形中加强了此赋的批判色彩。当然,雌雄二乌生死与共的真挚爱情更是让读者难以忘怀。　　　（杨　玲）

【作者小传】

崔　篆

涿郡安平(今属河北)人。活动于西、东汉之际。王莽时为郡文学,举为步兵校尉,自劾不应举。后为建新大尹,又称疾不问事。东汉初,辞归,客居荥阳,闭门而著作。著有《周易林》六十四篇。《隋书·经籍志》注云"王莽《建新大尹崔篆集》一卷",《旧唐书·经籍志》《新唐书·艺文志》著录《崔篆集》一卷,已佚,今仅存《慰志赋》一篇。

慰　志　赋　　　　　　　崔　篆

嘉昔人之遘辰兮①,美伊傅之遭时②。应规矩之淑质兮,过班倕而裁之③。协准矱之贞度兮④,同断金之玄策⑤。何天衢于盛世兮⑥,超千载而垂绩。岂修德之极致兮,将天祚之攸适⑦?

愍余生之不造兮⑧,丁汉氏之中微⑨。氛霓郁以横厉兮⑩,羲和忽以潜晖。六柄制于家门兮⑪,王纲摧以陵迟。黎共奋以跋扈兮⑫,羿浞狂以恣睢⑬。睹嫚臧而乘衅兮⑭,窃神器之万机。思辅弼以偷存兮⑮,亦号咷以讻咨⑯。嗟三事之我负兮,乃迫余以天威。岂无熊僚之微介兮⑰,悼我生之歼夷⑱。庶明哲之末风兮⑲,惧《大雅》之所讥⑳。遂翕翼以委命兮㉑,受符守乎艮维㉒。恨遭闭而不隐兮,违石门之高踪㉓。扬蛾眉于复关兮㉔,犯孔戒之冶容㉕。懿《氓》蚩之悟悔兮㉖,慕白驹之所从㉗。乃称疾而屡复兮,历三祀而见许。悠轻举以远遁兮,托峻崣以幽处㉘。静潜思于至赜兮㉙,骋六经之奥府㉚。

皇再命而绍恤兮㉛,乃云眷顾乎建武㉜。运欃枪以电扫兮㉝,清六合之土宇。圣德滂以横被兮㉞,黎庶恺以鼓舞。辟四门以博延兮㉟,彼幽牧之我举㊱。分画定而计决兮,岂云贡乎鄙者㊲。遂悬车以絷马兮㊳,绝时俗之进取。叹暮春之成服兮㊴,阖衡门以扫轨㊵。聊优游以永日兮㊶,守性命以尽齿㊷。贵启体之归全兮㊸,庶不忝乎先子㊹。

〔注〕①遘辰:遇到好时机。 ②伊:指伊尹,商汤的贤臣,助汤灭夏桀。傅:指傅说,殷高宗的贤臣,助殷高宗治理国政,使殷王朝出现了中兴的局面。遻(wǔ):遇,遇到。 ③班倕:公输班和倕,都是古代的巧匠。 ④准矱(yuē):绳和尺,泛指法度。贞度:符合正道的法度。 ⑤玄策:妙策。 ⑥何,通“荷”,承担。天衢:天道。 ⑦祚:福。 ⑧造:成。 ⑨丁:当,值。 ⑩氛霓:妖气,凶气。 ⑪六柄:生、杀、贵、贱、贫、富六种权力。 ⑫黎共:九黎和共工,古代传说中的部族或神名,都是凶横反叛者。 ⑬浞:寒浞,夏朝后羿的臣子,后谋反杀羿自立。 ⑭嫚臧:即慢藏,见注㉕。乘衅:乘机,钻空子。 ⑮偷:苟且。 ⑯讻咨:回答询问。 ⑰熊僚,即熊宜僚,春秋时楚国勇士。白公胜准备谋反,杀死令尹子西,为此他派人请宜僚相助。宜僚面对白公胜的使者,自顾弄丸(抛接弹丸的杂耍),全不受威逼利诱。介:耿介。 ⑱歼夷:诛灭。 ⑲末风:遗风。 ⑳《诗·大雅·烝民》:“既明且哲,以保其身。” ㉑翕翼:收拢翅膀。比喻隐忍妥协。 ㉒艮维:东北方。《周易》认为艮卦代表东北。 ㉓石门:《论语》记载,子路路过石门的时候,跟守门人有过一番对话,这个守门人被后人认为是一个隐逸的高士。 ㉔复关:出自《诗·卫风·氓》“乘彼垝垣,以望复关。”复关究竟指什么,历代解释各有不同。 ㉕《周易·系辞》中记载孔子的话有“慢藏诲盗,冶容诲淫”,意思是财物保管不当,会招致被盗;女子过度打扮,会招来奸淫的事。 ㉖《诗·卫风·氓》:“氓

〔138〕 崔篆　　　　　　　　　　　　　　　　　　　　　　　　　　慰志赋

之蚩蚩,抱布贸丝。"传统认为这首诗的主题是女子与人淫奔,后遭抛弃,终于悔恨。　㉗白驹:比喻贤人隐士,出自《诗·小雅》。　㉘峻嵬(wěi):高山。　㉙竫(jìng):安、静。至赜(zé):深奥微妙的道理。　㉚奥府:深奥微妙之处。　㉛皇:上天。绍:继续。恤:忧念,怜悯。㉜建武:东汉光武帝刘秀年号。　㉝欃(chán)枪:彗星,多用于比喻邪恶势力。电扫:像闪电划过,比喻迅速清除。　㉞横被:遍及。　㉟延:请。　㊱幽牧:幽州刺史。　㊲贲(bì):装饰。耇(gǒu):老人。　㊳悬车:挂起车子。絷马:拴住马足。指致仕家居。　㊴暮春之成服:《论语·先进》中孔门弟子曾谈论自己的理想,曾皙说:"莫春者,春服既成,冠者五六人,童子六七人,浴乎沂,风乎舞雩,咏而归。"　㊵衡门:横木为门,指简陋的居所。扫轨:扫除车轮留下的印记,比喻隔绝人事。　㊶永日:消磨时光。　㊷齿:年龄,寿命。　㊸启体之归全:《论语·泰伯》记曾子临终前命子弟"启予手"、"启予足",意谓父母生我时肢体俱全,死时也应全身而归。　㊹忝:辜负,有愧于。先子:先人,祖先。

　　西汉末年,外戚专权,最终刘家的天下落入王莽之手。王莽是一个很有文化的人,但是他的政治能力却很一般,而且由于他读书不少,在做了皇帝之后实施了一系列无关紧要又繁琐不堪的改革,这也使得他建立的新朝成为历史上不被承认的一个短命王朝。然而,王莽的出现毕竟让四百年的汉王朝中断了一下,这样一段历史的插曲,影响了很多人的生命历程,崔篆便是其中之一。他是东汉著名文学家崔骃的祖父,生活于王莽篡政时期,不得已为官,曾私放囚徒二千余人,为人称颂。后自感愧对汉朝,辞归不仕,客居荥阳,作此赋以明志。

　　就历代赋的内容而言,言志是其中一大门类。自古就说"诗言志,歌咏言",诗赋的区别只是格式上的,在功能方面是类似的。不过,所谓言志,这个"志"究竟是什么,却十分模糊,可以有志向、感情、品德等多种理解,并且在具体的作品中,"志"的上述几种内涵往往是并存的。

　　无论"志"究竟指哪一种或几种意思,个人言志,总离不开对经历的叙述。而对经历的如实叙述,又总会因为言志而带有明显的感情色彩和主观倾向。这就是言志类诗文的统一特征。崔篆的这篇作品也不例外。

　　生于王莽时代,对于崔篆这样的官宦子弟来说是一种不幸。本来,当官莅民是很荣耀的,但如果时代是错乱的,最高政权是非法的,那么,对于一般的官吏来说,处境就十分不妙了。崔篆正是生于这样的时代,面对这样的处境,所以他的赋一上来就用华丽的文辞羡慕古代生得其时的人,能够施展抱负,又能名垂青史。

　　接着,笔锋一转,说自己遇到了一个不幸的时代。尽管崔篆在写这篇赋的时候,王莽政权已经颠覆,没有什么禁忌可言。然而作为文章,终究要讲含蓄,所以,诸如"黎共""羿浞"之类的典故,"辅弼""号咷"之类的辞藻,没有足够的文化知识和对当时史事的了解,是很难领会的。

在说到他自己本无意替王莽做事的时候,同样很含蓄地用了熊宜僚的典故,声明自己还是有着那样小小的耿介的。然而,形势注定,他不可能与王莽正面对立,他能做的只是不合作,尽管他的哥哥崔发选择了合作,并已经春风得意。然而,只要不是已经撕破脸皮的敌对者,王莽自有拉拢的办法。由于崔篆的母亲是一位知书通经的妇女,所以王莽给她以殊荣,赐号义成夫人。如此一来,崔篆便无法再以不合作的姿态应对王莽的邀请,只能答应做了建新大尹,也就是千乘郡的郡守。同样,在赋中,崔篆用《大雅》中"明哲保身"的诗句自嘲,用"艮维"暗指自己任职的东北方的千乘。

自觉失节的崔篆,在建新大尹的任上呆了三年之后,终于以病辞官,读书赋闲去了。但王莽政权也没支撑多久就垮台了,在崔篆看来,刘秀建立的东汉王朝扫清了海内,开创了一个清平的新时代,对此他倍感欣慰。对于王莽时代的胁从官吏,刘秀也能给予足够的谅解,很快,崔篆也得到幽州刺史的推荐。可是,崔篆对自己并不那么宽容,总觉得自己曾经身事伪朝,无颜再在大汉的朝廷上做官,加之孙子崔骃出生,便决意过含饴弄孙的日子,以求安稳地度过余生。

最后,他写下了这篇《慰志赋》,既是自己一个生平简历,也寄寓了情感,表明了观念。崔篆的生平和这篇赋现在留存在《后汉书·崔骃传》中,否则,后人真的很难完全理解这篇赋中所有的词句,因为赋要追求文艺的美,在表达上常常含蓄隐晦,只有配合史家的记事之笔,互相参看,才能真正体悟其文辞精妙。

多年以后,九泉之下的崔篆不知会如何感想:东汉这个让他欢欣的新时代,同样给他的孙子崔骃以机会,年纪轻轻就成了大将军窦宪的主簿。只可惜,窦宪和王莽相似,也是一个外戚,崔骃跟窦宪的合作同样短暂。后来,人们也是把崔骃视为文学家,而不是一个官吏。

（胡　真）

【作者小传】

班　彪

(3—54) 字叔皮,扶风安陵(今陕西咸阳市东北)人。班固、班昭父。西汉末年,隗嚣在天水拥兵割据,他避难相随,著《王命论》,劝隗嚣复兴汉室,不从。后至河西,被光武帝征召,任为徐县令。不久因病免官,专心史籍。晚年任望都长。作《史记后传》数十篇,为班固《汉书》奠定了基础。另著赋、论、书、记奏等凡九篇,今存《北征赋》《览海赋》《冀州赋》《王命论》等文,载本传及《文选》《艺文类聚》等书。

北 征 赋　　　　　　　　　　班 彪

余遭世之颠覆兮①，罹填塞之阨灾②。旧室灭以丘墟兮③，曾不得乎少留④。遂奋袂以北征兮⑤，超绝迹而远游⑥。

朝发轫于长都兮⑦，夕宿瓠谷之玄宫⑧。历云门而反顾⑨，望通天之崇崇⑩。乘陵冈以登降⑪，息郇邠之邑乡⑫。慕公刘之遗德⑬，及《行苇》之不伤⑭。彼何生之优渥⑮，我独罹此百殃⑯？故时会之变化兮⑰，非天命之靡常⑱。

登赤须之长坂⑲，入义渠之旧城⑳。忿戎王之淫狡㉑，秽宣后之失贞㉒。嘉秦昭之讨贼㉓，赫斯怒以北征㉔。纷吾去此旧都兮㉕，骓迟迟以历兹㉖。遂舒节以远逝兮㉗，指安定以为期㉘。涉长路之绵绵兮㉙，远纤回以樛流㉚。过泥阳而太息兮㉛，悲祖庙之不修㉜。释余马于彭阳兮㉝，且弭节而自思㉞。日晻晻其将暮兮㉟，睹牛羊之下来㊱。寤旷怨之伤情兮㊲，哀诗人之叹时㊳。

越安定以容与兮㊴，遵长城之漫漫㊵。剧蒙公之疲民兮㊶，为强秦乎筑怨㊷。舍高亥之切忧兮㊸，事蛮狄之辽患㊹。不耀德以绥远㊺，顾厚固而缮藩㊻。首身分而不寤兮㊼，犹数功而辞谴㊽。何夫子之妄说兮㊾，孰云地脉而生残㊿。登鄣隧而遥望兮51，聊须臾以婆娑52。闵獯鬻之猾夏兮53，吊尉邛于朝那54。从圣文之克让兮55，不劳师而币加56。惠父兄于南越兮57，黜帝号于尉佗58。降几杖于藩国兮59，折吴濞之逆邪60。惟太宗之荡荡兮61，岂曩秦之所图62。

隮高平而周览63，望山谷之嵯峨64。野萧条以莽荡65，迥千里而无家66。风猋发以漂遥兮67，谷水灌以扬波。飞云雾之杳杳69，涉积雪之皑皑70。雁邕邕以群翔兮71，鹍鸡鸣以哜哜72。游子悲其故乡73，心怆悢以伤怀74。抚长剑而慨息75，泣涟落而霑衣76。揽余涕以於邑兮77，哀生民之多故78。夫何阴曀之不阳兮79，嗟久失其平度80。谅时运之所为兮81，永伊郁其

北征赋　　　　　　　　　　　　　　　　　　　　班　彪　〔141〕

谁愬⑫?

乱曰⑱:夫子固穷,游艺文兮⑱。乐以忘忧,惟圣贤兮⑮。达人从事,有仪则兮⑯。行止屈申,与时息兮⑰。君子履信,无不居兮⑱。虽之窘貊,何忧惧兮⑲。

〔注〕　① 颠覆:倾跌败坏,这里指时局动荡不安。　② 罹(lí):遭遇。填塞:道路被堵塞不通,比喻王道不通。阢:同"厄",险厄,倾危。　③ 旧室:汉室,指前汉王朝。丘墟:废墟。　④ 曾:乃,竟。少留:稍事逗留。　⑤ 奋袂(mèi):举起袖子,形容奋发的样子。北征:北游。　⑥ 超:超过。绝迹:没有人迹的地方。　⑦ 轫(rèn):停车时用以阻止车轮转动的一块木头,行车时先把它移去,所以"发轫"引申有启程的意思。长都:长安,在今西安西北。　⑧ 瓠(hù)谷、玄宫:都是地名,在今西安西。一说瓠谷是谷名。玄宫指甘泉宫,故址在今陕西淳化县西北甘泉山。　⑨ 云:即云阳县,在今陕西淳化县西北。云门:云阳县城门。反顾:回头张望。　⑩ 通天:台名,在甘泉宫中。崇崇:高峻貌。　⑪ 乘:登。陵:大土山。登降:或上或下。　⑫ 郇(xún)邠(bīn):地名。《汉书·地理志》:"右扶风(故址在今西安市西北)栒县有豳乡。"郇:同"栒"。邠:同"豳"。　⑬ 公刘:周人远祖,曾率族人迁到豳地安居。　⑭ 行苇:生于路旁的苇。《诗·大雅·行苇》:"敦彼行苇,牛羊勿践履。"大意是说不要让牛羊践踏伤害了路旁的苇。《毛诗序》:"《行苇》,忠厚也。周室忠厚,仁及草木。"相传这首诗是为公刘所作。　⑮ 优渥(wò):优裕丰厚。　⑯ 罹:遭。百殃:重重祸害。　⑰ 时会:时运。　⑱ 靡常:无常。　⑲ 赤须:坂名,所辖范围包括今甘肃东部和宁夏南部一带。长坂:同"长阪",犹高坡。　⑳ 义渠:春秋战国时国名,亦为城名,在今甘肃庆阳西南,其地当时亦属北地郡。　㉑ 忿:怨恨。戎王:义渠戎王。　㉒ 秽:不洁,此为意动用法,"以……为秽"。宣后:宣太后,昭襄王母,楚人。　㉓ 嘉:赞赏。秦昭:秦昭襄王。　㉔ 赫斯怒:勃然发怒。《史记·匈奴列传》:"秦昭王时,义渠戎王与宣太后乱,有二子。宣太后诈而杀义渠戎王于甘泉,遂起兵伐残义渠。于是秦有陇西、北地、上郡,筑长城以拒胡。"　㉕ 纷:心绪纷乱。　㉖ 骓:两旁驾车的马,也叫骖。迟迟:缓行。历兹:至此。　㉗ 舒节:驱车疾驰之意。节:车行的节度。远逝:远行。　㉘ 安定:汉郡名,治所在高平(今宁夏固原)。期:期望的地点,即目的地。　㉙ 绵绵:延绵不断。　㉚ 纡(yū)回:曲折。樛(jiū)流:曲折盘旋。　㉛ 泥阳:汉置县名,属北地郡,在今甘肃东宁。　㉜ 祖庙:据《汉书》,班彪的祖先在秦始皇末年避乱于楼烦,所以泥阳县有班氏之庙。　㉝ 释:放开。彭阳:汉置县名,属安定郡,治所在今甘肃省镇原县。　㉞ 弭(mǐ)节:停车。　㉟ 晻(yǎn)晻:不明亮貌。　㊱ 牛羊之下来:语出《诗·王风·君子于役》:"日之夕矣,牛羊下来,君子于役,如之何勿思!"　㊲ 喜:通"悟",理解。旷愬:旷夫怨女,即老年而无偶的男女。　㊳ 叹时:伤叹行役。　㊴ 越:越过。容与:犹豫不前的样子。　㊵ 遵:循。漫漫:同"曼曼",绵长貌。　㊶ 剧:甚,过分。蒙公:蒙恬,秦将,曾督筑长城。　㊷ 筑怨:筑长城,民疲劳生怨。　㊸ 舍:舍弃。高:秦宦官赵高。亥:秦二世胡亥。切:亲。　㊹ 事:从事,此处为防御之意。辽:远。　㊺ 耀德:光耀道德。绥远:安抚远方。　㊻ 顾:反而。缮:修治。藩:篱笆,指筑长城。　㊼ 寤:觉悟。　㊽ 数(shǔ):述说。辞愆(qiān):不承认罪过。愆:同"愆",罪过。　㊾ 夫子:指蒙恬。　㊿ 地脉生残:地脉生害,即绝毁地脉之意。据《史记·蒙恬列传》,蒙恬被迫自杀前说:"恬罪固当死矣,起临洮,属之辽东,城堑万余里,此其中不能毋绝地脉哉?此乃恬之罪也。"　51 鄣(zhàng):小城。燧:同"燧",塞上守烽火的亭子。　52 聊:姑

〔142〕班 彪　　　　　　　　　　　　　　　　北征赋

且。须臾：片刻。娑娑：逍遥，闲散自得。　㊿闵：忧伤。獯(xūn)鬻(yù)：即"猃狁"，我国古代北方少数民族，汉称之为匈奴。猾：扰乱。夏：华夏。　54吊：祭奠死者。尉邛(qióng)：《史记·孝文本纪》："十四年冬，匈奴谋入边为寇，攻朝那塞，杀北地都尉邛。"邛，姓孙，一说姓段。朝(zhū)那：汉置县名，属安定郡，治所在今宁夏固原县东南。　55圣文：指汉文帝刘恒。克：能。让：忍让，文帝采取与民休养生息的政策，对内外多有忍让。　56劳师：烦劳军队以征伐。币加：指采取安抚政策。　57惠：施以恩惠。父兄：南越王尉他的父兄。　58黜：废除。《史记·孝文本纪》："南越王尉他自立为武王，上召他兄弟，以德报之，他遂去帝称臣。"　59降：降下，引申为赐予。几：坐时所凭。杖：行时所持。都是老人恃以支持身体的工具。　60折：回转。吴濞(bì)：汉高帝刘邦兄刘仲之子，汉高帝立为吴王，孝文帝时，稍失藩臣之礼，称病不朝。孝文帝赐吴王几杖，准予年老不朝。逆邪：叛逆。　61太宗：文帝庙号。荡荡：广远貌，这里指文帝的王道广远。　62曩(náng)：以前。图：图谋。此句意为当年秦国所图岂能与之相比。　63隮(jī)：登上。高平：汉置县名，属安宁郡，治所在今宁夏固原县。周览：四面瞭望。　64嵯(cuó)峨：高峻貌。　65野：旷野。萧条：凋零貌。莽荡：旷远貌。　66迥(jiǒng)：远。　67猋(biāo)：通"飙"，疾风，暴风。漂遥：随风摇动。　68谷水：李善注引《管子》："山水之沟，命曰谷水。"灌：注入。扬波：掀起波浪。　69杳杳(yǎo)：深暗幽远。　70皑(ái)皑：形容雪白。　71邕邕(yōng)：雁鸣声。　72鹍(kūn)鸡：鸟名。似鹤，黄白色。嗟(jiē)嗟：犹喈喈，鸟鸣声。　73游子：班彪自指。　74怆(chuàng)悢(liàng)：悲伤。　75慨息：叹息。　76涟落：泪流不止。　77揽：拭。於(wū)邑：同"呜唈"，犹呜咽，因悲伤而抽噎。　78民：人民。故：变故。　79曀(yì)：阴暗，比喻天下混乱不太平。阳：天气晴朗，比喻天下太平。　80度：正常法度。　81谅：确实。时运：时世，遭遇。　82永：长。伊郁：幽怨。愬：同"诉"，倾诉。　83乱：辞赋末篇对全文要旨的总结，或乐曲的卒章。　84子：指孔子。固穷：安守贫困。游艺文：用六艺和文章来陶冶身心。艺文，指礼、乐、射、御、书、数六艺。　85以忘忧：孔子曾说："发愤忘食，乐以忘忧。"（《论语·述而》）　86达人：通达事理的人。从事：行事。仪则：法则。　87申：屈伸。与时息：即与时消息。消：减损。息：增长。行动举止适应时事变化。　88信：履行忠信之道。无不居：没有不可居之地。　89之：到，往。蛮貉(mò)：古代南方和东北的少数民族，比喻所到之地凄凉。忧惧：忧愁恐惧。

　　晋挚虞《文章流别论》云："更始时，班彪避难凉州，发长安，至安定作《北征赋》也。"东汉更始年间（23—25），天下大乱，群雄割据，连年征战，各自称王称帝，人民生活在水深火热之中。班彪当时避乱于凉州（今属甘肃省）。而《北征赋》就是作者从长安出发，往安定（今宁夏固原），赴凉州途中所写。本文以纪行为线索，通过写景叙事来抒发作者心中的感慨，一改汉大赋铺张华丽的风格，篇幅较简短，是纪行赋的代表之作。全文可分为三个部分。第一部分，从"余遭世之颠覆兮"到"超绝迹而远游"，讲述作者北征的原因。生逢两汉交替的动荡时期，作者面对被战乱所毁的长安，悲伤昔日繁华巍峨的城市如今变得满目疮痍，不忍直视因而决定北征。第二部分，从"朝发轫于长都兮"到"永伊郁其谁愬"，以作者北征路线为线索，每到一地或征引典故，或描写景色，借以发表议论和抒发情感，是全文的主体部分。作者在这里使用了夹叙夹议的手法，将纪行叙事、写景抒情，据典议论融为一体。如作者行至周代先祖公刘曾居的"郇邠之邑乡",借《行苇》诗歌颂扬公刘之德惠及草木,羡慕其时民安物阜的局面。古今对比,作者感叹自己生不逢时,无奈于世事无常而非人力所及。进入义渠旧城,作者想到义渠王和秦昭王的典故,称道秦昭王起兵伐残义渠和征伐匈奴的事迹,赞扬秦昭王在政治和军事上的卓越能力,以此批评当权者的无能,导致今日四海战乱的局面。作者多次引用典故,通过对比说明,表达了对乱世的不满和对当权者为政荒乱的愤慨,以及对盛世明君的向往称赞,不无警示世人以史为戒的意味。在到达高平之后,目及千里无家的萧条景象,置身于皑皑白雪之间,耳边响起邕邕的雁鸣声,作者受环境影响,不免悲从心生。故而,作者从沦落他乡无所依靠的己身出发,扩大到同样无辜的平民百姓,表达了自己故乡被战乱摧毁的痛苦心情,以及对百姓在乱世中颠沛流离遭受苦难的同情哀悼。第三部分,即"乱曰"一段,表达了自己想要效法圣人的处世原则,顺应时世的同时坚守道义。这篇赋通过纪行的形式,表达了哀时伤乱的主题,具有鲜明的现实主义特色,完全摆脱了西汉大赋夸饰美言粉饰太平的阿谀本色。其次,本篇继承了屈原开创的骚体传统,末有"乱辞",增加了赋的抒情性。再次,本文将征引典故和景物描写,将叙事、抒情、议论完美地统一起来,从而为东汉抒情小赋取代西汉铺陈大赋,开一代风气之先。

(杜　佳　贾海生)

作者小传

班固

(32—92)　字孟坚,扶风安陵(今陕西咸阳东北)人。班彪子。续其父班彪《史记后传》,被人告发私改国史,下狱。弟班超上书力辩,得释。召为兰台令史,转迁为郎,典校秘书。自永平中奉诏修史,历二十余年,写成《汉书》。章帝召集诸儒讨论五经同异,令固撰成《白虎通义》。永元元年(89)从大将军窦宪击匈奴,为中护军。后宪因擅权一事受牵连,死于狱中。《汉书》是中国第一部断代史,其中《艺文志》于学术史上尤有重大贡献。作品另有《两都赋》《答宾戏》《幽通赋》《咏史诗》等。《隋书·经籍志》著录《班固集》十七卷,已散佚。明人辑有《班兰台集》。

东 都 赋　　　　　　　　班 固

东都主人喟然而叹曰[①]:"痛乎风俗之移人也[②]! 子实秦

人,秭夸馆室③,保界河山④,信识昭襄而知始皇矣⑤,乌睹大汉之云为乎⑥? 夫大汉之开元也⑦,奋布衣以登皇位⑧,由数期而创万代⑨,盖六籍所不能谈⑩,前圣靡得言焉⑪。当此之时,功有横而当天⑫,讨有逆而顺民⑬。故娄敬度势而献其说⑭,萧公权宜而拓其制⑮。时岂泰而安之哉? 计不得以已也⑯。吾子曾不是睹⑰,顾曜后嗣之末造⑱,不亦暗乎? 今将语子以建武之治,永平之事⑲。监于太清,以变子之惑志⑳。

往者王莽作逆㉑,汉祚中缺㉒。天人致诛㉓,六合相灭㉔。于时之乱,生人几亡㉕,鬼神泯绝㉖。壑无完柩㉗,郭罔遗室㉘。原野厌人之肉,川谷流人之血。秦项之灾犹不克半,书契以来未之或纪㉙。故下人号而上诉㉚,上帝怀而降监㉛,乃致命乎圣皇㉜。于是圣皇乃握乾符,阐坤珍,披皇图,稽帝文㉝。赫然发愤㉞,应若兴云㉟。霆击昆阳,凭怒雷震㊱。遂超大河,跨北岳㊲。立号高邑,建都河洛㊳。绍百王之荒屯,因造化之荡涤㊴。体元立制,继天而作㊵,系唐统,接汉绪㊶。茂育群生㊷,恢复疆宇。勋兼乎在昔,事勤乎三五㊸。岂特方轨并迹,纷纶后辟,治近古之所务,蹈一圣之险易云尔哉㊹? 且夫建武之元㊺,天地革命㊻。四海之内,更造夫妇,肇有父子。君臣初建,人伦实始。斯乃伏羲氏之所以基皇德也㊼。分州土,立市朝,作舟舆,造器械,斯乃轩辕氏之所以开帝功也㊽。龚行天罚,应天顺人㊾,斯乃汤武之所以昭王业也㊿。迁都改邑,有殷宗中兴之则焉⑤¹;即土之中⑤²,有周成隆平之制焉⑤³。不阶尺土一人之柄⑤⁴,同符乎高祖⑤⁵。克己复礼⑤⁶,以奉终始,允恭乎孝文⑤⁷。宪章稽古,封岱勒成,仪炳乎世宗⑤⁸。案《六经》而校德⑤⁹,眇古昔而论功⁶⁰,仁圣之事既该⁶¹,而帝王之道备矣。

至乎永平之际⁶²,重熙而累洽⁶³。盛三雍之上仪⁶⁴,修衮龙之法服⁶⁵。铺鸿藻,信景铄⁶⁶。扬世庙,正雅乐⁶⁷。人神之和允洽,群臣之序既肃。乃动大辂⁶⁸,遵皇衢⁶⁹。省方巡狩⁷⁰,躬览万国之有无⁷¹。考声教之所被⁷²,散皇明以烛幽⁷³。然后增周旧⑭，修洛邑⑮。扇巍巍，显翼翼⑯。光汉京于诸夏，总八方而为之极⑰。于是皇城之内，宫室光明，阙庭神丽⑱。奢不可逾，俭不能侈。外则因原野以作苑⑲，填流泉而为沼⑳。发蘋藻以潜鱼㉑，丰圃草以毓兽㉒。制同乎梁邹㉓，谊合乎灵囿㉔。若乃顺时节而蒐狩㉕，简车徒以讲武㉖。则必临之以《王制》㉗，考之以《风雅》㉘。历《驺虞》，览《驷铁》，嘉《车攻》，采《吉日》㉙。礼官整仪，乘舆乃出㉚。于是发鲸鱼㉛，铿华钟㉜。登玉辂，乘时龙㉝。凤盖棽丽㉞，和銮玲珑㉟。天官景从㊱，寝威盛容㊲。山灵护野㊳，属御方神㊴。雨师泛洒，风伯清尘㊵。千乘雷起，万骑纷纭。元戎竟野㊶，戈铤彗云㊷。羽旄扫霓㊸，旌旗拂天㊹。焱焱炎炎㊺，扬光飞文。吐焰生风㊻，欱野歕山㊼。日月为之夺明㊽，丘陵为之摇震㊾。遂集乎中囿㊿，陈师按屯。骈部曲，列校队。勒三军，誓将帅。然后举烽伐鼓，申令三驱。辒车霆激，骁骑电骛。由基发射，范氏施御。弦不睼禽，辔不诡遇。飞者未及翔，走者未及去。指顾倏忽，获车已实。乐不极盘，杀不尽物。马踠余足，士怒未渫。先驱复路，属车案节。于是荐三牺，效五牲。礼神祇，怀百灵。觐明堂，临辟雍。扬缉熙，宣皇风。登灵台，考休征。俯仰乎乾坤，参象乎圣躬。目中夏而布德，瞰四裔而抗棱。西荡河源，东澹海湄。北动幽崖，南燿朱垠。殊方别区，界绝而不邻。自孝武之所不征，孝宣之所未臣。莫不陆詟水栗，奔走而来宾。遂绥哀牢，开永昌。春王三朝，会同汉京。是日也，天子受四海之图籍，膺万国之贡珍。内抚诸夏，外绥百蛮。尔乃盛礼兴乐，供帐置乎云龙之庭。陈百僚而赞群后，究皇仪而展帝容。于是庭实千品，旨酒万钟。列金罍，班玉觞。嘉珍御，太牢飨。尔乃食举《雍》彻，太师奏乐。陈金石，布丝竹。钟鼓铿鍧，管弦烨煜。抗五声，极六律。歌九功，舞八佾。《韶》《武》备，泰古毕。四夷间奏，德广所及。《僸》《佅》

《兜离》，罔不具集⑰⑥。万乐备，百礼暨⑰⑦。皇欢浃⑰⑧，群臣醉。降烟煴，调元气⑰⑨。然后撞钟告罢，百僚遂退⑱⓪。

于是圣上睹万方之欢娱，又沐浴于膏泽(181)，惧其侈心之将萌(182)，而怠于东作也(183)，乃申旧章(184)，下明诏(185)。命有司(186)，班宪度(187)。昭节俭(188)，示太素(189)。去后宫之丽饰(190)，损乘舆之服御(191)。抑工商之淫业(192)，兴农桑之盛务(193)。遂令海内弃末而反本(194)，背伪而归真(195)。女修织纴(196)，男务耕耘(197)。器用陶匏(198)，服尚素玄(199)。耻纤靡而不服，贱奇丽而弗珍(200)。捐金于山，沈珠于渊(201)。于是百姓涤瑕荡秽(202)，而镜至清(203)。形神寂漠，耳目弗营(204)。嗜欲之源灭，廉耻之心生(205)。莫不优游而自得(206)，玉润而金声(207)。是以四海以内，学校如林，庠序盈门(208)。献酬交错(209)，俎豆莘莘(210)。下舞上歌，蹈德咏仁(211)。登降饫宴之礼既毕(212)，因相与嗟叹玄德(213)，谠言弘说(214)。咸含和而吐气(215)，颂曰：盛哉乎斯世！

今论者但知诵虞夏之《书》(216)，咏殷周之《诗》(217)。讲羲、文之《易》(218)，论孔氏之《春秋》(219)。罕能精古今之清浊(220)，究汉德之所由(221)。唯子颇识旧典，又徒驰骋乎末流(222)。温故知新已难，而知德者鲜矣！且夫僻界西戎(223)，险阻四塞(224)，修其防御，孰与处乎土中(225)，平夷洞达(226)，万方辐凑(227)？秦岭九嵕(228)，泾渭之川。曷若四渎五岳(229)，带河泝洛(230)，图书之渊(231)？建章甘泉，馆御列仙(232)。孰与灵台、明堂，统和天人(233)？太液、昆明，鸟兽之囿。曷若辟雍海流(234)，道德之富？游侠逾侈(235)，犯义侵礼。孰与同履法度(236)，翼翼济济也(237)？子徒习秦阿房之造天(238)，而不知京洛之有制也(239)；识函谷之可关，而不知王者之无外也(240)。

主人之辞未终，西都宾矍然失容(241)。逡巡降阶(242)，惵然意下(243)，捧手欲辞(244)。主人曰："复位，今将授子以五篇之诗。"宾既卒业(245)，乃称曰："美哉乎斯诗！义正乎扬雄，事实乎相如。匪唯主人之好学，盖乃遭遇乎斯时也(246)。小子狂简(247)，不知所裁(248)。既闻正道，请终身而诵之(249)。"其诗曰：

【明堂诗】

於昭明堂(250),明堂孔阳(251)。圣皇宗祀(252),穆穆煌煌(253)。上帝宴飨(254),五位时序(255)。谁其配之,世祖光武(256)。普天率土(257),各以其职(258)。猗欤缉熙(259),允怀多福(260)。

【辟雍诗】

乃流辟雍(261),辟雍汤汤(262)。圣皇莅止(263),造舟为梁(264)。皤皤国老(265),乃父乃兄。抑抑威仪(266),孝友光明(267)。於赫太上(268),示我汉行(269)。洪化惟神(270),永观厥成(271)。

【灵台诗】

乃经灵台(272),灵台既崇(273)。帝勤时登(274),爰考休征(275)。三光宣精(276),五行布序(277)。习习祥风(278),祁祁甘雨(279)。百谷蓁蓁(280),庶草蕃庑(281)。屡惟丰年,於皇乐胥(282)。

【宝鼎诗】

岳修贡兮川效珍(283),吐金景兮歊浮云(284)。宝鼎见兮色纷缊(285)。焕其炳兮被龙文(286)。登祖庙兮享圣神(287)。昭灵德兮弥亿年。

【白雉诗】

启灵篇兮披瑞图(288),获白雉兮效素乌(289)。嘉祥阜兮集皇都(290)。发皓羽兮奋翘英(291),容絜朗兮于纯精(292)。彰皇德兮侔周成(293)。永延长兮膺天庆(294)。

〔注〕 ① 喟(kuì)然：叹息貌。 ② 移：改变。 ③ 矜夸：夸耀。 ④ 保界河山：言恃河山以为固。保,通“凭”。界,通“介”,恃。 ⑤ 信：确实。昭襄：襄王,秦武王异母弟。 ⑥ 乌：如何,怎么。云为：所为。 ⑦ 开元：创始。 ⑧ 布衣：平民,此处指汉高祖刘邦。 ⑨ 朞(jī)：通“期”,一周年。数朞,言时间很短。刘邦从起兵到登帝位共五年,故言数朞。 ⑩ 六籍：六经,即《易》《诗》《书》《礼》《乐》《春秋》。 ⑪ 靡：没有。 ⑫ 横：逆。当天：应天。 ⑬ 逆：以臣伐君。 ⑭ 娄敬：奉春君,曾劝说刘邦建都长安。度(duó)势：考虑时势。 ⑮ 萧公：萧何。拓：扩展。 ⑯“时岂泰”二句：指当时建都长安并非出于本意,实在是不得已。 ⑰ 吾子：古代表示亲近的称呼。曾：竟。是睹：犹言“睹是”。是,此,指代上文所言“度势”、“权宜”。 ⑱ 顾：反而。暗：愚昧不明。末造：末代。 ⑲ 建武：东汉光武帝年号。永平：东汉明帝年号。 ⑳ 监：视。太清：道家谓天道,此指无为之化。惑志：困惑之心。 ㉑ 王莽：汉元帝皇后之侄,新朝的建立者。逆：叛乱。 ㉒ 祚(zuò)：皇位。 ㉓ 诛：讨伐。 ㉔ 六合：指四方上下。 ㉕ 生人：人民。人,当作“民”,唐人避讳改。 ㉖ 鬼神泯(mǐn)绝：

〔148〕　班　固　　　　　　　　　　　　　　　　　　　　　　　东都赋

李贤注："人者神之主，生人既亡，故鬼神亦绝也。"泯，消灭、消失。　㉗壑：山谷。柩：装有尸体的棺木。　㉘郭：外城。罔：无，没有。室：房舍。　㉙厌：堆满。克：能。书契：文字。纪：同"记"，记载。这两句是说王莽作乱造成的灾难，秦朝、项羽还不及它的一半，自文字出现以来未有所闻。　㉚人：当作"民"。号(háo)：哭号。诉：控诉。　㉛上帝：天帝。怀：哀怜：降(jiàng)：下。监：审视。　㉜致命：授命。圣皇：光武帝。　㉝乾符、坤珍：天帝符瑞。皇图、帝文：图纬之文。这几句皆言帝王受命于天。　㉞赫然：愤怒貌。　㉟应若兴云：响应者之多有如云气兴起。　㊱霆击昆阳：指光武帝在昆阳歼灭王莽的主力军。昆阳，汉县名，今河南叶县。凭：满。"凭怒雷震"言盛怒如雷之震。　㊲超：渡。大河：黄河。北岳：恒山。　㊳立号：立皇帝之号，指即位。高邑：春秋时晋国的郜邑。光武帝在此即位，改名为高邑，故址在今河北柏乡县北。河洛：黄河洛水，此指洛阳。建武元年十月，刘秀车驾入洛阳，遂定都。　㊴绍：继。荒屯：荒废艰难。因：凭借。造化：创造化育，指天地。　㊵体元立制：指建立王朝。体元：效法自然本原。继天：继承上天之志。作：起，出现。　㊶系：继。唐：唐尧。绪：业。此二句言光武帝能继唐尧之业。　㊷茂育：养育。　㊸在昔：指古代圣人。三五：三皇五帝。　㊹方轨并济：谓并驾齐驱。纷纶：众多。后辟：君主。险易：比喻理乱。　㊺元：开始。　㊻革命：改朝换代。　㊼伏羲氏：神话传说中人类的始祖，传说他教先民结网从事渔猎畜牧，还传说他创造了八卦。基：始。皇德：天子的恩德。此句言光武之德有如伏羲。　㊽分州土：划分疆界。市朝：集市和朝廷，指国家的规模建制。轩辕氏：黄帝之号，传说他是少典之子，姓公孙，居于轩辕之丘。帝功：帝业。此句言光武之功有如轩辕。　㊾龚行：即恭行。行：施行。天罚：上天的惩罚。应天顺人：顺应天意之心。　㊿汤：商汤，汤伐夏桀，桀奔走鸣条，汤践天子位。武：周武王，伐殷纣，纣自焚而死，武王就帝位。昭：光大。此句言光武之业有如商汤、周武。　51殷宗：殷代的祖先，这里指盘庚。盘庚在王室衰乱之际，率众自奄迁都于殷，商复兴，史称殷商。则：准则，法则。此句言光武之则有如盘庚。　52即：就。土之中：指洛阳。　53周成：周成王。隆平：升平。此句言光武之制有如成王。　54阶：凭借，依靠。尺土：极狭小的土地。柄：权柄。　55符：符节，分为两半，合在一起可作为凭证。后来称事情相同为符。高祖：汉高祖刘邦。　56克己复礼：语出《论语·颜渊》，意谓约束自己的言行，恢复周礼。　57允：诚信。恭：攻进。孝文：汉文帝。　58世宗：汉武帝的庙号，这里指汉武帝。勒成：功成勒石。仪：封禅之仪。　59案：同"按"，依照。校：考校。　60眇：审视。　61该：同"赅"，尽。　62永平：孝明帝年号。　63熙：光明。洽：合。　64三雍：明堂、辟雍、灵台，都是古代帝王举行祭祀典礼的场所。上仪：隆重的礼仪。　65衮龙：古代帝王及三公冕的绣有卷龙的衣服。法服：礼法规定的服饰。　66铺：布。鸿：大。藻：文藻。信：同"伸"。景：大。铄：美。　67扬世庙：孝明帝尊光武帝庙为世庙。雅乐：用于郊庙朝会的音乐。一说雅乐即"大予乐"。　68大辂(lù)：玉辂，皇帝所乘之车。　69遵：沿。皇衢：古代供君王行驶车马的道路。　70省方：视察四方。巡狩：古代帝王五年巡狩，视察各地诸侯之职。　71躬：亲自。　72考：考察。声教：声威教化。被：及。　73皇明：皇帝的明德。烛：照亮。幽：比喻皇恩不及的幽暗之处。　74增周旧：修缮增补洛邑。周成王曾定都洛邑，故言。　75洛邑：洛阳。　76扇巍巍：宫阙高大貌。显翼翼：宫阙雄伟庄严貌。　77诸夏：本是周王朝所封各诸侯国，此处泛指中国。极：中。　78阙庭：阙楼和宫廷。神丽：神奇美丽。　79奢不可逾，俭不能移：言奢俭合度，奢者俭者皆不能过此。因：就。苑：帝王打猎游玩的风景林园。　80沼：池沼。　81蘋、藻：都是水草名。潜：藏。　82毓(yù)：同"育"。　83梁邹：疑为文王苑囿。　84谊：义理。灵囿：指文王苑囿。　85蒐(sōu)狩：打猎。春猎为蒐，冬猎为狩。　⑧⑥简：选。讲武：习武。　⑧⑦《王制》：《礼记》篇名，有关于天子诸侯打猎制度的记载。　⑧⑧《风》、《雅》：《诗经》中的《国风》和大小《雅》，《风》《雅》中都有反映田猎习武的诗篇。　⑧⑨历：视。《驺虞》：《诗经·召南》中的篇名。《驷铁》：《诗经·秦风》中的篇名。《车攻》《吉日》：都是《诗经·小雅》中的篇名。　⑨⑩整仪：整齐有威仪。这几句大意是说诵读了《诗经》中有关田猎习武的诗篇，仪仗整齐有威仪之后，乘舆才出发。　⑨①发：举起。鲸鱼：鲸鱼形状的刻杆。　⑨②铿：撞击。华钟：刻有篆刻之文的钟。　⑨③乘：驾。时龙：高八尺以上的马称为龙，又春驾苍龙，各随四时之色，故言时龙。　⑨④凤盖：帝王仪仗所用的伞形饰物。棽（chēn）丽：枝条茂密，这里为上覆之貌。　⑨⑤和鸾：车铃。玲珑：车铃声。　⑨⑥天官：指大小官吏。景从：如影随形。景：同"影"。　⑨⑦寝：盛。　⑨⑧山灵：山神。　⑨⑨属御：属车之御。方神：四方之神。　①⓪⓪雨师：司雨之神。泛洒：遍洒。　①⓪①风伯：司风之神。清尘：拂扫尘土。　①⓪②元戎：大型战车。　①⓪③铤（tǐng）：短矛。彗：扫。　①⓪④羽旄（máo）：有羽毛牛尾的旗。霓：虹。　①⓪⑤拂：掠过。　①⓪⑥焱（yàn）焱：炎炎，戈矛车马光彩闪烁貌。　①⓪⑦熖（yàn）：通"焰"，火光。　①⓪⑧欱（hé）：啜，吸吮。歕（pēn）山：吹动山岳。比喻气势盛大。歕：吹气。　①⓪⑨夺明：失去光辉。　①①⓪摇震：晃动。　①①①中圈：圈中。　①①②陈师：陈列军队。按屯：止军驻扎。　①①③骈（pián）：并列。　①①④校队：部队。　①①⑤勒：治，统御。三军：泛指军队。　①①⑥誓：听誓。将帅：众官吏。　①①⑦烽：烽火。边疆有警则举火，田猎亦用之。伐鼓：击鼓。　①①⑧三驱：古代天子狩猎的办法。此句言在驱赶禽兽三次后，再放箭射其未及逃逸者。　①①⑨辀（yóu）车：轻车。骁骑：勇猛的骑兵。霆激、电骛（wù）：形容迅速。　①②⓪由基：养由基，春秋时楚人，善射。　①②①范氏：赵之御人。施御：驾驭。　①②②睼（tí）：视，远望。　①②③诡遇：打猎时不按礼法规定而横射禽兽。　①②④指顾：手指而目视，极言迅速。倏忽：转眼之间。　①②⑤实：充满。　①②⑥琬（wǎn）：屈曲。　①②⑦未渫（xiè）：消散。渫：当作"泄"，唐人讳"世"字改。　①②⑧属车：随从的车。案节：徐行。　①②⑨荐：进献。三牺：用于祭天、地、宗庙的牺牲。效：呈献。五牲：麋、鹿、麇（jūn）、狼、兔。　①③⓪礼：致礼。神祇（qí）：天神与地神。怀：来。百灵：百神。　①③①觐：古代诸侯朝见天子称觐。明堂：古代天子接受诸侯朝见宣明政教的地方。　①③②辟雍：古代天子临朝之处。　①③③扬：发扬。缉熙：光明。　①③④皇风：皇帝的教化。　①③⑤灵台：台名，将房子造在高地上，似后世瞭望台。此为汉光武帝依周文王灵台而作。　①③⑥休征：休美之征艳，即吉利的征兆。　①③⑦乾坤：天地。　①③⑧参象：观象。圣躬：天子。　①③⑨中夏：中国。布德：广施恩德。　①④⓪瞰：望。四裔：四夷。抗棱（léng）：振举威势。　①④①荡：疏通。河源：黄河的源头。　①④②澹（dàn）：触动。漘（chún）：水涯。　①④③幽涯：幽都，指北方。　①④④朱垠：指南方。　①④⑤孝武：汉武帝刘彻。征：征讨。孝宣：汉宣帝刘询。臣：臣服。　①④⑥讋（zhé）：恐惧。栗：发抖。　①④⑦绥：安抚。哀牢：古代西南地区的少数民族。　①④⑧开：设立。永昌：汉郡名，辖境相当于云南大理州及哀牢山以西地区。　①④⑨春王三朝（zhāo）：指岁之朝、月之朝、日之朝。　①⑤⓪会同：诸侯朝见天子曰会，众见曰同。京：京都。　①⑤①图籍：犹后世之地图和户籍。　①⑤②膺：受。贡珍：进贡的珍宝。　①⑤③诸夏：指中国。百蛮：泛指各地的少数民族。　①⑤④供帐：供设帷帐。云龙：门之名，在洛阳。　①⑤⑤百僚：大小官吏。赞：引导。群后：众诸侯。　①⑤⑥究：竟。仪：威仪。展：舒展。容：容颜。　①⑤⑦庭实：贡献之物。千品：各种各样。　①⑤⑧旨酒：美酒。钟：古代酒器名。　①⑤⑨金罍（léi）：古代酒器名，尊形，刻似雷之象。　①⑥⓪班：同"颁"，布置。　①⑥①珍：即八珍，八种珍贵的物品。御：进献。　①⑥②太牢：牛、羊、豕三牲为太牢。　①⑥③食举：天子进食时先奏乐。举，奏乐。《雍》彻：天子进食完毕奏《雍》乐来彻食。《雍》为《诗经·周颂》篇名。　①⑥④太师：乐官名。　①⑥⑤金石：古代打击乐器。丝竹：古代管弦乐器。　⑯铿鍧(hōng)：钟鼓相杂之音。　⑯烨(yè)煜：形容音乐声繁盛。　⑯抗：高，作动词用。五声：五音，即官商角徵羽。　⑯极：尽。六律：黄钟、太簇、姑洗、蕤(ruí)宾、夷则、无射。　⑰九功：火、水、金、木、土、谷、正德、利用、厚生。　⑰八佾：古代的一种乐舞，纵横八人，共六十四人。　⑰《韶》：帝舜乐曲名。《武》：周武王乐曲名。　⑰泰古：太古，远古，指太古之乐。毕：尽，尽奏之意。　⑭四夷：东夷、南蛮、北狄和西戎的合称。间：更迭。　⑮德广所及：恩德所及之处。　⑯《僸》《佅》《兜离》：东夷之乐曰佅(mài)，南夷之乐曰任，西夷之乐曰株离，北夷之乐曰僸(jìn)。《兜离》即《株离》，兜、株，一声之转。罔：无。　⑰暨：至。　⑱欢浃(jiā)：欢乐和洽。　⑲烟(yīn)煴(yūn)：天地之间的合气。调：调和。元气：指构成天地万物的本原之气。　⑳撞钟告罢：言敲钟以宣告退席。　㉑沐浴：指沉浸享受。膏泽：恩泽。　㉒侈心：奢侈、放纵之心。萌：萌生。　㉓东作：农耕。　㉔申：申诉。旧章：旧的典章制度。　㉕明诏：圣明的诏书。　㉖有司：古代官吏设官分职，事有专司，因称官吏为有司。　㉗宪度：法度。　㉘昭：彰明。　㉙示：显示。太素：朴素。　㉚丽饰：华丽的装饰。　㉛损：减少。乘舆：天子乘坐的车。服御：指衣服车马之类。　㉜淫业：末业，此为古代对工商业的贬称。　㉝盛务：根本的事业，指农业。　㉞末：指工商。本：指农业。　㉟背伪而归真：背伪，去除雕饰，归真，崇尚朴素。　㊱修：治。织纴(rèn)：泛指织布。　㊲务：从事。耕耘：更添除草，泛指农业生产。　㊳陶：瓦器。匏(páo)：葫芦之属。　㊴素玄：白色和黑色的衣服。　㊵贱：意动词。珍：珍爱。　㊶沈：同"沉"。　㊷瑕：缺点，过失。秽：秽行，秽得。　㊸镜至清：以自然天道为借鉴。至清，指自然之道。　㊹形神：身体和精神。寂漠：同"寂寞"，寂静。耳目弗营：即"弗营耳目"，言不经营娱乐耳目之事。　㊺嗜欲之源：指声色等事。　㊻优游：悠闲自得貌。　㊼玉润：仁爱像玉那样润泽。金声：道德像金声那样远传。　㊽庠序：古代的乡学。　㊾献酬：主人向客人敬酒为献，主人自饮一杯，然后敬客为酬。　㊿俎：古代祭祀时用以盛放生肉的礼器。豆：盛干肉的器皿。莘莘：众多貌。　㉑蹈：践，即履行意。　㉒登降：上下。饫(yù)宴：饮酒之礼不脱履升堂谓之饫，下跣(xiǎn)而上坐者谓之宴。　㉓相与：共同。嗟叹：赞叹。玄德：深远难知的自然之德。　㉔说(dǎng)言：善言。弘：大。　㉕含和：内含中和之气。　㉖虞夏之《书》：《尚书》中有《虞书》《夏书》。　㉗殷周之《诗》：《诗经》中有《商颂》、周诗。　㉘羲、文之《易》：相传伏羲画八卦，周文王作卦辞。　㉙孔氏之《春秋》：相传《春秋》出于孔子之手。《史记》有"仲尼厄而作《春秋》"之说。　㉚清浊：犹善恶。　㉛究：探究。　㉜驰骋：纵马奔驰，这里是奔走、趋附之意。末流：奢侈浮华。一说指诸子百家。　㉝僻：偏僻。界：邻界。西戎：西北地区的少数民族。　㉞四塞：四面皆有天险，可作为屏障。　㉟土中：中土，指中原地区。　㊱平夷：平坦。洞达：通达。　㊲辐凑：车辐凑集于毂上。　㊳秦岭：山脉。九嵏(zōng)：山名。　㊴四渎：古代对四条流入大海的河流之总称，即江、河、淮、济。五岳：五大名山的总称，即东岳泰山、南岳衡山、西岳华山、北岳恒山、中岳嵩山。　㊵溯(sù)：同"溯"。　㊶图书之渊：指河洛，河出图、洛出书。图书，河图洛书的简称。　㊷馆御列仙：设台以进御神仙。　㊸统和：统一和合。　㊹辟雍海流：这几句是说长安的太液、昆明、鸟兽之围，不如洛阳的辟雍流水像教化流行。　㊺游侠：即西都宾云"乡曲豪俊，游侠之雄"。逾侈：奢侈逾礼。即西都宾云"列肆侈于姬、姜"。　㊻履：履行。　㊼翼翼：恭敬貌。济济：多威仪。　㊽阿房：阿房宫，秦代著名建筑物，故址在今西安市西。造：至。　㊾京洛：京都洛阳。　㊿函谷：函谷关。无外：没有内外之别。　㉑矍(jué)然变容：因恐惧而变了脸色。矍然，惊慌失措貌。失容，失色。　㉒逡(qūn)巡：迟疑徘徊。降阶：降级。　㉓慄(dié)然：恐惧貌。 ㉔捧手：拱手，表示敬佩。 ㉕卒业：诵读全诗。 ㉖李善《注》："扬雄、相如，辞赋之高者，故假以言焉。非唯主人好学而富乎辞藻，抑或遭遇太平之时，礼文可述也。" ㉗狂简：狂妄而疏简。 ㉘裁：节制。 ㉙诵之：诵读这五首诗。 ㉚於(wū)：叹美之辞。昭：明。 ㉛孔：甚。阳：明。 ㉜圣皇宗祀：李贤注："谓祭光武于明堂也。" ㉝穆穆：肃敬、恭谨貌。煌煌：盛美貌。 ㉞上帝：天帝。宴飨：享受祭祀。 ㉟五位：五方之所。时序：是序，各在其位。 ㊱"谁其"二句：言能配五帝享受祭祀的是世祖光武皇帝。光武是中兴之帝，故称世祖。 ㊲率土：境域之内。 ㊳各以其职：四海之内各以其职来祭祀。 ㊴猗(yī)欤：叹美之辞。 ㊵允：诚。怀：怀有。 ㊶乃流辟雍：辟雍四周有水环绕。 ㊷汤(shāng)汤：大水急流貌。 ㊸莅：来临。 ㊹造舟为梁：造舟为浮梁。 ㊺皤(pó)皤：头发斑白貌。国老：卿大夫致仕者。 ㊻抑抑：美好貌。 ㊼孝友：善事父母为孝，善事兄弟为友。 ㊽於(wū)赫：叹美之辞。太上：李贤注："太古立德贤圣之人。" ㊾示我汉行：示我汉家应行之正道。 ㊿洪：大。化：教化。 ㈢观：示。 ㈣经：经营。 ㈤崇：高。 ㈥时登：按时登上灵台。 ㈦爰：于是。考：考究。休：美。征：征兆。 ㈧三光：日、月、星。宣：布。 ㈨序：时序。 ㈩习习：微风和煦貌。祥风：和风。 ㊀祁祁：徐徐。 ㊁萋萋：茂盛貌。 ㊂藩庑(wú)：丰盛。 ㊃星：美。 ㊄修贡：进贡。效：献。珍：珍宝。 ㊅景：光。歊(xiāo)：气上升貌。 ㊆李善《注》引《东观汉记》曰："永平六年，庐江太守献宝鼎，出王洛山。"纷缊：五色斑斓貌。 ㊇焕、炳：都是明亮貌。龙文：鼎上刻有龙纹之状。 ㊈祖庙：先祖之庙。 ㊉灵篇：指河洛之书。瑞图：祥瑞之图。 ㊊白雉：古代以为祥瑞之物。效素乌：李贤注："《固集》此题篇云'白稚素乌歌'，故兼言'效素乌'。"素乌：乌鸦。 ㊋嘉祥：吉祥。阜：盛。皇都：京都。 ㊌皓：白。奋：鼓起。翘(qiáo)英：美丽的羽毛。 ㊍絜(jié)朗：清洁明朗。 ㊎侔(móu)：齐等。周成：周成王。 ㊏膺：受。天庆：上天赐予的福庆。

《东都赋》是班固的《两都赋》之一，另一篇是《西都赋》。《西都赋》以"西都宾"的身份颂扬西都长安的富丽，以此向东都主人进行夸耀。《东都赋》写东都主人向西都宾颂扬光武帝建都洛阳的功绩，称赞明帝在洛阳依礼完善各项制度的盛事，以此作为定都洛阳的理由。

东汉王朝在光武帝、明帝年间，经济有长足发展，物质丰富，文教与外交也显出繁盛景象。《东都赋》对帝王功德的歌颂，实际上是对汉王朝强大国势和声威的歌颂，虽有所夸大，但总体上说并未违背历史真实。在讴歌汉王朝盛世的同时，作品还表达了坚持法变，反对奢侈的思想。从这个角度看，《东都赋》较《西都赋》思想内容要丰富深刻一些。

作者在描绘东都洛阳的繁荣时，并非简单停留于对宫苑、街市、田猎的描写，而是将它和东汉帝王履行各种礼仪制度联系在一起。在材料的处理上颇有取舍，详略得当。全文有三分之二的篇幅详细描写建武之治与永平之事，批驳西都宾迁都长安的陈词。关于建武之治，写得比较详细，其目的在于说明武帝创业的艰难。写光武帝的功绩要面面俱到，因此比较概括。言永平之事，从明帝即位"盛三雍之上仪"着笔，为文末缀以五首诗设下伏笔。紧接着描写明帝"备制度"

的盛事，层层展开，涉及的事情虽然很多，但作者要突出说明的只是明帝如何履行礼仪制度，因而从总体上看叙述至为详尽，明帝的各项举措尽量不使遗漏，并有所夸大，但对具体事情的叙述却比较简略。例如宫殿建筑、田猎娱乐在其他有关田猎、京都大赋中，作文者总要极尽铺陈之能事，在这里却所占篇幅不多，而且是同讲武及礼仪结合起来，使读者首先感到的是威武与庄严，而不只是豪侈与盛大。

文章写东都主人与西都宾的辩论，一方面分别歌颂了西都长安与东都洛阳的繁荣，一方面批驳西都宾散布的非都长安则"弗康"的论调，从描述上说，使《西都赋》部分成为《东都赋》的陪衬。从议论方面说，《西都赋》提出了驳论的准的，而《东都赋》则通过具体事实的描述加以辩驳，表现了东汉强盛之时政治上的自信，也体现出一种发展的社会观点，对泥古思想是一种否定。但因东汉刘秀又以西汉王朝的正统继任者自命，所以对西汉王朝的繁荣强盛也给以充分的表现，总体上歌颂了大汉王朝相继数百年的统一、强盛。由此对西都、东都的表现角度不同，各有侧重，而掌握上很有分寸，既显示了赋家高妙的构思与富艳的辞采，也显示出史家不凡的识见与严密的叙述手段。

同时，本篇的结构形式、表现特点，如客主答问、先客后主、先扬后抑、先美后讽、铺张扬厉、夸饰排比、辞藻华美等等，都无不承袭了西汉以来散体大赋的传统。不过，班固在《东都赋》(包括《西都赋》)中对西汉扬雄时期大赋"劝百讽一"的弊病有所匡正，增加了讽谏的力度。班固曾批评前辈辞赋家"竞为侈丽宏衍之辞，没其讽喻之义"(《汉书·艺文志》)，他作《两都赋》的目的是"极众人之所眩曜，折以今之法度"(《西都赋序》)。所以本篇的议论说教成分明显大于西汉的《上林》《子虚》等大赋。不同于其通过互相吹嘘之势压倒折服对方。

（池雪丰　贾海生）

傅毅

【作者小传】

(约42—约90)　字武仲，扶风茂陵(今陕西咸阳东北)人。明帝时，于平陵学习解说经义的章句之学，作《迪志诗》以明志。因明帝求贤无诚意，士多隐居，作《七激》以讽谏。建初中，任兰台令史，拜郎中，与班固、贾逵共校官廷藏书。和帝永元元年(89)，大将军窦宪击匈奴时，以为主记室，迁司马。原有集，已佚。残存诗赋见《先秦汉魏晋南北朝诗》及《全上古三代秦汉三国六朝文》。

舞　赋　　　　　　　　　　　　　　傅　毅

　　楚襄王既游云梦[①]，使宋玉赋高唐之事[②]。将置酒宴饮，谓宋玉曰："寡人欲觞群臣[③]，何以娱之？"玉曰："臣闻歌以咏言，舞以尽意，是以论其诗不如听其声，听其声不如察其形。《激楚》《结风》《阳阿》之舞[④]，材人之穷观，天下之至妙。噫！可以进乎？"王曰："如其郑何？[⑤]"玉曰："小大殊用，郑雅异宜[⑥]。弛张之度，圣哲所施。是以《乐》记干戚之容[⑦]，《雅》美蹲蹲之舞[⑧]，《礼》设三爵之制，《颂》有醉归之歌[⑨]，夫《咸池》《六英》[⑩]，所以陈清庙，协神人也；郑卫之乐，所以娱密坐，接欢欣也[⑪]。余日怡荡[⑫]，非以风民也，其何害哉？"王曰："试为寡人赋之。"玉曰："唯唯。"

　　夫何皎皎之闲夜兮，明月烂以施光。朱火晔其延起兮[⑬]，燿华屋而熺洞房[⑭]。黼帐袪而结组兮[⑮]，铺首炳以焜煌[⑯]。陈茵席而设坐兮，溢金罍而列玉觞[⑰]。腾觚爵之斟酌兮[⑱]，漫既醉其乐康[⑲]。严颜和而怡怿兮，幽情形而外扬[⑳]。文人不能怀其藻兮，武毅不能隐其刚。简惰跳踃[㉑]，般纷挐兮[㉒]。渊塞沉荡[㉓]，改恒常兮。于是郑女出进，二八徐待。姣服极丽，姁媮致态[㉔]。貌嫽妙以妖蛊兮[㉕]，红颜晔其扬华。眉连娟以增绕兮[㉖]，目流睇而横波。珠翠的皪而炤燿兮[㉗]，华袿飞髾而杂纤罗[㉘]。顾形影，自整装；顺微风，挥若芳[㉙]。动朱唇，纡清阳；亢音高歌，为乐方[㉚]。

　　歌曰：摅予意以弘观兮[㉛]，绎精灵之所束。弛紧急之弦张兮，慢末事之骩曲[㉜]。舒恢炱之广度兮[㉝]，阔细体之苛缛[㉞]。嘉《关雎》之不淫兮，哀《蟋蟀》之局促[㉟]。启泰真之否隔兮，超遗物而度俗[㊱]。扬《激徵》，骋《清角》，赞舞操，奏均曲[㊲]。形态和，神意协，从容得，志不劫[㊳]。

　　于是蹑节鼓陈，舒意自广。游心无垠，远思长想[㊴]。其始兴也，若俯若仰，若来若往。雍容惆怅，不可为象[㊵]。其少进也,若翔若行,若竦若倾。兀动赴度,指顾应声[41]。罗衣从风,长袖交横。骆驿飞散,飒擖合并[42]。翾鹬燕居,拉揩鹄惊[43]。绰约闲靡,机迅体轻[44]。姿绝伦之妙态[45],怀悫素之絜清[46]。修仪操以显志兮,独驰思乎杳冥。在山峨峨,在水汤汤[47]。与志迁化,容不虚生[48]。明诗表指,喟息激昂[49]。气若浮云,志若秋霜。观者增叹,诸工莫当[50]。

于是合场递进,按次而俟[51]。埒材角妙,夸容乃理[52]。轶态横出,瑰姿谲起。眄般鼓则腾清眸[53],吐哇咬则发皓齿[54]。摘齐行列,经营切拟[55]。仿佛神动,迴翔竦峙。击不致爽,蹈不顿趾。翼尔悠往,闇复辍已[56]。及至迴身还入,迫于急节,浮腾累跪,跗蹋摩跌[57]。纤形赴远,漼似摧折[58]。纤縠蛾飞,纷猋若绝[59]。超踰鸟集,纵驰殟歾[60]。蜲蛇姌嫋,云转飘曶[61]。体如游龙,袖如素蜺。黎收而拜[62],曲度究毕[63]。迁延微笑[64],退复次列。观者称丽,莫不怡悦。

于是欢洽宴夜,命遣诸客。扰躟就驾[65],仆夫正策。车骑并狎[66],䡄炎逼迫[67]。良骏逸足,跄捍凌越[68]。龙骧横举,扬镳飞沫。马材不同,各相倾夺[69]。或有蹂埃赴辙[70],霆骇电灭。蹑地远群,闇跳独绝[71]。或有宛足郁怒,盘桓不发[72]。后往先至,遂为逐末[73]。或有矜容爱仪,洋洋习习。迟速承意,控御缓急[74]。车音若雷,騖骤相及[75]。骆漠而归,云散城邑[76]。天王燕胥[77],乐而不泆。娱神遗老[78],永年之术。优哉游哉,聊以永日[79]。

〔注〕　①云梦:楚大泽名。关于云梦的位置历来说法不一,一说本二泽,云在江北,梦在江南;一说云梦实为一泽,可单言云或梦。综合古籍记载,云梦泽大致包括今湖南益阳、湘阴县以北,湖北江陵、安陆县以南,武汉市以西广大地区。　②赋高唐之事:指宋玉曾作《神女赋》,言与高唐神女相遇之事。《高唐赋》《文选》李周翰注:"此假设楚襄王宋玉之事,以为赋瑞也。"　③觞:酒器,这里作饮酒讲。欲觞群臣,即请群臣饮酒。　④《激楚》《结风》《阳阿》:古歌舞名,《上林赋》:"鄢、郢缤纷,《激楚》《结风》。"《淮南子》:"歌《采菱》,发《阳阿》。"　⑤如其郑何:意思是,郑卫之音是亡国之音,如果歌舞像郑、卫之音一样,怎么办? 这句话表达了楚襄王的顾虑。　⑥小大殊用,郑雅异宜:《小雅》《大雅》各有不同的用处,郑音、雅乐则各不相宜。弛张之度,圣哲所施:《文选》李周翰注:"弛废,张用。度,法也。谓雅郑之乐,废用之法,圣人所施

也。" ⑦干戚：盾和斧。 ⑧蹲蹲：翩然起舞的样子。《诗·小雅·伐木》："蹲蹲舞我。" ⑨《礼》设三爵之制，《颂》有醉归之歌：《礼记》中有君子饮酒，不过三杯的制度。《鲁颂》中有描写大醉以后回家的诗歌。《礼记》："君子饮酒也，礼三爵而油油以退。"《鲁颂·有驲》："振振鹭，鹭于飞。鼓咽咽，醉言舞。于胥乐兮！" ⑩《咸池》：古乐曲名，相传为尧乐，一说为黄帝之乐。《六英》：古乐名，相传为帝喾或颛顼之乐曲。 ⑪青庙：帝王祀先王之庙。密坐：靠近而坐。一说为环坐。接：引。 ⑫余日：闲暇之日。怡荡：怡悦放荡。风：教化。 ⑬施：散步。朱火：指烛。 ⑭熺（xī）：通"熹"，照耀、辉映。 ⑮黼（fǔ）：绣有花纹的帐幔。袪：举起。 ⑯铺首：门上用以衔环的底盘，作兽形，或饰以金银。焜（kūn）煌：明亮。 ⑰茵（yīn）：蓐席。罍（léi）：古代酒器，形似壶。 ⑱腾觚（gū）爵：迅速行酒。觚、爵：皆古代酒器，觚比爵大。《礼记·礼器篇》注："凡觞，一升曰爵，二升曰觚。"斟酌：指按个人不同的酒量行酒。 ⑲漫：多；无拘无束。 ⑳严颜：严整之貌。怡怿（yì）：欢快喜悦。幽情形而外扬：即幽深之情皆露于外。指酒醉之态。 ㉑"文人"两句，是形容酒醉后的忘形。简情：疏简意情。跳踃（xiāo）：跳跃。 ㉒纷挐：牵持杂乱。 ㉓渊塞：深沉而实在。《毛诗》："其心渊塞。"毛苌曰："塞，实也。渊，深也。" ㉔姁（xū）喻（yú）：和悦的样子。 ㉕嫽妙：美好。妖蛊：使……迷醉。 ㉖连娟：细貌。绕：弯曲。 ㉗珠翠：珍珠和翡翠。的（dì）皪（lì）：珠光闪烁的样子。炤耀：同"照耀"。 ㉘华袿（guī）飞髾（shāo）：华丽的衣裳上飞扬着燕尾形的假饰。袿：妇女的上衣。刘熙《释名》："妇人上服谓之袿。"髾：燕尾形的衣上假饰。《上林赋》："飞纤垂髾。"司马彪注："髾，燕尾也，衣裳假饰。" ㉙若芳：杜若的芳香。杜若是一种供佩戴用的香草。 ㉚纡清阳：舒展眉宇。清阳：眉目之间。"亢音"句：《文选》吕向注："亢，举也；方，犹常也。言举音高歌，为乐之常道也。" ㉛摅：散、舒绎。弘：大。弛紧急之弦张兮：放松绷紧的琴弦。弛，放松。 ㉜慢末事之骫（wěi）曲：（暂时）松懈郑、卫地婉靡的歌舞。骫：同"委"。骫曲：即委曲，曲意求全。《文选》李善注："言郑卫之末事，而委曲顺君之好，无益，故废而慢也。"末事：指婉靡的郑、卫歌舞。 ㉝恢炱（tái）：亦作"恢台"，广大的样子。《楚辞·九辩》："收恢台之孟夏兮。" ㉞阔细体之苛缛：使琐屑繁杂的细枝末节更加恢阔弘大。细体：琐屑的细节。苛缛：繁琐之貌。 ㉟嘉《关雎》之不淫兮，哀《蟋蟀》之局促：赞美《关雎》乐而不淫，哀叹《蟋蟀》见识短小。《毛诗》："《关雎》，乐得淑女，以配君子，忧在进贤，不淫其色。"《毛诗》："《蟋蟀》，刺晋僖公也，俭不中礼。"《文选》吕延济注《关雎》之乐，后妃之德，乐而不淫也，故嘉之。《蟋蟀》，《诗》篇名，刺俭不中礼，故哀其局促。" ㊱"启泰真"两句：是说舞蹈可以使人打通与宇宙元气的悬隔，忘却自我，超然世外。李善注："太真，太极真气也。否隔，不通也。" ㊲"扬《激徵》"两句：李善注："《激徵》《清角》，皆舞曲名。"舞操：指舞之节操。均曲：律度谐和之曲。 ㊳劫：急迫。 ㊴蹑节鼓陈：随着鼓点的节奏起舞。垠：际。 ㊵"其始兴也"句：《文选》李周翰注："俯仰、来往、雍容，皆举舞迁转不定也。"不可为象：难以用形象描述舞姿。 ㊶兀动赴度，指顾应声：兀然而动，以赴节度；手指目顾，皆应声曲。 ㊷骆驿：相连貌。飒擖（yè）：盘旋貌。合并：指与曲度相合。 ㊸翩鷅（piāo）：轻貌。拉擖：飞貌。 ㊹绰约闲靡，机迅体轻：这句话的意思是，舞态时而娴缓柔靡，时而轻快迅疾。绰约，美好。机迅体轻，指舞者的动作，像弩机发箭一样迅速轻捷。 ㊺"姿绝伦"两句：《文选》李周翰注："皆舞者姿貌也。绝伦妙态，谓美色也。怀贞素，含洁情，修整仪容，端理节操，以明其志，乃驰思于其杳冥寞寞之外，以为妙舞也。" ㊻悫（què）素：忠贞质朴。《说文解字》："悫，贞也。" ㊼峨峨：高峻的样子。汤（shāng）汤：水流湍急的样子。此句化用伯牙鼓琴，钟子期知音的故事。 ㊽容不虚生：指舞蹈的动作不是凭空发出的，而是有所寄托的。 ㊾明诗表指：歌中有诗，舞人把诗旨表达得恰

〔156〕傅毅 舞赋

如其分。《文选》李善注："歌中有诗,舞人表而明之,指而合节。"喟息:叹息。 ㊿工:指乐师。《文选》吕济注："观之者以为诸工妓盖不可当也。" 51 于是合场递进,按次而俟:接着众舞女接连向前,按照次序排列等待。 52 埒材角妙,夸容乃理:相互比较舞技的精妙,美丽的姿容庄严齐整。埒:同等。角:比试。 53 眄(miǎn):斜视。盘鼓:一种似盘的鼓,声铿锵。 54 哇咬:指民歌民乐。李周瀚注:"盘鼓谓声急而将终曲者。眄,看也;腾,举也;眸,眼中瞳子也;哇咬,诮艳声也;皓,白也。" 55 摘齐行列,经营切拟(nǐ):一个挨一个排列整齐,往来起舞,模拟得惟妙惟肖。摘:李善注:"相摩切也。"经营:往来的样子。切拟:切合所比拟的内容或对象。 56 爽:差。不顿:不闻顿足之声。趾:足。翼尔悠往,闇复辍已:翩然远去,又突然停止。翼:轻貌。悠:远去。闇,同"奄"。忽然。《方言》:"奄,遽也。" 57 浮腾:轻举、跳跃。累跪:反复跪、起。跗(fū)蹋(tà):谓足蹋地。摩跌:以足摩地而扬跌。跌,足蹠。以上皆舞貌。 58 纤形赴远:纤曲其形,以踊其身。漼(cuǐ):折貌。 59 纤縠(hú)蛾飞:纤薄的罗纱像蛾一样飘来飞去。縠:皱纱。纷猋(biāo):飞扬貌。 60 殟(wēn)殁(mò):舒缓貌。 61 蜲(wēi)蛇(yí):回旋曲折。蜲蛇,同"委蛇"。姌嫋:长行之貌。飘智:轻疾貌。 62 黎收而拜:慢慢敛容谢幕。黎:与"邌"同。《苍颉篇》:"邌,徐也。" 63 曲度究毕:乐曲全部停了下来。《文选》李善注:"言舞将罢,徐收敛容态而拜,曲度于是究毕。" 64 迁延:后退。 65 扰攘驾驰:纷纷攘攘上车。扰攘:争貌。 66 狎:《文选》李善注:"谓多而相排也。" 67 尨(lóng)次(cóng):聚集貌。 68 良骏逸足,跄捍陵越:骏马跑得轻疾,相互之间,你追我赶。逸:疾。跄捍:马疾驰貌。凌越:急如飞越。 69 倾夺:相互竞驰。 70 踰埃赴辙:逾越于尘埃之前,以追随前车之辙。 71 蹑地远群,闇跳独绝:(有的马)蹄子一着地,就超过了其他众马,速度之快,无以伦比。蹑:踏。闇跳:行疾貌。 72 盘桓:逗留。 73 后往先至,遂为逐末:后发先至,超过了一个又一个。 74 或有矜容爱仪,洋洋习习:有的马表现矜持,爱好仪容,一派庄敬从容的样子。洋洋:庄敬貌。习习:和调貌。迟速承意:即迟速任意。 75 鹜骤:奔驰。相及:相连。 76 骆漠:骆驿纷漠,喻奔驰之貌。云散城邑:指回到城里。 77 燕骨:犹燕乐。骨:语气词。泆(yì):过分。 78 娱神遗老:是精神欢愉而忘老。 79 优哉游哉,聊以永日:优游从容,以度时光。《左传·襄公二十一年》:"优哉游哉,聊以卒岁。"

　　傅毅的《舞赋》是中国文学史上现存最早以舞名篇的赋作,被《昭明文选》收在卷十七"音乐"之部。人的各种动作是很难描写的,特别是舒展四肢腾挪身躯的舞姿。而《舞赋》描绘的正是舞蹈的过程,展现了辞赋最大的风格特点——细致的描摹竭力的铺排。类似的描写,我们在宋玉的《神女赋》中也可以看到,但宋玉赋后人多以为是伪托的。曹植的《洛神赋》描写洛神的动作也有类似的笔墨,这里可以看到傅毅此赋的影响。

　　《舞赋》采用了一个对话的形式,假托楚襄王游历云梦大泽,让宋玉作《高唐赋》之后,大摆筵席,赐酒群臣。楚王于是问宋玉应如何助兴,宋玉指出论诗不如听歌,听歌不如观舞。而郑卫之声热情奔放,正适合娱乐宾客。

　　作者借宋玉之口说明"雅""颂"是用来"陈清庙、协神人",祭祀祖宗和天地的乐舞。而"娱密坐,接欢欣"之歌舞,并非用来教化人民,因此可以使用郑卫之歌舞。这样的解释符合现实的生活,古人并非一味使用雅乐,而是在不同的场合采用不同的乐舞。接着进入正文就是生动地描绘舞者的舞蹈英姿,除了写实地描写舞者的动作姿态外,也用具体的形象来形容他们的精神境界:"姿绝伦之妙态,怀悫素之洁清。修仪操以显志兮,独驰思乎杳冥。在山峨峨,在水汤汤,与志迁化,容不虚生……气若浮云,志若秋霜。"此赋最后以宾客尽欢,驾车挥鞭,齐驾骏马,各自离去。整篇赋颂扬了舞者如游龙素蜺的绚丽瑰姿,也歌颂了君王宴饮,乐而不淫的逍遥悠哉。闻一多在《说舞》中认为"舞是生命情调最直接、最实质、最强烈、最尖锐、最单纯而又最充足的表现"。但在东汉时期,舞蹈乃是儒家礼乐文化的组成部分,也是朝廷礼制的一种形式。孔子当年见"八佾舞于庭",认为不可容忍。(《论语·八佾》)所以,傅毅的《舞赋》是宣扬礼乐歌舞的合制,达到美盛德行的目的。但辞赋的形象大于思想的特点,使本篇秀出于林,实现了辞赋题材的突破,成为中国文学史、艺术史上描写舞蹈的第一篇。说明舞蹈,作为人类的主要艺术实践,具有脱离礼乐文化的独立的审美价值。 (苏瑞隆)

张 衡

【作者小传】

(78—139) 字平子,南阳西鄂(今河南)人。二十八岁任南阳太守鲍德主簿。三十四岁为郎中,升迁太史令,掌管天象观测,创造了当时世界上第一架利用铜壶滴漏带动的浑天仪。顺帝初,复为太史令。阳嘉元年(132),又创造世界上最早测定地震方向的地动仪。后迁侍中,遭宦官谗毁。五十九岁出任河间相。后又召为尚书。天文著作有《浑天仪图注》和《灵宪》。文学作品有《归田赋》《四愁诗》《同声歌》。明人辑有《张河间集》。

西 京 赋　　　　　　张 衡

有凭虚公子者①,心侈体忕②,雅好博古③,学乎旧史氏④,是以多识前代之载⑤。言于安处先生曰:

夫人在阳时则舒⑥,在阴时则惨⑦,此牵乎天者也⑧;处沃土则逸,处瘠土则劳,此系乎地者也。惨则鲜于欢⑨,劳则褊于惠⑩,能违之者寡矣。小必有之,大亦宜然⑪。故帝者因天地以致化⑫,兆人承上教以成俗⑬。化俗之本,有与推移⑭。何以核诸^⑮？秦据雍而强^⑯，周即豫而弱^⑰，高祖都西而泰^⑱，光武处东而约^⑲，政之兴衰，恒由此作^⑳。先生独不见西京之事欤？请为吾子陈之^㉑。

汉氏初都，在渭之涘^㉒。秦里其朔，寔为咸阳^㉓。左有崤函重险，桃林之塞^㉔。缀以二华^㉕，巨灵赑屃，高掌远跖，以流河曲，厥迹犹存^㉖。右有陇坻之隘，隔阂华戎^㉗，岐梁汧雍^㉘，陈宝鸣鸡在焉^㉙。于前则终南太一^㉚，隆崛崔崒，隐辚郁律^㉛。连冈乎嶓冢^㉜，抱杜含鄠^㉝，欱沣吐镐^㉞，爰有蓝田珍玉^㉟，是之自出^㊱。于后则高陵平原^㊲，据渭踞泾^㊳。澶漫靡迤^㊴，作镇于近^㊵。其远则九嵏甘泉^㊶，涸阴沍寒^㊷。日北至而含冻，此焉清暑^㊸。尔乃广衍沃野，厥田上上^㊹，寔惟地之奥区神皋^㊺。昔者大帝说秦缪公而觐之^㊻，飨以钧天广乐^㊼。帝有醉焉，乃为金策^㊽，锡用此土，而翦诸鹑首^㊾。是时也，并为疆国者有六，然而四海同宅西秦^㊿，岂不诡哉^㉛！

自我高祖之始入也，五纬相汁^㊼，以旅于东井^㊼。娄敬委辂^㊼，干非其议^㊼。天启其心^㊼，人甚之谋^㊼。及帝图时，意亦有虑乎神祇。宜其可定以为天邑^㊼。岂伊不虔思于天衢^㊼？岂伊不怀归于枌榆^㊼？天命不滔，畴敢以渝^㊼！

于是量径轮，考广袤^㊼，经城洫，营郭郛^㊼，取殊裁于八都，岂启度于往旧^㊼？乃览秦制，跨周法^㊼，狭百堵之侧陋^㊼，增九筵之迫胁^㊼。正紫宫于未央^㊼，表峣阙于闾阖^㊼。疏龙首以抗殿，状巍峨以岌嶪^㊼。亘雄虹之长梁^㊼，结棼橑以相接^㊼。蒂倒茄于藻井^㊼，披红葩之狎猎^㊼。饰华榱与璧珰，流景曜之韡晔^㊼。雕楹玉磶，绣栭云楣^㊼。三阶重轩，镂槛文㮰^㊼。右平左墄，青琐丹墀^㊼。刊层平堂，设切厓隒^㊼。坻崿鳞眴，栈齴巉崄^㊼。襄岸夷涂，修路陵险^㊼。重门袭固，奸宄是防^㊼。仰福帝居，阳曜阴藏^㊼。洪钟万钧，猛虡趪趪^㊼。负笋业而余怒，乃奋翅而腾骧^㊼。

朝堂承东，温调延北。西有玉台，联以昆德^㊼。嵯峨嶵嵲，阆识所则[88]。若天长年、神仙,宣室、玉堂,麒麟、朱鸟、龙兴、含章[89]。譬众星之环极[90],叛赫戏以辉煌[91]。正殿路寝,用朝群辟[92]。大夏耽耽[93],九户开辟[94]。嘉木树庭,芳草如积。高门有闶,列坐金狄[95]。内有常侍谒者,奉命当御[96]。兰台金马,递宿迭居[97]。次有天禄石渠,校文之处[98]。重以虎威章沟,严更之署[99]。徼道外周,千庐内附[100]。卫尉八屯,警夜巡昼[101]。植铩悬瞂,用戒不虞[102]。

后宫则昭阳飞翔,增成合欢。兰林披香,凤皇鸳鸾[103]。群窈窕之华丽,羌内顾之所观[104]。故其馆室次舍,采饰纤缛[105]。裛以藻绣,文以朱绿[106]。翡翠火齐,络以美玉[107]。流悬黎之夜光,缀随珠以为烛[108]。金釭玉阶,彤庭辉辉[109]。珊瑚琳碧,瓀珉璘彬[110]。珍物罗生,焕若昆仑[111]。虽厥裁之不广,侈靡踰乎至尊[112]。于是钩陈之外,阁道穹隆[113],属长乐与明光,径北通乎桂宫[114]。命般尔之巧匠,尽变态乎其中[115]。后宫不移,乐不徙悬[116]。门卫供帐,官以物辨[117]。恣意所幸,下辇成燕。穷年忘归,犹弗能遍[118]。瑰异日新,殚所未见[119]。

惟帝王之神丽,惧尊卑之不殊。虽斯宇之既坦,心犹凭而未摅[120]。思比象于紫微,恨阿房之不可庐。睠往昔之遗馆,获林光于秦余[121]。处甘泉之爽垲,乃隆崇而弘敷[122]。既新作于迎风,增露寒与储胥[123]。托乔基于山冈,直墆霓以高居[124]。通天訬以竦峙,径百常而茎擢[125]。上辬华以交纷,下刻陗其若削[126]。翔鹍仰而不逮,况青鸟与黄雀[127]。伏棂槛而颓听,闻雷霆之相激[128]。

柏梁既灾,越巫陈方。建章是经,用厌火祥[129]。营宇之制,事兼未央[130]。圜阙竦以造天,若双碣之相望[131]。凤骞翥于甍标,咸溯风而欲翔[132]。阊阖之内,别风嶕峣[133]。何工巧之瑰玮,交绮豁以疏寮[134]。干云雾而上达,状亭亭以苕苕[135]。神明崛其特起,井幹叠而百增[136]。跱游极于浮柱,结重栾以相承[137]。累层构而遂阺,望北辰而高兴[138]。消雰埃于中宸,集重阳之清濙[144]。瞰宛虹之长鬐,察云师之所凭[145]。上飞闼而仰眺,正睹瑶光与玉绳[146]。将乍往而未半,怵悼慄而怂兢[147]。非都卢之轻趫,孰能超而究升[148]?

驭娵骖荡,焄羃桀桀。枌诣承光,暧罘庌豁[149]。橧桴重楶,锷锷列列[150]。反宇业业,飞檐辙辙[151]。流景内照,引曜日月[152]。天梁之宫,寔开高闱[153]。旗不脱扃,结驷方蕲[154]。栎辐轻鹜,容于一扉[155]。长廊广庑,连阁云蔓[156]。闬庭诡异,门千户万[157]。重闺幽闼,转相逾延[158]。望窴窙以径廷,眇不知其所返[159]。既乃珍台蹇产以极壮,磴道逦倚以正东[160]。似阊风之逥坂,横西洫而绝金墉[161]。城尉不弛柝,而内外潜通[162]。

前开唐中,弥望广潒[163]。顾临太液,沧池漭沆[164]。渐台立于中央,赫昈昈以弘敞[165]。清渊洋洋,神山峨峨[166]。列瀛洲与方丈,夹蓬莱而骈罗[167]。上林岑以垒嶵,下崭岩以岨峿[168]。长风激于别隯,起洪涛而扬波[169]。浸石菌于重涯,濯灵芝以朱柯[170]。海若游于玄渚,鲸鱼失流而蹉跎[171]。于是采少君之端信[172],庶栾大之贞固[173]。立修茎之仙掌,承云表之清露。屑琼蕊以朝飧,必性命之可度[174]。美往昔之松乔[175],要羡门乎天路[176]。想升龙于鼎湖[177],岂时俗之足慕。若历世而长存,何遽营乎陵墓[178]。

徒观其城郭之制,则旁开三门,参涂夷庭[179]。方轨十二,街衢相经[180]。廛里端直,甍宇齐平。北阙甲第,当道直启[181]。程巧致功,期不陁陊。木衣绨锦,土被朱紫[182]。武库禁兵,设在兰锜[183]。匪石匪董,畴能宅此[184]?

尔乃廓开九市,通阛带阓[185]。旗亭五重,俯察百隧[186]。周制大胥,今也惟尉[187]。瑰货方至,鸟集鳞萃[188]。鬻者兼赢,求者不匮[189]。尔乃商贾百族,裨贩夫妇[190],鬻良杂苦,蚩眩边鄙[191]。何必昏于作劳,邪赢优而足恃[192]。彼肆人之男女,丽美奢乎许史[193]。若夫翁伯浊质,张里之家,击钟鼎食,连骑相过。东京公侯,壮何能加[194]?

都邑游侠，张赵之伦[192]。齐志无忌，拟迹田文[193]。轻死重气，结党连群。寔蕃有徒，其从如云[194]。茂陵之原，阳陵之朱[195]，趫悍虓豁，如虎如貙[196]。睚眦虿芥，尸僵路隅[197]。丞相欲以赎子罪，阳石汙而公孙诛[198]。若其五县游丽辩论之士，街谈巷议，弹射臧否，剖析毫厘，擘肌分理[199]。所好生毛羽，所恶成创痏[200]。

郊甸之内，乡邑殷赈[201]。五都货殖，既迁既引[202]。商旅联槅，隐隐展展[203]。冠带交错，方辕接轸[204]。封畿千里，统以京尹[205]。郡国宫馆，百四十五[206]。右极盩厔，并卷酆鄠[207]。左暨河华，遂至虢土[208]。

上林禁苑，跨谷弥阜[209]。东至鼎湖，邪界细柳[210]。掩长杨而联五柞[211]，绕黄山而款牛首[212]。缭亘绵联，四百余里[213]。植物斯生，动物斯止。众鸟翩翩，群兽驱骎[214]。散似惊波，聚以京涛[215]。伯益不能名，隶首不能纪[216]。林麓之饶，于何不有[217]？木则枞栝棕楠，梓械梗枫[218]。嘉卉灌丛，蔚若邓林[219]。郁蓊菶薱，橚爽楙槮[220]。吐葩飏荣，布叶垂阴[221]。草则葴莎菅蒯，薇蕨荔芴[222]，王刍莔台，戎葵怀羊[223]。苯䔿蓬茸，弥皋被冈[224]。筱簜敷衍，编町成篁[225]。山谷原隰，泱漭无疆[226]。

乃有昆明灵沼，黑水玄阯[227]。周以金堤，树以柳杞[228]。豫章珍馆，揭焉中峙[229]。牵牛立其左，织女处其右[230]。日月于是乎出入，象扶桑与濛汜[231]。其中则有鼋鼍巨鳖，鳣鲤鲂鳎[232]。鲔鲵鳋鲨，修额短项[233]。大口折鼻，诡类殊种[234]。鸟则鹢鹅鹄鸨，鸳鹅鸿鸥[235]。上春候来，季秋就温[236]。南翔衡阳，北栖雁门[237]。集隼归凫，沸卉軿訇[238]。众形殊声，不可胜论[239]。

于是孟冬作阴，寒风肃杀。雨雪飘飘，冰霜惨烈[240]。百卉具零，刚虫搏挚[241]。尔乃振天维，衍地络。荡川渎，簸林薄[242]。鸟毕骇，兽咸作[243]。草伏木棲，寓居穴托[244]。起彼集此，霍绎纷泊[245]。在彼灵圃之中，前后无有垠锷[246]。虞人掌焉，为之营域[247]。焚莱平场，柞木翦棘[248]。结罝百里，远杜蹊塞[249]。麀鹿麌麌，骈田偪仄(251)。

天子乃驾雕轸，六骏駮(252)。戴翠帽，倚金较(253)。璇弁玉缨，遗光儵爚(254)。建玄弋，树招摇(255)。棲鸣鸢，曳云梢(256)。弧旌枉矢，虹旃蜺旄(257)。华盖承辰，天毕前驱(258)。千乘雷动，万骑龙趋(259)。属车之簉，载猃猲獢(260)。匪唯玩好，乃有祕书(261)。小说九百，本自虞初(262)。从容之求，寔俟寔储(263)。于是蚩尤秉钺，奋鬣被般(264)。禁御不若，以知神奸(265)。魑魅魍魉，莫能逢旃(266)。陈虎旅于飞廉(267)，正垒壁乎上兰(268)。结部曲，整行伍(269)。燎京薪，駴雷鼓(270)。纵猎徒，赴长莽(271)。迾卒清候，武士赫怒(272)。缇衣韎韐，睢盱跋扈(273)。光炎烛天庭，嚣声震海浦(274)。河渭为之波荡，吴岳为之陁堵(275)。百禽㥄遽，骙瞿奔触(276)。丧精亡魂，失归忘趋。投轮关辐，不邀自遇(277)。飞罕潚箾，流镝㩧爆(278)。矢不虚舍，鋋不苟跃(279)。当足见蹍，值轮被轹(280)。僵禽毙兽，烂若碛砾(281)。但观罝罗之所羂结(282)，竿殳之所揘毕(283)，叉蔟之所攙捔(284)，徒搏之所撞挐(285)。白日未及移其晷，已狝其什七八(286)。

若夫游鷮高翚，绝阬逾斥(287)。毚兔联猭，陵峦超壑(288)。比诸东郭，莫之能获(289)。乃有迅羽轻足，寻景追括(290)。鸟不暇举，兽不得发(291)。青骹挚于韝下，韩卢噬于绦末(292)。及其猛毅髬髵，隅目高匡(293)，威慑兕虎，莫之敢伉(294)。乃使中黄之士，育获之俦(295)，朱鬘鬤髽，植发如竿(296)。袒裼戟手，奎踽盘桓(297)。鼻赤象，圈巨狿(298)，摣狒猬，批窳狻(299)，揩枳落，突棘藩(300)。梗林为之靡拉，朴丛为之摧残(301)。轻锐僄狡趫捷之徒(302)，赴洞穴，探封狐(303)。陵重巘，猎昆駼(304)。杪木末，擭獑猢(305)。超殊榛，摕飞鼯(306)。是时后宫嬖人昭仪之伦，常亚于乘舆(307)。慕贾氏之如皋，乐北风之同车(308)。盘于游畋，其乐只且(309)。

于是鸟兽殚，目观穷(310)。迁延邪睨，集乎长杨之宫(311)。息行夫，展车马(312)。收禽举胔，数课众寡(313)。置互摆牲，颁赐获卤(314)。割鲜野飨，犒勤赏功(315)。五军六师，千列百重(316)。酒车酌醴,方驾授饔[317]。升觞举燧,既醮鸣锺[318]。膳夫驰骑,察贰廉空[319]。

炙炰夥,清酤羏[320]。皇恩溥,洪德施[321]。徒御悦,士忘罢[322]。巾车命驾,回旆右移[323]。相羊乎五柞之馆,旋憩乎昆明之池[324]。登豫章,简矰红[325]、蒲且发,弋高鸿。挂白鹄,联飞龙[326]。皤不特维,往必加双[327]。于是命舟牧,为水嬉[328]。浮鹢首,翳云芝[329]。垂翟葆,建羽旗[330]、齐栧女,纵棹歌[331]。发引和,校鸣葭[332]。奏淮南,度阳阿[333]。惑河冯,怀湘娥[334]。惊蛧蜽,惮蛟蛇[335]。然后钓鲂鳢,纚鳏魳[336]。摉紫贝,搏耆龟[337]。撠水豹,鼆潜牛[338]。泽虞是滥,何有春秋[339]? 摘澥瀚,搜川渎[340]。布九罭,设罜䍡[341]。摷昆鲖,殄水族[342]。莲藕拔,蜃蛤剥[343]。逞欲畋猎,效获麜麌[344]。掺蓼泭浪,干池涤薮[345]。上无逸飞,下无遗走[346]。攫胎拾卵,蚔蝝尽取[347]。取乐今日,遑恤我后[348]!

既定且宁,焉知倾陁[349]? 大驾幸乎平乐,张甲乙而袭翠被[350]。攒珍宝之玩好,纷瑰丽以参靡[351]。临迥望之广场,程角觚之妙戏[352]。乌获扛鼎,都卢寻橦[353]。冲狭燕濯,胸突铦锋[354]。跳丸剑之挥霍,走索上而相逢[355]。华岳峩峩,冈峦参差[356]。神木灵草,朱实离离[357]。总会仙倡,戏豹舞罴。白虎鼓瑟,苍龙吹篪[358]。女娥坐而长歌,声清畅而蜲蛇[359]。洪涯立而指麾,被毛羽之襳襹[360]。度曲未终,云起雪飞[361]。初若飘飘,后遂霏霏。复陆重阁,转石成雷[362]。礔礰激而增响,磅礚象乎天威[363]。巨兽百寻,是为曼延[364]。神山崔巍,歘从背见[365]。熊虎升而挐攫,猨狖超而高援[366]。怪兽陆梁,大雀踆踆。白象行孕,垂鼻辚囷[367]。海鳞变而成龙,状蜿蜿以蜾蜾[368]。含利颬颬,化为仙车[369]。骊驾四鹿,芝盖九葩[370]。蟾蜍与龟,水人弄蛇[371]。奇幻儵忽,易貌分形[372]。吞刀吐火,云雾杳冥[373]。画地成川,流渭通泾[374]。东海黄公,赤刀粤祝,冀厌白虎,卒不能救[375]。挟邪作蛊,于是不售[376]。尔乃建戏车,树修旃[377]。侲僮程材,上下翩翻[378]。突倒投而跟絓,譬陨绝而复联[379]。百马同辔,骋足并驰。

〔164〕 张 衡　　　　　　　　　　　　　　　　西京赋

橦末之伎，态不可弥㊿。弯弓射乎西羌，又顾发乎鲜卑㊿。

于是众变尽，心醒醉㊿。盘乐极，怅怀萃㊿。阴戒期门，微行要屈㊿。降尊就卑，怀玺藏绂㊿。便旋闾阎，周观郊遂㊿。若神龙之变化，章后皇之为贵㊿。然后历掖庭，适欢馆㊿。捐衰色，从嬿婉㊿。促中堂之陿坐，羽觞行而无筭㊿。秘舞更奏，妙材骋伎㊿。妖蛊艳夫夏姬，美声畅于虞氏㊿。始徐进而赢形，似不任乎罗绮㊿。嚼清商而却转，增婵娟以此豸㊿。纷纵体而迅赴，若惊鹤之群罢㊿。振朱屣于盘樽，奋长袖之飒纚㊿。要绍修态，丽服飏菁㊿。眳藐流眄，一顾倾城㊿。展季桑门，谁能不营㊿？列爵十四，竞媚取荣㊿。盛衰无常，唯爱所丁㊿。卫后兴于鬒发，飞燕宠于体轻㊿。尔乃逞志究欲，穷身极娱㊿。鉴戒唐《诗》，他人是媮㊿。自君作故，何礼之拘㊿？增昭仪于婕伃，贤既公而又侯㊿。许赵氏以无上㊿，思致董于有虞㊿。王闳争于坐侧，汉载安而不渝㊿。

高祖创业，继体承基㊿。暂劳永逸，无为而治。耽乐是从，何虑何思㊿？多历年所，二百余期㊿。徒以地沃野丰，百物殷阜，岩险周固，衿带易守㊿。得之者强，据之者久㊿。流长则难竭，柢深则难朽㊿。故奢泰肆情，馨烈弥茂㊿。鄙生生乎三百之外，传闻于未闻之者㊿，曾仿佛其若梦，未一隅之能睹㊿。此何与于殷人屡迁，前八而后五㊿。居相圮耿，不常厥土㊿。盘庚作诰，帅人以苦㊿。方今圣上，同天号于帝皇，掩四海而为家㊿。富有之业，莫我大也㊿。徒恨不能以靡丽为国华㊿，独俭啬以龌龊㊿，忘蟋蟀之谓何㊿？岂欲之而不能，将能之而不欲钦㊿？蒙窃惑焉㊿，愿闻所以辩之之说也㊿。

〔注〕　①凭虚公子：与下文"安处先生"为赋中假托的客主双方。类似《子虚赋》中的子虚、乌有先生和《两都赋》中的西都宾、东都主人。　②心侈体忲(tài)：即《礼记·大学》所谓"心广体胖(pán)"。侈：大。忲：安泰，安闲，泰然。　③雅好博古：平常爱好博通古事。雅：平素。　④旧史氏：史官。薛综注："旧史，太史，掌图典者也。"　⑤载：纪录，引申为"事"。代：五臣本作"世"。　⑥阳时：指春夏和白天。舒：舒泰，安闲。　⑦阴时：指秋冬和黑夜。惨：悲愁。　⑧牵：牵系。　⑨尟(xiǎn)：同"鲜"，少也。五臣本作"鲜"。　⑩褊(biǎn)：狭小。惠：施惠。　⑪小必有之，大亦宜然：泛指事无大小，都遵循上述的规律。　⑫帝者：做

西京赋　　　　　　　　　　　　　　　　　　　　　　　张　衡　〔165〕

帝王的人。此句谓黄帝应根据自然规律教化人民。　⑬兆人：亿兆百姓。"人"五臣本作"民"。唐人避太宗讳而改。此言百姓依顺皇帝的教化形成自己的风俗。　⑭化俗之本，有与推移：教化世俗的根本在于与天时地利相辅相成，要随条件的变化而变化其手段。　⑮核(hé)：核实，验证。诸："之于"二字的合音。　⑯雍：雍州，上古九州之一，当今陕西、甘肃、青海一带。　⑰豫：豫州，上古九州之一，当今河南省一带。周平王东迁洛邑(今洛阳)，自是而衰，故云"周即豫而弱"。　⑱西：指长安。汉高祖刘邦以长安为都，社稷安泰。　⑲东：指洛阳。约：简约。指光武帝建都洛阳，为政简约。一说：约，弱。　⑳政之二句：政治的兴衰，常常是与地理位置相关的。作：兴也。　㉑吾子：称对方之亲敬之辞。陈：陈述。　㉒在渭之涘(sì)：在渭水边上。渭水源于甘肃渭源县西北乌鼠山，东南经清水县入陕西境，至潼关县入黄河。　㉓里：居也。朔：北方。寔：是。秦都居长安北，也就是咸阳。以下写长安的地理位置。　㉔左：长安东。古人言方位之前后左右，未说明面向者，皆就人面南之方位言之。崤：崤山，在今河南洛宁县西北，灵宝县东南。函：函谷关，在崤山东端。重险：重重险关。桃林之塞：自潼关至崤函，统曰桃林塞，地势险要。　㉕缀：连缀。二华：指华山和少华山。"小"即少。　㉖巨灵：河神。赑(bì)屃(xì)：猛壮有力。薛综注："古语云：此华山、少华本一山，当河水过之而曲行，河之神以手擘开其上，足蹋离其下，中分为二，以通河流。手足之迹于今尚在。"高掌：即手擘其上。远蹠(zhí)：即足蹋其下也。蹠：蹋。　㉗右：长安西。陇坻(dǐ)：山名。其地在今陕西陇县西北，绵亘于陕西宝鸡、甘肃镇原、清水、秦安、静宁等县，随处异名，为关中西面之险塞。隔阂(hé)：隔离。华：中原人。戎：古代对西部少数民族的泛称。　㉘岐梁汧(qiān)雍：皆山名。岐山，在今陕西岐山县东北。梁山：在今陕西乾县西北。汧山：在今陕西陇县西南。雍山：在今陕西凤翔县西北。　㉙陈宝、鸣鸡：《水经·渭水注》云："陈仓县有陈仓山，山上有陈宝鸡鸣祠。昔秦文公游猎于陈仓，遇之于北坂，得若石焉，其色如肝，归而宝祠之，故曰陈宝。其来也，自东南，晖晖声若雷，野鸡皆鸣，故曰鸡鸣神也。"　㉚于前：长安以南。终南、太一：皆山名。终南山，在今陕西西安市西南，东至蓝田县，西至郿县，绵亘八百里。太一山，在今陕西武功县。古人以此二山为一山，《五经要义》云："盖终南，南山之总名。太一，一山之别号耳。"　㉛隆崛：山高高隆起之貌。崒崒(zú)：高峻貌。隐辚：山不平之貌。郁律：山深峻貌。　㉜冈：山脊。嶓(bō)冢：山名，在今甘肃天水西南六十里。《清一统志》云："甘肃秦州，嶓冢山在州西南六十里。"秦州即今天水。　㉝抱杜含鄠(hù)：言杜、鄠二县为终南太一所环抱。杜：杜陵，今西安市西南五十里，汉宣帝葬于此。鄠：今陕西户县。　㉞欱(hē)：吸入，与"吐"相对。沣(fēng)镐：二水名，此言终南太一吞吐着沣、镐等水。镐，五臣本作"滴"。　㉟爰：于是。蓝田：今陕西蓝田县东南，县东有蓝田山，出美玉。　㊱是之自出：美玉出自这里(蓝田)。　㊲于后：长安北。高陵：丘陵。　㊳据：依也。踞(jù)：蹲。泾：水名，渭河支流，在陕西中部。此言高陵平原依渭水靠泾水，二水贯穿而过。　㊴澶(dàn)漫：平坦宽广。靡迤：辽远也。　㊵作镇于近：指在高陵平原上可靠近长安营建邑镇，以辅京都。　㊶九嵕(zōng)：山名，在今陕西礼泉县东北。甘泉：山名，在今陕西淳化县西北，汉代在山上建甘泉官，扬雄曾作《甘泉赋》。　㊷涸：借作"固"，凝结。沍(hù)：冻闭。固阴沍寒：寒阴之气冻凝于此。　㊸日北至：夏至。此言九嵕、甘泉二山终年阴寒，太阳运转到了夏至之时，此地犹有冰冻，为避暑胜地。　㊹广衍沃野，厥田上上：沃野绵延，土地肥沃。上上，指极好之田。　㊺奥区：腹地，内地。神皋：神明所居之地。皋，本义为高地，因西北地势较高，故云。　㊻大帝：天帝也。秦缪公：即秦穆公。缪、穆通用。觐(jìn)：下见上叫"觐"，此处为使动用法，谓使秦穆公觐见。　㊼飨(xiǎng)：款待。钧天广乐：天上的音乐。　㊽金策：饰有金边的诏命文书。策：策书。古时命官、授爵，用以为符信。 ㊾ 锡：通“赐”。翦：尽也。鹑首：星次名，指朱雀七宿中的井鬼二宿。古人看作秦之分野。此谓天帝醉后，赐秦穆公以鹑首之分野，即雍州之地。 ㊿ 宅：居。四海同宅西秦：天下尽为秦所据。 (51) 诡：怪异。 (52) 五纬：金、木、水、火、土五星。李善曰：“五纬，五星也。”汁(xié)：“叶”之异体，通作“协”。 (53) 旅：排列。东井：即井宿，也即鹑首，指秦之地。《汉书·高祖纪》：“汉元年十月，五星聚于东井，沛公至灞上。” (54) 委：放下。辂(lù)：车前横木，供人扶挽。《汉书·娄敬传》载：汉高帝五年，娄敬戍陇西，过洛阳，高帝在焉。敬脱輓辂，见高帝。高帝欲都洛阳。敬以入关而都说之。留侯亦言入关之便。即日驾，西都关中。 (55) 干(gān)非其议：纠正了不正确的意见。干，纠正。 (56) 天启其心：上天以五星聚于东井来启发汉高祖。 (57) 人惎(jì)之谋：大臣又教给他谋略。惎：教。人，指娄敬。 (58) 图：谋也。意亦：大约，或者。祇(qí)：地神。天邑：国都。此言汉高祖在考虑以长安为都时，大约考虑了天地的意思之后，才认为这里适宜做国都。 (59) 伊：发语词。虔：真诚。天衢：四通八达的道路。此句意为哪里是不想定都于四通八达的洛阳之地？ (60) 枌(fén)榆：丰邑之枌榆乡，今江苏徐州枌榆，为汉高祖故乡。见《史记·封禅书》。 (61) 天命不滔：言天命已定，无可怀疑。滔：通“谄”，五臣本作“谄”，怀疑。畴：谁。渝：变更。此句意为天命高祖在长安作都，谁能改变呢。 (62) 径轮、广袤(mào)：指土地的方圆面积。圆内有直径，圆周可称为轮。凡物圆则有径轮；物方则有横竖，习惯上以东西为横，南北为竖。《说文》：“一曰：南北曰袤，东西曰广。” (63) 经、营：修建。此处分开说，义同。城：长安城。洫(xù)：护城河。郭：外城。《孟子·公孙丑下》云：“三里之城，七里之郭。”郛(fú)：亦外城。大郭曰郛。 (64) 殊裁：不同的体制、模式。八都：泛指各地都会。启：就教。度：制度。 (65) 览：看，参看。跨：超越，超过。 (66) 狭百堵：以百堵为狭。侧陋：狭仄简陋。 (67) 九筵：周人明堂之广度。筵，周之度量单位。迫胁：窄小。此言因周朝的宫室建制狭小而规模上加以增广。 (68) 紫宫、未央：皆宫名。“紫宫”原指天帝之宫，汉初仿之而建未央宫。 (69) 峣(yáo)：高。阙：宫门两旁的石柱。阊(chāng)阖(hé)：本义是天宫门，此喻帝王宫门。这句谓在宫门两边树立高柱像天门阊阖。 (70) 疏：治理。龙首：山名，在长安北。抗：举。引申为修筑起。巍峨、岌(jí)嶫(yè)：高耸、壮丽貌。 (71) 亘(gèn)：绵延。雄虹：古人谓虹分雌雄。色鲜盛者为雄，雄曰虹。暗者为雌，雌曰晲霓。此言鲜丽的长梁像虹一样，伸展、绵延得很长。 (72) 棼(fén)：复屋的栋。橑(lǎo)：复屋的椽。此言宫室的结构复杂，故栋、椽错综交接。 (73) 蒂：花蒂。茄：藕茎。藻：水草之有文者。藻井：绘有文彩形状如井干形的天花板，有荷菱等图案形。 (74) 红葩(pā)：红花。狎猎：薛综注：“重接貌。”这两句是说井藻中的红花络绎纷披。 (75) 华榱(cuī)：画有花纹的椽子。璧：平圆形，中心有孔的玉器。珰(dāng)：屋椽头的装饰。璧珰：用璧做屋椽头的装饰。 (76) 流：闪烁。景、曜(yào)：都是光辉的意思。韡(wěi)晔(yè)：明盛貌。此即现在所说的流光耀景。 (77) 楹：柱子。磶(xì)：柱础。栭(ér)：斗拱，柱顶上承托栋梁的方木。楣(méi)：房屋的横梁。云楣：上面画有云纹的横梁。此言柱、础、拱、梁无不雕画。 (78) 三阶：殿前一阶，左右各一阶。轩：堂之前沿，外周以栏。槛(jiàn)：栏杆。棍(pí)：屋檐前板。 (79) 右平左城(cè)：西边是君王舆辇所行的澀道，东边是大臣过的台阶。青琐：宫门上刻镂的青色图文。丹墀(chí)：以丹漆泥涂殿上。 (80) 刊：削除。层：重累。堂：高出之地。切：五臣本作“砌”，二字通假。厓、隒(yǎn)：都是山边的意思。此言削去重复的，平整突兀的，再砌上边限，使之平齐，壁立如崖岸。 (81) 坻(chí)崿(è)：宫殿的地基。鳞眴(xún)：通“嶙峋”。层叠高耸貌。栈齴(yǎn)、巉(chán)崄(xiǎn)：皆高峻之貌。 (82) 襄：高。岸：此谓殿阶。夷：平坦。塗：通“途”，道路。陵：一本作“峻”，陡。 (83) 袭：重迭。固：

此处用为名词,指防御设备。重门袭固:谓有一道又一道的门,一重又一重的防御设施。奸宄(guǐ):盗窃作乱之人。 ⑭福:"副"字之借,相同,匹配。帝居:此谓太微宫,五帝所居。 ⑮洪:大。钧:古以三十斤为一钧。猛:怒。虡(jù):悬挂钟的木架座,上刻猛兽。趪(huáng)趪:此处为负重用力貌。 ⑯笋(sǔn):悬挂磬的横木。业:大版。 ⑰朝堂、温调、昆德:皆殿名。延北:陈于北面,延伸于北面。《尔雅》:"延,陈也。"玉台:台名。联:连接。以未央宫为中心,东面承接着朝堂殿,北面有温调殿,西有玉台,连接着昆德殿。 ⑱嵯峨、嵥(jié)嶫(yè):皆言殿台之高峻。罔识所则:言形状高峻,不能识其法则。 ⑲长年、神仙、宣室、玉堂、麒麟、朱鸟、龙兴、含章:皆殿名。 ⑳极:北极星。环:环绕。另本"环"下有"北"字。 ㉑叛:焕也。赫戏:光明貌。辉煌:光耀。 ㉒正殿、路寝:天子、诸侯的正室。朝:朝见。群辟:群臣。 ㉓大夏:长乐宫正殿名。耽耽:此谓宫室深邃貌。 ㉔九户开辟:大夏殿开有九个门。户:门。辟:开。 ㉕闶(kàng):门高貌。金狄:金人。《史记·秦始皇本纪》:"始皇收天下兵,销以为金人十二,备置千斤,致于宫中。"因皆夷狄服,故曰"金狄"。 ㉖常侍:官名。秦置散骑,又置中常侍散骑,随侍皇帝,汉沿秦制。谒者:官名,掌宾赞,属郎中令。御:进之为帝王所用。 ㉗兰台:台名,藏有图籍秘书。金马:门名。《史记·东方朔传》:"金马门者,宦署门也。门旁有铜马,故谓之曰金马门。"递:迭也。迭:更也。此谓有人轮流居此值宿。 ㉘天禄、石渠:皆阁名,学士们在这里校核典籍。参见《西都赋》:"又有天禄石渠,典籍之府。" ㉙虎威、章沟:吕延济曰:"虎威、章沟,皆更署名。"此言宫中设有打更之署,如虎威、章沟。 ⑩徼(jiào)道:巡行警戒之路。此句言在宫城之外有巡更之道环绕,巡更卒的住所便依在宫城之下。庐:庐舍,卫士所居。 ㉛卫尉:《汉书·百官公卿表》:"卫尉,秦官,掌宫门卫屯兵。"八屯:《周礼·天官·官伯》:"授八次八舍之职事。"郑众注:"卫王宫者,必居四角四中,于徼侯便也。"又薛综注:"卫尉帅吏士周宫外,于四方四角,立八屯士。" ㉜植:设置,树立。铩(shā):兵器名,长矛的一种。戭(fā):《说文》:"戭,盾也。"不虞:意外变故。《诗经·大雅·抑》:"用戒不虞。" ㉝"昭阳"至"鸳鸯":皆后宫殿名。《三辅黄图》云:"武帝时后宫八区,有昭阳、飞翔、增成、合欢、兰林、披香、凤凰、鸳鸯等殿。" ㉞群窈窕:成群淑女。《诗经·周南·关雎》:"窈窕淑女,君子好逑。"此处以"窈窕"指淑女。羌:各本皆误作"喑",古钞本作"羌"。王逸注《离骚》曰:"羌,楚人语词也。"《文选》内"羌"多作"喑",相讹为"喑"。"喑"为叹声词,"喑"则发声词。李善注引《小雅》曰:"发声也。",则字当作"喑"即"羌"无疑。观:目睹。 ㉟馆、室、次、舍:皆所居之称。指众淑女所居之地。采饰纤缛(rù):装饰繁多而细致。缛:《说文》:"繁采饰也。" ㊱裛(yì)以藻绣:用华丽的画缠绕。文:纹画。朱绿:红色和绿色。 ㊲火齐(jì):玫瑰珠石。《集韵》曰:"玫瑰,火齐珠色。"络:缠绕。此句谓缀以翡翠、火齐之类的美玉。 ㊳流:流荡。悬黎:美玉名。《战国策·秦策》云:"臣闻周有砥厄,宋有结绿,梁有悬黎,楚有和璞,而为天下名器。"随珠:古代名珠。《淮南子》曰:"隋侯之珠,和氏之璧,得之而富,失之而贫。"高诱注曰:"隋侯,汉东国姬姓诸侯也。隋侯见大蛇伤断,以药傅而涂之,后蛇于夜中衔大珠以报之。"故曰隋侯之珠。此谓以悬黎、隋珠等明珠照明。 ㊴陛(shì):台阶旁的斜石。朱骏声《说文通训定声》引程瑶田曰:"陛谓阶之两旁,自堂至地斜安一石,掩阶齿而辅之者也。"肜:朱红色。辉辉:光辉闪烁貌。 ㊵琳、碧:皆玉石之名。《说文》:"琳,美玉也。""碧,石之青美者。"瓀(ruǎn)、珉(mín):似玉的美石。璘彬:薛综注:"玉光色杂也。" ㊶昆仑:昆仑山,古代以为神仙之居,盛产宝物。薛综注:"珍美之物,罗列布见,焕焉如昆仑之所生者。" ㊷裁:制度规模。至尊:皇帝。《仪礼·丧服礼》云:"天子至尊也。"此言后宫的规模虽不甚大,但其奢侈豪华却超过了皇帝的宫殿。 ㊸钩陈:星座名,在紫宫中。有六星,此喻未央后宫。《晋书·天文志》云:"钩陈,后宫也,大帝之正妃也,大帝之常居也。"阁道:宫苑中架木以通车之道,有顶有护如长廊。 穹隆:形容其深邃。 ⑭ 属(zhǔ):连接。长乐、明光、桂宫:皆宫殿名。径:径直。李善注引《汉武帝故事》曰:"上起明光宫、桂宫、长乐宫,皆辇道相属,悬栋飞阁,北度,从宫中西上城,至神明台。" ⑮ 般:鲁般,一名公输般,古之巧匠。《淮南子·齐俗篇》:"鲁般以木为鸢而飞之。"尔:王尔,古之巧匠。《淮南子·本经篇》:"王尔无所错其剞劂。尽变态:极尽地变换式样。此言令像鲁般、王尔一样的巧匠,极尽变幻地雕饰后宫。 ⑯ 乐:乐器。徙:迁徙。悬:指钟磬等着演奏的乐器。此言不论在哪一宫奏乐,都不用搬移钟磬,因为每宫都有,言此以喻其富。 ⑰ 物:宴乐所需之物品。辨:《说文》作"辨",具备。《周礼·考工记》:"以辨民器"。注云"辨,犹具也。"此言皇帝宴乐有卫士设帐,官员备物。 ⑱ 幸:天子所至所宠皆曰幸,此指天子所至。辇:天子所乘人挽之车。燕:通"宴",宴乐。 ⑲ 瑰:奇丽。殚:尽、皆。 ⑳ 斯宇:未央宫。坦:广大。犹:气满于胸,蕴积不通。摅(shū):舒散,痛快。此言宫殿虽华丽、宽广,而皇帝犹不开心,惟恐与臣下没有区分。 ㉑ 比象:比其外貌。紫微:紫微宫,古人以为天帝所居。恨:遗憾。阿房:秦宫名,项羽入关后焚之。《三辅黄图》:"阿房宫,亦曰阿城,秦惠王造未成,始皇广其宫,规恢三百余里。"庐:居住。 ㉒ 觅(mì):寻觅。遗馆:秦时所遗之宫殿。林光:秦宫名。此言在秦宫遗迹中,发现了林光宫。 ㉓ 甘泉:甘泉山,在今陕西淳化、云阳间。爽垲(kǎi):明朗干燥。《左传·昭公三年》杜注:"爽,明;垲,燥也。"隆崇:加高。弘敞:扩展。此言在甘泉山明亮干燥处,增高扩建宫殿。 ㉔ 迎风、露寒、储胥:皆所增建之宫殿名。《汉书》载:武帝因秦林光宫,元封二年,增通天、迎风、储胥、露寒。 ㉕ 乔:高。基:殿基。墆(dì)霓:高貌。言在高山之上建宫殿,显得更加高峻。 ㉖ 通天:台名。见前文注。又《汉武故事》载:"筑通天台于甘泉,去地百余丈,望云雨悉在其下,望见长安城。"眇(miǎo):五臣本作"眇",高耸。竦峙:耸立。径:直上。常:一丈六尺。《仪礼·公食大夫礼》郑注曰:"丈六尺曰常,半常曰寻。"百常:极言通天台之高。茎擢(zhuó):形容拔地而起。擢:独出之貌。 ㉗ 辬(bān):同"斑",驳杂。辬华:华美。陗:同"峭"。刻陗:极其陡峭。 ㉘ 鹍(kūn):鹍鸡,其形似鹤。李善引《穆天子传》云:"鹍鸡飞八百里。"青鸟、黄雀:皆小鸟。此以鸟不得飞过喻通天台之高峻。 ㉙ 伏:凭。桹:台上栏杆。頫(fǔ):五臣本作"俯",低头。霆:霹雳。薛综云:"言台之高,于上低头听雷声乃在下。" ㉚ 柏梁:台名。灾:火灾。越巫:越地的巫师,名勇。陈方:上禳改之方法。建章:宫名。经:营建。厌:压住。 ㉛ 兼:两倍。此言听从越巫之言,新建宫殿的规模是未央宫的两倍。 ㉜ 圜(yuán):通"圆"。造:至。碣:碣石山。此言二圆阙犹如一对碣石山高竦入天。 ㉝ 骞(qiān)翥(zhù):飞举。《楚辞·远游》:"鸾鸟轩翥而翔飞。"甍(méng):屋脊。标:末端。咸:都。溯:面向。此言屋脊上所铸展翅的凤凰,呈迎风欲飞的姿态。 ㉞ 别风:阙名。《三辅黄图》曰:"建章宫之正门曰阊阖,高二十丈,门内北起别风阙,高五十丈。"嶕(jiāo)峣(yáo):高耸貌。 ㉟ 瑰、玮:本义皆为玉石,此引申为珍奇、美好。交绮:有花格的窗。豁:镂空貌。寮(liáo):小窗。此言以华美的刻镂使小窗更疏朗。 ㊱ 干:触到。亭亭:苕(tiáo)苕:高耸貌。 ㊲ 神明:台名。《汉书·郊祀志》:"孝武立神明台。"《水经注·渭水》:"神明台高五十余丈,皆作悬阁,辇道相连。"崛:高貌。井幹(hán):楼名。《汉书·郊祀志》:"武帝作井幹楼,高五十丈,辇道相连。"增:通"层"。《广雅》曰:"重也。" ㊳ 跱(zhì):立,安置。游极:指梁上之栋。浮柱:由伸出的梁端起的短柱。栾:柱首承梁的曲木。此言楼台内结构复杂,梁上有梁,柱上有柱。 ㊴ 隮(jī):上升。北辰:北极。兴:起。此言登上层楼,望见北极星而兴致大增。自此以下至"怵悼慄而怂兢",写人之所游所见所感。 ㊵ 消:散。雰(fēn)埃:尘雾。中宸(chén):宸中,空中。薛综注:"宸,天地之交宇也。"重阳：天。天有九重，故曰重阳。 ⑭ 瞰(kàn)：向下看。宛虹：屈曲之虹。鬐(qí)：脊背。云师：司云的神。凭：依。薛综云："台高悉得视之。" ⑭ 飞闼(tà)：楼上的小屋。《西都赋》："排飞闼而上出，若游目于天表。"瑶光、玉绳：皆星名。"瑶"，唐写本作"摇"。《春秋·运斗枢》曰："北斗七星，第七曰瑶光。"《春秋元命苞》曰："玉衡北两星为玉绳。" ⑭ 乍：恰好。怵：恐惧。悼：害怕。慄：战慄。怂(sǒng)：惊恐。兢：因惧怕而小心谨慎。此言打算到楼台顶上，还不到一半就因其太高恐怕坠落而惊惧不前了。 ⑭ 都卢：国名。《汉书·地理志》："自合浦南，有都卢国。"都卢国人，劲健善缘高。趫(qiáo)：《说文》曰："趫，善缘木之士也。"究升：上升到极顶。 ⑭ 馺(sà)娑、骀(dài)荡、枍(yì)诣、承光：皆宫殿名。李善引《关中记》曰："建章宫有馺娑、骀荡、枍诣、承光四殿。"㚁奡(ào)、桔桀：高峻深远貌。睽(kuí)罛(gū)、庨(xiào)豁：深邃貌。 ⑭ 橧(zēng)：通"增"，重叠。六臣本作"增"。桴(fú)：屋栋。《尔雅·释宫》："栋谓之桴。" ⑭ 锷锷、列列：皆高貌。 ⑭ 宇：屋檐。反宇：屋檐本下垂，末端反翘起向上，故曰反宇。业业：高危貌。辙(niè)辙：高长貌。 ⑭ 流景：流光。此句意光线反射进楼内，光芒四射，就像把日月引进了宫中一样。 ⑮ 天梁：宫名。闱：宫中的门。 ⑮ 扃(jiǒng)：车上插旗的环扣。方蕲(qí)：马并排而行。马衔：此处指马。李善曰："建旗车上，有关制之，令不动摇，曰扃。每门解下之。今此门高不复脱扃，结驾驷马方行而入也。" ⑮ 栎(lì)：敲击。李善注本原作"轹"，今依唐写本及六臣本改。骛(wù)：奔驰。扉：门扇。二句言敲车辐使马快跑，一扉之广，足以容之，极言门之宽。 ⑮ 庑(wú)：堂周围的走廊、廊屋。《说文》："堂，周屋也。"连：李善本作"途"，今据唐写本、六臣本改。薛综注："谓阁道如云气相延蔓也。" ⑮ 闬(hàn)：有门的墙。《苍颉篇》："闬，垣也。"《说文》："闬，门也。"《汉书·郊祀志》："于是作建章宫，度千门万户。" ⑮ 重闺幽闼，转相逾延：言宫室繁复，门内有门，互相连通。闺、闼：皆宫中小门。 ⑮ 窅(yǎo)窱(tiǎo)：悠远深邃貌。即《西都赋》中之"杳窱"。径廷：穿过。此句"言入其中皆迷惑不识还道也。"(薛综注) ⑮ 珍台：台名。蹇产：崇高貌。隥，原作"墱"，字书无此字，五臣本作"隥"。《西都赋》亦作"隥"，今据改。隥道：阁道。逦(lǐ)倚：曲折绵延。薛综注："乃从建章馆逾西城东入于正宫中也。" ⑮ 阆风：神话中昆仑山上的山名。《离骚》"登阆风而緤马"，王逸注："阆风，山名，在昆仑山之上。"遐坂：长坡。洫：护城河。绝：横渡过。墉：城墙。薛综注："言阁道似此山之长远，横越西池，而度金城也。" ⑮ 城尉：守城校尉。弛：废弛。柝(tuò)：打更所敲之木。 ⑯ 唐中：庭中。《两都赋》"前唐中而后太液"，如淳曰："唐，庭也。"弥望：远望。广潒(dàng)：光大无涯貌。"潒"同"荡"。 ⑯ 太液：池名。《汉书·郊祀志》："建章宫，其西则商中，数十里虎圈。其北治大池，渐台高二十余丈，名曰太液。池中有蓬莱、方丈、瀛洲、壶梁，像海中神仙龟鱼之属。"沧池：苍色池水。漭沆(hàng)：深广貌。 ⑯ 渐台：见前文注。赫：赫然，显眼的样子。昈(hù)昈：文采貌。《方言》："昈，文也。"弘敞：高大，宽敞。 ⑯ 清渊：池名。李善引《三辅三代旧事》云："建章宫北作清渊海。"洋洋：水大貌。《诗经·卫风·硕人》有"河水洋洋"。神山：瀛洲、方丈、蓬莱等山。峨峨：山高貌。 ⑯ 瀛洲、方丈、蓬莱：见前文注。骈罗：并列。 ⑯ 林岑：有树的小而高的山。垒嶵(zuì)：参差不齐貌。崭岩：险峻的岩石。嵒(yán)𪩘(yǔ)：谓山参差如齿。此言"上下皆险峻不齐。" ⑯ 阯(dǎo)：唐写本、五臣本作"岛"，二字通用。《说文》："海中往往有山可依曰岛。" ⑯ 浸：浸润。濯(zhuó)：洗涤。石菌、灵芝：皆珍贵草名。重涯：此指池边。朱柯：灵芝草的赤色枝茎。 ⑯ 海若：海神名。渚(zhǔ)：水中小块陆地。玄渚：北宫玄武，故曰玄渚。鲸鱼：《三辅黄图》引《三辅记》曰："建章宫北有池，以象北海，刻石为鲸鱼，长三丈。"蹉跎：《说文新附》曰："失时也。"跎，李善注本原作"跑"，今依唐写本及毛本校改。此言石鲸无水，只能卧于岸上。

⑯ 少君：李少君，汉武帝时的方士。《汉书·郊祀志》："是时李少君亦以祠灶、穀道，却老方见上。上尊之。少君者，故深泽侯舍人，主方。匿其年及所生长，尝自谓七十，能使物却老。……少君言上：'祠灶，皆可致物；致物而丹沙可化为黄金；黄金成，以为饮食器，则益寿；益寿而海中蓬莱仙者乃可见之；以封禅，则不死，黄帝是也。'"端信：正信。言武帝信李少君而采纳其言。

⑰ 庶：希望。栾大：汉武帝时的方士。《汉书·郊祀志》："栾大，膠东宫人，……大言曰：'臣常往来海中，见安期，义门之属，……臣之师曰：'黄金可成而河决可塞，不死之药可得，仙人可致也。'……是时上方忧河决，而黄金不就，乃拜大为五利将军。"贞固：忠贞。此处"瑞信、贞固"用来讽刺李少君和栾大。　⑰ "立修……可度"四句：《三辅故事》曰："武帝作铜露盘，承天露，和玉屑饮之，欲以成仙。"修：长。屑琼蕊以朝飡(cān)：把玉花磨成粉做早餐。飡，同"餐"。残卷作"飡"("餐"异体)，《类聚》引作"餐"。度：度世成仙。　⑰ 松、乔：皆古之仙人。《西都赋》李善引《列仙传》曰："赤松子者，神农时雨师也。服水玉以教神农。"又曰："王子乔者，周灵王太子晋也。……道人浮丘公接以上嵩山。"　⑰ 要：邀请。羡门：古仙人。《史记·秦始皇本纪》："始皇至碣石，使燕人卢生求羡门高誓。"天路：上天的路。《玉台新咏》所录枚乘诗曰："美人在云端，天路隔无期。"　⑰ 想升升龙二句：《史记·封禅书》载，齐人公孙卿对汉武帝说："黄帝采首山铜，铸鼎于荆山下，鼎既成，有龙垂胡髯，下迎黄帝。黄帝骑龙乃上去。"故后世名其升天处曰鼎湖。武帝曰："嗟乎，诚得如黄帝，吾视去妻子如脱屣耳。"此言皇帝欲像黄帝一样得以超度成仙，凡间的荣华、快乐不值得留念。　⑰ 遽：急。营：营室。薛综曰："言者历代而不死，何急营于陵墓乎？"以上写宫殿台阁及求仙之事。　⑰ 徒：但，只。旁开三门：《周礼·考工记》"匠人营国，方九里，旁三门。"参涂：三条道路。言每门三条道。参：同"三"。涂：通"途"。夷庭：平直。庭：《尔雅·释诂》："庭，直也。"　⑰ 方轨十二：十二辆车可并轨而行。相经：相连。

⑰ 廛(chán)里：居宅。孙诒让曰："通言之，廛里皆居宅之称。析言之，则庶人工商之所居谓之廛，士大夫所居谓之里。"此盖通言之也。甍(méng)字：屋宇。北阙：长安城北之阙。甲第：一等馆第。启：开启。　⑰ 程：选择。巧：巧匠。致功：尽其功夫。陁(yǐ)：倾斜。陊(duò)：塌、落。木衣绨(tí)锦，土被朱紫：树木穿上了绫罗，泥土被盖着红、紫各色。形容甲第装饰华丽、豪奢。绨：厚缯。　⑱ 武库：掌管兵器的官署。禁兵：天子之兵器。蘭锜(yǐ)：兵器架。《说文》曰"蘭，所以盛弩矢，人所负也。"　⑱ 石：石显。董：董贤。皆显宦。《汉书·佞幸传》："石显，字君房。少坐法腐刑，为黄门中尚书。元帝被疾，不亲政事。事无大小，因自决。"又曰："董贤字圣卿，哀帝悦其仪貌，拜为黄门郎，诏将作监为贤起大第北阙下，土木之功，穷极技巧。柱槛衣以绨锦，武库禁兵尽在董氏。"畴：谁。以上言城郭宅室。　⑱ 廓开：大开。九市：《三辅黄图》引《庙记》云："长安市有九，各方二百六十六步。六市在道西，三市在道东。凡四里为一市，致九州之人。"阛(huán)：市墙。阓(huì)：市门。一说，"阛阓，道也。"(《广雅·释宫》)王念孙曰："案阛为市垣，阓为市门，而市道即在垣与门之内，故亦得阛阓之名。"　⑱ 旗亭：市楼。古时建于集市中，上立旗以为标志，为监察集市之所。五重：高有五层。隧：有店铺的街道。《西都赋》薛综注："隧，列肆道也。"　⑱ 胥：周代管理市场的官。尊其职，故曰"大胥"。今也惟尉：现在管理市场的官叫尉。元鼎四年更置三辅都尉。《三辅黄图》载：又有当市楼，有令署，以察商贾财货买卖贸易之事。三辅都尉掌之。　⑱ 瑰货："瑰"，奇货。各本皆作"瓌"，今据唐写本校改。方至：从四方而来。鸟集鳞萃：形容如群鸟落于一树，如鱼群向一起聚集。

⑱ 鬻：卖。兼：两倍。赢：赚利。匮：乏。此言虽然卖者赚双倍的利，而买者仍不乏其人。

⑱ 商、贾：《周礼·天官·太宰》郑众注："行曰商，处曰贾。"即所谓行商坐贾。百族：有雄厚实力的商人。百族即百姓，百姓在古代指贵族。裨(bì)贩：从中渔利的小商贩。薛综注："买贱卖

贵,以自裨益。"《周礼·地官·司市》:"大市,日昃而市,百族为主。朝市,朝时而市,商贾为主。夕市,夕时而市,贩夫贩妇为主。" ⑱ 苦:读为"盬",粗劣。《周礼·天官·典妇功》:"辨其良苦而贾之。"蚩(chī):欺骗。眩:迷惑。边鄙:指边邑之人。此二句言在好货中杂以劣质货来蒙骗乡下人。 ⑲ 昏:勤勉。作劳:辛苦劳作。邪赢:不正当的盈利。 ⑳ 肆人:市井买卖之人。奢:胜过。许、史:指汉元帝母许皇后家和宣帝祖母史良娣家,是元成二帝时最有势的外戚。此言市井买卖之人被豪华丽胜过皇亲国戚。 ㉑ 若夫……壮何能加:《汉书·货殖传》:"翁、伯以贩脂而倾县邑,张氏以卖酱而逾侈,质氏以洒削而鼎食,浊氏以胃脯而连骑,张里以马医而击钟。"洒削:如淳曰:"作刀剑削者。"胃脯:晋灼曰:"今大官常以十月作沸汤,燖羊胃,以末椒姜坋之,暴使燥者也。"此言以羊胃制香脯。击钟、鼎食:言鸣钟会食,食则列鼎,此富贵人家繁奢之盛况。连骑:出门随从众多,车马连接成队。如此富奢之人,朝廷东迁至洛阳后的公侯哪个能比得过?以上言市肆。 ㉒ 张赵之伦:指张回、赵君都。《汉书·游侠传》:萭(jǔ)章及箭张回,酒市赵君都贾子光,皆长安名豪,报仇怨,养刺客者。晋灼曰:"此二人作箭作酒之家。"伦:类。 ㉓ 齐志:拟迹:效法。无忌:魏信陵君无忌。田文:齐孟尝君田文。他们和赵平原君赵胜,楚春申君黄歇并以养食客,尊侠士著称。 ㉔ 寔:是。蕃:众多。徒:党徒。此言游侠众多,皆轻死重气之人。 ㉕ 原:原涉。《汉书·游侠传》:"闾里之侠,原涉为魁。""原涉,字臣光,祖父武帝时以豪桀自阳翟徙茂陵。"涉年二十余,"郡国诸豪及长安五陵诸侠为气节者,皆归幕之。""涉外温仁谦逊,而内隐忍好杀,睚眦于尘中,触死者甚多。阳陵之朱:当时名侠朱世安,左冯翊杨陵县(今陕西咸阳县东)人。 ㉖ 趬(qiāo):各本误作"趫",今依唐写本校改,轻捷。悍:勇猛。虓(xiāo)豁:发怒的样子。貙(chū):《尔雅·释兽》:"貙,獌,似狸。" ㉗ 睚(yá)眦(zì):相瞋而怒目切齿,谓极小的恩怨。虿(chài)芥:蒂介。张揖《子虚赋》注:"蒂介,刺鲠也。虿与蒂同。"此谓原朱之徒凶暴狭隘,稍有小怨,便会使他人横尸路边。 ㉘ 丞相二句:《汉书·公孙贺传》载:公孙贺为丞相,子敬声为太仆,擅用北军钱千九百万,下狱。是时诏捕阳陵朱安世,贺请逐捕以赎敬声罪。后果得安世。安世者,京师大侠。遂从狱中上书告敬声与阳石公主私通。遂父子死于狱中。阳石:阳石公主。汙:玷污。 ㉙ 五县:李善注:"谓长陵、安陵、阳陵、茂陵、平陵也。"弹射:指摘检举。臧否(pǐ):好坏。擘(bò):剖破。理:肌肉纹理。擘肌分理:言其分析极精细。 ㉚ 所好二句:张铣注:"言此辨士所好者,誉之使生毛羽;所恶者,毁之令生疮痏(wěi)。"以上言游侠辩士。 ㉛ 郊甸:指长安城郊。都城外五十里为郊,二百里为甸。殷赈(zhèn):富饶。 ㉜ 五都:指洛阳、邯郸、临淄、宛、成都。货殖:指各种货物。迁、引:李善曰:"迁谓徙之于彼,引谓纳之于此。" ㉝ 联楅(gé):言车辆之多,前后连属。楅:轭。《释名·释车》:"楅轭也,所以楅牛颈也。"隐隐展展:车盛多貌。一说车行之声。 ㉞ 冠带:缙绅官吏的服饰。轸:《说文》:"车后横木也。" ㉟ 封畿:邦畿。商周王直接统辖的地区称邦畿或王畿,即封畿。《诗经·商颂·玄鸟》:"邦畿千里,维民所止。"京尹:京兆尹,京都的最高行政长官。 ㊱ 郡国宫馆:指诸郡国在西京的离宫别馆。百四十五:言宫馆之多,未必实指。李善注引《三辅故事》曰:"秦时殿观,百四十五所。" ㊲ 极:至。盩(zhōu)厔(zhì):县名。《说文》:"扶风有盩厔县。"盩厔故城,在今周至县东。酆(fēng):古地名,亦作"丰",今陕西户县。鄠(hù):在今户县北。 ㊳ 暨(jì):及。河:黄河。华:华山。虢(guó):古国名。故城在今河南陕县东南。这四句指邦畿的范围。 ㊴ 上林禁苑:上林苑为天子禁地,故曰禁。跨:越。弥:满,掩。阜:丘陵。 ㊵ 鼎湖:宫名,在今陕西蓝田县。邪:斜。界:以……为界。细柳:观名。《清一统志》:"陕西西安府,细柳仓在咸阳县西南。" ㊶ 长杨、五柞:皆宫名。《三辅黄图》:"长杨宫在今盩厔县东南三十里。本秦旧宫。至汉修饰之,以备行

〔172〕 张　衡　　　　　　　　　　　　　　　　　　　　　　　　　西京赋

幸。宫中有垂杨数亩，因为宫名。"又曰："五柞宫，汉之离宫也。在扶风盩厔，宫中有五柞树，因以为名。"　⑫绕：圈绕。款：至。黄山：宫名。牛首：山名，在陕西户县西南。　⑬亘：各本皆作"垣"，今依古钞本及唐写本改。缭亘绵联：形容上林苑连绵不断。　⑭驲(pǐ)駼(shì)：兽速行貌。李善注引《韩诗章句》云："趋曰驲，行曰駼。"　⑮京：高。沚(zhǐ)：各本皆作"峙"，今依唐写本改。水中小块陆地。薛综注："水中有土曰沚。"又云："言禽兽散走之时，如水惊风而扬波，聚时如水中之高土也。"　⑯伯益、隶首：皆古之多识者。《列子·汤问》："终北之北有冥海者，天池也。有鱼焉……其名鲲。有鸟焉，其名为鹏。世岂有知此物哉？大禹行而见之，伯益知而名之。"李善引《世本》曰："隶首作数。"宋衷曰："隶首，黄帝史也。"纪：识记。此言上林苑中动植物均很多，连伯益、隶首也不能辨识其名。　⑰林麓：泛指上林苑之山林。于何不有：什么没有呢？喻物种齐全。　⑱枞(cōng)：《尔雅·释木》："枞，松叶柏身。"郭注："今大庙梁材用此木。"栝(kuò)：即"桧"。有长一二千年，其粗当十余人合抱者。棕(zōng)：《山海经》郭注："棕树高三丈许，无枝条，叶大而圆，枝生梢头，实皮相裹。上行，一皮者为一节，可以为绳。楠(nán)：一种气味芬芳的名贵木材，生南方，高者十余丈，巨者数十围。梓(zǐ)：落叶乔木，木质轻而易割，古常用作琴瑟及建筑木料。棫(yù)：《尔雅·释木》郭璞注："棫，白桵。"又曰："桵，小木丛生，有刺，实如耳珰，紫赤可啖。"楩(pián)：今黄楩木。枫：《尔雅·释木》郭注："枫树似白杨，圆而歧，有脂而香。"为落叶乔木，高二、三丈，叶子秋季变红色。　⑲嘉卉：美好的花草。灌丛：灌木丛生。蔚：草木繁盛貌。邓林：神话中树林名，见《山海经·海外北经》言为夸父日逐，道渴而死，弃其杖所化。此句谓上林苑中的树木像邓林一样茂盛。　⑳郁蓊、薆(ài)薱(duì)、欘(sù)爽、橚(xiāo)矟(shēn)：皆形容草木茂盛、浓密、绵延之状。　㉑葩(pā)：花。飏：即"扬"。荣：也指花。此言树木皆高大，花开艳丽，叶可遮阴。　㉒葴(zhēn)：以下皆草名。《尔雅·释草》："葴，寒浆。"郭注："今酸浆草，江东呼曰苦葴。"又曰："葴，马蓝。"郭注："今大叶冬蓝也。"莎(suō)：《证类本草》："莎草根名香附子，一名雀头香。茎叶都似三棱，根似附子，周匝多毛。"菅(jiān)：一种茅草，茎可做绳，叶可覆屋。蒯(kuǎi)：一种植物，其茎可供编织。《左传·成公九年》："虽有丝麻，无弃菅蒯。"其茎供编织。《字汇》"蒯"字注："蒯与菅，皆茎也，黄华名，俗名黄芒，即蒯也。白华者，俗名白芒，即菅也。"薇：野豌豆，茎叶可食。蕨(jué)：菜名，嫩叶可食，茎多淀粉。荔：《说文》云："草也，似蒲而小，根可作刷。"芫(háng)：《尔雅》云："芫，东蠡。"《集韵》云："芫，草名，叶似蒲，丛生。"　㉓王刍：《尔雅》郭注："今绿蓐也。"《唐本草注》："荩草俗名绿蓐草，叶似竹而细薄，茎亦圆小。"即今淡竹叶。苗(méng)：《尔雅》："苗，贝母。"台：《尔雅》："台，夫须。"可以作斗笠。《诗经·都人士》郑玄注："以台皮为笠。"戎葵：蜀葵。似葵，花如木槿花。怀羊：一种香草名。　㉔苯(bèn)蓴(zǔn)、蓬茸：草丰茂的样子。此言草木茂盛，覆盖皋泽山冈。　㉕篠(xiǎo)：小竹，可以为箭。《尔雅》曰："篠，箭。"簜(dàng)：大竹。敷衍：蔓延。编：连接。町(tǐng)：田地。篁(huáng)：竹林。　㉖山谷原隰：高山、深谷、平原、低地，谓各势地貌。浟浟：广大无垠貌。　㉗昆明：池名。《汉书·武帝纪》："元狩三年，发谪吏穿昆明池。"注云："西南夷传有越巂，昆明国，有滇池，方三百里。汉使求身毒国，而为昆明所闭，今欲伐之，故作昆明池象之，以习水战，周围四十里。"灵沼：《三秦记》曰："昆明池中有灵沼，名神池。云尧时治水，尝停船于此。"昆明灵沼：皆仿滇池而造。黑水玄阯：据《山海经》和屈原《天问》所写南海附近地方命名的昆明灵沼的水沚。阯，水中小洲。　㉘周：环绕。树：种植。杞(qǐ)：杞柳，生水旁，树如柳，叶粗而白色，木理微赤。　㉙豫章珍馆：以名贵的豫章木修建的华美之馆。揭焉中峙：馆阁在昆明池中耸立着。揭，举。　㉚牵牛、织女：昆明池有二石人，像牵牛织女，立于池之东西，以像天河。今有石父石婆祠，分别供二石像。　㉛扶桑：日出之处。濛汜：日入之处。此言池之广大，日月皆出入于其中。　㉜ 鼋（yuán）：绿团鱼。一种大鳖，背青黄色，头有疙瘩。鼍（tuó）：扬子鳄。鳣（zhān）：郭注《尔雅》曰："鳣，鲤，似鳝，而短鼻，口在颔下，体有邪行，甲无鳞，肉黄，大者长二三丈。今江东呼为黄鱼。"鲤，今赤鲤鱼。鲉（xù）：鲢鱼。鮦（tóng）：黑鱼。　㉝ 鲔（wěi）：鲟鱼，长者丈余。鲵（ní）：人鱼。俗称娃娃鱼。鲿（cháng）：陆机云："一名扬，今黄颊鱼。似燕头鱼身，形厚而长，颊骨正黄。鱼大而有力解飞者，江东呼为黄鲿鱼，一名黄颊鱼。"鲨（shā）：《说文》作"魦"，通"鲨"，郭璞曰："今吹沙小鱼，体圆而有点文。"修额短项：鱼额长而颈短。　㉞ 诡类殊种：言鱼之种类千奇百怪。㉟ 鹔（sù）鹴（shuāng）：雁之一种。《淮南子·原道篇》高诱注："长胫绿色，其形似雁。"鸹（guā）：鸹鸹，似燕。鸨（bǎo）：似雁而大，无后趾。䴔（jiā）鹅：野鹅。鸿：大雁。鹍（kūn）：《上林赋》张揖注曰："鹍鸡，黄白色，长颔赤喙。"又见前文注。　㊱ 上春候来《礼记》："孟春，鸿雁来。"上春：孟春。就温：《列子·黄帝篇》曰："禽兽之智，违寒就温。"此言众鸟春季飞来，秋季飞到南方温暖的地方去。　㊲ 衡阳：衡山之阳，传言雁南飞至此而回。在今湖南。雁门：雁门山。在今山西代县。　㊳ 集、轩：李善本作"奋"、"軿"，今依古钞本，唐写本校改。集：栖止。隼（sǔn）：小鹰。凫：野鸭。弗卉軿（pēng）訇（hōng）：鸟奋飞之声。　㊴ 众形殊声，不可胜论：鸟形貌众多，声音殊异，述说不尽。　㊵ 飘飘：雨雪纷飞貌。惨烈：喻酷寒。　㊶ 百卉具零：百草都凋零了。刚虫：吕延济曰："鹰豺也。"挚：攫拿。刚虫搏挚：鹰豺之属出而捕小鸟兽。㊷ 振：整理。维：纲。衍：张设。络：网。　㊸ 荡：震动。川渎：大小河沟。簸（bǒ）林薄：震荡树林草原。此言撒下天罗地网进行狩猎，震撼山渎丛林。㊹ 作：惊起。㊺ 草伏木栖：伏于草，栖于木。寓居：寄住。穴托：藏于穴。薛综曰："谓禽兽惊走，得草则伏，遇木则栖，非其常处。苟寄而居，值穴而托，为人穷迫之意。"㊻ 霍绎、纷泊：众多鸟兽往来，飞走貌。㊼ 灵圉：天子的苑囿。垠锷：边界。锷：本义为剑棱，引申为物之涯岸棱角。㊽ 虞人：掌山泽及狩猎的官吏。《周礼·地官》："山虞，若大田猎，则莱（除草）山之野。"营域：治理守护。此言苑囿广大无边，虞人负责临时圈一个打猎范围。㊾ 焚莱：烧草。平场：平治猎场。柞（zé）：借为"槎"，砍伐。翦：芟除。棘：荆棘。　㊿ 罝（jū）：罗网。《诗经·兔罝》："肃肃兔罝，椓之丁丁。"迒（háng）：《说文》曰："兽迹也。"引申为兽所走之道。蹊：小径。塞：堵塞。迒杜蹊塞：即杜迒塞蹊。　(51) 麀（yōu）：母鹿。《诗经·吉日》："麀鹿麌麌"，《毛传》："鹿牝曰麀。麌（yǔ）麌，众多也。"駓田偪（bī）仄：鹿之多以至于聚到一起显得空间狭窄。田：陈列。"尔乃……"至此言畋猎。　(52) 彤弨：画有花纹的车。六骏駁（bá）：驾六骏马。駁：张揖曰："駁如马，白身黑尾，一角，锯牙，食虎豹。"此指駁似的骏马。　(53) 戴翠帽：以翠羽为车盖。较（jué）：车厢两旁板上的横木。　(54) 璇（xuán）：美玉。弁（biàn）、缨：马之冠、缨。遗光：《后汉书·张衡传》章怀注曰："言光彩射也。"倏（shū）爚（yuè）：光辉闪烁。　(55) 玄弋、招摇：皆星名。《史记·天官书》："杓端有两星，一内为矛招摇，一外为盾天锋。此云画玄弋，招摇于旗上。"(56) 莺（yuān）：老鹰。《礼记·曲礼》曰："前有尘埃，则载鸣莺。"郑玄注："莺鸣则有风。"曳（yè）：牵引。梢："旓"之借字，旌旗上的飘带、饰物。云梢：旌旗上的飘带飘动如云。　(57) 弧：星宿名。《晋书·天文志》："弧九星在狼东南，天弓也。"枉矢：彗星名。《晋书·天文志》："枉矢类大流星，蛇行而苍黑，长数尺。"此言画弧星、枉矢星于旗上。旃（zhān）：赤色曲柄的旗。旄（máo）：杆顶以旄牛尾为饰的旗。　(58) 华盖：天子座上所覆的伞盖。又星宿名。辰：指龙。十二属以辰为龙。华盖承辰：华盖上画着龙。天毕：星名，形如网，有长柄。前驱：把画有天毕星的旗插在前驱之车上。　(59) 千乘雷动：众车之发，声如雷动。万骑龙趋：众马飞奔，宛如駁龙。此言出猎气势宏大。　(60) 属车：跟随在后的车。箸（zào）：副车。猃（liǎn）：长嘴猎犬。

獝(xiè)獢(xiāo)：短嘴猎犬。李善本"獝"作"獤"，今依胡克家校改。《诗经·驷驖》："輶车鸾镳，载猃獢獢。"毛苌曰："猃、獢獢，皆田犬也。长喙曰猃，短喙曰獢獢。"　㉖匪唯玩好，乃有秘书：言天子出猎不仅仅狩猎，还带着皇家藏书，以备查寻百物之名。　㉖小说：古代指记传言杂说之书。本自虞初：以虞初之书为本源。虞初：《汉书·艺文志》有《虞初周说》九百四十三篇，作者虞初，河南人，武帝时以方士侍郎，号黄车使者。　㉖从容：闲和貌。侯：预备。储：储藏。　㉖蚩尤：《龙鱼河图》："蚩尤兽身人语，铜头铁额，食沙石子，造立兵仗刀戟大弩，威振天下。"钺(yuè)：大斧。鬣(liè)：颈后长毛。般：借作"斑"，虎纹之衣。此指装扮为举蚩前行驱邪的武士。　㉖禁御：防止。不若：不顺。神：善神。奸：恶怪。　㉖螭(chī)魅(mèi)魍(wáng)魉(liǎng)：山川中的鬼神精怪。旃(zhān)：之焉的合音。此谓不会遇到山川精怪。　㉖陈：列置。虎、旅：指天子卫队。《周礼·夏官》："虎贲，下大夫。""旅贲氏，中士也。"飞廉：上林苑中馆名。《三辅黄图》曰："飞廉观在上林，武帝元封二年作。飞廉，神禽能致风气者。武帝命以铜铸壹观上，因以为名。"　㉖垒壁：本星宿名，垒壁十二星为天军之垣壁，天子法之以列军队。上兰：上林苑馆名。《三辅黄图》："上林有上兰观。"　㉖结：集结。部曲、行伍：皆指军队。司马彪《续汉书·百官志》："大将军营五部，部有校尉一人。部下有曲，曲有军候一人。"《左传·隐公十一年》杜预注曰："二十五人为行，行亦卒之行列也。"《周礼·夏官》："五人为伍。"　㉖燎：焚烧。京薪：堆得很高的木柴。臧(xiè)：播，击。《周礼·夏官》："鼓皆臧，车徒皆噪。"注云："疾雷击鼓曰臧。"　㉖纵：放。《方言》："草，南楚江湘之间谓之莽。"长莽：宽广的草原。　㉖迾(liè)卒清候：天子出驾，令士卒列于两旁，禁庶人之往来。迾：遮列。清：清道。候：侯望。赫：怒貌。　㉖缇(tí)衣：丹黄色的衣服。《说文》："缇帛，丹黄色。"靺(mèi)鞈(gé)：武士之服，亦赤黄色。"天子作师，主将朱芾，其余军士靺鞈。"睢(suī)盱(xū)：目中无人貌。《字林》曰："睢，仰目也。盱，张目也。"跋扈(hù)：骄横、强暴。跋，原作"拔"，今据唐写本改。　㉖烛：照耀。嚣声：喧嚣声。海浦：入海口。"四渎之口"（薛综注）。　㉖河渭：黄河、渭水。波荡：水波动荡。吴岳：吴山，岳山。《汉书·郊祀志》："自华（华山）以西名山七，有岳山，吴山。"此处吴岳与河渭对举。阤(shǐ)：小崩，溃塌。阤堵：山崖崩落。　㉖禽：鸟兽之总名。㥄(líng)遽(jù)：因恐惧而战栗。㥄，恐怖。遽，荒促。夔(kuí)瞿(qú)：仓皇奔走貌。奔触：四处乱撞。此言鸟兽因恐惧而慌不择路。　㉖关：此处指卡入。邀：拦截。"丧精之魂"四句：言鸟兽失魂落魄，不知何处躲藏，慌忙之中自投轮辐之下，不待人捕而自毙。趋：向。　㉖罕：捕鸟网。潚(sù)箾(shuò)：鸟触网貌。镝(dí)：箭簇。擂(pò)搏(bó)：此处作拟声词，箭射中物的声音。薛综注："擂搏，中物声也。"　㉖矢不虚舍：箭无虚发。鋋不苟跃：矛不空投，投必中物。鋋(chán)：铁柄小矛，可以投掷。跃：这里指投掷。　㉖"当足"二句：言碰到人脚下的鸟兽被践踏死，撞倒车轮上被轧死。薛综注："足所蹈为蹍(niǎn)，车所加为轹(lì)。"　㉖僵、毙：皆仆倒之意。碛(jī)砾(lì)：沙石。此谓"所获禽兽，烂然如聚细石也。"（薛综）喻所获之多。　㉖罝(jū)罗：捕鸟兽的网。罥(juàn)：挂。薛综注："罥，缯也。"结：缚缠。　㉖殳(shū)：杖，以竹、木为之，八棱，长丈二而无刃。捏(huáng)毕：撞击。　㉖叉簇(cù)：用来叉刺鸟兽的武器，可投掷。搀(chán)捔(zhuó)：皆刺取义。　㉖徒搏：空手搏击。撞拟(bì)：击倒。　㉖晷(guǐ)：日影。狝(xiǎn)：杀戮。"言日景（影）未移，禽兽已杀七八矣。"（薛综注）以上言狩猎之初的壮观场面。　㉖鹬(jiāo)：薛综注："雉之健者为鹬，尾长六尺。"翚：飞。绝：度过。阬(gāng)：山冈。《甘泉赋》"陈众车于东阬兮"，注云："阬，大阜也，读与'冈'同。"斥：沼泽。薛综注："泽厓也。"　㉖毚(chán)兔：狡兔。联猭(chuán)：兽逃逸。陵：超越。岊(jié)嶭(niè)：山谷。　㉖诸：之于。东郭：狡兔名。《战国策·齐策》："齐欲伐魏，淳于髡谓齐王曰：

西京赋　　　　　　　　　　　　　　　　　　　　　　　　　　　张　衡　〔175〕

‘韩子卢者，天下之疾犬也。东郭逡者，海内之狡兔也。韩子卢逐东郭逡，环山者三，腾山者五，兔极于前，犬废于后。’”比喻鸟兽迅捷，几乎不能捕捉到，以衬下文猎鹰、猎犬之迅捷。　㉙迅羽：指鹰。轻足：指犬。景：影，指鸟兽逃逸之影。括：箭尾。通“筈”。薛综注：“箭之御弦者。”　㉑不暇举：来不及起飞。发：起身逃走。　㉒青骹（qiāo）：青腿的鹰。挚：击取。鞲（gōu）：革制的袖套，打猎时猎鹰立其上。韩卢：灵犬名。见前文注。噬（shì）：咬。绁（xiè）：同“緤”，绳索。此言鹰击鸟，犬猎兽皆迅疾，不待鸟兽远逃，便已将其击毙。　㉓猛毅：猛兽。鈚（pī）䝙（ér）：兽怒奋鬣貌。隅目：斜着眼睛看。高匡：即高眶。此谓兽怒之时，眼眶也似增高了。　㉔兕（sì）：野牛类猛兽。伉（kàng）：抵挡。此言所猎之兽怒，无敢敌之者。　㉕中黄：古勇士名。李善引《尸子》曰：“中黄伯曰：‘余左执太行之犹，而右搏雕虎。’”育、获：夏育、乌获，皆古力士之名。《汉书音义》曰：“或云夏育卫人，力举千钧。”《史记·秦本纪》：“武王有力好戏，力士任鄙、乌获、孟说皆至大官。”又《孟子》赵岐注：“乌获，古有力之人也。”俦（chóu）：同类。此指像中黄、夏育、乌获一样的力士、猛士。　㉖朱䰂（mà）：以红色带子饰发。戴（jī）：露髻。髽（zhuā）：妇人丧髻。《仪礼·士丧礼》：“妇髽于室”，此言用红带子结发为髻。植发如竿：使发髻直立如竹竿。　㉗袒（tǎn）裼（xī）：脱衣露体。戟（jǐ）：用食指、中指指点，其形如戟。《左传·哀公二十五年》：“褚师出，公戟其手，曰：‘必断而足’。”此处形容力士勇武之貌。奎蹦（jǔ）：迈步走。盘桓：薛综注：“便旋也。”言左转右旋，以状搏兽之姿。　㉘鼻：名词用为动词，牵鼻。圈（juān）：圈之于牢。狿（yán）：巨兽名。《子虚赋》作“蜒蜒”，郭璞注：“大兽，长一寻。”（依朱琦校）　㉙摣（zā）：抓，捕。狒（fèi）：狒狒。郭璞注《尔雅》狒狒云：“枭羊也。”引《山海经》曰：“其状如人面长唇，黑身有毛，反踵（踵）见人则笑。”猬：刺猬。批（zǐ）：揪取。窫（yǔ）：兽名，《说文》《尔雅》作“㺄貐”。《山海经·北山经》曰：“少咸之山，有兽焉，其状如女，而赤身，人面，马足，名曰‘窫（yà）窳’。”《海内南经》又曰：“窫窳龙首，居弱水中，食人。”狻（suān）：《尔雅·释兽》：“狻麑似虦猫，食虎豹。”郭璞注：“即狮子也。”　㉚揩（kāi）：摩擦。《字林》曰：“摩也。”枳（zhǐ）：似橘而多刺。落：藩篱。棘藩：酸枣树所做的藩篱，其上多刺，以为屏障。　㉛梗（gěng）：《方言》：“凡草木刺人，自关而东或谓之梗。”朴丛：小树丛。摩拉、摧残：薛综注：“言突揩之，皆擗碎毁拆也。”以上言力士之斗。　㉜轻锐、僄（piào）狡、趫捷：皆谓轻疾勇猛。“趫”注见上文。㉝探：探取。封狐：大狐。　㉞陵：登，升。巘（yǎn）：山之上大下小者，不易攀登。昆骏（tú）：兽名。薛综注：“昆骏如马，跂蹄，善登高。言能升重巘之岭，而猎取昆骏之兽。”　㉟秒（miǎo）：借为“钞”，字书多作“抄”，提取。秒木末：取猕猴于树梢。攫（wò）：捕取。獑（chán）猢：一种善攀缘的猿猴。薛综注：“猿类而白，腰以前黑，在木表。”㊱殊榛：大木。搥（dì）：掠取。飞鼯（wú）：其名甚多，有夷由、鼯鼠、飞生、鼺鼠、飞鼠等。《尔雅·释兽》郭璞注：“赤尾，项胁毛赤紫色，背上仓艾色，腹下黄，喙颔杂白，脚短，爪长，尾三尺许，飞且乳，谓之飞生。声如人呼，食火烟，能从高赴下，不能从下上高。”以上言矫健之士的敏捷。　㊲嬖（bì）人：受宠幸的宫人。昭仪：后宫官名，汉元帝所置，位视丞相，爵比诸侯王。亚：次于。乘舆（yú）：天子所乘之车。《汉武故事》曰：“凡诸宫美人可有七八十，与上同辇者十六人，员数恒时满。”　㊳贾氏：贾国大夫之妻。如：往。皋：皋泽。《左传·昭公二十八年》：“昔贾大夫恶（丑），娶妻而美，三年不言不笑，御以如皋，射雉，获之，其妻始笑而言。”北风：指《诗经·北风》。其言曰：“惠而好我，携手同车。”　㊴盘：乐。《尚书·无逸》：“文王不敢盘于游田。”游畋：游猎。只且：语气词。《诗经·君子阳阳》：“其乐只且。”㊵殚：尽。穷：极。㊶迁延：凯旋。《左传·襄公十四年》：“乃命大还，晋人谓之迁延之役。”杜注：“迁延，却退。”睨：斜视。长杨之宫：上林苑中宫名，见前文注。　㊷息：休息。行夫：打猎的士卒。展：陈列。《左传·成公

〔176〕 张　衡　　　　　　　　　　　　　　　　　　　　　　　　西京赋

十六年》："子反令军吏缮甲兵，展车马。"杜注："展，陈也。"陈列车马，暂时休息一下。　⑬举：拾取。胾(zì)：积禽。《诗经·车攻》："助我举柴。"郑玄笺："举积禽也。"胾、柴通。数：统计。课：核对。薛综注："课，录对所得多少。"　⑭互：挂肉的架子。薛综注："互所以挂肉。"《周礼·牛人》载："凡祭祀共其牛挂之互。"郑众注曰："互，若今屠家悬肉格。"颁：颁赏，赏赐。薛综注："所谓以所卤获之禽兽赐士众也。"卤：通"虏"，捕获物。　⑮割鲜：切割着新鲜的肉。野飨(xiǎng)：野餐。犒(kào)勤：慰劳勤苦之士。赏功：赏赐有功之人。薛综注："谓飨食士众于广野中，劳勤苦，赏有功也。"　⑯五军：《汉官仪》："汉有五营。"五军即五营。六师：《周礼·夏官·序官》曰："王六军。"《诗经·棫朴》毛传曰："天子六军。"六军即六师。千列百重：言士卒之众多。　⑰酌(zhuó)：斟酒。醴(lǐ)：甜酒。方驾：并驾。饔(yōng)：烹调好了的食物。此言酒食分发都通过车驾进行。　⑱升觞举燧：举火以号召举杯进酒。升觞(shāng)：举杯。既醮鸣钟：敲钟以表示饮酒以毕。醮(jiào)：《说文》曰："饮酒尽也。"　⑲膳夫：掌管天子后妃饮食的官。《周礼·天官·序官》曰："膳夫，食官之长也。"察、廉：检视、查看。贰：有双份者。空：未得到者。此言膳夫骑马往来巡视分配是否平均。　⑳炙：烤肉。炰(páo)：又作"炮"，烤肉。夥(huǒ)：多。清酤(gū)：美酒。胾(zhī)：多。　㉑溥(pǔ)：普遍，遍及。　㉒徒御：指随从的人。士：士卒。罢：通"疲"，疲劳。　㉓巾车：掌管天子衣车的官。《礼记·大射礼》注："巾车于天子宗伯之属，掌装衣车者。"旆(pèi)：车上的大旗。回旆：指转车。　㉔相羊：倘佯，徘徊。《离骚》有"聊逍遥以相羊。"王逸注："逍遥，相羊，皆游也。"五柞之馆：见前文注。旋：返回。憩(qì)：休息。　㉕豫章：豫章馆，见前文注。简：挑拣。矰(zēng)红：射矢，长八寸，其丝名红，故曰矰红。一说：矰，系绳以射鸟的箭。　㉖蒲且：古之善射者。《淮南子·览冥训》："蒲且子之连鸟于百仞之上。"高诱注曰："蒲且子，楚人，善射者。"弋：以矰射曰弋。挂：用箭丝缚住。白鹄：天鹅。联：一箭中双鸟。鸧：当作"鸀"，野鸭。与鸿、鹄皆为昆明池中水鸟。　㉗磻(bō)：系在箭绳上的石块。特：单独，一个。不特挂(guà)：不止捕住一只(鸟)。挂：绊住。往必加双：箭发必得两只鸟。　㉘舟牧：掌船之官。《礼记·月令》曰："季春之月，命舟牧覆舟。"郑众注："舟牧，主舟之官也。"水嬉：水戏。　㉙鹢(yì)首：指船。鹢：即"鹢"，水鸟名。形如鹭而大，羽色苍白，善翔。《淮南子·本经训》曰："龙舟鹢首，浮水以娱。"高诱注："鹢，水鸟也。画其像著船头，故曰鹢首。"翳(yì)：覆盖。翳云芝：船身画满了云气、芝草等。　㉚翟葆：雉羽做的宫扇。薛综注："谓垂羽翟为葆盖饰，建隼羽为旌旗也。"翟：《说文》："山雉尾长者。"葆：指宫扇。　㉛枻(yì)女：摇船女。枻：短船桨。棹(zhào)歌：划船时所唱的歌。汉武帝《秋风辞》："箫鼓鸣兮发棹歌。"棹：划船拨水的用具。　㉜发引和：一人领唱，众人应和。校：调整音律。莨：又作"筤"。　㉝奏、度：演奏。淮南、阳阿：古曲名。崔豹《古今注》："《淮南王》，淮南小山之所作也。淮南王服食求仙，遍礼方士，遂与八公相携俱去，莫知所往，小山之徒，思恋不已，乃作《淮南王曲》焉。"洪兴祖《楚辞补注》云："《淮南子》歌《采菱》，发《阳阿》。"　㉞感、怀：感动。河冯：河伯冯夷。《庄子》："冯夷得道以潜大川。"湘娥：帝尧之二女娥皇、女英，嫁于帝舜，舜南巡不返，二女相寻至湘水，没水而死。　㉟惊、惮：使惊骇，恐怖。蝄(wǎng)蜽(liǎng)：水怪。蛟：龙的一种。　㊱鲂(fáng)鳢(lǐ)鳏(yǎn)鲉(yóu)：皆鱼名。鲂：陆机曰："鲂，今伊、洛、济、颍鲂鱼也。广而博肥，恬而少力，细鳞，鱼之美者。"鳢：鲖，黑鱼，见前文注。鳏：郭璞云："今偃额白鱼。"即鲇鱼。鲉：即今黄鳝鱼，黄质黑文。繾(shāi)：鱼网，其形前狭后广，此处用作动词。　㊲摭(zhí)、摕：皆拾取之意。紫贝：李善引《相贝经》云："赤电黑云，谓之紫贝。"耆龟：老龟。　㊳搤(è)：通"扼"，捉住。帬(zhì)：通"挚"，绊马，此指缚绊。水豹、潜牛：皆水兽。长安未必产此物，此处用以夸耀昆明池中物类宏富。　㊴泽虞：管水泽的官。滥：没有节制。何有春秋：滥施渔猎，没有选择，不分季节。 ⑩摛(tì)：探寻，搜索。潦(liáo)漊(xiè)：小河沟。搜川渎：搜索河流，沟渠。 ⑪布、设：布置、张设。九罭(yù)："罭"又作"緎"，《尔雅•释器》："九罭，鱼网也。"罜(zhǔ)麗(lù)：《国语》韦昭注："小网也。" ⑫摷(zhāo)：抄取。鲲：鱼子。鯍：幼鱼。《尔雅•释鱼》："鲲，鱼子也。"郭注："凡鱼之子总名鲲。"《国语•鲁语》韦昭注："鲲，未成鱼也。"《国语•里革》："鱼禁鲲鮞。"殄(tiǎn)：灭绝。 ⑬蘧(qú)：通蕖，荷花。蜃(shèn)蛤(gé)：河蚌。剥：剥壳。 ⑭逞欲：犹言含尽情。歈(yú)：通"渔"。效获：贡献所获之物。麑(ní)：幼鹿。麇(yǎo)：幼麋。《国语•鲁语》注："鹿子曰麑，麇子曰麇。" ⑮摷(jiǎo)、泭(láo)：搜索之义。蓼(lù)：草名，此指池边植物。泭：通"捞"。泭浪：自浪中捞取。干池涤薮：排干鱼池和大泽，犹言竭泽而渔。薮：大泽。涤：涤尽，扫净。 ⑯逸飞：飞逃的鸟。遗走：逃亡的走兽。薛综注："此言上下飞走皆无逃亡也，尽获之。" ⑰攓胎拾卵：剖腹取卵。攓：通"搴"。蚔(chí)：蚂蚁卵。蝝(yuán)：幼蝗。自"摛潦漊"至此讽天子奢欲无度。 ⑱遑(huáng)：闲暇。恤(xù)：顾念。此言且快今日之苟乐，不顾后日之长久。《诗经•邶风•谷风》《小雅•小弁》有"我躬不阅，遑恤我后"。这里是讽刺皇帝只图眼前快活，不为后世考虑。 ⑲倾陁(shǐ)：崩落。薛综注："天下已定，贵在安乐，极意恣心，何能复顾后日倾坏也。" ⑳大驾：天子车驾。平乐：馆名。甲乙：帐名。袭：盖。翠被：翠羽所饰之被。班固《汉书•西域传赞》云："孝武造甲乙之帐，袭翠被，冯(凭)玉几。" ㉑攒：江聚。纷：杂多。瑰丽：奇美。奓(shē)靡：奢侈淫靡。"奓"通"奢"。 ㉒迥望：远望。临迥望之广场：面临开阔的广场。程：考核，引申为观赏。角觝(dǐ)：又作角抵。魏晋以前流行的一种竞技表演，其后杂入种种技乐。 ㉓乌获：战国时大力士，见前文注。都卢：古之善攀缘者。见前文注。橦(chuáng)：竹竿。《能改斋漫录》曰："都卢寻橦，缘竿之伎也。"此谓大力士扛鼎以示力，善攀缘者爬竿以示其能。 ㉔冲狭：穿刀圈之戏。薛综注："卷簟席，以矛插其中，伎儿以身投，从中过。"燕濯(zhuó)：薛综注："以盘水置前，坐其后，踊身张手跳前，以足偶节，瑜水，复却坐，如燕之浴也。"即飞燕剪水之戏。铦(xiān)：锐利。胸突铦锋：以胸抵利刃而不入。类今走刀山。 ㉕跳丸剑：两手扔丸或剑于空中，交替接抛，使丸或剑不落地。叶树藩曰：战国时有兰子者，以技于宋元君，以双枝长倍其身，属其径，并趋并驰，弄七剑，迭而跃之，五剑常在空中。徽霍："徽"，各本作"挥"，今依唐写本、古钞本校改。丸剑在空中飞舞的样子。走索上而相逢：相当于今天的走钢丝。薛综注："索上长绳，系两头于梁，举其中央，两人各从一头上，交相度，所谓儛絙者也。"以上写广场上的杂技。 ㉖华岳：西岳华山。峨峨：高大貌。 ㉗神木：松柏灵寿之木。灵草：灵芝草之属。朱实：红色果实。离离：下垂貌。吕向注："华岳，华山西岳也。假作以为戏，即今之山车也。二插草木，垂其果实。"以下皆戏中人物。 ㉘仙倡、豹、黑(pí)、白虎、苍龙：皆人假饰为之物。箎(chí)：古代管乐器，单管横吹。 ㉙女娥：也是戏中的角色。蜲蛇：歌声婉转悠扬。 ㉚洪涯："三皇时伎人。倡家托作之，衣毛羽之衣。"（薛综注）褷(shēn)褷(shī)：毛羽华丽，闪烁貌。 ㉛度(duó)曲：按曲谱唱歌。 ㉜复陆：路上复架路。以下另换一新场面。转石成雷：转石以像雷声。 ㉝礔(pī)砺(lì)：通作"辟历""霹雳"，震雷。增响：增强了响声。磅(páng)磕(kē)：薛综注："雷霆之音。" ㉞百寻：八十丈，极言其长。曼延：百戏之一。《汉书•西域传赞》："武帝作曼衍之戏。"此言巨兽演曼延之戏。 ㉟崔巍：高峻貌。欻(xū)：忽然。背：巨兽背后。薛综注："兽从东来，当观楼前。背上忽然出神山崔巍也。" ㊱拏(ná)攫(jué)：搏斗。拏：六臣本、尤本作"挐"，今依毛本校改。猨狖(yòu)：皆猿属。狖：长尾猿。此言神山之上熊虎、猿狖在撕打、攀缘。 ㊲陆梁：跳跃貌。《甘泉赋》："飞蒙茸而走陆梁"，晋灼曰："走者陆梁而跳。"大雀：大鸟。踆(qūn)踆：跳跃貌。一说行步迟重

貌。　㊳⑧ 行孕：且行且哺乳。麟（lín）囷（qūn）：屈曲貌。薛综注：“伪作大白象，从东来，当观
前，行且乳，鼻正麟囷也。”　㊳⑨ 海鳞：大海鱼。《续汉书·礼仪志》注引《汉仪》曰：“正月旦，天
子幸德阳殿，作九宾，徹乐，含利从西方来，戏于庭极，乃毕入庭前，激水化为比目鱼，跳跃漱水，
作雾障目，毕成，化为黄龙，长八丈，出水游戏于庭，炫耀日光。”蜿蜿、蜒（yùn）蜒：屈曲而行貌。
㊳⑩ 含利：薛综注：“兽名，性吐金。”颹（xiā）颹：张口吐气貌。含利颹颹，化为仙车：吕延济注：
“言初为兽，化为仙人车。”　㊳⑪ 骊驾：并驾。芝盖九葩：灵芝做车盖，车盖上饰有九朵花。
㊳⑫ 蟾（chán）蜍（chú）、龟：古代灵寿之物。《抱朴子·对俗篇》：“蟾蜍寿三千岁。”又引《玉策》记
曰：“千岁之龟，五色俱全。”水人弄蛇：艺人耍蛇。弄：戏耍。　㊳⑬ 倏（shū）忽：疾速。易貌分
形：言幻术能立变容貌，一人分为二身。　㊳⑭ 云雾：《西京杂记》：“东海黄公，立兴云雾。”《神仙
传》载：淮南王安，汉高祖之孙。八公告王曰：“吾人人能坐致风雨，立起云雾。”杳冥：晦暗。画
地成川：画地成河。《西京杂记》载：“东海黄公，坐成山河。”　㊳⑮《西京杂记》曰：“淮南王好方
士，方士画地成河。”此皆言幻术。　㊳⑯ 粤：通“越”，今浙江一带。祝：咒语。冀：希望。厌：制
服。《西京杂记》曰：“东海人黄公，少时为幻，能制蛇御虎。常佩赤金刀往厌之，术既不行，遂为
虎所食。”所以下文云“卒不能救。”　㊳⑰ 挟邪：持邪术。蛊（gǔ）：迷惑人心。不售：行不通。
㊳⑱ 树修旃：在戏车上树起高高的旗杆。　㊳⑲ 侲（zhèn）童：幼童。程材：显示技能。　㊳⑳ 跟：
脚跟。絓（guà）：即“挂”。这两句言技童“突然倒投，身如将坠，足跟反絓橦上，若已绝而复连
也。”（薛综注）　㊳㉑ 橦末：竹竿顶端。弥：尽、极。言于竿上作百马同辔而驰之状，其伎态不可
究极。　㊳㉒ 顾发：回头射。鲜卑在羌之东，故曰“顾发乎鲜卑。”此亦橦上之戏。　㊳㉓ 众变尽：
上述各种技乐演完了。酲（chéng）：酒醉未醒曰酲。　㊳㉔ 盘乐：游乐。萃：至。此言乐极而惆
怅至。　㊳㉕ 阴戒：暗中告诫。期门：官名，掌执兵出入护卫。微行：隐蔽身份，便服出行。要
屈：屈尊就卑。吕延济注：“行出不法驾，谓之‘要’，自上杂下谓之‘屈’。”　㊳㉖ 玺（xǐ）：天子印。
绂（fú）：系官印的丝带。此言微服出行时，把天子的标志藏起来。　㊳㉗ 便旋：《广雅·释训》
云：“徘徊。”闾阎：闾里民巷。郊遂：城外曰郊，郊外曰遂。见前文注。　㊳㉘ 神龙：《说文》：
“龙，鳞虫之长，能幽能明，能细能巨，能短能长，春分而登天，秋分而潜渊。”章：章明。后皇：天
子。吕延济曰：“龙出能变化，言天子或同微人，或复尊位，亦犹神龙焉。以此足明天子之贵
矣。”以上言天子微行。　㊳㉙ 掖庭：宫中旁舍，妃嫔所居。《汉书·百官公卿表》：“武帝更名永
巷为掖庭。”《续汉书·百官志》：掖庭注曰：“宦者掌后宫贵人采女事。”适欢馆：往欢乐之馆。
㊳㉚ 捐衰色、从嫕婉：抛弃年老色衰的宫妃而选择年轻貌美的佳丽。《汉书·外戚传》李夫人曰：
“以色侍人者，色衰而爱驰。”嫕婉：美好。　㊳㉛ 促：促迫。中堂：堂中央。陜（xiá）：通“狭”。
促中堂之陜坐：众人在屋中央团团围坐。羽觞：酒器。《汉书·外戚传》：“酌羽觞兮销忧。”孟
康曰：“羽觞，爵（雀）也，作生爵（雀）形，有头尾羽翼。”筭（suàn）：数。无筭：谓饮酒无数。
㊳㉜ 秘舞：稀奇的舞。薛综注：“祕，言稀见为奇也。”更：递，更替。奏：进，表演。妙材骋伎：美
妙的舞女表现其技艺。　㊳㉝ 妖蛊（gǔ）：即妖媚。夏姬：春秋时郑穆公之女，陈大夫御叔之妻，
貌美。虞氏：李善引《七略》曰：“汉兴，善歌者鲁人虞公，发声动梁上尘。”此言歌女容貌比夏姬
更妖冶艳丽，声音比虞公更畅达优美。　㊳㉞ 始：歌舞开始时。以下言舞女之态。羸（léi）形：
身材瘦弱。不任：不胜。此言弱极似不胜衣之重。　㊳㉟ 嚼：吐，此指清唱。清商：曲调名。却
转：回转身。增婵娟以此豸：舞女显得更婀娜妖媚。婵娟、此豸：吕延济注：“姿媚妖丽也。”
㊳㊱ 纵体：腾身而起（以赴节拍）。迅赴：舞女的动作迅速地赶着节拍。惊鹤：薛综引《相鹤经》
曰：“后七年学舞，又七年舞应节。”若惊鹤之群罴（pí）：言舞女之态若惊鹤疲而群归。　㊳㊲ 朱
屣（xǐ）：红丝鞋。盘樽：食盘与酒樽。此偏义指盘。飒纚（shī）：舞长袖貌。此即单人盘舞。汉

有七盘舞,汉画中有此图像,地上置七个方盘,舞者长袖飘忽舞于七盘之上。　⑱要绍:美好貌。薛综注:"谓婵娟作姿容也。"丽服飚菁:谓神采飞扬。丽服:华丽的服饰。飚:飞扬。菁:华美。　⑲瞑(míng):眉睫之间。藐:美好貌。眄(miàn):斜视。流眄:目光斜视流转。一顾倾城:《汉书·外戚传》李延年侍上,起舞歌曰:"北方有佳人,绝世而独立,一顾倾人城,再顾倾人国。"　⑳展季:春秋鲁公子展之后,名获,字禽,居于柳下,谥惠,故称柳下惠,季是他的排行。柳下惠有坐怀不乱的故事。《诗经·小雅·巷伯》毛传:"柳下惠姬不逮门之女,国人不称其乱。"(用身体暖人曰姬。不逮门,被关在城门外。)桑门:沙门,此指僧人。营:求。此言佳人有倾城之美,即使展季、僧人也会动心。　㉑列爵十四:后宫之官从皇后以下凡十四等,皆竞相争媚取宠。　㉒所丁:合皇帝心意的。丁:当。　㉓卫后:《汉书》曰:"孝武卫皇后,字子夫。"《汉武故事》:"子夫得幸,头解,上见其发美,悦之。"鬒(zhěn)髪:黑发。飞燕:《汉书·外戚传》:"孝成赵皇后本长安宫人,属阳阿主家,学歌舞,号曰飞燕。"成帝见而幸之,"为倢伃,贵倾后宫,后立为皇后"《飞燕外传》云:"赵飞燕能作掌上舞。"言其体轻。　㉔逞志、究欲:恣意娱乐。逞:满足。究:穷、尽。《楚辞·大招》:"逞志究欲心意安。"　㉕鉴戒唐《诗》:《诗经·唐风·山有枢》云:"子有衣裳,弗曳弗娄。子有车马,弗驰弗驱。宛其死矣,他人是媮。"媮:通"愉"。此诗言人不知及时行乐,赋意取此以诫人。此亦反讽之法。　㉖故:通"古"。胡绍煐曰:"'故'与'古'同,'自君作故',犹今人云自君作古耳。"君:创业之帝。何礼之拘:拘何礼。此句言自君死后,谁还遵守古礼呢?　㉗增昭仪于倢伃:赵昭仪事。孝成帝赵皇后,有娣为倢伃,绝幸,为昭仪。贤既公而又侯:贤指董贤。哀帝时,董贤宠爱日甚,诏贤女弟以为昭仪,位次皇后。迁贤父为少府,赐爵关内侯,食邑;复徙为卫尉。又以贤妻父为将作大匠,弟为执金吾。诏封贤为高安侯。顷之,复益贤二千户。又以贤为大司马卫将军。是时贤年二十二。　㉘赵氏:赵昭仪。《汉书·外戚传》:帝谓赵昭仪曰:"约以赵氏,不立许氏,使天下无出赵氏上者。"　㉙董:董贤。有虞:虞舜。此言哀帝将董贤比作虞舜。欲禅位于董贤。《汉书·董贤传》:"上置酒麒麟殿,(与)贤父子亲属宴饮,王闳兄弟侍中常侍皆在侧。上有酒所,从容视贤笑曰:'吾欲法尧禅舜何如?'闳进曰:'天下乃高皇帝天下,非陛下之有也。陛下承宗庙,当传子孙于无穷。统业之重,天子亡戏言。'上默然不说(悦)。"　㉚王闳:见前文注。载:车载。《韩非子·外储说右上》云:"国者,君之车也;势者,君之马也。"此处以车载喻社稷。不渝:不变。此言因有王闳之争,哀帝未行禅让,汉之天下没有易主。　㉛高祖:刘邦。继体承基:体统承其业基。　㉜耽乐句:恣意玩乐,无所思虑。　㉝二百余期(jī):二百余年。自高祖元年乙未至孺子婴初始元年戊辰,共二百一十四年。期:一周年。　㉞徒以:只因为。地沃野丰,百物殷阜:土地肥沃,田野所产丰饶,物产殷富。殷:多。阜:丰盈。岩险周固:地势险要,防守坚固。薛综注:"谓左崤函,右陇坻,前终南,后高陵。"衿带:喻国之关隘。衿,同"襟"。　㉟之:长安之地。　㊱柢:树根。　㊲奢泰:奢侈无度。肆情:纵情。弥:益。薛注:"言土地险固,故得放心极意,而夸泰之馨烈,益以茂盛。"以上言西汉之盛,得利于关中地势。　㊳鄙生:凭虚公子自称,谦辞。三百之外:自高祖以下至作赋时,已三百多年了。　㊴一隅:一角。《论语·述而》:"举一隅不以三隅反,则不复也。"此言将长安之盛告诉给没听过的人,他们总怀疑是在梦中,因为没见过真正的长安。　㊵此:指由长安迁都洛阳事。何与:何异。此何与于殷人屡迁:这和殷商屡次迁徙有什么不同?前八、后五:《尚书·序》曰:"自契至成汤八迁。""盘庚五迁。"　㊶居相:《尚书·序》曰:"河亶甲居相,作《河亶甲》。"圮(pǐ)耿:《尚书·序》曰:"祖乙圮于耿。"圮,毁坏。祖乙是河亶甲之子,所居之地相被河水所毁,乃迁于耿。不常厥土:不常在一地居住。　㊷盘庚作诰:《尚书·序》云:"盘庚五迁,将治亳殷,民咨胥怨,作《盘庚》三篇。"帅人以苦：率人受迁徙之苦。 ㊣ 方今圣上：当今天子。同天号于帝皇：天称皇天，天有五帝，今汉天子称皇帝，兼而有之。掩：覆盖。《礼记·礼运》：孔子曰："大道既隐，天下为家。"又曰："圣人能以天下为一家。" ㉔ 富有之业，莫我大也：皇帝富有天下，没人能比。 ㉕ 徒恨：只恨。恨：通"憾"。国华：一国的标志，精华。 ㉖ 俭啬：节俭。龌（wò）龊（chuò）：小节，小气。㉗ 《蟋蟀》：指《诗经·唐风·蟋蟀》，诗刺节俭。薛综注："言独为此节爱，不念《唐》诗所刺邪。"㉘ 岂欲二句：是想奢华但因没有物质基础而不能呢，还是能奢华却刻意节俭而不想奢华呢。㉙ 蒙：自谦之称。薛综："言我不解，何故反去西都从东京，置奢逸即节啬也。" ㉚ 辩之之说：辨解这个问题的说法，见解。至此为总结语，并致诘问之意，以开下篇。

  张衡《二京赋》是汉大赋中京都类的代表作之一，以恢宏的气势和华丽的语言描绘了西京和东京的繁华。刘勰以"迅发以宏富"评之。

  《后汉书》本传载，和帝永元（89—104）中，"时天下承平日久，自王侯以下，莫不踰侈，衡乃作《二京赋》"，务在讽谏。孙文青《张衡年谱》系于汉安帝永初元年（107），张震泽《张衡诗文集校注》附《张衡年谱》同。《二京赋》虽模拟《两都》，但又青出于蓝。班固的《两都赋》以歌颂为主，赋末致讽，劝百而讽一。"张平子见而陋之"（庾信《哀江南赋序》），遂"精思傅会"，以十年时间写出了思想倾向全新的《二京赋》。《西京赋》借凭虚公子之口，批判统治者穷奢极欲，"取乐今日，遑恤我后。"《东京》则借安处先生之口赞扬在位者为政简约，崇尚礼仪，并提出了礼仪治国的政治理想。《二京赋》寓讽谏和理想于描述议论之中，增强了个人情感的抒发。内容上，《西京赋》还详细描写了平民百姓、市井游侠、民间百戏、魔术、杂技等，打破了汉大赋只写帝王贵族生活的模式，这在赋的题材内容上是一种开拓。

  《西京赋》开头部分是引子，假托"雅好博古，学乎旧史氏"、"多识前代之载"的凭虚公子，引出对西京长安的见闻。但不是一开始即论西京之事，而是由自然环境对社会的影响说起，言人在春夏和暖之时和白天有太阳时则舒展，在秋冬之季和夜半、天阴之时则悲愁；这是因为人的活动受到天时的制约；生活于土地肥沃之地则安逸，生活于贫瘠之地则劳苦，这是因为人的活动受到自然环境的制约。"惨则鹙于欢，劳则褊于惠，能违之者寡矣。"由大自然对人生存状态的影响，自然地引到社会风俗同自然环境的关系，然后作为一条难以违背的定律确定下来，作为全篇论述的大前提。然后下面说西都时处于"广衍沃野"，八百里秦川，"厥土上上"情况下的繁荣鼎盛。以下铺叙西都长安的形势及当时盛况，其文字可分为七个段落。作者由长安的地理位置（外）写到长安宫殿建筑、市区布局、上林苑概貌（内），再写天子狩猎场面的壮观和猎后的娱乐，结尾以西汉二百年江山引出当今皇帝之治国，作为向《东京赋》的过渡。

《后汉书·张衡传》言张衡作《二京赋》是"精思傅会,十年乃成"。这应该主要说作者为创作此赋作了大量的准备工作,为弄清西汉之时和东汉初期的政治、经济、社会状况、文化习俗以至当时长安宫殿、街市的建筑等等,花去了很多时间。尤其关于西汉时长安的景况及当时典章制度、历史掌故、节令风物等,都不能不下一番功夫。它不同于《子虚》《上林》的依据大体印象去铺排敷衍,而是要展现当时的社会状况与文化风貌。张衡此赋达到了作者的目的,因为他的认真、严谨的创作态度,为后人了解西汉文化,留下了十分珍贵的材料。凭虚公子宏论,即赋的主体部分,其第一段中提到"巨灵赑屃,高掌远蹠"和秦穆公梦中宾于天帝之所闻钧天之乐的神话,第二段说到娄敬劝高祖都长安之事,这些虽见之典籍,而作者在组织材料中自需一番钩稽和去取的功夫。而更重要的是很多事可能在当时也不于一般史书记载,当询之故老、求之民间私记之书。而正是这部分内容,使张衡的这两篇赋无论在文学史上还是文化史上、艺术史上都成了十分重要的文献。

作为一篇文学作品,语言方面也很见作者的艺术匠心。一方面每部分开头、结尾或中间转折承接处显出文势,以气驭之,如水之流,十分自然,又表现出作者的情感。如第一段末尾:"是时也,并为疆国者六,然而四海同宅西秦,岂不诡哉!"不显得平板呆滞,而有意论风发之感。下一段的领起句:"自我高祖之始入也",也给人以起伏跌宕之感。其次,其中大部分句子整饬简洁,或连续四言排比,或五言排比,或六言排比,时见工稳的对偶,实开后来骈骊之风。再次,除领起、收束、转承处以散句以造文势外,齐整的排偶句都押韵,读起来音韵和谐,具声音之美。

此赋虽篇幅极长(近五千字),但结构谨严,一环扣一环,丝毫不乱。其中很多描写细致生动,今日读之,如身临其境,得见西汉王朝之社会生活、民风民俗等。清何焯云:"《西京》一赋可谓逞靡丽之思矣,然须看其用意一线贯穿,措辞分曹按步,实纵横于整肃之中,斯为能事也。"又说:"《两京》全祖孟坚班固,而语加峭拔,铺张尤甚,此长篇之极轨也。孟坚意主和平,平子多含讽刺。看其两赋间开合处,用意深婉。"这些评价都是公允的。

(赵逵夫)

东 京 赋　　　　　　　　张　衡

安处先生于是似不能言,怃然有间[1],乃莞尔而笑曰[2]:"若客所谓,末学肤受,贵耳而贱目者也[3]!苟有胸而无心,不能节之以礼,宜其陋今而荣古矣[4]!由余以西戎孤臣,而悝缪公于宫室⑤，如之何其以温故知新，研核是非，近于此惑？⑥周姬之末，不能厌政，政用多僻⑦。始于宫邻，卒于金虎⑧。嬴氏搏翼，择肉西邑⑨。是时也，七雄并争，竞相高以奢丽⑩。楚筑章华于前⑪，赵建丛台于后⑫。秦政利觜长距，终得擅场⑬，思专其侈，以莫己若⑭。乃构阿房，起甘泉⑮，结云阁，冠南山⑯。征税尽，人力殚⑰。然后收以太半之赋，威以参夷之刑⑱。其遇民也，若薙氏之芟草⑲，既蕴崇之，又行火焉⑳！慄慄黔首，岂徒跼高天，蹐厚地而已哉？乃救死于其颈㉑！殷以就役，唯力是视㉒，百姓弗能忍，是用息肩于大汉，而欣戴高祖㉓。"

"高祖膺箓受图，顺天行诛，杖朱旗而建大号㉔。所推必亡，所存必固㉕。扫项军于垓下，继子婴于轵涂㉖。因秦宫室，据其府库㉗。作洛之制，我则未暇㉘。是以西匠营宫，目玩阿房。规摹逾溢，不度不臧㉙。损之又损之，然尚过于周堂㉚。观者狭而谓之陋，帝已讥其泰而弗康㉛。且高既受命建家，造我区夏矣㉜。文又躬自菲薄，治致升平之德㉝。武有大启土宇，纪禅肃然之功㉞。宣重威以抚和，戎狄呼韩来享㉟。咸用纪宗存主，飨祀不辍，铭功彝器，历世弥光㊲。今舍纯懿而论爽德㊳，以《春秋》所讳而为美谈㊴，宜无嫌于往初，故蔽善而扬恶，祗吾子之不知言也㊵。必以肆奢为贤㊶，则是黄帝合宫，有虞总期㊷，固不如夏癸之瑶台，殷辛之琼室也㊸。汤武谁革而用师哉㊹？盍亦览东京之事以自寤乎㊺？"

"且天子有道，守在海外㊻。守位以仁，不恃隘害㊼。苟民志之不谅，何云崖险与襟带㊽？秦负阻于二关，卒开项而受沛㊾。彼偏据而规小，岂如宅中而图大㊿？昔先王之经邑也，掩观九隩，靡地不营[51]。土圭测景，不缩不盈。总风雨之所交，然后以建王城[52]。审曲面势[53]，泝洛背河，左伊右瀍[54]。西阻九阿，东门于旋[55]。盟津达其后，太谷通其前[56]。回行道乎伊阙，邪径捷乎轘辕[57]。大室作镇，揭以熊耳[58]。底柱辍流，镡以大岯⑤⑨。温液汤泉，黑丹石缁⑥⑩。王鲔岫居，能鳖三趾⑥①。宓妃攸馆，神用挺纪⑥②。龙图授羲，龟书畀姒⑥③。召伯相宅，卜惟洛食⑥④。周公初基，其绳则直⑥⑤。芟弘魏舒，是廓是极⑥⑥。经途九轨，城隅九雉⑥⑦。度堂以筵，度室以几⑥⑧。京邑翼翼，四方所视⑥⑨。汉初弗之宅，故宗绪中圮⑦⑩。巨猾间衅，窃弄神器⑦①历载三六，偷安天位⑦②。于时蒸民，罔敢或贰。其取威也重矣⑦③！我世祖忿之，乃龙飞白水，凤翔参墟⑦④。授钺四七，共工是除⑦⑤。欃枪旬始，群凶靡余⑦⑥。区宇乂宁，思和求中⑦⑦。睿哲玄览，都兹洛宫⑦⑧。曰止曰时，昭明有融⑦⑨。既光厥武，仁洽道丰⑧⑩。登岱勒封，与黄比崇⑧①。"逮至显宗，六合殷昌⑧②。乃新崇德，遂作德阳⑧③。启南端之特闱，立应门之将将⑧④。昭仁惠于崇贤，抗义声于金商⑧⑤。飞云龙于春路，屯神虎于秋方⑧⑥。建象魏之两观，旌《六典》之旧章⑧⑦。其内则含德、章台、天禄、宣明。温饬、迎春、寿安、永宁⑧⑧。飞阁神行，莫我能形⑧⑨。濯龙芳林，九谷八溪⑨⑩。芙蓉覆水，秋兰被涯⑨①。渚戏跃鱼，渊游龟潗⑨②。永安离宫，修竹冬青。阴池幽流，玄泉冽清⑨③。鹎鶋秋栖，鹍鹠春鸣。鸧鸠丽黄，关关嘤嘤⑨④。于南则前殿灵台，和欢安福⑨⑤。谠门曲榭，邪阻城洫⑨⑥。奇树珍果，钩盾所职⑨⑦。西登少华，亭候修勑⑨⑧。九龙之内，寔曰嘉德⑨⑨。西南其户，匪雕匪刻。我后好约，乃宴斯息⑩⑩。于东则洪池清蘌，渌水澹澹⑩①。内阜川禽，外丰葭菼⑩②。献鳖蜃与龟鱼，供蜗蠯与菱芡⑩③。其西则有平乐都场，示远之观⑩④。龙雀蟠蜿，天马半汉⑩⑤。瑰异谲诡，灿烂炳焕⑩⑥。奢未及侈，俭而不陋。规遵王度，动中得趣⑩⑦。"

"于是观礼，礼举仪具。经始勿亟，成之不日⑩⑧。犹谓为之者劳，居之者逸。慕唐虞之茅茨，思夏后之卑室⑩⑨。乃营三宫，布教颁常⑪⑩。复庙重屋，八达九房。规天矩地，授时顺乡⑪①。造舟清池，惟水泱泱⑪②。左制辟雍，右立灵台⑪③。因进距衰，表贤简能⑪④。冯相观祲，祈禳禳灾⑪⑤。"

"于是孟春元日，群后旁戾[116]。百僚师师，于斯胥洎[117]。藩国奉聘，要荒来质[118]。具惟帝臣，献琛执贽[119]。当觐乎殿下者，盖数万以二[120]。尔乃九宾重，胪人列[121]。崇牙张，镛鼓设[122]。郎将司阶，虎戟交铩[123]。龙辂充庭，云旗拂霓[124]。夏正三朝，庭燎晰晰[125]。撞洪钟，伐灵鼓，旁震八鄙，軯礚隐訇[126]。若疾霆转雷而激迅风也[127]。"

"是时称警跸已，下雕辇于东厢[128]。冠通天，佩玉玺，纡皇组，要干将[129]。负斧扆，次席纷纯，左右玉几而南面以听矣[130]。然后百辟乃入，司仪辨等，尊卑以班[131]，璧羔皮帛之贽既奠[132]，天子乃以三揖之礼礼之[133]。穆穆焉，皇皇焉，济济焉，将将焉，信天下之壮观也[134]。乃羡公侯卿士，登自东除[135]，访万机，询朝政，勤恤民隐，而除其眚[136]。人或不得其所，若己纳之于隍[137]。荷天下之重任，匪怠皇以宁静[138]。发京仓，散禁财。赉皇寮，逮舆台[139]。命膳夫以大飨，饔饩浃乎家陪[140]。春醴惟醇，燔炙芬芬。君臣欢康，具醉熏熏[141]。千品万官，已事而竣[142]。勤屡省，懋乾乾[143]。清风协于玄德，淳化通于自然[144]。宪先灵而齐轨，必三思以顾愆[145]。招有道于侧陋，开敢谏之直言[146]。聘丘园之耿絜，旅束帛之戋戋[147]。上下通情，式宴且盘[148]。"

"及将祀天郊，报地功[149]，祈福乎上玄，思所以为虔[150]。肃肃之仪尽，穆穆之礼殚[151]。然后以献精诚，奉禋祀[152]，曰：'允矣，天子者也。'乃整法服，正冕带[153]。珩纮纮綖，玉笄綦会[154]。火龙黼黻，藻繂鞶厉[155]。结飞云之袷辂，树翠羽之高盖[156]。建辰旒之太常，纷焱悠以容裔[157]。六玄虬之弈弈，齐腾骧而沛艾[158]。龙辀华轙，金錽镂钖[159]。方釳左纛，钩膺玉瓖[160]。銮声哕哕，和铃鈌鈌[161]。重轮贰辖，疏毂飞軨[162]。羽盖威蕤，葩瑶曲茎[163]。顺时服而设副，咸龙旃而繁缨[164]。立戈迤戛，农舆辂木[165]。属车九九，乘轩并毂[166]。珘弩重斾，朱旄青屋[167]。奉引既毕，先辂乃发[168]。鸾旗皮轩，通帛绸旆[169]。云罕九斿，阘戟鏐錞[170]。罿髦被绣，虎夫戴鶡[171]。骈承华之蒲梢，飞流苏之骚杀⑰。总轻武于后陈，奏严鼓之嘈囋⑱，戎士介而扬挥，戴金钲而建黄钺⑭。清道案列，天行星陈⑮。肃肃习习，隐隐辚辚⑯。殿未出乎城阙，旆已反乎郊畛⑰。盛夏后之致美，爰敬恭于明神⑱。"

"尔乃孤竹之管，云和之瑟⑲。雷鼓鼗鼗，六变既毕⑱。冠华秉翟，列舞八佾⑧。元祀惟称，群望咸秩⑧。扬槱燎之炎炀，致高煙乎太一⑱。神歆馨而顾德，祚灵主以元吉⑭。然后宗上帝于明堂，推光武以作配⑮。辩方位而正则，五精帅而来摧⑯。尊赤氏之朱光，四灵懋而允怀⑰。于是春秋改节，四时迭代。蒸蒸之心，感物曾思⑱。躬追养于庙祧，奉蒸尝与禴祠⑲。物牲辩省，设其福衡⑲。毛炰豚胉，亦有和羹⑭。涤濯静嘉，礼仪孔明⑫。万舞奕奕，钟鼓喤喤⑬。灵祖皇考，来顾来飨⑭。神具醉止，降福穰穰⑮。"

"及至农祥晨正，土膏脉起⑯。乘銮辂而驾苍龙，介驭间以剟耜⑰。躬三推于天田，修帝籍之千亩⑱。供禘郊之粢盛，必致思乎勤己⑲。兆民劝于疆场，感懋力以耘耔⑳。春日载阳，合射辟雍㉑。设业设虡，宫悬金镛㉒。蕝鼓路鼗，树羽幢幢㉓。于是备物，物有其容㉔。伯夷起而相仪，后夔坐而为工㉕。张大侯，制五正㉖。设三乏，扉司旌㉗。并夹既设，储乎广庭㉘。于是皇舆凤驾，䡅于东阶㉙，以须消启明。扫朝霞，登天光于扶桑㉑。天子乃抚玉辂，时乘六龙。发鲸鱼，铿华钟㉑。大丙弭节，风后陪乘㉑。摄提运衡，徐至于射宫㉑。礼事展，乐物具。王夏阕，骁虞奏㉑。决拾既次，彤弓斯彀㉑。达余萌于暮春，昭诚心以远喻㉑。进明德而崇业，涤饕餮之贪欲㉑。仁风衍而外流，谊方激而遏鹜㉑。日月会于龙狵，恤民事之劳疚㉑。因休力以息勤，致欢忻于春酒㉑。执銮刀以祖割，奉觞豆于国叟㉑。降至尊以训恭，送迎拜乎三寿㉒。敬慎威仪，示民不偷㉓。我有嘉宾，其乐愉愉㉔。声教布濩，盈溢天区㉕。"

"文德既昭，武节是宣㉖。三农之隙，曜威中原㉗。岁惟仲

冬，大阅西园㉘。虞人掌焉，先期戒事㉙。悉率百禽，鸠诸灵
囿㉚。兽之所同，是谓告备㉛。乃御小戎，抚轻轩㉜。中畋四
牡，既佶且闲㉝。戈矛若林，牙旗缤纷㉞。迄上林，结徒营㉟。
次和树表，司铎授钲㊱。坐作进退，节以军声㊲。三令五申，示
戮斩牲㊳。陈师鞠旅，教达禁成㊴。火列具举，武士星敷㊵。鹅
鹳鱼丽，箕张翼舒㊶。轨尘掩远，匪疾匪徐㊷。驭不诡遇，射不
翦毛㊸。升献六禽，时膳四膏㊹。马足未极，舆徒不劳㊺。成礼
三殴，解罘放麟㊻。不穷乐以训俭，不殚物以昭仁㊼。慕天乙
之弛罟，因教祝以怀民㊽。仪姬伯之渭阳，失熊罴而获人㊾。
泽浸昆虫，威振八宇㊿。好乐无荒，允文允武[51]。薄狩于敖，既
璞璞焉[52]。岐阳之蒐，又何足数[53]。”

“尔乃卒岁大傩，殴除群厉[54]。方相秉钺，巫觋操茢[55]。侲
子万童，丹首玄制[56]。桃弧棘矢，所发无桌[57]。飞砾雨散，刚瘅
必毙[58]。煌火驰而星流，逐赤疫于四裔[59]。然后凌天池，绝飞
梁[60]。捎魑魅，斮獝狂[61]。斩蜲蛇，脑方良[62]。囚耕父于清泠，
溺女魃于神潢[63]。残夔魖与罔像，殪野仲而歼游光[64]。八灵为
之震慑，况魁蜮与毕方[65]。度朔作梗，守以郁垒。神荼副焉，对
操索苇[66]。目察区陬，司执遗鬼[67]。京室密清，罔有不韪[68]。”

“于是阴阳交和，庶物时育[69]。卜征考祥，终然允淑[70]。乘
舆巡乎岱岳，劝稼穑于原陆[71]。同衡律而一轨量，齐急舒于寒
燠[72]。省幽明以黜陟，乃反斾而回复[73]。望先帝之旧墟，慨长
思而怀古[74]！俟阊风而西遐，致恭祀乎高祖[75]。既春游以发
生，启诸蛰于潜户[76]。度秋豫以收成，观丰年之多稌[77]。嘉田
畯之匪懈，行致赏于九囿[78]。左瞰旸谷，右眺玄圃[79]。眇天末
以远期，规万世而大摹[80]。且归来以释劳，膺多福以安念[81]。
总集瑞命，备致嘉祥[82]。围林氏之驺虞，扰泽马与腾黄[83]。鸣
女床之鸾鸟，舞丹穴之凤皇[84]。植华平于春圃，丰朱草于中
唐[85]。惠风广被，泽洎幽荒[86]。北爕丁令，南谐越裳[87]。西包大
秦，东过乐浪[88]。重舌之人九译，佥稽首而来王[89]。”

"是以论其迁邑易京，则同规乎殷盘㉘。改奢即俭，则合美乎《斯干》㉙。登封降禅，则齐德乎黄轩㉚。为无为，事无事，永有民以孔安㉛。遵节俭，尚素朴。思仲尼之克己，履老氏之常足。将使心不乱其所在，目不见其可欲㉜。贱犀象，简珠玉㉝。藏金于山，抵璧于谷㉞。翡翠不裂，玳瑁不蔟㉟。所贵惟贤，所宝惟谷。民去末而反本，咸怀忠而抱悫㉠。于斯之时，海内同悦，曰：'吁！汉帝之德，侯其祎而㉡！'盖蒉莫为难苟，故旷世而不觏㉢。惟我后能殖之，以至和平，方将数诸朝阶㉣。然则道胡不怀，化胡不柔㉤？声与风翔，泽从云游㉥。万物我赖，亦又何求㉦？德寓天覆，辉烈火烛㉧。狭三王之趑趄，轶五帝之长驱㉨。蹑二皇之遐武，谁谓驾迟而不能属㉩？东京之懿未罄，值余有犬马之疾，不能究其精详㉪。故粗为宾言其梗概如此。"

"若乃流遁忘反，放心不觉，乐而无节，后离其戚，一言几于丧国，我未之学也㉫。且夫挈缾之智，守不假器㉬。况篡帝业，而轻天位㉭。瞻仰二祖，厥庸孔肆㉮。常翘翘以危惧，若乘奔而无辔㉯。白龙鱼服，见困豫且㉰。虽万乘之无惧，犹怵惕于一夫㉱。终日不离其辎重，独微行其焉如㉲？夫君人者，黈纩塞耳，车中不内顾㉳。珮以制容，銮以节涂㉴。行不变玉，驾不乱步㉵。却走马以粪车，何惜騕褭与飞兔㉶。方其用财取物，常畏生类之珍也㉷。赋政任役，常畏人力之尽也㉸。取之以道，用之以时。山无槎枿，畋不麛胎㉹。草木蕃庑，鸟兽阜滋㉺。民忘其劳，乐输其财㉻。百姓同于饶衍，上下共其雍熙㉼。洪恩素蓄，民心固结㉽。执谊顾主，夫怀贞节㉾。忿奸慝之干命，怨皇统之见替㉿。玄谋设而阴行，合二九而成谲。登圣皇于天阶，章汉祚之有秩。若此，故王业可乐焉。"

"今公子苟好勤民以媮乐，忘民怨之为仇也；好殚物以穷宠，忽下叛而生忧也。夫水所以载舟，亦所以覆舟。坚冰作于履霜,寻木起于蘖栽㉟。昧旦丕显,后世犹怠㊱。况初制于甚泰,服者焉能改裁㊲?故相如壮《上林》之观,扬雄骋《羽猎》之辞,虽系以隤墙填堑,乱以收置解罘㊳,卒无补于风规,只以昭其愆尤㊴。臣济多以陵君,忘经国之长基㊵。故函谷击柝于东,西朝颠覆而莫持㊶。凡人心是所学,体安所习㊷。鲍肆不知其臭,玩其所以先入㊸。《咸池》不齐度于蛙咬,而众听或疑㊹。能不惑者,其唯子野乎㊺?”

客既醉于大道,饱于文义㊻。劝德畏戒,喜惧交争㊼。罔然若酲,朝罢夕倦㊽,夺气褫魄之为者,忘其所以为谈,失其所以为夸㊾。良久乃言曰:“鄙哉予乎!习非而遂迷也,幸见指南于吾子㊿。若仆所闻,华而不实,先生之言,信而有证[51]。鄙夫寡识,而今而后,乃知大汉之德馨,咸在于此[52]。昔常恨三坟、五典既泯。仰不睹炎帝、帝魁之美[53],得闻先生之余论,则大庭氏何以尚兹[54]?走虽不敏,庶斯达矣[55]。”

〔注〕①怃然:茫然失意貌。有间:一会儿。②莞尔:微笑貌。③末学:学问没有根底。肤受:肤浅地接受,不经于心。贵耳而贱目:贵于耳闻之事而轻于目睹之事。④苟:果真。有胸:有一般的感受。无心:不能深思熟虑。宜:应该。陋今荣古:以今(东京)为简陋而以古(西京)为荣耀。⑤由余以西戎孤臣:由余:姬伯服的子孙,晋国人,流亡到西戎。孤臣:按薛综注:“谓孤陋也。”悝(kuī):嘲笑。缪公:秦穆公。“缪”通“穆”。⑥如之何:为什么。温故知新:指当作前车之鉴。研:审察。核:核实。此三句说:为什么本着温故知新、审察是非的宗旨论事,却有上面所说的这一种糊涂看法?⑦周姬:周朝。姬,周姓。厥:助词,无义。僻:邪僻不正。⑧宫:宫人,指幽王嬖褒姒。邻:近臣,指皇父等僻臣。卒:终。金虎:指乘君。此言周终灭于秦王。⑨嬴:秦姓。搏:通“傅”,附着。此言秦居西邑,如虎添翼,吞并诸侯。⑩七雄:即齐、楚、燕、韩、赵、魏、秦七国。此言七国争霸,竞相以奢丽争高下。⑪章华:春秋时楚国台名。遗址在今湖北潜江县龙湾区沱口乡。⑫丛台:战国时赵国台名。遗址在今河北邯郸。⑬秦政:秦始皇。姓嬴名政。觜:通“嘴”,鸟喙。距:鸡爪。擅:《说文》:“专也。”这两句喻天下为大场,以七雄为斗鸡。而秦王勇猛,独得专场。⑭莫:无。若:如。⑮阿房:秦宫名,秦始皇建,后被项羽焚烧。甘泉:汉宫名,汉武帝建。⑯云阁:秦阁楼名,秦二世胡亥建。冠:覆。南山:终南山。在长安南。⑰征税:租赋。殚:尽。⑱太半:大半。《汉书·伍被传》:“(秦)作阿房之宫,收太半之赋。”参夷之刑:指诛灭三族。参:三。夷:灭。⑲遇:对待。薙(tì)氏:官名,主管除草,见《周礼·秋官》。艾(shān):除。⑳蕴:积。崇:聚。以上讲秦王政暴刑酷,视百姓如草芥。㉑㥄(dié)㥨:恐惧貌。底本作“㥦㥦”,为唐人避太宗讳所改。黔首:百姓。踽(jù):佝偻。蹐(jí):《说文》:“蹐,小步也。”《诗·小雅·正月》:“谓天盖高,不敢不踽。谓地盖厚,不敢不蹐。”上四句言百姓

不仅时时小心谨慎,诚惶诚恐,低着头,走路都不敢放开脚步,甚至于担心刀子一下会落在自己脖子上丢了性命。　㉒殴:通"驱",驱赶。就:从事。此句言秦王驱使百姓劳作,只让他们出力,而不顾其他。　㉓欣戴:热烈拥护。此句言人民不堪忍受秦政,所以归于汉朝,负重的肩背得以歇息而拥戴高祖。　㉔膺箓受图:指符合符命,顺应天命相送之图示。膺,通"应",符合。箓,符命之书。图,天命之图。杖:树立。朱旗:红旗,汉朝崇尚赤色。大号:国号。　㉕推:《释文》:"伐也。"亡、固:皆使动用法。《尚书·仲虺之诰》:"推亡固存,邦乃其昌。"　㉖扫:除。垓(gāi)下:地名,今安徽灵璧县东南,为项王兵败处。绁(xiè):绑。子婴:秦二世兄之子。轵(zhǐ):亭名,在今陕西长安东,为子婴投降刘邦处。　㉗因:袭用。据:占有。府库:《礼记·曲礼》郑注:"府,谓宝藏货贿之处也。库,谓车马兵甲之处也。"　㉘作洛:营建洛阳。我:我朝,此处指汉高祖。此言刘邦无暇新建都城而沿用秦朝旧宫。　㉙西匠:指秦朝旧工匠。目玩:看惯。规:图。逾:越。溢:过度。臧:完善。此句指在建房营室时过于奢侈。　㉚损:减。周堂:周代的殿堂。　㉛狭:狭小。讥:批评。泰:过分。康:安康。　㉜高:高祖刘邦。区夏:华夏。此言高祖受天命而理华夏。　㉝文:文帝刘恒。躬自菲薄:指节约俭省。躬,亲身。升平:国泰民安。　㉞武:汉武帝。纪:记。禅:封禅。肃然:山名。此句写武帝平定边疆之雄绩,事见《汉书·武帝纪》。　㉟宣:汉宣帝。呼韩:单于的号。享:献,贡。此言宣帝镇抚少数民族,事见《汉书·宣帝纪》。　㊱用:被。宗:宗庙。主:神或祖先的牌位。此言汉高祖、文帝、武帝、宣帝四主功高盖世,子孙奉祀不辍。　㊲功:一本作"勋"。铭:刻。彝:宗庙常用的青铜祭器。　㊳纯:大。懿:美。爽:过失。　㊴讳:忌。此指奢淫之事为《春秋》所讳,而公子却引为美谈。　㊵宜:义。往初:前汉。祗:恰好。吾子:指凭虚公子。不知言:不能明察听闻。　㊶肆:放纵。　㊷合宫、总期:黄帝、舜帝所居的茅屋。　㊸夏癸:夏桀,名癸。殷辛:商纣王,名受,庙号帝辛。瑶台、琼室:夏桀、殷纣之宫。　㊹汤:商汤。武:周武王。谁:何。此言夏桀商纣之宫奢侈远过于黄帝有虞之草屋,为何商汤周武挥师而革其命?　㊺盍:何不。寤:通"悟",觉。此言西京之奢泰乃沿亡秦之遗风,何不察东京礼治以自悟。　㊻道:仁德。《淮南子·泰族训》:"故天子得道,守在四夷;天子失道,守在诸侯。"此言四夷尽为汉臣。　㊼恃:依赖。隘害:关隘要塞。　㊽谅:信。崖险、襟带:均指军事要地。　㊾阻:《释文》:"岨,险也。"二关:指武关、函谷关。项:项羽。沛:刘邦。　㊿彼:指西京长安。规:规模。宅:居。中:指东京洛阳,当时以为天下之中心所在。　51先王:指周成王。经:度。邑:洛邑。掩:通"奄"。《说文》:"奄,覆也。"九隩(yù):九州之内。　52土圭:古代测量日影的工具,见《周礼·地官》。交:合。　53审:度。面:向。《周礼·考工记》:"或审曲面势,以饬五材。"此指观察地形。　54泝:通"溯",向。洛:洛水。河:黄河。伊:伊水。瀍(chán):瀍水。　55九阿(ē):洛阳西十里九坂之道。东门:以……为门。此处用为动词。旋:旋门关。今河南荥阳县西。　56盟津:黄河渡口,今河南孟津,因武王曾盟诸侯于此得名,在洛阳北。太谷:地名。汉代时河南府东南五十里,今属山西,因太谷关得名,在洛阳南。　57回:弯曲回环。伊阙:山名。今洛阳南,两山相对如阙,伊水流其间。邪:旁出。轘(huán)辕:山名。在河南偃师东南,山上有小路可以不经过伊阙直至洛阳。　58太室:嵩山东岭,在河南登封县北。揭:表。熊耳:山名,在河南卢氏县。　59底柱:山名,即砥柱,原在三门峡黄河中流,今已平。镡(xín):剑柄上有孔处,比喻山势险要。大伾(pī):山名,在河南浚县。　60温液汤泉:即温泉,在龙门,水可疗疾。黑丹石缁:即石墨,可画眉或为砥。缁:黑。　61王:大。鲔(wěi):鲟鱼。岫:山中洞穴。旧说通海,有鱼出其中。能(nài):《尔雅》:"鳖三足曰能。"　62宓(fú)妃:洛水之神。攸:所。馆:居。挺:特别。纪:录。　63龙图:河图。

〔190〕 张 衡 东京赋

龟书：洛书。畀(bì)：赐予。姒：指夏禹，禹姓姒。以上两句说东汉受天命有神助。 ⑭召伯：召公奭。食：食墨。龟卜术语，指灼龟见兆与书墨合。此指相卜皆以洛邑为宝地。 ⑮周公：周公旦。基：奠基。绳：营度方位取直的工具。此指法度。 ⑯苌弘：周大夫。魏舒：晋正卿。春秋时人，曾参与扩建洛邑。廓：扩大。极：致。 ⑰经途：南北走向的大道。九轨：指路宽能九驾并驱。轨，车两轮间的距离。隅：角楼。九雉：度量名。长三丈高一丈为一雉。 ⑱堂：明堂。筵：铺地之席，长九尺。几：凭几，长七尺。 ⑲京邑：指洛阳。京，大。四方：天下。《诗·商颂·殷武》："商邑翼翼，四方是则。" ⑳之：往。宗绪：宗庙之统绪。绪：统。圮(pǐ)：断绝。 ㉑巨：王莽，字巨君。间：伺机。衅(xìn)：通"衅"，隙。神器：天子玉玺。以上两句讲王莽篡位，致使汉绪中断。 ㉒三六：十八年，指王莽在位时间。天位：帝位。 ㉓蒸：众。罔：无。贰：不忠心。这句说百姓不敢二心于王莽，怕其淫威。 ㉔世祖：光武帝刘秀。白水：水名。在汉时南阳郡，光武兴起之地。参(shēn)：参星，二十八宿之一，是河北分野，刘秀于此称帝。 ㉕钺：斧钺。四七：指后汉中兴二十八将。共工：传说中神，与颛顼争帝，怒触不周山，天柱折，地维绝。 ㉖欃(chán)枪：彗星别名。旬始：星名，主凶。比喻群凶。 ㉗区宇：天下。乂(yì)：治。 ㉘睿哲：圣明之人，指光武帝。玄：远。 ㉙曰：语词。时：是。融：长。以上两句说定都洛阳有长久光明之福。 ㉚光：发扬。厥：语词。洽：合。丰：厚。 ㉛岱：泰山。黄：黄帝。崇：尊。黄帝与光武帝均曾封禅泰山，此处将二者并论，以为功德相伴。 ㉜逮：及。显宗：汉明帝号。六合：天地四方。殷：盛。 ㉝新：翻新。作：修筑。崇德、德阳：洛宫中殿名。 ㉞端：端门。南正门。特：高大。闱：《尔雅·释宫》："宫中门谓之闱。"应门：王宫正门。将(qiāng)将：严正貌。 ㉟抗：高举。崇贤、金商：洛阳宫门名，一东一西，应东方仁德与西方义德。 ㊱屯：陈。云龙、神虎：德阳殿东西门名。春：指东方。秋：指西方。古代以五行配五方五声五色五兽五季。 ㊲象魏：宫门外两阙，亦称魏阙。旌：表。《六典》：《周礼·天官·太宰》："掌建邦之六典。"旧章：指此法章。 ㊳含德、章台、天禄、宣明、温饬、迎春、寿安、永宁：均殿名。 ㊴飞阁：阁道悬空，其势如飞。神行：神道。形：形容。此说飞阁架空如神仙之道，难以描绘。 ㊵濯龙：园名。中有同名的宫、池、门。芳林：园名，中有景阳山。九谷八溪：指景阳山东的九江之水。 ㊶芙蓉：荷花。涯：水边高地。 ㊷渚：水渚。㶁(xì)：通"蟕"，大龟，古人以为灵。 ㊸永安：宫名。阴：低下之义。幽流：地下水。玄泉：涤潭。洌：水清貌。 ㊹鵯(bēi)鶋(jū)：鸟名。鹘(gǔ)鸼(zhōu)：似山雀而小。鸤(jū)鸠：即雎鸠(鱼鹰)。丽黄：即黄鹂。关关嘤嘤：鸟鸣声。 ㊺前殿、灵台、和欢、安福：皆殿名，均在德阳殿南。 ㊻谤(chǐ)门：《水经·谷水注》："谤门，即宣阳门，门内宣阳冰室。"榭：修在高台上的亭。阻：靠。城洫：护城河。 ㊼钩盾：官名，主管小苑，宦官为之。职：管理。 ㊾少华：西园中假山名。亭候：候楼，瞭望所。勒：通"勒"，理。 ㊿九龙：九龙壁，立于殿前。寔：是。嘉德：殿名，在九龙壁后。 ⑩后：君主。约：俭。宴：安。息：止。以上两句讲东汉帝王崇尚俭朴质实。 ⑩洪：通"鸿"，池名。在洛阳东三十里。籞(yù)：通"籞"，养鸟处。渌：清。澹(dàn)淡：水波动貌。 ⑩阜：多。葭：芦苇。葵(tǎn)：初生之荻。 ⑩蜃：大蛤。蜗：螺。蠯(pí)：通"蚌"，蚌的一种。芡：一种水生植物。 ⑩平乐：观名。都：聚会。示远：向远方来人炫耀。 ⑩龙雀：即"飞廉"，能致风气，古为风神。蟠蜿：欲飞状。半汉：通"伴奂""泮奂""叛换"，神态悠然状。 ⑩瑰异：奇异。谲(jué)诡：怪诞变幻。灿烂炳焕：鲜明洁素貌。 ⑩王度：先王之法度。中：符合。得：通"德"。趣：意。这句说举动皆合先王之礼。 ⑩于是：于此。经：营。亟：急。不日：不限时日。 ⑩唐：唐尧。虞：虞舜。茅茨：茅草房。夏后：夏禹。这句话指遵循先祖古风。 ⑩三宫：明堂、辟雍、灵台。颂：布。常：旧典。　⑪复庙：前后两庙。重屋：两重屋顶。八达九房：《大戴礼·盛德篇》："明堂有九室，每室四户八牖，复庙重屋，以茅盖顶，上圆下方。"规：测圆的工具。矩：度方的工具。规、矩：此均用作动词。乡：通"向"。　⑫造舟：以舟相连为浮桥。泱泱：水流貌。　⑬辟雍：古代天子大学。灵台：古代观察天文气象的台。　⑭距：通"拒"，拒绝。表：表彰。简：择。此讲辟雍之用。　⑮冯（píng）相：官名，掌天文气象，见《周礼·春官》。祲（jìn）：阴阳之气象浸淫成灾气。禩（sì）：福。禳：除。此言灵台之用。　⑯孟春元日：夏历正月初一日。群后：众多诸侯王。旁：并。戾：至。　⑰百僚：百官。师师：端正貌。胥：相。洎（jì）：及。　⑱藩：通"蕃"，番邦。国：诸侯国。要荒：极偏远的地方。质：为人质。以示臣服。　⑲具：俱。琛（chēn）：宝玉。贽（zhì）：礼。　⑳觐（jìn）：诸侯秋季朝天子之礼。此指朝拜。数万以二：指能至朝觐见者仅占帝臣的数万分之二。　㉑九宾：九等宾客，即公、侯、伯、子、男、孤、卿、大夫、士。胪人：主管宾客的大鸿胪及其属吏。　㉒崇牙：钟磬架上悬钟鼓的锯齿状设备，常饰羽毛。张：设。簿：大鼓。　㉓郎将：虎贲中郎将，负责宫廷警戒。虎卒：虎贲士卒。铩（shà）：大矛。此指中郎将率虎贲夹阶而侍，载铩相交。　㉔龙辂（lù）：天子之车。马八尺曰龙。旗：泛指旌旗。霓：天边云气。　㉕夏正：夏历正月。三朝（zhāo）：指正月初一。因为是岁、月、日之初，故云。庭燎：大烛。晢（zhé）晢：光明貌。　㉖伐：击。灵鼓：六面鼓。八鄽：八方。軯（pēng）磕（kē）隐訇（hōng）：钟鼓声。　㉗霆：霹雳。　㉘警跸（bì）：指代帝王出入。辇：人挽车，后专指天子之车。　㉙通天：天子冠名。纡（yù）：垂。皇组：大绶带。要：通"腰"，此处作动词。干将：宝剑名。　㉚负：通"背"，背后。斧扆（yǐ）：帝王宫殿上所设的有黑白斧形花纹的屏风，以绛帛为底。次席：虎皮席。纷纯：以黑白绶带滚席的边缘，见《周礼·春官·司几筵》。　㉛百辟：指诸侯王。辟，君。司仪：官名，掌礼仪，见《周礼·秋官·司仪》。辨等：排定次序。班，位次。　㉜璧羔皮帛之贽既奠：九宾朝见各有执礼，见《周礼·春官·大宗伯》。璧：指圭璧。贽：通"挚"。奠：确定。　㉝揖，拱手行礼。三揖之礼：古代的三种不同揖礼：土揖、时揖、天揖。　㉞穆穆：威仪貌。皇皇：壮盛貌。济济：徐行有节貌。将（qiāng）将：容貌舒扬貌，或作"跄跄。"信：诚。《礼记·典礼》："天子穆穆，诸侯皇皇，大夫济济，士将将。"　㉟羡：引进。隆：殿阶。　㊱访：咨询。机：深微之事理。询：谋。恤：忧。隐：痛。眚（shěng）：眼疾，此指病苦。　㊲隍：《说文》："城池无水曰隍。"喻困境。以上讲天子一心为民，忧心忡忡。　㊳苟：负。息：懈。皇：通"遑"，闲暇。　㊴发：开。京：《广雅·释宫》："仓也。"禁财：禁库之货。赉（lài）：赐。皇寮：百官。逮：及。舆台：泛指下层吏役。这句讲天子开仓散财以济天下。　㊵膳夫：官名，见《周礼·天官·膳夫》。饔（yōng）：熟肉。饩（xì）：生肉。此皆大礼所用之物，故亦以饔饩代指大礼。浃（jiā）：遍。家陪：公卿大夫。　㊶醴（lǐ）：甜酒。燔：烧肉。炙：烤肉。芬芬：芳香。康：乐。具：通"俱"。　㊷千品万官：言官员众多。品：官品。已：止。唆（qūn）：通"逡"，退下。　㊸屡：数次。省：察。懋（mào）：勉。乾乾：恭敬貌。此讲君臣皆鞠躬尽瘁，以勤民事。　㊹协：和。淳：厚。化：教化。此总结上文，言帝清惠之风司于天德，淳厚之化通于神明。　㊺宪：法。先灵：先祖。轨：迹。愆（qiān）：过失。这句讲承先圣法规，三思后行。　㊻有道：有道之士。侧陋：穷乡僻壤。　㊼聘：访。丘园：山野。耿絜：有节操者。絜，清白。旅：陈。戋（jiān）戋：众多貌。古访贤士以束帛加璧为礼。　㊽上下：君臣。式：因。宴：安宁。盘：欢乐。《诗·小雅·南有嘉鱼》："嘉宾式燕以乐。"　㊾郊、报：皆祭祀名。　㊿上玄：上天。虔：敬。以上两句讲祭天地以示忠敬。　(151)肃肃、穆穆：恭敬貌。仪：礼。殚：尽。　(152)禋（yīn）祀：祭天。　(153)允：信。冕：冠名。　(154)珩：固冕的玉簪。紞（dǎn）：悬瑱之绳。纮（hóng）：系冕之带，结于笄左右。綖(yán)：黑帛制的冕上覆版，前后悬旒。笄(jī)：簪。綦(qí)会：玉饰冠纽。 (155) 火、龙、黼(fú)、黻(fǔ)：均为衣上纹饰。藻：通"缫"，玉垫，木制，外包熟皮，饰以藻纹。綷：通"帅""帨"，佩巾。鞶(pán)：革带。厉：鞶带上的饰物。《左传·桓公二年》："火龙黼黻，昭其文也。藻率鞞鞛，鞶厉游缨，昭其数也。" (156) 袷辂：羽盖车。袷(gā)，《广雅·释诂》："重也。" (157) 辰：日、月、星。旒(liú)：古代旌旗上直幅、飘带之类下垂饰物。太常：有辰旒的大旗。猋悠：随风摆动貌。猋，通"飚"。容裔：摇晃起伏貌。 (158) 六玄虬：六匹黑马。弈弈：高大貌。腾骧：马驰貌。沛艾：通"駊騀"。《说文》："駊騀，马摇头貌。"此亦指马奔驰状。 (159) 龙辀：辕端刻成龙头的车。辀，车辕。轙：车衡上穿缰绳的大环。錽(wǎn)：马头上的饰物。钖(yáng)：即当庐，马额上的金属装饰，有声。 (160) 方釳(xì)：即防釳，车辕两边插翟尾的部分。左纛(dào)：帝车上的饰物。纛：旗。钩膺：马颈下的饰带。玉瓖：瓖通"镶"，镶嵌，玉饰的马带。 (161) 銮、和：帝王车上安装在轭首和车衡上的仪铃。哕哕、鉠鉠：皆铃声。 (162) 重轮贰辖：两重车轮，两副车辖。辖，固定车轮与车轴的位置，插入轴端孔中的销钉。疏：雕镂。毂：车轮中间车轴贯入处的圆木。飞軨：车厢上的木格栏。 (163) 威蕤(ruǐ)：鲜明貌。"威"，通"葳"。葩瑵(zhǎo)：瑵，通"蚤"，"爪"，华盖端伸出的部分。 (164) 时服：五时服装。副：副车。龙旂：龙旗。繁缨：即樊缨，马颈下饰带。 (165) 戈：泛指戈矛戟。迤(yí)：通"迆"，倾斜。戛(jiá)：长矛。辂木：指农车前用以牵引的横木。 (166) 属车：副车。轩：有屏障的车。这句说，八十一辆车相连相并而行。 (167) 琈(fú)：车栏间的皮箧。弩：弓。用以盛弓弩之器曰琈弩。旃：赤色无饰曲柄的旗。青屋：青色里子的车盖。 (168) 奉引：引导。 (169) 鸾旗：天子车上的旗，赤，编以羽毛，上绣鸾鸟。皮轩：以虎皮为轩之车。通帛：即旃。綪(qiàn)旆(pèi)：旗上大红色的垂旒。 (170) 云罕九斿：饰以九斿的云罕。云罕，捕兽长柄网，后为天子出行时先导的仪仗。闟(xì)戟：戟矛。轇(jiāo)轕(gé)：《集韵·象韵》："轇，轇轕，杂乱。" (171) 髶(róng)髦：指骑士。绣：绣服。虎夫：虎贲。鹖(hé)：鹖冠。 (172) 驸：副马。承华：马厩名。蒲梢：良马名。流苏：五彩毛编制的马饰。骚杀：飘扬貌。 (173) 总：聚集。轻、武：均战车。嘈囐(zá)：喧闹声。 (174) 介：被甲。挥：通"徽"，标志，此指军徽。金钲：军中打击乐器。黄钺：铜斧。蔡邕《独断》："乘舆后有金钲黄钺。" (175) 清道：清除道上行人。案列：依次排列。行：运行。陈：罗列。比喻军伍整齐有序。 (176) 肃肃：敬貌。习：和貌。隐隐：马声。辚辚：车声。 (177) 殿：后军。旆：前军。畛：界。 (178) 盛：嘉。夏后：夏禹。爰：于是。此句讲将从禹之嘉行而敬神明。 (179) 孤竹：古国名，产竹。云和：山名。出美木，用为瑟，其声清亮。 (180) 雷鼓：八面鼓。鼝(yuān)鼝：鼓声。变：更。古乐一变为一成，六变则尽。 (181) 冠华：建华冠，以铁为柱，卷贯大珠九枚，祭祀用。翟：翟羽。佾(yì)，舞队人数纵横相同曰佾。八佾：八列，六十四人，天子之制。 (182) 元祀：大祭。群望：遥祭山川众神。望：祭名。咸秩：皆有秩序。 (183) 扬：飞扬。槱(yōu)：聚积。燎：通"尞"，祭名。《说文》："尞，柴祭天也。"炀：火炽状。煙(yīn)：通"禋"，禋祀。太一：天帝。 (184) 歆：神灵享用祭品之气。馨：香气。指槱燎时烧起的烟气。祚：报。灵主：指天子。元吉：大吉。 (185) 宗：尊。配：配祭。 (186) 辩：通"辨"。则：法。五精：五方之星。帅：循。摧：至。 (187) 赤氏：赤帝，指汉为火德所统。四灵：指苍帝、黄帝、白帝、黑帝，合赤帝为五。懋(mào)：悦。怀：安。 (188) 蒸蒸：通"烝烝"，孝貌。感：伤。曾：增。这句是说子孙感于四时新物而增思先祖。 (189) 躬：亲身。追养：追念教养。祧(tiāo)：远庙，指曾祖以上的祖庙。蒸、尝、禴(yuè)、祠：四时祭名。此句讲四时奉祭以追念先祖之恩。 (190) 物牲：祭祀之物与牺牲。辩：通"徧"，全。省：视。楅(fú)、衡：绑在牛角上的横木，以防触物时损坏犄角。 (191) 炰(páo)：通"炮"，烧烤。胉(bó)：肋。和羹(gēng)：以五味调制的带肉的汤。

⑫ 涤濯：洗涤祭器。静：通"净"，洁。孔：甚。　⑬ 万舞：舞名，指干戚羽以舞。奕奕：盛大貌。喤喤：钟鼓声。　⑭ 灵祖、皇考：指先皇祖宗。太祖曰皇考。飨：享受。　⑮ 止：语词。穰穰：众多貌。　⑯ 农祥：房星。晨正：指房星在春天运转到南方正中，农事开始。晨，通"辰"。土膏：土壤湿润。脉：通"脉"，指土壤脉理。起发：指解冻。　⑰ 銮辂：銮铃装饰之车。苍龙：青马。介：车中卫士。驭：赶车人。剡（yǎn）：锐利。耜（sì）：犁头。　⑱ 天田：帝藉。藉：通"耤"，《说文》："耤，帝耤千亩也。古者使民如借，故谓之耤。"以上说天子亲临农事以劝农耕。　⑲ 禘（dì）、郊：皆祭名。粢盛：指祭品，盛在祭器内的黍稷。粢（zī），谷类总称。这句讲天子行藉田之礼以求谷丰而备粢盛于祖庙。　⑳ 兆民：百姓。疆埸（yì）：田界。耘：除草。耔：培土。　㉑ 载：则。射：大射礼。《后汉书·明帝纪》："三月，临辟雍，初行大射礼。"㉒ 业：悬钟磬架上用作装饰的三角形木板。虡（jù）：支撑钟磬木架的竖木。宫悬：（钟磬）四面悬挂，天子之制。镛：大钟。　㉓ 鼖（fén）：大鼓，八尺。路：四面鼓。鼗（táo）：小鼓，如拨浪鼓。树羽：鼓架上插羽为饰。幢（tǒng）幢：羽盛貌。　㉔ 物：礼物。容：容饰。　㉕ 伯夷：虞舜时的秩宗官。后夔（kuí）：虞舜时的乐正。此均喻贤士。工：乐工。　㉖ 侯、正：皆箭靶。大侯五正，天子所用。　㉗ 乏：射礼时报靶人用来护身的器具。扉（féi）：隐蔽。司旌：报靶人，手举旌旗以示射中与否。　㉘ 并夹：取箭的夹子。储：备。广庭：射场。　㉙ 凤：早。驾：备好车。辀（chái）：《说文》："连车也。"㉚ 须：待也。启明：金星。天光：太阳。扶桑：东方神木，日出其下。这句讲天子待星落霞尽日出以乘舆。　㉛ 发：举。鲸鱼：撞钟的杵，鲸鱼形。铿：击。　㉜ 大丙：天一神的御者。弭（mǐ）节：放缓行进的速度。风后：黄帝时三公之一。　㉝ 摄提：星名。衡：北斗玉衡星。运：转。射宫：指辟雍。　㉞ 礼事：礼器。王夏：乐名，天子初出奏。阕：乐终。驺虞：乐名，天子初射奏。　㉟ 决：板指，骨制，射箭时套于右手大拇指以钩弦。拾：臂衣，革制，著于左臂以护臂。彀（gòu）：张弓。　㊱ 达：使……生。余萌：迟生的植物。诚心：指天子之心。　㊲ 崇：兴。饕（tāo）餮（tiè）：《左传·文公十八年》："贪财曰饕，贪食曰餮。"以上讲行大射以进德抑欲。　㊳ 衍：推演。谊：义。激：感。骛（wù）：驰。此指天子仁义广布天下。　㊴ 日月会于龙狵：指夏历十月份。龙狵（zhuó），星名，又叫尾宿，龙尾，析木。恤：怜。疚：病。这句讲农事在此时完结。　㊵ 勤：劳。忻：通"欣"，喜悦。㊶ 銮刀：配以銮铃的宝刀。袒割：古礼天子袒右臂割牲以示敬。袒，露。觞（shāng）：盛酒器。豆：盛肉器。国叟：指天子所养的年老致仕的卿大夫。　㊷ 至尊：天子的尊严。训：顺。三寿：三老。　㊸ 偷：偷薄，淡薄。　㊹ 愉愉：快乐貌。　㊺ 声教：风声教化。布濩（huò）：散布。天区：天地四方。　㊻ 既：已。宣：发。　㊼ 三农：指春夏秋三个农季。隙：农暇。曜威：指演武以宣威。曜，通"耀"。㊽ 仲冬：十一月。西园：指上林苑，在洛阳西。阅：检阅。㊾ 虞人：官名。掌管山泽苑囿、田猎。先期：提前。戒：告。事：狩猎演武之事。　㊿ 率：捕鸟的网。此指网罗聚敛。鸠：聚积。灵囿（yòu）：指天子养禽兽处。51 同：聚。告备：报告准备工作已完成。　52 小戎：小型兵车。轻轩：有障蔽的轻便车。　53 畋（tián）：田猎。牡：雄马。佶（jí）：健壮貌。闲：逜"娴"，熟练。　54 牙旗：牙竿上的旗帜。　55 迄：至。结：止。徒：众。营：屯营。　56 次：排出次序。和：军之正门。表：即桓表、华表。木制，田猎时插上旌旗。司铎：官名，掌军中乐。钲：军乐器名。　57 作：起。军声：军乐。　58 申：重复。戮：杀。牲：指牛羊猪。这句讲再三号令，不听令者当斩之若牲。　59 陈师：列师。鞠：告。达：下达。禁：禁令。　60 火列具举：《诗·郑风·大叔于田》郑笺："列人持火，俱举，言众同心。"敷：铺开、散布。　61 鹅、鹳、鱼丽：皆军阵名。箕：星名，四星状如簸箕，故曰张。翼：星名，二十二星长如鸟翼，故曰舒。此皆喻军阵之变化。　62 掩：覆。迒（háng）：迹。此指车速

均匀,尘土不扬。㉔③诡遇:打猎时不按礼法规定横车而射。翦:通"剪",斩断。㉔④升:进。六禽:雁、鹑、鷃、雉、鸠、鸽。四膏:四季不同的脂膏。㉔⑤极:疲劳。舆徒:士卒。㉔⑥三殴:三猎。殴,通"驱"。罘(fú):网。麟:《说文》:"大牝鹿也。"㉔⑦穷、殚:尽。训:教。物:猎物。此言田猎为了教民守俭,昭明仁义。㉔⑧天乙:殷汤名。驰:废。罟(gǔ):猎网。祝:男巫。怀民:使民心归顺。㉔⑨仪:效仿。姬伯:周文王昌。失熊罴而获人:指文王遇吕望之事,见《史记·齐太公世家》。这句讲天子田猎意不在熊罴而在获贤人。㉕⓪泽:恩惠。浸:润。昆:众多。虫:古代为动物通名。八宇:八方。㉕①荒:乱。允:信。㉕②薄:发语词。《诗·小雅·六月》:"薄伐猃狁,以奏肤公。"《毛传》:"薄,发语词。"敖:地名,在今河南郑州,周宣王狩猎处。璅(suǒ)璅:通"琐琐",细小。这句说周王狩于敖比汉帝猎于上林的意义小。㉕③岐阳:岐山之南。蒐(sōu):阅兵。这句讲周成王演武岐山亦不能与汉帝阅兵西园相比。㉕④大傩(nuó):驱逐疫鬼的禳祭。厉:恶鬼。方相:方相氏,掌驱疫鬼之官。㉕⑤巫:女巫。觋(xí):男巫。莂(liè):笤帚,以扫除不祥。㉕⑥侲(zhèn)子:幼童。丹首:戴红巾。玄制:穿黑衣。侲子逐恶鬼之礼,见《后汉书·礼仪志》。㉕⑦桃弧:桃木弓。棘矢:枣木箭。臬(niè):箭靶。㉕⑧砾:小石子。瘅(dàn):痨病。此指疫鬼。毙:扑倒。㉕⑨煌火:指驱魔的炬烛。星流:如星流逝。裔(yì):边远地带。㉖⓪凌:越。天池:北海,指很远的地方。飞梁:天桥。㉖①捎:杀。魑魅:山泽恶神。斮(zhuó):斩。獝(yù)狂:无头鬼。㉖②蝼蛇(yí):恶鬼。脑:破其脑。方良:草泽恶神。㉖③耕父、女魃(bá):皆旱鬼,过处赤地千里,大旱无雨,见《山海经》。清泠、神潢(huáng):皆水名。㉖④残:杀。夔:木石怪。魖(xū):耗鬼。罔像:水精。殪(yī):灭。野仲、游光:恶鬼名。㉖⑤八灵:八方神灵。慴(zhé):害怕。魊(jì):小儿鬼。蜮(yù):老父神。毕方:火神。㉖⑥度朔:传说中东海中山名。梗:桃梗。郁垒、神荼:神名,见《风俗通》。㉖⑦区陬(zōu):角落和缝隙。遗鬼:漏散的鬼。㉖⑧密:静。清:洁。罔:无。韪(wěi):美善。㉖⑨庶:众。时育:依时令而生长。㉗⓪征:巡狩。考:问。终然:自始至终。允:信。淑:善。㉗①岱岳:泰山。稼穑:指农事。种曰稼,收曰穑。原陆:原野。㉗②衡:秤。量:尺。燠(yù):暑。㉗③省:视。黜:贬抑。陟:提升。此言考察贤愚,明者升而暗者贬。反旆:回旗。㉗④旧墟:指长安。怀:思。古:往昔,指前汉。㉗⑤俟:待。阊风:秋风。西遐:西逝。㉗⑥春游:指三月巡行岱岳。蛰(zhé):昆虫潜伏。此指伏潜之虫。户:穴。㉗⑦度:法。豫:薛综注:"秋行曰豫。"《晏子春秋》:"春省耕而补不足者,谓之游。秋省实而助不给者,谓之豫。"稌(tú):稻。㉗⑧嘉:奖。田畯:田官。赉(lài):赐。九扈:官名,即农正。扈,正。㉗⑨左瞰:东视。瞰(kàn),俯视。旸(yáng)谷:传说太阳出处。右睨:西视。睨,斜视。玄圃:传说在昆仑山中。此言天子巡幸极广。㉘⓪眇:仔细看。摹:效法。此讲帝游豫时,以天际为界,法万代之世。㉘①释:消除。膺:承。悆(yù):宁。㉘②总:会。瑞命、嘉祥:美好吉祥。㉘③圉(yǔ):驯养。林氏:传说中国名,有神兽,见《山海经·海内北经》。驺虞:即驺吾,义兽,不食生物。扰:驯服。泽马、腾黄:皆神马。㉘④女床:传说中山名,上有鸾鸟,见《山海经·西山经》。丹穴:传说中山名,中有凤凰,见《山海经·南山经》。㉘⑤华平:传说中瑞木。朱草:瑞草。中唐:庭中。唐,通"堂"。㉘⑥惠:仁。洎(jì):及。幽荒:指九州之外的荒远地带。㉘⑦燮(xiè):和谐。丁令:西北匈奴之一。越裳:古南海国名。㉘⑧大秦:国名,即罗马帝国。乐浪:郡名,汉武帝置,即今朝鲜。㉘⑨重舌之人:指翻译人员。九译:多次翻译,指国外路长,言语九译乃通。佥(qiān):皆。稽首:叩拜。来王:臣服于汉王。㉙⓪规:效法。殷盘:殷王盘庚。曾五次迁都,最后定居于殷。㉙①即:就。《斯干》:《诗·小雅》中篇名。此指天子之德合于《斯干》所颂之美。㉙②登封：登泰山而封。降禅：下禅梁父山。黄轩：黄帝，号轩辕氏。 ㉙③ 为：作。事：从事。孔：甚。《老子》第五十七章："为无为，事无事……我无为而民自化，我无事而民自富。" ㉙④ 仲尼：孔子的字。《论语·颜渊》："子曰：克己复礼为仁。"履：执行。老氏：老子。常足：《老子》第四十六章："祸莫大于不知足，咎莫大于欲得。故知足之足，常足矣。" ㉙⑤ 犀：犀牛角。象：象牙。简：以为平常。 ㉙⑥ 抵(zhǐ)：弃。《庄子·天地》："藏金于山，藏珠于渊。" ㉙⑦ 翡翠：鸟名，即翠雀。瑇(dài)瑁(mào)：动物名，即玳瑁，似龟。蔟(cù)：聚集。 ㉙⑧ 贤：人才。谷：五谷粮食。李周翰注："贤可理人，谷可食人，故特宝贵之。" ㉙⑨ 末、本：李善注："诈伪为末，忠信为本。"悫(què)：朴实谨慎。 ㉚⓪ 侯：语助词。祎(yī)：美好。而：语助词。 ㉚① 蓂荚：瑞草，即历荚。莳(shí)：种植。觌(dí)：现。 ㉚② 殖：植。 ㉚③ 胡：何。怀：来。化：教化。 ㉚④ 声：声教。此讲天子声教恩泽随风云俱下，以泽庶民。 ㉚⑤ 赖：依靠。我赖：赖我。我，指天子。 ㉚⑥ 宇：屋顶。覆：盖。辉烈光烛：光辉灿烂貌。 ㉚⑦ 狭：以为狭小。三王：夏禹、商汤、周文王。趢(lù)趗(cù)：步子急促细碎。轶(yì)：超越。五帝：说法不一，《帝王本纪》曰："少昊，颛顼，高辛，尧，舜。" ㉚⑧ 踵：追随。二皇：伏羲、神农。武：足迹。属：及。 ㉚⑨ 罄(qìn)：尽。犬马之疾：犹贱疾。犬马，自谦之词。此句讲安处先生自谦无能而难详尽东京之美。 ㉛⓪ 流：流连。遁：放纵。放心：放任心思。离：通"罹"，遭受。戚：忧患。几：近。 ㉛① 挈(qiè)：提起。假：借。 ㉛② 纂：继。以上两句讲要守成帝业而不能惑于奢侈以轻帝位。 ㉛③ 二祖：高祖刘邦，世祖刘秀。厥：其。庸：功劳。肆：大。 ㉛④ 翘翘：《毛传》："危也。"奔：奔马。绺：马缰。此言天子治天下当小心谨慎。 ㉛⑤ 白龙鱼服：喻天子微服出行，也即《西京赋》中说的"阴戒斯门，微行要屈"。见：被。豫且：宋国渔父名。 ㉛⑥ 万乘：指皇帝。怵(chù)惕(tì)：警惧。 ㉛⑦ 辎重：行者携载的物资。微行：微服私行。如：往。此言如果不带行李辎重，一个人又能走到哪里呢？喻帝王要时刻心怀仁义。 ㉛⑧ 黈纩塞耳：不闻佞谄之言。黈(tǒu)，黄色。纩(kuàng)，丝棉絮。内顾：回头看。 ㉛⑨ 珮：佩玉。制：节制。容：仪容。銮：銮铃。涂：通"途"。 ㉜⓪ 变玉：玉声杂乱。此指徒步驾车都合于节奏，不违礼法。 ㉜① 却：倒退。走马：善奔跑的马。騕(yǎo)褭(niǎo)、飞兔：骏马名。此言使天下清明，不惜良马用于务农。 ㉜② 方：每当。生类：生物。殄(tiǎn)：尽。 ㉜③ 赋：通"敷"，布。 ㉜④ 槎(chá)枿(niè)：树木砍后的再生枝。斜砍曰槎，斩而复生曰枿。枿，通"蘖"。麇(yāo)：幼麇。胎：指怀胎的母兽。 ㉜⑤ 蕃：滋长。庑(wú)：茂盛。阜：大。滋：多。 ㉜⑥ 输：交纳。 ㉜⑦ 饶衍：富饶丰盈。雍熙：和乐貌。 ㉜⑧ 素：平日。蓄：积。 ㉜⑨ 执：持。谊：通"义"。夫：犹人人也。 ㉝⓪ 奸慝(tè)：奸诈邪恶之人，指王莽。干：犯。命：天命。皇统：皇家绪统。替：废。 ㉝① 玄谋：阴谋。指王莽窃位改号之事。二九：十八年。王莽在位的时间。谲(jué)：变故，变化。 ㉝② 圣皇：指光武帝刘秀。天阶：帝位。章：通"彰"，明。祚：皇位。秩：次序。 ㉝③ 剿(jiǎo)：劳累。媮(tōu)：苟且。 ㉝④ 忽：忽视。《汉书·谷永传》："王者以民为基，民以财为本，财竭则下畔，下畔则上亡。" ㉝⑤ 坚；厚。履霜：薄霜。寻木：大树。蘖(niè)栽：砍后复生的幼芽。 ㉝⑥ 昧旦：天未全明时。丕：大。显：明。怠：懈。 ㉝⑦ 制：制作。泰：大。服：穿。 ㉝⑧《上林》：武帝时司马相如之赋，描写上林校猎之壮观。《羽猎》：成帝时扬雄之赋，描写羽猎之感。二者皆以讽谏收尾。系：继。隤(tuí)：倒塌。堑：护城河。乱：乐章、诗赋的结尾。罝(jū)：捕兽之网。罘(fú)：猎兔网。 ㉝⑨ 风规：讽谏规劝。愆：过失。尤：罪过。 ㉞⓪ 济：增。侈(chǐ)：通"侈"。陵：超过。基：根本。 ㉞① 函谷：函谷关，在长安东。柝(tuò)：巡夜敲的木梆。西朝颠覆：指王莽兵变。西朝，西汉。 ㉞② 是所学：以所学为是。习：习惯。 ㉞③ 鲍肆：卖鲍鱼的店铺。鲍，盐浸鱼，奇臭。玩：习惯。 ㉞④《咸池》：黄帝时乐舞名，指高雅之乐。度：律度。蛙咬：指淫邪不正之声。蛙，通"哇"。众：常人。或：通"惑"，疑。　㉞子野：春秋时晋国乐师师旷，字子野。　㉞客：指冯虚公子。　㉞劝德：劝行道德。这句讲公子见劝德而畏侈，喜惧交加。　㉞闶然：意志恍惚貌。醒(chén)：喝醉酒神志不清。罢：通"疲"，疲惫。　㉞褫(chǐ)：剥夺。夸：夸耀。　㉞良久：好一会儿。鄙：浅陋愚钝。指南：指出正确方向。吾子：对人的尊称，此指安处先生。　㉟仆：公子自谓。华：浮华。征：验证。　㉟鄙夫：浅薄之人，此公子自称。寡：少。　㉟三坟、五典：传说三皇、五帝之书。泯：失。帝魁：神农名。　㉟大庭氏：炎帝之号。尚兹：高于此。尚，高。　㉟走：走仆，公子自称。敏：慧。庶：差不多。达：明白。

　　《东京赋》作为《二京赋》之一，乃承袭《西京赋》之余绪，借"安处先生"之口颂扬东京的城市规模、王治礼仪如何合序"有道"。批判了凭虚公子"以肆奢为贤"的错误，归结到"改奢即俭"的主题，最后以此折服凭虚公子。

　　由于《东京赋》主要铺陈东都之事，着重写汉明帝修筑宫殿、祭祀天地、朝会、田猎、封泰山、劝农耕等仪式，与《西京赋》所写长安繁荣、帝王之奢忕及游侠的专恣等形成了强烈的反差，突出了讽谏的意思。作者运用了娴熟的对比手法，对同一题材，前后也用不同写法。如田猎，《西京赋》完全表现了纵游取乐的情形，而《东京赋》则表现出以礼治国、以仁理政、振师习武、讲义演礼的盛况，给人以焕然一新的感觉。对比手法，不仅表现在上下篇之间，在《东京赋》之中，亦用了前后对比的办法。如开篇以周幽王、秦始皇的暴政同汉高祖、汉文帝、汉武帝的仁德武功相比，既反映了安民强国的政治理想，也突出以民为本的思想，贬斥了骄奢淫逸的行为，表现了作者要着重说明的"夫水所以载舟，亦所以覆舟"的主旨，使赋的讽谏力度与深度，皆超越此前之作。其中写到祈谷、劝农、大傩等仪式，体现了东汉前期统治者重农政策，题材新鲜，也有提醒当时统治者的积极意义。作者于东汉末国势屡弱之际，写两都盛时景象，似乎表现了对大汉昌盛兴隆的向往。赋中表现的思想和情感不是单一的，而是复杂的。《二京赋》的语言虽然注重辞藻文采，也追求音韵节奏的效果，但不显得堆垛。这同作者能够进行细致入微地描述，做到文质彬彬有关。在总的叙述上，也能克服此前骋辞大赋平铺直叙的毛病，善于穿插与变化。有时叙述与议论结合，感情充沛，虽篇幅很长而读之不觉沉闷。清人程廷祚《骚赋论》将之与班固《两都赋》相比，云："平子宏富，风度卓然。《二京》之于《两都》，犹青之于蓝也。"

（唐　宸　贾海生）

归 田 赋　　　　　　　　张　衡

　　游都邑以永久，无明略以佐时①。徒临川以羡鱼，俟河清乎未期②。感蔡子之慷慨，从唐生以决疑③。谅天道之微昧，追渔父以同嬉④。超埃尘以遐逝,与世事乎长辞⑤。

于是仲春令月,时和气清;原隰郁茂,百草滋荣⑥。王雎鼓翼,鸧鹒哀鸣;交颈颉颃,关关嘤嘤⑦。于焉逍遥,聊以娱情⑧。

尔乃龙吟方泽,虎啸山丘⑨。仰飞纤缴,俯钓长流。触矢而毙,贪饵吞钩。落云间之逸禽,悬渊沉之鲨鰡⑩。

于时曜灵俄景,系以望舒⑪。极般游之至乐,虽日夕而忘劬⑫。感老氏之遗诫,将回驾乎蓬庐⑬。弹五弦之妙指,咏周、孔之图书⑭。挥翰墨以奋藻,陈三皇之轨模⑮。苟纵心于物外,安知荣辱之所如⑯。

〔注〕 ①游都邑:指在京都为官。游:游宦。永久:长久。无明略以佐时:指自己不被重用,此为自谦之词。明略:贤明的治国方略。佐时:佐助时政。 ②徒:但,空。临川:站在河边。羡鱼:想得到鱼,此句比喻自己虽欲有所作为,却又无能为力。俟:等待。河清:黄河之水清澈。相传黄河千年一清。未期:没有期限。此句比喻自己再也见不到太平盛世。 ③蔡子:蔡泽,战国时的游士。慷慨:意气不平的样子。唐生:唐举,战国人,善相面。决疑:决定内心的疑问。据《史记·范雎蔡泽列传》载:蔡泽游说诸侯,屡次不遇。于是到唐举那里求其相面,并问自己的寿限,希望在有生之年时来运转。二句比喻自己政治上不得志。 ④谅:信。天道:主宰人事的自然之道。微昧:幽隐。追:随。渔父:古代的隐者。《史记·屈原贾生列传》载:屈原被流放湘江边上,渔父劝其放弃高节,随波逐流,与世沉浮。二句说世道昏暗,自己将避世隐居。 ⑤超:越。尘埃:比喻人世中各种纷繁杂乱之事。遐逝:远去。世事:即上文的"尘埃"。长辞:永别。 ⑥于是:此时。仲春:立春后的第二月。令月:好的月份。时和:时节和暖。气清:天气清朗。原隰(xí):分别而言,高者为原,低者为隰。此处指原野。郁茂:草木众多的样子。滋荣:繁荣。 ⑦王雎:水鸟名,又称雎鸠。鸧(cāng)鹒(gēng):即黄鹂。交颈:形容王雎之间脖颈交错依倚,相互亲昵的样子。颉(xié)颃(háng):指鸧鹒或上或下地飞翔。关关:王雎的鸣叫之声。嘤嘤:指鸧鹒的鸣叫之声。 ⑧于焉:于此。逍遥:自由自在游玩的样子。聊:且。娱情:娱乐心情。 ⑨尔乃:犹言于是、然后。龙吟、虎啸:指自己模仿龙吟虎啸之声。方泽:大水泽。 ⑩飞:使飞起,指发射。纤缴(zhuó):缀在箭尾的细长绳。此处指射弋用的箭。逸禽:疾飞的鸟。渊沉:指水渊深处。鲨(shā)鰡(liú):皆小鱼之名,通作"鲨",今天所说的鲨鱼,古人别称为鲛。 ⑪曜灵:指太阳。俄:倾斜。景:日光。系:继。望舒:神话传说中为月亮驾车的人,此处指月亮。 ⑫极:尽。般游:游乐。至乐:极大的快乐。劬(qú):劳累。 ⑬老氏之遗诫:老子遗留下来的告诫。老氏:即老子,先秦道家思想代表人物,有《老子》一书,又名《道德经》,书中有"驰骋田猎,令人心发狂"的话,主张恬寡欲,反对过分的快乐。迴驾:回转车驾。蓬庐:犹言茅屋,指自己的居所。 ⑭五弦:五弦琴,相传为虞舜所作,一说为伏羲氏所作。妙指:美妙的音乐。指:通"旨"。周孔:周公、孔子。图书:本是河图洛书的合称,此处泛指古代的一切图书典籍。 ⑮翰墨:笔墨。奋藻:展现辞藻,即写作。陈:陈述。三皇:指伏羲氏、神农氏和黄帝。轨模:法度。 ⑯苟:如果。纵心:纵情。物外:指世俗物累之外。如:往也。二句说如果能超越物累之外,那么荣辱对自

己也无所触动。

作者生活在东汉王朝急遽衰朽的时代。由于王纲不振,宦官和外戚执掌朝中大权,正直之士没有施展抱负的可能。作者长期在朝中为官,对政治的黑暗有较为深刻的认识,对统治者的幻想也因此破灭,于是在这篇赋中,表达了自己远离世事、返回田园的愿望。

全赋共分三部分:第一段为第一部分,主要叙述自己在现实生活中的遭遇,说明归田的原因。在这里,作者强调自己的怀才不遇,虽然长久为官,却不能为国家尽自己的一点力量,"俟河清乎未期"则表现出对于整个时代的绝望,当年蔡泽穷途潦倒,从唐举决疑,希望还有时来运转的机会。而此时的自己恐怕连那点信心都没有了。于是决定长辞世事,和隐居者一起嬉戏游玩,从而引出对田园生活的描写。这一段应该说是传统辞赋中序言的变形,但它已经不再起序言的作用,而是整个作品的有机成分。二、三两段为第二部分,幻想自己回归田园后自由自在的游玩。前段构造了田园中舒适而又充满生机的自然画面:仲春时候,万物复苏,阳光和煦,空气清新,原野上草木茂盛,各种鸟类或飞或止,鸣唱不停。后一段叙述自己在高山上模仿虎啸,在水边学习龙吟,或者射弋飞禽,或者垂钓游鱼。完全和自然融为一体,无拘无束,和上文的失意落拓形成鲜明对比。末段为第三部分,作者又幻想自己在游玩之外的弦诵著述活动。作者是一位具有社会责任心的文人,他始终关怀社会人生,所以,在归田以后,仍不忘人类事业,而没有沉溺于自然山水。虽然对当前的社会已经绝望,但把人类的希望寄托于未来的圣帝明君,所以弹奏虞舜制作的五弦琴,吟诵周公、孔子编修撰述的各种典籍著作,通过作文著书介绍古代圣帝明君的法则,供后来的治国者学习效仿。末二句直接道出置个人荣辱于度外,以排遣怀才不遇之情。

这篇赋虽然不长,在汉赋发展史上却具有极其重要的意义:第一,是它的抒情内容,因为作者特殊的政治身份和时代环境,其作品既不同于司马相如以来的逞辞大赋,也不同于模仿楚骚的骚体赋,完全是自己真情实感的自然流露,带有明显的个性色彩。第二,体现出显著的骈体化特征,《归田赋》完全采用四六句型,尽量上下二句互相对偶,尽管并不非常严谨,但作者已经意识到这一点,如"王雎鼓翼,鸧鹒哀鸣。交颈颉颃,关关嘤嘤。""仰飞纤缴,俯钓长流。触矢而毙,贪饵吞钩。落云间之逸禽,悬渊沉之鲿鲤"都是把两件事并列起来交错叙述,可以看出作者铸词之苦心。第三,辞清句丽,形象鲜明。因为情和景开始结合,遣词造句必然要考虑词句与情感统一,构成有景有情的艺术形象,像《归田赋》第二段的写景文字都围绕仲春生气勃勃景象有序组织,每个字都发挥了他在赋中前所未有的神奇功效。

(郭令原)

【作者小传】

马 融

(79—166) 字季长,扶风茂陵(今陕西兴平市东北)人,东汉安帝时,为校书郎中,于东观(章、和二帝后,为聚藏图书之处)典校祕秘书,桓帝时为南郡太守。著名经学家、文学家,才高博洽,可谓一代通儒。广授生徒,常达千数。著名学者卢植、郑玄等,都是他门下。他精通音律,善鼓琴,好吹笛,任性放达,不拘泥儒者礼节。在堂上讲学时,常挂绛纱帐,前授生徒,后则列女乐。曾注《孝经》《论语》《诗》《易》《三礼》《尚书》《列女传》《老子》《淮南子》《离骚》,所著赋、颂、碑、诔、书、记、表、奏、七言、琴歌、对策、遣令等,凡二十一篇,所作辞赋,除《广成颂》外,以《长笛赋》最为著名。

长 笛 赋①并序 马 融

融既博览典雅②,精核数术③,又性好音④,能鼓琴吹笛。而为督邮⑤,无留事⑥,独卧郿平阳邬中⑦。有雒客舍逆旅⑧,吹笛,为《气出》《精列》相和⑨。融去京师逾年,暂闻,甚悲而乐之⑩。追慕王子渊、枚乘、刘伯康、傅武仲等,《萧》《琴》《笙》颂,唯笛独无⑪,故聊复备数,作《长笛赋》⑫。其辞曰:

惟箰笼之奇生兮,于终南之阴崖⑬。讬九成之孤岑兮,临万仞之石磴⑭。特箭槁而茎立兮,独聆风于极危⑮。秋潦漱其下趾兮,冬雪揣封乎其枝⑯。巅根跱之薿卼兮,感回飙而将颓⑰。夫其面旁则重巘增石,简积頠砡,兀崚狋巇,倾昃倚伏⑱。庨窌巧老,港洞坑谷⑲;嶰壑澮峛,岈㟏岩窫⑳,运裹穷浃,冈连岭属㉑。林箫蔓荆,森梣柞朴㉒。

于是山水猥至,渟涔障溃,顀淡滂流。碓投潀穴㉔,争湍苹萦,汩活澎濞㉕,波澜鳞沦。窊隆诡戾㉖,濩瀑喷沫,奔遁砀突㉗,摇演其山。动机其根者,岁五六而至焉㉘。是以间介无蹊，人迹罕到㉙。猱蜼昼吟，鼯鼠夜叫㉚，寒熊振颔，特麚昏㲋㉛；山鸡晨群，鷕雉晁雊；求偶鸣子，悲号长啸㉜；由衍识道，噍噍讙噪㉝。经涉其左右，咙聒其前后者，无昼夜而息焉㉞。夫固危殆险巇之所迫也，众哀集悲之所积也㉟。故其应清风也，纤末奋蕱㊱，铮鐄謍嘀，若絙瑟促柱，号钟高调㊲。

于是放臣㊳逐子，弃妻㊵离友㊶，彭胥㊷伯奇㊸，哀姜㊹孝己㊺。攒乎下风㊻，收精注耳㊼，雷叹颓息㊽，掐膺擗摽㊾，泣血泫流㊿，交横而下[51]，通旦忘寐[52]，不能自御[53]。

于是乃使鲁般[54]、宋翟[55]，构云梯[56]，抗浮柱[57]，蹉纤根[58]，跋篾缕[59]，膺峭陁[60]，腹陉阻[61]。逮乎其上，匍匐伐取[62]，挑截本末[63]，规摹𫘦矩[64]。夔襄比律[65]，子野协吕[66]，十二毕具，黄钟为主[67]。挢揉斤械[68]，剸挟度拟[69]，鐉硐𬱟坠[72]，程表朱里，定名曰笛[73]。以观贤士，陈于东阶，八音俱起[74]，食举《雍》彻[75]，劝侑君子[76]。然后退理乎黄门之高廊。重丘宋灌，名师郭张，工人巧士，肄业修声[77]。

于是游闲公子，暇豫王孙[78]，心乐五声之和，耳比八音之调[79]。乃相与集乎其庭，详观夫曲胤之繁会丛杂，何其富也[80]。纷葩烂漫，诚可喜也。波散广衍，实可异也。掌距劫遌，又足怪也[82]。啾咋嘈啐，似华羽兮，绞灼激以转切[83]。震郁怫以凭怒兮，耾砀骇以奋肆[84]。气喷勃以布覆兮，乍跱踬以狼戾[85]。雷叩锻之岌峇兮，正浏溧以风冽[86]。薄凑会而凌节兮，驰趣期而赴踬[87]。

尔乃听声类形，状似流水，又象飞鸿[88]，泛滥溥漠，浩浩洋洋[89]，长矕远引，旋复回皇[90]。充屈郁律，瞋菌碨抾[91]。酆琅磊落，骈田磅唐。取予时适，去就有方[92]。洪杀衰序[93]，希数必当[94]。微风纤妙，若存若亡[95]。荩滞抗绝，中息更装。奄忽灭没，晔然复扬[96]。或乃聊虑固护，专美擅工。漂凌丝簧，覆冒鼓钟[97]。或乃植持縼缰，佁儗宽容[98]。箫管备举，金石并隆。无相夺伦，以宣八风[99]。律吕既和，哀声五降。曲终阕尽，余弦更兴⑩。繁手累发,密栉叠重⑩。蹢趵攒仄,蜂聚蚁同。众音猥积,以送厥终⑩。

然后少息暂怠,杂弄间奏。易听骇耳,有所摇演⑩,安翔骀荡,从容阐缓;恫怅怨悷,窳圔窴赦⑩。聿皇求索,乍近乍远。临危自放,若颓复反⑩。蚡缊繙纡,緸冤蜿蟤⑩。箖笭抑隐,行入诸变⑩。绞概汩湟,五音代转⑩。挼搴捼臧,递相乘邅。反商下徵,每各异善⑩。

故聆曲引者,观法于节奏,察变于句投,以知礼制之不可逾越焉⑩。听篎弄者,遥思于古昔,虞志于怛惕,以知长戚之不能闲居焉⑪。故论记其义,协比其象,傍徨纵肆,旷漾敞罔,老庄之概也⑫。温直扰毅,孔孟之方也⑬。激朗清厉,随光之介也⑭。牢剌拂戾,诸贲之气也⑯。节解句断,管商之制也⑯。条决缤纷,申韩之察也⑰。繁缛络绎,范蔡之说也⑱。剺栎铫懂,晢龙之惠也⑲。上拟法于《韶箾》《南籥》,中取度于《白雪》《渌水》,下采制于《延露》《巴人》⑳。

是以尊卑都鄙,贤愚勇惧。鱼鳖禽兽闻之者㉑,莫不张耳鹿骇,熊经鸟申,鸱眎狼顾,拊噪踊跃㉒。各得其齐,人盈所欲,皆反中和,以美风俗㉓。屈平适乐国,介推还受禄㉔。澹台载尸归,皋鱼节其哭㉕。长万辄逆谋,渠弥不复恶㉖。删聩能退敌,不占成节鄂㉗。王公保其位,隐处安林薄㉘。宦夫乐其业,士子世其宅㉙。鳣鱼喁于水裔,仰驷马而舞玄鹤㉚。

于时也,縣驹吞声,伯牙毁弦。瓠巴聑柱,磬襄弛悬㉛。留眊棠眙,累称屡赞,失容坠席,搏拊雷抃,僬眇睢维,涕洟流漫㉜。是故可以通灵感物,写神喻意㉞。致诚效志,率作兴事㉟,溉盥污濊,澡雪垢滓矣㊱。

昔庖羲作琴,神农造瑟㊲。女娲制簧,暴辛为埙㊳。倕之和钟,叔之离磬㊴。或铄金砻石,华睆切错,丸挺雕琢,刻镂钻笮。穷妙极巧,旷以日月,然后成器,其音如彼㊵。唯笛因其天资,不变其材,伐而吹之,其声如此㊶。盖亦简易之义,贤人之业也⑬。若然，六器者，犹以二皇圣哲戡益⑭。况笛生乎大汉，而学者不识，其可以裨助盛美，忽而不赞。悲夫⑭！有庶士丘仲，言其所由出，而不知其弘妙⑯。其辞曰：

近世双笛从羌起，羌人伐竹未及已⑯。龙鸣水中不见已，截竹吹之声相似⑰。剡其上孔通洞之，裁以当簻便易持⑱。易京君明识音律，故本四孔加以一⑭。君明所加孔后出，是谓商声五音毕⑭。

〔注〕①长笛：乐器名，属古笛。《唐书·音乐志》："其原出于羌中"，汉初已失传，武帝时，乐工丘仲依羌人之制，截竹为之，名曰羌笛，笛本有四孔，其后京房在后面又加一孔，备齐五音，称之谓长笛。　②典雅：古书有《三坟》《五典》，《诗经》中有《大雅》《小雅》，因此后人即以"典雅"为古代典籍的通称。　③精核：详细考核。数术：即"术数"。指天文、历法、卜筮、著龟、五行等技艺。这几句是说：马融不但博览古代典籍，而且还精通天文、历法、卜筮、著龟、五行等技艺。　④性好音：本性爱好音乐。　⑤督邮：汉代官职名，为郡之佐吏，辅佐郡守，以督察纠举所领县违法之事。一郡有二至五人不等。　⑥无留事：没有积压该办的案件。⑦郿(méi)平阳邬(wū)：地名。汉代右扶风郡，郿：今陕西省眉县。平阳邬：县属地名。邬：里名。这几句是说：做督邮时，公务闲暇，独居在郿县平阳邬的官署中。　⑧雒(luò)客：从洛阳来的客人。雒：通"洛"。舍：住宿。逆旅：旅馆、旅舍。⑨《气出》《精列》：相和歌二曲名。二者古辞皆亡，今存者乃魏晋乐奏，系魏武帝拟作。《宋书·乐志》："相和，汉旧曲也，丝竹相更和，执节者歌"。陈释智匠《古今乐录》："张永《元嘉技录》：'相和有十五曲：《气出唱》《精列》……古有十七曲，其《武陵》《鹍鸡》二曲亡。'"以上几句是说：有位从洛阳来的客人，在旅舍吹笛。吹的是相和歌《气出》《精列》等曲。　⑩京师：洛阳。去：离开。逾年：超过一年。暂：乍，忽然。悲而乐之：起初感到悲伤，接着才高兴起来。　⑪追慕：指后人对前人的仰慕。王子渊：王褒(前？—前61)，字子渊，通音律，善歌诗。作《甘泉颂》《洞箫赋》《九怀》等。枚乘(前？—前141)：字叔，善属辞赋，着有《七发》《柳赋》《梁王菟园赋》等。《文选》李善注："未详所作，以序言之，当为《笙赋》。"刘伯康：名玄(生卒年不详)，字伯康，作《簧赋》。傅武仲：傅毅(约47—92)，少博学，曾与班固等共校典书，著作有诗、诔、颂、祝文、《七激》与《琴赋》等。颂：文体名，《汉书·艺文志》曰："不歌而诵谓之赋"，《文心雕龙·颂赞》谓"颂"曰："敷写似赋"，知颂可谓赋的通称。以上几句是说：追慕王子渊、枚乘、刘伯康、傅武仲等人，他们创作箫、琴、笙等赋作，只有笛子没有人写赋。　⑫聊：姑且。备数：充数，自谦词。以上几句是说：我马融就姑且充数，作《长笛赋》。　⑬惟：有。鐘(zhōng)笼：竹名，可制笛。奇生：生长的环境很奇特。终南：山名，亦称南山，为秦岭主脉，在今陕西省西安市南边。阴崖：阴，山的北边。崖：山边。　⑭讬：通"托"，依附，指生长在。九成：九重，形容其高。孤岑(cén)：孤立的山峰。岑：山小而高的样子。万仞(rèn)：形容极高。仞：量词，周朝以七尺或八尺为一仞。石磎(xī)：磎，同"溪"，指山谷。以上几句是说：鐘笼这种竹子，非常奇特，它生长在终南山北边的悬崖上。依附于九重高的孤峰，下临万仞深的山溪。　⑮特：突出，优异。箭槁(gǎo)：《文选》李善注："箭、槁，二竹名也"。茎立：挺立。聆：听。极危：极高峻的山巅。　⑯秋潦(lǎo)：秋天下雨而难以排泄的大水。漱(shù)：冲刷。下趾(zhǐ)：脚指头，此指竹根。揣：聚集。封：封

锁住。以上几句是说：箭、槁二种竹子，竹身挺拔直立，单独生长在又高又险峻的山巅，听闻吹袭的风声。秋天下雨积蓄的大水，冲刷它的根部。冬季下的雪，聚积包裹住它的树枝。⑰ 巅根：生长于山巅的竹根。踦（zhì）：立。槷（niè）刖（yuè）：危险的样子。感：触。飙（biāo）：狂风，旋风。颓：坠落，落下。⑱ 面旁：指前后两旁。重巘（yǎn）：重叠的山峰。巘，山峰。增（céng）石：增通"层"，层层堆积的岩石。简积：堆积。简：大。陠（yūn）砥（yù）：石头整齐的样子。《文选》李善注："《说文》曰：'陠，头落也。'《字林》曰：'砥，齐头也。'"兀（wù）嵝（lǒu）：高耸的山巅。兀：高。嵝：山巅。狋（chí）臡（yí）：比喻山峰险峻的样子。臡，通"觺"。倾昃（zè）：倾倒。昃，过了正午，太阳偏西曰昃。倚伏：偏侧倾伏。以上几句是说：它的前面身旁，重峦叠嶂，岩石层层堆积，平整隆凸，各具姿态，有些还显现峭直倾斜，似要倒塌下来。⑲ 廖（xiāo）窔（liáo）：深空的样子。巧老：深空的样子。亦作"窔寥"。港（hòng）洞：相通，相连。以上二句是说：山谷空旷幽深，坑谷彼此相连。⑳ 嶰（xiè）壑：山涧深谷。浍（kuài）浼（duì）：沟涧深平的样子。坎（kǎn）窞（dàn）：坑谷地穴。岩窦（fù）：山窟、地穴。以上二句是说：山沟谷涧，既深又平，其中还满布着一些沟坎窟穴。㉑ 运裛（yì）：回旋相缠。裛：缠绕。穾（wū）洝（è）：卑曲不平。穾：低曲。洝：低注。冈连岭属（zhǔ）：冈峦山岭，连绵不断。属：连接。以上二句是说：山谷回旋相绕，卑曲不平，冈峦山岭之间，也相互连接。㉒ 林箫：《文选》李善注引《说文》曰："篠（xiǎo），小竹也。箫与篠通。"蔓荆：木名。《文选》李善注："《本草经》曰：'蔓荆，实味苦。'"此木茎条，细长蔓延。森槮（sēn）：树木高大的样子。柞（zuò）朴：两种木名。《文选》李善注："郑玄《毛诗笺》曰：'柞，栎也。朴，包木也。'"以上二句是说：细竹与蔓荆，混杂生长，栎木与朴木，更是长得高大繁茂。㉓ 猥（wěi）至：聚集众多。猥，众多。淳：水停止不动的样子。涔：水很多的样子。障，阻塞，引申为堤岸。溃：水冲决堤防。以上二句是说：于是从山上流泻的水流，一起涌到，水汇积不通，以致冲破堤防。㉔ 颔（hàn）淡：水摇荡的样子。颔：同"颔"。滂（pāng）流：大水奔流的样子。碓（duì）投：碓，古时舂米的石臼。形容水流像石臼舂米一般撞击。瀺（chán）穴：水流冲入石穴。瀺：水流声。以上二句是说：大水奔泻而下，就像石臼舂米冲着石穴。㉕ 争湍（tuān）：急流争涌而下。苹（píng）萦：水流回旋的样子。汩（yù）活（guō）：水疾流的样子。澎濞（pì）：此处指水奔流的音响。濞：水暴发之声。《文选》李善注："《字林》曰：'澎濞，水瀑至声也。'"以上二句是说：急流的水，湍疾回旋，奔泻相激。㉖ 波澜鳞沦（lún）：此指波澜泛起鱼鳞般的微波。沦：小水波。窊（wā）隆：此指高低起伏的样子。窊：低下。诡戾（lì）：乖违、差异的样子。戾：乖张，不正。以上两句是说：波澜泛起鱼鳞般的波纹，水流起伏，往前奔腾。㉗ 瀄（xuè）瀑（bào）：水流沸涌的样子。喷沫：水花飞溅。奔遁：形容水流急速的样子。砀（dàng）突：冲撞、抵触。砀，突、过。以上两句是说：急流沸涌，飞溅冲击。㉘ 摇演：摇动。动机（wù）：动摇。《文选》李善注："贾逵《国语》注曰：'演，引也。'张揖注《汉书》《上林赋》曰：'机，摇也。'"岁五六而至：指大水在每年五、六月间即涨至。五、六月是固定的汛期。以上几句是说：洪水冲激高山岩壁，以致每每动摇竹根，这种情况，在每年五、六月间都会发生。㉙ 间介无蹊（xī）："间"与"介"义同，阻隔。蹊：小路。《文选》李善注："杜预《左传》注曰：'介，犹间也，间、介一也。'蹊，径也，言山间隔绝，无有蹊径也。"以上几句是说：所以山间溪谷，与外界隔绝，没有小路可通，以致人迹罕到。㉚ 獶（yuán）：同"猿"。蜼（wèi）：一种长尾猴，又名"狖"（yòu）。鼯（wú）鼠：形似松鼠，腹旁有飞膜，自前肢连后肢而达尾根，可飞跃山谷树枝间。以上二句是说：猿猴常在白昼鸣叫，鼯鼠则在夜晚呼啸。㉛ 振颔：即动口。振：开口。颔：下巴。特：一，孤独。麚（jiā）：短颈的公鹿。昏眠（shì）之误字。眠：视。或以为古之"视"，字见《玉篇》。髟（biāo）：发下垂，此指动物颈上的长毛。《文选》李善注："髟，苍髦也，或顾视，或振髦。"以上二句是说：一只准备冬眠的熊，展开嘴巴在到处觅食，一只孤独的雄鹿，正回视而震动了脖子上的长毛。　㉜晨群：清晨聚集。犙(yě)雄：野鸡。"犙"，古之"野"字。晁(cháo)：古之"朝"字，即早晨。雊(gòu)：雉鸣。鸣子：呼唤幼雏。长啸：悠长之鸣叫。以上两句是说：早晨山鸡群聚，野雄也在鸣叫，或求偶、或呼唤幼雏，悲怆悠长地叫啸。　㉝由衍：行走的样子。由：行。衍：进、延展。识道：熟识路径。噍(jiū)噍：鸟鸣声，通"啾"。讙(huān)：讙，同"喧"字。噪：喧闹。以上二句是说：这些山鸡野雄，一边走着，一边辨识道路，啾啾鸣叫，喧闹不休。　㉞经涉其左右：行走经过竹林的左右。哤(máng)聒(guō)：声音吵杂。哤：语音杂乱。聒：噪杂。以上几句是说：在竹林的前后吵杂，不分昼夜，没有一刻是停止的。　㉟危殆(dài)：危险。险巇(xī)：艰难险阻。集悲：汇合许多悲鸣之声音。以上二句是说：这本就是因处境艰难危险所逼迫的，也是汇集许多悲痛所聚集的。　㊱应：和。纤末：指竹梢。纤：细小，以竹子梢头尖细故称为纤末。奋蒱(shāo)：竹梢振动。奋：振动。蒱：同"梢"。以上二句是说：所以它(竹)应和着清风，振动枝梢。　㊲铮(zhēng)鐄(huáng)：乐器声。譻(yíng)嚍(xiāo)：大小声俱发。譻，小声，象声词。嚍，大声呼。絚(gēng)：紧。瑟：乐器名，多为二十五弦，弦下有柱，以调弦长短而定音。促柱：急弦。号钟：古琴名。高调：高亢激越的音调。以上几句是说：风吹动竹梢，大小声音齐发，就像鼓瑟时，紧弦急奏，也像号钟古琴，发出高亢激越的音响。　㊳放臣：遭放逐的臣子。　㊴逐子：被逐离的儿子。　㊵弃妻：被遗弃的妻子。　㊶离友：因故离散的朋友。　㊷彭胥：彭咸与伍子胥。彭咸：殷贤大夫，因谏纣王不听，自己投水而死。伍子胥：本春秋时楚人，因父兄被楚王杀害，乃奔吴，为吴王夫差宠臣，劝吴王伐越被拒，竟为太宰嚭(pǐ)所谗，致为吴王夫差赐剑自刎。　㊸伯奇：据《琴操》言，其为周宣王重臣尹吉甫之子。伯奇母死，吉甫为后妻所谗，放于野。宣王出游，吉甫跟从，伯奇乃作歌，感之于宣王。宣王曰："此放子辞。"吉甫乃求伯奇，射杀后妻。　㊹哀姜：《文选》李善注引《左传》："(春秋)鲁哀公(按：实为文公)夫人姜氏，归于齐，将行，哭而过市，曰：'天乎！仲为不道，杀嫡立庶。'市人皆哭，鲁人谓之'哀姜'。"　㊺孝己：《文选》李善注："《帝王世纪》：'(殷)高宗有贤子孝己，其母早死，高宗惑后妻之言，放之而死，天下哀之。'"《尸子》曰："孝己事亲，一夜而五起，视衣厚薄，枕之高下也。"以上几句是说：遭放逐的臣子，被驱逐离家的儿子，被遗弃的妻子，还有因故离去的朋友，诸如彭咸、伍子胥、伯奇、哀姜、孝己等这些人。　㊻攒(cuán)：聚集。下风：清风之下。　㊼收精：敛收精思。注耳：专注聆听。　㊽雷叹：形容叹息声如雷之大。颓息：叹气声如颓落不振。　㊾掐膺(yīng)擗(pǐ)摽(biào)：掐膺：捶胸。掐：用指甲抓。擗(pǐ)摽(biào)：拊心而悲。擗：抚心、捶胸。摽：击。前面几句是说：聚集在竹林清风之下，集中精神，专注聆听，真会使人叹声如雷，极为颓丧，捶胸而痛，抚心而悲。　㊿泫(xuàn)流：流泪的样子。泫：水滴下垂。51交横：纵横交叉而下。52通旦：通宵。53自御：自控、自禁。以上几句是说：伤心到泪流满面，泣血交错而下，以致通宵失眠，难以自禁。54鲁般：亦称鲁班，即公输班。春秋时鲁国著名巧匠。后世土木工人奉为祖师。55宋翟(dí)：即墨翟，春秋、战国之际思想家，鲁人，仕宋为大夫，其学倡兼爱、尚节用，成为墨家学派创始者，有巧智，亦为巧匠。56构云梯：制造攻城用的爬梯。云：形容其高。57抗浮柱：浮空立柱。抗：立。58蹉(cuō)纤根：此指脚踏纤细的草木之根。蹉：足踏。59跋(bá)蔑(miè)缕：《文选》李善注："言以足蹉蹋纤根，又跋蔑细缕也。"又引《方言》曰："蔑，小也。缕，言细似缕也。"跋：草行曰跋，此引申为攀引。以上几句是说：于是就使鲁班、墨翟，造云梯，立浮柱，脚踏细草，手攀纤枝。60膺：胸。峭阤(zhì)：山势高峻，山石小崩塌。峭：高峻的样子。阤：小崩。61腹陉(xíng)阻：腹部紧贴在山壁上。陉阻：指山壁断裂处，即断崖。　㉒逮：及、至。匍匐：用手足爬行。以上几句是说：他们以胸脯紧贴住高峻的山壁，以腹部紧挨着断崖处，手足并用，爬上山顶，去砍伐这些竹材。　㉓挑截本末：挑截，挑选、截断。本末，指竹子之根梢。　㉔规矩：规格、法度。矩，亦"规"。蒦(yuē)矩：蒦，亦"矱"字，此意指尺度、法则。以上几句是说：然后挑选竹材，截取根梢部分，依照规格、尺寸去制作。　㉕夔(kuí)、襄：古代乐师名。夔：传说是虞舜时的乐官，《尚书·舜典》："夔，命汝典乐，教胄子"。襄：即师襄，春秋鲁乐官，《孔子家语·辩乐》："孔子学琴于师襄子"。《论语·微子》："击磬(qìng)襄"，当即指此。比律，协律。比，次、顺序、和顺。律：旋律、音乐的节奏。　㉖子埜(yě)：即师旷，春秋晋乐师，字子野。生而目盲，能辨音以知吉凶。埜：古"野"字。协吕：协合律吕。古乐有十二律，分阴阳，阳为律，阴为吕。《周礼》：大师掌六律六吕。六律：黄钟、太簇、姑洗、蕤宾、夷则、无射。六吕：大吕、应钟、南吕、林钟、中吕、夹钟。㉗十二毕具，黄钟为主：十二，指上述六律六吕，合称十二律吕。毕具：完全齐备，而其中黄钟为六律阳声第一律，声调最为共亮，故以其为主。以上几句是说：使乐官夔，乐师襄，协合六律，乐师子野调和六吕，十二律吕完全齐备，并以黄钟律为主，以求旋律更为和谐。　㉘挢：通"矫"，纠正，正直成直。揉：屈曲。斤：斧头。械：指刀、锯、刨(bào)等一类的工具。此处作动词整治解。　㉙剸(tuán)：截断。扻(yǎn)：以刀削平。　㉚度拟：量度比对。以上二句是说：以刀斧等器具，矫正弯曲，使之圆直。并量度比对，加以截断切割，方能符合规格尺寸。　㉛鏓(cōng)：同"鏓"，凿眼、打孔。硐(tóng)：磨。　㉜隤(tuí)坠：此指竹节屑末纷纷坠落。隤，坠落，通"颓"。　㉝程：显示。表：外表。指竹材本身经磨光后，外表即显现出它光滑的本色来。朱里：以深红油漆涂饰在它里面。以上三句是说：在竹材身上打孔，并经磨光，以致竹屑纷纷坠落，而外表即显现出光滑的本色来，再将深红的油漆，涂饰在它里面，因之就将此竹管，定名为"笛"。　㉞以观贤士：可用以观察贤士之志。《文选》李善注："以其涤秽，故可观士。"陈：排列。八音俱起：八音金、石、丝、竹、匏(páo)、土、革、木。钟为金，磬为石，琴瑟为丝，箫管为竹，笙竽为匏，埙(xūn)（陶土烧制的吹奏乐器）为土，鼓为革，柷(zhù)敔(yǔ)（古敲击之乐器名）为木。此指笛子在内的八种乐器，一起演奏。以上三句是说：用来观察贤士的志向，并将它排列在东阶，然后将笛子在内的八种乐器，一起演奏。　㉟食举：进食时奏乐。《文选》李善注："进食于天子而设乐。食竟，奏诗之乐以彻食。"又引蔡雍《礼乐志》曰："天子中乐，殿中食举乐也。"举：演奏。《雍》彻：指唱着《雍》诗，撤除宴席。《雍》：《诗经·周颂》篇名。　㊱劝侑(yòu)君子：劝助君子饮食。侑：助。以上二句是说：在进食时，奏乐，等饮食结束，就奏《雍》乐而撤去宴席，以此来劝助君子饮食。　㊲理：练习（上述各种乐器）。黄门：官署名，指习乐之处。《文选》李善注："《汉书音义》如淳曰：'今乐家五日一习，为理乐。'"又引桓谭《新论》曰："汉之三主，内置黄门工倡。"重丘：地名，汉时属平原郡。在今山东省茌平县西南。宋、灌、郭、张：四姓，都是当地精通音乐的名师。工：乐师、乐人。巧士：对音乐擅长的人。肄(yì)业修声：此指练习演奏音乐。肄：练习。修声：修、治，亦指练习。以上几句是说：然后退去在黄门高廊下的练习。这里请来重丘的宋、灌二位乐师，以及郭、张二位著名乐师。并让其他擅长音乐的乐师、乐工，练习演奏乐曲。　㊳游闲：优游闲暇。暇豫：闲适逸乐。豫：乐。　㊴五声：古代音乐的五种声调，即宫、商、角、徵、羽。又称"五音"。比：乐，见《广雅释诂》。八音之调，指上述八种乐器演奏出来的音声。以上几句是说：于是那些闲暇逸乐的公子王孙，他们内心因欣赏乐器演奏出的和谐五声而愉悦，耳里也因聆听八音美妙的乐曲而无比的快乐。　㊵胤：曲调，通"引"，琴曲，《初学记》："古琴曲有《九引》"。《文选》李善注："蔡邕《琴操》有《思归引》，卫女之所作。"繁会丛杂：指许多乐器，交相演奏出的音响。富：盛，热闹。以上三句是说：因此大家就一起聚集在庭园中,仔细观赏乐师们,各持不同的乐器,交相演奏出的美好交响,这是何等热闹的盛况! ⑧纷葩:盛多的样子。纷,繁盛。葩,花朵盛多。烂漫:花开灿烂的样子,此处形容乐声交响的热闹。波散广衍:波散,如水波般扩散。广衍,向四方展开。衍,溢,延伸。以上几句是说:演奏乐声交响,就像百花盛开,灿烂无比,确实令人喜欢! 音乐旋律扩散,又像水波一样,向外推展,实在令人惊奇! ⑧挚(chēng)距劫遏(è):挚距,指声音相互激荡。挚,通"撑",支撑。劫遏,指音声相互撞击。劫,威胁。遏,抵触。《文选》李善注:"言声之相逆遏也。"又引《说文》曰:"挚,柱也。"又引郑玄《礼记》注曰:"劫,胁也。"再引郭璞《穆天子传》注曰:"遏,触也。"足:足够、足以。以上二句是说:音声激荡,又像器物相互撞击,足以令人感到怪异! ⑧啾(jiū)咋(zé)嘈(cáo)啐(cuì):四字均为发声之样貌,意为声音杂乱。华羽:羽,为鸟雀之借代。指身上有美丽羽毛的鸟雀。绞灼(zhuó)激:形容乐音的相互缠绕激扬。绞,扭紧。灼,明。激,激荡。切:急。以上三句是说:乐曲音声的交响,显得交错杂乱,就像一群身上有美丽羽毛的鸟雀,从啁啾回绕,转为激切高亢。 ⑧震郁怫(fú):形容声音宏大深沉。郁怫,愤懑、不舒畅。凭怒:亦作"冯怒",大怒。耾(hóng)砀(dàng)骇:耾,大声。砀骇,震荡惊动。奋肆:激扬奔放。肆,放纵。以上二句是说:乐声宏大沉重,足以震开心绪的愤懑而大怒,而且震荡惊骇,足以让人激动奋起。 ⑧气喷勃:气盛的样子。喷,散着射出。勃,盛。布覆:遍布四周,覆盖全面,指演奏时,气势壮盛,满布四围。乍跱(zhì)蹠(zhí):突然停步踏足。乍,突然。跱,立。蹠,践踏。狼戾(lì):乖背。形容音响的突然停顿又随即反转。以上二句是说:演奏时,起先气势壮盛,满布四围,突然音响停顿,但随即又反转响起。 ⑧叩锻:敲打锻炼。岌(jí)峇(kè):此指敲打的声音。浏(liú)漂(lì):清凉的样子。漂:寒冷。以上二句是说:又像打官袭击,发出巨大的音响,且又让人感受清凉袭人,而有寒意。 ⑧薄凑会:指奏乐时的音声,聚集会合而交响。薄,迫,逼近。凑会,聚集交会。凌节:提升音节。凌,超、乘。节,音节、音阶。驰趣期:驰,疾、快速。趣,通"趋",赶向前去。期,会合。赴颐(zhì):赴,往、去。颐,绊倒。此指音声突然下沉。以上二句是说:音声聚集交响,接着又升高音阶,且又快速地突然下沉。 ⑧听声类形:听声,听到音声。类形,类似某种物类形态。状似流水:《文选》李善注引《列子》曰:"伯牙鼓琴,志在流水。钟子期曰:'洋洋乎若江河。'"此指乐音,形似流水一样顺行畅快。飞鸿:飞翔的大雁。以上几句是说:众人听到那些乐声旋律,脑海中就会想象它的形貌,就像流水一样顺行畅快,又像飞翔的大雁一样,洒脱飘逸。 ⑧泛滥溥(pǔ)漠:泛滥,大水涨溢。溥漠,溥,通"普",广大无际。浩浩洋洋:水势广大浩荡。浩浩,广大。洋洋,水盛大的样子。以上二句是说:也像水势广大无边,浩浩荡荡。 ⑨长矕(mǎn)远引:此指水势浩荡,目送其奔流远方。矕,视。远引,伸向远方。旋复:随即回转。回皇:转旋徘徊。皇,大。以上二句是说:水势浩大,众人目送其至远方,但水流随即又转旋聚集。 ⑨充屈(juè)郁律:《文选》李善注:"皆众声郁积竞出之貌。"充屈,指声音聚集盛满。郁律:指音响的蕴结收缩,或谓小声。瞋(chēn)菌:形容笛声从郁积突然进发。碨(wěi)抰(yāng):形容众声汹汹的样子。碨,石头不平的样子。抰,击。见《广雅》。以上二句是说:众多音声聚集,有时虽小却争着奔出,有时很大,却是来势汹汹,澎湃急涌。 ⑨酆(fēng)琅(láng):众声宏大四布的样子。自其音声取义。磊落:本为石头众多,在此指音声错落分明。骈(pián)田:亦作"骈填",连属。磅唐:广大磅礴。磅,象声词。宋玉《笛赋》:"磅唐千仞。"取予:取舍。时适:适度。去就:去留。方:法、法则、规则。以上几句是说:众声宏大,布满四方,错落分明。且连属满布周围广大的空间。而声调取舍适度,节奏繁简去留,很有规则。 ⑨洪杀(shài):增减。衰(cuī)序:依音节高低,顺序递减。《文选》李善注:"郑玄《周礼》注曰:'杀,减也。'"又引《左氏传》魏献子曰:

长笛赋　　　　　　　　　　　　　　　　　　　　马　融　〔207〕

"迟速衰序。"又引杜预曰："衰，差。序，次也。"　㉔ 希数(cù)：疏密。希：稀。数：密。必当：得当，恰到好处。以上二句是说：音节高低有序，旋律疏密恰当。　㉕ 微风纤妙：指演奏低音时，像微风一样纤细轻巧。若存若亡：时有时无，若隐若现。上面二句是说：音阶抑扬高低，极有顺序，旋律的疏密，也安排很恰当。当演奏低音时，音韵就像微风般的纤巧，音响也若隐若现。　㉖ 荩(jìn)滞(zhì)：指余音渐渐沉积。荩：残余。滞：沉积。抗：极、穷尽。绝：断绝。中息：中途息声。更装：指变调复奏。《文选》李善注："许慎《淮南子》注曰：'装，束也。调更装而奏之。'"奄忽：疾速。晔(yè)然：美盛的样子。复扬：乐声又再高亢奏起。扬：举、高昂。以上几句是说：余音逐渐沉寂，似乎要中断，等中间稍停顿后，好像要完全止息告终，突然众乐声，气势盛旺，又再高亢奏起。　㉗ 聊虑固护：精心专一。聊虑：精心思虑。固护：意志坚定。专美：专心爱好。美：喜好。擅：专。工：精巧。犹言独擅制作笛子，达到技艺精美，巧夺天工的境地。漂凌：超过、凌驾。《文选》李善注："漂凌，谓飘荡凌驾也。"丝簧，指琴瑟笙竽等一类之乐器。覆冒：掩盖。《文选》李善注："覆冒，谓掩覆冠冒也。"以上几句是说：有的人专一喜爱笛子，精心研制，达到技艺精美，巧夺天工的境地，远超过其他如琴瑟笙簧钟鼓等一类的乐器。　㉘ 植持：植立稳定的样子。繴(xuàn)：绳、系(通"系")，见《广雅释诂》。繴：绳。此谓绳索，引申为缠绕约束。伡(yǐ)儗(nǐ)：宽容、舒缓。以上二句是说：有的人吹笛子，笛音能直立牵引，一如绳子，绕梁不绝，且又能宽大舒展，包容众声。　㉙ 管：乐器名。备举：完全演奏。备：完全。举：指演奏。金：指钟。石：指磬。隆：盛。夺伦：指音声不相抢夺次序，不扰乱层次。宣：传播宣扬。八风：八方之风。《吕氏春秋·有始》："何谓八风？东北曰炎风，东方曰滔风，东南曰熏风，南方曰巨风，西南曰凄风，西方曰飂(liù)风，西北曰厉风，北方曰寒风。"又《左传》隐公五年："夫舞所以节八音而行八风。"此句意谓调和八种乐器演奏的乐音，即可来传播宣扬八方之风。以上几句是说：箫管一齐吹奏，钟磬同时大鸣，如此旋律调合，不乱节拍，即可使八音和谐，以宣扬八方之风。　⑩ 律吕既合：音律和谐。哀声：伤感的乐音。五降：《文选》李善注："《左传》杜预注曰：'声成五降而息也。'"意谓音节逐次降低，以至停止。降：罢、退。阕(què)尽：指一首乐曲结束终了。阕：终。余弦：指乐声渐弱似将止息时，另一曲又起。兴：起。以上几句是说：乐声音律既然和谐，不过带有感伤的音符，逐次降低，以至渐为低弱，似将结束告终时，另一曲却又马上接着奏起。　⑪ 繁手：手指按住笛孔，频繁移动。累发：乐音连续发出。累：屡次、多次。枇：梳篦(bì)的总称，即梳发之器具。叠重：手指反覆按住转移。以上两句是说：吹奏时，两手手指按住笛孔，密集且迅速地转移，乐音也就不停地发出。　⑫ 踾(fú)踧(cù)：迫蹙的样子、紧迫。攒仄：聚集的样子。猥积：聚积。猥：众多。厥：其，指所正吹奏的乐曲。前面几句是说：音声紧迫，有如众多蜜蜂蚂蚁成群聚集，各种音响交错繁杂，最后才结束乐曲。　⑬ 少息暂改：暂时稍微缓和。少：稍。息：松懈、放缓。杂弄间奏：交错间隔，演奏各种曲调。弄：演奏。易听骇耳：间杂交相演奏，变换不同曲调，较能改变人们的视听。摇演：引动。演：引。使人心有所感动。以上几句是说：然后暂时缓和，才间隔错开，演奏不同的曲调，如此，较能改变人们的视听，引起人们内心的感动。　⑭ 安翔：安详、安适。骀(dài)荡：舒缓荡漾。阐缓：放开和缓。惆怅：失意感伤。怨怼(duì)：怨恨。窳(yǔ)圔(yà)：指乐声低回。《文选》李善注："《字林》曰：'窳圔，声下貌。'"窴(tián)赧(nǎn)：乐声舒缓。《文选》李善注："声缓也。"以上几句是说：乐声时而安详荡漾，从容和缓，时而惆怅怨恨，低回平和。　⑮ 聿(yù)皇：轻快的样子。聿：轻快。求索：搜求。《离骚》："吾将上下而求索。"在此引申，指声音的上上下下。临危：居高。自放：放任、随意。若颓复反：指声音先下降而后再拉高。颓：倾倒、下沉。反：通"返"。以上几句是说：乐声时而轻快活泼，上上下下，时而忽近忽远，有时本在高处，随即又顺势下沉，有时本下降，突然又再拉高。　⑩蚠（fén）缊（yūn）：纷繁纠结。繙（fán）纡（yū）：纷乱的样子。《文选》李善注：“纷缊、繙纡，声相纠纷貌。”鯁（yīn）冤：动摇的样子。蜿（wān）蟺（shàn）：弯曲盘旋的样子。以上二句是说：乐声纷乱纠结，弯曲盘旋。　⑩笢（mǐn）笏（hù）抑隐：手指按住笛孔的样子。《文选》李善注：“笢笏抑隐，手循孔之貌。”抑隐：向下压住（笛孔）。行：往。诸：之于。变：更。以上二句是说：吹笛的人，手指依循笛孔而按住，随着一按一放，笛声就发出各种变化。　⑩绞概：指声音相互切磨。汩（gǔ）湟（huáng）：水流动的样子。五音代转：五音交替转换。以上二句是说：音声互切互磨，一如水的潺潺流动，五音也就互为交替转换。　⑩授（ruó）挐：手指沿着笛孔移动。形容吹笛时的手指动作。授，按之也，见《广雅》。挐，引。捘（zùn）臧（zàng）：按抑。捘：按之。臧：抑。递相乘邅（zhān）：手指动作，依次按转变换。递：轮流更换。乘：顺、趁。邅：转进。反商：变商。翻转商调。下徵（zhǐ）：下到徵调。商、徵均为五音之一。《文选》李善注：“《淮南子》曰：‘变宫生徵，变徵生商，变商生羽。’沈约《宋书》曰：‘下徵调法，林钟为宫，南吕为商。’”异善：非常美妙。以上几句是说：手指移动，依次按转变换，变商调羽调，再下到徵调，如此更替，使每一乐曲，都非常美妙。　⑩聆：听。曲引：乐曲。引：亦“曲”。观法：观察乐曲之法度。句投（dòu）：即“句读”，此借指乐曲休止与停顿处。礼制：礼法，礼仪与法度。逾：过、超越。以上几句是说：所以善于聆听乐曲的人，就可以在乐曲演奏中，仔细观察法度，而在乐曲的停顿处，从中体察它的变化，如此就知道礼制是不可以超越界限的。　⑪籀（chòu）弄：小曲、杂曲。籀：杂。弄：曲。虞志：心情浸于忧伤。虞：忧。怛（dá）惕（tì）：悲痛哀愁。怛：悲痛。惕：忧愁。《文选》李善注：“《毛苌传》曰：‘怛怛惕惕，忧劳也。’”戚：忧愁、哀伤。以上几句是说：听赏小曲的人，思绪就会浸沉于遥远的往昔，心神也容易落入于忧伤之中，以此知道长期忧愁的人，是不能安闲独处的。　⑫协比：类比。协：合、和。象：物象。彷徨：心神不定，引申为精神飘荡。纵肆：放纵恣肆。旷漾（yàng）：广大悠闲的样子。敞罔：宽大的样子。老庄之概：老子、庄子的气概。以上几句是说：所以就论述记录它的意涵，类比协合它的形象，它的神思飘荡，心灵放纵恣肆，宽大悠闲，则具有老子、庄子的气概。　⑬温直：温和正直。扰毅：柔顺刚毅。扰：柔、顺。毅：果决。《文选》李善注：“言正直而有温和也。温和正直，柔而能毅也。”孔孟之方：孔子、孟子的要道。方：道。以上两句是说：它的温和正直，柔顺果决，则具有孔子、孟子的要道。　⑭激朗：激昂明朗。清厉：清高而猛烈。厉：烈。随光之介：卞（biàn）随、瞀（mào）光的节操。随：卞随。光：瞀光，亦谓“务光”（《战国策·秦五》）、“牟光”（《荀子·成相》）。卞随、瞀光皆古之隐士。据《庄子·让王》载：相传汤要将天下让给卞随、瞀光，二人都不接受，后来二人均先后自投水而死。二人因此被儒家视为清高自守，洁身自爱的贤者。介：节操。以上二句是说：它的激昂明朗，清高猛烈，则具有卞随、瞀光的节操。　⑮牢剌（là）：牢落乖剌。违逆寡和。剌：戾、拂戾：不和顺。诸贲（bēn）之气：专诸、孟贲的气势。专诸：春秋时吴人，古代著名刺客，曾为吴公子光（阖间）刺杀吴王僚，使公子光自立为王。孟贲：战国勇士，卫人。孔武有力，能生拔牛角。《文选》李善注：“《说苑》曰：‘勇士孟贲，水行不避蛟龙，陆行不避虎狼。’”以上二句是说：它的牢落寡和，凶暴不驯，则有古代勇士专诸、孟贲的气势。　⑯节解：指乐曲节奏分明。解：剖分、分解。句断：即断句。指乐曲音节断续明晰。管商之制：管仲、商鞅的裁制。管仲：春秋时，齐人，名夷吾，字仲，初事公子纠，后相齐桓公，变法图强，九合诸侯，一匡天下，使桓公成为春秋五霸之首。商鞅：战国卫人，姓公孙名鞅，以封于商，也称商鞅、商君。先仕魏，后相秦十九年，辅助秦孝公变法。孝公死，被诬陷谋反，车裂死。以上二句是说：它的节奏分明，旋律断续明晰，如管仲、商鞅的裁制。　⑰条决：依法条决断。缤纷：杂乱的样子。《文选》李善注：“言科条能分决,缤纷能整理也。"申韩之察:申不害、韩非的明察。申不害:战国郑人,相韩昭侯十五年,内修政教,外应诸侯,终其身,无侵韩者。其学本于黄老,而主刑名,与韩非并称申、韩,后世并奉为法家之祖。韩非:战国时韩诸公子,为人口吃不能道说,而善著书。与李斯同师荀卿,斯自以为不如。建议韩王变法,不用,乃作《孤愤》《五蠹》等十余万言。后使秦,李斯忌其才,受其陷害,李斯派人送非毒药,使自杀。以上二句是说:它的条理分明,善理杂乱,则如申不害、韩非的明察。 ⑱繁缛:繁密华茂,此指乐曲旨意繁富。骆驿:同"络绎",连续不断的样子。范蔡之说:范雎、蔡泽的说辞。范雎:战国魏人,字叔,善口辨,初事魏中大夫须贾,以事答谮。乃更姓名为张禄,入秦,说昭王以远交近攻之策,拜客卿,寻为相,封应侯。蔡泽,战国时辩士,燕人。游说赵、韩、魏,皆不用。后入秦,因应侯而见昭王,用为客卿,寻为相。献计昭王攻灭西周,不久辞相位,封为纲成君。 ⑲劙(lí)栎(lì):分别节制的样子。劙:割、划。铫(tiáo)懂(huò):节制的样子。铫:节制。懂:乖戾。见《玉篇》。晢龙之惠:邓晢、公孙龙的明辨。惠:通"慧",指善于明辨之义。邓晢:亦作邓析,春秋时郑人,尝作《竹刑》,能操两可之说,设无穷之辞。公孙龙:战国时赵人,为名家代表人物,善为坚白同异之辩,主要论述名实关系,著有《坚白论》《白马论》等。以上二句是说:就其分割区划,善加节制而言,则如邓晢、公孙龙的明辨。 ⑳拟法:效法。《韶箾(shuò)》:舜时乐曲名,亦作《箫韶》。《南籥(yuè)》:周文王乐曲名。《文选》李善注:"南,言文王化,自北而南,谓从岐周被江汉也。"又注:"籥,如笛三孔而短小"。取度:取法。度:法度。《白雪》《渌(lù)水》:古乐曲名。《白雪》:《乐府诗集》:"《琴集》曰:'师旷所作,商调曲也'"。采制:采用其节奏、形式。《延露》:古代民间歌曲名,亦作《延路》。《巴人》:民间歌谣名。原作《下里巴人》,后即以《巴人》调,为民歌的通称。以上几句是说:最好的乐曲,是取法于《韶箾》《南籥》,这些帝王的曲调。居中的作品,则效法于《白雪》《渌水》等雅曲。最下品的,就采用《延露》《巴人》等这些民间歌曲形式。 ㉑尊卑都鄙:指尊贵者、卑微者、美好者、丑陋者。都:美。贤愚勇惧:指贤明者、愚蠢者、勇敢者、胆惧者。以上几句是说:所以无论是尊者、卑者、美者、丑者,或是贤者、愚者、勇者、胆惧者,甚至于那些鱼鳖禽兽等,一听到笛子所吹出的美妙乐曲。 ㉒张耳:竖起耳朵。鹿骇:鹿性怯弱,易受惊吓而逃逸。形容惊恐失措之状。熊经:指如熊攀爬树木,高悬于树的样子。经:击。申:指鸟伸长脖子的姿态。鸱(chī):猫头鹰。眎(shì):同"视"。此指像猫头鹰一样,张目直视。狼顾:狼回顾的形态。形容这些鸟兽,被某种事物吸引而专注的样子。拊(fǔ)噪(zào):鼓掌欢呼。噪:喧闹。踊跃:跳跃的样子。以上几句是说:无不像鹿受到惊吓一样,竖起耳朵倾听;也像熊一样爬到树上,高挂在上面,像鸟伸长脖子那样注意周围的动静;更像猫头鹰一样,张目直视,狼一样的转头回顾,就因他们受到美妙的音调吸引,而使他们忍不住欢呼跳跃。 ㉓齐:界限,引申为适意。盈所欲:满足欲望。盈:满。反:同"返"。中和:儒家中庸之道,以为能"致中和",则无事不达于和谐的境界。《礼记·中庸》:"喜怒哀乐之未发谓之中,发而皆中节谓之和,……致中和,天地位焉,万物育焉。"此句意谓万物达于和谐的境地。以美风俗:使风俗淳美。以上几句是说:人人个个称心如意,满足他们的欲求,万物都能达到和谐的境地,使风俗得以淳美。 ㉔屈平适乐国:此句意谓屈原受到美好笛声的感动,也会回到楚国,享受安乐的生活。屈平:即屈原。战国末期楚国著名诗人、政治家。据《史记·屈原列传》,言其博闻强记,明于治乱,初任三闾大夫,后任左徒,被小人靳尚进谗,致受斥疏远,被怀王首次放逐于汉北,然屈原仍不改其忠爱初衷。后怀王子顷襄王听谗言,屈原再被放流江南。因忧愁幽思,而作《离骚》。其他尚著《天问》《九歌》《九章》等二十五篇。原以后自己返回楚国长沙,不久自沉汨罗江以死。适:往。乐国:乐土。介推还受禄:介推:介子推。春秋时晋人。从晋文公重耳出亡,凡十九年,文公还国为君，唯推不言禄，禄亦不及，乃与母隐居于绵山。其后文公求之，不出，公复焚山以逼之，推竟抱木死。以上二句是说：受到美好笛声的感动，屈原会从流放地方，回到楚国，享受安乐的生活。介子推也会结束隐居，出山接受晋文公赏赐的俸禄。　㉕澹(tán)台载尸归：澹台灭明会把儿子尸体，从江中收回而埋葬。澹台灭明，春秋武城人，字子羽，孔子弟子，貌陋而有行。澹台：复姓。《文选》李善注：“《博物志》曰：‘澹台灭明之子，溺死于江。弟子欲收而葬之。明止之曰：蝼蚁何亲？鱼鳖何仇？’弟子曰：‘何夫子之不慈乎？’对曰：‘生为吾子，死非吾鬼，遂不收葬。’”皋(gāo)鱼节其哭：皋鱼也会节制哀痛，止住哭泣。皋鱼：春秋时，周之孝子。《韩诗外传》：“孔子出行，闻有哭声，甚悲。至，则皋鱼也。披褐拥剑，哭于路左。孔子下车，而问其故？对曰：‘吾少好学，周流天下，以后吾亲死，一失也；高尚其志，不事庸君，而晚仕无成，二失也；少择交游，寡亲友而老无所托，三失也；夫树欲静而风不止，子欲养而亲不待。往而不可反者，年也。逝而不可追者，亲也。吾于是辞矣。’立哭而死。孔子谓弟子曰：‘识矣！’于是门人辞归养亲者一十三人。”以上二句是说：澹台灭明就会将儿子尸体，从江中捞起安葬，皋鱼也会改变想法，节制哀痛，止住哭泣。　㉖长万辍逆谋：南宫长万会中止他想要弑君的阴谋。长万：南宫长万，即宋闵，南宫是氏，万是其名，长是其字。据《左传》庄公十一、二年载：南宫长万原为春秋时宋大夫，宋鲁交战，中箭被俘，被宋国赎回。一次与宋闵公下棋，为争棋道，使闵公嘲笑他说：“开始我尊敬你，现在你成了鲁国的囚犯，我不尊敬你了。”南宫恼羞成怒，怀恨在心，而于蒙泽杀闵公。渠弥不复恶：高渠弥不会再有作恶的心思，去射杀昭公。高渠弥是郑国大夫，据《左传》桓公十七年载：郑昭公为太子时，父庄公要任高渠弥为卿，但昭公厌恶他，多次向庄公谏阻，庄公不听，等昭公即位，高渠弥怕昭公杀他，于是先下手为强，就在一次出猎中，把昭公射杀。以上二句是说：南宫长万就会中止他想要杀君的阴谋，高渠弥就不会再有想去杀死昭公的作恶心思了。　㉗蒯(kuǎi)聩(kuì)能退敌：说蒯聩听到动人的笛声后，一改胆怯的心态，也能打退敌人。蒯聩：春秋卫国太子。不占成节鄂：原本怯懦的陈不占，也能为了成就节操，而不再胆惧了。不占：陈不占，春秋齐人，据《韩诗外传》载：“齐人崔杼杀庄公，陈不占闻君有难，将往赴之。食则失哺，上车失轼。其仆曰：‘敌在数百里外，而惧怖如是，虽往，其益乎？’不占曰：‘死君之难，义也；无勇，私也’。闻战鼓之声，遂骇而死。君子谓：不占无勇而能行义，可谓志士矣。”节鄂：节操忠直。鄂：直。以上二句是说：蒯聩听了笛声之后，一改胆怯的心态，也能打退敌人了。陈不占为了成就忠直的节操，也能提振勇气，不再怯懦了。　㉘王公保其位：王子公侯保有其位。隐处safe林薄：隐士安然居住于林木杂草丛生的地方。隐处：隐士、处士。林薄：林木杂草丛生之地，意指隐居的处所。以上二句是说：听了笛声之后，那些王子公侯，能保住他的爵位。隐士也能安然居住在山林野草丛生的地方。　㉙宦夫：仕宦的人，此泛指一般担任官职者。乐其业：即安于在其所担任的官职上。士子：旧称读书人。世：继承。宅：家业，指世代相承的读书人家业。此谓让年轻的读书人，都能继承世代接续的读书家业。《文选》李善注：“《淮南子》曰：‘古者至德之时，农安其业，大夫安其职，而处士修其道。’”以上二句是说：任官的人，都能安心地在他所担任的官职上，年轻的读书人，也都能继承世代相传的读书家业。　㉚鲟(xún)：即鲟鱼。喁(yóng)：鱼的嘴巴向上仰露的样子。水裔：水边。裔：边地。仰驷马：驷马仰首。舞玄鹤：玄鹤起舞。《韩诗外传》曰：“昔伯牙鼓琴，而淫鱼出听。瓠巴鼓琴，而六马仰沫。”（“淫鱼”：犹沉鱼。仰沫：仰头吹吐。）《尚书大传》曰：“虞舜歌乐曰：‘和伯之乐舞玄鹤。’”以上二句是说：笛声也引得鲟鱼浮出水面，向上张嘴。也使驷马仰首倾听，玄鹤翩翩起舞。　㉛于时也：正在这时候。縣(mián)驹：春秋时齐人，善歌。吞声：止住歌唱。伯牙绝弦：伯牙毁弃琴弦。伯牙，春秋时人，善鼓琴者。瓠(hù)巴：春秋时楚人，善琴者。《列子·汤问》："瓠巴鼓琴，而鸟舞鱼跃。"耴(dié)：撤去。李周翰注："去柱废架也。"柱：用于固定琴弦的部件。使琴弦松弛，贴于琴栏下，即放弃弹琴。磬襄：春秋时齐人，名乐师，善击磬。弛：放下。悬：悬挂钟磬等乐器的架子。《周礼·春官·大司乐》："凡国之大忧，令弛悬。"郑玄注："弛，释下之，若今休兵鼓之为。"此指磬襄解下悬挂的磬，不去敲击。以上几句是说：正当这时候，善歌的县驹，就停止歌唱；善鼓琴的伯牙，也将名琴毁弃；善弹琴的瓠巴，也将琴弦松弛，不再弹琴；善击磬的磬襄，也解下悬挂的磬，不再敲击。　⑬际(shì)：同"视"。棠(chēng)："瞠"或字，见《集韵》。直视的样子。眙(chì)：直视、惊视。累：屡次。失容：失态。坠席：指在座位不安失措的样子。坠：失、落。搏拊：以手拍打，即鼓掌之意。雷抃(biàn)：抃，拍手。掌声如雷。以上几句是说：笛声让他们个个目瞪口呆，连声赞叹，激动得失态无措，不安于坐席，并欢声鼓掌，如雷价响。　⑬僬(jiāo)眇(miǎo)睢(suī)维：《文选》李善注："目开合之貌。"眼睛一开一合的样子。僬：小。眇：小。睢：仰目而视的样子。维：持。涕洟(yí)流漫：涕泪纵横，漫流淌下。涕：泪。洟：鼻涕。以上二句是说：笛声让人感动得眼睛时开时闭，涕泪纵横流下。　⑬通灵感物：与神灵相通，感动万物。写神喻意：宽解精神，畅快意志。写：宽解、抒发。喻：通"愉"，愉快。《庄子·齐物论》："自喻适志与。"王先谦《庄子集解》注曰："喻，快也。"或作"晓喻"，明白。以上二句是说：因此可以与神灵互通，感悟万物，宽解心神，畅快意志。　⑬致诚效志：竭尽精诚，验证心志。致：极。效：验。率作兴事：《文选》李善注："《尚书》咎繇曰：'率作兴事，慎乃宪钦哉。'孔安国注曰：'宪，法也。天子率臣下为起治事，当慎汝法度，敬其职也。'"言天子率臣下治事，当谨慎法度，敬业其职。以上二句是说：笛声还可以使人竭尽赤诚，验证心志，让天子率领臣下，治事谨慎敬敬。　⑬溉盥(guàn)：洗涤。溉：通"秽"。澡雪：洗刷。泥滓：污垢。滓：污秽。以上二句是说：洗涤污浊的意念，洗净污垢的心思。　⑬庖牺：即伏羲，或作宓牺、伏戏。古代传说中的部落酋长，即太昊。风姓。相传他始画八卦，教民捕畜畜牧，以充庖厨。《文选》李善注："《琴操》曰：'昔伏羲氏之作琴，所以修身理性，反天真也。'"神农：传说古帝王，古史又称炎帝、烈山氏。始制耒耜，教民务农，故号神农氏。在位时，尝百草以疗疾病，立市廛以通货财。《文选》李善注："《淮南子》曰：'神农之初作瑟，以归神反望及其天心也。'"　⑬女娲：神话古帝名，或谓伏羲之妹，或谓伏羲之妇。始作笙簧，又制嫁娶之礼。相传古时天崩地裂，女娲乃炼五色石以补天，断鳌足以立四极。《文选》李善注："《世本》曰：'女娲作簧。'"簧：乐器中有弹性的薄片，用以振动发声。暴辛：亦称暴辛公。《文选》李善注："暴辛，周平王时诸侯，作埙，有三孔。郭璞《尔雅》注曰：'埙，烧土为之，大如鸡卵。'"埙(xūn)：形如秤，上尖下平中空，顶上一孔为吹口，前面四孔，后面二孔。　⑬倕(chuí)：亦作"垂"，尧时的巧工，或谓黄帝时的巧人，传说他始造耒耜、钟、铫、规矩、准绳等。和：调和、调整。叔：郑玄注《世本》曰："叔，舜时人。和、离谓次序，其声县也"。离：通"理"，治理、调理。以上几句是说：从前伏羲氏造琴，神农氏作瑟，女娲制簧，暴辛为埙。倕铸钟，叔治磬，并且都善于调理乐器。　⑭或铄(shuò)金：熔化金属。或：又。《诗经·小雅·宾之初筵》："或佐之史。"注："或，又也。"铄：通"烁"，用火熔化。砻(lóng)石：磨削玉石。砻：磨。华睆(huǎn)：琢磨使之华美。睆：华美、光滑。切：用刀切割、断开。错：分、磨。丸挻(shān)：揉之使成丸。挻：揉和。雕琢：雕刻与琢磨。刻镂：雕刻。镂：雕刻。钻笮(zuó)：钻孔。笮：通"凿"。穷妙极巧：穷尽巧妙。旷：长久。以上几句是说：若要使它成器，又须经过熔金磨石，刀割切磨，使之美好光滑。还要经过磨搓弯折，使其圆转，再经过雕琢镂刻，凿穿钻孔，可说穷尽巧妙，且历经长久岁月，方能成为一件高雅的乐器，也才能吹出感人至深的音声。　⑭天资：天然资质。不变其材：不改变其原音的质性。材，质性、能力。伐而吹之，其声如此：经砍伐下来后吹奏，声音才能如此美妙。　⑭简易之义：简单平易的道理。《文选》李善注:"《周易》曰:'乾以易知,坤以简能。易则易知,简则易从,易知则有亲,易从则有功。有亲则可久,有功则可大,可久则贤人之德,可大则贤人之业。'此言简易不烦剧也。"贤人之业:贤人的事业。贤人,德才并美之人。以上几句是说:只有笛子,依照它天然的资质,不改变它的质性。等将竹材砍伐下来,加以制作成器后,再吹奏,音声才能如此美妙。这也完全符合简易的道理,而且也跟贤人所从事的事业,是一致的啊! ⑭若然:如此。六器:指琴、瑟、簧、埙、钟、磬六种乐器。二皇:指伏羲氏、神农氏。圣哲:指女娲、暴辛、倕、叔诸人。黈(tǒu)益:增益。黈:增加。 ⑭况笛生乎大汉:何况笛子生于汉朝。裨助盛美:可以增益帮助大汉王朝的强盛壮大。裨:增益。盛:强盛。美:壮大、美大。《孟子·尽心》:"充实之谓美,充实而有光辉之谓大。"忽而不赞:指轻忽不加赞颂。忽:忽略、疏忽。赞:赞美、颂赞。以上几句是说:若是如此,六种乐器,还因为有伏羲氏、神农氏二位古帝王,与女娲、暴辛、倕、叔几位圣哲他们的创造,增益强化,而为人赞颂。何况笛子又是生长于大汉,然而学者却不深入了解,它可以助益于大汉王朝的强大壮美,轻忽而不加称赞,这是多么可悲的事啊!⑭庶士:普通人士。丘仲:汉武帝时人,汉代应劭《风俗通》(亦作《风俗通义》)曰:"笛,汉武帝时,丘仲所作也。"唐代徐坚等撰《初学记》注云:"按宋玉有《笛赋》,玉在汉前,恐此说非也。"庶:一般百姓、平民。弘妙:大妙、绝妙。以上几句是说:有一位普通人士丘仲,能说出笛子的出处由来,却不知道它的绝妙处。 ⑭其辞曰:丘仲的言辞是说。近世:近代。羌:我国古代西部民族之一,善笛。双笛:《文选》李善注:"《风俗通》曰:'笛,元(通"原")羌出,又有羌笛。'然羌笛与笛,二器不同。长于古笛有三孔,大小异,故谓之双笛。"起:作。未及已:未能停止。前几句是说:丘仲的说法是:近代双笛是从羌人中先制作,羌人砍伐竹子,一直继续不停止。 ⑭龙鸣水中:龙在水中鸣叫。己:指龙自身。截竹吹之:指砍断竹子吹出音响。截:切断。以上二句是说:龙在水中鸣叫,却不显露己身,羌人砍断竹子,吹出音响,倒像是龙吟。 ⑭剡(yǎn):削。上孔:在上面削一孔洞。裁:截。挝(zhuā):管。便易持:便很容易掌握。《文选》李善注:"粗者曰挝(zhuā),细者曰枚。言裁笛以当挝,故便而易持也。挝,马策也"。按:李善注"挝",马策。然宋代沈括《梦溪笔谈校正》卷五《乐律一》则曰:"此谬说也。笛安可为马策?挝,管也,古人谓乐之管为挝,故潘岳《笙赋》云:'修挝内辟,余箫外逶。'"裁以当挝"者,余器多裁众挝以成音,此笛但裁一挝,五音皆具,当挝之工,不假繁猥,所以便而易持也",其说是矣,故从之。以上二句是说:在竹材上打孔,穿透竹节,便可裁成像竹管一样,易于掌握。 ⑭易京君明:即京房,字君明,汉武帝时人。本姓李,推律自定为京氏。好钟律,知音声,治《易》,故姓冠以易,称为易京,其说长于灾变,各有占验,宣扬"天人感应"说。故本四孔加以一:指京房在笛原四孔上,再增一孔,成五孔。 ⑮商声五音毕:笛本四孔,京房加一孔于下,为商声,故曰五音毕。毕:完备。《文选》李善注:"沈约《宋书》曰:'笛,京房备其五音。'"以上几句是说:由于易京君明善知音声,所以在笛原四孔上,再增一孔,为五孔,而君明所加的孔是后出的,就称为商声,于是五音就完备了。

马融的《长笛赋》长达一千五百多字,为东汉大赋,亦属古赋,且为咏物赋,更是一篇别具构思、极具特色的音乐长赋。所谓咏物赋,是赋体文学中的托物言志之赋,这类赋多对某种细小之物,作精工细致的描摹,往往是不遗细毫。汉代王褒著有《洞箫赋》,篇幅颇长,其在写法上,是将汉大赋的侈傺闳衍,转为咏物的巧丽细致,创造出咏物赋的一种新体式。马融这篇《长笛赋》,虽有所因袭,然而他极力在某些方面力求改变,使之有别于《洞箫赋》,显示出一定的创造力,从而表现出特定的艺术美。

这篇赋的写作的背景,正当汉赋的转变时期。时段是自和帝起,至献帝止。东汉和帝之后,由于社会矛盾激化,朝政日益混乱,人们的思想,也发生较深刻的变化,因此赋风也随之转变,一扫以往铺采摘文,堆砌模仿的形式,变而为较清新平易的笔法,抒写出胸中的志趣。不论是抒情、咏物、叙事等为主题的赋,日益增多,可说较以往,更呈发展趋势,除了更贴近生活外,更多的是显示作者的个性。题材大至天文气象、山川地理、宫苑景观,小至日用器具、花草果木、禽兽虫鱼,均有涉猎。以咏物赋来说,原以铺陈为主的总体特征,在咏物赋中,更体现得淋漓尽致。而马融的《长笛赋》,也就在这个文学发展的背景下出现。

《长笛赋》若就其赋的构篇内涵言,此篇属讽喻体。其表面是写笛的种种,如取材,如何制笛,吹笛之人、笛声之妙、感人动物的作用等,但其辞意,却是因有所感,而不便明言,乃以微辞托讽,且抒发个人的隐情以自喻,故整篇构思,颇为新巧突出。作者所咏的器物,由远而近,由侧入正。作品前有序,也就是所谓的“揭题”或“点题”“破题”,揭露题意,叙述作赋的缘由。作者起笔,先自我表彰,说自己“博览典雅,精核数术”,更说自己对音乐的喜好,且“能鼓琴吹笛”,有如此的才艺与雅趣,作者的学养与性情,自是与一般文人学士,或巧士乐师,有所不同。因住在旅舍,听到有人在吹笛,吹奏的是《气出》《精列》二首相和歌的曲子。作者已离开京师逾年,现在突然听到这笛声,不禁感触滋生,“甚悲而乐之”,就成为全文的基调,作者所以作《长笛赋》,就由这句情绪的句子触发,于是想象的翅膀,开始翩翩飞翔。缘境生情,情则物兴。全文可分几个段落叙述:

第一段写法,颇见高超,为免落俗,避免呆板,先不自近处直接写笛,而是先由远处写出笛材的出处,追源究始,真是别具匠心。首先写出制作笛子的竹材,是一种称为“鐘笼”的奇竹。生长的环境,颇为高峻险恶,是在终南山的孤立高峰上,下临深不可测的涧谷山溪,在成长时期,要受秋水冲刷,冬雪压枝,暴风吹袭,且所处之地,又是怪石满布,嶙峋兀立。再进而描述这人迹罕至之处,听到的是一群雉鸟走兽,悲鸣长啸,环境凶险,无不令人触目惊心,恐慌颤抖,但是竹子虽“独聆风于极危”,为“危殆险巇之所迫”“众哀集悲之所积”,面对的磨难考验虽多,它却是傲然挺立,不屈不挠,无所畏惧,反而因涵养深厚,具音乐异禀,天赋奇才,所以能“应清风也”,纤末奋蒱,铮鐄謍嗃,若緼瑟促柱,号钟高调”,被清风一吹拂,即能如鼓瑟弹琴,铮铮作响,奏出赏心悦耳的旋律。

这纯乎天籁的音响,感人动人的魅力如何?这里化虚为实,具体写出一些

"放臣逐子,弃妻离友,彭胥伯奇,哀姜孝己"的人物,他们凝神聆听,一个一个无不"雷叹颓息,掐膺擗摽,泣血泫流,交横而下,通旦忘寐,不能自御",他们这些经历人生无数艰难苦辛的悲剧人物,感同身受,岂能不感动得涕泪滂沱,泣血泫流呢? 这里的写法,颇有寓意,一则前所写纯是天籁,不见人物,而景物之情,浮现纸上;意象之人,呼之欲出。一则自然音响,感人至深,魅力无穷,若将此竹材,镂刻成器,而由名师吹奏,则其感人的力度,更是难以估计了。伏笔深埋,大匠之作,确实不同凡响。

第二段叙述竹材伐取的难度,制作精美笛子的繁琐手续,与演奏笛子者的演练及其涵养。竹材既难得,则伐取亦非易事。于是运用巧典,先礼聘技艺巧匠,如鲁班、宋翟等工艺制作名家,"构云梯,抗浮柱,蹉纤根,跋蔑缕,膺陜陁,腹陉阻,逮乎其上,匍匐伐取"。此喻示人才,并非招之即来,挥之即去,轻易可得。如是撇开正面,不露机锋,含蓄深婉,不迫不露,可说多少带有温厚的情味,作者吞吐之妙,可见一斑。然后再遣用典实,聘来如夒、襄等乐官、乐师,协合六律,请名乐师如师旷者调合六吕,以求旋律和谐。在此运用的,是"翻典"方式,即旧典新用,可收出人意表之效,"翻典",是另生新意,影射人才的难觅,与爱才惜才的重要。接着是描写如何制作笛子,先量度尺寸,再截断切割,并磨光涂饰,可说费时费力,但重要的,是要工夫老到,技术精巧,方能制成名家共赏的笛子。到此,作者创作之微旨,才稍表露,说"以观贤士",是说明人贤能与否,不经考查验证,实难以明辨。于是再聘来精通音乐的名师,如宋、灌、郭、张等四姓者,及其他"工人巧士",练习演奏,暗示人才尚需加入团队,以求和衷共济,方能产生效果。

其后描述各种乐器演奏的交响美好,形容是"何其富也",可谓热闹非凡、盛况空前! 再形容说,就像百花盛开,灿烂纷披,是"诚可喜也";也像水波般的扩散,推向四方,是"实可异也";而音声的荡漾,一如器物的相互撞击,"又足怪也",四个"也"字,"重出"回荡,自有悠扬不尽的意味,让吾人阅读时,丝毫不觉得这些重出的字犯复,反而觉得文情适会。

第三段再继续铺叙各种乐器交响合奏的状况,及其千变万化,错综出奇的魅力,是本文的重点,也是核心所在。首先作者要让人们"听声类形",一方面细心聆听乐器交响的音声,一方面在脑海中,可以借着这些音声,去想象那些音声,所构成的某些事物的形貌。这次作者将"伯牙鼓琴,志在流水。钟子期曰:洋洋乎若江河"的典故用上了,不过作者是采取"暗典"的方式,使人只感行文流畅不觉其用典。

在这里,或形容音声的旋律,流畅平顺,一如流水的淙淙流动,或像大雁的洒脱飞翔;有时又如水势广大,浩浩荡荡;有时又像只见它流往远方,但不久又随即回转汇聚;有时音声似蕴结缩小,似乎又争着涌出,有时又似乎很大,来势汹汹;有时又觉得它宏大磅礴,却又是错落分明。音节高低有序,旋律疏密得当;当演奏出低音时,感受到它像微风一样纤巧,且是时有时无,若隐若现。中段有时息声,似要中止,却又在瞬间,急速高亢奏起。其间的变化多端,无不让人惊叹不已。而各类乐器的协同演奏,以及不同乐曲的接续演出,不但音律谐和,毫无松懈之感,更因不同曲调,交相变换,使得人们的视听,也随之转移,而引起听众更大的感动。作者对演奏的音声描摹,犹如亲自吹笛献艺,逼真生动,毫无虚假。作者的生花妙笔,也不得不让人叹为观止。

第四段专写长笛吹奏的音声象征意涵,以及它强大的感染力。首先连续遣用八个排比句,以音声的变化,让人领会到礼制的不可逾越。听赏小曲,易使人心神沉浸忧伤之中。接着要"论记其义",以音声的灵巧多变,象征历史人物的言行、思想、才能、操守。其中有"老庄之概""孔孟之方",有"随光之介""诸贲之气""管商之制",尚有"申韩之察""范蔡之说""晢龙之惠",如此的象征隐喻,可以说别出心裁。由于作者是音乐中人,深谙乐理,因此主张上者效法舜时乐曲《箫韶》、文王乐曲《南籥》,中者取度《白雪》《渌水》雅曲,下者则采制于《延露》《巴人》这些民间歌谣。此处作者笔势一转,突然提及取法乐曲之上、中、下三策,表示乐曲何以具有如此作用,是因对于各种乐曲,都能分别吸纳与取法。此是否意味君王取才,取舍系于君王一念之间呢? 这种含义纡曲的象征手法,可说深婉不尽,高明之至。

其次作者写出乐音的感染力,又是"写物图貌,蔚似雕画"(《文心雕龙·诠赋》),穷变于声貌的刻画,无论是尊卑美丑,贤愚勇惧,其至于鱼鳖禽兽,极度夸饰的描写,是"莫不张耳鹿骇,熊经鸟申,鸥际狼顾,拊噪踊跃",不仅万物得以和谐,风俗得以淳美,更夸张的是,再运用"翻典"的技法,说"屈平适乐国,介推还受禄。澹台载尸归,皋鱼节其哭。长万辍逆谋,渠弥不复恶。蒯聩能退敌,不占成节鄂"。简直是颠覆历史,将不可能变成可能了。且不仅如此,作者更进而说:"絷驹吞声,伯牙毁弦。瓠巴聑柱,磬襄弛悬",同样是遣用"翻典"的手法,仍然夸张十足,其感动力量之大,是让人"失容坠席",掌声如雷,涕泪交流,尤其尚能"通灵感物,写神喻意","溉盥汗濊,澡雪垢滓",在此可看出如此不合逻辑的夸饰,目的无法是借此来耸动读者的视听,以豁显难传的情状,笔力之奔腾,气势之强烈,简直不作第二人想了。

第五段最后叙述长笛的功能,及其渊源与发展。作者先运用"比较"手法,将长笛与各种传统乐器加以比较,除突显文章的变化外,对于主题"长笛"而言,也可使长笛的造型,更显现生气与活力。以比较而言,先"用典",以援古证今,造成文章典雅的风格、华美的字面,如言"昔庖义作琴,神农造瑟。女娲制簧,暴辛为埙。倕之和钟,叔之离磬",它们之所以成器,也都经长年累月,不断加以熔金磨石,刀割镂刻,穷尽巧妙,方能让它们发出美妙的音响,相对的,长笛如何呢?作者指出"唯笛因其天姿,不变其材",方能吹出悦耳动人的音韵。于是将其提升到哲理,即"简易之义",治国即"贤人之义",与为大汉立功,即"生乎大汉""裨助盛美",令人扼腕的,是"学者不识""忽而不赞",隐寓的是志士的怀才不遇,无法为国立功的悲叹,似乎将作者本人漂零落寞的身世之感,隐约表露,而后加上"悲夫"两字,更由此可以感受作者的悲痛有多深了。有人说,有情之文,始能感人,旨哉是言。作者在此,不仅咏物,且有体物生情的寄托,应足以称上乘的文笔,王夫之说得好:"古之咏物者,固以情也,非情则谜而不诗"(《古诗评选》卷四),诗歌如此,其他文、赋等文体,又何独不然!

其后结尾,作者追述笛由羌地传入,及由汉人加以改制的过程,看似无关紧要,实际则不然,先叙庶士丘仲,仅知笛子的由来,却不知笛子的觉妙处为何?再由作者运用一事典,举出有好钟律,知音声的易京君明,对长笛改制的贡献,是在原四孔上,再增一孔,为五孔,如此五音齐备,大功方告成,所谓毕其功于一役,所谓"哲人日已远,典型在夙昔"(文天祥《正气歌》),作者言外之意,告诫后人,对于前人的事功,要牢记不忘,因为前人的贡献,斑斑可考,怀其人,思其事,仰其精神品格,千古流芳,可以激励后人的思想、意志,方可继续创造,以造福家邦、社会、文化艺术。此则事典,活灵活现,有其承先启后的意义在,均可见出作者运笔的功力。

这篇《长笛赋》,是马融的代表作,无可否认,他确因袭王褒的《洞箫赋》而作,这篇赋也确实有着后人批判汉赋的诸多缺失,如"铺陈事物,有固定模式""奇文怪字,有若类书""雕词饰藻,侈丽闳衍""穷搜典故,堆砌夸张"等。不过汉赋能成为一代文学的主流,如王国维所说:"凡一代有一代之文学,楚之骚,汉之赋,六代之骈语,唐之诗,宋之词,元之曲,皆所谓一代之文学"(《宋元戏曲考》),能被评家评为一代之文学,绝非偶然,其有时空背景,自有其存在的理由与价值,在文学发展史而言,其影响于后代诗赋词曲甚巨,更有其重要的地位。

《长笛赋》以咏长笛为主题,小中见大,虽"多使难字,堆垛联绵,意思重叠,不害于大义"(明·谢榛《四溟诗话》),寓意深远,化无情为有情,完全自作者肺腑中流出,而能看出有高古气味。且作者尽可能求新求变,结构严谨,层次井然,形式间有散与赋,或骚与赋,句型有四六言与散文句,错杂使用,甚至有五、七言诗句,交互出现,使得全文节奏,跌宕起伏,音节飞扬,而语言的多变,也配合着文意的变化,增加文章的音乐美。也有评家认为带"也"字的排比句,最为生色,如描写笛声变化所体现的感情说:"故论记其义",以下"老庄之概也""孔孟之方也""随光之介也""诸贲之气也""管商之制也""申韩之察也""范蔡之说也""皙龙之惠也",良是。加之修辞多方,有对仗,有对应,有明比,有暗喻,有衬映,有重出,尤其用典特多,有明典、暗典,及活典、翻典,使得文句更为华美,文意也因而更具深度,更为悠长。虽句式骈丽,语言藻饰,只要"读书百遍,其义自见",即能打动人心。

明代孙鑛评《长笛赋》云:"不及《洞箫》之雄肆,然腴炼缜密,自是专门手段"(《评注昭明文选》卷四),清代洪若皋更从另一角度评道:"原摹拟子渊《洞箫赋》,而博奥古艳,光透纸背,季长为人奇,文章更奇,读之使人增益智慧,开发思议,振弱起衰,疏窒流滞,其功不浅",清代何焯也从语法的观点评曰:"亦祖子渊,而加之以条畅,有铺排处,便有提掇顿挫处,文法自活"(《评注昭明文选》卷四),颇具高见。甚至有评家自音乐的观点,来评《长笛赋》,如清代陆菜道:"《传》称季长善鼓琴,解吹笛,丝竹管弦,必能得心应手,故其赋纵横奇伟,曲尽变态"(《历代赋格·文赋格》卷五),近人刘师培也说:"子渊之赋《洞箫》、马融之赋《长笛》,咸明乐理(故《文选》之赋,别立音乐赋为一门),则亦音乐之妙论也"(《论文杂记》二一),陆菜与刘师培二人,可谓是马融的知音。而《长笛赋》能流传至今,受到不少识者的青睐,据上举古、近代几位学者的好评,可说名实有归,绝非诳言。　　(陈怡良)

【作者小传】

赵 壹

字元叔,汉阳西县(今甘肃天水市西南)人,约生于汉顺帝永建(126—131)前后,约卒于汉灵帝中平(184—188)前后。恃才倨傲,高自抗竦,受到地方豪绅的打击与排抑,因而写了《解摈》以明志。党锢之狱兴,几被陷害致死,幸得友人解救得免,壹乃贻书谢恩,作《穷鸟赋》,又作《刺世疾邪赋》,以舒其怨愤(参《后汉书·文苑传》)。汉灵帝继位不久,赵壹被汉阳郡聘为上计吏。建宁元年(168)第一次赴洛阳向朝廷上计簿。光和元年(178)上计簿时受到司徒袁滂和河南尹羊陟的推举。后州郡争致礼聘,皆不就。今存赋三篇(其一残),书二通,论文一,及《解摈》残句。

〔218〕 赵壹

穷鸟赋并序①　　　　　　　赵壹

　　昔原大夫赎桑下绝气②，传称其仁③；秦越人还虢太子结脉④，世著其神⑤。设曩之二人不遭仁遇神⑥，则结绝之气绝矣。然而糒脯出乎车軨⑦，针石运乎手爪⑧。今所赖者，非直车軨之糒脯，手爪之针石也⑨。乃收之于斗极⑩，还之于司命⑪，使干皮复含血，枯骨复被肉⑫，允所谓遭仁遇神⑬，真所宜传而著之⑭。余畏禁，不敢班班显言⑮，窃为《穷鸟赋》一篇。其辞曰：

　　有一穷鸟，戢翼原野⑯。毕网加上⑰，机阱在下⑱，前见苍隼⑲，后见驱者，缴弹张右⑳，羿子彀左㉑，飞丸激矢，交集于我。思飞不得，欲鸣不可，举头畏触，摇足恐堕。内独怖急，乍冰乍火㉒。幸赖大贤，我矜我怜㉓，昔济我南㉔，今振我西㉕。鸟也虽顽，犹识密恩，内以书心㉖，外用告天，天乎祚贤㉗，归贤永年㉘，且公且侯，子子孙孙。

〔注〕①据汉桓帝延熹九年(166)十二月兴党锢之狱，而赵壹于建宁元年(168)已为上计吏，在赴京上计途中虽拜访皇甫规。皇甫规卒于熹平三年，即174年，《后汉书·文苑传》言赵壹拜访皇甫规在光和元年(178)，误。此是将两次上计的事混同为一。则赵壹的最后一次受打击几乎丧命，即在此次党锢之祸时。永康元年(167)由于霍谞、窦武等人的表请，所捕党人皆赦归田里(然而禁锢终身，其名册犹存王府)。赵壹之作《刺世嫉邪赋》和《穷鸟赋》，当在永康元年。穷鸟：处于困厄中的鸟。②原大夫：指春秋时晋国的正卿赵盾，其父赵衰为原大夫，赵盾曾袭其职。《左传·宣公二年》载：赵盾一次在首阳山打猎，经过一个桑树林，见一人饿病，已不食三日。赵盾给他吃的，他留下一半，要给母亲吃，赵盾给他另准备了一筐饭与肉。赎：续也。"赎""续"古音相近，同音相转。③传：指《左传》。《左传》记述此事，是称赞其仁爱之心。④秦越人：即扁鹊，秦氏，名越人，渤海郡郑人。《史记·扁鹊仓公列传》载，一次扁鹊过虢国，虢太子死，扁鹊问明情况，施之于针石，太子苏醒。虢(guó)：西周时封。春秋时有南虢、北虢。扁鹊所至当是北虢，在今山西平陆。还其结脉：使已停止的脉搏重新跳动。⑤世著其神：言神奇之名显于各代。⑥曩(nǎng)：从前。⑦糒(bèi)：干饭。脯(fǔ)：干肉。车軨(líng)：车上的栏木。⑧针石：用砭石制成的石针，古代治病所用。⑨直：只。⑩收之于斗极：言从死神那里收回。斗极：指北斗星君。古人认为南斗主生，北斗主死。⑪司命：掌人寿夭者。还之于司命：言将其性命交于司命，使得终其天年。⑫被(bèi)：覆盖，加上。⑬允：真正，确实。遭：遇到。仁：仁者。⑭著：使昭著(使动用法)。⑮班班：明显、显著的样子。⑯戢(jí)翼：敛翅。⑰毕(bì)：掩捕鸟兔的长柄小网。⑱机阱(jǐng)：设有机关的陷阱。⑲隼(sǔn)：苍隼，一种凶猛的鸟。⑳缴(zhuó)：系有细绳的箭。弹：

弹弓。张：分布。　㉑羿子：指善于给人网罗罪名的人。羿，后羿，传说中的善射者。彀（gòu）：拉满弓弦。　㉒乍冰乍火：忽而发冷，忽而发热。喻恐怖焦急之状。　㉓我矜我怜：怜悯我。矜，怜悯。　㉔济：救助。在党锢之祸中拯救赵壹的是谁，文献失载。从下"且公且侯"句看，应是一位官宦人士。《后汉书·党锢列传》中言："光和二年，上禄长和海上言：'礼，从祖兄弟别居异财，恩义已轻，服属疏末。而今党人锢及五族，既乖典训之文，有谬经常之法。'帝览而悟之，党锢自从祖以下，解得解释。"东汉上禄（今甘肃西和县东南部），属武都郡（治今下辨成县西三十里抛沙镇），在汉阳西县（今西和县西北部）东南，同赵壹有所往来，自有可能。　㉕振：赈济，挽救。　㉖书心：铭刻于心。　㉗祚（zuò）：赐福，佑助。　㉘归：同"馈"，给予。永年：长寿。

此赋和序都是作者就自己的经历而发，也都用了比喻的手法。序是借写古代赵盾救灵辄和扁鹊救虢太子的事来表现恩人对他的恩情之大，赋正文是借一个处于困厄之中的鸟的遭遇，写自己在临死关头遇此恩人而保住了性命，但由于当时的形势和作者所处的环境，文中都回避了具体事件。作者虽被赦归田里，而仍受地方的管制。据《后汉书·赵壹传》，置他于死地的是他的同乡人，所以，他在作品中无法直接写他所遭遇事件的过程。但他内心的愤激及对恩人的感激又需表达，因而用了比喻的手法。事实上，事件本身恩人是知道的，当时很多人也应是知道的，他不是为写作而写作，而是为了抒发自己的真情实感。所以，从这一点说，这是最好的一种构思方式。但作者也并未完全的只说古人，或只写穷鸟，序在叙述完两古人之后说："今所赖者，非直车辆之糈脯，手爪之针石也"，比这两古人对人的恩情更大，因为这是冒着风险，将他从死神那里夺回。作者认为"直所宜传而著之"的原因，正在此。所以，从序的表现来说，虽然非正面叙说，十分含蓄，但思想表现得很充分。赋正文开头十六句写穷鸟遭遇之险恶、紧急。而由"幸赖大贤"引起以下十二句的议论，联系了自身。也就是说，因种种原因，所经历事件未正面写，而感恩的地方则直抒胸臆。这二者本来是衔接不起来的，但作者用"鸟也虽顽"一句，将鸟与自己合之为一，巧妙地密切了前后两部分的关系。

此赋虽从序到正文都用了比的手法，感情却十分强烈。赋正文对穷鸟处境的描写，也足以表现出他在险境中的状况。所以，这是一篇很有创意的赋作，对后来曹植的《野田黄雀行》等作有一定影响。

（赵逵夫）

刺世疾邪赋　　　　赵　壹

伊五帝之不同礼[1]，三王亦又不同乐[2]。数极自然变化，非是故相反驳[3]。德政不能救世溷乱，赏罚岂足惩时清浊[4]？

春秋时祸败之始,战国愈复增其荼毒⑤。秦汉无以相逾越,乃更加其怨酷。宁计生民之命⑥,唯利己而自足。

于兹迄今⑦,情伪万方⑧。佞谄日炽⑨,刚克消亡⑩。舐痔结驷⑪,正色徒行⑫。妪㚻名势⑬,抚拍豪强⑭。偃蹇反俗⑮,立致咎殃⑯。捷慑逐物⑰,日富月昌。浑然同惑,孰温孰凉⑱?邪夫显进,直士幽藏!

原斯瘼之攸兴⑲,实执政之匪贤⑳:女谒掩其视听兮㉑,近习秉其威权㉒。所好则钻皮出其毛羽㉓,所恶则洗垢求其瘢痕。虽欲竭诚而尽忠,路绝崄而靡缘㉔。九重既不可启,又群吠之狺狺㉕。安危亡于旦夕㉖,肆嗜欲于目前㉗。奚异涉海之失柂㉘,积薪而待燃㉙。

荣纳由于闪榆㉚,孰知辨其蚩妍㉛!故法禁屈挠于势族㉜,恩泽不逮于单门㉝。宁饥寒于尧舜之荒岁兮,不饱暖于当今之丰年。乘理虽死而非亡㉞,违义虽生而匪存㉟!

有秦客者㊱,乃为诗曰:"河清不可俟㊲,人命不可延。顺风激靡草㊳,富贵者称贤。文籍虽满腹,不如一囊钱。伊优北堂上,抗髒倚门边。㊴"鲁生闻此辞,系而作歌曰㊵:"势家多所宜,咳唾自成珠㊶。被褐怀金玉,兰蕙化为刍㊷。贤者虽独悟,所困在群愚㊸。且各守尔分㊹,勿复空驰驱㊺。哀哉复哀哉,此是命矣夫!"

〔注〕 ①伊:发语词,无实义。五帝:通常指黄帝、颛顼、帝喾、尧、舜(《史记·五帝本纪》依《世本》《大戴礼》主此说)。礼:典章制度。 ②三王:指夏禹、商汤、周文王。乐:指用于各种礼仪的乐舞。 ③数:气运。极:发展到极限。驳:反对。 ④德政:为反语。东汉桓帝之时,开始是梁冀专权,顺之者昌,逆之者亡,朝政败坏,百姓穷饿,有人相食者。其后宦官用事,各方面矛盾更为突出,而贪枉之事有增无已。溷(hùn):同"混"。惩:惩戒。清浊:治世与乱世,此处侧重指乱世。 ⑤荼(tú):苦菜。毒:毒物。"荼毒"比喻苦难。 ⑥宁:岂。 ⑦兹:此处指春秋时。 ⑧情伪:指世态人心的状况。万方:极言其多。 ⑨佞(nìng):巧媚善辩。谄(chǎn):奉承拍马。炽(chì):兴盛。 ⑩刚克:正直刚强。刚:正直。克:胜。《书·洪范》:"三德:一曰正直,二曰刚克,三曰柔克。" ⑪"舐(shì)痔(zhì)"句:《庄子·列御寇》言,有人为秦王舐痔,得车五乘。此处以"舐痔"指无耻小人。舐:舔。痔:痔疮。结驷:指出行时仪仗盛大,古以乘驷马车为尊贵。 ⑫正色:指正直的人。徒行:步行。《论语》:"以吾从大夫之后,不可徒行也。"是古代贵人不步行。此处指得不到任用。 ⑬妪(yù)㚻(qǔ):伛

偻,驼背。名势:名门势族。 ⑭抚拍:巴结献媚。 ⑮偃蹇:高耸貌,引申为不受约束。 ⑯致:招致。咎殃:祸殃。 ⑰捷慑:迅疾貌。逐物:追逐名利权势。 ⑱温凉:指热和冷,引申为是非好坏。 ⑲原:推究。斯:此。瘼(mò):病,弊病。攸兴:所以兴起。 ⑳匪:同"非"。 ㉑女谒:通过宫中受宠的女子干求请托。 ㉒近习:皇帝所亲暱的人。秉:掌握,把持。 ㉓"所好"句:比喻对所好者不择手段地进行粉饰,无中生有地加以美化、赞扬。 ㉔绝崄:陡峭高危。崄:同"险"。靡缘:没有机会、缘分。 ㉕此二句言君门森严既不可通,众多奸邪小人又像狗一样在门口狂吠。九重:指君门。启:打开。狺(yín)狺:狗叫声。 ㉖"安危"句:言危亡就在旦夕之间,犹安然而处。 ㉗肆:放纵。嗜欲:贪欲。 ㉘奚(xī):何。柂:同"舵"。 ㉙薪:柴草。 ㉚荣纳:受宠幸而被重用。閟榆(shū):邪佞貌。 ㉛蚩:同"媸"(chī),面貌丑陋。妍(yán):美丽。 ㉜法禁:法律禁令。屈挠:屈服。势族:有权势的豪门贵族。 ㉝恩泽:皇帝的恩泽。逮:及,达到。单门:寒门细族。 ㉞乘理:坚持真理。 ㉟违义:违背正义。匪存:不存在,死去。 ㊱秦客:作者自指,赵壹为秦人。 ㊲河清:喻政治清明之时。河:黄河。相传黄河一千年清一次。 ㊳靡:倒仆。 ㊴伊优:卑躬屈节,谄媚貌。北堂:在北的厅堂,尊贵者所居。抗髒(zòng):高亢刚直。 ㊵系:接续,接着。 ㊶"势家"二句:言有权势的人家干什么都被认为是适当,说什么都被视为珠宝。 ㊷被褐:指穿粗布衣的穷人。"被"同"披"。褐:粗布衣。怀金衣:指品质高尚。兰蕙:两种香草,代指品德高尚之人。刍:喂牲口的干草。 ㊸所困在群愚:被愚蠢的人群所困。 ㊹分(fèn):名分,位分。 ㊺驰驱:指为名利奔走。

东汉桓帝(147—167年在位)之时,政治已腐败到极点,宦官主政,卖官鬻爵。士大夫抗愤,处士横议,以激浊扬清,扶持正气。延熹九年(166)十二月大兴党锢之狱,"或有逃遁不获,皆悬金购募,使者四出,相望于道"(《后汉书·党锢列传》),在全国士人中形成极大的恐怖,当时的士林领袖李膺、陈寔等人及与其有所交往者皆被逮捕。次年因尚书霍谞、城门校尉窦武并为表请,追究党人的行动稍为缓解。朝廷将他们"赦归田里,禁锢终身,党人之名,犹书王府"。《后汉书·文苑传》言赵壹"恃才倨傲,为乡党所摈,用作《解摈》。后屡抵罪,几至死,友人救得免。"则他受打击几乎送了命的一次,应是延熹九年十二月党锢之狱中。那么,他作《刺世疾邪赋》应在永康元年(167)。

本篇的主题正如题目所示,主要在于讥刺世道的黑暗腐朽,表达对混乱邪恶的社会现实的憎恨,客观上揭露了东汉末年腐朽的政治状况。作者对春秋以来文治的评价是:"宁计生民之命,唯利己而自足。"他对当时社会现实的批判与揭露更为尖锐激烈,表现了坚决不与统治阶级同流合污的叛逆精神。这不仅在汉代为独一无二,在整个赋史上也是罕有其匹的。《文心雕龙·才略》云:"赵壹之辞赋,意繁而体疏。"本篇内容丰富,思想深刻,谠言警句,密如连珠;形式上不遵矩度,随意变化,有似《庄子》之文。如其句式以不带"兮"字的骚体句式为主(六言,第四字为虚词或意义较虚之字),有一段则全为四言;其骚体句式有时为抒发情感之需要,也带"兮"字,有的句子长达九言。篇末系诗为五言诗,又托为秦客、鲁生之感叹,可谓出人意表。因此在艺术上也很有特色。赵壹赋是汉末文风、赋风转变的一个标志。

(韩高年)

蔡 邕

【作者小传】

(132 或 133—192) 字伯喈,陈留圉(今属河南)人。曾任司徒桥玄属官、河平长、拜郎中、校书东观、议郎等职。因上书论朝政阙失,被流放朔方。遇赦后,避宦官陷害,亡命江湖十余年。董卓掌权,任为侍御史,官左中郎将。卓遭诛,邕为王允捕获,死于狱中。生前曾著《汉史》未成。善辞赋,书法尤工隶书,精晓医理,善画。原有《蔡中郎集》,已佚。明人有辑本。

述 行 赋并序　　　　　　　　　　蔡 邕

延熹二年秋①,霖雨逾月。是时梁冀新诛②,而徐璜、左悺等五侯擅贵于其处③。又起显明苑于城西④,人徒冻饿,不得其命者甚众。白马令李云以直言死⑤,鸿胪陈君以救云抵罪⑥。璜以余能鼓琴,白朝廷,敕陈留太守遣余⑦。到偃师⑧,病不前,得归。心愤此事,遂托所过,述而成赋。

余有行于京洛兮⑨,遘淫雨之经时。涂屯邅其塞连兮,潦污滞而为灾。乘马蟠而不进兮,心郁伊而愤思。聊弘虑以存古兮,宣幽情而属词。

久余宿于大梁兮⑩,诮无忌之称神⑪。哀晋鄙之无辜兮⑫,忽朱亥之篡军⑬。历中牟之旧城兮⑭,憎佛肸之不臣⑮。问宁越之裔胄兮⑯,藐仿佛而无闻。经圃田而瞰北境兮⑰,晤卫康之封疆⑱。迄管邑而增叹兮⑲,愠叔氏之启商⑳。过汉祖之所隘兮,吊纪信于荥阳㉑。降虎牢之曲阴兮㉒,路丘墟以盘萦。勤诸侯之远戍兮,侈申子之美城。稔涛涂之愎恶兮,陷夫人以大名㉓。登长阪以凌高兮,陟葱山之嶤嵴㉔;建抚体而立洪高兮,经万世而不倾㉕。回岵峻以降阻兮,小阜寥其异形。岗岑纤以连属兮,溪壑窭其杳冥。迫嵯峨以乖邪兮,廓岩壑以崝嵘㉖。攒棫朴而杂榛楛兮,被浣濯而罗生。薁荾藙与台菌兮㉗,缘增崖而结茎。行游目以南望兮,览太室之威灵㉘。顾大河于北垠兮,瞰洛汭之始并㉙。追刘定之攸仪兮,美伯禹之所营㉚。悼太康之失位兮,愍五子之歌声㉛。

寻修轨以增举兮,邈悠悠之未央。山风泊以飚涌兮㉜,气懔懔而厉凉。云郁术而四塞兮,雨濛濛而渐唐㉝。仆夫疲而劬瘁兮,我马虺隤以玄黄㉞。格莽丘而税驾兮㉟,阴曀曀而不阳。

哀衰周之多故兮,眺濒隈而增感。忿子带之淫逸兮㊱,啬襄王于坛坎。悲宠嬖之为梗兮,心恻怆而怀悼。操方舟而溯湍流兮,浮清波以横厉。想宓妃之灵光兮㊲,神幽隐以潜翳。实熊耳之泉液兮,总伊瀍与涧濑㊳。通渠源于京城兮,引职贡乎荒裔。操吴榜其万艘兮,充王府而纳最。济西溪而容与兮㊴,息巩都而后逝㊵。愍简公之失师兮,疾子朝之为害㊶。

玄云黯以凝结兮,集零雨之溱溱。路阻败而无轨兮,涂泞溺而难遵。率陵阿以登降兮,赴偃师而释勤㊷。壮田横之奉首兮,义二士之侠坟㊸。伫淹留以候霁兮,感忧心之殷殷。并日夜而遥思兮,宵不寐以极晨。候风云之体势兮,天牢湍而无文㊹。弥信宿而后阕兮㊺,思逶迤以东运。见阳光之颢颢兮,怀少弭而有欣。

命仆夫其就驾兮,吾将往乎京邑。皇家赫而天居兮,万方徂而并集。贵宠扇以弥炽兮㊻,佥守利而不戢。前车覆而未远兮,后乘驱而竞入㊼。穷变巧于台榭兮,民露处而寝湿。清嘉谷于禽兽兮,下糠秕而无粒。弘宽裕于便辟兮㊽,纠忠谏其侵急㊾。怀伊吕而黜逐兮㊿,道无因而获入。唐虞眇其既远兮○51,常俗生于积习;周道鞠为茂草兮○52,哀正路之日湮○53。

观风化之得失兮,犹纷挐其多违。无亮采以匡世兮,亦何为乎此畿?甘衡门以宁神兮○54,咏都人而思归○55。爰结踵而回

〔224〕 蔡 邕　　　　　　　　　　　　　　　　　　　　述行赋

轨兮，复邦族以自绥。

　　乱曰：跋涉遐路，艰以阻兮。终其永怀，窘阴雨兮㊶。历观群都，寻前绪兮。考之旧闻，厥事举兮。登高斯赋，义有取兮㊲。则善戒恶，岂云苟兮㊳。翩翩独征，无俦与兮。言旋言复，我心胥兮。

〔注〕①延熹：东汉桓帝年号。延熹二年：即公元159年。　②梁冀：东汉外戚，桓帝梁皇后的哥哥，任大将军，专政多年。梁皇后死后，桓帝与宦官密谋诛杀梁氏，梁冀自杀。　③五侯：指单超、具瑗、唐衡、徐璜、左悺五人，都是宦官，因诛杀梁冀有功，被同日封侯，故称"五侯"。　④显明苑：宫苑名，在洛阳城西。　⑤白马：东汉县名，在今河南滑县附近。李云：字行祖，因上书桓帝，指责五侯当政，下狱而死。　⑥鸿胪：即大鸿胪，掌管宣赞相礼等事。陈君：指当时任大鸿胪的陈蕃，东汉名臣，《后汉书·李云传》载，陈蕃因上疏救李云，被免归故里。　⑦敕：诏命。陈留：东汉郡名，故城在今河南开封东南，为蔡邕的籍贯。　⑧偃师：今河南偃师市。　⑨京洛：京都洛阳。　⑩大梁：战国时魏国国都，即今河南开封市。　⑪无忌：战国时魏国公子，号信陵君，好养士。称神：指被推崇。　⑫晋鄙：魏国大将，信陵君曾使朱亥袖铁椎杀晋鄙，夺其军以救赵。　⑬忽：一本作"怂"。　⑭中牟：今属河南。　⑮佛(bì)肸(xī)：晋国中牟邑宰，晋国大夫赵简子以晋君命伐中牟，佛肸据中牟以叛赵。　⑯宁越：战国时中牟人，出身寒微，刻苦求学，苦学十五年，做了周威王的老师。　⑰圃田：古代薮泽名，在今河南中牟县西。　⑱卫康：即卫康叔，周武王同母弟，受封于卫。　⑲管邑：周武王之弟管叔的封地，在今河南郑州市附近。　⑳叔氏：指周武王之弟管叔、蔡叔。周武王灭商后，封商纣之子武庚为诸侯，并令管叔、蔡叔安抚商遗民。武王死后，管、蔡、武庚作乱反周，被周公平定。　㉑纪信：刘邦部将，刘邦被项羽围困在荥阳，纪信诈为刘邦投降项羽，刘邦趁机逃走，项羽怒，杀纪信。荥阳：在今河南省荥阳市东北。　㉒虎牢：在今河南荥阳市附近。　㉓"勤诸侯"四句：事见《左传·僖公四～七年》，齐桓公率陈、郑等国诸侯伐楚回师，将要经过陈、郑。陈国大夫辕涛涂为了免除陈、郑供应之苦，就与郑国大夫申侯商议，让齐师改从东道回国，申侯表示赞同，涛涂也说服了齐桓公。岂料申侯暗中告密，齐桓公大怒，扣押了涛涂，并赐虎牢给申侯。后陈齐合好，涛涂获释回国。为解申侯告密之恨，一边怂恿申侯将虎牢修得壮美以扩大声誉，一边又向郑伯诬告申侯修筑壮美城邑是有意谋反。郑伯信以为真，杀了申侯。　㉔葱山：山名，在今河南巩义市境内。　㉕"建抚体"两句：当指申侯建立的虎牢，经历万世也不会倾颓。　㉖嶒嵘：音义同"峥嵘"。　㉗虋(mén)：谷类植物。一说虋即门冬，植物名。荻(tǎn)：芋类植物。薁(yù)：野葡萄。台：同"苔"，一种莎草。菌(méng)：药草名，贝母。　㉘太室：即嵩山。　㉙洛汭：洛水入黄河处，在今河南巩义市。　㉚刘定：即刘夏，谥定公。据《左传·昭公九年》载，刘定极赞美大禹之功绩。伯禹：即夏禹。　㉛太康：夏代国君，启之子，荒于游猎，不恤民事，最终失去君位。愍：哀伤。五子之歌声：据《史记·夏本纪》："帝太康失国，昆弟五人，须于洛汭，作《五子之歌》。"　㉜泊：通"薄"，迫近。　㉝唐：大。　㉞虺(huī)隤(tuí)、玄黄：皆指马疲极而病。　㉟格：至。莽丘：杂草丛生的高地。税驾：卸马，止驾，即暂时住下。　㊱子带：周襄王后母之弟。周惠王死后，子带与周襄王争夺王位，子带失败而出奔。后子带返国，私通襄王后隗氏，并驱逐襄王。襄王逃到坛坎(在今河南巩义市东)。后来晋文公协助襄王，杀了子带，襄王复位。事见《左传·僖公二十四～二十五年》和《史记·周本纪》。　㊲宓

(fú)妃:传说是伏羲之女,溺死于洛水,成为洛水之神。 ㊳ 熊耳:山名,在洛阳西南。伊、瀍(chán)、涧:都是洛水支流。这两句是说洛水发源于熊耳山,汇集了伊、瀍、涧三条河流。 ㊴ 西溪:指巩县西荥锜涧。 ㊵ 巩都:在今河南巩义市附近,为巩简公的国都。 ㊶ 简公:周卿士。子朝:周景王庶子。周景王死后,庶子朝和王子猛争王位,双方各有私党,简公属王子猛一派,被王子朝打得大败。其后赖晋支援,始逐去子朝。事见《左传·昭公二十二~二十六年》。 ㊷ 释勤:解除疲劳,得到休息。 ㊸ 田横、二士:据《史记·田儋列传》,刘邦灭齐后,齐王田横逃到海岛上,刘邦召他到洛阳,田横不得已与二门客前往洛阳,行至偃师,田横自杀,令二门客奉己首级见刘邦。刘邦礼葬田横后,二门客也自杀。偃师今有田横墓。 ㊹ 牟:阴云密布。滮:雨势盛大。无文:没有缝隙,指看不见日月星辰。文:通"纹"。 ㊺ 信宿:两夜,再宿为"信"。阒:止息。后阒:很晚才休息,即长夜不眠之意。 ㊻ 扇以弥炽:指贵宠们的气焰如火遇扇扇一样,更加炽烈。 ㊼ 前车:喻梁冀。后乘:喻五侯。 ㊽ 便辟:奸巧邪僻之人。 ㊾ 侵:渐。 ㊿ 伊尹:商代贤相。吕尚:即姜尚,辅佐周武王灭商。 ○51 唐虞:唐尧、虞舜。眇:同"渺",极远。 ○52 鞠:尽,全部。周道:大道。这句出于《诗·小雅·小弁》:"踧踧周道,鞠为茂草。" ○53 日溘:一天天坏下去。溘(hū):水流的样子。 ○54 衡门:以横木为门,言其简陋,指隐者所居,典出于《诗经·陈风·衡门》。 ○55 都人:《诗经·小雅》有《都人士》篇:"彼都人士,狐裘黄黄。其容不改,出言有章。行归于周,万民所望。"蔡邕借以表达对时世的伤感和思归之情。 ○56 窘阴雨:为阴雨所困。语出《小雅·正月》:"终其永怀,又窘阴雨。" ○57 登高斯赋:语出《毛诗·定之方中·传》:"登高能赋,可以为大夫。"义:宜。 ○58 苟:随便,不审慎。

这篇赋作于延熹二年(159),是汉末抒发忧愤之情的名作之一。据《后汉书·蔡邕列传》云:"桓帝时,中常侍徐璜、左悺等五侯擅恣,闻邕善鼓琴,遂白天子,敕陈留太守督促发遣。邕不得已,行到偃师,称疾而归。"蔡邕此赋即叙说了他这次被迫赴京途中的所见所感,把自己的悲愤之情寄寓在对历史事件的陈述之中。

序文交代了作赋的背景,奠定了全赋的基调。延熹二年,秋雨连绵逾月,朝廷刚刚诛杀了专横跋扈、作恶多年的外戚梁冀,而参与诛杀梁冀有功的五位宦官又得势于朝廷,他们不顾百姓死活,大兴土木,修建宫苑,百姓役夫们很多冻饿而死。朝中有识之士如李云感于义愤,上书桓帝,指斥五侯,却下狱死,汉末名臣陈番又因救李云而免归故里。这种情况下,宦官徐璜却为谄媚桓帝,命陈留太守送蔡邕至京师鼓琴为乐,蔡邕不得已而行,到偃师后称病而归,并追述行程。

作为一篇纪实性的述行赋,这篇赋虽然篇幅并不算长,不过一千一百余字,但典实密集,内容相当丰富。前半部分以怀古为主,含有怀古喻今之意。作者自陈留由东向西一路跋涉至历史名城大梁,即今河南开封以后,怀古之情由此展开。他住宿在当年魏国都城大梁时,联想起发生于当地的前朝往事,因而诮无忌、哀晋鄙、忿朱亥,讥刺历史上被推崇的魏公子无忌,因为他曾矫制使力士朱亥椎杀了魏国大将晋鄙;当路过中牟旧城时,想到晋国中牟邑宰佛肸据中牟以叛乱的不守臣道之事;同时也想起当年中牟人宁越因勤奋好学做了周威王的老师,可惜因年代久远,宁越后人的事迹已难以寻觅;经过中牟县西的圃田,而北望,想到那是当年卫康叔的封地;到达今郑州市附近管叔的封地管邑时,感叹作为叔父的管叔、蔡叔竟勾结外族人来反叛西周;再向西行,路过当年刘邦被困之地荥阳,凭吊了舍身救主的刘邦部将纪信;到虎牢之地,想到当年离间郑国君臣的陈国大夫涛涂置郑国申侯于死地的险恶用心。这些历史上的君臣恩怨和君臣佳话久久萦绕在蔡邕心头,然而当看到洛水汇入黄河的景观,蔡邕则把目光转向了那些历史有为或兴乱的君主,当年刘定公极赞美大禹治水功绩的话语,表达了蔡邕对历史上这位圣王的仰慕之情;又悲悼了同是帝王却因游乐田猎,荒废政事,不理民情而最终失去君位的太康,太康昆弟五人的劝谏之歌不禁使蔡邕生出哀愍之情。随着行程的推进,离京师洛阳也越来越近,发生于东周王朝皇室之内的几次内乱使蔡邕感叹于衰微周室的多灾多难,他临水眺望,满怀感慨,愤恨当年王子带的淫乱和叛逆,在坛坎凭吊了曾经逃难的周襄王,想到被母后宠溺的王子带最终成了国家的祸患,不免内心悲伤恻怆。渡过洛水之后,来到巩都,想到周景王因宠爱庶子朝而引发了庶子朝和周悼王子猛的争斗。前车之鉴,后事之师,赋中所写的这些天下治乱兴亡的前朝往事使人感叹思考东汉后期桓灵之世的朝政兴衰。

就感情线索而言,在行至洛汭以后,随着对历代最高统治者兴衰治乱的反思,作者的内心也越来越不平静,尤其是行至偃师,想到不赴洛阳而自杀的壮士田横和二义士尽忠自刎之事时,作者西行赴洛阳的心情发生了微妙的变化,所以再命仆夫前行时,蔡邕再一次思考了自己赴京的价值问题,他遥想京师洛阳这个皇室权贵高高在上的地方,四面八方的人也攒聚于此,热闹非凡。那些贵宠宦竖正气焰嚣张,他们穷变巧于楼台亭榭,可百姓们却寝湿露处,他们的禽兽都能享受到上好的谷物,可百姓们却无粮食而吞糠秕苟活残喘;上层统治者对便辟之人宽弘放纵,忠言直谏之臣却受到严苛纠察,像伊尹吕尚般的才能之士也遭到黜逐。至此,作者的笔峰已直指最高统治者和为非作歹的朝廷贵宠们,激愤之情溢于言表。鲁迅在《题未定草》中曾对蔡邕这种骨气称扬备至,称蔡邕不是单单的老学究,也是有血性的人,认为蔡邕确有取死之道。《述行赋》至此也达到了表现愤懑情感的高峰,充分表现了作者对东汉后期桓帝朝外戚宦官把持朝政的不满,揭露了当时朝政的黑暗,也表现了蔡邕作为正直人士的气节。赋中虽然自谦无亮采以匡世,没有辅佐帝业的德才,因而没有理由留在京畿之地,实际正是他不愿"卑俯乎外戚之门,乞助乎近贵之誉"(《释诲》)的托词,所以甘于过隐士般的清寒生活。蔡邕下定决心结踪回轨,不再前行,也只有这样,他的内心才能稍许平静。自此以后,桓帝朝的蔡邕闲居玩古,不交当世,保持了自己的节操。

从艺术上看,这篇赋继承了西汉后期纪行赋如刘歆《遂初赋》以来谋篇布局上随行程而描写景物、铺叙史实的历时性写法,与汉代悼骚类作品在情感抒发上的回环往复、一唱三叹式有所不同,这类赋称之为汉代的长篇纪行诗也不为过。

就景物描写的成功上看,这篇赋色彩的暗淡、情调的低沉、感情的深沉不仅得力于作者基于真情实感的表达,更得力于作者驾驭骚体赋抒情体物功能的高超能力。赋中以白描手法,运用生动形象的语言描写了这次旅途的艰辛。如对路途泥泞,潦水为灾的描摹有"涂屯遭其塞连兮,潦污滞而为灾";写山峰陡峭,地势险恶,杂草丛生的情形也极形象生动,如"回峭峻以降阻兮,小阜寥其异形。冈岑纡以连属兮,溪壑复其杳冥。迫嵯峨以乖邪兮,廓岩壑以峥嵘。攒械朴而杂榛楛兮,被浣濯而罗布。蘼葵薁与台菌兮,缘增崖而结茎";状冒雨登降、跋涉前行,则云"寻修轨以增举兮,邈悠悠之未央。山风泊以飚涌兮,气憀憀而厉凉。云郁术而四塞兮,雨濛濛而渐唐";乘船溯流而上则有"操方舟而溯湍流兮,浮清波以横厉"的描写;至于到达离京师越来越近的偃师时,气候景物的描写与作者越来越悲沉的情感更加相得益彰,"玄云黯以凝结兮,集零雨之溱溱。路阻败而无轨兮,涂泞溺而难遵"及"候风云之体势兮,天牢湍而无文"的自然景象进一步外化了作者"感忧心之殷殷"的心情。从赋序上看,作者是回到家乡陈留以后写下的这篇赋,通过这些气候景物,我们可以真切地感受到作者心情的沉重和难以释怀。蔡邕这时期还作了一篇《霖雨赋》,《文选》所收张景阳《杂诗》李善注曰:"蔡邕《霖赋》曰:'瞻玄云之晻晻,悬长雨之森森。'"《文选》所收曹子建《美女篇》李善注曰:"蔡邕《霖雨赋》曰:'中宵夜而叹息。'"蔡邕的这些赋句如与《述行赋》相互印证,可使我们多少了解他何以忧愁难解,夜中不能寐的苦闷。

巧妙征引或化用典故也是这篇赋艺术上取得成功的重要手段。首先,作者有选择地征引与历史上治乱兴亡有关的君臣故实,如至大梁以后所抒发的基于历史故实基础上的感慨,既具有一定的理性色彩,同时又是结合自己的所历所感而发的议论,丰富了整篇赋的历史文化内涵,也有助于增强这篇赋抒情的深度。其次,作者善于化用《诗经》篇名,暗用前人解诗的义旨,化典入赋,避免了平铺直叙的苍白。如"甘衡门以宁神兮,咏都人而思归",衡门、都人都既与《诗经》篇名有关,也是从自己思想感情抒发的角度暗用了两篇诗的义旨。即使是写路途之上的山树丛生,也善于直接以《诗经》山树之名入赋,如械朴,《诗经》大雅有此篇名,而榛楛,出于大雅《旱麓》。至于"终其永怀,窘阴雨兮",则直接把《小雅·正月》的诗句变化为骚体句式,取得了与全篇相应的特殊的抒情效果。第三,是对楚辞意象系统的巧妙化用。如文中多次强化仆夫、余马的疲惫不堪和路阻败无轨、旅途泞溺难遵、前车覆后乘驱等,与《离骚》、《远游》等楚辞作品创造的意象系统有密不可分的联系,强化了读者对抒情主人公楚骚悲情意识的认同。

"意气之感,士所不能忘也。"(《后汉书·蔡邕列传》)这篇赋不仅表现了蔡邕作为一个文学家史学家的艺术才华,而且与蔡邕后来多次上书灵帝的奏文一样,真实地再现了蔡邕作为一个正直文人的思想感情,因而具有永久的艺术魅力。

(孙　晶)

【作者小传】

王延寿

(约143—165)　东汉王逸之子,字文考,一字子山,南郡宜城(今属湖北)人。有隽才,后溺水亡,年二十余。现存赋《鲁灵光殿赋》《梦赋》《王孙赋》《千秋赋》等,碑文《桐柏淮源庙碑》,收入《全上古三代秦汉三国六朝文·全后汉文》。

鲁 灵 光 殿 赋 并序　　　　王延寿

　　鲁灵光殿者,盖景帝程姬之子恭王余之所立也[1]。初,恭王始都下国[2],好治宫室,遂因鲁僖基兆而营焉[3]。遭汉中微,盗贼奔突[4]。自西京未央、建章之殿,皆见隳坏[5],而灵光岿然独存[6]。意者岂非神明依凭支持[7],以保汉室者也。然其规矩制度,上应星宿,亦所以永安也。予客自南鄙,观艺于鲁[8],睹斯而眙[9],曰:"嗟乎!诗人之兴,感物而作[10]。故奚斯颂僖,歌其路寝,而功绩存乎辞,德音昭乎声。物以赋显,事以颂宣。匪赋匪颂,将何述焉?"遂作赋曰:

　　粤若稽古,帝汉祖宗[11],濬哲钦明[12]。殷五代之纯熙,绍伊唐之炎精[13]。荷天衢以元亨[14],廓宇宙而作京[15]。敷皇极以创业[16],协神道而大宁[17]。于是百姓昭明,九族敦序[18]。乃命孝孙,俾侯于鲁。锡介珪以作瑞,宅附庸而开宇[19]。乃立灵光之秘殿，配紫微而力辅㉑。承明堂于少阳，昭列显于奎之分野㉑。

瞻彼灵光之为状也，则嵯峨嶵巍，嵃巍嵼嶙㉒。吁，可畏乎，其骇人也。迢嵽倜傥，丰丽博敞㉓，洞轇辕乎其无垠也㉔。邈希世而特出，羌瑰谲而鸿纷㉕。屹山峙以纤郁，隆崛岉乎青云㉖。郁坱圠以嶒嵷，崱缯绫而龙鳞㉗。汨磑磑以璀璨，赫燡燡而烛坤㉘。状若积石之锵锵，又似乎帝室之威神㉙。崇墉冈连以岭属，朱阙岩岩而双立㉚。高门拟于闾阖，方二轨而并入㉛。

于是乎乃历夫太阶，以造其堂㉜。俯仰顾眄，东西周章。形彩之饰，徒何为乎？澔澔涆涆，流离烂漫㉝。皓壁皜曜以月照，丹柱歕艳而电烻。霞驳云蔚，若阴若阳。濯濩燐乱，炜炜煌煌㉞。隐阴夏以中处，霭寥窲以峥嵘㉟。鸿爌炾以爣阆，飁萧条而清泠㊱。动滴沥以成响，殷雷应其若惊㊲。耳嘈嘈以失听，目瞠瞠而丧精㊳。骈密石与琅玕，齐玉珰与璧英㊴。

遂排金扉而北入，霄霭霭而晻暧㊵。旋室娟娟以窈窕，洞房叫窱而幽邃㊶。西厢踟蹰以闲宴㊷，东序重深而奥秘㊸。屹铿瞑以勿罔，屑屑蔚以懿濞㊹。魂悚悚其惊斯，心惙惙而发悸㊺。

于是详察其栋宇，观其结构㊻。规矩应天，上宪觜陬㊼。倔佹云起，嵌峇离搂㊽。三间四表，八维九隅㊾。万楹丛倚，磊砢相扶㊿。浮柱岧嵽以星悬，漂峣峣而枝拄㊿。飞梁偃蹇以虹指，揭蘧蘧而腾凑。层栌磥垝以岌峨，曲枅要绍而环句。芝栭攒罗以戢香，枝掌枒枒而斜据。傍夭蟜以横出，互黝纠而搏负。下弟蔚以璀错，上崎嶬而重注。捷猎鳞集，支离分赴。纵横骆驿，各有所趣。

尔乃悬栋结阿，天窗绮疏。圆渊方井，反植荷蕖。发秀吐荣，菡萏披敷。绿房紫菂，窋咤垂珠。云楶藻棁，龙桷雕镂。飞禽走兽，因木生姿。奔虎攫挐以梁倚，仡奋鬛而轩鬐。虬龙腾骧以蜿蟺，颔若动而躨跜。朱鸟舒翼以峙衡，腾蛇蟉虬而绕榱㉞。白鹿子蜺于欂栌，蟠螭宛转而承楣㉟。狡兔跧伏于柎侧，猨狖攀椽而相追㉠。玄熊舑猏以齗齗，却负载而蹲跠㉡。齐首目以瞪眄，徒眽眽而狋狋㉢。胡人遥集于上楹，俨雅踞而相对。仡欺猥以雕眈，鯈頯顤而睽睢。状若悲愁于危处，憯唫蹙而含悴㉣。神仙岳岳于栋间，玉女窥窗而下视㉤。忽瞟眇以响像，若鬼神之髣髴㉥。

图画天地，品类群生。杂物奇怪，山神海灵。写载其状，托之丹青。千变万化，事各缪形㉦。随色象类，曲得其情。上纪开辟，遂古之初㉧。五龙比翼，人皇九头㉨。伏羲鳞身，女娲蛇躯。鸿荒朴略，厥状睢盱㉩。焕炳可观，黄帝唐虞。轩冕以庸，衣裳有殊㉪。下及三后，淫妃乱主㉫。忠臣孝子，烈士贞女。贤愚成败，靡不载叙。恶以诫世，善以示后。

于是乎连阁承宫，驰道周环㉬。阳榭外望，高楼飞观㉭。长途升降㉮，轩槛曼延。渐台临池，层曲九成㉯。屹然特立，的尔殊形。高径华盖，仰看天庭㉰。飞陛揭孽㉱，缘云上征。中坐垂景，俯视流星㉲。千门相似，万户如一㉳。岩突洞出，逶迤诘屈。周行数里，仰不见日。何宏丽之靡靡，咨用力之妙勤㉴。非夫通神之俊才，谁能剋成乎此勋㉵？

据坤灵之宝势，承苍昊天纯殷㉶。包阴阳之变化，含元气之烟煴㉷。玄醴腾涌于阴沟，甘露被宇而下臻㉸。朱桂黝儵于南北，兰芝阿那于东西㉹。祥风翕习以飒洒，激芳香而常芬㉺。神灵扶其栋宇，历千载而弥坚㉻。永安宁以祉福，长与大汉而久存。实至尊之所御，保延寿而宜子孙。苟可贵其若斯，孰亦有云而不珍㉼？

乱曰：彤彤灵宫，岿嶵穹崇，纷厖鸿兮㉽。崭岩嵯峨，岑崟崰巍，骈巃嵸兮㉾。连拳偃蹇，仑菌踡嵼，傍敧倾兮㉿。歇欻幽蔼，云覆霮䨴，洞杳冥兮㊀。葱翠紫蔚，礧硌瑰玮，含光晷兮㊁。穷奇极妙，栋宇已来，未之有兮。神之营之，瑞我汉室，永不朽兮。

〔注〕 ① 恭王刘余,景帝子,母程姬,初封淮南,后徙鲁,谥曰恭。 ② 以天子为上国,故诸侯(鲁)为下国。 ③ 昔鲁僖公使公子奚斯,上新姜嫄之庙,下治文公之宫。兆:域。营:建。④ 中微:王莽篡权建立新朝,汉祚中缺。突:唐突。 ⑤ 未央、建章:西京长安殿名。见:被。隳:毁坏。 ⑥ 岿然:高大坚固貌。 ⑦ 意:疑,料想。 ⑧ 南鄙:南郡。艺:六经,指《诗》《书》《礼》《易》《乐》《春秋》,一说指礼、乐、射、御、书、数。 ⑨ 眙(chì):愕视。本为观艺来鲁,见殿惊异。 ⑩ 见可嗟之物,为作诗赋。 ⑪ 若:顺。稽:考。能顺天地,考行古之道者,帝也。 ⑫ 濬(jùn):深。哲:智。钦明:《书·尧典》陆德明释文引马融注"威仪表备谓之钦,照临四方谓之明"。 ⑬ 殷:盛。五代:周、殷、夏、唐、虞。绍:继承。言汉盛于五代纯熙之道,绍帝尧火德之运。 ⑭ 衢:逵。荷天衢:顺应天道。元:大。亨:行,通。元亨:大通,畅行天下。 ⑮ 廓:扩大。廓宇宙:平定天下。 ⑯ 皇极:帝王统治的法则。 ⑰ 协和神明之道,天下大宁。谓汉初盛时。 ⑱ 九族:《书·尧典》"以亲九族"。欧阳、夏侯云:"九族者,父族四,母族三,妻族二,皆据异姓有服。" ⑲ 介:大。圭长尺二寸谓介。瑞:信。诸侯赐大圭以为瑞信,为镇国之宝。宅:居。附庸:附庸国(鲁)。开宇:开拓疆域。 ⑳ 秘:神。辅:藩卫。㉑ 少阳:东方。鲁地,奎、娄之分野。言灵光承天之明堂,在东方鲁地。 ㉒ 嵯峨、嶵(zuì)嵬、嵔巍(wēi)、㠑(lěi)嵬(kuǐ):皆高峻貌。 ㉓ "迢"《艺文类聚》(清文渊阁四库全书本)卷六二、《橘山四六》(清文渊阁四库全书本)卷十四、《历代赋汇》(清文渊阁四库全书本)卷七三、《渊鉴类函》(清文渊阁四库全书本)卷三四二作"岧"。按:"岧峣",叠韵联绵字,山高貌;"迢",遥远貌。故当作"岧","迢"音同形近而讹。倜傥:非常。博:广。敞:高平。 ㉔ 轇(jiāo)輵(gé):旷远深邈貌。 ㉕ 邈:远。羌:楚方言词。瑰(guī):异。谲:诡。鸿纷:大而多。 ㉖ 屹:高耸貌。纡郁:曲深貌。崛岉(wù):高耸屹立貌。此句言殿高上逮青云。 ㉗ 坱(yǎng)圠(yà):无极限貌。嶒(céng)竑(hóng):深空貌。崱(zè):山势连绵貌。缯(zēng)绫:不平貌。㉘ 汩:净貌。磑磑(ái):高峻貌。璀璨:光彩绚丽。熚熚(yì):光明貌。烛坤:光照下土。此句言形貌光辉。 ㉙ 积石:山名。帝室:天帝之室。威神:威严神圣。 ㉚ 墉:墙。阙:门观。 ㉛ 阊阖:天门。方:并。二轨:可同时容两车。 ㉜ 造:至。 ㉝ "眄",《事文类聚》(清文渊阁四库全书本)续集卷五、《历代赋汇》(清文渊阁四库全书本)卷七三作"盼";《(嘉靖)山东通志》(明嘉靖刻本)卷三七、《渊鉴类函》(清文渊阁四库全书本)卷三四二作"眕"。按:《说文·页部》:"顾,还视也。"《说文·目部》:"眄,目偏合也。"《说文·目部》:"盼,白黑分也。段玉裁引马融:'动目貌'。"可泛指看。《说文·目部》:"眕,恨视也。"故"眄""盼"为是,"眕"形近而讹。澔澔(hào)涆涆(gàn):光明盛大貌。流离烂漫:分散远貌。 ㉞ 皜(hào):白。歙(xī)赩(xì):红色。焱(yàn):光亮貌。濩(huò)濩(huò):彩色闪烁貌。此句言彩色众多,眩曜不定。㉟ 阴夏:向北之殿。霐(hóng)、寥窲(cháo)、峥嵘:幽深貌。 ㊱ 鸿:大。爌(kuàng)炾(huǎng)、爣(tǎng)阆(lǎng):宽明。飋(sè)萧条:清凉貌。 ㊲ 滴沥:水下滴沥。此句言檐垂滴沥,才成小声,室内应之,其声似雷。 ㊳ 嘈嘈:声众。矎矎(xuàn):眼花缭乱。 ㊴ 骈:并。琅(láng)玕(gān):珠,似玉。"英",《艺文类聚》(清文渊阁四库全书本)卷六二、《太平御览》(四部丛刊三编影宋本)卷八〇九、《渊鉴类函》卷三四二作"瑛"。按:《说文·玉部》:"瑛,玉光也。"《说文·艸部》:"英,艸荣而不实者。"朱骏声《说文通训定声》:"此字后出,即'英'之转注。古只用'英'。" ㊵ 霄:冥。晻(yǎn)暧(ài):昏暗貌。此句言深邃。 ㊶ 旋室:曲屋。㛹(pián)娟:回曲貌。叫(yǎo)窱(tiāo):深远貌。 ㊷ 西厢:西序。踟蹰:相连貌。闲:清闲。㊸ 东序:东厢。奥秘:深奥隐秘。 ㊹ 铿瞑:视而不明。勿罔:不清晰。黡(yǎn)翳:昏暗幽蔽貌。懿(yì)濞(pì):深邃貌。此句言寂寞之形。 ㊺ 惊斯:于此惊也。狠狠(xǐ):惧貌。

悸：心动。 ㊻ 结：交。构：架。欲安心定意审其事。 ㊼ 宪：法。觜(zī)陬(zōu)：营室东壁。言应天文星宿。 ㊽ 嵚(qīn)崟(yín)：高貌。离摟：众木交加貌。 ㊾ 室每三间，则有四表。四角四方为八维，并中为九。 ㊿ 楹：柱。磊砢(luǒ)：壮大貌。 (51) 岧(tiáo)嵽(dì)：高远。漂：轻貌。峣(yáo)嵲(niè)：不安貌。枝拄：无根而倚立。 (52) 偃(yàn)蹇(jiǎn)：屈曲貌。虹指：如虹弯向天空。揭：高举。蘧蘧(qú)：高耸。腾凑：在高处聚合。磥(lěi)垝(guǐ)：重叠高危貌。岌(jí)峨：高耸貌。要绍：曲貌。环句(gōu)：如环勾连。 (53) 芝栭(ér)：画有灵芝纹彩的梁上短柱。攒(cuán)：聚。戢(jí)孴(yì)：众多貌。枝牚(chèng)：梁上交木。杈枒(yā)：参差貌。据：依。 (54) 夭蟜、黝纠：特出貌。搏负：负荷而攒搏。 (55) 茀(fú)蔚：突出貌。璀错：文饰繁杂貌。崎嶬(yǐ)：险峻貌。注：属。 (56) 捷猎：相接貌。支离：分散。(57) 纵横：四散。骆驿：不绝。 (58) 天窗：高窗。绮：文。疎：同“疏”。刻镂。 (59) 反植：根在上而叶在下。 (60) 绿房：芙蕖之房，刻绘为之，绿色。高诱注《淮南》：“荷，夫渠也。其茎曰茄，其本曰蔤，其根曰藕，其华曰夫容，其秀曰菡(hàn)萏(dàn)，其实莲，莲之藏者菂(dì)，菂之中心曰薏。”窋(zhú)咤(zhà)：物在穴中貌。垂珠：莲子外露像欲坠的珠子。 (61) 云楶(jié)：有云状纹饰的柱头斗拱。藻棁(zhuó)：梁上楹，画水草纹。龙桷：画椽为龙。 (62) 梁倚：相著。仡(yì)：举头。舋(xìn)：动。鬐(qí)：背上鬣。 (63) 蜿蟺(shàn)：盘曲貌。颔：摇头。蹗(kuí)跜(ní)：动貌。 (64) 衡：门上横木。腾、蟉(liú)虬：曲貌。榱(cuī)：椽。 (65) 孑(jié)蜺(ní)：延首貌。 (66) 跧(quán)：蹴。柎(fū)：斗栱上的横木。 (67) 蚺(tān)談(tàn)：吐舌貌。龂(yín)：齿根。跠(yí)：踞。 (68) 齐首目以瞪眄：骈头而相观视。眽眽、狋(yí)狋：视貌。(69) 皆胡、夷之画形。俨雅：敬恭跽貌。跽：长跪。仡欺狚：大首。雕：猛禽。眖(xuè)：惊视貌。鷮(āo)顤(xiāo)顟(liǎo)：头大深目貌。睽(kuí)睢(suī)：张目貌。嚬(pín)蹙(cù)：忧貌。(70) 岳岳：立貌。 (71) 瞟眇：视不明貌。响像：依稀。髣髴：相似。 (72) 缪形：形不同。(73) 更画太古开辟之时帝王之君。 (74) 五龙：《春秋命历序》：“皇伯、皇仲、皇叔、皇季、皇少五姓，同期俱驾龙，周密与神通。”人皇九头：《春秋命历序》：“人皇九头，提羽蓋，乘云车，出旸谷，分九河。” (75) 鸿：大。朴：质。略：野略。睢盱(xū)：质朴之形。上古之世，为洪荒之世。画其形亦质而略。 (76) 轩：车。冕：冠。庸：用。殊：有功者赏，无功者否。 (77) 三后：夏、殷、周。淫妃：妹嬉、妲己、褒姒。 (78) 驰道：帝王行车马之道。 (79) 阳：榭高而大谓之阳。榭：大殿无内室。 (80) 此句言阁道上下。 (81) 层曲九成：重高九层。 (82) 高径：所径高亢，上至华盖。 (83) 揭蘖：高貌。 (84) 垂景：自中坐而乘日影。 (85) 这句是说(千门、石户)相似如一，皆好。 (86) 靡靡：细好。妙勤：精妙功勤。 (87) 剋：同“克”，能。勋：功。 (88) 坤：地势坤。苍、昊：春为苍天，夏为昊天。纯：大。殷：中。言鲁承天之大中。 (89) 烟煴：天地之蒸气。 (90) 醴泉出地，故曰阴沟。《孝经·援神契》：“德至天则甘露降。” (91) 黝儵、阿那：茂盛貌。兰芝：香草名，即兰芷。 (92) 祥风：政平则祥风至。翕习：盛貌。 (93) 弥：益。 (94) 云：言。珍：美。 (95) 岿嶵、穹崇：皆高大貌。庬(měng)鸿：元气混沌未分貌。 (96) 崱(zè)屴(lì)嵫釐、岑崟嵫(zī)嶷(yí)：皆峻险貌。 (97) 仑菌、踡嵼(chǎn)：高耸险峻貌。傍欹倾：楼阁宫室相互依傍。 (98) 歇欻(xū)、霮(dàn)䨴(duì)：皆幽邃貌。 (99) 葱翠紫蔚：指宫殿彩绘色彩绚丽。礧(lèi)碨(wěi)：大石。瑰玮：珍奇。

本赋在中国赋史上声名昭著。据说蔡邕为之辍翰，刘勰誉为“辞赋之英杰”，皇甫谧赞为“近代辞赋之伟”。赋作单赋一殿，使宫殿赋从以《两都赋》为代表的京都大赋分流而成为独立的咏物体类。就其思想主旨与艺术手法而言，可从以下几点略言之：

一、尊天子而抑诸侯，希图汉王朝长治久安。

赋言鲁为"下国""附庸""配紫微为辅""承明堂于少阳"。慨叹"汉中微，盗贼奔突"。颂扬"帝汉祖宗，濬哲钦明。殷五代之纯熙，绍伊唐之炎精"，希冀"永安宁以祉福，长与大汉而久存。实至尊之所御，保延寿而宜子孙""瑞我汉室，永不朽兮"。尊天子抑诸侯的主旨与司马相如、班固等人创作的大赋一脉相承，希图长治久安则为中国人历炎的追求。

二、征实性写景，移步换景，感官并用，情景交融。

赋作空间特质突出，按参观顺序，由远及近，征实性写景。先总写观殿感受，再上阶登堂，观彤彩之饰，继而排扉北入，观旋室、洞房、西厢、东序等，再细看其栋宇结构及藻绘雕镂。移步换景，景随人移，诸感官并用。情感亦随之变化：睹斯而眙→嗟乎！感物而作赋→吁，可畏乎，其骇人也→彤彩之饰，徒何为乎→耳失听，目丧精→魂悚悚其惊斯，心惄惄而发悸→非夫通神之俊才，谁能剋成乎此勋→苟可贵其若斯，孰亦有云而不珍→穷奇极妙，栋宇已来，未之有兮。观览游走中，热烈奔放的情感与所见之景并驾齐驱。

三、善图物写貌，对建筑结构描述清晰。

赋作图物写貌，力穷其极，对建筑组成部分及部件名称如数家珍。建筑群组成部分有：崇墉、朱阙、高门、太阶、堂、阴夏、扉、室、房、西厢、东序、藻绘、雕镂、连阁、驰道、榭、楼、观、长途、轩槛、台、池、高径、华盖、飞陛、门、户、玄醴、朱桂、兰芝。具体建筑部件有：壁、柱、檐、楹、浮柱、飞梁、层栌、曲枅、芝栭、枝掌、悬栋、天窗、圆渊方井、窴、梲、桷、衡、榱、欂栌、楣、栭、橑、上栶，并对各部件组合方式详细陈述。该赋亦成为研究汉代宫殿建筑的宝贵文献材料。

四、以口语方言入赋。

赋作语言凝重瑰丽之中间杂口语方言："意者岂非神明依凭支持，以保汉室者也"，"嗟乎！诗人之兴，感物而作"，"吁，可畏乎，其骇人也"，"羌"，"彤彩之饰，徒何为乎"。此种直抒胸臆、脱口而出与李白《蜀道难》"噫，吁嚱，危乎高哉！蜀道之难，难于上青天"遥相呼应。

五、祥瑞、天人感应为当时作者的认知，具有鲜明的时代烙印。

赋作多次言及祥瑞：锡介珪作瑞、据坤灵宝势、子苍昊天纯殷、包阴阳变化、含元气烟煴、玄醴腾、甘露下臻、朱桂黝儵、兰芝阿那、祥风翕习、瑞我汉室，皆为汉代常提之祥瑞。天人感应"其规矩制度，上应星宿，亦所以永安也"，"荷天衢以元亨"，"协神道大宁"，"规矩应天，上宪觜陬"，"神灵扶其栋宇，历千载而弥坚",认为灵光殿营建、幸存、永存以及汉王朝的兴衰均与上天关系紧密。此乃汉代瑞应观念的辐射与反映,亦是王延寿无法摆脱的思想牢笼。　　（彭春艳）

【作者小传】

边让

（? —208?）　字文礼,陈留浚仪（治今河南开封）人。少能文博学。受蔡邕看重,邕向大将军何进荐举,被擢用,后出任九江太守。初平年间,东汉大乱,遂辞官还家。以自恃才气对曹操多有轻侮之言。后被曹操借机杀死。所著文章多散佚,今仅存《章华台赋》。

章华台赋并序①　　　　　　　　　　边让

　　楚灵王既游云梦之泽②,息于荆台之上③。前方淮之水,左洞庭之波,右顾彭蠡之隩,南眺巫山之阿④。延目广望,聘观终日⑤。顾谓左史倚相曰:"盛哉斯乐,可以遗老而忘死也⑥!"于是遂作章华之台,筑乾谿之室⑦,穷木土之技,单珍府之实,举国营之,数年乃成⑧。设长夜之淫宴,作北里之新声⑨。于是伍举知夫陈、蔡之将生谋也⑩。乃作斯赋以讽之:

　　胄高阳之苗胤兮,承圣祖之洪泽⑪。建列藩于南楚兮,等威灵于二伯⑫。超有商之大彭兮,越隆周之两虢⑬。达皇佐之高勋兮,驰仁声之显赫⑭。惠风春施,神武电断⑮,华夏肃清,五服攸乱⑯。旦垂精于万机兮,夕回辇于门馆⑰。设长夜之欢饮兮,展中情之嬿婉⑱。竭四海之妙珍兮,尽生人之秘玩⑲。

　　尔乃携窈窕,从好仇⑳,径肉林,登糟丘㉑,兰肴山竦,椒酒渊流㉒。激玄醴于清池兮,靡微风而行舟㉓。登瑶台以回望兮,冀弥日而消忧㉔。于是招宓妃,命湘娥㉕,齐倡列,郑女罗㉖。扬《激楚》之清宫兮,展新声而长歌㉗。繁手超于《北里》,妙舞丽于《阳阿》㉘。金石类聚,丝竹群分㉙。被轻裚,曳华文㉚,罗衣飘飘,组绮缤纷㉛。纵轻躯以迅赴,若孤鹄之失群;振华袂以逶迤,若游龙之登云㉜。

于是欢嬿既洽，长夜向半³³，琴瑟易调，繁手改弹³⁴。清声发而响激，微音逝而流散³⁵。振弱支而纤绕兮，若绿繁之垂干³⁶；忽飘飘以轻逝兮，似鸾飞于天汉³⁷。舞无常态，鼓无定节，寻声响应，修短靡跌³⁸。长袖奋而生风，清气激而绕结³⁹。尔乃妍媚递进，巧弄相加，俯仰异容，忽兮神化⁴⁰。体迅轻鸿，荣曜春华，进如浮云，退如激波⁴¹。虽复柳惠，能不咨嗟⁴²！

于是天河既回，淫乐未终，清篇发徵，《激楚》扬风⁴³。于是音气发于丝竹兮，飞响轶于云中⁴⁴。比目应节而双跃兮，孤雌感声而鸣雄⁴⁵。美繁手之轻妙兮，嘉新声之弥隆⁴⁶。于是众变已尽，群乐既考⁴⁷。归乎生风之广夏兮，修黄轩之要道⁴⁸。携西子之弱腕兮，援毛嫱之素肘⁴⁹。形便娟以婵媛兮，若流风之靡草⁵⁰。美仪操之姣丽兮，忽遗生而忘老⁵¹。

尔乃清夜晨，妙技单，收尊俎，彻鼓盘⁵²。悯焉若醒，抚剑而叹⁵³。虑理国之须才，悟稼穑之艰难⁵⁴。美吕尚之佐周，善管仲之辅桓⁵⁵。将超世而作理，焉沈湎于此欢⁵⁶！于是罢女乐，堕瑶台⁵⁷。思夏禹之卑官，慕有虞之土阶⁵⁸。举英奇于仄陋，拔髦秀于蓬莱⁵⁹。君明哲以知人，官随任而处能⁶⁰。百揆时叙，庶绩咸熙⁶¹。诸侯慕义，不召同期⁶²。继高阳之绝轨，崇成、庄之洪基⁶³。虽齐桓之一匡，岂足方于大持⁶⁴？尔乃育之以仁，临之以明⁶⁵。致虔报于鬼神，尽肃恭乎上京⁶⁶。驰淳化于黎元，永历世而太平⁶⁷。

〔注〕　①　本篇《后汉书·文苑传·边让传》作《章华赋》。章华台：春秋时楚灵王在乾谿所筑离宫，在今安徽亳州东南一带。　②　楚灵王：春秋时楚国国君，即熊围，好大喜功，骄奢淫逸，导致国家内乱，死于大夫之家。　③　息：通"憩"。荆台：又名景夷台，春秋时楚国的著名台观，在今湖北省潜江县西南的龙湾镇东约三公里。　④　洞庭：洞庭湖。彭蠡：古泽名，即今鄱阳湖。隩：指水湾。阿：山隅。　⑤　延目广望：即放眼四望。骋观：远眺。　⑥　左史倚相：楚灵王史官名，左史记言，右史记事。遗：忘。　⑦　乾谿之室：在乾(gān)谿所筑的宫室。　⑧　穷：尽。木土之技：建筑方面的才能。单：同"殚"。珍府之实：库府中的物品。　⑨　长夜之淫宴：通宵喝酒。据《史记·殷本纪》，商纣王喜欢长夜之饮，最终亡国。　⑩　伍举：楚灵王朝中大夫，曾劝王勿劳民而建章华台，灵王不听。陈蔡生谋：灵王弟弟蔡公子弃疾为陈、蔡公，后以陈、蔡叛，夺取灵王之位。　⑪　胄：继承。高阳：古帝颛顼。圣祖：指高阳帝。　⑫　列藩：诸侯国。南楚：指楚国，因楚处南方，故称。威灵：声威。二伯：指齐桓公、晋文公。

⑬ 大彭：商代方国名。两虢：指虢仲、虢叔，周王季之二子。 ⑭ 皇佐：指楚先王熊绎。《左昭十三年传》："昔我先王熊绎辟在荆山，荜路蓝缕以处草莽，跋涉山林以事天子。"驰仁声：传布仁德的声誉。 ⑮ 惠风春施：言仁德如惠风在春天吹过。神武电断：言勇武恰似雷电来临一样果断。 ⑯ 五服：周王朝统治地区以外的地方，以五百里为限，依距离远近分为甸服、侯服、绥服、要服、荒服五等，故曰五服。攸：所。乱：理。 ⑰ 旦：清晨。垂精：用精力。万机：各种政务。门馆：群臣聚会的馆舍。 ⑱ 展：表现。中情：内在情感。嬿婉：欢娱。 ⑲ 竭：耗尽。珍妙：珍奇美妙之物。秘玩：少有的游戏。 ⑳ 窈窕：外表美丽而内心娴淑。从(zòng)：带领。好仇：佳偶。 ㉑ 径：通过。糟丘：用酒糟堆成的山丘。 ㉒ 兰肴：美味的鱼肉。椒酒渊流：言美酒像深潭中的水一样流动。 ㉓ 玄醴：沉静的池水。靡：披拂。㉔ 瑶台：指用美玉装饰的台观。回望：四周观望。弥：终。 ㉕ 宓妃：神话传说中的洛水女神。湘娥：指娥皇、女英。神话传说中的湘水女神。 ㉖ 齐倡：齐地的歌女。郑女：郑地的歌女。 ㉗ 激楚：楚地歌舞曲名。清宫：五音之一。 ㉘ 繁手：指演奏乐曲时高妙的手法。阳阿：楚地歌舞曲名。 ㉙ 金石：指金石之乐，也即打击乐。丝竹：指管弦音乐。 ㉚ 轻袿：轻薄织品的女子上衣。曳：拖。华文：指有华文的丝织品。 ㉛ 罗：丝织品的一种。飘飘：随风飞动貌。组绮：带状的有花纹的丝织品。缤纷：杂乱貌。 ㉜ 迅奋：迅速跃起。华袂：华美的衣袖。逶迤：曲折状。 ㉝ 洽：融洽。向半：将半。 ㉞ 繁手改弹：指琴瑟易调。㉟ 响激：激起回响。 ㊱ 振：摇摆。弱支：柔弱的肢体。支：通"肢"。纡绕：盘曲貌。㊲ 忽：快速貌。天汉：指银河。 ㊳ 常态：一定的姿态。节：节奏。此句言舞者随着声响变化而变化舞姿，没有一点失误。 ㊴ 奋：举。响结：言歌声委转曲折。清气：指歌声。㊵ 妍媚：指美好漂亮的舞者。巧弄：巧妙的音乐演奏。神化：变化如神。 ㊶ 体迅鸿轻：言身体移动迅速像鸿雁一样轻盈。荣耀春华：言容光焕发有如春天的花朵。荣：盛。耀：明亮。华：同"花"。 ㊷ 柳惠：柳下惠。咨嗟：叹息。 ㊸ 天河：即银河。回：转。籥：古代乐器的一种。徵(zhǐ)：五音之一。 ㊹ 轶：上达。 ㊺ 比目：比目鱼。《尔雅》："东方有比目鱼焉，不比不行。" ㊻ 嘉：嘉许。弥隆：愈加隆盛。 ㊼ 考：完成。 ㊽ 广夏：大厦。夏，同"厦"。轩黄：指黄帝。要道：重要的方法。 ㊾ 西子：西施。毛嫔：毛嫱。皆古代美女。素肘：洁白的胳膊。 ㊿ 便娟：苗条貌。婵媛：绰约。 (51) 仪操：仪态举止。姣丽：姣好美丽。 (52) 妙技：指歌舞。单：同"殚"。尊：同"樽"，酒樽。鼓盘：舞蹈中的一种道具。 (53) 惘焉：有所失貌。酲(chéng)：酒醒。 (54) 理国：治国。悟：明白。 (55) 吕尚：俗称姜太公。姓姜，名望，吕为氏，也称师尚父，故曰吕尚。辅助周武王灭商，封于齐，为周代齐国始祖。管仲：春秋时人，名夷吾，字仲，为齐桓公大夫，助桓公完成霸业。桓：指齐桓公。 (56) 超世：超越前代。沈缅：沉迷，无度。 (57) 罢：停止。堕(huī)：毁坏。瑶台：美玉装饰的台观。 (58) 卑宫：低矮的宫室。《论语·泰伯》："(禹)卑宫室而尽力乎沟洫"有虞：虞也。舜的国号，此指舜。土阶：舜的台观。《后汉书》注引《墨子》佚文："虞舜土阶三尺，茅茨不剪。" (59) 英奇：指难得的人才。仄陋：狭窄简陋的居处。髦秀：指杰出卓越的人才。蓬莱：杂草丛生之处，指穷人所住之处。 (60) 明哲：明智。 (61) 百揆时叙：言各个职位都安排得有条有理。百揆：百官。时：是。叙：序，顺也。庶：众。咸：皆。熙：兴。 (62) 期：期会，会盟。 (63) 绝轨：指断绝了的事业。成庄：楚成王和楚庄王，皆为楚国强盛时期的明君。 (64) 匡：匡正。方：比拟。大持：指有作为的君主。(65) 育：培养。 (66) 鬼神：指楚先王。指祭祀。上京：指周王室。 (67) 淳化：以德教化。黎元：百姓。

东汉末的辞赋已经向抒情化的路径发展，而这篇《章华台赋》却仍然沿袭着司马相如以来的讽谏传统。《后汉书》本传称此赋"虽多淫丽之辞,而终之以正,亦相如之讽也。"边让生活的时代,东汉王朝已逐渐走向衰落。《章华台赋》在这样的背景下写成,其讽世与批判的意味是十分明显的。

章华台是春秋时楚灵王所筑的离宫,后因为灵王沉湎歌舞声色,终于身死乾谷,为天下所笑。作者以此为题材,其用意不仅深刻,而且沉痛。《国语·楚语》载:"灵王为章华之台,与伍举升焉。曰:'台美夫?'对曰:'吾闻国君服宠以为美,安民以为乐,听德以为聪,致远以为明。不闻其以土木之崇高、彤镂为美,而以金石匏竹之昌大、嚣庶为乐;不闻其以观大、视侈、淫色为明,而以察清浊为聪也。先君庄王为匏之台,高不过望国氛,大不过容宴豆,木不妨守备,用不烦官府,民不废时务,官不易常朝。……今君为此台也,国民罢焉,财用尽焉,年谷败焉,百官烦焉,举国留之,数年乃成。……'"伍举此段论台美楚殆之辞,颇具辞赋家之风。

边让此赋立意与伍举谏语颇为相似,或即据此敷衍而成。《章华台赋》第一段采取主文谲谏的方式,先历数灵王的历史地位和功绩,对这位奢侈昏庸之君歌颂为讽谏做铺垫,让他意识到自己的责任,并从荣誉上加以激励。此部分的后四句引出叙文中灵王所谓"盛哉斯乐,可以遗老忘死"的事,从而进行讽谏。

赋的第二段承顺灵王之意,极力铺陈灵王君臣在章华台中的种种乐事,其中包括三方面内容:一是游逸于酒食,二是纵情歌舞,三是沉湎男女欢娱。其中的用典微寓作者讽刺之意,如肉林糟丘和北里新声均用商纣故事,沉湎男女欢娱虽非商纣专利,却几乎是所有亡国之君的共同生活特点。这样就使赋中对帝王生活铺张描写不同于西汉时代的同类题材作品,其中批判的倾向比较鲜明。

赋的第三段是虚构之辞,通过对楚灵王酒醒后幡然醒悟的心态和行为的描写,表现了讽喻的主题。灵王对自己的享乐有所反省,于是毁坏宫室女乐,学习古代明君圣王,选贤用能,励精图治。这种用虚构笔法表达讽谏之意的写法,可谓温柔敦厚,婉而成章!虽然此赋和当时流行的抒情小赋比,文学意味不够浓,但其表现出的强烈社会责任感在当时却不多见,赋虽以回顾章华台之事主,但并不是简单地叙述历史,而是讽喻当代。《后汉书·桓帝纪》赞曰:"前史称桓帝好音乐,善琴瑟,饰芳林而考濯龙之宫"。对照边让生活的汉末历史,可以知道边让此赋是因事而发的,并非徒举文章。一般认为,此赋作于作者未入何进将军府之前,时当年少。边让之见重于当时,其原因或者即在此。

本赋的重心在章华台长夜欢宴部分,在写法上借鉴了傅毅《舞赋》有关部分,但更注重剪裁,缩小了铺张规模,使之紧扣讽谏主题。其语言较之《舞赋》的文字要舒畅洗练,并且用比喻烘托等方法,增加了作品的感染力。 (韩高年)

祢 衡

【作者小传】 (173—198) 字正平,平原般(今山东临邑东北)人。少有才辩,尚气傲物,唯与孔融、杨修善,融称其"淑质贞亮,英才卓砾"。曹操欲见之,衡称狂病辞。操乃召为鼓史,大会宾客,欲当众辱之,反为衡所辱。操怒,遣送荆州刘表,复不合。转送江夏太守黄祖,终被杀。原有集,已佚。《全上古三代秦汉三国六朝文》存其文四篇。

鹦 鹉 赋 并序 祢 衡

时黄祖太子射①,宾客大会。有献鹦鹉者,举酒于衡前曰:"祢处士②,今日无用娱宾③,窃以此鸟自远而至,明慧聪善,羽族之可贵,愿先生为之赋,使四座咸共荣观,不亦可乎?"衡因为赋,笔不停缀,文不加点。其辞曰:

惟西域之灵鸟兮④,挺自然之奇姿。体金精之妙质兮⑤,合火德之明辉⑥。性辩慧而能言兮,才聪明以识机⑦。故其嬉游高峻,栖跱幽深。飞不妄集,翔必择林。绀趾丹觜⑧,绿衣翠衿。采采丽容,咬咬好音⑨。虽同族于羽毛,固殊智而异心。配鸾皇而等美⑩,焉比德于众禽?

于是羡芳声之远畅,伟灵表之可嘉⑪。命虞人于陇坻⑫,诏伯益于流沙⑬。跨昆仑而播弋⑭,冠云霓而张罗⑮。虽纲维之备设,终一目之所加⑯。且其容止闲暇,守植安停⑰。逼之不惧,抚之不惊。宁顺从以远害,不违迕以丧生⑱。故献全者受赏,而伤肌者被刑。

尔乃归穷委命⑲,离群丧侣。闭以雕笼,翦其翅羽。流飘万里,崎岖重阻。逾岷越障⑳,载罹寒暑㉑。女辞家而适人㉒,臣出身而事主。彼贤哲之逢患,犹栖迟以羁旅。矧禽鸟之微物㉓,能驯扰以安处㉔!眷西路而长怀,望故乡而延伫㉕。忖陋体之腥臊,亦何劳于鼎俎㉖?

嗟禄命之衰薄㉗,奚遭时之险巇㉘?岂言语以阶乱㉙,将不密以致危？痛母子之永隔，哀伉俪之生离。匪余年之足惜，愍众雏之无知。背蛮夷之下国，侍君子之光仪。惧名实之不副，耻才能之无奇。羡西都之沃壤⑳，识苦乐之异宜。怀代越之悠思㉛，故每言而称斯。

若乃少昊司辰，蓐收整辔㉜。严霜初降，凉风萧瑟。长吟远慕，哀鸣感类。音声凄以激扬，容貌惨以憔悴。闻之者悲伤，见之者陨泪。放臣为之屡叹㉝，弃妻为之歔欷㉞。

感平生之游处㉟，若埙篪之相须㊱。何今日之两绝，若胡越之异区㊲？顺笼槛以俯仰，窥户牖以踟蹰。想昆山之高岳㊳，思邓林之扶疏㊴。顾六翮之残毁㊵，虽奋迅其焉如？心怀归而弗果㊶，徒怨毒于一隅。苟竭心于所事，敢背惠而忘初？托轻鄙之微命，委陋贱之薄躯。期守死以报德，甘尽辞以效愚。恃隆恩于既往，庶弥久而不渝㊷。

〔注〕　①太子射(yì)：黄祖长子黄射。时黄祖为江夏(今湖北武汉一带)太守，处于东汉末年军阀割据之时，犹如一方王侯，故称其子为太子。　②处士：未仕或不仕的士人。　③无用：无以。　④西域：西部地区，鹦鹉出陇山，在今陕西陇县至甘肃平凉一带，故称西域灵鸟。　⑤金精：西方之精气。古代以五行(木、火、金、水、土)配五方五色，西方为金，其色白。鹦鹉产于西方，身中又有白羽，故称"体金精之妙质"。　⑥火德：鹦鹉嘴为红色，故合于火德。　⑦机：先兆，隐微的迹象。　⑧绀(gàn)：青里带红的颜色。觜：同"嘴"。　⑨咬(jiāo)咬：鸟鸣声。　⑩鸾皇：即鸾凤，鸾鸟和凤凰。　⑪伟：用作动词，这里有"尊"或"欣赏"之意。灵表：美好的外表。　⑫虞人：古代掌管山泽田猎的官吏。陇坻：指陇山。　⑬伯益：即秦之先伯益，能与鸟语，被舜任为虞。流沙：泛指西方沙漠地区。　⑭昆仑：昆仑山，这里泛指高山。弋：用系有丝绳的箭射鸟。　⑮"冠云霓"句：意谓捉鹦鹉的罗网张得极高。　⑯一目：罗网上的一个网眼。　⑰守植：守志。"植"通"志"。　⑱违迕(wǔ)：违背，指逆人志。　⑲归穷：陷入困境。委命：听任命运摆布。　⑳岷：岷山，在今四川、甘肃交界处。障：障山，在今甘肃西部。　㉑载：动词词头。罹：遭逢。　㉒适：嫁。　㉓矧(shěn)：况且。　㉔驯扰：驯服。　㉕延伫：长久地站立等待。　㉖俎：砧板。　㉗禄命：指人生兴衰贫富的命运。　㉘险巇(xī)：险恶危难。　㉙阶乱：导致祸乱。　㉚西都：指长安。　㉛代越：借指故乡。代：古郡名，在今山西北部。越：南越，指今两广地区。　㉜少昊：一作"少皞"，传说古部落首领，以金德王，又称金天氏，是西方天帝。司辰：掌管时岁。蓐收：西方之神，主管秋季。　㉝放臣：被放逐之臣。　㉞歔(xū)欷(xī)：哀叹抽泣声。　㉟游处：指同游共处之人。　㊱埙(xūn)篪(chí)相须：指埙、篪两种乐器合奏时，声音和谐。埙：古代吹奏乐器，一般为陶制。篪：竹制的管乐器。　㊲胡：指北方。越：指南方。　㊳昆山：泛指高山。高岳：高峻的大山。　㊴邓林：神话中的树林。古代神话中夸父逐日而渴死，弃下手杖，化为邓林。这里泛指森林。扶疏：枝叶繁茂的样子。　㊵翮：鸟羽。残毁：指鹦鹉被剪去一段翅羽。　㊶弗

〔240〕 祢 衡　　　　　　　　　　　　　　　　　　　　　　鹦鹉赋

果：不能实现。　　㊷庶：庶几，或许，表示希望。弥久：长久。渝：改变。

　　这篇赋是祢衡的即席之作。祢衡是东汉末年尚气刚傲的名士，友人孔融曾向曹操推荐他，他自称狂病不肯往，曹操召他为鼓史，欲以辱之，反被祢衡所辱。曹操怒，因其有才名，不欲杀之，转送至刘表处，祢衡又辱刘表，被刘表转送与江夏太守黄祖，终因冒犯黄祖被杀。据《后汉书·文苑列传》记载，祢衡在江夏期间，江夏太守黄祖长子黄射与祢衡十分友善，黄射大会宾客时，有人献上鹦鹉，黄射举酒于祢衡前，请祢衡赋之，以娱嘉宾。祢衡揽笔而作，一气呵成，写下了这篇咏物抒情的辞赋名篇。

　　赋中开篇即赞美鹦鹉所具有的奇妙资质和机灵能言的性情智慧。生长于西域的这种灵鸟，羽毛光华美丽，红红的嘴，深青带赤的足趾，与它那衣襟翠绿的色彩互相映衬，它不仅能言善辩，资性聪慧，而且声音叫起来也格外好听。智慧心性不同于众鸟的鹦鹉嬉游于高山峻岭，栖息于幽谷深林。鹦鹉由于芳声远扬，身姿美好，猎手们追逐着它的足迹，布下天罗地网。鹦鹉终于难逃被网罗的命运，然而它处变不惊，容止闲暇，宁愿顺从以全生远害，也不想因为挣扎而丧失性命。猎手们也因猎到不伤毫毛的鹦鹉而受赏。良鸟择木而栖，高士择主而从，篇中的鹦鹉和英才卓荦的作者本人一样，虽有高远之志，但都深感羁绊之苦而无能为力，全赋至此以后几乎处处比况，又极合情切题。

　　于是又写到离群丧侣的雕笼中鹦鹉，遭遇了杀翮毁羽的不幸，也失去了伴侣，离开了伙伴，它越过千山万水，经历寒来暑往，被迫漂流异乡。辗转漂流的鹦鹉正像作者本人一而再地被遣送一样，遇此命运也只能自我宽慰，想想一个深闺弱女总是要出嫁而依附他人，臣子也总是要献身而侍奉君主，即使贤哲之人也会遇到祸患而离乡背井，何况鹦鹉这样的卑微之物，能不驯服以求安泰！这时的鹦鹉眷恋故乡而久久地凝望，遥望故乡而长怀感叹，它还暗自思量这腥臊微贱之躯，还不至于遭受鼎煮刀割之害吧？当年的曹操曾说："祢衡竖子，孤杀之犹雀鼠耳。顾此人素有虚名，远近将谓孤不能容之，今送与刘表，视当何如。"（《后汉书·文苑列传》）赋中鹦鹉的担忧可谓有来由矣。

　　作者接着又以细腻的心理描写，逆揣鹦鹉对自身际遇的反思，也是作者借鹦鹉而宣己意：可叹如此福浅命薄啊，怎么会落入这样险难的境地。难道是祸从嘴边起，还是藏身不密而陷入祸乱？正所谓"劝君不用分明语，语得分明出转难"（罗隐《鹦鹉》）。痛苦的是母子永不会再见面，夫妻也要生离死别。自己能有多少余年已不足惜，伤感哀怜的是众雏的年幼无知。离开边远的故土来到这礼仪之邦，担心的是自己名不副实，羞于无奇才可侍奉主人，也心知来此令人艳羡之地而辗转事人的苦乐忧思。常常怀着绵绵的思乡之情,不由自主地开口道出思乡之言。等到秋风来临,严霜初降,鹦鹉那哀鸣不断的思乡之声更使同类感伤,那凄鸣之情,憔悴之形,直令听者悲伤,见者落泪。可怜的放逐之臣为之叹息,不幸的弃妇为之抽泣。当初那些同游共处之人,为何今日都如胡越般远隔万里?处于笼中的鹦鹉也只能踟蹰徘徊,顺笼槛小窗而远望,想象着何时可以回归自然界的昆山邓林,可回顾自身,已被剪断了翅羽,虽想奋飞又能飞到哪里?心里盼望着回归故里,然而终不可能实现,只能委身角落空怀怨恨。此时的鹦鹉也只好竭心尽力侍奉主人,哪能忘记初来时主人的恩惠。托轻鄙陋贱之身于主人,以竭辞尽言来报答主人的恩德,或许主人的眷顾与惠泽能弥久不渝吧。

《鹦鹉赋》成功地借赋鹦鹉抒发了汉末乱世之中作者身处困境、任人摆布的悲哀,委婉表现了作者托身事人如履薄冰的微妙心理,艺术上取得了很高的成就。首先,作者体物生动,妙笔生花,如"绀趾丹觜,绿衣翠衿。采采丽容,咬咬好音",虽无奇字丽藻,但三言两语的点染即可展示鹦鹉漂亮的外表和声音的动人。其次,作者想象丰富,化典入赋极为贴切自然。赋中既有想象中西域鹦鹉于自然山水中嬉游栖跱的描写,也有鹦鹉身被罗网、流飘万里的穷形尽相的铺排,更有渗透个人心理以描写鹦鹉复杂的思想情绪和反思遭祸缘由的多侧面刻画。而化典入赋,如"命虞人于陇坻,诏伯益于流沙","若乃少昊司辰,蓐收整辔","想昆山之高岳,思邓林之扶疏"等,非常善于运用神话传说中的神、人、物象如少昊、伯益、蓐收、昆山、邓林等入赋,这些物象的运用,不仅增强了赋的时空美感,也拓展了读者的想象空间。第三,作者善于运用比喻象征的艺术手法。如"飞不妄集,翔必择林"的西域灵鸟鹦鹉与当年曾"阴怀一刺,既而无所之适,至于刺字漫灭"(《后汉书·文苑列传》)的英才祢衡一样,如今都落入了不能自主的境地,作者用"顺笼槛以俯仰,窥户牖以踟蹰。想昆山之高岳,思邓林之扶疏"来描写鹦鹉,其实既活化出笼中鹦鹉踟蹰徘徊,思振翼高山密林而不得的悲惨处境,又表现了作者空有抱负而任人摆布的悲哀窘境。赋中物我合一,咏物托情之形象生动于此可见一斑。

值得注意的是,同是咏禽鸟之赋,这篇赋与汉初诸侯藩王门客的咏禽鸟赋如路乔如《鹤赋》、公孙诡《文鹿赋》以表现幸遇心态不同,《鹦鹉赋》虽然也有禽鸟对主人感恩戴德的描写,但与汉初辞赋家优游自在,乐得其所的明快格调不同,赋中虽也表达对主人的感恩心理,然而总有一种"恃隆恩于既往,庶弥久而不渝"的战战兢兢的担忧之情,赋的格调又极悲凉。整篇赋"全是寄托,分明为才人写照。正平豪气,不免有樊笼之感,读此为之慨然。"然而"身处樊笼,欲归不得,不能不转为托命之思。正平具此苦心,终为遭祸,可哀也夫。"(《评注昭明文选》何义门语)也有人认为祢衡此赋"戚戚焉有自怜依人之态,于生平志气,得无未称"(刘熙载《艺概·赋概》),就祢衡当时的心境来说,虽幸遇黄祖长子射,但又委身性情急躁的黄祖门下,所以赋中哀唱的是一种不幸之中的幸运,幸运之中的不幸,"见善若惊,疾恶若仇"(孔融《荐祢衡表》)的祢衡自是有爱有恨,有感恩也有委屈不平,这篇《鹦鹉赋》正是一个极好的载体,真切地表现了身处乱世,难遇明主、困顿穷窘的英才心理,也因此引起了不少后世诗人精神上的共鸣。

(孙　晶)

陈　琳

【作者小传】(? —217)　字孔璋,广陵射阳(今江苏淮安东南)人。汉少帝时为大将军何进主簿。后避难冀州依袁绍,典文章。尝为绍作檄文骂曹操。绍败,归操,操爱其才,不咎既往,以为司空军谋祭酒,管记室,后徙门下督。卒于疫中。为"建安七子"之一。《为袁绍檄豫州文》为其代表作。诗以《饮马长城窟行》较著名。原有集,已散佚,明人辑有《陈记室集》。

神　武　赋 并序①

陈　琳

建安十有二年,大司空武平侯曹公东征乌丸②。六军被介,云辂万乘③,治兵易水,次于北平④,可谓神武奕奕,有征无战者已⑤。夫窥巢穴者,未可与论六合之广⑥;游潢污者,又焉知沧海之深⑦。大人之量,固非说者之所可识也⑧。

伫盘桓以淹次⑨,乃申命而后征⑩。觌狄民之故土⑪,追大晋之退踪⑫。恶先縠之惩寇⑬,善魏绛之和戎⑭。受金石而弗伐⑮,盖礼乐而思终。陵九城而上跻⑯,起齐轨乎玉绳⑰。车轩辚于雷室⑱,骑浮厉乎云宫⑲。晖曜连乎白日⑳,旂旐继于电光㉑。旆既轶乎白狼㉒,殿未出乎卢龙㉓。威凌天地,势括十冲㉔,单鼓未伐㉕,虏已溃崩。克俊馘首㉖,枭其魁雄㉗。尔乃总辑瑰珍㉘,茵毡幕幄㉙,攘璎带佩㉚,不饰雕琢㉛,华珰玉瑶㉜,金麟互琢㉝,文贝紫瑛㉞,缥碧玄绿㉟,黼锦缋组㊱,罽毲皮服㊲。

神武赋　　　　　　　　　　　　　　　　　　　　　　　　　　　陈　琳　〔243〕

〔注〕　① 本篇写建安十二年(207)曹操征乌桓之事。此由《艺文类聚》及《北堂书钞》辑成，有缺文。神武：指不用刑杀而威服天下。《易·系辞上》：“古之聪明睿知，神武而不杀者夫。”② 大司空：官名。东汉时三公之一。曹操于建安元年十一月自为司空。武平侯：建安元年九月曹操封为武平侯。侯爵在汉代仅次于王。曹公：指曹操。乌丸：即乌桓，古代北方少数民族之一，时居今辽宁西南部。　③ 六军：周朝军制，天子有六军。后泛指国家军队。被(pī)：同“披”。介：甲，铠甲。云辒(zī)：指辒车多如云。辒：有帏帐遮蔽，既可坐卧，又可载物的车。万乘(shèng)：万辆，指车多。　④ 易水：水名。发源河北省易县。次：临时驻扎。北平：古县名，在今河北保定市满城区北。　⑤ 奕奕：神采闪耀的样子。有征无战：出兵未有战而对方臣服。　⑥ 窥巢穴者：以窃视鸟巢兽穴，伺机偷取为营生者。指狸猫之类小动物。比喻目光狭小的人。六合：天、地与东、西、南、北四方。此指宇宙间广阔的空间。　⑦ 游潢(huáng)污(wū)者：在污水池塘中生活者。指蟛蜞之类的人。喻并无大志的人。潢污：积水，低洼处积聚的污水。　⑧ 说者：一般文人谋士。曹操决定东征乌桓时，其谋士中只有郭嘉赞同，其余皆担心刘表听刘备之言来攻。郭嘉料定刘表不会听刘备之言。曹操从郭嘉。　⑨ 伫：久立。盘桓：徘徊。淹次：停留。　⑩ 申命：指再次发出布告。　⑪ 觐(jìn)：观看。狄：我国古代北方少数民族名，又泛称北狄。此次东征，正是到春秋时北狄之地。　⑫ 追：回想。大晋之遐踪：指晋文公重耳的踪迹。重耳为公子时因后母骊姬的陷害与谋杀，奔于狄，处狄十二年。后回国，立为君，晋一时为强国，故称为“大晋”。　⑬ 恶(wù)：厌恶。先縠(hú)：春秋时晋国大夫，晋楚邲之战中因刚愎自用、冒险进军而招致大败。后又召赤狄伐晋，被杀。事见《左传》宣公十二年、十三年。　⑭ 魏绛：春秋时晋卿。晋悼公器重他，委以政事。他力谏晋侯和好戎狄，言“和戎有五利”。结果戎狄亲附，使晋国强大起来。　⑮ 受：接受。金石：指乐器。晋侯以郑国赠送的乐器的一半赐魏绛，魏绛不受，以为是先君之灵和大家的功劳，自言“臣何力之有焉”。见《左传》襄公四年、襄公十一年。伐：居功。盖：崇尚。　⑯ 陵：升，登。九城：山名，位于今辽宁省西南部与河北省接壤处。跻：升。　⑰ 齐轨：并排的车。玉绳：星名。因在北斗七星的玉衡以北，此用以指极北之地。　⑱ 轩辒于雷室：言声震高天。轩辒：拟声词，这里用为动词。　⑲ 浮厉：犹凌厉，飞举高扬的样子。云宫：云神所居。　⑳ 晖曜：光辉。晖，同“辉”。　㉑ 旂(qí)旐(zhào)：泛指各种旗帜。旂：古代一种画有两龙，竿头系有铃以令众的旗。旐：画有龟蛇的旗。　㉒ 旆(pèi)：旗帜之下垂部分。这里泛指旗帜。轶：超过。白狼：山名。即白狼山。在今辽宁喀喇沁左翼蒙古族自治县东境。　㉓ 殿：队伍的尾部。卢龙：古塞名，故址在今河北迁安市。　㉔ 括：包容。衢：交道。“十”言其多。　㉕ 单鼓：指击一次鼓。伐：击打。㉖ 克俊馘(guó)首：指不斩敌军之首，不断敌军之耳。克：能。俊：使好看。馘：割去战俘的耳朵。　㉗ 枭：斩首悬而示众。上二句只斩杀其头领示众。　㉘ 总辑：汇总。　㉙ 茵毡(zhān)幕幄：铺起毛毡，挂起帐篷。茵：褥子。这里用为动词，铺垫。幕：用来悬挂或覆盖的大幅布。这里用为动词。幄(wò)：篷帐。　㉚ 攘(rǎng)：夺取。瓔(yīng)：像玉的石头。带：佩戴。佩：饰物。　㉛ 不饰雕凿：连上句言将士取俘获之物随便佩带，也不管是否合适当。㉜ 珰(dāng)：汉代武官的冠饰。瑶：美玉。　㉝ 金麟互琢：以金银象牙雕制成的麟鹿。都是指装饰品。　㉞ 文贝：带花纹的贝壳。紫瑛：紫水晶。　㉟ 缥碧：青绿色的宝石。玄绿：黑色的石绿。绿：矿物名。　㊱ 黼(fǔ)锦：有花纹的丝织品。缋(huì)组：有彩色的丝带。㊲ 罽(jì)、毼(hé)：都是毛织物。以上写所缴获的珍宝器物。以下缺。

东汉末年，曹操“挟天子以令诸侯”，扫荡群雄，官渡之战消灭了北方最大的军阀袁绍，占领青、冀、幽、并四州，基本上统一了北方。当时袁绍之子袁熙、袁尚逃到地处东北的乌桓部族之中，联合反曹。建安十二年（207），曹操决定征乌桓。五月出兵，七月间大水，傍海之道不能行，"引军出卢龙塞，塞外道绝不通，乃堑山堙谷五百余里"，征行极其艰难。至距敌二百里时，袁氏兄弟及乌桓单于知之，以数万骑迎敌。"公车重在后，被甲者少，左右皆惧。公登高，望虏陈不整，乃纵兵击之，使张辽为先锋，虏众大崩，斩蹋顿及名王已下，胡、汉降者二十余万口"。（《三国志·魏书·武帝纪》）引兵归途中，辽东太守又斩逃奔彼处的袁氏兄弟及辽东单于速仆丸之献于曹操。十一月至易水，代郡、上郡单于来贺。曹操此次征乌桓，分析形势，把握时机，坚定果断，旗开得胜。虽然开始十分艰苦，但交战十分顺利，在战后也引起一系列良好的变化。陈琳此赋今存只是一个片断，但也反映出了这次远征的大体情形与特征。因序中交代了事情的原委与意义，赋正文中不少地方用了借代、比喻、夸张的手法，便显得虚实结合，不至于给人模糊不清、虚无缥缈之感。也不因罗列细琐、叙事太实而缺乏诗意。

　　赋先说"先申命而后征"，显得王者之师，先礼后兵，正正堂堂。以下联系晋文公事迹暗喻曹操的不凡。虽至冰雪不毛之地，但晋文公由之发迹。"恶先毂之惩寇"一句实际上是抨击袁熙、袁尚兄弟，但用了典故，含蓄而贴切；"善魏将之和戎"喻曹公此次远征的目的在"和"不在"战"；赞扬魏绛的"受金石而弗伐，盖礼乐而思终"，实际上是赞扬曹操深谋远虑，能安其乐而思其终。伐乌桓之前曹操说："吾赴义兴诛暴乱，于今十九年，所征必克，岂吾功哉？乃贤士大夫之力也。天下虽未悉定，吾当要与贤士大夫其定之。"此赋开头八句，就是体现了曹操的这种思想。"陵九城"以下八句既有写实，也用比喻，尤其用了夸张的手法写曹军，将曹军数万之师浩浩荡荡行进，声震天地的气势生动地表现了出来。"起齐轨乎玉绳"以下五句颇有《离骚》中"前望舒使先驱兮，后飞廉使奔属"以下数节及"朝发轫于天津兮，夕余至乎西极"以下数节的气势，充满了浪漫色彩。"旆既轶乎白狼，殿未出乎卢龙"写队伍之长，人马之众。"威凌天地，势括十衝"则概括言之，既以"和"为目的，又显得兵强士众，先声夺人。所以下面"单鼓未伐，虏已溃崩"，便觉得是自然之事。下面铺排收获的各种珍宝物品，实际上体现的是一种欢快的胜利者的心情，可惜文字有缺，不能窥见整体结构。但只就这一部分，也可以看出陈琳驾驭题材的能力。曹植《与杨德祖书》言陈琳"不闲于辞赋，而多自谓能与司马长卿同风，譬画虎不成反为狗者也"。应该说陈琳更长于表章书檄，但赋也不差。曹植这样说，除了他认为司马相如在赋史上的地位无人可及这一点之外，恐怕也有个人感情上的原因。

（赵逵夫）

【作者小传】

阮 瑀

（约 165—212） 字元瑜，陈留尉氏（今属河南）人。为曹操司空军谋祭酒，管记室。后为仓曹掾属。善作书檄，能诗。为"建安七子"之一。作品留存很少。《驾出北郭门行》较有名。原有集，已散佚，明人辑有《阮元瑜集》。

纪 征 赋　　　　　　　　　　阮 瑀

　　仰天民之高衢兮[①]，慕在昔之遐轨[②]。希笃圣之崇纲兮[③]，惟弘哲而为纪[④]。司天工而人代兮[⑤]，匪贤智其能使[⑥]？五材陈而并序[⑦]，静乱由乎干戈[⑧]。惟蛮荆之作仇[⑨]，将治兵而济河[⑩]。遂临河而就济[⑪]，瞻禹迹之茫茫[⑫]。距疆泽以潜流[⑬]，经昆仑之高冈[⑭]。目幽蒙以广衍[⑮]，遂霑濡而难量[⑯]。

〔注〕 ①天民：德合天理的人。高衢（qú）：指圣哲治国的途径。 ②遐（xiá）轨：指前代圣哲留下的功业。遐：远。 ③笃圣：品格真诚纯一的圣人。崇纲：崇高的纲常。 ④惟弘哲而为纪：思虑以大圣哲为行事的准则。以上的"仰""慕""希""惟"都是就曹操而言。 ⑤同天工：意思为"替天行讨"。天工：上天的职能。 ⑥匪：同"非"。其：此处为反诘副词，同"岂"。 ⑦五材：指勇、智、仁、信、忠五种德性。见《六韬·论将》。并序：同列。这句是说曹氏手下各种人才济济聚集。 ⑧静乱：即"靖乱"，指平定天下。"静"通"靖"。由：用。 ⑨蛮荆：先秦时本指居于江汉流域的楚人，是蔑称。《诗经·小雅·采芑》："蠢尔蛮荆，大邦为仇。"本篇化用《诗经》中句子，指荆州牧刘表。 ⑩济：用为动词，渡。河：黄河。曹操在建安十三年春正月还邺（今河北岳城城镇，在河南安阳以北），作玄武池以训练舟战水军。七月征荆州刘表、刘备，须南渡黄河。 ⑪济：用为名词，渡口。禹迹：阳翟（今河南禹州市），相传为夏禹所都。《史记·夏本记》正义引《帝王纪》："禹受封为夏伯，在豫州外方之南，今河南阳翟是也。"曹军渡河后途中所经。茫茫：远大的样子。 ⑬距疆泽：堵住黄河与一些湖泊沼泽的通道，不使乱流。疆泽：使一些区域分隔的湖泊。距：堵截。潜流：深流。《尔雅·释言》："潜，深也。" ⑭昆仑：山脉名，在新疆、西藏之间，东部余脉延至青海、甘肃。上两句都是说大禹治水事。 ⑮目：注视。幽蒙：昏暗不明的样子。广衍：宽广绵长。 ⑯霑濡：同"沾濡"，浸湿。这句说禹的恩泽普及而久长。

　　建安十三年（208）曹操征刘表、刘备，战于赤壁。阮瑀作《纪征赋》。全文已佚，今存文字见于《艺文类聚》卷五十九。

　　赋虽不像诗那样多压缩句，词序变化也不像诗那样灵活，但毕竟每句字数、句式有一定限制，比起散文来表达上具有一定的模糊性，所以理解上会产生分歧。阮瑀的《纪征赋》今存只是其中的一段,有的人误认为是完篇,所以理解上出现偏差。赋的开头是站在曹操的立场上,说曹操如何仰慕古代圣人治国的法则和道路,希望达到圣贤治国的高超方略,以大哲的行为为准则,替天征讨。下面谈到从征人物中人才济济,化用了《诗经》中句子,显得正正堂堂,一派义师的气概。以上两层意思,实相互关联。下面说渡黄河而至翟阳,即古之阳城,因传说为禹所都,因而又就此发议论。以下几句,实际上全是称赞大禹治水之功的,或被误解为称赞曹操此次征伐。可以肯定赋在此下还有一段文字写行军、征讨,再作收束。赋中写大禹治水同纪征关系不大,似乎同上一部分缺乏联系。其实不然。东汉末年天下大乱,同那“滔滔洪水方割,荡荡怀山襄陵”的情势一样。作者的意思,曹操在当时的功业,也正是要平定天下,使万民安居,功同夏禹,只是文字有缺,看不到将二者绾合的文字。

　　总的说来,作为纪征赋行之作,虽然主要夸赞曹操的功业,但一方面反映了广大人民希望天下安定的愿望,另方面反映了很多文人在扫除群雄中建功立业之想。曹操在征乌桓,统一了北方之后,第二年便南征,希望扫除盘据荆襄一带的刘表及刚刚投靠刘表的刘备,从统一南方的总体形势说,是有进步意义的。曹操在其《让县自明本志令》中说:“设使国家无孤,不知当几人称帝,几人称王。”这是符合实际的。明白当时背景,即可知此赋所表现感情基本上是真诚的。作者善于联想,表现手法含蓄而深刻。管中窥豹,也可以想见出征时群情振奋、意气洋洋的状况。当然,这次南征因为孙吴的参与和策略上的原因,曹军大败,但这是另外一个话题了。

(赵逵夫)

【作者小传】

应 场

（? —217）　字德琏,汝南南顿(今河南项城西)人。“建安七子”之一。应劭从子。与弟璩(休琏)、璩子贞皆以文章见称。曹操征召为丞相掾属,后为五官中郎将文学。曹丕曾称其才学足以著书。但传世之作不多。原有集,已散佚,明人辑有《应德琏集》。

愍骥赋　　　　　应 场

愍良骥之不遇兮,何屯否之弘多①! 抱天飞之神号兮②,

悲当世之莫知。赴玄谷之渐㟏兮③,陟高岗之峻崖④。惧仆夫之严策兮⑤,载悚慄而奔驰⑥。怀殊姿而困逼兮⑦,愿远迹而自舒⑧。思奋行而骧首兮⑨,叩缰绁之纷挐⑩。牵繁辔而增制兮⑪,心惄结而盘纡⑫。涉通逵而方举兮⑬,迫舆仆之我拘⑭。抱精诚而不畅兮,郁神足而不摅⑮。思薛翁于西土兮⑯,望伯氏于东隅⑰。愿浮轩于千里兮⑱,曜华辀乎天衢⑲。瞻前轨而促节兮⑳,顾后乘而踟蹰㉑。展心力于知己兮,甘迈远而忘劬㉒。哀二哲之殊世兮㉓,时不遘乎良造㉔。制衔辔于常御兮㉕,安获骋于遐道㉖?

〔注〕 ① 懑(mǐn):同"愍",忧伤。屯(zhūn)否(pǐ):《易》二卦名。"屯"谓艰难,"否"谓闭塞不通。"屯否"指时世艰难,命运乖舛。弘多:很多。 ② 神号:神奇的名号。 ③ 玄谷:幽深的山谷。渐(chán)㟏:艰险坎坷的路。渐:通"巉",山高峻的样子。 ④ 陟:登。 ⑤ 严策:有力的鞭棒敲击。 ⑥ 载:承受。悚(sǒng)慄(lì):恐惧战栗。 ⑦ 殊姿:不凡的外形。 ⑧ 远迹:远远地离开。 ⑨ 骧首:昂首。 ⑩ 叩缰绁(xiè)之纷挐:被缰绳所牵扯。叩:通"扣",被勒住。 ⑪ 繁(pán):马腹带。辔(pèi):缰绳。制:控制。 ⑫ 惄(xù)结:忧郁。盘纡:回旋,徘徊。 ⑬ 逵:畅通的大路。逵:四通八达的道路。举:起。这里指起步、飞起。 ⑭ 迫舆仆之我拘:迫于驾车的人束缚着我。 ⑮ 郁:郁结,缠绕。摅(shū):放开腾跃。张衡《思玄赋》:"八乘摅而竝骧。" ⑯ 薛翁:古代长安的善相马者。 ⑰ 伯氏:指伯乐。秦穆公时善相马着。东隅:东方边远之地。 ⑱ 浮轩:驾车腾空。 ⑲ 华辀:华丽的车子。辀:车辕前在牛马脖上套的部分,也代指车。天衢:天街、高空的大道。 ⑳ 前轨:前辙,即前车所留的印迹。促节:疾速行驶。 ㉑ 顾:回头看。后乘(shèng):后面的车。 ㉒ 迈:行,前进。劬(qú):勤苦、辛劳。 ㉓ 二哲:指薛翁和伯乐。殊世:不同时。 ㉔ 时:当世,今天。遘:遇。良:指王良,春秋时晋国的善御马者。造:指造父,周穆王时善御马者。 ㉕ 制:受制。常御:平庸的御夫。 ㉖ 安:怎能。获骋:得到奔驰。遐道:远道。

此篇写对于在仆夫的严策之下惊恐奔驰的骏马的同情。原见于《艺文类聚》卷九三。似有残缺。"懑"同"悯",哀怜之意。骥,良马,用以自喻。

此赋大约作于建安初年入曹操幕为掾属之前,其主题在篇首四句即点明:"懑良骥之不遇兮,何屯否之弘多! 抱天飞之神号兮,悲当世之莫知。""赴玄谷"以下四句写所遇艰难之处境和所受摧残。"怀殊姿"以下八句写"欲远迹而自舒",但受到种种束缚羁绊,又不能高举远去,不能不受到舆仆之拘迫。末段表现了对于伯乐一样识者和造父王良一样善驭者的企盼。其"安获骋于遐道"是良马经历长期困顿、饱受折磨而四望无助情况下的呼喊,也表现出殷切的企盼。赋的内容紧凑,写马而实为自道。这应是当时很多士人都有过的情感经历。题目不作"咏"而作"慭",也反映了汉末魏初咏物赋向抒情方面的明显转变。本篇是作者真实感情的流露,又因为借慭骥而言之,语义双关,便于表现,所以句句精粹,句句深情。这在封建社会中,是能打动很多士人的心,引起广泛的心理共鸣的。

(赵逵夫)

【作者小传】

徐　幹

(171—218)　"建安七子"之一。字伟长,北海(治今山东潍坊西南)人。为五官中郎将文学。所著《中论》,提出"名者,所以名实也,实立而名从之",反对名实不符的"乱德之道"。开汉魏之际名理之学的先河。主张把才智多寡作为品评人物的标准。还反对当时流行的训诂章句之学,主张"大义为先,物名为后",对魏晋重义理而鄙章句的治学方法有较大影响。善辞赋,能诗。《中论》现存。另有集,已佚,后人辑有《徐伟长集》。

序　征　赋①　　　　徐　幹

余因兹以从迈兮②,聊畅目乎所经③。观庶士之缪殊④,察风流之浊清⑤。沿江浦以左转⑥,涉云梦之无陂⑦。从青冥以极望⑧,上连薄乎天维⑨。刊梗林以广涂⑩,填沮洳以高蹊⑪。挚循环其万艘⑫,亘千里之长湄⑬。行兼时而易节⑭,迄玄气之消微⑮。道苍神之受谢⑯,逼鹑鸟之将栖⑰。虑前事之既终,亦何为乎久稽⑱。乃振旅以复踪⑲,溯朔风而北归⑳。及中区以释勤㉑,超栖迟而无依㉒。

〔注〕　①《序征赋》是反映建安十三年(208)七月曹操南征刘表、赤壁之战的事件。王粲《英雄记》言"曹公赤壁之败,至云梦大泽"。此赋中说:"沿江浦以左转,涉云梦之无陂。""挚循环其万艘,亘千里之长湄",正与之相合。又赋中言"迄玄气之消微""溯朔风为北归",也与赤壁之战在冬季的时令相合。作者主要写大军南下,军容盛壮。今所存只是节录,见于《艺文类聚》卷五九。有残缺。序:同"叙"。序征:记叙征战之事。　②兹:此,指此次征战。从迈:随行。③畅目:尽情观看。　④庶士:百姓,士人。缪(miù)殊:不同之处。"缪"通"谬",乖错。⑤风流之浊清:风俗的薄厚好坏。　⑥江浦:江滨。左转:指沿江西行后转向南。　⑦云梦:古薮泽名。汉代地跨今武汉市以西湖南、湖北的广大地区。已湮灭。无陂(bēi):无边。陂:本义为山坡,此处指岸边。　⑧青冥:喻指云梦泽水面。　⑨连薄:连接,靠近。天维:

天的一角。维：隅。此指天边。　⑩刊：砍斫。梗(gěng)：树名，即山榆，有刺，因而引申为有刺的草木。广涂：拓宽道路。"涂"通"途"。　⑪沮(jù)洳(rù)：低而湿之地，即薮泽。高蹊(xī)：垫高小路。　⑫挐(lǎn)：同"揽"。撮持。此句谓将战船连成一体。　⑬亘(gèn)：连接，联绵。湄：水边。　⑭兼时：即今说"日夜兼程"。易节：跨了节气。一年二十四节气，每个节气之间相隔半月左右。　⑮迄：至。玄气消微：到了冬末。玄气：北方之气，寒气。⑯道苍神之受谢：迎春神以代寒冬。道：同"导"。苍神：东方青帝，为司春之神。谢：辞去。⑰鹑鸟：星宿名，南方朱雀七宿的总称。鹑鸟将栖：冬季将过。　⑱稽：停留。　⑲振旅：整顿军队。复踪：原路而回。　⑳溯(sù)：迎着，逆着。朔风：北风。　㉑中区：中原，指许都一带。释勤：解脱了行役的军务。　㉒超：惆怅的样子。《庄子·徐无鬼》："武侯超然不对。"成玄英《疏》："超，怅也。"栖迟：游息。

　　徐幹大约在建安十二年归曹操，第二年参与赤壁之役。初次履行公事，便亲临战争，故归来写了《序征赋》，讲述个人感受。由此可看出战前曹军的气势和策略，反映了曹操方面的大体情况，而作者以公职身份而远行荆襄之地，其心情也写得很真实。如开头两句："余因兹以从迈，聊畅目乎所经"，正是一个经历较少的文士激动心情的反映；"观庶土之缪殊，察风流之浊清"，写出了一路所抱好奇的心情。接着两句写经历，同样是因为所至之地长江、云梦又皆以往只在典籍中常见，今日亲临，有一种亲切感与亲历的自豪感，故形之于文字，既是大军行军路线的记载，也是个人经历的记录。"从青冥以极望"至"填沮洳以高蹊"四句，写行军中所见，虽是自然景致，但也含有队伍很长，散布很广的意思，显得气势开阔，十分雄壮。"刊梗林以广涂，填沮洳以高蹊"，写行军中如何克服困难，这在一般的行程中是不会遇到的，只有军队人很多，才需拓宽路，垫高低湿之处，以避免大军拥挤，一时不能通过。这既反映了行军的艰苦，也表现了浩浩荡荡、一往无前的气势。下面两句："亘千里之长湄"写曹操水军之多，沿长江堤岸连绵千里。"迄玄气之消微"写历时之久，以此轻轻带过战争经过及结果。赤壁之役七月出兵，九月进军江陵，至赤壁，年末败还。徐幹自然不能写其大败的情况，但也反映出了一些情况。如"挐循环其万艘"一句，写了"曹军方连船舰，首尾相接"的事实。吴军正是因此而用火攻之计，"烧尽北船，延及岸上营落"（《资治通鉴》建安十三年）。但徐幹不在作战一段写出，而在前面写声势部分点出，以免犯忌。整个战争过程部分，用了三句写季节变化的句子带过，也可以说是唯一的好办法。作为作者的第一次从军经历及魏国所参与的一次大战，不能不写，但又不好写。徐幹在构思上是处理得十分得当的。结尾不说战争的失利，而说自己在战事之后游息无所依，也可见作者的善于措辞。所以本篇既为当年的赤壁之战保存了珍贵的史料，同时文字凝练，内容饱满，章无赘句，句无赘字，可见作者高超的语言表达水平。

（赵遠夫）

王 粲

【作者小传】

(177—217) 字仲宣,山阳高平(今山东邹城)人。年十四,至长安,深为蔡邕赏识。年十七,除黄门侍郎,不就。董卓之乱,避难荆州依刘表,未被重用。后归附曹操,赐爵关内侯,迁军谋祭酒,官至侍中。建安二十一年,从征吴,二十二年春,道病卒。为"建安七子"之一。又与曹植并称为"曹王"。诗赋兼善。原有集,已散佚,明人辑有《王侍中集》,并附其《英雄记》。

游 海 赋 　　　　　　王 粲

含精纯之至道兮①,将轻举而高厉②。游余心以广观兮③,且彷徉乎西裔④。乘菌桂之方舟,浮大江而遥逝⑤。翼惊风以长驱⑥,集会稽而一睨⑦。登阴隅以东望兮,览沧海之体势⑧。吐星出日,天与水际⑨。其深不测,其广无臬⑩。寻之冥地⑪,不见涯泄⑫。章亥所不极⑬,卢敖所不届⑭,洪洪洋洋,诚不可度也⑮。处嵎夷之正位兮⑯,同色号于穹苍⑰。苞吐纳之弘量⑱,正宗庙之纪纲⑲。总众流而臣下,为百谷之君王⑳。洪涛奋荡,大浪踊跃㉑。山隆谷窊,宛亶相搏㉒。怀珍藏宝,神隐怪匿㉓。或无气而能行,或含血而不食,或有叶而无根,或能飞而无翼㉔。鸟则爱居孔鹄㉕,翡翠鹔鹴㉖,缤纷往来,沉浮翱翔㉗。鱼则横尾曲头,方目偃额㉘,大者若丘陵,小者重钧石㉙。乃有赍蛟大贝㉚,明月夜光㉛,蟢螺璿瑁㉜,金质黑章㉝。若夫长洲别岛㉞,棋布星峙㉟,高或万寻㊱,近或千里;桂林丛乎其上㊲,珊瑚周乎其趾㊳。群犀代角㊴,巨象解齿㊵。黄金碧玉,名不可纪㊶。

〔注〕 ①精纯:精良纯粹。至道:至高、完美的道。　②举:飞起。厉:疾飞。　③广观:广大观瞻。　④彷(páng)徉:彷徨,徘徊。西裔:海之涯岸。我国大海多在陆地之东,相对海来说海岸在西边,故称西裔。　⑤菌桂:香木名。方舟:两舟相并曰方舟,此处泛指船。遥逝:远去。　⑥翼:凭借,乘风。惊风:指猛烈、强劲的风。　⑦集:停留。会稽:山名,在今浙江绍兴东南。睨(nì):斜着眼看。　⑧阴隅:山的北面。隅:边侧之地。体势:状貌气势。　⑨际:会合,相接。　⑩无臬(niè):无边无际。臬:终极。　⑪冥地:指海的地界。冥通"溟";海。　⑫涯泄:水的边际。　⑬章亥:大章和竖亥。古代传说中善走的人。极:

尽。　⑭卢敖：秦时燕人。卢敖善游，他曾自称"敖幼而好游，至长不渝。周行四极"，事见《淮南子·道应训》。届：到，至。　⑮洪洪洋洋：浩荡无边貌。度(duó)：度量，估量。　⑯嵎(yú)夷：古代传说中的日出之地。　⑰色号：颜色和名号。穹苍：天空。　⑱苞纳：包容含纳。　⑲宗庙：本指天子、诸侯祭祀祖先的处所。后为王室国家的代称。纪纲：法则。　⑳众流：指入海的江河。百谷：指河流发源和汇聚的山谷。　㉑奋荡：激荡。踊(jǔ)跃：踊跃、翻腾。　㉒山隆谷窳(yǔ)：形容海浪波动，如山隆起，如谷低伏。窳：凹陷；低洼。宛亶：回旋盘曲。相搏：相击，相斗。　㉓怀：怀藏。　㉔"或无气"四句：这是描写海中各种生物的生存特点，有的不呼吸空气却能行走移动，有的体内含有血液却不需要吃东西，有的有叶子却没有根，有的能飞翔却不长翅膀。无气：没有气息，不能呼吸。行：行走。这里指海水运动。不食：不或无需吞食东西。　㉕爰居：海鸟名。体型较大。孔鹄：大天鹅。　㉖翡翠：鸟名。羽毛有蓝、绿、赤、棕等色，可做饰品。鹔鹴：鸟名。雁的一种。羽毛为绿色，可制裘。　㉗沉浮：指飞鸟在空中上下升降。　㉘偃额：额头后仰扁平。偃：仰，仰卧。　㉙钧石(dàn)：钧和石。古代重量单位。三十斤为钧，四钧为石。　㉚蒉(fén)：三足龟。蛟：通"鲛"。鲨鱼。　㉛明月、夜光：皆宝珠名。　㉜蠵(xī)：即蠵龟，一种大龟，其甲有文彩。鼊(bì)：龟属动物。其甲有珠文，似玳瑁。瑇(dài)瑁(mào)：即玳瑁。爬行动物，形似龟。甲壳黄褐色，有黑斑和光泽，可做装饰品。　㉝金质黑章：金色的底上有黑色花纹。章：花纹。　㉞别岛：不相连的岛，孤岛。　㉟棋布星峙：像棋子和繁星般分布和耸立。峙：耸立。　㊱寻：古代长度单位。八尺为寻。　㊲桂林：桂树林。丛：聚集，丛生。　㊳珊瑚：珊瑚树。趾：脚下。指海中洲、岛沿岸水底。　㊴代角：挨角。　㊵解齿：脱齿。　㊶纪：同"记"，记载。

　　这是一篇以表现大海为题材的景物赋。在内容和情调上，与曹操《步出夏门行·观沧海》一诗有相似之处，可能是作者随曹操东征时观海所作。可惜此赋全篇未能留传至今，这里所选，是从各种古本遗文比照补缀而成，并非完篇。现存内容大致可分为两部分。自"含精纯之至道"以下十句为第一部分，叙写自己逍遥轻举，乘舟浮江而下，长驱至会稽，然后登山麓，观沧海，一开篇就在极阔大的背景上展开想象，显得气势不凡，富于空间感。"吐星出日"以下为第二部分，写观海所见。作者先以远景勾画大海汪洋无际、吞吐天地的宏伟景象："吐星出日，天与水际。其深不测，其广无垠。……处嵎夷之正位兮，同色号于穹苍。"读来让人心境不禁为之一开。比之曹操名作《步出夏门行·观沧海》中的诗句："日月之行，若出其中。星汉灿烂，若出其里"，此段描写意境颇为相似，但又借神话传说，对大海的深广无涯进行了反复夸张渲染，给读者的印象更为具体深刻。"苞吐纳之弘量，正宗庙之纪纲。总众流而臣下，为百谷之君王"四句，则以王道政治包容人才、理顺纲纪比喻大海的容汇百川、苞纳万物，显然寄托了自己政治理想，表现了乱世才人对天下归一、政治清明的渴望。接下来的四句："洪涛奋荡，大浪踊跃。山隆谷窳，宛亶相搏"，作者用近景特写描绘大海的惊涛骇浪，以拟人化的手法表现波涛起伏汹涌，互相拍击，具有惊心动魄般的震撼力。"怀珍藏宝"句以

〔252〕 王粲　　　　　　　　　　　　　　　　　　　　登楼赋

下,则浓墨重彩地描绘海中各种神奇的水草、飞鸟、游鱼,珍异的宝珠龟甲,星罗棋布的海岛上满布的香木珊瑚、犀象金玉,真是光怪陆离,令人目不暇接!

此赋所描写的大海深广莫测、吐纳万物的宏大气魄,体现了建安文人精神心胸开阔、气质劲健的一面。篇中写景体物,尚存汉大赋的铺张扬厉之风,但能够增强文章气势,并无堆垛物象的弊端。其语言也少藻饰,较为清畅和谐,体现出建安文人赋的新特点。在题材和写法上,它下启晋代木华《海赋》、潘岳《沧海赋》和孙绰《望海赋》等作品的创作,对晋代山水诗的兴起,也有一定的影响。

(党万生)

登 楼 赋　　　　　　　　　　　　王 粲

登兹楼以四望兮[1],聊暇日以销忧[2]。览斯宇之所处兮[3],实显敞而寡仇[4]。挟清漳之通浦兮[5],倚曲沮之长洲[6]。背坟衍之广陆兮[7],临皋隰之沃流[8]。北弥陶牧[9],西接昭丘[10]。华实蔽野[11],黍稷盈畴[12]。虽信美而非吾土兮[13],曾何足以少留[14]!

遭纷浊而迁逝兮[15],漫逾纪以迄今[16]。情眷眷而怀归兮[17],孰忧思之可任[18]? 凭轩槛以遥望兮[19],向北风而开襟[20]。平原远而极目兮[21],蔽荆山之高岑[22]。路逶迤而修迥兮[23],川既漾而济深[24]。悲旧乡之壅隔兮[25],涕横坠而弗禁[26]。昔尼父之在陈兮[27],有归欤之叹音[27]。钟仪幽而楚奏兮[28],庄舄显而越吟[29]。人情同于怀土兮[30],岂穷达而异心[31]!

惟日月之逾迈兮[32],俟河清其未极[33]。冀王道之一平兮[34],假高衢而骋力[35]。惧匏瓜之徒悬兮[36],畏井渫之莫食[37]。步栖迟以徙倚兮[38],白日忽其将匿[39]。风萧瑟而并兴兮,天惨惨而无色[40]。兽狂顾以求群兮[41],鸟相鸣而举翼[42],原野阒其无人兮[43],征夫行而未息[44]。心凄怆以感发兮[45],意忉怛而憯恻[46]。循阶除而下降兮[47],气交愤于胸臆[48]。夜参半而不寐兮[49],怅盘桓以反侧[50]。

〔注〕 ①兹楼:此楼。王粲所登究竟为何城楼,说法不一。《文选》李善注以为在当阳,五臣刘良注引《魏志》云在江陵(今湖北荆州)。今人俞绍初据赋中"挟清漳之通浦兮,倚曲沮之长洲"语,以为当指麦城城楼。 ②暇日:假借此日。暇:通"假",借。销忧:消解忧虑。 ③宇:楼宇。 ④显敞:开阔敞亮。寡:少。仇:匹敌。 ⑤挟:带。清漳:指漳水,发源于

湖北南漳,流经当阳,在麦城南与沮水会合,南流经江陵注入长江。通浦:二水汇合之处。 ⑥ 倚:靠。曲沮:弯曲的沮水。沮水发源于湖北保康,流经南漳。长洲:水中长形陆地。 ⑦ 背:背靠,指北面。坟:高。衍:平。广陆:广袤的原野。 ⑧ 临:面临,指南面。皋隰:水边低湿之地。沃流:可供灌溉的水流。 ⑨ 弥:终极,远接。陶牧:范蠡墓地。春秋时范蠡帮助越王勾践灭吴后弃官来到陶,自称陶朱公。牧:郊外。 ⑩ 昭丘:楚昭王坟墓。 ⑪ 华:同"花"。实:果实。 ⑫ 黍稷:黍,黄米;稷,粟米,一说高粱。此处泛指农作物。盈畴:充满田野。 ⑬ 信美:确实美。土:故土,故乡。 ⑭ 曾:副词,乃,竟。何足:哪里值得。少:通"稍"。 ⑮ 遭:逢。纷浊:纷乱混浊,比喻乱世。迁逝:迁移,流亡。 ⑯ 漫:犹漫漫,长远貌。逾:超过。纪:十二年。 ⑰ 眷眷(juàn):依恋向往。 ⑱ 任:承受。 ⑲ 凭:倚,靠。 ⑳ 开襟:敞开胸襟。 ㉑ 极目:尽力远眺。 ㉒ 蔽:遮蔽。高岑(cén):小而高的山。 ㉓ 逶迤:曲折。修:长。迥:远。 ㉔ 漾:水大貌。济:渡。 ㉕ 壅:阻塞。 ㉖ 涕:眼泪。横坠:形容泪水乱流而下。弗禁:止不住。 ㉗ 尼父:指孔子。据《论语·公冶长》记载,孔子周游列国,在陈、蔡绝粮时,曾感叹:"归欤,归欤!" ㉘ 钟仪:春秋时楚国的伶人,被郑国俘虏,献给晋国。两年后,晋侯命他弹琴,他便弹奏起楚国乐调。晋国大夫范文子称赞说:"乐操土风,不忘旧也。"事见《左传·成公九年》。幽:囚禁。 ㉙ 庄舄(xì):战国时期越国人。在楚国官至大夫,病中思念故国,说话仍发越国的语音。事见《史记·张仪列传》。显:显达。 ㉚ 人情:人心。怀土:怀恋故土。 ㉛ 穷达:指仕途的困顿和顺利。 ㉜ 惟:思,想。日月:光阴。逾迈:飞速消逝。 ㉝ 俟:等待。河清:黄河变清,喻政治清明。黄河水浊,传说千年才变清一次;河清之时,天下太平。未极:未至。 ㉞ 冀:希望。王道:犹王政。一平:一朝端正。 ㉟ 假:凭借。高衢(qú):大道,喻上句之王道。骋力:尽力驰骋,意谓凭借清明平正的政治施展才能。 ㊱ 匏(páo)瓜:葫芦。徒悬:空自悬挂。《论语·阳货》篇载,孔子曾想应晋国大夫赵简子的叛臣佛肸(xī)召请前往任职,子路不理解,孔子便对他说:"吾岂匏瓜也哉?焉能系而不食?" ㊲ 井渫(xiè)之莫食:井已淘净,却无人汲水吃。喻虽有才干,却不为世用。《周易·井卦》:"井渫不食,为我心恻。"渫:淘井去泥。 ㊳ 步:行走。栖迟:逗留。徙倚:徘徊。 ㊴ 匿:隐藏。 ㊵ 惨惨:昏暗貌。惨,通"黪"。 ㊶ 狂顾:左右急遽寻视。顾:回头望。 ㊷ 举翼:展翅。 ㊸ 阒(qù):空旷静寂貌。 ㊹ 征夫:行路者,意义近于游子。 ㊺ 凄怆:伤痛貌。感发:生出感慨。 ㊻ 忉(dāo)怛(dá)、憯(cǎn)恻:均为伤痛、悲切貌。憯,同"惨"。 ㊼ 循:沿着。阶除:台阶。 ㊽ 交愤:交结充满。 ㊾ 夜参半:半夜。参:及。寐:入睡。 ㊿ 怅:失意貌。盘桓:意同"徘徊",这里指内心的不平静。反侧:身体翻来覆去。

　　《登楼赋》是中国古代诗文中最早以登楼为题的作品,其抒写怀乡之情,梗概多志,辞采雅丽,历来为人传诵。魏文帝曹丕与作者并世,已赞其"虽张蔡(张衡、蔡邕)不过也"(《典论·论文》);晋代陆云也说"《登楼》名高,恐未可越耳"(《与兄平原书》)。齐梁时的刘勰论其为"亦魏晋之赋首"(《文心雕龙·诠赋》),南宋的朱熹,则推其为"魏赋之极"(《楚辞后语》)。作为王粲最富艺术魅力、最有影响的作品,此赋久负盛名,自然有其缘由。

　　全赋以情景和音韵的变化,自然地分为三段。

　　首段以"登兹楼以四望兮,聊暇日以销忧"起笔,以一"登"字开篇见义,以一

"望"字逗接下文,以一"忧"字笼罩全赋,使这二句具有了引领后文、奠定基调的作用。登楼本为悦目娱心。故以下先写登楼所见之胜景:荆州地势开阔,山川秀丽,风物富庶,可谓满目锦绣,读之令人心旷神怡!然而在段末,对这一节四方美景的信笔铺叙,作者却用"虽信美而非吾土兮,曾何足以少留"二句逆收,顿生一种"以乐景写哀"的艺术效果,也透露出欲"销"之"忧"的缘由和内容,转折有力,笔势遒劲。

次段顺接上文的客居之感,直抒乡思归心。登此高楼,回想"遭纷浊而迁逝兮,漫逾纪以迄今"的漫长羁旅岁月,凭槛遥望,就只见平原辽远,山川阻隔,故乡杳渺,不禁涕泪横坠了。"昔尼父之在陈"以下六句,连用三个怀归恋土的典故,表述无论贤愚穷达,世人怀乡之情不异的道理,又隐含着漂泊日久和身世浮沉之感,使前文所述的"忧"思更具体可感。

第三段是本赋抒情写志的重心。"惟日月之逾迈"四句,慨叹岁月飞逝,世乱难平,希望有人能廓清宇内,恢复王道,自己也好施展抱负,建功立业。"惧匏瓜之徒悬兮,畏井渫之莫食"两句,直陈对长久以来寄人篱下,不得信用,投闲置散,有志难伸的遭遇和前途的忧患。这里不但表现了对所寄之主刘表的不满和失望,还隐约透露出对曹操的希冀和向往。"步栖迟以徙倚"以下所写,已是傍晚景色。作者徘徊楼头,但见白日西沉,秋风萧瑟,天色暗淡;走兽惶惶,狂顾觅群;众鸟纷飞,相鸣归巢;原野静寂无人,征夫步履匆促……此段写景,一面着意渲染萧索凄清的气氛,一面又以鸟兽暮归、征夫疾走反衬自己迁滞异乡、客愁独怀的忧苦,十分有力地烘托了内心的凄怆之情,营造出浓郁的悲凉意境,读来令人黯然神伤。末六句,写自己心结气郁,下楼而归,愤懑填胸,辗转反侧,中夜不寐,照应开头,收结全篇,文意悠长,耐人回味。

此赋在艺术上的特色和成就,主要有以下几点最值得注意:

体物写志,情景交融。此赋以"忧"情一气贯穿,其抒发遭逢战乱的闵世之叹、播迁异域的游子之怀和怀才不遇的志士之悲,都能通过描写登楼所见的景物加以烘托渲染,色调或明丽、或辽阔、或凄寂,均与所抒情志浑化无迹。一篇之中,铺叙描绘,未失于繁缛;抒情言志,不流于浮泛,既不失赋体作品"体物言志"的本色,又能以情驭景,以景衬情,做到形象鲜明可感,情志丰润动人。

结构完妙,首尾照应。作者以时序为线索,由白昼而傍晚而夜半,以登高览秀、排遣忧闷的文人情愫起,承以久经漂泊、望远怀乡的游子愁绪,又转而引发生逢乱世、悖时不遇的志士悲慨,最终在感物伤己、增悲益愤的无尽沉痛中收结全文,情感的生发层递深入,而又浑然一体。这篇仅五十二句三百二十九字的抒情小赋，意蕴丰富，情辞婉转，又脉络分明，照应圆合。这样的布局和章法，颇有助于全赋形成低徊俯仰、一唱三叹的回环之美。

语言雅丽，音韵优美。辞句多脱胎于《离骚》《九辨》等楚辞作品，是典型的骚体小赋。全篇由二十六联组成，对仗工整，而句式在整饬中有变化，舒畅摇曳，不显单调。极富表现力的联绵词和叠音词，使此赋语言在自然明丽之外，别具铿锵朗炼之美。通篇押韵，以悠扬的阴声尤韵、沉静的阳声侵韵和急促的入声职韵转换相押，与三段所抒写情感由悠然、黯然而愤然的流动变化递相配合，自然和谐，造成一种声情并茂、意韵兼美的艺术魅力。

另外，"仲尼叹归""钟仪楚奏""庄舄越吟""匏瓜徒悬""井渫不食"等典故的使用，切合情境，深化主题，也使全赋产生一层深沉的思古幽情，形成文约义丰的典雅之致。

此赋作时，王粲已届而立之年，屡作努力而未获重用，滞留荆州已逾十二载。赋中所抒写者，乃是十数年郁积的幽愤悲慨，既无矫揉造作，为文造情之笔；亦无刻意求工，为情造文之失。其意境之深邃，辞采之精美，章法之严整，历来罕有其比，为世所称颂，自非偶然。

（党万生）

魏晋南北朝

曹 丕

【作者小传】

(187—226) 即魏文帝。公元220—226年在位。字子桓,沛国谯县(今安徽亳州)人。曹操次子。建安十六年(211)为五官中郎将。二十二年立为太子。二十五年嗣位为魏王,代汉称帝,都洛阳,国号魏。卒谥文。爱好文学,为邺下文学集团的实际领袖。在文学创作与理论上均有成就。《燕歌行》为现存最早的完整的文人七言诗。所著《典论·论文》为中国文学批评史上的重要著作。原有集,已佚,有辑本《魏文帝集》。近人黄节有《魏文帝诗注》。

沧 海 赋　　　　　曹 丕

　　美百川之独宗①,壮沧海之威神。经扶桑而遐逝,跨天涯而托身②。惊涛暴骇,腾踊澎湃③。铿訇隐邻,涌沸凌迈④。于是鼋鼍渐离,泛滥淫游⑤。鸿鸾孔鹄⑥,哀鸣相求。扬鳞濯翼⑦,载沈载浮。仰唼芳芝,俯濑清流⑧。巨鱼横奔,厥势吞舟⑨。尔乃钓大贝,采明珠,搴悬黎,收武夫⑩。窥大麓之潜林,睹摇木之罗生⑪。上寋产以交错,下来风之泠泠⑫。振绿叶以葳蕤,吐芬葩而扬荣⑬。

〔注〕　①宗:归向。　②扶桑:古国名。《梁书·扶桑国传》:"扶桑在大汉国东二万余里,地在中国之东,其土多扶桑木,故以为名。"因其方位约与日本相当,后亦用于代称日本。遐:远。托身:栖身。　③腾踊:奔腾跳跃,互相冲击。　④铿(kēng)訇(hōng):指波涛冲击发出的巨大响声。凌迈:指水势升高,超出寻常。　⑤鼋(yuán):大鳖。鼍(tuó):扬子鳄。渐离:鱼名。泛滥:漂浮。淫游:浮游不定。　⑥鸿、孔:大。鸾:传说中凤凰之类的神鸟。鹄:天鹅。　⑦扬:振。濯:洗。　⑧仰唼(shà):水鸟或鱼类吞食。芝:香草名。濑:吞吐。⑨厥:其。　⑩搴(qiān):拔取。悬黎:美玉名。武夫:同"碔砆",似玉的美石。　⑪大麓:大山的山脚。潜林:幽深的树林。罗:排列,分布。　⑫寋(jiǎn)产:山势屈曲不平的样子。泠泠:清凉。　⑬葳(wēi)蕤(ruí):草木茂盛,枝叶下垂的样子。葩:草木之花。扬荣:花盛发。

　　东汉以来,随着个体意识的觉醒,自然山水逐渐进入文人的视野,成为文学作品赋咏的主要审美对象,而江海以其渺远博大和浓厚的文化象征意义成为此后历代文人所歌咏寄托的对象,如雄才大略的曹操就写过《观沧海》。就在歌咏江海诗出现的汉魏时期,江海也同时进入赋家的审美视野,成为汉魏六朝文人所描写的对象。这些赋作驰骋想象，充分发挥了赋体铺张扬厉的优势，凸显大海波澜壮阔的气势以及海上的奇闻异见，向人们展示了一个完全崭新的审美世界。

曹丕的《沧海赋》是在东汉班彪《览海赋》和王粲《游海赋》的基础上又一篇描写海洋的自然景色和歌颂海洋磅礴气势的优秀赋作。开首四句赞美海洋的雄伟与壮阔气势：百川归一，大海神威。奔腾远去，极尽天涯。这里，作者高瞻远瞩，首先惊叹大海之壮美，描写大海奔流不息、浩渺无垠的壮阔气势。接着表现海洋的自然景色和大海的富有与气象万千。海浪撞击着海面突兀的岩石，汹涌澎湃犹如千军万马奔腾而来。振聋发聩的涛声隐隐约约就在不远处，海水浩浩荡荡，铺天盖地，万里无涯。大海中巨龟与鳄鱼被这巨大的浪涛所震惧，四散而逃。海面上巨大的海鸟惊扑着长长的翅膀，惊恐万状，发出阵阵哀鸣，腾空惊逝。那巨大的海鱼随着巨浪忽高忽低，一沉一浮，身上的鳞片在阳光下折射出耀眼的光芒。鱼群却趁此良辰美景仰头争食海面上漂浮的芳香芝草。海中的岩石挡不住奔腾的巨大海浪。向四面八方竞相奔逃的巨大海鱼，其势足以把船只吞噬。这里作者重点描写海洋的壮阔与气象万千，描写大海的富有与繁盛。惊涛澎湃，鱼鳖横奔，鸟类飞鸣，载沉载浮，泛滥淫游。或大或小，都在作者的俯瞰之下。视角忽而自上而下，忽而自下而上，忽而远观，忽而近察，抓住了大海的主要特征。最后作者表示要钓大贝，采明珠。举悬黎，收武夫，采集海中的美玉，欣赏大海的美丽风光。由此可以看出，作者不但不畏惧海洋，而且要利用它，探索其秘密。这不正表示了人类对大海由恐惧到利用再到审美的发展演变过程吗？

此赋可能作于建安十二年(207)，当时曹操北征乌桓凯旋。当时曹操写有著名的《步出夏门行·观沧海》诗歌，大概王粲、曹丕等人随军出征，所以王粲写有《游海赋》，而曹丕写了《沧海赋》。从赋中可以看出，作者得意洋洋，有百川独宗气概。赋作虽然很短，但层次分明，先概括总写，后具体铺陈，然后归结。在语言的表达和运用方面也很有特色。尤其是赋作连用一系列的动词，生动地再现了水中鼋鼍，空中孔鹄等动物的嬉戏场面，又以大量的名词连用，凸显了沧海中的珍奇异宝。作品虽然篇幅不长，但展现于读者面前的是一幅又一幅活灵活现的动感镜头，令人目不暇接，美不胜收。

(池万兴)

柳　赋并序　　　　　　　　　　　曹　丕

昔建安五年①，上与袁绍战于官渡②，是时余始植斯柳。

柳赋　　　　　　　　　　　　　　　　　　　曹丕〔261〕

自彼迄今,十有五载矣。左右仆御已多亡③。感物伤怀,乃作斯赋曰:

伊中域之伟木兮④,瑰姿妙其可珍。禀灵祇之笃施兮⑤,与造化乎相因⑥。四气迈而代运兮⑦,去冬节而涉春⑧。彼庶卉之未动兮,固肇萌而先辰⑨。盛德迁而南移兮,星鸟正而司分⑩。应隆时而繁育兮,扬翠叶之青纯⑪。修干偃寒以虹指兮⑫,柔条阿那而蛇伸⑬。上扶疏而字散兮,下交错而龙鳞⑭。在余年之二七⑮,植斯柳乎中庭。始围寸而高尺,今连拱而九成⑯。嗟日月之逝迈,忽亹亹以遄征⑰。昔周游而处此,今倏忽而弗形⑱。感遗物而怀故,俛惆怅以伤情。于是曜灵次乎鹑首兮,景风扇而增暖⑲。丰弘阴而博覆兮,躬恺悌而弗倦⑳。四马望而倾盖兮,行旅仰而回眷㉑。秉至德而不伐兮,岂简卑而择贱㉒。含精灵而奇生兮,保休体之丰衍㉓。惟尺断而能植兮,信永贞而可羡㉔。

〔注〕　①建安:东汉末年汉献帝年号(196—220)。　②上:皇帝。曹操以汉献帝的名义征讨袁绍,这里表面指汉献帝,实指其父曹操。官渡:地名,在今河南省中牟县城东北,因傍古官渡水而得名。　③左右仆御:指身边的仆役、随从。　④伟木:古人认为松柳坚韧耐寒,故曰伟木。　⑤禀:承受。灵祇:大地神灵。笃施:丰厚的施与。　⑥造化:自然的创造化育。因:依凭。　⑦四气:四季的温、热、冷、寒之气。代运:更替运行。　⑧涉:到。　⑨庶卉:百草。肇:开始。萌:萌芽。辰:振,震动。　⑩盛德:四季的旺盛之气。南移:移向南方朱鸟七宿。星鸟:二十八星宿中的南方朱鸟七宿。　⑪隆时:盛时。　⑫偃(yǎn)寒(jiǎn):高耸的样子。虹指:像虹一样伸展。　⑬阿(é)那(nuó):即"婀娜",柔美的样子。蛇伸:枝条像蛇一样柔软蜿蜒伸展。　⑭扶疏:枝叶繁茂纷披的样子。字散:四处分散的样子。龙鳞:形容树皮交错如龙鳞。　⑮二七:十四岁。　⑯围寸:周长一寸,形容树干长得很细。连拱:两手合抱,指树干粗壮。九成:九层,形容柳树长得极高。　⑰亹(wěi)亹:勤勉行进的样子。遄(chuán):疾速。征:行。　⑱倏忽:形容时间飞逝。弗形:形体和以前不同。　⑲曜灵次于鹑首:指五月。曜灵:太阳。鹑首:指朱鸟七宿中的井鬼二宿。景风:南风。　⑳弘:宽大的样子。阴:同"荫"。博覆:(不分贵贱地)普遍遮盖。躬:身体力行。恺悌:和乐平易。㉑四马:指显贵者乘坐的四马之车。倾盖:原指熟人在路上相遇,停车交谈,车盖靠在一起,这里指显贵者路过此处下车向柳树致意,车盖和树冠靠在一起。行旅:往来的行人。回眷:回首眷恋。㉒秉:持。至德:最高尚的德行。伐:夸耀。简:择。择:选择。㉓精灵:精灵之气。休:美。丰衍:茂盛繁衍。㉔尺断:截下大约一尺长的树段。贞:正。指保持高尚的品行操守。

曹丕是中国文学史上为数不多的以双重身份出现的人物。他既是政治家,又是文学家,诗、文、赋都有自己的特色。曹丕赋制式短小,篇幅上与诗接近,语言总体上看浅显晓畅、明白如话,与他诗歌的语言近似;他的赋从取材上看也有与其诗歌相通之处,多写旅行游览、感离恋别、登览宴饮等。曹丕赋抒发的感情缅邈、细腻,与其诗歌抒情风格一致。本篇据序文可知,此赋为感物伤怀之作,写于建安二十年(215)春。

建安五年(200)曹丕十四岁时,其父曹操与袁绍相拒于官渡,曹丕随父从军,于官渡住所之中庭种植了一棵柳树。十五年之后的建安二十年,当曹丕再次来到官渡当年所种植的柳树之下,看到十五年前自己亲手种植的柳树,现已长成了参天大树,枝叶繁茂,郁郁葱葱。想到物是人非,光阴荏苒,感慨万千,于是写下了这篇《柳赋》。

赋作一开始就首先赞美柳树之应时繁育,瑰姿扶疏;作品先从柳树的形状、特点进行了比较细腻逼真的描写与铺陈:那中原之地生长的粗壮美丽的柳树,它奇伟可贵,形状美妙。在众多草木尚未发芽的情状下,那柳树在节气之前就开始萌发伸展,真可谓春天气息柳先知。那柳树适应时节生长而繁茂,扬起翠绿而清纯的叶子。它树干高耸直指天空,枝条柔软,婀娜多姿。树干之上,枝条茂盛,四下披散,下面粗枝交错,如有鳞甲之龙。然后,赋文结束对柳树形状的铺陈,转而回忆“余年二七”(十四岁)植柳中庭,十五年后复见此柳,则已“连拱九成”,而“左右仆御已多亡”;最后咏叹柳树的弘荫博覆的德性和“秉至德而不伐”的品格,比如对行旅者一视同仁,即不“简(慢)卑”,亦不“择(弃)贱”,虽折枝犹能再植,于是对其生命力深致羡仰。全赋触类缘情,率意尽兴,以淡逸、疏朗的文辞抒写感物怀故的惆怅情怀。实际上作品借赞颂柳树的成长来比喻自己由幼弱而成长为一位礼贤下士、众望所归的领袖人物,所以,作者不仅借柳之变化生发戎马乱离,物在人亡,今昔变故,盛衰无常之感,而且颂柳即是自颂。咏柳已非单纯咏物,而是融入了时世动荡的悲凉气息。篇末振起新意,盛赞柳之至德以映衬植柳者(包括亡者)之情趣,伸发植柳者之寄托,深化咏柳之意蕴。

那么,曹丕为何此时遇见自己所植之柳而深发感慨作此《柳赋》呢?“柳”在中国文化心理中是一个离别、伤感的象征。早在先秦时代就已成为离别的代名词,如《诗经·采薇》就有“昔我往矣,杨柳依依。今我来思,雨雪霏霏”的诗句。《世说新语·言语》载:“桓公北征,经金城,见前为琅琊时种柳,皆已十围,慨然曰:‘木犹如此,人何以堪!’攀枝执条,泫然流泪。”连桓温这样的一代枭雄,见柳树都为之伤心悲慨,而此时正处于艰危中的曹丕,见到柳树更易激发其心中的伤感情绪。日月逝迈,睹物思旧,"左右仆御已多亡",身边早已不是十五年前的人了,尤其是好友阮瑀的去世使他最为伤怀。他这年在孟津写与吴质的信中就说:"元瑜长逝,化为异物,每一念至,何时可言。"实际上表达了曹丕在那种压抑的心境下对人生易逝的一种强烈的感受。在这种心境下,"感物伤怀,乃作斯赋",自在情理之中了。但是曹丕的《柳赋》的内容重点并不是怀人,它主要抓住柳树独具的典型特征对柳树的品格进行赞美,尤其是最后几句"秉至德而不伐兮,岂简卑而择贱。含精灵而寄生兮,保休体之丰衍。惟尺断而能植兮,信永贞而可羡。"表面是在颂扬柳树,实际上是抒发自己忍辱含垢、秉德不扬、抑郁不得志的心情。王粲似乎看出了曹丕的心思,他在《柳赋》的结尾表示了对曹丕的劝慰:"悟元子之话言,信思难而存惧。嘉甘棠之不伐,畏取累于此树。苟远迹而退之,岂驾迟而不屡!"王粲的意思说,我明白您的话,你是想起不幸的事而心存惧怕。但您只要像召公那样去宣扬德化,人们就会记起您。但是如果远离先贤功德事业而不去追随,这岂是车驾慢或车驾不多的原因造成的吗?"甘棠",这里是用典,取自《诗经·召南·甘棠》:传说西周时召公巡行南国,宣扬文王之政,曾歇息在甘棠树下,后人敬爱召公之德,而不伤此树。王粲在这里把曹丕离邺守孟津比作召公远行宣德,劝曹丕只要敬修其德,必能为时人所服。

(池万兴)

寡 妇 赋 并序　　　　　　　　　　曹 丕

陈留阮元瑜,与余有旧,薄命早亡[1]。每感存其遗孤,未尝不怆然伤心。故作斯赋,以叙其妻子悲苦之情,命王粲并作之。

惟生民兮艰危,于孤寡兮常悲[2]。人皆处兮欢乐,我独怨兮无依。抚遗孤兮太息,俛哀伤兮告谁[3]。三辰周兮递照,寒暑运兮代臻[4]。历夏日兮苦长,涉秋夜兮漫漫[5]。微霜陨兮集庭[6],燕雀飞兮我前。去秋兮既冬,改节兮时寒[7]。水凝兮成冰,雪落兮翻翻[8]。伤薄命兮寡独,内惆怅兮自怜。

〔注〕①陈留:东汉郡名,辖境在今河南东部。旧:老交情。　②生民:人民。在:处于,作为。　③太息:深长地叹息。俛:同"俯",低头,屈身。　④三辰:日、月、星。周:环绕。递照:更替照耀。代臻:交替到达。　⑤历:经历。涉:经过,这里指熬过。　⑥陨:落。庭:院子。　⑦改节:时节更替。　⑧翻翻:上下飘动飞舞的样子。

曹丕作为当时文坛的领袖人物之一，对其周围的文人都十分看重并与之结下了深厚的友谊。作为建安七子之一的阮瑀就是曹丕最要好的朋友之一。然而，不幸的是，阮瑀在二十岁左右就突然离世，这使曹丕感到十分的悲伤。据《三国志·魏书·王粲传》记载，阮瑀建安十七年去世，卒时约二十岁。阮瑀的突然离世使王粲、曹丕、曹植等人"怆然伤怀"，于是曹丕写了这篇赋，并命王粲、曹植等人同时写了同题赋。由赋作的序文可知，王粲等人的《寡妇赋》也为同时唱和之作。赋序简要地交代了创作此赋的缘由。以见本篇通过叙述阮瑀遗孀悲苦来表达自己对朋友阮瑀的深切怀念之情。

这篇赋以第一人称寡妇的口吻，诉说自己的悲苦之情：在这动乱艰难的年代，"我"茕茕一身，行影相吊；他人欢乐相聚，而我孤独无依，悲苦之情其谁相知？看着年幼的孩子，孤独无依，"我"的愁苦之情能告诉谁呢？既无依无靠，又没有诉说的对象。"三辰周兮递照，寒暑运兮代臻"，无情的时光在飞速流逝，自然界在千变万化，然而"我"心中的悲苦之情未能发生任何改变，也并没有因为时间的流逝而有丝毫的减轻，依旧年复一年地忍受如此悲惨的煎熬。赋作通篇以寡妇的口吻，铺陈了她孤独、凄凉的悲惨处境和愁苦之情。格调哀怨悱恻，语言凄切悲凉，读之令人怜悯与同情。作者之所以能如此准确地把握人物的心理活动，写得如此传神写照，具有震撼心灵的力量，主要是作者将自己对亡友的哀思倾注到了赋的字里行间。寡妇哀怨实际上就是作者自己的哀愁，或者说是作者真情实感的自然流露。诗贵有情，赋亦如此。由于作者情真意切，下笔神生，因此本赋便成为曹丕的代表赋作之一。

值得注意的是，阮瑀是著名的"建安七子"之一，是当时著名的文士，生前为曹操仓曹掾属，甚得曹氏父子的赏识与厚爱。这样的名人死后，其妻子尚且如此孤苦无依，至于一般的平民百姓当中的孤儿寡母的悲惨命运，那就可想而知了。而汉末魏晋，战乱频繁，生灵涂炭，民不聊生。这就使无数青壮年男子要告别妻子，远离故乡去征战戍边。有的长年不归，有的死于战争与灾疫。有幸生还者寥寥无几。这种情况即使统治者当中的上层人物也难以幸免。曹操建安十四年写的《存恤从军吏士家室令》一文说："自顷以来，军数征行，或遇疫气，吏士死亡不归，家室怨旷……"因此，曹丕等人的《寡妇赋》虽然是赋咏阮瑀妻子一个人的不幸遭遇，实际上却具有典型性，反映了当时普遍存在的一个社会问题。因此，这类赋数量虽少，却尤为珍贵，也是此前汉赋所没有涉及的社会题材。

(池万兴)

曹　植

【作者小传】

（192—232）　字子建，沛国谯县（今安徽亳州）人。曹操第三子。少有文才，善为诗文。受父宠爱，屡欲立为嗣，终因任性而失宠。受曹丕、曹叡猜忌，三迁其国，名为王侯，实同囚徒，其间曾数次上书，期待信用。终郁郁而死。谥曰思，世称"陈思王"。文学创作以丕即帝位为界，分为前后两期。前期主要是抒发壮志之作，反映现实，美遨游、叙酬宴之作，如《白马篇》《送应氏》等。后期作品，或骨肉相残之苦痛，或申述己志，或悯惜世乱，如《七步诗》等。其《洛神赋》，代表建安辞赋创作最高成就。诗之成就更在文、赋之上。原有集，已佚，宋人辑有《曹子建集》。

登　台　赋　　　　　　　曹　植

　　从明后而嬉游兮①，聊登台以娱情②。见太府之广开兮③，观圣德之所营④。建高殿之嵯峨兮⑤，浮双阙乎太清⑥。立中天之华观兮⑦，连飞阁乎西城⑧。临漳川之长流兮⑨，望众果之滋荣⑩。仰春风之和穆兮⑪，听百鸟之悲鸣。天功坦其既立兮⑫，家愿得而获呈⑬。扬仁化于宇内兮⑭，尽肃恭于上京⑮。唯桓文之为盛兮⑯，岂足方乎圣明⑰！休矣美矣⑱，惠泽远扬。翼佐我皇家兮⑲，宁彼四方⑳。同天地之矩量兮㉑，齐日月之辉光㉒。永贵尊而无极兮，等年寿于东王㉓。

〔注〕　①明：尊敬之词，贤明。后：君王，指曹操。嬉游：游乐。　②台：指铜雀台。③太府：官名。《周礼·天官》有大府，掌府藏会计。　④圣德：指曹操。营：建造。　⑤高殿：高大的宫殿。嵯峨：高峻貌。　⑥双阙：古代宫殿、祠庙、陵墓前两边高台上的楼观。太清：指天。此句说明双阙高耸，如浮于天。　⑦中天：天的中央。《初学记》卷二四作"冲天"。华观：华丽的楼观。　⑧西城：潘眉《三国志考证》：邺城有南北二城，而无西城，铜雀台在邺都北城西北隅，所谓西城，指北城之西面。台与城西北楼阁相接，故曰"连飞阁乎西城"。飞阁：架空建筑的阁道。　⑨《水经注》卷十："魏武又以郡国之旧，引漳流自城西东入，径铜雀台下，伏流入城东注，谓之长明沟也。"　⑩滋荣：茂盛。　⑪和穆：和睦。　⑫天功：天之功绩。坦：平直，广阔。《初学记》卷二四作"恒"。　⑬家愿：曹家的愿望。呈：显示出来。　⑭仁化：仁恩教化。宇内：区宇之内。《初学记》卷二四作"宇宙"。　⑮肃恭：敬事尊上。上京：指汉献帝所在的河南许昌。　⑯桓文：指春秋时齐桓公和晋文公。曹操《让县自明本志令》："齐桓、晋文之所以垂称至今日者，以其兵势广大，犹能奉事周室也。"盛：大。　⑰方：比。圣明：睿智英明，指曹操。　⑱休：美。　⑲翼佐：辅助。皇家：指献帝。《初学记》卷二四无"我"

〔266〕曹 植　　　　　　　　　　　　　　　　　　　　　　　　　洛神赋

字。此句阴澹《魏纪》作"翼佐我皇家兮"。　⑳宁:安。彼:语中助词。　㉑矩量:法度;常规。指曹操足为天下之楷模。　㉒齐日月之辉光:指曹操之英明与日月齐光。　㉓永贵尊而无极兮:永远尊贵,没有尽头。东王:即东王父。《海内十洲记》:"扶桑在碧海之中,地方万里,上有太帝宫,太真东王父所治处,地多林木,叶皆如桑。"等年寿于东王:祝寿之词,祝贺曹操与东王公并寿。

这篇赋是曹植在邺城(今河北临漳县)铜雀台建造完成之后的建安十七年(212)春写的一篇赋,据《三国志·魏书·卷一九》:"陈思王植字子建。年十岁余,诵读诗、论及辞赋数十万言,善属文。太祖尝视其文,谓植曰:'汝倩人邪?'植跪曰:'言出为论,下笔成章,顾当面试,奈何倩人?'时邺铜爵台新成,太祖悉将诸子登台,使各为赋。植援笔立成,可观,太祖甚异之。"又曹丕有《登台赋》序云:"建安十七年春游西园,登铜雀台,命余兄弟并作。"铜雀台是曹操平定中原之后,于建安十五年(210)冬在邺城西建造的三台之一。虽为游宴之所,但规模宏丽。此台之兴建,实有彰扬自己功绩、确立自己威望的意图。

从写作格式来看,此赋似乎并不完整,开头没有任何的介绍作赋背景的序文,非常仓促。但也可能是即兴之作,援笔立成,体式稍异于旧制。故一开篇就提到"明后",即作者的父亲曹操,直奔颂扬的主旨。赋的内容首先提到自己随着父亲登台,随即描述铜雀台的宏伟建筑,但更重要的是他借盛赞铜雀台的飞阁高殿来颂扬父亲曹操的丰功伟业,与天地日月齐。同时他也祝贺了父亲将与东王公一样万寿无疆。本赋采取骚体,情感丰富。不仅描写了自然景物高台风光,更重要的是称颂了父王功勋、曹家霸业,不仅体现了其诗人才情,还充满了关心家国的政治热情。所以曹操看了小儿子的即兴之作,要"甚异之"且刮目相看了。

(苏瑞隆)

洛　神　赋并序　　　　　　　　　　曹　植

黄初三年①,余朝京师,还济洛川。古人有言,斯水之神名曰宓妃②。感宋玉对楚王神女之事③,遂作斯赋。其词曰:

余从京域,言归东藩④,背伊阙⑤,越轘辕⑥,经通谷⑦,陵景山⑧。日既西倾,车殆马烦⑨。尔乃税驾乎蘅皋⑩,秣驷乎芝田⑪,容与乎阳林⑫,流眄⑬乎洛川。于是精移神骇,忽焉思散⑭,俯则未察,仰以殊观⑮。睹一丽人,于岩之畔。乃援⑯御者而告之曰:"尔有觌⑰于彼乎?彼何人斯,若此之艳也!"御者对曰:"臣闻河洛之神,名曰宓妃,然则君王之所见也,无乃⑱

是乎！其状若何？臣愿闻之。"

余告之曰：其形也，翩若惊鸿，婉若游龙。荣曜秋菊，华茂春松。仿佛兮若轻云之蔽月，飘飘兮若流风之回雪。远而望之，皎若太阳升朝霞；迫而察之，灼若芙蓉出渌[19]波。秾纤[20]得中，修短合度。肩若削成，腰如约素[21]。延颈秀项[22]，皓质呈露。芳泽无加，铅华弗御[23]。云髻峨峨，修眉联娟[24]。丹唇外朗，皓齿内鲜[25]。明眸善睐，靥辅承权[26]。瑰姿艳逸，仪静体闲。柔情绰态，媚于语言。奇服旷世，骨像应图[27]。披罗衣之璀粲兮，珥[28]瑶碧之华琚。戴金翠之首饰，缀明珠以耀躯。践远游之文履[29]，曳雾绡之轻裾。微幽兰之芳蔼兮，步踟蹰于山隅。于是忽焉纵体[30]，以遨以嬉。左倚采旄[31]，右荫桂旗。攘皓腕于神浒兮，采湍濑之玄芝。

余情悦其淑美兮，心振荡而不怡。无良媒以接欢兮，托微波而通辞。愿诚素[32]之先达兮，解玉佩以要[33]之。嗟佳人之信修[34]兮，羌习礼而明诗[35]。抗琼珶以和予兮[36]，指潜渊而为期。执眷眷之款实[37]兮，惧斯灵之我欺！感交甫之弃言兮[38]，怅犹豫而狐疑。收和颜而静志兮，申礼防以自持[39]。

于是洛灵感焉，徙倚彷徨。神光离合，乍阴乍阳。竦[40]轻躯以鹤立，若将飞而未翔。践椒涂之郁烈，步蘅薄[41]而流芳。超[42]长吟以永慕兮，声哀厉而弥长。

尔乃众灵杂遝[43]，命俦啸侣[44]，或戏清流，或翔神渚，或采明珠，或拾翠羽。从南湘之二妃[45]，携汉滨之游女[46]。叹匏瓜[47]之无匹兮，咏牵牛[48]之独处。扬轻袿之猗靡兮[49]，翳修袖以延伫[50]。体迅飞凫，飘忽若神。凌波微步，罗袜生尘[51]。动无常则，若危若安。进止难期，若往若还。转眄流精[52]，光润玉颜。含辞未吐，气若幽兰。华容婀娜，令我忘餐。

于是屏翳[53]收风，川后[54]静波，冯夷[55]鸣鼓，女娲[56]清歌。腾文鱼以警乘[57]，鸣玉鸾以偕逝。六龙俨其齐首，载云车之容裔[58]。鲸鲵[59]踊而夹毂，水禽翔而为卫。于是越北沚，过南冈，纤⑤素领,回清扬⑤。动朱唇以徐言,陈交接之大纲。恨人神之道殊兮,怨盛年之莫当⑥。抗罗袂以掩涕兮,泪流襟之浪浪。悼良会之永绝兮,哀一逝而异乡。无微情以效爱兮,献江南之明珰。虽潜处于太阴⑤,长寄心于君王。忽不悟其所舍,怅神霄而蔽光⑤。

于是背下陵高⑤,足往神留。遗情想象,顾望怀愁。冀灵体之复形,御轻舟而上溯。浮长川而忘反,思绵绵而增慕。夜耿耿而不寐,沾繁霜而至曙。命仆夫而就驾,吾将归乎东路。揽騑辔以抗策⑥,怅盘桓而不能去。

〔注〕①黄初:魏文帝曹丕的年号,220—226年。②宓妃:伏羲氏之女死于洛水,相传为洛水之神,又名宓妃。③宋玉:战国时楚人。神女之事:宋玉曾著《神女赋》,记载与楚襄王对答梦遇巫山神女之事。④言:语助词。藩:藩国。黄初三年曹植封为鄄城(今山东菏泽鄄城县)王,在洛阳以东,故称东藩。⑤伊阙:山名,在今河南洛阳市南龙门。⑥辕辕:山名,在今河南偃师市东南。⑦通谷:地名,在洛阳附近。⑧景山:山名,在今河南偃师市南。⑨殆:疲怠。烦:疲劳。⑩尔乃:于是。税驾:解驾,停车。"税"通"脱"。蘅皋:长着杜蘅的水边高地。⑪秣:喂马。驷:一车四马,泛指马。芝田:长着芝草的田地。⑫容与:悠闲的样子。阳林:地名。⑬流眄:目光流动。⑭忽焉:急速貌。思散:思绪分散。⑮殊观:发现了异常。⑯援:拉。⑰觌:看见。⑱无乃:莫非。⑲渌:水清澈。⑳秾:花木繁茂,引申指丰腴。纤:细小,苗条。㉑"肩若"二句:肩窄如削成,腰细如缠束的白绢。素:白色丝织品。㉒延、秀:长。颈:脖子的前部。项:脖子的后部。㉓芳泽:芳香的油脂,铅华:敷脸粉。加、御:用。㉔联娟:微曲貌。㉕朗:鲜明。鲜:明亮光洁。㉖靥辅:酒窝。承权:在颧骨之下。权:颧骨。㉗骨像:骨格形貌。应图:如画。㉘珥:名词作动词,佩戴。㉙践:穿。远游:鞋名。文履:有花纹的鞋履。㉚纵体:身体轻举。㉛采旄:彩旗。㉜诚素:真诚的情意。"素"通"愫"。㉝要:邀请。㉞信:确实。修:美好。㉟羌:发语词。习礼:熟习礼法。明诗:善于言辞。㊱抗:举。和:应答。㊲款实:真诚。㊳交甫:郑交甫。《文选》李善注引《神仙传》:"切仙一出,游于江滨,逢郑交甫。交甫不知何人也,目而挑之,女遂解佩与之。交甫行数步,空怀无佩,女亦不见。"弃言:背弃承诺。㊴申:展。礼防:礼法,礼能防乱,故称礼防。自持:自我控制。㊵竦:耸。㊶蘅薄:杜蘅丛生地。薄:林木边缘处。㊷超:惆怅。㊸杂遝(tà):纷纭,众多。㊹命俦啸侣:呼朋唤友。命、啸:呼唤。㊺南湘之二妃:娥皇和女英。据刘向《列女传》载,舜南巡死于苍梧,二妃往寻,自投湘水而死,为湘水之神。㊻汉滨之游女:汉水女神,即郑交甫所遇之神女。㊼匏瓜:星名,又名天鸡,在河鼓星东。无匹:无偶。㊽牵牛:星名,即河鼓星,与织女星各处天河之旁。㊾袿:女子上衣。猗靡:随风飘动貌。㊿翳:遮蔽。延伫:久立。51"陵波"二句:在水波上小步行走,水沫溅起如同罗袜上的尘埃。陵:踏。尘:四散的水珠。52转盼流精:顾盼之间神采飞扬。53屏翳:风神。54川后:河神。55冯夷:水神。56女娲:相传女娲造笙簧。57腾:升。文:飞鱼。警

乘:警卫车乘。 ㊸容裔:舒缓安详。 ㊹鲸鲵:鲸鱼雄者称鲸,雌者称鲵。 ㊽纡:回。 ㊿清扬:眉目清秀。 ⑿莫当:无匹,无偶。 ⒀太阴:鬼神所居之处。 ⒁神霄:神光消失。 ⒂背下陵高:离开低地,登上高处。 ⒃骖:车旁之马。辔:马缰绳。抗策:举鞭。 ⒄盘桓:徘徊不进。

按照赋前序言,《洛神赋》写于黄初三年(222)曹植进京朝拜回来的路上,作者因路过洛水而想起宓妃的传说,感于宋玉对楚王说神女之事而作此文。文中虚构了作者与宓妃的浪漫邂逅,用大量华丽瑰异的文辞描绘宓妃的美丽和两人因为人神殊途而无法交往的惆怅怨慕,表达了对完美事物的渴望和理想终究无法企及的悲哀。

前半段作者对宓妃之美的描写达到了当时描述女性之美的顶峰,这主要体现在三个方面。一、精致生动的细节描写。作者善于使用形象化的动词,比如"肩若削成,腰如约素"之"削"字、"约"字,写出了洛神肩膀之轮廓分明、腰肢之柔软细圆,这是之前的文学作品中从没出现过的。作者描写洛神的五官细节也十分细腻,眼睛的描写尤其别出心裁。《诗经·卫风·硕人》描写庄姜的眼睛"美目盼兮",《楚辞·招魂》描写楚宫女的眼睛"娭光眇视,目曾波些","盼兮""眇视",化静为动,写出了眼睛的动作,而洛神则是"明眸善睐",在"睐"字化静为动之外,更添一"善"字化实为虚,给读者留下了无限的想象空间,更富韵味。二、对精神气质的精妙刻画。之前文学作品描写美女侧重于肢体、五官和体态,比如"手如柔荑,肤如凝脂,领如蝤蛴,齿如瓠犀,螓首蛾眉"(《诗经·卫风·硕人》)、"丰肉微骨,体便娟只"(《楚辞·大招》),而《洛神赋》侧重描写精神气质。"翩若惊鸿"到"灼若芙蓉出渌波"一段连用比喻,刻画出了一个灵动无比,可见可感又飘忽变幻的神女形象。类似的描写方式在宋玉《神女赋》和边让《章华台赋》中就已经出现,"其始来也,耀乎若白日初出照屋梁;其少进也,皎若明月舒其光","体迅轻鸿,荣曜春华,进如浮云,退如激波",但都不如《洛神赋》写得细腻严密。"翩若惊鸿,婉若游龙",以动物作喻体,刻画了神女的姿态动作,可想见其婉转轻盈,飘忽摇曳;"荣曜秋菊,华茂春松"以植物作喻体,侧重于表现神女旺盛的生命力和华美风神;"仿佛兮若轻云之蔽月,飘飖兮若流风之回雪"用精心挑选的自然景象来作喻体,刻画神女的超凡脱俗,真实如见又缥缈若虚;"远而望之,皎若太阳升朝霞;迫而察之,灼若芙蓉出渌波",以太阳映朝霞比喻神女的血气充盈、灿烂鲜艳,以清水出芙蓉比喻神女的清新艳丽、窈窕妩媚。与此相比,宋玉《神女赋》"其始来也,耀乎若白日初出照屋梁;其少进也,皎若明月舒其光"并用日光和月光,不免重复,而"体迅轻鸿,荣曜春华,进如浮云,退如激波"也显得简略而缺少风致。

三、唯美情结下对刻意修饰的强调与关注。中国文学史上的唯美倾向从屈原已肇其端,魏晋到齐梁大兴其风。唯美风潮使人们更加重视自我修饰,即使是男性也非常注重自身的仪态之美,鱼豢《魏略》中就有曹植重视自我形象的例子,"时天暑热,植因呼常从取水,自澡讫,傅粉"(《三国志·王粲传》注引)。唯美风潮折射在文学作品中,有一个突出体现就是对女性修饰之美的强烈关注。《洛神赋》中虽有"芳泽无加,铅华弗御"的语句,然而仔细考察之下,洛神也如人间女子一般有着重重修饰。作者带着浓烈的兴趣描写洛神的衣物和配饰,写衣物有"罗衣""轻裾""轻袿""修袖""文履",写配饰有"瑶碧""华琚""金翠""明珠""琼琚",甚至包括袜子这样的细节都未曾放过,"凌波微步,罗袜生尘"至今都是描写美女的经典之句。如果没有对现实中女子的细致观察、对修饰的高度爱好和对唯美的刻意追求,是不可能写出"罗袜生尘"这一形象的。按说洛神既然"践远游之文履",那么"罗袜"就不可能显现。"罗袜生尘"纯属作者的想象。"罗袜"象征着人间女子的性感与美丽,而踏水"生尘"则象征着非现实的神女之美,"罗袜生尘"结合了高度的真实与天才的幻想。

洛神这一形象之所以千百年来动人心魄,是因为作者在描绘这一形象时灌注了强烈丰沛的感情。作者"辞采华茂,骨气奇高"(钟嵘《诗品》)的文学天才得到了充分的体现。洛神犹如作者磅礴旺盛的生命力的外化与投射。洛神的形象是华美的,犹如秋菊与春松;洛神的气质是昂扬的,犹如太阳与朝霞;洛神的动作是迅捷的,犹如惊鸿与飞鹤。作者所选用的喻体,全都飞扬向上、丰盈有力。此外,洛神的衣饰是珍奇的,缀满明珠与金玉;洛神的身份是高贵的,可以驱动神灵,役使仙女;洛神所处的空间是凡人不能企及的,是神浒和潜渊。洛神的形象蕴含着昂扬奔放的生命力,她既是优美也是壮丽,既是热烈也是飘逸,她代表着美和生命力本身,和鄙陋、萎靡、迟钝、凡庸、卑琐完全对立。

洛神不仅是作者对于完美女性的幻想,更是对完美事物的终极幻想,是至高的追求和渴望。然而这种幻想注定不可能成为现实。"感交甫之弃言兮",郑交甫曾和汉水神女有过约誓,然而誓言到底成空。"惧斯灵之我欺",其中蕴含的不是对洛神的怀疑,而是对个人永远也无法把握自身命运的悲哀。完美的人生境界根本就不可能存在于现实之中。美丽终将消逝,希望终将绝望,只有悲痛和怅惘永远没有尽头。"悼良会之永绝兮,哀一逝而异乡",短暂的幸福之后,人们必须承受无穷的悲哀与苦涩,就如同故事发生的这个黄昏,最后的光芒终将消逝,长夜即将来临。"冀灵体之复形,御轻舟而上溯。浮长川而忘反,思绵绵而增慕。"明知理想破灭而仍不能停下追寻的脚步,这是比理想破灭更加深重的悲哀。

联想起曹植一生的境遇：早年饱受宠爱，飞扬恣肆，纵情任性，而后半生却潦倒沉沦，亲朋散尽，万事成空，那么就更容易理解《洛神赋》前半段的秾丽飞扬和后半段的悲伤怅惘了。

关于《洛神赋》的创作意图，历来众说纷纭，或者认为事关甄后，或者认为事关曹丕，"植既不得于君，因济洛川作为此赋，托辞宓妃以寄心文帝，其亦屈子之志也"(何焯《义门读书记·文选》卷一)。但都没有切实论据。曹植到洛阳朝拜曹丕是在黄初四年，而非序言所写"黄初三年"，这到底是流传中的错舛还是作者故意混淆真实年份，也没有定论。事实上黄初四年朝拜京城之时，和曹植同去朝拜的任城王曹彰暴毙于洛阳，而曹植也被迫和同路的白马王曹彪中途分手。手足骨肉的生离死别给曹植造成了巨大的痛苦和心理阴影，在《赠白马王彪》一诗中，曹植发出了"太息将何为？天命与我违"的绝望呼号。如果《洛神赋》就是作于这一年的归途之中，那么曹植在其中所体现的深沉痛苦就有了切实的原因。然而仔细体会赋中的感情，作者的痛苦是更加深刻、更加带有普遍性的。

《洛神赋》中的悲剧不仅是一出爱情悲剧，更体现了作者对人生痛苦的深刻而广阔的感受。以前的文学作品中出现痛苦，总有一个特定的原因，《诗经·卫风·氓》是女子被抛弃的痛苦，《离骚》是忠贞之士不被信任的痛苦，《古诗十九首》中"同心而离居，忧伤以终老"是相思的痛苦，"浩浩阴阳移，年命如朝露"是生命短促的痛苦。《洛神赋》中的痛苦与此不同，它不是来源于某个特殊事件，而是心灵空间被现实挤压、生命价值被现实磨灭的绝望和压抑，是作者对人生必然的悲剧性的总体领悟，它的复杂、深刻和激烈都是之前文学作品中未曾有过的，正如鲁迅先生所说，悲剧是把人生有价值的东西毁灭给人看。

曹植的著名诗歌《美女篇》塑造了一个盛年独处空房的美女，"美女妖且闲，采桑歧路间。柔条纷冉冉，落叶何翩翩。攘袖见素手，皓腕约金环。头上金爵钗，腰佩翠琅玕。明珠交玉体，珊瑚间木难。罗衣何飘摇，轻裾随风还。顾盼遗光彩，长啸气若兰。行徒用息驾，休者以忘餐。借问女安居，乃在城南端。青楼临大路，高门结重关。容华耀朝日，谁不希令颜？媒氏何所营？玉帛不时安。佳人慕高义，求贤良独难。众人徒嗷嗷，安知彼所观？盛年处房室，中夜起长叹。"诗中细节十分类似《洛神赋》。此诗的主旨是借美女比喻志士怀才不遇，不被信重。《洛神赋》的洛神虽然"长寄心于君王"，而却被君王所怀疑、疏远，洛神同样发出了"怨盛年之莫当"的感叹。发出感叹的到底是美女、洛神，还是曹植自己？"悼良会之永绝兮，哀一逝而异乡"是不是也寄托着曹植对兄长曹丕的无限感怀

〔272〕曹　植　　　　　　　　　　　　　　　　　　　　　　　　　　九华扇赋

和失望？一切都隐藏在了恍惚迷离的烟波与尘埃之中。

即使事关甄后或者曹丕，《洛神赋》的魅力也不在于艳事轶闻，更不在于所谓忠君恋阙，而在于此赋本身的艺术魅力。作者把一颗蕴含着旺盛生命力和丰富细腻感受的心灵如何被残酷的政治现实磨灭和摧毁的过程提炼为人神交汇的短短瞬间，爆发出强烈又深沉的感情，再辅之以浪漫生动的想象、瑰美华丽的文辞、细腻新颖的描写，千载之下犹令人感动不已。

（孔燕妮）

九 华 扇 赋 并序　　　　　　　　　曹　植

　　昔吾先君常侍，得幸汉桓帝[①]，帝赐尚方竹扇[②]。其扇不方不圆，其中结成文，名曰九华。故为赋，其辞曰：

　　有神区之名竹，生不周之高岑[③]。对渌水之素波，背玄涧之重深[④]。体虚畅以立干，播翠叶以成秋[⑤]。形五离而九折[⑥]，篾氂解而缕分[⑦]。效虬龙之蜿蝉[⑧]，法虹蜺之烟煴[⑨]。摅微妙以历时，结九层之华文[⑩]。尔乃浸以芷若[⑪]，拂以江蓠[⑫]。摇以五香，濯以兰池[⑬]。因形致好，不常厥仪[⑭]。方不应矩，圆不中规[⑮]。随皓腕以徐转[⑯]，发惠风之微寒[⑰]。时气清以芳厉[⑱]，纷飘动乎绮纨[⑲]。

〔注〕①先君常侍：指曹植曾祖父中常侍曹腾。得幸：得到皇帝或权贵的宠幸。《史记·蒙恬列传》："高雅得幸于胡亥，欲立之。"　②尚方：古代制造帝王所用器物的官署。　③神区：神明之地，神人之区，仙境。不周：神山名。　④背：背对着。玄：北方，北向的；或指幽深。涧：两山间的水沟。重深：幽深，深邃。东汉王延寿《鲁灵光殿赋》："西厢踟蹰以闲宴，东序重深而奥秘。"　⑤虚畅：空虚通畅，指竹干中空而通。立：竖起。播：散布。成秋：《曹子建集》作"播翠叶以成林"。形容竹叶茂密，阴凉如秋。　⑥离：分开。五离：此句遍查群书而不可解。"五离九折"成为形容竹子的词汇。后世亦见于梁简文帝《答南平嗣王饷舞簟书》曰："濯龙之木，文罽饰坛，淮南之台，紫罗为荐，未若五离九折，出桃枝之翠笋，绮烂霞舒，制云母之修竹，南湘点泪，喻也未奇，东宫赤花，拟之非妙。"（《艺文类聚》卷六九引）九折：指一支竹子有九节。《曹子建集》作："形五离而九华。"　⑦篾（miè）：薄竹片或劈成条状的竹皮。氂（máo）：牦牛尾，或指长毛。《说文·氂部》："氂，牦牛尾也。"氂解、缕分：指将竹篾剖分为极细的竹片。　⑧效：取法。虬龙：一种无角之龙，《楚辞·天问》："焉有虬龙，负熊以游？"王逸注："有角曰龙，无角曰虬。言宁有无角之龙，负熊兽以游戏者乎？"蜿蝉：蛟龙盘屈的样子。这句是形容竹片的弯曲之状。　⑨法：仿效取法。虹蜺：亦作"虹霓"，即螮（dì）蝀（dōng），彩虹。烟煴（yūn）：氤氲，本指天地未分时混沌之气，泛指云烟弥漫貌。班固《东都赋》："降烟煴，调元气。"张铣注："烟煴，即元气也。"　⑩摅：舒展。微妙：精微深奥。《老子》："古之善为士者，微妙玄通，深不可识。"结九层之华文：具有九个层次的花纹，故谓九华扇。结：系，扎缚。　⑪芷若：即白芷、

杜若,皆香草名。《史记·司马相如列传》:"其东则有蕙圃衡兰,芷若射干。" ⑫拂:拭,解除。江蓠:香草名。又名"蘪芜"。《楚辞·离骚》:"扈江离与辟芷兮,纫秋兰以为佩。"王逸注:"江离、芷,皆香草名。"晋张华《博物志》卷七:"芎藭,苗曰江蓠,根曰芎藭。" ⑬五香:木名。即青木香。明李时珍《本草纲目·草三·木香》〔释名〕引唐王悬河《三洞珠囊》:"五香者,即青木香也。一株五根,一茎五枝,一枝五叶,叶间五节,故名五香,烧之能上彻九天也。"濯(zhuó):洗涤。兰池:浸泡兰草的池子,喻其香。 ⑭因形致好:此扇因其形而展现美好。不常厥仪:此扇的形式并非寻常样式。 ⑮以上两句即前文所说扇子不方不圆。 ⑯皓腕:洁白的手腕。比喻女子手腕。徐转:缓缓摇动。 ⑰惠风之微寒:即微寒之和风。 ⑱气清:空气清新。芳厉:指香气浓烈。厉:猛烈。 ⑲绮纨:华丽的丝织品。《后汉书·王符传》:"且其徒御仆妾,皆服文组彩牒,锦绣绮纨,葛子升越,筩中女布。"绮(qǐ):有花纹的丝织品。纨(wán):白色的细绢。

这是一篇标准的咏物赋。《西京杂记》卷一曾载汉宫已有九华扇:"赵飞燕为皇后,其女弟在昭阳殿遗飞燕书曰:'今日嘉辰,贵姊懋膺洪册,谨上襚三十五条,以陈踊跃之心:金华紫轮帽,金华紫罗面衣,织成上襦,织成下裳,五色文绶,鸳鸯襦,鸳鸯被,鸳鸯褥,金错绣裆,七宝綦履,五色文玉环,同心七宝钗,黄金步摇,合欢圆珰,琥珀枕,龟文枕、珊瑚玦,玛瑙弧,云母扇,孔雀扇,翠羽扇,九华扇。'"曹植写的是汉桓帝赐给曾祖父中常侍曹腾的九华扇。

此赋只有片段保存在多种文献之中,内容首先描写制作九华扇的材料乃是来自神话之中天柱所在的不周山的一种神竹,其次写其优雅高贵的生长环境,然后是写如何用竹片制成扇子。作者写制造九华扇的过程:将竹子细细地剖开,然后用各种香草浸泡烟熏,再将竹片制成漂亮的扇子,送到美人手中。赋中强调这种九华扇是不方不圆的形状,并有九层的纹路。其实应该还有更多的内容,可惜多已散佚。

这样的写法应该是取法汉代枚乘的《七发》描写琴乐的段落,其中写琴的材料桐木生长在悬崖之上,日夜受到雷声的惊吓和风雨的吹袭,使其材料原本就充满了感情。用这样的材料,制成的琴才能奏出天下至悲的音乐。同样地,用神山神竹制成的九华扇,在美人手中就能扇出阵阵香气。作者善于利用前人的手法,并翻新出奇,开启了辞赋创作的新天地。这篇赋虽然保存下来的是断简残编,但反映了建安文学的新气象,就辞赋而言,乃突破了两汉辞赋侈大宏丽的窠臼,体裁渐趋短小,题材更加扩大,骈体倾向明显;另外汉赋强调教化的功用,也大大弱化,在描写上更注重对象本身和细节,更注重对象的审美体验。如末四句"随皓腕以徐转,发惠风之微寒。时气清以芳厉,纷飘动乎绮纨。"几如齐梁宫体。显示曹植咏物赋承上启下的作用与文学价值。

(苏瑞隆)

阮 籍

【作者小传】

（210—263） 字嗣宗，陈留尉氏（今属河南）人。阮瑀子。曾被辟为掾属、尚书郎、参军等职，皆以疾辞。司马懿执政，命为从事中郎，复为司马师大司马从事中郎。正元元年（254），封关内侯，徙散骑常侍。求为校尉，酣饮为常，世称"阮步兵"。本有济世之志，值魏晋易代之际，名士少有全者，遂沉湎于酒以避灾祸。能诗善文。与嵇康齐名，为"竹林七贤"之一。著《达庄论》《通老论》《大人先生传》等。原有集，已佚，后人辑有《阮嗣宗集》。

猕 猴 赋①

阮 籍

　　昔禹平水土而使益驱禽②。涤荡川谷兮栉梳山林③。是以神奸形于九鼎而异物来臻④。故丰狐文豹释其表，间尾驺虞献其珍⑤；夸父独鹿被其豪，青马三骓弃其群⑥。此以其壮而残其生者也。

　　若夫熊狟之游临江兮，见厥巧以乘危⑦。夔负渊以肆志兮⑧，扬震声而衣皮。处间旷而或昭兮⑨，何幽隐之罔随？跧畏逼以潜身兮⑩，穴神丘之重深。终或饵以求食兮⑪，焉凿之而能禁？诚有利而可欲兮，虽希觊而为禽⑫。故近者不弥岁，远者不历年。大则有称于万年，细者则为笑于目前⑬。

　　夫猕猴直其微者也，犹系累于下陈⑭。体多似而匪类，形乖殊而不纯。外察慧而内无度兮，故人面而兽心。性编浅而干进兮，似韩非之囚秦⑮。扬眉额而骤呻兮，似巧言而伪真。藩从后之繁众兮，犹伐树而丧邻。整衣冠而伟服兮，怀项王之思归⑯。耽嗜欲而眄视兮，有长卿之妍姿⑰。举头吻而作态兮，动可增而自新。沐兰汤而滋秽兮，匪宋朝之媚人⑱。终蚩弄而处绁兮，虽近习而不亲⑲。多才伎其何为兮，固受垢而貌侵⑳。姿便捷而好技兮，超超腾跃乎岩岑。既投林以东避兮，遂中冈而被寻。婴徽缰以拘制兮㉑，顾西山而长吟。缘椽桷以容与兮，志岂忘乎邓林㉒？庶君子之嘉惠，设奇视以尽心。且须臾以永日，焉逡豫而自矜。斯伏死于堂下，长灭没乎形神。

〔注〕①猕猴：猴类的一个品种。②禹：远古时夏部落首领，相传其主要功绩为率众治理水患，分天下为九州。益：伯益，舜臣，掌管山泽草木鸟兽。③涤荡：疏通。栉梳：梳理。④神奸：指远方神怪之物。《左传·宣公三年》："远方图物，贡金九牧，铸鼎象物，百物而为之备，使民知神奸。"杜预注："图鬼神百物之形，使民逆备之。"九鼎：传为夏禹所铸，象征九州。异物：远方异域之物。臻：至。⑤丰狐：大狐。文豹：有华美斑纹的豹。表：指狐、豹之皮。间尾：大尾。驺虞：兽名。⑥夸父：兽名。状如猿猴，文背、豹尾，能举石投人。《山海经·西山经》："（崇吾之山）有兽焉，其状如禺而文臂，豹虎而善投，名曰举父。"郭璞注："或作夸父。"独鹿：兽名。祓：除。豪：同"毫"，毛。青马、三骓：《山海经·大荒东经》："东北海外，又有三青马、三骓、甘华。"郭璞注："马苍白杂毛为骓。"⑦狚（dàn）：动物名，状似狼。乘危：陷入危险地地。⑧夔：传讹中的兽名。《山海经·大荒东经》："东海中有流波山，入海七千里。其上有兽，状如牛，苍身而无角，一足，出入水则必风雨，其光如日月，其声如雷，其名曰夔。黄帝得之，以其皮为鼓，橛以冒兽之骨，声闻五百里，以威天下。"负渊：依恃深渊。⑨间旷：僻远之处。或昭：迷惑于显闻。或，同"惑"。⑩鼷：一种体小色黑的鼠，穴居。⑪或：同"惑"。饵：诱饵。⑫希觌（dí）：稀见。禽：同"擒"。⑬细：小。⑭直：只是。系（jì）累：拴系。下陈：堂下僻陋之处。⑮褊浅：狭隘浅陋。干：求。韩非：先秦时韩国思想家，后使秦，被李斯等陷害，死于狱中。⑯项王：项羽。《史记·项羽本纪》载，项羽占领关中，见秦朝宫室皆焚毁，"又心怀思欲东归，曰：'富贵不归故乡，如衣绣夜行，谁知之者！'说者曰：'人言楚人沐猴而冠耳，果然。'"集解引张晏曰："沐猴，猕猴也。"⑰耽：沉湎逸乐。长卿：西汉文学家司马相如，字长卿。⑱兰汤：熏香的浴水。滋秽：更加污秽。宋朝：春秋时宋国人，貌美。⑲蚩弄：讥嘲戏弄。蚩，同"嗤"。处绁：被拴系。近习：亲近狎昵。⑳貌侵：体貌短小丑陋。㉑徽缰（mò）：拴系囚徒的绳索。㉒榱（cuī）桷（jué）：屋椽。容与：徘徊。邓林：桃林，相传为夸父手杖所化。此泛指树林。

咏物之赋，或描写物象以开拓表现内容，显示文学才华，如王延寿《王孙赋》、傅玄《猿猴赋》之类；或托物以言志抒情，自况身世，讥刺社会，如赵壹《穷鸟赋》、祢衡《鹦鹉赋》、曹植《蝙蝠赋》之类。

阮籍《猕猴赋》大抵继承了后一种传统，用于讥刺社会现实，但由于作者生活年代政治局面异常险恶，士人稍有不慎，就可能遭致杀身之祸，故与汉魏之际那些兴寄型的咏物小赋相比，阮籍之赋虽寓含讥刺之意，但写得颇为隐晦曲折，更接近于他"言在耳目之内，情寄八荒之表"的诗风。《猕猴赋》描写猕猴云："体多似而匪类，形乖殊而不纯。外察慧而内无度兮，故人面而兽心。性褊浅而干进兮，似韩非之囚秦。扬眉额而骤呻兮，似巧言而伪真……整衣冠而伟服兮，怀项王之思归……举头吻而作态兮，动可增而自新。沐兰汤而滋秽兮，匪宋朝之媚人。""体似"—"匪类"，"外察慧"—"内无度"，"人面"—"兽心"，作者即物即人，并列多种反差性的词语，可能意在借助描写猕猴以影射"礼法之士"，揭露其不择手段追逐势利的丑恶嘴脸，他们"外察慧而内无度"，表面上"整衣冠而伟服"，一派道貌岸然的样子，骨子里却党附篡政权臣，"巧言而伪真""性褊浅而干进"，为了追逐高官厚禄，不惜践踏社会伦理，或出卖为人灵魂，堪称一批"人面而兽心"的家伙。这与作者《咏怀诗》第六十七首（"洪生资制度"）的思想倾向较接近。《晋书·阮籍传》载，阮籍"能为青白眼，见礼俗之士，以白眼对之……由是礼法之士疾之若仇"，司马氏集团中一个著名的"礼法之士"何曾，就尝谗害过阮籍，是典型的"人面兽心"的政客。作者此赋，可能是为这类人画像，撕其伪装，露其丑恶。

在阮籍看来，"人面兽心"的"礼法之士"没有好下场。他曾在《大人先生传》先揭露礼法之士虚伪、阴险、贪婪，"造音以乱声，作色以诡形，外易其貌，内隐其情，怀欲以求多，诈伪以要名……坐制礼法，束缚下民……假廉以成贪，内险而外仁"；而后对其进行了无情的嘲讽和鞭挞，深刻而形象地指出了在不断变幻动荡、盛衰无常的自然与社会中，礼法之士的价值观念是何等的鄙小浅陋，其崇尚的一切无异于过眼云烟："往者，天尝在下，地尝在上，反覆颠倒，未之安固。焉得不失度式而常之？天因地动，山陷川起，云散震坏，六合失理，汝又焉得择地而行，趋步商羽？往者，群气争存，万物死虑，支体不从，身为泥土，根拔枝殊，咸失其所，汝又焉得束身修行，磬折抱鼓？"《猕猴赋》与之相似，借助即物即人的隐晦表现手法，暗示"礼法之士"终究会落个像猕猴一样的下场，被主人掌控拘禁而失去自由，形神永灭："婴徽缠以拘制兮，顾西山而长吟"，"斯伏死于堂下，长灭没乎形神"。通过宇宙历史变迁及眼前事物盛衰无常之咏叹，来嘲讽追逐名利的世俗之辈，是阮籍文学的一大主题，此赋之立意，大体上也不例外。

阮籍《猕猴赋》在艺术上也具有较鲜明的特色。由于作者推重庄子的"寥廓之谈"（《达庄论》），发而为赋，便多浪漫主义的寥廓之气，恢宏之貌，善于从宏观上把握世界，陈说事理，风神高朗，意态脱颖，舒卷无定质。其《猕猴赋》本赋猕猴，却先从禹平水土而使益驱禽、涤荡川谷、梐梳山林之宏观形势写起，在此基础上胪述"以其壮而残其生"之珍异动物，以及某些因显耀才技陷入危境或贪食被擒的大小动物，而后才进入赋题，对猕猴展开描写。这就改变了东汉作家王延寿《王孙赋》和阮籍同时期作家傅玄《猿猴赋》集中于对猴类动物的关注，以工细笔法描摹某物象特征的艺术路径，而给人以构思超遥茫渺的深刻感受。

（王 琳）

首阳山赋 并序 阮籍

正元元年秋，余尚为中郎，在大将军府，独往南墙下，北望首阳山①作赋曰：

首阳山赋　　　　　　　　　　　　　　　　　　　　　　阮　籍　〔277〕

在兹年之末岁兮,端旬首而重阴②。风飘回以曲至兮,雨旋转而激襟③。蟋蟀鸣于东房兮,鹈鸠号乎西林④。时将暮而无俦兮,虑凄怆而感心。振沙衣而出门兮,缨委绝而靡寻⑤。步徙倚以遥思兮,喟叹息而微吟⑥。将修饰而欲往兮,众龊龊而笑人⑦。静寂寞而独立兮,亮孤植而靡因⑧。怀分索之精一兮,秽群伪之射真⑨。信可宝而弗离兮,宁高举而自傧⑩。

聊仰首以广颜兮,瞻首阳之冈岑⑪。树丛茂以倾倚兮,纷萧爽而扬音⑫。下崎岖而无薄兮,上洞彻而无依。凤翔过而不集兮,鸣枭群而并栖。飏遥逝而远去兮,二老穷而来归⑬。实囚轧而处斯兮,焉暇豫而敢诽⑭。嘉粟屏而不存兮,故甘死而采薇⑮。彼背殷而从昌兮,投危败而弗迟⑯。此进而不合兮,又何称乎仁义?肆寿夭而弗豫兮,竞毁誉以为度。察前载之是云兮,何美论之足慕。苟道求之在细兮,焉子诞而多辞⑰?且清虚以守神兮,岂慷慨而言之!

〔注〕　①正元元年:魏高贵乡公年号,即公元254年。大将军:指司马师。阮籍曾任司马师的从事中郎。首阳山:在洛阳东北。戴延之《西征记》:"洛阳东北首阳山,有夷齐祠。"作为伯夷、叔齐的隐居之所,历代关于首阳山的位置的记载有多处,参见《史记》卷六十一《伯夷列传》三家注之张守节《正义》,兹不赘述。三国时期人们笔下的伯夷、叔齐,隐居之所在洛阳近郊。如阮籍之父阮瑀《吊伯夷文》云:"余以王事,适彼洛师。瞻望首阳,敬吊伯夷。"阮籍此赋所云在大将军府即可北望而睹的首阳山,则显然在洛阳近郊。　②末岁:岁末。端旬首:月之初一日。　③激(jiān):浸湿。　④鹈(tí)鸠(jué):杜鹃鸟。　⑤沙衣:襄衣。缨委绝:冠带断绝。　⑥徙倚:徘徊。　⑦饬:通"饰"。龊(cuó):牙齿不齐。　⑧亮:确实。植:同"直"。⑨分索:离群。秽:以……为秽,鄙视之意。射:厌。　⑩傧:同"摈",弃。　⑪颜(tiào):望。岑(cén):小而高的山。　⑫萧爽:萧飒。　⑬飏:高飞。二老:指伯夷、叔齐。西汉司马迁《史记·伯夷列传》:"伯夷、叔齐,孤竹君之二子也。父欲立叔齐,及父卒,叔齐让伯夷。伯夷曰:'父命也。'遂逃去。叔齐亦不肯立而逃之。国人立其中子。于是伯夷、叔齐闻西伯昌善养老,盍往归焉。及至,西伯卒,武王载木主,号为文王,东伐纣。伯夷、叔齐扣马而谏曰:'父死不葬,爰及干戈,可谓孝乎?以臣弑君,可谓仁乎?'左右欲兵之。太公曰:'此义人也。'扶而去之。武王已平殷乱,天下宗周,而伯夷、叔齐耻之,义不食周粟,隐于首阳山,采薇而食之。及饿且死,作歌,其辞曰:'登彼西山兮,采其薇矣。以暴易暴兮,不知其非矣。神农虞夏忽焉没兮,我安适归矣。于嗟徂兮,命之衰矣!'遂饿死于首阳山。"东汉杜笃《首阳山赋》:"嗟首阳之孤岭,形势窍其槃曲……忽吾睹夫二老,时采薇以从容。"　⑭暇豫:悠闲逸乐。诽:进谏,非议。⑮屏:一作"摒",摒弃。薇:野菜名。　⑯昌:周文王姬昌。　⑰细:地位低微。子:谓伯

〔278〕 阮 籍　　　　　　　　　　　　　　　　　　　　　　　首阳山赋

夷、叔齐。诞：妄言。

伯夷、叔齐的故事，载于《史记》卷六一《伯夷列传》。阮籍之前，东汉杜笃撰有《首阳山赋》，残缺。据仅存文字，赋开端略描写自然景物，主体则是假托与采薇之二老的对话以叙伯夷、叔齐故事，对阮籍之赋似有一定影响。汉魏鼎革之际，关于伯夷、叔齐的话题较多出现，尤值得关注的是某些由若干作家在集体场合同题共作的吊古之作。如王粲、阮瑀、糜元在建安中随从曹操征战时，均撰有吊夷齐的文字，题材虽同，但立意上却作了不同的处理，对夷、齐之类隐士的行为，阮作全褒，王作褒贬并兼，糜作则全贬，倾向各异。阮瑀《吊伯夷文》云："东海让国，西山采薇。重德轻身，隐景潜晖。求仁得仁，报之仲尼。没而不朽，声沉名飞。稽首凭吊，响往深之。"王粲《吊夷齐文》云："知养老之可归，忘除暴之为世。絜己躬以骋志，愆圣哲之大伦。忘旧恶而希古，退采薇以穷居。守圣人之清概，要既死而不渝。厉清风于贪士，立果志于懦夫。到于今而见称，为作者之表符。虽不同于大道，合尼父之所誉。"首先是贬，从政治伦理观念上，他认为夷齐"忘除暴之为世"，"愆圣哲之大伦"，是"不同于大道"的，换言之，即消极避世，对社会不负责任，对革除暴政的正义事业持冷漠态度。此种批评曾得到齐梁文论家刘勰的认同，其《文心雕龙·哀吊》称这是一篇"伤其隘"（伤叹夷齐思想狭隘），"讥呵实工"的作品。汉魏之际，天下动荡不已，致使生灵涂炭，一些文人希望拨乱反正，拯救世难，具体就表现为积极用世，充满追求功业的抱负。另一方面，当时曹氏秉政，臣强君弱，已呈现朝代更替之趋势，王粲依附曹氏，对"不食周粟"的伯夷、叔齐的政治理念有所微词也在所难免。于是他用吊古的形式寄托了这些思想。至于王粲对夷齐的褒，则仍沿袭传统观念，侧重于对其"厉清风于贪士，立果志于懦夫"的节操的肯定，这是一种人格精神的评价，自不可与前面的政治伦理评价等量齐观。糜元《吊夷齐文》则显然把历来赞美肯定的隐士作为讥嘲对象而加以贬斥，云："所在谁路，而子绝之？首阳谁山，而子匿之？彼薇谁菜，而子食之？行周之道，藏周之林，读周之书，弹周之琴，饮周之水，食周之芩。而谤周之主，谓周之淫。是诵圣之文，听圣之音，居圣之世，而异圣之心。嗟乎二子，何痛之深！"显然是表明并倾吐自己在汉魏鼎革之际这个敏感的历史时期依附曹氏的立场和心声。

身处魏晋易代之际的阮籍，关于伯夷、叔齐之话题的认识，则与以上述汉魏作家皆有所不同。此赋作于正元元年（254）秋或稍后。开头一段写道："在兹年之末岁兮，端旬首而重阴。风飘回以曲至兮，雨旋转而灒襟。蟋蟀鸣于东房兮，鶗鴂号乎西林。时将暮而无俦兮，虑凄怆而感心。"将凄冷萧瑟的景象与孤独感伤的情绪浑融一体,境界与《咏怀诗》之一("夜中不能寐")大致相同。抒写对节物变迁的感伤,本是魏晋抒情文学中的一种普遍的风尚。阮籍身处曹魏末世而发此音调,则更多地蕴寓着时代的面影。正始以降,曹魏政权由明帝曹睿在位期间的相对稳定进入变故迭生的阶段。正始末嘉平初发生"高平陵"事件,司马懿发动政变诛杀曹爽、曹羲、曹训兄弟及其支持者何晏、丁谧、毕轨、邓飏、李胜、张当、桓范等八家,皆夷及三族,男女无少长,姑姊妹女子之适人者,皆杀之。屠戮之惨烈,为历代所罕见。嘉平三年(251),司马懿杀魏太尉王凌,相连者皆夷三族。嘉平六年(254),司马师废齐王曹芳,杀名士李丰、夏侯玄、许允、乐敦、刘贤、张辑等,并夷三族。阮籍赋中之"末岁""重阴",细细品味,语义是很丰富的,既可以理解为自然变化的实写,又可理解为魏晋易代之际政坛上阴云密布的象征。阮籍文学创作善用比兴象征手法,较简便的就是利用语言的广义性特征进行暗示,从以上数句赋可窥其一斑。在此基础上,作者"秽群伪之射真",对黑暗现实进行了抨击,并表达了自己"宁高举而自倯"愿望,即超世高举以保持独立人格的态度。赋的后面部分扣紧题目,描写首阳山的景色并对伯夷、叔齐隐居事进行议论,指出夷齐之观念既然不合时宜,就该默默地隐居起来,而不必"称乎仁义",过问时事而褒贬毁誉。这与作者在《大人先生传》批评隐士"薄安利以忘生,要求名以丧体"的倾向是一致的。全赋合观,可见阮籍当时的心情颇为复杂。一方面,他深切地感受到时世艰难、孤独压抑,因而产生欲效仿古隐士"高举自倯"的愿望;另一方面,他通过对夷、齐事的评说,显示了自己以保身为重,但求远避世祸,而绝非以隐获取名声。其轻名重生的理念,来自道家。阮籍除此赋所述于大将军府北眺首阳山外,在别的作品也往往述及他遥望首阳山,因而写下有关作品,形成"首阳"意象系列。如其《咏怀诗》第九首云:"步出上东门,北望首阳岑。下有采薇士,上有嘉树林。良辰在何许?凝霜霑衣襟。寒风振山岗,玄云起重阴。鸣雁飞南征,鶗鴂发哀音。素质游商声,凄怆伤我心。"《咏怀诗》第六十四首云:"朝出上东门,遥望首阳基。松柏郁森沉,鹏黄相与嬉。逍遥九曲间,徘徊欲何之?"为何执着于此?原因在于伯夷、叔齐话题,事关朝代鼎革之际士人之出处问题。正始末、嘉平至正元初,曹氏和司马氏为争夺权力,展开殊死较量,司马氏占了上风。此期间,面对"名士少有全者"的严峻局面,阮籍先后被迫为司马懿、司马师父子幕僚,乃为了保身活命,不得已而为之。他在《首阳山赋》中非议伯夷、叔齐,也不能排除为自己的行为有所辩护的动机。当然其思想上的重要原因,还在于道家贵生轻名之观念的深刻影响。因此可以说,《首阳山赋》为一篇吊古寄意之作。

(王　琳)

傅 玄

【作者小传】 (217—278) 字休奕,北地泥阳(今陕西铜川市耀州区)人。正始元年(240)州举秀才,除郎中。六年为著作郎,撰《魏书》。景元元年(260)迁弘农太守,领典农校尉。咸熙元年(264)封鹑觚男。司马炎为晋王,以为散骑常侍。晋立,进爵为子,加驸马都尉。咸宁元年(275)为司隶校尉,三年免官,卒于家。其诗以叙事乐府著称。善钟律。原有《傅子》及文集,已佚,明人辑有《傅鹑觚集》。

斗 鸡 赋　　　　　傅 玄

　　玄羽黝而含曜兮①,素毛颖而扬精②。红缥厕于微黄兮③,翠彩蔚而流清④。五色错而成文兮,质光丽而丰盈⑤。前看如倒,傍视如倾。目象规作⑥,觜似削成⑦。高膺峭峙⑧,双翅齐平。擢身竦体⑨,怒势横生。爪似炼钢,目如奔星⑩。扬翅因风,抚翮长鸣⑪。猛志横逸,势凌天廷⑫。或踯躅踟蹰⑬,或蹀躞容与⑭。或爬地俯仰⑮,或抚翼未举。或狼顾鸱视⑯,或鸾翔凤舞⑰。或佯背而引敌⑱,或毕命于强御⑲。于是纷纭翕赫⑳,雷合电击。争奋身而相戟兮㉑,竞隼鸷而雕睨㉒。得势者凌九天,失据者沦九地㉓。徒观其战也㉔,则距不虚挂㉕,翮不徒拊㉖,意如饥鹰,势如逸虎。

〔注〕①黝:淡黑色。曜:明亮,光辉。　②颖:带芒的谷穗。此指羽毛竖起如穗芒。扬精:显示精力。　③缥(piǎo):淡青色。此指淡青色的羽毛。厕:夹杂。　④翠彩:即翠绿色的羽毛。蔚:文采华美。流清:闪动着光辉。　⑤质:身体。光丽:艳丽而有光泽。丰盈:体态丰满。　⑥规:画圆的工具。　⑦觜(zuǐ):通“嘴”。特指鸟喙。　⑧膺:胸。峭峙:高高地耸立,此指高高挺起。　⑨擢(zhuó)、竦:耸起。　⑩奔星:流星。　⑪抚翮:鼓翅。翮(hé):鸟羽茎管,也代指鸟翼。　⑫凌:升高,登。天廷:即“天庭”。　⑬踯(zhí)躅(zhú):踏步不前。踟(chí)蹰(chú):来回走动。　⑭蹀(dié)躞:小步来回走动的样子。容与:安逸自得的样子。　⑮爬地:指用爪扒地。俯仰:起伏。　⑯狼顾鸱视:如狼、鸱之视物,形容凶恶贪婪,企图攫取。狼顾:像狼一样回头看。鸱:鹞鹰。　⑰鸾:凤凰之类的神鸟。《说文》:“鸾,亦神灵之精也。赤色,五采,鸡形。鸣中五音。”　⑱佯背:即“佯北”,假装败北。　⑲毕命:丧命。强御:强暴凌弱。《诗经·大雅·烝民》:“不侮矜寡,不畏强御。”　⑳纷纭、翕(xī)赫:此皆指盛怒的样子。　㉑相戟:相互争斗。戟:古代兵器名,合戈矛为一体,可以直刺和横击。　㉒竞:一较高低。隼(sǔn):即鹞,凶猛善飞。鸷:猛禽,如鹰之类。睨:斜视,傲

慢的样子。 ㉓失据:失云凭依。沦:沉沦。九地:地下最深处。 ㉔徒:众,众人。
㉕距:鸡附足骨,斗时用来刺之。挂:举起,抬起。 ㉖拊:拍打。

傅玄赋今存约五十六篇,其中三分之二为咏物赋,这些赋往往对所赋对象加
以多层次描绘,状绘其外在的自然之美,表现出浓重的"征实"倾向。由于"征实"
的追求,一些赋,特别是一些植物赋,写得不亚于植物志,缺乏感发意味。此赋无
疑具有"征实"的特点,写斗鸡,写了其毛色、形体、斗前姿态及斗鸡的场面,都写
得细致逼真。但同时也表现出了斗鸡横逸恣肆的气势,因而历来被人称道。

傅玄对斗鸡进行了工巧细致的描绘,在描绘时,采用了多种描写手法。赋先
写斗鸡毛羽含曜扬精、光丽丰盈、五色杂错,主要是静态描写,但也写出了斗鸡的
勃勃生机和四射的活力。再写其形体,"前看如倒,旁视如倾",这是整体描写;
"高膺峭峙,双翅齐平""爪似炼钢,目如流星",又特写。而这些描绘中已经是静
中有动了,写出了斗鸡肢体的雄健,也有蓄势待发的气势。至于"擢身辣体,怒势
横生""扬翅因风,抚翮长鸣。猛志横逸,势凌天廷",完全是动态描写了,而此侧
重于斗鸡横逸之气势的表现。后"或踯躅跚蹰"八句写斗鸡欲斗前的各种姿态,
承接"扬翅因风,抚翮长鸣。猛志横逸,势凌天廷"四句,仍为动态描写,不过句式
又有所变化,连用八个排比句,显得恣肆不羁。最后写斗鸡的场面,写神态,写速
度,写激战,虽寥寥数语,却也写得剑拔弩张、扣人心弦。激烈之后,写胜利者与
失败者的神情,对比而言;再从观者的角度说明争斗的激烈、斗鸡的意志和气势,
可看作侧面描写。而在此场面的描写中,又与各种猛禽猛兽相比附,把斗鸡凶
猛、贪婪的神气表现得更加突出。

傅玄在《连珠序》中说:"其文体,辞丽而言约,不指说事情,必假喻以达其旨。
而贤者微悟,合于古诗劝兴之义。"连珠可看作赋之别体,此说自然也可看作傅玄
对赋的看法。由于注重细致描绘所赋之物,必然会导致对辞藻的重视。就此赋
而言,写斗鸡的毛色,写得色彩斑斓;写斗鸡斗前姿态,也是生气勃勃。其中对
偶、排比、比喻、拟人各种修辞手法的使用,更使得语言典雅亮丽、文采纷披。

斗鸡是中国一种比较古老的娱乐方式。《左传·昭公二十五年》:"季郈之鸡
斗,季氏介其鸡,郈氏为之金距,平子怒。"季氏为其鸡披甲,郈氏为其鸡爪上着
金,都是增加鸡战斗力的办法。由此可见,至迟在春秋后期,斗鸡已经成为一种
比较流行的娱乐方式,所以会用一定的方法来装备斗鸡。《尸子》:"战如斗鸡,胜
者先鸣。"以斗鸡比作战,也可说明斗鸡的流行。而建安文人更多歌咏斗鸡,曹
植、应场、刘桢等都有《斗鸡》诗传世。傅玄《斗鸡赋》则为赋史上此类题材第一
篇,比起建安诗人之作,描写更全面细致,因而其除了文学的价值外,也有民俗学

〔282〕 嵇 康　　　　　　　　　　　　　　　　　　　　　　　　　琴 赋

研究的意义。

傅玄咏物小赋比起建安作家的同类作品来，描写更加细致逼真，此实际为左思、皇甫谧"征实"说正式出笼的先兆，也对两晋、南朝赋风有很大的影响。

（赵茂林）

【作者小传】

嵇 康

（224—263）　字叔夜，谯郡铚（今安徽濉溪西南）人。娶魏宗室女，曾官中散大夫，世称"嵇中散"。友人山涛荐他出仕，他答书拒绝，声言"非汤武而薄周孔"，司马昭怒而恶之。后遭钟会构陷，被司马昭所杀。临刑之际，索琴奏《广陵散》而终。著论多以老庄为旨，主张"越名教而任自然"。原有集，已佚，明人辑有《嵇中散集》。

琴　　赋 并序　　　　　　　　　　　　嵇　康

　　余少好音声，长而玩之。以为物有盛衰，而此无变；滋味有厌，而此不倦。可以导养神气，宣和情志，处穷独而不闷者，莫近于音声也。是故复之而不足，则吟咏以肆志；吟咏之不足，则寄言以广意。然八音之器①，歌舞之象，历世才士，并为之赋颂。其体制风流，莫不相袭。称其材干，则以危苦为上；赋其声音，则以悲哀为主；美其感化，则以垂涕为贵。丽则丽矣，然未尽其理也。推其所由，似元不解音声；览其旨趣，亦未达礼乐之情也。众器之中，琴德最优，故缀叙所怀，以为之赋。其辞曰：

　　惟椅梧之所生兮，托峻岳之崇冈。披重壤以诞载兮②，参辰极而高骧③。含天地之醇和兮，吸日月之休光。郁纷纭以独茂兮，飞英蕤于昊苍。夕纳景于虞渊兮④，旦晞干于九阳⑤。经千载以待价兮，寂神跱而永康。

　　且其山川形势，则盘纡隐深，礚嵬岑岩。互岭巉岩，岝崿岖崟。丹崖崄𪩘，青壁万寻。若乃重巘增起⑥，偃蹇云覆。邈隆崇以极壮，崛巍巍而特秀，蒸灵液以播云，据神渊而吐溜。尔乃颠波奔突，狂赴争流。触岩觝隈⑦，郁怒彪休。汹涌腾薄，奋沫扬涛，瀄汩澎湃⑧，蝹蟺相纠⑨。放肆大川，济乎中州。安回徐迈，寂尔长浮。澹乎洋洋，萦抱山丘。详观其区土之所产毓，奥宇之所宝殖，珍怪琅玕，瑶瑾翕皣⑩，丛集累积，奂衍于其侧⑪。若乃春兰被其东，沙棠殖其西，涓子宅其阳⑫，玉醴涌其前，玄云荫其上，翔鸾集其巅，清露润其肤，惠风流其间。竦肃肃以静谧，密微微其清闲。夫所以经营其左右者，固以自然神丽，而足思愿爱乐矣。

于是遁世之士，荣期、绮季之畴⑬，乃相与登飞梁，越幽壑，援琼枝，陟峻崿，以游乎其下。周旋永望，邈若凌飞。邪睨昆仑，俯阚海湄。指苍梧之迢递⑭，临回江之威夷⑮。悟时俗之多累，仰箕山之余辉⑯。羡斯岳之弘敞，心慷慨以忘归。情舒放而远览，接轩辕之遗音⑰，慕老童于騩隅⑱，钦泰容之高吟⑲。顾兹梧而兴虑，思假物以托心。乃斫孙枝，准量所任。至人摅思⑳，制为雅琴。

乃使离子督墨㉑，匠石奋斤，夔、襄荐法㉒，般、倕骋神㉓。锼会裛厕㉔，朗密调均。华绘雕琢，布藻垂文。错以犀象，籍以翠绿。弦以园客之丝㉕，徽以钟山之玉㉖。爰有龙凤之像，古人之形。伯牙挥手，钟期听声㉗。华容灼爚㉘，发彩扬明，何其丽也。伶伦比律㉙，田连操张㉚，进御君子，新声熁亮，何其伟也。

及其初调，则角羽俱起，宫徵相证。参发并趣，上下累应，踸踔磥硌㉛。美声将兴，固以和昶而足耽矣。尔乃理正声，奏妙曲，扬《白雪》，发《清角》。纷淋浪以流离，奂淫衍而优渥。粲奕奕而高逝，驰岌岌以相属。沛腾遌而竞趣，翕韡晔而繁缛。状若崇山，又象流波，浩兮汤汤，郁兮峨峨。怫愒烦冤，纡余婆娑，陵纵播逸，霍濩纷葩。检容授节㉜，应变合度。兢名擅业㉝，安轨徐步。洋洋习习，声烈遐布。含显媚以送终，飘余响

乎泰素㉞。若乃高轩飞观，广夏闲房，冬夜肃清，朗月垂光。新
衣翠粲，缨徽流芳。于是器泠弦调，心闲手敏。触搎如志㉟，唯
意所拟。初涉《渌水》，中奏清徵，雅昶《唐尧》，终咏《微子》。
宽明弘润，优游躇跱。拊弦安歌，新声代起。歌曰："凌扶摇兮
憩瀛洲㊱，要列子兮为好仇㊲。餐沆瀣兮带朝霞，眇翩翩兮薄
天游。齐万物兮超自得，委性命兮任去留。"激清响以赴会，何
弦歌之绸缪。

于是曲引向阑，众音将歇，改韵易调，奇弄乃发。扬和颜，
攘皓腕，飞纤指以驰骛，纷翲䴎以流漫㊳。或徘徊顾慕，拥郁抑
按，盘桓毓养，从容秘玩。闼尔奋逸，风骇云乱，牢落凌厉，布
濩半散，丰融披离，斐韡奂烂。英声发越，采采粲粲。或间声
错糅，状若诡赴，双美并进，骈驰翼驱。初若将乖，后卒同趣。
或曲而不屈，直而不倨。或相凌而不乱，或相离而不殊。或劫
擒以慷慨㊴，或怨㜝而踌躇㊵。忽飘飘以轻迈，乍留联而扶疏。
或参谭繁促㊶，复叠攒仄，纵横骆驿，奔遯相逼。拊嗟累赞，间
不容息，瑰艳奇伟，殚不可识。

若乃闲舒都雅，洪纤有宜。清和条昶，案衍陆离。穆温柔
以怡怿，婉顺叙而委蛇。或乘险投会，邀隙趣危。譬若离鹍鸣
清池，翼若游鸿翔曾崖。纷文斐尾，慊缥离纚，微风余音，靡靡
猗猗。或搂搎栎捋㊷，缥缭潎冽，轻行浮弹，明嫿晱慧㊸。疾而
不速，留而不滞。翩绵飘邈，微音迅逝。远而听之，若鸾凤和
鸣戏云中；迫而察之，若众葩敷荣曜春风。既丰赡以多姿，又
善始而令终。嗟姣妙以弘丽，何变态之无穷！

若夫三春之初，丽服以时。乃携友生，以遨以嬉。涉兰
圃，登重基，背长林，翳华芝，临清流，赋新诗。嘉鱼龙之逸豫，
乐百卉之荣滋，理重华之遗操㊹，慨远慕而长思。

若乃华堂曲宴，密友近宾，兰肴兼御，旨酒清醇。进《南
荆》，发《西秦》，绍《陵阳》，度《巴人》。变用杂而并起，竦众听
而骇神。料殊功而比操，岂笙籥之能伦。

若次其曲引所宜，则《广陵止息》，《东武》《太山》，《飞龙》《鹿鸣》，《鹍鸡》《游弦》。更唱迭奏，声若自然，流楚窈窕，惩躁雪烦。下逮谣俗，蔡氏五曲。《王昭》《楚妃》，《千里别鹤》，犹有一切㊺，承间簉乏㊻，亦有可观者焉。然非夫旷远者不能与之嬉游，非夫渊静者不能与之闲止，非夫放达者不能与之无吝㊼，非夫至精者不能与之析理也。

若论其体势，详其风声，器和故响逸，张急故声清，间辽故音庳㊽，弦长故徽鸣。性洁静以端理，含至德之和平。诚可以感荡心志，而发泄幽情矣。是故怀戚者闻之，莫不憯懔惨凄，愀怆伤心，含哀懊咿，不能自禁。其康乐者闻之，则欨愉欢释，抃舞踊溢，留连烂漫，嗢噱终日㊾。若和平者听之，则怡养悦愉，淑穆玄真，恬虚乐古，弃事遗身。是以伯夷以之廉㊿，颜回以之仁(51)，比干以之忠(52)，尾生以之信(53)，惠施以之辩给(54)，万石以之讷慎(55)。其余触类而长，所致非一。同归殊途，或文或质。总中和以统物，咸日用而不失。其感人动物，盖亦弘矣。

于时也，金石寝声，匏竹屏气，王豹辍讴(56)，狄牙丧味(57)。天吴踊跃于重渊(58)，王乔披云而下坠(59)，舞鸑鷟于庭阶(60)，游女飘焉而来萃(61)。感天地以致和，况蚑行之众类。嘉斯器之懿茂，咏兹文以自慰。永服御而不厌，信古今之所贵。

乱曰：愔愔琴德，不可测兮。体清心远，邈难极兮。良质美手，遇今世兮。纷纶翕响，冠众艺兮。识音者希，孰能珍兮。能尽雅琴，唯至人兮！

〔注〕 ① 八音：古代称金、石、丝、竹、匏、土、革、木为八音。钟为金，磬为石，琴瑟为丝，箫管为竹，笙竽为匏，埙为土，鼓为革，柷(zhù)敔(yǔ)为木，这里泛指音乐。 ② 重壤：地下，泉下，指深厚的土层。诞载：诞生，出生。 ③ 参辰：参星和辰星，比喻高高在上。高骧：高高向上。 ④ 纳景：收藏日光，即日落。虞渊：古代神话传说中的日落之处。 ⑤ 九阳：太阳。 ⑥ 重巘(yǎn)：重叠的山峰。 ⑦ 觝(dǐ)隈：冲撞山角。 ⑧ 瀄(zhì)汩(yù)：水流激荡的样子。 ⑨ 蜿(wǎn)蟺(shàn)：蚯蚓的别名，比喻波浪起伏屈曲盘旋如蚯蚓爬行。 ⑩ 翕(xī)赩(xì)：指美玉颜色鲜艳繁盛的样子。 ⑪ 奂衍：盛多。 ⑫ 涓子：传说中的仙人。 ⑬ 荣期：又作荣启期，春秋时隐士，传说尝行于郕之野。绮季：又作绮里季，汉初隐士。 ⑭ 苍梧：山名，又名九嶷山。 ⑮ 威夷：通“逶迤”，曲折蜿蜒。 ⑯ 箕山：古代隐士许由隐居之处。

⑰ 轩辕：指传说中的古代帝王黄帝的名字。 ⑱ 老童：传说古帝颛顼之子。䃶(guī)隅：䃶山角。 ⑲ 泰容：传说为黄帝乐师，"泰"同"太"。 ⑳ 至人：古代指思想道德修养等达到至高境界的人。摅(shū)思：考虑，动脑筋。 ㉑ 离子：离朱，古代眼睛明亮者。 ㉒ 夔：相传为尧舜时的乐师。襄：人名，亦为乐师，据传孔子曾学师于师襄子。荐法：进献制琴的法则。 ㉓ 般：鲁班，古代著名巧匠。倕：人名，古代传说中的巧匠。 ㉔ 锼(sōu)：镂刻，雕刻。会：缝合。裛(yì)：缠裹。厕：同"侧"。 ㉕ 园客：传说中的仙人名。 ㉖ 徽：琴徽，系琴弦的绳，用以限定可以弹奏的部分。 ㉗ 伯牙：春秋时精于琴艺的人。钟期：钟子期，善辨琴音者。 ㉘ 灼爚(yuè)：同"灼烁"，鲜明、光彩的样子。 ㉙ 伶伦：黄帝乐官。 ㉚ 田连：古代著名琴师。 ㉛ 踸(chěn)踔(chuō)：布散，扩散。磥(lěi)硌(luò)：本意是大石，这里指琴声大。 ㉜ 检容：敛容，严肃的样子。授节：授以符节。指严肃地弹琴就像接受命令。 ㉝ 兢名：惧怕名声，即抛弃、不要名声，一心学琴之意。 ㉞ 泰素：古代指构成宇宙的原始物质。引申为太空。 ㉟ 触攙(pī)：弹拨。攙：同"批"，反手相击。 ㊱ 瀛(yíng)洲：传说中的海上仙山。 ㊲ 要：通"邀"，邀请。列子：人名，列御寇，郑人。 ㊳ 儠(sè)譶(tà)：多言不止，这里指声音纷繁。譶：说话快，说话不停。 ㊴ 劫掎(jǐ)：形容琴音飞扬高昂。 ㊵ 怨媚(jù)：怨嗟。 ㊶ 参(cān)谭：连续不断。 ㊷ 搂：一作"楼"，牵，拉。栎(lì)：搏击。捋：抹。 ㊸ 明嫿(huà)：鲜明美好。瞭(qì)：视，察。 ㊹ 重华：古代的帝舜的美称。 ㊺ 一切：权宜之时，临时。 ㊻ 簉(zào)乏：临时充数。 ㊼ 忝：同"吝"，吝啬，贪欲。 ㊽ 痹(bì)：通"庳"，低下。 ㊾ 嗢(wà)噱(jué)：大笑。 ㊿ 伯夷：商孤竹君的儿子，反对周武王伐纣，因不愿食周粟饿死在首阳山，儒家认为这是至廉。 (51) 颜回：春秋鲁国人，孔子弟子，乐道安贫，在孔门中以德行著称。 (52) 比干：殷末纣王叔伯父。传说纣淫乱，比干犯颜强谏，纣怒，剖其心而死。与箕子、微子被称为殷之三仁。 (53) 尾生：战国时鲁坚守信约的人。尾生与女子约会于桥下，女子未来，河水上涨，仍不去，抱桥柱淹死。 (54) 惠施：战国宋人，善辩。 (55) 万石：西汉石奋及四子皆官至二千石。景帝号奋为万石君。 (56) 王豹：春秋卫国善歌者。 (57) 狄牙：又作易牙。春秋时齐人，长于调味，得宠于齐桓公，桓公死，与竖刁等乱齐。 (58) 天吴：水神。 (59) 王乔：仙人，又作王子乔。 (60) 鸑(yuè)鷟(zhuó)：一种水鸟，凤属，古以为神鸟。 (61) 游女：汉水水神。

音乐赋是赋作中重要的一个类别，《文选》专列音乐一类，收录赋六篇。从实际创作看，有关音乐的赋远不止这些。就描写琴的赋而言，刘向、马融、蔡邕、傅玄、成公绥、陆瑜等皆有琴赋。这些作品中，以嵇康《琴赋》成就最高。

嵇康对文学、玄学、音乐无所不通，尤其在音乐方面有很高造诣，善于音律，尤擅操琴，其好友向秀赞其"博综技艺，于丝竹特妙"。他欣赏的领域非常宽泛，不仅精通古代名曲，还通晓当时曲调，陈旸《乐书》云："昔人论琴弄吟引，有以嵇康为之者，《长清》《短清》《长侧》《短侧》之类是也。"这四首琴曲，被称为嵇氏四弄。嵇康的一生，也与音乐相伴，他在《与山巨源绝交书》中自叙生平志向："但愿守陋巷，教养子孙……浊酒一杯，弹琴一曲，志愿毕矣。"甚至在临终前他依然要操琴一曲，"康将刑东市，太学生三千人请以为师，弗许。康顾视日影，索琴弹之，曰：'昔袁孝尼尝从吾学《广陵散》，吾每靳固之，《广陵散》于今绝矣！'"这是何等的从容坚毅，悲慨激壮。由此可见琴在嵇康生命中的重要地位。嵇康在生命的最后一刻用琴声展示了他刚强正直、旷达孤傲的人格,同时也是对司马氏无言的抗议和蔑视。《广陵散》是嵇康短暂却绚烂的一生的最好总结。而这个悲壮凄美的结局,也使得魏晋名士的音乐活动达到了最高的审美境界。

《琴赋》是一篇关于琴和音乐理论的著作,全篇由序、正文和乱三部分组成。

序文在交代写作此赋的缘由时说明了琴的作用特点等,嵇康认为琴可以导养神气,宣和情志,使人虽处穷困孤独而不会忧懑抑郁。认为"历世才士"赋琴声以"悲苦"为主是"未尽其理"。在诸多乐器中,琴德最优,这是作本篇赋的直接原因。

正文部分从四个方面描写雅琴。第一部分从开头至"而足思愿爱乐矣",写琴材椅梧(椅木,即山桐子;梧,梧桐。)的生长环境。椅梧的生长环境与寻常树木迥然不同,在偃蹇云覆、汹涌腾薄的高山大川中,椅梧吸纳了天地的醇和之气、日月的修美之光后,像神灵一样竖立在山巅。在它周围,美玉累积,植被环绕,醴泉喷涌,鸾鸟飞翔,更有清露滋润、惠风吹拂,宛如置身于人间仙境。作者对琴材生长环境的描写,突出强调了琴材超凡脱俗的自然之美,这里的琴也正是嵇康"刚肠疾恶"的孤傲性格的写照。第二部分从"于是遁世之士"至"何其伟也",写琴的制作。制作琴的木材已经非同一般,制作者更为雅琴增添了不凡的色彩。离子督墨,匠石奋斤,夔、襄、般、倕施展神异技艺,更以园客之丝为弦,钟山之玉为徽,这样的琴,世间可谓无有能出其右者。这一部分作者还直接描写了荣启期等隐士"登飞梁,越幽壑,援琼枝,陟峻崿"的自由快乐生活,反映了作者在当时险恶的政治环境中仰慕老庄、追慕自然的心理。第三部分从"及其初调"至"何变态之无穷",主要描写琴声的美妙。音乐是靠音响直接打动人的心灵,更长于表现精神世界,表现人在特定环境下微妙的心灵感觉,这种感觉有时可以用语言描述,有时却是只可意会不能够言传的。文学则可以通过具体的情节或形象性的描绘等方式表现人的感情,所用的媒介——文学语言也与人们的生活语言比较接近。因此,与文学相比,音乐更具有不确定性,更为抽象。如何将以音响为媒介的音乐转而用以语言为媒介的文学表现出来,让读者透过文字体会到琴声的美妙,如闻其声,如临其境,实非易事。嵇康用了一系列形象的描写,"徘徊顾慕,拥郁抑按",这是状琴声的低回往复,如泣如诉;"阂尔奋逸,风骇云乱",这是摹旋律的遒劲有力,高亢激昂;"若鸾凤和鸣戏云中","若众葩敷荣曜春风",这是圆润清丽、婉转细腻的乐曲;"忽飘飘以轻迈,乍留联而扶疏",这又给人悠扬深厚、绵延不绝的美感。总之,这一段集中体现了嵇康作为音乐理论家、演奏家以及文学家的修养和造诣。第四部分从"若夫三春之初"至"信古今之所贵",主要写琴声的巨大感染作用。琴声既是演奏者心声的流露，同时也是欣赏者的再次演绎，人的性格、情绪、经历不同，对音乐的感受也自然有别。内心忧伤者听到悲伤的音乐会更加伤感，而欣喜者听到欢快的音乐则会更加欢欣鼓舞。作者认为琴声具有感天动地、使万物和顺的作用。嵇康长于弹琴，常常借琴声来抒发内心的苦闷与愤激，这里对琴声作用的描述正是他长期的亲身体会所得，也是他音乐理论的重要组成部分。

《琴赋》是一篇托物言志赋。作者饱含感情，对琴的制作、演奏、功用作了细致的描写，表现了作者对琴和音乐的爱好以及深厚修养，反映了他在乱世中追慕自然、高蹈避世的思想和徘徊苦闷的心情。可以说，琴是作者人格和理想的寄托。

《琴赋》在形式上具备体物言志赋的一些特征，如铺陈排比，夸张虚构，辞采华丽，句式骈散结合。比之前代的音乐赋，嵇康《琴赋》中骈俪句型已大量运用，更讲究词性联对的工整，对句的运用也比较普遍。如描写山峰："若乃重巘增起，偃蹇云覆，邈隆崇以极壮，崛巍巍而特秀；蒸灵液以播云，据神渊而吐溜。"四六言杂陈，展现了一种变化诡异的语言风格，突显出山峰的险峻缥缈。《琴赋》具有魏晋赋的基本特色，内容和形式都显露着作者的鲜明个性和时代特征。

嵇康不但是一位音乐家，也是一位文学家，他能够将音乐与文学这两种不同的艺术样式完美地结合起来，如本篇中提到了一些曲名，嵇康不是将曲名随意罗列，而是化用曲名本身所代表的含义，使较呆板而互不关联的曲名化为优美生动的意象。"下逮谣俗，蔡氏五曲。《王昭》《楚妃》，《千里别鹤》，犹有一切，承间簉乏，亦有可观者焉。"嵇康根据他们相近的意象含义，营造出了怨妇游子的忧愁情调。

清人何焯在《文选评》中评价《琴赋》："音乐诸赋，虽微妙古奥不一，而精当完密、神解入微，当以叔夜此作为冠。"这是很有见地的。

（延娟芹）

【作者小传】

向　秀

（约227—272）　字子期，河内怀县（今河南武陟）人。"竹林七贤"之一。官至黄门侍郎、散骑常侍。曾为《庄子》作注，"发明奇趣，振起玄风"，尚余《秋水》《至乐》二篇注释未竟而卒。后郭象"述而广之"，别为一书。向秀注本已佚，其注散见于《世说新语》《列子注》《文选注》《经典释文》等书中。在自然观上，提出万物"自生""自化"，各任其性的主张。又主张自然与名教统一，合儒道为一。擅诗赋。曾作《思旧赋》，颇为有名。

思 旧 赋 并序　　　　　　　　向 秀

　　余与嵇康、吕安居止接近^①，其人并有不羁之才。然嵇志远而疏，吕心旷而放，其后各以事见法^②。嵇博综技艺，于丝竹特妙。临当就命，顾视日影，索琴而弹之^③。余逝将西迈，经其旧庐。于时日薄虞渊^④，寒冰凄然，邻人有吹笛者，发声寥亮。追思曩昔游宴之好，感音而叹，故作赋云：

　　将命适于远京兮，遂旋反而北徂。济黄河以泛舟兮，经山阳之旧居。瞻旷野之萧条兮，息余驾乎城隅。践二子之遗迹兮，历穷巷之空庐。叹《黍离》之愍周兮^⑤，悲《麦秀》于殷墟^⑥。惟古昔以怀今兮，心徘徊以踟蹰。栋宇存而弗毁兮，形神逝其焉如？昔李斯之受罪兮，叹黄犬而长吟^⑦。悼嵇生之永辞兮，顾日影而弹琴。托运遇于领会兮，寄余命于寸阴。听鸣笛之慷慨兮，妙声绝而复寻。停驾言其将迈兮，遂援翰而写心。

〔注〕　① 嵇康：字叔夜，谯郡铚（今安徽濉溪西南）人，三国魏文学家、思想家、音乐家，"竹林七贤"领袖人物。为魏宗室之婿，官中散大夫。因遭司马昭心腹钟会陷害，为司马昭所杀。吕安：字仲悌，东平（今属山东）人，与嵇康、向秀相善为友，其兄吕巽淫其妻反诬吕安"不孝"之罪，亦遭司马昭杀害。　② 以事见法：因事受刑被杀。　③ "顾视"二句：《晋书·嵇康传》载："康将刑东市，太学生三千人请以为师，弗许。康顾视日影，索琴弹之，曰：'昔袁孝尼尝从吾学《广陵散》，吾每靳固之，《广陵散》于今绝矣！'"　④ 虞渊：古代传说中的日落之处。　⑤《黍离》：《诗经·王风》中篇名。《毛诗序》曰："《黍离》，闵宗周也。周大夫行役于宗周，过故宗庙宫室，尽为禾黍，闵宗周之颠覆，彷徨不忍去而作是诗也。"　⑥《麦秀》：指《麦秀歌》。《尚书大传》载殷商王室微子去朝见周天子，过殷墟，见那里已经沦为田亩，于是唱道：'麦秀渐（jiān）渐兮禾黍油油，彼狡童兮不好兮。'以抒发心中的感慨。　⑦ "昔李斯"二句：李斯，秦丞相，秦二世二年（前208）以谋反罪被腰斩咸阳。《史记·李斯列传》："斯出狱，与其中子俱执，顾谓其中子曰：'吾欲与若复牵黄犬俱出上蔡东门逐狡兔，岂可得乎？'遂父子相哭，而夷三族。"

　　房玄龄《晋书》云："康既被诛，秀应本郡计入洛……秀乃自此役，作《思旧赋》。"在赋中向秀也自称"将命适于远京兮，遂旋反而北徂"，说明本篇是向秀奉命赴京，返回途中经过嵇、吕旧居后为悼念友人而作。嵇康为竹林七贤领袖人物，向秀为竹林七贤之一。据《世说新语》载，向秀曾跟随嵇康锻铁，与吕安一起灌园，可见三人感情至深。吕安之兄吕巽为司马昭相国掾，初为嵇康友，后淫吕安之妻，却反而诬陷吕安不孝，治吕安之罪。嵇康得知此事，作书与吕巽绝交，并为吕安作证。不幸的是，嵇康与吕安竟因此事惨遭杀害。嵇、吕之被害，直接事由是钟会、吕巽等人的陷害，根本原因则是司马昭杀戮异己。嵇康被杀后，向秀应征入洛，官至黄门侍郎、散骑常侍。

赋前小序说明了写作本赋的缘由，是全赋的重要组成部分。起笔就怀念自己与二人昔日的交游，指出二人"并有不羁之才"，嵇康"志远而疏"，吕安"心旷而放"。不拘时俗，志向高远而疏于人事，心性旷达而行为恣纵，这些都具有明显的反抗性，这也正是他们不被司马氏所容的原因。三人平日交游甚多，可怀念的事情非常多，但向秀这里重点提到嵇康临行前顾视日影、索琴而弹的一幕。嵇康在最后时刻从容坚毅、澹远旷达的举动，是魏晋名士的最高境界。想到友人临刑前的慷慨，当时已经应征入洛的向秀心情一定非常复杂。这里有对友人的敬佩、怀念，对司马氏杀戮贤才的悲愤，也许还有自己归附司马氏后的羞愧与良心上的自责吧。

赋正文起首就写自己奉命赴京，返回途中经过山阳嵇、吕旧居之事，之后通过两个典故突然转入抚今追昔。《黍离》之诗是周大夫闵宗周而作，《麦秀》是微子去朝见周天子经过殷墟时所唱之歌，作者引用这两首诗含蓄指出，嵇、吕二人正是因为魏之灭亡、晋之代魏而死。接着又引用了李斯的典故。李斯与嵇康人格之高下不可同日而语，向秀为什么这里要将嵇康之死与李斯相提并论呢？李斯嫉贤妒能，极端利己，陷害韩非，向秦始皇建议焚书坑儒，参与秦二世篡权之事，这些固然令人生厌，但是李斯之死却是无辜的。赵高欲置李斯之死地，便诬陷李斯与其子李由一同谋反，最终李斯被腰斩于咸阳。嵇康与吕安，也是因莫须有的罪名被杀害。作者应用李斯之典故，意在间接地为嵇、吕二人鸣冤。同时借李斯临刑前与其子的一段对话，再次喻自己与嵇、吕的"游宴之好"不可复得。

赋中两次提到嵇康临行前顾影弹琴之超脱气度以及嵇康邻人之笛声。前者是嵇康短暂而又绚烂的一生的最好总结，作者抓住了嵇康一生中最有代表性的事件来抒发对友人的怀念，充溢着对友人人格之敬佩，对友人被害之悲愤。后者是作者感情激发的诱因与主线，激越悲凉的笛声，仿佛就是往昔嵇康高妙绝响的琴声，感音怀人，极为悲怆。

鲁迅先生曾在《为了忘却的纪念》一文中提到："青年时读向子期《思旧赋》，很怪他为什么只有寥寥几行，刚开头却又煞了尾。然而，现在我懂了。"这句话揭示了本赋隐晦含蓄、寓意深远的特点。本赋是为悼念被司马氏所杀的友人而作，当时向秀已被本郡荐举入洛阳见了司马昭，写这样的作品是冒着生命危险的。因此赋中只言悼念而不及其他，如写二人"各以事见法"只含糊其辞一句带过，至于具体事件却隐去了，欲吐还吞，读后令人极感凄恻。这种压抑、悲怆而又不能一吐为快的情景,在正始时期其他作品尤其是阮籍诗中随处可见,这是那个时代文人为全身远祸不得已采用的表现手法。又如嵇康临死前弹琴,自己听鸣笛之慷慨等,均未作任何敷演。政治上的黑暗无法揭露,友人的冤屈无法申辩,作者能说的话也就赋中那几句。读本篇,会感到作者有许多话要说,却又没有说出来。简洁含蓄,耐人寻味,这是本赋的最大特点。

本赋情景交融,旷野、穷巷、空庐、残阳、凄笛、寒冰,这一切景物与作者伤悲心境相结合,更增加了本篇的凄怆氛围。

(延娟芹)

成公绥

【作者小传】

(231—273) 字子安,东郡白马(今河南滑县)人。少有俊才。口吃而雅好音律。词赋壮丽,为张华所重,叹为绝伦;荐之太常,征为博士。后为秘书郎、秘书丞、中书郎。尝与贾充等参订法律。以赋得名。其赋或侈谈物理,或穷尽物象。原有集,已佚,明人辑有《成公子安集》。

天　地　赋 并序　　　　　　　　成公绥

赋者,贵能分赋物理,敷演无方,天地之盛,可以致思矣。天地至神,难以一言定称。故体而言之,则曰两仪;假而言之,则曰乾坤;气而言之,则曰阴阳;性而言之,则曰柔刚;色而言之,则曰玄黄;名而言之,则曰天地。历观古人,未之有赋。岂独以至丽无文,难以辞赞。不然,何其阙哉? 遂为《天地赋》曰:

惟自然之初载兮,道虚无而玄清,太素纷以溷淆兮[①],始有物而混成。何元一之芒昧兮,廓开辟而著形。尔乃清浊剖兮,玄黄判离。太极既殊,是生两仪。星辰焕列,日月重规[②]。天动以尊,地静以卑。昏明迭照,或盈或亏。阴阳协气而代谢,寒暑随时而推移。三才殊性[③],五行异位。千变万化,繁育庶类。授之以形,禀之以气。色表文采,声有音律。覆载无方[④],流形品物[⑤]。鼓以雷霆,润以庆云[⑥]。八风翱翔[⑦],六气氤氲[⑧]。

蚑行蠕动,方聚类分。鳞殊族别,羽毛异群。各含精而镕冶⑨,咸受范于陶钧⑩。何滋育之罔极兮,伟造化之至神。

若夫悬象成文⑪,列宿有章。三辰烛曜⑫,五纬重光⑬。河汉委蛇而带天,虹蜺偃蹇于昊苍。望舒弭节于九道⑭,羲和正辔于中黄⑮。众星回而环极,招摇运而指方⑯;白虎峙据于参井,青龙垂尾于氐房,玄龟匿首于女虚,朱鸟奋翼于星张⑰。帝皇正坐于紫宫,辅臣列位于文昌⑱;垣屏骆驿而珠连⑲,三台差池而雁行⑳;轩辕华布而曲列㉑,摄提鼎峙而相望㉒。若乃征瑞表祥,灾变呈异。交会薄蚀㉓,抱晕带珥;流逆犯历㉔,谴悟象事㉕。蓬容著而妖害生㉖,老人形而主受喜㉗。天矢黄而国吉祥㉘,彗孛发而世所忌㉙。

尔及旁观四极,俯察地理。川渎浩汗而分流,山岳磊落而罗峙。沧海沆瀣而四周,悬圃隆崇而特起㉚。昆吾嘉于南极㉛,烛龙曜于北址㉜。扶桑高于万仞㉝,寻木长于千里㉞。昆仑镇于阴隅,赤县据于辰巳㉟。于是八十一域,区分方别;风乖俗异,险断阻绝。万国罗布,九州并列。青冀白壤,荆衡涂泥;海岱赤埴,华梁青黎;兖带河洛,扬有江淮。辨方正土,经略建邦。王坼九服㊱,列国一同。连城比邑,深池高墉。康衢交路,四达五通。东至旸谷㊲,西极泰蒙㊳;南暨丹炮,北尽空同㊴。遐方外区,绝域殊邻。人首蛇躯,鸟翼龙身;衣毛被羽,或介或鳞;栖林浮水,若兽若人;居乎大荒之外,处于巨海之滨。

于是六合混一而同宅㊵,宇宙结体而括囊。浑元运流而无穷,阴阳循度而率常。回动纠纷而乾乾,天道不息而自强。统群生而载育,人托命于所系。尊泰一于上皇㊶,奉万神于五帝。故万物之所宗,必敬天而事地。

若乃共工赫怒,天柱摧折。东南俄其既倾,西北豁而中裂㊷。断鳌足而续毁,炼玉石而补缺㊸。岂斯事之有征,将言者之虚设?何阴阳之难测,伟二仪之参阔㊹。

坤德厚以载物,乾资始而至大。俯尽鉴于有形,仰蔽视于所盖。游万物而极思,故一言于天外。

〔注〕 ① 太素:古代指构成宇宙的最原始的物质。 ② 重(chóng)规:指日月俱圆。 ③ 三才:指天、地、人。 ④ 覆载无方:天覆地载无一定法则。 ⑤ 流形:万物受自然之滋育而运动变化其形体。 ⑥ 庆云:五色云,古时以为喜庆、吉祥之气。 ⑦ 八风:八方之风,即东北、东、东南、南、西南、西、西北、北八方之风。 ⑧ 六气:一谓天地四时之气,一谓阴阳风雨晦明为六气,此外还有别的说法。氤(yīn)氲(yūn):指天地阴阳之气的聚合交会之状。 ⑨ 镕冶:本意是以高温熔化金、石,这里指熔铸,糅合。 ⑩ 范:本意是模子,这里指规范、法式。陶钧:本意是制作陶器的转轮,此处指天地造化。 ⑪ 悬象:天象,多指日月星辰。 ⑫ 三辰:指日月星。 ⑬ 五纬:金、木、水、火、土五大行星的总名。重(chóng)光:再放光明。 ⑭ 望舒:指月亮。古神话传说中谓望舒为月亮驾车之神。九道:古人指日月运行的轨道。 ⑮ 羲和:传说中太阳的御者。中黄:黄道。古人认为太阳绕地球而行,黄道就是想象中太阳绕地球的轨道。 ⑯ 招摇:星名,即北斗第七星摇光,亦借指北斗。 ⑰ 白虎、青龙、玄龟(玄武)、朱鸟:为西、东、北、南四方星宿名。参、井、氐、房、女、虚、星、张:二十八宿中的星宿名。 ⑱ "帝皇"二句:象征帝王的星正坐于紫宫,象征辅佐之臣的诸星排列在文昌宫。紫宫:星官名,指紫微垣。文昌:星座名,共六星,在斗魁之前,形成半月形状。 ⑲ 垣屏:指星空的太微、紫微、天市三垣。 ⑳ 三台:星名,谓上台、中台、下台共六星,两两相比,起文昌,列抵太微。 ㉑ 轩辕:星座名。 ㉒ 摄提:星名。 ㉓ 薄蚀:指日月相掩,产生日食、月食现象。 ㉔ 流逆:指星运行逆向流动。犯历:侵犯了其他星经过的道路。 ㉕ 谴悟:上天谴责使人醒悟。 ㉖ 蓬容:蓬星,系凶星。 ㉗ 老人:老人星,即南极星,也称寿星。 ㉘ 天矢阴,矛神的异名。 ㉙ 彗孛(cèi):指彗星和孛星。 ㉚ 悬圃:传说在昆仑山顶,有金台、玉楼,为神仙所居,也称玄圃。后泛指仙境。 ㉛ 昆吾:山名。 ㉜ 烛龙:神名。 ㉝ 扶桑:神木名,传说日出其下。 ㉞ 寻木:大木。 ㉟ 赤县:赤县神州的省称,指中国。 ㊱ 王圻:犹王畿,古指王城周围千里的地域。九服:相传古代天子所住京都以外地方按远近分为九等叫九服。 ㊲ 旸(yáng)谷:古称日出之处。 ㊳ 泰蒙:即蒙汜,古称太阳没入之处。 ㊴ 空同:山名,又作崆(kōng)峒(tóng)、空桐。在今甘肃省平凉市西,相传是黄帝问道于广成子之所。 ㊵ 六合:指天地四方,整个宇宙的巨大空间。 ㊶ 泰一:天神名。 ㊷ "若乃共工"四句:据《淮南子·天文》载,据说共工与颛顼争为帝,怒而触不周之山,天柱折,地维绝。天倾西北,故日月星辰移焉,地不满东南,故水潦尘埃归焉。共工:古代传说中的天神。 ㊸ "断鳌"二句:指关于女娲的传说。传说她曾用黄土造人,炼五色石补天,断鳌足支撑四极,平治洪水,驱杀猛兽,使人民得以安居,并继伏羲而为帝。 ㊹ 夃(chǐ)阔:辽阔,宽广。

成公绥是西晋文学家,幼聪慧,博涉经传。张华很看重他,"每见其文,叹伏以为绝伦"(《晋书·成公绥传》)。擅长辞赋,刘勰《文心雕龙·诠赋》将他与左思、陆机等并列,以为其赋"底绩于流制……亦魏晋之赋首也"。

《天地赋》与《啸赋》同被《晋书·成公绥传》全文引录。本赋不但是成公绥的代表作之一,同时集中反映了魏晋以后的文学思想、文学潮流。赋前小序不仅展示了作者的文学思想,也将其实践体现在本篇中,同时,也是我们了解魏晋文学风格的典范作品之一。

《天地赋》是一篇赞美天地的咏物赋。作者在赋前小序中提出了自己的赋学观念:"赋者,贵能分赋物理,敷演无方。"赋的体物功能无限广大,能写一切事物的一切方面。就天地而言,古人很早就从哲学角度去认识,但是没有作家从文学的、审美的角度去描绘天地,以词赋的形式来表现天地,因此作家以傲视群雄的语气写道:"岂独以至丽无文、难以辞赞? 不然,何以阙哉?"古人以天、地、人为"三才",天地独占"二才",天地"至丽",以至"难以辞赞",作家感叹未有人写赋加以辞赞,于是作至丽之赋。这是作本赋的缘由,可见他在这一题材上的独创。

天地之大,万物之多,从何处着笔? 作者从四个层次进行了描写。第一层,自"惟自然之初载兮"到"伟造化之至神",写天地的形成。先写宇宙混沌,元一茫昧,继而写到清浊剖分,天地形成,又写到阴阳并生,万物繁育,宇宙由是运转不息。想到这些,不由得让人赞叹"何滋育之罔极兮,伟造化之至神!"第二层从"若夫悬象成文"到"彗孛发而世所忌",写天文之悬象列宿,祥瑞灾异,暗示人与自然的密切关系,反映了当时人对天相的认识。第三层从"尔乃旁观四极"到"处于四海之滨",写地理划分,由天入地,上下四方,铺写山川树木,列国城邑,昆仑悬圃,九州列国,奇人异事,使人耳目一新。其中如"遐方外区,绝域殊邻。人首蛇躯,鸟翼龙身。衣毛被羽,或介或鳞。栖林浮水,若兽若人。居于大荒之外,处于巨海之滨"等句中的神话内容更增添了赋作的神秘色彩。最后一层归纳到六合同宅,敬天事地,借对神话传说的怀疑与否定,进一步赞颂了天道的不息,宇宙的无穷,大自然的伟大。

成公绥的突出贡献在于他大大拓展了晋赋的题材范围,开拓了赋体的表现空间。除天地外,黄河、木兰、蜘蛛、螳螂、神乌等都成了他描写的对象。《天地赋》写前人所未写,艺术地表达了人类对天地阴阳的敬畏赞美之情。作者用《周易》关于天地阴阳的语词敷演成文,写的气势磅礴,豪情万丈,姿态万方,显示了作家丰富的才学和宽广的胸怀。

成公绥赋在创作上表现出浓重的"征实"倾向。《天地赋》写天象地貌,虽然极尽夸饰想象之能事,并加进许多神话传说材料,但于篇末却说"岂斯事之有征,将言者虚设?",反映了他征实的追求。

成公绥与西晋其他赋家一样崇尚绮丽的文风,自觉地实践着"诗赋欲丽"的文学主张。本赋集中体现了作者"至丽"的赋学思想,主要以技巧和辞采取胜,句式或四言,或六言,或七言,如"若夫悬象成文"一段以七言为主,"尔乃旁观四极"一段又以四言为主,全篇又间以骚体句式、散体句式,整齐中富于变化。全赋重客观描述,无兴托讽喻,代表了西晋以后作家重辞采的风尚。

大而不空，想象丰富，立意高远，境界开阔，这是本赋的最大特点。因此本赋在作者生前就广获盛誉，并因之得到张华的举荐。

（延娟芹）

啸　赋　　　　　　　　　　　　　　成公绥

逸群公子，体奇好异。傲世忘荣，绝弃人事。晞高慕古①，长想远思。将登箕山以抗节②，浮沧海以游志③。于是延友生④，集同好。精性命之至机，研道德之玄奥⑤。愍流俗之未悟⑥，独超然而先觉。狭世路之阨僻⑦，仰天衢而高蹈⑧。邈姱俗而遗身⑨，乃慷慨而长啸。

于时曜灵俄景⑩，流光蒙汜⑪。逍遥携手，跚跦步趾⑫。发妙声于丹唇，激哀音于皓齿。响抑扬而潜转，气冲郁而飚起⑬。协黄宫于清角，杂商羽于流徵⑭。飘游云于泰清⑮，集长风乎万里。曲既终而响绝，遗余玩而未已。良自然之至音，非丝竹之所拟⑯。是故声不假器，用不借物。近取诸身，役心御气。动唇有曲，发口成音。触类感物，因歌随吟。大而不涝⑰，细而不沈。清激切于竽笙，优润和于瑟琴⑱。玄妙足以通神悟灵，精微足以穷幽测深。收激楚之哀荒⑲，节北里之奢淫⑳。济洪灾于炎旱㉑，反亢阳于重阴㉒。唱引万变，曲用无方㉓。和乐怡怿㉔，悲伤摧藏㉕。时幽散而将绝，中矫厉而慨慷。徐婉约而优游，纷繁骛而激扬。情既思而能反，心虽哀而不伤。总八音之至和㉖，固极乐而无荒。

若乃登高台以临远，披文轩而骋望㉗。喟仰抃而抗首㉘，嘈长引而慓亮㉙。或舒肆而自反，或徘徊而复放。或冉弱而柔挠，或澎濞而奔壮㉚。横郁鸣而滔涸㉛，列飘眇而清昶㉜。逸气奋涌，缤纷交错。列列飘扬，啾啾响作。奏胡马之长思，向寒风乎北朔㉝。又似鸿雁之将鶵，群鸣号乎沙漠。故能因形创声，随事造曲。应物无穷，机发响速。怫郁冲流㉞，参谭云属㉟。若离若合，将绝复续。飞廉鼓于幽隧㊱，猛虎应于中谷。南箕动于穹苍㊲，清飙振乎乔木。散滞积而播扬，荡埃蔼之溷浊。变阴阳之至和，移淫风之秽俗。

若乃游崇冈㊳,陵景山㊴。临岩侧,望流川。坐盘石,漱清泉。藉皋兰之猗靡㊵,荫修竹之蝉蜎。乃吟咏而发散,声骆驿而响连。舒蓄思之悱愤㊶,奋久结之缠绵。心涤荡而无累,志离俗而飘然。

若夫假象金革,拟则陶匏。众声繁奏,若笳若箫。磞硠震隐㊷,訇礚唧嘈㊸。发征则隆冬熙蒸㊹,骋羽则严霜夏凋。动商则秋霖春降,奏角则谷风鸣条。音均不恒㊺,曲无定制。行而不流,止而不滞。随口吻而发扬,假芳气而远逝。音要妙而流响㊻,声激嚁而清厉㊼。信自然之极丽,羌殊尤而绝世㊽。越韶夏与咸池㊾,何徒取异乎郑卫㊿。

于时绵驹结舌而丧精,王豹杜口而失色[51]。虞公辍声而止歌[52],甯子检手而叹息[53]。钟期弃琴而改听[54],孔父忘味而不食[55]。百兽率舞而抃足[56],凤皇来仪而拊翼[57]。乃知长啸之奇妙,盖亦音声之至极。

〔注〕 ① 晞:仰慕。 ② 箕山:《濮州志·山川考》载:"箕山在州治东五十里,相传许由所居。"《史记》《汉书》中均有许由隐于箕山的记述。许由是上古高士。尧想把天下禅让给许由,他不接受,在箕山隐居。 ③ 浮沧海以游志:《论语·公冶长》:"子曰:'道不行,乘桴浮于海。从我者,其由与!'子路闻之喜。" ④ 友生:朋友。《诗·小雅·常棣》:"虽有兄弟,不如友生。" ⑤ 玄奥:玄虚深奥的义理。 ⑥ 愍:同"悯",怜悯。 ⑦ 阨僻:狭窄偏斜。 ⑧ 天衢:广阔的天空,可以任意通行,就像世间宽阔的道路一样,故称之为天衢。高蹈:远离俗世。 ⑨ 邈:藐视。姱俗:奢侈的俗世。遗身:摆脱身边俗事,超然物外。 ⑩ 曜灵:太阳。俄景:偏西的日光。 ⑪ 蒙汜:古代神话中所指日入之处。 ⑫ 踟跦:即踯躅,形容徘徊不前的样子。 ⑬ 熛起:迅猛而起的样子。 ⑭ 黄宫:黄钟宫声。清角:古人以为角音清,故曰清角。宫商角徵羽是中国古代音乐中的五音。 ⑮ 泰清:天空。 ⑯ 丝竹:泛指乐器。 ⑰ 洿(wū):散漫。 ⑱ 竽笙、瑟琴:均为乐器。 ⑲ 激楚:古代歌舞曲名。哀荒:悲凉。 ⑳ 北里之奢淫:北里是古代一种舞曲名,该曲萎靡粗俗。 ㉑ 洪灾:洪水之灾。 ㉒ 亢阳:亢阳之旱。 ㉓ 方:常。 ㉔ 怡怿:愉悦快乐。 ㉕ 摧藏:悲伤的样子。 ㉖ 八音:我国古代八种制造乐器的材料,通常为金、石、丝、竹、匏、土、革、木八种不同质材所制。泛指音乐。 ㉗ 文轩:用彩画雕饰栏杆和门窗的走廊。 ㉘ 抃:鼓掌。抗首:仰首。 ㉙ 憀亮:嘹亮。 ㉚ 澎濞(pì):波浪相撞击声。 ㉛ 滔涸:水滔滔奔流或者干涸,这里指声音的流畅或终止。 ㉜ 清昶:声音清亮悠扬。 ㉝ 胡马之长思:《古诗十九首·行行重行行》:"胡马思北风。" ㉞ 怫郁:郁结不舒的样子。冲流:声音从口而出,连续不断。 ㉟ 参谭、云属:均为连绵不断的样子。 ㊱ 飞廉:风伯。 ㊲ 南箕:星名。即箕宿。夏秋之间见于南方,故称之为南箕。 ㊳ 崇冈:高冈。 ㊴ 景山:大山。 ㊵ 皋兰:泽边的兰草。猗靡:随风摇摆的样子。 ㊶ 悱

愤:《论语·述而》:"子曰:不愤不启,不悱不发。"指忧思郁结。　⑫ 磞硠震惊:形容声音宏大响亮。　⑬ 訇(hōng)礚(kē)唧(láo)嘈:形容声音宏大。　⑭ 熙蒸:暖气蒸腾。　⑮ 均:同"韵"。　⑯ 要妙:形容美好的样子。　⑰ 激嚁:形容声音疾速。　⑱ 殊尤:奇异。　⑲ 韶、夏、咸池:均为古时候的音乐。　⑳ 郑卫:郑、卫是春秋战国时的两个国家,其地的音乐被视为靡靡之音。　㉑ 绵驹、王豹:二人均为古时善歌之人。《孟子·告子章句下》载:"淳于髡曰:'昔者王豹处于淇,而河西善讴;绵驹处于高唐,而齐右善歌;华周、杞梁之妻善哭其夫,而变国俗。'"　㉒ 虞公:古时善歌之人。《文选》李善注:《晏子春秋》:"虞公善歌,以新声感景公,晏子退朝而拘之。"又注云:"汉兴,又有虞公,即刘向别录曰:'有人歌赋楚汉兴以来善雅歌者鲁人虞公,发声清哀,远动梁尘。'"　㉓ 甯(nìng)子:即甯戚。《乐府诗集》引《淮南子》曰:"甯戚欲干齐桓公,因穷无以自达,于是为商旅,将任车以商于齐,暮宿于郭门外。桓公郊迎客,夜开门,辟任车,爝火甚盛,从者甚众。甯饭牛车下,望见桓公而悲,击牛角而疾商歌。桓公闻之曰:'异哉,非常人也!'命后车载之。"　㉔ 钟期:钟子期。春秋战国时代楚国人。相传钟子期是一个樵夫。伯牙在汉江边鼓琴。钟子期正巧听到,感叹说:"巍巍乎若高山,荡荡乎若流水。"两人遂成为知音。　㉕ 孔父:孔子。《论语·述而》:"子在齐闻韶,三月不知肉味。"　㉖ 百兽率舞:《尚书·舜典》:"於!予击石拊石,百兽率舞。"　㉗ 凤凰来仪:《尚书·益稷》:"《箫韶》九成,凤凰来仪。"

　　据《晋书》本传记载,成公绥"雅好音律,尝当暑承风而啸,泠然成曲,因为《啸赋》"。所谓啸,是古人的一种歌吟方式,把嘴撮成一定的形状,当有气流通过之时,便会发出一定的声响。改变口型,可以对声音的大小、尖粗等进行调节。宋代高似孙的《纬史》中有"嘨十五章",对啸有详细的区分。魏晋之时,行为放达之士,往往对啸颇为钟情,往往通过啸来发泄自己的情绪,倾诉自己的心声。成公绥《啸赋》可谓绘声绘色,把别人难以落笔的啸进行了无微不至的工笔细描。

　　文中逸群公子是作者假托的理想人物,他不以人世荣枯为念,以许由这样的高士为榜样,睎高慕古,抗节高蹈,静心澄虑,慷慨长啸!"发妙声于丹唇,激哀音于皓齿",所发出的啸声时抑时扬,时起时落,可以"协黄宫于清角,杂商羽于流徵",真是何其高妙!啸声可以飘向云端,飘入碧空,可以随风万里,即使人已经停止动作,而其余音袅袅,不绝于耳。虽然啸声不假借器物,只是动唇、发口形成的自然之音,其效果却是丝竹不能比拟的,其清激、优润,远远胜过竽笙、琴瑟。成公绥认为啸声是"总八音之至和,固极乐而无荒",评价不可谓不高。正因为如此,所以"登高台以临远,披文轩而骋望"之时,往往情不自禁地放声长啸。啸声或刚或柔,或舒肆,或徘徊,若离若合,将绝复续,就连飞廉、猛虎都忍不住要与之应和。啸又有什么用呢?它可以"散滞积而播扬,荡埃蔼之溷浊。变阴阳之至和,移淫风之秽俗","舒蓄思之悱愤,奋久结之缠绵",人的心灵经过啸的涤荡而无所牵累,脱离俗务,大有飘飘欲仙之感。啸既然如此美妙,绵驹、王豹、虞公、甯子、钟期、孔父对之都要改颜失色就不足为怪了。文章至此可谓水到渠成,"乃知长啸之奇妙,盖亦音声之至极"。

声音这样的无形之物是很难加以描写的。元朝的祝尧评价《啸赋》时曾说:"大凡人作有故实的文字,则有依傍,有模仿,夫何难哉?若作无故实底文,必须凌危驾空,将无作有,或引别事比映,或就别事团搦,全靠虚空形容咏出来,方见能手。"在成公绥之前对声音有如此细致入微的刻画的文章尚不多见,本文对啸这种不是语言却胜似语言的吟咏方式的描写可以说是开拓了一个较新的领域,后世写声音的名篇如《琵琶行》《秋声赋》等,应该都从本文中汲取过营养。

啸既然这样美妙,难怪魏晋名士都趋之若鹜地把它作为彰显个性的行为符号,来与友人沟通,来与辽阔的宇宙交流。如郭璞"啸傲遗世罗,纵情任独往"(《游仙诗》),陶渊明"啸傲东轩下,聊复得此生"(《饮酒》)等等。 　　　　(冯永军)

【作者小传】

张华

(232—300) 字茂先,范阳方城(今河北固安)人。少牧羊为生。笃志好学。初为县吏。高贵乡公正元二年(255),为太常博士。魏元帝咸熙元年(264),随司马昭征钟会,兼中书侍郎、掌军中书疏表檄。泰始元年(265),为中书令,加散骑常侍。咸宁五年(279),伐吴功成,封广武县侯,后出镇幽州。惠帝即位,历任太子少傅、中书监、司空,进封壮武郡公。因拒绝参与赵王伦、孙秀篡位阴谋,为其所杀。原有集,已佚,明人辑有《张茂先集》。另著有《博物志》。

鹪鹩赋并序①   张华

鹪鹩,小鸟也,生于蒿莱之间,长于藩篱之下,翔集寻常之内②,而生生之理足矣③。色浅体陋,不为人用,形微处卑,物莫之害④,繁滋族类,乘居匹游⑤,翩翩然有以自乐也。彼鹭、鹓、鹃、鸿,孔雀、翡、翠⑥,或凌赤霄之际,或托绝垠之外⑦,翰举足以冲天⑧,觜距足以自卫⑨,然皆负矰婴缴⑩,羽毛入贡。何者?有用于人也。夫言有浅而可以托深,类有微而可以喻大,故赋之云尔。

何造化之多端兮,播群形于万类。惟鹪鹩之微禽兮,亦摄生而受气⑪。育翩翾之陋体⑫，无玄黄以自贵。毛弗施于器用，肉弗登乎俎味。鹰鹯过犹俄翼⑬，尚何惧于罿罻⑭！翳荟蒙茏⑮，是焉游集。飞不飘扬，翔不翕习⑯。其居易容，其求易给。巢林不过一枝，每食不过数粒。栖无所滞，游无所盘。匪陋荆棘，匪荣茞兰⑰。动翼而逸，投足而安。委命顺理，与物无患。

伊兹禽之无知，何处身之似智。不怀宝以贾害⑱，不饰表以招累。静守约而不矜，动因循以简易。任自然以为资，无诱慕于世伪。雕鹗介其觜距⑲，鹄鹭轶于云际。鸱鸢窜于幽险，孔翠生乎遐裔。彼晨凫与归雁，又矫翼而增逝⑳。咸美羽而丰肌，故无罪而皆毙。徒衔芦以避缴，终为戮于此世。苍鹰鸷而受绁㉑，鹦鹉惠而入笼㉒，屈猛志以服养，块幽絷于九重。变音声以顺旨，思摧翮而为庸。恋钟岱之林野㉓，慕陇坻之高松㉔。虽蒙幸于今日，未若畴昔之从容㉕。

海鸟鹓鶋㉖，避风而至。条枝巨雀㉗，逾岭自致。提挈万里㉘，飘飖逼畏。夫唯体大妨物，而形瑰足玮也㉙。阴阳陶蒸㉚，万品一区㉛。巨细舛错，种繁类殊。鹪螟巢于蚊睫㉜，大鹏弥乎天隅。将以上方不足㉝，而下比有余。普天壤以遐观，吾又安知其大小之所如？

〔注〕①鹪鹩：一种体形较小的鸟，常用茅苇羽毛之类的东西来做巢。俗称巧妇鸟，又名黄脰鸟、桃雀、桑飞等。②寻常：八尺曰寻，一丈六尺为常。③生生之理：生物孳生不绝，繁衍不已的规律。④物莫之害：即物莫害之。其他东西不能伤害它。⑤乘居：双居。匹游：结伴而游。⑥鸷、鹃、鸱、鸿，孔雀、翡、翠：均为鸟名。⑦绝垠：天边之地。⑧翰举：翰、举均是飞的意思。⑨距：雄鸡爪子后面突出像脚趾的部分。⑩矰缴：系有丝绳、弋射飞鸟的短箭。⑪摄生：养生，保养身体。受气：禀受自然之气。⑫翩、翾：均为飞的意思。⑬俄翼：倾斜翅膀，指鹰鹯看不上鹪鹩。⑭罿（chōng）罻（wèi）：二者均为捕鸟用的网。⑮翳荟蒙茏：指林木草树茂盛的地方。⑯翕习：形容飞起来迅疾的样子。⑰匪陋荆棘，匪荣茞兰：不以荆棘为陋，不以茞兰为荣。⑱贾害：贾，音古，招致。招致伤害。⑲雕鹗介其觜距：雕鹗因为觜距而为人所用。⑳矫翼：展翅。增逝：高飞。㉑鸷：指苍鹰凶猛的样子。㉒惠：通"慧"，聪明。㉓钟岱：产鹰的两座山。㉔陇坻：即陇山。㉕畴昔：昔日，从前。㉖鹓（yuán）鶋（jū）：海鸟名。㉗条枝：又作条支。古西域国名。约在今伊拉克境内。㉘提挈：用手提着。㉙瑰：珍奇。玮：美好。㉚陶蒸：陶冶、陶铸。㉛万品：万物。㉜鹪螟：传说中的一种小虫。即焦螟。鹪，通"焦"。《晏

子春秋》:"景公曰:'天下有极细者乎?'晏子对曰:'有。东海有虫,巢于蚊睫,再乳再飞,而蚊不为惊。臣婴不知其名,而东海渔者命曰焦螟。'" ㉝上方:上比。

张华幼年丧父,家里非常贫困,他不得不亲自牧羊。但是在这种艰难困苦的环境之下,他更加发奋勤学,《晋书·张华传》称赞他"学业优博,辞藻温丽,朗赡多通,图纬方伎之书莫不详览"。张华身历魏、晋两朝,《鹪鹩赋》则作于曹魏末期,算是其比较早的作品。

鹪鹩是一种小鸟,"生于蒿莱之间,长于藩篱之下",飞得既不高不远,长的样子也没有什么动人之处,正因为如此,它才能够安定生存,不像那些善飞的猛禽如鹰隼等,要被人们抓去作为捕猎的工具,也不像羽毛鲜艳的美鸟如孔雀之类,要被人们抓去拔掉羽毛做各种各样的装饰。一句话,鹪鹩能够生存,其原因就在于它对于人类没有什么用处。而其本身,又没有太大的奢望,"巢林不过一枝,每食不过数粒",居住、饮食都不讲究,随遇而安,知足常乐。

我们再来看看其他鸟类,那些爪牙锋利的雕鹗、苍鹰,被人们抓住之后,腿上被系上绳子,经受各种各样的折磨,最后不得不成为驯服的工具。能学人说话的鹦鹉,当然是聪明至极了,但是人们正是看中了它这一点,把它抓来关进笼子里,当成闲时取乐的消遣。茂密的林野,高大的松树,这些昔日盘桓徜徉之所,从此都和它们无缘了。虽然它们目前好像受到了人们的宠爱,但是这种寄人篱下、受命于人的生活,和往日的逍遥自在比起来,真是天渊之别呀!这些都与鹪鹩的生活、命运形成了鲜明的对比。

文章的最末一段,体现了庄子齐物论的思想,焦螟可以在蚊虫的睫毛上筑巢,可以说是够小的了;而大鹏之翼,若垂天之云,可以说是够大了。鹪鹩与大鹏相比,当然是小不点,但是如果与焦螟相比,那就是庞然大物了!大和小都是相对而言的,如果从宇宙间万物万类的角度来看,是没办法定义鹪鹩是大还是小的!

张华写作本文之时,尚未发迹,《晋书》本传说他"初未知名,著《鹪鹩赋》以自寄"。这里面当然也有愤世嫉俗的成分在内,但是更多体现出来的,则是对委命顺理、知足常乐的隐逸生活的认可与向往。这种思想,在传统文人出仕之前的作品中常常有所流露,张华也不例外。

不过,张华当然是不甘心做鹪鹩的。当时的大文豪阮籍读了《鹪鹩赋》之后,称张华是王佐之才。张华自此声名鹊起,步入仕途,一直到官至司空,封壮武郡公。晋惠帝时爆发了八王之乱,张华不幸被赵王司马伦杀害,并且被夷三族,死后家无余资。张华蒙难之日,不知是否想起他自己这篇《鹪鹩赋》,不知是否后悔没有做鹪鹩，而是去做鹰隼、孔雀？"畴昔之从容"，真是再也难以重现了！

清人方廷珪对本文有段批语，非常恰当："按赋之大意，总见人处尊不如处卑，有用不如无用，为能全身而远害，其操心虑患，可谓至矣！卒见杀于赵王伦，呜呼！茂先身秉国钧，当晋室多难之秋，谗人构祸之日，竭节公朝，致命遂志，可谓忠矣！此赋全为抚时感事而发，其殆逆知有后来之变乎？"

（冯永军）

傅 咸

【作者小传】 （239—294） 字长虞，北地泥阳（今陕西铜川市耀州区）人。傅玄子。咸宁初袭父爵清泉侯，累迁尚书右丞。元康初年迁御史中丞，后以议郎长兼司隶校尉。杨骏、司马亮前后擅权，皆进言非之。为官威严，劲直果敢，疾恶如仇，尝奏免河南尹、左将军、廷尉等要职官员数人。好属文，不尚绮丽，短赋多写物以寄意。诗说理者多。原有集，已佚，明人辑有《傅中丞集》。

纸 赋　　　　　　　　傅 咸

盖世有质文①，则治有损益。故礼随时变，而器与事易。既作契以代绳兮②，又造纸以当策③。犹纯俭之从宜④，亦惟变而是适⑤。夫其为物，厥美可珍，廉方有则⑥，体絜性贞⑦。含章蕴藻⑧，实好斯文⑨。取彼之弊，以为此新⑩。揽之则舒，舍之则卷⑪。可屈可伸，能幽能显⑫。若乃六亲乖方⑬，离群索居。鳞鸿附便⑭，援笔飞书⑮。写情于万里⑯，精思于一隅⑰。

〔注〕 ① 质文：质朴与文采。 ② 契：古代在龟甲、兽骨上灼刻文字。《易·系辞下》："上古结绳而治，后世圣人易之以书契。"绳：即结绳记事。用绳打结，以不同的形状和绳结标记不同事件。 ③ 当：充当。策：书册。 ④ 纯：大，厚。宜：合适。 ⑤ 此句是说，只有不断改变才能适合。 ⑥ 廉方：方方正正。廉：棱角。则：法则。 ⑦ 絜：通"洁"，清洁。贞：正，正直。 ⑧ 章：文章。藻：辞藻。 ⑨ 文：礼乐制度。 ⑩ 此两句是说造纸的过程，当时造纸多用布絮、树皮、草根等为原料，故云。《后汉书·宦者列传·蔡伦传》："伦乃造意，用树肤、麻头及敝布、鱼网以为纸。" ⑪ 当时纸书往往不分页，而是长条状，模仿简策和帛书，书尾粘有一根圆棍，从尾端向前卷起，形成卷子形式，阅读时展开，故言。胡应麟《少室山房笔丛·经籍会通》："凡书，唐以前皆为卷轴，盖今所谓一卷，即古之一轴。" ⑫ 幽：暗。 ⑬ 六亲：泛指亲友。乖方：分离，不在一块。 ⑭ 鳞鸿：鱼和雁。书信的代称。附：附着。便：便利。 ⑮ 援

笔：执笔。　⑯写情于万里：在万里之外表达感情。　⑰精思：深思。一隅：一方。

《晋书·傅咸传》说："好属文论，虽绮丽不足，而言成规鉴。"应该概括了傅咸赋的特点。傅咸的赋，不受时风影响，有自己的特色。在写法上，平实精当，与"结藻清英，流韵绮靡"的西晋文风大相径庭。在内容上，往往包含劝谏、批判的意味，有政教功利的倾向，也与西晋重情的倾向颇不合拍。

傅咸赋不论抒情、咏物大都直接切入正题，造语端直，言不虚发，表现出一种平实的文风。就此赋而言，开始九句写纸的产生，表达了作者发展变化的历史观。而把纸的产生放在书写载体变化的历史长河中，使得读者对纸产生的历史意义有了更清晰的认识，并且给作品增添了历史深邃感。接着写纸的特点，着墨不多，却是刻画无遗。其中更以纸的特点象征方正贞洁的人格。而"厥美可珍"，又表现出作者对这种人格的推崇，颇可见作者的情性。再写由纸制成的书，抓住其可舒可卷的特点来写，并由此暗示那种能屈能伸的处世方式。结尾部分写纸的作用，侧重写其可以突破空间局限、传递情思的一面。全赋既能紧扣纸来写，更能随物附情，表达作者对历史、人生的看法和态度，颇得咏物赋以小见大之精髓。而就行文而言，一路写来，没有蜿蜒曲折之笔，正是一种结言端直的写法，因而就显得颇为平实。

傅咸赋除了比较平实外，语言更显精当。特别在咏物赋中，作者即物即理，既能准确把握事物的特征，又能贴合所叙之理、所抒之情，可谓充分挖掘了语言的启示性功能，因而用语不多，而寄托深远。此赋"廉方有则，体絜性贞。含章蕴藻，实好斯文"、"揽之则舒，舍之则卷。可屈可伸，能幽能显"数句，平实而琅琅上口，精当而寄托遥深，正体现了傅咸辞赋精当的语言特点。此类颇为前人所称道，浦铣说："晋傅长虞《镜赋》云：'不有心于好丑，而众形必详。同实录于良史，随善恶而是彰。'六朝以下，唯知'回风却月，垂龙倚凤'，更无此有斤两句矣！"又："晋傅咸《燕赋》不多着墨，而包括无遗，尤爱其两句，云：'谅鸟兽之难群，非斯人而谁与？'何其确切。"（《复小斋诗话》）

傅咸一生行为处事颇有诤臣之风，《晋书·傅咸传》说他"刚简有大节。风格峻整，识性明悟，疾恶如仇，推贤乐善"。这种性格表现在其辞赋创作中，就是傅咸赋往往包含劝谏、批判的意味，表现出一个政治家的情怀和追求，体现了一种修身立诚、重于事功的儒者风尚。所以张溥于《傅中丞集题辞》中说："长虞短篇，时见正性，治狱《明意赋》云：'吏砥身以存公，古有死而无柔'，一生骨髓，风尚显白。"此赋以纸的特点象征方正贞洁的人格，以书的特点暗示舒卷自如的处世方式，正表现了傅咸赋长于立身行事之理阐发的特点。傅咸的个性既与西晋谦柔卑顺的士人群体性格不同，其赋作刚健贞正的思想内容特色，也就在西晋赋坛显得颇为特别。

（赵茂林）

【作者小传】

潘 岳

（247—300）　字安仁，荥阳中牟（今属河南）人。少被称为"奇童"。泰始三年（267），辟司空掾，举秀才。后任河阳令、太子舍人、太傅主簿、长安令、散骑侍郎、给事黄门侍郎等职。曾与石崇等谄事权贵贾谧。又奉贾后之命，草《愍怀太子祷神文》，构陷太子。后被赵王司马伦及孙秀所杀。与陆机并称"潘陆"。擅长多种文体。原有集，已佚，明人辑有《潘黄门集》。

秋 兴 赋 并序　　　　　　　　　　　　潘 岳

晋十有四年，余春秋三十有二，始见二毛①。以太尉掾兼虎贲中郎将，寓直于散骑之省。高阁连云，阳景罕曜，珥蝉冕而袭纨绮之士，此焉游处。仆野人也，偃息不过茅屋茂林之下，谈话不过农夫田父之客，摄官承乏，猥厕朝列，夙兴晏寝，匪遑底宁。譬犹氾鱼笼鸟，有江湖山薮之思，于是染翰操纸，慨然而赋。于时秋也，故以《秋兴》命篇。其辞曰：

四时忽其代序兮，万物纷以回薄。览华莳之时育兮，察盛衰之所托。感冬索而春敷兮，嗟夏茂而秋落。虽末士之荣悴兮，伊人情之美恶。善乎宋玉之言曰："悲哉秋之为气也！萧瑟兮，草木摇落而变衰。憭栗兮若在远行，登山临水送将归。"夫送归怀慕徒之恋兮，远行有羁旅之愤。临川感流以叹逝兮，登山怀远而悼近。彼四戚之疚心兮，遭一涂而难忍。嗟秋日之可哀兮，谅无愁而不尽。

野有归燕，隰有翔隼。游氛朝兴，槁叶夕殒。于是乃屏轻箑②，释纤绤③。藉莞蒻④，御袷衣⑤。庭树槭以洒落兮，劲风戾而吹帷。蝉嘒嘒以寒吟兮⑥，雁飘飘而南飞。天晃朗以弥高兮,日悠阳而浸微。何微阳之短暑,觉凉夜之方永。月朣胧以含光兮,露凄清以凝冷。熠耀粲于阶闼兮,蟋蟀鸣乎轩屏。听离鸿之晨吟兮,望流火之余景。宵耿介而不寐兮,独屏转于华省。悟时岁之遒尽兮,慨俯首而自省。斑鬓髟以承弁兮⑦,素发飒以垂领。仰群俊之逸轨兮,攀云汉以游骋。登春台之熙熙兮,珥金貂之炯炯。苟趣舍之殊涂兮,庸讵识其躁静?

闻至人之休风兮,齐天地于一指。彼知安而忘危兮,故出生而入死。行投趾于容迹兮,殆不践而获底。阙侧足以及泉兮,虽猴猿而不履。龟祀骨于宗祧兮,思反身于绿水。且敛衽以归来兮,忽投绂以高厉⑧。耕东皋之沃壤兮,输黍稷之余税。泉涌湍于石间兮,菊扬芳于崖澨⑨。澡秋水之涓涓兮,玩游鲦之澼澼⑩。逍遥乎山川之阿,放旷乎人间之世。优哉游哉,聊以卒岁。

〔注〕①二毛:斑白的头发。常用于形容老人。 ②箑(shà):扇子。 ③纤缔:细葛布衣。 ④莞(guān)蒻:指蒲草编的曹羲。莞和蒻是两种蒲草。 ⑤袷衣:夹衣。 ⑥喓(huì)喓:蝉鸣声。 ⑦髟(biāo):长发下垂的样子。 ⑧投绂:指弃官。绂:系官印的丝带,也代指官印。 ⑨崖澨(shì):岸边。 ⑩鲦(tiáo):鱼名,一种生于淡水的小白鱼。澼(pì)澼:鱼游貌。

此赋作于晋武帝咸宁四年,即公元278年,潘岳时年三十有二,为太尉贾充掾属,兼虎贲中郎将,即武官侍卫,寄宿于散骑之省当值。从弱冠出仕到此时,潘岳以其才华,高步一时,但也因才名冠世而被世人所嫉,久居小官,不得舒其情怀,长达十年之久。《秋兴赋》正作于他为官生涯的低谷时期。“赋序”说出了作此序的两点因由:一是自己的身世与所处的环境、人物的不同与不合。潘岳称己为“野人”,游处不过茅屋茂林,交游皆为农夫田父;而身处的散骑之省,却是高楼蔽日,来往皆达官贵人。二是由于自己虽身处散骑之省,但位卑受屈,夙兴夜寐,供人役使。此种“野人”为官的感受,犹如池中鱼、笼中鸟,不得任性、适性地生活。仕宦不顺,因而产生“江湖山薮之思”,即辞官归隐的念头。

此篇以“秋兴”名篇,物色人情的相互关联是我们阅读此赋的重要方面。赋的正文,潘岳首先将“悲秋”之情置入自然四季代序中加以观照。从冬索春敷、夏茂秋落的四时自然特征来看,草木荣衰,看上去是四季变化的自然特征,但其中也关涉人们面对自然变化时的哀乐美恶之情。赋以宋玉《九辩》为例,引用了《九辩》开篇一段悲秋之词:"悲哉秋之为气也! 萧瑟兮,草木摇落而变衰。憭栗兮若在远行,登山临水送将归。"自然之秋之所以悲,是因在萧瑟秋风中,草木随风凋零衰落,由荣而枯。而在人情方面,潘岳从宋玉句中析出四种情感之悲,即"四戚":一是"送归"有思念朋友之怀;二是"远行"有客居异乡之悲;三是"临川"有人生易逝之叹;四是"登高"有怀远悼近之哀。这四种人情之悲,遭遇任何一种,都会使人悲伤,难以自持。所以秋色人情,忧思绵绵。

接下来,文笔由对宋玉悲秋的感触转至现实秋景的描写。先以归燕翔鸟、云气落叶的鲜明的秋季物象,再以日用物品的更替,强调星移物换的秋季来临。选取的秋景,诸如庭树叶落,疾风吹帷,秋蝉寒吟,大雁南飞,天高日短,凉夜渐长,月色朦胧,寒露凄清,萤火闪烁,蟋蟀悲鸣,离鸿晨吟,暑去秋至等,并无特别之处,但"觉""听""望"这些诉诸作者感受的语词的运用,一方面加深了"嗟秋日之可哀兮,谅无愁而不尽"悲秋情绪;另一方面,也让我们感受到作者秋夜难眠,被"华省"(散骑之省)中的秋色秋景包裹着的悲秋情怀。至此,功业未成却华发早生的忧生之嗟,与达官贤俊平步青云、春台嬉乐形成鲜明的对比,表现出秋色中潘岳感受到的人生悲凉。因而,处于"华省"之中令人悲叹的秋景,实是潘岳悲凉心境的一种反映。

接下来,文章由悲秋感怀走向超越与玄理。其排遣人生苦闷的依据来自对老庄人生哲学的皈依。一是对齐万物、一生死的人生哲学的认同;二是知足常乐的人生体味。潘岳化用庄子与惠施"用"与"无用"的哲学探讨,认为人生所需,容迹而已,这种知足的心态能使人获保平安。若看不到容迹之地与知足保生之间的关系,那么人的处境就犹如庄子所说的,在脚旁挖地及泉,容迹之地顿时变成无用与危险之处,即使猴猿也知避而远走的。三是仍袭用庄子,以龟作喻,与其成为宗庙的祭品,还不如回归青山绿水间,悠然自在地生活。

在老庄哲学的指引下,作者敛衽投绂,弃官归隐。春耕东皋,自给之余,尚可交纳赋税,基本生活得以保障。此外还有石间涌流的泉水,岸边播散芳香的秋菊,澡浴涓涓秋水,玩赏水中游鱼。此情此景,自然明朗,其间我们不难感受到潘岳意象选择上的寓意,如扬芳岸边的秋菊,具有隐士的高洁与傲岸;"澡秋水之涓涓",也有澡身浴德、砥砺节行的意味;"玩游鲦之濈濈",更有着庄子濠梁之乐的自由。物随心转,在老庄人生哲学观照下的如此秋景,足以让人逍遥放旷,安顿心灵,大有李白"我觉秋兴逸,谁云秋兴悲"(《秋日鲁郡尧祠亭上宴别杜补阙、范侍御》)的豪情,与身处"华省"下的池鱼笼鸟之感,形成了鲜明的对比。正史没有明确记载潘岳是否敛衽归来,潘岳《河阳县作二首》其一言"长啸归东山,拥耒耨时苗"，《文选》李善注曰引潘岳《天陵诗序》，说潘岳曾退隐天陵东山。不管潘岳隐居与否，我们都不妨将篇中归来秋景的描写看作是作者的一种审美观照，看作是一种精神上的超越。

具有讽刺意味的是，潘岳在历史上除了貌美、才颖、情深外，还以热衷功名著称。《晋书·潘岳传》就说潘岳"性轻躁，趋势利"，所以，潘岳此篇连同他的作于元康六年（296 年）的《闲居赋》，均被斥为矫情之作。但是值得一提的是，《晋书》本传对潘岳生平事迹的记载明显地有着前后的变化，大约以元康六年为界，此前潘岳并不善于钻营，在官以"勤于政绩"著称，他的改变以元康六年依附贾谧始。而从元康六年到潘岳被杀（300 年），前后只有四年时间。在他 54 的人生历程中，短短四年的所作所为，影响到后人对潘岳的评价，使他背上了文人无行的恶名。现在我们虽然没有必要对潘岳的劣行辩诬，但是当我们批评他的"心画心声总失真"（元好问《论诗绝句》）、人品与文品相背离的时候，是否也应看到《秋兴赋》中的两样秋景，正是三十二岁的潘岳的现实处境与精神追求的写照？是否应该避免一概而论，梳理一下潘岳五十四年人生轨迹的变化？是否也应该深究一下身处政无准的的西晋时代，潘岳人生操守改变的社会土壤？　　　　（王德华）

怀旧赋并序　　　　潘岳

余十二而获见于父友东武戴侯杨君，始见知名，遂申之以婚姻，而道元、公嗣，亦隆世亲之爱。不幸短命，父子凋殒。余既有私艰，且寻役于外，不历嵩丘之山者，九年于兹矣。今而经焉，慨然怀旧而赋之曰：

启开阳而朝迈，济清洛以径渡。晨风凄以激冷，夕雪暠以掩路①。辙含冰以灭轨，水渐轫以凝沍②。涂艰屯其难进，日晼晚而将暮③。仰睎归云④，俯镜泉流。前瞻太室，傍眺嵩丘。东武托焉，建茔启畴。岩岩双表，列列行楸。望彼楸矣，感于予思。既兴慕于戴侯，亦感元而哀嗣。坟垒垒而接垅，柏森森以欑植⑤。何逝没之相寻，曾旧草之未异。

余总角而获见，承戴侯之清尘。名余以国士，眷余以嘉姻。自祖考而隆好，逮二子而世亲。欢携手以偕老，庶报德之有邻。今九载而一来，空馆阒其无人⑥。陈荄被于堂除⑦，旧圃化而为薪。步庭庑以徘徊，涕泫流而沾巾。宵展转而不寐，骤长叹以达晨。独郁结其谁语,聊缀思于斯文。

〔注〕 ① 暠(gǎo):光明,明亮。 ② 凝沍(hù):结冰,冻结。 ③ 晼(wǎn)晚:天晚,日偏西。 ④ 睎:眺望。 ⑤ 欑(cuán)植:丛生。 ⑥ 阒(qù)其无人:空荡荡,没有一人。 ⑦ 陈荄(gāi):宿草之根。

潘岳以善于作哀诔之文著称于世。现存潘岳作品,如诗、赋、碑、哀文、祭文、诔等文体,均有涉及哀悼伤怀之作,约占潘岳作品的一半。其中有自己哀悼亲朋的,也有为他人代作的。从哀悼对象看,上至王公将相,下到夭折晚辈,都写得情真意切,哀婉动人。其中最著名的是对其妻杨氏及妻父杨肇、妻兄及妻侄的悼念之作,如其为悼念亡妻而作的有《悼亡诗》三首、《悼亡赋》及《哀永逝文》,为悼念妻父杨肇及妻兄而作的有《怀旧赋》《杨荆州诔》《荆州刺史东武戴侯杨使君碑》,悼念妻侄杨经(字仲武)的有《杨仲武诔》及《为杨长文作弟仲武哀祝文》。这些文章《文选》多有选录。可见潘岳与其妻及妻家人的感情之深厚。潘岳的才思与深情,从中也可见一斑。

据《怀旧赋序》,其"怀旧"对象是他的岳父杨肇及肇的两个儿子杨潭(字道元)和杨韶(字公嗣)。潘岳《杨荆州诔》言杨肇卒于晋武帝咸宁元年(275)四月。杨肇长子杨潭在其父离世后三年即278年去世,次子杨韶卒年不明,亦当在此数年间,所以序中言"不幸短命,父子凋殒"。潘岳因丁父忧家居,又加上"寻役于外",即为河阳县令和怀县令,故九年没有去嵩山杨肇父子墓祭拜了。嵩山,在洛阳市东南。若以杨潭去世之年推算,此赋约作于晋武帝太康八年(287),潘岳时年四十一岁。此外,赋序还为我们交代了潘岳与其妻父之间的深厚感情。杨肇,字季初,荥阳人,封东武伯,谥曰戴,是潘岳父亲的挚友。潘岳少时即以才颖著称乡里,号为奇童。十二岁时即得到杨肇的赏识,把自己的女儿许配给潘岳。从中可见,杨肇真是识其才华的"泰山"。尤其是在潘岳五十四年的人生历程中,五十岁之前仕途都不顺利的情况下,对杨肇的知遇之恩是铭感于怀,始终未忘的。

此赋的正文分两个部分。首先是描写前往嵩山杨肇父子墓拜祭途中情景及墓地感怀。着重描写了拜祭途中的气候寒冷、道路艰难的情况。晨风凄冷,夕雪掩路,车辙含冰,轨迹难寻,水入车轮,即刻成冰。路途艰难,可想而知。冬季的肃杀,也衬托了潘岳"怀旧"情深。"仰睎归云,俯镜泉流。前瞻太室,傍眺嵩丘",应是交代杨肇父子墓的地理位置。可以仰望归云,俯视泉流。前方可以看到太室山,毗邻的少室山也在视线之中。嵩山由两部分组成,东为太室山,西为少室山,嵩山是其总名。潘岳在此言"前瞻太室,傍眺嵩丘",盖以嵩丘代指少室山,且为押韵的需要。所以接下来说,"东武托焉,建茔启畴",即杨肇墓就处于嵩山近处、归云泉流之间。墓前有一对华表,还有排列整齐的楸树。此情此景不仅引起潘岳对戴侯杨肇追怀,还引起对杨肇二子的伤悼。垒垒坟墓相连,森森松柏丛生。父子相继离世,坟头旧草尚在,又新草平添。人生易逝之悲,怎能不浸入骨髓?第二部分,作者的笔触从墓地感怀转向独抒情怀。首先是对杨肇的知遇之恩的感念,杨肇把潘岳当作"国士",即一国之中才能出众之人;并把女儿嫁给潘岳。二是对杨肇二子早逝的痛惜。潘杨两家世代相好,潘岳与杨肇的两个儿子之间感情也非常深厚。本以为能与二子相伴为邻,共同到老,不曾想九年后再次来到杨府,只留下空馆一座,宿草陈根,遍于堂上,野草柴薪,长满园圃。人去楼空的落寞情怀,使潘岳涕泪沾巾,辗转难眠,日夜长叹。杨肇父子相继离世,这种悲悼抑郁的情感,也只能聊借文章加以排遣了。

就在潘岳被杀的前一年(299),杨潭子杨仲武去世,年仅二十九岁。潘岳写了一篇《杨仲武诔》。从这篇诔文中,我们可以看到,在杨肇及其二子去世后,潘、杨两家的世亲之情在潘岳与杨仲武之间得以延续。篇中言"潘杨之穆,有自来矣。矧乃今日,慎终如始。尔休尔戚,如实在己。视予犹父,不得犹子",其中隔代忘年之交,杨仲武"视予犹父",而仲武离世,潘岳"不得犹子"的感痛,其情感真挚动人。终其一生,潘岳对潘杨两家世亲之情都倍加珍惜。因而,这篇"怀旧"的文章,是对逝者的悼念,更是历经人世沧桑的潘岳,其感恩之情、渴望亲情与友情长存的一种体现。潘岳约于元康六年(296)始,因攀附贾谧,仕途不顺有所改变。在他生命的最后四年中,望尘而拜、助贾后为虐的行为,使他遭到后人的诟病。但是我们仍能感到宦海沉浮中的潘岳,对亲情的一份持守。这份真挚的情感在哀悼类文章中得以真实的表达,对于潘岳,这也许是一种心灵抚慰,也让我们看到了人性与人情的复杂。"性轻躁,趋势利"的潘岳,无论何时,他的心中永远都持守着对亲情的一份珍惜,这也许是潘岳复杂性格中的人性光辉。 (王德华)

闲 居 赋 并序 潘 岳

岳尝读《汲黯传》,至司马安四至九卿,而良史书之,题以巧宦之目,未尝不慨然废书而叹①。曰:嗟乎! 巧诚有之,拙亦宜然②。顾常以为士之生也,非至圣无轨微妙玄通者,则必立功立事,效当年之用③。是以资忠履信以进德,修辞立诚以居业④。

仆少窃乡曲之誉,忝司空太尉之命,所奉之主,即太宰鲁武公其人也，举秀才为郎⑤。逮事世祖武皇帝，为河阳怀令、尚书郎、廷尉平⑥。今天子谅闇之际，领太傅主簿⑦。府主诛，除名为民。俄而复官，除长安令⑧。迁博士，未召拜，亲疾，辄去官，免⑨。自弱冠涉乎知命之年，八徙官而一进阶，再免，一除名，一不拜职，迁者三而已矣⑩。虽通塞有遇，抑亦拙者之效也⑪。

昔通人和长舆之论余也，固谓拙于用多⑫。称多则吾岂敢，言拙信而有征⑬。方今俊义在官，百工惟时，拙者可以绝意乎宠荣之事矣⑭。太夫人在堂，有羸老之疾，尚何能违膝下色养，而屑屑从斗筲之役乎⑮。

于是览止足之分，庶浮云之志⑯。筑室种树，逍遥自得⑰。池沼足以渔钓，春税足以代耕⑱。灌园粥蔬，以供朝夕之膳；牧羊酤酪，以俟伏腊之费⑲。孝乎惟孝，友于兄弟，此亦拙者之为政也⑳。乃作《闲居赋》，以歌事遂情焉㉑。其辞曰：

傲坟素之场圃，步先哲之高衢㉒。虽吾颜之云厚，犹内愧于宁蘧㉓。有道吾不仕，无道吾不愚㉔。何巧智之不足，而拙艰之有余也㉕。于是退而闲居于洛之涘，身齐逸民，名缀下士㉖。陪京泝伊，面郊后市㉗。浮梁黝以径度，灵台杰其高峙㉘。窥天文之秘奥，究人事之终始㉙。其西则有元戎禁营，玄幕绿徽㉚。翳子巨黍，异絭同机。炮石雷骇，激矢虿飞㉛。以先启行，耀我皇威㉜。其东则有明堂辟雍，清穆敞闲㉝。环林萦映，圆海回渊㉞。聿追孝以严父，宗文考以配天㉟。祇圣敬以明顺，养更老以崇年㊱。

若乃背冬涉春，阴谢阳施㊲。天子有事于柴燎，以郊祖而展义㊳。张钧天之广乐，备千乘之万骑㊴。服振振以齐玄，管啾啾而并吹㊵。煌煌乎，隐隐乎，兹礼容之壮观，而王制之巨丽也㊶。两学齐列，双宇如一㊷。右延国胄，左纳良逸㊸。祁祁生徒，济济儒术㊹。或升之堂，或入之室㊺。教无常师，道在则是㊻。故髦士投绂，名王怀玺㊼。训若风行，应如草靡㊽。此里仁所以为美，孟母所以三徙也⁴⁹。

爰定我居，筑室穿池⁵⁰。长杨映沼，芳枳树篱⁵¹。游鳞瀺灂，菡萏敷披⁵²。竹木蓊蔼，灵果参差⁵³。张公大谷之梨，梁侯乌椑之柿，周文弱枝之枣，房陵朱仲之李，靡不毕殖⁵⁴。三桃表樱胡之别，二柰曜丹白之色⁵⁵。石榴蒲萄之珍，磊落蔓衍乎其侧⁵⁶。梅杏郁棣之属，繁荣丽藻之饰。华实照烂，言所不能极也⁵⁷。菜则葱韭蒜芋，青笋紫姜。堇荠甘旨，蓼荾芬芳⁵⁸。蘘荷依阴，时藿向阳。绿葵含露，白薤负霜⁵⁹。

于是凛秋暑退，熙春寒往。微雨新晴，六合清朗⁶⁰。太夫人乃御版舆，升轻轩，远览王畿，近周家园⁶¹。体以行和，药以劳宣。常膳载加，旧痾有痊⁶²。席长筵，列孙子。柳垂阴，车结轨⁶³。陆摘紫房，水挂赪鲤⁶⁴。或宴于林，或禊于汜⁶⁵。昆弟斑白，儿童稚齿⁶⁶。称万寿以献觞，咸一惧而一喜⁶⁷。寿觞举，慈颜和⁶⁸。浮杯乐饮，丝竹骈罗⁶⁹。顿足起舞，抗音高歌⁷⁰。人生安乐，孰知其佗⁷¹？

退求己而自省，信用薄而才劣⁷²。奉周任之格言，敢陈力而就列⁷³。几陋身之不保，尚奚拟于明哲⁷⁴。仰众妙而绝思，终优游以养拙⁷⁵。

〔注〕 ①尝：曾经。汲黯：字长孺，濮阳（今河南濮阳市西南）人，出身仕宦世家。汉景帝时为太子洗马，汉武帝时，初为荥阳令，"黯耻为令，称疾归田"，召为中大夫，后任东海太守。好黄老之言，无为而治，一年后，东海被治理得秩序井然。于是召为主爵都尉，列九卿，后迁右内史。后"坐小法"而免官，隐居田园数年。后出任淮阳太守，不久病死。司马安：《史记·汲黯传》："黯姑姊子司马安，亦少与黯为太子洗马。安文深巧善宦，官四至九卿，以河南太守卒。"《汉书·汲黯传》作"黯姊子司马安"，其余相同。九卿：古代中央政府的九个高级官职。历代多设九卿，名称不同。汉以太常、光禄勋、卫尉、太仆、廷尉、大鸿胪、宗正、司农、少府为九卿。巧宦：善宦，善于钻营作官。废书：放下书，这里指中止阅读。 ②嗟乎：叹词，表示感叹。拙：不善于，这里指不善于作官，与上文"巧宦"相对。宜然：应该这样。 ③顾：乃。至圣：极高明，超脱凡俗。无轨：没有常规或定则。微妙玄通：精微深奥，与天相通。立功：建树功绩，建立功劳。《左传·襄公二十四年》："大上有立德，其次有立功，其次有立言，虽久不废，此之谓不朽。"立事：指建功立业。效：致，实现。 ④资忠：实行忠义之道。履信：守信用。进德：犹言增进道德。修辞立诚以居业：修饰文辞，树立诚信，就可保有功业。《周易·乾》："子曰：'君子进德修业，忠信，所以进德也；修辞立其诚，所以居业也。'" ⑤仆：谦词，自称。少（shào）：年轻时期。窃：义指不当受而受之，这里是自谦之词。乡曲：家乡。誉：称赞；赞美。司空太尉：

闲居赋 潘 岳 〔 311 〕

"司空"和"太尉"都是官职名。这里连用指晋初的贾充。贾充先任司空,后转太尉,故称。所奉之主:所侍奉的主人。这里指自己侍奉贾充。潘岳于晋武帝泰始四年(268)入贾充府,辟司空掾。太宰鲁武公:指贾充。贾充生前曾封鲁公,死后追赠太宰,谥号武公。举秀才:潘岳于泰始四年入贾充府,被推举为秀才。郎:郎官的泛称。 ⑥逮:及,到。事:侍奉。世祖武皇帝:指晋武帝司马炎。河阳怀令、尚书郎、廷尉平:潘岳于咸宁五年(279)出任河阳县令,后转怀县令,再召为尚书度支郎,迁廷尉平。尚书郎:指尚书度支郎,主要职责是管理财务,属于尚书省。廷尉平:官名,也作"廷尉评"。 ⑦天子:这里指晋惠帝。谅闇(ān):本指居丧时所住的房子,用来借指皇帝居丧,这里指晋武帝新丧,晋惠帝居丧。领:接受。太傅主簿:太傅的属官,其职责为主管文书,办理事务,这里指太傅府杨骏主簿。太傅:辅导太子的官。 ⑧府主:府职官员称其长官的敬词,这里指杨骏。诛:杀戮。除名:除去官员名籍。除:拜官,授职。长安令:长安县令。潘岳于元康二年(292)出任长安令。 ⑨迁:调动。博士:古代学官名。召拜:征拜,任命。亲疾:指母亲生病。去官:辞去官职。免:解职。 ⑩弱冠:古时以男子二十岁为成人,初加冠,因体犹未壮,故称弱冠。《礼记·曲礼上》:"二十曰弱,冠。"涉:至,到。知命之年:指五十岁。《论语·为政》:"五十而知天命。"八徙官:八次迁徙官职。一进阶:一次进升官阶。再免:两次被免去官职。一除名:指因受杨骏牵连而被除去官员名籍。一不拜职:指召拜博士而未就职。拜职:除授官职。迁者三:三次调动官职,指任廷尉平、领太傅主簿和迁博士。 ⑪通塞:指境遇的顺达和困逆。抑:然而。拙:指拙于官,自谦之辞。 ⑫通人:学识渊博通达的人。和长舆:指晋人和峤,字长舆,汝南西平(今属河南)人,《晋书》卷四五《和峤传》载他"为人厚自崇重,有盛名于世,朝野许其能整风俗、理人伦。谓:评论。拙于用者:不善于运用自己多才多艺的长处。 ⑬称多:指称说我多才多艺。岂敢:怎么敢当。信而有征:确实而有明证。 ⑭方今:当今。俊乂(yì):才德出众的人。在官:在职为官,任职于官署。百工:百官。惟时:斯时,当时。绝意:断绝念头。宠荣之事:指在仕途上受恩宠而获得功名利禄的事。 ⑮太夫人:指自己的母亲。在堂:指母亲健在。羸(léi)老:衰老。膝下:指母亲的身边。色养:指和颜悦色地奉养父母或承顺父母的脸色。屑(xiè)屑:劳瘁匆迫的样子。斗筲(shāo)之役:比喻低微、卑贱的职务。斗与筲都是较小的容器。十升为一斗。一斗二升为一筲。 ⑯览止足之分(fèn):把握止足的界限。览:通"揽",持,把握。止足:谓凡事知止知足,不要贪得无厌。分:合适的界限。庶:将近,差不多。浮云之志:指不择手段、不合礼义而得到富贵的思想行为。 ⑰逍遥自得:形容不拘无束,自由自在。 ⑱池沼:池和沼,这里泛指池塘。渔钓:钓鱼。春(chōng)税:春谷取利。代耕:指以春税谋生,以代农耕所入。 ⑲灌园:浇灌园圃。粥(yù):同"鬻",卖。朝夕之膳:指平日的膳食。酤(gū):卖。酪(lào):用牛羊马等的乳汁炼制成的食品,有干湿二种,干者成块,湿者为浆。俟(sì):等待。伏腊:两种祭祀的名称。伏祭在夏季伏日,腊祭在农历十二月。 ⑳"乎惟孝"三句:拙者,潘岳的自谦之辞。这几句是说,孝顺父母,友爱兄弟,就是我这样不善于做官的人参与政治的方式。 ㉑歌事:指歌咏辞官闲居的生活。遂情:犹抒情。 ㉒傲:啸傲,放歌长啸,傲然自得,形容放旷不受拘束。坟素:泛指古代典籍。场圃:农家种菜蔬和收打作物的地方。步:追步,仿效。先哲:先世的贤人智者。高衢:大道。 ㉓虽吾颜之云厚:相当于现代汉语说"即使我脸皮厚"。颜:脸面。犹:还。内愧:内心愧疚。宁(nìng)蘧(qú):宁武子和蘧伯玉的并称,春秋时卫国的大夫,都能根据不同的形势施展或隐藏自己的才能。宁:指宁武子为国家有道则进用其智能、无道则佯愚以全身的政治家的典型。蘧(qú):指蘧伯玉,名瑗。相传他"年五十而知四十九年非",是一个求进甚急并善于改过的贤大夫。 ㉔"有道吾"二句:这两句是说,天下有道

〔312〕　潘　岳　　　　　　　　　　　　　　　　　　　　　　　　　　　闲居赋

我不能为官仕进,无道又不能装傻。　㉕巧智:灵巧聪明。拙艰:笨拙呆板。　㉖洛:指洛水。涘(sì):水边。逸民:指遁世隐居的人。缀:连缀,联结。下士:官名,是地位较低下的官职。古代天子、诸侯都设有士,分上士、中士、下士。　㉗陪京:背向洛阳。陪,通“倍”。京,指洛阳。沂(sù)伊:向着伊河。沂,向。伊,指伊河。面郊:前面是城郊。后市:背后是集市。　㉘浮梁:浮桥,这里指洛水上的浮桥。黝(yǒu):长。径度:径直渡过。灵台:古时帝王观察天文星象、妖祥灾异的建筑。晋洛阳城南有灵台,离城三里。杰:特立的样子。　㉙窥:观看,探究。天文:日月星辰等天体在宇宙间分布运行等现象。秘奥:犹奥秘,隐秘,秘密深奥。人事:人之所为,人力所能及的事。终始:从开头到结局。　㉚其西:指居处之西。元戎:大的兵车。禁营:禁军营盘。玄幙:黑色的帐幕。绿徽:指军营中绿色的旌旗。　㉛黢子:古代强弓名。巨黍:古代良弓名。异縓(juàn):不同的弓弩。縓,通“卷”,弩弦,弓弩。机:指弓弩的发射装置。炮石:古代用炮抛射的石头。骇:惊吓。激矢:疾飞的箭。蝱(méng)飞:形容疾飞的箭如同蝱虫密集而飞。蝱,昆虫名,吮吸人、畜的血液。　㉜以先启行:指皇帝的护卫队先起程。启行,起程。耀:炫耀。　㉝明堂:古代帝王宣明政教的地方。凡朝会、祭祀、庆赏、选士、养老、教学等大典,都在此举行。辟(bì)雍:本为西周天子所设大学,后来用作行乡饮、大射或祭祀之礼的地方。辟,通“璧”。清穆:清静,清和。敞闲:宽阔清静。　㉞环林萦映:指明堂和辟雍周围竹子树木回环映带。环林:指明堂或大学。圆海回渊:指明堂和辟雍周围环有回曲的深水。回渊:回曲的深水。　㉟聿(yù):语助词。追孝:向前人追行孝道。指敬重宗庙、祭祀等,以尽孝道。严父:尊敬父亲。宗:指宗祀。文考:帝王亡父的尊称。这里指晋文帝司马昭,司马炎称帝后追封其父司马昭为晋文帝。配天:帝王祭天时以先祖配享。这句是说,宗祀晋文帝,以配于上天。　㊱祇(zhī):敬。圣敬以明顺:指圣人的恭敬之道。顺,顺敬。更老:三老五更的省称。古代设三老五更之位,天子以父兄之礼养之。崇年:尊敬老者。　㊲若乃:至于。背冬涉春:指冬去春来。阴谢阳施:指阴气谢退,阳气上升。　㊳有事:指有祭祀之大事。郊祖:指郊祭天地和宗祀祖先。展义:展示礼义。　㊴张:陈设。钧天之广乐:上天盛大的仙乐。钧天,天的中央。古代神话传说中天帝住的地方。广乐,盛大之乐,多指仙乐。千乘之万骑:形容车马之多。千乘:兵车千辆,一车四马为一乘。　㊵振(zhēn)振:威武的样子。齐玄:指统一的黑色衣服。齐:一致。管:指管乐器。啾啾:象声词,吹奏管乐的声音。并吹:一齐吹奏。　㊶煌煌:显耀,盛美。隐隐:盛多的样子。隐:通“殷”。兹:此。礼容:礼制仪容。王制:王朝的制度。巨丽:极其美好的事物。　㊷两学:国学和太学的合称。齐列:并列。双宇如一:指国学和太学的屋宇整齐如一。　㊸延:招揽。国胄:帝王或贵族的子弟。纳:接纳。良逸:指贤才。　㊹祁祁:众多的样子。生徒:学生,指上文所说“国胄”“良逸”。济(qí)济:庄重诚敬的样子。济:通“齐”。儒术:指儒家的学说、思想。　㊺升之堂:即升堂,比喻学问或技艺已入门。入之室:即入室,比喻学问或技艺得到师传,造诣高深。　㊻常师:固定的老师。这两句是说,传授学业没有固定的老师,有道就可以为师。　㊼髦士:英俊之士。投绂(fú):弃去印绶,指辞官。绂:系官印的丝带,代指官印。名王:泛指皇族有封号的王。怀玺:指隐藏君主身份。玺:天子印。这两句是说,这个地方有道,以致英俊之士辞官、皇族王侯隐藏身份,都来从师而学。　㊽训:指师教,教诲。风行:即风行水上,比喻自然流畅,不矫揉造作。草靡:即风靡草,草顺风倒伏,比喻教化风行。　㊾里仁:谓居住在仁者所居之里,与仁人为邻。孟母三徙:指孟子的母亲为了选择良邻,曾三次搬家。　㊿爱:语气助词。穿池:开凿池塘。　51长杨:连绵的杨柳。映沼:倒映在池水中。沼:池水。枳(zhǐ):木名,成条种植可作篱笆。　52游鳞:指游鱼。瀺(chán)灂(zhuó):水声,这里形容游鱼出没水面的样子。菡(hàn)萏(dàn)：荷花。敷披：开放。　㊼蓊蔼：形容草木郁茂。灵果：珍奇美好的果实。参差：错落不齐的样子。　㊽张公大谷之梨：借指优良的梨树。大谷：地名，又称大谷口、水泉口，在今洛阳市南，其地以产梨著名。梁侯乌椑之柿：借指罕见的柿树。乌椑：柿树的一种，其实色青黑。周文弱枝之枣：借指优良的枣树。周文：指周文王。弱枝：枣树名。房陵朱仲之李：借指稀有的李树。房陵：地名，在今湖北房县境内。朱仲：人名。李：李树。毕：统统，全部。殖：种植。　㊾三桃：三种桃树，指侯桃、樱桃、胡桃。樱胡：指樱桃和胡桃。二奈(nài)：两种奈树，指白奈与赤奈。奈：即花红。曜：辉映。丹白：指红色与白色。　㊿蒲萄：即葡萄。磊落：众多堆积的样子。蔓衍：众多蔓延的样子。　(51)郁棣(dì)：即郁李，果树名。繁荣：繁花。荣：开花。丽藻：指绮丽的景物。华实：指花朵与果实。极：穷尽。　(52)青笋：新笋，春笋。堇(jǐn)：菜名。荠(jì)：荠菜，嫩叶可供食用。甘旨：甜美。蓼(liǎo)：菜名，味辛，又名辛菜，可作调味用。荽(suī)：菜名，芫荽，又称胡荽。茎和叶有特殊香气，通称香菜。　(53)蘘(ráng)荷：又叫蘘草，花白色或淡黄。根似姜，可入药。依阴：指依托阴处而生长。藿(huò)：豆叶，嫩时可食。向阳：朝着太阳。这里指藿叶倾向太阳。白蘘(xiè)：植物名，新鲜鳞茎可食，干燥鳞茎(薤白)可入药。　(54)凛秋：寒秋，这里指秋寒而至。熙春：明媚的春天。六合：天地四方，整个宇宙空间。清朗：清净明亮。　(55)御：乘坐。版舆：一种木制的轻便坐车。升：登上。轻轩：指妇女乘坐的小车。王畿：泛指京都附近之地。周：周游。　(56)体以行和：指身体因活动而更加健康舒适。以：因。和：指身体健康舒适。药以劳宣：指服用的药物因活动而得以消散。宣：发散，疏散。常膳：指平常的膳食。旧痾(ē)：原有的疾病。痊：病愈。　(57)长筵：指排成长列的宴饮席位。列孙子：指让子孙后代列座。结轨：轨迹交结，形容车辆络绎不绝。　(58)摘(zhāi)：同"摘"，选取，摘取。紫房：紫色的果实。赪(chēng)：赤色。　(59)禊(xì)：祭祀名，古人被除不祥之祭，农历三月上巳行春禊，七月十四日行秋禊。汜(sì)：水边。　(60)昆弟：兄弟。斑白：头发黑白相杂，谓年老。稚齿：年少。　(61)称万寿：祝福长寿。献觞(shāng)：指献酒。觞，酒器。咸：都，全。一惧而一喜：指一方面因看到母亲年高衰老而忧惧，另一方面因看到母亲长寿而高兴。　(62)寿觞：祝寿的酒杯。慈颜：指母亲的容颜。　(63)浮杯：古代在三月上旬的巳日集会水渠旁，在上流放置酒杯，任其飘浮，停在谁的面前，谁即取饮，叫做"浮杯"，也叫"流觞"。乐(lè)饮：畅饮。丝竹：弦乐器与竹管乐器之总称，这里泛指音乐。骈罗：骈比罗列，并列。　(64)顿足：以脚踩地。抗音：抗声，大声。　(65)安乐：安逸，快乐。其佗：其他，这里指仕宦荣贵。佗：同"他"。　(66)退：引退，这里指辞去官职。求己：责求自己。用薄：才具少，才能薄弱。　(67)奉：信奉。周任：周时大夫，一说为古之良史。其人正直无私，疾恶务去。格言：含有教育意义可以作为准则的话。陈力而就列：施展才力，度己所任，然后就其位。陈力：贡献、施展才力。就列：就位，任职。　(68)陋身：谦称自身。曷：何，怎么。拟：比拟。明哲：明智睿哲的人，这里指周任等人。　(69)众妙：指一切深奥精妙的道理。绝思：指断绝仕宦的念头。优淡：悠闲自得。养拙：谓才能低下而闲居度日，这里指退隐不仕，是自谦之辞。

　　晋惠帝元康六年(296)，潘岳由长安令召入洛阳为博士，但未拜职，因母亲有病，辞官归里，闲居洛阳。当时他五十岁，作《闲居赋》，描写了他筑室种树、闲居读书的逍遥生活，回顾了几十年来坎坷的仕途经历。

　　赋名"闲居"，《文选》李善注说："《闲居赋》者，此盖取于《礼篇》不知世事，闲静居坐之意也。"《文选》李周翰注说："《礼记》有《闲居》篇，岳取以为赋名，言将不涉世事，自取闲逸。"《礼记》有《孔子闲居》篇，开篇说："孔子闲居，子夏侍。"篇题下郑玄注："退燕避人曰闲居。"赋序中说："迁博士，未召拜，亲疾，辄去官，免。……于是览止足之分，庶浮云之志。筑室种树，逍遥自得。"该赋就是这时期洛阳闲居生活的写照。

赋的正文包括两大部分的内容。前一部分从"傲坟素之场圃"到"孟母所以三徙也"，主要写闲居之地周围环境的壮观典雅，有桥梁、禁营、楼台，有明堂、辟雍等举行重大典礼的场所，有国学、太学等从事教化活动的地方。描绘了建筑的雄伟、典礼的壮观、礼制的盛隆、教化的淳美。后一部分从"爰定我居"到"终优游以养拙"，主要写宅园林竹菜蔬果木的丰富，以及身处其中游览宴饮、侍奉母亲的安乐情景，描绘了果木的奇异名贵、菜蔬的丰富，宴饮游乐，轻歌曼舞，不免发出"人生安乐，孰知其他"的感慨。表现出对闲逸逍遥的田园隐居生活的热爱与追求。

那么，作者为什么要过这种闲逸的隐居生活呢？是自愿还是被迫？从赋作表面看，是"绝意乎宠辱之事"，是由于自己的"拙"。赋中有八处谈到"拙"：赋序开头就提出了在仕途上"巧"与"拙"的问题，借读《汲黯传》而感叹"巧诚有之，拙亦宜然"，以自己"终优游以养拙"的选择而结束，中间称自己"虽通塞有遇，抑亦拙者之效"，"固谓拙于用多"，"称多则吾岂敢，言拙信而有征"，"拙者可以绝意乎宠荣之事"，"此亦拙者之为政也"，"何巧智之不足，而拙艰之有余"。全赋在不断强调自己的"拙"，说自己才艺不足，不善于作官，其实蕴含着作者深沉的感慨，蕴含着仕宦不达的愤懑和对当政者的不满。诚如《晋书》本传所说："既仕宦不达，乃作《闲居赋》。"

因此，该赋具有两个方面的主题，一方面是高扬的闲情逸致，表现出对田园生活的热爱与向往；另一方面是蕴涵的深沉的感慨，对仕宦不达的愤懑。两个方面都是真实的，都符合作者当时的生活经历和思想实际。元好问在《论诗绝句》中批评《闲居赋》说："心画心声总失真，文章宁复见为人。高情千古《闲居赋》，争信安仁拜路尘。"认为潘岳《闲居赋》所表达的情怀和他的思想行为是矛盾的，表现出的闲情逸致和对田园生活的热爱是虚伪的，影响了后世人们对《闲居赋》的评价。当然，如果从纪实的角度出发，从地理建置和沿革考察，赋中对闲居之地的环境描写可能是失真的，周围不一定有桥梁、禁营、楼台、明堂、辟雍、国学、太学等并存，宅园中也不可能种有那么多出自四方的奇异名贵的果木和菜蔬。再从作品之间的关联来考据，永熙元年（290）潘岳由廷尉评以公事免，也曾闲居洛阳，当时作《狭室赋》，描述了居处的褊狭简陋："历甲第以游观，旋陋巷而言归。

伊余馆之褊狭,良穷弊而极微……沸体怒其如铄,珠汗挥其如雨。若乃重阴晦冥……臼灶为之沉溺,器用为之浮漂。"描写虽不免夸张,但生活的困窘、居处的简陋,恐非虚言。此次闲居洛阳,距上次7年时间,其间他只做过杨骏府主簿和长安令,并没有什么高官厚禄,他的居处条件也不会有天地之别。以此来推测,赋中对闲居之地优雅环境的描写也可能不够真实。但是,如果从文学创作的角度来理解,这种描写和夸饰是表达和抒情的需要,又显得非常真实。或许,这是他理想中的闲居之地,是他心灵深处的一片净土。

不过,《闲居赋》艺术特色还是很鲜明的,其结构严谨、层次分明,紧扣仕途之巧拙问题展开,起于读《汲黯传》的感叹"巧诚有之,拙亦宜然",终于自己"终优游以养拙"的选择。描写夸饰,抒情含蓄。在华丽的辞藻和逍遥的田园生活背后,蕴涵着深沉的情感。

(杨晓斌)

悼 亡 赋　　　　　潘 岳

伊良嫔之初降,几二纪以迄兹①。遭两门之不造,备荼毒而尝之②。婴生艰之至极,又薄命而早终③。含芬华之芳烈,翻零落而从风④。神飘忽而不反,形焉得而久安⑤。袭时服于遗质,表铅华于馀颜⑥。问筮宾之何期,宵过分而参阑⑦。讵几时而见之,目眷恋以相属⑧。听辀人之唱筹,来声叫以连续⑨。闻冬夜之恒长,何此夕之一促⑩!且伉俪之片合,垂明哲乎嘉礼⑪。苟此义之不谬,乃全身之半体⑫。吾闻丧礼之在妻,谓制重而哀轻⑬。既履冰而知寒,吾今信其缘情⑭。夕既昏兮朝既清,延尔族兮临后庭⑮。入空室兮望灵座,帷飘飘兮灯荧荧⑯。灯荧荧兮如故,帷飘飘兮若存。物未改兮人已化,馈生尘兮酒停樽⑰。春风兮泮水,初阳兮戒温⑱。逝遥遥兮浸远,嗟茕茕兮孤魂⑲。

〔注〕①伊:发语词。良嫔:犹贤妻。初降:刚到,刚过门。降,莅临。二纪:二十四年。迄兹:至今。　②两门:指杨、潘两家。不造:不幸。备:皆,尽。荼毒:悲痛。　③婴:遭受。艰:艰辛。薄命:命运不好。早终:早逝。终:终没,死。　④芬华:香花,这里比喻美德。芳烈:香气浓郁,这里比喻品德美好。翻:疾飞貌。零落:凋谢,这里指死亡。　⑤神:指魂魄。飘忽:轻快貌。反:返,还归,回。形:形体,身体。焉得:怎么能够。　⑥表:穿衣加服,古丧礼中称以衣敛尸。时服:当时通行的服装。遗质:犹遗体。表:仪容,这里指妆扮仪容。铅华:妇女化妆用的铅粉。余颜:犹遗容,指人死后的容颜。　⑦问:占问。筮宾:卜筮

〔316〕 潘岳　　　　　　　　　　　　　　　　　　　　　　　　悼亡赋

之人。分(fēn)：夜分，夜半。参：即参宿，星座名，二十八宿之一，西方白虎七宿的末一宿。阑：将尽，将完。　⑧讵(jù)：曾。眷恋：思慕，爱恋。相属：相接连，相继。　⑨辄：盖为"撽"的误字，形近而讹。撽人，巡夜打更之人。唱筹：高声报时。叫：呼喊。　⑩恒：长久。促：短促。　⑪伉(kàng)俪(lì)：夫妇。片合：犹胖合，两性相配合。垂：留传。明哲：洞察事理。嘉礼：婚礼。　⑫苟：假如。谬：谬误，差错。半体：指整个身体的一半。　⑬丧礼：有关丧事的礼仪、礼制。制重而哀轻：意思是说，越是重视丧事礼制的隆重，哀伤之情反而就轻淡了。⑭履冰：行于冰上，比喻身处险境，小心恐惧之至。缘情：顺乎人情。　⑮延：引导。后庭：指房室的后园。　⑯空：空寂。灵座：指新丧既葬，供神主的几筵。帷：帷布，用布帛制作的环绕屋子四周的遮蔽物。飘飘：风吹貌。荧荧：光闪烁貌。　⑰人已化：指人已死去。化：死。馈：食物。停樽(zūn)：指停止喝酒。樽：盛酒器。　⑱泮：融解，融化。初阳：指初春。戒：通"届"，至，到。　⑲逝：往，去。浸远：逐渐远去。浸：逐渐。嗟：叹词，表悲伤。茕茕：孤独貌。

　　《悼亡赋》是一篇悼念亡妻的抒情小赋。悼亡，悼念已故之人，这里指悼念亡妻。潘岳妻杨氏，荆州刺史杨肇之女，荥阳宛陵人。潘岳在为悼念其岳父杨肇而作《怀旧赋》中说："余十二而获见于父友东武戴侯杨君，始见知名，遂申之以婚姻。"在《杨仲武诔》中说："杨经字仲武，荥阳宛陵人也。……既藉三叶世亲之恩，而子之姑，余之伉俪焉，往岁卒于德宫里。丧服同次，绸缪累月。苟人必有心，此亦款诚之至也。不幸短命，春秋二十九，元康九年夏五月己亥卒。……德宫之艰，同次外寝。惟我与尔，对筵接枕。自时迄今，曾未盈稔，姑侄继陨，何痛斯甚。"杨经是杨肇长子杨潭的儿子，当是潘岳妻杨氏的侄子。潘岳妻杨氏病危时，杨经曾经和潘岳一起陪护。杨经卒于元康九年(299)五月，其姑卒于"往岁"，而且至杨经卒期未满一年，则潘岳妻杨氏当卒于元康八年五月之后。且《悼亡赋》中说："闻冬夜之恒长，何此夕之一促。"故该赋当作于元康八年(298)冬天。

　　该赋全篇蕴含着深沉、真挚的情感和浓烈的思念之情，但字面上并没有思念、哀情、悲惨、凄惨、缠绵、悱恻、痛心等字眼或相近意思的字词，而是通过叙事、描写目睹景象和不动声色的比喻，间接抒发悲惨的情怀。此是该赋的高妙之处。

　　首先叙述妻子过门后所过的艰辛生活、亡妻事实及妆扮亡妻遗容、殡葬过程和服丧之礼。妻子品德美好，英年早逝，如香花般随风凋零。美好的东西毁灭，是一种人间悲剧，会带来心灵的极大震撼。作者正是在看似平淡的叙事之中，蕴含了复杂的感情，怜悯、痛惜、凄惨、思念、悲伤、痛心。总之，是没有眼泪的心的哭泣。

　　后半部分描写所看到的凄惨景象："入空室兮望灵座，帷飘飘兮灯荧荧。灯荧荧兮如故，帷飘飘兮若存。物未改兮人已化，馈生尘兮酒停樽。"孤灯荧荧，空帷飘飘,物没有改变而人已经逝去,食物落满尘土,再没有人捧樽斟酒。睹物思人,触景皆情,曲折而又淋漓尽致地表达出了作者深沉的哀怨之情。潘岳对亡妻真挚而深沉的感情,文章号称"典正"的颜之推难以理解,他在《颜氏家训·文章》中说:"陈思王《武帝诔》,遂深永蛰之思;潘岳《悼亡赋》,乃怆手泽之遗:是方父于虫,匹妇于考也。"认为潘岳对亡妻的哀伤之情过于浓烈而不合度,把亡妻等同于亡父。但也从侧面说明《悼亡赋》哀情抒发之沉痛悲切。

其中比喻夫妻间的亲密关系:"且伉俪之片合,垂明哲乎嘉礼。苟此义之不谬,乃全身之半体。"夫妻好比是一个人的全身,妻子死了,他的一半身体没有了。表面不动声色,而其中蕴含着醇厚的感情,感人至深。

如果说潘岳的《悼亡诗》是诗歌领域的悼亡杰作,那么,《悼亡赋》将与之相互辉映,至真至情,长存人间。

(杨晓斌)

左 思

【作者小传】 (约250—约305) 字太冲,临淄(今山东淄博东北)人。家世儒学,官秘书郎。然出身寒微,仕进失意,对世族门阀多有不满。加之貌陋口讷,不好交游,遂专以闲居著作为事。晋泰始八年(272)前后,其妹左芬被选入官,遂举家迁入洛阳。并于元康年间(291—299)入权贵贾谧文学集团,为"二十四友"之一。贾谧被诛后,左思退居宜春里。太安二年(303年),河间王司马颙部将张方纵暴掠洛阳,左思移居冀州,数年后病卒。原有集,已佚,后人辑有《左太冲集》。

蜀 都 赋① 左 思

有西蜀公子者,言于东吴王孙,曰:盖闻天以日月为纲,地以四海为纪②。九土星分,万国错跱③。崤函有帝皇之宅,河洛为王者之里④。吾子岂亦曾闻蜀都之事欤⑤?请为左右扬攉而陈之⑥。

夫蜀都者,盖兆基于上世,开国于中古⑦。廓灵关以为门,包玉垒而为宇⑧。带二江之双流,抗峨眉之重阻⑨。水陆所凑,兼六合而交会焉;丰蔚所盛,茂八区而菴蔼焉⑩。

于前则跨蹑犍牂，枕辍交趾⑪。经途所亘，五千余里⑫。山阜相属，含谿怀谷⑬。岗峦纠纷，触石吐云⑭。郁葐蒀以翠微，崛巍巍以峨峨⑮。干青霄而秀出，舒丹气而为霞⑯。龙池瀇瀑濆其隈，漏江伏流溃其阿⑰。汩若汤谷之扬涛，沛若蒙汜之涌波⑱。于是乎邛竹缘岭，菌桂临崖⑲。旁挺龙目，侧生荔枝⑳。布绿叶之萋萋，结朱实之离离㉑。迎隆冬而不凋，常晔晔以猗猗㉒。孔翠群翔，犀象竞驰㉓。白雉朝雊，猩猩夜啼㉔。金马骋光而绝景，碧鸡倐忽而曜仪㉕。火井沈荧于幽泉，高爓飞煽于天垂㉖。其间则有虎珀丹青，江珠瑕英㉗。金沙银砾，符采彪炳，晖丽灼烁㉘。

于后则却背华容，北指昆仑㉙。缘以剑阁，阻以石门㉚。流汉汤汤，惊浪雷奔㉛。望之天回，即之云昏㉜。水物殊品，鳞介异族㉝。或藏蛟螭，或隐碧玉㉞。嘉鱼出于丙穴，良木攒于褒谷㉟。其树则有木兰梫桂，杞櫹椅桐，楼枒楔枞㊱。梗柟幽蔼于谷底，松柏蓊郁于山峰㊲。擢修干，竦长条㊳。扇飞云，拂轻霄㊴。羲和假道于峻歧，阳乌回翼乎高标㊵。巢居栖翔，聿兼邓林㊶。穴宅奇兽，窠宿异禽㊷。熊黑咆其阳，雕鹗軓其阴㊸。猿狖腾希而竞捷，虎豹长啸而永吟㊹。

于东则左绵巴中，百濮所充㊺。外负铜梁于宕渠，内函要害于膏腴㊻。其中则有巴菽巴戟，灵寿桃枝㊼。樊以蒩圃，滨以盐池㊽。螭蛦山栖，鼋龟水处㊾。潜龙蟠于沮泽，应鸣鼓而兴雨㊿。丹砂赩炽出其阪，蜜房郁毓被其皋○51。山图采而得道，赤斧服而不朽○52。若乃刚悍生其方，风谣尚其武○53。奋之则賨旅，玩之则渝舞○54。锐气剽于中叶，蹻容世于乐府○55。

于西则右挟岷山，涌渎发川○56。陪以白狼，夷歌成章○57。峒野草昧，林麓黝倏○58。交让所植，蹲鸱所伏○59。百药灌丛，寒卉冬馥○60。异类众伙，于何不育○61？其中则有青珠黄环，碧砮芒消○62。或丰绿荑，或蕃丹椒○63。麋芜布濩于中阿，风连莚蔓于兰皋○64。红葩紫饰，柯叶渐苞○65。敷蕚葳蕤，落英飘飖○66。神农是尝,卢跗是料⑰。芳追气邪,味蠲疠痟⑱。

其封域之内,则有原隰坟衍,通望弥博⑲。演以潜沫,浸以绵雒⑳。沟洫脉散,疆里绮错㉑。黍稷油油,粳稻莫莫㉒。指渠口以为云门,洒滮池而为陆泽㉓。虽星毕之滂遝,尚未齐其膏液㉔。

尔乃邑居隐赈,夹江傍山㉕。栋宇相望,桑梓接连㉖。家有盐泉之井,户有橘柚之园㉗。其园则林檎枇杷,橙柿樗楟㉘。榹桃函列,梅李罗生㉙。百果甲宅,异色同荣㉚。朱樱春熟,素柰夏成㉛。若乃大火流,凉风厉㉜。白露凝,微霜结㉝。紫梨津润,樗栗罅发㉞。蒲陶乱溃,若榴竞裂㉟。甘至自零,芬芬酷烈㊱。其圃则有蒟蒻茱萸,瓜畴芋区㊲。甘蔗辛姜,阳蘦阴敷㊳。日往菲薇,月来扶疏㊴。任土所丽,众献而储㊵。

其沃瀛则有攒蒋丛蒲,绿菱红莲㊶。杂以蕴藻,糅以蘋蘩㊷。总茎柅柅,裛叶萋萋㊸。黄实时味,王公羞焉㊹。其中则有鸿俦鹄侣,振鹭鹈鹕㊺。晨凫旦至,候雁衔芦㊻。木落南翔,冰泮北徂㊼。云飞水宿,呀呷清渠㊽。其深则有白鼋命鳖,玄獭上祭㊾。鳣鲔鳟魴,鮦鳢鲨鳄㊿。差鳞次色,锦质报章[101]。跃涛戏濑,中流相忘[102]。

于是乎金城石郭,兼帀中区[103]。既丽且崇,实号成都[104]。辟二九之通门,画方轨之广涂[105]。营新宫于爽垲,拟承明而起庐[106]。结阳城之延阁,飞观榭乎云中[107]。开高轩以临山,列绮窗而瞰江[108]。内则议殿爵堂,武义虎威[109]。宣化之闼,崇礼之闱[110]。华阙双邈,重门洞开[111]。金铺交映,玉题相晖[112]。外则轨躅八达,里闬对出[113]。比屋连甍,千庑万室[114]。亦有甲第,当衢向术[115]。坛宇显敞,高门纳驷[116]。庭扣钟磬,堂抚琴瑟[117]。匪葛匪姜,畴能是恤[118]?

亚以少城,接乎其西[119]。市廛所会,万商之渊[120]。列隧百重,罗肆巨千[121]。贿货山积,纤丽星繁[122]。都人士女,袨服靓妆[123]。贾贸墆鬻,舛错纵横[124]。异物崛诡,奇于八方[125]。布有橦华,麷有桄榔[126]。邛杖传节于大夏之邑,蒟酱流味于番禺之乡[127]。舆辇杂沓,冠带混并[128]。累毂叠迹,叛衍相倾[129]。誼哗鼎沸,则咙聒宇宙[130]；嚣尘张天,则埃壒曜灵[131]。阛阓之里,伎巧之家[132]。百室离房,机杼相和[133]。贝锦斐成,濯色江波[134]。黄润比筒,籯金所过[135]。

侈侈隆富,卓郑埒名[136]。公擅山川,货殖私庭[137]。藏镪巨万,𫓧钁兼呈[138]。亦以财雄,翕习边城。三蜀之豪,时来时往[140]。养交都邑,结俦附党[141]。剧谈戏论,扼腕抵掌[142]。出则连骑,归从百两[143]。若其旧俗,终冬始春[144]。吉日良辰,置酒高堂,以御嘉宾[145]。金罍中坐,肴槅四陈[146]。觞以清醥,鲜以紫鳞[147]。羽爵执竞,丝竹乃发[148]。巴姬弹弦,汉女击节[149]。起西音于促柱,歌江上之飂厉[150]。纡长袖而屡舞,翩跹跹以裔裔[151]。合樽促席,引满相罚[152]。乐饮今夕,一醉累月[153]。

若夫王孙之属,邠公之伦[154]。从禽于外,巷无居人[155]。并乘骥子,俱服鱼文[156]。玄黄异校,结驷缤纷[157]。西逾金堤,东越玉津[158]。朔别期晦,匪日匪旬[159]。蹴蹈蒙笼,涉躐寥廓[160]。鹰犬倏眒,罻罗络幕[161]。毛群陆离,羽族纷泊[162]。翕响挥霍,中网林薄[163]。屠麖麋,翦旄麈[164]。带文蛇,跨雕虎[165]。志未骋,时欲晚[166]。追轻翼,赴绝远[167]。出彭门之阙,驰九折之阪[168]。经三峡之峥嵘,蹑五岊之蹇浐[169]。戟食铁之兽,射噬毒之鹿[170]。晶貜岷于蓁草,弹言鸟于森木[171]。拔象齿,戾犀角[172]。鸟铩翮,兽废足[173]。

殆而揭来,相与第如滇池,集于江洲[174]。试水客,舣轻舟[175]。娉江斐,与神游[176]。罠翡翠,钓鰋鲉[177]。下高鹄,出潜虬[178]。吹洞箫,发棹讴[179]。感鱏鱼,动阳侯[180]。腾波沸涌,珠贝汜浮[181]。若云汉含星,而光耀洪流[182]。将飨獠者,张帟幕,会平原[183]。酌清酤,割芳鲜[184]。饮御酣,宾旅旋[185]。车马雷骇,轰轰阗阗[186]。若风流雨散,漫乎数百里间[187]。斯盖宅土之所安乐,观听之所踊跃也[188]。焉独三川,为世朝市[189]?

若乃卓荦奇谲，倜傥罔已[190]。一经神怪，一纬人理[191]。远则岷山之精，上为井络[192]。天帝运期而会昌，景福肸蚃而兴作[193]。碧出苌弘之血，鸟生杜宇之魄[194]。妄变化而非常，羌见伟于畴昔[195]。近则江汉炳灵，世载其英[196]。蔚若相如，皭若君平[197]。王褒韡晔而秀发，杨雄含章而挺生[198]。幽思绚道德，摛藻掞天庭[199]。考四海而为儁，当中叶而擅名[200]。是故游谈者以为誉，造作者以为程也[201]。至乎临谷为塞，因山为障[202]。峻岨塍埒长城，豁险吞若巨防[203]。一人守隘，万夫莫向[204]。公孙跃马而称帝，刘宗下辇而自王[205]。由此言之，天下孰尚[206]？故虽兼诸夏之富有，犹未若兹都之无量也[207]。

〔注〕 ①《蜀都赋》：左思《三都赋》之一。蜀都：指以成都为中心蜀汉所辖地区。所以李善注说："刘备都益州，号蜀。"《三国志·蜀书·先主传》："即皇帝位于成都。" ② 公子、王孙：赋中假设人物。盖：句首语气词。纲、纪：即法度、准则。 ③ 九土：九州，相传古代九个行政区划，《书·禹贡》作冀、兖、青、徐、扬、荆、豫、梁、雍九州。星分：古代将天上的星宿分别对应九州相应的区域。错跱(zhì)：跱同峙，交错杂立。 ④ 崤(xiáo)函：即崤山和函谷关。崤函以西为关中，西周、秦、西汉皆在关中建都。河、洛：黄河与洛水。东周、东汉、西晋皆在洛阳建都。所以称"帝皇之宅""王者之里"。 ⑤ 吾子：赋中对东吴王孙的敬称。 ⑥ 左右：称东吴王孙的左右下属，以示尊敬，旧时交谈不直呼对方。扬搉(què)：粗略，举其大概。 ⑦ 兆基：开始奠基。上世：上古。开国：立国建都。扬雄《蜀王本纪》载，从蜀王的祖先蚕丛开始，到蒲泽开明，前后有三万四千岁，所以曰"兆基于上世"。秦惠王(前337年—前311年)灭蜀，封蜀王公子通为蜀侯，惠王二十七年，使张若与张仪筑成都城，后置蜀郡，以李冰为蜀郡守。故曰"开国于中古"。 ⑧ 廓：开拓。灵关：山名，在成都西南。包：据有。玉垒：山名，在成都西北。宇：屋檐，引申为边界。 ⑨ 带：江水如带，环绕成都。二江：郫江与检江。郫江由宝瓶口至郫县北分流向南，过成都。检江，又名走马河，亦自宝瓶口，分水东南，流至成都东南，与郫江合。抗：举起，形容峨眉山势高峻。峨眉：山名。重阻：形容山高谷深，重重险阻。 ⑩ 凑：会和。水陆交通，会聚四面八方。六合：天地上下四方。丰蔚：草木繁茂，物产丰饶。八区：八方，包括东、南、西、北、东南、东北、西南、西北。奄蔼(ān ǎi)：形容茂盛。 ⑪ 前：此指蜀都南面。跨蹑(niè)：跨越。犍(qián)：犍为郡，西汉武帝设置，治所在鳖县(今贵州遵义市西)，后有迁徙。牂(zāng)：牂牁郡，汉武帝设置，治所在故且兰(今贵阳附近)。枕輢(yǐ)：凭倚，靠近。交趾：交趾郡，汉武帝时设置，治所在羸𨻻(今越南西北)。 ⑫ 亘：从此端直到彼端，绵延横贯。⑬ 阜：大山。相属(zhǔ)：相互连接。含谿怀谷：谿同溪。《文选》李善注曰："水注川曰谿，注壑曰谷。"指蜀都以南直达交趾，有许多溪谷。 ⑭ 岗峦：山圆背者为岗，长狭者为峦，此处泛指群山。纠纷：形容重叠交错。触石吐云：指山间水气、蒸气等撞击石头而生出云雾的景象。⑮ 郁：繁茂的样子。葐(pén)蒀(yūn)：即氛氲，形容云气飘荡的样子。翠微：山气轻飘的样子。崛、巍、峨：均为描写山势高峻的样子。 ⑯ 干：冲上。青霄：青天。秀出：指云气升上天空时的秀丽挺拔。舒：伸展、舒展。丹气：红色的雾气。 ⑰ 龙池：池名，古犍为郡境内有

朱(shú)提(shí)山：山南数十里有龙池，在今宜宾市西南。瀌(xuè)瀑(bào)：泉水沸涌，水沫飞腾。濆(pēn)：水势从下往上涌起。隈：山崖及水的弯曲处，此指龙池岸边的山崖。漏江：江水名。《文选》李善注："漏江在建宁，有水道，伏流数里复出。故曰漏江。"伏流：指江水潜入地下流动。溃：冲决。阿(ē)：大山丘。此处指江边的大堤岸。⑱汩(gǔ)、沛：均为水流迅疾之貌。汤(yáng)谷：神话中日出之处。濛(méng)汜(sì)：神话中日落之所。《楚辞·天问》："出自汤谷，次于濛汜。"即是说日出东方汤谷之中，而暮入西极濛汜之涯。⑲邛竹：即筇竹，心实节长，可做手杖。菌桂：又名肉桂、月桂，可入药。缘岭、临崖：均形容满山遍野生长的样子。⑳龙目：即龙眼，俗称桂圆。㉑萋萋：形容草木茂盛的样子。离离：形容果实繁多，杂错垂挂的样子。㉒晔(yè)晔：光亮华美的样子。猗(yī)猗：繁茂美好的样子。㉓孔、翠：即孔雀和翡翠鸟，皆南方名贵之鸟。据《华阳国志·南中志》所载，翡翠、孔雀、犀、象均为永昌郡(今云南保山一带)特产。㉔雉：野鸡。雊(gòu)：野鸡鸣叫。㉕金马、碧鸡：均为西南地区传说中的神物。《汉书·王褒传》："方士言益州有金马、碧鸡之宝，可祭祀致也。"骋光而绝景(yǐng)：指金马驰骋，其速如光，而不留下任何踪影。"景"同"影"。倏(shū)忽而曜(yào)仪：指碧鸡瞬间飞过，显现出了它的仪态。倏忽：形容极快。"曜"同"耀"，显现。仪：仪态，仪表。㉖火井：天然气井。《赞宁物类相感志》二："临邛(今四川邛崃)有二井，一火井，一盐井。取盐井水，井火煮之，一斛水得盐四五斗，家火不过一二斗矣。"沉：投入、沉入。荧：明火，小火光。幽：深。焰(yàn)：火焰。燗(shān)：火势猛烈。天垂：天边、天际。这句的意思是说，将明火投入火井幽深的泉水中，烈焰就从会腾空而起，烧红天际。㉗其间：泛指蜀都以南地区。虎珀：即琥珀，松柏树脂的化石，可入药，亦可作为饰品。丹青：朱砂和青雘(wó)，两种可作颜料的矿物。江珠：琥珀的别名。瑕英：赤色之玉。《说文》："瑕，玉小赤也。"㉘金沙、银砾：指可以淘洗出金银的矿砂。《华阳国志·南中志》："西山高三十里，越得兰沧水，有金沙，洗取融为金。"符采：珠宝的光彩。彪炳：文采焕发的样子。晖丽灼烁：《说文》"灼烁，明珠色也"，故此亦是指珠宝光彩艳丽的样子。㉙于后：指蜀都北部地区。却背：背靠。华容：水名，在今四川江油之北。昆仑：山名。㉚缘：沿着。剑阁：古栈道名，在今四川剑阁县东北大剑山与小剑山之间，川陕间的重要通道，亦军事要地。阻：阻隔。石门：山名，其山两边石壁相对，望之如门，故曰石门。在今陕西勉县东北，也是蜀道险关。㉛流、汉：流溪与西汉水。流溪即今之流江，西汉水即今之嘉陵江。汤(shāng)汤：水势浩大的样子。惊浪雷奔：形容水势汹涌澎湃，涛声如雷霆。㉜回：旋转。即：靠近。昏：昏暗。㉝水物：水中的产物。殊品、异族：均指种类不同。鳞：鱼类。介：甲。指龟、蚌等带壳的水生动物。㉞或：指示代词，此处指有的地方。蛟：传说中的一种龙，有鳞，能发洪水。螭：传说中的一种龙，无角。隐：藏。碧玉：水中宝玉。㉟嘉鱼：蜀地特产的一种美鱼。《北堂书钞》引任豫《益州记》："嘉鱼生丙穴，蜀人谓之拙鱼，从石孔随泉出，大者五六尺。"丙穴：地名，在今陕西略阳县东南。攒(cuán)：聚集。襃谷：古时连接汉中与关中的主要通道，长四百七十里。南口在今陕西勉县襃城镇北，称襃谷。北口在今陕西眉县西南，称斜谷，又称襃斜道，谷中盛产良木。㊱木兰：又称杜兰、林兰，状似楠，质似柏，为造船良木。梫(qǐn)桂：即木桂，一种皮厚的桂。杞(qǐ)：杞柳，枝条有韧性，可编制器物。樰(xiāo)：一种落叶乔木，其叶似楸(qiū)。椅：又名山桐子、水冬瓜，其木可做家具。桐：梧桐。椶(zōng)：同"棕"，棕榈树。枒(yā)：椰子树。楔(xiē)：似松柏而有刺。枞(cōng)：木名，《说文》："枞，松叶柏身。"其干高数丈，可作建筑材料。㊲楩(pián)：即黄楩木，一种南方大木。柟(nán)：同"楠"，楠木，高大坚固，为建造良材。幽蔼、蓊(wěng)郁：均为形容浓密、茂盛的样子。㊳擢、竦：均指高高耸起。修干：长长的树干。㊴扇：扇动。

霄:浮云。 ⑩義和:神话中为太阳驾车的神。假道:借路,此处指绕路。峻歧:形容树杈极高。意即義和驭日至此,也碍于高树绕路而行。阳乌:神话中太阳里的三足乌。回翼:掉转方向,往回飞。高标:形容山大树高。意说阳乌也会被这里高大的树梢挡住飞行的道路。⑪巢居:指飞禽。聿(yù):句首语气词,无实义。兼:同时具有,指离不开。邓林:神话中夸父逐日,所手杖化作的树林。 ⑫穴宅:住在洞穴中。窠:鸟巢。 ⑬黑:似熊而大。咆:猛兽的怒吼。阳:山南水北为阳,此处指山的南面。雕鹗(è):雕和鹗,皆似鹰。鴥(yù):鸟疾飞的样子。阴:山北水南为阴,此处指山的北面。 ⑭狖(yóu):一种黑猿。腾希:指猿猴在树木稀疏处跳跃。竞捷:比赛敏捷。永吟:长叫。 ⑮于东:指蜀都东部地区。绵:延续、连接。巴中:地名,在四川东北部。百濮(pú):濮为古代西南地区少数民族,因部族众多,故称百濮。充:充满。 ⑯负:背负、背靠。铜梁:山名,在今重庆合川县南,连亘二十余里。宕渠:宕渠郡,刘备分巴西郡所设,治所在宕渠(今四川渠县东北)。函:包括。要害:险要的关隘。膏腴:肥沃富饶的土地。 ⑰巴菽(shū):又名巴豆,可入药。巴戟:即巴戟天,一种草药。灵寿:木名,一名椐(jū),可做杖。桃枝:竹名,可以织席,亦可做杖。 ⑱樊:同“藩”,藩篱,此处用作动词,竖起藩篱。菹(zū):草名,即鱼腥草,可食用,亦可入药。圃:园地。滨:水边,此处用作动词,水边的地方都是盐池。盐池:即盐井。 ⑲鳖(biē)蛦(yí):即山鸡,雄性色斑,雌性色黑,为巴东特产。栖:栖息,居住。黿(yuán):大鳖,背青黄色,头有疙瘩,俗称癞头黿。水处:处于水,即生活在水中。 ⑳潜龙:潜伏未飞的龙。蟠(pán):盘曲而伏。沮泽:水草所聚的低洼水泽。应鸣鼓而兴雨:传说巴东水泽中有神龙,一听到鼓声便兴云布雨。 ㉑丹砂:朱砂,一种可作颜料的矿物。赩(xì)炽:色红如火。阪(bǎn):山坡。蜜房:蜂巢。郁毓(yù):繁多的样子。被(pī):通披,覆盖,布满。阜:山地。 ㉒山图、赤斧:均为传说中的得道仙人。采、服:均指采食。得道:成仙。不朽:长生不老。 ㉓若乃:至于。刚悍:刚猛剽悍。方:地方。此泛指蜀都东部地区。风谣:歌谣。尚:崇尚。武:勇武的精神。 ㉔奋:奋击、格斗。賨(cóng)旅:賨为古代巴地(今重庆一带)的少数民族,賨旅就是賨人的军队。玩:玩乐、娱乐。渝舞:渝地(今重庆一带)的歌舞,又称巴渝舞。 ㉕锐气:刚猛之气,即勇武的精神。剽(biāo):通标,标志。中世:指西汉极盛之时。意思是说这种勇猛的精神成了汉朝极盛时代的标志。蹻(jiǎo)容:雄壮英武的舞姿。世:继承、传世。乐府:汉代管理音乐的机构。据应劭《风俗通》所载,汉高祖刘邦喜观巴渝舞,后令乐府习之。意思是说这种雄壮英武的舞姿保存在了汉乐府之中得以传世。 ㉖于西:指蜀都西部地区。挟:从旁边钳住,此处指倚靠。岷山:山名,古又称汶山,在四川西部,绵延陕、甘两省边境。涌、发:均指河流发源。浪、川:均指河流。岷江即发源于岷山。 ㉗陪:陪同、伴随。白狼:古代西南少数民族。夷歌成章:夷歌就是少数民族的诗歌。此处指汉明帝时,白狼王归附汉朝,献上歌颂汉朝功德的诗歌三章。《后汉书·西南夷传》:“今白狼王唐菆(zuì)等,慕化归义,作诗三章。远夷之语,辞意难正。”㉘坰(jiōng)野:遥远的荒野。草昧:草木茂盛幽深,引申为人迹罕至,尚未开化。林麓:长满树木的山脚。黝(yǒu)儵:浓密茂盛的样子。 ㉙交让:蜀地特有的一种树木。据《文选》李善注,两树相对生长,一枯一荣,每年枯荣交替一次,既不同枯,也不同荣。蹲鸱(chī):一种根茎很大的芋头,像蹲伏的鸱鸟一样。伏:芋头长于地下,所以叫伏。 ㉚百药:各种药用植物。灌丛:灌木丛生。寒卉冬馥:寒冬时节开花,散发香气。 ㉛异类众伙:指品种各异,种类繁多。于何不育:有什么不能生长,即无不生长。 ㉜青珠:草名,又名石珠、青琅玕,可入药,亦可作饰物。黄环:草名,又名陵泉、大就,可入药。碧砮(nú):即碧青石,一种可作箭头的青绿色石头。芒消:即芒硝,一种矿物,可入药,亦可制作火药。 ㉝丰、蕃:皆用作动词,指植物生

〔324〕 左 思　蜀都赋

长茂盛。绿黄：即辛夷，一说为香草，一说为香木。丹椒：即红花椒，可调味，亦可入药。 ⑥ 麋(mí)芜(wú)：即蘼芜，一种香草。布濩(hù)：散布。中阿(ē)：山中转弯处，山坳。风连：一种中草药。莚(yán)蔓：绵延生长的样子。兰皋(gāo)：长有兰草的水边高地。 ⑥ 红葩(pā)：红色的花。紫饰：紫色的果实。柯：树枝。渐苞：不断滋长丛生。 ⑥ 敷：散开、遍布。橤(ruǐ)：同"蕊"，花。葳(wēi)蕤(ruí)：形容草木生长茂盛，枝叶下垂的样子。落英：落花。陶渊明《桃花源记》："落英缤纷。"飘飖(yáo)：即飘摇。 ⑥ 神农是尝：神农是传说中的上古帝王，相传曾尝百草以治疾病。卢、跗(fū)是料：古代名医扁鹊和俞跗在这里制作药剂。扁鹊虽为郑国人，但家于卢国，故又称卢医。 ⑥ 芳、味：二者互文见义，均为香气，代指药物。追：驱除。气邪：中医理论中认为能致人生病的不正之气。蠲(juān)：除去、免除。疠(lì)：瘟疫。痟(xiāo)：头痛病。 ⑥ 封域：指蜀都所辖境内。原：平原。隰(xí)：低湿之地。坟：水边高地。衍：山坡。通望弥博：形容一眼望不到边际。 ⑦ 演：水在地下潜流。潜、沫：潜水和沫水。潜水当为今嘉陵江广元以上河段。沫水为岷江支流，即今之大渡河。浸：浸润、灌溉。绵、雒(luò)：绵水和雒水，均为今之沱江，绵水为上游，雒水为下游。 ⑦ 沟洫(xù)：沟渠。脉散：形容沟渠纵横，像血管分布全身。疆里：疆界，此指田畴，即划分田地的界埂。绮错：纵横交错的样子。 ⑦ 黍(shǔ)：小黄米。稷(jì)：高粱。油油：油亮光洁貌。粳(jīng)稻：黏性强的大米。莫莫：茂盛状。 ⑦ 渠口：指都江堰拦堵江水的堤坝。云门：云雨之门，比喻渠口为兴云作雨之门。《华阳国志·蜀志》云："秦孝王以李冰为蜀守，冰乃壅江作堋(péng)，穿郫江、检江，别支流，双过郡下，以行舟船。又灌溉三郡，开稻田，于是蜀沃野千里，号位陆海。旱则引水浸润，雨则堵塞水门。故记曰：'水旱从人，不知饥馑，时无荒年，天下谓之天府也。'"滤(biāo)池：形容都江堰像流动的水池。陆泽：在陆地蓄水以为灌溉田地之用。此句意为都江堰就像流动的水池一样可以为灌溉提供便利。 ⑦ 虽：即使。星毕：即毕星，二十八宿之一。滂濊(tuò)：濊通沱。滂沱，形容大雨。传说毕星靠近月亮，就会天降大雨。齐：并列、等同。膏液：指都江堰等水利工程蓄积的江水。意思就是即使是天降滂沱大雨，也比不上这些水利工程蓄积的江水。 ⑦ 尔乃：于是。邑居：百姓聚居的城邑。隐赈：繁盛富庶。夹江傍山：沿江两岸，临近山林。指城邑依山傍水而建。 ⑦ 栋宇：栋为房屋的脊檩(lǐn)，宇为屋檐，此处代指房屋。桑梓：桑树和梓树，因栽种在宅边，故可代指故乡或村庄。此处指村庄。 ⑦ 盐泉之井：即盐井，盐井涌出时，盐水如泉喷涌，故称盐泉。 ⑦ 林檎(qín)：又名花红、沙果。枇杷：果树，蜀地特产，其实可食，色黄，味甘酸。楟(yǐng)：又名楟枣、软枣、羊枣。梬(tíng)：山梨。 ⑦ 櫾(sī)桃：山桃，又名毛桃。函列：成行成列。罗生：排列生长。 ⑧ 甲宅：即甲坼(chè)，指外壳裂开。异色同荣：百花盛开，光彩照人。 ⑧ 朱樱：朱红色的樱桃。素柰(nài)：白色的沙果，柰与林檎相似。 ⑧ 若乃：至于。大火流：火星向下（偏西方向）移动。火星下移，暑热消退。所以《诗经·豳风·七月》说"七月流火"。凉风厉：冷风凛冽。 ⑧ 白露凝，微霜结：白露凝结成霜。 ⑧ 紫梨：结紫色果实的梨树。津润：即滋润，指果实成熟。榛(zhēn)栗：即榛栗，一种坚果，又名榛子。罅(xià)发：指榛果成熟，果壳裂开。 ⑧ 蒲陶：即葡萄。乱溃：指葡萄熟透之后到处散落。若榴：石榴。竞裂：指石榴成熟后争相裂开，纷纷裂开。 ⑧ 甘至：果实熟透，甜到极点。自零：自行掉落。芬芬：香气，芳香。酷烈：浓郁。 ⑧ 圃：菜园，果曰园，菜曰圃。蒟(jǔ)蒻(ruó)：俗称鬼头，为蜀地特产的一种草药。茱(zhū)萸(yú)：一种落叶乔木，生于山谷，味香，可入药。畴、区：不同农作物间种的界限和区域。瓜畴芋区就是指瓜和芋在园圃里都有自己的栽种区域。 ⑧ 辛姜：姜味辛辣，故称辛姜。阳蔼(qū)阴敷：阳蔼即温暖和煦，阴敷即布满荫凉。甘蔗喜阳，辛姜喜阴，就是说各种农作物的生长都各得其所。 ⑧ 日往、月来：

日复一日，月复一月。菲薇、扶疏：均指草木枝叶茂密的样子。　⑩任土所丽：根据土地的特点生长不同的植物。丽：附着，此处指生长。众献：指结出的瓜果品种众多。储：储备。　⑪沃瀛(yíng)：肥沃的水泽。攒(cuán)、丛：聚集。蒋：一名菰(gū)，即茭白，俗称高笋，一种水生蔬菜。蒲：蒲草，浅水植物，可食用，亦可制席。菱：一名芰，即菱角，可食用。莲：荷花，也指莲藕。　⑫杂、糅：均指掺杂。蕴(yùn)、藻、蘋(pín)、蘩(fán)：均指水草。　⑬总茎：根茎丛聚。裛(yì)叶：枝叶缠绕。柅(nǐ)柅、蓁(zhēn)蓁：均为草木茂盛的样子。　⑭蕡(fén)实：果实多而大。《诗经·周南·桃夭》："桃之夭夭，有蕡其实。"时味：时鲜食品，一种食物叫一味。王公：泛指贵族。着：同"饎"，此处用作动词，指享用。焉：兼词，即于是，代指果实。　⑮鸿：大雁。鹄(hú)：天鹅。俦、侣：伴侣。因大雁、天鹅多群飞，所以称俦侣。振：挥动翅膀，此处指奋飞。鹭、鹈(tí)鹕(hú)：均为食鱼的水鸟。　⑯凫(fú)：野鸭，因其常常在早晨飞翔，故称"晨凫"。旦：早晨。候雁：大雁为候鸟，春天北飞，秋天南归，依时节迁徙，故称"候雁"。衔芦：芦为芦草。《淮南子·修务训》："雁衔芦而翔，以备缯(zēng)缴(zhuó)。"缯缴：猎取飞鸟的射具。就是说大雁衔着芦草飞翔，是为了自卫。　⑰木落：树叶凋零，指天气转寒。南翔：往南方飞。冰泮(pàn)：冰雪消融，指天气变暖。北徂(cú)：往北方飞。　⑱云飞水宿：在空中飞，水边宿。弄吭(háng)：吭为喉咙，弄吭即指鸣叫。清渠：清水。即在清水中鸣叫。　⑲其深：指深水处。白鼋命鳖：命，呼告，呼应。相传鼋鸣叫，鳖则呼应。玄獭(tǎ)上祭：水獭，皮为黑色，故称"玄獭"。其捕鱼，先陈列水边，而后再食用，犹如祭祀，故称"上祭"。　⑳鳣(zhān)：鲟鳇鱼的古称。鲔(wěi)：鲟鱼。鳟(zūn)：赤目鱼，体扁，略似鲑(guī)鱼。鲂(fáng)：与鳊(biān)鱼相似。鳀(tí)：同"鳀"，鲇(nián)鱼。鳢(lǐ)：乌鱼。鲨：吹沙鱼，亦称鲨鮀(tuó)，鮀，是一种生活在溪涧的小鱼。鲿(cháng)：黄颡(sǎng)鱼。　㉑差(cī)鳞次色：即鳞色差次，指各种不同颜色的鱼在水中次第依列。锦质：织锦的质地。报章：织布时往返而成的花纹。此处指各色的鱼类体形、色彩的美观。　㉒跃涛戏濑(lài)：指鱼在浪涛中嬉戏。濑：流得很急的水。中流相忘：指鱼在水中悠然自得。《庄子·大宗师》说由于泉水干涸，两条鱼被迫相互呵气，以口沫濡湿对方来保持湿润，于是它们发出了"相濡以沫，不如相忘于江湖"的感叹，都怀念昔日在江湖中悠然自得的生活。　㉓于是乎：介词短语，在这里。金城石郭：形容有金石般坚固的内外城墙。兼：一并。匝(zā)：同"匝"，环绕。中区：指成都的城区。　㉔既……且……：既……又……，又……又……。丽：壮丽。崇：高大。号：名称。　㉕辟：开辟。二九通门：十八道城门。汉武帝元鼎二年(前115年)，立成都十八门。据《成都记》记载，有大城九门，少城九门。画：筹划，引申为修筑。方轨：两车并行。广涂：宽阔的道路。"涂"通"途"，道路。　㉖营：营造，营建。宫：宫室。爽垲(kǎi)：指明亮干燥的地方。拟：模仿、仿造。承明庐，在西汉长安未央宫内，为文人学士待诏之处。庐：官员值班时的住处。起：修建。　㉗结：连结。阳城：成都城门之一。延阁：从属于主体建筑的小楼。阳城门楼阁相连，气势非凡。观(guàn)：宫门前的双阙。榭：建在台上的房屋。飞……乎云中：形容各种高大建筑其势如飞，直插云中。　㉘高轩：高门。临：面对。绮窗：雕有花纹的窗户。瞰(kàn)：俯视。　㉙内：宫内。议殿：议事之所。爵堂：授官之处。武义、虎威：均为成都城内宫门名。　㉚宣化、崇礼：亦均为成都城内宫门名。闼(tà)：小门。闱(wéi)：古代宫室两侧的小门。　㉛华：华美。阙(què)：皇宫门前两边供瞭望的楼阁。邈：本义为远，此处当指高。洞开：大开，敞开。　㉜金铺：以金为饰的衔着门环的兽形铺首。玉题：以玉为饰的椽头。交映、相晖：交相辉映。　㉝轨躅(zhú)：本义为车轮碾过的痕迹，此处引申为道路。里闬(hàn)：里门。　㉞比：并列，挨着。甍(méng)：屋脊。庑(wǔ)：堂下周围的走廊、廊屋。这句的意思就是说房屋众多。

⑮ 甲第：豪门贵族的宅邸。当、向：面对着。衢（qú）：四通八达的道路。术：城邑中的道路。《说文》："术，邑中道也。" ⑯ 坛：用土筑的平台。宇：屋檐，代指房屋。显敞：明亮宽敞。纳：容纳。驷：四匹马驾的车。 ⑰ 扣：敲击。抚：弹奏。钟、磬、琴、瑟：皆为贵族乐器。这句是描写贵族的生活。 ⑱ 匪：非。葛、姜：诸葛亮和姜维（蜀汉大将军）。畴：谁。是恤：指居住在这里。 ⑲ 亚：其次。少城：成都城内的小城。秦代筑成都城，本有大城，有少城。汉代扩建成都城，少城即被包含在新的成都城中。接乎其西：指少城本在大城以西。 ⑳ 市廛（chán）：集市。会：聚集。商：商品。渊：渊薮，人或物的集聚之处，此处指商品的集聚之处。㉑ 列隧：排列的街道。罗肆：排列的店铺。巨千：过千、上千，形容极多。 ㉒ 贿货：财货。山积：堆积成山。纤丽：精巧华丽。星繁：多如繁星。 ㉓ 都人士女：都城中的男女女女。袨（xuàn）服：华美的衣服，盛装，此处用作动词穿着华美的衣服。靓（jìng）妆：妆饰艳丽，此处作动词讲。 ㉔ 贾（gǔ）：商人。贸：贸易，交易。埘（zhì）：同"滞"，此处指贮存，囤积。鬻（yù）：卖出。舛（chuǎn）错纵横：杂乱交错。这两句的意思是说商人们进行贸易时，囤积起来等待卖出的货物很多，杂乱交错地堆积在那里。 ㉕ 异物：珍奇的东西，稀有的东西。崛诡：即谲诡，奇特，出乎寻常。奇于八方：奇当作动词讲，称奇，即称奇于四面八方。 ㉖ 布有橦（tóng）华：橦为木棉树，华就是花，即有用木棉树的花织成的布。据《华阳国志·南中志》载，木棉树的花柔软如丝，可以织布。麨（miàn）有枕（guāng）桹（láng）："麨"同"面"。枕桹：又名砂糖椰子，花可制糖，茎可制淀粉。此句意为有用枕桹做成的面粉。 ㉗ 邛杖传节于大夏之邑：邛杖：邛竹手杖。大夏：古国名，在西域。据《汉书·张骞传》记载，张骞在大夏时见过邛竹杖和蜀布。邛竹杖以节长心实为奇，故称"传节"。蒟（jǔ）酱：蒟子可做酱佐味，故称"蒟酱"。《史记·西南夷列传》说唯独蜀地产有蒟酱，经由夜郎而行销南越。流：传播。番禺：即今广东番禺，古时属南越之地。 ㉘ 舆辇（niǎn）：车轿。杂沓：众多的样子。冠带：帽子和腰带，指代缙绅，即官宦、士人。混并：混杂在一起，形容人多。 ㉙ 累毂（gǔ）：车子一辆接一辆。毂本为车轮轴上的圆木，此处代指车辆。叠迹：车子辗过的辙印重叠在一起。叛衍：即漫衍，连续不断。相倾：相互超越、排挤。与"叛衍"一起，都是形容车多拥挤的样子。 ㉚ 諠哗鼎沸："諠"即"喧"，形容人声嘈杂。哤（máng）聒（guō）：喧闹声杂作。宇宙：上下四方为宇，古往今来为宙。此句意谓即指喧闹声响彻天地。 ㉛ 嚣尘：喧闹扬起的尘土。张天：漫天，布满天空。埃壒（ài）：尘埃，此处指遮蔽。曜灵：太阳。 ㉜ 阛（huán）阓（huì）：阛：指环绕市区的墙。阓：指市区的门。古时，市道就在墙与门之间，所以通称市区为"阛阓"。里：里巷。伎（jì）巧：即技巧，此处指工匠作坊。 ㉝ 百室：指作坊众多。离房：指房屋各不相同。机杼（zhù）：织布机，此处指织布时发出的声音。相和（hè）：相互唱和。 ㉞ 贝锦：织有花纹的锦。斐（fěi）成：花纹相错而成。濯色江波：据谯周《益州志》所说，锦织成之后，放到江中濯洗，可使色彩更加艳丽。 ㉟ 黄润：蜀地特产的一种细布，因在特粗的竹筒中纺织而成，又称筒中布。故称"黄润比筒"。籯（yíng）金所过：籯：筐笼一类的竹器。过：超过。即是说一筒黄润，价值超过一筐金。所以扬雄《蜀都赋》说"筒中黄润，一端数金"。 ㊱ 侈（chǐ）侈：繁盛、繁多的样子。隆富：盛富，巨富。卓、郑：卓王孙，即卓文君之父和程郑，汉代蜀地的两位大富商，皆善于经营冶铸业。《史记·货殖列传》说他们家中童仆至八百人之多，"田池涉猎之乐，拟于人君"。埒（liè）名：等名，齐名。 ㊲ 公：公然，公开。擅：占有，拥有。货殖：聚集财物，经营生利，指经商。私庭：私家，因其私人经营冶铸业，与公家相对而言。 ㊳ 鏘（qiǎng）：钱串。钯（pī）、㧛（guī）：扬雄《方言》："梁、益之间裁木为器曰钯，裂帛为衣曰㧛。"即是指伐木做器和制衣。兼呈：一并呈送，指百姓将做成的器物、衣料呈送给他们。 ㊴ 以：凭借，依靠。雄：动词，称雄。

翕(xī)习：威盛貌。边城：指且、郑所居的临邛，因其为蜀郡边县，故称"边城"。　⑭ 三蜀：指蜀郡、广汉郡和犍为郡。秦灭蜀国为蜀郡，后来汉高祖刘邦又分蜀郡置广汉郡，到汉武帝刘彻通西南夷，又分置犍为郡，故称"三蜀"。　⑭ 养交：交游。结俦(chóu)附党：指结成党羽。　⑭ 剧谈戏论：指高谈阔论，嬉笑戏言。扼腕、抵掌：扼腕指手握其腕，抵掌即拍手，均形容谈论得兴奋热烈。　⑭ 连骑(jì)：一人一马叫一骑，连骑即指人多势众。从：跟从，跟随。两：通"辆"，指车。　⑭ 旧俗：习俗。终冬始春：指岁末年初。　⑭ 御：服务，款待。　⑭ 金罍(léi)中坐：金制大型酒器放在桌子中央。古时饮酒，以大酒器盛酒放在中央，然后舀进小杯中饮用。肴槅(gé)：装满食物的盘子。四陈：摆放在桌子四周。　⑭ 觞：酒杯，此处指喝酒。清醥(piǎo)：清醇的酒。鲜：鱼脍(kuài)，此处指尝鲜。紫鳞：鱼。　⑭ 羽爵：古代的一种酒杯，一说形如鸟雀，一说插羽毛于杯中，催人速饮。执竞：指频频举杯，争相痛饮。丝竹：管弦乐器，此处泛指音乐。乃：于是。发：演奏，指音乐声起。　⑭ 巴姬、汉女：均指蜀地美人。节：一种乐器。　⑮ 起：弹奏。西音、江上：应为《西音》《江上》，均为古乐曲名。促柱：急弦。飂(liáo)厉：激越，嘹亮。　⑮ 纡(yū)：弯曲，回旋。屡舞：频频起舞。翩、跹(xiān)、奋：均指舞蹈轻盈，舞姿婀娜的样子。　⑮ 合樽：指斟满酒。促席：座位靠近。引满相罚：举起装满酒的酒杯相互劝酒。　⑮ 乐饮：开怀畅饮。今夕：今晚。累月：累积满月。　⑭ 若夫(fú)：句首语气词。王孙：即卓王孙。邻(xì)公：蜀地的一个豪侠。属、伦：类，辈。　⑮ 从禽：追逐禽兽，指打猎。巷无居人：巷内空无一人，指大家都去观看打猎。　⑯ 并、俱：都，一齐。乘：骑。骥子：良马。服：佩戴。鱼文：指箭袋，以鲨鱼皮做成，故称"鱼文"。　⑮ 玄黄：黑马和黄马。异校(xiào)：分列两队。校本指军中队列。结驷：用四匹马并辔驾一辆车。缤纷：形容众多。　⑮ 逾(yú)越：越过，超过。金堤、玉津：均指游猎之地很远。金堤在成都以西。玉津即璧玉津，在犍为郡东北，即成都以东。　⑮ 朔：每月初一。期：相会。晦：每月最后一天。月初出发，月末返回，就叫"朔别期晦"。匪日匪旬：不是一天一旬，指时间长。　⑯ 蹴(cù)蹋：踩踏。蒙笼：草木茂盛的样子，此处指平原。涉躐(liè)：同涉猎，经过。寥廓：空旷远远的样子，此处指山谷。　⑯ 鹰犬：猎鹰和猎犬。倏眒(shēn)：迅疾的样子。罻(wèi)罗：捕捉鸟兽的网。络幕：布设张开的样子。　⑯ 毛群：指野兽。陆离：分散的样子，即四散奔逃。羽族：指飞禽。纷泊：纷纷惊飞。　⑯ 翕(xī)响、挥霍：均指迅疾的样子，顷刻之间。中(zhòng)网：触网、落网。林薄：草木丛杂的地方。　⑯ 屠：宰杀。麖(jīng)：马鹿。麋(mí)：麋鹿。翦(jiǎn)：同剪，斩断，此处指杀。旄(máo)：牦牛。麈(zhǔ)：似鹿而大，其尾可作拂尘。　⑯ 带：用带子捆缚。文蛇：有花纹的蛇。跨：骑，此处指捕缚。雕虎：花斑虎。　⑯ 志未骋，时欲晚：指意犹未尽，天时将晚。　⑯ 追：追捕。轻翼：指飞鸟。赴：奔向。绝远：极远的地方。　⑯ 彭门：地名，即天彭门，在岷山下，有两峰相对如阙，故称"阙"。九折之阪：地名，即九折阪，在邛崃山。　⑯ 经：越过。三峡：瞿塘峡、巫峡、西陵峡合称"三峡"。峥嵘：山势高峻的样子。蹑(niè)：踩、登。五岘(wù)：山名，在今峨眉山市西南。蹇(jiǎn)浐(chǎn)：崎岖难行的样子。　⑰ 戟(jǐ)：合戈、矛为一体的兵器，此处指刺杀。食铁之兽：即貊(mò)，毛黑，白胸，似熊而小。噬毒之鹿：吃毒草的鹿。据《华阳国志·南中志》："云南郡有熊食山，上有神鹿，一身两头，食毒草。"　⑰ 皛(xiǎo)：疑当为拍，拍击。貙(chū)氓：亦作貙虻(máng)，又称貙人，怪兽。张华《博物志》云："江汉有貙人，能化为虎。"蘨(yāo)草：茂盛的草。弹(tán)：用弹弓射。言鸟：能言之鸟，即鹦鹉之类。森木：森林。　⑰ 戾(lì)：通"捩"，扭转，拗折。　⑰ 铩(shā)：使伤残。翮(hé)：翅膀。废：使残废。　⑰ 殆：通惫，倦怠，疲乏。揭(qiè)：去。这一句意思是说王孙、邻公等人打猎困乏回来。枑与：相随。第：且，将要。如：到，赴。滇池：在今云南昆明市西南。集：聚会。江洲：即江州，今重庆市。　⑰试水客：试作水上的旅客。舣(yǐ)轻舟：船靠岸叫"舣"，此处指准备好船。　⑯娉(pìn)：通"聘"，访问，寻访。江斐(fēi)：即江妃，传说中的神女。神：即指神女。　⑰罻(yǎn)：捕鸟的网，此处指捕鸟。翡翠：翡翠鸟。鳎(yǎn)：鲇鱼。鲉(yòu)：似鳝鱼。　⑱下：射下。高鹄：高空中的天鹅。出：捉出。潜虬：传说中潜伏在水里的一种有角的龙。　⑲发：唱。棹(zhào)讴：行船时所唱的歌。汉武帝《秋风辞》："箫鼓鸣兮发棹歌。"　⑳鳕(xún)鱼：即鲟鱼。阳侯：传说中的波涛之神。　㉑沸涌：河水腾涌。珠贝：含珠之贝。汜(fàn)浮：同泛浮，即浮出水面。　㉒云汉：天河。洪流：波澜壮阔的水流。　㉓飨(xiǎng)：犒劳，用酒食招待人。獠(liáo)者：猎人。张：张设，布置。帟(yì)幕：小帐幕。会：开设宴会。　㉔酌：饮。清酤(gū)：清酒。割：切肉。芳鲜：鲜香的鱼肉。　㉕饮御酣：指酒足饭饱。宾旅：宾客。旋：回。　㉖车马雷骇：形容车马之声如雷响。轰轰、阗(tián)阗：均为象声词，指车马之声。　㉗若风流雨散：像风流动、雨散落一样。漫：遍。　㉘斯：此，这。盖：大概，表示推测原因。宅土：居住的地方。观听：指看到和听到蜀都情况的人们。踊跃：欢欣奋起，争先恐后的样子。这两句的意思就是说蜀都是当地人的安居乐业之处，也是外地人都想到来的地方。　㉙焉独：哪里只有。三川：指魏都洛阳，因处黄河、洛水、伊水交汇之地，故称"三川"。为世朝市：作为天下的争名争利之地。朝市：指争名争利之地，《史记·张仪列传》："臣闻争名者于朝，争利者于市。"　㉚若乃：用于句首，表示另起一事。卓荦(luò)：卓越，出类拔萃。奇谲(jué)：奇异怪诞。倜(tì)傥(tǎng)：洒脱不羁。罔(wǎng)已：不止。　㉛经神怪，纬人理：经、纬义为织物的纵线和横线，此处当是贯通、连结之义。就是说这些卓越奇异的事情一些与神怪相连，一些与人理相通。　㉜岷山之精，上为井络：传说岷山精灵升天后变为井星。　㉝运期：按期，定期。会昌：盛大聚会。景福：大福。脟(xī)缕：也作脟𧱏，指云气集。作：起。意思就是天帝按期在此举行盛大的聚会，由于神灵感应，常常会有大福降临。　㉞碧出苌(cháng)弘之血：苌弘为春秋时周大夫，在晋公族内讧中被周人所杀，传说其血三年化为碧玉。《庄子·外物》："苌弘死于蜀，藏其血，三年化为碧。"鸟生杜宇之魄：杜宇，古蜀王，称望帝，后归隐，化为子规，即杜鹃鸟。　㉟妄：虚幻。非常：不合常理。羌：句首发语词。见(xiàn)伟：显现出伟大。畴昔：过去，从前。　㊱江汉：盖以长江和西汉水即嘉陵江代指蜀地。炳灵：英灵显赫。载：生。英：英杰。　㊲蔚：文采华美。相如：司马相如，西汉著名辞赋家，代表作有《子虚赋》《上林赋》。皭(jiào)：洁净，此指品行高洁。君平：严君平，即西汉隐士严遵。汉成帝时，曾在成都为人占卜，日得百钱，足以自养，便闭门读老、庄，著述十余万言，终生不仕。　㊳王褒：西汉辞赋家，今四川资阳人，代表作有《洞箫赋》《九怀》。韡(wěi)晔(yè)：文采焕发的样子。秀发：状貌出众。杨雄：即扬雄，西汉学者、辞赋家，成都人，代表作有《长杨赋》《河东赋》《甘泉赋》《羽猎赋》《太玄》《方言》等。含章：包含文采。挺生：形容出类拔萃。　㊴幽思绚道德：此句是说扬雄等人的文章中所包含的深邃思想可与老子《道德经》争辉，是针对扬雄《太玄》《法言》而言。摛(chī)藻：铺排辞藻。㷿(yàn)：光芒，此处指照亮。天庭：天子所居之处。此句是针对司马相如、王褒、扬雄等人的赋分别得到了汉武帝、汉元帝的称赞和赏识而言。　㊵考：考察，比较。四海：天下，指全国。儁：同"俊"，才智出众的人。当：处在……时候。中叶：中期，此处指汉朝鼎盛期。擅：拥有。名：名望。意思就是说上述诸人就算放到全国来看，在汉朝的鼎盛时期也是首屈一指的人才。　㊶是故：因此。以为誉：以他们为誉，将他们引为荣耀。造作者：写文章的人。以为程：将他们的文章当作典范。　㊷至乎：至于。临：面对着。塞：关隘，关塞。因：依靠。障：屏障。　㊸岨(jū)同"砠"，山。塍(chéng)：田埂，堤防。埒(liè)：等同。豁：深。吞：包含，引申为宽广。巨防：战国时齐国的一条长水道,与长城同为险塞。 ㉔隘:险要的关口。莫向:不能接近。 ㉕公孙:即公孙述,汉代扶风(在今陕西)人。跃马:策马腾跃,指起兵。王莽时,为导江卒正,后起兵,占据益州,自立为帝。刘宗:即刘备,涿郡(在今河北)人,中山靖王刘胜之后,因其为汉室宗亲,故称"刘宗"。辇:帝王乘坐的车子。汉献帝建安中,益州牧刘璋,迎刘备入益州,使攻汉中张鲁。刘备遂进围成都,刘璋出降。刘备后自立为汉中王,汉献帝禅位于曹丕,刘备遂在成都登帝位。 ㉖孰:哪一个。尚:超过,比过。 ㉗虽:即使。兼:合并。诸夏:指中国。兹都:指蜀都。无量:言财富之多,无法计算。

　　《蜀都赋》是西晋文学家左思《三都赋》中的一篇。在赋成之时,就受到晋代著名文士的推崇,于是名门权贵争相传抄,有了"洛阳纸贵"的美誉。

　　《蜀都赋》是描写蜀都地区的一篇赋体作品。由西蜀公子言于东吴王孙引起,按照空间地理位置布局。起笔即以鸟瞰之势,指点蜀都江山:"廓灵关以为门,包玉垒而为宇,带二江之双流,抗峨眉之重阻。"然后分写前、后、东、西四个方位:前则"跨蹑犍牂,枕辅交趾";于后则"却背华容,北指昆仑。缘以剑阁,阻以石门";"于东则左绵巴中,百濮所充。外负铜梁于宕渠,内函要害于膏腴";"于西则右挟岷山,涌渎发川"。叙其自然物候,铺排其山川锦绣。尔后集中描述成都城市的崇丽,商贸的繁荣,百工技巧的精擅,尤其是蜀都富豪财富之多、游乐之盛,展示蜀都地区生活之安乐和声色之华美。最后,述说蜀都天象分野,地灵人杰,远古传说,近世人文。所谓"远则岷山之精,上为井络,天帝运期而会昌,景福肸蚃而兴作。碧出苌弘之血,鸟生杜宇之魄","近则江汉炳灵,世载其英。蔚若相如,皭若君平。王褒晔晔而秀发,杨雄含章而挺生"。兼之蜀都山河险阻,"一人守隘,万夫莫向",足以为英雄割据,称霸一方,历史上即有"公孙跃马而称帝,刘宗下辇而自王"的史事。称说蜀都可称"兼诸夏之富有",成大事之凭借,"若兹都之无量也"。

　　《蜀都赋》不仅在我们面前展示了一幅完整的蜀都地区的画卷,而且递次地展现了不同地区独特的地形地貌孕育的风光物象、生活习俗。我们看"其前"的犍为、牂牁,"经途所亘,五千余里。山阜相属,含溪怀谷。岗峦纠纷,触石吐云"的高原,其风光则"郁菳菳以翠微,崛巍巍以峨峨。干青霄而秀出,舒丹气而为霞",而所生草木"邛竹缘岭,菌桂临崖。旁挺龙目,侧生荔枝。布绿叶之萋萋,结朱实之离离"。因其南方的气候相对温和,所以"迎隆冬而不凋,常晔晔以猗猗",而栖息的鸟兽"孔翠群翔,犀象竞驰。白雉朝雊,猩猩夜啼"。而"其后"则"却背华容,北指昆仑。缘以剑阁,阻以石门",其树木又与南方不同,"则有木兰梫桂,杞櫹椅桐,樱梓楔枞。梗枏幽蔼于谷底,松柏翁郁于山峰",鸟兽则是"熊罴咆其阳,雕鹗轧其阴。猿狖腾希而竞捷,虎豹长啸而永吟"。而蜀都之东,仍为山陵,蜀都之西则为平原，又另是一番丰饶富庶的水乡景象："其封域之内，则有原隰坟衍，通望弥博。演以潜沫，浸以绵雒。沟洫脉散，疆里绮错"。水利资源丰富，因而"黍稷油油，秔稻莫莫"，"尔乃邑居隐赈，夹江傍山。栋宇相望，桑梓接连。家有盐泉之井，户有橘柚之园"。所以"百果甲宅，异色同荣。朱樱春熟，素柰夏成"。由于季节分明，则白露凝霜，草木瓜果，飞鸟水禽又另成一道风景。

蜀都的中心是成都，它的景象不在帝王之都的高贵，豪门权势的显赫，宫廷的瑰玮，而在都市的繁华，蜀人生活的优游自得。所谓"既丽且崇，实号成都"。它有规模帝都的建构，"辟二九之通门，画方轨之广涂。营新宫于爽垲，拟承明而起庐。结阳城之延阁，飞观榭乎云中"，"内则议殿爵堂，武义虎威。宣化之闼，崇礼之闱"。《华阳国志·蜀志》载"(张)仪与(张)若城成都，周回十二里，高七丈"，"成都县车治赤里街。(张)若徙置少城。内城营广府舍，置盐铁市官并长、丞。修整里阓，市张列肆，与咸阳同制。"但是，因为建立在四川盆地上的都市，所以"开高轩以临山，列绮窗而瞰江"。尤其是它的商贸的繁荣昌盛，《蜀都赋》极尽铺排：

> 亚以少城，接乎其西。市廛所会，万商之渊。列隧百重，罗肆巨千。
> 贿货山积，纤丽星繁。都人士女，袨服靓妆。贾贸墆鬻，舛错纵横。异
> 物崛诡，奇于八方。布有橦华，面有桄榔。邛杖传节于大夏之邑，蒟酱
> 流味于番禺之乡。

成千上万的货源，百重千列的商铺，货物如山一般堆积，纤丽精美如繁星闪烁。奇珍异品，琳琅满目。行销天下，有邛杖布于大夏之国，有蒟酱流味于番禺之乡。集市上车来人往，商贾过客的喧嚣，张天曜日，《蜀都赋》的描述，更显示了赋家张扬夸饰的本色：

> 舆辇杂沓，冠带混并。累毂叠迹，叛衍相倾。喧哗鼎沸，则咙聒宇
> 宙。嚣尘张天，则埃壒(堨)曜灵。

《蜀都赋》描写虽不免张扬夸饰，但能让人感受到强烈真切的生活气息。这或许与左思的赋学思想有关，主张作赋"贵依其本"，"宜本其实"。宣称"其山川城邑，则稽之地图，其鸟兽草木，则险之方志，风谣歌舞，各附其俗"。这在他的赋中不少都可以得到证实，虽然，并不可能一一考证翔实，所谓"词赋之逸思放言于志乘之慎稽详考，各有所主"。恰好正是他的赋家之笔，才更让我们感受到了其中生活的独特，它们只能是蜀都的，也只能是蜀人的：

> 若其旧俗，终冬始春。吉日良辰，置酒高堂，以御嘉宾。金罍中坐，
> 肴槅四陈。觞以清醥，鲜以紫鳞。羽爵执竞，丝竹乃发。巴姬弹弦，汉

女击节。起西音于促柱,歌江上之飇厉。纡长袖而屡舞,翩跹跹以裔

裔。合樽促席,引满相罚。乐饮今夕,一醉累月。

蜀中人聚会宴饮,特别突出了"终冬始春"吉日良辰,丰盛的菜肴,醇美的佳酿,丝竹弹唱,长袖起舞,宾主的情谊都在其中展现,而且特别的酣畅淋漓,"乐饮今夕,一醉累月"。此或可验之地理方志,我们看元人费著《岁华纪丽谱》的记载:"成都游赏之盛,甲于西蜀。盖地大物繁,即俗好娱乐。凡太守岁时宴集,骑从杂沓,车服鲜华。倡游鼓吹,出入拥导,四方奇技。幻怪百变,序进于前,以从民乐,岁既有期,谓之故事。"

游乐,也是蜀中风气。他们的田猎,不是皇家林苑。只在"西逾金堤,东越玉津",或"出彭门之阙,驰九折之阪。经三峡之峥嵘,蹑五岘之蹇浐"。更无天子"驾雕轸,六骏驳",率"五军六师",既不是为了"因兹以威戎夸狄,耀威灵而讲武事",所以也不称颂"皇恩溥,洪德施"。不讲究礼制时节,而是"朔别期晦,匪日匪旬",这就是蜀中富豪的自我娱游:

若夫王孙之属,邠公之伦。从禽于外,巷无居人。并乘骥子,俱服

鱼文。玄黄异校,结驷缤纷。蹴蹹蒙笼,涉寥廓。鹰犬倏睒,弸罗络幕。

毛群陆离,羽族纷泊。翕响挥霍,中网林薄。

所猎也并非奇禽异兽,无非蜀中物产:"屠麎麖,翦㺍麈。带文蛇,跨雕虎","戟食铁之兽,射噬毒之鹿。晶貐泯于蘷草,弹言鸟于森木"。田猎之后,他们又于水上行乐:

殆而揭来,相与第如滇池,集于江洲。试水客,舣轻舟。娉江斐,与

神游。罨翡翠,钓鳣鲉。下高鹄,出潜虬。吹洞箫,发棹讴。感鲟鱼,动

阳侯。

他们在水上行舟,似有江斐神女的伴游,捕水鸟,钓江鱼,发讴吹箫,足以使群鱼涌动,江波作浪,显现蜀都"斯盖宅土之所安乐,欢听之踊跃"中蜀人的优游自得。

或许正是西蜀公子的口吻,《蜀都赋》流露了蜀人的情感角色意识,展现蜀都的山川锦绣和人文风貌,虽着力发挥赋的铺采摛文的本色,造语中也不乏诗歌意象似的创设。赋中描写蜀都牂牁、犍为一带:"山阜相属,含溪怀谷,岗峦纠纷,触石吐云"。大小山岭依傍相连,岗峦起伏,纵横交错,"触石吐云",写出高峻的山势层云舒卷的生动,而"含溪怀谷"表现了广阔的高原的宏大与宽容。叙其蜀都山河的险阻,以"一人守隘,万夫莫向"形容地势险要,虽化用了《淮南子》和张载《剑阁铭》的用语。写蜀锦制作,"阛阓之里,伎巧之家。百室离房,机杼相和。贝锦斐成,濯色江波","机杼相和"不仅写出了制作的繁荣,更以其声相和写出有如

乐章般悦耳的欢乐。而展示蜀锦色彩，以贝锦形容其光泽瑰丽，以江波形容其色泽的纯美，凸显了蜀中锦江之水特有的天然资源。写水中游鱼，"差鳞次色，锦质报章。跃涛戏濑，中流相忘"，以鱼鳞的闪射，既写出了江水的清澈澄明，又写出了鱼的游动戏跃，自由自在，借《庄子》的典故，似乎寄寓了忘怀得失的乐趣，或许是对蜀人闲适自得的人生体会。不过，《蜀都赋》是《三都赋》的第一篇，开头有了西蜀公子言于东吴王孙的引言，而至终篇都无照应，当然就为《吴都赋》的展开、《魏都赋》的烘托埋下伏笔，西蜀公子也就最终完成了他陪衬角色的使命。

（熊良智　牟　歆）

白　发　赋　　　　　　　　左　思

　　星星白发，生于鬓垂①。虽非青蝇②，秽我光仪。策名观国③，以此见疵。将拔将镊，好爵是縻④。

　　白发将拔，怒然⑤自诉："禀命不幸，值君年暮。逼迫秋霜，生而皓素。始览明镜，惕然⑥见恶。朝生昼拔，何罪之故？子观桔柚，一暠一晔⑦，贵其素华，匪尚绿叶。愿戢子之手，摄子之镊。

　　咨尔白发："观世之途，靡不追荣，贵华贱枯。赫赫闾阎⑧，蔼蔼紫庐⑨。弱冠来仕，童髫献谋⑩。甘罗乘轸⑪，子奇剖符⑫。英英终贾⑬，高论云衢。拔白就黑。此自在吾。"

　　白发临欲拔，瞑目号呼："何我之冤，何子之误！甘罗自以辩惠见称，不以发黑而名著。贾生自以良才见异，不以乌鬓而后举。闻之先民，国用老成。二老归周⑭，周道肃清。四皓⑮佐汉，汉德光明。何必去我，然后要荣？"

　　咨尔白发："事各有以⑯，尔之所言，非不有理。曩贵耆耄⑰，今薄旧齿。蟠蟠荣期⑱，皓首田里。虽有二毛⑲，河清难俟⑳。随时之变，见叹孔子㉑。"

　　发乃辞尽，誓以固穷。昔临玉颜，今从飞蓬㉒。发肤至昵，尚不克终。聊用拟辞，比之国风。

〔注〕　①鬓垂：鬓发下垂处，即鬓角。　②青蝇：苍蝇。《诗经·小雅·青蝇》："营营青蝇，止于樊。"　③策名：留名于策，指出仕。观国：参与国事。　④縻：本义为拴牛的绳子，

引申为牵系。好爵是縻：求取高官厚爵。　⑤ 怒然：忧虑，伤痛。　⑥ 惕然：忧惧。　⑦ 暠：通"皓"，洁白。晔：光亮。　⑧ 赫赫：显著盛大。闾阖：皇宫正门。　⑨ 蔼蔼：众多。紫庐：指皇宫。⑩ 献谟：献策。　⑪ 甘罗：战国楚人，十二岁乘车出使赵国，说服赵王献城，被秦王封为上卿。　⑫ 子奇：春秋齐国人，十六岁奉齐王命治理阿县。剖符：古时君王把符节剖为两半，与使臣各执其一。　⑬ 终贾：终军和贾谊。　⑭ 二老：伯夷叔齐。　⑮ 四皓：秦末隐居商山的四个隐士，即东园公、甪里先生、绮里季和夏黄公。　⑯ 以：原因。　⑰ 耆耄：六十为耆，八十为耄，泛指老人。　⑱ 皤皤：形容白发。荣期：荣启期，春秋时隐士，年九十而鹿裘带索，鼓琴而歌，为孔子所赞。　⑲ 二毛：头白有二色。　⑳ 河清难俟：传说黄河千年一清，比喻时间久远难以等待。　㉑ "随时"句：相传孔子所作《彖辞》中有："随时之义大矣哉。"　㉒ 飞蓬：飞散的蓬草。《诗经·伯兮》："自伯之东，首如飞蓬。"

左思才华出众而家世寒微，又"貌寝，口讷"（《晋书·文苑传》），不善交游权贵，在门阀森严的晋朝始终不得重用。他虽有"振衣千仞岗，濯足万里流"的气魄和"铅刀贵一割，梦想骋良图"的志向，然而现实却是"世胄蹑高位，英俊沉下僚"（《咏史》）。长期怀才不遇的苦闷和强烈的自尊心交互作用，使他不能不牢骚满腹，借诗文一展胸中郁结。《白发赋》是一篇抒愤之作，作者假借自己与白发的辩论来抨击轻薄世态，嬉笑怒骂、且嘲且谑，抒发了仕途坎坷、才高命蹇的苦涩和郁闷。

《白发赋》采用辞赋中传统的对话体，以"我"和白发的争论贯穿始终。首句点题，"我"因为白发生于鬓角，生怕它像苍蝇一样玷污仪表，妨碍"我"仕途上进、求取"好爵"，因此打算把它拔去。"青蝇"出自《诗经》，本来指蝇营狗苟之小人，在这里却跟白发联系在了一起。"策名"出自《左传》，"观国"出自《易经》，严肃堂皇的用词透出无尽的讽刺意味，而接下来的"将拔将镊，好爵是縻"更是辛辣。"好爵"一词出自《易经·中孚卦》，"我有好爵，吾与尔縻之"，历来认为只要修身立德，自然会有好的运气，然而"我"为了求取官爵而不惜毁损身体发肤，抛弃操守，完全违背了君子之道。开篇短短三十二个字，已经奠定了全文的讽刺基调。

接下来白发和"我"的争论是全篇的主体。白发不甘被拔，先是动之以情，"怒然"陈诉，表明白发的出现是因为自然规律，并非白发自己的错误，何罪之有？再比如桔柚，人们也总是喜欢白花多过绿叶，可见白色并非低贱，希望"我"能够停手，不要拔它。而"我"不以为然，以世人皆爱荣华富贵为由，举出甘罗、子奇、终军、贾谊等人少年得志的例子，一定要拔除白发。"我"既如此坚决，无法动之以情，白发继而晓之以理，反驳说甘罗、贾谊等人是因为自身的才华而受重用，跟年少与否根本毫无关系。而且比起少年得志，老成持国、大器晚成的例子更多，因为想要追求荣华富贵而拔除白发，根本就是南辕北辙、缘木求鱼。白发虽然振振有词，然而"我"举出现实作为例证。世异时移，现在老成之人早就不受爱戴，要想等到出人头地，恐怕等一千年也未必如愿。孔子尚且有"随时之变"，知道与时俱进，何况是"我"呢？白发遂哑口无言，只能发誓自己宁肯固守贫困也不愿随波逐流，结束了这场争论。

这段辩论充满了讽刺意味，所谓"赫赫闾阎，蔼蔼紫庐"，其中奔走的不过都是些"靡不追荣"的浅薄庸俗之人，这些庸人倒果为因，把甘罗、贾谊等人得志的原因归结为"发黑""乌鬓"，争相竞荣，蔑视真正的才能与德行，何其荒唐！作者一腔激愤，借荒唐之言而指斥现实，更故意扭曲孔子的"随时"之义来把这种荒唐的谬论推向极端。白发之可悯可敬、"我"之可笑可耻形成鲜明的对比，令人在会心一笑之外感受到不平与抑郁。

作者卒章显志，以"发肤至昵，尚不克终"敲响警钟。头发自是人身小事，然而关乎体面与尊严，更关乎内心的操守，那些抛弃自我尊严、蝇营狗苟于富贵荣华之人连最亲密的发肤都不能有始有终，又何况是事君治国呢？"聊用拟辞，比之国风"，《白发赋》不仅刺世，更表达了那些在门阀制度之下难以实现自我价值的寒微士人的无力与悲哀。

（孔燕妮）

陆　机

【作者小传】

（261—303）　字士衡，吴郡吴县华亭（今上海松江）人。太康八年（287）与弟陆云至洛阳，文才倾动一时，时称"二陆"。曾任国子祭酒、太子洗马、著作郎。永康元年（300），赵王司马伦任为相国参军，次年，任为中书郎。伦败，成都王司马颖荐为平原内史，世称"陆平原"。太安二年（303），成都王司马颖起兵攻长沙王司马乂，陆机为前锋都督，兵败，被谗，为颖所杀。所作《文赋》为古代重要文学论文。曾著《晋纪》《洛阳记》，今不存。所书章草《平复帖》流传至今，为书法珍品。原有集，已佚，明人辑有《陆士衡集》。

叹　逝　赋并序　　　　　　陆　机

昔每闻长老①追计平生同时亲故，或凋落已尽，或仅有存者。余年方四十，而懿亲戚属②亡多存寡，昵交密友亦不半在。或所曾共游一途，同宴一室，十年之内，索然③已尽。以是思哀，哀可知矣。乃作赋曰：

伊天地之运流④，纷升降而相袭⑤。日望空以骏驱⑥，节循虚而警立⑦。嗟人生之短期，孰长年之能执⑧！时飘忽其不再，老晼晚⑨其将及。怨琼蕊之无征⑩，恨朝霞之难挹⑪。望汤谷以企予⑫，惜此景之屡戢⑬。

悲夫，川阅⑭水以成川，水滔滔而日度，世⑮阅人而为世，人冉冉⑯而行暮。人何世而弗新，世何人之能故⑰？野每春其必华，草无朝而遗露。经终古而常然，率品物其如素⑱。譬日及⑲之在条，恒虽尽而不寤⑳。虽不寤而可悲，心惘焉而自伤。亮㉑造化之若兹，吾安取夫久长！

痛灵根之夙陨㉒，怨具尔㉓之多丧。悼堂构之颓瘁㉔，悯城阙之丘荒。亲弥懿其已逝，交何戚而不亡。咨余今之方殆㉕，何视天之茫茫㉖。伤怀凄其多念，戚貌瘁而鲜欢。幽情发而成绪，滞思㉗叩而兴端。惨此世之无乐，咏在昔㉘而为言。

居充堂而衍宇，行连驾而比轩㉙。弥年时其讵几㉚，夫何往而不残㉛。或冥邈㉜而既尽，或寥廓而仅半。信松茂而柏悦，嗟芝焚而蕙叹。苟性命之弗殊，岂同波而异澜。瞻前轨之既覆，知此路㉝之良难。启四体㉞之深悼，惧兹形之将然。毒娱情之寡方㉟，怨惑目之多颜㊱。谅多颜之惑目，神何适而获怡。寻平生于响像㊲，览前物而怀之。

步寒林以悽恻，玩春翘㊳而有思。触万类以生悲，叹同节而异时㊴。年弥往而念广，途薄暮而意迮㊵。亲落落而日稀，友靡靡而愈索。顾旧要㊶于遗存，得十一于千百。乐隤心其如忘，哀缘情而来宅㊷。托末契于后生，余将老而为客㊸。

然后弭节㊹安怀，妙思天造㊺，精浮神沦㊻，忽在世表。悟大暮之同寐，何矜晚以怨早㊼。指彼日之方除㊽，岂兹情之足搅。感秋华于衰木，瘁零露于丰草。在殷忧㊾而弗违，夫何云乎识道！将颐天地之大德㊿，遗圣人之洪宝[51]，解心累于末迹[52]，聊优游以娱老。

〔注〕 ① 长老：老一辈人。 ② 懿亲：至亲。戚属：亲属。 ③ 索然：乏，尽。 ④ 伊：惟也，发语词。运流，运行流转，指时间推移变化。 ⑤ 升降：《礼记》："地气上齐，天气下降，而百化兴焉。"指天地运行，四季交替。相袭，相因。 ⑥ 望空：日月在天空运行。骏驱：急速运转。 ⑦ 循虚：随天。虚：指天空。警立：惊动而立。 ⑧ 能执：能执持长久。 ⑨ 晼晚：迟暮。《楚辞·九辩》："白日晼晚其将入兮，明月销铄而减毁。" ⑩ 怼：怨。琼蕊：玉英，传说服之能延年益寿。《西京赋》："屑琼蕊以朝餐，必性命之可度。"徼：求。 ⑪ 朝霞：传说服用朝霞可长生不老。挹：酌取。 ⑫ 汤谷：即旸谷，传说中日出之处。企予：踮脚。《诗经·卫风·河广》："谁谓宋远，跂予望之。" ⑬ 戢：隐藏。 ⑭ 阅：总集。 ⑮ 世：代。 ⑯ 冉冉：渐进之貌。 ⑰ 能故：能如故。世何人之能故，言何人能如故而不死。 ⑱ 率：大凡。品物：万物。如素：如故。 ⑲ 日及：木槿，朝开而夕谢。 ⑳ 寤：同"悟"。 ㉑ 亮：相信。㉒ 灵根：比喻先祖和先父。夙陨：早亡。 ㉓ 具尔：代指兄弟。《诗经·大雅·行苇》："戚戚兄弟，莫远具尔。" ㉔ 堂构：堂基与屋宇。颓瘁：毁坏。 ㉕ 咨：嗟叹。殆：危也。 ㉖ 茫茫：犹梦梦，昏乱不明。《诗经·小雅·正月》："民今方殆，视天梦梦。" ㉗ 滞思：郁结的情思。㉘ 在昔：往昔。 ㉙ 驾：车驾。轩：轩车。 ㉚ 弥年时：得享天年。讵几：没有多少。㉛ 残：指死亡。 ㉜ 冥邈：幽远，指死亡。 ㉝ 此路：即向死之路。 ㉞ 启四体：启开衾布，确认四体保全。《论语·泰伯》："曾子有疾，召门弟子曰：'启予足，启予手。'" ㉟ 毒：恨。方：方法。 ㊱ 感目：眼见。多颜：死亡之状非止一端。 ㊲ 响像：音容笑貌。 ㊳ 翘：茂盛貌。 ㊴ 同节而异时：四季如故而物是人非。 ㊵ 迮（zé）：急迫。 ㊶ 旧要：老朋友。㊷ 隤心：从心中消逝。宅：定居。 ㊸ 客：《古诗十九首》："人生天地间，忽如远行客。"言将欲老死，成为过客。 ㊹ 弭节：驻节，停车。 ㊺ 天造：天地造化之理。 ㊻ 精浮神沦：神思不定。沦：没。 ㊼ 大暮：长夜，指死去。寐：犹死也。《古诗十九首》："潜寐黄泉下，千载永不寤。"矜晚以怨早：夸耀晚死，哀怨早夭。 ㊽ 彼日：死日。方除：刚刚过去。 ㊾ 殷忧：深忧。 ㊿ 颐：保养。天地大德：指生命。 (51) 圣人之洪宝：指帝王禄位。 (52) 解心累：解除心结。末迹：老年。

陆机是西晋最富创新性、所涉文学种类最为广博的作家，诗文辞赋，靡所不善，而且在文艺批评领域也成就颇高。他非常重视文辞的精炼与典雅，诗文博赡华美，将曹植以来文学创作的唯美倾向推向另一个高峰。钟嵘《诗品》将他列为上品，评价他"其源出于陈思。才高词赡，举体华美。……咀嚼英华，厌饫膏泽，文章之渊泉也。"所论虽然是陆机的诗歌，但他的文章辞赋也有同样的特征。

依文前序言，《叹逝赋》是陆机于四十岁左右写的一篇悼念亡者而感伤身世的赋文，充满了浓厚的忧郁、眷恋与悲怆之情。文章的一开始就提出一个命题："嗟人生之短期，孰长年之能执！"人生苦短，谁人能长生不老？从宋玉《九辩》到《古诗十九首》，恐惧死亡、哀叹生命短促一直都是文学中的重要主题，"岁忽忽而遒尽兮，老冉冉而愈弛""愿徼幸而有待兮，泊莽莽与野草同死""人生寄一世，奄忽若飙尘""浩浩阴阳移，年命如朝露"。但《九辩》侧重的是岁月流逝的悲哀和虚度生命的怅惘，《古诗十九首》虽然哀叹死亡，失意彷徨，但尚能在生活中寻找到安慰,或者及时行乐,"斗酒相娱乐""极宴娱心意""荡涤放情志""被服纨与素""为乐当及时";或者谋求禄位,"先据要路津""立身苦不早";或者回乡安度岁月,"思还故里闾"。而《叹逝赋》中看不到任何可以寄托之事物,对死亡的看法也已越过感性直觉而进入某种理性的思索。

"川阅水以成川,水滔滔而日度,世阅人而为世,人冉冉而行暮。"这里提出了一组对立的概念——人与世,即个人与他所处的群体。魏晋是个人意识初步觉醒的时期,群体对个人的压抑、个人对群体的抗争在心灵最敏感的一批作家笔下时露端倪,他们对生死、生存价值等主题的思索比以往任何时候都更加深入和细腻。"人何世而弗新,世何人之能故?"人世代代更新,但是没有任何个体能够永存。个体消亡于群体之中,就如同水消失在河流之中,这是群体对个人的胜利,也是个人最大的悲哀。"野每春其必华,草无朝而遗露。"历来写朝露都侧重其短促易逝,而这里却侧重于露水之"遗"。个人独特的生命价值终将磨灭,就像露水一样留不下任何痕迹,这比死亡本身更令人悲痛。何况虽然"野每春其必华",然而"譬日及之在条,恒虽尽而不寤",木槿花朝开暮谢,生命短促到只有一天,今日之花已非昨日,而木槿花却根本意识不到自己的悲剧,只有作者在替它悲痛。这种对个体生命而非"种类"的珍视和惋惜开启了后世无数的文学作品,例如"年年岁岁花相似,岁岁年年人不同。"(刘希夷《代悲白头翁》)"人生代代无穷已,江月年年只相似。"(张若虚《春江花月夜》)"无可奈何花落去,似曾相识燕归来。"(晏殊《浣溪沙》)无论花、燕,还是人,都只是相似而已,生命是唯一的,逝去了永不再来,无法安慰、无法开解。

"痛灵根之夙陨,怨具尔之多丧",从这一段到"寻平生于响像,览前物而怀之",作者哀悼、怀念宗族和亲友的死亡,其中隐隐透露了对故国的思念和对现实的不满与恐惧。陆机出身名门,祖父与父亲名满天下,自己又博学多才,自然有着重振家声的自我期许,"咏世德之骏烈,诵先人之清芬"(《文赋》)。"但恨功名薄,竹帛无所宣。"(《长歌行》)"日归功未建,时往岁载阴。"(《猛虎行》)但他同时又是前朝旧臣,面对西晋朝廷的猜忌,不能不常怀怵惕之心。且西晋末年政局混乱,皇室贵族彼此倾轧,阴谋与流血事件层出不穷,无数士人惨遭杀戮,这些都给作者带来了巨大的心理压力。哀叹亡者之多、范围之广的句子在文中反复出现,"十年之内,索然已尽""亲弥懿其已逝,交何戚而不亡""弥年时其讵几,夫何往而不残""亲落落而日稀,友靡靡而愈索。顾旧要于遗存,得十一于千百",哀音遍布全篇,作者心中的悲痛、郁愤、恐惧可想而知。追忆亲故是老年所做之事,而作者年方四十就已经亲朋好友"索然已尽",这并不正常,所谓"何戚而不亡""何往而不残"，强烈的语气更是透露出来这并非正常死亡，而是横死。事实也是如此。公元300年，也就是作者序言中所写"余年方四十"这一年，张华、潘岳等人皆因卷入八王之乱而被杀害，这都是当年和作者"连驾而比轩"，同出同入的好友。身外全是腥风血雨，仕途险恶，命运无法自主、生命朝不保夕，这种情况下，作者不由发出了"咨余今之方殆，何视天之茫茫"的呼号。这是对晋王室的控诉，也是整篇赋文情感的高峰。

"毒娱情之寡方""神何适而获怡"，死亡无法安慰，无法获得任何形式的补偿，心灵永远也得不到解脱。这是前文就已经得出的结论，此处再次证明了这一点，而且在悲痛、绝望中更添了一层焦灼。"年弥往而念广，途薄暮而意迮"，无法解脱，但作者仍然渴望解脱。"寻平生于响像，览前物而怀之"不足以解脱，睹物思人只能更加悲痛；"步寒林以悽恻，玩春翘而有思"，游览漫步也并不能让作者的心灵得到缓解，"触物类以生悲"，所见所闻无不令人感伤。天地犹如一张巨网，没为作者留下任何可能的出路。这既是现实政治的残酷，也是作者心灵的末路。"乐隤心其如忘，哀缘情而来宅"，欢乐久已遗忘，悲哀缠绕心头永不放松。作者意识到、并且预料到了自己的命运，"托末契于后生，余将老而为客"，"我"将归去，如同世上的过客，如同滔滔的水流，如同消逝的露珠，如同凋谢的木槿花。作者比任何人都更意识到死亡的可怕，却最终只能向死亡寻求平静和解脱，这是何等的悲哀、何等的绝望！

至于最后一段的"悟大暮之同寐，何矜晚以怨早"，不过是百无聊赖的敷衍和麻醉，而所谓"颐天地之大德，遗圣人之洪宝""解心累于末迹，聊优游以娱老"就更像是某种自嘲和佯狂。当时的政治环境根本就不允许作者悠游世外，黑暗已经来临，死亡已经来临。"信松茂而柏悦，嗟芝焚而蕙叹。苟性命之弗殊，岂同波而异澜。瞻前轨之既覆，知此路之良难。"兔死狐悲，友人的死亡早已预兆了他的命运。三年之后，陆机因兵败被谗，触怒成都王司马颖，被害身亡，夷三族。作者的生命消逝了，然而"陆机"这个名字却并没有消逝在历史的长河中，他深沉的情感、敏锐的思致、出众的艺术才能为他赢下了应有的声名，他的生命永远留在了他的作品之中。

（孔燕妮）

文　赋_{并序}　　　　　陆　机

余每观才士之所作，窃有以得其用心。夫其放言遣辞，良多变矣，妍蚩好恶，可得而言。每自属文，尤见其情。恒患意不称物，文不逮意①，盖非知之难，能之难也②。故作文赋，以述先士之盛藻，因论作文之利害所由，他日殆可谓曲尽其妙。至于操斧伐柯，虽取则不远③，若夫随手之变，良难以辞逮，盖所能言者，具于此云尔。

伫中区以玄览④，颐情志于典坟⑤。遵四时以叹逝，瞻万物而思纷。悲落叶于劲秋，喜柔条于芳春。心懔懔以怀霜⑥，志眇眇而临云。咏世德之骏烈⑦，诵先人之清芬⑧。游文章之林府，嘉丽藻之彬彬⑨。慨投篇而援笔，聊宣之乎斯文。

其始也，皆收视反听⑩，耽思傍讯⑪，精骛八极，心游万仞。其致也，情曈昽而弥鲜，物昭晰而互进⑫，倾群言之沥液，漱六艺之芳润⑬，浮天渊以安流，濯下泉而潜浸⑭。于是沈辞怫悦，若游鱼衔钩而出重渊之深；浮藻联翩，若翰鸟缨缴而坠曾云之峻⑮。收百世之阙文，采千载之遗韵。谢朝华于已披，启夕秀于未振⑯。观古今于须臾，抚四海于一瞬。

然后选义按部，考辞就班⑰，抱景者咸叩，怀响者毕弹⑱。或因枝以振叶，或沿波而讨源。或本隐以之显，或求易而得难。或虎变而兽扰，或龙见而鸟澜⑲。或妥帖而易施，或岨峿而不安⑳。罄澄心以凝思，眇众虑而为言㉑，笼天地于形内，挫万物于笔端㉒。始踯躅于燥吻，终流离于濡翰㉓。理扶质以立干，文垂条而结繁。信情貌之不差，故每变而在颜㉔。思涉乐其必笑，方言哀而已叹。或操觚以率尔，或含毫而邈然㉕。伊兹事之可乐，固圣贤之所钦。课虚无以责有，叩寂寞而求音，函绵邈于尺素，吐滂沛乎寸心㉖。言恢之而弥广，思按之而逾深，播芳蕤之馥馥，发青条之森森，粲风飞而猋竖，郁云起乎翰林㉗。

体有万殊，物无一量，纷纭挥霍㉘，形难为状。辞程才以效伎㉙，意司契而为匠㉚，在有无而黾勉，当浅深而不让。虽离方而遁圆㉛，期穷形而尽相。故夫夸目者尚奢，惬心者贵当，言穷者无隘，论达者唯旷㉜。

诗缘情而绮靡，赋体物而浏亮。碑披文以相质㉝，诔缠绵而凄怆。铭博约而温润，箴顿挫而清壮。颂优游以彬蔚[34]，论精微而朗畅。奏平彻以闲雅，说炜晔而谲诳[35]。虽区分之在兹，亦禁邪而制放[36]。要辞达而理举，故无取乎冗长。

其为物也多姿，其为体也屡迁。其会意也尚巧，其遣言也贵妍。暨音声之迭代，若五色之相宣[37]。虽逝止之无常，固崎锜而难便[38]。苟达变而识次，犹开流以纳泉。如失机而后会，恒操末以续颠。谬玄黄之秩叙，故淟涊[39]而不鲜。

或仰逼于先条，或俯侵于后章[40]，或辞害而理比[41]，或言顺而义妨。离之则双美，合之则两伤。考殿最于锱铢，定去留于毫芒[42]。苟铨衡之所裁，固应绳其必当。

或文繁理富，而意不指适[43]。极无两致，尽不可益[44]。立片言而居要，乃一篇之警策[45]。虽众辞之有条，必待兹而效绩。亮功多而累寡，故取足而不易。

或藻思绮合，清丽芊眠[46]。炳若缛绣，凄若繁弦[47]。必所拟之不殊，乃闇合乎曩篇。虽杼轴[48]于予怀，怵他人之我先。苟伤廉而愆义，亦虽爱而必捐。

或苕发颖竖[49]，离众绝致[50]。形不可逐，响难为系[51]。块孤立而特峙，非常音之所纬[52]。心牢落而无偶，意徘徊而不能揥[53]。石韫玉而山辉，水怀珠而川媚[54]。彼榛楛之勿翦，亦蒙荣于集翠[55]。缀《下里》于《白雪》，吾亦济夫所伟。

或讬言于短韵[56]，对穷迹而孤兴。俯寂寞而无友，仰寥廓而莫承。譬偏弦之独张[57]，含清唱而靡应。或寄辞于瘁音[58]，言徒靡而弗华。混妍蚩而成体，累良质而为瑕。象下管之偏疾[59]，故虽应而不和。或遗理以存异，徒寻虚以逐微[60]。言寡情而鲜爱，辞浮漂而不归。犹弦么而徽急[61]，故虽和而不悲[62]。或奔放以谐合，务嘈囋而妖冶。徒悦目而偶俗[63]，固高声而曲下。寤《防露》与《桑间》[64]，又虽悲而不雅。或清虚以婉约，每除烦而去滥。阙大羹之遗味，同朱弦之清汜[65]。虽一唱而三叹，固既雅而不艳。

若夫丰约之裁，俯仰之形⑥，因宜适变，曲有微情。或言拙而喻巧，或理朴而辞轻。或袭故而弥新，或沿浊而更清。或览之而必察，或研之而后精。譬犹舞者赴节以投袂⑥，歌者应弦而遣声。是盖轮扁所不得言⑥，故亦非华说之所能精⑥。

普辞条与文律，良余膺之所服⑥。练世情之常尤⑦，识前脩之所淑⑦。虽濬发于巧心⑦，或受嗤于拙目。彼琼敷与玉藻⑦，若中原之有菽⑦。同橐籥之罔穷⑦，与天地乎并育。虽纷蔼于此世，羌不盈于予掬。患挈瓶之屡空⑦，病昌言之难属⑦。故踸踔于短韵⑦，放庸音以足曲。恒遗恨以终篇，岂怀盈而自足。惧蒙尘于叩缶，顾取笑乎鸣玉⑧。

若夫应感之会⑧，通塞之纪，来不可遏，去不可止。藏若景灭，行犹响起。方天机之骏利⑧，夫何纷而不理。思风发于胸臆，言泉流于唇齿。纷葳蕤以馺遝⑧，唯毫素之所拟⑧。文徽徽以溢目⑧，音泠泠而盈耳⑧。及其六情底滞⑧，志往神留⑧，兀若枯木，豁若涸流⑧。揽营魂以探赜，顿精爽而自求⑨。理翳翳而愈伏，思乙乙其若抽⑨。是以或竭情而多悔，或率意而寡尤。虽兹物之在我，非余力之所戮⑨。故时抚空怀而自惋，吾未识夫开塞之所由。

伊兹文之为用，固众理之所因。恢万里而无阂⑨，通亿载而为津。俯贻则于来叶⑨，仰观象乎古人。济文、武于将坠⑨，宣风声于不泯⑨。涂无远而不弥⑨，理无微而弗纶⑧。配沾润于云雨⑨，象变化乎鬼神。被金石而德广，流管弦而日新。

〔注〕　①文不逮意：文章不能把想要表达的意思表达出来。逮：及。　②能：实行。　③则：法则。《诗经·豳风·伐柯》："伐柯伐柯，其则不远。"这句是说离古人之法不远。　④中区：区中，宇宙之中。玄览：深察。　⑤颐：陶冶。典坟：《三坟》《五典》，泛指古代典籍。　⑥懔(lǐn)懔：戒慎。　⑦世德：祖先的功德。骏烈：丰功伟绩。　⑧清芬：高洁的德行。　⑨彬彬：文质兼备。　⑩收视反听：收回视力和听力。指全神贯注，聚精会神。　⑪耽思傍讯：深入思索，广泛探求。　⑫"其致"句：（文思）到来的时候，情思从微明变得鲜明，物象清晰地纷至沓来。曈昽：日初出渐明貌。　⑬沥液、芳润：比喻经典之精华。　⑭"浮天"句：形容文思上天入地，无处不到。　⑮"于是"句：吐辞艰涩，如同鱼从深水中被钓出，辞藻涌现，如同飞鸟被带绳的箭从高天上射下。怫悦：犹怫郁，形容吐辞艰涩。缨：缠绕。缴：箭上丝绳。

〔342〕 陆 机　　　　　　　　　　　　　　　　　　　　　　　　文赋

⑯披、振：开放。　⑰选义按部，考辞就班：两句互文，指按照部类位次挑选合适的文辞。
⑱景：同"影"，影子。响：回声。　⑲"或虎"句：意思是主旨一旦确立，其余自然纲举目张。
虎变：老虎毛色变化，斑斓生色。兽扰：百兽驯服。见：通"现"。澜：分散。　⑳岨(jǔ)峿
(yǔ)：不合，互相抵触。　㉑馨澄"句：排除杂念专心思考，深思熟虑以形成语言。馨：尽。
澄心：静心。眇：通"妙"，精妙。　㉒笼天"句：囊括天地于胸中，融会万物于笔端。笼：囊
括。形内：胸中。挫：折服。　㉓燥吻：干燥的唇舌。濡翰：湿润的笔端。　㉔"信情"句：
人的思想感情和外貌确实一致，内心的情感变化总能体现在表情上。　㉕操觚(gū)：手持木
简。率尔：不经意。含毫：含笔于口中。邈然：渺茫。　㉖"函绵"句：在有限篇幅中容纳悠
远情思，从方寸之心中倾吐丰富事理。函：含也。绵邈：长久、悠远。滂沛：盛大。　㉗猋
(biāo)：旋风，暴风。郁云：浓云。翰林：文坛。　㉘挥霍：变化疾速。　㉙程才：展示才能。
效伎：表现技巧。　㉚司契：掌握法规。　㉛方、圆：规矩。　㉜"故夫"句：喜欢炫耀者崇
尚华丽辞藻，喜欢合理者重视语言精当，立论极端者言辞酣畅，言论通达者气势旷放。　㉝相
质：文质相当。　㉞彬蔚：文采斐然。　㉟炜晔：鲜明。谲诳：奇诡诱人。　㊱禁邪、制放：
禁止邪僻放肆。　㊲迭代：辗转交替。相宣：互相辉映。　㊳逝止：去留，指语辞取舍。崎
锜：不安。难便：难以适合。　㊴涊(tiǎn)涊(niǎn)：污浊。　㊵"或仰"句：或者与前文抵
触，或者与后文龃龉。　㊶理比：道理通顺。　㊷殿最：古代考核官员，上等为最，下等为殿。
锱铢、毫芒：比喻极细微之处。　㊸指适：合乎主旨。　㊹极无两致，尽不可益：明确旨意，
不能含糊两端，意思已尽就不必赘述。　㊺警策：以马策比喻文中警句。文章因为警句而意
义突出，犹如马因鞭策而驰骋得更快。　㊻芊眠：光彩美丽。　㊼炳：光耀。凄：动人。
㊽杼轴：织布工具，比喻构思文章。　㊾苕(tiáo)发颖竖：比喻出类拔萃。苕：芦苇的花穗。
颖：禾穗。　㊿离众绝致：超出一般言辞与思致。　51 形不可逐，响难为系：譬如影子追不
上形体，回音赶不上原声。　52 块：形容孤独。特峙：突出。纬：织布时的横线，比喻配合。
53 牢落：犹寥落。掭(dì)：去除。　54 "石韫"句：比喻佳句犹如美玉和珍珠，使文章熠熠生
辉。　55 榛楛(hù)：小灌木，比喻凡庸之文词。蒙荣：蒙受光辉。集翠：翠鸟止息。　56 短
韵：短小文章。　57 偏弦：孤弦。　58 瘁音：疲弱浮靡之辞。　59 下管：堂下吹管。
60 虚：虚饰。微：末节。　61 么：细小。徽：琴上指示音节的标识，代指音调。　62 悲：感
人。　63 偶俗：迎合世俗。　64《防露》《桑间》：代指庸俗之曲。　65 大羹：不调五味的肉
羹。遗味：余味。清汜：形容古乐质朴。　66 俯仰之形：指文章的结构和气势。　67 投袂：
挥动衣袖。　68 轮扁：春秋时齐国工匠，曾和齐桓公辩论，认为技艺的精义只能心领神会，无
法言传。　69 华说：华丽的言辞。精：阐明。　70 服：服膺。　71 练：精熟。常尤：通病。
72 前脩：前贤。淑：善。　73 濬发：迅速开发。　74 敷：开花，代指花。　75 中原之有菽：
比喻可以勤力求得。《诗经·小雅·小宛》："中原有菽，庶民采之。"菽：豆。　76 橐(tuó)籥
(yuè)：冶铁时用来鼓风的器具，比喻自然。《老子》："天地之间，其犹橐籥乎？"　77 挈瓶：提着
瓶子(的智慧)，比喻只有小聪明的人。《左传·昭公七年》："虽有挈瓶之智，守不假器。"　78 昌
言：恰当的言论。　79 踸(chěn)踔(chuō)：跛行貌。　80 鸣玉：指玉磬。　81 应感：灵感。
82 天机：犹自然，代指灵感。　83 驶(sà)遝(tà)：形容众多。　84 毫素：笔与纸。　85 徽徽：
形容文采华美。　86 泠泠：形容声音清脆。　87 底滞：板滞，停滞。　88 志往神留：失魂落
魄，神思不属。　89 兀：呆立。豁：空虚。　90 营魂：魂魄。探赜：探索幽微。顿：提起。
爽：精神。　91 乙乙：通"轧轧"，形容艰涩。　92 戮：并(力)。　93 阈：界限。　94 贻则：
留下法则。　95 文、武：周文王、周武王。泛指道统。　96 风声：风教。　97 弥：包括。

(98) 纶：涵盖。　(99) 沾润：滋润。

陆机不仅是诗文大家，在文艺理论上也颇有建树。《文赋》是一篇主要从创作角度来讨论文学问题的文学批评著作，而且本身就是一篇出色的文学作品。作者在序言中说明写作目的："恒患意不称物，文不逮意，盖非知之难，能之难也。"《文赋》讨论的不是"知"，而是"能"，作者以自己的文学实践为基础，对创作过程做了生动的描述和分析，其中尤其重视作家的"灵感"。

从"伫中区以玄览"到"抚四海于一瞬"，作者先是分析了和灵感有关的各个因素：学识素养、情物交感、创作动机。值得注意的有几点：一、作者把学识素养放在第一点，这体现了陆机本人重视才能、标榜学问的特点。二、作者区分了物之感人和人之择物，"悲落叶于劲秋，喜柔条于芳春"是物之感人，而"心懔懔以怀霜，志眇眇而临云"则是先有感情而后选择适合的意象。三、作者在述及创作动机时，将因为文章本身（丽藻之彬彬）而产生的创作冲动并列于因为颂扬功业（世德之骏烈）和咏唱德行（先人之清芬）而产生的创作冲动，其实是对"立德""立功""立言"三不朽在文学创作中的启发作用加以不动声色的辨析，很容易能看出"游文章之林府，嘉丽藻之彬彬"才是作者论述的重心。这和曹丕在《典论·论文》的说法"盖文章，经国之大业，不朽之盛事。年寿有时而尽，荣乐止乎其身，二者必至之常期，未若文章之无穷"是一致的，都是对文学本身的重视和强调。

在分析了灵感的要素之后，作者用十分生动的笔法描绘了灵感作为一种思维活动的运行特征。灵感的产生需要全神贯注，心无旁骛。灵感不受任何拘束，超越时空的阻隔，升天入地，无所不到。它的基本要素也就是文学作品的基本要素，即情感和物像，二者在灵感的运行下越来越鲜明、清晰，并最终化为具体文辞。这个过程也有三点值得注意：一、作者再次体现出了对渊博学识和文学积累的重视，所谓"倾群言之沥液，漱六艺之芳润"。二、作者十分强调作家的主观能动性，文辞的出现不是自然而然的，而是如同从"重渊之深"中钓鱼、从"曾云之峻"中射鸟，作家必须付出极大的努力，才能最终得到满意的文辞。这是魏晋以来文学自觉性的进一步发展，文学不再是自发的行为，而是作家的自主追求。三、作者提出了"创新"的概念。"收百世之阙文，采千载之遗韵。谢朝华于已披，启夕秀于未振"，前人的文辞只能提供某种启发，文学作品必须有所创新才能具有真正的价值。前人的文辞就像早晨绽开的花朵，可欣赏而不必采摘，而前人未发之意、未用之词就像未绽的蓓蕾一样，是真正应该潜心培育的。在陆机之前，诗文中采用前人语词尚很通行，譬如曹操《短歌行》就直接引用《诗经》"青青子衿""呦呦鹿鸣"两章。而陆机十分重视文辞的创新性，他作《拟古诗》十二首，把《古诗十九首》的大部分篇章用新鲜的语言重写了一遍,虽被后人批评不如原诗清新质朴,然而语言的精致、情绪的细腻却超出了原诗。陆机的文学理论和他的创作实践是紧密结合的。

从"然后选义按部"到"故无取乎冗长",作者展示了文学创作的具体过程,辨析了不同体裁文学的风格特征。创作佳作首先必须布局谋篇,选词精当。"选义按部,考辞就班",要绘声绘色,任何细节都不能忽略,"抱景者咸叩,怀响者毕弹"。陆机的诗赋素有才多繁缛之名,《世说新语》刘孝标注引《文章传》曰:"机善属文,司空张华见其文章,篇篇称善,犹讥其作文太冶。谓曰:'人之作文,患于不才;至子为文,乃患太多也。'"他的创作倾向和创作理论是一致的。文章的布局不拘一格,或者"因枝以振叶",根据要领而布置细节;或者"沿波而讨源",分析事实而指出根源;或者"本隐以之显",钩剔挖掘不为人知的奥义;或者"求易而得难",将看似轻易的事物重新加以精微的阐释。主旨一旦确立,其余自然纲举目张,就像百兽驯于猛虎、群鸟跟从飞龙。以上是说布局谋篇,接下来说选词精当。有时候行文流畅,无不妥帖,有时候则煞费苦心而犹豫不决。这时候就应该排除一切杂念,通过艰苦的思索而找出最合适的言辞,思运天地,融会万物,虽然徘徊低吟以致口干舌燥,但最终能够酣畅淋漓泻于笔端。事理如树干根本,文辞如结条垂花,两不偏废,才能最终形成文章。以上是说选词精当。接下来作者用轻松的笔法、活泼的言辞描述了创作过程中的种种乐趣。其中,"思涉乐其必笑,方言哀而已叹",说明作家在创作过程中必须要有真情实感,这样才能"函绵邈于尺素,吐滂沛乎寸心"。

曹丕在《典论·论文》中说:"文以气为主。气之清浊有体,不可力强而致。"文气在大多数情况下指的是作品风格。《文赋》关于作品风格有两种不同角度的论述,一是从作家的角度区分,一是从作品的角度区分。从作家的角度区分,性情不同、学识有差的作家风格自然不同,"夸目者尚奢,惬心者贵当,言穷者无隘,论达者唯旷"。从作品的角度区分,不同体裁、为了不同目的而创作的文章自然也有各自的风格特征。作者所论及的文体有十种:诗、赋、碑、诔、铭、箴、颂、论、奏、说,除了诗、赋之外,其余八种都不能算是严格意义上的文学作品,但也含有一定的文学成分。仔细分析,除"诗缘情而绮靡,赋体物而浏亮"说的是诗赋本身的文学特征之外,其余几种都是就应用性而言的。比如诔用于哀悼死者,应该情意深厚,凄恻悲怆,颂用于歌功颂德,应该从容舒缓,文辞典重。这是出自实际应用的思考,而并非基于文学本身。从这一点来讲,"诗缘情而绮靡"才算是真正符合文学的特质。"诗缘情而绮靡"是对曹丕《典论·论文》"诗赋欲丽"的进一步发展,强调了"缘情"这一诗歌的本质特征。

从"其为物也多姿"到"固既雅而不艳",作者讨论了文学创作中的一些具体问题,包括文章的音调和辞藻如何配合、文气如何贯通一致、上下文如何协调、如何发挥警句的作用、如何避免袭取前人等等,再次强调了文学创作的创新性和个人性,且把"缘情而绮靡"这一概念从诗歌扩展开来,暗示着"情"与"美"是文学创作的核心。例如"暨音声之迭代,若五色之相宣""藻思绮合,清丽芊眠。炳若缛绣,凄若繁弦"表达了对于"美"的特殊重视,"言寡情而鲜爱,辞浮漂而不归。犹弦么而徽急,故虽和而不悲"则强调了文学中"情"的重要性。"悲"在这里的意思是感人,作者把感人作为评价文学的重要标准。如果不能感人,那么即使"清虚以婉约""一唱而三叹",也是缺乏艺术魅力的。文学就其本质来说,是以文字为载体,用富有美感的艺术形式来表现真情实感,以此感动读者。《文赋》触及了到了文学的这三个基本要素:真情实感、美的形式和"感人"之目的,代表了西晋作家在文学观上的长足进步。

从"若夫丰约之裁"到"顾取笑乎鸣玉"探讨了文学鉴赏方面的问题。"虽濬发于巧心,或受嗤于拙目"颇有杜甫"杨王卢骆当时体,轻薄为文哂未休"(《戏为六绝句》)的意味。"若夫应感之会"一段回到了灵感问题,强调了灵感对于创作的重要性,这一段和开篇讲述灵感的段落互相对照,可以看出作者对于灵感的某种矛盾心理。作者一方面认为可以通过主观努力唤起创作灵感,另一方面又认为灵感难以捉摸,"来不可遏,去不可止。藏若景灭,行犹响起",其实灵感作为一种富有创造性的思维活动,本身就具有一定的偶然性,但是如果没有沉厚的文学素养和主观努力,灵感也不会到来。所谓"文章本天成,妙手偶得之"(陆游《文章》),灵感虽是"天成",也须"妙手"。

末段"伊兹文之为用"讨论了文学的社会功用,作者搬出了传统的儒家文学观,"济文、武于将坠,宣风声于不泯",将文学的道德教化作用提得很高,这是当时社会的普遍观点,与作者本人的看法其实关系不大。通观《文赋》,陆机从新颖而进步的观点探讨了文学创作中的各个问题,虽未形成严谨体系,然而已经开启了刘勰《文心雕龙》、钟嵘《诗品》等更加细致、在"情"与"美"的结合上更进一步的文学批评的先声。至于萧绎《金楼子·立言》中"至如文者,惟须绮毂纷披,宫徵靡曼,唇吻遒会,情灵摇荡"就更是对"诗缘情而绮靡"在唯美方向上的再次推进了。

《文赋》本身是一篇美文,处处体现了作者的文学理论。它典雅清艳,辞采华美,"悲落叶于劲秋,喜柔条于芳春""石韫玉而山辉,水怀珠而川媚""思风发于胸臆,言泉流于唇齿"等句子富有强烈的视觉美感,完全达到了作者所主张的"藻思绮合,清丽芊眠"的要求。而作者对于赋的认识,"赋体物而浏亮"也在文章中得到了呈现。作者在辞采之外强调音律,"暨音声之迭代,若五色之相宣",而"诗缘情而绮靡,赋体物而浏亮"这个句子本身就非常富有音律的美感。"绮靡"是叠韵词,"浏亮"是双声词,读起来谐和铿锵,音乐感很强。此外,"立片言而居要,乃一篇之警策"这句,本身也就是《文赋》的警策之语之一。作者的文学理论在文章本身中得到一一体现,这在古代文论中是极少见的,足见作者的学识与才华。

(孔燕妮)

陆 云

【作者小传】

(262—303) 字士龙,吴郡吴县华亭(今上海松江)人。陆机弟,与兄齐名,号曰"二陆"。太康八年(287),与兄同至洛阳。曾任浚仪令,政绩卓然。后入为尚书郎、侍御史、太子中舍人、中书侍郎。成都王司马颖荐为清河内史,世称"陆清河"。后转为大将军右司马。颖杀其兄机,他同时遇害。其诗重藻饰。《与兄平原书》三十六封,数次谈其为文主张,亦对机文委婉提出批评。原有集,已佚,宋人辑有《陆士龙集》,明人辑有《陆清河集》。

逸 民 赋 并序　　　　　　陆 云

富与贵,人之所欲也①。而古之逸民②,或轻天下,细万物③,而欲专一丘之欢④,擅一壑之美⑤,岂不以身圣于宇宙⑥,而恬贵于纷华者哉⑦!故天地不易其乐,万物不干其心⑧,然后可以妙有生之极⑨,享无疆之休也⑩。乃为赋云:

世有逸民兮,栖迟乎于一丘⑪。委天刑之外心兮⑫,淡浩然其何求?陋此世之险隘兮⑬,又安足以盘游⑭?杖短策而遂往兮⑮,乃枕石而漱流⑯。载营抱魄⑰,怀元执一⑱。傲物思宁⑲,妙世自逸⑳。静芬响于永言㉑,灭绝景于无质㉒。相荒土而卜居㉓,度山阿而考室㉔。

曾丘翳荟㉕,穹谷重深㉖。丛木振颖㉗,葛藟垂荫㉘。潜鱼泳沚㉙，嘤鸟来吟㉚。仍疏圃于芝薄兮㉛，即兰堂于芳林㉜。靡炎飙以赴节兮㉝，挥天籁而兴音㉞。假乐器于神造兮㉟，咏幽人于鸣琴㊱。挹回源于别沼兮㊲，餐秋菊于高岑㊳。蒙玉泉以濯发兮㊴，临浚谷而投簪㊵。

寂然尸居㊶，俨焉山立㊷。遵渚龙见㊸，在林凤戢㊹。遁绵野以宅心，望空岩而凯入㊺。明发悟歌㊻，有怀在昔㊼。宾濮水之清渊兮㊽，仪磻溪之一壑㊾。毒万物之喧哗兮㊿，聊渔钓于此泽。

尔乃薄言容与(51)，式宴盘桓(52)。朝挹芳露，夕玩幽兰。眇区外而放志兮(53)，眷天路而怡颜(54)。望灵岳之清景兮(55)，想佳人于云端。悲沧浪之浊波兮(56)，咏芳池之清澜。鄙终南之辱节兮(57)，韪伯阳之考槃(58)。眄清霄以寄傲兮(59)，溯凌风而颓叹(60)。玄微载晏(61)，何思何欲？漂若行云之浮，泊若穷林之木(62)。

咨有得之必丧兮(63)，盖居宠之召辱。彼贪夫之死权兮，固遗生以要禄(64)。竦战兢而履冰兮(65)，祇肃怀以临谷(66)。亮据鼎之无栗兮(67)，在颠沛其必渥(68)。是故夫形瑰者征咎(69)，体壮者为牺(70)。虽明文而龙藻兮(71)，终俯首而受羁。立修名于祸始兮(72)，登全生于戾阶(73)。资朝华之促节兮(74)，抱千载之长怀(75)。挤考终于远期兮(76)，颠灵根而自摧(77)。殉有丧之假乐兮(78)，方无身其孰哀(79)？

美达人之玄览兮(80)，邈藏器于无为(81)。物有自遗，道无不可(82)；万殊有同，齐物无寡(83)。并家于国，等朝于野(84)。荣在此而贵身兮，神居形而忘我(85)。钦妙古之达言兮(86)，信怀庄而悦贾(87)。曾既明于天爵兮(88)，何惙悲于人祸(89)？陋《国风》之皇恤(90)，同明哲于《大雅》(91)。

乱曰(92)：乘白驹兮皎皎(93)，游穹谷兮蔼蔼(94)。寻峻路兮峥嵘(95)，临芳水兮悠裔(96)。槃丘园兮暇豫(97)，翳翠叶兮重盖(98)。瞻洪崖兮清辉(99)，纷容与兮云际。欲凌霄兮从之(100)，恨穹天兮未泰(101)。咏欢友兮清唱，和尔音兮此世。

〔注〕 ①富：富有，发大财。贵：显赫，做大官。《论语·里仁》："子曰：'富与贵，是人之所欲也，不以其道得之，不处也。'" ②逸民：避世隐居的人。《论语·微子》："逸民：伯夷、叔齐、虞仲、夷逸、朱张、柳下惠，少连。"何晏注曰："逸民，节行超逸也。" ③轻、细：皆使动用法。 ④专：独占，享有。丘：小土山。 ⑤擅：占有，享受。壑：沟池。《庄子·秋水》："且夫擅一壑之水，而跨跱(zhì)坮井之乐，此亦至矣。" ⑥圣：神圣。 ⑦恬：恬淡。纷华：繁华盛丽。 ⑧干：犯，扰乱。 ⑨妙：美好，此处使动用法。极：顶点，最高处。 ⑩休：美好，美妙。 ⑪栖迟：游息，隐遁。 ⑫委：放弃。天刑：天的法则。外心：用心于外。此句是说，不管天的法则，听任自然。 ⑬陋：鄙视。险隘：险恶、狭小。 ⑭盘游：娱乐游玩。 ⑮杖：拄着。策：拐杖。 ⑯漱：洗涤。 ⑰载：犹"处"也。营：魂。《老子》第十章："载营魄抱一，能无离乎！"河上公注："营魄，魂魄也。"此句意为淡泊静心。 ⑱元：哲学概念，指天地万物的本原。一：古代哲学概念，即"道"。《淮南子·诠言训》："一也者，万物之本也，无敌之道也。"或指由"道"派生的原始浑沌之气。《老子》第四十二章："道生一，一生二，二生三，三生万物。"此处"元""一"皆指道。 ⑲思宁：追求宁静。 ⑳妙世：巧妙地处世。自逸：自得其乐。 ㉑静：使停止。芬响：美妙的声响。永言：即咏言。《尚书·舜典》："诗言志，歌永言。" ㉒绝景：美好的风景。无质：不存在。 ㉓相：观察。荒土：荒芜偏远之地。卜居：用占卜的方式选择定居之地。 ㉔度：考察，研究。考室：宫室落成时所举行的祭礼。 ㉕曾：通"层"，重叠。翳(yì)荟：草木茂盛的样子。 ㉖穹谷：深谷。 ㉗颖：植物的末端，此指树梢。 ㉘葛藟：一种蔓生植物。 ㉙沚(zhǐ)：水中的小洲。 ㉚嘤(yīng)：鸟鸣声。 ㉛仍：依照，沿袭。这里指开辟。疏圃：菜园。芝：菌类植物，古人以为瑞草。薄：草木丛生处。 ㉜即：就，靠近。这里是使动用法。兰堂：生长兰草的庭堂。芳林：长满芳草的树林。 ㉝靡：无，没有。炎飙：热风。赴节：指隐居。节：品节，此指隐居之志。 ㉞挥：挥手，指弹琴。天籁：自然界的声音。兴：产生，发出。 ㉟假：借助。神造：神仙所造。 ㊱幽人：隐士。 ㊲挹(yì)：舀，酌取。回源：回旋的泉水。别沼：特别的池沼。 ㊳岑：小而高的山。 ㊴蒙：敬辞，受到。玉泉：清泉。 ㊵浚谷：深谷。投簪：丢下固冠的簪子，比喻弃官。 ㊶寂然：安静的样子。尸居：像尸体一样静止。比喻沉默无为。《庄子·在宥》："尸居而龙见，渊默而雷声。" ㊷俨焉：俨然，形容矜持庄重。山立：像山一样耸立。喻坚定。 ㊸遵：循，沿着。渚：水边。龙见：像蛟龙出现一样。喻神采。 ㊹戢：敛翅，止飞。 ㊺遁绵野：逃遁到绵山之野。据《左传·僖公二十四年》，晋文公回国后，赏赐他流亡时的从属，不及介子推，子推就和母亲隐居在绵山里。宅心：安心，归心。空岩：空山。凯：凯风，南风，温和的风。《诗经·邶风·凯风》："凯风自南，吹彼棘薪。" ㊻明发：二字同义，醒也。《诗经·小雅·小宛》："明发不寐，有怀二人。"悟歌：即寤歌，独自歌唱。《诗经·卫风·考槃》："独寐寤歌，永矢弗过。"写隐士生活，独自醒来，独自歌唱。 ㊼有：助词。怀：感怀。在昔：在从前。《诗经·商颂·那》："自古在昔，先民有作。" ㊽宾：从，跟随。濮水：古黄河济水支流。《庄子·秋水》："庄子钓于濮水，楚王使大夫二人往先焉，曰：'愿以境内累矣！'庄子持竿不顾，曰：'吾闻楚有神龟，死已三千岁矣。王巾笥而藏之庙堂之上。此龟者，宁其死为留骨而贵乎，宁其生而曳尾于涂中乎？'二大夫曰：'宁生而曳尾涂中。'庄子曰：'往矣，吾将曳尾于涂中。'" ㊾仪：取法，效法。磻(pán)溪：在今宝鸡市东南，北流入渭河。传说姜太公未遇周文王时垂钓之处。 ㊿毒：痛恨，憎恶。 (51)薄言：助词。容与：安闲自在的样子。 (52)式：助词。宴：安乐。盘桓：逗留不进的样子。 (53)眇：远望。区外：人世之外。放志：放松心志。 (54)眷：眷顾，眷恋。天路：天上之路。张衡《西京赋》："美往昔之松乔，要羡门乎天路。"松乔、羡门皆神仙名。

怡颜：喜笑颜开。　⑤灵岳：大山。清景：清幽的景色。　⑤沧浪之浊波：《孟子·离娄上》："有孺子歌曰：'沧浪之水清兮·可以濯我缨。沧浪之水浊兮，可以濯我足。'孔子曰：'小子听之，清斯濯缨，浊斯濯足矣。自取之也。'"浊，喻乱世。　⑤鄙：鄙视。终南：秦岭山峰之一，在今陕西省西安市南。古时隐居之所。节：节操。　⑧媞：是，赞赏。伯阳：指老子。老子字伯阳。见《史记·老子韩非列传》。考槃（pán）：游乐。　⑤眄：斜视。清霄：天空。　⑥溯：逆流而上，迎着。凌风：寒风。颓叹：叹息。　⑥玄微：神妙精微。载：助词。晏：安逸，安谧。　⑥穷林：枯树林。　⑥咨：叹息声。　⑥固：本来。遗生：遗弃生命。要禄：追求利禄。　⑥竦（sǒng）：害怕，惊恐。战兢：战战兢兢，害怕的样子。履冰：《诗经·小雅·小旻》："战战兢兢，如临深渊，如履薄冰。"　⑥祗（zhī）、肃：恭敬。　⑥亮：确实，实在。据鼎：拥有重权。鼎为国之重器，三足，因以喻三公、宰辅重臣之位。栗：害怕得发抖。　⑥颠沛：指人事困顿、社会动乱。渥：厚，多。　⑥瑰：瑰丽奇伟。征：征兆。咎：灾祸。　⑦牺：古时宗庙祭祀时用的纯色牲畜。　⑦明文：鲜明的花纹、文采。龙藻：像龙一样的华丽的色彩。　⑦修名：美的名声。　⑦登：进。全生：保全性命。庆阶：险恶的处境。　⑦资：取。朝华：早晨的花，喻短暂。促节：短暂。　⑦长怀：长恨。　⑦挤：推，逼。考终：长寿善终而死。　⑦颠：颠倒。灵根：身体，生命。　⑦殉：为追求理想、事业等不惜献身。有：助词。假乐：《诗经·大雅·假乐》："假乐君子，显显令德。"《毛传》："假，嘉也。"乐：喜爱。　⑦方：副词，相当于"始""才"。孰：谁。　⑧达人：通达知命的人。玄览：深察。《老子》第九章："涤除玄览，能无疵。"河上公注："心居玄冥之处，览知万事，故谓之玄览。"　⑧邈：深远。器：才能，本领。　⑧这两句是说，物有自我遗弃的，道没有什么不可以。　⑧这两句是说，万物齐一，没有孤立的，千差万别的事物之间都有共同之处。齐物：万物齐一，没有差别。《庄子》中有《齐物论》。　⑧这两句是说，把家看作朝廷，把朝廷看作山野。　⑧这两句是说，处世以看重自身为荣，精神和形体一致而进入忘我的境界。　⑧钦：钦佩。妙：神妙，深微。达言：达观之言。　⑧信：确实。庄：庄子。贾：贾谊。　⑧曾：乃。天爵：自然的爵位。《孟子·告子上》："仁、义、忠、信，乐善不倦，此天爵也；公卿大夫，此人爵也。"　⑧惙（chuò）：忧愁。　⑨皇恤：即"遑恤"，何暇担忧。《诗经·邶风·谷风》："我躬不阅，遑恤我后。"　⑨明哲：《大雅》：《诗经·大雅·烝民》："既明且哲，以保其身。"　⑨乱：乐章最末一段，即尾声。　⑨皎皎：洁白的样子。《诗经·小雅·白驹》："皎皎白驹，食我场苗。"　⑨蔼蔼：暗淡的样子。　⑨寻：探寻。峻路：险路。岵嶙：高峻的样子。　⑨悠裔：悠长的样子。　⑨槃：同"盘"，盘桓，徘徊。暇豫：悠闲逸乐。　⑨翳：遮蔽。盖：伞盖。　⑨洪崖：传说中的仙人名，即黄帝时的臣子伶伦，帝尧时已三千岁。见《列仙全传》。　⑩凌霄：登上云天。　⑪穹天：苍天。泰：通达，通畅。

　　此赋通过赞美逸民，表现了作者对隐逸生活的向往、对仕宦生活的厌倦之情。

　　隐逸思想在魏晋时颇为流行，究其原因，一则此期间战乱绵延、对士人的政治迫害频仍，再则是玄学的兴起。隐逸思想的流行在诗赋中也多有表现。就赋而言，东汉张衡《归田赋》已肇其端。到魏晋时期，这样的作品逐渐多起来，如潘岳《闲居赋》就是沿袭《归田赋》。而《逸民赋》在这类作品中则显得比较特出。它不是直接表达自己企图隐居的意愿，而是通过对隐士群体的赞美来寄托自己的这份情怀。

小序指出富与贵都是人之所欲,但逸民却是"轻天下,细万物",与常人不同。究其原因,是因为他们以为"身圣于宇宙""恬贵于纷华"。指出了逸民摒弃世俗生活、隐居山林的根本原因。正因为认为"身圣于宇宙",所以他们不以俗物为累,视富与贵若浮云,从而也保证了内心的完整、心性的本真,也就达到了生命的极致,享受到了生命之美。整个小序主要用议论的笔法,分析了逸民违背常理而隐居山林的原因,为正文赞美逸民作了理论上的铺垫,也增加了作品的哲学深度。

正文先描述逸民的高洁。他们立志高洁,鄙弃世俗:"委天刑之外心兮,淡浩然其何求?陋此世之险隘兮,又安足以盘游";他们"枕石而漱流",显得非常闲适而自得;他们有高尚的追求:"载营抱魄,怀元执一。傲物思宁,妙世自逸";他们选择"荒土""山阿"居住,远离尘世的纷扰。接着作者承接"相荒土而卜居,度山阿而考室",写逸民隐居的环境:"曾丘翳荟,穿谷重深。丛木振颖,葛藟垂荫。潜鱼泳沚,嘤鸟来吟"。这是一个纯自然的环境,没有任何人为的东西。在这个环境中,万物都依照自己的本性而生存,不曾被扭曲。在这样一个环境中,逸民逍遥自在,完全与自然融为一体:"仍疏圃于芝薄兮,即兰堂于芳林。靡炎飙以赴节兮,挥天籁而兴音。假乐器于神造兮,咏幽人于鸣琴。挹回源于别沼兮,餐秋菊于高岑。蒙玉泉以濯发兮,临浚谷而投簪"。这样就写出了逸民的隐逸之乐趣。再表现逸民的隐居的精神状态。"寂然尸居",说其处世态度;"俨焉山立",说其固守志节;"遵渚龙见,在林凤戢",说其超迈之神采。而分别垂钓于濮水、磻溪的庄周和吕望是他们效法的榜样。续云逸民高洁之志趣。他们安闲自在,"朝挹芳露,夕玩幽兰";他们超脱尘世,希冀神仙世界;他们厌恶尘世的污浊,鄙视那种邀名延誉的假隐居。接着作者以"咨有得之必丧兮,盖居宠之召辱"两句领起。写与逸民相反的那些人。他们倚仗宠爱,反而召辱;他们贪恋权势,反而丧身。他们平时战战兢兢,如履薄冰,如临深渊;而结果则是"形瑰者征咎,体壮者为牺","虽明文而龙藻","终俯首而受羁",最后也免不了"颠灵根而自摧"的可悲下场。最后,作者通过赞美"达人""达言",歌颂逸民的洞察万物,"藏器于无为""荣在此而贵身""神居形而忘我",肯定他们的"明于天爵",明哲保身,直接抒发了对逸民的钦佩之情。

结尾的"乱曰",不只是停留在对全篇的总结,而是以游仙的形式表现自己对隐逸的追求及其失落。"乘白驹""游穹谷""寻峻路""临芳水",望着仙人洪崖的清辉,遨游于云际。幻想着自己也超脱了尘俗,加入了逸民的行列。但遗憾的是

"穹天兮未泰",天路未通,他终究还是没有超脱尘俗。

此赋赞美逸民,固然多玄理的直接阐发,但作者也发挥赋善于体物的特征,对逸民的隐居环境、隐逸之趣、精神状态等进行了形象化的铺排描绘,把玄理的阐发和形象化的描绘很好地结合在了一起,使得赋既有哲理的厚度,也有形象的感发意味。如写逸民的精神状态,说"寂然尸居,俨焉山立。遵渚龙见,在林凤戢",把逸民的处世方式、对志节的固守、超凡的神采表现得很生动。再如"漂若行云之浮,泊若穷林之木",把逸民的行为的洒脱、内心的无欲无求也写得很形象。而写逸民隐居环境的一段,既写出了环境的宁静、纯净,映衬出了逸民的高洁;也写出了逸民在此宁静、纯净环境中的各种行为,集中表现了逸民高尚的志趣。乱辞写自己对隐逸的期许,用一种游仙的形式表现,也大大增加了作品的形象感,同时给作品抹上了一缕浪漫的色彩。

作者对逸民的赞美,是在描绘逸民的高洁、隐居环境、隐居志趣、精神状态等的自然流露。同时,作者也通过反衬来凸显逸民的高洁、自己对逸民的赞美之情、对隐逸的期许。小序起笔以"富与贵,人之所欲也",反面切入,正是为了衬托"古之逸民""轻天下,细万物"的高贵品质。正文首先表现隐士的高洁的生活、高远的志趣,再写贪权恋势者,着重写他们战战兢兢的生活状态和不幸的结局,恰与隐士"枕石而漱流""薄言容与,式宴盘桓。朝挹芳露,夕玩幽兰"的自在闲适,以及"妙有生之极,享无疆之休"享受生命的状况,形成鲜明对比。在对比中,作者表现了对隐逸的企许和对仕宦的厌倦。而在表现隐士的高洁中,作者也不时对世俗生活、仕宦生活进行否定,"陋此世之险隘兮","又安足以盘游""毒万物之喧哗兮""悲沧浪之浊波兮"。这固然是为了表现隐士藐视世俗的高远情致,但也不能说没有表现出作者对仕途险恶的清醒认识。

不过,陆云虽对仕途险恶有清醒认识,却不能激流勇退,终遭不测。据《晋书》本传,周浚称陆云为"当今之颜子",可见其本服膺儒学,但入洛后,受时风浸染,于是"谈老殊进"(《晋书》本传)。然而,在陆云身上,建功立业的雄心始终占据着上风。这样,有感仕宦的艰险他希望归隐山野,而用世之思又使他欲罢不能。这是陆云思想的矛盾之处。这种矛盾也在《逸民赋》表现了出来。正文末尾,直接宣扬玄理,说:"物有自遗,道无不可;万殊有同,齐物无寡。并家于国,等朝于野。荣在此而贵身兮,神居形而忘我。"希望把入世和出世统一起来。乱中说:"欲凌霄兮从之,恨穹天兮未泰。"也表明要遗世远游是不可能的。由此,可以看出,此赋是陆云真实情感的流露,与当时大量"矫情虚述"的诗赋是不同的,这也正是《逸民赋》的价值所在。

(赵茂林)

束皙

【作者小传】 （约264—约303） 字广微，阳平元城（今河北大名）人。尝作《玄居释》，为张华赏识，召为掾，转佐著作郎。永康元年（300），赵王伦为相国，请为记室，以疾辞罢归，教授门徒。精析古文字，能辨析汲冢竹书的文义。又著《三魏人士传》《七代通记》《晋书纪、志》《五经通论》《发蒙记》等，均亡佚。今存《补亡诗》《饼赋》等。原有集，已佚，明人辑有《束广微集》。

贫 家 赋

束　皙

余遭家之轗轲①，婴六极之困屯②。恒勤身以劳思③，丁饥寒之苦辛④。无原宪之厚德⑤，有斯民之下贫⑥。愁郁烦而难处⑦，且罗缕而自陈⑧。有漏狭之单屋⑨，无蔽覆之受尘⑩。唯曲壁之常在⑪，时驰落而压镇⑫。食草叶而不饱，常嗛嗛于膳珍⑬。欲恚怒而无益⑭，徒拂郁而独嗔⑮。蒙乾坤之遍覆⑯，庶无财而有仁⑰。涉孟夏之季月⑱，迄仲冬之坚冰⑲。稍煎蹙而穷迫⑳，无衣褐以蔽身㉑。还趋床而无被㉒，手狂攘而妄牵㉓。何长夜之难晓，心咨嗟以怨天㉔。债家至而相敦㉕，乃取东而偿西。行乞贷而无处㉖，退顾影而自怜。炫卖业而难售㉗，遂前至于饥年。举短柄之口掘㉘，执偏隳之漏锅㉙。煮黄当之草莱㉚，作汪洋之羹膻㉛，釜迟钝而难沸㉜，薪郁绌而不然㉝。至日中而不孰㉞，心苦苦而饥悬㉟。丈夫慨于堂上㊱，妻妾叹于灶间。悲风噭于左侧㊲，小儿啼于右边。

〔注〕　① 轗（kǎn）轲（kě）：即"坎坷"。这里指生活困顿而不顺利。　② 婴：遭受。六极：谓六种极凶恶之事。《尚书·洪范》："六极：一曰凶短折，二曰疾，三曰忧，四曰贫，五曰恶，六曰弱。"孔颖达疏："贫弱等六者，皆谓穷极恶事，故曰之六极也。"困屯（zhūn）：苦难，窘迫。　③ 恒：经常，常常。勤身：指身体勤苦，劳其筋骨。劳思：费心神。　④ 丁：遭逢，恰逢。　⑤ 原宪：孔子弟子，以安贫乐道著称于世。据《史记·仲尼弟子列传》，孔子为鲁司寇，以原宪为家邑宰。孔子死后，原宪隐居卫草泽中。子贡相卫，结驷连骑拜访，原宪衣冠破旧见子贡，子贡耻之，曰："夫子岂病乎？"原宪曰："吾闻之，无财者谓之贫，学道而不能行者谓之病。若宪也，非病也。"厚德：美德。　⑥ 下贫：最贫困的人。　⑦ 郁：忧愁、气愤等在心里积聚不得发泄。　⑧ 罗缕：枚举陈述。　⑨ 漏：通"陋"。　⑩ 受尘：即承尘，天花板，顶棚。　⑪ 曲壁：歪斜不正的墙壁。　⑫ 驰落：指墙皮脱落。压镇：叠压。　⑬ 嗛（qiàn）嗛：不满足貌。膳珍：

美味、精美的食品。　⑭恚(huì)：愤怒、怨恨。　⑮拂郁：郁闷。拂：通"怫"。嗔：责怪，埋怨。　⑯此句意为蒙受天地的普遍眷顾。　⑰庶：幸得，幸而。　⑱涉：经历。孟夏：初夏。之：至，往。季月：每季的最后一个月，即农历三、六、九、十二月。　⑲仲冬：冬季的第二个月，即农历十一月。坚冰：比喻困难重重。以上两句，意谓从夏到冬，从暑到寒，生活都困难重重。　⑳稍：甚，很。煎蹙：煎熬折磨。蹙：迫也。穷迫：窘迫之极。　㉑衣褐：泛指粗布衣服。　㉒还：回家。趋床：走到床边，指就寝。　㉓狂攘：形容手乱抓的样子。　㉔容嗟：哀叹，叹息。　㉕债家：债主。敦：敦促，催逼。　㉖行：出门，外出。乞贷：求借。　㉗炫：沿街叫卖。业：产业，宅基。此句及下句是说，出售宅基地又难以卖出，于是往后只好挨饿了。　㉘口揥：舀东西的用具，有柄。　㉙偏：部分，局部。隳(huī)：毁坏；废弃。锅(xuān)：釜类炊具，容器。　㉚黄当：以黄土烧制的锅。当，锅底。草莱：杂生的野草，这里指野菜。　㉛汪洋：这里形容数量多。羹饘(zhān)：用野菜做成的稠粥。　㉜釜：一种炊器，似锅。迟钝：这里指釜中的菜粥久久没有热的反应。　㉝薪：柴草。郁绌：指柴草因堆压过久腐臭，质量不好，难以燃烧。郁：草木腐臭。绌：低劣。然：通"燃"。　㉞孰：通"熟"。　㉟苦苦：苦字重言，表示痛苦很深。饥悬：饥饿而饭食没有着落。　㊱丈夫：指成年男子。《榖梁传·文公二十年》："男子二十而冠，冠而列丈夫。"　㊲嗷(jiào)：通"叫"。此指风的呼啸声。

　　束皙是西晋赋坛很有个性特点的一位作家。今存赋五篇，其赋篇幅短小，富有生活气息，语言质朴平易，在西晋文坛上独树一帜。

　　此赋可能作于赵王伦执政，束皙辞疾归里之后。赋文从衣食居处等方面，真实地展示了一个甘以贫贱自守的封建士人的生活情景及其心理状态。

　　全赋围绕"贫"字，为我们描绘了一幅令人心酸的贫家图。前八句概括诉说家庭之坎坷，个人之苦辛，心情之郁闷。接着从衣、食、住等方面叙述。先从住处切入：陋室狭小，无顶棚防尘御寒，室内空空，四壁残破，脱落的墙皮堆积叠压在一起。食则以草叶野菜为汤粥，使用粗劣的炊具，薪柴发霉难燃，而连这汤粥也"至日中而不孰"，全家人在饥饿中，"丈夫慨于堂上，妻妾叹于灶间""小儿啼于右边"，一幅穷愁末路的景象。白天无衣褐以遮身，夜晚无衾被以覆体，因寒冷而长夜难眠。而这样的日子，却是日复一日，年复一年。更有债主逼债，无奈只能拆东墙补西墙，最终陷入"行乞贷而无处，退顾影以自怜"的凄惨境地。这样作者通过对贫困生活多方面的展示，再加上典型细节的刻画和人物情绪的渗透，就把贫家之贫写得淋漓尽致，令人心酸欲泪。

　　赋中所写，虽未必是作者生活实录，但我们从束皙多年沉沦下僚或隐居乡里的生活经历，可以推知束皙对困顿生活应该是非常熟知的，故对下层人民悲惨的生活描写得真实感人，也因此使这篇赋颇具现实性和生活气息。面对贫困，作者发出了"蒙乾坤之遍覆，庶无财而有仁"的呐喊，表现出自我的期许和对富贵不仁的蔑视，具有批判锋芒，与扬雄的《逐贫赋》情感相通，对陶渊明的创作有一定的影响。

《晋书》本传说:"尝为《劝农》及《饼赋》诸赋,文颇鄙俗,时人薄之。"《贫家赋》也如此:所写既为贫民困顿的生活,语言又平易质朴,有口语化的倾向。不过这种鄙俗也正是束皙赋的可贵之处,明人张溥说:"晋世笑束先生《劝农》及《饼》诸赋,文词鄙俗,今杂置赋苑,反觉其质直近古,由彼雕缋少也。"(《汉魏六朝百三家集题辞》)徐公持《魏晋文学史》指出:"束皙辞赋的'俗化',包括题材和语言两方面的通俗化,它在辞赋史上有重要意义。'俗'化即平民化、生活化在文风上的表现,是对辞赋创作'雅'传统的反拨,也是对辞赋功能的新开拓。" (赵茂林)

木 华

【作者小传】

字玄虚,广川(今河北枣强东)人,大致活动于西晋武帝、惠帝时期,曾担任太傅杨骏府主簿。存世作品仅《海赋》一篇,在西晋的辞赋中盛名远扬,广为传诵。李善《文选注》引傅亮《文章志》曰:"广川木玄虚为《海赋》,文甚俊丽,足继前良。"钱锺书《管锥编》称木华《海赋》"远在郭璞《江赋》之上,即张融《海赋》亦无其伟丽"。道藏有《丹山图咏》诗二十四首,署名木华,真伪莫辨。

海 赋　　　　　　　　　　木 华

昔在帝妫①、巨唐之代②,天纲浡潏③,为涸为瘵④。洪涛澜汗⑤,万里无际。长波浢潆⑥,迤涎八裔⑦。於是乎禹也,乃铲临崖之阜陆⑧,决陂潢而相波⑨。启龙门之岝崿⑩,垦陵峦而崭凿⑪。群山既略⑫,百川潜渫⑬。决澒瀯泞⑭,腾波赴势⑮。江河既导⑯,万穴俱流⑰。掎拔五岳⑱,竭涸九州⑲。沥滴渗淫⑳,荟蔚云雾㉑。涓流泱瀼㉒,莫不来注。於廓灵海㉓,长为委输㉔。其为广也,其为怪也,宜其为大也㉕。

尔其为状也,则乃浟湙潋滟㉖,浮天无岸。沖瀜沆漾㉗,渺弥浠漫㉘。波如连山,乍合乍散。嘘噏百川㉙,洗涤淮汉㉚。襄陵广舄㉛,瀺灂浩汗㉜。若乃大明摛辔於金枢之穴㉝,翔阳逸骇於扶桑之津㉞。影沙岩石㉟,荡飏岛滨㊱。於是鼓怒㊲,溢浪扬浮㊳。更相触搏㊴,飞沫起涛。状如天轮,胶戾而激转㊵。又似地轴[41]，挺拔而争回[42]。岑岭飞腾而反覆[43]，五岳鼓舞而相磓[44]。㵎瀵沦而滀漯[45]，郁泋迭而隆颓[46]。盘泓激而成窟[47]，潲渹濚而为魁[48]。泅泊柏而迆㾑[49]，磊匒匌而相豗[50]。惊浪雷奔，骇水迸集[51]。开合解会[52]，瀼瀼湿湿[53]。葩华踧迅[54]，澒泞潫潬[55]。若乃霾曀潜销[56]，莫振莫竦[57]。轻尘不飞，纤萝不动[58]。犹尚呀呷[59]，余波独涌。澎濞灪礭[60]，碨磊山垄[61]。

尔其枝岐潭瀹[62]，渤荡成沦[63]。乖蛮隔夷，回互万里[64]。若乃偏荒速告，王命急宣。飞骏鼓楫[65]，泛海凌山[66]。於是候劲风，揭百尺[67]，维长绡[68]，挂帆席[69]。望涛远决，冏然鸟逝[70]。鹬如惊凫之失侣[71]，倏如六龙之所掣[72]。一越三千，不终朝而济所届[73]。若其负秽临深[74]，虚誓愆祈[75]，则有海童邀路[76]，马衔当蹊[77]。天吴乍见而仿佛[78]，蝄像暂晓而闪尸[79]。群妖遘迮[80]，眇眜冶夷[81]。决帆摧橦，戕风起恶[82]。廓如灵变[83]，惚恍幽暮[84]。气似天霄[85]，叆叇云布[86]。倏昱绝电[87]，百色妖露[88]。呵嗽掩郁[89]，暧眜无度[90]。飞涝相磢[91]，激势相沏[92]。崩云屑雨[93]，浤浤汩汩[94]。跳踊湛濭[95]，沸溃渝溢[96]。濆沸㵵渭[97]，荡云沃日[98]。

于是舟人渔子[99]，徂南极东[100]。或屑没于鼋鼍之穴[101]，或挂胃于岑崿之峰[102]，或掣掣泄泄于裸人之国[103]，或泛泛悠悠于黑齿之邦[104]。或乃萍流而浮转[105]，或因归风以自反[106]。徒识观怪之多骇，乃不悟所历之近远。

尔其为大量也[107]，则南澉朱崖[108]，北洒天墟[109]，东演析木[110]，西薄青徐[111]。经途瀴溟[112]，万万有余[113]。吐云霓，含龙鱼[114]，隐鲲鳞[115]，潜灵居[116]。岂徒积太颠之宝贝与随侯之明珠[117]？将世之所收者常闻，所未名者若无。且希世之所闻，恶审其名？故可仿像其色[118]，暧霏其形[119]。

尔其水府之内，极深之庭，则有崇岛巨鳌[120]，峐垠孤亭[121]。擘洪波，指太清[122]，竭磐石，栖百灵。飏凯风而南逝[123]，广莫至而北征。其垠则有天琛水怪[124]，鲛人之室[125]。瑕石诡晖[126]，鳞甲异质[127]。若乃云锦散文于沙汭之际[128]，绫罗被光于螺蚌之节[129]。

〔356〕木华　　　　　　　　　　　　　　　　　　　　　　　海赋

繁采扬华，万色隐鲜。阳冰不冶㉙，阴火潜然㉚。熺炭重燔㉛，
吹焖九泉㉜。朱焰绿烟，腰眇蝉蜎㉝。鱼则横海之鲸㉞，突抓孤
游㉟。戛岩嶅，偃高涛，茹鳞甲，吞龙舟。噞波则洪涟踧踏㊱，
吹澇则百川倒流。或乃蹭蹬穷波㊲，陆死盐田㊳，巨鳞插云，鬐
鬣刺天㊴，颅骨成岳，流膏为渊㊵。

　　若乃岩坻之隈㊶，沙石之嵚㊷，毛翼产鷇㊸，剖卵成禽㊹。凫
雏离褷㊺，鹤子淋渗㊻。群飞侣浴，戏广浮深。翔雾连轩㊼，洩
洩淫淫㊽。翻动成雷，扰翰为林㊾。更相叫啸㊿，诡色殊音[51]。
若乃三光既清[52]，天地融朗[53]。不泛阳侯，乘蹻绝往[54]。觌安
期于蓬莱[55]，见乔山之帝像[56]。群仙缥眇，餐玉清涯[57]。履阜乡
之留舄[58]，被羽翮之襂縰[59]。翔天沼，戏穷溟[60]，甄有形于无欲，
永悠悠以长生。

　　且其为器也，包乾之奥[61]，括坤之区[62]。惟神是宅，亦祇是
庐。何奇不有，何怪不储？芒芒积流[63]，含形内虚。旷哉坎
德[64]，卑以自居。弘往纳来，以宗以都。品物类生[65]，何有
何无！

〔注〕①帝妫(guī)：指舜，传说舜居于妫水隈曲之处。　②巨唐：唐尧的美称。尧初封
于陶，又封于唐，号陶唐氏。　③天纲：天的纲维。浡(bó)潏(jué)：水沸涌貌。　④涸：衰
落。瘵(zhài)：病，多指痨病。　⑤澜汗：水势浩大貌。　⑥溚(tà)瀢(duò)：沸溢。　⑦迤
(yǐ)涎(xián)：亦作"逶涎"，曲折绵延貌。八裔：八方边远地区。　⑧阜陆：高地。　⑨决：
疏通水道。陂(bēi)潢(huáng)：积水之池。泼(fā)：疏浚。　⑩启：开凿。龙门：山名。《汉
书·沟洫志》"昔大禹治水，山陵当路者毁之，故凿龙门，辟伊阙。"岸(zuò)嶅(è)：山势高峻貌。
⑪垦：用力翻土。陵岑：丘陵峰峦。崭(zhǎn)凿：开凿、挖掘。　⑫略：治理。⑬潜潟
(xiè)：深浚。　⑭泱(yāng)漭(mǎng)：广大貌。澹泞：水清深貌。　⑮腾波：翻腾的波浪。
赴势：依附形势。　⑯导：疏浚。　⑰穴：水道。　⑱掎(jǐ)拔：提引而出，挺拔。　⑲竭
涸：干涸无水。　⑳沥滴：水下滴。渗淫：小水。㉑荟蔚：云雾弥漫貌。㉒泱(yǎng)瀼
(nǎng)：水流动貌。　㉓於(wū)：表示感叹、赞美的语气。廓：大也。灵海：大海，古人以为
海中多灵怪异物，故称。㉔委输：汇聚。㉕宜：当然，无怪。㉖浟(yóu)湙(yì)：水流
貌。潋滟：形容水波荡漾。㉗沖(chōng)瀜(róng)：水深广貌。沆(hàng)漾：水广阔貌。
㉘渺弥：水流旷远貌。淡(tàn)漫(màn)：水广远貌。㉙嘘噏：吐纳，呼吸。百川：江河湖泽
的总称。㉚淮汉：淮河与汉江。《孟子·滕文公下》："水由地上行，江、淮、河、汉是也。"
㉛襄陵：大水漫上丘陵。广舄(xì)：广阔的盐碱地。　㉜灂(jiāo)礉(gé)：广深之貌。浩汗：
水盛大貌。　㉝大明：指月亮。掊(póu)：揽，引取。辔(pèi)：缰绳。金枢：传说中月亮没入
之处。　㉞翔阳：太阳。逸骇：迅疾升起。扶桑：传说日出于扶桑之下，拂其树杪而升，因谓

日出处。津：水边。 ㉟ 飘(piāo)沙：飞沙。礐(què)石：大风飘石。 ㊱ 荡飂(yù)：风疾貌。岛滨：岛屿。 ㊲ 鼓怒：鼓荡激动，气势很盛。 ㊳ 溢浪：波浪涌起。扬浮：翻动飘浮貌。 ㊴ 更相：相继，相互。触搏：撞击。 ㊵ 胶戾：回环曲折。 ㊶ 地轴：古代传说中大地的轴。 ㊷ 争回：竞相回旋。 ㊸ 岑岭：高山。 ㊹ 磓(duī)：撞击。 ㊺ 渭(wèi)：乱貌。濆沦：起伏急疾貌。滀(chù)漯(luò)：水集聚貌。 ㊻ 郁：盛貌。沏迭：水疾涌貌。隆颓：高低起伏貌。 ㊼ 盘盓：水旋流。 ㊽ 湖(qiào)滩(tān)：峻波也。 ㊾ 潤(shǎn)：疾貌。泊柏：小波也。迤(yǐ)飏(yáng)：斜起貌。 ㊿ 磊：大貌。匒(dá)匌(gé)：重迭貌。豗(huī)：撞击。 51 骇水：指奔腾的水流。迸集：汇集。 52 开合：分合。 53 瀼瀼(ráng)湿湿：开合之貌。 54 葩华：分散貌。踧(dí)沑(nǜ)：水纹集聚。 55 濎(dǐng)泞(nìng)：沸貌。潗渚(nì)：沸声。 56 霾曀：指蔽天的灰尘或云翳。潜：藏也。销：消散，消失。 57 振、竦：动也。 58 纤萝：纤细的藤萝。 59 呀呷：吞吐开合貌。 60 澎濞(pì)：波浪相撞击声。灪(yù)䃶(huái)：高峻。 61 碨(wěi)磊：高低不平貌，突起貌。山垄：山丘。 62 枝岐：支流。潭瀹(yuè)：水摇动貌。 63 渤荡：涨潮。汜：不流通的小沟渠。 64 回互：回环交错。 65 鼓楫：划桨；划船。 66 泛海：乘船过海，渡海。 67 百尺：指桅杆。 68 长绡：挂帆的长木。 69 帆席：船帆。旧时船帆或以席为之，故称。 70 冏然：鸟飞貌。 71 鹬(yù)：疾貌。失侣：失去伴侣。 72 六龙：指太阳。神话传说日神乘车，驾以六龙。掣：拉。 73 终朝：整天。济：度也。界：至也。 74 负秽：犹负罪。 75 愆：失也。 76 海童：传说中的海中神童。 77 马衔：海神名。蹊：小路。 78 天吴：水神名。乍见：突然而短暂地出现。仿佛：隐约貌。 79 蝄像：传说中的海神。暂晓：突然显现。闪尸：忽隐忽现的样子。 80 谲迮：谓作乱。 81 冶夷：妖媚；美丽。 82 戕风：暴风。起恶：起为暴恶也。 83 灵变：形容变化迅速。 84 幽暮：昏暗的傍晚。 85 天霄：天上的云气。 86 叆(ài)䨴(fèi)：昏暗貌。云布：云气布散。 87 倏昱：迅疾貌。绝电：瞬息即逝的闪电。常用以比喻速度极快。 88 百色：各种颜色。妖露：为妖而呈露也。 89 掩郁：不明貌。 90 矆(huò)睒(shǎn)：光闪烁貌。 91 飞涝：扬起的大波。磢(chuǎng)：磨擦。 92 沏：摩也。 93 崩云屑雨：形容波涛飞洒的样子。 94 浤浤：洪波腾涌貌。汩汩：象声词。形容水或其他液体流动的声音。 95 跳踔湛涝：波前却之貌。 96 沸溃：腾涌乱流。渝溢：盈溢。 97 濩(huò)汫(huǐ)濩(huò)渭：众波之声。 98 沃日：冲荡日头。形容波浪大。 99 舟人：船夫。渔子：捕鱼为业的人。 100 徂：往。极：至也。 101 屑没：破碎沉没。鼋(yuán)鼍(tuó)：大鳖和猪婆龙。 102 挂罥(juàn)：缠挂。岑嶅(áo)：小而高的山。 103 掣掣泄泄：随风飘荡貌。裸人之国：《淮南子》"自西南至东南，有裸人国、黑齿氏"。 104 泛泛悠悠：随流之貌。 105 萍流：犹漂流。 106 归风：回风。 107 大量：谓容量大。 108 朱崖：即珠崖，在今海南省海口市。 109 天墟：北面的天空。 110 析木：古代幽燕地域的代称。古代以析木次为燕的分野，属幽州。 111 青徐：青州和徐州的并称。 112 瀴溟：水杳远貌。 113 万万：指极大的数目。 114 龙鱼：即龙鲤。一说指鲵鱼，人鱼。 115 鲲鳞：鲲鱼。 116 灵居：神仙住处，修道学仙者的住处。 117 太颠之宝贝、随侯之明珠：李善注引《琴操》曰："纣徙文王于羑里，择日欲杀之。于是太颠、散宜生、南宫适之属，得水中大贝以献，纣立出西伯。"《墨子》曰和氏之璧，隋侯之珠。皆谓稀世珍宝。 118 仿像：隐约貌。 119 叆霼(xì)：犹依稀，不明貌。 120 巨鳌(áo)：传说中海里的大龟或大鳖。 121 峌(dié)岘(nì)：高貌。 122 太清：指天空。 123 凯风：和暖的风，指南风。 124 天琛：天然出产的珍宝。水怪：水中的怪物。 125 鲛人：神话传说中的人鱼。 126 诡晖：异彩，变幻异常的光辉。 127 异质：指形体不同。 128 云锦：朝霞，彩云。散文：文采焕发。沙汭：水湾边的沙滩。 ⑫螺蚌：螺与蚌。亦泛指有贝壳的软体动物。 ⑬阳冰：结于水面之冰。冶：销也。 ⑬潜然：暗中燃火。然，通"燃"。 ⑬熺(xī)：炽热。燔：焚烧。 ⑬九泉：指地下极深处。 ⑬暚(yǎo)眇、蝉蜎：飞腾貌。 ⑬横海：横行海上。 ⑬突扤(wù)：高貌。 ⑬洪涟：巨浪。踧踚：水聚不流。 ⑬蹭蹬：失势貌。穷波：浅水。 ⑬盐田：指海边。 ⑭鬐(qí)鬣(liè)：鱼、龙的脊鳍。 ⑭流膏：流出油脂。 ⑭岩坻：崖岸。隈：山水等弯曲的地方。 ⑭嶔：山高峻的样子。 ⑭彀(kòu)：须母鸟哺食的雏鸟。 ⑭剖：破。 ⑭凫雏：幼凫。离褷：毛羽始生貌。 ⑭鹤子：幼鹤。淋渗：羽毛初生貌。 ⑭连轩：飞舞貌。 ⑭泄泄(xiè)淫淫：飞翔之貌。 ⑮扰：乱也。翰：高飞貌。 ⑮更相：相继，相互。叫啸：发出高而长的叫声。 ⑮诡色：谓众采纷呈。殊音：特殊的乐音或声音。 ⑬三光：古时指日、月、星。 ⑭融朗：融通明朗。 ⑮阳侯：古代传说中的波涛之神。 ⑯乘蹻(qiāo)：道家所谓飞行之术。 ⑰觌(dí)：相见。安期：仙人名。秦、汉间齐人。后之方士、道家因谓其为居海上之神仙。 ⑱乔山：即桥山。黄帝葬地，在今陕西省境内。帝像：指轩辕黄帝之像。 ⑲餐玉：服食玉屑，古代传说仙家以此延寿。 ⑯阜乡：安期为瑯邪阜乡人，后因以"阜乡"借指仙乡。留舄(xì)：语出汉·刘向《列仙传·安期先生》。传说安期曾从河上丈人习黄老之说，卖药东海边。秦始皇东游，与之语三日夜，赐金璧数千万。出阜乡亭，皆置去，留赤玉舄一双为报。 ⑯羽翮：指鸟羽。襂(sēn)纚(xǐ)：毛羽下垂貌。 ⑫穷溟：传说中的大海。 ⑬包：包孕，包容。乾：天。 ⑭坤：地。区：域也。 ⑯芒芒：广大辽阔貌。积流：指大海。 ⑯坎德：《易·说卦》："坎为水。"坎德，指水就下的性质，喻君子谦卑的美德。 ⑯品物：犹万物。

木华仅存的作品《海赋》调遣了繁丽丰赡的辞藻和飞腾的想象来表现大海的雄奇壮伟、神秘瑰玮，以宏肆流畅的笔势立体地呈现了大海气象万千、辽阔深邃的美。

赋的第一段一开始便以极富雄浑气势的语言描述了海的形成。作者从尧舜时代洪水泛滥、凶猛难遏导致哀鸿遍野的自然灾象写起："天纲浡潏"写洪流乱涌，"洪涛澜汗"写水势汹汹，于是烘托出大禹治水的壮伟功绩。先以"铲""决""启""垦"突出治水之迅速。继以一组排比句来描写治理之力度：大禹首先治山，使百川通畅。"泱漭澹泞"状水之清澈，"腾波赴势"状水之奔腾。既而疏导江河，使万穴畅通。于是五岳"掎拔"而出，九州洪水"竭涸"，大地井然有序。因为大禹治水之功，沥滴渗淫的小水流如云雾般荟蔚，涓涓细流也不停灌注，经过长久的融汇，终于形成了海洋。"其为广也"三句，点出因海广阔无际，许多地方人际罕至，故有许多神怪传说，并形成"大海"之名。也开启了"广"与"怪"两方面的特征。从而顺利开启下文，围绕"广"与"怪"来呈现大海的丰富形貌。

第二段动用博雅的比喻十分周全地描绘了大海的各种状态。当大海水光潋滟、明波晃漾时，如"浮天无岸"；起浪时则"波如连山，乍合乍散"；涨潮时似乎要"嘘噏百川，洗涤淮汉"；海面深广，仿佛日月皆出其中。海上风浪大作的景象最为激动人心,赋中着意作了惟妙惟肖的刻画:只见海风狂起,激荡着岛屿。海水如怒,浪花如同搏斗,溅射着飞沫。海浪"状如天轮","又似地轴"。浪头之高,如"岑岭飞腾而反覆,五岳鼓舞而相磓"。浪涛盘激成窟,如山丘特立,如山石重叠,爆发出"惊浪雷奔,骇水迸集"的宏大声响。这段对海面躁动不宁的描写真是动人心魄。之后描写海面阴霾散去后平静的景象,与前面的狂澜怒涛形成了鲜明的对比。"轻尘不飞,纤芥不动",呈现出万顷柔波、姿态迷人的画面。

第三段则驰骋想象,描绘了海水灵秘的感应。首先深情地讲述海水支流千脉,故人类"乖蛮隔夷"。接着以传奇的笔法描绘海水似乎可通人性,可辨善恶。作者举了相对的两个例子:偏荒之地的人们遇"王命急宣",海水则会暗中相助。"候劲风"几句以一连串形容速度之快的语词来描写海中疾行的景象。若是负罪之人济海逃亡,则会有海童、马衔、天吴、蝄像等神怪时现时没,惊恐万分。神怪们兴起暴风、闪电、乌云、大雨,致使波浪翻腾,摧折船只。作者以奇幻的想象把海面平静与狂风暴雨的不同气象拟人化,讴歌了大海与人类至为密切的关系。

接下来的四段文字全方位呈现了海的"深广"与"怪奇"。四、五两段写海之辽阔。先以观怪惊骇之事从侧面烘托海之浩淼。列举了传说中的"鼋鼍之穴""岑崶之峰""裸人之国""黑齿之邦"等人迹罕至之地,表现海之渺远难测,以致迷失的人们在海中"徒识观怪之多骇,乃不悟所历之近远"。又从东西南北四方所至正面展现海的广袤。迤而描写海水吐纳云霓、龙鱼,隐藏鲲鳞、灵居,积储着人们识名与不识名的宝物。上述描写是从各个方面体现海之"大"。六、七两段写大海中的奇珍异宝及奇幻现象。奇珍异宝如"天琛水怪""鲛人之室",有各种鸟类"群飞侣戏"。述及奇幻现象,作者特别举了海中的大鱼"嗡波则洪涟踧踖,吹涝则百川倒流",死于陆上,则"巨鳞插云,鬐鬣刺天,颅骨成岳,流膏为渊",令人叹为观止。"若乃三光既清"几句描写了海中的仙山、仙人,更为大海增添了神秘奇幻的色彩。

最后一段作者以理趣的语言赞美大海"含形内虚""卑以自居""弘往纳来""品物类生"的谦卑之德,由对海的具象描述上升到了抽象的玄理境界,从而完成了对大海的深情礼赞。

现代作家凌叔华云:"对山水最富情感与理想的民族,中国人恐怕可算首屈一指了。"(《爱庐山梦影》)《海赋》以虚实相间的手法表现了崇高的美,大海在作者的笔端雄奇诡丽,气度无涯,读后令人神怡意远,据说毛泽东晚年喜读《昭明文选》,特别称赞《海赋》"写得很好。"又李善《文选注》引傅亮《文章志》云"广川木玄虚为《海赋》,文甚丽,足继前良。"

(刘燕歌)

【作者小传】

郭 璞

(276—324) 字景纯,河东闻喜(今属山西)人。善经术,好古文奇字,尤妙于阴阳历算五行卜筮之术。惠帝、怀帝时避难过江,先为宣城太守殷佑参军,后参王导军事。元帝时,召为著作佐郎,迁尚书郎。明帝时,王敦任为记室参军。因谓王敦谋反必败,遭戮。王敦乱平,追赠弘农太守。所著《尔雅注》《尔雅音》《尔雅图》《尔雅图赞》,集其前人《尔雅》学的大成。今存《尔雅注》,刊入《十三经注疏》中。又有《方言注》,以晋代语词释古语,可考见汉晋语言的流变。原有集,已佚,今有明人所辑《郭弘农集》。

江 赋

郭 璞

咨五材之并用①,寔水德之灵长②。惟岷山之导江③,初发源乎滥觞④。聿经始于洛沫⑤,拢万川乎巴梁⑥。冲巫峡以迅激⑦,跻江津而起涨⑧。极泓量而海运⑨,状滔天以淼茫⑩。总括汉泗⑪,兼包淮湘⑫。并吞沅澧⑬,汲引沮漳⑭。源二分于崌崃⑮,流九派乎浔阳⑯。鼓洪涛于赤岸⑰,沦余波乎柴桑⑱。纲络群流⑲,商榷涓浍⑳。表神委于江都㉑,混流宗而东会㉒。注五湖以漫漭㉓,灌三江而漰沛㉔。滈汗六州之域㉕,经营炎景之外㉖。所以作限于华裔㉗,壮天地之崄介㉘。呼吸万里㉙,吐纳灵潮㉚。自然往复,或夕或朝。激逸势以前驱㉛,乃鼓怒而作涛㉜。峨嵋为泉阳之揭㉝,玉垒作东别之标㉞。衡霍磊落以连镇㉟,巫庐嵬崛而比峤㊱。协灵通气㊲,渍薄相陶㊳。流风蒸雷㊴,腾虹扬霄㊵。出信阳而长迈㊶,淙大壑与沃焦㊷。

若乃巴东之峡㊸,夏后疏凿㊹。绝岸万丈㊺,壁立赮驳㊻。虎牙嵥竖以屹崒㊼,荆门阙竦而磐礴㊽。圆渊九回以悬腾㊾,溢流雷响而电激㊿。骇浪暴洒(51),惊波飞薄(52)。迅澓增浇(53),涌湍叠跃(54)。砯岩鼓作(55),漰湱澩灂(56)。㶒澳瀼澉,溃濩泧漷(57)。潏湟淴泱,潐潤瀾淪(58)。漩澴荥潆,渨溫渍瀑(59)。溲減泥涓(60),龙鳞结络(61)。碧沙遗沲而往来(62),巨石硉矹以前却(63)。潜演之所汩淈(64),奔溜之所磢错(65)。厓隒为之泐嵃(66),碕岭为之岩崿(67)。

幽碉积岨[68]，嵒碕磊碍[69]。

　　若乃曾潭之府[70]，灵湖之渊[71]。澄澹汪洸，汛潣洰洃[72]。泓汯泂潒，涒邻圆溔[73]。混瀚灏涣[74]，流映扬焆[75]。溟漭渺湎，汗汗沺沺[76]。察之无象，寻之无边。气滃渤以雾杳[77]，时郁律其如烟[78]。类胚浑之未凝[79]，象太极之构天[80]。长波浃渫[81]，峻湍崔嵬[82]。盘涡谷转，凌涛山颖[84]。阳侯砐硪以岸起[85]，洪澜浣演而云回[86]。沂沦溛溰[87]，乍浥乍堆[88]。澈如地裂[89]，豁若天开[90]。触曲厓以萦绕[91]，骇崩浪而相礧[92]。鼓窟窟以漰渤[93]，乃溢涌而驾隈[94]。

　　鱼则江豚海狶[95]，叔鲔王鳣[96]。鲭鰊鳞鲉[97]，鲮鳐鯩鰱[98]。或鹿觡象鼻[99]，或虎状龙颜[100]。鳞甲錔错[101]，焕烂锦斑[102]。扬鳍掉尾，喷浪飞唌[103]。排流呼哈[104]，随波游延[105]。或爆采以晃渊[106]，或嚇鳃乎岩间[107]。介鲸乘涛以出入[108]，鲛鲨顺时而往还[109]。

　　尔其水物怪错[110]，则有潜鹄鱼牛[111]，虎蛟钩蛇[112]。蜦蟫䗫蝐[113]，鲭蟱鼌鼃[114]。王珧海月[115]，土肉石华。三蝬虾江[117]，鹦螺蜁蜗[118]。璀蚶腹蟹[119]，水母目虾[120]。紫蚢如渠[121]，洪蚶专车[122]。琼蚌晞曜以莹珠[123]，石蚨应节而扬葩。蜦蜍森衰以垂翘[125]，玄蛎磈磥而碨硪[126]。或泛滥于潮波[127]，或混沦乎泥沙[128]。

　　若乃龙鲤一角[129]，奇鸧九头[130]。有鳖三足，有龟六眸[131]。赪螖肺跃而吐玑[132]，文魮磬鸣以孕璆[133]。僬蟭拂翼而掣耀[134]，神蜌蕰蜦以沉游[135]。骇马腾波以嘘蹀[136]，水兕雷咆乎阳侯[137]。渊客筑室于岩底[138]，鲛人构馆于悬流[139]。雹布余粮[140]，星离沙镜[141]。青纶竞纠[142]，缛组争映[143]。紫菜荧晔以丛被[144]，绿苔鬖髿乎研上[145]。石帆蒙茏以盖屿[146]，萍实时出而漂泳[147]。

　　其下则金矿丹砾[148]，云精爥银[149]。琀瑂璿瑰[150]，水碧潜琘[151]。鸣石列于阳渚[152]，浮磬肆乎阴滨[153]。或颖彩轻涟[154]，或焆曜厓邻[155]。林无不溽[156]，岸无不津[157]。

　　其羽族也[158]，则有晨鹄天鸡[159]，鸿鷞鸥鴼[160]。阳鸟爰翔[161]。于以玄月[162]。千类万声，自相喧聒[163]。濯翮疏风[164]，鼓翅翻翔[165]。

挥弄洒珠[166]，拊拂瀑沫[167]。集若霞布[168]，散若云豁。产毻积羽[169]，往来勃碣[170]。

橉杞稹薄于浔涘[171]，栛槤森岭而罗峰[172]。桃枝筼筜[173]，实繁有丛[174]。葭蒲云蔓[175]，樱以兰红[176]。扬皜毦[177]，擢紫茸[178]。荫潭隩[179]，被长江。繁蔚芳蓠[180]，隐蔼水松[181]。涯灌芊萰[182]，潜荟葱茏[183]。

鲮鳐踦踽于垠隒[184]，猸獭睒瞲乎厥空[185]，迅蜼临虚以骋巧[186]，孤玃登危而雍容[187]。夔牸翘踛于夕阳[188]，鸳雏弄翮乎山东[189]。

因岐成渚[190]，触涧开渠[191]。漱壑生浦[192]，区别作湖[193]。磴之以瀿瀷[194]，渫之以尾闾[195]。标之以翠翳[196]，泛之以游菰[197]。播匪艺之芒种[198]，挺自然之嘉蔬[199]。鳞被菱荷[200]，攒布水蔙[201]。翘茎瀵蕊[202]，濯颖散裹[203]。随风猗萎[204]，与波潭沲[205]。流光潜映[206]，景炎煆火[207]。

其旁则有云梦雷池[208]，彭蠡青草[209]，具区洮滆[210]，朱浐丹漅[211]。极望数百[212]，沆瀁皛溔[213]。爰有包山洞庭[214]，巴陵地道[215]。潜逵傍通[216]，幽岫窈窕[217]。金精玉英瑱其里[218]，瑶珠怪石琗其表[219]。骊虬摎其址[220]，梢云冠其嶾[221]。海童之所巡游[222]，琴高之所灵矫[223]。冰夷倚浪以傲睨[224]，江妃含嚬而矊眇[225]。抚凌波而凫跃[226]，吸翠霞而夭矫[227]。

若乃宇宙澄寂，八风不翔[228]。舟子于是搦棹[229]，涉人于是檥榜[230]。漂飞云[231]，运艅艎[232]。舳舻相属[233]，万里连樯[234]。溯洄沿流[235]，或渔或商。赴交益[236]，投幽浪[237]。竭南极[238]，穷东荒[239]。尔乃翳雰祲于清旭[240]，觇五两之动静[241]。长风飉以增扇[242]，广莫飉而气整[243]。徐而不飇[244]，疾而不猛[245]。鼓帆迅越[246]，趠涨截泂[247]。凌波纵柂[248]，电往杳溟[249]。霄如晨霞孤征[250]，眇若云翼绝岭[251]。倏忽数百[252]，千里俄顷[253]。飞廉无以睎其踪[254]，渠黄不能企其景[255]。

于是芦人渔子[256]，摈落江山[257]，衣则羽褐[258]，食惟蔬鲜[259]。栫淀为涔[260]，夹潨罗筌[261]。筒洒连锋[262]，罾罶比船[263]。或挥轮于悬硋[264]，或中濑而横旋[265]。忽忘夕而宵归[266]，咏《采菱》以叩舷[267]。傲自足于一呕[268]，寻风波以穷年[269]。

尔乃域之以盘岩[270]，豁之以洞壑[271]，疏之以汜汜[272]，鼓之以朝夕[273]。川流之所归凑[274]，云雾之所蒸液[275]。珍怪之所化产[276]，傀奇之所窟宅[277]。纳隐沦之列真[278]，挺异人乎精魄[279]。播灵润于千里[280]，越岱宗之触石[281]。及其谲变儵悦[282]，符祥非一[283]。动应无方[284]，感事而出[285]。经纪天地[286]，错综人术[287]。妙不可尽之于言，事不可穷之于笔。

若乃岷精垂曜于东井[288]，阳侯遁形乎大波[289]。奇相得道而宅神[290]，乃协灵爽于湘娥[291]。骇黄龙之负舟，识伯禹之仰嗟[292]。壮荆飞之擒蛟，终成气乎太阿[293]。悍要离之图庆，在中流而推戈[294]。悲灵均之任石[295]，叹渔父之櫂歌[296]。想周穆之济师，驱八骏于鼋鼍[297]。感交甫之丧珮[298]，愍神使之婴罗[299]。焕大块之流形[300]，混万尽于一科[301]。保不亏而永固[302]，禀元气于灵和[303]。考川渎而妙观[304]，实莫著于江河[305]。

〔注〕①咨：叹美之辞。五材：指金、木、水、火、土。《左传·襄公二十七年》："宋子罕曰：'天生五材，民并用之，废一不可。'"②寔：通"实"。确实。水德：指水的品质、特性。李善注引《淮南子》曰："夫水者，不大可极，深不可测，无公无私，水之德也。"灵长：广大美好。吕向注："灵长，言上善柔德广大利物也。"③惟：发语词。岷山：位于今四川、甘肃交界处，是岷江、嘉陵江的发源地。导江：《尚书·禹贡》："岷山导江，东别为沱。"导：起源。古人以为长江发源于岷山。李善注引《孔子家语》："夫江始于岷山，其源可以滥觞。及其至于江津，不舫舟，不避风，则可以涉。'"④滥觞：江河发源之处水势很小，仅能浮其酒杯，故以滥觞引申为江河之发源地，或事物的起源。⑤聿：语助词。经始：开始经营。这里指长江初经之地。洛：指雒江，在今四川广汉境内入沱江。沫：即今四川省大渡河。⑥拢：收拢，汇合。巴：古代郡名，在今重庆市一带。梁：古九州之一。辖境即今陕西省南部及四川省全部。⑦巫峡：三峡之一。在长江上游，位于今重庆市巫山县东，因巫山得名。迅激：波浪迅疾、猛烈。⑧跻（jī）：登。江津：地名，即今重庆市江津市，在长江沿岸。⑨极：穷尽。泓量：水深广的样子。海运：海波动荡。《庄子·逍遥游》："是鸟也，海运则将徙于南溟。"⑩淼茫：即"渺茫"。水势广阔浩大的样子。⑪汉：汉水，亦称汉江，源出于陕西省宁强县境蟠冢山，于湖北省武汉市入长江。泗：泗水，亦称泗河，发源于山东省泗水县陪尾山，后流入淮河。⑫淮：淮河，古称淮水。四渎之一。源出河南省桐柏山，东流入洪泽湖。湘：湘江，又称湘水，源起广西省兴安县海洋山，北流至湖南注入洞庭湖。⑬沅：沅水，即沅江，一源出贵州省都匀市云雾山；一源出贵州省瓮安县。二水东流入洞庭湖。澧：澧水，源出湖南省桑植县北，东流入洞庭湖。⑭汲引：引入。沮：沮水，源于湖北省保康县西南，东南流至当阳县与漳水合会，

〔364〕 郭 璞　　　　　　　　　　　　　　　　　　江 赋

故名漳沮河,南流至江陵入长江。漳:漳水。　⑮ 崌(jū)崃(lái):即崌山和邛崃山,皆位于四川省西部。《山海经·中山经》:"崃山,江水出焉,东流注大江。""崌山,江水出焉,东流注于大江。"　⑯ 九派:九条支流。浔阳:古县名,在今江西省九江市。李善注引应劭《汉书注》:"江自庐江浔阳,分为九也。"　⑰ 鼓:振起,掀起。赤岸:古地名,在今江苏省扬州市一带。　⑱ 沦:没也。柴桑:古县名,在今江西省九江市西南。　⑲ 纲络:网罗,包罗。　⑳ 商搉:研讨,商讨。此作汇总解。涓浍(kuài):细小的水流。　㉑ 表:显示,表现。神委:积水深广的样子。李善注引郑玄曰:"委,流所聚。"刘良注:"言深广,故曰神也。"江都:古县名,即今江苏省扬州市。　㉒ 混:汇合。流宗:流派,支流。东会:指长江东流注于海。　㉓ 五湖:此指太湖。李善注引张勃《吴录》曰:"五湖者,太湖之别名也,周行五百余里。"漫漭(mǎng):水面宽广无边的样子。　㉔ 三江:说法不一。李善注:"《尚书》曰:'三江既入,震泽底定。'孔安国曰:'自彭蠡,江分为三,入震泽。'又曰:'震泽,吴南太湖名也。'"《水经注·河水》引郭璞注,则以岷江、松江、浙江为三江。溃(pēng)沛:波涛激荡的声音。　㉕ 滈(hào)汗:川流不息的样子。六州:指长江流经的益、梁、荆、江、扬、徐各州。大体包括今甘肃、四川、陕西、湖北、湖南、江西、安徽、江苏诸省之部边地区。这里极言长江流域之广。　㉖ 经营:回旋往来。炎景:即烈日。李善注:"南方火,故曰炎景。"　㉗ 作限:成为险阻。华:中原地区。裔:蛮夷,此泛指边远地区。　㉘ 壮:壮伟。崄(xiǎn)介:险阻。　㉙ 呼吸万里:形容长江流势迅疾,呼吸之间可达万里。　㉚ 吐纳:吐出、接纳。灵潮:潮水。潮水朝夕涨落,若有神掌控,故曰"灵潮"。　㉛ 逸势:奔驰、迅疾的气势。　㉜ 鼓怒:动怒。　㉝ 峨嵋:即峨眉山。在四川省峨眉山市西南。泉阳:县名。李善注:"泉阳,即阳泉也。"顾野王《舆地志》云:'益州阳泉县,蜀分绵竹立。'"故城在今四川省德阳市西。揭:标记。　㉞ 玉垒:山名,在今四川省都江堰市西北。东别:岷江南流至都江堰市分内外二江,向东分出一条支流,即"东别"。李善注:"《水经》曰:'江水又东别为沱,开明之所凿。'《尚书》曰:'岷山导江,东别为沱。'"标:标记。　㉟ 衡:即南岳衡山,在湖南省衡山县。霍:霍山,即安徽省霍山县西北的天柱山。磊落:山高大的样子。镇:一方之主山。李善注:"《周礼》曰:'荆州之镇山曰衡山。'郑玄曰:'在湘水南,镇山名,安地德者也。'"　㊱ 巫:巫山,在重庆市巫山县东与湖北省交界处。庐:庐山,在江西省九江市南。嵬(wéi)崛(jué):山高大特出的样子。峤(qiáo):山尖而高。　㊲ 协灵通气:即协通灵气。此句是说,江水长流不息,可使山川之气相通。李善注:"《庄子》曰:'川谷通气,以载风。'"　㊳ 渍(pēn)薄:波浪激荡。相陶:指陶冶化育万物。李善注:"《老子》曰:'阴阳陶冶万物。'"　㊴ 流风:迅疾的风。蒸雷:腾起的雷声。蒸:上升。此句是说,迅疾的山风狂吹波涛,发出巨大声响,犹如惊雷从水面上升起。　㊵ 此句是说,水气上升化为彩虹,腾空入云。　㊶ 信阳:即信陵之阳。李善注引臧荣绪《晋书》:"建平郡有信陵县。"在今重庆市。长迈:长行。　㊷ 淙:流注。大壑:大海。《庄子·天地》:"夫大壑之为物也,注焉而不满,酌焉而不竭。"成玄英疏:"大壑,海也。"沃焦:传说中的一座山,在东海南三万里。　㊸ 巴东:县名,古属巴郡,今属湖北宜昌地区。从重庆奉节至湖北宜昌之间的长江两岸,山高谷深,形成无数峡谷,其中最著名的是三峡。　㊹ 夏后:大禹。后:君主,帝王。　㊺ 绝岸:陡峭的崖壁。　㊻ 壁立:像墙壁一样直立。赮:古"霞"字。驳:本指马毛色不纯。此处指岩壁色彩如云霞般斑斓。　㊼ 虎牙:山名。李善注引盛弘之《荆州记》:"郡西溯江六十里南岸有山,名曰荆门,北岸有山,名曰虎牙,二山相对,楚之西塞也。虎牙,石壁红色,间有白文,如牙齿状。荆门上合下开,开达山南,有门形,故因以为名。"嵥(jié)竖:突出耸立的样子。屹举(zú):山势高峻的样子。　㊽ 荆门:山名。阙竦(sǒng):像耸立的高阙。阙:古代官殿、祠庙等建筑物门前两边的高建筑物,左右相对,中间有路,故又称"双阙"。磐礴:连绵词,通常写作"磅礴"。此指山势高大,气势雄伟。　⑭圆渊:漩涡。张铣注:"峡间江水深急,激岸石而成圆流,故云圆渊也。"回:回旋。悬腾:向空中腾涌。　㊿溘(pén)流:声响很大的急流。李善注引《仓颉篇》:"溘,水声也。"吼(hǒu):同"吼"。电激:如闪电般急猛。　51暴洒:浪花四溅的样子。暴:突然,迅疾。　52飞薄:飞扬激荡。　53迅澓(fú):迅疾的回流。增:通"层"。洸:回旋的水流。　54涌湍:汹涌的急流。叠跃:形容波浪不断奔腾,后浪推前浪。　55砯(pīng):水浪击打岩石发出的声音。鼓作:如鼓声大作。　56湁(pēng)潗(huò)、漎(xiáo)灂(zhuó):李善注:"皆大波相激之声也。"　57澃(pīng)浿(bèi)灊(hōng)瀱(kuài)、溃濩(huò)、㳽(huò)潒(huò):李善注:"皆水势相激汹涌之貌。"　58漍(yù)湟、忽(hū)泱、潚(shù)泅(shǎn)、潤(shěn)潏(yuè):李善注:"皆水流漂疾之貌。"　59漩濩(huán)、荥浩(yíng)、渨(wēi)㵢(lěi)、溃(pēn)瀑:李善注:"皆波浪回旋溃涌而起之貌也。"　60漫(zé)减(yù)、泯(jìn)泪:水波起伏的样子。　61龙鳞结络:李善注:"如龙之鳞,连结交络也。"　62漼(duì)㳫(duò):沙石随水流动的样子。　63硠(lù)矹(wù):沙石转动的样子。前却:进退。　64潜演:潜行地下的水流。汩潚(gǔ):水涌出的样子。　65奔溜:奔泻的水流。磢(chuǎng)错:碰撞、摩擦。指水流摩擦岩石。　66厓:"涯"的古字。水边,岸。陬(yǎn)涯、㳩(lè):石头散裂开。嵃(yǎn):险峻的样子。这句是说,岸边石头因被水冲击而散裂,使得石岸显得更加险峻。　67碕(qí)岭:连绵不断的山岭。岩崿(è):急流冲击崖岸所形成的坎穴。　68衕:同"洞"。积:积聚,积累。岨(zǔ):同"阻",险要。幽洞中巨石积阻成险。　69礐(què)硞(kè)礐(luò)礭(què):李善注:"皆水激石险峻不平之貌。"　70曾潭:重潭,深潭。府:李善注引王逸《楚辞注》:"楚人名渊曰潭府。"意为如府库深不可见。　71灵湖:深湖。灵湖之渊:深渊。　72澄澹、汪沆(guāng)、沉(wǎng)滉(huàng)、囷(yuān)沄(xuàn):李善注:"皆水深广之貌。"　73泓沄(hóng)、泂(jiǒng)潒(hòng)、涒(yūn)邻、圓(wān)潾(lín):李善注:"皆水势回旋之貌。"　74混瀚(hàn)、灏(xiǎn)涣:水势清深而闪亮的样子。　75映:光影。焆(juān):光明。扬焆:湖面上阳光闪耀。　76溟濛、渺湎(miǎn)、汗汗、沺(tián)沺:李善注:"皆广大无际之貌。"　77瀚(wěng)渤:雾气涌出而弥漫的样子。杳:幽暗深远。　78时:时时。郁律:水气上蒸的样子。　79胚浑:混沌。古人指宇宙未形成的状态。李善注:"言云气杳冥,似胚胎浑混,尚未凝结,又象太极之气,欲构天也。"　80太极:中国古代哲学中所说一种原始的混沌之气,为宇宙万物的本源。《周易·系辞上》:"易有太极,是生两仪,两仪生四象,四象生八卦。"构天:指天地万物的形成。　81浃(xiá)渫(dié):水波连续的样子。　82此句是说,水流湍急,涌起高浪,如山一般崔嵬。　83盘涡:漩涡。谷转:顺着山谷流转。　84此句意为,飞腾起的波涛落下就如同高山倒塌。　85阳侯:传说中的波神。高诱《淮南子注》:"阳侯,陵阳国侯。其国近水,溺水而死,其神能为大波,有所伤害,因谓之阳侯之波。"后以阳侯指代巨浪。砐(è)硪(é):水波摇动的样子。岸起:指浪高如崖岸。　86涴(wǎn)演:水势回曲的样子。云回:像云一样回绕。　87沂(yín)沦:水流回旋的样子。潶(wā)濊(huái):水波起伏不平的样子。　88乍泡(yà):水突然落下。堆:指水波高起。　89皴(kàn):深的样子。吕向注:"皴,深穴。言水为烈风所吹,四面浪起,中为深穴,则皴然如地裂。风波既息,烟雾尽销,则豁然若天开。"　90天开:云开雾散。　91曲厓:弯曲的山崖。　92崩浪:浪触崖而崩散坠落。相礧(léi):互相撞击。　93厒(kè)窟:山边洞穴。渊(pēng)渤:水声。　94溘(pén)涌:水汹涌漫溢。驾:凌驾,漫过。隈(wēi):山的弯曲处。　95江豚:一种鲸类,李善注引《南越志》:"江豚似猪。"海狶(xī):即海豚,李善注引郭璞《山海经注》曰:"今海中有海狶,体如鱼,头似猪。"　96叔鲔(wěi):小鲟鱼。大者称"王鲔",小者称"叔鲔"。王鳣

[366] 郭 璞　　　　　　　　　　　　　　　　　　　　　　江 赋

(zhān)：鳣鱼之大者，即大鲟鳇鱼。　　⑨鳎(huá)：李善注引《山海经》："鳎鱼，其状如鱼而鸟翼，出入有光，其音如鸳鸯。"鲢(liàn)：形似绳的一种鱼。鰧(téng)：李善注引《山海经》曰："鰧，其状如鳜。"鮋(yóu)：一种体长似鳝的鱼。　　⑧鲮(líng)：身体侧扁，口小，鳍长，分布于我国南方各省水系中。鳐(yáo)：即文鳐鱼，又名飞鱼。鯩(lún)：一种形状似鲫鱼、体有花纹的鱼。　　⑨鹿觡(gé)：一种头长类似麋鹿角的鱼。李善注引《临海异物志》曰："鹿觡，长二尺余，有角，腹下有脚，如人足。"又引郭璞《山海经注》曰："麋鹿角曰觡。"象鼻：长得似象鼻的鱼。　　⑩虎状：李善注引郭璞《山海经注》："今海中有虎鹿鱼，体皆如鱼，而头似虎鹿。"龙颜：一种长得似龙的鱼。　　⑩鑴(cuī)错：间杂交错的样子。　　⑩焕烂：光辉灿烂。锦斑：色彩艳丽斑斓。　　⑩唌(xián)：同"涎"，口沫。　　⑩排流：逆水而上。呼哈：鱼在水中呼吸吞吐。⑩游延：漫游。　　⑩爆采：指鱼在水面露出其色彩。晃渊：指鱼在深水中闪耀光辉。　　⑩嚇(hè)：张开。　　⑩介：大。　　⑩鲅(zōng)：即石首鱼。李善注引《字林》曰："鲅鱼，出南海，头中有石，一名石首。"鲞(zī)：即刀鱼。李善注引郭璞《山海经注》曰："鲞，狭薄而长，头大者长尺余，一名刀鱼，常以三月八月出，故曰顺时。"　　⑩怪错：奇怪杂错。　　⑪潜鹄：一种水鸟。鱼牛：李善注引《山海经》曰："鱼牛，其状如牛，陵居，蛇尾，有翼。"　　⑫虎蛟：李善注引《山海经》曰："虎蛟，其状鱼身而蛇尾，有翼，其音如鸳鸯。"钩蛇：李善注引郭璞《山海经注》曰："今永昌郡有钩蛇，长数丈，尾岐，在水中钩取岸人及牛马啖之。"　　⑬蜦(lún)：李善注引《说文》曰："蜦，蛇属也，黑色，潜于神泉之中，能兴云致雨。"蟺(tuán)：李善注引《山海经》曰："蟺鱼，其状如鲋而彘尾。"鲎(hòu)：李善注引《广志》曰："鲎鱼，似便面，雌常负雄而行，失雄则不能独活，出交阯南海中。"蛚(mèi)：一种形状似虾、寄生龟壳的水虫。　　⑭鳍(fèn)：鱼名。体如圆盘，口在腹下，尾端有毒。蓲(yuāng)、蘼(mí)、蘼(má)：皆龟类。　　⑮王珧(yáo)：大蚌，白如雪。海月：一种大海贝，白色，体圆如月。　　⑯土肉：一种多足水生动物，黑色。石华：海中甲壳类动物，附石生。　　⑰三蝬(zōng)：介类动物，似蛤。蚨(fóu)江：李善注："旧说曰，蚨江，似蟹而小，十二脚。"　　⑱鹦螺：李善注引《南州异物志》："鹦鹉螺，状如覆杯，头如鸟头，向其腹视，似鹦鹉，故以为名也。"蜁(xuán)蜗：一种小螺。　　⑲璅(suǒ)蛣(jié)：介类动物，今称寄居蟹，长寸余，大者二三寸，腹中有一小蟹。　　⑳虾虹：水母无耳目，以虾为目。李善注引《南越志》曰："海岸间颇有水母，……正白，濛濛如沫，生物有智识，无耳目，故不知避人。常有虾依随之，虾见人则惊，此物亦随之而没。"　　㉑紫蚢(háng)：大紫贝。渠：古代车轮的外圈。此句是说紫贝大如车轮。　　㉒洪蚶(hān)：大蚶，一种软体动物，贝壳厚而坚硬。专车：指蚶大得可装满一车。⑬琼蚌：蚌似玉，故名。晞(xī)曜：在阳光下闪耀。此指琼蚌开壳以向日。莹珠：指琼蚌所生的晶莹透亮的珍珠。　　㉔石蚨(jié)：蚌蚧类，李善注引《南越志》曰："石蚨，形似龟脚，得春雨则生花，花似草华。"因"得春雨则生花"，故曰"应节而扬葩"。　　㉕蜛(jū)蠩(zhū)：虫名。李善注引《南越志》曰："蜛蠩，一头，尾有数条，长二三尺，左右有脚，状如蚕。可食。"森衰：下垂的样子。翘：尾。　　㉖玄蛎：形似马蹄的黑牡蛎。魂(kuài)礧(lěi)、碨(wēi)硙(yā)：皆不平的样子。　　㉗泛激：浮游。　　㉘混沦：转动的样子。　　㉙龙鲤：即穿山甲，又名龙鱼。　　㉚鸧(cāng)：传说中的九头鸟。　　㉛李善注曰："《山海经》曰：'三足鳖，跂尾。'《尔雅》曰：'鳖三足能。'郭璞曰：'今吴兴县阳羡县山上有池，池中出三足鳖，又有六眼龟。'"　　㉜赪(chēng)鳖(biē)：龟的一种，李善注引《山海经》曰："珠鳖之鱼，其状如肺而有目，六足，有珠。"肺(zǐ)跃：肺同"胏"。因赪鳖色红而似肺，故称其跃动为"肺跃"。玑：不圆的珠。　　㉝文鲥(pí)：鱼名。李善注引《山海经》曰："文鲥之鱼，其状如覆铫(有柄的小锅)，鸟首而翼，鱼尾，音如磬之声，是生珠玉。"孕璆(qiú)：藏着美玉。璆，美玉。　　㉞儵(tiáo)蠮(yōng)：传说中的动物，李善注引

《山海经》曰："鯈鳙，状如黄蛇，鱼翼，出入有光。"拂：抖动。掣耀：闪光。 ⑬⑤ 神蜧(lì)：神蛇，潜于神泉，也是传说中的动物。蝹(yūn)蜦(lún)：蛇爬行的样子。沉游：潜游。 ⑬⑥ 騂(bó)马：传说中的动物。李善注引《山海经》曰："騂马，牛尾，白身，一角，其形如虎。"嘘：喷水。蹀：踏。这句是说，马在水中一边踏浪而行，一边喷水。 ⑬⑦ 水兕：水兽名，形似牛。 ⑬⑧ 渊客：即鲛人，神话传说中的人鱼。 ⑬⑨ 馆：构筑房舍。 ⑭⓪ 雹布：如雹散落，极言多。余粮：即禹余粮。传说大禹治水时弃其余粮而化为石。色黄，可入药。一说为产于海中的一种草。⑭① 星离：如星斗陈列，极言多。离，陈列。沙镜：像云母一样发光的沙子。 ⑭② 青纶：像青丝带一样的海藻类植物。也叫"昆布"，包括海带、鹅掌菜、裙带菜等。 ⑭③ 缛：色彩繁丽。组：绶，丝带。缛组，像彩色丝带一样的海草。 ⑭④ 荧晔：光明的样子。丛被：丛生覆盖。 ⑭⑤ 绿苔：又名海苔，生长在水中岩石上。鬖(sān)髿(shā)：本指头发凌乱的样子，此指散乱。研：同"砚"，光滑的石头。 ⑭⑥ 石帆：一种生长在海中沙洲山石上的海草。蒙龙：草木茂盛的样子。⑭⑦ 荓(píng)：同"萍"，水草。实：草籽。时出：不时出现。漂泳：漂浮。 ⑭⑧ 其下：水下。丹砾：丹砂。 ⑭⑨ 云精：云母。爥(zhú)银：精光闪烁的银子。爥同"烛"。 ⑮⓪ 珕(lì)：蜃类，大蚧。古以珕贝作刀剑鞘上的装饰品。珋(liú)：有光的石头。璿(xuán)瑰：玉名。 ⑮① 水碧、潜瑉(mín)：皆水玉。 ⑮② 鸣石：撞击可发出声音的美石，色青，似玉。阳渚：江北的沙滩。渚：水边。 ⑮③ 浮磬：可制磬之大石，露出水面，似漂浮水中，故曰。肆：陈列。阴滨：南岸水边。 ⑮④ 颎(jiǒng)彩：明亮的光彩。"颎"同"炯"。轻涟：微波。 ⑮⑤ 焆(juān)曜：照耀。厓邻：水畔。 ⑮⑥ 溽(rù)：湿润。 ⑮⑦ 津：润。 ⑮⑧ 羽族：指鸟类。 ⑮⑨ 晨鹄：又名晨凫。野鸭，常以晨飞，故名。天鸡：一种水鸟，即丹鸡。《尔雅·释鸟》："翰(hàn)，天鸡。"郭璞注："翰鸡赤羽。" ⑯⓪ 鴢(yǎo)：状如鸭的一种水鸟，青身，朱目，赤尾。鷔(ào)：水鸟名，李善注引《山海经》曰："鷔，青黄，其所集者其国亡。"鸥：水鸟名。在海者称海鸥，在江者称江鸥。鴏(dài)：传说中的鸟名。《山海经·中山经》："(首山)其阴有谷，曰机谷，多鴏鸟，其状如枭面三目，有耳，其音如录，食之已垫。" ⑯① 阳鸟：鸿雁之类的候鸟。爰：助词，用在句中有加强语气的作用。⑯② 玄月：农历九月。李善注引《尔雅》曰："九月为玄。" ⑯③ 聒：喧扰，声音嘈杂。 ⑯④ 濯：洗。翮(hé)：羽茎，代指鸟翼。疏风：临风梳理羽毛。疏："梳"的本字。 ⑯⑤ 翻(yù)翃(xuè)：鸟鼓动翅膀的样子。 ⑯⑥ 挥弄：挥洒、舞弄。珠：水珠。 ⑯⑦ 拊拂：拍打。瀑沫：飞溅的水沫。⑯⑧ 集：群鸟聚集。霞布：彩霞满天。 ⑯⑨ 产：产卵。毻(tuò)：脱毛。积羽：地名。张铣注："积羽，地名，方千里，群鸟产乳毻毛之处。" ⑰⓪ 勃碣：地名。李善注引伏琛《齐地记》曰："勃海郡东有碣石，谓之勃碣也。" ⑰① 橉(lín)：橝木。杞：杞柳。稹：稠密。薄：丛生。浔涘：水边。⑰② 櫔(lì)、梿(lián)：两种树木。森：树木丛生的样子。罗峰：布满山峰。 ⑰③ 桃枝：即桃枝竹，可织席作杖。篔(yún)筜(dāng)：一种竹子，生水边。 ⑰④ 实、有：皆助词。丛：丛生。⑰⑤ 葭(jiā)：芦苇。蒲：菖蒲。云蔓：形容多而无边。 ⑰⑥ 樱(yìng)：彩色相映。兰：泽兰。红：茏古。俗名红草，叶大，赤白色，生水泽中。 ⑰⑦ 皜(hào)：洁白。毦(ěr)：草花。 ⑰⑧ 擢(zhuó)：抽发，蒙生。茸：草花。 ⑰⑨ 荫：遮蔽。隩(yù)：岸边弯曲处。 ⑱⓪ 繁蔚：草木茂盛的样子。蓠：即江蓠，一种香草。 ⑱① 隐蔼：繁密茂盛的样子。水松：草名，可入药。 ⑱② 涯灌：水边丛生的草木。芊(qān)蒨(liàn)：青翠茂盛的样子。 ⑱③ 潜荟：水中茂盛的植物。葱茏：青翠的样子。 ⑱④ 鲮(líng)：鱼名。见前注。鯥(lù)：传说中的一种鱼。李善注引《山海经》曰："有鱼状如牛，陵居，蛇尾，其名曰鯥。"踤(kuí)：跳跃。跼(jú)：曲身。垠：边际。隒(yǎn)：崖，岸。 ⑱⑤ 猵(bīn)：小水獭。獭：水獭。睒(shǎn)：一瞥。瞲(xuè)：惊视。嵰(qiān)：岸侧空处。 ⑱⑥ 迅蜼(wèi)：行动敏捷的长尾猴。蜼，长尾猴。临虚：临空。骋巧：显

〔368〕　郭　璞　　　　　　　　　　　　　　　　　　　　　江　赋

示灵巧。　⑱玃(jué)：大母猴。登危：登高。危：险峻。雍容：从容不迫。　⑱夔(kuí)牯(hǒu)：夔牛犊。李善注："《山海经》曰：'岷山多夔牛。'郭璞曰：'今蜀山中有大牛，重数千斤，名为夔牛。'又《尔雅注》曰：'今青州呼犊为牯，牯，夔牛之子也。'"翘踛(lù)：举足跳跃。夕阳：山的西面。　⑱鸑雏：凤凰一类的神鸟。山东：山的东面。　⑲因：沿着。岐：山岸曲处。渚：水中小块陆地。　⑲开：冲开。以上两句张铣注曰："言江水潮，因曲成渚，山夹为洞，波潮触之，又为沟渠也。"　⑲潄：冲刷。浦：水滨。　⑲区别作湖：江水分流而形成湖泊。　⑲磴(dèng)：本为石阶，此处指水势不断上涨。灒(fán)：水暴涨。瀷(yì)：地面积水。　⑲澥(xiè)：排泄。尾闾：古代传说中海水排泄处。《庄子·秋水》："天下之水，莫大于海，万川归之，不知何时止而不盈；尾闾泄之，不知何时已而不虚。"　⑲标：标志。翠翳(yì)：青翠茂密的样子。　⑲泛：漂浮。菰(gū)：即茭白。漂在水上，故曰"游菰"。　⑲播：遍布。匪：通"非"。艺：种植。芒种：此处指稻麦。　⑲挻：生长。自然：天生的。嘉蔬：美味蔬菜。　⑳鳞被：指菱荷之多如鳞片覆盖水面。菱荷：菱角、荷花。　㉑攒(cuán)：聚集。蓏(luǒ)：草类植物的果实。　㉒翘：挺，举。濆(fèn)：水浸。蕊：花。　㉓颖：穗。裹：水草的果实。　㉔猗萎：随风飘摇的样子。　㉕潭沱(tuó)：随波漂浮的样子。　㉖流光：指各种花草散发出的光彩。潜映：映入水中。　㉗炎：盛。以上两句，李善注曰："言草木之华蕊流耀，潜映波澜，景色外发，炎于蝦火。"　㉘云梦：即云梦泽。春秋时楚国著名的大沼泽，在今湖北省，本为二泽，跨长江两岸，江南为梦，江北为云，面积广八九百里，后世淤塞。雷池：水名。古雷水自今湖北省黄梅县东流，经今安徽省宿松县，于望江县东南积而成池，故名。　㉙彭蠡：即鄱阳湖，在今江西省。青草，即青草湖，亦名巴丘湖，南接湘水，北通洞庭湖，水涨则与洞庭湖相接，所谓重湖。在今湖南省。　㉑具区：即今太湖，在江苏省南。洮(yáo)：湖名，在今江苏省溧阳市和金坛市境内。滆(gé)：湖名，在今江苏省武进市西南。　㉑朱：湖名，李善注引《水经注》："朱湖在溧阳。"浐(chǎn)：湖名，李善注引《水经注》："沔水又东得浐湖，水周三四百里。"丹：湖名，在今江苏省丹阳市。漅(chǎo)：即巢湖，在今安徽省巢湖市。　㉒极望：极目远望。数百：数百里。　㉓沆(hàng)漾(yǎng)：广大的样子。晶(xiǎo)漾(yǎo)：水深白的样子。　㉔爰：于是，于此。包山：即苞山，即今太湖中的西洞庭山。洞庭：包山下的地穴。　㉕巴陵：郡名，今湖南省岳阳市。地道：地穴。　㉖逵：四通八达的道路。潜逵，指水下的穴道。　㉗幽岫(xiù)：幽深的山洞。窈窕：指地穴幽深曲折的样子。　㉘金精：黄金。李善注引《穆天子传》："河伯曰：'示汝黄金之膏。'"郭璞注曰："金膏，其精为(chuò)也。"玉英：有英华之色的玉。瑱：本指充耳之玉，引申为填充。　㉙瑶珠：美玉珍珠。琗(cuì)：珠玉光彩相杂错。　㉒骊虬(qiú)：骊龙。摎(jiū)：纠结，盘绕。址：地基，水底。　㉑梢云：瑞云，祥云。李善注引孙氏《瑞应图》曰："梢云，瑞云。人君德立则出，若树木梢梢然也。"嶷(biǎo)：山巅。　㉒海童：传说中的海中仙童。　㉓琴高：传说中的仙人。李善注引《列仙传》曰："琴高浮游冀州二百余年，后入砀水中，乘赤鲤鱼来，出泊一月，复入水去。"矫：飞。　㉔冰夷：传说中的河神。《山海经·海内北经》："纵极之渊深三百仞，维冰夷恒都焉。"郭璞注："冰夷，冯夷也。"《庄子·大宗师》："冯夷得之，以游大川。"《释文》："司马(彪)云：《清泠传》曰：华阴潼乡堤首人也。服八石，得水仙，是为河伯。"傲睨：傲然斜视，目空一切。　㉕江斐：传说中的汉水女神。参见第二百九十八条"感交甫之丧珮"下注。嚬(pín)：忧愁的样子。矊(mián)眇：远视的样子。　㉖抚：拍，按。凌波：起伏的波浪。凫跃：像凫一样腾跃水面。　㉗翠霞：彩霞。李善注："《陵阳子明经》曰：'春食朝霞。'朝霞者，日始出之赤气也。"在神话传说中，仙人是吸食霞露的。夭矫：自得的样子。　㉘八风：四面八方之风。具体说法不一，李善注引《淮南子》曰："天有八风：条风,明庶风,清明风,景风,凉风,阊阖风,不周风,广莫风。"《吕氏春秋·有始》:"何谓八风?东北曰炎风,东方曰滔风,东南曰熏风,南方曰巨风,西南曰凄风,西方曰飔(liù)风,西北曰厉风,北方曰寒风。"似此说更佳。不翔:不飞,不吹。　㉙舟子:船夫。搦(nuò):握,持。棹(zhào):船桨。搦棹,意为划船。　㉚涉人:船夫。檥(yǐ)榜:意为停止划桨靠岸。檥:停止。榜:船桨。　㉛飞云:船名。《吴都赋》刘渊林注曰:"飞云,吴楼船之有名者也。"　㉜艅(yú)艎(huáng):船名。李善注引《左传》:"楚败吴师,获其乘舟艅艎。"　㉝舳(zhú):船尾。舻(lú):船头。属:连接。　㉞樯:桅杆。　㉟溯洄:逆流而上。沿:顺流而下。　㊱交:即交州,今广东、广西部分地区。益,即益州,故地大部分在今四川省。　㊲投:到。幽:即幽州,故地在今河北省及辽宁一带。浪:即乐浪郡,汉武帝时始置,地在今朝鲜境内。　㊳竭:尽。南极:南方极远之地。　㊴穷:尽。东荒:东方荒远之地。　㊵瞷(lì):窥视,观测。雰(fēn):气。祲(jìn):邪气,妖气。李善注引郑玄《礼记注》曰:"祲,阴阳气相浸渐以成灾也。"清旭:清晨。　㊶觇(chān):窥视,观测。五两:古代测风器。李善注:"《兵书》曰:'凡候风法,以鸡羽重八两,建五丈旗,取羽系其巅,立军营中。'许慎《淮南子注》曰:'綄(huán),候风也,楚人谓之五两也。'"　㊷长风:大风。颹(wěi):风大的样子。扇:吹。　㊸广莫:即广莫风,指北风。飗(lì):风急速的样子。整:肃。　㊹飉(ruí):风力迟缓的样子。　㊺疾:指风刮得快。　㊻迅越:极快地渡越。　㊼趴(pāi):越过。涨、洄:皆江水深广的样子。截:横渡。　㊽凌波:越过浪头。柂(duò):同"舵"。纵柂,自由行驶。　㊾电往:形容船行迅疾如闪电。杳溟:渺茫极远之地。　㊿霚(duì):云疾飞的样子。晨霞:朝霞。征:行。　(51)眇:辽远,高远。云翼:此指大鹏。《庄子·逍遥游》:"(鹏)怒而飞,其翼若垂天之云。"故此用"云翼"代指大鹏。绝岭:飞度山岭。　(52)倏忽:极短的时间。数百:数百里。　(53)俄顷:片刻之间,一会儿。　(54)飞廉:传说中的风神。李善注引《史记》曰:"飞廉善走。"睎(xī):望。　(55)渠黄:骏马名。李善注引《穆天子传》曰:"天子之八骏曰渠黄。"企:同"跂",踮起脚跟看。景:同"影"。　(56)芦人渔子:采芦捕鱼之人。　(57)摈:弃,被排斥。落:漂落。　(58)羽褐:用粗毛、粗布制成的衣服。　(59)鲜:小鱼。　(60)栫(jiàn):用柴木堵塞。淀:较浅的水。涔(cén):积柴于水中捕鱼。　(61)潀(cóng):小水流入大水。夹潀,指用两面夹堵的方式使小水流于大水。罗:张设网具。筌:竹制的捕鱼器。　(62)笱:捕鱼器。此指用"笱"捕鱼。洒:此指设钓钩。锋:此指钓钩。连锋,指钓鱼具相连。　(63)罾(zēng)、罍(léi):皆鱼网名。比:并列。　(64)轮:收卷钓丝的转轮。碕(qí):曲折的堤岸。悬碕,陡峭而曲折的崖岸。　(65)中濑:湍急的水流中。横旋:横舟盘旋。　(66)忽:不经意,不觉。忘夕而宵归:忘却傍晚已临,至夜方归。　(67)《采菱》:歌曲名。叩舷:拍打船舷。　(68)傲:傲然,骄傲自豪的样子。讴:同"讴",歌唱。　(69)寻:追逐。穷年:终年。　(70)域:限制在固定位置上。盘岩:大山。盘:通"磐",巨大石头。　(71)豁:疏通。洞:深。壑:海。洞壑,大海。　(72)沱(tuò):通"沲"。江水支流的通名。汜(sì):江水分岔流出后又回到主流。　(73)鼓:鼓荡。朝夕:即"潮汐"。　(74)凑:汇聚。　(75)蒸:蒸腾。液:指江水。此句言江水蒸腾为云雾。　(76)怪:奇异的,不常见的。化产:孵化繁殖。　(77)傀(guī):怪异的。窟宅:穴居。　(78)纳:容纳。隐沦:神人。李善注引《桓子新论》:"天下神人五:一曰神仙,二曰隐沦,三曰使鬼物,四曰先知,五曰铸凝。"列真:列仙,诸仙人。道家称得道的人为真人。　(79)挺:使突出,使特出。异人:特出不凡之人。精魄:精神。　(80)灵润:云雨。　(81)岱宗:泰山的别称。旧以泰山为四岳之宗,故名。触石:指云雾触石,化为雨。　(82)谲变:奇异变化。倏(shū):同"倏",疾速。怳(huǎng):忽,一会儿。　(83)符祥:吉祥的征兆。非一:不只一件。　(84)动应:应验。无方:无常。　(85)感事:与人事相感应。 ㉘ 经纪：经营料理。 ㉗ 错综：交错综合。人术：人事，指世上各种事务。 ㉘ 岷精：岷山的精灵，即岷山之神。东井：星名，二十八宿之一，即井宿。 ㉙ 阳侯：传说中的波神。见注八十五。 ㉚ 奇相：传说中的江神。李善注引《广雅》曰："江神谓之奇相。"宅神：居江为神。 ㉛ 协：合。灵爽：魂魄，精神。湘娥：舜二妃娥皇、女英，传说坠湘水而溺死，死后为湘水之神。 ㉜ 骇：惊骇，吃惊。伯禹：大禹。李善注引《吕氏春秋》曰："禹南省，方济乎江，黄龙负舟，舟中之人，五色无主，禹仰视天而叹曰：'吾受命于天，竭力以养民。生，性也，死，命也，余何忧于龙焉！'黄龙俯耳曳尾而逃。" ㉝ 荆飞：春秋时期楚国勇士伙(cì)飞。成气：指伙飞杀蛟龙前显示的英勇气概得以实现。太阿：古代著名的宝剑名。李善注引《吕氏春秋》："荆有伙飞者，得宝剑于干遂(高诱注："干遂，吴邑。")，反涉江至于中流，有两蛟绕其舟(小船)，伙飞拔宝剑曰：'此江中腐肉朽骨也。'赴江刺蛟，杀之。荆王闻之，仕以执珪。" ㉞ 悍：强悍，勇悍。要离：春秋时刺客。曾受命替吴公子光(阖闾)谋杀王子庆忌。图庆：图谋杀害王子庆忌。推戈：举剑，挥戈。李善注引《吕氏春秋》曰："要离走往见王子庆忌于卫，庆忌喜，要离曰：'请与王子往夺之国。'王子庆忌与要离俱涉于江，拔剑以刺王子庆忌，捽(zuó，揪，抓)而投之于江，浮出，又取而投之江，如此者三。其卒曰：'汝天下之国士也，幸汝以成名。'要离不死，归吴矣。" ㉟ 灵均：指屈原。《离骚》："名余曰正则兮，字余曰灵均。"任石：怀石，抱石。《史记·屈原贾生列传》："乃作《怀沙》之赋。……于是怀石，自投汨罗以死。" ㊱ 渔父：《楚辞》中有《渔父》篇，写屈原放逐后行吟泽畔，遇渔父，遂相应答。其中既赞扬了屈原不与世俗同流合污的高洁人格，也表现了渔父避世隐身的人生态度。櫂(zhào)：船桨。櫂歌，《楚辞·渔父》："渔父莞尔而笑，鼓枻(yì)(船舷)而去，歌曰：'沧浪之水清兮，可以濯吾缨；沧浪之水浊兮，可以濯吾足。'" ㊲ 周穆：即周穆王。济师：师旅过河渡江。李善注引《纪年》曰："周穆王三十七年征伐，大起九师，东至于九江，叱鼋鼍以为梁。"八骏：李善注引《列子》曰："周穆王远游，命驾八骏之乘：骅骝、绿耳、赤骥、白仪、渠黄、瑜轮、盗骊、山子。"鼋：大鳖。鼍：扬子鳄。 ㊳ 交甫之丧珮：李善注引《韩诗内传》曰："郑交甫遵彼汉皋台下，遇二女，与言曰：'愿请子之珮。'二女与交甫。交甫受而怀之，超然而去，十步循探之，即亡矣。回顾二女，亦即亡矣。" ㊴ 愍：哀怜。神使：神灵的使者，这里指神龟。李善注引《庄子》曰："宋元君夜半梦人被发而窥阿门曰：'予自宰路之泉，为清江使河伯所，渔者豫且得予。'元君觉，召占梦占之曰：'此神龟也。'元君乃刳龟以卜，七十钻(灼之使裂而看裂纹占卜)而无遗策(卦皆灵)。"婴罗：被捕鱼网所缠绕，意为被捕捉。 ㊵ 焕：光亮，鲜明。大块：自然。流形：变动成形，指万物的品类形态。 ㊶ 混：混同，汇合。万：此指万川。尽：尽归。科：坎，此指长江。 ㊷ 不亏：指长江之水不枯竭。 ㊸ 禀：承受。元气：天地未分前的混沌之气。李善注引《春秋元命苞》曰："水者，五行始焉，元气之凑液也。"灵和：美善，和谐。 ㊴ 考：考察。川渎：江河。观：景观。 ㊹ 著：明显，突出。江河：偏义复合词，即长江。

《晋书》本传："太兴初，……璞著《江赋》，其辞甚伟，为世所称。后复作《南郊赋》，帝见而嘉之，以为著作佐郎。"又汤球辑《晋中兴书》卷七《东阿郭录》："郭璞太兴元年奏《南郊赋》，中宗见赋嘉其才，以为著作佐郎。"陆侃如《中古文学系年》因此把此赋系于太兴元年(318)。李善注《文选·江赋》引《晋中兴书》："璞以中兴宅江外，乃著《江赋》，述川渎之美。"璞当时尚在王导参军任上，故此赋有坚定南北士族中兴晋室的用意。全赋以长江为主线，因水及山，极写长江沿岸的有利地形和丰富物产，描绘了长江自然天成、汪洋恣肆的壮丽画卷。

《文选》赋类中有"江海"一门，收木华《海赋》与郭璞《江赋》，二者皆为赋史上描写水域声名最著的作品，于是论者常加以比较。何焯对《海赋》推崇备至，认为其"奇之又奇。相如、子云（扬雄）无以复加"，《江赋》"与《海赋》才力悬绝"（《义门读书记》）。实际二赋各有千秋。《江赋》行文脉络更为清晰：先写长江的源流，整体上观照；再写三峡、沿岸湖泊。前三段描写长江山水。尔后写长江的物产，鱼类、神怪之物、鸟类、矿产，沿江的草木、珍禽异兽、稻麦果蔬、渠壑湖渚，与长江旁通的著名湖泊、洞庭湖，一一铺叙。最后四段写长江水运、渔钓、长江的作用及品质、长江流域的神话传说，侧重人事。整篇赋色彩波澜，气象万千，而铺叙有序。而《海赋》没有《江赋》这么整饬，前后也有重复。

虽然《海赋》内容也相当丰富，但铺排显然没有《江赋》充分，如其写鱼，仅就鲸鱼之大而渲染，不及其他；而《江赋》则写及十数种。所以陆莱论及《江赋》说："首段溯源穷委以尽其大概，次写出峡之险峻，状江湖之渊泓，罗括物产，刻画舟航，义无余蕴，美无剩观。……《洞林》《新林》诸撰，何若一赋，足千古耶！"（《历朝赋格》卷之上二）

正是其大肆铺排，有的学者批评《江赋》的不实。不过夸饰既是大赋创作的传统手法，可能也是郭璞有意为之的艺术风格，于是我们就不能对《江赋》以地理志的规格求之。实际上，正是大量使用夸饰、铺排，《江赋》显得气势雄奇、色彩瑰丽。如其写长江源流，从发源地开始，写江流辞岷山，"拢万川"、"冲巫峡"、"跻江津"、"极泓量"、"状滔天"、"总括汉泗，兼包淮湘。并吞沅澧，汲引沮漳"、"纲络群流，商榷涓浍"、"注五湖"、"灌三江"、"漰汗六州之域"，用一系列非常富有动感的句子、夸张的意象把长江那种"呼吸万里"的雄伟气势凸显了出来。写三峡，云其"绝岸万丈"，如壁直立，虎牙山突兀高峻，荆门山气势磅礴，突出了三峡的险峻；又写三峡中的水流，"骇浪暴洒，惊波飞薄"，更连用几十个描摹水态的字，写得惊心动魄，很好地表现出了三峡奇险壮观之美。写长江水运，用"舳舻相属，万里连樯"夸张的说法，道出了长江水运的繁忙；写顺流行舟，云"凌波纵柂，电往杳溟"，"如晨霞孤征"，"若云翼绝岭"，"倏忽数百，千里俄顷"，"飞廉无以睎其踪，渠黄不能企其景"，也是用高度夸张的笔法，很好地表现出顺流行舟那一日千里的感觉。写长江流域的神话传说，罗列岷精、阳侯、奇相、湘娥、大禹、荆飞、要离、屈原、渔夫、周穆王、郑交甫等神话传说故事，既增加了作品的人文内涵，也给作品涂抹上了浪漫的色彩。因而，《江赋》的铺排、夸饰，不仅没有损伤作品的真实性，反而给作品增色不少。

《江赋》的铺排固然有汉大赋分区铺叙的特征,但作者不是把与长江有关的物事都罗列在作品中,而是进行了一定的选择。写长江的流经之地,作者除了总写,更选择了三峡和曾潭灵湖进行特写。最后四段侧重写与长江有关的人事,也是选择了水运和渔钓两事来重点描绘。并且,《江赋》对特写的事物,也能往往抓住其主要特征来写,而不是一味地堆砌、罗列。写三峡,抓住了三峡的险峻、壮观的特点来写;写曾潭灵湖,侧重写其深广;写长江水运,写其繁忙、四通八达、顺流行舟的迅疾;写渔钓,突出的是渔夫怡然自得的一面。汉大赋虽然会尽可能穷尽赋题所关涉的事物,但只是罗列事物,而对具体事物描摹不具体,不能体现事物的特征。《江赋》虽然也罗列了许多事物,但也有对一些事物的具体描写。显然,《江赋》与汉大赋是有明显区别的。

《江赋》既对汉大赋的表现手法有所继承,又融入了抒情小赋的某些特点,从而形成了其独特的艺术风貌。《江赋》在铺叙中时时涌动着作者对长江的由衷赞美:开头即说"咨五材之并用,寔水德之灵长",为全赋定下感情基调,其后写长江形胜,写物产,写人事,莫不以惊喜之情渗透之,所以结尾处说:"焕大块之流形,混万尽于一科。保不亏而永固,禀元气于灵和。考川渎而妙观,实莫著于江河。"郭预衡说:"《江赋》不仅见其博物之长,行文亦极有气势,且富于情感,与魏晋以来的咏物之赋不同。……这样的文章,既有描述,又有抒情,貌似汉赋而又不同于汉赋,这也是魏晋以下赋体之文的新的特征。"(《中国散文史》) (赵茂林)

仲长敖

晋代思想家。生平事迹不详。著有《核性赋》。

核 性 赋 仲长敖

赵荀卿著书[1],言人性之恶[2]。弟子李斯、韩非顾而相谓曰:"夫子之言性恶当矣,未详才之善否何如,愿闻其说。"

荀卿曰:"天地之间,兆族罗列[3]。同禀气质,无有区别。裸虫三百[4],人最为劣。爪牙皮毛,不足自卫。唯赖诈伪,迭相嚼啮[5]。总而言之,少尧多桀。但见商鞅,不闻稷契[6]。父子兄弟，殊情异计⑦。君臣朋友，志乖怨结。邻国乡党，务相吞噬。台隶僮竖⑧，唯盗唯窃。面从背违，意与口戾⑨。言如饴蜜⑩，心如蛮厉⑪。未知胜负，便相凌蔑⑫。正路莫践，竟赴邪辙。利害交争，岂顾宪制⑬。怀仁抱义，只受其毙。周孔徒劳，名教虚设⑭。蠢尔一概⑮，智不相绝。推此而谈，孰痴孰黠⑯？法术之士，能不嗪齘⑰？仰则扼腕，俯则攘袂⑱。"

荀卿之言未终，韩非越席起舞，李斯击节长歌⑲。其辞曰："形生有极，嗜欲莫限。达鼻耳，开口眼，纳众恶，距群善⑳。方寸地㉑，九折阪㉒，为人作崄易，俄顷成此蹇㉓。多谢悠悠子㉔，悟之亦不晚。"

〔注〕 ① 荀卿：即荀子，战国时赵人，被尊称为荀卿。　② 言人性之恶：《荀子》一书有《性恶》篇，持人性本恶，须通过师法、礼义使之从善的观点。　③ 兆族：即万族，指天地万物。兆：极言众多。　④ 裸虫：同"倮虫"，指无羽、毛、鳞、甲的动物。《大戴礼记·易本命》："倮之虫三百六十，而圣人为之长。"王充《论衡·遁虫》："倮虫三百，人为之长。"　⑤ 嚼啮(niè)：咬啮，这里指人们互相残杀。　⑥ 稷：即后稷，周之先祖。契(xiè)：商之先祖。　⑦ 殊情异计：性情各异，心中所想所谋也不相同。　⑧ 台隶：地位低下的奴仆。《后汉书·济南安王康传》："舆马台隶，应为科品。"李贤注："台、隶，贱职也。"僮竖：即童仆。　⑨ 戾：违背。　⑩ 饴(yí)蜜：饴糖和蜂蜜。　⑪ 蛮厉：许慎《说文解字》："南蛮、蛇种。""厉：恶鬼。"这里用"蛮厉"指人心邪恶，狠毒如蛇。　⑫ 凌蔑：凌辱、蔑视。　⑬ 宪制：法令与制度。　⑭ 名教：儒家所定的名分和以伦常道德为准则的礼法、教化。　⑮ 蠢尔：愚蠢的样子。　⑯ 黠(xiá)：聪明。　⑰ 嗪(jìn)齘(xiè)：咬牙切齿，作痛心、愤怒之状。《玉篇·齿部》："嗪齘：切齿怒也。"　⑱ 攘袂(mèi)：捋起袖子，表示愤怒。袂：衣袖、袖口。　⑲ 击节：打拍子。　⑳ 距：通"拒"，抵抗、抵制。　㉑ 方寸地：一寸见方之地，指人心。　㉒ 九折阪：蜿蜒曲折、崎岖硗薄的地方。《汉书·王尊传》："琅琊王阳为益州刺史，行部至邛郲九折阪，叹曰：'奉先人遗体，奈何数乘此险！'后以病去。及尊为刺史，至其阪，问吏曰：'此非王阳所畏道邪？'吏对曰：'是。'尊叱其驭曰：'驱之！王阳为孝子，王尊为忠臣。'"　㉓ 俄顷：片刻、一会儿。蹇：艰难、困苦。　㉔ 多谢：郑重告诉。

《核性赋》的作者仲长敖，生卒、爵里均不详。《隋书·经籍志》记载仲长敖有集二卷，并将他列在刘弘、山简等人之前，据此推测，可能为西晋人。《核性赋》是其唯一的一篇传世赋作。作者假托荀卿同他的两个学生韩非、李斯讨论人性问题，表达了自己对人性的看法，抒发了一种愤世嫉俗之情。思想深刻，构思精巧。

先秦两汉时期的辞赋，多温柔敦厚、劝百讽一之作，言辞激切者较为少见，东汉赵壹《刺世疾邪赋》算是其中的典型。西晋时期，在以歌颂为主的题材之外，出现了一些讽刺、批判世风的赋作，如阮籍《东平赋》《亢父赋》《猕猴赋》、王沈《释时论》、鲁褒《钱神论》等，而仲长敖的《核性赋》就是西晋赋中批判世风的一篇力作。

与阮籍、王沈、鲁褒等人的作品不同的是,《核性赋》将作者对世风的批判寄托在"人性论"这个学理性话题上,这或许是受到魏晋谈论玄理的风气影响。另一个特别之处在于,《核性赋》采用主客问答的结构形式,但赋中的主客均非"子虚""乌有"等虚拟人物,而是历史上真实存在的名人荀子,及其弟子李斯、韩非。在魏晋的赋中,以真实人物作主客问答的情况十分少见。

荀子对李斯、韩非的一段答语是《核性赋》的重点所在,钱锺书先生论及此赋之旨时说到:"仲氏托为荀子与其弟子问答,盖以《荀子·性恶》篇反复申明:'然则人之性恶明矣,其善者伪也。'然愤世疾俗,大乖荀子本旨,即韩非亦无此激厉。"(《管锥编》)实为不易之论。《荀子·性恶》认为人性本恶,需要待师法、得礼义,化性起伪而从善。《核性赋》借用荀子的说法,将人之"性恶"发挥到极致,出现了不少极端的言论。比如,《大戴礼记·易本命》云:"倮之虫三百六十,而圣人为之长。"王充《论衡·商虫》也说:"倮虫三百,人为之长。"而《核性赋》逆其意,云"裸虫三百,人最为劣。"以至于认为周孔之道徒劳无功,名理教化都为虚设。再如"唯赖诈伪,迭相嚼啮""君臣朋友,志乖怨结""正路莫践,竞赴邪辙"等语,对人性之恶进行了非常直接、外科手术刀似的揭示,几可谓极尽描述揭露剖析之能事。《核性赋》借荀子之口,对人性邪恶的大段描述,有力地表达了作者的惊世骇俗的批判精神。

此赋篇幅较短,在艺术审美上并没有多少精到之处,不过其特点也是较为明显的。即通过"性恶"这一话题,借用荀子之口,用激切的语调、极端的态度展示人性邪恶的多种形态。作者对人性恶的揭示入木三分,让人印象深刻。全篇以四言句式为主,特别是荀子答李斯、韩非一段,全用四言句式。有别于一些四言赋舒缓自然的风格,这段文字以仄声字作为韵脚,短促有力。整个段落节奏紧凑、语调激昂,与此赋喷薄欲出的愤世嫉俗的情感内容极为合拍、交相增益。　　　　(孙福轩)

孙 绰

【作者小传】

(314—371) 字兴公,东晋太原中都(今山西平遥)人,累官至廷尉卿,领著作郎。《晋书》卷五十六记载"(孙绰)博学善属文","少以文才垂称,于时文士,绰为其冠"。《诗品》称其"弥善恬淡之词"。孙绰在当时文坛享有盛誉,温峤、王导、郗鉴、庾亮等人逝世后,皆由孙绰撰写碑文,方可勒石。孙绰尤工书法,唐代张怀瓘《书估》列其为第四等。有《遂初赋》《游天台山赋》等作品流世,明人辑有《孙廷尉集》。

游天台山赋并序　　　　　　　　孙 绰

天台山者[①]，盖山岳之神秀者也[②]。涉海则有方丈、蓬莱[③]，登陆则有四明、天台[④]，皆玄圣之所游化[⑤]，灵仙之所窟宅[⑥]。夫其峻极之状[⑦]，嘉祥之美[⑧]，穷山海之瑰富[⑨]，尽人神之壮丽矣[⑩]。所以不列于五岳[⑪]，阙载于常典者[⑫]，岂不以所立冥奥[⑬]，其路幽迥[⑭]？或倒景于重溟[⑮]，或匿峰于千岭[⑯]；始经魑魅之途[⑰]，卒践无人之境[⑱]。举世罕能登陟[⑲]，王者莫由禋祀[⑳]，故事绝于常篇[㉑]，名标于奇纪[㉒]。然图像之兴[㉓]，岂虚也哉[㉔]！非夫遗世玩道，绝粒茹芝者[㉕]，乌能轻举而宅之[㉗]？非夫远寄冥搜、笃信通神者，何肯遥想而存之[㉛]？余所以驰神运思[㉛]，昼咏宵兴[㉜]，俯仰之间[㉝]，若已再升者也[㉞]。方解缨络[㉟]，永托兹岭[㊱]。不任吟想之至[㊲]，聊奋藻以散怀[㊳]。

太虚辽廓而无阂[㊴]，运自然之妙有[㊵]，融而为川渎[㊶]，结而为山阜[㊷]。嗟台岳之所奇挺[㊸]，实神明之所扶持。荫牛宿以曜峰[㊹]，托灵越以正基[㊺]。结根弥于华岱[㊻]，直指高于九疑[㊼]。应配天于唐典[㊽]，齐峻极于周诗[㊾]。

邈彼绝域[㊿]，幽邃窈窕[51]。近智以守见而不之[52]，之者以路绝而莫晓。哂夏虫之疑冰[53]，整轻翮而思矫[54]。理无隐而不彰[55]，启二奇以示兆[56]，赤城霞起而建标[57]，瀑布飞流以界道[58]。

睹灵验而遂徂[59]，忽乎吾之将行。仍羽人于丹丘[60]，寻不死之福庭[61]。苟台岭之可攀，亦何羡于层城[62]？释域中之常恋[63]，畅超然之高情[64]。被毛褐之森森[65]，振金策之铃铃[66]。披荒榛之蒙茏[67]，陟峭崿之峥嵘[68]。济楢溪而直进[69]，落五界而迅征[70]。跨穹隆之悬磴[71]，临万丈之绝冥[72]。践莓苔之滑石[73]，搏壁立之翠屏[74]。揽樛木之长萝[75]，援葛藟之飞茎[76]。虽一冒于垂堂[77]，乃永存乎长生[78]。必契诚于幽昧[79]，履重险而逾平。

既克跻于九折[80]，路威夷而修通[81]。恣心目之寥朗[82]，任缓步之从容。藉萋萋之纤草，荫落落之长松。觌翔鸾之裔裔[83]，

〔376〕 孙绰　　　　　　　　　　　　　　　游天台山赋

听鸣凤之嗈嗈[84]。过灵溪而一濯[85]，疏烦想于心胸。荡遗尘于旋流[86]，发五盖之游蒙[87]。追羲农之绝轨[88]，蹑二老之玄踪[89]。

陟降信宿[90]，迄于仙都[91]。双阙云竦以夹路[92]，琼台中天而悬居[93]。朱阙玲珑于林间[94]，玉堂阴映于高隅[95]。彤云斐亹以翼棂[96]，曒日炯晃于绮疏[97]。八桂森挺以凌霜[98]，五芝含秀而晨敷[99]。惠风伫芳于阳林[100]，醴泉涌溜于阴渠[101]。建木灭景于千寻[102]，琪树璀璨而垂珠[103]。王乔控鹤以冲天[104]，应真飞锡以蹑虚[105]。骋神变之挥霍[106]，忽出有而入无[107]。

于是游览既周，体静心闲。害马已去[108]，世事都捐[109]。投刃皆虚[110]，目牛无全[111]。凝思幽岩，朗咏长川[112]。尔乃羲和亭午[113]，游气高褰[114]。法鼓琅以振响[115]，众香馥以扬烟[116]。肆觐天宗[117]，爰集通仙[118]。把以玄玉之膏[119]，嗽以华池之泉[120]，散以象外之说[121]，畅以无生之篇[122]。悟遣有之不尽[123]，觉涉无之有间[124]。泯色空以合迹[125]，忽即有而得玄。释二名之同出[126]，消一无于三幡[127]。恣语乐以终日[128]，等寂默于不言[129]。浑万象以冥观[130]，兀同体于自然[131]。

〔注〕①天台山：山名，在浙江省天台县北。　②神秀：神奇秀美。　③方丈、蓬莱：传说中海上神山名。　④四明：山名，在浙江省宁波市西南。　⑤玄圣：指仙人。游化：云游教化。　⑥灵仙：神仙。窟宅：指神仙的住所。　⑦峻极：谓极为陡峭。　⑧嘉祥：犹祥瑞。　⑨穷：达到极点。瑰富：瑰丽多姿。　⑩尽：达到极端。壮丽：宏壮美丽。　⑪五岳：中国的五大名山，通常指东岳泰山、西岳华山、南岳衡山、北岳恒山和中岳嵩山。　⑫阙：空缺。常典：指旧时的典籍。　⑬冥奥：幽深。　⑭幽迥：犹深远。　⑮倒景：物体倒映于水中。重溟：指海。　⑯匿：隐藏、躲藏。岭：山，山脉。　⑰魑魅：传说中山泽之神怪。　⑱卒：完毕，终了。践：踩，踏。无人之境：指人迹不到的荒野。　⑲举世：全世界，普天下。罕：稀少。登陟：登上。　⑳王者：帝王，天子。莫：没有，无。由：经过，经历。禋（yīn）祀：泛指祭祀。　㉑故事：用作讲述的事情。绝：断。常篇：指经典。　㉒标：用文字或其他事物表明。奇纪：此处指《内经山记》。　㉓图像：绘制的画像。兴：流行，盛行。　㉔岂：难道。虚：不真实的。　㉕非：不是。遗世：超脱尘世，避世隐居。　㉖绝粒：道家摒除火食、不进五谷求得延年益寿的修养术。茹芝：服食灵芝。　㉗乌：文言疑问词，哪，何。轻举：轻率行动。宅：居住。　㉘远寄：谓寄情于世外。冥搜：尽力寻找、搜集。　㉙笃信：忠实地信仰。通神：形容本领极大，才能非凡。　㉚遥想：悠远地思索或想象。存：保留、留下。　㉛驰神：驰思、遐想。运思：犹构思。　㉜昼：白天。宵兴：夜间起来。　㉝俯仰之间：形容时间短暂。　㉞若：如，像。升：向上，高起。　㉟方：才，刚刚。缨络：比喻世俗的束缚。　㊱托：寄，暂放。兹：这，这个。岭：指天台山。　㊲不任：犹不胜，表示程度极深。吟想：沉吟想念。至：极、最。　㊳聊：姑且，勉强。奋藻：谓奋笔写作。散怀：抒发情怀。　㊴太虚

指天，天空。阆(hé)：阻隔不通。　⑩ 运：使用。妙有：道家指超乎"有"和"无"以上的原始存在。　⑪ 川渎：泛指河流。　⑫ 山阜：土山，泛指山岭。　⑬ 台岳：此指天台山。奇挺：奇异挺拔。　⑭ 牛宿：星宿名，二十八宿之一，玄武七宿的第二宿。曜：照耀，明亮。　⑮ 灵越：对古越地之美称。　⑯ 结根：犹植根，扎根。华岱：华山与泰山的并称。　⑰ 直指：笔直指向。九疑：亦作"九嶷"，山名，在湖南宁远县南。　⑱ 配天：与天相比并。　⑲ 周诗：指《诗经》。　⑳ 绝域：与外界隔绝之地。　㉑ 幽邃：幽深，深邃。窈窕：深远貌，秘奥貌。　㉒ 之：往，到。　㉓ 夏虫之疑冰：犹夏虫语冰。喻人囿于见闻，知识短浅。　㉔ 轻翮(hé)：轻捷的翅膀。矫：飞也。　㉕ 无隐：没有隐瞒或掩饰。不彰：不显。　㉖ 二奇：指赤城和瀑布。兆：形也。　㉗ 赤城：山名，在浙江省天台县北，为天台山南门。霞起：红霞飞起。建标：树立标识。　㉘ 界道：划为一道疆界。　㉙ 灵验：神奇的效应。徂(cú)：往。　㉚ 仍：因袭，沿袭。羽人：神话中的飞仙。丹丘：传说中神仙所居之地。　㉛ 福庭：指神佛所居之处。　㉜ 层城：古代神话中昆仑山上的高城。　㉝ 释：放开，放下。域中：寰宇间。　㉞ 超然：谓离尘脱俗。高情：高隐超然物外之情。　㉟ 毛褐：兽毛或粗麻制成的短衣。森森：丰满修长貌。　㊱ 金策：指禅杖。铃铃：象声词。　㊲ 荒榛：杂乱丛生的草木。蒙茏：草木茂密貌。　㊳ 峭崿：高峰、高崖。峥嵘：高峻貌。　㊴ 楢(yóu)溪：山名，在浙江省天台县东，又名欢溪。　㊵ 五界：指余姚、鄞、句章、剡、始宁五县之界。迅征：疾行。　㊶ 穹隆：长曲貌。悬磴(dèng)：石桥。　㊷ 绝冥：指极幽深之处。　㊸ 莓苔：青苔。　㊹ 壁立：形容山崖石壁的陡峭。翠屏：形容峰峦排列的绿色山岩。　㊺ 樛(jiū)木：枝向下弯曲的树。　㊻ 葛藟(lěi)：植物名，又称"千岁藟"，落叶木质藤本。　㊼ 垂堂：喻危险的境地。　㊽ 永存：长存不灭。　㊾ 幽昧：昏暗不明。　㊿ 跻(jī)：登，上升。九折：言道路艰险。　51 威夷：逶迤、迂远貌。修通：和顺通畅。　52 寥朗：空阔明朗。　53 觌(dí)：相见。翔鸾：飞鸾。裔裔(yì)：形容鸟飞翔之状。　54 鸣凤：凤凰。传说中的瑞鸟。噰噰(yōng)：鸟类和鸣声。　55 灵溪：水名，在浙江天台西北。　56 遗尘：喻未尽去除的尘思俗念。旋流：回旋的深水。　57 五盖：佛教称贪欲、瞋恚、睡眠、掉悔、疑为"五盖"。　58 羲农：伏羲氏和神农氏的并称。绝轨：犹远迹，指先贤的事迹。　59 二老：指老子、老莱子。　60 陟降：升降，上下。信宿：谓两三日。　61 仙都：山名，在今浙江省缙云县。　62 双阙：古代宫殿、祠庙、陵墓前两边高台上的楼观。云竦：高耸。　63 琼台：山峰名。在浙江省天台县天台山西北。中天：犹参天。悬居：高踞。　64 朱阙：宫殿前红色的双柱。玲珑：明彻貌。　65 玉堂：玉饰的殿堂，亦为宫殿的美称。阴映：深邃貌。高隅：高山的一角。　66 彤云：红云、彩云。斐(fěi)亹(wěi)：文彩绚丽貌。棂(líng)：旧式房屋的窗格。　67 皦(jiǎo)日：明亮的太阳。炯晃：光明貌。绮疏：指雕刻成空心花纹的窗户。　68 八桂：八株桂树。森挺：高耸直立。凌霜：抵抗霜寒。　69 五芝：五种灵芝。含秀：犹含苞，裹着花苞。敷：铺开，摆开。　70 惠风：和风。阳林：生在山南的林木。　71 醴泉：甜美的泉水。涌溜：汹涌的水流。阴渠：山北的沟渠。　72 建木：高树。灭景：隐蔽形影。千寻：古以八尺为一寻。千寻，形容极高或极长。　73 琪树：仙境中的玉树。垂珠：珠串下垂。　74 王乔：即王子乔，传说中的仙人，周灵王太子晋。控鹤：喻得道成仙。　75 应真：佛教语，罗汉的意译，意谓得真道的人。飞锡：佛教语，谓僧人等执锡杖飞空。蹑虚：谓得道成仙后可腾空而行。　76 神变：神奇变化。挥霍：迅疾貌。　77 出有而入无：出入于有无之中。　78 害马：喻指嗜欲。　79 捐：舍弃，抛弃。　80 投刃皆虚：《庄子·养生主》谓庖丁解牛，三年后所见皆非全牛，只见其骨节皆空虚。后比喻处理事务得心应手。　81 目牛无全：《庄子·养生主》"始臣之解牛之时，所见无非牛者；三年之后，未尝见全牛也。"比喻技艺纯熟或谋划高明。 ⑫朗咏：高声吟诵。长川：长的河流。 ⑬尔乃：这才，于是。羲和：代指太阳。亭午：正午。 ⑭游气：浮动的云气。褰(qiān)：揭起。 ⑮法鼓：佛教法器之一。举行法事时用以集众唱赞的大鼓。振响：发出音响。 ⑯众香：多种香气，亦指各种名香。 ⑰肆觐：称见天子或诸侯之礼。天宗：指日月星辰。 ⑱通仙：谓众仙。 ⑲挹：把液体盛出来。玄玉：黑色的玉。 ⑳嗽：饮。华池：神话传说中的池名，在昆仑山上。 ㉑象外：犹物外，物象之外。 ㉒无生：佛教语，谓没有生灭、不生不灭。 ㉓悟：觉也。遣：派送，遣送。不尽：未完，无尽。 ㉔涉：牵连，关连。间：间隙。 ㉕色空：佛教语，"色"与"空"的并称，谓物质的形相及其虚幻的本性。 ㉖二名：即有名物始，无名物母也。同出：谓出处相同。 ㉗三幡：道家谓色、空、观三者最易摇荡人心，故以三幡为喻。 ㉘终日：整天。 ㉙寂默：静默不语；不出声音。不言：不说。 ㉚万象：宇宙间一切事物或景象。冥观：玄妙的体察。 ㉛兀：无知之貌也。同体：同一形体，共一形体。

　　《游天台山赋》是一篇非常著名的神游之作。魏晋南北朝时期，战乱频仍，社会动荡，政治严酷，文人墨客多寄情山水，谈佛论道，探究玄理，涌现出许多山水游记题材的作品，孙绰《游天台山赋》为其中出类拔萃、别开生面者。

　　《晋书》载"(孙绰)居于会稽，游放山水，十有余年"，可见其热衷游山玩水，熟稔名山胜景。天台山位于浙江省境内，孙绰曾担任章安令、永嘉太守等职，游览天台山是他宦游生涯中值得回忆的往事。又据说孙绰解官归隐之际，请人图画天台胜景，然后观图纪游，援笔作赋。因此可以说《游天台山赋》是孙绰观画神游，并结合自己登临体验所写的千古名篇。

　　《游天台山赋》序是作品的"题眼"。首先，作者从"神秀"切入，肯定了天台山与方丈、蓬莱、四明等名山具有同等地位，指出其神奇、玄秘、险峻、壮美等特质。其次，简要介绍了由于地势陡峭、人迹罕至等原因，导致天台山的绝美景色不为世人所知，文字记载也寥若晨星。最后，交代了写作缘由：当见到天台山的图画后，激发了作者的创作灵感，遂驰神运思，"奋藻以散怀"。

　　第一段以非凡的气势，将天台山的特点及地位进行高度凝练和概括，指出天台山是大自然天工神斧的杰作，其壮观绮丽、幽虚澄澈的景色，与五岳相比，丝毫不逊色。第二至第五段，作者依照登山路线，再现了寻幽探奇过程中的所见所闻和切身感悟。品读文字，如同欣赏一幅曼妙逼真的山水画卷，徐徐展开，胜景迭出。第二段以"遐"引领，远眺天台山，如隐藏在云雾中的一条神龙，犹抱琵琶半遮面。尽管"近智""夏虫"畏难莫敢登临，但绝美景色正在召唤，有志者已经怦然心动。第三段历数登临之艰险，虽然面临"被毛褐""振金策""披荒榛""陟峭崿""济楢溪""落五界""跨悬磴""临绝冥""践滑石""搏翠屏""揽长萝""援飞茎"等种种困难，但矢志不渝，乐在其中。第四段经"九折"之后，忽然柳暗花明，鸟语花香，豁然开朗，天台山钟灵毓秀的自然风光展现眼前，仿佛进入了世外桃源，令人流连忘返,超脱尘俗。第五段将游览进一步推向高潮,到达仙都山之后,宗教建筑掩映林间,儒释道和谐共存,深厚的人文底蕴引人入胜,秀丽的自然风光美不胜收。置身如此玄妙境地,使人的内心得到净化和超脱,烦恼忧愁、功名利禄都抛到九霄之外。第六段是全文的主旨,在一派"仙源佛窟"的景象中,作者体静心闲,世事全捐,目牛无全,深刻感悟到色空泯灭、物我两忘、出入有无的至高境界。

王安石《游褒禅山记》云:"世之奇伟、瑰怪、非常之观,常在于险远,而人之所罕至焉,故非有志者不能至也。"东晋以前,天台山如一块默默无闻的璞玉,静待伯乐的慧眼。孙绰运用生花妙笔,首次赋予天台山厚重的文化内涵。沉寂多年的天台山声名鹊起,成为士大夫追寻的精神家园和文化坐标。孙绰游走于儒释道之间,主张儒、释、道三教融通,提出"周孔即佛,佛即周孔"的观点,《游天台山赋》将道佛一体、色空融合,塑造了儒、释、道融通共存的完美典范。天台山就像一座灵山,它缥缈玄秘,若隐若现。登临天台山,必须要经历艰险曲折的路途,忍受常人不堪之苦,就像玄奘取经一样,只有经历寻觅之难,方能体悟得道不易。

"仕"与"隐"是士大夫永远面临的两难抉择,也是文学永恒的主题之一。孙绰通过神游天台山,精神上做到了"方解璎珞,永托兹岭"。回归现实后,又不得不为五斗米折腰。《游天台山赋》将作者的归隐心理与道佛玄理、山水景致完美融合,文辞简约工整,情感真挚汪洋,对后世山水诗产生了较大影响。孙绰对《游天台山赋》"掷地有声"的自信,来源于作品深厚的功底和丰富的内涵。刘师培《中国中古文学史》中指出"孙绰《天台山赋》,词旨清新,于晋赋最为特出,其他诸家所作,大抵规模前作,少有新体",确为切中肯綮之语。

(刘燕歌)

【作者小传】

陶渊明

(365 或 372 或 376—427) 一名潜,字元亮,私谥靖节,浔阳柴桑(今江西九江)人。曾任江州祭酒、镇军参军、彭泽令等,因不满现实黑暗,弃官归田。诏征著作郎,称疾不就。今存诗文辞赋一百二十余篇,多为归隐后作。有《陶渊明集》《搜神后记》。

闲 情 赋并序   陶渊明

初张衡作《定情赋》[①],蔡邕作《静情赋》[②],检逸辞而宗澹泊,始则荡以思虑,而终归闲正。将以抑流宕之邪心③,谅有助于讽谏。缀文之士,奕代继作④,并因触类,广其辞义。余园闾多暇,复染翰为之⑤,虽文妙不足,庶不谬作者之意乎?

夫何瑰逸之令姿,独旷世以秀群。表倾城之艳色,期有德于传闻。佩鸣玉以比洁,齐幽兰以争芬。淡柔情于俗内,负雅志于高云。悲晨曦之易夕,感人生之长勤。同一尽于百年,何欢寡而愁殷。襃朱帏而正坐,泛清瑟以自欣。送纤指之余好,攘皓袖之缤纷。瞬美目以流眄,含言笑而不分。曲调将半,景落西轩⑥。悲商叩林⑦,白云依山。仰睇天路,俯促鸣弦。神仪妩媚,举止详妍。激清音以感余,愿接膝以交言。欲自往以结誓,惧冒礼之为諐⑧。待凤鸟以致辞,恐他人之我先。意惶惑而靡宁,魂须臾而九迁。

愿在衣而为领,承华首之余芳,悲罗襟之宵离,怨秋夜之未央。愿在裳而为带,束窈窕之纤身,嗟温凉之异气,或脱故而服新。愿在发而为泽,刷玄鬓于颓肩,悲佳人之屡沐,从白水以枯煎。愿在眉而为黛,随瞻视以闲扬,悲脂粉之尚鲜,或取毁于华妆。愿在莞而为席⑨,安弱体于三秋,悲文茵之代御⑩,方经年而见求。愿在丝而为履,附素足以周旋,悲行止之有节,空委弃于床前。愿在昼而为影,常依形而西东,悲高树之多荫,慨有时而不同。愿在夜而为烛,照玉容于两楹,悲扶桑之舒光⑪,奄灭景而藏明。愿在竹而为扇,含凄飙于柔握⑫,悲白露之晨零,顾襟袖以缅邈。愿在木而为桐,作膝上之鸣琴,悲乐极以哀来,终推我而辍音。

考所愿而必违,徒契契以苦心⑬。拥劳情而罔诉,步容与于南林。栖木兰之遗露,翳青松之余阴。傥行行之有觌⑭,交欣惧于中襟⑮。竟寂寞而无见,独悁想以空寻⑯。敛轻裾以复路,瞻夕阳而流叹。步徙倚以忘趣⑰,色惨凄而矜颜⑱。叶燮燮以去条⑲,气凄凄而就寒。日负影以偕没,月媚景于云端。鸟凄声以孤归,兽索偶而不还。悼当年之晚暮,恨兹岁之欲殚。思宵梦以从之,神飘飘而不安。若凭舟之失棹,譬缘崖而无攀。

于时毕昴盈轩⑳,北风凄凄。悯悯不寐㉑,众念徘徊。起摄带以侍晨,繁霜粲于素阶。鸡敛翅而未鸣,笛流远以清哀。始妙密以闲和,终寥亮而藏摧。意夫人之在兹,托行云以送怀。行云逝而无语,时奄冉而就过。徒勤思以自悲㉒,终阻山而滞河。迎清风以祛累㉓,寄弱志于归波。尤《蔓草》之为会㉔,诵《召南》之余歌㉕。坦万虑以存诚,憩遥情于八遐。

〔注〕 ① 张衡:字平子,东汉文学家、科学家,所作《定情赋》今仅存残句,见《艺文类聚》卷十八以及《文选·洛神赋》注。 ② 蔡邕:字伯喈,东汉作家,所作《静情赋》今仅存残句,见《艺文类聚》卷十八以及《北堂书钞》卷一百八。 ③ 流宕:放荡,流荡。 ④ 奕代:一代接一代。 ⑤ 染翰:以笔蘸墨,指作诗文绘画等。 ⑥ 景落:指日落。 ⑦ 悲商:指秋风。五音中商代表秋季。 ⑧ 愆:同“愆”,过失,过错。 ⑨ 莞(guān):蒲草编的席子。 ⑩ 文茵:有花纹的皮褥。 ⑪ 扶桑:传说中日出的地方,这里指太阳。 ⑫ 凄飙:指凉风。柔握:柔软的手指。 ⑬ 契契:辛苦的样子。 ⑭ 傥:同“倘”,假如。有觌(dí):能够见面。觌:见。 ⑮ 欣惧:欣喜与担忧。中襟:指心中。 ⑯ 悁(yuān)想:忧思。 ⑰ 徒倚:留连徘徊。 ⑱ 矜颜:面容不舒展。 ⑲ 燮燮(xiè):叶落声。去条:脱离枝条。 ⑳ 毕昴:二星宿名。毕星和昴星于深秋和冬季,天刚亮时出现于西方,这里用以说明主人公一夜未眠。 ㉑ 悯悯:悯通“炯”,犹言“耿耿”,形容不能安睡的样子。 ㉒ 勤思:苦思。 ㉓ 祛累:消除忧虑。 ㉔ 尤:责怪,不赞同。《蔓草》:指《诗经·郑风·野有蔓草》。《毛诗序》解释为“男女失时,思不期而会焉”,此诗写男女邂逅相遇事。 ㉕《召南》:《诗大序》云:“《周南》、《召南》,正始之道,王化之基。”这里是说自己不赞同《野有蔓草》一样非礼的会合,而志在如《召南》一样的“发乎情,止乎礼义”。

在陶渊明的作品中,《闲情赋》是最为奇特的一篇,无论是内容还是风格都与人们印象中的陶渊明迥然不同。因此,本篇历来遭到学者们的争议。争议的焦点主要集中于这篇赋的主旨。归纳起来,主要有两派:“爱情说”与“比兴说”。“爱情说”认为此篇纯为描写爱情,又有肯定与否定两种截然不同的认识。一种观点认为本篇描写爱情是白璧微瑕,不足取,这一说法始于梁昭明太子萧统。另一观点认为《闲情赋》符合《国风》“好色而不淫”的爱情观,这一说法以苏轼为代表。“比兴说”认为本篇是继承了楚骚“香草美人”的传统,有所寄托。代表人物是明代张自烈,他认为《闲情赋》根本不是写爱情,而是别有寓意。

赋题目为《闲情赋》,《广雅·释诂》:“闲,正也。”闲情就是防闲男女之情。作者在序中说:“始则荡以思虑,而终归闲正。”意思是情已流荡,但终归于正道。

赋起笔就用优美的文字、细腻的笔触描写了一位绝代佳人形象。这位美人艳色绝世，"表倾城之艳色，期有德于传闻"，品德美好，"佩鸣玉以比洁，齐幽兰以争芬"，志趣高远，"淡柔情于俗内，负雅志于高云"，多才多艺，"褰朱帏而正坐，泛清瑟以自欣"。美女之德，并不限于封建社会人们常说的三从四德，还包括了心灵、气质、才资、神态等各个方面，可也反映了作者心目中的美人标准。这位美女对作者的态度又怎么样呢？"瞬美目以流眄，含言笑而不分。"美目流盼，多情言笑，含情脉脉的神态怎能不使人产生种种遐想，以致神思恍惚，失魂落魄？

赋中最精彩的部分是叙述自己的"十愿十悲"一段，也正是这部分遭来了许多人的非议。作者以铺排的手法，用浓墨重彩吐露了自己对美人不可遏止的感情，幻想与美人能够朝夕相处，形影不离。用了十个比拟句式，一口气陈述了自己的十种愿望，希望自己变成美人衣服的领子、裙上的罗带、发上的润膏、眉端的黛色、床上的簟席、足上的丝履、身畔的情影、厅堂的蜡烛、手中的罗扇、膝头的鸣琴，能够永远伴随着她。但他每提出一种愿望，便立即想到这愿望终不能实现，于是一个个企望又紧接着一个个悲叹。这段文字可谓一往情深，淋漓尽致。在华艳中流露出真情，甚至带有几分天真，几分痴呆。就形式言，这部分文字占全篇三分之一，共十组四十句，每组都以"愿……悲……"为结构（只有第二组"悲"换为"嗟"），集中体现了赋铺陈排比的文体特征，回环往复地表达了自己深沉、炽烈、焦灼的感情以及矛盾复杂的心绪。

赋作后半部分主要表现自己因有情人难成眷属的惆怅、痛苦、寂寞的心情。除直接抒情外，作者还用了景物衬托的方法，如"叶燮燮以去条，气凄凄而就寒。日负影以偕没，月媚景于云端。鸟凄声以孤归，兽索偶而不还"几句，惨淡寂寥的景象进一步烘托了主人公悲凉凄楚的心境，写得缠绵悱恻，凄切哀婉。

但是作者毕竟是受过传统礼法教育的，他不能一味沉湎于其中而不能自拔，因此作者在结尾写到"尤《蔓草》之为会，诵《召南》之余歌。坦万虑以存诚，憩遥情于八遐"，表示自己要像《召南》中的诗歌一样，"发乎情，止乎礼义"，这也正是他序中提到的"终归闲正"，欲"有助于讽谏"。然而这一说法与其说是写作本篇的目的，不如说是陶渊明为大胆描写爱情而寻找的一种掩护，以此避免遭受舆论的诬谤。从全文看，本篇是一篇爱情赋无疑。

赋序中提到本篇是受到张衡的《定情赋》、蔡邕的《静情赋》启发而作，说明这是一篇模拟之作，带有游戏性质。以爱情为题材，在赋中着力描写女性之美貌及男女之相会，始于宋玉的《高唐赋》《神女赋》，之后司马相如《美人赋》、杨修《神女赋》、蔡邕的《协和婚赋》和《青衣赋》等均承此而来，到曹植《洛神赋》已经非常成熟，成为了这一题材最为人称颂的佳作。宋玉之后，这一题材出现了另一分支，就是闲情。爱情赋虽然最后多以不能够厮守结束,但爱情并没有被人为压抑。闲情则是产生了感情,有的甚至已经发展到了不可遏制的地步,但最后还是被压抑下去了。就现存资料看,这类赋始于张衡的《定情赋》(定者,安定之意),之后蔡邕《静情赋》、王粲《闲邪赋》、应玚《正情赋》都是沿着这一思路发展的。陶渊明的《闲情赋》虽为模拟之作,却大有超过前人之处。鲁迅先生在《且介亭杂文二集·题未定草(六)》中曾说:"被论客赞赏着'采菊东篱下,悠然见南山'的陶潜先生,在后人的心目中,实在飘逸得太久了。但在全集里,他却有时很摩登,'愿在丝而为履,附素足以周旋,悲行止之有节,空委弃于床前',竟想摇身一变,化为'啊呀呀,我的爱人呀'的鞋子,虽然后来自说因为'止于礼义',未能进攻到底,但那些胡思乱想的自白,究竟是大胆的。"鲁迅先生指出了本赋的特点。较之前诸作,本篇想象更加丰富,比喻更加大胆,描写更加细致,感情更加浓烈。凡是和佳人身体肌肤能够挨近的东西,他都想到了,又丝毫不给人猥琐之感。这种冲破了男尊女卑观念,表达男女之间亲昵无间的诚挚爱情的作品,在古代是非常罕见的,《闲情赋》也成为了闲情题材作品中成就最高的一篇。

(延娟芹)

感 士 不 遇 赋 并序　　　　陶渊明

昔董仲舒作《士不遇赋》[①],司马子长又为之[②];余尝以三余之日[③],讲习之暇,读其文,慨然惆怅。夫履信思顺[④],生人之善行;抱朴守静,君子之笃素。自真风告逝,大伪斯兴,闾阎懈廉退之节[⑤],市朝驱易进之心。怀正志道之士,或潜玉于当年;洁己清操之人,或没世以徒勤。故夷皓有"安归"之叹[⑥],三闾发"已矣"之哀[⑦]。悲夫! 寓形百年,而瞬息已尽;立行之难,而一城莫赏[⑧];此古人所以染翰慷慨,屡伸而不能已者也。夫导达意气,其惟文乎! 抚卷踌躇,遂感而赋之。

咨大块之受气[⑨],何斯人之独灵;禀神智以藏照,秉三五而垂名[⑩]。或击壤以自欢[⑪],或大济于苍生。靡潜跃之非分[⑫],常傲然以称情。世流浪而遂徂[⑬],物群分以相形。密网裁而鱼骇,宏罗制而鸟惊[⑭];彼达人之善觉,乃逃禄而归耕。山嶷嶷而怀影,川汪汪而藏声;望轩唐而永叹,甘贫贱以辞荣。淳源汩以长分,美恶作以异途,原百行之攸贵,莫为善之可娱。奉上天之成命,师圣人之遗书;发忠孝于君亲,生信义于乡闾。推誠心而获显,不矫然而祈誉。嗟乎! 雷同毁异⑮,物恶其上,妙算者谓迷,直道者云妄。坦至公而无猜,卒蒙耻以受谤。虽怀琼而握兰,徒芳洁而谁亮。

哀哉! 士之不遇,已不在炎帝帝魁之世。独祗修以自勤⑯,岂三省之或废;庶进德以及时,时既至而不惠。无爱生之晤言⑰,念张季之终蔽⑱。愍冯叟于郎署⑲,赖魏守以纳计⑳。虽仅然于必知,亦苦心而旷岁。审夫市之无虎,眩三夫之献说㉑。悼贾傅之秀朗㉒,纡远辔于促界;悲董相之渊致㉓,屡乘危而幸济。感哲人之无偶,泪淋浪以洒袂。承前王之清诲,曰天道之无亲;澄得一以作鉴,恒辅善而佑仁。夷投老以长饥,回早夭而又贫㉔;伤请车以备椁,悲茹薇而殒身。虽好学与行义,何死生之苦辛! 疑报德之若兹,惧斯言之虚陈。何旷世之无才,罕无路之不涩。伊古人之慷慨,病奇名之不立。广结发以从政㉕,不愧赏于万邑,屈雄志于戚竖㉖,竟尺土之莫及! 留诚信于身后,动众人之悲泣。商尽规以拯弊㉗,言始顺而患入。奚良辰之易倾,胡害胜其乃急!

苍旻遐缅,人事无已;有感有昧,畴测其理。宁固穷以济意,不委曲而累己;既轩冕之非荣,岂缊袍之为耻㉘。诚谬会以取拙㉙,且欣然而归止;拥孤襟以毕岁,谢良价于朝市。

〔注〕 ①董仲舒(前179—前104):西汉哲学家,今文经学大师,他所作的《士不遇赋》残文见《古文苑》。 ②司马子长:司马迁(前145—?),字子长。曾作《悲士不遇赋》,残文见《艺文类聚》。 ③三余:《三国志·魏志·王肃传》"颇传于世"注引《魏略》:"(董)遇言'当以三余'。或问三余之意。遇言'冬者岁之余,夜者日之余,阴雨者时之余也。'"此指空闲时间。 ④履信思顺:笃守信用,思念和顺。 ⑤间阎:里巷内外的门,后多借指里巷,也泛指民间。 ⑥夷:伯夷。据《史记·伯夷列传》载,商朝孤竹君之子伯夷、叔齐,周灭商后,二人因耻食周粟而隐于首阳山,采薇菜而食。皓:指秦末汉初文人夏黄公、绮里季、东园公、甪里,据皇甫谧《高士传》载,四人为避秦暴政,一起隐居商山,时称"四皓"。"安归"之叹:伯夷、叔齐曾作歌曰:"神农虞夏忽焉没兮,我安适归矣!"商山四皓亦曾作歌曰:"唐虞世远,吾将安归!" ⑦三闾:指屈原,屈原曾在楚国任三闾大夫。"已矣"之哀:指《离骚》结尾的哀叹:"已矣哉! 国无人莫我知兮,又何怀乎故都? 既莫足与为美政兮,吾将从彭咸之所居!" ⑧染翰:以笔蘸墨,也指作诗文、绘画等。 ⑨大块:大自然。受气:禀受天地自然的灵气。 ⑩三五:三正五行。三正指天、地、人的正道。五行指"五常",即仁、义、礼、智、信。 ⑪击壤:古代的一种投掷类游戏。 ⑫"靡潜跃"句:无论隐居还是显达,没有不是出自本分的。 ⑬流浪:轮回,这里指时间的推

移。　⑭宏罗：大罗，大网。这里的密网、宏罗都喻指国家的统治机构。　⑮雷同：随声附和，人云亦云。　⑯祗（zhī）修：恭谨修身。　⑰爰生：指袁盎，西汉大臣。　⑱张季：张释之，字季。据《汉书·张释之传》载，张释之任骑郎，十年没有提升。中郎将袁盎当面向汉文帝建议调张释之为谒者，文帝便拜张释之为谒者仆射。　⑲冯叟：指冯唐。郎署：汉唐时宿卫侍从官的公署，后也代称皇帝的宿卫、侍从官。冯唐长期担任汉朝郎署。　⑳魏守：指云中郡守魏尚。　㉑献说：指进献关于集市有虎的说辞。《韩非子·内储说上》载，庞恭问魏王曰："今一人言市有虎，王信之乎？……二人言市有虎，王信之乎？"魏王皆曰"不信"。但当问及"三人言市有虎，王信之乎"时，魏王曰："寡人信之。"庞恭曰："夫市之无虎也，明矣，然而三人言而成虎。"　㉒贾傅：指贾谊。贾谊曾任长沙王太傅和梁怀王太傅。　㉓董相：指董仲舒。董仲舒在汉景帝时为博士。武帝时拜江都王相。后因言灾异事下狱，几死。赦免后又出为胶西王相，但恐久而获罪，告病家居。朝廷每有大事，常遣使去其家咨询。　㉔回：指颜回。孔子弟子，好学不厌，安贫乐道，在孔门以德行著称，被后世尊为"复圣"。仅活了三十一岁。颜回家贫，死后没钱买棺材。他父亲颜路请求孔子卖掉车子给颜回买椁棺材。　㉕广：指汉代李广。政（zhēng）：同"征"，征战。　㉖戚竖：指汉朝外戚大将军卫青，汉武帝夫人卫子夫之弟。　㉗商：指汉朝王商。据《汉书·王商传》，汉成帝时，王商任左将军，受皇帝信任。后为丞相，也很受尊重。但大将军王凤怨恨他，令人上书谗害。结果王商被免相，发病吐血而死。　㉘缊（yùn）袍：以乱麻为絮的袍子，古为贫者所服。　㉙谬会：谦称自己的意见、言论正与人相合。

　　本篇主要抒写"士不遇"的感怀。赋序中言："抚卷踌躇，遂感而赋。"说明本赋是由读书引发感慨而作。关于本赋的创作时间，序文中说："自真风告逝，大伪斯兴，闾阎懈廉退之节，市朝驱易进之心。"又云："余尝以三余之日，讲习之暇，读其文，慨然惆怅。"据此，有的学者认为本赋当是易代后晚年归隐田园之后收授门徒讲习学问时的作品。也有人认为情趣与《读山海经》相似，乃一时之作。

　　士不遇，是封建社会的普遍现象，历代有许多文人有类似创作。然而，陶渊明却借这一古题，向我们展示了他对于社会和人生全新的认识。较之他人，认识更加深刻，远离社会政治更为彻底。

　　作者认为，"士之不遇，已不在炎帝帝魁之世"，自从上古的淳朴之风消失后，士人的不遇便出现了。不仅当朝存在，历朝历代都存在。作者在赋中历数屈原、冯唐、魏尚、贾谊、董仲舒、李广等说明自古及今"士不遇"的普遍性。可以说，这是作者对整个阶级社会的认识。而在阶级社会里，维护统治阶级利益的工具是国家机构、典章制度。"密网裁而鱼骇，宏罗制而鸟惊。彼达人之善觉，乃逃禄而归耕。"达人们的归隐并非像世人所说出于个人性情志趣，而是对社会有了清醒认识后的被迫选择。联系作者前后十三年，出仕数次，之后长归田园，终老在家，其中的酸楚可想而知。由对社会、对国家机构的否定，进而对天道产生了怀疑，"承前王之清诲，曰天道之无亲。澄得一以作鉴，恒辅善而佑仁。夷投老以长饥，回早夭而又贫；伤请车以备椁，悲茹薇而陨身。虽好学与行义，何死生之苦辛。

疑报德之若兹,惧斯言之虚陈。"天道无亲,常与善人。封建文人信守的人生格言,在现实面前显得如此苍白无力,伯夷、颜回的悲惨遭遇,向世人昭示了天道的无常。而世人仍然抱守"三省"的古训,修身进德,实为徒劳,真是可悲可叹!以上是陶渊明对"士不遇"这一普遍现象产生原因的揭示。

既然天道不可信,社会、国家又未给士人提供展示自己才华的机会,出路只有一条,"宁固穷以济意,不委曲而累己"。陶渊明坚定地选择了毫不妥协、与统治者彻底决裂的道路,表达了自己从此不入仕的决心。中国文人中如陶渊明者能有几人?这就是陶渊明,不但以他独具风格的诗文流传后世,更以他的人格魅力受到后人敬仰。

本篇最突出的特点是用人们熟知的事实说话。如历数从古及今一系列"不遇"者,不但增加了说服力,使得对社会的批判揭露更加深刻,入木三分,表达了作者内心极大的愤懑。同时也说明作者对社会的认识是长期思索所得,归隐的选择是理性的,彻底的。另外,作者与赋中列举的人物息息相通,他似乎是在为不遇者申冤,这是不同时代相同境遇者的对话。因此,作者的感情显得真挚而又浓烈,"感哲人之无偶,泪淋浪以洒袂",毫不加以掩饰,这是陶渊明任真性格在本篇中的流露。

本赋因作者读董仲舒《士不遇赋》、司马迁《悲士不遇赋》引发感慨而作,三篇赋同写士之不遇,但同中有别。董仲舒为西汉大儒,其赋以儒家思想为核心,在抒写生不逢时的苦闷之后,表示自己欲以修学著书为事。其人生归宿,仍不出儒家"立言"以求不朽的道路。司马迁则因受宫刑的惨痛遭遇,对统治阶级腐朽残酷的本质有着更为深刻的认识,对封建势力压抑人才的罪行有着更为深切的体验,因此,在赋中不但抒发了个人才不得用、志不得申的苦闷,还对当时美恶难分、公私混同的社会现实和人情世态予以猛烈抨击。赋中表现的思想也颇为复杂,一方面有儒家的积极用世思想,称"没世无闻,古人惟耻",另一方面又用道家的以虚无为本来消解内心的悲愤。

陶渊明在赋序中直截了当地对当时的丑恶现实予以愤怒而大胆的抨击,其揭露较董仲舒、司马迁更为深广,他由对当时社会的否定,进而对整个阶级社会做了否定,乃至对天道提出了怀疑。赋末抒发的"宁固穷以济意,不委曲而累己"是他高洁人格的体现。此赋或抨击丑恶的社会世俗,或抒写归隐的复杂情怀,或倾吐执著的人生追求,从不同的角度抒写了自己的生活态度以及内心的痛苦,这既是作者个人不幸遭际的概括,同时也表达了那个时代所有正直知识分子的呼声和悲情。相比之下,陶渊明的声音则更为愤激、坦率、大胆、彻底。整个文学史上，抒写"士不遇"的作品数量不少，但是能达到陶渊明这样高度的却不多。

（延娟芹）

【作者小传】

颜延之

（384—456）　字延年，琅邪临沂（今属山东）人。晋末尝任主簿、行参军。南朝宋时任太子中舍人、始安太守、中书侍郎、太子中庶子等职。因言犯权要，出为永嘉太守。孝武帝孝建元年（454），任金紫光禄大夫。为人嗜酒狂放，言辞激直，人曰"颜彪"。与谢灵运俱以文采知名，时称"颜谢"。而文章之美，冠绝当时。原有集，已佚，明人张溥辑有《颜光禄集》。

赭白马赋 并序　　　　　　　　　颜延之

骥不称力①，马以龙名②，岂不以国尚威容，军驶趫迅而已③，实有腾光吐图、畴德瑞圣之符焉④。是以语崇其灵，世荣其至。我高祖之造宋也⑤，五方率职⑥，四隩入贡⑦。秘宝盈于玉府⑧，文骊列乎华厩。乃有乘舆赭白⑨，特禀逸异之姿，妙简帝心⑩，用锡圣皁⑪。服御顺志⑫，驰骤合度，齿历虽衰，而艺美不忒⑬。袭养兼年⑭，恩隐周渥⑮，岁老气殚，毙于内栈⑯。少尽其力，有恻上仁⑰，乃诏陪侍，奉述中旨。末臣庸蔽⑱，敢同献赋。其辞曰：

惟宋二十有二载⑲，盛烈光乎重叶⑳。武义粤其肃陈㉑，文教迄已优洽㉒。泰阶之平可升㉓，兴王之轨可接㉔。访国美于旧史㉕，考方载于往牒㉖。

昔帝轩陟位，飞黄服皁㉗。后唐膺箓，赤文候日㉘。汉道亨而天骥呈才㉙，魏德棽而泽马效质㉚。伊逸伦之妙足㉛，自前代而间出。并荣光于瑞典㉜，登郊歌乎司律㉝。所以崇卫威神，扶护警跸㉞。精曜协从㉟，灵物咸秩㊱。

暨明命之初基㊲，罄九区而率顺㊳。有肆险以禀朔㊴，或逾远而纳贽㊵。闻王会之阜昌㊶，知函夏之充牣㊷。总六服以收贤[43]，掩七戎而得骏[44]。盖乘风之淑类[45]，实先景之洪胤[46]。故能代驷象舆[47]，历配钩陈[48]。齿算延长，声价隆振。信圣祖之蕃锡[49]，留皇情而骤进[50]。

徒观其附筋树骨[51]，垂梢植发[52]；双瞳夹镜[53]，两权协月[54]；异体峰生[55]，殊相逸发[56]。超摅绝夫尘辙[57]，驱骛迅于灭没[58]。简伟塞门[59]，献状绛阙[60]。旦刷幽燕[61]，昼秣荆越[62]。教敬不易之典[63]，训人必书之举[64]。惟帝惟祖，爱游爱豫[65]。飞辔轩以戒道[66]，环毂骑而清路[67]。勒五营使按部[68]，声八鸾以节步[69]。具服金组[70]，兼饰丹膜[71]。宝铰星缠[72]，镂章霞布[73]。进迫遮迾[74]，却属辇辂[75]。欻耸擢以鸿惊[76]，时溰略而龙矯[77]。弭雄姿以奉引[78]，婉柔心而待御。

至于露滋月肃，霜戾秋登[79]。王于兴言[80]，阐肆威棱[81]。临广望，坐百层[82]。料武艺，品骁腾[83]。流藻周施，和铃重设[84]。眺影高鸣，将超中折[85]。分驰迥场，角壮永埒[86]。别辈越群，绚练夐绝[87]。捷趫夫之敏手，促华鼓之繁节[88]。经玄蹄而雹散，历素支而冰裂[89]。膺门沫赭，汗沟走血[90]。跮迹回唐，畜怒未洩[91]。乾心降而微怡，都人仰而朋悦[92]。

妍变之态既毕，凌遽之气方属[93]。跔镳辔之牵制，隘通都之圈束[94]。眷西极而骧首，望朔云而躞足[95]。将使紫燕骈衡，绿虵卫毂[96]。纤骊接趾，秀骐齐亍[97]。觏王母于昆墟，要帝台于宣岳[98]。跨中州之辙迹，穷神行之轨躅[99]。

然而盘于游畋[100]，作镜前王[101]。肆于人上，取悔义方[102]。天子乃辍驾回虑[103]，息徒解装。鉴武穆，宪文光[104]。振民隐[105]，修国章。戒出豕之败御，惕飞鸟之跱衡[106]。故祗慎乎所常忽[107]，敬备乎所未防。舆有重轮之安，马无泛驾之佚[108]。处以濯龙之隩，委以红粟之秩[109]。服养知仁，从老得卒。加弊帷，收仆质[110]。天情周，皇恩毕。

乱曰：惟德动天，神物仪兮[111]。于时驵骏，充阶街兮[112]。禀灵月驷，祖云螭兮[113]。雄志倜傥，精权奇兮[114]。既刚且淑，服䩭

羁兮⑭。效足中黄，殉驱驰兮⑮。愿终惠养，荫本枝兮⑰。竟先
朝露，长委离兮⑱。

〔注〕　①骥：千里马。称力：因为力气大而被称誉。《论语·宪问》："骥不称其力，称其德也。"意思是把千里马叫骥，并不是赞美它的气力，而是赞美它的品德。　②马以龙名：马用龙来命名。《周礼·庾人职》："马八尺以上为龙。"　③駃（fú）：骏马名。趬（qiáo）：马壮迅疾之貌。吕延济注："言国之所尚威仪容止，军之所重壮疾而已。"　④实有：确实（是因为）马具有。腾光吐图：李善注引《尚书中候》曰："帝尧即政七十载，修坛河洛，仲月辛日礼备，至于日稷，荣光出河，龙马衔甲，赤文绿色，临坛吐甲图。"稷：侧也。日稷，犹日昃，午后申时。畴：类。瑞：祥瑞，吉祥的征兆。这里用作动词。符：标志。　⑤高祖：南朝宋高祖刘裕。造宋：创建宋朝。　⑥五方：东西南北中，古代指汉民族居住的中原地区及四方少数民族地区。《礼记·王制》："中国戎夷，五方之民。……东方曰夷，……南方曰蛮，……西方曰戎，……北方曰狄。"率职：奉行职责。　⑦四隩（àc）：四方僻远地区。　⑧秘宝：稀世之宝。玉府：藏金玉玩好之处。　⑨乘（shèng）舆：天子、诸侯乘坐的车子。贾谊《新书·等齐》曰："天子车曰乘舆，诸侯车曰乘舆，乘舆等也。"这里指弋马，古代有车必有马。赭（zhě）白：赤白杂毛的马。《尔雅·释畜》："彤白杂毛，騢。"郭璞注："即今之赭白马。"　⑩妙简：善于选择，这里当取悦讲。　⑪用：因此。锡：通"赐"。圣皂：天子之马的槽枥。　⑫服御顺志：骑乘驾车顺从人意。　⑬忒（tè）：差错，改变。　⑭袭养：受养。兼年：连年，这里指多年。　⑮恩隐：（高祖）对马的恩泽和感情。周渥（wò）：深厚。张铣曰："受养兼于暮年，是帝之恩私周厚。"　⑯内栈（zhàn）：指槽枥间。栈，养牲畜的木栅。　⑰有恻上仁：皇上动了恻隐之心，指为其死而悲痛。　⑱末臣庸蔽：我平庸愚笨。末臣：作者对自己的谦称。　⑲惟：句首语气词，引出时间。宋二十有二载：指公元441年，即宋文帝元嘉十八年。　⑳烈：业。重叶：两世，指宋武帝刘裕和宋文帝刘义隆两朝。　㉑粤：句口语气助词，无实义。肃陈：肃然陈列，指显示威仪。　㉒迄：尽。优洽：广被，普及。　㉓泰阶：古星座名。即三台星，上台、中台、下台共六星，称"泰阶六符"。六符两两并排而斜上，故名泰阶。左思《魏都赋》："故令斯民睹泰阶之平，可比屋而为一。"晋张载注："泰阶者，天之三阶也。……三阶平则阴阳和，风雨时，岁大登，民人息，天下平，是谓太平。"　㉔轨：道路，传统。接：指可接于古。　㉕访：查询。　㉖方载：四方之事的记载。往牒（dié）：指典籍。牒：书札。　㉗帝轩：指黄帝，号轩辕氏。陟位：登位。飞黄：传说中的神马。《淮南子·览冥训》："青龙进驾，飞黄伏皂。"高诱注："飞黄，乘黄也。出西方，状如狐，背上有角，寿千岁。"服：伏。皂：通"槽"，指牲畜槽枥。　㉘后唐：帝尧。膺箓：谓帝王亲受图箓，应运而兴。膺：受。箓：符命。赤文候日：李善注："即至于日稷也。"参前"腾光吐图"注。　㉙亨：通。天骥：千里马。《史记·大宛传》："得乌孙马，好，曰天马。及得大宛汗血马，益壮，更名乌孙马曰西极，名大宛马曰天马云。"　㉚魏：指三国时魏国。楙（mào）：盛。泽马：代表吉瑞的马。《孝经援神契》："王者德至山陵，则景云见，泽出神马。"按，《三国志·魏志》载，文帝黄初中曾于上党得泽马。效质：贡献才能。　㉛伊：代词，那。逸伦：纵逸超群。　㉜并：聚。瑞典：祥瑞的图典，指吐图事。　㉝郊歌：郊祀歌。司律：律吕。按，《汉书·礼乐志·郊祀歌》中有《天马》两首，其第二首为武帝太初四年（前101年）诛宛王、获宛马而作，中有"天马来，龙之媒"二句，应劭注云："言天马者乃神龙之类，今天马已来，此龙必至之效也。"　㉞警跸（bì）：古时帝王出入之称，左右侍卫为警，止人清道为跸，以戒行人。　㉟精曜：指星辰。　㊱灵物：祥瑞之物。　㊲暨（jì）：至。明命：犹尊名，恭敬地命名。《礼记·祭义》："因

物之经，制为之极，明命鬼神，以为黔首则，百众以畏，万民以服。”郑玄注：“明命，犹尊名也，尊极于鬼神，不可复加也。”初基：初始，指宋武帝初登基时。 ㊳ 罄(qìng)：尽，完全。九区：九州。率顺：顺从。 ㊴ 肆险：历险。禀朔：奉行正朔，比喻臣服。 ㊵ 纳赆(jìn)：纳贡财礼。赆，指纳贡的财物。 ㊶ 王会：指天子大会诸侯及四夷。阜昌：盛大。 ㊷ 函夏：扬雄《河东赋》曰：“函夏之大。”服虔注：“函诸夏也。”充牣(rèn)：充满，这里指人稠物博。 ㊸ 总：统统，遍及。六服：周代把王畿周围的地方，根据远近分为侯服、甸服、男服、采服、卫服和蛮服，称六服。这里泛指各地。 ㊹ 掩：义同“总”，囊括。七戎：泛指西北少数民族地区。《尔雅·释地》：“九夷八狄，七戎六蛮，谓之四海。”郭璞注：“七戎在西”。骏：指赭白马。 ㊺ 乘风：形容马奔驰如飞。淑类：良种。 ㊻ 先景：在影之前，形容马跑得飞快。景，“影”的古字。胤：后裔。 ㊼ 骖：古代驾车的马两旁的叫骖，中间的叫服。象舆：传说象征太平盛世的一种车，这里指皇帝的车。李善注引张揖说：“德流则山出象车，山之精瑞也。” ㊽ 钩陈：本为星名，最近北极，天文家多借以测极，谓之极星。也指称后宫。左思《魏都赋》“钩陈罔惊”李善注：“钩陈，后宫也。” ㊾ 信：确实。圣祖：指宋高祖刘裕。蕃：厚，多。锡：通“赐”。 ㊿ 留：记住，不忘。皇情：皇帝恩情。骤：快疾。 (51) 附筋树骨：筋络附着，骨骼隆起，指马相好。 (52) 梢：指马尾。植：竖立，耸起。发：李善注：“额上毛也。” (53) 双瞳夹镜：指马目中清明如镜。(54) 权：脸颊。协：合。李善引《相马经》曰：“颊欲圆满如悬璧，因谓之双璧。其盈满如月，异相之表也。” (55) 异体峰生：优美的体格如山生峰。 (56) 殊相：义同“异体”。逸发：出类拔萃。(57) 超摅(shū)：腾跃之貌。辙：车迹。 (58) 驱骛(wù)：奔驰貌。 (59) 简伟塞门：从北方边疆挑选出来的骏马。简：挑选。伟：美。塞门：指北方边关。 (60) 状：大美。绛阙：指皇宫。(61) 刷：给马梳理鬃毛。幽燕：泛指北方。 (62) 昼：中午时分。秣：饲料，这里用作动词，喂马。荆越：泛指南方。早晨还在幽燕，中午已至荆越，言马疾奔如飞。 (63) 此句谓教习此马敬依不易之法。 (64) 此句谓教马知道君之举动必有史官记录以示人，故须谨慎。 (65) 爰：语气词。游、豫：谓天子巡幸。《孟子·梁惠王下》：“一游一豫，为诸侯度。” (66) 輶(yóu)轩：轻车。(67) 环：使……环绕周围。彀(gòu)骑：弓骑，即持弓箭的骑兵。清路：警戒道路护卫车驾。(68) 五营：指皇帝卤簿，即皇帝出行时扈从的仪仗队。按部：依部类就序。 (69) 八鸾：八个结在马衔上的铃。鸾，也作“銮”，马口两旁各一，一车四马，故有八鸾。节步：使步伐合节奏。(70) 具服：披服，披上。金组：指组甲，用丝带连结铁片而成铠甲，故曰金组。 (71) 兼饰丹雘(huò)：并用红色涂饰。雘：赤石脂之类，可作颜料。 (72) 宝铰(jiǎo)：精美的金属饰器。星缠：像繁星般闪烁缠绕。 (73) 镂章：雕饰的花纹。霞布：如彩霞散布。吕延济曰：“言以金组丹青饰其装具，如星霞之文。” (74) 遮迾(liè)：队列遮拦。迾：列，行列。 (75) 属(zhǔ)：连。辇(niǎn)辂(lù)：皆天子之车。 (76) 欻(xū)：忽然间。耸擢：惊而跃起。鸿惊：像鸿鹄惊飞。(77) 濩(huò)略：龙腾飞貌。扬雄《甘泉赋》：“蠖略蕤绥。”李善注：“龙行之貌也。”蠖、濩同。翥(zhù)：飞举。 (78) 弭(mǐ)：这里有抑制义。 (79) 戾：至。秋登：秋天庄稼成熟。 (80) 于：动词词头。兴言：宣言，发布讲话。 (81) 阐肄：陈述，显示。肄，五臣本作“肆”，吕延济曰：“肆，纵也。”威棱(léng)：声威。 (82) 广望：宫观名。《汉书·地理志》：“洛阳故宫曰广望观。”这里泛指高大的宫观。百层：据说秦始皇二十七年所筑鸿台有百层，这里指代高楼。 (83) 料：量，这里有评比、欣赏之义。骁(xiāo)：良马。 (84) 流藻：周流藻饰。藻：画纹。和铃：挂在车轼上的铃。 (85) 睨(nì)影：斜视自己的影子。李善注引《相马经》曰：“马有眄(miàn)影而视者。”超：奔跃。折：止。 (86) 迥场：辽阔的场野。角：竞。永埒(liè)：长矮墙。张铣谓此二句言马“分走竞壮于迥地长埒也”。 (87)“别辈”二句言赭白马疾驰非常，超越其他马很远。绚练：迅疾貌。敻(xiòng):远,辽阔。绝:指极远。 ⑱ 此二句谓马奔驰迅疾,使射手更加敏捷,使击鼓的节奏更加繁急。趫(qiáo)夫:健勇善射之人。 ⑲ 此二句谓射手技术高超,箭到之处,射帖被射飞。玄蹄:马蹄,射帖名。素支:月支,射帖名。李善注引邯郸淳《艺经》曰:"马射,左边为月支二枚,马蹄三枚也。" ⑳ 膺门:马的前胸。沬(huì)赭:与下文"走血"互文,指血汗横流。沬,本指以手掬水洗面。汗沟:马的前腿和腹胸相连的凹处,疾驰时汗水流注,故称汗沟。㉑ 踠(wǎn)迹:犹踠足,即做出欲奔驰的样子。踠:弯曲。唐:堤防,即前面所言"永埒"。畜怒未洩:体内运足的气还未释放出来。洩:同"泄"。 ㉒ 乾(qián)心:帝心,这里指宋文帝。都人:指居于京师有士行的人。朋悦:群聚欢悦。 ㉓ 凌遽(jù):捷速之貌。属(zhǔ):连,未绝。 ㉔ 此二句谓马被衔辔所牵制、被都城圈束而不能驰骋。跼(jú):屈行不伸。镳(biāo):马嚼子。隘:狭窄,这里用作意动词,意为"认为……狭小"。通:大。 ㉕ 西极:西方极远之处,这里指天马之故乡。汉《天马歌》曰:"天马来,从西极。"骧(xiāng)首:昂首。朔:北方。蹀(dié)足:顿足。这里指马生忌乡之情。 ㉖ 紫燕:骏马名,相传汉文帝有骏马九匹,号九逸,其一名紫燕骝。骈:两马并驾。衡:车辕头上的横木。绿虵(shé):骏马名。虵:同"蛇"。李善注引《尚书中候》曰:"龙马赤文绿色。"卫毂:护卫车毂,即拉车护驾。 ㉗ 纤骊:骏马名。接趾:跟随赭白马走。秀骐:骏马名。齐亍(chù):小步走,这里是跟从之义。 ㉘ 觐(jìn):朝见。王母:神话中的神仙。昆墟:指昆仑山。传说西王母在昆仑山。要:邀请。帝台:神仙名。《山海经·中山经》:"苦山之首,曰休与之山。其上有石焉,名曰帝台之棋。"郭璞注:"帝台,神人名。"宣岳:山名。 ㉙ 穷:尽。轨躅:与辙迹同义,指车迹。 ⑩⓪ 盘:安乐。游畋(tián):游玩畋猎。《尚书·无逸》:"文王不敢盘于游田。" ⑩① 作镜:取鉴。前王:指夏王太康,太康是启的儿子,荒淫残暴,为后羿所逐。 ⑩② 取悔义方:指骄纵于人上而自取其咎。⑩③ 辍(chuò):止。回虑:改变了原来神游的打算。 ⑩④ 鉴武穆:以武穆为借鉴。武穆:指汉武帝和周穆王。传说周穆王曾乘八骏西行见西王母(《穆天子传》)。武帝喜马好神仙之术。宪:法则,这里用作动词,有效法、学习之义。文:汉文帝。李善注引贾捐之说:"孝文皇帝时,有献千里马者。诏曰:鸾旗在前,属车在后,吉行日三十,凶行日五十,朕乘千里之马,独先安之?于是乃还其马。"光:指东汉光武帝刘秀。他在位期间减轻赋税徭役,释放官私奴婢,严以自律,为恢复经济做出了大量努力。 ⑩⑤ 振:救,后来作"赈"。隐:痛苦。 ⑩⑥ 出豕(shǐ)之败御:《韩非子·外储说右下》:"王子于期为赵简主取道,争千里之表。其始发也,彘伏沟中,王子于期齐辔策而进之,彘突出于沟中,马惊驾败。"飞鸟之跱(zhì)衡:李善注引《古文周书》曰:"穆王田,有黑鸟若鸠,翩飞而跱于衡,御者毙之以策,马佚不克止之,踬(zhì)于乘,伤帝左股。"豕:猪。跱:止,独立。踬:跌倒。此两典故均指意外危险。 ⑩⑦ 祗(zhī):恭敬。忽:轻忽。⑩⑧ 泛驾:指翻车。泛,通"覂"。佚:骄逸。《汉书·武帝纪》:"夫泛驾之马,跅驰之士,亦在御之而已。"颜师古注:"泛,覆也……,本作覂,后通用耳。覆驾者,言马有逸气而不循轨辙也。"⑩⑨ 处:安排,后面省略了代词"之",指马。濯龙之奥:指深广的马厩。濯龙,厩名。委:给。红粟:本指汉文帝时太仓之粟,因积蓄太多而致红不可食,后因喻粮多。秩:俸禄。这里指宋文帝用太仓粟饲赭白马。 ⑪⓪ 收仆质:包裹掩埋了马的尸体。仆质:指死尸。 ⑪① 神物:这里指天马。仪:容仪。 ⑪② 驵(zǎng)骏:骏马。驵:壮马。充:充满。阶街:台阶和大道。⑪③ 禀灵月驷:承受月亮和天驷星的灵气。《国语·周语下》:"昔武王伐殷,岁在鹑火,月在天驷。"鹑火、天驷:皆星名。天驷用以喻神马。郭璞《马赞》:"马出明精,祖自天驷。"祖:以……为祖。云螭(chī):龙。黄伯仁《龙马赋》:"资云螭之表象,似灵虬之矩则。" ⑪④ 倜(tì)傥(tǎng):卓越超群。权奇:善行貌。《天马歌》:"志俶傥,精权奇。" ⑪⑤ 羁(jī)羁(jī):马缰绳和

〔392〕颜延之 赭白马赋

笼头。 ⑩中黄:府库名,这里指朝廷。殉:献身。 ⑩荫:覆蔽,庇护。本枝:指子孙后代。 ⑱竟先朝露:赭白马竟然这么快就死了。李善注:"朝露至危,而又先之,言甚速也。"长委离兮:永远地离开了人世。委离:指死。

据《宋书·颜延之传》载,义熙十二年(416),宋高祖刘裕北伐,延之奉使至洛阳。宋建国后,"奉常郑鲜之举为博士,仍迁世子舍人。高祖受命,补太子舍人"。后以儒学徙尚书仪曹郎,太子中舍人。少帝即位,出为始安太守。文帝元嘉三年(426),"征为中书侍郎,寻转太子中庶子,顷之,领步兵校尉,赏遇甚厚"。后因性情疏纵,几次被黜贬。后又复为秘书监,光禄勋,太常。本赋作于元嘉十七年,当在复职之后。赋文通过铺陈赭白马的一生,突出地歌颂奉承了宋文帝的盛世兴昌,泽厚及物,是颜延之的一篇有代表性的赋作。赋的序言部分说明了创作缘由。正文可分为三部分:从开头到"灵物咸秩"为第一部分,这部分写马有光荣的历史,自古即是灵物,为下面写赭白马作了铺垫。第二部分从"暨明命之初基"到"皇恩毕"。这部分着力赋赭白马的一生,是本赋的中心部分。第三部分即最后一段,为全文的总结。作者对赭白马的一生作了高度评价,并抒发了痛惜马死的感情。

本赋以极浓的笔墨突出铺排了赭白马的高贵和神骏。它是历代圣明帝王的祥瑞,故"帝轩陟位,飞黄服皂。后唐膺箓,赤文候日。汉道亨而天骥呈才,魏德炳而泽马效质";又是众骏之雄,实"乘风之淑类,先景之洪胤","附筋树骨,垂梢植发;双瞳夹镜,两权协月;异体峰生,殊相逸发";它神速如飞,"旦刷幽燕,昼秣荆越",在武艺场上"别辈越群,绚练复绝。捷趫夫之敏手,促华鼓之繁节"。但它不是随心所欲的野马,而是肩负着"崇卫威神,扶护警跸"的重大责任,是"代骖象舆,历配钩陈"的国家卫士。故能"教敬不易之典,训人必书之举","弭雄姿以奉引,婉柔心而待御"。唯此之故,它便更加与众不同,高贵无比。然而马的高贵是因为人的英明,这才是本赋的主旨所在。故作者描写马主要是为了衬托人,因为"馨九区而率顺",故能"掩七戎而得骏";因为天子能"鉴武穆,宪文光。振民隐,修国章。戒出豕之败御,惕飞鸟之跱衡",才得"舆有重轮之安,马无泛驾之佚";只因天子"服养知仁",马才"从老得卒"。以马赋人,而人马相得益彰。故而这篇为宋文帝唱的赞歌才含蓄典雅而饶有品位。

本赋是一篇以四六句为主的骈赋,但能兼以三字句和散句,既有骈偶的精丽,又不乏错综变化、抑扬顿挫之美。如写马相一节,先用四字偶句,然后用六字偶句,接着又用四字偶句,最后又是一对六字偶句,四六错置,有抑有扬,节奏活泼。又如写宋文帝辍驾回虑一节,有四字句,六字句,也有三字句,"鉴武穆,宪文光。振民隐,修国章",精炼工丽,具有音乐之美。赋中还用了许多恰切的比喻,使全文辞藻华丽典雅而活泼生动,如"树骨""夹镜""协月""峰生"几个比喻,将骏马的伟姿描绘得活灵活现。又如"欲耸擢以鸿惊,时濩略而龙矫","捷趫夫之敏手,促华鼓之繁节",前两句用形象的比喻句勾勒出马的英姿,后两句则巧妙地活用词类,传神地写出了马的神速矫健,从而使人受到强烈的艺术感染。更神速者,如钱锺书所说:"颜延之《赭白马赋》:'旦刷幽燕,昼秣荆越。'按前人写马之迅疾,辄揣称其驰骤之状,追风绝尘。卷三四(今按:指严可均《全宋文》)谢庄《武马赋》'朝送日于西版,夕归风于北都',亦仍旧贯,增'朝''夕'为衬托。颜氏之'旦''昼',犹'朝''夕'也,而一破窠臼,不写马之行路,只写马之在厩,顾其过都历块,万里一息,不言可喻。文思新巧,宜李白、杜甫见而心喜;李《天马歌》:'鸡鸣刷燕晡秣越',直取颜语,杜《骢马行》:'昼洗须腾泾渭深,夕取可刷燕并夜',稍加点缀,而首出'趋'字,便落迹著相。"(《管锥编》第四册1305—1306页)

赋采用了浪漫主义的创作方法,使赭白马具有神秘的浪漫色彩。作者结合神话传说,驰骋想象,用夸张的手法,将赭白马写成一个超群绝伦、能代表天的意志、能体现人的感情的灵物,它是"先景之洪胤",是总六服、掩七戎所得之骏。它飞速"绝夫尘辄","迅于灭没",可以"旦刷幽燕"而"昼秣荆越"。它具有人的感情,不能骋志奔驰时,便"眷西极而骧首,望朔云而蹀足"。正因为它如此有才有情,才厚被恩泽,得终天年。这无疑是作者将马拟人化,神圣化,使它成为一个理想中的与众不同的骏马,让人爱它怜它向往它,感受不凡的审美体验。(周玉秀)

谢灵运

【作者小传】

(385—433) 陈郡阳夏(今河南太康)人,移籍会稽(今属浙江)。幼时族人以"阿客""客儿"名之,世称"谢客"。袭封康乐公,又称"谢康乐"。入宋,任太子左卫率、永嘉太守、秘书监、侍中、临川内史等职。后因谋反罪被杀。工书画。通史学,精佛老,尤以诗著称。其诗大都写山水名胜,描摹景物,逼真细致,开山水诗一派。唐代李白、杜甫、王维、孟浩然、柳宗元等,均受其诗影响。原有集,已佚,明人辑有《谢康乐集》。近人黄节有《谢康乐诗注》。

归 途 赋 并序 谢灵运

昔文章之士,多作行旅赋。或欣在观国,或怵在斥徙,或

〔394〕 谢灵运 归途赋

述职邦邑,或羁役戎阵^①,事由于外,兴不自已。虽高才可推,求怀未惬。今量分告退,反身草泽,经途履运^②,用感其心。赋曰:

承百世之庆灵,遇千载之优渥^③。匪康衢之难践,谅跬步之易局^④。践寒暑以推换,眷桑梓以缅邈^⑤。褫簪带于穷城,反巾褐于空谷^⑥。果归期于愿言,获素念于思乐^⑦。于是舟人告办,仵楫在川^⑧。观鸟候风,望景测圆^⑨。背海向溪^⑩,乘潮傍山。凄凄送归,悠悠告旋^⑪。时旻秋之杪节,天既高而物衰^⑫。云上腾而雁翔,霜下沦而草腓^⑬。舍阴漠之旧浦,去阳景之芳蕤^⑭。林乘风而飘落,水鉴月而含辉。发青田之枉渚,逗白岸之空亭^⑮。路威夷而诡状,山侧背而异形^⑯。停余舟而淹留,搜缙云之遗迹^⑰。漾百里之清潭,见千仞之孤石^⑱。历古今而长在,经盛衰而不易。

〔注〕 ①观国:观察国情,引申为从政。怵(chù)在斥徙:由于被贬斥迁徙而忧惧。述职邦邑:地方官员赴京汇报职责履行的情况。羁役戎阵:被战时出征的兵役所羁縻。 ②履运:遭逢时运。 ③优渥(wò):雨水充足,引申为待遇优厚。 ④康衢(qú):大道,喻仕途。跬(kuǐ)步:半步,相当于现在的一步。局:局限,牵绊。 ⑤桑梓(zǐ):本指桑树与梓树,宅院旁边多栽种这两种树,因此"桑梓"就成了故乡的代称。缅邈:久远。 ⑥褫(chǐ):剥夺。簪带:官帽上的簪针和丝带;这里代指官服、职位。穷城:偏僻的城邑,这里指永嘉郡。 ⑦愿言:表达自己理想或希望的话。素念:朴素的想法。思乐:代指隐居生活。《诗经·鲁颂·泮水》:"思乐泮水,薄采其芹。" ⑧仵楫:停船。楫,本指船桨,这里代指船。 ⑨望景测圆:观察日影长短以计算时间早晚。 ⑩背海向溪:谢灵运归途先从东向西北行,然后北上;东边是海,西边是青田溪(永嘉江的上游)。 ⑪旋:归。 ⑫旻秋:秋天。旻(mín):天空。杪(miǎo)节:季节的末尾;这里指深秋九月。杪:树梢,这里指末尾。 ⑬腓:枯萎。《诗经·小雅·四月》:"秋日凄凄,百卉具腓。" ⑭旧浦:原来所在的水滨,指永嘉城。芳蕤(ruí):草木芳香繁茂。 ⑮青田:青田溪,在松江县(今浙江青田县)境,为永嘉江上游。枉渚:曲折的水边地。白岸:白岸亭,在楠溪西南,离永嘉八十余里,以溪岸沙白而得名。 ⑯"异"原作"易",据《百三家集》改。威夷:同"逶迤",蜿蜒曲折貌。诡状:形状奇异。 ⑰淹留:久留。缙云:山名,在今浙江省缙云县境。遗迹:指黄帝遗迹。 ⑱仞:古代七尺为一仞。

永初三年(422)七月,谢灵运以接交刘义真而被贬为永嘉太守,这是其仕途的重大挫折。起初,谢灵运因不满刘裕对自己"倡优蓄之"的态度,所以才交接情投意合的刘义真,结果却因此被贬,可谓一挫再挫。所以他心情沉重,刚到永嘉即生病一场,次年春才痊愈。在永嘉,谢灵运无心做官,除了生病,就是游山玩水和接交僧侣。即使这样，他也不愿意待在这穷海之地，遂于次年（景平元年〔423〕）九月不顾谢瞻等人的劝阻，毅然称疾辞去永嘉太守，北上返回始宁家园。归途中他搜奇探异，在经过缙云县缙云山时，创作了《归涂赋》。此时谢灵运心情复杂，不满、愤激、失落，五味杂陈，本赋的铺写就是基于这样的心态。

在赋的序言中，谢灵运明确地说这是一篇"行旅赋"，不过以往的行旅赋只侧重人事描写，人为事役，而谢灵运的行旅赋则侧重描写自然景物和心灵。这也是本赋立意上的特异之处。

赋文开头写得冠冕堂皇，说时世很好，皇恩浩荡，自己窜身边邑只是能力所限。出于对桑梓的眷恋，他才"量分告退"，辞官归里，准备过素所向往的隐居生活。很明显，谢灵运试图在文中过滤掉心中的不满、愤激和失落，但是，诸如辞官、游山玩水等行为，却一再反映出他心里的愤激难静，所以他才需要去山水中寻求暂时的安慰。当然，我们也不得不承认，谢灵运有着敏感且欣喜于山水的天才素质，这种素质与山水之间有着天然的亲和感，因此，当看到缙云山周围的山水风物时，他像涸泽之鱼忽逢重渊一般，忘掉了官场的失落，使心灵宁静地栖息在湖山徜徉中。

赋中的山水描写简短、丰富而优美，如"观鸟候风，望景测圆。背海向溪，乘潮傍山"数句，将作者投身自然后欣喜而率真的情态灵动地呈现出来，他观飞鸟，查风向，望海日，测日影，溯溪而行，趁着涨潮时分登上缙云山，与大自然亲密无间地融合在一起，这与其诗句"倾耳聆波澜，举目眺岖嵚"（《登池上楼》）如出一辙。"云上腾而雁翔，霜下沦而草腓""林乘风而飘落，水鉴月而含辉"数句不仅绘景如画，而且也透视出作者下定决心离开官场后的轻松的解脱感，作者那颗像自然界里的草木鱼鸟一样自由洒脱的心灵，似乎跃然纸上。他兴味盎然，"舍阴漠之旧浦，去阳景之芳蕊""发青田之枉渚，逗白岸之空亭""停余舟而淹留，搜缙云之遗迹"，其中"舍""去""发""逗""停""搜"等动态词语，真切反映出他寻山问水、访奇探幽的天真意趣。可以说，谢灵运描写山水的诗文之所以惊艳当时，不仅是他"清水芙蓉""富艳精工"的山水审美描写，而且还在于他与山水亲密无间的精神气质。"我与山灵相对笑"，山灵知我，江山不负我，山水成了谢灵运倾诉、交流的罕逢知己，而谢灵运也终究没有辜负江山，永嘉、始宁一带的秀水青山，在谢灵运之后才开始走进了人文世界，辉映成一道千载难觅的亮丽风景。　　　　（杜志强）

伤　己　赋　　　　谢灵运

嗟夫，卞赏珍于连城，孙别骏于千里①。彼珍骏以贻爱，此陋容其敢拟②。丁旷代之渥惠,遭谬眷于君子③。眺徂岁之骤经④,睹芳春之每始。始春芳而羡物,终岁徂而感己。貌憔悴以衰形,意幽翳而苦心⑤。出衾裯而载坐,辟襜幌以迥临⑥。望步檐而周流,眺幽闺之清阴。想轻綦之往迹,餐和声之余音⑦。播芬烟而不熏,张明镜而不照⑧。歌《白华》之绝曲,奏《蒲生》之促调⑨。

〔注〕①卞:指春秋时期楚人卞和。赏珍于连城:能赏识鉴别价值连城的珍宝。据《韩非子·和氏》载,卞和发现一块璞玉,先后献给楚厉王、武王,都被认为是欺诈而砍掉双脚;楚文王继位,卞和抱璞哭于荆山之下,文王召见卞和,使人加工璞玉,果为宝玉,称为和氏璧。孙:指春秋时秦人孙阳,又称伯乐。别骏于千里:能识别日行千里的骏马。据《庄子·马蹄》载,伯乐善于相马和驭马。谢灵运感叹和氏璧和千里马都有人发现和识别,其实是在感叹自己和刘义真之间的性情相投、惺惺相惜。②彼:代指卞和与孙阳。珍骏:珍宝和骏马。陋容:谢灵运自己谦称。③丁:遇上。渥(wò)惠:丰厚的恩惠。谬眷:错爱。君子:指刘义真。④徂岁:过去的年月。徂:往。⑤幽翳:压抑郁闷。⑥衾(qīn):被子。裯(chóu):单被。载坐:坐,"载"字无义。辟:拉开。襜(chān)幌(huǎng):帘子。襜,通"幨",帘子。迥临:眺望远处。⑦轻綦(qí):轻快的脚步。綦:鞋带。餐:这里指听、欣赏。和声:这里当指谢灵运与刘义真等在一起时的欢畅的声音或音乐。⑧芬烟:用香草烧出的烟。不熏、不照:暗喻刘义真被杀后的冷清。⑨"之"原作"而",据《百三家集》改。白华:指《诗经·小雅·白华》一诗。周幽王娶了褒姒以后,就抛弃了申后,申后遂作此诗以表达被抛弃后的怨情。绝曲:极美好的乐曲。蒲生:古乐府有《蒲生歌》,曹植的乐府诗《浮萍篇》又名《蒲生行》,魏文帝甄皇后《塘上行》有"蒲生我池中,蒲叶何离离"的句子,两首诗都是写女人被疏远后的幽怨之情。促调:节拍急促的乐曲。谢灵运被打击、外放、疏远,其幽怨之情与《白华》诗、《蒲生》曲所表达的感情很相似,因而婉转地借用古诗来表达。

本赋作于景平二年(即元嘉元年,424)六月庐陵王刘义真被杀之后。刘义真、谢灵运、颜延之、释慧琳四人情趣相投,过从甚密,刘义真曾说:"得志之日,以灵运、延之为宰相,慧琳为西豫州都督。"(《宋书·庐陵王义真传》)所谓"得志之日",就是登基称帝。虽然此时的刘义真仅仅是个十六岁的青年,"得志之日"的说法也似乎近于儿戏,但至少能反映出他们四人的关系非同一般。永初三年(422)五月刘义符继位后,即将这个四人集团拆散,谢灵运外放永嘉,颜延之出贬始安,慧琳出到苏州,刘义真贬为庶人,徙新安郡,景平二年六月被杀于新安。在始宁乡居的谢灵运得到这个消息后,遂作此赋以寄托哀思;从"终岁徂而感己"一句来推测,本赋可能作于此年岁末。

刘义真之被杀,对于谢灵运来说是一个沉重的打击。谢灵运渴望一个能像知音一样赏识他的统治者,刘义真基本能做到这样,所以谢灵运在刘义真身上寄托了较高的期望。而刘义真被杀,不仅使谢灵运少了一个知音般的统治者,而且也包含有刘宋当局对谢灵运、颜延之等人的警告,因此谢灵运的心情十分悲伤,然则赋中流露出兔死狐悲、伤人亦伤己的感情也就在情理之中了。

谢灵运对刘义真的怀念是真诚的。他用卞和与和氏璧、伯乐与千里马的典故来比喻自己与刘义真的关系,自谦地说自己才智拙劣,难比和氏璧、千里马,是刘义真的错爱才使得自己有机会与刘义真交往,这样的说法显然是包含着对刘义真的感激与怀念。"眺徂岁之骤经,睹芳春之每始","骤经"一词,隐含着谢灵运回忆往昔时的复杂心态:岁月匆匆,物换星移,分别已两年多,两年中他从建康到永嘉,从永嘉到始宁,承受着从未有过的愤激与失落,然而,他没有等到仕途的转机,却等来了友人被杀的恶信,所以,他"始春芳而羡物,终岁徂而感己",在岁末始分,不仅伤感友人,而且也感慨和担忧自己的命运。他以憔悴衰病之躯企图去安顿幽翳凄苦之心,但显然这难以实现,所以他漫步散心,"出衾裯而载坐,辟襜幌以迥临。望步檐而周流,眺幽闺之清阴",其中"出""辟""望""眺"四个动态,反映出谢灵运心理的极度不平静;按照以往写山水诗赋的习惯,在这些动态下,谢灵运都会有惊艳的景物描写,但此时他心绪低落,伤人伤己,无心写景,所以接以怀念刘义真的文句:"想轻鞢之往迹,餐和声之余音。播芬烟而不熏,张明镜而不照。"以前一起交往时欢快的脚步和相合的笑语似乎浮现在心海,但转念一想,现实毕竟是现实,故人已经像寂灭的薰烟难觅其踪,徒留明镜空悬,他已经不能再来镜子前妆饰临照了。谢灵运以明镜空悬来怀念故人,具有很强的表现效果,与萧纲用"金刀掩芒"来比喻故人离世(《与湘东王论王规令》),可谓异曲同工。

文末,谢灵运以相传是周幽王申后所作的《诗经·小雅·白华》诗和魏文帝甄皇后所作的《塘上行》诗,申述自己心中的怨情。他被打击、疏远,其情形确有似申后与甄后的遭遇,所以他婉转地借用古诗来表达。之所以要表达,其实还是想传达出希望能得到统治者再次赏识的期盼。这种隐曲的表述,与向秀《思旧赋》有相似之处。究其因,谢灵运与向秀都失去了好朋友,遭际十分相似,但又不敢直言怨愤,所以只能吞吞吐吐、欲言又止。

赋文中谢灵运用时光流逝、高殿幽隐等来烘托自己的志士苦心,末尾引诗也使文意袅袅不绝,这种写法多少让我们感受到了楚辞幽怨的流风余韵。王世贞认为"灵运语俳而气古,玄晖调俳而气今"(《艺苑卮言》卷四),其所谓"气古"是就谢灵运诗而言,但用来评价这篇赋,亦恰如其分。

(杜志强)

谢惠连

【作者小传】

（397—433） 陈郡阳夏（今河南太康）人。幼慧，十岁能文，书画并妙。初辟州主簿，不就。后因居父丧作诗赠人，长期不得官职。元嘉七年（430）始为彭城王义康法曹参军。与族兄灵运并称"大小谢"。原有文集，已佚，明人辑有《谢法曹集》。

雪　赋　　　　　　　　谢惠连

岁将暮，时既昏；寒风积，愁云繁①。梁王不悦，游于兔园②。乃置旨酒③，命宾友，召邹生，延枚叟④。相如末至，居客之右⑤。俄而微霰零，密雪下⑥。王乃歌《北风》于卫诗，咏《南山》于周雅⑦。授简于司马大夫⑧，曰："抽子秘思，骋子妍辞⑨，侔色揣称，为寡人赋之⑩。"

相如于是避席而起，逡巡而揖⑪，曰："臣闻雪宫建于东国，雪山峙于西域⑫。岐昌发咏于'来思'，姬满申歌于'黄竹'⑬。《曹风》以'麻衣'比色，楚谣以《幽兰》俪曲⑭。盈尺则呈瑞于丰年，袤丈则表沴于阴德⑮。雪之时义远矣哉⑯！请言其始：若乃玄律穷，严气升⑰；焦溪涸，汤谷凝，火井灭，温泉冰⑱；沸潭无涌，炎风不兴⑲；北户墐扉，裸壤垂缯⑳。于是河海生云，朔漠飞沙㉑，连氛累霭，掩日韬霞㉒，霰淅沥而先集，雪纷糅而遂多㉓。其为状也：散漫交错，氛氲萧索㉔；蔼蔼浮浮，瀌瀌奕奕㉕；联翩飞洒，徘徊委积㉖。始缘甍而冒栋，终开帘而入隙㉗；初便娟于墀庑，末萦盈于帷席㉘。既因方而为珪，亦遇圆而成璧㉙。眄隰则万顷同缟，瞻山则千岩俱白㉚。于是台如重璧，逵似连璐㉛；庭列瑶阶，林挺琼树㉜；皓鹤夺鲜，白鹇失素㉝；纨袖惭冶，玉颜掩嫮㉞。若乃积素未亏㉟，白日朝鲜，烂兮若烛龙衔耀照昆山㊱；尔其流滴垂冰，缘霤承隅，灿兮若冯夷剖蚌列明珠㊲。至夫缤纷繁骛之貌，皓旰皦洁之仪，回散萦积之势，飞聚凝曜之奇㊳，固展转而无穷，嗟难得而备知㊴。若乃申娱玩之无已，夜幽静而多怀㊵。风触楹而转响，月承幌而通晖㊶。酌湘吴之醇酎，御狐狢之兼衣㊷。对庭鹍之双舞，瞻云雁之孤飞㊸。践霜雪之交积，怜枝叶之相违㊹。驰遥思于千里，愿接手而同归㊺。”

邹阳闻之，懑然心服㊻。有怀妍唱，敬接末曲㊼。于是乃作而赋积雪之歌，歌曰：“携佳人兮披重幄，援绮衾兮坐芳缛㊽。燎薰炉兮炳明烛，酌桂酒兮扬清曲㊾。”又续而为白雪之歌，歌曰：“曲既扬兮酒既陈，朱颜酡兮思自亲㊿。愿低帷以昵枕，念解珮而褫绅(51)。怨年岁之易暮，伤后会之无因(52)。君宁见阶上之白雪，岂鲜耀于阳春！”歌卒，王乃寻绎吟玩，抚览扼腕(53)，顾谓枚叔：“起而为乱(54)。”

乱曰：“白羽虽白，质以轻兮；白玉虽白，空守贞兮(55)。未若兹雪，因时兴灭(56)。玄阴凝不昧其洁，太阳曜不固其节(57)。节岂我名？洁岂我贞？凭云升降，从风飘零；值物赋象，任地班形(58)；素因遇立，污随染成(59)。纵心皓然，何虑何营(60)？”

〔注〕 ① 暮：尽，末。积：积聚，指寒风强烈。愁：惨淡。 ② 梁王：指梁孝王刘武，是汉文帝刘恒的次子，曾先后封为代王、淮阳王、梁王，死后谥曰孝。兔园：即东苑，也称梁园。 ③ 旨酒：味美的酒。 ④ 命：指使。邹生：指邹阳，汉临淄人，辞赋家，以文辩知名，曾仕吴王刘濞，后为梁孝王门客。枚叟：指枚乘，汉淮阴人，著名辞赋家，曾仕吴王刘濞，后为梁孝王门客。汉武帝以安车蒲轮征召入京，死于途中。 ⑤ 相如：指司马相如，汉成都人，著名辞赋家。末至：最后到场。右：上位，古代以右为尊。 ⑥ 霰(xiàn)：雪珠。零：落。 ⑦ 王：指梁孝王。北风：指《诗经·邶风·北风》，诗的开头有“北风其凉，雨雪其雱”诗句。卫诗：春秋时邶地属于卫国，故称卫诗。南山：指《诗经·小雅·信南山》，其中有“上天同云，雨雪雰雰”诗句。周雅：“雅”诗主要是周王畿地区的诗歌，故称周雅。 ⑧ 授：交给。简：竹简。司马大夫：对司马相如的尊称。 ⑨ 抽：拔出，这里指发挥。秘思：深藏于心中的文思。骋：奔驰，这里指施展。妍辞：优美的词句。 ⑩ 侔色揣称(chèn)：反复思忖，非常贴切地描摹景色，使之惟妙惟肖。侔：相等，等齐。揣：度量，思忖。称：相当，符合。寡人：梁孝王自称，谦辞。 ⑪ 避席：离开座位。古人席地而坐，离席起立，以示敬意。逡(qūn)巡：略微退后几步，表示恭顺。揖(yī)：拱手行礼。 ⑫ 雪宫：战国时齐国的行宫名。东国：指齐国，地处东方，故址在今山东临淄。雪山：山名，祁连山的别称。西域：汉以来对玉门关、阳关以西地区的总称。 ⑬ 岐昌：指周文王姬昌。岐，地名，在今陕西岐山县东北，是周朝的发祥地。发咏：首先开始吟咏。来思：指《诗经·小雅·采薇》，其末章有“今我来思，雨雪霏霏”诗句。《毛诗序》说《采薇》是周文王勉励将士们出发戍役的诗。姬满：周穆王，名满。申歌：继续吟咏。申，重复。黄竹：古诗篇名。 ⑭ 曹风：指《诗经·曹风·蜉蝣》，其中有“蜉蝣掘阅，麻衣如雪”诗句。麻衣：即深衣，

〔400〕谢惠连　　　　　　　　　　　　　　　　　　雪　赋

古代诸侯、大夫、士家居时穿的常服。比色：比喻雪色。楚谣：楚辞，指宋玉《讽赋》，其中说：“臣援琴而鼓之，为《幽兰》《白雪》之曲。”《幽兰》俪曲：指用《幽兰》配对雪曲《白雪》。俪，并列，成对。曲，指雪曲，咏雪的歌曲，即《白雪》。　⑮盈：满。瑞：兆头，预兆。袤(mào)丈：指积雪深一丈。袤：长，这里指纵深。沴(lì)：天地四时之气不和而生的灾害。阴德：阴的属性，古人认为雪属阴。这两句是说，大雪深一尺，是呈现祥瑞之兆，预示着丰年；大雪深一丈，则表明有灾害，阴盛不祥。　⑯时义：应时之义。这句是说，大雪随着时节变化所体现出来的含义是很深远的。　⑰若乃：至于。玄律：指冬季。严气：寒气。　⑱焦溪：溪水名，即焦泉。汤谷：温泉名。火井：产可燃天然气的井，古代多用来煮盐。　⑲沸潭：水波腾涌的潭。炎风：热风。　⑳北户：向北开的门窗。墐(jìn)扉：用泥土涂塞门窗孔隙。裸壤：指裸身之国，传说中的古国名，因炎热而有裸身习俗。垂缯(zēng)：(因天气变寒)穿上缯帛等衣服。　㉑朔漠：北方沙漠地带。　㉒连氛累霭：云雾重重相连。氛，云气。霭，雾霭。掩：掩盖、遮蔽。韬(tāo)：掩藏。　㉓浙沥：象声词，形容雪粒飘落的声音。集：停留。纷糅：众多而杂乱。　㉔散漫：四散弥漫。氛氲(yūn)萧索：形容雪花时而密集，时而稀疏。氛氲，密集的样子。萧索，疏散，稀少。　㉕蔼蔼、浮浮、瀌(biāo)瀌、奕奕：都是形容雪花盛多密集、飘飘洒洒的样子。　㉖联翩：形容雪花连续不断。委积：聚积，堆积。　㉗缘：沿着。甍(méng)：屋脊。冒：覆盖。隙：空隙，这里指屋内。　㉘便(pián)娟：空灵，形容雪花回旋飞舞的样子。墀(chí)：台阶。庑(wǔ)：堂下周围的走廊、廊屋。萦盈：回旋轻捷的样子。帷席：帷帐和床席。　㉙因：依据。方：指方形之物。珪(guī)：瑞玉，常作祭祀、朝聘之用。其形制上尖下方。璧：玉器名，古代用作朝聘、祭祀、丧葬时的礼器，也作佩带的装饰。其形制扁平、圆形、中心有孔，边阔大于孔径。这两句是说，雪花落下后，落到方形之物就像珪玉；遇到圆形之物就像璧玉。　㉚眄(miǎn)：斜视，这里指俯视。隰(xí)：低湿的地方。缟(gǎo)：白色的生绢。千岩：指众多的山峰。　㉛台如累璧：高台的形状像层层叠叠垒起的璧玉。台：高台，高而上平的方形建筑物。重(chóng)璧：古台名，这里形容像垒起的璧玉。逵：大路。连璐：成串的玉。璐：美玉。　㉜瑶阶：玉阶，这里形容白雪覆盖的台阶。琼树：玉树，这里形容白雪覆盖的树木。　㉝皓鹤：白鹤。白鹇(xián)：鸟名，又称银雉，雄鸟的冠及下体纯蓝黑色，上体及两翼白色，故名。　㉞纨(wán)袖：白色细绢的衣袖。冶：艳丽。姱(kuā)：美丽，美好。　㉟积素：指积雪。亏：减损，这里指消融。　㊱烂：光明的样子。烛龙：古代神话中的神名，传说其张目(或驾日、衔烛)能照耀天下。昆山：昆仑山的省称。　㊲流滴：指雪融化后水流滴下。垂冰：指滴水被冻成下垂的冰柱。霤(liù)：指屋檐滴水处。承：延伸。隅(yú)：角落。冯夷：传说中的黄河之神，即河伯。蚌(bàng)：软体动物，有两个可以开闭的多呈椭圆形介壳，壳内有珍珠层，或能产珠。　㊳缤纷：形容大雪纷飞的样子。繁骛(wù)：繁密急迫的样子。皓旰(hàn)：洁白明亮的样子。皦(jiǎo)洁：明亮洁白。回散：指回旋散漫，与上文“便娟”“散漫”意思相同。萦积：指飞旋积聚，与上文“萦盈”“委积”意思相同。凝曜：闪耀光辉。　㊴展转：反复变化不定。备知：周知，尽知。　㊵申：重复，一再。娱玩：游赏，这里指赏雪。多怀：增多怀人之情。　㊶楹(yíng)：厅堂的前柱。月承幌：月光照在窗帘上。幌：窗帘。通晖：一片光明。通：全部。　㊷湘吴之醇酎：指湘、吴两地出产的美酒。醇(chún)酎(zhòu)：反复多次酿成的味道醇厚的美酒。御：穿。狐貉(hé)：也作“狐貉”，这里指狐、貉的毛皮制成的皮衣。兼衣：比较厚的衣服。　㊸鹍(kūn)：鹍鸡，鸟名，形似鹤。双舞：指鹍鸡对舞。云雁：高空的飞雁。　㊹交积：积聚，交集。违：分离。　㊺遥思：遥想，怀念远方的人。接手：携手。　㊻懑(mèn)然：惭愧的样子。　㊼有怀：有感。妍唱：指美妙的歌词、曲调。敬接：指恭敬地续作。末曲：指曲子的末章。 ㊽ 作：起身。披：掀开。重幄：厚厚的帐幕。援：拉开。绮衾：绮丽的被子。缛(rù)：通“褥”。 ㊾ 燎：烧。熏炉：用于熏香的炉子。炳：点燃。桂酒：用玉桂浸制的美酒，这里指美酒。扬：高声唱。清曲：清扬的曲调。 ㊿ 酡(tuó)：饮酒后脸红的样子。思：情。 (51) 低帷：放下帷帐。昵：亲近，亲昵。解珮：即解佩，解下佩带的饰物。褫(chǐ)：解开，解下。绅：束于腰间，一头下垂的大带。 (52) 暮：晚，老。伤：忧思，悲伤。因：机缘。 (53) 宁(nìng)：岂，难道。卒：完毕，结束。寻绎：追思。览：通“揽”，持，把握。扼腕：用一只手握住另一只手腕，这里用来表示振奋、激动的情绪。 (54) 顾：回头。枚叔：枚乘，字叔。起：指离席站起。乱：乱辞，辞赋篇末总括全篇要旨的话。 (55) 白羽：白色羽毛。以：通“已”，太，甚。贞：坚固。 (56) 节：时节。兴：出现。灭：消失。 (57) 玄阴：指冬季极盛的阴气。昧：掩盖。固：固守。节：节操，指白雪本有的色泽与形态。 (58) 凭：凭依，随着。从风：随风。值：遇。赋象：形成形象。赋，赋予，形成。象，形状。任地班形：依据所处之地的不同形成各种形状。任地，依据、凭借地势。班，铺。 (59) 素：素净，洁白。立：生成，显现。 (60) 纵心：纵任心意。皓然：皓，通“浩”，即《孟子·公孙丑上》所谓“浩然之气”的“浩然”，意思是正大刚直。一说“皓然”也作“皜然”，洁白的样子，意思是心里洁白纯净，便可随遇而安。营：谋求。

《宋书》卷五三《谢方明传》后附有《谢惠连传》载，元嘉七年，谢惠连“为司徒彭城王义康法曹参军。是时，义康治东府城，城堑中得古冢，为之改葬，使惠连为祭文，留信待成，其文甚美。又为《雪赋》，亦以高丽见奇。”从前后文语义看，惠连当于彭城作《雪赋》。且《雪赋》中有“对庭鹍之双舞，瞻云雁之孤飞”句，《文选》李周翰注释：“鹍，鹍鸡也。双舞，谓时属见也。云雁孤飞，谓惠连仕彭城王，离其家亲以喻也。”

谢惠连以辞赋为当世所称，其《雪赋》与谢庄《月赋》并称南朝小赋“双璧”。《雪赋》假托历史人物的问答展开铺陈描写，结构全篇。赋作首先陈述在一个岁末的黄昏，寒风四起，阴云密布，汉梁孝王刘武率宾友游宴兔园，邹阳、枚乘、司马相如先后到来。不久，大雪纷飞。面对此景，梁王即兴吟诵了《诗经》中描写雪景的句子，然后让司马相如赋雪，接着邹阳赋“积雪之歌”，之后梁王又让枚乘作乱辞，收束全篇。《雪赋》在梁王兔园游宴传说的基础上，虚构了这些历史人物的活动，并以之作为全赋的结构框架，是对问答体辞赋的发展。

该赋既描写了雪景之美，并借以抒发了个人情感和对人生的感悟，融写景、抒情、说理为一体，是对咏物赋的创新。全赋以描写雪景为主，以雪“因时兴灭”的特性为主线，从多视角表现出了雪的洁白、明净、飘逸、轻盈、空灵、静穆、灿烂、艳丽的品格节操。在描写雪的形态、品操的基础上，借机抒发了孤独之感和年华易逝的感慨，并触发了“节岂我名，洁岂我贞”、“纵心皓然，何虑何营”的人生哲学。赋作结尾的“乱”辞，虽为说理文字，但在内部意义上与前面的写景抒情相互呼应，寓佛道玄理于自然物色之中，是对全赋内容的概括与总结，深化了主题。钱锺书评点《雪赋》末的“乱”辞说：“判心、迹为二，迹之污洁，于心无著，任运随遇,得大自在;已是释、老之余绪流风,即谢灵运《山居赋》之别'言心'于'即事'也。盖雪之'节'最易失,雪之'洁'最易污,雪之'贞'若'素'最不足恃,故托玄理以为饰词,庶不'骂题'而可'尊题'。"(《管锥编》第四册)

晋宋易代之际和刘宋初期,出身寒族的皇帝为了维护皇权,打击高门士族,谢氏家族首当其冲,家族的领袖人物谢混、谢晦等先后被杀,其他很多谢氏子弟也遭受牵连,另一位天才人物谢灵运也屡遭打击,到谢惠连任职彭城时,谢氏家族明显衰落了。《雪赋》对雪花的灿烂空灵、飞洒凝聚和消融污染的描写,以及乱辞对雪的"因时兴灭"和"任地班形"特征的强调,表现出了世族子弟对家族衰落的无奈和叹惜,透露出幻灭的哀伤。

(杨晓斌)

【作者小传】

鲍照

(约414—466) 字明远。东海(郡治今山东苍山县南)人。曾任国侍郎、秣陵令、永嘉令等职,后为临海王刘子顼前军参军,世称"鲍参军"。子顼响应晋安王刘子勋举兵反叛宋明帝,事败,鲍照被乱兵所杀。诗文俱佳。与谢灵运、颜延之并称"元嘉三大家"。有《鲍参军集》。

芜 城 赋　　　　　鲍 照

泑迤平原①,南驰苍梧涨海②,北走紫塞雁门③。柂以漕渠④,轴以昆冈⑤。重江复关之隩⑥,四会五达之庄⑦。当昔全盛之时⑧,车挂辖⑨,人架肩⑩,廛闬扑地⑪,歌吹沸天⑫。孳货盐田⑬,铲利铜山⑭。才力雄富,士马精妍⑮。故能参秦法⑯,佚周令⑰,划崇墉⑱,刳浚洫⑲,图修世以休命⑳。是以板筑雉堞之殷㉑,井干烽橹之勤㉒,格高五岳㉓,袤广三坟㉔,崒若断岸㉕,矗似长云㉖。制磁石以御冲㉗,糊赪壤以飞文。观基扃之固护㉙,将万祀而一君㉚。出入三代五百余载㉛,竟瓜剖而豆分㉜。

泽葵依井㉝,荒葛胃涂㉞。坛罗虺蜮㉟,阶斗麏鼯㊱。木魅山鬼㊲,野鼠城狐㊳。风嗥雨啸㊴,昏见晨趋㊵。饥鹰厉吻㊶,寒鸱吓雏㊷。伏虣藏虎㊸,乳血飧肤㊹。崩榛塞路㊺,峥嵘古馗㊻。

芜城赋　　　　　　　　　　　　　　　　　　　　　　　　鲍　照　〔403〕

白杨早落，塞草前衰⑰。棱棱霜气⑱，蔌蔌风威⑲。孤蓬自振⑳，惊沙坐飞㉑。灌莽杳而无际㉒，丛薄纷其相依㉓。通池既已夷㉔，峻隅又已颓㉕。直视千里外，唯见起黄埃。凝思寂听，心伤已摧㉖。

若夫藻扃黼帐㉗，歌堂舞阁之基㉘，璇渊碧树㉙，弋林钓渚之馆㉚，吴蔡齐秦之声㉛，鱼龙爵马之玩㉜，皆薰歇烬灭㉝，光沉响绝。东都妙姬㉞，南国丽人，蕙心纨质㉟，玉貌绛唇，莫不埋魂幽石，委骨穷尘㊱，岂忆同舆之愉乐，离宫之苦辛哉㊲？

天道如何，吞恨者多㊳，抽琴命操㊴，为芜城之歌。歌曰：边风急兮城上寒，井径灭兮丘陇残㊵。千龄兮万代，共尽兮何言㊶！

〔注〕　①泲(mǐ)迤(yǐ)：开阔平坦貌。　②苍梧：汉苍梧郡，在今广西壮族自治区苍梧县一带。涨海：南海的别称。　③紫塞：指长城。雁门：汉代郡名。在今山西省代县一带。这里是写广陵平原南北所通极远。　④柂(tuó)：通"舵"，引，运输。漕渠：运河。　⑤昆冈：也叫阜冈，又名广陵冈。广陵城筑于其上。轴以昆冈：指广陵冈居广陵平原的中心，如同车轴控制着车轮一样。　⑥重江复关：指江关多。陬(ào)：同"澳"，河岸弯曲的地方。　⑦四会五达：指四方会集、道路四通八达。　⑧当昔：从前。全盛之时：广陵城全盛之时。李善注："全盛，谓汉时也。"　⑨车挂轊(wèi)：车轴相撞。　⑩人架肩：人肩相摩擦。　⑪廛(chán)：市民居住的区域。阓(hàn)：里门。扑：遍及，到处都是。　⑫歌吹：唱歌吹奏的音乐之声。　⑬孳货盐田：有盐田可以滋生财富。孳(zī)：通"滋"，滋生，增长。　⑭铲利铜山：开采铜矿可以获利。铲：同"产"，生产。此句与上句互文。　⑮才：同"材"。妍(yán)：美丽。　⑯参秦法：越出秦代法制。参：同"僭"。　⑰佚周令：超过周朝法令。佚：通"轶"，超越。这是指汉代吴王刘濞在广陵建都时所为。　⑱划崇墉：指建筑高高的城墙。　⑲刳(kū)浚(jùn)洫(xù)：挖凿深深的护城河。洫：沟。　⑳图：计划，图谋。修：长。休：美。李善注引《春秋元命苞》曰："命者，天之命也。"　㉑板筑：在两板中间填土夯实。雉(zhì)堞(dié)：泛指城墙。雉：城墙高一丈，长三丈叫一雉。堞：城上端的女墙。殷：盛，多。　㉒井干：楼名，汉武帝时筑，这里泛指高大城楼。烽：烽火台。橹(lǔ)：城上的望楼。勤：劳。此句"勤"与上句"殷"互文。　㉓格：指高度。五岳：参《海赋》注。　㉔袤(mào)：指宽度。三坟：出处不详，亦不知何指。　㉕崒(zú)：险峻。断岸：陡峭的河岸。　㉖矗似长云：高高耸立，仿佛天上长云。　㉗制磁石以御冲：用磁石做门，以防备带兵器的人冲入。　㉘赪(chēng)壤：赤色的泥土。文："纹"的古字，指墙上的图案。　㉙扃(jiōng)：自外关闭门户用的门闩、门环之类。固护：坚固的防护设施。　㉚祀：年。　㉛三代：指汉、魏、晋。载：年。　㉜瓜剖而豆分：言广陵城的崩裂毁坏。瓜剖、豆分皆比喻分裂。　㉝泽葵：水葵，莓苔一类的植物。　㉞葛：藤蔓植物。罥(juàn)：挂绕。涂：同"途"。　㉟坛：堂。罗：列。虺(huǐ)：毒蛇。蜮(yù)：传说一种能含沙射人影的动物，也称"短狐"。《广雅·释虫》："蝛蜮，蝛蛄也。"王念孙疏证认为是指蝛蛄一声之转。这里言堂列虺蜮，可能也是指蝛蛄一类的虫子。　㊱麏(jūn)：獐，形似鹿而

小。鼯(wú)：即鼯鼠，亦名飞鼠、狖等。 ㊲ 木魅(mèi)：木石之怪。 ㊳ 野鼠城狐：野外及城墙中的老鼠和狐狸。 ㊴ 风嗥(háo)雨啸：在风雨中嗥叫。嗥：野兽的叫声。 ㊵ 昏见(xiàn)晨趋：谓鬼怪出没于晨昏之时。趋：快步走。 ㊶ 厉吻：磨嘴。厉：通"砺"。 ㊷ 鸱(chī)：鹞鹰。吓(hè)：鸟兽类发出的威胁、发怒的声音。雏：幼鸟。 ㊸ 虣(bào)：古"暴"字，指猛兽。李善注："'虣'或为'虥(hán)'。《尔雅》曰：'虥，白虎。'" ㊹ 乳血飧(sūn)肤：以血为乳，以肤为食，即饮血食肉。飧：晚饭。 ㊺ 崩榛(zhēn)：枯萎倒下的丛生草木。 ㊻ 峥嵘：深暗貌。馗(kuí)：同"逵"，大道。 ㊼ 塞草：城垣上的草。李善注曰："塞或为寒。" ㊽ 稜(léng)稜：严寒貌。稜：同"棱"。 ㊾ 蔌(sù)蔌：风势猛烈貌。 ㊿ 孤蓬自振：蓬草自己飘荡。振：震颤，飘零。 (51) 惊沙：乱沙。坐飞：李善注："无故而飞曰坐飞。" (52) 灌莽：丛生的草木。杳：深幽貌。 (53) 丛薄：草木丛生杂处。薄：草木杂生。纷：乱。 (54) 通池：又宽又深的护城河。夷：平，这里指被填平了。 (55) 峻隅：高峻的城墙。颓：崩坏，倒塌。 (56) 凝思寂听：思想停滞、听力失灵。摧：伤心到了极点，犹断肠。 (57) 藻扃：雕绘着水草花纹的门。黼(fǔ)帐：绣花帷帐。 (58) 基：处所，地方。 (59) 璇渊：玉池。 (60) 弋(yì)林：射鸟之处。渚(zhǔ)：水中的小块陆地，这里指赏鱼处。 (61) 吴蔡齐秦之声：泛指各地的音乐。 (62) 鱼龙爵马之玩：指各种玩好、技艺。爵：通"雀"。 (63) 薰：香气。烬(jìn)：火烧剩下的木渣。 (64) 东都妙姬：洛阳丽人。这里泛指美女。 (65) 蕙心：心灵洁美如兰蕙。纨质：体质轻美如纨素。 (66) 委：弃。 (67) 离宫：皇帝的行宫。 (68) 吞恨：含恨，抱恨。 (69) 命操：谱曲。 (70) 井径：田间小路。 (71) 共尽：指人皆有一死。

据《宋书》及《南史》记载，南朝宋竟陵王刘诞在广陵(今江苏扬州市)"造立第舍，穷极工巧，园池之美，冠于一时。多聚才力之士，实之第内，精甲利器，莫非上品"。而宋孝武帝是个生性多疑之人，颇怀疑畏惧刘诞。而"诞既见猜，亦潜为之备，至广陵，因索虏寇边，修治城隍，聚粮治仗。嫌隙既著，道路常云诞反"(《宋书·文五王·竟陵王诞列传》，下所引同)。大明三年(459)武帝指使有司弹劾刘诞，刘诞便据广陵反抗。武帝派沈庆之统帅大军进攻广陵。"诞焚烧郭邑，驱居民百姓，悉使入城，分遣檄书，要结近远。"经过七十多天的战斗，终寡不敌众，于该年七月城被攻克。沈军入城之后，"杀城内男为京观，死者数千，女口为军赏"，广陵城遭到一次空前浩劫，几乎变成一片废墟。鲍照在大明三、四年间客游江北，目睹了荒凉不堪的广陵废墟，遂有感而作《芜城赋》。

赋首先描写了广陵城被毁之前的繁荣昌盛，为下文描写芜城惨景作了铺垫。广陵地势平阔，为重重复复的江河关口所环绕，是水陆交通所会。昔日繁荣之时，车水马龙，熙熙攘攘；人烟密集，歌吹沸天。有盐田铜山之富，兼以兵强马壮，因而西汉的吴王刘濞能超越周秦建城之法，深沟高垒，建筑了雄宏坚固的广陵城。原想"万祀而一君"，谁料只经历三代五百余载，就"瓜剖而豆分"了。接着笔锋一转，将描绘重心移到赋"芜城"。昔日人来车往的井旁道边，如今草苔蔓延，坛堂庭阶，禽兽充斥，鬼怪出没。风雨之夕，晨昏之时，狼嗥鬼哭；丛草塞途，古道阴森;木落草衰,蓬抖沙飞。灌莽无际,纷披相依。城坏池平,残垣断壁,极目远望,只见黄尘飞扬,满目疮痍。见此情景,寂然凝思,怎不令人伤痛欲绝!昔日华丽的歌舞堂榭,渔猎宫馆,美妙的四方音乐,各地玩耍,无不灰飞烟灭。那些体妍质丽的佳人,也都是"埋魂幽石,委骨穷尘"了,再不知受宠之乐和失宠之忧了。贵族尚且如此,百姓的命运就不言而喻了。这就是战争给广陵和广陵人带来的灾难,人的命运正是写在城池的惨败景象之上的!最后,作者为芜城唱了悲歌:"边风急兮城上寒,井径灭兮丘陇残。千龄兮万代,共尽兮何言!"表现出对盛衰变迁的无可奈何的慨叹。

《芜城赋》历来被视为六朝骈赋的佳作,最为脍炙人口,这是与其高超的艺术性紧密相联的。赋采用对比的手法,将广陵昔日的辉煌与今日之萧瑟进行对比,让昔日繁华为今日荒凉作铺垫,芜城的惨景便更加令人触目惊心。清代何焯云:"前半言芜城昔日之盛,后半言芜城今日之衰。全在两两相形处生出感慨。"(《评注昭明文选》引)同时采用夸张的手法,通过艺术的想象,创造浓烈的气氛。写昔日繁盛,则"车挂辖,人驾肩,廛闬扑地,歌吹沸天","格高五岳,袤广三坟。崒若断岸,矗似长云"。写今日萧条,则"坛罗虺蜮,阶斗麏鼯","饥鹰厉吻,寒鸱吓雏","白杨早落,塞草前衰","孤蓬自振,惊沙坐飞"。所有这些,并非实景,但作者却精心描绘,渲染出浓烈的气氛,从而增强了今昔的对比度,读来令人惊心动魄。《芜城赋》虽然是骈赋,但其语言却活泼有致,不显呆板。从整个气势上讲,此赋可以说是大刀阔斧,波澜起伏的,赋一开头即描绘了一幅宏阔的广陵地势,接着以夸张的手法写广陵城市建筑的雄宏和经济的繁荣,给读者以气势磅礴的印象。接着笔锋陡转,极力渲染广陵城被毁后的惨象,又让读者惊魂不定,伤感不已。这就是作者高超创作技艺的魅力,它能吸引读者,感动读者。此赋虽不乏骈赋的对偶工丽,但其语言凝练,用词巧妙,因而在磅礴的气势下也不乏纤丽。全篇多遣词类话,增强了表现力和艺术感染力:"南驰""北走",将静态的地势写成动态的,使文章一下有了气势;"风嗥雨啸","风""雨"都是名词作状语,渲染出鬼哭狼嚎的可怖气氛;"瓜剖豆分"则形象地描绘出广陵城的崩溃;"乳血飧肤","乳""飧"用作动词,表现了野兽的凶猛。作者以高超的运用语言的艺术,才使此赋显得跌宕起伏而韵味无穷。故清代姚鼐评为"驱迈苍凉之气,惊心动魄之辞,皆赋家之绝境也"(《鲍参军集注》引)。

(周玉秀)

伤 逝 赋　　　　鲍 照

晨登南山,望美中阿[①]。露团秋槿[②],风卷寒萝[③]。凄怆伤心④，悲如之何！

尽若穷烟⑤，离若翦弦⑥。如影灭地，犹星殒天。弃华宇于明世⑦，闭金扃于下泉⑧。永山河以自毕⑨，眇千龄而弗旋⑩。思一言于向时，邈众代于古年⑪。

逝稍远而变体⑫，浸幽明而改时⑬。览篇迹之如旦⑭，婉遗意而在兹⑮。忽若谓其不然⑯，自惆怅而惊疑。循堂庑而下降⑰，历帷户而升基⑱。服委襟而褫带⑲，器蒙管而韬丝⑳。志存业而遗绩㉑，身先物而长辞㉒。岂重欢而可觐㉓，追前感之无期。

寒往暑来而不穷，哀极乐反而有终㉔。燧已迁而礼革㉕，月既逾而庆通㉖。心微微而就远㉗，迹离离而绝容㉘。白日蔼而回阴㉙，闺馆寂而深重。冀凭灵于前物㉚，仵美目乎房栊㉛。徒望思以永久㉜，邈归来其何从㉝。结单心于暮条㉞，掩行泪于晨风㉟。念沉悼而谁剧㊱，独婴哀于逝躬㊲。

草忌霜而逼秋，人恶老而逼衰㊳。诚衰耄之可忌，或甘愿而志违。彼一息之短景，乃累恨之长晖㊴。寻生平之好丑㊵，成黄尘之是非㊶。将灭耶而尚在㊷，何有去而无归！

惟桃李之零落㊸，生有促而非夭㊹。观龟鹄之千祀㊺，年能富而情少㊻。反灵质于二涂㊼，乱感悦于双抱㊽。日月飘而不留，命倏忽而谁保。譬明隙之在梁㊾，如风露之停草。发迎忧而送华㊿，貌先悴而收藻(51)。共甘苦其几人？曾无得而偕老。拂埃琴而抽思(52)，启陈书而遐讨(53)。自古来而有之，夫何怨乎天道！

〔注〕　①望美中阿：在山阿中眺望我的爱人。美：美人，依本赋内容，当指鲍照的亡妻。中阿：即阿中，山的凹曲处。　②露团秋槿（jǐn）：槿叶上坠着露珠。槿：落叶灌木名。　③萝：蔓生植物。　④凄怆：悲伤，凄凉。　⑤尽若穷烟：即灰飞烟灭。　⑥离若翦弦：离去若箭离弦一样迅速。翦：通“箭”。　⑦华宇：华美的屋室，这里指代家。　⑧金扃（jiōng）：铜制的门关，这里指代墓门。下泉：即黄泉，谓地下。　⑨自毕：结束自己的生命。　⑩眇（miǎo）：这里是无视、轻视之义。千龄：指长寿。弗旋：再也不回来。　⑪此连上句谓回想逝者生前的话，感到非常幽远，就像隔了好多代的古时一样。这是表达非常思念而不可得见的悲伤。邈：幽远。众：多。　⑫稍：渐渐地。变体：形体变化，指腐烂消失。　⑬浸：慢慢地。

幽明：指天地。《大戴礼记·曾子天圆》："天道曰圆,地道曰方;方曰幽而圆曰明。"改时:指季节变换,岁月推移。 ⑭ 篇迹:笔墨,墨迹。如旦:如同早晨刚写的一样。 ⑮ 婉:婉若,如同。兹:这里。 ⑯ 忽若:忽然。不然。不是这样。 ⑰ 循:顺着,沿着。堂庑(wǔ):堂下四周之屋。 ⑱ 历:走过,经过。帷户:挂着帘子的门。升:登上。基:墙屋的基址。 ⑲ 委襟:衣襟下垂着。褫(chǐ):夺去,解下。 ⑳ 此句谓室中家什都紧锁着,被尘埃茧丝蒙蔽缠绕。 ㉑ 遗绩:留下业绩。 ㉒ 物:指逝者生前用过的东西。 ㉓ 重欢:重新欢聚。觏(gòu):遇。 ㉔ 此句谓守丧尽哀有结束的时候。 ㉕ 燧:指灯烛之类。迁:指撤去。礼革:礼数除去,指不再守丧祭祀。 ㉖ 此句谓大祥之祭后一个月就可以唱歌欢乐了。《礼记·檀弓上》:"鲁人有朝祥而莫歌者,……夫子曰:'又多乎哉？逾月则其善矣。'"通:指行得通,指行得通。 ㉗ 微微:幽静之貌。就:赴,走向。 ㉘ 离离:剥裂、零落之貌。绝容:音容灭绝。 ㉙ 蔼:犹蔼蔼,暗淡无光之貌。回阴:谓天色转阴暗。 ㉚ 冀:希望。凭灵:灵魂寄托于。前物:逝者生前所用之物。 ㉛ 伫:存,停留在。美目:这里指代美人。枕:窗户。 ㉜ 此句谓生死路隔,长久地期盼思念也只是徒劳。 ㉝ 此句谓道路幽远,又从何处归来呢? ㉞ 单心:忠诚之心。条:指树枝。 ㉟ 此句谓逝者阴魂随晨风而拭泪离去。 ㊱ 剧:说话、谈话。 ㊲ 婴:萦回,缠绕。逝躬:逝者自身。躬:身体。 ㊳ 此连上句说草木忌讳霜时就临近秋季了,人怕老时就迫近衰退了。忌:恨,忌讳。逼秋:临近秋季。 ㊴ 此连上句谓人生短促如一瞬,却有无限的忧愁遗憾。长晖:这里指愁恨之情常闪现。 ㊵ 寻:重温,回味。好丑:优缺点。 ㊶ 此句谓生平的优缺点已随逝者而去,显得无足轻重了。黄尘:犹黄土。 ㊷ 将灭耶而尚在:谓逝者身影恍恍惚惚,亦真亦幻。这里是生者思念之极的感觉。 ㊸ 惟:想。 ㊹ 此句谓桃李零落是因为生命短促而非夭折。喻人生短促也是自然之理。 ㊺ 鹄(hú):天鹅。祀:年,岁。 ㊻ 能:乃。富:足,指寿长。 ㊼ 反:相反,不一样。灵质:指人,人为万物之灵。二塗:指桃李生命极其短促和龟鹤长寿千岁两种情况。 ㊽ 此句谓人不同于物,故乱已享受快乐的心曲。双抱:彼此的怀抱,谓生者与死者。 ㊾ 明隙在梁:盖即白驹过隙之义。比喻人生短促。 ㊿ 此句谓头发因忧愁而失去华美,即变少变白。 51 藻:这里也指光艳的容颜。 52 抽思:排遣思念之情。抽:拔除。 53 陈书:旧书,古书。退讨:往远古探寻。讨:探求,研究。

　　《伤逝赋》或为鲍照悼亡妻之作。赋以白描的手法,不作任何渲染铺排,却营造了一种凄凉的氛围,使思念之情真实可感。

　　主人公早晨登上南山,望美中阿,看到的却是秋风瑟瑟,一片悲凉,逝者杳杳无影,而生者孤独徘徊,"凄怆伤心,悲如之何"! 全赋的情调由此确定了。接着写逝者"弃华宇于明世,闭金扃于下泉",生者"思一言于向时,邈众代于古年"。阴阳相隔,永无会期,思念之苦何以堪也! 古今生离死别者,皆有睹物而思人之情。虽时日改迁,而思念之苦如旧,故看到逝者墨迹,仿佛就是早晨刚发生的事,其音容宛在。可忽然间又觉并非如此,一阵悲凉沁透心胸,只能独自惆怅惊疑;徘徊堂庑,历抚帷户,"徒望思以永久,邈归来其何从"。年年岁岁,朝朝暮暮,孤独凄苦,无处倾诉,"独婴哀于逝躬"。故情思恍惚,悲哀难胜,何其凄凉! 礼数有尽而哀思无穷,在"燧已迁而礼革,月既逾而庆通"之时,主人公想到逝者心微微,迹离离，香魂归来，而不知所凭，只有暮扶弱枝，晨掩行泪，孤独忧伤，思念所爱。生者哀，死者亦哀；生者孤苦，死者亦孤苦，苦何如哉！人非草木，为情而生，为情而死，故一息短景，而累恨长晖。痛心至极，无以排解，只好归于自古而然的天道："共甘苦其几人？曾无得而偕老。"奈之何哉？这不是潇洒解脱，而是无限的凄凉！

自西晋潘岳有《悼亡赋》以来，鲍照的这篇《伤逝赋》可谓踵事增华，形成自己鲜明的文学特色，犹五色之有红紫，八音之有郑卫。（《南齐书·文学传论》评）但本赋既不同于大赋的铺张扬厉，没有化用多少典故，也没有肆意的夸张比喻，描述的是眼中所见，心中所感；也不同于骈赋的精丽工巧，虽亦不乏对偶，但没有刻意雕琢之痕迹，用语自然。不论描写还是抒情，都以真实感受为基础。正因为真得实在，所以才能感动人，引起共鸣。这应当是悼亡之作的灵魂所在。

（周玉秀）

舞 鹤 赋　　　　　　　　　鲍 照

散幽经以验物①，伟胎化之仙禽②。钟浮旷之藻质③，抱清迥之明心④。指蓬壶而翻翰⑤，望昆阆而扬音⑥。匝日域以回鹜⑦，穷天步而高寻⑧。践神区其既远⑨，积灵祀而方多⑩。精含丹而星曜⑪，顶凝紫而烟华⑫。引员吭之纤婉⑬，顿修趾之洪姱⑭。叠霜毛而弄影⑮，振玉羽而临霞⑯。朝戏于芝田⑰，夕饮乎瑶池⑱。厌江海而游泽，掩云罗而见羁⑲。去帝乡之岑寂⑳，归人寰之喧卑㉑。岁峥嵘而愁暮㉒，心惆怅而哀离㉓。

于是穷阴杀节㉔，急景凋年㉕；凉沙振野㉖，箕风动天㉗。严严苦雾㉘，皎皎悲泉㉙。冰塞长河，雪满群山。既而氛昏夜歇㉚，景物澄廓㉛。星翻汉回㉜，晓月将落。感寒鸡之早晨㉝，怜霜雁之违漠㉞。临惊风之萧条，对流光之照灼㉟。唳清响于丹墀㊱，舞飞容于金阁㊲。始连轩以凤跄㊳，终宛转而龙跃㊴。踯躅徘徊㊵，振迅腾摧㊶。惊身蓬集㊷，矫翅雪飞㊸。离纲别赴㊹，合绪相依㊺。将兴中止㊻，若往而归。飒沓矜顾㊼，迁延迟暮㊽。逸翮后尘㊾，翻邈先路㊿。指会规翔[51]，临歧矩步[52]。态有遗妍[53]，貌无停趣。奔机逗节[54]，角睐分形[55]。长扬缓骛[56]，并翼连声。轻迹凌乱,浮影交横[57]。众变繁姿,参差洊密[58]。烟交雾凝[59],若无毛质。凤去雨还[60],不可谈悉。既散魂而荡目[61],迷不知其所之[62]。忽星离而云罢[63],整神容而自持[64]。仰天居之崇绝[65],更惆怅以恨思[66]。

当是时也,燕姬色沮[67],巴童心耻[68]。巾拂两停[69],丸剑双止[70]。虽邯郸其敢伦[71],岂阳阿之能拟[72]!入卫国而乘轩[73],出吴都而倾市[74]。守驯养于千龄[75],结长悲于万里[76]。

〔注〕 ①幽经:即《相鹤经》,因出于道家,故称"幽经"。 ②此句谓才知道鹤是不同寻常的仙禽。化:化育,孕育。 ③钟:聚。浮旷:飘逸。藻质:丽质。 ④清迥:清旷高远。 ⑤蓬壶:山名,即蓬莱。古代方士传说为仙人所居。《拾遗记》:"三壶则海中三山也。一曰方壶,则方丈也;二曰蓬壶,则蓬莱也;三曰瀛壶,则瀛洲也。"翻翰:奋翅。 ⑥昆阆:昆仑,阆苑,都是传说中神仙居住的地方。 ⑦匝:一周,这里用作动词。日域:太阳出处。扬雄《长杨赋》:"东震日域。"李善注:"日域,日出之域也。"回骛(wù):往回飞。 ⑧穷:一直飞到尽头。天步:指天上极高处。 ⑨神区:仙界。 ⑩灵祉:仙寿,即长寿。方:养生之道。 ⑪精:瞳仁。丹:红色。李善引《相鹤经》云:"露目赤精则视远。"星曜:像星星闪耀一般。 ⑫凝紫:凝聚紫色。烟华:如冒烟花。 ⑬引:拉长。员吭(háng):指圆润的歌喉。 ⑭顿:以足踩地,这里指鹤舞步。修趾:长腿。洪姱(kuā):美好。 ⑮弄影:欣赏自己的影子。 ⑯振:挥动。玉羽:指鹤翅。临霞:言鹤飞之高远。 ⑰芝田:仙人种芝草的地方。传说昆仑山上有仙人种芝草处。 ⑱瑶池:传说仙人所居之处,有天池。 ⑲掩:蔽。云罗:指人布下了蔽云之网。见羁:被捕缚。 ⑳去:离开。帝乡:仙帝之居。岑:高。 ㉑人寰(huán):人间。喧:吵闹。卑:低。 ㉒峥嵘:凛冽,寒冷。暮:指岁末。 ㉓惆怅:悲伤。 ㉔穷阴:岁将尽时。杀节:寒气逼杀万物。 ㉕急景:也指寒冷。凋年:犹杀节。 ㉖凉沙振野:寒风吹来,沙尘漫天。 ㉗箕风:指大风。箕:星宿名。月亮经过箕星则多风。 ㉘严严:浓重貌。 ㉙皎(jiǎo)皎:洁白清亮。 ㉚氛昏夜歇:到夜间云雾散去。 ㉛澄廓:轮廓清晰。 ㉜星翻汉回:星星闪烁,天河曲折。 ㉝早晨:早早报晓。 ㉞违漠:离开北方沙漠地带。 ㉟流光:流落的月光。照灼:熙耀。 ㊱唳(lì):鹤声。清响:清亮的叫声。丹墀(chí):古代宫殿前的红色石阶。 ㊲金阁:宫殿。 ㊳连轩:飞舞貌。凤跄:像凤凰一样翩翩起舞。跄(qiāng):起舞。 ㊴龙跃:像蟠龙飞腾一样。 ㊵踯(zhí)躅(zhú):踏步不前。 ㊶振迅:迅速奋起。腾:腾飞。摧:摧折,这里指俯冲。 ㊷蓬集:如飞蓬聚集。 ㊸矫翅:高举翅翼。雪飞:如雪花飞舞。 ㊹离纲别赴:时而离开行阵奔向别处。 ㊺合绪相依:时而回到行列相互依存。 ㊻兴:起。 ㊼飒(sà)沓:群飞貌。矜顾:庄重顾视。 ㊽迁延:慢慢后退。迟暮:本指天晚,年老。这旦指鹤慢步后退似老年人退行之貌。 ㊾逸翮(hé):奋翅。后尘:将尘土远远抛于身后,指鹤飞迅猛,使尘不及身。 ㊿翥翥(zhù):向上飞翔。先路:飞在前面。 (51)指会规翔:面临四会道路时,按规矩飞翔。规:古代定圆的器具。 (52)歧:歧路口。矩步:按规矩舞步。矩:定方的器具。此处连上句皆指鹤舞姿有一定节奏。 (53)妍:美好。 (54)奔机逗节:奔赴和停止都有一定的舞步。逗:停。 (55)角:竟。睐(lài):斜视,这里指鹤眼珠随舞乐左右转动。 (56)长扬缓骛:伸展翅膀,缓步向前。 (57)交横:交错。

㊳ 参差：不齐貌。浐(jiàn)密：重叠密集。 ㊴ 烟交雾凝：形容鹤的舞姿轻飘迷离如烟雾缭绕。 ㊵ 风去雨还：鹤舞时紧张的节奏结束，继以细雨般的温柔舞姿。 ㊶ 散魂：放松神经。荡目：摇目，眨眼，指神情恍惚。 ㊷ 之：去，往。 ㊸ 星离而云罢：指舞乐结束后，群鹤如星云散开。 ㊹ 自持：自己克制，保持一定神态。 ㊺ 天居：皇宫。崇绝：极高。 ㊻ 惊思：惊心。 ㊼ 燕姬：燕地的舞女，这里泛指能歌善舞的女子。沮：沮丧。 ㊽ 巴童：巴蜀的歌童。 ㊾ 巾拂：两种舞蹈名。巾舞也称公莫舞，相传项羽在鸿门留沛公与饮，项庄拔剑起舞，欲击杀沛公。项伯亦拔剑舞，以袖相隔，并对项庄说："公莫害沛公。"后人以舞巾模拟项伯舞袖的姿态，因称"公莫舞"。拂舞：杂舞名，以拂子为舞具，故称拂舞。 ㊿ 丸剑：杂技名。这里是说舞鹤一出，其他舞乐都被排比下去，黯然失色了。 ⑤ 邯郸：舞曲名。伦：比。 ⑦ 阳阿：亦舞曲名。 ⑦ 入卫国而乘轩：写鹤受尊宠。《左传·闵公二年》："卫懿公好鹤，鹤有乘轩者。"轩：大夫乘坐的车。 ⑦ 出吴都而倾市：《吴越春秋》记载，吴王阖闾的小女儿自杀，阖闾非常悲痛，于是将她葬在西宫门外，凿池积土为山，石为椁，又以许多金银珠宝送葬。并且舞白鹤于吴市，万人随观。 ⑦ 守驯养：被人驯服喂养。千龄：鹤的终生。 ⑦ 结长悲于万里：是说仙鹤再也不能翱翔万里，自由自在地生活了，因而永久地悲哀。

《舞鹤赋》以时间为序展开情节，先写仙鹤禀赋高贵、美丽，却不幸为人所捕缚，而无限悲哀。接着写鹤从仙境降落人间后所见的凄凉景象。作者这样安排，一是衬托鹤舞的优美，二是说明仙鹤的悲哀。仙界是那样幽美，人间却如此凄惨。这突如其来的变化，怎不令鹤伤悲呢！在岁暮萧瑟的背景上，作者笔锋一转，开始精心描绘仙鹤变幻迷离、美妙无比的舞姿。你看它，动则"惊身蓬集，矫翅雪飞"，"将兴中止，若往而归"，"奔机逗节，角睐分形，长扬缓骛，并翼连声"；静则"烟交雾凝，若无毛质"。这优美的舞姿，就像一缕温馨的春风，吹进了冷瑟的人间；恰似一股涓涓的清泉，流淌在人们枯涩的心田，令人陶醉，令人飘然。正因为如此，仙鹤自然要受尊宠。然而，它自己的感受如何呢？作者仍然紧扣中心，不忘"哀离"之情："既散魂而荡目，迷不知其所之。""仰天居之崇绝，更惆怅以惊思。"尽管人们在赞美它，惊服它，"燕姬色沮，巴童心耻"，一切舞乐都不能与它比拟。它可以乘大夫之车，可以使所有的人倾倒。但这种尊宠并不是它的目的。它需要的是能够骋志翱翔的天空，是自由自在的生活。因而，越是备受尊宠，为人所养，它越感到悲哀。最后，作者用两句韵味深长的话语为仙鹤唱了挽歌。"守驯养于千龄，结长悲于万里"，唱出了仙鹤，也是作者无限的惆怅。据《宋书》卷五十一记载，鲍照本"文辞赡逸"，"文甚遒丽"，但宋世祖"好为文章，自谓物莫能及，照悟其旨，为文多鄙言累句，当时谓照才尽"。可见鲍照深切体会过作为御用文人的压抑、屈辱，况且他出身微贱，一直受士族的压抑排挤，才高见屈，一生不得志。这种感受他在《拟行路难》十八首诗中直接倾吐："自古圣贤尽贫贱，何况我辈孤且直！"《舞鹤赋》中对仙鹤美丽而凄凉一生的描绘，无疑是作者在写自己。

本赋运用浪漫主义的创作方法,根据神话传说,通过艺术的想象和夸张,创造出了优美动人的艺术形象和高远的意境。写仙鹤的姿质清丽及其信步天庭,自由翱翔的生活,无不充满神奇的幻想:它生于帝乡,游于日域,戏于芝田,饮于瑶池;它有圆润的歌喉,洪姱的修趾,雪白的羽毛;目含丹星,顶凝烟华。这一切并非作者亲见,亦非现实中真有,而是根据传说进行艺术想象、加工创造的。这种想象给鹤染上了一种神秘的、不同凡响的色彩,使之高雅、美丽、动人。写仙鹤的舞姿,则将历史上所有舞蹈的优美动作集于一身,精心描绘,创造出一种恍若仙界、缥缈迷离的意境,这种浪漫主义的气息,强烈地感染着读者。全文情节曲折多变、波澜起伏、寓意深刻。开头先写了自由、美丽的仙界,突而转到人间,却值冬季岁寒,"穷阴杀节,急景凋年;凉沙振野,箕风动天",这是情节的第一次剧变,这一变化使天上、人间形成鲜明对比,从而衬托出仙鹤的悲哀,且影射了现实的无比凄凉。仙鹤的舞姿,是那样优美动人,可其心情却是"仰天居而崇绝,更惆怅以惊思"。这又是一次令人未暇预及的波折,这波折是紧紧围绕一个中心:仙鹤见羁思乡之哀愁,也是作者困于牢笼身不由己的无限哀愁。从而形成了全赋凄美的意象和情调。

(周玉秀)

谢 庄

【作者小传】 (421—466) 字希逸,陈郡阳夏(今河南太康)人。谢灵运族侄。历任随王刘诞后军咨议、领记室、太子中庶子、侍中、吏部尚书,官至中书令、金紫光禄大夫,世称"谢光禄"。能诗,工文,善画。尝应诏作《赤鹦鹉赋》。其代表作为《月赋》。原有集,已佚,明人张溥辑有《谢光禄集》。

月 赋 谢 庄

陈王初丧应刘,端忧多暇[①]。绿苔生阁,芳尘凝榭[②]。悄焉疚怀,不怡中夜[③]。乃清兰路,肃桂苑[④];腾吹寒山,弭盖秋坂[⑤]。临浚壑而怨遥,登崇岫而伤远[⑥]。于时斜汉左界,北陆南躔[⑦];白露暧空,素月流天[⑧]。沉吟齐章,殷勤陈篇[⑨]。抽毫进牍,以命仲宣[⑩]。

〔412〕谢庄　　　　　　　　　　　　　　　　　　　　　　　　　　　月　赋

仲宣跪而称曰:"臣东鄙幽介,长自丘樊⑪,昧道懵学,孤奉明恩⑫。臣闻沉潜既义,高明既经⑬,日以阳德,月以阴灵⑭。擅扶光于东沼,嗣若英于西冥⑮。引玄兔于帝台,集素娥于后庭⑯。朒朓警阙,朏魄示冲⑰。顺辰通烛,从星泽风⑱。增华台室,扬彩轩宫⑲。委照而吴业昌,沦精而汉道融⑳。

若夫气霁地表,云敛天末㉑,洞庭始波,木叶微脱㉒。菊散芳于山椒,雁流哀于江濑㉓;升清质之悠悠,降澄辉之蔼蔼㉔。列宿掩缛,长河韬映㉕;柔祇雪凝,圆灵水镜㉖;连观霜缟,周除冰净㉗。君王乃厌晨欢,乐宵宴㉘;收妙舞,弛清县㉙;去烛房,即月殿㉚;芳酒登,鸣琴荐㉛。

若乃凉夜自凄,风篁成韵㉜。亲懿莫从,羁孤递进㉝。聆皋禽之夕闻,听朔管之秋引㉞。于是丝桐练响,音容选和㉟。徘徊《房露》,惆怅《阳阿》㊱。声林虚籁,沦池灭波㊲。情纡轸其何托?愬皓月而长歌㊳。"

歌曰:"美人迈兮音尘阙㊴,隔千里兮共明月;临风叹兮将焉歇?川路长兮不可越㊵。"歌响未终,余景就毕㊶;满堂变容,回遑如失㊷。

又称歌曰:"月既没兮露欲晞㊸,岁方晏兮无与归㊹;佳期可以还,微霜沾人衣㊺!"

陈王曰:"善。"乃命执事,献寿羞璧㊻。"敬佩玉音,复之无斁㊼。"

〔注〕①陈王:指曹植,陈王是他晚年的封号。应刘:指应玚和刘桢,两人是曹魏时的著名文人,都是曹植的好朋友。这里仅用来假托一个故事,借以开篇。端忧:闲愁,闲居忧冈。②芳尘:尘埃的美称。凝:堆积。榭(xiè):建在高台上的木屋,多为游观之所。这两句是说,楼阁下生了绿苔,台榭间堆积着尘埃。形容经常闭门不出。　③悄焉:忧愁的样子。疚怀:伤心,忧虑。怡:愉快。中夜:半夜。　④兰路:长有兰草的路。肃:清除。桂苑:长满桂树的苑囿。　⑤腾:升起。吹:指管乐。弭盖:停留。阪(bǎn):山坡。　⑥浚壑:深谷。崇岫:高峰。　⑦斜汉:斜亘于天空的银河。左界:在东方划出一条界线。左:指东方。北陆:星宿名,即虚宿,二十八宿之一,位在北方。南躔(chán):向南移动。躔:日月星辰运行的轨迹。北陆南移,是秋冬间的天象。　⑧暧(ài):遮蔽,弥漫。素月:明月。流:流泻,照射。　⑨沉吟:低诵。齐章:指《诗经·齐风·东方之月》,是讽咏明月的诗篇。殷勤:反复吟诵。陈篇:指《诗经·陈风·月出》,其中有"月出皎兮""月出皓兮""月出照兮"等吟咏明月的诗句。

⑩毫：笔。牍：古时用来写字的木版。仲宣：王粲的字。这两句是说，拿来笔和木版交给王粲，请他作文章。　⑪东鄙幽介：这是臣下的自谦之辞，意思是说，我是来自东方边远偏僻之地的孤陋寡闻之人。东鄙，东方边远之地。王粲是山阳高平（今山东邹城市西南）人，故称。幽，昏暗，孤陋寡闻。介，孤独。丘樊：山林。　⑫昧道：不懂道理。懵（měng）学：不明学问。孤奉：辜负。孤，通"辜"。明恩：明王的恩德。　⑬沉潜既义、高明既经：指天地有一定的规律，即天经地义。沉潜，指地。高明，指天。经，常道。　⑭日以阳德：日以阳为性。德，事物的属性。月以阴灵：月是阴精所聚。灵，阴之精气所聚。　⑮擅：据有。扶光：扶桑之光，指日光。扶桑是神话中日出的地方。东沼：即汤谷，传说中东方日出之处，也作"旸谷"。嗣：承接。若英：若木的花，指太阳的光华。若木是神话中日落的地方。西冥：即昧谷，传说中西方日入之处。这两句是说，太阳夹着扶桑的光彩，从东方汤谷升起；在太阳的光华落入西方的若木之后，月亮就相继出来了。　⑯引：带领。玄兔：指月亮，传说月亮中有玉兔。帝台：即天台，有四星，在织女星的东边。帝阙：天庭。集：栖止。素娥：嫦娥的别称，指代月亮。后庭：指天庭太微宫。这两句是说，月亮在天空中运行，从帝台到了后庭。　⑰朒（nù）：指农历月初月亮出现在东方，即上弦月。朓（tiǎo）：指农历月底月亮出现在西方，即下弦月。警阙：警戒君王的缺失。警，警戒。阙，同"缺"，指过错。朏（fěi）魄：指新月的月光。冲：谦虚。这两句是说，月亮用上下弦的月缺景象，警戒君王的缺失；月亮的盈亏，启示人们应有谦虚之德。　⑱辰：指子、丑、寅、卯等十二时辰。通烛：普照大地。烛，照耀。从星：指月球运动进入箕、毕二星的天区。从，跟随，这里指经过。星，指箕、毕二星。泽风：下雨刮风。泽，雨水。这两句是说，月亮顺着十二时辰的次序运行普照大地，运行到了箕、毕二星的天区，这是要刮风下雨的预兆。　⑲增华：增添光华。台室：星座名，指三台星。古代常用天上的三台星比喻朝中的三公。轩宫：星名，轩辕之宫。　⑳委：投，寄托。照：光照，指月亮。吴业昌：指三国时孙策建立吴国基业。沦：沉，下落。精：光华，指月亮。汉道融：指汉朝的朝政和洽。融，和洽，顺利。　㉑若夫：句首语气词。霁（jì）：雨止天晴。敛：收。天末：天边。这两句是说，当雨过天晴，大地澄洁，乌云收缩在天的尽头。　㉒脱：脱落。　㉓山椒：山顶。流哀：传送哀鸣之声。濑（lài）：浅水沙石滩。这两句是说，菊花在山顶散发出香气，鸿雁在江边的浅滩上发出悲哀的鸣叫声。　㉔清质：清朗的质体，这里指月亮清朗的形体。悠悠：缓慢的样子。澄辉：清澈的光辉。蔼蔼：柔和的样子。这两句是说，月亮慢慢上升，射下柔和的光辉。　㉕列宿（xiù）：众星宿，群星。掩缛（rù）：光彩掩映。缛，繁盛华丽。长河：指银河。韬（tāo）映：隐藏光辉。韬，隐藏。这两句是说，群星被月光掩盖了它们的繁盛华丽，银河因明月而隐藏了光辉。　㉖柔祇（qí）：地的别称。古人谓地道阴柔，故称。祇，地神。雪凝：凝固的积雪。圆灵：指天空。水镜：清明如水的镜子。这两句是说，洁白的月光照耀得大地如同凝固的积雪，天空在月光下如同清明如水的镜子。　㉗连观（guàn）：互相连接的楼台。观，可以登高望远的楼台。霜缟（gǎo）：洁白的样子。缟，白色的生绢，这里引申为洁白。周除：四周的庭阶。除，台阶。冰净：和冰一样明净。这两句是说，互相连接的楼台被明月照耀得和霜一样洁白，四周的庭阶被明月照耀得和冰一样明净。　㉘晨：指白天。宵宴：夜晚的宴会。这两句是说，君王便嫌白天的欢娱，而喜欢夜晚的宴会。　㉙妙舞：美妙之舞。弛：废去。清县（xuán）：指乐音清亮的悬挂打击乐器，如钟、磬等。县，同"悬"。　㉚烛房：点烛明亮的厅房，指行乐的场所。即：走向。月殿：指有月光的厅堂。　㉛芳酒：美酒。登：献上。荐：奉献，这里指弹奏。　㉜风篁（huáng）：风吹竹林。篁，竹丛。这两句是说，假设在凄切的凉夜之中，风吹竹林，产生了一种有韵律的响声。　㉝亲懿（yì）：指至亲好友。莫从：没有人跟随。羁（jī）孤：羁旅孤独的人，

也作"鶤孤"。　㉞皋禽：鹤的别名。夕闻：夜晚的鹤鸣声。闻，声响，指鹤鸣声。朔管：指羌笛等北方少数民族地区流行的管乐器。朔，北地。引：奏乐。　㉟丝桐：指琴。古代琴弦是用丝制的，琴身是用桐木制成的，因此称琴为丝桐。练响：指调好琴弦。练，选择。音容：指乐曲的风格。选和：挑选风格委婉的乐曲。和，委婉。　㊱徘徊：形容音乐曲调缓慢回旋。房露：即《防露》，古乐曲名。惆怅：形容音乐曲调悲伤哀愁。阳阿：古乐曲名。　㊲声林：因风吹而发出声响的树林。虚籁：绝响，无声。籁，自然的声音。沦池：因风吹而皱起波纹的水池。㊳纡（yū）轸（zhěn）：内心委屈而隐痛。愬（sù）：通"遡"，向着，面向。　㊴美人：本喻指君上，这里指至亲好友。迈：遥远。音尘：音信，消息。阕：缺失，隔绝。　㊵川路：水路。这两句是说，迎风叹息，怎能止住？路程漫长，不能超越。　㊶余景：残月的影子。景，同"影"，指月影。就毕：即将沉没。　㊷变容：指因悲伤惆怅而改变脸色。回遑：徘徊疑惑。如失：心里好像丢了什么东西似的。　㊸又称歌：继续唱。欲晞（xī）：将干。　㊹晏（yàn）：迟暮，晚。与：相与，一起。　㊺佳期：美好的时光。还：返回。这两句是说，趁着现在美好的时光回去吧，岁暮的微霜沾湿了人的衣裳！借以讽劝虚掷光阴的人及时勉励。　㊻执事：近侍，办事人员。献寿：进献礼物祝寿。羞：进献。璧：玉璧，是古代很隆重的礼物。　㊼佩：佩带在身，这里指牢记在心。玉音：对别人言辞的敬称。斁（yì）：厌弃，厌倦。这两句是说，我要恭敬地把你的言辞牢记在心，反复吟咏不倦。

　　《月赋》通过描写秋色月光，抒发了忧伤哀怨的情怀。全赋采用虚构的手法，假托曹植和王粲两大文学家在月夜游吟的故事，使叙事和抒情巧妙地融合在一起。虽名为"月赋"，但主要部分是写人的赏月活动和心情。月出时的情景，月光下的景色，月夜中的琴声，都是从赏月者的感受角度表现出来的。赏月者的心情，则借末尾的两首歌直接表达出来。因此，赋中之月具有强烈的主观色彩和抒情性。

　　曹植为陈王时，王粲与应玚、刘桢都已去世，《月赋》中曹植月夜怀念亡友，命王粲作赋，是文学虚构，与汉大赋虚构的框架和"述客主以首引"的手法相同。

　　全赋结构既自由灵活而又完整严谨。托物叙事，以虚构的主客问答形式起笔，以作歌结束。主体内容以王粲赋月为主，从月亮的传说和月亮升起写起，再写月亮运行，写月光，最后以月影沉没结束。

　　赋中对秋色月光的描写，朦胧空灵：天边的云彩，洞庭的微波，树叶下落，山菊芬芳，沙滩雁鸣，月光清澈，众星失光，银河藏辉，大地似雪，天宇如镜，楼台如霜，庭阶冰净。面对这笼罩着幽冷空寂和哀怨之情的秋景月色，听着古琴曲，在凄凉的夜色之中，听得见风吹竹林声，好友不在，羁旅孤独，琴曲缓慢回旋，悲伤哀怨，感到内心委屈而隐痛。继而面对皓月长歌，亲友远离，音信隔绝，路程漫长，不能超越，惟有迎风叹息。此时月影将没，怅惘若失，岁时已晚，但没有知心人与我同归。最后讽劝虚掷光阴的人及时勉励。惆怅哀怨、郁结无托的感情与秋景月色交织在一起。

　　此赋文句清新流利，虽多骈句和用典，但没有繁缛堆砌的毛病。咏月之歌，即景自然而发,情景融合,"美人迈兮音尘阙,隔千里兮共明月",月亮已经人化,唱出了离人的共同心声。历来沿用不断,到张九龄《望月怀远》"海上生明月,天涯共此时",到杜甫《月夜》"今夜鄜州月,闺中只独看。……香雾云鬟湿,清辉玉臂寒。何时倚虚幌,双照泪痕干",再到苏轼《水调歌头》"人有悲欢离合,月有阴晴圆缺,此事古难全。但愿人长久,千里共婵娟",一路传唱而来,月亮具有了较为固定的象征意义:月亮可以遥寄思情,月亮是乱离、相思的折射与见证,又是团聚的希望与寄托。

(杨晓斌)

【作者小传】

沈 约

(441—513) 字休文,吴兴武康(今浙江德清)人。历仕宋、齐、梁三代,是齐梁之际文坛领袖,著名的文学家和史学家。沈约著述甚富,但大多亡佚。明末张溥辑《汉魏六朝百三家集》,录有《沈隐侯集》二卷。

憨衰草赋　　　　沈 约

　　憨衰草,衰草无容色。憔悴荒径中,寒荄不可识[1]。昔时兮春日,昔日兮春风。含华兮佩实[2],垂绿兮散红。氛氲鸱鹊右[3],照耀望仙东。送归顾慕泣淇水,嘉客淹留怀上宫。岩陬兮海岸,冰多兮霰积[4]。烂熳兮客根,攒幽兮寓隙[5]。布绵密于寒皋,吐纤疏于危石[6]。既惆怅于君子,倍伤心于行役。露缟枝于初旦,霜红天于始夕。雕芳卉之九衢,霣灵茅之三脊[7]。风急嵚道难,秋至客衣单[8]。既伤檐下菊,复悲池上兰。飘落逐风尽,方知岁早寒。流萤暗明烛,雁声断才续。萎绝长信宫,芜秽丹墀曲[9]。霜夺茎上紫,风销叶中绿。山变兮青薇,水折兮平苇。秋鸿兮疏引,寒鸟兮聚飞。径荒寒草合,桐长旧岩围。夜渐蘼芜没,霜露日沾衣。愿逐晨征鸟,薄暮共西归。

〔注〕 ① 寒荄(gāi):秋寒枯草。荄,草根。 ② 含:一作"衔"。 ③ 鸱(zhī)鹊:楼阁名。 ④ 陬(zōu):山脚。霰:雪粒。 ⑤ 攒(cuán):丛聚。 ⑥ 纤疏:稀疏。危:高。 ⑦ 雕:同"凋",凋散。九衢:四通八达的道路。霣(yǔn):通"损",坠落。三脊:连绵的山岗;一说"三脊"指楚、越地区。 ⑧ 嵚(xiáo):山名。在今河南省西部。 ⑨ 墀(chí):台阶。

〔416〕 沈 约　　　　　　　　　　　　　　　　　　　　　丽人赋

沈约赋现存十篇,有的有残缺。《愍衰草赋》本是《八咏》诗中的一首,作于东阳太守任上,《玉台新咏》以杂言诗收入,《艺文类聚》卷八十一归之为赋类,题为《愍衰草赋》。此赋写衰草之萧瑟景象,悲悯其春华秋谢的命运。"含华兮佩实,垂绿兮散红"写其在往昔"春日春风"里的烂漫流彩,但在经历了秋日的霜露摧残之后,变得"憔悴荒径中,寒荄不可识"。衰草在季节物候的变幻中由盛入衰的遭遇,不能不说带有作者隐晦的自喻之意。永明十一年(493),齐武帝崩,郁林王即位,西昌侯萧鸾辅政,与沈约同为"竟陵八友"的王融被赐死,沈约出为东阳太守。离开建康这一是非之地,沈约百感交集,其《八咏》诗从不同角度曲折抒写了由吏部郎出守东阳的复杂情感。此时的沈约即似《愍衰草赋》中的衰草,境遇多舛,事与愿违,"倍伤心于行役"。

沈约此赋以三言句式开端,与其《六忆》诸诗相近。全篇多数为五言偶句,亦间有六言句式,形式上更类于杂言诗。清人陈祚明评曰:"别为咏体,非赋非诗,振踏淋漓,激昂奔放。状草纷纭萧瑟,所谓景中有情;思归之怀,不言已喻。"(《采菽堂古诗选》卷二十三)这种"非赋非诗"的形式,亦可视为齐梁之际诗、赋之间互相渗透和影响的结果。另外,从托喻的本体看,这赋又属于屈原以来的美人香草比兴传统,曲尽形容,情致绵绵又寄托遥深。

（于英丽　陈庆元）

丽 人 赋　　　　　　　　　　　　沈 约

有客弱冠未仕,缔交戚里,驰骛王室①,遨游许、史②。归而称曰:"狭邪才女③,铜街丽人。亭亭似月,嬿婉如春④。凝情待价,思尚衣巾⑤。芳逾散麝,色茂开莲。陆离羽珮,杂错花钿。响罗衣而不进,隐明灯而未前。中步檐而一息,顺长廊而迥归。池翻荷而纳影,风动竹而吹衣。薄暮延伫⑥,宵分乃至。出暗入光,含羞隐媚。垂罗曳锦,鸣瑶动翠。来脱薄妆,去留余腻。沾妆委露,理鬓清渠。落花入领,微风动裾。"

〔注〕 ① 驰骛(wù):奔走。 ② 许、史:西汉宣帝的皇后许家、祖母史家,皆显赫当时,并称许史。此处指有势力的外戚之家。 ③ 狭邪:妓女居处。 ④ 嬿(yàn)婉:美好的样子。⑤ 衣巾:指男子。 ⑥ 延伫:形容盼望之切。

沈约《丽人赋》可能作于早年。作者借"弱冠未仕"之客的口吻,描绘京都丽人绰约多姿、"含羞隐媚"的风致。"亭亭似月"两句描摹出丽人姣好的面容,"芳逾散麝"四句借助丽人香气袭人、服饰鲜丽衬托其美丽多姿的形象。"响罗衣而不进"以下八句细腻描绘出丽人赴约之际欲前不前、徘徊迟疑的娇羞情态。"出暗入光,含羞隐媚"等句更是直言其娇羞妩媚之状。末六句写丽人离开,"戛然而止,局段自高"。(许梿《六朝文絜笺注》卷一,下引同)

此赋以静态勾勒和动态描摹,极写丽人婀娜明艳之姿,而略去其与男子欢会场景,使全赋姿态横生,丽而不淫。许梿评云:"曼声柔调,顾盼有情,自是六朝之隽。"二百多年后,唐代大诗人杜甫写了《丽人行》,其中"绣罗衣裳照暮春,蹙金孔雀银麒麟。""翠微盍叶垂鬓唇","珠压腰衱稳称身"等句,无不受此赋影响。

(于英丽 陈庆元)

郊 居 赋　　　　　　沈 约

惟至人之非己,固物我而兼忘[①]。自中智以下洎,咸得性以为场[②]。兽因窟而获骋,鸟先巢而后翔。陈巷穷而业泰,婴居湫而德昌[③]。侨栖仁于东里,凤晦迹于西堂[④]。伊吾人之褊志,无经世之大方[⑤]。思依林而羽戢,愿托水而鳞藏[⑥]。固无情于轮奂,非有欲于康庄[⑦]。披东郊之寥廓,入蓬藋之荒茫[⑧]。既从竖而横构,亦风除而雨攘[⑨]。

昔西汉之标季,余播迁之云始[⑩]。违利建于海昏,创惟桑于江汜[⑪]。同河济之重世,逾班生之十纪[⑫]。或辞禄而反耕,或弹冠而来仕[⑬]。逮有晋之隆安,集艰虞于天步[⑭]。世交争而波流,民失时而狼顾[⑮]。延乱麻于井邑,曝如莽于衢路[⑯]。大地旷而靡容,旻天远而谁诉[⑰]。伊皇祖之弱辰,逢时艰之孔棘[⑱]。违危邦而窘惊,访安土而移即。肇胥宇于朱方,掩闲庭而晏息[⑲]。值龙颜之郁起,乃凭风而矫翼[⑳]。指皇邑而南辕,驾修衢以骋力[㉑]。迁华扉而来启,张高衡而徙植[㉒]。傍逸陌之修平,面淮流之清直[㉓]。芳尘浸而悠远,世道忽其窔隆[㉔]。绵四代于兹日,盈百祀于微躬[㉕]。嗟弊庐之难保,若贾篨之从风[㉖]。或诛茅而翦棘,或既西而复东。乍容身于白社,亦寄孥于伯通[㉗]。

迹平生之耿介,实有心于独往[㉘]。思幽人而轸念,望东皋而长想[㉙]。本忘情于徇物,徒羁绁于天壤[㉚]。应屡叹于牵丝,陆兴言于世网[31]。事滔滔而未合，志悁悁而无爽[32]。路将殚而弥峭，情薄暮而逾广。抱寸心其如兰，何斯愿之浩荡。咏归欤而踯局，眷岩阿而抵掌[33]。

逢时君之丧德，何凶昏之孔炽[34]。乃战牧所未陈，实升陑所不记[35]。彼黎元之喋喋，将垂兽而为饵[36]。瞻穹昊而无归，虽非牢而被戴[37]。始叹丝而未睹，终逌组而后值[38]。寻贻爱乎上天，固非民其莫甚。授冥符于井翼，实灵命之所禀[39]。当降监之初辰，值积恶之云稔[40]。宁方割于下垫，廓重氛于上墋[41]。躬靡暇于朝食，常求衣于夜枕。既牢笼于妫、夏，又驱驰乎轩、项[42]。德无远而不被，明无微而不烛。鼓玄泽于大荒，播仁风于遐俗[43]。辟终古而遐念，信王猷其如玉[44]。

值衔《图》之盛世，遇兴圣之嘉期[45]。谢中涓于初日，叨光佐于此时[46]。阙投石之猛志，无飞矢之丽辞。排阳鸟而命邑，方河山而启基[47]。翼储光于三善，长王职于百司[48]。兢鄙夫之易失，惧宠禄之难持。伊前世之贵仕，罕纡情于丘窟[49]。譬丛华于楚、赵，每骄奢以相越。筑甲馆于铜驰，并高门于北阙[50]。避重扃于华闻，岂蓬蒿所能没[51]。敖传嗣于硗壤，何安身于穷地[52]。味先哲而为言，固余心之所嗜。不慕权于城市，岂邀名于屠肆[53]。咏希微以考室，幸风霜之可庇[54]。

尔乃傍穷野，抵荒郊；编霜菼，葺寒茅[55]。构栖噪之所集，筑町疃之所交[56]。因犯檐而刊树，由妨基而翦巢。决渟洿之汀潆，塞井甃之沦坳[57]。艺芳枳于北渠，树修杨于南浦。迁瓮牖于兰室，同肩墙于华堵[58]。织宿楚以成门，藉外扉而为户[59]。既取阴于庭樾，又因篱于芳杜[60]。开阁室以远临，辟高轩而旁睹。渐沼沚于霤垂，周塍陌于堂下[61]。其水草则蘋萍芡芰，菁藻蒹菰；石衣海发，黄荇绿蒲。动红荷于轻浪，覆碧叶于澄湖。飧嘉实而却老，振羽服于清都[62]。其陆卉则紫鳖绿葹，天著山韭；雁齿麋舌，牛唇彘首[63]。布濩南池之阳，烂漫北楼之后[64]。或幕渚而芘地，或萦窗而窥牖[65]。若乃园宅殊制，田圃异区。

李衡则橘林千树，石崇则杂果万株⑥。并豪情之所侈，非俭志之所娱。欲令纷披蓊郁，吐绿攒朱；罗窗映户，接霤承隅。开丹房以四照，舒翠叶而九衢⑥。抽红英于紫蒂，衔素蕊于青跗⑥。其林鸟则翻泊颉颃，遗音下上；楚雀多名，流嘤杂响⑥。或班尾而绮翼，或绿衿而绛额⑦。好叶隐而枝藏，乍间关而来往。其水禽则大鸿小雁，天狗泽虞；秋鹙寒鹅，修鹍短凫⑦。曳参差之弱藻，戏瀺灂之轻躯；翅拂流而起沫，翼鼓浪而成珠⑦。其鱼则赤鲤青鲂，纤鯈巨鳞⑦。碧鳞朱尾，修颅偃额。小则戏渚成文，大则喷流扬白。不兴羡于江海，聊相忘于余宅。其竹则东南独秀，九府擅奇。不迁植于淇水，岂分根于乐池⑦。秋蜩吟叶，寒雀噪枝。来风南轩之下，负雪北堂之垂。访往涂之轸迹，观先识之情伪⑦。每诛空而索有，皆指难以为易。不自已而求足，并尤物以兴累。亦昔士之所迷，而今余之所避也。

原农皇之攸始，讨厥播之云初⑦。肇变腥以粒食，乃人命之所储⑦。寻井田之往记，考阡陌于前书。颜箪食而乐在，郑高廪而空虚⑦。顷四百而不足，亩五十而有余。抚幽衷而局念，幸取给于庭庐⑦。纬东菑之故粕，浸北亩之新渠⑧。无蹇爨于晓蓐，不抱怨于朝蔬⑧。排外物以齐遣，独为累之在余。安事千斯之积，不羡汶阳之墟。

临巽维而骋目，即堆冢而流眄⑧。虽兹山之培塿，乃文靖之所宴⑧。驱四牡之低昂，响繁笳之清啭。罗方员而绮错，穷海陆而兼荐⑧。奚一权之足伟，委千金其如线。试抚臆而为言，岂斯风之可扇。将通人之远旨⑧，非庸情之所见。聊迁情而徙睇，识方阜于归津⑧。带修汀于桂渚，肇举锸于强秦。路萦吴而款越，涂被海而通闽⑧。怀三岛以长念，伊故乡之可珍。实褰期于晚岁，非失步于芳春⑧。何东川之泫泫，独流涕于吾人。谬参贤于昔代，亟徒游于兹所。侍彩旄而齐辔，陪龙舟而遵渚⑧。或列席而赋诗，或班觞而宴语⑨。繐帷一朝冥漠，西陵忽其葱楚⑨。望商飙而永叹，每乐恺于斯观⑨。始则钟石锵铱，终以鱼龙澜漫^⑬。或升降有序，或浮白无算^⑭。贵则丙、魏、萧、曹，亲则梁武、周旦^⑮。莫不共霜雾而歇灭，与风云而消散。眺孙后之墓田，寻雄霸之遗武^⑯。实接汉之后王，信开吴之英主。指衡岳而作镇，苞江汉而为宇。徒征言于石椁，遂延灾于金缕。忽芜秽而不修，同原陵之臁臁^⑰。宁知蝼蚁之与狐兔，无论樵刍之与牧竖^⑱。睇东崄以流目，心凄怆而不怡。盖昔储之旧苑，实博望之余基^⑲。修林则表以桂树，列草则冠以芳芝。风台累翼，月榭重楄^⑩。千栌捷嵊，百栱相持^⑩。皂辕林驾，兰枻水嬉^⑫。逾三龄而事往，忽二纪以历兹。咸夷漫以荡涤，非古今之异时^⑬。

回余眸于艮域，觌高馆于兹岭^⑭。虽混成以无迹，实遗训之可秉^⑮。始浪霞而吐雾，终陵虚而倒影^⑯。驾雌霓之连卷，泛天江之悠永。指咸池而一息，望瑶台而高骋^⑰。匪爽言以自娇，冀神方之可请^⑱。惟钟岩之隐郁，表皇都而作峻。盖望秩之所宗，含风云而吐润^⑲。其为状也，则巍峨崇崒，乔枝拂日；峣嶷岢嶂，坠石堆星^⑩。岑崟峥屼，或坳或平；盘坚枕卧，诡状殊形^⑪。孤嶝横插，洞穴斜经；千丈万仞，三袭九成。亘绕州邑，款跨郊坰；素烟晚带，白雾晨萦。近循则一岩异色，远望则百岭俱青。

观二代之茔兆，睹摧残之余墣^⑭。成颠沛于虐竖，康敛衽于虚器；穆恭己于岩廊，简游情于玄肆；烈穷饮以致灾，安忘怀而受祟^⑮。何宗祖之奇杰，威横天而陵地，惟圣文之缵武，殆隆平之可至^⑯。余世德之所君，仰遗封而掩泪^⑰。神寝匪一，灵馆相距^⑱。席布骈驹，堂流桂醑^⑲。降紫皇于天阙，延二妃于湘渚。浮兰烟于桂栋，召巫阳于南楚^⑱。扬玉枹，握椒糈^⑲。恍临风以浩唱，折琼茅而延伫。敬惟空路邈远，神踪遐阔^⑩。念甚惊飙，生犹聚沫。归妙轸于一乘，启玄扉于三达^⑪。欲息心以遣累，必违人而后豁。或结橑于岩根，或开櫺于木末^⑫。室暗萝莴，檐梢松栝。既得理于兼谢，固忘怀于饥渴。或攀枝独远，或陵云高蹈。因茸茨以结名，犹观空以表号。得忘己于兹日，岂期心于来报。天假余以大德，荷兹赐之无疆。受老夫之嘉称，班燕礼于上庠⑫。无希骥之秀质，乏如珪之令望⑭。邀昔恩于旧主，重匦服于今皇。仰休老之盛则，请微躯于夕阳。劳蒙司而获谢，犹奉职于春坊⑮。时言归于陋宇，聊暇日以翱翔。栖余志于净国，归余心于道场⑯。兽依堰而莫骇，鱼牣沼而不纲⑰。旋迷涂于去辙，笃后念于徂光。晚树开花，初英落蕊。或异林而分丹青，乍因风而杂红紫。紫莲夜发，红荷晓舒。轻风微动，芬芳袭余。风骚屑于园树，月笼连于池竹。蔓长柯于檐桂，发黄华于庭菊。冰悬坎而带坻，雪萦松而被野。鸭屯飞而不散，雁高翔而欲下。并时物之可怀，虽外来而非假。实情性之所留滞，亦志之而不能舍也。

　　伤余情之颓暮，罹忧患其相溢⑱。悲异轸而同归，欢殊方而并失。时复托情鱼鸟，归闲蓬荜。旁阙吴娃，前无赵瑟⑲。以斯终老，于焉消日。惟以天地之恩不报，书事之官靡述；徒重于高门之地，不载于良史之笔。长太息其何言，羌愧心之非一。

〔注〕　①至人：道德修养到最高境界的人。《庄子·逍遥游》："至人无己，神人无功，圣人无名。"　②洎(jì)：及、到。　③陈：指君陈，周公旦之子。《书·君陈序》："周公既没，命君陈分正东郊成周，作《君陈》。"孔颖达疏："周公迁殷顽民于成周。顽民既迁，周公亲自监之。周公既没，成王命其臣名君陈代周公监之，分别居处，正此东郊成周之邑。"婴：指春秋时齐国大夫晏婴。《左传·昭公三年》："初，景公欲更晏子之宅，曰：'子之宅近市，湫隘嚣尘，不可以居，请更诸爽垲者。'辞曰：'君之先臣容焉，臣不足以嗣之，于臣侈矣。且小人近市，朝夕得所求，小人之利也，敢烦里旅？'"湫(jiǎo)：低洼。　④侨：指春秋时郑国执政，名侨，字子产。子产治郑国多年，发展生产，听取国人意见，有政绩。其居东里，也称"东里子产"。凤：指东汉隐士高凤。凤专攻诵读，日夜不息，后成名儒，授业于西唐山中。"堂"疑为"唐"。　⑤褊(biǎn)：狭隘。　⑥戢：收敛。　⑦轮奂：屋宇高大华美。　⑧蕰(diāo)：草名。即灰蕰。　⑨攘：停止；排除。　⑩标季：末期。《汉书·谷永传》："陛下承八世之功业，当阳数之标季。"颜师古注引孟康曰："阳九之末季也。"播迁：流离迁徙。　⑪违：离开；避开。利建：谓封土建侯。海昏：古县名，今属江西。惟桑：祖父辈所建住宅，也泛指住宅。《诗·小雅·小弁》："维桑与梓，必恭敬止。"朱熹集传："桑梓二木，古者五亩之宅，树之墙下，以遗子孙给蚕食、具器用者也。"江汜：江边。　⑫河济：黄河和济水。纪：一世。　⑬弹冠：整冠，比喻将出来做官。　⑭隆安：晋安帝年号(397—401)。虞：忧虑。天步：国运、时运。　⑮失时：生不逢时。狼顾：像狼一样，走路时不断回头看。比喻担忧顾虑。　⑯井邑：城镇；乡村。莽：密生的草。衢路：道路。　⑰旻天：泛指天。　⑱皇祖：用以尊称已故的祖父。弱辰：幼年。孔棘：艰危，困窘。　⑲肇：创建，初始。胥宇：察看可筑房屋的地基和方向。晏息：休息。　⑳矫翼：展翅，比喻

施展才华。 ㉑ 南辕：车向南行。修衢：大路。 ㉒ 扉：门扇。衡：架在房屋或门窗上的横木。 ㉓ 傍：靠近。逸陌：安静悠闲大道路。 ㉔ 窊（wā）隆：高下起伏貌。 ㉕ 百祀：极长的岁月。微躬：谦词。卑贱的身子。 ㉖ 霣（yǔn）：坠落。箨（tuò）：竹皮，一说草名。 ㉗ 白社：古地名，今属河南。寄孥：寄托妻子和儿女。伯通：借指居停借宿处的主人。 ㉘ 耿介：正直廉洁。 ㉙ 幽人：隐士。轸念：悲痛地想念。东皋：水边向阳的高地。也指田园、原野。㉚ 徇物：追求身外之物。羁绁（xiè）：束缚。 ㉛ 牵丝：指任官。 ㉜ 滔滔：连续不断的样子。悁悁：忧闷的样子。 ㉝ 踯局：徘徊不进貌。岩阿：山曲折处。抵掌：击掌。 ㉞ 孔：很，甚。炽：旺盛。 ㉟ 战牧：指武王伐纣的牧野之战。陑（ér）：古山名，在今山西省境，相传为汤伐桀之处。《书·汤誓序》："伊尹相汤伐桀，升而陑。" ㊱ 黎元：百姓。 ㊲ 胾（zì）：宰割，切割。 ㊳ 逌（yóu）：舒适自得的样子。中华书局标点本《梁书·沈约传》校勘记："逌"百衲本作"道"，南监本、北监本、汲古阁本、殿本作"逌"。百衲本卷末有曾巩校语云："'逌组'，疑。" ㊴ 井翼：二十八星宿中的井宿、翼宿。灵命：上天的意志。禀：赋予。 ㊵ 降监：下视。稔：指事物酝酿成熟。 ㊶ 方割：普遍祸害。下垫：人民陷于苦难。廓：清除。重氛：各种灾祸。上墋（chěn）：指统治阶层黑暗混乱。墋：食物混入沙土，引申为混沌的样子。 ㊷ 妫（guī）：舜帝曾居妫汭，因以为氏。轩、顼：传说中的古代帝王轩辕和颛顼。 ㊸ 玄泽：圣恩。遐俗：边远的地方。 ㊹ 王猷：王道。 ㊺ 衔《图》：喻仁君在位。 ㊻ 中涓：君王的近侍或亲信。叨：谦词。表承受。光：荣誉。佐：辅佐。 ㊼ 阳鸟：鸿雁一类的候鸟。 ㊽ 翼：辅佐。储光：太子的风采或美德。三善：臣事君，子事父，幼事长三种道德规范。 ㊾ 纡（yū）：屈曲；曲折。丘窟：传说狐死必正首向故丘，后以"丘窟"指家乡。窟，指狐穴。 ㊿ 甲馆：上等宅第。 (51) 扃（jiōng）：门扇。阃（kǔn）：门槛。 (52) 硗（qiāo）：硗薄，土地贫瘠。 (53) 屠肆：屠宰场。 (54) 希微：空寂玄妙。考室：泛指相地筑屋。 (55) 菼（tǎn）：初生的荻，其茎秆可用来编席。 (56) 町（tīng）疃（tuǎn）：田舍旁边的空地。 (57) 渟（tíng）洿（wū）：渟滞不流。汀滢：也作"汀滢"，指小水流。井甃（zhòu）：井壁。沦坳：凹陷的地方。 (58) 瓮牖（yǒu）：用破瓮作窗户，借指贫穷之家。肩墙：仅及肩高的墙。 (59) 宿楚：丛生的树木。藉：借助。扉：门。(60) 樾：成荫的树木。 (61) 沼沚：池塘。霤（liù）垂：屋檐下。塍（chéng）陌：田间小路。(62) 羽服：道士或仙人穿的衣服。清都：传说中天帝居住的地方。 (63) 雁齿、麋舌、牛唇、彘（zhì）首：均是草名。 (64) 布濩：散布，分布。 (65) 牖：窗户。 (66) 李衡：三国时孙吴官员。衡每欲治家，妻子不听，所以衡私下令人在武陵龙阳汜洲上作宅，种上一千柑橘树，临死才告知儿子，李家从此成当地殷实之家。见《襄阳记》。石崇：西晋官员、富豪。 (67) 丹房：指红色的花冠或果实。四照：照耀四方。九衢：这里特指树枝纵横交错。 (68) 跗（fū）：同"柎"，花萼房。 (69) 颉（xié）颃（háng）：鸟上下飞貌。 (70) 颡（sǎng）：额。 (71) 泽虞：鸟名。鹥（yī）：鸥的别名。鶒（chì）：水鸟名，即"鸂鶒"，亦作"鸂鶆"。形大于鸳鸯，好并游。鹢（yì）：古书上一种像鹭的鸟。凫（fú）：野鸭。 (72) 瀺（chán）灂（zé）：鱼禽出没沉浮的样子。抨：拍击。 (73) 鲦（tiáo）：通"鯈"，一种白色的小鱼。鳠（hù）：一种淡水鱼。 (74) 淇水：古水名。即今淇河，源出今山西陵川。乐池：神话中的池名。 (75) 涂：通"途"。轸：车的代称。 (76) 农皇：神农氏。攸：文言助词，无义。讨：探讨。 (77) 肇：创始，开始。 (78) 颜：指颜回。《论语·雍也》："子曰：'贤哉，回也！一箪食，一瓢饮，在陋巷，人不堪其忧，回也不改其乐。'"郑：东汉末年人郑泰。据《三国志·魏书》裴松之注引张璠《汉纪》，郑泰知道天下将乱，因而私交豪杰，家境殷实且有四百顷田地，粮食却常常不够。 (79) 幽衷：隐藏在内心的情感。局念：徘徊不前，犹豫思虑。(80) 纬：拴，系。菑（zī）：初耕的田地。耜（sì）：古代一种农具。 (81) 爨（cuàn）：烧火做饭。

⑧ 巽(xùn)维：东南方。流眄(miǎn)：流转目光观看。　⑧ 培塿(lǒu)：小山丘。文靖：文人。
⑧ 方员：亦作"方圆"。天地间。　⑧ 通人：知识渊博的人。　⑧ 迁情：改变志趣。　⑧ 款：
到。　⑧ 褰(qiān)：通"骞"。耽误，差错。失步：该去而没去成。　⑧ 旄：用牦牛尾做装饰的
旗子。齐辔(pèi)：即齐驱，驱马并进。　⑨ 班觞：依序饮酒。　⑨ 繐(suì)帷：设置于灵柩前
的帷幕。冥漠：空无所有。西陵：三国魏武帝的陵寝。葱楚：树木青翠茂密。　⑨ 商飙：秋
风。乐恺：亦作"乐岂"。欢乐。　⑨ 锵鋐(hóng)：象声词，形容声音洪亮清越。斓漫：颜色浓
厚鲜明。　⑨ 浮白：原指罚饮一杯满酒，后也用于指称满饮或者畅饮。算：推测。　⑨ 丙、
魏、萧、曹：丙吉、魏相，均为汉宣帝时丞相。萧何、曹参，西汉初相继任丞相。梁武：汉文帝次
子、汉梁孝王刘武。梁孝王领四十余城，居天下膏腴之地。后立功，赏赐无数，于封国大治宫室
苑囿，出入仪从比于天子。周旦：周武王弟，姬姓，名旦，亦称文公、叔旦。与吕尚同为西周开国
元勋。武王卒，成王幼，周公摄政。期间平定叛乱，营建周洛邑（今河南洛阳），制礼作乐，主张
"明德慎罚"，奠定了"成康之治"的基础。　⑨ 孙后：即孙权，三国时吴国的建立者。建安十三
年(208)，与刘备联合，大败曹操于赤壁。后在吴蜀夷陵之战中，大败刘备。黄龙元年(229)称
帝，国号吴。　⑨ 膴(wǔ)膴：肥沃。张载《七哀诗》："恭文遥相望，原陵郁膴膴。"　⑨ 樵苏：打
柴割草的人。牧竖：牧童。　⑨ 博望：指博望苑，汉宫苑名，故址在今陕西西安市。汉武帝为
戾太子所建，供其接待宾客。　⑩ 栭(ér)：柱子上面支撑大梁的方木。　⑩ 栌：斗拱。捷蹀
(yè)：高耸的样子。　⑩ 皂：黑色。枻(yì)：船舷。　⑩ 夷漫：磨平。荡涤：清洗。　⑩ 艮
域：东北。觌(dí)：观察。高馆：高大的馆舍。　⑩ 混成：自然形成。遗训：前人留下的有教
育意义的话。　⑩ 飡：同"餐"。陵虚：飞行于空际。　⑩ 雌霓：即雌蜺，虹有二环时，内环颜
色鲜艳，为虹；外环颜色暗淡为蜺。天江：天河。咸池：神话中的日浴之处。一息：稍歇。瑶
台：传说中神仙居住的地方。　⑩ 爽言：差谬之言。姱：夸奖。　⑩ 望秩：按照等级来望祭
山川。　⑩ 嶢(yáo)嶷(nì)：嵽(tiáo)嵲：高峻的样子。　⑪ 岑崟(yín)：山势险峻。崒(lù)屼
(wù)：高耸。　⑪ 茔(yíng)兆：坟墓。壝：墓道。　⑪ 成、康、穆、简、烈、安：分别指周成王、
周康王、周穆王、周简王、周烈王、周安王。虐竖：蔑称。这里指武庚等人。武王灭商后，作为商
纣王之子的武庚受封部分土地。成王年幼继位，武庚等人发动叛乱。敛衿：整理衣襟，表示恭
敬。恭己：严肃地约束自己。岩廊：高峻的廊庑。这里借指朝廷。　⑪ 缵(zuǎn)：继承。殆：
大概。　⑪ 遗封：前人坟墓。　⑪ 神寝：坟墓。灵馆：供奉神灵的地方。　⑪ 骍(xīng)驹：
赤色的马。桂醑(xǔ)：桂花酒。　⑪ 兰烟：芳香的烟气。桂栋：佳木做的栋梁。多用来形容
华丽的房屋。　⑪ 玉枹：击鼓杖的美称。椒糈(xǔ)：用椒香拌精米制成的祭神食物。　⑫ 空
路：佛门。逖阔：遥远。　⑫ 妙轸：好的途径。一乘：佛教用语。教化众生成佛的唯一途径。
玄扉：佛教之门。三达：佛教称能知宿命为宿命明，知未来为天严明，断尽烦恼为漏尽明。通
三明为三达。　⑫ 橑(lǎo)：星橼。櫺(líng)：屋檐。　⑫ 班：排列。燕礼：天子诸侯与大臣
宴饮之礼，也指敬老之礼。　⑫ 珪：瑞玉。令望：美好名声。　⑫ 春坊：太子官所属官署
名。　⑫ 净国：佛国。　⑫ 飮墀：《艺文类聚》作"依庭"。轫：盈满。　⑫ 罹：遭受。　⑫ 吴
娃：吴地的美女。赵瑟：指瑟。战国时，这种乐器流行于赵国，且渑池会上秦王要赵王鼓瑟，
故称。

　　《郊居赋》作于沈约晚年，是梁代较有名的一篇大赋。据《梁书·沈约传》载，
沈约"立宅东田，瞩望郊阜。尝为《郊居赋》"，传中全文载录该赋。
　　沈约曾襄助梁武帝萧衍代齐，梁初颇受赏识，但并未委以重托，《梁书》本传

曰："约久处端揆，有志台司，论者咸谓为宜，而帝终不用，乃求外出，又不见许。"遂时时有止足归隐之志。《郊居赋》开篇即云："侨栖仁于东里，凤晦迹于西堂。伊吾人之褊志，无经世之大方。思依林而羽戢，愿托水而鳞藏。"透露出归隐之意。接下来，作者追叙沈氏先祖在西汉至东晋的易代变迁中，日渐衰落的经历，进而联想到自己凄凉的处境。沈约回顾自己历仕三朝的经历，百感交集："谬参贤于昔代，亟徒游于兹所。侍彩旄而齐辔，陪龙舟而遵渚。或列席而赋诗，或班觞而宴语……或升降有序，或浮白无算。贵则丙、魏、萧、曹，亲则梁武、周旦。莫不共霜雾而歇灭，与风云而消散……睇东嵫以流目，心凄怆而不怡。盖昔储之旧苑，实博望之余基。"这段文字追忆往昔繁华，悲叹时事变迁，风云消散。"昔储之旧苑"是南齐文惠太子在东田修建的"小苑"，"弥亘华远，壮丽极目"（《南齐书·文惠太子传》）。沈约曾做过文惠太子家令，深受礼遇，如今追思往事，昔日游宴之盛，正反衬今日之冷落凄凉。

赋中还描绘了郊居周围的山水景物之美，兰圃芳草，水榭嘉木，游鱼鸣禽，构设成隐居之佳所，身居于此，沈约不禁发出"不兴羡于江海，聊相忘于余宅"的赏叹。此赋写景与谢灵运《山居赋》有相似之处，但谢赋大致美嘉遁而寄情山水，沈赋则言止足而托情郊皋。《郊居赋》中的景物描写并不是主体，抒写晚境之复杂情感才是此赋动人之处。赋末云"伤余情之颓暮，罹忧患其相溢。悲异轸而同归，欢殊方而并失。时复托情鱼鸟，归闲蓬荜"，正道出了沈约写此赋的凄凉心境及欲归隐避世的志趣。

明代阮元声对此赋推许颇高，认为其"机轴甚大，不减《三都》《两京》，丽藻微逊耳"（《沈休文集》卷一）。作为沈约晚年言情述志之作，此赋布局谋篇宏大缜密，述史抒怀真挚感人，比起其《丽人赋》《高松赋》等短篇小制，在骈辞呈才方面，更显其文学功力。

（于英丽　陈庆元）

江淹

【作者小传】

（444—505）　字文通，南朝济阳考城（今河南民权东北）人。出身寒微，历仕宋、齐、梁三代，官至醴陵侯。他少年时以文章显名，晚年才思减退，世谓"江郎才尽"。江淹著作丰赡，原有集三十卷，已散佚。今存明翻宋本《江文通集》四卷（《四部备要本》），收赋二十八篇，内容大致分为两类：一为咏物之作，一为抒情感伤之作。其抒情赋有较高艺术成就，而《恨赋》《别赋》尤为著名。有《江文通集》。《梁书》《南史》并有传。

哀 千 里 赋　　　　　　　　　　江　淹

　　萧萧江阴兮荆山之岑①。北绕琅琊碣石②,南驰九疑桂林③。山则异岭奇峰,横屿带江④,杂树亿尺,红霞万重;水则远天相逼,浮云共色;沄沄无底⑤,溶溶不测⑥。其中险如孟门⑦,豁若长河⑧。参差巨石,纵横龟鼍⑨。若乃夏后未凿,秦皇未辟⑩。巉岩生岸,迤逦成迹⑪。驰湍走浪,漂沙击石⑫。

　　伊孟冬之初立⑬,出首夏以归来⑭。自出国而辞友⑮,永怀慕而抱哀⑯。魂终朝以三夺⑰,心一夜而九摧⑱。徒望悲其何及⑲,铭此恨于黄埃!

　　于时鸿雁既鸣,秋光亦穷⑳。水黯黯兮莲叶动㉑,山苍苍兮树色红。思云车兮沅北,望霓裳兮澧东㉒。惜重华之已没㉓,念芳草之坐空㉔。

　　既而悄怆成忧,悯默自怜㉕。信规行之未旷,知距步之已难㉖。虽河北之爽垲㉗,犹橘柚之不迁㉘。及年岁之未晏㉙,愿匡坐于霸山㉚。

〔注〕①萧萧:寒风声。江:此处指汉水。阴:水以南。荆山之岑:荆山靠江的涯岸。岑:小山。②琅琊:郡名,地在今山东胶南诸城一带。碣石:山名,在今河北昌黎县西。③九疑:山名,也作“九嶷”,在今湖南宁远县南。桂林:郡名,其地相当于今广西柳州、桂林两地区。上二句写作者的经历,以为下面写“哀千里”张本,下文“其中”云云可证。江淹年轻时为高平檀超所知,“常升为上席,甚加礼焉”。高平其地在今山东济宁市以南,则江淹年轻时曾至今山东之地。④横屿:延伸至水中的山。带:用为动词,牵系。⑤沄(yún)沄:水流浩荡的样子。⑥溶溶:水面宽广的样子。⑦孟门:山名,在今山西吉县西,绵亘于黄河两岸,即龙门之上口。⑧豁:开阔。长河:指黄河。⑨龟鼍(tuó):此用以形容巨石之形状。鼍:俗称猪婆龙。⑩夏后:夏禹。秦皇:指秦惠王。相传战国时秦惠王派五力士开辟蜀道。⑪巉(chán)岩:险峻的山岩。巉,通“巇”。迤逦(lǐ):山势曲折绵延的样子。也作“迤逦”。迹:指河道旧迹。⑫湍(tuān):急流。走:跑,这里指快速流着。⑬伊:句首语气词。孟冬:农历十月。初立:谓始立功名。当指泰始五年(469),作者举秀才、对策上第事。⑭出:越过。首夏:指农历四月。归来:谓回故乡。江淹举秀才未久,被任命为巴陵王右常侍,于泰始六年(470)初夏赴荆州任,赴任前曾回乡探亲。因此事为对策上第次年之事,故用“出”。⑮出国:离开故乡。国:故国。⑯永:长。慕:恋念。⑰终朝:本指上午,魏晋以后用以指一整天。夺:失。⑱九:与上句“三”一样为虚数,泛言其多。摧:折裂。⑲徒望:谓空望故乡。何及:怎能看到。⑳穷:尽。㉑黯(àn)黯:昏暗深沉的样子。㉒云车:传说中神仙所乘。屈原《九歌·大司命》:“纷吾乘兮玄云。”沅湘一带所祀湘夫人传说为帝女,湘君

为湘水神。沅北、澧东:指洞庭湖一带,正是《楚辞·九歌》中各神话形成之地,也是传说中舜(重华)所经之处。　㉓重华:舜名。屈原《离骚》:"济沅湘以南征兮,就重华而陈词。""重华已没",表示无处陈词。　㉔芳草:语本淮南小山《招隐士》:"王孙游兮不归,芳草生兮萋萋。"坐:徒然,意思同"空"。江淹《望荆山诗》:"玉柱空掩露,金樽坐含霜。"南朝齐王融《和王元友德古意》:"坐销芳草气,空度明月辉。"用法同此。　㉕悄怆:寂寞悲伤。悯默:忧悒不语。　㉖规行、矩步:步行合乎规矩。旷:远。二句言:自己行为并未越出规矩,但仍然陷入了困难的处境。　㉗爽垲(kǎi):高爽干燥。　㉘橘柚不迁:屈原《橘颂》:"受命不迁,生南国兮。深固难徙,更壹志兮。"《周礼·考工记》:"橘逾淮而北为枳,……此地气然也。"此处以橘柚不能移植于河北,喻自己不适应远方生活。　㉙晏:晚。屈原《离骚》中写巫咸劝诗人离开楚地远走高飞云:"及年岁之未晏兮,时亦犹其未央。恐鹈鴂之先鸣兮,使夫百草为之不芳。"赋中用此诗意。　㉚匡坐:端坐。霸山:即霸陵山。东汉梁鸿与孟光隐居霸陵山中,以耕织为业。此言要学梁鸿而隐居。

　　江淹是北方人,宋孝武帝大明七年(463)到建康,以五经授始安王刘子真。两年后刘子真为南兖州刺史,江淹随之至广陵。次年刘子真被赐死,因又随替代刘子真之职的建平王刘景素。又次年秋因广陵令获罪,在南兖州曾被牵连入狱,当年秋出狱。泰始四年、五年随刘景素先后至丹阳吴兴,又次年即泰始六年(470)夏到荆州。当年秋奉命赴西北,其地当在与北魏接壤之处。八月间有《报袁叔明书》云:"拂衣于梁齐之馆,抗手于楚赵之门,且十年矣。"可见其自二十岁始,近十年中南北奔波,不停息,其感触之深可知。又此年秋所作《秋至怀旧》一诗中言:"楚关带秦陇,荆云冠吴烟。"上句写其经历,下句为意中回头南望之景,是有西北之行之证明。本篇写行役之苦与对家乡、亲友的思念,又其中说到"秋光亦穷",应作于泰始六年(470)秋末。

　　《哀千里赋》开头一句"萧萧江阴兮荆山之岑"是写作赋当时眼前之景。"北绕琅琊碣石"以下直至"漂沙击石"为回忆此前几年中漂泊所经。本篇的题旨有两层意思:一是因为仕宦与行役,千里奔波,其间痛心伤情忧愁烦闷之事非一,故以"哀千里"概括之;二是每当困顿烦扰之时,就会想起亲人想起挚友,而山川阻隔不能倾吐衷曲,一舒愤懑,只有思之。故全篇以"哀千里"概括之。或以为此赋只是写行役之苦,则尚未达乎一间。

　　作者当时所在之地,当荆山之余脉,近于汉水。荆山在襄阳西南,汉水南岸,其余脉正到汉水边上。此赋也应作于襄阳一带。以下回想以前足迹所至,"山则异岭奇峰,横屿带江,杂树亿尺,红霞万重;水则远天相逼,浮云共色;沄沄无底,溶溶不测。"诗意盎然,豪情无限。作者在此似乎完全沉浸在美好的回忆之中,颇有壮游长志之感。以下写到孟门、长河等,回忆及夏后未凿,秦皇未辟以前大水横流之时,也同样反映了很开阔的胸襟。然而这只是回忆所带来心情感受的一个方面。

"伊孟冬之初立"以下八句则从境遇方面叙说之,写出仕之后"出国而辞友",写远行中对家乡、朋友的思念,"徒望悲其何及,铭此恨于黄埃",很有其《别赋》的味道。其下八句写眼前风光,虽然充满了诗情画意,然而不无悲秋之感,如"水黯黯兮莲叶动,山苍苍兮树色红",联系神话传说,表现了一种淡淡的忧思,十分含蓄。这是回忆所带来心情感受的另一个方面。

末尾一段说,自己尽管十分小心,但也步履艰难,根据自己不喜远行以求飞黄腾达的习性,打算趁早退出扰攘世务,隐居于山间。其中暗用屈原《离骚》等作成句或诗意,尤其是用了巫咸劝诗人离开楚地,另求知音时的一句,可谓意味深长。因作者当时正任职于荆州,近于战国时楚国的郢都。他有苦衷,很想摆脱当时的环境,但不便明言。看来,以上各段,都是为表现这一层的意思作铺垫。由于作者高超的艺术手腕,表现思想情感层层推进,至末尾点出,十分自然,又含而不露,故耐人寻味。江淹之作的善于抒情在南朝作家中可为翘楚。　　(赵逵夫)

去 故 乡 赋　　　　　江 淹

日色暮兮隐吴山之丘墟①。北风析兮绛花落②,流水散兮翠苬疏③。爰桂枝而不见④,怅浮云而离居⑤。乃凌大壑,越沧渊⑥。沄沄积岭,水横断山⑦。穷阴匝海⑧,平芜带天⑨。

于是泣故关之已尽⑩,伤故国之无际。出汀州而解冠⑪,入溆浦而捐袂⑫。听蒹葭之萧瑟⑬,知霜露之流滞⑭。对江皋而自忧⑮,吊海滨而伤岁⑯。抚尺书而无悦,倚樽酒而不持⑰。去室宇而远客⑱,遵芦苇以为期⑲。情婵娟而未罢⑳,愁烂漫而方滋㉑。切赵瑟以横涕㉒,吟燕筑而坐悲㉓。

少歌曰㉔:芳洲之草行欲暮㉕,桂水之波不可渡㉖。绝世独立兮,报君子之一顾。是时霜翦蕙兮风摧芝㉗,平原晚兮黄云起㉘。宁归骨于松柏㉙,不买名于城市㉚。若济河无梁兮㉛,沉此心于千里㉜。

重曰㉝:江南之杜蘅兮色以陈㉞,愿使黄鹄兮报佳人㉟。横羽觞而淹望㊱,抚玉琴兮何亲㊲?瞻层山而蔽日㊳,流余涕以沾巾。恐高台之易晏㊴,与蝼蚁而为尘㊵。

〔注〕①吴山:指吴兴一带的山。 ②析:使分散。这里指风吹花树,使之纷披摆动。绛花:红花。 ③筑(zhú):扁竹,一年生草木植物,好生道旁。 ④爱桂枝而不见:谓见不到贤人。桂木芳香,古以喻贤才。《楚辞·招隐士》即以楚树喻贤才。此处似喻建平王刘景素。 ⑤浮云:因其能蔽日月之光,故以喻小人。离居:离群独居。 ⑥凌:越。沧渊:犹言沧海。 ⑦沄(yún)沄:水流浩荡的样子。积峻:重山。 ⑧穷阴:一年将尽,冬末。匝:周遍,笼罩。 ⑨平芜:杂草丛生的旷野。带:这里是连上的意思。 ⑩故关:指故乡的城门。 ⑪汀州:水中小洲。州,同"洲"。解冠:指被解职。 ⑫溆浦:溆水滨。捐袂(mèi):用屈原《九歌·湘夫人》"捐余袂兮江中,遗余褋兮醴浦"诗意。此处喻分离。捐:丢弃。袂:袖端下部开的部分(如今戏台上的水袖)。 ⑬蒹(jiān):荻。葭(jiā):芦苇。萧瑟:秋风吹动芦苇声。 ⑭流滞:扩散附着于物。 ⑮江皋:江湾。 ⑯吊:凭吊。 ⑰倚:靠近。不持:不端起。 ⑱远客:避客。指弃绝人事。 ⑲遵:沿着。以为期:为约定之地、寻求之地。此处取《秦风·蒹葭》意,谓将寻求知音。 ⑳婵娟:同"婵媛",牵引。刘向《九叹·思古》:"心婵媛而伤怀兮。"王逸注:"言己愁思,心中牵引而痛,无所告语。" ㉑烂漫:散漫而无边际。滋:生。 ㉒切(qiè):这里指弹瑟。横涕:泪流满面。 ㉓吟:鸣。燕筇:谓美女所演奏的音乐。古燕赵之地女子善歌舞。筇:一种乐器。 ㉔少歌:是一部分乐章结束后的小结,见屈原《抽思》。 ㉕芳洲之草行欲暮:谓见到贤人的机会将尽。取义于《九歌·湘君》"采芳洲兮杜若,将以遗兮下女"。行欲:将要。 ㉖桂水:南方多桂,故以称南方之水。 ㉗蕲:割断。蕙、芷:皆香草名。 ㉘黄云:杂有尘埃的云。 ㉙归骨:安葬尸骨。 ㉚买名:钓取名誉。 ㉛济:渡。梁:桥。 ㉜沉此心:言死了仕宦之心。 ㉝重:乐章的名称。情志未伸,又复陈辞,故曰"重"。 ㉞以:同"已"。陈:陈旧。 ㉟报:回答,回信。佳人:当指建平王。 ㊱横:放倒。淹望:久望。 ㊲何亲:亲近何人。意为知音不在眼前,无意弹奏。 ㊳层山:重叠的山。比喻奸佞近臣。蔽日:喻蒙蔽建平王。 ㊴高台之易晏:暗喻建平王将临大祸。晏:晚暮。江淹本集《自序》载其《谏建平王》曰:"殿下不求宗庙之安,如信左右之计,则复见麋鹿霜栖露宿于姑苏之台矣。" ㊵蝼蚁:蝼蛄与蚂蚁。言如果祸作,则将获死罪归于地下。江淹《铜爵妓》诗:"徒登歌舞台,终成蝼蚁郭。"意同。

本篇抒写忠而见疏的抑郁之情和对于故乡的依恋。由开头的"吴山之丘墟"等句看,当是初贬吴兴时所作。宋废帝元徽二年(474)五月桂阳王刘休范反,刘景素领兵至京勤王。"淹知祸机将发","略明性命之理,因以为讽"。景素不悟,"乃凭怒而黜之,为建安吴兴令"(见其《自序》)。作者担心建平王大祸临头、国家将起干戈,作此以抒其忧情。因有些话不便明说,所以在表现上十分含蓄,甚至使人感到不可捉摸。然而细心研读,思路可寻;从其中化用屈原有关篇章的文意上,可以看出作者的意向。

全篇可分为四段。第一段写作者在所居之地情绪凄凉,心神不宁,于是"凌大壑,越沧渊",欲消散愁情,而引起思乡之情。其中"北风析兮绛花落,流水散兮翠筑疏"写周围环境之萧索,"爱桂枝而不见,怅浮云而离居"表现了对被贬谪的伤情。

"泣故关之已尽,伤故国之无际",前句言时时思念家乡,然而系縻于吴兴,不可能远行，为此已欲哭无泪；而国家之前途堪忧，也令他悲伤无穷。赋中化用了屈原几首诗中的句意，意思自己的遭遇与当年屈原的相同。关于屈原《九歌》，《楚辞章句》以为屈原放逐，窜伏沅湘之间，"怀忧苦荼，愁思沸郁"，因而据当地祀神歌舞之词作此，"上陈事神之敬，下见己之冤结，托之以风谏"。关于屈原《哀郢》，《楚辞章句》云："言己虽被放，心在楚国，徘徊而不忍去，蔽于谗谄，思见君而不得。"本赋中"汀州"、"捐袂"、"江皋"用《九歌》典，"入溆浦"用《涉江》典，其下"霜露"云云用宋玉《九辩》文意，均非无因。故下文的"去室宇而远客，遵芦苇以为期"，实含有脱离朝政追随贤者于荒野之意。

　　"少歌"一段是对以上主要意思的归结。所谓"绝世独立兮，报君子之一顾"，正是说自己为什么不同意建平王及其亲近的作为，而不断劝谏。"是时霜翦蕙兮风摧芷"，言建平王周围正直的人一个个都受到打击排挤，被贬谪出外，"平原晚兮黄云起"预示着局势的恶劣危殆。"宁归骨于松柏，不买名于城市"，表示了自己在这件即将发生的事变上的态度。"重曰"一段有反复叮咛、再三致意的意思。作者仍然希望建平王回心转意，理解自己，而更多的是动之以情。末尾二句，可以振聋发聩。

　　此赋全文用比兴的手法，又化用屈赋中句意，不露痕迹，其中意蕴，当事者自可以味出。而篇名作"去故乡"，局外人易泛泛读去，误以为思乡心情的表现。当然也可能是作者有意如此。其中借景抒情处多。写景上下相映，一片悲秋景象，与作者意蕴一致，也很有意境。其中不乏警句，甚可玩味。　　　　　　　　（赵逵夫）

恨　赋　　　　　　　江　淹

　　试望平原，蔓草萦骨，拱木敛魂①。人生到此，天道宁论②！于是仆本恨人，心惊不已，直念古者，伏恨而死③。

　　至如秦帝按剑，诸侯西驰④；削平天下，同文共规⑤。华山为城，紫渊为池⑥。雄图既溢，武力未毕。方架鼋鼍以为梁，巡海右以送日⑦。一旦魂断，宫车晚出⑧。

　　若乃赵王既虏，迁于房陵⑨。薄暮心动，昧旦神兴⑩。别艳姬与美女，丧金舆及玉乘⑪。置酒欲饮，悲来填膺。千秋万岁，为怨难胜！

　　至如李君降北，名辱身冤⑫。拔剑击柱，吊影惭魂⑬。情往上郡，心留雁门⑭。裂帛系书⑮，誓还汉恩。朝露溘至，握手

〔430〕江淹 恨　赋

何言⑯?

若夫明妃去时,仰天太息⑰。紫台稍远⑱,关山无极。摇风忽起,白日西匿。陇雁少飞,代云寡色⑲。望君王兮何期,终芜绝兮异域⑳。

至乃敬通见抵,罢归田里㉑。闭关却扫,塞门不仕。左对孺人,右顾稚子㉒。脱略公卿,跌宕文史㉓。赍志没地,长怀无已㉔。

及夫中散下狱,神气激扬㉕。浊醪夕引,素琴晨张㉖。秋日萧索,浮云无光。郁青霞之奇意,入修夜之不旸㉗。

或有孤臣危涕,孽子坠心㉘。迁客海上,流戍陇阴㉙。此人但闻悲风汩起,血下沾衿㉚。亦复含酸茹叹,销落湮沈㉛。

若乃骑叠迹,车屯轨,黄尘匝地,歌吹四起㉜。无不烟断火绝,闭骨泉里。

已矣哉!春草暮兮秋风惊,秋风罢兮春草生。绮罗毕兮池馆尽,琴瑟灭兮丘垄平㉝。自古皆有死,莫不饮恨而吞声。

〔注〕　①蔓草:蔓生的野草。萦:缠绕。拱木:墓旁合围的树木。敛魂:聚集死者魂魄。古乐府《蒿里》:"蒿里谁家地,聚敛魂魄无贤愚。"　②此:指死亡。天道:犹天理,天意。古人心目中支配人类命运、祸福、寿夭等的天神意志。　③恨人:失意抱恨之人。直:径直,不由自主地。伏恨:怀抱着遗憾怨恨。　④秦帝:秦始皇嬴政。诸侯西驰:指关东六国诸侯屈服于秦始皇的武力而到咸阳朝秦。　⑤同文:统一文字。共规:一法度。《史记·秦始皇本纪》:"秦初并天下……一法度衡石丈尺,车同轨,书同文字。"　⑥华山:五岳之一,在今陕西华阴南。紫渊:水名。《史记·司马相如列传》载《上林赋》:"紫渊径其北。"《正义》:《山海经》云:'紫渊水出根耆之山,西流注河。'"文颖云:"西河谷罗县有紫泽,其水紫色。"谷罗县,汉置,在今山西吕梁市离石区西北。池:护城河。　⑦方:且。架:通"驾"。鼋(yuán)鼍(tuó):大鳖和扬子鳄。梁:桥梁。海右:大海的西岸。送日:观看日落。　⑧官车晚出:即宫车晏驾,指帝王死亡。　⑨赵王:指赵王迁,战国赵末代国君。房陵:古县名,治今湖北房县。秦灭赵,徙赵王迁于房陵。　⑩昧旦:天将亮时。神兴:指醒来。　⑪金舆、玉乘:用金玉装饰的豪华车驾。　⑫李君:指汉将李陵。降北:投降匈奴。汉武帝天汉二年(前99),李陵率五千步卒出击匈奴,寡不敌众,矢尽而败,降匈奴。　⑬吊影:形影相吊。惭魂:有愧于心。　⑭上郡:汉郡名,在今陕西北部延安、榆林一带。雁门:汉郡名,在今山西北部大同一带。　⑮裂帛系书:裁帛作书,系于鸿雁以传递音讯。　⑯朝露:喻人生短促。溘(kè)至:忽然而至,指死亡。握手何言:《文选》载李陵《与苏武诗》:"携手上河梁,游子暮何之?徘徊蹊路侧,恨恨不得辞。"　⑰明妃:指王昭君。王嫱,字昭君,汉元帝宫女,远嫁匈奴。晋时避司马昭讳,改称明君,或称明妃。　⑱紫台:紫官,帝王居所。稍远:渐远。　⑲陇:汉陇西郡,今甘肃一带。代:汉代

郡,今河北西北部蔚县一带。　⑳芜绝:喻死亡。　㉑敬通:东汉冯衍,字敬通。见抵:被排斥。　㉒孺人:妻。《礼记》:"天子之妃曰后,大夫妻曰孺人。"　㉓脱略、跌宕:谓放纵不受拘束。　㉔赍(jī)志:怀抱志向。没地:埋于地下,指死亡。长怀:长恨。　㉕中散:指嵇康。他曾为魏中散大夫。　㉖浊醪(láo):浊酒。引:指斟酒举杯。素琴:不加修饰的琴。张:弹奏。　㉗郁:郁积。清霞奇意:谓志气高迈不群。修夜:长夜。旸:明。旸,同"阳"。　㉘孤臣:孤立失势之臣。孽子:即庶子,非嫡妻之子。"危涕"当作"危心","坠心"当作"坠涕"。　㉙迁客:贬谪迁徙者。流戍:流放戍边者。陇阴:陇山之北,泛指边远地区。　㉚洫(yù):风迅急貌。衿:同"襟"。　㉛销落湮沉:销散沉没,谓死亡。　㉜骑叠迹、车击轨:谓富贵人家车马之盛。匝(zā):遍地。歌吹:唱歌和演奏音乐。　㉝丘垄:坟墓。

　　江淹是南朝杰出赋家,其撰于被贬迁建安吴兴之时的《恨赋》《别赋》尤为著名。晋宋时期的建安郡吴兴县,基本属于一个未开发的地区,户仅数百,人惟几千,自然山水处于原生态。无事可做备感寂寞的江淹,遂在奇异的自然山水和阅读写作中安顿心灵。其《自序》讲述他被黜建安吴兴时,赏爱其地自然山水,写作诗文以自娱:"(吴兴)地在东南峤外,闽越之旧地也,爰有碧水丹山,珍木灵草,皆淹平生所爱,不觉行路之远矣……或日夕忘归。放浪之际,颇著文章自娱。"抒发悲伤怨恨是江淹被贬建安吴兴时所作辞赋的基调。

　　江淹抒情赋突出的特色是擅长细致入微地揣摩世上各种身份的人们的心理情绪特征,将人间几种最强烈的情感加以类型化,创造出专力刻画千姿百态人情的心绪文学。《恨赋》描写"不称其情"的人生遗恨,作者捕捉社会上处境各异的种种人物类型来概括,其中包括帝王之恨、列侯之恨、名将之恨、美人之恨、才士之恨、高士之恨等,每种类型都以一个历史人物作为描写的典型,对每个人物注重把握其"饮恨而吞声"的特定情境,如写名将李陵之恨:"至如李君降北,名辱身冤。拔剑击柱,吊影惭魂。情往上郡,心留雁门。裂帛系书,誓还汉恩。朝露溘至,握手何言?"李陵投降匈奴,心情是复杂而痛苦的,作者以此为出发点,简括地揣摩他降北后生活中的几个片断,以展示一代名将误入歧途的遗恨,能给读者留下深刻的印象。又如写才士冯衍之恨:"至乃敬通见抵,罢归田里。闭关却扫,塞门不仕。左对孺人,右顾稚子。脱略公卿,跌宕文史。赍志没地,长怀无已。"一个罢官归田、落拓无奈,时光虚掷、志向莫酬、抱恨终身的形象跃然纸上。由于历史上类似冯衍身世的文人数不胜数,所以这一形象实际上比李陵更富有普遍性。在此基础上,赋末点出"自古皆有死,莫不饮恨而吞声"的主题。

　　江淹抒情赋的另一特色是长于通过景物形象来烘托、渲染情感,景为情设,景中含情。《文心雕龙·诠赋》云"赋者,铺也,铺采摛文,体物写志",江淹充分运用辞赋文学的文体优势,善于借助景物形象的铺写,来强化情感的表现。可以这样说,江淹之所以极力铺写景物,往往是出于加强渲染或宣泄情感的写作动机。他笔下的自然景物形象,往往并非赏心悦目状态下的产物,但他还是充满兴趣,予以表现。目的何在?就在于充分渲染或宣泄他自己感情,或他的作品中抒情主人公的感情。他尤喜好借助"凄凉日暮"的景物形象以表情。《恨赋》发端即景即情,遒劲奇矫,扣人心弦:"试望平原,蔓草萦骨,拱木敛魂。人生到此,天道宁论";写美人之恨:"若夫明妃去时,仰天太息。紫台稍远,关山无极。摇风忽起,白日西匿。陇雁少飞,代云寡色。望君王兮何期,终芜绝兮异域",此以王昭君为典型形象而写美人之恨,作者把抒情主人公之恨安排在一个具体的十分凄凉的景物环境下抒写,读来宛如一远赴绝国、恨恨不已的宫妃形象豁然显现,因而格外真切动人。写嵇康之恨,辅以"秋日萧索,浮云无光"的景象;揭示主题,辅以"春草暮兮秋风惊,秋风罢兮春草生。绮罗毕兮池馆尽,琴瑟灭兮丘垄平"的景象,皆呈现情景交融的艺术效果。

　　江淹辞赋之多抒写哀伤悲怨之情,与刘宋末期血雨腥风的动荡政局及江淹本人仕途坎坷、身世飘零的经历紧密相关。《恨赋》及《别赋》等名作,其性质虽然属于揣摩他人悲恨之情的代言体,但其中也难免徘徊着作者早年生活艰难苦恨的一些影子。也与魏晋以来及他所处时代审美趣味有关。魏晋作家对包括悲情在内的强烈感情的表现已经相当热衷,曹植《前录自序》称"少而好赋,其所尚也,雅好慷慨";陆机《文赋》标举应、和、悲、雅、怨。南朝此种审美趣味不衰,如比江淹稍早的颜延之、王微就持此观念。颜氏所作《庭诰》除空前多地涉及关于立身处世的种种问题外,还有一些关于作家作品的评论,或注重"悲",有云:"逮李陵众作,总杂不类,元是假托,非尽陵制;至其善写,有足悲者。"王微论文,特别注重对悲怨情绪的抒发,其《与从弟僧绰书》云:"吾少学作文……且文词不怨思抑扬,则流澹无味。文好古,贵能连类可悲,一往视之,如似多意。当见居非求志,清论所排,便是通辞诉屈邪。"王微在观念上和创作实践中皆喜好悲怨之情的抒发,乃至有人认为他的文章在诉说冤屈。江淹对悲怨之情的重视和抒发,是贯穿其创作的一条主线。诸因素的交汇,致使他成为南朝悲怨文学的一个集大成作家。

(王　琳　孙淑娟)

别　　赋　　江　淹

　　黯然销魂者[①],唯别而已矣。况秦吴兮绝国[②],复燕宋兮千里[③]。或春苔兮始生,乍秋风兮暂起[④]。是以行子肠断,百感凄恻。风萧萧而异响,云漫漫而奇色。舟凝滞于水滨[⑤],车透迟于山侧⑥，棹容与而讵前⑦，马寒鸣而不息。掩金觞而谁御⑧，横玉柱而沾轼⑨。居人愁卧⑩，恍若有亡⑪。日下壁而沉彩⑫，月上轩而飞光⑬。见红兰之受露⑭，望青楸之离霜⑮。巡曾楹而空掩⑯，抚锦幕而虚凉⑰。知离梦之踯躅，意别魂之飞扬⑱。故别虽一绪⑲，事乃万族⑳。

至若龙马银鞍㉑，朱轩绣轴㉒，帐饮东都㉓，送客金谷㉔。琴羽张兮箫鼓陈㉕，燕赵歌兮伤美人；珠与玉兮艳暮秋㉗，罗与绮兮娇上春㉘。惊驷马之仰秣㉙，耸渊鱼之赤鳞㉚。造分手而衔涕㉛，感寂漠而伤神㉜。

乃有剑客惭恩㉝，少年报士㉞，韩国赵厕㉟，吴宫燕市㊱。割慈忍爱㊲，离邦去里㊳，沥泣共诀㊴，抆血相视㊵。驱征马而不顾㊶，见行尘之时起，方衔感于一剑㊷。非买价于泉里㊸。金石震而色变㊹，骨肉悲而心死㊺。

或乃边郡未和㊻，负羽从军㊼；辽水无极㊽，雁山参云㊾。闺中风暖，陌上草薰㊿；日出天而曜景[51]，露下地而腾文[52]。镜朱尘之照烂[53]，袭青气之烟煴[54]。攀桃李兮不忍别，送爱子兮霑罗裙。

至如一赴绝国[55]，讵相见期[56]？视乔木兮故里，决北梁兮永辞[57]。左右兮魂动，亲宾兮泪滋[58]。可班荆兮赠恨[59]，惟樽酒兮叙悲[60]。值秋雁兮飞日，当白露兮下时。怨复怨兮远山曲[61]，去复去兮长河湄[62]。

又若君居淄右[63]，妾家河阳[64]。同琼珮之晨照[65]，共金炉之夕香。君结绶兮千里[66]，惜瑶草之徒芳[67]。惭幽闺之琴瑟[68]，晦高台之流黄[69]。春宫閟此青苔色[70]，秋帐含兹明月光。夏簟清兮昼不暮[71]，冬釭凝兮夜何长[72]！织锦曲兮泣已尽，回文诗兮影独伤[73]。

傥有华阴上士[74]，服食还仙[75]。术既妙而犹学，道已寂而未传[76]；守丹灶而不顾[77]，炼金鼎而方坚[78]，驾鹤上汉[79]，骖鸾腾天[80]；蹔游万里[81]，少别千年[82]。惟世间兮重别[83]，谢主人兮依然[84]。

下有芍药之诗[85]，佳人之歌[86]，桑中卫女，上宫陈娥[87]。春草碧色，春水渌波[88]，送君南浦[89]，伤如之何！至乃秋露如珠，

〔434〕 江淹　　　　　　　　　　　　　　　　　　　　別　赋

秋月如珪[50]，明月白露，光阴往来。与子之别，思心徘徊[51]。

是以别方不定，别理千名[52]。有别必怨，有怨必盈[53]，使人意夺神骇[54]，心折骨惊[55]。虽渊、云之墨妙[56]，严、乐之笔精[57]；金闺之诸彦[58]，兰台之群英[59]；赋有凌云之称[60]，辩有雕龙之声[61]，谁能摹暂离之状，写永诀之情者乎！

〔注〕① 黯然：心神沮丧的样子。　② 秦：秦国。吴：吴国。绝国：隔绝之国，言极遥远。　③ 燕宋：燕，燕国。宋，宋国。　④ 乍：忽然。　⑤ 凝滞：滞留不前。　⑥ 逶迟：徘徊，迟缓的样子。　⑦ 棹(zhào)：船桨，借指船。容与：荡漾不进貌。讵：岂。　⑧ 掩：覆盖。金觞：精美的酒杯。御：进用。　⑨ 横：横置，指搁置不用。玉柱：琴瑟上玉制的弦柱，用以系弦，借指琴瑟。沾轼：指眼泪沾湿车轼。轼，车前端供人凭靠的横木。　⑩ 居人：留居者，指送行的人。　⑪ 怳：同"恍"，失意的样子。若有亡：若有所失。亡：失。　⑫ 日下壁：谓太阳从西墙外下落。沉彩：沉没光彩。　⑬ 轩：楼阁上的栏杆。飞光：指月光散发。　⑭ 红兰：即朱兰，花红色，有光泽。　⑮ 楸：落叶乔木名。离：同"罹"，遭受。　⑯ 巡：巡行。层：高。楹：房柱，也用作计房的量词，屋一列为一楹，这里借指房屋。空掩：指行人已去楼已空。掩：掩门。　⑰ 虚凉：指帐内无人。　⑱ 意：料想。飞扬：飘荡。　⑲ 一绪：同一种情绪。　⑳ 族：类别。　㉑ 龙马：高头大马。　㉒ 朱轩绣轴：指贵族的豪华车乘。轩：轩车，大夫以上所乘。轴：车轴。　㉓ 帐饮：设帐饯别。东都：汉代长安的城门名。西汉时疏广与其侄疏受皆为汉宣帝所器重，告老还乡时，公卿大夫设帐为他们饯行，送者车数百辆。　㉔ 金谷：西晋石崇的花园别墅，在今洛阳北。晋惠帝元康六年(296)，石崇与诸友聚会于此，送别征西将军祭酒王诩回长安。　㉕ 羽：古代五音(官商角徵羽)之一，即羽音。一说即羽扇，指舞具。　㉖ 燕赵：借指美人，《古诗十九首》："燕赵多佳人，美者颜如玉。"伤美人，指美人歌离别，心中悲苦。　㉗ 珠、玉：歌女服装饰品。　㉘ 罗、绮：丝绸衣裳。上春：初春。　㉙ 驷马：同驾一车的四匹马。仰秣：仰首咀嚼。秣：以草料喂马。　㉚ 耸：同"悚"，惊动。因惊动而跃起。　㉛ 造：到。衔涕：含泪。　㉜ 寂漠：同"寂寞"。　㉝ 剑客：侠客。惭恩：惭愧于未能报恩。　㉞ 报士：杀仇报恩之士。　㉟ 韩国：指聂政事。战国时侠士聂政为替韩国严仲子报仇，刺杀韩相侠累，随后自杀。赵厕：指豫让事。春秋时期，豫让因自己的主人智氏为赵襄子所灭，乃变姓名为刑人，入宫涂厕，挟匕首欲刺死赵襄子，事未成而死。　㊱ 吴宫：指专诸事。春秋时吴人专诸置匕首于鱼腹，在宴席间为吴国公子光刺杀吴王僚，自己亦被杀。燕市：指荆轲事。战国时卫人荆轲曾与朋友高渐离饮于燕国街市，因感燕太子恩遇，藏匕首于地图中，至秦献图刺秦王未成，被杀。　㊲ 慈：指父母。爱：指妻、子。　㊳ 里：故里。　㊴ 沥泣：洒泪。沥，洒落。诀：诀别。　㊵ 抆(wěn)：擦拭。血：血泪，言泣泪以尽继之以血，极言悲痛之深。　㊶ 顾：回首。　㊷ 衔感：怀恩感遇。　㊸ 买价：买取声价。指以生命换取金钱。泉里：黄泉下，指死。二句谓侠客们乃是仗剑报恩，不是为换取身后生命而赴死。　㊹ 金石：指钟、磬一类乐器。色变：句本《燕丹子》："荆轲与武阳入秦，秦王陛戟而见燕使，鼓钟并发，群臣皆呼万岁，武阳大恐，面如死灰色。"　㊺ 骨肉：语出《史记·刺客列传》，聂政刺杀韩相侠累后，屠肠毁容自杀，以免牵累。韩国当政者暴尸于市，悬赏千金。其姐聂嫈云："妾其奈何畏殁身之诛，终灭贤弟之名！"遂扬其弟义举，伏尸而哭，自杀其旁。心死，指极度悲哀。　㊻ 未和：指有战事。　㊼ 羽：箭，借指武器。　㊽ 辽水：即今辽河，纵贯辽宁，注入渤海。　㊾ 雁山：即今山西北部雁门山。

○50 薰：香气。 ○51 曜景：闪耀光辉。景：日光。 ○52 腾文：指露珠在日光下呈现光彩。 ○53 镜：用作动词，照。朱尘：红尘，即尘灰。照烂：明亮灿烂。 ○54 袭：侵，扑。青气：春天草木的气息。烟煴：同"氤氲"。气浓郁的样子。 ○55 绝国：遥远而又隔绝的国家。 ○56 讵：岂。 ○57 诀：同"诀"，诀别。梁，桥。 ○58 滋：溢。 ○59 班荆：铺些草而坐。班：铺设。赠恨：对人诉说离情别恨。 ○60 罇：同"樽"，酒器。 ○61 远山曲：远山曲折处。 ○62 湄：水边。 ○63 淄：淄水，在今山东境内。右，西。 ○64 河阳：黄河北岸。阳：水之北山之南为阳。 ○65 琼珮：用美玉制的佩饰。照：照镜。 ○66 结绶：以绶系印，借指出仕。绶：系官印的丝带。 ○67 瑶草：仙花，此喻居家的少妇。徒芳：比喻年华虚度。 ○68 幽闺：深闺。 ○69 晦：昏暗。流黄，黄色丝绢，指帷幕。二句谓别后生活慵懒，琴瑟不弹，流黄弗拭。 ○70 春宫：指少妇所居的庭院。闭(bì)：关闭。 ○71 簟(diàn)：竹席。清：清凉。 ○72 釭(gāng)：灯。凝：光聚焦不动，指灯下无人活动。 ○73 织锦曲：《晋书·列女传》记载前秦苻坚时，苏蕙织锦为回文诗，以赠远徙流沙的丈夫窦滔。"宛转循环以读之，词甚凄惋"。回文诗：一种既可顺读也可倒读的诗体。苏蕙回文诗纵横反复都可读通。 ○74 傥：同"倘"。华阴：县名，在今陕西，这里指华山。上士：得道的方士。 ○75 服食：服食丹药。还仙：指成仙。 ○76 寂：静，指进入微妙境界。未传：未得真传。 ○77 不顾，不问世事。 ○78 方坚：意志正坚决。 ○79 汉：天汉，即银河。 ○80 骖鸾：同"乘鸾"，与驾鹤同为方士想象的升天方式。 ○81 蹔：同"暂"。 ○82 少别千年：即传说中的"天上方七日，人间已千年"。少，小。 ○83 重：看重。 ○84 谢：辞。依然：依恋的样子。二句指得道升天者仍有离情别绪。 ○85 芳药之诗：语出《诗经·郑风·溱洧》："维士与女，伊其相谑，赠之以芍药。" ○86 佳人之歌：指《汉书·外戚传》李延年歌："北方有佳人，绝世而独立。" ○87 桑中：卫国地名。上宫：陈国地名。两者皆为春秋时男女欢会之所。语出《诗经·鄘风·桑中》："云谁之思？美孟姜矣。期我乎桑中，要我乎上宫，送我乎淇之上矣。"卫女、陈娥，本为《诗经》中所咏及的女子，这里泛指恋爱中的少女。娥，少女。四句借古代诗歌写男女相爱。上宫：卫地名。陈娥：实际上也是指卫女，取其不与上面的卫女重复。 ○88 渌：水清澈。 ○89 南浦：指送别之地。《楚辞·九歌·河伯》："子交手兮东行，送美人兮南浦。"浦，水边。 ○90 珪：上尖下方的条形玉器。一说为圆形玉器。 ○91 徘徊：萦绕。 ○92 "是以"二句：指离别的情形不一，离别的原因也多种多样。 ○93 盈：满，指哀愁充溢于胸。 ○94 骇：乱。 ○95 心折骨惊：即心惊骨折。 ○96 渊、云：指西汉著名辞赋家王褒、扬雄。褒字子渊，雄字子云。 ○97 严、乐：指西汉著名文士严安、徐乐。 ○98 金闺：指西汉长安金马门，有著作之庭，当时西汉文人学士公孙弘等曾待诏于此。闺，城门。彦，俊才。 ○99 兰台：东汉宫中藏书之所，设兰台令史，傅毅、班固均曾任此职。 ○100 凌云：形容文章辞气高妙。 ○101 雕龙：比喻有文采，有如雕龙文。

　　多情自古伤离别，"离别"向来是文人骚客咏叹不衰的主题。在我国第一部诗歌总集《诗经》中，便有"燕燕于飞，差池其羽。之子于归，远送于野。瞻望弗及，泣涕如雨"的送别画面。而在《楚辞》中屈原则感慨："悲莫悲兮生离别"，将离别视为人生最为悲伤的事情。此后，《古诗十九首》有"行行重行行，与君生别离"的描写，而《文选》则专设送别文学一类。在后来耀眼夺目的唐诗中，对离别的感叹也依然是不绝于耳。王维的"阳关三叠"，杜甫的"三别"，以及李白一往情深的送别诗，都是经久不衰的离别名篇。然而，在古往今来的文人中，能够用一篇作品刻画出人世间"别虽一绪，事乃万族"的并不多见。从这个意义上讲，江淹的

《别赋》堪称"前无古人,后无来者"。

江淹文学创作主要集中在前期,后期在文坛上留下了颇有争议的"江郎才尽"这一传说。在江淹的辞赋中,最为有名的当属《恨赋》《别赋》。此二赋亦是千百年来传诵不衰的名篇,后人给予了极高的评价。清人许梿在《六朝文絜笺注》卷一中说:"《恨赋》通篇奇峭有韵。语法俱自千锤百炼中来,然却无痕迹,至分段叙事,慷慨激昂,读之英雄雪涕。"在谈到《别赋》时则说:"《别赋》立格与《恨赋》同,前以激昂胜,此以柔婉胜……极摹'黯然销魂'四字,状景写物,缕缕入情,醴陵于六朝的是凿山通道巨手。"

"黯然销魂者,唯别而已矣",开篇首句先声夺人,统摄全文,点出全赋所论的核心,又奠定了全文"黯然销魂"的伤感基调。"况秦吴兮绝国,复燕宋兮千里。或春苔兮始生,乍秋风兮暂起",阐释了离别让人伤怀的原因,即为时空的阻断。距离越远,则离愁越深。而后便是总体意义上"行子"和"居人"的离别描写。由于分离,行子"肠断","百感凄恻",不忍离去。"舟凝滞于水滨,车逶迟于山侧,棹容与而讵前",便是行子这一心态的形象折射。别离的另一方,便是居人。面对离别,居人"愁卧","恍若有亡",受露的"红兰"和离霜的"青楸",让居人睹物思人。空掩的"曾楹"和虚凉的"锦幕",则折射出了居人的孤单寂寞,益发让人惆怅神伤。离别,会让人魂梦相牵,所以离梦踯躅,别魂飞扬。最后,"故别虽一绪,事乃万族"一语,承上启下,概括了总体性的离别,又统领了接下来七种具体化的情境。

第一种离别为富贵者之别。这种离别充满了豪华奢侈的富贵气息。从"龙马银鞍,朱轩绣轴"的车马装饰,到"珠、玉、罗、琦"的美女服饰,均印证了此种气息。这种离别有琴鼓的合奏,有佳人的轻歌曼舞,是热闹而喧哗的,能够"惊驷马之仰秣,耸渊鱼之赤鳞"。然而到了分手的那一刻,依然是"造分手而衔涕,感寂漠而伤神",摆脱不了伤感。

第二种离别为剑客之别。这种离别慷慨悲壮。行者置身于生死之外,为了报答知遇之恩,就算慷慨就义,也在所不惜。这种"沥泣共诀,抆血相视"的诀别,让人"色变"与"心死",有一种刻骨铭心的伤痛。

第三种离别为从军者之别。这种离别充满了骨肉分离的凄惨。从军者离开温暖如春、风景如画的家乡,要面对的是"辽水无极,雁山参云",其难舍之情不言而喻。父母就算老泪纵横,也依然不可避免骨肉相离。"攀桃李兮不忍别,送爱子兮霑罗裙",便深刻道出了这一场面的凄惨悲凉。

第四种离别为绝国之别。行者一旦远赴绝国,与故乡亲人便永无相见之期。因此,送行的人"左右兮魂动,亲宾兮泪滋"。通过送行人的伤感,便可折射出行者离别时的悲痛。这一悲痛,将会随着曲折的远山与流淌的长河而反复悠长。"怨复怨兮远山曲,去复去兮长河湄",便道出了这一别情的绵延不绝。

第五种离别为夫妻之别。夫妻未别时"同琼珮之晨照,共金炉之夕香"的甜蜜美好,与分别后"惭幽闺之琴瑟,晦高台之流黄"的萧瑟冷清,形成鲜明对比,反衬出了分别后的孤单寂寞。春苔秋月,夏昼冬夜,一年四季都充满着思妇的相思相念。织锦帛时泪流干,写回文诗时顾影自伤,都是这种相思之情的凝结。

第六种离别为方士之别。虽然方士志在得道成仙,对红尘俗事毫无眷顾,但他们在离开的时候,依然是"惟世间兮重别,谢主人兮依然",充满了依依惜别之情。

第七种离别为情人之别。热恋中的情侣,在"春草碧色,春水渌波"的时节相亲相爱,要面对分别,其难过伤感难以言尽。直到"秋露如珠,秋月如珪",情侣尚未团聚。在"光阴往来"之中,相思之情有增无减,一直萦绕在心头,正所谓"与子之别,思心徘徊"。

"是以别方不定,别理千名。有别必怨,有怨必盈,使人意夺神骇,心折骨惊",此语对以上诸种离别加以总结概括,并将别情推向了最高峰。无论何时何地、何人何事的别离,都会让人充满哀怨的别情,而别情定会让人意神沮丧、心惊骨折。"谁能摹暂离之状,写永诀之情者乎",给此赋加上了回味无穷的结语。说明古往今来的文人,不管有何等的笔墨才华,都无法将别情彻底完整地表达出来,可见,现实生活中真正的别情离绪是罄竹难书的。

南朝是骈赋独盛的时代,《别赋》作为南朝辞赋的重要代表作品,也基本代表了骈赋的艺术特色。骈赋的主要特征是句式结构上注重对仗,句式字数上以四言、六言为主,此外对丽辞、用典、声律等方面也存在一定的要求。《别赋》一文,语言柔婉流丽,华丽的辞藻布满全篇,读来朗朗上口,音韵颇为和谐,关于丽辞、声律方面不再多言。从句式结构上来说,《别赋》采用了大量的对仗,四言的如"帐饮东都,送客金谷""割慈忍爱,离邦去里",五言的如"金闺之诸彦,兰台之群英",六言的如"掩金觞而谁御,横玉柱而霑轼"。总的来说,不管何种字数的句式,《别赋》均布满了两两相对的句子。从句式的字数来说,《别赋》舍去转折词与连接词,四言、六言均为五十四句,五言八句,七言十六句,以骈四俪六为主,句式又富有变化,既有骈赋整齐的对称美,又有活泼的散文美。从用典上来说,《别赋》用典二十几个。描写富贵者之别时用了"东都""金谷",描写剑客之别时,用了聂政、豫让、专诸、荆轲的典故,而在描写情人之别时,又采用了大量《诗经》中的典故。这些典故,与行文有机结合,准确传达出文章的意蕴,并且还具备了外在语言上的形式美和内在的意境美。

此外,《别赋》除了呈现出了南朝骈赋的一般特色,还具备自身独特的艺术特色。首先,结构新颖,构思别致。开篇以"黯然销魂者,唯别而已矣"总摄全篇,结尾以"是以别方不定,别理千名。有别必怨,有怨必盈,使人意夺神骇,心折骨惊"加以总结,中间以情系事,以类相从,描写了七种离别。整篇文章首尾呼应,紧密结合。其次,写景淋漓,写情透彻,情景有机交融。比如,在描写行子不忍离去的心情时,刻画了"舟凝滞于水滨,车逶迟于山侧,棹容与而讵前,马寒鸣而不息"这一场景,绝妙地衬托出了行子哀怨复杂的心绪。而在情人之别时所描写的"春草碧色,春水渌波,送君南浦,伤如之何!至乃秋露如珠,秋月如珪,明月白露,光阴往来。与子之别,思心徘徊",更堪称是情景交融的绝唱,情与景完全糅合在了一起。千百年来,此赋触动了无数人的心弦,引发了无数人的情感共鸣,是中国辞赋史上不朽的夺目明珠。

(王　琳　孙淑娟)

【作者小传】

谢　朓

(464—499)　字玄晖,陈郡阳夏(今河南太康)人。曾任宣城太守、尚书吏部郎。后被萧遥光诬陷,下狱死。在永明体作家中成就最高。诗多描写自然景色,风格清俊。后世与谢灵运对举,世称小谢。有《谢宣城集》。

临楚江赋①

谢　朓

爰自山南,薄暮江潭②。滔滔积水,袅袅霜岚③。忧与忧兮竟无际,客之行兮岁已严④。尔乃云沉山岫,风动中川⑤,驰波郁素⑥,骇浪浮天,明沙宿莽⑦,石路相悬。于是雾隐行雁,霜眇虚林⑧,迢迢落景,万里生阴。冽攒笳兮极浦,弭兰鹢兮江浔⑨。奉玉樽之未暮,餐胜赏之芳音⑩。愿希光兮秋月,庶永照于遗簪⑪。

〔注〕①楚江:楚境内的江河,此指长江。　②爰:句首语气词。山南:曹融南先生注释为"华山之南"。　③袅袅:柔软细长。岚:山气。　④严:严寒。　⑤岫(xiù):山。中川:中流。　⑥郁素:像素练一样郁积着。　⑦宿莽:草名,冬生不死。　⑧眇(miǎo):远。　⑨冽:寒冷。攒(cuán)笳:谓笳音汇杂。笳:胡笳,乐器。极浦:遥远的水边。弭:息。兰鹢:犹言兰舟。鹢:水鸟,古人常将鹢鸟的像画在船首,此借指船。浔:潭。　⑩胜赏:佳胜之鉴赏。芳音:对人谈论的美称。　⑪两句喻示愿随王有秋月之照,不忘故旧。希光:谓仰希光

辉。秋月：借指随王。遗簪：《韩诗外传》卷九："孔子出幼少原之野，有妇人中泽而哭，甚哀。孔子怪之，使弟子问焉。妇人对曰：'乡者刈蓍薪而亡吾蓍簪，是以哀。'孔子曰：'刈薪而亡蓍簪，有何悲也？'妇人曰：'非伤亡簪，不忘故也。'"

谢朓在江陵萧子隆幕府的时间为永明八年(490)秋至永明十一年秋，共三年，《临楚江赋》当作于这三年之间。然考诸赋意，谢朓希望随王萧子隆不忘旧臣，明显含有期待提携之意。落实到谢朓在江陵的履历，则大致可以确定，本赋为谢朓初到江陵、任参军时所作。因为谢朓刚到江陵时任参军，不久便深得萧子隆宠幸，任随王文学，故推测本赋作于他未得随王宠幸之前；从赋中的景色看，当作于此年深秋。赴江陵前，谢朓已经做过随王属官，故称"旧臣"。楚江，荆州江陵附近的江水，水流经过江陵城南。江陵为楚国首都所在，故名此江为楚江。

初到江陵后深秋的一个傍晚，谢朓与随王萧子隆等人登上城南江中的小洲，面对着苍茫暮霭中的滔滔江水和万里秋景，他有感而发，写下了这篇清丽的小赋。赋中谢朓用凝练的语言描绘了楚江及其附近的秋景，兼及他和随王等人饮酒宴乐的场景，最后他委婉地表达了希望得到随王赏识的愿望。

面对秋景，谢朓的心情交织着忧虑和客愁，"忧与忧兮竟无际，客之行兮岁已严"，这为后文的景色描写定下了感情基调。作者笔下景色的季节特色十分明显，没有红花绿柳和莺歌燕舞，整体色调显得明净而萧飒：暮云沉淀在四周的山坳中，秋风在江面上吹拂，盛大而洁白的江波汩汩地奔向天际，沙滩上是明净的白沙和宿莽，江面上悬挂着的石桥清晰可见。这些景物有色彩，有动态，由远及近，由大及小，层次分明，绘景如画。然后，谢朓抬起头，将视线转向更为遥远的空间，看到的是披着暮霭冉冉飞翔的大雁，和隐藏在霜雾中的若有若无的树林，以及垂布天地间的苍烟落照。这些迷蒙的远景，与谢朓心中的忧虑和客愁相对应，牵愁惹恨，正是"日暮乡关何处是，烟波江上使人愁"(唐崔颢《登黄鹤楼》)！

然后谢朓简短描写了宴乐的场景：他们将兰舟泊在江潭，在江心岛上奏乐吹箫，趁着日暮到来前尽情地饮酒赏乐。赋末谢朓用《韩诗外传》中的典故，委婉而巧妙地表达了自己的期盼：他将萧子隆比喻为秋月，将自己比喻为蓍簪，希望萧子隆能像不忘故簪那样不忘旧臣，像月光一样时时眷顾旧臣；将比喻和典故完美地结合起来，言约义丰，出人意表，也使文意婉转不绝。

谢朓以"清丽山水"而饮誉文学史，本赋对楚江周边山水的描写清晰地印证了谢朓山水的"清丽"特色。清人许梿在评价谢朓的名文《辞随王子隆笺》时说该文"情思宛妙，绝去粉饰肥艳之习"(《六朝文絜》)，将这话移来评价此赋的景色描写，再恰当不过。

(杜志强)

【作者小传】

何 逊

（？—约518） 字仲言,东海郯县(今山东郯城东北)人。历任建安王水曹行参军兼记室、安成王参军事兼尚书水部郎、庐陵王记室。其文与刘孝绰并称"何刘"。其诗与阴铿相似,并称"阴何"。其诗长于将写景与抒情相配合,语言工炼,为杜甫所推许。原有集,已散佚,明人辑有《何记室集》。

穷 乌 赋　　　　　　何 逊

嗟穷乌之小鸟①,意局促而驯扰②。声寓物而知哀,翮排空而不矫③。望绝侣于霞夕④,听翔群于月晓⑤。既灭志于云霄,遂甘心于园沼⑥。时复抢榆决至,触案穷归⑦。若中气之自堕⑧,似惊弦之不飞⑨。同鸡埘而共宿⑩,啄雁稗以争肥⑪。异海鸥之去就,无青鸟之是非⑫。岂能瑞周德而丹羽,感燕悲而素晖⑬?虽有知于理会,终失悟于心机⑭。

〔注〕 ①穷:困厄。乌:乌黑。 ②局促:窘迫。驯扰:顺服。 ③翮(hé):羽翼。排空:凌空,升空。"空"一作"虚"。矫:强健。 ④绝侣:断绝、分开的伴侣。霞夕:指夕阳西下之时。 ⑤月晓:指拂晓之时。 ⑥"既灭志"两句:谓此鸟已泯灭了飞上云霄的志向,甘心情愿地生活于园林沼泽之中。 ⑦"时复"两句:谓此鸟有时快速飞翔,却撞在榆树上,于是无路可走,不得不停下来返回。《庄子·逍遥游》:"决起而飞,抢榆枋而止。"抢,撞。决,快速。触,撞,碰上。案,于是,则。穷归,途穷困窘而返。 ⑧中(zhòng)气:遭遇云雾、毒气等。《东观汉记》卷十二:"吾在浪泊、西里、坞间,虏未灭之时,下潦上雾,毒气熏蒸,仰视乌鸢跕跕堕水中。" ⑨惊弦:被弓弦之声所惊扰。这句意思是说,此鸟像惊弓之鸟一样不敢飞翔。 ⑩同:与。埘(shí):鸡窝。 ⑪稗:稻田中的一种杂草,果实细小。 ⑫"异海鸥"二句:谓穷乌混同于鸡、鹅,不像海鸥那样来去自由,不像青鸟那样是非分明。去就,去留,进退。青鸟,传说中随从西王母,给她送信的神鸟。 ⑬"岂能"两句:是说这只身处困窘的鸟怎能为了成为周人的祥瑞而把羽毛变成红色呢?怎能因感动于燕太子丹的悲叹而将羽毛变为白色呢?作者实暗喻自己无法为迎合权贵而改变其本质。《墨子·非攻下》:"赤乌衔珪,降周之岐社,曰:'天命周之文王伐殷有国,泰巅来宾,河出箓图,地出乘黄,武王践功……天赐武王黄乌之旗。'"故周人以赤乌为祥瑞。《史记·封禅书》:"周得火德,有赤乌之符。"《燕丹子》:"燕太子丹质于秦,秦王遇之无礼,不得意,欲求归,秦王不听,谬言令乌白头、马生角可许耳。丹仰天叹,乌即白头,马为生角,秦王不得已而遣之。"素晖,洁白的光色,这里指白色的羽毛。 ⑭"虽有"二句:意谓穷乌虽然对一些事理有所领会,但仍没有想出什么谋略。暗语自己缺乏心计。理会:领会,从道理上明白、了解。心机:心思,谋虑。

处境艰危、困窘,有志难伸,怀才不遇,是中国古代出身寒微的文人的普遍遭遇,比兴象征是中国古代文学最常用的表现手法,因而,在中国古代文学史上,托物自喻以抒发有志难伸、怀才不遇的抑郁苦闷之情的文学作品代不绝衰,在何逊之前就有赵壹的《穷鸟赋》、祢衡的《鹦鹉赋》、应玚的《悯骥赋》、曹植的《野田黄雀行》《浮萍篇》《吁嗟篇》等,何逊的这篇《穷鸟赋》即为祖述赵壹《穷鸟赋》的一篇托物抒怀之作。

据史载,何逊与吴均曾一度深得梁武帝萧衍赏识,但后来皆失意,被萧衍斥曰:“吴均不均,何逊不逊。”此赋的创作与这种失意的心情有关。从文意来看,现在所看到的应是全赋的片段。这部分集中描写了“穷鸟”之“穷”:它迫于窘境而顺服,内心焦虑、悲哀;羽翼疲弱,不能奋飞,甚至不敢奋飞;它失群绝侣,孤身独处;“既灭志于云霄,遂甘心于园沼”,但仍感危机四伏,惊恐不已;它与鸡鹅同处、争食,以求得最卑微的生存,而了无自由;它深深地感到无力改变现实处境,只有自悲自叹。这只“穷鸟”的处境与赵壹《穷鸟赋》所描写的“飞丸激矢,交集于我,思飞不得,欲鸣不可”的处境极为相似,反映了在黑暗、血腥的社会里那些有志难伸、屈沉下僚者的悲惨命运。但赵壹赋中充溢着一股愤懑、抗争之气,而此赋中虽有对奋飞高翔和自由的渴望,但更多的是对沉沦现实而又无可奈何的悲叹。整篇情调低沉,体现出南朝文人较汉末文人羸弱的性格特征和复杂的心态。这是此赋有别于赵壹《穷鸟赋》的地方。

在写法上,这篇赋采用了赋最基本的铺叙手法,从神态、声音、姿态、生存状态等多个角度对“穷鸟”进行了描写,用很少的字句,就将“穷鸟”困窘凄楚的处境和悲观失望的心理刻画了出来,给人留下了深刻难忘的印象。

毫无疑问,作者是在借“鸟”写人,所以其描写一方面符合“鸟”的生活习性,另一方面又处处将“鸟”当人看,从人的角度揣测它悲哀、焦虑、惊恐、失望、无奈等心理感受。这样的写法使这篇赋在字里行间都充满了感情,从而具有很强的抒情性和感染力。

该赋基本上全用骈句,句式整齐,对仗工整,但由于句式结构多变,故读来节奏感很强,并无单调之感。语言的清新优美、简洁洗练,也是该赋的特点。 (张克锋)

吴 均

【作者小传】

(469—520) 字叔庠,吴兴故鄣(今浙江安吉北)人。曾为吴兴太守主簿,后官至奉朝请。撰《齐春秋》,武帝以其不实,焚之,坐免职。与何逊曾以赋诗为武帝所赏。后俱失武帝意,被斥为“何逊不逊,吴均不均”。史称“均文体清拔有古气,好事者或学之,谓为‘吴均体’”。原有集,已佚,明人辑有《吴朝请集》。又有小说《续齐谐记》。

〔442〕吴　均　　　　　　　　　　　　　　　　　　吴城赋

吴　城　赋　　　　　　　　　吴　均

古树荒烟，几千百年，云是吴王所筑，越王所迁①。东有铸剑残水②，西有舞鹤故廛③。萦具区之广宅④，带姑苏之远山⑤。仆本蓄怨，千悲亿恨。况复荆棘萧森，丛萝弥蔓；亭梧百尺，皆历地而生枝⑥；阶筠万丈⑦，或至杪而无叶⑧。不见春荷夏槿，惟闻秋蝉冬蝶。木魅晨走，山鬼夜惊。不知九州四海，乃复有此吴城⑨？

〔注〕　①荒烟：荒野的烟雾，这里代指荒凉的地方。是：指吴城，春秋时吴国的都城，在今江苏省苏州市。吴王：即吴王阖闾（？—前496）。吴公子光使专诸刺杀吴王僚而自立，是为吴王阖闾。阖闾即位后，命伍子胥兴建新的城郭。新城规模宏大，史称"阖闾大城"。阖闾后与越王勾践战，兵败伤指而死。越王：即越王勾践（？—前465）。勾践始为吴王夫差所战败，困于会稽，屈膝求和。后卧薪尝胆，发奋图强，终于灭掉了吴国，占领了吴都。迁：移居。　②据《吴越春秋·阖闾内传四》载，春秋时吴国人干将与妻子莫邪善铸剑，为阖闾铸阴阳剑，锋利无比，阳曰"干将"，阴曰"莫邪"。干将藏阳剑，而献阴剑于吴王。"铸剑残水"当指苏州虎丘山上的剑池。　③舞鹤：《吴越春秋·阖闾内传四》载："吴王有女滕玉，因谋伐楚，与夫人及女会蒸鱼，王前尝半而与女，女怒曰：'王食鱼，辱我，不忍久生。'乃自杀。阖闾痛之，葬于国西阊门外，凿池积土，文石为椁，题凑为中，金鼎玉杯、银樽珠襦之宝，皆以送女。乃舞白鹤于吴市中，令万民随而观之，还使男女与鹤俱入羡门，因发机以掩之。杀生以送死，国人非之。"廛（chán）：市内百姓居所。　④具区：即太湖，又称震泽、笠泽、五湖等。《尔雅·释地》："吴越之间有具区。"《山海经·南山经》："浮玉之山，北望具区。"晋郭璞注："具区，今吴县西南太湖也。"　⑤姑苏：姑苏山。在苏州市西南，上有姑苏台，相传为吴王阖闾或夫差所筑，登之可望五湖。　⑥历：度，越过。此句形容梧桐挺拔高大。　⑦阶筠：台阶旁的竹子。　⑧杪：树梢，末端。⑨"木魅"四句：谓历史上曾经闻名的吴城如今荒凉破败，成了鬼怪的世界，昔日的繁华已不复存在了。鲍照《芜城赋》："木魅山鬼，野鼠城狐。风嗥雨啸，昏见晨趋。"木魅，树木之妖。

吴均是梁代一位很有创作个性的作家，《梁书》称其"文体清拔有古气"，其文以《与宋元思书》《与施从事书》《与顾章书》最为有名，皆不用典故，不事雕琢，清新省净，明丽秀美，为南北朝时期山水散文的代表作。其《吴城赋》见《艺文类聚》卷六十三、《初学记》卷二十四，仅一段，疑为残文。

这是一篇都邑赋，但它并非如传统的都邑大赋那样以描写都邑之建筑、生活、山形地势、物产矿藏等为主，而是先简要交代吴城的历史变迁、古老传说和地理位置、远山近水，然后用"荆棘萧森，丛萝弥蔓""亭梧百尺""阶筠万丈""木魅晨走""山鬼夜惊"等极力渲染出一种荒芜、阴冷、凄清甚至恐怖的气氛。这种气氛与传统都邑赋所描写的雄伟壮丽、金碧辉煌和繁华热闹截然不同，从中我们能够深切地感受到作者对历史兴衰变迁的深沉感喟。也就是说,在景物描写之中,蕴含了作者丰富的主观感受。感物生情,复又融情入景,情景交融,诗意盎然,这是这篇赋的一个重要特点。

中国古典诗歌很早就开始抒发历史兴亡、物是人非的悲情了,《诗经·王风·黍离》即是开山之作。在赋中抒发此种情感的,鲍照的《芜城赋》是比较著名的。很显然,在立意、构思及写法上,《吴城赋》都受到了《芜城赋》的影响,但它又不像《芜城赋》那样用夸张的手法强化古今对比,而是通过点染氛围抒写一种抚今忆昔的感伤情怀,更接近抒情诗的特质。

《吴城赋》的风格与吴均的其他诗文颇为一致,不堆砌故实,不求繁复铺陈,语言简净明丽,对仗工稳,句式整齐而又变化自如,灵动自然,读来朗朗上口,极富美感。

(张克锋)

裴子野

【作者小传】 (469—530) 字几原,河东闻喜(今山西闻喜)人,仕齐、梁两朝,著名的史学家、文学家。裴氏少好学,善属文。齐武帝永明(483—493)中,为武陵王左常侍、右军江夏王参军。梁武帝天监(502—519)中,除右军安成王参军,征拜著作郎,任中书通事舍人,后迁中书侍郎。大通元年(527),转鸿胪卿,领步兵校尉。《南史》《梁书》有传。裴氏著述甚丰,然多散佚,只有少数流传,诗赋现存严可均《全上古三代秦汉三国六朝文》、逯钦立《先秦汉魏晋南北朝诗》之中。

卧 疾 赋　　　　　裴子野

旅闺禁以永久[1],迫衰老而殷忧[2]。无筋力以为礼[3],聊卧疾以来休[4]。是时冻雨洒尘,凉阴满室,风索索而傍起[5],云霏霏而四密[6]。尔乃高歌莫和[7],旨酒时倾[8]。洗然尚想,何虑何营[9]。

〔注〕①闺禁:后宫,宫禁,本指嫔妃居住的地方,此指朝廷。闺:一作“闻”,据《艺文类聚》卷七五改。 ②迫:近。殷忧:十分忧伤。 ③筋力:体力。礼:本指礼节、礼仪。此指体弱多病,无力在官场上应酬。 ④聊:姑且。休:休假。此指致仕退休。 ⑤索索:象声词,形容风声。 ⑥霏霏:浓密盛多。 ⑦尔乃:发语词。莫和:无人唱和。 ⑧旨酒:美

酒。《诗经·小雅·鹿鸣》有"我有旨酒"句。时倾：不停地倒酒，指不停地干杯。　⑨洗然：安适的样子。尚想：退想。何虑何营：没有什么可担忧的，也没有什么可营求的。

因"病"名篇是南朝抒情小赋的重要题材，但大部分为借病呻吟之作，在一定的程度上呼应了齐梁纤弱文风。与之相比，裴子野的《卧疾赋》以较为充实的内容，给此类小赋吹进了一股清风。首二句紧扣"卧病"之题，以"旅闺禁以永久，迫衰老而殷忧"叙写作者的人生感慨。"闺禁"指宫禁，作者长期任中书通事舍人，出入宫禁，故史有"子野在禁省十余年，静默自守"(《梁书·裴子野传》)之说。因在宫中"永久"，有机会了解更多的朝廷内幕，这样一来，"静默自守"中的裴子野虽已年迈体病，但面对变化多端的风云如何能不产生"殷忧"即越来越浓烈的忧愁呢？裴子野生活的朝代，正是南北朝对峙及风云诡谲的时代，为夺取皇位，父子、兄弟相残早已成了家常便饭。如南齐中兴二年(502)，裴子野因父忧还乡，就在此时发生了萧梁取代萧齐的事件。可以说，时局动荡不安，给士人带来惶恐不安和朝不保夕之感。小赋以"旅"字领起，以"永久"补足句意，以"衰老""殷忧"相承而下，用曲笔诉说了诗人如同飞蓬无处寄身的感受，同时隐约地传达了裴子野关注时代风云的意象。

随后，诗人以"无筋力以为礼，聊卧疾以来休"承上启下，以没有体力在官场周旋和应酬为由，点明因病休养的题意。透过这一意绪，当知诗人依旧有强烈的用世之心。然而，世事难料，事与愿违，诗人独自面对的只能是"冻雨洒尘，凉阴满室，风索索而傍起，云霏霏而四密"的环境。"冻雨"四句极佳，既道出了诗人晚年生活中的困境，又道出了时局不安带来的心悸。裴子野一生清廉，家无长物。史有"外家及中表贫乏，所得俸悉分给之。无宅，借官地二亩，起茅屋数间。妻子恒苦饥寒，唯以教诲为本，子侄祗畏，若奉严君"(《梁书·裴子野传》)之说。裴子野病中多思，见朝纲不振，难免要生发几分惆怅之情。这一时期，一度励精图治的梁武帝因崇佛佞佛，给萧梁王朝爆发政治危机埋下了伏线。如梁武帝后期"委事群幸。然朱异之徒，作威作福，挟朋树党，政以贿成，服冕乘轩，由其掌握。是以朝经混乱，赏罚无章"(《梁书·武帝纪》)。面对如此之情形，诗人能不发出万千的感慨吗？"尔乃高歌莫和，旨酒时倾"二句极有韵致。"尔乃"是发语词。"高歌莫和"有曲高和寡之意，既然没有人知道我的心意，还不如与美酒相伴。"洗然尚想，何虑何营"二句，看似豁达，实为无奈。从表面上看，诗人是说天下大事那么多，谁能关心得了。既然这样的话，就不必担忧，也不必刻意地追求改变现况的道理。言在此，意在彼。透过这一言辞似可以捕捉到诗人难以名状的复杂心态，一方面诗人希望尽其所能改变危局，另一方面又贫病缠身，大有回天乏术之感。在这里,诗人用"洗然"二字自我宽慰,以反语的形式作结,实际上是在表达不甘寂寞的情怀,是在曲折地表达关心现实的心绪。

从艺术手法上来看,《卧疾赋》明显地有别于齐梁绮靡的文风。如裴子野批评齐梁文风时写道:"淫文破典,斐尔为功,无被于管弦,非主乎礼义,深心主卉木,远致极风云,其兴浮,其志弱,巧而不要,淫而不深。"(《雕虫论》)史称:"子野为文典而速,不尚丽靡之词,其制作多法古,与今文体异,当时或有诋诃者,及其末皆翕然重之。"(《梁书·裴子野传》)在艺术追求上,裴子野主张"崇古""尚质",倡导刚健质朴的文风。这一主张与其家学有密切的关系。裴子野的曾祖裴松之、祖父裴骃都是彪炳史册的史学家。裴子野在沈约《宋书》的基础上删繁就简成《宋略》,沈约读后大加赞赏,发出了"吾弗逮也"(《梁书·裴子野传》)的感慨。崇尚质朴的史学风格直接影响到裴子野撰写《卧疾赋》。小赋虽没有华辞的丽藻,不事铺排,然层次分明,行文舒展自如,表情达意流转自然,可谓是写景抒情,蕴藉隽永。诚如诗人所说:"人皆成于手,我独成于心。"(《梁书·裴子野传》)《卧疾赋》在南朝辞赋中别具一格。

(张　强　姜海涛)

陆倕

【作者小传】

(470—526)　字佐公,吴郡吴(今江苏苏州)人,历宋、齐、梁三代,仕途显达。陆倕少年成名,史有"少勤学,善属文,为士友所重"(《梁书·陆倕传》)之说。梁简文帝萧纲曾以"任昉、陆倕之笔,斯实文章之冠冕,述作之楷模"(《与湘东王书》)称赞陆倕。陆倕跻身"竟陵八友""昭明十学士"之列,是南朝著名的文学家。今存诗4首,文24篇。

思　田　赋　　　　　　　陆　倕

岁聿忽其云暮,庭草飒以萎黄①。风飂飂以吹駅②,灯黯黯而无光。独展转而不寐③,何增叹而自伤。于是踟蹰徙倚④,顾景兴怀。魂茕茕以至曙,缀予想于田莱⑤。

彼五亩其焉在,乃爰洎乎江隈⑥。出郭门而东骛,入淑浦而南回⑦。尔乃观其水陆田产,原隰形便⑧。林薮挺直,丘陵带面,临九曲之回江,对千里之平甸⑨。风去萍其已开,日登桑而先见⑩。听啁哳之寒鸡,弄差池之春燕⑪。临场圃以筑馆,对楣轩而凿池⑫。集游泳于阶下,引朝派于堂垂⑬。瞻巨石之前却⑭,玩激水之推移。杂青莎之霍靡⑮,拂细柳之长枝。

感风烛与石火,嗟民生其如寄⑯。苟有胸而无心,必行难而言易⑰。幸少私而寡欲,兼绝仁以弃智⑱。忽学步而学趾,又追飞而厉翅⑲。瞻鹿囿而窃高,仰疆台而慕义⑳。历四时于游水,驰三稔于申臂㉑。望归流而载怀,情郁悒其何置㉒。

〔注〕① 岁聿忽其云暮:用典。袭用《诗经·唐风·蟋蟀》"蟋蟀在堂,岁聿其莫"句意。聿(yù):语助词。飒(sà):衰落。 ② 飗(liú):风声。巢(cháo):裂缝、缝隙。 ③ 展转:通"辗转",心有所思,睡卧不安的样子。寐:睡眠。 ④ 踟蹰:犹豫、徘徊不定。徙倚:徘徊。顾景:回头看自己的影子,形容孤单,有形影相吊之义。景:同"影"。 ⑤ 茕茕(qióng):形容孤独无依。缀:连接。田莱:正在耕种和休耕的农田,此指家乡的田地。 ⑥ 五亩:指家乡。《孟子·梁惠王上》有"五亩之宅,树之以桑"句。爰:更换。泊(jì):到。江隈(wēi):江湾,江水弯曲处。 ⑦ 郭门:外城的城门。骛(wù):急驰。溆(xù)浦:水边,此指码头。 ⑧ 原:指高而平的地。隰(xí):指低洼潮湿的地。形便:本指有利的地理形势,此指地理形势。 ⑨ 林薮(sǒu):树木聚集之地。甸:郊外。 ⑩ 萍:浮萍,水面植物,蕨类。 ⑪ 啁(zhāo)哳(zhā):形容烦杂而细碎的声音。寒鸡:指鹦鸡,一种似鹤、黄白色的鸟。差池:此指燕子的羽毛参差不齐。 ⑫ 楣(líng):窗户上的木格。 ⑬ 堂垂:堂前,堂下。 ⑭ 却:退。 ⑮ 莎:莎草,植物名。霍(suǐ)靡(mí):随风摇摆不定的模样。 ⑯ 嗟:叹息。民生其如寄:指人生短暂,如同短暂地寄居在人世间。 ⑰ 苟:如果。胸:此指抱负。行难而言易:说时容易,做时难。 ⑱ 幸:希冀。少私而寡欲:减少私心,可以减少利欲。绝仁以弃智:断绝仁义,放弃智慧。老子《道德经》第十九章:"绝圣弃智,民利百倍;绝仁弃义,民复孝慈;绝巧弃利,盗贼无有。此三者,为文不足,故令有所属:见素抱朴,少私寡欲。" ⑲ 学步:邯郸学步的省称,喻模仿别人,把自己的本领忘了。学趾:只学到皮毛,没有学到真本领。追飞而厉翅:为了追赶别人振翅飞翔。 ⑳ 鹿囿:养鹿的园囿。疆台:高耸的楼台。 ㉑ 稔(rěn):指庄稼成熟。申:通"伸"。 ㉒ 郁悒:闷闷不乐的样子。

顾名思义,《思田赋》是一篇思念田园的小赋。首句是解开小赋叙述时间的关键。陆倕精通五经,首句化用了《诗经·唐风·蟋蟀》"蟋蟀在堂,岁聿其莫"句意。《诗经·豳风·七月》另有"九月在户,十月蟋蟀入我床下"句,由此可见,诗人通过"蟋蟀"交代了深秋九月家居的时间和地点。前四句写景,蟋蟀入堂、庭草萎黄、秋风吹入缝隙、油灯暗淡无光等意象,是承担诗人"独展转而不寐"的载体。"独"字耐人寻味,交代了诗人拥衾独眠和内心孤独的情状,进而将笔墨落实在诗人猛然间增添的叹息和感伤方面。古人关注秋天常常与思乡联系在一起,如张季鹰见秋风骤起,想起了家乡的美味菰菜、莼羹、鲈鱼脍,感慨道:"人生贵得适志,何能羁宦数千里以要名爵乎!"(《晋书·张翰传》)于是弃官回家。同样,秋风聚起,也引起了诗人对"田莱"的思念。"田莱",本指耕种和休耕的农田。联系下文"彼五亩其焉在"这一典故看,应指家乡。孟子描述理想的农耕社会时有"五亩之宅,树之以桑"(《孟子·梁惠王上》)的论断,后来,"五亩"遂成了家乡的代名词。

陆倕的家乡是在吴中,其地水网密布、湖光水色,这一切给诗人留下了美好的记忆。于是,诗人展开想象,起身来到江湾,出郭门,入溆浦,见到令人心旷神怡的田园风光。在这里,诗人精心地描绘了家乡的田园风景图:水田与陆田相间,高地与湿地相连,茂密的林木聚集在一起,田野起伏不定,山脚下流淌着弯弯曲曲的江水,面对着广袤千里的平原,微风吹开布满浮萍的水面,太阳爬上桑树的梢头,鹍鸡的叫声打破了黎明,春燕摆弄着羽毛。写风物是为了突出人,在这种优美的环境中,诗人在邻近场圃的地方筑一栋小屋,在临近窗户的地方挖一座水池,将鱼类引到阶下,让它们排成两列立于堂前,看它们在巨石下进退,看它们欢乐地戏水。在碧草、垂柳随风轻舞的环境中,诗人尽享田园风光。然而,宁静的大自然虽然很美,但毕竟是梦中所见,与现实中的萧瑟秋景有很大的差异。

因为此,当诗人醒来时,只能在"感风烛与石火,嗟民生其如寄"中哀叹人生短暂。回想在官场欲罢不能的窘境,诗人一方面感受到言易行难,另一方面又庆幸自己少私寡欲,有无为之行,能顺其自然。尽管如此,诗人亦不乏"忽学步而学趾,又追飞而厉翅"之想,不乏"瞻鹿囿而窃高,仰疆台而慕义"之想。可以说,诗人欲罢不能的心态,是其既厌倦官场又不愿轻言离开官场的真实写照。或许是因为心理矛盾,诗人才会不知把"郁悒"之情放置在何处。

从题材上看,《思田赋》承接张衡《归田赋》之后踵。自张衡《归田赋》产生后,这一题材已成为文人宣泄情感的艺术载体。张衡在《归田赋》中着重表达了官场险恶不如归田栖心的想法。与张衡不同的是,陆倕虽向往田园,但更多的是留念官场,是在传达士大夫进退两难的心态,是以思田归里承担士大夫瞬间的情绪。进而言之,诗人虽注意到田园的秀美,可以从江水、树林、丘陵、平甸、鹍鸟、春燕、青草、细柳等物象中体验到大自然的亲切,但对官场的依恋要远远地大于对田园的依恋。

陆倕是齐梁绮靡文风的倡导者和身体力行者,《思田赋》是典型的齐梁绮靡文风的实践之作。从这样的角度看,《思田赋》追求骈俪工整,崇尚华美,工于用典,有掉书袋之嫌是必然的。尽管如此,小赋依旧有清新可喜之处,如诗人描绘静动有致的田园风光,充满了清新自然之气和灵动之气,在一定的程度上反映了诗人的艺术功力。

(张 强 王 欢)

卢元明

【作者小传】 生卒年不详,魏孝武帝永熙三年(534)前后在世,字幼章,范阳涿县(今河北涿州)人。卢元明是卢谌之后,仕北魏,累任中书侍郎、尚书右丞等,有政声。《北史·卢元明传》:"元明善自标置,不妄交游,饮酒赋诗,遇兴忘返。性好玄理,作史子杂论数十篇,诸文别有集录。"《隋书·经籍志四》亦称卢元明有《卢元明集》十七卷。

剧 鼠 赋 卢元明

跖实排虚,巢居穴处,惟饮噬于山泽,悉潜伏于林薮[1]。故寝庙有处,茂草别所[2]。鼨乃微虫,乖群异侣[3]。干纪而进[4],于情难许。《尔雅》所载[5],厥类多种。详其容质[6],并不足重。或处野而隔阴山,或同穴而邻嶓冢,或饮河以求饱腹,或嚼烟而游森耸[7]。

然今者之所论,出于人家之壁孔[8]。嗟呼!在物最为可贱:毛骨莫充于赏玩,脂肉不登于俎膳[9]。故淮南轻举[10],遂呕肠而莫追;东阿体拘,徒称仙而被谴[11]。其为状也,惨悇咀吁,睢离睒睗[12],须似麦穗半垂,眼如豆角中劈。耳类槐叶初生,尾若酒杯余沥[13]。乃有老者,羸髋疥癞[14]。偏多奸计,众中无敌。托社忌器,妙解自惜[15]。深藏厚闭,巧能推觅。或寻绳而下,或自地高踔,登机缘柜,荡扉动帝[16]。切切终朝,轰轰竟夕。是以诗人为辞,定云其硕[17]。盗干汤之珍俎,倾留髡之香泽[18]。伤绣领之斜制,毁罗衣之重袭。曹舒由是献规,张汤为之被谪[19]。

亦有闲居之士,倦游之客,绝疾吊以养真素,屏左右而寻《诗》《易》[20]。庭院肃清,房栊虚寂[21]。尔乃群鼠乘间[22],东西擉掷。或床上捋髭,或户间出额。貌甚舒暇,情无畏惕[23]。又领其党与,欣欣奕奕,敧覆箱奁,腾践茵席[24]。共相侮慢,特无宜适[25]。讶天壤之含弘[26],产此物其何益!

〔注〕 ①跖(zhí)实:跖,通"蹠"。践踏土地。排虚:挖洞。噬:吃,咬。薮(yǔ):苑囿的

垣墙。 ②寝庙：古代宗庙的正殿称庙，后殿称寝，合称寝庙。别所：另外的居所。 ③矧(shěn)：况且。微虫：小动物。此指鼠类。乖群异侣：指鼠类有独自活动的习性。 ④干纪：触犯纲纪。干：触犯，冒犯。 ⑤《尔雅》：古代解释词语和解释名物的专著，该书记载鼠类有十三种。 ⑥容质：容貌和品质。 ⑦阴山：山脉名。横亘内蒙古中部，东段入河北西北部。同穴：山名，鸟兽同穴山的省称，在甘肃渭源境内，渭水的发源地。嶓冢：山名，嶓冢山的省称，在今甘肃天水与礼县之间，沔水(汉水)的发源地。噏烟：指吞吐烟云。噏：同吸。 ⑧壁孔：墙洞。 ⑨俎膳：美味佳肴。俎：砧板。 ⑩淮南轻举：指汉武帝时淮南王刘安得道成仙事。王充《论衡·道虚》记载了刘安得道成仙，鸡犬升天的事迹。 ⑪东阿：指东阿王曹植。体拘：指身体拘泥于凡俗世界。徒：空，白白地。 ⑫惨怛(dàn)：悲愁痛苦。咀吁：咂嘴叹息。睢离：惊慌失措，四处张望。睒(shǎn)眎(shì)：眼珠急转。 ⑬余沥：指水向下流成细线。沥：一滴一滴地下落。 ⑭羸(léi)骹(kuān)：髋骨瘦小。羸，瘦脊。疥癞：指老鼠身上长满恶疮。 ⑮托社忌器：指老鼠托身在土地庙里，在供器旁边出没。社：供奉土地神的场所。忌器：投鼠忌器。老鼠在祭器周围活动，驱鼠时担心碰坏祭器，触犯神灵。妙解：巧妙地化解危机。 ⑯高踯：跳跃。缘桄：沿着柜子。扉：门窗。帟(yì)：帐幕。 ⑰切切、嚘嚘：象声词。"是以"二句：诗人称不劳而获的老鼠为"硕鼠"。事见《诗经·魏风·硕鼠》。 ⑱干汤之珍俎：指伊尹进奉精美的食物给商王朝的君主成汤。干：进献。髡：淳于髡，战国后期大学问家。事迹见《史记·滑稽列传》。 ⑲曹舒：曹操的儿子曹冲。规：规劝。张汤：汉代的酷吏。老鼠盗肉，其父以为被张汤偷吃了，因此责罚张汤。张汤挖开鼠洞，抓住老鼠后，以剩肉为证据，撰写判决书数列老鼠罪状，进而判处老鼠的死刑。事迹见《史记·酷吏列传》。 ⑳绝庆吊：谢绝庆贺和慰问。庆吊：本指喜事和丧事。真素：真性，本性。屏：摒除。 ㉑枕：窗户。 ㉒尔乃：于是。乘间：乘空，钻空子。 ㉓舒暇：舒适闲暇。畏惕：警惕，戒惧。 ㉔欣欣奕奕：神态悠闲自得的样子。敧(qī)：倾斜，倾侧。腾践：腾跃践踏。茵席：褥垫，褥子。 ㉕特无宜适：使他毫无安静闲适可言。 ㉖含弘：宽宏大量。

卢元明《剧鼠赋》是一篇颇具特色的咏物赋。

据记载，北魏辞赋创作不少，如崔浩就有《赋集》八十六卷(见《隋书·经籍志》)，然而，保存下来的作品极少，乃至于产生的错觉是，北朝在游牧民族的统治下，尚武轻文，文学之士大都在南朝。其实，这种认识是不对的。只能说在历史的长河中，北朝的文学作品大部分没有保存下来。在这样的角度看，卢元明的《剧鼠赋》有助于人们认识和了解北魏辞赋创作的情况。

《剧鼠赋》可分三个部分。第一个部分总述老鼠的特性和活动范围。先从"惟饮噬于山泽，悉潜伏于林薮。故寝庙有处，茂草别所"入笔，写老鼠无所不在，无处不可以栖身，无处不可以活动的特征。次写老鼠"乖群异侣"的生活习性，同时以《尔雅》为依据，言其种类。最后逆笔挽起，用铺排的方式关注老鼠"或处野而隔阴山，或同穴而邻嶓冢，或饮河以求饱腹，或噏烟而游森笀"的情状，与"饮噬于山泽"数语形成响应。在第一部分中，卢元明以深入观察和知识经验为基础，细腻地描述老鼠的生活特性及活动范围。从表面上看，作者"详其容质"时似乎撇开了个人的情感，其实不然，从"干纪而进，于情难许"中，还是可以看到作者的憎鼠之情的。这一态度为引起下文进行了必要的铺垫。

第二部分通过详细地描述家鼠的生活状态、形貌特征及肆无忌惮的破坏行为，表达了憎恶之情。在这里，作者先从"今者之所论"入笔，用简洁的言语将人们痛恨老鼠的情感落实在危害人类的居所、专门在墙壁上打洞的方面。在此基础上，提出了"毛骨莫充于赏玩，脂肉不登于俎膳"的看法，以其无用表达憎鼠之情。随后，作者别开生面地叙述了淮南王刘安和东阿王曹植得道成仙的典故。本来，成仙是件令人羡慕的事情，因为有老鼠相随，大家宁愿放弃成仙之道。用刘安、曹植说事，是因刘安有"一人得道，鸡犬升天"的成仙故事，曹植有与洛神相遇的故事。作者建立的逻辑关系是，既然刘安得道成仙时有鸡犬追随，那么必有老鼠相伴；因为人类厌恶老鼠，见老鼠可以成仙的情形时必然会"呕肠"，会因恶心把肠子都吐出来。同样的道理，写作《洛神赋》的曹植虽然可以得到洛神青睐，但因有老鼠相随，必然要受到谴责或贬谪。

诗人是大手笔，深知为文之道如同剥笋，需要一步一步地进行。在毫不留情地揭露老鼠可恨的面目后，卢元明又用简笔勾勒了老鼠的形貌。"其为状也，惨恢咀吁，睢离睒睗，须似麦穟半垂，眼如豆角中劈。耳类槐叶初生，尾若酒杯余沥。"在这一描述中，卢元明用准确的语言和贴切的比喻描绘了老鼠的形象。然而，作者犹嫌不足，又选择典型，通过骨瘦如柴、生着疥癞的老家鼠来进一步揭露老鼠可恶的一面。老鼠虽说丑陋，但诡计多端，懂得如何利用人们投鼠忌器的心理为自己寻找解脱的方法，懂得如何在等待中即"深藏厚闭"中寻找"巧能推觅"的可乘之机。因为这样的缘故，才能在人的居所形成"或寻绳而下，或自地高踊，登机缘柜，荡扉动帘。切切终朝，轰轰竟夕"的猖獗之势，才能盗取伊尹进献给成汤的美食，才能毁坏智者淳于髡的美名。面对这些令人无法忍受的过程，心地善良的曹冲不得不进行规劝，规劝的结果是，拿出证据、严正审判老鼠并治老鼠死罪的张汤只能落得被贬的下场。诗人将两个典故合用，通过后一典故补足前一典故，巧妙的构思既显示了诗人匠心独运之处，同时也把愤怒之情一一地呈现出来。具体地讲，诗人一是以细腻的笔法，选取细节生动地描绘了老鼠的猖獗，一是展开丰富的想象写人在鼠灾面前的束手无策。可以说，诗人通过解构老鼠肆无忌惮的行为，深化了"剧鼠"这一主题。

第三部分写老鼠对读书人的危害。本来，读书人即"闲居之士，倦游之客"，希望能在谢绝往来的环境中修身养性，读读《诗经》《易经》。不料，老鼠发现了"庭院肃清，房栊虚寂"这一可乘之机，于是明目张胆地干起了坏事。"或床上将髭,或户间出额","又领其党与,欣欣奕奕,敲覆箱奁,腾践茵席"。诗人摄物取象,用拟人化的漫画笔法描绘出老鼠俨然以家中主人自居的形象。至此,诗人戛然而止,以反问的句式表达"讶天壤之含弘,产此物其何益"的情绪。天地虽然宽宏大量,为万物创造各自发展和生长的空间,但是为什么一定要生出老鼠这样的令人憎恶的东西呢!透过朴实的语言,完全可以捕捉到诗人溢于言表的愤懑。

小赋紧扣"剧鼠"二字,从不同的角度描绘了老鼠的猖獗之势。追溯题材的来源,完全可以上溯到先秦。如《诗经》有《魏风·硕鼠》《鄘风·相鼠》等以鼠为题的作品,旨在运用比兴的手法进行社会批判。与之相比,《剧鼠赋》的重点自然不是社会批判,是以游戏的笔墨叙述生活中司空见惯的小事。尽管如此,《剧鼠赋》依旧有可称道的地方,如作品的语言亦庄亦谐,比喻形象贴切,长于铺排,善用典故。通篇以四言为主,用韵自由,读起来朗朗上口,一反南北朝辞赋追求骈俪的文风,创造了朴实自然的风格。

(张　强　邢钺莉)

李谐

【作者小传】

(496—544) 北朝魏作家,字虔和,祖籍梁国蒙县(今河南商丘东北),官至尚书右仆射。谐"风流闲润,博学有文辩,当时才俊,咸相钦赏"(《魏书·李谐传》)。受父前爵为彭城侯。自太尉参军,历尚书郎、徐州北海王颢抚军府司马,入为长兼中书侍郎,后兼著作郎。在史职无所历意。孝明帝末年,葛荣叛而南侵,加李谐辅国将军、相州大中正、光禄大夫。孝庄帝立,李谐被除金紫光禄大夫,加卫将军。此后上层斗争激烈,宗室元颢奔梁,梁立为魏王,送之北归。元颢以李谐为给事黄门侍郎。元颢败亡后,李谐被除名,归家闲居,作《述身赋》。"谐为人短小,六指。因瘿而举颐,因跛而缓步,因蹇(按:即口吃)而徐言。人言李谐善用三短。"赵郡李搔于元叉门下见之,归谓元忠曰:"领军门下见一神人。"元忠曰:"必李谐也。"问之果然。(《北史》本传)则其言谈之气质丰采可知。东魏孝静帝天平四年(537)使梁,江南称其才辩。使还除大司农卿,加骠骑将军,转秘书监。武定二年卒,年四十九。《隋书·经籍志》有《李谐集》十卷,今佚。

述　身　赋　　　　　李　谐

夫休咎相蹑①,祸福相生。龟筮迷其兆②,圣达蔽其萌③。

览成败于前迹,料取舍于人情。咸争涂以走利④,罕外己以逃名。连从车以载祸,多厩马以取刑。岂知夫一介独往⑤,乃千乘所不能倾。

伊薄躬之悔吝⑥,无性命之淑灵⑦。借休庸于祖武⑧,仰余烈于家声⑨。徒从师以下学,乏游道于上京。洎方年之四五⑩,实始筮之弱龄⑪。爰释巾而从吏⑫,谬邀宠于时明。彼圣治之赫赫,乃陋周而小汉⑬。帝文笃其成功⑭,我武治其未乱⑮。掩四奥而同轨⑯,穆三辰而贞观⑰。威北畅而武戢⑱,鼎南迁而文焕⑲。异人相趋于绛阙⑳,鸿生接武于儒馆。总群雅而同归,果方员而殊贯㉑。

伊滥吹之所从㉒,初窃服于宰旅㉓。奉盛王之高义㉔,游兔园而容与㉕。缀鸿鹭之末行,连英髦之茂序㉖。

及伯舅之西伐㉗,赫灵旗之东举㉘。复奉役于前辕,仍执羁于后矩㉙。迫玄冬之暮岁,历关山之遐阻。风激沙而破石,雪浮河而漫野。乐在志其无端,悲涉物而多绪。俄宫车之宴驾㉚,改乘辕而归予㉛。

属推恩之在今,自旁枝而禔福㉜。既献□以命宗㉝,叨微躬于侯服㉞。礼空文于餚飨㉟,赋无征于汤沐㊱。思守位而非懈,每屏居而自肃。忽忝命于建礼㊲,游丹绮之重复㊳。信兹选之为难,乃上应于列宿。阳源犹且自免㊴,何称仲治与太叔㊵。

余生性之萧散,本寓名而为仕。好不存于吏法,才实疏于政理。竟火烛之不事㊶,徒博奕其贤已。窃自托于诸生,颇驰骋于文史。通人假其余论,士林察于辞理。乃妄涉于风流,遂饰辈于士子㊷。且以自托,□□□□。虽迩侯尘滓㊸,而赏许云霞。栖闲虚以筑馆,背城阙而为家。带二学之高宇㊹,远三市之狭邪㊺。事虽俭而未陋,制有度而不奢。山隐势于复石,水回流于激沙。树先春而动色,草迎岁而发花。座有清谈之客,门交好事之车。或林嬉于月夜,或水晏于景斜㊻。肆雕章之腴旨⁴⁷，咀文艺之英华。羞绿荬与丹藕，荐朱李及甘瓜。虽惭洛水之名致⁴⁸，有类金谷之喧哗⁴⁹。

聊自足于所好，岂留连于或号。思炯戒而自反⁵⁰，勖身名于所蹈⁵¹。奉哲后之渊猷⁵²，赞崇髦于华奥⁵³。岂千乘之乏使，感一盼之相劳⁵⁴。竟不留于三月，因病满而休告。

彼东观之清华⁵⁵，乃任隆于载笔⁵⁶。蔡一去而贻恨⁵⁷，张再还而有述⁵⁸。忽牵短而滥官⁵⁹，司惇史于藏室⁶⁰。惭班子之烦丽⁶¹，微马生之简实⁶²。复通籍而延宠⁶³，陪帝居之华密⁶⁴。信仪凤之所栖，乃丝纶之自出⁶⁵。历五载而徘徊，犹官命之不改。谢能飞于无翼⁶⁶，妨同滞于有待。晚加秩于戎章⁶⁷，乃□号之斯在。

属运道之将季⁶⁸，谅冠履之无碍⁶⁹。奄升御于鼎湖⁷⁰，忽流哀于四海。昔汉命之中微，皇统于是三绝。暨孝昌之陵陁⁷¹，亦继世之祸结。将《小雅》之诗废⁷²，复三纲之道灭。思局踏于时昏⁷³，独沉吟于运闭。遂退处于穷里，不外交于人世。及数反于中兴⁷⁴，驱时雄而电逝。既籍取乱之权⁷⁵，方乘转圜之势。俄隙开而守废，逯冠冕之毁裂⁷⁶，彼膏原而涂野⁷⁷，嗟卫肝与秽血⁷⁸。

何今古之一癸⁷⁹，每治少而乱多。卢遁身于东掖⁸⁰，荀窜迹于南罗⁸¹。时获逃于坡阜，仍窜宿于岩阿。首丘急于明发⁸²，东路长其如何。遽登舟而鼓楫，乃沿洛而泛河。骛寸阴于不测⁸³，竟征鸟于归波。时所在而放命，连百万于山东⁸⁴。何信都之巨猾⁸⁵，若封豕与大风⁸⁵。肆吞噬于觜距⁸⁶，咸邑烬而野空。径黎阳之寇聚⁸⁸，迫崖垒之沨隆⁸⁹。师通川之鼎沸，矢交射于舟中。备百罗于兹日⁹⁰，谅陈蔡之非穷⁹¹。乘虎口而获济，陵阳侯而迅往⁹²。得投憩于濮阳，实陶卫之旧壤⁹³。望乡村而伫立，曾不遥于河广。闻虏马之夕嘶，见胡尘之昼上。王略恢而庙胜⁹⁵，车徒发而雷响。扇风师之猛气，张天毕之层网⁹⁶。才一鼓而冰销，俄氛祲之廓荡⁹⁷。昔蘧生之出奔⁹⁸，睹亡征于乱政。及季子之来反⑨，乃君立而位定。伊吾人之蕞尔，本无僇于衰盛⑩。聊草茅而偃伏，且优游于辰庆。复推斥于宦流，延光华于玺命⑩。甫闻内侍之忝⑩，复奉优加之令。何金紫之陆离⑩，郁貂玉之相映⑩。

时权定之云初，尚民心之易扰。何建武之明杰⑩，茂雄姿于天表。忽灵命之有归⑩，借亲均而争绍⑩。师出楚而飙发⑩，旆陵江而云矫⑩。辟阊阖之峥嵘，端冕旒于亿兆⑩。神驾逝以流越，翠华飙而缭绕。苟命舛而数违⑩，虽功深而祚夭。时难忽然已及，网罗周其四张。非五三之亲昵，罕徇节于汉阳⑩。彼百僚之冠带，咸北面于西王⑩。矧思疏而任远⑩，固身存而义亡。及宸居之反正⑩，振天网于颓纲。甄大义以明罚⑩，虚半列于周行⑩。乃褫带而来反，驱下泽于故乡⑩。

探宿志以内求，抚身途而自计。不诡遇以邀合，岂钓名以干世。独浩然而任己，同虚舟之不系。既未识其所以来，亦岂知其所以逝。于是得丧同遣⑩，忘怀自深，遇物栖息，触地山林。虽因西浮之迹，何异东都之心。愿自托于鱼鸟，永得性于飞沉。庶保此以获没，不再罪于当今。

〔注〕①休咎(jiù)：吉凶。蹑(niè)：跟随。②迷其兆：有时征兆不清，或被人误识。③圣达：圣人与通达事理的人。萌：指事物的萌芽状态。④咸：都。涂：通"途"。走利：趋于利。⑤一介：一个、一身。千乘所不能倾：言如果一身清白，不贪财货，无论多大势力也不能弄倒他。倾：倒。⑥薄躬：作者自指。为谦词。悔吝：灾祸。⑦性命：指天赋与禀受。淑灵：美善灵慧。⑧休庸：美功盛绩。庸，功。祖武：先人的遗迹。⑨余烈：先人遗留的功业与声威。⑩洎(jì)：及至、到。年之四五：年龄到二十。⑪始筮：开始主持卜筮时，指刚成人。弱龄：尚未及加冠之年。当时李谐尚不足二十岁。⑫释巾：解去头巾，指出仕。⑬陋周小汉：以周朝为陋，以汉朝为小。意为远胜于周汉两朝。⑭帝文：谓北魏孝文帝(471—499年在位)，本为鲜卑族。在位期间大力推行汉化政策，尊崇文教，赈济贫苦。⑮我武：指北魏宣武帝(499—515年在位)。在位期间削弱宗室力量，故云。⑯掩：覆盖、囊括。四奥：四方边远可居之地。奥：通"墺"。⑰穆：安定。三辰：日、月、星。贞观：澄清宇宙，恢宏正道。⑱戢(jí)：止息。⑲南迁：北魏都城由平城迁至洛阳。文焕：文采焕发。⑳绛阙：宫殿前的朱色门阙。也指朝廷。㉑果：果然。方员同贯：各种人才聚集。方员：随处可用的人才，多才多艺的人。㉒滥吹：滥竽充数，虚在其位。㉓窃服于宰旅：作者自言任太尉参军之职。窃服，窃职。是谦语。㉔盛王：指高阳王元雍。元雍于正始四年(507)为太尉，延昌二年(513)以太尉进位太保。㉕兔园：汉文帝子梁孝王刘武的园囿，后

称梁园。此指魏孝文帝之子高阳王元雍门下。　㉖英髦：同上"鸿鹭"都是指臣僚中的英俊人才。茂序：依次排列有很多。上二句言自己随其后。为谦词。　㉗伯舅：指高肇。他是宣武帝之舅。以此权倾当朝，结党营私。延昌三年(514)冬十一月，高肇为大将军、平西大都督，帅兵伐蜀。　㉘赫：显耀，显赫。灵旗东举：延昌三年十一月又命元遥为征南将军、东道都督，镇遏梁、楚。　㉙后矩：成规，后世的制度。上二句是言自己奉职随军的情况。当为太尉参军。　㉚晏驾：延昌四年(515)正月宣武帝崩。　㉛归予：让我返回。宣武帝死后，朝廷召高肇、元遥皆回朝。李谐亦随之返回。太尉高阳王与领军于忠于高肇哭梓宫之后除之。　㉜旁枝：李谐的伯祖父辈系文成后元皇后之兄而受封顿丘公，后进爵为王。㡖(zhī)：安享。　㉝命宗：道教中以修命为宗者，称为命宗。北朝好道教，自北魏初年君臣奉道术，此后历代皇帝即位，都至道坛受符箓，成一项制度。　㉞侯服：李谐受父李平前爵为彭城侯。　㉟礼空文：意谓虽袭父爵，但并无封邑。籺(yáo)：糕、饼类食品。飨(xiǎng)：接受宴饮。　㊱汤沐：汤沐邑，即封地。　㊲忝命建礼：自愧受命为尚书郎。忝：有愧于。　㊳游丹绮之重复：言其兼著作郎。李谐由崔光引为著作郎。丹绮：图书。丹为点校书籍用的颜色，绮为书外套所用绢色。　㊴阳源：南朝宋袁淑的字。袁淑于元嘉七年(440)为中书侍郎，丁母忧去职，故云"自免"。　㊵仲治：疑为"仲洽"，仲洽，晋挚虞的字。太叔：晋太叔广。皆曾任职中书。　㊶火烛：燃烛作文。《韩非子·外储说上》："郢人有遗燕王书者，夜书，火不明，因谓持烛者曰：'举烛'。"因以"火烛"指书写公文。　㊷帠辈：掩饰了身份。言被人所高看。　㊸迩：近。傒(xī)：系，捆绑。　㊹带：连接。二学：国学、太学。　㊺三市：大市、朝市、夕市。此泛指闹市。　㊻水晏：在水上游玩。景：日光。　㊼雕章：精心修饰过的文辞。《晋书·乐志上》："三祖纷纶，咸工篇什，声歌虽有损益，爱玩在乎雕章。"　㊽名致：名物理致。东汉以来，洛水流域具有儒学传统，故云。　㊾金谷：晋人石崇于河南洛阳西北金谷涧所筑园子，世称金谷园。　㊿炯戒：明白的鉴戒。　51勖(xù)：勉励。　52哲后：哲王。渊猷：深远的谋略。此句说他遵循先王遗教。　53赞：助，协助。崇髦：有较高地位的文士。髦，英俊杰出之士。华奥：华丽的密室。奥，室内西南角。泛指室内深处。上二句谓居中书侍郎之职的情况。　54"岂千乘之乏使"二句：不是嫌自己求官无术而钻营于元颢军中，只是感其知遇而相招。　55东观：宫中藏书、著书处。清华：当是喻崔光。"华"同"花"。　56任：所任之事。隆于载笔：以著作为重。　57蔡：东汉蔡邕，他曾任郎中，校书东观，拟续汉史，因后为议郎获罪流放而未遂。此句言崔光去著作郎之职，为憾恨之事。　58张：东汉张衡，他于顺帝初复为太史时，有人认为他离史职五年又回原职，不是进取之道，他作《应间》以见其志。此喻崔光又回到著作郎职位。　59牵短而滥官：引取了并无才华的我而滥竽充数于史职之中。　60司惇史：谓领著作之职。　61班子：班固，东汉时杰出史学家，继其父班彪之志，著有《汉书》。　62马生：司马迁，西汉伟大的史学家、文学家，继其父马谈之志，完成《史记》一书。　63通籍：谓记名于门籍，可入宫门。谓得到宠信。　64帝居：宫廷之中。华密：最豪华隐密的机要之地。　65丝纶：帝王诏书。　66谢：辞谢。能飞于无翼：用投机的方式飞黄腾达。　67晚加秩于戎章：言明帝末年加辅国将军之职。　68将季：将衰。　69谅：相信。冠履：喻上下。《史记·儒林列传》："冠虽敝，必加于首；履虽新，必关于足。"以后也以"冠履倒易"喻上下关系颠倒。　70鼎湖：传说黄帝乘龙飞升之地，后用以指帝王之死。武泰元年(528)二月，灵太后害死孝明帝。　71孝昌：孝明帝的年号(525—527)。陵陂：衰颓。　72将《小雅》之诗废：言朝廷堵塞言路，不谅民情。　73局蹐：受压制与约束。《诗经·小雅·正月》言忠正之臣处处得低头、无路可走说："谓天盖高，不敢不局；谓地盖厚，不敢不蹐。"　74数反：运数逆反。谓尔朱荣率兵入洛阳，拥立孝庄帝。

〔456〕 李 谐　　　　　　　　　　　　　　　　　　　　　　　　　　　述身赋

⑦ 籍(jiè)：通"藉"，借助、凭借。籍取乱之权：指尔朱荣废灵太后及其所立幼主。　　⑦ 冠冕之毁裂：指尔朱荣渡河入京，沉灵太后与幼主于河，杀公卿百官二千余人于淘渚事。　　⑦ 膏：滋润。原：平原，原野。此言卿大夫之血流原野。　　⑦ 卫肝：春秋时卫国大夫弘演出使别国，卫懿公被翟人所杀，翟人食其肉而留其肝。弘演归国，自杀，将卫懿公之肝纳己腹中。稽血：晋稽绍在战乱中保护惠帝，被杀时血溅帝衣。此处皆指被杀忠臣。　　⑦ 一揆(kuí)：同一个道理。　　⑧ 卢：东汉卢植，他因反对董卓被免官，隐上谷。东掖：洛阳城门名。　　⑧ 荀：东汉荀爽，避乱隐居，后被董卓征入朝中，欲遁不得。这句是比喻自己在元颢之洛之后被任命为给事黄门侍郎。南罗：罗网。古诗："南山有鸟，北山张罗。"　　⑧ 首丘：向着故乡。传言狐死之时头朝着所出生的山丘。屈原《哀郢》："鸟飞反故乡兮，狐死必首丘。"这里指返回故乡。明发：孝思。《诗经·小雅·小宛》："明发不寐，有怀二人。"明发即黎明时，二人指父母。后因以"明发"喻孝思。　　⑧ 骛寸阴于不测：言在惊恐中度过每一刻时光。骛：驰骛，快跑。　　⑧ 山东：太行山以东地区。孝昌二年(526)葛荣反魏，武泰元年(528)，葛荣所部数十万人号称百万，占有冀、定、瀛、沧、殷五州地方。此句言家乡为葛荣军队所占。　　⑧ 信都：冀州治所，在今河北冀县。巨猾：指葛荣。　　⑧ 封豕：大野猪。大风：传说中的凶禽。皆指葛荣部众。　　⑧ 觜(zī)距：喻攻击性武器。觜：鸟嘴。距：鸡、雉腿后面突出像脚趾的部分，以利爪。武泰元年葛荣攻陷沧州，居民死者十之八九。　　⑧ 黎阳：黎阳郡，治所在今河南浚县。冠聚：武泰元年七月，刘举于濮阳聚众反魏。　　⑧ 沨(féng)隆：漂浮的样子。此句指在人心浮动中迫胁了一些走投无路的人。　　⑨ 百罗：种种不幸的遭遇。　　⑨ 陈蔡之穷：孔子游至陈蔡之间曾被人围困于野。穷：穷困。　　⑨ 陵阳侯：乘水路。陵：凌驾。阳侯：传说中的波涛之神，借指波涛。　　⑨ 濮阳：在李谐的家乡顿丘以南。此句言回到故乡。　　⑨ 陶：在今山东菏泽市定陶区西北四里，相传尧曾居此。卫：春秋时卫国曾徙于濮阳，名曰帝丘。　　⑨ 王：孝庄帝子攸，彭城王勰之子。孝明帝死，与尔朱荣会于河阳，然后南济河，即帝位，大封其兄弟。臣像迎于河阳。略：谋略，恢：广大、宽广。庙胜：以在庙堂之上的谋略获胜。　　⑨ 天毕：星宿名，形似长柄网。这里喻严密的包围。　　⑨ 俄：俄顷，不久。建义元年(528)八月，尔朱荣大破葛荣军，擒葛荣。同月，刘举亦败。　　⑨ 蘧生：春秋时卫人蘧瑗，曾先后两次为避内乱从近关出走。　　⑨ 季子：春秋时吴公子季札。他出使晋国归来，公子光已杀王僚，夺了王位。喻尔朱荣拥立长乐王子攸为帝，而杀王公、官民二千余人。宗室、相州刺史元颢因尔朱荣暴虐，奔梁。　　⑩ 蕞(zuì)尔：渺小的样子。僎(xì)：系，关系。上二句言自己渺小无关于国家的盛衰。　　⑩ 光华：光阴。玺命：朝廷加有印章的任命书。　　⑩ 甫：刚刚。闻：听说。李谐被任命为光禄大夫，相州大中正。当时元颢为相州刺史。　　⑩ 陆离：参差不齐的样子。孝庄初立，政局不稳。尔朱荣杀朝臣、宗室太多，后亦颇悔。旋即李谐被除金紫光禄大夫，加卫将军。　　⑩ 郁：盛。貂玉：侍中、常侍等近臣显贵的冠饰。　　⑩ 建武之明杰：指元颢。建武是元颢的年号。武泰元年(528)正月，以元颢为侍中、骠骑大将军、开府仪同三司、相州刺史以抵御葛荣。孝庄帝又诏授元颢太傅、开府、侍中、刺史、王并如故。葛荣南侵至相州北，尔朱荣纵暴，元颢谋事不谐，乃奔于梁，萧衍以颢为魏王。送之北还，次年四月称帝于睢阳，改元孝基，五月入洛阳，改元建武。　　⑩ 灵命：天命。有归：指元颢本王族，因"自谓天之所授"。　　⑩ 亲均：宗族中同等的关系。元子攸、元颢俱为旁枝，故云。绍：继承。言欲北上争帝，继大统。　　⑩ 出楚：由梁地北上。飘发：如巨风之起。形容军队气势很大。　　⑩ 云娇：如云之高举飞扬。　　⑪ 端冕疏：指端正朝纲吏治。　　⑪ 舛(chuǎn)：差错、不顺。数：天命、命运。因元颢颇怀骄怠，日夜纵酒，不恤军国之事，所统南兵凌窃市里，朝野莫不失望。及庄帝与尔朱荣来讨，自出拒战。　　⑪ 罕徇节：言很少有人随元颢

至死。　⑬北面于西王：言元颢部下皆往北归孝庄帝。时因孝庄帝逃在河北。　⑭矧（shěn）：况且。思疏：考虑不周。任远：任于远处，情况不明。　⑮宸居反正：指孝庄帝还宫。　⑯甄：彰明。　⑰虚半列于周行：言朝班中有一半人被革职。周行：大路，指朝堂之外。　⑱褫（chǐ）带：指自己被革除。褫：夺去官服和带。反：回乡。　⑲得丧：得与失。同遣：同样不置于心。

此赋是李谐在北魏六年激烈的政治斗争中失败被除名、放还老家之后回顾自己近二十年经历而作。李谐入仕在宣武帝延昌（512—515）年间。当时北魏政治已开始走下坡路，朝政混乱，宗族大臣不安，朝野人心浮动。元颢之奔梁、争帝，及李谐的附元颢，有一定的社会背景。此篇赋作毕竟是文学作品，有些事隐约言之，不够明确。但由之也可以看出北魏末年的历史。其与庾信《哀江南赋》之展示南朝后期历史一样，具有史诗的作用。

李谐生活于北魏、东魏之间，其前期正是北魏政治越来越混乱且分崩离析的阶段。作为北魏世家子弟，入仕后他仍极力在传统观念与社会现实之间仔细斟酌，谨慎行事，希望有较好的从政效果，保持一个较好的结局。然而现实的发展变化和最终的走向不是他个人可以完全预料的，更不是他可以左右的。从他出仕到被除名，以他的机敏和谨慎，虽然躲过了一些陷阱，但也终究被陷入泥坑。这篇赋是他在孝庄帝时被革职回乡、完全脱离政治之后回顾十七八年间政治生涯而作，尽管有的事情不便形之于文字，但还是从一个侧面反映了这一阶段的历史。在看待本篇内容与评价李谐上关系最大的是他接受元颢的任命。但结合当时的形势来看，其中也还体现着他希望尽快结束北魏混乱政治局面的愿望。尔朱荣之乱，杀百官及公卿二千余人，沉灵太后与少主于河，朝士百余人于堤东被围，尔朱荣临以白刃，唱云："能为禅文者出，当原其命！"史书言："时有陇西李神俊、顿丘李谐、太原温子昇并当时辞人，皆在围中，耻是从命，俯伏不应。"可见李谐识正邪、明去就，在大是大非面前能不惜性命，保持一个正直士人的节操。元颢在北魏经灵太后、葛荣、尔朱荣之乱以后社会极端混乱的情况下起兵，"天下人情，想其风政"，颇副人望。李谐在当时的选择，应该说是符合广大士绅与老百姓的愿望的。至于元颢此后的骄傲自满，负天下之望，那不是李谐所能控制的，这是一个历史的悲剧。故此后五年，北魏四易其主，七更年号，终于分裂为东魏、西魏。

李谐在历史上影响最大的一件事是首次参与南北通好。南北朝长期对立，互相攻伐，大大影响了社会的发展与文化的交流。据《魏书·孝静帝纪》，"先是，萧衍因益州刺史傅和请道好"。由于北魏分裂，刚刚建立的东魏的孝静帝也迫切希望尽快形成一个安定的社会环境。天平四年，"秋七月甲辰，遣兼散骑常侍李谐、兼吏部郎中卢元明、兼通直散骑常侍李郴使于萧衍。"此事在《魏书》《北齐书》《北史》中七次写到,有些地方大书特书,记述双方对话和接待情况,至为详细。《北史·李谐传》中言李谐至梁,"梁武使朱异觇客,异言谐、元明之美。谐等见,及出,梁武目送之,谓左右曰:'朕今日遇勍敌。卿辈常言北间都无人物,此等何处来?'"这次李谐使南,不仅打开了南北和好的局面,也为以后的南北通使作了表率。李谐使梁之事是在写《述身赋》之后,但由这件事也可以使我们更全面地了解李谐其人,有利于帮助我们正确把握《述身赋》中表现的思想感情。

作为赋毕竟不同于史书,又加作者当时尚有所忌讳,有些事不便直书,故其中用比喻、象征手法较多。史书中对李谐在宣武帝、孝武帝时经历记述笼统、简略,故赋中一些叙述较难理解,今依次加以疏说。

开头十二句是作者从《周易》和《老子》中"休咎相蹑,祸福相生"的方面谈了自己的人生观。他以为世上很多人"咸争涂以走利,罕外己以逃名",甚至敛财求富,这都是明显的自取其祸;而一个有人格、有毅力的人如抱定个人志向,则"万乘所不能倾"。这首先表明自己是重出处、重操守的。然而,一个人有人格、有志向、有毅力,还要好的环境,才能正常发挥才能。处于乱世,各种是非交混,一时弄不清事情的实质与变化的走向,即使大智也无所适从。所以,赋开头的四句"夫休咎相蹑,祸福相生,龟筮迷其兆,圣达蔽其萌",正是道出这当中的难心。可谓开宗明义,点出主旨。

当中分十段叙自己的仕宦经历,末尾一段照应开头以作结束。

第二段以"伊薄躬之悔吝,无性命之淑灵"四句领起,谓自己一生的祸福,非关个人的天赋学养,而是因为承受先祖的功业,得立于朝堂,故国事不能外于心,因而也获取了罪过。这是承上启下,总述自己福祸得失之缘由。以下"徒从师以下学,乏游道于上京"云云,是身份上的自谦,也为下面写到被人非议之事张本。这样,行文上便更切近了具体的经历,层层靠近,严谨有法。然后由二十岁入仕说起,对宣武帝时代的政治予以歌颂。事实上,宣武帝于景明二年(501)亲政之后,委用外戚高肇等,先后诛杀宗室元禧、元勰、元愉诸王,朝纲不振,财力日乏。吏部竟至标价卖官。又崇盛佛教,贵族生活奢侈,攻梁之举常遭失败。关陇氐人及吕苟儿、刘龙驹等相继起事,泾州僧人司马惠御、幽州僧人刘僧绍、冀州僧人法庆等先后起义。北魏实自此走向衰落。但由于孝文帝时奠定的基础,尚未至完全的混乱状态,周边部族时有来归附、聘问者。应该说作者的赞扬是相对于后来之状况而言,同时也反映了他在这段时间间受父爵任太尉参军的经历是比较得意的。"伊滥吹之所从"一段(第三段)所表现的情绪就说明了这一点。

"及伯舅之西伐"一段(第四段)写宣武帝末年的军事行动。当时出兵在十一月,故曰:"迫玄冬之岁暮。"以下几句写景与抒情之句甚有意境。宣武帝死后,权臣高肇被除,这些事件未直接叙说。因外戚权臣的被杀,宗族力量稍稍得以恢复,这在当时是比较得人心的。此下"自旁枝而提福",乃是就自己因推恩而为北海王抚军府司马,人为长兼中书侍郎而言。

第五、第六段写任中书侍郎等职时的经历与心态。既充满在学问上的自信,也写出了当时的消闲与乐趣。这大概是作者从政十多年中最愉快最堪回忆的一段生活,故写来诗情画意,读之令人向往,其文字也是全篇精彩之处。

第六段末尾"聊自足于所好,岂留连于或号"以下十句,是说自己本无意于什么名位,只是感激提携者(指元颢)的"一盼"之恩,而"奉哲后之渊猷",在华堂之上助才俊议事。"竟不留于三月,因病满而休告",是言在这些职位上时间并不长。

第七段"彼东观之清华,乃任隆于载笔。蔡一去而贻恨,张再还而有述",言崔光又回到著作郎的职位上来,自己也被荐兼著作郎,担任史职,历时五年之久,不求官高位显,因而放过升迁的机会,"谢能飞于无翼"。然后终究被任为辅国将军,即所谓"晚加秩于戎章"。以上几层叙述中,对于职务升迁,连任各种显职,都以比喻的手法较笼统地加以交待,而特别细致地写了在史职的生活经历,及所处的环境。作者志趣,于此可见。

"属运道之将季"以下为第八段,言朝廷内部斗争中孝明帝死。"将《小雅》之诗废,复三纲之道灭。思局蹐于时昏,独沉吟于运闭",便是对灵太后害死孝明帝、专权之后对当时形势和国家前途的看法。赋中言作者采取了"遂退处于穷里,不外交于人世"的态度,对尔朱荣借除灵太后之祸而杀戮朝臣、血沃原野的罪行也予以揭露。

第九段写葛荣反叛造成的灾难。"时获逃于坡阜,仍窜宿于岩阿",是说葛荣起兵之后,他闻讯先于山坡岩阿之地躲藏起来,唯恐不唯不能孝养双亲,且死无葬身之地。后面便往家中赶。一路上九死一生,受尽艰辛。"师通川之鼎沸,矢交射于舟中",好不容易到家,而家乡的状况也不宁静。"闻房马之夕嘶,见胡尘之昼上",可谓在胆战心惊中生活。

第十段写子攸即孝庄帝的起兵北渡河。对其廓荡氛祅、安定社会的功能加以歌颂。然后说自己是在怎样的形势下被任之以金紫光禄大夫加卫将军的显耀之职。

第十一段言当时人心未定,元颢以宗室的资格北上,欲继大统而平天下。李谐曾为元颢抚军府司马,在相州大中正任上也属元颢部下,同元颢关系较深。所以在赋中对其起兵至入洛一段文字,颇有赞美的口吻。据《魏书·北海王传》载,"颢以数千之众,转战辄克,据有都邑,号令自己,天下人情,想其风政",看来当初朝野都对元颢寄予希望,非唯李谐。然而元颢竟自满而自己败亡。"自谓天之所授,颇怀骄怠。宿昔宾客近习之徒咸见宠待,干扰政事,又日夜纵酒,不恤军国"。赋中"苟命舛而数违"以下四句言此,看似平淡,而深怀惋惜。"及宸居之反正"以下说孝庄帝还京后处分事变中朝臣的过程,直至作者被革职还乡。

末段谈自己因十多年仕途产生的感慨,与首段相应。

本篇就篇幅言,仅及庾信《哀江南赋》之一半,但较详尽地展示了北魏自宣武之末至孝庄之初政治斗争的激烈和社会极度动荡的状况。此篇同庾信《哀江南赋》、颜之推的《观我生赋》结合起来,可以使我们对南北朝后期的历史有一个感性的认识,可以明白当时社会普遍的现象是如何,广大人民和仕宦阶层中较正直的人最关心的究竟是什么问题,当时社会的主要矛盾究竟是什么。读此,我们也就可以对南北朝时期的各体各类文学有一个正确的评价,就不会把那个时期毫不关乎民情的宫体诗奉为至宝。

本篇所涉的时代不算太长,但却是北魏历史上走向败亡的多事之秋,涉及的事情很多。但毕竟是写赋,有些事也不便明白叙述,多用比兴手法,典故较多。各部分描写也不但富有诗意,也表现了作者复杂的感情,值得反复玩味。其中一些句子也十分精彩,不亚于一些抒情叙事的好诗。这应是北朝杰出的赋作,也是整个南北朝时期具有史诗意义的赋作之一。

(赵逵夫)

萧子晖

【作者小传】

字景光,南兰陵(治今江苏常州西北)人。齐高帝孙,萧子显弟。仕梁,初为员外散骑侍郎,历临安、新繁令,累迁至骠骑长史。有文才。曾听梁武帝讲《三慧经》,作《讲赋》上奏,甚见称赏。《全上古三代秦汉三国六朝文》存其文二篇。《先秦汉魏晋南北朝诗》存其诗四首。

冬 草 赋 萧子晖

有闲居之蔓草①,独幽隐而罗生②。对离披之苦节,反葳葳而有情③。若夫火山灭焰,汤泉沸泻④;日悠扬而少色,天阴霖而四下⑤。于时直木先摧⑥,曲蓬多陨⑦;众芳摧而萎绝⑧,百卉飒以徂尽⑨。未若兹草,凌霜自保⑩;挺秀色于冰涂,厉贞心于寒道⑪。已矣哉,徒抚心其何益⑫? 但使万物之后凋,夫何独知于松柏⑬!

〔注〕 ① 间(jiàn):间隙、夹缝。间居:生长在山崖的夹缝中。蔓草:蔓生的草。 ② 幽隐:僻静隐蔽。罗生:丛生。 ③“对离披”两句:意谓蔓草面对草木凋零的苦寒季节,反而枝叶茂盛,生机勃勃。离披:草木散乱凋零的样子。苦节:寒冷的季节。葳(ruí)葳(wēi):亦作葳蕤。草木茂盛,枝叶下垂的样子。情:风情,风采,指植物有生机盎然之势。 ④“若夫”两句:意谓气候非常寒冷,火山的烈焰都要被冻灭了,温泉也不再喷涌了。汤泉:温泉。泻:《集韵》:“去水也。”“去水”乃减去、降低水的意思。“汤泉沸泻”亦即温泉的沸水减去(沸腾度降低)了。 ⑤“日悠扬”两句:意谓太阳高远飘忽而暗淡,阴雨连绵而云气低垂。阴霖:阴雨连绵。 ⑥ 直木:笔直高大的树木。摧:摧折,凋零。 ⑦ 曲蓬:质地柔弱弯曲的蓬蒿。陨:坠落,这里指枯死。 ⑧ 众芳:百花。萎绝:萎谢,零落。 ⑨ 卉:草的总称。飒(sà):衰落。徂(cù):通“殂”,死亡。 ⑩ 凌:冒着、顶着。凌霜:不屈服于寒霜。 ⑪“挺秀色”两句:意谓在布满冰雪的道路上凌寒挺立,表现出秀丽的姿态和坚贞的品质。涂:通“途”,道路。厉:振奋。 ⑫ 已矣哉:罢了! 抚心:一种拍击胸脯而叹息的动作。 ⑬“但使”两句:意谓假如各种草木都能经冬不凋,那么松柏怎能显出与众不同的品性呢?《论语·子罕》:“岁寒,然后知松柏之后凋也。”

《冬草赋》是一篇典型的托物言志的咏物小赋。作者借生长于幽暗之处,凌寒不凋,生机蓬勃的冬草,赞颂了一种在艰难险恶处境中坚强不屈、敢于抗争、保持高节的可贵品质。

萧子晖原是南齐王朝的宗室,到了梁朝,他所属的统治集团失势了,他所处的政治和社会环境变得异常险恶,于是他不免有一种恐惧、凄凉的感受。同时,在这种艰险的环境中,许多人变节易志,去侍奉新的主子去了,这使他内心生出颇多人生感慨,更加认识到坚贞守节品德之可贵。此赋即借冬草以表达这种心境。

文章一开头便赞美“间居”“幽隐”的冬草在寒冷时节蓬勃生长的独特个性和旺盛的生命力。接着夸张渲染冬草所处的险恶环境:天气的奇寒使得火山的火焰熄灭,温泉不再喷涌;太阳高远飘忽而暗淡;阴雨连绵而云气低垂。最后写在这种险恶环境中,直木摧折,众芳萎谢,百草枯死,而只有冬草凌寒挺立,傲雪独荣,枝叶茂盛,一派生机,表现出坚贞不屈的高贵品质。有学者说,从思想内容方面看,这篇小赋的思想境界并不高,所表达的只不过是封建士大夫众芳凋零而己独荣之感,因而无多大的社会意义。其实,这是中国古代文人很可贵的一种精神。在险恶的环境中不屈服,不自暴自弃,不同流合污,而是傲然挺立,坚贞不屈,尽显生命的坚强与美丽,这是多么了不起的一种精神啊!这种精神难道不能激励更多的人去与黑暗的现实作斗争吗?难道不能激励更多的人去保持独立不迁的人格吗?

自从孔子用松柏来象征凌寒不凋、坚贞不屈的精神以来,松柏就成了这种精神的代表,此外,人们也常用菊和梅来代表这种精神。对松、菊、梅的赞颂之作,用汗牛充栋来形容也不为过,而萧子晖别具只眼,发现冬草也表现出了这种精神,并对其精神风貌作了准确生动的描绘,这是富有新意的。

瞿蜕园先生说此赋以条理的清晰和风骨的矫健见长,这是很准确的。值得指出的是,在普遍重辞藻而风骨靡弱的南朝文学大背景下,此赋风骨矫健尤其显得可贵。此外,篇幅短小,语言凝练、优美而意蕴丰富,形象鲜明,描写生动,不尚用典,也是此赋的特点。

(张克锋)

【作者小传】

沈 炯

(约502—约560) 字礼明,一作初明。吴兴武康(今浙江德清)人。仕梁为尚书左户侍郎,出为吴令。后入王僧辩幕府,掌羽檄军书。梁元帝时征为给事黄门侍郎,领尚书左丞。西魏陷江陵,被虏,授仪同三司。绍泰二年(556)归国,迁御史中丞。入陈,加通直散骑常侍,参决军国大政。后还乡里,收授徒众。病卒吴中。赠侍中。原有集,已佚,明人辑有《沈侍中集》。清吴汝纶有选评本《沈侍中集选》。

归 魂 赋 并序 沈 炯

古语称收魂升极①,《周易》有归魂卦,屈原著《招魂》篇②,故知魂之可归,其日已久。余自长安反③,乃作归魂赋,其辞曰:

伊吾人之陋宗,资玄圣而云始④。肇邵阅之灵源,分昌发之世祀⑤。实闻之乎家记,又孚之于惇史⑥。亢宗贵而博古,四史成乎一身⑦。怪日月之辽远,而承袭之相因⑧。岂少贱之能察,非末学之知津也⑨。若夫风流退让,在秦作相;越江以东，惟戎及鄾⑩。出忠出孝，且卿且公。世历十五，爰逮余躬⑪。值天地之幅裂，遭日月之雾虹⑫。去父母之邦国，埋形影于胡戎⑬。绝君臣而辞胥宇，蹹厚地而跼苍穹⑭。抱北思之胡马，望南飞之夕鸿⑮。泣霑襟而杂露，悲微吟而带风。

昔休明之云始，余播弃于天地⑯。自太学而游承明，出书生而从下吏⑰。身豫封禅之官，名入南宫之记⑱。登玉墀之深眇，出金门之崇邃⑲。受北狄之奉书，礼东夷之献使⑳。实不尝至屈膝逊言，以殊方降意㉑。嗟五十之逾年，忽流离于凶忒㉒。值中军之失权，而大盗之移国㉓。何赤疹之四起，岂黄雾之云塞㉔。祈瘦弟于赤眉，乞老亲于剧贼㉕。免伏质以解衣，遂窘身而就勒㉖。既而天道祸淫，否终斯泰㉗。灵圣奋发，风云饗会㉘。扫欃枪之星，斩蚩尤之旆㉙。余技逆而效从，遂妻诛而子害㉚。虽分珪而祚土，迄长河之如带㉛。肌肤之痛何泯，潜翳之悲无伏㉜。我国家之沸腾，我天下之匡复。我何辜于上玄，我何负于邻睦㉝。背盟书而我欺，图信神而我戮㉞。

彼孟冬之云季，总官司而就绁。托马首之西暮，随槛车而迴辙㉟。履峨峨之层冰，面飂飂之岩雪㊱。去莫敖之所缢，过临江之轨折㊲。矜今古之悲凉，并攒心而霑袂㊳。渡狭石之欹危，跨清津之幽哑㊴。鸟虚弓而自陨，猿号子而腹裂㊵。历沔汉之逶迤，及楚郡之参差㊶。望隆中之大宅，映岘首之沉碑㊷。既缥然而就靮，非造次之能窥㊸。

至若高祖武皇帝之基天下也，岐周景亳之地，龟图雀书之秘㊹。醒醉之歌未绝，让畔之田鳞次㊺。余既长于克民，觉何从而掩洇㊻。洧水兮深且清，宛水兮澄复明㊼。昔南阳之穰县，今百雉之都城㊽。我太宗之威武，遏宛洧而陈兵㊾。百万之虏，俄成鱼鳖；千仞之阜，倏似沧瀛㊿。虽德刑成于赦服，故蛮狄震乎雄名51。乃寻浙而历商，遂经秦而至洛。觉高蹈之清远，具风云之倏烁52。其山也，则嶔岑崥嵬，岩峻婆陁53。或孤峰而秀聚，或逸出而横罗。千岁之木生岭表，百丈之石枕溪阿㊸。其水则碎訇澌汩，或宽或疾㊹。系万濑而相奔，聚千流而同出。何武关之狭隘，而汉祖之英雄㊺。山万里而仰云雨，水百仞而写蜿虹㊻。若一夫而守隘，岂万众之能攻。去青泥而喻白鹿，越渥水而到青门㊼。长卿之赋可想，邵平之迹不存㊽。咄嗟骊山之阜，惆怅灞陵之园㊾。文恭俭而无隙，嬴发握其何言㊿。访轵道之长组，舍蓝田之玙璠。无故老之可讯，并臁臁之空原。登未央之北阙，望长乐之基趾。伊太后之所居，筑旗亭而成市。槐路郁以三条，方涂坦而九轨。观阡陌之遗踪，实不乖乎前史。傍直城而北转，临横门而左趋。南则董卓之坞，北则苻坚所居。即二贼之墟垒，为彼主之庭除。终南龙嵸，太一嵯峨。九嵕崛起，八垒连河。汩泾泥之混浊，盥渭渚之清波。指咸阳而长望，何赵李而经过。息甘泉而避暑，犹爽垲而清和。尔乃背长夏，涉素秋。卧寒野，坐林陬。霜微凝而侵骨，树裁动而风遒。思我亲戚之颜貌，寄梦寐而魂求。察故乡之安否，但望斗而观牛。稚子夭于郑谷，勉励愧乎延州。闻爱妾之长叫，引寒风而入楸。何精灵以堪此，乃纵酒以陶忧。

至诚可以感鬼，秉信可以祈天。何精殒而魄散，忽魂归而气旋。解龙骖而见送，走邮驿于亭传。出向来之太道，反初入之山川。受绕朝之赠策，报李陵之别篇。泪未悲而自堕，语有咽而无宣。于时和风四起，具物初荣。草极野而舒翠，花分丛而落英。鱼则潜波涣濯，鸟则应岭俱鸣。随六合之开朗，与风云而自轻。其所涉也，州则二雍三荆，昌欢江并，唐安浙落，巴郢云平。其水则淮江汉沔，隋浩汗澧。漮滂滴河，泾渭相乱。或浮深而揭浅，或凌波而沿岸。每日夕而靡依，常一步而三叹。蛮蜒之与荆吴，玄狄之与羌胡。言语之所不通，嗜欲之所不同。莫不叠足敛手，低眉曲躬。岂论生平与意气，止望首丘于南风。悲城邑之毁撤，熹风水之渺扬。既尽地而谒帝，乃怀橘而升堂。何神仙之足学，此即云衣而虹裳也㉛。

〔注〕 ①收魂：灵魂归附到肉体中。极：天。 ②归魂卦：今本《周易》无。《招魂》：《楚辞》篇名，屈原作。屈原深痛楚怀王之客死而招其魂，并讽谏楚顷襄王之宴安淫乐。汉代王逸以为系战国楚宋玉作，招屈原之魂。 ③反：通"返"。沈炯被释放后从西魏首都长安返回江陵。 ④伊：发语词。陋宗：自谦之词，意为门望低微的宗族。宗：宗族。资：凭借，依托。玄圣：指沈氏始祖。 ⑤肇：始创基业。閟（bì）：閟宫。周始祖姜嫄的神庙。灵源：灵气凝结之源。昌：姬昌，即周文王。发：姬发，即周武王。世祀：世代祭祀。 ⑥家记：家谱。孚：为人所信服。惇（dūn）史：有德之人的言行记录。 ⑦"亢（kàng）宗"两句：庇护宗族。旧时指人子能扩大家族权势者曰"亢宗之子"。此指梁代著名文学家沈约（441—513）。沈约著有《晋书》《宋书》《齐纪》《高祖纪》，合为四史。 ⑧日月：岁月。辽远：久远。相因：相继。 ⑨少贱：年纪小，地位低。末学：肤浅，无本之学。津：渡口。此处指学问的途径。 ⑩"若夫"四句：指其先祖沈逞至沈戎、沈酆事迹。 ⑪爰：句首语气词。逮：及。余躬：我本人。 ⑫幅裂：如布幅之分裂。雾虹：即虹。此句谓遭受动乱之苦。 ⑬"去父母"两句：指西魏攻陷江陵，沈炯被虏北上。胡戎，对少数民族的简称，此指西魏。 ⑭绝：隔绝。胥宇：官舍。踖（jí）厚地而跼（jū）苍穹：谓蜷曲于天地之间而不敢伸展。戒惧之状。踖：轻步，小步行走。跼：屈曲。 ⑮"抱北思"二句：谓看到思念北方的胡马、南飞的大雁而生思念家国之情。 ⑯休明：美善光明。用以赞美明君或盛世，这里指梁武帝。播弃：弃置。这里指出生。 ⑰太学：古学校名，即国学。承明：即承明庐。汉承明殿旁屋，侍臣值宿所居。又魏文帝以建始殿朝君臣，门曰承明，其朝臣止息之所亦称承明庐。后以入承明庐指入朝或在朝为官。从下吏：厕身于低级官吏。 ⑱身豫：亲身经历。封禅：帝王在泰山祭告天地的大典。南宫：本南方列宿，指尚书省。沈炯曾迁尚书左户侍郎。 ⑲玉墀（chí）：官殿台阶，借指朝廷。金门：金马门。汉武帝得大宛马，命以铜铸像，立于鲁班门外，因称金马门，学士待诏之处。后沿用为官署的代称。崇邃：高大深邃的栏子。 ⑳"受北狄"两句：指少数民族政权遣使向梁朝献书进贡以通好。古以北狄、东夷、西戎、南蛮分指四方少数民族，含有贬义。 ㉑"实不尝"两句：谓自己竟然落到屈膝事敌的悲惨境地。逊言：低声下气。殊方：远方，异域，指西魏。降意：降心相从，屈从。 ㉒凶忒（tè）：凶逆奸恶，指侯景之乱。 ㉓中军：古代行军作战分左、右、中三军，由主将所处的中军发号施令，后来引申称主将为中军。大盗之移国：指侯景篡国。 ㉔疹（zhěn）：肿，病名，因以"赤疹"指各种灾难。黄雾之云塞：黄雾弥漫天地四方，古以为天下大乱之兆。 ㉕"祈瘦弟"两句：谓向敌人请求归还被掳亲人。祈：乞求。赤眉：西汉末年农民起义军名。剧贼：通"剧寇"，实力强大的盗贼，旧时统治阶级将农民起义军称为剧寇或剧贼。这里赤眉、剧贼均代指侯景叛军。 ㉖伏质：秦汉时死刑中的腰刑，犯罪者裸体伏于质上受刑，称为伏质。据《陈书》载，沈炯因拒绝侯景部将的委任而险些被斩。质：通"锧"，砧。窘身：困迫之身。就勒：受强制、受压抑。 ㉗"既而"两句：谓上天道降祸惩罚邪恶者，因而动乱灾难终于过去，社会复归安定。淫：邪恶。否：恶，闭塞不通，不顺。斯：则，乃。泰：上下交通象，引申为安宁、通畅。 ㉘灵圣：佛教、道教对佛祖、上仙的尊称。此指平定侯景之乱的梁元帝萧绎。饗会：犹会合。饗：通"飨"。 ㉙"扫欃枪"两句：谓扫除灾祸，消灭战争。欃（chān）枪（chēng）：彗星的别称，俗称"扫把星"，此处代指战争造成的灾祸。蚩尤：古九黎族部落酋长，为黄帝所杀。斾（pèi）：古代旗边上垂下的装饰品，泛指旌旗。"蚩尤之斾"，代指战争。 ㉚"余技逆"两句：谓自己响应梁元帝萧绎起兵，妻、子为侯景所害。《南史》卷六十九《沈炯列

传》称："及景东奔，至吴郡，获炯妻虞氏及子行简，并杀之……" ㉛"虽分珪"两句：谓自己在平定侯景之乱后被封侯重用。《南史》卷六十九《沈炯列传》载：侯景之乱平定后，梁元帝怜悯沈炯妻、儿被杀，"特封原乡侯"。分珪而祚(zuò)土：分符，赐土。珪：古代地方郡守为官的凭信之物。祚：赐。迄：至，到了。长河之如带：汉高祖刘邦曾与异性诸侯指河山盟誓，要让功臣子孙如黄河东流不息一样代代享有特权，以至于无穷。 ㉜肌肤之痛：指妻子被害所引发的痛苦。泯：尽，消除。潜翳：潜隐。 ㉝上玄：上苍、上天。邻睦：与邻友善。 ㉞"背盟书"两句：指西魏背盟而灭梁。 ㉟"彼孟冬"四句：谓梁朝百官被强行掳往西魏。总：系。官司：百官。就绁(xiè)：就缚。槛车：囚禁犯人或装载猛兽的有栅栏的车。迴辙：背道而行。㊱峩峩：峨峨，高峻、高耸貌。飂飂(liú)：风声。 ㊲莫敖之所缢：指野外。《左传·桓公十三年》："莫敖缢于荒谷。"临江之轨折：指梁元帝被害。轨：车轴头。 ㊳矧(shěn)：况且、何况。攒(cuán)心：积聚于心。袂(mèi)：衣袖。 ㊴狭石：关隘。攲(qī)危：倾斜，险峻。㊵鸟虚弓而自陨：只拉弓不射箭，而鸟自掉落。喻惊心未定，一有动静就害怕。 ㊶沔(miǎn)：沔水，在今陕西勉县境内。汉：汉水，源出陕西宁强县北嶓冢山，东南经沔县(今勉县)为沔水。逶迤：弯曲而连续不断貌。楚郡：今湖北、湖南地。参差：错落不齐貌。 ㊷隆中之大宅：指诸葛亮故居，在湖北襄阳西，临汉水。岘(xiàn)首之沉碑：晋大将军羊祜碑。岘首：岘山，在今湖北襄阳县南。据《晋书·羊祜传》记载：西晋大臣羊祜以尚书左仆射都督荆州诸军事，出镇襄阳。羊祜喜好山水，常登岘山，"置酒言咏，终月不倦"。他死后，襄阳百姓为了怀念他，于岘山祜平生游憩之所建碑立庙，岁时致祭。望其碑者莫不流涕，杜预因名为"堕泪碑"。㊸缧(léi)然而就鞅：拘系在押。造次：仓促急遽。窥：看透。 ㊹高祖武皇帝：梁武帝萧衍(464—549)，南朝梁的开国皇帝。基天下：开始统治天下之时。岐周景亳(bó)，岐周，指岐山下的周代旧邑。周建国于此。景亳，地名，商都三亳之一。龟图，即"洛书"，语本《纬攟·龙鱼河图》："尧时与群臣贤智到翠妫之川，大龟负图来投尧，尧敕臣下写取告瑞应，写毕，龟还水中。"雀书，雀所衔的丹书。古代迷信以为"龟图"和"雀书"皆为帝王受命之瑞应。 ㊺"醒醉"两句：喻梁武帝时代国家兴盛，人民安居乐业的情形。醒醉之歌：指《击壤》歌。相传帝尧时代政清民和，人民安居乐业，有饱醉老人击壤(壤，一种木器)以歌帝尧功德。让畔之田：相传舜品德高尚，感化争田百姓互相谦让田地。畔：田界。鳞次：依次排列如鱼鳞。 ㊻"余既"两句：谓自己早年生活于梁鼎盛时代，梁既灭亡，何去何从？故悲从中来，涕泪横流。泗，涕。 ㊼洧(wéi)水：洧河，今名双洎河，发源于河南登封东阳城山，东流至新郑，汇溱水为双洎河，入于贾鲁河。宛水：疑指宛溪，源出安徽东南的峄山，东北流入九曲河，折西南，绕城东，叫宛溪。澄复明：清澈明净。 ㊽南阳之穰县：古县名，汉属南阳郡，今河南邓州。百雉之都城：大城。百雉：三百丈长的城墙。 ㊾太宗：指梁简文帝萧纲。遏：阻止。 ㊿阜：山陵。沧瀛：沧海。(51)德刑成于赦服：谓简文帝以德政服人，对于犯人从宽处置，犯人皆感德而服。蛮狄：指少数民族政权。雄名：显赫的名声。 (52)高蹈：隐居之高节。倏烁：光闪动貌。 (53)嵚(qīn)岑：高险貌。嶵(zuì)嵬：高峻貌。岩嵕(sǒu)婆陁(tuó)：山陵逶迤起伏的样子。婆陁：又作陂陁(tuó)、陂陀，地势倾斜不平的样子。 (54)溪阿：溪畔。 (55)砰訇(hōng)澥(jié)汩(gǔ)：汹涌激荡。澥汩：水流激荡的样子。宽：缓。 (56)武关：古关隘名，在陕西商南县西北。秦末，刘邦由此入咸阳，为其灭项羽兴汉奠定了基础。 (57)写蜿虹：言水飞流而下，阳光之下，犹如蜿蜒悬空的彩虹。写：同"泻"。 (58)青泥、白鹿：两地名。青泥：青泥城，即峣柳城，在今陕西蓝田县境。白鹿：白鹿原，即灞上，在今陕西蓝田县西，灞水流经原上。渥水：渥洼水的简称，传说中产神马的地方。青门：汉水安霸城门。《三辅黄图》卷一："长安城东出南头，第一门曰霸城门，民见门色青，名曰青城门，或曰青门。” (59) 长卿之赋：指司马相如《长门赋》。司马相如（前179—前117），字长卿，西汉文学家。汉武帝陈皇后遭遗弃后，谪居长门宫，为使武帝回心转意，以黄金百斤求相如作《长门赋》。邵平：广陵（今江苏扬州）人，秦时封东陵侯，秦亡为布衣，种瓜青门外。 (60) 骊山之阜：秦始皇陵。灞陵之园：汉文帝陵。 (61) 文恭俭而无隙：文帝谦恭俭约，他人无隙可乘。嬴：指嬴政，即秦始皇。 (62) 轵（zhǐ）道：亭名。组：玺绶，引申为官印或做官的代称。舍：一作“拾”。蓝田之玙璠：蓝田盛产美玉，玙、璠均为玉名。 (63) 古老：前朝遗老。讯：问。膴膴（wǔ）：膏腴、肥沃。 (64) 未央：与下文“长乐”均为汉宫殿名。基趾：墙足、城足。 (65) 伊：此。旗亭：市楼。汉代市场内标志性建筑，市官的官舍，为观察指挥集市之所。上立旗以为标志。 (66) 槐路：长安街。方，并排。车辆并排行驶叫“方轨”。涂：同“途”，道路。九轨：可容九辆车并列行驶的路面宽度。 (67) 阡陌：纵横交错的田间小路。乖：违背。前史：前代史书的记载。 (68) 傍：沿着。直城：长安直城门。横门：又名武朔门或光门，为长安北城门。 (69) 董卓之坞：郿（méi）坞，在今陕西眉县北。东汉初平中，董卓筑屋于郿，高厚七丈，高于长安城。苻坚：338年—385年为前秦君主。 (70) 二贼：董卓、苻坚。墟垒：旧城、故址。庭除：亭前阶下，院内。除：阶。 (71) 终南：山名。秦岭主峰之一，在陕西西安市西南。巃（lóng）嵸（sǒng）：山势险峻貌。太一：山名，即终南山。嵯峨：山高峻貌。 (72) 九嵕（zōng）：山名，在陕西礼泉县东北，有九峰高耸。山的南麓，即咸阳北坂。八垒连河：疑指关中八水交错相连。 (73) 汩：扰乱。这里指搅浑。泾：泾水。渭：渭水。泾清而渭浊，两水交汇之处泾因渭而浊。作者误为“泾浊渭清”。盥：此处同“灌”。 (74) 赵李：汉成帝皇后赵飞燕，武帝皇后李夫人。 (75) 息：止息。甘泉：秦汉宫名。爽垲（kǎi）：明亮干燥。垲：干燥。 (76) 背：经过。长夏：农历六月称长夏。涉：进入。素秋：秋季。 (77) 林陬（zōu）：山林角落。 (78) 侵骨：刺骨。裁：通“才”。风遒：风急。 (79) 斗、牛：二十八宿中的斗宿和牛宿。 (80) 稚子：幼子。郑谷：汉郑子真，隐居于云阳谷口，世称谷口子。此指郑谷隐居处。延州：后魏置东夏州，西魏改为延州，治广武，在今陕西延安东南。 (81) 楸（qiū）：一种落叶乔木，干高叶大。 (82) 堪：忍受。陶忧：排遣忧愁。 (83) “至诚”四句：谓自己对故国的至诚感动了上天，因而在历经魂魄飞散之痛苦后，得以回归，故魂气又回到体内。秉：持有。祈：求。殒：亡。 (84) 龙骖：骖马之美称。骖：一车驾三马。见送：被遣送。亭传：驿站。 (85) 反：同“返”。 (86) 绕朝之赠策：春秋时晋人士会因事奔秦，为秦人所用，后士会回晋，秦大夫绕朝赠之一策（鞭），并告诉他已知晓士会回去的真实意图。李陵之别篇：相传为李陵与苏武相互赠答的五言诗，实为后人伪托。 (87) 具物初荣：万物复苏。 (88) 草极野而舒翠：草遍野而展现翠绿之色。落英：落花。 (89) 潜波涣濯：鱼儿潜入水底，尽情嬉游。涣：流散。濯：洗。应岭俱鸣：鸟儿的鸣叫声在山涧中回荡。 (90) 六合：指天地四方。 (91) “其所涉也”四句：二雍三荆，汉魏置雍州，治所在今陕西西安市，东晋侨置于襄阳（今属湖北），故称“二雍”。后魏置荆州于穰县（今河南邓州），置南荆州于安昌（今河南确山），置东荆州于泚阳（今河南沁阳），故称“三荆”。唐安：蜀州的别称。巴：巴州，今四川东部、重庆一带。郢：郢州，隋以前一般指后来的鄂州，治所在今武汉市武昌。 (92) 淮江汉淯：指淮水、长江、汉水、淯水。汙（wū）：不流动的水。澧（lǐ）：澧水，发源于河南省南阳市东北部的伏牛山东南麓，流经叶县、舞阳县，最后汇入淮河。潦：水名。即涝水，在陕西境内。浐：浐河，在陕西省。潏（jué）：水名。渭水支流，在西安市东南。 (93) 浮沉而揭浅：水深则乘船渡过，水浅则撩衣而涉。淩波：在水上行走。同“凌波”。 (94) 靡（mǐ）依：无依，没有依靠。 (95) 蛮蜒：指南方少数民族。蜒，应作“蜑（dàn）”。古称吴地水上居民为“蜑人”或“蜑户”。荆吴：荆国和吴国，泛指长江以南地区。玄狄：北方少数民族的通称。羌胡：指西部少数

〔468〕 沈 炯

民族。 ○96"言语"以下六句：谓自己在西魏语言不通,对北方少数民族的生活习惯极不适应,低声下气委曲求全,平生意气风发之事无从谈起,只有顺着南风吹动的方向,想念故国家园。止：只。首丘：《礼记·檀弓上》："礼,不忘其本。古之人有言曰：'狐死正丘首,仁也。'"疏："丘是狐窟穴根本之处,虽狼狈而死,意犹向此丘。"因称不忘故土或死后归葬故乡为"首丘"。○97熹：通"喜"。○98尽地：谓行途的终点。谒：晋见。怀橘而升堂：拜见老母。典出《三国志·吴志·陆绩传》。汉末,陆绩六岁,于九江见袁术。绩在座私取橘三枚于怀。及拜辞,橘堕地,术问其故,绩答谓欲归遗其母。后诗文中常以怀橘为爱宗、孝亲之典。 ○99"何神仙"两句：谓能回到故乡胜过求仙学道,有如同以云为衣,以虹为裳的快乐感受。

　　沈炯出身于世族,祖上"出忠出孝,且卿且公",显达富贵。他本人早年生活在沉溺于歌舞升平之中的梁朝,以"少有隽才",为时所重。历任大小官职,颇为得志。然而侯景之乱打破了梁朝的苟安局面。经历丧乱的沈炯,"妻诛而子害",被西魏掳而西去,"去父母之邦国,埋形影于胡戎",饱尝了"肌肤之痛"、家国之思、亡国之辱。当他被释而历尽艰辛回到魂牵梦绕的故国之后,痛定思痛,取《招魂》"魂兮归来,反故居些"之意,追述被掳西去和自魏东归的经历,写下了这篇《归魂赋》。

　　古人认为,所谓"魂"者,是离开人的躯体而存在的一种精神。肉体终要死去,精神可以长存;肉体固然宝贵,精神尤其重要。举凡个人、国家、民族都不可没有"魂"。热爱故乡的感情,就是中华民族可贵的民族之"魂"。伟大的爱国主义诗人屈原曾写下过"鸟飞反故乡兮,狐死必首丘"(《哀郢》)的动人诗句。《归魂赋》也是一篇表达这种情思的成功之作。

　　赋开头先写自己显赫的家世。沈炯认为,沈氏为西周王室姬姓之后裔,有高贵的血统,世代"出忠出孝,且卿且公",门第显赫。然而不幸的是,到了他这一辈,却遭遇了"天地幅裂"的大灾难,他被掳西去,羁留异国他乡,饱尝了思念故国之痛。接着追忆自己风光的仕宦经历和遭遇战乱、国破家亡的惨状。"大盗移国"、生灵涂炭之际,沈炯最悲惨的遭遇,莫过于两件,一是他被侯景部将宋子仙所逼,以致"伏质以解衣""窘身而就勒",险遭屠戮;一是"妻诛而子害"。在这种强烈的对照之下,作者内心的巨大落差、绝望和悲痛已溢于言表。在叙家世、述仕宦中,体现出作者对家族、故土的自豪、热爱之情。这也就是作者之魂要归去的最重要的原因。

　　接着写江陵失陷后他被掳西去的悲惨经历和悲痛感受。孟冬之际,百官"就继",踏上了背井离乡之路。环境气候苦恶,道路艰险,被掳的梁朝臣民惊惧万状,悲痛欲绝,令人心碎。

　　接着作者以浓墨重彩之笔写其羁留西魏时的所见、所思。沈炯到达西魏首都长安后,被授予仪同三司,但他"恒思归国",因而闭门谢客,摒绝交游,"每日夕而靡依，常一步而三叹”。他不禁想到梁武帝萧衍时国家强盛、人民安居乐业的情景，想到了山川的雄奇秀美，想到了西汉长安的极度繁荣。这里的一山一水，一草一木，关隘城阙，道路公室等，都唤起他对光荣历史的追念。可是，回到现实，却是“长卿之赋可想”而“邵平之迹不存”，“无故老之可讯，并膴膴之空原”，繁华已逝，江山易帜，使作者不胜今昔之感，家国之思于是油然而生。作者写道：“思我亲戚之颜貌，寄梦寐而魂求。察故乡之安否，但望斗而观牛。稚子夭于郑谷，勉励愧乎延州。闻爱妾之长叫，引寒风而入楸。”对故乡的思念是悠长深挚的，对惨死于贼手的稚子和爱妾的思念则令他肝肠寸断，刻骨铭心。

最后写被释东归的经历和复杂心情。作者既写了归途欢快、急切的心情和归来后的满足，也情不自禁地回想起羁留西魏时的屈辱、孤寂和悲痛。

从表面上看，本赋写的是作者被掳西去、羁留异国、被释东归三段重要的人生经历，而实际上是通过经历的叙述来表达内心的感受：遭遇战乱而致家破人亡的悲痛，羁留异国时对家国的思念，魂归故国时的喜悦。由于写的是亲身的而且是惨痛的经历，所以真实而感人，让我们看到了一个柔弱的灵魂在突遭巨变后留下的未曾平复的心灵创伤，可以说是一部梁陈间遭受战乱灾祸的文人的心灵史。不是铺陈描写战乱灾祸等历史事件本身，而是在战乱灾祸的背景下揭示个体的心灵感受，这是这篇赋的特色所在。梁陈时期，诗赋竞丽，但内容空乏，缺乏真情实感。与之相比，沈炯的这篇《归魂赋》既有对现实人生经历的真实描写，又有刻骨铭心的真挚情感的抒发，而且，它所抒发的感情是魂系故国的深厚民族感情。因此，本赋在文学史上的地位和价值，就不言而喻了。

通过叙事写景来抒情，以情来统摄叙事和写景，是本赋不同于汉大赋和魏晋纪行赋的一大特点。寓情于叙已如上述，这里再来看看以景衬情。这篇赋多处以景衬情，收到了很好的表达效果。如写被掳西去的路上，“履峩峩之层冰，面飂飂之岩雪”“渡狭石之欹危，跨清津之幽咽”“鸟虚弓而自陨，猿号子而腹裂”，以环境气候的苦恶、道路的艰险渲染出一种凄凉气氛，表达了自己和所有被掳梁朝臣民的惊惧和悲痛；“尔乃背长夏，涉素秋。卧寒野，坐林陬。霜微凝而侵骨，树裁动而风遒”一段以秋风寒凉、秋霜侵骨的环境气候描写渲染出一种凄凉悲愁的气氛，引出对家国、亲人的深长思念，令人动容；“和风四起，具物初荣。草极野而舒翠，花分丛而落英。鱼则潜波涣濯，鸟则应岭俱鸣。随六合之开朗，与风云而自轻”一段则优美和谐的景物描写表现被释东归时心情的轻松愉快，景物与心情契合无隙。

这篇赋语言基本上为骈句，精丽工巧，但句式多变，节奏感很强，颇富音乐美。如“其山也，则嵚岑崿嵬，岩嵔婆陁。或孤峰而秀聚，或逸出而横罗。千岁之

〔470〕 萧 纲　　　　　　　　　　　　　　　　　　　　　　　　　梅花赋

木生岭表,百丈之石枕溪阿。其水则碎匐灂汩,或宽或疾。系万濑而相奔,聚千流而同出”一段,或四字句,或六字句,或七字句,对仗工稳,节奏如山之起伏,水之曲折,极富美感。又如“其所涉也,州则三雍三荆,昌欢江并,唐安浙落,巴郢云平。其水则淮江汉洧,隋浩汙澧。潦浐灂河,泾渭相乱。或浮深而揭浅,或淩波而沿岸”一段,多用四字句,句式整齐、节奏明快,很契合被释归来的欢快心境。

最后,重在描写自己的亲身经历和真实感受而不事排比用典,是这篇赋不同于当时同类作品的又一特点。

（张克锋）

【作者小传】

萧 纲

(503—551)　即梁简文帝。字世缵,小字六通,南兰陵(治今江苏常州西北)人。南朝萧氏一门风雅,萧纲的父亲梁武帝萧衍以及哥哥、主编《文选》的昭明太子萧统都颇有文名。梁简文帝本人也雅好诗赋,有着很高的文学造诣。他与当时许多文人都有交往,合在一起形成了一股很强的势力,号称“宫体文学”,在文学史上有着深远的影响。昭明太子去世后,萧纲被立为皇太子,于太清三年(549)即帝位。在位二年后,被叛将侯景所杀。原有集,已佚。明人辑有《梁简文帝集》。

梅 花 赋　　　　　　　　　　萧 纲

层城之宫①,灵苑之中②。奇木万品③,庶草千丛④。光分影杂,条繁干通。寒圭变节⑤,冬灰徙筩⑥。并皆枯悴,色落摇风。年归气新,摇云动尘。梅花特早,偏能识春。或承阳而发金⑦,乍杂雪而披银⑧。吐艳四照之林⑨,舒荣五衢之路⑩。既玉缀而珠离,且冰悬而雹布。叶嫩出而未成,枝抽心而插故。摽半落而飞空⑪,香随风而远度。挂靡靡之游丝,杂霏霏之晨雾。争楼上之落粉,夺机中之织素⑫。乍开华而傍岭,或含影而临池。向玉阶而结采,拂网户而低枝⑬。于是重闺佳丽⑭,貌婉心娴。怜早花之惊节,讶春光之遣寒。袷衣始薄,罗袖初单。折此芳花,举兹轻袖。或插鬓而问人,或残枝而相授。恨鬒前之大空⑮,嫌金钿之转旧。顾影丹墀,弄此娇姿。洞开春牖,四卷罗帷。春风吹梅畏落尽,贱妾为此敛蛾眉。花色持相比,恒愁恐失时。

〔注〕 ①层城:古代神话中昆仑山上的高城。《文选·思玄赋》:"登阆风之层城兮,构不死而为牀。"李善注:"《淮南子》曰:'昆仑虚有三山,阆风、桐版、玄圃,层城九重。'"后人也用来泛指仙乡。 ②灵苑:对苑圃的美称。 ③万品:万种。 ④庶草:众草。 ⑤圭:古代测日影的器具。 ⑥冬灰:古弋之人把芦苇燃烧的灰放置于不同的律管之中,以此种方式来占物候。冬至降临,黄钟律管之内的陆委会便会飞出。箭:竹子制作的律管。 ⑦承阳而发金:在太阳的照射下绽开金黄色的花。 ⑧杂雪而披银:落雪时绽开白色的花。 ⑨四照:光彩照耀四方。 ⑩五衢:指梅花枝丫横斜五出。 ⑪摽:落。《摽有梅》是《诗经》里的名篇,"摽有梅,其实七兮"。 ⑫织素:古人用织布机把丝织为绢。 ⑬网户:镂刻有网状花纹的门户。 ⑭重(zhòng)闺佳丽:住在深宫内室里的佳人。 ⑮恨鬓前之大空:嫌头上没有装饰物。

梅花历来都是我国文人墨客争先吟咏的对象,风雅的梁简文帝当然也为梅花倾倒,留下了多篇与梅花相关的篇章。用赋体对梅花进行尽态极妍的刻画,自然是他的擅胜。

在如仙乡一般美妙的灵苑之中,种植着各种各样的奇花异草,但是寒冬降临,它们纷纷摇落枯悴,呈现出一片凋零景象。而冬去春来,在季节交替之际,作为"东风第一枝"的梅花,可谓得风气之先,在百花还沉醉在寒冬之梦的时候,她已经作为春花的先锋,率先绽放。无论是在灿烂的阳光照耀之下,还是在皑皑白雪的衬托之下,她宜晴又宜雪,都能焕发出照人的异彩。或傍山临池,或依阶低户,梅花娇美的身影可谓无所不在。当然,人们欣赏梅花不只是因为她的疏影横斜,还有暗香浮动。即便是飘零飞落,她的香味依然能够随风远扬。爱美的佳人从重门深户里走出来,在春寒料峭的时节,看到如此美丽的花朵,岂能不大加叹赏?折花在手,"一枝剩欲簪双髻",但是头上没有与之相称的首饰,即使金钿也显得那么的陈旧!又一阵风吹过枝头,又有片片梅花飘落。佳人不由娥眉颦蹙,谁能解她的心思呢?原来她是在为梅花担忧,生怕它如此下去,终有一天会枝头空空。梅花如此,而韶光流逝,红了樱桃,绿了芭蕉,刹那间红颜老去,花非昔日之花,人也非昔日之人了!

梁简文帝嗜吟咏,耽艺文,也是李后主、宋徽宗一类的风流皇帝。他的作品大都绮巧艳丽,格调不是很高,是所谓"宫体文学"的代表人物,既是倡导者,也是身体力行者。"宫体文学"往往以柔弱为美,歌咏的对象不外乎名花美女,大都流连光景,没有什么深刻的思想意义,但是在雕章琢句等修辞方面却达到了了不起的艺术高度。这些特点在本篇中也有所显露。当然,有人提出梁简文帝《度关山》《从军行》等作品的兴象意境都与"宫体文学"迥异,这当然是平实之论。但是

〔472〕萧纲

梁简文帝对当时、对后世最有影响力的毕竟还是在"宫体文学"方面，这却是毋庸置疑的。

需要说明的是，由于年代久远，《梅花赋》在流传的过程中产生了一些异文，我们这里采用的是《汉魏六朝百三家集》的版本。在《艺文类聚》等版本中，"拂网户而低枝"一句之后还有两句，"七言表柏梁之咏，三军传魏武之奇"。这两句我个人认为与全篇不甚相称，尤其是"三军传魏武之奇"，讲的是曹操望梅止渴的故事，已经是果实梅子而非梅花了，并且不是春天的景色，与后文佳人"怜早花之惊节，讶春光之遣寒"不能衔接，所以还是不插入的为妙。

(冯永军)

悔　赋 并序　　　　　　　　　　萧　纲

夫机难预知，知机者上智；智以运己，迷己者庸夫①。故《易》曰："吉凶悔吝，生乎动者也。"②《传》云："九德不愆，作事无悔。"③是以郑国盗多，太叔之恨表④；卫风义失，宣公之刺彰⑤。无将咏兴，垫事书作⑥。季文再思而未可，南容三复而不暇⑦。余以固陋之资，慎履冰之诚⑧，窃服楚王之对，每征后稷之诗⑨。触类而长，乃为赋曰：

默默不怡，怳若有遗⑩。四壁无寓，三阶寡趣⑪。月露澄晓，风柳悲暮。庭鹤双舞，檐乌独赴。岸林宗之巾，凭南郭之几⑫。玄德之眄聊萦，子安之啸时起⑬。静思悔吝，铺究前史，吊古伤今，惊忧叹圮⑭。成败之踪，得失之理，莫不关此。令终鲜乎谋始⑮。弃夸言于顿丘，重前非于薘子⑯。迹夫覆车之人，岂止一途而已⑰。

至如秦兼四海之尊，握天下之富，混一车书，鞭笞宇宙⑱，胡亥之寄已危，万代之祀难构⑲。阿衡失责成之所，赵高秉栋梁之授⑳。拒谏逞刑，戮宰诛守㉑。矜上林之戏马，嘉长杨之射兽㉒。嗫呫禁中之言，欺侮山东之寇㉓。及其祠崇泾水，作峚夷宫㉔。徒希与妻子伍，下愿与黔首同㉕。信歼绝于凶丑，何前谋之不工㉖！

至如下相项籍，才气过人，拔山靡类，扛鼎绝伦，声驾盛汉，势压余秦㉗。钜鹿有动天之卒，辕门有屈膝之宾㉘。既刓有功之印，亦疑奇计之臣㉙。唱鸡鸣于垓下，泣悲歌于美人㉚。抱乌江之独愧，分汉骑之余身㉛。郭君失位，徒驭而亡。尚悲残粮，独饮余浆。枕畚空卧，伏轼怀伤，魂飘原野，骨饵豺狼㉜。楚王刻鹤，播徙南地，铙管徒鸣，才人空置㉝。岂辎车之足荣，匪射猎之娱意。幽泉斯即，白日何冀㉞。宁喜纳君，恃功肆宠㉟。卫侯厌黩，忌臣愤勇㊱。昏迷靡悟，败不旋踵㊲。商君被执，李斯赴收㊳。身居阙下，命厄秦囚㊴。追伤用法之弊，还思不谏之尤㊵。亦何解于今酷，终无追于昔谋㊶。伯卓跋扈，豺目为辅㊷。弑君鸩子，诛李害杜㊸，鬻恩贩宠，怨庶虐人㊹。蔽朝政之聪察，害上书之烈臣㊺。荣暱子于阿尹，肆贪浊之淫威㊻。树奸党于宫禁，察人主之纤微㊼。卒其膏铁润钺，置缧逢徽㊽。

壮武英逸，才为时出，陆离儒雅，照烂文笔㊾。江东启吞并之筹，幽州著怀远之术㊿。运钟毁冕，时属倾颠(51)。镝鸣水阔，日黑山迁(52)。刘卞之谋不决，忠良之戮已缠(53)。台耀之灾虽启，鵩鹔之赋徒然(54)。士衡文杰，绰有余裕，气含珠璧，情蕴云雾(55)。志阙沉隐，心耽进趣，握兹猛众，临此劲兵(56)。抗言孟玖，肆此孤贞，笺辞已切，墨幔徒萦(57)，形殒河上，心忆华亭(58)。若夫杨恽狂言，灌夫失志，卒其殒命埋躯，伤形属吏(59)。周君饮后，裴子酣狂(60)。靳固纪瞻之妾，眠卧季伦之房(61)。亦足以魂惊神爽，悔结嫌彰(62)。

已矣哉！波澜动兮昧前期，庸夫蔽兮多自欺(63)。不远而复幸无嗤，建功立德有常基(64)。胸驰臆断多失之，前言往行可为师(65)。

〔注〕 ① 机：时机，运气。运已：与“迷已”相对，指能把握或掌控自己的命运。庸夫：平凡的、不高明的人。 ②“吉凶悔吝，生乎动者也”：语出《周易·系辞下》，意思是有变动才有祸福吉凶、悔恨得失等的出现。吉凶：指得失。悔吝：指担忧。“悔吝者，忧虞之象也”：语出《周易·系辞上》，意思是“悔吝”是担忧的表现。虞：担忧。 ③“九德不愆，作事无悔”：语见《左传·昭公二十八年》，是化用了《周易·乾卦》爻辞的意思。《乾卦》爻辞云“上九，亢龙有悔”，意思是事物在其最盛大的时候就会有小的悔吝；《左传》化用后的意思是如果事物具备了上九的纯阳之德且无任何过错，那么就不会有悔吝产生。九德：指“上九之德”，“上九”表示阳

气最大最盛时。愆(qiān)：过失，过错。 ④ 郑国盗多：郑国在郑庄公时曾称霸中原；但由于祭仲专权以及由此引发的权臣专权、国君更换频繁、诸卿尾大不掉等原因，国力很快衰落，失去"小霸"的地位。太叔之恨表：太叔指子大叔，郑国世卿之一，《左传·昭公二十四年》载，子大叔辅佐郑伯到晋国见晋国执政范献子，谈论到周王室的事，子大叔对答说："《诗经》中说'酒瓶里的酒已经空了，而酒缸却还满着，这是酒缸的耻辱'；现在周王室中衰，而晋国却强大而稳定，这也是晋国的耻辱。萧纲用此典与原意略有出入，但其目的在于影射侯景乱起后，作为藩王的萧氏兄弟见死不救；典故中的"周王室"当指梁朝；周室衰微而晋国强大，影射梁朝衰微而藩王强大。 ⑤ 卫风义失：卫国后宫淫乱，卫宣公与其庶母私通并立之为夫人，后来又将本是给太子娶的女子宣姜据为己有，宣公死后，其庶子又与宣姜私通。宣公之刺：指《诗经·邶风·新台》《鄘风·墙有茨》等篇，均为讽刺卫国后宫秽事的诗。彰：显扬。 ⑥ 无将：语气词，表示揣测。咏兴：产生诗歌以歌咏。垄事：这里当也是语气词。 ⑦ 季文：指季文子，鲁国大夫。《论语·公冶长》："季文子三思而后行，子闻之曰：'再，斯可矣。'"这是孔子讥讽季文子的话，季文子为鲁国权臣，孔子意思是思考两遍就可以了，何必一定要思考三遍呢。言下之意，恐怕有什么不可告人之处吧。南容：孔子的弟子。《论语·先进》："南容三复白圭。"意思是南容一天将《诗经·大雅·抑》中的"白圭"数句重复了三遍。《大雅·抑》："白圭之玷，尚可磨也；斯言之玷，不可为也。"是说白玉上的瑕疵还可以磨掉，但说出的话一有漏洞就难以弥补了；表示警戒自己出言谨慎。不暇：顾不上。 ⑧ 余：我。固陋：见闻不广。履(lǚ)冰之诫：指《诗经·小雅·小旻》："如临深渊，如履薄冰。"表示极度谨慎。 ⑨ 楚王之对：不详。征：取，引用。后稷之诗：指《诗经·大雅·生民》"后稷肇祀，庶无罪悔"句，这里截取其中两个字，而表达"庶无罪悔"之意。 ⑩ 怡：高兴，快乐。恍若有遗：恍恍惚惚似乎丢失了什么。 ⑪ 四壁：这里代指官衙。寓：寄托。三阶：古代建堂，四面都有阶梯，其中南面三阶，其他三面两阶，共九阶。按照《礼记·明堂》的记载，南面三阶为三公的位置，是仅次于皇位的尊位。萧纲是梁朝太子，地位仅次于皇帝，所以"三阶"可能代指东宫。 ⑫ 岸：即岸帻，把头巾掀起露出前额，表示洒脱的态度。林宗：指郭泰，字林宗，太原人，汉末清流，有重名。郭泰路上遇雨，头巾顶上塌陷一角，当地人看见后就群起仿效，称为"林宗巾"。凭：依靠。南郭：指庄子虚构的高人南郭子綦。《庄子·齐物论》："南郭子綦隐几而坐，仰天而嘘，嗒焉似丧其偶。"几：几案。 ⑬ 玄德之眊(mào)：典故不详。子安之赋：子安指成公绥，西晋辞赋作家，有《啸赋》。 ⑭ 悔吝：忧患得失。铺究前史：打开以前的史书进行探究。吊：悼念。惊忧叹圮(pǐ)：惊叹于前代之兴衰成败。圮：毁坏，坍塌。这里指国家衰落。 ⑮ 此处疑有脱漏。令终：善终。繇(yóu)：古同"由"。谋始：《周易·讼卦》象辞："君子以作事谋始。" ⑯ 弃夸言于顿丘：典故不详。顿丘：地名，春秋时属卫国，汉置顿丘县，在今河南清丰西南、浚县一带。重前非于蘧子：《庄子·则阳》："蘧伯玉行年六十而六十化，未尝不始于是之，而卒诎之以非也，未知今之所谓是之非五十九非也。"庄子在讲"道"，说蘧伯玉年将六十，六十年中与时而化，已经分不清六十岁时所认为正确的，是不是即他五十九岁时所认为错误的。蘧子：蘧伯玉，名瑗，卫国大夫。 ⑰ 迹：追踪，探寻。覆车：翻车，比喻失败的教训。 ⑱ 秦：秦朝。兼：同时拥有。四海、天下、宇宙：均指国家。混一书文：秦统一六国后，进行了统一文字和度量衡的工作，即"车同轨，书同文"。鞭笞(chī)：鞭打，这里指统治。 ⑲ 胡亥：秦二世，秦始皇死时本遗诏传位给公子扶苏，但是赵高、李斯、胡亥篡改诏书，立胡亥。胡亥即位后，杀戮诸公子，不理朝政，陈胜、吴广起义，所以说"胡亥之寄已危"。万代之祀：将一姓皇室的祭祀传之万代。秦始皇确立了封建皇室世代相传的理论，故称。难构：难以构建、维持。 ⑳ 阿衡：伊尹，名阿衡，商汤的宰辅，是古代贤相，曾辅佐汤成就王业。这里代指李斯。责成之所：已经被指定好的职位，此指李斯被免职、杀害。赵高：秦始皇时的车府令，秦二世胡亥即位后，赵高为丞相，先后诛杀李斯、胡亥，立子婴。后被子婴处死，灭三族。秉栋梁之授 指掌握着国家的大权。 ㉑ 拒谏逞刑，戮宰诛守：指秦二世胡亥专任赵高，拒绝李斯等人的进谏，实行严刑峻法，大肆杀戮宗室，株连甚广等事。 ㉒ 矜：骄矜。上林：秦始皇后期在长安之西开始建设的皇家园林。嘉：喜好。长杨：皇家宫殿名，在陕西周至县，宫中有射熊馆。 ㉓ 嗫(niè)呫(chè)：附耳轻语。禁中：皇帝居住的地方。《史记・秦本纪》："二世常居禁中与高决诸事，其后公卿希得朝见。""禁中之言"当即指此。山东之寇：指陈胜、吴广起义军。因其发动起义在崤山东边，故称。"欺侮山东之寇"，是指在陈胜起义后，丞相李斯等劝谏二世停止营建阿房宫，二世却说："今朕即位二年之间，群盗并起，君不能禁，又欲罢先帝之所为，是上毋以报先帝，次不为朕尽忠力，何以在位!"二世之语有自欺欺人之嫌，故云"欺侮"。 ㉔ 祠祟(suì)：禳灾，祈祷、祭祀以消灾。泾水：发源于甘肃，流经陕西与渭水合。衅(xìn)：古代祭祀仪式，用牲畜的血涂在器物上。夷宫：又名望夷宫，秦宫名，在咸阳东南，泾水边上。《史记・秦本纪》："二世梦白虎啮其左骖马，杀之。心不乐，怪问占梦，卜曰：'泾水为祟。'二世乃斋于望夷宫，欲祠泾，沉四白马，使使责让高以盗贼事。"这也是赵高杀二世的前奏。 ㉕ 徒：只。黔首：平民。二世胡亥在被赵高女婿阎乐杀死之前，乞求"为王""为诸侯""为黔首"，均不得。 ㉖ 信：确实。歼绝：这里指被杀死。凶丑：指赵高等人。 ㉗ 下相：秦时县名，今江苏宿迁县西，为项羽故乡。项籍：即项羽，"羽"是其字。拔山：项羽有歌云"力拔山兮气盖世"。靡类：没有可类比的，即没有匹敌。扛鼎：据《史记・项羽本纪》，项羽"力能扛鼎"。 ㉘ 钜鹿：地名，在今河北平乡西南。动天之卒、屈膝之宾：《项羽本纪》载，巨鹿之战中，"楚战士无不一以当十，楚兵呼声动天，诸侯军无不人人惴恐。于是已破秦军，项羽召见诸侯将，诸侯将入辕门，无不膝行而前，莫敢仰视。项羽由是始为诸侯上将军。" ㉙ 刓(wán)有功之印：即大封功臣；项羽在进入咸阳后，分封诸侯凡十八王，另封自己为西楚霸王。疑奇计之臣：指项羽怀疑、猜忌其谋臣范增；陈平使用反间计，使得项羽不信任范增。 ㉚ 唱鸡鸣于垓下：指垓下之战中项羽军队被汉军重重包围后，夜半听到汉军营中大声传来楚歌，以为汉军已尽得楚地，遂军心涣散，彻底失去了战斗力。鸡鸣：《诗经・郑风・风雨》有"风雨如晦，鸡鸣不已"句，这里借"鸡鸣"一词来指代"风雨如晦"，比喻项羽当时四面楚歌的窘境。垓下：地名，今安徽灵璧县南陀河北岸，为楚汉战争最后决战的地点。泣悲歌于美人：项羽有爱妾虞姬，四面楚歌时，项羽慷慨悲歌，虞姬泣声唱和。 ㉛ 抱乌江之独愧：项羽东渡乌江时，乌江亭长建议项羽渡江伺机再战，但项羽以为江东子弟兵均已战死，自己无颜见江东父老，遂自刎。分汉骑之余身：这句为了对仗而颠倒了语序，应该是"汉骑分其余身"；项羽死后，汉军将领王翳、杨喜、吕马童、吕胜、杨武五人分割其尸以邀赏。 ㉜ 数句典出不详。《左传・哀公十一年》有陈辕颇被国人驱逐奔郑、族人进献"稻醴、粱糗(qiǔ)、腶脯"之事。 ㉝ 楚王：指东汉刘秀之子刘英，封楚王，好游侠，佞黄老、方士，以谋反被贬丹阳，至丹阳后自杀。刻鹤：《汉书》卷七十二载："(刘)英后遂大交通方士，作金龟玉鹤，刻文字以为符瑞。十三年，男子燕广告英与渔阳王平、颜忠等造作图书，有逆谋事，下案验，有司奏英招聚奸猾，造作图谶，……大逆不道，请诛之。"播徙南地：指刘英被废楚王，贬谪往丹阳事。铙管徒鸣：刘英前往丹阳途中，明知末日临近，所以与随行伎女方士一起"极意自娱"。才人空置：指刘英为谋逆而自己委任的许多官吏。 ㉞"辎车"两句：刘英南行途中，带领的伎女方士均"乘辎軿，持兵弩，行道射猎"。辎车：有帷盖的车子。"幽泉"两句：谓刘英已经命近黄泉，没有多少日子的活头了。幽泉：即黄泉，阴间。 ㉟ 宁喜：卫国权臣。纳君：卫献公无道，宁喜的父亲宁惠子驱逐卫献公，另立公子剽，卫献公逃亡到齐国。后来宁喜执政，杀死公子剽，迎接卫献公回国，所以称为"纳君"。　⑯卫侯：指卫献公。厌黩（dú）：这里指厌恶武力争执。卫侯厌黩、忠臣愤勇：指宁喜专权，卫国群公子请求杀掉宁喜，但卫献公举棋不定，于是群公子等私下两次进攻宁喜，终杀宁喜。　⑰"旋"：严可均《全梁文》作"虐"。按：作"旋"于义似更顺畅。靡：不，没有。旋踵：比喻很快到来。卫献公最后出奔晋国。　⑱商君：商鞅，在秦国主持变法，后被处以车裂之刑。执、收：均指囚禁。李斯：秦丞相，在秦统一六国的过程中发挥了重要作用，后被赵高处死。　⑲阙：泛指帝王宫殿或住所。厄：困顿。　⑳尤：罪过，过错。　㉑两句言这些都无法解决今天所面临的严酷现实，也无法追悔往日策略的错误。　㉒伯卓：梁冀，字伯卓，东汉中后期的外戚，专权跋扈，废立皇帝，诛杀忠臣，荒淫至极。豺目：长得像豺狗的眼睛。据《后汉书》本传载，梁冀"鸢肩豺目"。跋扈：专横暴戾，欺上压下。这里用梁冀来借指侯景，侯景也是"豺目"，也专横暴戾。　㉓弑君：指梁冀杀死冲帝。鸩子：指梁冀毒死质帝。李：指太尉李固。杜：指前太尉杜乔。李固、杜乔因抵制梁冀而被诬杀害。　㉔鬻（yù）、贩：贩卖。据《后汉书·梁冀传》："冀一门前后七封侯，三皇后，六贵人，二大将军，夫人女食邑称君者七人，尚公主三人，其余卿将尹校五十七人。"怨庶虐人：怨恨、虐待普通百姓。　㉕蔽明政之聪察：指梁冀当权，朝臣的上书、谒见均必须先经过梁冀。害上书之烈臣：指梁冀杀死吴树事。吴树上书指责梁冀所用非人，梁冀鸩杀之。　㉖"荣"字疑有讹误，不可解。暧子于阿尹：指梁冀与汉顺帝之弃妇私通，生子而不敢公开事。暧：通"匿"，隐匿。阿尹：当指汉顺帝弃妇友通期。肆：毫无顾忌。贪浊：贪婪而污秽。　㉗两句言梁冀在宫禁之中安插亲信。《后汉书·梁冀传》："宫卫近侍，并所亲树，禁省起居，纤微必知。"虽写梁冀，但实是写侯景。　㉘卒：最终。膏铁（fū）润钺（yuè）：指被杀头后血染斧钺。铁：古同"斧"。钺：古代兵器之一种，像斧而较大。置缧（mò）逢徽（huī）：指被囚禁起来。缧：两股线合成的绳索。徽：三股线合成的绳索。　㉙壮武英逸：形容人才阳刚、健壮、洒脱。才为时出：人才的出现是因为适应特殊的时运。陆离：色彩繁杂。儒雅：学问深湛，气度雍容。照烂：辉映。　㉚两句言汉末三国形势，但不言魏与蜀，其目的在影射南北之间的战争。江东：代指孙权。孙权割据江东。吞并之筹：吞并天下的谋略。幽州：古地名，在今河北北部和辽宁南部一带。这里代指袁绍。袁绍为大将军，都督冀、青、幽、并四州军事，他也曾图谋立幽州牧刘虞为帝。著：显露。怀远：安抚边远之地，这里指统一中国。　㉛运、时：均指时运。钟：集中。毁冕：《左传·昭公九年》："伯父若裂冠毁冕，拔本塞源，专弃谋主，虽戎狄，其何有余一人？"这是周王使者责问晋国将领的话，大意是如果晋国真的不顾周、晋本一家的事实，目无天子的话，那么，戎狄等将更无视于周王室的存在了。萧纲这里用"毁冕"，大有深意。侯景乱起后，连萧姓藩王都见死不救，那更何况是少数民族的侯景呢！属：适逢。倾颠：指社会倾荡、王室颠覆。　㉜"镝"原作"铺"，据《汉魏六朝百三家集》本改。两句写自己身处环境险恶，动荡不安。镝（dí）鸣：箭射出后与空气摩擦发出响声。　㉝"刘"原作"留"，据《汉魏六朝百三家集》本改。刘卞：字叔龙，西晋忠臣，官太子左卫率，贾后欲废太子，刘卞积极奔走企图挽回，被贾后发觉，遂自杀。用刘卞之典，暗示自己地位岌岌可危，随时都有被废杀的可能。忠良之戮：字面上指刘卞被杀，其实是影射萧会理被杀事。萧会理被萧纲（实际是被侯景）任命为尚书令，曾两度谋诛侯景，失败被杀。　㉞台耀之灾：不详。鹪（jiāo）鹩（liáo）之赋：西晋张华有《鹪鹩赋》。该赋主要哀悯小鸟（鹪鹩）容易遭遇，但同时说"言浅可以托深，类微可以喻大"。萧纲引此典，意思是自己写了类似《鹪鹩赋》一样的文章，希望能幸免于难，但很可能只是徒然。　㉟士衡：指陆机，字士衡，西晋文学家。绰有余裕：言陆机文采源源不竭。气含珠璧、情蕴云雾：两句当从陆机《文赋》"石韫玉而山晖，水怀珠而川媚"化出。　㊱"握"原作"偓"，据《汉魏六朝百三家集》本改。阙：古同"缺"。沉隐：深沉稳重。耽：沉溺。握：掌控。猛众：指军队。八王之乱中，陆机他统帅二十万大军进攻洛阳，结果兵败，被成都王司马颖杀害。　㊲抗言：出言抵制。孟玖：成都王司马颖的宦官。孟玖希望司马颖任用其父为邯郸令，但因陆云的抗言抵制而不成，因此，陆机、陆云与孟玖、孟超结仇，在孟氏兄弟的谗言下，二陆被杀。抗言孟玖者为陆云，非陆机。孤贞：少有的忠贞。笺：书信；陆机临死前给司马颖写信，今只存数句。切：恳切。墨幔：黑色的帐幕。据《晋书·陆机传》，陆机被捕前一晚梦见黑幕绕床。　㊳形：身体。殒（yǔn）：死。河上：指河桥，即黄河富平津桥，在洛阳北边黄河以北，二陆被处死之地。华亭：地名，在今上海松江区，陆逊封地所在，陆机的故乡。陆机临刑前说："华亭鹤唳，岂可复闻乎？"　㊴杨恽：司马迁外孙，轻财好义，喜言人过，张狂不羁，被免官后心怀不服，作《报孙会宗书》以泄愤，汉宣帝看见后大怒，下狱死。灌夫：汉初将军，粗犷直率，在平定七国之乱中立有大功，后免官家居，在丞相田蚡的婚宴上使酒骂座，被下狱死。伤形：毁坏形体，指被杀头。属吏：交给官吏治罪。　㊵周君：指周顗，东晋初年吏部尚书，嗜酒如命，君臣宴集，晋元帝酒酣后说："今日名臣共集，何如尧舜时邪？"周顗趁醉厉声说："今虽同人主，何得复比圣世！"元帝大怒。裴子：指裴楷，西晋时任侍中，狂傲有才气。石崇与人饮酒时被轻慢，于是想弹劾使其免官，裴楷指责说："足下饮人狂药，责人正礼，不亦乖乎！"酣狂：醉酒后无所顾及。　㊶靳固：魏晋南北朝时的习语，表示吝啬、不大方。纪瞻：秣陵人，出东吴望族，为东晋初期名臣，与王导同为辅佐司马睿登基的功臣。季伦：石崇，字季伦，喜好奢华，多储歌妓，曾官荆州刺史。萧纲此言石崇纳纪瞻之妾的事，似于史无闻。石崇死于永康元年（300），而纪瞻出仕最早早不过此年，陆机与纪瞻同为吴人，极力荐举纪瞻，因此，纪瞻用不着给石崇贡献女人才能出仕。这可能只是当时的传闻，或另有所指。　㊷爽：清醒。悔结嫌彰：后悔之情郁结于心，对以前所作所为的嫌恶之心也就显现出来。　㊸两句意思是，前路茫茫，变化多端，就像波澜一样动荡不安。庸夫目光短浅，受蒙蔽于巧言，所作所为乃自欺欺人而已。萧纲此语在斥责侯景之狂妄自欺。　㊹不远而复：《周易·复卦》"初九"爻辞："初九，不远，复，无祗悔。"意思是所做之事虽有背正道，但也背离不远，很快就会复归于正道，没什么大的后悔。无嗤：没什么可被嘲笑的。常基：常理。萧纲用复卦卦意来勉励自己战胜困难，希望国家能恢复、中兴。　㊺胸驰臆断：凭主观推测、想象做决断。驰：向往，这里指推测、思考。失：过失，错误。师：效法，学习。

本赋的写作时间，当在太清三年（549）至大宝二年（551）之间。太清二年八月侯景起兵，次年三月攻陷台城，萧衍、萧纲等成了侯景掌中的傀儡。侯景本是北朝胡人，叛变北朝后投降南朝；梁武帝开门揖盗接纳侯景，终于酿成了祸患。侯景之乱彻底摧垮了梁朝的统治，萧衍、萧纲也未能幸免于难。

本文的主旨是抒写对梁朝末年政治决策中重大失误的悔恨之情，以及对侯景残暴杀戮、犯上凌下、专权跋扈的批判，同时也表达了勉励自己战胜困难、坚信国家中兴的信心。这样的创作主旨也使得《悔赋》在萧纲的作品中显得十分特殊，因为现存萧纲的诗赋几乎都是咏物、唱和以及描写风花雪月，这些作品都作于侯景之乱前；而作于侯景之乱后的，只有一首诗（《被幽述志诗》）和两篇赋（其中《围城赋》仅存十句），因此，《悔赋》就显得弥足珍贵。如果仅从艺术形式方面来看，《恨赋》《别赋》《悔赋》在当时都是很平常的赋题，而且江淹的《别赋》早已驰名南北,后来的作者要在写作思路和规模上超越是很难的,萧纲也不例外。但是,如果联系侯景之乱中作品留存极少的现实,联系萧纲等宫体作家乱前赋作描写风花雪月的现实,则本赋的意义是显然的。

赋文序言引用《周易·系辞》和乾卦爻辞,借用《诗经·大雅·生民》"庶无罪悔"之意,旨在警惕自己"慎履冰之诚",一定要谨小慎微,以应对当前的艰难处境。

正文第一段以轻淡的笔墨写作者"静思悔吝,铺究前史",似乎表明作者只是要一般性的总结历史,"迹夫覆车之人,岂止一途而已"。但是,我们会问:总结历史会有多种思路,可萧纲为什么偏偏只总结"覆车之人"?"覆车之人"史上多见,萧纲为什么主要总结那些飞扬跋扈的权臣,尤其是哪些旋起旋灭的权臣?联系起侯景之乱中萧纲的遭遇,我们以为,《悔赋》主旨还是以影射侯景的可能性为大。另外,萧纲身陷囹圄,处于侯景的严密监视之中,他作文肯定不能太直露地影射侯景,所以,这段他用淡墨写出,是出于掩饰的需要。

赋文主体部分是二、三两段。两段中,萧纲大量借用典实,这些典实集中指向了兴亡成败的主题,其中尤多权臣、跋扈之臣、残暴之臣,通过写这些人的旋起旋灭来反思历史。如秦朝的赵高、秦末的项羽、东汉的楚王刘英、春秋时期卫国的宁喜、东汉后期的外戚梁冀等,梁冀尤似侯景,他专权跋扈,废立皇帝,诛戮大臣,淫乱后宫,侯景与之如出一辙,所以萧纲给梁冀以最多的批判。显然,这是萧纲在思考侯景暴乱的结局,最终他认为,侯景会像历史上所有的跋扈之臣一样必将迅速覆灭。文句如"亦何解于今酷","今酷"即萧纲面临的艰难国运;"运钟毁冕,时属倾颠","毁冕"语出《左传·昭公九年》,本是周王使者责问晋国将领的话,义正词严,说如果晋国不顾周晋一家的事实、目无天子的话,那戎狄将更无视周王室的存在了。萧纲引用此典大有深意:侯景乱起后,连萧姓藩王都目无王室、见死不救,更何况是北方胡人的侯景呢?应该说这是审慎精准、言简意赅的用典,体现出了萧纲高超的写作技巧。

赋文第四段主要写陆机的败亡,以及杨恽、灌婴因张狂被杀,周颛、裴楷因饮酒而失礼等事;石崇(字季伦)纳纪瞻之妾事不详。萧纲用这几个典实的目的就是告诫自己小心谨慎,深思熟虑,而不能"志阙沉隐""狂言""失志"。对此,姑作如是解释:萧纲要影射侯景,如果每个典故、史实都写与侯景相近的权臣,那侯景会明白萧纲的初衷,其结果肯定对萧纲不利,所以,萧纲得用部分其他事例来隐晦、遮掩其真实用心,于是就出现了这些典故。另一方面,从萧纲批判侯景、总结经验、鼓励自己坚持斗争的角度出发,萧纲在赋文最后用几个事例来告诫自己谨小慎微,应付侯景,以赢取最终的胜利,这也是情理之中的。

赋的结尾,萧纲用《周易·复卦》的义理来表达对这场灾难的思考,用"不远而复"来寄寓自己勘定战乱、中兴国家的期望。

在写作手法上,萧纲现存文章无文不骈,本赋也如此。另外,本赋截句成词的用典手法堪称典型,如"每征后稷之诗"引用《诗经·大雅·生民》的典故,《生民》本为农事诗,可萧纲引用的只是其中"庶无罪悔"之意,是偏用;如"运钟毁冕"用《左传》的典故,"毁冕"本意是形容诸侯与周天子反目,它包含着诸侯目无天子的含义,萧纲用截句成词的手法反讽了梁朝诸侯"坐观国变,以为身幸"的现实;再如"鸡鸣"一语,用以反映国家风云动荡的现状,等等。

总体来看,本赋感情强烈,用典精深,寄寓深刻。可以假设,如果本赋作于乱前,也许萧纲又会写出几多儿女情长的悔恨,但是,正因为它作于乱后,所以才使本赋有着强烈的感情和深刻的人生寄托。从这个角度来说,萧纲的《悔赋》可看作是梁朝赋风转变的风向标。这也证明,萧纲此前的宫体赋风之所以靡弱,不是其本性所致,而是生活所限;当生活转变时,萧纲也能像庾信一样创作出感情沉痛、寄寓深刻的作品。遗憾的是,萧纲没能走出侯景之乱,他还没有来得及将那天纵的才华与深广的生活结合起来,即匆匆地退出了历史的舞台。

另外,《悔赋》反映出的萧纲乱前、乱后创作的天壤之别,也足以引起我们对宫体作家评价的重新审视。虽然由于战乱,当时作于战乱期间的作品基本都没有保存下来,但可以肯定,战乱中的作品必然不会再去描写风花雪月与宫女们的笑靥,必定会转向描写社会的乱离和作家的沉痛感情。从这个角度来说,萧纲《悔赋》的文学史意义,就不仅仅在于六朝辞赋史,更在于整个六朝文学史,尤其对于反思宫体文学,有着深刻的启示意义。

(杜志强)

徐 陵

【作者小传】

(507—583) 字孝穆,东海郯县(今山东郯城北)人。梁中大通三年(531),充东宫学士,迁尚书度支郎,出为上虞令。太清二年(548),以通直散骑常侍使魏。承圣三年(554)始返。绍泰二年(556),使齐,还除给事黄门侍郎、秘书监。入陈,加散骑常侍,为五兵尚书、领大著作。后迁吏部尚书、尚书左仆射,世称"徐仆射"。后主时迁左光禄大夫、太子少傅。与北周庾信齐名,世称"徐庾"。原有集,已佚,明人辑有《徐仆射集》。另编有《玉台新咏》。

鸳鸯赋　　　　　徐　陵

　　飞飞兮海滨，去去兮迎春。炎皇之季女[①]，织素之佳人[②]。未若宋王之小史[③]，含情而死。忆少妇之生离[④]，恨新婚之无子。既交颈于千年，亦相随于万里。山鸡映水那相得[⑤]，孤鸾照镜不成双[⑥]。天下真成长合会，无胜比翼两鸳鸯。观其呀吰浮沈[⑦]，轻躯瀺灂[⑧]，拂荇戏而波散，排荷翻而水落。特讶鸳鸯鸟，长情真可念，许处胜人多，何时肯相厌。闻道鸳鸯一鸟名，教人如有逐春情。不见临邛卓家女[⑨]，只为琴中作许声。

〔注〕　① 炎皇之季女：即精卫，神话中鸟名，亦称"冤禽"。相传为炎帝女，名女娃。游东海淹死，化为精卫，久衔西山木石填东海。　② 织素之佳人：即织女，神话中织女星所化仙女。《岁华纪丽》卷三引汉应劭《风俗通》："织女七夕当渡河，使鹊为桥。"　③ 宋王：宋康王，战国时宋国君主。小史：周代官名，此指韩凭。韩凭相传为宋康王舍人，其妻何氏甚美，康王夺之。韩凭有怨气，康王乃罚其筑长城。不久，韩凭自杀，其妻亦自杀，并遗书于带，愿与韩凭合葬。宋王怒，使乡人埋之，两冢相望。然一夜之间，有大梓树生于两冢之端，旬日而盈抱，屈体相就，根交于下，枝错于上。又有鸳鸯雌雄各一，栖于树上，晨夕不去，交颈悲鸣，声音感人。宋人哀之，遂称其木为"相思树"，谓鸳鸯乃韩凭夫妇之精魂。　④ 少妇之生离：少妇：指韩凭妻。生离：离别。　⑤ 山鸡：即锦鸡，传说此鸟爱其羽毛，常照水而舞。此句用以比喻顾影自怜。《博物志》卷二："山鸡有美毛，自爱其色，终日映水，目眩则溺死。"《异苑》卷三："山鸡爱其毛羽，映水则舞。"那：同"哪"。　⑥ 孤鸾照镜：孤鸾：失偶的鸾鸟。比喻失偶或分离的夫妇。《艺文类聚》卷九〇引宋范泰《鸾鸟诗》序："昔罽宾王结罝�峻卯之山，获一鸾鸟。王甚爱之，欲其鸣而不致也。乃饰以金樊，飨以珍羞，对之愈戚，三年不鸣。其夫人曰：'尝闻物见其类而后鸣，何不悬镜以映之？'王从其意。鸾睹形悲鸣，哀响中宵，一奋而绝。"　⑦ 呀(lòng)吰(háng)：鸟鸣声。呀吰浮沉：指鸣叫声时高时低。"沈"同"沉"。　⑧ 瀺(chán)灂(zé)：指鸳鸯在水中出没的样子。　⑨ 临邛(qióng)卓家女：即卓文君。临邛，今四川邛崃市。《玉台新咏·琴歌二首序》："司马相如游临邛，富人卓王孙有女文君新寡，窃于壁间窥之，相如鼓琴，歌以挑之。歌词有句曰：'同缘交颈为鸳鸯，胡颉颃兮共翱翔？'"

　　这是一篇典型的南朝体物小赋。作者徐陵历仕梁、陈两代，诗文轻靡绮艳，与其父徐摛及庾肩吾、庾信父子并称"徐庾"，皆为当时宫体诗文代表作家。徐陵又编有《玉台新咏》传世，自序旨在"撰录艳歌"，从此赋来看，其创作多从当时这类"艳歌"中汲取营养。徐氏流传至今的赋作，仅此一篇，其作年虽不详，但以梁简文帝萧纲、梁元帝萧绎均有同题之作，似可推断为徐氏任东宫学士时所作。

　　全赋大致可分四个层次。开头两句渲染出一幅明媚、生机盎然的图画：泓波如海的湖水，浩渺无涯的春色，翩翩振翼、相伴而飞的鸳鸯。接下来，不着意于描绘鸳鸯嬉戏于水边的欢乐情景,而是宕开一笔,用典故歌咏象征爱情的鸳鸯。韩凭与何氏为了守护被摧残的爱情而选择双双自尽,本已哀艳动人;而其死后精魂化为鸳鸯,长相厮守,更加感天动地。可见在时人心目中,鸳鸯代表着忠贞不渝的爱情。又以映水起舞的山鸡和失偶孤处的鸾鸟作对比,赞美鸳鸯交颈千年、相随万里的美好爱情,表达了愿天下有情人皆成眷属的美好愿望。"观其哠吭浮沈"以下四句,则紧承第一二句,又回到现实,描写鸳鸯戏水的美好画面。寥寥数语,却十分形象生动。最后叙写鸳鸯之相守情长,进而通过歌咏鸳鸯表达人们对爱情的向往:当年卓文君正是听到司马相如歌中以鸳鸯相期,才决定不顾礼教,大胆追求爱情的。

此赋是典型的南朝体物小赋,主要表现在两方面:一、篇幅短小凝练。东汉以后小赋流行,又受当时兴起的文人诗影响,小赋多诗化倾向。此赋就很像歌行,不仅五七言句多,且虚词少而内敛。二、宫体影响明显。从题材到语言,甚至用典,都力求绮艳。且萧梁君臣同题竞艳,宫体文学之风靡一时,可见一斑。

值得肯定的是,徐陵此赋,包括梁元帝同题赋,都没有刻意描写鸳鸯本身之美,而犯堆砌辞藻的毛病(徐赋写鸳鸯仅六句)。其立意乃是赞美鸳鸯所代表的真挚爱情,如"天下真成长合会,无胜比翼两鸳鸯""特讶鸳鸯鸟,长情真可念,许处胜人多,何时肯相厌"。在结构和用韵上都与五言、七言绝句非常相似。语言清新、自然,具有口语化倾向,显然受到了南朝民歌的影响,与汉赋过于铺张扬厉、生僻险怪、雕饰漫衍颇有不同,故受到当时和后人的推崇。而结尾引入"凤求凰"的故事也十分巧妙,正如钱锺书先生所评:"按《全梁文》卷一五元帝《鸳鸯赋》亦云:'……愿学鸳鸯鸟,连翩恒逐君。'徐赋结处以卓文君之孀居呼应山鸡、孤鸾之顾影无偶,较梁元之直言'愿学',更为婉约。"(《管锥编》第1470页)(孙福轩)

萧绎

(508—554) 即梁元帝。公元552—554年在位。字世诚,小字七符,自号金楼子,南兰陵(治今江苏常州西北)人。梁武帝第七子。天监十三年(514)封湘东王,先后历任会稽太守、丹阳尹、荆州刺史、江州刺史。侯景叛乱时,遣王僧辩平定侯景,遂即帝位于江陵。承圣三年(554),西魏军陷江陵,即被俘杀。敏慧好学,博览群书,不好声色。与文士裴子野、萧子云、刘孝绰、张缵等为布衣之交。原有集,已佚,明人辑有《梁元帝集》。另有《金楼子》辑本。

【作者小传】

〔482〕 萧 绎

采 莲 赋　　　　　　　　　萧绎

　　紫茎兮文波,红莲兮芰荷①。绿房兮翠盖,素实兮黄螺②。
于时妖童媛女,荡舟心许③。鹢首徐回,兼传羽杯④。棹
将移而藻挂,船欲动而萍开⑤。尔其纤腰束素,迁延顾步⑥。
夏始春余,叶嫩花初。恐沾裳而浅笑,畏倾船而敛裾。故以水
溅兰桡,芦侵罗裤⑦。菊泽未反,梧台回见⑧。荇湿沾衫,菱长
绕钏⑨。泛柏舟而容与,歌采莲于江渚⑩。

　　歌曰:碧玉小家女,来嫁汝南王⑪。莲花乱脸色,荷叶杂
衣香。因持荐君子,愿袭芙蓉裳⑫。

〔注〕 ① 文:同"纹"。芰(jī)荷:出水的荷叶。《楚辞·招魂》:"紫茎屏风,文缘波些。"
② 绿房:即莲蓬,莲房,莲花开过后的花托,因个孔分隔如房而称。素实:指莲心,色白味苦。
黄螺:指莲子,黄色螺形。 ③ 媛女:美女。 ④ 鹢(yì)首:船头。鹢:一种大鸟,古代常被
画在船头作装饰。羽杯:雀形酒杯。 ⑤ 棹(zhào):船桨。藻、萍:均指水草。 ⑥ 纤腰束
素:谓女子的腰纤细得像束起来的素练一样。宋玉《登徒子好色赋》:"腰如束素。" ⑦ 兰桡
(ráo):用兰木做的船桨。罗裤(jiàn):丝罗制成的衣带。 ⑧ 菊泽:未详,从下句"梧台"来
看,疑指地名,或系泽名。梧台:亦名梧宫,战国时齐国的宫殿名,故址在今山东临淄。借指皇
宫或寝宫。 ⑨ 荇(xìng):荇菜,浮生水草。菱(líng):一名"芰",水生植物。钏(chuàn):臂
环。 ⑩ 柏舟:柏木做的船。容与:迟缓而从容。渚:水中小洲。 ⑪ 碧玉:《乐府诗集》卷
四十五"碧玉歌三首"下引《乐苑》曰:"碧玉,汝南王妾名。"今存《碧玉歌》中有"碧玉小家女,不
敢攀贵德"句。汝南王:有记载是(刘)宋时宗王,也有记载是晋时宗王。从《碧玉歌》风格看,当
是刘宋时人。 ⑫ 袭:加衣服。《离骚》:"制芰荷以为衣兮,集芙蓉以为裳。"

　　萧绎《采莲赋》是南朝宫体赋中的名篇。"采莲"本是一个古老的文学题材,
汉乐府中就有"江南可采莲"的诗篇,后来曹植、潘岳、鲍照、江淹、萧纲等均有咏
莲的赋作,但萧绎(包括萧纲)《采莲赋》的不同在于,他自觉地将前代文人的咏物
题材转变为刻画女性,使之成为宫体文学。可以说,在花木小赋中大力刻绘女性
的写法,萧氏兄弟是导夫先路者。

　　赋文开头描写荷花的"清水芙蓉"之美:紫色的茎,红色的花,绿色的莲叶和
莲蓬,白色的莲心,黄色的莲子,鲜明地刻画了荷花满溢的生机,而这生机也正与
少男少女们身上洋溢着的青春相映照,从而为后文的描摹作了铺垫。

　　赋的重点是描绘采莲女与荡舟少年之间互相爱慕的情景,以及采莲女的娇
情艳态。当采莲女与荡舟少年相互"心许"时,其中的每一个情态都蕴含着相互
关注的深意:他们慢慢调转船头,传递羽杯以示爱慕之情,然后要离开,可是他

们又不愿离开,似乎船桨也被水藻挂住了,无法划动,"棹将移而藻挂",多么细腻地传达出了少男少女的情思! 紧接着,萧绎开始描绘采莲女的美貌和情态:她们身材苗条,一袭白裙,正值豆蔻年华,就像春夏时节伸展的绿叶和怒放的花朵一样,生命在她们身上展现出了最美的活力。她们青涩地娇羞着、掩饰着,可是毕竟难掩两心相悦的欣喜,所以,她们"恐沾裳而浅笑,畏倾船而敛裾",她们用荡舟来掩饰心中的慌乱,也借以引起对方的关注。在小船的摇荡中,"水溅兰桡,芦侵罗裤","荇湿沾衫,菱长绕钏",溅起的水花打湿了船桨和衣带,水草沾湿了裙衫和臂环,而她们的梦想也在荡舟过程中摇曳、升腾,爱意萌生,于是,她们唱起了古歌《采莲曲》,用袅娜婉转的歌谣表达心中的爱慕和欢愉。这是多么天然、温婉的一幕!

如果赋文描写至此即收尾,那本赋应当是一篇唯美的歌咏少男少女爱情的赋作,可是,萧绎却在末尾的乱辞中写道:"碧玉小家女,来嫁汝南王。……因持荐君子,愿袭芙蓉裳。"小家碧玉来嫁"汝南王",使文中男女间的爱情蒙上了一层贵族情趣。"芙蓉裳"语出《离骚》,屈原本是借"芙蓉裳"来烘托自己的高洁品行,萧绎借用屈原语词,意在显示采莲女也自持自重的本性,从而使本赋有了楚骚遗韵,与南朝一般宫体赋借描写女性来暗示艳情的创作倾向拉开了距离。

本赋写法上的高明处在于,将采莲女与美丽的荷花、动荡的水波融为一体,给我们一种感觉,即作者不管是写莲,还是写水,其实都是在写人,无不生动传神。与萧纲的同题作品相比,本赋的风格更为灵动,体现出描绘手法的高超技巧,这也反映了六朝后期赋在艺术形式上的高度精巧化。　　　　(杜志强)

荡妇秋思赋　　　　萧　绎

　　荡子之别十年,倡妇之居自怜①。登楼一望,惟见远树含烟;平原如此,不知道路几千? 天与水兮相逼,山与云兮共色。山则苍苍入汉②,水则涓涓不测。谁复堪见鸟飞,悲鸣只翼③? 秋何月而不清,月何秋而不明。况乃倡楼荡妇,对此伤情。于时露萎庭蕙,霜封阶砌;坐视带长,转看腰细④。重以秋水文波⑤,秋云似罗。日黯黯而将暮,风骚骚而渡河⑥。妾怨回文之锦,君悲出塞之歌⑦。相思而望,路远如何? 鬓飘蓬而渐乱,心怀愁而转叹。愁索翠眉敛,啼多红粉漫⑧。已矣哉! 秋风起兮秋叶飞,春花落兮春日晖。春日迟迟犹可至,客子行行终不归。

〔注〕①荡子：游子。倡妇：古代指以歌舞为业的女艺人，此指游子之妻。《古诗十九首·青青河畔草》："昔为倡家女，今为荡子妇。"②汉：天河，此指天空。③堪：忍受。只翼：孤鸟。④带长：言因相思而变瘦，使衣带宽大。腰细：即身体变瘦。《古诗十九首·行行重行行》："相去日已远，衣带日以缓。"⑤文波：纹波。⑥黯黯：阴暗。骚骚：风劲急貌。⑦回文之锦：前秦符坚秦州刺史窦滔因罪徙流沙，其妻苏蕙织锦作《回文旋图诗》以表相思。出塞之歌：《出塞》为汉乐府横吹曲。⑧翠眉：用黛螺画的眉。敛：指皱眉。红粉：脸上涂的粉。

　　本赋描写的主人公是"倡妇"。历史上的她们是怎样的一个群体呢？"汉代的倡家是出入于天子诸侯和权贵之家，在他们的宴会上表演歌舞和伎艺以谋取生计，并且是以家族为中心组成的艺人集团，也算得上是艺术之家了。……（她们）与唐代妓馆中的妓女确实存在着本质上的差异"（矢田博士《昔为倡家女，今为荡子妇"考——兼论汉代"倡家"的实际社会生活状况》，李寅生译，《河池师专学报》1998 年 8 期），汉武帝之李夫人、尹婕好，曹操之卞太后，均出身倡家，足以说明所谓"倡家""倡妇"其实就是美貌的女艺人。六朝文人常借汉代人事指涉当时人事，所以，本赋中的"倡妇"就是指那些有才华的女艺人，而不指放荡的女人。而在本篇作品里，倡妇已入室成了游子的妻子。赋文中的"游子"，并非指游手好闲者，从《古诗十九首》来看，他们应当是有一定所长、离家外出以猎取功名的人。

　　赋开门见山写闺中妻子在秋天思念久别的丈夫。"荡子之别十年，倡妇之居自怜"两句领起全赋，为通篇描写凄清的秋景和缠绵悱恻的思念定下了基调。十年离别，暗示出闺中妻子思念之切、之深。然后通过"妻子"眼中的秋景来烘托、铺排她对丈夫的深切思念：她登高望远，希望能看到丈夫的影子，但这显然是徒劳的，天长水阔，云山连绵，映入眼帘的尽是苍茫暮云和迷蒙烟树，丈夫却音信皆无。平原如此辽阔，空间如此遥远，丈夫归来的路该有多远啊？"平原如此，不知道路几千"两句，多么细腻地传达出闺中妻子思念之痴、之苦！她不忍心看孤独哀鸣的飞鸟，因为那会逗惹起她心中蕴藏已久的孤独和伤感；她不忍心面对清丽的秋景和团圆的月亮，因为那会反衬出她心中的黯淡和缺憾。"谁复堪见鸟飞，悲鸣只翼？秋何月而不清，月何秋而不明"四句，把有情人对自然物候的敏感描写得何等真切，与杜甫"感时花溅泪，恨别鸟惊心"可谓异曲同工。

　　赋文在用概貌秋景烘托相思之后，又用具体物象来铺写相思，这些物象是：露、蕙、霜、水、云、日、风、河。在思妇看来，庭院中的蕙草布满霜露，日渐枯萎，它们憔悴的色泽就像自己日渐消瘦的容颜。薄暮时分，日光暗淡，风萧飒地吹拂着河面，河水泛起鳞鳞波纹，天空中的浮云也被吹得如绫罗一般飘渺、悠远，这样凄清、萧瑟的秋景，更会增加思妇心中的失落、怅惘。于是，她情不自禁，开始为丈夫缝制罗衣,并用心地在上面绣写回文诗以表思念,"妾怨回文之锦",她甚至还想:也许此时此景之下,外地的丈夫也会情不自禁地吟咏《出塞歌》来表达对闺中妻子的思念吧!最后,她已经泪流满面,"啼多红粉漫"一语,具体描摹思妇伤心的情状。应该说,萧绎的这些描写是十分成功的,他用景铺情,情景之间过渡自然,情景一体,把相思之情写得极为缠绵悱恻。

赋末乱辞为一首七言诗,主旨仍是铺排和加强思妇的怨思:在这黄叶纷飞的秋天,思妇痴痴地盼望着来年的烂漫春天,也许,那将是与丈夫相会的春天?也许,春天总会来到,而相会却总遥遥无期,留给自己的仍旧是无尽的等待?萧绎用这些没有尽头、没有答案的愿望收束了全赋,也把无穷的意味留给了读者,把一篇精致、清丽、情景交融、缠绵悱恻的宫体小赋留给了赋史,赢得了多少读者的击节叹赏!

(杜志强)

庾 信

【作者小传】

(513—581) 字子山,小名兰成,南阳新野(今属河南)人。文才横溢,与徐陵同领绮靡艳丽的文风,世人号为"徐庾体"。南朝梁承圣三年(554年)庾信出使西魏,从此羁留长安,终生不复回南方。尽管在北朝位通望显,但庾信常怀思念家国之情。入仕西魏后,庾信的赋作更显精工。《四库全书总目提要》评价其骈文"集六朝之大成,而导四杰之先路。自古至今,巍然为四六宗匠"。

春 赋　　　　　　庾 信

宜春苑中春已归,披香殿里作春衣。新年鸟声千种啭,二月杨花满路飞。河阳一县并是花,金谷从来满园树。一丛香草足碍人,数尺游丝即横路。开上林而竞入,拥河桥而争渡。

出丽华之金屋,下飞燕之兰宫。钗朵多而讶重,髻鬟高而畏风。眉将柳而争绿,面共桃而竞红。影来池里,花落衫中。

苔始绿而藏鱼,麦才青而覆雉。吹箫弄玉之台,鸣佩凌波之水。移戚里而家富,入新丰而酒美。石榴聊泛,蒲桃酸醉[①]。芙蓉玉碗,莲子金杯。新芽竹笋,细核杨梅。绿珠捧琴至,文

〔486〕 庾信　　　　　　　　　　　　　　　　　　　　　　　　　　　春　赋

君送酒来。

玉管初调，鸣弦暂抚。《阳春》《渌水》之曲②，对凤回鸾之舞。更炙笙簧，还移筝柱。月入歌扇，花承节鼓。

协律都尉，射雉中郎。停车小苑，连骑长杨。金鞍始被，柘弓新张。拂尘看马埒③，分朋入射堂④。马是天池之龙种，带乃荆山之玉梁。艳锦安天鹿，新绫织凤皇。

三日曲水向河津⑤，日晚河边多解神⑥。树下流杯客，沙头渡水人。镂薄窄衫袖⑦，穿珠帖领巾。百丈山头日欲斜，三晡未醉莫还家。池中水影悬胜镜⑧，屋里衣香不如花。

〔注〕 ① 酦(pō)醅(pēi)：重酿未滤的酒。　② 渌水：一作绿水。　③ 马埒(liè)：习射时的驰道。道两边有界限，以防跑出道外。　④ 射堂：习射的场所。　⑤ 三日：一作三月。⑥ 解神：酬神，祈神还愿。　⑦ 镂薄：薄，通"箔"。晋以后出现的"人日"风俗，雕镂金箔成人形，贴于屏风，或戴于头上。　⑧ 镜：一作"锦"。

庾信一生多故，历仕梁、西魏、北周三朝。梁武帝时，庾肩吾、庾信父子与徐摛、徐陵父子并任职东宫，追随太子萧纲的趣味，文风绮艳，时号"徐庾体"。为梁元帝出使西魏时，梁为西魏所灭，庾信从此羁留北方，诗文中遂多乡关之思。《春赋》为其仕梁时所作，风格绮丽明艳，具有明显的宫体趣味，与以《哀江南赋》为代表的后期赋作迥然两途。赋从春光、物产写到春游、饮宴、乐舞、骑射以及三月三日活动，以极小的篇幅呈现出春天的全幅图景。诗化句式的连续使用，更为此赋增添了轻快感。

赋作开头八句，即连用相同的七言诗句式，勾勒出春回大地的图景。整齐的节奏使得文章在欢快的旋律中推进，鸟声婉转，柳絮飘飞，桃花烂漫，树木满园，小径上兰草斜出，蛛丝映空，一幅幅春天的画面快速闪过。后宫的寂寞女子也许对于季节的变化最为敏感，故春天来临之征首在后宫赶制春衣。潘岳任河阳令时，满县皆栽桃花。石崇之金谷园，则"柏木几于万株"(石崇《思归引》序)。秦宫汉殿、人物风流，掩映在春天的画面之后。而当下的人们则竞相赏春，"开上林而竞入，拥河桥而争渡"。汉武帝时所建的上林苑，内多奇兽异花。西晋的杜预因孟津渡太险，力请于富平津建河桥。这里的上林、河桥泛指人们赏春所至之苑囿津渡，此二句将笔触转向春天中的人物，引领下文。

首先出现于我们视野的人物是明媚鲜艳的女子，她们出金屋，离兰宫，髻鬟高耸，珠翠满头，面若桃花，眉若细柳，身影倒映于水中，可与春天争胜。阴丽华为汉光武帝的皇后,光武帝曾云"娶妻当得阴丽华",赵飞燕则为汉成帝的皇后。丽华、飞燕、金屋、兰宫诸词使得赋作带有浓厚的宫廷气息。

视线随后转向春天的鱼鸟,藏于绿苔之下的游鱼,麦苗刚能遮掩的雉鸟,为画面增加了灵动感。弄玉、凌波、戚里、新丰四句再次将画面拉回人事,转向都市。萧史弄玉的传说最早出自《列仙传》,萧史善吹箫,能作凤鸣之声,秦穆公以女弄玉嫁之,为之作凤楼。夫妇吹箫于上,最终引来凤凰,夫妇乘凤凰飞去。"鸣佩凌波之水"暗用"凌(陵)波微步,罗袜生尘"的洛神形象。汉高祖以石奋之姐为美人,徙其家于外戚所居之长安戚里。高祖为慰其父思乡之情,将丰县之屠贩少年、沽酒、卖饼、斗鸡、蹴踘之徒迁至长安,名其地为新丰。"家富""酒美"则顺势引出下文的美酒佳肴。

左思《蜀都赋》云"蒲桃乱溃,石榴竞裂",此处则指石榴汁所酿之酒与葡萄酒,分别来自南海顿逊国与西域的葡萄酒,在当时皆为珍异之物。"玉碗""金杯"写酒杯之精美,"竹笋""杨梅"则指鲜果时蔬。"绿珠捧琴至,文君送酒来"启下而承上,绿珠捧琴开启下文八句,文君送酒逆向收束上六句。

"玉管初调"至"花承节鼓"皆写春天时的音乐舞蹈。《阳春》《渌水》为古曲名,"回鸾"则为古之舞曲。随后,复以"协律都尉"束上,"射雉中郎"启下,二句分别指汉代乐师李延年与《射雉赋》的作者虎贲中郎将潘岳。因"射雉"而引出下文的游猎,众人跨金鞍、挽柘弓,奔赴骑射场所,所骑之马为西北龙种,所围之带为荆山宝玉。在这一系列的动态铺陈之后,忽以奇幻之笔,将神兽天鹿与祥鸟凤凰幻化为锦缎上的图案,动归于静,实化为虚。

赋的最后一段,定格在季春的三月三日。按照古老的上巳风俗,人们会在三月上旬的巳日去水边修禊,祓除不祥。魏以后,始改定为三月三日。饮酒赋诗的文人雅集也随修禊而来,并因《兰亭集序》而光耀后世。庾信为我们呈现了这一图景,水边祈神,士女俱集,曲水流觞,尽情痛饮。春水照人,有若明镜,花香扑鼻,可代薰衣。日已西斜而游人尚无归意。六个七言句与四个五言句相错,以轻快的节奏收束全赋。

这是一篇诗化之赋,赋中大量运用五、七言诗句,这种现象在当时具有一定的普遍性。梁东宫文学集团有不少同题共作之赋,如《春赋》《灯赋》《对烛赋》《鸳鸯赋》。这些赋中,除了庾信的《春赋》,萧悫的《春赋》,萧纲《对烛赋》、《鸳鸯赋》,萧绎《对烛赋》、徐陵《鸳鸯赋》都呈现出明显的诗化特征。赋的诗化既是诗、赋交互影响的结果,也是对小赋抒情化的进一步尝试,是齐梁文学新变的一个表现。

(曹 虹 陈曙雯)

〔488〕 庚 信　　　　　　　　　　　　　　　　　镜 赋

镜　赋　　　　　　　　　　　庚信

天河渐没，日轮将起。燕噪吴王，乌惊御史①。玉花簟上，金莲帐里②。始折屏风，新开户扇。朝光晃眼，早风吹面。临桁下而牵衫③，就箱边而著钏。宿鬟尚卷，残妆已薄。无复唇朱，才余眉萼④。靥上星稀，黄中月落⑤。

镜台银带，本出魏宫⑥。能横却月，巧挂回风⑦。龙垂匣外，凤倚花中。镜乃照胆照心，难逢难值。镂五色之蟠龙，刻千年之古字。山鸡看而独舞，海鸟见而孤鸣。临水则池中月出，照日则壁上菱生。

暂设装奁，还抽镜屉。竞学生情，争怜今世。鬓齐故略，眉平犹剃。飞花砖子⑧，次第须安。朱开锦蹹⑨，黛蘸油檀。脂酥甲煎⑩，泽渍香兰。量髻鬟之长短，度安花之相去。悬媚子于搔头，拭钗梁于粉絮⑪。

梳头新罢照著衣，还从妆处取将归。暂看弦系，悬知缬缦⑫。衫正身长，裙斜假襻⑬。真成个镜特相宜，不能片时藏匣里，暂出园中也自随。

〔注〕 ① 燕噪吴王：《越绝书·吴地传》载，秦始皇十一年，照燕看守吴宫，不慎失火烧之。此处但取字面意思，谓燕子叫声吵醒吴王。乌惊御史：汉代御史府中种植柏树，常有野乌栖息其上，晨去暮来。　② 簟（diàn）：竹席。金莲帐：后赵石虎作流苏帐，帐顶安金莲花，花中悬金箔，挂香囊。　③ 桁（hàng）：衣架。　④ 眉萼：南朝宋武帝之女寿阳公主人日卧于含章殿檐下，有梅花落于额头，留下花印，拂之不去。宫人效之，称为梅花妆。　⑤ 靥：面部的一种妆饰，效星星与月亮之形，即"靥上星稀，黄中月落"之意。　⑥ 曹操《上杂物疏》曰："御物三十种，有纯银参带台砚一枚。"镜台出魏宫之说或本此，然砚台非镜台。　⑦ 却月：意谓镜子形圆似月，可以挡住月亮。挂：阻碍。　⑧ 飞花砖子：即花砖，有花纹的砖块。　⑨ 蹹（tà）：同"踏"。"朱开锦蹹"意谓踏行之处用锦绣为之，锦上间以红色。　⑩ 甲煎：香料名，可作口脂，亦可用于焚蒸。　⑪ 媚子：首饰之名。粉絮：搽粉所用的粉扑。　⑫ 弦系：《西京杂记》载，戾太子遇害时，其孙（即后来的宣帝）尚在襁褓之中，亦被系于郡邸狱。其臂上有祖母史良娣系上的丝绳，绳上挂着一枚身毒国宝镜，据传佩戴此镜者能得天神福佑。缬缦：一作"撷纱"。晋代女性成婚后，即以缯束其发髻，名曰"撷子纱"。　⑬ 襻：系衣裙的带。

《镜赋》与《春赋》一样，都是庚信的前期作品。庚信还有同题材的《镜》诗，梁简文帝等人也有《咏镜》诗，表明这篇赋也是宫中酬应之作。全赋写镜，处处从美人入手，写美人对镜梳妆，又从晨起妆残开始。对美人服饰妆容首饰的描写不厌其烦，表现出明显的宫体特征。

赋之始，先写天将晓，燕乌叫声将人唤醒。《越绝书·吴地传》载，秦始皇十一年，照燕看守吴宫，不慎失火烧之。汉代御史府中种植柏树，常有野乌栖息其上，晨去暮来。此处但取字面意思，谓燕噪乌啼吵醒睡梦中人，以此引出被惊醒的女子。对于该女子，先以玉花簟、金莲帐状其床榻精美，然后写其起床，折起屏风，打开门窗，睡眼半睁，慵懒地穿衣戴钏。从"宿鬟尚卷"至"黄中月落"，皆绘其未梳妆时的情形，以美人妆残为铜镜的出现作铺垫。

"镜台银带"至"凤倚花中"，以同韵的三组对句写镜台的渊源与精美的形状。以下则写镜自身。《西京杂记》谓秦始皇有方镜，可照人脏腑，知人病症。女子若有邪心，照之则胆张心动。秦始皇常以之照宫人，胆张心动者则杀之。"照胆照心"写其神异，"蟠龙""古字"谓其背面精美的雕饰与古老的铭文，以下又连用山鸡舞镜、鸾鸟鸣影多个与镜子密切相关的典故。《异苑》载山鸡爱其毛羽，映水则舞。南方有人献此鸟于曹操，欲其舞，遂置大镜于其前。山鸡对镜而舞，直至累死，后世遂多有作《山鸡舞镜》赋者。东晋范泰有《鸾鸟诗》，诗序谓罽宾王得鸾鸟，喜爱非常，无奈鸟始终不鸣，后听从夫人建议，悬镜以照之，鸾鸟遂对影而鸣。临水月出、照日菱生两句，谓铜镜映于水中则形如满月，映着日光则墙壁光影形如菱花。在《镜》诗中，庾信有"月生无有桂，花开不逐春"之句，意谓镜如月，但是并无月中之桂花；镜形如菱花，并非真花，故盛开不分时令。也是就月与花二意申说，与此赋中两句意思枘近。

对铜镜作了详细铺陈后，方开始描绘女子对镜梳妆。拉开镜屉，取出梳妆用具，修齐鬓角眉梢，描画眉毛，涂上口红，头上抹上香兰膏泽，插花于鬓，对镜度量髻鬟长短，再插上簪钗。而她的梳妆之处，花砖铺地，锦绣覆盖。如此细细装扮，是为"竞学生情，争怜今世"，曹植《洛神赋》云"柔情绰态，媚于语言"，所谓"生情"，即谓也表现出这样的"柔情绰态"。

对镜梳妆完毕后，复又取镜照衣。"弦系"代指幼年，"缬缦"指成婚。"暂看弦系，悬知缬缦"，此为虚化之笔，从幼年直照至成婚，以片刻不能相离结束全赋。

本赋典故密集，用典之法多样。或仅取字面意义，如"燕噪吴王"。或罗列与所写对象相关的故事，如秦始皇以镜照人脏腑、山鸡舞镜、孤鸾鸣影。或是更为灵活地化用典故，如"龙垂匣外，凤倚花中"。据龙辅《女红余志》载，贾充妻李婉有对凤垂龙玉镜台。谢朓《咏镜台诗》云："对凤悬清冰，垂龙挂明月。"对凤、垂龙已经成为写镜子的常见典故,故庾信变而用之。又如"照日则壁上菱生",照日菱生,显是菱花镜,《飞燕外传》载赵飞燕之妹献给她三十六物,其中即有七出菱花镜一枚。

用典是庾信赋的典型特征,不过前期作品典故运用多为物象的简单罗列,既非"举人事以征义",也非"引成辞以明理"(《文心雕龙·事类》),虽有体物浏亮之效,却缺乏与当下情境、情感的关联。后期作品中的典故才摆脱了单纯的装饰性,古事与今事、今情之间有了关联,"援古以证今"的性质才落到实处。

(陈曙雯)

枯 树 赋　　　　　　　　庾 信

殷仲文风流儒雅,海内知名。世异时移,出为东阳太守。常忽忽不乐,顾庭槐而叹曰:"此树婆娑,生意尽矣①!"

至如白鹿贞松,青牛文梓②,根柢盘魄,山崖表里③。桂何事而销亡?桐何为而半死④?昔之三河徙植,九畹移根⑤。开花建始之殿,落实睢阳之园⑥。声含嶰谷,曲抱《云门》⑦;将雏集凤,比翼巢鸳⑧。临风亭而唤鹤,对月峡而吟猿⑨。

乃有拳曲拥肿,盘坳反覆⑩,熊彪顾盼,鱼龙起伏⑪。节竖山连,文横水蹙⑫。匠石惊视,公输眩目⑬。雕镌始就,剞劂仍加⑭,平鳞铲甲,落角摧牙⑮。重重碎锦,片片真花,纷披草树,散乱烟霞⑯。若夫松子、古度、平仲、君迁,森梢百顷,槎枿千年⑰。秦则大夫受职,汉则将军坐焉⑱。莫不苔埋菌压,鸟剥虫穿⑲。或低垂于霜露,或撼顿于风烟⑳。

东海有白木之庙㉑,西河有枯桑之社㉒,北陆以杨叶为关㉓,南陵以梅根作冶㉔。小山则丛桂留人㉕,扶风则长松系马㉖。岂独城临细柳之上,塞落桃林之下㉗。

若乃山河阻绝,飘零离别㉘。拔本垂泪,伤根沥血㉙。火入空心,膏流断节㉚。横洞口而敧卧,顿山腰而半折㉛。文斜者百围冰碎,理正者千寻瓦裂㉜。载瘿衔瘤,藏穿抱穴㉝。木魅睒睗,山精妖孽㉞。

况复风云不感,羁旅无归㉟,未能采葛,还成食薇㊱。沉沦

枯树赋　　　　　　　　　　　　　　　　　　　　　　庾　信　〔491〕

穷巷,芜没荆扉㊲,既伤摇落,弥嗟变衰㊳。《淮南子》云:"木叶落,长年悲。"斯之谓矣㊴。乃歌曰:"建章三月火㊵,黄河万里槎㊶。若非金谷满园树,即是河阳一县花㊷。"桓大司马闻而叹曰㊸:"昔年种柳,依依汉南㊹。今看摇落,凄怆江潭㊺。树犹如此,人何以堪㊻!"

〔注〕　① 殷仲文:东晋诗人,陈郡(今河南淮阳)人。风流:风采特异,才华出众。儒雅:指殷仲文能言善辩。他曾在桓玄面前展示其妙诙之才,被传为佳话,事见《世说新语》。"世异时移"二句:殷仲文是桓玄姐夫。桓玄叛乱失败,殷投靠刘裕。《世说新语》载,殷仲文素有名望,自认为堪当宰相,忽然调任东阳太守,怏怏不得志,至郡上任,经富阳时感慨曰:"看此山川形势,当复出一孙伯符(孙策)。"后因傲慢遭东阳何无忌诋毁,刘裕以参与谋反为借口将殷仲文杀害。忽忽:失意貌。顾庭槐而叹:《世说新语》载,桓玄败后,殷仲文心情复杂,不似往日,所在大司马府厅事前有一老槐,枝叶扶疏,一次与众月初集会,殷视槐良久,叹曰:"槐树婆娑,无复生意!"　② 白鹿贞松:松耐严寒,常青不凋,故称"贞松",喻坚贞不渝的节操。《十三州志》载白鹿塞(今甘肃敦煌)多古松,树下常有白鹿栖卧。青牛文梓:指参天古木。《太平御览》引《录异传》云:"秦文公时,雍南山有大梓树,文公伐之。……中有一青牛出,走入沣水中。"　③ 根柢(dǐ):草木的根。盘魄:盘曲牢固貌。表里:表面和内部。　④ 桂:花叶皆有特殊香气,以喻君子品行高洁。何事:与下句"何为"意同,即为何。销亡:枯萎。桐:木质轻而韧,古代以为是凤凰栖止之木。半死:凋残。　⑤ 三河:汉代以河内、河东、河南三郡为三河,即今河南省洛阳市黄河南北一带。徙植:移植。九畹:《楚辞·离骚》:"余既滋兰之九畹兮,又树蕙之百亩。"王逸注:"十二亩曰畹。"一说,田三十亩曰畹。后以"九畹"为兰花的典实。移根:移植。　⑥ 建始之殿:建安二十五年(220)曹操修复洛阳宫殿,在北宫西北营造建始殿,后以建始殿为朝会正殿。《搜神记》载曹操修筑建始殿时,濯龙苑的树被砍伐后流出血来,又挖掘移植梨树,树根亦流血。曹操憎恶此事,一病不起,当月就死了。睢阳之园:汉梁孝王园。　⑦ 嶰(xiè)谷:昆仑山北谷名。汉应劭《风俗通·声音序》:"昔黄帝使伶伦自大夏之西,昆仑之阴,取竹于嶰谷,生其窍厚均者,断两节而吹之,以为黄钟之管。"云门:周朝六乐舞之一。用于祭祀天神。相传为黄帝时所作。　⑧ 将雏集凤:幼禽、凤鸟停于树上。比翼巢鸳:鸳鸯雌雄相伴巢居于树。⑨ 唳鹤:使鹤高亢地鸣叫。陆机曾感叹:"华亭鹤唳,可得闻乎?"月峡:明月峡的省称,在今重庆境。吟猿:猿猴长凄地鸣叫。　⑩ 拳曲:弯曲。拥肿:树干隆起,不平直。盘坳(ào):盘旋凹陷。反覆:倾斜重叠。　⑪ 熊彪顾盼:如熊虎左顾右盼。　⑫ "节竖"二句:竖的关节如同山峰连绵,横的纹理如同水波起皱。　⑬ 匠石:古代巧匠,名石。公输:复姓。春秋时有公输班,或称鲁班,为鲁国巧匠。眩目:耀人眼目。　⑭ 刭(jī)劂(jué):雕琢刻镂。　⑮ 鳞甲:喻树皮。落:与摧同,指斫掉。　⑯ 碎锦:细碎的锦缎;小花纹的锦缎。晋潘岳《射雉赋》:"毛体摧落,霍若碎锦。"庾信《奉和赵王游仙》:"石纹如碎锦,藤苗似乱丝。"纷披:散乱貌。　⑰ 若夫:至于。用于句首或段落的开始,表示另提一事。松子:一作"松梓",松、梓皆树名。古度:树名,不花而实。平仲:银杏。君迁:果木名,又称君迁子、黑枣、软枣、羊矢枣。森梢:高耸挺拔。槎(chá)枿(niè):树的杈枝。　⑱ 大夫:秦始皇二十八年封禅泰山,风雨暴至,避于树下,因此树护驾有功,按秦官爵封为五大夫。事见《史记·秦始皇本纪》。汉应劭《汉官仪》谓始皇所封的是松树。后因以为松的别名。将军:称东汉大将冯异。《东观汉记·冯异传》:"异为人

谦退，每止顿，诸将共论功伐，异常屏止树下，军中号'大树将军'。" ⑲ 菌：苔藓。剥：啄食。 ⑳ 撼顿：撼倒。风烟：风尘烟雾。 ㉑ 东海：指我国东方滨海地区。白木之庙：据倪璠注，俗说山东密县东三里有天仙宫，乃轩辕皇帝葬三女处，其地植白皮松。 ㉒ 西河：黄河沿岸地区。枯桑之社：《搜神记》载南顿有枯桑中生李树，有病目者息荫下可自愈，因而被人设社祭拜。 ㉓ 北陆：指江北以杨叶为官府设置的关卡。 ㉔ 南陵：泛指南面的山陵。梅根冶：六朝时江南地区盛极一时的铜矿冶炼与铸钱中心。 ㉕ 小山则丛桂留人：汉淮南小山《招隐士》中有"桂树丛生兮山之幽""攀援桂枝兮聊淹留"之句。 ㉖ 扶风则长松系马：晋刘琨《扶风歌》有"系马长松下"之句。 ㉗ 细柳：汉文帝时，周亚夫为将军，屯军细柳。在今陕西省咸阳市西南。桃林：在今河南灵宝以西，陕西潼关以东地区。春秋时晋文公命詹嘉守桃林塞，即是此地。 ㉘ 若乃：至于。阻绝：隔绝。 ㉙ 拔本：拔出树根。此二句当指建安二十五年曹操营建始殿一事。参见注⑥。 ㉚ 膏：树脂。 ㉛ 攲（qī）卧：斜躺。顿：倒下。 ㉜ 文斜：纹理歪斜。理正：纹理端正。 ㉝ 瘿（yǐng）：囊状性赘生物。植物受病菌、昆虫、叶螨、线虫等寄生后，常形成"瘿"。穿、穴：皆指树身上的小洞。 ㉞ 木魅：老树变成的妖魅。睒（shì）睒（shǎn）：疾视貌。指妖魅能变形觑视人。山精：传说中的山间怪兽。妖孽：怪异反常的事物。 ㉟ 况复：何况，况且。风云：时势。羁（jī）旅：寄居异乡。无归：不能回归。 ㊱ 采葛：《诗·王风·采葛序》谓"《采葛》，惧谗也。"后世因用为畏惧或避言谗言的典故。此处指庾信因避谗出使西魏。庾信《拟咏怀》亦云："避谗犹采葛，忘情遂食薇。"食薇：周武王平定了殷商之乱，天下百姓皆归附。商朝孤竹君二子伯夷、叔齐却认为周朝的行为可耻，发誓不吃周朝的粮食，便隐居首阳山，采摘薇菜充饥，后饿死在首阳山上。 ㊲ 沉沦：陷入困苦的境界。穷巷：冷僻简陋的小巷。芜没：掩没于荒草间，湮灭。荆扉：柴门。 ㊳ 摇落：凋残，零落。弥：更加。嗟：叹息。 ㊴ 长（zhǎng）年：老年人。《淮南子·说山训》："故桑叶落而长年悲也。"斯之谓矣：说的就是我这样的人。 ㊵ 建章：汉代长安宫殿名。南朝宋时以京城建康（今江苏省南京市）北邸为建章宫。三月火：项羽烧秦宫室，火三月不灭。此处指侯景于太清三年三月攻陷台城。 ㊶ 万里槎：槎，木筏。汉张骞奉命出使西域等河源，乘槎经月，到一城市，见有一女在室内织布，又见一男子牵牛饮河，后带回织女送给他的支机石。后用以比喻奉命出使。 ㊷ 若非：如果不是。金谷：指晋石崇于金谷涧中所筑的园馆。河阳：《白孔六帖》："潘岳为河阳令，树桃李花，人号曰：'河阳一县花'。"庾信《春赋》有："河阳一县并是花，金谷从来满园树。" ㊸ 桓大司马：桓玄之父桓温。 ㊹ 依依：轻柔披拂貌。 ㊺ 摇落：凋残，零落。凄怆：悲伤。汉南、江潭：均在江陵以东的汉水边上。 ㊻ "树犹"二句：《世说新语·言语》："桓公北征，经金城，见前为琅琊时种柳，皆已十围，慨然曰：'木犹如此，人何以堪！'攀枝执条，泫然流泪。"后遂用以为世事兴废之典。

　　梁承圣三年（554）四月，庾信以能言善辩之才出使西魏，从此羁留不返。大约在次年，写了这篇《枯树赋》。在文中，枯树作为意象寄寓了国家覆亡、家族凋零、乡关之愁等象征意义，被赋予了深层次的文化内涵和精神气质。

　　作为一位才高识渊的文人，庾信熟知历史上"寄慨自然"的典故，尤其是东晋以降，玄学的盛行拉近了人与自然的关系。或是人琴俱亡，或是抚树而叹，自然成为体悟哲理及感发生命情怀的重要载体。人与树的故事最有名的便是东晋文人殷仲文与大将军桓温"对树而叹"的两个典故。这篇赋从殷仲文的故事开始，八句为段，糅合了《世说新语》中有关殷仲文的传奇逸事，以饱含同情的语调勾勒出这位曾经风采特异、才华出众、能言善辩的文人的乱世浮沉、失意失势。殷仲文在忽忽不乐之际顾庭槐感叹"此树婆娑，生意尽矣"的场景在段末被烘托出来，充满伤感，极富感染力。殷仲文对树的生存状态的关怀正是对自身命已不久的哀惋，这是东晋人哀唱生命挽歌的特殊方式，也是传统文化对于个体生命的终极关怀。以殷仲文的故事起头，暗示着庾信也同样有着对树尤其是枯朽之树的特殊情感。

　　第二段以枯树为对象来描写。首先出现的是白鹿塞之贞松、雍州南山之文梓，它们根柢强壮、枝叶四布，进而发出"桂何事而销亡，桐何为而半死"的反问，使人产生枯桂凋桐的联想。反问之后，则以"昔之"几句作为补充说明，大意为：桐桂昔日乃从"三河（今河南省黄河南北一带）徙植，九畹移根"，在建始殿、睢阳园中开花、落实，其材质精良，以之为乐器，雅音美妙动人。其具有可栖凤鸟、可集鸳鸯的高洁气质，在秋风月夜，又具有使鹤哀唳、使猿夜鸣的灵性。写至此戛然而止，并未述及桐桂枯死的原因，让人颇感疑惑。实则此段不应看作实写，而是象征。庾信《哀江南赋》开头便陈述庾氏祖先的世德功业，其中云："禀嵩华之玉石，润河洛之波澜。居负洛而重世，邑临河而晏安。逮永嘉之艰虞……彼凌江而建国，始播迁于吾祖。"这段文字告诉我们，庾氏祖先乃禀赋嵩山华山的灵性，在黄河洛水的滋润中成长壮大，主要安居于洛水、黄河，即今河南、陕西一带，遇永嘉之乱，晋室南渡，庾信的八世祖也随之迁徙至江南地区。因此"三河徙植，九畹移根"正是象征这段家族历史，而"开花建始之殿，落实睢阳之园"、"将雏集凤，比翼巢鸳"则象征庾信与其父庾肩吾在梁朝宫廷中极受礼遇的逸乐生活，那么"桂销亡""桐半死"便是象征庾信自金陵覆灭后逃奔江陵，遂羁北不归、家道衰落的史实及悲哀的心境。

　　庾信为何对枯树有特殊的情感，甚至以之作为家族命运的象征呢？接下来的第三段描写可以看作是一种回答。本段以对比的描写表现了奇丑形异之树所蕴含的生命力量和高木良树轻易被摇撼的现实。先写奇丑形异之树的命运。它们的外形真是丑陋：弯曲臃肿，盘旋扭结，低矮如熊虎顾盼，倒伏如鱼龙起伏，节如山连，纹如水凑。具有这样天然特质的树木在巧匠眼里却是罕见的艺术品，令他们惊诧不已、眼花缭乱。经一番雕镂，铲平树皮，去掉疙瘩，便成为一件美轮美奂的树雕作品。只见这树雕繁花满枝，如重重碎锦，又逼肖如片片真花，枝叶纷披，散乱如霞。继写高木良树的命运：松子、古度、平仲、君迁之类高大挺拔的良木，甚至被冠以"大夫""将军"等美称，最终却逃不过苔菌埋压、鸟虫剥啄的命运,往往被风霜雨露侵袭而枯亡。在巧匠的手下,枯木焕发出新鲜的生命力,这难道不是庄子所讲的"无用之用"吗?

庾信着意枯树、赋写枯树,是因为树与人类生活的关系极为密切,第四段便举例说明这一点。作者先举出东西南北以树命名的地方,其中杨叶关、梅根冶都是熟知的江南地名。树与文学的亲密关系更是由来已久。此处举前代淮南小山与刘琨的诗文,说明树的形象已成为文学中表达隐逸志趣和羁旅情怀的惯用方式。同时,细柳营、桃林塞则是文学中能让人产生美好联想的名字。

最后一段,落实到枯树与自身命运的关系上。以树木移植后的朽坏象征自己由南入北的际遇。"拔本垂泪,伤根沥血"赋予树以人的情感,其实蕴藏典故。传说曹操修筑建始殿时,濯龙苑的树被砍伐后流出血来,又挖掘移植梨树,树根亦流血。树木因移植而远离了原本的土壤,命运与人的飘零离别正相类似。"火入空心"几句,写树木遭火灾后断裂倒折、坍倒碎裂、鸟虫钻穴、妖魅出没,营造了荒凉颓败的景象。枯树的命运与庾信的命运恰成映照。庾信因国遭大难而出使西魏,谁料不但未能救国,反而在乱世中屈身出仕。唐代张鷟《朝野佥载》卷六云:"梁庾信从南朝初至北方,文士多轻之。信将《枯树赋》以示之,于后无敢言者。"可见初入北方的他尚未得到信任,而"沉沦穷巷,芜没荆扉"也暗示出他曾有受冷遇的一段时光,处在这种境遇中,庾信很自然地感慨人如枯树般摇落变衰。他遂引用《淮南子》中"木叶落,长年悲"这句话来表达此刻的心境。因此嗟叹枯树命运就是感叹自己的命运,自然也对殷仲文顾槐而叹的故事有强烈的共鸣。末尾吟歌部分,以"建章三月火"象征侯景于太清三年三月攻陷台城,"黄河万里槎"以汉代张骞乘槎出使西域比喻自己出使西魏。"金谷树"和"一县花"的典故则是说自己若不能像石崇那样拥有"金谷满园树"般的逸乐生活(庾信《春赋》曾以"河阳一县并是花,金谷从来满园树"比喻在梁朝宫中富丽欢娱的生活),也要像河阳令潘岳那样,满城种桃树、赏桃花,意在表明树的生命已经与自己的生命融为一体,树的精神气质也代表着庾信本人的精神气质。最后巧妙援引桓温抚柳感叹"树犹如此,人何以堪"的典故来答复吟歌,表达"桓温与我心有戚戚焉"之意,同时也与开头殷仲文顾槐而叹的典故相呼应。以这两个最为人熟知的人与树的典故开始并结束,使这篇赋浑然一体。

《枯树赋》通篇以象征的手法发掘树的文化内涵,嗟叹乱世中知识分子如枯树般的命运,是将树的生命精神与人的生命精神熔为一炉的不可多得的佳作。赋中自如地嵌入有关树的典故,既自然洒脱地表达了作者的志趣,又丰富了树的人文内涵,彰显出隽永含蓄的表达魅力。

(刘燕歌)

小 园 赋　　　　　　　　　　　庚 信

　　若夫一枝之上，巢父得安巢之所；一壶之中，壶公有容身之地①。况乎管宁藜床，虽穿而可坐；嵇康锻灶，既暖而堪眠②。岂必连闼洞房，南阳樊重之第；赤墀青琐，西汉王根之宅③。余有数亩敝庐，寂寞人外，聊以拟伏腊，聊以避风霜④。虽复晏婴近市，不求朝夕之利；潘岳面城，且适闲居之乐⑤。况乃黄鹤戒露，非有意于轮轩；爰居避风，本无情于钟鼓⑥。陆机则兄弟同居，韩康则舅甥不别⑦。蜗角蚊睫，又足相容者也⑧。

　　尔乃窟室徘徊，聊同凿坯⑨。桐间露落，柳下风来。琴号珠柱，书名《玉杯》⑩。有棠梨而无馆，足酸枣而非台⑪。犹得敧侧八九丈，纵横数十步，榆柳两三行，梨桃百余树⑫。拨蒙密兮见窗，行敧斜兮得路⑬。蝉有翳兮不惊，雉无罗兮何惧⑭。草树混淆，枝格相交⑮。山为篑覆，地有堂坳⑯。藏狸并窟，乳鹊重巢⑰。连珠细菌，长柄寒匏⑱。可以疗饥，可以栖迟⑲。㪿区兮狭室，穿漏兮茅茨⑳。檐直倚而妨帽，户平行而碍眉㉑。坐帐无鹤，支床有龟㉒。鸟多闲暇，花随四时㉓。心则历陵枯木，发则睢阳乱丝㉔。非夏日而可畏，异秋天而可悲㉕。

　　一寸二寸之鱼，三竿两竿之竹。云气荫于丛著，金精养于秋菊㉖。枣酸梨酢，桃榹李薁㉗。落叶半床，狂花满屋㉘。名为野人之家，是谓愚公之谷㉙。试偃息于茂林，乃久羡于抽簪㉚。虽有门而长闭，实无水而恒沉㉛。三春负锄相识，五月披裘见寻㉜。问葛洪之药性，访京房之卜林㉝。草无忘忧之意，花无长乐之心㉞。鸟何事而逐酒，鱼何情而听琴㉟？加以寒暑异令，乖违德性，崔骃以不乐损年，吴质以长愁养病㊱。镇宅神以藊石，厌山精而照镜㊲。屡动庄舄之吟，几行魏颗之命㊳。

　　薄晚闲闺，老幼相携，蓬头王霸之子，椎髻梁鸿之妻㊴。燋麦两瓮，寒菜一畦㊵。风骚骚而树急，天惨惨而云低㊶。聚空仓而雀噪，惊懒妇而蝉嘶㊷。

〔496〕 庾信　　　　　　　　　　　　　　　　　　　　　　小园赋

昔草滥于吹嘘，藉《文言》之庆余㊸。门有通德，家承赐书㊹。或陪玄武之观，时参凤凰之虚㊺。观受釐于宣室，赋《长杨》于直庐㊻。遂乃山崩川竭，冰碎瓦裂，大盗潜移，长离永灭㊼。摧直辔于三危，碎平途于九折㊽。荆轲有寒水之悲，苏武有秋风之别㊾。关山则风月凄怆，陇水则肝肠断绝㊿。龟言此地之寒，鹤讶今年之雪㉛。

百龄兮倏忽，光华兮已晚㉜。不雪雁门之踦，先念鸿陆之远㉝。非淮海兮可变，非金丹兮能转㉞。不暴骨于龙门，终低头于马坂㉟。谅天造兮昧昧，嗟生民兮浑浑㊱。

〔注〕 ① 巢父：传说为尧时的隐士。晋皇甫谧《高士传·巢父》："巢父者，尧时隐人也，山居不营世利，年老以树为巢而寝其上，故时人号曰'巢父'。"壶公：《云笈七籤》卷二八引《云台治中录》："施存，鲁人。夫子弟子，学大丹之道……常悬一壶如五升器大，变化为天地，中有日月，如人间，夜宿其内，自号'壶天'，人谓曰'壶公'。" ② 况乎：何况，况且。藜床：藜茎编的床榻，泛指简陋的坐榻。汉末辽东隐士管宁常坐一木榻上，木榻正当膝处都磨穿。锻灶：在炉旁锻铁。嵇康心灵手巧，喜好打铁，家中有大柳树，常在树下打铁。管宁与嵇康的典故形容士人隐居自适，心意恬淡，不慕权贵。 ③ 连闼(tà)洞房：重门深邃的房屋。樊重：东汉光武帝外祖父，湖阳(今河南唐河县西南)人，善理财，财至百万。《东观汉记》载：其庐舍有高楼连阁，陂池灌注，竹木成林。赤墀(chí)：皇宫中的台阶，因以赤色丹漆涂饰，故称。青琐：装饰皇宫门窗的青色连环花纹。王根：汉成帝舅父，西汉曲阳侯，以奢侈闻名，所造府第可与皇宫白虎殿相媲美。《汉书·元后传》说他的锦第"骄奢僭上，赤墀青琐"。 ④ 敝庐：破旧的房子。人外：世外。聊：姑且，勉强。拟：效仿。伏腊：古代两种祭祀的名称，"伏"在夏季伏日，"腊"在农历十二月。 ⑤ 虽复：纵令。晏婴：春秋齐国的贤相。此句用了"晏子不更宅"的典故。《左传》昭公三年载：齐景公想为晏子更换住处，因其所居靠近街市，低湿狭小，喧闹多尘，请他更换到明亮干燥的地方，晏子认为自己不足以继承祖、父的事业，却住着先人曾经居住的房屋已经是过分了，况且接近街市生活方便，早晚都可以得到随时需要的东西，所以不肯再换好的房子。潘岳面城：潘岳字安仁，晋中牟人。他住在面对洛阳城的洛水边，其《闲居赋》中有"退而闲居于洛之涘"及"陪京沂伊，面郊后市"之句。 ⑥ 黄鹤戒露：周处《风土记》载：黄鹤警觉，秋后栖宿时，听到露水滴在草叶上的声音，便高鸣报警，怕有人来侵害它们。轮轩：古代一种供显贵乘的轻便车。喻禄位。春秋时卫懿公好鹤，搜括百姓，以充鹤食，出游亦为鹤备专车，于队伍前开道，命名为"鹤将军"，因此大失民心。爱居：海鸟名。钟鼓：古代礼乐器。春秋时有海鸟爱居在鲁国都城的东门外停留了两天，鲁国卿士臧孙辰令百姓祭祀。鲁国大夫展禽批评此举超出了祭祀的范围，不是适宜的制度，认为应该慎重地制定祀礼。 ⑦ 陆机：字士衡，西晋文学家。晋太康末，陆机与弟陆云一同北上赴洛阳，《世说新语·赏誉》第三十九载：兄弟二人住于官署中，三间瓦屋，士龙住东头，士衡住西头。韩康：名伯，字康伯，东晋易学家。其舅殷浩对他赏爱有加，曾赞他是超群出众的人才。殷浩后被流放，康伯跟随。 ⑧ 蜗角：蜗牛的触角，比喻微小之地。蚊睫：蚊虫的眼睫毛，比喻极小的处所。 ⑨ 尔乃：于是。窟室：地下室。《左传·襄公三十

年》：“郑伯有耆酒，为窟室，而夜饮酒，击钟焉，朝至未已。”凿坏(pī)：谓隐居不仕。　⑩珠柱：以明珠为饰的琴柱，借指精美的琴。玉杯：《汉书·董仲舒传》：“说《春秋》事得失，《闻举》《玉杯》《蕃露》《清明》《竹林》之属，复数十篇。”颜师古注：“皆其所著书名也。”后因泛称重要著作为“玉杯”。　⑪棠梨：汉宫名。《三辅黄图·甘泉宫》：“棠梨宫在甘泉苑垣外云阳三十里。”酸枣：汉时有酸枣县，属陈留郡，县中有韩王望气台，又称酸枣台。　⑫敧(qī)侧：倾斜，歪斜。丈：中国市制长度单位，十尺。　⑬蒙密：茂密的草木。敧斜：歪斜不正。　⑭翳(yì)：遮蔽，障蔽。雉：野鸡。罗：捕鸟的网。　⑮混淆：混杂。枝格：长枝条。　⑯蒉：盛土的筐子。“蒉覆”即堆一筐土而成的山。堂坳(ào)：低洼之处，小水坑。　⑰狸(lí)：哺乳动物，形状与猫相似，毛皮可制衣物。乳鹊：初生的鹊。　⑱连珠：指细草连贯如珠。茵：毯子。寒匏(páo)：指秋天的葫芦。　⑲栖迟：游息。　⑳骸(qī)区：高低不平。穿漏：破败有漏孔。茅茨(cí)：茅屋。　㉑倚：靠着。妨：阻碍。户：门。平行：高度等同。　㉒坐帐无鹤：晋葛洪《神仙传》载：“介象字元则，会稽人。吴主征至武昌，供帐皆是绮绣。遗黄金千镒，从象学隐形之术，后告言病，帝遣左右姬侍，以美梨一奁赐象。象食之，须臾便死。帝埋葬之。以日中时死，晡时已至建业，所赐梨付苑吏种之。吏后以表闻，先主即发棺而视，唯存一符。帝思之，与立庙，时躬往祭祀，常有白鹤来集坐上，迟回复去。”支床有龟：《史记·龟策列传》载：南方老人用龟支床足，持续二十余年，老人去世后，将床移开，龟尚生未死。形容人幽居处静。　㉓随：顺应。　㉔历陵：汉属豫章郡。《宋书·五行志》载，豫章有樟树久枯，一日忽茂，人以为中兴之兆。此处用典表现作者心如枯木。睢阳：古宋地。墨子为宋人，曾感叹丝染于苍则苍，染于黄则黄。此处用典来感叹自己发如素丝。　㉕夏日可畏：语出《左传·文公七年》：“酆舒问于贾季曰：‘赵衰、赵盾孰贤？’对曰：‘赵衰，冬日之日也。赵盾，夏日之日也。’”杜预注：“冬日可爱，夏日可畏。”成语的原意是指像夏天的太阳一样使人感到可怕，常用来比喻待人严厉可畏，不易亲近。秋天可悲：化用宋玉《九辩》“悲哉秋之为气也”之句。　㉖丛蓍(shī)：丛生的蓍草。金精：九月第一个寅日所采的菊花。　㉗酢(cù)：同“醋”。桃楣(sì)：当为楣桃，即山桃。李薁(yù)：当为“郁李”，一种落叶小灌木，似李而形小，果味酸，肉少核大，仁可入药。　㉘半床：不满一床。狂花：盛开的花。　㉙野人：村野之人，农夫。愚公谷：在山东省淄博市西。汉刘向《说苑·政理》：“齐桓公出猎，逐鹿而走入山谷之中，见一老公而问之曰：‘是为何谷？’对曰：‘为愚公之谷。’”后以喻隐居之地。　㉚偃息：睡卧止息。抽簪：谓弃官引退。古时作官的人须束发整冠，用簪连冠于发，故称引退为“抽簪”。　㉛无水而恒沉：陆地无水而沉，比喻隐居。《庄子·则阳》：“方且与世违而心不屑与之俱，是陆沉者也。”郭象注：“人中隐者，譬无水而沉也。”　㉜三春：春季三个月。负锄：扛着锄头。披裘：汉严光少时与刘秀同游学，有高名。及刘秀称帝，隐居不出。刘秀思其贤，令以物色访之。后齐国有人报告：“有一男子，披羊裘钓泽中。”刘秀估计他就是严光，三次派人才把他请到京师，见《后汉书·逸民传·严光》。后以“披裘”指归隐。　㉝葛洪：东晋道家、医学家、炼丹家。字稚川，自号抱朴子，丹阳句容（今属江苏）人。自幼好神仙导养之法。著有《抱朴子》《金匮药方》《神仙传》《西京杂记》等。药性：指药物的性质与功能。访：搜寻。京房之卜林：汉京房著《周易占》十二卷、《周易守林》三卷、《周易集林》十二卷、《周易飞候》九卷，后世合称“卜林”。今皆佚。　㉞忘忧草：即萱草，古人以为食之可忘忧。长乐花：又称紫花、月月红。晋傅玄《紫华赋》序：“紫华，一名长乐华。旧生于蜀，其东界特饶。”　㉟逐酒：即鲁侯养鸟的典故。《庄子·至乐》篇载：有只海鸟飞到鲁国的郊外，鲁侯把它迎进太庙，送酒给它饮，奏九韶的音乐为它取乐，宰牛羊喂它。海鸟目眩心悲，不敢吃一块肉，不敢饮一杯酒，三天就死了。这是用养人的方法养鸟，不是用养鸟的方法去养

〔498〕 庾 信　　　　　　　　　　　　　　　　　　　小园赋

鸟。此言鸟儿为何违背习性去逐酒。听琴：《韩诗外传》："昔伯牙鼓琴而渊鱼出听。"此言鱼儿无心听琴。这两个典故用来形容人无心享受音乐之美。　㊱加以：加上。异令：不同的时令。乖违：反常，颠倒。德性：品性。崔骃（yīn）：字伯亭。东汉文学家。因得罪于车骑将军窦宪而被远放，郁郁而终。吴质：汉、魏间文人。字季重。济阴（今山东定陶）人。出身寒门，不为乡里所重，乃游处贵戚间。汉献帝建安前期，入曹操幕，以文才为曹丕、曹植所重。曹丕去世后，吴质作《思慕诗》怀念，中有"怆怆怀殷忧，殷忧不可居"之句。殷忧，深深的忧愁。　㊲宅神：住宅里的神鬼。薶（mái）：同"埋"。厌：镇压。山精：传说中的山间怪兽。照镜：《抱朴子·登涉》载万物之老者，其精魅能假托人形，眩惑人目，但不能在镜中改变真形。所以古时入山道士，都以直径九寸的明镜挂在背后，则精魅不敢近人。　㊳庄舄（xì）：战国楚臣，亦称越舄。家贫，仕楚为执圭。楚王欲知他是否有思越之心。中谢（侍从之官）云：凡人思故乡，病时必吟故乡之声。楚王便趁他病时，使人往听，果然他在吟越声。后人用"庄舄越吟"表示思念故乡。见《史记·张仪列传》。魏颗之命：出自《左传》"魏颗不从乱命"之典，魏颗父亲魏武子患病，交待儿子将他宠爱之妾嫁人，及至病重时，又希望让爱妾来陪葬，父亲死后，魏颗将此妾嫁出，他认为人在病重时思绪混乱，应按父亲清醒时所说的去做。　㊴薄晚：傍晚。闲闱：寂静的闺房。王霸之子：后汉王霸与同郡令狐子伯做朋友，后来子伯做了楚相，而他的儿子做了功曹。子伯就使儿子送信给王霸，车马服饰雍容华贵。霸的儿子这时在田野耕种，听说客人来了，丢下未就回来，见了令狐之子，沮丧惭愧不敢抬头看人。王霸见此情景，面有愧色，客人离开而久卧不起床。妻子感到奇怪，问是何故，王霸说："我素来就不如子伯，刚才看见他的儿子容貌服饰很有光彩，举止行动很得体，可我的儿子蓬发厉齿，不懂礼节规则，见客时有惭愧之色。作为父亲，我也觉得脸上无光。"妻说："你年轻时就养成清高气节，不顾荣誉俸禄。现在子伯的贵气哪比得上你的清高？怎能忘了你的宿志而为儿子惭愧呢？"王霸直起身来笑道："有道理啊！"于是终身隐居不出。椎髻：汉梁鸿妻孟光"椎髻，著布衣"，愿与梁鸿俱隐。后遂以"椎髻"形容为妻贤良，衣饰简朴，与夫共志。　㊵爞麦：陈麦。寒菜：越冬的菜蔬。一畦：古代以田五十亩为一畦。　㊶骚骚：风吹树木声。树急：树声急迫。惨惨：昏暗。　㊷空仓：苏伯玉妻《盘中诗》有"空仓雀，常苦饥"之句。惊懒妇：古谚云：寒虫鸣，懒妇惊。秋天的虫鸣提醒妇女不能再偷懒了，因为天气已冷，要及时准备御寒的衣服。　㊸吹嘘：吹竽。倪璠注引《韩子》："齐宣王使人吹竽。南郭处士请为王吹竽，廪食与三百人等。宣王死，文王即位，一一听之，处士乃逃……吹嘘，谓吹竽也。"藉：凭借。《文言》：《易·坤卦·文言》："积善之家，必有余庆。"庆余：先世积善的遗泽。　㊹门：家庭。通德：《后汉书·郑玄列传》载：孔融很敬重郑玄，亲自造访，认为郑玄才德兼备，不能没有通行驷马高车的大路。要拓宽里门街道，以容纳高车，称为"通德门"。赐书：君王赐给的书籍。《汉书·叙传上》："彪字叔皮，幼与从兄嗣共游学，家有赐书，内足于财。"　㊺玄武观：梁宫殿。凤凰虚：凤凰殿。　㊻受釐：汉制祭天地五畤，皇帝派人祭祀或郡国祭祀后，皆以祭余之肉归致皇帝，以示受福，叫受釐。《史记》记载说："贾生征见。孝文帝方受釐，坐宣室。上因感鬼神之事，而问鬼神之本。贾生因具道所以然之状。至夜半，文帝前席。"《长杨》：汉扬雄《长杨赋》。直庐：旧时侍臣值宿之处。　㊼冰碎：溃散。瓦裂：分裂。大盗：汉代王莽，此处指侯景。潜移：暗中篡夺国家政权。　㊽三危：山名。九折：九折坂。　㊾荆轲有寒水之悲：荆轲入秦行刺秦王，燕太子丹饯别于易水。荆轲慷慨作歌："风萧萧兮易水寒，壮士一去兮不复还。"苏武有秋风之别：语出李陵《与苏武诗》："临河濯长缨，念子怅悠悠。远望悲风至，对酒不能酬"之句。　㊿关山：关隘和山川。风月：景色。凄怆：严寒。汉乐府横吹曲有《关山月》，内容多写边塞士兵久戍不归伤离怨别的情景，意境萧瑟凄冷。陇水：辛氏《三秦记》："陇西开，其坂九回，不知高几里，欲上者七日乃越。高处可容百余家，下处数十万户，上有清水四注。俗歌曰：'陇头流水，鸣声幽咽。遥望秦川，心肝断绝。'" ⑤"龟言"句：用"虏梦龟言"之典。《晋书·苻坚载记》云：高陆之地人打井时，得一龟，其龟大三尺，背有八卦文，苻坚命太卜养在池中，喂给它谷子吃，至此而死，于是将其骨藏于太庙。那天夜里，庙丞高房梦见龟对他说："我本来要回长江南，遭时不遇，丧命秦庭。"梦中又有人对高房说："龟三千六百岁而亡。亡必有妖兴，此为亡国之征兆。""鹤讶"句：南朝宋刘敬叔《异苑》卷三："晋太康二年冬，大寒，南洲人见二白鹤语于桥下曰：'今兹寒，不减尧崩年也。'于是飞去。"后以"鹤语"谓鹤寿长而多知往事。 ⑤百龄：人的一生。光华：年华。 ⑤雪：洗刷。雁门之踦：汉代段会宗深为西域敬重，任西域都护，因事被免职，徙为雁门太守。后恢复西域都护之职，友人谷永悯其年老远行，写信告诫："愿吾子因循旧贯，毋求奇功，终更亟还，亦足以复雁门之踦，万里之外以身为本。"踦（jī）：通"奇"，命运不好。鸿陆：《易·渐》："鸿渐于陆，其羽可用为仪，吉。"王弼注："进处高絜，不累于位，无物可以屈其心而乱其志。"后遂以"鸿陆"指高位。 ⑤"非淮海"句：《国语·晋语》载，赵简子感叹，雀入海可变为蛤，雉入淮水可变为蜃（蛤蜊），鼋鼍鱼鳖都可变化，唯独人不能，真是悲哀啊！金丹：葛洪《抱朴子·金丹》："九转之丹服之，三日得仙。"九转金丹：道教炼丹名词。九转，即金丹反复烧炼之意，认为烧炼时间愈久，反复次数愈多，药力愈足，服后成仙愈速，且以九转为贵。 ⑤暴（pù）骨：暴露尸骨。龙门：楚国都城郢城的东门，此处借指梁朝宫城。低头：屈服。马坂：用《战国策》"骥服盐车"之典：千里马年老时拖着盐车上太行山，虽然竭尽全力，却不能爬上吴坂。后遂用骥服（伏）盐车、局吴坂等词喻才华遭到抑制，处境困厄。 ⑤谅：体察。天造：谓天之创始。语出《易·屯》"天造草昧"。草昧（mèi）：创始，草创。生民：百姓。浑浑：混沌纷乱貌。

家国巨痛及乡关之思是庾信作品吟唱不尽的主题，这篇脍炙人口的《小园赋》也不例外。赋以"小园"为题，描写小园景致的内容仅占全文的三分之一，可见其用意并不在小园。倪璠曰："此赋伤其屈体魏周，愿为隐居而不可得也。其文既异潘岳之《闲居》，亦非仲长之《乐志》，以乡关之思，发为哀怨之辞者也。"庾信的这段小园闲居生活在其《拟咏怀》之十六中也作了描述："横石三五片，长松一两株。对君俗人眼，真兴理当无。野老披荷叶，家童扫栗跗。竹林千户封，甘橘万头奴。君见愚公谷，真言此谷愚。"此篇赋则补充了诗所略去的细节，并融入了沉郁的情感抒写。

作为一篇传世美文，这篇赋的卓特之处在于形成了"一波三折"的结构，呈现了作者悲凉与孤独难以抑制的情思。

赋一开始含蓄表达了身居小园敝庐而恬淡自适的心境。庾信发挥其渊博的学识和高超的典故驾驭能力，先以传说中巢父一枝可安居、壶公一壶可容身的故事，比喻自己惯于箪食瓢饮的清贫生活，又借管宁磨穿的藜床和嵇康取暖的灶炉表明自己适应了隐逸恬淡的生活。次举汉代樊重、王根等人宅第之豪富反衬自己对奢侈生活毫无眷念之心，接着引出"数亩敝庐，寂寞人外"的小园，聊以卒岁，可以安居。作者表明自己的追求不同于晏婴近市而居为求便利，而是类似于潘岳面城闲居。然后写黄鹤虽闻露声起警觉之心,却不羡慕卫懿公之好鹤,海鸟爰居本为避风飞至鲁国,本无意于得到百姓的祭祀,用来比喻自己只为安居远祸,而不求功名利禄。又以陆机兄弟、韩伯舅甥的事迹,暗指自己的羁旅身份,最后再次强调,对于自己而言,如同"蜗角蚊睫"般的仄室便足可容身。

第二段则以白描手法展示了小园平淡无奇却又生意盎然的景致。作者以为自己目前居于窄小的窟室,聊等同于躲避名利的隐逸生活。"桐间露落,柳下风来。琴号珠柱,书名《玉杯》。"梧桐滴露与春风拂柳的景象为作者抚琴读书的简单生活平添了诗情画意。述及小园斜行仅得八九丈,纵横也止十余步,种植的是普通的榆柳梨桃,也仅有两三行,山如土堆、地似水坑,以及后面所写的狭室、茅茨、檐妨帽、户碍眉,皆为突出园之"小"。而有梨、枣之茂,无馆、台之阔,狭室崎岖、茅茨穿漏、坐帐无鹤、支床有龟等描写皆为突出园之"陋"。但又强调其中充满生机:蝉、雉因得庇护而不需惊惧;草树繁茂,枝叶婆娑,鸟多闲暇,花随四时;小动物和谐共处,菜蔬四季常有。因此是"疗饥""栖迟"的最佳场所。当我们还在遐想小园的秀丽景色时,作者却突然笔势一转,描写情感的沉落:他以"枯木""乱丝"比喻心灰意冷,以宋玉"悲哉秋之为气也"的感慨抒发内心悲哀的情感。此可视为一"转"。

第三段紧承上段末尾之"秋天",描写入秋后园中富有野趣和韵味的闲逸生活。比如鱼虽仅有一二寸,足可娱心;竹虽仅有两三竿,足可寓目。园中果树也到了收获时节,果实累累。"落叶半床、狂花满屋"二句最妙,衬托出山野的气息。作者也尝试就此归隐,他羡慕这样的生活已经很久了,因此过着有门长闭,负锄披裘,钻研葛洪、京房之书的生活。然而心情如何呢?此处再次转入情绪忧郁的抒发:花草无情,无法忘忧、长乐;鱼鸟同样无情,逐酒、听琴都只是人的揣想而已。因此虽是处在如此韵趣十足的小园中,仍然不能排遣作者悲哀的心情。进而更以崔骃、吴质的典故暗示自己多病长愁。因为病久,竟也信起鬼神来,有了"镇宅神""厌山精"的举动;因为病久,屡屡牵动乡关之思。此可视为二"转"。

从第四段开始,则抛开小园,视角完全转入处境和心境的描写。此可视为三"转"。庾信《哀江南赋》述及入北经历云:"提挈老幼,关河累年。死生契阔,不可问天。"此处第四段便描写了一家人的贫寒生活。以梁鸿妻之典暗示妻子衣着简朴,以王霸子之典暗示孩子自卑胆怯。日常饮食则是"燋麦两瓮,寒菜一畦",句句语带辛酸和愧意。第五段对自己的人生遭际作了高度概括。从显赫的家世写到东宫的礼遇,又从梁朝的灭亡写到入北的永别。入北后的心情亦如"寒水""秋风"之悲凉,如"关山""陇水"之凄怆。最后一段以哀痛的调子表达了年华已晚,终将葬身于北地，永无归南之期的无限遗憾。

以小园为赋，是庾信在孤寂失意中对生命律动的感受，对理想生命形态的探寻，大概欲借此抚慰他内心深处的哀伤，但却使哀伤无可抑制地漫延开来，成为"谅天造兮昧昧，嗟生民兮浑浑"的长叹。此赋时而写景，时而述怀；时而借景言志，时而剖白心迹；描写园景语调悠闲、文辞曼妙，抒写心绪则语调沉郁、文辞庄正。这样的写法给人以不拘规矩章法之感。大概作者正想打破窠臼，造成一种信笔写来的随意感，这也使庾信的赋拥有了摇曳多姿的特点。　　（刘燕歌）

哀 江 南 赋 并序　　　　　庾 信

粤以戊辰之年，建亥之月，大盗移国，金陵瓦解①。余乃窜身荒谷，公私涂炭。华阳奔命，有去无归②。中兴道销，穷于甲戌③。三日哭于都亭，三年囚于别馆。天道周星，物极不反④。傅燮之但悲身世，无处求生；袁安之每念王室，自然流涕⑤。昔桓君山之志事，杜元凯之平生，并有著书，咸能自序⑥。潘岳之文采，始述家风；陆机之词赋，先陈世德⑦。信年始二毛，即逢丧乱，藐是流离，至于暮齿⑧。《燕歌》远别，悲不自胜；楚老相逢，泣将何及⑨！畏南山之雨，忽践秦庭；让东海之滨，遂餐周粟⑩。下亭漂泊，高桥羁旅。楚歌非取乐之方，鲁酒无忘忧之用⑪。追为此赋，聊以记言。不无危苦之词，惟以悲哀为主⑫。

日暮途远，人间何世！将军一去，大树飘零；壮士不还，寒风萧瑟⑬。荆璧睨柱，受连城而见欺；载书横阶，捧珠盘而不定⑭。钟仪君子，入就南冠之囚；季孙行人，留守西河之馆⑮。申包胥之顿地，碎之以首；蔡威公之泪尽，加之以血⑯。钓台移柳，非玉关之可望；华亭鹤唳，非河桥之可闻⑰！

孙策以天下为三分，众才一旅；项籍用江东之子弟，人唯八千。遂乃分裂山河，宰割天下⑱。岂有百万义师，一朝卷甲，芟夷斩伐，如草木焉⑲？江淮无涯岸之阻，亭壁无藩篱之固⑳。头会箕敛者，合从缔交；锄耰棘矜者，因利乘便㉑。将非江表王气，终于三百年乎㉒？是知并吞六合，不免轵道之灾；混一车书，无救平阳之祸㉓。呜呼！山岳崩颓，既履危亡之运；春秋迭代,必有去故之悲。天意人事,可以凄怆伤心者矣㉔! 况复舟楫路穷,星汉非乘槎可上;风飙道阻,蓬莱无可到之期㉕。穷者欲达其言,劳者须歌其事㉖。陆士衡闻而抚掌,是所甘心;张平子见而陋之,固其宜矣㉗。

我之掌庾承周,以世功而为族;经邦佐汉,用论道而当官㉘。禀嵩、华之玉石,润河、洛之波澜。居负洛而重世,邑临河而宴安㉙。逮永嘉之艰虞,始中原之乏主。民枕倚于墙壁,路交横于豺虎。值五马之南奔,逢三星之东聚㉚。彼凌江而建国,始播迁于吾祖。分南阳而赐田,裂东岳而胙土。诛茅宋玉之宅,穿径临江之府㉛。

水木交运,山川崩竭。家有直道,人多全节。训子见于纯深,事君彰于义烈㉜。新野有生祠之庙,河南有胡书之碣。况乃少微真人,天山逸民,阶庭空谷,门巷蒲轮㉝。移谈讲树,就简书筠。降生世德,载诞贞臣。文词高于甲观,楷模盛于漳滨㉞。嗟有道而无凤,叹非时而有麟。既奸回之兾逆,终不悦于仁人㉟。

王子滨洛之岁,兰成射策之年。始含香于建礼,仍矫翼于崇贤㊱。游洊雷之讲肆,齿明离之冑筵。既倾蠡而酌海,遂测管而窥天㊲。方塘水白,钓渚池圆。侍戎韬于武帐,听雅曲于文弦。乃解悬而通籍,遂崇文而会武㊳。居笠縠而掌兵,出兰池而典午。论兵于江汉之君,拭玉于西河之主㊴。

于时朝野欢娱,池台钟鼓。里为冠盖,门成邹鲁。连茂苑于海陵,跨横塘于江浦㊵。东门则鞭石成桥,南极则铸铜为柱。橘则园植万株,竹则家封千户㊶。西赆浮玉,南琛没羽。吴歈越吟,荆艳楚舞。草木之遇阳春,鱼龙之逢风雨㊷。五十年中,江表无事。班超为定远之侯,王歙为和亲之使。马武无预于甲兵,冯唐不论于将帅㊸。岂知山岳暗然,江湖潜沸。渔阳有闾左戍卒,离石有将兵都尉㊹。

天子方删诗书,定礼乐,设重云之讲,开士林之学。谈劫烬之灰飞,辩常星之夜落⑮。地平鱼齿,城危兽角。卧刁斗于荥阳,绊龙媒于平乐。宰衡以干戈为儿戏,缙绅以清谈为庙略⑯。乘渍水以胶船,驭奔驹以朽索。小人则将及水火,君子则方成猿鹤。散箄不能救盐池之咸,阿胶不能止黄河之浊⑰。既而鲂鱼赪尾,四郊多垒。殿狎江鸥,宫鸣野雉⑱。湛卢去国,舻艎失水。见被发于伊川,知百年而为戎矣⑲。

彼奸逆之炽盛,久游魂而放命。大则有鲸有鲵,小则为枭为獍⑳。负其牛羊之力,肆其水草之性。非玉烛之能调,岂璇玑之可正㉑。值天下之无为,尚有欲于羁縻。饮其琉璃之酒,赏其虎豹之皮。见胡柯于大夏,识鸟卵于条枝㉒。豺牙密厉,虺毒潜吹。轻九鼎而欲问,闻三川而遂窥㉓。

始则王子召戎,奸臣介胄。既官政而离邑,遂师言而泄漏㉔。望廷尉之逋囚,反淮南之穷寇。出狄泉之苍鸟,起横江之困兽。地则石鼓鸣山,天则金精动宿。北阙龙吟,东陵麟斗㉕。尔乃桀黠构扇,冯陵畿甸。拥狼望于黄图,填卢山于赤县。青袍如草,白马如练㉖。天子履端废朝,单于长围高宴。两观当戟,千门受箭。白虹贯日,苍鹰击殿。竟遭夏台之祸,终视尧城之变㉗。官守无奔问之人,干戚非平戎之战。陶侃空争米船,顾荣虚摇羽扇㉘。

将军死绥,路绝长围。烽随星落,书逐鸢飞㉙。乃韩分赵裂,鼓卧旗折。失群班马,迷轮乱辙。猛士婴城,谋臣卷舌㉚。昆阳之战象走林,常山之阵蛇奔穴。五郡则兄弟相悲,三州则父子离别㉛。

护军慷慨,忠能死节,三世为将,终于此灭㉜。济阳忠壮,身参末将,兄弟三人,义声俱唱㉝。主辱臣死,名存身丧。狄人归元,三军凄怆㉞。尚书多算,守备是长。云梯可拒,地道能防㉟。有齐将之闭壁,无燕师之卧墙。大事去矣,人之云亡㊱!

申子奋发,勇气咆勃。实总元戎,身先士卒。胄落鱼门,兵填马窟。屡犯通中,频遭刮骨。功业夭枉,身名埋没㊲。或以隼翼鹯披，虎威狐假。沾渍锋镝，脂膏原野。兵弱虏强，城孤气寡。闻鹤唳而心惊，听胡笳而泪下⑱。据神亭而亡戟，临横江而弃马。崩于钜鹿之沙，碎于长平之瓦⑲。

于是桂林颠覆，长洲麋鹿。溃溃沸腾，茫茫墋黩。天地离阻，人神惨酷⑰。晋、郑靡依，鲁、卫不睦。竞动天关，争回地轴。探雀鷇而未饱，待熊蹯而讵熟⑰？乃有车侧郭门，筋悬庙屋⑫。鬼同曹社之谋，人有秦庭之哭⑬。

尔乃假刻玺于关塞，称使者之酬对。逢鄂坂之讥嫌，值豗门之征税⑭。乘白马而不前，策青骡而转碍。吹落叶之扁舟，飘长风于上游⑮。彼锯牙而钩爪，又巡江而习流。排青龙之战舰，斗飞燕之船楼。张辽临于赤壁，王濬下于巴丘⑯。乍风惊而射火，或箭重而沉舟。未辨声于黄盖，已先沉于杜侯⑰。落帆黄鹤之浦，藏船鹦鹉之洲。路已分于湘、汉，星犹看于斗、牛⑱。

若乃阴陵路绝，钓台斜趣。望赤壁而沾衣，舣乌江而不渡⑲。雷池栅浦，鹊陵焚戍。旅舍无烟，巢禽无树。谓荆、衡之杞梓，庶江、汉之可恃⑳。淮海维扬，三千余里。过漂渚而寄食，托芦中而渡水。届于七泽，滨于十死㉛。嗟天保之未定，见殷忧之方始。本不达于危行，又无情于禄仕。谬掌卫于中军，滥尸承于御史㉜。

信生世等于龙门，辞亲同于河洛。奉立身之遗训，受成书之顾托。昔三世而无惭，今七叶而始落㉝。泣风雨于《梁山》，惟枯鱼之衔索。入欹斜之小径，掩蓬藋之荒扉。就汀洲之杜若，待芦苇之单衣㉞。

于时西楚霸王，剑及繁阳。麾兵金匮，校战玉堂㉟。苍鹰赤雀，铁舳牙樯。沉白马而誓众，负黄龙而渡江。海潮迎舰，江萍送王。戎军屯于石城，戈船掩于淮泗㊱。诸侯则郑伯前驱，盟主则荀罃暮至。剖巢熏穴，奔魍走魅。埋长狄于驹门，斩蚩尤于中冀㊲。然腹为灯，饮头为器。直虹贯垒，长星属地⑧。昔之虎据龙盘，加以黄旗紫气。莫不随狐兔而窟穴，与风尘而殄瘁⑧。

西瞻博望，北临玄圃，月榭风台，池平树古。倚弓于玉女窗扉，系马于凤皇楼柱。仁寿之镜徒悬，茂陵之书空聚⑨。若夫立德立言，谟明寅亮，声超于系表，道高于河上。更不遇于浮丘，遂无言于师旷⑨。以爱子而托人，知西陵而谁望。非无北阙之兵，犹有灵台之仗⑨。司徒之表里经纶，狐偃之惟王实勤。横琱戈而对霸主，执金鞭而问贼臣。平吴之功，壮于杜元凯；王室是赖，深于温太真⑨。始则地名全节，终则山称枉人。南阳校书，去之已远；上蔡逐猎，知之何晚⑨！镇北之负誉矜前，风飙凛然。水祖遭箭，山灵见鞭。是以蛰熊伤马，浮蛟没鸢。才子并命，俱非百年⑨。

中宗之夷凶静乱，大雪冤耻。去代邸而承基，迁唐郊而纂祀。反旧章于司隶，归余风于正始⑨。沉猜则方逞其欲，藏疾则自矜于己。天下之事没焉，诸侯之心摇矣⑨。既而齐交北绝，秦患西起。况背关而怀楚，冀端委而开吴。驱绿林之散卒，拒骊山之叛徒⑨。营军梁溠，蒐乘巴渝。问诸淫昏之鬼，求诸厌劾之巫。荆门遭廪延之戮，夏口滥逵泉之诛⑨。茂因亲以致爱，忍和乐于弯弧。既无谋于肉食，非所望于《论都》。未深思于五难，先自擅于三端⑩。登阳城而避险，卧砥柱而求安。既言多于忌刻，实志勇而刑残。但坐观于时变，本无情于急难⑩。地惟黑子，城犹弹丸。其怨则黩，其盟则寒。岂冤禽之能塞海，非愚叟之可移山⑩。况以沴气朝浮，妖精夜殒。赤鸟则三朝夹日，苍云则七重围轸。亡吴之岁既穷，入郢之年斯尽⑩。

周含郑怒，楚结秦冤。有南风之不竞，值西邻之责言⑩。俄而梯冲乱舞，冀马云屯。俴秦车于畅毂，沓汉鼓于雷门。下陈仓而连弩，渡临晋而横船⑩。虽复楚有七泽，人称三户。箭不丽于六麋，雷无惊于九虎⑩。辞洞庭兮落木，去涔阳兮极浦。

〔506〕 庾　信　　　　　　　　　　　　　　　　　　　　　　　　哀江南赋

炽火兮焚旗，贞风兮害蛊。乃使玉轴扬灰，龙文折柱⑩。

下江余城，长林故营。徒思扯马之秣，未见烧牛之兵⑩。章曼枝以毂走，宫之奇以族行。河无冰而马渡，关未晓而鸡鸣⑩。忠臣解骨，君子吞声。章华望祭之所，云梦伪游之地。荒谷缢于莫敖，冶父囚于群帅⑩。硎穽折拉，鹰鹯批攒。冤霜夏零，愤泉秋沸。城崩杞妇之哭，竹染湘妃之泪⑪。

水毒秦泾，山高赵陉。十里五里，长亭短亭。饥随蛰燕，暗逐流萤。秦中水黑，关上泥青⑫。于时瓦解冰泮，风飞雹散。浑然千里，淄渑一乱。雪暗如沙，冰横似岸。逢赴洛之陆机，见离家之王粲。莫不闻陇水而掩泣，向关山而长叹⑬。况复君在交河，妾在青波。石望夫而逾远，山望子而逾多⑭。才人之忆代郡，公子之去清河。枻杨亭有离别之赋，临江王有愁思之歌⑮。别有飘飖武威，羁旅金微。班超生而望返，温序死而思归。李陵之双凫永去，苏武之一雁空飞⑯。

若江陵之中否，乃金陵之祸始。虽借人之外力，实萧墙之内起⑰。拨乱之主忽焉，中兴之宗不祀。伯兮叔兮，同见戮于犹子。荆山鹊飞而玉碎，随岸蛇生而珠死。鬼火乱于平林，殇魂游于新市⑱。梁故丰徙，楚实秦亡。不有所废，其何以昌？有妫之后，将育于姜。输我神器，居为让王⑲。天地之大德曰生，圣人之大宝曰位。用无赖之子弟，举江东而全弃⑳。惜天下之一家，遭东南之反气。以鹑首而赐秦，天何为而此醉㉑！

且夫天道回旋，生民赖焉。余烈祖于西晋，始流播于东川。洎余身而七叶，又遭时而北迁㉒。提挈老幼，关河累年。死生契阔，不可问天。况复零落将尽，灵光岿然㉓。日穷于纪，岁将复始。逼切危虑，端忧暮齿。践长乐之神皋，望宣平之贵里㉔。渭水贯于天门，骊山回于地市。幕府大将军之爱客，丞相平津侯之待士㉕。见钟鼎于金、张，闻弦歌于许、史。岂知灞陵夜猎，犹是故时将军；咸阳布衣，非独思归王子㉖！

〔注〕　① 粤(yuè)：发语词。戊辰：梁武帝太清二年(548)，岁在戊辰。建亥之月：阴历十

月。大盗：窃国篡位者,此指侯景。移国：篡国。金陵：即建康,今南京市,梁国都。太清二年八月,侯景反梁。十月攻进金陵。翌年,台城(梁宫城)陷落,梁武帝死,简文帝即位。大宝二年(551),侯景杀简文帝,自立为帝,国号汉。　②窜：逃匿。荒谷：《左传》桓公十三年："莫敖缢于荒谷。"杜预注："荒谷,楚地。"此指江陵(今属湖北,古楚地)。《北史·庾信传》："侯景作乱,梁简文帝命信率宫中文武千余人营于朱雀航(桥名,在今南京秦淮河上)。及景至,信以众先退。台城陷后,信奔于江陵。"公私：公室和私家,即官府和百姓。涂炭：陷于泥涂炭火。《尚书》："有夏昏德,民坠涂炭。"华阳：华阳山,也称阳华山,在今陕西洛南县东北。这里活用典故,泛指建都长安的西魏、北周。奔命：奉命奔走。梁元帝承圣三年(554)四月,庾信奉命由江陵出使西魏,十一月,江陵被西魏攻陷,庾信从此羁留魏、周。　③中兴：指梁元帝于承圣元年(552)十一月即位江陵,讨平侯景,梁得以复存。但承圣三年西魏陷江陵,元帝被杀,梁朝实际上已灭亡了。道销：中兴之道消亡。甲戌：承圣三年,岁在甲戌。《南史·元帝纪》："承圣三年,魏使于谨来攻。……十一月,魏军至栅下,帝见执。魏人戕帝。"　④都亭：都城亭阁。《晋书·罗宪传》："魏之伐蜀,宪守永安城。及成都败,知刘禅降,乃率所部临(哭)于都亭三日。"庾信用此事表达对梁亡的哀痛。别馆：使馆之外的客舍,居别馆意味着已取消使臣待遇。《左传》昭公二十三年："叔孙婼(鲁国人)如晋,晋人执之,……乃馆(隔离、软禁)诸于箕(晋国别都,在今山西蒲县东北)。"庾信引叔孙婼自比,意在说明梁亡后自己在西魏曾被扣留。一说"三年"乃实数,承圣三年(554)九月西魏出师江陵,此前庾信乃是使者身份,此后直至太平二年(557)十二月梁敬帝逊位于陈,计三年又三个月,此即"囚于别馆"的时间。据此,《哀江南赋》作于出使西魏的第三年,亦即557年。周星：即岁星,也称太岁,木星,因其十二年绕天一周,故名。物极不反：指梁朝就此一蹶不振,再难恢复。　⑤傅燮：字南容,灵州(今宁夏灵武)人。因得罪宦官,不容于朝,出为汉阳太守,王国、韩遂等围攻汉阳,城中兵少粮乏,其子劝燮弃城归乡,燮慨叹："世乱不能养浩然之志,食禄又欲避其难乎! 吾行何之,必死于此!"终至战死。见《后汉书·傅燮传》。这里用傅燮事感慨自己身逢乱世,被羁异域,不能自保。袁安：字邵公,汝阳(今河南商水县西北)人。官至司徒。因为和帝幼弱,窦太后擅权,每朝会进见及与公卿言国家事,未尝不呜咽流涕。见《后汉书·袁安传》。这里用袁安事表明自己念及梁朝兴亡,时常痛苦不堪。　⑥桓君山：东汉哲学家桓谭,字君山,著《新论》二十九篇。《后汉书》卷二十八有传。志事：有志于事业。杜元凯：西晋史学家杜预,字元凯,著有《春秋左氏经传集解》三十卷。《晋书》卷三十四有传。桓、杜二人,都曾为其著作写过序文,自叙生平志趣。　⑦潘岳：字安仁,西晋文学家。有《家风诗》自述家族风尚。《晋书》卷五十五有传。陆机：字士衡,西晋文学家。有《祖德赋》《述先赋》,又《文赋》："咏世德之骏烈。"《晋书》卷五十四有传。作者之意要模仿先贤,写此类的赋及序。　⑧二毛：头发斑白,有黑白二色。按,侯景之乱时,作者三十六岁,使魏时四十二岁。丧乱：指侯景之乱和江陵沦陷被留西魏。藐：远。暮齿：暮年。　⑨《燕歌》：《燕歌行》。《北史·王褒传》："褒曾作《燕歌》,妙尽塞北寒苦之状,元帝及诸文士并和之,而竞为凄切之辞。"今庾信集中亦有此作。楚老：代指故国父老。据《汉书·龚胜传》,楚人龚胜于王莽时不愿"一身事二姓","遂不复开口饮食,积十四日死"。庾信世居楚地,故引此事深惭自己身事二姓。　⑩南山之雨：用《列女传》陶答子妻事："妾闻南山有玄豹,雾雨七日而不下食者,何也? 欲以泽其毛而成文章也,故藏而远害。"践秦庭：《左传》定公四年："申包胥如秦乞师,……立依于庭墙而哭,日夜不绝声,……七日,……秦师乃出。"此喻己出使西魏求和救急。让东海之滨：据《史记·齐太公世家》,田和把齐康公迁居海滨,自立为齐王。此暗指魏、周换代。让：禅让,此是"篡夺"的饰说。作者在北周做官,故不敢直言。餐周粟：《史记·伯夷列传》，武王灭商，伯夷、叔齐不食周粟，饿死于首阳山。此说自己在北周做官，有惭愧的意思。⑪ 下亭：据《后汉书·范式传》，孔嵩应召入京，道宿下亭，马匹被盗。高桥：一作"皋桥"，在今江苏苏州阊门内。相传东汉皋伯通居此，梁鸿曾在他家为佣。见《后汉书·梁鸿传》。此指其旅途劳顿。楚歌：据《史记·项羽本纪》，项羽被围垓下，夜闻汉军四面楚歌。鲁酒：泛指薄酒。据许慎《淮南子注》，楚国大会诸侯，鲁、赵两国都准备向楚王献酒，鲁酒薄而赵酒厚。酒吏向赵索酒不如意，就故意对换，使楚王认为赵酒薄，派兵围攻邯郸。这里是说，即便有楚歌、鲁酒，也难以取乐忘忧。 ⑫ 追为：事后追述补作。聊：姑且。记言：《汉书·艺文志》："古之王者，世有史官，左史记言，右史记事。"庾信此赋，以自己身世为线索，记述了梁朝兴亡的历史，但又不完全是记事，故曰"记言"。清倪璠称此赋"记梁朝之兴亡之乱及己世之飘摇播迁。古有'诗史'，此可谓'赋史'矣"。危苦、悲哀：嵇康《琴赋序》："称其才干，则以危苦为上；赋其声音，则以悲哀为主。"言己赋也多危苦之辞、悲哀之意。 ⑬ 日暮途远：《史记·伍子胥列传》："吾日暮途远，吾故倒行而逆施之。"索隐："譬如人行，前途尚远，而日势已暮。"这里是说年岁已老而前路茫茫。人间何世：《庄子》有《人间世》篇，王先谦《集解》："人间世，谓当世也。"这里是感慨年老世变。将军：据《后汉书·冯异传》，行军休息时，诸将并坐论功，唯独冯异躲到大树下不参与争论，军中号称"大树将军"。这里只取大树将军称号，不用冯异故事。按，梁元帝即位，庾信转右卫将军，出使不久，江陵陷落，所以称"飘零"。壮士：指荆轲。《战国策·燕策》记太子丹送荆轲易水上，"高渐离击筑，荆轲和而歌，……曰：'风萧萧兮易水寒，壮士一去兮不复还！'"这是说自己出使西魏，一去不归。 ⑭ 荆璧：即和氏璧。睨（nì）：斜视。连城：相连之城。据《史记·廉颇蔺相如列传》，秦王欲以十五城换赵王和氏璧，蔺相如奉璧入秦。秦王无意偿赵城，蔺相如持璧睨柱，说要头与璧俱碎。这里说自己出使西魏被欺，留在长安。载书：盟书。珠盘：诸侯盟誓所用器皿。据《史记·平原君列传》，赵平原君与楚王会盟，从早晨谈到中午还不能议决，平原君门客毛遂按剑历阶而上，说服楚王，并捧铜盘要楚王歃（shà）血为盟。此言己出使西魏，未能缔约，梁朝反遭攻打。 ⑮ 钟仪：据《左传》成公九年，钟仪是楚人，被郑人俘获后送到晋国，晋侯让钟仪弹琴，钟仪奏楚国乐曲，范文子称赞说："楚囚，君子也。"南冠：戴南方楚国式样的帽子。此以钟仪自比，谓己本楚人而羁留魏、周，形同南冠之囚。季孙：春秋时鲁国大夫。行人：掌朝觐聘问之官。西河：今陕西省东部。据《左传》昭公十三年，晋侯与诸侯会盟，邾、莒等国声讨鲁昭公，晋侯便不许鲁昭公参加盟会，还扣留了陪同鲁昭公前来的季孙意如带回晋国。后释放季孙时，季孙提出要按礼节办事，晋人威胁他说要不走就把他拘囚在西河。这里自比季孙而稍变其意，言己被留难归。 ⑯ 申包胥：春秋时楚国大夫。顿地：叩头至地。事见《左传》定公四年：吴伐楚，申包胥至秦求兵，秦哀公不肯，申包胥站在庭墙边哭了七天七夜，直到秦同意发兵，才"九顿首而坐"。这是说自己曾为救梁竭尽心力。蔡威公：据刘向《说苑》，蔡威公闭门而泣，三日三夜，泣尽而继之以血，曰："吾国且亡。"此言己对梁亡深感悲痛。 ⑰ 钓台：在武昌。此代指南方故土。移柳：据《晋书·陶侃传》，陶侃镇武昌时，曾令诸营种植柳树。玉关：玉门关，在今甘肃敦煌西北。此代指北地。这是说滞留北地的人再也见不到南方故土的柳树了。华亭：在今上海松江，晋陆机兄弟于吴亡后，去洛阳前，曾共游于此十余年。河桥：在今河南孟州市，陆机在此兵败被诛。《世说新语·尤悔》："陆平原河桥败，为卢志所谗，被诛。临刑叹曰：'欲闻华亭鹤唳，可复得乎！'"这里是说再也听不到家乡的鸟鸣。 ⑱ 孙策：字伯符，东汉末吴郡富春（今浙江富春）人。先以数百人依附袁术，收其父旧部，后平定江东。为三国时孙吴政权的奠基者之一。三分：指魏、蜀、吴三分天下。一旅：五百人。《三国志·吴书·陆逊传》："逊上疏曰，昔桓王（孙策谥号长沙桓王）创基，兵不一旅，而开大业。"项籍：字羽，下相（今

哀江南赋   庚 信 〔509〕

江苏宿迁西南)人。江东：长江南岸南京一带地区。《史记·项羽本纪》记项羽兵败乌江，谓亭长曰："籍与江东子弟八千人渡江而西，今无一人还。"宰割：割据。　⑲ 百万义师：指平定侯景之乱的梁朝大军。卷甲：卷敛衣甲而逃。芟(shān)夷：删削除灭。据《南史·侯景传》，侯景反，梁将王质率兵三千无故自退，谢禧弃白下城走，援兵至北岸，号称百万，后皆败走。又景曾戒诸将曰："破城邑净杀却，使天下知吾威名。"　⑳ 江淮：指长江、淮河。涯岸：水边河岸。亭壁：指军中壁垒。藩篱：竹木所编屏障。　㉑ 头会箕敛：秦时官吏挨户收取人头税，按数出谷，用箕聚敛。合从：战国时六国联合抗秦称合从。这里是指梁宗室诸王中与元帝萧绎对抗的人，不仅相互勾结，有的还勾结西魏。锄櫌(nòu)：简陋的农具。棘矜：低劣的兵器。棘同"戟"，矜，指戟柄。因利乘便：此指割据势力乘梁朝衰乱，取而代之。　㉒ 江表：江外，长江以南。王气：古以为天子所在地有祥云王气笼罩。三百年：指从孙权称帝江南，历东晋、宋、齐、梁四代，前后约三百年的时间。　㉓ 六合：天地四方，指天下。轵(zhǐ)道之灾：《史记·高祖本纪》记高祖入关，"秦王子婴素车白马，……降轵道(在今陕西西安市东北)旁。"这里用秦王子婴事比梁元帝江陵之败。混一车书：指统一天下。平阳之祸：据《晋书·怀帝本纪》，永嘉五年(311)刘聪攻陷洛阳，迁怀帝于平阳(今山西临汾西南)。七年，怀帝被害。又《晋书·愍帝本纪》记建兴四年(316)刘曜陷长安，迁愍帝于平阳。五年，愍帝遇害。这里用晋怀帝、愍帝事比梁武帝、简文帝先后死于金陵。　㉔ 山岳崩颓：喻国家覆亡。春秋迭代：四时更替，喻改朝换代。去故：离别故国。凄怆：悲伤。　㉕ 楫：船桨。星汉：银河。槎(chá)：木筏。张华《博物志》："旧说云，天河与海通。近世有人居海渚者，年年八月有浮槎去来不失期。"这里是说梁朝灭亡的事已到了无可挽回的地步。飙：暴风。蓬莱：传说中与方丈、瀛洲并称三神山。据《汉书·郊祀志》，神山远望如在云霄，近看却反居水下，乘船将到达时，辄有风把船引开，怎么也到不了。这里是说回归故国也是可望而不可即。　㉖ 穷者：指仕途困踬的人。达：表达。《晋书·王隐传》："隐曰：盖古人遭对则以功达其道，不遇则以言达其才。"劳者：忧伤的人。何休《公羊传解诂》："饥者歌其食，劳者歌其事。"这里是说自己作赋是有感而发。　㉗ 陆士衡：陆机字士衡。抚掌：拍手。据《晋书·左思传》：左思作《三都赋》，"初陆机入洛，欲为此赋。闻思作之，抚掌而笑，与弟云书曰：'此间有伧父作《三都赋》。须其成，当以覆酒瓮耳。'及思赋出，机绝叹伏，以为不能加也，遂辍笔焉。"这是说己作此赋即受人嘲笑，也心甘情愿。张平子：张衡字平子。陋：轻视。据《艺文类聚》卷六十一，班固作《两都赋》，张衡认为失之鄙陋，另作《二京赋》。这是说己赋为人轻视，也是理所当然。　㉘ 这是说庚氏祖先受命于周，为掌庚(谷仓)大夫，因为世代有功而形成以官职为姓的宗族，在汉代时居官辅佐朝政。经邦：《周礼》有"坐论""作行""食货"为经邦大政，《史记·平准书》："汉兴七十余年，都鄙廪庾皆满，居官者以为姓号。"如淳注："仓氏、庾氏是也。"论道：坐而论道，指陪侍帝王议论政事。　㉙ 指庚氏世居河南颍川鄢陵、南阳新野等钟灵毓秀之地。嵩华：嵩山、华山。河洛：黄河、洛水。负洛：颍川在洛阳东南五百里，洛阳在北，故云"负洛"。重世：再世。庚氏本鄢陵人，再世之后，分徙新野。临河：指庚氏在新野居临淯水。郦道元《水经注》："淯水又南入新野县。"晏安：安逸。　㉚ 这是说晋怀帝改元永嘉之后，刘聪、石勒相继为乱，怀帝、愍帝先后遇害，中原地区寇盗横行，民不聊生。后来晋室南渡，元帝中兴。逮：及，等到。永嘉：晋怀帝年号(307—313)。五马：指晋琅邪王司马睿等五王。晋惠帝太安年间有童谣曰："五马浮渡江，一马化为龙。"中原大乱，晋室琅邪王、汝南王、西阳王、南顿王、彭城王同至江东，而司马睿即位，为晋元帝。见《晋书·元帝纪》。三星：指荧惑(火星)、岁星(木星)、太白(金星)。据《晋书·天文志》，永嘉六年(312)七月，三星聚于牛宿和女宿之间，星相家卜后认为此乃晋室东迁之兆。　㉛ 这是说八世祖庚滔随晋室

〔510〕 庾信 哀江南赋

南渡,被封为遂昌侯,并赐与土地,于是庾滔在江陵(今属湖北)建造宅第。凌江:渡江。南阳:春秋时晋国开辟了南阳的疆土,这里借指晋朝。东岳:泰山,春秋时周天子有事于泰山,诸侯随从前往,在泰山下都有天子赐给的封邑,这里借指东晋。胙(zuò)土:封赏土地给功臣。诛茅:锄去茅草。宋玉之宅:庾滔的宅基是战国时楚国辞赋家宋玉的故居。穿径:开辟道路。临江之府:共敖被项羽封为临江王,都江陵。见《汉书·项籍传》。 ㉜ 南朝宋、齐兴替,庾氏族人在此变故中多能奉行正直之道,保全名节,以忠孝传家。水木:古代阴阳家认为每一个王朝都与五德之一相对应。南朝宋以水德为王,齐以木德为王。山川崩竭:指南朝宋亡。宋明帝泰始末年,四川有山崩,淮水干涸,人们议论说:“山川作变,不亡何待!”见《南史·明僧绍传》。训子:指庾易、庾黔娄。易是庾信祖父,在齐为征士,事见《南齐书·高逸传》。黔娄是庾信伯父,在梁为有名孝子,事见《梁书·孝行传》。事君:指庾玫、庾道骥。玫是庾信高祖,仕宋为巴郡太守。道骥是庾信曾祖,仕齐为安西参军,事见《南史·庾易传》。 ㉝ 指庾氏世有生祠碑碣,祖父庾易以处士被征召。生祠之庙:为活着的人所立的祠庙。《元和姓纂》:“(庾)滔长子会,为新野太守,百姓为立祠。”庾会大抵为东晋末年人。碣:石碑。《元和姓纂》:“(滔)支孙庾告云,为青州(今山东淄博)刺史,羌胡为之立碑。”青州于永嘉末陷于石勒,后南燕慕容德建都于此,刘宋时入北魏,在唐属河南道,则河南当泛指黄河以南。少微:少微星,其中一星为处士星,借指处士。真人:有才德的人。天山:指遁世。《易·遁卦》:“天(乾卦)下有山(艮卦),遁。”逸民:隐士。空谷:深谷。蒲轮:古代征聘贤士时,以蒲草包裹车轮,使不受颠簸,以示礼敬。《南史·刘虬传》,齐永明三年(485),曾以蒲轮征庾易等五人。 ㉞ 这是说有时与帝王畅谈政事,有时闭门著述,父亲庾肩吾就是这样一个生于有德望的家庭,事君忠贞不贰的人,他的才华、品德超越群伦。移谈讲树:据《三国志·方伎传》裴注引《管辂别传》,三国时管辂初见裴使君,清谈终日,因酷暑,将床移至庭前树下,竟夕而谈。这里以庾肩吾在东宫事比管辂。就简书筠:用竹皮代纸书写,形容勤于著述。贞臣:侯景之乱时,庾肩吾不受贼职,潜奔江陵,故以贞臣称之。见《南史》本传。甲观:太子宫,庾肩吾曾为东宫通事舍人,迁太子中庶子。漳滨:漳水之滨,指江陵。漳水与沮水汇合后经江陵入长江。 ㉟ 简文帝虽为有道之君,却因身处乱世而不见祥瑞之凤,庾肩吾生不逢时,在侯景之乱中遭遇不幸。非时:生不逢时。麟:麒麟,祥兽,是贤人的象征。奸回:邪恶,指侯景之流。嚚(bì)逆:指处心积虑地谋反。仁人:即庾肩吾。 ㊱ 作者年十五应试获选,曾为尚书度支郎,又为东宫领直。王子,指周灵王太子晋,即王子乔。滨洛之岁:十五岁。《逸周书·太子晋》称太子晋十五岁时即聪慧善辩。刘向《列仙传》称太子晋曾游河洛之间,被浮丘公接上嵩高山为仙。兰成:庾信的小名。射策:汉代取士有对策、射策之制,以射策甲科为郎。这里借指应试获甲科。含香:指尚书郎。汉桓帝时,侍中刁存年老口臭,让他含鸡舌香奏事。从此尚书郎含香成为规定。见应劭《汉官仪》。建礼:汉官门名,即建礼门,是尚书郎值勤之处。《汉官仪》:“尚书主作文书起草,夜更直五日于建礼门内。”矫翼:高飞。崇贤:太子宫门。 ㊲ 作者在东宫为学士,自谦才智疏浅。洊(jiàn)雷:《易》:“洊雷,震。”《系辞》释为“主器者莫若长子,故受之以震。”以震卦象征长子,此处喻太子。齿:序齿,按长幼为次序,意思是太子不以尊卑,而以长幼为次序看待他。明离:指帝王。《易·离卦》:“明两作,离。大人以继明照于四方”胄筵:太子的讲筵。蠡:舀水的瓢。 ㊳ 作者在东宫颇受礼遇,任兼文武。方塘、钓渚:指宫中池馆。文弦:即琴弦,张揖《广雅》:“琴五弦,文王增二弦。”解悬通籍:名字记录于宫廷门籍,悬挂于宫门,出入宫廷时核查。按庾信任东宫学士时,又为东宫领直,节制春宫鼓马。见宇文逌《庾信集序》。 ㊴ 作者身任掌兵之职,曾与湘东王论水战之事,也曾出使东魏。笠毂(gǔ):古兵车无盖,有专人依毂执笠,为主将遮盖掩护。兰池:汉宫观名,借指王官。典午："司马"的隐语。"典"为"司"，掌管之义。"马"与十二地支的"午"对应。司马为掌兵之官，故典午即掌兵之官。江汉之君：江州刺史、湘东王萧绎，即后来的梁元帝。大同八年（542），刘敬躬反，梁武帝派庾信与萧绎商量如何同敌人进行水战，终于讨平刘敬躬，庾信备受赞赏。拭玉：擦拭圭玉，是使节往来中的一种礼仪，这里指出使。西河之主：西河在战国初年属于魏国，这里借指东魏。大同十一年（545），庾信以通直散骑常侍出使东魏，文章辞令，盛为邺下所称。　⑩这是说梁曾经一度歌舞升平，物质富足，文化兴盛，在天监年间还造建兴苑，缘江作塘。冠盖：《水经注》："宜城县（今属湖北）有太山，山下有庙。汉末多士，其中刺史、二千石、卿长数十人，朱轩华盖，同会于庙下。荆州刺史行部见之，雅叹其胜，号曰'冠盖里'。"这里形容里巷多仕宦之家。邹鲁：鲁为孔子故乡，邹为孟子故乡。邹鲁代指文化繁荣之地。此处喻梁的文教礼乐之盛。茂苑：天监四年（505）在秣陵（在今江苏江宁）建兴里造建兴苑。海陵：今江苏泰州。横塘：古堤塘名。在今江苏江宁西南，因沿岸筑堤围成塘，因此称横塘。　⑪梁朝地域广大，东至于海，南至交趾，物产丰富，家家富足。东门：《史记·秦始皇本纪》："立石东海上朐界中，以为秦东门。"鞭石成桥：《述异记》："秦始皇作石横桥于海上，欲过海观日出处，有神人驱石，去不速，神人鞭之，皆流血。今石桥其色犹赤。"这里指豪东至于海。铸铜为柱：指东汉马援南征交趾，立铜柱，以为汉之南界。家封千户：《史记·货殖列传》："蜀、汉、江陵千树橘……渭川千亩竹……此其人皆与千户侯等。"　⑫外国朝贡不绝，四方歌舞升平，百姓安居乐业。赆（jìn）：赠送。琛：珠宝，在此作动词，献宝。歈（yú）：歌。艳：乐曲的引子。　⑬梁朝这时没有战争，与北方政权和睦相处，承平之际，不事甲兵。五十年：梁自天监元年（502）至太清二年（548）共四十七年，这里举成数。班超：东汉名将，永平十六年（73）出使西域，历访五十余城国，和帝永元七年（95）封定远侯。王歙（xī）：王昭君的侄子，封和亲侯，数次出使匈奴。事见《汉书·匈奴传》。马武：东汉将领，曾上书光武帝欲进军匈奴，光武不许，自此诸将不言兵事。冯唐：西汉人，汉文帝论将帅功过，常顾问之。　⑭梁朝祸机潜伏，侯景之乱亦在酝酿之中。暗然：昏暗的样子。渔阳：在今北京密云西南。据《史记·陈涉世家》，秦二世元年（前209）七月，发闾左（里门左厢，按秦时富强居右，贫弱居左）贫民九百人戍守渔阳，逾期便斩，当时陈胜为戍长，遂起兵。离石：今属山西。据《晋书·刘元海载记》，晋惠帝末年，匈奴北部都尉刘渊，在离石起兵叛晋。　⑮梁武帝过于喜文崇佛。据《梁书·武帝纪》，武帝精通诗书礼乐，著《毛诗答问》《尚书大义》等，为《五礼》断疑，自定礼乐，并时常于重云殿讲说，又于台城西开士林馆，延揽学士，研讨学问。劫烬：据《搜神记》卷十三"劫灰"，汉武帝凿昆明池，深处无土，满是灰烬，满朝不解，到了东汉明帝时，西域僧人到洛阳，依据佛经解释说，那是天地经历了大劫而残存的灰烬。常星：恒星，汉时避文帝刘恒讳而称常星。据说鲁庄公七年（前687）四月八日，夜明，恒星不见，时佛从其母右胁生。见《文选》李善注引《瑞应经》。　⑯梁朝防务松懈，兵马无所戒备，大小官员清谈误国。地平：不设防。鱼齿：山名，在今河南宝丰县东南。兽角：《吕氏春秋》："猛兽之角，能以为域。"借指城池。刁斗：古时军营用具，白天用作炊具，晚上用来巡夜打更。荥阳：城名，在今河南。龙媒：骏马名。平乐：汉明帝时长安的馆阁名。宰衡：宰相，指当时深受梁武帝信用的重臣朱异，主张纳侯景之降，东魏来进攻时，又主张议和，激成侯景之乱。缙绅：古代做官的人插（搢）笏于带（绅），故称士大夫为缙绅（搢绅）。清谈：清雅而不切实际的议论。庙略：朝廷的军国政策。　⑰国家形势岌岌可危，叛军将至，上至士大夫，下至百姓，都将遭到残害，梁朝大难临头，已无可挽救。胶船：用胶黏合的船。周昭王失德，南征渡汉水时，船人用胶船载王，船至中流胶解船散，周昭王没于水。见《帝王世纪》。朽索：腐烂了的绳索。用腐烂的绳索驾驭奔腾的马，结果必然是索断马惊，失去控制。小人：指平民百姓。猿鹤：

〔512〕 庾信　　　　　　　　　　　　　　　　　　　　　　　　　　　哀江南赋

《抱朴子》:"周穆王南征,一军尽化,君子为猿鹤,小人为沙虫。"敝筭(bì):破旧的算。筭,同算。算,放在甑底起间隔作用的竹屉。熬盐时,盐多附着于其上。阿胶:产于山东东阿的驴皮胶,据说煮胶的水越煮越清。语本《淮南子》:"阿胶一寸,不能止黄河之浊。" ㊽ 朝廷危急,战祸将临,已有不祥之兆。鲂(fáng)鱼赪(chēng)尾:鲂鱼即鳊鱼。赪,浅红色。见《诗经·周南·汝坟》:"鲂鱼赪尾,王室如毁。"四郊多垒:指战事吃紧。江鸥、野雉:古人有"野鸟入处,宫室将空"的说法。　㊾ 梁朝大势已去,侯景将来,祸乱由此而生。湛卢:宝剑名,此剑本吴国所有,后为楚昭王所得,风胡子说:"今吴王无道,故湛卢去国。"见《越绝书·外传》。馀艎:同"余皇",船名。《左传》昭公十七年:"楚人大败吴师,获其乘舟余皇。"被发:野蛮部族的标志。据《左传》僖公二十二年,周平王东迁时,辛有到伊川,看见一些人披头散发祭于野,认为这很失礼,说:"过不了一百年,这儿将会变成野蛮戎人居住的地方了。"后来,秦、晋果然将陆浑之戎迁至伊川。 ㊿ 侯景反复无常,不断叛变其主。他本性凶残,大则像鲸鲵一样蚕食诸国,小则如枭獍一样连同类者会残害。奸逆:指侯景。其本为北魏军吏,后投东魏,又降西魏,再降梁,复叛梁,反复无常。放命:放弃教命,恣性妄为。鲸、鲵:喻其有吞食弱小之性。枭:食母之恶鸟。獍(jìng):食母之恶兽。　51 侯景为夷狄出身,本性难改。牛羊之力、水草之性:指北方游牧民族饲养牛、马、羊,逐水草而居。肆:放纵。玉烛:一年四季气候调和,如玉润烛明。璿(xuán)玑:也作"璇玑",古代观察天文的仪器。《尚书》:"璇、玑、玉衡,以齐七政。" 52 侯景降梁时,梁武帝毫无警戒,还有意笼络他,封赏甚厚,并接受侯景贡献的异方物产。羁:络马的笼头。縻(mí):系牛缰绳。琉璃之酒:结盟时用羹匙搅拌过的血酒。琉璃,又作"留犁",羹匙。胡柯:邛竹杖。出自古西域鄯善国。鸟卵:即鸵鸟蛋。大夏、条枝,均为西域古国。 53 侯景暗中图谋反叛,欲取梁而代之。厉:同"砺",磨。虺(huǐ):毒蛇。潜吹:暗中放毒。九鼎:周有九鼎,乃三代以来天子权力的象征。据《左传》宣公三年,楚王攻打陆浑之戎,到达洛水,在周境内陈兵示威,问起九鼎的大小、轻重,有夺取周室政权之意。三川:黄河、伊水、洛水。《战国策·秦策》:秦武王对甘茂说:"寡人欲车通三川,以窥周室。" 54 这是写萧正德。萧正德为梁武帝的养子,因为未立为太子,心怀愤恨。侯景降梁,知其心怀怨望,便假意应承愿奉其为主。萧正德便与侯景勾结,引狼入室。朝廷不知萧正德奸心,反而任命他为平北将军去拒阻叛军。侯景先立萧正德为天子,攻入台城后,又将其降为大司马。萧正德觉得自己被骗,于是密书一封给鄱阳王萧契,让他带兵前来,侯景截得此信,杀了萧正德。戎:指侯景。介胄:甲胄,指武装。官政:官正,官吏之长。指为天子事。离逖(tì):远离。师言:指密约萧契发兵事。　55 侯景蓄谋反梁,在反叛前,有种种不祥之兆出现。廷尉:掌刑狱之官。逋囚:逃犯。此指侯景,侯景得罪东魏所以才奔梁。穷寇:指侯景降梁后,与东魏作战,兵败涡阳,故称为穷寇。狄泉:在今河南洛阳东北。据《晋书·五行志》,永嘉元年(307),在周狄泉盟会的地方发生地陷,而后有一苍一白两鹅出现,苍者飞去。有人说苍鹅飞去是外族入侵之兆,后来果有刘渊之乱。此处以刘渊喻侯景。横江:在今安徽和县东南。侯景反梁,由此渡江。石鼓鸣山:有兵乱则石鼓鸣。金精:太白星,《汉书·天文志》:"昴者,西方白虎之宿。太白者,金之精。太白入昴,金虎相薄,主兵乱。"北阙:秦未央宫立东阙、北阙,此代指京都。龙吟:据《梁书·武帝纪》,普通五年(524)六月,龙斗于曲阿(今江苏丹阳),西行至建陵,所经处树木倒折,开地数十丈。东陵:梁皇室的陵墓建陵,在曲阿。麟斗:据《梁书·武帝纪》,中大同元年(546)春正月,建陵隧口石麒麟动,有大蛇斗隧中。　56 侯景攻台城,纵兵杀掠,以北人横行江南,乱兵非常多。桀黠(xiá):凶狠狡黠之人。构扇:发动叛乱。冯陵(píng líng):仗势欺人。畿甸:京都附近方圆五百里。狼望、卢山:都是匈奴地名。黄图:京都。赤县:战国时邹衍称天下有九州,中国处赤县神州。青袍、白马：大同年间有童谣说："青丝白马寿阳来。"侯景于是有意乘白马，青丝为辔，部将穿青袍。
㊼梁武帝从太清三年(549)正月已不能视朝，侯景筑长围把梁武帝围在台城，后台城被攻，梁武帝被幽禁。天子：即梁武帝。履端：正月。废朝：不再上朝。单于：借指侯景。长围：侯景在台城外筑起的包围工事。《南史·侯景传》："贼既不克，乃止攻，筑长围以绝内外。"两观：官门的双阙。白虹贯日、苍鹰击殿：比喻梁武帝将遭不测。语出《战国策》："聂政之刺韩傀也，白虹贯日；要离之刺庆忌也，苍鹰击殿。"夏台：监狱名，在今河南禹州市。据《史记·夏本纪》，桀囚汤于夏台。尧城：舜囚禁尧的地方，在今山东莒县西。　㊽梁诸王救援不力，援兵被侯景击败。奔问官守：问候天子的群臣。据《梁书》，湘东王萧绎、河东王萧誉、桂阳王萧慥等援兵数十万，互相猜忌，号令不一，踟蹰不前。干：盾。戚：斧。陶侃：东晋名臣，苏峻、祖约作乱时，陶侃借军粮给温峤，助其平定叛乱。见《资治通鉴》卷九十四。顾荣：晋陈敏反，顾荣手挥白羽扇密谋起兵，推翻陈敏。见《晋书·顾荣传》。这里反用陶侃、顾荣事，喻援军无退贼之功。　㊾台城被围困，内外隔绝，台城内的求援未能成功。绥：退却，指败军。长围：叛军修筑长长的防线，围困台城，使援兵不能入救。烽随星落：太清三年(549)三月朔旦(初一凌晨)，城内举烽鼓噪求援，羊鸦仁、柳敬礼等从东府城北来援，被击败。见《梁书·侯景传》。莺(yuān)：风筝。简文帝萧纲自城中放纸莺，上系书信告急，被侯景兵射落。见《南史·侯景传》。　㊿各路援军四分五裂，兵无斗志，号令不一，一团混乱。文臣武将都临阵退缩，提不出救援良策。班马：失去骑手的战马。婴城：闭城自守。卷舌：缄口不言。　51援军溃退，人民遭受战祸。昆阳：今河南叶县。据《后汉书·光武帝纪》，王莽派王寻、王邑围昆阳，驱虎、豹、犀、象之属以助威。刘秀发诸营兵大破莽军，虎豹皆股栗，士卒死以万数。常山之阵：古阵法，首尾呼应如常山蛇。《孙子兵法·九地》："故善用兵者，譬如率然。率然者，常山之蛇也。击其首则尾至，击其尾则首至，击其中则首尾俱至。"　52梁朝护军将军韦粲战死。韦粲：与侯景战，战死后封护军将军。见《梁书·韦粲传》。三世为将：韦粲祖父韦叡，梁左卫将军，父亲梁放，梁明威将军，至粲为三世。　53济阳江子一兄弟亦战死。江子一：济阳考城(今河南民权东北)人。台城被围，江子一兄弟三人率百余人出战，身先士卒，皆力战死。见《梁书·江子一传》。　54梁简文帝追赠江子一单官职谥号，敌军佩服江子一的英勇，送还他的遗体，面目如生，三军上下无不悲泣。名存身丧：简文帝追赠之一侍中，谥义子；子四黄门侍郎，谥毅子；子五中书侍郎，谥烈子。狄人：指侯景。归元：指叛军送还江子一的遗体。《南史·江子一传》："贼义子之一之勇，归之，面如生。"元：头颅。《左传》僖公三十三年："先轸(晋人)免胄入狄师，死焉。狄人归其元，面如生。"　55尚书羊侃善于防守。尚书：指都官尚书羊侃，侯景之乱时，侃负责都督城内诸军事，守御有方，景不能破。病死后，台城遂陷落。据《南史·羊侃传》，侯景军用尖顶木驴(云梯之一种)攻城，侃作雉尾炬掷抑火上焚之。侯景军起土山，侃命挖地道，潜引其土，使土山不能立。　56羊侃虽善于防守，却不幸于苦战中疠死，未能击退叛军。齐将：指战国时齐国的将领田单。燕将乐毅率兵破齐时，田单固守即墨(今山东平度东南)。见《史记·田单列传》。闭壁：守城。燕师：十六国时，后燕慕容垂攻北魏，中途卧病，筑燕昌城而还。见《十六国春秋》。人之云亡：语出《诗经·大雅·瞻印》："人之云亡，邦国殄(tiǎn，灭绝)瘁。"　57梁将柳仲礼总领援兵讨伐侯景，屡受重创，后投降侯景，身败名裂。申子：柳仲礼的小名。据《南史·柳仲礼传》，仲礼少有胆气，勇气过人。率雍州、司州精兵和诸路援兵共讨侯景，被推为大都督。咆勃：怒貌。元戎：主帅。鱼门：春秋时邾国的城门。据《左传》僖公二十二年，邾军获鲁僖公头盔，悬于鱼门。通中：贯穿内脏。刮骨：用关羽刮骨去毒事。据《南史·柳仲礼传》，柳仲礼与侯景战于青塘，被砍中肩部，马又陷入泥沼，幸被部将救回，从此锐气大减，神情沮丧，不敢再言战。天柱：夭折。

〔514〕 庾信　　　　　　　　　　　　　　　　　　　　　　哀江南赋

据《南史》，台城陷后，柳仲礼开营投降，当时援军兵力甚众，莫不愤慨，都认为梁朝的灭亡，始于朱异，成于仲礼。　⑱ 侯景攻城虚张声势，梁朝援军伤亡惨重，台城孤立无援，城内一片惊恐绝望气氛。隼（sǔn）翼鷃（yàn）披：鷃雀披着鹰隼的翅膀。隼：鹰。鷃：小鸟。见《亢仓子·君道》："以隼翼而披之鷃，视不明者正以为隼，明者视之，乃鷃也。"虎威狐假，即狐假虎威，见《战国策·楚策》。这里是说侯景虚张声势，瓦解梁军士气。据《梁书·侯景传》，邵陵王萧纶率兵来救，与侯景对阵，败走京口，景俘其部将，押至城下，逼令高喊"已擒邵陵王"，以瓦解城中士气。渍：血渍。锋：戈戟刃。镝（dí）：箭镞。脂膏：脂肪。鹤唳：鹤鸣，《晋书·载记·符坚》，符坚淝水之败，"闻风声鹤唳，皆谓晋师之至"。胡笳（jiā）：乐器。《晋书·刘琨传》："琨在晋阳为胡骑所围，中夜奏胡笳，贼皆流涕唏嘘。"　⑲ 此写台城陷落以及对梁朝的极大影响。神亭：在今江苏金坛市西北。三国时孙策战太史慈于神亭，太史慈之戟被夺。见《三国志·吴书·太史慈传》。横江：今安徽和县东南。孙策自横江渡长江与刘繇战，被流矢射中腿部，弃马而逃。见《三国志》裴注引《江表传》。这里以"亡戟""弃马"喻城陷。钜鹿：今河北平乡。项羽曾在此与秦主力决战，秦军土崩瓦解。又《左传》僖公十四年，秋八月初五日，沙鹿山崩塌。这里合两事，以秦兵之败比沙鹿山之崩，以喻梁军之败。长平：今山西高平市西北。战国时，秦将白起在此大战赵国军队，赵军四十万降秦。又《史记·廉颇蔺相如列传》，秦伐韩，赵奢率兵来救，双方在武安（今属河北）西开战，秦兵鼓噪，武安屋瓦皆震动。这里合用长平、武安两次大战事，比喻台城失陷使梁朝元气丧失殆尽。　⑳ 写台城陷落后的荒芜景象。桂林：三国时吴国有桂林苑，在今江苏南京市东北。长洲：吴王阖闾游猎之苑，在今江苏苏州。墋（chěn）黩（dú）：昏暗。㉑ 台城陷后，梁诸王纷争不已，他们彼此争斗，天地为之震动，梁武帝被侯景囚禁后凄惨死去。晋、郑、鲁、卫：都是周朝宗室姬姓国，借喻梁宗室诸王。靡依：无一可靠。天关：东方角宿二星为天关，其间为天门，天门动主有兵事。地轴：《河图括地象》："地下有四柱，广十万里，有三千六百轴。"雀鷇（kòu）：雏鸟。据《史记·赵世家》，赵武灵王被儿子派人围于宫里，饿了只能探雀鷇而充饥，三月余饿死。熊蹯（fán）：熊掌。据《左传》文公元年，楚太子商臣恐其太子之位被废，率兵围王宫，欲逼死其父楚成王，成王请求死前吃一只熊蹯，商臣不许，因为煮熟一只熊蹯的时间可能会使成王得到救援。成王只得自缢而死。讵（jù）：何，岂。这里以赵武灵王、楚成王比梁武帝。《南史·武帝纪》："帝疾久口苦，索蜜不得，再曰'荷荷'，遂崩。"　㉒ 侯景恶葬梁武帝后，又杀了梁简文帝。车侧郭门：《左传》襄公二十五年，春秋时，崔杼杀齐庄公，草草葬庄公于北郭。车：丧车。侧：埋而不殡于祖庙。郭门：城外。筋悬庙屋：《战国策·楚策》，楚将淖齿杀死齐湣王后，抽了他的筋，悬于庙梁。这里以崔杼、淖齿比侯景，梁武帝死，景秘不发丧，权殡于昭阳殿；又废简文帝，幽禁于永福省，并派人用土囊将简文帝窒息而死。　㉓ 此写金陵之亡以及自己西奔江陵之意。曹社：曹国的社宫。《左传》哀公七年，曹国有人梦见一群人立于社宫谋划灭曹之事，后来曹果然被宋所灭。秦庭：这里喻指江陵。用楚申包胥到秦国哭求救兵之事，说自己有赴江陵乞援之志。当时湘东王驻守江陵。　㉔ 写西奔江陵途中，假称奉使出行，混过关防，沿途遇到了层层盘查。刻玺：皇帝的印信。酬对：应对。鄂坂：鄂坂关，在今河南登封市东南。这里非实指，而是用典。据《晋书·惠帝纪》，赵王伦篡帝位，齐王冏起兵讨伐，伦遣其将张泓出墇（同"鄂"）坂拒阻。讥嫌：盘查与猜疑。彨（ér）门：据《左传》文公十一年，宋人彨班御狄有功，宋公特赐他在一个城门口设卡收税，此门便称彨门。　㉕ 因为没有正式文书，从陆路通过关口很困难，于是舍弃陆路而走水路，沿长江而上。白马：据桓谭《新论》，公孙龙曾和人辩论"白马非马"的问题，人们不能说服他。后来他乘白马想出关，因为没有出关的凭证，关吏还是不让他过去，可见虚言并不能代替事实。青骡：《鲁女生别传》，仙人李少君死后百余日,人见其在河东蒲坂乘青驴而行。这里反用其事,说不能像仙人那样畅行无阻。 ⑦ 在路上遇到侯景遣大军沿江而上袭郢州(今湖北武昌),梁朝派出大将王僧辩、胡僧祐抵挡侯景军队。锯牙、钩爪:指侯景的部众。习流:熟悉水性的士兵,即水师。青龙、飞燕:古战船名。船楼:即楼船,一种高至十余丈的大船。张辽:三国时曹操大将,孙权攻合肥十余日,张辽率敢死士大破孙权军队,曹操拜为征东将军。见《三国志·魏书·张辽传》。赤壁:在今湖北赤壁市西北。张辽军临合肥,说赤壁或别有据。这里以比王僧辩,梁征东将军。王濬:西晋益州刺史,太康元年(280)率水师伐吴,曾上书说:"臣自达巴丘(今湖南岳阳),所向皆靡。"见《晋书·王濬传》。时王僧辩与侯景军对峙,胡僧祐率军从水路增援。 ⑦ 侯景军队攻城失利,其主将或被擒,或战死。风惊射火:侯景军攻城时掷火烧水栅,风向不对,反烧向自己。见《梁书·王僧辩传》。黄盖:三国时东吴大将,赤壁之战中被流矢射中,时寒,落入水中。吴军士救起后不知其为黄盖,置卧床中,黄盖大呼韩当,韩当听出了他的声音,黄盖得救。见《三国志》裴注引《吴书》。杜侯:三国魏仆射杜畿,监造御船,试行时翻船,溺死。见《三国志·魏书·杜畿传》。 ⑦ 写自己一路逃避,已到了湘汉分野之处的江陵,仍眷顾旧国旧都。黄鹤之浦:今湖北武昌西南。鹦鹉之洲:在今武昌西南江中。斗、牛:二星宿名,古人以地上的扬州与之对应,建康属扬州。 ⑦ 写自己西行艰难。阴陵:在今安徽定远县西北,项羽垓下突围后曾迷途于此。见《史记·项羽本纪》。钓台:在今武昌长江边。趣:通"趋"。赤壁:此处指湖北武昌西赤矶山。舣(yǐ):将船停靠岸边。乌江:今安徽和县东北,项羽自刎处。 ⑧ 追叙途中所见,认为湘东王萧绎可以依靠。雷池:今湖北黄梅和安徽宿松以南长江北岸一带。鹊陵:鹊岸,今安徽贵池至无为一带长江北岸。荆衡:指荆州。《尚书·禹贡》:"荆及衡阳惟荆州。"杞、梓:美材良木,此以比湘东王。 ⑧ 写行程遥远,途中幸亏有人相助,历经了艰难。漂渚:妇女们漂洗衣物的江滩。汉韩信曾寄食于漂母十余日。见《史记·淮阴侯列传》。芦中:春秋时伍子胥逃离楚国之时,为避追兵,曾藏于芦苇丛中。见《吴越春秋》。七泽:古代楚国有云梦等七泽。 ⑧ 写自己忧心国难,本不会处世,不愿做官,在江陵被任为御史中丞,转右卫将军。天保:上苍保佑君王平安,这里指国家命运。据《史记·周本纪》,周武王夜里睡不好,有人问他,他说:"我未定天保,何暇寐。"殷忧:深深的忧虑。危行:高洁的行为。谬:荒谬。滥:滥竽充数。尸餐:尸位素餐,谦词。 ⑧ 用西汉史学家司马迁及其父司马谈为比,说他父亲庾肩吾临终前也曾对他有所嘱托,先辈之德无愧前贤,到自己这一代才开始衰落。龙门:司马迁的诞生地,在今陕西韩城市东北。辞亲:与父亲诀别。据《史记·太史公自序》,司马迁的父亲司马谈临死,留滞在河、洛之间,司马迁赶回,与父亲相见。司马谈临终,嘱司马迁完成其著史之愿。顾托:临终的嘱托。三世:指曾祖庾道骥、祖庾易、父庾肩吾。七叶:七代,八世祖庾滔至庾信为七代。 ⑧ 写思念父母的情怀以及杜门远祸,忧谗待死的心境。《梁山》:指琴曲《梁山操》。蔡邕《琴操》:"曾子耕泰山下,雨雪,不得归,思父母,作《梁山操》。"枯鱼衔索:串干鱼的绳索,《孔子家语》:"子路见孔子曰:'枯鱼衔索,几何不蠹? 二亲之寿,忽如过隙。'"蕮(diào):野草名,状似藜。杜若:香草。《楚辞·九歌·湘君》:"采芳洲兮杜若。"庾信以屈原自比,自喻品行高洁。芦苇单衣:三国时,东吴重臣诸葛恪被杀后以苇席裹身,篾束腰,投于石子冈。见《三国志·吴书·诸葛恪传》。这是庾信担心自己遭忌被谗,也会落得诸葛恪那样下场。 ⑧ 写湘东王调兵遣将讨侯景,根据兵书制定讨伐战略。西楚霸王:秦亡后项羽自立为西楚霸王,这里指湘东王,后进位为梁元帝,其时尚未正式即位。繁阳:今河南新蔡县北。金匮:指《太公金匮》,兵书。挍(jiào):较量。玉堂:汉有玉堂殿,这里泛指官芙。 ⑧ 梁朝王僧辩、陈霸先歃血盟誓,慷慨出师,一直攻到金陵。苍鹰、赤雀:战船名。铁舳(zhú)、牙樯:船桨和桅杆。白马:古时盟誓以白马作牺牲,此指

〔516〕 庾信   哀江南赋

讨伐侯景的誓师仪式。黄龙：大禹南巡，有黄龙负舟渡江。见《吕氏春秋·知分》。江萍：楚昭王渡江，得一物，圆形赤色，大如斗，拿去向孔子请教，孔子说这叫萍实，只有霸者能得到。见《说苑·辨物》。石城：石头城，今江苏南京。淮泗：秦淮河。 ㉘ 梁朝各路人马先后到达，侯景叛军接战失利后纷纷出逃，侯景在奔逃途中被杀。郑伯：据《左传》昭公四年，诸侯赴楚灵王之盟会，郑伯是第一个到盟会之地的。荀罃(yīng)：据《左传》襄公十一年，诸侯伐郑，齐、宋先至，晋大夫荀罃天黑了才到，其时晋为盟主。螭(chī)：山神，兽形。魅(mèi)：怪物。驹门：子驹之门。《左传》文公十一年，鲁败狄，获其国君长狄侨如，杀之，埋其首于子驹之门。蚩尤：古部落首长，传说与黄帝战于涿鹿之野，黄帝戮蚩尤于中冀。见皇甫谧《帝王世纪》。 ㉙ 写侯景之死，而且在平乱之前就已有征兆。然腹为灯：然，通"燃"。董卓被诛后，尸陈于市，守尸者在他腹部点燃了火，其腹部的脂肪竟燃烧达旦。见《后汉书·董卓传》。饮头为器：赵襄子恨智伯，杀了他以后，竟用他的头颅来作饮酒的器皿。见《史记·刺客列传》。据《南史·侯景传》记侯景之死："及景死，……送于建康，暴之于市。百姓争取屠脍，羹食皆尽。焚骨扬灰，曾罹其祸者，乃以灰和酒饮之。首至江陵，元帝命枭于市三日，然后煮而漆之，以付武库。"直虹：《晋书·天文志》："虹头尾至地，流血之象。"长星：将星。长星属地：将亡将。 ㉚ 故都金陵遭侯景之乱而凋残。黄旗紫气：即金陵王气。据《宋书·符瑞志》，汉代的术士们说，黄旗紫气出现在斗牛之间，江东有天子气。殄(tiǎn)悴(cuì)：困苦。 ㉛ 这里回忆梁朝的兴亡史，先写梁朝宫苑风景，暗喻国家安宁之时。又写侯景之乱危及宫廷，并哀悼梁元帝。博望：汉有博望苑，汉武帝为卫太子立，供他交接宾客。这里借指梁宫苑。玄圃：梁有玄圃苑。玉女：仙女。古人窗间多刻饰玉女。凤凰楼：晋宫阙名。此处指华贵的宫殿。仁寿之镜：陆机《与弟云书》："(晋)仁寿殿前有大方铜镜，高五尺余，宽三尺二寸。"茂陵：汉武帝陵墓。《汉武帝内传》载其崩时，遗诏以杂经三十余卷随殓。 ㉜ 赞美梁简文帝萧纲的学识品德，伤悼他的命运。立德立言：树立德性、言论，以传世不朽。《左传》襄公二十四年："太上有立德，其次有立功，其次有立言，虽久不废，此之谓不朽。"谟(mó)明：谋划聪明。寅亮：恭敬信奉。系表：意在言外。河上：相传为西汉时道家，不知其姓名，因住黄河之滨，故称河上公。传注《老子》，唐刘知幾认为系后人伪托。浮丘：古仙人，据《列仙传》，接周灵王太子晋上嵩高山。师旷：晋乐师。据《逸周书·太子晋》，师旷看到太子晋面带死人色，太子晋说，是的，我三年后就要去见天帝，不要先说出去。后来不到三年就死了。据《梁书·简文帝纪》，简文帝萧纲"读书十行俱下。九流百家，经目必记。篇章辞赋，操笔立成。博综儒书，善言玄理。"在中大通三年(531)被梁武帝立为太子，太清三年(549)三月台城陷，受制于侯景，五月即帝位，大宝二年(551)九月被杀。 ㉝ 台城陷落后，简文帝萧纲将幼子托付给湘东王，他的儿子中只有两个以寿终，但都在江陵陷后入魏，客死长安，不能一瞻陵墓。简文帝虽有宿卫兵仗，却反被侯景利用。西陵：曹操墓。北阙之兵：卫尉所统领的宫门卫兵。灵台之仗：据《魏氏春秋》，魏高贵乡公把陵云台上的铠仗取下来交给卫兵，准备亲自出讨司马昭。 ㉞ 此写王僧辩先平萧誉，后平侯景，有功于王室。司徒：指讨伐侯景的大将王僧辩。表里经纶：筹划治理朝廷内外大事。狐偃：晋大夫。曾劝晋文公支持出奔在外的周襄王恢复名位："求诸侯莫如勤王。"见《左传》僖公二十五年。瑂(diāo)戈：雕有纹饰的戈。霸主：指河东王萧誉。据《梁书·河东王誉传》，誉为湘州刺史，梁元帝派王僧辩攻誉，城破被斩，传首江陵。贼臣：指侯景。杜元凯：杜预字元凯，以平吴有功封当阳县侯。见《晋书·杜预传》。温太真：温峤字太真，为江州刺史，平王敦与苏峻之乱有功。见《晋书·温峤传》。 ㉟ 写王僧辩父子能"全"大"节"，而不免"枉死"，伤王僧辩功成被戮。据《梁书·王僧辩传》，僧辩先是反对立贞阳侯萧渊明为帝，后又送贞阳侯入建康(今江苏南京)即位，改元天成。陈霸先恶僧辩翻覆，袭建康，杀僧辩及其子。全节：又称全鸠里，在今河南灵宝西北，汉武帝戾太子死于此。见《汉书·武五子传》。杻人：山名，在今河南浚县东北。纣杀比干于此。见《史记·殷本纪》。南阳：据《吴越春秋》，文种曾佐勾践，灭吴后被赐死，临死乃叹："南阳之宰而为越王之禽。"上蔡：据《史记·李斯列传》，李斯论腰斩咸阳市，"出狱，与其中子俱执，顾谓其子曰：'吾欲与若复牵黄犬出上蔡东门逐狡兔，岂可得乎'"！　⑨⑤指邵陵王萧纶骄矜自负，山川神灵不庇护萧纶，伤萧纶及其子之死。镇北：萧纶曾为扬州刺史，扬州在北，故云镇北。负誉矜前：萧纶曾在钟山一带大败侯景，但第二天再战，败走京口，失败后仍以前功自夸。风飙：风标，风度。水神遭箭：据《史记·秦始皇本纪》，始皇梦与海神战，因而派人射杀象征海神的大鱼。山灵见鞭：据《三齐略记》，秦始皇欲渡海观日出，有神人鞭石入海搭为桥，石皆流血。蛰熊伤马：萧纶率兵至钟山，有伏熊咬伤他的坐骑。浮蛟没舄：据《南史·梁武帝诸子传》，萧纶率众讨侯景，舟行江中，有物荡舟将颠覆，又有风起，人马溺死者十之一二。这是说萧纶的失败事先已有凶兆。才子：有才能的人。这里指萧纶。《左传》文公十八年："昔高阳氏有才子八人。"梁武帝也有八子，包括简文帝萧纲、元帝萧绎、邵陵王萧纶等。并命：一同去死。这里指萧纶父子之死。按，大宝元年（550），湘东王萧绎遣王僧辩攻郢州，纶逃至齐昌（今湖北蕲春西南），侯景将任约袭纶，纶败走汝南（今湖北武汉市南），西魏军陷汝南，杀纶。纶长子萧坚，封汝南侯，侯景陷城，遇害。次子萧确，封永安侯，钟山之战，英勇无敌，后欲暗杀侯景，反被害。见《南史·梁武帝诸子传》。　⑨⑥梁元帝平侯景之乱，他是由湘东王而承继帝业，中兴梁朝，试图恢复梁朝传统。中宗：指梁元帝萧绎，以其启中兴之业，故称中宗。代邸：汉文帝的府邸。《汉书·文帝纪》："奉天子法驾，迎于代邸。"汉文帝即位前为代王。周勃、陈平等灭诸吕，将其迎入长安继天子之位。唐郊：尧先封为唐侯，后来才由其异母兄禅位而为天子。见《史记·五帝本纪》。这两句都是比梁元帝之继位乃兄弟相承。反：通"返"。司隶：指汉光武帝，《后汉书·光武帝纪》："更始将北都洛阳，以光武为司隶校尉（掌纠察京师百官及所辖畿辅地区），使前整修宫府。于是致僚属，作文移，从事司察，一如旧章。"正始：三国魏齐王曹芳年号（240—249），这一时期清谈之风开始盛行，后世称"正始之音"。　⑨⑦梁元帝性格矫饰，猜忌心重，称帝后更逞其所欲，毁害臣下，故其臣亦有离心二意，政权不稳。据《南史·梁本纪》：梁元帝"性好矫饰，多猜忌，于名无所假人，微有胜己者，必加毁害。"又《隋书·五行志》，梁元帝平侯景，破萧纪，有骄矜之色，性又沉猜，因此臣下离心。　⑨⑧刚刚中兴的梁面临严重外患，与北齐屡有战争，又受到西魏进逼。梁元帝建都江陵，而不还都建康，他还用侯景旧部抗击来攻江陵的武陵王萧纪。背关怀楚：项羽入关后，怀恋故乡，故离开关中回到西楚，以致将关中拱手让给刘邦。见《史记·项羽本纪》。端委：礼服。此指礼让之举。据《史记·周本纪》，古代吴国的始祖太伯是为了礼让兄弟（文王之父），才跑到吴地开创基业的。绿林散卒：西汉末绿林义军，这里喻侯景旧部。骊山叛徒：秦末英布率骊山刑徒起事归项羽，这里喻萧纪僭号于蜀。　⑨⑨梁元帝派兵筑垒阻萧纪，为拒萧纪，还乞灵于鬼神，后在荆门（今湖北宜都西北）杀了萧纪，又攻其兄邵陵王萧纶，致使萧纶为魏人所杀。梁：架桥。溠（zhā）：水名，在今湖北随州西北。蒐（sōu）：检阅。乘（shèng）：兵车，一车四马为乘。巴渝：本指蜀地的《巴渝舞》，这里泛指骁勇的军队。淫昏之鬼：邪恶混乱的鬼神。据《左传》僖公十九年，宋襄公杀鄫国之君来祭土地神，子鱼说他侵害别国国君以祭祀淫昏之鬼，必不能成其霸业。厌劾之巫：承圣二年（553），梁元帝听说萧纪东下，命方士在板上画萧纪像，亲自钉其肢体以厌之。见《资治通鉴》。廪延：今河南延津。据《左传》隐公元年，郑庄公弟共叔段把势力扩展到廪延，将袭庄公，终被庄公打败。逵泉：今山东曲阜东南。据《左传》庄公三十二年，鲁国季友用毒酒将其兄杀于逵泉。　⑩⑩梁元帝没有孝悌之心，兄弟之间不能和乐，反而互相伤害。他安恋江陵,不接受还都建康的建议,不懂得如何治国。蔑:没有、不能。弯弧:弯弓,《孟子》:"其兄弯弓以射之。"肉食:指居官在位的人。《左传》庄公十年"肉食者鄙,未能远谋。"《论都》:据《后汉书·杜笃传》,杜笃认为关中比洛阳好,上《论都赋》,劝光武帝都长安。五难:据《左传》昭公十三年,取国有五难,"有宠而无人,一也;有人而无主,二也;有主而无谋,三也;有谋而无民,四也;有民而无德,五也。"三端:梁元帝能诗、工书、善画,自图宣尼像,为之赞而书之,时人谓之三绝。见《南史·梁本纪》。 ⑩ 江陵形势非常危险,梁元帝猜忌残忍,侯景反时,他按兵不动,坐观时变,简文帝死后出兵,也不是为了救兄弟急难,而是想扩张自己的势力。阳城:阳城山,在今河南登封东北。《左传》昭公四年:"阳城,九州之险也。"砥柱:砥柱山,在今河南陕县东北黄河中。 ⑩ 梁元帝所辖疆域十分狭小,且交邻无道,引起魏兵的进犯,太自不量力。弹丸:形容地域狭小。按,时江陵户籍不足三万。黩(dú):轻慢,不敬。寒:冻结。按,承圣二年(553),西魏将杨忠进逼江陵,梁元帝送子萧方略为质以求和,并与杨忠盟约,魏以石城为封,梁以安陆为界。承圣三年,魏使者宇文仁恕至江陵,梁元帝请求按旧版图重定疆界,辞颇不逊,西魏遂南侵。冤禽:精卫鸟,传说是炎帝的小女儿,游于东海淹死,化为冤禽,常衔西山木石以填东海。见《山海经·北山经》。愚叟:北山愚公,因太行、王屋二山阻碍出入,想把山铲平。见《列子·汤问》。 ⑩ 梁元帝即位以来,灾异迭现,梁运将终,亡国的时刻已到来。沴(lì)气:恶气,灾气。妖精:流星。据《南史·梁本纪》,承圣三年(554)十一月庚子夜,有流星坠城内。赤乌:《左传》哀公六年:"有云如众赤鸟,夹日以飞三日。"围轸(zhěn):围聚于轸宿。楚地是轸宿、翼宿的分野。亡吴之岁、入郢之年:春秋时吴灭越,不到四十年,越又灭吴;吴亦曾攻入楚国的郢都,这两次战争的时间,全都应验了预言。见《左传》昭公三十二年、昭公三十一年。此处借以说明梁朝覆灭的结果亦仿佛是天意。 ⑩ 元帝与诸兄弟交恶,与邻邦结怨,导致西魏对江陵的进犯,梁朝势弱必败,事情无可挽回。周含郑怒,楚结秦冤:春秋时周、郑两国交恶,楚、秦两国绝和。按,梁元帝曾攻灭河东王萧誉,誉弟萧詧因此与梁元帝结怨,附庸于西魏,西魏攻江陵,詧自襄阳出兵会合。见《周书·萧詧传》。南风:据《左传》襄公十八年,晋人听说楚已发兵,师旷说:没有妨害,我屡唱北方曲调,又歌南方曲调,"南风不竞(不强),多死声,楚必无功。"西邻:据《左传》僖公十五年,秦伐晋,战于韩原,秦俘虏晋侯。在此之前,史苏曾预测"西邻责言,不可偿也"。这里以"西邻"喻西魏。 ⑩ 西魏兵马强盛,声势很大,出奇制胜。俴(jiàn):浅。畅毂(gǔ):一种车轴较长的战车。杸:重击。雷门:会稽(今浙江绍兴)城门。传说门有大鼓,击之,声闻洛阳。陈仓:今陕西宝鸡东。《三国志·吴书·诸葛亮传》,建兴六年(228)冬,诸葛亮伐魏,围陈仓,用可以连续发箭的弓弩作战。临晋:临晋关,一名蒲津关,在今陕西大荔县朝邑镇黄河上。《史记·淮阴侯列传》,韩信攻魏,佯陈船欲渡临晋,而伏兵从夏阳袭安邑,虏魏王豹。 ⑩ 梁朝虽有地利,但士气不振,无御敌之力。七泽:楚地湖泊,云梦泽是其中之一。三户:《史记·项羽本纪》:"楚虽三户,亡秦必楚。"楚国的屈、景、昭三姓贵族有决心打败秦国。一说三户为地名,漳水津边,在邺西三十里。丽:射中。六麇(mí):《左传》宣公十二年,晋魏锜到楚国挑战,楚潘党追赶他,到了荥泽,魏锜看到六头麋鹿,就射死一头给潘党,潘不再追赶。这里是说江陵已无射麋之人。九虎:汉末王莽曾将军九人,皆以虎为号。《后汉书·冯衍传》:"(光武帝)破百万之阵,摧九虎之军,雷震四海。" ⑩ 梁朝军队四散奔逃,梁元帝兵败被俘,无奈出降。涔阳:楚都郢附近的江浦,在今湖南涔水北岸。焚旗:《左传》僖公十五年,秦晋韩原之战,晋侯被俘,史苏当初曾预测晋败秦胜:"火焚其旗,不利行师。"贞风:《周易》称蛊卦的卦象是"山下有风",君主被俘之兆。玉轴:卷轴的美称,借指珍美的图书字画。龙文,宝剑名。梁元帝出降前,聚书十余万卷,毁于一炬,出降时,乘白马,素衣,出东门,抽剑砍断门柱,叹道:"读书万卷,尚有今日。"见《南史·梁本纪》。 ⑩⑧梁朝边防空虚,魏军势如破竹。江陵虽可守御一时,但城中无克敌制胜的将帅。下江:长江下游湖北、安徽、江苏等省,这里指江陵以下。长林:今湖北荆门。按,下江、长林在当时属永宁郡,北接襄阳。萧詧坐镇襄阳,与梁元帝为敌,永宁郡应当是防守要地,衡州刺史王琳曾请求镇永宁御敌,事未果。承圣三年(554),西魏来攻,先下襄阳,继取永宁,直驱江陵。元帝急召王琳,而此时王琳已遭忌远放岭南,等到王琳兵到长沙,江陵已陷。拑(qián)马之秣:用木棍钳住马嘴,不喂草料。《公羊传》宣公十五年:"围者钳马而秣之,使肥者应客。"意思是被围困在城中,为节省粮秣少喂马,只把肥马亮给敌人看,以示城中粮秣充足,可以固守。烧牛之兵:燕国将领乐毅率兵破齐,齐将田单坚守即墨(今山东平度东南),取千余头牛,披上五彩龙纹衣,角上绑矛枪,尾系沾上油脂的苇束,点燃末端,纵牛而出,大破燕兵之围。见《史记·田单列传》。这里是说西魏军队攻入江陵,未遇固守之将如田单者。 ⑩⑨梁朝文武百官离心,诸臣纷纷离去。章曼枝:即赤章曼枝,仇犹国人。《韩非子·说林》,晋智伯欲伐仇犹国,因道险难通,乃铸大钟赠仇犹,要迎接大钟必先修通道路,赤章曼枝谏阻不听,于是"断毂而驱(乘断毂之车疾驰)至于齐",不久仇犹国就灭亡了。宫之奇:春秋时虞国大夫。晋向虞借道攻虢,宫之奇劝虞君拒绝晋国请求,虞君不听。几年后,晋又借道攻虢,宫之奇再劝,虞君又不听,宫之奇率全族离开。三个月后,晋军灭虢返程时灭掉了虞。见《左传》僖公五年。河无冰:《后汉书·光武帝纪》,光武帝曾因逃避追击而冬渡滹沱河,因冰未结得很厚,未过完数骑而冰解。关未晓:孟尝君逃离秦国,到了函谷关时,天未亮,孟尝君苦于关门未开而后有追兵,二宾客学鸡鸣而使守关吏误开关门,遂得以脱险。见《史记·孟尝君列传》。 ⑪⑩梁朝有识之士报国无门,西魏入江陵后大肆捕杀,梁朝官员惨遭屠戮拘禁。解骨:粉身碎骨。吞声:饮恨无言。章华:楚灵王所建之王宫,在今湖北监利县西北。望祭:祭祀本国山川。云梦:今湖北南部。据《史记·高祖本纪》,韩信为楚王时,汉高祖怀疑他要造反,故用陈平之计,假作欲游云梦,韩信迎谒时,遂将韩信扣留。荒谷、冶父:均为楚地名。莫敖:春秋时楚国人屈瑕。据《左传》桓公十三年,屈率军攻罗国,兵败,自缢。其他将领皆囚于冶父,听候发落。 ⑪⑪梁朝官民备受摧残,百姓无辜遭受苦难。天地同悲,劫后余生悲怆之极。硎(kēng)穽(jǐng):即硎谷、坑儒谷,据说是秦始皇坑儒之处。硎,同"坑"。折拉:折齿拉胁,指毒打,战国时秦昭王的宰相范雎曾在魏国被魏齐打得"拉胁折齿"。见《史记·范雎列传》。鹯(zhān):猛禽。攒(fèi):搏击。冤霜:据《淮南子》,邹衍忠于燕惠王,惠王信谗捕之下狱,衍仰天大哭,正当夏天而天为降霜。愤泉:据《后汉书·耿恭传》,耿恭守疏勒,敌绝其水源,守兵渴乏,耿恭向枯井祈祷,泉水涌出。秋沸:耿恭出泉在秋七月水涸时,故以秋沸为异。杞妇:指杞梁殖之妻。齐庄公袭莒(今山东莒县),齐大夫杞梁殖战死,其妻抚尸恸哭,莒城为之崩。见《列女传·贞顺传》。湘妃之泪:舜南巡死于苍梧(在今湖南宁远),二妃娥皇、女英泪下沾竹,竹上斑痕累累。见《博物志》。 ⑪⑫江陵百姓在被掳往西魏的路途上历尽艰难苦辛,到达关中。按,西魏攻陷江陵后,于承圣三年(554)十二月,"乃选百姓男女数万口,分为奴婢,驱入长安,小弱者皆杀之。"见《梁书·元帝纪》。水毒秦泾:据《左传》襄公十四年,晋师伐秦,秦人在泾水上游放毒,使晋郑之兵饮水而死。赵陉(xíng):指赵国的井陉(在今河北井陉西北),险要之地。蛰燕:藏伏避寒的燕子。据《晋书·郗鉴传》,晋元帝时,郗鉴镇邹山,饥民据野鼠、蛰燕为食。暗逐流萤:据《后汉书·灵帝纪》,少帝刘辨与陈留王刘协被张让等劫持,后得救,夜逐萤光行数里,始获民家车载还宫。 ⑪⑬江陵劫后破败不堪,人民不分贵贱老幼一并被掳入关,当时气候严寒,作者在长安见到被俘送而来的梁朝故人,他们都因为怀念家乡而痛苦。泮(pàn):溶解,分离。淄渑(zī shéng):淄水(今山东淄河)、渑水(今山东淄博东北)味不同,合则难辨。陆机:本吴国将门之子,年二十而晋灭吴，后被征至洛阳为官。《晋书》卷四十五有传。王粲：字仲宣，山阳（今山东邹城市西南）人。十七岁时因战乱依荆州刘表。《三国志》卷二十一有传。　⑭他们家人离散，各在一方，相见无期。交河：在今新疆吐鲁番，这里代指秦川。青波：今河南新蔡。这里代指梁朝故国。石望夫：刘义庆《幽明录》，传说有女子在武昌（今湖北鄂城）北山送别丈夫，伫望过久，化为石，人称为望夫石。山望子：据《太平御览》引《述异记》，中山（今河北定州）有韩夫人愁思台，也称为望子陵，是她思念爱子的地方。　⑮妇女们被掠卖远嫁，当时有很多人用诗赋抒写离愁别恨。才人：《史记·张耳陈余列传》，赵王武臣为燕军所获，赵一厮养卒（奴仆）前往燕军营垒，说服燕将，救回武臣，武臣以才人（宫中女官）赐厮养卒为妻。代郡：今河北蔚县东北。公子：一作公主，据《晋书·后妃传》，晋惠帝的女儿清河公主，在洛阳战乱之际，被人掠卖，受尽困苦。栩杨：一作栩阳，《汉书·艺文志》载"《别栩阳赋》五篇"。临江王：即刘荣，汉景帝前四年（前153）立为皇太子，四年后废为临江王。见《汉书·景十三王传》。《汉书·艺文志》载"《临江王及愁思节士歌诗》四篇"。　⑯作者出使被留在北方，思念故国乡关，却欲归不能。武威：西汉治今甘肃民勤县东北，东汉治今甘肃武威市。金微：金微山，今新疆阿尔泰山。这里以武威、金微喻长安。班超：东汉名将，久镇西域，年老思返，上疏请归："臣不敢望到酒泉郡，但愿生入玉门关。"见《后汉书·班超传》。温序：东汉太原人，官护羌校尉，被葬于洛阳。托梦给儿子说，"久客思乡里"，于是归葬乡里。见《后汉书·独行传》。双凫、一雁：《艺文类聚》卷二十九引苏武《别李陵》诗，其中有"双凫俱北飞，一凫独南翔。子当留斯馆，我当归故乡"。按，《周书·庾信传》，陈与北周通好，不少流寓北方的萧梁文士都陆续回归旧国，唯独庾信、王褒不被遣还，故此处用苏李为比。　⑰江陵之亡固然标志着梁运中衰，然而这场祸事的根源却可以追溯到金陵时期，江陵之亡虽说跟萧詧引来西魏军队直接相关，但实际上乱子起于内部的争夺。否（pǐ）：易卦名，表天地不交，上下隔阂，闭塞不通之象。金陵之祸：指梁武帝接受侯景来降，终于乱倾天下，不可收拾。萧墙：鲁国国君所用的屏风，"萧"字从"肃"，取群臣至此肃然起敬的意思。《论语·季氏》："吾恐季孙之忧，不在颛臾（zhuān yú，人名），而在萧墙之内也。"此处喻梁元帝。　⑱平定侯景之乱、大有中兴希望的梁元帝，竟落得国亡祀绝的结局，梁元帝及其子皆死于萧詧之手。梁元帝与萧詧结怨招致败亡，萧詧投靠西魏残害骨肉，战乱之后遍地是死亡将士的游魂和野鬼。忽焉：快速的样子。犹子：侄子，萧詧是昭明太子萧统第三子，元帝与其为叔侄。荆山：在今湖北西北部，为楚卞和发现和氏璧的地方。又《盐铁论》："昆山之旁，以玉璞抵乌鹊"，此合二事而用之。随：今湖北随州。《淮南子·览冥训》高诱注，随侯救了一条受伤的大蛇，大蛇就衔来一颗夜明珠以报答随侯。鬼火：磷火。殇（shāng）魂：无主的鬼魂，这里指战死者。平林：今湖北随州东北。新市：今湖北京山东北。据《后汉书·光武帝纪》，光武帝起兵时在此二地招兵，后汉中兴，兵有新市、平林之号。　⑲梁朝亡于西魏，西魏废掉了梁元帝，又被北周取而代之。陈霸先凭借梁朝而壮大，后取梁而代之。梁故丰徙：《史记·高祖本纪》："丰，故梁徙也。"战国时秦灭魏，魏王自大梁（今河南开封西北）东迁于丰（今江苏丰县）。此借喻元帝从建康移都江陵。有妫（guī）：陈氏本为妫姓，在周为陈国，春秋时陈公子完奔齐，其后遂姓陈氏。有妫之后：指陈霸先。将育于姜：春秋后期的姜姓齐国政权被田和篡夺，田和是陈公子完的后代。见《左传》庄公二十二年。这里指梁姓天下亦为陈姓所取代。神器：帝位。让王：让帝位于他人而己被封王的人，指梁敬帝。太平二年（557）陈霸先代梁为帝，废梁敬帝为江阴王。见《梁书·敬帝纪》。　⑳梁武帝活了八十六岁，居帝位的时间也最长，他误用侯景，失位丧生，尽弃江东王业。天地之大德、圣人之大宝：这两句语出《周易·系辞》，意思是天地有生成万物的恩德，圣人最可宝贵的东西是王位。无赖：奸诈、强横之徒，此指侯景。　㉑梁元帝平侯景之乱，可望中兴，却遭到河东王萧誉的反对，同室操戈，终致灭亡之祸，西魏陷江陵，梁朝灭。天下一家：《史记·吴王濞列传》，高祖召濞曰："汉后五十年东南有乱者，岂若(你)邪？然天下同姓为一家也，慎无反。"吴王濞是刘邦兄之子，萧誉是元帝兄萧统之子，萧誉反于湘州(今湖南长沙)，正在江陵之东南。鹑首：星次名，江陵之分野为鹑首之次，故借指江陵。张衡《西京赋》："昔者，大帝悦秦缪公而觐之，飨以钧天广乐。帝有醉焉，乃为金策，锡用此土，而翦诸鹑首。"此以鹑首赐秦的故事喻西魏取江陵。 ⑫ 天道有轮回，人事也随之变迁，八世祖庾滔遭西晋永嘉之乱迁于江陵，到作者这里不过七代，又碰上国难而回到北方。生民：人民。东川：指江陵。洎(jì)：及，到达。七叶：七世。 ⑬ 全家羁留在长安，时有生离死别的事发生，亲朋多有死亡，而己独存。关河：函谷关以西，黄河以北地区，指长安。契阔：离散。灵光：灵光殿，见王延寿《鲁灵光殿赋序》："自西京未央、建章之殿皆见隳坏，而灵光岿(kuī)然独存。" ⑭ 岁月将尽，人已垂暮，时常深怀忧思。在长安出入王宫，周旋于权贵之间。长乐：西汉宫名。神皋：京华之地。宣平：长安城东北第一门。贵里：显贵所居之处。 ⑮ 长安为形胜之地，自己在北周受到二帝、诸王很尊崇的礼遇。天门：天宫之门。秦始皇建咸阳宫，按照天象，在北陵上修殿象征北极天帝住处，引渭水贯穿都城象征天河，在河上架桥象征牵牛星故事。见《三辅黄图》。地市：指秦始皇陵墓。幕府大将军：指北周明帝宇文毓与武帝宇文邕。二人皆曾任大将军。丞相平津侯：汉武帝封丞相公孙弘为平津侯，这里指丞相宇文护，护封晋国公。据《周书·庾信传》："世宗(明帝宇文毓)、高祖(武帝宇文邕)并雅好文学，信特蒙恩礼。至于滕(宇文迪)、赵(宇文招)诸王，周旋款至，有若布衣之交。" ⑯ 长安虽然繁盛，但自己在这里仍然怀念故国。身在长安，心向江南的，不止梁朝的王子王孙们，自己的乡关之思比他们还要强烈！钟鼎：钟鸣鼎食，即列鼎而食，食时击钟奏乐，指富贵人家。弦歌：有琴瑟伴奏的歌咏。金、张、许、史：汉代大臣与外戚中的显贵者，喻北周的上层人士。故时将军：据《史记·李将军列传》，李广赋闲后，常去蓝田山中打猎，一次夜出与人闲饮，返回霸陵(今陕西西安市东北)亭时，霸陵尉醉酒不让李广通过，李广的随从说："这是故李将军！"那醉了的守备说："今将军尚不得夜行，何乃故也！"此处庾信借以表明自己仍为梁朝遗臣。咸阳布衣：据《史记·春申君列传》，战国时，楚太子完入秦为质，秦国留太子数年，楚顷襄王病，仍不得归。黄歇说秦相应侯："若不归，则咸阳一布衣耳。"《怨录》载太子完所作《思归歌》："去千乘之家国，作咸阳之布衣。"思归王子：当时客居长安的梁国王子王孙甚多，有汝南王大封、晋熙王大圜等。(牛海蓉)

在庾信后期乃至所有的赋作中，最为人们所重视和推崇的是《哀江南赋》，赋题取自《楚辞·招魂》"魂兮归来哀江南"。《周书·庾信传》曰："信虽位望通显，常有乡关之思，乃作《哀江南赋》以致其意云。"《哀江南赋》前有一篇作者自撰的"序"，长达五百多字，从中可知此赋的主旨是"念王室""悲身世"，即哀悼萧梁王朝的覆没，感叹自己坎坷多难的遭际。

《哀江南赋·序》概述侯景之乱以来国亡家破、自己"年始二毛，即逢丧乱，藐是流离，至于暮齿"的惨痛经历，表达个人"遂餐周粟"，屈仕西魏的愧疚不安，以及对"百万义师，一朝卷甲"、梁王朝土崩瓦解的深深悲叹。序中充满着"哭""悲""流涕""泣""泪""血""凄怆""伤心"等情绪强烈的语词，正如作者自己所言，其情感基调乃"不无危苦之词，惟以悲哀为主"。此序语言精警，对偶工巧，用典繁密，作为一篇典范的骈体文,在我国骈文发展史上具有重要地位。

《哀江南赋》正文从追溯庾氏"以世功而为族"的"家风""世德"开始,回顾"永嘉之乱"举族南迁,"家有直道,人多全节"、人才辈出的盛况,父亲庾肩吾"文词高于甲观,楷模盛于漳滨"的声名,以及自己早岁成才,受朝廷器重,"乃解悬而通籍,遂崇文而会武。居笠毂而掌兵,出兰池而典午。论兵于江汉之君,拭玉于西河之主"的人生辉煌。

赋的中间部分作为主体,分五层叙述梁王朝灭亡的过程。作者先叙梁朝统治者在"五十年中,江表无事"的承平时代,耽于"朝野欢娱,池台钟鼓""吴歈越吟,荆艳楚舞"的享乐生活,批评朝廷不修武备,崇尚虚谈,"卧刁斗于荥阳,绊龙媒于平乐。宰衡以干戈为儿戏,缙绅以清谈为庙略",从而为政局的败乱埋下了隐患。第二层颇为详细地描写了"侯景之乱"。赋中痛斥侯景"负其牛羊之力,肆其水草之性",兴兵叛乱、贻祸华夏、荼毒生灵的暴行,也表达了对梁武帝笼络侯景、终致祸乱的不满。同时,作者以写实的手法,记叙了当时不少史实,如梁临贺王萧正德起初勾结侯景,最终因两人反目而被诛杀;侯景攻破台城后,梁朝诸王、大臣、将领各怀心思,"官守无奔问之人,干戚非平戎之战。陶侃空争米船,顾荣虚摇羽扇",以致梁军心涣散,无法形成合力,予以救援,终使梁武帝抑郁病亡,简文帝亦被迫饮毒酒而死。赋作对敢于抵抗侯景的将领韦粲、济阳江子一兄弟三人等舍生取义、英勇殉国的行为予以赞扬,而对拥兵自守或畏敌如虎的将领政客予以谴责。第三层写自己于战乱之中,"落帆黄鹤之浦,藏船鹦鹉之洲","过漂渚而寄食,托芦中而渡水",几经周折,投奔江陵梁元帝,受任御史中丞、右卫将军的情状。其中亦言及遵父亲临死时"遗训",立志为梁撰写史书的愿望,以及对庾氏由"三世而无惭"的高门大族,至己因突发事变,仓皇失据,大节有亏,导致"今七叶而始落"感到痛惜的复杂心情。第四层描写梁元帝萧绎兴兵讨伐侯景,王僧辩率军英勇作战,叛军土崩瓦解,侯景被诛,乃至最终梁王朝"中兴"之梦成空,被西魏破灭的过程。赋中既歌颂了梁元帝的复国之功,也揭露他"沉猜则方逞其欲,藏疾则自矜于己","问诸淫昏之鬼,求诸厌劾之巫","既言多于忌刻,实志勇而刑残。但坐观于时变,本无情于急难",惟其心怀私志,性多猜忌,笃信巫术,种种倒行逆施,致使君臣兄弟离心,中兴之业道销。"玉轴扬灰,龙文折柱","城崩杞妇之哭,竹染湘妃之泪",梁朝无法避免彻底覆没的悲剧命运。第五层以极为沉痛的笔触,描述梁亡之后大批官员百姓被掳入魏的悲惨景况:山高水寒,路途艰险,被掳者无论男女老少、贵贱贤愚,被迫忍受种种磨难,带着亡国之痛,离乡背井而西行。此外,作者还尖锐地指出:"若江陵之中否,乃金陵之祸始。虽借人之外力,实萧墙之内起。"诸王的争斗和内耗,才是梁亡的真正原因。

赋作的收束处,作为对开头的照应,再次述及家族历史,以及自己"遭时而北迁",被迫居留西魏,"逼切危虑,端忧暮齿"的不幸。同时也不忘对"幕府大将军之爱客,丞相平津侯之待士"表示感谢,并表白自己虽受北朝优渥,却依然心系故国之情。

按照马积高先生《赋史》的分析,《哀江南赋》当作于庾信49岁至60岁之间。此时的庾信不仅饱经沧桑,而且经过相当长时间的积淀和酝酿,能够客观而理性地去思考自己所经历的一切,思考个人与家族的命运,思考梁亡的深刻原因。从作品的宏大篇幅和所涉及的宏阔历史画卷可知,《哀江南赋》绝非一时兴起之作,而是作者长期思考、精心栉筑的巨篇。

《哀江南赋》的主旨是"念王室""悲身世"。从"悲身世"的角度看,此赋具有自传的性质,但从赋作的实际叙写看,无论是关于先祖的南迁、家族的兴旺、父亲的显赫,还是自己战乱前的宦途通达、战乱中的颠沛流离、战乱后的仕北不归,都与其所依托的江南政权紧密联系在一起。也就是说,"念王室"才是此赋的主线。作者对家族和身世的叙写,始终没有脱离当时的历史语境,并通过"悲身世"更形象地展现梁亡的历史大画面,充分表现了作者的反思精神和历史意识。

"以赋写史"是《哀江南赋》的重要特点。清人鲍桂星《赋则》卷二曰:"其词密丽典雅,而精思足以纬之,灏气足以驱之。上结六代,下开三唐,不止为子山集中压卷。赋中事实须考史传,方能明晰。"[①]倪璠注释此赋,便基本上依据"史传",逐句展开疏解。根据倪注我们可以看到,赋作对梁朝这段历史进行了全方位的、详尽的展示,不但与正史所载基本吻合,有的内容还可补正史之不足。而更为重要的是,作者乃这段历史的亲历者,写作时又不再有"为君主讳"的顾忌,因而能直陈事实,准确地指出梁亡的根本原因有三:其一是梁武帝耽于承平,不修武备,造成朝野贪图享受、崇尚虚无的社会风气,并利令智昏地招纳侯景,埋下了走向亡国的祸根;其二是侯景乱起,如果上下一心,同仇敌忾,是可以很快平息的,然君臣离心离德,诸王各怀私心,将领游移观望,以致叛军气焰嚣张,局势日益恶化;其三是梁元帝为首兴兵讨逆,侯景被诛之后,亦本有中兴之望,但由于萧绎自私忌刻,志大才疏,见识短浅,缺乏统领各方力量,重新整肃河山的胸襟与能力,更兼长期战乱已动摇了社会根基,故而在西魏军队的铁蹄下,顷刻土崩瓦解,灰飞烟灭了。

孙梅《四六丛话·赋话》有云:"《哀江南赋》有《黍离》《麦秀》之感,《哀郢》之赓载也。"[②]如果仅仅是对历史的客观描述,以及对梁亡原因的深刻揭示,那就不过等同于"史传",而不能称为杰出的文学作品。此赋更高的价值在于,作者强烈的主观情感始终贯穿在宏大的历史叙事之中,那便是如《黍离》《哀郢》一样浓烈的亡国之痛、故国之思。叙侯景之乱,则感叹"见被发于伊川,知百年而为戎",颇露焦灼之虑;述侯景之败,则欢呼"埋长狄于驹门,斩蚩尤于中翼",尽显欣喜之意;写元帝之昏聩,则预言"亡吴之岁既穷,入郢之年斯尽",深怀忧患之感;论梁朝之亡,则诘问"以鹑首而赐秦,天何为而此醉",直抒哀怨之情;陈故国之思,则表白"灞陵夜猎,犹是故时将军;咸阳布衣,非独思归王子",抒发乡关之悲。其他如对朝野享乐风习的批评,对抗击叛军义士的褒扬,对武帝、简文帝罹难的哀悼,对被掳入北官民的同情,对自己大节有亏的愧疚,种种复杂的情感,渗透在一个个历史事件的叙述之中,从而使其所展示的历史显得鲜活而具体。正是这种历史的厚重与情感的浓烈相结合,才成就了赋作苍凉顿挫的风格,具有了强烈的艺术感染力。

历来论者对庾信"临难苟免"、仕于敌国的行为颇有微词。考其一生,亏于大节者有二:一为守朱雀航临阵脱逃,一为任职并老死于敌国。如果说朱雀航的溃败,是因为以文人掌军,任非其人,简文帝要负主责的话,那么任职西魏、北周,长期受到北方政权的优待,则虽事出无奈,但毕竟是他自己的选择。这个选择注定了庾信处境的尴尬。唐人丘悦《三国典略》卷三〇六载,周发大军南征,太祖问庾信:"我遣此兵马,缚取湘东、关西作博士,卿以为得不?"他回答说:"必得之,后王勿以为不忠。"[③] 身为南人却食周粟,周攻打故国,心属何方? 面对太祖的询问,他只能小心翼翼地回答。遍览《庾子山集》,其中多有《谢赵王赍丝布启》《谢滕王赍猪启》之类的启文,与北朝权贵酬酢往来的诗文,以及为这些权贵所作的碑文和墓志。也就是说,为了自己和家人的生存,他必须忍辱含垢,周旋于北朝的达官贵人之间。

南朝虽忠节观念淡薄,但庾家世代习文,家风纯正,为文、立家皆以儒学为根基,因而庾信骨子里是很看重家族声望和个人名节的。正是这种正统的名节观,逼迫他不断拷问自己,对"荣贵两朝",辱及家族的行为进行近乎残酷的自省,却又不敢过于直白地表达出来。这使他的内心承受着耻辱和矛盾的煎熬,也使《哀江南赋》的叙写显得格外沉郁忧伤。

从体式上看,《哀江南赋》是一篇典范的骈体赋,作者舍弃了他前期赋作中惯用的五、七言诗体句,基本上由四、六句构成,从而也就不同于前期赋的轻绮华靡,呈现出典雅遒劲的语体风格。至于其语言的精妙老练、对偶的工整多变、用典的繁密奇巧,则是庾信赋的共同特征,故不赘述。

(郭建勋)

〔注〕 ① 王冠辑：《赋话广聚》第六册，北京图书馆出版社 2006 年版，第 264—265 页。② 王冠辑：《赋话广聚》第六册，北京图书馆出版社 2006 年版，第 3 页。 ③ 李昉等：《太平御览》，中华书局 1960 年版，第 1408 页。

江 总

【作者小传】

(519—594) 字总持。济阳考城(今河南民权东北)人。仕梁、陈、隋三代。陈天嘉四年(563)，以中书侍郎从岭南征还，累迁给事黄门侍郎、左民尚书、太子詹事等。因与太子作长夜饮，被免官。后历侍中、散骑常侍、太常卿。后主即位，迁尚书仆射、尚书令，世称"江令"。身当权宰，日与陈暄等陪后主游宴，当时谓之"狎客"。入隋，为上开府。卒于江都。其诗以应酬、宴游、写景为多。原有集，已佚，明人辑有《江令君集》。

修 心 赋 并序 　　　　　　　　江 总

大清四年秋七月①，避地于会稽龙华寺。此伽蓝者，余六世祖宋尚书右仆射州陵侯元嘉二十四年之所构也②。侯之王父③，晋护军将军彪，昔莅此邦，卜居山阴都阳里，贻厥子孙，有终焉之志④。寺域则宅之旧基，左江右湖，面山背壑，东西陵跨，南北纤萦，聊与苦节名僧，同销日月⑤，晓修经戒，夕览图书，寝处风云，凭栖水月。不意华戎莫辨，朝市倾沦。以此伤情，情可知矣。啜泣濡翰，岂摅郁结？庶后生君子，悯余此概焉。

嘉南斗之分次，肇东越之灵秘。表《桧风》于韩什，著镇山于周纪。蕴大禹之金书，镌暴秦之石字。太史来而探穴，钟离去而开箧。信竹箭之为珍，何碔砆之罕值⑥。奉盛德之鸿祀，寓安禅之古寺。实豫章之旧圃，成黄金之胜地。遂寂默之幽心，若镜心而远寻。面曾阜之超忽，迩平湖之回深。山条偃蹇⑦，水叶侵淫。挂猿朝落，饥鼯夜吟。果丛药苑，桃蹊橘林。梢云拂日，结暗生阴。保自然之雅趣，鄙人间之荒杂。望岛屿之遭回⑧，面江源之重沓。泛流月之夜迥，曳光烟之晓匝。风引蜩而嘶噪，雨鸣林而修飒，鸟稍狎而知来，云无情而自合。尔乃野开灵塔，地筑禅居，喜园迢遰，乐树扶疏。经行籍草，宴坐临渠，持戒振锡，庇影甘蔬。坚固之林可喻，寂灭之场暂如。异曲终而悲起，非木落而愁如。岂降志而辱身，不露才而扬己。钟风雨之掩霭，倦鸡鸣之聒耳。幸避地而高栖，凭调御之遗旨。折四辩之微言，悟三乘之妙理。遣十缠之系缚，祛五惑之尘滓⑨。久遗荣于势利，庶忘累于妻子。惑意气于畴日⑩，寄知音于来祀。何远客之可悲，私自怜其何已。

〔注〕　①大清四年：即梁武帝太清四年，也就是梁简文帝大宝元年(550)。此年正当侯景叛乱的高潮，景逼立萧纲为帝。　②元嘉二十四年：南朝宋文帝元嘉二十四年(447)。构：建造。　③王父：祖父。《尔雅·释亲》："父之考为王父。"　④贻厥：贻，遗留。厥，犹"其"，代指子孙。　⑤销：同"消"，这里是消磨时日的意思。　⑥碔(wǔ)砆(fū)：似玉的美石。　⑦偃(yǎn)蹇(jiǎn)：高耸。　⑧邅(zhān)回：徘徊，难于行进的样子。　⑨祛(qū)：除去。十缠、五惑：均为佛家语，指纠缠惑乱人生的事物。　⑩畴(chóu)日：往昔，过去。

《历代赋汇》"仙释"类录有八篇赋体与佛教结缘之作，《修心赋》就是其中之一。

赋以"修心"为名，含有佛理意蕴。《魏书·释老志》云："故其始修心，则依佛、法、僧。"而"心"，在梵语中为 citta，乃人人本具之"真体"。《法心传要》曰："性即是心，心即是佛，佛即是法。一念离真，皆为妄想。"可见，赋的主旨在于表达通过参悟佛理，以达到明心、见性之意。

此赋有序有辞。序文一百七十余字，言辞清丽，情感婉曲，情采与神韵俱佳。

序文开篇即点出已修建了百余年的会稽古寺——龙华寺。此寺既是赋家避难之地，又是其"修心"之所。

佛法讲究机缘，故赋家在序文中首先追叙了先祖与龙华寺的因缘。原来龙华寺是赋家六世祖、南朝宋吏部尚书江夷于元嘉二十四年(447)所造。而在这之前，龙华寺寺地是其八世祖江彪在东晋永和中任会稽内史时的居宅。可见，赋家家族中早就有这种好佛退隐思想存在。因有这种业缘，赋家暂住且"修心"于此，便是很自然的了。

接下来，序文描述了龙华寺的地理大势及在寺中的清幽生活。寺庙左右江湖邻荡，前后山壑相对。赋家在此山川青葱秀美、庙宇清幽深谧之地，"晓修经戒，夕览图书，寝处风云，凭栖水月"，以期平复乱兵肆虐的危惧，体味浮屠寂灭的禅意。

可是,梁王朝在侯景之乱中动荡飘摇、即将倾覆的事态,又使以太常卿身份逃到龙华寺的赋家"伤情"不已。因此,他要依凭龙华寺以"修心"。于是,序文最后说明了作赋的缘由并表达希冀之意。《陈书》本传曰:"台城陷,总避难崎岖,累年至会稽郡,憩于龙华寺,乃制《修心赋》,略序时事。"然而,寄情翰墨,也无法摅散其心中郁结。"修心"的纯正与否,不言自明。故赋家希冀后生君子能体谅他想"修心"却又"溺情"的苦衷。

赋文大致依序文顺序展开,其内容可分三层。从"嘉南斗之分次"至"若镜心而远寻"为第一层。赋家先宕开一笔,追溯了会稽郡的地望归属、历史人文和珍稀物产。这为龙华寺的出场,设置了一个深远、厚重而光彩的历史背景。

赋家以一地之微,雄视九州的风格,以天地配比三江五湖,将读者的目光引向南斗分次之下神奇莫测的古越国。再由国而城而山,将历史长卷中与会稽古城及会稽山相关的神话传说、历史遗迹及人物轶事向读者娓娓道来:会稽之"会"因与《桧风》之"桧"语音相近,而得以在《韩诗外传》中显扬;会稽山因夏禹大会诸侯于此,而在《礼记》中列为五大镇山之首;"大禹金书"——《禹贡》的"九州"版图包含着会稽地望;"秦七碑"之一的"会稽刻石"也在此现身;司马迁弱冠时"上会稽,探禹穴";会稽人钟离意任鲁相时开圣人书箧……除悠久的历史、深厚的人文气息外,此地更有珍稀的物产——竹箭与砆玞。会稽之竹最为精好,故《尔雅·释地》曰:"东南之美者,有会稽之竹箭焉。"至此,赋家终始是以一种自豪的口吻,向读者矜夸既具东南之美,又为海内之秀的会稽郡。这种写法对龙华寺的出场起了很好的烘托作用。

接下来,赋文略叙龙华寺建寺经过。自东晋士族信奉佛教的趋势形成以来,南朝士族信奉佛法者已成"占绝大势力"之文化。赋家六世祖江夷应时而动,舍宅为寺,在原宅一片苍郁的豫樟林地上构建了龙华寺。从此为众生开辟了一个能"安禅"的黄金胜地。这几句与序文相对应,既叙写古寺建寺经过,又扬颂了先祖建寺功德,还暗写自己与此寺的机缘。

从"面曾皋之超忽"到"倦鸡鸣之聒耳"为第二层。此层赋家以生花妙笔着力描绘了龙华寺的自然美景和作为佛家胜地的特点。

近观则见前方群峦迤逦起伏,延伸至渺远处,山峰耸翠而雄奇多姿;右方湖岸迂回曲折,湖面平整如镜,水草青绿而渐次弥漫。又见晨猿挂树、夜鼯饥鸣,活跃于树间草丛;野果丛簇,异药集苑,盛长于桃林橘径。其间枝叶茂盛,绿荫浓郁,只觉梢云拂日,凉暗顿生。远望则可见江中小岛,依稀中如委曲难行,江面宽广,朦胧中似岔流重叠。再兼流月夜迥,晓雾晴岚,风吟虫唱,林动风急,鸟飞云合……物色奔赴之美,让人留连忘返。

皈依佛门的实质是人生道路的抉择。寺庙既是安顿肉体与灵魂的最理想处所,故常喜"静""幽""隐"。除此共性之外,作为佛家胜地的龙华寺又有自身独特的景观。这里"野开灵塔,地筑禅居,喜园迢遰,乐树扶疏",华严而肃穆;这里绿草如茵,涧渠潺湲,果蔬甘美,亲切而又自然。

可见,赋家在描绘古寺胜景时,极具层次感,由近及远,由天然而人为,但始终紧扣龙华寺依山傍水的地理形势和"保自然之雅趣,鄙人间之荒杂"的特点来写。人在此间悠游,即能"遂寂默之幽心",获得明澈虚静、悠闲自在的趣味。试想,在此宁静深幽、似在尘外的佛寺中经行、晏坐、持戒,安心修行又怎能不进入佛家禅定的境界,忘掉诸如曲终而泣、感秋而悲、忍屈受辱、扬才露己的俗世情怀呢?这样,山水胜景与佛法的深邃、精妙已融为一体并成为高深的佛教境界的外在体现了。

"幸避地而高栖"至文末为第三层。赋家此层直接表达"修心"的意愿并抒写"悲怜"的心绪。赋家认为自己能够因避祸而栖居于先祖所建之寺,实为人生幸事。栖居龙华寺并亲历僧侣生活,其清幽天趣舒缓了赋家仕隐矛盾的张力,给予了他反思畴昔、憩息心灵的空间。再加之勤阅"四论""三乘"等佛家经典,体悟其中的微言、妙理,更使赋家决意"修心"而"遣十缠""祛五惑",以此达到佛教所说的"心性无染"的境界。因此,他在文中表达了希图弃除世俗欲念、忘却势利荣耀、割舍家室之乐的意愿。

但是,出人意料的是赋家并没有完全沉浸在超然俗世、空寂澄明的华严境界之中,而是又不由自主地发出了"何远客之可悲,私自怜其何已"的感慨。至于是为何而"悲"而"怜",赋中并未明言。联系《陈书》本传及此赋序文,则与时事有一定的关联。其"悲""怜"或许由自昏乱凶险的时局情态,或许由自乱世中人人共有的危惧感、幻灭感吧?这种心绪与"修心"所求的"空性""心性无染"确有矛盾之处,以致有人认为这是利欲熏心的赋家本性的流露。这或许对赋家是一种误解(序文中赋家已经预见)。因为大乘佛教的"修心"目的,不仅仅是为了自救,也是为了利乐众生。放弃眼前众生水深火热的痛苦于不顾,只求自己现世和来世的幸福,那不是心折于名僧法朗,自弱冠就受菩萨戒的赋家所能做到的。

饶宗颐《选堂赋话》曾指出:"为释氏作赋者,似始魏高允《鹿苑赋》。"郑振铎评梁武帝《净业赋》时则说:"以佛人思想渗透到辞赋里去,恐怕要以此为唯一之作。"两说各有所持,但若从赞述佛理的生动与深刻而言,江总的《修心赋》当是《历代赋汇》所录诸多赋体与佛教结缘之作中艺术性最为出色的一篇。

(彭安湘 何新文)

卢思道

【作者小传】

（531—583） 字子行，小字释奴，范阳（治今河北涿州）人。聪爽俊辩，通侻不羁。齐天保中为司空行参军，兼员外散骑侍郎，直中书省。文宣帝崩，作挽歌八首被用，人称"八米卢郎"。后出为丞相西阁祭酒，历太子舍人、司徒录事参军。后免归于家。数年，复为京畿主簿，历主客郎、给事黄门侍郎，待诏文林馆。周武帝平齐，授仪同三司。后除掌教上士，迁武阳太守。开皇初解职，未几，起为散骑侍郎，奏内史侍郎事。卒于京师。有集三十卷。

孤 鸿 赋 并序　　　　　　　　　　卢思道

余志学之岁①，自乡里游京师，便见识知音，历受群公之眷。年登弱冠，甫就朝列②，谈者过误，遂窃虚名。通人杨令君、邢特进已下③，皆分庭致礼，倒屣相接④。翦拂吹嘘⑤，长其光价。而才本驽拙，性实疏懒⑥。势利货殖，淡然不营。虽笼绊朝市且三十载，而独往之心未始去怀抱也⑦。摄生舛和，有少气疾⑧。分符坐啸⑨，作守东原。洪河之湄，沃野弥望⑩。嚣务既屏⑪，鱼鸟为邻。有离群之鸿，为罗者所获⑫。野人驯养⑬，贡之于余。置诸池庭，朝夕赏玩，既用销忧，兼以轻疾⑭。《大易》称"鸿渐于陆"，羽仪盛也⑮。扬子曰："鸿飞冥冥"，骞者骞高也⑯。《淮南》云："东归碣石"，违潦暑也⑰。平子赋曰："南寓衡阳，避祁寒也⑱。"若其雅步清音，远心高韵⑲。鹓鸾以降，罕见其俦⑳。而铩翮墙阴，偶影独立㉑。嘤喋秕稗㉒，鸡鹜为伍，不亦伤乎！念五十之年，忽焉已至。永言身事，慨然多绪㉓。乃为之赋，聊以自慰，云其词曰：

惟此孤鸿，擅奇羽虫㉔。实禀清高之气㉕，远生辽碣之东㉖。毷毛将落，和鸣顺风㉗。壮冰云厚，矫翅排空㉘。出岛屿之绵邈，犯霜露之溟濛㉙。惊缯缴之密网，畏落雁之虚弓㉚。若其斗柄东指，女夷司月㉛。乃遥集于寒门，遂轻举于玄阙㉜。至如天高气肃，摇落在时。既啸侣于淮浦，亦弄吭于江湄㉝。

摩赤霄以凌厉,乘丹气之逶夷㉞。遡商飙之嫋嫋,玩阳景之迟
迟㉟。彭蠡方春,洞庭初绿㊱。理翮整翰,群浮侣浴㊲。振雪羽
而临风,掩霜毛而候旭㊳。餍江湖之菁藻,饫原野之菽粟㊴。
行离离而高逝,响喈喈而相续㊵。洁齐国之冰纨,皓密山之华
玉㊶。若乃晨沐清露,安趾徐步㊷。夕息芳洲,延颈乘流㊸。违
寒竞逐,浮沉水宿㊹。避暑言归,绝漠云飞。望玄鹄而为侣,比
朱鹭而相依㊺。倦天衢之冥漠,降河渚之芳菲㊻。忽值罗人设
网,虞者悬机㊼。永辞寥廓,蹈迹重围㊽。始则窘束笼樊,忧悍
刀俎㊾。靡躯绝命,恨失其所。终乃驯狎园庭,栖托池籞。稻
粱为惠,恣其容与㊿。于是翕羽宛颈,屏气销声○51。灭烟霞之
高想,闷江海之幽情○52。何时骞翥鼓奋翼,上凌太清○53。骞翥鼓
舞,远薄层城○54。恶禽视而不贵,小鸟顾而相轻。安控地而无
耻,岂冲天之复荣○55!若夫图南之羽,伟而去羡。栖睫之虫,微
而不贱○56。各遂性于天壤,弗企怀以交战○57。不听《咸池》之
乐,不飨太牢之荐○58。匹晨鸡而共饮,偶野凫以同膳○59。匪扬
声以显闻,宁校体而求见○60。聊寓形乎沼沚,且夷心于溏淀○61。
齐荣辱以晏如,承君子之余眄○62。

〔注〕①志:立志。　②弱冠:年二十岁。卢思道公元551年二十岁。　③通人:学识
渊博通达之人。杨令君:杨愔(yīn),字遵彦。邢特进:邢劭,字子才。　④分庭致礼:宾主相
见,分站庭两边,相对行礼。倒屣相接:用典,汉末蔡邕急于迎接王粲,鞋子穿反。　⑤蕴拂:
对人才的赞扬,提携。　⑥驽拙:驽钝愚拙。疏懒:粗疏懒惰。　⑦笼绊朝市:朝市为官如
鸟入笼,马被絷。独往:隐居。　⑧舛(chuǎn):相背离,相矛盾。少气:《黄帝内经·素问》岐
伯曰:"孙络三百六十五穴会,亦以应一岁,以溢奇邪,以通荣卫,荣卫稽留,卫散荣溢,气竭血
著,外为发热,内为少气。"　⑨分符:剖符,帝王封官授爵,分符节一半作为信物。坐啸:闲坐
吟啸,指为官清闲或不理政事。　⑩湄:水草交接处。弥望:充满视野。　⑪嚣(áo):众多
貌。务:事务。屏(bǐng):除去。　⑫罗者:捕鸟者。　⑬野:民间,与"朝"相对。　⑭销
忧:使忧愁消解。轻疾:使少气疾减轻。　⑮《周易·渐卦》:"上九,鸿渐于陆,其羽可用为仪,
吉。"孔颖达疏:"渐进之道自下升高,故取譬鸿飞自下而上也。"　⑯扬雄《法言·问明》:"治则
见,乱则隐。鸿飞冥冥,弋人何篡焉。"骞:飞。翥(zhù):飞举。此句言展翅高飞,全身远祸。
⑰《淮南鸿烈·览冥训》:"过归雁于碣石。"马宗霍注:"北归之雁指碣石以为乡。"违:避开。溽
(rù)暑:盛夏。　⑱平子:张衡,赋指《鸿赋》。　⑲雅步清音,远心高韵:优雅的步态,清亮的
声音,旷远的心志,高洁的韵致。　⑳鹓(yuān):凤凰一类。侣:伴侣,同辈。　㉑铩(shā):
摧折,伤残。翮(hé):羽茎,鸟翼。偶影:对着影子。　㉒唼(shà)喋(zhá):水鸟或鱼吃食。

粃(bǐ)：子实不饱满的谷粒。粺(bài)：介于精米、粗米之间的米。　㉓ 永：通“咏”，用诗赋、文辞等来抒写。　㉔ 擅：专有、专长。　㉕ 禀：禀承、承受。　㉖ 辽碣：辽东和碣石，临近渤海。　㉗ 氄(rǒng)毛：鸟兽贴身的细毛。　㉘ 壮冰：坚实的冰。矫翅：高举双翅。　㉙ 屿：《南北史合注》(清四库全书撤出本)卷一一七作“欤”。按：屿指海中的山；欤为句末语气词，表示疑问或感叹，故当作“屿”。绵邈：辽远。溟濛：混沌不分貌。　㉚ 絓(guà)：绊住，缠住。　㉛ 斗柄东指：《鹖冠子·环流篇》：“斗柄东指，天下皆春。”女夷：《淮南子·天文训》：“女夷鼓歌，以司天和，以长百谷、禽鸟、草木。”高诱注：“女夷，主春夏长养之神也。”　㉜ 寒门、玄阙：传说中北方极远之地。《史记·司马相如列传》：“遗屯骑于玄阙兮，轶先驱于寒门。”裴骃集解引《汉书音义》：“玄阙，北极之山。寒门，天北门。”　㉝ 啸俦：以长而尖的叫声呼朋引伴。浦：水滨。吭(háng)：喉咙。　㉞ 摩：迫近，接近。赤霄：红色云气。凌厉：凌空高飞，意气昂扬。丹气：彩霞。威夷：逶迤，迂远貌。　㉟ 遡：迎面对着。商飙(biāo)：秋风。嫋嫋：长弱貌。阳景：阳光。迟迟：阳光温暖、光线充足、从容舒缓貌。　㊱ 彭蠡(lǐ)：彭蠡湖。　㊲ 翰：鸟羽。群浮侣浴：成群结队在水上嬉戏。　㊳ 雪羽、霜毛：白如霜雪的羽毛。候旭：等候旭日东升。㊴ 餍(yàn)、饫(yù)：饱食。菁(jīng)藻：水草。　㊵ 离离：若断若续、相连貌。嗈嗈：鸟和鸣声。　㊶ 洁、皓：比……洁白。冰纨：洁白的细绢。　㊷ 安趾徐步：步态娴雅、安适。　㊸ 延颈：伸长脖颈。　㊹ 沅：《南北史合注》(清四库全书撤出本)卷一一七作“阮”；《汉魏六朝一百三家集》(清文渊阁四库全书本)卷一一五、《历代赋汇》(清文渊阁四库全书本)卷一二九、《历朝赋格》(清康熙间刻本)下集骈赋格卷五作“沅”。按：“沅”，水名，在湖南境内。鸿不仅仅生活在湖南境内，与“浮”相对，当作“沉”。“阮”“沅”音同形近而讹。违寒：避开寒冷。竞逐：竞相追逐。　㊺ 玄鹄：黑天鹅。比：亲近。朱鹭：鸟名，体形如鹤。　㊻ 天衢(qú)：天路。冥漠：玄妙莫测貌。冥：《汉魏六朝一百三家集》(清文渊阁四库全书本)卷一一五、《历代赋汇》(清文渊阁四库全书本)卷一二九、《历朝赋格》(清康熙间刻本)下集骈赋格卷五作“溟”。按：二者于义均可，构成双声联绵词，“溟”为上。渚(zhǔ)：水中小块陆地。　㊼ 虞者：掌管山泽田猎的官。机：捕鸟机关。　㊽ 寥廓：指鸿自由翱翔的空间。　㊾ 惮：惧怕。俎(zǔ)：切肉的砧板。此两句谓孤鸿被关笼中，忧惧被杀。　㊿ 驯狎：驯顺，被赏玩抚弄。池籞(yù)：陂池禁苑。恣：放纵。容与：安闲自得貌。　51 翕(xī)：收拢。宛：屈曲。　52 闭(bì)：止息。　53 骧(xiāng)首：昂首。奋翼：振羽展翅。凌：逾越。太清：天空。　54 骞翥(zhù)：飞举貌。薄：迫近、靠近。　55 此四句为：孤鸿为恶禽、小鸟欺凌，轻视，却安于处地不以为耻，不认为再次冲天高飞会恢复曾经的荣耀。　56 图南：典出《庄子·逍遥游》。此四句为：鲲鹏在九万里高空飞向南海的宏愿伟大但不值得羡慕，居于睫毛的小虫微小而不卑贱。　57 遂性：顺遂本性。天壤：天地。企怀：盼望怀念。交战：顺遂本性与实现宏愿冲突。　58《咸池》：古宗教祭祀之乐。飨：享用。太牢：古代帝王祭祀社稷，牛、羊、豕三牲全备为“太牢”。荐：进献。59 匹、偶：与……为伍、对等。野凫(fú)：野鸭。膳：饭食。　60 匪：不。此句为不高声鸣叫以让大范围听见，宁可改变本性求得人的待见。　61 聊、且：姑且。寓形、夷心：平心静气地寄身。沼：池塘。沚：水中小洲。溏：泥浆。淀：浅水湖泊。　62 晏如：安然。此两句为：泯灭荣辱，安然处之，接收豢养者末等的看顾。

本赋作于北周静帝大象二年(580)，卢思道时为武阳太守。

序文先讲述其游学发迹列班朝廷为人赏识春风得意的经历，接着笔锋一转，云其性疏懒，不营势利货殖，以致“虽笼绊朝市且三十载，而独往之心未尝去怀抱也"。再加上他身体有疾,所以在太守任上忙完公务后,便与"鱼鸟为邻"。时有人捕获一只离群之鸿献给他,他将之豢养于池庭中,"朝夕赏玩,既用销忧,兼以轻疾"。鸿雁原本是"雅步清音,远心高韵"的,如今却是"嗷喋秕稗,鸡鹜为伍",作者为之感伤。遂联系自己经历,作赋以自慰。

赋之正文按旨意可分为前后两部分。前部分写鸿之来历及特有习性,在各方面穷尽形容,具体入微。字里行间,透露出作者对其自由高翔不受束缚的企羡与赞美。后部分写其"倦天衢之溟漠,降河渚之芳菲"后陷入罗网,为人所擒后的遭遇和感受。它失去自由后,开始担心被人宰杀,后来被人驯养于庭园池塘后,食有稻粱,安闲舒适。于是它收起翅膀,弯起脖子,屏声销气。烟霞高想、江海幽情不复有,恶禽小鸟也不再视其为高贵。它安于地面不觉得耻辱,再飞上天也不认为恢复荣耀。大鹏展翅远飞与小虫栖止于睫毛并无高下贵贱之分,不过是"各遂性于天壤"罢了。所以鸿雁和鸡鸭共饮同膳也没有什么不可以的,这就是"齐荣辱以晏如"的境界。

这篇赋托物言志,自抒情怀,实秉老庄齐物之意,自嘲自慰。但揆诸大旨,有以下几点值得参考:

一、理想与现实矛盾,入世与出世思想之交锋。

卢思道年十六便喟然叹曰:"学之有益,岂徒然哉!"二十出仕,改朝换代之际,参与谋反。为齐贺甘露(《在齐为百官贺甘露表》),为隋讨伐陈(《为隋檄陈文》),总结北齐、后周兴亡教训(《北齐兴亡论》《后周兴亡论》)。指切当时,揭露官场中趋炎附势的丑恶(《劳生论》)。身事三朝,多次随驾,沉浮宦海三十余年,至五十二岁卒前仍上奏议置六卿、除大理。经世致用、积极入世可以说是其"烟霞之高想,江海之幽情"。

综观其一生,入世与出世思想,纠葛绞缠,一如孤鸿冲天复飞与安于处地的矛盾。其父道亮,隐居不仕,势必会影响卢思道"势力货殖,淡然不营"。齐天统二年(566)秋七月所作《卢纪室诔》明确表述"余慕大隐"。后仕途多舛,官途沦滞,经世未济,沉沦下僚。加上年岁将暮,身患疾病,致《孤鸿赋》言"独往之心未始去怀抱"。稍后《劳生论》认为"笼绊朝市,失翘陆之本性,丧江湖之远情",并对归隐生活有具体细致的规划设想。

二、赋作以鸿自喻。

卢思道祖阳乌为魏秘书监。卢思道少时师事"北地三杰"之一邢子才,正如其《劳生论》所言:"生于右地九叶卿族,天授俊才,万夫所仰,学综流略。"大成元年(579)北周文宣帝崩,所作挽歌独得八首,被誉为"八米卢郎"。尝蓟北为五言诗,人以为工。作《听蝉鸣篇》,时人所重。年少得志的卢思道与雅步清音、远心高韵、禀清高之气、自由翱翔的鸿何等相似。

鸿自由翱翔之际亦"惊纡鱼之密网,畏落雁之虚弓",可视为卢思道自弱冠就朝列至任武阳太守间,"才识美茂亦受嫉于愚庸",因私诵魏史被笞辱,漏泄省中语被出,居官多被谴辱、免归等的隐喻。

鸿"倦天衢之冥漠,降河渚之芳菲"惨遭捕获。卢思道因母疾还乡,遇同郡祖英伯及从兄昌期、宋护等举兵作乱,预焉。柱国宇文神举讨平之,罪当法,已在死中,神举令作露布嘉而宥之。参与举兵作乱前,卢思道为世人所重,却转而限于几死境地,与鸿倦天衢、降河渚、蹈迹重围、忧惮刀俎、糜躯绝命,恨失其所有共通之处。

鸿最终沉沦,匹晨鸡、偶野凫、寓形沼沚,夷心溏淀、齐荣辱,可视为卢思道出任武阳太守时"嚣务既屏,鱼鸟为邻"消极怠慢的写照。但消极沉沦未尝不是对现实的愤懑与反抗。

三、赋作语言骈俪典雅。

序中连用《大易》"鸿渐于陆"、扬子"鸿飞冥冥"、《淮南》"东归碣石"、平子赋"南寓衡阳",讲述鸿之习性与性情,典雅别致。

正文语言骈俪对偶,除句首发语词,完全是四、六言工整对仗。音韵和谐,换韵自然。中间不乏叠字运用,让赋作具有音韵美、形式美,在状物抒情外极富艺术感染力,不愧为骈赋典范之作。

(彭春艳)

陈叔宝

(553—604) 字元秀,小字黄奴,陈宣帝陈顼长子,是南朝最末一个王朝陈的最后一个皇帝,史称陈后主。虽然他在治国安民方面的才能不佳,但是在文艺、文学方面表现出了很高的天赋。明人集有《陈后主集》。

夜 亭 度 雁 赋

陈叔宝

春望山楹①,石暖苔生。云随竹动,月共水明。暂逍遥于夕径,听霜鸿之度声。

度声已凄切,犹合关塞鸣。从风兮前侣驶,带暗兮后群惊。帛久兮书字灭，芦束兮断衔轻。行杂响时乱，响杂行时散。

　　已定空闺愁，还长倡楼叹。空闺倡楼本寂寂，况此寒夜搴珠幔②。心悲调管曲未成，手抚弦，聊一弹。一弹管，且陈歌，翻使怨情多。

〔注〕　① 山楹：山中的房屋。　② 珠幔：镶有珍珠的帘子。

　　在中国古代的文学作品中，雁是常常被提及的一种鸟，形成了一种意象。它拨动了无数文人墨客、游子思妇的心弦。作者是中国历史上有名的昏君，其治国安邦虽然无方，但其情思文才有足可传世者，这篇赋就是一例。

　　本文开首两句"春望山楹，石暖苔生"，写的是春天的景色与活动，与后文的秋夜咏叹基调不一，所以很多人怀疑这两句文字有误，或者之后有脱文。这两种怀疑都有其道理。在传世文献中，此文最早见于类书《初学记》（后来严可均均辑《全陈文》时，此文便是从《初学记》辑出），而此类类书删节原文或者有文字讹误是经常发生的事。

　　秋夜里，秋水畔，明月当头，文中的主人公徘徊于小路之上，值此好天凉月，或许已不禁忆起远方亲友。正在此时，空中雁声嘹呖，无疑更是撩起了万千思绪。

　　雁行或许是从边塞而来吧，要不然的话其鸣叫怎么如此凄切？前面的雁已随风急飞远去，后面的雁在黑暗中惊魂未定，且鸣且飞。它们飞了这么久、这么远，如果有人请大雁传书的话，是不是帛书的字迹都已经磨灭了？它们口里所衔的芦苇是不是经过不断地磨折，也变得越来越轻了？这两句每句一典，前一句据《汉书》苏武传所载的雁足传书的故事，已广为人知，成为后世诗文中经常出现的意象。后一句则出自《淮南子·修务》："夫雁顺风以爱气力，衔芦而翔，以备矰弋。"高诱注："衔芦，所以令缴不得截其翼也。"这被看作雁的一种自卫技能。

　　下面，作者笔锋一转，从雁行转到人身上。独守空闺以及倡楼的女子，本来就已经饱受思念之苦了，看到经过的雁行，听到凄切的雁鸣，更如雪上加霜，愁不尽，叹不已。孤独寂寞中，她们在寒夜里手揭珠幔，翘首远眺，真是"为谁风露立中宵"呀！百无聊赖之中，她们调管抚弦，打发时光，寄托思念。且弹一曲吧，且歌一阕吧。原本是想借抚弦歌唱排遣心中的寂寞哀怨的，可是事与愿违，愈弹愈歌，哀怨愈多！文章至此，戛然而止，但给读者的感受，也达到了顶点，却没有结束,仿佛一曲虽终,但是余音袅袅不绝,一个秋夜里满脸哀怨的女子的形象,长久地嵌在读者心中。

本文是一篇小赋,虽然字句不多,但是描摹生动、深入。转到写人之后的一段,更是层层推进,如同江水奔流激荡,最终溃堤而出,使文章的感染力达到了顶峰。

(冯永军)

隋唐五代

王 绩

（约590—644） 字无功。号东皋子。绛州龙门（今山西河津）人。王通弟。隋大业末，举孝悌廉洁科，除秘书正字。不乐在朝，求为扬州六合丞。因简傲纵酒被劾，弃官归里。武德中，以前官待诏门下省。贞观中，以足疾罢归。乃结庐河渚，纵意琴酒，躬耕东皋。工诗赋，尤擅五言诗。著有《王绩集》，又后人删为《东皋子集》（又名《王无功文集》），均存。

游 北 山 赋并序　　　　　　　　　王　绩

吾周人也①，本家于祁②。永嘉之际③，扈从江左④。地实儒素⑤，人多高烈⑥。穆公感建元之耻⑦，归于洛阳；同州悲永安之事⑧，退居河曲⑨。始则晋阳之开国⑩，终乃安康之受田⑪。坟垅寓居⑫，倏焉五叶⑬；桑榆成荫⑭，俄⑮将百年。绩南山故情⑯，老而弥笃⑰；东坡余业⑱，悠哉自宁。酒瓮多于步兵⑲，黍田广于彭泽⑳。皇甫谧之心事，陇亩终焉㉑；仲长统之规模，园林幸足㉒。独居南渚，时游北山。聊度日以为娱，忽经年而忘返。西穷马谷，北达牛溪㉓。丘壑依然，风烟满目。孙登默坐，对嵇阮而无言㉔；王霸幽居，与妻孥而共去㉕。窗临水石，砌㉖绕松篁。歌田园之云来，亦已久矣㉗；望山林之故道，何其悠哉！诗者，志之所之㉘；赋者，诗之流也㉙。式抽短思㉚，即为赋云：

天道㉛悠悠，人生若浮㉜。古来圣贤，皆成去留㉝。八眉四乳㉞，龙颜凤头㉟。殷忧㊱一世，零落千秋。暂时南面㊲，相将北游㊳。玉殿金舆之大业，郊天祭地之洪休㊴。荣深责重，乐不供愁。何况数一年之将相，五百里之公侯。兢兢业业，长惧长忧。昔怪燕昭与汉武㊵，今识图仙之有由。人谁不愿，直是难求㊶。闻鼎湖而欲信㊷，怪桥山之遽修㊸。玉台金阙，大海水之中流㊹；瑶林碧树，昆仑山之上头㊺。不得轻飞如石燕㊻，终是徒劳秉土牛㊼。已矣哉！世事自此而可见，又何为乎惘惘㊽？弃卜筮而不占，余将纵心而长往。任物孤游，遗情直上。觉老释之言繁，恨文宣之技痒㊾。彼事业之迁斥，岂神明之宰掌？物无往而咸章㊿，生有资而必养(51)。嗟大道之泯没，见人情之委枉。《礼》费日于千仪，《易》劳心于万象。审机事之不息，知浇源之寖长(52)。鸟何事而撄罗，鱼何为而在网(53)？生物诡隔(54)，精灵惚恍。庄周三月而不朝(55)，瞿昙六年而遐想(56)。

有是夫，况吾之不如先达乎！请息交而自逸，聊习静而为娱。遂披林樾(57)，进陟巇岖(58)。连峰杂起，复嶂环纡。历丹危而寻捷径，攀翠险而觅修途。耸飞情于霞道，振逸想于烟衢。重林合沓以齐列(59)，崩崖磊砢而相扶(60)。睹森沉于绝磵(61)，视晃朗于高嵎(62)。自谓抟风飙而出埃壒(63)，邈若朝玄宫而谒紫都(64)。碧峦之下，清溪之曲。望隐隐而才通，听微微而不属。眷然引领，兹焉顿足。步拥路而邅回(65)，视横烟而断续。古藤曳紫，寒苔布绿。洞里窥书(66)，岩边对局(67)。仿佛灵踪(68)，依稀仙躅(69)。灶何代而销金(70)？杯何年而溜玉(71)？石室幽蔼，沙场照烛。松落落而风回，桂苍苍而露溽(72)。月未侧而先阴，霞方升而已旭。喜方外之浩荡(73)，叹人间之窘束。

况乃幽谷藏真(74)，傍无四邻。紫房半掩(75)，玄坛尚新(76)。逢阆风之逸客(77)，值蓬莱之故人。忽据梧而策杖(78)，亦披裘而负薪(79)。荷衣薜带，藜杖葛巾(80)。出芝田而计亩(81)，入桃源而问津(82)。昆丘若砺，渤澥扬尘(83)，栽碧柰而何日(84)？种琼瓜而几春？自然诡异，非徒隐沦。乃有上元仙骨(85)，太清神手(86)，走电奔雷，耘空莳朽(87)。河间之业不齐贯(88)，淮南之术无虚受(89)。咒动南箕，符回北斗(90)。偓佺赠药(91)，麻姑送酒(92)。青龙就食于甲辰，玄牛自拘于乙丑(93)。永怀世事，天长地久，顾瞻流俗，红颜白首。傥千秋之可营，亦何为而自轻？昔时君子，曾闻上征，忽逢真客(94)，试问仙经。谈九华之易就，叙三英之可成(95)，拭丹炉而调石髓，裛翠釜而出金精(96)。珠流玉结，雪耀霜明。咸谓刀圭暂进⁹⁷，足使云车下迎⁹⁸。纷吾人之狭见，揽群疑而自拂。使投足⁹⁹而咸安，亦何为乎此物？彼赤城与玄圃¹⁰⁰，岂凭虚而搆窟¹⁰¹。但水月之非真，譬声色之无佛。过矣刘向¹⁰²！吁嗟葛洪¹⁰³！指期系影¹⁰⁴，依方捕风¹⁰⁵。谁能离世？何处逃空？假使游八洞之金室，坐三清之玉宫¹⁰⁶，长怀企羡，岂出樊笼？徒劳海上，何事云中？昔蒋元卿之三径¹⁰⁷，陶渊明之五柳，君平坐卜于市门，子真躬耕于谷口¹⁰⁸。或托闾闬¹⁰⁹，或潜山薮，咸遂性而同乐，岂违方而别守？

余亦无求，斯焉独游。属天下之多事，遇山中之可留¹¹⁰。聊将度日，忽已经秋。菊花两岸，松声一丘。不能役心而守道，故将委运而乘流。伊林礀之虚受，固樵隐之俱托。逢去老于中溪，遇还童于绝壑¹¹¹。云峰龟甲而重聚，霞壁龙鳞而结络¹¹²。水出浦而潺潺，雾含川而漠漠¹¹³。是欣是赏，爰游爰豫¹¹⁴。结萝幌而迎宵，敞茅轩而待曙。尔其杂枝相纠¹¹⁵，长条交茹¹¹⁶，叶动猿来，花惊鸟去。起公子之殊赏，谈王孙之远虑。山水幽寻¹¹⁷，风云路深。兰窗左辟¹¹⁸，茵阁斜临。石当阶而虎踞，泉映牖而龙吟。月照南浦，烟生北林。阅丘壑之新趣，纵江湖之旧心。道集吾室，风吹我襟。松花柏叶之醇酎¹¹⁹，凤翮龙唇之素琴¹²⁰。

白牛溪里¹²¹，峰峦四峙。信¹²²兹山之奥域¹²³，昔吾兄之所止。许由避地¹²⁴，张超成市¹²⁵。察俗删《诗》，依经正《史》¹²⁶。康成负笈而相继¹²⁷，根矩抠衣而未已¹²⁸。组带青衿¹²⁹，锵锵傸傸¹³⁰。阶庭礼乐¹³¹，生徒杞梓¹³²。山似尼丘，泉疑洙泗¹³³。忽焉四散，于今二纪¹³⁴。地犹如昨，人多已矣。念昔日之良游，忆当时之君子。佩兰荫竹，诛茅席芷¹³⁵。树即环林¹³⁶，门成阙里¹³⁷。姚仲由之正色，薛庄周之言理¹³⁸。触石横肱¹³⁹，逢流洗耳¹⁴⁰。取乐经籍，忘怀忧喜。时挟策而驱羊¹⁴¹，或投竿而钓鲤¹⁴²。何图一旦，遽成千纪。木坏山颓，舟移谷徙。北冈之上，东岩之前，讲堂犹在，碑石宛然。想问道于中室，忆横经于下筵。坛场草树，院宇风烟。昔文中之僻处^⑭，谅遭时之丧乱。守逸步而须时，蓄奇声而待旦。旅人小吉^⑭，明夷大难^⑭。建功则鸣凤不闻^⑭，修书则获麟为断^⑭。

惜矣吾兄，遭时不平。殁身之后，天下文明。坐门人于廊庙^⑭，瘗夫子于佳城^⑭。死而可作，何时复生？式瞻虚馆^⑮，载步前楹。眷眷长想，悠悠我情。俎豆衣冠之旧地^⑮，金石丝竹之余声。殁而不朽，我何所营^⑮。临故墟而掩抑^⑮，指归途而叹息。往往溪横，时时路塞。忽登崇岫，依然旧识。地回心遥，山高视直。望烟火于桑梓^⑮，辨沟塍于乡国^⑮。前临姑射之西^⑮，正是河汾之北^⑮。怅矣怀抱，悠哉川域。

忆昔过庭，童颜稚龄。何赏不极？何游不经？弄春风于碉户，咏秋月于山扃^⑮。北窗照雪，南轩聚萤^⑮。彩衣扇枕^⑯，缊布问经^⑯。何斯乐之易失，倏衔哀而茹恤^⑯？天未悔祸，遭家不秩。子敬先亡^⑯，公明早卒^⑯。吾自此而浩荡，又逢时之不仁。天地遂闭^⑯，云雷渐屯^⑯。与沮、溺而同趣^⑯，共夷、齐而隐身^⑯。幸收元吉^⑯，坐偶昌辰^⑰。容北海之嘉遴^⑰，许南山之不臣^⑰。养拙辞官^⑰，含和保真^⑭。岂若冯敬通之诽世、赵元叔之尤人^⑯！殷忧耻贱，憔悴伤贫。操井臼而无乐^⑰，历山河而苦辛。岂如我家身事，都卢弃置^⑰。不念当归，宁图远志^⑰？坐青山而方隐，游碧潭而已喜。旧知山里绝氛埃，登高日暮心悠哉。子平一去何时返^⑱？仲叔长游遂不来^⑱。幽兰独夜之琴曲^⑱，桂树凌晨之酒杯^⑱。丘园散诞^⑱，窟室徘徊^⑱。坐等枯木，心如死灰^⑱。

亦有山羞野馔^⑱，兰浆木耖^⑱，杞叶煎羹^⑱，松根溜醁^⑲。既采药而为食，谅随情而不矫。负锸春前^⑲，腰镰岁杪^⑲。草渐密而饶兽，树弥深而足鸟。地寂寞而森沉，路纵横而窈窕^⑲。野亭鹤唳，山梁雉鹭^⑲。远游之所，幽栖之次。或抱犊而新来，乍闻鸡而始至^⑲。蘦畦一两^⑲，茅斋数四。山为险而无人，岭时平而有地。石菌抽叶^⑲，金芝吐穗^⑲。镜厌山精^⑲，刀驱木魅[200]。泉绕砌而鱼跃,树横窗而鸟萃。天网何宽,人生岂难[201]?饮河知足,巢林必安[202]。亦何荣而拾紫[203]?亦何羡于还丹[204]?红藜促节之杖[205],绿箨斑文之冠[206]。野餐二簋[207],园蔬一盘。送阮籍而长啸[208],得刘伶而甚欢[209]。晓入柴户,暮归药栏[210]。老莱地僻[211],邹生谷寒[212]。杨柳则条垂锻沼[213],杏树则花飞坐坛[214]。赋成鼓吹[215],诗如弹丸[216]。携始眸之鸣鹤[217],对新婚之伯鸾[218]。

我有怀抱[219],萧然自保。古人则难与同归,纷吾则此焉将老。涧溪沼沚之蘋艾[220],丘陵阪险之桑枣[221]。接果移棠[222],栽苗散稻[223]。不藏无用之器[224],不爱非常之宝[225]。抵玉惊禽[226],挥金薙草[227]。妾朋友于杯案[228],弄儿孙于襁褓[229]。乐山泽之浮游[230],笑江潭之枯槁[231]。戒非佞佛[232],斋非媚道[233]。无誉无功[234],形骸自空[235]。坐成老圃,居然下农[236]。身与世而相弃[237],赏随山而不穷。披衣灶北,逐食墙东[238]。傥有白头四皓[239],庞眉八公[240]。小童乘日[241],仙人驭风[242]。乡老则杖头安鸟[243],邦君则车边画熊[244]。心期暗合[245],道术潜同。解车相访[246],愚公谷中[247]。

〔注〕①周人:周王室后裔。王绩祖居故晋封地,而晋祖姬虞为周成王姬诵之弟,故王绩自称周人。 ②祁:祁县。杜淹《文中子世家》:"文中子……谓所亲曰:'我周人也,家于祁。'"汉代始置祁县,治所位于今山西省晋中市祁县东。 ③永嘉之际:永嘉,晋怀帝司马炽年号。永嘉五年匈奴攻陷洛阳,俘怀帝,史称"永嘉之乱",中原大族遂南迁。 ④扈(hù)从:随从。江左:长江下游以南地区。《文中子世家》:"文中子……谓所亲曰:'永嘉之乱,盖东迁焉。'" ⑤儒素:符合儒家规范的言行。 ⑥高烈:志向高远,遵守世业,不忘宗祖。此指虽南迁而不忘北归中原之人。 ⑦"穆公"句:穆公,王绩高祖王虬。北魏封王虬为晋阳公,谥号穆。建元之耻:南齐高帝萧道成篡宋,年号建元。《中说》附录《录关子明事》:"穆公之在江左也,不平袁粲之死,耻食齐粟,故萧氏受禅而穆公北奔。" ⑧"同州"句:同州,王绩曾祖王彦。《文中子世家》:"穆公生同州刺史彦,惟曰同州府君。"永安,北魏孝庄帝元子攸年号。永安三年,并州刺史尔朱兆袭洛阳,杀元子攸于五级寺。 ⑨退居河曲:河曲指黄河拐弯之地,特指隋河东郡,即山西省运城市。由洛阳北渡黄河、翻越中条山方到河东,因远离河南平原地区的政治中心,故称为退。 ⑩"晋阳"句:晋阳,指王绩高祖王虬。《文中子世家》王通言:"高祖穆公始事于魏。魏、周之际,有大功于生人。天子赐之地,始家于河汾,故有坟垄,于兹四代矣。"吕才《东皋子后序》:"高祖晋穆公自南归北,始家河汾焉。"开国:爵名,开国郡公省称。《魏书·官氏志》"太祖……减五等之爵,始分为四,曰王、公、侯、子……王封大郡,公封小郡,侯封大县,子封小县。"

⑪"安康"句：安康，王绩祖父王杰。《文中子世家》："彦生济州刺史杰，惟曰安康献公。"安康郡即今陕西省安康市。受田：接受皇帝分封的土地。　⑫坟垅(lǒng)寓居：坟垅，坟墓，指先祖。寓居，寄居，侨居。　⑬倏焉五叶：倏焉，疾迅貌。五叶，五世，指王虬、王彦、王杰、王隆、王绩五代。　⑭桑榆成荫：桑榆，指傍晚，引申为后代。桑榆成荫指子孙满堂。《淮南子》："日西垂，景在树端，谓之桑榆。"　⑮俄：旋即。　⑯南山故情：南山，终南山省称，归隐之意。西汉刘向《列女传》卷二《贤明传·陶荅子妻》："妾闻南山有玄豹，雾雨七日而不下食者，何也？欲以泽其毛而成文章也，故藏而远害。"　⑰笃(dǔ)：诚。　⑱东坡余业：东坡，河东坡地，犹东皋。《新唐书·隐逸传》载王绩"游北山东皋，著书自号东皋子。"余业，流传下来的基业。　⑲"步兵"句：步兵指曹魏阮籍。《晋书·阮籍传》："籍闻步兵厨营人善酿，有贮酒三百斛，乃求为步兵校尉。"　⑳"彭泽"句：东晋陶潜曾为彭泽县令。《晋书·隐逸传》："(陶潜)为彭泽令。在县，公田悉令种秫谷，曰：'令吾常醉于酒足矣。'妻子固请种粳。乃使一顷五十亩种秫，五十亩种粳。"　㉑"皇甫谧"句：皇甫谧，《晋书·皇甫谧传》："吾本欲露形入坑，以身亲土……土与地平，还其故草，使生其上，无种树木、削除，使生迹无处，自求不知。"此指皇甫谧的心愿是葬身于山野之中。陇亩，山野。　㉒"仲长统"句：仲长统，《后汉书·仲长统传》自谓："使居有良田广宅，背山临流，沟池环匝，竹木周布，场圃筑前，果园树后……木踏畦苑，游戏平林……则可以陵霄汉，出宇宙之外矣。岂羡夫入帝王之门哉！"仲长统认为生活在园林中就足够了。　㉓"南渚"六句：南渚、北山、马谷、牛溪，皆地名。南渚在东皋下，马谷即遮马谷，牛溪即白牛溪。　㉔"孙登"二句：孙登缄默，不与人语。《晋书·隐逸传·孙登传》载其"时时游人间，所经家或设衣食者，一无所辞，去皆舍弃。尝住宜阳山，有作炭人见之，知非常人，与语，登亦不应。文帝闻之，使阮籍往观，既见，与语，亦不应。嵇康又从之游三年，问其所图，终不答，康每叹息》"　㉕"王霸"二句：《后汉书·逸民列传·王霸传》："王霸字儒仲，太原广武人也。少有清节。及王莽篡位，弃冠带，绝交宦。建武中，征到尚书，拜称名，不称臣。有司问其故。霸曰：'天子有所不臣，诸侯有所不友。'……以病归。隐居守志，茅屋蓬户。连征不至，以寿终。"孥(nú)：子女。　㉖砌：台阶。　㉗"田园"二句：田园指陶潜《归园田居》，去来指陶潜《归去来兮辞》。　㉘"诗者"句：诗歌反映了志向。《尚书·尧典》："诗言志，歌永言。"　㉙"赋者"句：赋是诗歌的变体。东汉班固《两都赋序》："或曰：'赋者，古诗之流也。'"　㉚式抽短思：式，句首语气词。抽思，陈情。如战国楚屈原有《九章·抽思》。　㉛天道：天理。　㉜人生若浮：人生漂浮无定。《庄子·刻意》："其生若浮，其死若休。"　㉝去留：生死。陶潜《归去来兮辞》："寓形宇内复几时，曷不委心任去留？"　㉞八眉四乳：八眉，八字眉，指尧。《尚书大传》卷五："尧八眉，舜四瞳子……八眉者如八字。"四乳，四个乳头，指周文王。《淮南子·修务训》："文王四乳，是谓大仁。"　㉟龙颜凤头：龙颜，帝王之相。《史记·高祖本纪》："高祖为人，隆准而龙颜。"凤头，指皇室妃嫔。　㊱殷忧：忧伤。　㊲南面：因坐北朝南为尊位，故指成为将相王侯。　㊳相将北游：相将，相偕。北游，向北方游历，如《庄子·知北游》。北方为玄冥之地，指不可知的境地。　㊴洪休：洪福。　㊵"燕昭"句：战国燕昭王与西汉武帝均曾海上求仙，见《史记·封禅书》与《汉书·武帝纪》。　㊶直：但是。　㊷鼎湖：黄帝升仙之地。《史记·封禅书》称，黄帝采首山铜铸鼎，鼎成黄帝乘龙而升。　㊸桥山：黄帝埋葬之地。《史记·五帝本纪》："黄帝崩，葬桥山。"　㊹"玉台金阙"句：指道家的蓬莱等仙山在渤海之中。　㊺"瑶林碧树"句：指昆仑山上有神树。《淮南子·地形训》："掘昆仑虚以下地……碧树、瑶树在其北。"　㊻石燕：《水经注·湘水》载，有石燕逢雨则飞，风停则止。　㊼土牛：《后汉书·礼仪志》载，古时立春立土牛于门外劝农，此指无用之功。　㊽惘惘：遑遽而无所适从。　㊾"文宣"句：文宣，周文王与宣

尼公孔子。技痒：怀才急于表现貌。　(50)“咸章”句：万物在消失前就能显现。《易·姤卦·彖传》：“天地相遇，品物咸章也。”　(51)“必养”句：生命有了依靠就能增长。《易·坤卦·彖传》：“至哉坤元，万物资生。”　(52)“浇源”句：浇薄的社会风气的源头。寖(jìn)长：渐渐增长。(53)“撄(yīng)罗”二句：撄，缠绕。罗，鸟网。吕才《王无功文集·序》：“(王绩)叹曰：‘网罗高悬，去将安所？’”　(54)诡隔：欺诈。　(55)“庄周”句：《庄子·山木》：“庄周游于雕陵之樊，睹一异鹊自南方来者，翼广七尺，目大运寸，感周之颡而集于栗林。……睹一蝉，方得美荫而忘其身。螳螂执翳而搏之，见得而忘其形；异鹊从而利之，见利而忘其真。庄周怵然曰：‘噫！物固相累，二类相召也！’……庄周反入，三月不庭。”　(56)瞿昙：即乔达摩，为释迦牟尼本名。相传释迦牟尼二十九岁时出家修道，曾到尼连禅河附近树林中单独修苦行六年。　(57)樾(yuè)：成荫的树木。　(58)进陟(zhì)峗(q)岖(qū)：陟，远行，长途跋涉。峗岖，崎岖。　(59)合沓：重叠。(60)磊砢(luǒ)：壮大貌。　(61)磵(jiàn)：通“涧”，两山间的水沟。　(62)嵎(yú)：山势曲折险峻处。　(63)抟(tuán)：旋转。埃壒(ài)：尘埃。　(64)玄宫：神仙居所。《庄子·大宗师》：“颛顼得之，以处玄宫。”紫都，帝都，犹紫禁城。　(65)邅(zhān)回：难行不进貌。　(66)洞里窥书：《太平广记》卷六十三引《集仙传》，李筌在嵩山虎口岩石室中得《黄帝阴符》，但不晓其义，后经骊山老母点化而通。　(67)岩边对局：《列仙全传》载，洪崖先生与卫叔卿两位仙人曾在终南山巅对弈。　(68)仿佛：依稀。　(69)躅(zhuó)：足迹，踪迹。　(70)销金：销熔金属，指道家炼金术。《淮南子·览冥训》：“若夫以火能焦木也，因使销金，则道行矣。”　(71)溜玉：流淌着玉。《山海经·西山经》：“丹水出焉，西流注于稷泽，其中多白玉，是有玉膏，其源沸沸汤汤，黄帝是食是飨。”　(72)溽(rù)：湿润。　(73)方外：仙境。　(74)真：仙人。《说文·匕部》：“真，仙变形登天也。”　(75)紫房：道家炼丹房。　(76)玄坛：道家斋房。　(77)阆(làng)风：仙山名。　(78)据梧：依梧树安息。《庄子·齐物论》：“昭文之鼓琴也，师旷之枝策也，惠子之据梧也，三子之知几乎，皆其盛者也，故载之末年。”《庄子·德充符》：“惠子曰：‘不益生，何以有其身？’庄子曰：‘道与之貌，天与之形，无以好恶内伤其身。今子外乎子之神，劳乎子之精，倚树而吟，据槁梧而瞑。’”喻逍遥自适。　(79)“披裘”句：《韩诗外传》载，春秋吴季子出游，路见遗金，呼披裘打柴者拾之，打柴者瞋目拂手，曰：“吾当夏五月，披裘而薪，岂取金者哉？”喻高人隐逸。　(80)“荷衣”二句：荷叶作衣服，薜荔作腰带，藜茎作手杖，葛布作头巾，都是隐士的装束。　(81)芝田：仙人种芝草之地。　(82)桃源：陶潜《桃花源记》中虚构的理想之地。　(83)渤澥(xiè)：渤海。　(84)柰(nài)：仙果。王嘉《拾遗记·昆仑山》载，昆仑山第三层“有柰，冬生如碧色。以玉井水洗食之，骨轻柔能腾虚也”。　(85)上元，即上元仙女，道家神名。　(86)太清：道家称元始天尊所化法身道德天尊所居之地。　(87)莳(shì)：栽种。　(88)“河间”句：河间献王刘德重金求善本，搴留以习儒。事见《汉书·景十三王传·河间献王刘德》。　(89)“淮南”句：淮南王刘安好道术，留方士数千，辑《淮南子》。事见《汉书·淮南王刘安传》。　(90)“南箕”二句：南箕、北斗，皆星宿名，箕指正南而斗指正北。　(91)偓佺：仙人名。西汉刘向《列仙传》卷上：“偓佺者，槐山采药父也，好食松实。形体生毛，长数寸，两目更方。能飞行逐走马。以松子遗尧，尧不暇服也。”　(92)麻姑：仙人名。葛洪《神仙传》卷三载，麻姑曾陪神仙王远饮天厨酒，虽醇，但俗人饮之或烂肠。　(93)“青龙”二句：青龙为东方七宿总称，牛为北方玄武七宿之一。以天干论，丑对应牛、辰对应龙。以色论，甲为木为青，乙为玄为黑。　(94)真客：得道成仙之人。　(95)“九华”二句：九华、三英，皆宫殿名。东晋王嘉《拾遗记·晋时事》附南朝梁萧绮录：“石虎席卷西京，崇丽妖虐，外僭和鸾文物之仪，内修三英、九华之号。”　(96)“丹炉”二句：石髓、金精，皆为道家成仙之药。裛(yì)，缠绕。　(97)刀圭：中药量具，此代指药物。　(98)云车：仙人的车乘。　(99)投足：栖身。

⑩"赤城"句：赤城，道家三十六洞天之一。玄圃，亦作悬圃，昆仑山顶神仙居所。　⑩构（gòu）：营造。　⑩刘向：本名更生，西汉宣成间目录学家、经学家、文学家，校雠古书，以编辑《战国策》《山海经》等闻名。《汉书·刘向传》载其得《枕中鸿宝苑》秘书，诵可成仙。　⑩葛洪：字稚川，东晋时道士，丹鼎派代表人物，著《抱朴子》。晚年居广东罗浮山。　⑩指期系影：《晋书·葛洪传》载，葛洪规定期限要邓岳来找他，但找到时葛洪已经尸解得仙。　⑩依方捕风：《汉书·刘向传》载，刘向向皇帝报告炼金术，但皇帝屡试不成，官吏便弹劾刘向铸造伪金。　⑩"八洞"二句：八洞，道家神仙居住的洞府，分为上、中、下各八洞。三清，道家指三十三天中仅次于大罗天的最高天境，为上清、玉清、太清的合称。　⑩三径：陶渊明《归去来辞》："三径就荒，松菊犹存。"李善注引赵岐《三辅决录》："蒋诩，字元卿，舍中三径，唯羊仲、求仲从之游，皆挫廉逃名不出。"后以三径代隐士家园。　⑩"君平"二句：君平，指严君平，卜筮于成都市，乐于惠众。子真，指郑子真，隐居不仕，躬耕山岩。二人均是汉成帝时著名隐士。王绩自比严君平。吕才《王无功文集·序》："（王绩）曰：'奈何悉欲坐召严君平耶？'"　⑩闾（lú）阓（hàn）：里门。　⑩山中：《楚辞》淮南小山《招隐士》："王孙兮归来，山中兮不可以久留。"此反用其意。　⑪"去老"二句：去老还童即返老还童。　⑫结络：枝叶交错。　⑬漠漠：弥漫貌。　⑭爰：语气词。豫：乐。　⑮纠：缠绕。　⑯茹：覆盖。　⑰寻：长。　⑱辟：开。　⑲"松花"句：松花，指松花酿的酒。柏叶，指柏叶浸的酒，元旦共饮，以祝长寿。醇酎（zhòu）：汉代佳酿。酎，重酿醇酒。　⑳"凤翮"句：凤翮，凤凰的翅膀，指古琴两侧。龙唇：琴唇。王绩善抚琴，曾作《山水操》。　㉑白牛溪：见"南浦"六句注。　㉒信：确实。　㉓奥域：腹地。　㉔许由：《庄子·逍遥游》载，许由为上古拒绝尧高官厚禄的隐士。　㉕张超：指东汉人张楷。《后汉书·张楷传》载，楷字公超，隐居弘农山中，学者随之，俨然成市。　㉖"删《诗》"二句：指孔子删得《诗》三百篇，编订《春秋》的故事。　㉗康成：东汉大儒郑玄字。《后汉书·郑玄传》载其客耕东莱，从者千计。　㉘根矩：曹魏邴原字。《三国志·魏志·邴原传》载其避居辽东，而从游者数百家。抠：提。　㉙组带：佩印用带，指官宦。青衿：黑色衣领，指学生。　㉚锵锵：有节奏行进貌。偲偲：草木茂盛貌。　㉛"阶庭"句：《论语·季氏》载，孔子见子鲤过庭院，便教导他要学《诗》《礼》。此指子承父训。　㉜杞梓：杞、梓皆良木，以喻人材。　㉝尼丘：孔子母亲求子祷告之地。洙、泗：皆水名，经出曲阜，为孔子讲学之地。王绩自注："吾兄通，字仲淹。生于隋末，守道不仕。大业中隐居此溪。续孔氏六经，近百余卷，门人弟子相趋成市。故溪今号王孔子之溪也。"　㉞纪：木星运行一周为一纪，二纪合二十四年。　㉟诛茅：剪茅草为屋。《楚辞·卜居》："屈原既放三年，不得复见。……往见太卜郑詹尹，曰：'余有所疑，愿因先生决之。'曰：'宁诛锄草茅以力耕乎？'"席芷：以白芷为席。　㊱环林：《文选·潘岳〈闲居赋〉》："其东则有明堂辟雍，清穆敞闲。环林萦映，圆海回渊。"后因指明堂及太学。　㊲阙里：孔子故居。《后汉书·明帝纪》："幸孔子宅，祠仲尼及七十二弟子。"李贤注"孔子宅在今兖州曲阜县故鲁城中归德门内阙里之中。"　㊳"姚姚由仲"二句：姚义，字仲由；薛收，字庄周，后任唐李世民天策府记事参军。姚义、薛收皆为王绩兄王通门人。王绩自注："此溪之集，门人常以百数。唯河南董恒、南阳程元、中山贾琼、河东薛收、太山姚义、太原温彦博、京兆杜淹等十余人称为俊颖。而姚义多慷慨，同侪方之；仲由、薛收以理达方庄周，薛实妙玄理耳。"其中，温彦博、杜淹均官至尚书右仆射（相当于宰相），为李世民近臣。　㊴触石横肱（gōng）：触石，指山中云气与峰峦相碰击，吐出云来。横肱：垫胳膊作枕，喻安贫乐道。《论语·述而》："子曰：'饭疏食饮水，曲肱而枕之，乐亦在其中矣。不义而富且贵，于我如浮云。'"　㊵洗耳：皇甫谧《高士传》载，上古隐士许由讨厌尧征兆之令，遂以洗耳明志。　㊶"挟策"句：《庄子·骈拇》："臧与谷二人相与牧羊

而俱亡其羊。问臧奚事，则挟策读书。"挟策：持简，喻读书。 ⑭ 投竿：垂钓。《庄子·外物》："任公子为大钩巨缁，五十犗以为饵，蹲乎会稽，投竿东海，旦旦而钓，期年不得鱼。"喻大度脱俗。 ⑭ 文中：即文中子，王绩兄王通谥号。 ⑭ 旅人小吉：《易·旅卦·象传》："'旅小亨'，柔得中乎外，而顺乎刚，止而丽乎明，是以'小亨旅贞吉'也。旅之时义大矣哉！"旅行中的人小心谨慎则能恒通，此寄托对王通死后的祝愿。旅：卦名，下艮上离。 ⑭ 明夷大难：明夷：卦名，下离上坤。明夷卦是六十四卦中唯一整体"利艰贞"的卦。《易·明夷卦·象传》："明入地中，'明夷'；内文明而外柔顺，以蒙大难，文王以之。"光明隐如地下则蒙受大难，此象征政治的黑暗。 ⑭ 鸣凤：《国语·周语上》："周之兴也，鸣于岐山。"凤凰鸣指吉兆。 ⑭ 获麟：《左传·哀公十四年》"西狩获麟"，杜预注："麟者，仁兽，圣王之嘉瑞也。时无明王，出而遇获。仲尼伤周道之不兴，感嘉瑞之无应，故因鲁《春秋》而修中兴之教，绝笔于获麟之一句，所感而作，固所以为终也。" ⑭ 廊庙：殿下屋和太庙，指朝廷。 ⑭ 瘗（yì）：埋葬。佳城：墓地。 ⑮ 式：语气词。虚馆：旧馆。 ⑮ 俎（zǔ）豆：俎豆为礼器，指祭祀。俎：置肉的几。豆：盛肉的器。 ⑮ 营：求。王绩自注："吾兄仲淹，以大业十三年卒于乡馆，十年三十三，门人谥为文中子。及皇家受命，门人多至公辅。而文中之道，不行于时。余因游北溪，周览故迹，盖伤高贤之不遇也。" ⑮ 掩抑：心情抑郁。 ⑮ 桑梓：故乡。 ⑮ 塍（chéng）：田垅。 ⑮ 姑射：山名，今山西省临汾市西，近王绩居。王绩自撰《郊园》："洛川胜地，姑射名辰。" ⑮ 汾河：水名，源出山西管涔山，于河津入黄河。 ⑮ 山扃（jiōng）：山门。 ⑮ "北窗"二句：照雪，指东晋孙康映雪攻书事，见《孙氏世录》。聚萤，指东晋车胤以囊盛萤火虫看书事，见《晋书·车胤传》。 ⑯ 彩衣扇枕：彩衣，指周代老莱子年老仍学幼童使父母高兴事，见西汉刘向《列女传》。扇枕，指东汉黄香夏天为父母扇风助眠，见东汉刘珍等《东观汉记·传十二·黄香》。 ⑯ 缁布：即缁布冠。古人成年，行冠礼，套戴缁布冠、皮弁和爵，因此喻年幼。 ⑯ 茹：承受。恤：丧仪。 ⑯ 子敬：指王子敬。南朝宋刘义庆《世说新语·伤逝》："王子猷、子敬俱病笃，而子敬先亡。"此喻弟先亡。 ⑯ 公明：曹魏管辂字公明。《三国志·魏志·管辂传》载其通《易》善卜。此喻博学。 ⑯ 天地遂闭：指否卦，上乾下坤。乾者天，坤者地。《易·否卦·象传》："天地不交，否。"喻诸事不顺。 ⑯ 云雷渐屯：指屯卦，上坎下震。坎者云，震者雷。《易·屯卦·象传》："屯，刚柔始交而难生。"喻行事艰难。 ⑯ 沮、溺：春秋隐士长沮、桀溺，见《论语·微子》。 ⑯ 夷、齐：商朝孤竹君之子伯夷、叔齐，义不食周粟，隐毙于首阳山，见《史记·伯夷列传》。 ⑯ 元吉：洪福。《易·坤卦·象传》："'黄裳元吉'，文在中也。"影射文中子王通。 ⑰ 昌盛：盛世。 ⑰ 北海之嘉遯：北海，郡名，今山东省寿光市东南，东汉末孔融曾为郡相，人称孔北海。嘉遯：指合乎正道的退隐。遯，卦名，上乾下艮。《易·遯卦》："九五，嘉遯，贞吉。"《后汉书·孔融传》："郡人甄子然、临孝存知名早卒，融恨不及，乃命配食县社。其余虽一介之善，莫不加礼焉。" ⑰ 南山之不臣：南山，即终南山，古往今来隐士藏身之地。不臣：拒绝做官。 ⑰ 养拙：谓才能低下而闲居度日。常用为退隐不仕的自谦之辞。西晋潘岳《闲居赋》："仰众妙而绝思，终优游以养拙。" ⑰ 含和：蕴藏祥和之气。常喻仁德。保真：保全纯真的本性、天性。王绩自撰《祭杜康新庙文》："阮籍随性，刘伶保真。" ⑰ 冯敬通：冯衍字敬通。《后汉书·冯衍传》载，冯衍不与人结交，退而作《显志赋》云："悲时俗之险厄兮，哀好恶之无常。……独耿介而慕古兮，岂时人之所喜。" ⑰ 赵元叔：赵壹字元叔。《后汉书·文苑传·赵壹》载，赵壹恃才倨傲，作《刺世疾邪赋》云："贤者虽独悟，所困在群愚。" ⑰ 操井臼：汲水舂米，泛指操持家务。 ⑰ 都卢：统统，总是。 ⑰ "当归"二句：当归、远志，皆中药名作双关语。《三国志·蜀志·姜维传》裴松之注引孙盛《杂记》，姜维降蜀汉，复母信道："良田百顷，不在一亩；但有远志，不在当归。"此处反用其意。　⑱子平：向长字子平。《后汉书·逸民传·向长》载，向长通《老》《易》，不事王莽，遂游五岳名山，不知所终。　⑱仲叔：闵贡字仲叔。《东观汉记·传十二·闵贡》载，闵贡辞博士征，客游四方。　⑱幽兰：即幽兰操，古琴曲名。泛指佳音。　⑱"桂树"句：桂酒指玉桂浸制的酒，泛指美酒。　⑱丘园：《周易·贲卦》："六五，贲于丘园。"孔颖达疏："丘谓丘墟，园谓园圃，唯草木所生，是质素之处，非华美之所。"指隐居处，与上文"琴曲"呼应。　⑱窟室：春秋郑伯有为窟室，彻夜饮酒欢娱，指畅饮欢娱之所，与上文"酒杯"呼应。　⑱"枯木"句：《庄子·齐物论》："南郭子綦隐几而坐，仰天而嘘，荅焉似丧其耦。颜成子游立侍乎前，曰：'何居乎？形固可使如槁木，而心固可使如死灰乎？'"喻万念俱灰。　⑱山羞野馔(zhuàn)：羞，通"馐"，佳肴。馔：食物。　⑱䅟(chǎo)：米、麦等炒熟后磨粉制成的干粮。　⑱杞叶：枸杞嫩芽。　⑲醥(piǎo)：清酒。　⑲负锸(chā)：扛锹。　⑲杪(miǎo)：末。　⑲窈(yǎo)窕(tiǎo)：深邃貌。　⑲"鹤唳"二句：唳，鹤鸣；鹥(yǎo)，雉声。鹤唳、雉鹥泛指鸟鸣。鹤唳夜半，体现惊恐；雉鸣于旦，暗示焦躁。二者均表示不安的内心。　⑲"抱犊"二句：抱犊指抱犊山，闻鸡指鸡鸣山，皆喻隐逸。《太平御览》卷四五引《隋图经》："卑山今名抱犊山，四面危绝，山顶有二泉。后魏葛荣乱，百姓抱犊上山，因以名之也。……鸣鸡山在怀戎县东北，本名磨笄山……每夜有野鸡鸣于祠屋上，故亦谓为鸣鸡山。"　⑲藋(diào)：灰藋，似藜，草名。　⑲石菌：灵芝。　⑲金芝：仙草。　⑲山精：山鬼。　⑳木魅：木怪。　㉑天网：疏密有秩的天道。《老子》："天网恢恢，疏而不失。"　㉒"饮河"二句：《庄子·逍遥游》："尧让天下于许由，由曰：'鹪鹩巢于深林，不过一枝；偃鼠饮河，不过满腹。归休乎君，予无所用天下为！'"饮河、巢林均喻不贪多，守本分。　㉓拾紫：即拾紫青，获取高官显位。《周书·儒林传论》："前世通六艺之士，莫不兼达政术，故云拾青紫如地芥。"　㉔还丹：道家合九转丹与朱砂再次提炼而成的仙丹，自称服后成仙。　㉕红蔾：即红芯藜，芯红，茎直立粗壮，可作杖。促节：密节，指老茎。　㉖箨(tuò)：竹皮。　㉗二簋(guǐ)：簋，祭祀宴享时盛食物的器皿。《秦风·权舆》载宴享多用四簋，故二簋已量减，喻微薄之物。　㉘阮籍：阮籍善林间长啸，见《三国志·魏志·阮瑀传》裴松之注引《魏氏春秋》。　㉙刘伶：刘伶嗜酒，著《酒德颂》，见《晋书·刘伶传》。　㉚药栏：芍药之栏，泛指鲜花点缀的栅栏。　㉛老莱：即老莱子，楚国隐士，逃世耕于蒙山之阳，葭墙蓬室，木床蓍席，衣缊食菽，垦山播种。楚王闻其贤，登门相聘，拒不出仕。见西晋皇甫谧《高士传》。　㉜邹生：即邹衍，战国齐人。《列子·汤问》："虽师旷之清角，邹衍之吹律，亡以加之。"张湛注："北方有地，美而寒，不生五谷，邹子吹律暖之，而禾黍滋也。"　㉝锻沼：《晋书·嵇康传》载，嵇康性绝巧而好锻，即使名士来访，仍在宅中柳下自锻不暇。王绩自撰《嵇康坐锻》："嵇康自逸，手锻为娱。曲池四绕，垂杨一株。铜烟寒灶，铁火分炉。箕踞而坐，何其傲乎！"　㉞"杏树"句：杏坛，讲坛。《庄子·渔父》："孔子游乎缁帷之林，休坐乎杏坛之上，弟子读书，孔子弦歌鼓琴。"　㉟鼓吹：即鼓吹曲，朝堂歌功颂德之曲，喻歌功颂德的文章。　㊱弹丸：供弹弓发射的泥丸，喻圆转流畅的诗文。　㊲鸣鹤：西晋荀隐字鸣鹤。《世说新语·排调》："荀鸣鹤、陆士龙二人未相识，俱会张茂先坐。张令共语，以其并有大才，可勿作常语。陆举手曰：'云间陆士龙。'荀答曰：'日下荀鸣鹤。'"　㊳伯鸾：东汉梁鸿字伯鸾。家贫而博学，与妻孟光志向相投，隐居山中。　㊴怀抱：心意。　㊵"蘋(pín)艾"句：沼，水中小块陆地。蘋，水草。《左传·隐公三年》："苟有明信，涧溪沼沚之毛，蘋蘩蕰藻之菜……可荐于鬼神。"以物喻诚信。　㊶阪险：斜坡与山泽。桑枣：桑葚。　㊷移棠：棠，甘棠，乔木。因树冠开展，可作嫁接梨的砧木，故称移棠。《史记·燕召公世家》："召公巡行乡邑，有棠树，决狱政事其下……民人思召公之政，怀棠树，不敢伐，歌咏之，作《甘棠》之诗。"　㊸散稻：《太平御览》卷八三九引

《吴志》："钟离牧,字子干,会稽山阴人。少居永兴,自垦田,种稻二十余亩,临熟而县民认之。牧曰:'本以田荒,故垦之耳。'遂以稻与县民。" ㉔ 无用之器:不实用的物品。《庄子·逍遥游》惠子以为大瓠、樗树,皆有可用,而庄子以为无用之器,正可逍遥。 ㉕ 非常之宝:喻难得的人才。 ㉖ 抵玉惊禽:桓宽《盐铁论·崇礼》:"昆山之傍,以玉璞抵乌鹊。今贵人之所贱,珍人之所饶,非所以厚中国,明盛德也。"喻不重金钱。 ㉗ 挥金薙(tì)草:挥,抛开,扔出。薙:除草。《世说新语·德行》:"管宁、华歆共园中锄菜,见地有片金,管挥锄与瓦石不异,华捉而掷去之。"喻不贪金钱。 ㉘ "杯案"句:喻尽兴交友。 ㉙ "襁褓"句:喻安享晚年。襁褓,背负小儿的背带和被子。 ㉚ "浮游"句:随情纵游。《庄子·在宥》:"浮游不知所求,猖狂不知何往。" ㉛ "枯槁"句:《楚辞·渔父》:"屈原既放,游于江潭,行吟泽畔,颜色憔悴,形容枯槁。" ㉜ 戒非佞佛:不是因为迷信佛教而守戒律。 ㉝ 斋非媚道:不是因为喜爱道家而行祷祀。 ㉞ 无誉无功:《庄子·逍遥游》:"且举世而誉之而不加劝,……故曰,至人无己,神人无功,圣人无名。"王绩《自作墓志文并序》:"自为之字曰无功焉。人或问之,箕踞不对。盖以有道于己,无功于时也。不读书,自达理。不知荣辱,不计利害。" ㉟ 形骸自空:《庄子·大宗师》载,子桑户死,友人歌之。孔子以为此游方外之士,形骸为累赘,而死得超脱,合于天地。 ㊱ "老圃"二句:《论语·子路》:"樊迟请学稼,子曰:'吾不如老农。'请学为圃,曰:'吾不如老圃。'樊迟出。子曰:'小人哉,樊须也!'"此为归隐自耕的谦语。 ㊲ 身:自身。世:世界。 ㊳ 逐食:乞讨食物。 ㊴ 白头四皓:秦汉间四位隐居商山的老人东园公、绮里季、夏黄公、甪里先生。皓,白发老人。 ㊵ 庞眉八公:八个身怀绝技的高人。庞,黑白杂色。《史记·淮南衡山列传》"淮南王阴结宾客"司马贞《索隐》引《淮南要略》:"(刘)安养士数千,高才者八人:苏非、李尚、左吴、陈由、伍被、毛周、雷被、晋昌,号曰八公也。"葛洪《神仙传》卷四:"八公皆变为童子,年可十四五。""八童子乃复为老人。告王曰:吾一人能坐致风雨,一人能崩高山,一人能分形易貌,一人能乘云步虚,一人能入火不灼,一人能千变万化,一人能煎泥成金,一人能浮于太清之上。" ㊶ 小童乘日:《庄子·徐无鬼》:"黄帝将见大隗乎具茨之山,适遇牧马童子,请问为天下之道,小童曰:'若乘日之车而游于襄城之野。'"郭象注:"乘日:日出而游,日入而息。"成玄英疏:"昼作夜息,乘日遨游,以此安居而逍遥处世。" ㊷ 仙人御风:《庄子·逍遥游》:"夫列子御风而行,泠然善也,旬有五日而后反。……若夫乘天地之正,而御六气之辩,以游无穷者,彼且恶乎待哉!" ㊸ 杖头安鸟:《太平御览》卷三八三引《续汉书》:"仲秋之月,县皆按户比,民年七十者授之玉杖。长九尺,端以鸠为饰。鸠者,不咽之鸟也。欲老人不咽,所以爱民也。是月也,祠老人星于国南远郊。" ㊹ 车边画熊:《后汉书·舆服志上》:"公侯乘安车,朱班轮,飞,倚鹿较,伏熊轼。" ㊺ 心期:心愿。 ㊻ 解车:停车。 ㊼ 愚公谷:西汉刘向《说苑·政理》:"齐桓公出猎,逐鹿而走,入山谷之中,见一老公而问之曰:'是为何谷?'对曰:'为愚公之谷。'桓公曰:'何故?'对曰:'以臣名之。'桓公曰:'今视公之仪状,非愚人也,何为以愚公名之?'对曰:'臣请陈之,臣故畜牸牛,生子而大,卖之而买驹,少年曰:牛不能生马,遂持驹去。傍邻闻之,以臣为愚,故名此谷为愚公之谷。'"喻隐居之地。

　　这篇长赋是王绩的代表作,由序言和正文组成。在序言中,作者着重回忆了显赫的家世,并抒发了归隐山林的情怀。"永嘉之际"和"永安之事"都是东晋时期政权更迭的大事,可见王氏家族的前程是和时代的发展紧密联系在一起的。西晋破败,王家便渡长江而避难;南朝混沌,族人即北上中原做官。屈指算来,到王通、王绩一代,王家在河曲一代已经定居了五代,"俄将百年"、酒多田广。在魏晋南北朝时期,王氏家族多有高官贵胄,因此王绩自称"吾周人也",并强调祖先晋阳穆公、安康献公的丰功伟绩,也并非夸张矜耀之辞。但令人感到奇怪的是,作者没有继承家族余荫,却向往山野的情怀且"老而弥笃"。文中列举的皇甫谧、仲长统、孙登、王霸、陶潜,从简低调,静心避征,都是历史上著名的隐士。因此,作者的序言其实提出了一个千古以来的难题,即人的一生应当积极入世还是消极避世?作者在正文中给出了自己的答案。

正文依次分为四段,为典型的"起承转合"结构。第一段从"天道悠悠"到"瞿昙六年而遐想"。对于是否应当积极入世的难题,作者认为,荣辱似梦,"人生若浮"。即使像尧舜、周文王那样成为统治者,也注定会死去。至于普通人,即使是"数十年之将相,五百里之公侯",也不过"长惧长忧",最终被人遗忘。那么能否改变这样的命运呢?作者认为像黄帝升天、蓬莱入海这样的故事都是虚妄的,所以应当"弃卜筮而不占",发挥自己的主观能动性,像庄子、释迦牟尼那样沉潜玩味、韬光修行。

第二段从"有是夫"到"凤翻龙唇之素琴"。第一段重在抒情,而第二段详于体物。既然作者坚定了避世求真的决心,那么他就要寻找隐身静处的最佳场所。距离王绩所居不远的正是北山,于是他首先描绘了北山的风光。奇怪的是,北山处处蕴含着危险,山路崎岖、峰峦嵯峨、涧深崖陡、烟重风急,并不是世外桃源的景象。因为险要的环境让作者暂时摆脱了尘世的喧嚣,所以能够体悟到心灵的满足,由衷地"喜方外之浩荡"。

作者进一步指出,如果只有身体离开了人群,而心灵依然在尘世之中,那也是不够的。神仙故事大半属于捕风捉影、炼丹长生也总是荒诞不经。即使遇到古代传说的偓佺、麻姑那样的仙人,凡人也未必逃出了樊笼。因此,作者认为要静处独游是难能可贵的。

作者既然选择了随运乘流,那北山险峻的风光就变得可爱起来,足以"是欣是赏,爱游爱豫"。四望云如龟甲、霞似龙鳞、萝迎轩敞、猿来鸟去,作者从中御风体道、斟酌抚琴,真是一派令人向往的恬然自适、与世无争的山林趣味。因此,作者认为唯有身心脱俗,才能避世。

第三段由体物转入了叙事部分,从"白牛溪里"到"悠哉川域"。隋朝大儒、作者的兄长王通曾在北山传经著述,而作者故地重游,怀有无限感慨。据《新唐书》记载,由于隋文帝不重用王通,因此王通一怒之下"弃官归,以著书讲学为业"。王通名声颇盛,学生摩肩、"负笈而相继",研讨《诗经》和《春秋》等著作,声势景象蔚为壮观。除了文中提到的姚义、薛收,据说唐初许多重臣都出于王通门下,包括温彦博、杜淹等。王通自北孔子，因此文中也多次将北山讲经之地比作孔子讲学之地，例如"阶庭礼乐""山似尼丘""泉疑洙泗"及"门成阙里"等。

可惜的是，王通英年早逝。王绩称其死为"明夷大难"，而明夷卦是易六十四卦中唯一六爻全部呈现凶兆的卦象，由此体现了作者对其切肤的惋惜和深沉的怀念。虽然"讲堂犹在，碑石宛然"，但王通早逝，门徒星散，令人"临故墟而掩抑，指归途而叹息"。

综观全文，第三段有两层转折。第一次是讲经盛况和故地荒芜的对比，形成了隐士生活的强烈反差。第二次是整个第三段与之前两段的对比，提出了深层次的问题：隐士虽然不做官，而且生活在山野，但他是否应当依然扩大影响，追求名誉，并采取积极入世的态度？行文至此，作者对隐士生活的偏好是毋庸置疑的，但是到第四段才说明了隐士具体应采取的生活方式。

第四段从"忆昔过庭"到"愚公谷中"，作者通过情、景、事的交融，完整地串联起了前三段的思考。在这一段中，王绩无限感叹家族的不幸，描绘了隐士生活的图景，为我们展现了自适天然的山林景象。

由于"天未悔祸，遭家不秩"，作者感受到了人事无常，于是决心"养拙辞官，含和保真"。具体而言，作者向往的隐士生活体现于人与自然的和谐共处。一方面，隐士可以采果摘桃、养花弄草，自足于野餐园蔬，观赏四季的变化。山林之大，"草渐密而饶兽，树弥深而足鸟"。因此，作者感叹"天网何宽，人生岂难"。另一方面，隐士也可以接朋会友、返璞归真，自得于戒欲斋心，忘却形骸的拖累。纵心之要，"不藏无用之器，不爱非常之宝"。因此，作者认为"身与世而相弃，赏随山而不穷"。

总的来说，这篇长赋具有一些鲜明的特点。首先，作者推崇道家思想。王绩自云"床头素书三帙：《老》、《庄》及《易》而已"（《答处士冯子华书》），可见作品中扑面而来的清风并非矫揉造作可以成就。而且，赋中引用大量传说中的隐士、仙物作比喻，让读者领略到了深厚的文学素养和高洁的名士情怀。其次，在这篇名作中，作者没有运用孤僻的字句、生硬的对比、连篇的叠词，而是用情景交融、时空穿梭的意蕴，为我们展现了朴实无华、生动感人的隐士生活。从风格上看，该作融会贯通了六朝辞赋的主要特色。例如，托物言志是建安文学的特点，清谈论道是正始文学的特质，而推崇山水、纵适情怀则是南北朝时期作品的特征。但六朝奢靡成风、空洞无物的弊病并没有出现在这篇赋中，所以《四库全书总目提要》称其"气格遒健，皆能涤刈唐俳偶板滞之习，置于开元、天宝间，弗能别也"。此虽评其诗，亦足移用其赋。

（华瑀欣）

卢照邻

【作者小传】

（约637—约689）　字升之，号幽忧子。幽州范阳（今河北涿州）人。初唐作家，与王勃、杨炯、骆宾王以文章齐名天下，并称"初唐四杰"。卢照邻的生卒年史无明载，他身经太宗、高宗、武后三朝，主要活动于高宗时代。他的仕途并不顺畅，且身染恶疾，后服丹中毒，病势加剧，终不堪其苦，自投颍水而死。《旧唐书》本传及《朝野佥载》都记载卢照邻有文集20卷，《崇文总目》等宋代书目均著录为10卷。但现存作品只有原有的一小部分，今存有《卢升之集》和《幽忧子集》均为七卷，《全唐诗》编录其诗二卷。傅璇琮著有《卢照邻杨炯简谱》。

穷　鱼　赋 并序　　　　　　　　卢照邻

余曾有横事被拘①，为群小所使②，将致之深议，友人救护得免。窃感赵壹穷鸟之事③，遂作《穷鱼赋》。常思报德，故冠之篇首云④。

有一巨鳞，东海波臣⑤。洗静月浦⑥，涵丹锦津⑦。映红莲而得性，戏碧波以全身。宕而失水⑧，届于阳濒⑨。

渔者观焉，乃具竿索，集朋党。凫趋雀跃，风驰电往。竞下任公之钓⑩，争陈豫且之网⑪。蝼蚁见而甘心⑫，獱獭闻而抵掌⑬。于是长舌利嘴，曳纶争钩⑭，拖鬐挫鬣⑮，抚背扼喉。动摇不可，腾跃无繇⑯，有怀纤润，宁望洪流⑰。

大鹏过而哀之⑱，曰："昔余为鲲也，与尔游乎。自余羽化之后，子其遗孤。"⑲俄抚翼而下，负之而趋⑳，南浮七泽㉑，东泛五湖㉒。是鱼也已相忘于江海㉓，而渔者犹怅望于泥途㉔。

〔注〕　①　祝尚书《卢照邻集笺注》称"作者被拘始末不详"，时间"约在高宗显庆末龙朔初"的秋季。李云逸《卢照邻集校注》认为本文为总章二年（669）秋因事下狱，未几出狱后所作。卢照邻入狱一事在他的另一篇赋《驯鸢赋》中也有提及。横事：意外的事故或灾祸。　②　群小：指小人。　③　赵壹：东汉人。据《后汉书·文苑列传·赵壹传》："（赵壹）恃才倨傲，为乡党所摈，乃作《解摈》。后屡抵罪，几至死，友人救得免。壹乃贻书谢恩。……"所贻之书即《穷鸟赋》。　④　根据《四库全书总目提要》之《卢升之集提要》，卢照邻自编文集当以这篇《穷鱼赋》为

首,与现在流传的文集的编排顺序不同。　⑤东海波臣:《庄子·外物》载,庄子见到车辙中有一鲋鱼自称为"东海之波臣"。本处暗用这一典故,不仅指代大鱼,也暗示了自己当时也是处于涸辙之鲋的困境。　⑥洗静月浦:"洗静"即"洗净",也暗指自己洁身自爱。　⑦涵丹:涵,包含,浸渍,滋润。涵丹,指鱼体鲜红,也暗指自己无罪,一片丹心。锦津,和上文的"月浦"一样,都是津浦之水的美称。　⑧宕而失水:"宕"同"荡",流荡。《庄子·庚桑楚》:"吞舟之鱼,砀而失水,则蚁能苦之。"就是说,能够吞食小舟的大鱼,一旦被冲荡而出失去了水的依凭,则蝼蚁也能使之受苦。"砀"通"宕""荡"。本处也是用《庄子》的典故比喻自己失去依凭陷入困境的遭遇。　⑨届于阳濒:到达了北边的岸上。届,到达。阳,山南水北为阳。濒,水涯。此处泛指岸边。　⑩任公之钓:指用巨大的鱼钩、粗黑的绳子和巨大的诱饵,以求钓大鱼。出自《庄子·外物》。任,国名。　⑪豫且之网:《庄子·外物》:"仲尼曰:'神龟能见梦于元君,而不能避余且之网。'"豫且,即余且-渔人的名字。这个典故是说,神龟虽然本领高强,能托梦于元君,却不能避开余且这个渔人的网而被抓。本句也是借典故的使用暗示了自己像神龟一样被困的境遇。　⑫蝼蚁见而甘心:蝼蚁见到了这条大鱼且觉得称心满意。用《庄子·庚桑楚》中典故,参见注⑧。　⑬獱(biān)獭(tǎ)闻而抵掌:獱獭,獭属。居水中,食鱼。又称猵獭。抵掌,击掌。这句话是说,吃鱼的水獭们听说这样的大鱼到了岸上都高兴得击掌。　⑭曳纶争钩:曳,拉。纶,钓丝。"长舌利嘴,曳纶争钩"两句都是互文见义,指人们七嘴八舌地议论,争相下钓钩。　⑮拖鬐(qí)挫鬣(liè):鬐,本指马的鬃毛,这里同"鳍",指鱼脊背上的鳍。鬣,本指兽类颈上的长毛,也指鱼颔旁穸小鳍。挫,按下。　⑯腾跃无繇(yóu):繇,同"由",表示路径,方法。表示想要飞跃逃逸,却没有途径。　⑰有怀纤润,宁望洪流:我需要的不过是些微之水,怎么敢指望巨大的洪流。纤润,是指些微之水。这两句用的是注⑤《庄子·外物》之典,即鲋鱼所说的"吾得斗升之水然活耳"。　⑱大鹏:出自《庄子·逍遥游》:"北冥有鱼,其名为鲲。鲲之大,不知其几千里也。化而为鸟,其名为鹏。鹏之背,不知其几千里也,怒而飞,其翼若垂天之云。"　⑲羽化:本是指成仙之时飞升乘云如生出羽翼一般,即羽化登仙。这里是指大鹏从鱼变成鸟时生出翅膀。这段话的意思是说,我以前做大鱼的时候,曾经与你一起欢游。自从我生出翅膀变成了大鹏,就只留下你一个人孤孤单单了。　⑳俄抚翼而下,负之而趋:俄,短时间,一会儿。抚翼,拍击翅膀。负,背。趋,快步走。此处当指快飞。　㉑七泽:指古代楚地的诸湖泊。语出司马相如《子虚赋》:"臣闻楚有七泽,尝见其一,未睹其余也。"　㉒五湖:具体所指其说不一。这里和上文的"七泽"一样,都泛指广大的江河湖泊。　㉓本句典故出自《庄子·大宗师》:"泉涸,鱼相与处于陆,相呴以湿,相濡以沫,不如相忘于江湖。"指大鱼又回到了江湖浩瀚之中,游泳自在,无复往还,因而彼此相忘。　㉔泥途:指污浊之地。大鱼已经回到了江湖中得到了自在,而渔人们尚且还在污浊之地怅望。

　　本文写于卢照邻被诬入狱,得友人搭救出狱之后,曾列于卢照邻手编文集之首,表达了作者对伸以援手的友人的答谢感恩之意。全文以陷入困境的大鱼自比,而以大鹏比喻伸以援手的友人,想象贴切,以物喻人,抒发对个体生命的强烈感受。

　　钱基博先生《中国文学史》第四编第二章《论唐》中指出:"《穷鱼赋》仗气爱奇,最为卓荦入古。"在卢照邻的文章中,钱先生对这篇《穷鱼赋》评价最高。而钱先生称其"仗气爱奇,最为卓荦入古"的原因,大概正是在于本赋继承了东汉的抒情小赋的一个基本的主题和表现手法。

从现存的汉赋作品来看,借鸟、鱼、马等动物来自喻,特别是表现自己身处困逆时的艰难境遇,抒发内心的苦闷,是汉赋中的一种传统主题和表现手法。例如较为人们熟知的贾谊的《鹏鸟赋》、祢衡的《鹦鹉赋》,直至建安时期曹植的《鹦鹉赋》《蝉赋》《离缴雁赋》等,都是这一类作品。还有已经散佚的张衡的《鸿赋》,从现存的序文可知也是以鸿自喻的。这些偏重于抒情小赋与汉代大赋的铺陈繁丽的艺术风格不同,往往是从个人的境遇和感受出发,颇多真情实感,且以动物自喻的形式本身也容易形成较好的艺术效果。

卢照邻这篇《穷鱼赋》,已经在序文中说明"余曾有横事被拘,为群小所使,将致之深议,友人救护得免。窃感赵壹穷鸟之事,遂作《穷鱼赋》",即明确表示本篇是效仿的东汉赵壹《穷鸟赋》,因而也具有汉代以物喻人的抒情小赋的经典特征。

赵壹《穷鸟赋》的全文记载于《后汉书》中,为了和卢照邻的《穷鱼赋》相比较,现引用全文如下:"有一穷鸟,戢翼原野。罼网加上,机阱在下。前见苍隼,后见驱者。缴弹张右,羿子彀左。飞丸缴矢,交集于我。思飞不得,欲鸣不可。举头畏触,摇足恐堕。内怀怖急,乍冰乍火。幸赖大贤,我矜我怜。昔济我南,今振我西。鸟也虽顽,犹识密恩。内以书心,外用告天。天乎祚贤,归贤永年,且公且侯,子子孙孙。"由此可见,从自喻的发想上来看,卢照邻的《穷鱼赋》确实效仿了《穷鸟赋》的构思,连开篇的语句都基本相似。不过,赵壹的赋中以物喻人并不像卢照邻那么彻底,他只将自己比喻成了鸟,而对于救护他的"大贤"却并没有以动物作比;而卢照邻的《穷鱼赋》中,将自己救出困境的人比喻为一只大鹏,这是我们熟悉的《庄子·逍遥游》中的形象,大鹏是由大鱼化成,而大鹏为鱼时,正好与如今陷入困境的大鱼是同伴。因此,将恩人比作大鹏的比喻不仅无比贴切自然,而且寓意佳,情谊深,以物喻人十分恰当。

另外,《穷鸟赋》全用四言写成,而卢照邻本篇《穷鱼赋》则在四言中夹杂了六言和其他字数的散文句,韵散夹杂,使得全文抒情活泼富于变化,特别是最后一段,想象绮丽高妙,颇有《庄子》的浪漫色彩。纵观卢照邻《穷鱼赋》全篇,可知其多处化用了《庄子》寓言中的各种典故,如"东海波臣""宕而失水""任公之钓""豫且之网""蝼蚁见而甘心""有怀纤润,宁望洪流"的出处全是《庄子》,而且都是能反映出动物陷入困窘的境遇的典故。特别是最后一段,完全活用了《庄子·逍遥游》的大鹏典,将陷入困境中的大鱼想象成了《逍遥游》中的鲲曾经同游的伙伴,既浪漫奇崛，又颇具情理。语言上又借鉴了《庄子》的散文体，使赋的形式和内容相得益彰。

（邓　芳）

骆宾王

（约 638—684）　字观光，世称骆临海，婺州义乌（今属浙江）人，唐代诗人，与王勃、杨炯、卢照邻合称"初唐四杰"。高宗永徽中，为道王李元庆府属，历任武功、长安主簿。仪凤三年，入为侍御史，因事下狱，次年遇赦。调露二年，除临海丞，骆临海之称即由此来。后来徐敬业起兵讨伐武则天，骆宾王曾为其幕僚，《代徐敬业讨武曌檄》即出其手。敬业兵败后，骆宾王下落不明，或说被杀，或说逃亡。骆宾王幼时就被称为"神童"，传说《咏鹅》一首，是他七岁时所作。其诗辞采华赡，格律谨严。长篇如《帝京篇》，小诗如《于易水送人》，皆脍炙人口。著作称《骆丞集》或《骆临海集》。后人整理其诗文集者颇多，以清陈熙晋之《骆临海集笺注》最为完备。

【作者小传】

荡 子 从 军 赋
骆宾王

　　胡兵十万起妖氛①，汉骑三千扫阵云②。隐隐地中鸣战鼓③，迢迢天上出将军④。边沙远杂风尘气⑤，塞草长垂霜露文⑥。荡子辛苦十年行，回首关山万里情⑦。远天横剑气⑧，边地聚笳声⑨。铁骑韩常警⑩，铜焦夜不鸣⑪。抗左贤而列阵，屯右校以疏营⑫。沧波积冻连蒲海⑬，白雪凝寒遍柳城⑭。若乃地分玄徼⑮，路指青波⑯，边城暖气从来少，关塞寒云本自多。严风凛凛将军树⑰，苦雾苍苍太史河⑱。既拔距而从军⑲，亦扬麾而挑战⑳。征旆凌沙漠，戎衣犯霜霰㉑。楼船一举争沸腾，烽火四连相隐见㉒。戈文耿耿悬落星㉓，马足骎骎拥飞电㉔。终取俊而先鸣，岂论功而后殿㉕。

　　征夫行乐践榆溪㉖，倡妇衔怨守空闺㉗。蘼芜旧曲终难赠㉘，芍药新诗岂易题㉙。池前怯对鸳鸯伴，庭际羞看桃李蹊㉚。花有情而独笑，鸟无事而恒啼。见空陌之草积，知暗牖

〔556〕骆宾王

之尘栖。荡子别来年月久,贱妾空房更难守㉛。凤凰楼上罢吹箫㉜,鹦鹉杯中休劝酒㉝。闻道书来一雁飞㉞,此时缄怨下鸣机㉟。裁鸳贴夜被㊱,薰麝染春衣㊲。屏风宛转莲花帐,夜月玲珑翡翠帷㊳。个日新妆始复罢㉟,只应含笑待君归。

〔注〕 ① 胡:泛指北方少数民族,与汉相对举。十万:泛举成数而极言其多,与下句"三千"用法相同。妖氛:妖异之气。 ② 阵云:士兵布阵分合如云,故称阵云。又相传黄帝大将风后用兵有八种阵法,即:天覆阵、地载阵、风扬阵、云垂阵、龙飞阵、虎翼阵、鸟翔阵、蛇蟠阵。据说为诸葛亮《八阵图》所据。阵云或即云阵。 ③ 隐隐:鼓声。 ④ 迢迢:形容遥远。天上出将军:汉景帝七国之乱,周亚夫带兵平叛。赵涉建议他:"兵事上神密,将军何不从此右去,走蓝田,出武关,抵洛阳,间不过差一二日,直入武库,击鸣鼓。诸侯闻之,以为将军从天而下也。"见《汉书·周亚夫传》。 ⑤ 远:偏远。杂:掺杂,一作离。"边沙"句:谓边塞之地偏远而多风沙。 ⑥ 垂:枯萎,一作萎。霜露:经受霜露。文:同"纹",花纹,条纹。"塞草"句:谓塞草经受霜露而枯萎,青黄相间,如同花纹。 ⑦ 十年:极言时间之久。万里:极言路程之远。 ⑧ 远天横剑气:宋玉《大人赋》:"方地为舆,圆天为盖,长剑耿介,倚天之外。"又阮籍《咏怀》三十八:"弯弓挂扶桑,长剑倚天外。"剑气指剑的光芒和凛然的杀气。 ⑨ 笳:胡笳,古代北方民族的一种吹奏乐器。边地:一作边北。 ⑩ 铁骑:古代战争中骑兵的一种,所乘战马穿铠甲,又称重骑兵,在古代战争中威力巨大。 ⑪ 铜焦:即刁斗。古代军队中用的一种器具,铜质,有柄,能容一斗。又名"金柝""焦斗"。军中白天可供一人烧饭,夜间敲击以巡更。 ⑫ 抗:对抗。左贤:左贤王,匈奴贵族封号,多以太子当之。屯:驻军防守。右校:右校王即右贤王,匈奴贵族封号,二十四长之一。左贤、右校,泛指胡人首领。疏营:开营,安营。疏:动词,意思与列接近。 ⑬ 蒲海:即蒲类海,古湖泊名。即今新疆维吾尔自治区东部巴里坤湖。一说即罗布泊。 ⑭ 柳城:汉县名。西汉时置,属辽西郡。故治在今辽宁省朝阳市一带。 ⑮ 若乃:句首发语词。玄徼:北方边境。徼:边界。玄:北方之色。北方在五行中对应的是水,在五色中对应的是黑色,即玄色。 ⑯ 青波:地名。即青陂。在今河南省新蔡县西南。亦泛指楚地。庾信《哀江南赋》:"况复君在交河,妾在青波。"倪璠注:"青波,楚地。" ⑰ 将军树:东汉开国名将冯异号"大树将军"。《后汉书·冯异传》:"诸将军并坐论功,异常独屏树下,军中号曰'大树将军'。" ⑱ 太史河:《尚书·禹贡》里所说的九河之一。《尔雅·释水》谓九河为"徒骇、太史、马颊、覆釜、胡苏、简、洁、钩盘、鬲津"。据考太史河在今河北省南皮县一带。 ⑲ 拔距:古代的一种练武活动。跳跃。一说比腕力。 ⑳ 麾:古代指挥军队的旗子。 ㉑ 征旆:古代官吏远行所持的旗帜。凌:在……之上,高出。戎衣:战袍。犯:冲,冒着。霰:小雪粒。 ㉒ 楼船:用于水战建有楼台的大船。烽火:古时边防报警的烟火。 ㉓ 戈文:兵器上的花纹。耿耿:显著,明亮。 ㉔ 骎骎:马行疾貌。飞电:闪电。此句极言马奔跑之快。 ㉕ 取俊:犹枭俊,斩取敌军首领之头。《汉书·陈汤传》:"今国家素无文帝累年节俭富饶之畜,又无武帝荐延枭俊禽敌之臣。"颜师古注:"枭谓斩其首而县之也。俊谓敌之魁率。"先鸣:此处指占先,领先,夺得头功。殿:最后。 ㉖ 榆溪:即榆林塞。 ㉗ 倡妇:以歌舞为业的倡家女。亦指卖身的妓女。《古诗十九首》:"昔为倡家女,今为荡子妇。荡子行不归,空床难独守。"衔怨:心怀怨念。 ㉘ 蘼芜曲:汉乐府有"上山采蘼芜,下山逢故夫"之句。又谢朓《和王主簿季哲怨情诗》:"相逢咏蘼芜,辞宠悲团扇。"可见,蘼芜曲有相逢之意。 ㉙ 芍药新诗:情诗。芍药为古代男女相爱

时赠送之物。《诗经·郑风·溱洧》:"维士与女,伊其相谑,赠之以芍药。" ㉚"池前"句:谓妇人形单影只,在池前怕见鸳鸯成双。桃李蹊:桃李因为果实甘香,来采摘的人多了,树下都踩成了小路。《史记·李将军列传》:"桃李不言,下自成蹊。"又卢照邻《长安古意》诗:"俱邀侠客芙蓉剑,共宿倡家桃李蹊。"此句以桃李树下成蹊来反衬妇人无人过问的孤单。 ㉛空房更难守:参注㉗。 ㉜"凤凰"句:用吹箫引凤之典。《列仙传·萧史》载萧史吹箫引凤凰至,与妻弄玉乘凤凰飞去。 ㉝鹦鹉杯:用鹦鹉螺磨制成的酒杯。 ㉞书来一雁飞:古有鸿雁传书之说。书:信。 ㉟缄:封起来,此处指停止。下鸣机:停止织布,从织布机上下来。因为织布时织机会发出声音,故称鸣机。又《梁武陵王萧妃夜梦诗》:"昨夜梦君归,贱妾下鸣机。极知意气薄,不着去时衣。故言如梦里,赖得雁书飞。"此二句或本此诗。 ㊱裁鸳:剪裁有鸳鸯图案的锦。《古诗十九首》:"文采双鸳鸯,裁为合欢被。"贴:帖绣。温庭筠《菩萨蛮》:"新贴绣罗襦,双双金鹧鸪。" ㊲薰麝:用麝香熏。麝香,一种高级香料,芳香宜人,香味持久。 ㊳玲珑:月光明亮。帷:帐幔。 ㊴个:此,这。

　　这是一篇脍炙人口的骈赋。据清代陈熙晋考证,作于咸亨元年(670)。其《续补唐书骆侍御传》:"咸亨元年,吐蕃入寇。罢安西四镇,以仁贵为逻娑大总管。适宾王以事见谪,从军西域,会仁贵兵败大非川。宾王久戍未归,作《荡子从军赋》以见意。"但理解此赋,似不可太过拘泥,骆宾王虽曾从军,此赋反映的未必是其自身的经历。不如看成是对"武皇开边意未已"的形势下,外有征夫,内有思妇的普遍现象的描写。这篇赋也是从边境的荡子和深闺的倡妇两方面来写的。荡子,非品行不端的浪荡子,而是指离家在外的游子,离家的原因可能是经商,可能是服徭役,此处是因为戍边。倡妇,原指以歌舞为业的欢场女子,但是此处却并非一定要坐实名义,其实极可能是良家妇女。之所以称"倡妇"是沿袭以往文学作品中的称呼,如前面提到的《古诗十九首》:"昔为倡家女,今为荡子妇。荡子行不归,空床难独守。"还有梁元帝的《荡妇秋思赋》:"荡子之别十年,倡妇之居自怜。"(荡妇,荡子之妇。)倡家女,这一角色设定最初的原因,大概是想以昔日欢场的热闹繁华来衬托今日嫁为荡子妇独守空闺的孤独凄凉,收到对比更鲜明的效果。但是后来独守空闺的并不一定是倡妇,仅沿用这一称谓。此赋前半部分从荡子的视角来写边地条件的艰苦和战事的紧张,当然也不乏边塞风光的描写和建功立业的豪情。后半部分则从闺中思妇的角度来写,春花秋月,有情无情,独坐独行,只是难捱。最后两线汇合,荡子来信将归,思妇含笑理妆。赋笔至此戛然而止,但却给人余韵悠长之感。

　　这篇赋从形式上说通篇都是整齐的五、七言句,四、六句很少,更像后来的换韵歌行体诗。既有骈赋的整齐工稳,又有歌行体诗的奔放浏丽。可诵可读,音韵铿锵和谐。虽仍保留了赋铺排叙事的特点,但抒情更灵活自由。 (祝伊湄)

〔558〕 王 勃

【作者小传】

王 勃

(650—676) 字子安。绛州龙门(今山西河津)人。麟德初年,应举及第,授朝散郎。乾封元年(666)为沛王李贤聘为侍读兼修撰。时诸王好斗鸡,勃戏为《檄英王鸡文》,高宗怒,逐其出府。咸亨二年(671),求补虢州参军。五年,杀官奴,罪死,遇朝廷改元而赦免,父由是以雍州司功参军贬为交趾令。后往交趾县探亲,渡南海溺水,惊悸而卒。与杨炯、卢照邻、骆宾王合称"初唐四杰"。著有《舟中纂序》《周易发挥》《次论语》《千岁历》等,均佚。有《王子安集》传世。

涧 底 寒 松 赋 并序 　　　　　　王 勃

岁八月壬子,旅游于蜀,寻茅溪之涧。深溪绝磴,人迹罕到。爰有松焉,冒霜停雪,苍然百丈,虽崇柯俊颖,不能踰其岸。呜呼斯松,托非其所,出群之器,何以别乎? 盖物有殊类而合情,士有因感而成兴,遂作赋曰:

惟松之植,于涧之幽。盘柯跨岘①,杳柢②凭流。寓天地兮何日? 沾雨露兮几秋? 见时华③之屡变,知俗态之多浮。故其磊落殊状,森梢峻节。紫叶吟风,苍条振雪。嗟英览④之稀遇,保贞容之未缺。攀翠崿⑤而形疲,指丹霄而望绝。已矣哉! 盖用轻则资众,器宏则施寡。信栋梁之已成,非榱桷⑥之相假。徒志远而心屈,遂才高而位下。斯在物而有焉,余何为而悲者?

〔注〕 ①岘(xiǎn):高峻。 ②柢:树根。 ③时华:时光。 ④英览:明察。 ⑤崿(è):山崖。 ⑥榱(cuī)桷(jué):椽子。

王勃出身积学之家,是隋末大儒文中子王通的孙子,年未弱冠便应举及第,被沛王招为王府修撰。唐高宗总章二年(669),王勃替沛王写了一篇《檄英王鸡文》的游戏之作,触怒唐高宗,被逐出王府,客游剑南。《涧底寒松赋》开篇有"旅游于蜀"之语,当作于此时。

左思《咏史诗》"郁郁涧底松,离离山上苗。以彼径寸茎,荫此百尺条。世胄蹑高位,英俊沉下僚",与此赋之意境多有相合,当为所本。此赋意旨由序文"托非其所"四字点明,以涧底寒松为喻,寄托才高志远而流落不偶之郁愤情怀。寒松生于涧底，托于幽谷，长亏天地，广沾雨露，历经沧桑而气度非凡，"苍然百丈""崇柯俊颖"是其材质，"冒霜停雪""森梢峻节"是其德操，"紫叶吟风""苍条振雪"是其风致，然而寒松虽有此"出群之器"，却因为长在涧底而不能升出谷岸，为人所重，只能厕身于杂木群草之中，引起诗人的感慨。自古以来才士沉沦者不知凡几，如寒松之士者虽然能保持自己的节操，但得逢知遇（"英览"）的机会实在太过稀少，不论是渴望提高地位扬眉吐气（"攀翠嶂"），还是希望得到明主赏识建功立业（"指丹霄"）都是非常困难的，日复一日，寒松怎能不筋疲力尽、心灰意冷？诗人仕途失意，托物喻人以表白心志，指出这种情况出现的缘由是"用轻则资众，器宏则施寡"，器物轻微，使用的范围就广，大器宏才，反而难以得到施展才能的机会。诗人善于以议论抒情，其"徒志远而心屈，遂才高而位下"之句，可视为后来杜甫《古柏行》"志士幽人莫怨嗟，古来材大难为用"之先音。

《涧底寒松赋》以四六句型为主，骈散交错变化，清新挺拔，继承了魏晋南北朝以来抒情咏物小赋的艺术风格，讲究声色，对仗妥帖而音韵谐美，造语清艳而不流于靡丽，前者如"磊落殊状、森梢峻节"，大量使用联绵字以造成铿锵顿挫之势，令人吟诵之下即能体味磊落峻节真意，后者如"紫叶吟风，苍条振雪"，字面华美而意境超逸，一笔即画出寒松之俊朗风神。

诗人在继承之外复有创新，抒发感情直接而真挚，磊落不平之气倾吐而出，如"栋梁之已成"前之"信"字、"樲梓之相假"前之"非"字、"志远而心屈"前之"徒"字，"才高而位下"前之"遂"字，字字有力，完全表达了诗人的郁愤之情和不甘之意，"斯在物而有焉，余何为而悲者？"只不过是自嘲而已。诗人写作此赋时年仅弱冠，正是意气风发、渴望功名之时，是以虽郁愤而不颓唐，虽自嘲而无暮气，少年英杰之气时时逸出。

（孔燕妮）

【作者小传】

东方虬

武则天圣历时为左史。陈子昂赞其《咏孤桐篇》骨气端翔，音情顿挫，光英朗练，有金石声。

蟾蜍赋　　　东方虬

观夫天地之道①，转万物以自然②，鳞虫之众③，有蟾蜍而可称焉④。鸟，吾知其择木；鱼，吾知其在泉。此皆婴刀俎以生患⑤，而我独沉冥而得全⑥。

尔其文章睆目⑦，锐头皤腹⑧，本无牙齿之用⑨，宁惧鹰鸇之逐。或处于泉，或渐于陆⑩，常不离乎跬步⑪，亦何择于栖宿。当夫流潦初溢⑫，阴霖未晴⑬，乘清秋之良夜，散响耳之繁声⑭。澒洞雷殷⑮，混万籁而为一⑯；喧豗鼓怒⑰，怛异类以那惊⑱。既莫知其所止，故乃时逢则鸣⑲。

观其忘机似智⑳，称善不伐㉑。进而无悔，耻鱼之曝鳃㉒；退亦能谋，笑龟之灼骨㉓。方将乐彼泥中与井底㉔，安能出乎河长与海阔。称其异则画地成川㉕，谓其神则登天入月㉖。岂直洼坳之内㉗，而见其浮没？

意兹蟾蜍，匪陋攸居㉘。沼沚之毛㉙，恣涵泳之无斁㉚；蘋蘩之菜㉛，兼糇粮而有余㉜。方其鸣，孔公若闻于鼓吹㉝；当其怒，越子仅驻乎乘舆㉞。彼龙蛇之蛰也㉟，吾不知其所如㊱。

〔注〕①天地之道：天地运行的规律。②转万物：万物无穷变化，生生不息。③鳞虫：鱼和爬虫类动物。④蟾蜍：癞蛤蟆。称：值得称扬。⑤婴：通"撄"，遭受。刀俎(zǔ)：切肉的砧板。患：灾祸。⑥沉冥：泯灭无迹，不露形迹。⑦文章：花纹明丽。睆(huǎn)：目大突出貌。⑧锐头：尖脑袋。皤(pó)腹：大腹。⑨鸇(zhān)：一种猛禽，似鹞鹰。⑩渐(qián)：通"潜"，藏身。⑪跬(kuǐ)步：半步。即今之一步。⑫潦(lào)：同涝。水淹。⑬阴霖：阴雨连绵。⑭散：散布，引申为纷乱。响耳：形容声音洪亮。繁声：喻此起彼伏的蛙鸣。⑮澒(hòng)洞：接连不断。雷殷：如雷声般的音响。⑯万籁(lài)：自然中的各种声响。⑰喧豗(huī)：哄闹声。⑱怛(dá)：惊吓。那(nuó)惊：甚惊。那，多。⑲时逢：一作"逢时"。⑳忘机：忘却巧诈之心，与世无争。㉑称善：做好事。不伐：不夸耀。㉒曝(pù)鳃(sāi)：《艺文类聚》卷九六引辛氏《三秦记》："河津一名龙门。大鱼集龙门下数千，不得上。上者为龙，不上者……曝鳃龙门。"㉓灼骨：烧灼龟甲，视裂纹，附会人事以占吉凶。㉔井底：《庄子·秋水》："北海若曰：'井蛙不可以语于海者，拘于虚也。'"㉕画地成川：张衡《西京赋》："蟾蜍与龟，水人弄蛇。奇幻倏忽，易貌分形。吞刀吐火，云雾杳冥。画地成川，流渭通泾。"㉖入月：《艺文类聚》卷一引《五经通义》："月中有兔与蟾蜍何？月，阴也；蟾蜍，阳也。而与兔并明，阴系阳也。"又《初学记》卷一引《淮南子》："羿请不死之药于西王母，羿妻姮娥窃之奔月，托身于月，是为蟾蜍，而为月精。"㉗洼(wā)坳(āo)：低凹积水地。㉘匪：同"非"。陋：僻陋鄙野处。攸：是。㉙沼(zhǎo)：水池。沚：水中小洲。毛：小草。㉚恣：任情。涵泳：潜行水中。斁(yì)：厌。㉛蘩(fán)：白蒿。菜：此指水草。㉜糇(qiǔ)粮：干粮。㉝孔公：孔稚珪。《南齐书·孔稚珪传》："稚珪风韵清疏，好文咏，饮酒七八斗。……不乐世务，居宅盛营山水，凭机独酌，傍无杂事。门庭之内，草莱不剪，中有蛙

鸣，或问之曰：'欲为陈蕃乎？'稚珪笑曰：'我以此当两部鼓吹，何必期效仲举。'" ㉞越子：越王勾践。《韩非子·内储说上·七术》："越王虑伐吴，欲人之轻死也，出见怒鼃(蛙)，乃为之式。从者曰：'奚敬于此？'王曰：'为其有气故也。'明年之请以头献王者岁十余人。"(亦见《韩非子·内储说上·说三》)仅驻乎乘(shèng)舆：只在马车上表示敬意。 ㉟蜇(zhé)：昆虫伏藏。㊱如：去。

　　咏物赋如屈原《橘颂》、曹植《橘赋》、陆龟蒙《蚕赋》等，通常借物以抒怀，这篇《蟾蜍赋》亦若是。一般的咏物之作，多以"美"为主，此篇特以"丑"为旨，是本篇别出心裁之处，作者东方虬，武则天圣历年间曾任左史，与陈子昂有诗唱答。其诗《咏孤桐篇》被陈子昂盛赞为"骨气端翔，音情顿挫，光英朗练，有金石声"，《全唐文》卷二〇八存赋三篇，均为咏物之作。此赋作年未详，但足以观察其为文之特色。

　　赋开宗明义提出"观夫天地之道，转万物以自然"是全篇纲领，即说明天地万物、生生不息的道在"自然"。以鱼和爬虫类观之，蟾蜍是最值得称扬的，因为鸟、鱼的生长环境，都会遭到人类扑杀下箸之祸，但是蟾蜍，因外貌极丑，栖于水泽边，既不显明又无大用，就能"独沉冥而得全"，保持泯灭无迹，不露形迹，安身立命而无虞。

　　第二段进而言蟾蜍的外观上，花纹明丽，目大眼突，尖尖的脑袋，大腹便便。平常无须追逐猎物，用齿撕裂食物，只要躲过老鹰猛兽的追逐，不离山林半步，就可以安全无虞，逍遥度日了。遇到雨水潦溢及阴雨连绵的时节，就大展歌喉，声音洪亮，响起如雷声般的交响乐。在大自然协调运行间，各种声响，众声喧哗，与万籁合一。此刻，蟾蜍不计一切放声而歌，尽情绽放出生命的热情。

　　第三段更是由外而直揭其智的论述，以"观其忘机似智，称善不伐"为领，说明蟾蜍之大智慧是与世无争、忘却巧诈之心，做好事而不夸耀的忘机之智。在进退出处上，进时有所作为而无悔，耻笑鱼跃河津龙门时，跳跃不上者曝鳃龙门；退时也能谋求全身远祸，而不象千年神龟以贡献龟之灼骨，烧灼龟甲以会人事、占吉凶；它乐于在泥中、在井底嬉戏，也愿意出小河、观大海；有特异功能者，竟能奇幻倏忽，易貌分形，吞刀吐火，云雾杳冥，有出入长河与海阔的能力、有身处于河川之地的特异功能、有处于泥中与井底而自得其乐、更有登天入月蟾的通天神力，这等结合各项特殊才能于一身的蟾蜍，哪里只局限于在低凹积水地中，只是载沉载浮，见其浮没而已呢。

　　最后，总归纳蟾蜍之才德：一是能居僻陋鄙野之处，即使在沼沚的小洲杂草之处，亦能涵泳无忧，任情潜行而不厌，吃苹菜、糗粮等蒿草干粮，都乐在其中，悠然快活；二是当其蛙鸣喧叫时，就如同南朝孔稚珪门庭之内，草莱不剪，家中的蛙鸣鼓吹,豪放肆意,让人听闻而不畏惧;三是当其遇外侮,成为怒鼃(蛙)时,博得越王在车上为他凭式(轼)敬礼。蟾蜍啊,蟾蜍!作者对它最终的评价是"彼龙蛇之蛰也,吾不知其所如",作者认为它身为龙蛇之伏蛰,但有机会大展长才。本文譬喻无限精彩,也令人无限慨叹!

蟾蜍即癞蛤蟆,形陋体微,为人人所弃。此赋却以蟾蜍为主角,铺写塑造成一个进退自如、全身远祸、待时而鸣的智者形象,寄寓作者向往老庄的处世精神,由形貌丑而德全,德充而"不以好恶内伤其身,常因自然而不益生也"(《庄子·德充符》)借由"丑"的夸张渲染,达到内在心灵质量的论述,由丑至美的系联,将精神美得到了高扬,获取了真、美的效果。这类作品,在唐代屡见不鲜,像敦煌写本中的《丑妇赋》,将"丑"夸张到步步惊心的极致,也看出当时这类作品的风格特色,是以"丑"作为对美的反衬、点染,更极力铺扬另一种美的效果,本赋可说为此类作品之个中翘楚。

(钱奕华)

徐彦伯

【作者小传】

(?—714) 名洪,字彦伯。兖州瑕丘(今山东兖州)人。少以文章擅名,结庐太行山下。高宗时,河北道安抚大使薛元超表荐之,对策擢第。任职蒲州(今山西永济)时,以文辞雅美,与李亘、韦嵩同誉为"河东三绝"。武则天诏撰《三教珠英》,录天下名士文辞,而彦伯、李峤居首。中宗、睿宗朝,累官工部侍郎,右散骑常侍,太子宾客,兼昭文馆学士。开元二年卒。著有《徐彦伯前集》《徐彦伯后集》,均佚。

登 长 城 赋

徐彦伯

班孟坚辍编史阁①,掌记戎幕,坐燕皁之阳②,览秦城之作,喟然而叹曰:傅翼下韝③,视人则媮④。鲸吞我宝鼎⑤,蚕食我诸侯,鞭挞我上国⑥,动摇我中州。所以二世而亡,职此之由乎!当其席卷之初,攻必胜,战则克,因利乘便,追亡逐北,自以为功勤三王,威慑万国。重铁锁干戈于仁义⑦,轻诗书礼乐于残贼⑧。然后驰海若以为梁⑨,断阳纡以为薮⑩。犀象有形而采掇,珠玉无胫而奔走。朝则贪竖比肩⑪,野则庶人钳口。

负关河千里之壮，言帝王一家之有。神告箓图，亡秦者胡[12]。实憎萧墙之孽[13]，滥行高阙之诛[14]。凿临洮之西徼，穿负海之东隅[15]。猛将虎视，焉存纲纪。谪戍勃兴，钩绳乱起[16]。连连坞壁[17]，岌岌亭垒[18]。飞刍而挽粟者十有二年[19]，堑山而堙谷者三千余里[20]；黔首之死亡无日，白骨之悲哀不已。犹欲张伯翳之绝胤[21]，驰撑犁之骄子[22]。曾不知失全者易倾，逆用者无成。陈涉以闾左奔亡之师[23]，项梁以全吴趫悍之兵[24]。梦骖征其败德[25]，斩蛇验其鸿名[26]。板筑未艾，君臣颠沛。六郡沙漠[27]，五原旌旆[28]。运历金火[29]，地分中外。因虐主之淫愎[30]，成后王之要害；则知作之者劳，而居之者泰。

岁次单阏[31]，我行穷发[32]。眇默鸡田[33]，幽阴马窟[34]。土色紫而关回[35]，川气黄而塞没。调噪鼓于海风，咽愁笳于陇月。试危坐以侧听，孰不消魂而断骨哉！况复日入青波，坚冰峨峨，危蓬陨蒂，森木静柯，群峰雪满，联岘霜多[36]。龙北卧而衔烛[37]，雁南飞以渡河。载驰载骤，彼亭之候[38]。唯见元洲无春[39]，阴壑罢昼。鸷隼争击，哀狖直透[40]，饥鹿夜咆，乳虎晨斗，蛰熊舐掌，寒龟缩壳。悲壮图之夭遏，悯劳生之艰遘[41]。

昔者韩信猜叛[42]，李陵拘执[43]；望极燕台[44]，山横马邑[45]，战云愁聚，冲飙晦急[46]；莫不陵地脉以扣心[47]，望天街以陨泣[48]。亦有王昭直送[49]，蔡琰未还。路尽南国，亭临北蛮。贮汉月于衣袖，裛胡霜于髻鬟。虽宠盈毡幄，而魂断萧关[50]。至若赵王迁逐[51]，马融幽放[52]；去家离土，逾沙历障；梦蟏蛸之户侧[53]，坐蠮螉之塞上[54]；桃李夕兮有所思，绮罗春兮遥相望；登毁垣以擗摽[55]，坐颓隅以惆怅。是以卫青开幕，张辽辟土[56]，校尉嫖姚[57]，将军捕虏。薙垣铺障[58]，鉏亭伐鼓[59]。斩元于铁防之门[60]，流血于金河之浦。张虎牙以泄愤，紏猬须以蓄怒[61]。及夫中郎殉节[62]，博望逾边[63]。取剑仆地[64]，寻河际天[65]。幽海上而万里，窜胡中而几年。银车洊出[66]，玉节仍旋；南向国以乐只[67]，北违沙以莞然。

呜呼！长城之设，载逾九百，古往今来，肖然陈迹。穷海战士，孤亭戍客，登峻墉，陟穹石，嗟故里而不见，感殊方以陨魄者，亦何可胜道哉！嗟我羁沦，南庭苦辛⑱，长怀壮士，永慕忠臣。经百战之戎俗，对三边之鬼邻⑲。徐乐则燕北书生⑳，开伟词而谕汉；贾谊则洛阳才子，飞雄论以过秦。岁峥嵘而将暮，实慷慨于穷尘㉑。

〔注〕①班孟坚：东汉史学家班固，字孟坚。②燕皁：燕然山，即今蒙古国境内之杭爱山。东汉大将窦宪追击北匈奴，出塞三千余里，至燕然山刻石勒功，纪汉威德，令班固作铭。③下鞲（gōu）：指鹰。鞲：革制臂套，用于架鹰。④媮（tōu）：狡黠、鄙薄。⑤宝鼎：古传国之重器，代指国家社稷。⑥上国：帝室，此指东周王朝。⑦铁锁：当作"铁锧"，古代腰斩的刑具。⑧残贼：《孟子·梁惠王》："贼（败坏）仁者谓之贼，贼义者谓之残。"⑨海若：海神。传说秦始皇于海中作石桥，海神为之竖柱。⑩阳纡：一名圖圖，上古时代秦地的大泽，为九泽之一。薮：湖泽。⑪贪坚：贪馋之小人。⑫箓图：帝王自称天授符命之书。《史记·秦始皇本纪》："燕人卢生使入海还，以鬼神事，因奏录图书，曰：'亡秦者胡也。'"⑬憃：无知之貌。萧墙：指内部。嬖：宠幸之人。⑭高阙之诛：指诛杀边塞无辜之人。高阙，关塞名，在今内蒙古杭锦后旗境。⑮"凿临"两句：《史记·匈奴列传》：秦筑长城，"起临洮至辽东万余里"。西徼（jiào）：西边。负海之东隅，即指辽东。⑯钩绳乱起：指秦繁法严刑以钳制人民。⑰坞壁：作战防御用的垒障。⑱亭垒：边塞上的堡垒。⑲飞刍挽粟：运输粮草。刍：草料。⑳堑山堙谷：指修筑长城。堑：挖掘。堙：填塞。㉑张：扩展，强盛。伯翳：嬴秦之先人。绝胤：杰出的后代。㉒撑犁：匈奴谓天为撑犁。㉓闾左：秦制，百姓贫弱者居闾里之左。㉔趬（qiáo）悍：轻捷勇敢。㉕梦骖：秦二世曾梦见白虎啮其左骖马。事见《史记·秦始皇本纪》。㉖斩蛇：刘邦斩蛇事，见《史记·高祖本纪》。㉗六郡：指陇西、天水、安定、北地、上郡、西河。㉘五原：秦郡名，其地在今内蒙古包头市。㉙运历金火：指汉代秦。古代以五行相生相克之说附会王朝更替的命运，认为秦为金德，汉为火德，火克金，故言。㉚淫愎：极度刚愎，一意孤行。㉛单阏：卯年的别称。㉜穷发：极荒远之地。㉝眇默：遥远之貌。鸡田：塞北地名，在今宁夏北部。㉞马窟：陈琳有《饮马长城窟行》。㉟土色紫：《古今注》："秦筑长城，土色皆紫，故曰紫塞。"㊱联岘：山岭相连。㊲龙北卧而衔烛：古代神话，北荒日照不到之地有神龙，视为昼，眠为夜，名谓烛龙。㊳亭候：边境上守望的岗亭。㊴元洲：即玄洲，传说中的仙境。㊵猱：猴的一种。透：跳。㊶艰邅：遭遇艰难。㊷韩信：西汉初杰出军事家，被猜疑反叛。㊸李陵：西汉大将。战败被匈奴擒，后降。㊹燕台：黄金台。燕昭王为招延人才所建。㊺马邑：秦县名，治今山西朔州。㊻冲飙：疾风。㊼陵地脉：（长城）跨越大地。㊽天街：天衢。此代指天。㊾王昭直送：汉送王昭君入匈奴和亲。㊿萧关：古关名，在今宁夏。51赵王迁逐：战国赵幽缪王迁七年（前229），秦兵攻赵，掳赵王迁。迁逐：流放。52马融幽放：后汉马融因上《广成颂》，忤邓太后，十年不得调。53蠨（xiāo）蛸（shāo）：见《诗经·东山》，长脚蛛。54蠨蜍塞名，即今居庸关。55擗摽（biāo）：拊心悲伤。56张辽：三国时人。开拓疆土，多有战功。57嫖姚：勇猛轻捷。汉霍去病曾为嫖姚校尉。58薙（tì）：芟夷，平毁。59鉏：同"锄"。60元：首。铁门、金河，皆古代边塞地名。61纠：同"纠"，矫正。猬须：

刺猬身上的刺。　　㉖中郎：指苏武，以中郎将持节使匈奴。　　㉚博望：指张骞。因功封博望侯。　　㉝取剑仆地：指苏武在匈奴自裁倒地事，见《汉书·苏武传》。　　㉟寻河际天：《荆楚岁时记》载张骞乘槎至天河的传说。　　㊱银车：贾谊《新书·匈奴》："匈奴之来者，将为银车五乘。"洊：一再。　　㊲向国：归国。只：语勋词。　　㊳南庭：南匈奴居处。　　㊴三边：幽、并、凉三州，皆为边地。　　㊵徐乐：西汉人。曾上书劝谏汉武帝亲天下而服四夷。　　㊶穷尘：荒尘。

徐彦伯文名著于当代，新旧唐书均录其文集二十卷，惜作品多已散佚。《全唐诗》仅录存诗30余首，《全唐文》录其赋三篇，而以《登长城赋》最为出色。从赋文"嗟我羁沦，南庭苦辛。长怀壮士，永慕忠臣。经百战之戎俗，对三边之鬼邻"的自述看来，可能是彦伯隐居太行尚未入仕的青年时代的作品，那时他当有塞北朔漠之游，因览秦城而有作。

《登长城赋》并非一般行旅登临，铺写长城形胜之作，而是借长城以寄慨，吊古而兴感的文章，作意在以史为鉴，言国家治乱、边塞安危为指归。因此全文虽然以登览长城为发端，假长城有关故实为线索，却以纵横恣肆的笔墨，将秦汉以来千年的史实构织成文，表现作者对历史兴亡的总体思考和把握。故视野开阔而中心突出，情词激越而意绪深沉。

全篇大体分为四个段落。

第一段开头，便假借史臣班固之口吻，历数秦政之失，指出秦二世而亡的原因，然后就秦朝兴亡的历史展开具体的剖析。这段文字由览秦城而引发，又落到秦筑长城而结束，可知赋述的中心其实在长城。作者既把修筑长城作为秦朝暴政的一部分，却又并未将它作为秦之主要过失和秦亡的主要原因看待，表现了对复杂历史问题的深刻见解。他在筑城问题上对亡秦的批评，只是集中在"虐主之淫愎"——骄横刚愎，过度使用民力，使"黔首之死亡无日，白骨之悲哀不已"，造成"失全者易倾，逆用者无成"之势，因而加速了秦的灭亡。而对于长城作为一项伟大的防御工程，在保障中原王朝安全上所起的作用，毋宁说他是给以充分肯定的。"因虐主之淫愎，成后王之要害；则知作之者劳，而居之者泰"四句，可以清楚表明这种态度：倍受后人指斥以致被看作秦朝覆亡诱因的长城，竟成了屏藩后代王朝的要塞；秦王的暴政，却为后人留下了一份宝贵的遗产！这难道是历史的讽刺？抑或是历史之不公？作者在这里为人们留下了一个值得思考的问题。赋中所抒发的这种深深感慨，是一种俯瞰历史的哲人式的感慨，他对秦筑长城功过所取客观的历史主义的态度，闪烁着辩证思想的光彩。

"观古今于须臾，抚四海于一瞬"（陆机《文赋》），这本是作家艺术构思的一大特点，尽管在表现方法上，随手之变，千秋各异。本篇在首段纵览秦筑长城的历史,以作者的感慨醒目地提挈前文之后,在第二段陡转文思,另辟新境,就寒冬岁暮登长城所见的风光景色,展开横向的铺写,绘制出一幅具有广阔历史背景和深刻情感内涵的塞北边城图,并触景生情,悲悯于"壮图夭遏,劳生艰遭",从而引出下一段的吊古之情。

赋的第三段,凭吊长城有关古人,正是紧紧围绕"壮图夭遏,劳生艰遭"这个中心展开的。韩信、李陵、昭君、蔡琰、赵王迁、马融,他们无不思亲怀友,望断乡关,面对古长城而痛愤感伤,寄托其离乡去国的惆怅情怀。若卫青、张辽及众多勇武杰出的将领,他们奋战在长城线上,扬威泄愤,破敌建功,则是在艰劳中施展其壮图的另一类人。还有苏武、张骞,虽拘囚异域,历尽艰险,终能不辱使命,还归故国,其气节与辛劳,尤其值得后人凭吊、思念。这一段作者的文思,再一次由眼前长城无垠的辽阔空间向历史的长河跨越,他神游于万里长城、千载历史风云之上——视通万里,思接千载,较之一、二两段,达到浑涵汪茫的更高境界。有一种意见,认为这一段有堆叠冗散之弊。然而在我们看来,众多历史人物,在作者心中、眼前、笔下,纷纭涌现,几难自已,诚所谓"操觚以率尔",不假绳削,不正暗示了作者的情思激荡、感慨深沉吗?!

故此,在赋的末段,便以"呜呼"的感叹语领起,使这种感情的潜流喷薄而出,在径抒作者的感慨,点明作意中收结,显得水到渠成。"长城之役"以下十一句,是叹古人,明承一、三段,暗扣第二段。"嗟我羁沦"以下六句,是自嗟沦落,回应第二段,与一、三段吊古之意潜通。结尾六句,更将古今融为一体,借徐乐、贾谊之事以寄意,表明作者登长城以兴感的核心,就在"恤民安边",鲜明托出全文的主题。

总览全篇,可谓具有以下几个特点:

一、文心与史论的巧妙融合。文学诚然不排斥议论,但是政论史论一类文章如缺乏文学意味则无动人的魅力。《登长城赋》的创作,虽如作者所自称,在于效徐乐之"开伟词而谕汉",步贾谊的"飞雄论以过秦",包含着向统治者提供历史鉴戒的目的,具有史论和政论的色彩;在表达方式上,总体说来也是议论多于描写,钩稽史事多于摘文状物。然而,它的全篇却都是作家触物兴感的主观情绪的自由抒发,而非社会历史的客观记叙与评论。它融议论于叙事,托史事以言情,展现了一位纵览古今、慷慨悲歌的抒情主人公形象。而在主人公的激情抒发中,有着对历史的清醒判断,它们共同又透视着初盛唐之际的时代精神、士大夫知识分子心态的某些重要方面:安边恤民、扬国威于四裔的时代追求。实堪称"诗情"与"史识"的水乳交融。

二、形散神聚的结构形式。本篇首段责秦政之失,次段写长城风光,三段凭吊历史人物,末段慷慨抒怀,似分散而各不相关。然全文以长城为明线勾连,以"悲壮图之夭遏,悯劳生之艰遭",即"安边恤民"的思想为中心神思潜运,将各段紧联为一个整体。一、三段言史事以吊古,二、四段写眼前景、抒心中情落脚现实,把历史和现实结合起来,相互映衬,交错成文,显出开合纵横的气势。其结构技巧亦颇可效法。

三、文质兼具的语言特点。本篇在体制上虽是六朝骈赋的继续,然而却脱尽了靡丽秾艳之习,独具刚劲质朴的气势。虽大体都是用骈俪语,但叙写浅切自然,而在情绪激越之外,则以散句振起,假变化的节奏传达情思,琢练而不呆板,显得挥洒自如。全篇凡十八用韵,基本上按仄、平、仄、仄、平的顺序,依次更换;仄声韵中,也注意上、去、入声的更替换用。这样规则用韵,使声情协调,诵之更具铿锵抑扬之声韵美,这显然是受了近体诗和声律说的影响。　　　　(伏俊琏)

富嘉谟

(? —706) 雍州武功(今属陕西)人。举进士。唐武后长安年间,累转晋阳尉,与吴少微同任并相友善,当时谷倚为太原主簿,三人皆以文辞著名,时人谓之"北京三杰"(当时称太原为"北京")。又曾与李峤、张说、宋之问、沈佺期等撰集《三教珠英》。唐中宗中兴初年为左台监察御史。与吴少微并以碑颂文见长,其依据经典,雅厚雄迈,时人争相仿效,号为"富吴体"。新旧《唐书》皆有其传。本有集,已佚。《全唐文》录文四篇,有赋一篇即《丽色》。另存诗一首。

【作者小传】

丽　色　赋　　　　　　　　　富嘉谟

　　客有鸿盘京剧者[1],财力雄倬[2],志图丰茂[3]。绣毂生尘[4],金羁照路[5],清江可涉,绿淇始度[6],拾蕊岁滋,摘芳奇树[7]。锦席夜陈[8],苕华娇春[9]。瑶台吐镜[10],翠楼初映[11]。

　　俄而世姝即[12],国容进[13],疑自持兮动盼[14],目烂烂兮昭振[15]。金为钗兮十二行,锦为履兮五文章[16],声珊珊兮佩明珰[17],意洋洋兮若有亡[18]。蹁跹兮延伫[19],招吾人兮曲房[20]。

〔568〕 富嘉谟 丽色赋

凝钉吐辉兮明烛流注㉑,愿言始勤兮四坐相顾㉒。时峨峨而载笑㉓,唯见光气之交骛㉔。夜如何其夜迟迟㉕,美人至止兮皎素丝㉖,秉明心兮无他期㉗。夜如何其夜已半,美人至止兮青玉案㉘,之死矢兮无凋换㉙。既而河汉欲倾㉚,琴瑟且鸣,余弄未尽㉛,清歌含韵。歌曰:"涉绿水兮采红莲,水漫漫兮花田田㉜。舟容与兮白日暮㉝,桂水浮兮不可度㉞。怜彩翠于幽渚㉟,怅妖妍于早露㊱。"

于是览物迁迹,徘徊不怿㊲。起哀情于碧湍㊳,指盛年于光隙㊴。击节浩叹㊵,解佩嘉客㊶。是时也,扬雄始壮,相如未病㊷,复有邹枚㊸,藉藉荀令㊹。咸娱座客,嬉妙情,洒豪翰㊺,动和声。使夫燕姬赵女,卫艳陈娥㊻,东门相送㊼,上官经过㊽。碧云合兮金闺暮㊾,红埃起兮彩骑多㊿。价夺十城之美,声曼独立之歌㉛。况复坐弦酌而对瑶草㉜,当盛明而谓何㉝!

〔注〕 ①鸿盘:鸿盘游于空,喻仕进。盘:盘桓。京剧:京都的道路。 ②雄倬(zhuō):雄厚。 ③志图:志向、理想。丰茂:盛大、远大。 ④绣毂(gǔ):装饰豪华的车。生尘:扬起尘土。 ⑤金羁:饰金的马笼头。 ⑥绿淇:同"渌淇",清澈的淇水。 ⑦蕊:花苞。岁滋:随时滋长。奇树:指嘉木。 ⑧锦席:锦制的坐卧铺垫之物。 ⑨苕(tiáo)华:苕花,即凌霄花。 ⑩瑶台:美玉砌的楼台,指富丽的宴乐之所。吐镜:指月亮出来。 ⑪翠楼:翡翠装饰的高楼。 ⑫俄而:一会儿。世姝(shū):绝世佳人。即:到。 ⑬国容:倾国倾城的美人。 ⑭疑:通"凝",安定,止息。自持:端庄矜持。动盼:转眸环视。 ⑮烂烂:明亮。昭振:神采闪烁。 ⑯十二行,五文章:见南朝梁武帝《河中之水歌》:"河中之水向东流,洛阳女儿名莫愁……头上金钗十二行,足下丝履五文章。"五文章:犹"五色",错杂的色彩或花纹。 ⑰珊珊:玉佩声。明珰(dāng):珠玉串成的耳饰。 ⑱洋洋:喜乐的神态。亡:同"无"。 ⑲蹁(pián)跹(xiān):旋转的舞姿,指脚步轻快。延伫:引颈企立。 ⑳曲房:内室,密室。汉代枚乘《七发》:"往来游宴,纵恣于曲房隐间之中。" ㉑凝钉:静静燃烧的油灯。流注:蜡泪流淌。 ㉒愿言:思念殷切的样子。《诗·卫风·伯兮》:"愿言思伯,甘心首疾。"郑玄笺:"愿,念也。我念思伯,心不能已。"勤:担心,忧虑。 ㉓峨峨:盛壮,盛美。 ㉔光气交骛:容光焕发,香气飘散。 ㉕其:语气词。迟迟:漫漫。 ㉖皎:洁白,明亮。素丝:白丝。比喻美人纯洁无瑕。 ㉗明心:心地清明纯正。无他期:别无其他希望。 ㉘青玉案:青玉制的短脚食盘。张衡《四愁诗》:"美人赠我锦绣段,何以报之青玉案。"又说是青玉几案。 ㉙死矢:誓死,形容专一、坚定。《诗经·鄘风·柏舟》:"之死矢靡它,母也天只,不谅人只。"凋换:衰败变化。 ㉚既而:一会儿,指时间短暂。河汉欲倾:银河斜下,天将破晓。 ㉛余弄:余曲。弄,指一段乐曲。 ㉜绿水:犹"渌水",清澈的水。田田:莲花盛开茂密的样子。《乐府诗集》中《相和歌辞·江南》:"江南可采莲,莲叶何田田。" ㉝容与:犹豫不前的样子。 ㉞桂水:水名,在广西一带。此泛指河流。 ㉟怜:爱。幽渚:僻静的小洲。 ㊱怅:失意,惆怅。妖

妍:艳丽。早露:晨露。古有《薤露歌》,有悲早露之义。 ㊲ 迁迹:转徒。怿(yì):欢喜。
㊳ 碧湍:碧绿的急流。 ㊴ 指:对着,向着。光隙:光阴过隙,形容时光飞逝。 ㊵ 击节:按
节奏击节。浩叹:长叹。 ㊶ 佩:衣带上的饰玉。嘉客:宾客。 ㊷ 相如:司马相如。
㊸ 邹枚:邹阳、枚乘。与扬雄、司马相如皆为西汉著名辞赋家。 ㊹ 藉藉:同"籍籍",名声大。
荀令:荀子,曾为兰陵令,作赋五篇。 ㊺ 豪:同"毫",毛笔。 ㊻ 夫:发语词,那。燕姬赵女,
卫艳陈娥:指燕、赵、卫、陈等地的美女。 ㊼ 东门:指寻求情人之地。《诗经·郑风·出其东
门》:"出其东门,有女如云。虽则如云,非我思存。" ㊽ 上官:指男女约会之地。《诗经·鄘
风·桑中》:"爰采唐矣?沬之乡矣。云谁之思?美孟姜矣。期我乎桑中,要我乎上官,送我乎
淇之上矣。" ㊾ 碧云:青云。金闺:富丽的闺房。 ㊿ 红埃:飞扬的尘土,形容繁华热闹。
51 十城之美:《文选·潘岳机·西征赋》:"辱十城之虚寿,奄咸阳以取隽。"其注引《史记》:"赵
王与秦王会于渑池,秦王曰:寡人闻赵王好音,请奏瑟。赵王鼓瑟。相如前曰:赵王窃闻秦王
善为秦声,请奏缶。秦王怒,不许。相如曰:请得以颈血溅大王矣。左右欲刃相如,相如叱之,
皆靡。秦王不怿,为一击缶。秦之群臣,请以赵十五城为秦王寿,蔺相如亦曰:请以秦咸阳为赵
王寿。秦王终不能加胜于赵。曼:美妙。独立:指《汉书》所载李延年之歌:"北方有佳人,绝世
而独立。一顾倾人城,再顾倾人国。" 52 坐:副词,徒然,空。弦酌:指音乐与美酒。瑶草:指
美女。 53 盛明:昌盛明达。

　　本篇为骚体赋,写了一位绝色美女,这美女是假托一个客居京城的富人所遇
见的青楼女子,文章极力描写了女子的美貌、伎艺,包括心志。全文分四层。第
一层写富人的富裕以及京城夜生活的奢靡。"瑶台吐镜,翠楼初映",写景简洁、
精当,点明会见美女的时间与地点,月上柳梢头,人约在翠楼;第二层写女子迎接
即见之情形,从姿容、装扮到神情,极尽铺陈之能事。写容貌只言"美目盼兮",丽
而不淫,点到即止,神韵全出。"声珊珊兮佩明锴",环佩叮当,美女走动之神采惹
人遐想。"意洋洋兮若有亡","蹁跹兮延伫",若有若无的喜悦神情,轻盈的身姿,
翘首的等待,大方迷人,让人一见倾心。而那职业式的礼貌又隐约流露出风尘女
子的老练。第三层写一行人通宵达旦的欢宴场景,载笑载言,载歌载舞。"秉明
月兮无他期","之死矢兮无渝换",写出了女子虽身在灯红酒绿之中,但洁如素
丝,明明如月,矢志不渝,最后的一曲续歌正是心声的表白,徘徊惆怅,欲言又止,
怀才不遇,空为时光易失,年华老去而慨叹,颇有《离骚》之义。第四层首先描写
了京城富客听歌后的惆怅伤怀,而与之截然不同的是作品所假托的扬雄、司马相
如、邹阳、枚乘、荀况诸位在场者,他们的反应是嬉戏、写诗、歌舞依旧。最后述及
欢宴、诗会后的回味。"价夺十城之美,声曼独立之歌",突出美女的美貌与歌喉
名不虚传,倾国又倾城,佳人难再得。

　　此赋之前,江淹有同名之作,南北朝时耽于"丽色"的作品不在少数,但此赋
不同。纵观全篇,作者写"丽色"并不铺排,写神重于写形,写意重于写实,写志重
于写情,实非一般"丽色"之作可比。考镜源流,中国文化盖有此一端:中国文化

讲阴阳,天为阳,地为阴;男为阳,女为阴;君为阳,臣为阴,故以男比君,以女比臣。所以《楚辞》中多"香草美人"之喻,所以古代的读书人喜欢将"仕途之遇"与"佳偶之遇"相比拟,并常合二为一,所以曹丕有《燕歌行》,近体诗中多闺怨等游子思妇之叹。此赋也如此,标题为《丽色》,其实意不在"色",而在"志"。篇首讲京城富客的财力雄厚,志向远大即是伏笔。中间写到"夜如何其夜迟迟"也流露出京城客在欢宴之时的清醒,并未纸醉金迷。至于最后讲其闻歌后的不悦与长叹,与众不同,更是偶遇知音之感,与美女的才华、遭遇、心志有戚戚焉。

联系作者富嘉谟的经历,此赋作意更其明显。富早年中进士,在文坛声名极大,是"北京三杰"之一,与吴少微并领风骚,号称"富吴体",多为人仿效,而在仕途上却不发达。才高名大,位卑官小,有类"初唐四杰",故其不遇之心可以想见。所以,赋中京城富客不无作者自己身影,而美女即是富客之写照,所以"作者→京城富客→美女"是一番别有怀抱的寄托,对照此赋结尾,其意甚明:"况复坐弦酌而对瑶草,当盛明而谓何?"所谓邦有道则仕,无道则隐,当此盛明之时,对酒长歌复长叹,奈何?可见,富有《丽色》一篇正如江州司马之有《琵琶行》之作。

《文心雕龙·辨骚》谈到"诗""骚""赋"的相承。扬雄说:"诗人之赋丽以则。"班固说:"赋者,古诗之流也。"刘勰总结"风归丽则",强调的都是"赋"的讽喻能言志的特点。以此来看《丽色赋》,其表层与实质,形式与目的的关系也很容易理解。

(孙浩宇)

张　说

【作者小传】

(667—730)　字道济,一字说之,洛阳(今属河南)人。武后永昌元年(689)策贤良方正,说对第一。睿宗时为相。玄宗即位,拜中书令,封燕国公。张说善为文,尤长于碑文墓志。朝廷述作,多出其手,与许国公苏颋齐名,有"燕许大手笔"之称。其赋今存五篇,其中《江上愁心赋赠赵侍郎》为其代表。

江上愁心赋赠赵侍郎　　张　说

江上之峻山兮,郁崎峨而不极[1];云为峰兮烟为色,炊变态兮心不识[2]。江上之深林兮,杳冥蒙而不已[3];莺为花兮猿为子,纷荡漾兮情莫拟④。

夏云峻兮若山,秋水平兮若天;冬沙飞兮淅淅⑤,春草靡兮芊芊⑥。感四时之默运,知万化之潜迁⑦。

伴众鸟兮寒渚,望孤帆兮日边。虽欲贯愁肠于巧笔,纺离梦于哀弦。是心也,非模仿之所逮。将有言兮是然?将无言兮是然?

〔注〕 ① 郁:草木茂盛的样子。崎峨:高峻陡险。 ② 欻(xū):忽然。 ③ 杳:昏暗,深远。冥蒙:模糊不清。 ④ 荡漾:飘荡起伏。拟:揣度。 ⑤ 淅淅:飞沙声。 ⑥ 靡:色彩明朗。 ⑦ 万化:万物变化。

赵侍郎,指赵冬曦,定州鼓城(今河北晋州市西)人,《新唐书》列入儒学传。对张说的这篇赋,他有和作,其中有"虽主人兮感会,塞淹留兮潇湘"之句,则此赋是张说与姚崇不睦,于开元四年(716)出为岳州刺史时所作。张说对于玄宗之立是有功的,玄宗初年甚见信任,此时疏放在外,故愁绪万千,题云"愁心"当指此。

赋共分三小段。第一小段开始,先突出两个意象:峻山、深林。云峰高耸,烟霭缥缈,虚幻莫测,黄莺乱飞,猿猴长啸,松涛阵阵,山风咆哮。一切都显得那样神秘、离奇,而又那样和谐、自然。这一切,与作者的"愁心"是如此的不协调,故曰"心不识""情莫拟"。作者有感于江上景物的生生不息、难以逆测,表达自己远谪中难以明言的伤感和愁绪,是侧写其愁。第二小段由江上景物推及对宇宙万物的思考。作者选择了春夏秋冬四季江上最有代表性的自然景物,来表现宇宙万物的变化不息。想要旷达超脱,却又摆脱不了痛苦的纠缠;想要解释周围发生的一切,而这一切更使他感到茫然;想要自我麻醉,但清醒的头脑却使他陷入更加痛苦的深渊。人生的探索、哲理的思考、感情的冲击,最后铸成的是消忧更添忧,欲自解而难以自拔。所以第二小段是更深一层写愁。第三小段落到眼前,径写愁之所在。"伴众鸟兮寒渚,望孤帆兮日边",写主人公的愁苦之状。这里虽没有出现愁苦的字样,但我们透过"伴""望"这种孤寂的心理和冷漠的神情,可以感受他那痛楚焦灼的内心世界。最后几句"虽欲贯愁肠于巧笔,纺离梦于哀弦。是心也,非模仿之所逮,将有言兮是然? 将无言兮是然?"是说自己的愁心既非笔墨所能表达,也非弦声所能传递,如此而已,还能说什么呢?"离梦"一词,又点明了题旨,全赋就在说也不是不说也不是这样一种无可奈何的语气中结束了。我们从中分明感受到了主人公不断扩展和延伸的无限哀愁。

清人刘熙载在《艺概·赋概》中说:"赋中宜有画。"张说的《愁心赋》不独发扬了赋体长于写景状物的传统,表现出精湛的多方面写作技巧,而且十分成功地融入了诗的抒情特点,构成了一幅渺茫而浓重,芊丽而又凄清的愁心画。作者虽说他的愁心非巧笔所能描述,非哀弦所能吟奏,非言语所能传达,但赋中每一个意象、意象之间的变化、跳动无不为"愁心"服务,烘托出作者的"愁肠""离梦"。尤其是作者写景时将想象与写实、静态与动态结合起来,运用跳跃、通感、烘托、夸张等艺术手法,极深刻地抒发了人物的感情。将抒情主人公的孤独者形象放在高山巍峨、烟岚缭绕、深林冥蒙、猿猴哀鸣、江水清寒、孤帆悠悠这样一种苍茫、幽深的背景和氛围之中,显示主人公无边的忧愁。这种写法,正表现了作者"崇雅黜浮"的文学主张。

(伏俊琏)

【作者小传】

吕　向

字子回,泾州(治今甘肃泾川)人,一说东平(今属山东)人。开元十年(722),召为翰林供奉,兼集贤院校理。曾上《美人赋》讽谏选采美女入官,玄宗嘉纳,擢左拾遗。又献赋规讽玄宗校猎,进左补阙。十三年,以起居舍人从驾东巡。后任主客郎中、中书舍人、工部侍郎。工草隶书法,一笔环写百字,世称"连绵书"。曾以李善注《文选》过繁,且仅注出典,遂与吕延济、刘良、张铣、李周翰等另为诂解,成《五臣注文选》三十卷。《全唐文》存其文三篇。

美　人　赋　　　　　　吕　向

帝初驰六飞之不测,奄四海而作君①。曜明威,巀崇勋②,固尽善与尽美,又焉得而称云。时屯既康,圣躬之豫③,乐以和操,色以怡虑,岂曰帝则④,实惟君举。庸克推腹心⑤,增耳目,燕赵郑卫,楚越巴汉之邦⑥;士农工商,皂隶舆台之族⑦,不鄙褊陋⑧,不隔贱卑。工技者密闻⑨,淑邈者遽知⑩,上心由是震荡,中使载以交驰⑪。周若云布,迅如飙发,以日系时,以时系月,德隽相次,为乐不歇。

阗紫微⑫,环帝座⑬,藁华灼烁⑭,柳容婀娜⑮。轻罗随风,长縠舒雾⑯,肌肤红润,柔姿靡质,妖艳夭逸,绝众挺出。嬛然容冶,霍若明媚⑰,曼睩腾光以横波⑱,修蛾濯色以抐翠⑲。齿编贝⑳,鬟含云㉑,颜绰约以冰雪㉒,气芬郁而兰薰。腰佩激以成响,首饰曜而腾文。或纤丽婉以似赢,或袄盛态而多肌。有沉静见节,有语笑呈姿,思若老成,体类婴儿,真天子所御者,非庶人当有之。

泊怀春暮,睇晴昱㉓,列筵于林,方舟于水。自任纵诞,相与攀倚,鸟间关而共娇㉔,花散乱而增美。吹碧叶,嚼红蕊,左右相视,游嬉未已,见颓景之迫濛汜㉕。携密亲,召近臣,陈金罍与瑶席,朗月垂光而射人。列星夺彩,长河灭津㉖,然后丝竹发越,金石铿鎗㉗,守则异器,动则和鸣。妙舞谓何尚以轻,善歌取何矜以清。齐列捷猎㉘,按次屏营㉙,间直往以曳绪,欻转入而旋萦。低视候节,纤体遗声,遏行云㉚,结遗风㉛。众工相错,送美不同。夕以阑,乐亦阕,醉以荡情,乐以忘节。

帝曰:"今日为娱,前代固无,当以共悦,可得而说。"众皆蹁跹㉜,离席迁延㉝。咸齐首,互举酒,歌千春,称万寿。因进曰:"妾家贱族,陋目褊心。陛下衣绮縠与罗纨,饰珠翠与碧金,燕私陈乎笙鼓,和乐象乎瑟琴㉞。何恩渥以增极,而悦愉之备深。顾薄躯之无谷㉟,空负惠以难任。"有美一人,激愤含颦,凛若秋霜,肃然寒筠,乃徐进而前止,遂抗词而外陈。曰:"众妾面谀,不可侍君之侧。指适背意㊱,委曲顺色,故毁妍而成鄙,自崇谬而破直。妾异尔情,敢对以臆。若彼之来,违所亲,离厥夫,别昆弟,弃舅姑㊲。戚族媿羞,邻里嗟吁。气哽咽以填塞,涕流离以沾濡,心绝瑶台之表㊳,目断层城之隅㊴。人知君命,乃天不可仇,尚惧盗有移国㊵,水或覆舟㊶。伊自古之亡主,莫不靴此嫚游㊷。借为元龟,鉴在宗周㊸。众以为喜,妾以为忧。"

于时天颜回移,圣心感通,竟夜罢寝,须明导衷。俾革进伎乐者为荐士之官,征艳色者为聘贤之使。阙下骏奔㊹,王庭麇至㊺,野无遗材,山无逸人,贲然偕道㊻,与物恒春。若此之淑美，岂同夫玉颜绛唇，巧笑工嚬，惑有国之君臣者哉！

〔注〕　①六飞："飞"又作"騑"或"蜚"。皇帝车驾用六匹马。奄：覆盖。奄四海：奄有天下，言玄宗驭权柄，作皇帝。　②巇(nì)：高。　③时屯(zhūn)：时局艰难。屯，艰难。既康：已经安宁。豫：欢喜，快乐。　④帝则：皇帝的准则。　⑤庸讵：哪能。　⑥"燕赵"二句：泛指全国各地。　⑦"士农"二句：士农工商，古代所谓四民。皂隶舆台，古代人分十等，皂、隶、舆、台为下等人。　⑧褊(biǎn)陋：狭小偏僻。　⑨工技：擅长技艺，有一技之长。⑩邈：高远，超卓。　⑪中使：宦官。交驰：交相奔驰。　⑫阗：充满。紫微：星座名。此指帝王宫殿。　⑬帝座：星名。此指皇帝宝座。　⑭蕖华：荷花的光彩。形容美女容貌。灼烁：光彩貌。　⑮柳：杨柳的身容。形容美女身材。婀娜：柔美貌。　⑯縠(hú)：有皱纹的纱。　⑰嫙(xuán)然：轻盈美丽的样子。冶：美好意。霍若：众多的样子。　⑱曼睩：美妙的眼神。睩，视貌。《楚辞》宋玉《招魂》："蛾眉曼睩，目腾光些。"横波：形容眼神流动，如水波貌。　⑲修蛾：修长的眉毛。摁翠：聚翠。摁，同"总"。古代妇女用黛墨画眉，呈墨绿色。⑳编贝：形容牙齿整齐洁白。　㉑含云：以云喻鬟发，形容鬟发像乌云一样黑且浓密。㉒绰约：柔美貌。《庄子·逍遥游》："藐姑射之山，有神人居焉，肌肤若冰雪，淖约若处子。"淖约即绰约。冰雪：喻美女肌肤之洁白。　㉓洎(jì)：到。睇(dì)：斜视。晷(guǐ)：日影。㉔间关：形容鸟鸣声。　㉕濛汜：同"蒙汜"，指太阳没入之处。《文选》张衡《西京赋》："日月于是乎出入，象扶桑与蒙汜。"㉖长河灭津：分辨不清银河之意。与上句一样，都是形容灯火辉煌的。　㉗发越：形容声音激昂。铿鍧(hōng)：形容声音洪亮。"丝竹"与"金石"皆指乐器。㉘捷猎：参差相接貌。　㉙屏营：彷徨。㉚遏行云：形容声音高亢。《列子·汤问》："薛谭学讴于秦青……声振林木，响遏行云。"㉛结遗风：余音终结。《淮南子·原道训》："扬郑卫之浩乐，结激楚之遗风。"㉜蹁跹：旋转的舞姿，指脚步轻快。㉝迁延：徘徊，停留不前貌。㉞绮縠、罗纨：形容衣着华贵。笙鼓：琴瑟，指优裕的歌舞生活。㉟无谷：即"不谷"，不得养；不得相养。㊱指适：合乎主旨。晋陆机《文赋》："或文繁理富，而意不指适。"㊲舅姑：夫之父母。此女云："违所亲，离厥夫，别昆弟，弃舅姑"，则其为有夫之妇，则密采美人入宫，即使有夫之妇亦不能免，于此可见。㊳瑶台：美玉砌成之台。　㊴层城：高大的城池，常以指京城。陆机《赠尚书顾彦先》："朝游游层城，夕息旋直庐。"㊵移国：篡夺政权。《后汉书·光武帝纪赞》："炎正中微，大盗移国。"㊶覆舟：使船翻扣，常以喻亡国。㊷嫚游：即漫游。　㊸元龟：大龟，古代用于占卜，引申为可供借鉴的前事。《三国志·吴志·孙权传》："斯则前世之懿事，后王之元龟也。"宗周：周朝的宗庙社稷。周幽王迷恋褒姒，为博其一笑，不惜烽火戏诸侯，终为犬戎所灭，西周亡。㊹骏奔：急速奔走。㊺麇(qún)至：成群而至。《左传·昭公五年》："晋之事君，臣曰可矣，求诸侯而麇至，求昏而荐女。"㊻贲(fén)然：宏大、盛美貌。

　　文学史上有两篇《美人赋》最有名，一为司马相如之作，一为此赋。相如赋美色，描写所占比例较大，旨在言志；吕向赋则政治意图明显。据唐史记载，玄宗时吕向侍读太子，玄宗每年遣使采择天下美女，充之后宫，号"花鸟使"，吕向作《美人赋》加以讽谏，玄宗将其升任左拾遗。可见此赋是切中肯綮的，然而史书隐讳了一段故事。中唐人窦臮对吕向颇为敬重，在其《述书赋》中论及吕的书法成就。

在窦蒙（窦臮兄长）为《述书赋》做的注释中讲到，吕向进献《美人赋》，玄宗最初是很生气的，只因丞相张说劝谏，才改变了注意。由此可见吕向此赋的尖锐犀利，指陈时弊，毫不客气，似一篇赋体的时事杂文。

该赋意思可分五层，第一层谈玄宗为了"圣躬之豫"，在全国各地征召美貌通佾艺的女子以充实后宫。宦官为了取悦皇帝，自然是前后驱驰，不亦乐乎，这也是所谓的"花鸟使"。"燕赵郑卫，楚越巴汉之邦；士农工商，皂隶舆台之族，不鄙褊陋，不隔贱卑。"看出搜罗美女的竭忠尽能，这些"花鸟使"也自然被玄宗视为"腹心"，其"周若云布，迅如飙发"，终日奔劳的佞臣之举自然是作者讽刺的对象。第二层是对后宫佳丽的姿色描写，与相如赋比，有过之而无不及。从腰肢、肤色、明眸、蛾眉、皓齿、乌发、霜肌、熏香、配饰、气质、修养等，极尽铺陈之能事，俨然是一个大唐皇帝选秀的标准大全。最后说一句，以上这等美女都合该是皇帝享用，老百姓哪有资格染指。让人直呼书生吕向"批龙鳞，逆圣听"的大胆。第三层写暮春时节，皇帝、众佳丽近臣无所事事，夜以继日歌舞嬉戏的场景。其相互攀倚，鸟语娇声，"吹碧""嚼红"，自是一番"醉以荡情，乐以忘节"毫无礼仪的淫靡之相。其中一段夜舞的情景倒是写得细腻清壮，舒缓有致。其"间直往以曳绪，欻转入而旋萦。低视候节，纤体遗声"可谓是惟妙惟肖，轻歌曼舞栩栩若生，让人遐思不已。第四层写歌舞之后，皇帝与其中两位佳丽的对话，超迈前代的声色欢愉让皇上心荡神驰，第一位佳丽温柔贴心，感恩戴德。第二位佳丽"激愤含颦"，志节气度凛然异于众人，其慷慨陈词极尽情理，可谓人微言重。皇帝择选佳丽并非天遂人愿，"违亲别夫""邻里嗟吁"能看出强行搜罗的荒淫无道与寡廉鲜耻。《本事诗》讲了一段玄宗儿子宁王的故事，宁王妻妾成群，但好色如故，花钱买了隔壁卖饼者的妻子。一年后，卖饼者妻念及旧夫仍是"双泪垂颊，若不胜情"，对照玄宗"花鸟使"之举，真是有其父必有其子。皇帝耽于一己之欢，行此逆天道悖人伦之事，其亡国亡身，令人担忧。这番言语见地非同一般，有人考证此当为隐喻玄宗的某位王后妃子，而以赋体的结构论，此处所言以为是作者自道更符合习惯。《美人赋》煌煌一篇，精神实正在此"有美一人"，而此"美人"莫不是夫子自道么？第五层皇帝闻言而改弦更张，远美人而亲贤臣，"野无遗贤"，天下"恒春"，实为作者美好之愿，亦是对玄宗的引导与提醒。

统观全作，作者用了两次衬托，一是以众美女来衬托第一位佳丽，是为正衬；第二次是以第一位佳丽为第二位"有美一人"做衬托，是为反衬，而全篇精神灌注正在于此，是为厚积薄发。而以赋作的"劝百讽一"与"古诗之流"的温柔敦厚讲，此赋实更像一篇富有杂文性质的奏陈。"借为元龟，鉴在宗周"，抗颜直言，一篇冰心在玉壶,其情真意切。难怪玄宗后来回心转意,对吕向不是黜免而是擢拔了。只可惜玄宗信其人而未听其言,否则就没有杨贵妃得宠甚至安史之乱的后事了。

此赋是骈赋名篇,多对仗工丽之言,故传诵一时。至穆宗长庆年间,白居易《新乐府·上阳白发人》有:"君不见昔时吕向《美人赋》,又不见今日《上阳白发歌》。"然一在治道,一在悯恤宫人,其着眼点是判然有别的。 (孙浩宇)

【作者小传】

李邕

(678—747) 字泰和,扬州江都(今江苏扬州)人,唐代书法家。李邕少年即成名,后召为左拾遗,曾任户部员外郎、括州刺史、北海太守等职,人称"李北海"。为人正直敢言,在官场中数起数落,后遭奸相李林甫陷害而死。有《麓山寺碑》《李思训碑》等传世。原集已佚,明人辑有《李北海集》。

石　赋　　　　　　　　　　　李邕

代有远游子[1],植杖大野[2],周目层岩[3],睹巨石而叹曰:兹盘礴也[4],可用武而转乎[5]!兹峭峙也,可腾踔而登乎[6]!观其凌云插峰,隐霄横嶂,峻削标表[7],汗漫仪状[8],划镇地以周博[9],崛戴天而雄壮。默玄云之暮起,艳丹霞之朝上[10]。若使矗布长城,嶷联高壁[11],遏西戎而分塞[12],截东陲而度碛[13]。张九州之地险,厌四夷之天隔[14],固可以眇绝骄子[15],退阻勍敌[16],归华夏之甲士,却边荒之羽檄。别有列在王庭,地当文砌[17],凝贞琬之粉泽[18],艳重锦之光丽。承听政之梁柱,纳进贤之阶陛[19]。匪徒夹植桃李,因芳苣蕙,降神女之徜徉,排仙衣之容曳[20]。若乃苔藓剥落,雨露淋滴,冰碧藻曜,绘画纷披,不邀代之所贵,不欲人之见知,罔怀金而则异,曷剖玉而方奇[21]。至若危堞孤援[22],悬门御冲[23],出阵摧鹤,乘城起龙,炮与矢而飞雨,磁当途而列墉[24],金鼓为之沮气,戈矛为之辍锋。借如弈秋沈

石 赋　　　　　　　　　　　　　　　　　　　　　　　李 邕　〔577〕

思㉕，蜀相兴图㉖，秉节制以全胜㉗，纵劫杀以论都㉘，鄙宋缄之
谬识㉙，嘉禹凿之神模㉚。落五星而多懵㉛，坐千人而不孤㉜。
惟磨砻之所取，任方圆之自殊，支空留于织室，编尚想于兵符，
鸟何恨而填海㉝，山何言而望夫㉞。徒以贞者不黩，坚者可久，
卧如羊于山野㉟，蹲似武于林薮㊱，知作鼓之声虚，信为人之无
偶。梁架海以东注㊲，镇临江而南守，庶投水而克成，将补天而
何有㊳。岂独砥砺利器，盘踞真王，镞来肃慎㊴，门通越裳㊵，屹
特立以兴主，驾能言以发祥㊶。迩开莲兮华表，远倚剑兮疏梁，
保兹城而永固，结彼交而不忘。何止藏书石室，勒篆离经㊷，翕
湘川之飞燕㊸，伏昆池之骇鲸㊹。膏久服而颜驻㊺，碑一观而涕
零。岂如扣角匡坐㊻，且悲歌于白水，寻山小住，止危途于翠屏
而已哉！

〔注〕　①代：即世。唐人避太宗李世民之讳，故"世"改称"代"。下文中"不邀代之所贵"
中的"代"字也是如此。　②植：竖立。　③周目：向四周看。层岩：高耸的岩石。　④盘
礴：形容石头巨大。　⑤用武而转：用力使石头转动。　⑥腾踔：跳起来。　⑦峻削：陡
峭。标表：外形。　⑧汗漫：漫无边际。仪状：形状。　⑨周博：宽大。　⑩赪（xì）：红色。
⑪巍（ní）：高耸的样子。　⑫西戎：古代中国对西方部落的泛指。　⑬东陲：东方边境上的
部落。度碛：走过沙漠。　⑭四夷：对中国边区文化较低各族的泛称，即东夷、南蛮、北狄和西
戎的合称。　⑮眇：远。骄子：天之骄子，汉朝匈奴极为强盛而自称为"天之骄子"，此泛指强
盛的少数民族。　⑯遐阻：远远地阻隔。勍（qíng）敌：强敌。　⑰文砌：华美的石阶。
⑱贞琬：碑石的美称。　⑲阶坐：宫殿的台阶。　⑳容曳：宽松舒展的样子。　㉑罔：无。
曷：为什么。此两句意思为：人们起初对石头中没有蕴藏着黄金而诧异，为什么直到剖开它见
到美玉才感到惊奇。　㉒危堞：高城。　㉓悬门：古时城门所设的门闸。御冲：抵御攻城的
冲车。　㉔堳：城墙、高墙。列堳：列为堳。此句的意思是：磁石可吸铁，故当于途而列为堳
时，铁制之戈矛亦杀其锋。《晋书·马隆传》有"或夹道累磁石，贼负铁铠，行不得前"的记载，可
以参看。　㉕弈秋：《孟子》中善于下棋的人。古时候用石头做棋子。　㉖蜀相兴图：蜀国的
丞相诸葛亮曾用石头做八阵图。　㉗节制：指挥管辖。　㉘劫杀：围棋术语中有"劫杀"一
词。都：美好。　㉙宋：宋国人。缄：封藏。宋人得燕石，误以为至宝而藏之。　㉚禹凿：大
禹开凿洛阳龙门山。　㉛落五星而多懵：《左传·僖公十六年》载："十六年，春，陨石于宋五。"
懵：不明。　㉜坐千人而不孤：形容石之大，千人可以坐于其上。千人为邻，德自不孤也。
㉝鸟何恨而填海：精卫衔石头、草木填海。　㉞山何言而望夫：中国古来好多地方都有望夫
石的传说。　㉟卧如羊：黄初平少年牧羊，道士将之带至浙江金华山中，收其为徒。其兄长访
其下落，后在山中相遇，询及所牧之羊，黄初平手指石头，说此便是羊，遂呼之，诸石均化为羊。
㊱武：即虎。唐朝皇帝李渊的祖父叫李虎，故唐人避"虎"字。蹲似武：汉李广曾将草中石误认
为虎，射之中石没镞。　㊲架海：秦始皇时鞭石入海架桥的传说。　㊳补天：古代有女娲炼

〔578〕 李 邕 石 赋

石补天的传说。 ㊴ 肃慎：中国古代东北民族。周成王时曾献楛矢、石砮。 ㊵ 越裳：中国南方古老民族名称。周成王时曾"重译款塞而至"。 ㊶ 能言：《左传》有"石言于晋"的记载。 ㊷ 离(lí)经：雕刻经文。 ㊸ 翕湘川之飞燕：郦道元《水经注》载："石燕山……有石绀而状燕，因以名山。其石或大或小，若母子焉。及雷雨相薄，则石燕群飞，颉颃如真燕矣。" ㊹ 伏昆池之骇鲸：汉武帝时期雕刻了两条石鲸，分别放置于昆明池和太液池边。此两句形容石上字迹。李约《壁书飞白萧字赞》："昆池骇鲸，禹门斗龙。" ㊺ 膏：石髓。即石钟乳，古人用于服食，也可入药。《晋书·嵇康传》："(王)烈尝得石髓如饴，即自服半，余半与康，皆凝而为石。" ㊻ 扣角：敲打牛角。匡坐：正坐。《淮南子》："宁戚击牛角而歌，桓公举以大政。"

　　石头在我们生活中是一种经常遇到的东西，人们似乎已经司空见惯了。但是，自古以来，好多文人都对石头情有独钟，宋代的米芾，见了石头下拜，并且尊石头为"石丈"，在文人与石的故事中，这应该是一个比较极端的例子了。文人墨客往往把自己的思想、抱负寄托在石头之上，不惜浓墨重彩，来对石头加以淋漓尽致的描写。米芾之前，唐代的李邕便是其中之一。

　　文章的开头，便把读者引入如下这样一个场景：一个远游之人，在大野之上，看到一块巨石，不禁望石兴叹，感慨万千，浮想联翩。

　　这块巨石又大又高，耸入云端，真是无比的雄壮！如果有人将之布置在长城之上，那肯定会让远方的来犯之敌望而生畏，止步不前。若是把它布置在王庭之上呢，也一定会成为"进贤之阶陛"。当然，就像才士有遇不遇一样，这块石头也可能命运多舛，不能得志，风吹雨淋，苔藓丛生，但是它却抱金含玉，不同凡响。看到这里，我们不禁会想到历来那些怀才不遇的才学之士，文章的调子也逐渐低沉下来。但是，作者突然笔锋一转，化浅斟细语为悲壮激昂。在古代的战场上，往往也少不了石头的参与。可以抛掷石头打击敌人，也可以用之建筑工事、修建城池等，在其面前，敌人锋利的戈矛也不免失去了用武之地。

　　在不同的人的手里，石头也将发挥不同的作用。在弈秋的手里，它将是棋盘上的棋子，而到了诸葛亮的手里，则将是"江流石不转"的八阵图。此际，我们自然而然地也会联想到，我们的作者，当然也希望在英明神武的人物领导下，造福家国，建功立业。

　　这块可坐千人的巨石，任凭磨砻，是方是圆也由它去了。织女所用的支机石，精卫填沧海的石头，以及思妇所化的望夫石，都让作者一时心绪万千。石头虽然被弃置于山野林薮，但是其心不变，"贞者不黩，坚者可久"。它们终究会有自己的用武之地，可做石鼓，可做石人，可以驾海为梁，可以临江建城，可以补天之漏。它当然不是只能"砥砺利器"而已，一旦风云际会，还可以助真王一臂之力。

石之于人,不可谓不厚。读前人之碑,不禁会心生感慨,感激流涕。俯仰天地,抚今追昔,置身于历史长河,谁又能无动于衷呢?李邕同时代的孟浩然也同样有"人事有代谢,往来成古今""羊公碑尚在,读罢泪沾襟"(《与诸子登岘山》)的诗句,可谓同此感叹。行文至此,作者的情绪不免低沉下来,不如在青山白水之侧,席地而坐,扣角而歌。

古人的咏物之作,往往也是言志之篇,李邕此赋也不例外。李邕其人,才高八斗,为人高傲刚直(卢藏用说他如"干将、莫邪,难与争锋"),颇有用世之志。这一点从本文中也可窥豹一斑。这篇文章从各个不同角度,将石的功用进行了细致的描绘,我们从中可以想见李邕踌躇满志、跃跃欲试的身影,这构成了文章的基调。但是作者善于布局谋篇,文章并不使读者感到单调呆板。如同一首乐曲,虽然整个基调是昂扬向上的,但如果整个曲子自始至终都是如此,就未免太过聒噪了,所以我们读此文,会觉得某处激扬,某处又有些压抑,而某些地方又有些低沉,峰回路转,辗转往复,感人至深。文中多处化用与石有关的传说与典故,又自然无迹,亦可见作者的学识与文采。

(冯永军)

张九龄

(678—740) 字子寿,一名博物。韶州曲江(今属广东)人。武则天神功元年(697),举进士第,授校书郎。先天元年(712),对策高第,进左拾遗。后任中书舍人、冀州刺史、桂州都督、秘书少监、集贤院学士、工部侍郎等职。开元二十一年(733)拜中书侍郎、同中书门下平章事。次年,迁中书令。二十四年,罢相。次年,贬为荆州长史。其诗对唐诗风气之变有贡献。有《曲江集》传世。

【作者小传】

荔 枝 赋 并序 张九龄

南海郡出荔枝焉[①],每至季夏[②],其实乃熟,状甚瑰诡[③],味特甘滋,百果之中,无一可比。余往在西掖[④],尝盛称之,诸公莫之知,固未之信。唯舍人彭城刘侯[⑤],弱年累迁,经于南海,一闻斯谈,倍复嘉叹,以为甘美之极也。又谓龙眼凡果[⑥],而与荔枝齐名,魏文帝方引蒲桃及龙眼相比[⑦],是时二方不通,传闻之大谬也。每相顾闲议，欲为赋述，而世务卒卒⑧，此志莫就。及理郡暇日，追叙往心。夫物以不知而轻，味以无比而疑，远既不可验，终然永屈。况士有未效之用，而身在无誉之间，苟无深知，与彼亦何以异也？因道扬其实，遂作此赋：

果之美者，厥有荔枝。虽受气于震方⑨，实禀精于火离⑩，乃作酸于此裔，爱负阳以从宜。蒙休和之所播，涉寒暑而匪亏，下合围以擢本，傍荫亩而抱规。紫纹绀理⑪，黛叶缃枝⑫，蓊郁霮䨴⑬，环合犩丽⑭。如盖之张，如帷之垂；云烟沃若，孔翠于斯；灵根所盘，不高不卑。陋下泽之沮洳⑮，恶层崖之崄巇⑯，彼前志之或妄，何侧生之见疵⑰？

尔其句芒在辰⑱，凯风入律⑲，肇气含滋，芬敷谧溢⑳，绿穗靡靡，青英苾苾㉑，不丰其华，但甘其实。如有意乎敦本，故微文而妙质；蒂药房而攒萃，皮龙麟以骈比，肤玉英而含津，色江萍以吐日。朱苞剖，明珰出，炯然数寸，犹不可匹。未玉齿而殆销，虽琼浆而可轶；彼众味之有五，此甘滋之不一；伊醇淑之无算，非精言之能悉。闻者欢而竦企㉒，见者讶而惊忔㉓。心恚可以镯忿㉔，口爽可以忘疾。且欲神于醴露㉕，何比数于甘橘？援蒲桃而见拟㉖，亦古人之深失。

若乃华轩洞开，嘉宾四会，时当燠煜㉗，客或烦愦㉘，而斯果在焉，莫不心侈而体忕㉙。信雕盘之仙液㉚，实玳筵之绮缋㉛；有终食于累百，愈益气而理内。故无厌于所甘，虽不贪而必爱；沉李美而莫取，浮瓜甘而自退㉜。岂一座之所荣？冠四时之为最！夫其贵可以荐宗庙㉝，其珍可以羞王公㉞。亭十里而莫致，门九重兮曷通？山五嵺兮白云㉟，江千里兮青枫。何斯美之独远，嗟尔命之不逢！每被销于凡口，罕获知于贵躬。柿何称乎梁侯，梨何幸乎张公㊱？亦因人之所遇，孰能辨乎其中哉！

〔注〕①南海郡：唐南海郡，治番禺(今广州市)。②季夏：夏季的最后一个月，即农历六月。③瑰诡：美丽而奇异。④西掖：中书省的别称。张九龄曾任中书令。⑤舍人彭城刘侯：中书舍人刘升。彭城：今徐州。⑥龙眼：俗名桂圆，产于闽粤之地。⑦“魏文

帝"句:《艺文类聚》:"魏文帝诏群臣曰:'南方有龙眼、荔枝,宁比西国蒲萄、石蜜乎?'"魏文帝:三国魏曹丕。 ⑧ 卒(cù)卒:急促的样子。 ⑨ 震方:指东方。 ⑩ 火离:指南方。 ⑪ 绀理:天青色的纹理。绀:一种深青带红的颜色。 ⑫ 黛:青黑色。缃:浅黄色。 ⑬ 蓊郁:浓密茂盛。霍霏:枝枝相连而茂密的样子。 ⑭ 琛(chēn)丽:繁盛披覆貌。 ⑮ 沮洳:低湿。 ⑯ 嵚巇(xī):险峻崎岖。 ⑰ "彼前志"二句:作者指出左思所载荔枝侧生于崖为误。前志:前人的记述。此指左思《蜀都赋》有"旁挺龙目,侧生荔枝"句。 ⑱ 句(gōu)芒在辰:指春天。句芒:古代传说中的主木之官。 ⑲ 凯风入律:南方应时而至。凯风:和风,南风。入律:古代以律管测候节气变化,入律犹言节气已到。 ⑳ 芬敷谧溢:指芬芳的香气四下静静地流溢。 ㉑ 苾(bì)苾:香气浓郁。 ㉒ 竦企:踮着脚望。 ㉓ 惊伛:因惊奇而抬头。 ㉔ 恚:忿怒,怨恨。蠲(juān)忿:消除愤怒。 ㉕ 醴:甜酒。 ㉖ 援蒲桃而见拟:参见前注⑦。蒲桃:即葡萄。 ㉗ 燠煜:炎热。 ㉘ 烦愦:心烦意乱。 ㉙ 心侈而体忕:心情放松,身体安泰。忕:骄纵,奢侈。 ㉚ 雕盘:雕饰华美的餐具。 ㉛ 绮缋(huì):有美丽文采的丝织品。此指珍肴。 ㉜ "沉李"二句:以沉李、浮瓜对比衬托荔枝之甘美。曹丕《与吴质书》:"浮甘瓜于清泉,沉朱李于寒水。" ㉝ 荐宗庙:作为帝王祭祀祖先的祭品。荐:进献。 ㉞ 羞:进献食物。 ㉟ 五峤:即五岭。在湘、赣和粤、桂等省区边境。 ㊱ "柿何"二句:《文选》潘岳《闲居赋》:"张公大谷之梨,梁侯乌椑之柿。"李善注引《广志》:"洛阳北芒山有张公夏梨,甚甘,海内唯有一树","梁国侯家有椑木甚美,世罕得之"。

荔枝盛产于岭南等地,果味甘甜鲜美,汉代的王逸已发出"卓绝类而无俦,超众果而独贵"的赞叹。作为岭南人,张九龄对荔枝相当熟悉,所以此赋借荔枝以言志抒情。

据序中"余往在西掖"与"及理郡暇日"等句子推测,这篇赋写于担任洪、桂等州都督时,大约在开元十四至十八年期间。

序言交代了赋文的写作原因和主旨:在任职中书省的时候,作者曾极力向同事们称赞荔枝,认为其形美,其味甘,迥出百果之上。但他们都不相信,前代的魏文帝更说:"南方有龙眼、荔枝,宁比西国蒲萄、石蜜乎?"不仅把荔枝与平凡的龙眼相提并论,甚至以为其味道还不如葡萄!之所以如此,是因为他们不了解荔枝——没有亲眼见过,更没有亲口尝过。作者因此写下这篇作品,描写、介绍荔枝。由荔枝的遭遇,作者又想到了人:"夫物以不知而轻,味以无比而疑,远既不可验,终然永屈。况士有未效之用,而身在无誉之间,苟无深知,与彼亦何以异也?"事物因不为人知而被忽视,荔枝因其味美无比而受到怀疑;怀才之士在未能展现才华、又没有声誉的时候,那么其遭遇和荔枝相同,也常常被埋没、弃置。

作品的正文是借咏物而言志。

作者先从生长环境、习性、外形等方面对荔枝树进行描绘。荔枝树产于偏远的南方,向阳生长,寒暑不凋。粗壮挺拔,树荫大到可以遮盖田亩。其树干,紫中透着绛青,其叶青黑,其枝浅黄,枝繁叶茂,郁郁葱葱。远观如张开的车盖,如垂下的帷帐。云烟弥漫，笼罩着枝叶，孔雀和翠鸟也栖息其上。它生长于平旷之处，而远离高耸的山崖或低湿的洼地。左思在《三都赋》里说荔枝侧生于山崖，这完全是错误的，因为他不了解荔枝。

"尔其句芒在辰"以下，写荔枝的花与果。春天来临，荔枝花香馥郁。但花并不大，似乎荔枝树也知道结果才是最重要的。荔枝的果实，根部如芍药的子房一样聚集，皮像龙鳞一样排列，内膜如玉一样润泽，色泽像江萍一样鲜艳。剖开之后，果肉如明玉一般。入口即化，其味道之美，超过琼浆玉液，是语言所无法描述的。提起荔枝，听者踮脚，满怀期待；见者抬头，惊讶非常。心怀怨愤者，食之可以心平气和；身患微恙而口中寡淡无味者，食之可以消除疾病。其味之美，超过了玄醴、甘露，柑橘又岂能与之比肩？魏文帝将葡萄与荔枝相比，真是大错特错。

"若乃华轩洞开"以下，写宴席之上，荔枝得到了所有人的喜爱。炎热之时，客人有时心烦头昏，而荔枝则让人心适体泰，可谓雕盘中的仙液，盛宴上的珍品。普通水果如果吃多了，可能导致身体不适，而饱食荔枝，反而更能补益元气，调理脏腑。所以它不仅是满座宾朋的最爱，更是四季水果之冠。和荔枝相比，甘甜的瓜、李也黯然失色。

末段"夫其贵可以荐宗庙"以下，作者由咏物而写所感。岭南与京都之间，长亭短亭，宫门重重，山峦阻挡，江河千里，荔枝要越过这些障碍，谈何容易！所以它虽然味道甘美，珍奇、高贵得可以敬于宗庙、献于王公，但也只能是凡夫的口中之物，极少被贵人所知。这对荔枝来说，太不公平了！柿子、梨子见识于梁侯和张公，而荔枝何其不幸！万物命运的或穷或通，真的都是因为所处之地的不同。

全文咏物，有正面描写，也有侧面烘托。如描写荔枝树、花、果等，正面刻画其形、色、味；而在写果实的甘美时，以众人的喜爱进行衬托。当然，有正衬，有反衬。众人对荔枝的喜好是正面的衬托，而将荔枝与葡萄、柑橘、瓜、李等相比，以突出其口味之美，这属于反面的衬托。为了更形象地刻画荔枝，文中又用了大量比喻，写树冠"如盖之张，如帷之垂"，其果实"蒂药房而攒萃，皮龙鳞以骈比，肤玉英而含津，色江萍以吐日"，这些比喻非常贴切、形象，有助于读者对荔枝形状的把握。

咏物赋中，作者常常借物以言志抒怀。本篇先极力描写荔枝之形美、味甘，末段言荔枝以生在南国，远离京都，所以不被人知，表达了作者深深的不平之意，进而抒发了对才干出众而被弃置埋没的贤士的同情。

张九龄又有《感遇》组诗，其中的"江南有丹橘"一首，写丹橘经冬犹绿，此即《荔枝赋》中写荔枝的"涉寒暑而匪亏"；丹橘果实"可以荐嘉客"，但"奈何阻重深"，《荔枝赋》后两段内容正是此意；对丹橘来说，"运命唯所遇，循环不可寻"。

这正是《荔枝赋》末所说的"亦因地之所遇,孰能辨乎其中"。诗、赋中都有类似内容,说明他非常注意贤士不被重用这种现象。张九龄是韶关人,出生岭南,远离长安,自言"荒陬孤生",唐玄宗也曾指其没有"门阀"(《新唐书》本传),所以虽然由校书郎一路走来,官至宰相,但期间必然坎坷不易。张九龄对此当深有感触,所以经常在诗文中替寒士鸣不平:他们才能出众,但因出身下层、地处偏远而长期被埋没,《荔枝赋》便是其中的一篇。

这篇作品对后来的同题之作颇有影响,如南宋李纲有《荔枝赋》,其序中明言自己的创作动机源于张九龄此赋;明代胡宗华有《荔枝赋》,从语言到内容等都可以看出张赋的痕迹。

(赵俊波)

【作者小传】

刘瑕

一作刘朝霞。开元、天宝时人。其余不详。此赋传世文献仅有唐代郑繁《开工传信记》所载节录本。此后《太平广记》《类说》《说郛》等据《开工传信记》引述。

驾幸温泉赋　　　　刘　瑕

开元改为天宝年,十月后兮腊月前。办有司之供具①,道驾幸于温泉②。天门阊开③,路神仙之辀塞④;銮舆划出⑤,驱甲仗而开阛⑥。然后雨师泼地,风伯行吹⑦。红旗闪天,火幕填烟⑧。青一队兮黄一队,熊踏胸兮豹擎背⑨。珠一团兮绣一团,玉镂珂兮金镂鞍⑩。车轰轰而海沸,枪戢戢而星攒⑪。嗑嘬嘬⑫,沸嘤嘤⑬。天动兮地虙⑭,云开兮雾合。叩浐水兮人嗑⑮,入望春兮仗匝⑯。

若乃日入严更⑰,日出驾行。拔三库物⑱,掣万营兵⑲。后飞尘而斗暗⑳,前御道而轸平㉑。我皇乃播双仗,倍岩郭㉒。过渭川,透蓝田㉓。张罗直至于洪口㉔,趁兽却过于灞阡㉕。掩掠东西㉖,撮搦南北㉗。从一头刍㉘,依次弟搰㉙,拖持枷描㉚,掉胡禄侧㉛。狗向前捻㉜,马从后逼。百虫胆慑而撩乱㉝,七鸟心

忙而回惑㉞。于是弓骦矢卓㉟，脚蹉拳搓㊱。鹘左右打㊲，貀纵
横赫㊳。扑兔板鹿㊴，揉狼拗豺㊵。猪倚力而头强，狐怕人而尾
呙㊶。或苍忙而失孔㊷，或蹭蹬而投崖㊸。于是盘游兰珊㊹，班
赐稍饩㊺，天颜欢喜，兵士諴謣㊻。扫白鹿之长原㊼，搜高陵之
半界㊽。魔只飞走㊾，扫除精怪。百官顿首而起居㊿，四夷磕额
而再拜。亦曾见没量时来游猎[51]，不得似这回最快。

既而到温汤，登会昌[52]，历严帐，巡殿堂。宫城围而阛
匝[53]，树木暗而□□。夺蓬莱之院宇[54]，捉□□之轩廊。檐檐
相压，□□相当。千门万户，阳耀阴藏。石瓮团栾[55]，吸飞泉于
半壁；灵台驳硌[56]，镜晓雾于高岗。于是空中即有紫云磊对[57]，
白鹤邀翔；烟花素日，水气喷香。忽受颛顼之图样[58]，串虹霓之
衣裳。共君喜遇[59]，拱天尊傍[60]。请长生药，得不死方。执王
乔手[61]，至子晋房[62]。寻李瓒法[63]，入丁令堂[64]。驾行玉液，盛设
三郎[65]。或攫取盘古髓，又剜取女娲穰[66]。遮莫尔古时千帝[67]，
岂如我今日三郎。

别有穷奇蹭蹬[68]，失路猖狂[69]。窟橦虽短[70]，伎艺能长。骋
掘奇之解数[71]，献戛卓之文章[72]。至若风前月下，不怕你卢骆
杨王。梦里几回富贵，觉后依旧凄惶。痴心准拟[73]。洼意承
望[74]。今日千年逢一遇，叩头莫五角六张[75]。

〔注〕①供具：供设酒食的器具。 ②道：引导。 ③闛（tāng）：象声词，鼓乐声。
④神仙：指歌儿舞女。輻塞：充塞。 ⑤划：象声词，銮舆发轫声。 ⑥甲仗：指皇帝的仪
仗。開闠：络绎不绝。 ⑦雨师：司雨之神。风伯：风神飞廉。 ⑧火幕：火红的车帷。填
烟：布满。 ⑨熊踏胸兮豹擎背：这句写舞蹈动作，"熊""豹"皆名词作状语，指唐时的"百兽
舞"之类。 ⑩玉镂珂：用玉镂饰的马勒。珂：马勒上的装饰。 ⑪戢戢（jì）：丛聚的样子。
星攒：像繁星一样聚集。 ⑫嗑（kè）嘢（liè）嘢：象声词。 ⑬沸嘖（zá）嘖：杂吵声。 ⑭厉
（kè）：崩裂。 ⑮叩：临近。浐水：河名，源出陕西蓝田县西秦岭山中，北流至西安，东入灞
水。人隘：谓人多拥挤。 ⑯望春：隋唐宫殿名，隋文帝始建，故址在今长安县东，临浐水，有
南北二官。仗匝：仪仗环绕。 ⑰严更：宵禁。 ⑱拔：取。 ⑲掣（chè）：牵制。 ⑳这
句谓飞尘弥漫天空。斗：星宿名。北方玄武七宿的第一宿为斗宿，有星六颗。 ㉑这句谓御
辇疾行如风且平稳。轸：星宿名。南方朱雀七宿的最末一宿为轸宿，有星四颗。 ㉒倍：背
着。郭，同"嶂"。 ㉓渭川：渭河。透：经过。 ㉔张罗：设网。洪口：地名。 ㉕趁兽：追
逐野兽。灞阡：地名。 ㉖掩掠：奇袭掳掠。 ㉗撮搦（nuò）：聚拢而捕捉。 ㉘一头：一
边。臽（xiàn）：掘陷坑。 ㉙搉（pì）：打击。 ㉚拖桲（bó）枷（jiā）揟（mào）：指各种围歼野

兽的动作。拖：拉。榫：拔。枷：取。描：掷。　　㉛ 这句写野兽倒在身边。胡禄：装箭的器具，与弓俱带于腰右。　　㉜ 捻：追赶。　　㉝ 撩乱：纷乱。百虫：泛指各种动物。　　㉞ 心忙：心忧。回惑：昏乱糊涂。　　㉟ 弓彍(guō)矢卓：拉满弓，箭强劲有力。卓：远。　　㊱ 搓：拳打。㊲ 鹘(gǔ)：猎鹰。　　㊳ 豽(nà)：猎犬。齚(zhái)：咬。　　㊴ 扑：打。板：指套鹿的夹板。㊵ 揉、抝：折断的意思。　　㊶ 喎(wāi)：歪斜。　　㊷ 失孔：犹言失色。　　㊸ 蹭蹬(cèng dèng)：行路颠踬。　　㊹ 盘游：娱乐游逸。兰珊：同"阑珊"，懒散。　　㊺ 班赐：同"颁赐"，分配赏赐。稍饩：廪食。　　㊻ 譀(hàn)讲(mài)：怒争的样子。　　㊼ 白鹿原：地名，蓝田县西。㊽ 高陵：县名。　　㊾ 麃(páo)：大鹿。　　㊿ 起居：问候安否之言。　　51 没量时：无限时，时间上的无始无终。《景德传灯录》卷二九："假使心通无量时，历劫何曾异今日。"无量时即没量时。　　52 会昌：县名。唐帝开元以来，每年十月驾幸温泉，岁尽乃归。以新丰县离温泉太远，于是天宝三年十二月，置会昌县温泉宫下。　　53 阛匝：四周合围。　　54 夺：胜过。下句"捉"字同义。　　55 瓮(wèng)：腹部圆大的汲水器。团栾：圆的样子。　　56 灵台：泛指台观。驳硌(luò)：同"驳落"。这里是色彩斑斓的意思。　　57 紫云：祥云。磊对，同"磊堆"，石堆积貌，这里是紫云聚集的样子。　　58 颛顼之图样：颛顼，五帝之一，为黄帝之孙，昌意之子。《礼记·月令》有三冬之月，其帝颛顼的说法，故借颛顼以咏冬天。玄宗驾幸温泉是在冬日，所以赋家把冬天的景色说成"颛顼之图样"。　　59 此句当"与喜君遇"。喜君：喜神，民间的吉祥之神。60 天尊：道教对所奉神仙的尊称。　　61 王乔：东汉人，据说有神术，可以变成凫鸟飞翔。62 子晋：周灵王太子晋，少而聪慧，十八岁即去世。俗传乘白鹤仙去。　　63 李璝：东汉人，善预测未来之事。　　64 丁令：即丁令威，传说曾学道灵虚山，后化鹤成仙。　　65 三郎：玄宗。玄宗兄弟六人，他排行第三。　　66 "或攫取"二句是作者用诙谐调侃的语言颂扬玄宗具有古代帝王盘古女娲开天辟地、补天造人的伟大功德。懹：通"瓤"，肠也。指事物的关键或核心。67 遮莫：尽管、任凭。　　68 穷奇：怪异。蹭蹬：困顿失意。穷奇蹭蹬：指穷奇蹭蹬之人，作者自嘲之语。　　69 猖狂：盲目乱走，不知所往。　　70 窟樘：也写作"昆仑""昆仑""骨仑"。六朝以来把从南海诸国贩运来的奴隶统称昆仑奴，简称昆仑。这些昆仑身材短小、肤黑且丑，所以唐人往往借以嘲讽他人或自嘲。窟樘虽短，是说身体矮小且陋。这是自嘲之语。　　71 捆奇：奇异。解数：武术的套路，这里是本领的意思。　　72 戛卓：介然特立，这里形容文章不凡。73 准拟：盼望，料想。　　74 迬(zhù)意：指专心致志，迬通"注"。承望：指望、希望。　　75 五角六张：阴差阳错，办事不成。角、张是二十八宿中的两宿。宋马永卿《懒真子》说："世言五角六张，谓五日遇角宿，六日遇张宿，此两日作事，多不成。"

　　这篇赋见于敦煌遗书P.2976、P.5037两个写卷。另外，在日本大谷大学所藏的吐鲁番文书中，亦存有近十件《驾幸温泉赋》的残片，对校勘敦煌本《驾幸温泉赋》有一定的参考价值。这些写本的抄写下限大致在八世纪末叶。《驾幸温泉赋》的作者刘瑕，据唐郑綮《开天传信记》的记载，知道他是开元、天宝前后人，进士及第，天宝间曾官宫卫佐。据赋开头"开元改为天宝年"，知该赋写于天宝初。如果赋中"到温汤，登会昌"的"会昌"是天宝三年(744)十二月设置的会昌县，则赋写于天宝三年以后。温泉，即今陕西骊山的华清池，又称温汤。后周宇文护始建，隋文帝时又大加修建。唐太宗贞观十八年(644)，诏阎立本扩建宫殿、御汤，名汤泉宫,同年又改名温泉宫。开元十一年(723)重新扩建,天宝六年(747)改为华清宫。开元以来,唐玄宗每年十月都要去温泉宫,岁尽乃归。

这篇赋以描绘唐玄宗驾幸温泉为内容,从四个方面进行铺叙。首先叙写天子侍卫仪仗的威武雄壮,鲜艳华美。随着一阵惊天动地的钟鼓声,宫殿的大门徐徐打开。一队队神仙般的宫女,尽态极妍;一行行侍卫仪仗,神采昂扬。他们络绎不绝,攒拥着皇帝的车驾缓缓向前。宽阔的马路刚刚泼洒过,干干净净。轻风吹过,好像带走了冬天的寒气。到处是迎风招展的红旗,遍地是火红鲜艳的车盖和轿帷。刚健有力的"百兽舞"令人眼花缭乱,披绣饰金的马队更让人目不暇接。车辚辚,马萧萧,像大海在沸腾。枪林立,刀闪闪,如群星在攒聚。听起来好像是天崩地裂,看起来更如同云翻雾合。仪仗卫队一直延伸到浐水边上,在望春宫周围绕了一圈又一圈。

第二段描写天子田猎场景的恢弘壮盛。出了望春宫不远,就进入了皇家林苑。天子兴致正浓,于是在这严冬时节,一场声势浩大的狩猎开始了。皇家狩猎大军疾行如飞,绵延几十里。跨凌渭河,越过蓝田,从洪口直到灞汧,到处是套兽的网落和陷阱,到处是飞土逐肉的场景。或趁其不备而偷袭,或大军包围而捕捉。猎犬在前面冲锋撕咬,战马在后面紧追不舍,还有那高空盘旋的猎鹰也张大了它们剑锋般锐利的钩喙。强劲有力的利箭风驰电掣般飞向猛兽。于是百兽震恐,惊慌不知何去。紧接着便是勇士们赤臂短兵,脚踢拳打,白刃血溅。猎犬左右撕咬,猎鹰纵横击啄。于是豺狼倒地,兔鹿断气,狐狸垂下尾巴,野猪尚在发愣,有的竟在仓皇中掉下了悬崖峭壁。天子狩猎获得大胜,随即便是隆重的庆功封赏大会。玄宗皇帝满心欢喜,兵士们争功不已,百官随从则争着问候天子平安,陈述这次狩猎的伟大意义:这样迅速获得成功,简直是天助神力,不可想象。如此的威势君临九州,四海之内岂能不得平安? 如此的威势镇服四夷,何方还敢挑起事端?

第三段写温泉的瑰丽景象和寻仙求药的奇思妙想。这里山势高峻挺拔,虽然是严冬,林木依旧浓黛茂密。高楼亭台鳞次栉比,随山峦之体势错落有致。檐檐相压,阁阁相当。或层台耸翠,上出重霄;或飞阁现丹,流光溢彩。更有胜者,半壁的飞泉从石瓮中飞吐而下,在这滴水成冰的季节,依然热气腾郁,香雾袅袅,盎然如春。天空紫云聚合,白鹤翔翔。水珠四溢,在阳光照耀下呈现五颜六色的光彩。此情此景,使天子如同羽化成仙一般,置身于日月争辉、星辰灿烂的图景之中,披霞衣,袭霓裳,在喜神的导引之下,来到了天尊傍。这里有琼浆玉液,盛情款待这位得意洋洋的风流三郎。古代的三皇五帝、秦皇汉武,岂如我今日之李三郎。

最后一段是作者的自述,包含着自嘲和乞求。作者说,我好像行路困顿的不肖子穷奇,又好像迷路不知所往的阮籍。我虽然相貌丑陋,本事却不小。我可以呈献奇异的技艺,还可以写出卓绝的文章。什么潘江陆海,"卢骆杨王",我都可以不屑一顾。我虽然满腹才学,却时运不济,仕途多舛。经常在梦里得到富贵,清醒之后倍感凄凉。我痴心地盼望着,苦苦地等待着,今日是千年一遇的良机,诚恳地请求天子千万不要让我的美梦化为泡影。

我们知道,描写宫苑的富丽,都城的繁华,神仙、田猎的乐事,以及统治者的奢侈生活,是汉大赋的主要内容。然而如果把它们同《温泉赋》的相关段落进行对比,会发现它们之间明显的差别。用一个不十分准确的比喻说,汉大赋如同一位巨人,虽然不失宏伟厚重、风采光华,但其致命的缺点是神情板滞。《温泉赋》则如同一个调皮滑稽的倡优,他动作敏捷,表情多变,言辞幽默,富有挑逗性。给予人的是轻松、捧腹、释重卸担和心旷神怡,而仔细想来,又谐中有庄,笑中寓泪。和传统大赋一样,本篇也成功地采用了铺叙这种赋体文学的基本手法。但正如刘勰在《文心雕龙·诠赋》□所批评汉大赋的:"逐末之俦,蔑弃其本,虽读千赋,愈惑体要。遂使繁华损枝,膏腴害骨,无实风轨,莫益劝戒。"而《温泉赋》铺叙不显堆砌,修饰不显多余。天子仪仗一段,有点像元代睢景臣的《高祖还乡》明为颂扬,实则嘲谑,狩猎一段的描写,则近乎马戏表演。诙谐调侃与铺采摛文有机结合,贯穿于赋的始终。

(伏俊琏)

高 适

（约700—765）　字达夫,渤海蓨县(今河北景县)人。性格落拓不羁,早年漫游于梁、宋之间,后入河西节度使哥舒翰幕下为记室参军,安史之乱后被提拔为谏议大夫,节度淮南,官终散骑常侍。高适是唐朝边塞诗人的代表,诗风跌宕豪壮,文章也颇具特色。《河岳英灵集》评价他"性拓落,不拘小节,耻预常科,隐迹博徒,才名自远。然诗多胸臆语,兼有气骨,故朝野通赏其文"。著有《高适集》,已佚。今有《高常侍集》行世。

【作者小传】

奉 和 鹘 赋[①]并序　　　　　　　　　高 适

天宝初,有自滑台奉太守李公[②]《鹘赋》以垂示,适越在草

野,才无能为,尚怀知音,遂作《鹘赋》,其词曰:

夫何鹘之为用? 置之则已,纵之无匹。怀果断之沈潜③,任情性之敏疾。头小而锐,气雄而逸;貌耿介以凌霜,目精明而点漆。想象辽远,孤贞深密。将必取而乃回,若受词而无失。当白帝④之用事,入青云而委质⑤,乃徇节以勃然,因指踪⑥而挺出。严冬欲雪,蔓草初焚;野莽荡⑦而风紧,天峥嵘而日曛⑧。忿顾兔⑨之狡伏,耻高鸟之成群。始灭没以略地⑩,忽升腾而参云;翻决烈以电掣⑪,皆披靡而星分⑫。奔走者折胁而绝脰⑬,鸣噪者血洒而毛纷。虽百中之自我,终一呼而在君。夫其左右更进,纵横发迹⑭,塪窟穴之凌兢⑮,振荆榛之淅沥。翕六翮以直上,交双指⑯以迅击,合连弩之应机,类鸣髇⑰之破的。豁尔胸臆,伊何凌厉以爽朗! 曾莫蛮介⑱,岂虞险艰而怵惕⑲! 观其所获多有,得用非媒,历闉闍⑳以肃穆,翊钩陈㉑而环回。幸辉光于蒐狩㉒,承翦拂㉓于楼台。望凤沼而轻举,纷羽族之惊猜。路杳杳而何向? 云茫茫而不开。莺出谷㉔兮徒尔,鹤乘轩㉕而何哉? 彼怀毅勇坎轲而弃置,胡不效其间关而徘徊㉖? 尔乃顾恩有地㉗,恋主多情,念层空㉘而不起,托虚室㉙而无惊。雅节表于能让,义心激于效诚。势逾高而下急,体弥重而飞轻。戢㉚羽翼以受命,若肝胆之必呈。嗟日月之云迈㉛,犹羁縻而见婴㉜。

别有横大海而遥度,顺长风而一写㉝,投足眇于岩巅㉞,脱身免于弋㉟者。冰落落以凝闭,雪皑皑而飘洒,谅坚锐之特然㊱,宁苦寒之求舍。匪聚食以祈满㊲,聊击鲜而自假㊳。比玄豹㊴之潜形,同幽人之在野。矧其升巢绝壁,独立危条,心倐忽于万里,思超遥于九霄。岂别物之能暴㊵,曷凡禽之见邀? 则未知鹓鹭㊶之所适,孰与鹏鷃㊷兮逍遥云尔哉!

〔注〕 ①鹘:又名隼,一种猛禽,喙钩爪利,疾飞善袭。此文全唐文作《奉和李泰和鹘赋》。②滑台:今河南滑县。太守李公,即李邕,字泰和。 ③沈潜:沉着镇定。 ④白帝:传说中五天帝之一,在西方,主秋。 ⑤委质:通“委贽”,交付礼物。古代学生对老师、大臣对君主初次相见需送礼,以示委身投靠,绝不背叛。 ⑥指踪:指示禽兽踪迹。 ⑦莽荡:形容空阔。

⑧ 日曛：日暮。　⑨ 顾兔：即兔。《楚辞·天问》："厥利维何，而顾兔在腹？"　⑩ 略地：掠地，擦过或拂过地面。　⑪ 翻：突然(转变)。决烈：犹决裂。电掣：如电光急闪，比喻迅速。　⑫ 星分：像群星一样散乱，比喻鸟兽四散纷飞。　⑬ 胆：头颈。　⑭ 发迹：发掘禽兽的踪迹。　⑮ 凌兢：战栗惶恐。　⑯ 双指：双爪。　⑰ 鸣髇(xiāo)：响箭。　⑱ 虿(chài)介：犹蒂芥，不快。　⑲ 怵惕：恐惧。　⑳ 阊阖：神话中天门，代指皇宫。　㉑ 翊：辅佐护卫。钩陈：星名，紫微宫外营陈星，代指后宫。　㉒ 辉光：显耀。蒐狩：春猎为蒐，冬猎为狩，泛指狩猎。　㉓ 鬋拂：原意指修剪毛发，洗拭尘垢。引申为看重、提携。　㉔ 莺出谷：比喻升迁。《诗经·小雅·伐木》："伐木丁丁，鸟鸣嘤嘤。出自幽谷，迁于乔木。"此处以莺代指巧言令色获取高位之小人。　㉕ 鹤乘轩：卫懿公喜欢养鹤，其鹤供养如官员，有品位俸禄。《左传·闵公二年》："卫懿公好鹤，鹤有乘轩者。"此处以鹤代指本无才能而窃据禄位者。　㉖ 间关：莺啼之声。徘徊：鹤舞之貌。　㉗ 尔：指鹘。有地：有根底，不动摇。　㉘ 层空：高空，比喻高官厚禄。　㉙ 虚室：指心。《庄子·人间世》："瞻彼阒者，虚室生白，吉祥止止。"　㉚ 戢：收敛。　㉛ 日月之云迈：岁月流逝。《诗经·唐风·蟋蟀》："今我不乐，日月其迈。"迈，过去。云，语助词。　㉜ 羁縻：马笼头和牛缰绳，比喻牵制、束缚。婴：通"缨"，缠绕。　㉝ 写：通"泻"，畅通无阻。　㉞ 投足：落脚。眇：高远。　㉟ 弋：用带绳子的箭射鸟。　㊱ 谅：诚然。特然：出众的样子。　㊲ 匪：通非。祈满：祈求饱腹。　㊳ 击鲜：捕杀活物。自假：凭借己力。　㊴ 玄豹：比喻藏身远害的隐士。刘向《列女传·陶答子妻》："南山有玄豹，雾雨七日而不下食者，何也？欲以泽其毛而成文章也，故藏而远害。"　㊵ 暴：欺凌。　㊶ 鹓鹭：鹓和鹭飞行有序，比喻朝官。　㊷ 鹏鷃：大鹏和斥鷃。斥鷃：鷃雀，一种小鸟，弱小不能远飞。《庄子·逍遥游》："有鸟焉，其名为鹏，背若泰山，翼若垂天之云，抟扶摇羊角而上者九万里，绝云气，负青天，然后图南，且适南冥也。斥鷃笑之曰：'彼且奚适也？我腾跃而上，不过数仞而下，翱翔蓬蒿之间，此亦飞之至也。而彼且奚适也？'"此处比喻在野之士。

　　高适此赋作于天宝元年(742)，是李邕《鹘赋》的和作。文章借鹘喻人，批判了统治阶级对人才的摧残，表达了对自由自在的隐逸生活的向往。首句"夫何鹘之为用"开篇点题，以"置之则已，纵之无匹"八字概括了鹘的品质与才能，接下来用了"果断""沈潜""敏疾""雄逸""耿介""精明""孤贞深密"等一系列形容词来刻画鹘在外表和精神上的特质，令人感觉他所描述的并不是鹘，而是一位沉毅精进之志士。从"将必取而乃回"到"鸣噪者血洒而毛纷"，作者以精细的笔墨具体描写了鹘的狩猎过程。首先是场景，"严冬欲雪，蔓草初焚；野莽荡而风紧，天峥嵘而日曛"，短短四句刻画出了一幅冬日荒野的图像。时节是严冬，时候是日曛，天上阴云层积如山，地上野草火焚已尽，天地之间寒冷而昏黄一片，北风萧瑟，肃杀千里。在这种情景之下，鹘因为主人的指挥毅然挺身而出，时而低空掠过，锐利的眼睛发现狡兔，时而高飞入云，将群集的飞鸟收入爪中。它像闪电一般忽然下击，鸟兽慑于它的气势，四散纷飞，狡兔、飞鸟，一切猎物都筋摧骨折，洒血尘埃。作者用一系列简洁而有力的动词来描摹鹘的动作，"忿""耻""略地""参云""决烈""电掣""披靡"，鹘的形象从沉毅精进之志士更进一步，变成了勇猛刚烈之斗士。

从"虽百中之自我"到"岂虞险艰而怵惕",作者刻画得更加深入。鹘"左右更进,纵横发迹",类似指挥若定之将军;"翕六翮以直上,交双指以迅击",又似冲锋陷阵之士兵;"豁尔胸臆,伊何凌厉以爽朗!曾莫蚤介,岂虞险艰而怵惕",鹘不拘小节,不畏艰险,襟怀开朗,胸无宿物。虽然有如此的能力,鹘却恪遵指挥,从不自专,"虽百中之自我,终一呼而在君"。如此,鹘不仅是沉毅精进之志士、勇猛刚烈之斗士,更是忠贞杰出之国士。它"所获多有,得用非媒",凭借自己的才能和功劳而不是任何人的援引提携而进入天门之中,守卫中央。然而虽然"幸辉光于蒐狩,承蓍拂于楼台",鹘却并没有得到重用。它想飞往凤沼,却遭遇了众鸟的猜忌,云路暧昧难通。想获得重用,要么像黄莺那样巧言令色,要么像白鹤那样逢迎谄媚。鹘为什么不效仿它们呢? 那是因为鹘"顾恩有地,恋主多情",它不愿意放弃操守,而甘愿屈居下层,"雅节表于能让,义心激于效诚"。到此,鹘的形象再次发生转换,从忠贞杰出之国士变为笃行不苟之义士。

鹘既是沉毅精进之志士、勇猛刚烈之斗士、忠贞杰出之国士、笃行不苟之义士,那它的命运如何呢?"嗟日月之云迈,犹羁縻而见婴",它的功劳、才能、德行、品性没有为它带来任何转机,它仍然日复一日地在忽视中蹉跎岁月。虽然它毫不抱怨,仍然"戢羽翼以受命,若肝胆之必呈",然而这份忠诚又见采于何人呢? 高适本人文武兼备,《唐诗品》说他"朔气纵横,壮心落落,抱瑜握瑾,浮沉闾巷之间",他的境遇正和文中之"鹘"有异曲同工之处。

作者感叹于鹘的悲剧,在文章后半段中笔锋一转,刻画了另一个与此相反的"鹘"的形象。它"横大海而遥度,顺长风而一写",逍遥于天地之间,游荡于八荒之外,罗网无法捕,弋者不得获,他物不能凌,凡禽不得邀。即使它所处的是冰天雪地,"独立危条",也绝不羡慕被人所豢养的生活。鸂鶒之类自认为得所,然而在"思超遥于九霄"的鹘看来,远不如《庄子·逍遥游》中的斥鷃与大鹏!

作者描写了两个截然不同的"鹘"的形象,看似鼓吹后者,而其实情感之寄托大半在前者。对古代士人来说,进与退、出与处是一对永恒的矛盾,唐朝虽然道教流行,高适和好友李白等人也多有"天子不能臣,诸侯不能友"的出世放旷言行,然而他们最终还是渴望进入国家权力中心,一展才能,就如同前半段的"鹘"一样,"望凤沼而轻举",期云路之时开。高适本人在年过半百之后,终于获得了出人头地的机会,镇守一方,为封疆大吏,"有唐以来,诗人之达者,唯适而已"(《旧唐书·高适传》)。就文章本身来说,前半段也写得比后半段好,特别是刻画鹘之捕猎,所谓"模画景象,气骨琅然,而词锋华润,感赏之情,殆出常表"(《唐诗品》)。

(孔燕妮)

李 白

（701—762） 字太白，号青莲居士。自称祖籍陇西成纪（今甘肃秦安），隋末流寓碎叶（今吉尔吉斯斯坦托克马克附近）。出生地有蜀中、西域诸说，尚无定论。少居绵州昌隆（今四川江油）青莲乡。从25岁起离川，长期在各地漫游。天宝初曾供奉翰林，政治上不受重视，又遭权贵谗毁，仅一年余即离开长安。天宝三载（744），在洛阳与杜甫结交。安史乱中，怀着平乱的志愿，曾为永王李璘幕僚，因璘败牵累，流放夜郎。中途遇赦东还。晚年漂泊困苦，卒于当涂。有《李太白集》。

【作者小传】

剑 阁 赋①   李 白

此赋题下自注："送友人王炎入蜀。"

咸阳②之南，直望五千里，见云峰之崔嵬。前有剑阁横断，倚青天而中开。上则松风萧飒瑟飓③，有巴猿兮相哀。旁则飞湍走壑，洒石喷阁，汹涌而惊雷。

送佳人兮此去，复何时兮归来？望夫君兮安极，我沉吟兮叹息。视沧波之东注，悲白日之西匿。鸿别燕兮秋声，云愁秦而暝色。若明月出于剑阁兮，与君两乡对酒而相忆。

〔注〕 ① 剑阁：《一统志》："剑阁在剑州北三十里，两岸峻拔，凿石架阁而为栈道，连山绝险，故谓之剑阁。"地在今四川省广元市西南部。 ② 咸阳：《三辅黄图》："咸阳在九嵕山渭水北，山水俱在南，故名咸阳。今文士概指秦地曰咸阳也。" ③ 瑟飓：形容大风。

此赋是李白送别友人王炎入蜀所写，与《蜀道难》同时，大约写于天宝元年（742）到三年（744）之间。《蜀道难》固宏伟恣肆，《剑阁赋》亦气势不减。赋分上下两阕，上阕极力刻画剑阁之高峻奇险，首句以阔大之想象开篇，"直望五千里"而见"云峰之崔嵬"，犹如咫尺千里之画卷，继而信笔涂抹，剑阁如长剑斜倚青天，上有松风萧瑟、巴猿哀鸣，下有山石谷壑、激流惊雷，短短几句之间有山有水，有声有色，有形有神，剑阁如"剑"之形，松风如"剑"之声，惊雷如"剑"之神，赋"剑阁"如此，可谓字字动人、俊爽奇绝。

下阕转以怀人，气势稍减而情致更胜，佳人未去而情思已生，不由诗人不沉吟叹息，而日既西倾，时又暮秋，浮云飞禽皆有愁色，此时此景，可谓"相思相见知何日、此时此夜难为情"（李白《三五七言》），情无可遣，只能寄托于明月。谢庄

《月赋》曰："美人迈兮音尘阙,隔千里兮共明月。"李白送王昌龄诗曰："我寄愁心与明月,随风直到夜郎西。"同为末句之注脚。

《剑阁赋》一共只有 121 字,然篇幅短小而笔调纵横,颇有两汉大赋之气概,其"前有""上则""旁则"之语,和《上林赋》"其南则""其北则",《两都赋》"前乘秦岭,后越九嵕,东薄河华,西涉岐雍"同为一概,祝尧《古赋辨体》言其"挈敛《上林》《两都》铺叙体格,而裁入小赋,所谓'天吴与紫凤,颠倒在短褐'者欤? 故虽以小赋,亦自浩荡而不伤俭陋。盖太白天才飘逸,其为诗也,或离旧格而去之,其赋亦然。"洵为善评。

(孔燕妮)

【作者小传】

乔潭

字源,梁(今属河南)人。玄宗天宝三载(744)与岑参同登进士第。曾任陆浑尉。《全唐文》卷四五一录其文十一篇,其中赋七篇。

裴将军剑舞赋并序　　　　　　　　乔潭

后元年①秋七月,羽林裴公献戎捷于京师。上御花萼楼,大置酒。酒酣,诏将军舞剑,为天下壮观,遂赋之。词曰:

将军以幽燕劲卒,耀武穷发②,俘海夷,虏山羯,左执律,右秉钺,振旅阗阗③,献功魏阙。上享之,则钟以悍簴④,鼓以灵鼍⑤。千伎度武⑥,万人高歌。秦云动色,渭水跃波。有肉如山,有酒如河。君臣乐饮而一醉,夷夏薰薰而载和。帝谓将军:拔剑起舞,以张皇⑦师旅,以烜赫⑧戎虏,节八音,行八风⑨,奋两阶之干羽⑩。

公于是乎贝胄朱绶⑪而作色,虎裘锦裼⑫而攘臂。抗棱威⑬,飘锐气,陆离乎武备,婆娑乎文事,合桑林之容以尽其意,照莲花之彩以宣其利。翕然⑭鹰扬,翼尔⑮龙骧,锋随指顾,锷应回翔。取诸身而耸跃,上其手以激昂。纵横耀颖⑯,左右交光。

观乎此剑之跃也,乍雄飞,俄虎呴⑰,摇鹿卢⑱,射牛斗。空中悍慓,不下将久,欻⑲风落而雨来,累惬心而应手。尔其陵厉清浮,绚练夐绝⑳,青天兮何倚,白云兮可决。睹二龙之追飞,见七星之明灭。杂朱干㉑之逸势,应金奏㉒之繁节。至乃天轮宛转,贯索回环,光冲融乎其外,气浑合乎其间。若涌云涛,如飞雪山。万夫为之雨汗,八佾㉓为之惭颜。

及乎度曲将终,发机尤捷,或连翩而七纵,或瞬息而三接。风生兮蒨斾襜襜㉔,屯走兮彤庭㉕晔晔。阴冥变见,灵怪离蹦,将鬼神之无所遁逃,岂蛮夷之不足震慑。

嗟夫,兰子之迭跃㉖,其技未雄;仲由之自卫,其舞未工㉗。岂若将军为百夫之特㉘,宝剑有千金之饰。奋紫髯之白刃,发帝庭之光色,所以象大君之功,亦以宣忠臣之力。

或歌曰:洸洸武臣㉙,耀雄剑兮清边尘,威远夷兮率来宾㉚。焉用轻裙之妓女,长袖之才人。天子穆然,诏伶官,斥郑卫,选色者使觇㉛乎军容,教舞者俾㉜观乎兵势,《激楚》《结风》㉝,发扬蹈厉㉞,佥㉟谓将军之剑舞,古未之至。

〔注〕 ①后元年:此处原文有脱误。《全唐文》作"元和秋七月",《唐文粹》作"元和年秋九月"。 ②穷发:极北方的不毛之地,后多用来指北方的国家。 ③阗(tián)阗:众多的样子。 ④悍簴(jù):装饰以猛兽形象的钟架。 ⑤灵鼍(tuó):扬子鳄,皮可用来制鼓。 ⑥度武:按节律起舞。武即舞。 ⑦张皇:显扬,使广大。 ⑧烜(xuǎn)赫:展示显赫盛大,震慑。 ⑨八风:即八音。古代将乐音分为八种,后常用以泛指音乐。 ⑩干羽:古代舞者手执的道具,文舞执羽,武舞执干。 ⑪贝胄:用文贝装饰的头盔。朱绶(shòu):用于串贝的红线。 ⑫裼(xī):覆于裘外之衣。 ⑬抗:树立起,撑起。棱威:威风,气势。 ⑭翕然:忽然。 ⑮翼尔:轻盈的样子。 ⑯颖:尖端,这里指剑尖。 ⑰呴(hǒu):吼叫。 ⑱鹿卢:即辘轳。 ⑲欻(xū):忽然。 ⑳绚练:迅疾的样子。夐(xiòng)绝:超绝。 ㉑朱干:红色的盾。 ㉒金奏:音乐声。 ㉓八佾(yì):古代天子所用的乐舞,队列纵横各八人,共六十四人。 ㉔蒨斾:绛色的旗帜。襜(chān)襜:摇动的样子。 ㉕彤庭:汉代宫廷,也泛指皇宫。 ㉖兰子:宋人,能在奔跑跳跃中耍七剑,五剑常在空中。 ㉗《孔子家语·好生》:"子路戎服见于孔子,拔剑而舞之,曰:'古之君子以剑自卫乎?'孔子曰:'古之君子忠以为质,仁以为卫,不出环堵之室而知千里之外,有不善则以忠化之,侵暴则以仁固之,何持剑乎?'" ㉘特:杰出者。 ㉙洸(guāng)洸:威武的样子。 ㉚来宾:前来宾服,一般用于远方的少数民族。 ㉛觇(chān):窥视,观察。 ㉜俾:使,让。 ㉝《激楚》《结风》:古歌曲名。 ㉞指舞蹈时动作的威武。 ㉟佥(qiān):都,皆。

这篇作品的创作背景大约是这样的:裴大将军奏凯还朝,皇帝为之设宴庆功,席间,将军舞剑助兴。皇帝设宴,当然有很多文人作陪,其中一位便以裴将军的剑舞为内容,写了这样一篇赋。

这个事件的具体细节，现在很难一一考证了，序中的"后元年"肯定是错误的，其他人名也都未点明。根据其他资料可知，乔潭是唐玄宗时候的进士，而裴将军名叫裴旻，在当时，他的剑舞和李白的诗、张旭的草书被并称为"三绝"。有了这些信息，便可以知道，这篇赋是一首庙堂作品，其基本要求是典雅、华丽，同时，剑舞又是一个动态的内容，在没有影像技术的时代，纯用文字描述这样的内容，对文学技巧的要求也是很高的。

唐代的科举制度已经正式确立，作赋是科举的内容之一，而乔潭正是一个完成了科举的进士。不是任何人都有机会在御宴上交作业的，这种氛围下的作品，首先要明确其歌颂的基调，既然是庆功，那么必定要以弘扬帝国的武功为主旋律。所以，赋的主干是描写将军的剑舞，但首尾都少不了对帝国征服蛮夷的称颂，而诗赋又不同于记录史实，必须虚写，于是，穷发、海夷、山羯、戎夌、蛮夷、远夷等词汇不断变幻出现，用于夸饰帝国军队的业绩，纯从文学角度看，这些或许都是累赘，但对于当时兼具政治功能的文章来说，却是必不可少的点缀。

其次，赋要讲究华丽，其传统本身就为了文采绚烂而不惜流于堆砌辞藻和典故，御用文人的御用作品更要追求用高雅的、适合于庙堂的文辞。这一点，对于经过专业训练的作者来说，是十分清楚的。比如作品中"左执律，右秉钺"是《周礼·大司马》中的话，"节八音，行八风"出于《左传》隐公五年，"振旅阗阗""贝胄朱绶""百夫之特"都是《诗》中成句，"发扬蹈厉"出于《礼记·乐记》，"绚练复绝""激楚结风"都取自前人名赋，其他更多都是有来历而稍加变易的词汇。虽然这些词句在各自原文中的意思往往另有所指，但作者能巧妙地加以整合运用，恰到好处地适用于当前作品。为了符合高雅的要求，所选词句典故也都来自经史或大赋，小说稗史中的"俗典"在这里是不得体的。

最后，这篇赋对动态事物的描写，也可以说是中规中矩的。就其题材，人们很容易联想到杜甫的《观公孙大娘弟子舞剑器行》，但那是诗，这是赋，篇幅悬殊，且杜诗中描写公孙大娘舞剑只有很小一个部分，所以两者不具有可比性。按描写动态事物的常规，主要是以直接描述与比喻夸张交叉运用，其比喻（包括通感）等修辞手法的精妙程度，决定了文章的质量。本赋中对动作的描写非常精准，如"取诸身而耸跃，上其手以激昂""或连翻而七纵，或瞬息而三接"等都很容易使读者眼前浮现出相应的场景。而二龙七星等比喻穿插其间，兰子仲由的典故适当反衬，使得作品在迎合官方要求的同时，也有着较高的艺术价值。

南宋高宗皇帝酷爱书法，曾经手写此赋，赠予名将岳飞，这段往事也可以从一个侧面反映出这篇赋的艺术价值。

（田松青）

杜 甫

（712—770） 字子美。河南巩县（今属河南）人。开元后期举进士，不第。天宝三载（744），在洛阳与李白结交。后寓居长安（今陕西西安）将近十年，未能有所施展，生活贫困。靠献赋始得官。安史之乱起，被困城中半年，后逃到凤翔，"麻鞋见天子"，被授为左拾遗，不久因事得罪肃宗，贬华州司功参军。又弃官赴秦州、同谷。自上元元年（760）起，居蜀八载，于浣花溪畔营筑草堂。友人严武曾表其为节度参谋、检校工部员外郎，故称"杜工部"。晚年买舟出川，病卒于湘江途中。有《杜工部集》行世，注本极多。

【作者小传】

天 狗 赋并序 　　　　　　杜 甫

天宝中，上冬幸华清宫，甫因至兽坊，怪天狗院列在诸兽院之上，胡人云：此其兽猛健，无与比者。甫壮而赋之，尚恨其与凡兽相近。

澹①华清之莘莘漠漠②，而山殿戌削③，缥④焉天风，崛乎回薄⑤。上扬云旗⑥兮，下列猛兽。夫何天狗嶙峋兮，气独神秀。色似狻猊⑦，小如猿狖⑧。忽不乐，虽万夫不敢前兮，非胡人焉能知其去就。向若铁柱敨⑨而金锁断兮，事未可救。瞥流沙而归月窟⑩兮，斯岂踰昼。日食君之肥鲜兮，性刚简而清瘦。敏于一掷⑪，威解两斗。终无自私，必不虚透。

尝观乎副君暇豫⑫，奉命于畋⑬，则蚩尤⑭之伦，已脚⑮渭戟泾，提挈丘陵，与南山周旋，而慢围者戮，实禽有所穿。伊鹰隼之不制兮，呵犬豹以相躔。蹙乾坤之禽习⑯兮，望麋鹿而飘然。由是天狗捷来，发自于左，顿六军之苍黄⑰兮，劈万马以超过。材官⑱未及唱，野虞⑲未及和。阋髇矢⑳与流星兮，围要害而俱破。泊㉑千蹄之并集兮，始拗怒㉒以相贺。真雄姿之自异兮，已历块㉓而高卧。不爱力以许人兮，能绝等㉔以为大。既而群有噉咋㉕，势争割据。垂㉖小亡而大伤兮，翻投迹㉗以来预。划㉘雷殷而有声兮，纷胆破而何遽㉙。似爪牙之便秃兮，无魂

〔596〕 杜 甫

魄以自助。各弭耳³⁰低回，闭目而去。

　　每岁，天子骑白日，御东山，百兽蹴跄³¹以皆从兮，肆猛仡铦锐³²乎其间。夫灵物固不合多兮，胡役役³³随此辈而往还？惟昔西域之远致兮，圣人为之豁迎风，虚露寒³⁴，体苍螭³⁵，轧金盘。初一顾而雄材称是兮，召群公与之俱观。宜其立阊阖³⁶而吼紫微³⁷兮，却妖孽而不得上干。时驻君之玉辇兮，近奉君之渥³⁸欢。

　　使昊³⁹处而谁何⁴⁰兮，备周垣⁴¹而辛酸。彼用事之意然兮，匪至尊之赏阑⁴²。仰千门之峻嶒⁴³兮，觉行路之艰难。惧精爽⁴⁴之衰落兮，惊岁月之忽殚。顾同侪⁴⁵之甚少兮，混非类以摧残。偶快意于校猎⁴⁶兮，尤见疑于蹻捷。此乃独步受之于天兮，孰知群材之所不接。且置身之暴露兮，遭纵观之稠叠⁴⁷。俗眼空多，生涯未惬。吾君倘忆耳尖之有长毛兮，宁久被斯人终日驯狎已。

〔注〕 ①澹（yǎn）：动荡貌。这里用法类似发语词。 ②莘莘漠漠：树木茂盛的样子。 ③戌削：高耸的样子。 ④缥：同"飘"，飞扬。 ⑤回薄：盘旋环绕。 ⑥云旓（shāo）：绘有云彩的旌旗。 ⑦狻（suān）猊（ní）：狮子。 ⑧猿狖（yòu）：猿猴。 ⑨敧（qī）：倾斜。 ⑩月窟：月亮落下的地方。 ⑪一掷：一击。 ⑫副君：太子，皇储。眼豫：闲暇。 ⑬畋（tián）：打猎。 ⑭蚩尤：传说中的恶神，这里指参加围猎的军队。 ⑮脚：拖住一脚。 ⑯翕习：威猛繁盛的样子。 ⑰苍黄：慌张。 ⑱材官：低级武官。 ⑲野虞：掌管山林泽薮的官。 ⑳冏：照耀。髇（xiāo）矢：响箭。 ㉑洎（jì）：自从。 ㉒拗（yù）怒：抑制怒气。 ㉓历块：形容十分迅速。 ㉔绝等：超越同类。 ㉕噉（dàn）咋（zé）：吃，食用。 ㉖垂：接近。 ㉗投迹：前往，投身。 ㉘划：忽然。 ㉙遌：惶恐，恐惧。 ㉚弭耳：帖耳，驯服的样子。 ㉛蹴（zú）跄（qiāng）：随着舞动的样子。 ㉜猛仡（yì）：威猛雄壮。铦（xiān）锐：锐利。 ㉝役役：劳碌的样子。 ㉞迎风、露寒：汉宫殿名。 ㉟苍螭：青龙。 ㊱阊阖：传说中的天门，泛指官门。 ㊲紫微：帝王的宫殿。 ㊳渥：恩泽。 ㊴昊（jú）：狗看东西的样子。 ㊵谁何：盘查，诘问。 ㊶周垣：城墙。 ㊷阑：将尽。 ㊸嶒（líng）嶒（céng）：高耸险峻。 ㊹精爽：精神。 ㊺同侪（chái）：同伴。 ㊻校猎：打猎。 ㊼稠叠：稠密重叠。

　　杜甫是以其诗作闻名后世的，与其诗作相比，他流传下来的文章少得可怜，赋则只有六篇，六篇之中又以供皇家典礼所用的赞歌为主，所以，《天狗赋》还算是杜甫在少有外力约束的情况下创作的一篇赋。

　　《天狗赋》是一篇骚体赋，这是一种由《楚辞》演变而来的赋体，句子中多带

"兮"字,是这一体裁的标志特征之一。由于在形式的要求上较骈赋相对宽松,所以唐宋以后的作者喜欢用它来写一些抒情言志的个人作品,而且作品的基本情调常常有意无意地接近《离骚》。

这篇赋描述的对象是来自西域的猎犬,借用《山海经》中的名字,称为天狗。天狗是优良的猎犬,受到王公贵族的青睐。作为猎犬,它的外貌、神情、能力都显得与众不同,而铺陈描写正是赋的专长。先写外形,着重于神情气质的描写,点出其清瘦干练的特征。随后写跟随太子出猎时的勇猛敏捷以及在狩猎队伍中的影响力。继而又写曾受天子眷顾,而终于在天狗院中倍感寂寞,很少有一展才能的机会。显然,这样的内容是有所隐喻的,是不是作者自况不必细究,但作为一篇赋,其主题和基调正与《长门赋》《鹏鸟赋》等相似。然而同样是哀怨悲愁的内容,却由于主体天狗的奇崛刚健,使全文充满了一种悲壮的气息,"俗眼空多,生涯未惬"的感叹虽说也是骚体赋常有的牢骚,但是系于天狗这一神骏昂扬的形象之上,其悲其怨便不那么萎苶,不那么消沉,犹如老骥伏枥,雕盼青云,与昭阳日影的深宫凄婉不同,与骥尾青云的文士怨恨也不同。这也体现了托物抒情的文章在选物时不可不慎。

人的各方面才能是有短长的,杜甫号称诗圣,作诗是古今独步,即便有不喜欢杜诗的,却从未有人敢说杜诗不是一流的。而诗做得好,未必文赋也擅长,杜甫则正是"偏科"严重的。曾有学者指出,"杜甫古今诗圣,而无韵之文,至不可读"。这篇赋虽说还算是韵文,但终究与作诗不同,往往用词生涩甚至费解,音律节奏也有不少地方失之和谐,使读者读来很不流畅,这也是很难为杜甫回护的。故而历来注杜诗者都不将这篇赋收入,只有清代仇兆鳌作《杜诗详注》才勉强注了它,注语大多十分模棱,原作如此,也是无可奈何。

(田松青)

岑 参

【作者小传】

(约 715—770) 江陵(今属湖北)人。天宝三载(744)登进士第,授右内率府兵曹参军。八载,入安西高仙芝幕掌书记。十三载,复入安西北庭都护封常清幕,充节度判官。后历右补阙,起居舍人、虢州长史、祠部员外郎等职。大历元年(766),剑南西川节度使杜鸿渐表为职方郎中兼侍御史,列在幕府。后赴嘉州。三年,罢郡东归,流寓成都。世称岑嘉州。为盛唐边塞诗派代表作家。与高适齐名,并称"高岑"。今有《岑嘉州集》行世。

感 旧 赋并序 岑 参

参，相门子。五岁读书，九岁属文，十五隐于嵩阳，二十献书阙下[①]。尝自谓曰，云宵[②]坐致，青紫[③]俯拾。金尽裘敝[④]，蹇[⑤]而无成，岂命之过欤？国家六叶[⑥]，吾门三相矣。江陵公[⑦]为中书令，辅太宗。邓国公[⑧]为文昌右相，辅高宗。汝南公[⑨]为侍中，辅睿宗。相承宠光[⑩]，继出辅弼[⑪]。《易》曰："物不可以终泰，故受之以否。"逮乎武后临朝，邓国公由是得罪，先天中汝南公又得罪，朱轮翠毂[⑫]，如梦中矣。今王道休明[⑬]，噫，世业沦替，犹钦若[⑭]前德，将施于后人。参年三十，未及一命[⑮]。昔一何荣矣，今一何悴矣。直念昔者为赋云。其辞曰：

吾门之先，世克其昌[⑯]，赫矣烈祖[⑰]，辅于周王。启封受楚[⑱]，佐命克商。二千余载，六十余代，继厥美而有光。其后辟土宇[⑲]于荆门，树桑梓于棘阳，吞楚山之神秀，与汉水之灵长[⑳]。猗[㉑]盛德之不陨，谅[㉒]嘉声而允臧[㉓]。庆延[㉔]自远，佑洽[㉕]无疆。自天命我唐，始灭暴隋，挺生[㉖]江陵，杰出辅时，为国之翰[㉗]，斯文在兹。一入麟阁[㉘]，三迁凤池[㉙]。调元气以无忒[㉚]，理苍生而不亏。典丝言[㉛]而作则，阐绵蕝[㉜]以成规。革亡国之前政，赞圣代之新轨。捧尧日以云从[㉝]，扇舜风而草靡[㉞]。洋洋乎令问[㉟]不已。

继生邓公，世实须才，尽忠致君，极武[㊱]登台。朱门复启，相府重开，川换新楫[㊲]，羹传旧梅[㊳]。何纠缠以相轧，恶高门之祸来。当其武后临朝，奸臣窃命，百川沸腾，四国无政。昊天降其荐瘥[㊴]，靡[㊵]风发于时令。籍小人之荣宠，堕贤良于槛阱[㊶]。苟愔恢[㊷]以相蒙，胡丑厉[㊸]以职竞[㊹]。既破我室，又坏我门。上帝懵懵，莫知我冤。众人恰恰[㊺]，不为我言。泣贾谊于长沙，痛屈平于湘沅。

夫物极则变，感而遂通。于是日光回照于覆盆[㊻]之下，阳气复暖于寒谷之中。上天悔祸，赞我伯父，为邦之杰，为国之辅。又治阴阳，更作霖雨，伊[47]廊庙之故事，皆祖父之旧矩。朱门不改，画戟重新。暮出黄阁[48]，朝趋紫宸[49]。绣毂照路，玉珂[50]惊尘。列亲戚以高会，沸歌钟[51]于上春。无小无大[52]，皆为缙绅。颙颙卬卬[53]，瑜数十人。嗟乎，一心弼谐[54]，多树纲纪。群小见丑，独醒积毁。铄于众口，病于十指[55]。由是我汝南公复得罪于天子，当是时也，偪侧崩波[56]，苍黄反复，去乡离土，隳宗破族，云雨流离，江山放逐。愁见苍梧之云，泣尽湘潭之竹[57]。或投于黑齿之野，或窜于文身之俗[58]。

　　呜呼，天不可问，莫知其由。何先荣而后悴，曷曩乐而今忧。尽世业之陵替，念平昔之淹留。嗟余生之不造[59]，常恐堕其嘉猷[60]。志学集兵荼蓼[61]，弱冠干于王侯。荷仁兄之教导，方励已以增修。无负郭之数亩[62]，有嵩阳之一丘。幸逢时主之好文，不学沧浪之垂钩。我从东山，献书西周，出入二郡，蹉跎十秋。多遭脱辐[63]，累遇焚舟[64]，雪冻穿屦，尘缁散裘。嗟世路之岐阻，恐岁月之不留。睠[65]城阙以怀归，将欲返云林[66]之旧游。遂抚剑而歌曰：

　　东海之水化为田，北溟之鱼飞上天，城有时而复，陵有时而迁[67]，理固常矣，人亦其然。观夫陌上豪贵，当年高位，歌钟沸天，鞍马照地，积黄金以自满，矜青云之坐致。高馆招其宾朋，重门送其车骑。及其高堂倾，曲池平，雀罗[68]空悲其处所，门客肯念其平生。已矣夫，世路崎岖，孰为后图[69]。岂无畴日[70]之光荣，何今人之弃予。彼乘轩而不恤尔后[71]，曾不爱我之羁孤[72]。叹君门兮何深，顾盛时而向隅[73]。揽蕙草以惆怅，步衡门[74]而踟蹰。强学[75]以待，知音不无。思达人[76]之惠顾，庶有望于亨衢[77]。

〔注〕　①阙下：指皇宫。　②云霄：高位。　③青紫：古代公卿绶带用青色、紫色，故借以指高官显爵。　④金尽裘散：战国苏秦游说秦王，"书十上而说不行，黑貂之裘敝，黄金百斤尽"。　⑤蹇：本《周易》卦名，有艰难之象，故用以表示困厄、不顺利。　⑥叶：世，代。　⑦江陵公：岑参曾祖岑文本，封江陵县开国伯。　⑧邓国公：岑参伯祖岑长倩。　⑨汝南

公：岑参伯父岑羲，史仅载其封南阳郡公。 ⑩ 宠光：恩宠光耀。 ⑪ 辅弼：这里指宰相。 ⑫ 朱轮翠毂："翠"当作"华"，古代显贵乘坐的车子。 ⑬ 休明：美好清明。 ⑭ 钦若：敬顺。 ⑮ 一命：周制官阶从一命至九命，一命最低。 ⑯ 克：能。昌：盛。 ⑰ 烈祖：对祖先的美称。 ⑱ 启封受楚：岑氏始祖为周文王异母弟，世居南阳，春秋时为楚地。 ⑲ 土宇：土地和屋宇。 ⑳ 灵长：广远绵长。 ㉑ 猗：用于句首的叹词。 ㉒ 谅：信，确实。 ㉓ 允臧：确实好。 ㉔ 庆延：福泽绵延。 ㉕ 洽：沾湿，浸润，一般用于福德、恩惠等。 ㉖ 挺生：挺拔生长，杰出。 ㉗ 翰：辅翼。 ㉘ 麟阁：秘书省的别称。 ㉙ 凤池：中书省的别称。 ㉚ 无忒：不差。 ㉛ 丝言：纶言，王者之言。 ㉜ 绵蕝(jué)：即绵蕞，指制订整顿朝仪典章。 ㉝ 云从：随从者多。 ㉞ 草靡：草顺风而倒，比喻教化风行。 ㉟ 令问：好名声。 ㊱ 极武：滥用武力。 ㊲ 川换新楫：《尚书·说命上》：殷高宗以傅说为相，谓之曰："若济巨川，用汝作舟楫。" ㊳ 羹传旧梅：《尚书·说命下》：殷高宗谓傅说："若作酒醴，尔惟麹糵；若作和羹，尔惟盐梅。" ㊴ 荐瘥：一再发生疫病，指深重的灾祸。 ㊵ 靡：衰弱。 ㊶ 槛(jiàn)阱：陷阱。 ㊷ 惽怓(náo)：喧哗，吵闹。 ㊸ 丑厉：丑恶之人。 ㊹ 职竞：专事竞逐。 ㊺ 恢(wèi)恢：憎恶的样子。 ㊻ 覆盆：葛洪《抱朴子·辨问》："是责三光不照覆盆之内也。"谓阳光照不到覆盆之下。后因以喻社会黑暗或无处申诉的沉冤。 ㊼ 伊：发语词。 ㊽ 黄阁：门下省的别称。 ㊾ 紫宸：皇宫。 ㊿ 玉珂：马络头上的饰物，也用以指代马。 51 歌钟：歌乐声。 52 无小无大：《诗·泮水》："无小无大，从公于迈。" 53 颙颙卬卬：形容体貌庄重恭敬，气概轩昂。 54 弼谐：辅佐协调。 55 十指：十手所指，出《大学》："十目所视，十手所指，其严乎。" 56 偪(bī)侧崩波：逼迫奔波。 57 苍梧、湘竹：舜南巡而葬于苍梧之野，其二妻娥皇、女英追悼哭泣，泪染于竹，后世称湘妃竹。 58 黑齿、文身：《山海经·大荒东经》有黑齿国。《礼记·王制》："东方曰夷，被发文身，有不火食者矣。"两者泛指化外之民。 59 不造：不幸，不成。 60 嘉猷：治国的好规划。 61 荼蓼：荼味苦，蓼味辛，泛指苦难艰辛。 62 负郭：靠近城郭。《史记·苏秦列传》："使我有洛阳负郭田二顷，吾岂能佩六国相印乎？" 63 脱辐：《易·小畜》："舆说辐，夫妻反目。"说同脱。 64 焚舟：烧船，指没有退路的处境。 65 睠：同眷。回顾。 66 云林：山林，指隐士生活。 67 东海之水化为田：即沧海桑田典故，见《艺文类聚》卷八引《神仙传》。北溟之鱼飞上天，见《庄子·逍遥游》。城复，出《易·泰》"城复于隍"，谓城墙倒入护城壕。陵迁：出《诗·十月之交》"高岸为谷，深谷为陵"，后有"陵迁谷变"。四者均指重大的变化。 68 雀罗：《史记·汲郑列传论》："始翟公为廷尉，宾客阗门；及废，门外可设雀罗。"指权贵失势后无人问津。 69 后图：后路，今后的打算。 70 畴日：昔日。 71 恤尔后：顾及你的身后。 72 羁孤：羁旅孤独的人。 73 向隅：比喻孤独失意或不得机遇而失望。 74 衡门：简陋的房屋，也指隐士的居所。 75 强(qiǎng)学：勤勉地学习。 76 达人：显达之人。 77 亨衢：大路，喻指美好前程。

岑参是唐代著名的边塞诗人，并不以赋而著名，这篇《感旧赋》也是他集中唯一的赋，写于他进士及第之前。这篇名为"感旧"的作品，所感并非作者自己的亲身经历，与向秀写《思旧赋》悼念老友嵇康不同，但这并不意味着其内容的空洞和情感的缥缈。因为岑参所感，是在国运传承和家世兴衰的交替作用下，折射于自身的切肤之感。在内容和构架上，岑参模仿了庾信《哀江南赋》，但除了写骈文的才气，岑参还缺少庾信的亡国之痛，在文中他更多的只是关注自己的人生，所以

《感旧赋》虽有《哀江南赋》的影子,但在艺术成就上终难比肩。

岑参的曾祖岑文本是太宗时候的宰相。贞观年间人才荟萃,所以岑文本在史上的名望被同时的魏徵、虞世南、房玄龄等人的光芒遮掩,但也是官至中书令,曾经主修《周书》,是学识品行俱佳的一代名相。三世之后,到了岑参,却一切都面目全非。早年丧父,家境困顿,童年的岑参既是一个勤奋读书士子,又像一个无心世事的隐士。到了二十岁,他终于进京献书,展现了他渴望功名的真实,然而终究未果。要体会这一切,则又不得不了解当时的社会。

唐代承袭隋朝的科举制,将仕宦的大门向所有的平民敞开,然而这只是制度改革的开始,现实中门阀制度的影响还很巨大,《新唐书》中独有《宰相世系表》,整个唐代的三百多位宰相,六抵都出自名门大族。但是,另一方面,既然制度已经改变,宰相并不能世袭,当时就有"来护儿儿作宰相,虞世南男作木匠"(许敬宗语)之说,来护儿只是一员武将,而虞世南的儿子做的则只是将作监的官,但这样的家族起伏对当时人们的心理影响终究是很强的。岑参也是受到这样的影响。所以他的感旧,不是个人的旧,而是家族的旧,为自己家族的先人感慨,实际上是隐隐地怀着一种世袭官爵的幻想。站在亲人的立场,他自然在文中多所褒贬,他的先人都是国之栋梁,其对立面都是小人、奸臣。当然,作为文学作品,其中是非可以不去过分纠结,单就其文采而言,还是可圈可点的。

后一半的篇幅,岑参则用来抒写自己的奋斗经历。就那段事实来说,或许真的算不了什么,不过是早年生活艰难,刻苦学习,又曾尝试进京自我推销。这一番经历用浏丽的文字写来,确实好看,"我从东山,献书西周""雪冻穿屦,尘缁敝裘"之类的句子都很雅致含蓄。最后,岑参又写了一段好文章,痛快地数落了一通世态炎凉,只是这一段同样是建立在自认为宰相之后的心理基础之上,文字虽佳,理趣却多少是有些问题的。初唐时候王勃写了著名的《滕王阁序》,那是励志的经典范文,与岑参此赋的最大区别还不在文采,而在心理基础,因为王勃的祖父辈,不是隐士就是小官,他没有可以寄托的光环,也就没有多少失落感。岑参此时只能无奈地说,好好学习,等待贵人提携。

写了这篇赋之后不久,岑参中了进士,并像当时很多渴望功名的文人一样投身边塞,建立军功,最终做到嘉州刺史。在多年的边塞军旅生活中,岑参的激情与瑰丽的异域风景相摩荡,使他成为唐代一流的边塞诗人而名垂后世。上天以这样魔幻的方式报答了这个自视为宰相之后的勤奋攀登者,而这篇《感旧赋》正好留下了他在中途的一个剪影,后人读来,又别有一番滋味。

(田松青)

顾况

【作者小传】 （约730—806后） 字逋翁，苏州（今属江苏）人，一说苏州海盐（今属浙江）人。肃宗至德二年(757)进士，曾在镇海军节度使韩滉幕下任判官，贞元年间因李泌引荐入朝，官著作郎，因得罪权贵而在德宗贞元五年(789)被贬饶州司户参军，晚年隐居润州延陵茅山，自号华阳真逸。有《顾况集》，已佚。后人辑有《顾华阳集》。

茶 赋

顾况

稽①天地之不平兮，兰何为兮早秀？菊何为兮迟荣？皇天既孕此灵物兮，厚地复糅之而萌。惜下国②之偏多，嗟上林③之不生。

至如罗玳筵，展瑶席，凝藻思，开灵液④，赐名臣，留上客，谷莺啭，宫女颦⑤，泛浓华，漱芳津，出恒品⑥，先众珍。君门九重，圣寿万春。此茶上达于天子也。

滋⑦饭蔬之精素，攻⑧肉食之膻腻，发当暑之清吟，涤通宵之昏寐。杏树桃花之深洞，竹林草堂之古寺。乘槎⑨海上来，飞锡⑩云中至。此茶下被于幽人也。

《雅》曰："不知我者，谓我何求。"⑪可怜翠涧阴，中有碧泉流。舒铁如金之鼎，越泥似玉之瓯⑫。轻烟细沫霭然浮，爽气淡烟风雨秋。梦里还钱⑬，怀中赠橘⑭，虽神秘而焉求？

〔注〕 ①稽：考察。 ②下国：泛指南方。 ③上林：汉苑名，泛指宫苑。 ④灵液：指酒。 ⑤颦：通"矉"，皱眉。 ⑥恒品：常见之物。 ⑦滋：增益。 ⑧攻：去除。 ⑨乘槎：晋张华《博物志》载有人乘槎浮海而至天河。 ⑩飞锡：锡指锡杖。执锡杖飞空为飞锡，代指僧人游方。 ⑪《雅》曰二句：见《诗经·王风·黍离》："知我者，谓我心忧；不知我者，谓我何求。" ⑫此二句谓舒州铁鼎光艳似金，越窑瓷瓯明洁如玉，泛指精美的煎茶和沏茶器具。 ⑬南朝宋刘敬叔《异苑》记载，剡县陈务之妻喜爱喝茶，家旁有一座古墓，陈妻每次喝茶都要用茶祭祀一下古墓的主人，后获墓主赠钱十万。 ⑭旧题东晋陶潜撰《续搜神记》记载，宣城人秦精入武昌山，遇毛人引至丛茗处采茶，且赠橘二十枚。

中国饮茶历史悠久，《尔雅》《说文》均有记录，西汉王褒的《僮约》中有"烹茶尽具""武阳买茶"之语，西晋"二十四友"之一杜育著有现存最早的一篇《荈赋》

[荈(chuǎn),茶也],称其"调神和内,慵解倦除"。南北朝时,饮茶的习惯由南至北普及开来,到唐代更是蔚然成风,品茶论茶成为贵族社会和文人雅士的爱好,论茶之专文亦不在少数,譬如陆羽《茶经》、裴汶《茶述》、僧皎然《饮茶歌诮崔石使君》等,以及顾况之《茶赋》。

《茶赋》层次分明,开篇称颂茶是天地孕育之灵物,不似兰花早开,不似菊花迟发,而是集天时地利于一身。中段铺陈茶的社会功用,上达天子,下被幽人,泽及四方,受惠之人不仅包括名臣与上客、宫娥与君主,也包括海上之仙人与游方之僧侣。结尾则形象化了饮茶之意境,借此抒发自己隐居山林、幽雅淡泊的情怀。

顾况诗风重骨气而轻辞采,如皇甫湜所言,"骏发踔厉"(《顾况诗集序》),文风也与此类似。唐朝流行律赋,对仗工整,典雅华丽,《茶赋》与此不同,通篇不着丽语,清新质朴,于段尾使用散文句式,如"此茶上达于天子也""虽神秘而焉求"等等,体现了中唐以来古文运动对辞赋创作的影响。

顾况性格兀傲,《旧唐书·顾况传》记载他"能为歌诗,性诙谐,虽王公之贵与之交者,必戏侮之",李肇《唐国史补》和皇甫湜《顾况诗集序》也说他"傲毁朝列""不能慕顺,为众所排",《茶赋》中颇能看出他这种"兀傲""诙谐"的性格特征。比如中段将"上达于天子"与"下被于幽人"两两对举,但其实天子是宾,幽人是主,前者只是后者的反衬与铺垫。开篇所谓"惜下国之偏多,嗟上林之不生"的"惜"和"嗟"亦是反讽之语,六段"不知我者,谓我何求"正暗示了这一点。作者对茶能"罗玳筵"与"展瑶席""赐名臣"与"留上客"毫无兴趣,所谓"泛浓华,漱芳津,出恒品,先众珍"只不过是故作夸饰的狡黠之语,而"滋饭蔬之精素,攻肉食之膻腻,发当暑之清吟,涤通宵之昏寐"这些朴素而现实的功用才是作者真正赞赏的,而这些也只有真正"知我者"才能体会和了解。

作者只想在翠树与流泉之旁,用舒州铁鼎烹水,用越州瓷器品茶,在"轻烟细沫"的茶水、"爽气淡烟"的茶香之中静享时光,不但不留恋"君门九重",而且也并不羡慕陈务妻子因为奠茶而得到赠钱、秦精因为采茶得到赠橘。茶之境界不但与人世富贵无关,连鬼神之增益都属多余,作者蔑视权贵、遁世离群的情怀可谓彻底。作者何以被贬、何以隐居,由小小《茶赋》便可管窥一二。 (孔燕妮)

丘鸿渐

贝州(今属河北)人。丘绛之父。曾官左司郎中。

愚公移山赋

丘鸿渐

止万物者艮①,会万灵者人②。艮为山以设险,人体道以通神③。是知山之大,人之心亦大,故可以议其利害也。昔太行耸峙,王屋作固,千岩纠纷,万仞回互④。蓄冰霜而居夏凝结,联源流而飞泉积素。爰有谆谆愚叟⑤,面兹林麓,怆彼居之湫隘,惩祁寒之惨毒。激老氏之志⑥,且欲移山;当算亥之年,宁忧就木⑦。乃言:"日月无私照也,山则蔽之;春夏无伏阴也,山则藏之。倾阻我比屋,拥隔我通逵⑧。我将拔本塞源,使无孑遗。得则为功之美,否则为身之耻。终当诒厥孙谋,施于翼子⑨。"

于是协室而一乃心力,荷担而三夫杰起。畚斫斯备,其功聿修,于涧于沼,爰始爰谋。一之日土垦石凿,二之日崩崖陨嶐,三之日夷峰弥壑⑩。云林催以盖偃⑪,火石迸而星落。尔其洞突堙塞⑫,阴阳交错。飞禽走兽,魄褫气慑,而不复巢居穴托;王乔偓佺⑬,低徊频蹙,而无所骖鸾驾鹤。山神操蛇闻之,乃壮其功,深其计,将惧不已,先谒于帝。命夸娥二子,发神威,振猛厉,始将怒目决眦,终欲飙举电逝。遂乃斡砀莽⑭,挟崔嵬,下拔乎三泉⑮,上冲乎九垓⑯,突兀云动,磅礴天回,遽投雍朔,而不复来。世人始知愚公之远大,未可测矣;夸娥之神力,何其壮哉!

倘若不收遗男之助,苟从智叟之辨,则居当困蒙⑰,往必遇蹇⑱,终为丈夫之浅。今者移山之功既已成,河冀之地又以平,则愚公之道行。客有感而叹曰:事虽殊致,理或相假。多岐在于亡羊⑲,齐物同于指马⑳。我修词而忘倦,彼移山之不舍。吾亦安知夫无成与有成,谅归功于大冶㉑。

〔注〕 ①艮(gèn):卦名,象征山。《易·说卦》:"艮,止也。"高亨注:"艮为山,山是静止不动之物,故艮为止。" ②《尚书·泰誓》:惟天地,万物父母;惟人,万物之灵。《传》:生之谓父母。灵,神也。天地所生惟人为贵。 ③体道:体有体会、躬行、施行之意,这里皆可讲通。道,天地之道,正道。通神:通于神灵。 ④纠纷:交错杂乱貌。回互:回环交错貌。 ⑤爰:语助词。谆谆:有二意。一是谓迟钝昏乱貌。《左传·襄公三十一年》:"且年未盈五十,而谆谆焉如八、九十者,弗能久矣。"王引之《经义述闻·春秋左传中》:"谆谆,眊乱也。"一是

谓忠谨诚恳之貌。《后汉书·卓茂传》:"劳心谆谆,视人如子。"李贤注:"谆谆,忠谨之貌也。"此处当兼有二意,谓愚公虽处昏老之年,又似乎不太聪明,但人很忠恳,无贬义。 ⑥ 老氏:可称"老氏"者有多人,此当指老子。《老子道德经·异俗第二十》:"众人皆有余,而我独若遗,我愚人之心也哉!"旧题河上公《注》曰:"不与俗人相随,守一不移,如愚人之心也。" ⑦ 算亥之年:犹言暮年。亥为地支的第十二位,古人用之以纪年。宁:犹言难道不。就木:进棺材,意指死亡。 ⑧ 比屋:相邻的屋舍,此泛言房屋。通迗:通途。 ⑨ 语本《诗经·大雅·文王有声》:"诒厥孙谋,以燕翼子。"翼子:翼助子孙。此句谓为子孙留福。王楙《野客丛书·诒厥友于等语》:洪驹父云世谓兄弟为友于,谓子孙为诒厥,歇后语也。 ⑩ 夷:铲平。弥:意填满。⑪ 盖偃:像车盖一样倒下。盖:车盖,用以形容树之形貌。 ⑫ 尔其:连词,表承接。辞赋中常用作更端之词。洞突:洞穴。 ⑬ 王乔偓佺:二仙人名,此泛指神仙。王乔,指周灵王太子晋,即王子乔。孙绰《游天台山赋》:"王乔控鹤以冲天,应真飞锡以蹑虚。"偓佺,事参《列仙传》《搜神记》等书。《列仙传·偓佺》:"偓佺者,槐山采药父也。好食松实,形体生毛,长数寸,两目更方,能飞行逐走马。" ⑭ 斡:旋转。砀(dàng)莽:此处指山。砀:大石。莽:草。 ⑮ 三泉:三重泉,指地下极深之处。 ⑯ 九垓:此指九天。 ⑰ 困蒙:意谓处于窘迫之境。蒙,又为卦名。 ⑱ 遇蹇:遭遇困厄。蹇,又为卦名。 ⑲《列子·说符第八》:"杨子之邻人亡羊,既率其党,又请杨子之竖迫之。杨子曰:'嘻!亡一羊,何追者之众?'邻人曰:'多歧路。'既反,问:'获羊乎?'曰:'亡之矣。'曰:'奚亡之?'曰:'岐路之中又有歧焉,吾不知所之,所以反也。'杨子戚然变容,不言者移时,不笑者竟日。……心都子曰:'大道以多歧亡羊,学者以多方丧生。学非本不同,非本不一,而末异若是。唯归同反一,为亡得丧。子长先生之门,习先生之道,而不达先生之况也,哀哉!'"岐:同"歧"。 ⑳ 指马:《庄子·齐物论》:"以指喻指之非指,不若以非指喻指之非指也;以马喻马之非马,不若以非马喻马之非马也。天地一指也,万物一马也。"郭象注:"今是非无主,纷然殽乱,明此区区者各信其偏见而同于一致耳。仰观俯察,莫不皆然,是以至人知天地一指也,万物一马也。" ㉑ 大冶:本指技术精湛的铸造金属器物的巧匠,这里指天地造化。

本赋所敷衍的愚公移山的故事,人人耳熟能详。其本出于《列子·汤问》,是夏革向殷汤所讲述的十数个充满奇幻色彩的故事之一。

"太行、王屋二山,方七百里,高万仞",《列子·汤问》起首说山,本赋便也从山写起:"止万物者艮",艮是《易经》中的卦名,象征着山,山高则意味着阻断,故其曰"止万物"。而和《汤问》不同的是,赋者紧接着跟了一句"会万灵者人"。这样,只通过一组对句,赋者便构建起了一种自然(山)与人的二元关系,其进入主题的节奏,显然比《汤问》要快得多。"艮为山以设险,人体道以通神",是进一步陈说。"是知山之大,人之心亦大,故可以议其利害也",是类比,亦是过渡。秦少游曾有言:"小赋如人之元首,而破题二句,乃其眉。"(《师友谈记》)所论虽是应试的律赋,但我们仍不妨借用其思其语:"山之大","人之心亦大"两句,实在便是本文"眉目"。山与人的关系,构成了本文的基本矛盾。

"昔太行耸峙"以下,全用赋法。"赋者,敷也"(《释名》),故其对山之高寒及愚公言语的描写，都较原文详尽。《汤问》写山，只写其隔断道路，而本赋写山，不仅写出其"千岩纠纷"的山势，更写出其居夏凝霜的自然景况。《汤问》写愚公受山之苦，只写他"惩山北之塞，出入之迂"，而本赋写他受山之苦，则不仅写他受交通闭塞的困扰，更写他受到潮湿和奇寒的折磨。"日月无私照也，山则蔽之；春夏无伏阴也，山则藏之"，自然本是无私的，但山却用其自身制造出了一种极大的不公平，这怎能不令人气愤！故愚公不顾已届垂暮之年，"激老氏之志"，誓要移除之。所谓"老氏之志"，原本老子之语，亦即"不与俗人相随，守一不移"的"愚人之心"。本赋中所构建起的人与山的关系，远较《汤问》中紧张。山以其势压人，而人之精神亦因压力而越发突显。

以下"荷担而三夫杰起"，"畚锸斯备，其功聿修，于涧于沼，爰始爰谋"几句，是櫽栝《汤问》中"聚室而谋曰"至"箕畚运于渤海之尾"一段，原文叙述较详，而本赋则略。而至具体的挖山过程，本赋则又趋于详切。一之日如何，二之日如何，三之日如何，赋者不仅详细记录下愚公工作的进程，更极尽铺排渲染之能事。火石迸落，走兽褫魄，神仙失所，这固是夸张，但彰显出的，却是一种一往无前的人间伟力。

人与山的斗争，终于惊动了上天。"山神操蛇闻之，乃壮其功，深其计，将惧不已，先谒于帝"，山神对于愚公，亦是既敬且惧，只好向天帝禀告。在这里，赋者将前文的自然（山）、人的二元对立，扩充了成了一种自然、人、神（天）的三角关系。关于神人移山的过程，《汤问》里只有一句"帝感其诚，命夸蛾氏二子负二山，一厝朔东，一厝雍南"，写得很简单，而本赋则写得较为详细。"下拔乎三泉，上冲乎九垓"，同样写出了神人的伟力。

正因人和神同样具有惊天动地的力量，所以下文才将两者并列："愚公之远大，未可测矣；夸娥之神力，何其壮哉！"愚公和神，同样值得敬佩。人和神的这种并列关系，是《汤问》原文中所没有的。

移山之功成就，意味着愚公之道得行。可是在其未成功之前，有谁知道他的道正不正确呢？难道河曲智叟说的话真的一点道理也没有么？赋者联想到自身，不由得发起了感慨："多歧在于亡羊，齐物同于指马。"歧路，所指的其实是各种不同的行为方式或思维的方法。人之所以会觉得无所适从（多歧），正是因为远离了最根本的大道（羊）。如以大道为本，则人世间的种种行为其实皆为末异，从这个角度看，谈论齐物和指马并无分别。同理可推，无论是愚公的"移山不舍"，还是我的"修词忘倦"，亦都不过是人世间"歧路"之一种。愚公最后侥幸成功了，似乎证明他的路是对的，那么我呢？"吾亦安知夫无成与有成"，我所能做的，恐怕最多亦能是像愚公那样"守一不移"吧。至于能否成功，亦只能听命于造化了。赋者最末的这一段消沉的议论，使得全文由热闹归于冷静。表面上，赋者似乎在阐发一种"秉要执本"（《刘向列子目录原序》）的道家思想，实际上，折射出的却是现实世界中迷茫的生活苦闷。

在中国文学史上，有很多这样的情况，一个题材或某一主题被用不同的文体反复重写，这其实构成了不同文体之间的互文。阅读本赋，可以参照《列子·汤问》中的原文来读，这样，对于认识不同文体的特点、历史思想的前后流变，还是具有一定意义的。本赋对《汤问》原文描写简略的地方进行了充实，展现出丰富的想象力，所描写的场面广阔壮观，韵律亦调配得十分和谐，虽结尾的思想略显低沉，但仍不掩其艺术魅力。

（刘竞飞）

【作者小传】

乔彝

唐代辞赋家，生卒年不详。据传是唐德宗时宰相乔琳之子，太原（今属山西）人，官京兆府副解。今存《立走马赋》《渥洼马赋》及《幽兰赋》三篇，收录于《文苑英华》及《全唐文》。

渥洼马赋　　　　　乔　彝

域中之宝，生乎天涯。天子之马，产乎渥洼①。泽出腾黄②，独降精于太乙③；神开滇壑④，固不涉于流沙⑤。目散电兮彪驳⑥，喙含丹而虎呀⑦。蹑红云而喷玉⑧，沾赤汗以攒花⑨。望兮以久，来何晚耶。应图合牒⑩，光我帝业。星通两瞳，月贴双颊。四蹄曳练，翻瀚海⑪之霜华。一喷生风，下胡山之木叶⑫。然后络以金羁⑬，拂于鳞鬐⑭。晴射紫焰，梢⑮垂绿丝。凝骄欲嘶，嚼凄锵⑯之玉勒；迭影⑰不顾，纷偃蹇⑱之朱旗。皇矣帝彻⑲，汉纲斯缺。凭百万之精劲⑳，倚四夷之磔裂㉑。屠蒲梢而亘大漠㉒，指贰师而求汗血㉓。谓灭没之未来，竟羁縻㉔而不绝。有生必感，有感必通。通也不极，环之无穷。彼潢污㉕之斗水，乃幽赞于祅功。然后阤沙卷浪于冯夷之宫㉖，迭足侧身于蓊沦之中㉗。星精㉘降兮河岳动，天驷入兮鸳驺空㉙。嗟

〔608〕 乔 莱 渥洼马赋

我皇之英特,而牵其惑。欲能败度㉚,侈多凉德㉛。夏后九代㉜,越天地之纪;穆皇八骏㉝,荒帝王之则。而况金通月支㉞,价及疏勒㉟。悉复驰去,终无所得。此余吾㊱之降生,解倒悬㊲于中国。祈招愔愔㊳,式昭德音。感激万古,凄凉至今。愿以求马之人为求贤之使,待马之意为待贤之心。

〔注〕 ① 渥(wò)洼(wā):水名。《史记·卷二四·乐书第二》:"又尝得神马渥洼水中,复次以为《太一之歌》,歌曲曰:'太一贡兮天马下,沾赤汗兮沫流赭。骋容与兮蹠万世,今安匹兮龙为友。'"相传武帝得天马于渥洼水,后世因此就常以"渥洼马"来代指神马、良马。 ② 腾黄:传说中的神驹。《抱朴子·内篇·对俗》:"腾黄之马,吉光之兽。"《太平御览·兽部八·马四》:"腾黄者,神马也。其色黄,一名乘黄,亦曰飞黄,或曰吉黄,或曰翠黄,一名紫黄。其状如狐,背上有两角。" ③ 太乙:星名。也作"太一"。在紫微宫中,天一星之南,古代曾以之为北极星。《史记·卷二四·乐书第二》"太一之歌"司马贞《索隐》曰:"太一,北极大星也。"《晋书·卷一一·天文志上》:"天一星在紫官门右星南,……太一星在天一南,相近。" ④ 滇:古国名。西汉置滇池县,在滇池周围。壑:谷、沟。常璩《华阳国志·卷四·南中志》:"滇池县,郡治。故滇国也。有泽水,周回二百里,所出深广,下流浅狭,如倒流,故曰滇池。长老传言:池中有神马,或交焉,即生骏驹。俗称之曰滇池驹。日行五百里。" ⑤ 流沙:沙漠。《书经·禹贡》:"导弱水,余波入于流沙。"《楚辞·宋玉·招魂》:"西方之害,流沙千里些。"汉武帝时,滇王降服,神马来自滇池,可以"不涉流沙"。 ⑥ 散电:扰乱电光。彪:斑纹。驳:杂色杂乱。 ⑦ 喙:嘴。虎吘:像虎张口貌。 ⑧ 蹑(niè):踩踏、登上。喷玉:比喻嘴喷白沫。 ⑨ 赤汗:《史记·卷二四·乐书第二》:"后伐大宛得千里马,马名蒲梢。"裴骃《集解》:"应劭曰:大宛旧有天马种,蹋石汗血,汗从前肩膊出如血,号一日千里。"攒(cuán)花:马疾驰时前后蹄紧接,相聚如花。攒:聚合。 ⑩ 应图:应合图谶。《史记·卷百二三·大宛列传第六三》:"初,天子发书,《易》云:'神马当从西北来。'得乌孙好马,名曰:'天马'。及得大宛汗血马,益壮,更名乌孙马曰:'西极',名大宛马曰:'天马云'。"牒(dié):官方文书或证件。 ⑪ 翻:越过。瀚海:蒙古大沙漠。 ⑫ 木叶:树叶。屈原《九歌·湘夫人》:"袅袅兮秋风,洞庭波兮木叶下。"谢庄《月赋》:"洞庭始波,木叶微脱。" ⑬ 金羁:缀有金饰的马络头(套住马口的嘴套)。曹植《白马篇》:"白马饰金羁,连翩西北驰。" ⑭ 鳞鬐:指鞍鞯(骑马时,放在马背上的坐具)与马身上所披的铁甲。铁甲如鳞,鞍鞯如鬐,故云"鳞鬐"。鬐(qí):鱼脊上的鳍。 ⑮ 梢:马尾。 ⑯ 凄锵:像玉的撞击声。 ⑰ 迭影:即蹀影,踏影。迭、蹀音同,可通。 ⑱ 偃蹇(yǎn jiǎn):高立的样子。屈原《离骚》:"望瑶台之偃蹇兮,见有娀之佚女。"枚乘《七发》:"旌旗偃蹇,羽毛肃纷。" ⑲ 皇:大。《诗经·大雅·皇矣》:"皇矣上帝。"帝彻:指汉武帝刘彻。 ⑳ 精劲:精锐勇悍的军队。 ㉑ 磔(zhé)裂:分裂。《史记·卷百二三·大宛列传第六三》:"拜李广利为贰师将军,发属国六千骑,及郡国恶少年数万人,以往伐宛,期至贰师城取善马……是岁太初元年也。" ㉒ 蒲梢:《史记·卷二四·乐书第二》:"后伐大宛得千里马,马名蒲梢。"马名蒲梢或因地而得名,故作地名用。亘(gèn):穷尽,指贯通的意思。 ㉓ 贰师:为汉代大宛国地名。此地产良马,拒献汉朝,武帝命李广利征伐之,取善马,号为"贰师将军"。汗血:汉时西域大宛国所产的良种马。因其汗从肩髀流出,其色如血,故称为"汗血马"。西汉时李广利攻打大宛国,曾得此种马,献于汉武帝。也称为"汗马"。 ㉔ 羁縻(mí):牵制、维系。縻,系牛的绳索。《史记·

卷二五·律书第三》:"故偃武一休息,羁縻不备。"《汉书·卷六一·张骞传》:"大宛以西皆自恃远,尚骄恣,未可诎以礼羁縻而使也。" ㉕潢污:低洼积水的地方,此指渥洼。《国语·周语下》:"且绝民用以实王府,犹塞川原而为潢污,其竭也无日矣。" ㉖靥(huī):冲击。冯夷:河神,指河伯。《庄子·大宗师》:"冯夷得之,以游大川。"陆德明《经典释文·卷二六·庄子音义上》:"冯夷,华阴潼乡堤首人也。服八石,得水仙,是为河伯。"《淮南子·齐俗》:"昔者冯夷得道,以潜大川。" ㉗迭足:即蹀足,踏入。迭通"蹀",蹈、踏。瀹(yūn)沦:水势回旋的样子。白居易《和三月三十日四十韵》:"鱼尾上瀹沦,草芽生沮洳。" ㉘星精:星宿之精。此言神马为星精下降。 ㉙天驷:天马。驽(nú)骀(tái):凡劣之马。驽、骀皆资质低劣的马。 ㉚败度:败坏法度。 ㉛凉德:德行浅薄。《左传·庄公三十二年》:"虢多凉德,其何土之能得。"唐玄宗《早登太行山中言志》:"凉德惭先哲,徽猷慕昔皇。" ㉜夏后九代:马名。《山海经·海外西经》:"大乐之野,夏后启于此儛九代。" ㉝穆皇八骏:周穆王的八匹良马。相传周穆王曾驰八骏马往谒西王母:(1)《穆天子传》作赤骥、盗骊、白义、逾轮、山子、渠黄、华骝、绿耳。《列子·周穆王》:"肆意远游,命驾八骏之乘。"东晋郭璞注:"皆毛色以为名也,后有渠黄、逾轮、盗骊、山子为八骏。"(2)晋王嘉的《拾遗记》作绝地、翻羽、奔霄、越影、逾辉、超光、腾雾、挟翼。 ㉞月支:为汉时西域国名,即月氏。本居敦煌、祁连间,在今甘肃省中部西境及青海东北地,汉时为匈奴所破,西走,建都薄罗城,号"大月氏"。后渐强盛,在今印度河流域克什米尔、阿富汗及葱岭东西之地,其东留未去的,号"小月氏",在今甘肃张掖及青海西宁等县地。 ㉟疏勒:汉时西域国名。位于新疆维吾尔自治区喀什噶尔河南岸,为南疆最大绿洲中心,也是通中亚的门户。 ㊱余吾:古水名。在今蒙古国境内。《汉书·武帝纪》元狩二年:"夏,马生余吾水中。"颜师古《注》:"应劭曰:在朔方北也。"即涂吾。《山海经·北山经》:"曰北鲜之山,是多马,鲜水出焉,而西北流注于涂吾之水。"郭璞《注》:"汉元狩二年,马生涂吾水中。" ㊲倒悬:缚住人的双足并将之倒挂,使脸部朝下。比喻处境极为艰苦,此指汉武帝苦于国内无好马的情况。《孟子·公孙丑上》:"当今之世,万乘之国行仁政,民之悦之,犹解倒悬也。"《三国志·卷五四·吴书·吕蒙传》:"彼方首尾倒悬,救死不给,岂有余力复营此哉?" ㊳愔(yīn)愔:和悦貌。《左传·昭公十二年》:"祁招之愔愔,式昭德音。"

本赋收录于《文苑英华》卷一三二赋一百三十二鸟兽二,亦见于《全唐文》卷五四六。

唐代张固《幽闲鼓吹》记载:"乔彝京兆府解试,时有二试官,彝日午叩门,试官令引入,则已醺醉。视题曰《幽兰赋》,不肯作,曰:'两个汉相对作得此题!速改之。'乃改为《渥洼马赋》,曰:'校些子。'奋笔斯须而就,其辞甚工。警句云:'四蹄曳练,翻瀚海之惊澜;一喷生风,下胡山之乱叶。'便欲首送。京兆尹曰:'乔彝峥嵘甚,宜以解副荐之。'"

此事亦记于《太平广记》卷第一百七十九贡举二。不过,由于乔彝留下的作品亦有《幽兰赋》,《文苑英华》收录唐人以此题作赋的有五人,限韵具同,当是应京兆府试之作。故《幽闲鼓吹》所说,仅供参考,未可尽信。

相传武帝得天马于渥洼水,作《蒲梢天马歌》:"天马徕兮从西极,经过里兮归有德,承灵威兮障外国,涉流沙兮四夷服。"后世因此就常以"渥洼马",来代指神马、良马。

此赋非纯粹咏物,"托物言志"才是创作要旨,以先述后论的手法,传达作品旨意。文章先描述神马的来源及体貌、神采。自"皇矣帝彻,汉纲斯缺"起,评论汉武帝兴兵以求善马的作为。作者以"欲能败度,侈多凉德"点出利弊重点,最后以"愿以求马之人为求贤之使,待马之意为待贤之心"反映了欲安邦治国,人才是第一的观点。这种先述后论、先赋后评的写法,也反映了传统的讽谏宗旨。许多咏物赋,或者以历史事件、历史人物为题的辞赋,如屈原《橘颂》,以及司马相如《子虚赋》《上林赋》《长门赋》;扬雄的《甘泉赋》《羽猎赋》,班固的《两都赋》,张衡的《二京赋》,陆参《长城赋》,杜牧《阿房宫赋》等,多采这种书写形式。(洪文婷)

【作者小传】

裴 度

(765—839) 字中立。河东闻喜(今属山西)人。贞元进士。由监察御史迁御史中丞。官至中书令。曾力主削藩,攻讨吴元济。晚年辞官居洛阳。因曾封晋国公,世称"裴晋公"。《全唐文》存其文二卷。今传《裴度诗》。

铸剑戟为农器赋

以"天下无事务农息兵"为韵　　　　　　　**裴　度**

皇帝嗣位之十三载[①],寰海镜清[②],方隅砥平[③],驱域中尽归力穑[④],示天下不复用兵。于是销锋镝而俶载南亩[⑤],庤钱镈[⑥]而平秩西成[⑦]。所以殄凶器,降嘉生[⑧],收祸乱之根本,致兆庶之丰盈者也[⑨]。既而清天步,虚武库[⑩]。剑锷销,戟铓露[⑪]。当时出匣,挥犷俗以来宾[⑫];今日在镕,唯良工之所铸。长铩倏尔而从革[⑬],覃耜忽焉而中度[⑭]。废《六月》之遄征[⑮],兴三时之盛务[⑯]。观乎聚而改煎,欻飞焰而涌烟[⑰]。从而再造,将分地而用天[⑱]。宜人之歌,允符于《假乐》[⑲];多稼之颂,式合于《大田》[⑳]。若夫弓戈橐戟于宁岁[㉑],牛马放归于丰年[㉒]。徒虚语耳,胡可比焉?则知先利其器,欲善其事[㉓],俾污莱之尽辟[㉔],由兵革之不试[㉕]。洪炉既锻,失似雪之锋铓;绿野载耕,伫如云之苗穟㉖。昔用之而有所，虽弭之而不弃㉗。矧国家以教令为车徒㉘，故器械可得而无；以道义为封域，故战争可得而息。由是执帝尧之允恭㉙，复后稷之训农㉚。理化资于地力㉛，福祥致于天宗㉜。此乃庆自一人㉝，风行九野㉞。建中于上㉟，返本于下㊱。下臣系而称曰㊲：秦金狄兮未仁㊳，周无射兮非雅㊴。岂若我后之重谷㊵，尽济群生于良冶。

〔注〕 ① 嗣位之十三载：嗣位，继承君位。指唐德宗嗣位之十三载，即贞元七年(791)。② 寰海镜清：谓海内安定，清平如镜。 ③ 方隅：四方四隅，指国家全境。砥平：平靖如砥。砥，地面或河底硬平之石头。 ④ 力穑：努力耕种。《尚书·盘庚上》："若农服田力穑，乃亦有秋。"言在农者从事田亩，努力则有收成。 ⑤ 销锋镝(dí)而俶载南亩：锋镝指兵器，贾谊《过秦论》："隳名城，杀豪俊，收天下之兵，聚之咸阳。销锋镝，铸以为金人十二。"俶载南亩：《诗·小雅·大田》："俶载南亩，播厥百谷。"俶：始也。载：在也(屈万里说)。南亩：南方向阳之耕地。全句指收起兵器，开始种田。 ⑥ 庤(zhì)钱镈(bó)：《诗·周颂·臣工》："命我众人，庤乃钱镈。"庤：储备。钱与镈皆为古代农具，钱为臿属，犹如后世之锹；镈为除草器具，犹如后世之锄。 ⑦ 平秩西成：谓分别程序以完成收获之事。《尚书·尧典》："寅饯纳日，平秩西成。"寅：敬也。饯：送别。纳日：落日。平秩：分别程序。西成：秋成。 ⑧ 所以：用以。殄(tiǎn)：消除。凶器：兵器。嘉生：嘉谷，生长繁茂的谷物。 ⑨ 致兆庶之丰盈：此句谓可以致百姓丰富之生活。兆庶：犹言兆民。 ⑩ 清天步，虚武库：天步，时运。《诗·小雅·白华》："天步艰难，之子不犹。"朱熹《诗集传》："天步，犹言时运也。犹，图也；或曰犹，如也。"武库，储存武器的仓库。 ⑪ 锷(è)：刀剑的刃。戟铓(máng)：戟之刃端。露：破败。 ⑫ 犷俗：猛悍的习俗。来宾：迎来远宾。 ⑬ 长铩(shā)：长矛。倏尔：忽然。从革：随之改变。 ⑭ 覃耜(sì)：锋利的耒耜。耜：翻土的农具。中度：合乎标准。 ⑮ 废《六月》之遄(chuán)征：《诗·小雅》有《六月》，记周宣王北伐事。遄征：紧急的征伐。 ⑯ 三时：指春、夏、秋三个务农季节。《国语·周语上》："三时务农而一时讲武，故征则有威，守则有财。" ⑰ 煎：熔炼。欻(xū)：忽然。 ⑱ 用天：运用大自然。《荀子·天论》："孰与制天命而用之。" ⑲《假乐》：《诗·大雅·假乐》："假乐君子，显显令德。宜民宜人，受禄于天。"假，嘉美之意。宜人：谓君子之德，宜民宜人。 ⑳《大田》：《诗·小雅·大田》："大田多稼，既种既戒。"多稼：谓收成多。 ㉑ 弓戈櫜(gāo)戢(jí)于宁岁：此句言不复用兵。《诗·周颂·时迈》："载戢干戈，载櫜弓矢。"櫜，盛弓箭的囊袋。戢：聚而藏之。宁岁：和平岁月。 ㉒ 牛马放归：《礼记·乐记》："马散之华山之阳，而弗复乘；牛散之桃林之野，而弗复服。" ㉓ 先利其器，欲善其事：此句见《论语·卫灵公》："子贡问为仁。子曰：'工欲善其事，必先利其器。'" ㉔ 污莱之尽辟：无论积水的洼地与长草的高地皆加以开辟。 ㉕ 兵革：泛指军队、军备。试：练兵。 ㉖ 伫如云之苗穟(suì)：此句言期待丰茂之收成。伫，期待。穟，通"穗"。 ㉗ 用之而有所，弭(mǐ)之而不弃：此二句言兵器昔用之而有宜，今虽停用，仍可以铸造农具而不浪费。所：宜也。弭：停用。 ㉘ 矧(shěn)国家以教令为车徒：此句言以教化替代军事训练。矧：况。车徒：战车与兵员。 ㉙ 帝尧之允恭：言帝尧诚然恭敬又能逊让。《尚书·尧典》："允恭克让。" ㉚ 后稷：后稷名弃，周之祖先，舜之农官。《诗·大雅·生民》："诞后稷之穑，有相之道。" ㉛ 理化：治化。 ㉜ 天宗：指日月星。《礼记·月令》："天子乃祈来年于天宗，大割祠于公社及门闾。"蔡邕云："日为阳宗，月

为阴宗，北辰为星宗也。" ㉝ 庆自一人：语见《尚书·吕刑》："一人有庆，兆民赖之。"一人谓领导者。庆：善也，福也。 ㉞ 九野：犹九州岛，指全国。 ㉟ 建中于民：语见《尚书·仲虺之诰》："王懋昭大德，建中于民。"案《礼记·中庸》："执其两端，用其中于民。"建立中庸之道，以为共同的准则。 ㊱ 返本：古以农为本业，返本谓以务农为本。《孟子·梁惠王上》："王欲行之，则盍(何不)反其本矣。" ㊲ 系曰：辞赋末段总结之辞，犹楚辞之有"乱曰"。 ㊳ 秦金狄兮未仁：指秦始皇收天下兵器铸为金人十二为非仁。金狄：金人。 ㊴ 周无射(yì)兮非雅：语出《国语·周语下》："王将铸无射，而为之大林。"韦昭引贾侍中云："作无射，为大林以覆之，其律中林钟也。"又曰："细抑大陵，故耳不能听及也。"无射：周景王所造钟名。非雅：言其钟声不合雅乐。 ㊵ 我后之重谷：后：指国君，我后，犹言吾王。重谷：重视农业。《尚书·泰誓》："抚我则后，虐我则仇。"

　　德宗贞元五年(789)裴度进士及第，于贞元七年(791)"皇帝嗣位之十三载"撰述本篇，其意志正是新发硎刃之时。德宗朝吐蕃边患不断，此赋企望偃武修文，固是期待于未来。宋代赵璘《因话录》说："晋公(裴度)贞元中作《铸剑戟为农器赋》……宪宗平荡宿寇，数致太平……而晋公以文儒作相，竟立殊勋，为章武佐命。观其辞赋气概，岂得无异日之事乎？"以为裴度之气象由此篇得见之。自文宗以后，与白居易、刘禹锡相唱和。当时韩愈提倡古文，反对"俗下文字"，裴度认为："文之异，在气格之高下，思致之浅深"(《答李翱书》)，主张"不诡其词而词自丽，不异其理而理自新"。本篇屡用《诗》《书》《礼记》等经典文字，遣辞古朴质直，而立意颇切中时务。

　　本文以"天下无事务农息兵"为韵，各段押韵依次为：兵、务、天、事、无、息、农、下。其中"无""息"二韵只有四句合为偶对。本文依韵可分为八段：首段言当时寰海镜清，次段言当偃武务农，第三段言当分地而运用大自然，君子有令德，庶民收成多。四段言将尽辟土地，兵革不用。武器可铸为农具，不容浪费。五、六段言当以教化代替军事准备，以道义代替征伐辟土。七段言国君当如尧之允恭克让，后稷之劝农增产。末段(含"系曰")言领袖当建立中正之原则，使百姓返本务农，提倡冶炼农具，重视生产的政策。全篇整饬而博辩，颇像宋代的策论。

（欧天发）

王 起

【作者小传】

(760—847)　字举之。其先太原(今属山西)人，家居扬州(今属江苏)。贞元十四年(798)登进士第，后复中博学宏词科。元和三年(808)中贤良方正能直言极谏科。历渭南尉、礼部侍郎、兵部尚书充翰林侍讲学士、太子少师、同中书门下平章事、充山南西道节度使。为当时著名博学之士。文多赋奏，诗多赠和之作。《全唐诗》存其诗六首，《全唐文》存其文三卷。

墨 池 赋

以"临池学书，水变成墨"为韵　　　　　　王　起

墨之为用也，以观其妙；池之为玩也，不伤其清。苟变池而为墨，知功积而艺成。

伊昔伯英①，务兹小学，栖迟②每亲乎上善，勤苦方资乎先觉。俾夜作昼③，日居月诸④，挹彼一水⑤，精其六书。或流离于崩云之际⑥，乍滴沥于垂露之余⑦。由是变黛色，涵碧虚。浴玉羽之翩翩，忽殊白鸟；濯锦鳞之潎潎⑧，稍见玄鱼。则知自强不息，允臻其极。何健笔之成文，变方塘而设色。映扬鬐之鲤⑨，自谓夺朱；沾曳尾之龟⑩，还同食墨⑪。沮洳斯久⑫，杳冥不测。爱涅者必染其缁⑬，知白者咸守其黑⑭。

蘋风已歇⑮，桂月初临，玄渚弥净⑯，玄流更深⑰，所以恢弘学海⑱，辉映儒林。将援毫而悦目，岂泛舟而赏心。其外可察，其中可见。同君孚之用晦，比至人之不炫。冰开而淳漆重重⑲，石映而玄圭片片⑳。傥北流而浸稻㉑，自成黑黍之形；如东门之沤麻㉒，更学素丝之变㉓。究其义也，如虫篆之所为㉔；悦其风也，想鸟迹之多奇㉕。将与能而可传可继㉖，岂谋乐而泳之游之。耻魏国之沉沉，徒开墨井㉗；笑昆山之浩浩，空设瑶池㉘。

专其业者全其名，久其道者尽其美。譬彼濡翰，成兹色水。则知游艺之人，尽以墨池而为比。

〔注〕①伯英：后汉张芝字伯英，后人尊为草圣。少年时曾临池学书，水为之黑，故称墨池。　②栖迟：游息。　③俾夜作昼：把晚上当白天用，夜以继日。　④日居月诸：日月。居、诸，语气助词。多用来表示日复一日，岁月流逝。　⑤挹(yì)：舀。　⑥流离：淋漓。　⑦滴沥：圆润的样子。垂露：书体名，取意于其形。　⑧潎(pì)潎：鱼游的样子。　⑨鬐(qí)：鱼脊鳍。　⑩曳尾之龟：出《庄子·秋水》。　⑪食墨：龟卜术语。指灼龟时龟兆与事先画好的墨画相合。　⑫沮(jù)洳：低湿。　⑬涅、缁(zī)：黑色。　⑭知白守黑：出《老子》。　⑮蘋风：微风。　⑯玄渚：深池。　⑰玄流：深泉。　⑱恢弘：发扬，扩大。　⑲淳漆：浓厚的漆，色尤黑。　⑳玄圭：一种黑色的玉器。　㉑傥(tǎng)：假如。北流而浸稻：《诗·小雅·白华》："滮池北流，浸彼稻田。"　㉒东门之沤(òu)麻：《诗·东门之池》："东门之池，可以沤麻。"沤：久浸。　㉓素丝：《吕氏春秋·情欲》："墨子见染素丝者而叹曰：'染于苍则苍，染于黄则黄。'"　㉔虫篆：即虫书，一种古字体。　㉕鸟迹：即鸟篆，篆文古体。

㉖与能：推举有才能的人。与：通"举"。　　㉗墨井：《魏都赋》："墨井盐池。"　　㉘瑶池：《史记·大宛列传论》："昆仑其高二千五百余里，日月所相避隐为光明也。其上有醴泉、瑶池。"

这是一篇唐代科举考试用的律赋，本篇作者此录以存疑。也有说是张仲素的，二人年代相近，但无论王起还是张仲素在唐代都不算很著名的文学家。这篇作品当时是正式应考的，还是练习卷，也不得而知。但这篇小赋写的合规合律，文采斐然，由此亦可见唐代科举之一斑与制式文字的程式，故颇值得一读。

读律赋，先要对律赋的要求有个初步了解。在唐代，赋是科举考试的一个科目，既然用于考试，就必须有一些额外的要求。对于考生来说，首先要拿到一个题目。这个题目跟后来八股文不同，那是只限于经书，甚至主要是在四书中的，比较容易押题，而赋的题目可以说没有范围，不管是自然常识还是历史典故直到花鸟鱼虫，什么都可能。唐代有《日五色赋》《曲江城赋》《燕昭王筑黄金台赋》《窗中列远岫赋》，题目无非就是给出一个主题，一个关键词，对此不了解、不熟悉，那么也就立刻被淘汰了。我们现在看到的是《墨池赋》。历史上有名的墨池不止一个，王羲之的最有名，但作者选了张芝的墨池入手。

除了题目本身有限定，还有用韵的限制，也就是同时规定必须用哪几个字作为韵脚。韵脚字的规定是随意的，一般就凑成一句相关的话，比如这个题目的韵脚字就是"临池学书，水变成墨"，这八个字连起来可读，但对考生来说则必须将它们逐一安置于韵脚的位置上才能过关。韵脚字以八个为多，但不一定，甚至有的考生偷懒，直接用题目做韵脚字，比如《涟漪濯明月赋》，以题为韵，韵脚字就是"涟漪濯明月"。赋的押韵要求比较宽，也不拘平仄，所以可以这样指定。而作为考生，有的能按次序安排韵脚字，如果不行，只要都用上也不算违规，这篇赋的八个字次序就是打乱的。

以上是死的要求，接下来是活的作文。死要求做到了，但文理不通，文采不佳，也是不行的。除了要漂亮的对偶句之外，赋的结构、用典都是重要的指标。结构上说，无非也是起承转合，就是上来要点题，接着按题目铺陈描述，最终来个煞尾。这篇赋题为"墨池"，便先分说"墨"和"池"，紧接着点到主人公张芝学书的故事，最后，做一个理性归纳，指出要有所成就，必须有"墨池精神"。剩下的，就是遣词造句的功力了。赋要求用词典雅，有源有本，而且不妨借题发挥，类似双关的效应。比如要写墨池，其实真正能写的不外乎墨、池和书法。于是，"崩云""垂露"这样的书法界常用的词汇便被引入，看似普通的描写，又非常扣题。"白鸟""玄鱼"，看似普通的景物，却又隐隐地指向张芝以帛练字，漂洗后反复使用的故实。"黑黍""素丝"无非是说了黑白的变幻,却既是精彩的对句,又全化用《诗经》中的句子,堪称妙手。至于"墨井""瑶池",或许是为了凑韵,无端数落了两句,虽与本题稍远,也都是有来历的。

总之,欣赏律赋的时候·或许看不到更多作者个性化的一面,但其技巧的运用往往能给人带来惊喜,而古代学子熟读经史,能自如化用各种典故成词,更是值得今人好好学习的。

(田松青)

【作者小传】

韩　愈

（768—824）　字退之,河南河阳(今属河南)人,自谓郡望昌黎,世称韩昌黎。贞元进士。曾任国子博士、刑部侍郎等职,因谏阻宪宗迎佛骨,贬为潮州刺史。后官至吏部侍郎。卒谥文。倡导古文运动,其散文被列为"唐宋八大家"之首,与柳宗元并称"韩柳"。其诗力求新奇,有时流于险怪,对宋诗影响颇大。有《昌黎先生集》。

闵　己　赋　　　韩　愈

余悲不及古之人兮,伊时势而则然。独闵闵其曷已兮[①],凭文章以自宣。昔颜氏之庶几兮[②],在隐约而平宽[③]。固哲人之细事兮,夫子乃嗟叹其贤。恶饮食乎陋巷兮,亦足以颐神而保年。有至圣而为之依归兮,又何不自得于艰难。曰余昏昏其无类兮[④],望夫人其已远。行舟楫而不识四方兮,涉大水之漫漫。勤祖先之所贻兮,勉汲汲于前修之言[⑤]。虽举足以蹈道兮,哀与我者为谁?众皆舍而己用兮,忽自惑其是非。下土茫茫其广大兮,余壹不知其可怀。就水草以休息兮,恒未安而既危。久拳拳其何故兮,亦天命之本宜。忆否泰之相极兮[⑥],咸一得而一违。君子有失其所兮,小人有得其时。聊固守以靖俟兮[⑦],诚不及古之人兮其焉悲。

〔注〕①闵闵:怜悯感伤。一作"闷闷"。曷(hé):何时。　②颜氏:即颜回。孔子最赏识喜爱的弟子。《论语·雍也第六》:"子曰:'贤哉回也!一箪食,一瓢饮,在陋巷,人不堪其忧,回也不改其乐。'"　③隐约:指困厄穷愁的境地。曹丕《典论·论文》:"故西伯幽而演

《易》……不以隐约而弗务。" ④ 类：同类，指友朋。 ⑤ 勉：勤勉。汲汲：努力追求。
⑥ 否（pǐ）：《易经》六十四卦之第十二卦，上坤下乾，象征万物不通，代表噩运。泰：《易经》六十
四卦之第十一卦，上乾下坤，象征上下交通，代表好运。相极：指否卦和泰卦相对，各代表一个
方面的极致，卦象有"否极泰来"之说。 ⑦ 俟（sì）：等待。

　　韩愈是中国文学史上著名的古文大家，他和柳宗元共同倡导的古文运动，反
对当时盛行的骈偶文风，提倡散文之体，在理论与实践上都获得成功，对文坛产
生了巨大而持久的影响。即如《旧唐书·韩愈传》所云："（愈）常以为自魏晋已
还，为文者多拘偶对，而经诰之指归，迁、雄之气格，不复振起矣。故愈所为文，务
反近体，抒意立言，自成一家新语。后学之士取为师法，当时作者甚众，无以过
之，故世称'韩文'焉。"

　　韩愈既以散文成名且力反骈偶，其所作赋，可想而知是很少的，传世者大约
只有四篇，均为早年之作。这篇《闵己赋》，相传作于贞元十六年（800），也即韩愈
三十三岁之时。据《五百家注昌黎文集》和《别本韩文考异》所录古人之注，韩愈
先后辅佐董晋与张建封，但两人均很快去世，未能给予韩愈施展才华的机会。这
一年，他居住在洛阳，感慨怀才不遇，因作此赋。又有认为韩愈并非因为张建封
去世而失去依靠，而是志趣不投，主动离开。无论如何，从赋的内容来看，当时韩
愈确实处于人生之低谷，因而借古人之精神事迹以自勉，是毫无疑问的。

　　赋名"闵己"，即自哀自怜之意。开端即点明创作意旨：感慨自己不及古时
之贤人，心情郁闷，故作文以排解。而赋中韩愈主要跟自己比较的，是孔子的得
意门生颜回。"一箪食，一瓢饮，在陋巷，人不堪其忧，回也不改其乐"，是孔子对
颜回的评价，颜回"孔门弟子第一人"的形象也很大程度是由此而来，他所代表的
安贫乐道的形象，历来被认为是需要极高的品德与修养才能达到的，是中国儒家
的理想人格之一。韩愈此赋中的感慨，则别出新意。他认为，颜回处在困厄穷愁
的境地然而心境平和宽舒，这对于哲人来说只不过是小事罢了，却得到了孔子的
称赞。吃着粗陋的食物，居住在破巷子里，本来也足以安心颐神，求得长寿；更何
况他有孔子这样的圣人作为老师，物质的艰难就更不算什么了。总之，认为并没
有什么了不起的。这虽是翻案文章，但翻的并不是安贫乐道本身，而是降低了对
其难度的判断，也可以说是将标准进行了提高。

　　之后，韩愈回到自身，自"曰余昏昏其无类兮"以下，极似《楚辞》笔法，是标准
的骚体。他感慨自己身边没有同类友朋，更没有孔子那样的圣贤老师，独自行于
世间，路途艰险，心中迷茫。只是靠着祖先给的天赋与庇佑，勤勉努力，向前辈圣
贤学习。虽然向着正道前进，但也不知道身边有谁会赞同自己、支持自己。这一

段既有"路漫漫其修远兮,吾将上下而求索"的追求,又有"举世皆浊我独清,众人皆醉我独醒"的忧愁。"就水草以休息兮,恒未安而既危"一句,也许与上述本事有关,即接连失去董晋、张建封两个依靠,刚想到水草丰茂之处休息,却又不得不立刻离开,进入危险。

赋的最后,韩愈自问自答:自己总是不得志的原因,大概是天命如此吧。他为上文所有的自怜、忧伤寻找出路:天命万物,否和泰总是交替出现,君子有失落的时候,小人有得志的时候,我只要坚守本心,静静等待天命便是,即便真的不能像颜回那样得到圣贤教导与揄扬,从而流芳百世,又有什么好悲叹的呢?这一段曲终奏雅,是真心,是自嘲,还是聊以自慰呢?大概只能请读者自行体会吧。

此赋全文仅三百字不到,而层次清晰,既抒发自身愤懑之心绪,又不落窠臼,于颜回"一箪食"这样人尽皆知、人尽皆用的典故中翻出新意。所谓一通百通,韩愈之长虽不在作赋,但大作手偶为小文章,亦是信手拈来,以其才气纵横,无所不可为也。

(郭时羽)

【作者小传】

刘禹锡

(772—842) 字梦得,洛阳(今属河南)人,自言系出中山(今属河北)。贞元进士,登博学宏辞科。授监察御史,因参加王叔文集团,贬朗州司马,迁连州刺史。后以裴度力荐,任太子宾客,加检校礼部尚书。世称刘宾客。与柳宗元友善,并称"刘柳"。又与白居易唱和,并称"刘白"。其诗通俗清新,善用比兴手法寄托政治内容。有《刘梦得文集》。

秋 声 赋 并序 刘禹锡

相国中山公赋《秋声》①,以属天官太常伯②,唱和俱绝。然皆得时行道之余兴,犹动光阴之叹,况伊郁老病者乎!吟之斐然,以寄孤愤。

碧天如水兮,窅窅悠悠③;百虫迎暮兮,万叶吟秋。欲辞林而萧飒,潜命侣以喝啾。送将归兮临水④,非吾土兮登楼⑤。晚枝多露蝉之思,夕草起寒螿之愁。

至若松竹含韵,梧楸早脱。惊绮疏之晓吹,坠碧砌之凉

〔618〕 刘禹锡　　　　　　　　　　　　　　　　　　　　　秋声赋

月。念塞外之征行，顾闺中之骚屑。夜蛩鸣兮机杼促，朔雁叫
兮音书绝。远杵续兮何泠泠，虚窗静兮空切切。如吟如啸，非
竹非丝。合自然之宫徵，动终岁之别离。

　　废井苔冷，荒园露滋。草苍苍兮人寂寂，树槭槭兮虫咿
咿。则有安石风流⑥，巨源多可⑦。平六符而佐主，施九流而
自我。犹复感阴虫之鸣轩，叹凉叶之初堕。异宋玉之悲伤⑧，
觉潘郎之么么⑨。

　　嗟呼！骥伏枥而已老，鹰在韝而有情。聆朔风而心动，眎
天籁而神惊。力将痑兮足受绁⑩，犹奋迅于秋声！

〔注〕① 相国中山公：指李德裕，时任宰相，封中山公。《全唐文》卷七〇四，收有李德裕《请改封卫国公状》云："臣前天恩例进封，合是赵郡，臣以宽中之故，改封中山。"《新唐书》卷一八〇《李德裕传》亦载德裕奏言："臣前益封，已改中山。"知李德裕任宰相后，曾封为中山公，时约在会昌元年改元前后。 ② 天官太常伯：指王起，时任吏部尚书。唐初高宗、则天时，曾将吏部改为天官，尚书改为太常伯，故称吏部尚书为天官太常伯。 ③ 窅(yǎo)窅：深远貌。悠悠：邈远无垠。 ④ 送将归兮临水：宋玉《九辩》："登山临水兮送将归。" ⑤ 非吾土兮登楼：王粲《登楼赋》："虽信美而非吾土兮，曾何足以少留。" ⑥ 安石风流：东晋名相谢安，字安石，遇事从容不迫，指挥若定，又风流倜傥，世称风流宰相，此借指李德裕。 ⑦ 巨源多可：巨源即山涛，字巨源，西晋竹林七贤之一，曾任吏部尚书。嵇康《与山巨源绝交书》："足下傍通，多可而少怪。"指山涛宽容待人，善甄拔人才，对人多所许可而少责怪。此借指王起。 ⑧ 宋玉之悲伤：宋玉《九辩》："悲哉秋之为气也，萧瑟兮草木摇落而变衰。" ⑨ 潘郎之么么：潘岳，字安仁，西晋著名文学家。他的《秋兴赋》，抒发了悲秋嗟老之情怀，显得微不足道。么么：渺小、琐屑。⑩ 痑(tān)：马病。此指衰老。绁(xiè)：捆绑。

　　这篇赋写于唐武宗会昌元年(841)秋，时刘禹锡七十岁，任太子宾客分司东都。

　　赋前有小序，说：时任宰相又封为中山公的李德裕写了篇《秋声赋》，请吏部尚书王起来和。这一唱一和的两篇赋都写得很绝妙，他们在赋中抒发了自己逢时遇主、政治主张得以实施的闲情逸致，但也流露了时光易逝、人生易老的感叹。何况像我这样忧郁苦闷、多病年老的人呢？于是，我也写篇赋来讽吟，以寄托自己的孤独忧愤之情。

　　全赋分四个自然段。第一个自然段写秋声及产生秋声的背景——秋景秋物。

　　碧绿的天与水一色，深远渺茫。百虫迎着傍晚而鸣叫，是在呼唤着隐藏的伙伴；凋落的万叶在秋风中也瑟瑟地吟唱。在水边，送别将要归去的亲人；远离故

土,只有登高而望乡。这一切,都不能不发出悲秋的叹息。还有那些傍晚时栖息在枝头上被露水打湿的秋蝉,黄昏时潜伏在草丛中的蟋蟀,也都好像发出了思愁似的鸣叫声。

这一段,作者主要写大自然中各种不同声响的秋声,写得或隐或显,不同凡响。尤用宋玉《九辩》和王粲《登楼赋》的典故引出了人世间的悲秋之声,为后面两段作了铺垫。

第二个自然段写由自然界的秋声转入人世间的秋声。

松竹在秋风中发出富有韵味的声响,梧桐楸树的落叶也发出沙沙的声音。绮丽的窗前,晓风吹着窗纸令人心惊,冰凉的月色坠落在青绿的台阶上。住在这儿的少妇思念着塞外远征的丈夫,不由得在闺房中发出愁苦的叹息声。夜晚,蟋蟀的鸣叫声与织布机急促的声响相交错,北雁叫着似在诉说着两地音书断绝。远处断断续续的捣衣声是何等的凄清,寂静地虚掩着的窗户里又传来悲切的泣声,这一切,听似低吟,又像长啸,既不是笛声,又不是琴声,但却符合大自然的音律,拨动着长年离别的情丝。

这一段,以闺中思妇为主,写其周围的秋景秋物秋声,然后写她们的叹息声、织布声、捣衣声、哭泣声,这一切天籁人籁构成了秋声的交响,似在诉说离别之苦。

第三个自然段呼应对李德裕、王起的《秋声赋》。

枯井周围青苔冷落,荒凉园圃露水遍地,杂草茂密而人声寂寥,只有凋残干枯的树枝上秋虫还在鸣叫。在这荒漠消沉的秋境中,李德裕、王起就像谢安风流多谋、山涛宽容识才,辅佐皇帝治理国家,对三教九流掌握自如。即便如此,他们在赋中感慨于窗前秋虫的鸣叫,叹息秋叶的凋落。当然,他们的这种感慨叹息,不同于宋玉的悲秋,却可感觉到潘岳的秋兴描摹得是多么的渺小琐屑。

在这一段里,作者把当时已进入晚唐的时代比作"废井苔冷,荒园露滋"的秋境,把社会人世,包括满朝文武比作"草苍苍兮人寂寂,树槭槭兮虫唧唧"。然后呼应李、王的《秋声赋》,褒美他们的才能功劳亦寄托自己的感怀。

第四个自然段写自己的孤愤,并在正反对比中表达了作者在秋声中奋击迅进的豪情壮志。

自己虽老了,但"老骥伏枥,志在千里"之心仍在。老鹰虽在韝而未腾飞,但搏击长空之情未了。我聆听秋风的声响不由地心情激动,观察大自然的秋景更是精神震惊。尽管自己年老力衰,而又处处受到束缚,但我仍会在秋声中奋勇疾进。

这一段,作者写自己的孤愤,年老力衰,有志难呈,处处受阻,无人理解。于是作者以千里马、雄鹰来自励,在秋风秋景秋声中磨砺自己,奋发勇进,永不屈服。

刘禹锡对秋天可以说情有独钟。他喜爱秋天,与传统的悲秋情调大相径庭,具有反传统的精神。如他在《秋词二首》中说:"自古逢秋悲寂寥,我言秋日胜春朝。"在《始闻秋风》中又说:"马思边草拳毛动,雕盼青云睡眼开。"以马、雕自拟。刘禹锡之所以对秋天与传统的看法不同,是与他对永贞革新的观点有关。永贞革新失败后,他被贬为朗州司马,连州刺史,直至二十三年后,他才被调入朝廷任郎中等职,未被重用。晚年更是改任太子宾客,分司东都,远离朝政。他认为,永贞革新是正确的,永贞革新的失败是反动势力过于强大,而不是它本身的问题,这与当时朝野的观点相对立。刘禹锡是一位有理想有抱负的改革志士,却苦于无法实现其理想抱负,故直至老年,仍未放弃其理想抱负,这就是他的孤愤所在。于是他把秋天看作磨砺其意志的逆境,当作其克服困难、奋勇前进的动力。

(牛思仁　王勋成)

【作者小传】

白居易

(772—846)　字乐天,晚年号香山居士、醉吟先生。祖籍太原(今属山西),后迁居下邽(今属陕西)。贞元进士,授秘书省校书郎。元和年间任左拾遗及左赞善大夫。后因上表请求严缉刺死宰相武元衡的凶手,得罪权贵,贬为江州司马。长庆初年任杭州刺史,宝历初年任苏州刺史,后官至刑部尚书。在文学上,主张"文章合为时而著,歌诗合为事而作",是新乐府运动的倡导者。与元稹常唱和,世称"元白"。有《白氏长庆集》。

赋　　赋

以"赋者古诗之流"为韵　　　　　　　　　　白居易

赋者,古诗之流也。始草创于荀、宋,渐恢张于贾、马。冰生乎水,初变本于《典》、《坟》[①];青出于蓝,复增华于《风》《雅》。而后谐四声,祛八病,信斯文之美者。

我国家恐文道寝衰,颂声凌迟[②],乃举多士,命有司,酌遗风于三代，明变雅①一时。全取其名，则号之为赋；杂用其体，亦不出乎《诗》。四始尽在③，六艺无遗④。是谓艺文之徽策，述作之元龟。观夫义类错综，词采舒布，文谐宫律，言中章句。华而不艳，美而有度。雅音浏亮，必先体物以成章；逸思飘飘，不独登高而能赋⑤。其工者，究笔精，穷旨趣，何惭《两京》于班固？其妙者，抽秘思，骋妍词，岂谢《三都》于左思？掩黄绢之丽藻⑥，吐白凤之奇姿，振金声于寰海，增纸价于京师。则《长杨》《羽猎》之徒胡为比也！《景福》《灵光》之作，未足多之。所谓立意为先，能文为主。炳如缋素⑦，铿若钟鼓。郁郁哉，溢目之黼黻⑧；洋洋乎，盈耳之韶頀⑨。信可以凌砾《风》《骚》⑩，超轶今古者也！

今吾君网罗六艺，淘汰九流⑪。微才无忽，片善是求。况赋者，《雅》之列，《颂》之俦⑫，可以润色鸿业，可以发挥皇猷⑬。客有自谓握灵蛇之珠者⑭，岂可弃之而不收？

〔注〕　①《典》《坟》：《三坟》《五典》，传说中我国古代的书籍。《左传·昭公十二年》："是能读《三坟》《五典》《八索》《九丘》。"　②凌迟：即"陵迟"，衰颓意。　③四始：孔颖达《毛诗正义》引用郑玄语："风也，小雅也，大雅也，颂也，此四者，人君行之则为兴，废之则为衰。"　④六义：《毛诗序》："故诗有六义焉：一曰风，二曰赋，三曰比，四曰兴，五曰雅，六曰颂。"　⑤登高而能赋：班固《汉书·艺文志》："《传》曰：'不歌而诵为之赋，登高能赋，可以为大夫。'"　⑥黄绢："黄绢幼妇"的省写，意为"绝妙"二字。《世说新语·捷语》："黄绢，色丝也，于字为绝。幼妇，少女也，于字为妙。"　⑦炳：显著。缋（huì）：彩色。　⑧黼（fǔ）黻（fú）：花纹，文采。这里指饰以华丽的词藻。　⑨韶頀（hù）：两者皆为古乐曲名。　⑩凌砾：即"凌轹"，超越意。　⑪淘汰：甄别裁汰。　⑫俦（chóu）：同类，同辈。　⑬猷（yóu）：计划。　⑭灵蛇之珠：即隋侯之珠。《淮南子·览冥训》高诱注："隋侯，汉东之国，姬姓诸侯也。隋侯见大蛇伤断，以药敷之。后蛇于江中衔大珠以报之，因曰隋侯之珠，盖明月珠也。"

白居易作为唐代重要的文学批评家，所作《赋赋》因其以赋论赋的独特形式，在中国古代赋论发展史上具有了一席之地。《赋赋》的创作，实与东晋陆机著名的文学创作专论《文赋》有莫大关系。从形式上看，《文赋》首开以赋论文的先河，而《赋赋》借鉴了这种文论特点，并在赋论史上第一次运用以赋论赋的形式批评赋作。从内容上看，《文赋》字数近两千言，关于赋作仅提及"赋体物而浏亮"一句，至《赋赋》全篇已扩充至三百余字的论赋专文。

《赋赋》是对赋的源流演变、审美特征及社会功用的整体概论。全文以"赋者古诗之流"为韵,押韵次序为者、诗、赋、之、古、流,韵脚平仄相间,正如清李调元《赋话》所云:"晚唐作者,取音节之谐畅,往往以一平一仄相间而出。"《赋赋》按其内容大意可分为三个自然段。第一自然段主要写赋的历史演变过程。首句"赋者,古诗之流也"原出自班固《两都赋序》,李善作注:"毛诗序曰:'诗有六义焉:一曰风,二曰赋……'故赋为古诗之流也。"白居易认为赋源于古诗,草创于战国时期的荀子与宋玉,恢弘于西汉时期的贾谊与司马相如,并在继承前人的基础上进化发展,踵事增华,谐四声,祛八病,由骈赋演变成了声韵格律更加规范的唐代律赋。

第二自然段为作者重点论述的部分,先叙唐代科举试赋对于律赋逐渐形成、发展兴盛的意义。唐代进士科以试赋取士,其中之试赋起初为仅仅遵循声律对仗的骈赋,后来考虑到评判尺度的标准化、预防考生提前腹作的现象,试赋增设了点题、限韵等一系列限制,因此写作要求更为严苛的律赋应运而生。正如文中所言"举多士,命有司",律赋在科举考试中日渐兴盛起来,而白居易《赋赋》就是一篇标准的律赋。文章首句点题,并限韵"赋者古诗之流",篇幅短小,音韵流畅,严守律赋程式。

接着,再叙了赋体的基本特点及其审美价值。"义类错综,词采舒布",言其内容义类纵横交错、严整而有变化,形式辞藻铺陈排比。另述其文辞合于宫律,言辞亦符合章句的要求。关于唐代律赋的审美价值,作者盛赞其中的工者妙者"究笔精""穷指趣""抽秘思""骋研词",乃绝妙之辞、白凤之姿,可谓金声玉振,京师纸贵。另外,作者更是运用对比手法表明态度,认为这些律赋的价值成就毫不亚于班固《两都赋》、左思《三都赋》,扬雄《长杨赋》《羽猎赋》无法相比,何晏《景福殿赋》、王延寿《鲁灵光殿赋》亦未足称道。如此的赞语描述已足够溢美之意,为进一步铺陈渲染,更言到律赋"信可以凌砾风骚,超轶古今",这种充满夸张渲染意味的言辞虽略显不实,却也正是赋体创作必不可少的。

之后,又叙作赋的具体要旨,从内容与形式的关系方面提出了"立意为先,能文为主"的赋论主张。"立意为先",即把赋作的主题内容、思想内涵放在首要位置,"义类错综","酌遗风于三代,明变雅于一时",以《诗经》及其变风变雅作为赋的创作典范。"能文为主",即在重视内容思想的同时要强调赋作的文学艺术特征。文采鲜明如白绢之彩绘,郁郁乎文,溢于目前;声韵铿锵如钟鼓之响声,洋洋乎文,充盈耳际。"华而不艳,美而有度",词藻虽华丽而不至淫艳,虽妍美却有一定的法度。作者有关赋作内容与形式"为先""为主"的叙述,清王芑孙《读赋卮言·立意》亦尝论及:"白傅为《赋赋》,以立意、能文并举。夫文之能,能以意也,当以立意为先。辞谲义贞,视其枢辖;意之不立,辞将安附?"

第三自然段主要写赋作具有"润色鸿业""发挥皇猷"的重要社会功用。作者将赋的源流追溯至古诗,因而认为赋与雅、颂同俦,可以润美帝王之鸿业,发扬圣上之谋略。白居易此赋中治国安邦的鸿图思想,班固《两都赋》序就曾表达过同样的语意。"润色鸿业"源自班固"以兴废继绝,润色鸿业"语,"发挥皇猷"也和"宣上德而尽忠孝,雍容揄扬"之语意正相同。

通观《赋赋》这篇律赋,其中体现出的赋论思想与白居易整体的文艺思想相通,《赋赋》与其名作《与元九书》亦可合读。《与元九书》云:"岂六义四始之风,天将破坏,不可支持耶?"至《赋赋》中,作者赞赋体"四始尽在,六义无遗",显然,两文对于四始六义的重视程度是一致的。而其《赋赋》将赋体拔高至雅、颂同俦的说法,后人念念不忘,清魏谦升《二十四赋品·序》云:"乐天《赋赋》别裁伪体,以四始之流派,为六义之附庸,虽耻壮夫,实非小道。"白居易以赋论赋的独特创作形式,同样受到了后人的追捧和摹拟,清施补华就以"童子雕虫篆刻"为韵作有《拟白香山〈赋赋〉》,清钱棻以"赋者古诗之流"为韵作《拟白居易〈赋赋〉》。

（牛思仁　王勋成）

柳宗元

【作者小传】 （773—819）　字子厚,河东解(今山西运城西)人,世称柳河东。贞元进士,授校书郎,调蓝田尉,升监察御史里行。因参加王叔文集团,被贬为永州司马。后迁柳州刺史,故又称柳柳州。与韩愈皆倡导古文运动,并称"韩柳",同被列入"唐宋八大家"。其诗风格清峭。有《河东先生集》。

瓶　赋

柳宗元

昔有智人,善学鸱夷①。鸱夷蒙鸿,罍罂相追。诡诱吉士,喜悦依随。开喙倒腹,斟酌更持。味不苦口,昏至莫知。颓然纵傲,与乱为期。视白成黑,颠倒妍媸。己虽自售,人或以危。败众亡国,流连不归。谁主斯罪?鸱夷之为。不如为瓶,居井之眉②。钩深挹洁③,淡泊是师。和齐五味④,宁除渴饥。不甘不坏,久而莫遗。清白可鉴,终不媚私。利泽广大,孰能去之。

〔624〕 柳宗元 瓶 赋

绠绝身破⑤，何足怨咨。功成事遂，复于土泥。归根反初，无虑
无思。何必巧曲，徼觊一时⑥。子无我愚，我智如斯。

〔注〕 ①鸱(chī)夷：盛酒的皮囊。 ②眉：通"湄"，井边之地。 ③挹(yì)：舀，打水出
来。 ④齐：通"剂"，调剂。 ⑤绠(gěng)：汲水的井绳。 ⑥徼觊：侥幸贪图。

柳宗元因其杰出的散文成就而被誉为"唐宋八大家"之一，辞赋作品亦是瑰
玮卓著。其中，他被贬永州司马时期所作《瓶赋》即为辞赋的代表性作品。这篇
寓言性小赋运用对比手法写鸱夷与瓶，摒弃盛酒的鸱夷而师从汲水的瓶，借"酒
甘以喻小人，水淡以比君子"体物写志，反映出作者宁可清白淡泊如水瓶、不愿依
随奉承如鸱夷的人生追求及精神品格。

这篇赋作名为《瓶赋》，真正赋瓶之文字却只占一半篇幅，作者开篇即浓墨重
彩地写了一段"鸱夷赋"，在本身就短小精悍的赋作中显得如此不吝笔墨，更是体
现出其结构布局的匠心独运。作品采取前半篇幅写鸱夷、后半部分赋瓶的写作
结构，不仅显得层次井然，对比分明，而且更有利于针对赋鸱夷或瓶进行集中铺
叙，或褒或贬，一气而下，言志抒情更为酣畅痛快。赋作首起写鸱夷，"昔有智人，
善学鸱夷"二句表明，它曾被"智人"当作学习为人的榜样而赞誉有加，然而在作
者这里却变成了口诛笔伐的对象。从"智人"宕开一笔后，始赋鸱夷的具体禀性。
因其善于逢迎又神通广大，罍、罃等酒器常常追随左右、沆瀣一气。鸱夷以满盛
美酒为资本，谄媚引诱正直的士人，"喜悦依随"，以求其欢心，诱其斟酌。士人难
抵鸱夷之蛊惑，于是鸱夷"开喙倒腹"，士人"斟酌更持"。继而，赋作给我们展现出
士人饮酒时由浅及深、不断恶化的动态转变过程，起初尚觉其醇香合味，继而沉迷
醉酒，至于放纵倨傲，进而不辨美丑、颠倒黑白，最终落得"败众亡国"的下场。鸱
夷之害，可谓已呼之欲出矣。结句更进一层，"谁主斯罪？鸱夷之为"，以设问形式
直白士人由"斟酌更持"到"败众亡国"的变化过程，归根结底在于"鸱夷之罪"。

下半部分赋瓶，首起句"不如为瓶"，旗帜鲜明地定下了摒弃鸱夷、师从于瓶
的情感基调。再赋瓶之禀性。它身居井边之危地，以汲水于井为己任，时有因
"绠绝"而"身破"的性命之忧，却始终淡泊处之。瓶深入井中汲取洁净清澈之水，
相比于盛酒鸱夷的"败众亡国"，瓶水"利泽广大"。它既能调和五味，解除渴饥，
不甘甜却也不腐坏，更能鉴照清白，绝不会谄媚偏私。如此利人之物，"久而莫
遗""孰能去之"自然是情理之中了。然而，常年身居井眉的瓦瓶"身提黄泉，骨肉
为泥"的不幸结局还是来临了，只是这又"何足怨咨"呢！它本初是由泥制而成，
今又复于土泥，可谓"归根返初"。也不要忧虑与愁思，它已完成自己的事功，"功

成事遂”了。作者不禁感慨:何必如鸱夷般巧曲求取于一时之间呢,“善学为瓶”才值得真正的追求,即使“绠绝身破”又在所何惜?结句“子无我愚,我智如斯”,不仅照应了文章首二句,更是在表面谦虚的言辞下,透露出作者倔强的态度。它实际上反映了柳氏宁愿“智如斯”而被“智人”以愚为讥也要保持清白气节的人生态度。

这篇寓言性赋作,实因扬雄的《都酒赋》引发而作。柳氏在《瓶赋》首尾对应处“昔有智人”“子无我愚”中所言的人物即指扬雄。他创作《都酒赋》是有其特定的政治背景的。在西汉末年日趋尖锐的阶级斗争和统治阶级内部矛盾中,扬雄深感时局艰险却又不敢上书直陈其事,于是作此赋来劝谏好酒的汉成帝。兹录《都酒赋》云:“子犹瓶矣。观瓶之居,居井之眉。处高临深,动而近危。酒醪不入口,臧水满怀。不得左右,牵于缧徽。一旦更碍,为瓽所䶩。身提黄泉,骨肉为泥。自用如此,不如鸱夷。鸱夷滑稽,腹大如壶。尽日盛酒,人复借酤。常为国器,托于属车。出入两宫,经营公家。由是言之,酒何过乎?”赋作将瓶与鸱夷对举,写居井之眉的瓶有种种不如意处,“处高临深,动常近危”,身居危险之地,时有性命之忧,最终落得“身提黄泉,骨肉为泥”的悲惨下场;而盛酒的鸱夷却总是受人喜爱,常常“出入两宫,经营公家”,作者由此得出“不如鸱夷”的结论。当然,《都酒赋》因劝谏成帝而作,“不如鸱夷”亦是文辞表面之象。扬雄本意却非如此,他只是正话反说,隐晦地表达了鸱夷受宠而瓶常得咎亦即小人得势而君子被疏的不满与讽谏之意。

柳宗元《瓶赋》,就是在扬雄《都酒赋》基础之上的“补亡”之作。苏轼曾云:“子云本以讽谏,设问以见意耳,当复有答酒客语,而陈孟公不取,故史略之,子厚盖补亡耳。”时时携带《柳宗元文集》并将其视为“南迁二友”之一的东坡,对柳氏诗文极为嗜好,写于《瓶赋》之后的这段评语可谓深得柳氏原意。柳氏之作为扬雄之讽谏而“补亡”,实缘于现实中他个人不幸的政治遭际。唐顺宗时期,柳宗元在朝任礼部员外郎,积极参加王叔文领导的“永贞革新”政治运动,其后在朝中反对派的攻击弹劾下,王叔文政治集团仅仅掌权一百四十六天就惨遭失败。接着就是朝廷对革新派的罢免与外贬,史称之为“二王八司马事件”。其中,领袖王叔文被赐死,成员柳宗元、刘禹锡等八人俱贬外州。柳氏被贬为永州司马,好友刘禹锡贬朗州司马,政治改革受到严重打击,其内心之痛苦与激愤可想而知。这种情感发诸笔端,更加以柳氏耿直而执著之个性,便于忧患之中写成《瓶赋》这样直言不讳、刚直倔强的文字,以抒其愤情,言其壮志。在扬雄《都酒赋》的基础上再次较量鸱夷与瓶的优劣高低,他将扬雄的“不如鸱夷”径直改为“不如为瓶”,借用大量的事实说话,斥责鸱夷之罪至于“败众亡国”,而瓶水“利泽广大”,两相对比,高下立判。他更是借此来抒发政治牢骚，以鸱夷喻反对改革的宦官势力，其相同之处正在于最终导致"败众亡国"，而以瓶水喻己之清白可鉴、功成不居。他尖锐地讽刺朝中势利小人曲意谄媚、颠倒黑白而与乱为期，自己虽身处不幸境地却仍要坚守其道、不改初衷，为追求自己的政治理想，就算"缏绝身破"亦在所不惜！

宋人晁无咎有言："宗元复正论以反之，以谓宁为瓶之洁以病己，无为鸱夷之旨以愚人，盖更相明，亦犹雄之《反骚》，非反也，合也。"晁氏从反合的观点立论，将《都酒赋》与《瓶赋》合而视之，其后持相似见解者尚有清吴挚甫："子云《都酒赋》，正言若反，斯为奇诡，此（柳宗元《瓶赋》）反其词，乃适得子云本旨。"诚哉斯言。表面看起来针锋相对的两篇文章，实则殊途同归。一为正话反说的劝谏之作，一为政治悲剧遭遇下的自励之文，然二人之不愿因"矗矗相追""经营公家"而随波逐流，能秉持坚定的政治原则和理想追求，在其内心深处应是一致的。柳宗元坚持为国为民的初衷，满怀热情地参与到"永贞革新"运动之中，在纷繁复杂的政治斗争中被贬永州，亦缘于他如瓶一般虽"居井之眉""处高临深，动常近危"，却始终清白为人、不怕牺牲的可贵品质。鉴赏柳宗元、扬雄的这两篇赋作，不同的写作手法和情绪表达带来不同的审美体验，柳氏在扬雄《都酒赋》基础之上的补亡之作《瓶赋》，更是以其耿直倔强之性情、激烈讽刺之文字、宁死不屈之精神，带给我们耐人寻味的强烈的情感寓意。

(牛思仁　王勋成)

李翱

【作者小传】

(772—836)　字习之，陇西成纪（今属甘肃）人。贞元十四年（798）登进士第，授校书郎。义成军观察判官。元和元年（806）任国子博士、史馆修撰、考功员外郎。十五年出为朗州刺史，后为庐州刺史。大和三年（829）拜中书舍人，累迁至户部侍郎，后任山南东道节度使。谥文，世称李文公。清人列入唐宋十大家之列。《来南录》开日记体游记散文先河。有《李文公集》。

　　　　　　　　　幽怀赋并序　　　　　　　　　李翱

朋友有相叹者，赋《幽怀》以答之，其词曰：

众嚣嚣而杂处兮①，咸嗟老而羞卑。视予心之不然兮，虑行道之犹非。傥中怀之自得兮，终老死其何悲！昔孔门之多贤兮②，惟回也为庶几③。超群情以独去兮，指圣域而高追。固箪食与瓢饮兮④，宁服轻而驾肥⑤？望若人其何如兮，惭吾德之纤微。躬不田而饱食兮⑥，妻不织而丰衣。援圣贤而比度兮，何侥幸之能希。念所怀之未展兮，非悼己而陈私。

自禄山之始兵兮⑦，岁周甲而未夷⑧。何神尧之郡县兮⑨，乃家传而自持。税生人而育卒兮，列高城以相维。何兹世之可久兮，宜永念而遐思。有三苗之逆命兮⑩，舞干羽以来之⑪。惟刑德之既修兮⑫，无远迩而咸归。当高祖之初起兮，提一旅之羸师。能顺天而用众兮，竟扫寇而戡隋⑬。况天子之神明兮，有烈祖之前规。划弊政而还本兮⑭，如反掌之易为。苟庙堂之治得兮，何下邑之能违？哀予生之贱远兮，包深怀而告谁？嗟此诚之不达兮，惜此道而无遗。独中夜以潜叹兮，非吾忧之所宜。

〔注〕①嚣嚣：喧哗声。②孔门：孔子聚徒讲学，传说有弟子三千，身通六艺者七十二人。③回：颜回，字子渊，孔子弟子。庶几：差不多。④箪(dān)食：一竹篮子饭。箪：盛饭用的圆形竹器。瓢饮：用葫芦瓢盛水喝。《论语·雍也》："子曰：'贤哉回也！一箪食，一瓢饮，在陋巷，人不堪其忧，回也不改其乐。贤哉回也！'"⑤服轻驾肥：穿轻裘、驾肥马。《论语·雍也》："子曰：'赤之适齐也，乘肥马，衣轻裘。'"⑥不田：不耕田。⑦禄山始兵：指安禄山叛乱。⑧周甲：年年有战事。⑨神尧：唐高祖李渊尊号为神尧皇帝。⑩三苗：古代部族名。《尚书·舜典》载"窜三苗于三危"。⑪干羽：盾牌和羽毛。《尚书·大禹谟》："帝乃诞敷文德，舞干羽于两阶，七旬，有苗格。"⑫刑德：用刑之德。⑬戡(kān)：平定，征服。⑭划(chǎn)：筹谋纠正。

这是李翱一篇著名的赋。李翱为文，目的在兴功济时、立言传世，故要求以仁义为本，深刻阐发圣人之道。此赋即抒"虑行道之犹非"的幽怀，修身治世之意，立意颇高。此赋先写在嚣嚣杂处的社会里，自己不像有的人一样嗟老羞卑。随即表达了对孔门以德行著称的大弟子颜回的仰慕之情，自己也要"指圣域而高追"。自己的"幽怀"是什么？"非悼己而陈私"。下面即陈述自己所念念不忘的天下大事：自安禄山起兵反叛，天下骚动，至今未已。想当初高祖皇帝"提一旅之羸师"，顺天用众，扫平天下，何其容易。苟庙堂治得、刑德既下，则远迩咸归，"何下邑之能违"？可叹我予生贱远，幽怀难告，此诚不达，方是我轸忧之所在。至于中夜潜叹，"非吾忧之所宜"。可见李翱所抒发的幽怀是以天下之忧为忧，所怀甚大。难怪欧阳修读后，对此赋推崇备至。他说："凡昔翱一时人有道而能文者,莫若韩愈。愈尝有赋矣,不过羡二鸟之光荣,叹一饱之无时尔。此其心使光荣而饱,则不复云矣。若翱独不然。其赋曰:'众嚣嚣而杂处兮,咸叹老而嗟卑;视予心之不然兮,虑行道之犹非。'又怪神尧以一旅取天下,后世子孙不能以天下取河北,以为忧。呜呼!使当时君子皆易其叹老嗟卑之心为翱所忧之心,则唐之天下,岂有乱与亡哉!"(《读李翱文》《欧阳文忠公文集·外集》卷二三)诚如欧公所言,一腔忧国赤诚,正是李翱此赋的动人之处。

(尹占华)

【作者小传】

皇甫湜

(约 777—835)　字持正,睦州新安(今属浙江)人。元和元年(806)登进士第。三年登贤良方正科,为陆浑尉,官至工部郎中、东都判官。为中唐古文运动重要成员,与李翱、张籍齐名。尝与李翱同师韩愈学古文。《答李生书》三篇为其文论代表作。今传《皇甫持正文集》。

醉　赋并序　　　　　　　皇甫湜

昔刘伶作《酒德颂》[1],以折搢绅处士[2]。余尝为沉湎所困,因作《醉赋》,寄唁任山君[3]。君嗜此物,亦以警之尔。

沉湎于酒,有晋之七贤[4],心游于梦,境堕于烟。六府漫漫[5],四支绵绵[6],逶随津淳[7],陶和浑鲜[8]。遗天地之阔大,失膏火之烧煎[9]。寂寂寞寞,根归复朴,居若死灰[10],行犹飘壳[11]。车屡坠兮无伤,衣镇濡兮不觉。机发而动,魂交而暝,合文子之醇味[12],反骚人之独醒[13]。曾不知其耳目,尚何惧于雷霆,寓四体之合真,归一元而太宁[14]。

曲糵气散[15],竹桂滋已,百虑森复,七情纷始[16],风飘火艺[17],矜夸踌政[18]。嗟害马之骤还[19],顾息肩兮未几[20]。

苏门子闻而笑曰[21]:"子之于道,其犹醯鸡欤[22]?彼至人者之于天地[23],根性情于虚无。披拂众万[24],脱遗寰区[25],形犹大象[26],心冥太初[27]。故大道不失,至道可居也[28]。今乃假荒惑之物,沉耳目之机[29],其解须臾,忧患繁滋。中心不可捐,外患生于时。为痛为毒㉚，为狂为魑㉛。负责之道，阴阳戾违，束乎巫医，欧乎有司㉜，辱身灭名，痿肺淫支㉝，狼狈颠蹶㉞，为大人嗤。不得尽年，玉色先衰㉟，曾不知都无醉时，使人困苦兮如兹。"

〔注〕 ① 刘伶：字伯伦，西晋沛国人。竹林七贤之一。嗜酒，蔑视礼法，作《酒德颂》。见《晋书·刘伶传》。 ② 搢绅：指士大夫。古时仕宦者垂绅（大带子），插笏于带间。 ③ 啁(cháo)：通"嘲"，调笑。 ④ 晋之七贤：西晋陈留阮籍、谯国嵇康、河内山涛、沛国刘伶、陈留阮咸、河内向秀、琅邪王戎，七人常集于竹林之下，肆意酣畅，世谓"竹林七贤"。见《世说新语·任诞》。 ⑤ 六府：同"六腑"。《太平御览》卷三六三引《韩诗外传》："何谓六府？咽喉入量之府，胃者五谷之府，大肠转输之府，小肠受成之府，胆积精之府，膀胱精液之府也。" ⑥ 四支：即四肢。 ⑦ 津：滋润。淳(chún)：淳美。指酒。 ⑧ 浑：浊。鲜：清。指酒。 ⑨ 膏火：灯火。《庄子·人间世》："山木自寇也，膏火自煎也。" ⑩ 死灰：《庄子·齐物论》："形固可使如槁木，而心固可使如死灰乎？" ⑪ 飘壳：风中飘浮的谷物等的皮。 ⑫ 文子：作文之子，指《酒德颂》作者之刘伶，犹称《离骚》作者屈原为"骚人"。 ⑬ 骚人：指屈原。《楚辞·渔父》载屈原与渔父问答，有"世人皆醉我独醒"之语。 ⑭ 一元：事物的开始。太：通"泰"，安然。 ⑮ 曲：酿酒的发酵物。蘖(niè)：酿酒起发酵作用的块状物。《尚书·说命下》："若作酒醴，尔惟曲蘖。" ⑯ 七情：喜、怒、哀、惧、爱、恶、欲七种感情。 ⑰ 火艺：火苗。 ⑱ 跱(zhì)跂(qǐ)：踮脚独立。 ⑲ 害马：损害马的自然属性。《庄子·徐无鬼》："夫为天下者，亦奚以异乎牧马者哉，亦去其害马者而已矣。" ⑳ 息肩：卸去负担。 ㉑ 苏门子：指苏门山之隐士。《世说新语·栖逸》刘孝标注引《魏氏春秋》："阮籍常率意独驾，不由径路，车迹所穷，辄恸哭而反。尝游苏门山，有隐者莫知姓名，有竹实数斛杵臼而已。籍闻而从之，谈太古无为之道，论五帝三王之义。苏门先生翛然，曾不眄。籍乃嘐然长啸，韵响嘹亮。苏门先生乃逌尔而笑。籍既降，先生喟然高啸，有如凤音。" ㉒ 醯(xī)鸡：小虫名。《庄子·田子方》："丘之于道也，其犹醯鸡欤！"郭象注："醯鸡者，瓮中之蠛蠓。" ㉓ 至人：《庄子·逍遥游》"至人无己"，指与天地精神往来的人。 ㉔ 披拂：拂动，吹拂。 ㉕ 寰区：人间。 ㉖ 大象：《老子》："大象无形。"王弼注："大象，天象之母也。"指世界一切事物的本原。 ㉗ 太初：《列子·天瑞》："太初者，气之始也。"指天地未分以前的元气。 ㉘ 至道：至高无上的理。 ㉙ 机：灵巧，聪慧。 ㉚ 痛(chèn)：病。 ㉛ 魑(lí)：通"魅"，怪物。 ㉜ 欧：通"殴"，殴打。 ㉝ 痿(wěi)：病。淫支：即"淫肢"，放纵肢体。 ㉞ 颠蹶：栽跟头。 ㉟ 玉色：指美好的容颜。

中国的酒文化源远流长，影响巨大，恐为任何一种饮食文化所不及。咏酒之作，更是举不胜举，著名的如刘伶《酒德颂》、孟郊《酒德》诗，等等，多颂酒之特殊作用，夸其浇垒块、泄郁积之功效，追求"醉"之境界。如刘伶《酒德颂》说："有大人先生，以天地为一朝，万期为须臾，日月为扃牖，八荒为庭衢。……止则操卮执觚，动则挈榼提壶，唯酒是务，焉知其余。有贵介公子、搢绅处士，闻吾风声，议其所以，乃奋袂攘襟，怒目切齿，陈说礼法，是非锋起。先生于是方捧罂承槽，衔杯漱醪，奋髯踑踞，枕曲藉糟，无思无虑，其乐陶陶。兀然而醉，豁尔而醒，静听不闻雷霆之声，熟视不睹泰山之形，不觉寒暑之切肌，利欲之感情。俯视万物扰扰，焉如江汉之载浮萍。二豪侍侧,焉如蜾蠃之与螟蛉。"此赋第一段先说醉酒之境界,"根归复朴,居若死灰","寓四体之合真,归一元而太宁",酒醒之后依然"百虑森复,七情纷始","嗟害马之骤还,顾息肩兮未几"。于是写苏门子的嘲讽:"今乃假荒惑之物,沉耳目之机,其解须臾,忧患繁滋","痿肺淫支,狼狈颠蹶",与未醉时有什么两样?人的烦恼是无醉之前造成的,醉酒解决不了问题。可见此赋是以讽诫为宗,申嗜酒害道、贪杯丧志之旨意。赋从竹林七贤嗜酒说起,意在驳刘伶《酒德颂》,设苏门子语,树立真正的至人形象。文笔曲折婉转,写尽讽意。 (尹占华)

【作者小传】

杨敬之

字茂孝,虢州弘农(今属河南)人。元和二年(807)登进士第、平判入等。迁右卫胄曹参军。后任吉州司户。迁屯田、户部郎中。大和九年(835)贬连州刺史,转同州刺史。开成末,为国子祭酒,兼太常少卿、转大理卿、检校工部尚书。《全唐诗》存其诗二首、断句四,《全唐文》存其文一篇。

华 山 赋并序　　　　　　　杨敬之

　　臣有意讽赋,久不得发。偶出东门三百里,抵华岳,宿于趾下①。明日,试望其形容,则缩然惧,纷然乐,蹙然忧,歆然嬉②。快然欲追云,将浴于天河;浩然毁衣裳,晞发而悲歌③。怯欲深藏,果欲必行,热若宅炉,寒若室冰;薰然以和,怫然不平。三复晦明④,以摇其精;万态既穷,乃还其真。形骸以安,百钧去背⑤,然后知身之治,而见其难焉。于是既留,无成辞以长叹。傲然一人下于崖⑥,金玉其声,霜雪其颜,传则有之,代无其邻。姑射之神⑦,蒙庄云始不敢视⑧,然得与言。粲然笑曰⑨:"用若之求周大物⑩,用若之智穷无端,三四日得无颠倒反侧于胸中乎?是非操其心而自别者耶?虽然,喜若之专而教若之听,无多传:

　　"岳之初成,二仪气凝其间⑪,小积焉为丘,大积焉为山。山之大者为岳,其数五⑫,予尸其一焉⑬。岳之尊,烛日月⑭,居乾坤,诸山并驰,附丽其根⑮。浑浑河流⑯,从南以来⑰,自北而奔。姑射九嵏⑱，荆巫梁岷⑲，道之云远兮徒遥而宾。岳之形，物类无仪⑳，其上无齐，其傍无依。举之千仞不为崇，抑之千仞不为卑。天雨初霁，三峰相差㉑，虹霓出其中，来饮河湄㉒。特立无朋，似乎贤人守位，北面而为臣。望之如云，就之如天，仰不见其巅。肃阿芊芊㉓，蟠五百里，当诸侯田。岳之作㉔，鬼神反覆，蛟龙不敢伏。若岁大旱，鞭之朴之，走之驰之，甘雨烂漫。百川东逝，千里而散，噫气蹶然㉕，怒乎幽岩，渐于人间㉖，其声浏浏㉗。岳之殊巧，说不可穷，见于中天。辇辇而掌㉘，峨峨而莲㉙。起者似人，伏者似兽；坳者似池㉚，洼者似臼㉛；敧者似弁㉜，呀者似口㉝；突者似距㉞，翼者似抱。文乎文，质乎质，动乎动，息乎息，鸣乎鸣，默乎默，上上下下，千品万类，似是而非，似非而是。其乃缮人事㉟，吾焉得毕议！今作帝耳目，相其聪明，下瞩九州，在宥群生㊱。初太易时㊲，其人俞俞㊳。其主人者，始乎容成㊴，卒乎神农㊵，中间数十君，姓氏可称，其徒以饮食为事，未有仁义，时哉时哉，又何足莅㊶！是后敬乎天，成乎人者，必辟其心，假其神，与之龄，降其人。故轩辕有盛德㊷，蚩尤为贼㊸。生物不遂，帝乃用力。大事不可独治，降以后牧，三人有心，烈火就扑。其子之子，其孙之孙，咸明且仁，虽德之衰，物其所宜。由夏以降，汤发仁以王㊹，癸受暴以亡㊺，甲戊钊诵㊻，不敢有加，唯道其常，享国遂长。天事著矣，莫见乎高而谓乎茫茫。余受帝命，亿有万岁，而不敢追遑㊼。”

臣赞之曰：“若此古矣祖矣，大矣广矣，富矣庶矣，骇矣怖矣，上古之事，粗知之矣，而神之言又闻之矣。然神起居于上，宫室于上，如此之久矣，其所见何如也？”曰：“见若咫尺，田千亩矣；见若环堵㊽，城千雉矣㊾；见若杯水，池百里矣；见若蚁垤㊿，台九层矣。醯鸡往来(51)，周东西矣；蠛蠓纷纷(52)，秦速亡矣；蜂巢联联(53)，起阿房矣(54)；俄而复然，立建章矣(55)；小星奕奕(56)，焚咸阳矣；累累茧栗(57)，祖龙藏矣(58)。其下千载，更改兴坏，悲愁辛苦，循其二矣。”

臣又问曰："古有封禅(59)，今读书者云得其传，云失其传，语言纷纶，于神何如也？"曰："若知之乎？闻圣人抚天下，哀天下，既信于天下，则因山岳而质于天，不敢多物(60)。若秦政汉彻(61)，则率海内以奉祭祀，图福其身，故庙祠相望，坛墠迤逦(62)。盛气臭(63)，夸金玉，取薪以燔(64)，积灰如封(65)，天下怠矣，然犹慊慊不足(66)，秦由是薙(67)，汉由是弱。明天子得贤者在位，能者在职，庙堂之上，垂衣裳而已(68)。其于封禅，存可也，亡可也。"

〔注〕 ① 趾下：山脚下。 ② 歊(xiāo)然：热情高兴的样子。 ③ 晞发：披发。 ④ 三复：多次反复。 ⑤ 百钧去背：意谓各种衡量失去了标准。衡量轻重叫钧。 ⑥ 倏(xiāo)然：迅疾貌。 ⑦ 姑射之神：《庄子·逍遥游》："藐姑射之山，有神人居焉，肌肤若冰雪，淖约若处子。" ⑧ 蒙庄：即庄子。庄周为蒙人，故称。 ⑨ 粲(càn)然：露出牙齿笑的样子。 ⑩ 若：你。周大物：遍及广大的事物。 ⑪ 二仪：指天地。 ⑫ 数五：指五岳：东岳泰山，西岳华山，南岳衡山，北岳恒山，中岳嵩山。 ⑬ 尸：主持。 ⑭ 烛：照耀。 ⑮ 附丽：附着。 ⑯ 浑浑：浩荡无涯貌。河流：指黄河。 ⑰ 从南：随从而南。《尚书·禹贡》："导河积石，至于龙门，南至于华阴。" ⑱ 姑射：山名。《山海经·东山经》与《海内北经》及《庄子·逍遥游》皆提到姑射山，具体地点难以考定。九嵏(zōng)：山名，在今陕西礼泉县东北。 ⑲ 荆巫梁岷：四者皆山名。 ⑳ 无仪：无可匹敌。 ㉑ 三峰：华山三峰：中曰莲华，东曰仙掌，南曰落雁。 ㉒ 湄：水边。 ㉓ 肃阿：险峻的山峰。芊芊：浓绿色。《文选》宋玉《高唐赋》："仰视山颠，肃阿芊芊。" ㉔ 作：此指作为。 ㉕ 噫(ài)气：呼气，嘘气。蹶(guì)然：疾起貌。 ㉖ 渐：浸润。 ㉗ 浏浏：犹溜流，顺行无阻貌。由"百川东逝"至此一段，言华山阻挡水势，使其流得缓慢一些。 ㉘ 挲挲：抚摸的样子。嘉庆重修《一统志》卷二四三同州府："岳顶东峰曰仙人掌，峰侧石上有痕，自下望之，宛然一掌，五指俱备。" ㉙ 峨峨：高貌。嘉庆重修《一统志》卷二四三同州府："岳顶中峰曰莲华峰，有上宫，宫前有池为玉井，生千叶白莲华，服之令人羽化，亦谓之玉女洗头盆。" ㉚ 坳：低洼。 ㉛ 臼：舂米器，中间凹陷。 ㉜ 攲(qí)：斜靠。弁(biàn)：通"抃"，拍手。 ㉝ 呀(xiā)：张口。 ㉞ 距：通"拒"。 ㉟ 缮：整治。 ㊱ 在宥(yòu)：宽恕。 ㊲ 太易：原始混沌状态。 ㊳ 俞俞：同"愉愉"，愉悦的样子。 ㊴ 容成：相传为黄帝的大臣，最早发明历法，后来道家将其附会为仙人。 ㊵ 神农：神农氏，相传为农业、医药的发明者。 ㊶ 莅：来临。 ㊷ 轩辕：即黄帝。黄帝又称轩辕氏。 ㊸ 蚩尤：传说中的人物，与黄帝战于冀州之野，被黄帝所擒杀。 ㊹ 汤发：指商汤与周武王姬发。 ㊺ 癸受：指夏桀和商纣。夏桀名履癸，商纣名受，号帝辛。 ㊻ 甲戊钊诵：甲指商王太甲，汤的嫡长孙。戊指太戊，商王。钊，周康王姬钊，为周成王子。诵，周成王姬诵，武王子。 ㊼ 迨遑：疏忽怠慢。 ㊽ 环堵：四周土墙。 ㊾ 雉：计算城墙面积的单位，方丈曰堵，三堵曰雉。 ㊿ 蚁垤(dié)：蚂蚁穴外隆起的土堆。 (51) 醯(xī)鸡：小虫名。《庄子·田子方》："丘之于道也，其犹醯鸡与？"郭象注："醯鸡者，瓮中之蠛蠓。" (52) 蠛(miè)蠓(měng)：虫名。《尔雅·释虫》："蠓，蠛蠓。"郭璞注："小虫似蚋，喜乱飞。" (53) 蜂窠：蜂窝。此以喻宫殿。 (54) 阿房：宫名，秦始皇所建。 (55) 建章：宫名，汉武帝所建。 (56) 奕奕：明亮貌。 (57) 茧栗：《礼记·王制》："祭天地之牛角茧栗。"古代祭礼用牛，以小为贵，角如茧如栗。此指用于祭祀的牛犊。 (58) 祖龙：谓

秦始皇。《史记·秦始皇本纪》载使者夜过华阴,有人持璧遮使者曰:“为吾遗滈池君。”因言曰:“今年祖龙死。” (59) 封禅:古代帝王祭祀天地的一种大典,一般在泰山举行。 (60) 多物:即多事。 (61) 秦政:指秦始皇嬴政。汉彻:指汉武帝刘彻。二人皆曾于泰山封禅。 (62) 坛墠(shàn):指祭祀的场所。 (63) 气臭:气味。指祭祀的气味。 (64) 燔(fán):烧。古代祭天烧柴。《礼记·祭法》:“燔柴于泰坛,祭天地。” (65) 封:在泰山筑土为坛祭天叫封。 (66) 慊(qiān)慊:不满足的样子。 (67) 薙(zhì):除去。除草叫薙。 (68) 垂衣裳:称颂帝王无为而治的用语。《周易·系辞下》:“黄帝、尧、舜垂衣裳而天下治,盖取诸乾坤。”

此赋假托作者与华山之神的对话,道出天子封禅希图家国或自身永存是徒劳的行为。赋先说“臣有意讽赋,久不得发”。至华山,瞻望山势,见一神人自山崖而下。第二段遂借神人之口,对华山巍峨屹立的形势以及雄视天下的气势展开描写,再借神人之口说:“其徒以饮食为事,未有仁义,时哉时哉,又何足莅。”第三段作者问神起居于上,所见何如?神遂述其所见人世变迁的情况。第四段作者又问:古有封禅,于神何如?神说:秦汉封禅,“秦由是薙,汉由是弱”,“其于封禅,存可也,亡可也”,此举大可不必。此赋表现了作者轻天命、重人事的思想,与柳宗元《贞符》“受命于生人之意”同一思想。此赋在当时就颇负盛名。高彦休《唐阙史》卷上云:“杨公朝廷旧德,为文有凌轹韩柳意。尤自得者,《华山赋》五千字唱在人口。”《新唐书·杨敬之传》亦云:“敬之尝为《华山赋》示韩愈,愈称之,士林一时传布,李德裕尤咨赏。”孙光宪《北梦琐言》卷七则载:“弘农杨敬之撰《华山赋》,朱崖李太尉每置座右,行坐讽之。”又注曰:“杨氏华阴之茂族,冠盖甚远,此乃寄意华山而言世事,实雄才也。”可见这是一篇讽喻现实之作。本篇气势宏伟,但颇有散文化的倾向,已肇示赋体之变。洪迈《容斋五笔》卷七云:“唐人作赋,多以造语为奇。杜牧《阿房宫赋》云:‘明星荧荧……’其比兴引喻如是其侈。然杨敬之《华山赋》又在其前,叙述尤壮,曰:‘见若咫尺……’后又有李庾者,赋西都云:‘秦址薪矣,汉址芜矣,西去一舍,鞠为墟矣,代远时移,作新都矣。’其文与意,皆不逮杨、杜远甚。”

(尹占华)

【作者小传】

舒元舆

(789—835) 婺州东阳(今属浙江)人。元和八年(813)登进士第。授鄠县尉。长庆中为兴元节度府书记。入朝为监察御史,再迁刑部员外郎。大和五年(831)改授著作郎,分司东都。八年为尚书郎。次年迁御史中丞,兼判刑部侍郎,旋以本官同平章事,同年十一月死于“甘露之变”。才学过人,能诗善文。其书奏、文檄雄健精粹。《全唐诗》存其诗一卷,《全唐文》存其文一卷,《唐文续拾》存其文一篇。

牡 丹 赋并序　　　　　　　　　　舒元舆

古人言花者，牡丹未尝与焉。盖遁于深山，自幽而芳，不为贵重所知①。花则何遇焉？ 天后之乡西河也②，有众香精舍③，下有牡丹，其花特异。天后叹上苑之有阙，因命移植焉。由此京国牡丹，日月寝盛。今则自禁闼泊官署④，外延士庶之家，泝漫如四渎之流⑤，不知其止息之地。每暮春之月，遨游之士如狂焉，亦上国繁华之一事也。近代文士，为歌诗以咏其形容，未有能赋之者。余独赋之，以极其美。或曰："子常以丈夫功自许，今则肆情于一花，无乃犹有儿女之心乎？"余应之曰："吾子独不见张荆州⑥之为人乎？ 斯人信丈夫也。然吾观其文集之首，有《荔枝赋》焉。荔枝信美矣，然亦不出一果耳，与牡丹何异焉？ 但问其所赋之旨何如，吾赋牡丹何伤焉？"或者不能对而退，余遂赋以示之。

圆玄瑞精⑦，有星而景⑧，有云而卿⑨。其光不垂，遇物流形。草木得之，发为红英。英之甚红，钟乎牡丹。拔类迈伦，国香欺兰。我研物情，次第而观。

暮春气极，绿苞如珠。清露宵偃，韶光晓驱。动荡支节，如解凝结。百脉融畅，气不可遏。兀然盛怒，如将愤泄。淑日披开，照耀酷烈。美肤腻体，万状皆绝。赤者如日，白者如月。淡者如赭，殷者如血。向者如迎，背者如诀。忻者如语，含者如咽。俯者如愁，仰者如悦。裹者如舞⑩，侧者如跌。亚者如醉，曲者如折。密者如织，疏者如缺。鲜者如濯，惨者如别。初胧胧而下上，次鳞鳞而重迭。锦衾相覆，绣帐连接。晴笼昼熏，宿露宵裹⑪。或灼灼腾秀，或亭亭露奇。或飐然如招⑫，或俨然如思。或带风如吟，或泣露如悲。或垂然如缒⑬，或烂然如披。或迎日拥砌，或照影临池。或山鸡已驯，或威凤将飞。其态万万，胡可立辨！ 不窥天府，孰得而见。

乍疑孙武，来此教战。其战谓何？ 摇摇纤柯。玉栏风满，流霞成波。历阶重台,万朵千窠。西子南威,洛神湘娥。或倚或扶,朱颜色酡[14]。角炫红釭[15],争颦翠蛾。灼灼夭夭,逶逶迤迤。汉宫三千,艳列星河。我见其少,孰云其多。弄彩呈妍,压景骈肩。席发银炬,炉升绛烟。洞府真人,会于群仙。晶莹睒睐,金缸列钱。凝睇相看,曾不晤言。未及行雨,先惊旱莲。公室侯家,列之如麻。咳唾万金,买此繁华。遑恤终日,一言相夸。列幄庭中,步障开霞。曲庑重梁,松篁交加。如贮深闺,似隔绛纱。仿佛息妫[16],依稀馆娃[17]。我来睹之,如乘仙槎[18]。脉脉不语,迟迟日斜。九衢游人,骏马香车。有酒如渑[19],万坐笙歌。一醉是竞,莫知其它!我按花品,此花第一。脱落群类,独占春日。其大盈尺,其香满室。叶如翠羽,拥抱比栉。蕊如金屑,妆饰淑质。玫瑰羞死,芍药自失。夭桃敛迹,秾李惭出。踯躅[20]宵溃,木兰潜逸。朱槿灰心,紫薇屈膝。皆让其先,敢怀愤嫉?

焕乎美乎!后土之产物也。使其花之如此而伟乎!何前代寂寞而不闻,今则昌然而大来。曷草木之命,亦有时而塞,亦有时而开?吾欲问汝,曷为而生哉?汝且不言,徒留玩以徘徊。

〔注〕①贵重:尊贵,持重。 ②天后之乡:天后,武则天。武则天是并州人,古称西河。③精舍:僧人的住处。 ④禁闼:指宫廷、朝廷。泊:到,及。 ⑤四渎:渎,水沟,亦泛指河川。四渎是古代对长江、黄河、淮河、济水的合称。 ⑥张荆州:即张九龄,曾贬为荆州长史,故称张荆州。 ⑦圆玄:天。瑞精:吉祥的光华。 ⑧景:大。景星:大星、瑞星。 ⑨卿:卿云。古代认为是祥瑞的天象。 ⑩裹(niǎo):袅。 ⑪裛(yì)香气飘散。 ⑫飐(zhǎn)然:随风摇动貌。 ⑬缒(zhuì):以绳拴人或物而下或上。 ⑭酡(tuó):红。 ⑮红釭(gāng):灯的别称。 ⑯息妫:春秋时陈国公主,因嫁给息国国君,故称息妫。 ⑰馆娃:即馆娃宫,吴王夫差为西施建造。后借指西施。 ⑱仙槎:神话中能来往于海上和天河之间的竹木筏。 ⑲渑(shéng):古水名。《左传·昭公十二年》:"有酒如渑,有肉如陵。" ⑳踯躅:杜鹃花的别名,又名映山红。

《牡丹赋》是唐代诗人舒元舆的代表作。《牡丹赋》的写作时间可能是大和六年至九年(832—835)的暮春时节,是舒氏留存至今的唯一一篇赋作,也是第一篇咏颂牡丹的赋作。后世将牡丹推为国色天香、花中之魁,此赋功不可没。全赋描绘牡丹的千姿百态,语言优美,想象丰富,节奏流畅,且比喻形象贴切,用语工巧自然,将牡丹描写得极富人情味。"时称甚工",元舆死后,文宗"观牡丹,凭殿栏诵赋,泣为下"(《新唐书》本传),洵为不可多得的咏物佳制。

全赋以描摹生动,以散行骈为最大特色。全文除"序"交代作赋来由,追述唐代洛阳牡丹的起源、来历以及写赋的动机等,采用一问一答的形式,批驳了那些对牡丹不屑一顾,或认为歌咏牡丹是"儿女之心"的世俗偏见。全赋可分四部分。第一部分为开篇,叙写牡丹集大自然之精华,具出类拔萃之美:"英之甚红,钟乎牡丹。拔类迈伦,国香欺兰。"给人以自然毓秀、国色天香之感。第二部分是赋的重点,首写牡丹初绽时的情态:"暮春气极,绿苞如珠""淑色披开,照曜酷烈。美肤腻体,万状皆绝。"描摹逼真,情感浓烈。次以拟人手法写牡丹的形与色,连用十八个排比句,气势如虹,气象万千,如"向者如迎,背者如诀;坼者如语,含者如咽;俯者如愁,仰者如悦",将牡丹写得色彩艳丽、情态万方、栩栩如生;继而又连用十二个排比句,如"或带风如吟,或泣露如悲","或迎风拥砌,或照影临池",新奇绝妙,使人目不暇接。接着以孙武教战设想,更以西施、南威等美女和洛神、湘娥等女神比况牡丹的风采神韵,她们或倚负,或扶携,个个红颜国色。在宫殿,竞奇斗艳,争宠献媚。娇艳妖娆,缠绵徘徊。形象逼真,妩媚可人,读此不得不为作者的生花妙笔所折服。最后写夜间牡丹之美及观赏之盛:"席发银烛,炉生绛烟","晶荧往来,金钿列钱",尤其是"未及行雨,先惊旱莲"之名,更是体物入微。牡丹被唐人无比宠爱,既"列幄庭中,步障开霞",又"曲庞垂梁,松篁交加",这倒有些像宫中美人,虽无天地间的生气,却多了天地间所无的富贵、妩媚、娴雅。有雾中观花,隔纱望影的妙趣。

赋的结尾提出一连串的疑问,表现出对牡丹的激赏与热爱;因赏极、爱极而生的大惑不解,反衬出牡丹压倒群芳的独特魅力。在对牡丹神奇命运的质询中,作者无形中进入了对自己和士子命运以及对社会的思考:"何前代寂寞而不闻,今则昌然而大来。曷草木之命,亦有时而塞,亦有时而开? 吾欲问汝,曷为而生哉? 汝且不言,徒留玩以徘徊。"由热而冷,揭示出其所赋之旨。牡丹初不为人知,后经武则天移入上苑,遂为倾国名花,寄寓着人遇时而显的认知。舒元舆出身寒族,却"自负其才,锐于进取""常以丈夫功业自许",因此,他从牡丹的际遇看到的是自己和士子的命运沉浮。所以,牡丹既是唐人眼中牡丹,又是作者心中牡丹;既是天地间一客体,又是作者感情理念的载体。这样牡丹就既有艳丽之形,又有浓厚的人情味,这就难怪此赋轰动一时了。

全赋想象丰富,文辞华美,豪放雅健,浦铣评曰"秾艳极矣,不尔便与题不称"(《复小斋赋话》卷下),洵为的论。然赋入开元、天宝间,已呈散文化之趋势。此赋骈散融织,亦为另一重要特色,以诗文法入赋,连串排比句式的使用,叠加用"或"

用"如"，又与韩愈的《南山诗》相类似。句式虽以骈为主，但语言苍劲有力，情感炽烈，"一气直下，无纤弱之态，与古文家的赋相近"（马积高《赋史》）。　　（孙福轩）

【作者小传】

杜　牧

（803—852）　字牧之，京兆万年（今属陕西）人。大和二年（828）登进士第，复登制科，解褐弘文馆校书郎。旋辟佐沈传师江西、宣歙、牛僧孺淮南幕，历团练判官、节度推官、掌书记。大和九年，以监察御史分司东都。开成二年（837），为崔郸宣歙团练判官。入朝任左补阙、史馆修撰。历膳部、比部员外郎，皆兼史职。会昌二年（842），出为黄州刺史。转池、睦二州刺史。大中二年（848）迁司勋员外郎、史馆修撰，转吏部员外郎。四年秋，求为湖州刺史。入拜考功郎中、知制诰，官终中书舍人。著有《樊川文集》。

阿 房 宫 赋　　　　　　杜　牧

六王毕①，四海一，蜀山兀②，阿房出。覆压三百余里，隔离天日。骊山北构而西折，直走咸阳③。二川溶溶④，流入宫墙。五步一楼，十步一阁；廊腰缦回，檐牙高啄⑤；各抱地势，钩心斗角⑥。盘盘焉，囷囷焉⑦，蜂房水涡⑧，矗不知其几千万落。长桥卧波，未云何龙？复道行空，不霁何虹？高低冥迷，不知西东。歌台暖响，春光融融；舞殿冷袖，风雨凄凄。一日之内，一宫之间，而气候不齐。

妃嫔媵嫱，王子皇孙，辞楼下殿，辇来于秦⑨，朝歌夜弦，为秦宫人。明星荧荧，开妆镜也；绿云扰扰，梳晓鬟也；渭流涨腻，弃脂水也；烟斜雾横，焚椒兰也。雷霆乍惊，宫车过也；辘辘远听，杳不知其所之也。一肌一容，尽态极妍，缦立远视⑩，而望幸焉。有不得见者，三十六年⑪。

燕赵之收藏，韩魏之经营，齐楚之精英，几世几年，剽掠其人，倚叠如山。一旦不能有，输来其间。鼎铛玉石，金块珠砾⑫，弃掷逦迤⑬。秦人视之，亦不甚惜。

嗟乎！一人之心，千万人之心也。秦爱纷奢，人亦念其家。奈何取之尽锱铢，用之如泥沙？使负栋之柱，多于南亩之农夫；架梁之椽，多于机上之工女；钉头磷磷，多于在庾之粟粒；瓦缝参差，多于周身之帛缕；直栏横槛，多于九土之城郭；管弦呕哑⑭，多于市人之言语。使天下之人，不敢言而敢怒。独夫之心⑮，日益骄固。戍卒叫⑯，函谷举⑰，楚人一炬，可怜焦土！

呜呼！灭六国者，六国也，非秦也；族秦者⑱，秦也，非天下也。嗟乎！使六国各爱其人，则足以拒秦；使秦复爱六国之人，则递三世可至万世而为君⑲，谁得而族灭也？秦人不暇自哀，而后人哀之；后人哀之而不鉴之，亦使后人而复哀后人也。

〔注〕　①毕：结束，灭亡。　②蜀山兀：蜀山上的树木因为建阿房宫而被砍光。　③骊山：骊山在今陕西临潼。咸阳：古咸阳在骊山西北。阿房宫从骊山北边建起，折而向西，一直通到咸阳。　④二川：指渭水和樊川。　⑤"廊腰"句：走廊回环曲折，屋檐高高突起。⑥钩心斗角：建筑术语。钩心指各部建筑向中心攒聚，斗角指屋角相向对峙。　⑦囷（qūn）囷：曲折回旋的样子。　⑧蜂房水涡：楼阁像蜂房水涡那么密集交错。　⑨辇：乘辇。⑩缦立：回环立待。　⑪三十六年：秦始皇在位共三十六年。　⑫"鼎铛（chēng）"句：将宝鼎当成铁锅，将美玉当成石头，将黄金当成土块，将珍珠当成瓦砾。　⑬逦迤：接连不断。⑭呕哑：形容声音繁杂。　⑮独夫：指秦始皇。　⑯戍卒叫：指陈胜、吴广起义。　⑰函谷举：刘邦攻入函谷关。　⑱族：族灭。　⑲递：传递。

　　杜牧出身名门，乃宰相、史学家杜佑之孙，好读书，文辞博赡，极有政治抱负，然而他生活的年代是唐王朝日趋衰败的时期，宦官专政、藩镇拥兵、党争无已，中央集权日薄西山。杜牧徒有经国济世之志而不能实现，感慨时事，诗文常怀警示之意。作者在《上知己文章启》中说："宝历（唐敬宗年号）大起宫室，广声色，故作《阿房宫》。"《阿房宫赋》借古讽今，作者用冷峻的笔调、夸张的笔法描写阿房宫的兴建及其毁灭，警醒统治阶级不要重蹈前朝的亡国覆辙。

　　文章起笔突兀，连用四个短句，"六王毕，四海一，蜀山兀，阿房出"，把秦始皇灭六国、统一天下、削平蜀山而兴建阿房宫这一系列历史事件高度浓缩，宛如快速的电影镜头，刹那之间风起云涌，山川巨变，阿房宫在风云变幻中拔地而起，令人触目惊心。开篇之后，作者使用铺陈手法，极力渲染阿房宫的宫殿之美、充填之盛。描写宫殿之美者，由山至水，由外至内，由"五步一楼，十步一阁"的全景俯瞰到"廊腰""檐牙"的细节雕刻，由"盘盘""囷囷"的如实描绘到长桥如龙、复道如虹的形象譬喻，由"蜂房水涡"的物象描写到"歌台暖响""舞殿冷袖"的情感移入，步步逼近、层层渲染，总汇为一句"一日之内，一宫之间，而气候不齐"，极写阿房宫之广阔深邃和人主之威权熏天。描写宫中人物珍宝，因虚而见实，化静而为动，开镜如明星在天，梳鬟如绿云遍地，弃脂水而涨渭流，焚椒兰而笼烟雾，何其绚烂、何其壮丽！而如此之美人，"辞楼下殿""朝歌夜弦"，以王子皇孙之贵而为宫人，竟有三十六年而不得见君王一面者，正如六国之珍宝入秦而沦为瓦块石砾，人主之骄奢恣纵可谓登峰造极。这段描写充满了夸张和神奇的想象，奇丽灵动，栩栩如生。

作者极写阿房宫之瑰丽，并非津津乐道于奢华享受，而是为下文伏笔。六国之"剽掠其人"固然导致亡国灭族，天下归秦，而秦人之骄横敛怨，岂不重蹈六国之覆辙？一人之心犹如千万人之心，毁千万人之家而奉一人之身，岂能长久。"戍卒叫，函谷举，楚人一炬，可怜焦土"，呼应开篇，又是一系列历史事件的高度浓缩，首尾相合，形成一个完整的叙述链条。末尾在前文的波澜之上发表议论，切中肯綮，点明全文主旨，"后人哀之而不鉴之，亦使后人而复哀后人也"。

《阿房宫赋》有强烈的杜牧个人风格，俊爽流丽，气势纵横，指陈时弊发人深省，然而它之所以从古到今脍炙人口，主题立意固然是一方面，更重要的是它高超的写作手法和独特的艺术魅力。在行文风格上，《阿房宫赋》骈散相间，具有鲜明的"文赋"特征，行文整饬而不拘对偶，说理透彻，议论精微。祝尧在《古赋辨体》里说《阿房宫赋》"大半是论体，不复可专目为赋矣。毋亦恶俳律之过，而特尚理以矫之乎？"在具体手法上，《阿房宫赋》的描写和议论紧密结合，一气呵成，议论而不枯涩，铺排而无繁冗，而且层次井然，结构紧凑，前后呼应。例如六国何以亡，在"妃嫔媵嫱""辞楼下殿"一句已微微透出，六国亦有其宫殿美人，六国之君亦是倾全国之力奉其一身，之后"几世几年，剽掠其人"更是明确点出六国不得不亡，如此得出结论"灭六国者，六国也，非秦也"，令人信服。

（孔燕妮）

李商隐

【作者小传】

（813—858）　字义山，号玉谿生、樊南生，怀州河内（今属河南）人。开成二年（837）登进士第。曾任秘书省校书郎、弘农尉、秘书省正字、武宁节度判官、太学博士、东川节度判官、盐铁推官等职。工四六文，与温庭筠、段成式齐名，三人均排行十六，号"三十六体"。诗与杜牧齐名，人称"小李杜"，又与温庭筠并称"温李"。有《李义山诗集》。文集散佚，后人辑有《樊南文集》《樊南文集补编》。

〔640〕 李商隐 虱 赋

虱　　赋　　　　　李商隐

亦气而孕，亦卵而成，晨鹥露鹤①，不如其生。汝职惟啮②，而不善啮。回臭而多③，跖香而绝④。

〔注〕　① 鹥(yì)：凫之一种。　　② 啮(niè)：咬。　　③ 回：指孔子的弟子颜回。　　④ 跖：即盗跖，相传为春秋时大盗。香：指芸香草。

这是一篇具有拟喻色彩的讽世小赋。通过描述虱之啮人，善恶不分的事实，由物及人，辛辣讽刺，表达出作者对"福善祸淫"信条的怀疑，以及对现实社会的不满。

中唐以后，政治窳(yǔ)败，世风颓靡，讽时刺世之作渐多，柳宗元的辞赋作品正代表着这一倾向。李商隐早期作古文，后因为人幕宾而学作骈文，成为骈文的代表性人物。政治上李商隐颇有抱负，无奈无端卷入朋党之争，一生困顿，于世态炎凉自有深刻体会，故诗篇隐微曲折，时有抨击时事之作，其古文作品见解新颖，意含讽刺。其赋，宋王应麟《困学纪闻》评价说："李义山赋怪物，言佞魑、谗魖、贪魖，曲尽小人之情状，魑魅之夏鼎也。"

据《唐书·艺文志》，李商隐有赋一卷，今保存完篇的有《虱赋》《蝎赋》《虎赋》《恶马赋》；文句存一联以上的有《江之嫣赋》《雪赋》《美人赋》《小园愁思赋》《杏花赋》《闲赋》等，合计十篇。另外，托名苏轼撰的《渔樵闲话》记载，"李义山赋三怪物""述其情状""得体物之精要"，亦属赋体无疑。最著者为《虱赋》和《蝎赋》，皆为讽刺型咏物小赋。

《虱赋》最值得称美之处，即在于其"奇"。宋代林希逸《李君瑞奇正赋格序》云："长吉之奇，见于歌行；义山之奇，见于偶俪。偶俪云者，即今时赋体也。使今人之赋，有若玉溪之奇，又何愧于古哉！"认为李商隐的赋属于奇的一路，给予很高评价。其"奇"之一在于所咏之物之奇。咏物赋实源于屈原的《桔颂》和荀子的《云》《蚕》等作，而后成为古代赋体文学中较为常见且十分重要的一大类别。两汉以来以至初盛唐，虽然不同的时代表现出各异的特色，但多以自然风物为主，而入于中晚唐，咏物赋出现了不少借丑陋、弱小的动植物形象，如蝎、虱、蚕、蜘蛛、秋虫等讽喻时世的作品，或针砭时弊，或讥讽小人。柳宗元的《骂虱虫文》《憎王孙文》《逐毕方文》《诉螭文》等为其典型代表，李商隐的《虱赋》《蝎赋》在精神上与柳宗元的讽刺赋则一脉相承。其"奇"之二在于文之奇。《虱赋》用诗体形式，全文只有 32 个字，却转折有度，一波三折。"亦气而孕，亦卵而生"，两个"亦"字既明虱为天地所孕育，又为后文的责骂埋下情感基调；"晨鹥露鹤，不如其生"，以凫鹤相比,突显虱子之尊贵优越,揶揄之笔调尽显,讽刺极其辛辣。赋文的高峰在于后四句。自然孕育而生的虱子,高贵优越的地位,其职却尽在啮血,而其啮又不分是非,专啮颜回,而不及盗跖。至此,诗人的冷嘲热讽和憎恶之情达于极致,溢于言表。人们不难推测,这不是写虱子,而是为当时社会上的"虱性人"画像,那些专吸穷人膏血却对显贵奴颜婢膝的卑劣奸宄,不正是这颠倒黑白、不分美恶的虱子吗?徐树谷笺注曰:"《虱赋》,刺朝士也。回贤而贫,贫故臭;跖暴而富,富故香。虱唯回之啮,而不恤其贤;唯跖之避,而莫敢撄其暴,是亦不善啮矣。世之虐茕独而畏高明,侮鳏寡而畏强御者,何以异此!义山殆深知虱者。"不可不谓知音之言。

此赋不仅讽刺辛辣,形式亦十分独特,四言八句,和齐梁时一种"赋体"的形式十分接近,篇幅也差不多。但"赋体"还不是赋,而是类似骈文中的"连珠"(马积高《赋史》)。用这样短小的篇幅写一篇完整的赋,是义山的创造,也是赋体的一种新发展。李商隐对前代赋家,尤其是六朝骈赋家下过很深的功夫,他回顾自己的创作渊源时,说早年"两为秘省房中官,恣展古籍,往往咽噱于任(昉)、范(云)、徐(陵)、庾(信)之间"(《樊南甲集序》)。"恣展古籍",固然在前代赋中挹取了大量语言资料和对偶用典等方面的技巧,同时对于有关文体结构、表述方式、情致趣味、风格特征等,也别具会心。

全赋借赋虱,抨击时俗,讽刺辛辣。语言幽默诙谐,言简意赅,构思奇巧,出人意料。讽刺深刻、形象、尖锐,令人耳目一新!故刘克庄说:"李义山《虱赋》……虽其简短,然有意味。"(《后村诗话》后集卷一) (孙福轩)

作者小传

王棨

字辅之,福州福唐(今属福建)人。咸通三年(862)登进士第,辟福建团练判官,不就。历任江西团练判官、大理司直、太常博士、水部郎中。广明初奔淮南依高骈,授右司马、盐铁出使巡官、知丹阳监事等职。有《麟角集》一卷,收律赋四十五篇。集末附其省试诗二十一首,为南宋其裔孙王芰辑收。

玄宗幸西凉府观灯赋

以"春夕游幸见天师术"为韵 王 棨

昔在明皇帝,召叶尊师[1],当新岁月圆之夜,是上元灯设之时②。帝谓：京洛③，他处固难比也。师言：良夜，今宵亦可观之。

于是请宸游④，凭妙术，将越天宇，俄辞宣室⑤，扶凤辇以云举⑥，揭翠华而飙疾⑦。不假御风之道⑧，倏忽乘虚⑨；如因缩地之方⑩，逡巡驻跸⑪。已觉夫关陇途尽⑫，河湟景新⑬，到沓杂繁华之地⑭，见骈阗游看之人⑮。千条银烛⑯，十里香尘，红楼逦迤以如昼⑰，清夜荧煌而似春⑱。郡实武威⑲，事同仙境，彩摇金像之色⑳，光夺玉蟾之影㉑。一游一豫㉒，忽此地以微行㉓；不识不知，竟何人而望幸㉔。于时有露沾草，无云在天，金鸭扬辉而光散㉕，冰荷含耀以星连㉖。乐异梨园㉗，徒笙歌之满听㉘；人非别馆㉙，空罗绮以盈前。既而斗转玉绳㉚，漏深银箭㉛，周回未惬于睿旨㉜，历览尚劳于宸眷㉝。莫不混迹尊卑，和光贵贱。亦由凤隐形于众鸟，众鸟莫知；龙匿影于群鱼，群鱼不见。

俄而归思潜轸㉞，皇情不留，髣髴而方离边郡㉟，斯须而已在神州㊱。稍异穆王，至自瑶池之会㊲；非同汉武，来从柏谷之游㊳。一自凤灭兰釭㊴，云迎羽客㊵，尘昏蓊塞之草㊶，烟暝秦陵之柏㊷。空令思唐德之遗民，最悲凉于此夕。

〔注〕　①叶尊师：叶法善，唐时著名道士，历高宗、中宗、武后、睿宗、玄宗五朝。《旧唐书·方技传》有传。　②上元：农历正月十五为上元节，其夜称元夜、元宵。　③京洛：唐东都洛阳。　④宸游：帝王的巡游。　⑤宣室：汉未央宫有宣室殿，此代指唐都宫殿。　⑥凤辇：帝王乘坐的车。云举：升入云霄。　⑦翠华：以翠羽为饰的旗，帝王出行时的仪仗。飙疾：迅疾如风。　⑧御风：驾风。《庄子·逍遥游》：“列子御风以行，泠泠然善也。”　⑨倏忽：形容时间极短。乘虚：凭空。　⑩缩地：术士化远为近的法术。葛洪《神仙传》卷五：“（费长）房有神术，能缩地脉，千里存在，目前宛然。”　⑪逡巡：顷刻，一会儿。驻跸(bì)：帝王出行时中途暂住叫驻跸。跸：帝王车驾。　⑫关陇：指函谷关至陇山一带地区。　⑬河湟：指黄河和湟水流域地区。　⑭沓(tà)杂：繁多杂乱。　⑮骈阗(tián)：拥挤堵塞。　⑯银烛：灯烛的美称。　⑰逦迤：曲折连绵。　⑱荧煌：明亮辉煌。　⑲武威：唐凉州武威郡，郡治即今甘肃武威。　⑳金像：指画有各种形象的彩灯。　㉑玉蟾：指月亮。　㉒豫：巡游。　㉓微行：帝王便服出游叫微行。　㉔望幸：盼望帝王到来。　㉕金鸭：鸭形彩灯。　㉖冰荷：白色的荷花形状的灯。　㉗梨园：唐玄宗所设的音乐机构，曾选乐工三百、宫女数百，教授乐曲于梨园。　㉘满听：盈耳之意。　㉙别馆：帝王都城皇宫之外的居所。　㉚玉绳：星名。《文选》张衡《西京赋》：“上飞闼而仰眺，正睹瑶光与玉绳。”薛综注：“《春秋元命苞》曰：玉衡

北两星为玉绳。"　㉛ 银箭：漏壶上指示时刻的箭头。　㉜ 睿旨：皇帝的心意。　㉝ 宸眷：皇帝的留恋。　㉞ 归思潜轸(zhěn)：伤痛、怀念为轸，指心中暗滋归思。　㉟ 髣髴：同仿佛，恍惚之意。边郡：指凉州。　㊱ 斯须：须臾，一会儿。神州：都城。此指东都洛阳。　㊲ "穆王"两句：《穆天子传》卷三："乙丑，天子觞西王母于瑶池之上，西王母为天子谣曰：'白云在天，山陵自出。道里悠远，山川间之。将子无死，尚能复来。'"　㊳ "非同"两句：《水经注·河水四》："河水又东，合柏谷水……汉武帝尝微行此亭，见馈亭女妻。故潘岳《西征赋》曰：'长征客于柏谷，妻睹貌而献餐。'谓此亭也。"按：《文选》潘岳《西征赋》作："长傲宾于柏谷，妻靓貌而献餐"，"柏谷"事详见《汉武帝故事》(《文选》注)。　㊴ 兰釭(gāng)：用兰膏点的灯。　㊵ 羽客：道士。此谓叶法善。　㊶ 蕃塞：与吐蕃接壤的边境。　㊷ 秦陵：秦始皇陵，在长安东。

　　王棨长于词赋，陈黯称其"体物讽调，与相如、扬雄之流异代而同工也"(《送王棨序》)；黄璞也说"公词赋清婉，托意奇巧"(《王郎中传》)。尤善律赋。王祖源《麟角集记》说："至唐之王棨、黄滔，又截然一变，风气之开，千百年来莫能移易。"有《麟角集》一卷，收律赋四十五篇。南宋其裔孙王苹辑收其省试诗二十一首附于集末。今存刻本。

　　关于唐玄宗西凉府观灯的传说，《太平广记》卷二六引《集异记》及《仙传拾遗》："开元初，正月望夜，玄宗移仗于上阳宫以观灯，'尚方匠毛顺心结构彩楼三十余间，金翠珠玉，间厕其中。楼高百五十尺，微风所触，锵然成韵。以灯为龙、凤、蟠、豹腾踯之状，似非人力。玄宗见大悦'。促召(叶尊)师观于楼下，人莫知之。师曰：'灯影之盛，固无比矣，然西凉府今夕之灯，亦亚于此。'玄宗曰：'师顷尝游乎？'曰'适自彼来，便蒙促召。'玄宗异其言，曰：'今欲一往得乎？'曰：'此易耳。'于是令玄宗闭目，约曰：'必不得妄视，若误有所视，必有非常惊骇。'如其言，闭目距跃，已在霄汉。俄而足已及地，曰：'可以观矣。'既睹影灯，连亘数十里，车马骈阗，士女纷委，玄宗称其盛者久之。及请回，复闭目腾空而上，顷之已在楼下，而歌舞之曲未终。玄宗于凉州以镂铁如意质酒，翌日命中使，托以他事，使于凉州，因求如意以还，验之非谬。"此赋即根据此小说故事写成。唐西凉府，今甘肃武威。

　　王棨长于词赋，尤以律赋为擅，本赋即用律赋体，叙写正月十五上元节唐玄宗到西凉府观灯的神秘传说。第一段即点出玄宗于"上元灯设"的月圆之夜，在上阳宫观灯，当时匠师毛顺心精心设计，有三十余间的彩楼，楼高百五十尺，飞扬着龙、凤、蟠、豹等彩灯，玄宗龙心大悦，召德高位尊的叶法善尊师一同观赏。帝一句"他处固难比也。"叶尊师即言："良夜，今宵亦可观。"肯定地认为：就是今晚，清风明月夜，相信可以让君王看到比上阳宫更精彩的灯会。

　　此言既出，玄宗自是跃跃欲试，节奏感由"请宸游""凭妙术""越天宇""辞宣室"中迅速地带出叶尊师请玄宗闭目,凭妙术将之腾空,越过天宇,运用缩地脉的法术,倏忽之间已达西北函谷关一带,黄河与湟水交会的凉州府武威,停下车驾,举目望去,一片仙境于焉展现。

武威城人潮拥挤,沓杂繁华,清夜明亮辉煌,似乎春临大地。极目远眺,银灯美烛的灯会,光与影的美,真是魅力无限,五彩缤纷,此时,仰观天光无云,月犹如君王微服出巡般,游豫地在天空闪烁着,人人盼望帝王的到来,殊不知君光如月耀,蓦然已在身边,灯影与月影共徘徊,君行与月移交相映,俯察金鸭灯、冰荷灯,灯灯相连,耳畔边塞笙歌,悠然响起,与玄宗京城梨园、别馆之乐风迥异。这一切绮罗美景,在玉绳星斗间移转,在漏壶银箭中逼近,似诉说着时光飞逝,终将成空,君王流连忘返,不忍遽别,仿佛和光同尘,不分贵贱"众鸟莫知,群鱼不见"的自在。

最终,玄宗情不留而心思归,此行既非周穆王驾八骏,来瑶池仙境与西王母相会般情深,又非汉武帝微行柏谷,亭长不纳,而亭长妻为其杀鸡作食的义重,自是情归洛阳,将欲返回神州。作者最后只有感叹:"空令思唐德之遗民,最悲凉于此夕。"盖王棨时代,凉州已为吐蕃所侵占,遥想玄宗于西凉府观灯的奇幻之旅,想象河湟民众对唐朝的怀念,暗寓作者对唐朝无力收复陇右河西之地的讽刺。

王棨词赋体物清婉,托意奇巧,本赋可为代表。最精彩之处在描写凉州元夜灯会,"千条银烛,十里香尘,红楼逦迤以如昼,清夜荧煌而似春",想象的语言,却历历在目,如同亲临其地。文辞清丽,如"一游一豫,忽此地以微行;不识不知,竟何人而望幸"。浦铣评此句说:"不着一字,何等亲切。"(《复小斋赋话》卷下)李调元评说:"指点生动,不寂不喧,此妙为王郎中所独擅。"(《赋话》卷四)本篇以不同视角描写,造景生情,洗脱律赋排比之匠风,可谓不凡。

更殊胜的是,能化清丽寓于尘凡自性,有"风隐形于众鸟,众鸟莫知;龙匿影于群鱼,群鱼不见"说明君王亦能和光同尘,平易近人,与平凡百姓般同喜同乐;最终仍以"一自风灭兰钉,云迎羽客,尘昏蕃塞之草,烟暝秦陵之柏"写君王仍似羽客过境,皇情不留,这凉州观灯,游龙凤飞之乐,瞬间早已忘情,遗民犹如风灭灯膏,荒烟草芥,翘首企盼,却徒留悲凉。无怪乎王祖源《麟角集记》说:"至唐之王棨、黄滔,又截然一变,风气之开,千百年来莫能移易。"借由不同角度的叙写,杂糅古今对话,时空遥遥呼应,深层的郁结之情,幽咽婉转间诉说历史的悲情与憾恨。

(钱奕华)

作者小传

何蠲

生卒年不详,后梁以前在世。前进士。

渔父歌沧浪赋①　　　　　何　蠲

昔渔父兮泛波中流②。逢逐臣兮沧浪渡头③。我有垂纶之思④,君含去国之愁⑤。纫佩江边⑥,悄尔投荒之泪⑦;鸣棍波上⑧,飘然不系之舟。

于是停桡而问曰⑨:"人合娱情,子何丧志⑩? 况斯处也,水叠晴绿,山横晓翠。曾无止足之心,似有关身之事⑪。"乃言曰:"愚本楚人,家于楚地。尝欲去奸党,涤浮媚⑫。殊不知世以昏兮道不行,我独醒兮人皆醉。"

渔父曰:"振佩鸣珂⑬,其生若何? 胡不钓云林,挂烟罗⑭。笑迷津而指道⑮,逐鼓浪以长歌⑯。"歌曰:"微风动兮百花坞⑰,扣舷归兮满江雨⑱。挂云帆兮何足数,来濯缨兮沧浪浦。"又曰:"泛蓬艇兮戏凫鹭⑲,澄水境兮照虹霓。指尘路兮何足迷,来濯缨兮沧浪溪。"

已而渐回远汀⑳,还依曲岛。鹤性多暇,龟年自保㉑。难知避世之由,但见无羁之抱㉒。蘋风夕起,层台滟滟之波㉓;兰露晓浓,两岸绵绵之草。去影才分,余声尚闻。似落寒林之叶,不归暮岭之云。渡若洲边㉔,称为渔者。往往潇湘水上㉕,乱入鸥群;至今兹池长闲,斯流无极。前溪后溪之山影,千年万年之水色。吾欲棹孤舟而钓沧浪㉖,其奈名未成而来不得。

〔注〕 ①此赋原载敦煌遗书伯二四八八、二六二一、二七一二。皆题"前进士何蠲撰"。"前进士"应指已及第而未有官职的进士。　②中流:河流之中。　③渡头:河流渡口、码头。　④垂纶(lún)之思:纶是钓鱼的绳线,垂纶即钓鱼。指有隐逸的想法。　⑤去国:离开国都。　⑥纫(rèn)佩:"纫"同"纴",缝缀。言缝缀香草而佩带之。　⑦投荒:贬谪到荒远之地。　⑧棍:同"榔",驱鱼之木棒,亦指船桨。　⑨桡(ráo):曲木为桡,指船桨。　⑩合:应该。　⑪曾无止足之心,似有关身之事:你却不厌足于美景,似有满怀心事。　⑫浮媚:即妩媚,讨好之意,指佞臣。　⑬振佩鸣珂(kē):摇动玉佩,鸣响玉珂,指出入朝庭,在朝为官。佩,佩挂

的玉环、玉饰。珂，美玉。 ⑭ 胡不钓云林，挂烟罗：胡不，何不。烟罗，烟雾。"罗"亦可作"萝"，言烟雾如罗锦、萵罗之轻薄缥缈。 ⑮ 笑迷津而指道：渡口为津，迷津指找不到方向。指道，指导方向。 ⑯ 逐鼓浪：追随激荡的波浪。 ⑰ 坞（wù）：山坳（ào）为坞，此指四边如屏的花木深处。 ⑱ 扣舷（xián）：敲打船的两侧。 ⑲ 泛蓬艇（páng）：泛，随流行船。蓬，茅草。艇，船也，亦可指双并之船。凫（fú），水鸭。鹥（yī），鸥。凫鹥泛指水鸟。本句言泛舟于河中与水鸟同戏。 ⑳ 汀（tīng）：水边平地或沙洲。 ㉑ 鹤性多暇（xiá），龟年自保：多暇，很空闲。自保，保持身体健康。二句言清闲如野鹤，健康如龟寿。 ㉒ 但见：只见。无羁之抱：身心不受拘束的怀抱（理想）。 ㉓ 滟（yàn）滟：水波闪动的样子。 ㉔ 渡若：即杜若，鸭跖草科，直立草本，地下具匍匐长根茎，熟果蓝黑色。可药用，嫩叶可做野菜。《湘君》："采芳洲兮杜若。" ㉕ 潇湘：二者皆湖南的河流，《山海经·中山经》："帝之二女居之……，澧沅之风交潇湘之浦。"常泛指有仙女居住的流域。 ㉖ 棹（zhào）：船桨，划船。

屈原有《渔父》对话，《史记》载入《屈贾列传》，以为实录。但假设问对本即辞赋文体常用的技法，借问答形式，以彰显作者之夙志。《渔父》借渔父说"圣人不凝滞于物而能与世推移""何不漏其泥而扬其波"，作者坚持："众人皆醉我独醒""安能以皓皓之白，而蒙世俗之尘埃乎"，于是渔父笑而鼓栧枻而去，作者则歌《沧浪》之曲以坚守其志。本篇融化《渔父》篇，是继承模拟之作。唯最后是期待："鹤性多暇，龟年自保。难知避世之由，但见无羁之抱。"走向了隐逸。末句云："吾欲棹孤舟而钓沧浪，其奈名未成而来不得。"似又有未成名而无法实现夙志的遗憾。这种因种种打击想逃避现实，而又感叹未功成名就的矛盾，可能存在于不少文人的心中，造成了文学上的"为赋新诗强说愁"之风气。

渔父歌吟"沧浪"之歌，除了屈原《渔父》，又见于《孟子·离娄上》所载孔子时代的儿歌："有孺子歌曰：'沧浪之水清兮，可以濯我缨；沧浪之水浊兮，可以濯我足。'孔子曰：'小子听之！清斯濯缨，浊斯濯足矣，自取之也。'"其下又引孔子以谓："夫人必自侮，然后人侮之。"可见荣辱可以自己决定，后果也要自己承担。"最后的抉择"成为后世评价儒者的唯一标准，可谓无所逃于天地之间。沧浪为汉水的支流，《禹贡》："嶓冢导漾，东流为汉，又东为沧浪之水。"

渔父作为隐逸的象征，又见于辞赋史上第一篇反映田园隐居生活的张衡《归田赋》："谅天道之微昧，追渔父以同嬉。超尘埃以遐逝，与世事乎长辞。"可见渔父的退隐是与屈原的坚守志节者不同的另一种精神出路。隐逸者不再竞逐于名利之中，但也不忘自得其乐，徜徉于古人的理想世界中，《归田赋》云："极般游之至乐，虽日夕而忘劬。感老氏之遗诫，将回驾乎蓬庐。弹五弦之妙指，咏周孔之图书。挥翰墨以奋藻，陈三皇之轨模。苟纵心于物外，安知荣辱之所如。"

隐逸是致仕或功名失利者的无奈归宿，用以维系士大夫最后的尊严，期待圣人再世，海晏河清。借此出入于庄老与周孔之间，过着最简单的生活，"纵心于物外",遗忘人间之荣利。此一理想境界成为陶渊明吟唱《归去来辞》的先导。历来文人多徘徊在用世与归隐的矛盾之间,屈大夫坚持爱国理念而投赴清流,陶渊明虽经用世而失望于官场,终于彻底悔悟,归返农家。本文作者模拟屈原《渔父》,逐臣"尝欲去奸党涤浮媚。……我独醒兮人皆醉",俨然屈子的代言人。渔父"笑迷津而指道,逐鼓浪以长歌",以长歌的方式暗示"濯缨"之可能,不放弃最后的期待。除了二首渔父"歌"之外,末段的骈俪长句为其主要的文艺表态:"鹤性多暇,龟年自保。难知避世之由,但见无羁之抱""蘋风夕起,层台滟滟之波;兰露晓浓,两岸绵绵之草",在茫茫的沧浪江中,抒解了他的郁卒,在没有答案的歌声中回到了叹惜"奈名未成"的现实。

(欧天发)

陆龟蒙

【作者小传】

(? —约881) 字鲁望,自称江湖散人,又号天随子、甫里先生,吴郡(今属江苏)人。举进士,不第,遂不复应试。为湖州、苏州从事。乾符六年(879)隐于松江甫里。常携书籍、茶灶、笔床、钓具泛舟太湖。后以高士召,不赴。与皮日休齐名,时称"皮陆"。其乐府诗针砭时弊,关心民瘼,与皮日休乐府相近。尝自编其与皮日休唱和诗为《松陵唱和集》,自编其诗文为《笠泽丛书》。宋叶茵合两书及遗篇为《甫里先生文集》。

蚕　　赋并序　　　　　　　陆龟蒙

荀卿子有《蚕赋》①,杨泉亦为之②,皆言蚕有功于世,不斥其祸于民也③。余激而赋之,极言其不可,能无意乎④?诗人《硕鼠》之刺⑤,于是乎在。

古民之衣,或羽或皮。无得无丧,其游熙熙⑥。艺麻缉纻⑦,官初喜窥。十夺四五⑧,民心乃离。逮蚕之生⑨,茧厚丝美。机杼经纬,龙鸾葩卉⑩。官涎益馋,尽取后已⑪。呜呼,既茧而烹⑫,蚕实病此⑬。伐桑灭蚕,民不冻死。

〔注〕　①《荀子·赋篇》共五篇,即《礼》《知》《云》《蚕》《箴》,是问答体的谜语,与同见于《荀子》的说唱体《成相》都是早期的赋体。　②杨泉亦为之:魏晋时三国吴人杨泉亦有《蚕赋》,另著有《物理论》。　③不斥(chì)其祸于民也:没人指责它为祸于人民。斥,责备。　④激:激

动。能无意乎：能够不在意而作出表达吗？或者说，其中难道没有深的寓意吗？　⑤《硕鼠》之刺：《诗·魏风·硕鼠》是叙述国君贵族苛敛百姓，诗人作此篇，以大老鼠之长期贪恶害人来譬喻他们。如第一章云："硕鼠硕鼠，无食我黍。三岁贯女，莫我肯顾。逝将去女，适彼乐土。乐土乐土，爰得我所。"毛《传》云："刺重敛也。国人刺其君重敛蚕食于民，不修其政，贪而畏人，若大鼠也。"　⑥ 无得无丧，其游熙熙：无得无丧，不觉得有利益，也不觉得有损失，自然没有美丑富贫的观念。熙熙，快乐没烦恼之貌，《老子》："众人熙熙，如享太牢，如春登台。"　⑦ 艺麻缉纻(jī lú)：艺麻，种麻。纻，苎麻一类的植物。缉纻，编续麻线。　⑧ 十夺四五：十分成品被侵夺了四成、五成。　⑨ 逮：等到。　⑩ 机杼经纬，龙鸾葩卉：机杼，织布机，意为纺织。杼是织布时左右投接，编织纬线的梭子。经纬，织布机上的直线横线，先固定直线(经)，再用梭子系线横织(纬)，也可作动词使用。龙鸾，龙凤。葩卉，奇花异草，指在丝帛上绣着美丽的动植物图案。　⑪ 涎(xián)：口水，本句指官员更加的垂涎贪心，一定要搜括尽了才终止。　⑫ 既豢(huàn)而烹：为了抽丝，蚕或蛹在茧中被煮熟。也影射百姓在织成锦绣之后，反被官员侵害。豢，饲养家畜。　⑬ 蚕实病此：蚕最怕这样惨遭烹煮。影射养蚕织布的人最怕工作完成后，反被侵害。

　　陆龟蒙《蚕赋》全文一百二十余字，序之外，本文则只有七十四字，可谓精简。最早的《蚕》赋出自《荀子·赋篇》，其第四篇为《蚕》，约二百字。《赋篇》共含五个主题：礼、知、云、蚕、箴，为对答体的廋(sōu)词(即隐语、猜谜)。在命题与答题时都作铺叙，其中含有对答、猜谜、体物、铺写等赋体的形式特色。是赋体创造成立的标杆，也是咏物赋之祖。所以《文心·诠赋》云："荀况礼智，宋玉风钓，爰锡名号，与诗画境。"其中"荀况礼智"约指《赋篇》五篇；"宋玉风钓"指《风》《笛》《钓》《大言》《小言》同样是赋体的肇始篇什。

　　古代蚕被视为习性与体态都特殊的昆虫，《大戴礼记·易本命》说："万物之性各异类：故蚕食而不饮，蝉饮而不食。"荀子也取之作譬喻设隐的对象。《赋篇》说蚕"功被天下，为万世文。礼乐以成，贵贱以分"，是赞美它的功业；"功立而身废，事成而家败。……人属所利，飞鸟所害"，则是点明它的悲剧下场。说蚕的身体："此夫身女好，而头马首者与？"蚕之头部类似马首，故荀子有此"体物"之铺叙。后世也有与此相关的神话，如《搜神记》《太平广记》等皆载有"马头娘"的传说。

　　魏晋之际，杨泉亦有《蚕赋》，其序却云古人"独不赋蚕"，引来梁元帝的讥讽。此外，曹魏时嵇康也写过《蚕赋》。杨泉赋是铺写皇后"亲桑于北宫"之事，属于歌颂的体裁，《艺文类聚》所录者超过500字。陆氏本篇短赋重在讥讽时事，谓上古之民，只有衣羽衣皮，自从缉麻为衣开始，官方"十夺四五，民心乃离"。到了能养蚕纺织，绣得"龙鸾葩卉"，官方更是垂涎万端，终于尽取而后已。百姓辛勤的工作成果都为贵族官宦所享用，自己却常遭冻死的命运。白居易的新乐府《卖炭翁》有"半匹红纱一丈绫,系向牛头充炭直"之句,百姓苦于宫市陋规,内监拿着百姓无用的纱、绫之物,强迫交换其用以维生的产品,使他们求生不能,欲哭无泪。两者所讽刺者,可谓异曲同工。但本文"伐桑灭蚕,民不冻死"的结语颇嫌过于激烈。盖种桑养蚕自古为民间一大产业,历来为"丝路"的主要外销品,颇有助于经济之活络长进。而人民也不可能回到"或羽或皮""其游熙熙"的年代。督促政府当局如何安定社会,促进民生,才是使百姓安居乐业的重点。可能因言路不通,或人微言轻,故引用《诗·魏风·硕鼠》之意,对养蚕事业作反面文章,简短而激切地揭发当时贪腐不公的社会现实,表现出以赋讽刺的旨趣。　　　　　(欧天发)

皮日休

【作者小传】

(约834—约883)　字逸少,后改袭美,早年隐于鹿门山,自号鹿门子、间气布衣、醉吟先生等,襄阳(今属湖北)人。咸通八年(867)登进士第。十年为苏州刺史从事。后入为著作佐郎、太常博士,出为毗陵副使。乾符五年(878)入黄巢军,广明元年(880)为黄巢翰林学士。与陆龟蒙齐名,时称"皮陆"。早年诗文多有抨击时弊、同情民瘼之作。有《皮子文薮》(又名《文薮》)十卷。

桃　花　赋 并序　　　　　　　皮日休

　　余尝慕宋广平之为相[①],贞姿劲质,刚态毅状。疑其铁肠石心,不解吐婉媚辞。然睹其文而有《梅花赋》,清便富艳,得南朝徐庾体[②],殊不类其为人也[③]。后苏相公味道得而称之[④],广平之名遂振。呜呼! 夫广平文才,未为是赋,则苏公果暇知其人哉[⑤]? 将广平困于穷,厄于踬[⑥],然后强为是文耶? 日休于文尚矣[⑦],状花卉,体风物,非有所讽,辄抑而不发[⑧]。因感广平之所作,复为《桃花赋》。其辞曰:

　　伊祁氏之作春也[⑨],有艳外之艳,华中之华,众木不得,融为桃花。厥花伊何,其美实多。僬隶众芳,缘饰阳和[⑩]。开破嫩萼,压低柔柯[⑪]。其色则不淡不深,若素练轻茜,玉颜半酡[⑫]。若夫美景妍时,春含晓滋,密如不干,繁若无枝。姝姝婉婉⑬，夭夭怡怡⑭。或偃者若想⑮，或闲者如痴。或向者若步⑯，或倚者如疲。或温麐而可熏⑰，或矮婧而莫持⑱。或幽柔而旁午⑲，或捲冶而倒披⑳。或翘矣如望㉑，或凝然若思。或奕偞而作态㉒，或窈窕而骋姿㉓。日将明兮似喜，天将惨兮若悲。近榆钱兮妆翠靥㉔，映杨柳兮颦愁眉㉕。

轻红拖裳，动则袭香，宛若郑袖，初见楚王㉖。夜景皎洁，哄然秀发，又若嫦娥，欲奔明月。蝶散蜂寂，当闺脉脉，又若妲己，未闻裂帛㉗。或开故楚，艳艳春曙。又若息妫，含情不语㉘。或临金塘，或交绮井。又若西子，浣纱见影㉙。玉露厌浥，妖红坠湿。又若骊姬，将谮而泣㉚。或在水滨，或临江浦，又若神女，见郑交甫㉛。或临广筵，或当高会，又若韩娥，将歌敛态㉜。微动轻风，婆娑暖红㉝，又若飞燕，舞于掌中㉞。半沾斜吹，或动或止，又若文姬，将赋而思㉟。丰茸旖旎，互交递倚，又若丽华，侍宴初醉㊱。狂风猛雨，一阵红去，又若褒姒，初随戎虏㊲。满地春色，阶前砌侧，又若戚姬，死于鞠域㊳。

花品之中，此花最异。以众为繁，以多见鄙㊴。自是物情，非关春意㊵。若氏族之斥素流，品秩之卑寒士㊶。他目则目，他耳则耳㊷。或以怪而称珍，或以疏而见贵。或有实而花乖㊸，或有花而实悖。其花可以畅君之心目，其实可以充君之口腹。匪乎兹花，他则碌碌㊹。我将修《花品》，以此花为第一。惧俗情之横议㊺，我曰不然，为之则已。我目吾目，我耳吾耳㊻。妍媸决于心，取舍断于志㊼，岂于草木之品独然？信为国兮如此㊽！

〔注〕　①宋广平：宋璟字广平，唐朝名相，与姚崇合力开创了开元盛世。武后时即纠举张昌弟，睿宗、玄宗时为相，提出了用人"虽资高考深，非才不取"的准则。　②徐庾体：南北朝时期徐摛(chī)、徐陵父子和庾肩吾、庾信父子的诗文风格。文体华丽好用典，也属"宫体诗"。　③殊不类其为人也：很不像他个人的作风。　④苏相公味道：苏味道，武则天时为宰相，凡事阿谀奉迎，无所坚持，自称"常模棱以持两端可矣"，故时人戏称他为"苏模棱"。少时与李峤、崔融、杜审言合称"文章四友"。相公是当时对宰相或官员的敬称。　⑤果暇知其人哉：哪里可能认识这个人呢？暇，闲暇。　⑥将广平困于穷，厄于踬：将，难道。困于穷，厄于踬(zhì)：厄，狭窄。踬，挫折。二句指遇到困难、挫败。　⑦尚：高明。　⑧非有所讽，辄抑而不

发：如果不是有所讽刺，便常隐忍不发表出来。辄，常，总是。　⑨ 伊祁氏：即伊耆氏，又作伊祁氏，古部落名，或以为即神农。《礼记·郊特牲》："伊耆氏始为蜡(zhà)。"蜡是十二月的除崇驱虫、报答众神之祭，等于今之过年欢庆。《周礼》以伊耆氏为官名，掌国之大祭祀。　⑩ 儓(tái)隶众芳，缘饰阳和：儓隶，仆隶，言桃花之高雅，如视群花为其仆隶。阳和，春天温暖之气，言花瓣装饰着温暖的色泽。　⑪ 开破嫩萼(è)，压低柔柯(kē)：萼，花瓣下部的托圈。柯，草木之枝茎。　⑫ 素练轻茜(qiàn)，玉颜半酡(tuó)：素练，洁白的长绢帛。茜，暗红、绛红。酡，饮酒脸上绯红的样子。都是形容桃花的"不淡不深"的颜色。　⑬ 妦(fēng)妦婉婉：圆润柔和。　⑭ 夭(yāo)夭怡怡：优美舒适。　⑮ 或俛(fǔ)者若想：或，有的(人、事、地、物、时)。俛，同"俯"，低头。　⑯ 向者若步：柑对日向。若步，有如徒步。　⑰ 温麇(nún)而可熏：温麇，温暖芳馨。可熏：会到处蒸放。　⑱ 矮(wǒ)媠(duò)而莫持：柔弱美艳而无法挺立自持。　⑲ 旁(bàng)午：亦作"旁迕"，交错、纷繁之意。　⑳ 搐(chě)冶而倒披："搐"同"扯"。搐冶，施展艳冶。倒披，倒挂。　㉑ 翘(qiáo)矣如望：言花瓣翘举，如有所企望。翘，高举仰起貌。　㉒ 奕(yì)僷(yè)而作态：言因奇艳而作出百态。奕僷，姣好冶艳。　㉓ 窈(yǎo)窕(tiǎo)而骋姿：身态姣好而骋其美姿。　㉔ 近榆钱兮妆翠靥(yè)：榆钱，榆之种子荚而状薄如纸，圆小似钮扣、铜钱。北周庾信《燕歌行》："桃花颜色好如马，榆荚新开巧似钱。"将榆钱与桃花之美作了联结。说桃花将开放时有如榆钱初开所展示的笑靥。　㉕ 映杨柳兮颦(pín)愁眉：言桃花犹如柳叶，可与美人之蹙眉相比。颦，皱眉。　㉖ 郑袖：战国时楚怀王宠妃，善妒而工心计。　㉗ 又若妲己，未闻裂帛：晋皇甫谧《帝王世纪》："(夏桀)日夜与妹喜及宫女饮酒，常置妹喜于膝上。妹喜好闻裂缯(zēng)之声而笑桀为发缯裂之，以顺适其意。"此用为妲己事。　㉘ 又若息妫(guī)，含情不语：春秋时陈国公主嫁于息称息妫，将归过蔡，蔡哀侯以其为夫人之妹而见之。息君怒，请于楚文王，用计灭蔡。蔡侯又怂恿楚王灭息，虏息君夫妇，息妫对楚王终不言。后息妫自杀，息君亦自杀，成了一代悲剧。　㉙ 又若西子，浣(huàn)纱见影：李白《送祝八之江东赋得浣纱石》："西施越溪女，明艳光云海。未入吴王宫殿时，浣纱古石今犹在。"西施事迹多见于《吴越春秋》。　㉚ 玉露厌浥(yì)，妖红坠湿。又若骊(lí)姬，将谮而泣：厌浥，湿润。《诗·召南·行露》："厌浥行露。"春秋时晋献公娶骊姬，优施教骊姬夜半而泣，进谗言于献公，以害太子申生。(《国语》)后又让申生到曲沃去祭祀齐姜，姬先下毒于胙肉及酒，教申生进于献公，终遂使太子自缢。(《左传》)　㉛ 又若神女，见郑交甫：《诗·周南·汉广》三家诗说这诗是写郑交甫与汉水女神的人神之恋。《昭明文选》卷十二《赋己·江海·江赋》："感交甫之丧佩，怅神使之婴罗。"唐代李善注引《韩诗内传》曰："郑交甫遵彼汉皋台下，遇二女，与言曰：'愿请子之佩。'二女与交甫，交甫受而怀之，超然而去，十步循探之，即亡矣。回顾二女，亦即亡矣。"　㉜ 又若韩娥，将歌敛态：《列子·汤问》："昔韩娥东之齐，匮粮，过雍门，鬻歌假食，既去而余音绕梁俪，三日不绝，左右以其人弗去。"　㉝ 娑娑：送韵连绵词，歧义繁多，此作轻盈舞动貌。　㉞ 又若飞燕，舞于掌中：指西汉成帝皇后赵宜主。《赵飞燕别传》："赵后腰骨纤细，善踽步而行，若人手持花枝，颤颤然，他人莫可学也。"以其扬袖善舞，宛若飞燕，因称为赵飞燕。　㉟ 又若文姬，将赋而思：东汉学者蔡邕女蔡琰，字文姬，博学有才辩，妙于音律。天下丧乱为胡骑所掳，流落胡中十二年。后曹操以金璧赎回。作有长篇骚体叙事诗《胡笳十八拍》及五言体《悲愤诗》。　㊱ 丰茸(róng)旖(yǐ)旎(nǐ)，互交递侍，又若丽华，侍宴而醉：丰茸，丰腴或繁茂。旖旎，柔媚。南朝陈后主贵妃张丽华得宠，后主每引贵妃与宾客游宴。后主为作《玉树后庭花》《临春乐》等美其容色。　㊲ 又若褒姒，初随戎虏：褒姒，周幽王之后。其来历出于神话，见《国语·郑语》及《史记·周本纪》。周幽王娶之于褒，故称"初随戎虏"。幽王为取悦她，数举烽火，诸侯渐不至，申国、犬戎等竟杀幽王,虏褒姒而去。故此文以"狂风猛雨"比之。 ㊳ 戚姬:汉高祖时戚夫人。吕太后断戚夫人手足,去眼熏耳,饮瘖药,使居鞠域中,名曰"人彘(zhì)"。鞠域:地下室,以喻落花之"阶前砌侧"。 ㊴ 以众为繁,以多见鄙:桃花太多了,人以为普通;太常见了,常被轻视。 ㊵ 自是物情,非关春意:与是物感人情的深浅,与春天种种花开的本质无关。白居易《西省对花忆忠州东坡新花树因寄题东楼》:"花含春意无分别,物感人情有浅深。" ㊶ 氏族之斥素流,品秩之卑寒士:斥,排斥。卑,看轻。 ㊷ 他目则目,他耳则耳:他这样看,这样说,都任他。 ㊸ 或有实而花乖:不谐曰乖,指不盛。 ㊹ 匪乎兹花,他则碌碌:匪乎,斐然,有文彩貌,《诗经·卫风·淇奥》:"有匪君子,如切如磋,如琢如磨。"《论语·公冶长》:"斐然成章"。碌碌,平凡。 ㊺ 惧俗情之横议:怕社会舆论随引评论。 ㊻ 我目吾目,我耳吾耳:我依我亲见为见,亲闻为闻。 ㊼ 取舍断于志:志,心。选择或放弃由自心决定。 ㊽ 信为国今如此:实在为国取才也是要用这种态度。

　　本文见于《皮子文薮》及《全唐文》等。在体裁上属于句法变化较自由的文赋,"文赋尚理"(《文体明辨·序说》)。有学者认为唐宋古文家的文赋:"题材、主题较多,构思变化也较多",可以称为新文赋(马积高《赋史》)。此赋其前有序,认为前代宰相宋璟写过《梅花赋》,所以他也可写《桃花赋》。大概时人认为文人应写可讽可感的有益世道人心,合乎比兴之旨的作品,只是"清便富艳"的吟咏花草则有伤大雅。如比皮日休稍早的舒元舆作《牡丹赋》,其序也说到张荆州(张九龄,武则天时进士,玄宗开元时为相)作《荔枝赋》:"斯人信丈夫也,然吾观其文集之首有《荔枝赋》焉。荔枝信美矣,然亦不出一果耳,与牡丹何异哉?但问其所赋之旨何如,吾赋牡丹何伤焉!"辩说咏花赋草只要旨趣深切,还是有其文艺价值。至于《荔枝赋》则引魏文帝把蒲桃及龙眼比作荔枝之谬,说"夫物以不知而轻,味以无比而疑,远不可验,终然永屈。况士有未效之用,而身在无誉之闲,苟无深知,与彼亦何以异也?"表示其旨趣是为了士之不遇者鸣不平。

　　白居易为文主张:"古之为文者,上以纫王教,系国风,下以存炯戒,通讽谕"(《策林·议文章碑碣词赋》),故元、白于诗提倡新乐府。皮日休也认为文不可虚作,《文薮·序》云:"伤前王太佚,作《忧赋》……悯寒士道壅,作《桃花赋》……皆上剥远非,下补近失,非空言也。"《桃花赋序》云:"状花卉,体风物;非有所讽,辄抑而不发。"此篇也如新乐府,为了特定目的而写作。

　　垂拱三年(687),唐代名相宋璟(字广平)时年二十五岁,作《梅花赋》。说梅花:"擢秀敷荣,冰玉一色。胡杂沓乎众草,又芜没于丛棘,匪王孙之见知,羌洁白其何极?!"赞美它的冰清玉洁,但常杂沓于众草木之中。日休谓宋璟虽"铁肠石心"然却有"清便富艳"的《梅花赋》,应是宋璟"困于穷,厄于踬"所作,"苏相公味道得而称之,广平之名遂振"。所以他也效法宋璟,作《桃花赋》以寄志,悯寒士之道壅。唐中叶舒元舆作《牡丹赋》,有"向者如迓,背者如诀。折者如语,含者如咽。俯者如怨,仰者如悦"之名句,二文皆以古之名媛为喻。舒氏《牡丹赋》云:"我案花品,此花第一。脱落群类,独当春日",言其"前代寂寞而不闻,今则喧然而大"之幸遇。《桃花赋》则谓:"花品之中,此花最异。以众为繁,以多见鄙。自是物情,非关春意。若氏族之斥素流,品秩之卑寒士。"言其因繁多而见斥,以喻寒士之不受重用,而为之叫屈。赋文激切地说:"我目吾目,我耳吾耳。妍媸决于心,取舍断于志",坚持他自己的主张,突显他的性格。

在修辞上,第三段用十三个美女的典故作为譬喻,渲染桃花的各种生态。每段四句,如:"蝶散蜂寂,当闺脉脉,又若妲己,未闻裂帛。或开故楚,艳艳春曙,又若息妫,含情不语。"这也是《梅花赋》等的一贯手法,但自有其细腻妍冶之处。喻体上,历史人物与传说人物之事迹虚实相济。句法上,先铺写花状,再附以史迹。以精简的四句为一单元,密集地排比,但读之并不觉其繁琐。其譬喻之巧,令桃花之姿态生动欲活,如在面前。

咏物赋是结合描写对象的铺写,作喻旨的讽托。六朝以后的咏物赋:"所咏之对象虽同而情思各异。或假动植以述心志,或借器物以明哲理,或察自然而感时世。"(谭家健《六朝唐宋同题咏物赋蠡测》)本篇就是假铺写桃花之美,而意在讽喻的咏物赋。说桃花因多而常见,反被轻视。桃花的多而常见原是大自然的现象,人之常情对之反而不甚珍惜。现实上基层的寒士被忽略,竟是出于人为的设限。国家用人,舍弃众多人才而不顾,造成社会不公,民心浮动,乃是最大的恶政。

(欧天发)

【作者小传】

司空图

(837—908) 字表圣,自号知非子、耐辱居士,河中虞乡(今属山西)人。咸通十年(869)登进士第。为主司王凝所赏,辟佐其商州、宣歙幕。后召拜殿中侍御史、礼部员外郎、迁郎中。黄巢攻占长安,退居河中。僖宗自蜀回,召知制诰,拜中书舍人。后归隐。唐亡之明年,不食而卒。著有《一鸣集》,已佚。后人辑有《司空表圣文集》《司空表圣诗集》行世。

春 愁 赋   司空图

芳滟滟兮翠绵绵,泥晨霞兮泊晚烟[1],郁情条以凝睇[2],裛愁绪以伤年。群企胥悦,幽栖自怜,胜事而何人忘返? 赏心而

〔654〕 司空图

与我相捐。当其玉律惊春③,香风拂曙,晴阳小苑之道,绀霭青门之树④。绣毂相追⑤,金羁并骛⑥,携艳冶以争出,指狭邪而共趣。贪壮岁之娱游,惜繁华之易度。岂知低摧上国⑦,寂寞良辰,林幽莺吊,院古苔新。暗想歌钟之会⑧,出随车马之尘。落日归卧,悬琴叹频,孤枕役故园之梦,一宵惊白首之人。

江枫暮兮江水渌,荡羁魂兮劳远目,倚兰棹兮雨霏霏,历蘋洲兮衣馥馥。千古兮此时此地,愍输忠而见逐。边鸿下兮边草生,拥玉帐兮滞龙城,折柳厌河梁之赠,落梅传戍笛之声。万里兮此时此日,叹积雪之徒征。莫不惨澹伤神,回环萦虑,念郢阙以回首,忆帝乡之归路。虽阳和之暗攻,自眇默而谁诉?

于是情驰天末,黛敛闺中,徘徊暖榭,徒倚芳丛。燕泥滴滴而檐坏,蛛网迷迷而帐空。怜笙罢兴⑨,挑锦停功⑩,怨韶光之虚掷,与长夜而还同。若斯者固纷尔多状,浩然莫穷。彼人情之贸迁,系植物之荣悴,何深衷之委郁,谢圜煦于天地。萦心夜焚,凝魄朝醉,同垢衣之莫浣,岂萱枝之可慰⑪。愿昭畅于春台,雪胸襟之滞义。

〔注〕 ① 泥(nì):阻滞。 ② 凝睇:注视。 ③ 玉律:玉制标准定音器。古以十二音律配十二月,故吹律管以候节气。 ④ 绀霭:青色云气。青门:汉代长安城东南门,因门为青色,故称青门。后泛指京城城门。 ⑤ 绣毂:绣帐为帷幕的车子,古代妇女所乘坐。毂,车轮中央车轴贯入处的圆木。 ⑥ 金羁:指装饰金玉的马。羁,马络头。骛:奔驰。 ⑦ 低摧:憔悴。上国:指京城。 ⑧ 歌钟:听歌鸣钟,谓歌舞欢乐的生活。 ⑨ 怜笙:刘向《列仙传》卷上:"王子乔者,周灵王太子晋也,好吹笙作凤凰鸣,游伊、洛之间,道士浮丘公接以上嵩高山。"罢兴:没有兴致。 ⑩ 挑锦:拨梭织锦。前秦秦州刺史窦滔被徙流沙,其妻苏氏思之,织锦为回文旋图诗以寄滔。见《晋书·列女传·窦滔妻苏氏》。 ⑪ 萱枝:萱草。《诗经·卫风·伯兮》:"焉得谖草,言树之背。"毛传:"谖草令人忘忧。"释文:"谖,本又作萱。"嵇康《养生论》:"合欢蠲忿,萱草忘忧。"

"愁",是晚唐司空图(837—908)的生命底层的基调。他字表圣,自号知非子、耐辱居士,在乱世踽踽而行,乃一愁肠满腹的君子,如同他在《情赋》序中自云:"愚尝赋《春情》数百言,状其思媚,自谓摭众骚之遗,恨遭乱而失。"这遭乱而恨失大展宏图的愤慨文人,在广明元年(880)黄巢军入长安,僖宗奔蜀时,因不克跟从僖宗,乃退还河中。后官知制诰、中书舍人。昭宗即位,复召为舍人,未几以疾辞,后归隐中条山五官谷。本篇作于司空图隐居之时,由忠君爱国的情怀,对照他对生命的坚持,而想见一个抑郁的文人情怀。

《春愁赋》以三部分写春愁。第一部分以叙写春景,及往日京城春游之欢乐,而自己独愁。第二部分叙述屈原之放逐,李陵漂泊异乡二则古事,发古人之春愁幽思,映照自己百曲难伸之愁肠;第三部分又叙写实景,却深深层层密密如蜘蛛结网,深入春愁之精髓,借春情之惆怅写幽微之自伤,娓娓道出"何深衷之委郁,谢闉煦于天地。縈心夜焚,凝魄朝醉"之情。

赋一开始,选词"芳灖灖""翠绵绵"营造出举目望尽灖灖水光,绵绵山色的芳翠,时间的递转由晨霞到傍晚云烟缭绕,外在的美景,兴发出春思,"郁情条以凝睇,裛愁绪以伤年"抵不住对过往的凝视回想,引起"赏心乐事谁家院"的悲情,悄悄忆起当年京城春游,艳冶狭邪的轻狂岁月。

回忆跌宕在过往的春游盛事中,四六句交错其间,节奏转急,在曲江西南芙蓉小苑前,骑着金玉雕饰的骏马,与青楼艳妇乘车一同出游,或并驾齐驱,或争相追逐,一段段轻佻,一阵阵轻狭,欢畅娱游,繁华匆匆;哪里会料唐僖宗黄巢之乱,军入长安,僖宗逃往凤翔,又迁往宝鸡,故国蒙尘,京城憔悴孤绝,空辽的故都,古老的院落,仅莺鸟幽怨哀唳,"寂寞良辰,林幽莺吊"在风中低回。此时,由春光至春游,一实一虚,一面回旋在记忆的宝盒,一面与现实两两对照,孤鸟回首,孤琴高挂,孤枕幽梦,白头老翁司空图"落日归卧,悬琴叹频,孤枕役故国之梦,一宵惊白首之人",只有夜夜在欢乐激荡的音符与马蹄声中,梦魂牵引,饱噬"胜事而何人忘返"的"幽栖自怜"。

第二部分以屈原、李陵古人古事千古之愁写起,在自怜自怨中,怀想千古之愁,借二人皆漂泊在外,不能回京之境,衬出自己亦是无法回京的自伤;屈原"输忠而见逐",如《楚辞·招魂》云:"湛湛江水兮上有枫,目极千里兮伤春心",渌渌江水旁枫木依依,有飘荡在外的魂魄,仍遥慕远眺家园,春雨霏霏衣馥馥,只盼君王回顾;另有滞留龙城的李陵,如边塞孤鸿,因战败被俘,有国难投,有家难归,李陵在《与苏武诗》上说:"携手上河梁,游子暮何之?"在龙城留滞匈奴军帐的李陵,在戍守边疆的笛声《梅花落》曲中,无缘踏上归途。两人一念郢都,一望长安,却同样黯然神伤,温暖的春光微照,却难解幽幽的愁曲。

最后一部分,春愁由实写虚,愈转愈深;仍以古人之愁映照作者之愁。司空图眼看唐王朝亡在旦夕,自己又无能为力,只好归隐山林。隐居本求超脱自在,但现实之国事波澜,又使他不能忘怀报效国土的心志,文人屈原之愁,武将李陵之愁,交织于作者矛盾的心理和无可奈何的心情,最后不得不自我排遣,并表明消愁的愿望。

于是乎作者收起愁苦敛眉的忧郁，出楼阁、观亭榭、倚花丛。告诫人们别像燕子伫立屋檐坏了檐柱，蛛网结茧重重空了床帐，不肯向愁绪告别。人生韶光莫虚掷，长夜漫漫无穷尽，要学会转化愁情，将深藏的郁结，还诸天地之间，春光的温暖可以直净垢衣，可以让萱草忘忧，可以让人消除凝聚难消的愁苦。

这样清新直接的语言，直指人心，诚如李调元《赋话》卷二说：“唐司空图《春愁赋》云：‘林幽莺吊，院古苔新’，眼前景，口头话，一经组织，字字颖妙，读之若旦晚脱笔砚者。晚唐诸名家若司空表圣、陆鲁望、吴子华，大致以新颖为宗，而词必己出，面目各不相似。”所评甚为真切。

本赋语言意象中“郁情条以凝睇，裛愁绪以伤年。”“萦心夜焚，凝魄朝醉”，作者将全部性情桎梏凝结在自怜自伤中，“滞龙城”，“胸襟之滞义”，“燕泥滴滴”，“蛛网迷迷”物我两两虚掷韶光，同荣同憔悴，情景交融，古今交错中，深化了时间与空间的千古同愁，今春之愁到往事之愁，到千古之愁，让闻之者愁之又愁，听之者同生伤春、伤逝之愁，在古今对比中更深层道出悲愁的况味！因此，当公元907年，朱温废去唐哀帝，篡唐建立后梁，次年又将哀帝刺杀，司空图闻此讯息后，绝食而死，他的春愁忧郁与屈原一般，无法扬其波而转化自在，迎接春阳，在凝睇自怜中幽栖萦心，夜焚凝魄，终将“自眇默而谁诉”，无限愁绪幽邈绝尘，回荡在空中、在文字间、在历史的情怀中，投射到你我阅读者的性灵中！　　（钱奕华）

【作者小传】

黄　滔

字文江，泉州莆田（今属福建）人。乾宁二年（895）登进士第。光化中，授四门博士。寻迁监察御史里行、威武军节度判官。工诗善文，尤擅律赋。其诗多感慨身世、酬唱赠别之作。其文以赋、启、书、赞、碑记为多。今传《莆阳黄御史集》。《全唐诗》存其诗三卷，《全唐文》存其文五卷。

明皇回驾经马嵬赋

以“程及晓留芳魂顾迹”为韵　　　　　　　黄　滔

长鲸入鼎兮中原[①]，六龙回辔兮蜀门[②]，杳鳌阙而难寻艳质[③]，经马嵬而空念香魂。

日惨风悲,到玉颜之死处;花愁露泣,认朱脸之啼痕④。莫不积恨绵绵,伤心悄悄,逝川东咽以无驻,夜户下扃而莫晓。褒云万叠⑤,断肠新出于啼猿;秦树千层,比翼不如于飞鸟。

初其汉殿如子⑥,燕城若雠⑦,驱铁马以飞至,触金舆而出游⑧。

谋于剑外⑨,驻此原头。羽卫参差,拥翠华而不发⑩;天颜怆恨,觉红袖以难留。鸳鹭相惊⑪,熊罴渐急⑫,千行之珠泪流下,四面之霜蹄践入⑬。神山表态,忽零落以无归;雨露成波,已沾濡而不及。

栈阁重处⑭,珠旒去程⑮,玉垒之云山暂幸⑯,金城之烟景旋清⑰。六马归秦,却经过于此地;九泉隔越⑱,几凄恻于平生!钗飘彩凤之踪,鬓蜕玄蝉之迹⑲,茫茫而今日黄壤,历历而当时绮陌⑳。

雨铃制曲㉑,徒有感于宫商;龙脑呈香㉒,不可返其魂魄。

空极宵梦,宁逢晓妆,辇路见梧桐半死㉓,烟空失鸾凤双翔㉔。镜殿三春㉕,莫问菱花之照耀㉖;骊山七夕㉗,休瞻榆叶之芬芳。

大凡有国之尊,罕或倾城之遇,孰言天宝之南面㉘,奚指坤维而西顾㉙? 然则起兵虽自于青娥㉚,斯亦圣唐之数㉛。

〔注〕①长鲸:大鲸鱼。这里指安禄山。 ②六龙:皇帝车驾用六匹马,马八尺称龙,因此用六龙作为皇帝车架的代称。回辔(pèi):回行。辔:驾驭牲口的缰绳。蜀门:即剑门(在今四川省)。 ③鳌阙:指皇宫。艳质:指杨贵妃。 ④朱脸:红颜。 ⑤褒:山谷名。在今陕西省西南,全长约七百里,南谷称褒,北谷称斜。玄宗从此道进蜀地。 ⑥汉殿如子:《开天传信记》:"上幸爱禄山为子。" ⑦燕城:安禄山为平卢、范阳节度使,两地在古时均属燕。雠(chóu):仇敌。 ⑧金舆:皇帝的车驾。 ⑨剑外:唐都城长安在剑门关,以都城为中心,剑门关以南为剑外。 ⑩翠华:旦帝仪仗中用翠鸟羽作装饰的旗。 ⑪鸳鹭:鸳鸯和鹭鸶,因其排列有次序,用来比喻朝臣。 ⑫熊罴(pí):熊和罴,均为猛兽名,常用以比喻勇士。这里指羽林军。 ⑬霜:白色。 ⑭栈阁:栈道。 ⑮珠旒(liú):古代冕冠前后垂挂的珠串。这里指代唐玄宗。 ⑯玉垒:玉垒山,在今四川省,多作成都的代称。 ⑰金城:这里指京城。 ⑱隔越:隔绝。 ⑲玄蝉:即蝉鬓,古代妇女的一种发式。 ⑳绮陌:美丽的郊野道路。 ㉑雨铃:据《明皇杂录》,唐明皇行于斜谷,马铃在山谷回响,"上既悼念贵妃,采其声为《雨霖铃》曲,以寄恨焉"。 ㉒龙脑:香名。据《酉阳杂俎》,唐明皇将交趾所贡龙脑香赐予贵妃。有一次,明皇令贺怀智弹琵琶,微风乍起,将贵妃领巾吹至贺怀智头上,贺回家后觉得香气非常,

便将头巾卸下珍藏。及明皇复京阙,追思贵妃不已。于是贺献上头巾并讲述由来,明皇为此痛哭。 ㉓辇路:天子车驾所经之路。梧桐半死:比喻失偶。 ㉔鸾凤双翔:比喻夫妻恩爱。 ㉕镜殿:墙壁镶镜子的宫殿。 ㉖菱花:这里指菱花镜。 ㉗骊山:在今陕西省西安市临潼区东南,西北麓有华清宫和华清池。七夕:陈鸿《长恨歌传》:"昔天宝十载,侍辇避暑于骊山宫,秋七月,牵牛织女相见之夕……上凭肩而立,因感牛女事,密相誓心,愿世世为夫妇。" ㉘天宝:唐玄宗年号。南面:古代以面向南为尊位,帝王之位南向,所以称为"南面"。 ㉙坤维:西南方。《周易》坤卦为西南之卦。 ㉚青娥:指美女。 ㉛数:天命。

这是一篇咏史之作,写唐明皇由四川回驾长安、途经马嵬坡时的悲伤心情。洪迈《容斋四笔》说:"晚唐士人作律赋,多以古事为题,寓悲伤之旨。"所举例子,就包括这篇作品在内。

按照律赋的规定,题下的八个限韵字,标志全文将分为八段,一韵一段。从意义上看,全文可分四个层次。

前两段为一层,写唐明皇重过马嵬坡时的悲伤。前两联中的"回銮"与"经马嵬"点明题义,这种写法被称为"破题"。故地重来,贵妃去而不返,留给唐明皇的只有无尽的思念。他无限哀伤,似觉日惨风悲,花愁露泣。流水呜咽向东,长夜漫漫难晓。褒斜谷中,云雾弥漫,猿猴啼声哀切,闻之令人断肠;来到关中,层层叠叠的树林里,飞鸟双栖双飞,可是人却独行独宿,不如飞鸟。以上以景衬情,所有景物都染上了悲伤的色彩。

以下两段倒叙当年发生在马嵬坡的悲剧。想当初,唐明皇、杨贵妃待安禄山如子,恩宠有加。据《开天传信记》记载,"上幸爱禄山为子"。当时许多人都进言,称安禄山必反,而唐明皇却将进言之人押送安禄山处,任其处置,可谓糊涂已极。果然,安禄山"驱铁马以飞至",攻破潼关,直逼长安。至此,唐明皇才如梦初醒,但为时已晚,只得带着杨贵妃等少数人仓皇逃往蜀地。

不料,在经过马嵬坡的时候,军情汹汹,士兵包围了车驾,要求处死杨贵妃,所谓"羽卫参差,拥翠华而不发",即指此事。"羽卫"指皇帝的卫队,"翠华"是皇帝仪仗中用翠鸟羽毛装饰的旗帜。身为一国之君,唐明皇岂忍处死爱妃?怎奈侍臣逼迫,军士要挟,即"鸳鸯相惊,熊罴渐急"。史载军士在杀死杨国忠等人后,依然不肯罢休,要杀死杨贵妃。禁军大将陈玄礼、京兆司录韦谔、太监高力士等要挟唐明皇,向其晓以利害。无奈,唐明皇只得忍痛割爱。转眼之间,贵妃香消玉殒,"忽零落以无归",而明皇空自伤心,泪如雨下。

"栈阁重处"以下的三段为第三层,上承第一层,写唐明皇路经马嵬坡,伤心欲绝。唐明皇到蜀地不久,长安被收复,叛乱被平定,即赋中所言"玉垒之云山暂幸,金城之烟景旋清"。"玉垒"指玉垒山,位于今成都西,在这里指成都;"金城"

即坚固的城池,指关中。于是唐明皇车驾返回,路过马嵬。故地不改,香径犹在,眼前黄尘茫茫,而贵妃却不可再睹——缀有彩凤的金钗已飘然不见,像玄蝉一样的双鬟又在何方?

关于唐明皇和杨贵妃的故事,唐代已有大量的记载。据《明皇杂录》,唐明皇行于斜谷,淫雨联绵,马铃叮咚,在山谷中回响,"上既悼念贵妃,采其声为《雨霖铃》曲,以寄恨焉"。后命人演奏此曲,未半,"上四顾凄凉,不觉流涕。"又据《酉阳杂俎》,天宝末,交趾贡龙脑香,香气馥郁,明皇将其赐予贵妃。明皇有一次令贺怀智弹琵琶。忽然微风乍起,将贵妃的领巾吹在贺怀智头上。贺回家后,觉满身香气非常,于是将头巾卸下并珍藏于锦囊中。后贺怀智见唐明皇思念贵妃不已,便献上头巾并讲述由来,明皇为之痛哭流涕。可是,"雨铃制曲,徒有感于宫商;龙闹呈香,不可返其魂魄"。即便《雨霖铃》能抒发心中的哀怨,或者龙脑香气扑鼻,也不能起贵妃于地下。

于是唐明皇陷入深沉的思念之中。夜梦虽长,次日一早,又岂能重见梳妆后的贵妃?所见者,梧桐半死,鸾凤孤鸣,自己与杨贵妃生死分离。"梧桐"与"鸾凤"均比喻夫妻。春暖花开,再也见不到贵妃对镜梳妆;骊山七夕,再不能对着明亮的星空表达爱意了。"镜殿"是嵌有镜子的宫殿,"榆"即白榆,指星星。"榆叶之芬芳",字面意义是说榆叶的芳香,实指美丽的星空。陈鸿《长恨歌传》中说,唐明皇和杨贵妃曾避暑于骊山,七夕夜半,二人凭肩而立,对着牛郎织女星盟誓,愿世世为夫妇。而今誓言落空,故言"休瞻"。

最后一段是作者的议论。"坤维"指西南方向,在这里指成都。作者在问:一个人,哪怕他贵为君主,也很难遇到倾心相爱的女子,那么唐明皇身为面南背北的一国之尊,落到仓皇百逃的地步,也情有可原。所以,虽然叛乱是因杨贵妃而起,但或许这是冥冥中注定的吧,一切都是天命。作者一方面不否认安史之乱由杨贵妃而起,但同时又为李、杨二人开脱,表达了对他们的同情。

这篇咏史之作将叙事、抒情、写景与议论熔为一炉,其中抒情、写景尤为出色。如"褒云万叠"一联,李调元《赋话》卷四中称此联"至为凄怆"。其实不独此联,如"日惨风悲""神仙表态"及"六马归秦"等数联皆如此,抒发了深深的悲怆之情。而且,全文情景交融,以景衬情,寓情于景,如"日惨风悲"一联,以日惨风悲、花愁露泣来渲染悲伤之情,让外物蒙上了主观色彩。又如"褒云万叠"一联,写褒斜谷中云雾重叠,哀猿悲鸣,正面烘托悲情;秦地树木葱茏,飞鸟成对,又从反面衬托孤独。

作为律赋,本篇对偶工整,一丝不苟。如"杳鳌阙"一联中,以"鳌阙"对"马嵬",属于地名对,而"鳌"与"马"也能成对。末段的"就言天宝"一联中,"天宝"与"坤维"相对,而"天""坤"也能成对,可见作者的精心。李调元称此赋"芊眠凄戾",即文采华美,情感悲凉,的确如此。

(赵俊波)

【作者小传】

徐　寅

字昭梦,莆田(今属福建)人。乾宁元年(894)登进士第,官秘书省正字。后为王审知辟用任掌书记。因曾讥刺后唐庄宗之父李克用,庄宗即位,命王审知杀之,遂拂衣归,隐居以终。工诗善赋,与司空图、罗隐等有交谊。《四库全书总目》谓其赋"句雕字琢,不出当时程试之格,而刻意锻炼,时多秀句","诗亦不出五代之格,体物之咏尤多"。今存《徐正字诗赋》《钓矶文集》。《全唐诗》存其诗四卷,《全唐文》存其赋二十八篇,《唐文拾遗》存其赋二十一篇。生平事迹见《唐才子传》卷一〇、《五代史补》卷二、《十国春秋》卷九五。

勾践进西施赋

以"红颜艳色返以昏哉"为韵　　　　　　徐　寅

惑人之心兮,惟巧惟僭①;破人之国兮,以妖以艳。当勾践之密谋,进西施而果验。

昔者二国相吞,陵卑恃尊②,殊不知卑则自亡而固存,尊则为明而反昏。乌喙年年③,誓啄夫差之肉;稽山日日④,拜听范蠡之言⑤。

言曰:"伍员之贤⑥,东吴之德;伯嚭之佞⑦,东吴之贼。德之盛兮越可忧,贼之兴兮吴可殛⑧。臣以夙夜而计,机谋偶得,欲狂敌国之君,须中倾城之色。待其声色内伐,君臣外惑,自然纣妲己以亡宗⑨,晋骊姬而乱国⑩。今苎萝之山⑪,越水之湾⑫,恐是神仙之化,忽生桃李之颜⑬。波浅丹脸⑭,鸦深绿鬟⑮,靥翠黛兮惨难效⑯,浣轻纱兮妖且闲⑰。杨柳羞弱,芙蓉耻殷,可以变柳惠于贞庄之际⑱,悦荆王于魂梦之间⑲。臣请进焉,王今何以?"

王乃豁若而喜⑳,矍然而起㉑,曰:"此盖神假卿之奇画,天雪越之前耻。"乃命宝马腾龙㉒,香车碾风㉓,迎织女于银汉,聘姮娥于月宫。炫耀云外,喧阗洞中㉔,妆成而瑞玉凝彩,服丽而朝霞剪红。

昨日犹贱,今晨不同。宁期大国之君,流恩下及;堪恨邻家之妇,谓妾常穷。晓别越溪,暮归吴苑,越虑计失,吴嫌进晚。

歌一声兮君魄醉,笑百媚兮君心卷㉕。坐令佞口㉖,因珠翠以兴言;立遣谋臣㉗,弃洪涛而不返㉘。

勾践乃走电驱雷㉙,星驰箭催,投醪而士卒皆醉㉚,尝胆而胸襟洞开。虎噬骨碎,山崩卵摧,楚腰卫鬓化为鬼㉛,凤阁龙楼烧作灰。于是命屠苏之酒㉜,上姑苏之台㉝,伊霸业以俄去㉞,我英风而聿来㉟。

於戏㊱!杀忠贞而受佳丽,欲弗败其难哉!

〔注〕①巧:虚浮不实。僭(jiàn):假。 ②陵:欺侮。 ③乌喙:《吴越春秋·勾践伐吴外传》:"夫越王为人长颈乌喙,鹰视狼步,可以共患难而不可共处乐。" ④稽山:会稽山,在今浙江绍兴。《国语·越语上》:"越王勾践栖于会稽之上。" ⑤范蠡:春秋末越国大夫,字少伯。助越王灭吴国,功成后以勾践其人不可与共安乐,遂离开。传后游齐国,称"鸱夷子皮",后又改名"陶朱公",以经商致富。见《史记·越王勾践世家》。 ⑥伍员:即伍子胥,春秋时吴国大夫,名员,字子胥。曾助阖闾刺杀吴王僚,夺取王位。吴王夫差时,劝夫差拒绝越国求和,并停止伐齐。吴王听信伯嚭谗言,伍子胥被赐剑自杀。见《史记·伍子胥列传》。 ⑦伯嚭(pǐ):即太宰嚭,深受吴王夫差宠信。吴败越,他受越贿赂,助越讲和,并屡进谗言,谮杀伍子胥。见《史记·吴太伯世家》。 ⑧殄(jí):灭亡。 ⑨妲己:商纣王妃,受纣宠爱,助纣为虐,传武王灭商时被杀。 ⑩骊姬:春秋时骊戎国君之女。晋献公灭骊戎时所得,纳为夫人,生奚齐,谮杀太子申生,逐公子重耳、夷吾。后被大臣里克所杀。 ⑪苎(zhù)罗:山名,在今浙江诸暨市南,传西施生于此。 ⑫越水:指若耶溪,今名平水江,在今浙江绍兴市。 ⑬桃李:比喻貌美。 ⑭波浅:目光流转,清莹有神。 ⑮鸦鬟(huán):色黑如鸦的丫形发髻。 ⑯颦翠黛:《庄子·天运》:"故西施病心而颦其里,其里之丑人见而美之,归亦捧心而颦其里。其里之富人见之,坚闭门而不出;贫人见之,挈妻子而去之走此化用其事。"颦,皱眉。翠黛,指代眉毛。古代女子用一种青黑色矿物颜料画眉,故称。 ⑰浣轻纱:传西施原为浣纱女。妖且闲:艳丽而文雅。曹植《美女篇》:"美女妖且闲,采桑歧路间。" ⑱柳惠:即柳下惠,春秋时鲁大夫展禽。相传柳下惠怕一个女子受冷,就用自己的衣服把她裹在怀里。由于他为人正派,没有人怀疑他有淫乱的行为。贞庄:严肃清正。 ⑲荆王:楚王。楚怀王游高唐,梦巫山神女荐枕席。见宋玉《高唐赋》。 ⑳豁若:突然明白的样子。 ㉑矍(jué)然:快速的样子。 ㉒腾龙:像骏驭龙一样快速奔跃。 ㉓碾风:像乘风一样奔驰。 ㉔喧阗(tián):喧闹,声音大而杂。 ㉕心卷:这里指吴王收起与越敌对的心思。 ㉖坐令:空使。佞口:谗佞之口,指伯嚭。

㉗遣:打发。谋臣:这里指伍子胥。 ㉘洪涛:据《国语·吴语》,伍子胥死前曾叫家人将其眼睛挂于东门,他要亲眼看着越人灭吴。吴王大怒,令人用鸱夷革裹住伍子胥的尸体,投于江水之中。 ㉙走电驱雷:形容为攻吴抓紧准备。 ㉚醪(láo):浊酒。 ㉛楚腰:指美女。《墨子·兼爱中》:"昔者楚灵王好细腰。"故曰楚腰。卫鬒(zhěn):张衡《西京赋》:"卫后兴于鬒发。"卫后,汉武帝皇后卫子夫。鬒,黑亮的头发。 ㉜屠苏:酒名。 ㉝姑苏:台名,在今江苏省苏州市西南姑苏山上。春秋时吴王阖闾所筑,夫差于台上立春宵宫,供饮乐之用。 ㉞伊:他。俄:旋即,不久。 ㉟聿:句首或句中语助词,无义。 ㊱於戏:同"呜呼"。

　　这是一篇咏史怀古的律赋,写吴越争霸中,越王勾践进西施,以美色迷惑吴王夫差、从而灭吴的历史故事,并表达了自己的感慨。

　　全文限八个韵字,相应地分为八段。

　　第一段点明题意,概括全篇内容:奸臣的巧语谗言可以让人糊涂、昏乱,美女的妖冶艳丽可以使国家覆灭。勾践进西施,就验证了这一点。

　　第二至第六段叙述勾践进西施的过程。起因是越国在吴越相争中失利,所以越王勾践发誓复仇,并问计于范蠡。"鸟喙"指越王勾践,《吴越春秋》中说勾践长相奇特,嘴巴尖如鸟喙。

　　以下写范蠡献计,以美色惑乱吴王。越王从之,派人找到西施,并献给吴王。吴王果然被西施迷惑,弃忠臣而用奸佞。

　　末两段写勾践进西施的结果:越王乘机率军破吴,终于赢得了胜利。末句是作者的感慨,作为一国之君,迷于女色,杀死忠臣,那么覆国亡家,就是必然的。

　　全篇以叙事为主,叙述的是妇孺皆知的西施故事。这一故事见于《吴越春秋》《越绝书》等典籍,并在民间广泛流传。徐寅之赋,便有这些典籍的痕迹,如《吴越春秋》中写大臣献计,越王从之,派人找到西施并将其装扮起来,献给吴王,这正是赋文第三、四、五、六段的内容。《越绝书》中说伍子胥劝吴王不要收纳西施,但吴王不听,并杀死伍子胥,赋文中说的"立遣谋臣,弃洪涛而不返",说的就是这件事。

　　从内容上看,文章将吴国灭亡的原因归咎于女色与佞臣两个方面。囿于题目,作者只能写女色亡国;但如果仅止于此,立意明显有所欠缺。所以作者虽然以写西施为主,但加入了吴王杀忠臣而亲奸佞的内容。第一段破题时,作者就将两者关联,提出自己的观点:"惑人之心兮,惟巧惟僭;破人之国兮,以妖以艳。"指出亡国是女色与奸臣共同作用的结果。文末作者感慨:"杀忠贤而受佳丽,欲弗败其难哉!"首尾呼应。相应地,文中在写西施的同时,也时时关联伍子胥与伯嚭,使文意贯通而不至于偏离或突兀。如第三段范蠡说:"伍员之贤,东吴之德;伯嚭之佞,东吴之贼。德之盛兮越可忧,贼之兴兮吴可殛。"又如第六段中,伯嚭通过西施以进谗言,而伍子胥被杀。当然,全文仍以写西施为主,作者对主次、详略的程度把握得很恰当。如赋文以进西施为主,谈了进西施之起因、过程、后果,而辅以忠、奸两类大臣在灭吴方面的作用。第三至第七段写的是进献的过程,紧扣题目中的"进"详加陈述;而进献之后的结果,则仅以末尾的一个段落予以略写。

在叙事的同时,和史籍相比,赋的铺陈、描写特点也表现得非常充分。如史籍只说勾践派人寻找美女,而赋文中详细描写西施的美貌:目光清澈,流转如波;秀发乌黑,堪比鸦色。弱比杨柳,艳若芙蓉。皱眉捧心之容,妩媚而难效;临水浣纱之态,艳丽而娴雅。又如史籍中只说勾践找到了西施,而赋文中详细地写迎接西施:驾上如龙的宝马和香车,去苎萝山下、若耶溪边迎接西施,如从银河边、从月宫里迎来织女、嫦娥,人声鼎沸,场面宏大而热闹。《吴越春秋》只说装扮西施,"饰以罗縠"。而赋文中铺陈说:"妆成而瑞玉凝彩,服丽而朝霞剪红。"这些都体现了赋体文学铺叙描摹的特点。

另外,文章语言运用方面的风格也非常突出:在写西施的时候,香艳秾丽,而在写勾践起兵灭吴的时候,则凌厉劲健。前者如状西施之貌,"波浅丹脸,鸦深绿鬓……杨柳羞弱,芙蓉耻殷"等及"宝马腾龙,香车碾风……妆成而瑞玉凝彩,服丽而朝霞剪红"等数句。曰丹曰绿,曰弱曰殷,马称宝,车言香,充满脂粉气。后者如"走电驱雷,星驰箭催……虎噬骨碎,山崩卵摧"等,气势磅礴,写出了勾践大军的强大与无坚不摧。风格随着内容的变化而变化,显示了作者高超的语言驾驭能力。

(赵俊波)

【典籍介绍】

《燕子赋》

敦煌遗书中有两篇《燕子赋》,学术界通常以(甲)(乙)区分之。甲本以四言为主,乙本则通篇是五言诗体。《燕子赋》(甲)在英藏、法藏敦煌遗书中有8个写卷,俄藏敦煌遗书中有10个碎片。《燕子赋》(乙)只有伯2653一个写卷。这里选录的是甲篇。

燕 子 赋(甲)   佚 名

仲春二月,双燕翔翔,欲造宅舍,夫妻平章①。东西步度②，南北占祥③，但避将军太岁④，自然得福无殃。取高头之规⑤，垒泥作窟，上攀梁栋，藉草为床⑥。安不虑危⑦，不巢于翠幕⑧；卜胜而处⑨，遂托弘梁⑩。铺置才了，暂往坻塘⑪。乃有黄雀⑫，头脑峻削⑬。倚街傍巷，为强凌弱。睹燕不在，入来皎掠⑭。见他宅舍鲜净，便即穴白占着⑮。妇儿男女⑯，共为欢乐，自夸楼猡⑰："得伊造作⑱。耕田人打兔，蹠履人吃臛⑲。古语分明，果然不错，硬努拳头⑳，偏脱胳膊㉑，燕若入来，把棒撩脚㉒。伊且单身独手，喽我阿莽蘖斫㉓！更被唇口嗫嚅㉔，与你到头尿却㉕。"言语未定，燕子即回，踏地叫唤㉖，雀儿出来。不问好恶，拔拳即搓㉗，左推右耸㉘，剜耳掴腮㉙。儿捻拽脚㉚，妇下口龇㉛。燕子被打，可笑尸骸㉜，头不能举，眼不能开。夫妻相对，气咽声哀。"不曾触犯豹尾㉝，缘没横罹鸟灾㉞。"遂往凤凰边下㉟，下牒分析㊱："燕子单贫㊲，造得一宅，乃被雀儿强夺，仍自更著恐吓㊳，云：'明敕括客㊴，标入正格㊵。阿你逋逃落藉㊶，不曾见你膺王役㊷，终遣官人棒脊㊸，流向儋、崖、象、白㊹。'云'野鹊是我表丈人㊺，鹁鸠是我家伯㊻。州县长官，瓜萝亲戚㊼。是你下牒言我，恐你到头无益。火急离我门前，少时终须吃掴'。燕子不分㊽，以理从索。遂被撮头拖曳㊾，捉衣扯擘㊿，辽乱尊拳(51)，交横秃剔(52)。父子数人，共相殴击(53)。燕子被打，伤毛堕翮，起止不能(54)，命垂朝夕。伏乞检验，见有青赤(55)，不胜冤屈，请王科责(56)。"凤凰云："燕子下牒，辞理恳切，雀儿豪横，不可称说。终须两家，对面分雪(57)，但知臧否(58)，然可断决(59)。"专差鸨鹩往捉(60)。

鸨鹩奉命，不敢久停。半走半骤，疾如奔星(61)。行至门外，良久立听。正闻雀儿，窟里语声。雀儿云："吾昨夜梦恶(62)，今朝眼眮(63)，若不私斗，克被官嗔(64)。比来傜役(65)，征已应频(66)。多是燕子(67)，下牒申论(68)。约束男女(69)，必莫开门。有人觅我，道向东村。"鸨鹩隔门遥唤："阿你莫漫辄藏(70)！向来闻你所说(71)，急出共我平章。何为夺他宅舍，仍更打他损伤。凤凰令遣追

捉,身作还自抵当⑫。入孔亦不得脱,任你百种思量。"雀儿怕
怖,悚惧恐惶;浑家大小⑬,亦总惊忙。遂出跪拜鸹鸐,唤作大
郎二郎⑭:"使人远灭冲热⑮,且向窟里逐凉。卒客无卒主人⑯,
暂坐撩治家常⑰。"鸹鸐曰:"者汉大痴⑱,好不自知,恰见宽
纵⑲,苟徒过时⑳。饭食浪道㉑,我亦不饥。火急须去,恐王怪
迟。"雀儿已愁,贵在淹流㉒。迁延不去,望得脱头㉓,干言强
语㉔,千祈万求:"通融放到明日,还有些些束脩㉕。"鸹鸐恶
发㉖,把腰即扭。雀儿烦恼,两眉不皱㉗。撩檐擒去㉘,须臾
到州。

凤凰遥见,问是阿谁,便即低头跪拜,口称:"百姓雀儿,被
燕谤枉夺宅㉙,昨日奉王帖追㉚。匍匐奔走,不敢来迟。燕子
文牒,并是虚辞,睐目上下㉛,请王对推㉜。"凤凰云:"者贼无
赖,眼脑妒害㉝,何由可耐㉞。胥是捉我支配㉟。捇出脊背㊱,拔
却左腿,揭却脑盖。"雀儿被吓胆碎,口口惟称死罪,请唤燕子
来对㊲。燕子忽碑出头㊳,曲躬分疏㊴:"雀儿夺宅,今见安居。
所被伤损,亦不加诸㊵。目验取实㊶,何得称虚?"雀儿自隐欺
负㊷,面孔终是攒沅㊸。请乞设誓,口舌多端:"若实夺燕子宅
舍,即愿一代贫寒㊹。朝逢鹰夺㊺,暮逢鸥算㊻,行即着网,坐即
被弹㊼,经营不进㊽,居处不安,日埋一口,浑家不残㊾。"咒虽百
种作了㊿,凤凰要自难谩⓫。燕子曰:"人急烧香,狗急蓦墙⓬,
只如你钉疮病癞⓭,埋却你尸腔⓮。总是转关作咒,徒拟诳惑
大王。"凤凰大嗔,状后即判:"雀儿之罪,不得称算⓯,推问根
由,仍生拒捍⓰。責情且决五下⓱,枷项禁身推断。"燕子唱
快⓲,喜慰不已。"夺我宅舍,捉我巴毁⓳。将作你吉达到头⓴,
何期天还报你㉒。如今及阿莽次第㉓,五下乃是调子㉔。"

于时鹊鸧在傍㉕,乃是雀儿昆季㉖,颇有急难之情㉗,不离
左右看侍。既见燕子唱快,便即向前填置㉘:"家兄触忤明
公㉙,下走实增厚愧㉚。窃闻狐死兔悲㉛,恶伤其类。四海尽
为兄弟,何况更同臭味㉜。今日自能论竟㉝,任他官府处理。

死雀就上更弹[135]，何须逐后骂詈。"

妇闻雀儿被杖，不觉精神沮丧。但知槌胸拍臆，拔头忆想阿莽[136]。两步并作一步，走向狱中看去，正见雀儿卧地[137]，面色恰似勃土[138]。脊上缝个服子[139]，仿佛亦高尺五。既见雀儿困顿，眼中泪下如雨，口里便灌小便[140]，疮上还贴故纸[141]。当时勤勤劝谏[142]，拗掖不相用语[143]。无事破锣啾唧[144]，果见论官理府[145]。更被枷禁不休，于身有甚好处？乃是自招祸崇，不得怨他作祖[146]。雀儿打硬[147]，犹自落荒漫语[148]："男儿丈夫，事有错误，脊被揎破[149]，更何怕惧。生不一回，死不两度。俗语云：宁值十狼九虎，莫逢痴儿一怒[150]。如今会遭者莽赤推[151]，总是者黑厮儿作祖[152]。吾今在狱，宁死不辱。汝可早去，唤取鸲鹆[153]。他家头尖[154]，凭伊觅曲[155]。咬啮势要[156]，教向凤凰边遮嘱[157]。但知免更吃杖[158]，与他祁摩一束[159]。"

雀儿被禁数日，求守狱子脱枷[160]。狱子再三不肯，雀儿美语相遮[161]："官不容针私容车[162]，叩头与脱到晚衙[163]。不须苦死相邀勒[164]，送饭人来定有钗[165]。"狱子曰："汝今未得清雪[166]，所已留在黄沙[167]。我且忝为主吏[168]，岂受资贿相遮[169]。万一入王耳目，碎即恰似油麻[170]。乍可从君懊恼[171]，不得遣我脱枷。"雀儿叹曰："古者三公厄于狱卒[172]，吾乃今朝自见。惟须口中念佛，心中发愿。若得官事解散，验写《多心经》一卷[173]。"遂乃喦喻本典[174]："徒少问辩[175]，曹司上下[176]，说公白健[177]。今日之下，乞与些些方便[178]。还有纸笔当直，莫言空手冷面。"本典曰："你欲放钝[181]，为当退颗[182]。夺他宅舍，不解卑逊[183]。却事凶粗，打他见困。你是王法罪人，凤凰命我责问。明日早起过案[184]，必是更着一顿。杖十已过关天[185]，去死不过半寸[186]。但办脊背祗承[187]，何用密语相骭[188]。"

雀儿被额[189]，更害气咽[190]，把得问头[191]，特地更闷[192]。"问：燕子造舍，拟自存活，何得粗豪[193]，辄敢强夺？仰答[194]！""但雀儿儿名脑子[195]，交被老乌趁急[196]，走不择险，逢孔即入，暂投燕舍,免被拘执。实缘避难,事有急疾。亦非强夺,愿王体悉。"
"又问:既称避难,何得恐吓。仍更颠打⑲,使令坠翮。国有常刑,合笞决一百。有何别理⑲,以自明白⑳?仰答!""但雀儿只缘脑子避难,暂时留连燕舍。既见空闲,暂歇解卸㉑。燕子到来,即欲向前辞谢㉒。不悉事由,望风恶骂㉓。父子团头㉔,牵及上下㉕。忿不思难㉖,便即相打。燕子既称坠翮,雀儿今亦跛胯。两家损处,彼此相亚㉗。若欲确论坐宅㉘,请乞赔其宅价。今欲据法科绳㉙,实即不敢咋呀㉚。见有上柱国勋㉛,请与收赎罪价㉜。""又问:夺宅恐吓,罪不可容。既有高勋,先于何处立功?仰答!""但雀儿去贞观十九年㉝,大将军征讨辽东㉞,雀儿投幕充僳㉟,当时配入先锋。身不骑马,手不弯弓,口衔艾火㊱,送着上风㊲。高丽遂灭,因此立功。一例蒙上柱国,见有勋告数通㊳。必其欲得磨勘㊴,请检《山海经》中。"凤凰判云:"雀儿剔秃㊵,强夺燕屋,推问根由,元无承伏㊶。既有上柱国勋收赎,不可久留在狱。宜即释放,勿烦案牍。"

雀儿得出,喜不自胜。遂唤燕子,且饮二升。"比来触忤㊷,请公哀矜。从今已后,别解祗承㊸。人前屏地㊹,莫更吶吶㊺。"燕雀既和,行至邻并㊻,乃有一多事鸿鹤㊼:"借问二子,比来争竞,雀儿不能退静㊽,开眼尿床,违他格令㊾。赖值凤凰恩泽,放你一生草命㊿。可中鹞子搦得㉑,百年当时了竟㉒。"遂骂燕子:"你甚顽嚚㉓!些些小事,何得纷纭。直欲危他性命,作得如许不仁㉔。两个都无所识,宜吾不与同群。"燕雀同词而对曰:"何其凤凰不嗔㉕,乃被多事鸿鹤责数㉖,你亦未能断事㉗,到头没多词句㉘。必其依有高才㉙,请乞立题诗赋。"

鸿鹤好心,却被讥刺。乃兴一诗㉚,以呈二子:鸿鹤宿心有远志㉛,燕雀由来故不知㉜。一朝自到青云上,三岁飞鸣当此时㉝。燕雀同词而对曰:大鹏信图南,鷦鹩巢一枝,逍遥各自得,何在二虫知㉞。

〔注〕 ①平章:商量,策划。 ②步度:用行步量度,也含有计量吉凶义。 ③占祥:观

看相貌、地形等,以判断吉凶祸福。 ④ 将军:指五道将军,为神怪名。古代传说,五道将军进入宅第不祥。太岁:即木星。术数家以太岁所在为凶方,不能掘土建筑。 ⑤ 取高头之规:取:向。"规"字是"棁"字的形误。棁是梁上的短柱。"取高头之规(棁)"两句是说燕子向高梁上的短柱上筑巢。 ⑥ 藉草:垫草。藉,以物衬垫。 ⑦ 安不虑危:安全而没有担心有危险,由成语"安不忘危"化出。 ⑧ 翠幕:轻薄的幕帐。 ⑨ 卜胜:选择优胜之地定居。 ⑩ 弘梁:大梁。 ⑪ 坻:小渚,即水中隆地。坻塘多水草、虫类,故燕往觅食。 ⑫ 黄雀:即黄鸟,下文称"雀儿"。 ⑬ 峻削:高而尖瘦貌,此指雀儿头尖,善于钻营。 ⑭ 皎掠:也写作"徼掠""绞略",搅扰、掠夺。 ⑮ 穴白:俗语词,钻空子的意思,引申为乘机。 ⑯ 男女:儿女。⑰ 楼猡:俗语词,也写作"娄罗""偻猡",聪明、能干、厉害的意思。 ⑱ 伊:他,指燕子。造作:营造。 ⑲ 耕田人打兔,蹠(zhí)履人吃臛(huò):这两句为流行已久的俗语,故下文称为"古语"。此处为黄雀自夸得便宜的话语。蹠履人,即穿鞋人,指有钱人。臛,肉羹。《景德传灯录》上有"赤脚人趁兔,著靴人吃肉"的话,同这句意思一样。 ⑳ 硬努:鼓劲的样子。 ㉑ 偏脱胳膊:脱去一只衣袖,亮出一条臂膀来,以利角斗。 ㉒ 把棒撩脚:用棍子打、用脚踢。把棒,持棍。把,拿,执。撩脚,或写作"尥脚",用脚踢的意思。 ㉓ 喽我阿莽蘖(niè)斫(zhuó):大概意思是:哪里经得起我的三脚两拳。喽:多、够的意思。阿莽:也写作"阿没",方言词,怎么的意思。蘖斫:砍杀,敲击。 ㉔ 更被:再加上。嗫嚅:窃窃私议,不满而言。更被唇口嗫嚅,是说嘴里再敢对我有半点唠叨不满。 ㉕ 与你到头尿却:从头到脚撒你一泡尿。到头,到底,最终。 ㉖ 踏地:指蹬脚,是感情激动时的动作。 ㉗ 搓:打击,推搡。 ㉘ 銋:推。 ㉙ 剜:"捥"的借字,拧、揪的意思。掴:击打。 ㉚ 捻:抓捏。拽:拖拉、牵引。 ㉛ 齚(zhāi):咬。㉜ 尸骸:形状、模样,含有贬义。解释成现在骂人的"死样子",语气最为切合。 ㉝ 豹尾:阴阳术语家语,犹如上文之"将军太岁",动土营建者应避其方,倘若触犯"豹尾",必致遭灾获殃。㉞ 缘没:缘何,因何。没,同"么",什么。"鸟"不仅为粗语,同时也切合黄雀的身份。 ㉟ 边下:指处所、地方。 ㊱ 下牒:呈上讼状。分析:指分说事理。 ㊲ 单贫:微贱贫寒。㊳ 仍自更:即仍更,"自"为衬字。 ㊴ 明敕括客:朝廷明令搜寻逃亡户口。括客,即搜寻逃亡的客户。当时老百姓为了躲避赋税,农村户口逃亡现象十分严重。所以朝廷多次实行"括客"措施,搜寻隐匿黑户。 ㊵ 标入正格:列入正式法令之中。"格"为唐刑书之一种。唐代的刑书有律、令、格、式四种。 ㊶ 逋逃:也作"浮逃",指脱离户籍而逃亡。落籍:户籍簿上遗漏名字,这里指没有户籍。燕子是冬去春来的候鸟,故雀儿以"逋逃落籍"的罪名相威胁。 ㊷ 膺:受也。王役:官府徭役。 ㊸ 棒脊:杖脊,以杖鞭背,是唐代的刑罚。 ㊹ 流:流放,唐五刑之一。儋、崖、象、白:即儋州,在今海南省;崖州,在今海南省;象州,在今广西壮族自治区;白州,在今江西省。此四州均为"边恶"之地,犯罪者多流放与此。 ㊺ 表丈人:表叔伯。古人以亲族为内,以异姓为外(表),其辈行尊于我者,则通谓之丈人。 ㊻ 鸜(qú)鸠:二鸟名。鸜为鸲鹆,俗称八哥。鸠即斑鸠,雉鸠之属。 ㊼ 瓜萝亲戚:拐弯抹角的亲戚。"瓜"是瓜蔓,"萝"是女萝,此以瓜萝蔓生比喻亲戚间相互攀附的关系。 ㊽ 不分:也写作"不忿",等于说不满,不服气。 ㊾ 撮头:揪住头发。 (50) 扯擘:撕破。 (51) 辽乱尊拳:挥拳乱打。辽乱,同"撩乱",纷乱的意思。与下句"交横"互文。"尊拳"是谑语,指对方的拳头。 (52) 秃剔:二字应作"踢突",用脚踢。 (53) 殴击:击打,唐代为法律常用语。 (54) 起止:犹言行止。 (55) 青赤:指青紫色的伤痕。 (56) 科责:判罪责罚。依法处罪为"科"。 (57) 分雪:分辩清楚。 (58) 臧否:是非、善恶。 (59) 然可:乃可。 (60) 差:差派。 (61) 奔星:流星。 (62) 梦恶:做噩梦。(63) 眼睭(rún):眼皮跳,迷信以为是发生某种事情的预兆。 (64) 克:一定。官嗔:官府责问。

燕子赋(甲)　　　　　　　　　　　　　　　　　　佚　名　〔669〕

㉕比来:近来。　㉖征已:征收已尽,指赋税。应频:多项应承,指徭役。　㉗多是:大概。　㉘申论:申诉,辩理。　㉙约束:管教。　㉚漫:徒然。　㉛向来:刚才。　㉜身作还自抵当:自己做的事要自己担当。　㉝浑家:全家。　㉞大郎二郎:犹云大爷二爷。唐人呼他人为郎是表示恭敬。　㉟使人:使者。鸧鹤是凤凰的使者,所以说使人。冲热:冒着炎热。　㊱卒客无卒主人:只有仓猝到来的客人,没有仓猝无备的主人。"卒"同"猝"。这是当时习语。　㊲撩治家常:准备便饭。　㊳者汉:即"这汉",这个人。　㊴恰见宽纵:刚刚对你放松一点。恰,刚,才。　㊵苟徒过时:只图暂时拖延时光。徒,"图"的借字。　㊶浪道:白说了。　㊷贵在:欲再。贵,犹"欲"。"在"为"再"之音误。淹留:久留。　㊸脱头:犹言脱身。　㊹干言强语:死乞白赖地说话。"干"是徒然的意思,"强"即勉强之义。　㊺束脩:一束(十条)干肉,古代用作学生入学时给老师的礼物,这里泛指礼物。　㊻恶发:发怒。　㊼两眉不皱:耍无赖装死。　㊽撩檐:形容鸧鹤由屋檐下掠翅而飞去的样子。撩:掠。　㊾谤枉:造谣生事,冤枉好人。　㊿帖:一种简短的官府公文。追:官府传呼、捉拿。　51眯目:本指异物入眼,引申为蒙蔽之义。上下:对尊长的敬称,这里指凤凰。　52对推:当面对质推究。　53眼脑:眼睛。妒害:嫉妒。　54何由可耐:不可容忍。　55胥:全部,皆。捉:把,介词。支配:摆布,捉弄。　56捊(lǚ)出脊背:逆着生长方向拔掉背上的羽毛,使雀儿亮出脊背来。　57对:对质。　58忽硉(lù):形容敢作敢为不怕事的样子。出头:挺身而出。　59曲躬:同"鞠躬",弯腰行礼。分疏:分辩,诉说理由。　60加诸:乱说,妄言诬人。"加诸"一词,源于《论语·子贡》"我不欲人之加诸我也,吾亦欲无加诸人"一语。　61目验:亲眼察看。取实:证明属实。　62自隐:自己思量、揣测。欺负:欺骗,亏负。　63攒沅:刁钻,奸猾。　64一代:即一世,一辈子。唐人避太宗讳,"世"改书作"代"。　65夺:掠夺,袭击。　66算:算计,谋害。　67坐:栖止。被弹:被人用弹弓射击。　68经营:理财,谋生计。进,指钱财收入。　69不残:不留。残,留,余。　70咒虽百种作了:虽然赌了许多咒。　71要自:却是。难谩:难于欺骗。　72暮:穿越,跳过。　73只如:即使,就是。　74尸腔:尸体。　75转关:使机诈,要手段的意思。作咒:赌咒发誓。　76不得称算:不可计算,形容极多。　77拒捍:拒抗。　78责情:根据案情责罚。五下:指笞决之数。凡一击称为一下。　79唱快:欢呼,叫好。　80巴毁:击伤。　81将作:以为,认为。吉达:吉利,走运。　82何期天还报你:没有想到,老天爷会报应你。　83阿莽:同"阿没",怎么样。次第:景况。　84调子:本意为音调,曲子,这里以五音为喻。"五下乃是调子"是说杖击五下乃是最低数,必不可少。　85鹡鸰:鸟名,也作"脊令"。《诗经·小雅·常棣》:"脊令在原,兄弟急难。"　86昆季:兄弟。　87急难:急人之难。　88填置:责问,埋怨。　89明公:对对方的尊称。　90下走:自称的谦词。厚愧:深深地惭愧。　91窃闻:我听说。　92恶伤其类:厌恶自己的同类被伤害。这个成语以后演变为"物伤其类"。　93臭味:气味,比喻同类。　94论竞:言语相争。　95死雀就上更弹:这是当时俗语,意谓雀儿已死在地上,而更就地弹之,是没有意义而过分的事,用来比喻雀儿已被杖责,而燕子重加辱骂的无谓。　96拔头忆想阿莽:是说雀儿的妻子忆想前次夺宅的情形是怎样的。拔头:拔住头发,是人极度悲哀时的动作。　97卧地:卧着。"地"为助词,相当于着。　98面色恰似勃二:是说脸上像扑满尘土一样。勃土,尘土。　99缝个服子:比喻雀儿被杖脊后背上隆起肿块。服子:同"袱子",包袱。　100口里便灌小便:民间以为小便可治跌打损伤。　101故纸:陈年旧纸,民间以为有止血之效。　102勤勤:诚恳。　103拗(niù)捩(liè):倔强不顺从。用语:听话。　104破锣:形容震耳的骂声。啾唧:象声词,常用来形容吵架之声。　105论官理府:即官府论理,到衙门打官司。　106作祖:赌咒发誓。"祖"同"诅"。

⑭ 打硬：充硬汉。 ⑭ 落荒：狂言乱语，又作"洛荒"。漫语：犹胡说，谎话。 ⑭ 揎破：指撕破了皮肤。 ⑮ 痴儿：指不知怕惧的人，这里比喻燕子。 ⑮ 会遭：正遭到。者莽：这么。赤推：当作"赤椎"，狠打，毒打的意思。 ⑮ 黑厮儿：是对燕子的詈称。 ⑮ 鸲（qú）鹆（yù）：即今之八哥。 ⑭ 他家：就是他，"家"为代词词尾。头尖：指善钻营，巧奉承。 ⑮ 凭伊觅曲：靠他找门路。"曲"指不正当门路。 ⑯ 咬啮（niè）：恳求的意思。势要：指达官贵人。 ⑮ 遮嘱：遮掩，求嘱。 ⑮ 但知：就是"但"，只要，"知"字无义。 ⑮ 祁摩：疑当作"摩祁"，佛经所说的一种药物，能避邪毒。 ⑯ 求守：请求。 ⑯ 相遮：请托，求情。 ⑯ 官不容针私容车：俗语，形容官法虽然严密，私下仍可通融。 ⑯ "叩头"句是雀儿求狱卒给他除去项枷，到晚衔见官时再戴上。 ⑭ 苦死：苦苦地。邀勒：一作"要勒"。钳制逼迫的意思。 ⑯ 这两句是雀儿请求狱吏宽松的话，以送饭人用钗作贿赂相诱。 ⑯ 清雪：本义是洗刷，引申为了结的意思。 ⑯ 黄沙：指牢狱。 ⑯ 忝：辱，自谦之词。主吏：官名，这里指主管犯人的功曹。 ⑯ 油麻：即胡麻。此句以榨胡麻喻粉身碎骨。 ⑰ 乍可从君懊恼：宁可让其烦恼。乍可：宁可。 ⑰ 三公：指太师、太傅、太保，天子之下最高的官职，这里泛指大官。此句谓虽位居三公之贵，一旦失势犯法，也不免受制于狱卒。 ⑰ 官事：指讼事。解散：结束。 ⑰ 验写：正确无误地抄写。验：核对。《多心经》：全名为《般若波罗蜜多心经》。佛家谓念佛、写经可除灾。 ⑭ 喔（wà）喻：同"喔咿"，喋喋不休地讲话。喔咿本典，是说雀儿向主管本案的官员喋喋不休地纠缠说话。 ⑮ 徒：只。问辩：详问其事以辨疑。 ⑯ 曹司：官署的办事部门。 ⑰ 白健：精明，强干。 ⑱ 些些：些许，一点。 ⑲ 纸笔：钱财的隐语。当直：谓回报其值。 ⑱ 空手冷面：形容一毛不拔，不知感恩。 ⑱ 放钝：装傻。钝即愚笨之义。 ⑱ 为当：用在选择问句中的连词，相当于"还是"。颟：胡说八道。退颟，是放老实的意思。 ⑱ 不解：不懂，不知道。卑逊：谦让。 ⑱ 过案：提审。 ⑱ 杖十已过关天：杖击十几下，死活由不得你了。关天，由天决定。 ⑱ 去死不过半寸：形容危在旦夕。去，离。 ⑱ 办：准备。祗（zhī）承："敬领、承受。但办脊背祗承，是一种幽默的说法，实际是说准备着脊背受杖。 ⑱ 密语：指雀儿行贿求嘱之语，以其私下避人，不可公开，故曰"密语"。相鬐（yán）：絮聒纠缠。 ⑱ 被额：被责骂、训斥。 ⑲ 更害：指气在喉头咽住、阻塞的样子。 ⑲ 把：拿。问头：官府审问罪人的问题，写在纸上。 ⑲ 特地：特别，格外。 ⑲ 粗豪：粗野放纵，不拘礼节。 ⑲ 辄敢：竟敢。 ⑲ "问头"有一定的格式，开头总有"问"字，结尾总有"仰答"的字样。"仰"是行公文中作命令语气的习语。 ⑯ 但：发语词，表示强调。雀儿儿名脑子：是说雀儿的儿子名叫脑子。 ⑰ 交：同"教"。趁：追逐。 ⑱ 颐打：踢打。 ⑲ 有何别理：还有什么说的。"理"为动词，争讼。 ⑳ 白：讲说。 ㉑ 解卸：宽衣脱帽，指休息。 ㉒ 辞谢：谢罪，道歉。 ㉓ 望风：朝空，引申为无端，凭空。 ㉔ 团头：头目，头领。 ㉕ 上下：对尊长的敬称，这里指凤凰。"父子"二句是说：燕子从我父子直骂到村长、里正，还牵连上大王您。 ㉖ 忿不思难：愤怒中不考虑后果。 ㉗ 相亚：相并，相匹敌。 ㉘ 确论坐宅：判定占住了燕子的巢宅这件事。"坐"是居住的意思。 ㉙ 科绳：依法处罚定罪。 ㉚ 咋呀：言语不合、违拗，这里是申辩的意思。 ㉛ 上柱国勋：唐代为武官立功所授予的高级勋号。 ㉜ 收赎罪价：作为赎罪的代价收回。 ㉝ 去：在，只指过去某时。 ㉞ 贞观十九年(645)：唐太宗亲征高丽，收复辽东。其时薛仁贵应募从军，立奇功，太宗称之为九虎将。"大将军"盖指薛仁贵。新、旧《唐书》并有传。 ㉟ 投幕充傔（qiàn）：投奔幕府，充当侍从官。傔：侍从。唐制，节度使、大使、副官属官都有傔人，相当于副官。 ㊱ 艾火：火攻用具，即火绒。以艾草搓捻成绳，易燃，可作火种。 ㊲ 上风：顺风。《旧唐书·太宗记》载贞观十九年五月甲申，"上亲率铁骑与李绩会围辽东城，因烈风发火弩，斯须城上屋

及楼皆尽,麾战士令登,乃拔之。"雀儿所言"口衔艾火,送着上风"正与此相符。　㉘ 勋告:授勋的证书。通:量词,份、张。　㉙ 必其:倘若。磨勘:检验。　㉒⓪ 踢秃:踢撞,引申为强梁横暴。　㉒① 元:原来。承伏:承顺,心中认罪。　㉒② 比来:近来。触忤:冒犯。　㉒③ 别解:知晓,懂得。祗承:侍奉。　㉒④ 屏地:背人之处。　㉒⑤ 呐呐:小声嘟哝、唠叨之义。　㉒⑥ 邻并:邻居,犹如说"比邻"。　㉒⑦ 鸿鹤:天鹅。　㉒⑧ 退静:安分守己,退让的意思。　㉒⑨ 开眼尿床:比喻明知故犯。　㉒㉚ 格令:刑法。　㉒㉛ 一生:犹云"一星"。表示极细小微贱。"生"同"笙","笙"是表细微的量词。茞命:微命,贱命。　㉒㉜ 可中:假使,倘若。搦(nuò):捕捉。　㉒㉝ 百年:指一生。当时:立即。了竟:完结。　㉒㉞ 罶(yín):愚蠢。　㉒㉟ 不仁:无情。　㉒㊱ 何期:不料。　㉒㊲ 责数:责备、数说。　㉒㊳ 断事:判定是非曲直。　㉒㊴ 多:佳,好。　㉒㊵ 必其:如其。　㉒㊶ 兴:即景赋诗。　㉒㊷ 宿心:一贯的志向。　㉒㊸ 故:同"固",本来。　㉒㊹ 三岁飞鸣:《史记·滑稽列传》:"淳于髡以隐语说齐威王曰:'国中有大鸟,止王之庭,三年不飞又不鸣,王知此鸟何也?'王曰:'此鸟不飞则已,一飞冲天;不鸣则已,一鸣惊人。'"　㉒㊺ "大鹏"四句:《庄子·逍遥游》载大鹏抟扶摇羊角而上者九万里,绝云气,负青天,而遭蜩与学鸠的笑话。庄子以为这是二虫的不知所致。"鹪鹩巢于深林,不过一枝;偃鼠饮河,不过满腹"。然而它们都各自逍遥。本赋用庄子之意,言人各有志,何必要二虫理解大鹏的志向,实则讥刺鸿鹤多管闲事。

　　《燕子赋》(甲)是一篇典型的民间故事赋。这种形式的作品可以追溯到西汉的《神乌赋》,而后曹植的《鹞雀赋》、傅玄的《鹰兔赋》都是同类俗赋。它们都是以鸟类为故事的主角,都以代言体展开生动的情节,都是以四言为主体的韵文,而且都根据内容的需要进行灵活的换韵。它们属于同一个系统,有着共同的承继源头。本篇的写作年代,从赋中雀儿自述贞观十九年(645)征辽东事看,则其编写年代上限不过此年。而以赋中雀儿用"明敕括客,标入正格,阿你逋逃落藉,不曾见你膺王役,终遣官人棒脊,流向儋、崖、象、白"恐吓燕子看,当作于武周圣历元年"括客"之后,玄宗开元九年(721)朝廷对浮逃户采取优惠政策之前。本赋的作者,由于各卷皆未署名,已无从考知。从作品揭露社会黑暗面的深刻尖锐和语言的通俗与手法的幽默看,作者的思想感情与民众是息息相通的。但作品大量用典,熔裁旧意,别出新情,喻意贴切,又不是一般粗通文墨者所能做到的。而且作者还相当熟悉本朝掌故,所以他应当是一位有较高的文化素养并且有一定官职的人。

　　唐朝建立伊始,为了解决土地矛盾,发展生产,增加税收,于高祖武德二年(619)正式定均田租庸调法。此法以丁口为本,按丁分田,交纳赋税,因而户口的增减就成为政府十分关切的重大问题。但是,由于赋税徭役的繁重,土地兼并的激烈,户口的逃亡和隐漏也愈来愈严重。所以,从太宗到玄宗,多次发布文告,采取措施,制止户口的逃亡隐匿。其中抓住黑户,"流向儋、崖、象、白"就是惩治的办法之一。本赋中雀儿恐吓燕子夫妇云:"终遣官人棒脊,流向儋、崖、象、白。"这里其实给我们透露了一些历史信息。武则天时,李峤曾上疏陈情:"逃人有绝家去乡,离失本土,心乐所在,情不愿还,听于所在隶名,即为编户。"而对再次逃亡者,"依法科罪,迁之边州"。"边州"是哪里? 根据史载,主要是岭南、北庭。《燕子赋》(甲)的作者在河西走廊某地创作,因而在描写中,为了加强雀儿恐吓燕子的力度,不用与河西较近的西域,而用距之较远的海南地区,作为流徙之所。玄宗开元九年至十二年,朝廷采用宇文融的建议,在全国范围内检括逃户。在宇文融的建议中,对经检括而编附入籍的"客户",还给予优遇:"其新附客户,则免其六年赋调,但轻税入官。"表明逃户一旦检入籍后,可免除六年租调,在此期间,仅交纳一笔轻税。这就在一定时间内造成了户籍上两种不同待遇的臣民:一是土著,承担全部赋税的"课户";一是新编入籍,六年内但纳"轻税"的"客户"。这一点在《燕子赋》(乙)中也得到证实:"王遣还他窟,乞请且通融。雀儿是课户,岂共外人同。"雀儿是"课户",要承担全部赋税,燕子是"外人",仅交纳一点轻税。

《燕子赋》的文学成就是多方面的。比如,语言通俗又雅洁,情节曲折而富有戏剧性,风格诙谐而不庸俗等。其中最突出的成就是塑造了几个生动的形象,通过这些形象,在挪揄戏谑中鞭挞了丑恶的现实。本篇中的雀儿,是一个卑劣恶棍的典型。他霸占了燕子的屋舍,当燕子夫妇据理力争时,便"不问好恶,拔拳即搓,左推右耸,剜耳捆腮。儿捻拽脚,妇下口龇",表现得十分凶狠。当捉拿他的公差鷾鸘到来时,他立即变了嘴脸:卑躬屈膝、甜言蜜语、拉交情、套近乎、称兄道弟、问寒问暖,极尽拍马讨好之能事。当这些不起什么作用时,又露骨地进行贿赂,以求得免。连这些也不起作用时,雀儿只好硬着头皮去见鸟王凤凰。而在凤凰面前,又是摇唇鼓舌,大玩其骗术:"凤凰遥见,问是阿谁。便即低头跪拜,口称:'百姓雀儿,被燕谤枉夺宅,昨日奉王帖追。匍匐奔走,不敢来迟。燕子文牒,并是虚辞。眛目上下,请王对推。'"雀儿的奴颜媚骨,故作乞怜,在这里表现得活灵活现。接着就是伪善的诡辩:明明先前是"迁延不去,望得脱头",这里却又自夸殷勤,说是"匍匐奔走,不敢来迟";明明是自己"睹燕不在,见他宅舍鲜净,便即穴白占着",这时却一口咬定"燕子文牒,并是虚辞",不但推个干干净净,而且反诬燕子"眛目上下",自己"被燕谤枉夺宅",义愤填膺地要求"请王对推"。并且以受害人自居,赌咒发誓。如果前后对照,不难看出,雀儿是怎样在企图用表面的真诚掩饰其虚伪的丑恶面目。

赋中的燕子夫妇是一对拘谨、老实的形象。他们的一切惟谨惟慎,没有高攀的奢望。营巢前,他们反复商量,动土前又仔细步度、占卜,避开可能招灾惹祸的太岁凶方,尽力稳妥,不要有什么纰漏。可是结果仍大出意外,他们"铺置才了,暂住坻塘"的时候,辛勤垒造的新巢就被恃强凌弱的雀儿霸占,还遭到雀儿一顿毒打,以致于"伤毛堕翮,起止不能,命垂朝夕"。这该是冷酷的现实对善良人们美好愿望多大的嘲弄。

凤凰这个形象也有一定的典型意义。他忠于自己的职守,在一般情况下,基本上能够主持正义。当雀儿狡辩抵赖时,他又能够明辨是非,驳斥雀儿的花言巧语。在他的管辖之下,甚至连狱卒也不敢接受犯人的贿赂。但是,当雀儿打出上柱国勋并且是辽东立功的招牌时,他却一反主持正义的常态,宣布雀儿立即无罪释放。他就是这样的一个矛盾的统一体,他既不是关汉卿笔下贪赃枉法、草菅人命而造成窦娥冤案的赃官,也不是人民口耳相传、刚正廉洁、铁面无私的包公形象。他是唐朝前期封建官员的代表,是唐王朝处于上升时期的缩影。在他身上,既体现着那种励精图治、进取向上的时代精神,又渗透着畏于权势、苟且偷安的人格局限。

(伏俊琏)

宋金元

朱 昂

【作者小传】 （925—1007） 字举之，晚年自号退叟。后周时任扬子县令。宋初，历任衡州录事参军、殿中丞泗州知州、江南转运副史等职。真宗时，授史馆职。咸平二年(999)，授翰林学士。次年授工部侍郎，后以年老致仕。卒后，门人私谥正裕先生。著有文集 30 卷等。

广 闲 情 赋　　　　　　　　朱 昂

维禀气兮清浊，独得意兮虚徐①，耳何聪兮无瑱②，衣何散兮无裾。务冥怀于得丧，宁勤体乎蓄畜③。将使同方姬孔④，抗迹孙蒉⑤，精骛广漠，心游太虚。傲朝曦兮南荣，遡夕飙兮北疏，非道之病，惟情之舒。

繇是含颖怀粹⑥，凝和习懿，器奫沦兮幽忧⑦，德芳馨兮周比。井无渫兮泉融⑧，珠潜辉兮川媚。又何必陋雄之尚玄⑨，笑奕之心醉⑩，悲墨之素丝⑪，叹展之下位⑫。苟因时之明扬，乃斯文之不坠。

睇烟景兮飘飘，心悬旌兮摇摇，感朝荣而夕落。嗟响蛮而鸣蜩。姑藏器以有待，因寄物而长谣。愿在首而为弁，束玄发而未衰，会名器之有得，与缨珥兮相宜。愿在足而为舄，何坎险之懼忧，欲效勤亍竖亥⑬，思追踵于浮丘⑭。愿在服而为袂，传缯素而饰躬，异化缁之色涅⑮，宁拭面而道穷。愿在目而为鉴，分妍丑于崇朝，惊青阳之难久，庶白首以见招。愿在地而为簟，当暑溽而冰寒，伊肤革之尚疚，胡瘯瘰以求安。愿在觯而为醴，不乱德而溺真，体虚受之为器，革谲性以归淳。愿在握而为剑，每辅袪而保裾，殊铅铦之效用，比硎刃而有余。愿在橐而为矢，美筈羽之斯全⑯，畴懋勋而锡晋⑰，射穷垒而衄燕⑱。愿在体而为裘，托针缕以成功，非珍华而取饰，将被服而有言。愿在轩而为篁，贯岁华而不改，挺介节以自持，廓虚心而有待。

〔678〕朱昂　　　　　　　　　　　　　　　　　　　　　广闲情赋

　　人之愿兮寔繁，我之心兮若此，蓄为志兮璞藏，发为文兮雾委⑲。既持瑾兮掌瑜，复撷兰兮蓺芷。始无言兮植杖，终俯首兮嗟啙，振襟兮自适，觌物兮解颐。云无心兮瑕举，萝倚干兮丛滋，想陵谷之变地，况玄黄之易丝。人可汰而可锻，已不磷而不缁，苟一鸣而惊人，何五鼎而勿饴？

　　已而拥膝清啸，倾怀自宽，枢桑户荜兮差乐，鸠飞梭跃兮胡难。指夜蟾兮为伍，仰疏籁兮邀欢，何孙牧而伊耕⑳，何巢箕而吕磻㉑。涤我虑兮绿绮，清我眼兮琅玕，周旋兮有则，徙倚兮可观。终卷舒兮自得，契休哉于考槃。

〔注〕　①虚徐：从容温雅貌。　②瑱(tiàn)：以玉塞耳。《诗经·鄘风·君子偕老》："玉之瑱也。"毛传："瑱，塞耳也。"　③菑(zī)畬：耕耘。田一岁曰菑，二岁曰新田，三岁曰畬。《周易·无妄》："不耕获，不菑畬。"　④姬孔：周公姬旦与孔子。周公制礼作乐，孔子宣传仁爱，都是儒家的圣人。　⑤孙蘧(qú)：孙武与蘧伯玉。孙武为春秋时军事家，见《史记·孙子列传》。蘧伯玉为春秋时卫人，见《论语·宪问》及《卫灵公》《左传·襄公十四年》等。　⑥繇：通"由"。含颖怀粹：谓具有极好的、特殊的本质。　⑦渊(yūn)沦：深沉广阔貌。幽忧：深忧。　⑧井渫(xiè)：井中污物。《周易·井》："九三，井渫不食，为我心恻。"孔颖达疏："渫，治去污秽之名也。"　⑨雄：扬雄。《汉书·扬雄传》："哀帝时，丁、傅、董贤用事，诸附丽之者或起家至二千石，时雄方草《太玄》，有以自守，泊如也。"　⑩奕：谢奕。《晋书·谢奕传》："奕每因酒，无复朝廷礼。尝逼(桓)温饮，温走入南康主门避之，主曰：'君若无狂司马，我何由得相见？'奕遂携酒就听事，引温一兵帅共饮，曰：'失一老兵，得一老兵，亦何所怪！'温不之责。"　⑪墨：《墨子·所染》："子墨子言：见染丝者而叹曰：'染于苍则苍，染于黄则黄，所入者变，其色亦变，五入毕，而已则为五色矣，故染不可不慎也。'"　⑫展：春秋时鲁国大夫展禽，因食邑柳下，谥惠，又称柳下惠。《孟子·万章下》："柳下惠不羞污君，不辞小官，进不隐贤，必以其道，遗佚而不怨，厄穷而不悯，与乡人处，由由然不忍去也。"　⑬竖亥：《山海经·海外东经》："帝命竖亥步自东极至于西极，五亿十选，九千八百步。竖亥右手把算，左手指青丘外。"郭璞注："竖亥，健行人。"　⑭浮丘：传说黄帝时仙人。刘向《列仙传》卷上云王子乔"道士浮丘公接以上嵩高山"。郭璞《游仙》："左挹浮丘袖，右拍洪崖肩。"　⑮缁(zī)：黑色。涅(niè)：黑色染料。《论语·阳货》："不曰白乎？涅而不缁。"　⑯筈(kuò)羽：指箭的后面部分。筈是箭的末端，羽是箭尾之鸟羽。　⑰畴：通"酬"。懋(mào)勋：大功劳。锡晋：《左传·僖公二十八年》晋楚城濮之战后，"(周)王命尹氏及王子虎、内史叔兴父，策命晋侯(重耳)为侯伯，赐之大辂之服、戎辂之服，彤弓一、彤矢百……晋侯三辞，从命。"锡，通"赐"。　⑱穷垒：孤城。衄(nù)燕：战国时，齐田单攻聊城，燕将固守，岁余不能下。鲁仲连乃为书，约之矢以射城中，遗燕将，燕将得书，泣三日，乃自杀。聊城乱，田单遂屠聊城。见《史记·鲁仲连列传》。衄，挫折，失败。　⑲雾委：雾落，看不清楚之意。沈约《内典序》："感降参差，云霏雾委。"　⑳孙牧：孙指公孙弘。《汉书·公孙弘传》："公孙弘，菑川薛人也。少时为狱吏，有罪，免。家贫，牧豕海上，年四十余，乃学《春秋》杂说。"伊耕：《史记·殷本纪》："伊尹名阿衡，阿衡欲奸汤而无由，乃为有莘氏媵臣，负鼎俎，以滋味说

汤,致于王道。"《孟子·万章上》:"万章问曰:'人有言伊尹以割烹要汤,有诸?'孟子曰:'否,不然。伊尹耕于有莘之野,而乐尧舜之道焉……'" ㉑巢箕:指巢父遁于箕山事,见皇甫谧《高士传》卷上。吕磻:指吕尚垂钓磻溪事,见《史记·齐太公世家》。

陶渊明曾作过一篇《闲情赋》,抒发对旷世佳人的思慕之情,萧统说是"白璧微瑕者,惟在《闲情》一赋"(《陶渊明集序》)。朱昂却对陶渊明的《闲情赋》十分推崇,《宋史·文苑传·朱昂》:"尝读陶潜《闲情赋》而慕之,因广其辞曰……"可见朱昂此赋即模拟陶赋而来。

此赋开篇明志,"维禀气兮清浊,独得意兮虚徐",人禀受自然之气而形成不同的品质与个性,作者自己在清浊纷呈的人世间,独得清气,从容温雅。虽然物质生活贫乏,却自有聪慧之质;尽管衣服敝陋,却自有萧散之气,宁肯沉沦下僚,躬耕南亩,也要永葆高远的情怀,"将使同方姬孔,抗迹孙蓬",在对古之贤才的追慕中,作者树立了追求精神独立自由的志向,"精骛广漠,心游太虚",在现实困厄中,个人可以超越所处环境的局囿,达到精神的逍遥畅游。作者的精神与"朝曦"、与"夕飙"一同来往于天地之间。起首第一段,作者独标高格,申明自己不同流俗,志存高远。

接下来,作者则直陈自己内在的美好品质,申明自己"含颖怀粹,凝和习懿",有着颖特纯粹的本性,也有沉静温良的习性,而这些美好高洁的品性,自然而在,并不需要刻意炫示,"井无溇兮泉融,珠潜辉兮川媚",既然有了对自己美好德性的自足与自信,作者以"又何必"三字引发了对前人事迹作为的感叹,扬雄写《太玄》以自守淡泊,谢奕醉酒以睥睨礼俗,墨子见染丝而发叹,柳下惠居下位而不怨,"陋""笑""悲""叹"四字中表露了作者较为复杂的感情,既含有与扬雄等人同命相惜之感,又流露出作者的超越之思,不必计较一己之荣辱得失,也不必在乎个人之升沉穷达,而是一心想将美好品质发挥出来。

于是,有了此赋中间部分"十愿"的设想。春景熙熙,万物勃发,作者中心摇摇,眼见朝荣夕落,不由徉激发出建功立业的抱负,春秋代序,时光飞逝,更是催生了作者急欲实现理想的意愿。故而"寄物而长谣",发出了"愿在某而为某"的祈愿。

陶渊明《闲情赋》曾设想十种"愿在某而为某",情愿自己变成这些东西,以达到与佳人朝夕相处、永不分离的目的,情意真挚,构思十分新颖。朱昂也模拟陶赋"在某而愿为某"的格式,写了十种愿望,感情抒发形式与陶赋毫无二致,但朱昂此赋所抒发的思想感情却与陶赋不同,陶赋重在表达企慕爱恋之情,而朱昂则是在申发自己的志向。以朱赋的"十愿"来说,"愿在首而为弁","愿在足而为舄","愿在服而为袂","愿在目而为鉴","愿在地而为簟","愿在筋而为醴","愿在握而为剑","愿在橐而为矢","愿在体而为裘","愿在轩而为簟",等等,都是描写一种理想,表白自己的心迹,即表明自己具有美好的道德和节操,希望能做出一番事业,成为有用的人物。这"十愿"写得细致具体,撷取平常生活中习见之物来喻托自己的追求,其中所有的描写陈说均是紧紧围绕这些物什的特征而开展。最后一愿:"愿在轩而为簟,贯岁华而不改,挺介节以自持,廓虚心而有待"更是直表衷肠,无论岁月如何变迁,不管遭遇何种艰难,作者会一直坚守内心的高尚操守,会一直保持自己的纯洁本性。"廓虚心而有待"与前文"姑藏器以有待"相呼应,反复重申的"有待"二字,表明作者的心态是积极乐观的,并不屈服于人生困境,对现实生活的态度并非超然冷漠,作者顾惜自己的种种美好品质,但他并不沉溺于自恋,并无遗世独立的偏执,而是对现实生活持有热情,对未来寄予了种种美好期待。

发完十愿之后,作者以"人之愿兮寔繁"一段来反观自己的愿望,这些细琐的愿望,如同藏宝玉于璞,若非细雕精琢则不能明晓,即使是形诸于文字,也是迷离不清的,谁能从中看出并理解"我"的一片冰心呢?然而,作者始终保有对自身品性的高度自信和十分自足,"既持瑾兮掌瑜,复撷兰兮藏芷",如此高贵的才华品行,纵使无人知晓、无人理解、无人欣赏,作者也只是"无言兮植杖""俯首兮嗟髀",最终也能够"振襟兮自适""觌物兮解颐",作者始终能自适其志,不为物牵,超越现实局限,达到精神意趣的安适。为了强化此种心不为形役的信念,作者开始以几种不定的事物来反衬,云随风飘浮,萝依附而生,陵谷错综起伏,颜色缤纷多变,人心变幻莫测,有人随波逐流、与世俯仰,有人却保持本性、坚守自我,"人可汰而可锻",作者却"己不磷而不缁",经历挫败而不折,出自淤泥而不染,要潜心修志,要养精蓄锐,最后"苟一鸣而惊人,何五鼎而勿饴?"

在一番波动起伏之后,作者内心复归平静,"已而拥膝清啸,倾怀自宽,枢桑户荜兮差乐,鸠飞梭跃兮胡难。指夜蟾兮为伍,仰疏籁兮邀欢",安贫乐道,情寄自然,意寄林泉,也是安顿心灵、自我解脱的一种途径,古代不知有多少才华之士隐居穷处,"何孙牧而伊耕,何巢箕而吕磻",想到这些,"终卷舒兮自得,契休哉于考槃",自己顺天知命,也就不必为自己的现实处境而焦灼忧虑了。

综观全篇,可以看出,作者的思想感情始终在现实和理想之间矛盾徘徊,发表愿望时激情鼓涨,顾虑现实时却又黯然低沉,有积极用世的强烈期望,也有消极避世的无奈感喟,当然在这种抑扬进退之中,作者最终还是实现了精神的超越和心灵的安顿。通篇赋志写情,结构匀称,对仗工整,用典精切,语言华赡,赋中

"十愿",以日常生活中的事物发愿,在极普泛而又极琐细的题材中阐发心志,情蕴深婉,托兴雅重。

朱昂此赋形式上模拟陶赋,而中心意思却是与陶赋根本不同的。同时我们看到,陶赋的文辞优美、构思新颖、想象丰富等特点,在朱昂此赋中都得到了继承和发展,因而不可因模拟陶赋而贬抑其价值。

(尹占华)

【作者小传】

梁周翰

(929—1009)　字元褒,郑州管城(今属河南)人。后周广顺进士。入宋,历任直史馆、翰林学士,官至工部侍郎。淳化五年(994)兼起居郎,创起居注每月先呈皇帝、后付史馆之例。著作有《翰苑制草集》。

五 凤 楼 赋　　　　　　　　梁周翰

伊京师之权舆也①,遐哉邈乎!验河图之象,按舆地之书,宅《禹贡》豫州之域,距天文辰马之墟②,因四履建侯之地,为六代兴王之居③。城浚而都,派河而渠,结坤之络,振乾之枢。星薨栉堵,我民之庐;海漕山儋,我田之租。势雄跨胡,气王吞吴,茫茫万国,鱼贯而趋。

惟圣皇之受命④,应期运而握符。光潜跃于龙德,践元亨于帝衢。道德何师?尊庐赫胥⑤;揖让何比?陶唐有虞。英略神武,威惮八区。封豕必诛,长鲸尽刳。虎皮包刃,鹄板搜儒。坠典皆索,阙政咸铺。成天下之大务,若雷奋而风驱。

乃顾京室,时行圣谟,陋宸极之非制,稽紫垣之旧图⑥。且曰:"不壮不丽,岂传万世?禹之卑宫,盖勿暇之计;尧之茅茨,非经久之制。矧象魏之悬法,伊亿兆之所视。况我力如天,我资如地,不渔尔民,不谋尔利,一毫之费,差足为易。"

乃召共工,度景之中⑦,因旧谋新,庀徒僝功。台卑者崇,屋卑者丰,栋易而隆,橡斫而耸。去地百丈,在天半空。五凤翘翼,若鹏运风;双龙蟠首,若鳌戴宫。丹楯霞绕,神光何融,

〔682〕　梁周翰　　　　　　　　　　　　　　五凤楼赋

朱楹虹植，晴文始烘。绣榍焜耀，雕栱玲珑，椒壁涂赭，绮窗晕红。双阙偶立，突然如峰，平见千里，深映九重。奔星坠而交触，灵景互而相逢。门呀洞缺，若天之裂。纵举百武，横驾六辙。金铺烁人，光景明灭。舞阳之力，莫得而排；叔梁之力，胡可以抶⑧？其下则冠盖葳蕤，剑佩陆离，车如流水，待漏而驰。驾肩排踵，兼蛮混夷，万众纷错，鱼龙尊卑。咸去来之由此，竞奔凑于玉墀。亶皇风之无外，岂朝盈之有时。

三事庶尹⑨，乃拜表萧墙，谒帝未央，以落大壮，登歌永昌。曰："元圣明兮帝道昌，威四海兮君四方。峙高阙兮冠百常，赫宋德兮垂无疆。瞻天颜兮献寿觞，愿君王兮长乐康。"帝曰："俞哉⑩！而觞且置，当听朕言，庶晓朕意。顷于戎马之暇，详窥历代之纪，乃知乎夏德之衰，璇室自庇；商政之坏，琼宫大侈。楚王章华，一身何寄；秦皇阿房⑪，二世而弃。汉武柏梁⑫，孽火随炽；陈后三阁⑬，义师寻至。岂非乎祸生于渐，欲起于恣？亦如崇饮不已，必至昏醉；嗜色不已，必至乏瘁；迁怒不已，必绝人纪；穷兵不已，必暴人骴；甘谀不已，必杜忠义；溺谗不已，必斥贤智。亡国之君，未尝不尔，朕皆知之，得以趋避。淫于土木，雅不如是，美其成功，良以为愧。不举君觞，恐骄朕志。其大者天地，所重者神器。尾虎足冰，终日惴惴。当共重之，勿使颠坠。谨谢公卿，无忌纳诲。"群臣乃退，咸呼万岁。

〔注〕　①京师：京都，这里是"建为京都"的意思。权舆：初建，开始。　②辰马：星名，辰为东方苍龙七宿中的心宿，马指房宿。房宿一名天驷，故合称辰马。　③四履：犹言四境，四周的边界。六代：开封先后有战国魏、五代梁、晋、汉、周及北宋六个王国在此建都。　④圣皇：指宋太祖赵匡胤。　⑤尊庐、赫胥：皆为传说的古代帝王。　⑥宸（chén）极：北极星，借指皇王、帝位、皇宫。紫垣：星座名，借指皇宫。　⑦共工：古代官名，总理百工之事。《史记·五帝本记》："舜曰：'谁能驯予工？'皆曰垂可。于是以垂为共工。"　⑧舞阳：秦舞阳，战国时秦国武士，随荆轲入秦者，见《史记·刺客列传》。叔梁：叔梁纥，春秋时鲁人，孔子之父，有勇力，见《左传·襄公十年》《孔子家语》。　⑨三事：三公，指高级官吏。《诗经·小雅·雨无正》："三事大夫，莫肯夙夜。"孔颖达疏："三事大夫为三公耳。"庶尹：百官。《尚书·益稷》："百兽率舞，庶尹允谐。"蔡沈集传："庶尹者，众百官府之长也。"　⑩俞：犹言"对""是""好"，表示应答的语气。　⑪阿房（páng）：阿房宫，秦始皇时开始建造的华丽宫殿。二世而弃：指秦王子婴

灭国事,见《史记·秦世家》及《高祖本纪》。 ⑫ 柏梁:柏梁台,汉武帝所建,故址在今陕西省西安市西北。《史记·孝武本纪》:"(元封六年)十一月乙酉,柏梁灾(灾)。" ⑬ 三阁:临春阁、结绮阁、望仙阁,陈后主陈叔宝所建。义师:指隋军。陈祯明三年(589)初,隋军入建康,陈后主被俘,张贵妃被杀,陈亡,见《陈书·后主纪》。

"五凤"之名,始见于汉代。汉宣帝刘恂曾以"五凤"为年号,即凤凰五至之意。而"五凤楼"之名,最早见于唐玄宗开元年间。《新唐书·元德秀传》载:"玄宗在东都,酺五凤楼下,命三百里县令、刺史各以声乐集。"《资治通鉴》载,开元二十三年(735)正月"上御五凤楼酺宴"。诗人白居易作《五凤楼晚望》一诗。五代时,后梁太祖朱温重修五凤楼。《旧五代史·梁书·罗绍威传》载:"(朱温)及登极……车驾将入洛,(罗绍威)奉诏重修五凤楼、朝元殿,巨木良匠非当时所有,候立于地沂流西立于旧地之上,张设娣绣皆有副焉,太祖甚喜。"关于五凤楼的地址,萧默《五凤楼名实考》说:"唐开元至五代大约二百多年间,五凤楼一直是洛阳宫城正门。"宋太祖赵匡胤又在朱温重修的基础上重修了一次。重修后的五凤楼华丽壮观,盖世无双,并以其高超的建筑艺术,名闻天下,赢得了人们的赞誉,以至时人形容文章精彩奇妙,有"造五凤楼手"(孔平仲《谈苑》)之语。

这是一篇咏物赋,据《宋史》本传记载,大约作于乾德三年(965)前后。在我国古代辞赋写作中,描绘宫廷建筑是一个重要的内容。两汉时的枚皋、王褒都专门写过这类题材,可惜没有作品流传下来。扬雄的《甘泉赋》,虽然主要描述了汉成帝在甘泉宫的祭祀,但却用了很大的篇幅描述了甘泉宫的壮丽。东汉中期的王延寿撰写的《鲁灵光殿赋》,名传千古,可以说是描写宫廷建筑题材的代表作。魏国何晏的《景福殿赋》,也是传世名作。但这些赋作,主要是描写宫廷的壮丽雄伟,借以宣扬声威,歌颂功德。晚唐杜牧《阿房宫赋》和孙樵《大名宫赋》,才以写宫殿而影射现实,批判朝政。两宋是宫殿题材写作大发展的时期,仅清人陈元龙《历代赋汇》"室宇"类选入的154篇赋作中,宋赋就占有了53篇,而唐以前只有15篇。在宋人的有关宫殿的辞赋中,梁周翰的《五凤楼赋》无论思想内容上还是从写作体制上都是具有开创意义的。它既汲取了前人描写宫殿建筑的表现技巧,又开创了此类赋作"以论入赋"的先河。所以,它一出现,就受到了人们的喜爱,"人多传诵之",南宋吕祖谦选编《皇朝文鉴》,将此赋冠其首,以为开卷之作。

此赋继承了汉赋的一些特点。先从汴京历史悠久、地势险要写起,接着描述了北宋建国的声势和宋太祖的圣德。对照末段,这里好像是虚晃一枪,言不由衷,或许正是为了维护北宋的国威才在最后以宋太祖之口而提出"淫于土木""良以为愧"的。赋文从第三自然段起才接触到本题。先说北宋建国,"陋宸极之非制",禹的卑宫,尧的茅茨,既是"勿暇之计",亦非"经久之制",于是在旧宫殿的基础上增制加修,以使它又壮又丽、传之万世。文末特别强调说,增修五凤楼,是宋王朝财力富足的结果,并没有"渔民谋利",增加人民的负担。从表达主题思想上说,这里作者采取了"欲抑先扬"的手法。"乃召共工"之后,集中描写了宫室建筑。作者用了很多描述、比喻、夸张、衬托的手法,突现它的高大、雄伟和壮丽,并特别突出了万国来集的声威和盛况。应该说,这是本赋的主体部分,但比起《鲁灵光殿赋》和《景福殿赋》来,它的笔墨可以说简洁多了。因为作者的写作意图,并不在这里。最后一段是作者的真正意图所在。在三公百官热烈祝贺宫殿落成、歌颂太祖圣明威德的时候,作者忽然加入了一大段"帝曰"。表面上是颂扬宋太祖的英明灼见,实际是借皇帝之口,提出了他的讽谏。他历陈前代许多君王因豪奢淫逸亡国的史实,表达讽喻之意,达到了以"祸生于渐,欲起于恣"为戒的目的,并用了六个排比句,说出了"所重者神器"的道理,号召群臣"恐骄朕志""无忌纳诲"。在北宋建国初期,作者能写出这样"以论入赋"的亡国警诫,不仅是大胆的,而且是极有现实意义的。这与两汉事类大赋的那种"讽一而劝百"的作风,真是不可同日而语!

此赋是宋代辞赋的代表作品,与汉赋的铺叙体物以及魏晋六朝赋的抒情不同,以长于议论说理见称。同时,全赋平易通畅,淳厚古朴,简练中有文采,骈俪中有气势,叙事、描写、议论熔于一炉,使赋文颇显新颖而又活脱,在宋初重形式、轻内容的不良风气中,它具有振起文风的作用。

(霍旭东 张毓洲)

【作者小传】

田 锡

(940—1003) 字表圣,京兆(今属陕西)人,后徙嘉州洪雅(今属四川)。太宗太平兴国三年(978)进士,除将作监丞,累官谏议大夫、史馆修撰等。慕魏徵、李绛之为人,遇事敢言。卒后,范仲淹为作墓志,司马光为作神道碑。其诗古朴典则,多古风歌行。著有《咸平集》三十卷传世。

雁 阵 赋
以"叶落南翔云飞水宿"为韵

田 锡

绝塞霜早,阴山叶飞,有翔禽兮北起,常遵渚以南归。一一汇征①,若阵行之甚整;嗷嗷类聚,比部曲以相依②。

当乎朔野九秋,湘天万里,风萧萧兮吹白草,雁嗈嗈兮向寒水③。单于台下,繁笳之哀韵催来;勾践城边,两槜之幽音惊起。颉颃交相④,翮翮迭翔,似鱼丽之布列⑤,若鹅鹳之舒张⑥。疏密有绪,高低载颺,天空而残月铺影,水阔而微云间行。应遵丹凤诏书⑦,咸增跃跃;虽是苍鹰鸷勇,敢击堂堂⑧。观其唳青霄,横碧落,历江渚,达沙漠,来若羽林骑士,闻一鼓以争前;去如翼卫材官,听拟金而稍却⑨。岂天阵地阵之能询,何圆阵方阵之足云。但见乘夕霭,拂朝云,羽翼自高,不让于汉家飞将;烟霞远没,疑沉于朔上孤军。宜乎后伍先偏,声交影接,当塞上之飘雪,值江皋之坠叶。纵横势定,阵图按牧野之师;绰约体轻,兵法试吴宫之妾⑩。唯有淮之北,汉之南,山如画,水如蓝。离离而霞彩旁衬,一一而波光远涵。旋成偃月之形⑪,悠颺可爱;忽变常山之势⑫,首尾相参。

乃知接武烟鸿,追踪霜鹄,既横空而似阵,自违寒而顺燠。北方远兮南图,遥云飞兮水宿。

〔注〕 ① 汇征:同类并进。《周易·泰》:"初九,拔茅茹,以其汇,征吉。"孔颖达疏:"汇,类也,以类相从,征吉者,征,行也。" ② 部曲:古时军队的编制单位。《汉书·李广传》:"及出击胡,而广行无部曲行阵。"颜师古注:"《续汉书百官志》云:将军领军,皆有部曲,大将军营五部,部校尉一人。部下有曲,曲有军候一人。" ③ 嗈(yōng)嗈:鸟类和鸣声。宋玉《九辩》:"雁嗈嗈而南游兮,鹍鸡啁哳而悲鸣。'"嗈"同"噰"。 ④ 颉(xié)颃(háng):鸟飞上下貌。《诗经·邶风·燕燕》:"燕燕于飞,颉之颃之。"郑玄笺:"飞而上曰颉,飞而下曰颃。" ⑤ 鱼丽:古代军阵名。《左传·桓公五年》:"秋,(周)王以诸侯伐郑,郑伯御之……祭仲足为左拒,原繁、高渠弥以中军奉公,为鱼丽之阵。"杜预注:"《司马法》:车战二十五乘为偏,以车居前,以伍次之,承偏之隙,而弥缝缺漏也。五人为伍,此盖鱼丽阵法。" ⑥ 鹅鹳:《左传·昭公二十一年》:"郑翩愿为鹳,其御愿为鹅。"杜预注:"鹅鹳皆阵名。"张衡《东京赋》:"火烈具举,武士星敷,鹅鹳鱼丽,箕张翼舒。" ⑦ 凤诏:《初学记》卷三十引陆翙《邺中记》:"石季龙(虎)与皇后在观上为诏书,五色纸,著凤口中,凤既衔诏,侍人放百丈绯绳,辘轳回转,凤凰飞下,谓之凤诏。凤凰以木作之,五色漆画,脚皆用金。"后世因称诏书为凤诏。 ⑧ 堂堂:军阵严整壮盛。《孙子·军争》:"无邀正正之旗,勿击堂堂之陈(阵)。" ⑨ 拟(chuāng)金:鸣金。拟,撞击。金,军中所用镯、镯之类鸣器。 ⑩ 吴官:孙武以兵法十三篇见吴王阖闾,吴王出宫女百八十人使与孙武演练兵法,孙武分为二队,以吴王美姬二人为左右队长。既鼓,美人皆大笑,孙武斩其美姬。复鼓,无敢出声。见《史记·孙子列传》。 ⑪ 偃月:《三国志·魏·杨阜传》:"(阜)使从弟岳于城上作偃月营。"许洞解释为背山冈、面坡泽,前后险阻,地段狭窄的营阵,见许洞《虎钤经》卷八"偃月营"

条。司马光《涑水纪闻》卷十一:"官军亦于水西作偃月阵。" ⑫常山:古阵法,首尾相应如常山之蛇。《孙子·九地》:"故善用兵,譬如率然,率然者,常山之蛇也,击其首则尾至,击其尾则首至,击其中则首尾俱至。"《晋书·桓温传》:"初,诸葛亮造八阵图于鱼腹平沙之上,垒石为八行,行相去二丈,谓此常山蛇势也。"

　　田锡为北宋著名律赋作家,李调元说:"宋初人之律赋最夥者,田、王(禹偁)、文(彦博)、范(仲淹)、欧阳(修)五公……故论宋朝律赋,当以表圣、宽夫(文彦博)为正则。"(《赋话》卷五)此篇为一律赋,描写大雁迁徙时飞行的阵形。

　　律赋讲求起承转合,首尾呼应。田锡此赋,开篇即破题。"绝塞霜早,阴山叶飞",首八字写出秋霜初凝、木叶飘飞的时令背景,点明雁阵所处的地理位置在塞外阴山;次句,交代雁阵嗷嗷飞起,循水南归,"一一汇征,若阵行之甚整;嗷嗷类聚,比部曲以相依"则直扣"阵"字而发文。开篇第一段,简明扼要,切"雁阵"之题。

　　承续而下,作者极尽铺排,将开篇总领之词进行铺衍。首先,从时空上将雁之行程进行展示,"朔野九秋,湘天万里,风萧萧兮吹白草,雁喤喤兮向寒水",笔触纵横跨越,秋风萧萧,白草摧折,大雁喤喤南游,从朔风强劲的北方起飞而返归温暖的南方,其中有对南北万里时空相隔的统括,有对秋天萧飒景象的描绘,而"雁喤喤兮向寒水",则将笔墨专集于雁之鸣叫之声,故而其下"单于台下,繁笳之哀韵催来;勾践城边,两槊之幽音惊起"几句主要围绕音响来延续,雁鸣喤喤的清切之声、胡笳繁促的鸣哀之声、兵戈撞击的铿锵之声,各种声音,交响齐奏,如军阵演练之前的鼓号,为雁阵的出现吹响"号角",李调元《赋话》卷五评曰:"田锡《雁阵赋》云:'单于台下,繁笳之哀韵催来;勾践城边,两槊之幽音惊起。'如此起法,恰好是雁阵先声。"

　　雁阵之声先起,继而则描绘雁阵之形。"颉颃交相,翩翻迭翔,似鱼丽之布列,若鹅鹳之舒张。疏密有绪,高低载飏,天空而残月铺影,水阔而微云间行",大雁在万里长空中布列成"鱼丽""鹅鹳"之阵,疏密有绪,高低变幻,本来寂寥的浩渺苍穹,因为有雁阵的存在而更显灵动,更显阔远,天更空,水更阔,为读者展示了一幅天高云淡水迢迢,长风万里送秋雁的辽远壮阔景象。

　　整体绘写雁阵之后,作者的视角和笔触开始趋于细致,从雁阵之形,转而写雁阵之势,比之先前的静态白描勾勒,"观其唳青霄"之后则动态呈现雁阵的迭翔翩翻之势。"唳""横""历""达"等动词再配以连续的三字句,生动形象地写出雁阵横越青霄碧落、跨度沙漠江渚而一往直前的气势。而后,作者则借军事中的各种情形来摹绘雁阵,雁阵忽如羽林骑士一般闻鼓奋勇争前,忽又如护卫材官一样听到撞击声而退守迟疑,雁阵倏忽变化,无法用兵家所概括的"天阵地阵""圆阵方阵"等既定模式来比拟,雁阵变化莫测,在朝霞夕阳之间乘拂来去,振翼高翔,拍击长空,其气势如同汉家飞将一般;而雁阵远随烟霞隐没不见时,作者仍以军事喻之,"疑沉于朔上孤军",笔势由之前的豪气万里化为苍茫低沉,雁阵在不同时空背景下给人不同的感觉,作者对其把握相当细腻,李调元《赋话》卷五云:"'羽翼自高,不让于汉家飞将;烟霞远没,疑沉于朔上孤军。'兴会淋漓,音节嘹亮,妍辞腻旨,不让唐人。"如果说之前作者对雁阵的铺绎是紧凑激越的,后来写至雁阵飞过塞北大漠,飞至淮北汉南,作者的笔调则趋于平缓清淡。温丽的南方,山如画,水如蓝,霞光流溢,波光远涵,而此时的雁阵也随着所处地形而变换,一会儿排成背山冈而面坡泽的"偃月之形",一会儿又变为首尾相参的"常山之势"。中间这一部分,作者多层次、多角度地赋写雁阵,曲尽雁阵之形、态、势,有静态展示,也有动态呈现,有整体概括,也有局部特写,紧扣"阵"字而铺衍行文,句句与军阵相绾结,以军事种种来写雁阵的行伍变化、声交影接,以军阵来写雁阵纵横翱翔的形势和绰约灵活的体态。作者运用典故,借以譬喻雁阵的种种态势,却并未令人感到刻意生涩,而是化典故于文意之中,恰切自然,流转多变。

结篇,为总括之语,与开篇呼应。"接武烟鸿,追踪霜鹄"写大雁与鸿鹄霜鹤一样,有高洁之姿和宏远之志,其或许为作者个人心志的托喻。"既横空而似阵"则直接扣住"雁阵"之题,合束全篇。然最末却又接以"北方远分南图,遥云飞兮水宿",两个"兮"字句,将全篇之意宕开,意境渺远,韵味悠长。

古人写雁,往往由秋天宾雁南翔而引发身世飘零之叹,且多写孤雁,多流露孤寂冷落之意绪,如唐代崔涂《孤雁》诗:"暮雨相呼失,寒塘欲下迟",较田锡稍后又有鲍当《孤雁》:"天寒稻粱少,万里孤难进",时号鲍孤雁。此赋所写雁阵乃是集体,遂与孤雁之诗大相异趣。浦铣说:"田谏议锡,有宋一代謇谔之臣,乃观其《春云》《晓莺》诸赋,芊眠清丽,亦宋广平(璟)之赋梅花也。"(《复小斋赋话》卷上)然而田锡此赋却于清丽中颇露豪武之气,语言清隽雅丽,意境却雄阔豪健。此篇律赋,一方面承守了唐以来的律赋的传统,对偶精切,音韵谐协,格律谨严,结构严整,章法精密,然而其中也体现了田锡的一些创新,全赋句法多变,有四字句、六字句、七字句、八字句,而且在齐整的骈句之中穿插一些散句,如几处运用三字句,连续的三字句,音节短促,灵动跳跃,节奏感强,使整篇赋显得错落有致,气韵飞动。《复小斋赋话》卷下云:"田谏议小赋,以《雁阵》为第一。"的确,此赋清丽自然却有雄阔之美,骈对工整却有跌宕之姿,文气流畅圆转,意韵生动高骞,是宋初律赋中的一篇佳构。

(尹占华)

王禹偁

（954—1001） 字元之，济州巨野（今属山东）人。太平兴国进士。任右正言，曾上《御戎十策》，陈说防御契丹之计。后屡以事贬官。真宗即位后，上书提出"谨边防""减冗兵、并冗"等五事，旋以修《太祖实录》，直书史事，为宰相不满，出知黄州，后迁蕲州，病卒。所作诗文多涉及当时之政治现实。有《小畜集》《小畜外集》《五代史阙文》传世。

【作者小传】

三　黜　赋　　　　王禹偁

一生几日，八年三黜①。始贬商於②，亲老且疾，儿未免乳，呱呱拥树。六百里之穷山，唯毒蛇与玃虎③。历二稔而生还，幸举族而无苦。再谪滁上，吾亲已丧，几筵未收，旅榇未葬④。泣血就路，痛彼苍兮安仰！移郡印于淮海，信靡盬而鞅掌⑤。旋号赴于国哀⑥，亦事居而送往。叨四入于掖垣⑦，何宠禄之便蕃！今去齐安，发白目昏。吾子有孙，始笑未言。去无骑乘，留无田园。羝羊触藩⑧，老鹤乘轩⑨。不知我者犹谓乎郎官贵而郡守尊也。

於戏！令尹无愠⑩，吾之所师；下惠不耻⑪，吾其庶几。卞和之刖⑫，吾乃完肌；曹沫之败⑬，吾非舆尸⑭。缄金人之口⑮，复白圭之诗⑯。细不宥兮过可补，思而行兮悔可追。慕康侯之昼接兮，苟无所施，徒锡尔而胡为⑰？效仲尼之日省兮，苟无所为，虽叹凤而奚悲⑱？夫如是，屈于身兮不屈其道，任百谪而何亏！吾当守正直兮佩仁义，期终身以行之。

〔注〕 ①八年三黜（chù）：王禹偁于太宗淳化二年（991）因论妖尼道安罪，贬为商州团练副使。至道元年（995）又因论孝章皇后丧仪事，出知滁州。后移扬州。真宗咸平初，预修《太祖实录》，不协宰相张齐贤、李沆意，又出知黄州。此赋作于咸平元年（998）。由淳化二年至咸平元年恰好八年。 ②商於（wū）：秦孝公封卫鞅以商於十五邑，此代指商州，在今陕西商洛市。 ③玃（xuàn）：《尔雅·释兽》："玃有力。"郭璞注："出西海，大秦国有养者，似狗，多力，犷恶。" ④旅榇（chèn）：指死于外地、未能回乡安葬的尸骨。榇，棺材。 ⑤靡盬（gǔ）：无止息。盬，止息。《诗经·小雅·北山》："王事靡盬，忧我父母。"鞅掌：烦劳。《诗经·小雅·北山》："或王事鞅掌。"毛传："鞅掌，失容也。"孔颖达疏："言事烦鞅掌然，不暇为容仪也。" ⑥国哀：此指宋

太宗崩。太宗于至道三年(997)卒,太子赵恒即位,是为真宗。　⑦ 掖垣:本指宫廷围墙,后指朝廷。王禹偁曾四次在朝廷掌文诰,故云。　⑧ 羝(dī)羊触藩:公羊角挂在篱笆上,喻进退两难。《周易·大壮》:"羝羊触藩,不能退,不能遂。"　⑨ 老鹤乘轩:《左传·闵公二年》:"卫懿公好鹤,鹤有乘轩者也。"杜预注:"轩,大夫车。"此以老鹤自喻。　⑩ 令尹:《论语·公冶长》:"令尹子文三仕为令尹,无喜色。三已之,无愠色。"　⑪ 下惠:柳下惠。《论语·微子》:"柳下惠为士师,三黜。人曰:'子未可以去乎?'曰:'直道而事人,焉往而不三黜?枉道而事人,何必去父母之邦?'"　⑫ 卞和:《韩非子·和氏》载:楚人和氏得玉璞于楚山中,献之厉王,厉王使玉人相之,曰:"石也。"王以为诳,而刖其左足。厉王薨,和氏又献之武王,武王使玉人相之,又曰石也,王又刖其右足。及文王即位,和乃抱其璞而哭于楚山之下,三日三夜,泣尽而继之以血。文王使人问其故,曰:"吾非悲刖也,悲夫宝玉而题之以石,贞士而名之以诳,此吾所以悲也。"王使玉人理其璞而得宝焉,遂命曰和氏之璧。刘向《说苑·杂事》引此事作"荆人卞和"。刖(yuè):砍断腿,古代的一种刑法。　⑬ 曹沫:《史记·刺客列传》载曹沫为鲁将,与齐战,三战皆北,鲁乃献遂邑之地以和。鲁庄公与齐桓公会于柯而盟,曹沫执匕首劫齐桓公,逼其归还侵鲁所得之地。齐桓公允诺后,曹沫投其匕首下坛,北面就群臣之位,颜色不变,辞令如故。　⑭ 舆尸:用车载着尸体。《周易·师》:"师或舆尸,大无功也。"此二句的意思是说:我还没有像曹沫那样大败而归。　⑮ 缄:封。金人:《孔子家语·观周》:"孔子观周,遂入太祖后稷之庙,庙堂右阶之前有金人焉,三缄其口,而铭其背曰:'古之慎言人也。戒之者,无多言,多言多败。'"　⑯ 复:复习,温习。白圭:《诗经·大雅·抑》:"白圭之玷,尚可磨也,斯言之玷,不可为也。"白圭即白玉。　⑰ 锡:通"赐"。　⑱ 叹凤:《论语·子罕》:"子曰:'凤鸟不至,河不出图,吾已矣乎!'"

　　王禹偁是宋初开一代诗文风气的作家,一生著述颇多,在文学创作中颇有建树。他性格耿直,刚正敢言,曾三次由于上疏直言而被贬。这篇《三黜赋》就是他第三次被贬知黄州时所作的一篇感慨贬谪生涯、表明人生志向的抒情小赋。

　　"一生几日,八年三黜。"片头点题,感慨、沉郁之意直击目前。人的一生能有多少时日呢,想来也是十分短暂的,然而就在这短似朝露的人生中,作者却经历了八年间被贬谪三次,流放外任的曲折和打击。这种伤感与悲叹之情不用多言,仅此八个字就表达得十分鲜明强烈了。随后,作者按时间顺序,历叙三黜之情状,而文笔却极简练。他并没有将每次贬谪的原委加以详细表述,而是紧扣亲情,选取了亲人们,即父母子孙,在这八年中发生的具有转折性的重大变化作典型描述,从而加深了时间推移、人事变故的沧桑感。"亲老且疾,儿未免乳,呱呱拥树""幸举族而无苦""吾亲已丧,几筵未收,旅榇未葬""吾子有孙,始笑未言",等等,这些场景描写都具有十分强烈的镜头感,形象而生动,使人读之如在目前,"八年三黜"的悲凉与落寞,贬谪生涯的悲苦与狼狈也就溢于言表了。

　　王禹偁虽出身寒微,但文才显著,端拱初,宋太宗闻其名,召试中书,擢右拾遗直史馆。他也曾在《谪居感事》中回忆这段踌躇满志的仕途生活，"载笑居三馆，登朝添拾遗""侍从殊为贵，图书颇自怡"，充满了自信和希望。然而由于他性格刚正不阿，耿直敢言，使他在官场上屡次碰壁，不为权贵所容。太宗淳化二年(991)，庐州尼姑道安诬告徐铉，王禹偁上疏为徐铉雪诬，触怒太宗，朝臣乘机谗陷，他被贬为商州团练副使。太宗至道元年(995)四月，孝章皇后病逝，群臣不成服，王禹偁上疏论谏，被指为讪谤，被贬滁州。至道三年，真宗即位，王禹偁因预修《太祖实录》，直书其事，而权相张齐贤、李沆不协，王禹偁被疑忌，于真宗元年(998)除夕被贬知黄州，这篇赋即此时所作。

虽然三次贬谪之间，王禹偁也被多次启用，但每次都会因为仗义执言，得罪权贵而再次遭贬。八年之间，尝尽人生的起起落落，却仍矢志不渝，性格之刚毅可见一斑。虽然作者心中有悲苦，有痛楚，在这篇小赋中却没有大篇幅的铺陈和渲染，没有对当权者"敢向台阶请罪名"的直接发问，甚至不着一字于辩解，不表一丝之情于埋怨，而仅仅将贬谪中人事的变迁娓娓道来，就已使贬黜的委屈、不公、愤懑与伤苦之情表现得愈加强烈，不言自明，感人至深，很好地达到了以情动人的艺术效果。

"泣血就路，痛彼苍兮安仰"是对亲人的愧疚，"去无骑乘，留无田园。羚羊触藩，老鹤乘轩"是对自己一生一事无成的喟叹，更是自己人生抱负、政治主张得不到当政者的理解和支持的苦闷表达。因此作者发出"不知我者犹谓乎郎官贵而郡守尊也"的感慨，不了解"我"内心忧苦的人会认为郎官与郡守各有其尊贵之处，认为"我"还有所图，有所求，而这些人又怎会体会"我"人生不称意、抱负不舒展、遭遇不公正，被诬陷、被诽谤、被疑忌的愤慨和委屈之情啊。读此句大有《诗经·王风·黍离》"知我者谓我心忧，不知我者谓我何求"之意。

此赋前半部分以叙事为主，后半部分以议论为主。后半部分几乎句句用典，但都与自身实际相联系，因而并不苍白空洞。无论叙事还是议论，都饱含着作者的真情实感，所以读来十分感人。作者将令尹子文、柳下惠、卞和、曹沫这些古代贤人的经历与自己相比，以他们黜无愠色、贬不改志的气魄，对真理的坚守和勇于担当的精神来宽慰和勉励自己。同时又提醒自己要缄口慎言，避免祸从口出，然而又不能因惧祸而无所施、无所为。可以看出来，王禹偁并未因三次遭贬而放弃自己坚守的原则。"屈于身兮不屈其道，任百谪而何亏"，身可被贬，但正义之精神，人间之正道是作者人生永远的标的。信念与道义的坚守是永远不能低头的，也是百折不挠的。"守正直""佩仁义"是正人君子的当行之道，即使被贬百次千次又怕什么呢！"屈于身兮不屈其道，任百谪而何亏！吾当守正直兮佩仁义，期终身以行之。"此赋在结尾处明志之坚定,使作者慷慨凛然、刚正不阿之气跃然纸上。无怪乎苏轼撰《王元之画像赞并序》称他是"以雄风直道独立当世""耿然如秋霜夏日,不可狎玩"。

这篇《三黜赋》没有华词丽藻,夸张铺陈,叙事议论与抒情完全融合为一,语言质朴自然,毫无晦涩之感,更像是一篇抒情散文,充分体现了古文化、散文化的倾向。这也反映出王禹偁"文以传道明心"的文学主张。王禹偁反对宋初文坛讲究声韵骈偶、气格卑下的五代体,主张作文要学韩、柳,他发挥继承了韩愈文从字顺的传统,强调用流畅平易的文风宣传儒家思想,抒发内心感受。这篇小赋虽多用四六句,却不是骈俪偶对,而是以散驭骈,化板滞为生动,浅显易懂却意味深长,文气贯通且感情充沛,实开欧阳修、曾巩散文大家之先河。清人吴之振《宋诗钞·小畜集钞》云:"元之独开有宋风气,于是欧阳文忠得以同流接响。"言不差矣!

(尹占华)

尺蠖①赋
尺蠖之屈以求伸也　　　　　　　　　　**王禹偁**

蠢尔微虫②,有兹尺蠖。每循途而不殆,靡由径而或跃。惧速登之易颠,固将前而复却。所以仲尼赞《易》,取譬乎屈伸;老氏立言,用嘉乎柔弱。吾尝考画卦之深旨,见观象之有以。

盖美其时行则行,时止则止。宁凫趋以鸿渐③,不麇④惊而鹊起。知进知退,造几微于圣人;一往一来,达消长于君子。物有以小而喻大,事可去彼而取此。

至若春日迟迟,品汇⑤熙熙,知时应候,附叶寻枝。每委顺而守道,不躁进于多歧。自中规而中距,非载驰而载驱。其行也,健而不息;其气也,作而不衰。曲乎形,类彤弓⑥之弯矣;隆乎脊,状柷敔⑦以陈之。岂比乎虫张网⑧而役役,蚁循磨⑨而孜孜者哉?

懿夫微物,尚有伸兮有屈;胡彼常流⑩,但好刚而恶柔。苟克己以为用,奚反身而是求。得不观所以,察所由。验人事之倚伏,考星躔⑪之退留。自然寒暑相推,而岁功及物;日月相推,而天明烛幽者也。其或昧其机,循其迹,不知我者,谓我进寸而退尺；探诸妙，赜⑫诸神，知我者，谓我在屈而求伸。异蜂虿之毒⑬，唯思螫人；等龙蛇之蛰，实可存身。夫如是，则蛙黾怒而受式，非度德者；螳螂奋而拒辙，岂量力也。未若尺蠖兮慎行止，明用舍。予将师之，庶悔吝⑭而盖寡。

〔注〕　①尺蠖（huò）：尺蠖蛾的幼虫。　②蠢：虫蠕动貌。微虫：即指尺蠖。　③鸿渐：语出《周易·渐卦》："初六，鸿渐于干"，"六二，鸿渐于磐"，"九三，鸿渐于陆"，"六四，鸿渐于木"，"九五，鸿渐于陵"，本谓鸿鹄飞翔从低到高，此处谓逐渐前进。　④麇（jūn）：同"麕"，獐。　⑤品汇：事物的品种类别，《晋书·孝友传序》："大哉，孝之为德也。分浑元而立体，道贯三灵：资品汇以顺名，功苞万象。"韩愈《感春》诗之二："幸逢尧舜明四目，条理品汇皆得宜。"　⑥彤弓：漆成红色的弓，语出《诗经·小雅·彤弓》。　⑦柷（zhù）敔（yǔ）：《书·益稷》："合止柷敔"，孔颖达疏："乐之初，击柷以作之；乐之将末，戛敔以止之。"　⑧虫张网：《艺文类聚》卷九七引《符子》："（公子重耳）顾其臣咎犯曰：'此虫也，知之德薄矣，而犹役其智布其网，曳其绳执豸以食之。'"　⑨蚁循磨：《晋书·天文志上》："天旁转如推磨而左行……譬之于蚁行磨石之上，磨左旋而蚁右去，磨疾而蚁迟，故不得不随磨以左回焉。"　⑩常流：平常人物。　⑪星躔（chán）：星宿的位置、次序。　⑫赜（zé）：探究。　⑬蜂虿（chài）：泛指毒虫。虿为蝎子类毒虫。《左传·僖公二十二年》："蜂虿有毒，而况国乎？"　⑭悔吝：犹言悔恨。《易·系辞上》："悔吝者，忧虞之象也。"

古赋咏物，自魏晋以降，好明"物理"，如张华《鹪鹩赋》以小喻大，知微见著，于是微虫、细禽、小兽，纷呈笔端；宋人好理，诗文辞赋无不崇尚义理之学，以至借物以骋发议论，也成为赋家的常用方法，王氏兹赋，即具当时赋家咏物的典范意义。

赋咏尺蠖，乃飞蛾之幼虫，却为赋者钟爱，其间内涵，又当追溯古代咏物之两大传统：一则屈子，倡导如"千里马""凤雏"般神奇而伟大的传统；一则庄子，关注于如"鹪鹩"等平庸却知性的传统。王氏此赋，正是承继后者，开篇以"蠢尔微虫"点出，而表现出以"丑"喻"美"、因"小"体"大"、借"愚"明"智"的思维方式与赋心创造。

该赋抓住尺蠖的"屈伸"之"性"，写赋家的"屈伸"之"志"，用铺叙的笔法，分多层展开，有渐次递进，愈转愈深之理趣。作者先以兹虫（描写对象）的不由径之"或跃"与似畏惧而免于"易颠"的生存形态，渗入了人类（写作主体）的生存感受，使全赋从一入篇就将赋家之志融织于尺蠖之性，犹如对镜自怜，然却光景开鲜。为开辟物境，映照心境，作者首以仲尼赞《易》的"屈伸"与老子《道德经》之褒嘉"柔弱"，点破主旨，隐喻以屈为伸，示弱胜强的人生道理。由此，作者再急回笔锋，通过"考画卦""见观象"所得到的启悟，将个人的情志全然寄寓于描写对象，展开全篇咏物的主体构建。先观其行为,则是行止有度,以渐进而不急躁,比如"凫"之"鸿渐",不似"麕惊而鹊起",进退有常,这是作者心中"圣人"的境界;而其往来消长,则又如世之君子的立身。如此推崇,归于物理可度人情,那就是以小喻大之象,去彼取此之理。继观其性情,则是知时应候,委顺守道,因其"不躁进"而不误入歧途,"中规""中矩",而非驰驱迷途。这一层次的深入,则又叠映前言圣人之道与君子之行,化"蠢"为"智",就是以"智"比"蠢",而内涵老子"大智若愚"的意义。由此再观其"行""气""形""状",这也是赋中摹物象形最生动的描述:"其行也,健而不息;其气也,作而不衰。曲乎形,类彤弓之弯矣;隆乎脊,状柷敔以陈之。"赋家之笔,妙在"随物赋形",更在"体物言志"(刘勰《文心雕龙·诠赋》),所以用词彰明义理,常化用典故,不着痕迹。如赋写尺蠖之形"类彤弓之弯",则隐用《诗经·小雅·彤弓》之义,内涵有志于天子事业的积极心态。同样,写其"状"则用"柷敔"一语,又用《书·益稷》:"合止柷敔"的典故,喻示尺蠖的行为犹如一美丽的乐章,善始善终。为彰显尺蠖的"虫性"之"美",赋中又用他虫作比较以为说词,所谓"张网"之虫(蜘蛛)役役之行,因设陷而"德薄","循磨"之虫(蚂蚁)孜孜之求,辛劳而无功,这是尺蠖所不屑为者,抑或是赋家以为惕戒的真实意图之所在。

古人说"诗言志",然赋亦言志,是体物而言志,正因此言志抒怀,有了"赋者古诗之流"(班固《两都赋序》)的说法,体察其"志",又如程廷祚所说"不过美刺两端",落实于赋体,也是班固所言"或以抒下情而通讽喻,或以宣上德而尽忠孝"。读这篇歌咏尺蠖的赋,也是有美有刺,只是淡褪了汉大赋的政教色彩,而更多存身养性的哲理思考。于是我们再看赋家描摹尺蠖之形状、性情之后,复以"懿夫微物,尚有伸兮有屈"一语为转折,兼述"自然"与"人生"之道,亦即"验人事之倚伏,考星躔之退留",归于"存身"之理。当然,赋家功夫,不在"简"而在"铺",所以作者又以两扇展开:一是"昧其机"者,只有"不知我"的扞格与窒碍;一是"探诸妙"者,自然理解其中"在屈而求伸"的意味。为充文气而实文意,作者不避反复,又借"蜂虿之毒",以避"螫人"之害;假"龙蛇之蛰",再喻存身之理。并告诫读者不要效法"蛙黾"之飙怒、"螳螂"之骋力,而宜量力而行,度德而为,终归于"尺蠖"的"慎行止,明用舍"之德,人若效法其行,则将免于"悔吝",这也正是作者的文心赋旨。

王禹偁诗赋重理趣,其人生亦多坎坷,曾撰《三黜赋》以见志,而该赋咏一微物,喻示人生之行藏明晦,其中隐蕴,更耐人寻味。　　　　(许　结　赵元皓)

范仲淹

【作者小传】 (989—1052) 字希文。苏州吴县(今属江苏)人。真宗大中祥符八年(1015)进士,初任广德军司理参军。仁宗天圣六年(1028)晏殊荐为秘阁校理。后迁吏部员外郎,因忤吕夷简罢知饶州。庆历元年(1041)与韩琦并为陕西经略副使,庆历三年授参知政事。针对北宋积弊,与富弼、欧阳修等推行"庆历新政"。因上十事疏为权贵不容,出为河东陕西宣抚使。皇祐四年卒于徐州,谥文正,追封楚国公,后追封魏国公。有《范文正公集》。

秋 香 亭 赋 并序   范仲淹

提点屯田钜鹿公①就使居之北,择高而亭。背孤巘②,面横江。植菊以为好,命曰秋香亭。呼宾醑③酒以落之,仆赋而侑④焉。

郑公之后兮宜其百禄,使于南国兮锉金粹玉。倚大旆⑤于江干,揭高亭于山麓。江无烟而练回,山有岚而屏矗。一朝赏心,千里在目。时也秋风起兮寥寥,寒林脱兮萧萧。有翠皆歇,无红可凋。独有佳菊,弗冶弗夭。采采亭际,可以卒岁。畜金行之劲性⑥,赋土爰之甘味⑦。气骄松筠,香灭兰蕙。露溥溥⑧以见滋,霜肃肃而敢避。其芳其好,胡然不早。岁寒后知,殊小人之草;黄中通理,得君子之道。饮者忘醉,而饵者忘老。公曰:时哉时哉,我宾我来。缓泛迟歌,如春登台⑨。

歌曰:赋高亭兮盘桓,美秋香而酡⑩颜。望飞鸿兮冥冥,爱白云之闲闲。

又歌曰:曾不知吾曹者,将与夫谢安⑪,不可尽欢,而聿去乎东山;又不知将与夫刘伶⑫,不可复醒,而蔑闻乎雷霆。岂无可而无不可兮,一逍遥以皆宁。

〔注〕 ① 提点屯田钜鹿公:指作者友人魏羌。提点屯田:官职名,主管屯田等事务。② 巘(yǎn):险峻的山峰或山崖。 ③ 醑(xǔ):美酒。 ④ 侑(yòu):在筵席上佐助或劝酒。⑤ 旆:旌旗。 ⑥ 金行之劲性:按中国古代五行理论,金与秋相配,故有"金秋"之说,所谓"蓄金行之劲性",即如清代魏源《华山诗》曰:"金秋严肃气,凛然不可容。" ⑦ 土爰(yuán)之甘味:

《尚书·洪范》:"土爰稼穑……稼穑作甘"。《太平御览》卷九九六引《本草经》:"其菊有两种,一种紫茎,气香而味甘美"。 ⑧ 溥(tuán):露多貌,《诗·邶风·野有蔓草》:"野有蔓草,零露溥兮。" ⑨ 如春登台:《老子》:"众人熙熙,如享太牢、如春登台。"谓众人欢乐,如在游览美妙的景色。 ⑩ 酡(tuó):饮酒面红,《楚辞·招魂》:"美人既醉,朱颜酡些。" ⑪ 谢安:字安石,东晋名士、宰相,在会稽郡山阴县东山有别墅,常在此与王羲之、孙绰等游山玩水。 ⑫ 刘伶:魏晋时名士,"竹林七贤"之一,平生嗜酒,曾作《酒德颂》,宣扬老庄思想和纵酒放诞之情趣。

这是一篇为友人建亭所作的咏物兼纪游之赋,类似亭台楼阁记,但由于作者用赋体表现,语言取骚、散相间,又兼得叙事与抒情的特征。

由于纪事,作者首段若序(赋有内序、外序,此为内序),点明赋为屯田公"钜鹿公"所作。考诸王十朋《梅溪集》卷十《途中寄何德献》一诗后注曰:"范文正公守饶时,魏郎中芜作提点,二公甚相得,……文公尝为魏作《秋香亭赋》。"据赋文中有云"郑公之后",或可谓之唐人魏徵之后。因魏徵乃钜鹿人,封郑国公,文中称魏氏为"钜鹿公",当是以籍贯或郡望称之。而对该赋的写作内涵,清人浦铣《历代赋话·续集》卷十引录陈贻范《范文正公鄱阳遗事录》:"范文正景佑间罢天章阁待制守鄱阳,为提点铸钱魏侯作《秋香亭赋》。公赋之就,考其景趣,求其意思,宛在目下。公之制作,信非苟成也。必其成法,以矜后世。古人云'赋体物而浏亮'者,乃公之所能赋也。其旧址虽易,为征官所居,而提点之别廨,于大厅之东偏傍,犹以秋香名,是不忘公之所爱也。"而浦氏复引范赋首段为"序",以明其事例。

如果用陆机"体物浏亮"语评述范氏该赋,观其"序"已可明其大概:人物、地点、亭名由来、周遭景势,一目了然;而其"背孤巘,面横江,植菊以为好"三句,雄浑奇崛,立意纯粹,尤可窥一斑。其中以好"菊"引出"秋"字(时令),又以"秋"字返观植"菊",逗起"香"字,使"秋香"已不限于亭名,而兼有一种高雅的人文气象。所谓"四美"(贤主、嘉宾、良辰、美酒)俱陈,不能无文,作者赋笔正由"秋香"二字舒徐展开。

无论是感物,还是体物,诗人、赋家或感物而动,或体物言志,然则多感春而喜、对秋而悲,诚兹赋所言"有翠皆歇,无红可凋";但却也有反取其义者,如王维《山居秋暝》之"随意春芳歇",状秋景亦佳,再观此赋所言"独有佳菊,弗冶弗夭",正以"菊"的意象,宣示了秋景、秋情、秋境的美好。虽然,这种景象与心志在作者的笔下显得有些随意性的抒写,而不似汉大赋那样的规整而宏展,但赋之言铺,赋中仍或隐或显地表现出层次感。落实到通过"菊"之物象而对秋意的描写,赋笔则呈示以下几点:

一曰物性之美。作者认为,"菊"之景候与秉性,既具有"金行之劲性",又赋有"土爱之甘味",故与松、竹、兰、蕙比较,则能"气骄松筠,香灭兰蕙",以其特有的清峻,具有独特的魅力。

二曰君子比德。此由物性引致人性,作者比较松、菊,取孔子"岁寒后凋"之义,兴"小人""君子"之辨,将秋香归于秋德,以烘托全赋主旨。

三曰饮饵之道。赋中写道:"饮者忘醉,而饵者忘老",所谓"忘醉""忘老",均内涵"消忧"之义。文人悲秋,自古而然,借酒消愁,为之常态,然宋人颇重事物之理,故多勘究人生,扬弃悲哀,如苏东坡之"达人自达酒何功"(《薄薄酒》),范氏此赋,反复言说"呼宾醑酒""美秋香而酡颜",以酒为乐;且《诗·小雅·小弁》谓"惟忧用老",赋借用此,取消忧忘老义,充满了乐观精神。

四曰东山雅志。赋中写谢安东山之乐,隐逸之趣,故有"望飞鸿兮冥冥,爱白云之闲闲"的意趣,而其中内涵"菊"之清雅而异俗的物性,又通过对历史的追想,形成一种时空的交错与心灵的契合。

五曰酒德之颂。范氏为政执著,有"先天下之忧而忧,后天下之乐而乐"(《登岳阳楼记》)的治世情怀,颇具儒风,然为人旷达,向慕老、庄,曾撰《老子犹龙赋》以明志,赋中点出竹林之贤(刘伶),以其所著《酒德颂》回应前言主人"呼宾醑酒",于中复取一"德"字,既刚烈,又温馨。

这篇短赋,末以两"歌"收束,乃浑然一体,而有绵绵不尽之意。

(许　结　赵元皓)

金 在 镕 赋

以"金在良冶求铸成器"为韵　　　　　　范仲淹

天生至宝,时贵良金。在镕①之姿可睹,从革②之用将临。熠燿腾精③,乍跃洪炉之内;纵横成器,当随哲匠④之心。

观其大冶⑤既陈,满籝⑥斯在。俄融融而委质⑦,忽晔晔而扬彩。英华既发,双南⑧之价弥高;鼓铸未停,百炼之功可待。况六府会昌⑨,我禀其刚;九牧⑩纳贡,我称其良。因烈火而变化,逐懿范⑪而圆方。如令区别妍媸,愿为轩鉴⑫;倘使削平祸乱,请就干将⑬。国之宝也,有如此者。

欲致用于君子,故假手于良冶。时将禁害,夏王之鼎⑭可成;君或好贤,越相之容必写⑮。是知金非工而弗用,工非金而曷求。观此镕金之义,得乎为政之谋。君谕冶焉,自得化人⑯

之旨；民为金也，克明从上之由。彼以披沙⑰见寻，藏山⑱是务。一则求之而未显，一则弃之而弗顾。曷若动而愈出⑲，既踊跃⑳以求伸。用之则行㉑，必周流而可铸。羡夫五行㉒之粹，三品㉓之英。昔丽水㉔而隐晦，今跃冶㉕而光亨㉖。流形㉗而不缩不盈，出乎其类；尚象㉘而无小无大，动则有成。

士有锻炼诚明，范围㉙仁义。俟明君之大用，感良金而自试。居圣人天地之炉，亦庶几于国器㉚。

〔注〕①镕：熔铸金属的模具。②从革：依人的愿望而改变。《尚书·洪范》："金曰从革。"③熠燿腾精：光芒闪耀。④哲匠：高明的工匠。⑤冶：冶炼炉。⑥籯(yíng)：亦作籝，箱筐类容器，多用来盛奁。⑦委质：原指向尊长献礼的仪式。后引申为服从或献身。⑧双南：古时南方产铜品质好，称南金。张载《拟四愁诗》："佳人遗我绿绮琴，何以赠之双南金。"后遂以"双南"称金。⑨六府：古以水、火、金、木、土、谷为六府。会昌：正值兴隆昌盛。⑩九牧：九州之长，也泛指地方官。相传大禹以九牧之贡金铸九鼎。⑪范：铸造用的模具。⑫轩鉴：即轩辕镜，可以辟邪，这里泛指镜子。⑬干将：古剑名，这里泛指兵器。⑭夏王之鼎：即禹鼎，共九个，分别代表九州，上刻万物，使百姓进入山林可免于遭遇不祥的事物。⑮越相之容必写：《国语·越语》：勾践灭吴后，相国范蠡功成身退，泛舟五湖。勾践"命工以良金写范蠡之状而朝礼之。"⑯化人：教化民众。⑰披沙：排除沙子。《初学记·宝器部》引王隐《晋书》："鄱阳乐安出黄金，凿土十余丈，披沙之中所得者大如豆，小如粟米。"⑱藏山：《初学记·地部》引《贾谊新书》："舜藏黄金于嶃岩之山，捐珠玉于五湖之泉，以塞淫邪之路。"⑲动而愈出：《老子》："天地之间，其犹橐籥乎，虚而不屈，动而愈出。"⑳踊跃：跳跃。《庄子·大宗师》："今大冶铸金，金踊跃曰：'我且必为镆铘。'"㉑用之则行：《论语·述而》："子谓颜渊曰：'用之则行，舍之则藏，唯我与尔有是夫。'"谓被任用就行其道。㉒五行：《尚书·甘誓》"有扈氏威侮五行"孔颖达疏："五行，水、火、金、木、土也。"㉓三品：《尚书·禹贡》"厥贡惟金三品"孔安国传："金、银、铜也。"㉔丽水：古水名，以产金著称。㉕跃冶：见注⑳。㉖光亨：光显。㉗流形：流布成形，出《周易·乾》"云行雨施，品物流形"。㉘尚象：《周易·系辞》："制器者尚其象。"意谓制造器物效法卦爻之象。㉙范围：效法。㉚国器：可以治国的人才。

范仲淹是北宋名相，其事功、学识、人品都为后世敬仰。至于文章，《岳阳楼记》更是百代相传的名篇。那么，这个范老夫子的律赋到底如何呢？

首先，宋人的律赋比之唐人有代差，更加严谨规范是情理之中的事。本赋以"金在良冶求铸成器"为韵，在赋中，这八个字是按次序排列的，在技巧上可以说更为精巧。然而，韵脚只是一方面，更主要的是本赋抓住主题，有翻空出奇的能力。

这篇赋的题目出自庄子的一个寓言，本意是说人生本于自然，天地就好像一个大熔炉，每个人不过是一块块待炼的金属，应该各安其分。如果哪块金属忽然高喊"我要成为一流的宝剑"，那一定会被冶炼师看作是妖孽。按庄子的意思，金在镕的要义是顺从而不是表现自我。然而,这个意思被做了考题,就不免有些潜台词了。试想,拿到这题目的都是考生,既然来考试,哪个不是想表现自己,从而金榜题名,光宗耀祖的?如果按庄子的意思,大家顺其自然,参加科举考试本身就与那妖孽般的叫喊类似。所以,从考试的命题到考生的处境,都不得不反其意而行文,而"金在良冶求铸成器"的韵脚规定,也暗示了这一点。于是,范仲淹上手就从"在镕"引向"从革"——"从革"是古老的《洪范》中对于五行特性的基本叙述用词之一,是指向金的用途的。所以,本赋开篇就把主题定在了"用"上,在镕为了成器,成器为了致用,这样的思路构架既大气,又符合应试者的身份。

接下来当然是一系列典故辞藻的安排,光是关于冶炼的故实是不够用的,必须扩展到与金相关的,辞藻中的满籯、双南、丽水、跃冶,典故中的六府、九牧、禹鼎、越相,无不契合文意。而其中自然吻合的辞藻尤为令人称绝。当作者以金自况,表明"服从国家需要"的意思时,声明"如果要我区分好坏,我愿做镜子;如果要我平定祸乱,我愿做宝剑",这样的句子本已足够慷慨激昂,而且镜子、宝剑正好又都是金属制品,再贴切不过。然而作者的创意又不仅于此,在镜子上用"轩鉴",虽说轩辕镜不以辨妍媸而著名,但终究是一个镜子的古称、美称。而对宝剑,则用了干将,既是美称,又完成了"良"字的韵脚匹配。仔细研读,短短一篇赋中,类似的匠心独运不在少数。

本文的收尾也十分出色。作为应考的律赋,其实是考生与代表政府和帝王的考官对话,很容易流于卑怯与谀迎。然而这篇赋的结题,不仅在态度上不卑不亢,正气凛然,内容上也和题目紧密结合。尤其是"俟明君之大用,感良金而自试"两句,既化解了原题中的道家思想带来的矛盾,也充分展现了自信。其中的"自试"既是指文中的金,也是指现实中的自己;既是说本文有感于良金的自试,也是说本文就是我这良金的自试方式。含蓄厚实,气象非凡。　　　　　(田松青)

【作者小传】

梅尧臣

(1002—1060) 字圣俞,宣州宣城(今属安徽)人。宣城汉代名宛陵,故世称宛陵先生。屡应进士不第。仁宗天圣九年(1031),凭借叔父门荫,任河南县主簿。得西京留守钱惟演与通判谢绛赏识。同年与欧阳修共同倡导诗文革新。皇祐三年(1051)召试,赐进士,为太常博士,监永济仓。后以欧阳修荐,任国子监直讲,累迁尚书都官员外郎,预修《新唐书》。有《宛陵集》。

南 有 嘉 茗 赋　　　　　　梅尧臣

　　南有山原兮,不凿不营①。乃产嘉茗兮,嚣此众氓②。土膏脉动兮,雷始发声③。万木之气未通兮,此已吐乎纤萌④。一之日雀舌露,掇而制之,以奉乎王庭⑤。二之日乌喙长,撷而焙之,以备乎公卿⑥。三之日枪旗耸,搴而炕之,将求乎利赢⑦。四之日嫩茎茂,团而范之,来充乎赋征⑧。

　　当此时也,女废蚕织,男废农耕。夜不得息,昼不得停。取之由一叶而至一掬,输之若百谷之赴巨溟⑨。华夷蛮貊,固日饮而无厌⑩。富贵贫贱,亦时啜而不宁⑪。所以小民冒险而竞鬻,孰谓峻法之与严刑⑫。

　　呜呼!古者圣人,为之丝枲绨纻而民始衣⑬,播之禾麰菽粟而民不饥⑭,畜之牛羊犬豕而甘脆不遗⑮,调之辛酸咸苦而五味适宜。适之酒醴而宴飨之⑯,树之果蔬而荐羞之⑰。于兹可谓备矣⑱。何彼茗无一胜焉,而竞进于今之时⑲?抑非近世之人⑳,体惰不勤,饱食梁肉㉑,坐以生疾,借以灵荈而消腑胃之宿陈㉒?若然,则斯茗也,不得不谓之无益于尔身,无功于尔民也哉!

〔注〕　①　不凿不营:不需费力耕作经营。　②　嚣:群聚喧闹。氓:离开乡土的流民,此指废田弃耕的茶农、茶商。　③　土膏:土壤中所含的养分。脉动:指阳气升、地力增。《国语·周语》:"阳气俱蒸,土膏其动。"雷始发声:指惊蛰前后。宋人黄儒《品茶要录·采造过时》:"茶事起于惊蛰前"。　④　万木之气未通:指草木尚未完全复苏。纤萌:尖细的茶芽,也称水芽。　⑤　一之日:《诗经·豳风·七月》:"一之日觱发,二之日栗烈。"毛传:"一之日,十之余也;一之日,周正月也。"孔颖达疏:"一之日、二之日,犹言一月之日、二月之日。"本指农历十一月。但据本赋文意,当指农历正月。雀舌:形如雀舌的茶芽。沈括《梦溪笔谈·杂志一》:"茶芽,古人谓之雀舌、麦粒,言其至嫩也。"掇(duō):采摘。制:用炮炒等方法加工。　⑥　二之日:农历二月。乌喙:形如乌嘴的茶芽。撷:摘取。焙:制茶工艺。宋代焙茶工具称"茶焙",以竹编制,外裹竹叶,中有隔板。将新茶以竹叶或嫩香蒲叶封裹后置中层隔板,上或下层隔板放火炉,以文火焙炕。　⑦　三之日:农历三月。枪旗:小叶上带有顶芽,也称中芽。芽尖细如枪,叶开展如旗,故名。搴(qiān):采摘。炕:制茶工艺。据陆羽《茶经》:焙,茶在下火在上;炕,茶在上火在下。利赢:即赢利。　⑧　四之日:农历四月。团而范之:压入茶模,制成茶饼。范:圆或方形的模具。宋代贡茶模具刻有龙凤图案,龙团供皇帝、亲王,凤饼供学士、将帅。宋徽宗《大观茶论》:"龙团凤饼,名冠天下。"赋征:赋税。　⑨　输:运输贩卖。百谷:百川。巨溟:大海。　⑩　华

夷蛮貊(mò)：亦作"华夏蛮貊"。泛指内地汉族和边地少数民族。不厌：不满足。　⑪ 啜(chuò)：品尝。不宁：不停止。　⑫ 鬻(yù)：贩卖。峻：严厉。　⑬ 丝枲(xǐ)：丝麻。绤(chī)绤(xì)：葛布。　⑭ 禾麰(móu)：稻子和大麦。菽粟：豆子和小米。　⑮ 甘脆：指美味的食品。《战国策·韩策》："可旦夕得甘脆以养亲。"　⑯ 适：调适。宴飨(xiǎng)：古代宴饮宾客之礼。《周礼·春官·宗伯》："以飨宴之礼亲四方之宾客。"　⑰ 树：种植。荐羞：进献佳肴。《周礼·天官·庖人》郑玄注："备品物曰荐，致滋味曰羞。"　⑱ 备：完备，齐备。　⑲ 胜：胜任。句谓茶叶丝毫不具备桑麻粮食的功用。竞进：争胜。句谓令人视茶叶的重要性胜于衣食温饱。　⑳ 抑非：难道不是。　㉑ 粱肉：即粱肉，泛指美酒佳肴。粱，通"粱"。　㉒ 荈(chuǎn)：茶之别名。陆羽《茶经》："其名一曰茶，二曰槚，三曰蔎，四曰茗，五曰荈。"宿陈：隔夜未消化的积食。

　　梅尧臣于景祐元年至五年(1034—1038)任建德(今安徽东至)县令，本赋是其深入当地官港茶区考察后所作。宋初"百年无一事"的局面，造就了执政者和士大夫追求怡情雅趣的承平风气，作为闲逸生活标志的品茗之习也十分兴盛。黄儒《品茶要录·序》曰："自国初已来，士大夫沐浴膏泽，咏歌升平之日久矣。夫体势洒落，神观冲淡，惟兹茗饮为可喜。园林亦相与摘英夸异，制卷鬻新而趋时之好，故殊绝之品始得自出于蓁莽之间，而其名遂冠天下。"建德县境内有舜耕山，相传为舜躬耕之地，尧访舜时由此渡河，故有"尧舜之乡"之美誉。官港是县境内著名的产茶区，据传唐代得道真人罗艺云游官港，唇角口渴时随手撒了一把茶籽，茶叶遂漫山遍野生长起来。亦耕亦茶、农商并存的特殊民情，与咏歌升平、品茗怡情的疲弱士风，引发了梅尧臣的深思和隐忧。

　　男耕女织，重农抑商，是古代农业社会经济稳定和发展的基础。赋文第一层以"不凿不营""嚣此众氓"表达对本地茶业兴、农业衰现状的忧虑。以"掇而制之奉乎王庭""撷而焙之备乎公卿""挈而炕之求乎利赢""团而范之充乎赋征"铺陈朝廷茶叶专卖制重重盘剥下茶农备受苦辛却一无所获的现实。第二层以"女废蚕织，男废农耕"指出"嘉茗"不仅未对当地百姓生活带来任何益处，反而导致使茶商铤而走险、违法贩卖，对国家社会的法治和稳定带来实质性危害。第三层称颂"古圣"重视百姓的衣食温饱和礼仪教化，讽刺"近人"只求一己口腹之欲和怡情雅趣。"体惰不勤，饱食粱肉，坐以生疾"一语中的，揭示出品茗之风背后潜藏的士风疲弱、因循苟且、不关国计民生痛痒的危机。结语以"嘉茗"既"无益尔身"又"无功尔民"申述主题，质直精警。

　　历代咏茶诗赋，均为"品茗"之作，多以"世间绝品人难识，闲对茶经忆古人"(林逋《茶》)为意旨。梅尧臣此作，则从重农桑的农本主义观点着眼，取法《诗经·豳风·七月》，回归诗经、汉赋的"美刺""讽谏"传统。托物寄兴，针砭时弊，叙事论理，夹叙夹议。化骈俪于散行，寓奇峭于平淡，简笔勾勒，词约意丰，体现出鲜明的宋赋特征。

(赵红岩)

凌 霄 花 赋

梅尧臣

厥草惟夭,厥木惟乔①。草有柔蔓,木有繁条。缘根兮附质,布叶兮敷苗②。朱华粲兮下覆,本干蔽兮不昭③。嗟乎!此木几岁几年,而至于合抱?夫何此草一旦一夕,而遂曰"凌霄"④?是使藜藋蒿艾,慕高艳而仰翘翘也⑤?

安知苹藻自洁,兰蕙自芳⑥。芙蓉出污而自丽,芝菌不根而自长⑦。或纫珮带,或采顷筐⑧。或制裳于骚客,或登歌于乐章⑨。故得为馨为荐,为嘉为祥⑩。皆无附着,亦以名扬。奚必托危柯而后昌⑪?吾谓木老多枯,风高必折。当是时,将恐摧为朽荄,不复萌蘖⑫。岂得与百卉并列也耶!

〔注〕①厥:代词,其。惟:助词,调整音节。夭:茂盛。乔:高耸。语本《尚书·禹贡》:"厥草惟夭,厥木惟乔。"②缘根:沿着树根攀援。附质:依附树体生长。布叶:伸展树叶。敷苗:铺开枝苗。③朱华:红花。粲:鲜艳。下覆:下垂。本干:树干。不昭:不明。④凌霄:别名紫葳、女葳、陵苕、苕华。常攀附乔木或墙面生长,也称傍墙花。《本草纲目》:"凌霄野生,蔓才数尺,得木而上,即高数丈。"取其直上云霄之意,名为"凌霄"。⑤是使:以致,使得。藜藋蒿艾:泛指蔓生植物和野草。慕高艳:羡慕其攀援高空开花艳丽。仰翘翘:翘首期盼貌。⑥苹藻:浮萍和水藻。兰蕙:兰草和蕙兰。⑦芙蓉:即莲花。《本草纲目》:"莲,其叶名荷,其华未发为菡萏,已发为芙蓉。"芝菌:芝草。不根:无根茎。长(zhǎng):生长。⑧纫珮带:搓捻香草佩带在身。屈原《离骚》:"扈江离与辟芷兮,纫秋兰以为佩。"采顷筐:采摘到竹筐中。《诗经·周南·卷耳》:"采采卷耳,不盈顷筐。"顷筐,斜口竹筐,形似今畚箕。⑨制裳于骚客:风雅文人采集鲜花制成衣裳。《离骚》:"制芰荷以为衣兮,集芙蓉以为裳。"登歌于乐章:宫廷乐师以香草入诗谱曲演唱。登歌:本指古代举行祭典、大朝会时乐师升堂奏曲歌唱。乐章:此泛指大型组曲。⑩为馨:制成祷祝的馨香。为荐:作为素祭的贡品。为嘉:作为吉庆的象征。为祥:作为吉祥的物品。⑪奚:何。托:依赖。危柯:高大乔木。昌:显明,指声名远扬。⑫荄(gāi):草根。蘖(niè):残根上萌发的新芽。

梅尧臣虽出自寒门,但对自己的才能颇为自负。他诗名早著而屡试不第,一生蹉跎、有志难伸,因而对权臣排抑贤才充满愤恨,对小人攀附权贵极为鄙夷。景祐元年(1034)范仲淹权知开封府,献《百官图》讥刺受刘太后恩宠的宰相吕夷简,被贬知绕州,梅尧臣遂作《灵乌赋》声援范氏(见叶梦得《石林燕语》卷九)。庆历三年(1043)范仲淹为参知政事主持革新,后又请外调借以摆脱政治困境,使革新派遭受沉重打击,梅尧臣又愤作《灵乌后赋》讥刺范氏任用"四瞪三虎",纵容小人弄权怙势(见《续资治通鉴长编》卷一六〇)。

嫉贤妒能,阿附权贵,趋炎附势,谋取名利,是封建吏治中习见的弊政和痼疾,历代诗文多有借物讽喻之佳作。如白居易《有木诗》云:"有木名凌霄,擢秀非孤标。偶依一株树,遂抽百尺条。托根附树身,开花依树梢。自谓得其势,无固有动摇。一旦树摧倒,独立暂飘飘。疾风从东起,吹折不终朝。朝为拂云花,暮为委地樵。寄言立身者,勿学柔弱苗。"

梅尧臣《答韩三子华韩五持国韩六玉汝见赠述诗》说写诗应该是"因事有所激,因物兴以通""愤世嫉邪意,寄在草木虫"。此赋绍继屈骚"香草美人"比兴手法,更多发挥赋文状物析理之特长,状物托讽,托物寓怀。首段以"缘根附质"的凌霄花,喻阿附权贵的显宦;以"仰慕高艳"的藜藿蒿艾,喻趋炎附势的小人。"慕高艳而仰翘翘"一语活画出阿附权贵者的丑态。二段以"皆无附着"的苹藻、兰蕙、芙蓉、芝菌,喻品处污不染的君子,赞颂其"自洁、自芳、自丽、自长"的品性,显见作者清贫自守节操。结语以"树折花枯""不复萌蘖"喻示小人之必然下场,语意显豁直露,憎恶溢于言表。

(赵红岩)

作者小传

欧阳修

(1007—1072) 字永叔,号醉翁、六一居士,吉州庐陵(今属江西)人。仁宗天圣八年(1030)进士,任西京留守推官、馆阁校勘。因直言论事贬夷陵令,转乾德令。康定元年(1040),回京任馆阁校勘。庆历三年(1043)知谏院,支持范仲淹等人推行新政,被弹劾,贬知滁州,转知扬州、颖州、应天府。后官至翰林学士、枢密副使、参知政事。神宗熙宁四年(1071)以太子少师致仕。卒谥文忠。有《欧阳文忠公集》一百五十三卷,《毛诗本义》十六卷,《新五代史》七十四卷。与宋祁等合修《新唐书》二百二十五卷。

殿试藏珠于渊赋

君子非贵,难得之物　　　　　　　　　　　欧阳修

稽治古之敦化①,仰圣人之作君,务藏珠而弗宝,俾在渊而可分②。效乎至珍,虽希世而弗产;弃于无用,媲还浦以攸闻③。得《外篇》之寓言,述临民之致理④。将革纷华于偷俗,

复苄愚于赤子⑤。谓非欲以自化⑥,则争心之不起。盖贱货者为贵德之义,敦本者由抑末而始⑦。示不复用,虽乎宝而奚为;舍之则藏,秘诸渊而有以⑧。诚由窒民情者在杜其渐,防世欲者必藏其机⑨。使嗜欲不得以外诱,则淳朴于焉而可归。将抵璧以同议,谅弹雀而诚非⑩。照乘无庸,尽遗碛岸之侧⑪;连城奚取,皆沉媚水之辉⑫。用能崇俭德以外昭,复淳风而有谓。民心朴以归本,物产全而劓费。珍虽无胫,俾临渊而尽除;事异暗投,永沉川而不贵⑬。然而道既散则民薄,风一浇而朴残⑭。玩好既纷乎外役,质素无日而内安⑮。故我斥乃珍奇之用,绝乎侈靡之端。将令物遂乎生,老蚌蔑剖胎之患⑯;民知非尚,骊龙无探颔之虞⑰。是则恢至治之风,扬淳古之式。不宝于远,则知用物之足;不见其欲,则无乱心之惑。上苟贱于所好,下岂求于难得。是虽宝也,将去泰而去奢⑱;从而屏之,使不知而不识。彼捐金者,由是类矣;摘玉者,可同言之⑲。谅率归于至理,实大化于无为⑳。致尔汉皋之滨,各全其本;虽有淮玭之产,无得而窥㉑。自然道著不贪,时无异物,民用遵乎至俭,地宝蕃而不屈㉒。所以虞舜垂衣,亦由斯而弗咈㉓。

〔注〕 ①敦化:以淳朴化被万物。《礼记·中庸》:"小德川流,大德敦化,此天地之所以为大也。"郑玄注:"小德川流,浸润萌芽,喻诸侯也;大德敦化,厚生万物,喻天子也。" ②"仰圣人"三句:相传上古圣人尧、舜二人治理国家,曾藏黄金于深山,藏珠玉于深渊,务以敦化被泽百姓。事详《庄子·天地》篇。 ③"媲还浦以攸闻"句:意为明珠归所,湮没无闻。还浦:"合浦珠还"意。传说合浦郡不产石实,而海出珠宝,先是郡守并多贪秽,极力搜刮,致使珍珠移往别处。后孟尝为合浦太守,制止搜刮,革易前弊,珍珠复还。见《后汉书》七六《孟尝传》。比喻东西失而复得。攸闻:遥远的传闻。 ④"得《外篇》之寓言"二句:《庄子》一书分为内篇、外篇、杂篇三部分,书中"寓言十九",大都通过短小的寓言故事,反映庄子的消极处世哲学和政治思想等。临民:治理百姓。 ⑤纷华:繁华盛丽的样子。《汉书》九一《货殖传序》:"虽见奇丽纷华,非其所习,辟犹戎翟之与于越,不相入矣。"偷俗:浇薄、不厚道的风俗。宋叶适《上孝宗皇帝札子》:"期之以功名而志愈惰,激之以气节而俗愈偷。"苄(chūn)愚:宽厚而糊涂不察貌。《庄子·齐物论》:"众人役役,圣人愚苄。"赤子:婴儿,引申为子民百姓。 ⑥自化:自我感悟而受到教化。《庄子·则阳》:"虽有大知,不能以言读其所自化。" ⑦贵德:以品德为贵,重视品德。《礼记·中庸》:"去谗远色,贱货而贵德,所以劝贤也。"敦本:注重根本,古籍中多指重农事。《宋书·武帝纪》中策九锡文:"公抑末敦本,务农重积,采蘩实殷,稼穑惟阜。"抑末:抵制商贾。末:古代指工商业,与"本"相对。 ⑧示:置,放置意。《诗·小雅·鹿鸣》:"人之好我,示

我周行。"舍之则藏：抛弃不用的东西就将其藏起来。语出《论语·述尔》："子谓颜渊曰：'用之则行，舍之则藏，唯我与尔有是夫！'" ⑨"诚由"二句：意谓杜塞百姓的纵情要从遏制苗头做起，防范物欲的泛滥要抱朴守拙。渐：逐渐、加剧。机：机巧、聪慧。 ⑩抵璧：扔掉玉璧，这里指不以财物为重，贱货返朴。晋葛洪《抱朴子·安贫》："上智不贵难得之财，故唐虞捐金而抵璧。"谅：诚然，实在。弹雀：语出《庄子·让王》："今且有人于此，以隋侯之珠弹千仞之雀，世必笑之。是何也？则其所用者重，而所要者轻也。"庄子借此寓言，讥笑那些为追逐欲望而不惜伤害生命，得不偿失的人和行为。 ⑪照乘（shèng）：即照乘珠。光亮能照明车辆的宝珠。《史记·田敬仲完世家》："梁王曰：'若寡人国小也，尚有径寸之珠照车前后各十二乘者十枚，奈何以万乘之国而无宝乎？'"无庸：不用，没有用处。碕岸：曲折的河岸。晋左思《吴都赋》："碕岸为之不枯，林木为之润黩。" ⑫"连城买取"二句：连城：即连城璧。价值连城的美玉。《史记》八一《蔺相如传》："赵惠文王时，得楚和氏璧。秦昭王闻之，使人遗赵王书，愿以十五城请易璧。"媚：古地名。《左传·定公九年》："齐侯致禚、媚、杏于卫。"杜预注："三邑皆齐西界。" ⑬"珍虽无胫"四句：珠宝美玉虽然会风靡一时、无胫而行，然而要是被沉于深渊，或是落到不识货的人手里，就不会得到爱惜珍重。胫：小腿。汉孔融《与曹公书》："珠玉无胫而自至者，以人好之也，况贤者之有足乎！"暗投：犹言明珠暗投。语出《史记》八三《邹阳传》："臣闻明月之珠，夜光之璧，以暗投人于道路，人无不按剑相眄者，何则？无因而至前也。"事异暗投：比喻贵重的东西落到不懂赏鉴的人手里。 ⑭"风一浇而朴残"句：社会风气奢靡浮薄，淳朴不复。浇：使减薄，浮薄。《汉书》八九《黄霸传》："浇淳散朴，并行伪貌，有名亡实，倾摇懈怠，甚者为妖。" ⑮"玩好既纷乎外役"二句：意指过分的放纵物欲便会导致社会不安定。玩好（hào）：赏玩嗜好的物品。质素：古代刀名。明郎瑛《七修类稿·辩证六·刀剑缺录》："显显名世若舜之吴刀，周之赤刀，鲁之孟劳，魏文帝之百辟。刀六名：灵宝、含章、清刚、扬文、质素、龙鳞。" ⑯将令：假使、如果。剖胎：亦称"剖蚌求珠"，破开蚌壳取出珍珠。语出《三国志·蜀志·秦宓传》："甫欲凿石索玉，剖蚌求珠，今乃随、和炳然，有如皎日，复何疑哉！" ⑰骊龙：黑色的龙。探颔：亦称"探骊得珠"，古代寓言说深渊中有骊龙，颔下有千金之珠，欲得之甚难，见《庄子·列御寇》。颔：下巴。 ⑱泰、奢：皆为骄纵奢侈意。汉班固《西都赋》："肇自高而终平，世增饰以崇丽，历十二之延祚，故穷泰而极侈。" ⑲捐金、摘玉：意同"捐金抵璧"，丢弃黄金抛掷璧玉，指尧舜时代的行为。摘：同"擿"，投掷。《庄子·胠箧》："擿玉毁珠，小盗不起。" ⑳"谅率归于至理"二句：意谓如此这样方能归于不施刑政的儒家王道，营造垂拱无为、以德化民的治世。谅：确实、委实。率：遵循、服从。 ㉑"致尔汉皋之滨"四句：汉皋之滨，相传周代郑交甫游于江汉之滨，在汉皋台下接受了江妃二神女馈赠的佩珠，可是顷刻间佩珠和二神女便失去不见。事详载汉刘向《列仙传·江妃二女》及晋郭璞《江赋》李善注。淮玭（pín）：淮水里产的蚌珠。玭：蚌珠。 ㉒"地宝蕃而不屈"句：物产富饶国用殷实。地宝：大地所产物品，如谷物等。《大戴礼记·千乘》："理天之灾祥，地宝丰省。"王聘珍解诂："地宝谓五地之物生。"蕃：繁衍生息。屈：竭尽、穷尽。《荀子·王制》："使国家足用，而财物不屈。" ㉓垂衣：即"垂衣裳"，形容穿着长大的衣服，无所事事或文绉绉的样子。后来成为称颂帝王无为而治的套语。《易·系辞》下："黄帝尧舜垂衣裳而天下治，盖取诸乾坤。"咈（fú）：违背、抵触。唐柳宗元《答韦中立论师道书》："岂可使呶呶者早暮咈吾耳，骚吾心？"

宋仁宗天圣八年（1030）三月十一日，欧阳修在先后通过国学监试、国学解试、礼部试并获第一之后，迎来了进军仕途的最后一关——殿试。这一天，仁宗皇帝亲临崇政殿,考试礼部奏名各进士,试题为《藏珠于渊赋》《溥爱无私诗》及《儒者可与守成论》等,最终欧阳修以甲科第十四名的成绩及第。这篇《藏珠于渊赋》即为欧公在殿试时所作的应制体律赋,题目源于《庄子·天地》篇中的"藏金于山,藏珠于渊,不利货财,不近贵富"一句,作者借此申发,直陈当世阙失,呼吁朝廷"斥乃珍奇之用,绝乎侈靡之端",做到自上而下,崇俭遏欲,令民风淳厚归于素朴;杜绝浪费,使物产丰饶国用无虞。欧公敢于在御试试卷上发此箴规之言,其謇谔之节、忧患意识发露无遗,他所倡导的正确的财货观,在当今依然有着极为重要的意义。

唐宋律赋题材甚广,而宋代议军议政之篇尤多,这不仅源自赋体曲终奏雅、劝百讽一的规谏传统,更是因为宋代士大夫激切的用世之心。一变以"山川草木、人情物态"为描摹对象的唐代律赋而"归于礼乐刑政、典章文物,发为朝廷气象,其规模闳达深远矣"(王铚《四六话序》)。现存欧阳修的十二篇律赋皆属有为而作,务在有补时事,此篇亦不例外。辞赋以"稽治古之敦化,仰圣人之作君,务藏珠而弗宝,俾在渊而可分"两对长句起首破题,希望仁宗能够效法尧舜,藏宝守朴,敦化万民。紧接着以轻隔句"效乎至珍,虽希世而弗产;弃于无用,媲还浦以攸闻"总括藏珠于渊的价值所在。赋首纲提领挈,直入主题,正如秦观所言"凡小赋,如人之元首,而破题二句乃其眉。惟贵气貌有以动人,故先择事之至精至当者先用之,使观之便知妙用"。"藏珠于渊"只是一个比喻,作者在韵项中指出它的实质在于通过贱货贵德、敦本抑末,使社会恢复上古时期小农经济为主的淳朴风俗,民皆得为赤子。律赋讲究起承转合,以上两韵领起全文。那么藏珠于渊的具体措施为何,其对社会有何裨益呢?以人之躯体作比,欧公在赋胸和赋上腹中承接上文作答,只有做到不以利驱民,不以货诱民,遗珠沉璧、返璞归真,方能令"民心朴以归本,物产全而靡费"。从"然而"开始的中腹和下腹,作者笔锋一转,以更微观的视角来考察藏珠于渊的意义。它不仅能避免民风浇薄、物欲横流,还有利于节约物力、保护资源进而维持国家稳定。倘若统治阶级身体力行,就能带动全社会发扬去奢从俭之风。最后两韵的赋腰和赋尾呼应起首,收束全篇,描绘出一幅百姓顺应天时、克勤克俭,沃野千里、仓廪殷实,君主可垂拱无为的治世景象。全赋以议论为主,刺时弹政、辞恳情直,诚如李调元《赋话》卷五《新话》中所言:"宋欧阳修《藏珠于渊赋》,乃殿试作也。……疏畅之中,时露剀切,他日立朝謇谔,斯篇已见一斑。"

《赋话》在谈及唐宋律赋的传承递变时,曾有这样极为精妙的论述:"宋朝律赋当以表圣(田锡)、宽夫(文彦博)为正则,元之(王禹偁)、希文(范仲淹)次之,永叔（欧阳修）而降皆横骛别趋，而偭唐人之规矩者矣。"宋初的律赋，踵事前贤，犹存字有定限、篇幅谨严的唐人矩矱，而自仁宗天圣、明道以来，特别是古文运动兴起后，开始发生较大的变化，形成了专尚理趣、气势浩然、好为恢廓、流丽有余而琢炼不足的创作风尚。李调元虽然认为"揆厥正宗，终当以唐赋为则"，却也不得不承认宋代律赋"气盛于辞，汪洋恣肆，亦能上掩前贤"。此种融汇古文法脉，不拘一格而又横骛别趋的写作方式即为欧阳修首倡，后又被苏轼继承。在此篇辞赋中，我们亦可见欧公开风气之先的独到手段。

首先，《藏珠于渊赋》以四六对仗为主，六六、四六、六四相对最为常见，但是又不乏参差错落之式。比如"贱货者为贵德之义，敦本者由抑末而始""窒民情者在杜其渐，防世欲者必藏其机"为八八对，"恢至治之风，扬淳古之式"为五五对，而"用能崇俭德以外昭，复淳风而有谓"为八六式，总体来说，既沿袭了唐代律赋壮、紧、长、隔、漫、发、送的句法特点，又带有散文化的趋向，行文也更加洒脱自由。且此赋较多发语词，例如"诚由""然而""故我""将令""是则""所以"等，这些发语词夹杂在段与段、句与句之间，有助文意关阖转承，使得文气贯通流畅，条理构架分明。

其次，作为一篇殿试律赋，赋作严格按照北宋礼部规定用韵，即官韵八字，若平仄相间即依次用，若不相间即不依次用，且韵字需嵌于文中。欧公限"君子非贵，难得之物"八韵，为平仄相间，每段押一韵，作者依次用之。全赋八段用韵情况大致如下：君、分、闻押文韵；理、子、起、始、以押纸韵；机、归、非、辉押微韵；谓、费、贵押未韵；残、安、端、难押寒韵；式、惑、得、识押职韵；之、为、窥押支韵；物、屈、咈押物韵。押韵十分谨严且声律谐婉。

再次，行文古朴渊雅，使事用典颇多。例如，"媲还浦以攸闻"，事出《后汉书·循吏传·孟尝》："尝到官，革易前弊，求民病利。曾未踰岁，去珠复还。"又如，"将抵璧以同议，谅弹雀而诚非"，语出《庄子·让王》："今且有人于此，以随侯之珠弹千仞之雀，世必笑之。是何也？则其所用者重，而所要者轻也。"所用典故皆与题旨贴切契合，全无生硬之感，诚如己出。

欧阳修面对奢靡浮华、奔竞逐利的社会弊端提出种种改革举措，有着极强的现实针对性。但是他主张采用屏蔽民智，使百姓无知无识的方法来贱货返朴，以至建构起道家理想中"鸡犬之声相闻，老死不相往来"的纯粹农耕文明世界，则是不切实际的，不符合社会历史前进的方向。即便如此，我们依旧能从这篇辞赋中汲取不少营养，对于当今如何抵制拜金主义，整顿不良风气，使国家愈发安定和谐可持续发展，《藏珠于渊赋》都有不容忽视的借鉴意义。

（刘勇刚　吴雅楠）

黄 杨 树 子 赋 并序　　　　　　　　　　　欧阳修

　　夷陵山谷间多黄杨树子①，江行过绝险处，时时从舟中望见之，郁郁山际，有可爱之色。独念此树生穷僻，不得依君子封殖备爱赏②，而樵夫野老又不知甚惜，作小赋以歌之。

　　若夫汉武之宫，丛生五柞③；景阳之井，对植双桐④。高秋羽猎之骑，半夜严妆之钟。凤盖朝拂，银床暮空⑤。固已葳蕤近日，的皪含风⑥，婆娑万户之侧，生长深宫之中。岂知绿藓青苔，苍崖翠壁，枝翁郁以含雾，根屈盘而带石⑦。落落⑧非松，亭亭似柏。上临千仞之盘薄，下有惊湍之溃急⑨。涧断无路，林高暝色。偏依最险之处，独立无人之迹。江已转而犹见，峰渐回而稍隔。嗟乎！日薄云昏，烟霏露滴。负劲节以谁赏，抱孤心而谁识⑩？徒以窦穴风吹，阴崖雪积，咮山鸟之嘲哳，袅惊猿之寂历⑪。无游女⑫兮长攀，有行人兮暂息。节既晚而愈茂，岁已寒而不易。乃知张骞一见，须移海上之根⑬；陆凯如逢，堪寄陇头之客⑭。

〔注〕　①黄杨树子：即黄杨树，乃常绿灌木或小乔木，叶子对生，宽椭圆形或宽倒卵形，春季开黄色小花。木材坚韧致密，可供雕刻，亦可入药。　②封殖：栽培，种植。　③"五柞(zuò)"两句：汉武帝时建有离宫，名曰五柞宫，宫中有五棵大柞树，故址在今陕西省周至县东南。《汉书·武帝纪》载："二月·行幸鳌屋五柞宫。"颜师古注引张晏曰："有五柞树，因以名宫也。"　④"景阳之井"两句：景阳之井，为南朝陈景阳殿之井。祯明三年，隋兵南下过江，攻占台城，陈后主闻兵至，与宠妃张丽华投此井。至夜，为隋兵所执，后人因称此井为"辱井"。故址在今南京市玄武湖侧。时人于井边种植了两颗梧桐树，故欧阳修谓"对植双桐"云云。　⑤"高秋羽猎之骑"四句：紧承上两句，采用互文笔法，奇句写柞树，偶句写梧桐。意为深秋时节汉武之宫丛生的柞树曾亲眼见证声势浩大的天子围猎仪仗，而景阳宫井边的梧桐树也曾亲闻宫中报晓催妆梳洗的钟声，亲见井栏深夜寂寞无人的场景。羽猎：帝王狩猎，士卒负羽箭随从，因名羽猎。严妆之钟：即景阳殿的钟声。宫人闻钟声，早起装饰。凤盖：绘有凤凰的伞盖，帝王仪仗用。银床：银饰的井栏，也指辘轳架。　⑥"固已葳蕤近日"两句：形容柞树与梧桐的枝繁叶茂、光鲜亮丽。葳蕤：草木茂盛枝叶纷披。的皪(lì)：光亮、鲜明貌。　⑦"岂知绿藓青苔"四句：谓柞树和梧桐不知黄杨生存处境的贫瘠艰难。翁郁：草木蓬勃茂密的样子。　⑧落落：高超不凡貌。汉杜笃《首阳山赋》："长松落落，卉木蒙蒙。"　⑨"上临千仞之盘薄"两句：形容黄杨生长环境的险恶。盘薄：形容山势雄伟险峻。溃(pēn)急：波浪激荡的样子。　⑩"负劲节以谁赏"两句：意指黄杨的落拓不遇，无人见赏。劲节：坚贞不屈的节操。孤心：寂寞孤高的心境。　⑪"徒以窦穴风吹"四句：形容黄杨所居环境的凄寒孤寂。窦穴：孔穴。咮(lòng)：

乌鸣。嘲(zhāo)哳(zhā)：嘈杂的鸟鸣声。寂历：寂静、冷清。　⑫游女：出游的女子。《诗·周南·汉广》："汉有游女，不可求思。"　⑬"张骞一见"两句：假如张骞当年见到黄杨，了解它的品节，一定会将其移植到中原地区来。张骞：汉武帝时人，建元二年(前139)、元狩四年(前119)先后奉命出使西域，曾从安石国(今天伊朗一带)带回石榴树种，故人称之为安石榴。⑭"陆凯如逢"两句：假如陆凯当年见到黄杨，了解它的品节，一定会折下一枝，将其寄给远方的友人范晔。据《荆州记》载，陆凯与范晔相善，曾于北魏景明二年(501)寄梅花一枝给在长安的范晔，并赋诗云："折花逢驿使，寄与陇头人。"陇头：即甘肃陇山。代指西北边塞。

《黄杨树子赋》作于宋仁宗景祐三年(1036)十月，此时的欧阳修才三十出头，步入仕途的时间不太长，任馆阁校勘还不满两年时间。他因替被贬的范仲淹鸣不平，仗义执言，写下《与高司谏书》，指斥高若讷"不知道人间有羞耻事"，而被加以"移责谏臣""显露朋奸之迹"的罪名，贬谪峡州夷陵(今湖北宜昌)任县令。当年五月，欧阳修携母亲"自京师，沿汴、绝淮、溯江"，舟行五千余里，历时一百多天才于十月来到夷陵。舟行江上，他放眼望去，见山陵峡谷间生长着许多黄杨树，郁郁葱葱，生气勃勃，十分可爱。然生于荒僻、粗朴无华使它们既得不到文人雅士的爱赏，也不为樵夫野老珍惜。欧阳修触景生情，念及自身遭遇，慨叹黄杨命运，由树及己，又由己思树，写下了这篇咏物小赋。《黄杨树子赋》不仅生动地描绘了黄杨的形象，而且融注了作者本人鲜明的生命意识，是欧阳修早期辞赋中的佳作。

《黄杨树子赋》的行文构架同作者乘船观察的视域密切相关，通过结构的开阖转折形成文意的峰回路转，促成作品内涵的逐层递进。全文条理清晰，大致可分为三层。欧公起笔联想那生长在内廷中的柞树与梧桐，每日都有工匠的精心培育，还可亲历天子羽猎的盛况和夜半宫宴的旖旎。不知凄风苦雨为何物，自然枝繁叶茂，光彩熠熠。此第一层。"岂知"一转，自然衔接到黄杨树。养尊处优的宫廷贵树，岂能想象黄杨的生存状态！黄杨树"上临千仞之盘薄，下有惊湍之溃激"，生于绝险无人之处，形貌"落落非松，亭亭似柏"却兼具松柏高洁傲岸、耿介自守的品德。与前面的柞、桐相对比，更加反衬出黄杨坚韧不拔的刚毅本性。此第二层。第三层进一步在对物象的铺叙中强化情感指向。此时的描摹不止于眼前之黄杨，更添加了作者的想象，"日薄云昏，烟霏露滴"的阴霾下依旧巍峨挺立，"窦穴风吹，阴崖雪积"的肃杀中也绝不易叶改柯。就算饱尝贫瘠艰苦、孤寂冷落，也不趋时附俗，傲然挺立于天地之间。欧阳修不禁感慨："节既晚而愈茂，岁已寒而不易。"这既是对黄杨发出的由衷赞美，也是对理想中仁人君子峻骨凌霜、高风傲俗品格的追慕，同时亦是对自身为人气节的肯定与坚守。联系欧阳修的身世、才华和遭遇，作者以黄杨树自况、托树喻己的用心不难发现。对黄杨"负劲节以谁赏,抱孤心而谁识"不幸遭遇的惋惜,何尝不是对包括自己在内的忠臣贤士怀才不遇、遭谗被谪的愤慨!欧公胸中壮志难酬、郁勃难平之块垒,借同是天涯沦落的黄杨倾吐了个痛快淋漓!然而作者失落却并不消极,赋末的"张骞移根""陆凯寄枝"表明了他坚信终有一日有人会发现这栋梁之才的价值,自己也不会永沉下僚,一股乐观昂扬的豪迈之情溢于纸上。

此赋在艺术表现手法上也非常成熟,主要包括以下几方面。首先,赋作的语言承袭了魏晋南北朝抒情小赋的优点,咏物言志,辞情并茂,既生动贴切又寓意深远。清新质朴、刚劲挺拔的语言饱含感情和气势,摆脱了齐梁辞赋靡丽浮艳、格调不高的积习。全赋行文流畅疏朗而充满了遒劲豪宕的节奏感。其次,作为一篇骈赋,全文四六对仗,一气蝉联而下,寓灵动于整饬,且有韵律之美。从赋体发展流变来看,宋代逐渐以文为赋,化骈为散,词气质直,但此赋在格律上犹有唐人律赋之余韵,这在用韵上可以看出来。第一段韵脚字为"桐""钟""空""中",属东冬二韵通押。第二段转为入声韵,韵脚字为"石""激""迹""隔",属陌锡二韵通押。第三段韵脚字"识""历""息""易""客",分属陌、锡、职三韵,虽不严谨,但皆为邻韵,读起来亦较为叶韵。第三,用典的情况也值得一提。此赋首尾用典,且所用皆非艰深晦涩之典,像张骞从海外移入石榴、陆凯寄梅于陇头都是常用的熟典,就算不知汉武宫里的柞树、景阳井边的梧桐也丝毫不会影响对文意的理解,可说是平易中又显典重。

《黄杨树子赋》可谓欧阳修为天下有理想有抱负而陷于困厄之士谱写的一曲赞歌,他借黄杨树写出了对主体生命的存在状态和存在价值的高度体悟。赋中的黄杨,浸透了欧公一生矢志不渝的生命意识,闪烁着人格的光辉。终其四十余年宦海沉浮,他始终保持着刚正不阿的本色,有胆有识、犯颜直谏,为朝廷之肱股。恰如王安石在《祭欧阳文忠公文》中所写:"呜呼!自公仕宦四十年,上下往返,感世路之崎岖,虽迍遭困踬,窜斥流离,而终不可掩者,以其有公议之是非,既压复起,遂显于世。果敢之气,刚正之节,至晚而不衰。"阅读这篇赋作,有助于我们更深刻地了解作者的情志。

(刘勇刚　吴雅楠)

秋　声　赋　　　　欧阳修

欧阳子方夜读书,闻有声自西南来者,悚然而听之。曰:"异哉!"初淅沥以萧飒,忽奔腾而砰湃,如波涛夜惊,风雨骤至。其触于物也,鏦鏦铮铮[①],金铁皆鸣,又如赴敌之兵,衔枚疾走,不闻号令,但闻人马之行声。余谓童子:"此何声也?汝出视之。"童子曰："星月皎洁，明河在天，四无人声，声在树间。"

予曰："噫嘻悲哉！此秋声也，胡为乎来哉？盖夫秋之为状也，其色惨淡，烟霏云敛；其容清明②，天高日晶；其气栗冽，砭人肌骨；其意萧条，山川寂寥。故其为声也，凄凄切切，呼号愤发。丰草绿缛而争茂，佳木葱茏而可悦；草拂之而色变，木遭之而叶脱。其所以摧败零落者，乃其一气之余烈③。夫秋，刑官也④，于时为阴⑤；又兵象也⑥，于行用金⑦；是谓天地之义气⑧，常以肃杀而为心。天之于物，春生秋实。故其在乐也，商声·主西方之音⑨，夷则为七月之律⑩。商，伤也，物既老而悲伤；夷，戮也，物过盛而当杀。"

"嗟夫！草木无情，有时飘零⑪，人为动物，惟物之灵⑫。百忧感其心，万事劳其形，有动于中，必摇其精⑬。而况思其力之所不及，忧其智之所不能，宜其渥然丹者为槁木⑭，黟然黑者为星星⑮。奈何以非金石之质，欲与草木而争荣？念谁为之戕贼⑯，亦何恨乎秋声！"

童子莫对，垂头而睡。但闻四壁虫声唧唧⑰，如助余之叹息。

〔注〕 ① 铿（cōng）铿铮铮：象声词，形容金属器物相碰撞的声音。 ② 容：状貌。③ 一气：指秋气。余烈：余威。 ④ 刑官：秋官。古代用天地四时之名命官，秋官司寇掌刑法，故称刑官。 ⑤ 于时为阴：古代以阴阳配合四时，春夏属阳，秋冬属阴。 ⑥ 兵象：古代战争多在秋天发动，故秋天象征刀兵。 ⑦ 于行用金：古代以五行对应四时，秋天属金。行：古代将金、木、水、火、土视为构成物质的五种元素，称为"五行"。 ⑧ 天地之义气：天地的严凝之气。古人认为严凝之气发端于西南，盛于西北，西南方至西北方是秋天的方位。 ⑨ 商声：古代用宫、商、角、徵、羽"五声"与四时相配，商声配秋。西方：秋的方位，这里指秋天。⑩ 夷则：乐律的十二调之一，古代以十二律配十二月，夷则与农历七月相配。 ⑪ 有时：有固定的时节，这里指秋季。 ⑫ 惟物之灵：人是万物之灵。 ⑬ 精：精神。 ⑭ 渥（wò）然丹者：指红润的面容。槁木：枯木，喻指衰老。 ⑮ 黟（yī）然黑者为星星：头发由乌黑变为花白。黟然：黑貌。星星：花白貌。 ⑯ 戕贼：摧残，破坏。 ⑰ 唧唧：秋虫鸣叫声。

此赋作于宋仁宗嘉祐四年（1059），作者时年五十三岁。其时欧阳修虽然仕途顺利，身居高位，但壮年时代屡遭贬谪，对政治生涯浮沉不定的体验挥之不去，面对政坛纷争诡谲，改革举步维艰，对于复杂难料的世事也深感厌倦，于是产生淡忘名利、知足保身的思想。赋以"悲秋"为题,通过对秋声的描写,抒写对生命的思考和自我超脱的愿望。

第一段写万籁俱寂,作者挑灯夜读,"闻有声自西南来者",惊惧之下侧耳倾听,为从听觉上写秋声作了引人入胜的铺垫。秋声无形,作者运用多重比喻加以描摹,化无形为有形,展示了秋声自远而近、自弱而强、自隐而显的动态过程。秋声初如秋雨淅淅沥沥,继似江河澎湃,惊涛骇浪,风雨骤至。秋声所到之处,触物有声,如金铁齐鸣,又如战士奔赴战场,不闻号令,唯闻脚步和马蹄声急。不可捉摸的秋声经形象比喻,令读者身临其境,如闻其声。

第二段描摹秋状,夹叙夹议,突显秋声摧残万物的威力,渲染秋天的肃杀寂寥。作者先以烟云、天日、寒气、山川等景物,分别描绘秋色惨淡凄清、秋容清新明净、秋气刺人肌骨,以及秋意寂寥萧瑟,展现了四幅秋状图景。秋声"凄凄切切,呼号愤发",春夏葱茏的草木,遇秋气而摧败零落,通过草木由荣到枯的对比,突出了秋气摧残自然万物的威力。接着融汇传统解说,展开对秋之特点的议论。古代中国人根据对四季特点的观察,将官制、阴阳、五行、音律等与四季一一对应相配,如秋官掌刑法,秋天多征伐,商声之"商"与"伤"音同,"戮"是十二律中的夷则之"夷"的义项。文中铺陈传统文化中与秋相配的例证,看似信手拈来,罗列铺排,实则别具深意,意在从文化的层面进一步阐明秋气对万物具有强大的摧残力量。

第三段揭示全文题旨,通过有情的人类与无情的草木作对比,感叹为人事忧劳的人类更容易衰老。本来,无情的草木因秋气摧残而飘零,无法抗衡一岁一枯荣的自然规律,人为万物之灵,也有其生老病死的生命规律。问题在于人有喜怒哀乐之情,以致"百忧感其心",人又有追求名利之欲,以致"万事劳其形",何况人还"思其力之所不及,忧其智之所不能"。"草木无情",尚且无法避免秋气的摧残,对于"非金石之质"的人而言,"欲与草木而争荣",纠结于荣辱得失,烦恼丛生,身心疲惫,怎能不"渥然丹者为槁木,黟然黑者为星星"? 段末归结出文章主旨:"念谁为之戕贼,亦何恨乎秋声。"人生有限,岁月无情,烦恼生自本心,不必怨恨秋声,唯有超然物外,才能安顿心灵。

末段以虫声唧唧,回应开头的"声"。作者向童子讲述完秋声的道理后,发现童子对此毫无兴趣,早已"垂头而睡"。作者以童子的单纯反衬自己思绪的复杂,唧唧虫声,又烘托出难有作为之憾和力求超脱的无奈之叹。

本文以大自然的"无声之秋"对比社会人生的"有声之秋",构成全文的结构框架。由无声之秋对草木的摧残,转入人事忧劳对人的心身的戕害,行文曲折有致,结构颇具巧思。文中对秋声和秋状的描摹,运用多种形象比喻,化虚为实,变无声为有声。采用赋体铺陈手法,多侧面展示秋天情状,描写生动而简括。秋声、秋景与作者因景而生的人生感悟交织为一体,既富于形象性,又饱含理趣哲思。

(顾伟列)

【作者小传】

司马光

(1019—1086) 字君实,号迂叟。陕州夏县(今属山西)涑水乡人,故又称"涑水先生"。宝元二年(1039)进士,馆阁校勘、同知谏院等职。神宗即位,为翰林学士,反对王安石变法,求外任。熙宁三年(1070)出知永兴军,后改判西京御史台。居洛阳十余年,编修《资治通鉴》。元丰七年(1084)书成,迁资政殿学士。哲宗即位,召为门下侍郎,进尚书左仆射,主持朝政,尽废新法。不久病逝,追封太师温国公,谥文正。著述宏富,除主编《资治通鉴》二九四卷外,还有《稽古录》《涑水纪闻》《温国文正司马公文集》等传世。

交趾献奇兽赋　　　　司马光

皇帝御天下三十有六载[①],化洽于人,德通于神。迩无不协,远无不臻。粤有交趾来献麒麟[②],其为状也,熊颈而鸟喙,豸首而牛身[③]。犀则无角,象而有鳞。其力甚武[④],其心则驯。盖遐方异气之产,故图谋靡得而询。于是降轺车之使[⑤],发旁县之民,除途于林岭之隘,引舟于江淮之滨,旷时月而涉万里,然后得入觐于中宸[⑥],与夫雕题卉服之士,南金象齿之珍,款紫闼而坌入[⑦],充彤庭而并陈[⑧]。

于是,群公卿士,百僚庶尹,俨然垂绅荐笏,旅进而称曰:"陛下功冠邃古,化侔仪极[⑨]。恭承神祇,严奉宗稷,纯孝烝烝,小心翼翼。出入起居,不忘于训典;进退周旋,必资于轨则。体文王之卑服[⑩],遵大禹之菲食[⑪]。宫室观台,无刍刻之华[⑫];舆马器用,无珠玉之饰。游必备于法驾,燕不废于朝夕。此皆帝王所不能为,而陛下行之,尚不忘于怵惕[⑬]。是以方内义宁⑭，黎民滋殖。垂髫之童，耳皆习于《诗》、《礼》；戴白之叟，目不睹夫金革⑮。至二根着浮流，跂行喙息，无不翔舞太和，涵濡茂泽。此殊俗所以向臻，灵兽所以来格⑯。虽汉室之初，黑鹛贡于绝徼⑰；周家之隆，白雉通于重译⑱，殆不足方也。臣等谓宜命协律播之声歌，诏太史编之简策，以发挥不世之鸿休⑲，张大无伦之丕绩⑳，不亦伟乎？"

皇帝乃穆然深思，愀然不怡，曰："吾闻古圣人之治天下也，正心以为本，修身以为基。闺门睦而四海率服，朝众和而群生悦随。故务其近而不务其远，急其大不急其微。今邦虽康，未能复汉唐之宇；俗虽阜，未能追尧舜之时。况物尚疵疠㉑，而民犹怨咨。朕何敢以未治而忘乱，未安而忘危，享四方之献，当三灵之釐㉒？且是兽也，生岭峤之外，出沮泽之湄。得其来，吾德不为之大；纵其去，吾德不为之亏。奈何贪其琛赆之美㉓，悦其鳞介之奇，容其欺绐之语㉔，听其诣谀之辞，以惑远近之望，以为蛮夷之嗤？不若以迎兽之劳，为迎士之用；养兽之费，为养贤之资。使功烈烜赫，声明葳蕤，废耳目一日之玩，为子孙万世之规，岂不美欤？"

于是群臣拜手稽首，咸曰："此盛德之事，臣等愚憨所不及。陛下诚有意于此，臣等敢不同心竭力，对扬而行之㉕？"皇帝于是御《槭朴》之篇㉖，观大畜之繇㉗，延黄发之儒㉘，显岩下之秀。善有可旌，无间于幽远；言有可采，不弃于微陋。位非德而不升，官非能而不授。使稷、契居左，皋、夔立右；伊、吕在前，周、召待后㉙。相与讲经艺之渊源，览皇王之步骤。求大化之所未孚㉚，访惠泽之所未究。兴民之利，若瘳夫饥渴；除民之害，若忧夫疾疢。赐予简而功无所遗，刑罚清而奸无所漏。浮废省而物不屈于须求，苛役蠲而农不妨于耘耨。使之夏有葛而冬有裘，居有仓而行有糇，丝纩之饶足以养其老，甘脆之余足以慈其幼。地不加广而百姓足，赋不加多而县官富㉛。道途之人耻争而喜让，闾阎之俗弃漓而归厚。户知礼义之方，人享

〔714〕 司马光　　　　　　　　　　　　　　　　　　交趾献奇兽赋

期颐之寿。然后旃裘之长，顿颡而詟服^㉜；祝发之渠^㉝，回面而奔走。靡不投利兵而袭冠带，焚僭服而请印绶。于是三光澄清^㉞，万灵敷佑，风雨时若，百稼丰茂；休气充塞^㉟，殊祥辐凑。甘露霡霂于林薄^㊱，醴泉觱沸于嵌窦^㊲，华英罗植于阶所，朱草·丛生于庭霤^㊳。凤凰长离，骈枝而结巢；黄龙骖虞^㊴，群友而为畜。由是观之，则彼裔夷之凡禽，瘴海之怪兽，皮不足以备车甲，肉不足以登俎豆，夫又何足以耗水衡之刍^㊵，而污百里之囿者哉？

〔注〕①皇帝御天下三十有六载：即宋仁宗嘉祐三年(1058)。　②交趾：泛指五岭之南。　③豨(xī)：猪。　④武：勇猛。《诗经·羔裘》："孔武有力。"　⑤轺(yáo)车：军车。《晋书·舆服志》："古之时军车也。一马曰轺车，二马曰轺传。"　⑥中宸(chén)：即宸中。宸：紫微垣，代指帝王宫殿。　⑦紫闼(tà)：宫门。崔骃《达旨》曰："攀台阶，窥紫闼。"坌(bèn)：病。　⑧彤庭：以朱漆涂饰，故称。班固《西都赋》："于是玄墀扣砌，玉阶彤庭。"　⑨侔：齐等、等同。仪极：天地。　⑩卑服：屈身臣服。　⑪菲食：粗恶的饮食。　⑫砻(lóng)刻：磨光雕琢。　⑬怵惕：警惕、戒惧。　⑭乂(yì)宁：安宁。　⑮金革：即兵革，指战争。　⑯来格：来至。格：来、至。《诗经·大雅·抑》："神之格思。"　⑰汉室之初，黑鹇(xián)贡于绝徼(jiǎo)：《西京杂记》卷四载："南越王献高帝石蜜五斛、蜜烛二百枚。白鹇、黑鹇各一双。高帝大悦。厚报遣其使。"绝徼：极远的边地。　⑱周家之隆，白雉通于重译：《尚书大传》："交趾之南，有越裳国，周公居摄六年，制礼作乐，天下和，越裳氏以三象重译，而献白雉。"重译：南方边远之地，语言不通，需辗转翻译，故称。　⑲鸿休：鸿业、大统。　⑳丕绩：大功业。丕：大。《书·大禹谟》："予懋乃德，嘉乃丕绩。"　㉑疵(cǐ)疠(lì)：亦作"疵厉"。灾害疫病，灾变。《庄子·逍遥游》："其神凝，使物不疵疠而年谷熟。"成玄英疏："疵疠，疾病也。"　㉒三灵：指天、地、人或日、月、星。釐(xī)：福。　㉓琛赆(jìn)：琛：珍宝。赆：宝物。　㉔欺绐(dài)：欺诳。　㉕对扬：答谢、颂扬之意。《尚书·说命下》："敢对扬天子之休命。"孔传："对，答也。答受美命而称扬之。"《诗经·大雅·江汉》："虎拜稽首，对扬王休，作召公考，天子万寿。"　㉖《棫朴》之篇：即《诗经·大雅》之《棫朴》："芃芃棫朴，薪之槱之。济济辟王，左右趣之。济济辟王，左右奉璋。奉璋峨峨，髦士攸宜。淠彼泾舟，烝徒楫之。周王于迈，六师及之。倬彼云汉，为章于天。周王寿考，遐不作人？追琢其章，金玉其相。勉勉我王，纲纪四方。"歌颂周文王"能官人"。　㉗大畜：易之一卦，乾下艮上。《易周·大畜》："大畜，刚健笃实，辉光日新。"又："象曰：天在山中，大畜。君子以多识前言往行，以畜其德。"繇：卦兆的占辞。　㉘黄发：指年老者。《诗经·鲁颂·閟宫》："黄发台背。"郑笺："皆寿征也。"　㉙稷：周人之始祖；契：商人之始祖。皋、夔：尧时贤臣。伊：即伊尹，助汤灭夏。吕：即吕尚，周即周公姬旦，召即召公姬奭，均为周初贤臣。　㉚大化：指自然界。　㉛县官：谓天子。《史记·绛侯周勃世家》："庸知其盗卖县官器。"司马贞索隐："县官，谓天子也。"代指国家。　㉜旃(zhān)裘：游牧民族以毛皮制作的衣服。《史记·匈奴列传》："自君王以下，咸食畜肉，衣其皮革，被旃裘。"长：君长。顿颡(sǎng)：屈膝下拜，以额角触地。多表示请罪或投降。《国语·吴语》："句践用帅二三之老，亲委重罪，顿颡於边。"詟(zhé)服：畏惧服从。　㉝祝发：即断发、剃去头发。渠：长、首领。

㉞ 三光：指日、月、星。　㉟ 休：美、祥。　㊱ 霡(mài)霂(mù)：小雨。《诗经·小雅·信南山》："雨雪雰雰，益之以霡霂。"　㊲ 嵌：山深貌。窦：洞穴。　㊳ 霤(liù)：屋檐下之水槽，文中代指屋檐。　㊴ 驺(zhōu)虞：义兽名，白虎黑文，不食生物。　㊵ 水衡：古官名，水衡都尉、水衡丞的简称，掌管皇家园林等。《汉书·百官公卿表上》"水衡都尉"颜师古注引应劭曰："古山林之官曰衡，掌诸池苑，故称水衡。"

司马光《交趾献奇兽赋》与传统的体物赋形的赋的区别是，全篇以议论为赋，由交趾所贡的奇兽引出进贤求治的议论。

在这篇赋的开头，作者称述皇帝"化洽于人，德通于神"，先进行一番颂圣。然后，笔锋折转到交趾所献奇兽，采用传统的体物铺陈的表现手法，展开对奇兽的描绘："熊颈而鸟喙，豨首而牛身。犀则无角，象则有鳞。其力甚武，其心则驯。"在作者的描绘里，交趾所献的奇兽：颈如熊颈，口如鸟喙，猪首牛身，形似犀牛而无角，似大象而有鳞，形状确实是非常奇特的。而当奇兽被费尽周折贡入到宫中，群臣称贺，歌颂皇帝的功德："功冠邃古，化侔仪极""恭承神祇，严奉宗稷""体文王之卑服，遵大禹之菲食""方内乂宁，黎民滋殖"。他们称颂皇帝是大禹、周文王这样的圣人，给天下百姓带来了幸福、安康；"根着浮流，跂行喙息，无不翔舞太和，涵濡茂泽"，世界上的万事万物，都沾溉了皇帝的恩泽。在他们看来，奇兽的到来，正是皇帝神圣、德被天下所致。但是，对于群臣的称贺、歌颂，皇帝本人有着清醒的认识，他指出：治理天下，应当是"正心以为本，修身以为基""务其近而不务其远，急其大不急其微"，以正心修身作为根本，关注国计民生的大事，不应该"未治而忘乱，未安而忘危"，贪图宝货与视听享受："贪其琛赆之美，悦其鳞介之奇。"奇兽对于他而言，是毫无意义的。"得其来，吾德不为之大；纵其去，吾德不为之亏"。奇兽的来、去，与他的德行毫无关系。皇帝的这番议论，在很大的程度上批驳了群臣们对他的称颂。最后，皇帝表示："不若以迎兽之劳，为迎士之用；养兽之费，为养贤之资。""废耳目一日之玩，为子孙万世之规。"认为国家只有进士养贤，任用贤能之士，才会"使功烈烜赫，声明葳蕤"，臻于繁荣富强。司马光借皇帝之口，陈说了所贡奇兽的无益与进贤养士对于国家建设的重要意义，表现了一个政治家的远见卓识。在赋的最后一部分，作者叙写到皇帝选拔贤能，"延黄发之儒，显岩下之秀"；广泛地听取各种意见，"言有可采，不弃于微陋"；致力于国家的治理，"刑罚清而奸无所漏""苛役蠲而农不妨于耘耨"；"兴民之利，若瘳夫饥渴；除民之害，若忧夫疾疢"，为民兴利除害。因此，他求治的效果很快显现。于是，作者描述了致治后的太平盛世景象："地不加广而百姓足，赋不加多而县官富。道途之人耻争而喜让，闾阎之俗弃漓而归厚。"国家富强，风俗淳美，四夷宾服，各种祥瑞纷纷沓来。赋的末尾，作者再次将笔端回转到奇兽，指出珍禽奇兽的到来,"皮不足以备车甲,肉不足以登俎豆",除了耗费国家的资源之外,对于国家没有任何的实际用处。

《交趾献奇兽赋》借对交趾所贡的奇兽而生发的议论,阐述了进贤养士对于国家建设的重要意义,这对我们今天仍有启迪作用。 (李金松)

【作者小传】

苏 轼

(1037—1101) 字子瞻,号东坡居士。眉州眉山(今属四川)人。苏洵长子。嘉祐二年(1057)进士。累除中书舍人、翰林学士、端明殿学士、礼部尚书。曾通判杭州,知密州、徐州、湖州、颍州等。元丰三年(1080)以谤新法贬谪黄州。绍圣初,又贬惠州、儋州。徽宗立,赦还。卒于常州。追谥文忠。博学多才,善文,工诗词,书画佳。有《东坡七集》《东坡词》。

前 赤 壁 赋 苏 轼

壬戌之秋,七月既望①,苏子与客泛舟,游于赤壁之下。清风徐来,水波不兴。举酒属客,诵"明月"之诗,歌"窈窕"之章②。

少焉,月出于东山之上,徘徊于斗牛③之间。白露横江,水光接天。纵一苇之所如,凌万顷之茫然。浩浩乎如冯虚④御风,而不知其所止;飘飘乎如遗世独立,羽化而登仙。

于是饮酒乐甚,扣舷而歌之。歌曰:"桂棹兮兰桨,击空明兮溯流光。渺渺兮予怀,望美人兮天一方。"客⑤有吹洞箫者,倚歌而和之,其声呜呜然:如怨如慕,如泣如诉;余音袅袅,不绝如缕;舞幽壑之潜蛟,泣孤舟之嫠妇⑥。

苏子愀然⑦,正襟危坐而问客曰:"何为其然也?"

客曰:"'月明星稀,乌鹊南飞',此非曹孟德之诗乎?西望夏口,东望武昌。山川相缪⑧,郁乎苍苍;此非孟德之困于周郎者乎?方其破荆州,下江陵,顺流而东也,舳舻⑨千里,旌旗蔽空,酾⑩酒临江,横槊⑪赋诗,固一世之雄也,而今安在哉?况吾与子,渔樵于江渚之上,侣鱼虾而友麋鹿,驾一叶之扁舟,举匏樽[12]以相属;寄蜉蝣于天地,渺沧海之一粟;哀吾生之须臾,羡长江之无穷;挟飞仙以遨游,抱明月而长终;知不可乎骤得,托遗响于悲风。”

苏子曰:“客亦知夫水与月乎?逝者如斯,而未尝往也;盈虚者如彼,而卒莫消长也。盖将[13]自其变者而观之,则天地曾[14]不能以一瞬;自其不变者而观之,则物与我皆无尽也;而又何羡乎?且夫天地之间,物各有主。苟非吾之所有,虽一毫而莫取。惟江上之清风,与山间之明月,耳得之而为声,目遇之而成色。取之无禁,用之不竭。是造物者之无尽藏也,而吾与子之所共适[15]。”

客喜而笑,洗盏更酌,肴核既尽,杯盘狼藉。相与枕藉[16]乎舟中,不知东方之既白[17]。

〔注〕 ① 壬戌:宋神宗元丰五年(1082)。既望:阴历十六。 ②“明月”之诗:《诗经·陈风·月出》:“月出皎兮,佼人僚兮。舒窈纠兮,劳心悄兮。”窈纠即窈窕之意。 ③ 斗牛:南斗星和牵牛星。 ④ 冯虚:凌空。冯通“凭”。 ⑤ 客:据清人赵翼《陔余丛考》考证,客即绵竹道士杨世昌。 ⑥ 嫠(lí)妇:寡妇。 ⑦ 愀(qiǎo)然:忧愁。 ⑧ 缪:通“缭”,盘绕。 ⑨ 舳(zhú)舻(lú):战船。 ⑩ 酾(shī):斟酒。 ⑪ 横槊(shuò):横执长矛。 ⑫ 匏(páo)樽:葫芦做的酒器。 ⑬ 盖将:大概。 ⑭ 曾:乃。 ⑮ 共适:共享。 ⑯ 枕藉:互相枕垫。藉:垫。 ⑰ 既白:已白。

苏轼善处逆境,以理性和智慧来观照现实,常常能得出与众不同的结论,进入超妙的人生境界。元丰五年(1082)是苏轼贬官黄州(今湖北黄冈)团练副使的第四个年头,“乌台诗案”带给他的消极影响仍未散去,但政治上的苦闷期也是文学创作上的丰收期。这一年的秋天,苏轼游玩黄州城外的赤鼻矶,联想到三国时的赤壁之战,因此写下了《前赤壁赋》《后赤壁赋》和《念奴娇·赤壁怀古》。《前赤壁赋》依照时间顺序,将叙事、写景、议论、抒情融为一体,以情感变化总领全篇,清新灵动,毫无尘滓,为“赋”这一文体开辟了全新的境界。

开篇叙事自然,点出时、地、人,然后进入写景。写景以时间为顺序,由清风与水波过渡到明月与山峦,再过渡到水天之际,视角从下往上,由近至远,历历如绘。白露横江可见夜色已深,游玩至此,作者进入想象之境,幻想能如达摩祖师一苇渡江,又或者如列御寇御风而行,遗世独立,羽化登仙。苏轼受佛道思想的影响较深，从这段想象中就可以看出来。良辰美景不能没有歌诗，无论是来自《诗经》的"舒窈纠兮，劳心悄兮"，还是模拟楚辞的"望美人兮天一方"，都抒发了某种可望而不可即、绵邈哀愁的情思。

同行的道士感动于作者的吟诵，吹箫以和，箫声更是哀愁如诉，并且发出了"寄蜉蝣与天地，渺沧海之一粟；哀吾生之须臾，羡长江之无穷"的感慨。作者却并没有沉溺于客人的感伤之中，而是通过"变"与"不变"的哲理性思考消解了物是人非的悲哀。就时间的无限性来说，即使是天地也不能永存，而就时间的现时性来说，此刻之物与此刻之我都属无穷，又何必羡慕滔滔江水呢？作者巧妙置换了时间的无限性和现时性，将它们融合在形象化的思考中。江水长流而"水"本身不变，明月圆缺而"月"始终如故，人亦是如此，时时在变而此刻永存，是欢喜还是悲哀取决于理解事物的角度。倘若能消除主观与客观、人生与自然间的界限，那么人本身就如同清风明月一般永恒存在，还有什么不能释怀、不能解脱的呢？道士"喜而笑"，二人痛饮达旦，"相与枕藉"，犹如李白的《襄阳歌》："清风明月不用一钱买，玉山自倒非人推。"

这一段是全文的核心，与其说这是作者与道士杨世昌的辩论，不如说是作者本人化身为"主"与"客"的思索与内省，是作者的自然悲感与天生豁达之间的对话。将自然与人生视为一体，合人道于天道，以人生来观照自然的变迁，以自然来消解、慰藉人生的悲痛，这是苏轼诗文中一个经常出现的主题。苏轼感性敏锐，常常能从日常之景、日常之事中捕捉到自然的细微变动和人世的悲欢无常，譬如"清风徐来，水波不兴"一句，即是对微风拂过江水的一种十分细腻的感受。连至柔之水都不曾吹动，可见那缕微风是何等细弱，若有若无。常人会因为水波粼粼而注意到起风，却不会因为水面平静而注意到同样的东西。要体察到"清风徐来"和"水波不兴"之间的因果关系，非得有十分细腻的感受能力不可。苏轼能捕捉到这样一缕微风，那么赤壁这一地点所暗示的沧桑之感只会更加撼动他的心灵。事实上和《前赤壁赋》同样久负盛名的《念奴娇·赤壁怀古》已经完全表达出了他对"大江东去，浪淘尽，千古风流人物"这一事实的强烈感慨和难以承受的无常幻灭之感，与此相比，《前赤壁赋》中杨世昌所感受到的"固一世之雄也，而今安在哉"和"哀吾生之须臾，羡长江之无穷"的情感力度要虚弱得多、间接得多。作者之所以将这种感情弱化，也是为下文克服这种情感做铺垫。如果说《念奴娇·赤壁怀古》中作者的情感压倒了理性的话，那么《前赤壁赋》中恰好相反，是理性对于感性的冲淡。作者感性敏锐却注重节制，不愿一味沉溺于感伤和悲哀，而是用宏观的眼光来加以超越，赋予了文章超妙的哲理意蕴和自由旷达之意、超然洒脱之情。

事实上苏轼并不确定赤鼻矶就是火烧赤壁之处，"黄州少西，山麓斗入江中，石室如丹，传云曹公败所，所谓赤壁者；或曰非也"（《与范子丰》）。"故垒西边，人道是：三国周郎赤壁。"（《念奴娇·赤壁怀古》）既有"或曰非"，又有"人道是"，作者并不打算考察事实的真相。"自其变者而观之，则天地曾不能以一瞬；自其不变者而观之，则物与我皆无尽也。"这说的是时间，就空间来说，如果过于强调事物的变化，那么近千年沧海桑田，今日之赤壁本就非昔日之赤壁，如果"自其不变者而观之"，那么赤鼻矶亦是曹操顺江东下所过之处，又何必非得到真正的赤壁才能凭悼其"酾酒临江，横槊赋诗，固一世之雄也，而今安在哉"呢？时间与空间如此，人生境遇也是如此。譬如苏轼《定风波》中所写："回首向来萧瑟处，归去，也无风雨也无晴。"人生的危机与逆境，如果用宏观的眼光来超越，正像雨停后回首一样，也无风雨也无晴。顺境不必欣喜若狂，逆境也不必懊丧、狼狈、失态、悲伤。生命的价值本来就有一部分存在于自我认识之中，如果能够善处逆境，那么心灵就获得了解脱。

《前赤壁赋》虽然是赋体，也借鉴了传统的主客问答手法，但是和唐宋以来流行的律赋并不相同，不仅完全摆脱了板滞的形式与结构，也改变了严谨刻板的用韵和语言风格。骈散相间，要言不烦，句与句、段与段之间的衔接过渡非常自然，但自然之中又蕴含着精巧的艺术手法。譬如文章一开始就点明时间是"七月既望"，七月下旬已是白露节气，既望之日的月光也往往比望日更亮，其中已经隐含了"露"和"月"。接下来，"清风徐来，水波不兴"，能在夜间看清江水波平如镜，可见夜光何其明亮，其中又隐含着"光"和"江"。如此再经由诵"明月"之诗而过渡到"白露横江，水光接天"，可谓自然而然，完全泯灭了斧凿之痕。苏轼在《文说》中谈及自己的文章："吾文如万斛泉源，不择地而出，在平地滔滔汩汩，虽一日千里无难；及其与山石曲折，随物赋形而不可知也。所可知者，常行于所当行，常止于不可不止，如是而已矣。"所谓"滔滔汩汩""一日千里"，指的是文章的自由挥洒，而"行于所当行""止于不可不止"，则指的是文章的规矩法度。苏轼的文章正是在自由挥洒与规矩法度之间。又如《前赤壁赋》的节奏与音调。以"客曰"一段为例："西望夏口，东望武昌。山川相缪，郁乎苍苍；此非孟德之困于周郎者乎？方其破荆州，下江陵，顺流而东也，舳舻千里，旌旗蔽空，酾酒临江，横槊赋诗，固一世之雄也，而今安在哉？"四个四字句整齐铿锵，复接一散句，然后以"方其"领起两个三字句，再接四个四字句，最后以散句结尾，疏密有致，一气呵成，节奏感非常优美。而"者乎"之前的"郎"字与"昌""苍"押韵；"也"字之前的

"东""雄"与"空"押韵,韵脚在若有若无之间,看之不察,诵之必得。明人徐师曾在《文体明辨》中认为"文赋尚理,而失于辞,故读之者无咏歌之遗音,不可以言俪矣",实属偏见。《前赤壁赋》作为文赋的代表之作,其实是极富诵读之美的。作者行文犹如行云流水,自然中却有法度,自信中而有节制,历经千年而光彩如旧。

可以说,无论是意蕴境界还是语言文字,《前赤壁赋》的艺术魅力都和苏轼的人格魅力息息相关。人们把黄州赤鼻矶命名为"东坡赤壁",正是对苏轼本人的喜爱与欣赏。千百年来,人们重访东坡赤壁,恐怕会如当年苏轼感叹曹孟德一般来感叹苏轼"而今安在哉"?也许能够体味到"盖将自其变者而观之,则天地曾不能以一瞬;自其不变者而观之,则物与我皆无尽也",也许依然感伤"人生如梦,一尊还酹江月",但无论是解脱还是感伤,都已经进入了作者为我们创造的不朽的艺术境界之中。

(孔燕妮)

后 赤 壁 赋 苏 轼

是岁十月之望①,步自雪堂②,将归于临皋。二客从予过黄泥之坂③。霜露既降,木叶尽脱;人影在地,仰见明月,顾而乐之,行歌相答。已而叹曰④:"有客无酒,有酒无肴,月白风清,如此良夜何!"客曰:"今者薄暮,举网得鱼,巨口细鳞,状如松江之鲈⑤。顾安所得酒乎?"归而谋诸妇。妇曰:"我有斗酒,藏之久矣,以待子不时之需。"

于是携酒与鱼,复游于赤壁之下。江流有声,断岸千尺;山高月小,水落石出。曾日月之几何⑥,而江山不可复识矣。予乃摄衣而上⑦,履巉岩,披蒙茸⑧,踞虎豹⑨,登虬龙⑩,攀栖鹘之危巢,俯冯夷之幽宫⑪。盖二客不能从焉。划然长啸⑫,草木震动,山鸣谷应,风起水涌。予亦悄然而悲,肃然而恐,凛乎其不可留也。反而登舟,放乎中流,听其所止而休焉。

时夜将半,四顾寂寥。适有孤鹤,横江东来。翅如车轮,玄裳缟衣⑬,戛然长鸣⑭,掠予舟而西也。须臾客去,予亦就睡。梦一道士,羽衣翩跹,过临皋之下,揖予而言曰:"赤壁之游乐乎?"问其姓名,俯而不答。"呜呼!噫嘻!我知之矣。畴昔之夜,飞鸣而过我者,非子也耶?"道士顾笑,予亦惊寤。开户视之,不见其处。

〔注〕　①是岁:即《前赤壁赋》之壬戌年。望:农历月十五称望。　②雪堂:苏轼在黄州寓居临皋亭,就东坡筑雪堂,绘雪景于四壁,故名。故址在今湖北省黄州市东。　③黄泥之坂:黄冈东面一处山坡。　④已而　过了一会儿。　⑤松江之鲈:松江鲈鱼又名四鳃鲈,是著名的美味。　⑥曾日月之几何:才过去几天啊。曾:竟,简直。　⑦摄衣:提衣。　⑧披:拨开。蒙茸:形容草木繁盛。　⑨虎豹:像虎豹一样的山石。　⑩虬龙:粗壮弯曲如虬龙的树枝。　⑪冯夷:水神。　⑫划然:象声词,形容长啸。　⑬缟:白色。　⑭戛(jiá)然:象声词,形容嘹亮的鸟鸣。

《前赤壁赋》写于壬戌年七月十六日,《后赤壁赋》写于同年的十月十五日。时间从初秋过渡到了初冬。清代古文家方苞在评论《前赤壁赋》时说:"所见无绝殊者,而文境貌不可攀。良由身闲地旷,胸无杂物,触处流露,斟酌饱满,不知其所以然而然。岂惟他人不能摹效,即使子瞻更为之,亦不能调适而郁遂也。"(王文濡《评校音注古文辞类纂》引)苏轼是不是真的"身闲地旷,胸无杂物"尚可一论,但《后赤壁赋》的写作时间离前者只隔三个月,然而风格、情怀都已大为不同,确实如此。

《后赤壁赋》分为三段,前段叙事,作者因为冬夜散步而触发游兴,而客人和妻子又分别为他提供了"松江之鲈"和"斗酒",于是作者兴致勃勃,决定再游赤壁;中段写景,作者独自登上江岸的山石与高坡,俯瞰江水,感于荒草空山之萧瑟寒冽,然后返回舟中,见一孤鹤横江而去。后段记梦,作者回到家中,梦到孤鹤化一道士,惊醒而不见其人。

作者写景依然是历历如绘,"霜露既降,木叶尽脱,人影在地,仰见明月",景色于萧瑟之中蕴含着明净高洁,语言精纯,手法细腻。因为"木叶尽脱",所以作者才能看见地上的人影,因为人影的清晰,又从而仰头看月,一系列心理过程丝丝入扣。

《前赤壁赋》的地点固定在舟中,《后赤壁赋》则是从雪堂到临皋亭,到江岸,然后到舟中,最后回到临皋亭,地点一共变化了四次。作者的情绪也是随着地点的变化而变化。从雪堂回临皋,作者的情绪是"顾而乐之,行歌相答",到了家中,"归而谋诸妇",作者与妻子默契于心,和乐融融。复至赤壁之后,作者眼中所见之景是"江流有声,断岸千尺;山高月小,水落石出",情绪则是"曾日月之几何,而江山不可复识矣"。《前赤壁赋》中尚是秋水万顷,"水光接天",而三个月后已是"不可复识"。江水落潮,抨击江岸发出声音,显出断岸千尺,又因为断岸千尺分外显得"山高",因"山高"而更显出"月小",一轮明月照在岸边露出的乱石之上,其境之幽峭冷冽,如在目前。李贺诗云:"夜峰何离离,明月落石底。裴回沿石寻,照出高峰外。"(《长歌续短歌》)描写诗人沿着石间月光一路追寻,却最终发现明月远在高峰之上。作者的心境与李贺暗合,追寻的冲动促使他不顾一切,"摄衣而上",踏过险峻的山石,拨开低矮的灌木,攀岩登树,最终来到高处,俯瞰江水。二客在中途已经离去,作者此时独立于天地之间、江崖之上,回首来处,石如虎豹,树似虬龙;放眼目前,只见冯夷之幽宫。过往的历程如同龙潭虎穴,而眼前的景象更是幽深难测、晦暗不明,唯一在作者身边,可以依靠攀附的只有栖鹘之危巢。所谓"鱼游沸鼎知无日,鸟覆危巢岂待风"(李商隐《行次昭应县道上》),作者所处之境况何其险恶!李贺追寻月光,是将月光比喻为人生理想,而作者追寻的却并不是理想,而是生存的出路。联系到作者因乌台诗案而死里逃生,在黄州蹉跎岁月的现实境遇,这远远不仅是写景而已,而是借景抒情,以外在景色象征作者内心的郁闷和恐惧,更象征着作者的现实遭遇和人生困境。

作者"划然长啸",发泄心中积郁,引起"草木震动,山鸣谷应,风起水涌"。情能动物,物能感人,作者的感情突破了理性的限制,喷涌出强大的力量,乃至于和大自然相对抗。如果说《前赤壁赋》中的人与自然是一种透彻玲珑的交融关系,那么《后赤壁赋》中截然相反,二者互相对立、互相争斗,乃至互相威胁。作者为自然的力量所震慑,"悄然而悲,肃然而恐,凛乎其不可留也"。作者崇尚理性与节制的性格使他不会无限制地释放情感,不会长久地沉溺于沮丧、愤怒或者悲痛之中。作者最终回到舟中,"放乎中流,听其所止而休焉",类似《前赤壁赋》中超脱冷静的情绪再次在文中浮现出来。然而这并非真正的宁静,"曾日月之几何,而江山不可复识矣"一句,不可复识的何止是江山?更是《前赤壁赋》那种旷达洒脱的乐观精神。

短短三个月,作者的精神面貌发生了如此之大的变化,这并不奇怪。人的情绪本来就处在不断变化之中。何况苏轼以敏锐的内心、丰富的情感而遭逢如此,他心中所起的震荡比常人更为久远、更为深刻。内心的痛苦和挣扎始终存在,感性与理性始终处在一个不稳定的平衡之中,使得作者即使写于同一时期的诗文也面貌不同。《前赤壁赋》潇洒豁达,《后赤壁赋》忧惧凄怆,《念奴娇·赤壁怀古》感慨深沉,这都是苏轼内心不同侧面的真实写照。所谓明澈朗畅的境界与潇洒豁达的襟怀都不是天然存在的,苏轼获得它们的过程是不断和内心的消极、悲观、愤怒、沮丧、怅惘、恐惧相对抗的过程,而且再宏观的眼光也无法一劳永逸地消解悲哀。主观与客观、人与自然圆融无碍的境界是珍贵的,因为它不稳定,不可能长久存在。现实的巨大阴影永远笼罩着作者的心灵,他必须依靠自己来完成心灵的救赎,这一过程孤独、痛苦,无人可以相助。以"松江之鲈"相奉的二客不可谓非挚友,藏酒以待作者不时之需的妻子不可谓非贤妻,然而即使有这样的挚友和贤妻,仍然不能帮助作者解脱内心的痛苦。作者寄托于梦,也不过是"庄生晓梦迷蝴蝶"而已,梦中道士所化孤鹤渺然无踪。作者的片刻宁静只存在于短暂的梦中,而且像梦一样无影无踪。《前赤壁赋》和《后赤壁赋》两相对照,才能明白作者真正的心路历程。心灵承受的痛苦愈深重,自我挣扎的力度愈大,感情释放的强度愈激烈,迸发出的"人"的光辉也就愈加耀眼,而最终完成的自我超越也就愈加伟大。从这个角度讲,《后赤壁赋》是理解《前赤壁赋》不可或缺的一部分。

(孔燕妮)

滟 滪 堆 赋并序　　　　苏 轼

世以瞿塘峡口滟滪堆为天下之至险,凡覆舟者,皆归咎于此石。以余观之,盖有功于斯人者。夫蜀江会百水而至于夔,弥漫浩汗[1],横放于大野,而峡之小大,曾不及其十一。苟先无以龃龉于其间[2],则江之远来,奔腾迅快,尽锐于瞿塘之口,则其崄悍可畏,当不啻于今耳[3]。因为之赋,以待好事者试观而思之。

天下之至信者[4],唯水而已。江河之大与海之深,而可以意揣。唯其不自为形,而因物以赋形,是故千变万化,而有必然之理。掀腾勃怒[5],万夫不敢前兮;宛然听命,惟圣人之所使。余泊舟乎瞿塘之口,而观乎滟滪之崔嵬[6],然后知其所以开峡而不去者,固有以也。蜀江远来兮,浩漫漫之平沙。行千里而未尝龃龉兮,其意骄逞而不可摧。忽峡口之逼窄兮,纳万顷于一杯。

方其未知有峡也,而战乎滟滪之下,喧豗震掉[7],尽力以与石斗,勃乎若万骑之西来。忽孤城之当道,钩援临冲,毕至于其下兮,城坚而不可取。矢尽剑折兮,逶迤循城而东去[8]。于是滔滔汩汩,相与入峡,安行而不敢怒。嗟夫,物固有以安而

〔724〕 苏 轼　　　　　　　　　　　　　　　　　　　　　　　　滟滪堆赋

生变兮,亦有以用危而求安。得吾说而推之兮,亦足以知物理
之固然。

〔注〕 ① 弥漫浩汗:广阔无际的样子。　② 龃(jǔ)龉(yǔ):上下牙齿排列不齐。此喻抵
触,不通畅。　③ 不啻(chì):不只,不止。　④ 信:江海之潮定时涨落,故称潮信。　⑤ 掀腾
勃怒:汹涌澎湃,不可阻挡的样子。　⑥ 崔(cuī)嵬(wéi):高大的样子。　⑦ 喧豗(huī):轰
响的声音。　⑧ 迤(yǐ)逦(lǐ):曲折而连接不断。

　　《滟滪堆赋》作于宋仁宗嘉祐四年(1059)。这年,作者刚登进士不久,年方二
十四岁的苏轼告别故乡,与父亲、弟弟取道长江水道北赴京师(开封)。一路上,
他们对沿途山川风物多有游历。昔日所读,所闻诗文、掌故,与此时亲眼见识相
互印证。其间的新鲜事物与新奇感受父子三人均记之笔端。《滟滪堆赋》应该就
是苏轼在这样的情境下创作的。

　　滟滪堆,又名淫滪堆,曾是对准长江瞿塘峡口的一堆黑色巨礁。郦道元《水
经注·江水》载云:"(白帝城西)江中有孤石,为淫滪堆,冬出水二十馀丈,夏则
没。"1959 年整治航道时已被炸平,但古来一直"为天下之至险"。苏轼以前的诗
文都如此形容其"险":"滟滪大如马,瞿塘不可下。滟滪大如象,瞿塘不可上。滟
滪大如牛,瞿塘不可流。滟滪大如襆,瞿塘不可触。滟滪大如鳖,瞿塘行舟绝。
滟滪大如龟,瞿塘不可窥。滩头白浡坚相持,倏忽沦没别无期。"这是北魏时期的
《滟滪歌》:"上有万仞山,下有千丈水。苍苍两崖间,阔狭容一苇。瞿塘呀直泻,
滟滪屹中峙。未夜黑岩昏,无风白浪起。大石如刀剑,小石如牙齿。一步不可
行,况千三百里",这是白居易《初入峡有感》中的诗句;就连苏轼本人在其《滟滪
堆》诗中也称:"江中石屏滟滪堆,鳖灵夏禹不能摧。深根百丈不敢近,落日纷纷
凫雁来。"可见,滟滪堆的确是长江三峡中的至险。因此,船行至此,稍差分毫就
会触礁沉没。

　　但是,在《滟滪堆赋》中苏轼却不同意前人"凡覆舟者,皆归咎此石"的看法,
而是提出一种截然相反的观点:"以余观之,盖有功于斯人也。"故为滟滪堆正名,
论滟滪堆的功劳,就成了全赋的主旨。在序文中,苏轼讲述了滟滪堆有功于人的
理由。他认为此石横于峡口江心,恰能使江水奔腾迅快之势得到缓冲而减少风
险;若无此石,则江水更加险悍可畏,危害更大。

　　赋文紧紧围绕序文观点展开。苏轼先不从描写滟滪堆的险、怪着笔而是从
水的特性谈起。众所周知,老子对水早有高论,诸如:"上善若水""水善利万物而
不争,处众人之所恶,故几于道""天下柔弱莫过于水,而攻坚强者莫之能先",等
等,几乎使后来者难出其右。而苏轼却能从江海之潮定时涨落,从水不定其形而

千变万化中悟出水“至信”和“因物赋形”的“必然之理”。这体现了苏轼对自然现象高度的感悟力和概括力，从而使赋极具理趣性。

水，既有如此特性，故随峡而赋形。当汹涌澎湃的江水奔腾至因两山隔江相峙、高入云端而极似一扇石门的瞿塘峡时，便会被这扇欲合未合的石门束为一线。这情形真是“众水会涪万，瞿塘争一门”“忽峡口之逼窄兮，纳万顷于一杯”而凶险万分！在这里，江水是主角。它“浩漫漫”远道而来，“行千里而未尝龃龉，其意骄逞而不可摧”，恰如一支不可一世的常胜雄师。滟滪堆反倒成了配角，它到底是何状貌？赋文惜墨如金，仅用了两个字——“崔嵬”来形容。至于其他则全由读者自己去揣测和想象了。

赋家接下来以绝妙之笔描绘了一场惊心动魄的水石大战。作为攻战方，激流澎湃、涛如雷鸣的江水好像是从西而来的千军万马。作为坚守方的滟滪堆，则如横挡其去路的一座孤城。汹涌而上的千军万马以各种方式试图攻拔此城，却矢尽剑折，损兵折将，只好狼狈逃窜，循城而东去。先前的骄逞意气丧失殆尽，只得“相与入峡，安行而不敢怒”。这段八十余字的描写，姿态横生，笔势流走，为全赋最为精彩的部分。滟滪堆以一片之石而杀水之怒，这种以龃龉挫快锐所包含的世情物理，又使赋家由论滟滪堆之功，进而推出“安而生变”“危而求安”的为人处世之道。赋文至此戛然而止，但余味深长。

苏轼论滟滪堆“有功于斯人”的观点，得到了后世赋家的认同与发挥。如南宋薛绂在《滟滪堆赋》中肯定了滟滪堆存在的价值，认为长江之滟滪堆与黄河之砥柱石，都包含着圣人的寓意。明代陆深在《后滟滪赋》序中除了赞同苏轼的观点外，还探究了苏公作赋之旨，认为苏赋是赞扬那些像滟滪堆一样拨正风靡波荡之俗以救末流的正人法家。明代郭棐在《滟滪堆赋》中更是为滟滪堆大唱赞歌，称“伟片石之为功，洵亘古而莫尚”，而且由堆之坚、植、壮、挺、固、严、正七个品性推及于人，赞颂历史上具有相应品格且气节嵯峨的人物。由此可见，苏轼此赋在赋史上是颇具影响力的。

在艺术上，此赋也有许多值得称道之处。罗大经在《鹤林玉露》中评苏轼文云：“横说竖说，惟意所到，俊辩痛快，无复滞碍。”苏轼之文“如海”，具有滔滔雄辩的气势，此赋也体现了这一特色。赋序以峻利之辞，反驳世人之见，提出己见。正文则以散文笔法行文，虽杂骚体句式，但笔力雄健，笔势飞动，随物赋形，自然畅达。南宋李涂《文章精义》说：“子瞻《滟滪堆赋》辞到，《天庆观乳泉赋》理到。”实际上，此赋“辞”“理”均佳，不独辞精而准，有气势和力度，而且理趣横生，引人思考。

（彭安湘　何新文）

苏 辙

【作者小传】

（1039—1112） 字子由，一字同叔，号颍滨遗老。眉州眉山（今属四川）人。苏轼弟。嘉祐二年（1057）进士。官商州军事推官、御史中臣、尚书右丞、门下侍郎等职。哲宗亲政，落职知汝州。复谪雷州安置，移循州。徽宗立，徙永州、岳州。后筑室于许州颍川之滨，号颍滨遗老。谥文定。有《栾城集》《后集》《三集》等传世。

屈 原 庙 赋　　　　苏 辙

凄凉兮秭归，寂寞兮屈氏。楚之孙兮庸之子[1]，伉直远兮复谁似[2]。宛有庙兮江之浦，予来斯兮酌以醑[3]。

吁嗟神兮生何喜，九疑阴兮湘之涘[4]。鼓桂楫兮兰为舟，横中流兮风鸣厉。忽自溺兮旷何求，野莽莽兮舜之丘。舜之墙兮缭九周[5]，中有长遂兮可驾以游。揉玉以为轮兮，斫冰以为之辀[6]。伯翳俯以御马兮，皋陶为予参乘。惨然愍予之强死兮[7]，泫然涕下而不禁。导予以登夫重丘兮，纷古人其若林。悟伯夷以太息兮，焦衍为予而嘘唏。古固有是兮，予又何怪乎当今？独有谓予之不然兮，夫岂柳下之展禽？彼其所处之不同兮，又安可以谤予？抱关而击柝兮[8]，余岂责以必死？宗国陨而不救兮，夫予舍是而安去？予将质以重华兮，蹇将语而涕出[9]。予岂如彼妇兮，夫不仁而出诉！惨默默予何言兮，使重华之自为处。予惟乐夫揖让兮，坦平夷而无忧。朝而从之游兮，顾子使予昌言。言出而无忌兮，暮还寝而燕安。嗟平生之所好兮，既死而后能然。彼乡之人兮，夫孰知予此欢？忽反顾以千载兮，嘈故宫之颓垣！

〔注〕 ① 楚之孙：《史记·屈原贾生列传》："屈原者，名平，楚国同姓也。"庸之子：《离骚》："帝高阳之苗裔兮，朕皇考曰伯庸。"伯庸是屈原父亲的表字。庸之子，原文作"原之子"，据《历代赋汇》改。 ② 伉（kàng）直：刚直。 ③ 醑（xǔ）：此指用于祭奠的清酒。古代用器物漉酒，去糟取清叫醑。 ④ 涘（sì）：水边。 ⑤ 舜之墙：指九嶷山脉。缭九周：山脉盘旋。 ⑥ 斫（zhuó）：砍削。辀（zhōu）：车辕，代指车。 ⑦ 愍（mǐn）：怜悯。 ⑧ 抱关击柝（tuò）：守门打更的小吏，比喻地位低微的小官。 ⑨ 蹇（jiǎn）：句首语助词。

宋仁宗嘉祐四年(1059)，年方20的苏辙随父兄取长江水道北赴京师。途中，他们"浮扁舟以适楚，过屈原之遗宫"(苏轼《屈原庙赋》)。"遗宫"即屈原的故居"乐平里"，在今湖北秭归，唐朝被改建为祠，立像祭祀，但因年久失修而荒凉败落。有感于屈原生前的伟大和身后的寂寞，苏辙，这位追慕屈原高洁人格的年轻才子，在凭吊之际也创作了这篇与其兄苏轼同题的骚体赋作。

赋文分为两大段。苏辙首段即以"凄凉兮秭归，寂寞兮屈原"一句起笔，抒发了自己亲眼目睹屈原庙衰败景象后的感受。又以屈氏后人无复有伉直之士，来衬托屈原的寂寞与孤独。在这样的情境下，苏辙情感勃郁，拟代屈原抒愤。

于是，在苏辙笔下，祭奠屈原庙的氤氲香火和弥散酒气，引来神灵纷沓，庙主屈原自然也现身了，并开始向神灵和凭吊者倾诉衷曲。

赋文第二段分为三层。第一层是"吁嗟神兮生何喜"后的四句。赋文先以屈原的口吻向神灵质问：生有何喜？正是体味到生已无喜可言，屈原开始回顾自己生前被贬在"九疑阴"和"湘之涘"时，乘舟徘徊容与、淹回疑滞后选择"自溺"的心路历程。

第二层从"忽自溺兮旷何求"到"纷古人其若林"。赋文继续以屈原的口吻述说"忽自溺"后的驾游经历。当屈原把浩浩之白之身付诸滔滔清流后，他显然达到"超然高举以保真"、与天地精神往来的境界了。在他眼中，天地是如此旷邈、悠远，苍梧之野莽莽苍苍，九嶷山脉高耸盘旋，就连九嶷峰下的暗河也曲折绵长而"可驾以游"。水路舟游后便是陆路车行。车以高洁的冰、玉为轮为辕，以廉正的伯益、皋陶为御者为参乘。一路上，他们"惨然愍予之强死兮，泫然涕下而不禁"，对屈原的遭遇深表同情，并将屈原引登至重峦起伏的九嶷山上，会见纷纷总总的历代古人。

这里，苏辙让屈原诉说的所见所历之景不离帝舜死地是合乎屈原的心态的。屈原有着浓厚的重华情结。生前，当屈原在"世溷浊而莫余知"、处境极端孤独的时候，常作飘然高举之想，"驾青虬兮骖白螭，吾与重华游兮瑶之圃"，以达到生命的永恒："与天地兮比寿，与日月兮同光。"因此，"吾与重华游"是其精神支柱和生命的终极归依。即使生命终结了，重华所葬之地，也是其魂魄的盘桓之所。可见，苏辙对屈原其人、其作的把握是相当精准的。

第三层从"悟伯夷以太息兮"到文末，主要是探寻屈原之死的原因和意义。其实，在苏辙之前，对屈原的君国态度、道义情操、生死去就等问题进行深切关注、体察及探求者代不乏人。其中，尤其对屈原之死更是褒贬不一。如扬雄认为"遇不遇，命也，何必湛身哉"；班固指责屈原"露才扬己、忿怼沉江"；刘勰言其为"狷狭之志"；颜之推斥其是"显暴君过"。既然如此，则屈原之死的意义与价值何在？对此,年轻的苏辙不免陷入迷惘和思索之中。因此,他借屈原之口努力作出了解释。

赋中写道,面对其他历史人物对自己之死或叹息,或嘘唏,或指责的态度,屈原激愤之情溢于言表,认为自己"信而见疑、忠而被谤"而沉江自溺并非先例,而是"古固有是兮,予又何怪乎当今?"接着,屈原用沉痛的语气自诉自沉的原因:"抱关击柝兮,余岂贵以必死? 宗国陨而不救兮,夫舍是而安去?"的确,屈原之"忽自溺"决非一般意气用事的愚妇蠢夫可比,而是出于一种深沉的家国之爱。苏辙认为屈原"国身通一",当宗国败亡之时出于对宗国的责任和热爱便以死明志的解释是有道理的。苏辙此论,张扬了屈原以死谏君、以身殉国的社会意义。

屈原以死明志对苏辙的感奋作用是明显的,但一个伟大人物的殒落,多少还是令人惋惜不已。于是,年轻的苏辙试图寻求一条既实现自己的理想抱负、又"坦平夷而无忧"的仕途道路。因此,他仍然借屈原之口说道:

予将质以重华兮,羌将语而出涕。予岂如彼妇兮,夫不仁而出诉!

惨默默予何言兮,使重华之自为处。予唯乐夫揖让兮,坦平夷而无忧。

朝而从之游兮,顾子使予昌言。言出而无忌兮,暮还寝而燕安。

屈原自感言行合于中正,即使世俗之人不理解也不作怨妇般哭诉,并打算不再向重华质询。因为他相信重华能英明地决断。相信在重华的时代,君臣能遇合,君主能从谏如流,臣子则竭诚尽忠,言出无忌,暮寝燕安。实际上,这一番话,也是即将踏入仕途的苏辙对未来君臣关系的设想与憧憬。赋文接着又以屈原的口吻郑重声明:"嗟平生之所好兮,既死而后能然。"屈原高歌自己的死亡,认为在死亡的世界,他平生的"美政"理想能得以实现。这种欢乐,是"彼乡之人"无法理解和体味的! 由此可以见出,苏辙对屈原之死的价值是高度肯定和褒扬的。

然而,这种畅意的欢欣却很快被悲凉的感叹所取代,赋文最后写道:"忽反顾以千载兮,唱故宫之颓垣。"忠魂唱叹的并不是自己身后的落寞,而是故国衰败覆亡的千载遗恨! 至此,屈原伟大峻洁的人格所散发出的光辉照彻寰宇,一扫破败屈原庙的凄凉而为这位年轻才子所激赏与景仰。

朱熹在其《楚辞后语》卷六《服胡麻赋》题序中评苏轼《屈原庙赋》时说:"独公自蜀而东,道出屈原祠下,尝为之赋,以诋扬雄而申原志,……是为有发原之心,而其词气亦若有冥会者。"朱熹的这一段话,也可移用来评论苏辙此赋。只是稍有一点补充:词气若有冥会者,在苏辙,则是打破时空的界限,给屈原以表演的舞台让其自陈心曲。

李调元《赋话》曾云:"两苏皆有《屈原庙赋》,宋祝尧谓大苏赋如危峰特立,有崭然之势;小苏赋如深冥不测,有渊然之光。"确实,苏辙此赋在思想内涵上虽不及其兄之作有深度,但他却能从屈原自沉的原因及意义进行心灵的照察,以期自己的心灵与千百年前另一颗心灵进行真实的照面。 (彭安湘　何新文)

墨　竹　赋　　　　　　　　　　苏　辙

与可以墨为竹,视之良竹也①。客见而惊焉,曰:"今夫受命于天,赋刑于地②。涵濡雨露,振荡风气③。春而萌芽,夏而解驰④。散柯布华,逮冬而遂⑤。性刚洁而踈直,姿婵娟以闲媚⑥。涉寒暑之徂变,傲冰雪之凌厉⑦。均一气于草木,嗟壤同而性异⑧。信物生之自然,虽造化其能使⑨。今子研青松之煤,运脱兔之毫⑩。睥睨墙堵,振洒缯绡⑪。须臾而成,郁乎萧骚⑫。曲直横斜,秾纤庳高⑬。窃造物之潜思,赋生意于崇朝⑭。子岂诚有道者耶⑮?"

与可听然而笑曰:"夫子之所好者道也,放乎竹矣⑯! 始予隐乎崇山之阳,庐乎修竹之林⑰。视听漠然,无概乎予心⑱。朝与竹乎为游,暮与竹乎为朋。饮食乎竹间,偃息乎竹阴⑲。观竹之变也多矣! 若夫风止雨霁,山空日出⑳。猗猗其长,森乎满谷㉑。叶如翠羽,筠如苍玉㉒。淡乎自持,凄兮欲滴㉓。蝉鸣鸟噪,人响寂历㉔。忽依风而长啸,眇掩冉以终日㉕。笋含箨而将坠,根得土而横逸㉖。绝涧谷而蔓延,散子孙乎千亿㉗。至若蓁薄之余,斤斧所施㉘。山石荦埆,荆棘生之㉙。蹇将抽而莫达,纷既折而犹持㉚。气虽伤而益壮,身以病而增奇㉛。凄风号怒乎隙穴,飞雪凝沍乎陂池㉜。悲众木之无赖,虽百围而莫支㉝。犹复苍然于既寒之后,凛乎无可怜之姿㉞。追松柏以自偶,窃仁人之所为㉟。此则竹之所以为竹也。始也余见而悦之,今也悦之而不自知也。忽乎忘笔之在手与纸之在前,勃然而兴而修竹森然㊱。虽天造之无朕,亦何以异于兹焉㊲?"

客曰:"盖予闻之㊳:庖丁,解牛者也,而养生者取之㊴。轮扁,斫轮者也,而读书者与之㊵。万物一理也,其所从为之者异尔㊶。况夫夫子之托于斯竹也,而予以为有道者,则非耶㊷?"与可曰:"唯唯㊸。"

〔注〕①与可：文同，字与可，自号笑笑先生，与苏轼、苏辙为堂表兄弟。操韵高洁，以学名世，尤擅墨竹。元丰二年(1079)去世，苏轼作《筼筜谷偃竹记》悼念。良竹：指墨竹甚得竹之神韵。②受命：获得生命。赋刑：赋予形体。刑，通"形"。③涵濡：滋润。风气：节气。④解弛：舒展。⑤散柯布华：展开枝条和绿叶。华：指竹叶。《历代赋汇》作"叶"。逮：及至。遂：完成，指嫩竹长为劲竹。⑥竦直：疏阔挺直。竦：古同"疏"。婵娟：姿态秀美。闲媚：娴雅妩媚。⑦涉：经历。徂(cú)变：寒来暑往的变化。⑧均：平均布施。一气：同样的元气。性：秉性。⑨信：确实。物生：物性。生：通"性"，资质，禀赋。自然：天然。造化：造物主。其能使：岂能改变。其：犹"岂"。使：指限定和改变。⑩子：对文同的尊称。青松之煤：松烟煤灰制成的墨。沈括《梦溪笔谈·杂志》："扫其煤以为墨，黑光如漆，松墨也。"脱兔之毫：兔毫制成的毛笔。⑪睥(pì)睨(nì)：斜视，谓聚精会神，胸有成竹。墙堵：指作画的粉壁。振洒：挥洒自如。缯(zēng)绡(xiāo)：缯帛丝绢。苏轼《跋文与可墨竹》："昔时，与可墨竹，见精缣良纸，辄愤笔挥洒，不能自已。"⑫郁乎萧骚：郁郁葱葱，潇洒摇动。萧骚，风吹竹叶声。⑬秾纤庳(bì)高：粗细高矮。⑭窃造物之潜思：窃取造物主的潜心构思。赋生意于崇朝(zhāo)：即刻赋予生机意趣。崇朝：也作"终朝"，指从天亮至早饭时刻，比喻时间短暂。⑮有道者：懂得万物之本原和运行规律的人。《韩非子·解老》："道者，万物之所然者，万理之所稽也。"苏轼《跋文与可墨竹》："与可曰：'吾乃者学道未至，意有所不适，而无所遣之，故一发于墨竹，是病也。'"⑯听(yín)然：张口笑貌。夫子：对苏辙的敬称。放：扩展，推广。⑰崇山之阳：高山之南。《尔雅·释诂》："山南水北谓之阳。"庐：用作动词，搭建茅庐。⑱漠然：无所知觉。无概乎予心：心无杂念，无所系挂。概：概怀，关切系念。⑲饮食(sì)：均用作动词，饮水吃饭。偃息：睡卧止息。⑳若夫：句首语气词，表示另提一事。霁(jì)：雨停天晴。㉑猗猗：美盛貌。《诗经·卫风·淇奥》："瞻彼淇奥，绿竹猗猗。"森：高耸繁茂貌。㉒筠：青色竹皮。㉓淡乎自持：淡泊自守。司马相如《子虚赋》："泊乎无为，淡乎自持。"凄：沾湿貌，此指露水。今：原文作"苟"，据《历代赋汇》改。㉔人响：人声。寂历：寂静。㉕眇：注视，傲视。掩苒：同"掩苒"，小草随风倾倒貌。终日：到日暮。㉖含：被包裹。箨(tuò)：笋壳。坠：脱落。横逸：纵横延伸。㉗绝：横穿，穿越。㉘至若：连词，表示另提一事。丛(cóng)薄之余：指杂生在草丛中的散竹。丛薄：丛生的杂草。丛：古同"丛"。斤斧所施：被砍伐。㉙荦(luò)埆(què)：怪石嶙峋貌。荆棘生之：与荆棘并生。㉚蹇：艰难不顺。抽：发芽抽茎。莫达：不能破土而出。达：幼苗出土貌。持：相持，抗衡。㉛以：因为。㉜隙穴：山谷与洞穴。凝沍(hù)：亦作"凝沍"，结冰，冻结。陂(bēi)池：池沼，池塘。㉝无赖：无所凭依，无可奈何。百围：指树木周粗粗壮。支：支撑。㉞犹复：仍然能够。苍然：青绿挺拔貌。凛乎：凛然，严肃而令人敬畏的样子。㉟追：追随，仿效。自偶：自比，作为榜样。窃：谦词，窃比，私下效法。仁人：仁人志士，仁爱有节操的人。㊱忽乎：恍若，好像。㊲天造之无朕：谓上天造化万物自然天成。无朕：没有迹象或先兆。兹：指墨竹。㊳盖：发语词。㊴庖丁解牛：见《庄子·养生主》。庖丁为文惠君宰牛十九年，杀牛数千，刀刃不钝。以其长期实践向文惠君阐明：事物纷繁复杂，只有反复实践，掌握客观规律，方能得心应手，运用自如，迎刃而解。养生者取之：指文惠君从中领悟了养生之道。《庄子·养生主》："文惠君曰：'善哉！吾闻庖丁之言，得养生焉。'"㊵轮扁斫(zhuó)轮：见《庄子·天道》。轮扁：春秋齐国著名造车工，制作车轮七十余年。以其长期实践向桓公阐明：砍木做轮如同读书，需经长期实践才能得之于手而应之于心，其心得甘苦唯自知不可言传；读圣贤书而缺乏独立思考，则所得者只是古人所遗留的糟粕。斫：砍削。读者与之：指桓公赞同轮扁所讲述的

道理。与之：赞许之。　㊶其所从为之者异尔：谓天地万物内在的法则是同样的，人们遵循规律的外在方式却有差异。从：遵循。为之：指具体的方式方法。　㊷托：寄托，寄寓。㊸唯唯：应答之辞，顺应对方而不置可否貌。

我国古代题画赋肇始二晋、唐，但多囿于模山范水、毕肖人物的"形似"。至北宋苏轼、文同、米芾等人提出"诗不能尽，溢而为书，变而为画"（苏轼《文与可画墨竹屏风赞》），诗、书、画异迹而同体的观念，主张论画明理，体物写意，追求高标远韵的"神似"境界，遂使题画赋成为与题画诗相媲美的抒发自我心胸的文人赋。

苏轼在《文与可画筼筜谷偃竹记》中提出"成竹在胸"和"身与竹化"的观点，其《书晁补之所藏与可画竹三首》亦云："与可画竹时，见竹不见人。岂独不见人，嗒然遗其身。其身与竹化，无穷出清新。庄周世无有，谁知此凝神！"苏辙的《墨竹赋》即是对此理论观点的形象化诠释。

赋文以"客"（苏辙）与"主"（与可）对话问答体为结构。首段是"客"对"主"《墨竹图》的赞叹，称赞作画者诚为"有道者"，能"窃造物之潜思"，达到赋形传神的艺术境界，赋予墨竹松柏品性、秀雅姿态，犹如"受命于天，赋刑于地"，生机勃勃，意趣盎然。次段是"主"答"客"之问，通过作画者朝夕相处观竹之变、心随竹游、体物悟理、神与物遇、胸有成竹到形神兼备的"物→情→理"的艺术构思及创作过程，将"高雅之情一寄于画，人品既高矣，气韵不得不高；气韵既高矣，生动不得不至"（郭若虚《图画见闻志》）的艺术理论予以形象阐释。末段以"客"的总结概括回应篇首，通过"庖丁解牛"寓养生之道、"轮扁斫轮"含读书之理的事例，阐明万物异迹而其理一源的理学观与文艺观。

据史书记载，苏辙并不是绘画高手，但却谙绘事三昧，实归功于其襟袍才识、艺术修养。故其兄苏轼《文与可画筼筜谷偃竹记》云："子由为《墨竹赋》以遗与可，子由未尝画也，故得其意而已。"本赋托兴于竹，取譬于人，着意于人格修养、人生态度和心灵境界，是文人题画赋中的佳作。

（赵红岩）

黄庭坚

【作者小传】

（1045—1105）　字鲁直，号山谷道人、涪翁。分宁（今属江西）人。治平四年（1067）举进士。历著作佐郎、秘书丞。绍圣初，以校书郎坐修《神宗实录》失实贬涪州别驾，黔州安置。徽宗立，召知太平州，九日而罢，复除名，编管宜州。三年而徙永州，未闻命而卒。"苏门四学士"之一。江西诗派之宗主，影响极大。有《豫章集》《山谷词》。

东坡居士墨戏赋　　　　黄庭坚

　　东坡居士游戏于管城子、楮先生①之间，作枯槎、寿木、丛篠、断山②，笔力跌宕于风烟无人之境，盖道人之所易而画工之所难。如印印泥，霜枝风叶先成于胸次者欤③！颦申奋迅，六反震动，草书三昧之苗裔者欤④！金石之友，质已死，而心在斫泥郢人之鼻、运斤成风之手者欤⑤！夫惟天才逸群，心法无轨。笔与心机，释冰为水。立之南荣，视其胸中，无有畦畛，八窗玲珑者也⑥。吾闻斯人，深入理窟，椟研囊笔，枯禅缚律⑦，恐此物辈，不可复得。公其缇衣十袭，拂除蛛尘，明窗棐几⑧，如见其人。

〔注〕　①管城子、楮（zhǔ）先生：毛笔和纸的别名。语出唐韩愈《毛颖传》："秦皇帝使（蒙）恬赐之汤沐而封诸管城，号曰管城子。"以物拟人，称笔为管城子。因楮树皮可造纸，又称纸为楮先生。　②枯槎（chá）：干枯的枝桠。寿木：传说中昆仑山上的仙树，食其实可得长生，这里指卓尔不凡之木。丛篠（tiāo）：茂密遍生的野草。断山：高耸孤立之山。　③"如印印泥"两句：比喻已谙熟物理，故临画时有定见、胸有成竹。　④"颦（pín）申奋迅"三句：意谓蹙眉疾思，精骛八极、心游万仞，便领悟到了草书笔法的真谛。颦申：皱眉。六反、三昧：佛教语，引为奥妙、诀窍意。唐李肇《国史补》中："长沙僧怀素好草书，自言得草圣三昧。"　⑤"金石之友"两句：郢人和匠石虽不复存在，但金石般坚贞的友情不会磨灭，东坡先生就有如那操持巨斧的郢匠，纵横施展神乎其神的技艺来雕琢自然。事见《庄子·徐无鬼》："郢人垩慢其鼻端若蝇翼，使匠石斫之，匠石运斤成风，听而斫之，尽垩而鼻不伤，郢人立不失容。"后因以郢人称知己，而以运斤成风喻指人的才能超凡。　⑥"立之南荣"四句：形容胸中毫无芥蒂，空明澄澈，自由放逸，不蹈袭常规旧矩。南荣：房屋南面的屋檐。唐白居易《赠吴丹》诗："冬负南荣日，支体甚温柔。"畦（qí）畛（zhěn）：原指田间小路，引申为格式、规矩。八窗玲珑：敞亮通透貌。唐卢纶《赋得彭祖楼送杨宗德归徐州幕》："四户八窗明，玲珑逼上清。"　⑦"椟研囊笔"两句：指苦心孤诣、钻求画理，为教条所缚而刻板不知通变的人。椟研囊笔：用匣子和套子把笔墨装起来，意为空谈画理而不加实践。　⑧棐（fěi）几：用榧（fěi）木做的几案。《晋书·王羲之传》："尝诣门生家，见棐几滑净，因书之，真草相半。"

　　"墨戏"作为北宋熙宁、元祐年间兴起的文人绘画形式，相对于民间画匠与宫廷画师的摹形敷彩而言，其特色集中表现在采用脱略恒蹊的写意笔法、大量运用皴点和渲染、较少细致的钩斫、以墨色的黑白干湿浓淡来展现对象的意态神理，创作主题以山水林泉、花木竹石为多。"墨戏"不仅仅是简单的翰墨游戏，有宋一代的文人士大夫将自己的才华学养、审美意趣和人格精神包孕其中，以水墨传达情韵，以线条包蕴风骨，以天机洞察造化，极大地拓展了绘画的意境空间，创造了自成一脉的"士人画"风格。而苏轼正是倡导"士人画"的有大力者,在从唐代南宗鼻祖王维的"破墨山水"过渡到宋代文人"墨戏"的过程中,起着举足轻重的作用。这篇《东坡居士墨戏赋》向我们揭示了在"苏门四学士"之一的黄庭坚眼中,东坡先生创作绝妙"墨戏"的奥秘之所在。

晚唐至宋以来,赋体一变而为文赋,给了创作者更多格律上的自由。在黄庭坚的笔下,这篇不足两百字的小赋被他拨弄流转如弹丸,体式上亦散亦骈,夭矫变化。根据此赋的内容结构,我们可以将其分为两个部分。第一部分自开头至"运斤成风之手者欤",集中表现了黄庭坚对苏轼高超艺术天赋的折服和赞叹。东坡先生终日流连笔墨,喜画"风烟无人之境"的枯木怪石,乃出于傲骨崚嶒之天性,正如他的弟子李廌所云:"轼性不羁,滑稽玩世,故画笔豪放,出入绳墨之外而不失其奇,所作形象或丑怪奇倔以示变。"(《德隅斋画品》)黄庭坚认定东坡先生身上近于道士而远于画师的特质决定了他作画的意趣。那么这些特质究竟是什么呢?即神交冥漠,得其神理,意在笔先,形于心而了然于手。因此黄庭坚膺服苏轼在作画前能"霜枝风叶先成于胸次"。东坡自己也承认:"世之工人,或能曲尽其形,而至于其理,非高人逸才不能办。"(《净因院画记》)苏轼的作品之所以没有画师的匠气,正因为他能将主观生命体悟灌注在对客观自然的观察中,做到外师造化、中得心源,这样才能同《庄子·养生主》中的庖丁一样,达到游刃有余的境地。

"墨戏"植根于"书画同源",宋人重意尚韵的行书和草书讲究用线条的遒劲流美、气脉贯通来展现个性精神,这与文人画的用笔方法不谋而合。作为书画兼擅的苏东坡,更是自觉地将草书的笔法融入画作中,无怪乎黄庭坚赞其乃"草书三昧之苗裔者"。"三昧"意指平心静气,摒除一切杂念,达到超定入慧的境地。作者运用这个佛教术语,不仅意在称扬苏轼书画造诣绝伦有似怀素,更着重借此表现他精通禅理,不为外物束缚的清旷胸次和潇洒风神。东坡居士是大自然的挚友,一草一木都堪称他的知音,因而当他泼墨挥毫时亦如"郢人运斤",削砍斫磨,技艺精湛臻于极致。这一段文字驱使众多佛道典故,使人如行山阴道上,目不暇接。但细心体悟,东坡"墨戏"的谜底即被解开,那就是:心与物合、技道两进。辞赋第二部分从"夫惟天才逸群"至结尾,以骈句为主,韵脚平仄相间,节奏分明。黄庭坚用充满禅业机锋的语言,点明只有像东坡居士那样才华横溢、天机骏利,胸有丘壑之人才能笔补造化,这是只知"深入理窟,椠研囊笔"的愚钝之徒望尘莫及的。

《东坡居士墨戏赋》是江西诗派宗师黄庭坚为苏轼的"墨戏"成就所做的总结,亦是绝妙的人物速写,从中我们既可领悟东坡居士融诗心书艺道家哲理于一体的高妙绘事，又可窥见他本人清俊飘逸、超俗遗世的"坡仙"风致。

(刘勇刚　吴雅楠)

【作者小传】

秦　观

(1049—1100)　字少游，一字太虚，号淮海居士。高邮(今属江苏)人。元丰七年(1084)苏轼书荐于王安石，次年登进士第，后应制科，除太学博士、秘书省校对黄本，又除秘书省正字，迁国史院编修官，授左宣德郎。绍圣时坐党籍，累遭贬谪。徽宗即位，复官放还，至藤州(今广西藤县)而卒。秦观为苏门四学士之一，工诗、词、文，尤以词著名。有《淮海集》四十卷，又《后集》六卷，《长短句》三卷。

郭子仪单骑见虏赋

以"汾阳征虏压①以至诚"为韵　　　　　　秦　观

　　回纥入寇，汾阳出征。何单骑以见虏？盖临戎而示情。匹马雄趋，方传呼而免胄；诸羌骇瞩，俄下拜以投兵②。方其唐祚中微，胡尘内侮。承范阳猖獗之乱③，值永泰因循之主，金缯不足以塞其贪嗜，铠仗不足以止其攘取④。云屯三辅⑤，但分诸将之兵；乌合万群，难破重围之虏。子仪乃外弛严备，中输至诚⑥，气干霄而直上，身按辔以徐行。于是露刃者胆丧，控弦⑦者骨惊。谓令公尚临于金甲，想可汗未厌于寰瀛⑧。顿释前憾，来寻旧盟⑨。彼何人斯？忽去幢幡⑩之盛；果吾父也，敢⑪论戈甲之精？岂非事方急则宜有异谋，军既孤则难拘常法？遭彼虏之悍劲，属⑫我师之困乏；校之力则理必败露，示以诚则意当亲狎。所以撤卫四环，去兵两夹。虽锋无镆铘⑬之锐，而势有泰山之压。据鞍以出，若乘擒虎之骢⑭；失仗而惊，如弃华元之甲⑮。金石至坚也，以诚可动；天地至大也，以诚可闻。矧尔熊黑⑯之属，困乎蛇豕⑰之群。于是时也，将乘骄而必败，兵不戢⑱则将焚。惟有明信，乃成茂勋。吐蕃由是而引

郭子仪单骑见虏赋 　　　　　　　　　　　　　秦　观　〔735〕

归,师歼灵夏^⑲;仆固^⑳于焉而暴卒,祸息并汾。

非不知猛虎无助也受侮于狐狸,神龙失水也见侵于蝼蚁。曷为锋镝之交下,遽遗纪纲而不以。盖念至威无恃于张皇,大智不资于恢诡。远同光武,轻行铜马之营^㉑;近类曹成,独造国良之垒^㉒。向若怨结不解,祸连未央;养威严于将军之幕,角技巧于勇士之场。攻且攻兮天变色,战复战兮星动芒。如此则虽骁雄而必弊,顾创病以何长? 苻秦夸南伐之师,坐投淝水^㉓;新室恃北来之众,立溃昆阳^㉔。固知精击刺者非为将之良,敢杀伐者非用兵之至^㉕。况德善之身积,宜福祥之天畀^㉖。故中书二十四考焉^㉗,由此而致。

〔注〕①压:使屈服。②"何单骑"六句:据《新唐书·郭子仪传》记载,子仪将赴虏营,左右皆谏戎狄野心不可轻信。子仪曰:"虏众数十倍,今力不敌,吾将示以至诚。"于是以数十骑免胄见回纥首领,陈说交谊大义,令回纥下马拜服,遂结盟饮宴,和好如初。示情:示以至诚。胄(zhòu):头盔。诸羌(qiāng):此谓回纥诸部落。③范阳猖獗之乱:指天宝十四载(755)冬爆发的安史之乱,安禄山于范阳起兵。④永泰:唐代宗李豫年号。据《旧唐书·回纥传》载,代宗继位后,即欲与回纥修好,然其可汗不听,举兵陷多地,后仆固怀恩说可汗上表称贺,代宗亲赐缎帛、俱封王公。孰料永泰元年(765)秋,怀恩又联合多部族军队来犯,而代宗犹讲《红王经》。因循:拘泥旧法,不知变更。⑤三辅:指京兆、扶风、冯翊。此喻京畿。⑥至诚:赤诚之心。⑦控弦:匈奴引弦曰控弦。⑧令公:指郭子仪,时官拜尚书令。《新唐书·郭子仪传》载子仪亲率铠骑两千出入阵中,回纥问何人,报曰郭令公也。乃惊曰:"令公存乎? 怀恩言天可汗弃天下,令公即世,中国无主。故我从以来。"寰瀛:指海内。⑨来寻旧盟:指郭子仪与回纥将领盟约,永结交谊,若负心背誓,当身死族戮。⑩幢幡:旗帜仪仗之类。⑪敢:岂敢,反问。⑫属(zhǔ):适逢。⑬镆(mò)铘(yé):古宝剑名。⑭擒虎:韩擒虎,隋灭陈时为先锋,生俘陈后主,当时江东有谣谚云:"黄斑青骢马,发自寿阳涘。"擒虎平陈之际乘青骢马,与歌相合。⑮华元:春秋时宋公族大夫,《左传》宣公二年春,与郑人战于大棘,宋师败绩,囚华元,后逃归,监车人筑城,有筑城者作歌讥之:"睅其目,皤其腹,弃甲而复。于思于思,弃甲复来。"⑯矧(shěn):况且。熊罴(pí):喻勇士,此处指唐军。⑰蛇豕:封豕长蛇之省语,喻贪残之敌,此处指回纥之兵。⑱戢(jí):聚集。⑲"吐蕃"两句:此役原为吐蕃、回纥合兵来寇,子仪既与回纥约成,遂请诸将同击吐蕃,破吐蕃于灵夏。灵:灵台。夏:指大夏河一带,均在今甘肃省境内。⑳仆固:即仆固怀恩,安史乱中曾助郭子仪平贼,后反叛,引回纥、吐蕃入侵,至鸣沙,病甚,死于灵武。㉑"远同"二句:《后汉书·光武本纪》载,光武帝刘秀曾与农民起义军交战,战胜后封其将领为列侯,并亲自排兵布阵,与受降者推心置腹,降者皆诚服。铜马:农民起义之一部。㉒曹成:即曹成王李皋,字子兰,唐宗室。国良:王国良。韩愈《曹成王碑》记叙,李皋统帅湖南,以征讨叛将王国良为事,国良羞畏乞降,避而不出,李皋即假扮使者,单骑驱驰五百里,鞭其城门大呼:"我曹王,来受良降,良今安在?"国良惊愕拜迎,不得已而降。㉓苻秦:东晋十六国之一。前秦君主苻坚于晋太元八年(383),大举攻晋。

以其百万雄兵,足以投鞭断流。晋命谢石、谢玄迎战,进逼淝水,晋军背水一战,秦兵尽溃。㉔"新室"二句:王莽既篡汉,自立为新朝,闻刘玄立,遣王邑、王寻往讨,兵围昆阳。刘秀自外发兵救之,城内复夹击,莽兵大败,世称昆阳之战。 ㉕"固知"二句:用《孙子谋攻》:"是故百战百胜,非战之善者也;不战而屈人之兵,战之善者也"之意。 ㉖"况德善"二句:用《易·坤》"积善之家,必有余庆"意。畀(bì):给予。 ㉗中书二十四考:《旧唐书》本传引裴垍语:"校中书令考二十有四。"

这是一篇律赋。此赋为秦观早年的场屋程试文。据秦瀛《重编淮海先生年谱》载,熙宁五年壬子(1072),秦观"好读兵家书,作《单骑见虏赋》"。秦观青少年时期,豪气纵横,"如杜牧之强志盛气,好大而见奇,读兵家书,乃与意合,谓功誉可立致,而天下无难事"(陈师道《秦少游字序》)。这样,他对于历史上战功卓著的一些将帅,自是十分仰慕。此赋不啻是一首英雄的颂歌,同时也寄托了自己的理想。据新、旧《唐书》本传:郭子仪,唐华州郑人。玄宗时为朔方节度使,平安史之乱,功居第一。代宗永泰初,吐蕃、回纥联手分道来犯,子仪单骑见回纥大酋,输以至诚,重结旧盟,遂与回纥会军破吐蕃。以一身系时局安危几二十年。累官至太尉,中书令,封汾阳郡王,号"尚父"。

此赋通过对郭子仪单骑见虏,最终兵不血刃的化解回纥与大唐战争危机的英雄事迹的描绘,赞扬了他的赤胆忠心和大智大勇,表现出对这位昔日元戎的倾心折服。作者提出了对为将用兵者的新认识:因循软弱,任外虏肆意欺凌固然不可,然而过于尚武好斗,轻开边衅而不顾及自身实力也将导致血流漂杵、哀鸿遍野。最好是以不战而屈人之兵的上上之策获取和平。这也透露出在北宋外侮频仍的国势下秦观本人对军事兵法的独到见解。此赋气魄豪迈,文采斐然,一气流转中一代名将的伟岸丰神跃然纸上。李调元《赋话》卷五评之云:"叙事工整,树义透快,兼能摹写一时情景,以此步武坡公,殆有过之无不及也。"

律赋限韵,限字数,讲究对仗、辞藻、用典,以韵律谐和,属对精切为工,乃唐宋科举干禄时文,虽多名手,却名作鲜觏,主要是文多拘忌,伤其真美。但秦观此赋却因难而见巧,对偶之中有散行之气韵,笔致酣畅,语趣而流,无纤毫板滞之态。据李廌《师友谈记》记载,少游"少时用意作赋,习惯已成","论赋至悉,曲尽其妙"。这样看来,此赋绝非妙手偶得,亦非智巧钉饾,而是精思琢磨而成。总的来看,此赋艺术上有三大特色:

一是布局秀整。秦赋在结构法度上十分谨严。他自云律赋的布局:"凡小赋,如人之元首,而破题二句乃其眉,惟贵气貌有以动人,故先择事之至精至当者先用之,使观之便知妙用。然后第二韵探原题意之所从来,须便用议论。第三韵方立议论,明其旨趣。第四韵结断其说以明题,意思全备。第五韵或引事,或反说。第七韵反说或要终立意。第八韵卒章,尤要好意思尔。"(李廌《师友谈记》)此论无疑来自创作实践,与《郭子仪单骑见虏赋》比对,若合符契。"回纥入寇,汾阳出征。"开头二句破题,措辞简劲,气貌确乎动人。第二韵承题而来,"唐祚中微,胡尘内侮",不得不采取非常之计,以破重围之虏。第三韵紧扣郭子仪单骑见虏,想象当时场景宛然如在目前。第四韵结断。第五韵至八韵,引事申论,从反面着笔,与前文映带,意更圆足,最后借用"中书二十四考"定评发议论,与"单骑见虏"似疏离本题而实寓因果,可谓卒章显志。

二是韵律协调。秦观精通乐律,对赋体的音乐性要求很高:"赋家句脉,自与杂文不同。杂文语句,或长或短,一在于人。至于赋,则一言一字,必要声律,凡所言语,须当用意,曲折斫礧,须令协于调格,然后用之。不协律,义理虽是,无益也。"(李廌《师友谈记》)从《郭子仪单骑见虏赋》的用韵来看,作者对考试所限八韵的顺序进行了适当的调整,从"汾阳征虏压以至诚"变为"征虏诚压纷以阳至",这样排列是有用意的。首先,韵有洪细,不同的韵辙在表达感情、描写场景上效果是不同的。"汾阳征诚压"属洪声韵,"虏以至"属细声韵。赋中写郭子仪单骑见虏,渲染其至威至诚,是重点层次,选用洪韵("诚"属庚韵),使场景的描写显得更加开阔,子仪的形象显得更加轩昂。叙及见虏的背景,按内容要求放在第二韵,则选用细韵("虏"属虞韵),而不依原韵字顺序用洪韵("阳"属阳韵),这样感情上显得沉重压抑,同郭子仪的"气干霄而直上"形成对比,一抑一扬,加重了感情分量。其次,韵有平仄。赋中八个韵字,"汾阳征诚"为平声,"虏压以至"为仄声。原来的顺序是:平平平仄仄仄仄平。调整后的用韵,则以一平一仄相间出之,打破了依韵字顺序用韵的常格,使得音节高低起伏,谐畅铿锵,增加了赋文的音乐美。

三是议论透辟。宋代辞赋长于议论说理,富于理趣,缺点是论说多,形象描写少,语言瘦硬,往往缺乏情韵。秦观本人"长于议论",苏轼也称其"词采绚发,议论锋起"。在作赋时,他能够较好地协调情与理的关系,将议论融会在铺排描写、叙事抒情中。赋中对郭子仪的赞颂,主要是通过记其事迹来实现的。但是,作者的一些评价性的议论,又使其事迹上升到理论的高度。因而,叙事和议论,在赋中相得益彰,联璧生辉。此赋主要采用夹叙夹议的方法。如写到回纥大军见到郭子仪"匹马雄驱",临阵不惧而不敢再较量武力的时候,赋云:"岂非事方急则宜有异谋,军既孤则难拘常法?遭彼虏之悍劲,属我师之困乏;校之力则理必败露,示以诚则意当亲狎。所以彻卫四环,去兵两夹。虽锋无镆铘之锐,而势有泰山之压。据鞍以出,若乘擒虎之骢;失仗而惊,如弃华元之甲。"对郭子仪的意图揣摩得深透无比,方有此议论。真是灼灼巨眼,大气包举!明人杨慎激赏此文,尤其是上引一段文字,说:"此即一篇史断,今人程试之文,能几有此者乎?"(《升庵全集》卷五三)再如:"金石至坚也,以诚可动;天地至大也,以诚可闻""至威无恃于张皇,大智不资于恢诡"等皆出人意表,卓荦不群。 (刘勇刚 吴雅楠)

【作者小传】

程俱

(1078—1144) 字致道,号北山,衢州开化(今属浙江)人,以外祖恩荫补官。宣和二年,进颂,赐上舍出身,官至礼部员外郎。为人刚介自信,直言敢谏。能以儒术世其家,长于撰著,文辞典雅闳奥。有《北山小集》。

采 石 赋 并序 程 俱

建中靖国元年①,以修奉景灵西室,下吴兴、吴郡采太湖石四千六百枚。而吴郡实采于包山。某获目此瑰奇之产,谨为赋云:

吴吏采石于包山也,洞庭乡三老趋而进,揖而言曰:"惟古浑浑,物全其天。金藏于穴,珠安于渊。机械既发,剖蚌椎矿。不翼而飞,无胫而骋②。刳山探海③,阶世之竞④。乃若富媪,赘瘤则为山岳,茂草木于毛肤。包崒岩于骨骼⑤,与瓦甓其无间⑥,何于焉而是索?今使者窥复穴,荡沉沙,搜奇礓于洞脚⑦,剧巧势于丘阿⑧。呼灵匠以运斤,指阳侯使息波。竖江山之崿崿⑨,续剑阁之嵲嵲⑩。莫不剔山骨,拔云根。贞女屹立,伏虎昼奔。督邮攘袂以相睨⑪,令史临江而抗尊。虽不遭于醯沃⑫,岂有恨于苔痕?嗟主人之不见,似羊牧之犹存。何一拳之足取,笑九仞之徒勤。既而山户蛾集,篙师云屯,输万金之重载,走千里于通津。使山以为骨,则土将圮⑬;使玉以为璞,则山将贫。煮粮之客,叹终年之无饱;谈玄之老,持一法其谁论?尝闻不为无益,则用之所以足;惟土物爱,则民之所以淳。怪斯取之安用,非野夫之乐闻,敢请使者?"

吏呼而语曰："醯鸡不可与语天⑭，蟪蛄不可与论年⑮。矧齐侯之读书⑯，岂轮人之得言?"三老曰："极治之世，樵夫笑不谈王道;至圣之门，鄙夫问而竭两端⑰。野人固愿知之。"对曰："上德光大，孝通神明。阐原庙之制⑱，妥在天之灵，以谓物不盛则礼不备，意不尽则享不精，故金瑰琛琲⑲，天不秘其宝;樟楠槾梓⑳，地不爱其生。而青州之怪，犹未足于充庭，故于此乎取之。且凿太行之石英，采谷城之文石，以起景阳于芳林者，魏明之侈陋也;菲衣恶食㉑，卑宫室以致美乎祭祀者，夏禹之勤俭也。上方戒后苑之作，缓文思之程㉒，示敦朴以正始㉓，尽情文而事神㉔。此固二德之难名者矣。抑尝闻之:西有未夷之羌，北有久骄之虏。顾蹀血之未艾㉕，乍游魂而送死。方将不顿一戈，不驰一羽，殄丑类于烟埃㉖，瞰幽荒于掌股。庶黄石之斯在㉗，傥素书之可遇㉘。抑又闻之:三德虽修㉙，不遗指佞之草;万国虽和，犹豢触邪之兽。盖邪佞之蛊㉚，心犹膏肓之自媵㉛，惟属镂之无知㉜，顾尚方之奚捄㉝? 故将铸采石以为剑，凛竖毛于佞首㉞。若是，则在边无汗马之劳，在庭无履霜之咎也㉟。抑又闻之:尧不能无九年之灾，汤不能无七年之旱。虽阴阳之或鳌㊱，岂闭纵之可缓㊲? 故将放鞭石于宜都㊳，回雨旸于咳畎㊴。抑又闻之:扶耒之子，有土不毛;抱瓮之老，有茅不薅㊵。富者侈而贫者惰，游者逸而居者劳。虽齐导之有素㊶，奈狡兔而自逃。故将取嘉石以列坐㊷，平罢民于外郊㊸。抑又闻之:日不蔽则明，川不阏则清㊹。听之广者视必远，基之固者室不倾。方披疏而出龊㊺，俾伐鼓而扬旌。盖萧墙之戒㊻，坐远于千里;朽索之驭，益危于薄冰。矧四者之无告㊼，尤圣人之所矜㊽。故将尽九山之赤石，达万寓之穷民㊾。"三老悚然而兴，曰："圣化盖至此乎!"

吏曰："此犹未也。若其造化掌中㊿，宇宙咨次。弥纶两仪而执天衡(51)，燮理二气而袭气母(52)。此庖牺之妇(53)，所以引日星之针缕，方将炼五色以补天，育万生于一府。既无谢于襄城之师,又何惊于藐姑之处。吾亦与汝饮阴阳之和[54],而游万物之祖矣[55]。又何帝力之知哉[56]?"三老稽首再拜[57],曰:"鄙朴之人,鹿豕其游[58]。聋瞽其知[59],窃臆妄议,乃命知之[60]。"

〔注〕 [1] 建中靖国元年:公元1101年。建中靖国:宋徽宗年号。 [2] 胫(jìng):小腿。 [3] 刳(kū):剖。 [4] 阶:增加。 [5] 崭岩:高峻的山崖。 [6] 瓦甓(pì):砖瓦。 [7] 礓(jiāng):小石。 [8] 劂(jué):挖取。巧势,形状精巧的石头。 [9] 崿(è)崿:高峻貌。 [10] 峨(é)峨:同"峨",高。 [11] 攘袂:捋起袖子。睨(nì):斜眼看人。 [12] 醯(xī):醋。 [13] 圮(pǐ):塌坏,倒塌。 [14] 醯(xī)鸡:小虫。 [15] 蟪(huì)蛄(gū):蝉的一种,生命短暂。 [16] 矧(shěn):况且。 [17] 鄙夫:浅陋之人。两端:事情的开始和结尾。 [18] 原庙:正庙以外别立的宗庙。 [19] 琛:一作珠。琲(bèi):成串的珠子。 [20] 楩(pián):南方大木。 [21] 菲:薄。 [22] 文思:即文思院,宋代官府手工工场之一。 [23] 正始:正其始。 [24] 情文:质与文。 [25] 蹀(dié)血:踏血而行,形容杀人之多。 [26] 殄(tiǎn):尽。丑类:恶人,对敌人的蔑称。 [27] 黄石:黄石公。 [28] 素书:《太公兵法》。 [29] 三德:三种品德,即正直、刚克、柔克,或有他说。 [30] 蛊(gǔ):蛊惑。 [31] 腠(còu):腠理。 [32] 属镂:亦称"属卢""属娄",宝剑名。 [33] 尚方:宫廷药局,捄(jiù):同"救"。 [34] 竖毛:毛发直竖,形容惊惧。 [35] 履霜之咎:灾祸。 [36] 戾(lì):古同"戾",乖违。 [37] 闲纵:调和阴阳。 [38] 鞭石:宜都有二石,一阳一阴,旱鞭阳石则雨,雨鞭阴石则晴。 [39] 咳眄(miǎn):瞬间。眄:一作"咳"。 [40] 薅(hāo):拔除。 [41] 齐导:劝导。 [42] 嘉石:上古于外朝门左立嘉石,命罪人列坐其上示众,使其思善改过。 [43] 罢民:不从教化之民。 [44] 閼(è):阻塞。 [45] 披旒(liú):分开遮目组珠。出黈(tǒu):取出塞耳棉球。 [46] 萧墙:萧,肃;墙:屏。借指内部。 [47] 四者:以上四点。 [48] 矜:慎重。 [49] 万寓:万户。 [50] 造化:创造化育。 [51] 弥纶:弥合。两仪:天地。天衡:天子的威权。 [52] 燮理:协和治理。袭气母:合乎自然的本质。 [53] 庖牺之妇:女娲。 [54] 亦:一本作"其"。阴阳之和:酒。 [55] 万物之祖:天地。 [56] 知:一本校改作"有"。 [57] 稽(qǐ)首:叩头至地。 [58] 鹿豕:麋鹿野猪,喻山野无知之物。 [59] 瞽(gǔ):眼瞎。 [60] 乃:一本作"今"。

本赋沿袭汉大赋传统体式,假洞庭乡三老与吴郡采石吏,设为问答,贯穿首尾,佯颂实讽,颇具新意。

序中交代采石缘由。徽宗即位初,因宰相韩忠彦、曾布奏请,修建景灵西宫,奉安徽宗父神宗、母陈太后御像。所采之石为太湖石,出产太湖一带,多孔而玲珑剔透,供点缀庭院或堆叠假山之用。吴兴,在今浙江湖州市;吴郡,在今江苏苏州市,均处太湖地区。吴郡所采,出自包山,即洞庭西山,在今苏州市西南太湖中。作者亲眼实见,有感而发。

首段借乡三老之口,从上古浑朴、万物犹能保全天性说起。后世机巧心生,采金掘银,争相比斗,致使金玉珠宝,无处藏身。富媪,代指土地。《晏子春秋·内篇·谏上第一》:"灵山固以石为身,以草木为发。"可见,山岳形势,自然天生,与砖瓦普通之物没什么两样,采石吏找什么呢? 设疑自问。灵匠出自《庄子》,有运斤成风神功。阳侯是波涛之神,采石之人驱神使鬼,使出种种出奇手段开采异石。"江山""剑阁"两句化用江淹《江上之山赋》"嵯峨兮岊嶵"(作者自注作"百里兮嶵嶵")、张载《剑阁铭》"岩岩梁山,积石峨峨"成句,写石之高峻。以下连用与石有关的典故描摹异石形状。王韶之《始兴记》:"中宿县有贞女峡,水际有石似女子。"《幽明录》:"宜都建平界有倚石如二人,俗谓二郡督邮争界于此。"《南康记》:"湘源有长濑,其旁石或像人,土人名为令史。"卢仝《赠石诗》:"主人虽不归,长见主人面";"自惭埋没久,满面苍苔痕。"葛洪《神仙传·皇初平》载,初平好道,入山牧羊,其兄寻访相见,示以叱石现羊神通。作者借势发挥,无情之石顿作有情。接着写长途输送,"蛾集""云屯"喻输送繁忙。《神仙传》载,白石生煮石为粮。刘苟《明本释》卷中:"吕与叔谓持一法以待物,则物必有穷而人狭矣。"此二句稍作点化,即脱现采石数量巨大,致使山欲倾、土欲竭场面。乡三老用"不为无益,则用之所以足;惟土物爱,则民之所以淳"的古训郑重置疑,引起下文。

次段至末段对答往来,共三个回合。

采石吏先举多个《庄子》典故高调作答:《庄子·田子方》"孔子出,以告颜回,曰:'丘之于道也,其犹醯鸡与? 微夫子之发吾覆也,吾不知天地之大全也。'"《庄子·逍遥游》"朝菌不知晦朔,蟪蛄不知春秋,此小年也。"《庄子·天道》"桓公读书于堂上,轮扁斫轮于堂下。释椎凿而上,问桓公曰:'敢问公之所读为何言邪?'……桓公曰:'寡人读书,轮人安得议乎?'"乡三老则化用扬雄《长杨赋》"士有不谭王道者,则樵夫笑之"及《论语·子罕》"有鄙夫问于我,空空如也。我叩其两端而竭焉"二语巧妙揶揄。采石吏占尽地步,语气傲慢;乡三老野人自处,以退为进,是第一回合。

采石吏接着引经据典,从徽宗置原庙奉安父母说起,竭力称颂皇帝孝思。孝通神明,天地竭诚奉献珍秘之宝。《尚书·禹贡·夏书》:"海岱惟青州,……厥贡,……岱畎丝枲铅松怪石。"青州怪石,闻名于世,仍不足为奇,因而使者辗转来到吴地,搜采奇石。《三国志·魏书·高堂隆传》:"帝愈增崇宫殿,雕饰观阁,凿太行之石英,采谷城之文石,起景阳山于芳林之园,建昭阳殿于太极之北";《论语·泰伯》:"子曰:禹吾无间然矣。菲饮食而致孝乎鬼神。恶衣服而致美乎黻冕。卑宫室而尽力乎沟洫。禹吾无间然矣。"夏禹、魏明帝各有隆重祭祀之举,当今皇帝则更胜一筹。以下作者用"抑尝闻之"及四个"抑又闻之"分别从靖边事、和内庭、调风雨、化人民、安邦国等五个方面连篇表出,三老猛然惊醒,似有所悟,这是第二回合。

最后一个回合,采石吏接续以上未尽之意,转入玄虚之谈,揭表皇帝举重若轻、治平天下的宏伟抱负。《左传·僖公二十四年》:"秋,颓叔桃子奉大叔,以狄师伐周,大败周师,获周公忌父、原伯、毛伯、富辰。王出适郑处于氾。"杜预注:"郑南氾也,在襄城县南。"据此,"襄城之师"指外敌入侵。"藐姑射之山"是《庄子》设想的神人逍遥自在的居处。《太平御览》卷八十:"天下大和,百姓无事。有八十老人击壤于道,观者叹曰:'大哉,帝之德也!'老人曰:'吾日出而作,日入而息,凿井而饮,耕田而食,帝何力于我哉?'"徽宗皇帝试图不费一兵一卒,仅凭采石建庙,便天下大治。相传女娲炼五色石以补天、抟土而造人,化育人民,其初衷原不过此。三老终于心服口服,恭敬唯诺,承认自己浅陋无知、乱发议论而曲解了皇帝的一番苦心。

　　整个问对一波三折,采石吏态度傲慢,出语高调;乡三老自处卑下,语含机锋。李攸《宋朝事实》卷六《景灵西宫记》载,修造景灵西宫时"行者不闻斧斤之声,居者不见追胥之扰",与本篇所述劳民伤财之举似有出入。徽宗即位后大兴土木,修造园林,程俱已明显预感到搜刮花石的危害,因而夸张渲染,极尽嘲讽,矛头直指当朝皇帝。次年,即崇宁元年(1102),终于上书,指斥时弊,旋即罢归。作者自述罢归原因,"方权臣立党以锢人,而以谓当两忘元祐、熙丰之别;省檄讲求于遗利,而以谓不如罢明金、花石之纲",与本篇先后映发,两相合参,正可窥视其思想意旨。

(张徐芳)

李纲

【作者小传】

(1083—1140),字伯纪,号梁溪,卒谥忠定。祖籍福建邵武,后迁江苏无锡。"南宋四名臣"之一。徽宗政和二年(1112)进士。金兵南下,极力主战。建炎元年(1127),高宗起用为相。受议和派排挤,主政七十五天,旋即罢相落职,居鄂州,建炎二年十月以谪降官,移澧州(今属湖南),十一月责授单州(今属山东)团练副使,移万安军(治所在今海南省万宁县)安置。次年十一月二十五日抵海口,未数日遇赦北还。有《梁溪集》。

南　征　赋　并序　　　　　　　　　　李　纲

仲辅赋《西郊》见寄,次韵作南征赋报之①。

承嘉惠以南征兮②,动去国之离愁。远故园而回首兮,惊岁华之再秋。览庐阜之环秀兮③,俯大江之东流。登黄鹤而遐瞩兮④,发孤照之寸眸。吞云梦于胸中兮,怀浙河于醉里。怅离群而索居兮,寄相思于一水。佩兰芷之芬芳兮⑤,狎樵渔于汝尔⑥。终系羁而未释兮⑦,类蹩者之念起⑧。荷天恩之宽大兮,犹坐靡于廪食⑨。驰精爽于淮濆兮⑩,飞梦魂于漠北。怅曷日而归休兮⑪,遂东山之钓弋⑫。老苒苒而将至兮⑬,岂佳时之再得? 尝承教于君子兮,窃希风于古人⑭。慨抚卷而击节兮⑮,如意气之相亲。每终篇而自喜兮,觉诗成之有神。惟深藏而密寄兮,惧夫妒者之瞋⑯。顾戎马之崩腾兮⑰,方四郊之多事。临洞庭而伤怀兮,望九疑而增思。乱湘流而适澧兮⑱,灵均岂其前身。续《离骚》而赋《远游》兮,愿承芳于后尘。与日月而争光兮,庶此道之弥新。

〔注〕 ① 次韵:依原诗之韵及用韵次序和诗,此处指和赋。报:回答。 ② 嘉惠:对别人所给予恩惠的敬称,实指被贬。本于贾谊《吊屈原赋》"恭承嘉惠兮,俟罪长沙"之用例。③ 庐阜:庐山。环秀:周匝秀丽。 ④ 遐:远。 ⑤ 兰芷:兰草和白芷,代指香草。 ⑥ 狎:亲近。汝尔:以"汝尔"相称,指不拘礼节。 ⑦ 系羁:受牵制约束。 ⑧ 蹩(bié):跛。⑨ 靡(mí):消耗。 ⑩ 濆(fén):沿河高地。 ⑪ 曷(hé):同"何"。 ⑫ 弋(yì):射。⑬ 苒苒(rǎn):渐渐。 ⑭ 希风:仰慕风操。 ⑮ 击节:打拍子,表示赞赏。 ⑯ 妒(dù):同"妒"。瞋:一作"嗔"。 ⑰ 崩腾:动荡,纷乱。 ⑱ 澧(lǐ):澧水,在湖南省西北部。

序述写作缘起。仲辅,李纲弟,名维,排行第二。李纲收到其弟《西郊赋》,次韵答复。《西郊赋》原文今不可见,清人浦铣《复小斋赋话》卷上谈到赋之次韵,曾举本篇为例,说明"有次韵而不必对题者",据此大概可知,《南征赋》不受原作题旨约束,在"次韵"类中别具一格。

全篇大致按行程线索组织架构,题为"南征",实则被贬去国,远离故土。途经庐山、黄鹤楼、洞庭湖,最后抵达澧水边,名楼胜景,目不暇接。作者沿袭纪行赋的一般写法,借景抒情,首句委婉陈述"南征"事因,曲笔点题,总叙离愁。行程渐远,惊觉时光又过了一年。一路上饱览庐山遍地秀丽的美景,俯瞰东流而逝的江水。又登上黄鹤楼,极目远眺。以下换韵,转入内心抒写。云梦,古泽薮名,据《汉书·地理志》载,在南郡华容县(今湖北潜江西南),范围不大。晋以后经学家多夸大其辞,将洞庭湖包括在内。浙河,即古浙水,又名之江,以多曲折而名。随着金兵步步进逼,北方朝廷退处浙河边,暂据临安为都。作者为迁谪之身,纵有气吞云梦的豪情壮志,也只能拼酒一醉。此时,漂泊异乡,心中怅然,若有所失，故园深情唯有这眼前之水可托可付。下二句通过美人香草、渔樵问答的典型意象呈现了湘水边上一个似曾相识的坚守内心的隐者形象。作者万死投荒，心犹不死，且以天恩宽大自我解嘲。以下随之转韵，写内心挣扎。淮渍，语出《诗·大雅·常武》，郑玄笺释"铺敦淮渍"句为"陈屯其兵于淮水大防之上"，这里巧用典故叙写作者仍不忘驰骋疆场的不懈斗志。漠北，大漠以北。徽、钦二帝被金人掳去，生死未卜。国难当头，理当奋起，面对谗人当道的现实又不免心生疑虑。战死沙场还是归乡隐居？另一个声音在提醒自己，年光老去，时不我待。以下再换韵，反躬自省。作者曾受教于有道君子，立誓愿与古人为伍。每与书中人物意气相亲，激赏无已；作诗有神，则自喜自叹。这些诗篇都是其内心情感的真实流露，唯恐小人捕风捉影，只有深藏密寄。以下两句又一次换韵。作者来到屈原当年曾徘徊过的洞庭湖、九嶷山，陷入沉思：戎马崩腾、四郊多事，该何去何从？最后三句换韵作结。作者渡过湘水，到达澧水边，终于从屈原那里汲取到精神力量，坚定信念，甘愿步其后尘，续写九死不悔的忠君爱国新篇。

　　李纲此次被贬遇赦后，退而隐居。绍兴和议，宋向金称臣纳贡，李纲忧愤成疾，最后病逝，用生命诠释了自身立下的誓言。

　　本篇感情沉郁，情随韵转，共五次换韵，每换韵一次，情感向纵深推进一步，洞庭湖、湘水边若隐若现的守道隐者形象由模糊到清晰，最终定格为屈原化身。全赋基本四句一韵，每句以骚体常用的"兮"字隔开，结尾二或三句一韵，结构严整，富于变化。

　　两宋之际，曾出现一批"南征赋"，这是金人入侵、朝廷南迁、国家分裂的特定形势下出现的重要文化现象。李纲赋作忧时伤世，抗敌、自守之情两相交织，以情感饱满著称，是这批同题之作中的优秀篇章。

（曹　虹　张徐芳）

李清照

【作者小传】

（1084—1155?）　号易安居士，济南章丘（今属山东）人。李格非之女，赵明诚妻。与夫共事金石研究。建炎三年（1129），夫卒。清照流寓越州、杭州，晚居金华。其词以南渡为界，分前后两期，前期多写离别相思之情，后期于身世悲慨中寄寓亡国之恸。论词崇尚典雅、情致、协律，有《词论》一篇，提倡"词别是一家"之说。有《易安居士文集》《易安词》，不传。后人辑有《漱玉词》，真伪杂陈。今人有《李清照集校注》，其中所录四十三首最可靠。

打 马 赋①

李清照

岁令云徂②，卢或可呼③。千金一掷，百万十都④。樽俎具陈，已行揖让之礼；主宾既醉，不有博弈者呼？

打马爰兴，樗蒲遂废⑤。实博弈之上流，乃闺房之雅戏。齐驱骥骎⑥，疑穆王万里之行；间列玄黄，类杨氏五家之队⑦。珊珊佩响，方惊玉蹬之敲⑧；落落星罗，忽见连钱之碎⑨。若乃吴江枫冷⑩，胡山叶飞，玉门关闭，沙苑草肥⑪，临波不渡，似惜障泥⑫。或出入用奇，有类昆阳之战⑬；或优游仗义，正如涿鹿之师⑭。或闻望久高，脱复庾郎之失⑮；或声名素昧，便同痴叔之奇⑯。亦有缓缓而归，昂昂而出。鸟道惊驰⑰，蚁封安步⑱。崎岖峻坂，未遇王良⑲；蹋促盐车，难逢造父⑳。且夫丘陵云远，白云在天㉑，心存恋豆㉒，志在著鞭㉓。止蹄黄叶㉔，何异金钱。用五十六采之间㉕，行九十一路之内㉖。明以赏罚，核其殿最㉗。

运指麾于方寸之中，决胜负于几微之外。且好胜者人之常情，小艺者士之末技。说梅止渴，稍苏奔竞之心㉘；画饼充饥，少谢腾骧之志㉙。将图实效，故临难而不回；欲报厚恩，故知机而先退。或衔枚缓进，已逾关塞之艰；或贾勇争先，莫悟阱堑之坠㉚。皆由不知止足，自贻尤悔。况为之不已，事实见于正经；用之以诚，义必合于天德。故绕床大叫，五木皆卢㉛；沥酒一呼，六子尽赤㉜。平生不负，遂成剑阁之师㉝；别墅未输，已破淮淝之贼㉞。今日岂无元子，明时不乏安石㉟。又何必陶长沙博局之投㊱，正当师袁彦道布帽之掷也"㊲。

辞曰：佛狸定见卯年死㊳，贵贱纷纷尚流徙。满眼骅骝杂骆耳，时危安得真致此㊳？老矣谁能志千里㊵，但愿相将过淮水。

〔注〕①打马：古代博戏。②徂：逝。岁令云徂：一年将尽。③卢：古代博戏用木制骰子五枚，一掷五子皆黑为头彩，称为卢。赌博时为求头彩，掷子时且掷且喝，所以赌博又称"呼卢"。④百万十都：言钱之多。⑤樗蒲：古代一种投色子游戏。⑥骥骎：骥、骎耳、

骅骝,周穆王良马名。 ⑦杨氏五家之队:《旧唐书·杨贵妃传》载:"玄宗每年十月幸华清官,国忠姊妹五家扈从,每家为一队,著一色衣。" ⑧镫:马镫。玉蹬之敵:指上马。 ⑨连钱:马身毛色斑驳,古时良马有连钱骢。 ⑩吴江枫冷:唐崔信明诗:"枫落吴江冷。" ⑪沙苑:古时养马场。 ⑫"临波"句:《世说新语·术解》载:"王武子善解马性。尝乘一马,著连钱障泥。前有水,终日不肯渡。王曰:'此必是惜障泥。'使人解去,便径渡。" ⑬昆阳之战:刘秀破王莽之著名战役,以少胜多。 ⑭涿鹿之师:黄帝于涿鹿伐蚩尤。 ⑮庾郎之失:《世说新语·雅量》载庾翼骑术精湛,却有一次盘马堕地。 ⑯痴叔之奇:《世说新语·赏誉》载王湛向来被视为痴人,一次其侄王济去看他,见他谈吐不凡,骑术高超,为之折服。 ⑰鸟道:险峻得只有鸟能飞过之山道。 ⑱蚁封:形同蚁穴高低起伏之土堆。 ⑲王良:春秋时晋国善御者。 ⑳踟促盐车:《战国策·楚策四》有千里马拉盐车的故事。造父:古代善御者,传说曾为周穆王驾车。 ㉑"丘陵"句:《穆天子传》载周穆王西游至昆仑山见西王母,临别时王母做歌:"白云在天,丘陵自出。" ㉒恋豆:贪恋槽中的草料,喻无远志。 ㉓著鞭:《晋书·刘琨传》载刘琨语:"吾枕戈待旦,志枭逆虏,常恐祖生先吾著鞭耳。"比喻走在前面,抢占先机。 ㉔止蹄黄叶:将对方的马打下去即可获赏帖。黄叶:金钱。 ㉕五十六采:据《打马图经》,打马博戏共五十六采。 ㉖九十一路:打马图有九十一路。 ㉗核其殿最:竞出高下。核:考校。殿最:古代考核官员,上等为最,下等为殿。 ㉘苏:苏醒。 ㉙谢:消解。 ㉚阱堑:陷阱。 ㉛"绕床"句:《晋书·刘毅传》载刘毅、刘裕诸人聚赌,刘毅掷得雉,大喜之下绕床大叫。刘裕与其对敌,大喝之下,五木皆卢。 ㉜"沥酒"句:《南唐近事》载刘信久攻南康不下,为赵匡胤猜忌,心不自安。一次醉后对赵匡胤说:"不负公,当一掷遍赤。"果如其言。 ㉝"平生"句:《世说新语·识鉴》载桓温伐蜀,众皆以为不成功,唯刘尹云:"伊必能克蜀。观其蒲博,不必得则不为。" ㉞"别墅"句:《晋书·谢安传》载前秦苻坚率军压境,众将皆有惊惶之色,谢安从容自得,尚与谢玄下棋赌别墅。 ㉟元子:桓温字元子。安石:谢安字安石。 ㊱"陶长沙"句:《晋书·陶侃传》载:"诸参佐或以谈戏废事者,(陶侃)乃命取其酒器、蒱博之具,悉投之于江。"陶侃曾为长沙太守,故称陶长沙。 ㊲"袁彦道"句:《世说新语·任诞》载桓温博戏大输,求救于袁耽,时耽正在居丧。"十万一掷,直上百万数,投马绝叫,傍若无人,探布帽掷对人曰:'汝竟识袁彦道不?'" ㊳佛(bǐ)狸(lí):《宋书·臧质传》载刘宋时童谣:"虏马饮江水,佛狸死卯年。"佛狸,北魏太武帝跋焘的小名,此处指金主。卯年,李清照此赋作于绍兴四年甲寅,次年即为乙卯年。 ㊴"时危"句:杜甫《题壁上韦偃画马歌》:"时危安得真致此,与人同生变同死。" ㊵"老矣"句:曹操《步出东西门行·龟虽寿》:"老骥伏枥,志在千里;烈士暮年,壮心不已。"

李清照一生以北宋灭亡为界,分为两个时期,前期生活美满,富贵安逸,后期则随着国破家亡而沦入飘零孤苦之境。这篇《打马赋》就是后期文章的代表之作。

《打马赋》写于绍兴四年(1134)末。那一年金兵南犯,李清照从临安奔往金华,寄住在陈姓友人家中,经常和子侄之辈做"打马"的游戏,并著《打马图经》一卷,前有序,序后为《打马赋》。打马是一种智力型棋类游戏,盛于两宋,所用棋子是刻有马名的马钱,荟萃了穆王八骏、昭陵六骏等历代名马,游戏之时犹如驱使千军万马冲锋陷阵,需要相当高的统筹能力和行军布阵的智巧。《打马赋》描述打马游戏的规则、进程、特征，以及种种奥妙之处，从中寄托了作者对时局的忧思和渴望回归故土的情怀。

赋首以"岁令云徂"启篇，描绘出一幅樽俎杂陈、宾主尽欢的年末消闲图，在这种情形下呼卢喝稚、一掷千金有其特殊的节令和庆贺意义，和聚饮滥赌截然不同，而是"博弈之上流""闺房之雅戏"。接下来从"齐驱骥骤"到"连钱之碎"几句，是对打马游戏的形象描述。从中可以看出一场打马的参与者在两到五人之间，以颜色分别马钱。马钱多用犀象或者铸铜为之，敲击棋盘发出铮铮之音，犹如佳人上马时罗佩珊珊，而马钱移动时星罗棋布，五色斑斓，仿佛连钱骢马之毛色斑驳。打马以"马"为主，所以《打马赋》全篇不离一个"马"字。

"若乃"到"安步"一段细致分析了打马中的各种技巧。如果形势不利，应该暂缓机锋、养精蓄锐，就像王武子的马因为爱惜障泥而不肯渡水一样。有时候当用奇兵，就要像刘秀破王莽的昆阳之战，以少胜多，以弱胜强；而有时候又该像黄帝大战蚩尤，好整以暇，从容不迫。有的人一贯名声在外，却可能会像庾翼一样马失前蹄；而有的人虽然名声不大，其实却如王湛一般深藏不露，技艺高超。有时缓缓而归，有时昂昂而过，有时应当勇往直前，即使条件险峻也要放手一搏，有时则要小心谨慎，即使过蚂蚁堆那样的地方也要步步求稳，不给敌人留下任何可乘之机。总之打马没有一定之理却有大致原则，既要随机应变，当弱则弱，当强则强，当正而正，当奇而奇，也要谨记不能仗着技艺高超而轻敌冒进，一着不慎、满盘皆输，而应该隐藏自己的实力，出其不意，攻其不备。

"崎岖"到"之外"一段论说了指挥全局、运筹帷幄的重要性。良马固然难得，然而若没有王良、造父那样的善御者，也只不过沉沦蹉跎而已。山川北望，就像西王母《白云谣》所唱，"道里悠远"。征战不是一朝一夕之事，指挥者不能贪恋荣华富贵，而应该像西晋的刘琨一样枕戈待旦，日日怀抱收复山河的壮志。打马虽是游戏，也应该重视。只有赏罚分明，判清名次，在九十一路棋盘、五十六种胜采之间运筹帷幄，才有得胜的机会。这一段实际上已经跳出"打马"之外，而加入了作者对时局的看法，所谓"心存恋豆，志在著鞭""明以赏罚，核其殿最"都隐含着对于一心南逃、不勤力收复失地的南宋朝廷的不满。

"且好胜者"到"自贻尤悔"一段是对游戏者的警示和告诫。打马虽是"士之末技"，也慰藉了人们的好胜之心，但好胜之心不可过分，要知足知戒。贪图一时好处而不顾明显的危险，明明有机会却自己放弃，快要成功而心浮气躁，轻率冒进而掉入敌人的陷阱，这些都是咎由自取，自己将自己置于失败之地。作者性格争强好胜，"予性喜博，凡所谓博者皆耽之，昼夜每忘寝食。但平生随多寡未尝不进者何,精而已"(《打马图序》)。这一段告诫游戏者不要"不知止足"而"自贻尤悔"的警示不是空谈,而是切实沉重的教训之言。

"况为"到"布帽之掷也"一段豪迈不羁,寄意尚武,充分体现了作者对打马游戏的喜爱,也寄托了强烈的进取精神。作者认为经典之中尚有博弈之事,只要用心诚恳,和大道天德并不违背。刘裕大叫而五木皆卢,刘信剖白心志而一掷遍赤,这都是"用之以诚,义必合于天德"的范例。桓温伐蜀,志在必得,谢安退敌,从容赌墅。他们不仅是博弈好手,更是国家的中流砥柱,可见博戏和军政有暗通之道,有益无害。现在难道没有桓温、谢安这样的人?何必像陶侃一样视博戏如洪水猛兽,还不如效仿袁耽脱帽一掷,何其潇洒!南宋偏安一隅的时局类似于东晋,作者举出桓温、谢安的例子,充满了对那些力挽狂澜的风流人物的向往之情,绝不仅是为打马张目,而是希望南宋君臣不要畏敌如虎,应该像桓、谢一般镇定自若,克敌制胜,早日收复失地,使广大人民不要再流离失所。

末尾"乱曰"一段总括全文,抒发了作者对金人的憎恨和对时局的忧虑,更表达了对有朝一日回归故乡、"相将过淮水"的强烈渴盼。作者虽然"老矣",但是爱国之心丝毫不衰,贯穿全篇的并不是对于打马这一游戏的单纯热爱,而是寄托了无尽的壮志和情怀。作者深研打马之精义,将其与精诚、谨慎、进取、救国等联系起来,"纸上谈兵",纵横捭阖。《打马图序》中说:"使千万世后,知命辞打马始自易安居士也。"其中深意故不止打马而已。明代赵世杰在《古今女史》中评《打马赋》,引赵澹之语:"文人三昧,虽游戏亦具大神通。"清代李汉章题李易安《打马图》:"寓锦心绣口游戏之中,致足乐也。若夫生际乱离,去国怀土,天涯迟暮,感慨无聊,既随事以行文,亦因文以见志,又足悲矣。"都看出了这篇赋的特殊意义。

(孔燕妮)

【作者小传】

陈与义

(1090—1138) 字去非,号简斋。洛阳(今属河南)人。徽宗政和三年(1113)及第,授文林郎,开德府教授。宣和四年(1122)擢太学博士,六年任秘书省著作佐郎,除司勋员外郎,旋擢符宝郎。是年坐王黼罢相之累,谪监陈留酒税。靖康之难,避乱襄汉,转徙福广等地。后历兵部员外郎、中书舍人兼掌内制、左中大夫等职。八年以病退,再知湖州卒。有《简斋集》《无住词》。

玉　延　赋①　　　　　　　　　　陈与义

　　吾闻阳公之田，不垦不耕，爰播盈斗，可获连城②。资阴阳之淑气，孕天地之至精。蜿蜒赤埴之腴③，煌煜白虹之英④。惊山木之润发⑤，冒朝采之余荣⑥。逮百嘉之泽尽⑦，候此玉之丰成。王公大人方以不贪为宝⑧，辞秦玉而陋楚珩⑨。虽三献其谁售，乃举赘于老生⑩。老生囊中之法未试⑪，腹内之雷久鸣⑫。搴石鼎以自濯，揣豕腹之彭亨⑬。春江浩其波涛，远壑飒以松声。俄白云之涨谷⑭，乱双眼于晦明⑮。擅人间之三绝⑯，色味胜而香清。捧杯盂而笑领，映户牖之新晴。斥去懒残之芋⑰，尽弃接舆之菁⑱。收奇勋于景刻，匕未落而体轻⑲。凌厉八仙，扫除三彭⑳。见蓬莱之夷路，接阊阖于初程㉑。彼徇华之大夫，含三生之宿酲㉒。污之以蜂蜜，辱之以羊羹。合尝逸少之炙㉓，同传孝仪之鲭㉔。叹超然之至味，乃陆沉㉕于聋盲。岂皆能于我遇，亦或卿而或烹㉖。起援笔而三叫，驱蛇蚓以纵横。吾何与大夫之迷疾㉗，盖以慰此玉之不平也。

〔注〕①玉延：即山药。唐孙思邈《备急千金要方·薯蓣》："薯蓣生于山者名山药，秦楚之间名玉延。"　②阳公之田：阳公，当作"杨公"。干宝《搜神记》卷十一：杨公伯雍，洛阳县人也。本以侩卖为业，性笃孝。父母亡，葬无终山，遂家焉。山高八十里，上无水，公汲水作义浆于坂头，行者皆饮之。三年，有一人就饮，以一斗石子与之，使至高平好地有石处种之，云："玉当生其中。"杨公未娶，又语云："汝后当得好妇。"语毕不见。乃种其石。数岁，时时往视，见玉子生石上，人莫知也。有徐氏者，右北平著姓，女甚有行，时人求，多不许。公乃试求徐氏，徐氏笑以为狂，因戏云："得白璧一双来，当听为婚。"公至所种玉田中，得白璧五双，以聘，徐氏大惊，遂以女妻公。天子闻而异之，拜为大夫。乃于种玉处四角作大石柱，各一丈，中央一顷地名曰玉田。连城：《史记·廉颇蔺相如列传》："赵惠文王时得楚和氏璧，秦昭王闻之，使人遗赵王书，愿以十五城请易璧。"此谓杨公种石可获价值连城的玉璧。　③赤埴（zhí）：红色的黏土。《尚书·禹贡》："厥土赤埴坟，草木渐包。"孔传："土黏曰埴。"　④煌：壮盛之貌。《文选·上林赋》："煌煌扈扈，照曜巨野。"郭璞曰："言其光采之盛也。"白虹：日月周围的白晕。《礼记·聘义》：子贡问于孔子，曰："敢问君子贵玉而贱珉者何也？为玉之寡而珉之多与？"孔子曰："非为珉之多故贱之也，玉之寡故贵之也。夫昔者君子比德于玉焉，温润而泽，仁也；缜密以栗，知也；……气如白虹，天也；……故君子贵之也。"　⑤惊山木之润发：《荀子·劝学》："玉在山而木草润，渊生珠而崖不枯。"　⑥冒：覆盖，包容。朝采：《前汉书·司马相如传》："雹采琬琰，和氏出焉。"颜师古注曰："雹，古珉字也。朝采者，美玉每旦有白虹之气，光采上出，故名朝采。"荣：可指花木之光泽，亦可指云气，古人以为是吉祥之兆。　⑦百嘉：众善，各种吉祥好事。

《国语·楚语下》:"天明昌作,百嘉备舍。"韦昭注:"嘉,善也。"《用易详解》卷一:一阴一阳之谓道,继之者善也。善为道之继,则元为善之长,可知矣。大哉乾元,万物资始,此所以为善之长也。亨者,通也。元降而为亨,百嘉之生于是和会。云行雨施,品物流形,此亨所以为嘉之会也。 ⑧ 方:一并,都这样。以不贪为宝:《左传·襄公十五年》:宋人或得玉,献诸子罕。子罕弗受。献玉者曰:"以示玉人,玉人以为宝也,故敢献之。"子罕曰:"我以不贪为宝,尔以玉为宝。若以与我,皆丧宝也,不若人有其宝。" ⑨ 辞秦玉:不收秦地的美玉。陋楚珩(héng):鄙视楚地的佩玉。珩:古代佩玉上部的横玉,形似磬或似半环。《国语·楚语下》:"王孙围聘于晋,定公飨之,赵简子鸣玉以相。问于王孙围曰:'楚之白珩犹在乎?'对曰:'然。'简子曰:'其为宝也几何矣?'曰:'未尝为宝。楚之所宝者,曰观射父,能作训辞,以行事于诸侯……若夫白珩,先王之玩也,何宝焉?'" ⑩ 贽:见人时所执的礼物,动词意义是赠送。 ⑪ 囊中之法:杜甫《去矣行》:"未试囊中餐玉法,明朝且入蓝田山。"王洙注:"《周礼·天官·玉府》:'王齐,则供食玉。'注:玉是阳精之纯者,食之以御水气。" ⑫ 腹内之雷久鸣:《论衡·雷虚篇》:"人伤于寒,寒气入腹,腹中素温,温寒分争,激气雷鸣,三验也。" ⑬ 搘(zhī):支撑。豕腹:猪的腹部。彭亨:胀大貌。 ⑭ 白云之涨谷:李白《瀑布》:"天河从中来,白云涨川谷。" ⑮ 晦明:《周易口义》卷八:"是故君子……考步其阴阳寒暑,日月星辰,风雨晦明,以察天时之早晚,以观四时之代谢。" ⑯ 三绝:指色、香、味。苏轼有《过子忽出新意,以山芋作玉糁羹,色、香、味皆奇绝,天上酥陀则不可知,人间决无此味也》诗,见《东坡全集》卷二十九。 ⑰ 懒残之芋:《分门古今类事》卷三引袁郊《甘泽谣》:衡岳寺有执役僧性懒而食残,人多呼为懒残,独李泌常异之。一日往见,正以牛粪煨芋,取其半以授泌,曰:"慎勿多言,领取十年宰相。"泌后果相肃宗十年。 ⑱ 接舆之菁:《说郛》卷五十七下:陆通字接舆,楚人也,好养性,躬耕以为食。……于是夫负釜甑,妻戴纴器,变名易姓,游诸名山,食桂栌实,服黄菁子,隐蜀峨眉山,寿数百年,俗传以为仙云。 ⑲ 匕:古代取食的用具,曲柄浅斗,类似于调羹。 ⑳ 凌厉:凌空高飞;升腾直上。八仙:说法众多,或指汉钟离、张果老、吕洞宾、铁拐李、韩湘子、曹国舅、蓝采和、何仙姑,或指容成公、李耳、董仲舒、张道陵、庄君平、李八百、范长生、尔朱先生等,此盖泛指神仙。三彭:指三尸神。《宣室志》卷一:桴子曰:"夫彭者,三尸之姓,常居人身中,伺察功罪,每至庚申日,籍于上帝。故凡学仙者,当先绝其三尸,如是则神仙可得,不然虽苦其心无补也。" ㉑ 蓬莱:古代传说中的神山,泛指仙境。夷路:平坦的道路。阊阖:传说中的天门,代指仙界。初程:刚开始的旅程,此意轻易就到达。 ㉒ 徇华之大夫:意谓追求尘世浮华的俗士。张协《七命》:"冲漠公子,含华隐曜……于是徇华大夫,闻而造焉。"李善注:"徇,荣也;华,浮华也"吕延济注:"徇,求;造,就也。假立此求华大夫,闻冲漠公子就问焉。"吕说是。三生:即佛教所说之前生、今生、来生。宿醒(chéng):犹言宿醉。 ㉓ 合尝逸少之炙:同聚一堂餐饮。《晋书·王羲之传》:王羲之字逸少,……幼讷于言,人未之奇。年十三,尝谒周顗,顗察而异之。时重牛心炙,坐客未啖,顗先割啗羲之,于是始知名。 ㉔ 同传孝仪之鲭:《西京杂记》卷二:五侯不相能,宾客不得往来。娄护丰辩,传食五侯间,各得其欢心,竞致奇膳。护乃合以为鲭,世称五侯鲭,以为奇味焉。 ㉕ 陆沉:陆地无水而沉。这里意谓埋没。 ㉖ 或卿而或烹:《左传·哀公十六年》:生拘石乞,而问白公之死焉。对曰:"余知其所,而长者使余勿言。"曰:"不言将烹。"乞曰:"此事克则为卿,不克则烹,固其所也。何害?"乃烹石乞。 ㉗ 迷疾:《列子》:秦人逢氏有子,少而惠,及壮而有迷罔之疾。闻歌以为哭,视白以为黑,飨香以为朽,尝甘以为苦,行非以为是。

宋代的士人相较唐代士人来说,具有更多的"平民"意识。这种"平民意识"

在进一步扩大了宋代文学表现范围的同时,也改变了其表现方式。这篇《玉延赋》,正是一例。

首先,这篇赋所选取的题目便很有意思。玉延,名字很雅致好听,但其实不过就是寻常食物山药。作者描写的既不是上林、两都那样的大景物、大场面,也不是纨扇、洞箫这类极具人文意味的身边雅玩,而是日常生活中极普通常见的一种食材——或者,在某些情况下,也可以被称作药材。这样的选题,本身就体现了宋代文学的平民特色。

其次,在结构及思想表达上,这篇赋也体现出一些新的特点。就结构而言,此赋大体上可以分作三个部分:第一部分是从开头到"乃举赘于老生",是写玉延之种植及到作者手中之经过;第二部分是从"老生囊中之法未试"到"接闻阖于初程",是写食用玉延之过程及其功效;第三部分是从"彼徇华之大夫"到末尾,是抒情和发议论。结构虽不甚复杂,但其缝合转接之笔法却极精妙。且看第一部分,本欲写山药,却故意"避实而就名",从其名字中的"玉"字写起。阳公种玉典故的引用,不仅拓宽了读者的想象阈,而且为本赋带来了一种历史感。而以下"资阴阳之淑气,孕天地之至精"等语,更是将玉的产生神秘化,充满了浪漫色彩。本部分之结用了两句:"王公大人方以不贪为宝,辞秦玉而陋楚珩。虽三献其谁售,乃举赘于老生。""王公大人方以不贪为宝",表面上是赞扬,背地里却是讽世;"虽三献其谁售",表面上是说历史,其实却是发牢骚。在转结中阐发议论,是本赋的妙处之一。而到了第二部分,作者则再用一句"老生囊中之法未试,腹内之雷久鸣"承之。腹中雷鸣·显然是饿了,需要食物来果腹,作者终于将不能充饥的"玉"引到了可以吃的"玉延"。昔日秦少游论赋有云:"凡赋句,全藉牵合而成。其初两事,甚不相侔,以言贯穿之,便可为吾所用。此炼句之工也。"(《师友谈记》)以本赋观之,正与其相合。需要指出的是,有注者将第二部分中的"揾豕腹之彭亨"解释成"此喻玉延满鼎,鼓胀如猪腹",将"懒残之芋"解释成"残腐有毒之芋",将"接舆之菁"解释成"枝蔓纷披散乱的蔓菁",皆不正确。按"豕腹",侧重点乃在一"腹"字,意指作者的肚子,加一"豕",是有自嘲、调侃的意味。"揾",虽本意为"支",但这里引申为填满的意思。"豕腹彭亨"是指作者终于吃饱了。正因为吃饱了,作者才会有下文所写的那种飘飘欲仙的感觉。至于"懒残之芋",指的是懒残吃的芋头,"接舆之菁"指的是接舆吃的黄菁子,作者为突出山药之价值,故将其与二者并提。文中所说,并非是择菜的过程。赋的第三部分,则纯是议论抒情。上文既已将玉延还原成一种食物,下文就继续沿着食物这一线索来写。"徇华大夫",是作者嘲讽的对立面。这些人只知追求俗世的繁华,故虽经三生轮转,仍如酒醉之人一样,毫无开悟的灵性。他们食用玉延,只是追求口感,用蜂蜜拌,同羊肉煮,殊不知正是这些世俗的口味,遮蔽了玉延天然的色味清香。超然的至味,终被尘世的暗昧所掩。"岂皆能于我遇,亦或卿而或烹",是感叹。或卿或烹,代指的是这样或那样的命运,亦即不同人对待玉延的不同方法,感慨的是玉延命运无主与沉沦。有人把"卿"解释成一种烹调方法,不对。而"起援笔而三叫,驱蛇蚓以纵横",抒发的则是一种愤怒。正因对玉延的命运不平,作者才在大叫之后写下激烈的文字。"吾何与大夫之迷疾,盖以慰此玉之不平",到了赋的末尾,作者终于不再遮掩,显示出了昂然不世的丈夫气。结尾的这段议论和抒情,占了全文三分之一的篇幅,体现了宋人好说理、好议论的文学习惯。就文学表现形式而言,这是宋代文学的一种新的进展。

这篇赋总的来说,使用的正是秦少游所谓的"牵合贯穿"之法,但其在转折贯穿处常能见出巧思。借转折而发议论,借议论而抒情,一语而兼数意,是本文之长。而其用事之精切,用韵之妥帖,亦足称道。本文第一部分的特点是奇幻,暗含士人怀才不遇的牢骚;中一部分的特点则是幽默、滑稽,甚至带有一点"油滑腔",显现出宋代文人特有的处世态度;末一部分的特点则是激扬慷慨,显现出对于世俗黑白淆乱的愤怒和对正确道德准则的坚守。细味之下,本赋虽然篇幅不长,但其意则不可谓不丰矣。

(刘竞飞)

【作者小传】

刘子翚

(1101—1147) 字彦冲,号屏山。建州崇安(今属福建)人。以荫授承务郎,通判兴化军。父死靖康之难,遂辞归武夷山,隐居十七年。讲学不倦,所与游者,皆海内知名人士。高宗绍兴十七年卒。谥文靖。子翚学问精深,于《周易》尤有心得,朱熹曾从之学《易》。诗文俱佳。有《屏山集》传世。

涩 暑 赋

刘子翚

病翁筋骨支离①,当暑弥剧②。望雨于南斋之上③,拊槛而歌曰④:"使天霄珠⑤,不可以清烦裾⑥;使天霄玉⑦,不可以消炎酷⑧。想墨蜍之跃渊⑨,快商羊之舞陆⑩。"已而飞霆断野⑪,紫电摇岳⑫,帘绡蛰润⑬,柱础流渥⑭。心烦冤而若纠⑮,思淫畜而增浊⑯。疑环居乎曲突⑰,乍窘迹乎重橐⑱。

客有问曰:“溽暑何气哉⑲?”翁曰:“阴阳之争气也⑳。席威者穷而未沮㉑,鼎盛者出而见闭也㉒。阴出为姤㉓,阳来为复㉔。自一卦推之㉕,消长盈虚㉖,曾不离乎六也㉗。蕤宾之日㉘,阴一在内,阳王在外㉙,而六者之运㉚,如星循于次㉛,如辐旋于毂㉜。向之微者益大,大者日益蹙也㉝。肇于豕蹢㉞,极于龙战㉟,贯鱼以柔顺㊱,履虎而骄僭㊲。盖弱则随㊳,强则睽㊴,随则睦而安,睽则竞而危㊵。两雄不并居㊶,终必为之变也。

方其争也㊷,奇耦互生㊸,刚柔杂袭㊹。崩腾海逝㊺,蹇嵯山立㊻。势均力等,屹若勍敌㊼。初如秦晋交绥而近旆㊽,又似楚汉相持而坚壁㊾。彼瀜瀜溃溃者㊿,铄为大焦(51);熙熙曜曜者,煦为蒸湿也(52)。其气烟煴滃濛(53),底滞胶滆(54),洪淰油湙(55),濡汩污浥(56)。被金石而铕暖(57),袭草木而萎蔫(58)。天地汩其清明(59),日月沫其晶晔(60)。薄而为雷(61),则隐辚呼碌(62),喑噫嗢咽(63),旋空欲震(64),郁而不泄(65)。激而为风(66),则飕飗蓬勃(67),燥冒翕忽(68),扬污发秽(69),原谷呀呷(70)。历庚而伏(71),凡四五旬,时犹未歇也(72)。”

客曰:“然则气之为沴厉者邪(73)?”翁曰:“不然。夫惟争也,四时之序乎(74)?万化之机行也(75)。子独不闻烹饪之事乎?实水以釜(76),传火以薪(77)。熚炥烜烈兮滋炽(78),汹涌潏溢兮骤惊(79)。既山鸣而涧吼(80),亦雾蓊而云蒸(81)。靡坚革熟(82),鼎俎之味成焉(83)。故水火不争,为爨者怠(84);曲糵不争(85),为醪者坏(86);辅弼不争,为国者败(87)。斯言虽小,可以喻大也(88)。”

客曰:“问一得三,蒙昧晓然(89)。惟清论之慰沃(90),斯烦歊之可捐者耶(91)。”

〔注〕①病翁:作者自号病翁。支离:衰残瘦弱,疲惫不堪。　②当暑:到暑热时节。弥剧:更加严重。　③望雨:抬头看雨。南斋:居室南边的书斋。　④拊(fǔ)槛:拍打着栏杆。歌:歌咏。　⑤使:假使。霣(yǔn):通“陨”,坠落。珠:玉珠,非指雨珠也。玉性清凉,常用来消暑。　⑥清:消除。烦裾:烦闷郁结的心胸。裾:衣服的前襟,此处代指胸襟。

〔754〕　刘子翚　　　　　　　　　　　　　　　　　　　　　溽暑赋

⑦ 霣玉：天降美玉。　　⑧ 炎酷：炎热的酷暑。　　⑨ 墨蜧(lì)：传说中黑色的神蛇，常潜于深渊，能兴云降雨。跃渊：在潭水中翻腾踊跃。　　⑩ 快：以为快乐。商羊：传说中的神鸟，单足，能预知云雨。下雨前，商羊展翅屈其一足，翩然而舞。舞：起舞。陆：云中之路。　　⑪ 已而：不久。飞霾(mái)断野：飙飞的黄尘隔断了视野。霾：狂风裹挟尘土。　　⑫ 紫电：闪电的紫色光线。摇岳：震撼山岳。　　⑬ 帘绡(xiāo)：生丝织成的门帘。绡：生丝织成的薄纱。蛰润：变得湿润。　　⑭ 柱础：柱子下面的基石。渥(wò)：水。本指湿润，借指流水。　　⑮ 烦怨：心中的愁怨。若纠：如同缠绕在一起难以分解的绳索。　　⑯ 淫裔(yì)：淫淫裔裔，流动之貌。增浊：更加紊乱，凝滞不畅。浊：纷乱无序。　　⑰ 疑：通“凝”，指思绪凝结。环居：环绕盘曲，迟滞不畅。曲突：弯曲的烟囱。　　⑱ 仄：通“窄”，空间狭隘。窘迹：困窘难以迈步。迹：行走，移动。重(chóng)橐(tuó)：盛物的多层口袋。　　⑲ 溽(rù)暑：潮湿炎热的气候。　　⑳ 争气：此处指阴与阳争斗产生的自然之气。　　㉑ 席威者：占主导地位而有威仪的一方。穷而未沮：处于窘迫之境，但力量尚未衰竭。沮：止歇、衰败。　　㉒ 出而见闭：盛在鼎中的东西欲出鼎而被鼎盖所关闭。　　㉓ 姤(gòu)：姤卦☰☴，上乾下巽，谓阴气与阳气相遇，阴气渐盛而阳气渐衰。　　㉔ 复：复卦☷☳，上坤下震，谓阳气回复，逐渐强盛。　　㉕ 推：推算。　　㉖ 消长：谓力量减弱或增强。盈虚：盈满或虚空。消长、盈虚谓事物强弱的发展变化。　　㉗ 离：超出。六：《易》凡六十四卦，每卦六爻，故以六代称每卦之六爻。　　㉘ 蕤(ruí)宾：古乐十二律之一，位于午，夏历建寅，正月为寅，五月为午，故称农历五月为蕤宾。　　㉙ 阴一在内，阳五在外：谓姤卦☰乾上而巽下，即五阳压一阴，可知阳盛阴衰，阴阳失调。此处以姤卦比喻五月气候的闷热与压抑。　　㉚ 六者之运：六爻的运行规则。　　㉛ 循：按规律运行。次：星辰在天体黄道带运行的分次。　　㉜ 毂(gǔ)：车轮中心的圆木，周围有孔与辐相接。　　㉝ “向之微者”二句：过去弱小衰微的，今天会变得日益强盛；过去强盛的，今天会变得日益衰微。向之：过去，往昔。蹙(cù)：迫促缩小。　　㉞ 豕蹢(dí)：猪蹄，指卦之初爻。蹢：蹄子。　　㉟ 极：顶端，终极。龙战：谓阴阳二气交互和合，有龙交之象。《周易·坤卦》曰：“龙战于野。”龙：比喻阳刚之气。战：交合。阴气达到鼎盛的上六之位，阴极阳来，故由坤卦☷六阴，到剥卦☶而生一阳。　　㊱ 贯鱼：成串之鱼，此处指卦之六五爻位，比喻后妃引领众宫女承宠于君王，柔顺而有次序。　　㊲ 履虎：踩老虎的尾巴，指卦之六三爻位。僭(jiàn)：超越本位。豕蹢、龙战、贯鱼、履虎在文中用以说明阴爻在卦体中运行变化的态势，借此阐释自然、社会矛盾的演进遭变之理。　　㊳ 随：《周易》随卦名，卦形☱☳，下震☳上兑☱，谓在内以德感动，在外以言劝说，阳刚随阴柔，物皆随从也。　　㊴ 强：力量强盛。睽：《周易》睽卦名，卦形☲☱，下兑☱上离☲，兑为泽，离为火。故《彖辞》曰：“火动而上，泽动而下。”谓水火不容，相互背离。此二句是说矛盾双方，一方强一方弱时，弱随强，方向一致，矛盾并不明显。当两方力量相当时，则矛盾尖锐，互不相容，面临分裂。　　㊵ “随则”二句：阴阳双方一方随顺另一方，则矛盾缓和，就和睦稳定，处静不变；双方互相背离争斗时，事物就能向前发展变化。　　㊶ 两雄：力量都很强盛的双方。并居：对立双方共处也。　　㊷ 方：正当。其：阴阳双方。　　㊸ 奇(jī)耦(ǒu)：奇数和偶数，指六爻中的阳爻九与阴爻六。耦：同“偶”。生：生发，发展。　　㊹ 刚柔：阳与阴。杂袭：错杂纷乱。　　㊺ 崩腾海逝：汹涌奔腾的海浪。崩：同奔。　　㊻ 蹇(jiǎn)嵼(chǎn)山立：突兀曲凹如大山耸立。蹇嵼：通常作巉巉或蹇产。　　㊼ 屹：阴阳双方如对峙的山峰一样并立相对。勍(qíng)敌：劲敌。　　㊽ 秦晋交绥而近旆(pèi)：秦晋两国军队交战，军旗相互靠近。《左传·文公十二年》：“秦以胜归，我何以报。乃皆出战，交绥。”晋杜预注：“秦晋志未能坚战，短兵未至，争而两退，故曰交绥。”此反其意而用之，比喻阴阳二气争斗之初如同秦晋两军短兵接交一样，处于胶着状态。绥、旆皆指军旗，交绥、近

筛谓两军混战,旗帜交错。　㊾楚汉相持:刘邦、项羽入关后,项羽拥兵四十万,驻鸿门,刘邦拥兵十万,驻霸上。此句比喻阴阳二气之争如同楚汉二军对垒相持,互有坚固的军事壁垒,处于势均力敌的状态。　㊿瀜(róng):瀜溃溃:水流动的样子。　51铄(shuò):熔化。大焦:彻底焦化变得枯燥。　52熙熙曜(yào)曜:光明鲜耀。煦:蒸发。蒸湿:闷热潮湿。　53烟(yīn)煴(yūn):同绲缊、氤氲,混和激荡。瀚(wěng):瀚濛濛:云气迷漫翻卷。瀚:云气腾涌。　54底滞:停滞。底:凝滞。胶溲:纠结滞缓而不畅。　55湉(tián)淰(niǎn):污浊。油溲(yì):水流动貌。又作浟溲。　56濡(rú)汩(gǔ)污浥(yì):湿润流动。　57"被金石"句:阴阳之气即使遇到金石也能将其销熔为流水。　58袭:碰到、触及。菱蓾(ěr):菱缩枯烂。　59汨:埋没。清明:清晰明亮。　60沫:同没,掩没。晶晔:光明,明亮。　61薄:迫近撞击。　62隐磷呼碌:雷鸣之声,象声词。呼碌:同袤隆。　63暗噎(yī):哑然无声。唱(wà)咽:吞咽,形容雷声忽然隐没,寂然无声。　64旋空:盘旋在空中。震:打雷。　65郁而不渫(xiè):雷声暗哑郁结于空而难以消散。　66激:激荡,激扬。谓阴阳二气激奋越扬时则成为风。　67赋(guó)赋(huò):带有暑气的热风。蓬勃:热风飘飞漫卷。　68燥冒:赤热。翕忽:迅疾飞动的样子。　69扬污发秽:席卷污秽之物而飘飞。　70原谷:原野的山谷。呀(yā)呷(xiā):吞吐吸饮,谓狂风在山谷中飘飞的情状。　71历庚而伏:夏至后第三个庚日入伏,为初伏;第四个庚日为入中伏;立秋后第一个庚日为入末伏。初伏、末伏各十天,中伏或十天,或二十天,加起来大约四旬左右。　72时:指溽热的时间。歇:停止,歇息。　73沴(lì)厉:灾害,祸害。　74四时:一年四季。序:次序,规律。平:平衡有节。二气相争,四时变换有序。　75万化:万物。机:事物变化的缘由和动力。行:启动,运行。　76实:盛(chéng)装。　77传火以薪:用木柴传送火种。　78烨(bì)沸(fú):火盛之貌。烜(xuān)烈:旺盛。滋炽:更加旺盛。　79汹涌:火旺则釜中之水沸腾。潏(yù)溢:水沸腾从釜中溢出。骤惊:形容水溢出时的喷溅状态如同人猛然受惊一样。　80山鸣而涧吼:比喻水沸滚时的声响如同山涧之吼声一样强烈。　81雾蓊而云素:釜中的水蒸气如同云雾一样浓郁蒸腾。蓊(wěng):茂盛。　82麋(mǐ)坚革熟:将坚硬的麋鹿肉煮烂。革:麋皮。　83鼎俎:古代盛放熟肉的器皿。牲体之肠、胃、肺、心、舌、肝、肤及鱼腊均烹于镬,升于鼎,载于俎。　84为爨(cuàn)者:烧火的人。怠:懈怠懒惰。　85曲(qū)蘖(niè):酒母。比喻风雷。　86为醪(láo)者:造酒母者。坏:失误过错。　87辅弼:辅佐国君的大臣。争:进谏,谏诤。同诤。为国者败:国君策略失误。　88喻大:比喻说明大事。　89蒙昧晓然:使蒙昧的认识变得清楚明白。　90惟:只有。清论:高论。慰沃:安慰和抚慰。　91烦歊(xiāo):燥热导致的烦闷苦恼。捐:抛弃。

　　刘子翚是南宋著名的理学家,一代尊师朱熹的启蒙老师。刘子翚的诗文赋具有鲜明的理学色彩,但又不堕于理窟而流于枯涩,尤其散文、辞赋,无论叙事,抑或论理,常常采用比喻、寓言等艺术手法,化抽象为具体,化深奥于明晓,借此充实其文章之艺术美感。钱锺书曾在《宋诗选注》中赞扬刘子翚是宋代"诗人里的一位道学家,并非只在道学家里充个诗人"的人,"他沾染'讲义语录'的习气最少,就是讲心理学、伦理学的时候,也能够用鲜明的比喻,使抽象的东西有了形象"。《溽暑赋》恰恰体现了刘子翚散文、辞赋充满形象的艺术特色。

　　《溽暑赋》是一篇以描写为外表,以议论为主,借物喻理的文学作品,文章的主题在于借助炎热的天气,解释自然现象所蕴含的阴阳观念,阐释他的《易》学理念,表达事物只有竞争才能不断发展变化的进化论思想。尽管作者大量铺陈描写云、雨、雷、电的惊心动魄的形成过程及其状态,但状物达情的目的不在于写景,而在于说理。

文章采用汉代散体大赋主客问答的形式,以层层递进的铺陈方法、步步深入的说理思维,以相成、相生、相灭的矛盾统一关系作为文章的内在逻辑秩序,通过解释大自然溽暑现象的形成过程,揭示自然界的万事万物从矛盾对立开始,最终趋于统一,又由统一再次趋向矛盾对立的递进变化规律,体现了中国古代辩证法的哲学思想理论。

文章巧妙地运用《周易》卦体的阴爻、阳爻位置的变化为比喻,加强论证的形象性、生动性、感知性,以浅显的比喻解说深奥难懂的哲理。但文章的中心并不在论证阴阳关系的矛盾统一性,而在于揭示"争斗"的意义,尤其强调出于弱势的"阴"的一方在"争斗"中不断走向强大的意义。他认为自然界的"争"促成了万事万物的变化,使事物由一强一弱的失衡状态达到针锋相对的短暂平衡,事物在尖锐对抗的状态下,矛盾双方如秦晋交绥、楚汉相持,"势均力等,屹若勍敌"。此时对立双方再次激化矛盾,进而演变到水火不容的境界,从而引起事物质的变化。争斗的过程推进了事物不断的向前发展迈进,"争"也就具有了前进的实际意义。万事万物假若强弱悬殊,就会导致"弱则随,强则睽,随则睦而安"的相对静止状态,也就失去了"争"的先决条件,不可能引起质的变化和向前发展。因此长期静止的稳定,必然导致事物的衰亡。

刘子翚的阴阳变化、矛盾对立、竞争发展的思想理论具有深厚的社会文化背景,反映了他对整个北宋政治结构、社会现象的深刻认识。宋朝初立,赵匡胤即采取种种手段方法,并建立一套刚性制度措施,削弱宰相等重臣的权力,制约了官员及机构的行政效能。朱熹曾感叹朝臣无权时说:"兵也收了,财也收了,赏罚刑政一切收了。"(《朱子语类》一二八卷)尤其靖康之乱,南宋偏安,君主昏庸无能而大权在握,大臣的智慧和才华无法得到展现。

刘子翚从过去的历史教训中,清醒地认识到由于北宋权力的严重失衡,最终导致人浮于事,国家行政能力低下,国力衰弱,丧权辱国。刘子翚慷慨愤词,他出于"辅弼不争,为国者败"的思想认识,写成了这篇以自然现象解析阴阳变化、影射君主与臣子权力失衡,进而分析宋朝国力衰败的深层原因,期望南宋统治者能够引以为戒,赋予大臣应有的权力,奋发图强,振兴国家。

《溽暑赋》虽是以赋释理,但作者娴熟地运用赋体铺排、描写、比喻、用典的种种艺术手法,将抽象的哲理转化为具体生动的形象。如开篇"使天霣珠,不可以清烦裾;使天霣玉,不可以消炎酷",点化苏轼的《喜雨亭记》"使天而雨珠,寒者不得以为襦;使天而雨玉,饥者不得以为粟",强化了文章的典雅与简约的美感。又如描写阴阳二气争斗,喻比二气为两雄、劲敌,并以"初如秦晋交绥而近旃,又以楚汉相持而坚壁",解析二气争斗的义理。作者运用迭字、双声、迭韵,从感觉、视觉、听觉等不同方位对阴阳争气的色采、声音、气势、形态进行了描绘论辩,加之句式长短交错、整散相间,强化了句子表情达意的审美效果。

作者为了加强文字的感知性,凸显文中水火对抗的矛盾冲突,烘托文章表现矛盾双方争斗的内在张力,大量运用与水、雨、火有关的字词,以字词的丰富,表现自然的变化,同时也增强了文章的气势。如水字符的字词:清、消、渊、润、淫、浊、溽、沮、海、汉、湿、滃濛、滞、溲、汩、沫、渫、激、污、渗、滋、涧、沃;流渥、瀜瀜溃溃、渶淦油渫、濡汩污沮、汹涌滴溢等。如雨字符的字:霣、霆、雷、震、雾。如火、日字符的字词:烦、炎、煖、燥、薪、炽、熟、爨、然,烟煴、煇烞烜烈;暑、明、晶、晔,等等。

(漆子扬)

哀 马 赋 并序 刘子翚

叛军继踵入闽①,驱窃战骑②,过山岭,悉多殒败③。余感之,作《哀马赋》。

嗟哉④!何闽山之险绝乎⑤!方井陉而旷赵⑥,视剑阁而夷蜀⑦。峻岭标树⑧,横峦挂瀑⑨。岧峣𡺸屼⑩,萦纡阻复⑪。势将平而骤起,涂稚顺而仍曲⑫。穴壁寄栈⑬,沿崖转躅⑭。昼倚石以传飱⑮,暮扪萝而假宿⑯。非恋土之邦人⑰,嗟此来而何欲⑱?

栖危走险⑲,禽疲兽伏⑳。堕峻木之升㺯㉑,碍层霄之飞鹄㉒。矧万马之南奔㉓,列长镳而竞逐㉔。讦四达之通逵㉕,忽丝连而线属㉖。抢攘迫塞㉗,互相挤触㉘。前颠后升㉙,平坑翳渎㉚。衔哀结愤㉛,而丛徂萃萎者十几五六焉㉜。幸而生者,皆垂头顾影㉝,低摧局促㉞,鹿骇麖惊㉟,鸥蹲猬缩㊱。脊伶俜而卦露㊲,尾焦萧而帚秃㊳。鼻咯干埃㊴,肺伤芒谷㊵。望长坂以悲嘶㊶,想清波而浮浴㊷。癣痒疮烦㊸,揩墙摭木㊹。

集彼蚊蝇,纷纭缘扑㊺。竞咂秽而吞腥㊻,肆唇刀而饮镞㊼。忽振体而惊飞㊽，去来遥而旋复㊾。慰己贪婪，忘余楚毒㊿。当附骥而乞怜○51，知汝曹之碌碌○52。困甚陨陵○53，忧同戮梀○54。驾盐车则蹶迹于黔中之步○55，售屠肆则比价于辽东之肉○56。

悲夫！吾闻之，秦赵亘野，燕齐迥陆○57，数骑风驰，万夫鳞毙○58。旜影动兮锋已交○59，鼓声酣兮战方熟○60。莫不虎态龙姿，云鬃电目○61。负甲士之千钧○62，望沙河而一蹴○63。既却锐以摧坚○64，咸蹂都而践国○65。盖时清则龟龙麟凤呈祥表瑞，献图负箓○66，俾之排难济艰○67，虽获千角而网万翎○68，曾不及夫一骥之足○69。

噫！今日治耶乱耶○70？胡弃兹而弗畜○71？彼踶啮恃性○72，驽骀共族○73。渴饮天河之浪○74，饥耗太仓之粟○75。徒鞲饰文绣，辔摇金玉○76。偶备数于六闲○77，气骄矜而动俗○78。责致远之奇功○79，必舆倾而载覆○80。事既失而惩愆○81，亦何劳于鞭扑○82？悼汗血之云亡○83，捐百躯而安赎○84？舟临川而坠楫，车向涂而裂轴○85。激壮士之兴，嗟诚可悲而可哭○86。

夫子曰："伤人乎？"不问马○87。余何眷眷于此哉○88？恐国威之未振，骄虏之南牧也○89。

〔注〕　① 叛军：这里指福建泉州人杨勍的反叛部队。据作者《送张当世序》记载："庚戌张侯来守莆田，余佐郡事，后两月至。时逸寇杨勍犯闽，官军缀之，鏖演山下，声播四境。已而回源盗作。辛亥，其徒益炽。……壬子春，灵旗大伐，冲逐荡拓，寇乃平。又一月，天子召侯为郎，余亦及瓜焉。"庚戌，宋高宗建炎四年（1130）；辛亥，高宗绍兴元年（1131）。壬子，高宗绍兴二年（1132）。继踵：接踵，接二连三赶来。　② 驱窃：驱赶偷来的战马。战骑：闽地官府所养的战马。　③ 悉多：大多数。殒（yǔn）败：死伤。　④ 嗟哉：感叹语气词。　⑤ 何：为何，疑问语气词。闽山：在今福建闽侯县境。险绝：险要奇绝。　⑥ 方：占据，占有。井陉：井陉关。据晋郭缘生《述征记》载，井陉关四周高，中央低，形似井，故曰井陉。在今河北井陉县北，向东进入战国之中山国，向西即赵国。前204年，汉王刘邦遣大将韩信在井陉口背水一战，大破代王陈余20万军队，陈余也被张耳所杀。旷赵：以赵地为空旷。此句与下句互文见义，谓占据了井陉关，瞭望赵地，地势空旷。　⑦ 剑阁：剑门关，唐置，地势险要，在四川剑阁东北，剑山峰峦连绵，下有隘路如门，故名。此句谓占据了剑阁，瞭望四方，只见蜀国，地势平坦。　⑧ 标树：标举树木，形容树木生长在峻峭的山峦之上，如同用手举着一样。　⑨ 横峦挂瀑：纵横交错的山峦垂挂着瀑布。　⑩ 岧（tiáo）峣（yáo）挛（lǜ）屼（wū）：形容山峰耸峭陡峻。　⑪ 萦纡阻复：形象山峰回环曲折。　⑫ 涂：同途，道路。顺：平坦通畅。　⑬ 穴壁寄栈：在悬崖上凿孔架木，

修成栈道。寄：悬空而建。　⑭ 转躅(zhuó)：移动脚步。躅：足迹，引申为脚步。　⑮ 传飧(sūn)：互相传递饭食。　⑯ 扪萝：手抓藤萝。假宿：假寐，和衣坐着打盹。　⑰ 恋土之邦人：留恋故土的本地人。　⑱ 何欲：欲何，将要去何处。　⑲ 栖危走险：不论停留还是行走都非常危险。栖：停留。　⑳ 禽疲兽伏：禽兽经过此处都会感到疲累而伏卧于地。　㉑ 堕峻木之升猱：使高树上善攀的猴子堕于树下。堕：使坠落。升猱：善于攀援的猴子。　㉒ 碍层霄之飞鹄：使翱翔在云霄中的飞鹄受阻而不能通过。前句形容闽山峭险，竟使猿猴因恐惧而从树上掉了下来。后句形容闽山高耸，使飞鹄受阻难以飞越。　㉓ 矧：何况。南奔：向南奔走。㉔ 列长镳(biāo)而竞逐：万马排列着长长的队伍竞相奔逐。镳：马嚼子，此处借指马匹。㉕ 讶：迎，逢。通逵：通衢大路。　㉖ 忽：忽略，忘记。　丝连而线属：比喻道路像丝线一样细狭而危险。这两句是说，昔日官马总是行走在通衢大道上，就根本没有想到今日必须要经过羊肠小道。　㉗ 抢攘：纷乱。迫塞：逼促拥塞。　㉘ 挤触：拥挤碰撞。　㉙ 前颠后升：前面的马被挤倒了，后面的又被拥挤着向前。升：前行。　㉚ 平坑：填平土坑。翳(yì)渎：弃于沟渎。翳：摒弃。　㉛ 衔哀：满含哀伤。结愤：满怀悲愤。　㉜ 丛徂(cú)萃萎：成群而死。丛、萃，言其众多。十几五六：十分之五六。　㉝ 顾：眷顾，怜惜。　㉞ 低摧：低眉悲伤，萎靡不振。局促：惶恐不安。　㉟ 麏(jūn)：獐之属类。　㊱ 鸱蹲猬缩：像猫头鹰一样蹲着，像刺猬一样蜷缩起来。　㊲ 脊伶俜而卦露：脊骨孤零零的像卦体一样凸显在外。谓马匹瘦骨嶙峋。㊳ 尾焦萧而帚秃：尾巴焦枯如同光秃秃的扫帚。焦萧：焦黄稀疏。　㊴ 鼻咯干埃：鼻孔因沾染干尘而咯血。　㊵ 肺伤芒谷：肺部像被尖锐的谷芒刺伤一样剧疼。芒谷，即有芒壳的谷物。㊶ 长坂：漫长的山坡。悲嘶：悲伤地嘶鸣。　㊷ 清波：清清的河水。浮浴：沐浴。浮：通沐。㊸ 疮烦：身体上的痈疮使人心烦。　㊹ 揩墙：因癣痒在墙上磨擦。摅(shū)木：撕咬树木。㊺ 缘扑：谓蚊蝇旋绕而扑。缘：旋绕、盘旋。　㊻ 咂秽：用嘴吸污血。　㊼ 肆：肆虐，放纵。唇刀：唇似刀。饮镞(zú)：舌似箭头。谓蚊蝇的唇舌如刀剑一样厉害。　㊽ 振体而惊飞：摇动自己的躯体像受惊了一样飞离马体。　㊾ 去来：离去。去，语气词。遥：逍遥。旋复：回复，返回。　㊿ 忘余楚毒：不顾别人的痛苦。楚毒：痛苦。　(51) 附骥：依附在马尾上。(52) 汝曹：尔辈，谓蝇蚊之流。碌碌：平庸无能。　(53) 隤(tuí)虺(huī)：叠韵连绵词，同虺隤，指马疲惫不能登山。　(54) 觳(hú)觫(sù)：叠韵连绵词，此处谓马临死时因恐惧而战栗。　(55) 驾盐车：即服盐车，拉着运盐的车子，比喻遭遇不幸而服苦役。蹑迹：步履蹒跚。黔中：秦、唐置黔中郡，治所分别在临沅(今湖南常德)和黔州(今四川彭水县)。　(56) 屠肆：屠宰市场。比价：价钱相当。辽东之肉：辽东猪。　(57)“秦赵”二句：秦赵两地相接，燕齐两地相连，幅员辽阔，地域旷远。亘野、迥陆：辽阔空旷的原野。此二句互文见义。　(58) 数骑风驰，万夫鳞蹙：数匹骏马在空旷的原野上风驰电掣般奔驰，其剽悍的气势令万夫惊讶而畏缩。鳞蹙：像鳞甲一样收缩。(59) 旝(kuài)：战旗。锋已交：前锋部队已短兵相交。　(60) 酣：紧急。熟：激烈。　(61) 虎态龙姿、云鬃电目：谓战马摆开龙虎搏斗的架势，鬃毛如云，目光如电，斗志饱满。　(62) 甲士：穿着铠甲的战士。　(63) 沙河：唐代以前关于罗布泊一带沙漠或盐层的称谓，是中原通往西域的重要通道，无水草，少鸟兽。本句是说好马即使遇到像沙河这样艰难的地域，也能一蹴而过。(64) 却锐以摧坚：打败敌人的精锐之兵并摧毁坚固的阵营。锐：精锐之兵。　(65) 咸：一并。蹂都而践国：踏破国都，扫平全国。　(66) 献图负箓(lù)：传说龙马曾出河中献《河图》《洛书》于伏羲，又说献于大禹。箓：符命之书。本句以龟龙鳞凤四灵之物比喻政治清明时期贤能的大臣，以献图负箓比喻大臣向明君进献治国策略。　(67) 俾：假使。排难济艰：排出危难，解除忧虑。(68) 千角、万翎：谓以上四灵龟龙鳞凤之多。　(69) 骥：上文中秦赵燕齐之地的良马。此处以四灵衬托良骥，赞美其功可盖世。　⑩治耶乱耶：天下太平吗？天下混乱吗？　⑪胡弃兹而弗畜：为何抛弃于此而不畜养它们呢？　⑫彼：过去。踶（dì）啮（niè）：踢踏撕咬。特性：同嗜性，成性也。　⑬驽骀（tái）：劣马。《楚辞·九辩》："却骐骥布满乘兮，策驽骀而取路。"南宋洪兴祖补注引五臣云："骐骥、良马，喻贤才也。驽骀，喻不肖。"族：群类。　⑭天河：天汉，在箕斗二星之间，传说与海相通，此处借指水质很好的大河。　⑮太仓：京都中的国家粮仓。　⑯徒：白白地，空自地。鞯（jiān）：马鞍的衬垫。辔：马缰。此二句谓马鞍、马缰装饰文绣、缀满金玉都毫无意义。　⑰偶：偶尔。备数：充数。六闲：古代官廷中养马的地方。　⑱气骄矜而动俗：心气骄狂矜持，行动庸俗卑粗。　⑲责：责成，依靠。致远：到达很远的地方。奇功：建立奇功。　⑳舆倾、载覆：翻车。　㉑愆（qiān）：愆处罪过。　㉒何劳于鞭扑：有什么必要再去费力气鞭打它们。　㉓悼：念也。汗血：西汉时大宛国所产的汗血马。李广利发兵获大宛血马，后遂有天马行空之说。云亡：像云彩一样消失。　㉔捐百躯而安赎：即使百匹劣马百匹也难换回一匹汗血马。　㉕"舟临"二句：比喻劣马在紧要关头耽误大事，如同划船渡河坠失船桨，车上路断了车轴一样。向涂：上路。涂：同途。　㉖激：激愤。兴嗟：发感叹。　㉗夫子：对孔子的尊称。　㉘眷眷：眷念，眷恋。此处谓骏马消逝，比喻朝中没有栋梁之才。　㉙骄虏：指杨勍叛军。南牧：南犯，南侵。

《哀马赋》属于寄托作者思想寓意的咏物抒情大赋。据作者《送张当世序》记载，宋高宗建炎四年(1130)、绍兴元年(1131)、绍兴二年，福建泉州杨勍叛军多次侵袭莆田，作者参加平叛。并于绍兴二年春，平息叛乱。因此，该赋应作于绍兴二年春夏。

作者亲眼目睹了官养的战马翻越山岭时"悉多殒败"的狼狈情形，痛心疾首之余，触动了他对爆发战乱的思考，对国政的思考。通过哀叹耻笑战马的懦弱胆怯、贪生怕死，表达对统治集团的苟且偷生、消极抗金政策的无比激愤，表示对军队将帅软弱无能、无力抗金的深深忧虑。

文章着笔中心并不在描写战争，着眼点在于对战争背景下，驽马面对险境的惊惶恐惧的丑相的描绘，揭示驽马平素的好逸恶劳、高傲自负，以此表述作者对尸位素餐、贪图享乐的腐化官吏的憎恨与愤慨。养兵千日，用兵一时，作者通过述写国家花费大量人力物力养殖的所谓军马经历具体战争的考验，以此唤醒世人对国家腐朽体制的思考，借此引起人们对国家命运的关注。作者的笔触虽然着眼于描写驽马的可怜狼狈，但并无怜悯与同情，相反给予了寄生在腐朽体制上的驽马以强烈的呵斥和辛辣的讽刺。

文章运用大量四字句，以铿锵急促的音节讥讽平素养尊处优、饱食终日的官养军马，习惯了通衢平坦的大道，习惯于悠闲的蹀躞，不仅没有经历过惨烈的战争场面，即使常规的军事训练也从未经见。其中包含着对国家体制的批判。当战争来临，它们被迫行进在崎岖的栈道时，它们"抢攘迫塞，互相挤触。前颠后升，平坑翳渎"，大多惊惧恐慌，坠崖而亡。幸存者也失去了往日的威风，个个"垂头顾影，低摧局促，鹿骇麏惊，鸱蹲猬缩”，垂头丧气，悲观绝望。只能怅望迢遥的崇山峻岭，徒然的哀鸣悲号，想要到清水中一洗污臭也只不过是幻想而已。面对飞蝇的叮咬，纵使疼痛难忍，却也无可奈何。作者在描摹嘲讽驽马的丑态之后，批判的锋芒直指贪官污吏，作者以为驽马固然可恶，但比驽马更可恨的是那些在体制庇护下投机钻营、吸食人民血汗的昏庸官吏。

作者选择了战争这样一个特殊的场景作为论说的背景，拉开自己议论的序幕，并运用譬喻的手法，以无能可悲的劣马象征那些平日不可一世，战时一味求和、坐以待毙的朝中大员；以咂秽吮腥，依附骥尾的苍蝇象征那些谗害忠良、唇枪舌剑、搬弄是非的奸佞小人。在作者思想意识中，正是诸如劣马、蚊蝇之类的政府官员损坏了国家的基础，导致了国家的衰亡、民族灾难。作者亲眼目睹了北宋末年“靖康之乱”的历史悲剧，清醒地认识到酿成悲剧的根本原因在于国家的用人制度，因而涌动在作品中的愤懑与怨恨所产生的思想认识的光芒，也就格外具有历史的穿透力。

作者巧妙运用对比描写的手法，升华文章批判的艺术效果，在讽刺批判劣马、蚊蝇的同时，对驰骋疆场的秦赵燕齐的骏马则倾注了热烈的赞美之情。刘子翚笔下的骏马如同勇猛的武士、刚烈的英雄、鞠躬尽瘁的国家忠臣一样，毫不计较个人得失。它们不畏艰险、冲锋陷阵的战斗勇气，剽悍的龙姿虎态，都与畏葸不前的驽马形成了强烈的对比。文章熔说理、议论、描写、抒情于一炉，互为表里，相与阐发，简劲而富有气势。

文章的语言颇具艺术特色，显示了作者驾驭语言的高超技巧。以骈体文的四、六句为主的句子形式，讲究音韵与对仗，尤其大量双声叠韵连绵词的运用，不仅增强了文章韵律的美感，而且增强了文章说理的澎湃气势，增强了文章描写、叙事、抒情的形象性和艺术表现张力。如双声词语：陨蹶、萦纡、寄栈、沿崖、转躅、局促、济艰、骄矜；如叠韵词语：岧峣、嵂屼、丛徂、阻复、萃萎、伶俜、浮浴、贪婪、楚毒、觳觫、负箓等。

（漆子扬）

【作者小传】

晁公溯

字子西，号嵩山居士。济州巨野（今属山东）人。晁公武之弟。高宗绍兴八年（1138）进士。历左迪功郎、梁山县尉、施州通判。乾道初知眉州，又擢提点刑狱公事。有《嵩山居士集》传世。

朝 山 堂 赋

晁公溯

吾行半天下兮,阅重岨乎西南之坤①。北有万夫莫开之剑关兮,东有险过百牢之夔门②。外联六诏作屏兮,中贯三巴而为垣③。梯磴钩连莫知其际兮④,俨差差峋峋远宛延。相属而赴望兮,高遮蔽乎日星。临以白帝之神秀兮⑤,诚众山之所尊。

有美一人肯顾此方兮⑥,谓柱下史之耳孙⑦。高四海以视营兮,时树羽江濆⑧。屹三峡之镇其穹然兮,翼山四面而骏奔。启物色分留之秘兮,欣所遇之毕陈。择胜会以还缥缈之飞观兮,凛老气九州岛之倾⑨。观万川犹知宗海兮⑩,虽九土莫得而堙。见群峰之起伏绵延兮,至是而亦必有所臣矣。奚兴感于此义兮,骞颜堂而正名⑪。

憎负固之非无意兮⑫,发有时或上冲乎冠巾。惟汉中兴已受天命兮,而成家乃欲争帝而亡新⑬。吾直欲铲赤甲、白盐之叠嶂兮⑭,洗苍藤翠木之幽昏。恐此复其偶然兮,绸缪牖户以逆消侮予之下民。谨五更之鼓角兮声悲壮⑮,印残夜之山月兮楼空明⑯。谅身虽去国万里兮,心未尝一日忘君。嗟乎!名堂之意高矣!为慨然而赋之,尚庶几起九原于东屯、瀼西之诗人也⑰。

〔注〕 ①岨(zǔ):同"阻"。重岨:指重重叠叠的山障。 ②剑关:即剑门关,在今四川剑阁县北大剑山和小剑山之间。百牢:即百牢关,在今陕西沔县西南。夔门:即瞿塘峡。 ③六诏:唐时,我国西南部少数民族称其王为诏,当时有蒙隽诏、越析诏、浪穹诏、邆睒诏、施浪诏、蒙舍诏,合称六诏。三巴:东汉末,益州牧刘璋分巴郡为永宁、固陵、巴三郡,后又改巴郡为巴东郡,合称三巴。 ④梯磴:山上的石阶。 ⑤白帝:白帝城,在瞿塘峡口。 ⑥有美一人:指夔州之李姓知州,名字已不可考。 ⑦下史:指老子李耳。老子曾为周柱下史,故称。耳孙:远代孙。 ⑧视营:观察经营。树羽:树立旌旗,指当地方长官。羽指用羽毛装饰的旗帜。江濆(fén):江边。 ⑨凛:通"懔",寒冷。老气:指秋气。九州岛:相传禹分中国之地为九州岛,后以九州岛指中国。 ⑩宗海:《尚书·禹贡》:"江汉朝宗于海。"宗即尊崇之意。此堂取名朝山堂,即由"朝宗于海"化出。 ⑪骞:同"搴",发语词。颜堂:给堂题写匾额。 ⑫负固:依恃险阻。 ⑬成家:新莽时,公孙述起兵于成都,自立为蜀王,继称帝,号成家,后为汉光武帝刘秀所消灭。亡新:西汉末,外戚王莽篡夺西汉政权,自立为帝,国号新。 ⑭赤甲、白盐:皆山名,在今四川奉节县。 ⑮谨(huān):喧哗。五更鼓角:杜甫《阁夜》:"五更鼓角声悲壮,三峡星河影动摇。" ⑯残夜山月:杜甫《月》:"四更山吐月,残夜水明楼。" ⑰九原:春秋

时晋国卿大夫的墓地。

赋"铺采摛文,体物写志"(刘勰《文心雕龙》),而于"写志"一端,至宋人则易为"义理"之说,故后世有"一片之文,但押几个韵耳"的批评。而晁氏此赋,却能以疏宕之气行之,于咏物之中骈发情意,理趣兼具,洵为佳篇。晁公遡生于文章世家,积学渊深,为文雄深雅健,《四库全书总目》即称其诗文"劲气直达,颇有崟崎历落之致"。赋作有《屈原宅赋》《神女庙赋》《暑赋》《登赋楼赋》《悯孤赋》和本赋,共六篇,大都表达出儒家传统的思想和观念,内容厚重。风格上以沉郁、奋激为特征。语言朴质凝重,有一种淳朴之美。

此赋即为作者体物写志的名篇,由赋文悬测,知是为一李姓之任夔州知州所作。朝山堂建于白帝城,此赋述其地势,描其形态,有借名堂自述胸臆之意。

赋文首先从大处着眼,以非凡的气势描绘了蜀中山川起伏、重峦叠嶂的险要地势,从地理上肯定了其位置的重要性,极力突出"重岨"之特色。赋文开头即以雄视四方的姿态写出以白帝城为核心的蜀地地形,北临剑关,东依夔门,六诏为屏,三巴为垣,梯磴勾连,无边无际,参差嶙峋、蜿蜒起伏,可谓险极峻极,而群山"相属而赴望兮,高遮蔽乎日星。临以白帝之神秀兮,诚众山之所尊"。百川归海,群山尊帝,也就是堂名"朝山"之意。亦是赋文旨归所在,暗示作者借众山朝宗白帝期盼海宇澄静、天下归一的美好愿望。接着以称颂的口气,叙写李某经营四方之意:"高四海以视营兮,时树羽江渍;屹三峡之镇其穿然兮,翼山四面而骏奔。""启物色分留之秘兮,欣所遇之毕陈。"铺采摛文,情景交融,让自然直达"我"之胸臆,开阔之景、豪迈之气、磊落之志挥洒淋漓,如长江大河,一泻千里。同时,作者还紧扣"朝山"之意:"观万川犹知宗海","见群峰之起伏绵延兮,至是而亦必有所臣矣",很自然地点明主旨,可谓曲尽其妙。最后对历史上依恃险阻而割据一方的分裂者,满怀怒火地进行了谴责:"吾直欲铲赤甲、白盐之叠嶂兮,洗苍藤翠木之幽昏。"可谓气吞山河,惊心动魄。晁公遡一生动荡漂泊、踪迹不定。靖康之变后,举家避乱南下,其父晁冲之在宁陵(今河南商丘附近)被金兵杀害,父亲死后,晁公遡从宁陵南下,渡江入吴,建炎三年(1129)入蜀。而他自幼所形成的以儒家为核心的道德、思想和情怀,又时刻让他以民生为先。所以在他的心目中,时刻想象着消除割据,一统天下,而万姓安宁。但南宋王朝已非昔日之大一统,偏安江左的现实,江河日下的时局,都让作者忧心忡忡,所以在赋文最后他还表示了深沉的忧虑:"谨三更之鼓角兮声悲壮,印残夜之山月兮楼空明。谅身虽去国万里兮,心未尝一日忘君。"沉郁厚重,真切感人。

综观全赋而言,作者由山川之险而感慨于汉末蜀中之事,表现了反对分裂,

维护国家统一的强烈愿望,这一思想对江山破碎的南宋政权来说是颇有现实意义的。于艺术层面而言,此赋有以下几点特色:

其一为状物之奇。自古蜀地都是以奇险著称,前有李白"蜀道难,难于上青天"之语,而此赋既描摹其险峻之状,又明万山朝尊之意,情志融合无间,具有独特的艺术魅力。

其二为语式之奇。此赋语言上多用长句,参差错落,以文入赋,因而具有表达自由、活泼灵动的特点,又以"气"行文,有长江大河般滔滔直下的气势和力度。同时,作者又尽量使语言整饬,音韵铿锵,避免过度散文化而导致的韵味丧失,以尽量保持赋体文的艺术特色,语言的错落之美与情志的深沉慷慨形成动态的融合,混合无间,颇具艺术匠心。

其三是诗句的化用。《复小斋赋话》卷上云:"'吾直欲铲赤甲、白盐之叠嶂兮,洗苍藤翠木之幽昏。恐此复其偶然兮,绸缪牖户以逆消侮予之下民。'全用少陵《剑门》诗。"以诗入赋,虽为后世赋论家所不许,但能化用出新,也为辞赋创作开辟了一条新路径,此赋直可与李白的《蜀道难》、杜甫的《剑门》诗对读,不可谓此公法眼独具、另辟蹊径之功。

(孙福轩)

王十朋

【作者小传】

(1112—1177),字龟龄,温州乐清(今属福建)人。宋高宗绍兴二十五年(1157年)进士及第。授绍兴府签判,累迁著作郎。宋孝宗时,历饶、夔、湖、泉诸州知州,太子詹事等官,以龙图阁学士致仕。素以切直敢谏著称。在朝期间,多次上疏弹劾权臣,力荐忠直之士,力促北伐,志在收复中原,陈述恢复之计,深得皇帝信任。任地方官时,关心民瘼,轻徭薄赋,政绩甚好,深得百姓拥戴。他善文词,深得朱熹、张栻等人推重。《宋史》有传。有《梅溪集》《梅溪后集》传世。

民 事 堂 赋 并序　　　　王十朋

　　堂名"民事",志天语也。十朋备员越幕,岁将期。顾惟不才,眊然无补,日以败官旷职为忧,所幸黄堂主人甚贤,同僚皆士君子,朝夕讲论,无非民事之要者,因为之赋,以志其一二云。

緊越幕有下僚兮[1]，名所寓曰"民事之堂"。诵天语之丁宁兮[2]，衔圣恩而不敢忘。啖民脂以饱妻子兮，犹雀鼠之偷太仓[3]。苟不民事之是思兮，又将奚逭乎天殃[4]。嗟会稽之大府兮，罹荐岁之凶荒。飓风作于孟秋兮，雨浸淫而异常。天吴怒而江涛沸溢兮，漂庐舍而坏堤防。粢盛害而岁大侵兮[5]，民饿踣而流亡[6]。射的黑而米斛千兮[7]，撷蓼花以为粮。痛濒海之蚩蚩兮[8]，葬江鱼之腹肠。予尝告其故于前使君兮，请敷奏于岩廊[9]。顾幕中平日之辨兮，人乃靳其为狂。

会尊伯之传召兮，达民瘼于九重。予殆有类于辇者兮，亦何恨夫言之不庸。洪惟当宁之至仁兮，视赤子其如伤。蠲常赋而救天菑兮[10]，出内帑之所藏。哀东州之无告兮，惠吾民以龚黄[11]。左公孝而石孟博兮[12]，相与协赞其惟良。先抚字而后催科兮[13]，正今日之所当。宽公私之债负兮，以俟乎岁之丰穰。省讼牒之烦苛兮，扣蠹政之豪强。节无用之浮费兮，俾斯民之小康。兹政事之所急兮，敢不忠告乎黄堂。

至若鉴湖利及九千顷兮，日侵削而就荒。岁和买无虑十万缣兮[14]，曾无一钱之偿。榷酤之利半夺于有力兮[15]，财赋浸以荒凉。兼并之弊炽于大族兮，编氓馁于糟糠[16]。兹又越中之巨害兮，姑略言其大纲。若夫民事之在天下兮，固不足以知其详。有一言以尽之兮，曰生之而不伤。择守令兮去奸赃，慎勿扰兮如牧羊。兹畎亩之惓惓兮[17]，愿入告于天王。

〔注〕①緊(yī)：语气助词。②天语：谓天子诏谕。③太仓：古代京师储谷的大仓。④逭(huàn)：逃避。《书·太甲中》："天作孽，犹可违；自作孽，不可逭。"孔传："孽，灾；逭，逃也。言天灾可避；自作灾不可逃。"⑤粢(zī)盛：古代盛在祭器内以供祭祀的谷物。侵：古称荒年为侵。⑥踣(bó)：跌倒。⑦射的：指箭靶；米斛：指米粮。卜辞有"射的白，米斛百；射的玄，米斛千"之说，此胃年景不好，谷物歉收。⑧临海：濒海。蚩蚩：纷乱的样子。⑨岩廊：高峻的廊庑，此借指朝廷。⑩蠲(juān)：免去。⑪龚黄：汉代循吏龚遂与黄霸的并称。亦泛指循吏。⑫公孝：岑晊，字公孝，曾官南阳太守；孟博：范滂，字孟博，曾官汝南太守。为官俱有清节。《后汉书·党锢传序》："汝南太守宗资任功曹范滂，南阳太守成瑨亦委功曹岑晊，二郡又为谣曰：'汝南太守范孟博，南阳宗资主画诺；南阳太守岑公孝，弘农成瑨但坐

啸。'" ⑬抚字：谓对百姓的安抚体恤。催科：催收租税。 ⑭和买：宋代政府于春季贷款给农民，至夏秋时令农民以绢偿还，谓之和买。 ⑮榷(què)酤(gū)：汉代以后历代政府所实行的酒专卖制度。 ⑯编氓(méng)：编入户籍的平民。 ⑰畎(quǎn)亩：村野田间。惓(quán)惓：恳切的样子。

王十朋赋作，虽传世不少，但以《会稽三赋》最为著名。明刊本陶望龄《序》云："龟龄《风俗》等赋，乃更流传，髫秀之童，无不上口，其家传户习，殆似元和之诵微之也。"《四库全书总目提要》也说："此赋三篇，又于集外别行。一曰《会稽风俗赋》，仿《三都赋》之体，历叙其地山川、物产、人物、古迹；一曰《民事堂赋》，民事堂者，绍兴中添差签判厅之公堂也。元借寓小能仁寺，岁久圮废，十朋始重建于车水坊；一曰《蓬莱阁赋》，其阁以元稹诗'谪居犹得住蓬莱'句得名。皆在会稽，故统名曰《会稽三赋》。……十朋文章典雅，足以标举兹邦之胜。"

《民事堂赋》写于作者任职绍兴期间，是王十朋的励志自勉书。"翳越幕有下僚兮，名所寓曰民事堂。诵天语之丁宁兮，衔圣命而不敢忘。"点明该篇主旨，体现出作者忠君爱民的拳拳之心。下叙天灾人祸，饿殍遍野，希冀贤才出世，协赞图谋，最后终结为"有一言以尽之兮，曰生之而不伤"，重视民生是此赋思想最大的亮点，王十朋反对唼民脂以饱妻子，侵湖利以饱私囊的做法，以之为为官"大害"，勉励自己清白廉正。他曾作《宴七邑宰》诗宣示做官为民爱民之旨："九重宵旰爱民深，令尹宜怀抚字心。今日黄堂一杯酒，殷勤端为庶民斟。"晚年在泉州任上，他与同僚共立戒贿的"戒石"，并作《修戒石》诗云："君以民脂膏，禄尔大夫士。脂膏饱其腹，曾不念赤子？贪暴以自诛，诛求不知耻……一念苟或违，方寸宁不愧！清源庭中石，整顿自今始。何敢警同僚，兢兢惟救己。"警示官吏不得害民。他为南宋朝廷日夜忧思，兢兢业业。他为百姓忙于案牍，奔走呼告。让我们看到范文正公般"居庙堂之高，则忧其民；处江湖之远，则忧其君"的高尚情怀，而此赋的写作，也就因而具有了鲜明的时代色彩和现实意义。

此赋初看并无特别之处，但细细品味，却是以"理致"取胜的佳作。时至南宋，宋赋的发展又分化为两途：一路沿着欧、苏的路子继续前进，融散入骈，挥洒自如，如王十朋、范成大、杨万里等人；另一路则是以汪藻、孙觌、陆游、叶适、真德秀等人，所作赋文多为工整的四六文。而王十朋为文崇尚刚气，取法韩柳欧苏又有变化，不为浮虚靡丽之语，多简质拗峭，旨趣明畅之作。此赋即是这种风格的体现，虽说是赋，但是从内容上来说，几乎可以说是一篇有韵的政论文，直堪与陆贽公的奏议对读。杨慎《升庵集》卷二《群公四六序》云："观此集所载，若王梅溪、胡邦衡、王民瞻、任元受、赵庄叔、张安国、胡仲仁、陈止斋，皆一时忠节道学之臣，鸿藻景铄之士,其英声直气见于偶丽绨绘之中,直可与陆宣公奏议上下相映,奚可以文章末品少之?"于此可谓有会心哉!

全赋句式骚散结合,间以俪语,融拗折峭劲之气与深挚感伤之情于一体,卒章显志,既明忠君爱民之情意,又深具讽喻色彩,契合古之赋旨,此应为王十朋《民事堂赋》创作的真正用意之所在。

(孙福轩)

蓬 莱 阁 赋 并序 王十朋

越中自古号嘉山水①,而蓬莱阁实为之冠②。昔元微之作《州宅诗》③,世称绝唱;近代张公伯玉"三章"脍炙人口④,好事者从而和之,独未闻有赋之者。某筮仕之初⑤,辱为蓬莱客⑥,乃者⑦中秋之夕,与同僚会饮于兹阁⑧,览湖山之胜,玩月于樽俎间⑨,即席赋诗⑩,诸公皆和。既而念之,阁不可以常登,一诗不足以尽意⑪,遂从而赋焉。

王子游会稽⑫,客莲幕⑬。登卧龙之山⑭,蹑巨鳌之阁⑮。秀阅千岩,流观万壑。纵远目于东州⑯,畅幽怀于寥廓⑰。于时天高气肃,秋色平分;簪盍良朋⑱,把酒论文;俯仰湖山,怀古伤今;登高赋诗,以写我心⑲。周览城堙,鳞鳞万户㉑;龙吐戒珠㉒,龟伏东武㉓;三峰鼎峙㉔,列障屏布㉕;草木茏葱㉖,烟霏雾吐㉗;栋宇峥嵘㉘,舟车旁午㉙。壮百雉之巍垣㉚,镇六州而开府㉛。东望稽山㉜,思禹之功㉝。乔松郁乎故陵㉞,丹青俨于祠宫㉟。藏丹书于魁穴㊱,流遗画于无穷㊲。南目秦望㊳,哀秦之过。方镵石以颂德㊴,骄颜色以相贺。嗟仙药之不来㊵,俄腥风之已播㊶。西望夕阳,送目兰亭㊷。怀王谢之风流㊸,感斯文而涕零㊹。徒观夫茂林修竹㊺,锁烟霭而冥冥㊻。北望沧海,渺㊼其无垠。方吴门之画龙㊽,视越国其如蛇㊾。轰雷鼓于一震㊿,虚吴国而成窐51。访丽谯之故址52,第见乎古木之号鹃53。前瞻鉴湖54,满目云水。嘉马侯之伟绩55,慕贺监之高轨56,祠荒兮遗迹半湮57,宅冷兮黄冠无几58。徒有渔舟贾楫59,风樵航苇60,往来乎鸥鹭之乡61,欸乃乎烟波之里62。仰瞻高阁,翚飞崔嵬63。俯瞰州宅,缅怀高才64。面无时之屏障,家终日之楼台⑤。长湖山之价于几席之上⑥，惜斯人之安在哉⑦！言未毕，客有指斯阁而谓予曰："子亦知夫阁之所以得名者乎？盖始于元和才子也⑧。以玉皇案吏之尊⑨，拥旌麾于千里也⑩。蓬莱隔弱水三万里⑪，以笔力坐移于是也⑫。齐名有白⑬，从事有巩⑭。胸中有万顷之湖，真一代之奇伟也。诗章一出，遂能发秦望之精神，增鉴湖之风采。兰亭绝唱⑮，亘古今而莫拟也⑯。子亦读夫才子之传否乎？姑问讯其从何而来，集乎彼而至于此也⑰。才子之才，固足以起吾子数百年之耸⑱。慕才子之所以获侍玉皇者⑲，亦吾子之所喜攻而深耻也。夫何昔之有！予于是引客之手，扬袂而起⑳，言契予心㉑，诺诺唯唯有是哉㉒！其人也而至于斯也，尚忍言之哉？"

俄而鼓角作于人间㉓，明月出于林端。妙三弄之梅花㉔，烂十分之银盘㉕，酾一觞而径醉㉖，有不尽之余欢。顷之㉗，阴云忽兴，点缀青天。渐山川之蒙笼，若有妒乎婵娟㉘，倚危阑而感慨㉙，觉兴尽而思旋矣㉚。于是相与啜茗于清白之堂㉛，漱齿于清白之泉㉜。闻唐宋之题名，终夕为之慨然。呜呼噫嘻！死者可作㉝，吾谁与归？其无出乎文正范公之贤㉞。

〔注〕①越中：指古越国地区，地在今浙江一带。自古号佳山水；《晋书·王羲之传》："会稽有佳山水，名士多居之。"②冠（guàn）：位居第一。③元微之：元稹，字微之，唐代著名诗人。《州宅诗》：指元稹任浙江东观察使时所作的《以州宅夸于乐天》诗。④张公伯玉：张仁玉，字公达，宋建安人，尝为苏州郡从事，官至司封郎中。工诗善饮，著有《蓬莱集》。三章：指张伯玉吟咏蓬莱阁的三首诗：《答王越州蓬莱阁》《州宅诗》《蓬莱阁醉归》。⑤筮仕：古人将出仕，先占卜吉凶，谓之筮仕。后遂称入官为筮仕。⑥辱：表谦敬的副词，意谓玷辱，辜负君命。为蓬莱客：王十朋于宋高宗绍兴二十五年（1155）中进士后，即授绍兴府签判，就任绍兴，故云。⑦乃者：犹言近来，不久前。⑧同僚：犹言同官，指在一起做官的人。⑨玩：欣赏，品味。樽俎：本指盛酒食的器具。樽以盛酒，俎以盛肉，借指宴席、宴会。⑩即席：犹言当场，在席座上。⑪诗：指王十朋所作《蓬莱阁诗》："万垒千岩气象雄，卧龙山与道山同。秦皇辛苦求仙药，不识蓬莱在此中。"⑫王子：作者自指。会稽：即今浙江绍兴市。⑬莲幕：幕府。南齐王俭于高帝时为卫将军，领朝政，一时所辟，皆才名士。时人以入俭府为入莲花池，方如红莲绿水，交相辉映。后因称幕府为莲幕。王十朋时为绍兴府签判。⑭卧龙之山：又名钟山，在今浙江绍兴市城区西隅，蓬莱阁即在其下。⑮蹑：登。巨鳌之阁：即蓬莱阁。据《列子·汤问》载：蓬莱等海中仙山原在海中随波往还，帝恐流于西极，使巨鳌十五举首戴之，始得不动。故称蓬莱阁为巨鳌之阁。⑯东州：绍兴府以东的州郡，古吴越一带。⑰廖廓：旷

远广阔的空间。⑱簪盍：相聚在一起。簪：聚。盍：合。⑲写：宣泄，抒发。⑳城堙：城曲重门，亦泛指城廓。㉑鳞鳞：形容众多密集，如鱼鳞状。㉒龙吐戒珠：指卧龙民戒珠山相望。龙：指卧龙山。戒珠：戒珠山，亦名蕺山，在今浙江绍兴市东北，相传王羲之故宅在此。㉓龟伏东武：龟，龟山，一名怪山，在今浙江绍兴市东。下有东武里，故又称龟山为东武。㉔三峰：指卧龙山、戒珠山、龟山三峰。㉕嶂：似屏障的山峰。㉖芜葱：繁茂葱郁。㉗霏：飞散，弥漫。㉘峥嵘：高峻貌。㉙旁午：交错，纷繁。㉚百雉：三百丈。雉：城长三丈，高一丈。巍垣：高大的城墙。㉛镇六州：唐浙东使幕府设于越州（今浙江绍兴市），兼领衢州、婺州、温州、明州，处州、台州，故称"镇六州"。开府：开建府置，辟置僚属。㉜稽山：会稽山，在浙江绍兴市东南。相传禹会诸侯江南计功，故名。㉝禹：夏禹。相传他治理水患，历十三年，三过家门而不入，水患悉平。舜死，禹继任部落联盟领袖。㉞故陵：当指夏禹陵。后禹东巡至会稽而卒。㉟丹青：绘画，此指大禹祠宫中的画像。俨：庄重貌。祠宫：指大禹祠。㊱丹书：相传禹治水会稽，宿于衡岭，宛委之神奏玉匮书十二卷，禹仅得四郏，开视，乃《遁甲开山图》，因以治水。后乃藏书于洞穴之中。魈穴：即神穴，指禹藏书的洞穴。魈，即"神"。㊲遗画：遗留的风范，遗留的方略。㊳秦望：秦望山，在浙江绍兴市东南。秦始皇登此山以望南海，故名。㊴镵（chán）石：凿石，刻石。颂德：《史记·秦始皇本纪》载：秦始皇三十七年（公元前210年），上会稽，祭大禹，望于南海，而立石刻颂秦德。㊵仙药之不来：秦始皇派侯生、卢生、方士徐市等屡求神仙不死之药，终不可得。㊶俄：不久。腥风之已播：秦始皇就在这次巡视途中病死于沙丘。丞相李斯恐有变，秘不发丧，辒车臭，乃载鲍鱼以乱其臭。腥风：臭气。㊷兰亭：在今浙江绍兴市西南二十七里的兰渚。㊸王谢：指六朝时望族王氏、谢氏。㊹斯文：指《兰亭集序》。晋穆帝永和九年（353）三月三日，王羲之与谢安、孙绰等四十一人会于会稽山阴之兰亭，临流畅饮，赋诗抒怀。王羲之就为诗集写了这篇有名的序文。涕：泪。零：落。㊺茂竹修林：王羲之《兰亭集序》有"此地有崇山峻岭，茂林修竹"之句。㊻冥冥：昏暗貌。㊼渺：远阔貌。涯：边际，极限。㊽吴门之画龙：《吴越春秋·阖闾内传》载"吴在辰，其位龙也，故小城南门上反羽为两鲵鱙，以象龙角"。㊾越国其如蛇：《吴越春秋·阖闾内传》载："越在巳地，其位蛇也，故南大门上有木蛇，北向首内，示越属于吴也"，见《吴越春秋·阖闾内传》。㊿雷鼓：悬挂于会稽城门的大鼓。据《汉书·王尊传》"毋持布鼓过雷门"句下颜师古注云："雷门，会稽城门也，有大鼓。越击此鼓，声闻洛阳。"此句借指越国进攻吴国。(51)虚吴国而成窪：指越王勾践打败并灭掉吴国。虚：用作使动词，使变成废墟。窪（wā）：凹陷的小水池。(52)丽谯：壮丽的高楼。(53)第：副词，只。号（háo）：号叫，啼叫。鵶：即鸦，乌鸦。(54)鉴湖：故址在今浙江绍兴市西南。后汉永和五年（140年），会稽太守马臻于会稽、山阴两县界，筑塘蓄水，隄塘周回三百一十里，溉田九千顷，以水平如镜，又名镜湖，后渐淤废为田。(55)马侯：即后汉会稽太守马臻。(56)贺监：即唐代诗人贺知章。他曾官秘书监，故称贺监。他是会稽永兴人。晚年归里，请为道士，以宅为千秋观。又求周宫湖数顷为放生池。诏赐镜湖，剡溪一曲。高轨：高尚的行为规范。(57)祠：指会稽太安马臻的祠庙。湮：同"堙"，埋没，荒废。(58)宅：指贺知章的旧宅千秋观。黄冠：道士之冠，转为道士的别称。无几，不多，很少。(59)贾楫：商船。(60)风樵：顺风的船只。航苇：航行的小船。苇，芦苇，形容船小如一片芦苇。(61)鸥鹭：皆水鸟。(62)欸乃：摇橹的声音。(63)翚飞：形容宫室的高峻壮丽，如鸟飞翔。崔嵬：高峻貌。(64)缅怀：遥念、追想。高才：杰出的人才，指元稹。(65)面无时之屏障，家终日之楼台：语出元稹"四面无时对屏障，一家终日在楼台"。(66)几席：几案座席。(67)斯人：此人，指元稹。(68)元和才子：指元稹。元和：

唐宪宗年号。元稹与白居易相唱和,所作诗称"元和体"。穆宗在东宫,妃嫔皆诵习元稹诗以入乐,宫中号为"元才子"。　⑥玉皇案吏:元稹曾兼知制诰,为皇帝起草诏书。玉皇:指皇帝。　⑦拥旌麾于千里:元稹曾任浙东观察使。旌麾(huī):帅旗。麾:旌旗之属。　⑦弱水:与蓬莱神山一样,为神话传说中的水名。旧题东方朔《十洲记》云:"凤麟洲在西海之中央,洲四面有弱水绕之,鸿毛不浮,不可越也。"　⑦笔力:文词的气势与力量。坐:遂,就,副词。　⑦白:白居易,唐代大诗人,与元稹相友善,世称"元白"。　⑦从事:官名,州郡的佐史。巩:窦巩,元稹任浙东观察使时,有副使窦巩,亦工诗,与元稹相唱和,被世人称为"兰亭绝唱"。　⑦兰亭绝唱:指王羲之《兰亭集序》、元稹与窦巩等的诗。　⑦亘(gèn):贯串,贯通。　⑦集乎彼:指元稹在京任知制诰。至于此:指元稹来此任浙东观察使。　⑦吾子:相亲爱之称,犹今言"我的先生",此指元稹。起聋:犹言"振聋发聩"。聋:耳聋。　⑦所以获侍玉皇:获得侍奉皇上的原因。元稹因为依倚内官崔潭峻才获得唐穆宗的欢心,而擢为礼部郎中,知制诰。因其进非公议,而为士类所薄。　⑧袂(mèi):衣袖。　⑧契:投合。　⑧诺诺唯唯:表示顺从的应答之词。　⑧俄而:不久。　⑧三弄之梅花:即《梅花三弄》,笛曲名。　⑧银盘:指圆月。　⑧釂(jiào):喝干杯中的酒。觞(shāng):盛有酒的杯。径:即,就。　⑧顷之:一会儿,少时,片刻。　⑧婵娟:本指形态美好,这里形容月色的明媚。　⑧危栏:高的栏干。　⑨旋:返回,归去。　⑨啜(chuò)茗:饮茶。清白之堂:清白堂,在蓬莱阁西。　⑨清白之泉:清白泉,在蓬莱阁西。据史铸《会稽三赋》注:"阁西有清白堂,清白泉,其名乃范文正公命以为官吏之规焉。"　⑨作:复生,复活。　⑨文正范公:即范仲淹,字希文,苏州吴县人,北宋杰出政治家和文学家。官至龙图阁直学士,拜枢密副使,进参知政事。每感激论天下事,奋不顾身,一时士大夫矫厉尚气节,中外想望其功业。卒谥文正。王十朋一生十分敬仰和推崇范仲淹。于《观郡守题名诗》中云:"滥与江湖岳牧群,于中最慕范希文。文才相远心相似,均是庆时与爱君。"

蓬莱阁在今浙江绍兴市城区西隅卧龙山下,为唐代诗人元稹创建。

《蓬莱阁赋》是一篇纪游辞赋。纪游是我国辞赋的一个传统主题。它滥觞于先秦,发展于两汉,成熟于魏晋,远比纪游的诗歌——山水游和纪游的散文——游记,出现得早。其特点是记述作者的某一次游览,写其游览时的所见所感,是抒情辞赋的重要组成部分。这篇赋就记述了作者与同僚于一个中秋之夜登临蓬莱阁赏月的全过程。赋前有序。序文记述了这次登临蓬莱阁的时间、地点、同游者以及作赋的动机。简要的交代就把读者引入到一个特定的境界之中,为欣赏赋作好情绪上的准备。此赋的第一段写登临之所见。这里作者充分发挥了辞赋的铺陈手法,对蓬莱阁四周的景色及历史人文景观作了多角度、多层次的描写。

此赋一开始就以优美的笔调,描绘出蓬莱阁四周中秋之夜的景色及越中山川城郭的雄壮秀美,使读者如同在观赏一幅优美的山水画卷。接着东西南北,描绘出越中人文景观之盛,并于描述之中包含着作者对历史人文景观的抑扬褒贬;暗中寄寓着作者正直做人、清白做官的生活准则,与对历史陈迹湮没的深沉慨叹。但这种描写又极其简明扼要,不似汉大赋之堆垛。作者只将抑扬褒贬寓之于简要的描述之中,既表现出宋人喜议论的特点,更让读者随着作者的描述而心潮起伏,时而扼腕,时而击掌,时而慨叹。语句以四六句为主,不求句法的工整,不求音韵的谐协,只是娓娓道来,表现宋赋趋向散化的风貌,更便于表达这种寓褒贬于描述之中的内容。

第二段则笔锋一转,转向对历史人物的直接评论。同时,采用客主问答这种辞赋常用的形式来展开,议论更加方便。蓬莱阁为元稹所建,登阁自然会想起元稹。元稹其人,文才出众,与白居易齐名,世称"元白"。但其人品卑下,他依倚内官,取得知制诰,得亲近穆宗,当时就有人"深鄙之"(《旧唐书·武儒鸿传》)。而王十朋是一位为人十分正直的士人,故此赋的这一段既十分叹赏元稹的文学才华,又鄙薄他人格的卑下。但此赋并未直接指斥他的这种人格,客人只以"深耻"二字概言之,而王十朋也只以"斯人也而至于斯也,尚忍言之哉"慨叹之,十分含蓄。这种评论既表现了作者为人正直的人生态度,又不破坏中秋赏月的欢乐气氛,点到即止,十分得体。此赋为了适应这种评论,也改描述为议论,语句亦改四六为散文,完全采用唐宋文赋的写法,与前段呈现出不同的韵味。

最后一段又回到登临游览的描写,欣赏明月,宴饮尽欢,并"阴云忽兴,点缀青天",似乎在嫉妒皎洁的婵娟;人亦"兴尽而思旋"。于是改饮酒为品茗,又因"阅唐宁之题名"而思念前贤,最后归结到对历史人物的仰慕。

元稹虽文才出众,而人格卑下,固不可取;那么作者表示,他最敬仰的人物就是范仲淹了。这种仰慕就表达了作者崇高的为政理想和高尚的人格,也让读者陷入久久不能平静的思念与仰慕之中,从而净化自己的心灵。

全赋记录了作者登临蓬莱阁赏月的全过程,描写了绍兴壮丽的山川,赞美了绍兴丰富的历史人文景观,表达了作者对残暴的统治者(如秦始皇)和人格卑下的历史人物(如元稹)的鄙薄,对有功于百姓(如大禹)、有益于文化(如王羲之)、有贡献于时代(如范仲淹)的历史人物的赞叹。

全赋有描写,有议论,有抒情,语言则规整与散文化相结合,于整饬中见疏朗,于描述中寓褒贬,是很典型的唐宋文赋的格调,读后觉齿有余香,在心中久久回荡。

王十朋《会稽三赋》(《会稽风俗赋》《民事壹赋》《蓬莱阁赋》)记录了会稽一地的山川、物产、人物、古迹、风俗,在当时即颇负盛名,传诵一时,被誉为"文皆淳正,语亦高妙","以抑扬品藻寓于问答,其事实,其词赡,旨趣明畅,字字渊源,诚为杰作"(《会稽三赋》原跋)。这篇赋确实具有这种特点。

(叶　农)

陆 游

【作者小传】 (1125—1210) 字务观,号放翁。越州山阴(今属浙江)人。高宗绍兴二十三年(1153)进士第一,然殿试时被秦桧除名。孝宗时,赐进士出身,曾任圣政所检讨官、镇江府通判、夔州通判、四川宣抚司干办公事。淳熙二年(1175)范成大荐为成都府路安抚司参议官兼四川制置司参议官。后官至中大夫,兼同修国史。有《老学庵笔记》《剑南诗稿》《渭南文集》《放翁逸稿》《南唐书》等。

红栀子华赋　　　　　　　　　陆　游

余读五岳之书①,始知蜀之青城②。岁癸巳之仲冬③,天畀予以此行④。极山中之奇观,乃税驾乎云扃⑤。挹瀑泉之甘寒⑥,味芝术之芳馨⑦。濯肺肝之尘上⑧,凛毛骨其凄清⑨。乃步空翠之间⑩,而听风松之声。睹一童子,衿佩青青⑪。手持异华⑫,六出其英⑬,以为薝葡则色丹⑭,盖莫得而强名⑮。方就视而爱叹,已绝驰而莫及。忽矫首而清啸⑯,犹举袂而长揖⑰。援修蔓⑱而上腾,擘峭壁而遽入⑲。敬变灭于转盼⑳,久惝怳而伫立㉑。有老道士,笑而语予:"人皆可以得道,求诸己而有余。顾舍是而外慕㉒,宜见欺于猨狙㉓。"嗟予好学而昧道,有书而无师。虽龁远于声利㉔,寔未免夫喜奇㉕。请书先生之言,用为终身之规。

〔注〕 ①五岳之书:泛指地理之类的书籍。五岳:指东岳泰山、西岳华山、南岳衡山、北岳恒山、中岳嵩山。 ②青城:山名,道教名山,在今四川灌县西南,一名赤城山,道家以此山为第五洞天。 ③癸巳:宋教宗乾道九年(1173)。按,是年陆游无青城之游。癸巳当为甲午,即宋孝宗淳熙元年(1174)。是年,陆游由成都取道青城赴任,顺便游览了青城山。仲冬:农历十一月。 ④畀(bì):给予。 ⑤税(tuō)驾:"税"同"脱"。停车:谓休息。云扃(jiōng):云门,指云出入之处,山的高处。 ⑥瀑泉:飞溅的泉水。青城山有清泉,谓之潮泉。瀑:水飞溅。 ⑦味:品味,品尝。芝术:芝,灵芝,菌类植物的一种,可入药。术:草名,有苍术、白术等数种,根茎可入约。芝术:道家以为仙药,可以延年益寿。馨:香。 ⑧濯:洗掉,去除。 ⑨凛:寒冷。 ⑩空翠:空虚青翠,指树木之间。 ⑪衿佩:衣带和佩饰。衿:系衣裳的带子。 ⑫华(huā):花。 ⑬六出:六片花瓣。英:花瓣。 ⑭薝(zhān)葡(bó):花名,梵语音译,又译作薝簸迦,蟾博迦,即郁金香。丹:红色,赤色。 ⑮强(qiǎng)名:勉强给个名称。

强：勉强。　⑯矫首：抬头。啸：撮口出声，拖长声音叫喊，打口哨。　⑰袂（mèi）：衣袖。揖：古时拱手礼。　⑱援：攀缘，执持，拉。修蔓：长的藤蔓。　⑲擘（bò）：分剖，劈开。遽：迅疾，急速。　⑳转盼：犹言转瞬，转动眼睛，形容时间短促。盼：看。　㉑惝（tǎng）怳（huǎng）：心神不定，心中若有所失的样子。伫立：久立。　㉒顾：副词，却，反而。　㉓猨狙：猿猴，猴子。猨：同猿。狙：猿猴之类的动物。　㉔麤：即"粗"字。声利：名利。　㉕寔：通"实"，副词，实在，的确。

红栀子花，是栀子花的一种特殊品种。一般栀子花，春夏之际开白花，而红栀子花则在秋冬开红花，其瓣六，异常清香。据说只有后蜀孟昶宫中曾经有过，其种子乃由青城山道士提供，可见红栀子花乃是青城山的特产，今已不见其品种。

这篇赋虽名曰《红栀子华赋》，但它并未对这种红栀子花展开具体的描写，而只是描写了作者在"癸巳之仲冬"，游览四川青城山时的一次奇遇。此赋一开始就用清空的笔触，描绘出青城山的清幽空寂，呈现出一派与世隔绝的清空境界，作者的心情也随之清幽凄冷。世人皆云"青城天下幽"，故这个道教胜地的清幽气氛，也为下面的奇遇作了极好的铺垫。接着写作者"睹一童子"，"手持异花"，出现在作者眼前，作者正要"就视"，而童子"已绝驰而莫及"，突然"攀峭壁而遽入"，"转盼"之间，就消失得无影无踪，使作者"久惝怳而伫立"，心神不定，如有所失。读者也被这一奇遇所震撼，心神仿佛，恍若有失。最后写一老道士，批评作者遇事不"求诸己"而"外慕"，所以容易上当受骗，"见欺于猨狙"。作者也承认他的缺失是"喜奇"，所以他要牢记老道士的告诫，而"用为终身之规"。此赋也戛然而止，剩下的留给读者自己去思考，去探索。

此赋题《红栀子华赋》，但通篇对此世间奇物不作详细铺写，而着眼于此奇遇中的哲理，可谓构思奇特。全文通过一个巧遇仙童而又可望而不可即的幻想境界，以及老道士点拨而展示反躬求诸己的主旨，既空灵，又虚幻，在抒情小赋里可谓是别出机杼，只有苏轼《后赤壁赋》中所描写的那个仙鹤与梦见道士的情节，才可与之媲美。

此赋的语言也灵动精当，很好地表现了赋的那种虚无缥缈、空灵飘逸的艺术境界。此赋虽短小，却具有极大的震撼力，宛如一首优美奇特的抒情哲理诗，令读者回味无穷。

（叶　农）

丰 城 剑 赋 过丰城县作　　　　　陆　游

在晋太康①，观星者曰："夕有异气，见于斗牛之躔②。"时方伐吴③，或曰："吴未可平，彼方得天。"独张华之博识④，排是说之不然。迨孙皓之衔璧⑤，气益著而不骞⑥。于是雷焕附华之说⑦，曰："是宝剑之精，惟太阿与龙泉⑧。"卒之劚⑨获于丰城之狱，变化于延平之川⑩。世皆以为是矣。

千载之后，有陆子者⑪，喟其永叹。夫占天知人，本以考验治忽⑫。卜运祚之促延⑬。彼区区之二剑，曾何与于上玄⑭？若吴亡而气犹见，其应晋之南迁⑮，有识已悲宗庙⑯之丘墟，与河洛之腥膻矣⑰。华不此之是惧，方饰智而怙权。呜呼！负重名，位大吏，俯仰群枉⑱之间。祸败不可以旋踵⑲，而顾自谓优游以穷年。夫九鼎不能保东周之存⑳，则二剑岂能救西晋之颠乎！使华开大公，进众贤。徙南风于长门㉑，投贾谧于羽渊㉒。则身名可以俱泰，家国可以两全。彼三尺者㉓，尚何足捐乎！焕辈非所责，予将酹卮酒㉔，赋此以吊吾茂先也㉕。

〔注〕　①太康：晋武帝司马炎年号(280—289)。　②斗牛：二十八宿中的斗宿与牛宿。躔(chán)：日月星辰运行的轨迹。　③伐吴：晋武帝咸宁五年(279)十一月，晋大举伐吴，太康元年(280)三月，吴末帝孙皓投降，吴亡。　④张华：西晋大臣，著作家。官至太子少傅，迁司空。后为赵王司马伦所杀。　⑤孙皓：三国时吴末帝，后降晋。衔璧：古代国君死，口含璧玉。故战败出降衔璧以示亡国当死。此指孙皓降晋。　⑥骞：亏损。此指吴亡后丰城剑所放光芒并未减损。　⑦雷焕：豫章(今江西南昌市)人。张华任用他为丰城令，掘狱，得双剑。　⑧太阿、龙泉：皆宝剑名。相传为春秋时，其王命欧冶子、干将所铸造。　⑨劚(zhǔ)：同斸，掘取。　⑩延平之川：延平津，在今福建南平市东南。雷焕掘狱得二剑，以一剑与张华，自留一剑。张华死后，失剑所在。雷焕死后，其子雷华持剑行经延平津，剑从腰间跃入水中，化为双龙，于是失剑。　⑪陆子：陆游自指。　⑫治忽：治理与忽怠，指国家安定与动乱。　⑬运祚：国运福祚，犹世运。促：短促。延：延长。　⑭上玄：犹言上天。　⑮晋之南迁：晋怀帝永嘉五年(311)，匈奴刘曜攻入洛阳，虏晋怀帝。晋愍帝即位于长安。建兴四年(316)，匈奴刘聪命刘曜攻入长安，晋愍帝出降，西晋亡。晋元帝司马睿在南京称帝，建立东晋王朝，史称晋室南迁。　⑯宗庙：古代天子诸侯祭祀祖先的处所，代指国家。　⑰河洛：黄河与洛水，也指该两河流域地区。腥膻：犹腥臊，牛羊的气味，代指西北少数民族。　⑱群枉：犹群邪，群小。　⑲旋踵：转足之间，形容极其迅速。　⑳九鼎：古代象征国家的传国之宝。相传夏禹王收九州之金，铸造九鼎。商汤王迁之于商，周武王迁之于洛邑。东周：朝代名。周幽王被犬戎攻杀于骊山之下，西周亡。周平王迁都洛邑。因洛邑在西周镐京之东，故称东周。　㉑南风：晋惠帝贾皇后的名讳。她性妒悍而多权诈，欲擅朝政，终于挑起西晋"八王之乱"而导致西晋灭亡，她也被赵王司马伦所杀。长门：汉宫名。汉武帝曾废陈皇后于长门官。此代指皇宫内的冷宫。　㉒贾谧：西晋大臣。他与贾皇后内外勾结，专擅朝政。后被赵王司马伦所杀。羽渊：池潭名。相传尧殛鲧于羽山，其神化为黄熊，入于羽渊。此代指流放罪犯的处所。　㉓三尺：指剑。剑长约三尺，故名。　㉔酹(lèi)：以酒洒地表示祭奠。卮(zhī)：酒器。　㉕茂先：张华的字。

此赋是陆游在宋孝宗淳熙七年(1180)路经丰城时所作。丰城剑,事详《晋书·张华传》。丰城,今江西丰城县。关于丰城剑的传说,在历史上广为流传,文人也将之写入诗歌,如南朝陈阴铿《经丰城剑池诗》、唐李白《古风》之十六,李群玉《雷焕丰城掘剑记》等等。本赋就是取材于这个传说的历史故事,议论生发,打破赋的常规写法,对丰城剑本身未着一笔描写,而只对西晋年间与丰城剑的传说及有关的历史事件与历史人物展开评论。

赋分为两个部分。从开头到"世间以为是矣"为第一部分,简略叙述丰城剑被发现的历史,指出张华不相信斗牛之间有异气为吴未可伐的说法,力排众议,积极主张晋武帝伐吴,终于扫平吴国,统一天下。此时的张华何其精明。平吴之后,其气犹在。张华乃任雷焕为丰城令而终于发掘出太阿、龙泉二剑,最终两剑又消失在延平津,果如张华"终当合耳"的说法。世人都认为张华博学多识,洞明世间异物的变化。从"千载之后"到末尾为后部分。后部分则对丰城剑的历史事件及张华其人展开评论。首先指出天下的"治忽",全由人事,与丰城剑的异气无关,表现了陆游的唯物史观。然后笔锋一转,指出由于张华们的无能与安于现状,终于导致异族入侵,河洛腥膻,而使西晋覆亡东晋偏安江左。指出如果张华们能"开大公,进众贤",而废黜群小,则张华们将位尊身荣,国家可以统一巩固。试想晋王朝当时的形势与南宋王朝当时的形势何其相似!这强烈表现了陆游对南宋偏安江左的不满与对无能的南宋当权者的强烈谴责,是陆游的政治主张与爱国思想的突出表达。"本朝人尚理"(严羽《沧浪诗话》),此赋不以铺陈见长而以说理取胜,无论思想与写法都表现出宋赋以理胜、以思致胜的突出特点。

这篇赋在体制上属于唐宋文赋或称新文赋。文赋或称散体赋是赋史上变化最大、最多的赋体。这种赋体由先秦诸子问答体和游士说辞演变而来。屈原的《卜居》《渔父》是其滥觞,而宋玉的《风赋》《高唐》《神女》诸赋则已初具规模。到汉代则发展成为散体大赋或称骈辞大赋,成为汉代文学的代表。随着骈偶化的发展而出现骈赋。这种骈赋成为魏晋南北朝时期辞赋的基本形式。随着永明声律论的出现,骈赋又趋向音韵谐协,对偶精切,骈四俪六,隔句作对,至唐代,就形成专用于进士考试的限韵的律赋。由于韩柳古文运动的影响,辞赋又趋向散文化,而出现一种新的文赋,赋史上称为唐宋文赋。杜牧《阿房宫赋》、欧阳修《秋声赋》、苏轼前后《赤壁赋》皆其代表作品。这种赋的特点是:行文纵横开合,骈散不拘,语言风格与唐宋古文完全相似,只是大体有韵,成为所谓"一片之文但押几个韵尔"(元祝尧《古赋辨体》引陈师道语)。这种赋体是带有进步意义的,是赋体的新发展。这篇赋就具备这种特点。它叙述故事,简洁精炼,与叙事文无异;议论更是纵横开合,直详反诘,行文全似散文,只是大体有韵,表明它是韵文,是赋,而不是散文,鲜明体现了唐宋文赋的特点。

(叶幼明)

【作者小传】

范成大

(1126—1193),字致能,号石湖居士。吴县(今属江苏)人。宋高宗绍兴二十四年(1154)进士。曾出使金国,全节而归。历任中书舍人,广南西道安抚使,四川节制使,资政殿学士、加大学士。晚年退居苏州石湖。范成大关心国事,勤于政务,同情人民疾苦,爱国精神与关心民生疾苦是其文学创作的主线。诗、词、文、赋皆所擅长。尤长于诗,与尤袤、杨万里、陆游称"南宋四大家"。其赋作在当时即享有盛名。有《石湖居士诗集》《石湖词》等。

馆娃宫赋并序 范成大

灵岩山寺①,故吴馆娃宫也②。山上下闲台别馆之迹,仿佛可考。余少时常游焉,感遗事而赋之:

泂西山之南奔③,势郁崒其巉空④。若大敌之在前,忽踞虎而跧龙⑤。半紫崖而砥平⑥,访馆娃之故宫。是为逸王之旧游⑦,有墟国之遗恫焉⑧。嗟乎吪哉⑨!愎贤胥之忠告⑩,巽阴嚚之诐说⑪。暗养虎之后患⑫,纵处女之兔脱⑬。迨尝胆之谋成⑭,骇疽囊之溃败⑮。盖自有以贾祸⑯,非天为之孽。

方其衔哀茹痛⑰,抆泪饮血⑱。俨佛士于前庭⑲,尅三年而报越⑳。讫甘心而一快,夫何初志之英发!及其见栖于姑苏㉑,遽雌伏而大坏㉒。援宿恩而乞怜㉓,或赦图于臣罪㉔。当是之时,又何其惫也!毷祸福之无门㉕,曷今愚而昨贤㉖?后千载之嗤点㉗,莫不钟咎于婵娟㉘。固尤物之移人㉙,抑犹有可得而言。盖尝观于若人矣㉚,好大而欲速,厌常而弃归。狃会稽之得意㉛,谓周鼎其唾手㉜。闯齐楚以朵颐㉝,睨陈蔡而骧首㉞。道甚远而疾驱，气已馁而犹斗。外未宁而内忧，东略之而西否㉟。阻关河以顿兵㊱，撤墙屋而致寇㊲。亟归视其四封㊳，蔑一夫之能守㊴。是犹螳螂之慕蝉，不知黄雀之议其后也。

然以蕞尔之旅㊵，衡行四方㊶。攻靡坚郛㊷，战无距行㊸。事便时利，如径乎无人之乡㊹。惜也未闻大道，宜其逸乐而志荒。次有台池㊺，宿有嫔嫱㊻。左携修明㊼，右抚夷光。粲二八以前列㊽，咸绝世而浩倡㊾。嗟浣纱之彼姝㊿，乃独系于兴亡。荡龙舟之水嬉，撷香径之春芳○51。载夕阳以俱还，秉游烛于夜长。滟金钟之千石○52，仿酒池于旧商○53。歌吴歈而楚舞○54，荐万寿于君王○55。怅星河之易翻○56，嘉来日之未央○57。铮铜壶之鸣悲○58，烂急烽之森芒○59。惨梧宫之生愁○60，践桐梦之不祥○61。欻高陵于深谷○62，委盛丽于苍茫○63。所谓玉槛铜沟，朱帘椒房。理镜之轩○64，响屧之廊○65。杳烟芜与露蔓，纷日暮之牛羊。况捧心之百媚○66，濯粉之余汝者哉○67！

今则云雨之巅，仙圣是宅。砚沼莲浮○68，琴台松崛○69。封古藓于井甃○70，宿暗芳于洞穴。木鲸吼以清厉○71，金磬隐其萧瑟○72。彼方外之徒○73，龟藏而蠖屈者○74，又安知往古与来今！方枯禅而缚律○75，翩鸿影之拂坐，见前山之衔日。

〔注〕①灵岩山：山名，在今江苏苏州市西。灵岩山寺即其地。②馆娃宫：宫名。吴王夫差专为西施修筑的宫室。吴人谓美女为娃，故名馆娃。遗址在今江苏苏州市西南灵岩山。③泂：水腾涌貌。此形容山势跌宕起伏。西山：即灵岩山。④郁㟢(lù)：高峻貌。巉(chán)：山势险峻，如凿削状。⑤跧：蜷伏。⑥砥：本为磨石。此指平坦。⑦逸王：指吴王夫差，春秋时吴国国君，吴王阖闾之子。吴王阖闾与越王勾践战于槜李，战败受伤而死。吴王夫差继位之后，令人耳提面命，誓报父仇。终于在夫椒大败越兵，许越为属国。后被越王勾践战败，他自刎而死。⑧墟国：即吴国化为一片丘墟。恫：令人触目惊心。⑨嗟乎呔(dāi)哉：大声感叹。⑩愎(bì)：任性，执拗。贤胥：即伍子胥。⑪巽：通"逊"，卑顺，谦逊。此指听信。阴嚭(pǐ)：即太宰嚭，伯嚭。⑫暗：暗昧，愚昧。养虎之后患：指吴王夫差不杀掉越王勾践，灭掉越国，以致后来被越王勾践战败自杀。⑬处女之兔脱：语出《孙子·九地》："始如处女，敌人开户；动如脱兔，敌不及拒。"此指越王勾践始则貌似恭顺，使吴王夫差放松警惕。最后突然袭击吴国，使吴国防不胜防。⑭迨：等到。尝胆：越王勾践曾卧薪尝胆，誓报吴国之仇。⑮疽(jū)：结成块状的恶性毒疮。⑯贾祸：自己招惹来灾祸。⑰衔哀茹痛：指吴王阖闾公元前496年在槜李被越王勾践打败受伤致死，吴王夫差发誓复仇事。茹：吃，此指怀着。⑱扢：拭，揩。⑲俨：庄重貌。此用作动词，敬重，尊重。拂士：

能直谏以矫正君主过失的人士。　⑳尅：同剋，通"克"，能。　㉑见楼于姑苏：指越王勾践攻破吴都，吴王夫差逃到姑苏台上。　㉒雌伏：谓屈居人下。　㉓援宿恩而乞怜：指吴王夫差想援引他对越王勾践被战败后许为属国的恩德而乞求投降。　㉔赦图于臣罪：愿为臣虏，乞求宽恕。　㉕媿(wěi)：是。　㉖曷：何。　㉗嗤点：嗤笑，指点。　㉘钟谷：归谷，归罪。钟：聚，积。婵娟：形态美好。此指西施。　㉙尤物：杰出的人物。常用以指绝色的美女。　㉚若人：此人，那人。此指吴王夫差。　㉛狃：习惯。会(kuài)稽：山名，在今浙江绍兴市东南。吴国打败越国，越王勾践曾退保会稽，向吴国乞和。　㉜周鼎：周王朝传国的九鼎。唾手：把口液吐在手上。极言其容易。　㉝齐楚：春秋战国时诸侯国国名。朵颐：鼓动腮颊，嚼食的样子。比喻享有名利，贪得无厌。　㉞睨(nì)：斜视。陈蔡：春秋时诸侯国国名。骧(xiāng)首：昂首。　㉟略：侵占，掠夺。否：不，不然，谓弃之不顾。　㊱顿：停留，止息。　㊲致：招致，引来。　㊳封：疆界，界域。　㊴蔑：无，没有。　㊵蕞(zuì)尔之旅：很少的兵力。指吴国起初被越国战败时，剩下的兵力很少。蕞：小貌。旅：群，众。　㊶衡行：即横行。衡：通"横"。　㊷靡：无，没有。郛：外城。此泛指防御之事。　㊸距：通"拒"，抗拒，抵御。行(háng)：士卒的行列。　㊹径：通"经"，走过，经过。　㊺次：住宿，止息。　㊻嫔嫱：古代宫内女官。　㊼修明：与下句的"夷光"，均为越国进献给吴国的美女。　㊽二八：指一十六岁的妙龄女郎。　㊾咸：都，皆。绝世：冠绝当代，举世无双。浩倡：放声歌唱。　㊿浣纱：浣纱女，指西施。西施曾浣纱于浣花溪。姝：美女。　51撷：采摘。　52泄：水波动貌。此形容酒池里酒多能掀起波浪。金钟：酒器。石：容量单位，十斗为石。　53旧商：以前的商纣王。商纣王曾"以酒为池，以肉为林"(《史记·殷本纪》)，沉迷酒色而亡国。　54吴歈：吴地的歌曲。　55荐：进献。　56星河：天河，银河。易翻：容易翻转。谓时光过得太快。　57未央：未尽，无尽。　58铮：铜锣，此用作动词，铮然作响。铜壶：古代计时的刻漏。　59烂：光明。此用作动词，灿然发光。烽：烽火，古代用以报警的器具。森芒：形容光芒四射，火光冲天。　60梧宫：齐国宫名，此代指齐国。生愁：指吴王夫差因与齐国争霸中原，才使越王勾践乘虚而进攻吴国，攻破吴都。　61桐梦：吴王夫差出兵攻打齐国，路过胥门，夜梦后园横生梧桐。公孙圣解释为梧桐是做棺材用的木料，如果出兵攻齐，吴王必死。吴王夫差不听从。　62欻(xū)：忽然。高陵与深谷：即高岸为谷，深谷为陵，变化巨大。　63委：委弃。盛丽：兴盛美丽的事物。苍茫：旷远无边际之貌。　64轩：长廊或小室。　65响屧(xiè)：响屧廊，春秋时吴国宫中廊名。在馆娃宫中。屧：鞋子，木屐。　66捧心：指西施。西施病心而常捧胸口。　67余妆：指西施以外的其他妃嫔。　68砚沼：池名，在馆娃宫内。蓴(chún)：亦作"莼"，水葵，一种水生植物，可食用。　69琴台：台名，当在馆娃宫内。　70甃(zhòu)：井壁。　71木鲸：即木鱼，佛教徒使用的一种法器。　72金磬(qìng)：佛教徒使用的一种法器。　73方外之徒：指佛教徒。方外：世俗之外。　74龟藏："龟藏六"的省称。乌龟遇险，即将首尾四足缩入甲壳之中。因以比喻为防止失误而不出头。蠖(huò)屈：如蠖之屈曲，见《周易·系辞下》。后以蠖屈比喻人不遇时，即屈身退隐。蠖：虫名，即尺蠖。　75方：正，副词。枯禅：佛教徒称静坐参禅为枯禅。缚律：为佛门的戒律所束缚。

　　这篇赋与陆游《丰城剑赋》一样，均属于怀古(或称览古)题材。怀古是辞赋作品的重要题材之一。这类赋中的优秀之作，它们绝不单纯是为了发思古之幽情，而是就历史事件或历史人物，或总结历史的经验教训，向当权的统治者提供历史的借鉴，以免重蹈历史的覆辙；或借古讽今，以对当时的统治者进行贬斥和告诫,以抒写作者自己的政治见解和主张;或借古人的酒杯,浇自己的块垒,来抒发自己的不幸遭遇的牢骚与苦闷,或作者自己的人生理想与个人志趣。范成大这篇《馆娃宫赋》就是借古讽今的名篇之一。

这篇赋虽名《馆娃宫赋》,但馆娃宫在南宋时就已只存遗址,因此对馆娃宫本身没有任何描写。馆娃宫是春秋时吴王夫差专门为美女西施建筑的,而赋对吴王夫差对西施的宠幸与西施的妖媚动人亦着笔不多。范成大在赋中虽说了"固尤物之移人",但是作者对专"钟咎于婵娟"的说法,认为"抑犹有可得而言",就是说他对所谓的"女娲亡国"的陈腐观念是持否定态度的。范成大在赋中重点描写的是吴王夫差在政治、军事与生活作风方面所犯的一系列错误,他认为这才是导致吴王夫差国亡身死的根本原因。全文分为四段:

第一段(从开头到"非天为之孽")在简要描写灵岩山的形势之后,即转入对吴王夫差国亡身死的政治原因的分析,指出他的失败乃是不纳忠言,听信邪说的必然结果,"盖自有以贾祸,非天为之孽"。这就一针见血地指出了问题的症结所在。

第二段(从"方其衔哀茹痛"到"不知黄雀之议其后也")指出吴王夫差前期因能衔哀茹痛,励精图治,故能报越王勾践杀父之仇。后来则向敌乞和,一败涂地,乃是由于不顾眼前的仇敌越国而劳师远征,与齐、晋争霸于中原,在军事上犯了大错误而造成的。"道甚远而疾驱,气已馁而犹斗",不知螳螂捕蝉,黄雀在后。这是惨痛的历史教训。

第三段(从"然以蕞尔之旅"至"濯粉之余妆者哉")集中描写吴王夫差在战胜越国报了父仇之后志得意满,狂妄地认为他自己是天下第一,"攻靡坚郭,战无距行",因而纵情声色,"逸乐而志荒",丧失了前期"抆泪饮血",励精图治的精神,才导致"战桐梦之不祥"的悲惨结局。前车之覆,后车之鉴,这种悲剧在历史上演了又演,确实值得人们警惕。

最后一段(从"今则云雨之巅"至末尾)描写馆娃宫遗址今日的荒凉。历史上的繁华已不复存在,而是满目荒凉,成了佛教徒参禅诵经的场所。"吴宫花草埋幽径,晋代衣冠成古丘"(李白《登金陵凤凰台》),这片荒凉景象提醒当时的统治者如果不猛醒而及早回头,必将重蹈历史的覆辙。赋作表面上是分析吴王夫差国亡身死的历史教训,实际上是批评南宋当时的统治者苟且偷安,告诫当局忘却国耻,向金人屈膝求和,醉生梦死以图苟安于一时,终必养虎遗患,导致国破家亡。南宋王朝的历史发展证明了范成大的这种忧虑是完全正确的。周汝昌说:此赋与杨万里《浯溪赋》"是一时齐名的杰作。当时就很传诵,后世也十分称赏,都是借古史以讽时事的成功作品"(《杨万里选集》)。

这篇赋在艺术上也有一定的特色。首先是它充分地发挥了赋体文学铺采摛文、体物写志的特长,有许多生动形象的具体描写。它虽是史评性质的赋,但它不单以说理见长,而且以形象生动取胜。如开头几句描写灵岩山的山势的雄伟壮丽,就使读者如同身临其境;描写吴王夫差沉迷声色,其美女之众多,歌舞之热闹,使他流连忘返,"怅星何之易翻,嘉来日之未央",也使读者如闻如见;最后几句描写馆娃宫遗址今日的悽凉可怖,更使人触目惊心,寄托着作者深沉的感慨。这种铺陈描写正是赋体文学的特长的充分发挥。其次是对比手法的运用。如吴王夫差前期"衔哀茹痛,拉泪饮血"的"何初志之英发",与后来"援宿恩而乞怜,或赦图于臣罪"的"何其惫也"的对比;他先前的"好大而欲速,厌常而弃旧"与后来的"亟归祝其四封,蔑一夫之能守"的对比;起初声色歌舞的繁华,与后来"欻高陵与深谷,委盛丽于苍茫"的荒凉的对比;馆娃宫里昔日"滟金钟之千石,仿酒池于旧商"的热闹,与今日"封古藓于井甃,宿暗芳于洞穴"的荒芜的对比;读了无不使人心悸神悚,更有力地突出了赋的主旨与感人的力量。这就使这篇作品不单纯是思想深刻的史评文字,而且是生动形象的文学作品。

这篇赋在体裁上属于骈赋。其特点是句数成偶,大体对仗。因为它语言骈偶,句式大体是四言与六言,故称骈赋。这种骈赋是由散体赋的语言骈偶化发展而来的。它开始出现于东汉末年。又因为它不似骋辞大赋之篇幅长大,大都篇幅短小,而且以抒情为主,故赋史上又称之为抒情小赋。至魏晋时期,这种赋体就成为这个时期辞赋的主要形式。不过,魏晋时期的骈赋,骈偶对仗的要求还不很严格。至齐梁时期,就每赋出语必骈,单句甚至不对仗的偶句就极少出现,而且骈四俪六,隔句作对,加上受音韵学发展的影响,相对仗的两句更要求平仄相对,音韵和谐,成为要求极严的形式。这篇赋就除了"嗟呼吰哉""当是之时又何其惫也""盖尝观于若人矣"三句单句之外,就全都是两句一韵,句数成偶,句式以六言为主,夹有少数四字句。语句大体对仗,全文有五十一个偶句,而对仗工整的偶句就占了二十八句。它夹有少数单句,对偶的要求也不是十分严格,能骈则骈,该散则散,骈散兼行,与魏晋时期的骈赋极其相似,属于要求还不很严格的骈赋。宋代古文很盛行。唐宋古文八大家,宋代就占了六家。不过,在宋代,骈赋也很盛行,还出现一种散文化的骈文,叫做宋四六。骈赋也受其影响,而出现骈散兼行的骈赋,恢复到魏晋时期的骈散兼行的样子,句子整齐而不板重,疏畅而不凝滞,这就是这篇赋在语言方面的特点。因而它是这个时期这种骈赋的代表作。

(叶幼明)

望海亭赋并序　　　　　　　　　　范成大

会稽太守参政①魏公②，作望海亭③于卧龙之巅④，率其属⑤为歌诗以落成，录与书来，且使赋之。余谨掇其膏馥之余⑥，拟赋一首以寄，后日获从杖屦其上⑦，于山川之神，尚有旧焉。其辞曰：

诸侯之客，有采自东，姹⑧会稽之游者，曰：佳乎丽哉！越之为邦也。萦山带湖，楼观相望；背卧龙而崛起，焕丹碧之翚翔⑨。跻攀⑩下临，顾瞻无旁；平畴⑪蔚以稚绿，乔木⑫森其老苍；淙万壑之春声，写千岩之秋光；朝霞暝霏，扶疏⑬微茫。望山河之故墟，吊草木之余社⑭。夏后⑮万国之朝，勾践⑯百战之野；兴亡梗概，犹有存者。至于流觞泛雪，高人之旧事⑰；浣纱采莲，游女之遗迹⑱。郁溪山之如画，尚仿佛其可识；访故老以问讯，兴慨叹于畴昔⑲。是为游览之大略，而蓬莱⑳观风之所得。虽然，士固多感，而况于对景以怀古，抚事而凝情；往往使人魂断意折，酒澜而歌不平。故丽则丽矣，而未擅乎登临之胜也。若夫浩荡轩豁㉑，孤高伶俜㉒；腾驾碧寥，指麾㉓沧溟；堕忧端于眇莽，把颢气㉔于空明；飘飘焉有连鳌㉕跨鲸之意，举莫如望海之新亭。尝试登兹而望焉：沃野既尽，遥见东极；送万折之倾注，艳寒光之迸射；浸地轴㉖以上浮，荡天容而一色。珠辉具芒，矗竦㉗横霓；快宇宙之清宽，怅百年之偏仄㉘。当其三星㉙晓横，万境俱寂；浴日未动，晨光先激；波鳞鳞而跃金，天晃晃而半赤；赪轮㉚腾上，东方皆白；烟消尘作，栖鸟振翼。俯群动而纷起，寄一笑于遐观㉛。永我暇日，薾其将夕；饯斜晖于孤嶂，候佳月于沧浦。沉沉上下，杳无处所；惊玉地之破碎，漾银盘而吞吐；忽襄云㉜而涌雾，献霜影于庭宇。夜色既合，初闻钟鼓。觞屡至而不辞，诗欲成而起舞。又若潮生海门㉝，万里一息；浮光如线，涛头千尺。方铁马之横溃，倏银山之崩坼。气平怒霁㉞，水面如席；吴帆越樯，飞上空碧。此亦天下之伟观，然犹未及乎目力。燕香春容㉟，俗客莫陪；神清意消，徙倚徘徊。天风激吹，波涛阖开；五云㊱明灭，丹宫绛台；睇三山㊲之不远，其为公而飞来。遂招汗漫之胜游，下飙车之逸轨㊳。属紫霄之妙质，侑玉斝之清醴㊴；勤歌鸾与舞凤，寿仙伯㊵以多祉；怳风雨之皆散，但惊尘之四起。悟真灵之不隔，而何有乎弱水㊶之三万里也。

噫！昔之居此者多矣，曾靡暇于经营；逮山灵之效奇，发遗址于岩扃㊷。殚妙巧于天藏，超埃溘而上征；极观听之所接，遂杳渺而难名。嗟此乐之无央，与来者而同登。决眦荡胸，雪其尘缨㊸；且安知前日之苍烟白露，断蔓而荒荆者哉！顾客子之所能道者，才管中之一斑㊹；惟览者之自得，会绝景于凭栏。心凝神释，浩如飞翰㊺；而后知兹亭之仙意，而凌虚御风之无难。主人瞿然㊻而起曰：有是哉！吾将观焉。

〔注〕　① 会稽太守参政：会稽，郡名。秦始皇二十五年(前222)于原吴、越地置。南宋时治所在绍兴。太守，官名。秦设郡守，管理一郡政事。汉景帝时更名太守。宋以后改郡为府或州，郡守已非正式官名，但仍习称知府、知州为太守。会稽太守即为绍兴知府。参政，官名。即参知政事，宋代为宰相之副。　② 魏公：魏良臣(1094—1162)，字道弼，崇教乡南塘人(今南京市高淳区)，宣和三年(1121)登进士第，累官至左光禄大夫，谥敏肃。良臣弟信臣有女妻范成大，成大访外舅于高淳宣城间，得识良臣，敏肃公"一见以远大期之"。绍兴二十六年(1156)，良臣自参政出知绍兴府，寄蓬莱阁、望海亭诗轴给范成大，本赋当作于此时。　③ 望海亭：魏良臣于绍兴郁溪山上所建之亭。　④ 卧龙之巅：谓山势似卧眠之龙。庾信《同会河阳公新造山池聊得寓目》诗："暗石疑藏虎，盘根似卧龙。"　⑤ 属：属下，侍从。　⑥ 掇(duō)其膏馥之余：膏馥，芬芳甘美的精华。此为溢美对方诗作之语，自谦仅能拾人唾余。掇：拾取。　⑦ 杖屦(jù)其上：杖，挂着手杖，名词动用。屦，本义指鞋履，引申为践踏。　⑧ 姹：同"诧"，夸。　⑨ 焕丹碧之翚(huī)翔：丹碧，赤色与青色的屋瓦。陈泰《三月望楚昭王庙观乐舞诗》："晶荧丹碧飞甍阁。"翚翔，意同"翚飞"，《诗·小雅·斯干》："如鸟斯革，如翚斯飞。"疏："言檐阿之势，似鸟飞也。"后以之形容建筑的高峻壮丽。　⑩ 跻攀：登攀。　⑪ 平畴：平坦的田地。晋陶渊明《癸卯岁始春怀古田舍》之二："平畴交远风，良苗亦怀新。"　⑫ 乔木：木之高而上曲者曰乔。今通称枝干长大在二三丈以上者为乔木。《诗·周南·汉广》："南有乔木，不可休息。"　⑬ 扶疏：繁茂纷披貌。　⑭ 余社：意同"遗社"，祖先所留的福祉。　⑮ 夏后：古史称禹受舜禅，建夏王朝，也称夏后氏、夏后或夏氏。《史记·夏本纪》："禹于是遂即天子位，南面朝天下，国号曰夏后，姓姒氏。"　⑯ 勾践：春秋时越王，为吴王夫差所战败，困于会稽，屈膝求和。其后卧薪尝胆，发愤图强，十年生聚，十年教训，终于灭掉吴国。　⑰ "至于流觞泛雪"二句：古代风俗，每逢三月上巳，于水滨聚集宴饮，以祓除不祥。后来仿行，于环曲的水渠旁宴集，在水上放置酒杯，杯流行停其前，当即取饮，称为流觞曲水。以东晋时王羲之等人于会稽山之兰亭雅集最为

著名,后句高人即指他们而言。　⑱"浣纱采莲"二句:游女,出游的女子,这里指西施。绍兴县南若耶溪边有浣纱石,相传西施曾浣纱于此。　⑲畴昔:往日。畴,助词,无义。　⑳蓬莱:山名。古代方士传说为仙人所居。　㉑轩豁:开朗。　㉒伶俜:孤单貌。　㉓指麾:意同"指挥",发令调遣。　㉔颢气:洁白清鲜之气。　㉕鳌(áo):即"鼇",传说海中的大龟。　㉖地轴:古代传说大地有轴。晋张华《博物志》:"地有三千六百轴,互相牵制。"后用来泛指大地。　㉗蝀(dōng):即螮蝀,虹的别称。　㉘偪(bì)仄:狭窄。　㉙三星:《诗·唐风·绸缪》:"三星在天。"三星,毛传以为即参星,郑笺以为即心星,均指一星而言。　㉚赪(chēng)轮:指太阳。赪,红色。　㉛覿(dí)观:远观。觌,看见。　㉜褰(qiān)云:撩开云层。褰,撩起,用手提起。　㉝海门:谓由海入陆之口岸。　㉞霁:雨止。《书·洪范》:"乃命卜筮,曰雨曰霁。"　㉟舂容:本指钟声回荡相应,引申为雍容畅达之意。　㊱五云:五色的瑞云。　㊲三山:古代神话中的三神山。旧题晋王嘉《拾遗记》:"三壶,则海中三山也:一曰方壶,则方丈也;二曰蓬壶,则蓬莱也;三曰瀛壶,则瀛洲也。"　㊳"遂招汗漫之胜游"二句:汗漫,不着边际。《淮南子·道应》:"吾与汗漫期于九垓之外,吾不可以久驻。"后人以《淮南子·道应》语,转作仙人的别名。飙车:御风以行之车。　㊴"属紫霄之妙质"二句:妙质,美丽聪慧的女子,指仙境中的神女。斝(jiǎ):古代铜质酒器。似爵而较大,有三足、两柱、一鋬,圆口平底,盛行于商代。　㊵仙伯:众仙之长。又为仙人。　㊶弱水:古人称水浅或不通舟楫者为弱水,意谓水弱不能胜舟。　㊷岩扃(jiōng):山的门户。扃,门户。　㊸"决眦荡胸"二句:决眦,张眼瞪视。眦,眼眶。尘缨,世俗之事。　㊹"顾客子之所能道者"二句:意谓只能道出很小的一部分,而不能涵盖全部。《世说新语·方正》:"王子敬(献之)数岁时,尝看门生樗蒲,见有胜负,因说:'南风不竞。'门生辈轻其小儿,乃曰:'此郎亦管中窥豹,时见一斑。'"　㊺飞翰:指高飞之鸟。　㊻瞿然:惊视貌。

　　石湖居士范成大为人慷慨豪隽,有揽辔澄清之志。曾于宋孝宗乾道六年(1170)奉命使金,为改变接纳金国诏书礼仪和索取河南陵寝地之事,在金廷相机折冲、雄辩纵横,几于殒身,终全节而归,维护了南宋的尊严。与晚年退隐田园的宁静恬淡相比,这篇作于青壮年时期的《望海亭赋》可让我们领略到范公不一样的心境。辞赋是应绍兴知府魏良臣之邀,为新落成的望海亭而作。作者从未亲自登临游览过此亭,仅凭随信附来的诗歌卷轴和自己的想象,就挥笔写下洋洋洒洒长达九百多字的赋文,其才笔卓荦,允称陆海潘江。相信"后日获从杖屦其上"之时,山川之神亦会引为知己。全赋着重描写登上望海亭的所见所感,作者将对宇宙人生的体悟熔于一炉,视线在陆景、海景和仙景之间来回穿梭,令人目眩神摇、心向往之。

　　辞赋借鉴汉大赋中设为主客的传统手法,用诸侯之客向主人讲述观览望海亭的经历结构全篇。按其笔意文脉大致可分成三部分,第一部分自"诸侯之客,有来自东"至"而未擅乎登临之胜也",总括越地湖山胜概、人文渊薮。作者视通万里,河山绵邈尽置眉睫之前。会稽郡"萦山带湖,楼观相望;背卧龙而崛起,焕丹碧之翚翔",清荣峻茂、瑰美幽丽,兼以依山而峙,朱甍翠桷、巍峨辉映,实为风光独绝。接下来目光聚焦到稚绿的平畴和老苍的乔木,从哀玉琤琮的春声写到千岩流泻的秋色,从朝霞漠漠写到暮霭沉沉,景物的变幻暗含时光的流逝,于是自然而然的过渡到抚今追昔、伤怀吊古。大禹所建的夏朝早随着他的丰功伟绩一起烟消云散,而吴越两国激烈交战的疮痍焦土也已恢复了蓊郁葱茏,面对这曾经的"夏后万国之朝,勾践百战之野",范成大不禁喟叹光阴流转,百代过客,王朝兴废尚且平凡如斯,更何况昔日一觞一咏的兰亭、彼时浣纱采莲的西子,皆早被裹挟入历史的长河,化为野老渔樵口中的谈资了。"对景以怀古,抚事而凝情",言至此处,情感的酝酿已达到相当深厚的境地,作者宕开一笔,点出上述这些景色都不及登临之胜,为下文引出望海亭做了充分的铺垫。

自"若夫浩荡轩豁"至"而何有乎弱水之三万里也"为第二部分,浓墨重彩的铺排登临望海亭的感受。先敷陈望海新亭的光照云表、飞轩凭虚,令人登之忧端尽弃,颢气超然,"飘飘焉有连鳌跨鲸之意"。接着引入"登兹而望"的所见:极目四野,杳渺鸿蒙,东崖崩浪千寻摧折天柱、浸浮地轴,而寒光迸现,上射虹霓,下映万顷,海色天容妙合无垠。面对此种壮美景象,石湖居士不由得抒发"快宇宙之清宽,怅百年之偪仄"的感慨,浩瀚广宇,无穷苍冥,而人生屈指百年,缧绁纷扰不可尽数,何可悲戚!何可嗟叹!这郁结于心的块垒,也只有在望海亭凭栏远眺才得以排遣。你看,当疏星渡河、玉绳低转之时,夜暮中已涌动着熹微的曙光,不久即鳞波跃金、霞蒸云彤,倏尔红轮腾空、传明散彩,继而栖鸟振翅、万籁复苏,天地间洋溢着勃勃的生气。到了薄暮弥漫、斜日西沉之时,峰峦上余晖未散,银浦里玉蟾初生,霜襦雾裙、倩影娉婷,桂华流瓦、献舞于庭。如此良夜遽能辜负,何妨邀来三五知己,诗酒唱酬、通宵达旦?作者用细腻的笔触勾勒了亭上一日间风物的变化,以上大抵为望海亭所观陆景。由"又若潮生海门"起,转入对海景的描绘。潮之初起,万里一线,待之既近,浊浪滔天。"方铁马之横溃,倏银山之崩坼",形象地摹写出海门大潮砰雷转毂、冰轰雪吼的震撼场面,令人如临其境,动魄惊心。如此雄伟壮阔的景象,范成大却认为"犹未及乎目力",那是因为接下来的景色更为灵胜瑰奇。远处飘来悠扬的钧天广乐,使人闻之神清气凝、俗虑尽销,但见那"天风激吹,波涛阖开",三山仙岛,自远飞来。驾长车而乘风御电,览盛景以遨游无方。目睹五云缭绕的玲珑楼阁,享受姑射仙子的素手侑觞,更兼欣赏鸾凤的歌舞,沾溉仙人的福泽。恍然若梦,得悟天机:仙凡灵犀相感,弱水三万亦在一念之间。

第三段自"噫!昔之居此者多矣"至赋末,诸侯之客感造物之神奇、天工之机巧,加以太守魏公的善于经营、与民同乐,共同熔铸成此"极观听之所接,遂杳渺而难名"的望海新亭。此亭之乐,难于尽言。凭阑观览,旧日的遭逢坎壈尽弃脑后,而逸怀浩气超然乎凡尘,令人不觉肋下生翅,羽化登仙。种种玄妙瑰美的叙说,终于诱惑得主人心襟摇荡,欲往观焉。作者采用咏物古赋分类铺陈的结构方式,在大面积铺排陆景之丽、海景之壮、仙景之幻以后,在这一段集中抒发登亭所感,收束了文气。这样,有分有合,纵横交错,虚实相间,条理清晰而不板滞,细节鲜明而又能总揽全局。

《望海亭赋》在艺术上也有不少值得玩味之处。首先表现在极见功力的语言。作为一篇以摹景为主的骈赋,它吸纳了汉大赋"铺采摘文,体物写志"的手段,尤其是对海门潮涌的描绘,气魄浩大、生动逼真,颇得枚乘《七发》中观潮一段的神韵。赋文词藻优美晓畅、丽而不腻,写景状物,灵动贴切。特别是对仙境的描写,给人以风行水上、汪洋恣肆之感,可与庄子言风相媲。而避免了汉大赋用语堆砌复沓、怪僻晦涩的缺点。文中多用连绵词和叠字,如"伶俜""眇莽""舂容""徙倚""徘徊""汗漫""杳渺"和"波鳞鳞""天晃晃"等,连绵词或双声或叠韵,泠泠若振玉、累累如贯珠,极大地增强了行文的节奏感和音乐美。另外,辞赋琢词锻句,多出以体现视觉、嗅觉、听觉等感官用语。譬如"焕丹碧之翚翔""五云明灭,丹宫绛台"以鲜艳的色彩写视觉,"方铁马之横溃,候银山之崩坼"融合了视觉与听觉,"燕香舂容"融合了嗅觉与听觉,此种巧妙搭配,恰到好处地调动起了人们"通感"的审美体验,有如亲自登亭望海。以上技法,皆极具意境与韵味,富于浓厚的艺术感染力,有助于即景生情。

其次,此赋用典很少,绝去雕饰。骈文一大特色就是繁复的使事用典,然而《望海亭赋》却刻意淡化典故,有限的几个事典,也无非是"夏禹立国""吴越争霸""兰亭雅集""西子浣纱"等契合情境的熟典,并不影响对文意的解读,使得全文通俗畅达、挥洒自如。

再次,此赋以骈句为主,四六对仗,非常工稳,但又不乏变换。赋中大量采用四、六言单句对,例如"朝霞暝霏,扶疏微茫""饯斜晖于孤嶂,候佳月于沧浦"等。当然,上四下四、上六下六的复句对也所在多有,例如"赪轮腾上,东方皆白;烟消尘作,栖鸟振翼"和"送万折之倾注,艳寒光之迸射;浸地轴以上浮,荡天容而一色"等。还有上四下五的句式"流觞泛雪,高人之旧事;浣纱采莲,游女之遗迹",这属于四四句型的变化。至于像"往往使人魂断意折,酒澹而歌不平。故丽则丽矣,而未擅乎登临之胜也"及"且安知前日之苍烟白露,断蔓而荒荆者哉"之类的句子,则完全趋向于散文化的句法风格,骈散掺杂,起到贯通气脉,协调舒缓辞赋节奏的作用。

《望海亭赋》不单纯是一篇描摹风景的辞赋,更重要的是风景皆从胸臆流出,寄寓了作者对宇宙自然的无限深情。范成大热爱自然,祈望与自然融为一体,从而摆脱红尘烦扰。然而在宋金两国长期征战、生灵涂炭的年代,目睹百姓深重苦难的诗人不肯逃避现实,也不能缄默不语,此种渴求徜徉山水、超尘脱俗的心情,也就只有在临图作赋时才得以释放与倾诉。

(刘勇刚 吴雅楠)

【作者小传】

杨万里

(1127—1206) 字廷秀,号诚斋。吉州吉水(今属江西)人。高宗绍兴二十四年(1154)进士,历任国子博士、太常博士、太常丞兼吏部右侍郎、提举广东常平茶盐公事、广东提点刑狱、吏部员外郎、江东转运副使等。后因反对以铁钱行于江南诸郡,改知赣州。不赴,乞祠官而归,自此闲居乡里。宁宗开禧二年(1206)卒于家中,年八十。赠光禄大夫,谥文节。有《诚斋易传》《诚斋集》。

浯　溪　赋　　　　　　　杨万里

予自二妃祠之下、故人亭之旁,招招渔舟,薄游三湘。风与水其俱顺,未一瞬而百里。欻两峰之际天①,俨离立而不倚。其一怪怪奇奇,萧然若仙客之鉴清漪也;其一蹇蹇谔谔②,毅然若忠臣之蹈鼎镬也③。怪而问焉,乃浯溪也④。盖唐亭峙其南,峿台峭其北;上则危石对立而欲落,下则清潭无底而正黑;飞鸟过之,不敢立迹。

余初勇于好奇,乃疾趋而登之。挽寒藤而垂足,照衰容而下窥。余忽心动,毛发森竖。乃迹故步,还至水浒。削苔读碑,慷慨吊古。倦而坐于钓矶之上,喟然叹曰:惟彼中唐,国已膏肓;匹马北方⑤,仅获不亡。观其一过不父,日杀三庶⑥,其人纪有不斁矣夫⑦?曲江为笼中之羽⑧,雄狐为明堂之柱⑨,其邦经有不蠹矣夫⑩?水、蝗税民之亩,融、坚椎民之髓⑪,其天人之心有不去矣夫?虽微禄儿,唐独不陨厥绪哉⑫?观马嵬之威垂⑬,涣七萃之欲离⑭,殪尤物以说焉⑮,仅乎达于巴西。吁!不危哉!

嗟乎!齐则失矣,而楚亦未为得也⑯。灵武之履九五⑰,何其亟也!宜忠臣之痛心,寄春秋之二三策也!虽然,天下之事,不易于处而不难于议也。使夫谢奉策于高邑⑱,禀重巽于西帝⑲。违人欲以图功,犯众怒以求济,天下之士,果肯欣然为明皇而至死哉?盖天厌不可以复祈,人溃不可以复支;何哥舒之百万⑳,不如李、郭千百之师㉑?榷而论之,事可知矣。

且士大夫之捐躯以从吾君之子者,亦欲附龙凤而攀日月,践台斗而盟带砺也㉒。一复荏以耄荒㉓,则夫一呼而万旐者㉔,又安知其不掉臂也耶?古语有之:"投机之会,间不容穟㉕。"当是之时,退则七庙之忽诸㉖,进则百士之扬觯㉗。嗟肃宗处此,其实难为之。九思而未得其计也!

已而,舟人告行,秋日已晏。太息登舟,水驶于箭㉘。回瞻两峰,江苍茫而不见。

〔注〕① 欻(xū):忽然。斁天:接天。② 謇(jiǎn)謇谔(è)谔:忠诚直言的样子。謇謇:正直,诚实。谔谔:直言不讳。③ 蹈鼎镬(huò):跳入鼎镬受酷刑。④ 浯(wú)溪:源出湖南永州市祁阳县松山,东北向流入湘江。唐代元结隐居溪畔,为其命名并撰《浯溪铭》。⑤ 匹马北方:指太子李亨率数百人自奉天北上,至平凉,趋灵武,召抚郡众,即帝位。⑥ 过:过失。不父:唐玄宗纳其子李瑁之妃杨玉环为贵妃,荒淫乱伦,故说"不父"。日杀三庶:指唐玄宗听信谗言,于开元二十五年(737)废黜太子李瑛、鄂王李瑶、光王李琚为庶人,随即赐死。⑦ 人纪:人的立身处世之道。斁(dù):败坏。⑧ 曲江:张九龄韶州曲江人,世称"张曲江",唐玄宗开元时任宰相,秉公守则,直言敢谏,后为李林甫所忌,被罢职。箧中之羽:比喻无用被弃之物。⑨ 雄狐:指杨贵妃堂兄杨国忠,曾官至宰相。明堂柱:比喻朝廷支柱。明堂:古代帝王宣明政教之处。⑩ 邦经:国家的政纪纲常。蠹(dù):败坏,损坏。⑪ 融:宇文融,唐开元年间任监察御史,为增加税收,检括逃亡户口及籍外占田,州县虚张其数,新增户八十万。坚:韦坚,唐开元年间任长安令,督管江淮租运,国家仓库岁增巨万,百姓不堪其苦。⑫ 独不:难道就不。陨(yǔn)厥绪:指唐朝统治的世系走向衰败。⑬"观马嵬"句:指玄宗奔蜀,至马嵬驿,将士杀杨国忠等,逼玄宗缢死杨贵妃。威垂:困顿、萎靡的样子。⑭ 涣:离散。七萃:指皇帝的禁卫军。⑮ 殪(yì)尤物:指杨贵妃死在马嵬坡。殪:死。尤物:绝色美女。说:通"悦"。⑯"齐则失"两句:比喻这一方面有失,另一方面也有失。⑰ 履九五:登上帝位。九五,术数家称《乾》卦九五为人君的象征,后称帝位为九五之尊。⑱"使夫谢奉策"句:刘秀曾在其部下一再劝说下称帝于高邑,这里借指唐肃宗在群臣上书力劝下即位于灵武。⑲ 西帝:指唐玄宗,因其避乱西蜀,故称"西帝"。⑳ 哥舒:哥舒翰。安史乱起,哥舒翰率20

万兵力守潼关，因宰相杨国忠猜忌，唐玄宗命其开关与敌交战，战败，被部下缚而献敌，后降敌，被安庆绪所杀。　㉑李、郭：唐代名将李光弼、郭子仪。　㉒台斗：比喻宰辅重臣。台，指三台星。斗，指北斗星。带砺：借喻功臣爵禄，世代永传。《史记·高祖功臣侯者年表》："封爵之誓曰：'使河如带，泰山若砺，国子永宁，爰及苗裔。'"　㉓莅（lì）：临视。耄（mào）荒：年老昏聩。　㉔万旟（yú）：代指人数众多的军队。旟，古代军旗。　㉕投机之会，间不容穟（suì）：指机会难得，不容有丝毫放松。会，时机。穟，通"穗"，灯花。语出《新唐书·张公谨传赞》。㉖七庙：帝王的祖庙，代指王朝的延续。忽诸：忽然而亡。　㉗扬觯（zhì）：举杯以示受罚。后用作国君停乐之典。典出《礼记·檀弓下》："杜蒉谏，晋平公停乐。"觯：古代饮酒的器具。㉘驶（kuài）：同"快"。

　　浯溪源出湖南祁阳西南松山，东北流入湘江，两岸悬崖峭壁，危峰耸峙，水清石峻。中唐诗人元结母丧守制，爱其胜景，居于溪畔，将此溪命名浯溪，并将"浯溪东北廿余丈"的"怪石"命名峿台，在溪口"高六十余尺"的异石上修筑一亭，名"㠤亭"，取"旌吾独有"之意，合称"三吾"。唐肃宗上元二年（761）八月，历时数年之久的"安史之乱"基本平定，元结闻讯，曾在江西九江任上撰《大唐中兴颂》。十年后，元结徜徉于浯溪山水之间，面对天造地设的石壁，不免勾起当年"刻之金石"的夙愿，于是请挚友颜真卿书写刻石，此即著名的大唐中兴颂摩崖石刻。元结的颂文记载平叛史事，期待唐朝中兴，笔锋典重古雅，大气俊伟；颜真卿的书法博大庄正，筋健骨雄。元文、颜书和高大陡险的摩崖石历来被誉为浯溪"三绝"。

　　《大唐中兴颂》虽然是《浯溪赋》的写作缘起，但本文立意不同于中兴颂。赋以史鉴今，通过议论唐玄宗和唐肃宗往事，影射和暗讽宋徽宗与宋高宗。起首六句交代乘舟自湘江入浯溪的游程。接着以生动的笔墨描绘浯溪美景，浯溪之美美在石奇，但见两岸苍崖石壁，巍然兀立，建于石顶之巅的"㠤亭"与高耸的"峿台"南北对峙，抬头仰望，危石险峻，摇摇欲坠。形状各异的巨石或似仙人下凡，端坐溪边，清澈的溪水映照出仙人清虚的身影；或如耿介坚毅的忠臣，直面鼎镬之刑，慷慨赴难。浯溪之美美在水清潭深，溪流曲折蜿蜒，水潭深不可测，别有幽趣。浯溪石奇崖峻，作者兴致盎然，舍舟攀岩，虽有山藤可助攀援，但巨石犹如刀削斧劈，下望"毛发森竖"。

　　"削苔读碑"以下重点写读碑文而引发的沉思与议论。先写安史之乱的起因。唐玄宗执政时期，史称"海内富安，行者虽万里不持寸兵"。作者反思历史，列举史实，揭示盛世表象下帝王昏聩、奸臣乱政、民心背离的腐败真相。其一，唐玄宗重色贪欢，专宠杨贵妃，荒怠国事。开元二十五年（737）听信惠妃谗言，不顾张九龄劝谏，废李瑛等三王为庶人，三王随即遇害，民众为之鸣冤。其二，同年唐玄宗听信李林甫谗言，贬贤相张九龄为荆州刺史。其三，口蜜腹剑的李林甫深得宠信,被任为宰相;杨贵妃得到专宠,杨氏兄妹鸡犬升天;安禄山被委以河东节度使重任,玄宗为其在京师造宅邸,穷极富丽。其四,天灾频发,人祸更甚,横征暴敛,民怨四起。"观马嵬"四句,概括安史乱起、国土分裂、玄宗奔蜀、马嵬兵变、杨贵妃被缢死的史实。作者于铺叙中接连发问:"其人纪有不敖矣夫?""其邦经有不蠹矣夫?""其天人之心有不去矣夫?""虽微禄儿,唐独不陨厥绪哉?"大唐盛世伟业,何以毁于一旦?统治者自毁长城,破坏国家政纪纲常,奸臣弄权,肆意作恶,背离民意,丧失民心,表面承平之下危机四伏,动乱的发生不可避免。深刻的历史教训,令作者感叹唏嘘。

三、四段追叙和反思动乱爆发后的历史。史载安禄山以讨杨国忠为名,动用十五万兵力在范阳发动叛乱。唐朝各路官兵出于忠义,抵抗叛军推进。平原太守颜真卿与常山太守颜杲卿在安禄山后方起兵,讨伐叛军;朔方节度使郭子仪与朔方军将领李光弼分别率军击败叛军,收复部分失地;国难当头,唐玄宗却听信杨国忠出于私利的建议,命哥舒翰出潼关进攻,哥舒翰被迫放弃坚守困敌的战略,与叛军会战,大败于宝灵,潼关失守,哥舒翰被俘。"何哥舒之百万,不如李、郭千百之师!"潼关失守的主因,正在于唐玄宗决策昏乱,叛军长驱直入,玄宗仓皇奔蜀。太子李亨带少数随员,在灵武仓促即位,元结的"中兴颂"及本赋提到的"匹马北方",即指李亨即位于灵武。元结的颂文旨在歌颂平叛胜利:"天将昌唐,翳睨我皇,匹马北方。独立一呼,千麾万旟,戎卒前驱。我师其东,储皇抚戎,荡攘群凶。复复指期,曾不逾时,有国无之。事有至难,宗庙再安,二圣重欢。地辟天开,蠲除祅灾,瑞庆大来。"本赋则旨在以古鉴今,借历史往事推论与影射当今危殆局势。安史之乱延续八年之久,可见平叛之艰难,大厦将倾,民心已失,"盖天厌不可以复祈,人溃不可以复支"。

"推而论之,事可知矣"二句意味深长。如果帝王昏庸,虽有百万大军,岂能于顷刻之间扭转危局?何况国难当头,大臣中出于私利攀龙附凤者有之,变节投敌者亦有之。史载玄宗奔蜀,大臣陈希烈、张均等纷纷降贼,担任伪职。"一复荏以耄荒"以下,影射与暗讽之意更为深刻。天宝十五载(756)六月唐玄宗入蜀,七月太子李亨即位,改元至德,八月灵武使者抵蜀后,玄宗始知肃宗即位事,可见皇位接续已失纲纪,父子芥蒂也有违人伦。即使"耄荒"的唐玄宗由蜀返京,但因在位时弃贤用奸,天人并怨,人心已失,又怎能避免臣属将士不"掉臂"而去。推而论之,宋代的外患内忧与唐代安史之乱何其相似。宋高宗仓促之间登上皇位,即使"耄荒"的宋徽宗真能回来,谁会拥戴他并为之效命?众人"掉臂"而去,应该是势所必然。再"推而论之",宋高宗即位后如果不思恢复,荒怠国事,难道不会步宋徽宗后尘,重演国人"掉臂"而去的悲剧?"古语有之:'投机之会,间不容穟。'当是之时,退则七庙之忽诸,进则百士之扬觯。嗟肃宗处此,其实难为之。九思而未得其计也。"这几句既是对唐肃宗危难之际担负起平叛重任的肯定,又曲折吐露对南宋王室恢复中原统一国家的希望。

末段描写天色已晚,归舟似箭。回望浯溪,不见蜿蜒清澈的溪流,唯见两岸苍山崖壁映现于暮色苍茫中。结尾语短情长,"太息"二字,包含不尽的历史感喟和现实忧患,余味深长。

杨万里力主抗金,秉性刚直,遇事敢言,周必大称他"立朝谔谔,知无不言,言无不尽"。诗人葛天民称他:"脊梁如铁心如石,不曾屈膝不皱眉。"宋高宗在位三十余年,奉行屈辱求和政策,爱国人士无不悲愤忧患。宋孝宗即位后曾有志恢复,但"符离之溃"后,罢免主战人士,割地请和,下诏"罪己"。杨万里曾作《读罪己诏》,希望宋孝宗发奋图强,孝宗虽不满杨万里,但也称其"有性气"。在《道遇王元龟阁学》《初入淮河四绝句》等诗中,作者表达了对皇帝任用奸臣、排斥忠良的愤慨,抒发了对中原沦落的忧患。本赋也体现了作者对国家命运的关切,文以《浯溪赋》为题,除首尾描写山水外,全赋主体以精辟的议论为主。作者托古以讽,借唐朝史事影射当下国事,识见深刻,立意高远,对当世颇有警醒意义,相传此赋一经问世,时人争相传诵。写法上议论、描写、抒情结合,议论全用散文句式,充分发挥了文赋自由抒写的功能,感叹句与反问句穿插其间,收到义正词严、感慨深长的艺术效果。议论以史实为据,不尚空论,层层推进,思路缜密,堪称赋体中的精彩史论。

(顾伟列)

海 鳅 赋 并后序　　　　　　　　杨万里

辛巳之秋①,牙斯寇边②。既饮马于大江,欲断流而投鞭③。自江以北,号百万以震扰;自江以南,无一人而寂然。牙斯抵掌而笑曰:"吾固知南风之不竞④,今其幕有乌而信焉⑤。"指天而言:"吾其利涉大川乎?"⑥方将杖三尺以麾犬羊⑦,下一行以令腥膻⑧。掠木绵估客之艓⑨,登长年三老之船⑩。并进半济,其气已无江壖矣⑪。南望牛渚之矶⑫,屹崎七宝之山⑬,一帜特立于彼山巅。牙斯大喜曰:"此降幡也。"贼众呼万岁而贺曰:"我得天乎!"言未既,蒙冲两艘⑭,夹山之东西,突出于中流矣。其始也,自行自流,乍纵乍收。下载大屋,上横城楼。

缟于雪山，轻于云球。翕忽往来[15]，顷刻万周。有双垒之舞波[16]，无一人之操舟。贼众指而笑曰："此南人之喜幻。不木不竹，其诳我以楮先生之俦乎[17]？不然，神为之楫，鬼与之游乎?"

笑未既，海鳅万艘，相继突出而争雄矣。其迅如风，其飞如龙。俄有流星，如万石钟，殒自苍穹[18]，坠于波中，复跃而起，直上半空。震为迅雷之隐訇[19]，散为重雾之冥濛。人、物咫尺而不相辨，贼众大骇而莫知相从。于是海鳅交驰，搅西揉东。江水皆沸，天色改容。冲飚为之扬沙，秋日为之退红。贼之舟楫，皆蹢藉于海鳅之腹底；吾之戈铤矢石，乱发如雨而横纵。马不必射，人不必攻，隐显出没，争入于阳侯之珠宫[20]。牙斯匹马而宵遁，未几自毙于瓜步之棘丛[21]。

予尝行部而过其地[22]，闻之渔叟与樵童。欲求牙斯败衄之处[23]，杳不见其遗踪。但见倚天之绝壁，下临月外之千峰。草露为霜，荻花脱茸[24]。纷棹讴之悲壮[25]，杂之以新鬼旧鬼之哀恫[26]。因观蒙冲、海鳅于山趾之河汭[27]，再拜劳苦其战功。惜其未封以下濑之壮侯，册以伏波之武公[28]。抑闻之曰："在德不在险，善始必善终。"[29]吾国其勿恃此险，而以仁政为甲兵，以人才为山河，以民心为垣墉也乎[30]！

右采石战舰：曰"蒙冲"，大而雄；曰"海鳅"，小而驶[31]。其上为城堞[32]，屋壁皆垩之[33]。绍兴辛巳，逆亮至江北，掠民船，指挥其众欲济。我舟伏于七宝山后，令曰："旗举则出江。"先使一骑偃旗于山之巅，伺其半济，忽山上卓立一旗，舟师自山下河中两旁突出大江。人在舟中，蹈车以行船，但见船行如飞，而不见有人，虏以为纸船也。舟中发一霹雳炮，盖以纸为之，而实之以石灰、硫黄。炮自空而下，落水中，硫黄得水而火作，自水跳出，其声如雷，纸裂而石灰散为烟雾，眯其人马之目，人物不相见。吾舟驰之，压贼舟，人马皆溺，遂大败之云。

〔注〕①辛巳：即宋高宗绍兴三十一年(1161)。②牙斯：新莽时期匈奴王乌珠留若鞮单于，名囊知牙斯，此代指金主完颜亮。③断流而投鞭：《晋书·苻坚载记》："虽有长江，其能固乎？以吾之众旅，投鞭于江，足断其流，何险之足恃！"④南风之不竞：谓士气不振。《左

传·襄公十八年》：“晋人闻有楚师，师旷曰：‘不害。吾骤歌北风，又歌南风。南风不竞，多死声。楚必无功。’” ⑤ 幕有乌：谓逃走。《左传·庄公二十八年》：“诸侯救郑，楚师夜遁。郑人将奔桐丘，谍告曰：‘楚幕有乌。’乃止。” ⑥ 利涉大川：谓可顺利渡江。《易·需卦》：“需：有孚，光亨贞吉，利涉大川。”大川，此指大江。 ⑦ 杖三尺以麾犬羊：杖，用作动词，持。三尺，指剑。麾犬羊，指挥士兵战斗。犬羊，对敌人士兵的蔑称。 ⑧ 下一行以令腥膻：一行，指军令。腥膻，指士兵，北方民族多食牛羊肉，故以代指。 ⑨ 木绵估客之艓：指商船。木绵，即木棉濮，古代南蛮部族名。艓：小船。 ⑩ 长(zhǎng)年三老：指船工。唐·杜甫《拨闷》诗：“长年三老遥怜汝，捩舵开头捷有神。” ⑪ 堧(ruán)：同“壖”，缘水之地。 ⑫ 牛渚之矶：牛渚，山名，在安徽当涂县西北。矶，即采石矶。 ⑬ 七宝之山：即采石之北的宝积山。 ⑭ 蒙冲：古代战舰。 ⑮ 翕(xī)忽：快捷轻巧貌。 ⑯ 双垒：掩体建筑，此指战船。 ⑰ 楮(zhǔ)先生之侪：楮先生，纸的别称。侪，流辈、侪类。 ⑱ 陨：坠落。 ⑲ 隐竑(hóng)：大声。扬雄《法言·问道》：“或问大声，曰：非雷非霆，隐隐竑竑。” ⑳ 阳侯之珠宫：谓水中。阳侯，古代水神。《汉书·扬雄传》注：“阳侯，古之诸侯也，有罪自沉江，其神为大波。” ㉑ 自毙于瓜步之棘丛：完颜亮强令自瓜步渡江攻宋，将士不满，为部下先射后缢而死。 ㉒ 行部：长官巡视各地下属。 ㉓ 败衄(nǜ)：溃败、损伤。 ㉔ 脱茸：本指鹿角脱落，此指花朵凋谢、坠落。 ㉕ 棹(zhào)讴：渔歌。 ㉖ 新鬼旧鬼之哀恫：阵亡者鬼魂的哀哭。恫(tōng)，哀痛。杜甫《兵车行》：“新鬼烦怨旧鬼哭，天阴雨湿声啾啾。” ㉗ 河汭：河流之曲处。汭，水湾。 ㉘ 封以下濑之壮侯，册以伏波之武公：谓蒙冲、海鳅等战船功勋卓著，应像人一样受到公、侯封赏。伏波，汉代将军名号。壮、武，封爵拟用之字。濑，即湍，急流。 ㉙ 在德不在险，善始必善终：《史记·吴起列传》：“武侯浮西河而下，中流，顾而谓吴起曰：‘美哉乎山河之固，此魏国之宝也！’起对曰：‘在德不在险。’”《史记·陈丞相世家赞》：“平以荣名终成贤相，岂不善始善终哉！” ㉚ 垣堞：城池坚守之处。 ㉛ 駃：疾速。 ㉜ 堞(dié)：城上齿状矮墙。 ㉝ 垩(è)：用为动词，用白土涂饰。

杨万里的《海鳅赋》铺写南宋军队于采石矶水战击败金军的胜利，但作者其意不在于歌颂，而在于由此而引发的议论。

赋的第一段，一方面，作者描述了金主完颜亮的骄横气焰。“自江以北，号百万以震扰；自江以南，无一人而寂然。”以南宋军队的“无一人而寂然”，反衬了金兵“号百万以震扰”的声势浩大。正是因为雄兵在握，所以金主完颜亮极为猖獗，“抵掌而笑曰：‘吾固知南风之不竞，今其幕而有乌而信焉。’”认为南宋军队不堪一击，早已逃走，因而“其气已无江堧矣”；看到南宋军队的旗帜，而误认为是“此降幡也”。另一方面，作者叙述了南宋军队对付强敌所采取的策略。对于前来入侵之强敌，南宋军队不但示弱，而且，还采取迷惑手段，以两艘轻捷的、似乎无人操纵并涂以白垩的蒙冲战舰突出中流，在采石矶之北的宝积山，“翕忽往来，顷刻万周”，给金兵的感觉这似乎是娱乐他们的游戏。南宋军队的示弱与迷惑手段收到了预期的效果，金兵果然上当，不加警惕，而且还“指而笑曰：‘此南人之喜幻。不木不竹，其诳我以楮先生之侪乎？不然，神为之楫，鬼与之游乎？’”他们将南宋军队的迷惑手段误以为是幻术，对于他们而言是没有任何的军事意义的。作者对金兵骄妄情态的叙写,预示了他们必然遭到失败的命运。

赋的第二段,作者描绘了南宋军队对金兵突然发起的猛烈攻击。在令旗的指挥下,南宋军队的万艘海鳅战舰"相继突出","其迅如风,其飞如龙",在"震为迅雷之隐辚,散为重雾之冥濛"的纸做的霹雳弹的辅助下,展开了对金兵猛烈攻击。由于纸做的霹雳弹中填以硫黄、石灰,爆炸开来,白雾纷纷,"人、物咫尺而不相辨",因此,金兵"大骇而莫知相从",缺乏应付宋军突袭的心理准备,不知所措。而南宋军队"海鳅交驰,搅百揉东",将金兵"舟楫,皆蹒藉于海鳅之腹底",使他们纷纷"争入于阳侯之珠宫",葬身水底。而金主完颜亮"匹马而宵遁,未几自毙于瓜步之棘丛"。这一场水战,以南宋军队的大获全胜而告终。作者在对南宋军队战胜金兵过程的描绘中,特别突出了蒙冲、海鳅在战斗中所发挥的巨大作用。

赋的第三段,作者叙写自己凭临当年宋金发生水战的战场,看到的是江山之险:"但见倚天之绝壁,下临月外之千峰";并特别地到山坳水湾处,瞻仰了停泊在那里、且在当年宋金水战中建立卓越功勋的蒙冲、海鳅:"观蒙冲、海鳅于山趾之河汭,再拜劳苦其战功。"在作者看来,这些蒙冲、海鳅功勋卓著,应该受到公侯爵位的封赏,歌颂了蒙冲、海鳅在宋金水战所建立的丰功伟绩。

赋的末尾,作者以议论作结,指出:江山之守,"在德不在险"。告诫统治者"勿恃此险",不要以为能凭恃蒙冲海鳅这样的利器就能够使国家免于被强敌的侵略;而保卫国家,应该是"以仁政为甲兵,以人才为山河,以民心为垣墉"。只有实行仁政,任用贤才,获得广大人民的拥戴与支持,才会民富国强,众志成城,外敌才不敢擅自入侵。

此赋乃属于文赋的范畴,运用了散文的写法,叙述、描绘与议论相结合。赋末的议论由前边的叙述、描绘引出,尤具警示作用。

(李金松)

朱熹

【作者小传】

(1130—1200)　字元晦,一字仲晦,号晦庵、晦翁,又别称考亭、紫阳。祖籍徽州婺源(今属江西),生于南剑州尤溪(今属福建),后徙居建阳(今属福建)考亭。任秘阁修撰等职。主张抗金。师事李侗,为二程(颢、颐)四传弟子。博极群书,广注典籍,对经学、史学、文学、乐律以至自然科学有不同程度贡献。在哲学上发展了二程关于理气关系的学说,集理学之大成,世称程朱学派。有《四书章句集注》《诗集传》《楚辞集注》《韩文考异》及后人编纂的《朱文公文集》《朱子语类》等。

〔794〕 朱 熹　　　　　　　　　　　　　　　　　白鹿洞赋

白 鹿 洞 赋　　　　　　　　　朱 熹

承后皇之嘉惠①,宅庐阜之南疆②。闵原田之告病③,惕农扈之非良④。

粤冬孟之既望⑤,夙余驾乎山之塘⑥。径北原以东骛⑦,陟李氏之崇冈⑧。揆厥号之所繇⑨,得颓址于榛荒⑩。曰昔山人之隐处⑪,至今永久而流芳⑫。自升元之有土⑬,始变塾而为庠⑭。俨衣冠与弦诵⑮,纷济济而洋洋⑯。

在叔季而且然⑰,矧休明之景运⑱。皇穆穆以当天⑲,一轨文而来混⑳。念敦笃于化原㉑,乃搜剔乎遗遁㉒。盼黄卷以置邮㉓,广青衿之疑问㉔。乐菁莪之长育㉕,拔隽髦而登进㉖。迨继照于咸平㉗,又增修而阄倦㉘。旋锡冕以华其归㉙,琛亦肯堂而诒孙㉚。怅茂草于熙宁㉛,尚兹今其奚论㉜?

夫既启余以堂坛㉝,友又订余以册书㉞。谓此前修之逸迹㉟,复关我圣之宏抚㊱。亦既震于余衷㊲,乃谋度而咨诹㊳。尹悉心以纲纪㊴,吏竭蹶而奔趋㊵。士释经而敦事㊶,工殚巧而献图㊷。曾日月之几何㊸,屹厦屋之渠渠㊹。山葱珑而绕舍㊺,水汩㶁而循除㊻。谅昔人之乐此㊼,羌异世而同符㊽。

伟章甫之峨峨㊾,抱遗经而来集㊿。岂颛眺听之为娱51?实觊官墙之可入52,愧余修之不敏53,何子望之能给54。矧道体之无穷55,又岂一言而可绲56。请姑诵其昔闻57,庶有开于时习58。曰明诚其两进59,抑敬义其偕立60。允莘挚之所怀61,谨巷颜之攸执62。彼青紫之势荣63,亦何心乎俯拾64?

乱曰:洞水触石锵鸣璆兮65,山木苯䔿枝相樛兮66。彼藏以修息且游兮67,德隆业茂圣泽流兮68。往者弗及余心忧兮69,来者有继我将焉求兮70。

〔注〕 ①承:承蒙。后皇:天子。古代天子、诸侯皆可称为后,此处指宋孝宗赵昚(shèn)。嘉惠:恩惠。 ②宅:住所,住宅。庐阜:庐山。阜:高山。疆:同疆,疆界也。明郑挺鹄《白鹿洞志》:孝宗淳熙六年(1179),朱熹出宰南康军知事,至八年三月任满。南康军,治今庐山东南的江西星子县。 ③闵:同悯,怜惜。原田:高原上的田地。告病:贫瘠。 ④惕

(shāng)：通“伤”，忧愤。农扈(hù)：管农事的官吏。非良：不是善良的人。　⑤ 粤：语助词。冬孟：孟冬，阴历十月。既望：阴历每月十六日。　⑥ 夙(sù)：早晨。驾：驾车。山之塘：通往庐山的道路。塘，传车、驿马通行的大道。　⑦ 径：经过。北原：北面的原野。东骛(wù)：向东纵横驰骋。　⑧ 陟(zhì)：登高。李氏之崇冈：位于庐山东麓，南康军治地北。　⑨ 揆：观察，察看。厥：语气助词。号：标识，标记。所繇(yóu)：所去的方向。　⑩ 得：找到。颓址：废址，指白鹿洞书院旧址。榛(zhēn)荒：灌木丛和荒草。　⑪ 山人：此处指唐李渤与胞兄李涉。隐处：隐居之处。　⑫ 流芳：流传美名。　⑬ 升元：南唐开国君主李昪的年号(937—943)，后晋高祖天福二年(937)，李昪灭吴，建都金陵(今南京市)，国号唐，史称南唐。土：田产，此处指白鹿洞书院的田地。　⑭ 塾：私塾，私人设立的教学场所。庠(xiáng)：学校。　⑮ 俨(yǎn)衣冠：衣冠整齐庄重。弦(xián)诵：学习诵读诗文。　⑯ 纷：盛貌。济济、洋洋：谓人众多。量、良、塘、冈、荒、芳、庠、洋，押平声阳韵。　⑰ 叔季：国家衰败将亡的时代。且然：此处谓国运不济，白鹿洞书院尚且如此兴旺。　⑱ 矧：通“伸”，发扬。休明：天下太平清明。景运：光明的国运，即盛世的气运。　⑲ 皇：君主，此处指宋孝宗。穆穆：仪表庄严端敬。当天：顺应天命。　⑳ 一轨文：一条车轨的痕迹。指作者和朋友一行。文：纹也，车迹。混：混迹。作者自谦之辞，喻指自己以学问为人生之路。　㉑ 念：眷念，追忆。敦笃：诚恳忠实。化原：教化人的本心。　㉒ 搜剔：寻找。遗遁：遗迹。　㉓ 盼：企盼，企望。黄卷：书籍。置邮：邮差驿送。　㉔ 广：宽慰，解答。青衿：亦作青襟，周代学生的衣服领子为青色，旧时指代读书人。疑问：疑惑不解的问题。　㉕ 乐：感到高兴。菁(jīng)莪(é)：教育培养。长(zhǎng)育：抚育培养。　㉖ 拔：提携。隽髦(máo)：德才兼备的学生。登进：登科，考中进士。　㉗ 迨：等到。继：随后，接着。照：看顾，照料。咸平：宋真宗年号(998—1003)。　㉘ 罔倦：没有疲乏。朱熹于“倦”下自注曰：“《庐山记》又云：‘咸平五年(1002)敕重修，又塑十哲之象。’”宣圣：孔子的尊称。太平兴国：宋太宗年号(976—984)。　㉙ 旋：不久。锡：同赐。冕：孙冕。宋代新淦县(今江西新干县)人，宋太宗时期进士。华：头发华白，谓年老。归：归老。　㉚ 琛：孙冕之子孙琛。肯堂：愿意建立堂基，喻子承父业。孙：传给后代。祥符：即大中祥符(1008—1016)，宋真宗第三个年号。皇祐：宋仁宗第七个年号(1049—1054)。　㉛ 怅：感慨。熙宁：宋神宗年号(1068—1077)。此句谓今天面对长满荒草的熙宁时期的院田，怅然若失。　㉜ 兹今：如今。奚论(lún)：何论，无与伦比。运、问押去声韵，遁、混押上声阮韵，进、倦押去声震韵，孙、论押去声元韵。　㉝ 夫：樵夫。启：告知。堂坛：书院的殿堂讲坛。　㉞ 订：同叮，叮咛。㉟ 谓：讲说。前修：前人所修建。逸迹：遗迹。　㊱ 复：再，又。关：关系。圣：帝王之别称。宏抚：宏大宽抚。　㊲ 亦：助词。既：既然。震：振兴，兴起。余衷：我的愿望。　㊳ 乃：于是。谋度：图谋，谋划。咨诹(zōu)：询访。　㊴ 尹：官吏。悉心：全心全意。纲纪：治理，管理。　㊵ 吏：古时候没有品级的低级公务人员。竭蹶：尽心竭力。奔趋：奔走。　㊶ 士：知识分子的通称。释经：解释经文。敦事：诚恳做事。　㊷ 工：工匠。殚：竭尽。献图：献计献策，设计草图。　㊸ 曾日月之几何：即“曾几何时”，表示时间过去没多久。　㊹ 屹：高耸。厦屋：大屋。厦：通夏，高大也。渠渠：形容房屋宽阔广大。　㊺ 葱珑：草木苍翠而茂盛。珑：通茏。绕舍：环绕屋舍。　㊻ 汩(gǔ)虢(guō)：水流之声。双声联绵词，同汩汩或虢虢。循除：谓溪水沿着台阶流过。　㊼ 谅：想来，料想。乐此：喜欢书院美丽幽雅的环境。　㊽ 羌：语气助词。异世：不同时代。同符：道理相同。　㊾ 伟：高伟。章甫：本殷商玄冠之名，后泛指帽子。峨峨：高伟庄严。　㊿ 抱：持守，奉。遗经：前世传下来的经书。来集：来这里汇集。　(51) 颛(zhuān)：恭谨的样子。眺：远望。听：打听，探问。娱：快乐。　(52) 实：实际。

觊：看。宫墙：书院的围墙。可入：可否进入。此句喻指能否担任书院院长。 ㊼ 愧：惭愧。修：修行个人德行。敏：勤勉而通达事理。 ㊻ 子：男子尊称。望：希望。能给：能提供什么。此句谓不知道学子希望能教给他们什么。 ㊽ 矧(shěn)：况，况且。道体：宇宙精神的本体。亡：通无。亡穷：无穷无尽。 ㊾ 岂：岂能。可绪：可以概括归纳。 ㊿ 姑：姑且，暂且。诵：陈述，讲述。昔闻：过去的知识见闻。 ⑤ 庶：希望。开：启发，开启。时习：当前的学习。 ⑤ 明诚：聪明和真诚。两进：聪明和真诚两方面都得到长进。 ⑥ 抑：语气助词。敬义：恭敬和仁义。偕立：共同树立恭敬和仁义的观念。 ㉑ 允：赞美，赞赏。莘挚：非常诚恳。怀：志向。 ㉒ 谨：赞美，赞赏。攸执：执着。 ㉓ 彼：指示代词，那。青紫：公卿大臣服饰，借指达官显贵。势荣：运气、时运畅达不衰。 ㉔ 亦：语气词。何心：有何心思。俯拾：低头拾取，喻指卑躬屈膝追求权势。集、入、给、绪、习、立、执、拾押入声缉韵。 ㉕ 乱：指乐曲的最后一章或者辞赋文末概括全篇要旨的一段文字。洞水：山间的溪水。锵鸣：铿锵的声音。璆(qiú)：玉相击之声。 ㉖ 山本：山上的草茎。苯尊：草木丛生。枝相樛(jiū)：枝杈相互纠结交错。 ㉗ 藏以修：刻苦学习。息且游：休息游玩。 ㉘ 德隆：道德昌盛。业茂：学业丰富。圣泽流：宏业惠泽流芳。 ㉙ 往者：过去的人。弗及：不及，不了解。心忧：即忧心，忧愁，忧虑。 ㉚ 来者：将来的人。有继：有继承者。焉求：求焉。奢望什么呢。璆、樛、游、流、忧、求押平声韵。

　　该赋是一篇记述白鹿洞书院从唐代中期创建，到宋代初年走向繁盛，又在北宋晚期从繁盛走向衰败，到南宋初期再次复兴的发展过程。叙事之中蕴含着朱子对古人热爱教育、传播学术功业的赞美，以及对世事沧桑的感慨。

　　文章首先从回忆白鹿洞起名之初开始叙述。唐德宗贞元年间（785—805），洛阳人李涉、李渤兄弟偕隐庐山。李渤驯养一只白鹿，性情温驯而通解人意，常随从左右，因此世人称李渤为白鹿先生，所居之处名曰白鹿洞。李渤后来任江州（今江西九江市）刺史，依据白鹿洞的地形山势修建亭台楼榭，疏浚流水环绕，种植各种花草树木。南唐太祖李昇升元四年（940）中，白鹿洞扩建为学舍，置田给养，一时学者云集，蔚然成观，后又改建为白鹿洞国学。

　　宋太祖开宝九年（976），正式建立白鹿洞书院。宋淳熙六年（1179）三月，朱熹出知南康军（治今江西星子县）。据陈舜禹《庐山记·叙山南篇》记载，该年秋阴雨连绵，朱熹寻访白鹿洞书院，发现废址后，慨然长叹，于十月亲自倡导重修，并自任白鹿洞书院山长。朱子制定详细院规，大力修缮学舍，引水植木，美化环境，"山葱珑而绕舍，水泪虢而循除"。尤其他以一代学术尊师的胸襟打破门户之见，当时的著名学者不论学派、观点，只要学有专长，他都真诚的延请来书院讲学，白鹿洞书院再次走向鼎盛。诸如思想家陆子野，虽然思想理论与朱熹相对，常常相互辩难，但朱子依然虚心邀请陆子野到书院为学子授学。在讲堂上，朱子始终陪坐于侧，并将陆的讲稿刻制成碑，激励学生。经过朱熹的苦心经营，白鹿洞书院在南宋成为享誉海内的四大书院之一，令无数高雅髦俊心驰神往。

《白鹿洞赋》以简洁流畅的叙事方式记述了白鹿洞书院创建发展的艰难历程。作者缅怀前代不同时期致力于书院事业的仁人贤士，始终满含钦佩之情。"允莘挚之所怀，谨巷颜之攸执"，朱子对诸如古代圣贤颜回的肯定与赞美，似乎成为自己人生愿望的最佳表白。与崇敬圣贤相比，朱子对官场的显达得意则表现得比较从容淡定，"彼青紫之势荣，亦何心乎俯拾"，可以说是他心灵情感的自我流露。他对高官厚禄的淡漠，对明诚敬义的追求，对颜渊的崇敬，处处涌动着平易真挚的感人力量。

该赋六次换韵，大致以一韵为一个意义层，共分为五层。第一层，追忆白鹿洞书院从中唐李渤隐居白鹿洞到南唐李昪开学授徒的演变过程，赞美书院在南唐时期曾经盛极一时，学生济济洋洋，衣冠俨然，弦歌不绝。第二层，记述北宋时期，书院由鼎盛到衰落的变化过程，歌颂太宗兴国二年(977)，朝廷下诏国子监驿送书院《九经》印本的盛举，对真宗时期，书院"乐菁莪之长育"，为国培养人才，又"拔隽髦而登进"，提携德才兼备的学生大加赞赏，同时对书院的衰败深含惋惜。第三层，作者叙述自己与友人同甘共苦、修复白鹿洞书院，再次聚徒授学的艰辛。经过众人的悉心谋划、精心建设，书院屋舍渠渠，草木苍翠，环境幽雅，读书讲学，怡然自得。第四层，回忆书院修复之后，选录品学兼优的学子入学，延请国内著名学者来院授学。订立院规，从德行与学问两方面培养学生的"明诚"素养。第五层，强调学生不仅刻苦学习，而且要充分享受书院清幽的环境，张弛有度，劳逸结合，并期望后继者兢兢业业，传承书院的优良传统。

《白鹿洞赋》以纪实性取胜，行文平淡，理盛文质，没有骈辞丽句，没有铺排夸饰，缺乏传统赋体纵横捭阖的特有气势，代表了宋代诗赋散文化、理性化的文学风尚，也反映了朱熹作为一个理学家的创作风格。

(漆子扬)

感春赋　　朱熹

触世途之幽险兮①，揽余辔其安之②？慨埋轮而絷马兮③，指故山以为期④。仰皇鉴之昭明兮⑤，眷余衷其犹未替⑥。抑重巽于既申兮⑦，徇耕野之初志⑧。

自余之既还归兮⑨，毕藏英而发春⑩。潜林庐以静处兮⑪，阒蓬户其无人⑫。披尘编以三复兮⑬，悟往哲之明训⑭。嗒掩卷以忘言兮⑮，纳退情于方寸⑯。朝吾屣履而歌商兮⑰，夕又赓

〔798〕 朱 熹　　　　　　　　　　　　　　　　　　感春赋

之以清琴⑱。夫何千载之遥遥兮⑲，乃独有会于余心⑳。

　　忽嘤鸣其悦豫兮㉑，仰庭柯之葱蒨㉒。悼芳月之既徂兮㉓，思美人而不见㉔。彼美人之修嫭兮㉕，超独处乎明光㉖。结丹霞以为绶兮㉗，佩明月而为珰㉘。怅佳辰之不可再兮㉙，怀德音之不可忘㉚。乐吾之乐兮㉛，诚不可以终极㉜；忧子之忧兮㉝，孰知吾心之永伤㉞？

〔注〕　①触：遇到，遭逢。世途：人生道路。幽险：深远险恶。　②揽余辔(pèi)：挽住我的马缰。安之：之安，去向何方。之：去。　③慨：感叹；忧伤。埋轮而絷马：埋掩车轮，绑拴马匹，谓停止前进，准备退却。　④指故山：遥指故乡的青山。以为期：计算回归故乡的日期。　⑤仰：敬仰，仰止。皇鉴：君主圣明如镜。鉴，镜子。昭明：光明，明亮。　⑥眷念：眷念。余衷：我的理想和忠心。犹：依然。未替：没有改变。　⑦抑：语气助词。重(chóng)巽(xùn)：诏命。《周易》的《巽卦》，上下皆为巽，故称重巽，喻指和谐的君臣关系。《周易·巽·象》：“重巽以申命。”唐孔颖达疏：“上下皆巽，不为违逆，君唱臣和，教令乃行，故于重巽之卦，以明申命之理。”既：已经。申：重述，申述。　⑧徇：寻找。耕野：田野。初志：未做官前的志趣与理想。　⑨还归：回归故乡。　⑩毕：全部。藏英：含苞待放。发春：开春。　⑪潜：哲居，隐居。林庐：树林间的茅屋。静处：清静的处世和生活。　⑫阒(qù)：寂静。蓬户：用蓬草做成的门户，比喻简朴的院落。　⑬披：翻阅。尘编：落满灰尘的书卷。三复：多遍温习。　⑭悟：体会。往哲：过去的先哲圣人。明训：严明的教导教诲。　⑮嗒(tà)：嗒丧，失意的样子。掩卷：合上书卷。忘言：忘记了书中的内容。　⑯纳：吸纳。遐情：悠远的情思。方寸：心中。　⑰屣(xǐ)履(lǚ)：拖着鞋子漫行。商：古代五音之一，声调悲凉哀怨。　⑱赓：接着，继续。清琴：声调清幽的琴瑟。　⑲何千载之遥遥：千年的时间是多么遥远。何：多么。　⑳会：凝聚，领悟。有：动词词头。二句谓千年的清凄忧伤独聚于自己心中。　㉑忽：忽然。嘤鸣：鸟鸣之声。悦豫：快乐，欢愉。　㉒仰：仰望。庭柯：庭院的树木。葱(cōng)蒨(qiàn)：青翠茂盛。　㉓悼：哀伤。芳月：美好的岁月。既徂(cú)：一去不返。　㉔美人：比喻美好的理想。此句谓壮志未酬，理想未能实现。　㉕彼：指示代词，那。修嫭(hù)：窈窕美丽。　㉖超：超脱尘世。独处：独立不群。明光：光洁明亮。　㉗丹霞：彩云。绶：缀有玉饰的丝制带子。　㉘佩：佩带。珰：玉石的女子耳饰。　㉙怅：感慨。佳辰：美好时光。不可再：不可再来，一去不返。　㉚怀：怀藏，牢记。德音：往哲的明训言辞。忘：忘记。　㉛乐吾之乐：以我的快乐为乐。　㉜诚：实在，确实。终极：达到尽善尽美的最高境界。　㉝忧子之忧：以你的忧虑为忧。　㉞孰：疑问代词，谁。知：理解，了解。永伤：深深的忧伤。

　　朱子传道授业，弘扬理学，颇有用世之志，致力于扬善惩恶，澄清吏治。性情刚直，敢说真话，为世俗所不容。这篇赋大概作于落职回家后不久。关于此赋的写作背景，王懋竑《朱子年谱》淳熙十年(1183)：朱子“守南康，使浙东，始有以身殉国之意。及是知道之难行，退而奉祠，杜门不出。海内学者尊信益众。然忧世之意未尝忘也，作《感春赋》以见意”。

《朱子年谱》所言"知道之难行",即文中"幽险"之意;"退而奉祠",即指宁宗庆元二年(1196),朱子遭受权臣韩侂胄排挤打击,罢职归家一事。监察御史沈继祖指控朱熹十罪,门生蔡元定被逮捕,理学被斥为"伪学",朱熹被斥为"伪师",学生被斥为"伪徒"。宁宗下诏科举一律不取"伪学"之士。朱子被诬革职,回到福建建阳家中,可以想象作者内心是何等沉痛,精神是何等压抑绝望。

《感春赋》大概作于革职回家的庆元二年春天,因此赋的主题就落在两个层面。一个层面是外在、自我宽慰、自我解脱的快乐,这种快乐来自回家后潜心学问、洁身自好、聚徒授学的教学与学术生活。另一层面则是内心深处无法排遣的忧伤与悲愤,也是朱子倾诉自己青春已去、理想化为乌有的忧愤之情。而且外在的欢快的心境,只不过是一时忘却悲伤的昙花一现,忧伤的情绪深深的盘结在胸中,挥遣不去。

春天无限美好,当作者走出官衙、返回家乡时,也正值生命繁盛的温馨季节,一切生命在春风的抚慰下呈现出蓬蓬勃勃生机,但对于遭受诬陷、解职回家的作者而言,春花的繁盛却触动了他伤痛的心灵,他感悟不到新生命的芃芃其华,反而时光流逝的伤感,"怅佳辰之不可再",生命的短促忧伤,理想难酬的苦闷却紧紧纠结在悲愤的心头。

文章一开篇即感叹人生道路的艰险曲折,托现作者罢官后惆怅迷茫的心情,为全文的情感确定了表达的基调。面对残酷的现实,作者似乎无路可走,一时辨不清通向人生理想的道路究竟在何方。思虑再三,唯一可以选择的道路只有一条,即返回故乡。故乡的山山水水总是那样亲切,仿佛和自己早有约定或者注定今日定要重逢。尽管远离官场,远离凶险,但作者的心却始终萦绕在朝廷,牵系着自己尚未实现的理想,展现了传统知识分子"居庙堂之高则忧其民,处江湖之远则忧其君"(范仲淹《岳阳楼记》)的士大夫思想。

当他回到僻静的家园,期望通过"潜林庐以静处",披阅书卷,"悟往哲之明训",以"悟"理,达到与"往哲"心灵的沟通的目的,在逆境中把握自己,可以暂时获得朗然愉悦的解脱。但是当合上书卷时,又忘记了书中的内容。朱子哀伤的"朝吾展履而歌商兮,夕又赓之以清琴",但又发出"何千载之遥遥兮,乃独有会于余心"的感慨。

作者静静的观望庭院中生机盎然的花草林木,聆听莺雀欢愉的嘤鸣,这一切外在欢悦不仅未能消去心中的悲愤,反而因此启发了他意识中时光流逝、青春永去的忧思,一种壮志未酬的悲哀怅惘瞬间漫卷心际,伤怀难消,美景无趣。所以美景可以"乐吾之乐兮,诚不可以终极",外在的快乐纵然能引发内心的欢乐,可也无法达到尽善尽美的境界。在朱子心中,只有收复中原、推及"明明德"的理学思想,无论显贵还是皇帝都要和天下人一道共同守法,实现"天下为公",那一天作者才能真正品味到"终极"之乐的欢悦。可是理想总归是理想,现实却充满险恶,统治者并不理解他的一片苦心,不仅自己被钦定为"伪师",而且自己的学术也被钦定为"伪学",天地昭昭,却无人理解他内心的"永伤"。

作者运用具有特定涵义的"美人"这一传统意象,象征自己远大的理想。朱子笔下的美人身材秀颀,"结丹霞以为绶兮,佩明月而为珰"。美人遗世独立、光洁照人的品格和气质,寄托着作者光明峻洁的伟大人格。以美人的佩饰象征他理想的美好和远大。然而仕途多艰,作者"思美人之不见",一切执着的追求都化作泡影,化作无限的忧愁。"孰知吾心之永伤",感慨世间没有人能够理解自己学术、思想、理想,痛苦、失望、悲愤萦绕在心头,只有依靠自己孤独寂寞的默然消融排解,也使文章的思想性更为引人深思。

(漆子扬)

【作者小传】

张孝祥

(1132—1170) 字安国,号于湖居士。历阳乌江(今属安徽)人。绍兴二十四年(1154)进士第一。补承事郎,签书镇东军节度判官。历任秘书省正字、校书郎、尚书礼部员外郎、集英殿修撰、显谟阁直学士等职。乾道五年(1169)因病退居芜湖。善诗文,工词。有《于湖居士文集》四十卷。

金 沙 堆 赋

张孝祥

洞庭之野,吞楚七泽①。乘秋而霁,天水一色②。登高桅以挂席兮,插余舟之两翼③。凌长风以破浪兮,骇掀舞于一叶④。横中流而北望兮,何黄金之突兀⑤!触白日以腾耀兮,疑波神之泛宅⑥。舟人告余曰:"此金沙堆也。"

壁立千仞,衡亘百步⑦。灵鳌之背孤起以自暴兮,弃方丈而不负⑧。涌青城之玉局兮,迟虚皇而来下⑨。太仓露积以弗校兮,白粲粲而非腐⑩。熬海波以出素兮,莽既多而无数⑪。胡山十丈之雪结而不复释兮,吴江八月之潮来而不复去⑫。谅非目见而心识兮,虽巧譬其焉喻⑬。

客有叹曰：墼土为城，隐以金椎⑭，一雨之暴，或倾以摧之。今此沙也，质轻而性离⑮。得水而走，得风而飞。澶漫乎大漠之北，飘流乎昆丘之西⑯。曷稽天之巨浸兮，独与此而相宜⑰？廉隅峻以特起兮，若斗之覆而四维⑱。潦尽不为之高兮，春既涨不为之卑⑲。风揭石以拔木兮，蛟鼍驾海而上驰⑳。卷近岸之丘阜兮，考烈火焚乎枯萁㉑。谓此沙既无有兮，当散入于渺弥㉒。旦起而视之兮，曾无毫发之或夷㉓。岂与息壤同生兮，为上帝之所私㉔？将富媪之多藏兮，万宝萃而在兹㉕？岂女娲五色之石兮，完天漏之所遗㉖？将神禹治水兮，聚九野之土以补东南之亏㉗？岂劫火之灰兮，岁既久而莫移㉘？将神龙之攸居兮，百鬼夜筑而守之㉙？征至理而莫得兮，愿先生之予思也㉚。

张子笑之曰：子来前！天地之间何所不有？远者莫诤，近或可取㉛。今夫积水为冰，及春而澌，此物之常理也㉜。然凌人氏乃得而藏之，垦其土，使地气无所泄；厚其覆，使天气不得下㉝。天且暑矣，于是方谨而献之㉞。夫以一人之私，犹能变易阴阳之度，而况天地之大乎㉟！沙之积不积，流不流，安所置论㊱？子行矣！

〔注〕 ①吞：涵容，容纳。司马相如《子虚赋》："吞若云梦者八九于其胸中，曾不蒂芥。"七泽：指古时楚地诸湖泊。《子虚赋》："臣闻楚有七泽，尝见其一，未睹其余也。臣之所见，盖特其小小者耳，名曰云梦。" ②乘：适逢。霁(jì)：天晴气爽。 ③挂席：扬帆。谢灵运《游赤石进帆海》："扬帆采石华，挂席拾海月。"《文选》李善注："扬帆、挂席，其义一也。" ④凌长风以破浪：语出《宋书·宗悫传》："愿乘长风，破万里浪。"一叶：一叶扁舟。 ⑤黄金之突兀：指金沙堆突兀耸立。《读史方舆纪要》卷七七："金沙洲，亦在洞庭湖中，一名龙堆，延袤数里，亦名金沙堆。"张孝祥《金沙堆观月记》："沙当洞庭、青草之中，其高十仞，四环之水，近者犹数百里。" ⑥触：受到照射。腾耀：折射出耀眼光芒。《金沙堆观月记》："沙之色正黄，与月相夺。水如玉盘，沙如金积，光采激射，体寒目眩。"波神：水神。泛宅：泛宅浮家。本指以船为家，此指如水神官殿浮出水面。 ⑦衡亘：即横亘，绵延横陈。 ⑧灵鳌：传说中的巨龟。《列仙传》："有巨灵之鳌，背负蓬莱之山而抃舞，戏沧海之中。"孤起：孤峰耸立。暴：显露。方丈：方丈洲，传说中海上神山。《海内十洲记·方丈洲》："方丈洲在东海中心，西南东北岸正等，方丈方面各五千里。上专是群龙所聚，有金玉琉璃之宫，三天司命所治之处。群仙不欲升天者，皆往此洲。" ⑨青城：青城山，在今四川省成都市都江堰西南。玉局：道观名，在今四川省成都市北。《资治通鉴》胡三省注引彭乘《三局记》："后汉永寿元年，李老君与张道陵至此，有局脚玉床，自

地而出。老君升座，为道陵说《南北斗经》。既去而座隐地中，因成洞穴，故以玉局名之。"迟(zhì)：等待。虚皇：太上虚皇天尊，道教最高神。　⑩太仓：古代京师储谷大仓。露积：指积蓄的谷物露泄。《史记·平准书》："太仓之粟，陈陈相因。充溢露积于外，至腐败不可食。"校：计数查点。　⑪熬海波以出素：煮海水以炼盐。张融《海赋》："若以滤沙构白，熬波出素。积雪中春，飞霜暑路。"姚宽《西溪丛语》："盖自岱山及二天富，皆取海水以炼盐，所谓熬波也。"莽：无边无际貌。　⑫胡山：指北方高山。释：消融。吴江：指钱塘江。　⑬谅：谅必，料定。巧譬：巧妙比喻。焉：疑问词，怎么。　⑭墼(jī)：捣土为墙坯。隐以金椎：在墙中埋设支撑的铁柱。　⑮性离：指沙性易散不易聚。　⑯潬(chán)漫：飘散。昆丘：昆仑山。　⑰曷：何。稽天巨浸：此指洞庭湖。《庄子·逍遥游》："大浸稽天而不溺。"成玄英疏："稽，至也。"独：却。相宜：谓洞庭湖与金沙堆竟能并处一地而不相妨。　⑱廉隅：棱角。特起：突兀耸立。若斗之覆：状如倒置斗形。四维：四棱。　⑲潦(lǎo)：积水，此指洞庭湖水。卑：降低。谓金沙堆既不随水枯而增高，也不因水涨而降低。　⑳揭石拔木：掀起石头拔起树根。蛟鼍(tuó)：鳄类动物。司马相如《子虚赋》："其中则有神龟、蛟鼍、瑇瑁、鳖鼋。"　㉑丘阜：小土山。《淮南子·泰族训》："丘阜不能生云雨，涔水不能生鱼鳖者，小也。"枯荄：干枯的其枝。　㉒渺弥：水流旷远貌。晋·木华《海赋》："冲融沆漭，渺弥淡漫。"《文选》李善注："渺弥淡漫，旷远之貌。"　㉓旦：早晨。曾无：不曾有。夷：平。　㉔息壤：传说中生生不息的土壤。《山海经·海内经》："洪水滔天，鲧窃帝之息壤以堙洪水。"郭璞注："息壤者，言土自长息无限，故可以塞洪水也。"上帝：天帝。私：私爱，偏爱。　㉕将：抑或，或许。富媪：当作"富熅"。《后汉书·礼乐志》："后土富媪，昭明三光。"王先谦补注引吴仁杰："'媪'当为'熅'字之误。"谓地富宝藏，烟熅之气上达于天。萃：荟萃，聚集。　㉖女娲：女娲氏，神话中的古帝名。传说上古之时天崩地裂，女娲炼五色石补苍天。见《淮南子·览冥训》。完：修补使之完整。　㉗神禹：即大禹，夏后氏部落领袖。奉舜帝之命以疏导之法治理洪水。见《史记·夏本纪》。九野：九州之域，传说中我国上古行政区划。见《尚书·禹贡》。亏：欠缺。东南地势低洼，多水少土，故云。　㉘劫火之灰：佛教认为万物都以成、住、坏、空四劫循环流转。坏劫之末起大火，世界皆化为灰烬。《仁王护国经》卷下："劫火洞然，大千俱坏。"释惠皎《高僧传·译经上·竺法兰》："昔汉武穿昆明池底，得黑灰。""后法兰既至，众人追以问之，兰云：'世界终尽，劫火洞烧，此灰是也。'"　㉙攸(yōu)：语助词。　㉚征：考核，验证。予思：给予思考。　㉛张子：作者自称。详(suì)：数说。取：取以为譬。　㉜澌：河水解冻。　㉝凌人氏：古代掌储冰之官。《周礼·天官·凌人》："凌人，掌冰。正岁，十有二月，令斩冰，三其凌。"冬天凿冰藏之窖，夏季供降温保鲜之用。塞其土：挖地窖。地气：地下阴冷之气。覆：冰窖的覆盖物。天气：外界阳热之气。　㉞且：将要。　㉟一人：指天子。阴阳之度：冬寒夏热的自然法则。　㊱安所置论：哪能加以论说。

　　张孝祥一生力主抗金，"其欲扫河洛之氛祲，荡洙泗之膻腥者，未尝一日而忘胸中"（谢尧仁《张于湖先生集序》）。孝宗乾道二年（1166），张孝祥罢知静江府，北归途经湘阴，于中秋日到达洞庭，夜登金沙堆。本赋与《金沙堆》《金沙堆屈大夫庙》《祭金沙堆庙》《金沙堆观月记》《念奴娇·过洞庭》等诗文，均为同期纪行寄慨之作。魏了翁《鹤山大全集》云："张于湖有英姿奇气，著之湖湘间，未为不遇。洞庭所赋，在集中最为杰特。"

赋文首段重在纪游。作者离任致友人云:"不应此地淹鸿业,盍去吾君致太平。伏枥壮心犹未已,须君为我请长缨!"(《张仲钦朝阳亭》)洞庭水天一色,扁舟乘风破浪,金沙光芒四射之景,正是作者胸襟与激情的生动写照。次段重在状物。沙堆如龟背出海,沙白如仓米海盐,状如高山积雪,势若钱江潮涌。以其神秘莫识天巧难喻,引发下文主客问答。三段为"客难",诘问中多所寄寓。用离沙随风飘散,喻朝野人心涣散;以风浪揭石卷岸,喻国政飘摇动荡;借女娲大禹,寄托自己壮志夙愿。作者一贯主张"先尽自治以为恢复",自治之要惟在"谋国欲一"(《论谋国欲一札子》)。聚而不散的金沙堆,即是"欲其同德比义,共济艰难之业"(《论治体札子》)的象征。末段为"答客难"。近水之流沙,尚可聚为金沙堆。文中又用了一连串比喻,说明其深固不迁的品质,比喻人心聚与不聚,恢复大业行与不行,非不能也,实不为也。难辩之理,怊怅之情,见于言外。

清人宋翔风《乐府余论》:"靖康以来,惟和战两言,遗无穷祸,要先立自治之策以应之。孝祥所陈,可谓知恢复之本计矣。""故北宋之初,未尝不和,由自治有策。南宋之末,未尝不言战,以自治无策。于湖《念奴娇》词云:'悠然会心,妙处难与君说',为惜朝廷难与畅陈此理。"本赋意旨亦当如是解之。 (赵红岩)

【作者小传】

刘 过

(1154—1206) 字改之,号龙洲道人,吉州太和(今属江西)人,长于庐陵(今属江西)。愤南宋偏安,曾数次上书,陈恢复方略。四次应举,不中,流落江湖。晚年寓居昆山。曾为陆游、辛弃疾所赏识,与陈亮为友。工词,所作感慨时事,弃放淋漓。有《龙洲集》《龙洲词》。

独 醒 赋 刘 过

有贵介公子,生王谢家①。冰玉其身,委身糟丘②,度越醉乡。一日,谓刘子曰:"曲糵之盛③,弃土相似,酿海为酒④,他人视之,以为酒耳。吾门如市,吾心如水。独不见吾厅事之南,盖亦吾之胸次哉!矮屋数间,琴书罢陈。日出内其有余闲,散疲苶于一伸⑤。摩挲手植之竹,枝叶蔚然其色青。此非管库之主人乎?其实超众人而独醒。"

刘子曰:"公子不饮,何有于醉?醉犹不知,醒为何谓?若我者,盖尝从事于此矣。少而桑蓬⑥,有志四方。东上会稽,南窥衡湘,西登岷峨之颠,北游烂漫乎荆襄。悠悠风尘,随举子以自鸣。上皇帝之书,客诸侯之门。发《鸿宝》之秘藏⑦,瑰乎雄辞而伟文。得不逾于一言,放之如万马之骏奔。半生江湖,流落龃龉。追前修兮不逮,途益远而日暮。始寄于酒以自适,终能酖酗而涉其趣⑧。操卮执瓢,拍浮酒船⑨,痛饮而谈《离骚》⑩,白眼仰卧而看天⑪。虽然,此特其大凡尔⑫。有时坠车⑬,眼花落井⑭,颠倒乎衣裳⑮,弁峨侧而不整⑯。每事尽废,违昏而莫省⑰。人犹曰:是其酩酊者然也⑱。至于起舞捋须⑲,不逊骂坐⑳,芥视天下之士㉑,以二豪为螟蛉与蜾蠃㉒,兆谤稔怒㉓,或贾奇祸,矧又欲多酌我耶?今者不然,我非故吾。觉昨非其未远,扫习气于一除。厌饮杯酒,与瓶罍而日疏㉔。清明宛在其躬㉕,泰宇定而室虚㉖。譬犹酰酸出鸡㉗,莲生淤泥,粪壤积而菌芝㉘,疾驱于通道大都而去其蒺藜。当如是也,岂不甚奇矣哉!夫以易为乐者由于险,以常为乐者本于变。是故泪没于是非者始真是,出入于善恶者始真善。今公子富贵出于襁褓,诗书起于门阀,颉颃六馆㉙,世袭科甲,游戏官箴㉚,严以自律。所谓不颣之珠㉛、无瑕之璧,又何用判醒醉于二物?"

公子闻而笑曰:"夫无伦者醉之语,有味者醒之说。先生舌虽澜翻㉜而言有条理,胸次磊落而论不讹杂㉝。子固以我为未知醒之境界,我以子为强为醉之分别。"

于是取酒对酌,清夜深沉㉞。拨活火兮再红㉟,烛花灿兮荧荧,澹乎相对而忘言㊱,不知其孰为醉而孰为醒。

〔注〕 ① 贵介:谓贵族。王谢:六朝望族王氏、谢氏的并称。《南史·侯景传》:"景请娶于王谢,帝曰:'王谢门高非偶,可于朱张以下访之。'"后以"王谢"为高门世族的代称。 ② 糟丘:酒糟堆积成丘。言酿酒之多,沉湎之甚。 ③ 曲蘖(niè):造酒之曲,即酒母。 ④ 酿海为酒:用海水酿酒。 ⑤ 疲苶(niè):困极之貌。一伸:谓伸懒腰。 ⑥ 桑蓬:桑弧蓬矢。古时男子出生,以桑木为弓,蓬草为矢,使射人射天地四方,寓在四方之意。《礼记·内则》:"国君世子

生……射人以桑弧蓬矢六，射天地四方。" ⑦《鸿宝》：也作《洪宝》，道术书名。《汉书·刘向传》："上复兴神仙方术之事，而淮南有《枕中鸿宝苑秘书》，书言神仙使鬼物为金之术。" ⑧ 酕(máo)醄(táo)：大醉貌。 ⑨ 酒船：载酒之船。《晋书·毕卓传》："卓尝谓人曰：'得酒满数百斛船，四时甘味置两头，右手持酒杯，左手持蟹螯，拍浮酒船中，便足了一生矣。'" ⑩ "痛饮"句：《世说新语·任诞》："王孝伯(恭)言：'名士不必须奇才，但使常得无事，痛饮酒，熟读《离骚》，便可称名士。'" ⑪ "白眼"句：《晋书·阮籍传》："籍又能为青白眼，见礼俗之士，以白眼对之。"杜甫《饮中八仙歌》："宗之潇洒美少年，举觞白眼望青天。" ⑫ 大凡：大概。 ⑬ 坠车：《史记·楚世家》："张仪至秦，佯醉坠车。" ⑭ 落井：杜甫《饮中八仙歌》："知章骑马似乘船，眼花落井水底眠。" ⑮ 颠倒衣裳：《诗经·齐风·东方未明》："东方未明，颠倒衣裳。"此形容醉态。 ⑯ 弁：冠名。峨侧：倾斜貌。 ⑰ 违昏莫省：不能昏定晨省。古时子女侍奉父母问安，叫昏定晨省。 ⑱ 酩酊：大醉。 ⑲ 捋(luō)须：《三国志·吴志·朱桓传》注引《吴录》："桓奉觞曰：'臣当远去，愿一捋陛下须，无所复恨。'权冯几前席，桓进前捋须曰：'臣今日真可谓捋虎须也。'" ⑳ 骂坐：《史记·魏其武安侯列传》：灌夫为人刚直使酒，赴武安侯田蚡宴，起行酒，至武安，武安膝席曰："不能满觞。"夫怒，乃骂临汝侯。武安乃麾骑缚灌夫至传舍，劾灌夫骂坐不敬，被囚禁。 ㉑ 芥视：轻视。《孟子·离娄下》："君之视臣如土芥，则臣视君如寇雠。" ㉒ 螟蛉：一种绿色小虫。蜾(guǒ)蠃(luǒ)：寄生蜂。刘伶《酒德颂》："俯观万物，扰扰焉若江海之载浮萍。二豪侍侧焉，如蜾蠃之与螟蛉。"二豪指公子、处士，皆随己而化，就如同蜾蠃之变螟蛉。 ㉓ 兆谤稔怒：兆、稔：引起之意。引起诽谤和愤怒。 ㉔ 瓶罂(yīng)：酒器。 ㉕ 清明：神志清静明朗。 ㉖ 泰宇：即宇泰，指身体形貌。《庄子·庚桑楚》："宇泰定者，发乎天光。"泰宇即宇泰。泰宇定谓安详神定。室虚：《庄子·人间世》："虚室生白，吉祥止止。"比喻清静的心情。 ㉗ 醯(xī)酸出鸡：醯：醋。醯鸡：小虫名。《庄子·田子方》："丘之于道也，其犹醯鸡之与。"注："醯鸡者，瓮中之蠛蠓。" ㉘ 菌芝：即灵芝。《列子·汤问》："朽壤之上有菌芝者，生于朝，死于晦。" ㉙ 颉(xié)颃(háng)：不相上下、相抗衡之意。六馆：国子监的别称。唐制，国子监领国子学、太学、四门、律学、书学、算学，统称六馆。 ㉚ 科甲：汉唐取士设甲乙丙等科，后通称科举为"科甲"。官箴(zhēn)：为官的箴言。 ㉛ 颣(lèi)：疵病，缺点。《淮南子·氾论训》："明月之珠，不能无颣。"高诱注："颣，磬若丝之结颣也。" ㉜ 澜翻：形容言辞滔滔不绝。韩愈《记梦》："夜梦神官与我言，罗缕道妙角与根。挚携陬维口澜翻，百二十刻须臾间。" ㉝ 讹杂：谬误错乱。 ㉞ 清夜：杜甫《醉时歌》："清夜沉沉动春酌，灯前细雨檐花落。" ㉟ 活火：有火焰的炭火。 ㊱ 澹：恬静淡泊。澹同"淡"。忘言：指心领神会。《庄子·外物》："言者所以在意，得意而忘言。"

赋至宋而渐开议论横生之途，尤以欧苏为典型，以文入赋亦成为宋代辞赋创作的一大重要特征，刘过此赋亦为此类赋的代表。刘过本人终身未仕，一生布衣，流落江湖，故"其诗文亦多粗豪抗厉，不甚协于雅音，特以跌宕纵横，才气坌溢，要非龌龊者所及"(《四库全书总目·龙洲集提要》)。其赋亦当此评，然仅此一篇传世，全赋以酒为喻，寓庄于谐，用问答体的形式、诙谐的语言表达自己对现实和人生的看法。

赋用文赋的问答体，设"贵介公子"与"刘子"(作者自谓)对话而成。贵介公子以高门贵第自居，以冰玉之身委于糟丘，度越醉乡。没有丝毫现实生活的砥砺，却自诩"吾门如市，吾心如水"，过着悠然自得、从容闲适的生活，以清高自诩。而刘过作为一位立志恢复的人士，一生奔波，却累遭困踬，饱尝辛酸而不得不醉。全赋即是作者的心迹呈现，并以此烛鉴贵介公子的幼稚肤浅矫情做作。赋以"刘子"叙述自身"少而桑蓬，有志四方"，经"半生江湖，流落龃龉""痛饮而谈《离骚》，白眼仰卧而看天"。日暮穷途之下，"始寄于酒以自适"——不得不醉。至于"痛饮而谈《离骚》，白眼仰卧而看天""起舞捋须，不逊骂坐，芥视天下之士"，乃是壮志难酬、理想难抒的愤懑表现。而"今者不然，我非故吾""厌饮杯酒，与瓶罍而日疏"叙述的是自己一生经历与情感之发展变化，展现"醉"与"醒"的哲理。醉酒独醒的"三境界说"也是作者的独得之见，这里有屈原的"举世皆浊我独清，众人皆醉我独醒"的悲慨与清冷，展露看似达观的自适情怀，但作者始终放不下的是家园故国，是满腔的壮志与爱国热忱，"汩没于是非者始真是；出入于善恶者始真善"数语，尤为作者深刻的经世之谈。醒是痛苦，醉又何尝有片刻的欢娱呢？刘过曾在光宗时上书宰相，请求北伐，收复中原，惜各遭阻抑，故致狂放不羁，有"四举无成，十年不调，大宋神仙刘秀才"（《沁园春》）的自嘲之语。篇末作者假公子答语，披开心扉："子固以我为未知醒之境界，我亦以子为强为醉之分别。"复为醉醒之辩。"于是取酒对酌，清夜深沉。拨活火兮再红，烛花灿兮荧荧，澹乎相对而忘言，不知其孰为醉而孰为醒。"寄愤懑于诙谐，托深情于幽默。盘桓其间的始终是动荡不安之气，悲愤掩抑之壮志豪情。纵有"辛派三刘"之一的名头，纵受陆游、辛弃疾的赏识，在南宋那一隅天地里，刘过最终也逃不脱宿命的安排，也只有用一首《独醒赋》表达那旷世的孤愤与酸辛罢了。

此赋最大的特色是情感的低回沉郁，激愤叹咤。用语虽豪壮诙谐，实含深刻的悲酸与忧愤。其次在写法上明显地受苏轼《前赤壁赋》的影响，体现了宋赋议论化的倾向。但议论纵横而不板滞，描写生动而富于形象，融哲理与诗情为一体。在南宋赋中，洵为不可多得之作。

（孙福轩）

李曾伯

【作者小传】（1198—?） 字长孺，号可斋。南宋怀州（今属河南）人，徙居嘉兴（今属浙江）。邦彦曾孙。官淮东制置使兼制置淮西，进擢兵部尚书，转荆湖南路安抚大使兼节制广南，后被论罢。景定间，起为沿海制置使。有《可斋杂稿》。

闻 雁 赋　　　　　李曾伯

飙金高，露玉冷①。黄帘垂，碧幕静②。属文书之燕闲，与亲友以笑咏。阒其何声③，隐若可听。始缥缈以甚远，继嗫唲以渐近④。如故人之好音，将客梦以呼醒。乃吕《令》之来宾⑤，殆汉颂之遇顺⑥。

仆本壮夫，顿有秋思。感机缄之不停⑦，嗟岁月之易逝。彼苍庚兮春阑⑧，及啼鸠兮夏至⑨。曾为日之几何，而此物者至矣。乃因人情载想，物意其来也。岂从龙荒朔幕之墟⑩，将自狼居姑衍之地⑪，过西域之玉门，亦尚记于汉垒。历长安之铜驼⑫，抑曾饮于渭水。麦芃芃兮何如⑬，黍离离兮奚似⑭。谅山河之无恙，今风景之不异。尔能为予而一鸣，予亦将有以告乎尔。久之有声，从天而来，如怨如诉，如悲如哀。物若是以有情，人胡为而忘怀。虽至于无可奈何者，已是得不为之长太息也哉！

于是乃告之曰：伊蜀山之千重⑮，去吴天之万里。巫峡高入于云端，岷峨深右于雪际⑯。恐矰弋之过虑⑰，非羽翼之得计。吾闻晚烟苍梧，夜月青草，洞庭橘柚之乡，松江萍蓼之岛。厥有稻粱，亦有芦苇。尔不彼去，胡过于此？又闻暮雨滕阁⑱，西风楚楼，鹦鹉黄鹤之境⑲，凤凰白鹭之洲⑳，可以回翔，可以栖止。尔不彼去，胡久于是？尔其有中原之信音，又胡不诣上林而报天子㉑？于时桂影沉夜㉒，桐声响秋，既感物之可感，又忧人之所忧。

其有穷征绝塞，远戍他州，念百战之已老㉓，苦数奇之不侯㉔。如李广、班超之徒，闻此之声，安得不发怒而眉愁？

其有缱绻河梁㉕，投老退陬㉖，思故国之越吟㉗，作他乡之楚囚㉘，如李陵、苏武之徒，闻此之声，安得不涕雪而泪流㉙？

或有遭时摈斥，与世沉浮，逐汨罗之渔父㉚，盟江上之沙鸥㉛，如屈平、贾谊之徒，闻此之声，安得不含愤而怀羞？

或有随牒千旦㉜，寄情一丘㉝，动莼鲈之佳兴㉞，赋松菊之西畴㉟，如渊明、季鹰之徒，闻此之声，又安得不神往而形留？

或有萤雪案前㊱，风雨床头㊲，誓击楫以自厉㊳，痛枕戈之未酬㊴，如刘琨、祖逖之徒，闻此之声，又安得不咎命而时尤？

又有闺房荡子，江湖远游，倚日暮之修竹，望天际之归舟，如潇湘、溢浦之妇㊵，闻此之声，又鲜不寓心于伉俪，托兴于绸缪㊶。

或又有月冷金殿，霜凄锦裘，恨敝履之已弃㊷，悲纨扇之不收㊸，如长门、卓郡之人㊹，闻此之声，又鲜不寄言于赋咏，属意于悲讴。

凡若人兮，此心何求？是亦犹闻乌而唾，闻鹊而喜㊺，闻子规而思归㊻，闻邻鸡而思起㊼，非无故而偶然，盖不能以自已，而况于斯云。

胡不以然，则衡阳以北，代地以南，千万人之心不同，又岂一人之心可拟？是盍不玩羲经之渐陆兮㊽，思出处之大义。咏周雅之集泽兮㊾，味还定之深旨㊿。或讶其所闻者一，而所思者殊，则曰燕雀安知鸿鹄之志(51)。

〔注〕①飙金、露玉：即金飙、玉露，指秋风、秋露。骆宾王《上瑕丘韦明府启》："飙金将露玉共清。" ②黄帏、碧幕：泛指帘幕。韩愈《短灯檠歌》："黄帏绿幕朱户闭。" ③阒(qù)其：寂静冷落的样子。 ④嘹唳：声音响亮凄清。 ⑤吕《令》来宾：秋雁应候令而来。《吕氏春秋·季秋纪》："候雁来，宾爵入大水为蛤。"《礼记·月令》："鸿雁来宾，爵入大水为蛤。"《吕氏春秋》的《十二月纪》与《礼记·月令》内容基本相同，故也称吕《令》。 ⑥汉颂之遇顺：汉王褒《圣主得贤臣颂》："翼乎如鸿毛遇顺风。" ⑦机缄：推动事物变化的力量，也指气数。 ⑧苍庚：亦作仓庚，即黄莺。 ⑨啼鸩：杜鹃鸟。 ⑩龙荒朔幕：当作龙荒朔漠，泛指漠北，出《汉书·叙传》。 ⑪狼居、姑衍：皆塞北地名。 ⑫铜驼：诗文中所用铜驼典故出自《晋书·索靖传》，其铜驼在洛阳，今误指在长安，且下用"渭水"坐实，不妥。 ⑬麦芃芃：《诗经·载驰》序："许穆夫人作也。闵其宗室颠覆，自伤不能救也。"诗中有"我行其野，芃芃其麦"句。 ⑭黍离离：《诗经·黍离》序："闵宗周也。周大夫行役，至于宗周，过故宗庙宫室，尽为禾黍，闵周室之颠覆，彷徨不忍去而作是诗也。"诗中有"彼黍离离，彼稷之苗"句。 ⑮伊：发语词。 ⑯岷峨：岷山和峨眉山。 ⑰矰(zēng)弋：系有生丝绳以射飞鸟的箭。 ⑱滕阁：滕王阁。 ⑲鹦鹉黄鹤：崔颢《黄鹤楼》诗有"芳草萋萋鹦鹉洲"句。 ⑳凤凰白鹭：李白《登金陵凤凰台》有"二水中分白鹭洲"句。 ㉑诣上林而报天子：《汉书·李广苏建传》："匈奴与汉和亲。汉求武等，匈奴诡言武死。后汉使复至匈奴，常惠请其守者与俱，得夜见汉使，具自陈道。教使者谓单于，言天子射上林中，得雁，足有系帛书，言武等在某泽中。使者大喜，如惠语以让单于。单于视左右而惊，谢汉使曰：'武等实在。'" ㉒桂影：月影。 ㉓念百战之已老：东汉班超在西域三十余年，建立奇功，封定远侯。晚年"以久在绝域，年老思土"。 ㉔苦数奇之不侯：西汉

名将李广屡立战功,但终于不得封侯,大将军卫青也认为李广"数奇",即运气不好。见《汉书·李广苏建传》。 ㉕ 河梁:桥梁。李陵《与苏武诗》:"携手上河梁,游子暮何之。" ㉖ 投老:告老。陬(zōu):边远的地方。 ㉗ 越吟:战国时越人庄舄仕楚,爵至执珪,虽富贵,不忘故国,病中吟越歌以寄乡思。事见《史记·张仪列传》。 ㉘ 楚囚:《左传》成公九年:"晋侯观于军府,见钟仪。问之曰:'南冠而絷者,谁也?'有司对曰:'郑人所献楚囚也。'" ㉙ 涕雪:擦眼泪。 ㉚ 汨罗之渔父:《楚辞》有《渔父》一篇,记屈原放逐后与渔父的对话,各言其志。后来,屈原自沉汨罗江。 ㉛ 盟江上之沙鸥:《列子·黄帝》:"海上之人有好沤鸟者,每旦之海上,从沤鸟游,沤鸟之至者百住而不止。其父曰:'吾闻沤鸟皆从汝游,汝取来,吾玩之。'明日之海上,沤鸟舞而不下也。"后以"鸥盟"指与鸥鸟为友的隐逸生活。 ㉜ 牒:授予官职的文书。随牒即赴任、调职。 ㉝ 一丘:一座小山。《汉书·叙传上》:"栖迟于一丘,则天下不易其乐。" ㉞ 莼(chún)鲈(lú)之佳兴:《世说新语·识鉴》:"张季鹰辟齐王东曹掾,在洛,见秋风起,因思吴中菰菜羹、鲈鱼脍,曰:'人生贵得适意尔,何能羁宦数千里以要名爵?'遂命驾便归。俄而齐王败,时人皆谓为见机。" ㉟ 松菊之西畴:陶渊明《归去来辞》:"三径就荒,松菊犹存。""农人告余以春及,将有事于西畴。" ㊱ 萤雪:《晋书·车胤传》:"胤恭勤不倦,博学多通。家贫不常得油,夏月则练囊盛数十萤火以照书,以夜继日焉。"《初学记》卷二引《宋齐语》:"孙康家贫,常映雪读书。" ㊲ 风雨床头:韦应物《示全真元常》诗:"宁知风雪夜,复此对床眠。" ㊳ 击楫:《晋书·祖逖传》:"仍将本流徙部曲百余家渡江,中流击楫而誓曰:'祖逖不能清中原而复济者,有如大江!'" ㊴《晋书·刘琨传》:"吾枕戈待旦,志枭逆虏,常恐祖生先吾着鞭。" ㊵ 潇湘:即湘江。传说大舜南巡时去世,二妃娥皇、女英先后随之不返,死于湘水。《初学记》卷二八引晋张华《博物志》:"舜死,二妃泪下,染竹即斑。妃死为湘水神,故曰湘妃竹。"溢浦:即溢水,流经江西九江,这里是用白居易《琵琶行》典故。 ㊶ 绸缪:缠绵。《诗经·唐风·绸缪》:"绸缪束薪,三星在天。" ㊷ 敝履:即敝屦,破烂的鞋子。语出《孟子·尽心上》:"舜视弃天下犹弃敝蹝也。"后也用于婚姻、情感方面。苏轼《闻朝阳吴子野出家》:"妻孥如敝履,脱弃何足惜"。 ㊸ 纨扇:细绢制成的团扇。汉代班婕妤曾作《怨歌行》,以秋天天气转凉后被收起不用的团扇,自喻不再得到君王的宠爱。 ㊹ 长门:指西汉陈皇后失宠,重金请司马相如写《长门赋》打动汉武帝。卓郡:当指卓文君。但史上既无卓郡的地名,也没有将卓文君简称"卓君"的习惯,这个词汇是作者杜撰的。 ㊺ 闻乌而唾,闻鹊而喜:陆佃《埤雅·释鸟》:"今人闻鹊噪则喜,闻乌噪则唾,以乌见异则噪,故辄唾其凶也。" ㊻ 子规:《锦绣万花谷》前集卷三十七引程演注坡诗:"或言杜鹃一名子规,非也。今春夏有鸟声若云'不如归去'者乃子规也。" ㊼ 闻邻鸡而思起:《晋书·祖逖传》:"与司空刘琨俱为司州主簿,情好绸缪,共被同寝。中夜闻荒鸡鸣,蹴琨觉曰:'此非恶声也。'因起舞。" ㊽ 羲经:《周易》的别称,相传伏羲始作八卦,故名。渐陆:《周易·渐》:"九三,鸿渐于陆。"谓鸿鹄由低到高,逐渐从水中飞到陆地,喻指做事循序渐进。 ㊾ 集泽:《诗经·小雅·鸿雁》:"鸿雁于飞,集于中泽。" ㊿ 还宁:《毛诗序》:"《鸿雁》,美宣王也。万民离散,不安其居,而能劳来还定,安集之,至于矜寡,无不得其所焉。" 51 燕雀安知鸿鹄之志:《史记·陈涉世家》:"陈涉太息曰:'嗟乎,燕雀安知鸿鹄之志哉!'"后用来比喻庸俗的人不能理解志向远大者的抱负。

　　《闻雁赋》在写法上有模拟江淹《恨赋》的痕迹,先是就对象作一总的叙述,然后分写若干与对象相关的史事,最后作一总结。然而《恨赋》写恨,是一个很抽象的对象,所以江淹寥寥数笔勾勒一下就行,而这篇赋题为闻雁,所以作者先要交代一下"闻",随后才能转入"雁",而雁也并非是本赋的真正主题,于是又用了"仆本壮夫,顿有秋思"的江淹式句子进行转捩,通过虚拟的与雁的对话,才正式进入主题。相比于《恨赋》,本篇在铺垫入题的方面多费了许多笔墨,虽无法收到简练的效果,但是由于材料丰富,篇幅加长,也很好地把秋天引发的悲凉凄清的感受烘托了出来。

接下来,是赋的主干,列举了七类闻雁而有所感的情形。这部分的取材,由于先前已做了闻雁——秋思的转换,所以并不一定都是严格的与雁有关的故事,比如张翰、陶渊明,而刘琨和祖逖甚至和秋天也没有明显联系,所以这大致只是一个各种"秋日的私语"的组合。文辞优美,思绪畅达,几个段落句式也相对一致,显示出独特的匠心,是这个部分的主要优点。只是在构思的条理上,几个例子缺乏一致性和典型性,这方面较之《恨赋》略显不足。

至于结尾的收束部分,则明显偏弱。与《恨赋》相比,同为抒情作品,《恨赋》用两组经典的景物描写句将全文气氛托起,随后用"自古皆有死,莫不饮恨而吞声"倏然收住,神完气足,回味无穷。而本赋本来通篇已经转写秋日的各种凄清心境,大概是为了切题,最后又回到了鸿雁。回到鸿雁又不能用借景抒情的手段,反而唱起了高调,用了三个经史的典故,做起了"大义""深旨"的思考,实在不合时宜。尤其是最后一句引陈涉的话,用来收束全文,未免过于轻浮,几近玩笑,因为通篇何尝有一点"鸿鹄之志"的影子呢?

四库馆臣在评论李曾伯的诗词时曾委婉地批评他"才气纵横,颇不入格",虽说是标新立异,不肯拾人牙慧,但就作品而言,终究不免粗疏之诮,抒情的文字往往因羼入不合适的议论而削弱其艺术价值,本赋的这个问题恐要归之于宋赋议论化义理化的风旨吧。

(田松青)

【作者小传】

赵秉文

(1159—1232) 字周臣,号闲闲老人,磁州滏阳(今属河北)人。大定进士,官至礼部尚书。能诗文。其文长于辨析,以周程理学为主。有《闲闲老人滏水文集》。

海 青 赋 奉和庬从春水作 赵秉文

霜空萧条,塞草先白①。海树无枝,海云寡色。黯兮辽迥,风悲日匿。何鸷鸟之不群兮，超瀚海而一息②。而其俊气横鹜，英姿杰立。顶摩穹苍，翼迅东极。铁钩利觜，霜排劲翮。角膝插脑，细筋入骨。顾盼雄毅，飞腾灭没。旦寄巢于扶桑，夕刷羽于碣石③。

于是命虞人，溯风势，矰缴设，万里足絷，一枝心折④。遂投躯以委命，耻摧翼以丧节。奚奴头千，髯官指百⑤。时饥饱以嗾乎⑥，谨寒温之调适。臂不暇弛，铃不停掣，犹恐怀林丘，梦沙碛。恨身絷而子留，叹雄孤而雌只也。逮其骨肉融，性情习，违龙沙，入阊阖⑦。蒙禁脔之专宠，叼锦韝之前席⑧。思报功于所养，甘贾勇于一决。

既而新阳届候，太簇司月⑨，阳焰浮，冰渐坼。水溶溶而泛渌，鹅翩翩而下唼。探使星驰，属车雷发。千舆隐鳞，万骑飘瞥。上将幸乎光春之中，所以观民风而宣郁结。龙旗标而殿门敞，虎旅围而鼓声叠。忽水击而惊飞，乍云翔而成列。玉爪翻臂，锦绦下绁，初贴水而徐回，倏干云而上击。雨血纷纭，风毛碟裂。象广寒之舞袖，纷霓裳之回雪⑩，似吴宫之习战，惊玉颜之喋血⑪。壮如破敌，势甚擒贼。至如关羽义勇，张纲奋烈⑫。取鲸鲵于坚阵，叱豺狼之当辙。固亦释丰狐之九尾，略狡兔之三穴⑬。盖犹赏骥足之神骏，且以劝忠于英杰也。

既而寿杯举，臣工说，天威畅，皇恩洽，背长杨⑭，趋京阙。

〔注〕①霜空：秋天的晴空。萧条：寂寞冷落。塞草：边塞田野里的百草。先白：早衰。②鸷（zhì）鸟：凶猛的鸟，指海青。瀚海：古人称北海为瀚海。《史记·卫将军骠骑列传》："封狼居胥山，禅姑衍，登临瀚海。"司马贞《索隐》引崔浩曰："瀚海，北海名，群鸟之所解羽，故云瀚海。"③扶桑：传说太阳出来的地方。屈原《九歌·东君》："暾将出兮东方，照吾槛兮扶桑。"碣石：山名，在今河北昌黎北。④虞人：官名，主管山泽、畋猎等。矰（zēng）缴（zhuó）：系有丝绳的短箭。⑤奚奴：小奴，奴仆。头千：即千头，言小奴众多。髯官：多须的官吏。⑥嗾（sǒu）呼：呼唤指使。⑦阊（chāng）阖（hé）：泛指宫室。⑧禁脔（luán）：味美的精肉。锦韝（gōu）：锦缎缝制的袖套。⑨太簇：十二律吕之一。古人以律乐配十二月，太簇为正月。⑩广寒：广寒宫，月宫。舞袖：月中嫦娥的舞袖。霓裳：霓裳羽衣之舞。⑪吴宫：吴王阖闾的宫殿。习战：《史记·孙子吴起列传》载：孙武试兵法于吴王阖闾宫中，以宫中姬妾美女为阵，三令五申约法，妇人笑而不如法令，因而斩任左右队长的吴王宠姬二人，妇人始认真

就列，听从指挥。此借指海青决战时的严厉。玉颜：指美女。　⑫张纲：东汉武阳人，张良六世孙。顺帝时为御史，上书奏劾大将军梁冀罪行，京师震惊，见《后汉书·张纲传》。又《后汉书·张纲传》载：顺帝汉安元年，选遣八使徇行风俗，皆耆儒知名，多立显位，唯张纲年少，官次最微。他人受命之部，而纲独埋其车轮于洛阳都亭，曰："豺狼当路，安问狐狸！"乃奏劾梁皇后之兄梁冀。　⑬丰狐：大狐狸，传说有九尾，又称九尾狐。《山海经·南山经》："（青丘之山）有兽焉，其音如婴儿，能食人，食者不蛊。"《庄子·山木》："丰狐文豹，栖于山林，伏于岩穴。"后多喻奸诈、巧惑之人。狡兔三窟：《战国策·齐策四》："狡兔有三窟，仅得免其死耳。"后人喻奸好人藏身之处众多。　⑭长杨：长杨（杨一作扬）宫，秦汉时著名的别宫，故址在今陕西周至县东南。原为秦旧宫，汉修之以备行幸。扬雄《长杨赋》："振师五柞，习马长杨。"《三辅皇图·秦宫》："宫中有垂杨数亩，因为宫名。门曰射熊馆，秦汉游猎之所。"此借指金皇帝游猎时的离宫。

　　海青，海东青的省称，是一种凶猛而珍贵的鸷鸟，属雕类。宋人庄绰《鸡肋编》卷下："鸷禽来自海东，唯青鹘最嘉，故号海东青。"《元史·地理志二》："有俊禽海东青，由海外飞来，至奴儿干，土人罗之以为土贡。"由于它凶猛，后人称为"羽中虎"，产于黑龙江下游及附近海岛。它勇武神骏，毛骨森昂，英姿飒爽，辽金元统治者甚为喜爱，甚至设鹰坊专门捕捉饲养，供帝王群臣观赏其互斗。

　　这是一篇文势雄健、意境壮美的咏物赋。副题提示为"扈从春水"之作，实际主要描写海青。"春水"观海青之斗，只是全文的一部分，而且还是为了更好地表现海青。赋文首先写出了海青的勇猛和珍奇。海青生活在苍茫辽阔的边塞原野和海边，在苍凉萧瑟的霜空中，"俊气横鹜""英姿杰立"而"不群"。它有"铁钩利觜"和"劲翮"，时而"顶摩穹苍，翼迅东极"，"超瀚海而一息"；时而"飞腾灭没，旦寄巢于扶桑，夕刷羽于碣石"；有时又"角膝插脑"，或"顾盼雄毅"，真是一种矫健、迅猛、孤高、超群的珍禽！但是，皇亲贵族却千方百计地把它捕捉起来，并使"奚奴头千，髯官指百"，来管理、饲养和训练它，使它"蒙禁裀之专宠，叨锦鞲之前席"。开始，它曾"恨身絷而子留，叹雄孤而雌只"，但经过一段驯养，它也就"思报功于所养，甘贾勇于一决"了。赋文的第三段，写在阳春初开、阳艳水清之时，皇帝百官观赏海青博斗的情景。"探使星驰，属车雷发，千舆隐鳞，万骑飘瞥"，"龙旗标而殿门敞，虎旅围而鼓声叠"，场面极为热烈、宏大而壮观。那海青"忽水击而惊飞，乍云翔而成列""初贴水而徐回，倏干云而上击"，相互之间在空中展开了一场"壮如破敌，势甚擒贼"的"雨血纷纭，风毛磔裂"的血战，其激烈、勇猛，实在令人惊心动魄。场面的生动，文笔的精彩，也令读者赞叹不已。在这段文字里，作者描绘海青博斗，一再与关羽、张纲以及其他英杰相比拟，显然是有他的喻意的。至于所指如何，这要联系作者的身世、当时的政治形势，去联想、探究，去分析，姑可存而不论，留下想象的空间，但这种比拟，既不落俗套，又不嫌媚俗，而是寄隐意于对海青描绘颂扬之中,应该是高明神妙之笔。海青似乎是被喻指为某种为金主效力的忠勇之士了。最后一段,简洁明快,结束全文,照应"奉和闾从春水"的题意,颇有戛然而止之感。

《海青赋》是赵秉文的代表作,其最大特色是包含深刻寓意,即以鸟喻人的象征性。作者采用拟人化的心理刻画手法将海青人格化,使其既有壮士气概,也有儿女情长。篇末指明象征意蕴:"盖犹赏骥足之神骏,且以劝忠于英杰也",将海青与人结合起来,使俊逸神勇的海青成了投躯报主的忠勇之士的生动写照。全赋描绘精美,意境壮阔,并富有浪漫色彩。作者抓住客观事物的特征,充分运用夸张、想象的手法,展现了边塞自然风光和海青的生动形象。语言以铺叙为主,脉络清晰,描绘形象生动,形神兼备,从而使本文形成为一幅幅宏伟、壮阔的巨幅画卷。这在宋金赋作中是颇具特色的。

(霍旭东　张毓洲)

【作者小传】

元好问

(1190—1257)　字裕之,号遗山,秀容(今属山西)人。祖系出自北魏拓跋氏。兴定进士,曾任行尚书省左司员外郎等职。金亡不仕。工诗文。作有《遗山集》。又编选金一代诗歌为《中州集》。

秋望赋

元好问

步裴回而徙倚,放吾目乎高明①。极天宇之空旷,阅岁律之峥嵘②。于时积雨收霖,景气肃清③。秋风萧条,万籁俱鸣。菊鲜鲜而散花,雁杳杳而遗声④。下木叶于庭皋,动砧杵于芜城⑤。穷林早寒,阴崖昼冥⑥。浓淡霏拂,绕白纡青⑦。纷丛薄之相依,浩霜露之已盈⑧。送苍苍之落日,山川郁其不平⑨。

瞻彼辕辕,西走汉京⑩。虎踞龙蟠,王伯所凭⑪。云烟惨其动色,草木起而为兵⑫。望崧少之霞景,渺浮丘之独征⑬。汗漫之不可与期,竟老我而何成⑭！把清风于箕颍,高巢由之遗名⑮。悟出处之有道,非一理之能并⑯。繄南山之石田,维景略之所耕⑰。老蛴盘盘,空谷沧精⑱。非云雷之一举,将草

〔814〕 元好问　　　　　　　　　　　　　　　　　秋望赋

木之偕零⑲。太行截天，大河东倾⑳。邈神州于西北，怅风景于新亭㉑。念世故之方殷，心寂寞而潜惊㉒。激商声于寥廓，慨涕泗之缘缨㉓。

吁咄哉！事变于已穷，气生乎所激㉔。豫州之土，复于慷慨击节之誓㉕。西域之侯，起于穷悴佣书之笔㉖。谅生世之有为，宁白首而坐食㉗。且夫飞鸟而恋故乡，嫠妇而忧公室㉘。岂有夷坟墓而蒉桑梓，视若越肥而秦瘠㉙！天人不可以偏废，日月不可以坐失㉚。然则时之所感也，非无候虫之悲㉛。至于整六翮而睨层霄，亦庶几乎鸷禽之一击㉜。

〔注〕 ① 裴回：犹"徘徊"，徐行貌。徙倚：犹豫徘徊。《楚辞·远游》："步徙倚而遥思兮，怊惝恍而乖怀。"王逸注："彷徨东西，意愁愤也。"放目：极目远眺。高明：指天空。南朝宋·谢庄《月赋》："沉潜既义，高明既经。日以阳德，月以阴灵。"《文选》李善注："《尚书·洪范》：'沉潜刚克，高明柔克。'孔安国曰：'沉潜谓地，高明谓天。'" ② 岁律：岁时令。峥嵘：高峻，深险。此谓世事多艰，岁月蹉跎。鲍照《舞鹤赋》："岁峥嵘而愁暮，心惆怅而哀离。" ③ 收霖：犹"收淋"，久雨停歇。霖，久雨不止。《说文》："霖，雨三日以往也。" ④ 杳杳：隐约，依稀。 ⑤ 庭皋：通"亭皋"，平皋，水边平地。砧杵：捣衣石砧和木杵。芜城：此指蒙古军攻掠下的金国城池。鲍照《芜城赋》称因战乱而荒芜的广陵（今江苏省扬州市）为"芜城"，故因以为喻。 ⑥ 穹林：幽深树林。 ⑦ 霏拂：云气拂动。纡：萦绕。 ⑧ 丛薄：茂密丛生的草木。 ⑨ 郁结，凝聚。 ⑩ 辕（huán）辕：山名，延绵今河南省偃师县东南、巩县西南及登封市西北，山路环曲盘旋，古称辕辕道。走：通往。汉京：指东汉京都，即今河南省洛阳市，在辕辕山以西。⑪ 虎踞龙蟠：形容地势险要，也喻为英雄豪杰所占据。王伯（bà）：即王霸，王道与霸道。春秋时周天子为各诸侯国之共主，称"王"。诸侯国中的盟主，称"霸"。后谓以仁义治天下为王道，以武力、刑法、权势治天下为霸道。句谓河洛为历代王朝凭依之地。 ⑫ 动色：改容，失色。句谓云烟也为眼前战后荒景而呈现凄惨之色。草木起而为兵：化用草木皆兵之典，谓草木也为战乱频仍而惊心动魄。 ⑬ 崧少：亦作"嵩少"，即嵩山，又名嵩高山，在登封市境，由太室山和少室山组成。戴延之《西征记》："东谓太室，西谓少室，相去七十里，嵩高总名也。"浮丘：浮丘公，传说中的道士，居嵩山。谢灵运《登临海峤与从弟惠连》："傥遇浮丘公，长绝子徽音。"《文选》李善注引《列仙传》："王子乔好吹笙作凤凰鸣，游伊洛间，道士浮丘公接以上嵩山。"独征：独自远行。 ⑭ 汗漫：渺茫不可知，形容漫游之远。《淮南子·道应训》："吾与汗漫期于九垓之外。"高诱注："汗漫，不可知之也。"句谓无法与仙游高人期会。 ⑮ 挹（yì）：挹掬，捧取。箕颍：箕山和颍水。箕山在登封市，颍水出于嵩山。高：仰慕。巢由：巢父和许由。皇甫谧《高士传·巢父》："巢父者，尧时隐人也。山居不营世利，年老以树为巢而寝其上，故时人号曰巢父。""尧让天下于许由，由于是遁耕于中岳颍水之阳，箕山之下，终身无经天下色。尧又召为九州长，由不欲闻之，洗耳于颍水滨。时其友巢父牵犊欲饮之，见由洗耳，问其故，对曰：'尧欲召我为九州长，恶闻其声，是故洗耳。'巢父曰：'子若处高岸深谷，人道不通，谁能见子？子故浮游，欲闻求其名誉，污吾犊口！'牵犊上流饮之。"后用作厌闻利禄之典。 ⑯ 出处有道：仕进与退

隐之道。《周易·系辞上》："君子之道，或出或处。"非一理之能并：不可一概而论。句谓巢由之退隐，是因世道太平不愿得虚名，与当今乱世之秋欲仕进而不得，不可同日而语。　⑰繄(yī)：犹"惟"，句首语气词。南山石田：多石而不可耕种之田，喻指朝政荒败，人才沦贬。《左传·哀公十一年》："得志于齐，犹获石田也，无所用之。"《汉书·杨恽传》：光禄勋杨恽，因言见弃，罢官居家，致书友人孙会宗曰："田彼南山，芜秽不治。种一顷豆，落而为萁。"张晏注："山高而在阳，人君之象也。芜秽不治，言朝廷荒之乱也。一顷百亩，以喻百官也。言豆者，贞直之物，当在困仓，零落于野，喻己见放弃也。萁曲而不直，言朝臣皆诣谀也。"维：句首助词。景略：王猛，字景略，东晋前秦名臣。《晋书·王猛传》：出身贫寒，博学多才，"少游于邺都，时人罕能识也。唯徐统见而奇之，召为功曹。遁而不应，遂隐于华阴山。怀佐世之志，希龙颜之主，敛翼待时，候风云而后动。"后受苻坚重用，整顿吏治，擢拔贤能，奖励农桑，振兴国力，统一北方。官至丞相，追谥武侯。　⑱老螭(chī)：传说中的蛟龙。盘盘：蜷曲貌。空谷：深谷。沦精：谓潜藏其形。沦，隐没身体不使人见。精，光芒，此谓外形。句谓志士遁隐，如潜龙在渊，待时而动。　⑲云雷一举：云行雷震，谓潜龙出渊，喻指隐士出仕。《周易·屯》："象曰：屯，刚柔始交而难生，动乎险中，大亨贞。象曰：云雷，屯，君子以经纶。"云雷，喻惊天动地的事业。句意谓须在艰险之境中应时而起，才能成就伟业。元好问《新斋赋》："动可以周万物而济天下。"草木偕零：谓若不能在风雷激荡之时应势而起，将与秋草一起枯败凋零。　⑳太行：太行山形势险峻，自古为守备河洛天然屏障。截天：阻断天空。大河：指黄河。　㉑邈：遥远迷茫。神州：指被蒙古国占领的金国故地。金朝鼎盛时拥有一都五京：中都(今北京)、上京(黑龙江阿城)、北京(内蒙古宁城)、西京(山西大同)、东京(辽宁辽阳)、南京(河南开封)。1215年成吉思汗攻中都，金宣宗议和，迁都至南京。怳：迷离恍惚。新亭：《世说新语·言语》：西晋末，中原沦丧，"过江诸人，每至美日，辄相邀新亭，藉卉饮宴。周侯中坐而叹曰：'风景不殊，正自有山河之异!'皆相视流泪。唯王丞相愀然变色曰：'当共戮力王室，克复神州，何至作楚囚相对!'"后用为怀念故国悲叹沦亡之典。　㉒世故：世事变故，此指战乱。方殷：正剧烈频繁。《广雅》："殷，大也，众也。"潜惊：暗自心惊。　㉓商声：秋声。古以五行配五音和四季，商音为金，声凄应秋，故称。寥廓：辽阔的天空。缘：沿着。缨：系在颔下的缨带。　㉔吁(xū)咄(duó)：高声感叹之词。事变于已穷：谓物极必反。《说文》："穷，极也。"　㉕豫州之土：指东晋沦陷的中原地区。击节之誓：《晋书·祖逖传》："帝以逖为豫州刺史，渡江北伐有奏，中流击楫而誓曰：'祖逖不能清中原而复济者，有如大江!'"句谓沦亡的国土因志士坚定的信念得以收复。　㉖西域之侯：指东汉名将班超，因开拓西域有功，封西域都护、定远侯。穷悴(cuì)：困顿憔悴。佣书：替人抄书。《后汉书·班超传》："超与母随固至洛阳，家贫，常为官佣书以供养。久劳苦，尝辍业投笔叹曰：'大丈夫无他志略，尤当效傅介子、张骞，立功异域，以取封侯，安能久事笔砚间乎!'"　㉗谅：料想。宁：岂，难道。　㉘飞鸟恋故乡：《古诗十九首》："胡马依北风，越鸟巢南枝。"李善注引《韩诗外传》："诗曰：'代马依北风，飞鸟栖故巢。'皆不忘本之谓也。"嫠(lí)妇忧公室：《左传·昭公廿四年》："嫠不恤其纬，而忧宗周之陨，为将及焉。"意为寡妇不忧虑纬纱少织不成布，只忧虑宗室亡国将祸及自己。后以喻忧国忘家。　㉙夷坟墓：铲平祖坟，毁人故国宗庙。剪桑梓：剪断桑梓，毁人故乡家园。《诗·小雅·小弁》："维桑与梓，必恭敬止。靡瞻匪父，靡依匪母。"朱熹集传："桑梓二木，古者五亩之宅，树之墙下，以遗子孙，给蚕食、具器用者也。桑梓，父母所植。"后用以代指故乡。越肥秦瘠：语出韩愈《诤臣论》："视政之得失，若越人之视秦人之肥瘠，忽焉不加喜戚于其心。"以越与秦相距遥远比喻痛痒与己无关。　㉚天人：天意与人志。句谓成事虽在天，事却在人为，不可委命于天，坐失良机。　㉛候虫：秋虫。元好问《秋怀》："吟似候虫秋更苦,梦和寒鸦夜频惊。" ㉜ 整六翮(hé):整抖双翼,展翅奋飞。六翮:鸟翅正羽,代指两翼。睨层霄:在高空注视大地。睨:斜视貌。庶几乎:或许,差不多,表示希望。鸷禽一击:鹰击长空,奋力一搏。鸷禽:鹰类猛禽。

　　金宣宗贞祐二年(1213)蒙古军攻破秀容,元好问兄好古死难,好问得以幸免。贞祐四年蒙古军围太原,元好问奉母避难福昌三乡(今河南省宜阳县三乡镇),兴定二年(1218)移居登封(今河南省登封市)。

　　本赋应作于作者移家登封之后。在家国危亡之际,借秋日登高,抒写怀抱。

　　整篇赋分三段。首段状秋景,铺叙秋之风雨、菊雁、叶林、草露、山日,苍凉肃清之景与家国芜城之慨相交织。次段抒忧愤,西北神州已沦为异域,高山险关亦难保河洛安宁。既无法像浮丘和巢由高蹈退隐,也不甘如盘曲潜龙久藏山谷。请缨宏愿与寂寞壮心形成强烈对比。末段言心志,邦国殄瘁,大敌当前,自当效法祖逖和班超,在艰难困顿之逆境,像振翅雄鹰,奋起搏击。作为金末"一代文宗"的元好问,他不仅在诗、文、词、曲方面卓有建树,其赋也足有可观,尽管留传下来不多,但亦可见其大家风范。这篇《秋望赋》铺写秋景,抒发秋情,大气包举,风格遒劲。第一段开首擒题,写景如画,层次历落,有声有色。虽写肃清萧条之景而无衰飒凄凉之气。第二段,因秋兴感,出典入史,梗概多气,充满家国之思。几与王粲《登楼赋》相仿佛。第三段,在思想艺术上臻于高潮,以议论生发突破悲秋情怀,以"慷慨击节之誓"表现"整六翮而睨层霄"的凌云壮志。比之中国文学史上汗牛充栋的悲秋诗文,这篇《秋望赋》无疑是不可多得的不同凡响之作。

(赵红岩)

【作者小传】

耶律铸

(1221—1285)　字成仲,义州(今属辽宁)人。耶律楚材子。楚材死,嗣领中书省事。宪宗八年(1258),从蒙哥征四川。蒙哥死,忽必烈(世祖)与阿里不哥争夺帝位,投奔忽必烈。中统二年(1261)为中书左丞相。至元十三年(1276),监修国史。二十年,被罢免,没收家产一半,徙居山后。作赋十五篇,今存,载《双溪醉隐集》卷一。《独醉园赋》为其中之一。

独 醉 园 赋　　　　　　　　　耶律铸

　　莲社上游,独醉痴仙①;驰声荣路,栖心化元。务雍雍以延圣，尤孜孜于进贤。湛既醉于大道②，殊泂酌以微言③。粤飧道者④，本乎忘情；而沉世者，利乎适意。适其意而冲其气者，无捷于春酒；忘其情而凝其神者，莫优于浓醉。八珍纷以骈罗，八音纵其迭递⑤。合欢伯之淳德⑥，俱淡乎其无味。味养老之灵液，沃玄心之精一；一万事于微尘，澹存亡于自得。纯纯焉而优入圣阃，熙熙然而径登春台。输江山于醉眼，摅啸歌之吟怀。南睨天津，北眺蓬莱⑦；芳烟澹伫，惠风徘徊。征杯命杓，罗尊列缶；汲引琬液，掀拨玉醅；浇我胸中之块垒，涤我渴心之尘埃。既主百福之所会，宁俟一日之不斋。颜色憔悴足可惜，形容枯槁奚自哀。溺醉沈欲，鬻醒市名；各奇所趣，得无相轻。泥古人之糟粕，外物彻之疏明。感偏枯之去就，慴养恬之精诚。

　　唯有道者，襟期殊在。悠然独酌，半醉半醒；地偏心远，孤唱无和。茫然不觉，壮怀暗惊；赖其尤物，容寄幽情；得游其道，乃遂其生。疏瀹乎其虑，澡雪乎其神。神守其全，天守其真。邪气不之能袭，忧患不之能入。隘灵均之凝滞，懿无功之淳寂⑧（王无功《醉乡记》云："醉乡氏之俗，岂古华胥氏之国乎？何其淳寂也如是？"）；蹈咏渔父之名歌，吟颂大人之至德。蹴破虚空，苏晋竟逃⑨至于禅窟；神游八表。李白岂谪除乎仙籍，曷妨醉墨，颠倒淋浪。任圣友之真率（愚号酒为"圣友"），恣野人之清狂（酒名有"野人春"）⑩。标仙居圣友之胜概，主长春之烟光。游赫胥氏之国，典无何有之乡⑪。王道荡荡，圣德洋洋。纵心乎浩然，寄傲乎羲皇⑫。淳风导化，和气呈祥；天香蔼蔼，凤鸣锵锵（"天香""凤鸣"皆近代酒名）。伊曲生之风味，殆不可以相忘。融一壶之春色，爽五云之仙浆。琼苏积其清润，金波注其澄光。涨蒲桃之鸭绿，渍蔷薇之鹅黄⑬。捧合欢之金掌，即悬玉之华堂⑭。抱清圣之所务，嗜至乐其何长。召凤姨以度曲，邀月姊以佐觞。播承云之雅奏，掬湛露于凝香⑮。不知手之舞之，足之蹈之，踊之跃之，又从而歌之也。

歌曰：至人披露天地心兮，形骸放浪空古今兮。威凤倾冠聆玉音兮，拥鼻长吟梁甫吟兮⑯。歌声未竟，泉涌风结；白浪摧卷，紫霞浆竭。续称歌曰：碧云日暮，佳人信迈。殊未来兮，绵绵增慕。咀冰嚼雪，共此杯兮。歌阕引觞，块然径醉。毁之不怒，誉之不喜。俟欲醒而复酌，期必醉而方睡。祈天长与地久，使循环而无已。

〔注〕　①莲社：东晋僧人慧远居庐山东林寺，与刘遗民、雷次宗等十八人同修净土，中有白莲池，号莲社，亦曰白莲社。痴仙：痴迷想成仙的人，这里指作者自己。　②谌(chén)：诚然。　③洞(jiǒng)：水貌，指酒。　④粤：句首发语词，表示要发议论。飨道者：追求正道的人。　⑤八珍：古代八种烹饪法，后指八种珍贵食品。元陶宗仪《辍耕录·续演雅发挥》："所谓八珍，则醍醐、膃肭、野驼蹄、鹿唇、驼乳麋、天鹅炙、紫玉浆、玄玉浆也。"泛指各种各样的佳肴。八音：指金、石、丝、竹、匏、土、革、木，泛指各种各样的动听的音乐。　⑥欢伯：酒的别名。汉焦延寿《易林》八《坎》之《兑》："酒为欢伯，除忧来乐。"　⑦天津：银河。《楚辞·离骚》："朝发轫天津兮，夕余至乎西极。"蓬莱：蓬莱仙岛，在山东省。　⑧灵均：楚国爱国诗人屈原。屈原，字灵均。无功：即赋所说的王无功。　⑨苏晋：唐代诗人，嗜饮。杜甫《饮中八仙歌》："苏晋长斋绣佛前，醉中往往爱逃禅。"　⑩圣友、野人：皆为酒名的代称。　⑪赫胥氏：传说古帝名。《庄子·马蹄》："夫赫胥氏之时，民居不知所为，行不知所之，含哺而熙，鼓腹而游。"无何有之乡：即无何乡，空想的世界。唐刘禹锡《刘梦得集一·游桃源一百韵》："寂寂无何乡，密尔天地隔。"　⑫羲(xī)皇：伏羲氏。指远古。　⑬蒲桃：即葡萄。蔷薇：花木名，品类甚多，花色不一，有单瓣重瓣，开时连春接夏，有芳香，果实入药。　⑭合欢：植物名，叶似槐叶，至晚则合，故也叫合昏，俗称夜合花、马樱花、榕花，夏季开花，花淡红色，古代常以合欢赠人，说可以消怨合好。　⑮承云：古乐名。屈原《远游》："张乐咸池奏承云兮，二女御九部歌。"　⑯梁甫吟：乐府楚调曲名。也作梁父吟。梁甫：山名，即梁父，在泰山下。此曲盖言人死葬此山，为挽歌，歌词悲凉慷慨。相传为诸葛亮所作。

这是一篇抒怀赋，为耶律铸晚年创作的"独醉"系列赋(《独醉园赋》《独醉园三台赋》《独醉亭赋》《独醉道者赋》)之一。全赋由三部分构成。第一部分写作者自称独醉痴仙，虽"驰声荣路"，但内心深处却"栖心化元"，向往释道的清静沉寂。既然迷醉于大道，就"殊洞酌以微言"，不计较世俗的细枝末叶了。接着发起议论，照应题目，"粤飨道者，本乎忘情；而沉世者，利乎适意。适其意而冲其气者，无捷于春酒；忘其情而凝其神者，莫优于浓醉"。向往大道的人要达到忘情的境界，最好的方式是浓醉；隐于世，让自己适意冲气，最便捷的途径是好酒。自"八珍纷以骈罗"至"涤我渴心之尘埃"句，以铺排手法极力抒写美酒的妙处。在美酒面前，色味俱佳的菜肴，悦耳动听的音乐"俱淡乎其无味"，顿失魅力；美酒能养老延年,能使浮躁的心灵归于纯粹专一,甚至"一万事""澹存亡""入圣域""登春台""输江山""摅啸歌",都有赖于美酒;更重要的是还能"浇我胸中之块垒,涤我渴心之尘埃"。从"既主百福之所会"至段末,又宕开一笔,感叹"飨道者"为了追求浸淫于大道,"溺醉沈欲,鬻醒市名",借酒消愁,放浪形骸,以致"颜色憔悴""形容枯槁",究其境界,不过是"泥古人之糟粕,外物彻之疏明"而已,并未真正达到"不以物喜,不以己悲",而往往是"感偏枯之去就,憎养恬之精诚",如此之醉,实非胜境。

第二部分紧承前文,用一"唯"字引起议论,进一步抒写美酒的妙处还在于能使那些"孤唱无和"的"有道者""得寄幽情","得游其道"。字里行间隐隐将"有道者"与上文所述的"飨道者"加以对比,认为那些有道之人,胸襟阔大,悠然自得,半醉半醒,"地远心偏";他们"疏瀹乎其虑,澡雪乎其神",能很好地处理个人与世俗的关系,使"邪气不之能袭,忧患不之能入",终于达到"蹴破虚空""神游八表"的境界。两相比较,境界的高下不言而喻。作者之所以如此嗜好美酒,似乎完全出于对这一高妙境界的追求,而并非因为仕途的失意。作者不吝笔墨,对元世大唱赞歌,说"王道荡荡,圣德洋洋","淳风导化,和气呈祥",生活在这样一个盛世里,"抱清圣之所务,嗜至乐其何长",就更应该不加约束地豪饮美酒佳酿。如此行文,固然是颂乃赋之传统的程式化所致,但由此我们也似乎可以窥见作者那颗"襟期殊在"、韬光养晦的心。

第三部分是歌辞,分两次吟唱,表现出酒中高歌、忘怀穷达的翩翩风姿与透脱胸襟,以及对"毁之不怒,誉之不喜"的人格理想的追求。在作者看来,唯有达到如此境界,才是至人,才是真正的追求大道者。末句以"祈天长与地久,使循环而无已"作结,表达了对天长地久、循环不已的美好愿望的诚恳期待。

此赋虽题为"独醉园赋",但没有一字一句写"园",而是把笔墨着重放在"独醉"及其产生的种种快乐上。作品立意新颖,避免了传统的赋在写"独醉"题材时侧重于个人失意、不幸及忧愤的抒发,而是单纯写酒给人带来的正面享受及自足情怀,极有思致。全赋无处不在写酒,作者罗列出酒的许多美名,不拘一格,富有变化,使读者毫无重复繁琐之感,可见作者之博闻强识。在写法上,作者师法楚骚汉赋,文辞与情理并重,以古奥优美的语言抒怀言志,避免了唐宋律赋华而不实、空洞无物的弊病,不仅排比、对偶手法和典故的穿插运用,使作品形象生动,更具艺术感染力,而且语言整饬流畅,气韵豁达,句式骈散结合,呈现出一种错落有致的结构美。

(李占鹏　金艳霞)

王恽

【作者小传】

（1227—1304）　字仲谋，号秋涧。汲县（今属河南）人。中统初，任翰林修撰、同知制诰兼国史编修。至元五年（1268）拜监察御史。出为平阳路总管府判官。历河南、燕南、山东宪副。二十九年，召至京师，上书极陈时政，擢翰林院学士、嘉议大夫。大德元年，进中奉大夫。大德五年（1301）致仕，卒后谥文定。有诗文集《秋涧集》。

吊廉将军墓赋并序　　　　　　王　恽

三代而下，功利之说兴，人臣擅恃功能①，鲜以礼让为国者。观颇挟勋内忿，怛居人下②，加诸彼不浅乎。相如引车避嫌，有犯无校③，盖出天禀粹然，处之为非艰。至颇闻先急一言④，遽能握发数罪⑤，受责门庭，在将臣为实难。若将军者，可谓不远而复，得无祗悔之义哉⑥！遂撰文以吊⑦，辞曰：

涉滹沱而北骛兮⑧，遇常山之故城。何高丘之突兀兮，郁剑气之峥嵘。野人指而告予曰：此廉将军之封陵也⑨。人与骨而尘朽兮，义于粲乎日星⑩。遂陈辞而吊古兮，命仆夫以停征。

呜呼休哉！昔伯禹之所以圣兮⑪，始不伐而不矜⑫。《秦誓》之所以经兮⑬，善悔过而胥盟⑭。观战国之多士兮，依稀犹三代之英。惟功利之时尚兮，天理有时而蔽明。能不远而复初兮，其惟赵之廉卿。方国都之中立兮，资内附而兵精⑮。颇分阃而秉钺兮⑯，腾茂实而蜚英声⑰。梁从随而楚耆兮⑱，燕弭伏而齐并。时有以卜将军之意气兮，殆雷动而满盈⑲。

遽相臣之出右兮⑳，何发言之盈庭㉑。几肉馁而食甘兮㉒，奋两虎之必争。及聆先急之一言兮，辄弭耳而服膺㉓。复顿颡而悔过兮㉔，折节负赎罪之荆。在引车而不必多兮，将臣及此所以为古今之难能也。

逮汉起而帝称兮，礼饮至而策勋㉕。何诸将之失度兮，至击柱而纷纭㉖。安得将军从容为一言兮，解贩缯屠狗之棼㉗。彼臣浚之冒窒兮㉘，加充浑之贪蒙。诒吴平于帝前兮，互贪天而为己功。安得将军涤易㉙其褊薄兮㉚，俾无成而有终。嗟鄂国之列公兮，挟勋劳而凌帝宗㉛。纵私忿而无忌兮，一堕夫臣子之恭。安得将军北面而同列兮，以中和之气销悍戾于未然之胸也。

虽哀之而不能鉴兮，文空言其奚庸㉜。繄慨慕其耿光兮㉝，日三省乎微躬㉞。荡吾伯夷之隘兮，扩乎穆公之容。希前贤而同升兮，负骥尾而竭忠㉟。虽断断而无他兮，庶几廪廪德让君子之风㊱。冲山烟而暮去，抚鸣剑兮增雄㊲。

〔注〕①功能：才能。　②忸（niǔ）：羞。　③有犯无校：别人有所触犯也不与计较。语出《论语·泰伯》。　④先急：紧急，要紧。　⑤握发数罪：握当作擢，战国范睢问须贾"汝有几罪"，须贾答道："擢贾之发以续之罪，尚未足。"意谓拔下头发来计数都不够用，形容罪孽极多。　⑥祗（zhī）悔：祗，大。《易·复》："不远复，无祗悔。"意谓迷途未远，即能返还，故无大悔。　⑦摛（chī）文：铺陈文采。　⑧骛：驰骋。　⑨封陵：陵墓，坟墓。　⑩于粲：鲜明美好。《诗·伐木》："于粲洒扫。"　⑪伯禹：即大禹，伯为爵名。　⑫伐、矜：夸耀、自夸。　⑬秦誓：誓，一种古代文体。《秦誓》是秦穆公伐郑，战败于崤后所作。　⑭胥：都。　⑮内附：字有误，疑当作内府。赵惠文王用赵奢治国赋，使民富而府库实。　⑯分阃（kǔn）：出任将帅。秉钺：执掌兵权。　⑰茂实：盛大的功业。英声：美好的名声。语出《史记·封禅书》。　⑱詟（zhé）：惧怕。　⑲雷动而满盈：《周易·屯》象辞："雷雨之动满盈，天造草昧，宜建侯而不宁。"　⑳相臣：指蔺相如。出右：超过他。古以右为尊，故云。　㉑发言盈庭：《诗经·小旻》句，指人多言杂。　㉒餧（wěi）：鱼臭坏。　㉓弭耳：驯服的样子。服膺：铭记在心，衷心信奉。　㉔顿颡（sǎng）：屈膝下拜，以额角触地。多表示请罪或投降。　㉕礼饮：按照一定礼节宴饮群臣。策勋：将功勋记载于策书。　㉖击柱：《汉书·叔孙通传》："群臣饮，争功，醉或妄呼，拔剑击柱。"　㉗贩缯（zèng）屠狗：卖布的和杀狗的，泛指出身低微的人。棼（fén）：纷乱。　㉘冒窒：即耄耋。　㉙涤易：清除，改换。　㉚褊（biǎn）：狭隘，狭小，指性急。薄：肤浅。　㉛鄂国：唐初功臣尉迟恭封鄂国公。凌帝宗：指尉迟恭曾因宴席座次殴打皇叔李道宗，事见《旧唐书·尉迟敬德传》。　㉜奚庸：何用。　㉝繄（yī）：惟。耿光：光明，光辉。　㉞微躬：谦辞，卑贱的身子。《论语·学而》："吾日三省吾身。"　㉟骥尾：《史记·伯夷列传》："颜渊虽笃学，附骥尾而行益显。"司马贞《索隐》："苍蝇附骥尾而致千里，以喻颜回因孔子而名彰。"　㊱廪廪：有风采的样子。《汉书·循吏传序》："所居民富，所去见思，生有荣号，死见奉祀，此廪廪庶几德让君子之遗风矣。"　㊲鸣剑：传说好剑能在匣中发出吟声。《后汉书·臧宫传论》："臧宫、马武之徒，抚鸣剑而抵掌，志驰于伊吾之北矣。"

廉将军就是廉颇,关于他和蔺相如的故事,在中国可谓家喻户晓。据《史记》记载,廉颇死于寿春,所以历代公认的廉颇墓也在现在的安徽寿县。据说河北清河也有廉颇墓,大概是因为廉颇是赵国将军,便在赵国土地上也修了个墓。然而元代的王恽去拜访的,似乎是第三座廉颇墓,他所描述的地理位置应该是现在河北的正定县。不过,在读《吊廉将军墓赋》的时候,考证这个墓地的位置与真伪并不重要,因为王恽写这篇赋本来就是借题发挥。

王恽是河南汲县人,现在的卫辉市。如果只是按历史年表推算,王恽的前半生是在南宋度过的,但事实并非如此。南宋时的中国并不统一,赵宋政权偏安在南方,王恽的家乡当时是金朝的领地。后来北方蒙古崛起,先灭金,后灭宋,建立了元朝,而金朝灭亡时,王恽还是一个幼童。所以,王恽是一个金朝人,接受的是汉文化的教育,但等他成年之后却是服务于元朝政权的,与南宋王朝没有半点瓜葛。

初兴的蒙古帝国,有着当时世界上最强大的军队,与之形成鲜明对照的是,元朝人的政治文化都是十分落后的,占领了中原大片土地之后,不得不依靠汉人来治理这样一个庞大而陌生的农业国,王恽也因此而成为元朝早期颇有成就的政治家。

王恽首先是一个政治家,他的这篇赋也并不是一篇纯文学作品,而是掺杂着浓厚的政治意味。王恽是元代的第一代监察御史,在这个纠弹百官、整顿吏治的岗位上,他工作的时间最长。当时的社会矛盾十分突出,王恽向忽必烈提出了许多中肯的建议,甚至他给即位的元成宗的礼物,也是自己编写的一部名叫《守成事鉴》的书,顾名思义,不难看出王恽对元朝的忠心和对当时世事的洞察。

然而,元朝的特殊在于以一个游牧的异民族完全依仗武力入主中原,除了社会矛盾之外,其内部的斗争也异常激烈,而这对蒙古王朝的损害也更为致命。王恽很清楚自己身处一个政治敏感的时期,他可以对具体问题向皇帝进谏,但要为马上得天下的蒙古王侯建立一套政治秩序是不可能的,甚至是不能提及的。就在元世祖时代,忽必烈和阿里不哥的皇室政权有一场惨烈内争,而阿合马和桑哥两个负责经济工作的重臣也先后被杀,对此,在元蒙民族高压下,像王恽这样的汉人根本无从置喙。他不能就此写奏章,隐隐约约写一篇赋已经是很不容易了。

有了上面的基本了解,我们都不会从艺术技巧上去苛求这篇赋,事实上,甚至我们现在所看到的文本,其中应该包含了不止一个错别字。同样,无论世祖忽必烈还是成宗铁穆耳,他们都应该没有工夫和兴趣去拜读这样一篇作品——王恽只是在无奈和迷茫中写下了它，自己也不清楚要给谁看，要达到什么效果。就像他自己在文中所说："虽哀之而不能鉴兮，文空言其奚庸。"只是作者借题发挥，自我排遣对国事的忧虑而已。

赋的内容很简单，就是以廉颇墓为引子，用负荆请罪、深明大义的故事串连汉初功臣、唐初功臣跋扈争功的往事，奉劝当世的大腕们为了国家利益，能够自我约束，和衷共济。文中对"将军"再三致意，而廉将军是将军，蒙古帝国的庙堂上也是济济洋洋的一大群将军，相比之下，风格和气度不可同日而语。此将军不同彼将军，如此以史为鉴，不啻缘木求鱼，刻舟求剑。所以他以骚体赋的形式，议论生发的宋人笔调写下的这篇《吊廉将军墓赋》，只能带来不合时宜的空谷回声。

（田松青）

戴表元

【作者小传】

（1244—1310） 字帅初，一字曾伯，号剡源先生。剡源榆林（今属浙江）人。学识渊博，力主改革宋末学者萎敝风气，能诗工文，"以文章大家名重一时"（《元史》）。其文清深雅洁，蓄而始发，四方人士争相师法，为至元、大德年间东南文章大家第一人，人称江南夫子。有《剡源集》《剡源佚文》《剡源佚诗》等。

观　渔　赋

戴表元

秋潦既退[①]，河归故痕。童子六七，携畚出门[②]。载奔载呼，集于河埂[③]。先生异之，往蹑而观[④]。乃见群童，脱衣保足。断渠起塍，翻水使涸[⑤]。或运淖没漆，或扬泥沾膊；或倾畚挂箕，或布韦行筏；或群蹴鼓欢，或独仆发谑[⑥]。并力竞劳，有类竭作[⑦]。

先生曰："唉，尔何为乎？"有叟在傍，倚策而吁。曰："童子之知尔，将取鱼。每岁八月，大水渺漫。滨河之陆，涌浪如山。常有大鱼，随潮往还。彼一童子，及潮未汐[⑧]。往渔于河，得鱼盈尺。今此巨浸，与秋俱退。渠居平陆，不绝如带。众童惑焉，求鱼于渠。曾是区区，鱼得而归？且虽有鱼，其获几何？

常闻渔人，日渔于河。出市售之，味薄少甘。得不偿劳，甚尠而纤⑨。一网出海，百夫属厌⑩。视河之获，力减功兼。我求其说，渔何尔殊。海劳而苦，河逸而腴。苦厚腴薄，劳成逸败。所以论渔，河卑于海。蛟鳄之宅⑪，风涛之渊。健者以奋，弱者以迁。亦若吾人，随乡论贤。故瘠土者材，而沃壤愧焉。议河于海，无所取旃⑫。曾是沮洳⑬，虾翔蛤奔。升勺之水，可得而言。"

先生闻之，忽然而惭，怃然不悦，问叟姓名，俯首不答，顾谓童子："汝渔且止。吾闻是邦有隐君子⑭，汝往问之，叟宁非是耶？"

〔注〕①潦(lǎo)：雨后的积水。②畚(běn)：用草绳或竹篾编织的盛物器具。③堧(ruán)：河边的空地。④先生：作者自指。异之：以之为异。蹑(niè)：紧随其后。⑤塍(chéng)：田间的土埂。翻水：用翻车车水。⑥淖(nào)：烂泥，泥沼。箕：簸箕。布韦行筏：驾驶着以芦苇制成的筏子。韦，通苇。蹴(cù)：践踏。鼓欢：鼓噪。仆：向前倒下。发谑：引人发笑。⑦竞劳：竞相劳动。竭作：尽力劳作。⑧汐(xī)：晚潮。⑨尠(xiǎn)：同"鲜"，少。⑩属厌：饱足。⑪蛟：传说中的一种类似龙的动物。鳄：鳄鱼。⑫旃(zhān)：助词，相当于"之"或"之焉"。⑬沮(jù)洳(rù)：指地低湿。⑭隐君子：隐居而品行高尚之人。

《观渔赋》是戴表元为数不多的赋作之一，笔调清新流畅，文辞简洁传神，深得其文之精髓。此赋是一篇对话体的哲理赋，写河滨童子捕鱼的情形与作者的观感，以类似寓言的方式比喻说理，向人们阐释了这样一个真理：只有经过一番艰辛的探索，在艰苦的环境中不断锻炼自我，才能最终取得伟大的成就。运用类比论证，摆脱了赋体惯有的堂皇的议论，而完全立足于人生的真实体验，发人深省。

开篇即以工笔细细描绘出一幅童子捕鱼图：落潮之后，河岸边的沟渠中可以寻找到一些涨潮时搁浅的鱼，孩童们奔走相告、竞相捕捞，一番热闹的景象。铺叙纤细，状物写人，语尽其妙。"携畚出门""载奔载呼""脱衣袒足"以及六个"或"字句的连用，使此段描写充满动感与童趣。此情此境让人不禁联想到宋代诗词中一些涉及儿童的佳句，诸如"日长睡起无情思，闲看儿童捉柳花"（杨万里《闲居初夏午睡起》）、"大儿锄豆溪东，中儿正织鸡笼；最喜小儿无赖，溪头卧剥莲蓬"（辛弃疾《清平乐·茅檐低小》）之类，都是拿儿童的顽皮天真作点睛之笔，且趣味正在于童心的可羡。然此赋并未止于抒写无忧无虑、天真烂漫的童心，而是借写孩童来引发下文的议论,作者手挥目送,注此写彼,使结构颇具曲径通幽之妙。

第二段是全赋的中心,借鉴汉大赋"假问答之辞"的主客对话体,虚构了先生与老叟两个人物,以一问一答的行文方式,通过老叟的论说逐层彰显作品主旨。先是运用对比手法,指出"渔于海"与"渔于河"的不同:"海劳而苦,河逸而腴。苦厚腴薄,劳成逸败。"河中之鱼虽易于捕捞,然而"味薄少甘",滋味平淡,所得之利其实甚微。而"蛟鳄之宅,风涛之渊"的大海中,充满重重危机,要经历非常的艰难险阻才能有所获得。一般的渔人因为贪图易于取得的眼前利益,固守河中,所以只能凭着微薄的收获度日。勇于拼搏的"健者",纵横于大海之中,历经千难万险,能有丰厚的收获:"一网出海,百夫属厌。视河之获,力减功兼。"而那些惧怕困难,经不起风浪的"弱者",都到容易捕捞的河中去打鱼了。接着笔锋一转,由论渔巧妙地过渡到论人,不留痕迹地点明主旨,"亦若吾人,随乡论贤。故瘠土者材,而沃壤愧焉",真正有才能的贤德之人,往往都诞生在贫瘠的土地上,因为艰苦的生活能够磨炼人的意志,锻炼出坚韧不拔的精神;而那些贪图安逸,不适应恶劣生存环境而迁往肥沃富饶的地方的人,必定不会有大的成就。如此行文,既升华了主题,又避免了说理的枯燥板滞。

最后一段"曲终奏雅",以先生臣服老叟作结,此乃汉大赋结尾之常套,由此也可见元代古赋"祖骚而宗汉"的特点。

此赋视角独特,寓意深刻。作者由观渔联想到论人,使作品不落窠臼,富有变化之美。全赋语言准确生动,平实质朴,主要采用传统的四言形式,韵散兼行,参差错落,采用夹叙夹议的方法,借对话说理,论说逻辑清晰,真可谓"文质彬彬",是一篇极具思想性和艺术性的佳作。

(李占鹏 金艳霞)

刘　因

【作者小传】

(1249—1293)　字梦吉,号静修。容城(今属河北)人。得南宋入元理学家传授程朱之书,专精理学,以教授为生。世祖至元十九年(1282)征召入朝,授承德郎、右赞善大夫。不久以母病辞归。二十八年再召为集贤学士、嘉议大夫,坚辞不就。卒于家。仁宗延祐中,赠翰林学士、追封容城郡公,谥文靖。曾自编其诗为《丁亥集》。后人为之编《静修先生文集》。

渡江赋　　　　　　　　　　刘因

郝翰林奉使南朝，九年不还①。今国家大举方舆，宋君会猎于江东，因之以问罪。北燕处士②，慨然壮其事，乃计地势审攻守，将草《渡江策》以助之。淮南剑客③闻而过之曰：今兹大举，长江必可渡乎？江东必可克乎？君其为我言其势。

处士曰：昔我国家，初基创元；顺斗极④，运天关；握雄图，祭雪坛；神人赫尔，折箭以首之。遂超大河，横八荒；跨北岳，溧九阳⑤。南极破而朔风烈，长星灭而北辰张。继继承承，臣仆万方。其威益振，其武益扬，卵压中原，势开混茫。蠢尔蛮荆，何痴而狂⑥。自取征伐，孰容尔强。今乃提天纲，顿地纮；竭冀北之马，会天下之兵。衔枚疾走，摄号而南行。然后骈部曲，列校队；撼元戎，誓将帅；横坚阵于高冈，招胜风于大旆。鼓角鸣于地中，旌麾拂于天外。骁骑轻车，勾磕隐訇。玄幕绿徽，飞杨晻蔼。鱼丽长蛇⑦，撼摇覆载。长铤雪点，流矢雨飞。霜矛电激，神剑飙驰。精甲云屯，白日争辉。扇燎原之猛势，奋盖世之雄威。

呜呼噫嘻！吾想夫阴山虎士，茹毛饮血⑧。状若神鬼，气傲霜雪。嬉于战斗，业在征伐。咆哮而貙兕怒⑨，感激而风云变。颓昆仑而翻海浪，折江河而崩雷电。川谷为之荡波，丘陵为之震眩。使彼淮方之矮马，蛮溪之豪族，延目望之，固足以拳拘喘汗，免胄肉袒。进不敢敌，退不敢窜。我乃击奔霆而倏升，怒长风而迅征。一叱而建瓴折箠，再鼓而瓦解土崩。于是环叠跨堑，麾城下邑。灌以流潦，炮以巨石。前喉后背，左排右掖。一日之间，一方之地，开拓千里。遂乃进楚泗，拔江都，击丹阳，取南徐，浙西之津破矣⑩。拥庐寿，跨乌江，济芜海，攻建康，淮南之戍溃矣。平舒剪蕲，顺流而下，径入浔阳，江东之渡得矣⑪。掠荆州，掩黄冈，下江陵，困武昌，湖北、京西之途通矣⑫。于时六师奋楫，木马吞舟。驾黄龙之云驷，御五牙之蜺艒。断横江之铁锁，焚栅岸之河楼⑬。其势也，人人清河公，一一韩擒虎⑭。小王濬之楼船,凌伏波之铜柱⑮。朝发舳舻,夕会南隅。囊括百越,杯观五湖⑯。灵旗所指,席卷长驱。哀哉!宋君可怜也,战则为黄泉之土,降则为青衣之奴。上绝奎宫之运,下失皇祐之区;草满金陵,鹿走姑苏;五溪焦土,七泽丘墟⑰。何其痛哉!

客闻之而笑曰:信如公言,以谓遂无宋矣。曾不知大国有征伐之力,小国有御敌之势。而我长江所以限南北,山川所以界封域。外则西接巫峡,东至海陵⑱。相望万里,烽橹旗亭,其形胜也。临谷为塞,因山为嶂。振扼喉襟,天设巨防。苍龙玄武之制,白狗黄牛之状⑲。铁瓮铜梁之固,剑门石关之壮。峭峡东之狼尾,耸荆门之虎牙。持夔州之百牢,揭瞿塘之两崖⑳。鸟道盘空,杈牙刺天。马不得列,车不能旋。一人守隘,万夫莫前。彼虽有悬车束马之勤,栈云梯石之役,我主彼客,彼劳我逸,财殚力痡,切不补患矣。内则滩流迅急,波涛汹涌;狂澜逆走,绝笔障壅。其所鼓荡,则盘涡谷角,涛陵山颠;瀱云遁雨,怒风蠢雷。状如天轮,戾而激转;又似地轴,挺拔而争迴,吞淮饮海,滔天而来。中有舟舰被江,旌甲烛日。金翅青龙,风乌水鹢。连樯万里,掌柁千尺。篙工舟师,选自闽禺。靡飐风,玩灵胥;掬冯夷,策天吴㉑。察象马之神机,责千里于须臾。东守偃城之坞,西屯采石之戍㉒。一舸据津,万夫莫渡。孙权割险而自霸,曹丕望洋而回驭。加之以春水方生,涨气连天;蓊郁熏蒸,跕堕飞鸢。彼虽有甲骑百万,横屯北岸,安能飞渡我长江乎?又若船襄汉之粟,漕江淮之资。发武库之兵,刳犀象之皮。镂铜牙于龙川,伐竹箭于会稽㉓。使巴渝趫捷善斗之夫,服而用之。亦足以抗衡中原,隔障蛮夷。退以坚守,而进以功持也。又有义士奋袂,良将登坛。既有枕戈之刘琨,岂无击楫之谢安㉔。假祖逖以黄钺之威,拜陆逊以都督之权㉕,而曹公赤壁之役,苻融合肥之战,公独不闻之乎㉖?

处士曰:表里山河,备败而已。坚甲利兵,应敌而已。以势御势,固未知其孰利? 曾不知应之以大机,昭之以大义,而有不可御者,我请为子筹之。我直而壮,彼曲而老;我有名而众,彼无义而小,一也。彼江塞之地,盘亘万里,分兵以守之,则力悬而势屈;聚兵以守之,则保此而失彼,二也。彼恃衣带之水,据手掌之隅,将堕兵骄,傲不我虞,其备愈久,其心愈疏,三也。彼荆鄂之民,旧经剪伐,久痛疮痍;见旌裘而胆落,梦鼍阙而魂飞;今闻大举,重被芟夷;人心摇落,士卒崩离,四也。彼留我奉使,仇我大邦,使天下英雄请缨破浪,虎视长江,亦有年矣;今天将启,宋将危,我中国将合,我信使将归,应天顺人,有征无战,五也。孰谓宋之不可图耶?

客于是恬然失气,循墙匍匐,口怯心碎,不知所以对矣。

〔注〕 ① 郝翰林:即郝经(1223—1275),出生于书香世家,祖父郝天挺为金朝名儒。南宋宝祐四年(1256),忽必烈召郝经入金莲川。时宪宗征蜀,师久无功,郝经上《东师议》预言宪宗伐蜀是"见其危未见其利",以预见应验为忽必烈所重。中统元年(1260)忽必烈即位,任命郝经为国信使,赴宋议和。终因宋人以元军犯边、和议不实为借口,将郝经一行囚禁在真州(今江苏仪征),滞留长达十六年。郝经在狱中身患绝症,直到至元十二年(1275)回国,已"龙钟皓首",三个月后就离开了人世。临死写了"天风海涛"四字,无人洞悉其真切涵义。后人将其称为"苏武"式的使节,当为的论。九年:当为宋度宗咸淳九年,也即至元十年(1273)。 ② 北燕:燕,古国名,在今河北北部和辽宁西端,建都蓟(今北京城西南隅)。因地处北方,故将北方称为北燕。处士:有德才而隐居不愿做官的人。《荀子·非十二子》:"古之所谓处士者,德盛者也,能静者也。"或为未做官的人。此处为作者自喻。 ③ 淮南剑客:作者虚拟的论辩对象。 ④ 斗极:斗,北斗星。极,北极星。《淮南子·齐俗训》:"夫乘舟而惑者,不知东西,间斗极则寤矣。" ⑤ 北岳:五岳之一,即恒山,位于山西浑源,东西连绵一百五十公里,横跨晋冀二省,西衔雁门关,东跨太行山,南障三晋,北瞰云、代二州,莽莽苍苍,横亘塞上,巍峨耸峙,气势雄伟。 ⑥ 荆蛮:荆,古楚别称。蛮,古时对南方各民族的泛称。 ⑦ 鱼丽:古代战车的一种阵法,似鱼之比附而行,故名。《左传·桓公五年》:"秋,(周)王以诸侯伐郑,郑伯御之。……祭仲足为左拒,原繁、高渠弥以中军奉公,为鱼丽之阵。"长蛇:阵法,状如长蛇。 ⑧ 阴山:位于内蒙古中南部,横贯内蒙古高原和河套平原,东西连绵一千多公里。其西段称狼山,中段称乌拉山,东段称大青山,即狭义的"阴山",其下水草丰美,历来为我国北方少数民族栖息和发展地。茹毛饮血:指远古之时不知熟食,捕到鸟兽则连毛带血而食。萧统《〈文选〉序》:"冬穴夏巢之时,茹毛饮血之世。" ⑨ 貙(chū)兕(sì):貙,虎之大者。兕,兽名。 ⑩ 楚泗(sì):湖北、山东一带。泗,水名,在山东省中部。江都:郡名,即今江苏扬州。丹阳:今湖北秭归东南。南徐:治今江苏镇江。浙西:浙江西部。 ⑪ 庐寿:庐,庐州,今安徽省合肥市。寿,寿州,今安徽省寿县、六安等地。乌江:古称黔江、枳江、涪水,源于贵州高原,自西南向东北奔腾于大娄山和武陵山脉之间,全长一千多公里,流经渝、黔四十六个县市,至涪陵注入长江。其山有剑门之雄,三峡之壮。舒:古国名,春秋时为徐所灭。后置县,故城在今安徽庐江县内。蕲(qí),故州名。北周始置,

治所在齐昌(今湖北省蕲春县)。寻阳:古县名,即今江西九江市。 ⑫荆州:古代九州之一。《书·禹贡》:"荆及衡阳惟荆州。"九州所指,说法不一。《书·禹贡》指冀、兖、青、徐、扬、荆、豫、梁和雍。《尔雅·释地》无青、梁二州,有幽、营。《周礼·夏官·职方氏》无徐、梁,有幽、并。江陵:府、路名。在今湖北枝江县以东,潜江县以西,荆门、当阳以南地区。 ⑬横江铁锁:唐宋时因在瞿塘峡口设拦江铁索横绝长江,故又称铁锁关。为进入四川门户,关旁两山对峙,中贯长江,滟滪砥柱,为天下至险,兵家必争之地。河楼:河边修建的防御工事。 ⑭清河公:即杨素(?—606),字处道,弘农华阴(今陕西华阴)人。隋朝权臣、诗人、杰出的军事家、统帅,助隋文帝杨坚灭陈,统一全国。曾在北周大象二年(580年),封为清河公。韩擒虎(538—592):原名擒豹,字子通,河南东垣(今河南新安县东)人。隋朝名将。父韩雄曾为北周大将军、洛虢等八州刺史。韩擒虎曾为西魏丞相宇文泰所赏识。北周时因军功拜为都督、新安太守,后迁仪同三司。其父死后,袭父爵,授新安郡公。韩擒虎助杨坚灭陈建隋,立下汗马功劳,后封为上柱国。 ⑮王濬(206—286):字士治,小字阿童,弘农湖县(今河南灵宝西南)人。西晋著名军事家,助晋武帝灭吴。死后谥武。楼船:有双层结构的战船。刘禹锡《西塞山怀古》:"王濬楼船下益州,金陵王气黯然收。"伏波:即伏波将军马援。马援,字文渊,扶风茂陵(今陕西平陵西)人。王莽末年,受隗嚣器重,后离开隗嚣助汉光武帝刘秀消灭隗嚣,平定陇右、交趾,建武二十五年(49),病死军中。 ⑯百越:古代南方少数民族名。古时江浙闽粤之地为越族所居,称为"百越"或"百粤"。《史记·李斯列传》:"又北逐胡、貉,南定百越。"五湖:说法较多,一般指洞庭湖、鄱阳湖、太湖、巢湖和洪泽湖。 ⑰奎宫:即"奎宿",二十八宿之一,西方白虎七宿的第一宿,有星十六颗。此处以奎宫代指天。姑苏:今苏州。五溪:指湘、黔、川、鄂地区沅水流域的雄溪、樠溪、酉溪、沅溪、辰溪五条溪流。七泽:指古时楚地诸湖泊,其中以云梦泽为最著名。 ⑱巫峡:又名大峡,属三峡之一。位于重庆巫山和湖北巴东两县境内,西起巫山县东的大宁河口,东迄巴东县管渡口,绵延四十余公里,形势险要,风景优美,常出现在文人墨客笔下。海陵:古县名,西汉置,治所在今江苏泰州市。 ⑲苍龙:太岁星。袁桷《张虚靖寰庵扁曰归鹤次韵》:"红羊赤马悲苍海,白虎苍虎俨大庭。"玄武:二十八宿中北方七宿的总称。 ⑳剑门:剑山之门。位于四川省,据今剑阁县三十公里。山分大、小剑山,东临嘉陵江,西接五指山(江油市境),绵亘百里,北千仞峭壁,刀削斧凿;南山峰林立,气势磅礴。地势险峻,为历代兵家必争之地。荆门:今湖北宜都西北,长江南岸。夔州:清顾祖禹《读史方舆纪要·历代州城形势五·唐上》:"夔州,汉巴郡地,梁曰信州,唐武德二年(619)改为夔州,亦云云安郡。领奉节等四县。今夔州府。"治所在今重庆奉节县。百牢:古关名。在今山西泅县西南。杜甫《夔州歌十绝句》:"白帝高为三峡镇,夔州险过百牢关。"瞿塘:即瞿塘关,位于四川省境内。瞿塘关始于战国交侵时代,古时亦称捍关、江关。唐宋时在瞿塘峡口设拦江铁索横绝长江,故又称铁锁关。夔州、百牢、瞿塘皆为古代兵家必争之地。 ㉑冯夷:传说中的黄河之神。《庄子·大宗师》:"冯夷得之,以游大川。"天吴:水神。《山海经·海外东经》:"朝阳之谷,神曰天吴,是为水伯。" ㉒偃城:约在今山东省费县。采石:采石矶。今安徽马鞍山市西南。 ㉓龙川:郡名,隋置,治所在今广东惠阳县东。会稽:郡名,今浙江绍兴地区。 ㉔枕戈:枕着兵器。化用"枕戈待旦"之典故。《晋书·刘琨传》:"吾枕戈待旦,志枭逆虏,常恐祖生先吾著鞭。"刘琨(207—317):西晋人,字越石。中山魏昌(今河北无极东北)人,二十六岁时,和祖逖交好,"闻鸡起舞"事即发生于此时。后兵败身死,年仅四十八岁。谢安(320—385):字安石,陈郡阳夏(今河南太康)人。东晋政治家,名士。出身北方世家大族,早年高卧东床,年四十未仕。孝武帝时为相,前秦苻坚为统一南北而发起两国战争,谢安率子侄取得淝水之战的胜利。 ㉕祖逖(266—321):字士稚,范阳道县(今河北涞水)人。官宦家庭出身,少轻财好侠,慨然有澄清天下之志。东晋初有志于恢复中原而致力北伐的名将。著名"闻鸡起舞"即是他和刘琨的故事。建兴元年(313),挥师北伐,击楫中流。但出师未捷,于太兴四年(321),含恨而死。陆逊:字伯言,吴郡吴人,本名议世。江东大族,著名军事家,在吴国继吕蒙拜为大都督,死后谥为昭侯。 ㉖曹公:即曹操(155—220),字孟德,一名吉利,小字阿瞒,沛国谯(今安徽亳县)人,汉末时"挟天子以令诸侯",扫平诸雄,统一北方地区。赤壁之战:为了统一全国,汉献帝建安十三年(208),曹操率领水陆大军,号称百万,发起荆州战役,然后讨伐孙权。孙权和刘备组成联军,由周瑜指挥,在长江赤壁(今湖北赤壁市西北,一说今嘉鱼东北)一带大破曹军,从此奠定了三国鼎立格局。赤壁之战是第一次在长江流域进行的大规模江河作战,也是孙、曹、刘各家都派出主力参加的唯一的战事。符融(?—383):字博休,是东晋十六国时期前秦帝国皇帝符坚最小的弟弟。曾率领前秦军队和东晋发起淝水之战,最终以失败告终。淝水之战:中国历史上著名的以少胜多的战例。它确定了南北朝时期长期分裂的格局。西晋末年的腐败政治,引发了社会大动乱,中国历史进入了分裂割据的南北朝时期。在南方,晋琅邪王司马睿在建康(今江苏南京)称帝,建立东晋。在北方,前秦国统一了黄河流域。以后将势力扩展到长江和汉水上游。前秦皇帝符坚欲图一举荡平偏安江南的东晋,统一南北。东晋太元八年(383)八月,符坚亲率步兵六十万、骑兵二十七万、羽林郎(禁卫军)三万,共九十万大军从长安南下。同时,符坚又命梓潼太守裴元略率水师七万从巴蜀顺流东下,向建康进军。东晋王朝在强敌压境、面临生死存亡的危急关头,以丞相谢安为首的主战派决意奋起抵御。经谢安举荐,晋帝任命谢安之弟谢石为征讨大都督,谢安之侄谢玄为先锋,迎击秦军主力。最终,前秦失败,被歼和逃散的共有七十多万。符坚统一南北的希望彻底破灭。

这篇赋是刘因为元世祖忽必烈至元五年(1268)蒙古军大举进攻南宋而作,也最能体现作者拥护元朝、反对南宋的政治态度。

从北宋灭亡到元朝建立,历时一百四十多年,广大人民饱受战乱之苦,他们企盼统一,渴望过上安定的生活。鉴于此,蒙古军进攻南宋,完成统一,正如刘因所说,是"应天顺人"的正义之举。《渡江赋》因为表达了这样的民族心理和民族感情,才显得如此气势恢弘。刘因之所以拥护元朝,是因为他亲耳听到、亲眼看到元朝皇帝"能行中国之道"。在他看来,偏安一隅的南宋王朝,已经是个极其腐朽的行将灭亡的王朝。南宋王朝早该灭亡,中国由此实现统一。他歌颂元师伐宋,在很大程度上正是从国家实现统一的愿望出发的。也正因为如此,这篇赋才写得这样慷慨激昂,堂堂正正。

《渡江赋》开篇部分明确地交代了作赋的背景和宗旨。南宋王朝拘囚蒙古特使郝经达九年之久,元人多视郝经为汉之苏武。南宋这种背信弃义的行为,时人多有不平。元朝兴师问罪,便理所当然。作者"慨然壮其事",为蒙军呐喊助威,也正因为此。这里的"北燕处士"就是作者自己,而把虚设的"淮南剑客"作为辩论的对立方,一主一客,采用自设主客的问答体裁,一正一反,一破一立,往复辩难,极尽铺陈之能事,淋漓尽致地表达了蒙军必胜、宋军必败的政治主题。

北燕处士以无比自豪之情,描写蒙古国基业之盛:"继继承承,臣仆万方。"其势如此,就是因为元朝统治者能"顺斗极,运天关","握雄图,祭雪坛","超大河,横八荒","跨北岳,溧九阳",正因为能顺应天心,施展雄才,开拓疆土,才形成了今日"卵压中原"之势。在这种形势之下,南宋自不量力,肆意挑衅,贸然羁押元使,真是一种不明智的"自取征伐"的行为。所以,当此"南极破","北辰张"之时,蒙古军队大举进攻南宋,实为"提天纲,顿地纮",无疑是顺应天意之举。蒙古既承顺天意,又集结雄师,他们号令严明,训练有素。此次出征,"扇燎原之猛势,奋盖世之雄威",必将旗开得胜,一定能够建立不世之功。接着,作者详细描述了蒙古军队的威武强大,他们"茹毛饮血",体格健壮,志存高远,"业在征伐",咳唾之间,就能使山震波荡。"以此众战,沛然孰能御之?"行文至此,似乎已经剑拔弩张,大有一触即发之势。然而,作者却将笔锋一转,晓南宋王朝以大义,认为"淮方矮马","蛮溪豪族",本不善作战,一旦兵事来临,只能龟缩起来喘气流汗,最终丢盔弃甲,袒肉而降。何况今日之形势,南宋向北不能抵抗蒙军进攻,向南再无路可退,而蒙古军队已有详细可行的作战方针,自北向南,势如破竹,卷席而来,他们气吞山河,所向披靡,南宋早已不是蒙古的对手了。面对如此正义之师,如果南宋王朝仍不听劝告,一意孤行的话,那么,元军临城之日,就是南宋君王沦为"青衣之奴"、变为"黄泉之土"之时。

淮南剑客站在南宋的立场上,对北燕处士的言论逐一进行了驳斥。他认为江南形胜,人才辈出,元朝劳师袭远,又逢江水暴涨,断定此时进攻南宋,蒙古军队必遭惨败。南宋仅凭险要的地势,就可以抗拒百万蒙古军队,所谓"一人守隘,万夫莫前","一舸据津,万夫莫渡"。蒙古军队虽然拥有坚甲利刃,到江南却很难发挥作用。南宋军队凭借有利地形,又兼粮草充足,以逸待劳,他们怎么能失败呢?对北燕处士所宣扬的"元师雄伟""所向披靡",淮南剑客则反唇相讥,并向蒙古军队提出警告:莫向前,向前必遭狙击。对北燕处士所指责的"宋君两难处境",淮南剑客则从申述南宋军队防备入手,力陈南宋军队防备的坚固严密,借此展示了南宋的强大国力。在这种情况下,蒙古军队却逆势而行,如果一旦陷入包围,肯定会遭到全军覆没的灭顶之灾。南宋义士奋袂,良将登坛,完全有实力跟蒙古军队抗衡。淮南剑客虽然说尽了有利于南宋的各种条件,但是,他的言论却为北燕处士的进一步展开辩论打下了伏笔。北燕处士就淮南剑客之论一一发出诘难,详细论述了蒙古军队一定胜利、南宋军队必然失败的种种理由,认为蒙古军队攻打南宋为顺应民心的正义之举,这才是能够起决定作用的最重要的因素。而南宋军队虽然有天险可以凭依,但分则力悬势屈,合则顾此失彼,他们尽管充分备战,却因为长期战乱,军心涣散,民怨沸腾,再加上羁押蒙古使者的不义行径,这些致命的弱点必将南宋王朝引上走向灭亡的不归之路。

赋文最后,作者写淮南剑客听了这番道理,无言以对,困窘不堪,"怗然失气,循墙匍匐,口怯心碎,不知所以对矣",表明北燕处士的辩论已经深深地打动了淮南剑客,淮南剑客感到自己的辩解不仅没有道理,而且显得相当苍白无力,从而为蒙古军队最终战胜南宋军队在心理、舆论上奠定了坚实基础。

从内容看,作者是站在北燕处士的立场为蒙古军队说话的,北燕处士实际上就是作者的代言人。这篇赋的正面人物就是北燕处士,他的观点和铺陈也就是赋的主体。淮南剑客则是北燕处士的烘托,他的观点及铺陈则是为北燕处士服务的。淮南剑客虽然也摆尽了南宋地利的充足理由,但都是为北燕处士的陈述和展开辩论作铺垫的。平心而论,淮南剑客所说也不是没有道理,而北燕处士所论也未必十分正确,但由于作者是从蒙古军队打败南宋军队的角度立论的,所以,此赋的主旨以及结论自然是力挺北燕处士的观点。在艺术形式上,此赋沿袭了汉赋"子虚""乌有"的人物对话方式引起、展开论题,继承了汉赋的传统体制,以主客辩难结构文章,以抑客伸主表现主题。又因为题材关乎蒙古军国大事,全赋弥漫着一股大战即将来临的紧张急促的时代气氛,不似汉赋那样从容安闲。也正因为如此,尽管篇幅宏大,笔意纵横,极尽铺陈渲染,却无若即若离主旨的闲笔,写景抒情、记事用典都非常切题,铺陈渲染都围绕着表达主题的需要,无松散冗沓之感。论说层次分明清晰;语言畅达灵动,富于鼓舞性和号召力。另外,对于看惯了南宋那些悲壮哀伤、成仁成义作品的读者来说,刘因的这篇赋,也让我们领略到当时元蒙征服者的军威国威,看到时代风云的另一面以及历史的归宿。

(李占鹏 张志峰)

【作者小传】

王 旭

字景初,号兰轩。东平(今属山东)人。以文章知名于时,著有《兰轩集》。

长 生 殿 赋[①]　　　　王 旭

银筝玉笛秋风凉,羽帐珠帘秋夜长。缆明河于绮树兮,留璧月于云窗。笑牛女之辛勤兮,徒终岁以相望。乐千秋而无极兮,愿日月之齐光②。铜龙咽兮漏迟③,良宵悠兮未央。华清晓浴温泉香,马嵬暮别愁苍黄④。九河东倾泰华裂,六龙西游天地荒⑤。

怅翠华兮再来,飒玄鬓兮已霜。感旧誓兮徒存,念伊人兮不忘。奏梨园之法曲,舞月殿之霓裳⑥。音乐纷兮具陈,只切心而断肠。抚香囊而永叹兮,涕淫淫其如霰。传海外之九州兮,竟茫茫而谁见⑦?彼钿盒与金钗兮,何如甘泉之亲面⑧?嗟方士之殷勤兮,亦诞幻而非真。悟风花之散落兮,岂四时之长春。要千龄而万代兮,共委骨于究尘。何君王之不达兮,抱荼毒而伤神。

呜呼!铅华一身兮,疮痍四海。苟褒姒之不作兮,岂骊山之遽败⑨。无盐丑而齐兴兮,太任贤而周大⑩。彼玉环之骄淫兮,覆唐家而奚怪。何君心之眷眷兮,未忘情乎余爱。过离宫而一吊兮,增骚人之永慨。赋长生之私语兮,庶后生之足戒也。

〔注〕 ①长生殿:华清宫中的殿名,又叫集灵台,用以祀神。唐代又称皇帝寝殿为长生殿。所以此处的长生殿,未必是专指集灵台,而泛指玄宗与杨妃之居处。 ②"笑牛女之辛勤兮"四句:据传,玄宗与杨妃曾笑牛郎织女一年才得会面一次,不免相思劳苦,遂发誓要生生世世结为夫妇。晚唐诗人李商隐《马嵬》中有:"此日六军同驻马,当时七夕笑牵牛。" ③铜龙:铜制的龙形漏器,为古代计时所用。 ④华清:指华清池,是骊山华清宫温泉。白居易《长恨歌》中有"春寒赐浴华清池,温泉水滑洗凝脂"之句。马嵬:马嵬坡,在今陕西省兴平县西,即玄宗出逃,六军兵变,杨贵妃缢死处。 ⑤九河:古时称黄河的九条支流。《汉书·地理志》:"九河既道。"颜师古有注:"九河,河水分为九,各从其道。"《尔雅》则曰:"徒骇、太史、马颊、覆釜、胡苏、简、絜、钩盘、鬲津,是曰九河。"泰华:泰山与华山,泰山为历来统治者视为圣地,华山在陕西境内,为唐都长安的屏障。故九河倾与泰华裂都指唐王朝统治根基的动摇。六龙:相传太阳神乘车,羲和驾六龙而驶之,见《淮南子·天文》:"爰止羲和,爰息六螭。"注云:"日乘车,驾以六龙,羲和御之。"而天子之车也用六马驾车,马八尺即为龙,故此处指玄宗的车驾。西游:安史之乱中,玄宗入蜀,蜀在唐都城长安西南,故称西游。 ⑥梨园:玄宗设梨园,是宫廷内专门训练歌舞曲艺的机构,据《新唐书·礼乐志》载:"玄宗既知音律,又酷爱法曲,选坐部伎子弟三百人,教于梨园。"法曲:古代乐曲的一种,陈旸《乐书》:"法曲兴于唐,其声始出清商部,比正律差四律,有铙、钹、钟、磬之音。"月殿之霓裳:指霓裳羽衣舞,相传为玄宗梦游月宫所得。 ⑦海外:《尔雅·释地》中说:"九夷、八狄、七戎、六蛮谓之四海。"因此海外指极远的地方。九州:指中国,古人认为天下分为九州。如《山海经·海内经》:"帝乃命卒布土以定九州。"竟茫茫而谁见:见白居易《长恨歌》:"上穷碧落下黄泉,两处茫茫皆不见。"此处指杨妃芳魂已渺,世人难寻

〔834〕王　旭　　　　　　　　　　　　　　　　　　　　　　　　　长生殿赋

其踪迹。　⑧ 钿盒与金钗：指玄宗与杨妃定情之信物。见白居易《长恨歌》："唯将旧物表深情，钿合金钗寄将去。"甘泉：汉代宫殿名，扬雄有《甘泉赋》，此处借指唐代宫殿。　⑨ 褒姒：西周末年，周幽王的宠姬，幽王为博她一笑不惜烽火戏诸侯，及西周灭，褒姒则成为历史上有名的红颜祸水，此处用以比喻玄宗宠爱杨贵妃，导致女祸亡国。"骊山之遽败"：见白居易《长恨歌》："渔阳鼙鼓动地来，惊破霓裳羽衣曲"此处指玄宗与杨妃于骊山上歌舞正兴，而战乱已起。　⑩ 无盐：齐宣王田辟疆的王后，本名为钟离春，因为是无盐（今山东东平）人，故称无盐女，以貌丑而贤达著称。太任：亦称大任，季历（王季）之妻，周文王的母亲，以贤德著称，见《诗经·大明》。

　　看到《长生殿赋》这一题目，让人立刻联想到古人的两句诗："七月七日长生殿"（白居易《长恨歌》），"人生若只如初见"（纳兰性德《木兰花令·拟古决绝词》）。的确，郎情妾意若只停留于初见那一刻的美好，或许会减却很多烦扰与痛苦，可惜我们很难看破艰辛苦涩的红尘，便只好在回忆中咀嚼曾经的欢乐与悲伤。爱情如此，整个人生，其实也是如此。自唐代起，长生殿便成为李杨爱情的象征与代名词，清代洪昇曾作《长生殿》传奇专门敷演此事。李杨帝妃之恋的婉转动人、缠绵悱恻吸引着历代文人，成为他们文学创作题材的渊薮。元人王旭的这篇赋就以安史之乱与李杨爱情为题材，与前辈白居易的《长恨歌》相比，只是将爱情悲剧的咏叹换成了情乃伤身误国的警醒，充分彰显了赋作所特有的讽谏力量。

　　"银筝玉笛秋风凉，羽帐珠帘秋夜长"，此赋开篇即以"秋风""秋夜"两个意象营造出一种萧瑟悲凉的意境，奠定了李杨爱情悲剧的基调。从"缆明河于绮树兮"至"良宵悠兮未央"四句，作者用跳跃的笔法，以极其省俭的语言，含蓄地叙述了安史之乱前，唐玄宗李隆基重色、求色，终于得到了"回眸一笑百媚生，六宫粉黛无颜色"的杨玉环。杨玉环以其美貌、娇媚而享专宠，二人私盟情誓，爱浓意密，终日沉湎于歌舞酒色之中。"华清晓浴温泉香，马嵬暮别愁苍黄"，一"晓"一"暮"的运用堪称绝妙，既显示了对仗的工整，又别有意味地点明乐极哀来。唐玄宗的荒淫误国，终于引发了政治上的悲剧，政治上的悲剧反过来又导致了他和杨玉环的爱情的毁灭。悲剧的制造者最后成为悲剧的主人公，极度的乐带来了极度的恨。"九河东倾泰华裂，六龙西游天地荒"，安史之乱爆发，唐玄宗仓皇奔蜀，杨贵妃身死他乡，皇权岌岌可危，繁华落尽，留下的只有无穷无尽的感伤。这场爱情的美丽恰如那炫目的烟花，盛开时绚烂多姿，熄灭后划过天幕的只有那淡淡的硝烟的痕迹。此段以虚写实，采用画面的跳跃与转接展开叙事，类似影视作品中常见的蒙太奇手法，虽未直接评价，却形象地暗示我们，唐玄宗的迷色误国，就是这出悲剧的根源。

　　"怅翠华兮再来，飒玄鬓兮已霜。感旧誓兮徒存，念伊人兮不忘。"安史之乱平定，唐玄宗虽平安回宫，却物是人非事事休。耳畔还回响着长生殿许下的誓言,挚爱的妃子却早已魂游他方。从"奏梨园之法曲"以下五句,作者精心选择了一些极富特征性的事物及细节进行刻画,通过极其细腻的笔法,从各个角度反复渲染唐玄宗对杨玉环的刻骨思念,具体形象地表现了其内心的无尽痛苦。"奏法曲""舞霓裳""抚香囊""见钗钿",处处触物伤情,时时睹物思人,日思夜想而不得,所以寄希望于方士,却又是"悠悠生死别经年,魂魄不曾来入梦"。在极力铺陈唐玄宗对杨玉环的苦苦追寻与思恋之后,作者笔锋一折,别开境界,以"何君王之不达兮,抱荼毒而伤神"作结,认为美丽浓烈的爱情终究逃不脱现实风雨的摧残,正仿佛没有一朵花可以不被风吹落而四季常开,劝谕君王不要为情所困,枉自伤神。这一转折,既出人意料,又尽在情理之中,更是为下文的议论做好了铺垫。

第三段承接上文,发起议论,将褒姒、玉环与无盐、太任对举,指出红颜祸国,"疮痍四海",作为君主不该过分沉湎情爱,眷恋女色。人世情爱终不过是镜花水月,空留枝头孤自涕零的神伤。尾二句卒章显志,点明此赋的立意是"垂戒来世",而并非歌颂爱情。

此赋虽只有三段,但结构严谨,颇具"凤头、猪肚、豹尾"之妙。首段先用虚幻的笔调想象李隆基、杨玉环二人恩爱的小世界,表现他们情深缠绵、喜乐无限的时光。随后笔锋陡转,引典铺陈敷写李杨的爱情似华梦一场,终随战乱烟消云散。次段将李隆基睹物思人、伤心欲绝的细节揉萃成感人肺腑的浓浓情感,此情凄恻入骨,宛转低回,情真意切又颇多感慨,展示出作者高超的传情手段。末段一声"呜呼",感叹李隆基情场得意而弛了朝纲,终于酿成国家和个人的双重悲剧。在品味其爱情悲剧的同时,警示后人的目的也显而易见:红颜祸水须提防,缠绵情深徒自伤。行文层层递进,运笔张弛有度。

此赋在题材上虽未脱前人窠臼,却贵在抒情说理两相交融。通过对李杨爱情的着力渲染而奠定说理的基础,寓理于情,可谓情有情笔,理有理据,既重情,又重理。

(李占鹏 金艳霞)

刘诜

【作者小传】

(1268—1350) 字桂翁,号桂隐。庐陵(今属江西)人。幼孤,性颖悟,年十二,作为科场律赋论策之文,蔚然有老成气象。素以师道自居,教授生徒,声誉日隆。延祐复科举,益肆力于名物、度数、训诂、笺注之学,然十年不第,乃刻意于诗及古文。有《桂隐集》。

兰 亭 赋 并序 　　　　　　　　　　　　刘 诜

　　越州山阴县西南二十里为兰渚,越王种兰处也。晋王右军、谢太傅①兄弟数往造焉,筑亭其上,名曰兰亭。永和九年上巳日,右军与同游者四十一人流筋曲水,倡咏其间②,不能成诗者十六人。时方尚玄,以一死生、齐彭殇为高③,右军独有感于修短之数,慨然叹老之将至,岂以司马氏之偏安不自奋者,政坐沦溺于老庄之无为乎④?观其与谢安石、殷深源书⑤,其经纶为何如哉?而蹉跎出怀祖下⑥,兹其所以峻誓松楸也⑦,而晋事亦不复振矣。呜呼!历今且千载,无能为兴怀者⑧,独知宝其遗帖,可慨也!作《兰亭赋》:

　　道浙江而东下兮,澹沙树之云堤。莽鉴湖之芜绝兮⑨,访古县之会稽。青山四列而庐分兮⑩,断云曳空而横犀⑪。曲水婉而萦流兮,急鸣湍之清漪。湖柳高而翳翳兮,群莺飞而乱啼。吊旧游而榜舟兮⑫,得种兰之故基。

　　眷群贤之伊昔兮⑬,伟一代之雄姿。当春景之浸暮兮,暖天宇之和熙⑭。造斯亭之修禊兮⑮,曰畅叙乎幽情。虽其怀之不齐兮,乃俱集而同嬉。寄飞筋而傲八极兮⑯,托高惊于赋诗⑰。或短长之兼就兮,或数语而争奇。独可疑于献瑰之长才兮⑱,何乃竟日而无一辞。岂欲托于昏冥兮⑲,宁甘受于罚卮⑳。

　　嗟神州之陆沉兮㉑,莽宫门之铜驼㉒。自一马之既化兮㉓,豢百年之江沱㉔。吊晋江之无人兮㉕,落日淡而水扬波。洒新亭之囚泪兮㉖,邈故陵之山河。诚谈玄之误国兮,千载为之悲歌。胡当时之悠悠兮,玩杯酒以自多㉗。览光景之留连兮,忽不知其英气之消磨。彼诸贤之沦溺兮㉘,亦孰知其不可。

　　惟右军之懿美兮㉙,迥独立乎江左。曾内史之足淹兮㉚,郁酒酣之磊砢㉛。闻广陵之管角兮㉜,拥千骑之骏骒㉝。慨非才之不如兮,怪大钧之谁播㉞。指茔楸以为证兮,高出处以在我⑤。痛死生之俯仰兮，彼岂叹老而嗟衰。诚歔欷之有寄兮，谅同游之孰知。诮东山而为书兮㊲，危深源之北师㊳。彼其区画之何如兮㊳，奈流落而不施。

嗟千载之不能一慨兮，独以遗墨而见奇。彼敬宗之何人兮㊴，顾以金石而况之㊵。伟虬髯之英雄兮㊶，睨六合于一笑。曾用舍之不论兮，付兴亡于不吊。乃眷恋于末技兮，死不忘于兹妙。炯玉匣之深藏兮，徒以为昭陵之祸召㊷。作兹赋以为伤兮，遡长风而孤啸。

〔注〕①王右军：王羲之。谢太傅：谢安。②倡：同"唱"。③一死生、齐彭殇：玄学常用的思辨话题，把生和死、寿星和夭折的孩子等量齐观。④政：通"正"。⑤殷深源：殷浩，字渊源，唐人避高祖讳，改为深源。⑥怀祖：王述字怀祖，袭封蓝田侯，故也称王蓝田。王述与王羲之素有矛盾，见《世说新语·仇隙》。⑦松楸：父母的坟茔。王羲之受到王述排挤，离开会稽内史职位后，于父母墓前发誓，今后要知足常乐，再不在仕途上贪功冒进。⑧兴怀：引发感想。⑨芜绝：荒芜隔绝。⑩胪分：明白区分。⑪犀：犀角柄的麈尾。⑫榜(bàng)舟：行船。⑬眷：回顾。伊昔：从前。⑭暧(ài)：温暖。⑮修禊(xì)：古代民俗于农历三月上旬的巳日到水边嬉戏，以祓除不祥，称为修禊。⑯八极：八方极远之地。⑰高悰(cóng)：高雅的心绪。⑱瑰：宝。⑲昏冥：昏然无知的状态。⑳罚卮(zhī)：罚酒。㉑陆沉：陆地沉于水中，比喻国土沦陷。㉒铜驼：《晋书·索靖传》："靖有先识远量，知天下将乱，指洛阳宫门铜驼叹曰：'会见汝在荆棘中耳。'"㉓一马之既化：西晋末年，司马氏五王南渡长江，最后琅琊王司马睿在建邺登基，是为东晋。当时有童谣"五马游渡江，一马化为龙"即指此。㉔江沱：原指长江和沱江，这里指长江下游，东晋在此建立政权。㉕誓江：立志收复失地。指祖逖中流击楫事。㉖新亭之囚泪：《世说新语·言语》："过江诸人，每至美日，辄相邀新亭，藉卉饮宴。周侯中坐而叹曰：'风景不殊，正自有山河之异！'皆相视流泪。唯王丞相愀然变色曰：'当共勠力王室，克复神州，何至作楚囚相对！'"㉗自多：自夸，自满。㉘沦溺：陷入不良的境地或痛苦的境界而难以自拔。㉙懿美：美好。㉚淹：留。㉛磊砢(kē)：委积、众多貌，这里指心中的不平之气。㉜广陵之管角：《金楼子·立言》："王怀祖之在会稽居丧，每闻角声即洒扫，为逸少之吊也。如此累年，逸少不至。"㉝骏(pǒ)骙(ě)：马奔腾起伏的样子。㉞大钧之谁播：《文选·贾谊·鵩鸟赋》："云蒸雨降兮，纠错相纷。大钧播物兮，块圠无垠。"李善注："如淳曰：'陶者作器于钧上，此以造化为大钧。'应劭曰：'阴阳造化，如钧之造器也。'"㉟出处：出仕和隐退。㊱东山：指谢安，王羲之曾致书议论政事。㊲危深源之北师：王羲之曾写信给会稽司马昱，劝他制止殷浩北伐。㊳区画：筹划。㊴敬宗：许敬宗。唐初十八学士之一，人品低劣，被后世视为佞臣。曾参与修纂《晋书》。㊵以金石而况之：未详所指。或谓怀仁集王羲之字作《圣教序》刻成石碑，其后润色者署名有许敬宗。㊶虬髯：唐小说《虬髯客传》主人公，曾认定年轻的李世民是真命天子。㊷昭陵之祸召：唐太宗生前酷爱书法，尤其醉心于摹写二王法书，几乎将当时可以找到的真迹全部收入宫中。李世民死后，将最喜爱的《兰亭序》装入玉匣陪葬。五代时，耀州节度使温韬为取《兰亭序》，盗发昭陵。温韬死后，《兰亭》真迹便不知所踪。

这是一篇骚体赋,其源头是《楚辞》。与骈赋、律赋相比,骚体赋并不刻意追求辞藻的华丽和韵律的优美,却能承载更为丰富的思想内容。以本篇而言,一反常规的抒情写景套路,站在知人论世的高度,以赋的形式创作了一段精彩的史论。

兰亭的出名,源于一篇叫作《兰亭集序》的文章;《兰亭集序》的出名,又源于这篇文章的手稿是书法史上的巅峰之作。很多人熟悉这篇文章,甚至能倒背如流,只是反复临摹书圣法帖的结果。本文就是从兰亭和《兰亭集序》说起。

上巳是一个古代的节日,在农历的三月初三。按照风俗,这一天人们要到水边去游玩祈福。王羲之在永和九年(353)的这一天,约了朋友带着孩子,浩浩荡荡四十多人也去游春。四十多人多半都是文人高士,其活动形式自然也比较高雅,用的是曲水流觞——原理类似击鼓传花的游戏,众人列坐在一条蜿蜒的流水边,水中顺流放下一只杯子,杯子在谁面前搁浅停住了,这人便要即兴赋诗。结果有十六个人没有写出诗,被罚酒三杯。而写出来的诗被汇编成《兰亭集》,王羲之为之作序。在序中,交待了当时事情的原委之后,王羲之还发了一通人生苦短、兴尽悲来的感慨。

作者在这里找到了本文的起点:当时东晋朝廷偏安江南,士大夫整日以谈玄为务,不思治理国政,恢复江山,在这样一个病态的时代,王羲之能发出这样的人生感慨,不正是昏暗中的一点光明吗?历来人们只知道把《兰亭序》当字帖,却没人关注王羲之当时的所想所感,于是,作者说,我来做这件事。

在简单描述自己到达兰亭故址的情形之后,作者马上进入正题,回顾当时各抒才情纷纷作诗的场景之后,突然发问:为什么有那么多高手没写出来?宁愿罚酒也要装糊涂吗?是的,三分之一强的人挨罚,比例不低。但是,作者并没有一个个去盘点,比如王献之当时也是挨罚的,但他只有九岁,写不出来是正常的。作者顺势将笔锋转向当时的社会风气,国土沦陷,当权者醉生梦死,志士报国无门。

接下来是赞美王羲之。在《晋书·王羲之传》中收录了他的两封书信,都是议论时政的,既体现了王羲之的能力与见识,也反映出他积极入世的态度,但他终于没有得到施展抱负的空间,进而推论《兰亭集序》中的感慨正是由此而生。

那么,王羲之究竟为何有志难伸呢?这个问题就有点难说了。从现有的资料来看,不得不把王述拿来说事。但是在二王不和这件事上,王羲之多少是有些理亏的。王述是个很有个性的人,《世说新语·忿狷》载其性急吃鸡蛋犯傻的故事,但他似傻非傻,而绝对不是个小人。王羲之不知出于什么原因就是看不起他,不仅说他坏话,在相处时也故意十分傲慢。后来王述官越做越大,王羲之只好拿自己的儿子出气,说"我比不过他,是因为你们不如他儿子"。最后一生气,在父母坟前发誓不做官了。所以,历来人们都认为王羲之在这事上显得小气了。但作者现在要替王羲之张本,又无法回避这件事,只好借用技巧先隐约将此事带过,再重点通过两封书信来证实王羲之的才能。

最后,作者跳到三百年后,嘲笑了一下对《兰亭集序》情有独钟的李世民,说他一代雄主,偏在这一点上放不下。

这篇赋虽说以议论为主干,但毕竟是赋不是论,语言上不需要准确明晰,而要追求含蓄优美。于是,短短一篇赋中,关于王羲之的话题,穿插了对其思想的分析,对当时社会的认识,尤其是后人只把王羲之当书法家的狭隘,这种种思考融为一体,不必有明确的答案,其过程就是一种曼妙的体验。

(田松青)

杨维桢

【作者小传】

(1296—1370)　字廉夫,号铁崖,又号铁笛道人,会稽(今属浙江)人。登泰定四年(1327)进士,历任天台尹、钱清场监司令、江浙行省四务提举、建德路推官等职。元末农名起义,避兵于富春山,不久,迁居钱塘,泯迹浙西山水间。又遁匿松江之上,筑室有小蓬壶、草玄阁诸胜。有《东维子集》《铁崖古乐府》《复古诗集》《铁崖文集》。

些　马　赋①并序　　　　　　杨维桢

杨子至钱清之明年②,旧乘马老而不任③,遣奴钱塘市壮马④,奴得贾胡马⑤。

济江中流⑥,阴雾四合⑦,风浪猝作⑧,舟如飐箕⑨,奴与马几溺⑩。幸而济⑪,奴归语主曰⑫:"主福得良骏⑬,良骏几累仆⑭!意者西域异种⑮,神物所忌⑯,恐非主厩中物也⑰!"至则格应于图⑱,诚良骏也⑲。在度为騄⑳,在岁为駃㉑,身如织文㉒,蹄如截铁㉓,首印渴乌㉔,耳插卓锥㉕,尾如流彗㉖,目如方诸㉗。

主人赏其神骏㉘,抖其风尘㉙,命奴洗马西江之渍㉚。马临流振而嘶㉛,嘶而踊㉜,已而泳于中流㉝,莫知所逝㉞。奴告主人,主人踟蹰西江上㉟,皇皇焉计无得而挽㊱。则自咤曰㊲:"鹾官,贱役也㊳;良骏,天骨也㊴。驾天骨于贱役之地㊵,使屈首丧气,若跛牂累狗㊶,宜骏之见水泳而去㊷,主者不得有也。"主人悲不自已㊸,乃辞而些之曰㊹:

吁嗟骏乎㊺!汝其糜没九渊㊻,填于海鳍之空乎㊼?抑越景超光㊽,以返于房星之宫乎㊾?将升昆仑,抑负瑞图化荥河之龙乎㊿?其将觐湘累以从其忠乎○51?毋亦皓车白乘,随革尸之愤,忽往忽来于江中乎○52?

又辞曰:灵奇倪倪生渥流○53,肉鬣星尾文龙虬○54,协图特出兮应世求○55。嗟我何幸兮逢沙丘○56,逝八极兮临九州○57,观阊阖兮历玉台以遨游○58。忽泳水兮为龙为龟,重澜驰逐兮奴不善泅○59。盐车坎壈兮为骏愁○60,逝一跃兮释累而离尤○61。

吁嗟瀰沦兮蓄怪幽○62:三角八尾兮猗鼍牛头○63,崑牙喢口兮嚼海舟○64。嗟尔骏兮纷逢仇○65,骏不归来乎贻我忧○66,超越倒景兮乘云浮○67。骏兮来归乎,江险不可以久留!

〔注〕 ①些:哀悼。文天祥《回刘架阁会孟书》"谨成些章,少纪哀愫,以授挽者。" ②杨子:作者自称。钱清:地名,在今浙江萧山东。《明史·杨维桢传》云,其为"钱清场盐司令,狷直忤物,十年不调"。此赋即作于杨维桢任钱清场盐司令时。明年:第二年。 ③旧:过去,以前。乘马:所骑马匹。不任:不堪驱使。 ④遣奴:派遣仆人。钱塘:今浙江杭州。市:购买。壮马:强壮的马匹。 ⑤得贾(gǔ):买到。胡马:西域马。胡,泛指西北边地。 ⑥济:渡水,过河。中流:河水中心。《汉书·贾谊传》:"中流而遇风波,船必覆矣。" ⑦阴雾:阴沉的雾气。四合:从四面聚集而来。 ⑧风浪猝作:风浪突然涌起。猝(cù),突然。 ⑨飏(yáng)箕:上下颠扬的簸箕,比喻船只随风浪起浮。飏,同扬。 ⑩几溺(nì):几乎被淹死。 ⑪幸而济:侥幸地渡过江水。 ⑫归:回来。语:告诉。主:人主,指作者自己。 ⑬福得:幸运的得到。良骏:好马,骏马。 ⑭累:连累。仆:奴仆自称。 ⑮意:料想,猜想。西域异种:谓此马是西域特异的良种马,不同凡响。 ⑯神物:此处指江神。忌:忌恨。西域马为江神所忌恨,为江神所不容。 ⑰恐:恐怕。厩(jiù):马棚。 ⑱格应于图:谓此马的体格和相马图上所说良马的特征完全一致。格:体格,骨格。 ⑲诚:的确。 ⑳在:观察,察看。《尔雅·释诂下》:"在,察也。"度:本指人的风采风度,此处借指马的形体。骒(lái):高大的骏马。《诗经·鄘风·定之方中》"骒牝三千",汉毛亨传:"马七尺以上曰骒。" ㉑岁:年岁,年龄。驳(bá):八岁的马。《说文》:驳,"马八岁也,从马,从八。" ㉒织文:纺织的花纹。

㉓ 截铁：比喻马蹄如铁一样黝黑，棱角分明，显得刚健有力。　㉔ 卬(áng)：同昂，高昂，高扬。渴乌：古代的吸水管。《后汉书·张让列传》："又作翻车渴乌，施于桥西，用洒南北郊路。"唐李贤等注："翻车，设机车以引水。渴乌，为曲筒，以气引水上也。"此句言马首高昂就像向上引水的曲筒。　㉕ 卓锥：形容马的耳朵如同直立的锥子一样尖锐有力。宋黄庭坚《次韵子瞻和子由观韩干马因论伯时画天马图》："西河骢作葡萄锦，双瞳夹镜耳卓锥。"　㉖ 流彗：划过天空的彗星。　㉗ 方诸：原为古代月下承露取水的青铜器皿，明亮照人，故亦指铜镜。　㉘ 神骏：神奇的骏马。　㉙ 抖：抖落，扫落。　㉚ 西江：即今西小江，又名钱清江，为钱塘江支流。濆(fén)：江边。　㉛ 临流：站立水边。振：振奋。㉜ 踊：踊跃。　㉝ 已而：不久。　㉞ 所逝：消失在什么地方。　㉟ 躑(zhí)躅(zhú)：也作踯躅，徘徊不前。　㊱ 皇皇：惊慌失措的样子。皇，通惶。挽：挽回，扭转。　㊲ 自咤(zhà)：独自悲伤。　㊳ 艖(cuó)官：盐官。时作者为钱清场盐司令，故云。《礼记·曲礼下》："盐曰咸艖。"东汉郑玄注："大咸曰艖。"贱役：地位卑微的差使。　㊴ 天骨：神骨。谓此马是天马，非凡马。　㊵ 驾：驱使，驾车。　㊶ 跛牂(zāng)：跛脚的母山羊。《史记·李斯列传》："泰山之高百仞，而跛，牂牧其上。"牂，同牂，母羊。累狗：疲惫的狗。《史记·孔子世家》："累累若丧家之狗。"　㊷ 宜：大概。　㊸ 自已：自己无法控制。　㊹ 辞：作辞。　㊺ 吁(xū)嗟(jiē)：表示感慨。　㊻ 其：表推测语气，恐怕，或许。縻没：沉没。九渊：深渊。汉贾谊《吊屈原赋》："袭九渊之神龙兮，沕渊潜以自珍。"唐颜师古注曰："九渊，九旋之川，言至深也。"　㊼ 海鳅(qiū)：传说中的神鱼。宋罗愿《尔雅翼·释鱼》："海中鳅长数千里，穴居海底，入穴则海溢为潮，出穴则潮退。空：此处指海鳅的肚子。此句感叹骏马莫非被海鳅吃掉了。　㊽ 抑：表选择，还是。越景超光：超越日光。景，日光。　㊾ 房星：二十八宿中东方苍龙七宿的第四宿，有星四颗，古人认为它是主驾车的天马，故又称天驷。《国语·周语下》："昔武王伐殷，岁在鹑火，月在天驷。"韦昭注："天驷，房星也。"官：天官。　㊿ 昆仑：昆仑山，在西藏、新疆、青海之间，海拔六千米左右，传说神仙所住。汉刘安《淮南子·原道》："经纪山川，蹈腾昆仑。"东汉高诱注："昆仑，山名，在西北，其高万九千里，河之所出。"《穆天子传》载，周穆王曾驾八骏至虎仑山以会西王母。瑞图：《河图》。传说龙马从黄河中负八卦图而出，授予伏羲。南宋朱熹《周易启蒙》引孔安国曰："《河图》者，伏羲氏王天下，龙马出河，遂则其文以画八卦。"宋欧阳修《易童子问》："所谓图者，八卦象之文也，神马负之，自河而出，以授与伏羲者也。"化：变成。荥(xíng)河：荥水与黄河。《尚书·禹贡》："导沇水，东流为济，入于河，溢为荥。"伪孔安国传曰："济水入河，并流十数里而南截河，又并流数里，溢为荥泽。在敖仓东南。"　51 觐(jìn)：拜见。湘累：借指屈原。《汉书·扬雄传》扬雄《反离骚》："因江潭而淮记兮，钦吊楚之湘累。"唐颜师古注引李奇曰："诸不以罪死曰累，苟息、仇牧皆是也。屈原赴湘死，故曰湘累也。"　52 毋亦：常与"乎"连用，可译为"不也……吗"。皓(hào)车白乘：谓伍子胥。宋李昉等《太平广记》卷二九一引《钱塘志》云：伍子胥屡谏吴王夫差，要防范越国报复，吴王不听，反而赐剑令其自杀。子胥嘱其子，将其尸体装进皮袋投之于钱塘江中，朝暮乘潮，以观吴之败。据说他死后江潮大起，潮头汹涌，高数百丈，其声震怒，有见伍子胥素车白马立在潮头，浙人因立庙祭祀。革尸：以革袋盛尸。东汉赵晔《吴越春秋·夫差内传》："吴王乃取子胥尸，盛以鸱夷之器，投之于江中。"鸱(chī)夷，即革袋。　53 灵奇：神异，神奇。傲(chù)傥(tǎng)：卓异不凡。渥(wò)流：渥洼池，传说天马所生之处，在今敦煌南湖水库南三里的大泉一带，二十世纪四十年代这里是茂密的苇湖，后干涸。《汉书·武帝纪》：元鼎四年(前107)，"六月，得宝鼎后土祠傍。秋，马生渥洼水中，作《宝鼎》《天马》之歌。"　54 肉鬃(zōng)：马颈上的鬃毛倒披一旁，称肉鬃，是骏马的特征。鬃、鬣、騣三字通用。宋欧阳修等《新唐书》卷三六《五行志》：开

元二十九年(741)“三月,滑州刺史李邕献马,肉鬉鳞臆,嘶不类马,日行三百里。”唐杜甫《骢马行》:“隅目青荧夹镜悬,肉騣碨礌连钱动。”星尾:骏马的尾巴像彗星一样。宋李昉等《太平御览》卷八九七引刘琬《马赋》:“吾有骏马,名曰骐雄。龙头鸟目,麟腹虎胸。尾如云彗,耳如插筒。”文龙虬(qiú):像虬龙一样的花纹。文,通纹,龙无角曰虬。 (55) 协:应作携,携带。图:《河图》,瑞图,见前注。特出:独自负图出河。世求:人世所需。 (56) 何幸:多么幸运。沙丘:沙漠丘陵。 (57) 逝:去,往。八极:遥远的地方。隘:同溢,充盈。九州:传说大禹划分夏朝的疆土为九州,后代指中国。 (58) 阊(chāng)阖(hé):天宫之门。玉台:天帝所居之处。《汉书·礼乐志》载《天马歌》:“天马徕,龙之媒,游阊阖,观玉台。”谓此马游踪遍及天上地下。 (59) 重澜:重重波澜,层层波涛。驰逐:谓此马在水中逐波奔驰。善泅(qiú):善于游泳。 (60) 盐车:运盐的车。《战国策·楚策四》:“夫骥之齿至矣,服盐车而上太行……中版迁延,负辕不能上。”汉贾谊《吊屈原赋》:“腾驾罢牛兮,骖蹇驴。骥垂两耳兮,服盐车。”坎壈(lǎn):不平坦,不顺利。为骏愁:作者为怀才不遇而驾盐车的骏马鸣报不平。 (61) 逝:同誓。释累:卸去重负,摆脱沉重的负担。离尤:远离忧愁的处境。 (62) 奫(yūn)沦:漩涡急转的深渊。怪幽:水怪幽灵。 (63) 三角八尾:传说中的怪兽。《尔雅·释兽》:“犀,似豕。”晋郭璞注:“形似水牛,猪头,大腹,庳脚。脚有三蹄,黑色。三角,一在顶上,一在额上,一在鼻上。”《山海经·海外东经》:“朝阳之谷神曰天吴,是为水伯,在虹(hōng)北两水间。其为兽也,八首人面,八足八尾,皆青黄。”狶(xī)鬣(liè):坚硬的野猪鬃毛。 (64) 岩牙:形容海怪的牙齿像山岩一样。嵒,同岩。啜(chuò)口:形容海怪的口极大。啜,通歠,不嚼而吞咽。嚪(dàn):同啖,吃。海舟:海船。 (65) 嗟尔骏:感叹你如此神骏。逢仇:遇到仇寇。 (66) 贻(yí):留给。 (67) 超越倒景:形容骏马比自己的影子跑得还快,故骏马名绝影。景,通影。唐李白《东武吟》:“宝马丽绝景,锦衣入新丰。”乘云浮:驾着云在天空中飞驰。

杨维桢的赋大多短小精悍,雄奇瑰丽,舒卷如云,笔力雄健,语言简洁明快,内容以讽刺现实丑象,揭示元朝覆亡前夕尖锐的社会矛盾,在元明之际的文坛独树一帜。杨维桢为人宽厚,乐于奖拔后学,人称长者,敬重才德兼备之人者,蔑视无才无德的王公显贵;但他个性狷直,行为放达,常头戴华阳巾,身披羽衣,酒酣微醉,婆娑起舞,以为神仙中人,号铁崖、铁笛道人、铁心道人、铁冠道人、铁龙道人、梅花道人、老铁,正是他刚正随性性格的真实写照,也是导致他仕途挫折的根本原因,但他并不以此为意。大概在元朝晚期文宗、元顺帝年间,任钱清(在今杭州萧山东)场盐司令,在任期间,《明史·杨维桢传》称他“狷直忤物”,因此“十年不调”。《些马赋》作于担任钱清场盐司令时期。些马之意是悼马。

元代推行种族歧视政策,汉人的社会地位非常低下,汉人知识分子地位更为低贱,有“九儒十丐”之说。尤其到元顺帝时期,社会矛盾日益激化,统治者在右丞相伯颜的纵容下,不仅仇视汉人,更仇杀文化发达地区的江浙“南人”,出生于浙江诸暨的杨维桢恰恰属于元蒙统治者重点限制、打击的对象。作者长期受到政治压制,满腔才华化作一场空梦。因此,该赋设置了一场虚幻的浪漫主义情节,借悼马来写人,以骏马的不幸譬喻自己的怀才不遇,从一个侧面揭示了元代社会真实的历史面貌,抒写了一代知识分子对专制暴政的种族歧视感伤、愤懑、苦闷的情绪。

全篇分为四层来抒写骏马的神奇及遭遇的不幸。第一层,首先记述了骏马来自西域,突出它与众不同的优秀品类,接着描写它"身如织文,蹄如截铁,首印渴乌,耳插卓锥,尾如流彗,目如方诸"的奇异形象,从形体上表现它不同凡响的天骨体格。

第二层,由骏马沉入深渊展开想象,运用一连串设问,推测骏马的种种去向。作者设想它该不会葬身海鳐吧?不会假借阳光返回天宫吧?莫非腾升于昆仑仙山?莫非化为背负祥瑞图籍的荥泽、黄河之龙?还是追随为国殉身的屈原灵魂而去?抑或跟随被屈而死的忠臣伍子胥穿梭于钱塘江上驱使潮涨潮落?作者联想富有浪漫主义情调,奇异怪诞,设问亦庄亦谐,变幻多端,似乎在询问他人,又似乎在追问自己。

第三层,感慨骏马悲惨的处境。骏马有灵奇之性,卓异不凡,本为济世而生,可以驰骋天地之间,匡世救民。但不幸"逢沙丘","隘九州","观阊阖"而不得,"历玉台"而无门,既没有伯乐的赏识鞭策,又无宽阔的道路纵情奔驰。更不幸被俗人所得,沦为贱役盐官,服驾盐车,神力得不到展现,整天"屈首丧气,若跛牂累狗",受尽屈辱,郁郁不得志。于是发誓要摆脱困境,可走出困境又谈何容易。

第四层,追述和描写骏马沉渊后所遭遇的种种险恶,如猞鬣牛头、三角怪兽、牙如岩石的海怪等,无不时时威胁着骏马的生命。作者以水中的怪兽比喻官场心狠手辣、陷害他人的恶小。作者心爱自己的骏马,不忍看到它遭遇不幸,于是劝慰骏马"超越倒景兮乘云浮"归来,"江险不可以久留"!与其说劝慰骏马,不如说在劝慰自己早一点离开险恶的官场,隐居江湖,保全生命。

文章采用了拟人化的抒情手法,以马喻人,借伤悼骏马的不幸表达人才之不幸,深刻反映出元代知识分子对自己前途命运的担忧,以及看不到人生光明时特有的忧伤与迷茫。名为哀马,实哀自己。文中的猞鬣牛头、三角怪兽、海鳐、海怪等,是统治阶级戕害人民的镇压机器和打手的化身。而骏马向往的天宫、仙山则是作者理想中太平盛世的象征。骏马追随屈原,则抒写了作者追求真理的崇高愿望。

全文想象丰富,用夸张的笔墨、深沉的感情,反复运用比喻,通过天马、神马、龙马的传说,衬托渲染骏马的超拔神异。声韵和谐,朗朗上口,错落有致的长短句、整齐匀称的骚体辞句,简练质朴,时而诘问,时而赞叹,时而呼唤,酣畅淋漓地描绘了骏马的"神骏",甚至时而用第一人称来发泄激愤之情,洋溢着奇幻的浪漫主义色彩。

（漆子扬）

李 祁

字一初,号希蘧。茶陵(今属湖南)人。至顺三年(1332)中乡试。元统元年(1333)应殿试,列左榜第二名。旋除应奉翰林文字,预典制诰,修国史。明年还乡,丁父忧终服,因母老求外仕,得佐守婺源州同知,迁江浙儒学副提举。母丧,自免去职,退隐永新山中。卒年七十余。有《云阳集》。

【作者小传】

黄 河 赋　　　　　李　祁

乾清坤夷,岳奠川会。览四海之萦环,见黄河之如带。下亘寰宇之区,上通银河之沠①。折九曲之迂回,泻千里于一快。想成功于当年,微神禹吾谁赖②。观其肇迹西土,浚源天渊,浩浩汤汤,翩翩绵绵。或奔放而莫御,或纡徐以夷延,或腾踔奋迅,激强弩以俱发;或喧豗震掉,雷万鼓而并前。耸银关之嵯峨,驱铁骑之森严。忽洪流之浩渺,播余波于两壖。谅一苇之难渡,岂容刀之可言。

思昔龙门未辟,积石未导③,荡斯民之衡庐,为鱼鳖之闉奥④。暨黄河之安流,嘉玄圭之锡告。济苍生于艰危,拯沉溺于闲燥。昭乎如日月之乍明,廓乎若乾坤之再造。此后之临流而叹者,所以深为鱼之忧,而美禹公之妙也⑤。

逮从西京,治化昭明⑥。何壮心之未已,复驰骛于远征。命彼张骞使于西垠,穷二水之所自,至盐泽而陆沉⑦。是虽足以知黄河之源委,要未可与神禹而并称。盖其甘心远方,疲弊中国,孰若疏凿功成,免民鱼鳖。灵槎泛泛,使节煌煌,孰若乘彼四载,经营四方。竹杖诡奇,蒟酱甘好,孰若水土既平,稼穑是宝。吾于是知禹之功,如天地之无不持载,无不覆焘者矣。

惟我皇元，万国一统。会百川而东朝，环众星而北共。不必手胼足胝，而河沇无泛溢之虞；不必穷幽极远，而河源皆版图之贡。愚生南邦，未获时用。盖将振衣袂乎昆仑，豁心胸乎云梦⑧。挹黄河之余波，造明堂而献河清之颂。

〔注〕 ① 沽(gū)：古水名。源出山西省繁峙县东南戍夫山，流经河北省饶阳县北，至天津入海。此处指银河之水。 ② 这两句是说面对黄河，想起当年大禹成功治水的情景。微：无。神禹：大禹。吾谁赖：吾赖谁。 ③ 龙门：山名，在陕西韩城县与山西河津县间。《尚书·禹贡》："导河积石，至于龙门。"《艺文类聚》九六辛氏《三秦记》："河津一名龙门，大鱼积龙门数千不得上，上者为龙，不上者(鱼)，故云曝鳃龙门。"此句是说大禹未治水之前，龙门尚未开辟，积石填塞河道。 ④ 衡庐：衡山和庐山，指使衡庐地区的湖南、江西遭受水灾。阃(kǔn)奥：内室深隐之处，这里指河水浸漫过的深隐的地方。 ⑤ 禹公：大禹。这两句是说后世虽然也有人面对河流替鱼不能飞跃龙门而忧愁，但实在佩服大禹治水的奇妙啊。 ⑥ 西京：西汉都城长安。 ⑦ 张骞(？—前114)：西汉汉中成固人。元鼎二年(前115)，以中郎将出使乌孙，分遣副使出使大宛、康居、月支、大夏等国。乌孙报谢，西北诸国始通于汉，使中原与西域建立往来。二水：指黄河与长江。盐泽：即今罗布泊，古名蒲昌海。《史记·大宛列传》："于置之西，则水皆西流，注西海；其东水东流，注盐泽。" ⑧ 昆仑：山名，即今之昆仑山。云梦：即云梦泽，指今湖南益阳县、湘阴县以北，湖北江陵县、安陆县以南，武汉市以西等地。

这篇赋是作者参加元宁宗三年(1332)湖广乡试时所作，也是作者唯一的赋。

此赋开篇气象阔大，落笔不凡。"乾清坤夷，岳奠川会。览四海之萦环，见黄河之如带"，寥寥二十字既营造了一种高屋建瓴的气势，又开门见山地点明了所吟咏的对象——黄河，避免了一般赋铺垫冗繁，主题难彰的弊病。"下亘寰宇之区，上通银河之沽。折九曲之迂回，泻千里于一快"，化用大诗人李白"君不见黄河之水天上来"诗意，艺术地展现了黄河的绵延曲折，奔腾不息。从"观其肇迹西土"至"岂容刀之可言"，以赋体惯用的铺排手法生动形象地再现了黄河的不同侧面：时而平静舒缓，深婉有致；时而怒吼咆哮，惊浪滔天。作者连用四个"或"字，奏响了一曲震天动地、荡气回肠的黄河交响乐。但是，赋的寓意并未止于此，而以"想成功于当年，微神禹吾谁赖"二句，巧妙地为后文的抒写埋下伏笔，运思有度，腾挪自如。

"思昔龙门未辟，积石未导，荡斯民之衡庐，为鱼鳖之阃奥"，一个"思"字，可谓此段的文眼，照应前文的"想"，将叙述的重点落在大禹治水上。大禹治水之前，龙门尚未开辟，积石填塞河道，百姓屡受洪涝之苦，灾害无穷。大禹治水成功，黄河安流，百姓乐居，他"济苍生于艰危，拯沉溺于闲燥"的功绩，"昭乎如日月之乍明，廓乎若乾坤之再造"，将流芳百世，使万众景仰。末句"此后之临流而叹者,所以深为鱼之忧,而美禹公之妙也",言尽意远,发人深思。

"禹公之妙",妙在何处?作者选择了一个"参照物"——汉武帝来作对比,通过对比,既承接了上文,又进一步深化了主题。"逮从西京,治化昭明。何壮心之未已,复驰骛于远征",认为汉武帝虽是历史上屈指可数的明主,却因"壮心不已",多次开疆探边而使民疲国贫。"是虽足以知黄河之源委,要未可与神禹而并称",此二句是本段的中心,点明汉武帝虽然派遣张骞出使西域,探明了黄河源头,却无法与大禹相提并论。此后连用三个"孰若",以排比手法指出汉武帝从一己之私欲出发所追求的事功,永远不能与大禹治水的天下公心相媲美。结尾"吾于是知禹之功,如天地之无不持载,无不覆焘者矣",既是对比后得出的结论,也是主题的升华,即禹之功,禹之妙,都在于他能使国泰民安,而这正是作者所向往的境界。

末段对自己所处的时代大唱赞歌,"不必手胼足胝,而河流无泛溢之虞;不必穷幽极远,而河源皆版图之贡",颂扬了大元帝国的政治清明,版图辽阔。这既是赋体"劝百而讽一"传统的延续,也是科考行文程式的要求,更是作者所具有的时代荣誉感的体现。末三句点明自己登进殿堂参加考试、作赋献颂的创作动机,因为"河清"而献颂,暗寓了对统治者政治作为的期许以及对安定清平社会生活的憧憬。

此赋剪裁精当,结构严谨,四部分之间具有很强的内在逻辑。第一部分描写黄河的状貌和气势,概括黄河时缓时疾、时喜时怒的易变性格,集中说明黄河浩荡东流、暴啸怒吼,给人民造成灾难的特点,为下文的铺叙作了伏笔。第二部分笔锋一转,追叙大禹疏通河水、拯救兆民的不世功业,表现人民对大禹消弭河患、造福百姓的感激和敬仰之情。第三部分承上文继续展开追叙,写汉武帝派遣张骞勘探黄河源头的史实,认为汉武帝虽为一代英主,却因好大喜功使国力严重消耗,人民生活陷于贫困,根本不能跟经纬天下、医治民瘼的大禹相比。通过这一对比,表达了作者对和平安定社会秩序的衷心企盼和向往。第四部分歌颂了大元帝国的清平安定。作者认为元朝疆域辽阔,主要表现就是黄河首尾都在疆域之内,而天下统一、各国纷纷来朝贡的太平盛世,就如同黄河获得治理后出现的澄清气象。赋作衷心讴歌了元朝皇帝的雄才大略,表现了反对战争、追求和平,反对苛政暴政,憧憬天下安定太平的社会理想。全文一气呵成,起承转合,起伏跌宕,恰如九曲十八弯的黄河一路呼啸奔涌而来,给人以艺术的美感与震撼。

作为一篇应试文章,此赋选题独特,立意深远。选择黄河为题材,对作者充分发挥歌颂元朝的辽阔疆域以及赞美政治清明的太平盛世的主旨都很有帮助,更有利的是,还能够展示作者的才情,使所作既充满了对元朝的讴歌,又不流露一丝阿谀奉承的痕迹,以便获得主考官的青睐而中举夺魁。这是所有参加科举考试士子的普遍心理,李祁也不例外。全文描写生动形象,行笔富于气势,语言整饬有力,彰显出作者不凡的才情与修养。作者叙写史事既能抓住重点,又能紧扣黄河的题材,去取适当,毫无拖沓芜蔓之感,而对比手法与切中要害的议论的成功运用,既突出了正面的观点,又深化了主题,有科举考试作文的严谨,却无科举考试作文的板滞。

(李占鹏　金艳霞)

明

四

刘 基

字伯温，晚号犁眉公，青田（今属浙江）人。元末进士，曾任江西高安县丞、江浙儒学副提举、处州总管府判，旋弃官隐居。后为朱元璋谋士。明朝建国，任御史中丞兼太史令，封诚意伯。洪武四年（1371）为胡惟庸所谮，免职还乡。善文章，与宋濂齐名，有《诚意伯刘先生文集》等。

伐寄生赋 并序　　刘 基

余山居①，树群木②，嘉果骈植③。人事错迕④，斤斧不修⑤。野鸟栖息，粪其上⑥，苗异类⑦，日夕滋长。旧本就悴⑧，余睹而悲之。乃募趫健⑨，腰斧凿⑩，升其巅⑪，剜条别根⑫，聚其遗而燔之⑬。于是老干挺立，新荑濯如⑭。若疮痏脱身⑮，大奸去国⑯。斧钺之时用大矣哉⑰！作《伐寄生赋》。

天生五材兮⑱，资土而成⑲。汝独何为兮，附丽以生⑳。疣赘蛭喙兮㉑，枝牵蔓萦㉒。瘠人以肥己兮，偷以长荣㉓。状似小人之窃据兮㉔，谓城社之可凭㉕。观其阴不庇物㉖，材匪中器㉗，华不羞于几筵㉘，实不谐于五味㉙。来乌鸟之哤聒㉚，集虫豸以刺蚀㉛。果被之而实萎，卉蒙之而本悴㉜。坛杏无所容其芬芳㉝，甘棠何能成其蔽芾㉞。亶无庸而有害㉟，矧眵睫之可置㊱。

尔乃建修竿㊲，升木末㊳，运斤生风㊴，以剪以伐㊵。脱缠牵于乔竦㊶，落纤蕤之骚屑㊷。剜藓肤以除根㊸，攽去毒而刮骨㊹。于是巨蠹既夷㊺，新荑载蕃㊻。迎春而碧叶云瀚㊼，望秋而硕果星繁㊽。信知斧钺之神用㊾，宁能裕蛊以生患也耶㊿？

嗟夫！农植嘉谷，恶草是芟[51]。物犹如此，人何以堪[52]？独不闻夫三桓竞爽，鲁君如寄[53]；田氏厚施，姜、陈易位[54]；大贾入秦，柏翳以亡[55]；冠谋既售，芊代为黄[56]。蠹凭木以槁木[57]，奸凭国以盗国。鬼居肓而人殒[58]，枭寄巢而母食[59]。坚冰戒乎履霜[60]，羸豕防其躅躅[61]。谅前辙之昭昭[62]，何人心之自惑？故曰：非其种者，锄而去之，信斯言之可则[63]。

〔注〕 ① 山居：犹言隐居。 ② 树：种植。 ③ 嘉：好。骈：并排，并列。 ④ 错迕：犹交杂。 ⑤ 斤斧：斧头。 ⑥ 粪：动词，拉粪便。 ⑦ 茁：旺盛，肥壮。异类：不同种类，指其他的杂草树木。 ⑧ 悴：衰弱，疲萎。 ⑨ 趫(qiáo)健：轻捷勇健的人。 ⑩ 腰斧斤：腰中带上斧凿。腰，作动词用。 ⑪ 升：上升，爬上。巅：指树顶。 ⑫ 剜：刻，挖。剔：剪除，排除。 ⑬ 燔(fán)：焚烧。 ⑭ 荑(tí)：植物初生的叶芽。濯(zhuó)如：光润鲜壮的样子。 ⑮ 疮疡(yáng)：指痈疽之类的病。 ⑯ 奸：奸臣。 ⑰ 钺(yuè)：古代一种像斧子的兵器。 ⑱ 五材：本指金、木、水、火、土，此指自然生长的草木。 ⑲ 资：凭借，依赖。 ⑳ 附丽：附着，依附。 ㉑ 疣赘：赘肉。比喻多余无用的东西。蛭(zhì)：水蛭，俗称蚂蟥，环节动物，居池沼或水田中，吸食人畜血液。嘬(chuài)：咬，叮。 ㉒ 牵：挂，扯。萦：缠绕。 ㉓ 瘠：瘦弱。荣：繁茂。 ㉔ 窃据：非法占据，以为己有。 ㉕ 城社：即"城狐社鼠"之意，喻君侧恶人。 ㉖ 阴：树荫。庇：庇护，遮蔽。 ㉗ 匪：同"非"。中器：合乎器物之用。 ㉘ 华：花。羞：食物。几筵：筵席。 ㉙ 实：果实。谐：和谐，融洽。五味：指酸、苦、甜、辣、咸。 ㉚ 来：招引。乌，乌鸦。哤(máng)聒(guō)：声音杂乱。 ㉛ 集：聚集。虫豸(zhì)：泛指虫类小动物。蛓(cì)：毛虫。 ㉜ 被：加于……之上。萎：萎缩。 ㉝ 坛：祭坛。 ㉞ 甘棠：即白棠，也叫棠梨。乔木名。果实酸美可食。蔽芾：幼小的样子。 ㉟ 亶(dǎn)：诚然，实在。无庸：无所为。 ㊱ 矧(shěn)：况且。眶：眼眶。睫：眨眼。 ㊲ 修竿：长竿子。 ㊳ 木末：树的顶梢。 ㊴ 运斤：挥动斧头。 ㊵ 剪：斩断，削减。 ㊶ 乔竦(sǒng)：高起，高耸。 ㊷ 蕤(ruí)：草木花下垂的样子。骚屑：纷扰的样子。 ㊸ 藓肤：即藓苔。 ㊹ 敩(xiào)：教导。 ㊺ 巨蠹(dù)：大蛀虫。夷：铲平，消除。 ㊻ 载：开始。蕃：繁殖，滋生。 ㊼ 滃(wěng)：云气涌起。 ㊽ 硕果：硕大的果实。 ㊾ 信：实在，的确。 ㊿ 裕蛊：蛊指小人，言宽纵父辈的过失。患：祸患。 (51) 嘉谷：古以粟即小米为嘉谷，后总称五谷。芟(shān)：除去。 (52) 物犹如此，人何以堪：语本《世说新语·言语》，犹不胜今昔之感。 (53) 三桓竞爽，鲁君如寄：事见《史记·鲁周公世家》。春秋鲁桓公之后孟孙、叔孙、季孙都是鲁大夫，故称三桓。文公死后，三桓势力日强，分领三军，实际掌握了鲁国政权，鲁国国君反如寄居之人。竞爽：争荣，争胜。寄：寄居。 (54) 田氏厚施，姜、陈易位：施厚恩于田氏，使齐国国君由姜氏变为陈姓。公元前672年陈国内乱，陈厉公子陈完出逃齐国，被齐桓公重用。后来陈完势力逐渐强大，到其子田和时遂夺取了齐国政权。陈完即田敬仲，田和为其后代。 (55) 大贾入秦，柏翳以亡：大贾，大商人，此指吕不韦。柏翳：即伯翳。吕不韦等入秦掌握了政权，秦国便灭亡了。 (56) 园：指赵人李园。谋：计划。售：卖出去，引申为实现。芊(qiān)：草木茂盛。事见《史记·春申君列传》。 (57) 蠹：蛀虫。 (58) 肓(huāng)：中医指心脏与隔膜之间的部位。 (59) 枭：俗名猫头鹰。旧传枭食母，故用来比喻恶人。 (60) 戒：警告，告诫。 (61) 躅踯：即"踯躅"。 (62) 谅：诚信。前辙：即"前车之鉴"之意。 (63) 斯：指示代词，这，此。则：效法。

这是一篇刺世疾邪的名赋。作者刘基是由元入明的代表作家之一，追随朱元璋并为建立朱明王朝立下了卓越功勋。他不但以谋略高超而享有盛名，《明史》本传谓其"博通经史，于书无不窥，尤精象纬之学。西蜀赵天泽论江左人物，首称基，以为诸葛孔明俦也"。而且在文学创作尤其是散文方面造诣尤高。其文诸体皆备，题材丰富，论证严密，逻辑性强，以寓言体散文《郁离子》最具代表性。本文在题旨上，与《郁离子》同调。寄生，本指依附于他物而生长的攀援生物，文中显然是指附着于封建官僚体制之上的无能庸吏之辈。根据赋前小序,可知此赋作于归隐山居之时。

文章开头,作者即开门见山地指出"寄生"之物与"天生五材"的最大不同之处:"附丽以生"。接着以"嗛疣赘"之"蛭"为例,指出其"枝牵蔓萦"的旺盛形态、"肥己""瘠人"而"偷以长荣"的卑劣行径,就像窃取了高位的"小人",以为可以凭借"城社"来胡作非为,实质上都是十足的无用之物。不仅如此,它们还有着害处:招来乌鸦,聚集毛虫;使果实枯萎,花卉死亡。祭坛上的杏花失去芬芳,甘棠树永远无法长大。通过义愤填膺而又全面具体地历数世间"寄生"之物的罪恶,表现出对那些尸位素餐、"金玉其外,败絮其中"之攀附权贵者的不满与愤怒,进一步引申出它们该"伐"的理由。这使我们想起杜甫诗"新松恨不高千尺,恶竹应须斩万竿"(《将赴成都草堂途中有作先寄严郑公》)的嫉恶如仇。故其言词锋锐而泼辣,喷薄而铿锵。刻画众多异类的特点,鲜明生动,淋漓尽致。接着叙写"伐"之过程,展现出"伐"后的可喜景象。而"斧钺"的"神用",也寄托着作者希望被重用的期盼。在此作者得出了一个结论:农夫种田,最需要除去的是杂草;而国家选拔人才,最需要的是选贤任能。其下又通过史实的例举和形象的比喻,说明对"寄生"之物绝不能心慈手软,增强了文章的说服力。

此赋不仅体现了刘基文学家的敏锐眼光和愤世嫉俗的个性,同时也显示出政治家的犀利笔法和果敢风格。《明史》本传谓刘基"所为文章,气昌而奇"。颇中肯綮。本文激情充沛,义愤满腔,鞭挞批驳,痛快流畅,言简意赅,自然真切。虽描摹物事,却处处关乎现实。在立意方面,以物喻人,效仿唐人萧颖士《伐樱桃赋》;而在风格上,则颇似东汉名士赵壹的《刺世嫉邪赋》。文中以树上寄生之物比拟世间依附他人、狐假虎威的阴险小人,尤显形象贴切,内涵丰富。在行文上,铺张扬厉,字里行间满含悲愤,叙述议论颇带激情。

(孙京荣)

高 启

【作者小传】

(1336—1374) 字季迪,号槎轩,又号青丘子,长洲(今属江苏)人。早年居家郡城北,与徐贲、高逊志等号"北郭十友"。后避乱移居吴淞江之青丘。与杨基、张羽、徐贲并称"吴中四杰"。洪武二年(1369)以荐参与修《元史》,为翰林院国史编修。擢户部右侍郎,自称难担重任,辞官返青丘授书自给。后涉魏观一事被腰斩。一生所作诗文约二千篇,结为《吹台》《江馆》《缶鸣》诸集,后人集成《高青丘集》(或题《高太史大全集》)。

闻早蛩赋 并序　　　　　高启

至正丙午五月十三日①，夜坐中庭②，闻蟋蟀之声③，感而有赋。

龙集丙午④，仲月维夏⑤。祝融当衡⑥，蓐收伏驾⑦。怅炎氛之兴昼⑧，欣湛露之流夜⑨。于是莲塘涵清⑩，梧馆闷静⑪，纤绤方御⑫，轻箑未屏⑬。息号蝉之繁喧⑭，罢栖鹊之暗警⑮。何阴蛩之忽鸣⑯，寤余寐而独省⑰。稍入户而侵怖⑱，才缘阶而傍井⑲。若暑徂而律变⑳，簞色凄兮欲冷㉑。迅飙发兮骚骚㉒，斜汉回兮耿耿㉓。方其或咽或啼㉔，或激或啸㉕。喓喓孤吟㉖，喷喷相吊㉗。荫浅莎之蒙笼㉘，翳深丛之窈窕㉙。已厌闻而愈逼㉚，午欲寻而莫照㉛。含清商之至音㉜，非假器而为妙㉝。促素机之惰工㉞，乱朱瑟之哀调㉟。未连响于络纬㊱，暂依明于熠燿㊲。若乃静院闲宫，荒园废驿㊳。草长幽扉㊴，苔滋坏壁㊵。候月光而未旦㊶，听雨声而乍夕㊷。久弃长孀之妇㊸，远寓穷居之客㊹，莫不对镜兴愁，揽衣动戚㊺。谬感年之将逝㊻，误惊寒之已积㊼。影就烛而谁依㊽，泪横襟而自滴㊾。不待风凋汉苑之柳㊿，霜陨湘皋之兰○51。苟斯声之接耳○52，即掩抑而摧残○53。余何为而亦起，答悲韵而长叹○54。

闻七月而在野，实诗人之所志○55。今胡早而不然○56？岂天时之或异○57？乘大令之中衰○58，应金气而先至○59。推象类而占之○60，若有兆夫人事○61。然物生兮何常○62，庸讵测夫玄意○63。抱微忧而何言，返中闺而复睡○64。

〔注〕①至正：元顺帝的年号，即1341—1370年。　②中庭：厅堂。　③蟋蟀：昆虫名。亦称促织。　④龙集：龙，星名。集，次。用作纪年，龙集丙午是说岁次丙午，即元至正二十六年(1366)。　⑤仲月：每个季度的第二个月。维，句中助词。　⑥衡：北斗七星的第五星。　⑦蓐(rù)收：西方神名，司秋。驾：构架。　⑧炎氛：暑气。不祥之气，灾异的征兆。　⑨湛露：浓重的露。　⑩涵：包含。　⑪闷(bì)：幽深。　⑫纤绤(chī)：指细葛布衣服。　⑬箑(shà)：扇子。　⑭繁喧：繁杂吵闹。　⑮罢：停止。　⑯阴：暗地里。　⑰寤：睡醒。　⑱侵：进入。　⑲缘：沿着。　⑳徂：通"殂"，死亡。　㉑簞：盛饭用的竹器。　㉒迅飙：快疾的暴风。骚骚：风劲貌。　㉓斜汉：银河。　㉔咽：呜咽。　㉕激：指声调的高亢激

昂。啸：发声悠长。　㉖喓(yāo)喓：虫声。　㉗啧(zé)啧：虫鸟鸣声。　㉘浅莎：短草。　㉙翳(yì)：隐藏。窈窕：幽深。　㉚逼：迫近。　㉛乍：刚，才。　㉜清商：古五音之一，商声，主秋，此指秋风。　㉝假：借助。　㉞素机：不加妆饰的织机。　㉟朱瑟：红色的琴。　㊱络纬：即蟋蟀，也叫莎鸡。　㊲熠(yì)燿(yào)：萤火。　㊳驿：驿站。　㊴幽扉：幽深的门。　㊵滋：长。　㊶候：等候。　㊷夕：晚上。　㊸长嫠(lí)之妇：即嫠妇，寡妇。　㊹寓：流寓。　㊺揽：撩起。　㊻谬：错误。　㊼积：堆积。　㊽就：接近。　㊾横襟：遍布衣襟。　㊿汉苑：泛指宫苑。　51湘皋(gāo)：泛指沼泽。　52苟：如果。　53掩抑：低沉。　54悲韵：哀伤的声音。　55在野：指蟋蟀在户外。　56胡：为何。　57天时：自然运行的时序。　58大令：国家号令。　59金气：秋气。　60象类：比拟。　61兆：预兆。　62常：经常。　63庸讵(jù)：难道。玄意：玄理。　64中闺：内室。

高启为明代"北郭十友"之一，与杨基、张羽、徐贲并称"吴中四杰"。其诗天才绝特，诸体皆工。《四库全书总目提要·凫藻集》谓"诗才富健，工于摹古，为一代巨擘，而古文则不甚著名。然生于元末，距宋未远，犹有前辈轨度，非洪、宣以后渐流为肤廓冗沓号'台阁体'者所及"。文中所说至正丙午是1366年，旧历五月乃是初夏，时高启三十一岁。是年四月，朱元璋军队先后攻占张士诚在苏北和淮水地区的大片领地。八月，朱元璋手下将领徐达、常遇春率军二十万攻张士诚部，至十一月，先后攻占湖州、杭州、绍兴、嘉兴等地。据清雍正间人金檀《高青丘年谱》所记："时先生在围中。"可知此时作者正被围困于杭州城中。此时农民起义已遍及大江南北，元朝统治已处于风雨飘摇之中，岌岌可危。这篇赋通过作者"闻"听"早蛩"的细腻感触，抒发复杂真挚而又充满幻灭感的心灵悸动，表现出文士彷徨迷惘、孤寂恐惧的乱世情怀。

蛩即蟋蟀，又名蛐蛐、促织。赋前小序简明扼要地点明了创作的时间、地点及缘由，接着正文开始以整饬对称的文笔，先写诗人在暑夏之夜，荷塘馆阁之地，解衣入睡之时，无蝉之喧嚣、鹊之骚扰之声中，却意外地听到了蟋蟀的鸣叫，这无疑是一种极具危机感的不祥之兆。古人认为蟋蟀是种有灵性的昆虫。晋鲁谌《蟋蟀赋》曰："何兹虫之资生，亦灵和之攸授。享神气之么端，体含容之微陋。"它的出现有鲜明的季节性，《礼记·月令》云："季夏之月，蟋蟀居壁。"《诗经·豳风·七月》云："六月莎鸡(蟋蟀之别名)振羽，七月在野，八月在宇，九月在户，十月蟋蟀入我床下。"《诗经·唐风·蟋蟀》亦云："蟋蟀在堂，岁聿其莫(暮)。"但作者却在五月(旧历)听到"阴蛩之忽鸣"，这一反常的现象，使作者辗转难眠，应物兴感。承此，作者展开联想，对"早蛩"出动、鸣叫等具体过程进行铺叙，动静结合，虚实照应，有声有色，有内有外，有比喻，也有拟人。作者调动各种感官，层次井然，惟妙惟肖、细腻传神地传递出了"闻"的具体内涵。接着，作者以揣测猜想的语气，表现出对这一异常征象的心理担忧，抒发了一种难以言说的无奈与惆怅。但最后又自我释怀,委之天命,表达了顺应事物之变的解脱心情。高启曾作有五绝《蛩声》:"空馆谁惊梦?幽蛩泣露莎。机声秋未动,应奈客愁何。"抒发的即是文士笔下普遍的惜时悲秋之情。而这篇赋作,则借夏夜闻听蟋蟀悲鸣,通过对景物的描画和对物候的敏感触发,寓情于景,抒发作者对当时生存环境的深切忧虑与关注,尤其是诗人巧妙地以物咏怀,借蛩之声发人之情,更显得含蓄深刻,意味非常。语言以骈体为主,杂以散言,显得随意洒脱,加之具体生动的描写和余韵深远的寓意相互表里,在含而不露中传情达意,耐人寻味。今人孙海洋在《明代辞赋述略》中也指出:"此赋语言比较工练,描写颇为生动,赋风更显疏朗。"

(孙京荣)

【作者小传】

王 翰

字时举,禹州(今属河南)人。元末隐居中条山。明初为周王朱橚长史,据说周王橚骄纵有异志,王翰屡谏不纳。翰惧祸,即断指佯狂而去。周王败,未受牵连。后起为翰林院编修,不久又因故被谪为廉州教授。遇山民骚乱,攻陷廉州城,抗节而死。著有《梁园寓稿》《散带集》。

闲 田 赋① 王 翰

条山之阳②,黄河之傍,灌莽极目,兽骇鸟翔。畎畇纵横以远际③,沟涂陂陁以衍长④。经界宛其未改⑤,庐井已不可得而详⑥。问平高之耆老,乃知古虞君之故邦⑦。及芮伯争而未决⑧,质成于文王者也⑨。呜呼!姬周之造迹⑩,自后稷之建邦⑪。公刘之启土⑫,古公著抚民之庸⑬,王季号勤王之祖⑭。至翼翼之文王,得奔走御侮之贤辅⑮,三天下而有二。犹臣服商受而遵王之所也。伤汉儒之鄙陋⑯,议图谶以厚诬⑰。以虞芮质成,而被化为周⑱,始称王而受符⑲。以区区之陋邦,睹至德于须臾。来四十国之臣妾⑳,如父召子俞㉑。文王之受命固定于虞芮之质成。若尊号改元㉒,斯盛德之所必无也。呜呼!天有昭昭之明,无谆谆之教。视其命之去就,在人心之恶好。苟处时而得中,何必丹书朱雀而为符告也㉓。眺荒原之茫茫,抚往事而增悼。追淳风之不及，伤衰世之末造。诵《绵》诗而永叹㉔，为执笔以三叫㉕。

〔注〕　①闲田：古代原指未被封赐的土地，后也指无人耕种的土地。《孔子家语·好生》载：虞、芮两国因争中条山下的田而讼，连年不决，于是双方决定请周文王来评判。两国使者进入周境后，见周国的农人在田地边界上相互谦让，感动之下，两国使者即回去了，最后议定将所争之田作为"闲田"。此赋所咏即此事。　②条山：即中条山，在今陕西省西南部。阳：山的南面。　③畎(quǎn)：田间的水沟。塍：当为塍(zèng)。水田。　④陂(pō)陁(tuó)：倾斜不平的样子。　⑤经界：土地的分界。宛：仿佛。　⑥庐井：庐舍。古代井田制，八家共一井，故称八家的庐舍为井。　⑦虞君：虞国的君主。古虞国在今山西永济市东南。　⑧芮伯：芮国的君主。古芮国在今山西芮城县一带。　⑨质成：求人评判。文王：周文王。　⑩姬周：周人属姬姓，故称姬周。造迹：开始发迹。　⑪后稷：周部族的祖先，名弃，为尧帝农官。封于邰，号后稷，姓姬。建邦：建国。　⑫公刘：相传为后稷的曾孙。因所居邰受夏人骚扰，即率其部族迁居于豳。启土：开拓疆土。　⑬古公：即古公亶父，周文王的祖父，原居豳，因某戎狄侵扰而率部族迁之于岐山(今陕西)之下。庸：功劳。　⑭王季：周文王之父，名季历。勤王：为王事而尽力。　⑮奔走：一为"奔奏"。御侮：抵御外侮。贤辅：贤良的辅佐之臣。　⑯鄙陋：浅薄庸俗。　⑰图谶(chèn)：汉代宣扬符命占验之书。这里是指汉儒们宣扬周代受命征验。　⑱被化：感化。　⑲受符：受命为王。　⑳臣妾：即臣子。据《史记·周本纪》载：虞、芮两国相让以后，诸侯归西伯者四十余国，咸尊西伯为王。　㉑俞：是，应答之词。　㉒尊号改元：指称帝为王。　㉓丹书：古代统治者托言天命，捏造的所谓天书，因以丹笔书写，故称丹书。符告：古代所谓天赐祥瑞与人君，以为受命于天的凭证。　㉔《绵》诗：即《诗经·大雅》中的《绵》，此诗记叙和歌颂了周族先王开国的业绩，其中也写到了虞芮质成，受周人感化而相让的事。　㉕三叫：三叹，再三感叹。

　　王翰此赋当为其元季隐居中条山时所作。中条山在陕西西南部，山下曾有古虞、芮两国。两国之间有一块地，因分封时未作明确划分，所以两国为这块地的归属发生了争执，争了几年都没有结果。后来两国想请周文王来评判，于是一起到周去。入周境后发现周地的百姓相互让畔，两国深为感动，于是相互退让，乃以相争之田作为"闲田"。王翰在隐居东条山时看到了这块地方，想起当年虞、芮两国相争和相让之事，深有感触，即就此事而赋。其感触最深的不是两国相争又相让之事，而是周文王推行王道、施行德政对其国家百姓的影响，对其他诸侯的巨大影响。

　　赋文首先叙写了作者登上中条山所看到的景象。放眼望去，中条山之南、黄河之滨，近处是一片灌木丛生的原野，灌丛之中野兽在奔走，灌丛之上飞鸟群飞。远处平坦的原野上沟渠纵横，一直斜着铺向远方。接着以"经界宛其未改，庐井已不可得而详"二句，将文章引向历史。然后由向当地的老人打听，知道这就是故虞君之故国，这片原野正是当年虞、芮两国争而不决，最后质成于周文王的地方。因为质成于文王,两国之人在周国境内看到文王治理下的百姓中那种谦让风尚,使虞、芮两国之人都对自己的行为感到羞愧,于是退而效之,将这片田地置为"闲田"。

虽然周国百姓中这种谦让风尚的确让人感动和钦敬,但作者更注重产生这种风尚的原因。所以赋文接着历叙了周民族产生、发展和壮大的过程,说周部族是远古由帝尧时的农官后稷开创。后稷因善种树、菽、麻等,周部族民均法则之,从而被尧帝选为农师,大得其利,舜帝即封之于邰,于是有了国邦。"公刘之启土",公刘"复修后稷之业",务耕种,行地宜,使部族内家给人足,影响及于四周,远方之民纷纷迁徙而来,周道之兴自此始。至古公亶父,复修后稷之业,尤其注意积德行义,国家更加富厚。时有薰育戎狄多次来侵扰,欲得财物,古公下令给他们,后又来抢其地和民,周民欲与战,古公不欲伤损其民,于是率部迁于豳。豳地及旁国人闻古公贤,纷纷来归,国家反而扩大了。于是古公营建城郭室屋,设五官有司,抚民安居乐业。"王季号勤王之祖",季历修古公遗道,笃行仁义,于是诸侯归之。至文王,又"遵后稷、公刘之业,则古公、季历之法,笃仁,敬老,礼下贤者。士以此多归之"。连远在辽西的孤竹君之二子都千里迢迢来投奔他,其国家也进一步强大了,"三天下而有二"。于是可见,周部族的强大是其历代君主勤勉、奋斗的结果,周民族内部淳厚的民风都是历代君主行善和教养的结果。这种风气一旦形成,就具有强大的影响力,史称:"西伯行善,诸侯皆来决平。"所以虞、芮两国之人也想请西伯决平,然而结果是他们看到周人"让畔"的风尚就被感动了,两国自动放弃了争执。而这一事件影响更大,"来四十国之臣妾",西伯也因此而"称王而受符"。叙到这里,作者也感慨联翩,议论联章,说:天不会用话语教导人们,但上天是看得很清楚的,天之授命或剥夺人间君主之位,就看天下百姓的好恶所在。只要当君主的"处时得中",推德政,广行善,他就是天命所归,而不在于有否作为符告的"丹书"。

最后作者进一步感慨,他看到这片茫茫的荒原,想起过去的事,联想当今之世,不禁"增悼",为什么"悼"?因为上古那种淳厚的风气再也看不到了,从春秋以来,人们只看到对土地的争夺,对财富的争夺,对王位的争夺,世风早就颓败得不可收拾了。到元朝,这种争夺杀戮发展到了极端,蒙古人以几十万铁骑,屠戮了数百万百姓,抢得了宋、金广大的土地,掠夺了无数的财富。至作者所在的元季,又是汉人起来反抗元蒙的统治,以及元蒙统治者对反抗者的镇压,遍地是战争,到处是刀光剑影,他能不"哀"吗?但他没有办法改变这种局面,只好重诵《绵》诗而叹息。

这篇赋从写景睹"闲田"旧址发端,写虞、芮两国争端,进而叙述转民族的发展过程和周文王的德政,文词质朴而自然,而行文却十分顺畅。篇末又是写景,以"眺荒胡之茫茫"引发议论和感慨,拈出写作主旨。感慨至极深处,以"诵《绵》诗而永叹,为执笔而三叫",将情感推至最高潮,即戛然而止。然言尽而意不尽,极富感染力。

（孙海洋）

【作者小传】

方孝孺

(1359—1402) 字直希,一字希古,号逊志,学者称正学先生,宁海(今属浙江)人。二十岁至京师,从宋濂学。洪武年间,以荐授汉中教授。蜀献王聘为世子师,并名其居室为"正学"。建文帝初年,召为翰林学士,不久迁侍讲学士。燕王之兵攻克京师,召其起草登基诏书,孝孺号哭彻殿堂,投笔于地,且哭且骂,遂被杀,灭十族,株连者数百人。其文学观点集中表现在《苏太史文集序》中。著有《杂诫》,诗文集有《逊志斋集》,别本集有《方正学文集》。

友 筼 轩 赋
方孝孺

惟青青之玉立,俯漪漪之轩构①。憩乐矣之幽情,处蔚然之深秀。苍雪洒乎凉飙②,绿阴蔽乎清昼。春之时也,暖律乍起,和风方刚。对穆穆之龙孙③,列班班之鹓行④。风节持以雅素,体质直而端庄。其夏色也,南熏解愠⑤,丹凤来仪。香馥累累而贝簇⑥,密叶重重而翠围。笙簧哕乎节奏⑦,佩玉鸣乎参差。眦佳丽以褒雄⑧,据静便而伏雌⑨。若一尘不到之际万,事脱羁之辰。渭川致乎斯景,黄冈寓乎此身。风徐来而《韶》合⑩,雨初歇而香匀。至若色侵书帙⑪,凉溢芳尊。日穿漏以噀金⑫,水环回而漱银。坐拥碧筒之杯,地敷翡翠之裀⑬。或弹棋而雅歌,或解衣而脱巾。或焚香而啜茗,或联句而鼎真。固平生以足乐,虽百罚而弗酾。

越若秋之与冬,金气肃兮万木凋,玄冥降兮群阴骁⑭。履霜兮冰将至,摧枯拉朽兮焉逃。禀抗雪之英姿,健凌云之高标。或强董宣之项⑮，或折陶潜之腰。或簌《白云》之调⑯，或作重华之《韶》。既不婉以不丽，亦弗矜而弗骄。

世上有玉堂之贵，此岂无瓮牖之安⑰？乃缓步以当车，复谢崇而慕闲⑱。彼将听晨鸡而拜枫陛⑲，此独咀明霞而扃柴关⑳。忘情于汉庭之宠，避世于商阳之山㉑。至于侣鱼虾而友麋鹿，岂复对隆准而瞻龙颜㉒？采玉芝于苍烟之表，洗两耳于清溪之湾㉓。然而清则清矣，未有得兹轩之真乐者也。

辞曰：清清兮岁寒之心，温温兮琅玕之音㉔。君子居之兮实获我心，俟正命兮履薄临深。君子处兮伤今慨古，古人汩汩兮谁争㉕。子所蔬一器兮酒一觞，乐以忘忧兮岁月长。羌彼五陵豪富兮㉖，乃积乃仓。朝重白璧兮莫手粃糠，松花饭兮荷叶衣。瞆两耳兮远是与非㉗。朝其游兮莫而归，安得从子兮其乐有余。

〔注〕①漪（yī）漪：水波轻泛的样子。②凉飙（biāo）：凉风。③龙孙：竹笋。④鹓（yuān）行：原指朝官的行列，这里是喻排列整齐的小竹。⑤南薰：暖和的风。箨（tuò）：笋皮。⑥贝簌：像贝壳一样聚集。⑦弭（mǐ）：顺服。⑧眦（zì）：眼眶。⑨伏：服，佩服。⑩《韶》：古代传说中的虞舜的乐舞名。这里泛指高雅的音乐。⑪书帙（zhì）：书套、书函。⑫喷（xùn）：喷。⑬裀（yīn）：褥子。⑭玄冥：暗昧，阴暗。⑮董宣之项：董宣，东汉时洛阳令，他依法捕杀了一个杀了人而藏身于湖阳公主官内的奴仆，并当面斥责了公主。光武帝强使他向公主叩头请罪，他只是两手据地，不肯低头。光武帝称之为"强项令"。⑯《白云》：与《韶》一样的雅乐章。⑰瓮（wèng）牖（yǒu）：用破陶器制成的窗户，喻指贫穷家居。⑱谢崇而慕闲：辞别尊贵的生活而向往悠闲自在的生活。⑲枫陛：朝廷。⑳扃（jiǒng）柴关：关闭木条做成的门。㉑商阳之山：商山，秦末汉初商山四皓隐居之地。㉒隆准、龙颜：指汉高祖。据《史记》记载："高祖为人，隆准而龙颜。"这里是泛指皇帝。㉓洗两耳：据说帝尧欲将天下让与许由，许由不受而隐。后尧又召由为九州长，由不欲再闻，洗耳于颍水之滨。㉔琅玕之音：玉石碰撞发出的声音。㉕汩汩（gǔ）：水流不止的样子，这里是形容道德之盛。㉖五陵：汉代豪富聚居之处。㉗瞆（wèi）：眼病。这里当通"聩（kuì）"，使耳朵失聪。

方孝孺是一位理学家，为人正直，但思想、行事都比较迂腐，"及侍上（建文帝）辄慕古王政，好欲见诸行事，以故事多纷更，卒无成效"（李贽《续藏书》卷五《方孝孺传》）。《四库全书总目提要》称其"学术醇正，而文意乃纵横豪放，颇出入东坡、龙川之间。盖其志在驾轶汉唐，锐复三代，故其毅然自命之气，发扬蹈厉，时露于笔墨之间。"其赋如《吊茂陵文》《友筠轩赋》都具有这种发扬蹈厉之风。

《友筠轩赋》主要是通过对小竹轩景致的描写和对竹子的歌赞,表达对与竹为伴的隐居生活的钦慕。赋文首先描写了一个清凉幽静的世界:这里青竹林立,凉风飒飒,绿荫掩蔽,一位隐士在这碧竹掩映的小轩中悠然自得地憩息。然后作者对竹林春夏两季的特征进行了精妙的描写。"春之时",风和日丽,大大小小的竹笋破土而出,漫山遍野,鬼斧天工般地排列得整整齐齐,一尊尊,一株株,都是那么气节坚挺,那么雅素,那么质直,那么端庄。整个竹林,生机勃勃,春意盎然。"其夏色也",竹笋在暖风的吹拂下节节往上长,笋皮一层层往下掉,引得"丹凤来仪"。新出的竹笋愈长愈高,像碧绿的贝壳一样挤聚在一起,竹笋的馥香弥漫小轩四周。竹叶日益浓密,一重又一重,将小轩包围掩蔽起来。微风吹来,竹林沙沙作响,高低有致,就像美妙高雅的乐声。作者对春天和夏天的竹林的刻画十分工丽,充满了动感,使人有如临其境之感,将读者完全引入了一派浓郁的诗情画意之中。

接着作者对友人在此隐居的美妙的生活境况作了令人心醉的设想。说如果在摆脱了官场世俗的束缚,住到这个世外桃源中来,就能亲耳聆听到徐徐而来的与《韶》乐而相合的美妙高雅的音乐,闻着阵雨初歇后随风飘来、弥漫于整个山野的馨香。轩中书架上的书染上一层淡绿色,杯中的酒也变得凉爽芳香。太阳从屋顶漏缝中穿过,金色的光影喷洒在地上,形成一幅美妙的图画。座位旁放着小竹杯,地上铺着一层翠绿的褥子,主人有时与友人下棋弹唱,有时解衣巾静坐,有时焚香品茶,有时与朋友联句吟诗。这种生活真令人快活,"虽百罚而不醮"。

赋文也描写了秋冬的景象,着重表现竹子坚贞不挠的品格。秋冬时节,金气肃杀,万木凋零,天气暗昧,阴气强劲,冰雪铺天盖地,摧枯拉朽,但翠竹"禀抗雪之英姿,健凌云之高标"。不低头,不折腰,昂然挺立,淡定如常,或奏《白云》之雅调,或演帝舜之《韶》乐。这平凡的竹子竟具有如此高风劲节,这种高风劲节当然也会熏染与之为伴的人。这种品质也正是作者所钦慕的,所追求的。

第三部分,作者暂时宕开对竹子和竹轩的描写,而展开了议论。作者列举了仕与隐两种不同的处世方式和处世态度:一种是"玉堂之贵",一种是"瓮牖之安"。世上既有"玉堂之贵",也有"瓮牖之安"。处"玉堂之贵"者,身不由己,每天晨鸡一鸣就要起来上朝"拜风陛",面对皇帝而战战兢兢,诚惶诚恐。而处"瓮牖之安"者显然是隐居避世之士,他辞别尊贵的生活,"忘情于汉庭之宠,避世于商阳之山"。投身于悠闲之中,常"缓步以当车",在山间小路上不疾不徐地迈步,"咀明霞而扃柴关",呼吸着山野新鲜的空气,紧闭柴门,高卧草堂之中。有时与鱼虾为伴,与麋鹿为友。有时采玉芝于苍烟之表,有时像许由一样在清溪中洗去两耳中的来自尘世的污垢。与"玉堂之贵"的生活比起来,这种隐士的生活确实要好,这种生活自由清静。然而作者对这种生活评价并不高,说:"清则清矣,未有得兹轩之真乐者也。"他认为无论古代的隐士,还是现在的隐士,他们的生活,都不如他这位住在筼轩中的朋友的生活,这位朋友的生活才拥有真正的乐趣。

为什么在筼轩中的生活才有真正的乐趣呢? 作者在最后的乱辞中作了回答。"清清兮岁寒之心,温温兮琅玕之音",竹子有不畏严寒,不惧风霜的坚强品质,住在这翠竹环绕的小轩中与竹子为伴,可以从具有高贵品质的竹子那里找到人格自我完善的榜样,陶冶情操,完善自我人格,就要"正命兮履薄临深",谨惧地对待自己的一切思想和行为,也就是先儒所说的"慎独"。君子生活在这竹林掩蔽的环境之中,与世无争,蔬一器,酒一觞,乐以忘忧,吃着松花香饭,穿着荷叶香衣,远离世俗的是是非非,保持着自己人格的独立。朝游暮归,其乐无穷。作者最后发出钦羡之声曰:"安得从子兮其乐有余。"

很显然,方孝孺这篇赋写作于他已出仕,且已回朝之时。作者的这位朋友大约是一位失志之士,故退而居于野。而作者却是另一种人,他既以明王道、致太平为己任,又处在君王的尊宠之时,正欲以实际行动,具体策规来实现自己的抱负,故对友人这种既退归山野,又独慎其身,孜孜不倦地完善自我的这种生活方式极其赞赏,而他自己则徒有羡鱼之情了。

文章在结构上层次分明,正面的描写、对比的叙述和深刻的议论相辅相成,描写以为基础,对比以加深文意,议论以揭示其旨归。描写细致精美,充满诗情画意,议论深邃而不见理痕。文词清丽俊雅,行文疏荡,跌宕有致。　　(孙海洋)

【作者小传】

薛瑄

(1392—1464)　字德温,号敬轩,河津(今属山西)人。永乐十九年(1421)进士。正统中官大理寺卿。天顺初,迁礼部右侍郎,兼翰林学士,知制诰。因不满石亨等专政,致仕。死谥文清。为明代著名的理学家,学宗程朱。著有《敬轩集》(或题《薛文清集》)、《读书录》等。

黄 河 赋　　　　　薛　瑄

吾观黄河之浑浑兮[①],乃元气之萃蒸[②]。浚洪源于西极兮③，注天派于沧瀛④。贯后土之庞博兮⑤，杳玄沟之晶明⑥。过积石而左转兮⑦，龙门呀而峻倾⑧。薄太华而东骛兮⑨，撼砥柱之峥嵘⑩。入大陆而北徙兮⑪，迷不辨夫九河之故形⑫。经两海而纪众流兮⑬，擅浮沉之濯灵⑭。览颓波而怀明德兮⑮，又何莫非姒氏所经营⑯？登昆仑而俯视兮⑰，固仿佛其初迹⑱。驭高风而骋望兮⑲，遂周游其曲直⑳。何末流之混浊兮㉑，始清澂而湜湜㉒？羌澹滟㉓而徐趋兮，势沄沄而自得㉔。触险石以斗暴兮㉕，诧雷轰而毂㉖击。天宇扩其沆漭㉗兮，渺上下之玄黄㉘。雾雨霪霪而滃集㉙兮，混邃古之洪荒㉚。微风荡拂而涣散兮㉛，天机组织其文章㉜。颓焱浩而汹涌兮㉝，百怪垂涎而簸扬㉞。腥云浊浪以荡汩兮㉟，恍惚颠倒夫舟航㊱。灵曜升而赫照兮㊲，乘正色于中央㊳。望舒在御而下临兮㊴，列宿涵泳其光芒㊵。

若乃震秉符以行令兮㊶，百谷淫淫其冻释㊷。山泽沮洳以上气兮㊸，增滉漾之洋溢㊹。鱼龙乘涛以变化兮，杳莫测其所极㊺。祝融载节以南届兮㊻，雷雨奋达以霶霈㊼。潢支流而股合兮㊽，百川奔而来会。木轮囷而漂拔兮㊾，蔽云日而淘汰㊿。狂澜汹而啮岸兮(51)，块土焉塞夫冲溃(52)。霜戒严而木脱兮，少昊执矩以司秋(53)。洲渚缅邈而石出兮(54)，始杀湍而安流(55)。霰雪纷其四集兮，颛顼乘坎以奋神(56)。大块噫气而摩轧兮(57)，流澌下而龙鳞(58)。层冰横绝而山委(59)兮，河伯(60)驱石以梁(61)津。羌险夷而明悔兮，变朝暮与四时(62)。飙风起而冲木兮，蟒怪骇其难推。睹圆方之一气兮(63)，恒来往而密移。昔尼父之叹逝(64)兮，跨百世而罕(65)知。顾川流之有本兮，与终古以为期(66)。启龙图而玩六一兮(67)，悟主宰之所为(68)。喟余心之未纯兮，感道妙之如斯。聊诵言以自明兮(69)，庶昼夜之靡亏(70)。

〔注〕 ① 浑浑：同“滚滚”，水流奔涌貌。 ② 元气：天地未分前的混一之气。萃蒸：聚集蒸腾。 ③ 浚：深。洪源：大源。西极：西方极远之处。黄河发源于青海巴颜喀拉山北麓，故称西极。 ④ 天派：指黄河。沧瀛：沧海。黄河流入渤海。 ⑤ 贯：穿过。后土：大地。庞博：广大貌。 ⑥ 杳：深远。玄沟：深沟，深谷。 ⑦ 积石：山名，在今青海南部。 ⑧ 龙

门：山名，在今陕西韩城市与山西河津市之间。呀：张口。谓像龙门山张开大口，黄河水从中倾泻而出。　⑨薄：迫近。太华：即华山，在陕西渭南市东南。　⑩砥柱：山名，亦名三门山，原在今河南三门峡市东北黄河之中。今因修三门峡水库而埋没。　⑪大陆：面积非常广大的陆地。此指华北大平原。　⑫九河：古代黄河自孟津而北，分为九道，故名。九河之名因湮没已久，不能尽考。　⑬两海：指扎陵湖与鄂陵湖，在今青海省境内。纪：综理，总领。⑭擅：占有，拥有。　⑮颓波：向下奔流的水波。　⑯姒氏：指大禹。禹为姒姓。　⑰昆仑：山名。在新疆与西藏之间，东延入青海境内。峰峦重叠，势极高峻。　⑱初迹：发源处。⑲驭(yù)：同"御"，驾御，控制。骋望：纵目远望。　⑳曲直：指黄河的弯曲与直流。　㉑末流：河水的下游。　㉒始：指黄河的上游。湜(shí)：水清澈貌。　㉓羌：发语词，无义。澹㳹：水波微动之貌。　㉔沄沄：水流浩荡貌。　㉕斗暴：搏击，汹涌。　㉖诧：惊讶。毂(gǔ)：车轮中间车轴贯入的圆木。　㉗沆(hàng)漭(mǎng)：水波浩荡貌。　㉘渺：渺远，辽阔。玄黄：黑黄，指天地，天玄地黄。　㉙霪霪：久雨不停。滃(wěng)集：云气涌起而聚集。㉚遼古：远古。洪荒：混沌蒙昧的状态。　㉛涣散：离散。　㉜天机：造化的机能，自然的动能。文章：错杂的色彩和花纹。　㉝颓森(biāo)：下落的如暴风般的疾流。　㉞簸扬：颠簸，翻动，如扬去谷物中的糠皮。　㉟荡汩(gǔ)：震荡，迅疾。　㊱舟航：船只。　㊲灵曜：日光，太阳。　㊳正色：纯正的颜色。此指蔚蓝的天空。　㊴望舒：神话传说中为月亮驾车的神。后用为月亮的代称。　㊵列宿：众星宿。涵泳：水中潜行。此指众星在月亮照耀下光线暗淡，如在水中潜行。　㊶震：《周易》八卦之一，震为雷之象，指东方，代指春天。秉符：拿着符节。符：符节，古代用以传达命令，调兵遣将的凭证。　㊷百谷：所有河谷。淫淫：流动貌。　㊸洇洳：低湿。　㊹滉漾：浮动貌。　㊺杳：深远，昏暗。　㊻祝融：火神，南方之神，主管夏天的神。载节：用车载着符节。节：符节，古代使臣执以示信之物。　㊼奋达：震动抵达。霈霈：大雨。　㊽潢：同"滉"，水至大之貌。股合：分支汇合。　㊾轮囷(qūn)：高大貌。漂拔：动摇拔起。言高大的树木也被大水摇动而连根拔起。　㊿淘汰：冲刷一切污浊。51啮(niè)：浸蚀，冲刷。　52焉：怎么，哪里。疑问代词。冲溃：被大水冲垮溃决的地方。53少昊：传说中古代部落首领名。金天氏，执掌秋天之帝，见《礼记·月令》。　54缅邈：遥远貌。　55杀湍：流速减弱。湍：急流的水。　56颛顼：古帝名，五帝之一。执掌冬天之帝。见《礼记·月令》。乘坎：驾御坎卦。坎：《周易》八卦之一。坎为水，位北方，其时则属冬。57大块：大自然，大地。摩轧：摩擦撞击。　58澌：解冻时流动的水。　59山委：像山一样堆积。　60河伯：河神。　61梁：用作动词，架设桥梁。　62变朝暮与四时：谓河水水势一年四季，每日每夜都在变化。　63圆方：指天地。天圆地方。　64尼父：对孔子的敬称。叹逝：《论语·子罕》："子在川上曰：'逝者如斯夫，不舍昼夜。'"　65罕：少。　66终古：永久。67龙图：即河图，《周易》一书来源的传说。因是龙马从黄河中负出，故又称龙图。玩：品味，体会。六一：指阴阳二气。《说文》："六，易之数，阴变于六。"故以"六"代指阴气。又《说文》："戌，灭也。九月阳气微，万物毕成，阳下入地也。从戌含一。"段玉裁注："一，一阳也。"故以"一"代指阳气。　68主宰：造化，大自然，主管支配世间万事万物的力量。　69诵言：谓写作这篇赋。　70靡：无，没有。

　　这篇《黄河赋》大约作于明英宗正统八年(1443)因触怒宦官王振罢官回乡闲居期间。"赋者，铺也，铺采摛文，体物写志也。"(《文心雕龙·诠赋》)赋这种文学体裁的特点，就是用华丽的词藻，铺陈事物，要求做到穷形尽相，把事物的形状性质及其特点,详尽地呈现于读者面前,使读者如亲临其境,亲见其物;同时通过对事物的这种铺陈描写,来表达作者的某种思想感情。这篇赋就充分地发挥了赋体文学这种"铺彩摛文,体物写志"的特长,对黄河作了多角度多层次多方面的描写,把黄河描写得十分具体而形象,黄河的浩瀚汪洋,气势磅礴,黄河一年四季变幻莫测的美景,宛然呈现于读者眼前。全文分为三段。

第一段从开头到"列宿涵泳其光芒",从空间上描写黄河的汪洋浩瀚,源远流长。它发源于西极,向东流入沧瀛,过积石,呀龙门,薄太华,撼砥柱,经两海,纪众流,最后流向华北大平原,贯穿几乎整个北中国。它水流汹涌,形势壮观,风景优美,特别对大禹治水的功绩作了热烈的赞扬,"览颓波而怀明德兮,又何莫非姒氏所经营",黄河是孕育中华民族文化的摇篮,而这一切都是大禹开凿河道,治理黄河的结果,自然使人缅怀其明德。第二段自"若乃震秉符以行令兮"到"蟒怪骇其难推",从时间上描写黄河一年四季景象的变化多端,景色各异。春天河水解冻,河水开始奔流,"鱼龙乘涛以变化"。夏天雷雨奋达,水势汹涌澎湃而不可驾驭,"狂澜汹而啮岸兮,块土焉塞夫冲溃"。秋天水落石出,河水开始安流。冬天河水冰冻,大河上下,顿失滔滔,"层冰横绝而山委",一派北国冰封雪冻的风光。作者家住黄河之滨,故能对黄河一年四季的变化观察得如此细致入微。第三段自"睹圆方之一气兮"至末尾,写作者观察黄河以后的心得体会。他从黄河的浩浩汤汤,奔流不息,是因为它源远流长,总纳百川,而领悟到世界万事万物的发展变化,生生不息,都因为是"圆方之一气",都是有本有源的。人应该如水一般,遵循"道"的规律,盈科而后进,一步一个脚印地去追求自己的奋斗目标,应该如河水一般冲破一切阻碍,奔腾向前,而不应该畏缩退却。这对于刚刚遭受打击而几乎丧命的薛瑄来说,是极好的自我宽慰,也是自我鼓励。对辞赋来说,则是"体物写志"的应有要求,使赋更富有了深刻的内涵。

辞赋在语言方面的特点之一就是喜欢使用叠词和双声叠韵联绵词。辞赋是继诗之后最先发展起来的纯文学体裁。它原是在宫廷里朗诵,以用来愉悦统治者的。因此它必须语言华丽优美。语言华丽优美的要求之一就是音律的和谐悦耳。而叠词和双声叠韵联绵词就能很好地使语言具有音律美而悦耳动听。因此辞赋作家就在辞赋作品中大量地使用它们,甚至出现堆垛的现象。薛瑄这篇《黄河赋》只是一篇几百字的作品,就用了二十五个叠词和双声叠韵联绵词来形容描写,如第二段仅二百余字,就用了"淫淫""沮洳""溷漾""洋溢""霢霂""轮囷""漂拔""淘汰""缅邈""龙鳞"等十来个叠词和双声叠韵联绵词来描写一年四季水流的不同变化,非常形象生动,读来也琅琅上口。这篇赋使用这些形容词都恰到好处,增加了描写的形象性和语言的音律美,而不显得故意堆垛与繁复。

这篇赋在体裁方面属于骚体赋。其句式特点是,两句一韵,多为六字句,两句的中间带有一个语气词"兮",如本篇第一韵"吾观黄河之浑浑兮,乃元气之萃蒸"。这个"兮"字就是骚体赋的标志性语气词。这篇赋就全篇都是由这种句式构成。

骚体赋是战国时期爱国诗人屈原在楚地民歌的基础上创造而成,称之为"辞"。屈原的作品具有楚地文学的显明特色,与北方的"周诗"风格完全不同,故称为"楚辞"。又因屈原的《离骚》是其杰出的代表作,故又称为"骚"或"骚体"。又因为它"不歌而诵",故又称之为"赋",或辞赋连称,视为一个大类。其实,辞与散体赋或叫文赋不完全相同。就风格而言,辞主抒情,赋主体物。就形式而言,辞为骚体,赋为文体。就表现手法而言,辞乃依诗取兴,引类譬喻,多幽怨哀伤,以"发愤以抒情"为其特色;而赋则直陈其事,浮言夸饰,多侈丽宏衍,以铺张扬厉为其旨归。辞宛转曲折,兼长风雅,多具抒情诗特色;赋则雕饰浮词,堆砌名物,有似装饰图案的风貌。因此骚体赋只是辞赋这个大类中的一种体裁。

赋虽对黄河作了多角度多层次的描写,写出了黄河的汹涌澎湃,源远流长,赞美了祖国河山的壮美;但它也表达了作者认为万事万物皆有本有源,都是"元气之萃蒸",只要如黄河水一般奔腾不息,勇往直前,就能冲破一切阻碍,像黄河水一般奔向沧瀛,表现了薛瑄虽受到邪恶势力的打击,但他绝不气馁,仍要坚持正义,继续奋斗的决心和勇气。他写这篇赋的目的就是为了"诵言以自明",表现他这种冲决一切的斗争精神,既"体物",又"写志",具有浓厚的抒情诗的意味,而不同于一般的散体大赋。

(叶幼明)

【作者小传】

李东阳

(1447—1516) 字宾之,号西崖,祖籍茶陵(今属湖南),占籍北京。天顺七年(1463)进士,选庶吉士,任职于翰林院二十九年。弘治七年(1494)入内阁。历任礼部、户部、吏部尚书,文渊阁、谨身殿、华盖殿大学士,为宰辅长达十五年。正德八年(1513)致仕。卒赠太师,谥文正。著有《怀麓堂全集》,主持编纂校订《大明会典》《历代通鉴纂要》《宪宗实录》《孝宗实录》。

见 南 轩 赋

李东阳

若有人兮衡门之下、兰渚之滨①,体貌质野②,意象清真③。

植丛菊兮千株,抚孤桐兮五弦④。朝咏"结庐"诗⑤,暮诵"归来"篇⑥。盖慕陶靖节之为人也⑦,遗世绝俗⑧,自称为葛天氏民⑨。尔其傲睨江湖⑩,逶迤冈阪⑪。倚秋旻而长啸⑫,惊落叶之方短。藜杖纤徐其却立⑬,芒屩逍遥其未返⑭。登西丘而左顾,陟东皋而右盼⑮。时宿留以延伫⑯,忽南山之在眼。澹秋色兮将夕,思美人兮何极⑰!瞻孤云兮归来,与飞鸟兮俱息。慨岁华之迟暮⑱,及草木之萧瑟。寄缅怀于太古⑲,聊一感于山色。方其嶻岩嵃崿⑳,如斗如却㉑;弛张廓翕,如拱如揖㉒。飘扬兮如骤,偃蹇兮如立㉓。倏敛藏兮既定㉔,渺不知其所入。

当予之始遇也,伥伥皇皇㉕,心志交驰㉖。四顾彷徨,不暇走趋。俯仰之间,万景毕露。披襟一笑㉗,倾盖如故㉘。神之既交,窅窅冥冥㉙。一尘不干㉚,彼此忘形。太虚寥寥㉛,何物非假?随所寓托,物无不可㉜。盖于是不知山之为山,我之为我也。

夫物有化机㉝,相为终始㉞。情感气应,谁之所使?出于自然,乃见真尔。锦彩之炫烂,适足以瞀吾之目㉟;笙簧之聒杂,适足以聩吾之耳㊱。故达人之放浪㊲,独钟情于山水㊳。而乐水者之动荡㊴,又不如乐山者之静而止也。

呜呼!南山之闲闲兮㊵,繄我之乐不可以言传㊶。南山之默默兮,繄我之乐不可以意识㊷。彼逆旅之相遭㊸,岂茫茫其求索!惟物我之无间,始忘情于声色。盍反观乎吾身㊹?决天地之充塞㊺。彼南山兮何事?仅乃胸中之一物。

〔注〕 ①若有人兮:出自《楚辞·九歌·山鬼》:"若有人兮山之阿。"衡门:用横木或竹条绑扎成的门。兰渚:生长兰草的沙洲。渚,水中小块陆地。 ②体貌:体态容貌。质野:淳厚质朴。 ③意象:神态;风度。 ④孤桐:琴。因峄阳孤桐曾作制琴良材,故以孤桐名琴。 ⑤"结庐"诗:指陶渊明《饮酒》诗之四,首二句云:"结庐在人境,而无车马喧。" ⑥"归来"篇:指陶渊明的《归去来兮辞》。 ⑦陶靖节:即陶渊明,私谥靖节。 ⑧绝俗:与世隔绝。 ⑨葛天氏:传说中我国远古时期的部落。其世不言而治,不化而行。 ⑩傲睨:形容倨傲,蔑视一切。 ⑪逶迤:从容自得的样子。冈阪:山坡。 ⑫秋旻(mín):秋天。《尔雅·释天》:"秋为旻天。" ⑬藜杖:藜茎所作之手杖。 ⑭芒屩(jué):草鞋。 ⑮陟(zhì):升,登。皋:近水边的高地。 ⑯宿留:停留。延伫:长时间地站立。 ⑰美人:古代诗文中常以美人喻贤能或有才华的人。 ⑱岁华:岁月。迟暮:年老。 ⑲缅怀:怀想以往的事情。太古:上古。 ⑳嶻岩:山高而险峻的样子。嵃(zé)崿(è):山崖高峻。 ㉑斗:角斗。却:止而不

进。 ㉒ 廓翕(xī)：开合。 ㉓ 骤：马奔驰。偃(yǎn)蹇(jiǎn)：高耸。 ㉔ 敛藏：隐藏。 ㉕ 伥(chāng)伥：迷惑不知所措。皇皇：同"惶惶"，紧张恐惧的样子。 ㉖ 心志交驰：心神不安。 ㉗ 披襟：敞开衣襟。指心情放松。 ㉘ 倾盖如故：指初次交往便关系融洽，如老友相见。倾盖，行车相遇，并车对语，致使车盖相倾。盖，车盖。 ㉙ 窅(yǎo)窅冥冥：深远隐晦的样子。 ㉚ 一尘不干(gān)：即一尘不染，形容清净纯洁。干，犯。 ㉛ 太虚：指天、天空。寥寥：空旷。 ㉜ 随所寓托：意谓随心意而寄予。物无不可：意谓任何事物都可寄托。 ㉝ 化机：变化的原由。 ㉞ 相为终始：互为始终。 ㉟ 炫烂：光彩夺目。这里代指器物。瞽(gǔ)：盲人。此处作使动用法。 ㊱ 笙簧：指管乐器。这里代指音乐。聒杂：嘈杂的喧扰。聩(kuì)：耳聋。亦使动用法。 ㊲ 达人：达观之人，即心胸旷达之人。放浪：放纵不受约束。 ㊳ 钟情：情爱专注。 ㊴ 乐(yào)：喜爱。 ㊵ 闲闲：从容自得貌。 ㊶ 繄(yī)：语助词。 ㊷ 意：意念。识：记述。 ㊸ 逆旅：旅馆。遭：遇。 ㊹ 盍(hé)：何不。 ㊺ 决：排除壅塞，疏通水道。充塞：堵塞。

　　这是一篇抒情小赋，作者着意塑造了一个遗世独立、寄情山水、不与世浮沉的隐士形象，表现了作者向往隐居生活的高洁情怀。赋的题目取自陶渊明的"悠然见南山"（《饮酒》），也是整篇的主脑与基调。第一段主要以陶渊明的形象和志趣为中心，热情赞美其"遗世绝俗"的精神品格，寄寓了作者向往隐逸生活、超脱现实的思想。第二段写作者对高士的崇敬之情。三、四两段用道家的思想来表现作者的高情逸致，表现了对尘世生活的厌倦之情。"锦彩之炫烂，适足以瞽吾之目；笙簧之聒杂，适足以聩吾之耳。"这正是老子所谓"五色令人目盲，五味令人口爽"的厌弃感官享受的思想，而作者追求寄情山水的高洁情怀，正是孔子所谓的"仁者乐山，智者乐水"，山水之乐才是人生真乐。

　　明代中期，政治上层权力斗争极为激烈，而李东阳身处高位，被卷入了一次次的政治斗争之中，"高处不胜寒"，他的思想也充满苦闷和抑郁。然而这只是作者为了排解心中的块垒而作，他并不愿真的抛弃高官厚禄远游隐遁，故作者说南山"仅乃胸中之一物"。就像宋代的太平宰相晏殊"无可奈何花落去，小园香径独徘徊"的闲愁，尽管身居高位，但身为形役，于是作高蹈隐逸之思，也是古代文人士大夫的精神归宿之一。全篇词句流利，音调和谐，意境优美，读之令人神往。特别是对南山之景与隐士之高情逸致的描写，尤为成功。

（舟耀斌）

杨循吉

【作者小传】

（1458—1546）　字君谦，号南峰，吴县（今属江苏）人。成化二十年（1484）进士，授礼部主事。弘治初致仕，结庐支硎山下，课读经史。明武宗至南京，为伶人所荐，召赋《打虎曲》。晚年落寞，亦坚癖自好。著有《松筹堂集》《吴中故语》等。

折 扇 赋　　　　　杨循吉

当溽暑之蒸郁①，咸浃背而汗流②。虽四海之遍尔，在江南而为尤③。况城郭之逼侧④，复尘土之飞浮。思清风以如渴，畏重絺而若仇⑤。于斯时也，吾无广堂大厦，高亭曲榭，披襟尚阻⑥，散发未暇⑦。兴维水镜之悬⑧，心系冰壶之挂⑨。荷阴点点而遥隔重湨，竹影萧萧而远违僧舍⑩。使吾局束乎放逸之怀⑪，偃蹇乎坌洳之状⑫，恨八溟而犹隘⑬，嗟六合其非旷⑭。于时则祛炎雅制、却暑芳姿⑮，昔日之班姬所咏⑯，往年之逸少曾持⑰。敛之不盈于把，圆也有中乎规⑱。出袂而轻飙自动⑲，拂膺而凉飔允宜⑳。观其皓茧裁容㉑，素藤张面㉒，洒金星以作饰㉓，削牙钉而为键㉔。紫檀楫楫而板吻无痕㉕，玄珠团团而蒂垂如旋㉖。尔乃寒韵来欢㉗，炽威亡酷㉘。偏宜掌握之携㉙，岂用僮奴之扑。兼邻座而飀飀㉚，及旁宾而簌簌㉛。快哉何爽，甚矣其乐！然而先生方且抚髀三叹㉜，仰屋长吁㉝：吾适于此有热者乎？盖三边多重铠之甲士㉞，而四野足赤背之农夫也㉟。

〔注〕　①溽暑：盛夏湿热的气候。　②浃背而汗流：出汗很多，湿透肩背。　③尤：尤其，格外。　④城郭：内城与外城，泛指城邑。逼侧：狭窄，相迫近。　⑤重絺(chī)：层层细葛布。此指衣服。　⑥披襟：敞开衣襟。　⑦散发：散开头发，不为冠所束。　⑧水镜：犹言明镜。　⑨冰壶：盛冰的玉壶。　⑩萧萧：摇动的样子。　⑪局束：即拘束，不自由。　⑫偃(yǎn)蹇(jiǎn)：困顿。坌(bèn)洳：污浊。　⑬八溟：即八海，泛指天下。　⑭六合：天地四方，也指天下。　⑮雅制：典范的体格法式。　⑯班姬：指汉代雁门郡楼烦班况之女，班彪之姑。成帝时被选入宫为婕妤。后为赵飞燕所谮，退处东宫，作赋自伤悼。成帝崩，婕妤充奉国陵，死后葬园中。　⑰逸少：东晋王羲之的字。　⑱敛：收，聚集。　⑲出袂：从袖中拿出来。　⑳拂膺：本指气逆胸臆，此指掠过胸膛。凉飔(sī)：凉快。允宜：适宜。　㉑裁容：裁以为容。　㉒素藤：白藤，又名沙藤，其茎坚韧，可制器物。　㉓金星：星状小点。　㉔牙钉：饰有象牙的钉子。键：门闩，此指钉扇子的钉子。　㉕紫檀：木名，亦称紫旃木。木材坚实，心材色紫红，为制家具乐器和美术用品的贵重材料。楫楫：同"辑辑"，聚集的样子。吻(wěn)，本为嘴唇，引申为合、吻合之义。　㉖玄珠：黑色珠子。团团，圆形。　㉗寒韵：凄清的音响，此指风声。　㉘炽威：火热的威力。　㉙掌握：手掌，手中。　㉚飀(liú)飀：寒气的样子，此指凉爽。　㉛簌簌：颤抖的样子，此指凉爽。　㉜抚髀(bì)：以手拍大腿，表示振奋或感叹。三叹：多次感叹，形容慨叹之深。　㉝仰屋：卧而仰望屋梁，形容无计可施。　㉞三边：明时指延绥、甘肃、宁夏三地区。泛指边境。　㉟四野：四方的原野，亦泛指四方，四处。

折扇，也叫折叠扇，以竹木或象牙为骨，韧纸或绫绢为面，能够折叠使用。大概出现在唐代，当时是朝鲜、日本的贡品，只用于宫中内廷。明人方以智《物理小识》云："折扇则唐人已有矣！"至宋代，逐渐增多。宋赵彦卫《云麓漫钞》卷四："今人用折叠扇，以蒸竹为骨，夹以绫罗，贵家或以象牙为骨，饰以金银，盖出于高丽。《鸡林志》云：'高丽叠纸为扇，铜兽镮环，加以银饰，亦有画人物者，中国转加华侈云。'"明陆深《春雨堂随笔》亦云："今世所用折叠扇，亦名聚头扇……东坡谓高丽白松扇，展之广尺余，合之止两指许，正今折扇。"进入明代，折扇盛行，吟咏折扇的文学作品也开始出现。清钱泳《履园丛话·考索·扇》："或谓古人皆用团扇，今之折扇是朝鲜、日本之制。有明中叶始行于中国也。案《通鉴》：'褚渊入朝，以腰扇障日。'胡三省注云：'腰扇，佩之于腰，今谓之折叠扇。'则隋唐时先有之矣。"

扇子在我国有悠久的历史，吟咏扇子的文学作品自西汉班婕妤的《团扇诗》后，历代不乏其作。即以赋言，自东汉班固《竹扇赋》以后，各种扇赋不下数十篇，其中唐代张九龄的《白羽扇赋》和元代赵孟頫的《纨扇赋》都可谓上乘之作，明代与杨循吉同时的杨慎和徐献忠也分别作有《彩扇赋》和《白扇赋》。这些以扇为题材的赋作，虽大多继承班婕妤诗"辞旨清越，怨深文绮"（钟嵘《诗品》卷上）的闺怨传统，但流于一种寄托古意的模式，以致内容陈腐，格调较低，少有新意。

这篇《折扇赋》是赋史上第一篇吟咏折扇的赋作。在内容上，它不落以往咏扇之作专喻世情炎凉的窠臼，也摆脱了传统的才子佳人的生活范围，对扇子本身未作琐碎细致的铺写，而是突出文士的雅趣，特别是将眼界与视野延展至守卫边疆的甲士和辛勤劳作的农夫，以己之炎热难耐推想甲士农夫之忍熬酷暑，颇有中唐新乐府讽喻劝世之遗风。全文层次历落，措辞雅洁，又能冲破旧格，自翻新意，别出机杼，独具匠心，在咏物赋中实有开拓之功。语言方面，典雅流畅，少雕琢艳饰，开合自如，质朴自然，给人以清风扑面的艺术享受。

（孙京荣）

唐 寅

【作者小传】

（1470—1524） 字伯虎，一字子畏，号六如，吴县（今属江苏）人。弘治（1498）乡试第一，会试时受科场舞弊案牵连下狱，被革除功名。此后绝意仕进，致力于书画。晚年皈依佛理，病故于家。其诗文以抒写个人情感为长。画名声颇著，与沈周、文徵明、仇英合称"明四家"。有《六如居士集》（又称《唐伯虎全集》）传世。

娇 女 赋　　　　　　　　　　唐 寅

臣居左里①，有女未归②；长壮妖洁③，聊赖善顾④。态体多媚⑤，窈窕不妒；既闲巧笑，流连雅步⑥。二十尚小，十四尚大；兄出行贾⑦，长嫂持户⑧。日织五丈，罢不及暮；三丈缝衣，余剪作袴。抱布贸丝⑨，厌浥行露⑩；负者下担⑪，行者伫路⑫。来归室中，啧啧怨怒⑬；策券折阅⑭，较索羡货⑮。著屐入被，不食而呕；双耳嘈杂，精宕神怖⑯。形之梦寐，仿佛会晤；咀桂嚼杜，比象陈赋⑰。

蟑蜩夏蜕⑱，颏广平而⑲；春蛾出蛹，修眉扬而。白云怀山，黛浮明而⑳；朝星流离㉑，目端详而。华瓠列犀㉒，齿微呈而；含桃龟肤㉓，口欲言而。菡萏承露㉔，舌含藏而㉕；虾蟆蚀月㉖，颠发圆而㉗。毒虿摇尾㉘，髻含风而；鸦羽齐奋㉚，饰梳妆而㉛。游鱼吹日㉜，口辅艮而；蝶翅轻晕㉞，鼻端中而㉟。恒月沐波㊱，大宅黄而㊲；琵琶曲项㊳，肩削成而㊴。蠨蛸啮李㊵，领文章而㊶；雾素一束㊷，腰无凭而㊸。鼠姑舒合㊹，体修长而；酥凝脂结㊺，衪微倾而㊻。鹅翎半擘㊼，爪有光而；玉钩联屈㊽，指节纤而。莲本雪素㊾，臂仍攘而㊿；角弲脱鞬﹝51﹞，履高墙而﹝52﹞。轻飙卷雾﹝53﹞，行褰裳而﹝54﹞；梨花转夜﹝55﹞，睡未明而。温泉浸玉﹝56﹞，澡兰汤而﹝57﹞；阳和骀宕﹝58﹞，醉敖翔而﹝59﹞。

咏曰："纚火齐兮瑱木难﹝60﹞，簪鸣凤兮钗琅玕﹝61﹞。络琴瑟兮银指环﹝62﹞，被珠缌兮龙系臂﹝63﹞。珮璜而浣兮褶翡翠﹝64﹞，金裙钩兮绣曳地。襜黄润兮衪方空﹝65﹞，绨倒顿兮玉膏箭﹝66﹞。綦丹縠兮素五综﹝67﹞，丽炎炎兮伦无双﹝68﹞。"

〔注〕　①左里：城名。即左蠡，在今江西省都昌县西北左蠡山下，因在彭蠡泽之左而得名。　②未归：未出嫁。归，女子出嫁。　③长壮：高大而强壮。　④善顾：擅长顾盼之态。⑤态体：即体态，身姿。　⑥流连：耽于游乐而忘返。雅步：从容安闲地行走。　⑦行贾(gǔ)：即行商坐贾，通指商人。　⑧持户：守持门户，指当家。　⑨贸丝：以物易物。商品交换的一种形式。　⑩厌浥：朝湿。行露：道上的露水。　⑪负者：背东西的人。　⑫行者：走路的人。伫路：久立在路上。　⑬啧啧：叹词。表示赞叹、叹息、惊异等。怨怒：怨恨忿怒。⑭策：古代计算用的小筹，引申为"数"。券：古代用于买卖或债务的契据。折阅：商品减价销

售。　⑮较索：计较，此指查对。羡货：多余的货物。　⑯精宕神怖：精神恍惚。　⑰比象：比拟象征。陈赋：铺陈叙述。　⑱蜩(tiáo)螗(táng)：蝉的别名。蜕：脱去外壳。　⑲广平：头部宽而平。而：句末语气词。　⑳明：指眼睛。　㉑流离：光彩焕发。　㉒华瓠(hù)列犀：指妇女光洁整齐的牙齿。瓠犀，瓠瓜的子，因其洁白整齐，常以比喻女性的牙齿。　㉓含桃：樱桃的别称。　㉔菡(hàn)萏(dàn)：即荷花。承露：承接甘露。　㉕含藏：包含，蕴藏。㉖虾蟆蚀月：女性的一种发型名。虾蟆，传说中的月中蟾蜍。　㉗颠发：头顶。　㉘毒虿(chài)摇尾：称女子头发末梢上卷的发型。　㉙含风：带着风，被风吹拂着。　㉚鸦羽：指女子鬓发黑如乌鸦羽毛。奋：鸟类展开翅膀。此喻指头发。　㉛饰：修饰，打扮。　㉜游鱼：游动的鱼。　㉝辅：面颊。艮：指说话有条理。　㉞蝶翄：蝴蝶的翅膀，比喻鼻翼。　㉟端中：端正居中。　㊱恒月沐波：喻指贴在额前的半月形面饰。恒月：上弦月。　㊲大宅：人的面部。　㊳项：颈项，脖子。　㊴肩削成：即削肩，双肩朝下坍斜，是古代美女体形特征之一。　㊵蝤(qiū)蛴(qí)：蝎虫，天牛的幼虫，色白而长。比喻女子洁白丰润的颈项。　㊶领：颈项。文章：错杂的色彩或花纹。　㊷雾素：轻如薄雾般的白色生绢。　㊸无凭：没有依赖。凭，依凭。　㊹鼠姑：牡丹的别名。舒合：舒展合拢。　㊺酥凝脂结：形容女性洁白柔润的皮肤。　㊻衽：衣襟。　㊼鹅翎：鹅的羽毛，色白。比喻女性洁白的手腕。擘：分开。　㊽玉钩：对玉制挂钩的美称。此代指女性的手。　㊾莲本：莲的根茎，即藕，比喻女性的手臂。　㊿臂仍攘：即攘臂，谓露出手臂上的镯钏之类饰物。　51角弭：末端饰以角、骨的弓。韣(dú)：弓衣，弓套。　52履：踏上。　53轻飙：微风。飙，疾风，暴风。　54褰(qiān)裳：撩起下裳。　55梨花转夜：形容美人夜晚熟睡进入梦境的娇态。　56浸玉：指洗浴。　57兰汤：熏香的浴水。　58阳和：春天的暖气。此借指春天。驲(dài)宕：无所拘束，放纵。　59敖翔：敖游飞翔。　60纚(shǐ)：束发的帛。火齐(jì)：火齐珠，一种宝珠。瑱(tiàn)：耳饰。木难：宝珠名。　61鸣凰：指凤形饰物。琅玕：似珠玉的美石。　62琴瑟：乐器，琴和瑟。指环：今称戒指。　63珠缓(shòu)：镶有宝珠的缓带。系臂：手镯类饰品。　64珮璜：玉佩。褋(dié)：夹衣。　65襜(chān)：系在衣服前面的围裙。黄润：细布名。袘(yì)：衣袖。方空(kǒng)：即方空縠，古代丝织物名。　66绨(tí)：古代丝织物名。倒顿：大套裤。玉膏：玉的脂膏，古代传说中的仙药。箽，同"筒"。　67綦(qí)：鞋带。丹縠(hú)：红色的绉纱。縠：绉纱。　68炎炎：色彩光艳的样子。

　　唐寅在诗文创作方面与祝允明、文徵明、徐祯卿号称"吴中四才子"，在绘画领域又与沈周、文徵明、仇英称"明四家"，此赋正是其诗才与画艺高度结合的形象写照。唐寅不但"于画无所不佳，而尤工于美人"（王世懋《跋陈玉叔倦绣图》），晚年即以卖画为生。这篇赋就是作者站在画家的角度，又用诗人整饬优美的文字，来描绘美人形象的。

　　晋代左思有《娇女诗》，曾以舐犊情深的笔调，写了自己两个幼女娇憨可爱的情态，历来为人们称道。唐寅的这篇赋明显受其影响。

　　赋作先对娇女进行全方位描画，先是从其籍贯、年龄、身姿、性情、特长、家庭以及婚姻状况诸方面进行具体细致的介绍，紧接着以骚体句式对其不俗的容貌进行细腻入微、浓墨重彩的描绘，重在展示其美丽无比的娇容，继之又从衣着、服饰等外在因素入手，展现其优雅迷人的非凡气质，通过层层描绘，将一个娴雅多才、貌美如花的娇女形象栩栩如生地展现在读者面前。在艺术手法上，作者继承了中国文人刻画美人佳丽的传统技法，又加以个性化创造。在句式上全用四言，再辅之以骚体，使得节奏既简洁短促又轻松明快。在表现人物性格方面，既突出娇女之美丽外表，更着力表现其优雅高贵的内在涵养与气质。语言古色古香，既有冷僻深奥的古语词汇，又参以浅近通俗的方言俗语，含蓄隽永，灵动活泼。有人指出"这种赋体历代以来就极少见，应该说，是唐氏向前代赋家、诗家和民间文学学习，创造出来的一种新赋体"（孙海洋《明代辞赋述略》）。实不虚此言。

（孙京荣）

【作者小传】

王守仁

（1472—1528）　字伯安，学者称阳明先生，余姚（今属浙江）人。弘治十二年（1499）进士，初任刑部、兵部主事。正德初，因得罪宦官刘瑾，贬谪贵州龙场驿丞。瑾诛，移庐陵知县，擢右佥都御史，巡抚南赣。以镇压朱宸濠功，封新建伯。后总督两广兼巡抚，主持针对造反土司的军事举措。在任上病重，病卒于南安。隆庆初追谥文成。曾筑室讲学阳明洞，为明代著名理学家。著作由门人辑成《王文成公全书》。

太 白 楼 赋　　　　王守仁

　　岁丙辰之孟冬①兮，泛扁舟予南征②。凌济川③之惊涛兮，览层构乎任城④。曰太白之故居⑤兮，俨⑥高风之犹在。蔡侯导余以从陟⑦兮，将放观乎四海。木萧萧⑧而乱下兮，江浩浩⑨而无穷；鲸敖敖⑩而涌海兮，鹏翼翼⑪而承风；月生辉于采石⑫兮，日留影于岳峰⑬；蔽长烟乎天姥⑭兮，渺匡庐⑮之云松。嘅昔人之安在兮，吾将上下求索而不可。寒予虽非白之俦⑯兮，遇季真⑰之知我。羌⑱后人之视今兮，又乌知其不果⑲？

　　吁嗟太白公奚为⑳其居此兮？余奚为其复来？倚穹霄㉑之流盼兮，固千载之一哀！昔夏桀㉒之颠覆兮，尹退乎莘之野㉓；成汤之立贤㉔兮，乃登庸㉕而伐夏。谓鼎俎其要说㉖兮，维党人之挤诟㉗。曾圣哲之匡时㉘兮，夫焉前枉而直后㉙！当天宝㉚之末代兮，淫好色而信谗。恶来、妹喜㉛其猖獗兮，众皆狐媚以贪婪。判独毅㉜而不顾兮，爰命夫以仆妾之役㉝。宁直死以顾领㉞兮，夫焉患得而局促㉟。开元之绍基㊱兮，亦遑遑其求理㊲。生逢时以就列兮，固云台麟阁而容与㊳。夫何漂泊于天之涯兮？登斯楼乎延伫㊳。

信流俗之嫉妒兮，自前世而固然。怀夫子㊵之故都㊶兮，沛余涕之湲湲㊷。庙堂之偃蹇㊸兮，或非情之所好。惟不合于斯世兮，恣沉酣而远眺。

进吾不遇于武丁㊹兮，退吾将颜氏之箪瓢㊺。奚曲蘖㊻其昏迷兮，亦夫子之所逃。管仲之辅纠㊼兮，孔圣与其改行㊽。佐璘㊾而失节兮，始以见道之未明。睹夜郎之有作㊿兮，横逸气[51]以徘徊；亦初心[52]之无他兮，故虽悔而弗摧。吁嗟其谁无过兮，抗直气之为难。轻万乘于褐夫[53]兮，固孟轲[54]之所叹。旷绝代而相感兮，望天宇之漫漫[55]。去夫子其千祀[56]兮，世益隘以周容[57]。媒妇妾以驰骛兮，又从而为之吮痈[58]。贤者化而改度[59]兮，竞规曲以为同[60]。

卒[61]曰：峄山[62]青兮河流泻，风飕飕兮澹[63]平野。凭高楼兮不见，舟楫纷兮楼之下。舟之人兮俨[64]服，亦有庶几[65]夫子之踪者！

〔注〕　①丙辰：明孝宗弘治九年(1496)。孟冬：初冬，阴历十月。　②征：行。　③济川：济水。明代济水尚存，与黄河并行入海。后下游为黄河所夺，只有发源处尚存。　④层构：多层的建筑。此指太白楼。任城：今山东济宁市。　⑤太白：李白的字，唐代大诗人。故居：李白在唐玄宗开元二十三年(735)三十五岁时曾寓家任城，故任城有他的故居。　⑥俨：宛然，好像。　⑦蔡侯：当为作者的好友，生平事迹待考。陟(zhì)：升，登。　⑧萧萧：落水声。　⑨浩浩：水势盛大貌。　⑩敖敖：长貌。　⑪翼翼：飞貌。李白有《大鹏赋》。　⑫采石：采石矶，在今安徽当涂县西北，牛渚山北。据《唐书·文苑传》载：李白"尝月夜乘舟，自采石达金陵。白衣宫锦袍，于舟中顾瞻笑傲，旁若无人"。　⑬岳峰：东岳泰山，在今山东省中部。唐玄宗天宝元年(742)，李白游泰山，登日观，观日出。有《游泰山》诗六首。　⑭天姥：山名，在今浙江天台县西。李白有《梦游天姥吟留别》。　⑮匡庐，即庐山，在今江西九江市南。李白在天宝十四年(755)入庐山，作有《庐山谣》等多篇诗作。　⑯蹇(jiǎn)：发语词，通"謇"，无义。俦(chóu)：同辈，一类人。　⑰季真：唐代诗人贺知章，字季真。天宝元年(742)，李白

至京师。贺知章一见赏之，曰：'此天上谪仙人也。'因解金龟换酒为乐。　⑱ 羌：句首助词，无义。　⑲ 乌：何，怎么。果：成为事实。事与预期相合为果，不合就叫不果。　⑳ 奚为：为奚的倒置。古汉语中，疑问代词做宾语，倒置在动词（包括介词）之前。奚：何，疑问代词。　㉑ 穿霄：天空。此形容太白楼高入云天。　㉒ 夏桀：夏桀王，夏朝的末代帝王，被商汤王所伐灭。　㉓ 尹：伊尹，商汤王臣，佐汤伐夏，建立商王朝。莘：也作侁，古国名，故址在今河南开封市旧陈留县东。夏桀王无道，伊尹退耕于有莘之野。　㉔ 成汤：即商汤王，商朝的开国帝王。立贤：商汤王重用伊尹，佐其伐夏，尊为阿衡（宰相）。　㉕ 登庸：进用，选拔任用。　㉖ 鼎俎：烹饪工具。鼎：鼎锅。俎（zǔ）：砧板。要（yāo）：干求。据说伊尹曾负鼎俎以割烹干求于汤，才得以进用。说（shuì）：游说，劝说别人听从自己的意见。　㉗ 党人：朋党之人，因看法一致而结成团伙的邪恶小人。挤诟：排挤诟骂。　㉘ 匡时：纠正邪恶的时代。匡，正。用作动词，辅正，纠正。　㉙ 焉：怎么，哪里。疑问代词。枉前而直后：《孟子·万章》："吾未闻枉己以正人者也，况辱己以正天下者乎？"言伊尹不会做出先枉屈自己，然后再去做匡正天下的事。　㉚ 天宝：唐玄宗年号（742—755），共十四年，是唐王朝由强盛而走向衰落的时期。　㉛ 恶（wū）来：商纣王宠臣。此借指李林甫、杨国忠等人。妺喜：夏桀王宠妃。此借指杨贵妃等。　㉜ 判：分别，区别。此用作副词，修饰"独毅"。独毅：独立坚强。　㉝ 爰：乃，于是，副词。仆妾：仆人婢妾，皆下贱之人。役：差使。此指李白不被重用。　㉞ 顑（kǎn）颔（hàn）：因饥饿而面色枯槁貌。　㉟ 局促：拘束窘迫。　㊱ 开元：唐玄宗年号（713—741），共二十九年。绍基：继承基业，继承帝位。　㊲ 遑遑：匆忙貌。理：治。　㊳ 云台：汉宫中高台名。汉明帝图画中兴功臣三十二人于云台。麟阁：麒麟阁，汉阁名，在未央宫内。汉宣帝图画功臣图像十一人于麒麟阁。容与：安适自得貌。　㊴ 延伫：久立等待。　㊵ 夫子：此指李白。　㊶ 故都：此指任城。　㊷ 沛：充盛貌。湲湲：流泪貌。　㊸ 偃（yǎn）蹇（jiǎn）：高峻貌。　㊹ 武丁：殷高宗，用傅说为相，勤修政事，殷王朝又趋复兴。　㊺ 颜氏：指颜回，孔子弟子。箪瓢：古代盛饭盛水的器皿。《论语·雍也》："子曰：'贤哉回也！一箪食，一瓢饮，在陋巷，人不堪其忧。回也不改其乐。贤哉回也。'"　㊻ 曲（qū）糵（niè）：指酒。　㊼ 管仲：春秋时齐国政治家，辅佐齐桓公称霸诸侯，一匡天下，成为春秋五霸之首。纠：公子纠，齐桓公之兄。管仲初事公子纠。公子纠被齐桓公杀了以后，他又改事齐桓公。　㊽ 孔圣：孔子。与：赞许，称赞。改行：改变行为。指管仲由事公子纠改事齐桓公。当时有人怀疑，齐桓公杀了其兄公子纠，召忽死之，管仲不死，是"未仁"。孔子却说："桓公九合诸侯，一匡天下，管仲之力也。如其仁，如其仁。"（见《论语·宪问》）　㊾ 璘：永王李璘，唐玄宗之子。安史之乱爆发，唐玄宗命他为山南东路及岭南、黔中、江南西路四道节度使，兼江陵大都督。李璘辟李白为幕府僚佐。后李璘因不听从唐肃宗诏遣，兵败被杀，李白也获罪流放夜郎。　㊿ 夜郎：唐郡名，辖境约今贵州桐梓及正安西部地区。有作：李白流放夜郎时，作有《流夜郎赠辛判官》《流夜郎于乌江留别宗十六璟》等许多诗作。　51 逸气：超逸不群的豪迈之气。　52 初心：指李白入永王李璘幕府是为了抗击安史叛军以建功立业的初衷。　53 万乘：此能指能出一万辆兵车的大国国君。褐（hè）夫：穿粗麻布衣服的平民百姓。《孟子·公孙丑上》载："视刺万乘之君若刺褐夫。"　54 孟轲：即孟子，战国时儒家学派的代表人物，后世尊为亚圣。　55 漫漫：旷远貌。　56 夫子：此指李白。千祀：千年。李白卒年去王守仁写此赋时实为七百三十四年。称千年是约数。祀，年。　57 周容：谄媚逢迎，取悦于人。　58 吮痈（yōng）：指谄媚无耻，为人吮痈舐痔的小人。痈，恶性毒疮。　59 改度：改变态度。　60 规曲：追随邪曲。同：随声附和。　61 卒：同"乱"，尾声，乐曲的卒章。　62 峄（yì）山：山名，在山东邹城市东南。　63 澹（dàn）：恬静，安定。　64 俨：整齐庄重。

⑤ 庶几：相近，差不多。

这篇《太白楼赋》也是一篇以怀古为题材的赋。但它与陆游《丰城剑赋》和范成大《馆娃宫赋》不尽相同。它不是为了总结历史的经验教训，以给当权的统治者提供鉴戒和警告，而是借颂扬古人的某种精神，以抒发作者自己的个人志趣和人生理想。此赋作于明孝宗弘治九年(1496)，其时作者年仅二十四岁。王守仁年轻时就富有豪侠之气。《明史》本传说，他"年十五，访客居庸、山海关。时阑出塞，纵观山川形胜。弱冠举乡试，学大进。顾益好言兵，且善射"。足见其人的倜傥不群。他自然对李白的为人十分仰慕。李白是唐代最伟大的浪漫主义诗人。但王守仁是一个有政治眼光的人物。因此他不是从诗歌创作的角度来评价李白，而只是就李白一生的出处和人品来评价李白，同时抒发自己的感慨和人生理想。作者赞扬的是李白的"高风""直气""逸气"和李白的如伊尹佐汤伐夏般的政治抱负以及他蔑视谗佞小人的高尚精神。而这就正是王守仁自己的人生态度与政治抱负。这也就是作者要写作这篇赋的目的。这个写作目的就决定了这篇赋的写法。其写作的重点就不是在描写太白楼的形胜，而是在颂扬李白其人的这种高尚的人格和伟大的精神。全赋分为四段。

第一段从开头到"又乌知其不果"，写登楼时的所见和所感。作者在初冬时节，登上太白楼，纵观李白游踪所至，似乎看到了李白的"高风"犹在。而且他自己也正在旅游当中，后人也许对他自己也有李白是"谪仙人"的评价，写出了作者对李白的仰慕钦敬与对他自己的自信。第二段从"吁嗟太白公"到"登斯楼乎延伫"，写作者对李白生不逢时的感叹与惋惜。作者感叹李白有伊尹之才，却无伊尹之遇，遇到的是"天宝末代"，李白又不肯狐媚以求容，而是"宁直死以颠颌"，故只能漂泊天涯。作者对李白的不幸遭遇是十分同情的。第三段从"信流俗之嫉妒兮"到"竞规曲以为同"，写作者赞扬李白既进不遇时，就洁身自好。虽因追求理想的实现，而误入李璘幕府，遭贬夜郎，但李白仍然是逸气横逸，直气徘徊，其"轻万乘于褐夫"的气概是值得赞扬的。作者又感叹他自己所遭遇的时代，与李白一样，是一个"媒妇妾以驰骛"的时代，自己只有与李白一样，保持着"逸气"与"直气"，以不与之同流合污，表明了作者的人生理想与志趣。"卒曰"以下为最后一段，感叹李白的遗风今已不复存在，只有在民间也许还可以找到李白遗风的踪影。作者的感叹是十分深沉的。全赋作者并不从诗人的角度来写李白，而是只赞扬李白为人处世的高风亮节和耻与群小为伍的高尚人格，其立足点就高于常人，表明了作者政治家的眼光与见解，其实这也就是作者自己的人生理想与志趣的表白。

辞赋在语言方面的特点,除了多使用叠词和双声叠韵连绵词以外,喜欢使用对偶句是其又一特色。辞赋在表演方面的特点是"不歌而诵"。为了让听者能够听得清楚,就要求句式的重叠反复。而对偶这种句式是造成语言重叠反复的对称美的重要修辞手法。故辞赋作家就在辞赋作品中较多地使用,使对偶这种修辞手法由"率然对尔,不劳经营"(《文心雕龙·丽辞》),到辞赋作家自觉地惨淡经营。所以对偶这种修辞手法是在辞赋的母体里成长发育起来,而率先出现骈赋,然后才波及诗和文的。这篇赋中就使用了好些对偶句。如第一段中的好些句子,像"木萧萧而乱下兮,汇浩浩而无穷。鲸敖敖而涌海兮,鹏翼翼而承风",如果去掉句子中那个语气助词"兮"字,就是非常工整的对偶句,而使赋的语言具有了很好的重叠反复的对称美。不过,明代是骈文的衰落时期。在辞赋创作方面,宋元以来流行的形似古文的新文赋也已日趋衰落,隋唐以前的散体赋,骈偶、骚体赋又逐渐复兴起来。故此赋虽有好些对偶句,但这时正是明代复古派前七子兴起的时代。在辞赋方面,他们也提出了"唐无赋","汉无骚",要求人们"究心骚赋于汉唐之上"(李梦阳《潜虬山人记》)。王守仁不是复古派的人物,但也受这股时代风气的影响,因此,在这篇辞赋作品中,他并不刻意追求骈偶,而是该骈则骈,该散则散,使语言疏朗流畅而不是板滞凝重,保持着先秦两汉骚体赋风味。

这篇赋在体制上属骚本赋。骚体赋的句式只有三种基本形式。一种是两个六字句,中间夹个语气助词"兮"字,如"岁丙辰之孟冬兮,泛扁舟予南征"即是。一种是两个四字句,语气助词"兮"字在句末,如屈原《桔颂》,"后皇嘉树,桔来服兮"即是。一种是两个三字句中间夹个语气助词"兮"字,如"峄山青兮河流泻,风飕飕兮澹平野"即是。骚体赋的这三种句型,这篇赋就占有两种,而且这两种句型的字数也很不固定,不全都是三言、六言,句子有长有短,使句式富有变化,大体整齐而不板滞,是其句式的特点。

骚体赋在结构上的特点是,它可以有个尾声,叫"乱曰"或"颂曰""系曰""歌曰""重曰""讯曰""卒曰"等,叫法虽有不同,性质则是一样,都属骚体赋的结尾部分。什么叫"乱"?王逸《楚辞章句·离骚》解释说:"乱者,理也,所以发理辞旨,总撮其要也。"意思是说,"乱"是骚体赋的一个总结全文的结尾部分。其实,"乱"是"乐之卒章",也就是乐曲的尾声。这说明骚体赋原是可以配乐歌唱的。后来虽成了"不歌而诵"的赋,但仍然保留着它在母体里的胎记。这是骚体赋独有的结构特点,其他形式的赋是没有的。这篇赋就保留了骚体赋的这个结构上的特点,有"卒曰"以后的几个总结性的句子。这是我们认识骚体赋除句式特点之外的又一个重要标志。

(叶幼明)

【作者小传】

李梦阳

(1473—1530) 字献吉,又字天赐,号空同子。庆阳(今属甘肃)人,后徙扶沟(今属河南)。弘治七年(1494)进士,历官户部主事、江西提学副使等职,因触怒权贵和宦官等事,几度下狱。又受宁王朱宸濠谋反案牵连,削籍,卒于家。天启初追谥景文。与何景明、徐祯卿、边贡等相号"七才子",世又称"前七子"。有《空同集》。

疑 赋

李梦阳

下乾上坤,高卑易矣[①];星辰在下,江河逆矣[②]。夭乔乔夭,雉鸣求牡矣[③]。鱼游于陆,冠苴履矣[④]。呜呼噫嘻!

当昼而夜,宵中日出[⑤];我黑彼白,妇须男裼[⑥]。铅刀何铦,湛卢何钝[⑦]!丈则谓短,谓长者寸。凤鸣翩翩,群唾众愆[⑧];鸺鹠胡德,见之慕焉[⑨]!呜呼噫嘻!

贞莹内精,谗嫉孔彰[⑩];乖滑澳涩,名崇智成[⑪]。软诡歊歊,驰骋爽达[⑫];歼良媚势,光烂门闼[⑬]。彼曰昧昧,人则攸知[⑭]。上帝板板,鬼神邈而[⑮]。昔之多士,犹或畏疑[⑯];今之多士,觍肆罔怀[⑰]。呜呼噫嘻!

民殊者形,厥心则一[⑱];咸挤利啖,曰伊我栗[⑲]。血流于庭,酣酒归室[⑳]。友朋胥嬉,同声德色[㉑]。阱彼罔识,巧我攸极[㉒]。昔之执衡,视权如星[㉓];今之执衡,维我重轻[㉔]。古道坦坦,今眩东西[㉕]。指辰谓暮,目鸾谓鸡[㉖]。邻牛茹虎,冀虎德予[㉗]。厉莫察阶,倒靡究所[㉘]。呜呼噫嘻!

盗跖横行,回宪则贫[㉙];上官尊荣,原陨厥身[㉚]。直何以仇,佞何以亲[㉛]?或何以颠,操何以振[㉜]?飞何以屈,桧何以伸[㉝]?西子何恶,嫫母何姝[㉞]?乘黄瘠弱,御者骀驽[㉟]。舍彼灵明,溺任糊涂[㊱]。皎皎者忌,怜彼浊污[㊲]。水清奚无鱼,而泥淖以成良畲[㊳]?

先生莫所自解[㊴],诵曰:"握粟出卜,其何能谷?"[㊵]于是出造巫咸叩焉㊵。巫咸曰："胡梯鹘突，而与世汩，受福揭揭㊷。
渔者一旦获寻丈之鱼㊸，见之者犹掞颈流涎㊹，思劫之也㊺，而
憾不渔屠㊻；而况怀千金之宝，抱径寸之珠㊼？吾诚不能筮，以
决子之疑㊽。"

〔注〕　① 下乾上坤：乾、坤，《周易》的组卦原理。乾为天，在上；坤为地，在下。下乾上坤，即天地颠倒。　② 逆：倒流。　③ 乔夭：即夭乔，象声词。雌鸣求牡：雌雉叫着去找雄雉。　④ 冠苴(jū)履(lǚ)：把帽子垫在鞋里。苴，絮鞋的草，这里用作动词，垫鞋的意思。履，鞋。　⑤ 宵中日出：半夜里出了太阳。　⑥ 我黑彼白：我看是黑的，他却说是白的。妇须男裼(xī)：女人长胡子，男人裸露上身。　⑦ 铅刀何铦(xiān)：铅刀多么锋利。铦，锋利。湛卢何钝：宝剑湛卢多么不锋利。湛卢，宝剑名，相传为春秋时越国人欧冶子所铸。　⑧ 群唾(tuò)众愆(qiān)：大家都唾骂责备。　⑨ 鸺(xiū)鹠(liú)：猫头鹰。慕：羡慕。　⑩ 贞莹内精：纯正聪明善良的人。谗嫉孔彰：嫉妒说坏话的人特别多。孔彰，非常显著。　⑪ 乖滑洗(tiǎn)忍(niǎn)：刁滑污秽的人。洗忍，污浊。名崇智成：名气高大，智谋得逞。　⑫ 软诡歆(xiāo)欹(qī)：柔媚诡诈，不走正路的人。歆欹，走邪路。驰骋爽达：到处顺利。　⑬ 奸良媚势：欺压良善，谄媚权势。光烂门闼(tà)：光耀门庭。闼，门。　⑭ 彼曰昧昧：他自以为别人糊涂。人则攸攸：人们全部明白。　⑮ 上帝板板：上帝反常。板板，邪僻，反常。邈而：邈远。　⑯ 多士：众多士子。　⑰ 靦(miǎn)肆罔怀：面目自然，心里也不在乎。靦，形容人脸皮厚。　⑱ "民殊"二句：人们的外貌不同，内心的想法却是一致的。　⑲ 威挤利啖(dàn)：威胁利诱。啖，以利益引诱人。曰伊我栗：以为别人怕我。栗，惧怕。　⑳ 酣酒：醉酒。㉑ 胥嬉：全部玩乐。同声德色：品德声气均相同。㉒ 阱彼罔识：陷害那些被蒙骗的人。阱，陷害。巧我攸极：用尽自己的心机。㉓ 扎衡：拿秤称东西。视权如星：以称锤与称星为准。权，秤锤。㉔ 维我重轻：使量的结果对自己有利。维，同"惟"。㉕ 今眩东西：现在分不清方向。㉖ 指辰谓暮：把早晨说成晚上。目鸾谓鸡：把凤凰说成鸡。㉗ "邻牛"二句：邻居的牛被虎吃掉，但希望虎对我留情。茹，吃。德予，照顾我。厉莫察阶：没有人注意坏事的根源。厉，灾祸，阶，来由。㉘ 倒靡究所：失败了没有去追究原因。㉙ 盗跖(zhí)：相传为春秋时的恶人。回宪：颜回原宪，两人都是孔子的弟子，清贫乐道，是著名贤人。㉚ 上官：战国时楚庄王少子公子兰，为上官大夫，曾陷害屈原。原陨厥身：屈原被放逐，投汨罗江自尽。厥，其。㉛ "直何"二句：正直的人为什么被仇视，邪恶的人为什么被亲近？佞，邪恶，善于逢迎的人。㉜ "或(yù)何"二句：东汉人有荀彧，是曹操的谋士，曾为曹操策划破袁绍，伐刘表。后因反对曹操专权，被迫自杀。颠，身死。振，兴旺发达。㉝ "飞何"二句：南宋的民族英雄岳飞，被秦桧陷害致死，而秦桧却官至宰相。㉞ "西子"二句：西施多么丑陋，嫫母多么美丽。西子，西施，春秋时越国美女。嫫(mó)母，相传为黄帝时人，面貌丑陋。㉟ "乘黄"二句：神马乘黄被当成劣马，弃置而瘦弱；驾车的却是一些劣质的马。乘黄，古代传说中的神马。御者，驾车的马。骀(tái)驽(nú)，劣马。㊱ 灵明：聪明能干。溺任：盲目地任用。㊲ 皎皎者忌：忌恨那些清白的人。怜：喜欢。㊳ 水清奚无鱼：水清哪能没有鱼。泥淖(nào)：泥泞地。良畬(shē)：良田。㊴ 先生：作者假托的人物。莫所自解：自己弄不明白。㊵ "握粟"二句：带着小米去占卜，怎样才能得吉祥？㊶ "于是"句：于是出门到巫咸那里去叩问。造，到。巫咸，古代传说中的神巫。㊷ 胡梯鹘(hú)突：即糊里糊涂。与世汩(gǔ)：与世人随波逐流相处。揭揭：

迅速。这三句意谓，与世人相处，要糊里糊涂才能平安得福。　㊸寻丈之鱼：一丈长的鱼。寻，古代八尺为一寻。　㊹掞（liè）颈流涎：扭转脖子流着口水。　㊺思劫之：想把鱼夺过来。　㊻憾不渔屠：恨不能把渔夫杀掉。　㊼千金之宝：价值千金的珍宝。径寸之珠：直径一寸的宝珠。这里比喻有才能的人。　㊽"吾诚"二句：我实在不能用卜筮来解释你的疑问。筮（shì），古代以蓍草占卜休咎曰筮，后泛指求神问卜。

　　李梦阳的赋在其《空同集》中共三卷，《疑赋》列于其首卷第一篇。题既为"疑"，全赋内容也就叙写了自然界和社会现实中种种令人疑惑的怪现象。作品紧扣一个"疑"字，以奇妙的构思，描写了大量的触目惊心的反常现象，抒发了作者深广的忧愤。可以说，这篇赋是自《楚辞·卜居》以来讽刺赋中不可多得的佳作。

　　全赋共分六段。第一段先通过天地颠倒、高低换位、星辰在地与江河倒流等现象的叙写概括地指出，一切常态都改变了，变得混乱不堪，紧贴题目中的"疑"，启人思考。第二段主要是从人们认识的角度，继续列举大量是非不分、美丑不辨的事情，慨叹每况愈下的世风。如以昼为夜，颠倒黑白，不分长短，以为宝剑不如铅刀、猫头鹰强于凤凰等。表面看来似乎是生活中的琐事，但实际上却反映了作者生活时代的异常黑暗和是非颠倒的社会现实。第三段揭露官场中那些嫉妒贤能、钻营求进、谄媚权势等种种丑态，更是直接把批判的矛头指向当时的官场。作者生前为人刚直秉正，敢于和外戚、宦官的不法行为展开斗争，故而在二十余年的仕宦生涯中屡遭挫折，数次下狱。因此作者对这些官场丑恶现象非常了解，而且深恶痛绝，写起来也就淋漓尽致。第四段更为具体地揭露那些客观存在的令人莫明其妙的怪事。有权势的人互相勾结又互相倾轧，表面一套，背后一套，争权夺利，居心险恶。更为可怕的是老百姓也麻木不仁："邻牛茹虎，冀虎德予""厉莫察阶，倒靡究所"。第五段，作者的笔触从现实引向历史，大量列举历史上正直善良与丑恶的人物来对比，说明这种反常的现象由来已久。品德高尚的颜回、原宪，生活反倒不如盗跖；误国的子兰地位尊显，屈原却被放逐投江自尽；岳飞屈死，秦桧反倒当政。为什么会如此呢？第六段，因为作者无法解释这一系列怪现象，所以只有到巫咸那里去问卜。巫咸让作者在随波逐流中去求福，让作者丢掉自己的聪明才智以自保。意思是说，这种种疑惑本就是这个社会固有的顽症。在这种失望的劝告声中结束全赋，留给读者无限回味的余地。

　　此赋语言犀利，风格冷峻苍凉。与明代前期那种平淡雅正的文风相比较，显然发生了重大转变。作者揭露现实，分析历史，抒发感情，均直截了当，毫无隐讳曲折。读来回肠荡气，发人思考，最能体现李梦阳赋作的特点。　　　　　　（张　兵）

钝　赋　　　　　　　　　　　　　　　　李梦阳

钝者何？伤时之锯也，亦自忺也①。

余窃悲机巧之竞进兮②，性灵利而激昂③。众倜傥而钻刺兮，务捷径以求成④。势犬牙苟相轧兮，白刃起而相仇⑤。戈戟攒于心肺兮，蹈槛阱而靡忱⑥。泪余生之顽钝兮，年逾壮而无能⑦。强砥砺而求合兮⑧，路亡羊而多歧⑨。退敛掩而修吾初服兮，韬余剑之陆离⑩。拂灵锷之齺齺兮，吾什袭而犹恐露之⑪。

喟时俗之反覆兮，常宝伪而弃真⑫。斥莫邪使不御兮⑬，挈铅刀而自珍⑭。吾纵有湛卢与龙泉兮⑮，反孤立而危惧。按明月之玗环兮，尘星斗使不露⑯。览往古谁不然兮，吾又何怨乎今之遭⑰？余常怪范蠡之用铦兮，末见几而逃彼⑱；种与胥岂乏利刃兮，竟为主之仇雠⑲？故木以直见伐兮，樗以屈曲保全⑳。故锐者先蚲兮，吾盖幸毛遂之脱身㉑。郁侘傺余拂抑兮，退且焉砺吾初质㉒。索白茅而构庵兮，斫桂杉而为室㉓。闷踽踽以潜处兮，情謇产而画一㉔。阒踑踧以后时兮，寂蒙滕而藏密㉕。

余以往哲为冶兮，以隐子为模㉖。熔礼乐以为铦兮，淬仁义而内娱㉗。进既匪我愿兮，又何必昭此锋也㉘。憺徜徉以往来兮，聊秣吾之骏駬㉙。策驽骀而追骐骥兮，余故知路之逴远㉚。按六辔而游康庄兮，亦何必逞羊肠与九坂㉛。舍余驷于丘之旁兮，又捐刀乎水裔㉜。准闭户而削迹兮，效完身而远害㉝。惟山路之艰险兮，丛篁郁而蔽天㉞。物过盛而易夤兮，势阽危而必颠㉟。吾宁楞腾屋籔蒙诟笑兮，不愿为文锦之牺牛㊱；宁与蹇驴齐轨埋没于尘土兮，终不与凡马而竞先㊲。

〔注〕　①伤时：哀叹时俗。锯：剖解木材等的工具。自忺(xiān)：自娱。忺，高兴，惬意。②机巧：诡诈。《庄子·天地》："功利机巧，必忘夫人之心。"竞进：相互争进。屈原《离骚》："众皆竞进以贪婪兮，凭不厌乎求索。"　③这一句是说，那些小人本性伶俐乖巧，急忙寻找各种钻营的机会。　④这一句是说，那些投机钻营的人，狂妄放肆，不拘礼法，投机取巧以谋取进身的

途径。倜傥,卓异,不同寻常。这里指不受礼法拘束。钻刺,投机钻营。捷径,斜出的便道。屈原《离骚》:"何桀纣之猖披兮,夫唯捷径以窘步。" ⑤ 势:形势。这两句是说,形势犬牙交错且相互倾轧,彼此的仇恨激起互相残杀。 ⑥ 戈戟:两种兵器。攒(zuān):通"钻"。穿,进入。槛阱:捕捉野兽的工具和陷坑。这里比喻人世间的陷阱、牢笼。 ⑦ 汩(yù):语助词。顽钝:顽劣迟钝。这里是谦称。壮:壮年。古代男子三十称壮。《礼记·曲礼上》:"人生十年曰幼学,二十曰冠,三十曰壮,有室。" ⑧ 砥砺:磨炼、激励自己的操守品行。求合:寻求志同道合者。屈原《离骚》:"汤禹严而求合兮,挚咎繇而能调。" ⑨ 路亡羊而多歧:即歧路亡羊。比喻事理复杂多变,没有正确的方向,因而找不到真理。语出《列子·说符》。 ⑩ 敛掩:收敛、约束自己。初服:入仕前的服装。这里指本来的志愿。屈原《离骚》:"进不入以离尤兮,退将复修吾初服。"韬:收藏。陆离:形容剑长的样子。屈原《九章·涉江》:"带长铗之陆离兮,冠切云之崔嵬。" ⑪ 拂:消除,遮蔽。灵锷:宝剑。齹(cī)齹:牙齿参差不齐的样子。这里形容刀剑之锋利。什袭:重重包裹。什,十,形容多。 ⑫ 喟:感叹。宝伪:以伪为宝,重视虚假的东西。 ⑬ 莫邪(yé):宝剑名。《荀子·性恶》:"阖闾之干将、莫邪、巨阙、辟闾,此皆古之良剑也。"御:使用。 ⑭ 挈:拿,持有。铅刀:铅制的刀。铅刀不锋利,常用以比喻庸才。贾谊《吊屈原赋》:"莫邪为钝兮,铅刀为铦。" ⑮ 湛卢:宝剑名。袁康《越绝书·外传记宝剑》:"欧冶乃因天之精神,悉其技巧,造为大刑三,小刑二:一曰湛卢,二曰纯钩,三曰胜邪,四曰鱼肠,五曰巨阙。"龙泉:即龙渊,宝剑名。李白《在水军宴赠幕府诸侍御》:"宁知草间人,腰下有龙泉。" ⑯ 按:抑制,投练。王(sù)环:玉环。王,有瑕疵之朽玉。尘:污染,玷污。 ⑰ 遭:遭际,遭遇。 ⑱ 范蠡:春秋末年越国大夫。原为楚国宛(今河南南阳)人,字少伯。仕于越,为上将军。春秋末吴越相争,越王勾践为吴所败,越王勾践用范蠡计,卑词厚礼,乞和于吴。范蠡与越王勾践同至吴作为人质降臣。后范蠡与大夫文种协力图强,终于一举灭吴,使越国成为霸主。范蠡则功成身退,化名"鸱夷子皮",离越适齐。事见《史记·越王勾践世家》。铓(máng):刀剑等兵器的尖端或锋刃。末:没有。几:先兆。 ⑲ 种:文种,春秋末越国大夫。原为楚国人,字伯禽。吴打败越国后,文种奉命出使吴求和,吴越讲和后,越王勾践入吴国为降臣,范蠡入吴做人质,文种主持国政。范蠡归国后,文种与范蠡协力图强,终于一举灭吴。范蠡功成身退离开越国时,曾写信劝他早日离开越王勾践,他接信后,称病不上朝,越王听信谗言,赐剑令其自杀。胥:伍子胥,春秋末吴国大夫,名员,字子胥。吴王夫差时,为大夫,他主张不与越国讲和,不要北上争霸,被吴王疏远,吴王听信谗言,赐剑令其自杀。利刃:锋利的刀剑,这里指智谋。仇雠(chóu):仇人。 ⑳ 樗(chū):即臭椿树。一种落叶乔木。古人以为是一种恶木,无用,只能做柴烧。《庄子·逍遥游》:"吾有大树,人谓之樗,其大本拥肿而不中绳墨,其小枝卷曲而不中规矩。立之涂,匠者不顾。" ㉑ 锐者:睿智的人,才能出众的人。衄(nù):亦作"衂"。损伤,挫折。曹植《求自试表》:"流闻东军失备,师徒小衄。"盖:同"何"。何,多么。毛遂之脱身:毛遂自荐,脱颖而出。事见《史记·平原君虞卿列传》。 ㉒ 郁:忧郁,苦闷。侘(chà)傺(chì):抑郁不得志的样子。屈原《离骚》:"忳郁邑余侘傺兮,吾独穷困乎此时也。"拂抑:排除,抑制。焉:则。初质:本来的品质。 ㉓ 白茅:多年生草本植物,可苫盖房屋。桂杉:桂树和杉树。 ㉔ 踽(jǔ)踽:孤寂寡合的样子。潜处:深居。蹇产:心情不舒畅。屈原《九章·哀郢》:"心结结而不解兮,思蹇产而不释。"画一:专一。 ㉕ 阒(qù):空寂。跼(jú)蹐(jí):拘束不敢放纵。后时:失时。蒙滕:即懵懂,神志不清的样子。藏密:即藏用。怀抱理想,等待时机。 ㉖ 往哲:先哲。冶:熔炼金属。这里指磨砺自己。隐子:隐士。模:模范,榜样。 ㉗ 铦(xiān):利器。淬(cuì):淬火。制作刀剑时,把烧红了的刀剑浸入水或其他液体中,急速冷却,使之硬化。这里指浸染、熏陶。内娱：内心感到欢悦。 ㉘进：进取，仕进。昭：显示，表露。锋：锋利。这里指智能、才干。 ㉙惔（dàn）：安静，恬淡。徜徉：徘徊，自由自在往来行走。聊：姑且，暂且。秣（mò）：喂养。骏駹（máng）：良马。駹，面额白色的马。 ㉚驽骀：劣马。骐骥：良马。逴（chuō）远：遥远。 ㉛按：调驯，驾御。六辔（pèi）：泛指车马。辔，缰绳。逞：显示。羊肠、九坂：指狭窄险峻的道路。 ㉜驷（sì）：同驾一辆车的四匹马。丘：山丘，山林。捐：丢弃。刃：刀剑。水裔：水边。 ㉝准：标准，准则。削迹：隐居，置身世外。效：师法。完身：保全自身。 ㉞丛篁：竹林。 ㉟霣：通"陨"。衰亡。阽（diàn）危：危险。 ㊱楞腾：不聪明。屋漱：不干净。蒙：遭受。文锦之牺牛：饰有织锦的祭祀用的牛。这里指会巧变投机的群小。《庄子·列御寇》："子见夫牺牛乎？衣以文绣，食以刍菽，及其牵而入于大庙，虽欲为孤犊，其可得乎？" ㊲蹇驴：跛足的驴。齐轨：并行。竞先：争先。

此赋除第一部分解题外，其他文字可分为三段。

第一段揭露当时朝政的黑暗和吏治的腐败。又以前后各八句，分为两个层次，以"群小"和"我"进行对比。前八句写群小钻营谄附以求进身和势要权贵相互倾轧、陷害的丑恶社会现实。后八句则写在群小竞进的形势下自己的"顽钝"与"无能"，实则正话反说，表现自己不同流合污的高洁人格。第二段紧承第一段两层意思进一步拓展：一方面抨击时俗颓败，黑白颠倒；另一方面表白自己归隐简出、全身远害的思想。在揭露时俗衰败时，作者不仅列举"莫邪""湛卢""龙泉"等宝剑被弃，而"铅刀"被珍视的严峻社会现实，而且征引历史人物范蠡、文种、伍子胥的人生经历来说明"宝伪弃真"乃自古而然，并将时俗衰败的根源归结到最高统治者，深化了赋的主题。第三段描述自我人格。作者以古代的贤人和隐士作为自己效仿的对象，既加强自身修养，又力求置身世外，淡泊仕进，不与群小争进。流露出强烈的归隐情绪。这三个部分叙写对象虽有不同，但第一段是基础，二、三段则是第一段的深化。各部分相互关联，层次分明，结构严谨。

这篇赋的主题具有强烈的现实针对性。据何景明《蹇赋序》可知，《蹇赋》是《钝赋》的和赋，何景明《蹇赋》写于明武宗正德四年（1509），所以，《钝赋》写作的时间必是正德四年无疑，这时正值李梦阳因弹劾刘瑾被罢官居家、心情极度愤懑之时。正德四年前后，是明代历史上一段极度黑暗的时期。这时宦官刘瑾把持朝政，群小当道，官场腐败，社会风气极度败坏。当世之人多投机钻营，趋炎附势，社会风气十分恶劣。而在正德元年，李梦阳曾参与了尚书韩文等对刘瑾的弹劾，事泄，被贬官，后又下狱，终免官放归。这一系列的打击使李梦阳看透了当时的社会现实，产生了强烈的归隐情绪。因此，赋中除揭露官场群小相互倾轧的丑恶行径、猛烈抨击当时社会现实的黑暗之外，同时又表达了自己在恶劣环境中修身养性、藏用自完的隐逸思想。此赋在表现手法上，明显受到《楚辞》的影响，不仅句式上模仿屈骚，而且行文中也征引了不少屈赋词句，可见作者也深受爱国情深、报国无门的屈原的影响。

（张　兵）

【作者小传】

王廷相

(1474—1544)　字子衡，号浚川。仪封（今属河南）人。弘治十五年(1502)进士，选庶吉士，授兵科给事中。以事忤刘瑾，屡谪。嘉靖中累迁至左都御史、兵部尚书。工诗文，为"前七子"之一。弘治、正德间曾与李梦阳、康海等鼓吹古学，倡为古文辞。有《王氏家藏集》《内台集》，今人编有《王廷相集》。

猛　虎　赋 并序　　　　　　　　王廷相

华山有虎患①，郡吏督虞人捕之②，歼六虎。予哀夫以强力贪得③而毙者，不独虎也，遂赋之。

嗟猛兽之扬厉④，据薮泽⑤以为雄；孰樵采之敢入，望溪壑而忧恫⑥。彼麋⑦豕以何幸，偶邂逅而途穷。力于尔以不敌，遂填吻而饱胸⑧。狐欺媚以相假⑨，亦走猱而诧狧⑩。矧咆哮而叱咤，儵风飒而昼蒙⑪。胡恣行而远出，乃于人而肆凶⑫？

惨细物之莫报⑬，智加尔夫奚容⑭！驱虞人以掩袭，火山泽而远攻。陷阱伺罅⑮，罻罗⑯揭秘。劲弩四发，药镞森会⑰。前殪后殭⑱，朋歼品毙⑲。以杠以徒，或剥或刿⑳。目炯炯以电灭，革班班㉑而文碎。非于尔以寡仁，反狗马之帷盖㉒。要施报之所宜，视为益而为害㉓。龙出没以造神，沛霖雨而泽世㉔。虽一睹之莫即，孰机窨之可逮㉕？世赫赫以并称，羞神明之莫配㉖。

彼贪夫之殉财，乃忍情而为鷙㉗。积众怨以销骨㉘，终殒生而败类㉙。兹逐臭而蹈污，寔见小而遗大㉚。哀灵物之寡谋，匪斯兽之独慨㉛。

〔注〕　①华(huà)山：旧县名，在今江苏西北郊。　②虞人：古代掌管山泽之官。

③ 贪得：不知满足、不择手段的获取。　④ 扬厉：恣意奋发，此处引申为猛兽的凶残暴戾。　⑤ 薮泽：密生杂草的沼泽山野。　⑥ 溪壑：山涧，泛指山野。恟（xiōng）：恐惧。　⑦ 麋（mí）：俗称"四不像"，雌麋褐色，体略小。雄麋青黑色，头生枝角，角像鹿，颈像骆驼，蹄像牛，尾像驴。　⑧ "力于尔"二句：力不敌猛虎，遂为腹中物。　⑨ 狐欺媚以相假：即"狐假虎威"的典故。　⑩ 走猱（náo）而诧狨（róng）：指百兽惊走。猱：猿类。狨：金丝猴。　⑪ 儵（shū）：通"倏"。快速、急速。　⑫ "胡恣行"二句：为何恣意横行于山野，导致被虞人猎杀。　⑬ 惨：伤害。细物：弱小的动物。莫拔：没有报应。　⑭ 智：虞人猎虎的智谋。加：施加。尔：指猛虎。奚容：怎能忍受。　⑮ 罅（xià）：空隙、隙缝。　⑯ 罻（wèi）：捕鸟的网子。　⑰ 药镞（zú）：涂有毒液的箭头。森会：毒箭纷纷射中猛虎。　⑱ 殪（yì）：死亡。僵（jiāng）：仆倒，引申为"毙"。　⑲ 朋歼品毙：猛虎纷纷倒毙死亡。朋、品：均指多。　⑳ "以杖以"二句：先持棍棒杖杀中箭的猛虎，再剥皮切割处置。刲（guì）：切割。　㉑ 班：通"斑"。　㉒ 尔：指猛虎。帷盖：指保护。　㉓ "要施报"二句：上天视行为之有益或有害，给予相对的报应。　㉔ "龙出没"二句：龙出没时能兴云降雨，恩泽天地万物。造神：兴云降雨的神力。　㉕ "虽一睹"二句：由于龙出没飘忽无常，难以一睹容颜，机弩陷阱如何伤害它呢。机：机弩。窞（dàn）：陷阱。　㉖ "世赫赫"二句：龙与虎因名声显著，世俗习惯并称，然而二者的灵性智能却不能相提并论。神明：指灵性智慧。　㉗ "彼贪夫"二句：贪求者做出违背良心的事因而送命。殉财：为财而死。忍情：昧着性情。螫（lì）：凶暴乖戾。　㉘ 销骨：销毁骨肉，指死亡。　㉙ 殒生：丧命。败类：导致族类灭亡。　㉚ "兹逐臭"二句：因追逐名利而身陷污名，实在是贪求小利而失去大义。逐臭：追逐名利。韬污：身陷污名。寔：通"实"。真实、实在。　㉛ "哀灵物"二句：哀叹人类虽有灵性也有欠缺深远谋虑的行为，世间令人感慨者不仅是虎患而已。灵物：指人类。

　　王廷相生逢由盛转衰的明代中叶，文学流派属前七子，主张"文以阐道"，反对形式华美但内容空洞的台阁体文风。作有揭露宦官专政、官吏豪夺、关怀民间疾苦的作品，如《猛虎赋》即表达正直士人对于不知满足、不择手段获取货财或权位者的愤恨，具有鲜明的时代意义。

　　《猛虎赋》全赋仅两百余字，由序文及三个段落组成。序文简洁说明创作缘由——前半言华山虎患猖狂，虞人除虎之事；后半写"强力贪得"乃招祸自毙的主因。《猛虎赋》中虎患地处江苏苏州西北郊的华山，根据闵宗殿《明清时期东南地区的虎患及相关问题》之研究：明清时期东南地区包含江西、浙江、福建、江苏、安徽等地猛虎成群窜入城乡，白昼食人猖狂凶残。可知《猛虎赋》根据当时虎患现象所撰写，非凭空想象。

　　首段铺陈群虎雄踞、横行暴虐之事：先写虎患频繁，采薪人避入山野，麋猪等动物惨遭吞噬。其次以"狐假虎威"描绘群虎出而百兽奔走，结合听觉上恐怖的虎啸、触觉上急速的风声、视觉上昏暗的白昼等感官叙事。由感官上的层层叙事，反衬群虎为恶导致日后被猎杀肢解之命运。

　　次段篇幅最长，上承虎患叙事，着力渲染"虞人智谋"与"为恶自毙"的论述。

结构分为两部分：前半旨在渲染"虞人智谋"，四组四言句畅快淋漓地进行猎虎叙事，烘托虞人智勇双全的形象。后半以"虎患为害"对比"游龙泽世"，猛虎横行遭祸与游龙霖雨泽世的果报叙事，为全赋寓意之所在。

末段以贪财身殉、招怨丧命、拖累族类，呼应赋前序文中"强力贪得"之灭虎寓言。暴虎横行终不能敌虞人之智谋，与专政豪夺、横行如虎者最终被灭的映衬笔法，凸显由虎观人、再由人观虎的反复视角，笔法绵密，寓意深远，堪称明代寓言小赋之佳作。

（王淑蕙）

顾　璘

【作者小传】 （1476—1545）　字华玉，号东桥居士，祖籍长洲（今属江苏），寓居上元（今属江苏）。弘治九年（1496）进士，授广平知县，后历任浙江左布政使、南京刑部尚书等职。与李梦阳、何景明相羽翼。是明朝前期文学复古运动的一位重要人物。著有《顾华玉集》《近言》等。

祝融峰观日出赋并序　　　　　　顾　璘

嘉靖丁酉①，仲冬几晦②，姑苏顾璘巡方至衡③，谒岳神讫④，乃登祝融⑤，宿上方⑥，翼晓观日出⑦，景象特奇，遂述而赋焉。赋曰：

维南衡之崇岳⑧，标祝融之危峰⑨。下蟠据乎厚地⑩，上峻极于苍穹⑪。匪丈引之可度尽⑫，他山其难比隆。睇四极而无蔽⑬，又何限乎寰中⑭？观其嶔崎崒嵂⑮，直上莫止。扪历参井⑯，靡高弗至。蹑浮履霄⑰，帝居或指⑱。足踠汗慄⑲，不敢俯视。何其高也。若乃斗杓既仄⑳，启明未升㉑。漏刻已尽㉒，荒鸡甫鸣㉓。天莽苍其一色㉔，泯万动犹无声㉕。谓日出其可睹，乃跂望于高亭㉖。尔其游氛且凝㉗，灏气欲豁㉘。万里乍近，泬泬穆穆㉙。睇彼阳轮㉚，尚尔渊汩㉛。冥迷辽漠㉜，恍不可度㉝。少焉光景上烛㉞，高汉舒白㉟。如火将炎，大暗微晰㊱。群望方勤㊲，目不移盼㊳。积霭倏烈㊴，闪烁惊电。骇指失叫㊶，乍见一线。漂沉摇曳，涌出波面。烛笼外赤[42]，凫卵中黄[43]。上殷下暗[44]，半吐半藏。依微溟濛[45]，如觇海色[46]。水火交争[47]，良久乃脱[48]。于是金乌高举[49]，若木影离[50]。羲和叱驭[51]，八表驰晖[52]。所可疑者，视扶桑于咫尺[53]，东旷望而无穷。日迟天之一度[54]，何环周之莫同[55]？参浑仪与宣夜[56]，犹想像其若憒[57]。大哉天之为天也，固致诘而难终[58]。

〔注〕 ① 嘉靖丁酉：明嘉靖十六年(1537)。 ② 仲冬：农历十一月。几晦：几，接近。晦，农历每月的最后一天。几晦即月末的意思。 ③ 巡：天子出巡四方，如《逸周书·籴匡》："君亲巡方。"也可以指天子派大臣巡察四方，如《北史·魏纪三·孝文帝》："己亥，遣侍臣巡方省察。" ④ 岳神：山神。此处指南岳山神。讫：完毕。 ⑤ 祝融：衡山的最高峰祝融峰。 ⑥ 上方：此处指佛寺。 ⑦ 翼晓：翼，古同"翌"。次日早晨。 ⑧ 维：句首助词。南衡：衡山为五岳之一的南岳，改称南衡。崇岳：崇山峻岭。 ⑨ 标：显示。危峰：高峰。 ⑩ 蟠踞：同"盘踞"，盘结据守。厚地：大地。 ⑪ 峻极：峻，高。此处即非常的高的样子。《礼·中庸》："发育万物，峻极于天。"苍穹：苍天，天空。 ⑫ 匪：非。丈：十尺为丈。引：旧时长度单位，一引等于十丈。 ⑬ 隆睇：登高而望。四极：四方极远之地。《楚辞·离骚》："览相观于四极兮，周流乎天余乃下。" ⑭ 寰中：天下。 ⑮ 嵚(qīn)崎：险峻。崒嵂(lǜ)：高峻。 ⑯ 扪：抚摸。历：越过。参井：参星和井星，位在西南方。按照我国古代天文学家的说法，参为蜀分野，井为秦分野。此处化用李白《蜀道难》中的"扪参历井仰胁息"诗句。 ⑰ 蹑浮履霄：踩在云霄之上。蹑、履，动词，踩着，踏着。 ⑱ 帝居：天帝居住的地方，此指仙界。 ⑲ 足踠汗慄(lì)：人怕高的反应，脚底弯曲，冒冷汗。踠，弯曲。慄，害怕。 ⑳ 斗杓(biāo)：即斗柄。《淮南子·天文训》："斗杓为小岁。"高诱注："斗，第五至第七为杓。"杓即柄。仄：倾斜。古人以北斗星斗柄的指向判断时间，成语"斗转星移"即由此来。 ㉑ 启明：金星的别名。古人把早上的金星叫启明星，傍晚的金星叫长庚星。 ㉒ 漏刻已尽：指一天已经过去。子时之后。漏刻，古代计时的器具，漏是一种有孔的壶，刻是带刻度的浮箭。漏滴水计时，刻通过浮箭的指向显示时间。 ㉓ 荒鸡：指三更前啼叫的鸡。古时以荒鸡指十二时辰的第二个时辰，即丑时，又叫鸡鸣。苏轼《召还至都门先寄子由》诗："荒鸡号月未三更，客梦还家得俄顷。"甫鸣：刚开始叫。 ㉔ 莽苍：形容景色迷茫，远远看去不甚分明的样子。 ㉕ 泯万动：指天亮以前万籁俱寂。泯，消失，消灭。 ㉖ 跂(qǐ)望：踮起脚尖看。《诗经·卫风·河广》："谁谓宋远，跂予望之。" ㉗ 游氛：天空中浮荡的云雾。潘岳《秋兴赋》："游氛期兴，槁叶夕殒。"陶潜《和郭主簿》之二："露凝无游氛，天高风景澈。"凝：凝结。 ㉘ 灝气：弥漫在天地间的气。柳宗元《始得西山宴游记》："悠悠乎与灝气俱而莫得其涯，洋洋乎与造物者游而不知其所穷。"豁：裂开。 ㉙ 㳷(wù)穆：幽深的样子。《史记·屈原贾生列传》："㳷穆无穷兮，胡可胜言。"司马贞索隐："㳷穆，深微之貌。" ㉚ 睊(juàn)：回头看。阳轮：太阳。因日形如轮，故名。 ㉛ 尚尔渊沕：仍然沉潜在深处。尚尔，仍然。渊，深渊。沕，幽深。 ㉜ 冥迷：模糊不清。辽：遥远。漠：广阔。 ㉝ 怳：迷离虚旷。度：猜度。 ㉞ 少焉：一会儿。光景：一作先景。景，日光。烛：动词，照。 ㉟ 高汉：高高的天空。汉，河汉，银河，此代指天空(夜空)。舒白：慢慢变白。舒，缓慢。 ㊱ 大暗：一作太暗。沉沉的夜色。微：稍微。晰：清楚。 ㊲ 群望：众人的目光。勤：不偷懒，不懈怠。 ㊳ 目不移盼：视线不转移，目不转睛地看。盼，看。 ㊴ 积霭：积聚的云

气。倏：突然。烈：一作裂。气势盛大。此句指云势突然变强。　⑩闪烁：光亮晃动不定。惊电：迅疾的闪电。　⑪骇：惊讶，震惊。指：用手指着。失叫：失声大叫。　⑫烛笼外赤：像灯笼外围一样红。赤，红色。　⑬凫(fú)卵中黄：像野鸭蛋黄一样黄。凫，一种水鸟，俗称野鸭。　⑭殷：深红。　⑮依微：隐约，依稀。滉(huàng)瀁(yàng)：水深广的样子。此处指云涛如海。　⑯如觌(dí)海色：仿佛看到了大海。觌，见，看到。　⑰水火：指云海和初日。争：争斗。　⑱良久：很久。脱：离开。　⑲金乌高举：太阳升高。金乌，相传太阳中有三足乌，故以金乌代指太阳。　⑳若木：神话传说中的树名，在太阳升起的地方。李峤《日》诗："日出扶桑路，遥升若木枝。"　㉑羲和：传说中的御日之神。屈原《离骚》："吾令羲和弭节兮，望崦嵫而勿迫。"叱驭：叱驾日车。叱，呵斥。　㉒八表：又称八荒。指极远的地方。晖：日光。　㉓扶桑：神话中的树名，传说日出其下。《淮南子·天文》："日出于旸谷，浴于咸池，拂于扶桑，是谓晨明。"　㉔曰：一作"日"。迟：徐行。之：一作"于"。一度：计量日月星辰运行距离的一个单位。《淮南子·天文训》："日行一度，以周于天。"班固《白虎通·日月》："日日行一度，月日行十三度十九分度之七。"　㉕环周：围绕四周。莫同：不同。　㉖参：考察验证。浑仪：即浑天仪，我国古代测量天体球面坐标的一种仪器。宣夜：我国古代三种宇宙学说之一。主张天无一定形状，也非物质造成，高远无止境，日月星辰飘浮空中，动和静都依靠"气"。见《晋书·天文志》。　㉗懵：昏昧糊涂。　㉘诘：诘问，追究。

　　这篇赋作于明嘉靖十六年(1537)冬天，顾璘时年六十一岁，任湖广巡抚，巡视至湖南衡山，因登衡山最高峰祝融峰观日出而作此赋。

　　从体裁上来说，这篇赋是介于骈赋和文赋之间的一种变体。虽然较之用古文写作的具有赋的结构的文赋，形式上更整齐一点。但是对偶并不是很严格，没有做到严格的骈俪，比如："匪丈引之可度尽，他山其难比隆。睇四极而无蔽，又何限乎寰中？观其嵌崎崒崒，直上莫止。扪历参井，靡高弗至"；"万里乍近，泂泂穆穆。睇彼阳轮，尚尔渊汩。冥迷辽漠，恍不可度"，皆不能对。并且偶有散句："蹑浮履霄，帝居或指。足跼汗慄，不敢俯视。何其高也。"这都是近文赋的特点。但是形式上偶尔的参差，也使表达更自由，较之骈赋不容易受束缚。

　　此赋先述衡山之高，祝融峰之险，然后交代自己为了看日出，半夜就在那里等待。接着描写深沉苍莽的夜色，叙述太阳从未出到初出再升高的奇观，赋笔灵动瑰奇，读来有身临其境的感觉。此赋与姚鼐写日出的名篇《登泰山记》合观，更能感觉出各自的妙处，一个浓墨重彩，一个散淡雅致，都是善于形容刻画的名篇。不同的是，姚文单纯止于叙述风景，顾赋在叙述完自然景观后，还进行了一番理趣的探讨："所可疑者，视扶桑于咫尺，东旷望而无穷。曰迟天之一度，何环周之莫同？"对客观景物实际距离的远近和视觉上的远近之间的差别等问题进行探讨。虽然没有给出正确答案，但是能吸引人进行思考。这也是赋的一贯的传统。

（祝伊湄）

【作者小传】

徐祯卿

（1479—1511） 字昌穀，一字昌国，吴县（今属江苏）人。弘治进士，授大理左寺副，坐失囚，贬国子监博士。少与唐寅、祝允明、文徵明齐名，号称"吴中四才子"。与李梦阳等号称"十才子"，又为"前七子"之一。有《迪功集》《谈艺录》等。

丑 女 赋

徐祯卿

伊何赋形①，获此丑疾？厉阴乘阳②，女夺男质。阔眉丰吭③，安頞仰鼻④。多言舌浊，连引齁敹⑤。形如死豕⑥，勇憨多力⑦。槁发短秃⑧，面目黧黑⑨。脂不能赭⑩，粉不能白。三十不嫁，守信闺阈⑪。供劳杵臼⑫，蚤夜弗息⑬。鸡鸣入机⑭，没晷下织⑮。复有巧慧⑯，刺绣缘饰⑰。世无梁鸿⑱，孰求子匹⑲。东家有女⑳，窈窕丽色㉑。绝世无双㉒，娇媚轻侧㉓。越户窥墙㉔，靡识刀尺㉕。观者称艳㉖，竞欲求得。世降道凉㉗，好色贱德㉘。《新台》废耻㉙，《谷风》见黜㉚。商嬖妲己㉛，靡咎丧国㉜。晋爱骊姬㉝，宗子销骨㉞。冶容作厉㉟，实犹鬼蜮㊱。敢告世人㊲，敬监明则㊳。

〔注〕 ①伊何：为何。 ②厉阴乘阳：猛烈的阴气凌驾于阳气之上。厉：猛烈。 ③丰吭（háng）：说话嗓音粗壮。吭：咽喉。 ④安頞（è）：指鼻梁扁平。頞：鼻梁。仰鼻：指鼻子翘起，鼻孔朝天。 ⑤齁（hōu）敹（xī）：打鼾。 ⑥豕：猪。 ⑦勇憨：勇猛、憨直。 ⑧槁：干枯。 ⑨面目：面孔，面貌。黧（lí）黑：脸色黑。黧：黑中带黄的颜色。 ⑩脂：胭脂。赭：红褐色。 ⑪闺阈（yù）：闺房。阈：门槛。 ⑫杵臼：杵与臼，舂捣粮食或药物等的工具。 ⑬蚤夜：昼夜，早晚。蚤：通"早"。 ⑭入机：进入机室，指开始织布。 ⑮没晷（guǐ）：天黑。晷：日影，日光，引申为白昼。 ⑯巧慧：灵巧聪慧。 ⑰缘饰：镶边加饰，绘饰。缘：衣服的边。 ⑱梁鸿：喻指贤夫。 ⑲匹：匹配。 ⑳东家：东邻。 ㉑窈窕：娴静美好的样子。丽色：美丽的容貌。 ㉒绝世无双：世上独一无二。 ㉓娇媚：姿貌、声音柔美动人。轻侧：轻靡险怪，轻佻浮浅。侧：邪辟，不正。 ㉔越户：超越门户，谓不守规矩。窥墙：犹窥宋。后指女子对意中人的爱慕。 ㉕靡识：不认识。刀尺：剪刀和尺，裁剪工具，指女红。 ㉖称艳：称赞、艳羡。 ㉗凉：本指淡酒，此指淡薄。 ㉘好色：贪爱女色。贱德：轻视道德。 ㉙新台：《诗·邶风》篇名。新台故址在今河南省濮阳境内。后用以比喻不正当的翁媳关系。 ㉚谷风：《诗·邶风》篇名。黜：罢黜。 ㉛嬖（bì）：宠爱。妲己：商纣的宠妃，后为周武王斩杀。 ㉜靡：不。 ㉝骊姬：春秋时骊戎之女。 ㉞宗子：古代宗法制度称大宗的嫡长子。此指太子申生。销骨：灭绝骨肉之亲。形容毁谤之言害人之烈。 ㉟冶容：女子修饰得很妖

媚,指美女。 ㊱ 鬼蜮(yù):都是暗中害人的精怪。后用以比喻用心险恶、暗中伤人的小人。 ㊲ 敢告:犹敢言,冒昧陈述。敢,谦辞,犹冒昧。 ㊳ 明则:犹明规、明法,明确的法度或准则。

这篇赋的写作时间大概在弘治十八年(1505)前后,是一篇寄托孤愤的别致警拔之作。据《横云山人集》和《明史稿》本传等文献记载,弘治十八年,二十七岁的徐祯卿与华亭陆深一起考中进士,在文坛又同享盛名,本来都可得馆选,结果陆深因才貌双全而被选中,徐祯卿却由于体短貌丑而被淘汰,任大理寺左寺副,从此便一蹶不振。文中作者以"丑女"自喻,表现出了对炎凉世态的无情抨击和揭露,抒发了自己不平的愤懑之情。

赋文开篇,即笔起龙蛇,气势非常。劈面扣题,诘问洪荒。既质问制造不公的苍天大地,又饱含难以平抑的满腔激愤。郁勃之气,喷薄而出。以下便展开铺叙,先写丑女之极丑之貌,再描其勤苦辛劳之状,通过先抑后扬的手法,将丑女顾影自怜的凄怆和对世俗偏见的愤懑,寄托于深沉的情感之中。其后,又极写美女之娇容及其性情之懒惰,大胆而尖锐地揭露当时社会"世降道凉,好色贱德"的真实现状。通过妍媸勤惰之对比,作者对善以柔言娇态取悦于世者的抨击之情,为一切正直善良却受不公平待遇者鸣不平的刚正之气,跃然纸上。在形式上,作者既写丑女之貌丑,又极夸其手巧体能,化丑为美,以丑砭美,并运用娴熟高超的写作技巧,铺排夸饰,以此影射社会世俗,在立意上进行深化,使赋文具有强烈的针对性。通篇运用四言,体制短小,简洁精悍;语言浅近,句式整饬;用典贴切,化用自然。同时人顾起纶在《国雅品》中言其《迪功集》"豪纵英裁,格高调雅,驰骋于汉唐之间,婉而有味,浑而无迹"。王世懋在《艺圃撷余》中也称赞其诗"巧于用短""能以高韵胜,有蝉蜕轩举之风"。观其赋作,所言有理。

(孙京荣)

何景明

【作者小传】

(1483—1521) 字仲默,号大厦,信阳(今属河南)人。弘治十五年(1502)进士,授中书舍人。正德初,受宦官刘瑾排斥罢官,由李东阳荐复官。后进吏部员外郎,擢陕西提学副使。嘉靖初引疾归,卒于家。为"前七子"代表人物。著有《大复集》《雍大记》《四箴杂言》等。

东 门 赋

何景明

步出东门,四顾何有? 敝冢培累,连畛接亩①。有一男子,饥卧冢首②。傍有妇人，悲挽其手③。两人相语，似是夫妇。夫言告妇："今日何处。于此告别，各自分去。前有大家，可为尔主。径往投之，亦自得所④。我不自存，实难活汝。"妇言谓夫："出言何绝！念我与君，少小结发。何言中路，弃捐决别⑤。毕身奉君，不得有越。"⑥夫闻妇言："此言诚难，三日无食，肠如朽菅。仰首鼓喙，思得一餐⑦。大命旦夕，何为迁延？即死从义，弗如两完。"⑧妇谓夫言："尔胡弗详？死葬同沟，生处两乡。饱为污人，饿为义殇⑨。纵令生别，不如死将。"⑩夫愠视妻⑪："言乃执古。死生亦大，尔何良苦。死为王侯，不如生为奴虏。朱棺而葬，不如生欠蓬户⑫。生尚有期，死即长腐。潜寐黄泉，美谥何补？"⑬夫妇辩说，踟蹰良久⑭。妇起执夫，悲啼掩口。夫揎辞妇，抆泪西走⑮。十声呼之，不一回首。

〔注〕①东门：此处为泛指。汉乐府民歌有《步出东门行》。散冢：残破的坟墓。培累：堆积。畛(zhěn)：田间小路。　②冢首：坟头。　③傍：通"旁"。　④径：直接。　⑤弃捐：抛弃。决别：离别，分别。决，通"诀"。　⑥毕身奉君：终身侍候您。君，指丈夫。　⑦鼓喙(huì)：动嘴。喙，嘴。　⑧两完：两个人都活下来。　⑨殇：死。　⑩死将：死在一起。⑪愠(yùn)：怒。　⑫蓬户：用蓬编成门，指穷人的住房。　⑬美谥(shì)：好听的称呼。谥，本指君主时代帝王、贵族、大臣死后，依其生前事迹所给予的称号，此处则指称呼、评价。⑭踟蹰：徘徊，来回走动。　⑮抆(wěn)：擦、揩。

这篇赋叙述一则因饥饿而导致夫妻离异的故事。在中国古代文学史上，以此为题材创作的作品不少，尤其在诗歌中以现实主义的笔法展现亲人离散这一悲剧主题的作品更多。但是，在赋中这类作品却不多见。可以说，这篇即景式小赋正好弥补了这方面的不足，它体现了关心民瘼的现实主义的倾向。同时，这首作品虽然在体裁上不是诗歌，但不论从思想内容，还是表现手法（如对话）都显见汉代乐府诗对它的影响。

此赋开篇先写故事发生的环境，并交代对话双方的身份。"散冢培累，连畛接亩"，破败的坟堆一片连着一片，这便是作者对故事发生所营造的一个特定氛围，为全赋情节的发展笼罩上一层灰暗、低沉的色调。在这个凄凉的背景下作者又为我们推出了作品的主人公："饥卧冢首"的男子和"悲挽其手"的女子。中间部分写夫妇二人的对话，是作品的主体所在。当然写对话，自然是分写，是作者在第一部分合写基础上对故事情节的展开。最后部分，作者又合写双方，交代故事的结局。不难看出，就结构而言，作品前后呼应，有头有尾，平实而顺畅。但是,正是在这貌似平实的结构中,却寄寓着作品主人公和作者如大海波涛般汹涌澎湃的感情,男女主人公的性格及作者的爱憎表露无遗。同时,这篇作品虽然提供的是一个对话的片段,但实则是当时社会的一个缩影:人民连最低的生活温饱都保证不了,被逼得都要妻离子散、家破人亡了。所以,此赋看似简单,实是以小见大,包含着重大的社会现实主题。

这篇赋的最大特点是以对话来表现人物的性格。男主人公因生活所迫,不得不离开自己的妻子,去自找活路,并且希望妻子忍辱苟活,等待将来的团聚。他爱惜生命,有着强烈的求生愿望,妻子的苦苦哀求也无法将他挽留:"十声呼之,不一回首。"但女主人公却完全相反。当丈夫让她投靠大户人家以求活路时,她坚决拒绝:"饱为污人,饿为义殇。纵令生别,不如死将。"正是在这发自内心的铮铮铁语中,体现了女主人公忠贞坚强、矢志不移的个性。也正是在这些对白中,男女主人公形象跃然纸上。另外,这篇赋在语言上力求朴素自然,使语言风格与人物形象统一。这在以用词生涩古奥而著称的历代辞赋作品中是较为独特的。(张 兵)

【作者小传】

杨 慎

(1488—1559) 字用修,号升庵,新都(今属四川)人。正德六年(1511)状元及第,授翰林修撰。世宗时,为经筵讲官,以议"大礼"事获罪,谪戍云南永昌。投荒三十余年,死于戍所。工诗文,善词曲。主要作品收入《升庵全集》,又有词曲《升庵长短句》《陶情乐府》《二十一史弹词》等。

蚊 赋　　　　杨 慎

　　有物于此,孕于丹鷤①,氏于白鸟②。育于朱陵③,殷于丰草④。翾翾以作状⑤,薨薨以成家⑥。昭昭以相避⑦,冥冥以相向⑧。阁阁椓椓⑨,据以为营。郁郁彬彬⑩,窃以为名⑪。霹霢眩雨⑫,丰隆混声⑬。贞女弃骼⑭,壮士挫精⑮。公子不知⑯,筮诸灵蓍⑰。灵蓍曰:计之喙⑱,嚼肤之利⑲。利在三宵⑳,群嬉群嚣㉑。醉血不醒㉒,疾毙于掌戟㉓。蓍颂喻寡㉔,征诸玉瓦㉕。玉瓦曰:仙鼠聚粮㉖,萑苇之乡㉗。伏螫攸戕㉘,利距森张㉙。何彼皇皇㉚,不见肃霜㉛。瓦辞难读,讯诸射覆㉜。射覆大夫曰:烟火其屯㉝,

镫烛其喜^㉞。焦螟以为巢^㉟，蠛蠓以为使^㊱。芸瓜而来^㊲，零栗而逝^㊳。秋风夕起，斯害也已^㊴。公子喻矣，是曰蚊理。

〔注〕　①丹鴖(tián)：红色的夜鹰。鴖，蚊母鸟的别名，即夜鹰。昼伏夜出，捕食蚊虻。旧时以为此鸟吐蚊，故名。　②氏：类，种类。白鸟，蚊的别名。　③朱陵：即朱陵洞天。道家所称三十六洞天之一，在湖南省衡山县。借指神仙居所。　④丰草：茂密的草。　⑤翾(xuān)翾：飞的样子。　⑥薨(hōng)薨：象声词。众虫齐飞的声音。　⑦昭昭：明亮。　⑧冥冥：昏暗的样子。相向：相对，面对面。　⑨阖阖：扎缚牢固整齐的样子。椓椓：敲打。　⑩郁郁彬彬：文质兼备的样子。　⑪窃：私下。名，起名。　⑫霡(mài)霂(mù)：小雨。　⑬丰隆：古代神话中的雷神。　⑭贞女：贞洁的妇女。弃骼(qià)：贞洁的女子也难以避开蚊子的叮咬，所以也算不上是贞女了。　⑮挫精：在蚊子的进攻下，勇士也摧折其精锐之气。　⑯公子：对豪门贵族子弟的通称，此为虚指。　⑰筮(shì)：用蓍草占卜。灵蓍(shī)：占卜用的蓍草。　⑱喙：嘴。　⑲噆(cǎn)：咬，叮。　⑳三宵：三夜，指夜半时分。　㉑群：共聚一起。　㉒释(shì)：通"释"，释放。　㉓毙：死亡。掌戟：手掌之中。　㉔蓍颂：用蓍草占卜后得出的占词。　㉕玉瓦：指用玉和瓦占卜。古代灼龟甲占卜吉凶时，其裂纹似玉之裂痕者，称为玉兆；其裂纹如瓦之裂痕者，称为瓦兆。　㉖仙鼠：蝙蝠的别名。　㉗萑(huán)苇：两种芦苇植物。蒹长成后为萑，葭长成后为苇。　㉘伏鳖：即"鳖伏"，鳖低头俯伏。攸，助词，无义。戕(qiāng)：残害。　㉙利距：尖利的脚。距，本指雄鸡、雉等的腿的后面突出像脚趾的部分，此指鳖的脚。森张：伸张耸竖。　㉚皇皇：惶恐的样子，彷徨不安的样子。皇，通"惶"。　㉛肃霜：霜降而万物收缩，指深秋季节。　㉜讯：问，询问。射覆：古时的一种猜物游戏，也往往用以占卜。　㉝烟火：火和烟，此指用火烧烟熏。屯：聚集。　㉞镫(dēng)烛：泛指灯。　㉟焦螟(míng)：传说中的一种极小的虫。　㊱蠛(miè)蠓：虫名。体微细，将雨，群飞塞路。　㊲芸瓜：指初夏季节。芸，通"耘"，除草。　㊳零栗：指晚秋季节。零，落。栗，栗子，其果实成熟于秋季。　㊴已：停止。

此赋作于杨慎遭贬谪戍居云南永昌卫期间。杨慎虽多才多艺，但命运多舛。他诗文兼长，又善散曲，个性狂放，喜用诙谐幽默笔法结构短章。其赋在题材上虽多咏物，但寓意深刻，手法老辣，足显作者之个性。

关于此赋，杨慎曾在《后蚊赋》序中明言："余暇之日，戏为《蚊赋》。或谓规规兰陵(按：荀子曾两任兰陵令)之体，未尽蚊之典也。"可见是一篇模仿追步荀卿赋之作。全赋就像一个谜语，通篇言蚊而不出现"蚊"字，直到文末才点出谜底，足显撰者布局之用心与精巧。寥寥二百字，简短精练，一气呵成，但却突破陈式，自出新意，将描写重点与重心放在叙写蚊虫的嗜血本性及对人的危害程度上，有鲜明的刺世目的，鲜明地表现出作者对社会上那些以谗毁陷害忠良之士为专门职业的吸血虫般奸佞宵小之徒行为及心理的全方位揭露和深刻批判，生动真实地传达出作者虽被谪穷荒远地但抑郁难平的心声与心态。在写作技巧上，先是以详尽文辞细叙蚊之食血习性；终篇则写其毙于人之掌中，通过其应有下场的逻辑揭示，既体现了文意主旨，又显得层次清晰、章法谨严，同时通过主客体问答的形式，以整饬协韵的四字句式架构全篇，井然有序，生动传神。作者后来又作有《后蚊赋》，同样也是揭露蚊的罪恶，可视为本文的姊妹篇。在赋史上，以蚊为题材的同名赋作就代不乏人，如晋代的傅选和与杨慎同时代的钱薇和傅占衡。此赋能后来居上，完全是因撰者的才情与际遇所致，而在继承荀卿赋多隐语这一艺术特色方面，更是值得肯定。

（孙京荣）

【作者小传】

薛蕙

（1489—1541）　字君采，又作采君，亳州（今属安徽）人。明武宗正德九年（1514）进士，授刑部主事。因谏武宗南巡，受杖夺俸，旋引疾归。后历吏部主事，考功郎中。明世宗嘉靖初，以议大礼下狱，寻复职，又遭逊，遂解仕归。学者重其行，称西原先生。著有《西原集》《五经杂录》《考功集》《约言》《西原遗书》等。

孤雁赋 并序　　　　　　薛蕙

《孤雁》，感物也①。涡水上有孤雁②，随人家畜鹅鹜辈以取食③。人或逐之，辄飞去。入左右洲渚间④，然终不远也。予游城西，有野人指示⑤，予心恻然伤焉⑥。因作赋云：

遵长河之峻阪⑦，出城隅以西徂⑧。望鸿雁于河涘⑨，伫彷徨而独居⑩。容貌憯以悉悴⑪，音凄怆而号呼⑫。伊斯鸟之嘉淑⑬，产异质于幽荒⑭。体贞信之至性⑮，动静一其有常⑯。固羽族之殊特⑰，众鸟孰可与比优⑱？故其行不失时，止必择所，候暖北逝，先寒南下。既冒险而涉危⑲，曾不恤夫勤苦⑳。惟众鸟之多智，曰庇生之得宜㉑。弗一遘于艰难㉒，羡暇豫之无期㉓。或巢山巅，或游海涯，奋首虹霓㉔，濯翼天池㉕。托户牖之巍巍㉖，下民莫得以或窥㉗。足无虚跰㉘，翼不勤飞，资饮啄于寻丈㉙，迁徙弗逾乎旬时㉚。何斯鸟之劬劳㉛，增荼毒其曷已㉜！将材质之不伦㉝，固天命之难侔㉞。瞻北都与南国㉟，念室家之靡止㊱。道路敻以辽远㊲，间一岁而万里。

复有群侣中迷㊳，雄雌死别，目骇魂惊，飞沉隔绝。始回遑而不进㊴，终踌躇而永诀㊵。尔乃背云路㊶，下绪风㊸，依沮洳㊹，潜蒙茸㊺。捐燕越之故思㊻，甘悉苦而终穷。虽六翮之尚在㊽，欲北归其焉从？

于是沦形晦迹㊾，亡精失志，牢落远迁㊽，踯躅无寄㊽。痛众雏之一隔，慕同类之难值㊿。伺晨凫而朝征㊿，逐驾鹅以宵眜㊿。岂卑湫之敢辞㊿，耻众目之猜忌。声未鸣而先绝，翅将举而复坠。呻吟幽僻㊿，周旋林垌㊿。践旷野之严霜㊿，食潢污之流萍㊿。延性命以苟存，非初心之所营㊿。遭志意之摧毁，中无故而或惊。况畏悸之丛至㊿，迫末路之惇惇㊿。避矰缴而往来㊿，困鹰隼之纵横㊿。思逸乐之无遗，忧慄纷其相婴㊿。

若乃阳律毕谇㊿，阴气时作，天清日迥㊿，草枯木落。明月出兮皎皎㊿，野露皓以漠漠㊿。恋南游于朱崖㊿，怀北栖乎玄朔㊿。魂魄悚而怵惕㊿，顾形影之寂寞。吐哀响之嘹唳㊿，志激昂而将跃。动幽谷之虚籁㊿，停高门之晓柝㊿。闻之者怊怅而自怜㊿，见之者歔欷而不乐㊿。

嗟斯禽之可哀，像羁旅而无朋㊿。因昆虫之同感，末若斯人之有情。泛游观而历兹，忽容与而不行㊿。咏鸿雁于周诗㊿，泣涕下而沾缨㊿。览万物之参错㊿，司大化之合并㊿。相吉凶与忧喜，终同归于杳冥㊿。齐百虑于一致，孰云天道之不平。

〔注〕①感物：被外物感动。　②涡(guō)水：即涡河，淮河支流。源出河南开封县西，东南流至安徽怀远入淮河。　③鹜：鸭子。　④洲渚：江中沙洲。　⑤野人：乡野之人，农夫。　⑥恻然：忧伤，悲痛。　⑦遵：沿着。峻阪：高坡，陡坡。　⑧城隅：城楼。徂(cú)：往，行。　⑨涘(sì)：水边。　⑩伫：久立。彷徨：徘徊不定貌。　⑪憯(cǎn)：忧伤悲痛。愁悴：忧伤憔悴。　⑫号(háo)：号叫。　⑬伊：语首助词，无义。淑嘉：美好。　⑭幽荒：幽远荒凉的地方。　⑮体：包含，容纳。　⑯一：一致，划一。　⑰羽族：鸟类。　⑱比伉(kàng)：犹比偶，并列。　⑲冒险：经受危险。　⑳曾(zēng)：副词，竟，乃。恤夫(fú)：忧虑，顾惜。　㉑庇生：保护生命。宜：适合，恰当。　㉒遘(gòu)：遭遇。　㉓暇豫：悠闲逸乐。　㉔奋：展翅高飞，张于翅膀。　㉕濯：洗涤。天池：寓言中据说的大海。　㉖巍巍：高大的样子。　㉗下民：指世间的人民。因对天而言，故称下民。　㉘跖(zhí)：脚掌，践踏。　㉙资：供给。寻丈：八尺至一丈。寻：八尺。　㉚逾：超过。旬时：十天。旬，十天。　㉛劬(qú)劳：劳苦，辛劳。　㉜荼毒：毒害，残害。曷：何，疑问代词。已：止。　㉝伦：同类。

○34 俟：等待。　　○35 北都：此泛指北方。南国：泛指南方。　　○36 靡：无。　　○37 夐（xiòng）：遥远，辽远。　　○38 群侣：成群的伴侣。　　○39 回遑：徘徊，犹疑不前。　　○40 踌躇：犹豫，徘徊不前。诀：别。　　○41 云路：云间的道路，指天空。　　○42 绪风：余风。　　○43 沮洳：低下潮湿的地方。　　○44 蒙茸：犹蓬松，指杂草丛。　　○45 燕：指春秋战国的燕国，故地在今河北省北部和辽宁省南部。越：指春秋时期越国，故地在今浙江省东部。此泛指北方与南方。　　○46 六翮：健羽，指鸟翅膀上的大羽毛。　　○47 沦形晦迹：隐藏形迹。　　○48 牢落：孤寂，无所依托。　　○49 踯躅：驻足，踏步不前。　　○50 慕：思念。值：相遇，相逢。　　○51 伺：等候。晨凫：野鸭。常以晨飞，故称晨凫。　　○52 驾鹅：野鹅。　　○53 卑湫：低下潮湿之地。　　○54 呻吟：因痛苦而发出的声音。幽僻：幽暗而偏僻的地方。　　○55 周旋：周围旋转。林坰（jiōng）：荒郊野外。坰，远离城邑的郊野。邑外曰郊，郊外曰野，野外曰林，林外曰坰。　　○56 旷野：空阔的原野。　　○57 潢污：低洼积水的地方。　　○58 营：谋求。　　○59 畏悸：畏惧惊恐。丛至：丛聚而至。　　○60 惸（qióng）惸：孤独无依的样子。　　○61 矰（zēng）缴（zhuó）：系有丝绳专用以射鸟的短箭。矰，拴着丝绳的短箭。缴，系在短箭上的丝绳。　　○62 鹰隼（sǔn）：指鹰一类的猛禽。隼，即鹞，一种凶猛善飞的猛禽。　　○63 忧慄：忧愁恐惧而战慄。婴：纠结，缠绕。　　○64 阳律：阳气。谢：衰落。　　○65 迥（jiǒng）：远。　　○66 皎皎：光明的样子。　　○67 漠漠：弥漫的样子。　　○68 朱厓：即珠崖，郡名，汉武帝元鼎六年（前111）置。基地相当于今海南省东北部地区。此泛指南方。　　○69 玄朔：泛指北方。　　○70 悚：通“悚”，恐惧。怵（chù）惕：戒惧、惊恐。　　○71 嘹唳：响亮凄清的声音。　　○72 虚籁：空寂无声。　　○73 高门：大户人家，富贵人家。柝（tuò）：古代打更用的梆子。此指击柝的声音。　　○74 怊怅：犹“惆怅”，失意感伤的样子。　　○75 歔（xū）欷（xī）：哀叹抽泣的声音。　　○76 羁旅：作客他乡。　　○77 容与：迟疑不前的样子。　　○78 周诗：指《诗经》。《诗经·小雅》有《鸿雁》篇，据《诗序》说是赞美周宣王能安集离散的万民使得所的诗，实际上是一首诅咒徭役的诗。　　○79 缨：结冠的带子。　　○80 参错：参杂交错。　　○81 大化：大自然的变化。　　○82 杳冥：高远而不能见的地方，指苍天。

此赋的序言说得很明白，这是一篇应物兴感的作品。这种赋首先要求咏物必须生动具体形象，使读者如见其物，如闻其声；其次，必须切合作者的身份或彼时彼地的思想感情，使读者如见其人，感同身受。这篇赋都具备这些特点。

此赋用序言简要交代了写作背景，写得极为简明扼要而又情韵悠长。孤雁与鹅鹜同侪，随而取食，被人驱逐，又不能振翅远逝。其悲惨使读者恻然伤之，一下子就把读者带入到了同情怜悯的境地。此赋的正文则首先点明作者发现孤雁，简要几句就勾勒出孤雁彷徨独居的悲惨生活。然后突出地描写雁的特性。雁是候鸟，不惮勤苦，随气候的变化迁徙。它“体贞信之至性，动静一其有常”；“行不失时，止必择所”；它品质特异，不同于一般的鸟类；并拿众鸟的“庇生之得宜”与之对比，以突出它的“异质”，已令人肃然起敬。接着详细描写这只失群孤雁的悲惨遭遇。它在“雄雌死别”之后，就“背云路，下绪风”，离开雁群，在失侣的地方停留下来，“亡精失志”而成为孤雁。从此众目猜忌，畏悸丛至，不敢振翅高飞，不敢放声长鸣，只能悲感其“初心”之被违背，“意志”之被摧折，只好混迹于晨凫与驾鹅之间的苟延性命，这已是十分令人同情。特别到了冬天，“天清日迥，草枯木落”，它“恋南游”，“怀北栖”，更感寂寞。此时，它更无法忍受这种凄苦。于是它志气傲昂，一吐哀响，声震遐迩，“闻之者怊怅而自怜，见之者歔欷而不乐”。这就更加使人感慨歔欷。孤雁的激愤达到高潮，读者的心情也震撼难耐。此赋对孤雁的失群之苦描写得甚为凄恻感人。最后，作者寄情丝，抒感慨，对序文的“恻然伤焉”作进一步的发挥。

作者看到兹禽羁旅无朋，十分同情，因而容与不行，泣下沾襟。作者的感慨也达到最高点。但作者一想到世界的万事万物，虽参差不齐，在大自然的变化之下，“吉凶与忧喜”，无不“同归于杳冥”，因而不必埋怨“天道之不平”，以万物同归于尽来宽慰孤雁，也宽慰自己。这虽然有点消极，但在那无力改变的命运面前，也只好如此而已。

此赋赋的是孤雁，表达的其实是作者自己的遭遇与感慨。作者生活于明代后期，他一踏入仕途，接触到的皆是令他失望的社会现实。他想要有所作为，但得到的回报是不停的打击与谗毁。在那样的社会里，他灰心失望，只好洁身自好，因而常常感到孤独与悲哀。此赋写孤雁孤立无援，四处受到排斥与歧视，实是作者自己的切身体会。此赋写孤雁“沦形晦迹”，但品行高洁，虽只能呻吟周旋，苟全性命，但非其“初心”，乃是“遭志意之摧折”的结果。它终于“吐哀响之嘹唳，志激昂而将跃”，暗示它即使在此时仍怀远志，而与那些同流合污者迥然不同。前人称薛蕙“貌臞气清，行已素峻洁”。这正是他高尚人品的自我写照。读者同情孤雁，景仰孤雁，也就是同情作者，景仰作者，二者是紧密地合二而一的。此赋在当时即颇有名气，不是偶然的。

此赋虽语句四六，但不拘对偶的工整，不讲声律的谐协，不求语言的华美，不事堆垛铺陈，一切以抒情达意为宗旨，写得真切生动，凄婉清厉，走的完全是魏晋时期的路子。到明代后期，唐宋时期兴起的文赋，已完全走到了尽头，而提倡学骚，学汉赋，学魏晋赋，也不废六朝赋。辞赋发展的这种变化，在赋的发展史上也很值得注意。

(叶 农)

黄省曾

【作者小传】

(1490—1540) 字勉之，吴县(今属江苏)人。明嘉靖十年(1531)举人。为解元，会试屡试不中，便放弃了科举之路，转攻诗词和绘画。性旷达放浪，博学多闻，醉心于游览山川，足迹遍及五岳，故自号五岳山人。曾学诗于李梦阳，又曾从理学家王守仁游学。著有《五岳山人集》《西洋朝贡典录》《拟诗外传》《骚苑》等。

射病赋　　　黄省曾

晋昭公惽然弗乐①，愦然有疾②，四境不理③，纤体累息④。偃之则烦⑤，振举寡力⑥。乃问简子⑦，简子不识。董安于进曰⑧："臣闻扁鹊者⑨，洞览中藏⑩，以生枯起死名天下⑪，何不召诸？"乃奉黄金万镒⑫，重锦百绮⑬，安车抗旌⑭，之渤海聘焉⑮。

扁鹊至晋，引之紫宫⑯，延于玉房⑰。搴帏缔察⑱，徐雅善详⑲。首诊脉候⑳，次审厥色㉑，逶逶循循㉒，愕然而告昭公曰㉓："君王之病，臣固知之，然其成也非一症，积也非一日矣。臣请为君王历言之，可乎？"昭公曰："唯唯。"扁鹊再却再进，而言曰："今君王之病，乃有目眮不睹㉔，耳闭不闻，溃乎若坏，汩乎罔停㉕，其名曰煎厥㉖；得之：薰莸邪正㉗，淆浑黑白，嘉言谠谟㉘，孔贬以黜㉙，小大近丧㉚，内奰中国㉛。复有蟯蚳赤弱㉜，其族云九㉝，盘贯滋大㉞，亡殄非久㉟，其名曰虫蚀㊱；得之：掊克在位㊲，蒸庶濡首㊳，土田钱刀㊴，强梁者皁㊵，民靡有黎㊶，与谁为守？复有火逆销金㊷，郁其胸路㊸，上下关格㊹，食饮反吐㊺，其名曰痞膈㊻；得之：瘝困茕苦㊼，无以宣述㊽，仁贤摈野㊾，莫展忠臆㊿，多我觏痻51，不雨天泽52。复有掉臂则掣53，兴股则挛54，左引右控55，拘疹不安56，其名曰筋瘛57；得之：政如束湿58，科以箕敛59，深刑刻罚60，税及鸡犬61，思彼乐郊62，水火庶远63。复有血气挥耗64，精神倦凋65，皮衍肉脱66，不能终朝67，其名曰风消68；得之：居无蓬牖69，耕无莽田70，民鲜乡著71，鸿雁播迁72，土崩势成73，厥祸昭然74。复有鳃鳃洞下75，嫚嫚善利76，一有所飨77，十有所去78，其名曰餮泄；得之：宫殿侈广79，营役不休80，九府殚竭81，饩廪若流82，土木大淫83，缫子作雠84。复有洒然被风85，躯半不遂86，肢弱掌战87，艰苦兴慧88，其名曰痿痹89；得之：外重内轻，五大在边90，裁养犷悍91，姑息自先92，一旦除之93，厥变孔延94。复有慌慌罔罔95，冉冉侵侵96，昵之私之97，逐舍不能98，其名曰鬼痊99；得之：大佞若忠[101]，君倚股肱[102]，孚灌骨髓[103]，执枢掌衡[104]，万机繇之[105]，鲜有不倾[106]。复有愤盈王满[107]，水气陵侮，区区之腹，扪焉若鼓[108]，其名曰䐜胀[109]；得之：贪臣播虐[110]，豪门煽毒[111]，空夫包怒[112]，子妇吞哭[113]，极而溃泄[114]，天地反覆[115]。凡臣所言，果中君王之病否乎？"昭公曰："寡人所苦，一如先生之言，天苟不弃，寡人得从先生以治，南面有日矣[116]。"

扁鹊出谓董安于曰："君王之病，非汤液醴酾之所及[117]，镵石案熨之可施[118]，必也征五臣于虞氏[119]，借九人于周室[120]，寄以调燮[121]，委之融和[122]，庶几其可瘳也[123]。若在扁鹊，则陌巷之医尔[124]，诚不能达晓君王之事[125]。"

〔注〕 ①晋昭公：春秋时晋国国君，名夷，姬姓，前531—526年在位。懆(cǎn)然：忧伤的样子。 ②愦(kuì)然：昏乱而神智不清的样子。 ③四境：四方边境，指全国。 ④纡(yū)体：身体拳屈。累息：不停地叹息。 ⑤偃：仰卧。 ⑥振举：活动，行动。 ⑦简子：即赵简子，名鞅，又名志父，亦称赵孟。春秋末晋国正卿。在晋卿内讧中，击败范氏与中行氏，扩大封地，奠定后来赵国的基础。 ⑧董安于：晋国赵氏家臣。 ⑨扁鹊(前407—前310)：春秋战国时名医，姓秦，名越人，又号卢医，渤海郡郑(今河北省任丘市)人，一说为今山东长清一带人。学医于长桑君，有丰富的医疗实践经验，反对巫术治病，遍游各地行医，擅长各科，医名甚著。后因诊治秦武王病，被秦太医令李醯嫉妒杀害。在《史记》《战国策》里记载有他的传记和病案，并推崇为医学的倡导者，奠定了中医学的切脉诊断方法，开启了中医学的先河。 ⑩洞览：洞察，明察，透彻了解。中藏(zàng)：内脏。传说扁鹊能隔墙见人，看病能"尽见五脏症诘"(《史记·扁鹊仓公列传》)。 ⑪生枯起死：使枯者生，使死者起，即起死回生之意。 ⑫镒(yì)：古代重量单位，二十两为一镒，一说二十四两为镒。 ⑬重锦：精美的纺织品。百绮：犹言万匹。 ⑭安车：一匹马(礼尊者用四马)拉的小车，可以坐乘，较立乘的车安适，故曰安车。高官告老还乡或征召有众望的人，多赐乘安车。抚：高举。旍(jīng)，同"旌"。抗旍是表示尊重。 ⑮之：往。渤海：扁鹊为渤海郡郑人。 ⑯引：领入。紫宫：星座名，古代用以称帝王宫廷。 ⑰延：迎接。玉房：装饰华美的房屋。 ⑱搴(qiān)帏：撩起帷幕。帏，同"帷"。缔察：仔细观察。缔，通"谛"。 ⑲徐雅：慢慢地。善详：详细审查。 ⑳脉候：脉搏，症候。 ㉑审：细察。厥：其。色：脸色。 ㉒逡(qūn)逡：欲进不进、迟疑不决的样子。循循：徘徊不前的样子。 ㉓愕然：惊讶的样子。 ㉔目眐：目不明。 ㉕汩(gǔ)：乱，扰乱。罔：无，不。 ㉖煎厥：发高烧的昏厥。 ㉗薰莸(yóu)：香草和臭草，比喻善恶、贤愚、好坏等。 ㉘嘉言：善言。党(dǎng)谟(mó)：正直的谋划。 ㉙孔：甚，很。贬：贬抑，贬损。黜：贬黜，废除。 ㉚小大：小者大者，犹言一切，所有。 ㉛曌(bì)：怒，乱。此二句意谓小者大者一切都近于丧亡，整个国家都感到愤怒。 ㉜蛲(náo)蚘(huí)：蛲虫和蛔虫，人体内的两种寄生虫。蚘，即蛔。 ㉝族：种类，族类。 ㉞盘贯：盘踞。滋：更加，愈益。 ㉟殒：死亡。 ㊱蚀：蛀蚀，啮咬。 ㊲掊(póu)克：聚敛贪狠，也指聚敛贪狠之人。 ㊳蒸庶：民众，百姓，庶民。蒸，通"烝"，众多。濡首：陷入困苦境地。 ㊴土田：田地。钱刀：钱

币。古钱形似刀,故钱称钱刀。　⑩ 强梁:凶暴,横强。阜:多,富。　⑪ 民靡有黎:语出《诗经·大雅·桑柔》,谓人民丧亡殆尽。靡,无。黎,多。　⑫ 火逆:火气上升。销金:熔化金属。　⑬ 郁:郁集,不通畅。胸路:犹言胸腔。　⑭ 关格:中医指阴阳失调而小便不通的危重病症。　⑮ 反吐:呕吐。　⑯ 痞膈:病名,指胸腹气闷郁结成块的病。　⑰ 瘝(guān):病痛,疾苦,同"癏"。茕苦:孤独痛苦。　⑱ 宣述:宣泄表述。　⑲ 摈(bìn)野:摒弃在野。摈,排斥,弃绝。　⑳ 忠膽:忠诚,忠心。　㉑ 多我觏(gòu)痻(mín):语出《诗经·大雅·桑柔》,谓遇到许多灾难。觏,遇到。痻,病,灾难。　㉒ 天泽:上天的恩泽。　㉓ 掉臂:甩动胳膊。掣(chè):拉,拽。　㉔ 兴股:抬起大腿。股,腿。挛(luán):蜷曲不能伸展。　㉕ 引:牵引。控:牵制。　㉖ 拘挛:因肌肉收缩而手足拘牵,不能自由伸展。　㉗ 筋瘛(chì):病名,指筋脉痉挛。　㉘ 束湿:捆扎湿物。湿物易束,用以比喻政令的严酷急切。　㉙ 科:征收的赋税。箕敛:以箕收取,谓苛敛民财。　㉚ 深刑:刑罚严厉。刻罚:处罚苛刻。　㉛ 税及鸡犬:形容赋税苛重,名目繁多,连鸡狗也要收税。　㉜ 乐郊:犹言乐土,安乐的地方。《诗经·魏风·硕鼠》:"逝将去女,适彼乐郊。乐郊乐郊,谁之永号!"　㉝ 水火:谓水深火热,比喻艰难困苦。庶:或许,差不多。　㉞ 血气:指人的血脉和精气。挥耗:亏损,消耗。　㉟ 倦凋:瘦敝凋败。　㊱ 皮衍:皮肤松弛。肉脱:形体消瘦。　㊲ 终朝:一个早晨。　㊳ 风消:病名。风寒温热之类的病症。　㊴ 蓬牖(yǒu):用蓬草编成的窗户,指住处十分简陋。牖,窗子。　㊵ 莽田:长满野草的荒地。　㊶ 乡著:犹言土著,指世世代代居住在某一地方的人。　㊷ 鸿雁:大雁。雁是候鸟,随气候迁徙,居无定所。播迁:流离迁徙。　㊸ 土崩:形容崩溃破败,不可收拾。　㊹ 昭然:明白的样子。　㊺ 鳃(xǐ)鳃:恐惧的样子。洞下:呕吐。　㊻ 嫚(yuān)嫚:柔屈的样子。利,通"痢"。　㊼ 飧:用酒食款待人。　㊽ 去:丢失,指腹泻。　㊾ 飧泄:中医病名,指大便溏稀,食物消化不好。　㊿ 侈广:广博。　51 营役:劳役。　52 九府:周代掌管国家财币的机构,泛指国库。张守节《正义》云:"周有大府、玉府、内府、外府、泉府、天府、职内、职金、职币,皆掌财币之官,故云九府也。"殚竭:罄尽,耗尽。　53 饩(xì)廪:古代官府发给的粮食之类的生活物资。　54 土木:营造建筑等工程。淫:过度。　55 繇子:服徭役的人。繇,通"徭"。作雠(chóu):变成仇恨。　56 洒然:寒冷发抖的样子。被风:中风。　57 躯半不遂:半身瘫痪。　58 战,通"颤"。　59 兴憩:犹言作息。兴,起。憩,休息。　60 痿痹:病名,指肢体萎弱麻木,不能活动。　61 五大:《左传·昭公十一年》:"臣闻五大不在边。"孔颖达疏引贾逵云:"五大:谓太子、母弟、贵庞公子、累世正卿也。"边:边境。这五种人在边境,容易形成地方豪强势力,不听中央指挥,而形成尾大不掉之势。　62 栽养:栽培,培养。犷悍:粗野凶悍。　63 姑息:无原则地宽容放纵。　64 除:清除,除去。　65 变:变故,变乱。延:蔓延,扩大。　66 慌慌:慌忙,慌张。罔罔:犹惘惘,心神不定的样子。　67 冉冉:逐渐进展的样子。侵侵:犹渐渐。　68 昵:亲近。私:偏爱。　69 逐舍:驱逐舍弃。　70 尩尪(zhù):病名,指中邪。　71 佞:善于以花言巧语取媚的人。　72 倚:依靠,依赖。腹肱:大腿和胳膊,比喻辅佐君主的大臣。　73 孚:信用,信赖。灌:深入,注入。　74 枢衡:比喻重要的权力和中枢要职。　75 万机,同"万几",指君王日常处理的纷繁政务。繇,通"由",用,听凭。　76 鲜:少。倾:颠覆,倾覆。　77 愤盈:充盈,积满。王,通"旺",旺盛。满,通"懑",郁闷。　78 水气:人体之水气因受寒而凝滞不化。陵侮:欺凌侮辱。　79 区区:小,少。　80 扪:摸。　81 膜(chēn)胀:肿胀,鼓胀。　82 贪臣:贪婪的臣下。播虐:施播暴虐。　83 豪门:有权有势的大家族。煽:鼓动。　84 空夫:穷人。包怒:忍怒。　85 子妇:儿子与儿媳妇。　86 溃泄:洪水破堤而出,比喻无法阻挡。　87 反覆:翻覆,倾覆。　88 南面:古代以南向为尊位。

帝王之位南向,故称居帝王之立为南面。有日:不久。　⑲汤液:中药汤剂。酿(nóng):浓酒。醨(lí):薄酒。　⑳镵(chán)石:古时治病用的石针。案熨:按摩与热敷。案,通"按"。　㉑征:征聘,征召。五臣:《论语·泰伯》:"舜有臣五人而天下治。"何晏注:"孔曰:'禹、稷、契、皋陶、伯益。'"虞廷:虞舜的朝廷。虞舜为古代的圣明之主。　㉒九人:指周武王时的九个贤臣:周公、太公、召公、毕公、荣公、太颠、闳夭、散宜生、南宫括。周室:周王朝。《伦语·泰伯》:"子曰:'才难,不其然乎?唐虞之际,于斯为盛,有妇人焉,九人而已。'"　㉓寄:托付,寄托。调燮:调和元气,谐理阴阳,古代宰相之职。　㉔委:委托,委任。融和:融洽和谐。　㉕庶几:大概,差不多。瘥(chài):病痊愈。　㉖陌巷:街道小巷,犹言民间。　㉗达晓:通晓明白。

　　"述客主以首引"(《文心雕龙·诠赋》),通过客主(可以假借真实的历史人物,也可以是虚构的人物)问答来展开描写。这是谋篇常用的手法。这篇赋就采用了这种传统手法。

　　此赋中出现的历史人物,在历史上都实有其人。但晋昭公为春秋中叶人,而赵简子、董安于、扁鹊则为春秋末年或战国初期人,历史上记载的扁鹊确实为赵简子看过病,却不可能为晋昭公看病,可见故事纯系虚构。作者将不同时期的历史人物扭合在一起,就是旨知读者不可以当做真实的历史事件来考察,而假托历史人物则可以避免现实之嫌。明代文网虽不甚严密,但斥指当权者还是容易犯忌讳的。本篇通过扁鹊为晋昭公诊病,描写了晋昭公的九种病症:煎厥、虫蚀、痞膈、筋瘛、皮消、餐泄、痿痹、鬼疰、膜胀。这九种病症确实都是人的疾患,但患了这些病症的结果,则全都不是人生理上的,而是涉及残暴昏庸的封建君主统治下社会上所出现的诸多方面的顽症:黑白混淆、嘉言贬黜、掊克在位、民靡有黎、怀困茕苦、仁贤摒弃、科以箕敛、税及鸡犬、耕无莽田、民鲜乡著、营役不休、土木大淫、外重内轻、五大在边、大佞若忠、执掌权衡、贪臣肆虐、豪门煽毒。这全面涉及明代后期乃至整个封建统治的政治、经济、用人,统治阶级与被统治阶级,统治阶级内部矛盾等各个方面,诸如朝政的昏庸腐败、阶级矛盾的尖锐激烈、地方势力与中央势力的冲突斗争。此赋对封建统治者这种昏庸残暴的统治与剥削,进行尖锐的指责,并向其提出了严正的警告:其结果必然内衅中国,无以为守;必然土崩瓦解,天地反覆。这样下去,其统治的垮台是必然的。

　　在此赋的最后,作者向封建统治者提出了贤能政治的理想,只要有开明的贤臣来"寄以调燮,委之融和",病症还"庶几其可瘥也"。但他说话的语气虽用了"必也",但作者全无信心,只能是"庶几"而已。因为他看透了整个社会已经是病入膏肓,无可救药了。像他这样的贤能之士,却不进用,就是明证。这篇赋可以说是对昏庸残暴的封建统治的讨伐书与警告书,能这样全面深刻地揭露封建社会的弊端,在辞赋中是少见的。

此赋采用骈辞大赋的写法,用客主问答展开描写,叙述用散文,描写用韵文,语句大体用四言,不拘平仄,不拘对偶,不讲声律,走的是汉代骈辞大赋的路子。但它不事铺排,不堆垛辞藻,语言简要而浅露,讽刺尖锐而深刻,又与骈辞大赋有别,而接近晚唐时期讽刺赋的风格。

其构思虽可能受到唐代李华《医言》的影响,而两篇赋的主旨则全不相同。李华《医言》重在警告人君不要忽视内部危机而欲疲民以拓展疆土,这是针对唐代当时的现实政治而发。此赋重在指责封建昏庸君主统治下的多种社会弊端,这是针对明代后期的社会现实,概括更为广阔。惜其语言较为质朴,不似李华赋之文采飞扬。故抨击虽更为有力,而艺术性则略显不足。

此赋托言治病来大谈政治,亦明显受到枚乘《七发》的启发。不过《七发》是吴客谈七件事来启发楚太子,针对楚太子安居宫内,享乐过度、倦怠而不欲活动的病况,而先采用贵族子弟喜欢的音乐、饮食、车马、游观、田猎、观溯等来诱导楚太子,使之逐渐兴奋,最后以要言妙道针砭之,以使楚太子"涩然汗出,霍然病已"。而此赋则说九种病症,多方面对其统治下的各种社会弊端加以指斥,最后亦开出贤能开明政治的主张以医治其社会顽症。这又很明显不欲完全依样画葫芦,而想有所变化。但形式虽不是完全相同,而其文采亦远不如枚乘《七发》。这说明赋到此时已发展到极致。辞赋作家任你怎么绞尽脑汁,读者总会在其中看到前人的影子,而且此时赋家大都已是江郎才尽,在艺术上想要在前人的基础上有所创新,已确实是难乎其难了。

(叶 农)

【作者小传】

徐献忠

字伯臣,号长谷。华亭(今上海松江)人。嘉靖四年(1525)举人,官奉化知县。及卒,门人私谥贞宪先生。著有《长谷集》《唐诗品》《吴兴掌故》。

布 赋并序 徐献忠

邑人以布缕为业[①],农亩之困[②],借以稍济。然其为生甚疲苦,非若他郡邑蚕缫枲苎之业[③],力少利倍者可同语也。然天下所共衣被[④],而详其衷者甚寡[⑤],于是核其事,告诸观风者作《布赋》⑥。

客有至吴下邑⑦，览织妇之布素⑧，歆卉物之流泽⑨，收岛夷之末计⑩，启闺房之长息⑪。乃喟然而叹曰⑫："美哉布也！是固一匹，可以愧盗心不得千金之偿约者欤⑬？何赁者之逐逐⑭，而拾者之堇堇也⑮？"

下邑之士曰："罗纨绣文⑯，素绨绵绫⑰，长裾交袆⑱，流景飞晶⑲。此居者之所扬辉⑳，而观者之所凝睇也㉑。子不是慕而慕。诸贫民之业，亦有说乎？"

客曰："布通贵贱之服，不择温凉，而适其为制也。疏陋缣缯㉒，密殊绢縠㉓，有氍毹之毛毲㉔，齐缟素之洁白㉕，贱靡绮之浮华㉖，伤贝锦之徒饰㉗。孺夫匹妇可济其乏缺㉘，通都大邑与千乘之富相垺㉙，岂虚言哉！"

曰："子何不伤其劳而徒羡其美，不稽其私而徒夸其会㉚，子亦欲闻其劳且病乎？若乃铁木相轧㉛，手挽足压。且馁且扐㉜，出絮吐核㉝。张弓挂弦，弦急声喧。牵条络车㉞，咿哑错杂㉟。借光于膏，继夜于日。心急忘寐，力疲歌发。衾簟空寒㊱，漏水寂溢㊲。妇子喧阗㊳，老稚毕力㊴。"

客曰："若是劳乎？"

曰："未也。鳌妇卷袖㊵，妖姬解珮㊶。含秋入机㊷，凝寒弄杼㊸。流苏绾综㊹，一伏一起。踏躞相次㊺，上下不已。缕断苦接㊻，梭涩恐腻㊼。手习槛匡㊽，声扬宫徵㊾。长夜凄然㊿，得尺望咫[51]。寒鸡喔喔[52]，解轴趋市[53]。方是时也，母闻谤而不暇投杼[54]，妻迎夫而帖然坐起[55]。"

客曰："若是劳乎？"

曰："未也。织妇抱冻龟手不顾[56]，匹夫怀饥奔走长路[57]。持莽莽者以入市[58]，恐精粗之不中数[59]。饰粉傅脂[60]，护持风露[61]。摩肩臂以授人[62]，腾口说而售我[63]。思得金之如攫[64]，媚贾师以如父[65]。亟而入选，如脱重负，坐守风檐[66]，平明返顾[67]。"

客曰："若是劳乎？"

曰："未也。妇辞机而望远，子牵裳而愬饥⑱。先洁釜而待米⑲，旋汲水而候炊⑳。语少待以相慰，既久伫而始归。夫婴婴以捐涕㉑，云攘攘者在途㉒。索子钱而不释㉓，并布母以如飞㉔。夫狼攫虎啖㉕，肉寒骨解，无一语之抗声㉖，犹三呼而称怪。握两手以授之，拂空拳而吞欷㉗。虽卒岁之靡从㉘，完小信而不怠㉙。是岂但一妇织而衣十人，殆所谓一室肥而众俱瘵者也㉚？"

客曰："若是病乎？"

曰："未也。海上之民，土薄水浅，其恶易遘㉛。枵腹者未知其税驾㉜，鹑衣者徒羡夫长袖㉝。夫广储丰积，出自农夫之耕；一丝寸缕㉝，皆从匹妇之手。然而茧丝告成㉞，置蚕不问；耕犁召丰㉟，于牛何有？是固天下之同风㊱，惟江南为丛薮㊲。晦钟之他税从㊳，升涂泥之末路㊴，计斗是以手不停机㊵，而终岁无衣穷年，仡仡而不赡其口㊶。"

客曰："何言之过也。沧海变迁㊷，化为陵陆㊸。禹土涂泥㊹，荫注渌渌㊺。禾黍芄芄㊻，满家弥谷㊼。贫携白堕㊽，富树华屋㊾。婚媾靡靡㊿，徒侣簇簇。顾今日之江南，殆海内之乐国。虽有布缕之征，亦岂加于谷粟？何徒抱杞人之忧，损名都之望乎？"

曰："否否，不然。恒岁之运，水毁木饥，消长相代，前建后除。阳九阴七，听命皇祇。今昔庚申，火仇冯夷，亢令烁金，天汉飞灰。槁土沃焦，赤地坼龟。既葵藜之莫采，亦木棉之变衰。枝无垂荄，絮罕葳蕤。倾筐脱负，采掇支离。寡夫拥肿，哲妇鸱夷。里胥蹀躞，督邮喧阗。无尺寸之可缝，况纲运之崔巍。匪凶岁之取盈，仰国计之在兹。当是时也，虽使星娄献技，火鼠脱氄。馨大夏之全产，省公仪之百室。偪阳不悬于城雉，匡庐借练于飞瀑，亦何以应之？"

客曰："嗟哉！下邑之民若是病乎？"

曰："未也。工以习胜，巧自技生。伤末路之靡淫[139]，变素朴为华英[140]。始力作以助农[141]，终縻丽以耀名[142]。竞良工之巧思[143]，幻化国之神能[144]。于是飘絮若蓬[145]，刻缕若髟[146]，积岁成匹，累纤敌绒[147]。广倍乎东海之二尺，袤齐乎别渚之五虹[148]。凿以团凤[149]，绕以飞龙[150]，缀金章以错缘[151]，变腥草之鲜红[152]。烂太霞之朝采[153]，奇景乌之晶莹[154]。袨已浮乎龙水[155]，绡何羡乎鲛宫[156]！盖其技巧始于渡海之黄妪[157]，彰闻出自恋阙之钜公[158]。忘万家之膏腴[159]，邀一日之欢悰[160]。传观内近[161]，遂入公宫[162]。一匹遂抵于千缗[163]，联筐始达于重瞳[164]。民已穷而益偪[165]，霜既结而冰从。呜呼嗟乎！蒟酱竹杖[166]，天马蒲萄[167]，通西国而开越嶲[168]，穷异诡而虳臆胸[169]，启皇武之远略[170]，罪臣謇之作俑[171]。朝槿不思其暮落[172]，寒灰尚恋夫冬烘[173]。竟残桃之取戾[174]，何献曝之耿衷[175]。方今圣主飞龙[176]，问民疾苦，诸非著令[177]，改不暖坐[178]。首蠲兹役[179]，恤我陨仆[180]。尚衣之绨绣有章[181]，进御之浮靡不取[182]。免徭征之巨累[183]，思息肩而就卧[184]。虽红纱之纲运尚存，而貂珰之督课稍妥[185]。"

客乃瞿然作而言曰[186]："甚哉！鄙人不知民之病苦若是也。九月授衣[187]，犹以为晚，终岁作劳[188]，祁寒不免[189]。吾又何敢袖手以向人[190]，徒负暄而思暖[191]？"

〔注〕①布缕：布与线。②农甿(méng)：农民。甿，同"氓"。③蚕缫(sāo)：饲蚕缫丝。枲(xǐ)：也叫花麻。大麻的雄株，只开雄花，不结子，纤维可织麻布。苎(zhù)：苎麻。④衣被：穿衣盖被。比喻养护。⑤衷：内心。⑥观风：观察民情，了解施政得失。⑦下邑：小地方，小县。⑧布素：布衣素服。布指质地，素指颜色，形容衣着俭朴。⑨歆(xīn)：羡慕。卉物：草木物产。流泽：流布恩德。⑩岛夷：古指我国东部近海一带及海岛上的居民。⑪闺房：本指女子的卧室，此借指妇女。⑫喟然而叹：叹息。⑬盗心：盗贼之心，偷盗之心。⑭赍(jī)：把东西送给人。逐逐：急于得利的样子。⑮堇(jǐn)堇：仅仅，极言少。⑯罗纨：泛指精美的丝织品。⑰绨(tí)：厚绸子。⑱袆(huī)：佩巾。佩于前身可以蔽膝，故也称蔽膝。⑲流景(yǐng)：闪耀的光彩。⑳扬辉：发出光辉。㉑凝睇：注视。㉒缣(jiān)缯(zēng)：即"缯缣"，双丝织成的细绢。㉓縠(hú)：绉纱。㉔氍(qú)毹(shū)：一种毛织或毛与其他材料混合的毯子，可用作地毯、壁毯等。毛毳(cuì)，兽的毛皮。毳，鸟兽的细毛。㉕缟素：白色。㉖靡绮：即"绮靡"，侈丽豪华。㉗贝锦：指

像贝的文采一样美丽的织锦。　㉘孺夫：指幼儿、儿童。匹妇，指平民妇女。　㉙通都大邑：四通八达的大城市。千乘（shèng）：即"千乘万骑"，形容车马之盛。埒（liè）：相等。　㉚会：通"绘"，杂彩色。　㉛若乃：至于。用于句子开头，表示另起一事。铁木，泛指用铁或木制成的刑具，此指轧棉花的器具。　㉜餧（wèi）：饲，哺食。此指向轧棉花的机器输送棉花。扐（liè）：通"勒"。　㉝出絮吐核：指轧出棉絮，将棉籽分离出来。　㉞络车：缫丝车。　㉟呕哑：形容摩擦碰撞声。　㊱衾簟（diàn）：被子和竹席。　㊲漏水：漏壶所漏下的水。漏，漏壶，古代利用滴水多寡来计量时间的一种仪器。　㊳妇子：指妻子儿女。喧阗（tián）：喧闹，声大而杂。　㊴老稚：老人和小孩。　㊵釐（lí）妇：寡妇。釐，通"嫠"。　㊶妖姬：美女。解珮：解下佩带的饰物。　㊷含愁：带着悲愁之容。　㊸凝寒：严寒。此指愁容满面的样子。　㊹流苏：用彩色羽毛或丝线等制成的穗状垂饰物，常饰于车马、帷帐等物上。综：织机上使经线上下交错以便梭子通过的装置。　㊺踏躧：织布时踩踏织机的踏板。　㊻缕：麻线，丝线。　㊼涩：不光滑。　㊽习：通晓，熟悉。槛匡，此指织机。　㊾宫徵：古代五音中宫音与徵音的并称，泛指乐曲。　㊿凄然：寒冷的样子。　51咫（zhǐ）：周制八寸为咫，十寸为尺。　52寒鸡：冬天的鸡。　53趋：赶往。　54闻谤：听到诽谤的话。投杼：比喻谣言众多，动摇了对最亲近者的信心。典出《战国策·秦策二》。　55帖然：顺从的样子。坐起：安坐或起立。指举止行动。　56龟（jūn）手：冻裂手上的皮肤。龟，通"皲"。　57匹夫：古指平民中的男子。　58莽莽：众多的样子，犹累累。　59不中（zhòng）：不符合。　60饰粉：用粉妆饰容貌。　61护持：保护维持。　62摩肩：肩挨着肩。形容人多拥挤。　63腾口：张口放言。　64攫：鸟用爪迅速抓取。引申为夺取。　65贾师：古时管理市场和平抑物价的人。　66坐守：坐着守候。　67平明：犹黎明，天刚亮的时候。　68愬饥：诉说饥饿。愬，诉说，告发。　69洁釜：洗干净锅。釜，古代的炊器。　70汲水：打水。　71嘤嘤：象声词，鸟鸣声。捐涕：擦去泪涕。捐，除去。　72攘攘：纷乱的样子。　73子钱：贷给他人取息之钱，犹高利贷。　74布母：鸟名。鵏鸽的别名。　75啖：吃。　76抗声：高声，大声。　77吞欬（kài）：不敢张口申辩。欬，咳嗽。　78卒岁：度过年终。　79小信：在小节上拘泥诚信。　80瘵（zhài）：痨病，此指灾苦。　81恶：疾病。　82枵（xiāo）腹：空腹，谓饥饿。税驾：犹解驾，停车。谓休息或归宿。税，通"挩""脱"。　83鹑衣：破烂的衣服。鹑尾秃，故称。语本《荀子·大略》。　84储：储存。　85一丝：一根蚕丝。　86告成：上报所完成的功业。　87召丰：招来丰收。　88同风：同受天子之教化。　89丛薮：水少而草木茂盛的湖泽。　90畮（mǔ）钟：同"亩钟"，谓每亩有一钟的收获。钟，古容量单位，受六斛四斗。形容土地肥沃，产量高。　91涂泥：即"泥途"，泥泞的道途，比喻卑下的地位。　92计：计算。斗，量器。　93仡仡：勤苦的样子。仡，通"劼"，尽力。　94沧海变迁：即"沧海桑田"之意。　95陵陆：山陵和平地。　96禹土：指中原大地。禹，大禹。　97漌（jié）：水涌起特立的样子。潝（lù）：清澈。　98芃（péng）芃：茂盛的样子。　99弥：遍，满。　100白堕：人名。后用作美酒的别称。　101华屋：华丽的建筑。　102婚媾（gòu）：婚姻，嫁娶。　103簇簇：丛列成行的样子。极言多。　104布缕之征：指征收织物。　105杞人之忧：即"杞人忧天"。典出《列子·天瑞》。后用以比喻不必要的忧虑。　106望：名声，名望。　107否否：犹言不是不是。多用于应对。　108恒岁：即常岁，正常的年成。　109毁：冲毁，毁坏。　110消长（zhǎng）：增减，盛衰。　111建除：古代术数家以为天文中的十二辰，分别象征人事上的建、除、满、平、定、执、破、危、成、收、开、闭十二种情况。后因以"建除"指根据天象占测人事吉凶祸福的方法。见《淮南子·天文训》。　112阳九阴七：古代术数家的学说。以四千六百一十七岁为一元，初入元一百零六岁，内有旱灾九年，谓之"阳九"。

其余尚有阴九、阴七、阳七、阴五、阳五、阴三、阳三等，阳为旱灾，阴为水灾。一元中，平均每八十年则有一灾年。见洪迈《容斋续笔·百六阳九》。此指灾荒年景和厄运。　⑬听命：犹从命。皇祇：天神与地神的并称。皇为天神，祇为地神。　⑭今昔：往昔，过去。　⑮冯夷：即河伯，传说中的黄河之神。　⑯亢：干旱。烁金：熔化金属。此形容天气极为炎热。　⑰天汉：天河。　⑱沃焦：古代传说中东海南部的大石山。　⑲赤地：空无所有的地面。指遭受严重旱灾、虫灾后庄稼颗粒无收的景象。坼(chè)龟，同"龟坼"，形容天旱土地裂开。龟，通"皲"。　⑳葵：葵菜。藜，灰菜。　㉑木棉：即草棉，通称棉花。　㉒菝(bá)：即菝葜，俗称金刚刺、金刚藤。　㉓葳(wēi)蕤(ruí)：草木茂盛枝叶下垂的样子。　㉔倾筐：一种斜口的筐子。　㉕采掇：犹摘取。支离：繁琐杂乱。　㉖寡夫：无妻之男子。拥肿，臃肿。引申为无所可用。　㉗哲妇：有贤德的妇女。鸱(chī)夷：革囊。　㉘里胥：指里长。蹀(dié)躞(xiè)：小步行走。　㉙督邮：官名。此指官吏。喧豗(huī)，犹纷扰。　㉚纲运：成批运送大宗货物。每批以若干车或船为一组，分若干组，一组称一纲，谓之"纲运"。其法始于唐刘晏。北宋、元代运盐也用此法。　㉛匪：通"非"。凶岁：凶年，荒年。取盈：谓取足赋税。　㉜仰：仰仗。　㉝星婺(wù)：即婺女，星宿名。又名须女、务女。二十八宿之一，玄武七宿之第三宿，有星四颗。　㉞火鼠：传说中的异鼠。其毛可织火浣布。鬣(liè)：动物头颈上的毛。　㉟罄：尽，竭。大夏：指夏季。　㊱公仪：官家的礼仪。百室：百户人家。　㊲偪(fù)阳：春秋时古国名。城堞，城上短墙。　㊳匡庐：指江西省的庐山。相传殷周之际有匡俗兄弟七人结庐于此，故称。　㊴末路：晚年，老年。　㊵华英：光耀。　㊶力作：努力劳作。　㊷繴(bì)丽：纺织美丽的丝织品。繴，纺绩。耀名：夸耀名声。　㊸良工：技术精良的工匠。　㊹化国：教化施行之国。　㊺絮：柳絮。蓬：蓬草。　㊻刻缕：犹"刻镂"，极力描摹和修饰。髟(biāo)，即"髟髹"，头发散乱的样子。　㊼累：堆积，积累。　㊽别渚：即别浦，指银河。　㊾团凤：绘凤盘屈作圆形，称团凤。　㊿飞龙：飞动的龙。　(151)金章：金色的花纹。错：镶嵌。缘：古时衣服的边饰，一般采用与衣服不同的质料做成。　(152)腥草：腥气的草。　(153)太霞：高空的云霞。　(154)景：亮光，日光。乌：指太阳。　(155)袨(xuàn)：黑色礼服。　(156)绡(xiāo)：轻纱。鲛宫：神话传说中人鱼的居室。　(157)黄妪：指元代松江乌泥泾(今上海徐汇区东湾村)人黄道婆。她初沦落崖州，从黎族人学得纺织技术。元贞间附海舶归，教乡人纺织之法，改革纺织工具，利被一乡。　(158)彰闻：广为传闻。恋阙，留恋宫阙，比喻心不忘君。钜公，指王公大臣。　(159)膏肭：指富贵。　(160)欢悰(cóng)：欢乐。　(161)内近：指身边侍臣。　(162)公宫：君王的宫殿。　(163)缗(mín)：量词，古代通常以一千文为一缗。　(164)重瞳：谓目中有两个瞳仁。旧时认为是一种异相、贵相。后也泛指帝王的眼睛。　(165)偪：同"逼"。逼迫，威胁。　(166)蒟(jǔ)酱：植物名。　(167)天马：骏马的美称。蒲萄，即葡萄。　(168)西国：指西域。越巂(xī)，地名。本西南夷邛都之地。汉武帝元鼎六年置。故城在今四川省西昌市治。　(169)异诡：怪异，奇特。　(170)皇武：皇家的武备。　(171)骞：指汉代的张骞。作俑：本谓制作用于殉葬的偶像，后因称创始、首开先例。　(172)朝槿：即木槿，花朝开暮落。　(173)寒灰：已经冷却的灰烬，犹死灰。冬烘：迂腐，浅陋。　(174)取戻：获罪。　(175)献曝(pù)：谦辞，谓所献虽菲薄、浅陋但出于至诚。耿衷：光明正大的诚意。　(176)飞龙：指帝王的兴起或即位。　(177)著令：谓得到许可的命令。　(178)暖坐：指坐垫。　(179)镯(juān)：罢免，免除。　(180)陨仆：去世。　(181)尚衣：掌管帝王衣服的官。缔(chī)绣：绣有彩纹的细葛。　(182)进御：指为君王进呈。　(183)徭征：劳役和征收赋税。　(184)息肩：栖身，立足。　(185)貂珰(dāng)：貂尾和金、银珰，东汉时中常侍冠上之两种饰物，后因由宦官任之，故为宦官之别称。督课：督察考核。　(186)瞿然：惊骇的样子。　(187)授衣：谓制备寒衣。　⑱作劳：劳作，劳动。　⑲祁寒：严寒。　⑳袖手：藏手于袖。谓不想参与其事。　㉑负暄：冬天晒太阳取暖。

关于此赋的写作时间，马积高在《赋史》中谓"作于明嘉靖初"，而毕万忱则在《中国历代赋选（明清卷）》中认为此赋"是明宪宗成化以来江南织农生产生活状况的写照"，从赋文具体描写来看，后说似更符合情理。作者弃官后徙居吴兴（今属浙江湖州），但赋中所言，当指整个江南一带。钱谦益《列朝诗集小传》丁集上言徐献忠"生平著述外，无他嗜好，《白莲》《羽扇》《芦汀》《灵泉》诸赋，皆为时人传诵。悯松民解布之苦，作《布赋》一篇，读者咸酸鼻焉"。而《四库全书总目提要》则谓他"论松江加耗、守备、钱法、水利诸书，条析利弊，皆颇详悉"，可见作者对江南地区的政治、经济等是进行了详细而全面的调查研究的，因此这篇"悯松民解布之苦"而令"读者咸酸鼻"的赋文，也可说是作者关心黎民百姓的一声呐喊。

从内容上看，这篇赋作通过对江南地区吴兴一带织布农户生产生活状况的叙述描写，反映出了明代从成化至嘉靖近一个世纪间积聚起来的各种突出社会矛盾，揭露了朝廷的征敛无度和朝政的腐败不堪以及高利贷者残酷无情的压榨和剥削，表现出作者对百姓疾苦的关切与同情。

在写法上，这篇赋没有继承前代同类赋作如汉代王逸《机赋》、晋殷巨奇《布赋》、晋杨泉《织机赋》等或画织机构造，或描布帛特征，或赞织艺高超的旧格陈套，而是别开生面，以主客问答体布局谋篇。在对"布"这一吟咏主体进行了简短的正面叙写后，通过"客"与"士"之间的对话，自然过渡到两者之间的互相问答，通过对以织布为生的百姓在劳作、赋役等方面的状况展开细致描述，形象展示织户艰辛劳作的生活画面，愤怒鞭挞徭役无度、天灾人祸不断的社会现实，表达作者对世道的不满和黎民的同情。全文以布为线索，以展现织户生活为重点，以三个"若是劳乎"和两个"若是病乎"为基本框架，通过对布帛质地精美而用途广泛、纺织艰辛而充满劳苦、卖布艰难并遭高利贷者狠毒逼索、官府横征暴敛而不恤织民、纺织技术提高反而加重百姓贫困等各个层面的描述，井然有序、条理清晰地展现官税之沉重、灾祸之无情，末虽以圣主问民、免除徭赋和"客"闻言深感愧疚作结，颇带"曲终奏雅"之意，但作者激愤之感和悯农之情，跃然纸上。

马积高先生在《赋史》中称这"是一篇反映江南织户的痛苦、抨击朝廷弊政的长篇议论"，孙海洋先生在《明代辞赋述略》中也指出："此赋在写法上别出一格，它不正面铺写布的本身，而是通过下邑之士与客问答，详尽地描述农妇女子织作之苦，陈说农民受高利贷者剥削之苦，以及官府的横征暴敛、宫廷的苛征勒索等。""长谷《布赋》,重在写实,务在揭露,而无意于文采,故文词颇为朴质"。

(孙京荣)

【作者小传】

王廷陈

(1493—1550) 字稚钦,号梦泽,黄冈(今属湖北)人。正德十二年(1517)进士,选庶吉士。出为裕州知州。后失职怨望,削秩归。著有《梦泽集》。

左 赋 并序 王廷陈

梦泽子不善宦,见闵有司,黠民乘之①,坐是拘系。自伤疾恶反中,乃作《左赋》②,辞曰:

昼晦宵明,川停岳行。隆冬剧燠③,六月而冰。堕毛不扬,石举舆升。废鼙振韵④,奋霆无声。群欣逐臭,乃厌兰芬。猜鸾骇凤,精粻⑤饲枭。仁蹻德跖⑥,劲弧射尧。恬海狎江,脸渎沉舠⑦。风虎辍啸⑧,土兕而号⑨。旷德既收⑩,聋司音矣。彼之朦胧,五色分矣。骏足⑪则缚,蹇服乘矣⑫。侏儒引臂,上扪星矣。丑女专怜,淑媛不御。雠璧惠蝇⑬,踏巾首屦⑭。适郭捐逵⑮,择潦而步。贲获闭勇⑯,尪夫劲兮⑰。麓兔折趾,猎者竞兮。不根而叶,季为孟兮。

乱曰:彼缴之鸟⑱,载拔其翮⑲。彼实酗酒,谓尔何醒。寇逾其垣⑳,导寇以登。彼田不治,怼㉑邻之耕。

〔注〕 ① 黠(xiá)民:狡黠之民。 ② 左:偏邪;不正。犹言"左道",即邪门旁道。多指非正统的巫蛊、方术等。 ③ 燠(yù):暖;热。 ④ 鼙(pí):古代乐队用的小鼓。 ⑤ 粻(zhāng):米粮。《诗·大雅·崧高》:"以峙其粻,式遄其行。"郑玄笺:"粻,粮。" ⑥ 蹻跖:古代大盗庄蹻与盗跖的并称。亦泛指盗贼。蹻,一说为反楚起事的楚国将军。 ⑦ 渎:沟渠。舠(dāo):小船。 ⑧ 风虎:古人谓虎啸生风,故称。 ⑨ 土兕(sì):用泥土烧制的兕。兕,古代兽名。《说文》云:"兕如野牛,青毛,其皮坚厚,可制铠。" ⑩ 旷:指师旷。春秋时期晋国的乐师,善长辨音。收:停止,结束。 ⑪ 骏足:良马。此喻指贤才。 ⑫ 蹇(jiǎn)服:劣马。比喻驽钝的人。乘:(shèng),车子。 ⑬ 雠(chóu)璧:仇视美玉。惠:指施予恩惠。 ⑭ 首屦:把鞋子顶在头上。 ⑮ 适郭:去外城。捐:放弃。逵:四通八达的道路。 ⑯ 贲获:战

国时勇士孟贲和乌获的并称。 ⑰ 尪（wāng）夫：指羸弱、瘦弱之人。尪，指胸、胫、背等处骨骼弯曲症。 ⑱ 缴（zhuó）：系在箭上的生丝绳。这里指射乌。 ⑲ 载：动词词头。 ⑳ 逾：越过，翻过。垣（yuán）：矮墙。 ㉑ 憝（duì）：怨恨。

这是一篇奇人创作的奇赋。

先言"人之奇"。据《明史·王廷陈传》载，王廷陈"幼好弄，颖慧绝人"，"髫年缀文，不假师授"。少喜玩耍，经常遭到父亲的训斥与殴打，受打时辄大呼："大人奈何虐海内名士耶？"正德十二年（1517）进士。选庶吉士。恃才放肆，赋《乌母谣》讽刺其师石珤，与同馆舒芬疏谏武宗南巡，受杖，改吏科给事中。出知裕州。旷达不羁，不习为吏。以打骂巡按御史喻茂坚系狱，削籍归里。居二十余年，纵酒倡乐，益放荡自废。常穿红紫窄袖衫，骑牛跨马，啸歌田野，完完全全是正德、嘉靖年间一位奇才子。

次言"文之奇"，此赋作于王廷陈羁押大梁狱期间，一世牢落悲抑之情、一腔子的骚怨之气如长江大河，奔腾汹涌。全文采用正反对举而成，一连用了三十八个对比，这还远远不够，在结尾的乱辞中，又大大发了一通牢骚。楚人以"多怨"著称，这篇赋完全可以称得上是身为楚人的王廷陈"多怨"的最为典型之作。王氏所作辞赋不多，仅有《述遂赋》《萤火赋》《七申》和本篇，除了《七申》是对汉大赋的《七发》的摹拟外，其中三篇均为骚体赋，可以看出对屈原、贾谊辞赋创作的继承。如《述遂赋》最后表达了"仆不僵兮进不妍，敛神志兮守吾玄"的志士情怀。王廷陈忠而被贬的不幸遭遇与屈原相似，这样他自然地把自己所处的时代与屈原当时"世浑浊而嫉贤兮，好蔽美而称恶"的境遇联系到了一起，使他与屈原之间产生了强烈的异代共鸣。而表现世道的混淆黑白、颠倒是非也是此类赋作的鲜明主题。此由屈原《离骚》发其端："固时俗之工巧兮，偭规矩而改错。背绳墨以追曲兮，竞周容以为度。"贾谊《吊屈原赋》承其后："世谓随、夷为溷兮，谓跖、蹻为廉。"一直到清代嘉道年间管同创作的《吊邹阳赋》还写道："呜呼，天失其情，人违其度。阘茸者新，瑰琦者恶。纫佩砒砆，弃捐宝璐。萧艾为香，孰薰蘅杜。坛堂燕飞，鸾皇在笯。骥伏于槽，罢牛驾辂。故以贤，则头虽白而如新；以佞，则盖方倾而如故。举前世而皆然兮，何夫子至今而始悟。"可谓千载之下，有此会心也。

而此赋超越于前人之处，是杂文般的嬉笑怒骂。全篇以整饬的四言句式，充满激情的语调，揭露社会尤其是官僚体制的黑暗腐朽，表现出作者愤世嫉俗、不可一世的非凡气度。区别于此前四言赋的舒缓裕如，文章顿挫有力、酣畅淋漓，表现出直面现实的胆识和勇气，从而使全赋张扬着一种气势之美而个性独具。

（孙福轩）

骆文盛

【作者小传】 (1496—1554) 字质甫,号两溪,武康(今属浙江)人。嘉靖十四年(1535)进士,授编修。因不满严嵩专权,借病辞官,结茅山中,足迹不至城市。著有《两溪集》。

怜寒蝇赋

骆文盛

吁嗟乎寒蝇①!尔胡为乎有生②?繄气序之流易③,欸凉飙④之袭楹。念尔类之尚繁,顾非时而营营⑤。岂弱质之能久,谅寒威之莫胜⑤。尔乃僵矣其形,凄矣其声。既跄⑦于飞,复蹶⑧于行。方缩缩⑨以憔悴,遂奄奄而伶俜⑩。点污莫施其技⑪,攻钻曷⑫见其能。或沿几而莫起,或触楔而辄仆⑬。障⑭不施以曷入,麈未挥而先堕⑮。进退蜷局⑯,将焉攸⑰措?

吁嗟乎寒蝇!眷言⑱尔寒,能无尔怜?感念畴昔⑲,忽复长叹。方夫太昊司辰⑳,祝融挥鞭㉑。赤日在地,炎威赫然。尔于斯时,气适志便㉒。跷足㉓洋洋,鼓翼翩翩。翕兮类征㉔,阗㉕矣群喧。逐污湛㉖秽,醉酟饱膻㉗。弗召以合,祛之莫殚㉘。恣意㉙一时,贻患百端。

吁嗟乎寒蝇!讵知物从化迁㉚,时不可常。惟暑尔乘㉛,寒宜尔藏。庶知止而不殆㉜,或自迨㉝于丧亡。尔乃淹留濡滞㉞,自掇㉟其殃。独不见夫蝠游以夜,枭鸣于晦㊱。妖狐乘昏,尸虫伺寐㊲。盖有所肆,尚有所避也。岂趋就之憒憒㊳,能自逃于颠踬㊴哉?

吁嗟乎寒蝇!始予尔怜,亦终尔患㊵。念死灰之复然,将殒㊶枝之再蔓。矧嬴豕之蹢躅㊷,惟易繇之明鉴㊸。爰㊹命童子,攘臂执绋㊺。尔扑尔摧,用殄厥类㊻,靡令孑遗㊼。羌㊽除恶之务尽,弗自嫌于乘危。庶几乎庭宇虚静㊾,帏幄寨㊿开。俟㈤南风之景延,当时物之葳蕤㈢。绝扰攘于尔辈,欣四体㈣之悠哉。

〔注〕 ① 寒蝇：寒冷时节的苍蝇。 ② 尔：你。胡为乎：为什么。有：语助词，无义。 ③ 繄（yī）：语助词。气序：节气。流易：变换。 ④ 欻（xū）：忽然。凉飙（biāo）：凉风。 ⑤ 顾：反而，却。非时：不合于时节。营营：往来不绝的样子。 ⑥ 谅：料想。胜：经得起。 ⑦ 跄：踉跄，不稳的样子。 ⑧ 蹶：跌倒。 ⑨ 缩缩：因寒冷而畏畏缩缩。 ⑩ 奄奄：气息微弱的样子。伶（líng）俜（pīng）：孤零零的样子。 ⑪ 点污：玷污。莫施：不能施展。此句是说，（寒蝇）不能施展玷污食品的技能了。 ⑫ 曷：怎么。 ⑬ 棂：门、窗或栏杆上的格子。辄：即。仆：向前跌倒。 ⑭ 障：纱罩一类的防蝇用具。 ⑮ 麈（zhǔ）：拂尘。用麈的尾毛制成。堕：落下。 ⑯ 蜷局：局曲不伸的样子。 ⑰ 攸：助词，相当于"所"。 ⑱ 眷：回顾。言：词尾，无意义。 ⑲ 畴昔：往日。 ⑳ 太昊司辰：太昊，又作太皞。司辰，掌管时令。按《礼记·月令》，每个季节均有相应的帝与神，春季是"其帝太皞，其神句芒"。 ㉑ 祝融挥鞭：祝融，火神，乘两条火龙。后多用祝融及其火龙表示天气炎热。 ㉒ 便（pián）：安适，安宁。 ㉓ 跷（qiāo）足：举足。 ㉔ 翕（xī）：聚合。类：多。征：远行。 ㉕ 豗（huī）：喧闹。 ㉖ 湛（dān）：沉迷。 ㉗ 醲（nóng）：味道醇厚的酒。膻（shān）：这里泛指肉类。 ㉘ 祛（qū）：用衣袖赶。殚：尽。 ㉙ 恣意：任意，随意。贻：留下。 ㉚ 讵（jù）：岂。物从化迁：事物随着季节的变化而变化。 ㉛ 乘：利用。 ㉜ 庶：希冀之词。殆：危险。 ㉝ 逭（huàn）：逃，避。 ㉞ 濡（rú）滞：停留，延迟。 ㉟ 掇（duō）：取。 ㊱ 枭：猫头鹰。晦：夜。 ㊲ 尸虫：柳宗元《骂尸虫文》："有道士言：'人皆有尸虫三，处腹中，伺人隐微失误，辄籍记。'"伺：伺机。寐：睡着。 ㊳ 惛惛：糊里糊涂。 ㊴ 颠踬（zhì）：倾覆，跌倒。 ㊵ 患：厌恶。 ㊶ 殒：损毁，死亡。 ㊷ 矧（shěn）：况且。羸豕：母猪。蹢（zhí）躅（zhú）：徘徊不进的样子。《易·姤》："羸豕孚蹢躅。" ㊸ 易：《周易》。繇（zhòu）：通"籀"。占卜的文辞。明鉴：明察，洞察。 ㊹ 爰：于是。 ㊺ 攘臂：捋袖伸臂。绋：当作"拂"，拂尘。 ㊻ 用：介词，相当于"以"。殄：灭绝。厥：其。 ㊼ 靡：不。孑遗：余剩，遗留。 ㊽ 羌：发语词。 ㊾ 庶几：或许可以，表希望。虚静：清净。 ㊿ 褰（qiān）：掀起。 51 俟：等待。 52 葳（wēi）蕤（ruí）：草木茂盛，枝叶垂下的样子。 53 四体：身体。

　　这篇赋的作者并不著名，只是嘉靖年间的一个进士，因为不满严嵩专权，并没有在史上留下过多的痕迹。但他的这篇小赋却让后人不断提到他。

　　与诗中有咏物相似，赋也固有咏物的一类，可以最早追溯到荀子，他的《礼》《知》《云》等五篇可以认为是此类赋的滥觞。咏物的赋，对象可大可小，立意可虚可实。早期的汉赋喜欢写大写实，动辄都市园林，堆砌辞藻，铺陈排比。然而其中也有以特殊的具体事物为对象，有所寄托隐喻的，如贾谊的《鵩鸟赋》、祢衡的《鹦鹉赋》等。前者重技巧，需要大量典故素材；后者重立意，需要将事物某个特点与现实相关联的巧思。不过，对象太小太冷僻，会比较难写，因为缺少最基本的专用词汇和典故。苍蝇虽说在《诗经》中已经现身，但终究不是文赋中的常客，以之为题，难度不小。

　　这篇赋的创作，显然有着讽喻现实的动机，所以作者并没有太多顾及赋的技巧规范，没有可以追求辞藻典故的华美，而这反而成了这篇赋最大的亮点。本赋通篇用第二人称,看起来像是对苍蝇的谆谆训示。一番话条理十分清晰:先是说眼前的寒蝇很可怜,随后以天热时它们的得意恣肆作对照,再通过事理分析警告苍蝇要有所敬畏。最后是最有趣的部分,作者自己现身,命令童子尽数消灭苍蝇,以免它们卷土重来,方能得到一个安静清洁的夏天。

很显然,文中的苍蝇是丑恶、恣睢的小人的代表,作者抓住了它们穷途末路的时刻,由怜悯而反思其张狂无忌的岁月,进而正告它们:天理昭昭,世事有常,自己不知修束,必然没有好下场。随后,亲为操刀,诛灭丑类,为之一快。全文既有理性的分析,也有情绪的鼓动,题虽为赋,实则不啻为一篇檄文,只不过将战斗的胜利实现于文中罢了。

以细微冷僻的事物为文,寄寓讽刺讥讪的,文学史上并不罕见,如晚唐时期大量出现的小品文就是其类。不过,这样的文字往往容易剑走偏锋,作者心中长久积郁的不平之气在短文中发泄,往往不能从容淡雅而失之尖酸刻薄。如罗隐的《说天鸡》,寥寥数语,便将矛头直指百无一用的伪人才,行文不可谓不老辣,手段不可谓不高明,但是作者心性的褊急也暴露无遗,对于时空悬隔的读者而言,一时生成的共鸣必然大打折扣。而此文作者在心态上从头就掌握主动,始终不徐不疾,娓娓道来。说其恶行,至多不过"逐污湛秽,醉酣饱膻",点到为止。即便是最后的灭蝇,也只是举重若轻,一童子、一拂尘的摧扑而已,并没有过多杀伐的渲染。

文章千古事,得失寸心知。蚊蝇虮虱入诗文者并非绝无仅有,但能像本赋一样对群小丑类轻松调笑的,实在并不多见。

(田松青)

【作者小传】

徐渭

(1521—1593) 初字文清,改字文长,号天池山人、青藤道士,山阴(今属浙江)人。入胡宗宪幕为掌书记。后因击杀继室事入狱七年。其诗文书画均有鲜明艺术个性。著有《徐文长集》《徐文长逸稿》。今人合辑其诗文戏曲之作为《徐渭集》。另著有戏曲论著《南词叙录》。

梅桂双清赋　　　　　　徐　渭

伊①梅桂之嘉植,干青霞而上骞②。柯交敷于墨牖③,叶错举于文筵④。视春秋而异花，既各擅其美秀；胡兹辰之夷则⑤，乃并萼⑥而均妍。而其丹粟既缀⑦，红雪纷晕。散夕香于书牖⑧，映朝阳之天镜⑨。殊容合皎⑩，无非金玉之姿；异气同芳，一禀⑪孤高之性。

有若长春丈人⑫，强记多闻。既淑其子，又谷⑬其孙。倾橐聚帙⑭，缓新急陈。乃手植乎兹品，拟绿槐之在庭。谓不约而皆花，兆辈梓之当兴⑮。墙桑葆羽而刘炎以起⑯，阶荆陨采而田氏几倾⑰。讵⑱曰彼草木之无知，遂无与于人之枯荣。矧诸兰之玉茁⑲，并云霄之妙姿。漱坟典⑳之芳润，蔚文采而陆离㉑。措双树之上杪㉒，谓攀折之有期。引小史㉓以高张，携斗酒而既醉。恨冬夜之不淹㉔，倏击鲜㉕之已沸。乃命素而濡毫㉖，纪㉗高堂之华瑞。抽寸管之祕思㉘，与宵烛而争丽。

〔注〕①伊：句首语助词。②骞：高举。③柯：树木的枝条。敷：铺开，铺展。牖(yǒu)：窗户。④筵：竹席。⑤胡：为何。兹：此，这。辰：时候，日子。夷则：古十二律之一，阳律第五律，欧阳修《秋声赋》"夷则为七月之律"，指秋季。或谓违反常规。⑥并萼(è)：一起开花。⑦丹：朱红色。粟：粟状物。这里指的是梅与桂的花。缀：连结。⑧书牖：书斋中的帷幔。⑨天镜：天空。⑩殊容合皎：指梅与桂同样明艳鲜丽。⑪禀：禀承。⑫长春丈人：不详其人，赋为之所作。⑬谷：《尔雅·释诂》："谷，善也。"⑭倾橐(tuó)聚帙(zhì)：倾其所有，搜集书籍。橐，同"橐"。袋子。帙，包书的套子，所以称书一套为一帙。这里指书籍。⑮兆辈梓之当兴：预示着世代兴旺。⑯墙桑葆羽而刘炎以起：《三国志·蜀书·先主传》："舍东南角篱上有桑树生高五丈余，遥望见童童如小车盖，往来者皆怪此树非凡，或谓当出贵人。先主少时，与宗中诸小儿于树下戏，言'吾必当乘此羽葆盖车。'"刘炎，此处指刘备。⑰阶荆陨采而田氏几倾：《续齐谐记》："京兆田真兄弟三人，共议分财。生资皆平均，惟堂前一株紫荆树，共议欲破成三片。明日，就截之，其树即枯死，状如火然。"倾，倾覆。⑱讵(jù)：岂，怎么。⑲矧(shěn)：何况，况且。茁：植物初生貌。⑳坟典："三坟五典"的简称。泛指古书。㉑陆离：华丽多变。㉒杪(miǎo)：树木的末梢。㉓小史：记述轶闻琐事的著作。㉔淹：滞留。㉕击鲜：宰杀牲畜。㉖素：白色生绢。这里指白纸。濡(rú)毫：沾湿毛笔。㉗纪：同"记"。㉘寸管：毛笔。祕思：奥妙思绪。祕，同"秘"。

这篇赋所指绘的对象可作两种解读，一是如赋中所言"长春丈人"手植嘉卉，而出现"梅""桂"并生之奇观，春秋交错，景候变移，是不正常的现象，这种违反常规的"梅桂双清"物象，引起了赋家的兴趣与感喟。另一种解读可以认为这是一篇题"图"赋，即赋家阅读和鉴赏一幅"梅桂双清图"后随"像"赋"形"之作，所谓"并萼而均妍"只是图像所示，其中"墨牖"与"文筵"于中已透露出信息。而作者继后补述的"长春丈人"的植卉生活,或许是对图像拥有者的摹写与虚构,因为赋家于梅、桂并生景象之外,更加注重或渲染的是"双清"之情操、义理与趣味。但不管我们取前面的哪一种理解,均不妨碍我们从咏物角度对此加以评析。

撇开实录景象或虚构图像的疑问,回到赋家呈示给读者之语象(文本),作为一篇咏物赋加以欣赏,此赋确实是摹写细腻,形象生动,义理丰盈,而韵致高远。作者先用合、分双写之法,合写"梅"与"桂"之"嘉植",其同在于干直(干青霞而上骞)荣敷(柯交敷、叶错举),因干直表其骨力,喻示挺拔而不屈之精神;因荣敷表其繁盛,喻示欣欣向荣的气象。分写"梅"与"桂"之"异花",则在"春""秋"两季,一则"独占新春第一枝",一则"人闲桂花落",内涵的时令、风情与品貌的差异。而以常情度之,感春悲秋,往往寄托于花色荣枯,开春情之"梅"与收秋色之"桂",其间之异,既是自然之象,亦为人事之情。然赋家似乎全然超脱这种"异花"之异趣,而是面对在同一空间的"双花",视为"双清",故又转向合写之妙意,那就是"殊容合皎"与"异气同芳",而得到的则是"一禀孤高之性",这种品性是不随时间的变移而能改变的,这才是赋家借景(异花)言性(双清)的旨意所在。

赋中意象变化或思绪跳跃最大之处是作者忽然从"梅桂双清"的景象、品性的描摹刻画转向长春丈人"既淑其子,又谷其孙"的叙写,将其"双清"意象导向了一种家庭和睦的伦理意味。于是一切植物的荣茂,也转向了人伦的和谐,主人手植诸卉而所谓的"绿槐之在庭"与"不约而皆花",已化形象为象征。缘此,赋家引出两则历史故事:一则是《三国志》所载刘备少时"墙桑葆羽"而有"贵人"征兆之事,一则是《续齐谐记》所戢田真兄弟分家而破析庭院紫荆树而导致"阶荆陨采"之事。二者皆以植物起兴,比喻人事之兴衰成败。正因为这种以无知"草木"拟状人事"枯荣",赋家继后对"梅桂双清"的礼赞,即所言之"妙姿""芳润"等等,完全脱离了开篇的"异象"和"异时",成为一种人生的领悟。而赋收束处的饮酒、击鲜、濡毫、抽管诸行为,又是对应前之"墨牖""文筵",则成就其书斋与画幅的文情、雅致。

(许 结 赵元皓)

宗 臣

【作者小传】

(1525—1560) 字子相,兴化(今属江苏)人。嘉靖二十九年(1550)进士,授刑部主事。因逆严嵩贬福建参议,迁提学副使。为"后七子"之一。著有《宗子相集》。

钓台赋并序　　　　　　　　　　　宗　臣

予闻严子①钓台旧②矣。丁巳③秋，予以参藩④赴闽，取道两越⑤。始登厥⑥台，徘徊焉商飙⑦西来，万山飒摇，我心伤悲。爰申⑧厥词，把酒放歌，白云莽亘，岂君之闻歌而来哉？

恭承帝命以南迈兮，弭吾节于富春⑨。儵⑩微霜之陨百草兮，何芳杜犹菲菲其袭人。睇严陵之旧里兮，钓台郁而嶙峋。屯飘风其相薄⑪兮，吹石濑之磷磷⑫。宿莽⑬摇落而变衰兮，予又安得问夫白蘋⑭。予将怀椒糈而陈臆⑮兮，蹇吾马之逡巡⑯而不前。岂以沉沦之俗羁⑰兮，乃不得以揖高士而执鞭⑱。唯炎德之中天而兴兮⑲，纷众芳之杂糅以比肩。何佳人之夸姣以抗行⑳兮，乃独抱孤贞而自全。衮冕黼黻㉑之玄以章兮，苏独爱夫羊裘㉒。焱㉓鸿鹄之高翔兮，聊寄吾迹于汀洲。昔傅岩之版筑兮，武丁肖形以资厥猷㉔。非熊㉕之协帝梦兮，渭叟起而佐周㉖。何帝之手诏以抒悰㉗兮，羌独偃蹇而夷犹㉘。故人之不忘旧欢兮，情恍惚而至乎帝庭。何帝腹遽以足加兮㉙，太史奏之客星。咄咄子陵之不肯为理兮㉚，帝何惜夫沉冥㉛。苏何高蹈㉜而不顾兮，乃长揖以谢㉝夫天子。朝发轫㉞于汉宫兮，夕税驾㉟于江沚。有君如此其忍负兮，苏岂亡睹于厥旨。痛韩彭之竟以烹醢兮㊱，勃何辜而卒不免乎羑里㊲。念盛名奇绩之不可以善终兮，是用忍情而惜此兰芷㊳。凤凰之回㊴翔而不肯下兮，岂网罗㊵之所能施。使蛟龙可得而常服兮，又何以卑牛马而下之。睇㊶江河之趋下兮，喟㊷高风日逝而不可追。怃故迹而连蜷㊸兮，怅吾生之独后。时往者既已不可复兮，冀来者之犹可为。委余珮之陆离㊹兮，挂吾冠于南斗㊺之墟。揽长虹以为衣兮，拾青霞以为琚㊻。托微诚于浮云兮，苏其揽瑶华而迟予㊼。望美人而不见兮，若㊽独立以踟蹰。

乱曰：维江有兰，美人植兮。白云茫茫，归何晏㊾兮。平楚㊿落日，怨青枫兮。归来乎山中，吾与女嬉以游兮。

〔注〕　①严子：严光。东汉初会稽余姚(今属浙江)人，字子陵。曾与刘秀同学，有高名。刘秀即位后，曾征召其为官，严光不受，归隐于富春山。　②旧：即"久"。　③丁巳：明嘉靖三十六年(1557)。　④参藩：承宣布政使司参议官之别称。这里指被贬为地方官。　⑤两越：浙江、福建。　⑥厥：其。　⑦商飙：《文选·陆机〈演连珠〉之四一》："是以商飙漂山，不兴盈尺之雪。"刘良注："商飙，秋风也。"飙，急风、暴风。　⑧爰(yuán)申厥词：于是作这篇赋。爰，乃，于是。　⑨弭(mǐ)吾节：弭节，按辔缓行。节，车行的节度。　⑩傺(shū)：同"倏"。　⑪屯：聚集。飘风：旋风。薄：迫近。　⑫濑：从沙石间流过的急水。磷磷：水清澈见石的样子。　⑬宿莽：冬生草。　⑭白苹：水中浮草。　⑮椒糈(xǔ)：用花椒搅拌的祭神用的精米。糈，祭祀用的精米。陈臆：抒发心中所想。　⑯蹇(jiǎn)：语助词。逡(qūn)巡：欲进不进，迟疑不前的样子。　⑰俗羁：世俗的羁绊。　⑱揖：作拱手礼。高士：品德高尚之士，多指隐士。执鞭：为人驾驭车马。　⑲此句是说，太阳的恩德正兴盛。这里暗喻皇恩浩大。　⑳夸姣：美好。抗行：坚守高尚品行。　㉑衮(gǔn)冕：衮衣和冠冕，是古代帝王及上公的礼服和礼帽。黼(fǔ)黻(fú)：古代礼服上所绣的花纹。黼，黑白相次，作斧形。黻，黑青相次。　㉒荪：香草名。此指品德高尚的人。羊裘：《后汉书·严光传》："后齐国上言：'有一男子，披羊裘钓泽中。'帝疑其光，乃备安车玄纁，遣使聘之。"　㉓焱：此同"猋"。迅疾。　㉔此二句：传说从政之前，在傅岩从事版筑，武丁求贤臣，梦见圣人，醒了以后按照圣人的样子画像，派人寻找，终于在傅岩找到傅说，任其为相，国得以大治。武丁，商代国君，名昭，死后尊为高宗。肖，效仿，图画。资，求取。猷，谋划。　㉕非熊：指周文王出狩获姜尚辅佐之征兆，典见《史记·齐太公世家》。　㉖渭叟起而佐周：姜尚于渭水之滨垂钓，遇到文王，成为文王辅臣。典载《史记·齐太公世家》。叟，老头。　㉗帝：指光武帝刘秀。手诏：帝王亲手书写的诏书。愫：诚意。　㉘羌：句首语助词，无义。偃(yǎn)蹇(jiǎn)：骄傲。夷犹：亦作"夷由"，犹豫，迟疑。　㉙何帝腹遽(jù)以足加今：《后汉书·严光传》刘秀称帝后召严光入官，"因共偃卧，光以足加帝腹上。明日，太史奏客星犯御坐甚急。帝笑曰：'朕故人严子陵共卧耳。'"　㉚"咄咄"句：《后汉书·严光传》："帝即其卧所，抚光腹曰：'咄咄子陵，不可相助为理邪？'"　㉛沉冥：泯然无迹。　㉜高蹈：隐居。　㉝谢：辞别。　㉞发轫(rèn)：启程。轫，阻止车轮转动的木头。　㉟税(tuō)驾：《史记·李斯列传》："物极则衰，吾未知所税驾也。"司马贞索隐："税驾，犹解驾，言休息也。"　㊱痛韩彭之竟以烹醢(hǎi)今：据《汉书·韩彭英卢吴传》载，韩信、彭越曾为刘邦功臣，终遭杀戮。醢，古代的一种酷刑，将人剁成肉酱。　㊲勃何辜而卒不免乎羑(yǒu)里：据《汉书·周勃传》载，周勃拥立文帝有功，晚年却因故被囚，后恢复爵禄封地。羑里，周文王曾被商纣王囚于"羑里"，这里指监狱。　㊳忍情：克制情感。兰芷：香草名。喻指严光。　㊴回：盘旋。　㊵网罗：捕鸟工具。　㊶睎：顾盼。　㊷喟：叹息。　㊸怃：《说文·心部》："一曰不动。"段玉裁注："《三苍》曰：'怃然，失意貌也。'赵岐曰：'怃然犹怅然也。'"故迹：指严子陵钓台。连蜷：此处指沉连。　㊹委：丢弃，放弃。珮：玉佩。陆离：色彩纷繁。　㊺挂冠：辞官。《后汉书·逢萌传》："时王莽杀其子宇，萌谓友人曰：'三纲绝矣，不去，祸将及人。'即解冠挂东都城门，归将家属浮海，客于辽东。"南斗：与北斗相对，杨炯《浑天赋》："南斗主爵禄。"　㊻琚(jū)：当为"裾"，衣服的前襟。　㊼瑶华：洁白如玉的花。也指洁白如玉之物。迟予：犹豫不决。　㊽若：一作"羌"。　㊾归：归隐。晏：晚。　㊿平楚：平林。谢朓《宣城郡内登望》诗："寒城一以眺，平楚正苍然。"杨慎《升庵诗话》卷二："楚，丛木也；登高望远，见木杪如平地，故云平楚，犹《诗》所谓平林也。"

作者离京赴闽，南行途中，过富春江严子陵钓矶，怀想古贤，感发情怀，而为此赋。赋以骚体形式,抒写隐逸之趣,故将赋家的骚怨之情与隐者的旷达之意,融会为一,既表现出千古文臣仕、隐的矛盾,又展示了一种历史与现实交织产生的"士不遇"的思想主旨。

读这篇赋,无论是"士不遇"的思想,还是"隐逸"的情怀,均为前人笔下常见之文学主题,特别是赋体的摹拟特征,在这里表现得十分明显。推究其义,作者至少在两方面摹写前人:一是骚怨之情。自屈原创作《离骚》,历代仿骚之作层出不穷,其中"怨君"自怜的情绪,表现或激切,或淡远,然一"怨"字则千年一脉,嗣响未绝。取法骚情,必呈之于语象,所以观该赋语言,亦多拟效楚骚,如其"儵微霜""陨百草""宿莽摇落""问夫白蘋""偃蹇而夷犹""帝庭""惜此兰芷""凤凰之回翔""连蜷""委余珮之陆离""揽瑶华而迟予",以及"望美人而不见兮,若独立以踟蹰"等等,或语词,或意象,无不毕肖。二是隐逸之趣。诗文描写隐逸情境,先秦已有,然落实于赋域,则首见于西汉淮南小山之《招隐士》,但却以反隐逸的形态出现,所以真正的隐逸赋,是魏晋时代"逸民""嘉遁"等赋题的出现。文学主题,又往往影写历史,于是隐逸主题,也就自然与历史上的高士结合,其中东汉初年严光(子陵)拒天子授官而垂钓于富春江畔的故事,也就被反复摹写,成为一特有的创作类型。该赋所描述的"弭吾节于富春""睨严陵之旧里兮,钓台郁而嶙峋"等,既是作者亲历所见之景象,也可视为一种意象的映现与摹写。

当然,"一千个人有一千个哈姆雷特",赋家在摹拟同一主题而出现类型化的同时,也必然寓含着自己的创造,该赋的创造所呈现的当下意旨,首先表现于情境设定。在赋序中,作者已就创作思想预设了两重情境:一是"秋",所谓"商飙西来,万山飒摇",才引发"我心伤悲"的情绪。用景候制造情氛,凸显意绪,效果最为明显,柳永词"多情自古伤离别,更那堪冷落清秋节"(《雨霖铃》),即为典型。赋家过钓台而适逢秋季,感时怀思,触景生情,使这一"秋"的意象将隐逸之趣与骚怨之情在不经意中凝合一体,给读者以飘逸中的感伤,抑或感伤中的飘逸。二是"酒",所谓"把酒放歌,白云莽互",才引起时空交错,"岂君之闻歌而来哉"一语,颠倒因果,为赋文的描写增添了一层惝恍迷离的色彩。酒为解愁药,也是千古文人消释忧怀的法宝,正因赋中植入了"对酒当歌,人生几何"(曹操《短歌行》)的情绪,所以又能使作者于骚怨中显出几分旷达。因此也就有了赋文中的理性思考。

骚辞飘逸,骚情抑扬,骚味悠长。然该赋另一大特色就在于情理兼臻,而具有较强的逻辑性与反思精神。赋家于"秋"与"酒"的双重情氛中,再加上自身"南行"途中的颠沛流离,自然与严子陵的隐逸情怀产生认同,就此铺下全篇的底色。

可是作者不限于此,而是笔锋一转,复以两重质疑行文构篇:一是对严子陵拒官归隐的质疑,作者引述傅说与姜尚的故事,表明隐者入仕的幸运。前则故事见《史记·殷本纪》:"帝武丁即位,思复兴殷,而未得其佐。三年不言,政事决定于冢宰,以观国风。武丁夜梦得圣人,名曰说。以梦所见视群臣百吏,皆非也。于是乃使百工营求之野,得说于傅险(险,一作岩)中。是时说为胥靡,筑于傅险。见于武丁,武丁曰是也。得而与之语,果圣人,举以为相,殷国大治。故遂以傅险姓之,号曰傅说。"傅说相殷的成就,喻示严光相汉而"兴汉"的可能,这是一层否定。后则故事见《史记·齐太公世家》:"西伯将出猎,卜之,曰'所获非龙非螭,非虎非罴,所获霸王之辅。'"又曰:"于是周西伯猎,果遇太公于渭之阳,与语大说,曰:'自吾先君太公曰"当有圣人适周,周以兴"。子真是邪?吾太公望子久矣。'故号之曰'太公望',载与俱归,立为师。"姜太公遇文王、相武王而兴周,喻示严光遇汉光武而相之,将留下君臣际遇一则佳话,这是又一层的否定。至此,作者笔锋再转,又生一重质疑,亦即"痛韩彭之竟以烹醢兮,勃何辜而卒不免乎羑里",用韩信、彭越辅弼汉高祖功高盖世,终遭杀戮,周勃拥立汉文帝有功,晚年却被囚的故事,对君臣际遇本质与祸福无常,陷入深层的反思。这也使该赋作者经此双重质疑后,再次回到创作的思想原点,表现出对严子陵"睇江河之趋下兮,喟高风日逝而不可追"的向慕和反躬自省而产生的"望美人而不见兮,若独立以踟蹰"的迷茫。

(许　结　赵元皓)

王世贞

（1526—1590）　字元美,号凤洲,又号弇州山人,太仓(今属江苏)人。嘉靖二十六年(1547)进士,官至南京刑部尚书。与李攀龙同为"后七子"首领,共主文坛二十余年,时称"王李"。其持论承李梦阳、何景明等,主张文必秦汉,诗必盛唐。著有《弇州山人四部稿》《续稿》《读书后》《艺苑卮言》《弇山堂别集》等。

【作者小传】

登 钓 台 赋

王世贞

　　己巳之秋,季月稍魄[①],余所偕迈者,金华、括苍之伯[②],指桐庐,下建德[③]。芊眠衣云,婵娟绣壁[④],飞湍激流,千丈缥碧⑤，澄渟皎镜，下数白石⑥。

于是鸿蒙就冥，鹢首忽辨⑦，桂轮少亏，金波腾绚⑧。恍见一峰，缥缈于空裔⑨，连冈浑洼而拱献⑩，森槮厌廙，岩阜回缅⑪。洪涛鼓兮木末，流泉激兮石间⑫。中宫叶商，拊节回环⑬。余所停憩，二客解颜⑭。舟子指焉，曰："此故严光先生滩也。"余乃野帻而楚服，盘珊以前⑮。挹寒浆兮靡椒，荐素琴兮无弦⑯。追夫一介之贱微，灵诚感而烛天⑰。遂姓其州而貌其山者千五百年⑱！云台烬飙，原陵芜烟⑲。富贵身尽，声华代迁，孰与先生，宇宙长鲜⑳！

呜呼吁嘻，彼夫赤真中晻，紫闱未穷㉑，兵起东郡，节殉二龚㉒。庶几君臣，如日丽空㉓，妖新截霓，白水兴龙㉔。籍非先生，君德畴隆㉕？士行重伦，丘贡骤穹㉖，万岁千秋，穆如清风㉗。绂缨拱珪，以匏余躬㉘。再拜而退，二客是从㉙。

未既㉚，忽有歌声起于芦际㉛，天眇铿厉，林木尽沸㉜。其辞曰："沧浪之清，可以濯缨㉝；渭川钓利，桐江钓名㉞。役心成迹，强性之情㉟。孰与吾渔，无役无强㊱。纤阿为钩，太虚为网㊲。冥志泂穆，纵神滉朗。"㊳余异而迫之㊴，不见其处，飘若一缕，破东南雾而去。

〔注〕　①己巳：明穆宗隆庆三年(1569)。季月：四季之末月，这里指九月。稍魄：月初。《论衡》："月三日魄，八日弦，十五日望。"　②迈者：老年人。金华、括苍之伯：来自浙江金华、括苍两地的老者。　③"指桐庐"两句：沿建德江而下，直指桐庐县。　④芊(qiān)眠：草木茂密繁盛。衣云：覆盖着云气。婵娟：姿态美好。绣壁：山崖秀丽如同锦绣。　⑤飞湍：飞泻而下的激流。缥(piǎo)碧：青苍碧绿。缥，青白色。　⑥澄渟(tíng)：澄清平静。皎镜：形容水的明皓。下数白石：水下白石历历可数。　⑦鸿蒙：天地间。就冥：走向黑夜。"鹢首"句：船头方向的天色在很快变化着。鹢(yì)，古书中所说的一种水鸟。《淮南子·本经训》："龙舟鹢首，浮吹以娱。"注："鹢，大鸟也，画其像著船头，故曰鹢首。"辨，通"变"。　⑧桂轮：月亮的别称。传说月中有桂树，故称。少亏：稍微亏缺。腾绚：腾跃闪烁着文采。　⑨恍(huǎng)：忽然。缥缈：隐隐约约，若有若无的样子。空裔：天边。　⑩浑洼，即穿(wū)洼(àn)，低曲不平的样子。连冈：山岭相接。马融《长笛赋》："运裛穿洼，冈连岭属。"拱献：很恭敬地呈献在眼前。　⑪森槮(sēn)：林木高耸的样子。厌(yān)廙(yì)：静谧深邃的样子。厌，安静。廙，深邃。岩阜(fù)：山岩，小土山。回缅：曲折遥远。缅，遥远的样子。　⑫鼓：鼓荡。激：激荡。　⑬中(zhòng)宫叶(xié)商：符合音乐韵律。叶，谐合。宫、商，古代五音中的两种。拊(fǔ)节：打拍子。　⑭停憩：停下来休息。解颜：开颜而笑，欢乐。　⑮舟子：船夫。

严光先生滩：严光，字子陵，东汉会稽余姚(今属浙江)人，曾与汉光武帝(刘秀)同游学，有高名。刘秀称帝，严光变姓名遁隐。刘秀派人觅访，征召到京，授谏议大夫，不受，退隐于富春山，后人称其所游之地为严陵山、严陵滩、严陵钓台。野帻(zé)：村野之人所戴的头巾。楚服：楚地的服式。盘跚：同"蹒跚"。走路缓慢而摇摆的样子。⑯挹(yì)寒浆：舀一些清冷的水。靡椒：没有香椒。吴地人做茶，常将椒叶合在茶中共煮以取香。荐：献上。⑰追：追念。一介：一位。烛天：照亮天空。⑱"遂姓其州"句：严光所居之州古属严州，后人称其所居游之地为严陵山，严陵濑等。故云。⑲云台：汉宫中高台名。烬(jìn)飙(biāo)：灾祸后的残余被狂风卷动，形容极度残破荒凉。原陵：墓地。芜烟：草木芜杂，寒烟笼罩。⑳身尽：寿命终结，身体也随之消灭。声华：声誉，光耀。代迁：随着时代的变迁而改变。鲜：稀少。㉑赤真中晻(àn)：赤真，指汉朝刘氏政权。《史记·高祖本纪》说刘邦为赤帝子，所以说"赤真"。中晻，中途衰落。晻，通"暗"。紫闰：指王莽政权。《汉书·王莽传赞》服虔注："言莽不得正王之命，如岁月之余分为闰也。"未穷：方兴未艾。㉒东郡：治所在今河南濮阳县南，汉时辖今河南、山东部分地区。翟义为东郡太守时，不满王莽代政，曾立东平王刘云的儿子刘信为天子，自号大司马柱天大将军，起兵反莽，后兵败被杀。二龚：指龚胜、龚舍。两人均为楚人，互相友好，以名节著称于时，时人谓之"楚两龚"。王莽执政，龚胜不满，归隐乡里，屡征不就，后绝食十四日而亡。㉓庶几：也许可以。君臣：指刘秀君臣。丽空：挂在空中。丽，附着。㉔妖新：指王莽新朝。妖，对王莽新政的篾称。截屐(shèn)：断绝祭祀，即覆亡。截，绝。屐，祭器，画有屐形的漆尊。白水兴龙：指刘秀兴起。白水，水名。位于汉时南阳郡，刘秀兴起于此。㉕籍(jiè)非：如果没有。籍，通"藉"，假使。先生：指严光。君德畴隆：君主的德望靠谁来提高？畴，谁。隆，高。㉖丘贲(bēn)：指山林。贲，装饰，修饰。穷：穷尽。这两句意谓，士大夫的操行重视君臣关系，所以隐居山林的人都纷纷出来做官，以至山林立即罄尽无人了。㉗穆如清风：如清风般和畅。《诗经·大雅·烝民》："吉甫作诵，穆如清风"。郑笺："穆，和也。"㉘继(xiè)缨拱珪(guī)：指做官。继，系。缨，帽带。拱，拿，持。珪，做凭信用的玉，上圆下方。以匏(páo)余躬：使自己得到任用。匏，即瓢葫芦。《论语·阳货》："子曰：吾岂匏瓜也哉？焉能系而不食。"意谓士人应当出任就如同葫芦瓜是供人吃的一样。㉙再拜：拜两次。是从：跟从。㉚未既：没多久。㉛芦际：芦苇边。㉜天眇(miǎo)：天边。眇，通"秒"，树梢。铿厉：铿锵扬厉。沸：震动。㉝"沧浪"两句：《孟子·离娄上》："有孺子歌曰：沧浪之水清兮，可以濯我缨；沧浪之水浊兮，可以濯我足。"沧浪，青色。濯，洗。㉞"渭川"两句：渭川，渭水。姜尚在渭水之滨垂钓，目的是为了求取官禄，故曰"钓利"。桐江，钱塘江自建德市梅城至桐庐一段的别称。钓名，指严光垂钓七里滩是为了获取高名。㉟"役心"句：役使自己的心神使自己落入世俗的形迹。强，强迫。㊱孰：谁。㊲纤阿：古代神话中驾御月亮运行的女神，此处指月亮。《史记·司马相如传》："阳子骖乘，纤阿为御。"司马贞索隐："乐产曰：'纤阿，山名，有女子处其岩，月历岩度，跃入月中，因名月御也。'"钩：钓鱼钩。太虚：天空。㊳冥志：使自己的心志归于深远。汋(wù)穆：深微、幽远，难于辨别的样子。混(huàng)朗：渺茫、深远的样子。㊴迫：接近，靠近。

　　王世贞一生为人正直有节操，但他的仕宦生涯几起几落，坎坷不平。此赋作于明穆宗隆庆三年(1569)，时年44岁，任浙江右参政。由于政治风波的创伤，此时王世贞已多耽佛老书。因而，《登钓台赋》便明显地流露出作者的隐逸之思。赋的开头在介绍了自己登游严子陵钓台的时间及同游者之后，便着力描写石壁之隽秀、烟云之笼罩、江水之澄清、白石之晶莹、月波之腾绚、冈峦之回环、林涛之沉雄、流泉之激响等充满诗情画韵的美景,并以此诱发人们的悠悠情思,与怀古的情调异常谐和,而美好景色的描写又对所称颂的隐士的节行起到了一种很好的烘托作用。中间部分先把与严子陵同时代并起兵东郡最先反对王莽的翟义和不肯屈节服事王莽情愿饿死的龚胜,同严子陵进行比较,认为这些人都不及子陵。然后笔锋一转,由严子陵想到了隐士的作用,对那些借隐居以显荣名,借荣名以求官位的假隐士,进行了无情的揭露。最后一部分又借芦苇荡中传出的歌声,继续讽刺现实中和历史上那些"渭川钓利,桐江钓名"的假隐士。

这篇赋在写景造境上也颇得六朝诗赋山水描绘中清新流丽之余绪。作者选择九月深秋初三四黄昏月牙初现时富春江一带的景物,渲染一种朦胧恍惚的境界,使自然景观与人的怀古幽情相谐和,语言非常精美。谋篇布局又极讲究。先凭吊和颂扬真隐士,然后又讽刺假隐士,一扬一抑,翻空出奇,给人无限遐想。结尾"余异而迫之"数句尽管模仿苏轼《后赤壁赋》而结篇,但造境之生动融贯,文势之跌宕有致,确非单纯模拟所能达到。在中国古代文学作品中,诗文方面以东汉严光的故事为题材的很多,赋也不少。宋代的朱翌、滕岑、徐梦莘、陈岩肖、范浚、程珌都写过《钓台赋》,从不同角度颂扬严光,表达自己的钦慕之情。王世贞的这首《登钓台赋》尽管也称颂严子陵的高风亮节,但他又借此引申,来讽刺那些沽名钓誉的假隐士,跳出了单纯颂扬严子陵的格套,内涵更丰富,这是他超出前人的地方。

(张 兵)

汤显祖

【作者小传】

(1550—1616) 初字义少,改字义仍,号海若、若士、清远道人,临川(今属江西)人。万历十一年(1583)进士。历任南京太常寺博士、礼部主事。后因弹劾大学士申时行,降为广东徐闻典史。后改任浙江遂昌知县,又以不附权贵而被议免官,未再出仕。著有传奇《紫箫记》《紫钗记》《还魂记》(即《牡丹亭》)《南柯记》《邯郸记》五种,后四种合称《玉茗堂四梦》或《临川四梦》。诗文有《红泉逸草》《问棘邮草》《玉茗堂集》等。

<h2 style="text-align:center">西 音 赋_{并序}   汤显祖</h2>

周无怀与今侍御饶伯宗,并予弱冠时友也。周君气激虹

霓，心注时务，其人虽短，在乎儒侠①之间也。中年好道，世业凌夷②，遂乃骨立③于江潭，神销④于路侧。则夫把手而悲，抚心而赠者，交道之常，人伦之概也。夫上困者不如井养⑤，外睽⑥者思其家居。于是周卿兴言⑦晚计，修仲长休琏⑧之乐焉。于予有成言⑨也，赋而归之。

何无怀之老人，纷⑩平生之可念。昔魁颀而美髯⑪，亦眸清而骨焰。肯问舍而问田⑫，曾学书而学剑⑬。说西州⑭之地牢，讲南吴之天堑⑮。窥流俗以愁眉，指英雄而自占⑯。饶君长而靡余⑰，周卿短而亦赡⑱。何赋命之殊⑲条，逢并飞而忽垫⑳。妻子死而神伤，衣食亏而意敛。青瞳枯兮无光，白发生而少艳。稍游涉以痿那㉑，数坐迁而涕欠。望百年兮几何，尚寸心其未玷㉒。絜㉓才度于时人，许十倍而宁僭㉔。君素食以恒饥，彼脂膏而未厌。痛皮骨之空存，直年华之数俭。且辟谷㉕以无方，岂长生之足验。偶西笑以弹冠㉖，竟东征而解缆㉗。朱丝拂而鸟舞，洞箫吹而鱼瞰。独世路之无明，屈夜珠于投暗。致旅人之琐琐㉘，坐予官之淡淡㉙。将送子以薄装，复依人而转帆。山中之桂团团，江上之枫湛湛㉚。

愁江上之清风，吹故人之白首。昨与予兮成言，归葺理其园亩。晓傍楼而听松，学当门而种柳。间雉麃之苗麦㉛，杂雁池之菱藕。直春秋之美辰，约远近之妙友。舟音多半日之掌㉜，青驴有数步之走。卞迎门而一笑，且入坐而开口。问近况之何如，并远亲之在否。墟集㉝之屠鲜可具，庐落㉞之果蔬自有。眼前之风物宜人，厨下之儿童应手。或兴浅而中饭，或谈深而上酒。有月下而闻笙，亦风前而击缶。常若斯其往来，初不记其前后。倚名流其自清，恃婆娑㉟而可久。予素信乎周卿，谅斯言之不朽。巧天机其密移㊱，劣人心之映受。爱世味而愁短，立家基而愿寿。一生二而生三，岁数伏㊲而数九。粜清微而籴粗㊳，过美好而逢丑。犹守兔于旧株，尚窥鱼于敝筍㉟。岂知事有所不可知,器有所不可守。

　　叹予官兮久稽㊵,归与子乎解携㊶。溯㊷流光之绰约,映明真而卜栖。过香炉于星子㊸,揖上清于卢溪㊹。散江湖之流精㊺,玩龙虎㊻之仙机。水玲珑于山畎㊼,花晻蔼㊽于林扉。亦鸡犬之相闻,但车马之来稀。能止众而止止㊾,得非想而非非㊿。饮冰雪以年熟,澡甘泉而色辉。偗㉛老生其不死,会移家而见依。

〔注〕①儒侠:指文和武。　②凌夷:衰败。　③骨立:形容人瘦弱。　④神销:精神不振,神色憔悴。　⑤井养:井水供养于人,源源不断。《易·井》:"井养而不穷也。"　⑥外睽:独自在外。睽,乖离、违背。　⑦兴言:语助词。　⑧仲长:仲长统,汉末人,拒不出示仕,隐逸林泉。休瑈:应璩字休瑈,三国魏人,术士朱建平曾断言他寿命六十二,死前当见一白狗,而别人不能看到。后来,六十一岁时果然发生此事,于是他加紧游乐饮宴,六十三岁时去世,多活一年。　⑨成言:约定。　⑩纷:纷扰、扰乱。　⑪魋颜:头发萦绕成结,露头不戴帽子。髯(rán):两颊上的长须。也泛指胡子。　⑫问舍而问田:《三国志·魏志·陈登传》:"备曰:'君有国士之名,今天下大乱,帝王失所,望君忧国忘家,有救世之意;而君求田问舍,言无可采。'"　⑬学书而学剑:《史记·项羽本纪》:"项籍少时,学书不成,去,学剑,又不成。"　⑭西州:州名。唐贞观十四年灭麹氏高昌,设西州。治高昌(今新疆吐鲁番市东南)。辖境相当于今吐鲁番盆地一带。　⑮天堑:天然的壕沟。　⑯自占:自我量度。　⑰靡余:没有多余的。　⑱赡:富足。　⑲殊:不同。　⑳垫:下沉、下落。　㉑矮那(nuó):行动不方便。矮,身体部分因萎缩而失去机能。那,通"挪"。移动。　㉒玷:玷污。　㉓絜:衡量。　㉔宁:岂、难道。僭:过分。　㉕辟谷:不食五谷。为中国古代的一种修炼术。　㉖弹官:指做官。语出《汉书·王吉传》。　㉗解缆:解开缆绳,指出发上路。　㉘琐琐:细小卑微。《易·旅》:"初六,旅琐琐,斯其所,取灾。"　㉙坐:由于。淡淡:水涌动的样子。这里指动荡。　㉚湛湛:浓厚的样子。　㉛雉(zhī):古代计算城墙面积的单位。长三丈为一雉,高一丈为一雉。廪:粮仓。　㉜挐(ná):操、持。　㉝墟集:集市。　㉞庐落:房屋、庐舍。　㉟媻(pán)珊:蹒跚。　㊱密移:暗中迁移。　㊲数伏:进入伏天。　㊳粜(tiào):卖出粮食。微:细粮。籴(dí):买进粮食。粗:粗粮。　㊴筍(gǒu):捕鱼的笼子。　㊵稽:留止。　㊶解携:解印辞官。　㊷溯:追忆。　㊸香炉:香炉峰,在江西星子县。　㊹揖:行拱手礼。上清:指著名道观上清宫。上清宫和卢溪均位于江西。　㊺流精:美好时光。　㊻龙虎:龙虎山。　㊼畎:同"畎"。田间小沟。　㊽晻(ǎn)蔼:茂盛的样子。　㊾止众而止止:《庄子·德充符》:"唯止能止众止。"指心境平和。　㊿非想而非非:《楞严经》有"非想非非想处"。这里指没有心事。　㉛偗(tǎng):如果。老生:一直活着。

　　汤显祖是著名的戏曲家,他的临川四梦蜚声海内外,后来,清人蒋士铨又以汤显祖为主人公写了一部《临川梦》,好比庄周化蝶,梦中有梦。在古代,一个好的文学家可以终生不接触戏剧,但是一个好的戏剧家则必须首先有深厚的文学功底,要想写出优美的曲辞,没有充分的才情和深厚的学识是肯定不能成功的。

汤显祖出生于一个书香世家,父祖辈俱有文名,且十分注重对子弟的教育,汤氏家塾的老师居然是人称近溪先生的罗汝芳,他是明代泰州学派的代表人物,反对"存天理,灭人欲"。仅此便不难想见汤显祖成长于一个什么样的环境。长大后的汤显祖,思想上有着极强的独立精神,因而显得与当时社会格格不入。

本赋是一篇离别之作,《吕氏春秋·音初》记载:"殷整甲徙宅西河,犹思故处,实始作为西音。"整甲就是殷商帝王河亶甲,西音也由此成了怀念故土的典故。周无怀名宗镐,是汤显祖的老朋友,此人秉性豪爽,多读经世之书,曾徒步进京上书议论时政,被当权者排斥,郁郁而归,自号无怀氏,从此隐居乡里,终老林泉。

汤显祖本身也是一个蔑视权贵的人,他虽然也曾宦海沉浮多年,但晚年也终于不问世事,潜心佛学。从文中"予官久稽"的说法来看,作赋时还应该在南京做礼部祠祭祀主事,而周宗镐所选择的生活,他是有着高度认同感的。所以,这篇赋的实事背景充满了哀伤和压抑,第一段介绍周宗镐和自己作赋的缘由时就流露出对朋友的同情和对世道的厌憎。

到了第二段,美好的自然风光和田园生活的画面逐渐展开,之前的阴云一扫而空,文字的韵律转而轻盈欢快,"乍迎门而一笑,且入坐而开口""眼前之风物宜人,厨下之儿童应手""有月下而闻笙,亦风前而击缶"等清新雅致的白描,既有庾信《小园赋》的骈体功底,又有陶渊明《归去来辞》的自然神韵,是全文中可圈可点的部分。

第三段是作者与朋友的邀约,畅想着二人无忧无虑、寄情山水的自由生活。然而,现实中的周宗镐比汤显祖年长十几岁,生活贫困,精神压抑,身体多病,没几年之后,汤显祖上了一篇《论辅臣科臣疏》,严词弹劾首辅申时行和科臣杨文举、胡汝宁,对万历皇帝也是颇有微词,于是被贬为徐闻县典史,而周宗镐就在此时永远地离开了。《西音赋》中的一切欢乐哀愁和隐居生活就像小女孩的火柴耀出的幻影,火灭而尽作虚无。或许,这篇赋也可以看作是汤显祖四梦之外的另一个梦吧。

此外,值得一提的是,汤显祖这篇作品中的修辞技巧十分高超,几乎通篇用六字句(实际是带一个衬字的五字句),可以看作是一首诗,但同时通篇对仗,花样繁多,美不胜收。"肯问舍而问田,曾学书而学剑""一生二而生三,岁数伏而数九""亦鸡犬之相闻,但车马之来稀"等都独具巧思,浑然天成。尤其是"能止众而止止,得非想而非非",化用成语,一释一道,五字中竟有三字相同,非高手不能为。

(田松青)

黄尊素

（1584—1626） 字真长，号白庵，一说白安，余姚（今属浙江）人。万历四十四年（1616年）进士。天启中任御史，继杨涟弹劾魏忠贤擅权，削籍。不久被逮捕下狱，受酷刑死。著有《忠端公集》。

壮　怀　赋并序　　　　　　　　黄尊素

予幼落拓，不肯斤斤作俗士面目。长逢数奇①，岁月漫潆，壮怀未展。每思往昔豪士，纵神所往，自许必遂。岂有局踏藕穴②中碌碌此身邪？易水③既眇，壮士空歌翔风；唾壶④尚在，老马忍甘伏枥？因感而赋焉：

眇眇七尺，有躯与质。为隐为见，同归于息。惟神独往，超世独立。能汗漫于九垓⑤，兼驰骛于八极。高欲与鹓鸾比翔，卑不与鸡鹜争食。

忆昔楚有二胥⑥，一覆一复。去时矢盟，别后自戮⑦。或就芦中而觅津⑧，或赴秦庭而痛哭⑨。途穷而白骨笞⑩，师出而封豕逐⑪。

若夫会稽囚臣⑫，伯⑬越亡吴。游麋鹿兮苏台⑭，乘烟浪兮五湖⑮。变鸱夷⑯兮远遁，笑属镂⑰兮何辜。

若乃咸阳铸金，胡亥践阼。佣耕⑱养鸿鹄之羽，戍卒筑鲸鲵之渡。揭竿斩木⑲，社沉庙堕。长城遂倾，阿房非故。

若乃苏卿漠北，一雁孤飞。听胡笳而情断，望陇云而魄驰。见节旄之尽秃⑳，宁甘心于乳羝㉑。谢朝露之啖言㉒，啮毡雪㉓而何辞。

至如寄丝桐江㉔，混迹羊裘㉕。渔舟唱晚，钓石芦秋。领浦口㉖之风月，辞麟阁之远猷㉗。星已分于客帝，贵不辨乎王侯㉘。

至于祭酒布衣㉙，投笔而起㉚。系马于龟兹㉛部下，斩首于乌孙㉜帐里。诸番匍匐称寿，都护端居自喜。玉门回辕，定远开址㉝。

或乃少年健儿，别妻从军。击楫[34]中流之涛，请缨金马之门[35]。鸣剑[36]则蛟龙夜吼，展旗则风云昼屯。乍弃繻[37]而出塞，忽奏凯而衔恩。

或乃照藜[38]书生，生花[39]词客。歌丛桂于小山[40]，赋长杨于鸩鹊[41]。笔精墨妙，神惊鬼泣。买赋[42]皇宫，藏书石室[43]。

或乃成仁志士，报国孤心。舌能骂贼[44]，血可溅襟[45]。婴城[46]矢石之冲，厉声剑戟之林。山河震而色惨，风云蔽而回阴。

或有信陵[47]义魄，朱家[48]侠肠。意至鞭石[49]可桥，心许投鼎[50]何伤。符窃而晋鄙椎，髡钳而亡命藏[51]。卒能脱邯郸于虎口，守季布于淮阳[52]。

自古及今，莫不有落落之豪怀，英英之气岸[53]。吞河岳以为雄，贯星虹而独灿。若游鱼之逝渊而犀然[54]莫窥，若雕鹗之横空而风高独战。虽劫烬而不灰[55]，至海枯而不变。

仆亦壮人，壮怀未陨。纫蕙茝[56]而独馨，嗤三闾之自窘。木经霜而愈坚，剑砺石而不损。愿躞蹀[57]于天衢，乘长风于一瞬。于时挥就鹦鹉[58]，飞动江关。势惊巨鹿[59]之军，气壮朔[60]方之垣。女娲之石[61]天补，鲁阳之戈[62]日还。其漂疾[63]而难御也，如广陵之潮；其嶙峋而莫跻也，如峨嵋之山。携夸父[64]之杖而太阳可逐，乘博望[65]之槎而星汉可攀。南则铸柱交趾[66]，北则勒铭燕然[67]。

尔乃挂梅[68]冠，解疏[69]绶。结茅屋，穿石窦。寻素心之侣，鞭达生之后。相与风清垂钓，云深采药。买青山而招隐，觅孤舟而放鹤。昼吟《离骚》之章，夜谈《黄庭》[70]之略。访禅支遁[71]，携屐康乐[72]。林不厌深，流不厌浊。思莼羹[73]于千里，问旨酒于下若[74]。

目前不必问天，余生亦已有几。穷愁是述，陋彼虞卿[75]。孤愤著书，是卑公子[76]。吾党如可披心[77]，为道壮怀如此。

〔注〕 ① 数奇：命运不好。 ② 局踏(jí)：局促。藕穴：疑是岩穴之误。 ③ 易水：战国末年，荆轲将为燕太子丹往刺秦王，丹在易水边为他饯行。高渐离击筑，荆轲和而歌曰："风萧萧兮易水寒，壮士一去兮不复还！"事见《战国策·燕策三》。 ④ 唾壶：《世说新语·豪爽》：

〔928〕黄尊素 壮怀赋

"王处仲每酒后辄咏'老骥伏枥，志在千里。烈士暮年，壮心不已'，以如意打唾壶，壶口尽缺。"
⑤ 汗漫于九垓：《淮南子·道应训》："吾与汗漫期于九垓之外。"高诱注："汗漫，不可知之也。"
⑥ 二胥：伍子胥、申包胥。 ⑦ 矢盟：伍子胥与申包胥原是朋友，伍子胥受陷害逃亡时曾对申包胥说："我必覆楚。"申包胥说："我必存之。"自戮：伍子胥最后在吴国受到陷害，被吴王夫差赐剑自尽。 ⑧ 就芦中而觅津：伍子胥逃离楚国时，路遇大江，后有追兵，幸得一渔父帮助渡过。
⑨ 赴秦庭而痛哭：伍子胥带领吴兵攻打楚国，申包胥奉命到秦国求援，在秦庭倚墙而哭，历七日夜哭声不绝，秦王遂出兵援楚。 ⑩ 途穷而白骨笞：伍子胥打下楚国之后，没有抓到楚昭王，便挖开楚平王的坟墓，鞭尸三百以泄愤。逃亡山中的申包胥派人责备伍子胥太过分，伍子胥说："吾日暮涂远，吾故倒行而逆施之。" ⑪ 师出而封豕逐：申包胥去秦国求救，对秦王说，吴国是封豕长蛇，终究会侵害秦国，只是先从楚国开始而已。 ⑫ 会稽囚臣：指范蠡。曾与勾践一起臣事吴国，后来帮助勾践灭吴称霸。 ⑬ 伯，同"霸"。 游麋鹿：《史记·淮南衡山列传》："臣闻子胥谏吴王，吴王不用，乃曰：'臣今见麋鹿游姑苏之台也。'今臣亦见宫中生荆棘，露沾衣也。"苏台：姑苏台的简称，吴王夫差所筑。 ⑮ 五湖：太湖。灭吴后，范蠡功成身退，泛舟五湖。 ⑯ 鸱(chī)夷：皮囊。伍子胥死后，吴王命人将其装入皮囊，浮尸江上。而范蠡退隐之后，也更名为鸱夷子皮。 ⑰ 属镂：吴王赐给伍子胥自杀用的剑名。 ⑱ 佣耕：指陈涉，少时尝与人佣耕，并有"燕雀安知鸿鹄之志哉"的话。 ⑲ 揭竿斩木：贾谊《过秦论》："斩木为兵，揭竿为旗，天下云集而响应，赢粮而景从。" ⑳ 见节旄(máo)之尽秃：节旄，符节上所缀的牦牛尾饰物。《汉书·苏武传》："仗汉节牧羊，卧起操持，节旄尽落。" ㉑ 宁甘心于乳羝(dī)：《汉书·苏武传》："使牧羝。羝乳，乃得归。"羝，公羊。 ㉒ 朝露：李陵曾劝苏武："人生如朝露，何久自苦如此？"唉言：不可解，疑是"谵言"之误。 ㉓ 啮(niè)毡雪：咬毡毛，吃冰雪。《汉书·苏武传》："天雨雪。武卧，啮雪与旃毛并咽之，数日不死。" ㉔ 桐江：建德市梅城至桐庐段的别称，也是富春江上段的别称。严子陵曾在此垂钓，古称"寄丝"。 ㉕ 羊裘：严子陵少与光武帝同学，光武即位后派人寻找，齐国上言："有一男子，披羊裘钓泽中。"果然就是严子陵。
㉖ 浦口：小河入江处。 ㉗ 麟阁：麒麟阁，汉宣帝时曾绘十一功臣像于其上。远猷(yóu)：远谋。 ㉘ 星已分于帝客：光武帝找到严子陵后，与他同榻共眠，睡着后严子陵把脚伸到了光武帝肚子上。第二天，太史奏报：昨夜客星犯御座。光武帝笑道："那是昨夜我和严子陵一起睡觉。"此二句是说，星宿上有客帝之分，在严子陵眼里没有尊卑之别。 ㉙ 祭酒布衣：《后汉书·班超传》："其后行诣相者，曰：'祭酒，布衣诸生耳，而当封侯万里之外。'" ㉚ 投笔：《后汉书·班超传》："常为官佣书以供养，久劳苦。尝辍业投笔叹曰：'大丈夫无他志略，犹当效傅介子、张骞立功异域，以取封侯，安能久事笔研间乎？'" ㉛ 龟(qiū)兹(cí)：古国名。班超在西域时曾驻扎在龟兹它乾城。 ㉜ 乌孙：古国名。 ㉝ 定远：班超最后被封为定远侯。开址：开基。 ㉞ 击楫：见《闻雁赋》注。 ㉟ 请缨：投军报国。缨，绳子。西汉终军请命出使南越，说："愿受长缨，必羁南越王而致之阙下。"金马门：汉宫门名，学士待诏处。 ㊱ 鸣剑：《拾遗记·颛顼》："有曳影之剑，腾空而舒，若四方有兵，此剑则飞起指其方，则克伐，未用之时，常于匣里，如龙虎之吟。" ㊲ 弃繻：终军赴京拜见博士，步行入关时，关吏给予军繻作为回来的路证。终军说："大丈夫西游，终不复传还。"于是弃繻离开了。繻，古代出入关隘时的帛制通行证。《汉书·终军传》："初，军从济南当诣博士，步入关，关吏予军繻。军问：'以此何为？'吏曰：'为复传，还当以合符。'军曰：'大丈夫西游，终不复传还。'弃繻而去。" ㊳ 照藜：《三辅黄图·阁》："刘向于成帝之末，校书天禄阁，专精覃思。夜有老人，着黄衣，植青藜杖，叩阁而进。见向暗中独坐诵书，老父乃吹杖端，烟然，因以见向，授《五行洪范》之文。恐词说繁广忘之，乃裂裳

及绅以记其言。至曙而去，请问姓名，云：'我是太乙之精，天帝闻卯金之子有博学者，下而观焉。'"　㊴　生花：《开元天宝遗事·梦笔头生花》："李太白少时，梦所用之笔头上生花，后天才赡逸，名闻天下。"　㊵　小山：王逸《〈楚辞·招隐士〉解题》："昔淮南王安博雅好古，招怀天下俊伟之士，自八公之徒，咸慕其德而归其仁。各竭才智。著作篇章，分造辞赋，以类相从，故或称小山，或称大山，其义犹《诗》有小雅、大雅也。"《招隐士》第一句为："桂树丛生兮山之幽。"　㊶　长杨：汉宫名，扬雄有《长杨赋》。鳷(zhī)鹊：汉宫观名。　㊷　买赋：《长门赋》序："孝武皇帝陈皇后时得幸，颇妒。别在长门宫，愁闷悲思。闻蜀郡成都司马相如天下工为文，奉黄金百斤为相如文君取酒，因于解悲愁之辞。而相如为文以悟主上，陈皇后复得亲幸。"　㊸　石室：古代藏图书档案处。《史记·太史公自序》："周道废，秦拨去古文，焚灭《诗》《书》，故明堂石室，金匮玉版，图籍散乱。"　㊹　舌能骂贼：颜杲卿被安禄山所俘，见到安禄山之后怒骂不止，被钩断舌头后，仍发出含糊的骂声。《新唐书·颜杲卿传》："杲卿至洛阳，禄山怒曰：'吾擢尔太守，何所负而反？'杲卿瞋目骂曰：'汝营州牧羊羯奴耳，窃荷恩宠，天子负汝何事而乃反乎？我世唐臣，守忠义，恨不斩汝以谢上，乃从尔反耶？'禄山不胜忿，缚之天津桥柱，节解以肉噉之，詈不绝，贼钩断其舌，曰：'能复骂否？'杲卿含胡而绝。"　㊺　血可溅襟：《晋书·忠义传·嵇绍》："绍以天子蒙尘，承诏驰诣行在所。值王师败绩于荡阴，百官及侍卫莫不散溃，唯绍俨然端冕，以身捍卫，兵交御辇，飞箭雨集。绍遂被害于帝侧，血溅御服，天子深哀叹之。及事定，左右欲浣衣，帝曰：'此嵇侍中血，勿去。'"　㊻　婴城：环城而守。　㊼　信陵：信陵君。战国魏安厘王异母弟，名无忌，封信陵君。礼贤下士，有食客三千人。大梁夷门监者侯嬴老而贤明，信陵君'从车骑，虚左，自迎'侯生，至家，奉为座上客。魏安厘王二十年，秦围赵邯郸，赵求救于魏，信陵君用侯嬴计，使如姬窃得兵符，击杀将军晋鄙，夺得兵权，救赵却秦。后留赵十年，归魏，率五国之兵大破秦军，直至函谷关。终因谗毁，为魏王所忌，乃谢病不朝。见《史记·魏公子列传》。　㊽　朱家：汉初鲁地侠士。《史记·游侠列传》："鲁朱家者，与高祖同时。鲁人皆以儒教，而朱家用侠闻。所藏活豪士以百数，其余庸人不可胜言。"　㊾　鞭石：《艺文类聚》卷七九引晋伏琛《三齐略记》："始皇作石桥，欲过海观日出处。于时有神人，能驱石下海，城阳一山石，尽起立。巍巍东倾，状似相随而去。云石去不速，神人辄鞭之，尽流血，石莫不悉赤，至今犹尔。"　㊿　投鼎：《艺文类聚》卷二十四引梁元帝《忠臣传·谏争篇序》曰："富贵宠荣，人所不能忘也。刑戮流放，人所不能甘也。而士有冒雷霆，犯颜色，吐一言终，知自投鼎镬，取离刀锯，而曾不避者，其故何也？"　(51)　髡(kūn)钳而亡命藏：《史记·季布栾布列传》："季布匿濮阳周氏。周氏曰：'汉购将军急，迹且至臣家。将军能听臣，臣敢献计。即不能，愿先自颈。'季布许之。乃髡钳季布，衣褐衣，置广柳车中。"髡钳，古代将犯人剃去头发并束颈的刑罚。　(52)　守季布于淮阳：汉文帝任命季布为河东郡守，并对他说："河东吾股肱郡，故特召君耳。"后来谢玄晖《在郡卧病呈沈尚书》中有"淮阳股肱守，高卧犹在兹"的句子，唐代李周翰作注，又误传汉景帝对淮阳太守汲黯说"淮阳吾股肱地"。这里作者没有弄错人，却弄错了地方。　(53)　气岸：气概。　(54)　犀然：《晋书·温峤传》："至牛渚矶，水深不可测，世云其下多怪物，峤遂毁犀角而照之。须臾见水族覆火，奇形异状，或乘马车着赤衣者。"　(55)　劫烬而不灰：烬当作尽。《高僧传·译经上·竺法兰》："昔汉武穿昆明池底，得黑灰，问东方朔。朔云：'不知，可问西域胡人。'后法兰既至，众人追以问之，兰云：'世界终尽，劫火洞烧，此灰是也。'"　(56)　蕙茝：两种香草。《楚辞·离骚》："杂申椒与菌桂兮，岂维纫夫蕙茝。"王逸注："蕙茝皆香草，以喻贤者。"　(57)　躞蹀(xiè)：小步走。　(58)　挥就鹦鹉：祢衡《鹦鹉赋序》："衡因为赋，笔不停缀，文不加点。"　(59)　巨鹿：地名，项羽与秦军在此决战。　(60)　朔方：西汉郡名，地接匈奴。　(61)　女娲之石：《淮南子·览冥训》："往古之时，四极废,九州岛裂,天不兼覆,地不周载……于是女娲炼五色石以补苍天。"　㉒鲁阳之戈:《淮南子·览冥训》:"鲁阳公与韩构难,战酣日暮,援戈而挥之,日为之反三舍。"　㉓漂(piào)疾:迅疾。　㉔夸父:《山海经·海外北经》:"夸父与日逐走,入日。渴欲得饮,饮于河、渭,河、渭不足,北饮大泽,未至,道渴而死。弃其杖,化为邓林。"　㉕博望:汉张骞封博望侯。《博物志》卷三:"旧说云天河与海通,近世有人居海渚者,年年八月有浮槎去来不失期,人有奇志,立飞阁于查上,多赍粮,乘槎而去。十余日中,犹观星月日辰,自后芒芒忽忽,亦不觉昼夜,去十余日,奄至一处,有城郭状,屋舍甚严,遥望宫中多织妇,见一丈夫牵牛渚次饮之。牵牛人乃惊问曰:'何由至此?'此人见说来意,并问此是何处。答曰:'君还至蜀郡访严君平则知之。'竟不上岸,因还如期。后至蜀问君平,曰:'某年月日有客星犯牵牛宿。'计年月,正是此人到天河时也。"　㉖铸柱交趾:《后汉书·马援传》"峤南悉平"李贤注引晋顾微《广州记》:"援到交址,立铜柱,为汉之极界也。"　㉗勒铭燕然:《后汉书·窦宪传》:"与北单于战于稽落山,大破之,虏众崩溃,单于遁走,追击诸部,遂临私渠比鞮海。斩名王已下万三千级,获生口马牛羊橐驼百余万头。于是温犊须、日逐、温吾、夫渠王柳鞮等八十一部率众降者,前后二十余万人。宪秉随登燕然山,去塞三千余里,刻石勒功,纪汉威德,令班固作铭。"　㉘梅:梅福,西汉人,挂冠隐居。　㉙疏:疏广、疏受。广为太傅,受为少傅,因年老同时主动辞官,受到人们尊重。解绶即解下印绶辞官。　㉚黄庭:《黄庭经》,道教著作。　㉛支遁:字道林,东晋高僧。　㉜康乐:谢灵运。因袭封康乐公,故称。　㉝莼羹:用莼菜做成的汤。《晋书·张翰传》:"翰因见秋风起,乃思吴中菰菜、莼羹、鲈鱼脍,曰:'人生贵得适志,何能羁宦数几里以要名爵乎?'遂命驾而归。"　㉞下箬:地名。在今浙江省长兴县南。《太平寰宇记·江南东道六·湖州》引南朝梁顾野王《舆地志》:"夹溪(箬溪)悉生箭箬,南岸曰上箬,北岸曰下箬;二箬皆村名。村人取下箬水酿酒,醇美胜于云阳,俗称箬下酒。"《太平御览》卷六五引《舆地志》作上若、下若。　㉟虞卿:战国名士,在长平之战前主张联合楚魏迫秦求和。邯郸解围后,力斥赵郝、楼缓的媚秦政策,坚持主张以赵为主联合齐魏抵抗秦国。后因拯救魏相魏齐的缘故,抛弃高官厚禄离开赵国,终困于梁,遂发愤著书。　㊱公子:指韩非。战国时期法家思想代表人物,韩国公子。著有《孤愤》《五蠹》《说难》等,今合称《韩非子》。　㊲披心:披露真心。

　　黄尊素是明末东林党的领袖之一,也是当时政坛上一个有正义感和影响力的人物,遭魏忠贤嫉恨,下狱死,年近四十三岁。崇祯登基后,冤案平反,其子进京替父报仇,在刑部大堂与魏忠贤党羽对证,当众锥刺许显纯,痛殴崔应元。后来,这个儿子在历史上的名声远远超过乃父,他就是黄宗羲。

　　黄尊素出身于一个读书人家庭,父亲是教书先生,黄尊素本人也做过塾师,并且于万历四十四年中了进士,步入政坛。在这条路上,他的正义感和斗争精神赢得了后世的赞许。

　　在黄尊素不长的人生中,这篇赋肯定属于壮年之作。就主题来说,早在《文选》就有"志"的一类,《历代赋汇》则称为"言志",时至今日,要叫做"励志"。黄尊素的这篇赋,说到底也只是青壮年的一番穿梭时空的古今遐想,并没有多少具体所指。

　　类似的文章并不少见,但要真正写好,实在并非易事。事实上单就赋的层面而言,纯粹言志的作品实在乏善可陈。万口传颂的佳作,往往成于因缘际会,没有人生剧变,庾信写不出《哀江南赋》,没有滕王阁的宴会,也没有《滕王阁序》,为了言志而言志,在文学创作的规律上说,终究隔了一层。所以,现在这篇赋在同类题材的作品中还算佳作,但纯言志的题材实属不易,置之古今所有文学作品中,它也就只能属于一般了。

本赋的结构没有什么特别,不过是历数前言往事,尽道自家情怀。然而,从所谈的往事,则不难看出作者的价值取向和心理轨迹。黄尊素是一个文人,而且身处明末政治最黑暗混乱的时代,他的心中是恐惧和无奈并存的。因此,在他一一点数的古人中,一类是悲壮的牺牲者,如伍子胥、苏武、信陵君;另一类是淡定的超越者,如范蠡、严子陵、疏氏叔侄。除此之外,终军、刘向、李白等都各取一端,并无定准。这反映了黄尊素自身处境的尴尬,他本想通过政治机器来实现人生的理想,但在身处宦海之后却发现面对的无奈与困惑反而更多,既疑心严子陵这样的布衣倾向是不是更完美的处世人格,也疑心自己终将面临嵇绍、颜杲卿这样极端的遭遇。看似言志,事实上作者心中也充满了困惑。他有信念,但信念的维护比之有信念,需要更大的精神能量。作此赋,与其说是言志,不如说是作者在给自己寻找维护信念的能量补充。这样,我们便可以用理解的眼光去看待文章在理论上的模棱和逻辑上的龃龉。

本文用典极多,这在赋的体裁中并不为过,但是对于在现代汉语环境中成长起来的读者而言,确实是一种折磨。诗赋不是论文,不是说明书,不是以看懂为目的的,注释或查工具书,能帮助我们扫清文字障碍,同时也牺牲了读者与作者产生共鸣的契机。于是,这一类文字便也与我们渐行渐远。如果还关注作者的心境与感想,那么,在阅读类似作品时,务当将相关故实做一番充分深入的研探,也就是孟子所说的"知人论也"(《万章章句下》),这样才能更接近作者所要传达的心境。

(田松青)

吴应箕

【作者小传】

(1594—1645) 字风之,更字次尾。贵池(今属安徽)人。明复社领袖。崇祯十一年(1638),与复社人士作《留都防乱公揭》声讨阉党阮大铖。南明弘光朝建立,阮大铖得志,急遣骑捕之,吴应箕出走。南京失陷,在家乡起兵抗击清兵,败走山中,被执,慷慨就死。清乾隆时追谥忠节。善今古文,诗文之名颇著。有《楼山堂集》等。

雪 竹 赋 并序　　　　　　　吴应箕

偶过当涂，为吴令君①所留，不得去，见邸舍阶前有竹一丛可玩，而为雪所压覆地，予有感焉，遂为之赋。

嗟草木之多靡，无此君之挺特②。虽寄生于荒阶，亦不扶而自直。惟松柏之同心，历岁寒而征③力。泻琴瑟之清响，漾琅玕之碧色。亭亭数竿，若俟予来。直造其下，不问谁栽。有友好我，时遗酒醅④。谑浪笑傲⑤，对之轮杯⑥。

予誉此竹，举不可枚。萧澹⑦韵远，清苦思哀。出群高节，利物美材。匪风雨之异度⑧，无尘土之缠绖⑨。兴淇奥⑩之足寓，俨渭川⑪之在偎。

夫何寒风昼积，愁云夜繁。俄而雪下，漉漉弥漫。缘甍冒栋⑫，平堮塞阑⑬。千林变色，万物改观。晓起开户，竹亦摧残。体若拘忌，状如平摊。势类强抑，意不肯安。叶摇摇而欲诉，枝拂拂而如抟。然其伏而不屈，困而不折，非寻尺⑭之较直枉，聊衣裘之相袭褐⑮。鹤冲霄而铩羽⑯，骥千里之在枥。

魏徵⑰以倔僵而转媚妩，姬圣⑱处讥谗而怀忧惕。汲黯⑲抗揖于将军，苏武秉旄于夷狄。潜宁为米而折腰，侃以习劳而运甓⑳。

冀太阳之呈晖，听空庭之滴沥。仗枝叶之扶疏，表性姿之傥俶㉑。谅体骨之不柔，何污下之可溺。始吾致憾于霏霏，卒焉咏诗之籊籊㉒。

〔注〕　①令君：对县令的尊称。　②挺特：超群特出。　③征：证明。　④酒醅(pēi)：酿成而未漉的酒。　⑤谑浪笑傲：戏谑放浪，调笑戏弄。出《诗·邶风·终风》。　⑥轮杯：传杯，传递酒杯饮酒。　⑦萧澹：潇洒淡泊。　⑧度：气度，胸襟。　⑨缠绖：拘束，缠绕。⑩淇奥：淇水弯曲处。《诗·卫风·淇奥》：“瞻彼淇奥，绿竹猗猗。”　⑪渭川：《史记·货殖列传》：“齐鲁千亩桑麻；渭川千亩竹……此其人皆与千户侯等。”　⑫甍：屋脊。冒：覆盖。栋：正梁。　⑬阑：门前的栅栏。　⑭寻尺：细小的事物。　⑮袭褐：古代礼服之制：袒外衣而露裼衣，且不尽覆其表，谓之裼；不裼，谓之袭。　⑯铩羽：摧落羽毛。　⑰魏徵：唐初宰相，以敢谏著称。《旧唐书·魏徵传》记唐太宗语：“人言魏徵举动疏慢，我但觉妩媚。”明人又作“人言魏徵倔强，朕视之更觉妩媚耳。”　⑱姬圣：周文王姬发。　⑲汲黯：西汉名臣。《史记·汲郑列传》：“大将军青既益尊，姊为皇后，然黯与亢礼。”　⑳运甓(pì)：《晋书·陶侃传》：“侃在州

无事,辄朝运百甓于斋外,暮运于斋内。人问其故,答曰:'吾方致力中原,过尔优逸,恐不堪事。'其励志勤力,皆此类也。"甓:砖。　㉑ 傥(tǎng)俶(tì):即傥俶,豪爽洒脱。　㉒ 籊(tì)籊:长而尖。《诗·卫风·竹竿》:"籊籊竹竿,以钓于淇。"

　　竹子自古就是入诗入画的东西,对竹子的描摹,早已发掘殆尽。这篇赋选择这样一个传统的主题,在于它既不是科考的习作,也不是文人自发的吟咏,而是现实生活中的实景带来的启示,有所见有所感的自然产物。

　　作者吴应箕是明末的抗清义士之一。当时的中国,内忧外患,灾难重重,挺身而出,共赴时艰的,大多是文人,甚至是学者型的文人。他们既要与明王朝的腐朽势力斗争,又面临清王朝带来的灭顶之灾,是典型的明知不可为而为之。吴应箕就是这些文人中极具代表性的一位。

　　在一个大雪的时节,吴应箕途经当涂,老朋友知县吴韩起将他留宿官舍。官舍里像许多南方住宅一样种了一片竹子,而大雪和竹子恰好形成了一个特殊的景象:大雪压竹,弯而不折。对于一个文人来说,这样的场景显然有着特定的强烈暗示,而吴应箕的人生经历,又与这场景有着不可说的相似,于是,他欣然命笔,写下这篇赋。

　　对于一个饱读诗书的秀才来说,对竹子进行一番常规的描摹,顺便交代事情的原委,并非难事,在这短小的作品中,作者花了过半的篇幅来做这件事。终于,竹子成了"体若拘忌,状如平摊"的样子,这里成了全文的关节。

　　对于大雪压身,竹子的态度很丰富。首先,它是不肯屈服的,"意不肯安",欲诉欲搏。然而,在力量上似乎无法与之抗衡,于是,又以苦为乐,声言权当穿了身厚衣服。但紧接着的,是冲霄铩羽,是老骥伏枥。这种貌似杂乱的切换,很像后世电影技巧中的蒙太奇,十分真切地反映出巨大压力之下的内心起伏。

　　接着,作者按赋体的习惯,抛出了六位古人:魏徵、姬昌、汲黯、苏武、陶潜、陶侃。六人的共同之处,都是遭遇窘境的文人!他们有不同的遭遇,不同的做法和不同的结果,相同的是他们都用自己的方式与命运抗争了,他们都有如大雪压身的竹子。

　　行文至此,读者已经不难了解作者的用意,但是,作者自己尚未明确该作出什么样的选择。也许对于当时的吴应箕来说,没有最好,只有更好;没有必须,只有应该。现在我们知道,他后来起草了《留都防乱公揭》声讨阮大铖,再后来拒绝降清不屈而死。也许他的人生与六位古人都不相似,也没有什么可比性,但是,那大雪压身的竹子,却无疑是他们共同的写照。

赋的最后，雪过天晴，一片明媚。那是作者良好的祝愿，也是他内心真诚的希冀。

（田松青）

【作者小传】

黄淳耀

（1605—1645） 初名金耀，字蕴生，一字松崖，号陶庵，又号水镜居士，嘉定（今属上海）人。明思宗崇祯十六年（1643）进士，未授官。清世祖顺治二年（1645），清兵南下，南京、嘉定相继陷落。他破家结客，与侯峒曾、侯岐曾等率县民守城。城破，与弟渊耀自缢于城西僧舍。清乾隆中谥忠节。有《陶庵集》传世。

顽　山　赋并序　　黄淳耀

黄子游豫章①，见水次②有山，块然③生，黝然④黑，骨然⑤立，草木泥土，一不得附丽⑥焉。征其名于土人⑦，皆不能答。黄子曰："噫！此顽山也。放于寂寞之滨⑧，不能出云雨，见⑨怪物。"感而作赋，且责且誉焉。

茫茫太始⑩，厥⑪初生山。下根坤轴⑫，上薄玄间⑬。擢⑭草木而为发，涌金银而发颜⑮，含阳⑯吐雾，祇包鬼关⑰。三浮瀛海⑱，五镇人寰⑲。鸟飞翻兮不极⑳，猿狖黠㉑兮难攀。峰复峰兮崒嵂㉒，涧又涧兮潺湲㉓。吾独怪夫南斗元精㉔，西江洪秀㉕，割为此山，肖形㉖惟陋。荣脉㉗不分，首脊相瞀㉘，侧瞰㉙无林，平观失岫㉚，合类釜鬵㉛，分侔饤饾㉜。灵草避而不生，雾霞举而莫就，巨灵擘之不能离㉝，始皇鞭之不能走㉞。吾得谥㉟之曰顽，异古初之所授。有如鳌岫㊱春过，莲崖㊲雨遍。树合疑屏㊳，花开似面。樵客㊴往而路迷，羽人㊵来而目眩。时维此山，颓然㊶不变。如彼朱门㊷，繁华相扇㊸。季路原思㊹，不离贫贱。又若凛秋劲冬㊺，千山其空。桂枝葱倩㊻，松盖牢笼㊼。霰雪㊽加而如怒，瀑泉㊾激而生风。时维此山，詘然㊿匔匔。如彼乱世，干戈相雄。黄公绮季(51)，保其童蒙(52)。至若两峰(53)奇绝，庐岳[54]怪伟,翠扑云端,秀铺谷里。远喻连衡[55],近同压垒[56]。千岩仰之若附庸[57],万嶙[58]奔之若儿子。嗟此山之不朝[59],类海国之负恃[60]。彼万夫之仰观,翳仁者而乐之[61]。相阴阳而卜宅[62],奉牲璧[63]而祷祈。非亘地而凌轹百国[64],即触天而云雨四陲[65]。苟其顽也类此,复奚[66]取于山为?

若夫劫火[67]扬灰,洪流灭木[68],泽竭伊洛之源[69],钟响铜山之谷[70]。坏碑沉沧海之滨[71],跛羊上废台之麓[72]。则此山之坚完,虽一毫而不缩[73],有锯齿之雕虎[74],暨修头之赤精[75]。日经营乎窟宅[76],思咀嚼乎含生[77]。畏此山之发露[78],乃欻尔而遐征[79]。彼蛟龙之跳波[80],虽捧土[81]而莫争。立此山于隈岸,类屹然之金城[82]。桑沃若[83]而春美,黍翼然[84]而秋成。合太气于坯浑[85],配神功之无名[86]。吾不知在天地者几千万载,岂夫人之所能轻?方丈绵邈[87],石闾杳冥[88],吾将游六合而遄返[89],求至道于山英[90]。

〔注〕①黄子:犹言黄先生,作者自称。豫章:今江西南昌市。 ②水次:水边。次:泛指所在之处。 ③块然:孤独的样子。 ④黝然:黑色微青的样子。 ⑤骨然:瘦骨嶙峋的样子。 ⑥附丽:附着。丽:依附,附着。 ⑦征:询问,征求。土人:土著,当地人。 ⑧寂寞:空廓,寂静。滨:水边。 ⑨见:同"现",出现。 ⑩太始:古代指形成物质的原始状态。 ⑪厥:其,它的。 ⑫根:用作动词,植根:生根。坤轴:地轴。古代传说大地有轴。 ⑬薄:迫,逼近,靠近。玄间:青天,天空。 ⑭攉:耸起,扬起。 ⑮发颜:容光焕发。古人已认识到山上土石与植被的颜色往往与山中的矿藏有关。 ⑯阳:阳气,精气。 ⑰祇(qí):地神。鬼关:鬼门关,泛指危险之地。 ⑱三浮瀛海:传说渤海中有三神山,名曰蓬莱、方丈、瀛洲,诸仙人及不死之药皆在其上。 ⑲五镇人寰:九州大地有五岳名山,即泰山、华山、衡山、恒山、嵩山。镇:止,安定,人寰:人世间。 ⑳翻:飞。极:极限,顶点,指山顶。 ㉑狡黠:狡猾,机敏。 ㉒峚(zú)嵂(lǜ):山高耸的样子。 ㉓潺湲:水流动的样子。 ㉔南斗:星名,六星,即与北斗相对的二十八宿中的斗宿。元精:天地的精气。 ㉕西江:西来的大江。此指长江。洪秀:洪大秀丽。 ㉖肖形:形象。 ㉗荣脉:本指人体的血脉,此指山脉,山的走势。 ㉘瞀(mào):错综,紊乱。 ㉙瞰(kàn):远望。 ㉚岫(xiù):峰峦,山谷。 ㉛釜鬵(xín):形容顽山像鼎锅一样上下小。釜:无脚的锅。鬵,上下小像甑的锅。 ㉜侔:如同。钉(dìng)饾(dòu):堆叠于盘中陈设的蔬果。 ㉝巨灵:古代神话中劈开华山的河神。擘:劈,剖。离:分离,分开。 ㉞始皇:秦始皇。鞭之:传说秦始皇作石桥,欲渡海看日出处。时有神人,驱石下海,石去不速,神辄鞭之,皆流血,至今悉赤。 ㉟谥(shì):称,命名。 ㊱鳌岫:犹言鳌峰,旧以鳌峰为神仙所居之处。 ㊲莲崖,犹言莲峰。莲花峰,形容其形似莲花。 ㊳屏:屏风。 ㊴樵客:打柴的人。 ㊵羽人:神话中有羽翼的仙人。此处指学仙的

道士。 ㊶ 颓然：衰败的样子。 ㊷ 朱门：红漆门，指豪门大户。因古代王侯贵戚的住宅大门漆成红色，表示尊贵。 ㊸ 扇：通"搧"，扇扬，夸耀。 ㊹ 季路：即子路，名仲由，孔子弟子。《论语·子罕》载孔子称赞子路说："衣敝缊袍，与衣狐貉者立，而不耻者，其由也与！"未闻他贫贱。原思：即原宪，字子思，孔子弟子。《史记·仲尼弟子列传》载：子贡结驷连骑，排藜藿入穷阎，去见原宪。原宪却穿着破衣服，戴着破帽，接见子贡，并说他是贫困的。 ㊺ 凛秋：寒秋。劲冬：严冬。 ㊻ 葱倩：青翠而茂盛。 ㊼ 牢笼：此处形容树木繁茂浓密，遮天蔽地。 ㊽ 霰(xiàn)雪：雪珠和雪花。 ㊾ 瀑泉：即瀑布与泉流。 ㊿ 诎(qū)然：屈曲折服的样子。匑匑：恭谨的样子。 (51) 黄公：即黄石公，秦时隐士。绮季：即绮里季，汉初隐士，"商山四皓"之一。 (52) 童蒙：天真纯朴，不染世俗，如同幼稚而知识未开化的儿童。 (53) 两峰：指庐山著名的香炉峰、五老峰。 (54) 庐岳：即庐山，在江西九江市南，北靠长江，东南傍鄱阳湖。 (55) 连衡：战国时苏秦游说六国共同事奉秦国，称连衡。此处指山峰绵延。 (56) 压垒：紧迫相挨的营垒。垒：营垒，军营墙壁或防守工事。 (57) 岩：高峻的山。附庸：古代附庸于诸侯的小国。 (58) 巘(yǎn)：山峰。一说指小山。 (59) 朝：朝拜，朝见。 (60) 海国：海外之国。负恃：有所凭仗而持对立态度。 (61) 繄：同"緊"，是。仁者而乐之：孔子曾说过"仁者乐山"。 (62) 相阴阳：占视风水。卜宅：选择住宅地址。 (63) 牲璧：敬神的祭品。牲：指猪、牛、羊等牲畜。璧：璧玉，玉器。 (64) 亘地：连绵相接的土地。凌轹(lì)：欺压，侵犯。 (65) 四陲：四方周边地区。陲：边境。 (66) 奚：何，疑问代词。 (67) 劫火：佛家语，指世界毁灭时的大火。 (68) 洪流：浩大的水流。灭木：毁灭树木。 (69) 伊洛：伊水和洛水，黄河支流，皆在今河南省境内。《国语·周语》载伯阳父的话说："昔伊洛竭而夏亡。"竭：尽，干涸。 (70) 钟响铜山之谷：相传汉武帝时，未央宫前殿钟无故自鸣三日，南郡山崩。汉顺帝时期，殿下钟鸣，蜀岷山崩。古人迷信认为山与铜是母子关系，故山崩而铜钟响应。 (71) 碑：指石刻。此指碣石山石刻。秦始皇、汉武帝皆曾东巡至碣石山，刻石观海。山在今河北乐亭县西南，也有说当时的碣石山已沉陷海中。 (72) 麓：山脚。以上四句言世界发生了川竭山崩地陷台倒的巨大变化。 (73) 缩：减缩，变短小。 (74) 锯齿：如锯齿般锋利的牙齿。雕虎：猛虎名，因其身有花纹，如同雕画，故名。 (75) 修：长。赤精：山精，传说中的怪兽，浑身赤色。 (76) 经营：营造，构筑。窟宅：洞穴。 (77) 含生：有生命的东西。 (78) 发露：暴露，无遮蔽。 (79) 欻尔：同"倏尔"，迅疾地、迅速地。遐征：远走。 (80) 蛟龙之跳波：指发生大水灾。 (81) 捧土：指挑土石加固堤坝。用宋赵希言率民捧土投石、筑堤救灾的故事。 (82) 类：类似，好像。屹然：高耸的样子。金城：如钢铁般坚不可摧的城墙。 (83) 沃若：茂盛的样子。 (84) 翼然：黍稷谷穗整齐繁盛的样子。 (85) 太气：天地之间混沌之气。坯浑：天地未开辟之前元气的状态。 (86) 无名：指天地之始。 (87) 方丈：传说中海上三座神山(蓬莱、方丈、瀛洲)之一。绵邈：遥远，悠远。 (88) 石间：山名，在山东泰安市南。汉武帝曾封泰山，禅石间。杳冥：高远不能见。 (89) 六合：上下东南西北六方称六合，泛指整个天地之间。遄(chuán)：速，急。 (90) 山英：山神，山的精灵。

《顽山赋》是黄淳耀游豫章时见到一座连名字都没有的小山，偶发奇想而创作的一篇赋。一个人即使地位低微、囊中羞涩，也要有点精神。这篇赋咏的是无名小山，赞扬的却是人的一种精神，一种品格，不可作一般的咏物赋等闲视之。

此赋前有序。序文极简要地先描写出了顽山的基本特点。它平凡，贫瘠，地位低微，不能出云雨，见怪物，甚至连个名称也没有，全无一点名山大川的气概，一下子就给人以深刻的印象,使人感觉到它何其渺小,何其微不足道。并且还表明作者的写作态度是"且责且誉"。这就告诉读者,他不是把顽山当作一般的山水在吟咏,而是把它当作一种人格在评说,这才有责与誉的态度。这既决定了这篇赋的写法:责与誉相结合,也给读者理解全赋的描写手法指出了门径。

此赋的第一部分首先写"责"。这一部分,分为四层,运用对比的手法,以突出顽山的矮小、贫瘠、卑下、低微。先拿名山大岳的高峻险要与之对比,名山大岳耸立于天地之间,吐雾兴云,蕴藏丰富,"鸟飞翻兮不极,猿狨黠兮难攀",而顽山则"肖形惟陋",灵草不生,雾霞莫就,"侧瞰无林,平观失岫"。此责其矮小贫瘠。接着拿名山大岳的春景与之对比:当春季来临的时候,名山大岳葱茏翠郁,"树合疑屏,花开似面",峰回路转,令人迷惘,"樵客往而路迷,羽人来而目眩"。而顽山则"颓然不变",如季路原思,贫居陋巷,门前冷落,一点朱门大户的景象都没有,此责其丑陋。第三层拿名山大岳的秋冬景色与之对比。当"千山其空"的时候,名山大岳"桂枝葱倩,松盖牢笼",霰雪瀑泉,如怒生风,十分壮观,令人惊心动魄。而顽山则"诎然訇訇",只如乱世中的隐士,默默无闻,一点也没有表现出它的纵横捭阖的本领,此责其无才。第四层拿近处的庐山与之对比。庐山也是雄伟高大,峰峦起伏,"翠扑云端,绣铺谷里",雄壮而又秀丽。致使千岩万巇,拜倒其下,仁者乐之,万众祷祈。而顽山则不理不睬,岸然屹立于其侧,"类海国之负恃",全无礼数,此责其无礼。所以作者总括地责之曰:"其顽也类此,复奚取于山为?"这可谓责之至矣。但读者读到这里,却有点犯糊涂了。作者真的是在责吗?从字面看,真是在"责",责其陋,责其贫,责其顽,责其不懂礼貌,但读者的实际感觉到的是,这种责实际上是誉,誉其平凡,誉其朴素,誉其顽强,誉其不慕权势,是欲扬故抑,名责实誉,热烈赞扬顽山"巨灵擘之不能离,始皇鞭之不能走",傲然屹立于天地之间;赞扬顽山如"黄公绮季,保其童蒙",保持着天真纯朴,不染世俗恶习;赞扬顽山如"海国之负恃",昂然独立,不肯向任何有权有势者低头。这实际是我们中华民族传统的"富贵不能淫,贫贱不能移,威武不能屈"的大丈夫本色。这种"责"实则表现了作者对顽山的无限的景仰与崇敬。

此赋的第二部分则是直接的"誉"了,也分四层:第一层写世界发生大变动,出现了大劫来临,山崩川竭,碑沉台废的大灾难。而此山则坚固完好,一毫不缩,经得住任何变故,而昂然屹立于天地之间。第二层描写了一切嚣顽不灵的雕虎赤精,它们四处经营窟宅,危害生灵,却不敢靠近此山,畏其发露,而倏尔遐征,见到此山的一身正气,而避之唯恐不及。这写出顽山的光明正大,而使一切邪恶势力害怕。第三层描写了洪水滔天,在人们束手无策之时,此山却能抵挡洪水,坚赛金城,保卫着庄稼,使之获得丰收。这写出了顽山的巨大力量,任何外力都不能将其摧折。第四层就发自内心地直接赞美顽山的浑然天成,包含着天地间混沌的元气,具有无法形容的神功,矗立于天地之间,是任何人也轻视不了的。所以作者由衷地赞叹:"吾将游六合而遄返,求至道于山英。"对顽山表示了无限的向往与佩服。

此赋确实是在描写山,描写了一座无名的小山丘,处处紧紧扣住这座无名小山的特点,描写出了这座无名小山的平凡、低矮、贫瘠,更描写出了它的纯朴、顽强、傲岸。它使读者明显地感觉到这座小山的形象背后,隐藏着的是一种人的精神和品格。他平凡而伟大,矮小而坚强,贫困而有骨气,懦弱而能抵挡一切灾难;他不傲慢,不盛气凌人,却又不屈服,不奴颜婢膝。这种精神和品格,实际上就是我们民族优秀的传统文化所孕育的那种谦虚有礼而又不亢不卑的高尚品德,那种坚忍不拔而能力挽狂澜的硬骨头精神。这也正是黄淳耀自己的生活和性格的写照。

黄淳耀生性耿直,不满朝廷黑暗,不愿做官,淡泊一生;在清兵以排山倒海之势南下之时,他挺身而出,率民抵抗,最后以身殉国,不负平生。这不就是一座平凡而伟大的顽山吗?所以此赋写的是一座无名的小山,赞扬的却是一种人的精神和品格。山是人格化的山,人是具有山的特性的人,山与人浑然一体,合二而一,宛如一首寄托深远的咏物抒情诗,读后令读者荡气回肠。

从艺术表现看,这篇赋采用夸饰的手法,来突出顽山之顽的方方面面;又将之与名山大岳的对比,与能摧毁一切的自然灾难的力量的对比,形成巨大的反差,突出其坚忍不拔、力挽狂澜的品格与力量。其行文气势磅礴,语言亦形象瑰丽,一似汉大赋的雄奇诡谲。

(叶　农)

清

朱鹤龄

【作者小传】

（1606—1683）　字长孺，号愚庵。江南吴江（今属江苏）人。明诸生。入清不仕。初专力于词赋，自顾炎武勉以本原之学，始研治群经，遂长于笺疏之学。注经外，又尝注杜甫、李商隐诗集，名传一时。有《愚庵小集》《尚书埤传》《禹贡长笺》《诗经通义》等。

枯　橘　赋　　　　　　朱鹤龄

猗嘉树①之葳蕤兮，实挺生②于南国。维骚人之颂厥美③兮，秉不迁之贞德。奄④枝干之离披兮，抗⑤园林而无色。哀灵木之变衰兮，抚枯株而太息。

尔其始也，连彩璇星，植根瑶圃。阴成绿叶，含耿介以凌霜；萼吐素华，散荣芳⑥而入户。佳人以是盘桓，翠羽于焉翔舞。迨夫清霜变律，白露零庭。实垂金而攒布⑦，蒂连理以宗生⑧。本自潇湘⑨，荐彤廷而包随锡贡⑩；非因羽翼⑪，登玉案而果以珍名⑫。紫梨⑬方其津润，柘浆⑭失其甘馨。所以树重江陵⑮，每置官而呈瑞⑯；功标《本草》，恒蠲疾以析酲⑰者也。

无何气改穷阴，衰催急节⑱。干背日而凋伤，条随风而骚屑⑲。汉上苑⑳之玉树，既失青葱，楚三闾㉑之木兰，俄成萎绝。晨曦照耀，欲雕饰以无能，暮雨低垂，讶芳菲之顿辍。呜呼，半死㉒嗟桐，先伐叹桂㉓。昔日婆娑，今朝憔悴。艺林㉔改色，谁看密叶之垂阴；嘉荫无存，共惜修柯㉕之萎地。

曾不若樝梨㉖涩口，犹自遂其敷荣㉗；椒樧㉘含辛，反得矜其生意。观物理之雕换㉙兮，固有盛而必衰。谁芳根之久植兮，谁沆露㉚之长滋。惧徙北而化枳㉛兮，宁就槁而不辞。彼人事之迁流兮，纷菀枯㉜其若斯。任大钧之回互㉝兮，何必泫然㉞于攀枝。

〔注〕①嘉树：佳树，美树。　②挺生：挺拔生长。　③骚人之颂厥美：指屈原《橘颂》。④奄：忽然。　⑤抗：耸立。　⑥荣芳：芬芳。　⑦攒布：密布。　⑧宗生：丛生。⑨白玉蟾《橘隐记》："潇湘有橘乡。"　⑩彤廷：朝廷。汉代宫廷用朱漆涂饰，故称。包随锡

贡：谓包裹橘柚而进贡天子。　⑪ 李德裕《瑞橘赋》："岂因人之羽翼，感大钧之独运。"　⑫《艺文类聚》卷八十六引潘岳《橘赋》："炫煌乎玉案，照曜于金盘。"果以珍名：《酉阳杂俎》卷十八载，天宝十年，官中甘子结实一百五十颗，宰臣进贺表，有"故得资江外之珍果，为禁中之华实"之句。　⑬ 紫梨：《蜀都赋》："紫梨津润"。　⑭ 柘浆：甘蔗汁。　⑮ 树重江陵：《史记·货殖列传》称蜀汉江陵千树橘，此其人与千户侯等。　⑯ 置官：《艺文类聚》卷八十六引《异物志》："交趾有橘官长一人，秩二百石，主贡御橘。"又引《建武故事》曰："平西将军庾亮送橘十二实共同一蒂，为瑞异，群臣毕贺。"　⑰ 蠲（juān）疾：治愈疾病。析酲（chéng）：解酒。　⑱ 急节：急变的节令。　⑲ 骚屑：枯萎。　⑳ 上苑：皇驾园林。扬雄《甘泉赋》："翠玉树之青葱兮，璧马犀之瞵瑞。"　㉑ 三闾：屈原。《离骚》："朝搴阰之木兰兮，夕揽中洲之宿莽。"　㉒ 半死：枚乘《七发》有龙门之桐，"其根半死半生"。　㉓ 先伐叹桂：《庄子·人间世》："桂可食故伐之，漆可用故割之。"　㉔ 芟林：宋代向子諲（yīn，恭敬）居所称芟林，自号芟林居士。　㉕ 修柯：长长的枝条。　㉖ 櫃梨：果名。李咸用《和吴处士题村叟壁》："秋果櫃梨涩，晨羞芛蕨鲜。"　㉗ 敷荣：开花。　㉘ 椒榝（shā）：植物名。椒：花椒。榝：似茱萸而小。　㉙ 雕换：凋零更替。　㉚ 涍（tuán）：露水多的样子。《诗·郑风·野有蔓草》："野有蔓草，零露涍兮。"毛传："涍涍然盛多也。"　㉛ 化枳：《晏子春秋·杂下十》："婴闻之，橘生淮南则为橘，生于淮北则为枳，叶徒相似，其实味不同，所以然者何？水土异也。"　㉜ 菀（yù）枯：荣枯。《国语·晋语二》："（优施）乃歌曰：'暇豫之吾吾，不如鸟乌，人皆集于苑，己独集于枯。'里克笑曰：'何谓苑？何谓枯？'优施曰：'其母为夫人，其子为君，可不谓苑乎？其母既死，其子又有谤，可不谓枯乎？枯且有伤。'"　㉝ 大钧：指自然。回互：回环交错。　㉞ 泫然：流泪的样子。

中国的文学作品太多，酝酿了千百年，早已形成一个复杂的立体结构，许多体裁、题材都符号化了。这样的情形对读者和作者都提出了要求，但也提供了便利。以这篇《枯橘赋》而言，读者应该能从题目和体式上马上有所联想：它很像屈原的《橘颂》。如果没有这样的敏感，甚至完全不知道《橘颂》，在一片空白里阅读这篇赋，也并无不可，只是能从中接受的信息会大打折扣。这就是符号化的作用，能用则是利，不能用就是弊。

朱鹤龄是一个生不逢时的文人，正好生活在明清的交界处，由于身处清朝的时间稍多一些，我们现在是把他当清朝人的。在朱鹤龄的时代，所有的汉人只有两种选择，要么抗争，要么顺从。朱鹤龄的朋友顾炎武就是一个坚决的反清分子。相比之下，朱鹤龄只是一个不合作者。到了清朝，他坚决不再做官，只是钻研学问，所以，后来人们很少有把他和当时的复明志士联系起来的，和顾炎武、黄宗羲、王夫之等人并非同类。

朱鹤龄生平的确没有留下鲜明的明朝遗老的痕迹，但并不意味着他没有自己的想法。这篇《枯橘赋》中，就暗含了他不能明说的隐衷。战国时屈原首创《橘颂》堪称咏物诗的鼻祖，从南国橘树绿叶素荣的外貌写到独立不迁的操守，由橘及人，借物咏志，是千古名篇。朱鹤龄以此为基，重作《枯橘赋》，既不是形式上的仿拟,也不是对《橘颂》的改编扩充。在屈原的笔下,橘是一个高洁独立的形象,与屈原本人有着高度的同一性。到了朱鹤龄,橘不再光鲜亮丽,而是枯橘,由于天气的原因,灵木变衰,枝干离披。

那么,这枯橘究竟是朱鹤龄的自我描述,还是他眼中的故国的化身? 也许都是,也许都不是。咏物的机巧就在于此,这就是文字之妙。正如《橘颂》中的橘,和屈原本人如此相似,却终不说破,犹如庄周化蝶,栩栩然蝴蝶也,蘧蘧然周也。朱鹤龄在赋中首先轻轻点出橘之枯,随即充分利用了橘在传统文化中丰富的信息符号资源,作了一个朦胧的标本式描述,这个部分中规中矩,几乎和专门收罗辞藻典故的《事类赋》《词林典腋》如出一辙,在全篇中,这一部分文采最好,却只有结构性功能,与“枯”字全然无关。欲扬先抑,欲写其枯,先写其荣。这样的笔法与《橘颂》实出一辙,不过屈原是开创者,没有那么多现成的典故辞藻可用,只能先写其外表,后写其品质。接下来,笔锋陡转,风云变色,橘树委顿。这个情节显然有所喻指,但作者没有明言,委婉含蓄的文学作品也不该明言。但不明言不等于不说,如果文章就此戛然而止,则是不知所云的一篇赋了。于是,最后一个部分推出全文的主旨,当然,用的仍然是隐微的暗示。这部分有两句是关键。一是“惧徙北而化枳”,字面上用的是橘逾淮北以为枳的典故,但当明末清初之际,南和北有什么寓意,大家都是心照不宣的。只是典故如此,不可擅自修改,这句话为了适合典故,未免在逻辑上有点小疵:橘本是南方嘉树,当秋风来临之际,若欲回避,应当南迁才对,何以说不徙北而宁愿就槁? 当然,读诗文不能这样较真,那样是胶柱鼓瑟了。二是“人事之迁流”,全文都在写橘,最后无端出来一个人事,究竟何人何事,读者自己想去,作者点到为止。

这篇赋,可以看作是作者在当时所处的社会环境中的一种表态,就如他的生平一样,有学养,有原则,但绝没有剑拔弩张的激烈。

(田松青)

傅　山

【作者小传】

(1607—1684)　初名鼎臣,字青竹,后改名山,字青主,一字仁仲,号真山,又号啬庐、石道人等。阳曲(今山西太原市)人。明亡后,衣朱衣,居土穴中,养母,号朱衣道人,又有真山、浊翁、石道人等别名。康熙中征举博学鸿词,以死拒不应试。特授中书舍人,仍托老病辞归。博通经史诸子和佛道之学,兼工诗文、书画、金石,又精医学。有《霜红龛集》《荀子评注》等。

燕巢琴赋并序　　　　　傅　山

夏日，过不廛先生书斋①，见燕子结巢壁上之琴。归而感梁子之所友者，如此而已，因为赋之②。

伊余读《南史》马枢之传曰③：有双燕兮庭栖④，时来往于几案，信高士之无机⑤。感仁人之难遇，滋万物兮怀疑⑥。不谓德辉之靡远兮⑦，在芦鹜之清溪⑧。有孤琴之悬壁，来鳦子兮衔泥⑨。信庄生之旷论⑩，鸟莫智于鹢鸸⑪。夫岂无兮芳尘之楼⑫，与夫芸晖之墙⑬；恐圣人之未信⑭，将贻笑于处堂⑮。乃回翔而后集，见伊人兮水方⑯。彼则高山兮流水⑰，我其凤览而鸥忘⑱。羽参差兮喻高渐之鸿仪⑲；音上下兮调无弦之宫商⑳。遂卜居于焦桐之尾㉑，益长谢于文杏之梁㉒。嗟乎燕兮！尔其乐梁生之贫兮？梁生贫无以为粮㉓；抑爱梁生之清兮，彼复清冷而无裳；尔其取梁生悠远之韵兮？惟在芦渚水湄㉔，月夜龙吟㉕，一鼓之琳琅㉖。尔乃移家其上，使先生金玉其音兮，徒效子桑趋举而旁皇㉗。然而人多不顾，尔独来翔。其庶几乎梁生钟牙之辈㉘，足慰知希者于寂寞之乡㉙。尔能不为世人之凉薄兮㉚，每秋去而春来；我亦请与尔主人申盟兮㉛，终不改弦而更张㉜。

〔注〕 ①过：拜访。不廛（chán）先生：即梁檀。明末学者，傲视权贵，隐居山林，工琴诗书画，有《即事诗画手卷子》传世。　②因：于是。　③伊：句首语气词。马枢：字要理，南朝陈时隐士，《南史》有传。　④双燕：《南史》卷七十六云，马枢"于竹林间营茅茨而居，……有白燕一双，巢其庭树，……时至几案，春去秋来，几三十年。"　⑤高士：高尚不仕之人。机：机心，巧诈之心。　⑥滋：滋长，繁殖。　⑦靡（mǐ）：不。　⑧芦鹜（wù）：梁檀书斋名。　⑨鳦（yì）子：燕子。　⑩庄生：庄子。旷论：旷达的学说。即庄子齐物我、等祸福、独与天地精神往来的观点。　⑪鹢鸸（yì ér）：燕子。《庄子·山水》："鸟莫知于鹢鸸，目之所不宜处，不给视，虽落其实，弃之而走。其畏人也，而袭诸人间，社稷存焉尔。"　⑫芳尘之楼：据《拾遗记·晋时事》载，晋末后赵石虎于太极殿前起楼，高四十丈，时亢旱，春杂宝异常香为屑，使数百人于楼上吹散之，名为芳尘。此处指豪华居处。　⑬芸晖之墙：一种涂有香料的墙。"芸晖"，亦作"芸辉"，香草名。　⑭恐：担心。未信：不能相信。　⑮贻笑：见笑，被笑。处堂：居住的堂屋。　⑯伊人：这（那）个人。《诗经·秦风·蒹葭》："所谓伊人，在水一方。"　⑰高山兮流水：高妙的乐曲，借指知音或知己。《列子·汤问》："伯牙善鼓琴，钟子期善听。伯牙鼓琴，志在高山，钟子期曰：'善哉，峨峨兮若泰山。'志在流水，钟子期曰：'善哉，洋洋兮若江河。'伯牙所念，

钟子期必得之。" ⑱凤：传说中的神鸟凤凰。鸥忘："鸥鹭忘机"的简称。指人无机心，则鸟类亦与之相亲近。 ⑲羽参差：指鸟的羽毛长短不齐。高渐：指高人逸士。鸿仪：指风采。 ⑳音上下：指音调忽高忽低。调无弦之宫商：指抚琴寄志，不在五音。《宋书·隐逸传·陶潜》："潜不解音声而畜素琴一张，无弦，每有酒适，辄抚弄以寄其意。贵贱造之者，有酒则设。"宫商：指古代五音宫、商、角、徵、羽中的一、二音级。 ㉑卜居：通过占卜选择居住的地方。焦桐：琴的别称。《后汉书·蔡邕传》："吴人有烧桐以爨(cuàn)者，邕闻火烈之声，知其良木，因请而裁为琴，果有美音，而其尾焦，故时人名曰焦尾琴焉。"后世因称琴为焦桐。 ㉒谢：辞去。文杏之梁：用刻有花纹的杏木为屋梁。文，通"纹"。 ㉓无以为粮：没有做干粮的东西。 ㉔芦渚(zhǔ)：苇塘。渚：水中小块陆地。水湄：(méi)：水边，水岸。 ㉕龙吟：琴曲名。此指琴声。 ㉖鼓：弹奏。琳琅：本指玉石。此借琴声如玉石相击，清脆悦耳。 ㉗子桑：庄子寓言中人物。《庄子·大宗师》："子舆与子桑友，而霖雨十日。子舆曰：'子桑殆病矣！'裹饭而往食之。至子桑之门，则若歌若哭，鼓琴曰：'父邪！母邪！天乎！人乎！'有不任其声而趋举其诗焉。"趋举：即"趋举其诗"，指诗句急促，不成调子。旁皇：同"彷徨"，徘徊不进的样子。 ㉘庶几：差不多。钟牙：钟子期、伯牙。见注⑰。 ㉙知希：知音稀少。希：通"稀"。 ㉚世人之凉薄：世态炎凉浅薄。 ㉛申盟：缔结盟约，此处指成为友人。 ㉜改弦而更张：变更办法与主张。此处指不改变志向。

《燕巢琴赋》是清代赋坛上一篇不可多得的珍品。此赋前有一小序，交代写作原因。赋文本身根据所写内容，可分为三个层次。第一层，从"伊余读《南史》马枢之传曰"，到"鸟莫智于鹡鸰"。写燕子结巢于琴。作者先引用《南史·马枢传》中所记载的马枢与燕子和谐相处的故事，为梁檀宅中燕子筑巢于孤琴之上作铺垫。既说明了燕子是智鸟，又突出了梁檀的高人雅士形象。第二层，从"夫岂无分芳尘之楼"，到"益长谢于文杏之梁"。以燕子的口吻，说明结巢于琴的原因。燕子不慕"芳尘之楼""芸晖之墙"，长谢于"文杏之梁"的富室，甘心"卜居于焦桐之尾"，原因就在于"恐圣人之未信"。第三层，从"嗟乎燕兮"到结尾。通过赞美燕、琴及屋舍主人梁檀，表达作者洁身自好、不慕虚荣的高尚情操。燕子喜欢梁生的安贫乐道，所以人、燕能够和谐相处。作者本人也明确表示："我亦请与尔主人申盟兮，终不改弦而更张。"体现了作者不与权贵同流合污、洁身自好和坚守初志的美好品德和情操。事实上，傅山性好任侠，为诸生时伏阙上书，为提学袁继贤讼冤，义声震海内；又以死拒博学鸿词，其气节令人钦敬，在当时影响很大。

此赋在艺术方面，除体现出清新洒脱、明丽自然的风格外，还成功运用了象征手法。作者抓住了燕子结巢于琴这一独特景象，用高雅之琴与脱俗之燕的结合，象征琴主人的高尚品德，并隐含作者与梁檀为同气相求、同声相应的朋友。"燕""琴""人"有机融为一体，以风格独具、清新自然之笔写他的朋友的不俗品行的同时，托物寄兴，形象而巧妙地抒发了作者蔑视权贵豪门、唾弃世俗荣华的情怀。

(张　兵)

黄宗羲

（1610—1695） 字太冲，号梨洲，又号南雷。浙江余姚人。明诸生。父尊素是明天启间官御史，被魏忠贤所陷，死狱中。宗羲年十九入京讼冤，归来从刘宗周游。领导"复社"成员坚持反宦官权贵的斗争，几遭残杀。清兵南下，他招募义兵，进行武装抵抗。明亡后隐居著述，屡拒清廷征召。学问极博，对天文、算术、乐律、经史百家以及释道之书，无不研究。与王夫之、顾炎武并为"清初三大儒"。尤精于史学，开史家浙东一派。有《南雷文案》《南雷诗历》等，合称《南雷集》。另有《明夷待访录》《宋元学案》《明儒学案》，编有《明文海》，今人辑有《黄宗羲全集》。

海　市　赋 并序　　　　　　　　黄宗羲

余登达蓬山望海①，山僧四五人皆言：春夏之交，此地特多海市。各举所见，与图画传闻者绝异。盖传闻者多言蜃气烛天②，影象见于空中③，岂知附丽水面④，以呈谲诡⑤。言者不出云气仿佛⑥，岂知五采历落⑦，刻露秋毫⑧。东坡在登州⑨，以岁晚得见为奇，然霜晓雾后⑩，往往遇之，亦不必拘拘于春夏也。信耳信目，自有差等⑪。山僧约明年三四月来宿其舍，海神当不余弃。先次第其言而赋之。

己酉之冬⑫，观海达蓬。山僧四五，指点空濛⑬，曰："滨海之地不一，兹独当夫神宫也⑭。光怪发作⑮，亦何人而不逢！但称登州之海市者，盖不免于瞽聋。"⑯余曰："各言其状。"

本源曰⑰："其为城也，雉堞崔嵬⑱，丽谯昢晔⑲；三里七里，勾股可摄⑳。于焉戎马㉑，乘城蹀躞㉒；照白窈骊㉓，雨鬣风鬛㉔。俨烽火之告严㉕，危黑云之将压㉖。其为楼也，骞产百尺㉗，成以鬼巧㉘；绮窗朱琐㉙，明星萦绕；神妃杂遝㉚，凭栏渺渺㉛，其语可闻，若在妆晓㉜。有时而现为黄幄㉝，深檐婀娜，绣带悠扬，何采旄桂旗之尽屏㉞，兹特叠出以为章！"㉟

汪道者曰："亦有单门聚落㊱，忽然而来；屋瓦参差，门户洞开。嗟朝烟之不起，岂井臼之生埃㊲。固职方所不纪㊳，亦战争所不灭。"

续宗曰："当旭日之初高㊳，有霜钟之寓质㊵，制宏万石㊶，音谐七律㊷，藏寂寞之元声㊸，虽满盈而不出。少焉变为城郭，中引长桥，值刺史之行部㊹，或中丞之入朝㊺，鸣笳列驺㊻，夹毂喧嚣㊼。何珠宫贝阙㊽，而以卤簿宣骄㊾？其后幻为染肆㊿，绿沉红浅，罗绮缤纷·借霞天以为色，蒸香草而成文，彼蜀江之濯锦㊿，信天人之攸分！"㊿

补陀僧曰："橘柚初黄，飒然风叶㊿，览观大洋，涌起宝塔。四面勾栏㊿，七重鞿鞳㊿，华瞩风涛㊿，光交目睫㊿。遇其变现，状若鹦螺㊿，琐碎末品㊿，大越丘坡，闪尸之下㊿，湛然水波。若夫海路壮阔，一山千里，虽人迹所不交㊿，亦针经之能指㊿。尔乃帆席未挂㊿，僧窗宴启㊿。忽焉丛岛逼塞，孤峰魁峙，疑异国之飞来，岂灵居之迁徙㊿？当其电绝㊿。不烦蟒蟒㊿，名曰浮山㊿，海人习此。"

或曰："此何理也？"余曰："夫积块之间㊿，红尘机巧㊿，菁华销铄㊿，犹且群羊飞鸟，野马磅礴。彼大海空灵㊿，神明郛廓㊿，百色妖露㊿，岂能牢落㊿？故其轩豁呈露者㊿，穷奇极变而无有龈腭㊿，此固蛟龙之所不得专，天吴蜠像之所不能作㊿，况蜃之为物甚微，吐气更薄乎？南海谓之浮山，东海谓之海市，是乃方言之托也㊿。"

〔注〕　①达蓬山：在今浙江省慈溪市东北三十里有大蓬山，一名达蓬山，相传秦始皇欲从此航海到达东海蓬莱，故名。　②蜃（shèn）气：大气由于光线的折射，把远处景物显现到空中或地面上的奇异幻景，古人误以为是蜃吐气而成，故称蜃气。蜃：大蛤。烛天：照耀天空。　③影象：指地面的各种物体的影像。见：犹"现"。　④附丽：附着，依附。　⑤谲诡（jué guǐ）：变化多端的怪异形象，指海市幻景。　⑥仿佛：指云气迷濛，看不真切。　⑦历落：参差错落。　⑧刻露秋毫：描摹表现得细致。秋毫：鸟兽在秋天新长出来的细毛。　⑨东坡：即北宋文学家苏轼。登州：州、府名，在今山东胶东半岛东端的蓬莱市。苏轼在宋神宗元丰八年（1085）十月十五日至二十日曾调任登州，写出《登州海市》一诗，诗序讲："文老云：尝出于春夏，今岁晚不复见矣。予到官五日而去，以不见为恨，祷于海神广德王之庙，明日见焉。乃作此诗。"岁晚：指冬天。　⑩霜晓：秋天的清晨。　⑪差等：犹差别，高低。　⑫己酉：清康熙八年（1669），时作者61岁。　⑬空濛：细雨迷茫的样子。此指海雾迷濛的样子。　⑭当：对着、向着。神宫：海神的宫殿。　⑮光怪：光彩奇异的幻景。发作：犹发生、表现。　⑯瞖

聋：眼瞎、耳聋的人。比喻为耳目闭塞，孤陋寡闻。这两句是说海市幻景滨海各地都会有，只说登州海市奇景的，不免为人耻笑为瞎子、聋子。　⑰ 本源：山僧名。以下汪道者、续宗与补陀僧皆是。　⑱ 雉堞(zhì dié)城上排列如齿状的矮墙，作掩护用，此处代指城墙。崔嵬(wéi)：高峻的样子。　⑲ 丽谯(qiáo)：华丽巍峨的高楼。谯：古时建筑在城门上用以瞭望的高楼，此泛指高楼。晔(wěi)晔(yè)：光彩华盛的样子。　⑳ 勾股：古代立竿测量太阳高度时，标竿为股，日影为勾。这里是说可以用立竿测影的办法摄取海市幻影的形状。　㉑ 于焉：相当于"于此"，表示处所。戎马：军马。　㉒ 乘(chéng)：登。蹀躞(dié xiè)：小步行走的样子。　㉓ 照白：即照夜白，骏马名。窃骊：浅黑色的马。窃：假借为"浅"。骊(lí)：纯黑色的马。　㉔ 雨鬣风鬃：指马颈上的长毛冒着冲风，披散开来。鬃鬣(liè)：马颈上的长毛。　㉕ 俨：犹俨然，好像真的。烽火：古代边疆在高台上点燃柴火，作为边防报警的信号。告严：报警。　㉖ 危：高。黑云：语义双关，既指阴云，又指敌军。这句是形容敌人像黑云压城。　㉗ 蹇(jiǎn)产：曲折。这里是形容楼阁连绵曲折的样子。　㉘ 鬼巧：形容制作技艺精巧，似非人工所能及。　㉙ 绮窗：刻有镂空花纹的窗户。朱琐：犹朱门，指漆红的宫门。琐：宫殿门上镂刻的连琐图案，引申为"宫门"的代称。　㉚ 神妃：幻境中的宫妃。杂遝(tà)：犹"杂沓"，众多杂乱的样子。　㉛ 渺渺：悠远的样子。　㉜ 妆晓：清晨梳妆。　㉝ 黄幄(wò)：黄色的帐幕。　㉞ 采旄(máo)：染为彩色的旄牛尾，古代旗杆顶上的装饰物，此处指有这种装饰的旗。桂旗：以桂木制成的旗子。尽屏：全部摒弃。屏，同"摒"。　㉟ 叠出：更迭而出。章：文采鲜明貌。　㊱ 单门：独门。聚落：村落。　㊲ 臼(jiù)：舂米的器具，一般用石头制成，样子像盆。　㊳ 职方：官名。《周礼》夏官有职方氏，掌天下地图，主四方职贡。"纪"：同"记"，记录。　㊴ 初高：犹初升。　㊵ 霜钟：凝结着白霜的钟。寓质：寄托它(指钟)的实体。　㊶ 制宏：体制宏大。万石：指钟体有万石之重。石：古代重量单位。《汉书·律历志》："三十斤为钧，四钧为石。"　㊷ 七律：中国古乐中的七种基本音律，即宫、商、角、徵、羽、变宫、变徵。　㊸ 元声：古代律制，以黄钟管发出的音为十二律所依据的基准音，叫做"元声"。　㊹ 刺史：官名，相当于州郡太守一类的地方官。行部：汉代制度，刺史常于每年八月间巡行所部，查核官吏治绩，称为"行部"。　㊺ 中丞：官名。汉代御史大夫的属官有中丞，掌管兰台图籍秘书，负责察举官吏中的非法行为。　㊻ 鸣笳：吹响笳管。笳：古管乐器。列驺(zōu)：骑士列队。驺：古代显官出行时，前后侍从的骑卒。　㊼ 夹毂(gǔ)：夹在车辆两侧。毂：车轮中心的圆木，代指车轮，此处指车辆。　㊽ 珠宫贝阙：传说中的水神所居之处。　㊾ 卤簿：古代帝王出外时随侍前后的仪仗队。这里指水神出巡。宣骄：炫耀骄贵。　㊿ 染肆：洗染作坊。　51 蜀江：指锦江，岷江支分之一，在今四川成都平原。传说古人织锦在江中洗濯，色泽比其他江水鲜明。　52 攸分：犹所分，指自然与人力确实是有区别的。　53 飒(sà)然：象风声。　54 勾栏：又作钩栏，即栏杆。　55 鼛鞳(tāng tà)：钟鼓之音。此处借指钟鼓。　56 华瞩风涛：指光华闪耀于风涛之中。瞩：注视。这里是耀眼的意思。　57 光交：光彩交错。　58 鹦螺：鹦鹉螺，海螺的一种。旋尖处弯曲而朱红，如鹦鹉嘴，故名。　59 末品：卑小的物品。　60 闪尸：骤然一现的样子。　61 交：互相接触。　62 针经：指罗盘等指示和测定方位的仪器。　63 帆席：指船帆。　64 宴启：犹晚开。宴：通"晏"，晚。　65 灵居：仙灵所居之处。　66 电绝：如电闪灭绝，比喻急速。　67 蝣晷(yóu guǐ)：短暂的时光。蝣：即蜉蝣，它的生命十分短促。晷：日影，引申为时光。　68 浮山：即海市。　69 积块：积聚的土块，指大地。　70 红尘：飞扬的尘土，形容繁华热闹，也指繁华热闹的地方。机巧：机智灵巧。　71 菁(jīng)华：同"精华"。销铄：消除。　72 空灵：空阔灵活。　73 郛廓：广大而不可把握。　74 百色：犹百物。色：佛家称物质领域为"色"。妖露：露出妖形怪状。　⑦牢落：稀疏零落的样子。　⑦轩豁：开朗。　⑦龈腭(yín è)：牙床，形容物的根柢，这里有束缚意。　⑦天吴：水神。蝄像：犹"蝄蜽"，古代传说中的木石之怪。　⑦方言之托：假借方言来表达而出现的效果。托：假借。

　　明亡以后，黄宗羲长年隐居。己酉(1669)之冬，作者到距家乡余姚不远的慈溪县(今慈溪市)，登达蓬山望海。虽然"霜晓雾后，往往遇之(指海市)，亦不必拘拘于春夏也"，作者观海那天又正好是上下"空濛"的天气，可是他没能见到海市，比苏轼要不幸得多。通过几个长年居山望海的山僧的描绘，他还是了解到海市的景状。此赋正是在耳闻基础上作成的。

　　作者创作此赋时并未亲见海市，照山僧的意思，明年春夏之交作者方可能首见奇观。这样一来，赋中有关海市的描述只能由山僧来进行，因此，作者采用汉大赋那种主客问答的结构框架，也就合乎情理。与西汉初贾谊的《鵩鸟赋》不同的是，贾谊赋中的对话是虚拟的，而《海市赋》内对话则有历史之真实性。借助本源等僧人的谈话，我们先后看到了海市世界中的"城""楼""黄幄""单门聚落""城郭""染肆""宝塔""丛岛""孤峰"等等逼真如绘的景观。但是我们不能忘记，我们所读到的文字是经过作者再加工了的文字，许多想象非是僧人所为，而是作者的手笔。

　　僧人向作者转述种种关于海市的自然景致，而想象属于主观范畴，作者不可能全文照搬僧人的谈话，想象应大多由他本人完成。而这些想象之笔，恰恰向读者暗示出了作者亡国的伤楚，也显出了作者遗民的特殊身份。本源描绘了城池奇景，作者则用高超文笔让其笼罩在战争的恐惧之下，读来令人抑郁。"俨烽火之告严，危黑云之将压"，这两句分明是作者对鼎革前后纷飞战火、遍野横尸的痛楚回忆。表面上，隐居之后的作者授徒讲课，一心著述，对时事不闻不问，如今又来达蓬游玩，可谓心情愉悦，但这仅仅是表面，秉受多年儒教风习的心灵原来为丧国之痛时时纠绕。由海市中的城池，作者不禁想到了江南士民抗清守城之战的酷烈，心内的忧伤和痛楚被催发了。由"骞产百尺"之楼，想象到神妃的美丽与安宁；由城郭中刺史和中丞的排场，想到传说中的龙宫。应该说，这两处充满神话气息的文字是作者渴望安谧心境的反映。这也就不难理解他在写"单门聚落"时，用"固职方所不纪，亦战争之不灾"这样的文句了。他心内仰慕桃花源般的"战争所不灾"的境界，是因为他对现实太失望了。此外，"战争"二字亦与明清之际的硝烟在作者内心投下的阴影有联系。这些解不开的情结就这么隐蔽在生动的景物描写之后。

　　赋的结尾部分，作者提出一个观点，他认为海市不可能由蜃吐气而成，而是

一种自然现象,这在当时是难能可贵的。 (查紫阳)

【作者小传】施闰章

(1618—1683) 字尚白,号愚山、蠖斋、矩斋。宣城(今属安徽)人。顺治六年(1649)进士,历官至江西参议。康熙十八年(1679),召试博学鸿词,授侍讲,典试河南,转侍读。与宋琬齐名,号"南施北宋"。有《施愚山先生全集》。

粤 江 赋 并序　　　　　　　施闰章

壬辰暮春,奉使西粤。将下漓水,泛苍梧。时岭南甫定,所在榛莽。心悬万里,势异三江。行而不息,遂浮涨海①,爰抒情托翰,以"粤江"命篇,事不期详,聊书即目。辞不竞侈,略纪荒隅。若曰:扬玄虚之清波②,鼓景纯之洪沫③。此则平子④为之绝倒,士龙需以覆瓿云尔⑤。

顿余辔兮桂岭,鼓余枻兮漓江。维此流之瀰沛,实分源于沅湘。凿灵渠而曲注,汇猺洞以沆瀁⑥。岂天地之钟崇,抑河伯之流眣。南连交阯,北控汉阳,西毗巫峡,东浴扶桑。神禹望渊而却步,桑钦⑦辍翰而彷徨。险临劣于容舠,猋激腾于飞矢。叠羊肠以为崖,纷犬牙之错峙。横矶截而若断,积峡闭而还启。瞻前后其不属,洵眩目而骇耳。于时青阳弭节⑧,朱明发辀⑨,瘴云酿厉,炎风煽愁。入舟若瓮,披缔胜裘。虽涟漪而乐饥,曾不可以久留。聊翘首以遐瞩,托乘槎⑩以写忧。

若夫夹岸层岩,诡形不若。或上方而下圆,或踵锐而顶缩。此乍腾而旋倚,彼奋飞而中落。为杵臼之参差,为刀剑之岸峇⑪。渺烟云之旖旎,森虎豹之相搏。云窦窅其洪深,洞门阒其寥廓。亶魑魅之窟宇,江妃之所磅礴。

若夫石壁百仞,的烁⑫玲珑。虫鸟绘绣,风雨磨砻⑬。皎洁则玉屏失素,渥丹则晨霞夺红。盼盼若须眉之刻画,累累悬钟鼓之肃雍。俯坠而成饮猿，仰跃而作飞熊。日曜珊瑚之圃，潭澄珠贝之宫。湛缥青与结绿，与云水相菁葱。良绮丽而难忘，亦怃怆而动容。

尔乃急潗危滩，星罗电逐，倍蒺藜之纠蔓，驱地轴⑭以反复。龙首乍昂，鳌背潜伏，雷劈声訇，黄牛吼瀑。贯舳舻于一线，泞盘涡于千曲。石硠硠而相陇⑮，水嗷嗷而自哭。蝮蛇喷气以成雾，鳄鱼张口以伺肉。苟失路于秋毫，将永逝而不复。

其草木则郁金馥烈，冶葛蔓延，果镂人面，树号钩缘。地罗锦灿，断续藤牵，枫人⑯椰子，箬竹木棉。桂缘冈以挺翠，榕抱石以连蜷。问梡梇于密谷，搴蒟蒌⑰于崇山。草吉利以祛毒，竹轮囷而为船。上林绝种，本草遗编。

其鸟兽则豺狼叠迹，兕狖交衢。林潜犀象，原卧麝鼯。猩猩踯躅，罔罔笑呼。糖牛舐舌，飞虎⑱餐肤。锦鸡孔雀，倒挂提壶。怜彩翰之鶏鸅⑲，憎南飞之鹝鸪。彼吉了⑳与鹦鹉，岂言语之与人殊。何托体于岭表，寄翩翾之微躯。羡羽族之有口，哀人生之郁纡。

尔其乘迅流之逸骇㉑，命兰楫之骀荡。语未终而岸移，瞬方迎而境往。驾飞廉而奔骁，骖虬螭而懘怳。至于缘矶升舫，濡裳引缆。濑急篙摧，装倾水溅。舟人屈蟠而叫号，若哀鸿之悲弹。方杲杲而日出，郁炎炎以沸汤。鼋负沙以出曝，鲛跳波而惊翔。忽淫淫而滂沛，云惨惨以昼昏。木槮槮兮肌粟，水潀潀兮山奔。迷帆樯其失影，怅天地之何存！叹阴霳之回互，惄四序之寒暄。访溪蛮兮岛夷，问江亭兮水驿。败瓦颓碑，梯崩径坼。或卉服而鸟言，亦巢山而栖石。渺乎若行蚁之上枯梨，悄兮若蜗牛之庐绝壁。

于是有汉将南征，戈船竹舸。冯夷出斗，鲛人并坐。马饮流而骇毒，士解甲而就裸。驰羽檄而逡巡，仰跕鸢之前堕。亦有宦游使者，持节浮槎。感梦山灵，陨泪江花。悼然犀㉒之短照，耿幽咽于哀笳。霓旌折于穷岛，鹢首㉓沉于涨沙。若乃鱼盐市贩之徒，珍怪远方之客。采奇方于儋崖[24]，剖明珠于海舶[25]。巴姑笑而婵媛，猺户闻而踵索。忽抽刃以剿杀，各鸟散而狼藉。至于迁客羁人，幽囚嫠妇，衔悲岭峤，寄愁林薮。影畏含沙之虫，心系啼猿之树。朝露泫其寥萧，夕月蔼其幽素。然青磷于宿莽[26]，吊冤魂之麇聚。或风嗥而雨啸，涕阑干以相顾。抚单影之不双，嗟遇物之非故。邈中土之人兮，夫何为乎此路？

忽收泪以自疚兮，将憔悴兮告谁。尼父发波臣[27]之叹，张骞犯织女之机[28]。三闾吞恨于鱼腹，伍胥流愤于鸱夷。彼圣贤不忤乎死生，复何有于险巇！龙负舟而按剑，蛟争璧而不迷。审至人之仿佛，悟哀乐之是非。齐四海于勺水[29]，指十洲以为期。

〔注〕①涨海：南海的古称。②玄虚：晋代木华，字玄虚。曾作《海赋》，文甚隽丽。③景纯：晋代郭璞，字景纯，曾作《江赋》。④平子：即汉代张衡，字平子，曾作《两都赋》。⑤士龙：西晋陆云字士龙，著有《南征赋》等。覆瓿：喻著作毫无价值或不被人重视。亦用以表示自谦。⑥猺（yáo）：旧指瑶族。沆（hàng）漾（yǎng）：水广阔貌。亦指广阔的水面。⑦桑钦：汉代学者、著名地理学家，曾撰《水经》三卷。⑧青阳：指春天。弥节：驻节，停车。此处指春天结束。⑨朱明：指夏季。发辀（zhōu）：发车。此处指夏季开始。⑩乘槎：亦作"乘查"，指乘坐竹、木筏。⑪岝（zuò）崿（è）：山势不齐貌。⑫的（dí）烁：光亮、鲜明貌。⑬磨砻（lóng）：磨治，磨炼。⑭地轴：古代传说中大地的轴。后泛指大地。⑮豗（huī）：撞击；相斗。⑯枫人：指老枫树上生长的瘿瘤。因似人形，故称。⑰蒟（jǔ）：即蒟酱，植物名。蒌（lóu）：蒌蒿。⑱飞虎：肉翅虎。传说中的猛兽。⑲鵕（jùn）鸃：即"鵔鸃"。锦鸡。⑳吉了：鸟名。即秦吉了。似鹦鹉，善效人言。㉑逸骇：迅疾升起。㉒然犀：传说点燃犀牛角可以照见水中之怪物。《晋书·温峤传》："〔温峤〕至牛渚矶，水深不可测，世云其下多怪物，峤遂毁犀角而照之。须臾见水族覆火，奇形异状，或乘马车者赤衣者。"㉓鹢首：船头。古代画鹢鸟于船头，故称。㉔儋崖：儋州与崖州的合称，亦泛指南方荒蛮之地。㉕海舶：海船。㉖宿莽：经冬不死的草。㉗波臣：指水族。古人设想江海的水族也有君臣，其被统治的臣隶称为"波臣"。㉘张骞：汉人，曾两次出使西域，传说他曾乘筏子至银河见到织女。㉙勺水：一勺水，指少量的水。

这是一篇写景抒情的述行赋。由赋序知作于"壬辰"，即顺治九年（1652）奉使广西宣布朝廷敕令之际，作者一路南行，为沿途景物所触动，缘情抒怀，而为此赋。赋以骚散结合的形式，抒写世事沉沦、沧桑变迁的感慨，将赋家骚怨之情与隐者物外之思融合为一，营造出一种既雄奇奔张又惝恍迷离的艺术境界，在施氏"温柔敦厚""意静气朴"的文学创作中，算是比较奇特的一篇了。

首先是景物描写的奇肆奔张。作者开篇以磅礴沉郁的笔触,写出粤江的潫沛沆漾,一泻汪洋。从南、北、西、东四方勾勒出粤江的地理位置和分布态势;又以极度夸饰的手法,描绘出粤江滩险流急惊心动魄的磅礴景象:这里既有动宕咆哮的激流,又有参差交错的残崖,横矶斩截,深峡开翕,瘴气遍布,热浪翻腾。又以人之感受衬托江之凶险,可谓大笔如椽,气势飞动。次之以铺张扬厉的笔墨,动宕开合的结构,全方位、多角度地描写了夹岸层岩、百仞石壁、急潋危滩、草木馥烈、鸟兽叠迹……一片荒凉奇异的景色。“鼋负沙以出曝,鲛跳波而惊翔。忽浑浑而滂沛,云惨惨以昼昏。”“败瓦颓碑,梯崩径圮。或卉服而鸟言,亦巢山而栖石。”真是字字惊心,句句动魂。

赋“铺采摛文”,于铺陈一道,赋家多有会心,但多累于堆砌,了无生机可言。此赋却能以气势行文,变静于动,描写贴切,形象飞动,如谓岩石则“为杵臼之参差,为刀剑之峑客”。谓石壁则“俯坠而成饮猿,仰跃而作飞熊”。谓激流则“石硪硪而相厎,水嗷嗷而自哭”。真是凌云健笔,意气纵横,“鲸鱼张鬣海波沸,耕人半作征人鬼。”此赋可当之。

其次是情感的波折幻变。述行赋源于刘歆的《遂初赋》,东汉赋家时有续作。此类赋以纪行为线索,兼有抒情述怀的功能。施氏此赋遥嗣前响,赋的后半部分,由描写荒僻之景转入抒发悲凉之情。作者的这次南行,是为清廷安抚南明王朝根据地的民心,在梧州还拜晤了明遗民方以智,因此,赋中所体现出的情感是多层次的。既有心悬万里的忧虑,又有凭古吊今的伤感,还表现出仕与归隐之间的矛盾心态。“羡羽族之有口,哀人生之郁纡”即是这种郁曲心态的典型体现。作者具体通过“汉将南征”“宦游使者”“迁客羁人”“幽囚嫠妇”的感受,描写出寥落悲凉的人生感慨。这些人或因战争或因生计而流落他乡,旗折穷岛,葬身鱼腹。在作者的心中,可能还会有南明士人为了不屈的信念而折戟沉沙。此情此景,抚古追昔,凭吊冤魂,怎不让人心生感慨,“抚单影之不双,嗟遇物之非故。邈中土之人兮,夫何为乎此路?”一种忧嗟之叹不禁油然而生。作者的情绪是低落的,但一想到孔子、张骞、屈原、伍子胥等“圣贤不忖乎死生,复何有于险巇!”遂又情绪激昂,但他毕竟不是圣人,强作达观不是自己的心志所向,最后不免又跌入仙游的迷离境界。真可谓一波三折,个中况味,也只有作者能说得清楚。

全篇句式骚散结合,写景抒情,融合无间,描写波澜起伏,气势贯虹,抒情隐微沉郁,曲折多变,既保存了西汉大赋铺张扬厉之遗风,又有骚体的沉郁顿挫、雄直纵健、声韵朗练、情思浓郁的特长。读来酣畅淋漓,有一气呵成之感。可谓“以意为骨,以气为用,以笔为驰骋,滔滔亹(wěi)亹"(孙梅《四六丛话》),洵为清初赋作的名篇。

(孙福轩)

【作者小传】

王夫之

(1619—1692) 字而农,号薑斋、夕堂,别号双髻外史、一瓢道人,更名壶。衡阳(今属湖南)人。明崇祯十五年(1642)举人。明亡时,曾在衡山举义兵抗清。兵败后退居肇庆,任南明桂王朝行人司行人。从瞿式耜军,瞿殉难后,决心隐遁,辗转于湖南、广东一带,最后居衡阳之石船山,从事著述,学者称船山先生。与顾炎武、黄宗羲被后人称为"清初三大儒"。其学兼精经、史、子、诗、文、词皆工。著作有一百多种,后人合编为《船山遗书》。文诗词后人辑为《王船山诗文集》。

祓 禊 赋①

王夫之

　　谓今日兮令辰②,翔芳皋兮兰津③。羌有事兮江干④,畴凭兹兮不欢⑤。

　　思芳春兮迢遥⑥,谁与娱兮今朝⑦? 意不属兮情不生⑧,余踌躇兮倚空山而萧清⑨。阒山中兮无人⑩,蹇谁将兮望春⑪?

〔注〕 ①祓(fú)禊(xì):我国古代于夏历三月上巳日举行的一种仪式,到水滨洗濯,以祓除不祥,祈求得福,亦称修禊。晋以后定三月三日为祓禊日。 ②今日:三月三祓禊日。令辰:吉利、美好的日子。 ③翔:行,游。芳皋:花草芳美的水边。兰津:生有兰花的水滨。 ④羌:发语词。事:指祓禊之事。江干:江边,祓禊需在临水处举行。 ⑤畴:通"谁"。凭兹:对着这件事,指祓禊之事。 ⑥芳春:芬芳的春天,借指美好的时光、太平盛世。迢遥:遥远。 ⑦与:同,犹言同我。今朝:今日,现在。 ⑧意:思想。不属:不专注,不中意。情不生:不产生情趣。 ⑨踌躇:心意不定,犹豫不前。倚:伴着,守着。萧清:冷落、凄清。 ⑩阒(qù):寂静。 ⑪蹇(jiǎn):发语词。将:与,共。望春:(与谁)观览春景(而有共同感慨)。

　　这是一篇骚体抒情短赋,句式仿屈原《九歌》。从表层意象看,此赋写春日祓禊一事中自己的情思流程。三月三日这一天,按照我国传统习俗,人们都要临水祭祀,以除去不祥,求得一年清泰。这既是祭神又是歌舞娱乐和赏春。但在这篇赋中既没有庄严肃穆的祭祀场景,更没有歌舞的欢乐,而只是写作者在美好的节日里,在长满兰花的芬芳的水边高地上,孤独寂寞,"意不属,情不生",心中充满哀愁,看不到半点春意。这究竟是为什么呢?据《船山公年谱》附录潘宗洛《船山传》载,康熙十七年(1678),吴三桂于衡阳僭号称帝,并请作者作劝进表。作者断然拒绝,逃入深山,写下这篇赋。《船山公行述》也有相同记载。可见,作者并非不盼望芳春的来临,并非不憧憬反清复明的胜利,只是因为吴三桂乃民族叛逆,根本不能对他寄托什么希望,他也不可能充当春天的使者。因而在"祓禊"这样的美好日子里,即使登上兰花芬芳的水边高地,仍然感到悲哀孤独。当然,赋的最后,作者还是深情地呼唤:"搴谁将兮望春"?船山并未完全绝望,他仍在追求、探索。他期待与志同道合之人共赏春光。这才是《祓禊赋》的深层寄托。

这篇赋在艺术上也是成功的,它以芬芳而又寂寞的环境描写,烘托高洁、孤独、悲哀的作者自我形象,含蓄委婉,意在言外。而赋中隐喻手法的运用,甚得楚骚遗韵,大大增加了这篇抒情赋的含蕴。

（张　兵）

【作者小传】

陈维崧

(1625—1682)　字其年,号迦陵。宜兴(今属江苏)人。明末"四公子"之一陈贞慧之子。康熙十八年(1679),举博学鸿词科,授检讨,与修《明史》。为阳羡派的开山,与浙派词首领朱彝尊并称,曾合刊《朱陈村词》。有《湖海楼全集》。

看弈轩赋　　　　　　　陈维崧

若夫北垞静深①,南荣寒嵯②,逶迤皂荚之桥,窈窕辛夷之馆。藤梢碍帽以难扶,橘刺牵衣而莫剪。庐同诸葛,门前之桑已猗猗;家类王阳,墙外之枣何纂纂③。花名蠲忿以枝长④,竹号扫愁而节短。何况宅区前后,街距东西。东方小妇⑤,孺仲贤妻⑥。壁带则银釭不异,门楣则画戟偏齐。多子之石榴对结,相思之娇鸟双栖。杨子幼种豆之余,缶筝互响⑦;陶渊明采菊之暇,枣栗纷携⑧。爰有韩家阿买,李氏衰师⑨。或挽须以问,或绕膝而嬉。胶东则五色之锦笺竞劈⑩,醴陵则一枝之花管分题⑪。洵可怀也,于胥乐兮!

既乃眺长洲之鹿苑,惆怅绝多⑫;张廷尉之雀罗,感怆不少⑬。田单之功名何在？无意游齐⑭；廉颇之慷慨犹存，还思用赵⑮。燕丹往矣，卖渐离为宋子家奴⑯；卓氏依然，杂司马于成都佣保⑰。鬼哀韩愈之穷⑱，天夺柳州之巧⑲。矧复三湘浪骇⑳，六诏烟迷㉑。田园烽火，乡关鼓鼙。叹巢幕而为燕，嗟触藩其类羝㉒。杜老则堂无鹅鸭㉓，於陵则井有蟛蜞㉔。于是戡焉寡欢㉕，悄然不怿㉖。爰葺斯轩，聊云看弈。然而寂寂虚堂，寥寥短几。既无坐隐之宾，复鲜手谈之器。潜窥而不见烂柯，窃听而谁闻落子！几同庄叟之寓言，莫测醉翁之微意㉗。

呜呼噫嘻！我知其旨：世一龙而一蛇，运或流而或峙。彼赌宣城之太守者，公岂其人㉘；而看棋局于长安者，古宁无是耶？先生不应，欠伸而起。亟命传觞㉙，颓然醉矣。

〔注〕①垞(chá)：山丘。②蹇(jiǎn)崰(chǎn)：屈曲的样子。③王阳：西汉王吉，字子阳，东邻有枣树，垂吉庭中，吉妇取枣吃。吉后知之，乃休其妇。东家闻而欲伐树，邻里共止之，并固请吉令其妇还。纂(zuǎn)纂：丛丛聚集的样子。④蠲(juān)忿：消除忿怒。⑤东方小妇：西汉东方朔诙谐善言辞，为武帝宠信。曾用所赐钱财娶长安少妇，一年即弃去。⑥孺仲贤妻：东汉王霸，字孺仲，隐逸不仕。王霸见为官的友人令狐之子"容服甚光，举措有适"，而自己儿子"蓬发历齿，未知礼仪"面有惭色。妻子劝说他："君躬勤苦，儿女安得不躬以养？既躬安得不黄头历齿？奈何忘宿志而惭儿女乎？"提醒他要坚持躬耕隐逸的志向。见《后汉书·列女传》。⑦杨子幼：西汉杨恽，字子幼，封平通侯，因罪被废为庶人后心中不平。致书友人说："家本秦也，能为秦声，妇赵女也，雅善鼓瑟……酒后耳热，仰天拊缶，而呼乌乌。其诗曰：'田彼南山，芜秽不治。种一顷豆，落而为萁。人生行乐耳，须富贵何时！'"此句用此典故表现看弈轩主人与妻子琴瑟和谐。⑧陶渊明：东晋诗人，辞官归隐躬耕。其诗《饮酒》有句"采菊东篱下，悠然见南山"。《责子》有句"通子垂九龄，但觅梨与栗"。此句用此典故表现看弈轩主人与孩子共享天伦之乐。⑨韩家阿买：韩愈之侄名阿买。李氏衮师：李商隐之子名衮师。以此借指自己的子侄辈，有赞许意。⑩"胶东"句：争相剪裁胶东出产的五色锦笺，指吟诗作赋。徐陵《玉台新咏序》："五色锦笺，河北胶东之纸。"⑪"醴陵"句：南朝梁诗人江淹，封醴陵侯。曾梦见郭璞向其索还五色笔，此后作诗，再无佳句。后以五色笔比喻过人的文才。花管：五色彩笔。⑫长洲之鹿苑：古苑名，为春秋时吴王阖闾间游猎处，故址在今江苏苏州市西南。⑬"张廷尉"二句：《史记·汲郑列传》："始翟公为廷尉，宾客阗门；及废，门外可设雀罗。"后以"门客罗雀"形容门庭冷落。⑭田单：战国时齐将。曾以火牛阵破燕，收复齐国七十余城，建立功名。此句为反其意而用，感慨功名难立。⑮廉颇：战国时赵国名将。曾因不得志而奔魏，后赵国被秦国围困时，"赵王思复得廉颇，廉颇亦思复用于赵"。见《史记·廉颇蔺相如列传》。⑯燕丹：即燕太子丹，曾招募荆轲行刺秦王。渐离：即高渐离，荆轲友人。荆轲刺秦未成被杀后，高渐离变姓名在宋子为人帮佣。宋子：地名，在今河北赵县北。⑰卓氏：即卓文君。司马：即司马相如。《史记·司马相如列传》载，司马相如与卓文君出奔成都后，"因家贫，乃返临邛，相如卖酒，文君当垆，相如与佣保杂作"。⑱"鬼哀"句：韩愈曾写《送穷文》，

称被智穷、学穷、文穷、命穷、交穷五个穷鬼缠身,"凡此五鬼,为吾五患"。 ⑲"天夺"句:柳宗元曾写《乞巧文》,讽刺世人巧于阿谀逢迎。天:天孙,即织女。柳州:柳宗元曾被贬为柳州刺史,世称柳柳州。 ⑳矧(shěn):何况,况且。三湘:湖南湘潭、湘乡、湘阴合称"三湘",后以泛指湖南。 ㉑六诏:唐西南亮乌蛮六部的总称。"诏"即为王或首领。此处泛指云南一带。 ㉒触藩其类羝:成语作"羝羊触藩",谓公羊角钩挂在篱笆上。比喻进退两难。 ㉓杜老:即杜甫,其诗《舍弟占归草堂检校聊示此诗》有句"鹅鸭宜长数,柴荆莫浪开"。 ㉔於陵:战国时齐人陈仲子,居於陵,号於陵子。为廉洁隐士,岁饥乏粮时曾食用被螬蛴吃过一半的井上李实。螬蛴:虫名,白色,圆柱状。 ㉕尠(xiǎn):同"鲜",很少。 ㉖怿(yì):喜悦。 ㉗醉翁之微意:欧阳修作《醉翁亭记》,称"醉翁之意不在酒,而在山水之间"。 ㉘赌宣城太守:南朝宋羊玄保善弈棋。曾与宋帝刘义隆下棋赌赛,赢得宣城太守之职。公:指看弈轩主人。此句表达看弈轩主人不是以弈棋谋取功名之辈,而只愿做一个冷眼旁观世间棋局之人。 ㉙亟命传觞:急忙传唤供酒。觞:酒杯。

陈维崧虽以词闻名于清初文坛,但他的赋,现有《璇玑玉衡赋》《滕王阁赋》《铜雀瓦赋》《述祖德赋》《看弈轩赋》等数篇作品流存于世。其中,《看弈轩赋》便是一篇难得的佳作。

据马积高先生《赋史》推断此赋当作于康熙十三年至十八年(1673—1679)间,是赋家任翰林检讨前的作品。其时,赋家已步入老境,过着四处奔波、贫困潦倒的生活。《国朝先正事略》卷三九《文苑》云其:"迨中更颠沛,饥驱四方。"他有一首词明白地展示了此期的处境与心境:"新词填罢苍凉,更暂缓、临歧如醉乡。况仆本恨人,能无刺骨,公真长者,未免沾赏,此去荆溪,旧名罨画,拟绕萧斋种白杨。从今后,莫逢人许我,宋艳班香。"(《沁园春》)或许,《看弈轩赋》中的意味便是赋家饱经沧桑后,"拟绕萧斋种白杨"时不满现实而又无可奈何心态的写照吧!

《看弈轩赋》并非一篇单纯的咏物赋,而是由轩及人地写看弈轩主人。这主人可能是他人,也可能是赋家自己。但不管是写谁,都寄寓着赋家深沉的情感。

赋文从"若夫北垞静深"到"于胥乐兮"为第一段,主要描绘了看弈轩主人的家居环境和日常生活。在赋家笔下,这里庭院宁静幽深,飞檐屈曲如翼;这里皂荚倚伴通幽小桥,辛夷掩映窈窕花廊;这里藤梢倚伏而碍帽,橘刺伸展而牵衣,门前之桑猗猗秀美,墙外之枣丛丛聚集;这里花枝高扬、竹节矮短……似乎一切都沉浸在一派静幽而明媚的氛围之中。人与环境是那么的亲和,不唯藤梢、橘刺与人相亲,而且"花名蠲忿""竹号扫愁""庐同诸葛""家类王阳"更是让人欲捐弃世事,忘却荣辱得失而与大自然融为一体。在这里,赋家特别突出了景致的清幽雅静和生机勃勃。远和近,静和动,声音与色彩巧妙配合,这既是家居环境美感的呈现,也是主人(或赋家)心灵的写意。主人的家居生活也是和美惬意的:贤妻陪伴左右,子、侄活泼可爱,时而挽须以问,时而绕膝而嬉,一家人或弹筝或击缶,或作画或写诗,其乐融融。加之,赋家以轩主人比拟有归欤之思的杨恽和陶渊明,更表现出了主人现时生活的怡然适意和高雅情趣。这种生活确实是"洵可怀也,于胥乐兮"!

然而,现时的欢愉终难抵内心的失意与不平。接下来的一段,赋家为我们进一步揭示了轩主人的内心世界。主人吊古伤今、感慨万端:他远眺荒废的吴王鹿苑,惆怅盛衰的陵替;张望冷落的翟公门庭,感怆世情的冷热;他追仰田单收复国土的功业;同情廉颇空思用赵的慷慨;钦慕渐离待机复仇的果敢,喟叹相如卑为佣保的经历;哀矜韩愈遇穷自嘲的境况;愤慨柳宗元遭贬书《乞巧文》的遭遇。古已如此,今又何幸! 身处"田园烽火,乡关鼓鼙"的年代,安危尚且失据,出入进退又怎能抉择? 就像漂泊西南的杜甫,或是穷困乏粮的陈仲子一般。在这里,赋家将轩主人心高志壮,怀才不售,既无施展才华的机会,又身处动荡时局时的复杂心态层层展示了出来,并用"趑焉寡欢,悄然不怿"八个字作了精当的概括。这在情感上与上段形成了鲜明的对比,给人以强烈的心理冲击。

至此,赋家才引出轩名——"爰葺斯轩,聊云看弈"。与传统的写法不同,赋家并未对"看弈轩"本身作何描绘,而是从观轩者的感受着笔。观者疑惑此轩既名"看弈",却是"寂寂虚堂,寥寥短几",既无下棋之客,又无看弈之人,潜窥不见棋具,窃听不闻落子。如此名实相悖,确实令人费解。这其中的玄机,如同庄子寓言般诡谲,又如"醉翁之意"般幽隐。赋家这种顿挫开合,跌宕声势的笔法,对揭示轩主人以"看弈"名轩的隐曲涵意作了很好的铺垫。

从"呜呼噫嘻"到文末为第三段。此段赋家替主人作答,揭示轩名之意,以此完整展示轩主人的精神风貌。赋家认为世事如棋局,轩主人并非执意于以一技售予帝王家的追名逐利之辈,而是一位看穿了世运变化、穷通之理,欲以观棋者身份旁观世事之人。这既是轩主人经历了一喜一悲情感跌宕后欲化解失志郁懑的了悟之言,也是他饱经沧桑、身处动荡时局的无奈之举。赋家此种解释,显然切中了轩主人的心曲。此时,轩主人才正式亮相,并以默然、颓然的态度印证了其冷眼"看弈"的人生选择!

在艺术上,此赋绘景、抒情、写意俱佳。赋家才力富健,意气横生,歌哭有情,诙诡婉曲,体现出鲜明的作赋风格。另外,作为一篇骈赋,赋家以隶事对偶行文,工于熔铸且章法绵密,确实写得流美有致,引人入胜。清代赋学中兴,陈维崧谓为中坚。《四库全书总目》之《陈检讨四六》评其文集云:"国朝以四六名者,⋯⋯平心而论,要当以维崧为冠,徒以传诵者太广,摹拟者太众,论者遂以肤廓为疑,如明代之诟北地,实则才力富健,风骨浑成,在诸家之中,独不失六朝、四杰之旧格,要不能以捃扯玉溪,归咎于三十六体也。"从《看弈轩赋》观之,确为的评!

(彭安湘 何新文)

【作者小传】

朱彝尊

(1629—1709) 字锡鬯,号竹垞,又号金风亭长、小长芦钓鱼师。秀水(今属浙江)人。康熙十八年(1679)举博学鸿词科,授检讨,与修《明史》。二年后被劾罢官。著有《经义考》《腾笑集》《曝书亭集》《日下旧闻》。编有《词综》《明诗综》。

湘 湖 赋

朱彝尊

岁柔兆困敦①兮,是月②维阳。辞鉴水③之一曲兮,言归故乡。遵大路于萧山兮,犹勾践之旧疆;舍予舟于城阙兮,别问渡于陂塘④。践荒涂之幽僻兮,山是越而湖湘⑤;围列岫之周遭兮,汇一水于中央。蕈丝荇带⑥齐消歇兮,澄百顷之波光。

相兹湖之寥阔兮,溯苍苍之葭苇。漾轻舠⑦而如所如兮,逾五里而十里。鲜泽农⑧之耕作兮,但罛师⑨之栖止。雉角角以飞鸣兮,鹭娟娟而停峙;瞻牛头⑩与苎萝⑪兮,信不远而伊迩。爱山川之清淑兮,斯生长夫西子;洵明艳之绝伦兮,直⑫夫差之一死。以余暨⑬为诸暨兮,验往牒⑭之非是。

眺越王之故峰⑮兮,丁⑯国步⑰之迍邅⑱。会稽不可保兮,称臣妾而播迁。涛⑲临江而祖道⑳兮,奏哀曲于乌鸢。迨返国而渡三津兮,惟八至四友㉑谋猷之后先。既十年而生聚兮,更教训之十年。简俊士㉒之四万兮,率君子之六千。诞一举而沼吴㉓兮,齐衣锦而师旋。雠九世而当复兮,岂身耻辱而忘焉。志既立而转死为霸兮,胡后之人独不然。

他山难久留兮,问西陵㉔而前路;夕既济于钱唐㉕兮,尚踟蹰而回顾。徒吊古而慨慷兮,惜年岁之迟暮。

〔注〕 ①柔兆:古代岁星纪年法,指太岁在"丙"。困敦:十二支中"子"的别称。此即丙子

年(1696,康熙三十五年)。 ②是月:这个月。 ③鉴水:即鉴湖,又称镜湖、长湖、庆湖。古址在今浙江省绍兴市西南。东接曹娥江。 ④陂塘:池塘。 ⑤湖湘:应即"湘湖"。湖名,在今浙江省杭州市萧山区西。本为民田,宋时县令杨时"以山为界,筑土为塘",因以为湖。 ⑥ 蓴(bó):植物名,一名水葵,可以作羹。荇带:水生植物,又名接余,嫩叶可食。 ⑦ 舠(dāo):小船。 ⑧鲜:少。泽农:指在水泽地区耕作的农夫。 ⑨罛(gū)师:渔夫。罛:渔网。 ⑩牛头:指牛头山,古代有多处,以南京牛头山最著名。 ⑪苎萝:即苎萝山,相传西施为此山鬻薪者之女。一说在浙江省诸暨市南,一说在萧山市。 ⑫直:通"值",值得。 ⑬余暨:地名,萧山的古称。 ⑭往牒:往昔的典籍。 ⑮故峥:旧时的山峰。 ⑯丁:当,时值。 ⑰国步:国家的命运。步,时运。 ⑱迍(zhūn)邅(zhān):难行貌,亦指处境困难。 ⑲洊(jiàn):一次又一次;再次。 ⑳祖道:古代为出行者祭祀路神,后指饮宴送行。 ㉑八臣四友:指勾践的诤臣良友,非确指。 ㉒俊士:周代称选取入太学者。这里指才智杰出的人。 ㉓沼吴:犹言灭吴。《左传·哀公元年》:"越十年生聚,而十年教训,二十年之外,吴其为沼乎!"杜预注:"谓吴宫废坏,当为污池。" ㉔西陵:即西兴,渡口名,在浙江萧山市西。本名固陵,相传春秋时越国范蠡于此筑城。 ㉕钱唐:即钱塘,唐改钱唐为钱塘。

这是一篇借景抒情、怀古伤今的写景赋。作于清康熙三十五年(1696),作者南归故里,途经湘湖,目睹吴越遗迹,有感而发,慨然而成此篇。赋以骚体写就,于景物铺写中隐寓故国沧桑、山河沦落之感,含蓄蕴藉,有深婉之致。

细细品味,此赋最为显著的特色是写景、抒情与咏史的完美融合。赋写作者从绍兴回嘉兴时路过萧山看到的湘湖景色,联系历史上勾践灭吴兴越的故事以及因此而起的联想。首段言归行的时间和路径,于景物的渲染中突显荒凉寥落之感。"遵大路于萧山兮,犹勾践之旧疆",把眼前之景和吴越争霸的历史遗迹自然联系在一起,使景物染上一层深沉的历史荒芜之感。而"荒涂幽僻"、水草"消歇",又点染出一片寂寥与衰飒的气氛。次段叙写湘湖景色,作者乘舟所至,但见苍茫廖阔,蒹葭苍苍,渔夫栖止,泽农罢作,一派民生凋敝之景象。"雉角角以飞鸣兮,鹭娟娟而停峙",真有点"千村万落生荆杞"之叹。进而从清淑之山川与亮丽之西子,联想到吴越兴亡的历史史实,着力描绘勾践忍辱负重、卧薪尝胆、选贤进能,终于复兴越国的不屈意志。由此与南明王朝在势如危卵的形势下,一味歌舞升平、勾心斗角、尔虞我诈、忠良放逐的腐败行径对照,寄寓深沉的历史悲哀。朱彝尊生逢乱世,身经明清易代翻天覆地的大变动,据传又曾秘密参加过反清复明活动,事败后长期在家乡和广东、山东、山西等地以教馆和游幕为生。而作者途经之萧山湘湖,颇多吴越遗迹,又系南明鲁王抗击清兵的根据地。作者触目兴叹,故国之思和兴亡之感,深寓其中,便是情动于中,不得不然了。

赋篇卒章显志,借范蠡之典故抒写无限感慨。"志既立而转死为霸兮,胡后之人独不然。""徒吊古而慨慷兮,惜年岁之迟暮。"这里既有沉痛的故国之思、兴亡之感；又流露出年华易逝、回天无力的深深遗憾，文字虽短却极有力度，表现出作者的深厚功力和赋作醇粹厚重的艺术风格。

全篇写景从大处着笔，气势宏深，情感真挚，动人心魄，对于崇尚为文渊雅的朱氏来说，算是比较奇特的了。朱彝尊生平作赋不多，其《水木明瑟园赋》序中说："仆生平不耐作赋，虽以赋通籍，非称意之作不存也。"故其文集中仅有赋作八篇，但即便如此，《湘湖赋》以景、情、意的浑融无间，强烈的忧生之嗟和故国情怀，都可以称作是清代早期赋的力作。

（孙福轩）

【作者小传】

夏完淳

（1631—1647）　原名复，字存古。华亭（今上海松江）人。夏允彝子。师从陈子龙。十四岁随父夏允彝、陈子龙起兵抗清。其父死后，与陈子龙在太湖继续反清，入吴易军为参谋。吴易军败，仍为抗清奔走。被捕后不屈被害。有《南冠草》《续幸存录》。

端　午　赋　　　　　　　　夏完淳

尔乃矩持炎帝[①]，方司祝融[②]，朱明日永[③]，丽节天中[④]。陈柯槭其蕤露[⑤]，柔条扇其景风[⑥]。绿泛麦秋，黄分梅雨[⑦]。凉月隐而纳凉，愁霖深而清暑[⑧]。度九夏之逝光[⑨]，忽五日之令序[⑩]。晞光拂其蕙畹[⑪]，皋阴沐于蒲塘[⑫]。丹李垂实[⑬]，素槿成行[⑭]。泛崇兰而欲落[⑮]，闻鸣鸠而不芳[⑯]。云垂黄鹤之风[⑰]，水变丹鱼之浪[⑱]。诣鸲鹆而新调[⑲]，采蟾蜍而相望[⑳]。桃似人形[㉑]，艾皆虎状[㉑]。当江南之芳景，极榜汰之水嬉[㉒]。彩鹢雷动[㉓]，锦帆云齐。鱼龙骇，神灵疑。乱汪洋之渌波，拨容与之双桨[㉔]。相逢莲叶之西，共泛星槎之上[㉕]。吴姬抗腕而御桡[㉖]，越女停云而振响[㉗]。啁啾四发[㉘]，欸乃一声[㉙]。晓泛而露荷如拭[㉚]，晚归而月柳微明。长洲空苑[㉛]，阊阖古城[㉜]。家家《竹枝》[㉝]，人人《桃叶》[㉞]。红回系臂之丝[㉟]，青留斗草之袜[㊱]。绕腕则条脱双钩[㊲]，泛酒则菖蒲九节[㊳]。

屯兵革之闵酷㊴，遘乡关之乱离㊵。愁中风俗，梦里岁时。寂寞邺中之赠㊶，仿佛江州之仪。地腊谁传㊷，方舟不渡㊸。今年之朱索空缠㊹，去岁之赤符已破㊺。兰非可浴之汤，艾无可悬之户。萧条佳节，惨淡余生。盘中角黍㊻，杯底枭羹㊼。缕非续命，缯谁厌兵㊽？兴怀抱石之贞㊾，未遂投江之孝㊿。感慨乌鸢之歌[51]，反复龙蛇之调[52]。家国烦冤，形神相吊[53]。呜呼！三废有恨，百赎何身[54]？虽年年而祭屈，或处处而祠陈[55]。魂归来兮未定，哀江南兮几人[56]？

〔注〕　①秉持：执掌。炎帝：旧称南方之神，主司夏之职。　②方司：执掌。祝融：火神，辅佐炎帝。　③朱明：夏季。永：长。"朱明日永"隐喻朱明王朝国运长久之意。　④丽节：美好的节气。天中：即天中节，端午节的俗称。　⑤陈柯：枯枝。槭（sè）：草木凋落。蕤（ruí）：下垂貌。　⑥景风：夏至后暖和的南风。　⑦梅雨：春末夏初梅子黄时多雨，故又称黄梅雨。　⑧愁霖：连绵不断的大雨。　⑨九夏：夏季九十天。　⑩令序：佳节。　⑪曦光：黎明的曙光。蕙畹（wǎn）：长着蕙草的田地。畹：古代称三十亩为一畹。　⑫皋阴：水边的陆地。蒲塘：长着蒲草的池塘。　⑬丹李：红色的李子。　⑭槿（jǐn）：一种落叶灌木或小乔木。　⑮泛：泛览，四处观览。崇兰：成丛的兰花。　⑯䴗（jué）：伯劳鸟。　⑰黄鹤之风：意谓仙风。　⑱丹鱼：传说中丹水所出的赤色神鱼。　⑲鸲（qú）鹆（yù）：鸟名，俗称八哥。　⑳桃似人形：端午节人们将桃木制成人形以避邪。　㉑艾皆虎状：旧俗端午节，用艾作虎，或剪彩作虎粘艾叶，佩戴以避邪。　㉒榜汰：指行舟。榜：船桨。　㉓彩鹢（yì）：彩船。鹢：一种水鸟。古人常在船头画彩以辟邪。　㉔渌（lù）：碧绿色。容与：随水波起伏动荡貌。　㉕星槎（chá）：相传古时天河与海相通，有人从海渚乘槎到天河，遇见牛郎织女。此处泛舟船。　㉖吴姬：江浙一带的美女。抗：高举。御桡（ráo）：划桨。　㉗越：周代的诸侯国名，在今浙江东部。停云：极言歌声高亢优美，响遏行云。　㉘唧啾：鸟鸣声。　㉙欸（ǎi）乃：摇橹声。　㉚晓泛：清晨泛舟。　㉛长洲：春秋时吴王阖闾游猎苑名。　㉜阖闾古城：吴国国都姑苏城，即今苏州。　㉝竹枝：江南民歌《竹枝词》。　㉞桃叶：吴地民歌《桃叶歌》。　㉟系臂：旧俗于端午节以彩丝系臂，谓可以避灾延寿，故又称续命缕。　㊱斗草：端午有踏百草之戏，唐人称之为"斗草"。　㊲条脱：臂饰。　㊳菖蒲：药草名，用其浸酒，饮之传说可以避邪。九节：九节蒲，菖蒲之一种。　㊴屯：聚集。闵：忧患。　㊵遘（gòu）：遭遇。　㊶邺（yè）：古地名，在今河北省临漳县西。　㊷地腊：道家对农历五月初五的称谓。　㊸方舟：指端午节用于比赛的龙舟。　㊹朱索：红绳，端午节挂于门上或缠于腕间用以避邪。　㊺赤符：赤伏符，汉代谶语，言刘秀发兵事，亦泛指帝王符命。此二句暗喻乙酉（1645）江南义师之兴废。　㊻角黍：粽子。　㊼枭羹：用枭肉做的羹汤。　㊽缯谁厌兵：祭告何方神灵才能消除战乱。缯：丝织品的总称，此代指宗庙祭祀中向神灵祷告的丹书。　㊾抱石之贞：怀石投江的贞操。传说屈原不忍见楚国灭亡而抱石投汨罗江而亡。　㊿投江之孝：据《后汉书·孝女传》载，东汉时曹娥的父亲五月五日迎神，淹死江中，曹娥沿江号哭十七昼夜，投江而死。　[51]乌鸢之歌：勾践败于夫差，将入吴为质，越人作歌，有"仰飞乌于乌鸢"句。　[52]龙蛇之调：介子推从晋文公流亡，文公回国后赏赐随臣，遗漏了介子推，推隐绵山，其人作辞："龙欲上天，五蛇为辅。龙

已升云,四蛇各入其宇,一蛇独怨,终不见处所。" ㉝ 形神相吊:形与神相互哀怜,喻指极端孤独。 ㉞ "三闾"二句:用《诗经·秦风·黄鸟》子车氏三子的典故,慨叹无人为忠义事业献身。 ㉟ 陈:指田横及其部属五百人在刘汉王朝建立后,不从刘邦的招降,先后自杀。后以田横及其部属喻忠贞不屈之士。"田""陈"二字在上古时音近可通。 ㊱ "魂归来"二句:语出自《楚辞·招魂》:"魂归来兮,哀江南!"此化用其意。

    夏完淳为明末几社著名领袖夏允彝之子、陈子龙之入室弟子,他和陈子龙等人曾参加过晚明抗清义师,最终壮烈殉国,其英风豪气,和其父、师并垂不朽。夏完淳还是一位天资聪颖的文学家,十多岁便以诗赋名播海内。甲申、乙酉前后,夏完淳感激时事,关心国家命运,抒写国难家仇,诗文中充满了强烈的爱国主义精神,形成了慷慨悲壮、清新朗丽的独特风格。其《端午赋》写的就是这样一种深沉而真挚的爱国激情。

    《端午赋》的写作时间,学界尚有争论,有些认为作于隆武二年(顺治三年,1646)丙戌,有些认为作于丁亥(顺治四年,1647)。但是从赋中"屯兵革之闵酷,遭乡关之乱离"来看,本赋写于甲申之变后,则可以肯定。

    端午节是最具有民族特色的佳节之一,它不仅是一种美丽动人的民间风俗,还联系着一个民族最深厚的爱国激情。端午节最为动人的就是与著名爱国诗人屈原之死紧密联系,让这个节日具有更为深厚的民族情怀。夏完淳此赋即从这两个方面展开,表现了作者对祖国山河的热爱和坚决抗清的决心。

    本赋的思想艺术特色,正在于国家存亡前后节日景象的强烈对比。承平时期的端阳,风光明丽,万类欣荣,庆祝活动丰富多彩,人们心情欢快兴奋。充满对故国故乡的眷恋与深情。写风景则"陈柯槭其蒙露,柔条扇其景风。绿泛麦秋,黄分梅雨。……丹李垂实,素槿成行";写风俗则"当江南之芳景,极榜汰之水嬉。彩鹢雷动,锦帆云齐……吴姬抗腕而御桡,越女停云而振响。""家家《竹枝》,人人《桃叶》。"即便在描写江南五月的风景风俗的同时,也不忘流露自己的民族感情:如"朱明咏,丽节天中"两句,表明自己对朱明王朝的忠贞。写国破之后的端阳,则河山黯淡,庭户萧索,万家墨面。这种强烈对比反映了作者处处在关心国事之成败,就是对传统佳节,也从国家兴亡着眼。因端阳节令,自然想起了为理想献身为正义成仁的屈原,以及众多舍生取义的不屈人士,它充分表现了作者的崇高思想和广阔胸襟,也正是本赋的突出成就所在。

(冉耀斌)

大 哀 赋 并序   夏完淳

    越以乙酉之年,壬午之月,玉鼎再亏,金陵不复①,公私倾覆，天地崩离。托命牛衣，巢身蜗室。吊东幸之翠华，蒙尘枳道②；望北来之浴铁，饮马姑苏③。申胥之七日依墙，秦庭何在④？墨允之三年采蕨，周粟难餐⑤。黄农虞夏，邈哉尚友之乡；南北东西，渺矣安身之所。在昔士衡有《辨亡》之文，孝穆有归梁之札⑥。客儿饮恨于帝秦，子山伤心于哀乱⑦。咸悲家国，共见词章。余始成童，便膺多难，揭竿报国，束发从军。朱雀戈船，萧萧长往；黄龙战舰，茫茫不归。两镇丧师，孤城溃版⑧。三军鱼腹，云横歇浦之帆；一水狼烟，风动秦房之火⑨。戎行星散，幕府飙离。长剑短衣，未识从军之乐；青燐蔓草，先悲行路之难。故国云亡，旧乡已破。先君绝命，哭药房于九渊；慈母披缁，隔祇林于百里⑩。羁孤薄命，漂泊无家。万里风尘，志存复楚；三春壁垒，计失依刘⑪。蜀市子规，千山俱哭；吴江精卫，一水群飞。泣海岛之田横，尚无其地⑫；葬平陵之翟义，未有其人⑬。天晦地冥，久同泉下；日暮途远，何意人间！鲁酒楚歌，乌能为乐；吴歈越唱，只令人悲。已矣何言，哀哉自悼！聊为兹赋，以舒郁怀。呜呼！黄旗紫盖，雪戟霜矛。何以南朝天子，竟投大将之戈；北部单于，遂系降王之组⑭！岂高庙之馨，十七世而旁移；孝陵之泽，三百年而中斩乎⑮！此天时人事，可以疾首痛心者矣。国屯家难，瞻草木而抚膺；岳圮辰倾，睹河山而失色。劳者言以达其情，穷人歌以志其事。追原祸始，几及千言。寄愁心于诗酒，阮籍穷途⑯；结豪士于屠箫⑰，张良仓海⑱。后有作者，其重悲余志也夫！

维昭代之代兴也，秉土德而绍王，丽旭日以承天。执帝柄而司命，聿岳镇而辰悬。扫旄头以静街，鞭角端以定边⑲。穷邛筰⑳，通浪玄㉑。朔方大出，南交凯旋㉒。崇文会武，东鲽西鹣。阅兵则法高司马㉓，论都则赋雄孟坚㉔。备礼乐于虎观㉕，绝烽火于狼烟。法不更而泽久，兵不耀而威宣。俪唐虞而比德，尚殷周而卜年。

不意瑶轮无长烱之期，玉历有中屯之会[26]。天子端拱无为，塞聪而治。羽猎灰五柞之场[27]，歌舞纳三灵之地[28]。震筵分枯菀之栖[29]，泰阶起蜩螗之异[30]。议论庙谟，干戈儿戏。有道咏瞻乌而长叹[31]，索公指铜驼而下泪[32]。山未颓而黯然，海不波而潜沸。然四极未亏，三伦不易[33]。草木寒于北街，星日耀于南极。间左多游侠之徒，京华无憔悴之客。迨单于虎帐不朝，匈奴渔阳直入[34]。辽水无声，医间惨色[35]。乌桓鲜卑之部，封豕长蛇之力，徙帐幕南，空群漠北。中行之背未笞，赵信之城再立[36]。使我燕颔龙韬[37]，霜戈雪戟，出榆塞[38]而不还，坠犁天[39]而长黑。翻添月窟[40]之哀，长有阴山[41]之哭。于是五帅不归，三城莫复[42]。贼在背肩，寇侵肘腋。元子所以伤心，江统于焉太息[43]。且也朝堂多水火之争，边徼有沙虫[44]之戚。未拜郭隗[45]，先诛李牧[46]。熊罴夜而星沦，猿鹤秋而天覆。自蔽日之借丛，卒终星而丧国。继以中常侍之窃政，大长秋之尸祝[47]。圣娆定中禁之谋，节让起北宫之狱[48]。顾厨祸酷于三君[49]，累若权延于五鹿[50]。璿庭之璧月几沦，虞渊之灵曜不浴[51]。孤臣饮恨于属镂，硕士含辛而囊木[52]。况夫疆场多事，边境传烽。恒落鱼门之胄，空夸马服之功[53]。卫青未闻其扫幕，魏绛不见其和戎[54]。庸邀汗马，策卖卢龙[55]。及夫星明少海，天孚大横[56]。殷丁河亳之志，周宣江汉之风[57]。诛司隶之王甫，焚诬史之蔡邕[58]。然兵由积弱，政以贿崇。敝箄不能止宣房之决，勺水安得熄骊山之红[59]！见伊川之披发，鸣天山而挂弓[60]。笳鼓震于辽阳，旌旗明于塞上。问九鼎[61]之重轻，窥三川之保障。嘶风则首蓿千群，卧雪则驹骖万丈[62]。定远非万里之侯，嫖姚无百战之将[63]。登陴而鱼钥仓皇[64]，入援而龙旗震荡。郅支绝献馘之期[65]，介子断擒王之望[66]。卫丁零叛于东胶[67]，毛修之亡于乐浪[68]。虽无刁斗之将军，尚有纶巾之丞相[69]。山鸣石鼓，宿动金精[70]。三辅之葭蓬春牧[71]，诸陵之弓剑宵惊。降将云帆北渡，贤王宝马东征。方将鸿雁集其安宅，鸳鸯[72]奏其升平。

列九宾⑦而告庙，开八门而受宁。忽焉五斗米之教起，三里雾之术成⑦。秦晋蜂攘，豫楚蚁营。中横沘泗，南极湘荆。元帅给云台⑦之仗，尚书开武库之兵。或墨衰以莅金革，或班剑以任鼓钲⑦。卒之黄巾黑犊之屯聚，青袍白马之横行。王曰叔父，君之寡兄，或撄白刃，有结丹缨。赤社隳而菁茅废，灵光颓而茂苑倾⑦。式亏国族，深轸宸情。祭通侯于太牢束帛，戌王人于扬水流薪。帝子没而烟凝南浦，王孙陨而草遍空城。盗长陵之抔土⑦，伤神州之陆沉。彼何人哉，哀哉至今！矧夫上谷为鼙鼓之场，北海无龙蛇之阵⑧。李都尉部曲不归，陆平原风流顿尽⑧。叹马陵之道穷，嗟龙城之宵遁⑧。国门则策画万千，旌节则功勋尺寸。干城为矛戟之雠，酖毒是盐梅之分⑧。恒见耻于少卿之书，非所望于《钱神》之论⑧。圣人励玉衡⑧而靡替，垂翠裘而独闷。便殿空谈，平台⑧屡问。赐金罂则执政为贵人之牢，望山头则廷尉皆君子之咎⑧。然主威虽上法武宣，臣德则远惭廉蔺⑧。使臂逆而更难，养痈溃而莫吮⑧。所以辽海东西，人多犯顺；大河南北，野咸饥馑。瓜田藉以益繁，尤来聚而愈迅。遇王师若秋风之卷枯，下坚城若朝霜之悴菌。赤羽动而北驰，黄金鸣而西振。封函谷之一丸，据雍州之九郡⑨。城郭胥沦，衣冠偕殒。犀兕有未赎之华元，丹青有不归之于禁⑨。既度陕而叩关，复踰河而入晋。三千利犀之骑，十万迎风之刃。黄金台⑨之蔓草空哀，白玉仗之青罘俱震。地坼天崩，海焦星陨。蚩尤之毒雾弥天，轩辕之鼎湖虚殡⑨。恨《黄竹》于千秋，落苍梧于一瞬⑨。椒宫为血泪之湘君，鹤驾有呼魂之子晋⑨。吊望帝以何期，矢叩阍而难进⑨。可怜泪雨之昭阳，更有风尘之长信⑨。桐棺坠马鬣之封，柏路掩龙辀之辌⑨。

当斯时也，四海惊飞，三灵⑨恫震。溢灵飙而大招，吊五云而长恨。天上将军之铁马惊风，宣陵⑩孝子之布衣扶榇。三百年玉座昼移，十六世金铺夜烬。且也刘太尉留于蓟北，琅邪王渡于江阴[101]。哭秦庭[102]而归虎穴，卜周鼎而陷龙浔。秣陵王气，黯然欲尽；易水寒风，悲哉正深。将军之树北偃[103]，单于之部西临。假号子舆于城下，不立卢芳于雁门[104]。借蚌鹬之利，逞虎狼之心。北阙之楼台凋谢，西山之松柏萧森。太液翻而石鲸惨淡，茂陵废而玉碗浮沉[105]。瞻山河而陨涕，抚草木而沾襟。虽君仇之少雪，实国难之相寻。郿坞为燃卓之地，渐台兴剿莽之军[106]。既追风而西捷，遂射日以南侵[107]。使南朝天子，北府大臣，乌衣则披纶挥羽，黄葛则悬胆卧薪[108]。器成错节，圣启忧殷。祖士雅雍州出牧，刘奉春冒顿和亲[109]。组练舻舰者八百里，鲛皮犀属者十万人。庶几佛狸无饮江之志，老羆成卧路之勋[110]。而乃东昏侯之失德，苍梧王之不君，玉儿宠金莲之步，丽华长《玉树》之淫[111]。柏梁建章，则读《西京》之赵瑰[112]；临春结绮，则号学士之孔嫔[113]。吴歈越艳，鲁酒梁樽。先见乎玉杯象箸，后征夫酒池肉林。问蛙鸣于为官为私[114]，御龙衮于若亡若存。视江都而未武，拟长城而不文。冠盖之银青俱满[115]，朝堂之铜臭相因。但知安石之赌墅，何止元规之避尘[116]！楚囚无新亭之泪，《越绝》非石室之音[117]。南徐之甲兵不劲，淝水之草木无神[118]。拜蒋侯为灵帝，弋白雁为国宾[119]。宁右则孔愉江总[120]，阃外则祖约王敦[121]。将相皆更始之羊胃[122]，衣冠多南渡之雁民。宜其及矣，况有强邻！

于时清人河上之师，天室通好之使[123]，未许其冠带春秋，遂致夫荆榛天地。苏属国之旄节终留，庾开府之江关永弃[124]。移貂帐之千里，逐龙驹之万骑。投鞭则淮水不流[125]，饮马则长江无际。白羽死其孔明，绿帻亡其道济[126]。嗟乎！扬州歌舞之场，雷塘罗绮之地，一旦烟空，千秋景异。马嘶隋苑之风，蜃吐海门之气，潮上广陵而寂寞，枝发琼花而憔悴。巨鹿沙崩，长平瓦碎[127]。豺虎相临，蛟鲵远退。鬼有曹社之谋，天同鹑首之醉[128]。欃枪空铁瓮之城，弧矢落金山之垒[129]。天子蒙尘，将军仗义。枳道降王，长安旧帝，朱组舆榇之羞，青衣行酒之事⑬。白日苍茫，黄云迢递。胡姬之锦瑟新调，代马之丹鬃乍系。玄武池边，景阳宫里。莫愁之歌舞何如？长乐之钟声已矣！斜阳归而燕子秋飞，蔓草平而后湖月起。秦淮一点青烟，桃叶三声渔市。蘼芜遍于故宫，莓苔碧于旧内。平康之巷绝鸡鸣，钟岭之山空鹤唳。风尘萧索兮十二楼，烟雨凄迷兮四百寺。乌啼上苑之花，鹊噪孝园之树。故老吞声，行人陨涕。殷王子《麦秀》之歌，周大夫《黍离》之泪⑬。天地何心！山河何罪！若夫龙种困而被奴，凰仪降而为婢，遂燕支而上驰，抱琵琶而北去。黑山之月年年，青冢之花岁岁⑬。室处有荼毒之淫，蚩发有髡髻之累⑬。

于是竿木群兴⑭，风云毕会，兴六月之师⑬，振九天之锐。横海伏波，戈船下濑⑬。轨亡秦之陈胜，效安刘之翟义⑬。诛殷通于戏下，斩甄阜于帐外⑬。青雀烟腾，黄龙云迈。夸父有投杖之心，鲁阳无挽戈之计⑬。兵弱虏强，地柔人脆。伤心于王子白衣，绝望于将军蒲类⑭。田横之五百军人，项籍之八千子弟⑭。平陵东而黄犊可卖，大泽左而乌骓不逝⑭。天萧萧兮不明，日荒荒兮欲曀。伤两镇之不归，痛孤城之已溃⑭。闻楚歌则部曲萧条，听胡笳则征夫歔欷⑭。国殇悲而阴雨深，战鬼哭而愁飙厉。烟草依然，江湖如是。毅魄归来，灵风洒泗。至若江关不见，乡国何方？坑既酷于新安，火复烈于咸阳⑭。谷水无浮云之使，昆山非行雨之乡⑯。姑苏烽火，携李⑭芜荒。草入语儿之馆，月明响屧之廊⑭。美人则紫台黄土，英雄则白草青霜。风何为而惨惨？云何事而茫茫？礼魂兮春兰秋菊，吊古兮山高水长。悴琼枝而无色，零瑶草兮不芳。三秋桂冷，十里荷香。景光黯黯兮销魂，烟波漠漠兮断肠。夜不寐而隐隐，泪沾襟而浪浪。何日度莺花之月？何年归玳瑁之梁？燕巢枯柳，蝶舞空墙。垆头无小妇之酒，城东非少年之场。旧游零谢，独垒荒凉。归去而杜鹃啼月，力微而精卫填江。况天国屯家难，先子云亡，访彭咸于药室，从墨允于首阳⑭。留遗孤于庐垩，曾仗剑于戎行⑮。济云帆之无路⑬，匿土室而自伤。王章之牛衣空卧，马卿之犊鼻频穿。王尼之车长宿，范晔之麑空悬。任西华单衣见肘，孙叔敖馁鬼谁田⑬！弱龄则海筹十六，短发则霜镜三千。惟我生之不辰，丁穷酷之苍天！

若乃天南鼎足，浙右龙骞⑬，刘文叔南阳白水，越勾践《采葛》飞鸢⑮。乾坤重照，日月双悬⑮。湖中贾勇，内地争先。司马秉中军之钺，虞人麾上将之旗⑯。三吴渔猎，七郡风烟。扁舟势疾，三鼓气坚。余乃飘摇泽国，踟蹰行间，饮君亲之凤恨，郁家国之烦冤。短衣则东州亡命，长戟则西掖备员⑰。既有志于免胄，岂无心于丧元。伍大夫昭关马渡，张留侯仓海龙潜⑬。纨绮非封侯之骨，渔樵当用武之年。千里之月明鼓角，五湖之春泛楼船。鱼龙蟠于甲帐，裘马壮于戈铤。锦虦魶三军高宴，金叵罗诸将扣舷⑬。既充下乘，聊托中涓⑯。草檄则远愧孔璋，入幕则深惭仟宣⑯。涛寒震泽，风厉由拳⑫。秦帝之椎未中，楚王之墓不鞭⑬。时无文范，人非策权⑭。龙衣逝矣！鱼服困焉⑮！吴明彻之功名何在，秦武阳之拳勇堪怜⑯。吴要离矛因风转，楚龚胜膏以明煎⑰。高渐离之筑声往矣，徐夫人之匕首依然⑱。亡楚之功不就，报韩之志谁传！兼以五马则寡君云梦，六龙则天王翟泉⑲。三户亡秦之谶，《九歌》《哀郢》之篇⑰。功成姬芈，名假苏燕⑰。义公既劫，壮夫不还⑫。王哀《蓼莪》三废，夏馥佣保十年⑬。入林自愧夫介子推，蹈海深惭夫鲁仲连⑭。管宁皂帽，箕子朝鲜⑮。烟断营门之柳，霜凋幕府之莲⑯。国亡家破，军败身全。招魂而湘江有泪⑰，从军而蜀国无弦。哀哉欲绝，已矣何言！

呜呼！余生于烈皇之年，长于圣安之世，佐威虏以于征，从长兴而再起⑱。追怀故君，何臧何否？言念相臣，何功何罪？或盱食而宵衣⑲，或堕簪而遗珥；或麦饭以自尝，或肉糜之堪

〔970〕 夏完淳　　　　　　　　　　　　　　　　　　　大哀赋

耻。推本先朝，追原祸始。神祖之垂拱不朝，熹庙之委裘而
理⑱。罪莫甚于赵高，害莫深夫褒姒⑱！惟屈氂之下狱，与朱
浮之赐死⑱，虽大臣之无刑，非圣人之得已。至于五世伦宗，三
朝旧事，指触瑟为良规⑱，斥采芝为佞轨。使腥秽之北风，陷泥
途于南纪。殷深源之方略空空，王夷甫之风流尔尔⑱。若乃威
虏偏裨，长兴文吏，原非将帅之才，未有公侯之器。兴怀鸿鹄
之形，颇见龙蛇之志。日日胡床之卧，夜夜钧天之醉。既一战
之未申，沦九死而靡悔。黄土一抔，丹青万襍！余草木门庭，
旃常家世。家淑人黄鹄之悲，先文忠白虹之气⑱。非无德曜之
妻，尚有文姬之姊⑱。衣冠连于杜曲，姓氏通夫槐里⑱。寄食
无乡，望尘有地。范丹之甑长寒，卞彬之虱未弃⑱。达士穷途
之悲，壮夫歧路之泪。载念鬈缨，言怀邦国，恨欲言而声已吞，
愁将诉而泪沾臆。何必雍门之琴，无假武陵之笛⑱。日月如
驰，亲朋不识。独剑空囊，三江浪迹。人容鼓吏之狂，世笑愚
公之癖⑲。混缁羽之高贤，结屠箫之豪客。三桑生再浴之期，
一饭有千金之值⑲。望旧乡而云影苍苍，吊故垒而风声恻恻。
蒋诩之径不开，王猷之舟时出⑲。秋水迢遥，寒林萧瑟。野兽
暮号，群鸦晚集。鹤唳霜惊，鸥眠月直。过耳伤神，仰天太息。
山气兮江光，春阳兮秋色。嫖姚空旧筑之坛，郎将有先陪之
戟，蛟龙非遇雨之期，鲲鹏无御风之力。韩王孙之城下，知己
谁人？宋如意之堂前，伤心何极⑲！下江但见夫绿林，圯桥未
逢夫黄石⑲。此孤臣所以辍食而扪心，枕戈⑲而于邑者也！

〔注〕 ①"越以乙酉之年"四句：指顺治二年(1645)五月，清兵陷南京，南明弘光小朝廷倾
覆。越，赋之起首多用越、粤或曰三字。 ②"吊东幸之翠华"二句：甲申(1644)五月，明福王
朱由崧在南京即位，改明年为弘光元年。福王封地在洛阳，故云"东幸"。福王荒淫奢靡，清兵
渡江后腆颜乞降，丑态百出，故以"枳道"相喻。枳道：亭名。故址在今陕西省咸阳市东北。秦
末刘邦破关入至灞上，秦王子婴素车白马，系颈以组，降枳道旁，因代指屈辱投降事。 ③"望
北来之浴铁"二句：谓乙酉夏，清兵席卷江南，占领苏州。浴铁：披铁甲的骑士和战马，指清兵。
④申包胥：春秋时楚国大夫。与伍子胥友好。子胥以父兄被害，逃奔吴国，谓包胥曰："我必覆
楚。"包胥曰："我必存之。"及吴兵入郢，包胥至秦求救，哭于秦庭七昼夜，秦终出兵救楚，败吴
军。此处反用，感叹明室无援兵可求。 ⑤"墨允之三年采蕨"二句：墨允指墨台允(伯夷)。

伯夷、叔齐恶武王之伐纣，不食周粟，采薇而餐，饿死首阳山。此喻江南士大夫抗节遂志。
⑥陆机：字士衡，华亭人。吴亡，年三十，与弟云同入洛，著《辩亡论》为吴辩护。徐陵：字孝穆，先仕梁为通直散骑常侍，后入陈，曾致书求复命，终拘留不遣。　⑦客儿：南朝宋谢灵运小名。灵运早年丧父，寄养于会稽杜治家。至十五岁方还都（建康），故小名客儿。饮恨于帝秦，据《宋书·谢灵运传》载，灵运为临川内史时，以行为放纵，为有司所纠，流徙广州，不久兴兵叛逸，为诗曰："韩亡子房奋，秦帝鲁连耻。"庾信，字子山，初仕南朝梁，奉使西魏，被留不放还。西魏亡，仕北周。常怀乡土之思，作《哀江南赋》极为沉郁。　⑧"两镇丧师"二句：谓松江被清兵攻破，镇南伯黄蜚和威房伯吴志葵两位统帅失败就义。孤城：指松江城。　⑨"三军鱼腹"四句：战国楚黄歇为令尹，考烈王十五年，封于吴，号春申君。后人传说黄歇曾疏凿江南港浦，因有黄歇浦之称，省作歇浦。也弥春申江，即今黄浦江。"风动"句，指项羽火烧秦宫室，大火三月不灭事。此处指清军攻破松江后烧杀抢劫之暴行。　⑩"先君绝命"四句：乙酉义师失败后，夏允彝于九月十七日自沉殉国。药房：《楚辞·九歌·湘夫人》："辛夷楣兮药房。"此以屈原喻允彝。慈母披缁：完淳嫡母盛氏于国难后弃家入道。祇林：泛指寺院。　⑪依刘：据《三国志·王粲传》："（粲）以西京扰乱，皆不就。乃之荆州依刘表。"后来因称投靠于幕僚曰"依刘"。
⑫"泣海岛之田横"二句：秦末韩信破齐，田横自立为齐王，率领从属五百人逃往海岛。刘邦称帝，遣使者往招降。横与客二人往洛阳，未至二十里，羞为汉臣，自杀。原居留岛中之徒众，闻横死，亦皆自杀。　⑬翟义：汉汝南上蔡人，字文仲。王莽篡汉，他举兵讨莽，后为莽军击败被杀，夷灭三族。《平陵东》为乐府旧题，据传为翟义门人作以哀之。　⑭"何以南朝天子"四句：谓清兵攻陷南京后，弘光帝出奔、被停害。　⑮十七世：指明朝从明太祖朱元璋至明思宗朱由检，共历十七朝。孝陵：明太祖之陵，位于南京钟山。　⑯阮籍：三国魏尉氏人，字嗣宗，阮瑀之子。曾为步兵校尉，世称阮步兵。以生活于魏晋易代之际，不满现实，因此纵酒谈玄，不评论时事，不臧否人物，以求自全。每至穷途，辄恸哭而返。　⑰结豪士于屠箫：战国时豪侠之士荆轲至燕国，与当地狗屠及善击筑者高渐离交好，轲往刺秦王，燕太子丹等送至易水，渐离击筑，轲和而歌，士皆垂涕。　⑱张良：汉韩人，字子房。家五世相韩，秦灭韩，良欲复仇，东见仓海君。结纳刺客，以铁椎狙击秦皇帝博浪沙中，误中副车。　⑲角端：传说中的瑞兽，明君圣主在位方才出世。《元史·耶律楚材传》："帝至东印度，有一角兽，形如鹿而马尾。其色绿，作人言……楚材曰：此瑞兽也，其名角端，能言四方语。"　⑳穷邛笮：疆域南穷邛都、笮都。邛（qióng）：四川邛都，治今四川西昌市东南。笮（zuó）：四川笮都，治今四川汉源县东北。
㉑通浪玄：疆域北通乐浪、玄菟。浪：高丽乐浪，治今朝鲜平壤市南。玄：高丽玄菟，治今朝鲜咸镜南道咸兴。　㉒南交：越南交趾。　㉓司马：司马穰苴，春秋时名将。齐田氏的同族。齐景公时，为将军，善于用兵，约束严明，曾击败燕晋军队，收复齐国失地。死后，齐威王使大夫追论古者《司马兵法》，而把穰苴之作附于其中，称为《司马穰苴兵法》。　㉔孟坚：班固，汉扶风安陵人，字孟坚。班固作《两都赋》，分别描摹西都长安和东都洛阳的形胜富丽。是汉代都邑大赋的代表作。　㉕备礼乐于虎观：东汉章帝时，博士、议郎、郎官及诸儒生，会讲《五经》同异于白虎观，作《白虎通义》，凡四卷。征引六经传记而外，兼涉谶纬，而多存古义，至今为考证家所依据。虎观：即白虎观。　㉖玉历：本指牒记符谶，此谓国运、历数。焦赣《易林·屯之蒙》："山崩谷绝，大福尽竭。泾渭失纪，玉历尽已。"　㉗五柞：汉宫名。因有五柞树得名。故址在今陕西周至县南。　㉘三灵：此谓灵台、灵囿、灵沼。《诗·大雅·灵台》毛序"以及鸟兽昆虫焉"孔疏："则辟雍及三灵，皆同处在郊矣。"　㉙震筵分枯菀之栖：春秋时晋献公夫人骊姬，甚得宠信。生奚齐，谮杀太子申生，公子重耳、夷吾皆出奔。骊姬曾在酒宴中使优施以歌劝

诱晋大夫里克,歌曰:"暇豫之吾吾,不如鸟乌。人皆集于菀,己独集于枯。"事见《国语·晋语二》。此或指明神宗万历十四年册立太子的"国本"之争。　㉚泰阶:指三台星。古代以星象征人事,称三公为三台。蝈螗之异:意同"蝈螗沸羹",形容声音喧阗嘈杂。《诗·大雅·荡》:"如蝈如螗,如沸如羹。"此处指朝廷纷争不安。　㉛有道:指郭泰,东汉太原人,字林宗。尝举有道,不就。建宁元年,大傅陈蕃、大将军窦武为阉人所害,郭泰恸哭于野。继而叹曰:"'人之云亡,邦国殄瘁!'‘瞻乌爰止,而不知于谁之屋'耳!"此两句源于《诗·小雅·正月》,后因以瞻乌比喻乱世流离失所的百姓。　㉜索公指铜驼而下泪:晋人索靖有先识远量,知天下将乱,曾指洛阳宫门铜驼,叹曰:"会见汝在荆棘中耳。"　㉝"然四极未亏"二句:四极,四方极远之地。屈原《离骚》:"览相观于四极兮,周流乎天余乃下。"泛指四方。三伦,指君主、执政官员及近臣。　㉞"迫单于虎帐不朝"二句:"单于""匈奴"及下面的"乌桓鲜卑""封豕长蛇"皆指后金(清)。　㉟辽水:即辽河,主流在今辽宁省境内。医闾:即医巫闾山,在今辽宁省北镇市西。　㊱中行(háng):复姓。指中行说,汉文帝时宦者,后降匈奴,颇为汉患。贾谊《治安策》有"伏中行说而笞其背"之语。赵信之城,匈奴赵信所筑之城。　㊲燕颔:旧时形容为王侯的贵相。龙韬:古代宫廷禁卫羽林军之别名。　㊳榆塞:本指榆林塞,也用为边塞的通称。　㊴犁天:即黎旦,指黎明。　㊵月窟:古以月的归宿处在极西的地方,因借指极西之地。　㊶阴山:山名,今河套以北,大漠以南诸山的统称。　㊷"于是五帅不归"二句:"五帅""三城"谓东北边事。　㊸"元子所以伤心"二句:据《晋书·桓温传》:"桓温字元子,……温自江陵北伐,行经金城,见少为琅邪时所种柳皆已十围,慨然曰:'木犹如此,人何以堪?'攀枝执条,泫然流涕。于是过淮泗,践北境,与诸僚属登平乘楼,眺瞩中原,慨然曰:'遂使神州陆沈,百年丘墟,王夷甫诸人不得不任其责!'"江统,晋陈留人,字应元,袭父爵,除山阴令。时关陇屡为氐羌所扰,统深惟四夷乱华,宜杜其萌,乃作《徙戎论》,文辞高雅,为时所重。　㊹沙虫:毒虫名,水中栖。三尺长,见人影则含沙射人。　㊺郭隗:战国燕人。燕昭王欲得贤士,以报齐仇。郭隗曰:"王必欲致士,先从隗始。况贤于隗者,岂远千里哉!"于是昭王为隗改筑宫而师事之。乐毅自魏往,邹衍自齐往,剧辛自赵往,士争趋燕,燕国大强。　㊻李牧:战国时赵之良将,大破匈奴,又破秦兵,秦使人赂赵嬖臣郭开金,郭言李牧与司马尚欲反,捕杀李牧与司马尚。秦将王翦大破赵军,赵遂灭。㊼"继以"二句:喻魏忠贤作乱。中常侍、大长秋,皆汉宫官名,此指魏阉。　㊽"圣娆"句:喻魏阉与客氏勾结内乱。"圣娆"句,喻客氏。圣:指汉安帝乳母王圣,曾与内监勾结构陷太子。娆:指汉灵帝乳母赵娆,曾交构宦官诟事太后。"节让"句:喻魏忠贤构陷迫害忠良大臣。节:曹节。让:张让。二人皆为汉灵帝时宦官。北宫:即北寺狱,东汉监狱名,属黄门署(宦官机构),主管监禁审讯将相大臣。　㊾顾厨祸酷于三君:"三君""八顾""八厨"皆为汉代忠良名士称号。三君指窦武、刘淑、陈蕃,后皆为宦者所害。此谓魏阉残害大臣。　㊿累若权延于五鹿:据《汉书·石显传》,石显与中书仆射牢梁、少府五鹿充宗结为党友,诸附倚者皆得宠位。当时民歌曰:"牢邪石邪,五鹿客邪!印何累累,绶若若邪?"言其熏天权势。　51虞渊:古代神话所说日入处。灵曜:指日。此处喻天子,指天子不理朝政。　52属镂:剑名,吴王赐伍子胥以死者。囊木:即三木囊头,头及手足皆有械,更以物蒙覆其头的刑罚。"孤臣""硕士",谓东林党之被阉祸者。　53鱼门:春秋时邾国的城门。《左传·僖公二十二年》:"公及邾师战于升陉,我师败绩。邾人获公胄,悬诸鱼门。"马服:即马服君,战国时赵将赵奢的封号。　54卫青:汉武帝时名将,前后七次出击匈奴,屡立战功,封长平侯。魏绛:春秋时晋国大夫。曾力主与诸戎结盟,使晋国国力大增。　55汗马:汗血宝马,指战功。卢龙:古塞名,在今河北喜峰口附近。　56少海:比喻太子。大横:卜兆名。龟文正横。《史记·孝文纪》:"卜之龟,卦兆得大横。占曰：大横庚庚，余为天王，夏启以光。”(57)殷丁：即殷武丁，商(殷)高宗。盘庚后，殷衰，武丁继位后，殷复兴。周宣：即周宣王，西周中兴之主。《诗·大雅·江汉》毛传：“《江汉》，尹吉甫美宣王也。能兴衰拨乱，命召公平淮夷。”(58)王甫：东汉中常侍。后为司隶校尉阳球所劾，下狱死。此借指魏阉。“焚诬史”句：东汉蔡邕坐董卓党下狱，乞黥首刖足，继成汉史。王允曰：“昔武帝不杀司马迁，使作谤书，流于后世。方今国祚中衰，神器不固，不可令佞臣执笔在幼主左右。”邕遂死狱中。(59)宣房之决：汉元光中，黄河决于瓠子。后二十余年，汉武帝命堵塞瓠子决口，筑宫其上，名宣房宫。骊山之红：项羽入咸阳，放火焚骊山阁道与阿房宫。红，谓火光也。(60)“见伊川”二句：《左传·僖公二十二年》：“辛有适伊川，见披发而祭于野者，曰：不及百年，此其戎乎！其礼先亡矣。”伊川：即伊河，流经河南嵩县及伊川县等。挂弓：谓息兵。(61)九鼎：古代象征国家政权之宝。(62)驹駼(táo tú)：北地的良马。(63)“定远”二句：班超，汉扶风安陵人，字仲升。班彪少子，班固弟。在西域三十一年，官至西域都护，封定远侯。霍去病，汉平阳人，卫青姊子，谥景桓。武帝时为嫖姚校尉，曾六度出击匈奴，封冠军侯，官骠骑将军。(64)陴：城上的女墙。鱼钥(yuè)：鱼状的门锁，鱼夜目不闭，取其守夜之用。(65)郅支：匈奴单于名号。匈奴呼韩邪单于之兄，名呼屠吾斯。元帝初，因怨汉厚呼韩邪，叛汉，杀汉使，侵扰汉之西陲。建昭三年为汉西域副都护陈汤攻杀。献馘(guó)：古代作战杀敌，割取敌人左耳以进，计功论赏。(66)介子：指傅介子，汉北地人。昭帝元凤中，出使大宛，以计斩楼兰王，归封义阳侯。《汉书》有传。(67)卫丁零：即卫丁灵，指东汉卫律，生长于汉，后为协律都尉李延年所荐使匈奴，使还，逢延年被祸，惧并株连，复还降匈奴。匈奴立为丁灵王。此暗指辽东人孔有德，依登州巡抚孔元化为左营参将，投清后封定南王，守桂林，为李定国以火攻焚死。登州在胶东。(68)毛修之：南朝宋将，后为北魏所俘，死于北方。乐浪：汉郡名，在今朝鲜。此借指异族异地。(69)“虽无”二句：刁斗之将军，指李广，据《史记·李将军列传》：“及出击胡……舍止，人人自便，不击刁斗以自卫。”纶巾之丞相，指诸葛亮。(70)“山鸣”二句：化用庾信《哀江南赋》：“地则石鼓鸣山，天则金精动宿。”金精：即太白星，金星。(71)三辅：指京城及其近郊地区。菅(jiān)：兰草。(72)鷟鸑(yuè zhuó)：神鸟名，凤凰属。(73)九宾：古代朝会大典设九宾之礼。包括九种地位不同的礼宾人员。(74)五斗米：东汉末张道陵创五斗米道。三里雾：汉代张楷好道术，能作五里雾，时关西人裴优亦能作三里雾，自以为不如之。此处与下文“黄巾黑犊”“青袍白马”“瓜田”“尤来”皆谓崇祯间农民起义。(75)云台：台名，汉宫中高台，在南宫中。后汉永平中，明帝追念前世功臣邓禹等二十八将，画其像于台。(76)墨衰：即“墨缞”，黑色丧服。缞：麻衣。古代礼制规定，在家守制，丧服用白色。如有战争或其他重大事件不能守制，服黑以代丧服。金革：犹言甲兵。班剑：本指饰有花纹的木剑，南朝时以之为仪仗。鼓钲：军中乐器。(77)赤社：天子以五色土封诸侯，赤为南方色。菁茅：草名。古代祭祀用以漉酒去滓。《穀梁传·僖公四年》：“桓公曰：‘昭王南征不反，菁茅之贡不至，故周室不祭。’”灵光：汉殿名，汉景帝子恭所建。茂苑，花木繁茂的苑囿。(78)通侯：爵位名。太牢：祭祀用三牲曰太牢。束帛：古代礼物，帛五匹为束。“戍王人”句：《诗·王风·扬之水》：“扬之水，不流束薪。”此诗乃周人刺平王不抚其民，而远屯戍于母家所作，或谓弘光帝出奔事。(79)盗长陵之抔土：张释之，汉南阳人，文帝时为廷尉。据《史记·张释之传》载，有人盗取高庙坐前玉环，付廷尉治罪，按律当斩，文帝大怒欲诛其族，释之免冠顿首谢曰：“今盗宗庙器而族之，有如万分之一，假令愚民取长陵一抔土，陛下何以加其法乎？”(80)矧(shěn)：况且。上谷：郡名，秦置。治所在今河北怀来县东南。北海：郡名，汉置。治所在今山东昌乐东南。龙蛇：喻矛戟等武器。(81)李都尉：指汉将军李陵。武帝时，拜骑都尉，自请将步骑五千，伐匈奴，以少击众，不敌，失尽而降，单于立为右校王。陆平原：即陆机，晋吴郡华亭人，吴灭，闭门读书十年。太康末年与弟云入洛阳，以文才名重一时。后事成都王司马颖，战败受谮，为颖所杀。 ⑧马陵：地名。战国时魏将庞涓遭齐孙膑埋伏，于此自刎。龙城：汉时匈奴地名。汉武帝元光六年，卫青至龙城，获首虏七百级。 ⑧干：盾。城：城郭。干城喻御敌之将领。盐梅：语出《书·说命》"若作和羹，尔惟盐梅"。此殷高宗命傅说作相之辞。言其为国家极需要之人。后因用为赞美作宰相之人。 ⑧少卿：即任安，汉荥阳人，初为卫青舍人，后官益州刺史。武帝时以太子事被诛。任少卿曾致书司马迁，请其进贤臣、退佞臣。后迁有《报任安书》答之。《钱神》：晋鲁褒作《钱神论》，讽刺世人贪鄙之风。 ⑧玉衡：以玉饰衡，古浑天仪的部件。 ⑧平台：汉梁孝王于梁苑所筑台名。此代指皇家招贤之所。 ⑧金罍：金制酒器。"望山头"句：苏峻，晋长广人，字子高。元帝任为鹰扬将军。明帝崩，庾亮执政，谋夺其兵权，征为大司农，峻不应，咸和二年，以讨亮为名举兵，有"我宁山头望廷尉，不能廷尉望山头"之语。后为陶侃、温峤等击败而死。 ⑧廉蔺：赵国名将廉颇和良臣蔺相如。 ⑧养痈溃而莫吮：《汉书·佞幸传·邓通》载，邓通"无他伎能，不能有所荐达，独自谨身以媚上而已。……文帝尝病痈，邓通常为上嗽吮之"，因而得以富贵。 ⑨"封函谷"二句：《后汉书·隗嚣传》："而嚣将王元、王捷常以为天下成败未可知，不愿专心内事。元遂说嚣曰：'……元请以一丸为大王东封函谷关，此万世一时也。……'"雍州：古九州之一，相当于今陕西中部和北部、甘肃全部和青海部分地区。 ⑨"犀兕"二句：据《左传·宣公二年》载，宋与郑战，宋败大夫华元被俘，逃归。后巡值时遇守城者讥曰："睅其目，皤其腹，弃甲而复。于思于思，弃甲复来。"使其骖乘对曰："牛则有皮，犀兕尚多，弃甲则那？"于禁，三国时魏人，本为曹操将，兵败降蜀。后来孙权败关羽，禁入吴。曹丕时，魏吴交好，复归魏，丕使禁谒曹操墓，预于墓壁画他投降关羽像，禁羞惭而死。此二句借指降敌的明朝将领。 ⑨"黄金台"二句：黄金台即燕昭王为郭隗所筑之宫，参前注⑧。 ⑨"蚩尤"二句：前句喻李自成攻陷北京，后句喻崇祯帝朱由检缢死煤山，尚未卜葬。鼎湖：传说中黄帝乘龙升天之地，后用以称皇帝驾崩。 ⑨"恨《黄竹》"二句：《黄竹》，《穆天子传》："日中大寒，北风雨雪，有冻人。天子作诗三章以哀民，曰：'我徂黄竹。'"此处用此典哀百姓之苦。苍梧：山名，又名九疑，相传舜葬于苍梧之野。 ⑨椒宫：后妃居住的宫殿。湘君：指尧之二女娥皇女英，为舜之妃，曰湘夫人。舜崩，二妃啼，以涕挥竹，竹尽斑。子晋：周灵王太子晋，即王子乔。曾随道士入山修仙，后乘白鹤仙去。 ⑨望帝：指蜀王杜宇。禅位退隐西山，化为杜鹃，故蜀人闻杜鹃鸣即思望帝。此借指崇祯帝。叩阍：敲宫门，指有冤情向朝廷申诉。 ⑨昭阳：汉宫名，成帝时赵飞燕居之。后以此指代皇后之宫。长信：汉宫名，太后所居。 ⑨马鬣封：也作"马鬣坟"。坟墓上封土的一种形状。龙辒之辒：帝王的柩车。辒(ér)、辒(chūn)：载运棺柩的丧车。 ⑨三灵：此谓天、地、人。 ⑩宣陵：东汉桓帝墓。在今河南省洛阳市东南。 ⑩刘太尉：即刘琨，晋中山人，字越石。晋室南渡，转任侍中太尉，长期坚守并州，与石勒刘曜对抗，因孤军无援，兵败投段匹磾，被拘于蓟北，后被杀。琅邪王：东晋元帝司马睿，渡江偏安，此借指弘光帝朱由崧。 ⑩哭秦庭：参见前注④。 ⑩将军之树：参见前注⑧。 ⑩"假号"二句：赵缪王子林曾诈以卜者王郎为成帝子子舆，立郎为天子，都邯郸，遣使下郡国。见《后汉书·光武帝纪上》。卢芳：字君期，安定三水人。王莽时，汉与匈奴和好，芳诈自称武帝曾孙刘文伯，立为西平王。初连匈奴，后遣使请降汉，立为代王。后复反，逃入匈奴。留十余年，病死。见《后汉书·卢芳传》。 ⑩"太液翻"二句：太液：太液池。汉武帝时建于建章宫北，言其所及甚广，故名。石鲸：相传秦始皇于宫中引渭水作昆明池，池中筑土为蓬莱山、豫章台，刻石为鲸鱼，长三丈。茂陵：汉武帝之陵。据《汉书故事》载，有人卖玉碗于市，吏疑其御物，欲捕之，忽而不见。后知为茂陵中物，而卖碗之人形貌如先帝。 ⑩⑥"郿坞"二句：汉末董卓曾筑坞于郿，高厚七丈，号曰万岁坞。后卓为吕布所杀，尸肥流脂，守尸吏燃火置卓脐中，光明达曙。渐台：位于太液池中，高二十余丈。汉末刘玄兵从宣平门入·王莽逃至渐台上，为众兵所杀，尸首被分裂。 ⑩⑦西捷：谓清兵追击李自成农民起义军。南寖谓清兵南下。 ⑩⑧乌衣：此处指南京乌衣巷。东晋时，王谢诸望族居此。披纶挥羽：形容诸葛亮指麾行军时的风姿。悬胆卧薪：春秋时越王勾践战败，置胆于坐，饮食尝之，欲以不忘复国。 ⑩⑨祖士雅：疑为"祖士稚"之误。士稚：祖狄字，东晋名将。西晋末年，率亲朋党友避乱于江淮。以奋威将军、豫州刺史的身份进行北伐。此以祖狄北伐喻史可法督师扬州。刘奉春：指娄敬，高祖赐姓刘氏，拜为郎中，号曰奉春君。曾劝刘邦以长公主和亲匈奴，并前往缔结联姻盟约。此喻左懋第等使清议和。 ⑩⑩佛狸：北魏太武帝拓跋焘的小字。老黑：指王黑，字熊黑。西魏时拜骠骑大将军，加侍中、开府。神武曾遣夜袭黑，天亮方觉，黑袒身露髻，持一白棒，大呼："老黑当道卧，貉子那得过。" ⑪⑪东昏侯：即萧宝卷，南齐废帝，性荒淫奢靡。苍梧王：南朝宋后废帝刘昱，为人残暴嗜杀。此皆喻朱由崧。玉儿：东昏侯宠妃潘妃小字。东昏侯曾令人凿金箔为莲花以帖地，令潘妃行其上，曰："此步步生莲华也。"丽华：陈后主之宠妃张丽华。《玉树》：《玉树后庭花》，为陈后主所作曲词，被以新声，付后宫习而歌之。 ⑪⑫"柏梁建章"二句：据《南史·废帝东昏侯本纪》载，永元三年，后官遭火灾，三千余间皆尽。近侍赵鬼能读《西京赋》，云："柏梁既灾，建章是营。"于是大起诸殿。 ⑪⑬"临春结绮"二句：陈至德二年，于光昭殿前起临春、结绮、望仙三阁，高数十丈，内极奢华。后主自居临春阁，张贵妃居结绮阁，龚、孔二贵嫔居望仙阁。学士：陈后主以宫人有才华者为女学士。常使诸贵人及女学士与狎客共赋新诗。 ⑪⑭问蛙鸣于为官为私：《晋书·孝惠帝纪》载"帝又尝在华林园，闻虾蟆声，谓左右曰：'此鸣者为官乎，私乎？'或对曰：'在官地为官，在私地为私。'" ⑪⑮冠盖：古时官有冠，车有盖。此言仕宦人家。银青：即银印青绶。 ⑪⑯安石：东晋谢安字。前秦符坚攻晋，晋任命谢安为征讨大都督。符坚军马号称百万，谢安却处之泰然，命驾出征前与谢玄围棋赌别墅。元规：东晋庾亮字。太宁三年，明帝驾崩，外戚庾亮掌权，拥重兵，与王导处事多抵牾，而人多归亮。导尝遇西风尘起，举扇自蔽曰："元规尘污人。" ⑪⑰"楚囚"二句：《晋书·王导传》："过江人士，每至假日，相要出新亭宴饮。周顗中坐而叹曰：'风景不殊，举目有山河之异。'皆相视流涕。惟导愀然变色曰：'当共戮力王室，克复神州，何至作楚囚相对泣邪！'"《越绝》：《越绝书》，作者不详，一说为子贡作。其文与《吴越春秋》相类，记春秋时越国事。石室：指岩洞。《越绝书》载勾践于石室谋划复国。 ⑪⑱淝水之草木无神：《晋书·符坚载记下》载，淝水之战前，"坚与符融登城而望王师，见部阵齐整，将士精锐，又北望八公山上草木，皆类人形，顾谓融曰：'此亦劲敌也，何谓少乎！'怃然有惧色。" ⑪⑲蒋侯：指蒋子文，东汉广陵人。常自言骨青，死当为神。汉末为秣陵尉，逐贼至钟山，伤额而死。至三国吴孙权进封为中都侯，为立庙。至南朝齐进号为蒋帝。弋白雁：春秋时曹国人公孙强好射猎，获白雁，献于曹伯，得宠委任司城。后提出建立霸业，曹伯从之，背晋侵宋，终为宋灭。 ⑫⑩宁：古代宫室屏门之间，为帝王视朝时站立之地。孔愉：疑应作"孔范"。孔范：字法言。陈太建中，位宣惠江夏王长史。后主即位，为都官尚书。与江总等并为狎客，容止都雅，文章赡丽。江总：陈人，字总持，官梁太子中书舍人、陈仆射尚书令。工文辞，尤长五、七言诗。陈后主后庭花宴，总作艳诗。入隋，上拜开府，世称江令。此谓南明朝中的奸臣马士英、阮大铖辈。 ⑫①阃外：指统兵在外。祖约：晋人，狄弟，字士少。代狄为豫州刺史，苏峻反，兵败，约奔石勒，被杀。王敦：晋临沂人，导从兄，字处仲。元帝镇江东时，导共翼赞之。平杜弢乱，官侍中，至江州牧。既得志，为征南大将军，恃功专权，遂作武昌之乱。帝崩后，明帝讨敦，病死。此谓在外跋扈的四镇军阀，即兴平伯高杰、靖南侯黄得功、东平伯刘泽清、广昌伯刘良佐。　⑫更始：淮阳王刘玄年号，于新莽政权后建立。刘玄通宵宴饮，不问朝政，宠信佞臣。所授官者，皆群小贾竖、膳夫庖人之流，衣锦文绣，谩骂道中。长安城有歌讽刺说："灶下养，中郎将。烂羊胃，骑都尉。烂羊头，关内侯。"⑫天室通好之使：谓左懋第等之使清。　⑫苏属国：即苏武。汉武帝天汉元年以中郎将出使匈奴，被留。匈奴单于胁迫其投降，武不屈，被徙至北海牧公羊，俟羊产子乃释放。武啮雪食草籽，持汉节牧羊十九年，节旄尽落。昭帝即位，与匈奴和亲，武得归，拜为典属国。庾开府：即庾信。信初仕南朝梁，奉使西魏被留，西魏亡，仕北周，官至骠骑大将军，开府仪同三司。　⑫投鞭则淮水不流：形容军旅众多。前秦符坚将攻晋，石越以为晋有长江之险，不宜动师。坚曰："以吾之众旅，投鞭于江，足断其流。"⑫白羽：指诸葛亮，见注⑩。"绿帻"句，指檀道济，南朝宋人，晋末参刘裕军事，数有战功，威名甚重。文帝虑身后难制，杀之。收捕时，道济脱帻投地曰："乃坏汝万里长城！"此二句指南明将领亡故。　⑫"扬州"十句：谓扬州之役及屠城浩劫。巨鹿：今河北平乡，项羽大破秦军之地。长平：战国赵邑，秦白起大败赵军于此，坑降卒四十万。　⑫"鬼有"二句：据《左传·哀公七年》载，曹国有人梦众大夫集于社宫，谋灭曹。鹑首：古以为秦之分野，指秦地。张衡《西京赋》载，天帝醉后将鹑首之地赐予秦穆公。　⑫"欃枪"二句：谓镇江之陷落。欃(chān)枪：彗星，兆兵乱之星。铁瓮，城名，镇江子城，吴大帝孙权所筑。弧矢，星名，共九星，位于天狼星东南。形似弓箭，后以喻战乱。金山：山名，位于镇江西北。⑬"枳道"四句：谓弘光帝被俘及解回南京情事。"枳道""朱组"，参见前注②。舆榇：载棺以随。表示决死或有罪当死。《晋书·孝愍帝纪》："十一月乙未，使侍中宋敞送笺于曜，帝乘羊车，肉袒衔璧，舆榇出降。"青衣行酒：指晋愍帝被俘受辱事。《晋书·孝怀帝纪》："(永嘉)七年春正月，刘聪大会，使(怀)帝著青衣行酒。"此处指弘光帝被俘后受辱。　⑬"玄武池"二十句：写南京沦亡后萧条凄惨景象。"殷王子"句，据《史记·宋微子世家》："箕子朝周，过故殷虚，感宫室毁坏，生禾黍……乃作《麦秀》之诗以歌咏之。其诗曰：'麦秀渐渐兮，禾黍油油。彼狡童兮，不与我好兮！'""周大夫"句：据《诗·王风·黍离序》："《黍离》，闵宗周也。周大夫行役至于宗周，过故宗庙宫室，尽为禾黍。闵周室之颠覆，彷徨不忍去，而作是诗也。"麦秀、黍离，皆谓亡国之悲。　⑬"若夫"六句：谓清兵押解、驱遣明帝王及后妃、宫嫔之属北行。凤仪：前赵皇帝刘聪为刘皇后起凤仪殿，此代指皇后。燕支：本为山名，在匈奴境内，此借指清朝发源地。"抱琵琶"句：用汉昭君出塞典，青冢即王昭君之墓，相传冢上草色常青，故名。　⑬"室处"二句：谓清朝残害江南人民，强令剃发。蜀(dǔn)发：谓束发。髡(kūn)：去发。髶(ér)：须。　⑬竿木群兴：指农民义军群起。⑬兴六月之师：乙酉(1645)六月初一日，吴易、孙兆奎等举义抗清，建立江南第一支义师。闰六月，各地义师并起。故曰六月之师。　⑯"横海"二句：汉将军韩说名号，谓能横行海上。伏波：汉将军名号。东汉光武帝时马援为伏波将军。戈船：汉将军归义越侯严名号。下濑：汉将军归义越侯甲名号。此处借指抗清将领。　⑬陈胜：秦末农民起义的领袖，与吴广一同在大泽乡率众起兵，成为"伐无道，诛暴秦"的先驱。翟义：见前注⑬。⑬殷通：秦朝会稽郡守，秦二世元年(前209)，被项梁和项羽合谋杀死。戏下：大将旗所在，转为大将直属者。戏，通"麾"。甄阜：新莽时期前队大夫。更始元年正月甲子朔，汉军与甄阜、梁丘赐战于沘水西，大破之，斩阜、赐。　⑬夸父：据《山海经·海外北经》："夸父与日逐走，入日。渴欲得饮，饮于河渭；河渭不足，北饮大泽。未至，道渴而死。弃其杖，化为邓林。"鲁阳：《淮南子·览冥训》："鲁阳公与韩构战，战酣，日暮，援戈而撝之，日为之反三舍。"此二句指虽有心复国，无奈回天无力。　⑭蒲类：汉西域城国名。原为匈奴右部，后属姑师。汉宣帝神爵二年(前60)，破姑师，以其地置蒲类前后等八国。　⑭"田横"二句：田横句，见前注⑫。项籍句，即项羽，秦二世元年，项梁与项羽在会稽郡起义，杀郡守，募得精兵八千，后率八千子弟兵渡长江。　⑫"平陵东"二句：平陵东句，见前注⑬。《乐府诗集·相和歌辞三·平陵东》："平陵东，松柏桐，不知何人劫义公。劫义公，在高堂下，交钱百万两走马。两走马，亦诚难，顾见追吏心中恻。心中恻，血出漉，归告我家卖黄犊。""大泽左"句，据《史记·项羽本纪》："乃悲歌慷慨，自为诗曰：'力拔山兮气盖世，时不利兮骓不逝。骓不逝兮可奈何，虞兮虞兮奈若何！'……项王至阴陵，迷失道，问一田父，田父绐曰'左'。左，乃陷大泽中，以故汉追及之。"　⑬"伤两镇"二句：乙酉八月初六日，明威虏伯吴拆总兵吴志葵与镇南伯太湖总兵黄蜚水师败于黄浦江，二人皆被执。就义于南京。孤城，乙酉八月初三日，松江城破。参见前注⑧。　⑭"闻楚歌"二句：闻楚歌即指项羽垓下被围后四面楚歌之事。听胡笳：指刘琨为晋阳守时，尝被胡骑包围，城中窘迫无计，琨乃乘月登楼清啸、彻夜吹笳，兴胡骑怀土之思，遂退兵。　⑮"坑既酷"二句：项羽曾率楚军夜击坑秦卒二十余万人新安城南。火复烈：见前注㊿。　⑭谷水：松江的别名，今属上海市。昆山：即今江苏省昆山市。明属松江府。　⑭槜(zuì)李：地名，古地在今浙江嘉兴西南。⑭语儿：地名，在今浙江嘉兴。响屟之廊：春秋时吴王宫中廊名。　⑭"访彭咸"二句：喻夏允彝抗节殉志。彭咸：传说为殷大夫。屈原《离骚》："虽不周于今之人兮，愿依彭咸之遗则。"王逸注谓其谏君不听，自投水死。"从墨允"句，参前注⑤。　⑮遗孤：作者自称。庐垩：墓侧所建服丧时居住的屋舍。"曾仗剑"句，指完淳曾随允彝入吴志葵军，参与苏州之役。　⑮济云帆之无路：语本李白《行路难》："长风破浪会有时，直挂云帆济沧海。"　⑮"王章"六句：皆完淳自喻。王章：西汉大臣，早岁求学长安，困穷潦倒，生病无被，卧牛衣中。马卿：司马相如，曾令文君当垆，自身著犊鼻裈，涤器市中。王尼：东晋名士，江左八达之一，家贫无居宅，惟有牛车一架，每行辄使子御之，暮则共宿车上。后遇饥荒，尼不得食，乃杀牛坏车，煮肉啖之，既尽，父子俱饿死。范晔：南朝宋人，撰《和香方》，记载多种香料特质，并悉以比类朝士，中有"麝本多忌"之语。任西华：任昉之子，其父仗义疏财，以至身后子嗣贫苦流离，西华曾在冬月著葛帔练裙。孙叔敖：为若敖氏后人，楚若敖氏曾出越椒这一狼子野心之人，其叔父子文曾预言说："鬼犹求食，若敖氏之鬼，不其馁而？"　⑮"若乃"二句：乙酉闰六月，明唐王朱聿键即位于福州，以是年为隆武元年；明鲁王朱以海称监国于绍兴，以明年为监国鲁元年。　⑭"刘文叔"二句：东汉光武帝刘秀字文叔，南阳蔡阳人。王莽篡位后，忌恶刘氏，因钱字有"金刀"，而"刘"字正是由"卯、金、刀"组成，王莽便改钱币为"货泉"。"泉"字由"白、水"两字组成，故称其"白水真人"。《吴越春秋》载，越王使女采葛以献吴王，求其欢心。夫人作歌，有"彼飞鸟兮鸢乌"之句。⑮"乾坤"二句：谓朱聿键即位于福州，朱以海监国于绍兴。　⑯秉钺：掌握兵权。虞人：守苑囿之吏。旃(zhān)：赤色无饰曲柄的旗，此处泛指旌旗。　⑯"短衣"二句：述自己东逃之计划。吴胜兆反正事泄，完淳之衰表被搜获，避祸以舟为家。岁暮，侨寓岳家半村，即钱旃彦林别业。别业在家居之东，故称东州。"长戟"句，丙戌，完淳上书鲁王监国，授中书舍人。　⑯伍大夫：伍子胥。伍子胥逃往吴国，到昭关，遇追者在后，几不得脱。至江，江上有一渔父乘船，知伍子胥之急，乃渡伍子胥。张留侯句，参前注⑱。　⑯"千里"六句：述吴易义师之军容与声威。氍(qú)毹(shū)：毛织的毯子。金叵罗：酒杯名。　⑯"既充"二句：作者在吴易军中参与筹划之谦语。下乘：下等的马，喻庸劣之才。中涓：秦汉时皇帝亲近的侍从官。　⑯孔璋：陈琳字。东汉末年文学家，建安七子之一。先入袁绍幕，后归曹操，任为司空军谋祭酒，管记室，军国书檄，多出其手。仲宣：王粲字。建安七子之一，魏国建，官拜侍中。博物多识，问无不对，时旧仪废弛，兴造制度，粲恒典之。　⑯震泽：今太湖。由拳：县名，故地在今浙江嘉兴南。⑯"秦帝"二句：秦帝之椎，见前注⑱。"楚王"句，伍子胥父兄遭谗为楚平王所杀。他从楚国逃到吴国,成为吴王阖闾重臣,后协同孙武带兵攻入楚都,掘楚平王墓,鞭尸三百,以报父兄之仇。 ⑯ 文范:指春秋时越国大夫文种和范蠡。策权:指三国时吴国孙策与孙权。 ⑯ "龙衣"二句:刘向《说苑·正谏》:"昔白龙下清泠之渊,化为鱼,渔者豫且射中其目。"因以"白龙鱼服"比喻贵人微行之危。此处用此典指天子遭受磨难。 ⑯ 吴明彻:字通昭,南北朝时期陈朝将领。太建十年(578)二月,明彻出兵吕梁,包围彭城,以清水灌城。宇文邕派上大将军王轨率军驰援梁士彦,据淮口。吴明彻苦于背部之疾,难以作战,为北周大将王轨所俘,北周对他以礼相待。不久死于长安。秦武阳:也作秦舞阳,燕国贤将秦开之孙,后随荆轲赴咸阳刺秦。 ⑯ 要离:春秋时吴国刺客,吴王阖闾派他刺杀吴王僚之子庆忌,他先使用苦肉计获取对方信任,后在舟上趁风势以短矛刺死庆忌。龚胜:字君宾,西汉彭城人,官至光禄大夫。王莽代汉后被强征为太子师友、祭酒,拒不受命,绝食而死,年七十九。后有老父来吊,哭甚哀,既而曰:"嗟乎!薰以香自烧,膏以明自销。龚生竟夭天年,非吾徒也。"遂趋而出,莫知是谁。 ⑯ "高渐离"二句:参见前注⑰。徐夫人:战国赵人,以藏锋利匕首闻名。荆轲刺秦王所用匕首即得自徐夫人。 ⑯ "兼以"二句:《晋书·元帝纪》:"太安之际,童谣云:'五马浮渡江,一马化为龙。'……是岁,王室沦覆,帝与西阳、汝南、南顿、彭城五王获济,而帝竟登大位焉。""六龙"句:《春秋·僖公二十九年》:"夏六月,会王人、晋人、宋人、齐人、陈人、蔡人、秦人盟于翟泉。" ⑰ "三户"二句:《史记·项羽本纪》:范增……往说项梁曰:"陈胜败固当。夫秦灭六国,楚最无罪。自怀王入秦不反,楚人怜之至今,故楚南公曰'楚虽三户,亡秦必楚'也。"《九歌》:屈原所作,共十一篇。《哀郢》:屈原《九章》之篇名。为屈原为哀悼楚国国都郢在顷襄王二十一年被秦将白起攻破而作。 ⑰ 姬:周人之祖姓。芈(mǐ):楚人之祖姓。苏燕:陈胜吴广起兵时诈称为秦公子扶苏与楚将项燕的军队。 ⑰ 义公:翟义,见前注⑬。壮夫:指荆轲,见前注⑰。 ⑰ "王裒"二句:完淳自喻。王裒(póu):字伟元,西晋学者。其父仪为司马昭所杀,裒结庐墓侧,旦夕跪拜,及读《诗·小雅·蓼莪》至"哀哀父母,生我劬劳",未尝不三复流涕,门人受业者并废《蓼莪》之篇。夏馥:字子治,东汉陈留人。被党锢之祸牵连逮捕,乃自剪须变形,入林虑山中,隐匿姓名,为冶家佣。 ⑰ 介子推:春秋晋人。传说晋文公回国,赏赐流亡时的从属,他没有得到提名,就和母亲隐居在绵山里。文公为逼他出来,放火烧山,他坚持不出,焚死。鲁仲连:战国齐人,善于谋划,常周游列国,为人排难解纷不受酬报。秦军围困赵都邯郸,他以利害劝阻赵、魏大臣尊秦为帝。赵、魏两国接受他的建议,联合燕、齐、楚等国共同抗秦,邯郸围解。曾有秦若为帝,则"蹈东海而死耳"之语。 ⑰ 管宁:字幼安,东汉末年人,隐居不仕。据《三国志·魏志·王烈传》载:"宁常著皂帽、布襦袴、布裙,随时单复,出入闺庭,能自任杖,不须扶持。"箕子:商代贵族,据《史记·宋微子世家》载,周武王灭商后"封箕子于朝鲜"。 ⑰ 营门之柳:指细柳营。汉文帝时周亚夫为将军,屯军细柳以备匈奴。后赞称军营纪律严明者为细柳营。幕府之莲:庚杲之,字景行,南齐人。出为王俭卫军长史,时人呼为俭府为芙蓉池。 ⑰ 招魂而湘江有泪:完淳用《史记·屈原贾生列传》贾谊过湘水投书吊屈原事哀悼其老师、战友吴易。吴易为义师主帅,就义于丙戌(1646)六月,完淳作此赋时,正相隔未久。 ⑰ 烈皇:崇祯帝谥号孝烈皇帝,庙号思宗。圣安:隆武朝上弘光帝尊号曰圣安皇帝。威虏:隆武朝追封吴志葵为威虏伯。长兴:监国鲁王封吴易为长兴伯。 ⑰ 或旰食而宵衣:宵衣旰食,天未明就起来穿衣,傍晚才进食,比喻勤于政务。 ⑱ 神祖:指明神宗朱翊钧。熹庙:指明熹宗朱由校。 ⑱ 赵高:秦时宦官。秦始皇死后矫诏赐死扶苏,立胡亥为二世。独揽大权,把持朝政。此喻魏忠贤。褒姒:周幽王宠妃,后立为皇后,幽王为博其一笑而烽火戏诸侯。此喻客氏、郑贵妃等女谒。 ⑱ 屈氂(máo):刘屈氂,西汉宗室,武帝末年左丞相。因与贰师将军李广利谋立昌邑王为太子及巫蛊事,被腰斩东市。朱浮:字叔元,东汉沛国人。少年时追随刘秀,东汉建立后任大将军领幽州牧,后官至大司空。永平中,有人无凭地告发他,显宗大怒,赐浮死。　⑱指触瑟为良规:金日磾,字翁叔,匈奴休屠王太子,西汉忠臣。时莽何罗与莽通策划谋反,被金日磾发觉,莽何罗袖藏利刃欲入武帝卧室,撞到宝瑟摔倒,金日磾抱持高呼,乱臣得以伏诛。　⑱殷深源:殷浩,字深源,东晋人。识度清远,尤善玄言,为风流谈论者所宗。后因指挥不利造成北伐失败,被废为庶人。王夷甫:王衍,字夷甫,西晋著名清谈家。累居显职却不思为国,领衔高浮诞为朝中风气,后为石勒所杀。　⑱“家淑人”二句:家淑人谓嫡母盛氏。《列女传》载,鲁陶婴曾作歌“悲黄鹄之早寡”,以明其守节之志。后以“黄鹄之悲”指妇女守寡。先文忠:夏允彝隆武朝谥文忠。　⑱“非无”二句:完淳妻钱秦篆以贤德著称。德曜:汉梁鸿妻孟光字。文姬之姊:指完淳长姊淑吉,才识过人,工辞赋,善琴奕。文姬:东汉蔡邕之女蔡文姬。　⑱“衣冠”二句:谓夏氏为松江名门。杜曲:在今陕西省西安市长安区东南,唐时为大姓杜氏聚居处。杜甫曾居杜曲。槐里:县名,汉置,周大丘邑。懿王尝都此处。故城陕西兴平市东南。　⑱范丹:一作范冉,字史云。东汉著名廉吏。遭党锢之祸后,逃于梁沛之间,所居单陋,有时绝粮断炊,但穷居自若。闾里歌之曰:“甑中生尘范史云,釜中生鱼范莱芜。”卞彬:字士蔚,南朝齐人,官至平越长史、绥建太守,为人喜好饮酒、放浪形骸,曾作《蚤虱赋序》,描摹蚤虱寄居其身之事。　⑱雍门之琴:《说苑·善说》载,雍门周善琴,曾令孟尝君悲伤流涕,称琴音“令文立若破国亡邑之人”。武陵之笛:马援为南征作笛曲《武陵深》。　⑲鼓吏之狂:指祢衡,字正平,东汉末年人。少有才辩,性格刚毅傲岸,好侮慢权贵。因拒绝曹操召见,操怀怨,因其有才名,不欲杀之,罚作鼓吏,衡则当众裸身击鼓,反辱曹操。愚公:《列子·汤问》记载愚公欲移太行、王屋二山之事。　⑲三桑:三株扶桑。扶桑为古神木名,传说日出其下,后因以“三桑”喻众辅臣。完淳《南越行送人入闽》有“沆瀣三桑扶日月”之句。乙酉闰六月,郑鸿逵、黄道周、张肯堂等拥立唐王朱聿键于福州即帝位,故云“三桑扶日月”。一饭千金,汉韩信少年家贫,曾得一漂絮老妇给饭充饥,信许诺必以重报,老妇怒曰:“大丈夫不能自食,吾哀王孙而进食,岂望报乎!”后信为楚王,酬以千金。　⑫蒋诩:字元卿。汉杜陵人,以廉直名,王莽执政,告病返乡,终身不出。他庭院中有三条小路,只与羊仲、求仲二位隐士来往。王猷:王徽之,字子猷,东晋书法家,王羲之第五子。曾雪夜乘舟往访戴逵,未及见则兴尽而返。　⑬韩王孙:韩信,见前注⑭。宋如意:荆轲赴秦前,高渐离击筑,宋如意和之。　⑭“下江”二句:《汉书·王莽传下》:“是时,南郡张霸、江夏羊牧、王匡等起云杜绿林,号曰‘下江兵’,众皆万余人。”黄石:黄石公,据传为秦末汉初隐士,后得道成仙。其时张良因谋刺秦始皇不果,亡匿下邳,于下邳桥上遇黄石公,得其传授兵书。　⑮枕戈:枕着兵器睡觉,形容杀敌心切。《晋书·刘琨传》:“(琨)与亲故书曰:‘吾枕戈待旦,志枭逆虏,尝恐祖生先吾着鞭。’”

明季社会风雨飘摇、动荡不安,酝酿已久的民族危机和阶级矛盾最终爆发造成了朱明帝国的分崩离析。面对神州陆沉、满目疮痍的社会现实,一大批赋家继承屈原“骚怨”之旨,用饱蘸血泪之笔,抒写心中积郁的国仇家恨。夏完淳即是其中最值得称道的一位。夏完淳,原名复,字存古,号小隐。松江华亭人,自幼早慧,受其父夏允彝及师陈子龙的影响,讲文章,重气节。他十四岁从父起兵抗清,是我国历史上罕见的少年民族英雄和爱国诗人。这篇《大哀赋》为其代表作品,全赋以四六骈言为体,用洋洋洒洒五千余字的宏大篇幅描摹了他上下求索,雪耻复国的壮志雄心，风格悲怆愤激、情深绵邈。

明末辞赋的主流是拟古。作者身为复古重镇云间派的成员，幼年赋作以摹拟骚体诗、汉大赋或魏晋抒情小赋为主，虽因才华艳发、颖慧过人而时有佳处，但较少新意，多流连光景的浮泛之辞。甲申（1644）、乙酉（1645）国变之后，夏完淳于家乡松江参加了吴易领导的抗清队伍，在激烈而残酷的从军生活中锻炼得成熟起来。明清易代的沧桑巨变激荡了他的民族情怀，丰富了他的人生阅历，他对生命的体验，突破了富家公子的狭隘视野，注入了浓厚的悲凉和深沉的忧患意识。他从乙酉（1645）从军至丁亥（1647）授命这两年多时间写下的赋与幼年之作迥乎不同，飒然有黍离麦秀之悲，如《端午赋》《寒泛赋》《寒城闻角赋》《九哀》《大哀赋》等，这些赋辞采仍不乏六朝绮艳风华，但作者蒿目时艰、感时抚事，一腔悲愤如杜鹃啼血，所以写得慷慨激荡，紧扣时代脉搏。赋中特有的少年锐气和英雄主义精神，使他的作品具有向上一路的思想境界。就中最称翘楚的作品当推《大哀赋》。

此赋创作于完淳就义前一年，即南明隆武二年丙戌（1646）秋季。赋中清楚地点明了时间，从"弱龄则海筹十六"及"秋水迢遥，寒林萧瑟"句可知。作者面对山河破碎、哀鸿遍野的惨痛现实，"推本先朝，追原祸始"，总结万历以来的历史教训，描绘江南沦亡的惨景，抒发抗清复明的心志，具有强烈的爱国主义精神和高度的审美价值。夏氏在赋文第二段中对朱明王朝衰落的过程作了回顾和总结，对黑暗腐败的朝政进行严峻而深刻的批判。将矛头直接对准封建最高统治者，突破"为尊者讳"的传统观念，可称鞭辟入里："天子端拱无为，塞聪而治。羽猎灰五柞之场，歌舞纳三灵之地。震筵分枯菀之栖，泰阶起蜩螗之异。议论庙谟，干戈儿戏。"一针见血地指出正是由于皇帝昏聩颠顶、贪图宴乐，不早立"国本"导致朝议不休、党争炽烈。"迨单于虎帐不朝，匈奴渔阳直入。辽水无声，医闾惨色。乌桓鲜卑之部，封豕长蛇之力，徙帐幕南，空群漠北……自蔽日之借丛，卒终星而丧国。"谓清人入侵，杨镐等人意见不合，坐失战机，辽阳、沈阳、宁远相继失陷，熊廷弼被杀，酿成御敌无将、守土无方的窘境。"继以中常侍之窃政，大长秋之尸祝。圣娆定中禁之谋，节让起北宫之狱。顾厨祸酷于三君，累若权延于五鹿。璿庭之璧月几沦，虞渊之灵曜不浴。孤臣饮恨于属镂，硕士含辛而囊木。"谓朝廷内部魏阉勾结客氏操持权柄，杀戮东林党人杨涟、左光斗等人。"况夫疆场多事，边境传烽。恒落鱼门之胄，空夸马服之功。卫青未闻其扫幕，魏绛不见其和戎。庸邀汗马，策卖卢龙。"战则多败，和亦不成，而关隘已失。外族入侵，狼烟烽起，眼看国土沦丧在即。这些议论直陈时弊，不仅切中要害，更兼铮铮有声。接下来是对崇祯朝祸乱日甚的指斥,虽然完淳对朱由检的嗣位充满希望,但也不得不承认:"兵由积弱,政以贿崇。敝箅不能止宣房之决,勺水安得熄骊山之红!"朱明王朝已然大厦将倾、颓势难免,何况"忽焉五斗米之教起,三里雾之术成……卒之黄巾黑犊之屯聚,青袍白马之横行"。外忧未平,内患又起,各地农民起义军风起云涌,摇撼着本就衰朽残破的国家机器。崇祯帝刚愎自用、生性多疑,施政手段极为严苛酷烈,"国门则策画万千,旌节则功勋尺寸。干城为矛戟之儓,酰毒是盐梅之分。恒见耻于少卿之书,非所望于《钱神》之论"几句,侧面暴露出正是由于帝王的独断专行、任人不当。不少官员尸位素餐,只知聚敛钱财,而对功勋卓著的将领却吹毛求疵、横加猜忌。致使有些负屈投敌。作者一片忠爱之心,难免有"然主威虽上法武宣,臣德则远惭廉蔺"之类的回护之语,但其目光的犀利、揭露层面的深广,超越同时代其他作家,作为一个年仅十六岁的少年,其远见卓识和良史之才,何其令人惊叹!

弘光小朝廷建立,有"组练艅艎者八百里,鲛皮犀属者十万人",本可谨守南朝半边天下,延续大明一脉之祀。然而南明君主荒淫侈靡、宴安鸩毒,既不修文,亦不振武,冠盖满朝,只知争权夺利,中饱私囊。清军铁骑北来,小朝廷转瞬崩溃,无丝毫抵抗之力。任凭兵燹燃遍江南沃土,锋镝屠戮富庶名都。从"嗟乎!扬州歌舞之场,雷塘罗绮之地"至"室处有荼毒之淫,虿发有髡髯之累",完淳长歌当哭,描绘出一幅山河破碎的惨景,胸中无限铜驼金掌之悲与对侵略者民族压迫暴行之恨喷薄而出,融汇成"天地何心!山河何罪!"的凄厉质问。

失望中仍存希望,南方人民并未屈服,他们无时无刻不在为重整旗鼓、收拾河山而努力。然而义军终归失败,当完淳写到抗清义师的覆灭时,笔调忧伤,徘徊不已:"风何为而惨惨?云何事而茫茫?礼魂兮春兰秋菊,吊古兮山高水长。悴琼枝而无色,零瑶草兮不芳。三秋桂冷,十里荷香。景光黯黯兮销魂,烟波漠漠兮断肠。夜不寐而隐隐,泪沾襟而浪浪。何日度莺花之月?何年归玳瑁之梁?……旧游零谢,独垒荒凉。归去而杜鹃啼月,力微而精卫填江。"呵壁问天,大有"亡国之音哀以思"的怆痛。但作者毕竟是热血少年,投身抗清队伍,早置生死于度外,述及从军生活,笔调转为激昂苍楚:"余乃飘摇泽国,踟蹰行间,饮君亲之凤恨,郁家国之烦冤。短衣则东州亡命,长戟则西掖备员。既有志于免胄,岂无心于丧元。……国亡家破,军败身全。招魂而湘江有泪,从军而蜀国无弦。哀哉欲绝,已矣何言!"最后诉说家世及身世之悲,完淳之悲深深扎根于时代之悲中,《大哀赋》抒发的不仅是个人的悲剧,更是整个民族的深重苦难。在辞赋的结尾,作者融情于景,发变徵之音,然悲而能壮,凛然正气充塞其间:"秋水迢遥,寒林萧瑟。野兽暮号,群鸦晚集。鹤唳霜惊,鸥眠月直。过耳伤神,仰天太息。山气兮江光,春阳兮秋色。……下江但见夫绿林,圯桥未逢夫黄石。此孤臣所以辍食而扪心,枕戈而于邑者也!"抗清失败,队伍云散,存古反清复仇的意志并未改易,"辍食而扪心,枕戈而于邑"两句颇见其心迹。

嘉庆原刊《夏节愍全集》引李雯语:"古之善言怨者,三百篇而后,仅见《离骚》。甚矣,怨之难言也。存古忠孝性成,缠绵恳挚,遭时丧乱,未及终、贾之年,殉身家国。若此者,可以怨矣。吾读其赋而悲其遇,重其人并以爱其文焉。"《大哀赋》以个人的身世经历为线索,向人们展现了明末社会波澜壮阔的历史画卷,充满了惊心动魄的战斗场面和可歌可泣的抗争精神,是一篇具有史诗意义的赋作。赓载楚辞,既有《离骚》之怨悱,又有《国殇》之激愤、《哀郢》之深悲。可谓完淳才、学、识三者的有机结合,堪称"雄文绝唱"。

《大哀赋》本系摹拟庾信《哀江南赋》而成,清人朱彝尊曾说:"存古,南阳知二,江夏无双。束发从军,死为毅魄。其《大哀》一赋,足敌兰成。昔终军未闻善赋,汪踦不见能文,方之古人,殆难其匹。"朱氏将《大哀赋》与庾信(字兰成)的《哀江南赋》联镳并辔,颇有见地。近现代以来,人们对《大哀赋》的评价越来越高,超过了庾信的《哀江南赋》。山公《题夏存古集》云:"《大哀赋》罢感精诚,《易水歌》传变徵声。一代文章缘气节,江关羞杀庾兰成。"王学曾《大哀赋注释·跋》云:"夏神童才气纵横,……其赋上追庾信之《哀江南赋》,而造句与文字之流畅,实犹过之。"郭沫若、柳无忌等人亦持类似见解。人们对《大哀赋》的出蓝之誉,主要是着眼于作者的文章气节,但其才气纵横,行文变化流畅也是其传世的关键,这主要表现在以下几个方面。

从辞赋的结构来看,《大哀赋》前有一段骈体序文,总括了写作缘起,骈体注重对偶、用典,但在句式、韵律上并无赋体那么严格的规定,因而此序在语言形式上能和本赋浑然一体,风格上却较为晓畅、放逸,驰骋情感,别具一格。

在句式方面,《大哀赋》以四六句法为主,句式参差错落依表现内容的不同而变化,或单对或隔对或短句或长调,灵活自如地叙事抒情写景论理。句式短至三言,如:"穷邛笮,通浪玄。"长达十一言,如:"赐金罍则执政为贵人之牢,望山头则廷尉皆君子之峇。"九言对"遇王师若秋风之卷枯,下坚城若朝霜之悴菌",八言对"椒宫为血泪之湘君,鹤驾有呼魂之子晋",七言对"假号子舆于城下,不立卢芳于雁门",五言对"借蚌鹬之利,逞虎狼之心""山气兮江光,春阳兮秋色"等所在多有。此外,上四下七型"柏梁建章,则读《西京》之赵鬼;临春结绮,则号学士之孔嫔"、上六下四型"韩王孙之城下,知己谁人?宋如意之堂前,伤心何极"等隔句对亦穿插其间。本赋借助句式的变化来配合声情,例如序文以四四、四六为主,繁弦促节、辞气不平,开篇便凸显慷慨悲怆的气氛。正文句法更为灵活,骈赋节奏随着情感的低昂变化而时起时伏,或急或缓,充满了错综流利之美、疏散跌宕之势。起承之间运用大量虚词关合,如:"不意""于是""且也""继以""况夫""而乃"等,完淳对虚词的娴熟驾驭,不仅令辞赋意脉流畅,文采富赡却无板滞堆砌之感,且强化了气韵。

在音韵方面,《大哀赋》追求平仄互叶、刚柔相济,使赋作融遒劲顿挫和哀婉低回的情味于一体。第一段叙述明承平之世,采用平声韵,后由盛转衰跌入仄声韵,烈皇即位再改为平声,全赋共转韵九次,气象从凄迷忧伤过度到雄浑高亢,在换韵中自然体现情感的跌宕起伏。在隶事用典方面,完淳博极群书,以其少年才气发越,不耐沉潜,有时放笔白描,恣肆自如。

从赋作的整体艺术成就来看,《大哀赋》如比之《哀江南赋》,或显稚嫩,这也是少年天性不可强求所致。本赋吐属清新、挺拔、精警,色调鲜明,洋溢着少年的英锐之气,和《哀江南赋》的美感特质截然不同。更为重要的是,庾信的思想境界远逊完淳,他虽然也可称爱国之士,亡国之恨、乡关之思,盘踞肝肠,感发为苍凉激楚之音。对梁朝政治的批判也较透彻。但他颇有暮气,人格上比较软弱,亡国之前未能尽力挽救,亡国之后又屈身事敌。造成了他一种自责自讼的贰臣人格。这种贰臣人格注定了《哀江南赋》的情感是危苦而沉痛的,难以上升到一个崇高的思想境界,基调也十分黯淡悲观。而完淳则不然,他于国破家亡、千难万劫之后,依然引吭高歌"既有志于免胄,岂无心于丧元",不改复国初衷,崇高的民族气节、不屈的斗争意志灌注于《大哀赋》中,化成了一股至大至刚的浩然正气,直冲斗牛,具有向上一路的审美理想。它塑造出的丹心毅魄、许身报国的少年英雄形象,是"千载之下,不可无一"的。

(刘勇刚　吴雅楠)

吴兆骞

【作者小传】 (1631—1684)　字汉槎。吴江(今属江苏)人。清顺治十四年(1657)举人,因科场案于次年三月下狱。一年后离京出塞,流放宁古塔(今黑龙江省宁安县)二十三年,备尝艰苦。康熙二十年(1681),赖徐乾学、纳兰性德、顾贞观等友人相助,又因献《长白山赋》为康熙赏识,终于纳资赎归。归京后,为明珠子揆叙授读,康熙二十三年(1684)以腹疾卒于京城旅舍,终年五十四岁。有《秋笳集》。

秋　雪　赋　　　　　　　　　　　　吴兆骞

吴生既窜[1]，旅于龙山之下[2]。戚兮无悰[3]，悄兮多暇。抱孤迹于寒郊[4]，眷羁心于秋野[5]。于是青要已届[6]，素商未阑[7]。熊坏西蛰[8]，雁厉南翰[9]。玄冰潇而夜结[10]，玉露皓而朝沍[11]。尔乃眇欢绪[12]，怆忧端[13]，倚拂庐以凄目[14]，对服匿而流叹[15]。忆江皋之余暖[16]，怨边候之早寒。

俄而九关欲黯[17]，千里无色，鱼云断山[18]，雁沙鸣碛[19]。天潏潏以将低[20]，日晻暧而如没[21]。督埃霭于遥空[22]，积风威于广隰[23]。霰瞥屑而稍飞[24]，雪翻颸而遥集[25]。匝穷阴之窈郁[26]，起严气之氛氲[27]。乍连山以转雾，忽萦空以凭云[28]。始婵娟以构霤[29]，遂杂沓而横氛[30]。混玉门兮并色[31]，覆金河兮莫分[32]。于是遥峰失紫，衰林掩黛[33]。日冷金支[34]，云收罗带[35]。杀虫响于阴崖，冻波文于玄濑。薄凉驾兮增寒，入迅商兮振籁[37]。凄兮瑟瑟[38]，奕兮霏霏[39]。入帐凝华，误鹤关之曙启[40]；停林结蕊，疑鸾朔之春归[41]。绵烟壑以含缟[42]，合云海而通晖。迷征马之野牧，惨寒雕之夕飞。悲青桂之爽节[43]，歌黄竹之哀辞[44]。

既乃烛龙将瞑[45]，城乌渐息[46]，山返樵歌，林归猎客。霾依夕而弥严[47]，雾横天而转急[48]。压土铚兮沈烟，洒毡墙兮缘隙[50]。飞六出而未成[51]，翻三袭而争积[52]。助红树之秋声[53]，韬绛河之夜色[54]。望已断兮还连，谓将开兮忽及[55]。未睨柱而玉残[56]，似卷绡而珠泣[57]。冒莲衣兮坠红[58]，点芦花兮偕白[59]。碛何远而非银，台何高而无璧[60]？萧条兮墐户[61]，烂熳兮凝阶[62]。金笳寒而叶脆[63]，铁衣照而鳞开[64]。逐边风兮响萧瑟，鉴汉月兮光徘徊[65]。叶乱声而竞下[66]，雁孤影而遥来。眇平原之旷莽[67]，惟积雪之崔嵬[68]。

若乃氛昏半收[69]，夜景遥廓[70]。风敛天霄，云澄海堮[71]。月抱晕以东垂[72]，河含星而西落[73]。荒鸡喔兮伺晨[74]，霜禽嘹兮警漠[75]。凛凄霭之凝严[76]，镜澄晖之昭灼[77]。山千叠兮少人民[78]，野万里兮无城郭。气憭慄兮侵衣⑦，色晃朗兮盈幕⑧。樽琉璃而不欢㉛，揽褐衾而怨薄㉜。笛吐哀以独吹，泪承睫以双落㉝。乡梦远兮空归，边心愤兮交作㉞。候已昧于秋冬㉟，心何分于苦乐！抚秋朔之如斯㊱，知天施之未博㊲。

彼夫南国王孙之墅㊳，西京戚里之家㊴，梧承檐以稍下㊵，菊罗砌而初华㊶。幕曾轩以楚组㊷，代纤绤以吴纱㊸。爱秋飙之送爽㊹，怜秋夜之方赊㊺。绮罗纷兮乐未已㊻，箫鼓喧兮月欲斜。岂知江接乌龙㊼，城遥玄菟㊽，飞雪嵯峨㊾，曾冰迥沍㊿，迁客之辛勤(101)，塞垣之寒苦哉(102)！

悲来如何？摧心自多(103)。援筹揽调(104)，为秋雪之歌。歌曰：边风起兮朔雪飞，雁违寒兮度欲稀(105)。关山远兮谁与归？心怀乡兮空自知。龙沙雪色秋如此(106)，肠断高楼旧寄衣(107)。

〔注〕①吴生：作者自称。既：已经。窜：流放。清顺治十六年(1659)，吴兆骞因科场案流放宁古塔(今黑龙江省宁安县)。闰三月初三离京出塞，六月二十一日渡松花江，七月十一日至宁古塔戍所。时年二十九岁。 ②旅：旅居。龙山：吴兆骞流放之地宁古塔，为唐代渤海政权(698—926)所置五京十五府六十二州之上京龙泉府故地，治所龙州(今黑龙江省宁安县东南东京城镇)。故"龙山"当系泛称，代指宁古塔。 ③戚：悲伤。惊(cóng)：欢乐。 ④抱：持守。 ⑤眷：眷恋。羁心：羁旅之心。 ⑥青要：主降霜雪的女神。即"青腰"。要：同"腰"。届：至。 ⑦素商：秋季。五声(宫、商、角、徵、羽)配以四时，商属秋，故称商秋；五行(水、火、木、金、土)配以四时，金配秋，其色白，故称素秋。阑：残，尽。 ⑧坏：受损，受伤。蛰：蛰藏，指动物冬眠时潜伏于土中或洞穴中不食不动的状态。 ⑨疠：通"疬"，染疫病。翰：高飞。 ⑩玄冰：厚冰。冰厚，色似玄，故称玄冰。玄：深青色。濂(lián)：水始结冰貌。 ⑪沱(tuán)：露多貌。 ⑫眇(miǎo)：微，少。 ⑬怆：悲伤。端：犹"绪"，情思，意绪。 ⑭拂庐：本为吐蕃赞普及贵族居住的大毡帐，此指作者居所。 ⑮服匿：古代盛酒酪的器具，小口大腹方底。 ⑯江皋：江边高地。作者系江苏吴江人，地近长江。故此处"江"专指长江，"江皋"代指故乡。 ⑰九关：传说天有九层，天门九重，谓之九关。此指天空。黯(àn)：昏黑。 ⑱鱼云：即鱼鳞云，状如鱼鳞的云。断：遮蔽。 ⑲雁沙：犹言雁塞之沙。雁塞：泛指北方边塞。碛(qì)：沙漠。 ⑳瀁漭(yǎng mǎng)：广大无涯际貌。 ㉑晻暧(àn ài)：昏暗不明貌。 ㉒瞀(mào)：昏暗。埃霭：灰尘和云雾。 ㉓广隰(xí)：广袤的原野。隰：低下的湿地。 ㉔霰(xiàn)：雪珠，雪粒。瞥眉：转眼，倏忽。 ㉕翻飏(yáng)：翻飞。飏：飞扬。 ㉖匝(zā)：周遍，环绕一周。穷阴：穷冬，此指一年将尽的秋冬时节。窈郁：幽深貌。 ㉗严气：峻烈肃杀之气。氤氲(yūn)：盛貌。 ㉘萦：盘旋回绕。凭：凭依，附着。 ㉙娟(pián)娟：回环曲折貌。构霤(liù)：交合连接于屋霤之间。霤：屋檐。 ㉚杂沓(tà)：众多杂乱貌。横氛：充塞于云气之间。 ㉛混：混成，弥漫。玉门：即玉门关，在今甘肃省敦煌市西北八十公里的戈壁滩上，因古代西域和阗等地的美玉经此输入中原而得名。 ㉜金河：即大黑河，流经

内蒙古中部,在托克托县境入黄河。分:辨别。　㉝ 黛:青黑色。　㉞"日冷"句:言凝结着冰雪的枝条在阳光映射之下寒意逼人。金支:即"金枝",支:通"枝"。　㉟"云收"句:喻写天晴云散的景象。罗带:丝绸飘带。　㊱"杀虫"二句:描写鸣虫噤声、流水息波的景象。阴崖:背阳的山崖。波文:波纹。玄濑:瀑布。玄:通"悬"。濑:湍急的流水。　㊲"薄凉"二句:时届凉秋,寒意袭人;秋风骤起,万籁有声。薄:迫近,侵入。凉驾:当指秋季。古代神话传说中羲和为驾御日车之神,故言"驾",喻指时光流转;秋季天凉,故言"凉驾"。又或同"秋驾"。迅商:急秋。籁:声响。　㊳ 凄:寒冷。瑟瑟:秋风声。　㊴ 奕(yì):明亮。霏(fēi)霏:雪盛貌。　㊵"入帐"二句:飞雪飘入幕帐,凝成朵朵冰花,使人误以为边关曙色出现。华:同"花"。鹤关:边关。　㊶"停林"二句:雪花停落于树林之上,结为朵朵花蕾,使人怀疑春天回归大漠。蕊(ruǐ):花苞。鸾朔:当指朔漠。鸾:鸾鸟。古人每鸾鹤并用。又汉置鸾鸟县,属武威郡,故城在今甘肃武威市南。朔:北方。　㊷ 绵:弥漫。缟(gǎo):白色。　㊸"悲青"句:悲怜桂树生非其时,不合节候。青桂:桂树常绿,故称青桂。爽:差错。又唐人称科举考试及第为折桂,因称科考为桂科。此似作者自伤科场受累、流放边塞之悲苦身世。　㊹ 黄竹:古代逸诗。相传为周穆王所作。据《穆天子传》,周穆王往苹泽打猎,"日中大寒,北风雨雪,有冻人,天子作诗三章以哀民,曰:'我徂黄竹'",因以名篇。　㊺ 烛龙:古代神话中的神兽。居西北无日之处,人面龙身,衔烛以照幽明。《山海经·大荒北经》:"其瞑乃晦,其视乃明。"瞑:闭目。　㊻ 城乌:关城上的乌鸦。　㊼ 霾(mái):阴霾,大气混浊天空昏暗的天气现象。　㊽ 雰(fēn):雾气。　㊾"压土"句:秋雪覆埋了锅灶,熄灭了炊烟。土锉(cuò):瓦锅。古时蜀人呼釜为锉。沈:同"沉"。　㊿"洒毡"句:雪花积落在毡墙边,顺着缝隙飘进毡房。洒:散落。隙:墙交界处的裂缝。　(51) 六出:雪花的别名。雪花六角,故称六出。成:重叠。　(52) 三袭:犹三重。袭:重复,重叠。　(53) 红树:泛指秋令红叶植物,即红叶,霜叶。　(54) 韬:掩藏。绛河:银河。(55)"望已"二句:言雪幕密织,铺天盖地。谓:认为,以为。开:指雪霁天晴。　(56)"未睨"句:《史记·廉颇蔺相如列传》:"相如持其璧睨柱,欲以击柱。秦王恐其破璧,乃辞谢固请。"此反用其事,以形容积雪消融的情形。睨(nì):斜视。　(57)"似卷"句:张华《博物志》:"南海外有鲛人,水居如鱼,不废织绩,其眼能泣珠。从水出,寓人家,积日卖绢,将去,从主人索一器,泣而成珠满盘,以与主人。"此化用其事,以描写雪融水滴的景色。绡(xiāo):生丝织成的薄纱、薄绢。珠泣:即泣珠。　(58) 冒:覆盖。莲衣:即荷衣,荷叶。坠红:指鲜艳的荷花因秋雪而凋零。(59) 点:中,着。指雪落芦花。芦花:芦苇花轴上密生的白毛。偕:俱,同。　(60)"碛何"二句:大漠多么辽远,一片银白;土台多么高大,皆成玉璧。极言银装素裹的北国雪景。　(61) 墐(jìn)户:用泥涂塞柴门。　(62) 烂熳:色彩鲜丽,此言积雪晶莹。　(63) 金笳:秋笳。五行配以四时,秋属金,故称秋笳为金笳。笳:胡笳,我国古代北方民族的管乐器,其音悲凉。叶脆:此言笳音悲苦,声裂芦叶。　(64) 铁衣:铁甲。鳞:指缀于铠甲上面的鱼鳞般的金属片。此言雪光映照铁衣,银鳞闪烁。　(65) 鉴:照。汉月:月亮。　(66) 竞下:争逐而下。　(67) 眇:通"渺",辽远。旷莽:空旷苍莽。　(68) 崔嵬(wéi):高耸貌。　(69) 氛昏:云雾,烟霭。　(70) 遥廓:辽远空阔。(71) 海堮(è):海边。堮:厓岸,边际。　(72) 晕:日、月周围的光圈。垂:低,挂。　(73) 河:银河。(74) 荒鸡:半夜三鼓以前啼叫的鸡。喔:鸡啼声。伺(sì)晨:等候天亮。　(75) 霜禽:霜天的禽鸟,即秋鸟。警漠:唤醒大漠。　(76) 凛:严冷可畏貌。凄霭:寒冷的云气。凝严:犹严寒。(77) 镜:照耀。澄晖:明镜的光辉。昭灼:鲜明。此言积雪反射出灿烂的光华。　(78) 叠:层,重。　(79) 憭慄(liáo lì):凄凉,寒冷。侵:侵蚀。此指雪气逼人。　(80) 晃(huǎng)朗:明亮貌。盈幕:言雪光映窗。盈:充满。幕:帘幕,窗帷。　(81) 樽:酒杯,此作动词。琉璃:天然有光宝石。 ⑧ 褐(hè)衾：粗厚被子。褐：粗布。衾：大被。 ⑧ 承睫：含着眼泪。睫：眼睫毛。 ⑧ 愤：郁结。交作：并发。 ⑧ 候：节候，时令。昧：暗，不明显。 ⑧ 抚：抚摩。此作面对、目睹解。秋朔：秋天的北方。斯：此。 ⑧ 天施：天赐。施：给予恩惠。博：广、遍。 ⑧ 南国：南方。王孙：古代贵族子弟的通称。墅：别墅，别业。家宅以外别筑的供游乐休养的园林房屋。 ⑧ 西京：汉都长安。戚里：汉代长安城中外戚居住的地方。 ⑨ 梧：梧桐。承：接、顺着。稍下：指树叶渐落。 ⑨ 罗：分布，排列。砌：台阶。华：同"花"，开花。 ⑨ 幕：覆盖。曾轩：层轩，曾，通"层"。犹重轩。轩：有窗槛的廊室。楚组：楚地所产的宽丝带。 ⑨ 纤绤(xì)：细葛布。 ⑨ 秋飙(biāo)：秋风。飙：疾风，暴风。 ⑨ 怜：爱。赊(shē)：长。 ⑨ 绮罗：有花纹的丝织品。已：停止。 ⑨ 乌龙：即黑龙江。 ⑨ 玄菟(tú)：古郡名。汉武帝所置。辖今辽宁东部、吉林南部及朝鲜咸镜道，治沃沮城(今朝鲜咸镜南道咸兴)。 ⑨ 嵯(cuó)峨：高峻貌。此指飞雪漫天。 ⑩ 曾冰：层冰。回沍(hù)：回环交错。 ⑩ 迁客：放逐在外的人。 ⑩ 塞垣：边境地带。 ⑩ 摧心：极度伤心。摧：伤痛。 ⑩ 援：执、持。揽：撮取。 ⑩ 违寒：避寒。违：避开。 ⑩ 龙沙：本指位于今新疆罗布泊以东至甘肃玉门关间的白龙堆沙漠，后泛指塞外沙漠之地，此特指东北地区。清人方式济著《龙沙纪略》，即专记黑龙江事。 ⑩ 肠断：形容悲痛之极。

《秋雪赋》作于宁古塔戍所，具体年月未详。吴兆骞江南塞北，万里流边，去时年不满三十，归来已逾半百。蒙不白之冤，"极人世之苦"(沈德潜《清诗别裁集》)，形同羁鹤，噤若寒蝉，一腔凄怨忧愤，惟有发为诗赋。这篇"秋雪之歌"，正是作者二十三载流徙生涯之艰难处境与悲苦心态的真实写照，饱含着生活在文字狱阴影之下的一代士人的斑斑血泪。

首段概写寒秋、朔野、迁客、羁心，点明时、地、人、情，为全篇布景设色。其下三段，依次铺陈初雪情状，薄暮雪光，次晨雪色，多侧面、多视角展现了东北荒原千里冰封、万里雪飘的秋雪景象，构成赋的主体；而作者凄苦抑郁的心境正借此表现得真切动人，既体物亦写情，"一切景语皆情语也"。然后以对比手法，将"南国王孙之墅，西京戚里之家"的优雅生活情形与塞垣迁客的艰辛人生境况并呈于前，构成鲜明反差，以乐景写哀情，以暖色衬寒意，再引出末段的"秋雪之歌"，揭明题旨，强化情感，拓广意蕴。全篇以事起，以歌结，首尾呼应，情景交融，无边雪色与无尽乡思，共系于一个"秋"字。

作者描绘雪景，虚与实、远与近、声与色、动与静，布局结构，匠心独运。并能调动夸张、联想、比拟、渲染、对照等多种艺术手段，视野开阔，想象丰富，境界高远，景色壮丽，又能以悲情苦意贯乎全篇，读来真切感人。然而，作为一篇边塞之作，终不若高、岑边塞诗歌之乐观浪漫，这正是明清之代不同于盛唐之世、迁客逐臣有别于豪杰志士之所在，从而体现出清人边塞诗赋的时代特征与个性品格。

古人咏雪，不乏冰清玉洁、寄兴高远之作，但多数难免"嘲风雪"之嫌，盖因感悟不深、立意不高所致。吴兆骞惟其有着"冰与雪,周旋久"(顾贞观《金缕曲》)的独特人生体味,写来方能真实细微若此。此赋于结构、文辞多有借鉴南朝宋谢惠连《雪赋》之处,但命意、取境、运思,自具个性。一曰"秋雪",突出"边候之早寒"的时令特征,寄寓初涉人生之途便横遭冰霜摧折的萧瑟情怀。二曰"朔雪",突出白山黑水、林海雪原的边塞特征,极富地域色彩。吴兆骞包括此赋及《长白山赋》在内的大量边塞诗赋,实开赵翼、洪亮吉等清人边塞诗文之先河。　　　　(龚喜平)

【作者小传】

蒲松龄

(1640—1715)　字留仙,一字剑臣,号柳泉居士。室名聊斋,人称聊斋先生。淄川(今属山东)人。十九岁为诸生,深得施闰章赞赏。后屡试不利,七十一岁才援例得补贡生。中年一度在宝应、高邮作幕宾。由于家庭析产不均,生活渐入困境,饱尝世情冷暖。所著以《聊斋志异》成就最高。又有《聊斋文集》《聊斋诗集》等。今人辑有《蒲松龄全集》。

绰然堂会食赋 并序　　　　　　　　　蒲松龄

　　有两师六弟共一几餐,弟之长者方能御,少者仅数龄,每食情状可哂,戏而赋之。

　　僮跄跄兮登台①,碗铮铮兮饭来。南闿闿兮扉启②,东振振兮帘开。出两行而似雁,足乱动而成雷,小者飞忙而跃舞,大者矜持而徘徊。迫夫塞户登堂,并肩连袂,夺座争席,难为兄弟。几动摇盘,椅声错地,似群牛之骤奔,拟万鹤之争唉。甫能安坐,眼如望羊,相何品兮堪用,齐噪动兮仓皇。袖拂簋兮沾热湆③,身远探兮如睹墙,箸林林兮以刺目,臂密密而遮眶。脱一瞬兮他顾,旋回首兮净光。或有求而弗得,颜暴变而声怆;或眼明而手疾,叠大卷以如梁。赤手传肉,饼破流汤,唇膏欲滴,喙晕生光。骨横斜其满地,汁淋漓以沾裳。

　　若夫厨役无良,庖丁不敬,去肉留皮,脂团膜胜,既少酱而乏椒,又毛卷而革硬。共秉秉而踌躇,殊萧索而寡兴。乃择瘦而翻肥,案狼藉而交横。时而嘉旨偶多,一卷犹剩。虑已迟晚,恐人先竟,连口直吞,双睛斜瞪。脍如拳而下咽,噎类鹅而伸颈,嘴澎澎而难合,已促饼而急竟。合盘托来,一掬而净。举坐失色,良久方定。夫然后息争心,消贪念,箸高阁,饼干咽,无可奈何,呼葱索蒜。既饱糇粮,乃登粥饭。众口流馁④,声闻邻院。惟夏韭与冬萝,共戚戚而厌见。即盐齑之稍嘉⑤,亦眼忙而指乱。至拄嗉而撑肠⑥,始哄然而一散。

乱:一日兮两回,望集聚兮开斋。斋之开兮众所盼,争不得兮失所愿。呜呼,日日常为鸡鹜争,可怜可怜馋众生。

〔注〕 ① 跄跄(qiāng):走路有节奏的样子。 ② 閛(pēng)閛:敲门声。 ③ 渖(shěn):汁。 ④ 馁(zhuì):吮,喝。 ⑤ 盐齑(jī):切碎后腌渍的菜。 ⑥ 嗉:即嗉囊,禽鸟类消化器官的一部分。

蒲松龄应童子试时,即受知于学使施闰章,闻名于诸生间。然一生偃蹇,屡试不利,终生不第。康熙十八年(1679),时年四十岁的蒲松龄被同县的罢职官员毕际有聘为塾师,教授其孙。毕际有为明末户部尚书毕自严之子,家境殷实,喜欢风雅,蒲松龄与之颇为相得。康熙三十二年(1693),毕际有病逝后,受其子毕盛钜挽留,蒲松龄继续留在毕家,直至七十岁方撤帐家居。除了教授毕盛钜之子,蒲松龄还为毕氏父子写作一些应酬性文字,并帮办杂务。生活于毕家前后凡三十年,与毕氏三代关系深厚,自道"居斋信有家庭乐"(《聊斋诗集·赠毕子伟仲》),甚至有"错将弟子作儿孙"之感(《赠毕子韦仲》)。

毕家有石隐园、绰然堂、效樊堂诸处,蒲松龄即设帐于绰然堂。写作本文时,另一塾师王宪侯也坐馆于其家,毕氏诸子尚未成年,蒲松龄即用戏谑诙谐之笔,状两师六弟子共同进餐的滑稽情状。

文章从僮仆进进出出熟练地摆碗布饭开始,起首即连用四个叠音词,"跄跄""铮铮""閛閛""振振",或表动作,或表声音,预示将要出现一个热闹的场景。孩子们离开读书之处,尚能整齐有序,雁行而出。可是出得门来立刻轰然而散,足音如雷,年幼的孩子奔跑跳跃,大一些的孩子犹能保持矜持。此为第一韵,写进入餐堂之前的情形。"迨夫塞户登堂"以下转入第二韵,孩子们看到满桌佳肴,便开始争抢座位。"儿动摇盘,椅声错地,似群牛之骤奔,拟万鹤之争唳",这是争座夺席的音响效果,桌子、椅子、盘子交响,加上孩子们的吵闹声,乱成一片。坐定之后，又是一番热闹。以下转入第三韵，状出让人忍俊不禁的争食场景：只见伸臂攘袖，众筷齐发，为了夹到稍远的菜，身体前倾，衣袖不免扫过盘碗，沾上汤汁。若稍有迟疑，喜爱之菜已被一扫而光。没抢到的孩子急得要哭，手快的孩子已在面前叠起一堆食物。吃过肉之后，一个个嘴上油光发亮，油汁滴上衣服，骨头扔得满地。一幅诸子抢食图至此已经完成大半。"厨役无良"以下的第四韵，选择菜肴不佳和佳肴偶多这两幅画面进行局部细描。厨师无良时，皮多于肉，肥多于瘦，肉少佐料而无味，皮有残毛而坚硬。孩子们都缺少兴致，只是在盘中翻来搅去，择瘦留肥，狼藉一片。菜肴丰盛时，则唯恐吃得不如别人多，于是连口直吞，咽得伸直脖颈。"夫然后"以下为最后一韵，菜肴既尽，会食的精彩部分也就到此为止。大快朵颐后，孩子们贪念已消，全都放下筷子，就着葱蒜，嚼起煎饼。煎饼过后，"众口流馋，声闻邻院"，啜粥之声响成一片，孩子们捧碗喝粥的童稚神态如在目前。如果遇上可口的小菜，也会抢得眼忙手乱，"大争"之后的"小抢"为这幅充满谐趣的画面留下最后一点温馨的余韵。心满愿足、一哄而散时，"拄嗪而撑肠"的情形则又发人一噱。

此赋描绘蒙童聚食绘声绘色，而对与之共食的两师却未着一字。弟子若此，为师的感受恐亦难以明言。可以说，文章宽容之后有无奈，戏谑之余有尴尬。坐馆是为了谋生的不得已之举，即便与毕氏父子相处融洽，也还是有许多心酸无奈。"乱"中"日日常为鸡鹜争"一句，表面是说他的弟子们，实际还可体会到更深一层的感慨。《楚辞·卜居》云："宁与黄鹄比翼乎？将与鸡鹜争食乎？"蒲松龄始终举业不利，也许有过的鸿鹄之志早就消弭于无形，谋生的压力使他对生活中的零碎琐事不能不介怀，不得不作鸡鹜争。何况，日日同这些童稚弟子共餐，也实在像是与鸡鹜争食。他写塾师的《学究自嘲》也颇值玩味，当与此赋对读。所谓"但有一线路，不作孩子王"，"人但知为师之乐，不知为师之苦；人但知为师之尊，不知为师之贱。自行束脩以上，只少一张雇工纸；其徒数十人，好像一出《奈何天》"，"课少东家嫌懒惰，工多子弟结冤仇。有时随我生平愿，早把五湖泛轻舟"，这些心声或许就深藏于此赋背后。

《聊斋志异》之外，蒲松龄亦有文名与诗名。年少时，他即与同邑的张笃庆、李尧臣结郢中诗社，号称郢社三友，深受王士禛欣赏。他的骈文唐梦赉称"神妙不亚六朝"，王士禛誉为可与陈维崧相伯仲。其赋，《聊斋文集》中存九篇。清人王培荀谓蒲松龄为"时文中白描高手"（《乡园忆旧录》卷一），实则此赋也纯用白描，不用典故，不用堆砌性、夸饰性词语，赤手空拳，颇见笔力，可以体现他的赋作水准。

（陈曙雯）

【作者小传】

方苞

(1668—1749)　字灵皋、凤九，号望溪。桐城(今属安徽)人。康熙四十五年(1706)进士，以母病未仕。五十年，因戴名世《南山集》案牵连下狱，免罪入旗籍，官至礼部侍郎。后以事削侍郎衔，赐侍讲衔还里。通经学。少以时文名天下，既长以古文称巨擘。清代桐城派散文，以其为创始人。有《望溪先生文集》《抗希堂十六种》等。

七夕赋　　方苞

岁云秋矣①，夜如何其②？天澄澄其若拭③，漏隐隐以方移④。试一望兮，长河之韬映⑤，若有人兮，永夜而因依⑥。彼其躔分两度，天各一方。会稀别远，意满情长⑦。欲渡河兮羌无梁⑧，空鸣机兮不成章⑨。叩角余哀⑩，停梭积恨。四序逴以平分⑪，寸心抚而不定。悲冬夜之幽沈⑫，迷春朝之霁润⑬，睹夏日之方长，盼秋期而难近。

尔乃商声淅沥⑭，素景澄鲜⑮。重轮碾而寻地⑯，破镜飞而上天⑰。汉影弥洁⑱，宵光转丽⑲。翼联乌鹊之群，桥现长虹之势⑳。逝将渡兮水中央㉑，若已需兮云之际㉒。于是躧纤步以轻扬㉓，搴羽裳而潜泳㉔。玉珮露融，罗纨冰净㉕。摘华星以为珰㉖，对明蟾而若镜㉗。笙竽则天籁纡徐㉘，帷幔则彩云掩映。素娥仿佛以行媒㉙，青女飘飖而来媵㉚。古欢更结㉛，离绪重陈㉜。望迢迢而愈远㉝，情脉脉而难亲㉞。幸宿离之不忒㉟，际光景之常新㊱。允惟兹夕，乐过千春㊲。况复严更警逝㊳，流光迅驱。别当久远，来不须臾㊴。念云端之重阻，眷天路之无期㊵。莫不愿秋夜之如岁，怅秋情之如丝㊶。

乃有绣阁名姝㊷，璇宫丽女㊸，徙倚阶除㊹，骈罗椒糈㊺。闲耽时物之新㊻，巧乞天工之与㊼。爱秋华之临空㊽，快泠风之送暑㊾。婉转芳夜之歌㊿，密昵长生之语(51)。惜光景之常流，恐欢娱之无处(52)。况乃家辞南汉(53)，戍縶幽都(54)。望沙场之凄寂(55)，

〔992〕方苞 七夕赋

忆庭草之深芜。方捣衣而身倦㊶,乍缄书而意孤㊲。望星河之乍转,惊日月之相疏㊳。值天上之佳期,触人间之别怨。立清庭以无聊,痛河梁之永限㊴。肠胶轕以为轳㊵,意氛氲而若霰㊶。激长歌以心摧㊷,展清商而调变㊸。

歌曰:乐莫乐兮相於㊹,悲莫悲兮新别离。今夕兮不再,晨光兮已晞㊺。重曰㊻:秋夜良兮秋河皎㊼,度秋风兮长不老。苏一岁兮一相过,胜人生兮百岁多㊽!

〔注〕 ①云:语助词。《左传·僖公十五年》:"岁云秋矣,我落其实。" ②如何:怎样。其:语助词。《诗·小雅·庭燎》:"夜如何其? 夜未央。" ③澄(chéng)澄:明净,清澈。若拭:好像揩擦过一般。 ④漏:漏刻,古代滴水计时的器具。隐隐:隐约,不分明,犹悄悄、渐渐。方:正在。 ⑤长河:指夜空中的星河,即银河,天河。韬映:掩映,隐现明灭。韬:掩藏。映:照耀。 ⑥永夜:长夜,彻夜。因依:依傍,依恋。 ⑦"彼其"四句:班固《西都赋》:"临乎昆明之池,左牵牛而右织女。"《文选》曹植《洛神赋》李善注引曹植《九咏注》:"牵牛为夫,织女为妇,牵牛织女之星各处一旁,七月七日乃得一会。"躔(chán):日月星辰运行的度次。此指牵牛织女遥隔银河相望。 ⑧河:银河。羌:语助词。梁:桥。 ⑨鸣机:织布机发出的声响。章:织物的纹理。《古诗十九首·迢迢牵牛星》:"纤纤擢素手,札札弄机杼。终日不成章,泣涕零如雨。" ⑩叩角:敲击牛角。用宁戚饭牛车下,叩角而歌,齐桓公闻之举以为相的典故。此句写牛郎叩角悲歌,哀思绵绵。 ⑪四序:春、夏、秋、冬四季。逴(chuò):远。此谓漫长。 ⑫幽沈:幽暗低沉。沈:同"沉"。 ⑬春朝:春日早晨。霁(jì)润:晴朗鲜润。霁:雨过天晴。 ⑭商声:秋声。五声(宫、商、角、徵、羽)配以四时,商属秋,故称商秋。淅沥:象声词,形容雨、雪、落叶等声音。 ⑮素景:素秋景色。五行(水、火、木、金、土)配以四时,金配秋,其色白,故称秋季为素秋。澄鲜:清朗明丽。 ⑯重(chóng)轮:日月外围所现之光圈。寻:依附。 ⑰破镜:比喻夫妻分离。此句言地上牛郎织女飞升天界,化为牵牛星和织女星遥隔银河相望。 ⑱汉:河汉,银河。 ⑲宵光:夜色,此指月光。丽:光彩焕发。 ⑳"翼联"二句:描绘神话传说中乌鹊搭桥的景象。每年七月初七夜晚,牛郎织女相会,群鹊衔接为桥以渡银河。 ㉑逝:通"誓",表示坚决之意。水中央:天河的中间。 ㉒需:等待。 ㉓躧(xǐ):同"屣",鞋。此作动词用,行走。扬:飞升。 ㉔搴(qiān):通"褰",撩起,揭起。羽裳(cháng):用鸟羽编织成的衣裙。裳:古代裙为裳,男女皆服。潜:涉水。 ㉕"玉珮"二句:玉珮像露珠一样明润,罗衣如清水一般洁净。融:明亮。罗纨(wán):丝绸。 ㉖华星:璀璨的星星。珰:古代女子的珠玉耳饰。 ㉗明蟾(chán):明月。蟾:蟾蜍。传说月中有蟾蜍,故以"蟾"为月的代称。 ㉘天籁:自然界的音响。纡徐:形容曲折舒缓的乐曲。 ㉙素娥:月中嫦娥。行媒:往来说媒撮合。 ㉚青女:神话传说中的霜雪之神。飘飘:同"飘摇",飞扬。来媵(yìng):相送。 ㉛"古欢"句:指牛郎织女一年一度的鹊桥欢聚。古欢:往日的欢爱。古:旧,原来。 ㉜陈:陈述,倾诉。 ㉝迢迢:遥远貌。《古诗十九首·迢迢牵牛星》:"迢迢牵牛星,皎皎河汉女。" ㉞眽(mò)眽:亦作"脉脉",凝视貌。《古诗十九首·迢迢牵牛星》:"盈盈一水间,脉脉不得语。"亲:亲近。 ㉟"幸宿"句:言牛郎织女庆幸久别重逢之日准时无误。宿离:长久分离。忒(tè):差误。 ㊱际:际遇,适当其时。 ㊲"允惟"二句:言牛郎织女于七

夕之日的一夜聚会，其欢愉兰福，胜过人间之终年厮守。允：诚然，实在。兹：此。千春：千年。春：春季，代指一年。　㊳“况复”句：森严冰冷的更鼓声警示着时光的流逝。严更：督警夜行的更鼓。　㊴须臾：片刻。　㊵“念云”二句：写牛郎织女“相见时难别亦难”的情状。眷：顾念。天路：指鹊桥。秦观《鹊桥仙》：“忍顾鹊桥归路”。　㊶怅：怅恨。　㊷姝(shū)：美女。㊸璇(xuán)宫：雕饰华美、结构精巧的宫室。璇：美玉。　㊹徙倚：流连徘徊。阶除：台阶。㊺骈罗：骈比，罗列。椒糈(xǔ)：祭献神灵的花椒和精米。　㊻“闲耽”句：悠闲地赏玩着初秋季节的时新物品。耽：沉溺，酷嗜。　㊼“巧乞”句：写古代民间七夕乞巧的风俗。阴历七月七日夜间，妇女穿针向织女星乞求智巧，谓之“乞巧”。天工：造物者。犹天公，本谓天帝，此指织女。与：给予。　㊽秋华：秋月。　㊾快：爽适，舒畅。泠(líng)风：小风，和风。　㊿芳夜：美好的夜晚。　(51)长生之语：永生不渝的誓言。白居易《长恨歌》：“七月七日长生殿，夜半无人私语时。在天愿作比翼鸟，在地愿为连理枝。”　(52)无处：无定，无常。　(53)南汉(917—971)：五代时十国之一。刘龑称帝广州，据有两广，史称南汉。此泛指广东、广西等岭南地区。(54)戍絷：出征边塞，羁留无归。幽都：古县名，在今北京西南，此泛指北方边塞。　(55)沙场：平沙旷野，此指战场。　(56)捣衣：古代妇女缝制衣服前，须先将布帛置于砧上，用杵捣平捣软，是谓“捣衣”。为赶制寒衣，妇女们每于秋夜捣衣，故称“秋砧”“寒砧”。　(57)缄书：写信封口。意孤：心境孤寂。　(58)相疏：相互远离。　(59)河梁：银河上的鹊桥。限：阻隔。(60)“肠胶辖”句：指愁肠百结。胶辖(gé)：交错纠缠貌。轳：辘轳，汲取井水的起重装置。(61)氛氲(yūn)：盛貌。霰(xiàn)：雪珠，冰粒。形容泪下如霰。　(62)“激长”句：长歌当哭，悲伤欲绝。激：激扬。摧：悲伤。　(63)清商：即商声，古代五音(宫、商、角、徵、羽)之一。　(64)相於：相亲近，相友好。　(65)晞(xī)：破晓。　(66)重(chóng)：犹复歌。　(67)河：银河。皎：皎洁，明亮洁白。　(68)“荪一”二句：荪(sūn)：香草名，此代指牛郎织女。相过：相会。过：过访。秦观《鹊桥仙》：“金风玉露一相逢，便胜却人间无数。……两情若是久长时，又岂在朝朝暮暮。”

方苞是“桐城派”散文的创始人，尊奉程朱理学和唐宋散文。论文提倡“义法”，语言要求“雅洁”，影响颇大。为文简练雅洁，章法谨严，开创了清代古文的新面貌。赋作今存《七思》《七夕赋》《嘉禾赋》《怅春华》四篇。

据苏惇元《方望溪先生年谱》附录《文目编年》，《七夕赋》作于方苞二十至三十岁之间。作者二十三岁与蔡琬结婚，三十九岁不幸丧妻，十六年间，多客居他乡，夫妻欢聚甚少。“归休于家，久者乃三数月耳”；“入居私寝，久者乃旬月耳”。痛定思痛，方苞深情回忆道：“妻常从容语余曰：‘自吾归于君，吾两人生辰及伏腊令节、春秋佳日，君常在外。其相聚，必以事故不得入室。或蒿目相对，无欢然握手一笑而为乐者。岂吾与君之结欢至浅邪？’”(《亡妻蔡氏哀辞》)此赋以牛郎织女七夕相会的美丽传说为题材，通过对天上佳期与人间别怨的生动描述，寄托了作者这种离别相思的真切感受与悲苦情怀，自别于一般的即兴应景之作。

牵牛、织女之名最早见于《诗经·小雅·大东》，而二星成为夫妇则始于汉代。从此这一题材的作品层出不穷,如《古诗十九首·迢迢牵牛星》,曹丕《燕歌行》,秦观《鹊桥仙》,均是难得的佳作。以赋而言,谢朓、庾信、王勃都有《七夕赋》传世,然大抵多应景套语,少真情新意。方苞此作,融入了自己的情感体验与生活感悟,虽不能推陈出新,陵迈前人,却也情味真切,寄托遥深。

全篇以遥望星空发端,悄然引出牛郎织女,起笔自然。中间两段,对照描写天上佳期与人间别怨,时空交错,悲喜相融。状天上七夕相会的动人情景,"素娥仿佛以行媒,青女飘飖而来媵。古欢更结,离绪重陈"。境界优美而高远;叙人间七夕乞巧风俗与思妇游子相思之苦,情致缠绵而哀婉。"值天上之佳期,触人间之别怨。立清庭以无聊,痛河梁之永限"。最后以天长地久的颂歌作结,非但深化了七夕欢会的意义,也使人的感情脱俗而升华。

方苞古文大多感情枯淡,生动不足,此赋却写得情思浪漫,幻想奇异,可谓难能可贵。其行文多处点化前人七夕诗词意境,语浅情深。而语言之雅洁,结构之严整,又俨然桐城家法。桐城派古文家绝少赋作,此可谓稀者为贵。

(龚喜平)

袁 枚

【作者小传】

(1716—1798) 字子才,号简斋。钱塘(今杭州)人。乾隆四年(1739)进士。授编修,历溧水、江浦、沭阳、江宁知县。十四年辞官隐居,后筑园林于江宁小仓山,号随园。奖掖后进,教授女弟子。论诗标举"性灵说",反对模拟,自写性情。与赵翼、蒋士铨并称为乾隆三大家。其文兼擅骈散,自成一家。能为笔记小说。有《子不语》《随园诗话》《小仓山房集》等。今人辑有《袁枚全集》。

秋 兰 赋　　　　袁 枚

秋林空兮百草逝①,若有香兮林中至②。既萧曼以袭裾③,复氤氲而绕鼻④。虽脉脉兮遥闻⑤,觉熏熏然独异⑥。予心讶焉⑦,是乃芳兰⑧。开非其时,宁不知寒⑨?

于焉步兰陔,循兰池,披条数萼,凝目寻之⑩。果然兰言,称某在斯⑪。业经半谢⑫,尚挺全枝⑬。啼露眼以有待⑭,喜采者之来迟。苟不因风而怅触⑮，虽幽人其犹未知⑯。

于是舁之萧斋⑰，置之明窗。朝焉与对，夕焉与双。虑其霜厚叶薄，党孤香瘦⑱，风影外逼，寒心内疚⑲。乃复玉几安置⑳，金屏掩覆㉑。虽出入之余闲，必褰帘而三嗅㉒。谁知朵止七花㉓，开竟百日。晚景后凋㉔，含章贞吉㉕。露以冷而未晞㉖，茎以劲而难折㉗。瓣以敛而寿永㉘，香以淡而味逸㉙。商飙为之损威，凉月为之增色㉚。留一穗之灵长㉛，慰半生之萧瑟㉜。

予不觉神心布覆㉝，深情容与㉞。析佩表洁㉟，浴汤孤处㊱。倚空谷以流思㊲，静风琴而不语㊳。歌曰：秋雁回空㊴，秋江停波。兰独不然㊵，芬芳弥多㊶。秋兮秋兮，将如兰何㊷！

〔注〕①空：空寂。逝：死。　②若：好像，仿佛。　③萧曼：高远貌。此指香气清淡而绵长。裾（jū）：衣袖。　④氤氲（yīn yūn）：香气游荡貌。　⑤脉脉：含情相视貌。此指香气浮动。　⑥熏熏然：沁人心脾的样子。此指香气袭人，心神陶醉。熏熏：同"醺醺"，醉貌。　⑦讶：惊奇，诧异。　⑧是：此，乃。　⑨宁：岂，难道。　⑩"于焉"四句：于是走下长着兰花的田埂，延循生着兰花的水边，拨开枝条寻数花叶，目光专注寻找兰花。陔（gāi）：田埂。束皙《补亡诗》："循彼南陔，言采其兰。"披：拨开。萼（è）：花萼。此指兰叶。　⑪"果然"二句：果然兰花说话了，声称我在这里。言：说话。称：声言。某：兰花自称。斯：此。　⑫业：已。半谢：凋谢将半。　⑬"尚挺"句：全部枝干还依然挺直。　⑭"啼露"句：眼中含着晶莹的泣露等待有识的来客。　⑮苟：如果，假如。怅（chéng）触：感触。　⑯幽人：幽居山中的隐士。　⑰舁（yú）：抬。萧斋：书斋的别称。萧：萧索。犹言寒斋。　⑱党：亲族朋辈。此指兰花枝茎。瘦：瘠薄。此指香气轻微淡薄。　⑲"风影"二句：秋风光影摧逼于外，寒气侵心病痛于内。疚：病。　⑳玉几：玉饰的几案。　㉑金屏：镶金的屏风。　㉒褰（qiān）帘：揭起竹帘。褰：揭。　㉓止：只，仅。　㉔晚景：本指日暮景色，此谓岁暮天寒时节。后凋：最后凋谢。　㉕"含章"句：美质含蕴其内，幽姿坚贞高洁。含章：包孕美质。　㉖以：通"已"，已经。晞（xī）：干燥。　㉗劲：劲直，僵硬。折：折断。　㉘"瓣以"句：花瓣虽已缩敛却犹开未谢。寿永：寿命久长。此指久不凋谢。　㉙"香以"句：香气虽已淡微而其味犹自飘散。逸：散发。　㉚"商飙"二句：秋风因它而减损威力，凉月因它而增添光彩。商飙（biāo）：秋风。五声（宫、商、角、徵、羽）配以四时，商属秋，故称商秋。飙：疾风，暴风。　㉛"留一"句：留下一枝兰花绵延久长。灵长：广远绵长。　㉜萧瑟：寂寞凄凉。　㉝布覆：指心神动荡。布：展开。覆：翻转。　㉞"深情"句：深情留恋而徘徊难去。容与：迟缓不前貌。　㉟"析佩"句：析兰为佩，以表高洁。析：分开，散离，引申为折。佩：身上佩带的饰物。屈原《离骚》："扈江离与辟芷兮，纫秋兰以为佩。"　㊱"浴汤"句：沐浴兰汤，独自幽居。汤：热水。屈原《九歌·云中君》："浴兰汤兮沐芳，华采衣兮若英。"　㊲倚：倚望。空谷：深谷。流思：流目长思。　㊳"静风"句：风声停奏不再言语。风琴：喻指风声。　㊴回空：指空中秋雁飞回南方。　㊵"兰独"句：独有兰花不因天寒而凋零。不然：不如此，不这样。　㊶弥：更加。　㊷"将如"句：将把兰花怎样。

这是一篇托物写志、借景言情的小赋,在袁枚现存的八篇赋中,不仅篇幅最短,且一变其新鲜活泼、诙谐多趣的风格,独以情韵隽永、意境幽雅见称,可谓语短情长,别具风神。作者通过歌咏秋兰清幽高洁、凌寒独秀的品性风貌,寄托了自己洁身自爱、超尘拔俗的人格追求与审美理想。"留一穗之灵长,慰半生之萧瑟",便是全文之命意所在。

全篇以发现兰花、寻觅兰花、珍爱兰花、赞美兰花为线索,娓娓道来,真切自然。作者为我们描绘出秋兰优美的形象,幽姿绰约,清香氤氲,使人可见可感。首段先从虚处着笔,但闻其香而不见其形,引人入胜。中间两段状写兰花之声、形、神、色,花人相知,物我为一,创造出一种令人神往的精神世界。末段由兰及己,纵情讴歌,景与情、物与人俱得以升华。

《秋兰赋》一扫赋家铺排堆叠、使事用典之积习,空灵新巧,流转自如,毫无板滞琐碎之感,一如随园性灵诗。作者善于营造氛围,点染细节,通篇描写充满了跳跃感和诗意美,略带忧郁而不感伤,稍显愤懑而不激烈,洋溢着一种浓郁的抒情气息。面对如此高洁幽雅的秋兰,作者不禁"神心布覆,深情容与"。读者至此亦深受感染,沉浸于一片芬芳之中。

(龚喜平)

笑　赋　　　　　　　　袁　枚

陆大夫本无笑疾①,养空而游②。所见人士,与己不侔③。但觉其蔽④,莫测其由。付之一笑,哑哑不休⑤。

则见夫金穴方崩,铜山又起⑥,屡覆前车,仍循旧轨⑦。广斟雉膏⑧,甘焚象齿⑨。岂知有造必化,无泉不泻⑩。纵置箓钥于枕边⑪,难挈分文于泉下⑫。赠百万与何人,无一言之报谢。

又见夫舍乐土⑬,趋热官⑭,自投苦县⑮,自上危竿,取下千怨,博上一欢⑯。或同谋而异获⑰,或始笑而终叹。从高坠者辄碎⑱,泛海泊者大难⑲。然后鹤唳思闻,莼羹想餐,不已惧乎⑳?

又见禁忌百端㉑,福田是慕㉒。不学颜含㉓,思寻管辂㉔。王莽所信㉕,阴阳小数㉖。治行则黄历少日㉗,卜葬则青山无墓㉘。见术士而头低㉙,望神巫而却步㉚。百鬼集于胸中,五行遮其前路㉛。舍王道之荡平㉜,堕终身于云雾。

又有蒱博呼卢㉝,叶子作戏㉞。每一登场,如庬止吠㉟。眸子营然㊱，神魂囚系㊲。屏珍羞以忘餐㊳，置妻孥而若弃㊴。一息尚存，六时不废㊵。试清夜以扪心㊶，终不知其何味。

又有丹诀大悟㊷，蒲团小参㊸。受箓自喜㊹，长斋自甘㊺。舍名教之乐地㊻，诵梵咒之喃喃㊼。靳半菽于戚里㊽，挥万镒于伽蓝㊾。广陵则妖乱有志㊿，台城则饿死难堪○51。凡此千秋之感，皆由一念之贪。

至于诵习诗书○52，旷览宇宙○53，何必釽刳苛碎○54，清眸似豆○55，披腻颜袷，逐康成后○56。党枯骨以死争○57，抱陈编而苦斗○58。卒之古人不生○59，长夜不昼○60，徒相殴于昏黑○61，终不知谁之胜负。

亦有囿于习而心昏○62，缚于教而自束○63。绳趋沟辄○64，龟肠蝉腹○65。理不经于心，见不出于独○66。宁显悖夫周孔○67，惧小违于濂洛○68。如聋虫之藉角作耳○69，如水母之以虾为目○70。甚至八翼冲举○71，一行未读○72，相引为曹○73，高冠簇簇○74，方且选才俊而秉钧轴焉○75。

若诸人者，纷纷藉藉○76，究究居居○77。其气多滞○78，其质本愚○79。虽有卢扁之药○80，不能祛其疾○81；惠庄之辨○82，无以释其拘○83。君子洞观物外○84，手暗揶揄○85。不得已而虚舟相值○86，愧谢不如；拈花无语○87，举杯相於○88。惟齤然与莞尔○89，不能忍于须臾○90。

〔注〕 ①陆大夫：指晋大夫陆云。相传陆云爱笑，后世因称易笑为"陆云癖"。笑疾：爱笑的毛病。 ②"养空"句：为涵养寡欲空灵之性而出游交往。 ③不侔(móu)：不同。侔：等同。 ④蔽：蔽塞。 ⑤哑(yǎ)哑：笑声。 ⑥"则见"二句：则见那些富豪世家刚刚崩溃，暴发新富又悄然崛起。金穴：比喻富豪之家。据《后汉书·郭皇后纪》，郭皇后之弟郭况，家产"丰盛莫比，京师号况家为金穴。"铜山：产铜之山，亦指富有之家。据《汉书·邓通传》，汉文帝"于是赐蜀郡严道铜山，得自铸钱。" ⑦"屡覆"二句：言富豪之家虽屡屡因财致祸，却依旧重蹈覆辙，并无悔悟之心。 ⑧斟：本谓用勺子舀取，此喻搜刮财富。 雉膏：野鸡的油膏。⑨"甘焚"句：《左传·襄公二十四年》："象有齿以焚其身，贿也。"比喻敛财致祸。焚：焚烧。象齿：象牙。 ⑩"岂知"二句：难道不明白有创造必有灭亡、有泉水必会涌泻的道理吗？造：开始，创造。化：变化，消亡。 ⑪笭钥：钥匙。笭：同"管"。 ⑫挈(qiè)：携带。泉下：黄泉之下，即地下。 ⑬乐土：安乐之地。 ⑭趋热官：趋附投奔势焰熏天、炙手可热的官僚。⑮苦县：贫困穷苦地区。 ⑯"自上"三句：自己爬上演杂要的高竿，招致下民千般怨恨，只为博得上司一时的欢心。危竿：本属杂技的一种，比喻向上爬谋取高官。危：高。 ⑰"或同"句：有的人所谋相同却所获不同。 ⑱"从高"句：比喻爬得越高，摔得越重。辄：立即，就。⑲"泛海"句：漂荡于汪洋大海之中想停船的人会遭到更大的灾难。泊：停船。 ⑳"然后"三

句：遇难之后再想听故园鹤鸣，想吃家乡莼羹，不是已颠倒错乱了吗？据《晋书·陆机传》，陆机沙桥兵败，为人所谮，临刑时感叹道："华亭鹤唳，岂可复闻乎？"唳(lì)：鹤鸣。据《晋书·张翰传》，张翰离家做官，见秋风乍起，"乃思吴中菰菜、莼羹、鲈鱼脍，曰：'人生贵得适志，何能羁宦数千里，以要名爵乎？'遂命驾而归。莼(chún)：莼菜，水面浮生，嫩叶可食。傎(diān)：颠倒错乱。　㉑百端：多种多样。　㉒福田：佛教认为积善可得福报，犹如春天播种田地，秋天收获得福，故称福田。　㉓颜含：晋人，字弘都，少有操行，以孝友闻名，为人雅重行实，抑绝浮伪。㉔管辂(lù)：三国魏人，字公明，通《周易》，善卜筮，相传所占皆应验。　㉕王莽（前45—23）：新王朝的建立者。王莽相信符命、图谶、祥瑞等迷信，意在为自己篡汉称帝制造舆论。　㉖阴阳小数：阴阳方术小技。　㉗治行：整装出行。黄历少日：查遍历书也缺少适宜出门的黄道吉日。黄历：清代朝廷颁发的历书，后亦泛指历书。　㉘卜葬：选择墓地。青山无墓：寻遍青山没有一块地方适宜做坟地。　㉙术士：方术之士。　㉚神巫：神汉巫婆等跳神弄鬼的迷信职业者。却步：后退。　㉛五行：水、火、木、金、土，古人认为它们是构成各种物质的五种元素。阴阳方士以五行相生相克推算人的命运。　㉜"舍王"句：舍弃平坦宽阔的正道。王道：先王所行之正道。　㉝蒲(pú)博：古代一种赌博，犹后世之掷色子。呼卢：赌具削木为子，共五个，一子两面，一面涂黑，画牛犊；一面涂白，画雉。五子皆黑曰"卢"。得头彩，掷子时高声呼喊，希望得到全黑，故称呼卢。　㉞叶子：古代一种赌具，犹后世之纸牌。　㉟庬(máng)：通"尨"，多毛狗。止吠：停止吠叫。　㊱营然：形容目光惑乱的样子。营：通"甼"，惑乱。㊲囚系：像囚犯一样被拘执。　㊳屏：摒弃。珍羞：精美的食品。　㊴妻孥(nú)：妻子儿女的统称。　㊵六时：佛教分一昼夜为六时：晨朝，日中，日没，初夜，中夜，后夜。　㊶扪(mén)心：抚摸胸口，反省自问。　㊷丹诀：道家所谓炼丹成仙的秘诀。　㊸蒲团：蒲草织成的圆垫，僧人用来坐禅及跪拜。小参：佛教称登堂说法为大参，规定时间以外的说法为小参，也称家教。此处泛指诵经说法。　㊹受箓(lù)：接受道教符箓。箓：道教的秘文秘录。　㊺长斋：长年吃斋敬佛。斋：素食。甘：情愿，乐意。　㊻名教：指以正名定分为中心的儒家礼教。《世说新语·德行》："王平子、胡毋彦国诸人，皆以任放为达，或有裸体者。乐广笑曰：'名教中自有乐地，何为乃尔也！'"　㊼梵(fàn)咒：佛教咒诀。梵：佛经原用古印度梵语写成，故凡与佛有关的事物皆称梵。喃喃：诵经声。　㊽"靳半"句：对亲戚邻里连粗劣饭食也很吝啬。靳(jìn)：吝惜。半菽：半菜半粮，指粗劣的饭食。　㊾万镒(yì)：万金。镒：古代重量单位，一镒为二十两或二十四两。伽(qié)蓝：梵文"僧伽蓝摩"的略称，意即佛教寺院。　㊿"广陵"句：据《宋书》及《南史》，南朝宋孝武帝大明三年(459)，竟陵王刘诞据广陵反，孝武帝命沈庆之率兵讨平，尽杀城内壮男三千余人，妇女作为军赏。广陵屡遭兵火，化为"芜城"。沈庆之诛讨之前，广陵发生了诸如流星坠城等种种妖邪致乱的征兆。广陵：古郡名，故城在今江苏扬州市东北。志：标记。　51"台城"句：梁武帝笃信佛教，大建寺院。后侯景作乱，引兵渡江，攻破建康。梁武帝困于台城，饿病而死。台城：古城名，故址在今江苏南京市玄武湖侧。本为战国吴后苑城，晋成帝时改建建康宫。晋宋间谓朝廷禁省为台，故称台城。　52诗书：《诗经》和《尚书》，此泛指儒家经籍。　53旷览：广泛观览。　54釽(pì)剺(luò)：分割离析。苛碎：苛刻烦琐。　55清眸(lú)：清澈的瞳仁，即眼珠。　56"披腻"二句：戴着古怪的帽子，逐于郑玄之后。指一味拘泥前人之说，语出《世说新语·轻诋》披：戴。腻颜帢(jiá)：即腻颜帢，帽名，魏晋士人戴的一种不覆额头的简易帽子。帢：同"帢"。康成：即郑玄(127—200)，字康成，东汉著名经学家。　57"党枯"句：与古人枯骨为伍，死死相争。党：朋党。枯骨：指郑玄等古代学者。　58陈编：陈旧的经籍。　59卒之：最终。不生：不能复生。　60昼：白天。此指天明。　⑥徒：徒然，白白地。毆：斗毆，此指论战争辩。　⑥囿于习：为积习所拘。囿：拘泥，局限。　⑥"缚于"句：被所受教育束缚而自我约束。　⑥绳趋：循规蹈矩，合于法度。沟衷：内心愚昧。沟：愚昧。衷：内心。　⑥龟肠蝉腹：形容肚量狭小，见识狭隘。　⑥"理不"二句：道理不经过内心思索，见解出不于个人独创。　⑥"宁显"句：宁愿明显违背周公、孔子的原意。悖(bèi)：违背。　⑥濂洛：濂溪周敦颐，洛阳程颢、程颐。他们都是宋代理学的代表人物。　⑥聋虫：指无知的禽兽。藉角作耳：以角代耳。藉(jiè)：凭借，依靠。　⑦水母：海面浮游的腔肠动物，形如伞盖，伞缘有很多触手。以虾为目：把虾作为眼睛。　⑦八翼冲举：形容得志高升，飞黄腾达，如八翅同振，直冲云天。冲：直上。举：起飞。　⑦一行未读：一行字尚未读，极言读书之少。　⑦引：引荐。曹：同辈。　⑦簇簇：丛聚的样子。　⑦"方且"句：正将选为贤才俊良执掌国政。选：铨选，量才授官。钧：制作陶器的转轮。轴：车轴。钧以制陶，轴以转车，钧轴喻执掌国政，指宰相之职。　⑦纷纷：盛多貌。藉(jí)藉：杂乱貌。　⑦究究：憎恶貌。居居：同"究究"，形容心怀恶感，不相亲近的样子。　⑦滞：呆滞。　⑦质：本性。　⑧卢扁：即扁鹊，战国时医学家。因家居卢国(今山东省济南市长清区西南)，故称卢扁、卢医。　⑧袪(qū)：通"祛"，除去。　⑧惠庄：惠施和庄周，战国时哲学家，惠子为名家代表人物，庄子为道家代表人物，皆以善辩著称。辨：通"辩"。　⑧释：消除。拘：拘执。　⑧君子：德才兼备之士，实乃作者自谓。洞观：明察。洞：透彻，深入。物外：世俗之外。　⑧"手暗"句：谓自己拙于嘲弄别人。手：亲手，亲自。暗：暗昧，愚拙。揶揄(yé yú)：嘲笑，戏弄。　⑧虚舟：空船。《淮南子·诠言》："方船济乎江，有虚舟从一方来，触而覆之，虽有忮心，必无怨色。"此喻胸怀坦荡，心无机诈。相值：相逢。　⑧拈花无语：据《五灯会元·迦叶佛》，相传释迦牟尼在灵山会上，拈花示众弟子，当时众皆默然，只有迦叶破颜微笑。本谓禅宗以心传心，此处比喻心心相印，心领神会。　⑧相於：相亲相厚。　⑧齤(quán)然：笑而见齿貌。莞(wǎn)尔：微笑貌。　⑨须臾：片刻。

乾隆十四年(1749)袁枚三十三岁时，引疾辞官，寓居江宁(今江苏南京市)，筑室于小仓山隋氏废园，改名随园，世称随园先生。此后五十年间，专事著述，广交文士，一直过着名士风流的生活。《笑赋》最能体现袁枚辞赋诙谐尖新、鲜活生动的艺术品格，亦颇能反映袁枚其人蔑视尘俗、睥睨世态的思想作风。本赋写愤世嫉俗之心，却出之以幽默诙谐之笔，堪称随园赋的代表作。

题曰"笑赋"，开篇即笑声骤起，"哑哑不休"。作者既指出种种可笑之人"与己不侔"，又"但觉其蔽"，憎恶之情、讽刺之意，委婉道出。然而，"本无笑疾"，笑从何出？这就暗伏悬念，自然过渡到赋文的主体部分。

中间七段，以类似"七"体的结构，组成赋的主体，描摹刻画七种可笑之人，穷形尽相，入骨三分。一笑守财奴之贪婪吝啬，枉费心机。他们愈富愈贪，愈贪愈富，一朝撒手，落得个竹篮打水，为人作嫁。二笑俗吏之攀龙附凤，上蹿下跳。他们使尽浑身解数，机关算尽，终难逃脱身败名裂的下场。及至死到临头，悔之晚矣。三笑迷信者之愚昧荒唐，装疯卖傻。他们鬼迷心窍，阴差阳错，惶惶然不可终日。四笑赌徒之走火入魔，神魂颠倒。他们丧心病狂，丑态百出，人格、良心乃至性命全都押成了赌注。五笑僧道之虚幻妄诞,自欺欺人。他们舍弃现世,托身空门,最终误己误国。六笑书呆子之因循守旧,迂腐古板。他们人云亦云,狭隘浅薄,相互争斗于章句之中,耗尽平生精力而徒劳无益。七笑投机者之不学无术,欺世盗名。他们胸无点墨,招摇撞骗,竟能飞黄腾达,高官厚禄。

结尾总括上述诸人之“滞”与“愚”,感慨其病入膏肓,不可救药。最后以通达超脱之怀笑对群丑,“不能忍于须臾”。

全文以笑始,以笑终,笑声不绝于耳,真乃笑口常开,笑世间可笑之人;而众生百相,士林丑态,亦尽在其中。这正是该赋寓庄于谐的艺术特征。作者以漫画、夸张、诙谐、幽默的方式,集中讽刺了封建末世的种种弊端,形象鲜明,意趣生动,细节逼真,读来令人忍俊不禁。通篇文辞轻快活泼而又含蓄隽永,描绘尤具喜剧色彩,这不仅是对汉代以来赵壹、孔稚珪之赋讽刺传统的继承和发展,也得益于作者写作《子不语》的小说笔法。就其艺术个性而言,可谓辞赋中的“小说家言”。

(龚喜平)

洪亮吉

【作者小传】

(1746—1809) 字君直,一字稚存,号北江,晚号更生。阳湖(今江苏常州)人。乾隆五十五年(1790)进士,授编修。嘉庆初,上书指斥时政,戍伊犁。不久赦还,自号更生居士。通经史、音韵训诂及地理之学。工诗词。骈文颇负时誉。有《洪北江诗文集》《北江诗话》等。

过 旧 居 赋 并序　　　　洪亮吉

县南中河桥之侧,洪子有旧居焉①,盖居之者三世矣②。后主者以直贱③,转贸他族④,乃更徙焉⑤。岁癸巳十一月也⑥。室有楼,上下各四楹⑦;楼后有池,宽可十步⑧,霖潦既集⑨,亦生蛙鱼;池侧柔桑一株⑩,桃实数树⑪,一箔之蚕⑫,春足于食⑬,三尺之童,秋足于果。偪偪焉⑭,广广焉⑮,不自知其室之陋也⑯。然而夏水甫盛⑰,则萍藻带于周庐⑱;秋霖乍淫⑲,则莓苔生于阴牖⑳。出户之栋㉑,鼪鼯与室鼠竞驰㉒;颓邻之垣㉓,枯林与薜荔交翳㉔。室既荒陋,器亦敝败㉕。其木之刓而曲者㉖,太夫人之织具也㉗；其砖之方而折者，予童时之吟几也㉘。过之者色不怡㉙，居之者乐自若㉚，盖始生焉，少长焉，及授室焉㉛，生子焉，历二十八寒暑乃徙㉜。前岁复过之，则平池积淤，半已作道。邻人以桑翳其室，斧其东枝㉝，余者随堕岸而踣㉞。周堤而视㉟，则枯条朽蔓，无有存者，而墙之犨北如昔也㊱。复窥其室㊲，则败釜折几㊳，无有留者，而栋之欲落未葺也㊴。里媪巷妪㊵，集者数辈，则尚述太夫人之德不忘。因感而为之赋曰：

惟吾祖之令德兮㊶，冀乐土之是盘㊷。遵过庭之雅训兮㊸，就婚媾于江干㊹。遘家屯于癸甲兮㊺，乃巢毁而不完㊻。驻征楫而陆处兮㊼，爰构造之无端㊽。借大地之尺咫兮㊾，规周王以为垣㊿。逮予躬而三世兮(51)，尚营葺之未安(52)。

询东邻之所业兮(53)，云曲簿而织筐(54)。沸晨吹于西舍兮(55)，职吹箫而给丧(56)。连栌椽于后巷兮(57)，闻永昼之锻声(58)。井泉清而倚户兮(59)，喧朝夕之百铛(60)。纷吾庐之众响兮(61)，每夜起而彷徨(62)。牖虚明而入月兮(63)，瓦离披而漏霜(64)。鸣虫集于吟案兮(65)，鼪鼠经其颓梁。羌吾居之何陋兮(66)，实先世之此藏(67)。桃离离而秋实兮(68)，藤宛宛而春垂(69)。风盈扉而自阖兮(70)，雨颓墙而不围(71)。水东西而十步兮(72)，桑南北以数枝。每炎暑之蒸酷兮(73)，披后户之凉飔(74)。居陶陶而自适兮(75)，虽屡空而不辞(76)。

昔先人之食力兮(77)，乃终岁而在行也(78)。暨慈亲之厉节兮(79)，勤日昃而不遑也(80)。奉甘糗于尊章兮(81)，爰夜纺而晓经也(82)。惟邻左之责言兮，泪汍汍而辍响也(83)。嚣声惭而自化兮(84)，薄俗久而益贞(85)。训邻姬以妇道兮(86)，舍妪集而倾听(87)。迨行之于数纪兮(88)，消闺室之竞声(89)。忆邹舍之东迁兮，非垂教于三徙(90)。念琴书之去此兮(91)，亦岂炫乎仁里(92)。惟居庐之易主兮，情纷悒而靡喜(93)。犬周巡而不辍兮，鹊悲鸣而四起。非俦类之是恋兮(94)，情亦眷于鸣吠。遗缣巾于里媪兮(95)，挂别箴于户里(96)。环车轮而远送兮，盼百步而不已(97)。

别遥遥而六载兮(98)，乃屡过乎里门(99)。池涓涓而已竭兮(100)，桑猗猗而靡存⑩。纤蛇出于毁窦兮⑫，宿莽抽其故萌⑬。伊兹楼之虚敞兮⑭，乃久处而习魂⑮。纷一岁之百梦兮，每九十而是责⑯。荷邻柯之曲荫兮⑰，感檐日之奇温。思吾亲之居此兮，亦抚子而抱孙。业去此而适彼兮，遂违泰而履屯⑱。

岁月盈虚⑲，人生与俱。前负米而养志⑪，兹衔戚而昼居⑫。虽爱居而爱处⑬，孰倚门而倚闾⑭？昔居庳而亦乐⑮，今室广而增歔⑯。悟卅年而成世⑰，实一世而此居⑱。既性与境而皆易⑲，吾又何乐此一世之余⑳。

〔注〕　①"县南"二句：洪亮吉《七招》："今当返子中河之桥，觅子委巷之居。"自注："主人旧居在中河桥侧委巷中。"县南：指作者故乡阳湖(今江苏常州)县南。侧：旁边。洪子：作者自称。　②三世：祖孙三代。此谓祖、父、作者本人，凡三世。　③主者：指"赁宅"的主人。直贱：价值低廉，指租赁费便宜。直：通"值"。　④"转贸"句：转卖给了别的家族。贸：买卖，此指卖。　⑤更徙(xǐ)：再次迁居。徙：迁移。　⑥癸巳：清乾隆三十八年(1773)，时作者二十八岁。　⑦楹(yíng)：计算房屋的单位。屋一间为一楹。　⑧可：大约。　⑨霖潦(lǎo)：久雨积水。霖：霖雨，连绵的大雨。潦：雨后地面积水。　⑩柔桑：初生的桑叶。柔：嫩。　⑪桃实：桃子。实：果实。　⑫箔(bó)：用竹篾或芦苇编织而成的养蚕用具，形如筛子或席子。　⑬"春足"句：春季，鲜嫩的桑叶足够供一张席箔的蚕食用的。　⑭倨(jù)倨焉：无思无虑的样子。　⑮广(kuàng)广焉：空旷的样子。广：通"旷"。　⑯陋：狭小，简陋。　⑰甫：才，方。　⑱萍藻：浮萍和水藻。藻：水草的总称。带：围绕。周庐：本指秦汉时皇宫四周所设的警卫庐舍，此指旧居外围的房舍。　⑲秋霪：秋雨。霪：浸淫，浸渍。　⑳莓苔：青苔。阴牖(yǒu)：阳光照不到的向北背阳的窗户。牖：窗。　㉑出户之栋：露出门外的房梁。栋：房屋的正梁。　㉒鼪(shēng)鼯(wú)：黄鼠狼和鼯鼠。鼯鼠：俗称"大飞鼠"，形似蝙蝠，能滑翔，喜夜行。　㉓颓邻之垣(yuán)：与邻居连接的坍塌的墙头。垣：矮墙。　㉔枯株：枯木。株：露出地面的树根。薜荔：常绿藤本植物。交翳(yì)：交错映蔽。翳：遮蔽。　㉕器：器物用具。敝败：破旧。　㉖刓(wán)：磨损。　㉗太夫人：对母亲的尊称。　㉘吟几：吟诵诗书的小桌。几：古人用来倚凭身体的小矮桌。　㉙过：过访。色：脸部神色。怡：和悦。　㉚自若：如常，像原来的样子。　㉛授室：旧时谓为子娶妇为授室。此指娶妻成家。　㉜寒暑：犹"冬夏"。一寒一暑，代表一年。　㉝斧：用斧砍伐。　㉞"余者"句：剩余的桑树顺着塌陷的堤岸倾倒枯死。堕(huī)：通"隳"，毁坏。踣(bó)：向前跌倒。　㉟周：环绕。　㊱銐(chōu)北：向北突出。銐：突出。　㊲窥：从小孔、缝隙或隐蔽处偷看。　㊳釜(fǔ)：炊器，即无脚之锅。　㊴葺(qì)：修补。　㊵媪(ǎo)、妪(yù)：均指老年妇女。　㊶惟：句首语气词。令德：美德。　㊷"冀乐"句：希望游乐、留居在安乐的地方。作者自注："吾祖居歙县洪源，康熙戊子、己丑间，始迁常州。"冀：希冀。乐土：安乐之地。盘：盘游，盘桓。　㊸过庭：《论语·季氏》："(孔子)尝独立，鲤趋而过庭。曰：'学诗乎？'对曰：'未也。''不学诗，无以言。'鲤退而学诗。"后世因以孔子之子孔鲤"过庭"为承受父亲教导的代称。　㊹婚媾(gòu)：婚姻。江干：江畔。　㊺遘(gòu)：遭遇。屯(zhūn)：艰难。癸甲：癸未和甲申，即明崇祯十六年(1643)和清顺治元年(1644)，时值明朝灭亡清朝建立之际。　㊻作者自注："吾祖始卜居白云

溪东，后以其宅归赵氏，始迁居县西大宅。岁癸巳、甲午，家事中落，乃更徙焉。"巢毁：比喻家室毁坏。 ㊼"驻征"句：停止了水路漂泊在陆地上定居下来。征楫(jí)：指远行之舟。楫：船桨。陆处：陆居。处：居住。 ㊽"爰构"句：从此没完没了地营造屋宇。爰(yuán)：乃，于是。构造：构木造屋，修建。无端：没有尽头。 ㊾尺咫(zhǐ)：犹"咫尺"，比喻微小，此指占地极少。咫：古代长度单位，周制八寸，合今制市尺六寸二分二厘。 ㊿"规周"句：依据周天的形状规划、修建居所的围墙。规：摹拟，规划。周天：观测者眼睛所看到的天球上的大圆周。(51)逮：及，到。躬：自身。 (52)营葺：营建修理。安：安妥。 (53)询：询问。东邻：东边的邻居。业：职业。 (54)云：说。曲簿(bó)：蚕箔，饲蚕的器具，可以卷舒，故称曲簿。簿：通"箔"。 (55)"沸晨"句：清晨，西边邻舍的吹奏声像沸腾的水一样喧闹。 (56)职吹箫：以吹箫为职业，即吹鼓手。给(jǐ)丧：供丧事之用。给：供给。 (57)栌(lú)：即斗拱，大柱柱头承托栋梁的方木。椽(chuán)：椽子，放在檩上架着屋顶的木条。 (58)永昼：漫长的白天。永：长。锻声：打铁的声音。 (59)倚户：指靠近门的地方。倚：靠着。 (60)"喧朝"句：各种声响从早到晚喧嚣不息。铛(dāng)：象声词，本谓更漏声，此指滴水声。 (61)纷：杂乱。 (62)每：时常，往往。彷徨：徘徊，游移不定。 (63)虚明：犹"空明"，通明透彻。入月：映入月光。 (64)离披：分散貌。 (65)吟案：吟诵诗书的几案。案：矮长桌。 (66)羌(qiāng)：句首语气词。(67)先世：祖先。藏：隐藏。比指藏身，居住。 (68)离离：繁盛貌。实：结果。 (69)宛宛：回旋屈曲貌。垂：垂挂。 (70)"风盈"句：言门在风力的驱动下自己关闭。盈：充满。扉(fēi)：门扇。阖(hé)：关闭。 (71)"雨颓"句：言雨水冲毁的围墙残破不全，难以环护。围：环绕。(72)水：指池塘。 (73)蒸酷：蒸腾酷热。 (74)"披后"句：谓打开后面的门窗，让凉风穿堂而过。披：分开。户：本为门，此当指窗户，即上文所云"阴牖"。飔(sī)：凉风。 (75)陶(yáo)陶：和乐貌。 (76)屡空(kòng)：常常贫困。辞：告别，离开。 (77)先人：祖先，包括已死的父亲。作者六岁丧父。食力：依靠自己的劳力而生活。 (78)"终岁"句：终年为生计而奔波。行(háng)：路。 (79)暨(jì)：至，到。慈亲：母亲。厉节：激勉节操。 (80)勤：勤劳，辛苦。日昃(zè)：太阳偏西，约下午二时前后。不遑(huáng)：没有闲暇。 (81)：甘糗(qiǔ)：味美的食物。糗：炒熟的米麦等谷物。尊章：即舅姑。对丈夫父母的敬称。 (82)晓经：早晨诵读经书。晓：天亮。 (83)"惟邻"二句：面对邻居们责备的话语，潸然泪下，骂不还口。左：旁，附近。责言：问罪之言。汍(wán)汍：泪流貌。辍(chuò)：停止。响：回声，此谓还口。 (84)嚣声：喧嚣的声音，指"责言"。惭：羞愧。自化：自然改变。 (85)薄俗：轻薄的风俗。益贞：逐渐纯正。贞：通"正"。 (86)训：教诲，开导。姬：古代妇女的美称。妇道：旧指为妇的道理。 (87)舍姬：邻舍之姬，即上文所云"里媪巷姬"。 (88)迨(dài)：等到。数纪：数年。纪：年。 (89)闺室：内室，妇女的居室。竞声：争逐吵闹之声。 (90)"忆邹"二句：反用孟母三迁的典故。邹舍：孟子生于邹国(今山东邹城市)，故称邹舍。垂教：留给后人的教训。三徙：即三迁。相传孟轲幼时，邻里环境不佳，母亲仉(zhǎng)氏曾三次迁居，选择良好的学习环境。 (91)琴书：指习琴读书之人。去此：离开这里。 (92)炫(xuàn)：通"衒"，夸耀。仁里：仁者所居之地，亦泛指风俗淳美的乡里。 (93)纷悒(yì)：烦乱、忧郁。靡：无，不。 (94)俦(chóu)类：同类。 (95)遗(wèi)：给予，致送。缣(jiān)巾：丝巾。 (96)别箴(zhēn)：临别赠言。箴：箴言，劝诫之言。(97)盼：顾盼。此言回头看。已：停止。 (98)六载：六年。据序文，离开旧居在"癸巳"年，"六载"之后，则为乾隆己亥年(1779)，时作者三十四岁。 (99)里门：乡里之门。古人聚族列里而居，里有里门。此代指旧居。 (100)涓涓：细水慢流貌。竭：干涸。 (101)猗(yī)猗：美盛貌。(102)纡(yū)：屈曲。窦：孔穴。 (103)宿莽：经冬不死之草。抽：草木发芽。故萌：旧芽。

〔1004〕 洪亮吉　　　　　　　　　　　　　　　　　　　　　　　　　　过旧居赋

⑩伊：句首语气词。兹楼：此楼，指旧居。虚敞：空虚宽敞。　　⑩久处：长期居住。习魂：心魂所习惯、熟悉的。　　⑩贲(bēn)：通"奔"。　　⑩荷：承受。邻柯(kē)：邻家的树枝。柯：树枝。曲荫：曲折的树荫。　　⑩业：已经。适：往。　　⑩违泰：背离安泰。泰：平安，通畅。履屯：踏上艰险。　　⑩盈虚：满与空。此言时光流逝。　　⑪负米：背米。旧指儿子供养父母。子路曾"为亲负米百里之外"。养(yàng)志：承顺父母的心意。养：奉养。　　⑫兹：现在。衔戚：饱含悲戚、忧伤。《洪北江先生年谱》："乾隆四十一年十月二十六日，蒋太宜人在里猝得中风疾卒，春秋六十有三。"昼居：白昼闲居。　　⑬爱居：迁居。爱：改易，更换。爱处：改变住处。　　⑭"孰倚"句：形容父母靠在门边盼望子女归来的殷切心情。孰：谁。闾(lú)：里巷的大门。　　⑮居庳(bēi)：居室狭小。庳：低下。　　⑯室广：屋宇宽广。增欷(xū)：增添了哀叹声。欷：欷歔，叹息抽泣声。　　⑰卅(sà)年：三十年。成世：古称三十年为一世。　　⑱"实一"句：言在旧居住了三十年。此为约数，实"历二十八寒暑"。　　⑲性与境：性情和环境。易：改变。　　⑳一世之余：指一生所剩余的时光。

　　洪亮吉是清代中叶著名的经学家和文学家，骈文和诗歌成就尤为突出，其诗与同郡黄景仁齐名，骈文与同郡汪中比肩。论诗反对标榜门户，主张自抒性情，撰有《北江诗话》。骈体文清新淡雅，"每一篇出，世争传之。"（袁枚《卷施阁文乙集序》）赋作今存《七招》《伤知己赋》《过旧居赋》《拟小言赋》四篇。

　　根据吕培等编《洪北江先生年谱》及本文"别遥遥而六载兮"之语可知，《过旧居赋》作于清乾隆四十四年(1779)，时作者三十四岁。洪亮吉六岁丧父，与母亲相依为命，"分半纺丝分半读，与娘同听五更鸡"（《南楼忆旧诗》其八）。旧居"二十八寒暑"的生活，交织着童年时光的无穷乐趣与艰难人生的无尽悲酸，更流淌着无私而伟大的母爱亲情。在迁离故居六年之后与母亲去世三年之际，作者写下了这篇忆旧居而思慈母的至情至性之文。

　　赋前长序，首先概写了旧居的方位、由来及建构特点，然后以骈俪之语铺陈其生机勃发的周围环境，并从对旧居"童时"的美好回忆与"前岁"的凋败景象的荣衰对比之中自然引出无限今昔之感，再以追怀"太夫人之德"作结，作为全文的灵魂。赋文大抵依上述线索展开情景描写。首段简述祖先迁住旧居的经历，突出了三世老屋的沧桑之感。居之愈久，别之愈难，思之愈切。这便为后面的惜别场景和思旧情怀埋下了伏笔。二、三两段是全篇的主体部分。第二段侧重于境与景的描述，生动再现了旧居的人文景观与自然环境，突出了身居陋室而怡然自乐的精神风貌与生活情趣，可谓童心荡漾，乡情拂面。其描写极富层次感，由晨至夜，由外及里，由动归静，由巨而细，娓娓道来，如在目前。第三段侧重于人与事的追忆，以饱含深情之笔怀想慈母夜纺、训邻等生活片断，有赞美母爱之真情，而无宣扬母德之腐气。作者将怀念母亲的感情渗透于具体事件的描写之中，故能于平淡处见深情。第四段写迁居六载以来屡过旧居之所见与思念旧居之所感，景物衰败凄凉,情怀怅惘迷茫,睹物伤情,哀思绵绵。末段抒写时光易逝,旧梦难寻的人生感慨。往昔居库亦乐,而今室广增歔,如此情境变易,不禁悲从中来。

此赋最能体现洪亮吉清新淡雅的艺术风格,语言素雅,情味绵长,工于白描,涉笔成趣。尤为可贵的是,作者大胆将东邻西舍的市井生活图景和家庭琐事、人伦亲情写入赋中,从而透露出一种平民意识与赤子情怀,堪比归有光所作名篇《项脊轩志》。但较之归文,唯情感深婉不足,结构散缓少致,这也正是赋这种文体的特性所然。

(龚喜平)

张惠言

【作者小传】

(1761—1802) 原名一鸣,字皋闻,一作皋文,号茗柯。武进(今江苏常州)人。嘉庆四年(1799)进士,授编修。通经学,尤精《周易》与《仪礼》。少为辞赋,学司马相如、扬雄的古赋,及壮,又学韩愈、欧阳修古文,与恽敬齐名,号称阳湖派的宗师。词为常州派的开山祖,与弟琦合编《词选》。著有《茗柯文编》《茗柯词》等。另编有《七十家赋钞》。

望江南花赋并序　　　　张惠言

庭有小草,宵聂昼炕①,茎不盈尺②,黄花五出③,四柎交蓓④,侪而同氏⑤,蘂必其偶⑥,纵午相代⑦。开秋发芳⑧,风严霜颓⑨,而彼寸柯⑩,方藪厥章⑪。客有言其名者,是曰望江南之花。既感其道⑫,爰为赋焉⑬。

何小草之珍玮⑭,感兹名之见奇⑮。其纤支附柯、简节薄叶之麤生也⑯,翳弱草⑰,萦芜垂⑱。根萌谌荏⑲,枝条倚靡⑳。游尘离焉㉑,颓飙吹焉㉒。于是晚春早夏,百卉茂止㉓。纤丹睆其左,错紫睥其右㉔。凯费翠散、饶部澜漫于其侧㉕,拂兮其不逮时也㉖。委委猗猗㉗,诚未足以命知其异也㉘。抽兮首兮㉙,摞乎其不为之友也㉚。

尔其觏朝阳而布叶㉛,矫夕仪而敛阴㉜。托秋霜而表荣㉝,倚曾墀而效心㉞。华不饰悦㉟,香不越林,群不比标㊱,偏不戾

〔1006〕 张惠言　　　　　　　　　　　　　　　　　　　　望江南花赋

参㊲。独专专兮沈沈㊳，体志安隐㊳，醰醰深深㊵。凄凄兮秋风，飘飘兮吹我襟。初服兮敢化㊶，恐冉弱兮弗任㊷。谅君子之不佩㊸，怅永望兮江南㊹。

〔注〕　①"宵聂"句：《尔雅·释木》："守宫槐，叶昼聂宵炕。"宵聂(zhé)：夜晚合拢。聂：通"摺"，迭合。昼炕(hāng)：白天张开。　②盈：满。　③出：花瓣的分歧。此指花瓣。　④"四柎"句：四个花托交错托起花苞。柎(fū)：花托。苞：蓓蕾，花苞。　⑤"僢而"句：花蕾向背而生，同出一根。僢(chuǎn)：同"舛"，相背。氐(dǐ)：根本。　⑥"蓥必"句：花枝摆动时必定成双成对。蓥(yíng)：《唐韵》："草旋貌。"　⑦午：一纵一横曰午。代：交替。　⑧开秋：初秋。发芳：开花。　⑨严：猛烈。颓：降落。　⑩寸柯(kē)：形容极短的枝茎。柯：树枝，此指茎干。　⑪蔙(fū)：花叶舒展貌。厥：其。章：文采，言花色正盛。　⑫"既感"句：已为其生存方式所感动。　⑬爰(yuán)：乃，于是。　⑭珍玮(wěi)：珍奇美好。　⑮兹：此。见(xiàn)：同"现"，显现。　⑯"其纤"句：它的纤弱的茎干、单薄的枝叶贴着地面生长时。蘦(lì)：《说文》："草木附丽地而生也。"　⑰翳(yì)：遮蔽。　⑱萦：缠绕。　⑲萌：芽。谌(chén)：实在，诚然。荏(rěn)：软弱。　⑳倚靡：同"猗靡"，随风飘动貌。　㉑离(lì)：通"丽"，依附。　㉒飙飙(biāo)：暴风。　㉓百卉：泛指花草。卉：草的总称。止：语助词。　㉔"纡丹"二句：行文互文而语意双关，即纡丹错紫睥睨其左右，意谓望江南花的周围百花错杂，姹紫嫣红；又喻指身旁尽是纡朱拖紫的高官，地位显贵。纡(yū)：回绕。错：交错。丹、紫：既指花色，亦指高官所佩印绶的颜色。睥睨(bì nì)：斜视。　㉕"凯费"句：极言望江南花的旁边群芳竞艳，百花烂漫。凯(yì)费：锦文貌。翚(huī)散：形容花色艳丽，流光溢彩。翚：羽毛五彩的野鸡。饶部：多种，类别。饶：多。部：类别。澜漫：分散、杂乱貌。侧：旁边。　㉖拂：违背。不逮时：生不逢时。逮：及，到。　㉗委(wēi)委猗(yí)猗：随顺貌。　㉘"诚未"句：实在不能说明它的与众不同。　㉙抽：植物发芽。首：头。此指露出苗头。　㉚擽(lì)：折断。　㉛"尔其"句：你迎着朝阳绽开绿叶。覼(lì)：探视，察看。布：铺开。　㉜"娇夕"句：对着暮色收叶纳凉。娇：矫正，纠正。夕仪：夜色。仪：容貌。　㉝托：凭借。表荣：开花。表：显现。荣：草类开花。　㉞曾(céng)：同"层"，重叠。墀(chí)：台阶。效心：表白心志。　㉟"华不"句：华丽但不文饰自己，取悦于人。　㊱"群不"句：合群但无偏无党，并不突出自己。比：勾结。标：标举，显示。　㊲戾(lì)：乖张。　㊳专专：专一。沈沈：同"沉沉"，深沉貌。　㊴志：心志。　㊵醰(tán)醰：情趣含蓄深厚。深深：深而又深，犹言极深。　㊶"初服"句：本色岂可改变，初衷怎敢转移。以望江南花之本色不移比喻自己初衷难改。初服：指未做官时的服装。化：变化，改变。　㊷冉(rǎn)弱：荏弱，柔弱。弗任：不堪承受。　㊸谅：料想。　㊹怅：失意貌。

　　张惠言是清代中期著名的文学家和经学家，他是"常州词派"的代表人物。且博通经史，工骈文辞赋。其大赋学汉魏，辞藻富赡，气势雄阔，代表作有《游黄山赋》《黄山赋》等；其小赋学六朝，托意幽深，写情蕴藉，代表作有《望江南花赋》《邓石如篆势赋》等。又辑有《七十家赋钞》，选屈原《离骚》至庾信辞赋凡二百零六篇，所收繁富。中年后受桐城派影响，与同里恽敬共治唐宋古文，欲合骈散之长为一体，开创了阳湖派。其文"不遁于虚无，不溺于华藻，不伤于支离"（阮元

《茗柯文编序》），于散行户时杂骈语，较桐城派散文富于文采和气势。赋作今存二十二篇，堪称清赋大家。

《望江南花赋》见于张惠言于嘉庆五年（1800）亲自编定的《茗柯文初编》。据《文稿自序》，该编"自戊申至甲寅"，可知此赋作于1788年至1794年之间，即成进士之前。又据《送钱鲁斯序》，"乾隆戊申，自歙州归，……已而余游京师，……留京师六年"，可知这段时间作者旅居北京参加会试。其《与钱鲁斯书》又有"《望江南花赋》一首近作，亦附往足下观之，可以识仆比者结兴之所存"之语，足见此赋之寄托遥深。作者自乾隆五十一年（1766）中举，凡七试礼部，故因草名望江南，而有思归之意，又因其春夏不花而有孤寂之感，自在不言之中；可贵的是更能以此花"华不饰悦，香不越林，群不比标，偏不戾参"的品格寄托自己不以物喜，不以己悲，初衷难移，本色不改的情怀，体物细微真切，写情含蓄蕴藉，自有一种醇厚绵长的君子之风和诗意之美。

序文前八句先从望江南花的习性、形状、花色、姿态写起，以赋其形；中四句方言明其"开秋发芳"的独特品格，以写其神；后四句借"客"之口道出花名"望江南"，以"既感其道"自然引出正文。赋文前段铺写望江南花平凡柔弱的品性与生不逢时的境况，群芳与小草，热烈与冷寂，形成鲜明对比，失意之怀隐然可感。后段描绘其傲霜独放、从容敦厚的生存方式与精神状态，并于泰然处世、热爱生命的君子之风中透出怀乡思归的赤子情怀，照应开头，点出花名，颇具回环往复之致。

此赋继承了六朝小赋长于言情的传统，又能变化出托意幽深、运笔精微、意内言外、尚朴求真的独特韵味。张惠言论词主张比兴寄托，望江南花温柔敦厚、坦诚精专的品格正是作者学人风范的写照，马积高先生以为这一形象表现了张惠言"不媚俗、不傲世的沉静的思想风格"（《赋史》），诚为的评。进而言之，这浸注着张惠言人生感悟与生命体验的望江南花，又何尝不是包括作者在内的乾嘉时期一代学人的思想风格呢。唯有精诚之志，而无浮躁之心，这便是望江南花的风格，也是张惠言自己的风格，更是乾嘉大师们的风格！

（龚喜平）

管 同

【作者小传】 （1780—1831） 字异之，号育斋。上元（今江苏南京）人。清道光五年（1825）举人，时已四十六岁。曾入安徽巡抚邓廷桢幕府。管同曾受业于桐城派大师姚鼐，与梅曾亮、方东树、姚莹并称"姚门四杰"，同为桐城派后期重要作家。有《因寄轩文集》《七经纪闻》等。

吊邹阳赋　　　　　　　　　　管 同

　　遍干诸侯兮[1]，乃至于梁[2]。缅怀往哲兮[3]，爰吊邹阳[4]。遭世混浊兮，谗佞高张[5]。佩实衔华兮[6]，狴犴罹殃[7]。呜呼！天失其情[8]，人违其度[9]。阘茸者亲[10]，瑰琦者恶[11]。纫佩碔砆[12]，弃捐宝璐[13]。萧艾为香[14]，孰熏蘹杜[15]。坛堂燕飞[16]，鸾皇在笯[17]。骥伏于槽[18]，罢牛驾辂[19]。故以贤，则头虽白而如新；以佞，则盖方倾而如故[20]。举前世而皆然兮[21]，何夫子至今而始悟[22]！且夫盗憎主人，民恶其上[23]。才高行琦，众流攸谤[24]。彼众女之龋齿[25]，必交嫉夫蛾眉[26]。形吾射之不精，非杀羿其何为[27]！沫势积而漂山，蚊声聚而成雷[28]。举左右而致谗[29]，子孤孑其何归[30]！彼世之主，方好谀而恶直兮[31]，夫孰能深察其是非！倘上书而终不悟兮[32]，嗟瘐死其何追[33]！曩日国皆可干，何必曳裾于吴主也[34]！去一吴而就一吴[35]，亦未知其所处也！神龙伏于江海[36]，挟霄汉以飞翔[37]，就蚕龙而求食[38]，即烹醢如牛羊[39]。伊昔日之罹殃，亦惟君之自取也[40]！瑑曼辞以鸣哀[41]，何不惮夫勤苦也[42]！水可钓而山可樵[43]，子岂遂无乡土也[44]？就世主以求荣[45]，吾窃以为君子不取也[46]！

　　乱曰[47]：鸿鹄在野[48]，任翔飞兮；虽有碆卢[49]，将安施兮[50]；恋彼稻粱[51]，遭绁羁兮[52]；哀鸣嗷嗷[53]，悔曷追兮[54]！我吊古人，我心悲兮。明告君子，吾将从是以归兮[55]。

〔注〕　① 干：干谒，干进。　② 梁：今河南开封一带。战国时魏惠王迁都于此。西汉时为梁孝王刘武封地。　③ 缅(miǎn)怀：怀想，追念。往哲：前贤，先哲。　④ 爰(yuán)：乃，于是。吊：哀悼，伤痛。邹阳：西汉文学家，齐(今山东东部)人。初从吴王刘濞，有《上吴王书》，劝濞勿起兵叛汉，濞不听。后去为梁孝王客，被谗下狱，有《狱中上梁王书》，申诉冤屈。释放后，为梁王上客。所作散文，尚有战国游士纵横善辩之风。　⑤ 谗佞：奸邪小人。谗：说别人的坏话。佞：巧言谄媚。　⑥“佩实”句：形容文章的内容和形式都很完美。佩：佩带，垂挂。实：果实，比喻文章的内容。衔：包含。华：同“花”，比喻文采。此谓邹阳德才兼备。⑦ 狴(bì)犴(àn)：传说中的兽名。旧时因狱门绘有狴犴，故又作为牢狱的代称。罹(lí)殃：遭殃。罹：遭遇。　⑧ 情：情实，真实。　⑨ 度：法度。　⑩ 阘(tà)茸(rǒng)：地位微贱或行为卑鄙的人。贾谊《吊屈原赋》：“阘茸尊显兮，谗谀得志。”　⑪ 瑰(guī)琦：即“瑰意琦行”，卓异的思想和超凡的行为。瑰：奇伟，珍贵。琦：卓异，美好。　⑫ 纫：连缀，贯串。碔(wǔ)砆(fū)：

像玉的石。屈原《离骚》："扈江离与辟芷兮，纫秋兰以为佩。" ⑬弃捐：抛弃。璐（lù）：美玉。屈原《九章·涉江》："被明月兮佩宝璐。" ⑭萧艾：野蒿，臭草。屈原《离骚》："何昔日之芳草兮，今直为此萧艾也。" ⑮孰：谁。蘅杜：即"杜蘅"，香草名。屈原《离骚》："畦留夷与揭车兮，杂杜蘅与芳芷。" ⑯"坛堂"句：比喻小人得志。坛：祭坛。堂：殿堂。 ⑰鸾皇：鸾鸟和凤凰。鸾：传说中类似凤凰的神鸟。皇：同"凰"。筊（nú）：鸟笼。屈原《九章·怀沙》："凤皇在笯兮，鸡鹜翔舞。" ⑱骥：千里马。贾谊《吊屈原赋》："骥垂两耳，服盐车兮。" ⑲罢（pí）牛：弱牛。罢：通"疲"，疲困，软弱。辂（lù）：绑在车辕上用来牵引车子的横木。贾谊《吊屈原赋》："腾驾罢牛，骖蹇驴兮。" ⑳"故以"四句：因此，凭贤能正直，则终生失意，不为世用，靠谄媚钻营，则一见如故，飞黄腾达。头虽白而如新：谓相识很久却如同初交。盖方倾：谓相遇于道，停车对语，车盖相交。盖：车盖，形如伞，用以遮阳障雨。倾：侧、斜。故：故交，旧友。邹阳《狱中上梁王书》："语曰：'白头如新，倾盖如故。'何则？知与不知也。" ㉑举：全。 ㉒夫子：对邹阳的敬称。悟：领会，醒悟。 ㉓"且夫"二句：盗贼憎恨主人，百姓讨厌大官。此处比喻邪恶之人憎恨正直之士。语出《左传·成公十五年》。 ㉔众流：众人。流：流派。攸（yōu）：所。谤：毁谤。 ㉕龋（qǔ）齿：即"龋齿笑"，一种故意做作的笑。龋：蛀牙。 ㉖交：共，俱。蛾眉：美女眉毛细长而弯曲，犹如蚕蛾，故称蛾眉。屈原《离骚》："众女嫉余之蛾眉兮，谣诼谓余以善淫。" ㉗"形吾"二句：相形之下我的射技不够精湛，不杀死后羿又做什么呢。形：对照。羿（yì）：即后羿，神话传说中的射日英雄。唐尧之时，十日并出，草木枯焦，羿射落九日。《孟子·离娄下》："逢蒙学射于羿，尽羿之道，思天下惟羿为愈己，于是杀羿。孟子曰：'是亦羿有罪焉。'" ㉘"沫势"二句：比喻众口铄金，人言可畏。沫势：指谗言的威力。沫：唾沫，口水。 ㉙左右：指身边小人。致：传达，表述。 ㉚子：对邹阳的尊称。孑（jié）：孤单，孤独。 ㉛好谀：喜好阿谀奉承之徒。恶直：厌恶正直敢言之士。 ㉜倘：倘若，假如。上书：指邹阳于狱中上梁王书以自明，梁王悟，"立出之，卒为上客。"（《汉书·邹阳传》） ㉝瘐（yǔ）死：囚犯病于狱中。追：补救。 ㉞"曩日"二句：曩（nǎng）：往昔，从前。曳（yè）裾：比喻奔走于王侯权贵之门。曳：拖，拉。裾：衣袖。吴主：吴王刘濞。邹阳《上吴王书》："今臣尽知毕议，易精极虑，则无国而不可奸；饰固陋之心，则何王之门不可曳长裾乎？"贾谊《吊屈原赋》："历九州而相其君兮，何必怀此都也。" ㉟去一吴：指邹阳离开吴王刘濞。去：离开。就一吴：指投奔梁孝王刘武，谓梁与吴为一丘之貉也。 ㊱神龙：龙为神物，故称神龙。《楚辞·惜誓》："神龙失水而陆居兮，为蝼蚁之所裁。" ㊲挟：拥有。霄汉：高空。霄：云霄。汉：天河。 ㊳豢（huàn）龙：传说虞舜时有董父，能畜龙，有功，舜赐之氏曰豢龙。 ㊴"即烹"句：谓像牛羊一样任人宰杀。烹：古代以鼎镬煮杀人的酷刑。醢（hǎi）：古代的一种酷刑，把人剁成肉酱。 ㊵"伊昔"二句：谓邹阳为梁孝王客时被谗下狱是自取其祸。伊：语助词。君：对邹阳的尊称。贾谊《吊屈原赋》："般纷纷其离此尤兮，亦夫子之故也。" ㊶"瑑曼"句：指邹阳作《狱中上梁王书》。瑑（zhuàn）：玉器上隆起的雕纹。此谓雕饰。曼辞：美妙之辞。曼：美妙。 ㊷惮（dàn）：怕，畏惧。 ㊸"水可"句：谓隐居家园。樵：打柴。 ㊹乡土：家乡，故乡。 ㊺世主：国君。此指诸侯国吴王刘濞和梁王刘武。 ㊻窃：谦辞。私自，私下。君子：道德高尚的人。 ㊼乱：辞赋篇末总括全篇要旨的一段。 ㊽鸿鹄（hú）：天鹅。似雁而大，飞翔甚高，时常用来比喻志向远大的人。 ㊾砮（bō）卢：射鸟用的石制箭头。 ㊿施：施加。 51"恋彼"句：比喻贪恋功名谋求衣食。 52绁（xiè）羁：束缚羁绊。 53嗷（áo）嗷：哀鸣声。《诗·小雅·鸿雁》："鸿雁于飞，哀鸣嗷嗷。" 54曷（hé）：何，怎么。 55是：此。指"鸿鹄在野，任翔飞兮"的自由生活。

历史上的邹阳,以辞章著称于世,亦不乏政治远见和抗争精神。千载而下的清朝嘉道年间,桐城派古文家管同有志经世而终生未仕,于是借题发挥,写下了这篇题为吊古实为自哀的《吊邹阳赋》,寄寓了一代士人对统治阶级"好谀而恶直"的倒行逆施的满腔悲愤,否定了"就世主以求荣"的价值取向,表明了自己对黑暗现实的清醒认识和全身远祸的人生态度。

全篇由正文和乱辞两部分组成。正文铺陈邹阳平生遭际并化用其文章语意,正叙反说,设喻作比,真切描绘出一幅幅小人当道、志士蒙冤的社会图景,激荡着作者沉痛愤切的不平之声,激情似火,快语如飞。乱辞则是对这种"举前世而皆然"的黑暗现象的总结和作者"水可钓而山可樵"的处世态度的重申,正反映衬,利害并陈,何去何从,昭然若揭。通篇前后呼应,文意更显完满。

从艺术形式、表现手法和语言风格来看,此赋明显受到楚骚及贾谊《吊屈原赋》的影响,其结构、句式、语辞,亦多袭用《吊屈原赋》之处。尤其是通篇采用了香草美人的比兴手法,"阘茸"与"瑰琦","碔砆"与"宝璐","萧艾"与"蘅杜","燕"与"鸾皇","骥"与"罢牛","龋齿"与"蛾眉",对照强烈,爱憎鲜明,形象生动。全文句法灵活多变,排比层出不穷,加之言辞激切,气势凌厉,读来确有酣畅痛快、一气呵成之感。然而就感情的沉痛深厚而言,此赋又不及《吊屈原赋》,直切有余,沉郁不足。但对赋学成就甚微的桐城派来说,"在桐城诸家的赋中,这就算是翘楚了"(马积高《赋史》)。

(龚喜平)

龚自珍

【作者小传】

(1792—1841) 一名巩祚,字璱人,号定庵。仁和(今浙江杭州)人。道光九年(1829)进士,官礼部主事。十九年乞归,二十一年暴卒于丹阳。学务博览,为嘉道间提倡"通经致用"的今文经学派重要人物。主张道、学、治三者不可分割。哲学观点上持"性无善无不善"说。为文奥博纵横,自成一家;诗词瑰丽奇肆,称为"龚派"。著作等身,不下二十余种,今人辑为《龚自珍全集》。

<h2 style="text-align:center">哀 忍 之 华 赋 并序　　　　龚自珍</h2>

有植焉①,在天地间,不能以名②,强名之曰"忍"③。是能

华而香不外出④，氲氲沈沈⑤，以返乎其根。为之哀曰：

云猗霞猗⑥，天女所怜猗⑦，而投之人间猗⑧。飘摇猗，悲风飏猗⑨。惨怛猗⑩，阴气戕猗⑪。凄心魂猗，郁猗，块猗，又孔之飇猗⑫。何以宠之⑬？棘十重猗⑭。春不得抽蕤⑮，夏殒妍猗⑯，塞以盘猗⑰。毒霾霾猗⑱，蛇虺所蟠猗⑲。心苦猗，不可以传猗。材孔清猗⑳，性孔灵猗㉑，怳不可以名猗㉒。哀此忍树猗，毋久闭汝香猗㉓。行归而乡猗㉔，云霞之乐长猗㉕。

〔注〕　①植：泛称草木，根生之属皆曰植。此指"忍树"。焉：语助词。　②名：命名。　③强(qiǎng)：勉强。　④"是能"句：这种树能开花但芳香无法散发出来。是：此，这。华：开花。　⑤"氲氲"句：形容香气沉郁浓盛。氲(yūn)氲：沉郁貌。沈沈：盛貌。沈：同"沉"。　⑥云、霞：形容忍之华如云似霞，灿烂怒放。猗(yī)：语气词，犹"兮"。　⑦天女：天界神女。怜：爱。　⑧投：投赠。　⑨悲风：凄厉的寒风。飏(yáng)：飞扬。　⑩惨怛(dá)：忧伤，悲痛。　⑪戕(qiāng)：残害。　⑫"凄心"四句：言忍之华凄凉的灵魂忧闷孤寂，蒙尘受寒。块(yǎng)：尘埃。孔：很，甚。飇(liáng)：同"凉"。　⑬宠：尊崇，宠爱。　⑭棘(jí)：酸枣树。泛指多刺草木。重：层。　⑮抽蕤(ruí)：抽芽开花。抽：草木发芽。蕤：草木花下垂貌。　⑯殒(yǔn)妍(yán)：花朵陨落。殒：通"陨"，坠落。妍：美。此指美丽的鲜花。　⑰"塞以"句：言忍树枝断花落，盘曲伏地。塞(jiǎn)：跛足。　⑱霾(mái)：本谓风尘弥漫，此指毒气郁积。　⑲虺(huǐ)：毒蛇，毒虫。蟠(pán)：盘曲而伏。　⑳材：资质。孔：很，非常。清：纯洁。　㉑灵：善，美好。　㉒怳(huǎng)：通"恍"，失意貌。名：指称，说出。　㉓毋(wú)：勿，不要。闭(bì)：闭塞，掩闭。　㉔行：将，将要。而：你，你的。　㉕"云霞"句：喻指"云猗霞猗"的天界之乐。

　　龚自珍是近代启蒙时期著名的思想家和文学家，主张通经致用，倡言更法改图，"讥切时政，诋排专制"，"晚清思想之解放，自珍确与有功焉"（梁启超《清代学术概论》）。文学创作注重"尊情"，推崇"天然"。

　　这是一篇咏物小赋，然所咏之花并非世间莲、菊、梅、兰之类的寻常之物，而是"天女所怜"且"投之人间"的"忍之华"。可见又是一篇富于寓言色彩的托物寄情之作，自有深意存焉。

　　作者在赋前小序中，即已描摹出忍树屏息闭香、氲氲沉沉的精神状态，引人遐想深思。赋文则以虚幻空灵之笔，多层次地描绘了原本如云似霞的忍之华在人间所经受的种种磨难及其难以言传、莫可名状的精神痛苦：悲风摧颜，阴气攻心，荆棘蔽体，毒蛇缠身。最后以劝慰忍之华回归仙乡永享云霞之乐作结，其中既有对世间邪恶力量的无情控诉，也有对理想境界的美好祝福，更有着直面黑暗而无力回天的痛苦与无奈。

借物写志,以花喻人,是此赋的基本特征。龚自珍面对"万马齐喑"的封建末世,大声疾呼"不拘一格降人材"(《己亥杂诗》其一二五),渴望精神自由与思想解放。赋中忍之华艰难的生存空间,正是晚清社会的形象写照;备受摧残的忍之华,便是"避席畏闻文字狱,著书都为稻粱谋"(《咏史》)的一代士人的艺术化身。而蕴含于文中的哀痛情绪、抗争精神与美好愿望,也正是龚自珍这位启蒙思想家的心声,它与《病梅馆记》等作品中鞭挞黑暗腐朽、呼唤个性解放的时代精神是完全一致的。"忍之华"这一幻化的艺术形象,凝聚着作者的人生经历与生命体验,哀花即哀人,哀人亦自哀。

此赋立意虚幻而感慨愤切,形象生动亦富于情韵,句式灵活多变,语言清丽可诵,自有一种曼声徐吟的韵律美和迷离浪漫的诗意美。 （龚喜平）

【作者小传】

黄遵宪

(1848—1905) 字公度,号法时尚任斋主人、水苍雁红馆主人。嘉应州(今广东梅州市)人。光绪二年(1876)举人。历任驻日、英参赞及美国旧金山、新加坡总领事。二十年归国后,办理东南五省积存教案,官至湖南长宝盐法道、署按察使。佐巡抚陈宝箴举办新政。晚年思想倾向革命。论诗要求表现"古人未有之物,未辟之境",创为"新派诗"。工散文,批旧阐新,具有远见。有《人境庐诗草》《日本杂事诗》《日本国志》。

小时不识月赋 并序 　　　　黄遵宪

以"小时不识月,呼作白玉盘"为韵①。

碧宇光澄②,青春梦绕③。旧事茫茫,予怀渺渺④。月何分于古今⑤,人犹忆乎少小⑥。举头即见⑦,依然皓魄团团⑧;总角何知⑨,漫道小时了了⑩。

昔李青莲神仙骨格,诗酒生涯⑪。偶琼筵之小坐,向玉宇而翘思⑫。清影堪邀,且喜三人共盏⑬;韶华易逝⑭,那堪两鬓已丝⑮。未知过客光阴⑯,几逢圆月?每望广寒宫阙⑰,便忆儿时。

细数前尘⑱,尚能仿佛⑲。灯共人篝⑳,果从母乞㉑。鬓边之玉帽斜敧㉒，膝下之彩衣低拂㉓。骑来竹马，长干之侣欢然㉔；梦入绳床，湘管之花鄂不㉕。

偶绮阁之春嬉㉖，见玉阶之月色㉗。忽流满地之辉㉘，莫解中情之惑㉙。几时修到？竟如七宝装成㉚；何处飞来㉛？不用一钱买得㉜。只昨夜高擎珠箔㉝，偶尔招邀㉞；似春风吹入罗帏，未曾相识㉟。

何半钩兮弯环㊱？复一轮兮出没㊲。羌珠斗之光凝㊳，更星潢之艳发㊴。相逢倍觉依依㊵，怪事辄呼咄咄㊶。倘使层梯取得，愿登百尺之台㊷；只应香饼分来㊸，误指中秋之月。

问天不语㊹，愈极模糊。屡低头而思起㊺，奈欲唤而名无。阿姊聪明㊻，搴帘学拜㊼；群儿三五㊽，捉影相娱。几从华屋秋澄㊾，凝眸谛视㊿；每见银河夜转，拍手欢呼(51)。

如此心情，犹能揣度(52)。曾圆缺之几回(53)，已容颜之非昨(54)。恐蟾兔其笑人(55)，竟江湖之落魄(56)。偶然今夕重逢，愿有新诗之作。想当日铜鞮争唱(57)，都如宵梦一场(58)；算几番玉镜高悬(59)，未及少年行乐(60)。

因慨夫老大依人(61)，关山作客(62)。桃园春色之宵(63)，牛渚秋江之夕(64)。谢公别处，客散天青(65)；宛水歌中(66)，沙寒鸥白(67)。历数游踪，都成浪迹(68)。空学浣花老友(69)，儿女遥怜(70)；只同中圣浩然，风流自适(71)。

孰若髫挽青丝(72)，头峣紫玉(73)。捉花底之迷藏(74)，向墙阴而踯躅(75)。银床高卧，翻疑地上霜华(76)；翠袖同看，未解闺中心曲(77)。可惜流光弹指(78)，此景难追(79)；即今皎魄当头(80)，童心顿触(81)。

盖其别翻隽语(82)，故作疑团(83)。真粲花之有舌(84)，拟琢玉以成盘(85)。早岁香名(86)，艳说谪仙位业(87)；扁舟午夜，饱看采石波澜(88)。仰公千载(89)，对月三叹。我自惭绿鬓华年(90)，曾无才调(91)；恨未识锦袍仙客(92)，相与盘桓(93)。

〔注〕 ① 律赋限韵，此赋十韵，韵脚即为小、时、不、识、月、呼、作、白、玉、盘十字。“小时不

〔1014〕 黄遵宪 　　　　　　　　　　　　　　　　　　　　　　小时不识月赋

识月"二句,出自李白《古朗月行》。　②碧宇:蔚蓝的天空。宇:空间的总称。澄(chéng):明净,清澈。　③青春:指春季。因春季草木一片青葱,故称青春。　④"予怀"句:苏轼《前赤壁赋》:"渺渺兮予怀,望美人兮天一方。"渺渺:悠远貌。　⑤"月何"句:化用李白诗句,《把酒问月》:"青天有月来几时?我今停杯一问之。……今人不见古时月,今月曾经照古人。古人今人若流水,共看明月皆如此。"　⑥少小:即"小时",幼年时。　⑦"举头"句:化用李白诗句,《静夜思》:"举头望明月,低头思故乡。"　⑧皓魄:犹"素魄",明月。皓:明亮,洁白。魄:月初出或将没时的微光。团团:圆貌。　⑨总角:古代男女未成年前将头发束成两个结,形状如角,故称总角。总:聚束。角:小髻。后因称童年时代为总角。　⑩漫道:漫说。漫:随意,不受拘束。了了:聪明,懂事。　⑪"昔李"二句:化用李白诗句,《答湖州迦叶司马问白是何人》:"青莲居士谪仙人,酒肆藏名三十春。"李青莲:李白号青莲居士。神仙:即谪仙。《新唐书·李白传》:"白亦至长安,往见贺知章,知章见其文,叹曰:'子,谪仙人也!'"故后人称李白为"诗仙"。骨格:指人的品质、气格。诗酒:赋诗饮酒。杜甫《饮中八仙歌》:"李白一斗诗百篇,长安市上酒家眠。天子呼来不上船,自称臣是酒中仙。"生涯:生活。　⑫"偶琼"二句:化用李白文句,《春夜宴从弟桃花园序》:"开琼筵以坐花,飞羽觞而醉月。"偶:偶尔,偶然。琼筵:盛筵。琼:比喻精美的事物。玉宇:明净的天空。翘思:举首遥想。　⑬"清影"二句:化用李白诗句,《月下独酌四首》(其一):"花间一壶酒,独酌无相亲。举杯邀明月,对影成三人。"清影:指明月。　⑭"韶华"句:李白《宣州谢朓楼饯别校书叔云》:"弃我去者,昨日之日不可留。"韶(sháo)华:美好的青春年华。　⑮丝:形容白发。李白《上三峡》:"三朝又三暮,不觉鬓成丝。"　⑯"未知"句:化用李白文句,《春夜宴从弟桃花园序》:"夫天地者,万物之逆旅也;光阴者,百代之过客也。"又李白《拟古十二首》(其九):"生者为过客,死者为归人。天地一逆旅,同悲万古尘。"光阴:时间。光:明,阴:暗。指日月的推移。　⑰广寒:传说中月宫的名称。　⑱数(shǔ):数说,列举。前尘:往事,旧事。佛教称色、香、声、味、触、法为六尘;当前境界为六尘所成,都非真实,故称前尘。　⑲仿佛:大体相像,看不真切。　⑳"灯共"句:《宋史·陈彭年传》:"彭年幼好学。母惟一子,爱之,禁其夜读书。彭年篝灯密室,不令母知。"篝(gōu):篝灯,即灯笼。　㉑果:果品。乞:求取。　㉒敧(qī):通"攲",倾斜。　㉓彩衣:彩色丝织物做成的衣服。拂:摆动。拂衣:犹振衣,表示兴奋。　㉔"骑来"二句:化用李白诗句,《长干行》:"郎骑竹马来,绕床弄青梅。同居长干里,两小无嫌猜。"竹马:儿童游戏时当马骑的竹竿。长干:地名,在今江苏南京市秦淮河南,靠近长江。侣:同伴。欢然:快乐、欢喜的样子。　㉕"梦入"二句:化用李白故事,王仁裕《开元天宝遗事·梦笔头生花》:"李太白少时,梦所用之笔头上生花,后天才赡逸,名闻天下。"绳床:即交椅,亦称"胡床"。一种可以折叠的轻便坐具。湘管:湘竹笔管。鄂(è):通"萼",花托。不(fū):花蒂。　㉖绮阁:华丽的阁楼。　㉗"见玉"句:化用李白诗句,《玉阶怨》:"玉阶生白露,夜久侵罗袜。却下水晶帘,玲珑望秋月。"　㉘"忽流"句:言月光洒满大地。辉:光辉,光彩。　㉙"莫解"句:无法排解心中的疑惑。中情:内心。　㉚"几时"二句:古代民间传说,月由七宝合成,人间常有八万二千户修之。见《酉阳杂俎·天咫》。李白《把酒问月》:"青天有月来几时?我今停杯一问之。"修到:修成。修:修饰,整治。到:得,成。七宝:泛指多种宝物。装:装饰。　㉛"何处"句:李白《古朗月行》:"又疑瑶台镜,飞在青云端。"　㉜"不用"句:化用李白诗句,《襄阳歌》:"清风朗月不用一钱买,玉山自倒非人推。"　㉝擎(qíng):举。珠箔(bó):即珠帘,用珍珠缀饰的帘子。　㉞招邀:邀约。　㉟"似春"二句:化用李白诗句,《春思》:"春风不相识,何事入罗帏?"罗帏(wéi):丝织的帷帐。帏:帐子。　㊱半钩:半月。钩:指钩月,弯月。弯环:半圆,弓月形。　㊲复:又。

出没：忽隐忽现。　㊳ 羌(qiāng)：语助词。珠斗：北斗星。光凝：光彩凝聚。　㊴ 星潢(huáng)：银河。潢：天潢星。艳发：鲜明焕发。　㊵ 倍：更加。依依：依恋貌。　㊶“怪事”句：形容出乎意料、令人惊异的事情。辄(zhé)：即，就。咄(duō)咄：叹词，表示惊诧。㊷“倘使”二句：李白《宣州谢朓楼饯别校书叔云》：“俱怀逸兴壮思飞，欲上青天揽明月。”层梯：即梯子。层：重叠。百尺：极言其高。　㊸ 香饼：指月饼，为阴历八月十五中秋节应时食品。㊹“问天”句：化用李白诗句，《把酒问月》：“青天有月来几时？我今停杯一问之。”　㊺“屡低”句：化用李白诗句，《静夜思》：“举头望明月，低头思故乡。”屡：多次。　㊻ 阿姊：姐姐。聪明：天资高，智力强。　㊼ 搴(qiān)：通“褰”，揭起，撩起。　㊽ 三五：约举之数，几个。　㊾ 华屋：华丽的屋宇。　㊿ 凝眸(móu)：目不转睛。眸：眼珠。谛(dì)视：仔细审视。谛：注意，详细。　(51)“拍手”句：李白《襄阳歌》：“襄阳小儿齐拍手，拦街争唱白铜鞮。”　(52) 揣(chuǎi)度(duó)：估量，猜想。此言回味。　(53) 圆缺：指月盈月亏。　(54) 容颜：容色，面貌。　(55) 蟾(chán)兔：传说月中有蟾兔，故用为月的代称。　(56)“竟江”句：江湖：泛指四方各地。落魄：穷困失意。　(57)“想当”句：化用李白诗句，《襄阳歌》：“襄阳小儿齐拍手，拦街争唱白铜鞮。”铜鞮(dī)：即白铜鞮，南朝童谣名，流行于襄阳一带。　(58) 宵梦：夜梦。宵：夜晚。　(59) 玉镜：喻明月。　(60) 及：趁着。行乐：消遣娱乐。　(61) 慨：感慨，叹息。夫：语助词。老大：年长。依人：依赖他人。　(62) 关山：泛指关隘山川。作客：旅居他乡。　(63)“桃园”句：化用李白文句，《春夜宴从弟桃花园序》：“况阳春召我以烟景，大块假我以文章。会桃花之芳园，序天伦之乐事。”　(64)“牛渚”句：化用李白诗句，《夜泊牛渚怀古》：“牛渚西江夜，青天无片云。登舟望秋月，空忆谢将军。”牛渚(zhǔ)：山名，在今安徽当涂县西北长江边上，北端突入江中，即采石矶。夕：夜。　(65)“谢公”二句：化用李白诗句，《谢公亭》：“谢亭离别处，风景每生愁。客散青天月，山空碧水流。”谢公别处，即谢公亭，在今安徽宣城市北。谢朓任宣城太守时，曾在此送别友人范云。谢公：谢朓，南齐著名诗人，以山水风景诗著称，为李白所敬重和师法。　(66)“宛水”句：宛水：即宛溪。源出安徽宣城市东南峄山，北流合句溪，绕城而流。李白诗中称宛溪和句溪为“两水”，《秋登宣城谢朓北楼》：“江城如画里，山晚望晴空。两水夹明镜，双桥落彩虹。”　(67)“沙寒”句：鸥：水鸟名。翼长而尖，羽毛多为白色，经常飞翔于江海之上。　(68) 浪迹：到处漫游，行踪无定。　(69) 浣花老友：指杜甫。唐肃宗乾元二年(759)年底，杜甫移家成都，次年春天，筑草堂于西郊浣花溪畔。玄宗天宝三载(744)，李白离开长安漫游各地，在洛阳与杜甫相见，结伴同游梁宋齐鲁诸地，历时二年，建立了终生难忘的深厚友谊。　(70)“儿女”句：杜甫《月夜》：“今夜鄜州月，闺中只独看。遥怜小儿女，未解忆长安。”　(71)“只同”二句：化用李白诗句，《赠孟浩然》：“吾爱孟夫子，风流天下闻。红颜弃轩冕，白首卧松云。醉月频中圣，迷花不事君。”中圣：犹中酒，醉酒。据《三国志·魏书·徐邈传》，曹魏时徐邈嗜酒，禁酒期间私饮沉醉，自称“中圣人”，“平日醉客，谓酒清者为圣人，浊者为贤人。”后因称喝醉酒为中圣人，省称中圣。浩然：即孟浩然，著名山水田园诗人，深受李白敬重。开元年间李白寓居湖北安陆时期(727—736)，曾与孟浩然结下了深厚友谊。风流：有才学而不拘礼法。自适：犹自得。适：舒适，畅快。(72) 髻(jì)：发结。挽：通“绾”，盘结。青丝：喻黑发。　(73) 峣(yáo)：高貌。紫玉：紫色宝玉，古代以为祥瑞之物。此指冠玉，即装饰在帽子上的美玉。　(74) 捉迷藏：蒙眼相捉的游戏。(75) 踯(zhí)躅(zhú)：徘徊不进貌。　(76)“银床”二句：化用李白诗句，《静夜思》：“床前明月光，疑是地上霜。”高卧：高枕而卧，安卧。翻：反而。　(77)“翠袖”二句：化用杜甫诗意，《月夜》：“今夜鄜州月，闺中只独看。遥怜小儿女，未解忆长安。”翠袖：青绿色的衣袖。杜甫《佳人》：“天寒翠袖薄，日暮倚修竹。”闺中：女子居住的内室。心曲：心事。　(78) 流光：光阴。时光易逝，去如流水，故称流光。弹指：比喻时间短暂。佛经说二十念为一瞬，二十瞬为一弹指。
⑦追：回溯。　⑧即今：当今。即：当，当前。皎魄：犹"素魄"，明月。　⑧童心：童稚之心。
触：触动。　⑧翻：反转。此言变换，翻新。隽（juàn）语：意味深长之语。　⑧疑团：满腹疑
念结聚成团。　⑧"真粲"句：化用李白故事，王仁裕《开元天宝遗事·粲花之论》："李白有天
才俊逸之誉，每与人谈论，皆成句读，如春葩丽藻，粲于齿牙之下，时人号曰李白粲花之论。"粲
（càn）花：形容言谈美妙，犹如百花灿烂。粲：鲜艳，灿烂。　⑧"拟琢"句：化用李白诗句，《古
朗月行》："小时不识月，呼作白玉盘。"　⑧香名：美名。香：比喻受赞美或受欢迎。　⑧艳：
喜爱，羡慕。谪（zhé）仙：谪降世间的神仙。旧时称誉才学优异的人为谪仙，言非人间所有。此
指李白，见注⑪。　⑧"扁舟"二句：化用李白故事，《旧唐书·李白传》："尝月夜乘舟自采石达
金陵，白衣宫锦袍，于舟中顾瞻笑傲，旁若无人。"扁（piān）舟：小船。李白《宣州谢朓楼饯别校
书叔云》："人生在世不称意，明朝散发弄扁舟。"午夜：半夜。饱：充分。采石：即采石矶。在今
安徽当涂县西北，为牛渚山之北端，突入长江之中。波澜：波涛。　⑧仰：敬慕。公：对李白
的敬称。　⑨绿鬓：乌黑发亮的鬓发。华年：犹青春。　⑨才调（diào）：才气、才情。
⑨恨：遗憾。锦袍仙客：《唐摭言》："李白着宫锦袍，游采石江中，傲然自得，旁若无人，因醉，
入水中捉月而死。"　⑨相与：共同。盘桓（huán）：徘徊，逗留。

　　黄遵宪是晚清著名的维新派代表和新派诗作家，主张"我手写我口"，成为
"诗界革命"的一面旗帜。其诗既有爱国救亡的巨大政治热情和变旧创新的锐意
革新精神，又能"吟到中华以外天"，"独辟异境，不愧中国诗界之哥伦布矣"（高旭
《愿无尽庐诗话》）。故其成就不仅高出于同时旧派诗的作家，而且也超越了同时
新派诗的作家。赋作仅存《小时不识月赋》一篇，载1981年《文献》杂志《人境庐
杂文钞》，本集未收。

　　据钱仲联《黄公度先生年谱》和黄遵宪《己亥杂诗》（其四十）"锦袍曾赋小时
月，月照恒河鬓已华"及其自注"'小时不识月'，余进学时赋题也"，可知此赋作于
清同治六年（1867），时年二十岁。此年春，作者应院试，入州学，成秀才。《小时
不识月赋》系作者以童生应嘉应州学试时所作的科场文字。

　　这是一篇命题限韵的十韵律赋，然写来奇想破空，情思浪漫，正如前人所评：
"端庄流丽，情文相生，令人一读一击节。"首尾两段，是就自己而言，一起一结，表
达了对李白的无限景仰之情；中间八段，皆为代言体，既描绘了李白把酒临风、问
天邀月的飘逸风采，也体现出作者本人冰清玉洁、超凡脱俗的思想境界，景象空
灵，情味真切，生动地表现了"小时不识月，呼作白玉盘"的诗情画意，令人神往不
已。分而言之，第一段由"月何分于古今"切入题旨，引出正文。第二段李白出
场，从老年回忆"小时"。第三段专写"小时"，亲情温馨，童趣荡漾。第四段写"不
识月"，极尽天真烂漫之态。第五段从月写到"盘"，于后二句暗中点明，奇思妙
想，一任天然。第六段写"呼"，描摹月下嬉戏情状，真切细腻，如在目前。第七段
回顾"小时"，不胜今昔之感。第八段从李白身世生发感慨，仍与"小时"对照，以

景写情，言近旨远。第九段再回忆"小时"，以末四句照应篇首。第十段先赞李白，转以自身作结。通篇化用李白诗句和故事，如今月、古月、举头见、琼筵坐、举杯邀影、过客光阴、长干竹马、梦笔生花、玉阶月色、一钱买、春风入帏、问天、低头思、铜鞮唱、镜高悬、桃园春色、牛渚秋江、谢公别处、宛水歌中、地上霜、檠花之论、白玉盘、谪仙人、采石扁舟、锦袍仙客等，层出不穷，意蕴十分丰富。作者又善用对比手法，诸如今与昔，老与少，李白与作者，乃至李白诗友杜甫与孟浩然，时空交替，古今辉映，主客相谐，情景共生。

时隔三十二年，作者在《己亥杂诗》(其四十)中依然对这篇少作难以忘怀，足见对它的珍视。律赋，本是一种追求利禄的科场之作，对于音律韵脚要求严格，容易重形式而轻内涵。故数量虽巨，佳作则少。黄遵宪此作却能从旧制中翻出新意，诚如钱仲联先生所赞："化臭腐为神奇，为律赋别开生面。" (龚喜平)

附录

历代赋论选辑

本选辑选录历代文人对赋的评价及赋理论的文字阐述,重点在于对赋的评价,尤其是对赋本质特点的认识、赋历史沿革的发展及赋艺术的鉴赏,以供读者参考。鉴于历代对赋的论述文字数量浩大,特别是清代时期,对赋作品的汇编、整理、论述,种类多,数量大,本选辑限于篇幅,仅择要节选,特此说明。

史记·太史公自序(节录)

(汉)司马迁

《子虚》之事,《大人》赋说,靡丽多夸,然其指风谏,归于无为。

答 桓 谭 书(节录)

(汉)扬 雄

长卿赋不似从人间来,其神化所至邪? 大谛能读千赋,则能为之。谚云:伏习象神,巧者不过习者之门。

法言·吾子(节录)

(汉)扬 雄

或问:吾子少而好赋? 曰:然。童子雕虫篆刻。俄而曰:壮夫不为也。
或曰:赋可以讽乎? 曰:讽乎! 讽则已;不已,吾恐不免于劝也。
或曰:雾縠之组丽。曰:女工之蠹矣。……
或问:景差、唐勒、宋玉、枚乘之赋也益乎? 曰:必也淫。淫则奈何? 曰:诗人之赋丽以则,辞人之赋丽以淫。如孔氏之门用赋也,则贾谊升堂,相如入室矣;如其不用何?

汉书·艺文志(节录)

(后汉)班　固

《传》曰："不歌而诵谓之赋，登高能赋，可以为大夫。"言感物造端，材知深美，可与图事，故可以为列大夫也。古者诸侯卿大夫交接邻国，以微言相感，当揖让之时，必称《诗》以谕其志，盖以别贤不肖而观盛衰焉。故孔子曰："不学《诗》，无以言"也。春秋之后，周道寖坏，聘问歌咏，不行于列国，学《诗》之士，逸在布衣，而贤人失志之赋作矣。大儒孙卿及楚臣屈原，离谗忧国，皆作赋以风，咸有恻隐古诗之义。其后宋玉、唐勒，汉兴枚乘、司马相如，下及扬子云，竞为侈丽闳衍之词，没其讽喻之义。是以扬子悔之，曰："诗人之赋丽以则，辞人之赋丽以淫。如孔氏之门人用赋也，则贾谊登堂，相如入室矣，如其不用何？"自孝武立乐府而采歌谣，于是有代、赵之讴，秦、楚之风，皆感于哀乐，缘事而发，亦可以观风俗、知薄厚云。序诗赋为五种。

汉书·扬雄传(节录)

(后汉)班　固

先是时，蜀有司马相如，作赋甚弘丽温雅，雄心壮之，每作赋，常拟之以为式。又怪屈原文过相如，至不容，作《离骚》自投江而死，悲其文，读之未尝不流涕也。以为君子得时则大行，不得时则龙蛇，遇不遇命也，何必湛身哉！乃作书，往往摭《离骚》文而反之，自岷山投诸江流以吊屈原，名曰《反离骚》；又旁《离骚》作重一篇，名曰《广骚》；又旁《惜诵》以下至《怀沙》一卷，名曰《畔牢愁》。

……

雄以为赋者，将以风也，必推类而言，极丽靡之辞，闳侈钜衍，竞于使人不能加也，既乃归之于正，然览者已过矣。往时武帝好神仙，相如上《大人赋》欲以风，帝反缥缥有凌云之志。繇是言之，赋劝而不止，明矣。又颇似俳优淳于髡、优孟之徒，非法度所存，贤人君子诗赋之正也，于是辍不复为。

论屈原、相如赋

(魏)曹　丕

或问屈原、相如之赋孰愈？曰：优游案衍，屈原之尚也；穷侈极妙，相如之长也。然原据托譬喻，其意周旋，绰有余度矣，长卿、子云，意未能及已。

典论·论文（节录）

（魏）曹　丕

王粲长于辞赋，徐幹时有齐气，然粲之匹也。如粲之《初征》《登楼》《槐赋》《征思》，幹之《玄猿》《漏卮》《圆扇》《桔赋》，虽张、蔡不过也。然于他文未能称是。……孔融体气高妙，有过人者，然不能持论，理不胜辞，以至乎杂以嘲戏。及其所善，扬、班俦也。

三　都　赋　序

（晋）左　思

盖诗有六义焉，其二曰赋。扬雄曰："诗人之赋丽以则。"班固曰："赋者，古诗之流也"，先王采焉以观土风。见"绿竹猗猗"，则知卫地淇澳之产；见"在其版屋"，则知秦野西戎之宅。故能居然而辨八方。然相如赋《上林》，而引"卢桔夏熟"；扬雄赋《甘泉》，而陈"玉树青葱"；班固赋《西都》，而叹以"出比目"；张衡赋《西京》，而述以"游海若"。假称珍怪，以为润色。若斯之类，匪啻于兹。考之果木，则生非其壤；校之神物，则出非其所。于辞则易为藻饰，于义则虚而无征。且夫玉卮无当，虽宝非用；侈言无验，虽丽非经。而论者莫不诋讦其研精，作者大氐举为宪章，积习生常，有自来矣。

余既思摹《二京》而赋《三都》，其山川城邑，则稽之地图；鸟兽草木，则验之方志；风谣歌舞，各附其俗；魅梧长者，莫非其旧。何则？发言为诗者，咏其所志也；升高能赋者，颂其所见也；美物者，贵依其本；赞事者，宜本其实。匪本匪实，览者奚信！且夫任土作贡，《虞书》所著；辨物居方，《周易》所慎。聊举其一隅，摄其体统，归诸诂训焉。

三　都　赋　序

（晋）皇甫谧

玄晏先生曰：古人称不歌而颂谓之赋，然则赋也者，所以因物造端，敷弘体理，欲人不能加也。引而申之，故文必极美；触类而长之，故辞必尽丽：然则美丽之文，赋之作也。昔之为文者，非苟尚辞而已，将以纽之王教，本乎劝戒也。

自夏殷以前，其文隐没，靡得而详焉。周监二代，文质之体，百世可知。故孔子采万国之风，正雅颂之名，集而谓之诗。诗人之作，杂有赋体。子夏序诗曰：一曰风，二曰赋。故知赋者，古流之流也。至于战国，王道陵迟，风雅寝顿；于是贤人失志,辞赋作焉。是以孙卿、屈原之属,遗文炳然,辞义可观。存其所感,咸有古诗之意;皆因文以寄其心,托理以全其制,赋之首也。及宋玉之徒,淫文放发,言过于实,夸竞之兴,体失之渐,风雅之则,于是乎乖。逮汉贾谊,颇节之以礼。自时厥后,缀文之士,不率典言,并务恢张。其文博诞空类,大者罩天地之表,细者入毫纤之内;虽充车联驷,不足以载,广厦接榱,不容以居也。其中高者,至如相如《上林》,扬雄《甘泉》,班固《两都》,张衡《二京》,马融《广成》,王生《灵光》,初极宏侈之辞,终以约简之制,焕乎有文,蔚尔鳞集,皆近代辞赋之伟也。

文章流别志论(节录)

(晋)挚 虞

赋者,敷陈之称,古诗之流也。古之作诗者,发乎情,止乎礼义。情之发,因辞以形之;礼义之旨,须事以明之。故有赋焉,所以假象尽辞,敷陈其志。前世为赋者,有孙卿、屈原,尚颇有古诗之义,至宋玉则多淫浮之病矣。《楚辞》之赋,赋之善者也。故扬子称赋莫深于《离骚》。贾谊之作,则屈原俦也。古诗之赋,以情义为主,以事类为佐。今之赋,以事形为本,以义正为助。情义为主,则言省而文有例矣;事形为本,则言当而辞无常矣。文之烦省,辞之险易,盖由于此。夫假象过大,则与类相远;逸辞过壮,则与事相违;辩言过理,则与义相失;丽靡过美,则与情相悖。此四过者,所以背大体而害政教。是以司马迁割相如之浮说,扬雄疾"辞人之赋丽以淫"。

西 京 杂 记(节录)

(晋)葛 洪

卷二

司马相如为《上林》《子虚》赋,意思萧散,不复与外事相关;控引天地,错综古今,忽然如睡,焕然而兴,几百日而后成。其友人盛览,字长通,牂牁名士,尝问以作赋,相如曰:"合綦组以成文,列锦绣而为质。一经一纬,一宫一商,此赋之迹也。赋家之心,苞括宇宙,总览人物,斯乃得之于内,不可得而传览。"乃作"合组歌""列锦赋"而退,终身不复敢言作赋之心矣。

卷三

司马长卿赋,时人皆称典而丽,虽诗人之作不能加也。扬子云曰:"长卿赋不似从人间来,其神化所至邪。"子云学相如为赋而弗逮,故雅服焉。

文 心 雕 龙（节录）

（梁）刘　勰

诠赋

《诗》有六义，其二曰"赋"。"赋"者，铺也；铺采摛文，体物写志也。昔邵公称："公卿献诗，师箴瞍赋。"《传》云："登高能赋，可为大夫。"诗序则同义，传说则异体。总其归涂，实相枝干。故刘向明"不歌而颂"，班固称"古诗之流也"。至如郑庄之赋"大隧"，士蒍为之赋"狐裘"；结言摅韵，词自己作，虽合赋体，明而未融。及灵均唱《骚》，始广声貌。然则"赋"也者，受命于诗人，而拓宇于《楚辞》也。于是荀况《礼》《智》，宋玉《风》《钓》，爰锡名号，与诗画境，六义附庸，蔚成大国。述客主以首引，极声貌以穷文。斯盖别诗之原始，命赋之厥初也。

秦世不文，颇有杂赋。汉初词人，顺流而作，陆贾扣其端，贾谊振其绪，枚、马播其风，王、扬骋其势。皋、朔已下，品物毕图。繁积于宣时，核阅于成世，进御之赋，千有余首，讨其源流，信兴楚而盛汉矣。夫京殿苑猎，述行序志，并体国经野，义尚光大。既履端于倡序，亦归余于总乱。序以建言，首引情本；乱以理篇，写送文势。按《那》之卒章，闵马称"乱"，故知殷人辑颂，楚人理赋，斯并鸿裁之寰域，雅文之枢辖也。至于草区禽旅，庶品杂类，则触兴致情；因变取会，拟诸形容，则言务纤密；象其物宜，则理贵侧附；斯又小制之区畛，奇巧之机要也。

观夫荀结隐语，事数自环；宋发夸谈，实始淫丽；枚乘《菟园》，举要以会新；相如《上林》，繁类以成艳；贾谊《鵩鸟》，致辨于情理；子渊《洞箫》，穷变于声貌；孟坚《两都》，明绚以雅赡；张衡《二京》，迅发以宏富；子云《甘泉》，构深玮之风；延寿《灵光》，含飞动之势：凡此十家，并辞赋之英杰也。及仲宣靡密，发篇必遒；伟长博通，时逢壮采；太冲、安仁，策勋于鸿规；士衡、子安，底绩于流制；景纯绮巧，缛理有余；彦伯梗概，情韵不匮：亦魏晋之赋首也。

原夫登高之旨，盖睹物兴情。情以物兴，故义必明雅；物以情观，故词必巧丽。丽词雅义，符采相胜，如组织之品朱紫，画绘之著玄黄，文虽新而有质，色虽糅而有本，此立赋之大体也。然逐末之俦，蔑弃其本，虽读千赋，愈惑体要；遂使繁华损枝，膏腴害骨，无贵风轨，莫益劝戒，此扬子所以追悔于雕虫，贻诮于雾縠者也。

赞曰：赋自《诗》出，分歧异派。写物图貌，蔚似雕画。抑滞必扬，言旷无隘。风归丽则，辞剪荑稗。

夸饰

自宋玉、景差，夸饰始盛，相如凭风，诡滥愈甚。故上林之馆，奔星与宛虹入轩;从禽之盛,飞廉与鹪明俱获。及扬雄《甘泉》,酌其余波,语瑰奇则假珍于玉树,言峻极则颠坠于鬼神。至《西都》之比目,《西京》之海若,验理则理无可验,穷饰则饰犹未穷矣。又子云《羽猎》,鞭宓妃以饷屈原;张衡《羽猎》,因玄冥于朔野。娈彼洛神,既非罔两;惟此水师,亦非魑魅;而虚用滥形,不其疏乎?此欲夸其威而饰其辞,事义睽剌也。至如气貌山海,体势宫殿,嵯峨揭业,熠熠焜煌之状,光采炜炜而欲然,声貌岌岌其将动矣。莫不因夸以成状,沿饰而得奇也。

文 章 缘 起（节录）

（梁）任　昉

赋,楚大夫宋玉作。

司马相如曰:"合纂组成文,列锦绣而为质。一经一纬,一宫一商,此赋之迹也。赋家之心,包括宇宙,总览人物,斯乃得于内,不可得而传。"《汉书》曰:"不歌而诵谓之赋,登高能赋可以为大夫。言感物造端,材知深美,可与图事,故可以为列大夫也。古者诸侯卿大夫,交接邻国,以微言相感,当揖让之时,必称诗以论其志,盖以别贤不肖而观盛衰焉。故孔子曰:'不学诗,无以言也。'春秋之后,周道寖坏,聘问歌谣,不行于列国。学诗之士,逸在布衣,而贤人失志之赋作矣。大儒孙卿及楚臣屈原,离谗忧国,皆作赋以讽,咸有恻隐古诗之义。其后宋玉、唐勒,汉兴,枚乘、司马相如,下及扬子云,竞为侈丽闳衍之辞,没其讽喻之义,是以扬子海之曰:'诗人之赋丽以则,辞人之赋丽以淫,如孔氏之门人用,则贾谊登堂、相如入室矣。'"《谈艺录》曰:"桓谭学赋,扬子云令读赋千首则善为之,盖所以广其资,亦得以参其变也。"

赋　　赋

（唐）白居易

赋者,古诗之流也。始草创于荀、宋,渐恢张于贾、马。冰生乎水,初变本于《典》《坟》;青出于蓝,复增华于《风》《雅》,而后谐四声,祛八病。信斯文之美者,我国家恐文道寖衰,颂声陵迟,乃举多士,命有司酌遗风于三代,详变雅于一时,全取其名,则号之为赋,杂用其体,亦不违乎《诗》"四始",尽在"六艺"无遗,是谓艺文之警策,述作之元龟。观夫义类错综,词彩分布,文谐宫律,言中章句,华而不艳,美而有度。雅音浏亮,必先体物以成章;逸思飘飘,不独登高而能赋。其工者,究精微,穷旨趣,何惭《两京》于班固?其妙者,抽秘思,骋妍词,岂谢《三都》于左思?掩黄绢之丽藻,吐白凤之奇姿,振金声于寰海,增纸价于京师,则《长杨》、

《羽猎》之徒胡可比也！《景福》《灵光》之作，未足多之。所谓立意为先，能文为主，炳如缋素，铿若钟鼓，郁郁哉，溢目之黼黻，洋洋乎，盈耳之韶武，信可以凌轹风骚超逸今古者也！今吾君网罗"六艺"，澄汰九流，微才无忽，片善是求；况赋者，《雅》之列，《颂》之俦，可以润色鸿业，可以发挥皇猷，客有自谓握灵蛇之珠者，岂斯文而不收？！

容 斋 随 笔（节录）

（南宋）洪　迈

卷七

枚乘作《七发》，创意造端，丽旨腴词，上薄《骚》些，盖文章领袖，故为可喜。其后继之者，如傅毅《七激》、张衡《七辩》、崔骃《七依》、马融《七广》、曹植《七启》、王粲《七释》、张协《七命》之类，规仿太切，了无新意。傅玄又集之以为《七林》，使人读未终篇，往往弃诸几格。柳子厚《晋问》，乃用其体，而超然别立新机杼，激越清壮，汉、晋之间，诸文士之弊，于是一洗矣。东方朔《答客难》，自是文中杰出，扬雄拟之为《解嘲》，尚有驰骋自得之妙。至于崔骃《达旨》、班固《宾戏》、张衡《应闲》，皆屋下架屋，章摹句写，其病与《七林》同，及韩退之《进学解》出，于是一洗矣。……

容 斋 三 笔（节录）

（南宋）洪　迈

卷三

宋玉《高唐》《神女》二赋，其为寓言托兴甚明。予尝即其词而味其旨，盖所谓发乎情，止乎礼义，真得诗人风化之本。前赋云："楚襄王望高唐之上有云气，问玉曰：'此何气也？'对曰：'所谓朝云者也。昔者先王尝游高唐，梦见一妇人，曰，妾巫山之女也，愿荐枕席。王因幸之。'"后赋云："襄王既使玉赋高唐之事，其夜王寝，梦与神女遇，复命三赋之。"若如所言，则是王父子皆与此女荒淫，殆近于聚麀之丑矣。然其赋虽篇首极道神女之美丽，至其中则云："澹清静其愔嫕兮，性沈详而不烦。意似近而若远兮，若将来而复旋。褰余幬而请御兮，愿尽心之惓惓。怀贞亮之洁清兮，卒与我乎相难。瓶薄怒以自持兮，曾不可乎犯干。欢情未接，将辞而去。迁延引身，不可亲附。愿假须臾，神女称遽。暗然而冥，忽不知处。"然则神女但与怀王交御，虽见梦于襄，而未尝及乱也。玉之意可谓正矣。今人诗词，顾以襄王藉口，考其实则非是。瓶，音疋零反，敛容怒声也。柳子厚《谪龙说》

〔1028〕   附 录

有"奇女颎尔怒"之语,正用此也。

容 斋 诗 话(节录)

(南宋)洪 迈

卷二

自屈原词赋假为渔父、日者问答之后,后人作者,悉相规仿。司马相如《子虚》《上林赋》以子虚、乌有先生、亡是公;扬子云《长杨赋》,以翰林主人、子墨客卿;班孟坚《两都赋》,以西都宾、东都主人;张平子《两都赋》以凭虚公子、安处先生;左太冲《三都赋》,以西蜀公子、东吴王孙、魏国先生,皆改名换字,蹈袭一律,无复超然新意。稍出于法度规矩者,晋人成公绥《啸赋》,无所宾主,必假逸群父子,乃能遣词。枚乘《七发》,本只以楚太子、吴客为言,而曹子建《七启》,遂有元微子、镜机子,张景阳《七命》,有冲漠公子、殉华大夫之名,言语非不工也,而此习根著,未之或改。若东坡公作《后杞菊赋》,破题直云:"吁嗟先生,谁使汝坐堂上称太守?殆如飞龙搏鹏,骞翔扶摇于烟霄九万里之外,不可搏挶,岂区区巢林翾羽所能窥其湮涘哉!"于诗亦然。

楚辞集注·楚辞后语(节录)

(南宋)朱 熹

哀二世赋第十四

《哀二世赋》者,司马相如之所作也。相如尝从上至长杨猎,还过宜春宫。宜春者,本秦离宫,阎乐杀胡亥之地也。相如奏赋以哀二世行失,其词如此。盖相如之文能侈不能约,能谀而不能谅。其《上林》《子虚》之作,既以夸丽而不得入于楚词,《大人》之于《远游》,其渔猎又泰甚,然亦终归于谀也。特此二篇,为有讽谏之意,而此篇所为作者,正当时之商监,尤当倾意极言以寤主听。顾乃低徊局促,而不敢尽其词焉,亦足以知其阿意取容之可贱也。不然岂其将死而犹以《封禅》为言哉!

自悼赋第十五

《自悼赋》者,汉孝成班倢伃之所作也。……因作赋以自悼。归来子以为"其词甚古,而侵寻于楚人,非特妇人女子之能言者",是固然矣。至其情虽出于幽怨,而能引分以自安,援古以自慰,和平中正,终不过于惨伤。又其德性之美,学问之力,有过人者,则论者有不及也。呜呼贤哉!《柏舟》《绿衣》,见录于经,其词义之美,殆不过此云。

附　录　　　　　　　　　　　　　　　　　　　　　　　　　　〔1029〕

续离骚鹏赋第十二

谊以长沙卑湿，自恐寿不得长，故为赋以自广。太史公读之，叹其同死生，轻去就，至为爽然自失。以今观之，凡谊所称，皆列御寇、庄周之常言，又为伤悼无聊之故，而藉之以自诳者。夫岂真能原始反终，而得夫朝闻夕死之实哉。谊有经世之才，文章盖其余事。其奇伟卓绝，亦非司马相如辈所能仿佛。而扬雄之论，常高彼而下此，韩愈亦以马、扬厕于孟子、屈原之列，而无一言以及谊，余皆不能识其何说也。

古 赋 辨 体(节录)

（元）祝　尧

卷一

宋景文公曰：《离骚》为词赋祖，后人为之，如至方不能加矩，至圆不能过规，则赋家可不祖楚骚乎？然骚者，诗之变也……但世号楚辞，初不正名曰赋，然赋之义实居多焉。自汉以来，赋家体制大抵皆祖原意。故能赋者，要当熟复于此，以求古诗所赋之本义。则情形于辞，而其意思高远；辞合于理，而其旨趣深长……

卷二

荀卿《礼赋》注

纯用赋体，无别义，后诸篇同。卿赋五篇一律全是隐语，描形写影，名状形容，尽其工巧，自是赋家一体，要不可废。然其辞既不先本于情之所发，又不尽本于理之所存，若视风骚所赋，则有间矣。吁！此楚骚所以为百代词赋之祖也欤。

卷三

贾谊注

……汉兴，赋家专取诗中赋之一义以为赋，又取骚中赡丽之辞以为辞；所赋之赋为辞赋，所赋之人为辞人，一则曰辞，二则曰辞，若情若理，有不暇及，故其为丽已异乎风骚之丽，而则之与淫遂判矣。贾、马、扬、班赋家之升堂入室者，至今尚推尊之。……定斋云：赋则漫衍，其流体亦丛杂，长卿长于叙事，渊云长子说理。林艾轩云：扬子云、班孟坚只填得腔子满，张平子辈竭尽气力，又更不尽，如是则贾生之非所及毋论也，张平子辈之更不及不论也。若长卿、子云、孟坚之徒诚有可论者，盖其长于说理，则于理也长，而于辞或略，只填得腔子满，则辞尚未长，而况于理。要之，皆以不发于情，故尔所以渔猎捃摭，夸多斗靡，而每远于性情，哀荒亵慢，希合苟容，而遂害于义理。间如《上林》《甘泉》，极其铺张，终归于讽谏，而风之义未泯；《两都》等赋，极其眩曜，终折以法度，而雅颂之义未泯，《长门》《自悼》等赋，缘情发义、记物兴辞，咸有和平从容之意，而比兴之义未泯；一代所见，其与几何？……古赋者，诚当祖骚而宗汉，去其所以淫而取其所以则可也。今故于此备论古今之体制，而发明扬子丽则丽淫之旨，庶不失古赋之本义云。

……愚观二赋，实奇伟卓绝。然《吊屈原赋》用比义，《鹏赋》用赋体，无他义，故同死生、齐物我之辞，虽有逸气而其理未免涉于荒忽怪幻，若较之吊屈，于比义中发咏歌嗟叹之情，反覆抑扬，殊觉有味。

《吊屈原赋》注

此赋虽曰赋，而比义实多。《文选》因史传有投文吊屈之语，故以为吊屈原文，而诸家则以为赋。要之篇中，实皆比赋之义，宜从诸家。……

司马相如《子虚赋》注

此赋虽两篇，实则一篇。赋之问答体。其原自《卜居》《渔父》篇来，厥后宋玉辈述之，至汉，此体遂盛。此两赋及《两都》《二京》《三都》等作皆然。盖又别为一体，首尾是文，中间乃赋，世传既久，变而又变。其中间之赋，以铺张为靡，而专于辞者，则流为齐、梁、唐初之俳体；其首尾之文，以议论为便，而专于理者，则流为唐末及宋之文体；性情益远，六义渐尽，赋体渐失，然此等铺叙之赋，固将进士大夫于台阁，发其蕴而验其用，非徒使之赋咏其物而已。……

《上林赋》注

此篇之末有风义，长卿之赋虽多虚辞滥说，然要其归，引之于节俭，此与诗之讽谏何异。扬子云乃曰：靡丽之赋劝百而讽一，犹骋郑卫之声，曲终而奏雅，不已戏乎！林艾轩又云：相如赋之圣者，子云、孟坚如何得似他自然流出？愚谓子云以为戏者，则以其驾辞多尚虚，而理或至于不实。艾轩以为圣者，则以其运意犹自然，而辞未失于太过，若于此体会，则古人之赋，固亦可以铺张侈大之辞为佳，而不可以刻画斧凿之辞为工，亦当就情与理上求之。

《长门赋》注

以赋体而杂出于风比兴之义：其情思缠绵，敢言而不敢怨者，风之义；篇中如天飘飘而疾风，及孤寂跱干枯杨之类者，比之义；上下兰台，遥望周步，援琴变调，视月精光等语，兴之义。盖六艺中惟风兴二义每发于情，最为动人，而能发人之才思。长卿之赋甚多，而此篇最杰出者，有风兴之义也。故晦翁称此文古妙，嵋来子亦曰：此讽也，非《高唐》《洛神》之比。愚尝以长卿之《子虚》《上林》较之《长门》如出二手，二赋尚辞，极其靡丽，而不本于情，终无深意远味。《长门》尚意,感动人心,所谓情动于中而形于言,虽不尚辞,而辞亦在意之中。由此观之,赋家果可徒尚辞而不尚意乎? 尚意,则古之六义可兼,是所谓诗人之赋,而非后世词人之赋矣。

班倢伃《自悼赋》注

……晦翁云:其情虽出于幽怨,而不能引分以自安,援古以自慰,和平中正,终不过于哀伤,其德性之美,学问之力,有过人者。呜呼贤哉!

卷四

扬子云注

……愚谓,自楚骚已多用连绵字及双字,长卿赋用之尤多。至子云好奇字,人每载酒从问焉。故赋中全喜用奇字,十句而八九矣。厥后《灵光》《江》《海》等赋,旁搜遍索,皆以用此等字以赋体,读者苦之。然赋之为古,亦观六义所发何如尔。若大雾毂组丽,雕虫篆刻,以从事于侈靡之辞,而不本于情,其体固已非古,况乎专尚奇难之字,以为古,吾恐其益趋于辞之末,而益远于辞之本也。……

《长杨赋》注

问答赋。如《子虚》《上林》,首尾固是文,而其中犹是赋,至子云此赋,则自首至尾纯是文,赋之体鲜矣。厥后,唐末宋时诸公以文为赋,岂非滥觞于此? 盖赋之为体,固尚辞,然其于辞也,必本之于情,而达之于理。文之为体,每尚理,然其于理也,多略乎其辞,而昧乎其情,故以赋为赋,则自然有情有辞而有理,以文为赋,则有理矣,而未必有情有辞矣。此等之作,虽名曰赋,乃是有韵之文,并与赋之本义失之噫!

班固《两都赋》注

此赋两篇,亦一篇也,前篇极其眩曜赋中之赋也,后篇折以法度,赋中之雅也。篇末五诗,则又赋中之颂也。昌黎曰:诗正而葩。子云曰:诗人之赋丽以则。愚谓先正而后葩,此诗之所以为诗;先丽而后则,此赋之所以为赋。自汉以来,赋者多知赋之当丽,而少知赋之当则。苟有善赋者,以诗中之赋而为赋,先以情而见乎辞,则有正与则之意为骨;后以辞而达于理,则有葩与丽之辞为肉,庶几葩丽而淫,正则而可尚,发乎情,止乎礼义,是独非诗人之赋,何词人之赋足言也。此赋涉雅颂,犹有正与则之余风,愚故于此言之。

祢衡《鹦鹉赋》注

比而赋也,其中兼含风兴之义,盖以物为比,而寓其羁栖流落,无聊不平之情,读之可为长歔。凡咏物题,当以此等赋为法。其为辞也,须就物理上推出人情来,直教从肺腑中流出,方有高古气味。如但赋之以辞,则流于后代之体,以字句之巧为用工，而不知其漠然无情；以体贴之切为著题，而不知其涣然无理，视之虽如织锦味之，乃如嚼蜡，况望其可高古邪！此赋宜与鲍明远《野鸭赋》并看。

王粲《登楼赋》注

赋也，末段自步栖迟以徙倚之下，则兼风比兴义，故犹有古味，以此知诗人所赋之六义，其妙处皆从情上来，情之不可已也，如是夫。

扬雄《甘泉赋》注

赋也，全是仿司马长卿，其所谓同工异曲者与。盖自长卿诸人，就骚中分出侈丽之一体，以为辞赋。至于子云，此体遂盛，不因于情，不止于理，而惟事于辞。虽曰因宫室、畋猎等事以起兴，然务矜夸而非咏歌，兴之义变甚矣；虽曰天地百神等物以为比，然涉奇怪，而非博雅，比之义变甚矣；虽曰陈古昔帝王之迹，以含讽，然近谀佞而非柔婉，风之义变甚矣；虽曰称朝廷功德等美，以仿雅颂，然多文饰而非正大，雅颂之文又变甚矣。但风比兴雅颂之义虽变，而风比兴雅颂终未泯。至于三国、六朝以降，辞益侈丽，六义变尽而情失，六义泯尽而理失。噫！于此可以观世变矣。

卷五

《三国六朝体》注

梁昭明《文选》序云：诗有六义，二曰赋。今之作者，异乎古诗之体，今则全取赋名。愚按：《汉书·艺文志》云'不歌而诵谓之赋'，则知辞人所赋，赋其辞耳，故不歌而诵；诗人所赋，赋其情耳，故不诵而歌；诵者其辞，歌者其情，此古今诗人、辞人之赋所以异也。尝观古之诗人，其赋古也，则于古有怀；其赋今也，则于今有感，其赋事也，则于事有触；其赋物也，则于物有况；情之所在，索之而愈深，穷之而愈妙，彼其于辞直寄焉而已矣。又观后之辞人，刊陈落腐，而惟恐一语未新；搜奇摘艳，而惟恐一字未巧；抽黄堆白，而惟恐一联未偶，回声揣病，而惟恐一韵未协；辞之所为，馨矣而愈求，妍矣而愈饰，又其于情直外焉而已矣。是故古人所歌，情至而辞不至，则嗟叹而不自胜；辞尽而情不尽，则舞蹈而不自觉；三百五篇所赋皆弦歌之，以此尔后来春秋朝聘燕享之所赋，犹取于工歌之声诗；楚骚乱倡之所赋，亦取于乐歌之音节，奈之何？汉以前之赋，出于情，汉以后之赋，出于辞；其不歌而诵，全取赋名，无怪也。盖西汉之赋，其辞工于楚骚，东汉之赋，其辞又工于西汉，以至三国、六朝之赋，一代工于一代。辞愈工则愈短，情愈短则味愈浅，味愈浅则体愈下。建安七子，独王仲宣辞赋有古风。归来子曰：仲宣登楼之作，去楚骚远，又不及汉，然犹过曹植、陆机、潘岳众作，魏之赋极此矣。诚以其《登楼》一赋，不专为辞人之辞，而犹有得于诗人之情，以为风比兴等义。晋初陆士衡作《文赋》,有曰:立片言以居要,乃一篇之警策。吕居仁曰:文章无警策,则不能动人。但晋宋间人专致力于此,故失于绮靡,而无高古气味。吁!士衡以辞为警策尔,故曰:立言居要,要仁以辞能动人尔,故曰:绮靡无味,殊不知,辞之所以动人者,以情之能动人也,何待以辞为警策,然后能动人也哉!且独不见古诗所赋乎,出于小夫妇人之手,而后世志师宿传不能道。

陆机《文赋》注

赋也。叙作文之变态以为赋也。中曰"其为物也多姿,其为体也屡迁,其会意也尚巧,其遣言也贵妍",盖当时贵尚妍巧,以为至文。又岂知古人之文哉!至于论赋,则曰:"体物而浏亮",使赋在于体物浏亮而已乎?则又何以妍巧为?

张华《鹪鹩赋》注

比而赋也。凡咏物之赋,须兼比兴之义,则所赋之情不专在物,特借物以见我之情尔。盖物虽无情,而我则有情;物不能辞,而我则能辞;要必以我之情推物之情,以我之辞代物之辞。因之以起兴假之以成比,虽曰推物之情,而实言我之情;虽曰代物之辞,而实出我之辞。本于人情,尽于物理,其词自工,其情自切,使读者莫不感动然后为佳。此赋盖与《鹦鹉》《野鹅》二赋同一比兴,故皆有古意,但《鹦鹉》《野鹅》二赋,尤觉情意缠绵,词语凄婉,则其所以兴情处异故也。

潘岳《藉田赋》注

赋也。臧荣绪《晋书》以为《藉田颂》,《文选》以为《藉田赋》,要之,篇末虽是颂,而篇中纯是赋,赋多颂义少,当曰赋。马扬之赋终以风,班潘之赋终以颂,非异也:田猎、祷祠,涉于淫乐,放不可以不风;奠都、藉田,国家大事,则不可以不颂;所施各有攸当。凡为台阁之赋又当知此。

《秋兴赋》注

赋也。赋虽以兴名篇,而全体多是赋义。但其情尚觉春容,其辞未费斧凿,盖汉魏流风犹有存者。夫安仁本躁者也,而篇末一段乃强为静者之辞,要岂其真情也哉!篇中慕徒感节,惜老嗟卑,深情溢于辞表,所谓躁人之辞多是已:若医人之辞而观人之情,手指目视,自有不能掩者。

成公绥《啸赋》注

赋也。大凡人作有故实底文字,则有依傍,有模仿,夫何难哉:若作无故实底文,必须凌危驾空,将无作有,或引别事比映,或就别事团搦,全靠虚空形容咉出来方能见乎。此赋颇得此体。苟以类长,何患不能为无故实之赋乎!洪景卢云:《啸赋》无所宾主,必假逸群公子乃能遣辞,盖问答之体,此习根著未之或改。

卷六

颜延之《赭白马赋》注

赋也,辞极精密。晋宋间赋,辞虽太工丽,要是赋中所有者,赋家亦不可不察乎!此若使辞出于情,情辞两得,尤为善美兼尽。但不可有辞而无情尔!愚故尝谓赋之为赋,与有辞而无情,宁有情而无辞。盖有情而无辞,则辞虽浅而情自深,其义不失为高古;有辞而无情,则辞呈工而情不及,其体遂流于卑弱。此赋句意皆出于汉《天马歌》,至唐李、杜咏马之作,则又出于此矣。

谢惠连《雪赋》注

赋也。二歌及乱涉风比兴义,意味近古。二歌仿《招魂》语意,乱辞别为一体。又骚之变者且歌者。诗人所赋之妙,实以其情,非辞能尽,故形于声而为歌《雪》《月》二赋,篇末之歌犹是发乎情,本义若《枯树赋》,簇事为歌,何情之可歌哉?此赋中间极精丽,后人咏雪皆脱胎焉。盖琢句练字,描画细腻,自是晋宋间所长,其源亦自荀卿《云》《蚕》诸赋来。

谢庄《月赋》注

赋也。先叙事,次咏景,次咏题,次咏游赏,而终之以歌。从首至尾,全用《雪赋》格,自是咏景物一体所当效仿。然荀卿咏物,但于句上求工,已自深刻,晋宋间人,又于字上求工,故精刻过之。篇末之歌犹有诗人所赋之情,故"隔千里兮共明月"之辞极为当世人所称赏。

鲍照《芜城赋》注

赋也,而亦略有风兴之义。此赋虽与《黍离》《哀郢》同情,然《黍离》《哀郢》,情过于辞,言穷而情不可穷,故至今读之,犹可哀痛。若此赋则辞过于情,言穷而情亦穷矣,故辞虽哀切,终无深远之味。诗云:"知我者谓我心忧,不知我者谓我何求?"古人之情岂可于辞上穷之邪!

《舞鹤赋》注

赋也,形状舞态极工,其若"无毛质"及"整神容以自持"等语,皆超诣。末聚舞事结束,正用《啸赋》格。盖六朝之赋至颜谢工矣,若明远则工之又工者也。其所以工者,尽辞之妙而惟其辞之不尽。岂知古人之赋,宁不能尽其辞,而使之工哉!每留其辞而不使之尽哉!诚欲有余之情溢于不尽之辞,则其意味深远,不在于辞之妙,而在于情之妙也。然以荀卿大传所赋,犹或不察,而况于六朝间人耶!

江淹《别赋》注

赋也。赋至齐梁,淫靡已极,其"曲家小石调""尽家没骨图"与观此篇可见。然遣辞犹未脱颜、谢之精工,用事亦未如徐、庾之堆垛。但月露之形,风云之状,江左末年,日甚一日,宜为昔人所厌弃。陈后山曰:"兄作文宁拙无巧,宁朴无华,宁粗无弱。"如此等赋,岂复有拙、朴、粗之患邪? 殊不知已流于巧、巧而华、华而弱矣。

庾信《枯树赋》注

赋也。庾赋多为当时所赏,今观此赋,固有可采处,然喜成段对用故事,以为奇瞻,殊不知乃为事所用,其间意脉多不贯串。夫诗人之多识,岂以多为博哉! 亦不过引古而证今,就事而生意,以畅吾所赋云尔。定斋论赋,以为长卿长于叙事,所谓叙者,亦曰事得其叙,所以为长。东莱曰:"为文之妙,在于叙事状情。若用事不得其叙,则泛而靡;于情既不足以发,冗而碎;于辞又不足以达,窒而涩;于理复不足以明,虽多亦奚以为?"后山尝谓欧公不用故事陈言而文益高,尤学者所当察。愚故特存此篇以辩梁陈之体。

卷九

外录上

⋯⋯后代之赋本取于诗之义,以为赋名,虽曰赋,义实出于诗,故汉人以为古诗之流。后代之文,间取于赋之义,以为文名,虽曰文,义实出于赋,故晁氏亦以为古赋之流。所谓流者,同源而殊流尔。如是,赋体之流固当辩其异,赋体之源又当辩其同,异同两辩,则其义始尽,其体始明。⋯⋯徒见赋有铺叙之意,则邻于文之叙事者;雅有正大之义,则邻于文之明理者;颂有襃扬之义,则邻于文之赞德者。殊不知古诗之体,六义错综,昔人以风雅颂为三经,以赋比兴为三纬。经,其诗之正乎? 纬,其诗之葩乎? 经之以正,纬之以葩,诗之全体始见,而吟咏情性之作,有非复叙事、明理、赞德之文矣。诗之所以异于文者,以此赋之源出于诗,则为赋者固当以诗为体,而不当以文为体。后代以来人多不知经纬之相因,正葩之相须,吟咏无所因而发,情性无所缘而见。问其所赋,则曰:赋者,铺也。如以铺而已矣,吾恐其赋特一铺叙之文尔,何名曰赋? 是故为赋者,不知赋之体而反为文,为文者,不拘文之体而反为赋。赋家高古之体,不复见于赋,而其支流轶出。赋之本义乃有见于他文者。⋯⋯今故以历代祖述楚语者为本,而旁及他有赋之义者,因附益于辩体之后,以为外录,庶几既分非赋之义于赋之中,又取有赋之义于赋之外,严乎其体,通乎其义,其亦赋家之一助云尔。

后骚

楚臣之骚,即后来之赋,⋯⋯赋虽祖于骚,而骚未名曰赋,其义虽同,其名则异。若自首至尾以骚为赋,混然并载,诚恐学者徒泥图骏之间,而不索骊黄之外。骚为赋祖,虽或信之,赋终非骚,亦或疑之矣。故先以屈宋之骚载之,为正赋之祖,而别以后来之骚录之,为他文之冠,有源有委,而因委知源;有祖有过,而因过知祖,则古赋之体,或先或后,同源并祖,于此乎辨之其可也。

文章辨体序说(节录)

（明）吴　讷

古赋

按赋者,古诗之流。《汉书·艺文志》曰:"古者诸侯卿大夫交接邻国,必称诗以喻意。春秋之后,聘问歌咏,不行于列国,而贤人失志之赋作矣。大儒荀卿及楚臣屈原,离谗忧国,皆作赋以风。其后宋玉、唐勒、枚乘、司马相如,下及扬子云,竞为侈丽闳衍之辞,而讽喻之义没矣。"迨近世祝氏著《古赋辨体》,因本其言而断之曰:"屈子离骚,即古赋也。古诗之义,若荀卿《成相》《佹诗》是也。"然其所载,则以离骚为首,而《成相》等弗录。倘论世次,屈在荀后,而《成相》《佹诗》,亦非赋体。故今特附古歌谣后,而仍载《楚辞》于古赋之首。盖欲学赋者必以是为先也。宋景文公有云:"离骚为词赋祖,后人为之,如至方不能加矩,至圆不能过规。"信哉!

两汉

祝氏曰:"扬子云云:'诗人之赋丽以则,词人之赋丽以淫。'夫骚人之赋与诗人之赋虽异,然犹有古诗之义,辞虽丽而义可则;至词人之赋,则词极丽而过于淫荡矣。盖诗人之赋,以其吟咏情性也;骚人所赋,有古诗之义者,亦以其发于情也。其情不自知而形于辞,其辞不自知而合于理。情形于辞,故丽而可观;辞合于理,故则而可法。如或失于情,尚辞而不尚意,则无兴起之妙,而于则也何有?又或失于辞,尚理而不尚辞,则无咏歌之遗,而于丽也何有? 二十五篇之《骚》,无非发于情者,故其辞也丽,其理也则,而有赋、比、兴、风、雅、颂诸义。汉兴、赋家专取诗中赋之一义以为赋,又取《骚》中赡丽之辞以为辞;若情若理,有不暇及。故其为丽也,异乎《风》《骚》之丽,而则之与淫遂判矣。古今言赋,自《骚》之外,咸以两汉为古,盖非魏晋已还所及。心乎古赋者,诚当祖《骚》而宗汉,去其所以淫而取其所以则,庶不失古赋之本义云。"

三国六朝

祝氏曰:"尝观古之诗人,其赋古也,则于古有怀;其赋今也,则于今有感;其赋事也,则于事有触;其赋物也,则于物有况。情之所在,索之而愈深,穷之而愈妙。彼其于辞,直寄焉而已矣。后之辞人,刊陈落腐,惟恐一话未新;搜奇摘艳,惟恐一字未巧;抽黄对白,惟恐一联未偶;回声揣病,惟恐一韵未协。辞之所为,馨矣而愈求,妍矣而愈饰。彼其于情,直外焉而已矣。盖西汉之赋,其辞工于楚骚;东汉之赋,其辞(原本缺"辞"字,今补。)又工于西汉;以至三国六朝之赋,一代工于一代。辞愈工,则情愈短而味愈浅,味愈浅则体愈下。建安七子,独王仲宣辞赋有古风。至晋陆士衡辈《文赋》等作,已用俳体。流至潘岳,首尾绝俳。迨沈休文等出,四声八病起,而俳体又入于律矣。徐庾继出,又复隔句对联,以为骈四俪六;簇事对偶,以为博物洽闻;有辞无情,义亡体失:此六朝之赋所以益远于古。然其中有安仁《秋兴》、明远《舞鹤》等篇,虽曰其辞不过后代之辞;乃若其情,则犹得古诗之余情矣。于此益叹古今人情如此其不相远,古诗赋义,其终不泯也"。

文体明辨序说(节录)

(明)徐师曾

赋

按诗有六义,其二曰赋。所谓"赋者,敷陈其事而直言之"也。

古者诸侯卿大夫交接邻国,揖让之时,必称诗以喻意,以别贤不肖,而观盛衰。如《春秋传》所载晋公子重耳之秦,秦穆公享之,赋《六月》;鲁文公如晋,晋襄公飨公,赋《菁菁者莪》;郑穆公与鲁文公宴于棐(棐林,郑地),子家(郑大大公子归生)赋《鸿雁》;鲁穆叔(叔孙豹)如晋,见中行献子(晋大夫荀偃),赋《圻父》之类。皆以吟咏性情,各从义类。故情形于辞,则丽而可观;辞合于理,则则而可法。使读之者有兴起之妙趣,有咏歌之遗音。扬雄所谓"诗人之赋丽以则"者是已。——此赋之本义也。

春秋之后,聘问咏歌不行于列国,学诗之士逸在布衣而贤士失志之赋作矣,即前所列《楚辞》是也。扬雄所谓"词人之赋丽以淫"者,正指此也。然至今而观,《楚辞》亦发乎情,而用以为讽,实兼六义而时出之,辞虽太丽,而义尚可则,故朱子不敢直以词人之赋目之,而雄之言如此,则已过矣。

赵人荀况,游宦于楚,考其时在屈原之前(屈原生于公元前 340 年,荀卿在前 238 年废居兰陵,屈早于荀,此言荀在屈前,误)。所作五赋,工巧深刻,纯用隐语,若今人之揣谜,于诗六义,不啻天壤,君子盖无取焉。

两汉而下,作者继起,独贾生(名谊)以命世之才,俯就骚律,非一时诸人所及。他如相如(姓司马)长于叙事,而或昧于情;扬雄长于说理,而或略于辞。至于班固,辞理俱失。若是者何?凡以不发乎怙耳。然《上林》《甘泉》,极其铺张,而终归于讽谏,而风之义未泯;《两都》等赋,极其眩曜,终折以法度,而雅颂之义

〔1038〕   附　录

未泯；《长门》《自悼》等赋，缘情发义，托物兴词，咸有和平从容之意，而比兴之义未泯。故虽词人之赋，而君子犹有取焉，以其为古赋之流也。

三国、两晋以及六朝，再变而为俳，唐人又再变而为律，宋人又再变而为文。夫俳赋尚辞，而失于情，故读之者无兴起之妙趣，不可以言则已。文赋尚理，而失于辞，故读之者无咏歌之遗音，不可以言丽矣。至于律赋，其变愈下，始于沈约"三声八病"之拘，中于徐（名陵）、庾（名信）"隔句作对"之陋，终于隋唐宋"取土限韵"之制，但以音律谐协对偶精切为工，而情与辞皆置弗论。呜呼，极矣！数代之习，乃令无人洗之，岂不痛哉！

故今分为四体：一曰古赋，二曰俳赋，三曰文赋，四曰律赋；各取数首，以列于篇（此下数行，《图书集成》从略不载，但另有论"俳赋"、论"文赋"、论"律赋"三则。"俳赋"云："自《楚辞》有'制芰荷以为衣，集芙蓉以为裳'等句，已类俳语，然犹一句中自作对耳。及相如'左乌号之雕弓，右夏复之劲箭'等句，始分两句作对，而俳遂甚焉。后人仿之，遂成此体。""文赋"云："按《楚辞》《卜居》《渔父》二篇，已肇文体，而《子虚》《上林》《两都》等作，则首尾是文。后人仿之，纯用此体。盖议论有韵之文也"。"律赋"云："六朝沈约辈出，有四声八病之拘，而俳遂入于律。徐、庾继起，又复隔句对联，以为四六，而律益细焉。隋进士科专用此体，至唐宋盛行，取士命题，限以八韵。要之以音律谐协、对偶精切为工"）。将使文士学其如古者，戒其不如古者，而后古赋可复见于今也。

然则学古者奈何？曰：发乎情止乎礼义。其赋古也，则于古有怀；其赋今也，则于今有感；其赋事也，则于事有触；其赋物也，则于物有况。以乐而赋，则读者跃然而喜；以怨而赋，则读者愀然以吁；以怒而赋，则令人欲按剑而起；以哀而赋，则令人欲掩袂而泣。动荡乎天机。感发乎人心，而兼出于六义，然后得赋之正体，合赋之本义。苟为不然，则虽能脱乎俳律，而不知其又入于文矣，学者宜细求之。

艺 苑 卮 言（节录）

（明）王世贞

卷一

骚赋虽有韵之言，其于诗文，自是竹之与草木，鱼之与鸟兽，别为一类，不可偏属。……

作赋之法，已尽长卿数语，大抵须包蓄千古之材，牢笼宇宙之态。其变幻之极，如沧溟开晦；绚烂之至，如霞锦照灼；然后徐而约之，使指有所在。若汗漫纵横,无首无尾,了不知结束之妙;又或瑰伟宏富,而神气不流动,如大海乍涸,万宝杂厕,皆是瑕璧,有损连城。然此易耳。惟寒俭率易,十室之邑,借理自文,乃为害也。赋家不患无意,患在无蓄;不患无蓄,患在无意运之。

拟骚赋,勿令不读书人便竟。骚,览之须令人裴回循咀,且感且疑,再反之,沈吟歔欷,又三复之,涕泪俱下,情事欲绝。赋,览之初如张乐洞庭,褰帷锦官,耳目摇眩,已徐阅之,如文锦千尺,丝理秩然,歌乱甫毕,肃然敛容,掩卷之余,彷徨追赏。

卷二

宋玉《讽赋》与《登徒子好色》一章,词旨不甚相远,故昭明遗之。《大言》《小言》,枚皋滑稽之流耳,《小言》无内之中骋辞耳,而若薄有所悟。

傅武仲有《舞赋》,皆托朱玉《为襄王问对》。及阅《古文苑》宋玉《舞赋》,所少十分之七,而中间精语,如"华袿飞髾,而杂纤罗。"大是丽语。至于形容舞态,如"罗衣从风,长袖交横。骆驿飞散,飒沓合并。绰约闲靡,机迅体轻。"又"回身还入,迫于急节。""行形赴远,濯以摧折。纤縠蛾飞,缤焱若绝。"此外亦不多得也。岂武仲衍《玉赋》以为己作耶,抑后人节约武仲之赋,因序语而误以为玉作也?

长卿《子虚》诸赋,本从《高唐》物色诸体,而辞胜之;《长门》从骚来,毋论胜屈,故高于宋也。长卿以赋为文,故《难蜀》《封禅》,绵丽而少骨。贾傅以文为赋,故《吊屈》《鹏鸟》率直而少致。

太史公于秋轶才而不晓作赋,其载《子虚》《上林》亦以文辞宏丽为世所珍而已,非真能赏咏之也,观其推重贾生诸赋可知。贾畅达用世之才耳,所为赋自是一家,太史公亦自有《士不遇赋》,绝不成文理,荀卿《成相》诸篇便是千古恶道。

杂而不乱,复而不厌,其所以为屈乎? 丽而不俳,放而有制,其所以为长卿乎? 以整次求二子则寡矣。子云虽有剽模,尚少谿径,班张而后,愈博愈晦愈下。

子云服膺长卿,尝曰:"长卿赋不是从人间来,其神化所至耶!"研摩白首,竟不能逮,乃谤言欺人云:"雕虫之技,壮夫不为",遂开千古藏拙端,为宋人门户。

《子虚》《上林》材极富,辞极丽,而运笔极古雅,精神极流动,意极高,所以不可及也。长沙有其意而无其材,班张潘有其材而无其笔,子云有其笔而不得其精神流动处。《长门》邪气壮而攻中语,亦似太拙,至"揄长袂以自翳,数昔日之愆殃"以后,如有神助,汉家雄主例为色殢,或再幸再弃不可知也。

孟坚《两都》似不如张平子,平子虽有衍辞而多佳境壮语。

瓶薄怒以自持,曾不可乎犯干。"目略微眄,精彩相授。老态横出,不可胜记。"此玉之赋《神女》也。"意密体疏,俯仰异观。含喜微笑,窃视流盼。"此玉之赋《登徒》也。"神光离合,乍阴乍阳。""进止难期,若往若还。转盼流精,光润玉颜。含辞未吐,气若幽兰。"此子建之赋《洛神》也,其妙处在意而不在象,然本之屈氏"满堂兮美人,忽与余兮目成。""既含睇兮又宜笑,子慕余兮善窈窕。"变法而为之者也。

屈氏之骚,骚之圣也。长卿之赋,赋之圣也。一以风,一以颂,造体极玄,故自作者,毋轻优劣。

词赋非一时可就,《西京杂记》言相如为《子虚》《上林》,游神荡思,百余日乃就故也。梁王兔园,诸公无一佳者,可知矣。坐有相如,宁当罚酒,不免腐毫。

诗 薮(节录)

(明)胡应麟

内编 卷一 古体上 杂言

昔人云:诗文之有骚赋,犹草木有竹,禽兽有鱼,难以分属。然骚实歌行之祖。赋则比兴一端,要皆属诗。近之若荀卿《成相》《云》《礼》诸篇,名曰诗赋,虽谓之文可也。屈、宋诸篇,虽道深闳肆,然语皆平典。至淮南《招隐》,叠用奇字,气象雄奥,风骨棱嶒,拟骚之作,古今莫迨。昭明独取此篇,当矣。

骚与赋句语无甚相远,体裁则大不同:骚复杂无伦,赋整蔚有序;骚以含蓄深婉为尚,赋以夸张宏钜为工。

骚盛于楚,衰于汉,而亡于魏。赋盛于汉,衰于魏,而亡于唐。

以《反骚》视《离骚》,以《九怀》视《九辨》,以《宓妃》视《神女》,以《景福》视《灵光》,无论作述,优劣较然。求骚于汉之世,其《招隐》乎?求赋于魏之后,其《三都》乎?

外编 卷一 周汉

蒙叟《逍遥》,屈子《远游》,旷荡虚无,绝去笔墨畦径。百代诗赋源流,实兆端此。长卿《上林》,创撰子虚、乌有、亡是三人者,深得诗赋情状,初非以文为戏也。

外编 卷二 六朝

《文赋》云"诗缘情而绮靡",六朝之诗所自出也,汉以前无有也;"赋体物而浏亮",六朝之赋所自出也,汉以前无有也。

苏、李诸诗,和平简易,倾写肺肝,何有于绮靡?自绮靡言出,而徐、庾兆端矣。马、扬诸赋,古奥雄奇,聱涩牙颊,何有于浏亮?自浏亮体兴,而江、谢接迹矣。故吾尝以阮、左者,汉、魏之遗,而潘、陆者,六朝之首也,未可概以晋人也。

《名都》《白马》诸篇,已有绮靡意,而文犹与质错也。《洛神》《铜爵》诸篇,已

附　录　　　　　　　　　　　　　　　　　　　　〔1041〕

有溜亮意，而质浸为文掩也。故魏之诗，冢嫡两汉，而赋鲁卫六朝也。

御制历代赋汇序

（清）康熙帝玄烨

赋者，六义之一也。风、雅、颂、兴、赋、比六者，而赋居兴、比之中，盖其敷陈事理，抒写物情，兴、比不得并焉。故赋之于诗，功尤为独多。由是以来，兴、比不能单行，而赋遂继诗之后，卓然自见于世，故曰：赋者，古诗之流也。班固又谓："登高能赋，可以为大夫。感物造端，材智深美，可以与国政事，故可以为列大夫也。"是则赋之于诗，具其一体，及其闳肆漫衍，与诗并行，而其事可通；于用人，《书》曰："敷奏以言。"夫敷奏者，有近乎赋之义，使尧舜而在今日，亦所不废，则岂非文章之可贵者哉！

朕尝于几务之暇，博观典籍，见古者诸侯、卿大夫交接邻国，时称诗以喻志，不必其所自作，皆谓之赋。如晋公子重耳赋《六月》，鲁文公赋《菁菁者莪》，郑穆公赋《鸿雁》，鲁穆公赋《祈父》之类，皆取古诗歌之以喻其志，即咏吟之遗音，得心意之所存，使闻之者足以感发兴起丽因以明，其如相告语之情，犹之敷布其义而直陈之，故谓之赋也。春秋之后，聘问咏歌不行于列国，于是羁臣志士，自言其情，而赋乃作焉。其始创自荀况，宦游于楚，作为五赋。楚臣屈原乃作《离骚》，后人尊之为经，而班固以为屈原作赋以讽喻，则已名其为赋矣。其后，宋玉、唐勒皆竞为之。汉兴，贾谊、枚乘、司马相如、扬雄、张衡之流，制作尤盛。三国、两晋以逮六朝，变而为排（俳）。至于唐、宋，变而为律，又变而为文，而唐宋则用以取士，其时名臣伟人往往多出其中。迨及元而始不列于科目。朕以其不可尽废也，间尝以是求天下之才，故命词臣考稽古昔，搜采缺逸，都为一集，亲加鉴定（之），令挍（校）刊焉。为叙其源流兴罢之故，以示天下，使凡为学者知朕意云。康熙四十五年三月二十日。

骚　赋　部　杂　录

《古今图书集成》

宋玉《讽赋》，载于《古文苑》，大略与《登徒子好色赋》相类，然二赋盖设辞以讽楚王耳。司马相如拟《讽赋》而作《美人赋》，亦谓臣不好色，则人知其为诬也。有不好色而能盗文君者乎？此可以发千载之一笑。

小宋状元谓相如《大人赋》全用屈原《远游》中语，仆观相如《美人赋》又出于宋玉《好色赋》。自宋玉《好色赋》，相如拟之为《美人赋》，蔡邕又撰之为《协和赋》，曹植为《静思赋》，陈琳为《止欲赋》，王粲为《闲邪赋》，应场为《正情赋》，张华为《永怀赋》，江淹为《丽色赋》，沈约为《丽人赋》，转转规仿，以至于今。

群书备考·赋

《古今图书集成》

自风雅变而赋作，去古未遥，梗概足迹，导源性情，比兴互用，六义彰矣。谆复贯珠，千言非赘，情理馨矣。规抚天地，声象万物，体无常式，变化殚矣。四声不局，八病非瑕，宫商纵矣。赋也者，篇章之象箸，而歌谣之钟吕也。灵均而降，作者代起。荀卿穷理立言，因物赋象，绎娓格论，麈尾清言也。宋玉以文纬情，雅奥婉至，多风而可绎，楚臣之堂奥也。枚乘八公长卿之流，披形错貌，雕藻极妍而不浮，辞人之轨辙也。若忠愤激昂，直写胸臆，篇不绘句，句不琢字，贾谊是也。比偶为工，新声竞爽，词赋之漫衍，陆、谢、江、鲍之波渐也。大抵赋擅于楚，昌于西京，丛于东都，沿于魏晋，敝于五代，迨律赋兴而斩然尽矣。此其概可举者。

自愚意论之：诗莫病于轻浅，赋莫病于艰深，学步可嗤，效颦增丑，有能肖心吐理，能吻成文，变合风云，自出机轴，斯足贵耳。三复楚辞，眷恋宗国，九死不忘，至于《天问》，曾无铨次，婉恻弥深，此岂有成辙可仿哉！后世诸君子，爱楛忘珠，极意镂画，无疾而呻，人为掩耳，晚近尤甚。字取骇目故必艰；文取斗靡故必冗。险韵在几，类书充栋，一经翻阅，可就万言，宁须厕溷置笔砚哉！盖赋体弘奥，非可取帖，括铅椠语，比而韵之，以塞白也。然吾欲以其宏且肆者尽吾才，而不欲借以文吾短；以其古且奥者宜其体，而不欲因以晦吾意。浮云无心，赋形为象，吹万成音，不假管弦，岂非天地间真赋哉！昭代此道，上掩唐宋，操觚辈出，采摭富丽，体式古雅，询足继汉晋而称雄矣。然亦拟议合辙，沿波为沦耳。尽抉蹊径，嗣响灵均，尚俟君子。

赋钞笺略序

（清）沈德潜

汉人谓：赋家之心，包括天地，总览人物。故古来赋手，类皆耽思旁讽，铺采摘文，元元本本，骋其势之所至而后已。盖导源于三百篇而广生声貌，合比兴而出之登高能赋，可以为大夫，诚重之也。西汉以降，鸿裁间出，凡都邑、宫殿、游猎之大，草木肖翘之细，靡不敷陈博丽，牢笼漱涤，蔚乎钜观。学者生古人后，体物之作，杂然前陈，如极袿而登钟山，蓝田、瑰货、奇宝，焜耀于碱夫碈石间，自非具眼别裁，鲜不慎矣。顾欲掇取菁英，综核其义类而疏解之，若马融、郑元（玄）、服虔、贾逵之为六艺功臣，钜易易事云间，敬称才薮。自考功黄门后，为词章之学者，接武博听，闳达之士，书仓学海，俪于前哲，而孝廉五子，冶莹以青缃，世业教授里党。迩者有《历朝赋钞》一册，自周秦以迄本朝，去取详慎，体制赅备，所以便来者之拾取，不啻求柴。故桔梗于邹峄间，可却车载矣。及门雷子晓峰、张子香囿，于制举之暇，又一一为之笺释，文则诂其义，事则详其地，自经传子史，洎乎丛稗所记载，罔不搜罗偏观，根据确当，而舞尚体要，如伐木者之必倚其理，即作者意趣可以涵泳而自得之，以视杂然征引，不顾文义之安者大相径庭。盖自五臣选赋注后，庶几嗣音矣。今天子云汉作人化成久道，海内怀铅之子，靡不衔华佩实，腾声蕙文以赴功名之会，诚得是书而服膺之……

余嘉是书之为学者指南，而知诸君子之可与道古也，于是乎书。乾隆丙戌秋九月，长洲沈德潜撰，时年九十有四。

骚 赋 论

（清）程廷祚

上

声韵之文，诗最先作，至周而体分六义焉。其二曰赋。战国之季，屈原作《离骚》，传称为贤人失志之赋。班孟坚云："赋者，古诗之流也。"然则诗也，骚也，赋也，其名异也，义岂同乎。古之为诗也，风行于邦国，雅颂施于朝廷。情动于中而形于言，其用则有赋与比兴之分。总其大要，有陈情与志者焉，有体事与物者焉。屈子之作，称尧、舜之耿介，讥桀、纣之昌披，以寓其规讽；誓九死而不悔，嗟黄昏之改期，以致其忠怨；近于诗之陈情与志者矣。若夫体事与物，风之《驷铁》，雅之《车攻》《吉日》，畋猎之祖也，《斯干》《灵台》，宫殿苑囿之始也；《公刘》之"幽居允荒"，《绵》之"至于歧下"，京都之所由来也。至于鸟兽草木之咏，其流寖以广矣。故诗者，骚赋之大原也。

既知诗与骚赋之所以同，又当知骚与赋之所以异。诗之体大而该，其用博而能通，是以兼六义而被管弦。骚则长于言幽怨之情，而不可以登清庙。赋能体万物之情状，而比兴之义缺焉。盖风、雅、颂之再变而后有《离骚》，骚之体流而成赋。赋也者，体类于骚而义取乎诗者也。故有谓《离骚》为屈原之赋者，彼非即以赋命之也，明其不得为诗云尔。骚之出于诗，犹王者之支庶封建为列侯也。赋之出于骚，犹陈完之育于姜，而因代有其国也。骚之于诗远而近，赋之于骚近而远。骚主于幽深，赋宜于浏亮。

昔屈原以经物之才，遭遇怀王昏惑，流离放逐，愿进忠而不得，哀悼恻怛，发而为文。故其文也，有若星月之晦于云雾者焉，有若金玉之杂于泥沙者焉，有若奔流急湍之阻碍而不得其性者焉。此《离骚》之作，其人与其时为之也。后之拟骚者，王褒、刘向无论矣，以宋玉之亲受业于屈原也，其《九辩》能肖之乎？何则？非其人与时，固不可得而强也。

若夫赋之立体造端则异是，二十五篇之中，《远游》《桔颂》，似赋而实骚，汉之《长门》《自悼》，似骚而实赋。门庭流品，于是判矣。传曰："登高能赋，可以为大夫。"郑康成云："赋者，铺也，铺陈今之政教美恶。"赋家之用，自朝廷郊庙以及山川草木，靡不摅写。故作之者，必若长卿，所谓包括宇宙，总览人物，有得之于内，不可得而传者，故其难与诗与骚并。或曰：骚作于屈原矣，赋何始乎？曰：宋玉。

中

荀卿《礼》《知》二篇，纯用隐语，虽始构赋名，君子略之。宋玉以瑰伟之才，崛起骚人之后，奋其雄夸，乃与雅颂抗衡，而分裂其土壤，由是词人之赋兴焉。《汉书·艺文志》称其所著十六篇，今虽不尽传，观其《高唐》《神女》《风赋》等作，可谓穷造化之精神，尽万类之变态，瑰丽窈冥，无可端倪，其赋家之圣乎？后之视此，犹后夔之不能舍六律而正五音，公输之不能捐规矩而成方圆矣。

于是缀词之士，响应景从。汉兴，陆贾导之于前，贾谊振之于后。文、景以还，则有淮南王安、枚乘、庄忌、司马相如、吾丘寿王、严助、枚皋，并以文词见知于时。遭遇太平，扬其鸿藻。宣、成之世，则有刘向、王褒、扬雄之伦。盖赋之盛，于斯为极。贾生以命世之器，不竟其用，故其见于文也，声多类骚，有屈氏之遗风。若其雄伟卓荦，冠于一代矣。长卿天纵绮丽，质有其文；心迹之论，赋家之准绳也。《子虚》《上林》，总众类而不厌其繁，会群采而不流于靡，高文绝艳，其宋玉之流亚乎？其次则扬雄也，王褒又其次也。子云之《长杨》《羽猎》，家法乎《上林》，而有迅发之气，《甘泉》深伟，庙堂之鸿章也。大抵汉人之赋，首长卿而翼子云，至是而赋家之能事毕矣。后有作者，弗可尚已。

东京作者，体卑于昔贤，而风弱于往代。其时则有冯衍、杜笃、班彪、班固、崔骃、傅毅、张衡、马融、蔡邕、王延寿、边让、祢衡之流。就而论之，二班、张、王，其最著乎？平子宏富，风度卓然。《二京》之方《两都》，犹青之于蓝也。赋至东京，长卿、子云之风未泯，虽神妙不足，而雅瞻有余，其犹有中古之遗音乎？

降及魏、晋，非其侪矣。魏之王、曹，晋之潘、陆、左、郭，后先争驱，咸为一时之选。然赋至是，则规制分明，而古人之行无辙迹者，于是乎泯矣。其气不足以发，其神不足以藏，而古人之峥嵘幽渺万变不测者，弗能为之矣。其赋道之衰乎？然而犹贤于六朝。

附 录 　〔1045〕

若夫宋、齐以下，义取其纤，词尚其巧，奏新声于士女杂坐之列，演角觚于椎髻左衽之场，虽世俗喜焉忘倦，而君子鄙之，扬子讥其类俳，会则信矣。

是故以赋譬之山水，岳渎其楚、汉乎，东京则山之丽于岳，水之附于渎者也。又其山之旁出，水之支流，则为魏、晋。至于指丘垤以为山、画洿沚以为水者，六朝之谓耳。此其升降之大凡也。盖自雅颂息而赋兴，盛于西京。东汉以后，始有今五言之诗。五言之诗，大行于魏、晋而赋亡。此又其与诗相代谢之故也。唐以后无赋。其所谓赋者，非赋也。君子于赋，祖楚而宗汉，尽变于东京，沿流于魏、晋，六朝以下无讥焉。

下

或曰：赋与骚异，则吾既得闻教矣。然则赋不可以宗骚乎哉？曰：不然也。赋与骚虽异体，而皆原于诗。骚出于变风雅而兼有赋比兴之义，故于诗也为最近。其声宜于衰晚之世，宜于寂寞之野，宜于放臣弃子之愿悟其君父者。至于赋之为用，固有大焉，以其作于骚之后，故体似之，而义则又裁乎诗人之一义也。昔商、周之作者，以圣贤之才，作为篇咏，盛则宣其平和之响，变则发其哀愤之音，下起于闺门之私，而上荐于郊庙，千古以来，有能五"四始"而七"六义"者乎？不能也。骚由乎是，赋亦由乎是，又何疑乎赋之不可以宗骚也。

且骚之近于诗者，能具恻隐，含讽喻。故观其述谗邪之害，则庸主为之动色，叙流离之苦，则悼夫为之改容；伤公正之陵迟，则义士莫不于邑。至于赋家，则专于侈丽宏衍之词，不必裁以正道，有助于淫靡之思，无益于劝戒之旨，此其所短也。

善乎！扬子云曰："诗人之赋丽以则，词人之赋丽以淫。"以理胜者，虽则弗丽；以词胜者，虽丽弗则；不则不丽，作者不为也。长卿《上林》终以颓墙填堑，子云《甘泉》称屏玉女而却宓妃，虽云曲终雅奏，犹有讽谏之遗意焉。后之君子，详其分合之由，察其升降之故，辨其邪正之归，上祖风雅，中述《离骚》，下尽乎宋玉、相如、扬雄之美，先以理而后以词，取其则而戒其淫，则可以继诗人之末，而列于作者之林矣。

读 赋 卮 言(节录)

（清）王芑孙

导源：

荀况《赋论》古："请陈佹诗"，班固言："赋者，古诗之流。"曰佹，旁出之辞，曰流，每下之说。夫既与诗分体，则义兼比兴，用长箴颂、单行之始椎轮，晚周别子为祖，荀况屈平是也。继别为宗，宋玉是也。追其统，系三百篇，其百世不迁之宗矣。下此则两家歧出，有由屈子分支者，有自荀卿别派者。昭明序《选》所以云："荀宋表前，贾马继后"，而慨然于源流自兹也。相如之徒，敷典摛文，乃从荀法，贾傅以下，湛思渺虑，具有屈心，抑荀正而屈变，马愉而贾戚，虽云一毂，略已殊涂，赋家极轨，要当盛汉之隆而成命骚为的，偏奉东京，岂曰知言者哉！

飙流所始，同祖风骚。骚有拟、有反，稍已分门，兹不具论。由荀宋而言，则《礼》《知》之篇，义微载道，《箴》《蚕》之作，理在前民，附庸六义者也。《高唐》《神女》，有孔子殷勤之意，犹之风诗，马既腾声，扬旋飞躅。《子虚》《上林》撼涽臻而江河万古不辍其流，足知大略繁缨，多以为贵。《易》曰：物相杂谓之文。《传》曰：九变复贯知。言之选文章之为术，惟不讳于杂，斯尽共变。其在于周，若荀子五篇；其在于楚，若宋之《钓赋》；西京则扬有《河东》，枚有《兔园》，东京则班有《终南》，张有《天象》《逸居》，选外犹憾阙遗。盖赋以鸿通为本，初非典要之求，我有旨蓄，亦御冬，而先纵寻斧，无乃不可欤！

审体：

……赋者，铺出。抑云富也。裘一腋其弗温，钟万石而可撞，盖以不歌而颂，中无隐约之思，敷奏以言，外接江浮之思已。画境于诗家，可拓疆于文苑，以为讽喻之官，则腹箴朦诚艺皆来，以为俳倡之弄，则纯伎偃师效能俱至。太简非宜，兼该为务。昔人云：诗人之赋丽以则，辞人之赋丽以淫，美则刺淫，丽终不易，学者当溯博文之教，非徒小道之观也。

赋者，敷陈其事而直言之，其旨不尚玄微，其体非宜空衍。刘勰云："老庄告退，山水方滋。"王文考云："功绩存乎辞，德者昭乎声。"左太冲云："摄其体统，归诸训诂。由是论之，谭空说元，都无是处。"……西汉桓谭之《仙赋》，黄香之《九宫》，却多征实，幽通思元，情理同致，即江左溃言，寖流诗界，独赋不然。……诗有清虚之赏，赋惟博丽为能。

赋自不关妙悟，然诗曰言志，赋亦诗余，是必睨以中心付之悬解。……班云："感物造端，材知深美"，感之为言，有油然之趣，深之为解，有窅然之妙，夫岂浮物也，而堪外摭者哉。

七言五言最坏诗体，或谐或奥，皆难斗接，用散用对，悉碍经营，人徒见六朝初唐以此入妙，而不知汉魏典型由斯阔矣。然亦自汉开之，如班固《竹扇》诸篇是也，但是短章，初无长调作俑。

谋篇

赋最重发端。汉魏晋三朝，意思朴略，颇同轨辙，齐梁间始有标新立异者，至唐而百变具兴，无体不备。

附　录　　　〔1047〕

赋鹦鹉于一席之间，文不加点，成篇之速，自古无如祢衡者。

小赋

……赋者，用居光大，亦不可以小言。聊以小言，犹云短制，在汉则刘安、枚乘、邹阳、严忌、桓谭、赵壹、孔臧、路侨如、黄香、蔡邕、李尤、杜笃、公孙诡、闵鸿、侯瑾之徒，碎金屑玉，懋遗选外。……

律赋

读赋必《文选》、唐文粹始，而作赋当自律赋始……

序例

周赋未尝有序。荀子《赋论》第二十六曰："论者即以赋为论，别无论著也。"《离骚》《九歌》《九章》皆无序。宋玉赋之见《文选》者四篇，不载于《选》者一篇，皆无序。盖古赋自有散起之例，非真序也。《高唐》《神女》《登徒子好色》三篇，李善五臣皆题作序。汉傅武仲《舞赋》，引宋玉《高唐》之事发端，亦题为序，其实皆非也。《高唐》之事，羌非故实，乃由自造此为赋之发端。汉人假事喻情，设为宾主之法，实得宗于此，且《高唐》《神女》诸篇散处用韵，与赋略同，尤可征信。

两汉赋亦未有序。《文选》录赋凡五十一篇，其司马之《子虚》《上林》，班之《两都》，张之《二京》，左之《三都》，皆合两篇三篇为一章法，折而数之，计凡五十六篇，中间有序者，凡二十四篇。两汉赋七篇，中间有序者五篇：《甘泉》《长门》《羽猎》《长杨》《鵩鸟》，其题作序者，皆后人加之，故即录史传以著其所由作，非序也。自序之作，始于东京。

总指：

……荀卿五首，乃学道之余言；屈子《九歌》，亦怀贞之浩唱；守元之暇，雄有长篇；校书之日，歆多闲作；东马皆列仙之儒，彪固尝良史之任；董醇贾茂班女黄香，姬汉赋家，莫非文杰……

复小斋赋话(节录)

（清）浦　铣

上卷

相如工为文，陈皇后奉黄金百斤买《长门赋》。王子渊《洞箫颂》，元帝宫人能诵之，为千古文人艳羡。刘琰侍婢数十，悉教读《鲁灵光殿赋》，犹韵事也。若赵鬼之读《西京赋》，吾欲为平子绝倒矣。

赋始于兰陵而屈宋为之增华，故班固《艺文志》云：屈原赋二十五篇，予尝谓集赋者，以骚列于首，自来选家从不归并赋门，可谓数典忘祖。

〔1048〕　　　　　　　　　　　　　　　　　　　　　　　　　　　　附　录

东方曼倩《旱颂》一首十二句，皆贾长沙《旱云赋》中语。不知何以摘出，作东方文，亦犹《鹦鹉赋》，祢衡、潘尼二集并载，《奕赋》，曹植、左思之言正同。

古人用字不拘。贾太傅《旱云赋》："农夫垂拱而无事兮，释其耰锄而下涕。""垂拱"犹袖手云尔。

兰陵云《蚕》等赋，俱以有物于此，作起句，篇末方点明题字，其赋中之椎轮积水欤。

下卷

贾谊为长沙王太傅，既以谪去，意不自得，及渡湘水，为赋以吊屈原，统列此序于前，而改赋为文，列之吊文类，皆可笑也。

宋玉《钓赋》，可为讽谏法，当与庄子《说剑》篇参看。

王仲宣《登楼赋》情真语至，使人读之泪下，文之能动人如此，晋枣据亦有此赋，皆脱胎于粲。

班叔皮《北征赋》，妙在有议论，有断制，不则一篇《述征记》，有何意味。

相如《美人》原本宋玉《讽赋》及《登徒子好色赋》。

《登徒子好色赋》自"大夫曰唯唯"以前皆赋也，相如《美人赋》前半脱胎于此。昭明乃谓为序，真堪喷饭，至今莫知其误，亟当正之。

蔡中郎《短人赋》亦俳谐体也，《短人赋》一序四字，为句有韵，绝似小赋。

赋四字为句，起于子云《逐贫》，次则中郎《青衣》，子建《蝙蝠》……

校雠通义·汉志诗赋（节录）

（清）章学诚

《汉志》分艺文为六略，每略又各别为数种，每种始叙，列为诸家，犹如《太玄》之经，方州部家，大纲细目，互相维系，法至善也。每略各有总叙，论辨流别，义至详也。惟诗赋一略区为五种，而每种之后，更无叙论，不知刘、班之所遗邪，抑流传之脱简邪？今观屈原赋二十五篇以下共二十家为一种，陆贾赋三篇以下共二十一家为一种，孙卿赋十篇以下共二十五家为一种，名类相同，而区种有别，当日必有其义例。今诸家之赋，十逸八九，而叙论之说，阙焉无闻，非著录之遗憾欤！若杂赋与杂歌诗二种，则署名既异，观者犹可辨别，第不如五略之有叙录，更得详其源委耳。

古之赋家者流，原本诗骚，出入战国诸子。假设问对，《庄》《列》寓言之遗也。恢廓声势，苏、张纵横之体也。排比谐隐，韩非《储说》之属也。征材聚事，《吕览》类辑之义也。虽其文逐声韵，旨存比兴，而深探本原，实能自成一子之学。与夫专门之书，初无差别。故其叙列诸家之所撰述，多或数十，少仅一篇，列于文林，义不多让，为此志也。然则三种之赋，亦如诸子之各别为家，而当时不能尽归一例者耳。岂若后世诗赋之家，裒然成集，使人无从辨别者哉？

赋者，古诗之流，刘勰所谓"六义附庸，蔚成大国"者是也。义当列诗于前，而叙赋于后，乃得文章承变之次第。刘、班顾以赋居诗前，则标略之称诗赋，岂非颠倒欤？每怪萧梁《文选》，赋冠诗前，绝无义理，而后人竞效法之，为不可解。今知刘、班著录已启之矣。又诗赋本《诗经》支系，说已见前，不复置议。

诗赋前三种之分家，不可考矣；其与后二种之别类，甚晓然也。三种之赋，人自为篇，后世别集之体已。杂赋一种不列专名，而类叙为篇，后世总集之体也。歌诗一种，则诗之与赋固当分体者也。就其例而论之，则第一种之淮南王群臣赋四十四篇，及第三种之秦时杂赋九篇，当隶杂赋条下，而猥厕专门之家，何所取邪？揆其所以附丽之故，则以淮南王赋列第一种，而以群臣之作附于其下，所谓以人次也。秦时杂赋列于荀卿赋后，孝景皇帝颂前；所谓以时次也。大著录之例，先明家学，同列一家之中，或从人次，或从时次可也。岂有类例不通，源流迥异，概以意为出入者哉？

（徐志啸辑）

历代赋书目

说　明

一、本书目择要收录有关辞赋的总集、合集、别集，历代评述、研究著作，今人选注、选译、选评。

二、所收各书为国人编撰并在国内刊行的著作，酌收部分未经刊行的古籍稿本或钞本。

三、所收各书大致按编撰年代为序，不分类别。各书注明书名、卷数、编撰者、版本。民国以前的编撰者注明朝代。同一种书的不同版本不另立目，依刊行年代附列于后。

四、所收各书出版年份截至 2017 年。

楚辞补注十七卷　（汉）刘向辑；（汉）王逸章句；（宋）洪兴祖补注。中华书局1957 年 9 月据《四部备要》纸型重印本。

文选　（南朝梁）萧统编；（唐）李善注。中华书局 1977 年、1991 年，上海古籍出版社 1986 年、1995 年，岳麓书社1996 年。

选赋六卷附名人世次爵里一卷　（南朝梁）萧统辑；（明）郭正域批。明凌氏凤笙刻朱墨套印本。

文心雕龙　（南朝梁）刘勰撰；范文澜注。人民文学出版社 1958 年排印本。

天文大象赋二卷　（隋）李播撰；（唐）苗为注。清咸丰六年（1856）刻本。

六臣注文选六十卷　（唐）李善、吕延济、刘良、张铣、吕向、李周翰撰。《四库

全书》本，《四部丛刊》本，上海古籍出版社 1994 年影印本。

新刊地理捷要厘正雪心赋一卷　（唐）卜应天撰；（明）杨鸣凤校。明成化刻本。

雪心赋正解　（唐）卜应天撰；（清）孟浩注。清康熙十九年（1680）经纶堂刻本。

黄鹤赋一卷题　（唐）吕嵓撰；（清）云凫道人注解。清同治十二年（1873）醉俉亭刻《道书一贯》本。

雪心赋正解　（唐）卜应天撰；（清）江之淮注。清钞本。

会稽三赋不分卷　（宋）王十朋撰；（明）南逢吉注。明嘉靖二年（1523）南大吉刻本。

春秋类对赋一卷　（宋）徐晋卿撰。清康熙十九年（1680）刻本。

注心赋四卷　（宋）释延寿撰。清光绪三年（1877）金陵刻经处刻本。

珞琭子赋注二卷　（宋）释昙莹撰。清光绪十五年（1889）上海鸿文书局影印《守山阁丛书》本。

珞琭子三命消息赋注二卷　（宋）徐子平撰。清光绪十五年（1889）上海鸿文书局影印《守山阁丛书》本。

刑统赋疏不分卷　（宋）傅霖撰；（元）沈仲纬疏。清光绪三十四年（1908）江阴缪氏刻本。

文苑英华一千卷　（宋）李昉等奉敕辑。《四库全书》本。

春秋左传类对赋一卷　（宋）徐晋卿撰；（清）高士奇补注。清刻本。

声律关键八卷　（宋）郑起潜撰。民国二

十四年(1935)商务印书馆影印《宛委别藏》钞本。

楚辞集注八卷附楚辞辩证二卷楚辞后语六卷 （宋）朱熹集注。上海古籍出版社 1979 年 10 月排印本。

古赋辨体 （元）祝尧。文渊阁《四库全书》本。

天文精义赋五卷 （元）岳熙载撰。清光绪十年(1909)巴陵方氏刻《碧琳琅馆丛书》本。

大明一统赋 （明）莫旦著。明嘉靖十五年(1536)郑普刻本。

辞赋标义 （明）俞王言著。明万历二十九年(1601)休宁金氏浑朴居刻本。

精镌古今丽赋 （明）袁宏道辑；（明）王三余补。明崇祯四年(1631)刻本。

玉茗堂赋集 （明）汤显祖撰。明崇祯九年(1636)刻本。

赋苑八卷 （明）李鸿辑。明万历刻本。

赋珍八卷 （明）施重光辑。明刻本。

朝鲜赋一卷 （明）董越撰。明刻本。

祝允明手钞赋文 （明）祝允明辑。明祝允明钞本。

类编古赋二十五卷 （明）佚名辑。明钞本存天一阁。

赋海补遗 （明）周履靖辑。明书林业如春刻本。

粤会赋笺释一卷 （明）黄佐撰；（清）何健笺释。清道光三十年(1850)会城文经楼刻本。

论骚赋二卷 （明）杨慎撰。清光绪八年(1882)新都刻本。

御制天元玉历祥异赋不分卷 （明）朱高炽撰。清彩绘精钞本。

谭子雕虫二卷 （明）谭贞默撰。民国八年(1919)嘉兴谭新嘉刻本。

青锦园赋草一卷 （明）叶宪祖撰。民国二十四年(1935)木活字印《蔡照庐丛书》本。

文苑英华律赋选四卷 （清）钱陆灿辑；刘士弘校订。清康熙二十五年(1686)吹藜阁刻本。

历朝赋楷八卷首一卷 （清）王修玉选。清康熙二十五年(1686)刻本。

历朝赋格 （清）陆葇评选；（清）沈季友等辑校。清康熙二十五年(1686)刻本。

历朝赋钞 （清）赵维烈辑。清康熙二十五年(1686)刻本。

毛西河赋四卷 （清）毛奇龄撰。清康熙间萧山陆氏刻本。

古今文绘玉集残存一卷 （清）陆次云辑。清康熙刻本。

华国编赋选二卷 （清）孙濩孙编。清雍正十一年(1733)刻本。

御制盛京赋 （清）高宗弘历撰。清乾隆八年(1743)刻本。

四书类典赋二十四卷 （清）甘绂撰。清乾隆十一年(1746)刻本。

本朝馆阁赋 （清）叶方宣、程奂若编。清乾隆二十九年(1764)困学斋刻本。

广事类赋四十卷 （清）华希闵撰。清乾隆二十九年(1764)无锡华氏剑光阁重刻本。

历朝赋钞 （清）沈钧德辑。清乾隆三十年(1765)刊本。

赋钞笺略 （清）王煃辑；（清）雷琳、（清）张杏滨笺。清乾隆三十一年(1766)

刊本。

本朝馆阁赋后集七卷补遗一卷附录一卷
（清）程兑若、周日涟编。清乾隆三十
三年（1768）困学斋刻本。

本朝试赋丽则 （清）李光理等辑注。清
乾隆三十四年（1769）金陵三多斋
刻本。

赋苑类选六卷 （清）潜兆谷编。清乾隆
三十五年（1770）刻本。

赋学正体六卷 （清）鲁琢编。清乾隆四
十一年（1776）养园刻本。

律赋拣金录 （清）朱一飞辑。清乾隆四
十一年（1776）小酉山房刻本、清乾隆
五十三年（1788）博古堂本。

国朝注释律赋雕龙四卷 （清）蔡霞举辑。
清乾隆刻本。

古绠斋律赋二卷 （清）庄承篯撰。清乾
隆刻本。

复小斋赋话二卷 （清）浦铣撰。清乾隆
刻本。

国朝赋楷六卷 （清）胡浚辑。清乾隆
刻本。

宋金元明赋选八卷 （清）汪宪编。清乾
隆钞本。

历朝赋选笺释十卷 （清）沈德潜辑。清
乾隆刻本。

赋海类编二十卷存十四卷 （清）关槐编。
清乾隆间朱丝栏钞本。

赋汇录要笺略 （清）陈书同辑；（清）吴
光昭注。清乾隆汲古斋刻本。

药性赋注二卷 （清）陆老封撰。清嘉庆
三年（1798）朱墨套印本。

赋法 （清）姚文田注。清嘉庆六年
（1801）云间研缘斋刻本。

赋话十卷 （清）李调元撰。清嘉庆十四
年（1809）刻《函海》本。

事类赋补遗十四卷 （清）张均撰。清嘉
庆十六年（1811）刻本。

古小赋钞 （清）郏抡才等选。清嘉庆十
七年（1812）刊本。

同馆赋钞三十二卷 （清）法式善编。清
嘉庆十七年（1812）刻本。

竹南赋略一卷 （清）张九镡撰。清嘉庆
十七年（1812）赐锦楼刻本。

律赋清华不分卷 （清）吴锡麒辑。清嘉
庆二十二年（1817）刻本。

古赋识小录 （清）王芑孙著。清嘉庆二
十二年（1817）衣言堂彭氏刻本。

国朝律赋新机续钞四卷 （清）胡玉树等
编。清嘉庆二十四年（1819）协盛堂
袖珍本。

韵兰集赋钞六卷 （清）陆云槎撰。清嘉
庆刻本。

六朝唐赋英华四卷 （清）吴坦编。清道
光元年（1821）抱青阁刻本。

七十家赋钞 （清）张惠言辑。《续修四库
全书》影印清道光元年（1821）合河康
氏家塾刻本。

赋则 （清）鲍桂星评选。清道光二年
（1822）歙县鲍氏刻本。

律赋正宗 （清）潘世恩辑。清道光二年
（1822）凤池园刊本。

律赋蕊珠二编四卷 （清）萧应橄、（清）
郑伯埙、（清）徐振族编。清道光三年
（1823）芸生堂刻本。

赋学仙丹 （清）徐斗光辑。清道光四年
（1824）柳深处草堂塾刻本。

少嵒赋草四卷 （清）夏思泩撰。清道光

七年(1827)合益堂刻本。

同馆律赋精粹 （清）蒋攸铦辑。清道光
七年(1827)刻本。

律赋荺新集不分卷 （清）顾鹓辑。清道
光九年(1829)同文堂刻本。

瀛奎玉律赋钞四卷 （清）高敏辑。清道
光十年(1830)刻本。

关中两朝赋钞二卷 （清）李元春辑。清
道光十二年(1832)蒙天麻刻本。

迭字双名赋一卷 （清）文燨撰。清道光
十五年(1835)萍乡文氏刻本。

律赋先春 （清）程廷献选。清道光十五
年(1835)中元堂刻本。

春晖园赋苑卮言二卷 （清）孙奎撰。清
道光十六年(1836)书有堂刻本。（又
名：春晖园赋话）

律赋蕊珠新编四卷 （清）萧应槐、（清）
顾德馨编。清道光十七年(1837)天
籁堂刻本。

续广事类赋三十卷 （清）王凤喈撰注。
清道光二十一年(1841)芸生堂刻本。

梦陔堂文说十一卷 （清）黄承吉撰。清
道光二十一年(1841)刻本。

涂山赋稿 （清）陈瀚撰。清道光二十三
年(1843)刻本。

竹笑轩赋钞二集 （清）孙清达辑。清道
光二十五年(1845)聚锦旭刻本。

增补事类统编九十三卷 （清）黄葆真辑。
清道光二十六年(1846)丹阳黄氏
刻本。

作赋例言一卷 （清）汪廷珍撰。清道光
咸丰间宜黄黄氏木活字印《逊敏堂丛
书》本。

唐赋宜今集一卷 （清）佚名辑。清道光

二十五年(1845)潘氏刻本。

律赋经畲集四卷 （清）阮亨辑。清道光
扬州二酉堂巾箱本。

同馆赋钞十六卷 （清）王家相辑。清道
光刻本。

同馆赋钞 （清）朱九山辑。清道光刻本。

云间小课二卷 （清）续庭璜编。清道光
刻本。

茂林赋钞一卷 （清）吴学洙编。清道光
崇文堂巾箱本。

春晖园赋苑卮言二卷 （清）孙奎撰。清
道光孙长纪校刻本，清嘉庆刻本。

简学斋馆课赋存一卷续钞一卷 （清）陈
沆撰。清咸丰二年(1852)蕲水陈氏
刻本。

四家赋钞 （清）景其濬辑。清咸丰三年
(1853)董氏诵芬堂刻本。

澄江赋约四卷 （清）杨景曾编。清咸丰
七年(1857)竹雅山房刻本。

楞园赋说 （清）江含春著。清咸丰间
刻本。

唐人赋钞 （清）邱先德、（清）邱士超辑。
清同治元年(1862)重刊两仪堂刻本。

时晴斋馆赋二卷 （清）张集馨撰。清同
治四年(1865)仪征张氏刻本。

读书延年堂赋存不分卷 （清）熊少牧撰。
清同治五年(1866)洞泉草堂刊《读书
延年堂全集》本。

资中赋钞二卷 （清）姜学渐编。清同治
六年(1867)刻本。

律赋选青 （清）任聘三纂注。清同治八
年(1869)刊本。

古赋首选一卷 （清）梁夒谱编。清同治
八年(1869)梁镜古堂家刻本。

律赋剩稿一卷 （清）黄富民撰。清同治九年(1870)刻本。

师竹斋赋钞 （清）郑德璜撰。清同治十年(1871)刻本。

赋学正鹄 （清）李元度辑。清同治十年(1871)爽溪书院刻本,清光绪十一年(1885)文昌书局本。

六朝唐赋读本二卷 （清）马传庚辑。清同治十三年(1874)马氏玉燕书巢刻本。

鸡跖赋续刻二十八卷拟古二卷 （清）应泰泉等辑。清同治十三年(1874)兰言室刻本。

适园赋稿二卷 （清）袁学澜撰。清同治间刻本。

励志轩赋钞三卷 （清）蔡之绥撰。清同治钞本。

竹笑轩赋钞初集二卷二集二卷 （清）孙清达辑评。清同治六年纬文堂刊本。

律赋新编 （清）赵楫、赵霖同编。清同治刻本。

伊人赋话 （清）姜国伊撰。《守中正斋丛书》本,清同治、光绪间刻本。

近科同馆赋不分卷 （清）佚名编。清光绪二年(1876)好古斋刻本。

闽南唐赋六卷考异一卷 （清）杨浚辑。清光绪二年(1876)永康胡氏刻本。

味闲堂赋钞 （清）陶藜青辑。清光绪三年(1877)刻本。

百宋一廛赋一卷 （清）顾广圻撰;（清）黄丕烈注。清光绪三年(1877)重刻本。

红楼梦赋一卷 （清）沈谦撰。清光绪四年(1878)聚珍堂书坊活字本

锦官堂赋钞一卷 （清）延清撰。清光绪五年(1879)刻本。

唐人试律说 （清）纪昀撰。清光绪五年(1879)上海松隐阁《国朝名人著述丛编》本。

读赋卮言一卷 （清）王芑孙撰。清光绪五年(1879)上海淞隐阁刻《国朝名人著述丛编》本。

律赋标准 （清）叶祺昌编。清光绪七年(1881)重刻本。

分类赋学鸡跖集三十卷附录一卷 （清）张维城辑。清光绪八年(1882)上海淞隐阁聚珍本。

律赋准绳 （清）缪润绂辑。清光绪十年(1884)华翰斋刻套印本。

近九科同馆赋钞四卷 （清）孙钦昂编。清光绪十一年(1885)上海着易堂刻本。

唐律赋钞不分卷 （清）潘遵祁编。清光绪十一年(1885)三松堂刻本。

蒙香室赋录二卷 （清）冯煦撰。清光绪十一年(1885)刻本。

药赋新编一卷 （清）江诚等撰。清光绪十二年(1886)养鹤山房刻《医家四要》本。

吴顾赋钞二卷 （清）景其浚编。清光绪十三年(1887)蒲圻但氏刻本。

律赋必以集 （清）顾莼评选。清光绪十四年(1888)刊本,清光绪十五年(1889)尊经书院本。

赋学初草不分卷 （清）庆珍撰。清光绪十四年(1888)稿本。

三十科同馆赋钞 （清）法式善辑。清光绪十六年(1890)刻本。

附　录

增注赋学指南十六卷　（清）余丙照撰。清光绪十六年（1890）珍艺书局铅印本。

赋海大观　（清）庐江太守编。北京图书馆出版社 2007 年影印光绪二十年（1894）鸿宝斋四次重印本。

食旧德斋赋钞　（清）刘岳云辑。清光绪二十二年（1896）成都尊经书局刻本。

律赋选读　（清）刘岳云辑。清光绪二十二年（1896）四川尊经书院刻本。

润州赋钞　（清）李恩绶辑。清光绪二十三年（1897）冬心书屋刻本。

金陵赋　（清）程先甲著。清光绪二十三年（1897）傅春官刻本。

山海经类对赋十四卷　（清）涂景涛编。清光绪二十四年（1898）石印本

萃林诗赋　佚名辑。清光绪刻本。

子笙赋抄一卷　（清）江璧辑。清光绪刻本。

唐律赋钞一卷　（清）杨泅孙辑。清光绪刻本。

白华试体赋一卷　（清）戋省钦撰。清勤补堂刻《鹤沙吴氏试体诗赋合刻》本。

稷堂试体赋二卷　（清）戋省兰撰。清勤补堂刻《鹤沙吴氏试体诗赋合刻》本。

陶午庄赋稿不分卷　（清）陶廷珍撰。清钞本。

行有恒堂赋稿不分卷　（清）爱新觉罗·载铨撰。清钞本。

佩弦斋律赋一卷　（清）朱一新撰。清刻本。

续左传类对赋不分卷　（淯）周眘撰。清刻本。

广广事类赋三十二卷　（清）吴世旃撰。

清文光堂刻。

药性赋一卷　（清）佚名撰。清代宏兴堂刻本。

唐赋选读不分卷　（清）叶兰辑。清钞本。

唐古赋选不分卷　（清）胡希周编。清刻本。

赋法梯程　（清）徐承采编。清末春晖草堂费氏抄本。

然松阁赋钞　（清）顾楳三撰。《金陵丛书》藏氏校印本。

艺概　（清）刘熙载撰。上海古籍出版社 1978 年 12 月。

分绿轩赋钞一卷　（清）徐联蓉撰。民国三十四年（1945）钞本。

历代赋汇　（清）陈元龙辑。江苏古籍出版社、上海书店 1987 年 12 月影印清光绪间双梧书屋俞樾校本。

历代赋话校证（附《复小斋赋话》）　（清）浦铣著；何新文、路成文校证。上海古籍出版社 2007 年 3 月。

历代赋学文献辑刊　踪凡、郭英德主编。国家图书馆出版社 2017 年 3 月。

辞赋史　无名氏。北平辅仁大学排印本。北京大学图书馆藏。

汉赋考　汪吟龙著。河南大学讲义，1933 年铅印本。

汉代辞赋之发达　金秬香著。商务印书馆 1934 年。

诗赋词曲概论　丘琼荪等著。中华书局 1934 年。

中国韵文通论　陈钟凡著。中华书局 1936。

汉赋之史的研究　陶秋英著。昆明中华书局 1939 年版，浙江古籍出版社

1986 年重刊名为《汉赋研究》。

赋史大要 （日）铃木虎雄著；殷石臞译。正中书局 1942 年。

屈原赋今译 郭若沫著。人民文学出版社 1953 年版，又 1981 年新一版。

庾信诗赋选 谭正璧、纪馥华选注。古典文学出版社 1958 年。

《风赋》及其他 萧平编注。中华书局 1959 年。

汉魏六朝赋选 瞿蜕园选注。上海古籍出版社 1964 年 7 月初版，1979 年 3 月新一版。

辞赋学纲要 陈去病著。文海出版有限公司 1971 年。

选堂赋话 饶宗颐著。香港万有图书公司 1975 年。

汉赋研究 张清钟著。台湾商务印书馆 1975 年。

由文学观点谈楚辞到汉赋的发展与流变 张书文著。台湾中正书局 1980 年。

汉赋流源与价值之商榷 简宗梧著。台湾文史哲出版社 1980 年 12 月。

赋学 张正体、张婷婷著。台湾学生书局 1982 年。

汉魏六朝赋选注 裴晋南、何风奇、李孝堂、郭清津选注。上海古籍出版社 1983 年 5 月。

先秦辞赋原论 姜书阁著。齐鲁书社 1983 年 9 月。

赋话六种 何沛雄编。香港三联书店 1983 年 11 月。

历代赋译释 李晖、于非撰。黑龙江人民出版社 1984 年 2 月。

屈赋新探 汤炳正著。齐鲁书社 1984 年

2 月。

历代辞赋选 刘祯祥、李方晨选注。湖南人民出版社 1984 年 3 月。

庾信生平及其赋之研究 许东海著。台湾文史哲出版社 1984 年 9 月。

汉赋研究 龚克昌著。山东文艺出版社 1984 年。

抒情小赋赏析 殷海国撰。甘肃人民出版社 1986 年。

汉魏六朝小赋选 张永鑫编选。江苏教育出版社 1986 年。

屈原赋泽注 龚克昌、彭春光译注。山东大学出版社 1986 年。

汉魏六朝赋家论略 何沛雄著。台湾学生书局 1986 年 6 月。

宋玉辞赋今读 袁梅译注。齐鲁书社 1986 年 8 月。

历代抒情小赋选 黄瑞云选注。上海古籍出版社 1986 年 10 月。

宋玉辞赋译解 朱碧莲编著。中国科学出版社 1987 年 2 月。

古今名赋析注 徐传礼、董康成选注。安徽文艺出版社 1987 年 2 月。

赋史述略 高光复著。东北师范大学出版社 1987 年 3 月。

汉赋之写物言志传统 曹淑娟著。文津出版社 1987 年。

历代咏物赋选 王巍编。辽宁大学出版社 1987 年。

赋史 马积高著。上海古籍出版社 1987 年年 7 月版。

魏晋南北朝辞赋选粹 王晨光译注。天津教育出版社 1987 年 9 月。

辞赋流变史 李曰刚著。文津出版社

1987 年。

历代名赋选 宋安华编。黄河文艺出版社 1987 年。

历代名赋赏析 方伯荣主编。重庆出版 1988 年 2 月。

昭明文选译注（六卷） 阴法鲁审订；陈宏天、赵福海、陈复兴三编。吉林文史出版社 1988 年 4 月。

汉魏六朝四十家赋述论 高光复著。黑龙江教育出版社 1988 年 9 月。

汉赋：唯美文学之潮 刘斯翰著。广州文化出版社 1989 年 4 月。

汉魏六朝辞赋 曹道衡著。上海古籍出版社 1989 年 9 月。

汉赋通义 姜书阁著。齐鲁书社 1989 年 10 月。

汉赋通论 万光治著。巴蜀书社 1989 年 12 月。

屈荀辞赋论稿 李金锡著。春风文艺出版社 1989 年 12 月。

中国历代赋选 尹赛夫、吴坤定、赵乃增选注。山西教育出版社 1989 年 12 月。

汉魏六朝赋论集 何沛雄著。联经出版事业公司 1990 年。

魏晋咏物赋研究 廖国栋著。台湾文史哲出版社 1990 年。

中国历代赋选·先秦两汉卷 毕万忱、何沛雄、罗忼烈。江苏教育出版社 1990 年 12 月。

历代赋论辑要 徐志啸编。复旦大学出版社 1991 年 2 月。

辞赋通论 叶幼明著。湖南教育出版社 1991 年 5 月。

历代赋论选 高光复选编。黑龙江人民出版社 1991 年。

赋学研究论文集 马积高、万光治主编。巴蜀书社 1991 年。

魏晋南北朝赋史 程章灿著。江苏古籍出版社 1992 年 2 月。

古代抒情赋精华 何建华编。人民文学出版社 1992 年。

汉赋纵横 康金声著。山西人民出版社 1992 年。

汉赋美学 章沧授著。安徽文艺出版社 1992 年。

历代辞赋鉴赏辞典 霍旭东、赵呈元、阿芷主编。安徽文艺出版社 1992 年 8 月。

历代赋辞典 迟文浚、李志刚、宋绪莲主编。辽宁人民出版社 1992 年 9 月。

全汉赋 费振刚、胡双宝、宗明华辑校。北京大学出版社 1993 年 4 月。

屈赋研究论衡 赵沛霖著。天津教育出版社 1993 年 4 月。

汉赋史论 简宗梧著。台北东大图书公司 1993 年 5 月。

中国赋论史稿 何新文著。开明出版社 1993 年 6 月。

雨村赋话校证 （清）李调元著；詹杭伦校证。台湾新文丰出版社 1993 年。

汉魏六朝小赋赏析 刘树清编。广西教育出版社 1993 年。

汉赋艺术论 阮忠者。华中师范大学出版社 1993 年。

敦煌赋校注 伏俊琏校注。甘肃人民出版社 1994 年 5 月。

中国古代文体丛书·赋 袁济喜著。人民文学出版社 1994 年 7 月。

全汉赋 郑竞编。台湾三江出版社 1994 年 7 月。

文选全译(五册) 张启成、徐达等译注。贵州人民出版社 1994 年 11 月。

诗赋与律调 邝健行著。中华书局 1994 年 11 月。

中国历代赋选·魏晋南北朝卷 毕万忱、何沛雄、罗忼烈。江苏教育出版社 1994 年 12 月。

诗赋论集 赵逵夫主编。甘肃人民出版社 1995 年 2 月。

中华文明宝库·汉赋览胜 程章灿著。上海古籍出版社 1995 年 8 月。

汉魏六朝辞赋与骈文精品 曹道衡主编。时代文艺出版社 1995 年 12 月。

辞赋新探 毕庶春著。东北大学出版社 1995 年 12 月。

名赋百篇评注 张崇琛主编。三秦出版社 1996 年 1 月。

辞赋大辞典 霍松林、徐宗文主编。江苏古籍出版社 1996 年 5 月。

中国辞赋发展史 郭维森、许结著。江苏教育出版社 1996 年 8 月。

中国历代赋选·唐宋卷 毕万忱、何沛雄、洪顺隆著。江苏教育出版社 1996 年 9 月。

汉赋精华 贺新辉编选。山西古籍出版社 1996 年 10 月。

第三届国际辞赋学学术研讨会论文集(上、下) (台北)政治大学文学院编。1996 年 12 月。

敦煌赋汇 张锡厚著。江苏古籍出版社 1996 年。

辞赋 李开金著。长江文艺出版社 1996 年。

中国的诗词曲赋 刘耕路著。商务印书馆 1996 年。

古代名赋选译 崔大江选译。暨南大学出版社 1997 年。

汉魏六朝骚体文学研究 郭建勋著。湖南教育出版社 1997 年 3 月。

六朝赋 张国星编著。文化艺术出版社 1998 年 1 月。

历代山水名胜赋鉴赏辞典 章沧授主编。中国旅游出版社 1998 年。

六朝辞赋史 王琳著。黑龙江教育出版社 1998 年 7 月。

赋与骈文 简宗梧著。台湾书店 1998 年 10 月。

中国历代赋选·明清卷 毕万忱、何沛雄、洪顺隆。江苏教育出版社 1998 年 11 月。

赋学概论 曹明纲著。上海古籍出版社 1998 年 11 月。

中国古典散文基础文库·抒情小赋卷 许结编。广西师大出版社 1999 年 7 月。

汉唐赋浅说 俞纪东著。东方出版社 1999 年 12 月。

中华名赋集成(三卷) 郭预衡主编,杨仲仪副主编(各分卷主编:先秦两汉卷——姜逸波;魏晋南北朝卷——杨仲义;唐宋元明清卷——袁长江)。中国工人出版社 1999 年 9 月。

六朝赋述论 于浴贤著。河北大学出版社 1999 年 10 月。

辞赋文学论集(第四届国际赋学论文集)

附　录

南京大学中文系主编。江苏教育出
版社 1999 年 12 月。

汉魏六朝赋点评　赵逵夫注评。三秦出
版社 2000 年 9 月。

千古名赋　高建中选注。上海文化出版
社 2000 年 10 月。

诗赋论丛　王琳著。中国文联出版社
2000 年 12 月。

历代赋广选・新注・集评(6 卷)　曲德
来、迟文浚、冷卫国主编。辽宁人民
出版社 2001 年 1 月。

体物浏亮：赋的形成、拓展与研究　许结
著。辽海出版社 2001 年 1 月。

历代辞赋研究史料概述　马积高著。中
华书局 2001 年 4 月。

律赋论稿　尹占华著。巴蜀书社 2001 年
5 月。

汉赋新选　龚克昌选注。湖北教育出版
社 2001 年 5 月。

魏晋南北朝赋史(增订本)　程章灿著。
江苏古籍出版社 2001 年 6 月。

中国赋学历史与批评　许结著。江苏教
育出版社 2001 年 7 月。

两汉名家田猎赋研究　蔡辉龙著。台湾
天工书局 2001 年。

中国历代赋学曲学论著选　陈良运、王以
宪编。百花洲文艺出版社 2001 年。

诗赋合论稿　邝健行著。江苏古籍出版
社 2002 年。

清代律赋新论　詹杭伦著。北京燕山出
版社 2002 年。

中国韵文学概论　蒋长栋著。岳麓书社
2002 年 12 月。

中国辞赋研究　龚克昌著。山东大学出

版社 2003 年 11 月。

**辞赋研究论文集——第五届国际辞赋研
讨会**　漳州师范学院中文系编。中
国文史出版社 2003 年 11 月。

全汉赋评注(前汉,后汉上、下)　龚克昌
等评注。花山文艺出版社 2003 年
12 月。

千古辞赋　张小平著。安徽文艺出版社
2004 年。

先唐辞赋研究　郭建勋著。人民出版社
2004 年 5 月。

金元辞赋论略　康金声、李丹著。学苑出
版社 2004 年 5 月。

汉赋通论(增订本)　万光治著。中国社
会科学出版社、华龄出版社 2004 年
10 月。

唐宋赋学研究　詹杭伦著。中国社会科
学出版社、华龄出版社 2004 年。

赋体文学的文化阐释　许结著。中华书
局 2005 年 9 月。

赋学论丛　程章灿著。中华书局 2005 年
9 月。

全汉赋校注(上、下)　费振刚、仇仲谦、刘
南平校注。广东教育出版社 2005 年
9 月。

金元辞赋研究评注　武怀军著。群言出
版社 2006 年 4 月。

赋话广聚　王冠辑。北京图书馆出版社
2006 年。

全汉赋(文白对照)　费振刚、仇仲谦、刘
南平校释。广东教育出版社 2006 年
8 月。

汉赋研究史论　踪凡著。北京大学出版
社 2007 年 5 月。

中国历代名赋大观 王飞鸿著。北京燕山出版社 2007 年 7 月。

汉代辞赋研究 孙晶著。齐鲁书社 2007 年 7 月。

中国赋学(第一卷) 许结、徐宗文主编。江苏教育出版社 2007 年 8 月。

元代辞赋研究 李新宇著。中国社会科学出版社 2008 年。

清代辞赋研究 孙福轩著。浙江大学出版社 2008 年。

宋代辞赋全编 曾枣庄等编。四川大学出版社 2008 年。

俗赋研究 伏俊琏著。中华书局 2008 年 9 月。

司马相如资料汇编 踪凡编。中华书局 2008 年。

赋学讲演录 许结著。北京大学出版社 2009 年。

汉魏六朝邺都诗赋析论 何祥荣著。香港大学饶宗颐学术馆 2009 年 4 月。

学者论赋 龚克昌教授赋五十周年纪念文集编委会。齐鲁书社 2010 年 1 月。

历代赋评注(7 卷) 赵逵夫主编(各分卷主编:先秦——赵逵夫;汉代——赵逵夫、韩高年;魏晋——赵逵夫、杨晓斌;南北朝——赵逵夫、汤斌;唐五代——尹占华、杨晓霭;宋金元——霍旭东、李占鹏;元明清——龚喜平)。巴蜀书社 2010 年 2 月。

辞赋文学与文化探微 于浴贤著。中国社会科学出版社 2010 年 11 月。

全唐赋 简宗梧等编。台湾里仁书局 2011 年。

历代辞赋鉴赏辞典 霍旭东主编。商务印书馆 2011 年 8 月。

两汉赋评注(上、下) 龚克昌、苏瑞隆评注。山东大学出版社 2011 年。

唐前辞赋类型化特征与辞赋分体研究 王德华著。浙江大学出版社 2011 年 10 月。

中国赋学(第二卷) 许结、冯良方、曹晓宏主编。江苏教育出版社 2012 年 3 月。

中国赋论史 何新文、苏瑞隆、彭安湘著。人民出版社 2012 年 4 月。

名赋赏析 刘磊编著。金盾出版社 2012 年 4 月。

唐代辞赋研究 王士祥著。上海古籍出版社 2012 年 8 月。

两宋辞赋史(上、下) 刘培著。山东人民出版社 2012 年 12 月。

见星庐赋话校证 (清)林联桂撰。何新文、佘斯大、踪凡校证。上海古籍出版社 2013 年。

六朝抒情小赋概论 池万兴著。人民出版社 2013 年 2 月。

全三国赋评注 龚克昌、周广璜、苏瑞隆评注。齐鲁书社 2013 年 6 月。

文选资料汇编·赋类卷(上、下) 刘志伟主编。中华书局 2013 年 8 月。

赋学:制度与批评 许结著。中华书局 2013 年 9 月。

康达维自选集·汉代宫廷文学与文化之探微 (美)康达维著;苏瑞隆译。上海译文出版社 2013 年。

中国古体赋学史论 孙福轩著。浙江大学出版社 2013 年 12 月。

赋学微义 赵薇著。华中师范大学出版社 2014 年。

简明中国赋学史 徐志啸著。中国古文献出版社 2014 年 6 月。

六朝辞赋史 王琳著。世界图书出版公司 2014 年 6 月。

历代辞赋总汇(26 册) 马积高主编,叶幼明、黄瑞云副主编(各分卷主编、副主编:先秦汉魏南北朝卷——黄瑞云、郭建勋;唐代卷、宋代卷——万光治、李生龙;金元卷——康金声、章沧授;明代卷——曹大中、常书智;清代卷——叶幼明、陈建华)。湖南文艺出版社 2014 年 8 月。

读赋献芹 赵逵夫著。中华书局 2014 年 10 月。

中晚唐赋分体研究 赵浚波著。中国社会科学出版社、华龄出版社 2014 年 10 月版。

作赋津梁——明代万历年间辞赋选本研究 王欣慧著。台湾五南图书出版公司 2015 年 4 月。

郭璞诗赋研究 赵沛霖著。中国社会出版社 2015 年 7 月。

中国赋学(第三卷) 许结、易闻晓主编。齐鲁书社 2016 年 7 月。

中国辞赋理论通史(上、下) 许结著。凤凰出版社 2016 年 10 月。

历代赋论汇编(上、下) 孙福轩、韩泉欣编辑校点。人民文学出版社 2016 年 12 月。

汉赋文体研究 彭春艳著。台北花木兰文化出版社 2017 年 3 月版。

骚体的发展与演变——从汉到唐的观察 苏慧霜著。台北文津出版社有限公司 2017 年 4 月。

汉赋系年考证 彭春艳著。上海古籍出版社 2017 年 6 月。

(刘小明、远山整理)

〔1062〕　　　　　　　　　　　　　　　　　　　　　　　　　　　　　附　录

篇目笔画索引

说　明

一、篇目按第一字笔画分先后，画数相同的按起笔笔形一丨丿、一顺序排列。第一字相同的篇目，按第二字的笔画和起笔笔形排列。以下类推。

二、字体采用中国文字改革委员会编印的《简化字总表》中的简化汉字，以及文化部和文改会发布的《第一批异体字整理表》中的选用字。

三、篇目后面的数字，表示该篇目在本辞典中的页码。

二　画

〔一〕

七夕赋 ·················· 991

〔丨〕

卜居 ·················· 42

〔丿〕

几赋 ·················· 88
九华扇赋并序 ············ 272

三　画

〔一〕

三黜赋 ················ 688
士不遇赋 ··············· 93
大招 ··················· 27
大哀赋并序 ············· 963

〔丨〕

小时不识月赋并序
·················· 1012
小园赋 ················ 495

〔、〕

广闲情赋 ·············· 677

〔一〕

子虚赋 ················ 100

四　画

〔一〕

丰城剑赋 ·············· 773
天地赋并序 ············· 291
天狗赋并序 ············· 595
五凤楼赋 ·············· 681
太子晋 ················· 3
太白楼赋 ·············· 873
友筠轩赋 ·············· 859

〔丨〕

见南轩赋 ·············· 866

〔丿〕

长生殿赋 ·············· 832
长杨赋并序 ············· 123
长笛赋并序 ············· 199
月赋 ·················· 411
风赋 ·················· 74
勾践进西施赋 ··········· 660

〔、〕

文赋并序 ·············· 338
斗鸡赋 ················ 280

〔一〕

尺蠖赋 ················ 691
丑女赋 ················ 889

五　画

〔一〕

玉延赋 ················ 749
打马赋 ················ 745
去故乡赋 ·············· 427
甘泉赋并序 ············· 114
左赋并序 ·············· 909
石赋 ·················· 576
布赋并序 ·············· 902
东门赋 ················ 890
东坡居士墨戏赋 ······· 732
东京赋 ················ 181
东都赋 ················ 143

〔丨〕

北征赋 ················ 140

附　录　〔1063〕

归田赋 ……………… 196
归途赋并序 ………… 393
归魂赋并序 ………… 462
叹逝赋并序 ………… 334

〔丿〕

白发赋 ……………… 332
白鹿洞赋 …………… 794
冬草赋 ……………… 460

〔丶〕

玄宗幸西凉府观灯赋
…………………… 641
兰亭赋并序 ………… 836

〔一〕

民事堂赋并序 ……… 764
对楚威王 …………… 22

六　画
〔一〕

过旧居赋并序 ……… 1000
西京赋 ……………… 157
西音赋并序 ………… 922

〔丨〕

吊邹阳赋 …………… 1008
吊屈原赋 …………… 89
吊廉将军墓赋并序
…………………… 820

〔丿〕

伐寄生赋并序 ……… 851

伤己赋 ……………… 395
伤逝赋 ……………… 405
华山赋并序 ………… 630
自悼赋 ……………… 128
后赤壁赋 …………… 720

〔丶〕

壮怀赋并序 ………… 926
交趾献奇兽赋 ……… 712
江上愁心赋赠赵侍郎
…………………… 570
江赋 ………………… 360

〔一〕

观渔赋 ……………… 823
红栀子华赋 ………… 772
纪征赋 ……………… 245

七　画
〔一〕

折扇赋 ……………… 869
芜城赋 ……………… 402
丽人赋 ……………… 416
丽色赋 ……………… 567

〔丨〕

吴城赋 ……………… 442
别赋 ………………… 432

〔丿〕

牡丹赋并序 ………… 634

〔丶〕

序征赋 ……………… 248

闲田赋 ……………… 856
闲居赋并序 ………… 308
闲情赋并序 ………… 379
闵己赋 ……………… 615
沧海赋 ……………… 259
怀旧赋并序 ………… 306
宋元王梦神龟 ……… 12
穷鸟赋 ……………… 440
穷鸟赋并序 ………… 218
穷鱼赋并序 ………… 552

〔一〕

阿房宫赋 …………… 637
纸赋 ………………… 301

八　画
〔一〕

奉和鹊赋并序 ……… 587
招魂 ………………… 33
述行赋并序 ………… 222
述身赋 ……………… 451
卧疾赋 ……………… 443
刺世疾邪赋 ………… 219

〔丨〕

些马赋并序 ………… 839
明皇回驾经马嵬赋
…………………… 656

〔丿〕

钓台赋并序 ………… 916
钓赋 ………………… 78
金在镕赋 …………… 696

金沙堆赋 …………… 800
采石赋并序 …………… 738
采莲赋 …………… 482
贫家赋 …………… 352

〔丶〕

夜亭度雁赋 …………… 533
郊居赋 …………… 417
怜寒蝇赋 …………… 911

〔一〕

屈原庙赋 …………… 726
孤鸿赋并序 …………… 529
孤雁赋并序 …………… 894
虱赋 …………… 640
驾幸温泉赋 …………… 583

九　画
〔一〕

春赋 …………… 485
春愁赋 …………… 653
茶赋 …………… 602
荡子从军赋 …………… 555
荡妇秋思赋 …………… 483
荔枝赋并序 …………… 579
南有嘉茗赋 …………… 699
南征赋并序 …………… 742
枯树赋 …………… 490
枯橘赋 …………… 941
柳赋 …………… 87
柳赋并序 …………… 260

〔丨〕

临楚江赋 …………… 438

思旧赋并序 …………… 289
思田赋 …………… 445
幽怀赋并序 …………… 626

〔丿〕

钝赋 …………… 881
看弈轩赋 …………… 954
秋兰赋 …………… 995
秋兴赋并序 …………… 303
秋声赋 …………… 709
秋声赋并序 …………… 617
秋香亭赋并序 …………… 694
秋雪赋 …………… 984
秋望赋 …………… 813
修心赋并序 …………… 525
剑阁赋 …………… 591
独醉园赋 …………… 816
独醒赋 …………… 803

〔丶〕

哀二世赋 …………… 106
哀千里赋 …………… 425
哀马赋并序 …………… 757
哀江南赋并序 …………… 501
哀忍之华赋并序 …… 1010
闻早蛩赋 …………… 854
闻雁赋 …………… 807
美人赋 …………… 572
美人赋 …………… 96
前赤壁赋 …………… 716
首阳山赋并序 …………… 276
洛神赋并序 …………… 266
恨赋 …………… 429
祓禊赋 …………… 954

神女赋并序 …………… 69
神乌赋 …………… 132
神武赋并序 …………… 242
祝融峰观日出赋并序
…………… 886
说弈 …………… 52
说剑 …………… 60

〔一〕

屏风赋 …………… 92
娇女赋 …………… 871

十　画
〔一〕

蚕赋并序 …………… 647
顽山赋并序 …………… 934
都酒赋 …………… 113
桃花赋并序 …………… 649
核性赋 …………… 372

〔丨〕

蚊赋 …………… 892

〔丿〕

笑赋 …………… 996
射病赋 …………… 898
鸳鸯赋 …………… 480

〔丶〕

凌霄花赋 …………… 701
高唐赋并序 …………… 64
郭子仪单骑见虏赋
…………… 734
瓶赋 …………… 623

附　录　　　　　　　　　　　　　　　　　　　　　　　　　　〔1065〕

浯溪赋 …………… 786
海市赋并序 ……… 946
海青赋 …………… 810
海赋 ……………… 354
海鳅赋并后序 …… 790
涧底寒松赋并序 … 558
悔赋并序 ………… 472

〔一〕

剧鼠赋 …………… 448

十一画
〔一〕

黄杨树子赋并序 …… 707
黄河赋 …………… 844
黄河赋 …………… 862
梅花赋 …………… 470
梅桂双清赋 ……… 913
雪竹赋并序 ……… 932
雪赋 ……………… 398

〔丨〕

啸赋 ……………… 295

〔丿〕

逸民赋并序 ……… 346
狝猴赋 …………… 274
猛虎赋并序 ……… 884
馆娃宫赋并序 …… 776

〔丶〕

章华台赋并序 …… 234
望江南花赋并序 …… 1005
望海亭赋并序 …… 781

渔父 ……………… 41
渔父歌沧浪赋 …… 645
悼亡赋 …………… 315
悼李夫人赋 ……… 108
谏楚襄王 ………… 56

〔一〕

绰然堂会食赋并序
……………… 988

十二画
〔一〕

琴赋并序 ………… 282
朝山堂赋 ………… 762
雁阵赋 …………… 684

〔丨〕

悲士不遇赋 ……… 110
景公有疾 ………… 8
赋赋 ……………… 620
赋篇 ……………… 46

〔丿〕

铸剑戟为农器赋 …… 610
粤江赋并序 ……… 950
鲁灵光殿赋并序 …… 228

〔丶〕

湘湖赋 …………… 959
渡江赋 …………… 826
游天台山赋并序 …… 375
游北山赋并序 …… 539
游海赋 …………… 250
渥洼马赋 ………… 607

〔一〕

登长城赋 ………… 562
登台赋 …………… 265
登钓台赋 ………… 919
登徒子好色赋 …… 81
登楼赋 …………… 252

十三画
〔一〕

蓬莱阁赋并序 …… 767
感士不遇赋并序 …… 383
感旧赋并序 ……… 598
感春赋 …………… 797

〔丨〕

愚公移山赋 ……… 604
蜀都赋 …………… 317

〔丶〕

滟滪堆赋并序 …… 723
溽暑赋 …………… 752

〔一〕

殿试藏珠于渊赋 …… 702
愍衰草赋 ………… 415

十四画
〔丨〕

裴将军剑舞赋并序
……………… 592

〔丿〕

舞赋 ……………… 153

〔1066〕 附 录

舞鹤赋 ················· 408

疑赋 ·················· 878

〔、〕

端午赋 ················· 961

寡妇赋并序 ··········· 263

十五画

〔一〕

赭白马赋并序 ········· 387

醉赋并序 ············· 628

〔丨〕

墨竹赋 ················· 729

墨池赋 ················· 613

〔丿〕

憋骥赋 ················· 246

〔一〕

慰志赋 ················· 136

十六画

〔一〕

燕子赋(甲) ··········· 663

燕巢琴赋并序 ········· 944

〔丨〕

鹦鹉赋并序 ··········· 238

〔丿〕

镜赋 ·················· 488

十七画

〔丿〕

鹡鸰赋并序 ··········· 298

十九画

〔丨〕

蟾蜍赋 ················· 559

图书在版编目(CIP)数据

历代赋鉴赏辞典 / 赵逵夫主编. —上海：上海辞
书出版社，2017.12（2024.3重印）
ISBN 978 - 7 - 5326 - 5019 - 4

Ⅰ.①历… Ⅱ.①赵… Ⅲ.①赋—鉴赏—中国—古代
—辞典 Ⅳ.①I207.224 - 61

中国版本图书馆 CIP 数据核字（2017）第 255120 号

历代赋鉴赏辞典
赵逵夫 主编

责任编辑 刘小明
助理编辑 张秋文
装帧设计 姜 明

出版发行 上海世纪出版集团
上海辞书出版社（www.cishu.com.cn）
地 址 上海市闵行区号景路 159 弄 B 座（邮编 201101）
印 刷 上海盛通时代印刷有限公司
开 本 890×1240 毫米 1/32
印 张 34.625
字 数 1 540 000
版 次 2017 年 12 月第 1 版 2024 年 3 月第 7 次印刷
书 号 ISBN 978 - 7 - 5326 - 5019 - 4/ Ⅰ·385
定 价 98.00 元

本书如有质量问题，请与承印厂联系。T：021 - 37910000